ANQINGLIUSHINIAN

安庆60年文学精品集

诗歌卷

金肽频　主编

ANQINGLIUSHINIAN WENXUEJINGPINJI

合肥工业大学出版社

图书在版编目(CIP)数据

安庆60年文学精品集·诗歌卷/金肽频主编. —合肥:合肥工业大学出版社,2009.9

ISBN 978-7-5650-0061-4

Ⅰ. 安…　Ⅱ. 金…　Ⅲ. ①文学—作品综合集—安庆市—当代②诗歌—作品集—中国—当代　Ⅳ. I218.543　I227

中国版本图书馆CIP数据核字(2009)第153575号

安庆60年文学精品集·诗歌卷

金肽频　主编　　　责任编辑　朱移山

出　版	合肥工业大学出版社	版　次	2009年9月第1版
地　址	合肥市屯溪路193号	印　次	2009年9月第1次印刷
邮　编	230009	开　本	710毫米×1000毫米　1/16
电　话	总编室:0551-2903038	总印张	116.75
	发行部:0551-2903198	总字数	1350千字
网　址	www.hfutpress.com.cn	印　刷	安徽江淮印务有限责任公司
E-mail	press@hfutpress.com.cn	发　行	全国新华书店

ISBN 978-7-5650-0061-4　　　定价:180.00元(全5册)

金肽频

安庆文学：在历史与现实的丘陵间穿行*

一座拥有800年历史的中国历史文化名城——安庆，其文学发展的历史究竟如何？这套大型文学丛书从一定意义上来说就是答案。文学是历史发展的语言镜像，也是生活真实的心灵回声。通过触摸文学，我们可以触摸历史，触摸时代，进而触摸生长的土地、山川河流和人文气息。站在安庆这片古老的土地上，我们不但可以看到在中国文学史上绵延200余年的“桐城派”文章巨匠们的身影，正在历史深处向我们微笑致意，也可以看到陈独秀、朱湘、张恨水、海子、陈所巨等现代文学名家的面容如长虹贯空，使现代安庆文坛一点也不寂寞。这是地理意义和文学意义上的安庆，在静态的时间逻辑里我们可以生发更清晰的思考。

桐城派：在历史远处的“峰巅”上舞蹈

在这里，我所说的“安庆”是指当代地理意义上的安庆，以及与它血肉相连、不可分割的一市七县三区（桐城市、怀宁县、枞阳县、潜山县、岳西县、太湖县、望江县、宿松县、迎江区、大观区、宜秀区），共600多万人口。这里人杰地灵，山川河流的凹凸与人文历史的峰峦交相辉映。姚鼐对桐城地貌作过这样描述：“舒黄之间，天才之奇山水也”，也就是说这样的人杰地灵产生不了杰出的历史人物才是怪事！不过，这位历史巨人的产生是“桐城派”息鼓之后多年的事了。

桐城派的产生无疑是安庆文学的历史峰巅。在清代，甚至我们将眼光延伸到2000多年的中国文学史，“桐城派”其影响之深、地域之广、人数之

* 作者自注：序言所提及的作家以本丛书入选者为限，未入选者不在讨论之列。

多、时间之长，都为中国文学史所罕见。以至于清朝有“天下文章出桐城”的赞誉。但是“桐城派”的形成，除去政治思想和历史文化背景，现代学者均提出了一个不可或缺的因素：地理与人文环境。山与水，和人是相连的，就像湖岔和河流，雨水和大地。当代学者周中明先生认为桐城的山水背景使得“桐城派”形成了师法自然、清正雅洁的文风；加之戴名世、方苞、姚鼐的远祖都是从江西婺源、浙江余姚等地迁徙来到桐城，使他们养成了遵从古人的传统道德而不懈追求的人格精神，进而形成“桐城派”的“文格”。“为文者有所法而后能，有所变而后大”，这对于我们今天仍然坚守在“桐城派”故土上的作家们，也是一句醒世之言。

安庆建城的历史追溯起来已有800余年，但在桐城派以前，安庆还没有形成真正的文学，或者说，不能使用“安庆文学”一词。“桐城派”大旗的扯起是在1777年（清乾隆四十二年），姚鼐在《刘海峰先生八十寿序》中，正式亮出了“桐城派”一词，今天我在《安庆六十年文学精品集》序言中也正式亮出“安庆文学”这一概念，相信在历史的流走中，这个文学概念也一定会发出自己亮丽的色彩。昔日的“桐城派”在文学史上散发了夺目的光彩，首先是“桐城派”勇敢地将小说描写方法引入到散文的写作中，使小说的表现力渗透到散文的语言里。“桐城派”散文的一个重要特点就是“气清词洁”，这也是今天安庆的作家们应该继承的汉语传统。只有为优雅的汉语而写作，才能为优雅的汉语而沉醉！

高尔基曾有名句：“风格即人”。而当时身处中国清朝时代的方苞、姚鼐等“桐城派”作家，又何尝不深谙其理？他们以“狷介自好”的身躯，来写“气清词洁”的文章，说明他们的心中有着一种不向传统低头、不向现实就范的精神与风骨。这种精神是长存的。我们的文学先祖就是在这样一片精神高地上起航，而有了今天安庆文学的滥觞。“桐城派”对于历史的影响一直延续到1919年“五四”运动的爆发，而举起“五四”新文化运动大旗的又恰是另一位安庆人。

从陈独秀到海子：安庆文学的“先锋”向度

陈独秀是一位中国的历史巨人，更是安庆的历史巨人。中国“五四”新文化运动从它诞生之始就具备了一种先锋性。其与西方的先锋文学运动几乎同时产生，它们都具有20世纪早期的激进文学运动的共同特征。作为“五四”新文化运动的总司令，陈独秀的先锋性毋庸置疑。或许，正是因为陈独

秀身上集聚了太多文学性的激进因子，才使他的政治思想也充满了激进因子。当然，谁也无法抹杀陈独秀对中国“五四”时期新文学的历史贡献。北大怪才余杰曾这样评价过陈：“他是一位革命家，而非政治家”，这句话对于文学性格的陈独秀恰切而中肯。

安庆太湖籍诗人朱湘，这位被鲁迅称之为“中国的济慈”的诗人，仅仅凭他从长江的轮船上跃身入江的行为，就可见其先锋之端倪了。让我们共同来赏读一段他留下的诗句：“就烧我成灰／投入泛滥的春江／与落花一同飘去／无人知道的地方”（朱湘《葬我》）。据说，他自杀前还朗诵过德国诗人海涅的诗。我们从朱湘身体落入长江溅起的水花中，就可以看到他的美丽诗行，是用行为写就的。因而罗念生感叹：“英国的济慈是不死的，中国的济慈也是不死的！”

在当代中国诗歌史上，安庆还有一位诗人——海子，他是最具先锋性的诗人。从生到死，他不过活了短短的25个春秋，然而他身后的大地年年“春暖花开”，无数的麦子为他铺就了再生的天堂之路。这个曾经让中国诗坛为之痛心的诗人，在故乡安庆的心里也整整疼痛了20年。如今，他的诗句，他的麦地，他的天堂，他的死亡早已成为人们长久讨论和中国诗坛集体关注的价值符号。因此，我们有理由说，安庆文学的先锋性从来就没有中断过，它一直持续不断地为中国文坛贡献着杰出的人才。在当今的中国诗坛，生活和工作在安庆的余怒，其先锋诗一直是国内外诗坛所关注的对象，并已赢得自己应有的位置。可以相信，伴随岁月的延伸，余怒的先锋性也必将延伸得更为遥远，更为辉煌。以上所举，仅是安庆诗人的先锋代表，综观今天的安庆诗歌，尤其和国内的诗坛比较后，我们会发现，安庆的诗歌一直充满了这种先锋性。

在安庆的作家群中，还站立着先锋的“另一极”——潘军。2000年，潘军回到故乡，面对着诚实的土地，满怀感情地说道：“安庆这块土地对我的创作有很大影响和帮助”，“调动我的不仅是作为安庆人、怀宁人的生活积累问题，更多的是我自己在这块土地上这么多年积累的东西所形成的观念的东西在起作用”，“小说中反映出的人物状态、行为方式在我看来与这块水土是有关系的。”潘军如此，绝大多数从安庆走出的作家又何尝不是如此？诗人海子生前曾说，他在乡村生活的15年，足够让他写作15年，令人可惜的是他事业未竟，英年早逝！在潘军的笔下反复映现着故乡的风景断片：石牌。罐子窑。梅子岭。安庆。这都是一个个真切的地理隐喻与文化隐含。从《独

白与手势》到《重瞳》，潘军在短短的六七年时间内，一举站在了中国先锋小说的前沿位置，并取得了令人瞩目的成就，这无疑使他成为安庆作家的一个骄傲。

抚摸着安庆文学历史上这些文学大家的名字，你不感到这块土地是孕育"先锋文人"的温床与母体吗？"先锋派通过加剧现代性的某些构成要素，通过把它们变成革命精神的基石而发其端绪"。中国"五四"以来先锋文学的发展也是如此。只有思想具有先锋性，才能写出先锋性的文学，思想和文学是人的两条精神轨道，在安庆起伏的丘陵间奔跃前行。这种一以贯之的先锋现象，相对于中国的其他地区而言，是比较少见的，这也是安庆文学一直昌盛的重要成因吧。不久前，皖江文化学者汪军先生和我谈起这种先锋性时，我们还共同商定，以后有机会一定共同编辑一个文本，书名就叫《先锋安庆》。关于安庆先锋性的历史境域与集体向度等具体问题，该是这本书的使命了。

当代写作：群峰与河流的交替并行

对安庆正在进行的当代写作做一点发言，这是相当困难的，也是需要胆量的事情。自1949年以来的安庆文学，犹如安庆天然形成的丘陵地带，时而可见其峰，时而可触其谷，呈现出一种起伏不定的创作态势。上世纪50年代，耿龙祥的小说曾经引起过国内文坛的关注，他的代表作《明镜台》发表于《人民文学》1957年1月号后，1983年第9期又予以重新转载，并加编者按，向全国读者推荐。这篇小说后被收录进《中国当代文学作品精选》（谢冕、洪子诚主编）、《中国新文学大系》短篇小说卷（王蒙主编）。这个时代以耿龙祥为代表的一批作家，掀起了建国后安庆文学的第一波创作高峰。

"文革"期间的安庆文学和全国一样，是一片乱象与低谷。那些政治符号的文学作品大多沦为政治的附庸品或传声筒。伴随改革开放的春风，安庆文学又激起新的一批美丽的浪花。这个安庆文学的新时期，主要以作家石楠、诗人陈所巨为代表。石楠于上世纪80年代发表《张玉良传》而走红中国文坛，一直到今天70高龄，仍然保持着旺盛的创作激情，她先后创作了《寒柳·柳如是传》《刘海粟传》《张恨水传》《陈圆圆·红颜恨》等17部长篇传记小说以及《生为女人》等长篇小说，累计约500万字（2006年中国戏剧出版社曾出版14卷本的《石楠文集》），成为中国当代最杰出的传记作家之一。著名诗人陈所巨自上世纪70年代末登上中国诗坛，以其阳光般的激情，成为中国诗人的中坚力量，到他2005年病逝为止，一生共创作2000余首诗歌；并与白梦共同创作了长篇小说《父子宰相》，独自创作了长篇小说《黑洞幽幽》，还有一批中短篇小说。中年早逝，但其一生创作可谓丰矣！2007年，安徽文艺出版社整理出版了7卷本的《陈所巨文集》。“陈所巨是个真正的诗人，视诗歌如生命的人”——这是白梦对她心中景仰的诗人的天籁之评。

安庆太湖籍作家熊尚志的长篇创作亦在国内产生很大影响。自上世纪80年代以来，人民文学出版社、四川人民出版社、北岳文艺出版社、安徽文艺出版社等社先后出版了他的长篇小说《处女坟》《野山风流镇》《骚乱》《乞丐世界》《祸水》《烟火人间》《神秘的妻子》《人与佛》《南唐后主》（上、中、下卷）等，多达十余部；发表《野火》《两面佛》《斑竹园》《古老的东方有一条龙》等中篇小说30余部，《戏痴》《书虫》《火风》《大师》等短篇小说约60余篇。最近几年，安庆长篇小说的创作一点也不寂寞。2007年，作家黄复彩由上海远东出版社推出长篇小说《红兜肚》，颇受国内读者关注与好评；桐城市作家协会主席、诗人洪放由诗歌、散文转而从事长篇写作，展现了惊人的爆发力，两三年时间内，连续出版5部反腐题材的长篇小说，成为国内当前官场小说代表性作家之一。青年作家陈进在大学读书期间，即公开出版两部长篇小说《固都》、《青春那么八卦》。其他作家不一一罗列。这些小说家们的创作在安庆文学的天空下犹如长河之奔涌，浪花之飞卷，展现出波浪壮阔、后浪推前浪的令人惊喜之势。

安庆文学创作集体或群体性呈现的另一半天空，属于散文作家和诗人了。自上世纪90年代以后，散文作家的创作已经扩散为普通作者的大众化写作。按照今天时尚的语言来说，是写作进入了全民化时代。安庆的散文作家可以用层出不穷来形容。如黄复彩、苍耳、吴忌、叶静、江飞、王子龙、洪放、魏振强、丁振川、张明润、郝健、陈少林、江南雪儿、钱续坤等等；从安庆走出的散文作家，如徐迅、江少宾、钱红丽、徐而缓、查一路、胡竹峰、周根红等，有些是国内的散文名家，有些是散文写作的高手。他们的写作交织起来，构成了绚烂多姿的多元化的天空。安庆散文作家的写作风格，如果我们从历史文化的大背景上来进行观照，你会发现他们呈现出一种难得的地域镜像和文化印记。这或许从“桐城派”就开始了的，只不过比较隐暗。没有细心的研究，就不会发现。桐城地处皖中，“山水奥区”，但清朝时的桐城东乡（现行政区划为枞阳县）与南京水脉相通，舟楫数日可达。因此，“桐城

派”的先人们接触较广，视野较宽，并不闭塞。“像方苞家庭早就迁居南京或其附近之六合。戴名世、姚鼐亦久居南京。尤其是左光斗被推为东林党领袖以后，方以智、方文、钱澄之等又都是复社领袖人物”，这些条件决定了桐城派文人精神的宽阔视野。故而，他们的文章既有丘陵地区那种天然的精致之美，又有着阔大地形上的雄壮之姿。现在，当我们铺展开来安庆今天作家们的散文作品，大多数依然是结构精致，语言秀美，有一股山水灵气荡漾其中。从安庆的精神内部来窥探我们的灵魂所在。反观从安庆走出去的徐迅、江少宾们，他们的作品既保持了安庆文学传统上的精致性，同时又能以一种瞭望的眼光打量安庆的山川、安庆的泥土、安庆的秋天和大地，因而他们的散文形态显得更为丰润一些。这是守望在故土上的作家和从安庆走出去的作家们散文作品的最大迥异之处。在安庆有“桐城派”这么好的文学传统，生活在或者曾经生活在这里的人是多么的幸福，因为我们可以从雄厚的文化土壤里起飞，可以站在文化先辈的肩膀上瞭望得更加遥远！

安庆的诗歌创作是安徽省的一方重镇，放在全国范围来看，也是一个诗歌大市。这是我最近参加第二届青海湖国际诗歌节时，听广州诗人黄礼孩说出的。虽然以前在多个场合，也听一些诗人、诗评家说过，但因我也是一位诗人，又是安庆人的一分子，就不好自戴高帽了。但在国际性的诗歌节上，礼孩不会戏言的，相信他的这个说法有他自己的判断。建国后早期出现的诗人有孙必泰、谢清泉、孔祥彪等；进入80年代以后，安庆的诗人如雨后春笋涌现出来：余怒、白梦、苍耳、王子龙、沙马、歌兰、吴橘、洪放、张建新、高嗣照、浪濯、木叶、舒寒冰、黄亚明等等。走出去的安庆籍诗人，如简宁、叶匡政、查结联、陈先发、祝凤鸣、周斌、漠子、汪治华、汪椿华、黄葵、魔头贝贝、那勺、邬云、许洁等，早已声播于国内诗坛，有些已属于“著名”级别。“安庆的诗歌有流无派”，“没有派的安庆诗歌倒也快活，可以自由地流淌在长江之滨的丘陵之地。”安庆诗人的作品中，共性的东西比较少，大多是个性的自由写作，多种风格生存于同一片土壤。

在当代安庆文学的发展中，还活跃着另外一支重要力量——文学批评。他们用自己的思想在作者、文本、读者这三维之间，构成了一种以理解为核心的平等、互动的相互尊重、相互敞开和相互交融的对话，进而生成一个双向的主体与主体的交融过程。安庆当代文学之所以在全国产生一定影响，与安庆籍文学批评家们的这一种努力不无关系。今天依然活跃在安庆这片故土上的批评家有王海燕、方锡球、余昌谷、汪祚民、魏远征等，中青年批评家

有苍耳、鲍红、江飞、陈宗俊等。更有一批安庆籍的文学批评家早已蜚声国内外，如王达敏、王彬彬、陈墨、石钟扬、程国赋、刘小平、杨四平、周斌、杨庆祥、何冰凌等等，而老一代的朱光潜、宗白华、舒芜则属于“大师”级别了。在他们文化评判的视野里，我们或多或少都可以看到安庆这片土地的文化身影，在他们的文字中晃动，成为比“根”更旺盛的生命力，推动着安庆文学从安庆走向全国。

……

江河泻地，日月潜流。这是安庆文学队伍一路走来的广阔气象。我们从海子到潘军，从300年前的“桐城派”到今天安庆的作家队伍，看到土地对于我们的那种强大束缚力就知道了，今天安庆人需要寻找的精神突破口。无论是海子诗歌中的“安庆意象”，还是潘军小说中的“怀宁背景”，都昭示了安庆人的精神与灵魂之途。当我们抬头仰望中国文学的历史天空，看见一只安庆的鹰飞过去了，这里的土地不会发出惊叫；当看到一群安庆的鹰飞过去了，这里的河流一定会又一次张开怀抱！

目　录

（以诗人姓名拼音为序）

白　梦

一往情深 …………………………（1）

思想和诗人 …………………………（2）

柏　羊

水中物 …………………………（4）

如果描述 …………………………（4）

鲍　栋

形制 …………………………（6）

交替 …………………………（6）

还乡 …………………………（7）

北　岸

仿佛有什么在灵魂深处闪动 …………………………（8）

挖藕的人 …………………………（8）

沙尘暴 …………………………（9）

毕　亮

家乡（组诗） …………………………（10）

苍　耳

大风天 …………………………（14）

一只手的叙述 …………………………（15）

这是孤鹜的 …………………………（17）

曹杰明

绝望的情诗 …………………………（18）

在大地的中央，低下倔强的头 …………………………（19）

曹永鸿

看不见的旅客 …………………………（20）

艾草 …………………………………………………………… (20)
查贵琴
振风塔 …………………………………………………………… (22)
查结联
磨难 …………………………………………………………… (23)
那个下午你在哪儿 …………………………………………… (24)
天空下的河流 ………………………………………………… (25)
长　歌
黑暗中,我的手在行走 ……………………………………… (28)
陈桂生
爱情演义 ……………………………………………………… (29)
水中的村庄 …………………………………………………… (29)
陈　红
眼睛长出一条河 ……………………………………………… (31)
陈所巨
我 …………………………………………………………… (32)
向日葵与墙 …………………………………………………… (33)
家乡的月镰 …………………………………………………… (35)
陈　汐
答谢十月 ……………………………………………………… (36)
陈先发
丹青见 ………………………………………………………… (37)
隐身术之歌 …………………………………………………… (37)
鱼篓令 ………………………………………………………… (38)
天柱山南麓 …………………………………………………… (38)
陈晓松
诗魂
——端午节写给屈原 ……………………………………… (40)
陈新生
池塘离骚 ……………………………………………………… (42)

陈宗俊

典籍 …… (43)

炸糍粑的女人 …… (43)

重阳的月亮 …… (44)

程　刚

寻找 …… (45)

储国斌

想你的时候,吹响葫芦丝 …… (46)

黛　云

井 …… (47)

雪域的歌 …… (47)

丁春葆

一杯水 …… (49)

丁　文

野渡 …… (50)

晚秋 …… (51)

春天 …… (51)

丁振川

地址上居住(组诗) …… (53)

耳　东

乡村记忆 …… (60)

有七棵银杏树的风景画 …… (60)

方佳节

秋月 …… (62)

落日 …… (62)

方文贵

问苍茫大地

——写在5·12汶川大地震后 …… (64)

方文进

初春 …… (66)

回望花鸟岛 …………………………………………………… (67)
在十一月 ……………………………………………………… (68)
方文竹
春天的词与物 ………………………………………………… (69)
皖东南之夏 …………………………………………………… (70)
高鲴照
秋日　抵达河流 ……………………………………………… (71)
梨花清白 ……………………………………………………… (72)
紫薇花开 ……………………………………………………… (73)
歌　兰
黑雪（序） …………………………………………………… (75)
墟 ……………………………………………………………… (76)
海　子
亚洲铜 ………………………………………………………… (77)
给安庆 ………………………………………………………… (78)
祖国（或以梦为马） ………………………………………… (78)
面朝大海，春暖花开 ………………………………………… (80)
四姐妹 ………………………………………………………… (81)
春天，十个海子 ……………………………………………… (82)
郝　健
比天空自由的是飞翔 ………………………………………… (83)
何冰凌
果园里 ………………………………………………………… (87)
木樨地 ………………………………………………………… (87)
四月之痒 ……………………………………………………… (88)
何恩鸿
风雨之夕 ……………………………………………………… (89)
斯人 …………………………………………………………… (90)
黑　光
山上对话 ……………………………………………………… (91)

岸上岸下 …………………………………………………………… (91)
洪 放
苍茫(组诗) ……………………………………………………… (92)
胡子博
柔软或什么 ……………………………………………………… (94)
黄德义
哭墙,玫瑰,耶路撒冷的火焰 ………………………………… (95)
叶子就站在秋天的高处 ………………………………………… (96)
黄亚明
心灵史(组诗) …………………………………………………… (98)
黄 涌
夜雨寄北 ……………………………………………………… (101)
春日 …………………………………………………………… (101)
贾 妍
重复 …………………………………………………………… (102)
简 宁
龙灯舞 ………………………………………………………… (104)
打谷场上 ……………………………………………………… (105)
地下的话语·花生 …………………………………………… (106)
夜晚降雪 ……………………………………………………… (107)
事物之诗 ……………………………………………………… (107)
江锡玖(儿童诗)
春天的耳朵 …………………………………………………… (109)
蝴蝶 …………………………………………………………… (109)
种麦 …………………………………………………………… (110)
大地的故事书 ………………………………………………… (110)
金国泉
秋天的思想 …………………………………………………… (111)
我每天都…… ………………………………………………… (112)
正午 …………………………………………………………… (113)

金肽频

太平洋的花与树

——兼给妹妹 ……………………………………………………（114）

春天，马的骨头绿了 ……………………………………………（115）

以火为浴 …………………………………………………………（116）

金小敏

春 …………………………………………………………………（118）

浪　濯

一粒微尘 …………………………………………………………（119）

交还 ………………………………………………………………（119）

等待是一只闹钟 …………………………………………………（120）

雷元胜

回家过年 …………………………………………………………（121）

李百灵

拯救

——为爷爷引灵 ……………………………………………………（123）

偈 …………………………………………………………………（127）

李　皓

献诗：河流 ………………………………………………………（128）

李　珺

在屋檐底写下唯美的承诺 ………………………………………（130）

李莹滢

小城之春 …………………………………………………………（131）

林　琳

日记［2008年05月20日］…………………………………………（134）

阴，雨 ……………………………………………………………（135）

刘　芳

散步的猫与绝望的男人 …………………………………………（137）

刘鹏程

大风来临之前 ……………………………………………………（138）

风把遥远的事情吹来 …………………………………………………………（139）

刘小平

我们时代的精神图谱（五首选三） ……………………………………………（140）

罗　巴

今天我像花开在纸上 …………………………………………………………（144）

一只豹子注视非洲大陆 ………………………………………………………（145）

发亮的河

——献给我的父亲和母亲 ……………………………………………（146）

老家 ……………………………………………………………………………（148）

魔头贝贝

小疼 ……………………………………………………………………………（150）

像一个祈祷者 …………………………………………………………………（150）

木　叶

那些刚刚起身的亡灵…… ……………………………………………………（152）

华年如水啊，美人真多 ………………………………………………………（153）

小叙事：福德 …………………………………………………………………（154）

那　勺

消融 ……………………………………………………………………………（156）

雨水滴答 ………………………………………………………………………（156）

一天或者其它 …………………………………………………………………（157）

牛慧祥

即景 ……………………………………………………………………………（158）

即景 ……………………………………………………………………………（158）

即景 ……………………………………………………………………………（159）

潘　红

废墟下，也是家 ………………………………………………………………（160）

戒指 ……………………………………………………………………………（160）

潘漠子

诗人的深圳生活 ………………………………………………………………（162）

钱柏生

老街 …………………………………………………………………… (168)

老人 …………………………………………………………………… (169)

钱启贤

山里的小花(三首) ………………………………………………… (170)

乔　浩

去看海 ………………………………………………………………… (172)

8月18日:诗歌日记 ………………………………………………… (172)

秋思 …………………………………………………………………… (173)

沙　马

很多时候我是不说话的 …………………………………………… (175)

今天没发生么 ………………………………………………………… (176)

这些天 ………………………………………………………………… (177)

我变得犹疑 …………………………………………………………… (177)

邵　勇

不可触摸的幻想 ……………………………………………………… (179)

石玉坤

桃花汛 ………………………………………………………………… (180)

古镜 …………………………………………………………………… (180)

观杨丽萍舞 …………………………………………………………… (181)

史劲松

江边,夏日的暮晚 …………………………………………………… (182)

两只萤火 ……………………………………………………………… (183)

季节的伤痛 …………………………………………………………… (184)

舒寒冰

飞机之歌(十首选六) ……………………………………………… (185)

思不群

一只伸出的手

——纪念汶川大地震 ………………………………………………… (188)

一只用旧的水龙头 …………………………………………………… (189)

青衣与青花 …………………………………………………… (189)

斯俊华

生活杂喻 …………………………………………………… (191)

脖子和金项链的哲学 ………………………………………… (191)

从一棵树到另一棵树 ………………………………………… (192)

孙大顺

那掩饰太久的一丝冲动 ……………………………………… (193)

檀　亮

挖掘(组诗) ………………………………………………… (194)

汤琼花

妹是南方的女儿 ……………………………………………… (198)

这样的孤独 …………………………………………………… (199)

今夜,生长 …………………………………………………… (200)

我梦见一只忧郁的小马 ……………………………………… (200)

汪椿桦

五个人的尼采 ………………………………………………… (202)

岩石上的罗雷莱 ……………………………………………… (203)

云朵 ………………………………………………………… (204)

汪定节

水 …………………………………………………………… (206)

汪　军

枣子 ………………………………………………………… (207)

汪治华

风声 ………………………………………………………… (210)

打马向北 ……………………………………………………… (210)

皱纹 ………………………………………………………… (211)

王春香

瀑布 ………………………………………………………… (212)

茶叶 ………………………………………………………… (213)

王恩乾

观黄梅歌舞

——《孔雀东南飞》…………………………………………(214)

新世纪:灯盏(组诗) …………………………………………(215)

王忆贫

春天跟我们走 ……………………………………………(217)

黑色的悼念 ………………………………………………(217)

王永军

海边 ………………………………………………………(219)

王子龙

正午的拳头 ………………………………………………(220)

我不由自主地走过一日 …………………………………(221)

细微的声响 ………………………………………………(222)

邬　云

可爱的白房子,容纳了我所有的错误 ……………………(224)

产房 ………………………………………………………(225)

在大雪中挽留住花朵 ……………………………………(226)

吴桂英

存在 ………………………………………………………(228)

给菜农 ……………………………………………………(229)

2004 年的最大月亮………………………………………(229)

吴国珍

木工房 ……………………………………………………(231)

吴　橘

我和叫翠的丫头 …………………………………………(233)

吴先耀

电剃刀 ……………………………………………………(234)

蛐蛐 ………………………………………………………(235)

惊蛰 ………………………………………………………(236)

吴雪梅

答案 …………………………………………………………… (237)

门 ………………………………………………………………… (238)

吴昭元

水和泥土 ……………………………………………………… (239)

躬耕 …………………………………………………………… (239)

夏春花

第三面 ………………………………………………………… (241)

12 月,大风吹 ………………………………………………… (241)

这时 …………………………………………………………… (242)

夏余才

世界有时是空的 ……………………………………………… (243)

我可能已经遗忘 ……………………………………………… (244)

谢清泉

江南小镇 ……………………………………………………… (245)

山乡的彩云 …………………………………………………… (246)

徐后先

母亲的叙述 …………………………………………………… (248)

棉花 …………………………………………………………… (249)

徐勤林

抚摸 …………………………………………………………… (250)

误区 …………………………………………………………… (250)

许　洁

炊烟 …………………………………………………………… (252)

我记住了那幅闪亮的画面 …………………………………… (253)

沙县面 ………………………………………………………… (253)

雪　阳

另一种生活 …………………………………………………… (255)

杨　麟

风会把多余的事物带走 ……………………………………… (257)

换一个角度去讲述 …………………………………………………… (257)
世界慢下来 ………………………………………………………… (257)
杨庆祥
这雨落下来 ………………………………………………………… (259)
微微 ………………………………………………………………… (259)
芒果 ………………………………………………………………… (260)
雪夜读《搜神记》 ………………………………………………… (261)
杨四平
"你猜我是谁?" …………………………………………………… (262)
傍晚 ………………………………………………………………… (263)
查湾的太阳
——给海子 ………………………………………………………… (264)
杨松杰
玻璃家族 …………………………………………………………… (266)
杨卫列
成名前后 …………………………………………………………… (268)
叶邦宇
灯笼 ………………………………………………………………… (271)
静止的装饰 ………………………………………………………… (271)
在你的办公室里 …………………………………………………… (272)
十二匹母马 ………………………………………………………… (273)
叶匡政
第二粮食仓库 ……………………………………………………… (274)
塑像 ………………………………………………………………… (275)
银行 ………………………………………………………………… (275)
城市构成 …………………………………………………………… (276)
叶守春
古榕 ………………………………………………………………… (277)
叶　臻
沙漠里的树墩 ……………………………………………………… (279)

用一朵桃花做白发上的灯盏 …… (280)

余　怒

守夜人 …… (281)

交换 …… (281)

轻信之年 …… (282)

刺猬论 …… (283)

张建军

秋天的柿子树 …… (284)

白崖寨 …… (285)

张建新

小剧院 …… (287)

汲水 …… (287)

月光光 …… (288)

张　健

像一只鼠标 …… (289)

张劲松

一朵花独自开在海上 …… (290)

两只蝴蝶 …… (290)

虚拟的静谧或于山 …… (291)

张太成

幻想 …… (292)

烂苹果 …… (293)

张　宜

民工大特写 …… (294)

飞行与遗忘 …… (295)

张　颖

若然 …… (299)

章耕由

在雨夜里行走 …… (301)

我身体的光芒 …… (302)

忏悔 …………………………………………………………………… (303)
章晓勤
野径 …………………………………………………………………… (304)
周　斌
她是坚硬的少女 ………………………………………………………… (305)
它像风一样的追我 ……………………………………………………… (305)
雨中的祖国 ……………………………………………………………… (306)
爷爷 …………………………………………………………………… (307)
周根红
纸上的声音(四首) ……………………………………………………… (308)
周　庆
奔 ……………………………………………………………………… (312)
工具 …………………………………………………………………… (312)
周习文
桂 ……………………………………………………………………… (314)
菊 ……………………………………………………………………… (315)
梅 ……………………………………………………………………… (316)
周玉冰
夜里,鹰在盘旋 ………………………………………………………… (317)
祝凤鸣
枫香驿 ………………………………………………………………… (318)
所见 …………………………………………………………………… (319)
冬天,在我的家乡 ……………………………………………………… (319)
青桑地 ………………………………………………………………… (321)

白　梦

一往情深

向日葵在静默的时候心思饱满
我因一颗模拟果实而充满希望
忘却年龄
忘却内容之外的一切形式
青春因皱纹的消失日渐回返

我在神话境界
找到另一半自身
再不害怕孤独
再不祈求命运
同一张日历卡上
我们是两张黑白照片
苦苦相望

乌鸦在古代的太阳里面
作没来由的污蔑
而我还是要以太阳的形象描绘你
给你无限光明
给你绝对高度
然后把自己想象成月亮
温柔恬静缘自你的照耀
希望再一次成为凤凰鸟

花朵因果实而凋零
教徒因信仰而朝圣
我因你而完成自身
历经磨难　一往情深
在生与死的区间里
在命运之上
绝不祈求恩赐
绝不害怕惩罚

（选自《星星诗刊》1998年第2期）

思想和诗人

用思想走路
有时候思想就是路
诗人　那是一种单纯而敏感的动物
诗人的思想就是薄薄的一张纸
但那张纸就是许多人的路

诗人死了　他的诗歌和包含在诗歌中的思想
就成了海滩上的贝壳
被一代又一代的孩子们捡拾
孩子们因此知道海是咸的
血和泪是咸的
思想也是咸的

阳光让诗人长高
像那些在阳光中不声不响悄悄长高的乔木
和地里的小麦
诗人们不知道乔木和小麦与自己有什么关系
但他们的诗歌知道

诗歌往往比诗人更智慧

我的诗在阳光下
它在阳光下出现就显得苍白
我同样在阳光下长高
像那些杂草和杂树　像那些很想长高的石头
我知道我的思想在土里
是土里含量不多咸咸苦苦的盐

（选自《2005 年中国年度诗歌》，漓江出版社，2006 年 1 月一版）

柏　羊

水中物

桥向两边弯下去，我对自己
的位置暂时不能确定。看水时
引发的晕眩，是影子
最诚恳的忠告

如果我也是影子，肉身赋予的行为
纯属偶然
谁又不是偶然呢

桥两边必是堤岸，归宿感越裹越紧
多年来的来回走动
是两个人。
夜深人静时对我的深情唤呼

如果描述

一个女人当然是陷下去的
事物被仔细端详
陌生感。尺寸，花边，构成的多样性
如果叶子上沾满露珠
我不去歌颂一种错误举动

深夜患上眼疾
被搅了的酒局上，两个人互相打量
两个，熟悉的陌生人，
打开器官，把话题挑明。

鲍　栋

形　制

越绿越苦，越黑则越轻
茶泡了一天　你的甜躲入了暗处

甜的东西也是圆的东西。嘉宾小姐
圆号和口哨
救生圈摹仿着环状岛屿　比如
拥有囚徒形式的酒徒

使铁在铁锈里被淡忘　而水分
被波纹密封

泳池里的水
是有身体的水　一干涉
就出现疤痕　瘙痒　痛与疼

交　替

蝉隐瞒了外壳　他乱了方寸　作为一个半大的孩子
他始终尝试着缩小母亲

叫他的小名　把鸟类叫做鸟儿
这是简单的道理

带上手套　就换了一个手势

衣服裁成身体的式样　女孩们互相模仿
在暗处节制　使我紧张

基本上我是个形式主义者
喜欢花与花瓶　风与风筝
喜欢他们与我局部的对称

还　乡

果皮、蚊子和一盆脏水
这些凑成了街道　他正在那里长大
紧跟着我

看见我出门　他模仿我
换一只鞋
我回来　他依然穿着那一只

旅行稍稍改变了发型　他发现了捷径
推翻了箱子
建立了柜子
像木匠一样地直接

所以形状是说不清的一块口香糖
而不是裸露的甜蜜的梨子

（选自民刊《不解年刊》2007 年卷）

北　岸

仿佛有什么在灵魂深处闪动

高原花
三月的高原　千万盏
金黄的、小小花朵
推搡着　沿春天的海拔
一路飞奔……

这些做梦都想飞起来和花朵
普通　朴素　默默无闻
就像高原上千千万万的父老乡亲
被天空捂住一生

当他们有一天真的升上天空
仿佛一粒粒微尘
曾经有过的香气　在时光里
慢慢散淡……

挖藕的人

冬天的河滩　挖藕的人
半截身子陷进碎冰里

北风压着地面　刀子般地吹

漫天的芦苇　遮掩不住花白的发须
手抠进乌黑的泥里　腰
弯成一张弓　仿佛要
弹出去……

一粒草屑吹进我的眼睛
模糊中　我看见挖藕的人
每次转身　沉重　迟缓
又铁一样坚定

沙尘暴

地暗天昏　这个世界
仿佛除了沙子和尘土
就只剩鞭子一样的风　风抽打着风

大风旋起沙子　沙子挤撞着沙子
象密集的子弹　穿透我的心脏……

山梁上　一个人
跪在黄土里　扶起被风沙埋住的禾秧
他的腰弯了一万次
高原　跟着抖动了一万次

（选自《星星诗刊》2009 年第 2 期）

毕　亮

家乡（组诗）

桐　城

我把自己丢在哪里
等着背我回家的人，他在绞稻草
或者在遥远地方种植茶树
风把我带出来却没有回去
八样景色的地图没有单调
相互碰撞而没有争吵
一个地方显得幽静，连鸟群都低鸣
夏天又来到桐城
赤脚的孩子买冰棒，拣桃核
时间一层层重叠，把我挤到外围
然后小手指被镰刀划伤
疤痕在十五年后还在
门前梨子被鸟啄过的小洞
安放整个青春
那些知了早早鸣叫的日子，竹竿和网兜
都被收在门后，站满人的榆树下
扇子的声音让夏天的睡眠变得恍惚
曾经登过一座山，把它想象在孔镇
那些刻着字的课桌
和我一同被丢在一个梦里

新安渡

渡口　船只已经被收藏
黄沙躺在河滩抚摸河水
多年前，新安大河源头
一个孩子放飞风筝
五十年或者更久
跟着断线的风筝又回来了
新安渡的痕迹很多人捉摸不到
就走进了黄土

童　庄

菜园里的萝卜记住了许多事
一只狗在捉自己的影子
黄鼠狼偷吃雏鸡
阳光和风扯着桐树
村庄名叫童庄
一窝蚂蚁追着另一窝蚂蚁
猫在黄昏做了一个长长的梦
拴在山上的牛都回栏了
那只狗还在紧盯进庄的陌生老人
半个世纪前早晨的一场炊烟
固定了村庄的根

青桐还没老就盖住了屋顶
风　只有风
带走家园荒芜留下花朵看守那根木头
没有医不好的伤
童庄愈合一切伤口
好多树长在一座山头
一个坟墓上长一棵树
剩下的事情　田里的稻子

开垦一条河

龙 眠 山

长成了山
就永久地

龙睡着了
我睡着了
做着一样的梦
昔日龙眠今不眠

家族的山
从出生就口口相传
很多回声就这样流传到现在
才被记载
成了一种永恒

一路向南的风停在桐树林
停在龙眠山
欣赏龙睡姿
几个世纪就过去了

在一个山上盖一座茅庐
隐居，在多年前是一种无奈
龙眠山的呓语
写成文字
就占据着二百年的历史

六 尺 巷

六尺有多远
走了四千公里还没出来

从小就熟知一个故事
一直走到现在
途中经过的树有相俯的多吗
那些守护只有六尺的巷子
我想去看看，却总是走得很慢
把自己固定在一封家书里
仰望那首石刻的经典诗作

对她，我无限熟悉
都走了那么远的路程
才在一幅图片里到达

苍　耳

大风天

大风起时很神秘，它的翅膀拍打我们的
翅膀。郊野被越吹越近
而我们被越吹越高，以至于窥见
许多平凡事物的隐衷。

树上的疤痕被吹成了灯盏
生灵的气息吹拂着生灵。
话语从唇边急速消失，现在适宜表演
哑剧，以水稻和草叶作我们的图腾。
你的纤指在空中弹奏
一只鸟又一只鸟。
我们涉水过河，在河心碰见
贝多芬那块大石头
和凡高喂养的乌鸦。

爱让我们恍惚、迷离，在风中
认不出自己。

大龙山，大龙山。可是迎面
却是“月山，欢迎你”。
春天呵，多么好。在大风中飘飘荡荡
你可以尽情猜想命运之神在抚摸、呵气
它让鸟返回，而无边草意
在波动、扩伸，让心敞开。

风信子迎面绽开一如我们自己，
许多平静的事物又回到我们心中。

1988. 09. 07

一只手的叙述

一只手的叙述
是夜晚的树枝被风刮断。

叙述从窑场的一只蜥蜴开始：
一个窑工、两只乌鸦和三个时间法官
将 1976 年的萤火虫问题
重新对质。

每过一年，一个死去的年代
就驶近一步。烙入砖面的
一只手，它干枯的
叙述被潜鸟的叫喊延伸，它在八月
月蚀之夜，收获十七年无人收割
的苦荞和镰刀的残缺
并将一个农妇喝剩的农药瓶子
灌进清水。

它以旷野无人称的霜降方式
缓缓讲述。靠近
死者和婴啼的词语会
被油灯抹成昏黄。
“第一人称被臭袜子套着。
剩下的，在红色油漆下
已变得面目可疑。”

在冬夜，它戴上丢弃多年的
破手套，进入我的房间
敲打暖气管道。
然后轻轻抚摸我的肉体
并搓下上面的
黑色稗谷，放入准备
已久的信封。“哦冬天，冬天
谁还这么惊慌?”

它开始剔除指甲缝里的尘垢，
像斟酌心爱的词语，毫无痛苦。
但它指述的狗
只剩下骨头，它指述的
侏儒已长高了一寸。
而未及指述的秧女
已在酒吧间
烂掉了一片叶子。这正如
几只跳蚤，在四月
用哲人的语气大声说话。

一只手的叙述将窑火
封闭在它的
内部。很多年了，尘土代表
不曾消失的命运，粘满
流水的指纹。一遍又一遍，
它用腐烂的
芭茅叶遮住自己的脸。
“睡吧，孩子们。”
哦萤火虫是唯一的证人。

1996. 09. 11

这是孤鹜的

这是孤鹜的十一月。在江边
一条并不存在的路涂满了
冬日的余晖。可是孤鹜突然
飞出了这叠手稿。

你所怀念的东西遗忘了你。
空气中弥漫着离群索居的浓烈气味。
仿佛没到达什么地方
你就双眼昏花了。
事情就这样简单。

你所渴望的东西猛呛了你。
但那并不是你的失败。不是的。
当疑问摇晃着防洪林而一阵昏黑
击响它掉下来，你看见
云路慢慢转暗。为什么它不能
在你的内心冻结出足够的冰雪
以便考验树枝在判决中的坚韧度？

你所丢弃的东西拯救了你。
是什么寂寞或懊恼将你保持在
大地上最卑微的事物中间？
在镜中，独木桥、麦子和溯流之鱼
被河流带起向上涌荡
试图接近江天，那孤鹜的十一月。
但这不是你的，却可以被你
痛饮在今夜的风中。

2006. 03. 12

曹杰明

绝望的情诗

大地的唇边　沾满枯草
母亲脚下的尘埃　荡起苦难月光的尘埃
拖拉机运也运不完的尘埃
母亲啊，三月，故乡的春天被烟熏黑
黑色的潮水　黑色的闪电
黑色的石头墙根　黑色的轮轨
河流在城市的上空漂浮
挤满兄弟姐妹的火车在飘浮

母亲啊，三月　绝望是春天里
没有桨声的一条船
火红的风　贱民的眼泪　野兽的
欢歌和口水
桥梁早已烂掉
没有路能带我回家
没有路能带我回家
母亲啊，三月
父亲昨天的力量已荡然无存
即使在黑夜他也点不起火把

心在死去
田野的温暖在消逝
没有大雁往南飞

猫不再上树
推土机在奔驰
穷妈妈在失去丈夫

母亲啊，三月　绝望是春天里
没有桨声的一条船
我怀里的河流只剩一声叹息
什么时候　有雷声从远方响起

2005. 01. 01

在大地的中央，低下倔强的头

在大地的中央
低下倔强的头
父亲
我骑着快马奔向你鲜花盛开的心脏
十面八方的风
庞大的你的衣裙
我扬起身
迎接香味

在我身后
是锈迹斑斑的绝望旅途

我不再犹豫
不再傲慢
不再夸夸其谈
低下倔强的头
在你鲜花盛开的心脏
2005. 06. 07

曹永鸿

看不见的旅客

雨中的乡村。有两个外省的诗人在巷子里行走
他们坚定、互为，像真正的兄弟
像真正的英雄。树。灯光！

有一盏灯光从我窗子里斜斜射出
它的边缘刚好落在他们的身上，像两件
将要滑落的披风
我无法看清他们的脸。

子夜零点。我在一所沉默的旧房子里沉默
开窗远眺，抽劣质香烟
想着那两个我今生再也无缘相见的外省的诗人

（选自《安庆日报》1997. 10. 15）

艾　草

艾草爬上门楣。河水闪亮
发出　我们一生的声音……

哦，多么廖廓、明亮、迷惘——
一年复一年，我们留住了什么？

三只渔舟，两点雨燕，一株
口含清水的艾草爬上门楣

像大师落下的几滴墨迹。它的空白
白不过我的病痛

就这样伫立。在另一些黄昏
向河水发出质问

西绪弗斯的石头慢慢慢慢爬上山巅
但它在深夜还会落下

“快回来吧。”你在屋里轻轻呓语
艾草的屋，我们隐避一世的衣裳

又破又烂。炊烟
是你留不住的女儿

我怎能忘记：
你在南山割下艾草

这最后的仓廪。比你的艾草
更苦的艾草

（选自香港《当代诗坛》第 33 期）

查贵琴

振风塔

沉默于喧嚣的江水边
八角铜铃摇响古老而神秘的
传说
伟岸的身躯
曾是贺卡上经典的风景
一次次瞻仰你的容貌
一遍遍行走梦的边缘
烟波流转　红尘奔波
独倚远眺　白帆悠悠
悟了轮渡导航的真谛
白云以闲暇的姿态探访你
我用虔诚的信仰靠近你
城市的沧桑在眼底走过
世间的轮回在心底流传
佛光点化中
敲响暮鼓晨钟
尘世多少美好的心愿
在缕缕青烟里蔓延

（选自《皖江博览》2009年第2期）

磨　难

初时，你像一排排黑浪
汹涌死亡的泡沫我仿佛看到一只只鹰隼
正俯冲而下
啄食我尚留余热的尸体
灵魂也化为一缕轻烟

这只是一种臆想
其实我仍牙痛着心跳着新陈代谢着
于深深的自责和痛心疾首中
忽然想起那句关于生与死的警句

我惊讶地发现
太阳仍高悬于天幕
底色仍那样亲切地蓝
小河之水如同我仍流动的血液

故而倍受鼓舞
长吐一口忧郁
两行咸涩涌出眼睑
真实地看见你仓皇逃走的脚步

那个下午你在哪儿

疲惫的夕照窒息着每片树叶
风叶回家了
只有孤寂落寞的我
兀立郊野的萧索

你不是说
要与我一起远离人海
体验一番尘世的荒漠与恬淡么？
哪怕只有一刹
但现今你在哪儿

在这样一个下午
在这样一个下午行将结束的前沿
只留给我
你苍白如纸的邀约
和业已化为烟云的允诺

幽蓝的天穹从乌黑的云朵
挤出半边幽暗的鬼脸

那是告诉我
在这样一个下午
这荒郊野地上演的，绝不是
一个凄凉哀婉的爱情故事
而是一声沉重的喟叹
跨过世纪的时空
敲击我痛楚枯裂的心灵

黑暗正向我走来
仿佛看见一点萤火
闪闪烁烁高挂我行将启航的桅顶
那是我仅有的一星光明

如同折叠一片开始泛黄的书签
我将你连同这个下午
毫不迟疑地夹进昔日的诗集
永不开启

（选自《安徽现代诗选》，中国文联出版社，2004年月3月一版）

天空下的河流

亿万斯年。
亿万斯年就这样匆匆奔流
流动橙红，流走黎明
流动白炽，流走正午
流动褐紫，流走黄昏
泛滥金色光芒的波涛
沐浴世代洁净的记忆
东方古老的天空
投映上斑斑驳驳曲曲折折的
沉重的影子
天空下古老的土地
跌跌撞撞地遗落下
一条悠长湿亮的银色道路

这条闪烁永恒辉光的道路
携带光明之舟

黑暗之舟
亿万斯年时时刻刻显现着
古老的银亮
你是否听到
那起起伏伏的船夫号子
那峰峦间雄深沉的回声
你是否看到
那么多并不响亮的名字
那么多精灵般腾跃的血肉之躯体
……呼吸的腥涩，胸膛的铁锚
涛声的宏亮，木桨的强劲……
咯咯嘣响的牙关
拽紧了对命运之神的叛逆
也拽紧了自己颠簸的命运
东方古老深沉的天空下
银亮的道路
昭示生命的顽强
希望的生长

道路沸腾汹涌地载负着
无数平凡淡然的日子——
日出而作，鸡犬相闻
日落而息，炊烟袅袅
那青灰屋脊下蛰伏的恬静
启齿浅笑频频传送的温馨
那夜幕笼罩的小狗的歌声
月光哺育的深情的摇篮曲
因了这朴素的平凡淡然
东方古老的天空
永远蔚蓝永远洁静高远
古老天空下的道路
永远宽阔永远畅通直前

因了那么多高贵的头颅
不时将历史的洪钟重重撞响
东方古老天空下的道路
永远坚实永远充满沸腾汹涌
因了那么多素洁缠绵的情爱
每一艘船只都不时拉响
那致以崇高敬意的汽笛
每一腔炽热的青春热血
都在沸沸扬扬火红灸人
东方古老天空下的道路
世世代代都有伟大不朽的子民
都有东方民族充满爱的魂灵

亿万斯年。
亿万斯年就这样匆匆奔流
吞吐古老的东方之月
东方之日
东方古老天空下古老的天地
湿亮的银色道路永远闪烁
永恒的辉光

（选自《安徽文学五十年·诗歌卷》，安徽文艺出版社，1999 年 11 月一版）

长　歌

黑暗中，我的手在行走

停电了，
面对熟悉的黑暗
我只能凭着体内唯一发光的金属
找寻回家的路

有谁知道？
那上天恩赐的金属
那上天恩赐的黑暗

我的双脚无节奏地挪移
是的，我很小心

但有时，
左脚尖还是踩到了右脚跟
我的双手空空
我的身躯充斥着外表的温度

一些纤细的金属
体谅着眩晕

停电了，
熟悉的黑暗中
我的双手在行走

（选自《安徽现代诗选》，中国文联出版社，2004年月3月一版）

陈桂生

爱情演义

爱情是一个人走进另一个人世界
爱情是一个人和另一个人的厮守
古代的经典爱情是私奔或殉情
是贞洁牌坊或赐烈女白绫一条

现代爱情不再是两个人的事
也可能是三个人的事
四个人的事
……

水中的村庄

八月的村庄
遍体水伤
犬吠与炊烟
移至高高的山冈

昔日寂静的渡口
挤满精壮的汉子
他们从远方返回家乡
拯救粮食和亲娘

水中的村庄
一代一代的村民
在这里繁衍生息
用躯体化为泥浆
延续村庄的世纪

在他们的目光中
有比目光更执着的坚定

水　一次次上升
又一次次在脚下退却

陈　红

眼睛长出一条河

我从这样的一个下午走到另一个下午
轻轻地抚摸
眼睛里的故事
它早已习惯疼爱于我
习惯于在每个清早的孤独
习惯于在每个黄昏的伤感
有时遭受挫折后
我无法抵达它
它会温柔地衔着我的头
慢慢地哄我
另一些时候
我压低声音轻轻地呼喊
眼睛长出一条河
找不到回家的方向
那时它会高喊着我的名字　驮着我
淌过那条河让我睡在大地母亲的怀抱

陈所巨

我

我，土地的儿子，
一个年轻的农民。
像一株枝干黑褐的小叶杨，
吸吮着大地的乳汁，
健壮得十级风也吹不倒。
伸着枝叶，承受着雨和光。

我来自大地，
像大地一样浑厚、善良。
我坚强的手臂能托起
一个太阳，一个月亮，
和一个丰裕的粮仓。
我的胸脯能开垦种植
夏天的葱绿、秋天的金黄。
我的心储存着十亿卡地热，
眼，明净得象发亮的池塘。

青春的紫藤正吊满花朵：
爱情、幸福、向往。
我知道我青蒲般旺盛的黑发
会变成深秋的芦花。
我知道土地创造我，
最终还要将我收藏。
但太阳从我身上蒸发的水气，
将是云、是雨，留在海洋。

微风录去我细微的呼吸，
也许将留在哪一片绿叶上。
而我所爱的一切，
我所创造的一切，
也将长留世上。

我，大地的儿子，
一个年轻的农民。
我是组成大地的一粒微尘，
我是一朵金黄瘦小的满天星。
我的任何一个器官，
都感觉到泥土的芬芳。
我的心装着一个博大的世界，
一个建立在土地上的蓼，
一切都在这个黧黑的、
坚实、丰腴的土地上。

（选自《诗刊》1981 年第 2 期）

向日葵与墙

向日葵
灿亮如痛苦的日轮
灿亮如战栗失落的受伤之月
在我们这片敏感的土地
被熏染的血红色快慰
植根于丰厚黑夜
我看见自己的手在风中
想要抓住什么

有一堵墙与很多堵墙

多墙的土地上姓名被保存
安全感良好
向日葵
在围墙之内
被墙体压迫
扭动面颊，总是张望
为渴望中的风光

不知道墙外是什么
太想知道墙外是什么
太阳破碎火焰流淌
火焰是神话的舌头
色彩是光线的情愫]
墙体是历史的肚皮
向日葵
如火如荼
在神话之上
在阳光之上
在历史之上

某个早晨，终于发现
被墙体层层包围
重重叠叠坚厚高峻
向日葵
低下头颅
开始不惑

（选自《人民日报》1989年6月）

家乡的月镰

很多个秋天了
家乡月亮依然锋利
家乡泥土依然新鲜
家乡水依然是浊黄颜色

弯弯的月镰
弯弯一盘夜的灯火
一年十二个月　十二个月都有
月圆的时候
家乡的月镰那时候就是
一张脸
悬在窗前　让人思乡

被秋风冷落的土地
被镰刀收割的稻麦
依然　有一弯月
被目光磨得很亮
家乡的月镰　在天上
四周是一片墨青的海

（选自《人民文学》1997 年第 11 期）

陈　汐

答谢十月

十月　我将以全部爱心
答谢阳光和草木
答谢农业的丰收和城市
崭新的微笑
以及那些让我纯粹的
透明的诗歌

所以道路通向成功
我因此保留一份坎坷
所有花朵会成为果实
我因此保留一些苦涩
所有人都将获得智慧
我因此在稚拙的童年
保留一段令人发笑的记忆

在阳光中生活
花草一样馨香
我朴实无华的青春像一棵树
在明丽晴和的十月
以蓬勃的生命的态势
答谢天空和大地的赐予

（选自《安徽文学五十年·诗歌卷》，安徽文艺出版社，1999 年 11 月一版）

丹青见

桤木，白松，榆树和水杉，高于接骨木，紫荆
铁皮桂和香樟。湖水被秋天挽着向上，针叶林高于
阔叶林，野杜仲高于乱蓬蓬的剑麻。如果
湖水暗涨，柞木将高于紫檀。鸟鸣，一声接一声地
溶化着。蛇的舌头如受电击，她从锁眼中窥见的桦树
高于从旋转着的玻璃中，窥见的桦树。
死人眼中的桦树，高于生者眼中的桦树。
被制成棺木的桦树，高于被制成提琴的桦树。

2004. 10

隐身术之歌

窗外，三三两两的鸟鸣
找不到源头
一天的繁星找不到源头。
街头嘈杂，樟树呜呜地哭着
拖拉机呜呜地哭着
妓女和医生呜呜地哭着。
春水碧绿，备受折磨。
他茫然地站立
像从一场失败的隐身术中醒来

2005. 03. 15

鱼篓令

那几只小鱼儿，死了麽？去年夏天在色曲
雪山融解的溪水中，红色的身子一动不动。
我俯身向下，轻唤道：“小翠，悟空！”他们墨绿的心脏
几近透明地猛跳了两下。哦，这宇宙核心的寂静。
如果顺流，经炉霍县，道孚县，在瓦多乡境内
遇上雅砻江，再经德巫，木里，盐源，拐个大弯
在攀枝花附近汇入长江。他们的红色将消失。
如果逆流，经色达，泥朵，从达日县直接跃进黄河
中间阻隔的巴颜喀拉群峰，需要飞越
夏日浓荫将掩护这场秘密的飞行。如果向下
穿过淤泥中的清朝，明朝，抵达沙砾下的唐宋
再向下，只能举着骨头加速，过魏晋，汉和秦
回到赤裸裸哭泣着的半坡之顶。向下吧，鱼儿
悲悯的方向总是垂直向下。我坐在十七楼的阳台上
闷头饮酒，不时起身，揪心着千里之处的
这场死活，对住在隔壁的刽子手却浑然不知。

2004.11

天柱山南麓

十一月河水清冽，适合做成塔尖
收割余下刀口正慢慢抚平
田野里，吹拂着大病愈合的轻松
我坐在河岸，用红笔标出你的位置。
中年了，许多事物变得易于确认：弧形的
池塘说明它是个空壳，梯形的则蓄满幽灵。

你笑着，在地图中合上小木箱
果子烂了，以迎接初雪

燕雀不知鸿鹄，却是秋日同窗
在宿命的丛林
你变成我，我变成你。
有时在枝头共眺，山下连绵无尽的村庄
每一户都住着母亲。时而灰蒙蒙，时而铁锈色
无端端悲喜交回

有时绕着贫穷的屋檐，飞五圈
如将这屋檐捆绑了，再捆绑，五次。粥泼了
哭着：要解开，要割断！

炊烟散去了，仍是炊烟
它的味道不属于任何人
这么淡的东西无法描绘

我把诗稿置于陶罐中
收藏在故乡雕龙的屋梁。
此屋建自明末，多少衰落的星斗敲打过
这鱼鳞状小青瓦——
多少人消失了
他们在夏季的圩堤冲出缺口
而我恰是个修补圩堤的人。

（选自《2005年中国年度诗歌》，漓江出版社，2006年1月一版）

陈晓松

诗　魂

——端午节写给屈原

千年之前。汨罗江畔
一阕忠魂悠悠
一世的冤屈　在肃杀中
沉冤如孽
一片汗青似血
呜咽的风
吹散无边的落霞
溅湿了八千里江山

悲怆的浪谷
埋葬了一个王朝
急待隆起的思想
古道风骨中
一种绝世的思索
也挡不住　血雨腥风中
苦难的灵魂驱逐的孤独

故国梦里，雾锁冤愁
万里追月的呐喊
刺不醒奸佞的献谗
盛世雄风，是谁梦里最后的绝唱
是谁一生寂寞的伤

纵身一跃
用死写成的唯美
是一种绝望的语言
出离的愤怒
以古剑作笔，江水为纸
悲壮的诗　流淌千年
灵魂里不屈的歌吟
穿越时空
立成一世的傲骨
看红尘万丈，山河破碎

岁月　流转千年
端午节里
百舸争流竞龙舟
一种美
以粽子的形式
坐在《离骚》里
接受人们的顶礼膜拜

陈新生

池塘离骚

拔开柳林　你转身的背影
带来惊叹

一池秋水
一池离歌
你坐在船舷　听水鸟飞走

谁在对岸的雨中
祷告
你放下云鬓
让河水解开忧愁

远处
有山林觉醒
渔鹰择枝
鹧鸪拍案

天生不爱和歌
你身边的随从
是音乐的姐妹
竹笛吹破　泪水婆娑

陈宗俊

典　籍

以站立的姿势
在时空深处
抒写葳蕤的光影

时间坚挺
擦着尘封的面颊
从一点匆匆滑向另一点

黄昏
谁的叹息如此沉重？

（选自《安庆日报·下午版》2000.06.27）

炸糍粑的女人

炸糍粑的女人
每天清晨如期出现在
我上班的菱南桥头

五毛钱一个

女人身后

是一个五六岁的男孩
右手拽着女人的衣角
他盯着我手中的两块糍粑
猛吸了一口鼻涕

（选自民刊《TOUCH》2001年3期）

重阳的月亮

重阳的月亮
沐浴着今夜我脚下的
这座江边小城
也沐浴着这座城市里
安详或慈悲的人们

同样的月光
同样的洒向
千里之外
一个叫东莞的地方
那里有我六十岁的父母
在这样的月光下
做着咸味馒头

一群午夜下班的打工仔们
在星夜里啃着热乎乎的馒头
也望了望天上
清冷的月亮

其中一个发现
头顶上的月亮
在今夜毛了边

（2005.10.11，重阳节）

程　刚

寻　找

我采撷了一个春天
却没有看见一片芬芳

有一只含泪的蜜蜂
在冬天里偷偷地游来游去
有一个贫穷的雪人
拿着四季的钥匙
在春的门口哭着

风筝飞得很远
泪水蔓延的很长
蜻蜓也会飞
它却在池塘边跪着行走

空气中弥漫着黑夜的星星
有一个石凳静静地坐着
等待着雨天和它妈妈的眼睛
它会轻轻拾起落下的雨滴

有人说
你赶快走吧，天快要黑了
我说
我的脚印是一盏盏明亮的小灯

（选自《被带走的蝴蝶》，大众文艺出版社，2008年9月一版）

储国斌

想你的时候，吹响葫芦丝

想你的时候
是在忙碌的工作之后
在夜幕降临之前

想你的时候
是在露台上向远方遥望
在心底把你的爱称呢喃

想你的时候
我吹响了葫芦丝
托缠绵的乐曲向你诉说

我在都市为生活忙碌
你在乡村为我的父母操劳
尽管身处两地　心却永远在一起

2005.05

井

在谷雨
最后的一瓣桃花
把爱守候成了一口深井

从 2007 年元月 1 日开始
我流落他乡
坐井观天
旋舞的绿
挂在天幕的钩子上

风带来一些沙尘
或者一些雨滴
或者几片去冬的落叶

而我和这陈年的井水一样
需要找一缕春天的阳光来晾晒
思想
纯粹

雪域的歌

将一首歌再唱一遍吧，呀咿呀咿呀
雪山　青草　美丽的喇嘛庙

将这些词语关联在一起写一首诗
雅鲁藏布江的纯净让人颤慄
你行走在雪域的哪里?

不相干的人，远方的景物
有必要知道吗?
我的向往总是不合时宜

走吧走吧，呀咿呀咿呀
行走的那个人
你千万不要回头
你要比雪莲花开放得更加彻底

（选自《另外的声音》，大众文艺出版社，2008年6月一版）

丁春葆

一杯水

离得很近，
和你交谈。
思想的层面完全剖开，
复杂的程序被简化。
一个念头，
藏进杯中。
伸手触摸透明的杯体，
窗户洞开，
一束阳光灼痛眼睛。
盼望冬天来临，
雪下起来，
那是一杯水的位移与提炼。
我的心飞到了窗外。
此刻，我感觉身体很空，
也很轻松，
我似乎变成了一杯水。

（选自《安庆日报·下午版》2005.02.26）

丁 文

野 渡

最后一班船
走了
几千年
没有一句回音

你明知如此
明知
还要在这里守望

两岸猿啼
挽不住
最初的情愫
如火如血的残阳
满杯满杯
漫过
枯瘦的流沙

几千年你不在意
依任 竹萧柳笛
声声慢
风干
满泊满泊的留恋

只等
野渡
换一个主题

晚　秋

汉宫放飞的
破幽梦的孤雁
至今　没有飞出
幽梦的晚秋

寻寻觅觅
凄凄惨惨　戚戚
西楼昨晚又推出
一幕梧桐雨
淋湿少男少女情怀
失眠一整夜

玉簪安在
浣纱女安在
倩女离魂安在
牡丹亭里
春风桃花
都已彻底走失
远古的神韵

春　天

朋友　在很远的地方
巢居着

巢很小
巢边零星地
盛开几株
红封面旧诗

那时候春天一直
没有找到朋友的家门
春天在源外
独自徘徊
朋友向南敞开的
没有窗帘的小洞
和春天
对不上光

朋友在家门口
留下许多带路的星号
只可惜
没有人认出来

直到红封面旧诗
开始淡淡发黄
春天的记忆
淡淡发黄
归去来兮
许多人才想起
在十六开的蜡黄纸上
面面相觑

丁振川

地址上居住（组诗）

安　徽

水墨色的朝阳
从黄山岚烟和淮北钻塔上升起的时候
柔和的光线像丝绸
长江和淮河
被丝绸的光线缠住浪花
以及浪花上闪烁的激情
是芦苇的鱼群的还是船夫的
这瞬间即逝的呈现
栖息在杨树林中的苦恶鸟
看到了瞬间里的永恒

樵夫一样　超然出世的峰峦
耕耘着大地之上的云海
播种怪石奇松和比怪石奇松
更美的想象力
飞翔的流泉
是黄山清晰的思绪
淮河岸边采煤的人
在最黑最暗的地方
寻找属于自己心中
星光璀灿的钻石

夜晚　钻石光芒照耀着
家园富饶的梦境

一叶扁舟载来的雨烟
斑鸠衔着雨滴
向江南百花斗妍的山岗飞去
云烟向北跟着一列呼啸的火车
在淮北平原上空看如火的榴花
燃尽铅华　从乌有中捧出
真实的硕果
闪电般撕开高粱地的寂静
响雷样惊醒红树林的梦
银狐和山豺呵　一千年一万年
都是流浪的风的好兄弟
而口子酒和涧谷兰
更是与我血脉相连
我的灵魂常常醉成一只蝶
栖在千年银杏枝条上
听一只老蝉
哼微班进京里的唱词

安　庆

杀气腾腾　搅动
吴楚五百里黑云　打着唿哨
仿佛为一场古老的战事
摇旗呐喊　古塔像一只巨臂
抓住风的战袍
用铃声的偈语劝戒：
胜负是空　成败也是空
风悟出了真谛　停住步伐
与塔铃共颂暮鼓辰钟

长江　巨大的时间流水线
从白色的钢筋水泥桥下通过
杨树林中一岁的水鸟
和江畔浅滩戴太阳帽的垂钓者
江涛不透露　关于这座城市
隐匿在水与泥沙中历史事件的蛛丝马迹
水鸟和垂钓者因年青单纯
像春天的柳枝显得生气勃勃
一只几百年放生的老龟
重回故里　江边楼台亭阁的护堤墙
和绿草如茵的风景带
老龟找不到最初下水的地点
惆怅地　随波而去

月亮　白色的巢
搁在飞溅的浪花上
失眠的江鸥和流云
衔着低鸣的涛声
绕着七仙女的水袖
和黄梅的花腔打旋
下一时刻　七仙女
采撷　悲欢离合的故事
踏着锣钹和胡琴的节拍独舞

闷热的夜晚
许多影子绕着菱湖不规则的圆
这是哪年的荷花和莲蓬
既鲜艳又陈旧
阵阵晚风中
仿佛为孤独而颤栗
为追忆而伤感

怀　宁

红霞燃烧　河上飘着晨雾
空旷的河面上　鸟的叫声
是不是诗经里的那只雎斑
野菱开着细碎的白花
鸡头菜举着乌青毛刺的果实
一千多年的时光
这条静如处子的河流
不露声色　清波流动
多少知县像汛期的鱼
最终都是泥沙沉底
红蜻蜓伏在宽大暗绿的叶子上
偶然的时间过客
卸下一生的忙碌和疲倦

珠流河　皖河　高河　大沙河
缠绕着民谣　炊烟和黄梅腔调
暴雨后　彩虹如飘荡的水袖
拂过坚韧的苦楝和青檀
静静地落入浪花中
片刻　桃花鱼白鲢和乌背鲫
在七色的红萍和刚毛藻之间
追逐嬉闹和求爱
世世代代　河流哺育着紫云英和青禾
抚平人们心中的悲伤和忧愁

高河的西边　新县城白色建筑群
蘑菇般散落在红土岗上
红土岗　曾是蟋蟀的角斗场
幽蓝的夏夜　绣球花和紫薇香气弥漫
纺织娘的琴声弹到曦光初露

一些人从很远的地方回来了
独秀山人从江津带着一身疲倦回来了
海子从山海关带着破碎的诗情回来了
回来就好　叶家冲和查湾的晚风
抚慰游子灵魂的惊悸
夜里　影子们用乡恋为线萤火为饵
珠流河边　垂钓　今生和来世
永恒相伴的月牙

马　庙

月黑风高　狂蟒飞舞的闪电
撕裂宿命的乌云
炫目的光照亮马尾松环绕的镇政府办公楼
镇长大哥醉意迷离
躺在楼外草丛中拔打手机
一个飘忽悠远的声音传来
那个夜晚之后　大哥患了绝症
生死轮回　如同大沙河雨季的漩涡
大限将至　生命草芥般
无影无踪被漩涡卷走

红砂岗上的马庙小镇
206 国道牛绳样穿过灰色的水泥楼房
一群面朝黄土背朝青天的农民
放下犁铧　镰刀　擦去腿上水蛭叮咬的血迹
皮包里装着合同纸　上关东　闯关中
这些农民富了盖洋楼买轿车
白色的宝马奔驰像银狐
在马尾松丛林中出没
铁心厮守一亩三分地的人
在田埂上无奈地跺脚仰天长叹！

草垛上白云飘着悠悠岁月
牛蹄下的地丁染绿苦涩的厚土
豆角瓜藤交织的何庄李庄汪庄和王庄
七姑八姨像南瓜稻穗样纯朴听天由命
走在马庙任何一条田园小径上
青蛙蝈蝈和黄鼬
如同二伯三舅家的伢崽跟随身边
护送浑身酒味的我
脚步踉跄走向丛林深处的小村

育儿村

鹭鸶点得青空一点白
鹞子盘旋　开始俯冲
火柴盒大的村庄
一群芦花鸡如受惊的魂四处逃逸
母亲举着竹篙追打
天外而来的妖神
鹞子加速度上升
补充能量的欲望被短暂抑制
抱怨万有引力不能吸住乡村老太的小脚

母亲的脚步与农历节气是合拍的
种瓜种豆种泪珠种欢乐
霜降　母亲在地里摘棉花
秋风采摘她的头上霜白发丝
村里的孩童像茁壮的青禾
南风吹拂着他们拔节长高
老寿星的脸被皱纹织成土灰色的蛛网
网在叫做脸的废墟上
眼瞳是两口枯井
南风钻进去搅动
一些遥远模糊的往事

接下来就是蝗虫啃咬骨架的疼痛
小青年仿佛是村里的局外人
用轰鸣的摩托压住老人鸦噪般的唠叨
然后跑得比风还快
比云还要远的地方

在村中停留的日子　目睹
枝叶繁茂的桑树上
螳螂靠近一只涉世很浅的蝉
布道似的竖起爪刀比划着
饮食方式应该文明一些
使用刀叉　不要怕　靠近一些
蝉被示范的螳螂慢慢解体
池塘里温情脉脉的荷
会掀翻叶面上轻佻的风
我将一个白昼的想象力　交给
藏匿在柳荫里的翠鸟和黄蜂
竟然没有捕获鲜活的惊喜
黄蜂扑来　偷袭我这个不速之客

育儿村　我悄悄回来又悄然离去
黄狗汪汪的叫声
如风吹黄叶覆盖泥泞中的足迹

耳　东

乡村记忆

要一桶绿色涂料
要半桶橙色涂料
要少许红色涂料
要一丁点黄色
像一抹淡淡的忧伤
不要黑色
记忆中的男孩得了夜盲症
他看不见黑色
还要蓝色。深蓝，蔚蓝，
浅蓝，再浅，一层一层，层次分明
然后将这些涂料倒进一只大桶，搅拌
然后将涂料泼到一块5m×10m的画布上

有七棵银杏树的风景画

一排，七棵银杏树，枯黑的枝干
没有一片叶子。阳光灿烂
一直照到稍远处的草坪
那里有几张石椅，坐着几个病人，等着
他们很安静，很有耐心
没有察觉从伸缩门进来一个人

带来新鲜的灰尘
他头顶微秃，面颊消瘦；一手擒着锤子、钳子等工具
一手提着这幅风景画
他看着眼前，他差点陷入回忆
他下一级台阶，拐一个弯，就进入另一个图层
房子里走出一个少女，高跟鞋敲着水泥路面
从她的方向看
他有着不必要的沮丧

（选自民刊《不解年刊》2007 卷）

方佳节

秋　月

今夜　你纯蓝的烛照让一切安宁
这座村庄　陷入怀念的冰冷

时间正漂洗它的白　丰足的粮食和草木
泪水充盈

我说不出你一丝缺憾
所有的往昔却因此疼痛加深

落　日

山岗顶端的空中楼阁
青山背面隐藏的熊熊大火

无知的孩子，攥紧你手中的2B铅笔
多少东西最终被暮色无端涂抹

一缕光线
停顿于最后的颤抖

往事跌落——

落日之美　像一个凡人
怀揣过去岁月巨大的
隐忍于沉默

（选自《诗选刊》2003 年第 7 期）

方文贵

问苍茫大地

——写在5·12汶川大地震后

苍茫大地
你为何如此
如此激烈的抖动身躯
对自己所孕育的生灵
这般的咆哮！
苍茫大地
你可曾知道
所承载的生灵万物
怎能感恩你的博大，
这般的妖娆！
苍茫大地
你难道忘记
忘记有个叫汶川的儿子
世代装扮家园村落
这般的勤劳！
苍茫大地
你是在嫉妒？
山的葱郁水的清澈
儿女们的祥和宁静
这般的滋润！
我的苍茫大地啊，
你的一次抖动
一声咆哮

数以万计的生命
用鲜血、骨肉、眼泪
把自己介绍给了天下
汶川儿子，
不再默默无闻，
是你以极端的方式
用地震的手段
给了他一次黑色曝光：
地裂山崩
路断水涨
人畜死亡
房倒家破！
不知道
你是否看见
看见亿万双浸满泪水的眼睛
不知道
你是否在忏悔
忏悔那一时的冲动
不知道
你可在愧疚
愧疚给人类带来的伤害
我的苍茫大地哦
你怎样才能抹去
抹去人类这永久的伤痕
抚慰这刀扎般的心痛！

（选自《皖江博览》2008 年第 3 期）

方文进

初 春

跟随风吟咏的节拍
又一次尝试
找回那些滑落的音符
轻轻地掬起
柳如烟般萌动在料峭的雾里

失去记忆的方向
叶孢里残阳一样的凄美
片片斑驳的轻脉
刻画着不经意的足迹

遥望
在柳枝轻扬的空气里
触摸往日风的馨香
一只南归的大雁飞过
轻吟起一首缠绵的情歌

以何种姿态走出
你生命的年轮
苦与欢乐
并不耀眼的轨迹
在冰寒后的精彩里
感知今生的丰富

（选自《安庆日报》2005.05.21）

回望花鸟岛

回望花鸟
感受曾经的辉煌
如潮汹涌
在海的中央
花儿尽情灿烂
鸟儿疯狂舞蹈

沙滩以及腥风
渔村以及如蝶的渔家女
以及花儿般的孩子
详和中构筑着一种深刻
一道回味悠长的风景
今生有缘
有一段厮守的日夜
看风的绚丽
听潮的爱情

而今　阳光是否苍老了
太长太重的叹息
走不进你并不严密的栅栏
仲夏夜的美丽
如同一曲伤感的乐章
花鸟岛
你已远去的潮涨潮落
还能浸进心底吗？

（选自《安庆日报》1998.01.17）

在十一月

面对十一月的诱惑
我无法拒绝
一只洁白的鸽子
当有一片曼陀罗仍在盛开时
隔着三千里
只幻想有一次
满怀拥抱

相对于南方或者北方
我如同坐标
用心守望着
候鸟
在视线里飞来又飞走

这已是季节的冬天了
泛舟长江之上
无语地举起温暖的酒杯
任满天星星辉煌
春天也会有此意境

（选自《北京晚报》2004 年 12 月）

方文竹

春天的词与物

春天就要横穿出世　一位姑娘
站在风中挽着世界的胳膊
牧童望着河面　那是天堂的火焰
就要落下的光
就要渐渐抖开的内衣
语言朴素的籽粒撒了一地

那是利益的船队　土地的欢爱
打开了一层一层村庄的门扉
灵魂沿着地火升腾　交出神器
默不作声的树开始说
整个夏天　我坐在泥土里
做一位读者或观众
那是花朵的词　无事生非
那是雨水的方言落在地面
全是错别字

那是一位春天的怀疑者
偷偷清洗着记忆中的雀斑
啊　多美丽的群鸟
趁机像难民逃亡

（选自《星星》2001 年第 8 期）

皖东南之夏

与夏天同时的方向　有一半的阳光
荡漾在家族的坟场
在邻省的高地　颜色古旧的鸟
不忍将一个时代看清
我是一只伪装的山鸡么
带来京城的羽毛　压低的鸣
仿佛啄食　季节的口粮在暗处
营养不良的大地　黑暗里的对话
天使的脚步穿越命运的另一部分
祖国顺随列车南下　一个词
先于我到达
一只腐臭的蝴蝶先于钻石的美丽

（选自《星星》上半月刊2003年第9期）

高嗣照

秋日　抵达河流

落木萧萧。深远的秋天孤旅迢迢

大漠。峻岭。抵达秋天的河流，深情的
河流，我从水面望见一缕生命之光
比大地深远的是河流，比河流深远的
是伊人不灭的深情！
恣肆的河水在秋风里持续高涨

水域茫茫。给我帆，给我长风
惊涛拍岸。即使命定我要经受水的刑罚
我会勇敢地承受浪的折磨
失去你，深情的河流　生命之源
枯竭的日子将黯然失色，一塌糊涂

波峰浪谷。我不相信苦难永无尽头
别折磨我，我并没有犯罪
只是将真切的我剖开让鲜血滴下
汇入你生命的河床　永不枯竭
河水源远流长，我的诗歌如此空灵

今夜，我在开始下沉！汹涌的河流
将你青丝般的长发垂过来吧？救救我
让我抓住流水柔弱的光芒

然后，你转过身去
剩下的每一秒钟我都会沿着你的思念

流淌。领略河面的波纹万般柔情
清冷的深秋落叶飘飘，九曲河流
我断定这是一个净界！灵魂的净界
为什么这样静，又这样纯？
这样使人魂牵梦绕，又望而却步！

宁静的港湾，我的梦能否在这里停泊？
河水又在涨潮，伊人激情澎湃
我不会将你一眶热泪误作一湾清冷的
秋水……

梨花清白

梦中，是谁抖落一地繁星？
清白的花朵扑朔迷离
伊人独醒。去年的梨花凋尽

树影的暗处只剩下那一份痴情
根藏在地下默默地生长
仿佛隐隐听到一种誓言！

长久地凝视。那些初睡的花朵
次第展开，明眸皓齿　蓄满春水
分明有一种美丽在梨花之外

抵达春天的边缘，青鸟飞去
然后是落红的日子
凋落。是一种表达的方式！

我不会忘却！背叛那些走过的脚步
是那些花朵照亮了我黯淡的诗句
那些亮丽的标本我一直暗中珍藏

峰回路转。那些日子距离愈远
我愈一天天努力去接近！
依然是春天，蜜蜂在阳光里迅跑

这是绿草如茵的时节
那些破土的新苗无比脆弱
草木枯荣。我突然变得异常宁静

落红的日子我不敢独临春水
水面败落的梨花满腔幽怨
河水涨落。谁来还你一身清白？

1997.03.19

紫薇花开

干旱的秋天，是谁向我抛来一串
绣球？庭院里一丛盛开的紫薇
高洁的丽人紫红色的晚裙　雍容华贵

娇媚的紫薇在阳光下从容地开放
美人粉红色的笑脸在窗口张望
百花争艳的春日你锁在高深的庭院
缄口不语。成熟的秋天一步步向我
走来。娇美的颜色力盖群芳

这个秋天我平静度日　情绪饱满

一夜南风，紫薇初绽
高贵的女子摇响了一串粉红色的铃铛
这个声音穿透肺腑　听懂的人极少
铃声响起，有人在默默为我祷告！

今天，窗外秋光明净
紫薇花开，我在为谁写作上品诗歌
炙热的诗句如正午的阳光，灼得我好痛
此刻，我是一位诗歌之神
置身于生活一片幸福的祥光

盛开的紫薇。爱我的美人向我回眸
一笑。午间我在阅读友人的来信
名门的女子扬起了绣球
芬芳的紫薇沁人心脾　扣人魂魄

秋天，窗前有人日夜陪伴我读书写作

1999. 08. 16

黑雪（序）

后来，连他的舌头也给割掉了。
“七个窗口像树叶飘落。”
古堡一样的房子，漆黑的通道。
古怪的穿着黑袍的人。
小艾进来的时候正看见那个人把几个肉糊糊的死婴塞进蛇皮袋，交到一个老妇人手里。
那人接过几张票子注意到走廊里有个人，头发像钢针一样竖着。
你不要慌，也不要抖。我什么也没看见。我到这里来，并不是为了要看见什么，而是为了看不见什么。你——是最好的帮手。
噢。我什么都敢做。你知道？
是的，我知道，你从一落地就是这样子。有些人天生就这样子。
舌头是一座监狱。
哦？我还没有考虑到我的舌头。
我会比你先考虑到。
眼睛是疯人院。
我以为我的眼睛瞎了，就可以回到我建造的宫殿里去了。
如果没有舌头，你完全可以无忧无虑地生活在现实世界。
“嗷——”小艾一声惨叫。半截舌头像一只乌鸦飞出了窗户。

大团大团的黑棉花从天上降下来，把小艾包裹住了。

“七个窗口像树叶一样飘落。”

黑暗是温暖的。

2005. 11. 16

墟

缓坡颤抖着下斜
直奔清白的水
一池残莲
如废墟焦灼
青石条板上的老人
揣着死亡的秘密，不知去向
小风拍打，枯草也透明
来去匆忙，没有折花
林外，没有一条明确的路

2006. 01. 03

亚洲铜

亚洲铜，亚洲铜
祖父死在这里，父亲死在这里，我也会死在这里
你是唯一的一块埋人的地方

亚洲铜，亚洲铜
爱怀疑和爱飞翔的是鸟，淹没一切的是海水
你的主人却是青草，住在自己细小的腰上，守住野花的手掌和秘密

亚洲铜，亚洲铜
看见了吗？那两只白鸽子，它是屈原遗落在沙滩上的白鞋子
让我们——我们和河流一起，穿上它吧

亚洲铜，亚洲铜
击鼓之后，我们把在黑暗中跳舞的心脏叫做月亮
这月亮主要由你构成

1984. 10

给安庆

五岁的黎明
五岁的马
你面朝江水
坐下

四处漂泊
向不谙世事的少女
向安庆城中心神不定的姨妹
打听你，谈论你

可能是妹妹
也可能是姐姐
可能是姻缘
也可能是友情

1987

祖国（或以梦为马）

我要做远方的忠诚的儿子
和物质的短暂情人
和所有以梦为马的诗人一样
我不得不和烈士和小丑走在同一条道路上

万人都要将火熄灭　我一人独将此火高高举起
此火为大　开花落英于神圣的祖国
和所有以梦为马的诗人一样

我藉此火得度一生的茫茫黑夜

此火为大　祖国的语言和乱石投筑的梁山城寨
以梦为上的敦煌——那七月也会寒冷的骨骼
如雪白的柴和坚硬的条条白雪　横放在众神之山
和所有以梦为马的诗人一样
我投入此火　这三者是囚禁我的灯盏　吐出光辉

万人都要从我刀口走过　去建筑祖国的语言
我甘愿一切从头开始
和所有以梦为马的诗人一样
我也愿将牢底坐穿

众神创造物中只有我最易朽　带着不可抗拒的死亡的速度
只有粮食是我珍爱　我将她紧紧抱住　抱住她
在故乡生儿育女
和所有以梦为马的诗人一样
我也愿将自己埋葬在四周高高的山上　守望平静家园

面对大河我无限惭愧
我年华虚度　空有一身疲倦
和所有以梦为马的诗人一样
岁月易逝　一滴不剩　水滴中有一匹马儿一命归天

千年后如若我再生于祖国的河岸
千年后我再次拥有中国的稻田　和周天子的雪山
天马踢踏
和所有以梦为马的诗人一样
我选择永恒的事业

我的事业　就是要成为太阳的一生

他从古至今——“日”——他无比辉煌无比光明
和所有以梦为马的诗人一样
最后我被黄昏的众神抬入不朽的太阳

太阳是我的名字
太阳是我的一生
太阳的山顶埋葬　诗歌的尸体——千年王国和我
骑着五千年凤凰和名字叫“马”的龙——我必将失败
但诗歌本身以太阳必将胜利

1987

面朝大海，春暖花开

从明天起，做一个幸福的人
喂马，劈柴，周游世界
从明天起，关心粮食和蔬菜
我有一所房子，面朝大海，春暖花开

从明天起，和每一个亲人通信
告诉他们我的幸福
那幸福的闪电告诉我的
我将告诉每一个人

给每一条河每一座山取一个温暖的名字
陌生人，我也为你祝福
愿你有一个灿烂的前程
愿你有情人终成眷属
愿你在尘世获得幸福
我只愿面朝大海，春暖花开

1989. 01. 13

四姐妹

荒凉的山冈上站着四姐妹
所有的风只向她们吹
所有的日子都为她们破碎

空气中的一棵麦子
高举到我的头顶
我身在这荒芜的山冈
怀念我空空的房间，落满灰尘

我爱过的这糊涂的四姐妹啊
光芒四射的四姐妹
夜里我头枕卷册和神州
想起蓝色远方的四姐妹
我爱过的这糊涂的四姐妹啊
像爱着我亲手写下的四首诗
我的美丽的结伴而行的四姐妹
比命运女神还要多出一个
赶着美丽苍白的牛奶　走向月亮形的山峰

到了二月，你是从哪里来的
天上滚过春天的雷，你是从哪里来的
不和陌生人一起来
不和运货马车一起来
不和鸟群一起来

四姐妹抱着这一棵
一棵空气中的麦子
抱着昨天的大雪，今天的雨水

明日的粮食与灰烬
这是绝望的麦子
请告诉四姐妹：这是绝望的麦子
永远是这样
风后面是风
天空上面是天空
道路前面还是道路

1989. 02. 23

春天，十个海子

春天，十个海子全部复活
在光明的景色中
嘲笑这一个野蛮而悲伤的海子
你这么长久地沉睡究竟为了什么？

春天，十个海子低低地怒吼
围着你和我跳舞，唱歌
扯乱你的黑头发，骑上你飞奔而去，尘土飞扬
你被劈开的疼痛在大地弥漫

在春天，野蛮而悲伤的海子
就剩下这一个，最后一个
这是一个黑夜的孩子，沉浸于冬天，倾心死亡
不能自拔，热爱着空虚而寒冷的乡村

那里的谷物高高堆起，遮住了窗户
他们把一半用于一家六口人的嘴，吃和胃
一半用于农业，他们自己的繁殖
大风从东刮到西，从北刮到南，无视黑夜和黎明
你所说的曙色究竟是什么意思

1989. 03. 14 凌晨 3-4 点

郝　健

比天空自由的是飞翔

（1）

夜色比脚步更加突然
在关窗的瞬间
我　把自己留在窗外

你和那群人　在玻璃的一角
潜伏着　我也在看自己
就象树枝与风纠缠
叶片与树液私语　你
留在屋内　在画框边缘
在月色中一点一点地远去
直到长发掩埋到脚趾
空气真冷　欲望回到起点
河床里干涸的鱼
在名词与代词间哭泣

时间有水的味道
风有水的味道……
泪腺里藏着蝴蝶的幼虫
睡去　在傍晚的侧面
悬空的手　以及
一只拖鞋

而干涩的目光
在风中瑟瑟发抖
情绪更加激动
身体与夜色一起下坠
慢慢地　一点一点地
下坠　壁上的植物
远离水的方向
夜向着脚踵生长

(2)

一个人与一座桥如此接近
一座桥
与水如此接近　你
端坐在水中央
与天空如此接近
正午的楼群
被蝉声拉远　树林之中
窗口之间　水和阳光之间
有一只干渴的手　飞鸟
在苦楝树下　以及
一只青色的蠕虫　呼吸
轻轻地呼吸　在焦急中
轻轻地呼吸　蠕动
在焦急地呼吸……
桥在水上喘息　汽车
在桥上喘息　回家的人
在车上喘息　我
在你的目光外喘息
你　端坐在水的中央

时光如此缓慢
楼顶的接收天线浸泡在雨里

故事有雨季的含义
暧昧的情节
在手与目光间
赤裸地展开　抒情的词语
在腐烂的声音下　异样地
呼吸　散落的汉字
或是　一串烤糊的拉丁字母
横陈在皮肤与汗水里
你的目光　如此遥远
河床进入汛期
黎明在花香中盛开
在朝圣的意念中
成为一幅画的背景
千年以前的花蕾
在那本书的扉页上
轻轻地打开　静静地合上
采桑的女子
被蚕丝牵引到茧中
村庄再一次地远离
阳光脆弱
在你的目光中
玻璃一样地龟裂

(3)

比天空自由的是飞翔
比河水深沉的
是夜色里的眼睛吗
一棵树　从叶片开始
一个人　从目光开始遗忘
在金属的气息里
锁失去了隐秘语言
在嘈杂的人声里　话语

是支离破碎的情绪
雪里夹杂着细雨
伞　夹杂着回家路
比时间更长的行走
是一种解构　或是
重新回忆
以及一种思考的方向

听雨是古老的诗意？
我将思考一些具体的事件
尘土一样的意象里　你
端坐在夜的尽头
一只虚拟的鸟　一记嘶鸣
山坡上的背影　迎风独立
诗行华丽　与欲望一起浮动
雪的温暖中　还有
那一隙阳光
悄悄地渗进窗帘　而那树冠
依旧开放着春天的声音　你
现在何处？你
只能涌动在平静的雪后吗

云一样的思考者
在空气中飘荡　干净的土地上
一只手与一粒种子
感觉到冰寒　破茧而出的手
破壳而出的那粒种子
是没有指向的象征　如你的
目光　不仅是为了观察
不仅是为了遗忘

何冰凌

果园里

是夏天了
葡萄在枝上结籽
桃子们悄悄褪去茸毛

剪枝的少女手停下来
她想起昨夜梦里那人
突然打了一个大阿嚏

哎哟，要死了
这苹果花!

四周静悄悄的
井水，聚成一面小镜子
在午后的果园追逐、腾跃
忙着捉妖精

木樨地

“请不要吃我，不要吃我
我给你唱一支好听的歌。”
公路两旁矮小的樱桃树
在尖尖的月环下

小脸微红。小诱饵。
傻人儿，你吃了樱桃丢了命
也就算了。
不要说
鱼是水的伤口
我是你的。

四月之痒

每年春天，梨花都开。
颤栗总是有的。
月光和闪电，总是有的。
他们互为背景的情形总是有的。
有那么一两个人
瞎了或者疯了
也是有的。

（选自民刊《不解年刊》2007 卷）

何恩鸿

风雨之夕

风从哪边吹来

风起云涌
暗香了千百年的花朵
今夜都化作了缤纷的雨
践行一个季节之约
乘风而来

乘风而来
婉约的花期
经历了一个季节之久的等待
夜已深浓，雨也沉寂
纤弱的梅，立在风中
寒冷随着暗香浮动
弥漫着一种跌落的气息
之后，是一声寒冰碎裂的脆响
手指触向枝头深处
竟是你最温润的柔软部分

久久注视
我的目光轻于稀薄的空气
轻于风
轻于跌落的雨一样的呼吸

孤傲的爱人啊，开花的季节里
你是否注意到比目光还轻的
在枝头寂寂开放的诗句——

雨是你的断弦
我是你的知音

（选自《广州日报》2003.02.13）

斯　人

在诗歌的行进中
我们默默无语
在行走的诗歌里
我们喋喋不休

我们习惯了风雨兼程
向北向南，向西向东
踏着彼此的背影
踏着一地零落的记忆
朴素的词语
斑驳得比风还坚硬

迎着风，诗歌给未来命名
一片空白憔悴了风的声音

（选自《广州日报》2004.03.01）

山上对话

茫茫人海
你却在这里
一个人
坐在树下

一个人
多完整

岸上岸下

青蛙向岸边游去
带着蛇咬的肿痛

风围着草堆
弄出小小的响动

四面青山绿树
有人
正置身其中

洪　放

苍茫（组诗）

盐田上的路与路边的野花

这些寂寞的孩子。白晃晃的盐把他们带向
遥远
没有歌声　亘古的路下只有驼骨与鸟骨的躁动。
雨天　大客车从一望无际的盐田上经过
心突然有些咸。　而道路旁的道班房门口
一个七、八岁的小女孩　正在笑。　她没见过盐田
之外
她的笑，只在白晃晃的路上
鼓励着野花开放

一个旅人面对戈壁

骆驼刺在无岸的夜里旅行。
阳光沿着衰草走进泥土。
七月，一个旅人，看见戈壁上最后的马群
正向积雪的祁连山迁徙。

那些碑　立在异乡却仰望故乡。
那些骨　风沙千载却依然不断。
伸手撞击永远静如黄昏的巨钟
那声音流出的是血　是沧桑。

一个旅人　在七月的戈壁上
追寻刻骨铭心的苍凉

在嘉峪关下的溪水旁小憩

在嘉峪关　血和雁鸣扑打着脆弱的心。我们逃离
一条清清亮亮的小溪　在炊烟与树丛中流淌
小憩，历史在这一刻被溪水冲得清清亮亮
只有雪
源头莽莽苍苍的雪山覆盖下来

关上千年　梦里一瞬

桑　树

我的窗子每年打开一次　在八月
桑树青葱的光泽　漫上高傲的额头

我梦见唯一的果实
丝绸的果实
从圆润走向苍老

有九月，我珍藏它
闭上我的窗子
桑啊，整整一生的过程

（选自《诗刊》1995 年第 11 期）

胡子博

柔软或什么

外面在下雨，惊醒了我
听不到乌鸦的叫声
眼前的黑干燥
而冷
但你能感觉到
有一双什么的翅膀
在那里，或者在那里
一个劲儿地扑棱
似乎在窗外　雨中
存在着一个窥视的什么
睁着一双窥视的眼睛
我躲在柔软的黑暗里
裹紧被子
柔软的被子
倾听着
柔软的雨声
身下的床板是坚硬的
犹如冻僵的土地
在柔软的无知中
抑或柔软的希望中
期待着不可能的
柔软的什么

（选自民刊《不解年刊》2007卷）

黄德义

哭墙，玫瑰，耶路撒冷的火焰

据报道，又有3名以色列人和12名巴勒斯坦人死于自杀性冲突之中。我已经无法计算这是今年第几起。

约旦河西岸的火焰，耶路撒冷的火焰
直逼眼前梅雨季节潮湿的中心
我坐在遥远的东方，感受寒冷的夏季

九条消息都直指那里
九支密使都派往那里
定点清除，肉体炸弹
阿以战争的烽火
从1947，一直烧到2009年春天的脚尖
这经久不息的火焰啊
耗尽了人类多少鲜红的血滴

生命从死亡出发
童年从战争开始
十三枝未经风雨的火焰
十三个伤心欲泪的语汇

一望无际的黄土
两个苦难的民族
徒手肉博，以命威逼

骨骼成山，滴泪成血
浴血疆场的不仅仅是百万士兵

半个世纪的对峙啊
一次又一次的俯冲
一次又一次的对决
阿拉法特，拉宾，亚辛……
耶路撒冷的天空啊没有展翅的羽毛
也没有雨滴

哭泣哭泣哭泣，血液一样的眼泪
面对哭墙祈祷吧
三支不同姓氏的神灵呵
都已黯然远离
只留下风沙中呼号的庙宇

寸草不生的高地只盛开一种玫瑰
在火焰暗蓝的尖顶
人类已无法返回

叶子就站在秋天的高处

是谁站在这季节的边缘？一树
秋天的光芒，荣耀的叶子又是为了谁？
一望无际啊，这秋天腹部风响的叶子
无可救药的迷失，我在这九棵树的秋季

九棵树的秋天一望无边
风向南吹，风向北吹
叶子就站在秋天的高处
叶子与叶子低语

枝与枝并肩
侧耳倾听呵，在叶子的茎脉里
又是谁在呢喃不已？

抚摸秋野之上的最后一片绿叶
一树红晕的秋枫啊处女一般颤立
声声呼喊着秋天、秋天、秋天

九棵树的秋天一言不语
一地月亮的蓝光光里，有人安然睡去
只有那深不见底的秋色啊
停滞在大地的深处，叶子的尽头
我彻夜眺望的影子又是为了谁？

叶子抚摸季节，我抚摸你，风吹过
尘土和光荣都会回到自己的位置
你也将回来，就像树叶曾经在高处
现在回到大地的怀里

黄亚明

心灵史（组诗）

幸 福

爱一个人，慢慢的爱。
等一段长句子，一直坐在天边。
凝神，凝神：空寂产生了遥远的美
我走动着，
和这个林间清晨……
沙沙的蔚蓝。
幸福总是无罪的，
幸福是温和的语气。

一次野游

那溪水在云间凝止不动。
那绿像一条完整的长街，
铺下三个旅人。
喊着空旷，就像田野是我的
一声叹息，
要穿过，要思索，给下午
惟一的答案——

人间都是清凉，
树都是晴朗。
爱上木桥、美丽的魔鬼

对一片巫树叶靠住都是
靠不住的，
斜向下一道草坡。
故事开始了。故事有了
新的结局。
世界就是一段腰肢，
鼓荡荡的下午，别在
苜蓿的粉红唇齿。
石头挤、压，
影子走了。我们三个
被夕阳收紧，剩下的它和内心小巷
剩下的云在云端——
有时候，我把它放下，
有时候，放不下，我就树枝一样
轻轻颤栗……

一场雨

一场雨。从河东
陆续下往河西的雨，雨滴。
一场有争吵、有温柔、叹息，
有孤独，以及
中药味的固执的雨，
终于使它们在暮年耳鬓厮磨，
归于一处。
这之间是一条命运无知的大河，
按照惯性在我的家乡
流淌，流淌。
因为一场雨，它甚至改变了
日夜的方向……
但它不会停下来，就像爱会重来
生活也会继续——

简 单

活得简单些，在秋天，
我再活一次。
我铭记伤感的力量，一个人
卑微的姓名。
对于他，已深深地，
深深地安静：像
悬浮在檐角的一抹阴影
——夕光总是收卷了内心，
向那儿——

是的，他就要回来。十年，
一串忘情的字母。
就要回来。
像风一样敞开。死亡是
看得见的，
而乡村或许是幽闭的大海，
尘土的微光多轻呵。
在那里进进出出
在那里忙忙碌碌——

我试着再活一次。
看见一个在河边的人，
孤独的从容类同卵石，无棱无角
我一次就看透了，
寂寞
有些谦卑，忍耐。

像多么小的简单，
一声不吭。

（选自《扬子江诗刊》2004年第03期）

黄　涌

夜雨寄北

北方
这么黑的夜

凌乱的北方　因着一场雨
我打湿在你的眼睛里

爱人的北方　南方的想望
此意绵绵如雨丝

春　日

譬如灯下看烟
譬如远景呈树

慢慢静下来
一朵　一朵
开始热烈
开始蓬勃

譬如细雨骑驴
譬如蓑衣垂钓

贾 妍

重 复

重复着 重复着
一个冗长的午后
燥热也好 疲倦也罢
在同一个单调的午后
思绪多少次游离在窗外
消逝了光阴 消逝了青春

喋喋不休的重复 也该累了
为何还要让如此疲倦的我们 忍受这重复
透明的阳光 照在我的脸上
彻底醒悟
原来 这重复着的
是那么美好
照进窗口的那缕阳光
是那么美好
同我一样年轻的人儿
是那么美好

要重复多久呢
是永恒 还是直到我们走进一个残忍的世界
我愿意选择前者
可是无能为力
因为我明白

平静的重复之后
永远是波涛汹涌

重复着
重复着这段平静快乐的时光
永不休止
我愿坐在窗前　聆听这重复
聆听这年轻的声音

简　宁

龙 灯 舞

咚咚，咚咚
我是龙，踩着牛皮鼓的节奏
我是一条强健的扭动的龙

我是龙
在一阵阵急促、沉重的鼓点中
在飞翔着无数彩灯和跃动着
闪亮的笑容的人群中
在升起爆竹的炸鸣和粗犷的
欢呼的天空中
我周身开始痛苦地痉挛，我旋转
飞过了冰川、荒原和茫茫的孤烟大漠
我从帝王宫殿的金檐飞下来
我从长满花白胡子的神话里飞出来
从这个黝黑的夜晚和夜晚般黝黑的土地上
我的身躯像蜿蜒的河流
和逶迤起伏的山恋般
优美地扭动
我是一条强健的扭动的龙
我是龙，我是龙族的子孙
我的自由的鼓点在夜的原野上震响
我的赤脚敲打着我的祖先们
曾经千百次在戴着镣铐的鼓点中

敲打过的土地
我的鼓点也敲打着
沉睡在这土地下的我的祖先们的灵魂
在长满青草的墓地间，我的祖先们的灵魂
和我童年时高扬的歌声
像晨光中惊飞的鸽群般纷纷旋起
旷野上沉寂的风
和睫毛一样的森林随我的舞蹈开始苏醒
我年轻的旗帜正升起在晨光熹微的天空

咚咚，咚咚
我是龙，在苍茫的原野上
我是一条舒爪亮鳞飞腾的龙

（选自《安徽文学五十年·诗歌卷》，安徽文艺出版社，1999 年 11 月一版）

打谷场上

一架梯子奔跑
风抽打着屁股

大气里的一架梯子
跑到大路的尽头

梦见草垛下睡熟的孩子
泪花里的夏日闪电

一架梯子
在大气里跑着

簸打麦子的母亲
上上下下张翕着双臂

一架奔跑的梯子
被风抽打着屁股

梦见岩石间兀鹰的卵
还有水晶屋檐

一架大气的梯子
跑到大路的尽头

一颗颗汗珠摔倒在飞翔的阴影里
一捆捆柴禾漫山跑来

地下的话语·花生

铃铛，金黄的铃铛
碰响，碰响在天堂

让我许下最后一个愿
在秋天到来之前在挖掘之前

风吹豆荚，让我回到壳里
像一个和尚，回到小小庙堂

让一只鬼鬼祟祟的鼹鼠
做我凄楚摇晃神圣的新娘

这大地才不会那么荒芜
咀嚼的喜悦里，万山红遍

夜晚降雪

这是再也望不见星辰的天空，雪落下来
仍然是白的，像棉花擦拭着云层
仍然静悄悄，像记忆
和月光，雪带来了森林辽阔的喘息

也带来了海鸥啼鸣在波涛之上
激越的回声，充盈在胖墩墩雪人的梦里
人们给他点燃香烟，戴上帽子和眼睛
在欢叫喧嚷之外，他怀念着一双遗失的暖鞋

十只赤裸的脚趾像闪闪发亮的
红萝卜头，在深夜的乡村田野
走向储满日光和炉火的仓库
雪吱吱叫着，记下这突然、玄秘的文字

事物之诗

在我的窗外，一座高楼，钻出地面
一个星期长出三层，并且发胖
穿戴完毕
他的阴影覆盖了我
他的窗户，用沉默，在我的梦境说话

明天的我是谁，明天，谁
坐在这里，端一杯夏日倾斜的水
观看，也遗忘一切
一个夜晚，一个逗号的尾巴，隔开

两行断裂的句子，这个观看的人
写下这些无用的文字的人，破碎的瓦片
堆砌着，不会成为高楼
因此比高楼更脆弱，更质朴

春天的耳朵

冬天的脚步声
渐渐远去
温暖的阳光
从小鸟嘴里流出

一点一点
从枝条上探出的苞芽
是春天的耳朵
在倾听生长拔节的歌

蝴　蝶

蝶从遥远飞来
摇着一柄桨
在亮丽的天空
悠悠地荡

瞧，大地上
那一簇一簇花丛
是它停泊的
港湾

（选自《红领巾》1996 年第 3 期）

种　麦

大地预备了那么厚的稿纸
庄户人拿出了那么多的笔
精心的——
安排着方格

把多情的汗水洒上
很肥、很肥哟
播下串串诗粒
收获行行诗句

（选自美国《世界日报》）

大地的故事书

种子拱出地面，
是生长的故事；
小溪滑下山涧，
是流动的故事；
小鸟登上枝头，
是欢乐的故事；
人们东奔西走，
是忙碌的故事……

大地，
是一本厚厚的故事书
每天都有新的内容
供我们阅读。

（选自台湾《全国儿童周刊》第472期）

金国泉

秋天的思想

天空在开始渐渐变冷
渐渐与去年的今天不谋而合
谁能逃脱这四季轮回

落魄归里的人
眼泪掉在清晨衰老的草叶上
薄霜一样浮动

太阳还没有跃出地面
谁在刷牙？
谁在清扫昨日的尘灰？
所有的思想
都不能使时间停止
不能让秋虫在
明晃晃的冰里吟唱

暗自伤神的人
风　切割着村头
夏季蓬勃的树枝
有几枚叶片未能落下？
七枚？八枚？

我不知道它能经受住多少次
秋风的吹打？

（选自《诗刊》2000 年第 6 期）

我每天都……

"我每天都死去一点"①
这是人人都清楚
但并非人人都知道的秘密
人因此燕子一样飞
秋虫一样吟唱
世界因此那么碧绿　和谐
有规则　同时
又无规则地运转

树叶年年飘下
水草年年丰盛
这是一种安慰
世界对待人类的安慰
多么残忍！
要求我们不可放弃
要求我们穿越千年万年
不说出　也不回头

夜总是很快来临
夜色中的道路
总是那么灰暗
那么弯弯曲曲
仅仅允许辨认　行走

这是唯一可庆幸之处！
谁家的狗在狂吠
但很快被夜色吞没

---

①　意大利塞尔乔·科拉齐《可怜的多愁》

连同我们的脚步
被夜色一起带进
不可返回
没有地址的住处

（选自《诗歌月刊》2005 年第 9 期）

正　午

如此平静。
平静就是临近死亡的过程

没有风　　没有蝉鸣
树叶一直一面朝上
另一面低垂　　因而
始终无法让人看清
足够的高度
也只能产生愤怒
只能看见它们在平静之中
瘦削　　变冷
成为春日的残骸

太阳仍在头顶
太阳加重着正午的沉闷
加重着在树下躺着的水牛
平静地反刍事物残骸的声音

旷野里没有人
所有的人都躲在房间里
相互观察　　倾听

（选自《诗刊》2000 年第 6 期）

金肽频

太平洋的花与树

——兼给妹妹

太平洋里的一滴水　是一滴
花　在宇宙门前燃起过大火的
那种花　埋藏了人类太多的叹息
至今仍然开着　无数的商旅大船
比季节更为繁忙　穿梭于云的缝隙
在台风中发出青铜的吼声
于是，太平洋总喜欢在无意中裂开
收拢　呐喊　碎裂
没有家　只有岸
只有花朵在夜晚无边地吟唱

太平洋里的一滴水　是一瓣
树　从半坡的遗址里开始生长
在一代又一代腐朽的身体里
牢牢地站稳脚跟　握紧缰绳
波涛犹如喜欢听话的坏孩子
温驯中显示暴戾　夜的风暴
太阳的风暴
黑眼睛与蓝眼睛的风暴
白皮肤与黄皮肤的风暴
“不在风暴中诞生，就在宁静中死亡”
太平洋用每一滴花　每一瓣树
教给你一个强盗逻辑。一条在自己的王国里
永远不犯错误的混浊的真理

太平洋。花和树
有形的花
无数的树

看见花，太平洋的树就痛了
隔岸的那些历史　身影晃动
隔岸的水在火把尖上像刀一样奔跑
唯有地球累了，软软地躺在太平洋的屁股下
有点混沌不堪，有点乱发思古之幽情
让夜晚倒在夜晚的怀里
整个大洋倒在花和树的怀里

2008. 05. 09

（选自《金肽频诗选》，作家出版社，2008 年 8 月二版）

春天，马的骨头绿了

当我骑上一匹马，意味着
大平原在我的背上开放了
剑齿草在地下一阵一阵剧烈地疼痛
母亲在地下一阵一阵地痉挛

但是，我看不到呀
马的骨头
母亲的骨头
被春风抚过了
只有流水在里面哗哗地响

马的骨头是青草做的
母亲的骨头是泥土做的

千万次的咳嗽
猛烈用力　也无法打开春天
紧闭的锁

当我骑上这匹马　意味着
春天不过是一条路
开满野花　充满蒜味
天上的雨水滔滔不绝
豌豆在碗里发芽

河水涌进村庄
村庄变成呆呆的木棉花

春天，我骑上这匹马后
母亲会看到
马的骨头绿了
大地从头到尾
都像一位待嫁的新娘

（选自《鲸脊与刀锋》，合肥工业大学出版社，2009年8月一版）

以火为浴

假如我是一只鸟，我一定去掉
那些隐喻的成份
在非神话的意义上体味
毁灭或包含的意义
在一步之遥处，感受枪的威力

假如我是一只鸟，我一定做一只

会燃烧的鸟。在身体上
由别人的手来点燃自己
在火的舌头上，跳自己优雅而不重复的舞
野蛮但不粗鲁
火的无穷变化就是我坚硬的思想

先是羽毛着火了，接下来
身体里的铁与牙齿也着火了
血压升高，意识不即不离
全身黑得发亮，犹如一只黑乌鸦
黑得你的眼睛发疼
或者发绿。但都不是最后的结局

其实，被别人点燃的是无名之火
我的身体与灵魂仅一墙之隔
这需要两种完全不同的火焰
读一遍伟人的传记
再读。千百遍过后
身体里的火熄灭了
唯有灵魂里的火彻夜长明

（选自《鲸脊与刀锋》，合肥工业大学出版社，2009 年 8 月一版）

金小敏

春

揭穿冬夜的伪纱
一群归燕驼回了春天
岁月的年轮唤醒冬眠的农人

春天，冰消雪融
饱经忧患的大地
为野花让路
（不知名的野花，一路招摇过市）
远山外
低矮的雨脚，哭得有情有意

春天，布谷鸟的叫声被赋予修辞
万木竞荣
从一个清晨开始
那天我起的很早
太阳也提前蜕皮
三月裸出新鲜的肤色

春天，我要给我的新娘披上婚纱
这时的酒要温润
当钟鼓敲响时
温情而神秘的暮色里
我要吻你微小的唇

一粒微尘

大风吹过，一粒微尘被掀到空中
不为人们所注意
只有树叶的喧哗引起了抱怨

大风使劲地刮
那些叶子，紧紧地拉住树枝
胆怯地收起它们婆娑的影子

一粒微尘被裹在风里
为了制止风的肆虐
它又勇敢地钻进风的眼睛

交　还

把粉碎的骨头交还大地
交给天堂翡翠的花园
枣木马车
停在一棵柏树边
我挖下土坑
种植青烟和灭逝的生命

痛哭吧。天高云淡

丘陵上波动的红壤
要赶往哪里？要止住
让大地收容，无端承恩

我已经干枯
对变化无所觉察
对鲜活一览无余

假如生命真的升上天堂
马车载领骨殖
瞬间的脱离如入梦境

那又有什么用？
我不相信，天堂属于无辜牺牲的人
他们上升和遗留的
尽是平凡的精神

大风停顿下来，躲进树林里
树叶并不知道
是一粒微尘阻止了大风的暴行

等待是一只闹钟

一切静下来了，只有等待
像一只闹钟
起初平静，踩着韵律；继而慌乱，不能自持
一种慢慢地，终究会被打破的节奏
像那只闹钟
因磨损而报停

雷元胜

回家过年

安徽的第三场雪过后
母亲的电话把回家的心焐得很暖
家的呼唤　千里之外
走了三百六十五天
归程的日期大写在城市的脸上
车票在口袋中迫不及待地跳舞
村庄的影子在游子的嘴角
日夜沉醉
欢聚像一只飞翔的鸟
回家是这个冬天惟一的主题
那一个叫温暖的地方
我的乳名常常被长江的声音打湿
日夜无眠的城市
故乡啊
你总是在月色的夜晚
轻盈地将自己藏在我的枕边

从杭州出发。暂别打工的日子
年躲在家家户户春联的背后
黄梅腔从墙头火红的辣椒上传来
无论外面的生活多么清淡
都会被米酒和腊肉熏浓
我永远是正月里那一盏大红的灯笼
一年中的喜悦
在红色与母亲的眼光中

笑出声来
幸福像一辆长途汽车在奔跑
伏地而行的沧桑正穿过
母亲纳着的鞋底
我的童年在一只蓝瓷碗的怀抱中入睡
我始终能看见
二十七年前，父亲从遥远的地方
挟回了一个穿着单薄的新年
白雪在安静的等待中拧干
记忆里的忧伤
这是一次完美的旅行

回家是一个幸福的动词
现在，汽车离桐城还有一百多公里
可是还在抱怨，汽车的
速度，为什么这样慢
我走到那里是在二十七年以后
除夕夜
裹满祝福的鞭炮声赶走
漂泊的思念
熟稔而温暖的话语
在红红的炭火边集合
父亲眼角绽开的皱纹里
朵朵是笑靥
一杯杯欢快的烧酒
穿过岁月的咽喉
瑞雪覆盖的小村庄
从零点的钟声中醒来
母亲一边吝啬地
把甜蜜收藏
一边又数起了春天

（选自《新安晚报》2008.02.05）

李百灵

拯　救

——为爷爷引灵

我的爷爷端坐在白布之上
他有两百只脚
他有一百个子孙

原子分子质子中子　手牵白布
固体液体气体等离子体　你在哪个阶层

灵魂的足音　雪花落地
雪地里爷爷的鞋子
一只在家　一只在行军

六十年前的壮丁
如果你还不回家
那就不要回家了
你的敌人已经死去
你的种子散落在村庄周围

一年到头　走村串户
篾匠　手工艺人
竹子的天敌
一定有一支竹签穿透心胸
咳嗽　咳嗽　痰中带血
所有的蛇都用肚子行走

一条腿粗　一条腿细
爷爷　你怎么行走？

月亮走　我也走
铜钱叮铛响
浪子还乡

大树底下　乌鸦作辑
钱！钱！钱！
一把火烧尽穷苦之心
上坟　祭祖
火光映红孝子之脸
榆钱　金钱豹　银杏果
有钱走遍天下
“这里埋葬着
祖父的鞋子”

往回走，四十步，我七岁
四十年前丢失的
　　锤子、剪子和布，还在
　　蜡烛芯子还在
　　和尚儿子还在
　　我还在

青山还在
幸福不再
我的幸福
　　是一个叫“幸福”的女孩
　　在一次打猪草时
　　滑入深深的水塘里
　　无数个夜晚，我看见
　　她光着脚丫

在水面行走
我的幸福不再

幸还是不幸
我的爸爸越来越象爷爷了
也许就是爷爷
就是我离异后女儿喊的那声“爷爷”
象喊一个国民党老兵？

一切都在恍惚之中！
爷爷的情人　奶奶的对头
那个接生婆，死了
却把我们
接到人间　红布裹起

白布招魂
我的爷爷端坐布上象一缕青烟
石子　游子　卫生纸
路上到处都是！

我就是卫生纸！
就是父母寻欢作乐的产物
关于道德、文章①
姓李的　不想说了
我只想说，爷爷
你的两个儿子，老了
在此地　在彼岛
兄弟不和

而你永远年轻
像一束光　走最短的路

① 此处指老子（李耳）、李白。

像一面水　平平谈谈
你看不见子子孙孙的
哭或者笑
你的旱烟袋一直伸到我的面前
咳嗽　咳嗽
呼吸不畅　命途多舛
我的老祖宗
我和你一样

我们都一样
迎面而来的木匠、瓦匠
裁缝和妓女
古老的爱情作坊
床的四只脚
可是，篾匠在哪
六十年前的竹子和刀在哪
密不透风
疏可走马
小小私情
大打出手
农忙和佳节
竹编和书法
男上
女下

剖开竹子　露出虚空
伸出手心　请老篾匠赐福
祖父　父亲及吾女赞羊啊
不要爱我　不要爱我

端坐百米白布之上
我的爷爷阅尽草木之书

"听爷爷话　跟爷爷走"
多年之后
谁还这样喊我
怀抱理想　流落异乡
英特纳雄耐尔
就在英特网上

偈

稻草捆秧　犹父抱子
竹篮装笋　如母怀儿
笛子之膜　笋子之衣
婶子有心　弟子无礼
我在底层　沉渣泛起
今日清明　幽灵过境

（选自《安庆日报》2002. 11. 23）

李　皓

献诗：河流

1. 以宁静和淡泊固守，这条被人遗忘的河流啊，温润如玉。

2. 把光阴擦亮！流水的布匹，源源流淌。

一条河，对称的两岸。

对岸的佳丽啊！我们，我和你，中间只隔着一条深深的河流。

3. 有一种守望容易失望。有一种守望绝不会失望。唯一的见证者就是河流了，可是她并不言说。

4. 你留下什么了吗？你什么都没有留下。

你什么都没有留下吗？你什么都留下了。

5. 都是河流的赐予！血脉相连——

一条母性的河流，生命的孕育和吐纳，绵延不息。

谁的脚步能跨出缘的经纬？

6. 听从河流的召引！十万之后，是更多的人，踏浪而来。

十万。或更多的人，找到了自己。

7. 义无反顾地跋涉：生命的血脉，在河流上产生。又融入进了河流。

8. 在一个渡口上船。又在另一个渡口靠岸。还是这条深深的河流。

9. 天高地阔。漫长的流程，都是河流的启示。生命的漂流，带来温馨和爱。

10. 灵性的和谐。一条河流的状态：有时细腻，有时平静，有时奔放，有时汹涌。因为她是河啊。

舞蹈的姿势，通过一种象形的方式表达。流水的形态——河流。

11. 河流闪亮！以铜为镜的时代过去了，以水为鉴的岁月开始了。

让这圣洁的水域，漂洗我的心智，和良知。

12. 灵智地漂流。驾着圣经里的那一只诺亚方舟，路竟然越来越宽。甚至宽过了河流。

13. 大美不言！那安详，那广博，那深邃。

至圣无形。至美无影。令我吟咏令我爱。

14. 或者凝视。或者倾听。或者遐想。

一个人静静地坐。一条河清清地流。

（选自《散文诗》2007 年第 11 期上半月刊）

李 珺

在屋檐底写下唯美的承诺

从昨夜起，我们已无秘密可言
在痛苦中纠结，让泪化作思念的雨水
在受伤的道路上前行，再遥远的行程
都阻不可挡
在屋檐底写下唯美的承诺，是一种亘古不变的守候
却独自暗伤
风吹尽了凌乱的思绪
但仍吹散不了这思绪中的心结
等待得太久
岁月已磨去我所有光环下的棱角
伤心　痛苦　还是绝望
需要面对的又将是什么……

（选自《皖江博览》2008 年第 4 期）

李莹滢

小城之春

四方的城墙圈住生活
阳光普洒的暖意只限于四方城之外
偶有从断壁缝隙中溜进若干
也在后院门前驻足，那是它们能达到的距离极限

恨春光无限，却始终照不进冰冷的手心
惟有紧紧地攥着，才能保有那仅有的热量
在这严寒中坚持

几人的多幕剧在这不知名的小城上演
憋，是此处空气的形容
仿佛置身在冷酷的麻木中，不能呼吸
一切生物没有蠢动的迹象
黑白让人怀疑是否春不曾来到

——分分钟在怀疑和彷徨中延续
春却来到后门前

轻叩，无应
于是好奇地循着旧日气息
偏入小道，翻越矮墙
那似曾相识的温暖
释放，溶解……

欲拒还迎让　房门开开合合
刺耳的拉闸铃声成了暧昧的借口
瞬间的漆黑，情感得以畅快的空间
微微摇曳烛光，伴着兰花阵阵幽香
那不是催情最好的药剂吗？

炽热诚挚的目光
成为颔首娇嗔的花容最好的养料
迅速地两手紧握
为她冰冷的手心送来永远的火焰

“我就来，我就来”
焦急地等待，只为饮鸩而解的相思之渴
终点可知，但路上摇摆的舞姿却让彼此享受着死亡盛宴

阳光斜射在房门前
倚着软软的躯体
一半沐浴在阳光中，一半凸出玲珑的弧线
幽幽的，从黑暗中一点闪动的亮光

“吃完饭，撒个谎，出去走走”
只见嘴角撇动
大力呼吸，胸脯剧烈起伏
只有马上投入广袤的空气中才能延续生命不可

来，跳舞吧，在这生命未完之时

仍是城墙头
“用眼睛使劲往远处看，就知道天地不是那么小”

愉快的源头，生命的尽头
一曲接着一曲

就这样吧！

生命沿着舞曲的步伐，一圈再一圈
永无止尽
眼中只有黑白，脑海却是多彩
绿色的蔓延不逊于红色的绚烂
血液涌动的周围殊不知已布满生命的张狂
像个无极限的尼龙袋紧紧地包裹着
收放自如

是你？
是我，是你？
是我

“我要活下去”
春天已来了！

（选自《皖江博览》2008 年第 4 期）

林　琳

日记［2008年05月20日］

全国哀悼三日。
愿逝者安息，生者坚强。
灾难后的国人，愈加坚强。
精神不死，我们要做自己的英雄。
促的打HF走了一遭。
履行了一切需要履行的程序。
身份证总是不能证明一个人的身份而需要更多的东西予以陪衬。
好吧，存在即合理。
CH一直在念叨着如果能考的再高点，如果对手放弃，
如果的如果，
人生如果存在如此之多的如果，
便也不是真实的人生。
这对于最初的造词者而言，不过是一种假设。
勇敢面对吧。
于丹说，真正挡得住人心的，往往是你最看重的标准。
而今的林木木，
学着放下一些标准，一些界定成败的标准。
更多的时候，或许，我需要的只是优秀这个借口。
那么，人生何惧？
巢湖路上，阳光透过梧桐树叶，留下斑斑点点的光亮。
林木木迷恋每个城市的每个有着法国梧桐的街道。
梧桐更兼细雨，会不会别有一番风情？

大建设中的长江路“面目全非”，
林木木却意外地发现翠林苑宾馆依旧坐落。
十年前，林木木凭借着一篇作文第一次来 HF 然后第一次坐火车第一次去北京。

人生的很多第一次由这里起始。
十年前，我坐在宾馆的阳台上跟父亲说我喜欢这里的夜景，而后的很多年里，
林木木辗转很多城市，执迷于每个城市的华灯初起。
十年后，林木木凭着同样题材的一篇文章跻身省直面试再度来到这里。
十年后，林木木走走停停，丢失了很多人很多的物，却一直有文字相随。
十年，命运的轮回，真的是个很微妙的东西。
多年后，我们重逢，
是不是也能道一句“噢，原来你也在这里”？
最后，感谢一直陪伴左右的某猪和玲，
我多么希望，很多年以后，我们还能走在一起，
穿着亚麻短裤，踢邋着人字拖，听你们说我“恩，这样像混世的。”

阴，雨

细雨，微凉。
大包小包的送走 J，
林木木，会在接下来的一段时间，一再地充当送别者，目送着大家离去。
刻意的撇去离愁别绪，
我突然想去读诗，
用诗句去诠释去释怀去铺垫，
可是，总是差强人意。

此夜曲中闻折柳，突兀的想到这句。
折柳，却不能留。
头发长了，
开始迷恋台灯下涂鸦的感觉，
或许，孤独与安静，与生俱来。
林木木还是一样不吃萝卜不吃香菜不吃芹菜，
林木木还是不习惯夜间行走，
林木木还是一样背着或是挎着大大的包出门，总害怕落下了什么东西。
因为林木木总是很难改变，包括口味，虽然一再被冠以挑食。
因为林木木夜盲，没有光亮的地方我的世界一片黑暗。
因为林木木，是个缺乏安全感的孩子。
最近，主动或是被动的在当媒婆，
给堂哥，堂姐的表弟介绍女朋友，
这关系，自己想起来都有些绕口。
不懂爱情的人，
狗头军师，罢了。
更多的时候，
林木木理性地处理了一些需要感性处理的问题，
却也感性地处理了一些需要理性的问题。
最后，回归简单成了逃避的代名词。
剩下的，不过是理由，不过是借口。
慢半拍。
雨夜，胡乱言语而已……

刘　芳

散步的猫与绝望的男人

清晨，散步的猫
在马路中间
像一节货车
无处躲藏

血从耳朵里流出
清晨的猫　极力用
惊慌的眼神来控制路面
对它周围的人群视而不见

一座高楼的楼顶
一个绝望的男人出现了
他用一支烟　像用一枝枪
狠狠地抵住喉咙

没有人意识到
这是人与猫之间展开的一场战争

（选自《安徽现代诗选》，中国文联出版社，2004年月3月一版）

刘鹏程

大风来临之前

大风来临之前　大地寂静
秋水照见我的内心
一些多余的景象

果实们低下谦卑的头颅
叶子　带上天空的故事返回
大地　回到从前　回到开始
大风来临之前
地气开始收缩　开始内敛
一些人　一些蚂蚁　一些草
一些平凡和不凡的事情
潜回大地的内心

大风来临之前　一切
都在寂静中

（选自《诗刊》2008年1月号下半月刊）

风把遥远的事情吹来

风把遥远的事情吹来

野花绰约而张扬
和我一样的快乐
蝉在浓荫里喊叫
多像我激情的歌唱
落叶们那么干净、舒缓啊
一如我淡泊的生活
那个在大雪里赶路的人
是我是我的孤独……

风把遥远的事情吹来
它的翅膀　让远方更远
让天空更空

（选自《诗刊》2006 年 3 月号下半月刊）

刘小平

我们时代的精神图谱

（五首选三）

贪　官

这个时代，人工制造最多的
不是别的，是一种叫做贪官的物种
他们的制造方式其实很简单
不需要转基因或克隆之类的高科技
就能在现代化流水线车间组装出厂
他们的生产过程则比较耗时
不是由于工艺复杂，或者难以质检
而是因为要等很长时间才能打上标签

叫做贪官的物种，身份比韭菜高贵
他们的长势也比后者更加迅猛
他们的手中都握有一枚红色图章
可以用来呼风唤雨，变幻黑白
把一种叫做权力的铁沙向人群中挥洒
有一种叫做人民的身体喜欢上访
在权力的眼睛里被写作刁民
而另一些性情驯服的身体则叫做顺民
他们是人民的标准腊像
可以把讲话都当作法律来严格遵守

叫做贪官的物种，端坐在气派的小车内

驶过街道和广场，很少在破棚边逗留
他们用眼光打量着芸芸众生
对沉默的身体一再沉默
虽然有些顾虑，但是现状还能让人满足
他们出入尊贵的场所
吃，喝，玩，乐
都是那些叫做人民的身体流出的血汗
不过已经被调味得如同玉液佳肴
可以放心享用

叫做贪官的物种，他们都很有钱
有时把纸币成捆地堆在卧室的保险柜
更多的时候换成美元
储存在一个叫做山姆大叔的大钱庄
他们有时也衣着朴素，笑容可掬
紧握着那些卑微而粗糙的手
问寒问暖，用激动的表情大声说
全区还有不少人贫穷得不能吃饱穿暖
作为父母官于心不安啊
每晚都睡不好觉

叫做贪官的物种，对美色也有特殊嗜好
爱美是动物的天性
但是用权力和金钱攫取美色
这种本领，只有他们能够发挥得淋漓尽致
他们对美色的需求超乎寻常多少倍
不必计算，因为他们的目标是
阅尽天下美色而后快
他们早已让自己相信
这也是“为人民服务”的应有之义

2007.01

绯　闻

最近你有些焦头烂额吧
别骗我！说你根本不在乎
那天我看着你为自己辩解
说有人想借助绯闻炒热自己
当然这是你的权利和架势
我们连想都难，哪能像你
全国人民都认识你
而你就不必认识全国人民

你和那个女人交情不浅吧
别否认！说你和她没有一丝瓜葛
不然人家不盯上别人
偏偏要扯上你？还说得有鼻有眼
连过程和细节都描述得栩栩如生
故事场景安置在哪里并不重要
因为往事还能找出多少痕迹
甜蜜和矛盾都只有你们体认

现在她要你兑现枕边的话吧
别告我们！我们不在事发现场
说什么都是你俩才能证实
叫诺言还是叫戏言有什么关系
你说那是性爱语言当不得真
她把你告上法庭捅到媒体
还在网络上公布你俩的隐私
你虽然无奈却又理直气壮
相信司法会还你清白
这是谁家的司法？你心知肚明

2006. 12

老鼠、猫和人

老鼠和我们大家一样忙
它忙着找吃的
我们忙着找工作
找工作主要也是为了吃

我们大多喜欢白天
老鼠则特爱黑夜
白天做事不必光明正大
黑夜行动可能要偷偷摸摸

我们累了就回家休息
老鼠倦了还得小心翼翼
住在高楼和住在地洞确有不同
但是说实在的那地方都叫家

从前老鼠都害怕猫
我们也见识过猫爪的灵敏
猫抓老鼠，老鼠怕猫
这似乎是天经地义

现在猫大多在街上流浪
要靠垃圾桶才能谋生
常在夜晚翻捡剩菜残羹
见到人类就害羞地逃遁

老鼠把猫捉弄得死去活来
在电视上我已看过很多次
猫对老鼠很生气
会不会也怀疑人类虚情假意？

2006. 12

罗　巴

今天我像花开在纸上

今天我像一朵花开在纸上
纸上的字迹升起香味
今天我像一种毒药
让世界在这张纸上发疯

今天我像流水流过容器
被白色的瓷铸住了双手
今天我如此完美
冒着气泡　说着需要破译的语言

今天我是一首诗歌正在诞生
我的头探向了人间
我哭了　泪水就流在一个人的怀里
如此芬芳的眼泪
像一剂毒药　让我在诗歌中弥留

我的出生导致了一些名字的死亡
我是掘墓人手中的铁锄
把死看得很重
把生看得很轻
把一群花轻轻地从地上挖起来

2005.07.29

一只豹子注视非洲大陆

豹子站在最高的山顶
乞力马扎罗坚硬的肩膀
被一只豹子抓出鲜血

豹子注视着非洲
一片大陆奔向它的眼球
一群兀鹰射中它的非洲
现在，这片大陆的造型
就象一张
刚刚开始膨胀的皮
它曾经是豹子最大的对手

豹子从来没有在这个高度
看一眼自己的家乡
从来没有在这个角度
看自己的两个孩子
出没在山下的丛林
带着身上的斑点成长

草原原来这样铺张！
河流原来这样愤怒！
黑色的土著人
原来如此需要靠近篝火！

豹子的心随着日出而温暖
豹子的牙齿开始松动
一只成年的　或者苍老的豹子
在一个错误的时间

来到正确的地点和高度
它的心里塞满了炸药
它看到羚羊们
快乐地驰向华美的水草

豹子低吼着
豹子开始说话
豹子蹲下来　将自己的头
重重地放到爪子上
在这么高的山顶
它的爪子
突然变得软弱
抓不住一滴山的鲜血

豹子趴下来　又缓缓站起
当太阳照遍非洲所有地点
豹子弓起有力的腰
朝着非洲俯冲而下

豹子的坟墓
在一片白雪之下
永远的宁静的白雪
在非洲　只有这里才能见到

2005. 07. 27

发亮的河

——献给我的父亲和母亲

我的河从来没有象今天这样闪亮
洁白的牙齿　带来你死后才有的光
母亲　父亲

我把它献给你
我是你年轻时节手边的一只羊

洁白的羊　你是那么喜欢
我的颈项上　总是晃着银的项圈
我从家里出来
我总是向着河边奔跑

发亮的河　流过了整个乡村
弯曲而又深沉　即使在夜里
没有星星的夜里　沿着河
母亲　我总能找到你呼唤我的声音

我总是在河边上行走
我象一个吃草的小学生
离不开那片青色的大地　红领巾替代了银子
我却还是那样　渴望着在河边打滚

故乡只有河流才能象征
母亲或者父亲　只有河流才有
你们身上的光芒　现在
你们都已不在人世
而我从外地回来　每年　每年
在河边有一个仪式　发亮的仪式
只有我一个人在岸上燃烧

我要说的是　我已经长大
真的长大　在我离开羊圈之后
我常常梦见我们河边的家
高高的堤坝一步步接近天空
一根绳子系着我　坚实得象河里的水
没有一把刀能够将它砍断

我一直在喝这纯洁的河水　我才能
写出如此纯洁的诗歌：
只有河流是发亮的　它让夜晚
变成一张白纸　铺在我的桌上
我在上面写下如此纯洁的诗歌：
我爱你　发亮的河
我爱你　面对河流的无声的坟墓

2005. 07. 28

老　家

农村不只是两个汉字而是一个语系
老家就坐落在一片深深的林子里
在每一朵菜花之间　每一粒沙土之上
一个又一个人就象拚音字母
有着完全不同的造型和读音
彼此不相似的面孔
一起在语系里奔忙

我总归是要来到老家
顺着道路上的句子
在标点一样的小站停留片刻
最后，在括号一样的老屋里
得到久久的拥抱

我看见的每位老婆婆的脸孔
都曾经是锄柄顶端的鲜花
皱纹丛生　手骨嶙峋
为后代浪费了一生　就这样坐在门前
看落日　数雨点　恍惚中活得年轻

我只是一个字音　被乡亲们读过
会飞的字音　落脚在城市的灰尘中
迷失在堆积的欲望里　等我
等我回到老家　该长的树长到了尽头
牵过的手已经完全松开

2009. 05. 07

▍魔头贝贝

小 疼

晚上的树大而黑

我就在那时　出现
拎着空酒瓶
甩掉空酒瓶
我就在那时　瞪眼

在大而黑的树下
我很小
碎的声音很白　很疼　很尖
在大而黑的树下
我火花一闪　没人看见

像一个祈祷者

抓住蝴蝶
撕掉她双翅

抓住蝴蝶并撕掉
她双翅

抓住

撕掉

让他
死掉

腐烂的声音多么安静
仇恨也越来越轻

（选自民刊《不解年刊》2007 卷）

木　叶

那些刚刚起身的亡灵……

那些刚刚起身的亡灵，都还好吗？
从北川，从映秀，从泥石流，从
碎砖头一样普通的姓名中起身，是否
都有着一霎那的惊悸和不甘心？

唉！雨中的亡灵，阳光下的亡灵
你的亡灵，我的亡灵。
在云端，还能孝养父母，朗声读书，和睦邻里吗？

……擀肩擦踵，在去异乡的路上
搀扶着。地球的腹腔里
猛烈打出一个不舒服的喷嚏
嘭出文明的野蛮积食
溅落在大地上，把谁的容颜生生埋葬！

留下的尸身已不再属于灵魂
草色葱茏。一一抹去的姓名，伤残的姓名
他们的笔画已被打散

在彼此多么熟悉的家园里
在万般有情的家园里

毫无征兆的危险，和所有的灾难一样

无知无识地，席卷而去
震碎了多少贫穷而欢乐的人心

斑斑点点，残局等待着大地拖把的耐心，
我等待着，当我们小心翼翼地，把碎片
一点一点收集起

徒劳地，想拼出一块完整的如常的人形。

2008. 05. 20

华年如水啊，美人真多

华年如水啊，我已经错过游行的兰舟，
束腰的美人真多。清明的三月里，
郊外的天空像一颗气球那样，
越涨越蓝，直到绷得太紧。

稀薄的诗歌，如腊月新熬成的板糖，美人们
玩捏在手心。十字路口
热闹异常，红灯笼，斜挂在高楼上。

你为何只能像皮影一样热闹地闪灭？棉布包裹的
有些惊慌的爱情，已经沉入棺椁多年。
华年如水啊，当打开电视，那些古装的往事
动荡不安时，我不由得不去赞美：

在我们的古代，美人真多，就像
那时候瞎子和瘸子也多。[①]

2008. 07. 25

① 与古代刑罚制度有关。

小叙事：福德

可怜的小福德最终还是没有找到回家的路。

——题记

在广元，四川省最北方的一座城市，铁路线
从这里滑过。小福德
孤零零一个人，被他的母亲遗弃。

山东的，七岁的小福德，被他的母亲遗弃。

“福德福德，家在哪里？”
当弄清了他嚎啕后的名字，人们关切地问起。

他抽噎地、含糊不清地吐出一个迟疑的地名：
“红安里——”

后来，人们才能知道，在铁路线伸去的远方，
山东省，
红安里蹲在那里，一声不吭，就是七年。

（这是七年前的旧事，如今十四岁的小福德，已在广元城里流浪了七年。）

终于有一天，在同一座火车站，好心的人们
送他踏上了，回老家的路。
幸福的福德，他神情茫然，泪水涂了一脸。

呆了很久，小福德忽然没头没脑地
面对镜头，向着记者说：

他不想回去了；说，家，实在记不清了；
说，这里的人对他太好了。

山东省，当贫穷的这对母子相见，
小福德，只晓得反复地，用四川话唤问他母亲：
那一年，火车站候车室里，我在睡觉，

醒来后，你就不见了，——可我一直都还在。
你咋后来就不找我？
他母亲一声不吭。

是啊在铁路线伸去的远方，山东省，
红安里蹲在那里，一声不吭就是七年。

是啊小福德实际上只有一个小愿望，那就是
世界啊能不能对他稍微好一些。

2008.07.28

那　勺

消　融

我实在不愿承认：这样的白，暗含美好
你看河流之上
飘着的嫩绿，静静地穿过峡谷
和辽阔的浙西平原
而在此之前，我认定
在我和大雪之间
横亘着连绵的山脉和措手不及的悲伤

（选自《诗选刊》2008年第10期）

雨水滴答

雨水在窗前滴答。一个人在长椅上独坐
会想许多，偶尔，自己想到自己
发现许多东西已经逝去，却不知道它是怎么消失的
发现与自己面对的植物，都开着细碎的花，都有美好的未来
而自己，甚至连梦也没有
雨水在窗外滴答——或许，我就是这些滴答的雨水
茫茫尘世，自己不止疲倦地安抚自己，像一个容易受伤的人

（选自《星星》2008年第1期）

一天或者其它

夕阳开始西下，隐没于林子里的狐狸，露出
尾巴，长长的，像些鬼话。住宅楼坐西朝东
大人、小孩习惯望夜空，数点星星。一颗
两颗，三颗。孤单，拥挤，最后多余。而秋天
就快到温州了，我努力想象一天或者其它，它们的
模样：长天是秋水，静寂是山庄，空悬是晨钟，席地
是落叶。

（选自《诗选刊》2007 年第 6 期）

牛慧祥

即　景

请重复：湖
不特指，请加以描绘。

浅水，消瘦的，
浅水，丰腴的。

说到秋天，则
仅着一词。

说到消逝，
亦如那堤上之波。

即　景

现在风吹
即是我心
晨雾中的凉意
香椿树上的天空
清新的栅栏
现在不悦
既非我心

即　景

这株木槿
撩人旖思
春天紫花
夏天紫花
秋天紫花
我心非花
花非花
但以木槿
暗喻我心

（选自民刊《不解年刊》2007 卷）

潘　红

废墟下，也是家

5月12日14时28分
还是这一刻
号声悠扬
穿透悲伤的眼睛
几万个灵魂
从废墟上缓缓升起
短暂的静默
倾诉三百多个日夜的惦念
伸出的手
是盛开的山菊花
亲爱的　别忘带上它
因为废墟下
曾经是我们幸福的家

（《天天直播》因为在四川大地震时突出表现，获得首届安徽慈善奖）

戒　指

一枚戒指
在我的无名指上戴了十年。
已经陈旧了。

看不见的污垢隐藏在细细的花纹里，
暗淡了它的光泽；
还有深深浅浅的刮痕，
不知何时受的伤。

开始手指对它很陌生
戒指偶尔会滑落，
时间久了，

手指慢慢习惯了它，
它们一起被洗衣水浸泡，

被灶火烘烤，
再被涂上护手霜。
戒指在手指上很自然，
就象长在那里。

这时候再脱下这只戒指，
却不象戴上它时那样容易。
有一些疼痛的感觉，
和一道清晰的箍痕。
这是戒指的情绪。
只有手指能懂。

潘漠子

诗人的深圳生活

写出深圳这个地址
很艰难　说出来　更不容易
在外面的时候　我把她
读作深川　有时　说成深渊
四年之后的　夕阳里　我听见
我没有误读　反过来　看见深圳
是一个错别字　像我的养母
支配着　我的家庭
但是我　并不欣慰
也不想辩解　诗人这个谬称
也许诗人　在某种地方
是某种人　荒诞的　雏妓
也许　在某种陈词中
是一滴卑贱的　泪水
也许是一分硬币　没有人
捡起　看一眼　荒谬地笑了
在深圳　我在荒诞的笑声里
叮当地响着　荒诞地　找着
等着　第二枚硬币
四年之后的清晨　我在露水里
找到荒凉的谢湘南　找到荒废的
安石榴　和荒芜的黑光同学
透过孤儿院　卑微的窗口

我们搅动在　黑夜里　搅动在
深渊里　当我们转身
就掉在天上　像几颗小星星
亮着　哭着　旁观着
身体下的万家灯火
像我们复燃的诗稿
怀念着　添加着
像我们明亮的倒影　交叉着
重叠着　同眠
荒谬地记住　我们在天上的地址
很艰难　荒谬的写下
深圳这个地址　更不容易
因为要正确地　听到一些诗人的
回声　确切地　饮用她们的奶水
准确地　收到一些荒凉的
稿费　精确地
把它从外面领进来
然后正确地　上班
（迟到，就像小偷光顾了主人的钱包）
我不止一次　看见时间
就是金币　从我的诗页上　跨过
骄傲而荒谬得　就像我的主人
跨过仆从　在深圳
我厌倦了　这样的聘用
厌倦了　跳槽
马槽　永远像马槽
不可能　像饭碗
马　永远像马
不可能　像马夫
深圳　永远像深圳
诗歌　永远像诗歌
谢湘南永远叫　谢湘南

不可能　叫谢深圳
安石榴　永远叫安石榴
已经结过果子了
不可能　再叫安桃花
水　永远冻在水里
血　永远暖在血中
我永远留在外面　让诗歌
站在外面　不是我不想
把种子栽进来　因为种子
坚持着　拒绝
深川这么深　这么长
这么难以驻扎　汗流得这么学
这么长　这么难以遏制
只能在纸上　学会收容
画出　渲染出
乐意成长的一切　在纸上
敲开　自家的门　牵住
家人的手　喝上　家里的水
讲讲在外面　可能崩溃的一切
包括已经崩溃的　童年　往事
已经飘雪的　故乡
已经动身的　故乡人
讲着这些　我忍不住　湿了
诗人们　都湿了
在虚构的　深圳　我们每天
虚构着诗歌　每天　把笔擦一次
把自已　擦一次　把心擦干净
捂在外套里　使它独自温暖
使它　不至于受惊吓
偶尔　它也会掉下来　像一分硬币
有人　看了一眼　荒谬地
笑了　并且荒谬地　踩住了

我却感觉不到　疼痛
更多的日子　我总是盲目着
摸着　找着　等着
某一个人弯下去　伸出爱
捡起爱　擦亮爱
送到我的胸前　默默地
听见女诗人陈末　在地窟里演唱
听见　我的同学黑光　默默地
敲打着锣鼓　驱赶着春天
我会荒谬地　去接洽　去接收
去接纳　这首卑微的诗歌
扬起一些卑微的　有关青春岁月的尘埃
它像硬币上的图案　不可能
轻易地　从灵魂里　擦去
我不可能　干净地　纯净地　澄净地
擦过深圳　也不可能
总是安静地　沉静地　恬静地　寂静的
擦洗生活　不可能总有干净的
纯净的　澄净的诗意　等着流露
每天　我必须流淌　握手和感触
每天　有意或无意
把别人弄脏　或者　有心或无心
让别人　弄脏我
每天　我把别人擦一次
洗漱一次　我从里面和外面
获得水　面包和评叙
获得我赖以变绿的一切
包括苍蝇　在纸上　我写出伎俩
愧疚　在纸上
画出火焰　画出纸矛　纸盾
画出住在诗歌之外的　索描
建筑师范成东　会计师曾昭颖

银行职员李文玉
曾经的主人　佛教徒陆玲
……他们是我曾经觅食过的主人
像我的教室　我依靠
这些平凡的砖瓦　躲在深圳
躲在深圳的纸上　躲在纸上的
深渊中　并且被一些慧眼认出
捞出　洗干净　晾干
放在安徽的摇篮中　握住
大人的手　哭泣　欢笑
沉睡和安于摆布
我并不拒绝　这样温柔的捆扎
并不拒绝　将诗人和深圳安置在一起
我乐意　愿意　执意地
去参加诗人安排在
深圳的葬礼　在买来的鲜花中
在租来的　殡仪小姐中
接受报名　和点名
我可以安详地　接纳这个席位
虽然我只是一个　生病的租客
并且仍然是　一个病了的过客
依然把自已　称为殡仪馆的
贵客　虽然
我把深圳读作深川
依然把深圳叫作深渊
仍然把它与故乡　分割开来
我学会尊重　自身的秋风
把外面的叶子
扫起来（多么像婴儿）
扬起的时候　叫诗笺
落下的东西　只能是硬币
我可以辩认自已的蒿草

可以辩认　硬币上　荒谬的图案
我不可能　误认
就像谢湘南　不可能
是陈末　安石榴
不可能　是黑光
这些固定的　圈定的　内定的
铁定的　坚定的　图案
这个点　这根线　这个面
这个堆满图案的　深川
这间堆满遗产的房子　荒诞地
发着光　像死亡一样
垂涎在四周　泛着诗歌的泡沫
从内心深处　涌起
录求着　哀求着
可以栖息的地方
委身他人或者独享孤独

（选自《2008中国新诗年鉴》）

钱柏生

老　街

老街是用青石板铺成的
一块石板就是一段生活

1

老街的日子有多长
街头开杂货铺的九爷
在算盘上打了一天
最后，只发出了一声
悠沉的叹息

2

童年的时光
我每天用书包，背着
从青石板上走过
老街的清晨
都是开茶馆的四叔
用茶泡醒的
茶来了——
四叔的一声吆喝
老街便在茶里沸腾了

3

四叔，如今睡在了
老街后面的小山上
他的儿子继续吆喝着

喝茶的调子
九爷挨着四叔睡着了
他最后一次打算盘的时候
找错了一个青年的零钱

4

老街老了
它把背弓成了
一位暮色的老人
在青石板上
用拐杖
柱着一条狭长的回忆

老　人

冬天的阳光
都被老人晒到墙角去了
北风从季节的背后
进入村庄

每一杆旱烟袋
都装个人生
记忆中的某个细节
让火柴轻轻一划
便燃成灰烬

老人啊
就是秋天攒下的储粮
把牙齿嚼光
然后消亡

（选自《山东文学》2008 年第 4 期）

钱启贤

山里的小花（三首）

采茶女

静悄悄，雾蒙蒙，
茶山醒来是黎明。
绿云里，
飘着花头巾。
百鸟齐欢唱，
山山起回音。
要数那阳雀嗓门声，
更喜画眉换新韵。
采完一山又一岭，
露水湿衣襟。
茶篓沉甸甸，
篮里装满春……

筏工晚炊

江湾里，
晚霞染紫烟，
筏工晚炊时，
篝火红一江。
水面上，饭菜香；
山上下，月一双……

金银花

在竹篱畔生儿育女，
在山脚下生存安家。
冰霜中茎叶青，
风雪里发花芽。
默默无闻的生长，
到处都能把根扎。
年年开出金银花，
把浓郁的馨香悄悄散发。
你的精神是何等富有，
我们都是山里的小花……

（选自《人民日报》1980. 06. 17）

乔　浩

去看海

那年去海南看海
大海涌动着
我说那是一万匹狂奔的兽
又恰似我许多日子
没能平复的心情

一个人走在海滩上
可我惊讶的是：怎么没有
发现一枚贝壳呢?

时光稍纵即逝
在天涯海角，风极其猛烈
让我想到我这些年
一直低头赶路

（选自《安庆日报》2008. 08. 28）

8月18日：诗歌日记

这是早晨，窗外的草叶
不知道自己绿过又黄了
它也不可能知道

午后或许会有的风暴

一个季节的迷失，春天
便开始的轮回。而我们呢?
日子一成不变地任凭
充满暗示的风吹过，吹过

日子就这么过去。有时
我或许会这样想：该有一场雨
一些足以感动我的事情
温暖记忆，让我孤独而清晰

（选自《安庆日报》2008. 08. 28）

秋　思

一

秋风，落叶，完整的金黄
——在秋季里要看清
现实中真实的影像

月沉，霜覆。我是多么熟悉
相关的事物终究会尘埃落定
飘旋的枯叶也是这样

一个人的思想，更多的经历
使突然到来的激情
成为这个秋天最为脆弱的美

二

叶子还在飘落，直到落尽：

这个迷人、不断变化的季节
使我的沉默更阔、更深了

遍地缤纷的秋色
写在谁的脸上?
而秋天将起身离开这里
天空中雁鸣消散——
和谁有关?雁群掠过高岗……

叶子落了,我看见了什么?
在森林样静谧的地方
我避不开的秋雨
一年又一年了,大风
从城市上空刮过
无所不在的力量

(选自《安庆日报》2008.03.20)

沙　马

很多时候我是不说话的

很多时候我是不说话的
警察，认识论，陀螺
无产阶级和静脉曲张
我否定了我说这些话的可能性。
我不用浪漫主义
也不用超现实主义
我用白描的手法
不动声色地叙述
让它的艺术性慢慢形成。
“一个人必须向空无一人说话”
哦，我得说，读者的问题
会是一部更好的机器。

那么，让我们来谈吉利剃须刀
谈谈蜗牛的痕迹
解构主义的女性
一个中产阶级如何蒸泡咖啡。
说这些好吗？好！可我
在四处游荡
我只说我看到过的东西
多好，一点也不麻烦
比如，我的朋友老 K
今天早上戴着一顶压舌帽出门了

他走了几步还回过头
对我说，“我能教会猩猩写诗”。

今天没发生么

今天没发生么
于是我说，2008年10月18日
没发生什么。晚上
我写日记，写什么呢
我想了又想，我想起来了
上午我在龙狮桥
一条污水处理河旁边
检起了一片
刚从树上落下来的叶子。
当时好像没风，没有太阳
我想把它说得具体些
我想夹叙夹议
我想把这片落叶和我的今天
巧妙地联系在一起。
可是我在检起这片叶子时
哑口无言，是的，很简单
只要我转过背
什么人也看不见了。
于是我在日记里写到：
2008年10月18日这天
确实没发生什么
一个人怎么能
空着身子闲逛了一整天。

这些天

这些天我没写出一首好诗
我越来越胖了
不太想以后的事
对巧克力也不感兴趣。

我坐在华棋小区的石墩上
整理些散乱的诗歌
觉得想拿捏好是困难的
觉得写了还要写。
“把传统延续下去，
是否要有一颗诚实的心。”

春天到了，我想会会朋友
把这些说给他听
看他有什么高见。
但我忘了出门时
也该把胡子刮一刮。

我变得犹疑

看完了斯特林堡的书
我变得犹疑
天天走在华中路上
看一些破败的商店
和炸油条的人。
龙狮桥下
一条污黑的河。

我不信神
却懂得“阿门”的意思。
我是一个犹疑的人
我知道我们的国家
是一个很大很大的国家
我走不出了。
其实我不看重
一个人有没有精神
活着就得随兴。
我会烧鱼
打弹子球
消费女人
我知道北欧在北边
再往北走就是海了。
斯特林堡是不是在一艘油轮上
看完《空想社会主义》?
而我的朋友却开来
一辆破旧的别克车
带着我到另一个地方玩蹦蹦跳。

邵　勇

不可触摸的幻想

一天中的茫然，
是突然惊醒后
躲在卫生间里片刻的茫然，
我有一个名字，
我不能忘记自己。

每个夜晚，
镜子变黑，
世界遁为无形。

（选自民刊《不解年刊》2007卷）

石玉坤

桃花汛

因为要流，就注定成河
那一江的花瓣
就像一腔涌动的热血
落日是最红的一朵
有一种东西已经不在了
这个时节，无论我怎样飞翔
也追赶不上桃花消失的荒凉

古镜

一面青铜古镜
像个善心人
守着月华与星光的秘密
它腹内流动的光芒
对应我内心暗藏的羞愧
哦，请不要打碎它
光会流出来
不要打碎它，清白会流出来
一面青铜古镜
抱紧千年的女儿之身

观杨丽萍舞

柔软的叙述者
对着春天把身体打开
指尖的火苗，雨丝的呼吸
让我七月的嘴唇
说出：热爱

妖呵，水边黑发的妖

沐浴开始了，孔雀！
初露的冠，花瓣的羽翎
从水底分裂出来
多么美！病或痛的手臂
带动波澜
倾向星空的唇
启开玫瑰至善的内心

哦，词汇有什么力量
肢体的语言，锦绣，无极
到达人类的深度
水之骨，绸之姿
布下这个深渊的夜晚
勇悍为柔情所伤
美就是罪，妖呵
今夜飘风的黑发把我裹埋

史劲松

江边，夏日的暮晚

炎炎的夏日已沉眠于江底
江风的脚步在远处启程
岸柳撩动的那一丝凉意
已被季节的汗滴照亮

渔船，已秘密地离岸
正驶向鱼群悠闲的游戏
江轮，由远而近，似在追寻
江流一样飘零闭锁的时光

飞落暮晚，水鸟已寂静
江滩上正孤独地找寻回家的方向
萤火，俯卧在艾蒲草的余香里
任江水荡涤来至远古的足音

远处，无法捕捉的蝉鸣
漾开一道稚嫩古板的讥笑

不必指望，今夜的江风
能够吹抚一段受伤孤寂的怨梦
明天的烈日，又将碾压
一个漂泊无奈的流放之旅

两只萤火

两只萤火
一亮一闪
一前一后
飞进葡萄藤的荫里

两个情人
你挽着我
我拥着你
躲进葡萄藤的荫里

你捉住一只萤火
我捉住一只萤火
我们一起放飞两只萤火

你看看我
我看看你
我们相视一笑
啊，姑娘
你的眼里有火

呵，温馨的今夜
萤火点燃了夏天
你却点燃了我

季节的伤痛

含苞欲放的蓓蕾
黎明时响亮的语言
白色的云，碧绿的水岸
一匹狂奔的马
秘密，生长在青春的坡地
被花瓣包裹的情愫
承载了多少芬芳的誓言

落日，晚霞，远去的帆
一行泪珠的车澈
翻滚涌动的波浪
剪裁大海受伤的裙摆
季节，薄如蝉翼的憧憬
成了秋天破败零落的背景

孤独，渴望，梦想
据守在时光的草根之上
是今生和来世唯一的念想
不羁的回望
寄宿在命运的断垣俯首哀鸣
伤痛，在干涸裸露的枝丫间
结着一枚无法蒂落的坚果

舒寒冰

飞机之歌（十首选六）

白刃划过天空

一梭白刃
从头顶划过
越飞越远
越远越尖锐

影子的锋芒
切开天空的坚壳
神秘之幕缓缓开启
鸟鸣闪烁　阳光灿烂
雪山洁白　大海蔚蓝

沿着时间之河
我们追赶飞机
流动的水里
现实主义的黑鱼
追赶虚幻的白鸟

纸　鸢

大风起兮
白鸟飞翔
我手中的线

来回震荡
上钩了
巨大的天空！

一枚像章

用造飞机的铝
铸毛主席像章
父亲已死
他当年的话死无对证

我摸着像章上的头发
摸到白鸟的羽毛

空　难

白鸟飞入太空
羽毛纷纷凋零
我站在苍茫大地
仰望白云走神

白鸟落向丛林
金属的花瓣
纷纷飘落

白鸟冲向大海
闪电的鱼

万能的神啊
我要飞翔
请赐我金属的意志
白云的翅膀

战争的白鸟

广岛上空
白鸟的阴部
下巨大的蛋

伊拉克上空
白鸟拉屎

联　想

古典主义的美女
一顾倾人城，再顾倾人国
现代主义的美女
一望烧人眼，再望烧人心

（选自《诗歌月刊》2009 年第 5 期）

思不群

一只伸出的手

——纪念汶川大地震

五月，他学会了残忍
他暴烈地把一阵巨痛
强加于矮小的农舍
让沉重的砖石和土块
埋葬了一只手微弱的呼吸

多么长久地，这只手
像一枚硕大的鱼刺
鲠住我们的呼吸

今夜，在梦中
这只手会像火把一样
向我们伸出
在黑暗的废墟之上
将我们惊喜的双眼
一下照亮

而他那倔强的姿势
仿佛是要擦去
我们脸上滚烫的泪滴
把一张张焦虑的脸
轻轻抚平

2008.06.04 晨；06.05 晨

一只用旧的水龙头

一只用旧的水龙头，
终于习惯了寂寞中默默自语，
仿佛久经磨蚀的牙齿
再也守不住嘴中的心事。

街上的人声已经鼎沸，
没有人注意这僻静的一隅
有关生命与忍耐的秘密，
就在不经意间被一一吐出。

当夜深人静的时候
四壁的喧嚣都潮退而去，
那执拗的一下一下
就要滴穿这铁打的腰身！

青衣与青花

你不断地转过脸去
不愿让泪滴落在
一只巨大的酒杯
哭泣，是你带给
厚实的历史教材的
一份不速之礼。

而它，那只青花瓷
端坐在楠木桌子之上
仿佛受到了惊吓

它光洁身体下压着的不安
突然下沉
砸向结实的地面
它，倒地而碎！

一个青衣女人
从历史的匝道上
细碎走来
不意却被一枚青花碎片
深深地扎进了脚底

但她梳洗完毕后
又一次，一袭青衣
像一朵花
开在了青花瓷里
等待着下一个倒地而碎。

斯俊华

生活杂喻

生活有时是
萝卜　或者白菜
任你自由选择

有时候
鱼　或者熊掌
二者不可得兼

生活是猫抓老鼠的过程
没有老鼠就得挨饿
但有时前面有两只老鼠
不知道抓哪一只
不管你愿不愿意
机会一闪即逝

脖子和金项链的哲学

脖子说
金项链就是辩证法
一个环节是一次辩证过程
各种辩证关系存在于一个统一体中
形成一个优美的圆圈

金项链说
脖子是唯物主义者

从一棵树到另一棵树

很多次我经过 A 树

A 树被砍伐
树桩生出了蘑菇
树桩腐烂后的土地上
种下了一粒种子
种子长成了 B 树

A 树是被谁砍伐的
蘑菇是被谁采走的
种子是被谁种下的
B 树又将被谁砍伐

很多次我经过 B 树

（选自斯俊华自印诗集《花与叶》）

孙大顺

那掩饰太久的一丝冲动

唱歌的人，弄乱了一切，包括漂亮的
词藻。春天被一列火车撞翻在对岸
一个守夜的男人，早晚要被秘密挤破
整整五年了，我就是那个冲动的人质
“小心失火。”一句话，一根火柴
一样危险。夜行列车不动声色地
花光了我偷偷截留的那一小块幸福
一个在出站口打滑的男人，除了他秘密的
背影，只剩一个未打出来的喷嚏
“一切都会成为灰烬。”多少谎言在言辞
中上升，在泪水里丧气知觉
爱情闲得旧了，只余下苦。红颜与知己
是非不明，你弹掉生活的香气
像个灰姑娘一样牵肠挂肚
其实，在这之前的一首爱情诗里
早已留下了一擦就破地痕迹

檀　亮

挖掘（组诗）

挖　掘

远山被推得更远
金秋的阳光聚拢在塘底
吼着秦腔　掘土机
抓起现实的冗泥
留下的虚空有着很深的渴意

堤坝在升高！
这上升和下降的过程
落差越来越大
让这个干涸的秋天　小脚老妇般
颤巍巍的

还有什么比这种挖掘更有力
让人有一种被掏空的感觉
沈天鸿的鱼叉　刘亮程的铁锹
抑或西墨斯·希尼夹在食指和拇指间的
矮墩墩的笔

远山被推得更远
村庄如一滴墨水在纸上慢慢濡湿
树木扎根泥土　枝干向上伸展

如同一个隐喻
平常的生活中充满了暗示

掘土机向下挖掘
水塘底部坚硬的部分袒露出来
一两只铁鸟不时从空中隆隆飞过
三十六年了　是什么让一个人的内心
始终保持着梦想的深度？

秋天光滑的皮肤上

树叶儿落了
声音大得吓人
秋天光滑的皮肤上
渗出些微的汗滴

阳光像匹金色的绸缎
大人和小孩和狗穿在身上
大摇大摆
一副走亲戚的模样

丰收后的土地有些荒凉
植物已被收割
仿佛尚有余火的灰烬
大地把梦想小心收藏

到夜晚爽风吹动
秋天光滑的皮肤上
渗出些微的醉意
和一条银鱼般的月亮

运粮车

秋色　暮色　月色

混合成日子沉静的底色

收割后的旷野
最后一架运粮车
孤零零的　突兀的　沉重的
处于准备出发状态中的
运粮车
一帧潦草的秋收素描

月亮给劳动划上了圆满的句号
收拾着疲惫的农具
几个幽灵　在一付黑白插图里
在一首诗的结尾部分
秋风抹下最后六滴汗水……

“吱扭　吱扭……”
月亮游向丰收的村庄
产后的土地有无边的虚弱

日记：11月25日，大雾

今天早上我呼出来的气
很快成为这场大雾的一部分
笼罩着整个社会
客车也是如此
它努力地亮着灯
仿佛盲人的眼瞳
不知要把我带到哪里

命运的竹竿敲击着地面
其间夹杂着落叶的声音
我想起小时候看过的一部老电影
荧幕上雪花闪闪

世界莫测高深
怀疑论者不能抵达
未知的目的地
我只有无条件地信任
这冰凉的铁家伙
刺耳的刹车声中放慢的
——速度

9 点 15 分　太阳跳出来了
仿佛换了一盘拷贝
国家愣怔了几秒
一下子看清了自己　和远大前程

汤琼花

妹是南方的女儿

妹是山的，水的
南方的女儿

水的眼，山的躯
花是妹的笑呵
天是妹的世界

哥哥的妹
父亲的妹
爷爷的妹呵
妹是爱篮里的明珠

青竹，白鹭，莲荷
栀子花开的日子
妹在骄阳中笑呵
笑烂了春夏秋冬

春天的百花
是妹的灿烂
夏天的墨绿
是妹的饱满
秋天的红枫
是妹的热切

冬天的白雪
是妹的静美

妹是单纯的女儿
热情的妻子
温柔的母亲

妹呵，哥哥每天会唱
南方的山，南方的水
南方的女儿最美

（选自《淮北煤炭师院报》2006.10.15）

这样的孤独

十二月的晚风吹着吹着
吹出了我的泪水
吹醒了我的孤独

这平原的平坦和这松树的高大
以及这一群谨慎的人们
压着我稚弱的头颅

其实我决不愿意做一个人
决没有意思夺取属于人们的幸福
绝不想追求人们的追求
然而没有人相信这是真的

因此上苍只有赋予我这样的孤独

我多想做一只自由的小鸟

飞到一个陌生的窗前
阐述我与人世间的感受
谁知那个懂我的人也怕了

万物又不能言语
看来我只能承受这样的孤独

（选自《中西诗歌》2008年第2期）

今夜，生长

今夜，月光侧身在你枕边
听透了均匀的呼吸

今夜，兔子坏坏地眯着眼
咀嚼你安详的脸庞

今夜，你的手长在我的身上
你的心脏里画着我漂亮的卧房

今夜，你不语，我不语
月光不语，一些秘密不语

今夜，一枝花暖暖地生长

我梦见一只忧郁的小马

我梦见一只忧郁的小马在河堤上倦怠地奔跑
嗒嗒的声音溅飞了两岸的稻花
稻花不爱河流，河流里住着孤独的鱼群

那只小马，我想念那只凄凄的红色小马
我以一条四岁的小腿渴慕着它的鼻梁
小马不跑，小马静静地看着我幼小发黄的衣衫
我胆怯地望着小马的双眼，烈火烧过了秋天的草原
草原不说话，草原那边有无边无际的热沙
握紧，握紧，握紧你的双手，握紧飞来的流沙
一种声音总是这样低低萦绕在我耳边
小马也低低地萦绕，牵着我脏兮兮的小手
左边的池塘，右边的磷火，闪闪发亮
我小心翼翼地抱着马的脖子
越来越紧，越来越暖
我哭了，小马哭了，尘埃也哭了

汪椿桦

五个人的尼采

德国炮兵离开普鲁士穿过茂密丛林
悲观诗人揉了揉眼睛合上最后一页
声嘶力竭的教授闭上喋喋不休的嘴巴
枪杀上帝的歹徒漫不经心地走上大街
存在主义疯子将不断冒出的念头无情驱赶

五个与众不同的家伙不约而同
来到尼采的大脑中相会
这个令欧洲担惊受怕的人
当时正坐在黑暗中的墙上
响亮地喝着狄奥尼索斯的烈酒

五个人，就是五种身份或悲观的思想
对此，尼采并不也不想清楚地知晓
他是一个行将崩溃的人，五个人在他
大脑中所占的位置被莎乐美一人挤坏
他们交流的声音加重了他的痛苦
为此，他的恶梦也是那样的嘈杂
比刀割纸张所发出的声响更令人绝望

这个喜欢酿造悲剧的大胡子男人
自己已然走进了悲剧的中心
他用自己的血粘接两个百年脊骨的同时

自己的脊骨却发出断裂的声响
尼采，曾经的超人领袖
当他正式向五个人挥手告别之时
来自上帝的泪水通过尼采的烂眼圈
洒落在1900年的德意志大地之上

（选自《诗歌月刊》2005年第12期）

岩石上的罗雷莱

岩石上的少女本身属于岩石
她以歌声区别她在莱茵河畔的存在

她的一切都是必然的
包括那个夏天的夜晚和葬送她浪涛

岩石里有没有花园、马匹和灯光
她不能从风向中作出回答

她只是习惯于在石头上忧郁
河流于是将她的歌声源远流长

她是白色的，比浪花更白
岸边的人远远望着面水而立的石头说

但她潜入水中却是黑色的
罗雷莱女妖是黑色的

她的歌声同阳光一样白
她是两个截然不同的女子

一个是水边的花瓣，永恒的白玉兰
另一个是夺命的魔鬼，黑夜的幽灵

水中有多少块岩石呢？岸边的人
无法从掠过蓝色水湄的歌声中得到回答

但岩石是女妖的起点，从她面对
河流上面的星星和星星下面的河流开始

岩石也是少女的终点，她没有想到
在她进入源远流长的河流之后

她没有想到在另一个世纪，她不绝于耳
的歌唱正被一个远离莱茵河的中国诗人

倾听。在中国的珠江南岸
我也差一点没有想到

（选自《诗歌月刊》2005 年第 12 期）

云　朵

年轻的妹妹在河边浣洗
水面上倒映着 1992 年的天空和云朵
那些棉花般的白云
暗藏着石头、马匹和黑暗

正午的阳光将白云的黑
投在一条静止的小木船上
妹妹用汗水将小河的宁静打破
在云朵下洗衣

看上去既浪漫又危机四伏

雨水落下的时候
妹妹拧干的衣服全都湿了
从石头到马匹再到黑暗
一块云朵记载了一段洗衣的过程

我突然眼眶湿润
在妹妹的木盆里
几件衣服和一个旅行包
在第二天天亮后将随同我离开
像云朵一样
飘向有雨水和石块的远方

（选自《诗刊》2005 年 7 月上半月刊）

汪定节

水

有谁比你离我更近
有谁能象你一样深入我
灵魂，梦中的精灵
有谁能听懂五月的和风
和叶脉内哗哗的歌声

水，你这透明的女孩
在红楼上向我张望
我感觉你冰凉的小手
一次次从我胸脯上划过
电流一再击中
我心底的忧伤

水啊，你这纯粹的女孩
在春花开放的季节
你柔婉弹唱
用你自身作曲
养育了一个春季
和我最初的恋情

（选自《科学诗刊》1993年第2期）

汪　军

枣　子

星期天老婆要去 COSTCO 买东西，
我说：我想吃枣子。

我说话时突然想起，
三十年前我也说过。

那时我不满十岁，
那时祖母还活着。

当我对祖母说这话时，
祖母便拿起了竹篙和竹篮。

后院的枣树啪啪作响，
祖母的竹篮金光闪闪。

有天家里来了一位矮胖的中年妇女，
是祖母娘家潘家大屋客人。

祖母和她相聊甚欢，
临走时一定要送她枣子。

祖母把竹篙和竹篮交给她，
中年妇女兴高采烈地击打枣树。

当我发现时竹篮已堆积如山，
我恶毒地咒骂想要阻止她。

中年妇女笑容灿烂，
似乎要把枣树上的枣子全部打光。

祖母好像不明白中年妇女的用心，
她不断地劝我，神情充满焦灼和难堪。

我说过这是三十年前的事了，
中年妇女如果活着也该有八十岁。

每一阵潮湿的风雨过后，
我家的后院总是落满了枣子。

会冒出很多小孩来抢枣子，
我夹在其中手心攥满了泥巴。

当我回家向祖母哭诉时，
祖母便微笑着拿起了竹篙和竹篮。

后院的枣树啪啪作响，
祖母的竹篮金光闪闪。

老婆回家时没有买到枣子，
像往常一样买了好多红通通的加州橙。

老婆说现在好像很少有人吃枣子了，
而我也早已忘记老屋后院的枣树还在不在？

下一次回国做清明时，
我一定要找到那位三十年前的中年妇女。

不管她活着或已死掉，
我都要向她说声抱歉。

我还要告诉她那天闪过枣树的阳光，
其实一直在我心里流淌。

在祖母坟前烧完纸，
等所有人走后，我要静静地再吃一棵枣子。

2007. 03. 27 于多伦多

汪治华

风　声

话一出口，最先被风听见
风里有着最多的声音和骨鲠
我常常梦见自己，长出一百只耳朵
听见冰桥的断裂
和日子嗟叹的回声
耳朵的分辨率，似乎对笑声最高
它反复穿过，我窄窄的心胸

从风中借听了那么多话
留在心底的，只是一些风渣
桃花被一个人笑开了
笑声长成美丽的物体
而桃花后消失的那个人
变成我多年来，一直找寻的风声

2007.02.28

（选自《2007年中国新诗年鉴》）

打马向北

风从北方吹来，我在北方
如果再北一点，风里就会夹带着

橘黄的北极光
草原的辽阔相当于马匹的速度
天上的丑小鸭与湖里的白天鹅
异向相等

万物皆有对称点
一个人吹灭了自己的灯
会让另一个人陷入黑暗
美丽是个意外，被美丽所吸引的力道
总是大于抗拒的力量
形成身体的弯弧

打马向北！南方的城池
我要跑到北方去戍守

2006.12.12

（选自《作品》杂志2007年第11期）

皱　纹

一个人的脸，总是不断地长大
如果把皱纹摊开
应该等于，年轻时的两张脸
脸太大了，往哪里放
还是多长些皱纹吧
皱纹也可以，藏更多的笑容
20岁以前的笑，很天真
就挂在真的天上吧
20岁以后，一道褶皱藏一年的笑容
呵呵，现在开始数
怎么今年，添了两年的皱纹

（选自《2007年中国诗歌范本》）

王春香

瀑　布

带着虔诚和探索走近
宇宙越来越大　我越来越小
血液蓬勃　你的滴水足以让生命永恒
你心如明镜
吐呐纯洁与高傲
从高空飞落　诗
抚慰人性的软弱
一幅寒冷的屏障　封锁痴心与妄想

你的纯洁装饰梦的外衣
你的真诚亲近感情和血液
在不为人知的幽谷
展露高洁的美丽

你透明的深潭里是哲人的沉默
和一个诗人埋藏很久的忧伤
今天　在不被理解的高度和纯洁中
我幸福地成为你怀抱中的一尾鱼

畅饮风暴　而歌而舞
千年后　一块鱼化石
守护永久的诚实纯洁与宁静

（选自民刊《大别山诗刊》2008年第4期）

茶　叶

春风在叶间穿梭雷同的细节
芬芳的绿叶舒展腰肢
露出少女的胸部
透出青春翠亮的气息

采茶女唱着春天的歌谣
溪水书写醉乡的诗歌
墨绿着闪光
岁月的利剑指向茶园的深处

在万物萌动的春末就这样被采摘
晒干回忆　封存思绪
就这样早早地乘着露水离开
乘着露水抵达一个人的内心

每天在玻璃杯里沐浴
细小的身体　长长地吸引一个人的目光
绿而明亮　淡定而持久
灵魂　在一生的水里重新绽放

（选自民刊《大别山诗刊》2008 年第 4 期）

王恩乾

观黄梅歌舞

——《孔雀东南飞》

乘坐十月的彩舫
潜河水静静地流
皖山深处　美丽的孔雀
在黄梅如歌的天空下
低飞　五里一徘徊

这让人感动
千百年不朽的爱情
原是一位青春女子
承受的伤害

兰　乡村纯朴的芳草
在干旱的岁月　你要坚信
扑面而来的日子
仿佛黄梅时节的雨
心上人打马归来

生命如此之轻！它仅是
一根枝柯承受的重量
东西松柏　左右梧桐
双飞鸟站在爱情的高度
仰头相鸣　响彻至今

（选自《安庆日报》1995.10.16）

新世纪：灯盏（组诗）

一

新世纪的曙光　伐木者
从自己的影子里直起身
双手在刃口上淡淡发光
斧柄烂在昨夜的森林

梦中的森林
被我追向何方？
又是谁　将我的一生
撵过山冈？

像一阵风追逐着另一阵风
一个黎明
被另一个黎明轻松替代

一切行将结束
又正在诞生
但青春的不是我们
而是我们的祖国　以及
她身后刀锋一样的孩子

二

忧郁了一个冬季　斧柄
往年的枝桠
又听清大树的叹息

沉默一生的森林

在心中轰然倒下
倒下的森林依然沉默
剩下躯体和伤势
在风中裸露

灵魂已经出走
抑或返回树的根部？

三

村庄在等待中沉默
劳累的亲人相拥火塘边
倾听着火苗的心跳

三十年后的雪夜似是而非
我依然看清
苦难的童年

（选自《安庆日报》2001.01.25）

王忆贫

春天跟我们走

一纸的冬天
很快就被春天所融化
季节的边缘　雪穷冰尽
谁的脚步于风中奔走
歌声绿遍天涯
时间　永远锃亮的刀锋
高蹈生命的坚锐
重创黑暗　抚爱光明
春天　缪斯的九千九百
九十九个女儿
你远嫁的行程
和我们是同一个方向
春天跟我们走
石头为媒　灵魂作证
婚姻于血液里缔结
爱情在骨头里长久

（选自《中国诗歌选萃》1997 年）

黑色的悼念

在经济时代
我爱上了一只蝴蝶
我有病

她非常年轻
她从苦难中飞来
她断了一只翅膀
她像罗丹斧头下的
维纳斯

我看见她微笑着
灯光　将她的笑声
照得很远很远
她坚持
用仅有的一只翅膀
飞她是王者
是鹰

后来她死了
我才感觉出　房内的空气
是如此的稀薄
送葬的那天
我说不出一句悼词
我呆若木鸡
从此　我的诗歌里
矗立着　一只蝴蝶的墓碑

（选自《星星》诗刊2001年第2期）

王永军

海 边

潮汐退去
死亡在沙滩上裸露
贝壳却紧闭
期待再生

欲沙者　用沙雕塑自己
尚不完美的形体
自信地袒露

如同沙粒　抑或卵石
童贞无邪　垒造
沙之楼阁　隆起的峰峦
以及延伸的峡谷

潮汐再次袭来
一浪覆过一浪　剩下的
只有海

王子龙

正午的拳头

在静止一刻的树尖上　正午之美
被眺望的闲人透视
事物暴露出它的本质
肆无忌惮的蝉也吓坏了：它停住了
千篇一律的经文　它紧紧抓住树枝
眼珠转动　打量着世界

这是郊外的正午　阳光直射　把万物的阴影收拢
一小片乌云暗中聚集
但是一场暴风雨需要周密的安排
只要我坐到写字台前　透过窗纱
我就能静止一刻　悟出事物的预言

当我提起笔　我又被纷繁的世事所缠绕

就如婆娑的刺槐树　在一阵风中
不知所措
一只踱出石洞的蜥蜴　也突然想起什么
而踅回土地
我想起一个第二次投水的女人
又被救回人间

熬过了三年半　我已悟出一切都需要

耐心等待　夏天已经来临
布谷鸟还在低飞
一个科长目睹着人字形的雁群掠过
他绞尽了脑汁　但还是被一片落叶击中

只有我痴痴地坐在窗前
关心着那可能的暴雨　正午的时间
不会太长　没有谁知道
暗地里我捏紧了拳头

1997.09

我不由自主地走过一日

大片的土地联结起来　叫做原野
植物们默默地手牵手
原野啊　这轮回的无垠的力量
把一切承担

我由一条内陆河引领，恍恍惚惚
一只百灵鸟也被太重的思想
压得沉默无言：是缅怀　还是忧郁?
在柏子树葱郁的居所
星期天　世界静下来　我们相遇了

每天我骑车穿过大半个城市

一条河流的流逝是无可挽回的
如果我们不说　像野桑葚那样急红了脸庞
只要时日一刻　秋风就会将它无情地
收割

如果我们像蟾蜍那样避开人群
把挤压的怨恨藏进体内

我站在大地的中心　作为千万枚树叶中的一枚
当我安静下来
是的　当我放弃了隐语安静了片刻
却又被迫参与大地莫名的庆典和神秘的
合唱

必须服从万物的安排
就像这样：我哗哗作响　忙忙碌碌
我不由自主地走过一日

1997.09

细微的声响

野斑鸠也会有仇恨？
在芭茅草困扰的田埂上　它瞪眼
把我威逼到回乡的路边

我在漫不经心的池塘边停下
当黄昏落满人间　也落满了荷叶
和深水中不动声色的青蛙的童年

我四肢松散　我看那多情的燕子
布满了天空　思索着人间
只有我两岁的儿子认出了事物："跟书上一样！"

这个初夏　我离开城池　回到古老的
事物中间　我不说。不想。

长久的宁静之后　父亲开始咳嗽

“你还要学会忍耐”父亲咳了又咳。
但我沉湎于豌豆花私语的黄昏和
背井离乡的流星、两只蚂蚁恶斗之晨
有谁能发现这细微的声息？

这细微的声息越来越响
我知道日出惊动了大地　还有奔走的
幽灵、私恋的蝴蝶和果园里的一场密谋被风

吹散。只有我儿子一夜地酣睡
只有我一夜地回味世事　像漫天的蝙蝠
披挂智者的玄衣：发出细微的声响

1997. 10

邬　云

可爱的白房子，容纳了我所有的错误

之　一

这样美好的春天摇曳于我的窗前

大海如云飘过来
淹没了我最后的初春
这世界的琴声变了颜色
历史的灰烬中站起一个声音

沿唇饮罢最后一杯
太阳会再亮一程幺

之　二

热情的钢水
那一缕闪光的颜色原谅了我
所有的过错
脚下生长着厚厚的积尘
脚步轻盈
模仿月光播放的轻音乐
大海歌唱我童年的渴慕
狂涛如蚁　我听到海的背影变成弓

之　三

这整整一宿的企望

是谁
用夸张的手势朗诵
我那优美如白狐的诗篇
我用一生来寻找这声音
直到那一年冬季
我从遥远的荒野走回小屋
心爱的吉它刹那间飞溅
一曲昨日的音符

之　四

我所渴盼的
是灵魂深处的那一盏宿命之灯
点燃山藤　粉脸石头温情地燃烧

我赞美火焰　高尚的一切
是我诗歌辉煌的范畴
过去的苦难过不去啊
可爱的白房子容纳了我所有的错误
在阳光灿烂的脸上
若有　若无

（选自《诗歌报月刊》1996 年第 4 期）

产　房

我看见一片森林。在这台灯照耀下的
午夜的半岛，我开始臂生双翅
择木而栖。斗室随我而飞
在纸业中间，我看见一只鸟巢
稳稳地扎在现实与幻象交叉的树椏上
这样会更安全，我的爱人也会很满意

下蛋的时刻来临，请君勿笑
我天生就是下蛋的命。一个蛋
就是一个词：比如“梦”，在如“泪水”
它们晶莹而易碎，兄弟般排列着
一窝蛋就是一窝儿女，我羞涩地
打量着他们，体念生育的快慰

“必须小心。”我提醒自己说
硕大的夜色正好当作摇篮
但处处设有陷阱。我伏在上面
目光警惕。孵化的语词喳喳叫着
满屋乱飞。爱人爱怜地责怪
“傻丫头，又在捣腾写诗那玩艺儿了”

先是我，然后是这些长翅膀的语词
集结在台灯的召唤下。我将他们编码
成立一支小小的队伍；像多子的母亲
劳碌而自足。我的爱人喂养着我
我喂养着这些语词。产房就是这样
诗人和语词都必须接受喂养

（选自《诗刊》1996年第3期）

在大雪中挽留住花朵

一场罕见的大雪
高枝之上
幻化的城市　明明灭灭

被扼杀的花朵
如我的爱人

在雪中走失

一群群黑色的蚂蚁
扛着诗人巨大的头盖骨
敲着门一样的雪
为挽留住花朵
在今夜
献出最后一滴雪

吴桂英

存　在

我不记得我
涂抹的行囊，在纸上
留下几个词语

几个轻轻的梦幻
那曾包容我的纯净
可曾包容几许
微微的希翼和叹息

也许几只小鸟，像我的窗台
偶尔忆起我
思维的几点
似曾相识的星星
如黑夜　我的眼睛
裸露在敞开的大地
消蚀我点点
水的痕迹。

2005. 11. 01

给菜农

凌晨的早晨
黑夜的黄昏
你站在阳光和月色中
与菜地结婚

你的热情消融
烈日和暴雨
酷暑和严寒
多少地
多少菜
多少相依为命的柔情
你把幸福种进菜地
种进你们的婚姻。

2002.09.20

2004年的最大月亮

以死亡为生的
边缘写就的诗歌
风一般纯净
对你　不是我

我怎么丢了我
眼睛　石头
臆想的幸福和花朵
这光洁的词语

明亮的深渊
像今晚的月亮
是一年中最大的
最深的黑暗

更深的，是更远的
空空，你的旷野
摊开双手，却没有
比这更贫穷的祝福
像今晚的星辰
是一场颤抖的雨水
走向我，不是我
宁静而遥远的泥土。

2004.06.05

（选自《安庆女诗人诗选》，海风出版社，2008年2月一版）

吴国珍

木工房

这是一间破旧的木工房
（战争的余痕。硝烟在屋顶上滚动
瓦砾。倒塌。炮火的间隙
烧焦的尸体靠着梁柱休息
隔岸的呐喊。弹孔。年久失修的窗棂
一只蜘蛛在大喜的日子里织网）

这是一间破旧的木工房
（大水漫过屋檐。涨。浮动
一根木头救活一个人的命。年轻时
扛过大树　漂过洋。一条独木舟
就送回了家。一想起灰尘和时光
船舱里的水就年代久远了）

这是一间破旧的木工房
（伐木的人。翻过山岗被树桩绊倒
丢失一把破斧。抡起来。树的身子
树的精灵。奔跑啊
刀子在岩石上打光。又一座山倒下
流出血。苍白的女人
抱着自己的伤口分娩）

这是一间破旧的木工房

（一根蜡烛半夜亮起。风吹动长长的影子
头发在走近。转过来的脸
惊喜在一根稻草之上
血光之灾。一个女人亲手杀死了
和自己做爱的男人。扶起倒下去的蜡烛
点亮。举到门前）

这是一间破旧的木工房
二十年后我赶到这里
看两个木工师傅锯开断木
刨光　木头的花朵
纷纷落地

（选自《飞天》2000 年第 2 期）

吴 橘

我和叫翠的丫头

翠
小翠
翠花
翠儿
只有几种你听得懂的称谓
称谓后的话语你听得懂吗

翠儿，我饿
小翠呀，我渴
翠花呀，我想偷情
翠儿呀，我想出家

我一说话就把翠欺负
我把丫头当作哑巴和树
她笑
像被风吹过一遍
再把我吹过一遍

翠、小翠、翠花、翠儿
呀、呀、呀、呀
祝你健康长大

（选自《2007 年中国诗歌精选》，长江文艺出版社，2008 年 1 月一版）

吴先耀

电剃刀

每天亲吻我一次
嗡嗡地　嗡嗡地
象蜜蜂对花的柔情蜜意
粗糙的日子
因为你的打理
倒也显得温馨无比

光润　干净
电剃刀的爱意
深入每一个毛孔
让我每天做个
幸福的男人

这是一种最朴素的爱情
点点滴滴　从头做起
每个被你亲吻的人
脸上都写满笑意

最初的痛
你在我体内渐渐发炎
往事不见消肿
我用了好多时光的药水
为什么心中老是隐隐作痛？

那是一道怎样的伤口
由内而外在我的体内扩散
爱已走远
为什么痛原地不动?

蛐 蛐

从声音里听出你是蛐蛐
从声音中我感知你的悲欢
夜有多长
你的歌声就有多远
那沙哑的嗓音
最能穿透一个失眠人的梦境

比往事缠绵
比雨点急切
在低处　在暗处
一个生命的呼唤
比白天来得激烈
在大草原
一个从没有骑过马的人
今天跃马扬鞭
一个从未见过草原的人
今天在这里纵横驰骋
今天很特别，一个人放下了所有的负荷
象一匹马来到了自己的草原

生来就有健全的四肢
就想在大地上奔跑
就想象一阵风
轻吻蓝天和白云

可不得不　长时间与世俗搅拌
与命运抗争
一个向往自由的人
却常常挣脱不了命定的羁绊
他与草原有时隔得那么近　那么远

惊　蛰

惊醒我的是
一道闪电
一条蛇一样舞动的
山间小路
是时光的一道隙缝
是大梦之后
蚂蚱的长鸣

我被什么蛰了
抑或大地被什么蛰了
当我醒来
窗外的猫在叫春
阳光的蝴蝶满天飞舞
我惊奇的目光

无意中扰乱了地上的影子

（选自《诗选刊》2008年第10期下半月刊）

吴雪梅

答　案

我被想象的十二只鸟
在额上丢下一百零八道痕迹
就像少女的笑容一样深刻

被记忆模糊的山峰
今夜开着各色的花
月亮是最幸福的情人
所有的　一切的
美的　让风享受的
月亮包裹

我把房门关上
一步跨到皱纹没有
去过的地方
月亮亲昵的抚摸
情人藏身的每个角落
一张网后面
蚕或蜘蛛打了个哈欠
更紧密地缠绕
在新一轮的时光中降生
既然不能放弃
我的挣扎已没有了意义

门

一个人进来　一个人出去
一个故事上演　一个故事结束
门　保持缄默　保持中立
关上或打开　只是刹那间的事
留下的温度　手印或痛
直挺挺地被门收留

不说话也可以
站立的姿势　能支撑多久
一点点温暖
来自门内那微弱的灯光

（选自《安庆女诗人诗选》，海风出版社，2008年2月一版）

吴昭元

水和泥土

从一场大火到一场大火
燃向水　泥土和天空
很难想象
在水和泥土里
一只青蛙开辟了春天的道路
蚂蚁曲折地穿越五月的黄昏
小鸟掠过湖面犹如一串风铃
月光编织猫头鹰的倾述
这是一道近乎绝迹的擦痕
我读到的世界——
那儿没有静止的言语
只有美和生命……

躬　耕

从民谣里打捞起你的记忆
不知小溪的水
何时经过了我的眼睛
祖先遗留下的几何图形
演绎了几辈人的命运
犹如我牵牵绊绊的情感
源源而至翻版的泥土独守田垄

仿佛穗上诱惑的谷子
重复着发自肺腑的人声音
农人老牛还有鞭绳和
目光一起浓缩成诗
湿漉漉的心晒在你的枕上

（选自诗集《雨魂》，作家出版社，2006年10月一版）

第 三 面

第二面没有一个女人。
第四面也没有。总是这样：
我吸气，喷出伤感的固体小颗粒。
不再说话。但是握紧

女人，都在衣服里，抚摸
自己，忘记自己。他们
看见，也没看见。他们需要，
排斥，需要，排斥。他们

都笑了。张着嘴，牙齿
就跳了出来。

12 月，大风吹

夜长梦多，到处都是露水
湿了一块，不，两块，或者更多
我们谈风景，偶尔煽风点火
摇晃着脑袋，反串父亲，胃疼的客人

星期三，挂号寄出去的胃
不停地吐出硅酸钾，还有锶

但胆囊一样偶尔发炎，阵痛
需要药水洗劫一空，刷成新房子

这 时

这时风轻轻。草绿绿。
牛喝小酒。心花怒放。
小妹儿在橘园里：
伸出腿
伸出腰
伸出桃花

（选自民刊《不解年刊》2007 年卷）

夏余才

世界有时是空的

世界有时是空的
没有其他人
我搬来一面镜子
照看自己
镜子里的内容
一部分是旁白
一部分是我的记忆

我会步入一个天地
从幼小到老去
慢慢的改变
模糊或者清晰
我希望找到些什么
比如走过的足迹

然而拂去灰尘
已经发现失去
像春天里的花朵
零落成泥
要么
就在灰尘中掩盖
像一种忘却
不会独自在夜晚里
追寻零落的花朵

我可能已经遗忘

我可能已经遗忘
像深夜里的一次敲打
只有我一人听到
它流进时光的河
化成水滴
看不到踪影
宛如梦里的冰凌
挂在眼前
是一种虚幻的美好

我可能已经遗忘
像路过的一片草坪
我享受了一次绿
它从我的脚下铺展
仿佛我的童年刚刚开始
生活望不到尽头

我可能已经遗忘
像伸出的手
被刺扎了一下
疼的感觉
很快被忽略
正如你在我的生命中
有过驻足
而后不再停留

（选自《星星》诗刊上半月2007年第6期）

谢清泉

江南小镇

山隐隐，
雨濛濛，
几处淡淡几处浓；
重访小镇烟雨里，
江南牵我万缕情。
小镇正像酒一碗，
未饮已觉
——醉朦胧。

水几湾，
楼几层，
雨洒小镇诗意浓；
青菜新笋筐连筐，
鱼虾摆成龙门阵。
小镇恰似一杯茶，
灌满江南
——万般情。

春满心，
花满镇，
万紫千红染春风；
花的粉墙花的路，
花的窗台花的门。

小镇宛如花一朵，
香透江增
——十里春。

杏花酒，
杏花村，
农家小店情意真；
南货北货任挑选，
糖果烟茶味香馨。
改革风吹花更俏，
小镇越来
——越风韵

（选自《党员生活》1986年第6期）

山乡的彩云

山乡彩云朵连朵，
千朵万朵落山窝。
白的是棉花，
红的是苹果，
黄的是稻谷，
绿的是茶棵。
朵朵彩云轻轻飘，
赞美家乡好生活。

山乡彩云朵连朵，
千朵万朵落山窝。
白的是羊群，
红的是马骡，
黄的是瓦房，

绿的是汽车。
朵朵彩云轻轻飘，
处处都唱着幸福歌。

（选自《儿童歌声》1988 年第 2 期）

徐后先

母亲的叙述

我呱呱坠地的时候，是在一块空草皮上
母亲手心里攥着一根草　嘴里紧咬着一根草
我要生，而母亲要我，都不能死
没人在她身边，除了草，就是一把绣花剪
母亲的呻吟在草地上打滚
我的第一声啼哭在草尖上打旋
1958 年冬天，草枯黄得只剩下光茎
与它结缘，我有了贱命
我喝母亲的瘪奶，而母亲吃着草根
吃得泪眼汪汪，哽得颈直伸
挖草根的手颤个不停
母亲的背是我的摇篮，草绳将我缚紧
五岁下地扯草，七岁学编草鞋
九岁放牛吃草，十一岁戴上草帽
满肚子稻草，斗大的字不识一升
种了一辈子田，让我明白
什么种子出什么苗，什么藤结什么瓜
穷不丢猪，富不丢书
2008 年冬天，草又枯黄得只剩下光茎
满堂儿孙，已在天南海北落户
电话线像一根疯长的草茎，我攥着手就发拌
时光呵，把我的头发荒成了一团枯草
在世间走一遭，我什么也不惦记

除了姓氏笔，就只有娘手攥的那把草根

（选自《合肥晚报》）

棉　花

语言一片绵白
像冬天的雪，棉花说破寒冷
在路的另一端
一群蝴蝶的头巾被温暖

现在是秋天，记忆稍深
手指触到幸福微颤
一朵朵铺向天边
风摇着几片老叶苍老

除了白就是黑
有人打着电筒，穿行在暮霭里
萤火翅膀掠过头顶
那一点绿老得有些迟钝

在乡下，女人只懂弯腰忙碌
男人只会看守天空
哪一片又白了，这个夜晚
最让人揪心

一地棉桃，开了
开了，绿中的那一片白
白中的那一点绿
让冬天的背影臃肿行走直立

（选自《新安晚报》2009.01.17）

徐勤林

抚　摸

什么？树梢迟早会高出我们
一把木椅子出会，当我们抚摸
用身子带来温暖，它蹦出了吱吱声。

一棵树究竟能长多高？
这是你在无意间遇到的疑问
可你绕不过它，绕不过一年前的夜间
坐在椅子上想起的一位异性。

一棵树究竟能长多高并不重要，
在树下，她一声不吭，
左手引着右手，慢慢地，慢慢地
身体里另一棵树茂盛起来，
这时候，我已经爬到了树梢。

误　区

十点钟，写一场足球赛
不用脚踢，用胸脯顶过去
用脑。一个进球，用一个句号。

那里是法国，地图上的黄色阿拉伯。

我们在这个国家历数你们的脚
踢吧，踢吧，让一个易拉罐咣当响
街道还给孩子们。
一男一女的对抗赛，她说痛
一声高一声低（我在挤牙膏，我在——）。
整个晚上，她嘟浓着玩球：
允许用手轻轻地摸，不许出声。

（选自民刊《不解年刊》2007 年卷）

许　洁

炊　烟

蠢蠢欲动的是人的影子
在晨钟或者暮鼓时分
他们正袅袅升起

如花的影子　形势迫人
破屋下面大家席地而坐
守着几杯盅盏　或者几个孩子
心事在微风中忽左忽右

其时我也在席地而坐
判断着水酒的热度
我的目的是回想梦中
做那三分之一或者五分之一的诗句

而实质上　这个存在的影子
在有我和没我的时候
他们照样生息　我在怀疑
他们的方式会不会只是流水的方式

但我仍厮守炊烟
在时间的尾声中　我对你说
我意志已尽　我对你说
我在另一种炊烟里　缠锦而上升

（选自《福建文学》2004年第4期）

我记住了那幅闪亮的画面

我记住了那幅画面
闪电划过湛蓝的海域

一切都在空气之中擦亮了
水　想象和爱情

当天空打开一道闪亮的门
是谁在思考进入

其实风已经召唤很久了
那么美丽的风　是时间的影子

我的影子　在我手中
我要把她放到爱人的心上

她在珍惜吗　一个晚上的哭泣
那证明了什么

转过身来　只有礁石　只有波涛
只有逃跑了的欢呼的鱼

（选自《星星》2004年第10期下半月刊）

沙县面

需要你的时候
捞一捞，就可以送进嘴里

可现在你已经凉了

在这无人的餐馆，我有些紧张
面捞起又放下，长长的
象我的思念

大雨在不断地编织，你焦虑的梦
是否就在这烟雨当中
找不到叙说的场景

我的筷子已经重复多次了
可拉起来的，却是老屋、父亲与牛
好一片混沌的心情啊

一碗碗的沙县面，它的及时性
只有大大小小的漩涡知道
雨啊，谁还相信你的誓言呢

（选自《中国打工诗歌精选》2007 年 5 月）

雪　阳

另一种生活

我的后院里生活着一群蚯蚓
我猜不透它们隐秘的生活
我们一直无缘交谈
它们对异乡人并不好奇

在无人来访的黄昏里
我寻找过它们的声音
没有具体的内容
它们从不相互指责
对于石头压着的生活
很少提及

越是坏天气它们越沉着
不像我那样不安地遥望远方
远方能有什么
对于蚯蚓
远方不过是另一些蚯蚓

蚯蚓的头和脚很相似
因此　上下　方位
也就无关紧要
头和脚在同一个地平线上
它们可能浑身都是思想

生命的精华
也许是某些柔软的成份
傲骨贱骨
最终都叫做骷髅

蚯蚓没有骨头
连软骨也没有
蚯蚓的骨头不是我们能懂的

选自《酿造季节——酒井园五周年诗选》，华龄出版社，2006年5月一版

（作者系安庆籍旅居澳大利亚诗人）

杨　麟

风会把多余的事物带走

杂草。乌云。寒冷。鸟粪。废弃的报纸。
塑料袋。枯枝。败叶。臭袜子。避孕套。疾病。
这都是一些多余的事物，都是一些生活的
孽种。我们不能存留它，就让风带走
就像风带走春天里剩余的冬天
那样利索。那样快。那样不留痕迹。

换一个角度去讲述

不要从左边，也不要从右边，更不要
从前边和后边，上边和下边。
请换一个角度讲述，撇开我虚拟的
外套，去讲述我的热爱，虚无，
宽厚，温存，粗野。讲述黑夜对我的
宽恕，照耀和抚摸，还有我
与生俱来的孤独与蛇一样的寂寞。

世界慢下来

世界慢下来，我们也开始慢下来。
我们慢慢地成长，慢慢地

吃饭，喝茶。慢慢地生病，恋爱
喘息，唱歌抑或做梦。慢慢地
在人行道上行走。慢慢地撕扯
经年的懦弱，背叛和盲目。
慢慢地说话，让昨天的词语
慢下来，成为今天的成语，
让今天的黑暗慢下来，分裂成
明天的黑白分明，阴晴圆缺。

在四月蓝色的天空中，让燕子
慢下来，慢慢地飞翔。让蚯蚓或者
刚刚苏醒过来的蛇，慢慢地
爬行，拖着自己的影子。
早晨的阳光爬上山坡，让露水
慢慢干涸。让河流，村庄，
大地，树林的队伍慢下来。
让宏伟的暮色慢下来，让女人的
衰老慢下来，让孩子们的童年
慢下来，让风的脚步踏遍整个世界
让春天的每个角落充满明亮和温暖。

杨庆祥

这雨落下来

这雨落下来　有多少改变发生
下雨的北京不是北京　它是
另一个事物

这是可能的变化：被雨水冲刷的
水泥地散发着腥臊的气息
无风之树安静　接受落叶和宽容

许多允诺的紧张慢慢放松

必然有人在灯下谈论这雨
和雨中的北京
必然有人走进雨中
成为此时风景的一部分

2007. 09. 13

微　微

甜蜜的气味来自镜子
微微　室内生活糜烂
无可救药的乳房

像两把受伤的手枪——
黄昏只属于暗杀

让空气变硬的力量
水深火热　你的嘴
吐出一串腥臊的气泡
微微　随手可及的东西都是
硬的、冷的、变质的
只有你的腰肢柔软芳香
像一条蛇缠在大床

或许是错觉　啊　微微
耶路撒冷比富士山更远
我只有一条羽毛做的筏

2007. 10. 31

芒　果

你的肉身不能成佛
荤腥不沾
你习惯于离开土
你变成了金黄

芒果长在土里　芒果长在树上
你的肉身有佛光
神仙血脉　也有一把纤维
供我噬伤

芒果长在土里　芒果长在心上
我的肉身不是你的
我爱我低头的罪

佛在九重霄　我倦于仰望

芒果长在土里　芒果长在你心上
你心非我心　太执着
佛也渡不尽
我是凡人爱这欲望一生
这一生还很漫长

芒果长在土里
芒果长在何方?

2008. 03. 04

雪夜读《搜神记》

它突然化身为女
喊我。声音来自空洞。

责怪我弄疼了气候
手握寒冷，走向一座乳房

薄雪困夜。伤心伤城。
有一物柔软、膨胀、坚硬

有一人在屋外偷听
听雪如阴谋诡计悄悄凝固

我们饮冰如刀，
欲催生小小神奇的变化。

我们欲仙欲死。

2008. 01. 13

杨四平

“你猜我是谁?”

“你猜我是谁?”
我辨不出是不是有一种幸福
此刻　正朝健忘的我弥漫开来
我只是笨拙地感觉到
你正在从大雾中减缩
越来越小　撞进了我的身体

“你猜我是谁?”
我已经不是第一次这样听到了
像儿时玩的捉迷藏那样
在游戏中　我每次都惨败
我可能从人群中认出你来
但不能从众声合唱里辨出你

“你猜我是谁?”
我没有交给你任何谜底
你也没有把我悬搁在人生旅途
我知道女孩子不会轻易生气
就像我平时把她精心梳理的美发
草草地弄乱后　她又很高兴地挽起

“你猜我是谁?”
你的一句方言　猛然间

照亮了我沉睡在黑暗中的另一个自我
就像过期的药物被零乱地堆放在墙脚
我从一开始就知道
我与你一定有某种隐秘

（选自《江淮晨报》2003.02.17）

傍　晚

在秋天的黄昏里
你期待着什么
编蝠在楼群间优美地飞翔
笛声怀旧般地从窗户飘出
还是被爱人挽着手臂穿过广场

像某个早晨你将房子打扫干净
摆好桌持拿出上好的茶叶
和一些发黄的老照片旧诗集
耐心地等着朋友从远方不期而至

夜色从天空弥漫到大地的边缘
轻风无意地吹动着树叶
你固执地坐守在苍茫中
等待流星从头顶划落

坐在秋天里坐在黄昏里
坐在自己如歌的思想里
你顿觉自己是位哲人诗人
秋天的傍晚总让你不能不这么想

（选自《绿风》诗刊2003年第6期）

查湾的太阳

——给海子

你就是那个查湾的庄稼汉吗？
坐在冬日的屋顶上　任蓝色覆盖
你怀抱青龙和白虎　跟河流一道
穿上屈原留在岸边的白鞋子
走南闯北　用积蓄了25年的孤独
使满地麦子金碧辉煌

你就是那个黑夜的鼓手吗？
当年你用方块字作鼓槌
用精血和藏传气功作鼓韵
击鼓一生　白猿驮着月亮
自亚洲铜鼓里跳脱而出
幻化出一轮向日葵般的太阳

你就是那个昌平的失恋者吗？
脖子上的菩萨　遭遇火灾
在不经意间　四个姐妹
四只肉体的燕子　朝你飞来
朝着笨马一样的你飞来
随后又消失在季候风里

你就是那只东方的烈豹吗？
当年　你肩扛一支巨笔
昼夜都在嘟哝着七句咒语
向黑暗深处挖掘太阳
你耳鸣目眩　心力憔悴
在一个雨夜梦见了一个固执的偷牛者

你就是那朵空心的挑花吗?
从 1989 年 3 月 26 日的树枝上　提前凋落
你把一部《弥赛亚》和两尊藏佛彩雕
安顿在家乡屋后的乱坟岗上　黑松林里
这样　你就可以一边歌唱着云朵
一边和心仪已久的圣人相聚天堂

你就是那个打马过草原的骑手吗?
春天绿遍了赤道和太平洋
那十个海子劈柴　喂马　通信
周游世界　在春暖花开中
日落而作　日出而息
花朵是娇美的妻子　果实是古典的诗集

(选自《20 世纪中国新诗主流》，安徽教育出版社，2004 年一版)

杨松杰

玻璃家族

我们隔着玻璃　却看清了万物的秘密
甚至是夜和月　光年的距离
在睫毛上裸露出神话
传说　复活在天文望远镜里
人种终于进入了试管　啼哭滑过玻璃
奇迹超越了神圣的子宫

三角杯里燃烧的氧气　告诉我们燃烧
是怎样辉煌　怎样痛苦
古典书法的狂草　由玻璃完成革命
魔术和造型　白色的世界春夏秋冬
透明的显微镜下　潜敌被侦破
穿过玻璃的深度　穿过原理
穿过哲人　穿过智慧和自我的轻浮
我们跨越了断裂地带
透明地再生

试管插入我们的头颅
井就这样打成　石油和水汩汩流出
泛滥的词：希望·理想·信仰·志
植入玻璃之后　便实实在在
走出了化石
面朝玻璃家族　我们看清了自己的肖像

增殖的年龄里流失的春天
发现影子在玻璃那边　模仿哭和笑
在哈哈镜中使我们变形
离开了玻璃　黑暗随时降落
我们流浪在文化外面

酒在杯中　醇香浸透了玻璃
手指再也举不起它　因为触摸贫困
指纹里嵌满了风沙的痕迹
村童失学的书包里　装满了彗星陨石
隔着玻璃我听见太息　蟋蟀的声音
在老墙角落的秋草下面
玻璃模糊了　在鼻梁上　沉重的头颅
需要血肉骨骼和全身的方量才能支撑

行走在透明的行列　堕落的灵魂
让穿过玻璃辐射的阳光
引入自己遗忘的家园
生活和鲜花　诗和歌　土地和季节
才永远生长在玻璃上面
我们的瞳子里　有咸咸的汗滴
永远有一滴咸咸的汗　耳轮永远被针刺破
挤出血　挤在玻璃片上
重新检验血型

（选自《星星》诗刊 1995 年第 6 期）

杨卫列

成名前后

一个极其偶然的机会，俺一举成名了。从此，俺的人生发生了戏剧性的变化。至今想起，仍感慨系之。是耶？非耶？

成名之前，俺写字，人家说这是不务正业
成名之后，俺写字，人家说这是艺术创作

成名之前，俺被人称为书法爱好者
成名之后，俺被人称为名家，甚至大师

成名之前，俺的工作室门可罗雀
成名之后，俺的工作室门庭若市

成名之前，俺的字缠缠绕绕、软软塌塌，人家说这是死蛇挂树
成名之后，俺的字缠缠绕绕、软软塌塌，人家说这是游鱼戏水

成名之前，俺的字肆意而为、东倒西歪，人家说这是流行色
成名之后，俺的字肆意而为、东倒西歪，人家说这是孩儿体

成名之前，俺的字如行云流水、波澜不惊，人家说这是俗气
成名之后，俺的字如行云流水、波澜不惊，人家说这是书卷气

成名之前，俺朝报刊投稿，总是石沉大海
成名之后，俺只要愿意，投稿总是百发百中

成名之前，俺的字一钱不值
成名之后，俺的字一字千金

成名之前，俺的字无人问津
成名之后，俺的字供不应求

成名之前，俺总是千方百计的找名人合影
成名之后，俺身后总是跟着一批人，要俺赏脸同他留个影

成名之前，俺总是抓住一切机会请名人给俺题字
成名之后，俺总是被人包围着，被动的为他人题字

成名之前，俺总是站在下面，看名人挥毫
成名之后，俺总是站在上面，别人看俺挥毫

成名之前，俺总是站在台下，看名人剪彩
成名之后，俺总是站在台上，为别人剪彩

成名之前，俺总是习惯被人指手画脚
成名之后，俺习惯了对别人指手画脚

成名之前，俺的生活几乎是除了写字，还是写字
成名之后，俺在想，什么时间能让俺好好的写一天字

成名之前，俺整天为不能成名而苦恼，而烦闷
成名之后，俺整天却因为成名而苦恼，而烦闷

成名之前，俺总是羡慕、赞赏人家
成名之后，俺成了人家羡慕、赞赏的对象

成名之前，俺总是想，成名之后的生活一定很美好
成名之后，俺总在想，还是成名之前的生活好啊……

（选自《美术报》2008.05.17）

叶邦宇

灯　笼

一首诗
在黑暗的肉体里点亮
如一截短短的烛

活在这样一种
燃烧和亮度中
诗人就是用一张薄薄的皮
包裹着这样一朵火

像一只灯笼
被别人或自己
提在手里

（选自香港《世界华文诗报》2002 年 12 月）

静止的装饰

房屋是静止的　树木是静止的
以及空闲的田野
还有远处淡淡的山
在这些静止中
我看到成群的雨在移动

互不相干的几把伞在移动
烟从烟囱的顶端
斜着向更高的方向移动
一辆汽车有些沉重地在树木和房屋
之间
忽隐忽现地移动
一些十分耳熟的声音在移动
它们从天上、从屋里、从火中、
从时间的某一个钟点、从嗓子眼里、
从纵横交错的管道里
被搬出来
在这个清晨
我所看到的这些移动　就像是
那更广阔、更强大、更稳固的静止中的
一种装饰

（选自《星星》诗刊2004年10月上半月刊）

在你的办公室里

这个下午我坐得离你很近
近得你给我递茶时
我可以乘机摸一下你的手
近得我可以闻到你身上的香味
再近一点
我就可以摸到你的心跳
就可以看清你嘴唇上边的一溜绒毛
允许跨一步
我们就可以拥抱
我就不会那样老实地坐在你对面了
不能再近了

因为在旁人的眼里我们只是相识
只要有一个人在我们都要控制藏着的爱
只要有一个人在那就是我必须把握的
分寸
这个分寸就是你我这个下午坐在一起的
距离

（选自《诗刊》2007 年 7 月号上半月刊）

十二匹母马

十二匹母马
把青草抱在怀中
用十二种毛色示爱
它们的蹄声
是草原的乡音
它们的奶汁是草原的
宝贝

十二匹母马
扬起前蹄
会让苍天
掉下大雕
低下头来致使青草
散发香味

它们一怀孕
草原万马奔腾

（选自《星星》诗刊 2008 年第 1 期）

叶匡政

第二粮食仓库

这是米的颤动。高大的仓库
几只麻雀不曾转身
就从气窗上飞走

一个人沉溺于这静叠的整体
使他屏息，把自已挤得比米更紧
清冷的房梁下没有任何运动与它相像

粗大的光线把仓库变得无比沉寂
使粮垛站得更加坚定
我究竟看了多久

那种丰盈才在粮垛之上缓缓升起
又朦胧，又唯一，像生命解体时的光芒
安详地说："我的身体就是目的。"

光滑、洁白的米粒，在仓库中
保留着一点泥土的温暖
淡淡的米香悬垂在黑暗深处

像小小的种子，在那里
我听而不闻

1993.06

（选自《中国90年代青年诗人短诗选》，敦煌文艺出版社，1997年一版）

塑　像

我躬身在一只烧焦的电闸前
它要打开
它要对着躁动的人群打开
它要移走所有漆黑的房间

远处的巷道像一支嘈杂的练习曲
在我耳边
我站在木凳上，黑暗中，打开电筒
看到了自己年华的流失……

这只焦黑的电闸
它静默，从容
仿佛经历过真正的痛楚
像我那不愿说话的亲爱的兄弟！

1999.03

（选自《中间代诗全集》，海峡文艺出版社，2004年一版）

银　行

深秋的银行
没有一个人不是陌生的
在寂静的天花板下出没

彩色纸币，把他们
从这个下午分裂出去
光在一列柱廊之间缓缓移动

整个下午，我不曾躲进别的事物
带着孤独的词句，深深陷入内心
我把银行的寂静归于纸币深处的轰鸣

日落前，我的目光像两只蜘蛛
最后一次爬过银行的大理石门厅
雪白的柜台沉入阴影

“我更喜欢拥抱室外的尘嚣”
这个不带幻想的人
说出的话比平时显得安静

1993.06

（选自《中间代诗全集》，海峡文艺出版社，2004年一版）

城市构成

在这里，天空对人群俯就
我多么弱小，卑微，沉闷
擦着多余的手

在那大厦黑暗的深处
电视咬啮人的头颅
情侣们相拥时的孤独密封在各自心中

1997.05

（选自《2002年文学精品诗歌卷》，敦煌文艺出版社，2003年一版）

叶守春

古 榕

有棵参天古榕树
扎根历史悠久的古榕村
粗需十数人合抱
高能摩星云
枝似虬龙
铁骨铮铮
叶如绿云
华盖数顷

树下蒲松龄搜集过故事
树下红军宣传过革命纲领
树下唱过戏玩过龙灯
树下开过会放过电影
树下拔过河耍过杂技
树下纳过凉听过京韵……
树下发生过的故事
能成册装订

画家曾来此
给它临过摹写过生
摄影师曾来此
摄过它的英姿风韵
植物学者曾来此

给它制过标本测过年轮
旅游者络绎不绝
瞻仰它的苍劲，沐浴它的树荫

当年东洋鬼子进攻古榕村
树枝间长出了机警的眼睛
情报在地道迅速传递
地雷在路旁迎候“贵宾”
游击队长一声令下
古榕像只火凤凰遍体子弹飞腾
东洋高头大马也倒在血泊中
三光政策在古榕村没能得逞

如今，这棵刚劲挥洒的古榕
耸立村头，雀鸟枝间欢鸣
它是这方黄土地的高龄老者
是多个朝代兴衰的见证
它既古老
而又年轻
它是人们心中一尊偶像
更是咱村寨繁荣昌盛的象征

（选自《新千家诗选》，中国文联出版社，2000年12月版）

叶　臻

沙漠里的树墩

我不得不写到这个树墩
这是多年前我走出草原后在沙漠里看到的树墩
这个没有一点活气的树墩
我叫不出它的名字　我无法辨认它是怎样的一个种
在今夜　我凭经验　把它想象成一棵胡杨
只有胡杨　才有可能成为沙漠里的烈士
雷电在一个早晨用一秒钟的时间就劈去了它的头颅
狂风用九个春秋剥去了它的皮肤
飞沙和走石　用半个世纪掏空了它的内脏
多年前　我看到它时　它流尽了最后的一滴血
而今夜　它好像还没有完全断气
它活在我将要书写的一张洁白的纸上
狂风起处　树墩周围是漫卷的狂沙
我就站在它的身旁
它发达而裸露的根须努力抓住身下的狂沙
努力抓住快被狂沙刮飞的我
它发达而裸露的根须像急促扩张的肺叶的血管
不断地为我的心脏供血

用一朵桃花做白发上的灯盏

好像是多年前的一部电影
在马路的西边　有一片桃林
一位色弱的少女　她眼中的春天
是一片灰暗的爱情
桃花用粉红的色彩鸣叫
用看不见的香气飞翔
坐在桃树下　风给她送来风的声音
两只瓢虫　在桃叶的背面接吻
一张黑白的旧照片
客居在她贴身的口袋
穿过桃林　她继续往西走
从色弱走到色盲　双眼全瞎
西边的西边　是落日的墓地
一位老妇　拄着拐杖　看不见一丝光
手中一朵枯萎的桃花
是她白发上的灯盏

守夜人

钟敲十二下，当，当
我在蚊帐里捕捉一只苍蝇
我不用双手
过程简单极了
我用理解和一声咒骂
我说：苍蝇，我说：血
我说：十二点三十分我取消你
然后我像一滴药水
滴进睡眠
钟敲十三下，当
苍蝇的嗡鸣：一对大耳环
仍在我的耳朵上晃来荡去

1992.08.24

交　换

十二岁时我与伙伴
交换彼此拥有的动物。他拿出
一只灰鸟，我拿出一只蜥蜴。它们分别带着
两个人的体温。

两个人性情不同，我爱打架而他爱
幻想。我父亲是一名水电工他父亲是一名
长号手，现在我还记得他，他曾说
“乐队里应该有动物”。
灰鸟和蜥蜴，都拴着线。我俩
冷静如助产妇，一个检查蜥蜴的性别
一个看鸟的牙齿。这可是
飞与爬的交换，我们很在乎。

2007. 04. 10

轻信之年

昨晚睡得不好，今天早晨，
感觉身体悬挂在一幅画里。
还好，还算正常，不是太糟糕。

胳膊和手之间，有一个金属棒，
喔，现在仍能活动。
我还能肯定自己。

也不是说无所谓。
瞧瞧，有人对橡皮泥抱有幻想，
有人干脆望着山毛榉树不说话。

当人们对我说“冰块里的水珠”时
我心里一惊。我一直没有怀疑过
存在我这么个人。

2008. 09. 07

刺猬论

冬天冷，我们花一天时间
讨论刺猬。
我们在房子里，开着空调，
穿着运动衫，心里柔软。

刺猬怀孕了，
刺猬误入农民的院子，
刺猬逻辑混乱，生下一窝小刺猬。
小刺猬爬。我们讨论得很认真。

假设一只光秃秃的小刺猬一个肉团滚到
我们的脚下或者直接爬到我们的床上在
你我之间讨论的间隙或者梦中，我们还
继续讨论吗?

当然。
我们会沮丧，
夜不能寐而伸手于窗外。
我们可以讨论更现实的问题：我们。

2009. 03. 03

张建军

秋天的柿子树

有一种金属的声音
是秋天成熟的喜悦
乡村的柿子，挂在高高的天空
凝固着高山和流水
色彩画上了星空

听见秋天奔跑的声音了吗
这些一一闪过的柿子树
时光之箭。

射手
在湛蓝的天空。在高原雪域
把十月的油画，涂抹在金秋
乡亲们撒网捕鱼
千舟竞发

我的油画在时光的深处
树木，城墙。山的影及其乡村黑狗
若隐若现地奔跑

秋天把草地上的红花和绿叶　纷纷
弄黄了，弄碎了。
把我们的大地裸露在水和冬天的岸堤

传说，柿子树是秋天的影子
风匆匆吹动我们的衣角
只留下
那些雕刻的油画
刻在落叶之上
挂在墙头
湮没进泥土

白崖寨

元朝末年的军事城堡
印证了乱世出豪杰的真理
一个地主的武装力量
把关寨，石头，自由
和狡猾的狐狸包围

这是今年第二次
我像一只回归的雁儿
沿着西壁的天梯
归巢。觅巢
寨墙鳞次栉枇地摆放在草丛里
象是等待出发的士兵
依然威武雄壮

那书写了最上一乘的史可法纪功石
已三百年了
如一只翘首的蟾蜍
把历史的剑影刀光一遍一遍砥砺

不闻人语，只有鸟鸣
关帝庙内的老禅师

把门口纤细的修竹以及芭蕉的叶子
写满了佛经

凤卧龙栖的望江亭
和白崖寨的土城墙
又垒高了三尺

弓箭。弹痕。呐喊以及山茶花
成了红二十七军诞生的号角
山寨把牛犊的脚印
隐进青山的苍翠
令今天的我们
看见黝黑的岩石
和秋风一起卷起

从关门石翻越的历史
到寨子的距离，700 年
一步比一步更加
巍峨

张建新

小剧院

夜晚。零星的灯光
北风抱住小剧院。木制的小楼。
脸谱走动，挥舞手中的红缨枪
声音在空气中打结
村庄敞开着，出去的人没有回来
七十年代末的冬天
我随母亲穿过一大片麦田去看戏
一个投水的女人被打捞起来
她脸上的油彩没有被水草划破
身下的麦苗迎来了灌浆期……

汲　水

她在汲水，两个旧木桶拍打着
宽厚的髋部
远处的光照不到肉体里的衰老
她是我的母亲，严重的关节炎
命令她只能站着
每天都是这样，从井里汲水
滋养我体内的青藤
如果有一天她停了下来，肯定是因为我
去了远方

月 光 光

月光下是草、是涉过浅水的鹭鸶
垂入池塘的小树枝
在霜气中凝滞
小桥一步跨过河水
背判的道路畅通无阻
在永固村打开的书页中
我有些恍惚
随手划下的奇怪符号
居然在月光下尖锐了起来
远处的大坝那边是汇入长江的大河
收藏了多少沉船的遗骸?
月光浮在水面，与涉水而过的鹭鸶一样
多年以后，我会感到艰难
和可怕

张　健

像一只鼠标

像一只鼠标
鹰在天空移来移去

我躺在山坡上
咀嚼阳光
像雨季的瀑布
思想在汹涌

鸟、蝴蝶、蜻蜓
还有不知名的虫
纷纷扰扰

我把我做成一只兔子
长着刺眼的桔色的毛

像一只鼠标
鹰在天空移来移去
我进入了睡眠状态

（选自《安庆日报·下午版》2004.10.13）

张劲松

一朵花独自开在海上

仿佛暮色里一盏渔火
一朵小花
被纤细柔韧的暗红长茎托出海面
水天一色　茫茫无涯的大海
此时　空无一物　此时只有
一朵金黄色的小花在摇曳——

孤单　冷寂　微弱
像一颗沙粒隐没于大地
没有人知道　一朵花默默地
开在生命的伤口

两只蝴蝶

两只翻飞的蝴蝶
它们也是奔赴烟波浩淼的彼岸?

大海暗藏了多少雷暴　两只蝴蝶
薄如竹膜的翅膀　怎能承受起
一望无际却又不可预测的危险和灾难
沿途　靠什么停歇疲惫的飞翔?

也许两只蝴蝶并不明白这些
或许它明白　但它已厌烦了
花朵围困的日子
它们向往生命的辽阔

……惊天动地　千万匹马在奔腾
银白的声音上　依稀可见
两只蝴蝶　逆风中　执手并肩
艰难地飞着……

虚拟的静谧或于山

高于城市的喧嚣和热闹
弥漫的静　仿佛经过水的洗濯
一尘不染的干净

丛林茂密　一粒粒翠绿的鸟鸣
滴落树叶　宛如
风中一匹布轻轻的抖动
拂过一根根低垂的枝条

现在　被压缩的林子的光
只照亮林子　空无一人
但一定有人刚刚离开——

一朵鲜艳的玫瑰　倚着石凳
袅动水滴的花瓣
静谧中　我听到
一朵花上一朵花之外的声音

张太成

幻　想

我想　如果我有办法能让
那只被枪击中的死鸟　从草地上
退回到树梢活着　并继续用它那
漂亮的歌喉呼唤它的伴侣　这该有多好

我想　如果我有办法能让
飞出去的那颗子弹　从鸟的胸膛
退回到发烫的枪管　继而再
退回到弹夹被人摘去　这该有多好

我想　如果我有办法能让
打鸟人的枪　从他手中
退回到他的柴房　静静靠在墙角
枪管被铁锈堵死　这该有多好

这是我听到一声枪响之后
看见一只鸟从树梢上掉了下来
就好像是我从悬崖上掉了下来
我感到绝望而这样幻想着

（选自《儿童文学》2004年第5期）

烂苹果

藏在好苹果中间的
烂苹果　它好的部分
朝上　腐烂的部分
朝下　让人看上去
与好苹果无异
而看不到它是只烂苹果
烂苹果腐烂的那部分
流出了污浊的黄水
好苹果被黄水侵蚀
也渐渐腐烂起来
烂苹果让好苹果腐烂
是件比较容易的事情
但好苹果却没有办法
让烂苹果变好　就像
一盆清水没有办法
让一瓶墨汁变清
但一瓶墨汁却很容易
让一瓶清水变黑

（选自2004年《敦煌》诗刊）

张　宜

民工大特写

这是汉语的失误
从80年代中期开始流传
农民不等于工人
也不再等于泥土

集中在春节前后的火车站
那些躺着的人
不可能是一片田野
黑夜里的山岭连着山岭
逶迤成远方

泛滥的洪水
飘起一节节车厢
如风浪中随波逐流的蚯蚓
这些不合时宜的造句
充满着逻辑的亵渎

偶尔走出工地的围墙
透露出泥土的味道
从低声的土语里

城市是一个动词
不断地把人群从泥土

运到泥土

漂泊　成为河流的中心
也许是没有树的村庄
才可能纠正语言的混乱
用失去母语的泥土
用不再纯正的方言

总是被铁轨挽留
一道风景
被工地和脚手架的名词掠夺

他们不常常出现在句子里
被城市的形容和
花园小区和新村的虚词
忽略

飞行与遗忘

一

大雁向南
在身体之南
你眼睛中的湖泊
逐渐放大

二

缓慢
烧灼的岩浆
飞行中的身体
比一年还长

我疾驶奔跑
雁在空中
我在秋天的大地上

三

还有多少个今夜
不能溶化
星光埋藏在自身的虚荣里
飞行就是与坠落
最后的抵抗
还有多少堕落
需要重演
还有多少的飞行
需要生死迷失的解答

四

我望天空
为什么看见折断的翅膀
我的另一半
已经受伤
草木枯萎
浓郁的冷血
快要被冰雪覆没
羽毛成冰
我在羽毛中迷恋自己
无法前行半步
投下来的另一半影子
投射到大雪覆盖的大地

五

宁静　弹片在呼啸
射中我之后

黯然无声
我听见无声里
深渊被反复破坏
无声是另一种新生
全部的祈祷
在即将冰雪来临时
找到热的血
继续寻找
飞行是一种无边无际的痛
远离伤痕

六

谁的伤痕
逐渐扩散
铁板的裂纹里
纸张飞舞
取代语言
第二次伤害
秋天的木碑缓缓矗立
夜晚的坟墓
开始弥合
今生只愿
埋藏在空中

七

朦胧　隐痛
月光下迟缓的前行
铁轨的表情
结冰的速度
我凝视一秒
耗费了一生
大雁　大雁

为我送行
幸福时光　飞行的过程
而许多过程正在飞行中
随即结束
肃穆　沉浸
携带着蓝色的湖泊飞行
如我的今夜
省略了所有风声
省略了羽毛

八

沧桑　冬眠　浊酒
谁用苍茫抹去今夜
抹不去的是大雁
打开又关闭的欢愉与
谎言
我去了
不在虚高中肃立
不在浮肿的大地漂浮
我到底在哪里
从此飞去之后
大雁在哪里
飞行在飞行中遗忘

张　颖

若　然

聆
风起
花帘动
随舞夜歌
窗外婉月升
琵琶弦拨数声
梦中芬芳浣纱径
呓语两三媚尽染
弄发香隔帛屏
潺潺莺相鸣
怀靠暖羽
馥唇触
红颊
沁
缘
生前
汀水岸
扶摇露尖
蝶过复蹁跹
云裳交映溪涧
由何人诉其愁怨
又谁者倾掉缠绵

世世生生年年
雨破同依伞
绕入情欢
双鬓连
望眼
卷

章耕由

在雨夜里行走

在雨夜里行走，雨滴加速度
下滑，大地闪着雨水黑色的脚
伴随着嚎叫，像是逃逸
但它并不轻松，甚至
磨穿了黑暗或岩石
我不知道时光
是否湿淋淋地正被剥蚀
或者，是否这就是时光
实在得像雨水，无形有声

在雨夜里行走，从黑暗中
并不拽出更多。对于本地雨季
我相信任何居民见证人
而不是皇族游览者。在雨夜行走
不可预见的火焰就在远方
一步一步，慢慢浮现并照见
盲目的事物及其歌剧般的面目
这样的时刻，光明和良知唤醒了
如此多的奥秘，以及
比梦幻还多的苦难

在雨夜里行走，雨声
让鸟群安静下来

它们的纤弱，它们危险的睡眠
栖向何方？一生的旅程
在深爱的真实中扯掉温柔
对于寒冷的认知，泪水
找到了它的尺度
而征服与被征服的维持
远在呻吟之前，使生活
感到狼狈

在雨夜里行走，运气
永远向后，越过马路与草丛
回家，直到下一次的边缘

我身体的光芒

我身体的光芒
四十年一直闪烁其词
但我什么也看不见
一任光阴挑逗

春天，永不消损的渴望与摩擦
不能到达我，一如我同样不能抵达
天际的冲动，它傻傻等待着
眼睛宣布星星的美丽

曾经的一切证明我惊人地
过时，陈迹斑斑
这些年来，我买了这么多戏票
读了这么多书，占据不适当的房间……

为了那深思熟虑的激情，现在

我必须引体向上，或者站直了
忍含泪水；倾听
骨骼发出坚硬的声音

忏　悔

一次又一次，记忆压住我的嘴唇
孤寂濯洗我一生的错过。
今年腊月，我迈向四十。
没有逗号的消损呵，一点也不商量。
我暗忖双亲诞生我的意义，不止是
为了家族的荣光，还有更远的目标；
为了金木水火土。而我
让他们哀悯又自怜。
我五行缺火，生活
失却了燃烧的希望；
他们鼓励我天天向上，而我
独对时间的花布发呆，以致
耽搁了成长；我的双亲愿我勇敢
但我怯懦，像蜗牛无望地蜷缩
我沉溺于艺术匀称的过程
以及它黏附的琐碎上，度过
每一个贫困与富足对等的日夜。

章晓勤

野　径

野径穿过草地
仿佛一柄锈蚀的剑
横亘在秋天的胸前
遍生的衰草
反复不止地呻吟

碧水从花溪流来
它到达这里已经干涸了
凸现的河床浮起
在众草暗淡的眼波里

时光的沙粒飞速向前
纷披的乱草将散落的日子覆盖
谁能告诉你
一年中最冷的季节何时来到

黑夜漫上山坡
我沿着野径走进草地深处
足音跫然
回荡在辽远的星空

（选自《诗歌报月刊》1998年第8期）

周　斌

她是坚硬的少女

她是坚硬的少女，如果送她
足够的风，不，哪怕是一缕吹动鹅毛的
风，她就可以不再饥饿，不再沉溺于身体或者回忆

可是，一束电子落了下来
淋湿了夜晚中准备朝秦淮河飞起来的她

它像风一样的追我

它像风一样追我
果汁一样纠缠我。
星期六来临时
我钻进玻璃里唱歌。

事隔三天之后，
流水就变浅了。
与此同时，木桌子吸干了洒在它上面的茶渍，
百灵鸟直起身子，朝巢外眺望——

天上，那些飞行着的铁。

雨中的祖国

我不想拿坛子来说事。
尽管祖国下着雨，
淋透了超市门口打手机的女郎，
淋透了广场日夜举手的雕像。

雨中的祖国，
有一些缓慢，
一些慌张。
雨中的祖国覆盖了我身体的全部。

哪怕我是一个幼小的孩童，
还不懂得尖叫的多种含义。
只有深水中的鱼，深深懂得漫暖，
它用猛烈的刺，
在水面打击波纹，我称之涟漪。

她绝对不是美鱼人，不是女性。
尽管她的身体是白的，并且朝我闪耀，
在雨中，她就像一根温柔的银饰，
在我幼小的心里，她驰过的车子一般，
留下轻而快的声音，令我回忆起何谓孤寂和荒凉。

（选自民刊《不解年刊》2007卷）

爷 爷

没有谁会轻易飞翔，他是个例外
他用现代汉语说话，用古代汉语做名字
有一天他换了一身白色的羽毛
从此就没有人再见过他。那时我是一个不说话的孩子
从大人那里听到他们轻声交谈这件事

一天一滴雨，我家门前的石雕少女
永远捧着一碗不会多，也不会少的水
奶奶临终的早晨满面泪水，她的男人
用一年的日日夜夜雕刻着他在异乡认识的少女
奶奶最后的手指着门前的山，父亲扶着她
我会磕头的时候她已死去多年

有时候我喜欢幻想，常常在梦中醒来
发现自己满脸是泪。这种多少有些要命的气质
和仅仅一夜和奶奶在一起的爷爷有没有关系？
我想他应该是一个长不大的少年，如果我去河南或者
美国
会不会在一家酒馆里和他为同一个少女喝酒？
我们当然意识不到，我们正在谈论着同一个人的
少年和老年，而我们却一直以为我们是在
讲述两个遥远的互不认识的人

（选自《2005 年中国年度诗歌》，漓江出版社，2006 年 1 月一版）

周根红

纸上的声音（四首）

花　园

正午开始醒来。一片嫩叶下
我们的眼睛沾满花朵的问候
一张脸从芬芳的语言里倾斜
像漆黑的夜晚流淌出音乐

枝头喧闹。我们都曾经开过花
如今又在泥土里经历阳光和爱
经受花香的诱惑。六月的正午
鸟语不断扩散内心的隐秘
激情像春雨一样充满孤独的空间

远去的飞翔里，我们拥有了花园
一只小虫围绕花朵的心灵歌唱
抑制住鸟喙下季节的颤动
六月的枝头，清醒又不安分地摇晃
花园和我，在黄昏和清晨的交替里
承受着同一滴露水的重量

抽身而去的是鸟群。在高空
将消失的寂静留在花园的梦里
我轻轻地躲在叶片下，一言不发

努力保持一颗安静的心
为所有被惊吓的花朵
收藏住爱的伤害和力量

事　件

它开始转过身去。一只乌鸦
在令人心碎的黑色里
接近飞翔的高度，像一个盲人
重复着烛光跳跃的姿势

在与天空有关的词汇里
它们仔细揣摩着偷渡的方向
一次次沉默的深入和闪耀
擦亮自己巨大的翅膀

火已经燃起。晦暗的眼睛
争先恐后地涌动，躲避
除了消失的森林，一只乌鸦
还无法摆脱枪口密布的语言
我疼。这些时代最后的梦魇
扭动着腰肢围拢在一起
他们一边微笑，一边紧盯着
天空里不断升高的道路

可是那些乌鸦内心异常平静
它停留在这块生病的地方
黑色的羽毛仍然崭露锋芒
像一根微小的树枝在风中坚持

草　莓

夏天从一只手落到另一只手
偶尔也会落到草莓的脸上

这是一个多么安静的场景
偷窥的异乡人满脸微笑

草莓停在三棵树枝间．它们
柔软地紧贴着夏天的胸膛
如果你饶过迟来的鸟声
爱情就在指间幸福地颤动

这样的夏天是完美的。三片绿叶
正在秘密地交谈着各自的身世
它们构想着鲜红的欲念
在正午的阳光里甜蜜地挣扎

一切显得多么短暂。从草莓开始
我们为女人记住它的名字
在小小叶尖的思想上
我们抵达草莓的每一个梦想

草莓熟了。不顾危险的人们
拼命地踮起脚跟倾听
我要为它们分担悬空的重量
而落进我怀里的总无法躲闪

流　逝

新鲜的舞蹈，叶片上的鸟鸣
还有清晨阳光落在地上的声响
冬夜里石头与寒冷亲切的对话
都已经在记忆的枝头慢慢枯黄

采撷月色的少女正掸净萧声
梦中的花朵围绕着太阳纵情歌唱
一些道路在风中迷失了方向

像纸上的声音渐渐模糊昏暗

许多日子，翅膀扇动昨日空气
雨滴青草般在午夜从容地生长
空空的房间，一个倾覆的巢
鸟喙啄去了多少动人情话和快乐时光

我已无法自持，在生活的岸边
我独自写下春天柳枝青春和欲望
爱情照亮的窗口让我看见大地
在幻想和宁静中敞开力量和光芒

（选自《长江文艺》2005 年第 1 期）

周　庆

奔

需要用奔跑来甩掉呼吸
当追击的目光
像偷窥的母亲
从背后挑剔骨骼的生长
或者　归来的意外
被打上背叛的烙印

“一条道路和跌到有什么关系
甩掉呼吸和惧怕有什么关系”
这只是为了回答
透明的火光为什么照亮
事物的背面那些
存在于变幻边缘的
正在摆脱
绳子捆绑的力量

2002. 11. 13

工　具

我和这黑色的机器
活着并成为工具

站在烈日之下
摄氏温表指向40度位置

我们开始纪录
空气中一个漂浮的村庄

被大水冲击着的清醒
混合着火的炎热

在平行移动
他没有风

远远看过去
不能断定有没有气息

我和工具里
不能没有生机

2003.07.27

周习文

桂

月圆起来
你嫩嫩的乳房
隆起　黄金的乳汁
熏香山村每条神经

我最迷人的情侣
在秋的天幕
倾吐相思的女子
柔情丝丝缕缕
谁给你果实的容器

你的痛楚
如掠走稻谷的田野
千娇百媚
是多么显目的谷茬
我小小的姐姐
不收敛丰姿
也不唉声叹气

食品厂的广告
我毕生的仇敌
它以卑贱的笑容
拐走整座村庄的雨水

和我灵感的墨汁

桂啊　最终的归宿
并不印证最真的爱情

菊

从东篱蔓上你的鬓角
从秋的化妆盒蔓上你光洁
的面庞
宁静的光辉
是一个季节莫大的恩赐

重阳登高
高不过菊的清光
为瘦削的天空
击节而歌　你的眼波
明亮了菊的气韵
枯蓬　以及干枯的幻梦
偶尔被菊的倩影擦亮

你只是浣洗旧时月色
新置的嫁衣
沾满红尘的谣曲

生生世世
沉寂崖畔或丛林
露水和霜
是精彩的音乐

高蹈之步

踩住人类敏感的神经
一脚飘逸　再一脚飘逸
直向飘逸

梅

离弦的箭　飘落心坟边缘
爱情　一把颗粒状的盐
浸渍夜色的凝重
梅！想说什么
堆积的语言在野火中更生
雪的光芒雨水的母亲
润湿　或洗涤
光华一再闪现

你魂灵的芳香是一缕远逝的
薄烟　轻淡　细长
而执著的红颜呵

梅！无法嫁接
在没有热情的季节
果实的温馨传播很远　很远
古诗里灿烂的女子
瓷瓶中绚丽的相思
我骑着风雪的姐姐
一路颠簸
吟颂贞节诗章

（选自《绿风》诗刊2000年第4期）

周玉冰

夜里，鹰在盘旋

鹰在夜里盘旋　疾驰
翅膀如刀　光芒闪耀
划破夜的笼罩
黑色的身影擦响观察者的心灵
（四周悄无一人　虫声累了又鸣）

很久很久　我离群索居
生活在沉默与思维之中
蛰居成土洞中寒蝉
今夜　鹰　久违在现
呼出我心中的蟋蟀
蹦跳着歌吟情怀

“鹰在盘旋”古老的意象
今夜的发现　沙漠开源
逐渐　我走入久远
久远中　梵音弄弦

黑夜有光明
那灯是盘旋的鹰
我飓风凌空
超脱　跨越？
如鹰疾飞　千年不坠

（选自周玉冰诗集《走在乡间》，中国文联出版社，2000年一版）

祝凤鸣

枫香驿

朝北的路通往京城
汗淋淋的马在这里更换
少年时我从未见过马
通过我们家乡的驿道
秋天来了　红色的叶子落满路面
枫香驿，在以往的幸福年代
稻田里捆扎干草的
农家姑娘
在一阵旋风过后
总是想象皇帝的模样
我的乡亲们都是穷人
孩子是穷人家的孩子
驿道一程又一程
没有一个人能走到底啊
夜色里飞驰而去的消息
都是官家的消息
随后是冬天，飘雪了
枫香驿便渐渐沉寂下去
在一片寒冷的白色里
很少听得见马蹄哒哒的声音

1988. 11. 29

所　见

有一次，在梦中
我蹲在一个温和的角落
秘密地观看
一头母牛产下红色牛犊
并舔净它，给它哺乳。
夜色明净
青草芳香
在早春草原荒凉的中心
红盘的月亮
洒下碎火
我的眼睛有着
焦虑的妇人的柔情
我请求它们
在梦中，我跪下并请求它们
也给我一个位置

1989. 05

冬天，在我的家乡

小妇人　你的身上挂满冰块
我的神灵　火红的稻草人
你在空中悬浮
在田野上飞奔——

篝火　田间的火炬
和往年的风俗

门槛下软弱的红灯
告诉我　我祖父的骨头
今夜怎样流落山头？

轮子滚到河里
冬日耕种的影子
枇杷树下
扬鞭的影子
天气寒冷　春未归来
病牛死在紫罂粟的山上
风从北边来
火苗指向南方

我在哪里
去年我在哪一棵黑松上？
我为何如此缄默？
在我的故乡

烟火吹过柴禾和矿石
庄稼隔年相望——

河底的老人在水下高喊：
葡萄　玉米　丁香
白色和红色的雨
年年落在死孩子的身上

1989. 04

青桑地

离开村子的时候
密密的桑枝浸在晨光里

离别经年　在异乡
我穿起单薄的丝绸衣裳

日光里　有时问起你
总是没有你的消息

现在夜色初降
蓝色小路在心上显影
长夜漫漫　我只有一个愿望

手扶月亮的纤维
我要重返故乡——

1994. 03

后 记

《安庆六十年文学精品集》丛书从策划到今天轰隆一声问世，历经大半年的时间。其间，为这套丛书的顺利出版我倾注了个人近乎全部的业余时间和精力。自古出文人的安庆，太需要这样一套丛书了。环顾我们周边的其他城市，都有类似“文学五十年”或“文学六十年”的丛书出版，而作为安徽最重要的一方文化重镇——安庆，岂能缺少这样一套阶段性、总结性的图书出版？对生于安庆，不论你今天是否生活在安庆这块故土上的作家诗人们来说，我们每个人都有义务来完成这件事情。我只是以个人的热情，和作家、诗人朋友们共同完成了这件安庆文学史上的集体壮举，共同约会了这场文学作品的精神盛宴。感谢文学，它给了我们在这套书里相聚的理由！感谢合肥工业大学出版社，马国锋社长、钟玉海总编以及资深编辑、目前正在南京大学攻读博士学位的怀宁籍文人朱移山先生，是你们不单纯计经济效益，在纯文学书籍普遍处于出版困局的大环境下，依然对安庆地区的纯文学作品出版给予了极大支持！在这里，我谨以本书全体作者的名义向你们致上一声忠诚的谢意！

在本套丛书编辑出版过程中，还有一批需要特意致谢的人士。安庆日报社出版部李华女士承担了丛书非电子文稿的录入任务，我的朋友、芦颖佳女士承担了《随笔杂文卷》的校对工作，安庆日报社出版部马翠银、徐虹女士承担了《小说卷》的校对工作，李洁、张宁女士承担了《散文卷》的校对工作，李小明女士承担了《文论卷》的校对工作，何冰凌女士帮助《文论卷》组稿。都昌宏、许敏松先生、黄洁女士在他们主管的媒体广告上为丛书出版提供了支持，这都是本套丛书的幕后英雄，在此一并表达诚挚的感谢！

当然，想完成一件精神产品的宏大工程，不可能没有曲折，也不可能一帆风顺，本丛书出版过程中也有些不理解者颇有微词。但无论如何出版这样一套丛书，是安庆文学界众人期盼所归。一套书的编辑出版，只能客观地接受读者们的评价，让“现在”告诉“历史”。作为主编，在这里需要向未能入选的作家诗人们表达歉意。由于本套丛书出版时间紧迫，征稿启事发布范围有限，而安庆籍散居于国内外的作家诗人、写作爱好者又太多，本丛书所收录作品又以作者自己投稿为主，因此许多不知道这套丛书出版信息的安庆籍作家们的作品就无法入选了。加上本套丛书规模的控制，也有一些投稿的朋友们的作品未能选入，在此，只能表达我个人真诚的歉意，期待以后再有机会编辑出版类似的综合性地区选本。

关于入选作者的排序问题，本丛书遵循了“以姓名拼音为序”的原则，不分名家与新人。虽然在征稿启事里要求应征的作品后面应注明发表的报刊名称、时间，但有一部分作者还是没有注上，由于编辑时间的紧张，如再重新一一联系，实需要不少时间，只好遵其所便了。本丛书初定为四卷，后增加了一本《文论卷》，选取了十六位有一定影响的安庆作家专门立论，旨在为以后的文学研究者提供一些有价值的文献资料；对于本次未能入选的其他作家，我们将把这机会留待下一次。

赘语过后，该是我接受读者们的检阅和批评了。期待在文学的大家庭里，我们经常相聚！

金肽频

2009年8月23日于安庆

《安庆六十年文学精品集》丛书出版致谢单位

（排名不分先后）

安庆师范学院
安庆经济技术开发区管委会
安庆职业技术学院
安庆市财政局
安庆市国税局
安庆供电公司
安庆市国土资源局
安徽盛晟集团
安徽中宜集团
安徽山城集团
安徽虹城集团
安徽旭阳铝颜料有限公司（合肥双凤开发区）
安庆百蕊房地产开发公司
安庆晶海房地产开发公司
安庆市鼎建房地产开发公司
安庆市交通局
安庆市环保局
安庆市商务局
安庆金华联超市
安庆十八开超市
安庆市五千年工艺美术有限公司
安庆房屋置业担保公司
安庆市宜秀区建设局
潜山县路桥公司
怀宁县新安中学
安庆市军成学校
安庆市东升教育投资管理公司（东升学校）
安庆誉城会计师事务所
安庆市黄梅山庄

ANQINGLIUSHINIAN

安庆60年文学精品集

小说卷

金肽频　主编

ANQINGLIUSHINIAN WENXUEJINGPINJI

合肥工业大学出版社

图书在版编目(CIP)数据

安庆60年文学精品集·小说卷/金肽频主编.—合肥:合肥工业大学出版社,2009.9

ISBN 978-7-5650-0061-4

Ⅰ.安… Ⅱ.金… Ⅲ.①文学—作品综合集—安庆市—当代②小说—作品综合集—中国—当代 Ⅳ.I218.543 I247

中国版本图书馆CIP数据核字(2009)第153579号

安庆60年文学精品集·小说卷

金肽频 主编　　　　责任编辑 朱移山

出 版	合肥工业大学出版社	版 次	2009年9月第1版
地 址	合肥市屯溪路193号	印 次	2009年9月第1次印刷
邮 编	230009	开 本	710毫米×1000毫米 1/16
电 话	总编室:0551-2903038	总印张	116.75
	发行部:0551-2903198	总字数	1 350千字
网 址	www.hfutpress.com.cn	印 刷	安徽辉隆农资集团瑞隆印务有限公司
E-mail	press@hfutpress.com.cn	发 行	全国新华书店

ISBN 978-7-5650-0061-4　　　　定价:180.00元(全5册)

★ **荣誉编委**（均以姓名拼音为序）

诗歌卷

白　梦　陈先发　何冰凌　简　宁　汪治华　叶匡政
余　怒　周　斌　祝凤鸣

散文卷

毕家祯　江少宾　唐先田　汪　军　王雨生　王子龙

随笔杂文卷

金诚睿　林　琳　汪和平　宣庆元　叶　庆　张心阳

小说卷

洪　放　潘　军　石　楠　熊尚志　张明润　舟扬帆

文论卷

苍　耳　荣光启　汪祚民　杨庆祥　杨四平　余昌谷
朱移山

▍金肽频

安庆文学：在历史与现实的丘陵间穿行*

一座拥有800年历史的中国历史文化名城——安庆，其文学发展的历史究竟如何？这套大型文学丛书从一定意义上来说就是答案。文学是历史发展的语言镜像，也是生活真实的心灵回声。通过触摸文学，我们可以触摸历史，触摸时代，进而触摸生长的土地、山川河流和人文气息。站在安庆这片古老的土地上，我们不但可以看到在中国文学史上绵延200余年的“桐城派”文章巨匠们的身影，正在历史深处向我们微笑致意，也可以看到陈独秀、朱湘、张恨水、海子、陈所巨等现代文学名家的面容如长虹贯空，使现代安庆文坛一点也不寂寞。这是地理意义和文学意义上的安庆，在静态的时间逻辑里我们可以生发更清晰的思考。

桐城派：在历史远处的“峰巅”上舞蹈

在这里，我所说的“安庆”是指当代地理意义上的安庆，以及与它血肉相连、不可分割的一市七县三区（桐城市、怀宁县、枞阳县、潜山县、岳西县、太湖县、望江县、宿松县、迎江区、大观区、宜秀区），共600多万人口。这里人杰地灵，山川河流的凹凸与人文历史的峰峦交相辉映。姚鼐对桐城地貌作过这样描述：“舒黄之间，天才之奇山水也”，也就是说这样的人杰地灵产生不了杰出的历史人物才是怪事！不过，这位历史巨人的产生是“桐城派”息鼓之后多年的事了。

桐城派的产生无疑是安庆文学的历史峰巅。在清代，甚至我们将眼光延伸到2000多年的中国文学史，“桐城派”其影响之深、地域之广、人数之

* 作者自注：序言所提及的作家以本丛书入选者为限，未入选者不在讨论之列。

多、时间之长，都为中国文学史所罕见。以至于清朝有“天下文章出桐城”的赞誉。但是“桐城派”的形成，除去政治思想和历史文化背景，现代学者均提出了一个不可或缺的因素：地理与人文环境。山与水，和人是相连的，就像湖岔和河流，雨水和大地。当代学者周中明先生认为桐城的山水背景使得“桐城派”形成了师法自然、清正雅洁的文风；加之戴名世、方苞、姚鼐的远祖都是从江西婺源、浙江余姚等地迁徙来到桐城，使他们养成了遵从古人的传统道德而不懈追求的人格精神，进而形成“桐城派”的“文格”。“为文者有所法而后能，有所变而后大”，这对于我们今天仍然坚守在“桐城派”故土上的作家们，也是一句醒世之言。

安庆建城的历史追溯起来已有800余年，但在桐城派以前，安庆还没有形成真正的文学，或者说，不能使用“安庆文学”一词。“桐城派”大旗的扯起是在1777年（清乾隆四十二年），姚鼐在《刘海峰先生八十寿序》中，正式亮出了“桐城派”一词，今天我在《安庆六十年文学精品集》序言中也正式亮出“安庆文学”这一概念，相信在历史的流走中，这个文学概念也一定会发出自己亮丽的色彩。昔日的“桐城派”在文学史上散发了夺目的光彩，首先是“桐城派”勇敢地将小说描写方法引入到散文的写作中，使小说的表现力渗透到散文的语言里。“桐城派”散文的一个重要特点就是“气清词洁”，这也是今天安庆的作家们应该继承的汉语传统。只有为优雅的汉语而写作，才能为优雅的汉语而沉醉！

高尔基曾有名句：“风格即人”。而当时身处中国清朝时代的方苞、姚鼐等“桐城派”作家，又何尝不深谙其理？他们以“狷介自好”的身躯，来写“气清词洁”的文章，说明他们的心中有着一种不向传统低头、不向现实就范的精神与风骨。这种精神是长存的。我们的文学先祖就是在这样一片精神高地上起航，而有了今天安庆文学的滥觞。“桐城派”对于历史的影响一直延续到1919年“五四”运动的爆发，而举起“五四”新文化运动大旗的又恰是另一位安庆人。

从陈独秀到海子：安庆文学的“先锋”向度

陈独秀是一位中国的历史巨人，更是安庆的历史巨人。中国“五四”新文化运动从它诞生之始就具备了一种先锋性。其与西方的先锋文学运动几乎同时产生，它们都具有20世纪早期的激进文学运动的共同特征。作为“五四”新文化运动的总司令，陈独秀的先锋性毋庸置疑。或许，正是因为陈独

秀身上集聚了太多文学性的激进因子，才使他的政治思想也充满了激进因子。当然，谁也无法抹杀陈独秀对中国“五四”时期新文学的历史贡献。北大怪才余杰曾这样评价过陈：“他是一位革命家，而非政治家”，这句话对于文学性格的陈独秀恰切而中肯。

安庆太湖籍诗人朱湘，这位被鲁迅称之为“中国的济慈”的诗人，仅仅凭他从长江的轮船上跃身入江的行为，就可见其先锋之端倪了。让我们共同来赏读一段他留下的诗句：“就烧我成灰／投入泛滥的春江／与落花一同飘去／无人知道的地方”（朱湘《葬我》）。据说，他自杀前还朗诵过德国诗人海涅的诗。我们从朱湘身体落入长江溅起的水花中，就可以看到他的美丽诗行，是用行为写就的。因而罗念生感叹：“英国的济慈是不死的，中国的济慈也是不死的！”

在当代中国诗歌史上，安庆还有一位诗人——海子，他是最具先锋性的诗人。从生到死，他不过活了短短的25个春秋，然而他身后的大地年年“春暖花开”，无数的麦子为他铺就了再生的天堂之路。这个曾经让中国诗坛为之痛心的诗人，在故乡安庆的心里也整整疼痛了20年。如今，他的诗句，他的麦地，他的天堂，他的死亡早已成为人们长久讨论和中国诗坛集体关注的价值符号。因此，我们有理由说，安庆文学的先锋性从来就没有中断过，它一直持续不断地为中国文坛贡献着杰出的人才。在当今的中国诗坛，生活和工作在安庆的余怒，其先锋诗一直是国内外诗坛所关注的对象，并已赢得自己应有的位置。可以相信，伴随岁月的延伸，余怒的先锋性也必将延伸得更为遥远，更为辉煌。以上所举，仅是安庆诗人的先锋代表，综观今天的安庆诗歌，尤其和国内的诗坛比较后，我们会发现，安庆的诗歌一直充满了这种先锋性。

在安庆的作家群中，还站立着先锋的“另一极”——潘军。2000年，潘军回到故乡，面对着诚实的土地，满怀感情地说道：“安庆这块土地对我的创作有很大影响和帮助”，“调动我的不仅是作为安庆人、怀宁人的生活积累问题，更多的是我自己在这块土地上这么多年积累的东西所形成的观念的东西在起作用”，“小说中反映出的人物状态、行为方式在我看来与这块水土是有关系的。”潘军如此，绝大多数从安庆走出的作家又何尝不是如此？诗人海子生前曾说，他在乡村生活的15年，足够让他写作15年，令人可惜的是他事业未竟，英年早逝！在潘军的笔下反复映现着故乡的风景断片：石牌。罐子窑。梅子岭。安庆。这都是一个个真切的地理隐喻与文化隐含。从《独

白与手势》到《重瞳》，潘军在短短的六七年时间内，一举站在了中国先锋小说的前沿位置，并取得了令人瞩目的成就，这无疑使他成为安庆作家的一个骄傲。

抚摸着安庆文学历史上这些文学大家的名字，你不感到这块土地是孕育"先锋文人"的温床与母体吗？"先锋派通过加剧现代性的某些构成要素，通过把它们变成革命精神的基石而发其端绪"。中国"五四"以来先锋文学的发展也是如此。只有思想具有先锋性，才能写出先锋性的文学，思想和文学是人的两条精神轨道，在安庆起伏的丘陵间奔跃前行。这种一以贯之的先锋现象，相对于中国的其他地区而言，是比较少见的，这也是安庆文学一直昌盛的重要成因吧。不久前，皖江文化学者汪军先生和我谈起这种先锋性时，我们还共同商定，以后有机会一定共同编辑一个文本，书名就叫《先锋安庆》。关于安庆先锋性的历史境域与集体向度等具体问题，该是这本书的使命了。

当代写作：群峰与河流的交替并行

对安庆正在进行的当代写作做一点发言，这是相当困难的，也是需要胆量的事情。自1949年以来的安庆文学，犹如安庆天然形成的丘陵地带，时而可见其峰，时而可触其谷，呈现出一种起伏不定的创作态势。上世纪50年代，耿龙祥的小说曾经引起过国内文坛的关注，他的代表作《明镜台》发表于《人民文学》1957年1月号后，1983年第9期又予以重新转载，并加编者按，向全国读者推荐。这篇小说后被收录进《中国当代文学作品精选》（谢冕、洪子诚主编）、《中国新文学大系》短篇小说卷（王蒙主编）。这个时代以耿龙祥为代表的一批作家，掀起了建国后安庆文学的第一波创作高峰。

"文革"期间的安庆文学和全国一样，是一片乱象与低谷。那些政治符号的文学作品大多沦为政治的附庸品或传声筒。伴随改革开放的春风，安庆文学又激起新的一批美丽的浪花。这个安庆文学的新时期，主要以作家石楠、诗人陈所巨为代表。石楠于上世纪80年代发表《张玉良传》而走红中国文坛，一直到今天70高龄，仍然保持着旺盛的创作激情，她先后创作了《寒柳·柳如是传》《刘海粟传》《张恨水传》《陈圆圆·红颜恨》等17部长篇传记小说以及《生为女人》等长篇小说，累计约500万字（2006年中国戏剧出版社曾出版14卷本的《石楠文集》），成为中国当代最杰出的传记作家之一。著名诗人陈所巨自上世纪70年代末登上中国诗坛，以其阳光般的激情，成为中国诗人的中坚力量，到他2005年病逝为止，一生共创作2000余首诗歌；并与白梦共同创作了长篇小说《父子宰相》，独自创作了长篇小说《黑洞幽幽》，还有一批中短篇小说。中年早逝，但其一生创作可谓丰矣！2007年，安徽文艺出版社整理出版了7卷本的《陈所巨文集》。“陈所巨是个真正的诗人，视诗歌如生命的人”——这是白梦对她心中景仰的诗人的天籁之评。

安庆太湖籍作家熊尚志的长篇创作亦在国内产生很大影响。自上世纪80年代以来，人民文学出版社、四川人民出版社、北岳文艺出版社、安徽文艺出版社等社先后出版了他的长篇小说《处女坟》《野山风流镇》《骚乱》《乞丐世界》《祸水》《烟火人间》《神秘的妻子》《人与佛》《南唐后主》（上、中、下卷）等，多达十余部；发表《野火》《两面佛》《斑竹园》《古老的东方有一条龙》等中篇小说30余部，《戏痴》《书虫》《火凤》《大师》等短篇小说约60余篇。最近几年，安庆长篇小说的创作一点也不寂寞。2007年，作家黄复彩由上海远东出版社推出长篇小说《红兜肚》，颇受国内读者关注与好评；桐城市作家协会主席、诗人洪放由诗歌、散文转而从事长篇写作，展现了惊人的爆发力，两三年时间内，连续出版5部反腐题材的长篇小说，成为国内当前官场小说代表性作家之一。青年作家陈进在大学读书期间，即公开出版两部长篇小说《固都》、《青春那么八卦》。其他作家不一一罗列。这些小说家们的创作在安庆文学的天空下犹如长河之奔涌，浪花之飞卷，展现出波浪壮阔、后浪推前浪的令人惊喜之势。

安庆文学创作集体或群体性呈现的另一半天空，属于散文作家和诗人了。自上世纪90年代以后，散文作家的创作已经扩散为普通作者的大众化写作。按照今天时尚的语言来说，是写作进入了全民化时代。安庆的散文作家可以用层出不穷来形容。如黄复彩、苍耳、吴忌、叶静、江飞、王子龙、洪放、魏振强、丁振川、张明润、郝健、陈少林、江南雪儿、钱续坤等等；从安庆走出的散文作家，如徐迅、江少宾、钱红丽、徐而缓、查一路、胡竹峰、周根红等，有些是国内的散文名家，有些是散文写作的高手。他们的写作交织起来，构成了绚烂多姿的多元化的天空。安庆散文作家的写作风格，如果我们从历史文化的大背景上来进行观照，你会发现他们呈现出一种难得的地域镜像和文化印记。这或许从“桐城派”就开始了的，只不过比较隐暗。没有细心的研究，就不会发现。桐城地处皖中，“山水奥区”，但清朝时的桐城东乡（现行政区划为枞阳县）与南京水脉相通，舟楫数日可达。因此，“桐城

派”的先人们接触较广，视野较宽，并不闭塞。“像方苞家庭早就迁居南京或其附近之六合。戴名世、姚鼐亦久居南京。尤其是左光斗被推为东林党领袖以后，方以智、方文、钱澄之等又都是复社领袖人物”，这些条件决定了桐城派文人精神的宽阔视野。故而，他们的文章既有丘陵地区那种天然的精致之美，又有着阔大地形上的雄壮之姿。现在，当我们铺展开来安庆今天作家们的散文作品，大多数依然是结构精致，语言秀美，有一股山水灵气荡漾其中。从安庆的精神内部来窥探我们的灵魂所在。反观从安庆走出去的徐迅、江少宾们，他们的作品既保持了安庆文学传统上的精致性，同时又能以一种瞭望的眼光打量安庆的山川、安庆的泥土、安庆的秋天和大地，因而他们的散文形态显得更为丰润一些。这是守望在故土上的作家和从安庆走出去的作家们散文作品的最大迥异之处。在安庆有“桐城派”这么好的文学传统，生活在或者曾经生活在这里的人是多么的幸福，因为我们可以从雄厚的文化土壤里起飞，可以站在文化先辈的肩膀上瞭望得更加遥远！

安庆的诗歌创作是安徽省的一方重镇，放在全国范围来看，也是一个诗歌大市。这是我最近参加第二届青海湖国际诗歌节时，听广州诗人黄礼孩说出的。虽然以前在多个场合，也听一些诗人、诗评家说过，但因我也是一位诗人，又是安庆人的一分子，就不好自戴高帽了。但在国际性的诗歌节上，礼孩不会戏言的，相信他的这个说法有他自己的判断。建国后早期出现的诗人有孙必泰、谢清泉、孔祥彪等；进入80年代以后，安庆的诗人如雨后春笋涌现出来：余怒、白梦、苍耳、王子龙、沙马、歌兰、吴橘、洪放、张建新、高嗣照、浪濯、木叶、舒寒冰、黄亚明等等。走出去的安庆籍诗人，如简宁、叶匡政、查结联、陈先发、祝凤鸣、周斌、漠子、汪治华、汪椿华、黄葵、魔头贝贝、那勺、邬云、许洁等，早已声播于国内诗坛，有些已属于“著名”级别。“安庆的诗歌有流无派”，“没有派的安庆诗歌倒也快活，可以自由地流淌在长江之滨的丘陵之地。”安庆诗人的作品中，共性的东西比较少，大多是个性的自由写作，多种风格生存于同一片土壤。

在当代安庆文学的发展中，还活跃着另外一支重要力量——文学批评。他们用自己的思想在作者、文本、读者这三维之间，构成了一种以理解为核心的平等、互动的相互尊重、相互敞开和相互交融的对话，进而生成一个双向的主体与主体的交融过程。安庆当代文学之所以在全国产生一定影响，与安庆籍文学批评家们的这一种努力不无关系。今天依然活跃在安庆这片故土上的批评家有王海燕、方锡球、余昌谷、汪祚民、魏远征等，中青年批评家

有苍耳、鲍红、江飞、陈宗俊等。更有一批安庆籍的文学批评家早已蜚声国内外，如王达敏、王彬彬、陈墨、石钟扬、程国赋、刘小平、杨四平、周斌、杨庆祥、何冰凌等等，而老一代的朱光潜、宗白华、舒芜则属于“大师”级别了。在他们文化评判的视野里，我们或多或少都可以看到安庆这片土地的文化身影，在他们的文字中晃动，成为比“根”更旺盛的生命力，推动着安庆文学从安庆走向全国。

……

江河泻地，日月潜流。这是安庆文学队伍一路走来的广阔气象。我们从海子到潘军，从300年前的“桐城派”到今天安庆的作家队伍，看到土地对于我们的那种强大束缚力就知道了，今天安庆人需要寻找的精神突破口。无论是海子诗歌中的“安庆意象”，还是潘军小说中的“怀宁背景”，都昭示了安庆人的精神与灵魂之途。当我们抬头仰望中国文学的历史天空，看见一只安庆的鹰飞过去了，这里的土地不会发出惊叫；当看到一群安庆的鹰飞过去了，这里的河流一定会又一次张开怀抱！

目　　录

（以作家姓名拼音排序）

白　梦

晶晶和龙龙（儿童小说节选） …………………… (1)

陈　进

固都（长篇小说节选） …………………… (7)

陈所巨　白　梦

父子宰相（长篇历史小说节选） …………………… (15)

陈所巨

花园一条街 …………………… (32)

程多富

差额选举 …………………… (48)

程学开

男儿情杯（长篇小说节选） …………………… (59)

丁伯慧

我不是胆小鬼 …………………… (69)

丁振川

王婆婆 …………………… (80)

方　跃

我们这些村姑 …………………… (88)

耿龙祥

明镜台 …………………… (94)

入党 …………………… (97)

何世华

陈大毛偷了一枝笔（长篇小说节选）……(103)

洪 放

守身如玉……(110)

秘书长（长篇小说节选）……(116)

黄复彩

弹簧枪……(130)

孔 阳

祸起萧墙（中篇小说节选）……(138)

孔银姣

寂寞的树……(149)

李光南

水水……(161)

潘 军

重瞳……(172)

钱柏生

身后的脚步声……(210)

石 楠

张玉良传（长篇传记小说节选）……(212)

生为女人（长篇小说节选）……(217)

汪椿桦

绿色狂想曲……(225)

汪 军

仙霞关……(234)

王寒水

蚌姑……(271)

王建华

天赐 …………………………………………………………（279）

王雨生

两棵树 ………………………………………………………（294）

吴云涛

芝麻芝麻慢慢捡 ……………………………………………（298）

伍先飞

桃花 …………………………………………………………（301）

熊尚志

万年床 ………………………………………………………（306）

雍门复兴

雍圩词典 ……………………………………………………（314）

于亚丽

流泪的蝴蝶 …………………………………………………（317）

张桂生

泥泞 …………………………………………………………（323）

张明润

金子 …………………………………………………………（341）

舟扬帆

从此我将离开你 ……………………………………………（350）

周世久

老蛙 …………………………………………………………（378）

白　梦

晶晶和龙龙（节选）

学会坚强（晶晶篇）

小女孩晶晶来到了这个世界，小太阳照亮了汪家每个人的心头。可是，晶晶在大家庭里待了一个多月，就要走了。因为，晶晶的小家庭在另一个城市。妈妈是福利院的医生，许多老弱病残的院民在等着她，她不能多请假；爸爸在地质队工作，整天四处奔波，在野外采集石样，那工作就更辛苦了，而且也无法照顾小家庭。

晶晶怎么办呢？她要哺乳，她只能跟着妈妈走。于是，国庆节刚刚过去，晶晶就告别了爷爷、奶奶、小叔和姑姑，跟着爸爸妈妈回到了她在另一个城市的家。

爸爸把她们娘俩送到家之后，也赶着归队去了。妈妈含着眼泪送走了爸爸，就开始安排起她和晶晶的生活了。白天，她去上班，就把晶晶寄放在附近一户人家，那家有位老奶奶，可以帮忙照看晶晶，好在单位和宿舍离得很近，她可以时常抽空回来看看，给晶晶哺乳。中午和晚上，下班之后，就把晶晶接回来，没事就搂着晶晶，跟她说话，逗她笑，给她洗呀、涮呀、梳小辫呀，整天围着晶晶转。一个人带着孩子，还要上班，非常不容易。特别是有时候，煤气没啦，晶晶发烧啦，自己感冒啦，等等，这时她便想起晶晶的爸爸常年在外工作，一点儿也顾不了家，她也生气，也怨恨，可她毕竟是个通情达理的好妻子。她知道爸爸也是为了工作，自己不应该这样儿女情长。所以她一次也没有拖过爸爸的后腿，给爸爸写信，都是报喜不报忧：晶晶长了一颗牙啦，晶晶能够自己坐起来啦，晶晶能够一个人站住啦，晶晶开始学走路啦，晶晶开始学说话啦，晶晶会叫爸爸啦。一点儿困难也没说过。

晶晶真是个乖孩子，她知道妈妈一个人带着自己不容易，尽量不给妈妈制造麻烦。她不仅每天陪妈妈买菜、做饭，有时还陪妈妈去买米、换煤气呢，去的时候坐在小推车上，回来时就把小推车让给米袋子或煤气罐坐，自己由妈妈抱着。看妈妈一手抱着自己，一手推着小车的吃力样子，她真希望自己快点长大。

果然晶晶一天天长大起来了。到了一周岁的时候，晶晶顺利的断了奶，一点儿也没给妈妈添麻烦。她是妈妈的忘忧草，是妈妈的解语花，妈妈再忙再累，看见她就把什么都忘了。

可是有一天，妈妈遇到了大困难，不能不找大家商量了。原来，妈妈的单位要搬迁到郊区去，离家有十几公里地，每天早出晚归，中午没法回家。晶晶才一岁多一点，整天寄放在别人家里，怎能叫人放心得下？

怎么办呢？

正好元旦到了，妈妈趁节日放假，带着晶晶回到奶奶家，与大家商量办法。

小太阳又回来了，一家人别提多高兴了。晶晶呢？好像也知道这是自己的家，大眼睛看看这个，看看那个，一点儿也不认生。正是咿呀学语的时候，特别爱说话，妈妈一一指点着她："叫爷爷"。

"爷——爷——"

"叫奶奶。"

"奶——奶——"

"叫小叔。"

"小——福——"

"叫姑姑。"

这回，晶晶的嘴努动了半天，怎么也发不出这个音，忽然，她高叫了一声："阿——乌——"

大家哄堂大笑，也没人教她喊"阿姑"呀，她怎么冒出个"阿乌"来了呢？这孩子，还挺会变通呢。

奶奶本来就担心她们娘俩在外地没个照应，现在听说儿媳的单位要搬迁，这玲珑剔透的小太阳怎么办呢？一咬牙，奶奶下了决心："把晶晶留下来，我退休吧。"

奶奶今年49周岁，按规定明年才能退休，但为了晶晶，她决定提前下岗，虽然听说不久就要调资了，下了岗就少调一级，今后每月都要少十几元退休工资。但她顾不了那么多了，培养下一代是大事，她想她作点牺牲是值得的。一来晶晶有了着落，二来减轻了儿媳的压力，使她能安心工作，为社会多作贡献，不也一样吗？

奶奶的决定，得到了爷爷、小叔、姑姑的一致拥护，大家纷纷夸奖奶奶顾全大局，觉悟高，风格高，有自我牺牲精神。并且都表示要在工作之余，帮助奶奶带好晶晶，使她能够幸福成长。

晶晶的问题解决了，妈妈心里揣了多时的一块大石头终于落了地。她非常感激奶奶的奉献和支持。同时，她也知道，奶奶既勤劳又能干，年轻时不仅把两儿一女都培养得健康茁壮，而且自己的工作也做得非常出色。把晶晶托交给这样的奶奶，她是一百二十个放心的。她还听说奶奶带孩子很有一套办法，特别会编童话故事，这对晶晶的成长和教育将非常有益。

可是，道理虽然如此，一想到要与自己朝夕相处的小心肝宝贝分开，妈妈还是心如刀割，忍不住把晶晶紧紧抱在怀里。

晶晶可不知道妈妈的这些心思，她只知道妈妈的怀抱好温馨好温暖，她甜甜地睡着了。

时间到了，妈妈该走了。奶奶早已为晶晶准备好了特制的小摇床和小被褥。妈妈一边给晶晶脱去外衣，放到小被窝里，一边泪珠不断线的往下落，妈妈是个重感情的人，眼泪特别多。

奶奶劝道："孩子跟着我，你还不放心吗？"

"放心，跟着奶奶我还有什么不放心的呢？"妈妈边说边抽鼻子。

奶奶也知道妈妈伤心落泪的原因，儿要亲娘，儿是娘的心头肉啊！况且晶晶还这么小，怎忍心让她离开亲娘呢？奶奶心里也好酸好酸，可她得忍着，不然妈妈会更加伤心的。

"时间到了，快走吧，别误了车。"

妈妈再一次吻了吻熟睡的晶晶，成串的泪珠滚落到晶晶的头发上。她终于擦干了眼泪，红着水蜜桃似的眼睛，不好意思地对奶奶笑了笑，说："妈，我走了，您多辛苦了。"

奶奶边送妈妈出门边说："放心走吧，有空就回来。"

晶晶醒来之后没见到妈妈，她一点也不奇怪，跟着奶奶玩了一下午。晚上，大家下班回来了，这个抱抱，那个亲亲，大家都围着她转，她可高兴了。尤其是姑姑还给她带回了一个布娃娃，她像大人抱她一样把布娃娃抱在怀里，一会儿摸摸娃娃的帽子，一会儿亲亲娃娃的脸蛋，嘴里"咿咿呀呀"地跟娃娃说着谁也听不懂的话。

姑姑为什么要给晶晶买娃娃呢？因为她知道女孩子都是有着布娃娃情

结的。

姑姑在家里排行最末，而且上面是两个哥哥，等到她出生的时候，父母正盼着来个女儿呢。所以她从小是父母的掌上明珠，是哥哥宠爱的小妹。她记忆中的童年，一直是幸福的，只有一件事，是她心头永远的缺憾。

那可能是她刚刚记事的年头，也许是3岁左右吧。有一天，仿佛是个什么节日，奶奶带姑姑上街，走过广场的时候，照例给她买了一大卷棉花糖，要知道那时候刚刚经历了三年自然灾害，国家还很穷，物质匮乏，能够吃上棉花糖的孩子就很奢侈了，姑姑每次跟奶奶上街都能吃上棉花糖，所以说，她童年的记忆一直是幸福的、甜蜜的。

她一手牵着奶奶，一手拿着棉花糖，边走边吃着，心满意足。忽然，她的脚步停了，眼睛直了，原来她们走到了百货公司，她看见临街的玻璃橱窗里坐着一只布娃娃。那年月，百货公司卖的都是脸盆、瓷缸、水瓶、胶鞋什么的，全是生活必需品，哪见过布娃娃呀。姑姑心里充满了渴望，她一定也知道这么漂亮的布娃娃肯定很贵重，所以她并没有开口说要。可奶奶从来都能体察她的心思，譬如每次看见卖棉花糖的，姑姑都没向奶奶要过，但奶奶就像是她肚里的蛔虫一样，知道她爱吃棉花糖，每次都给她买一只大卷的。这次也果不其然，奶奶一看就知道姑姑喜欢那个布娃娃，可是一看标签只好对她说；“太贵了，我们不买罢。”“嗯”。姑姑很乖地答应一声，拉着奶奶的手就走了。她知道奶奶爱她有多深，她想奶奶说不买，肯定是价钱贵得超出了她的承受范围，否则，奶奶肯定不用等她开口，就会给她买的。

可是，走是走了，从此那布娃娃就深深扎根在姑姑记忆里了，成了她童年的唯一缺憾。谁也不知道那布娃娃对她那么重要，奶奶若是知道，肯定无论如何也要满足她的愿望。姑姑自己也不明白为什么那么耿耿于一只布娃娃，直到有一天，她在雨果的名著《悲惨世界》里读到一段话，大意：布娃娃是女性童年的一种迫切需要，同时也是一种本能，从童年到少年，从小姑娘到大姑娘，直到她长大成人，有了自己的孩子，才能代替布娃娃。原来如此，布娃娃是暗藏于每个女孩子心中的母性意识啊。

鉴于自己的童年经验，姑姑决定早早给侄女晶晶买一只布娃娃，不要让她再有某种缺憾。

现在的布娃娃可多啦，什么穿婚纱的、背背篓的、变形的、小丑的，姑姑一概没要，她挑选的还是那种穿一身红绒布衣，戴一顶花边风雪帽，围一只洁白的小兜肚，樱桃小嘴，长睫毛大眼睛的老式布娃娃，和她童年时见到的一样。

果然，晶晶一见布娃娃就爱上了。她对布娃娃的爱抚一定冲淡了不少对妈妈的思念。

一家人心里都有一个默契，拼命逗她玩，不让她有心思想起妈妈，等她玩累了，睡着了就不会想妈妈了。

晶晶呢？平时晚上在家里，只有妈妈和她在一起，今天有这么多人抱她、哄她、逗她，她兴奋极了。那时，她刚刚学会走路，非常喜欢自己在地上跑，看见墙边放了块垫脚用的方木墩，她立即从奶奶身上溜下来，摇摇晃晃走过去，走到木墩前，稳一稳身子，先试着提起一只脚，咦，自己一只脚也能站稳了。于是她把那只脚放到木墩上，嘴里自己鼓劲："上！"可她穿的衣服太多了，棉袄棉裤还扎了一条棉围裙，弄得身子圆鼓鼓的。那木墩又靠墙放着，往上一站，肚子就抵住墙了，站了几次都没能站上去，她对自己说了声："不行。"就放弃努力，去玩别的东西了。爷爷、奶奶、小叔、姑姑围了一圈看她玩，像看小把戏一样，见她上不去，也不哭不闹，还自己安慰自己，都觉得这孩子特别乖，也就打心眼儿里更疼爱她了。

见她转过身子看电视了，小叔便拿起遥控器，想找一个能吸引晶晶的节目，调来调去，忽然荧屏上出现了京剧花脸孟良和焦赞的戏，一个面部特定，晶晶大叫一声："猫！"一头扑进奶奶怀里，奶奶赶紧抱起她，"心肝宝贝"地抚拍着，小叔也赶紧把频道调到一个儿童歌舞的场景。奶奶说："猫被小叔打跑了。"晶晶才敢抬起头来。看到画面上载歌载舞的小姑娘们，她又坐不住了，从奶奶身上溜下来，跟着音乐的节奏把身子一扭一扭的，虽然她还小，站都不太能站稳，动作的幅度当然不大，可非常合拍，大人们看着，不由得赞叹：其实孩子的领悟力是多么高啊。

晶晶有一只小板凳，是奶奶专门请木匠师傅为她打制的。很小，她可以自己搬动它。奶奶告诉她，这只小板凳是她的，她玩累了就知道在自己的小板凳上去坐。可是这次小板凳靠墙放着，边上还有一双奶奶的胶靴，晶晶玩累了，眼睛看着电视，身子一点一点往后挪，碰到胶靴，她以为是小板凳呢，就坐了下来，结果她"扑通"一声把胶靴压扁，坐地上了。幸好穿了很多棉衣，她又摸摸索索的动作很把稳，所以并没摔疼。但大家看她把胶靴当成小板凳了，都哈哈大笑起来。她爬起来一看，自己也笑了。她一定也觉得自己挺滑稽的。

晶晶终于打了个哈欠，要睡觉了。这时，她才想起了妈妈。四处一看，妈妈不在身边。她的小嘴撇了半天，眼泪汪汪的对奶奶看着，半天憋出一句话："妈妈?"

定时炸弹终于要爆炸了，大家担心的时刻终于来到了。看着她可怜兮兮的小样儿，大家的鼻子都酸酸的，姑姑的眼泪流得比晶晶还快。奶奶强忍着眼泪，抱起晶晶哄着："晶晶乖，晶晶跟奶奶。"

晶晶见奶奶有意识偷换概念，答非所问，生气了。她抽咽着在奶奶怀里扭动身子，用手推奶奶："奶走，奶走，妈妈！妈妈!"

奶奶真地放下晶晶，说："好，我走，我走。"就真的走到另外的房间里去了。

爷爷、小叔、姑姑也都硬着心肠不理她。晶晶只好无助地看看这个，看看那个，嘴里不断念叨："妈妈，妈妈。"越发抽咽。

这时，奶奶又走出来，再次抱起晶晶，替她擦去眼泪，说："晶晶乖，晶晶不要妈妈，妈妈打猫去了，晶晶跟奶奶。"

"妈打猫。"晶晶重复了一句，肯定想起了刚才电视里的"猫"。于是又抽咽了几下，竟真的接受了这个事实。

奶奶说："我们睡觉去。"

"睡觉。"晶晶又重复了一句。就由着奶奶的哄拍声闭上眼睛，睡着了。

大家原以为有一场暴风骤雨，有一场嚎啕大哭。谁知这孩子是这样乖巧，竟然没有大哭大闹，这么小的孩子，真的这样懂事吗？可她越懂事越听话，大人心里越疼她爱她，越替她受不了。她睡着了，大家还守在她的小床前唏嘘叹息，奶奶和姑姑更是忍不住替她流了许多眼泪。

这天夜里，谁都没有睡，都担心她半夜醒来要妈妈。奶奶把她的小摇床放在自己床边，半醒半寐，时刻注意着她。谁知她半夜醒来，竟然一点不糊涂，开口就叫："奶奶，喝奶。"

奶奶冲好牛奶喂她，吃饱了，她又在奶奶的哄拍声中睡去。

虽然半夜里晶晶还抽噎了几下。可第二天一醒来，她就和爷爷、奶奶、小叔、姑姑打成了一片，绝不再提妈妈。仿佛和大人一样默契。

大家在赞叹她的乖巧之余，不免疑问：幼儿的智慧到底有多少？晶晶还不到1岁半。应该是懵懂无知的，可她为什么好像对一切都很清楚明了呢？

即使她洞悉一切，大家也还是赞叹她的坚强：那么小的人儿，竟能够控制自己的感情，把对妈妈的思念压在心底。

陈　进

固都（节选）

第一章

四月份的天亮得很早。天帝的十个儿子被后羿射得只剩一个，成了独子，日子反而难过起来。蒋干初中的一间教室里老师正在讲数学。如今数学老师的称号不代表一个人在数学上有多高造诣，但必定在人文素质上很没造诣。这老师成不了特例，讲课时操着谁也听不懂的方言，洋洋洒洒说的都不是给人听的。乃是真正意义上的牛对人弹琴。所幸引来了窗外枝头几位麻雀做知音，唧唧喳喳之声与之成琴瑟之谐，相得益彰。

这是礼拜天学校为创收所开办的补习班，凡交钱之人皆能入座。任课老师深明校方的初衷，纷纷为钱而教，往往站在讲台上，大脑还在良宵美梦中神游，口中居然能传道授业解惑，非我辈能及。可见他们的嘴巴仿佛春秋时期的诸侯国，敢于不听中央政府的号令。陆帆影和佳人今天上午有约，本想乘老师神游未归，脱身而逃。不料这老师的神游好比初嫁女子的离家，留恋得竟要一步三回头，游来游去也不过是在家门口徘徊，害得陆帆影的去意备受折磨。

不久，这老师的肚子里哗哗作响，想必阿拉伯数字也染上了阿拉伯人的嗜好，钟情清素，与肠胃里昨夜纳得的鱼肉荤腥水火不容，同室操戈。这老师夹紧两腿四下寻觅可充作卫生纸的对象，目光扫到课本，想自己不学有术，这东西不过做做形式，于是解放思想注重实效，匆匆撕下几张朝厕所绝尘而去。陆帆影得此良机，紧随其后，猫身从后门溜走。

前些日子，陆帆影情窦初开，喜欢上了一个经常在上学放学途中遇见的女孩。陆帆影父母的职业是在小城师范学院里开烟酒商店。临近中考，陆父一口气给儿子请来两个家教，好比生重病的人吃的药都是猛料。其中一个教英语的便是师院的大二男生。那男生在爱情上常受刺激，便借教书来泄愤。

所讲的课仿佛现在流行插播广告的电视剧，私下里说些什么“大学里处女还没处长多，能找到的都是二手货。”陆帆影受他启蒙，思想里有了早日考虑终身大事的意识。那男生坚信爱已不在身旁，又教导说家花没有野花香。陆帆影茅塞又顿开，原来众里寻她千百度，那人却在上学小道中。

橘子红了，是该摘了，惟惜不便结识。好友李庆帮他忙，找到个以情书扬名于校的校友写了封情书。那多情才子名叫韦至傲，抢来曹子建的才华，自称才高十六斗。外界传言徐志摩曾托梦与他，所以下笔字字珠玑，摄人心魄，和琼瑶小说并成为“校园双害”。据说有许多纯情少女都拜倒在他的烂笔头下，也因此教导主任及不少女生家长都对此人深恶痛绝，恨不能他和徐志摩一样英年早逝。从这封情书上就可窥一斑——：

My dear：

Kiss——哦，对不起！我把Miss错写成了Kiss，不小心吻了你一下。但无心的笔误正表明我有心的意愿。

如果你是落霞，我愿是孤鹜，我要与你齐飞；

如果你是秋水，我愿是长天，我要与你一色；

如果你是皓月，我愿是繁星，我要与你辉映；

如果你是秋夜点燃的一根蜡烛，我愿是此时少女在窗前的思绪，因你而生，因你而存……

如果——还能再说些什么呢？这世界再怎么纷繁芜杂，再怎么绚丽多姿，这些喻体用来形容我与你，都不能算是尽善尽美的贴切，那么，请让我不再含蓄地表白——如果你是你，我愿是我，我要与你相依相偎相知，相伴到天涯。

好了，夜深人静了，我辍笔了，又该到梦里和你一起飘摇了。想约你某天晚上重温荷塘月色，可以吗？静待佳音。

Yours

这情书送交之后，关系并无多大进展，效果仿佛陆帆影自己投一次稿，不过那女孩每次遇见陆帆影总要多凝望几眼，目光中常含有几分如水的羞赧。和尚见了都要动心，恨不得在红尘和佛门间来去自如，更何况陆帆影这种凡夫俗子。陆帆影终于忍熬不住，鼓起十二分的勇气向她表白交友的打算。所幸有情书铺路，那女孩欣然答应，并告知名叫周茵茵。

此后陆帆影谈不上茶饭不思寤寐不服，比不了古代艳情小说中的男子痴情。只是学习的心思涣散，翻开书本眼前就浮现出周茵茵的影像，正符合古人所说的“书中自有颜如玉”。现实中能做的只是路上相遇时打打招呼。物理学中说落差可以产生能量，陆帆影自产自救，利用这能量约周茵茵出来玩。

陆帆影从教室里逃出后，一路飞奔约定的地点而去。现在能让人不厌烦的会大概也只剩约会了，所以周茵茵已早先一步到达，在那翘首以待，远看去竟仿佛一伫望夫石。石头看见陆帆影，撅着嘴微愠地说：“怎么才来呀？我都等了很久啦！”陆帆影连连道歉，将罪过一股脑全推给了学校和应试教育。两人也由此产生了共鸣。相传吃饭能培养关系，否则何以有那么多的大小会议商贸洽谈都在酒店中进行？陆帆影提出共进早餐的意愿，周茵茵嘴一撇：“好，就给你这么个赔礼的机会。”

两人走近一门前炊烟袅袅的饭馆，那飘在空中的气雾都能勾引人的食欲。店主见到一男一女而来，兴奋得两手互搓，因为经验告诉他此时即便是铁公鸡也会拔尽身上所有的毛。不想进门后，陆帆影大扫他财兴，泼他冷水说：“两碗水面。”

找好座位坐定，陆帆影问周茵茵是哪所学校的，得知是十四中初一的之后，吓得伸了伸舌头，想自己摘的这只青苹果真是青出了水平，青得发绿又发黑了，连幼齿都不放过。周茵茵见他神情滑稽，问怎么回事。陆帆影忙摆手笑着说没什么，又想自己另一位家教金远南在十四中教物理，会不会就是茵茵的老师？正欲询问，转念一想天下怎么会有这种巧事，于是作罢。目光扫过墙上挂着的字画，这些字画是老板从废旧品回收店那里五块钱一斤称回来的，聊作装点门面。其中有一首是柳永的《蝶恋花》，大概也只有这一首字迹清晰一些，陆帆影附庸风雅地赞道：“这词好！这词妙！”

茵茵抬头端详一会，小声嘟囔：“什么嘛，我觉得还没你那封信写得好呢！”

陆帆影喜不自禁，刺探道：“那你当时看了是不是很动心呢？”

“嘁！才不会——”茵茵不屑地说，“你以为你很厉害吗？”

陆帆影轻叹一口气，这时几个虬须满面，五大三粗的民工拥进来要聚餐，看见茵茵时直勾勾的眼光都犹如笼子里的饿虎望见了扔进的活兔。茵茵本能地产生畏惧感，其实女人见到意欲侵犯的男人产生出的畏惧感算不上本能，真正的本能是见到意欲侵犯的凶猛男人时产生的畏惧。这几个民工的外表正符合凶猛的条件，吓得茵茵轻声对陆帆影说：“我听我妈妈说这些民工都是不结婚的，都不是好东西的。”

陆帆影见自己身体单薄，绝非那几位的对手，但乐观地想光天化日之下嘛，人的阴暗心理找不到生存环境，是不便表现出来的，便安抚人心地说："没有关系的，我说你是我的女朋友，他们看我这么帅，就会知难而退啦！"

"哼！美死你了！下次再不许想占我的便宜。"茵茵娇嗔道。

吃完早点，两人沿着幽长的小巷闲逛。小巷内一派古朴，颇能添出浪漫雅致。有时候恋爱与其说是谈出来的，不如说是吹出来的。陆帆影一路自我吹嘘，言语的基本大纲都像是从征婚启事上剽窃来的。茵茵听得晕晕欲醉，认为眼前这人就是自己日记中出现的白马王子。男人的普遍心理是温柔的女人适合做妻子，风骚的女人适合做情人，可爱的女人适合做女儿。茵茵居然能揣透男人的心理，途中不断地去掉原先的骄蛮、任性，瞬间变得温驯许多。

和茵茵这样漂亮的女孩子一同逛街，陆帆影觉得脸上顿时增光不少——路上许多男人都投来艳羡的眼神。陆帆影幡然悟出其实在男人眼中美丽的女子和平庸的女子许多功能都是一样的，只不过前者比后者要多出一种争面子的本领。没本事的男人寄望于妻子漂亮，自己便有面子；真正有本事的人就不在乎妻子的姿色了。妻子就好比是件衣服，可见原句出处《三国演义》的作者罗贯中果然乃一代先哲——平实柔暖的内衣是家庭主妇；华美气派地穿在外面当然能改善人的形象，这就好比大老板身边所带的小秘书了。这种衣服穿在里面，就像汉代童谣里说的"得了富贵不还乡，如穿锦衣夜里行"，最不划算。陆帆影想茵茵这种女孩最适合带出来逛街了，再一想，难怪现在满大街的都是美女，原来丑女都躲回家烧饭去了。

两人来到城郊的落英桥，桥名取自《桃花源记》中"落英缤纷"的意思。此时春末，桃花正艳，风拂瓣落，桥下流水中浮逐着片片粉红色的桃花，美景怡人。茵茵看着不由发出赞叹，然后转过头来轻声试探："你的女朋友介意我们俩呆在这里吗?"

陆帆影笑道："我都十几年没见过我的女朋友了，一日不见，如隔三秋啊——"

"那你——"茵茵正要计算一共多少秋，醒悟之后可爱地吐了吐舌头。继而转移话题，指着天的最后一抹朝霞说："你看那儿是不是也很漂亮?"另一只手垂下来无依无靠地轻漾，似乎在等什么东西支撑。陆帆影只注意到晨光洒在她那写满幸福的脸上，其他的并未领会。

第二章

陆帆影所成长的小城地处江北，临江倚山，在看相人的眼里是块风水宝地。但看相人的话往往只可视作恭维——现实中小城的整体情况异常的差。众生皆知，环境和经济当今是此消彼长的。所谓异常，就是说小城环境破坏得一塌糊涂，经济却纹丝不动得如同佛家坐禅。教委领导果然是市领导的下属，办事风格一脉相承。一批批的学生成了素质教育的实验品，素质教育仍是速制教育——小城的工业可能还没都实现流水线生产，教育却先行了一步，令人钦羡。每年高考之后，成品批量至全国各地，祸患蔓延，流毒无穷。

陆父读书那时正逢十年动乱，文化大革命革了他文化的命，文化程度只有高小。因此有着一种对文化的向往，与大多向往相同，总还伴随着盲目追求，于是刀枪棍棒十八般武艺样样精通，无所不用，逼着儿子从小热爱学习。陆帆影小学时所在的学校地处偏僻，里面的老师基本野蛮尚未开化，夏天打的苍蝇还没打的学生多。女教师物尽其能，高跟鞋亦可充作武器。当时的环境是老师可以打学生，学生绝不能打老师，极不公平。好比东北虎咬死了人，国家依旧把它养着；但如果人打死了老虎，就会被判处死刑。可见那个时候的那种老师与那个被称作东北虎的畜生无异。陆父那时经济富裕，经常送礼给老师，老师们不愧为万世师表孔夫子的弟子，懂得礼尚往来，返送拳脚给陆帆影，将其成绩打得一路凯旋，小学毕业后考入省重点蒋干初中。

陆帆影幼年在文学上颇有天赋，这全仗他外公的启蒙培养。可惜他外公没有等到看见自己外孙成为一代文豪的那天就仙逝了，令人长叹。陆帆影从小看多了书，文人的才华没学来多少，倒学会了文人的吹牛。从小学一年级起就立志要写长篇小说，发狂言说要写出中国第五本名著，直到六年级一共立志六次，书名也换了六次，书中一字未着，该着的时候都趴在桌子上想自己如何名垂青史上去了，但好歹也算是个才疏而志大的人。

进入中学，重理轻文的现象立刻凸显出来。文科好比政治领域中的在野党，并无实权。蒋干初中每年都有学生在各级理科竞赛中获奖，学校把这些人吹得都不成人了，变成氢气球飘在空中不食人间烟火了。文科的奖项仿佛是家丑，因为家丑是不外扬的。大凡感情丰富、不想学习的青苹果都被校团结了起来，成立了组织，避免闲散着成为害群之马，有个组织名叫——文学社。名言说都是坏人就没有坏人了，所以文学社的内部倒也怡然自乐，相敬如宾，尽管不被外人瞧得起。中学里以搞文学为耻辱，陆帆影陡然来到这么个新环境，适应不了，只是再不敢像小学那样出狂言口无遮拦了，写些文章都像是地下党在接头。陆父身为商人，思维上当然有商人的特点——陆父从经济角度考虑，如今能赚大钱的都是理科生，文科生只配在后面啃啃骨头，师院中文系的老教授写了一辈子的书，文笔恣肆，追古思今，可是最终还是要面对现实问题，掏钱自费出书。思于斯，陆父当然配合学校的教育倾向。

陆帆影本人的意志不过是一风头草，刹那间理科兴趣大增，幼时的文学才华逐日荒废，最后就和史上的楼兰古城一样了。开学第一次期中考试，数学成绩冠绝全年级，老师对他青睐有加，鼓励他日后报考国家理科实验班。不料初二时碰上生长发育，多余的劲用不掉，异常迷恋足球，学习仿佛一个善吃醋的女人，见他感情如此不专一，遂弃他而去。此后成绩一落千丈，成为学校的大不幸和其他优生的大幸，可见学校和优生的利益也并非完全一致。

初三下学期刚开始时，陆帆影迫于形势，决定认真学习。上次一模，勉力跻入全班十甲。之后便结识了茵茵。约会的翌日，陆帆影一回学校逢人便吹自己有女朋友了。如今初中生早恋雷声大雨点小，往往都是单相思，真正能开花结果的为数不多。听到后都羡慕得不得了，再不约而同地要陆帆影请客。陆帆影后悔不迭，堵口已晚，只好改口："哪里哪里，开玩笑的嘛，她正在追我，我正在考虑呢。"

今年市教委也许良心发现，终于要弘扬素质教育了，素质教育的内容亘古不变，也就是"德智体全面发展"七个大字。实际运作起来，便是在今年的中考前加试体育——弹指吹灰之力也算是小城教育的一次伟大改革了，引得小城的记者们仿佛看见了比厦门红楼更大的案件，日日前来采访报道。可见领导们做的事要用化学分析的眼来看，成就再小，却是一粒金子；常人成就再大，毕竟只是一块铁，价值自然不可同日而语。

通常古代尸骨遍野的战争都是由帝王的一喜一怒造成的。同种道理，教委领导这一轻轻启齿，下面的反响剧烈无比。体育用品宛若下雨时店里的伞，平时无人惠顾，此时热销成火。操场上每年春天绿草如茵，乃是少有人用的表现，这会儿糟践得如同被理发店学徒实践过的头发。体育老师原本在学校里不被其他老师甚至学生瞧得起，但现在地位平步青云，仿佛中了状元的朱买臣。据说这种命运变迁最容易造成报复的变态心理。体育老师行于校园之中，常常被虔诚的众生围而问之，老师眼睛一瞟，说："怎么？现在急了来找我了？我说过的体育这东西不比你们的文化课——冰冻三尺非一日之寒啊！你们平时不是以为文化课好就自以为是了吗？嗯——现在吃到恶果了吧！"说完做一个幸灾乐祸的表情，阔步而去。

陆父看见儿子把大好时光用在跑步上，本应心痛，但跑步也能跑来分数，只不过来路不同罢了，就好比贪污的人断然不会拒绝受贿，也像喜欢美元的人拿到等值的人民币，肯定同样高兴。陆帆影跑来跑去就厌倦了，想大不了三十分，还不至于这样把人引诱得和狗一样驱使，只要文化课考高一些也一样。于是跑步的时间用在读书上，读书的时间用在想茵茵上。四月底体育考试，那天陆帆影和好友李庆结伴骑车去体育场。陆帆影的自行车仿佛林黛玉，终日戚戚焉，半路中链条忽然断了。两人只得推车前行。这自行车新买不久，后天既然没受到磨损，就只能归咎于先天不佳了。陆帆影曾向父亲叹这车子质量太差。陆父倒有古代贤明君王的作风——王子犯法，与庶民同罪，立场大公无私地站在车子一边骂儿子，骂得滔滔不绝几近洪涝灾害。西周召公虎说："防民之口甚于防川"，不过这种民的口不防反而甚于防洪。

陆帆影带着几分郁愤翻看说明书。如今中国货都时兴取洋名字，这车名仿佛和蒙娜丽莎义结了金兰，唤作"蒙娜莎白"，不出意外应该是中国货。果然——生产地注明了是"浙江省利物浦市"。陆帆影不知中国版图上还有这么个地方，打开地图来找，不料横扫六合后仍没有发现。所幸有大局观，放眼全球，终于在英国觅得了"利物浦"。而后连叹这产地中西合璧的巧妙，是个罕见的杂种。

来到体育场，时间尚早。人影稀疏，取而代之的是场外满地狼藉的饮料瓶，一位一身沧桑的老太婆正俯身拾捡。两人放好自行车，在附近闲游起来。前方大榕树下有个算命看相的老头，这种职业最不简单，对自己和家人的命运全不知晓，但居然能看透陌生人的一切，乃是真正舍己为人的楷模。

陆帆影向来讨厌这种人，于是拉李庆上前准备戏弄，问道："这儿算命吗？"

那老头久无人问津，正懒洋洋地在阳光下瞌睡，此时有人来咨询，不禁大喜，精神抖擞得仿佛好斗的公鸡盼来了对手："是呀是呀，我这里人生事业家庭婚姻全算皆准。"

陆帆影细吐戏言："那——我想算我们今年中考数学的题目。"

那老头有生以来第一次面临此举，窘迫得只恨自己厚积薄发的专业术语派不上用场。但他兼有市侩的灵活与善辩，忽想起家中孙子平日做题只填空，于是作掐指冥思状，那伸出的手细白嫩滑，这正是吃脑力劳动饭的标志。不久，说道："算是算出来了，可惜告诉你们题目也是治标不治本，不如直接告诉你们答案吧！"接下来把那四个英文字母乱报。可悲了那些呕心沥血的出卷老师，命的题目解决起来这么容易。

这时陆帆影的肩膀突然被身后的人拍了一下，转过头去，是同学蒋毅那张杀气腾腾的脸。正诧异间，蒋毅咧嘴道明缘由："老子喜欢的马子你也敢泡？不想活了？"陆帆影的意识里立即浮现出茵茵，又望过去，蒋毅身后还有几个长发飘然的小混混。动物中都是雄的比雌的毛长，比如鸡和狮子，人却相反。所以那几个长发飘飘的男人只算是退化还不彻底的人或进化尚未完成的畜生。蒋毅手一挥，畜生们豕突而上。陆帆影见自己的爱情和生命都受到了威胁，仓皇而逃。

重新返回体育场时，体育考试已经开始了。评分老师看见陆帆影，皱眉说："怎么现在才来？"然后示意可以考了。陆帆影的体力早已在刚才的奔跑中耗尽大半，好比酒宴上的菜大多在吃饭前吃掉。陆帆影的体育成绩极度不理想，比一般人都少了十几分，但原先也并未怎么看重体育考试，因此不是很难过。加之李庆在一旁的安慰，很快就无所谓了。出操场门时，竟撞见身为评分老师的表叔，彼此都吃惊不小，无奈亲情再亲，在规则面前还是无能为力的。相视一笑简单问问之后，就此离去。

（节选自《固都》，广东出版集团花城出版社 2004年1月第一版）

陈所巨　白　梦

父子宰相（节选）

第十六回：畅春园皇帝赐宴　阳和里宰相荣归

秋后，康熙移居畅春园。

十月，张英告老还乡的折子终于批下来了，朱批语气非常温婉："卿才品优长，效力已久，及任机务，恪慎益励。文辞充练，倚眷方殷，览奏以衰病乞休，情词恳切，著以原官致仕。"

张英接到圣旨，当即前往畅春园谢恩。

这已是他今年上的第三次乞休折子了，皇帝终于恩准，他心里一阵轻松，一阵高兴。可不知为什么，到了畅春园，一见康熙的面，心中竟泛起一阵酸楚，跪下时眼睛里已忍不住滴下泪来。

康熙走下御座，将他扶起，与他一起走到暖阁里，坐下谈心。

张英自康熙六年中进士，九年入宫至今刚好三十三年。其中除了有三年时间张英请假回家葬父以外，那三十年中大部分时间他几乎是与皇上日夕相处的。先做起居注官，后入值南书房，充经筵讲官，九转还丹，一路由侍郎而尚书而宰相，君臣二人天天在朝堂上相会。想到从此将天各一方，难以再见，不仅张英恋恋不舍，康熙也忍不住动情，道："敦复，这天气渐冷，你年纪也大了，别急着回去，过了年，明年春天再回南吧。"

张英道："谢圣上恩典，臣手头公务可立即交接，惟有领衔编纂的《渊鉴类函》尚未最后定稿，正好可以利用此时间抓紧编完。"想到回南之事终于成为现实，不觉哽咽道："以后再不能天天面觐圣颜了，臣家乡桐城濒临长江，圣上南巡，一定准臣去见驾。"

康熙道："如此甚好，朕也会想念你的。朕还答应过要去你的龙眠山看你，还有那六尺巷。朕不会食言的。"

张英忙下座跪地，道："圣上安全为要，臣虽万想圣上驾幸桐城，然不敢以一己之私有劳圣躬。只要能允臣前去清江浦见驾，就不胜荣幸之至了。”

“好，朕答应你，只要朕南巡，次次允你接驾清江浦。”

张英这才高兴地站起来，又拱手道：“圣上，臣自十六年入值南书房，蒙恩赐第于禁城之内，不日即当缴还内务府，臣回南前可暂移居到廷瓒处。”

“不必了。敦复，廷瓒现也在内宫行走，你那二儿子廷玉朕也打小就喜欢，如今在翰林院庶吉士中处处领先，散馆后朕要加重用的。那宅子就赐予他兄弟二人住吧。朕见他二人就如见卿一样。”

说罢，康熙起身，来到书案前，拿起一支大号狼毫，饱蘸浓墨，在一张泥金纸上写下“笃素堂”三个大字，对张英道：“这是朕赐你的。卿为人诚笃，居家简素，当得此字。可将其制匾悬于宅中，传诸子弟。”

“谢圣上恩典。”

接下来的两个月，张英卸下官职后，天天加快编审《渊鉴类函》。该书一共四百五十卷，光总目就有四卷。可谓是一项卷帙浩繁的大工程，内容包罗万象，诗词歌赋、人物典故、天文地理、典章制度，乃至飞禽走兽、花鸟虫鱼，都广为搜罗。分门别类，编辑成书，以便于检索利用。张英作为翰林院掌院，奉康熙之命总裁该书编纂事宜已有多年。卸任前该书已基本编成，为了谨慎起见，他又用这离京前最后时间，通览了一遍书稿，觉得万无一失了，才呈给皇上御览。

康熙接到张英的奏折后非常高兴，立刻下旨：“诰授张英为光禄大夫、经筵讲官、文华殿大学士兼礼部尚书加二级，妻姚氏封一品夫人，三代赠如其官”。

这一下，不仅意味着张英和姚夫人回乡后仍保留着原有身份和官服顶戴，凤冠霞帔，并且上溯至父、祖二辈。此为阴封，也就是说张英的祖父和父亲都被封赠为光禄大夫、经筵讲官、文华殿大学士兼礼部尚书加二级的官衔；而他的祖母及母亲都被封赠为一品夫人。

这样的恩宠实在难得。当初康熙恩准他以原官致仕就已属恩荣，因为当时官员，除了革职免职之外，对于主动以提出致仕的官员，若不格外加恩，一般都是致仕同时即免去职务的。就如同为大学士，比张英早一年致仕的佛伦、早一个月致仕的王熙以及晚一年致仕的伊桑阿都是不带衔的。再晚一年的熊赐履，由于老马恋栈，不肯主动致仕，干脆被以老病为由免去了职务。

由此可见，当时张英能以原官致仕已属不易，二个月后又阴封三代，真是殊荣殊恩了。

当然张英并不是希图致仕后还可享受原官俸禄，重要的是荣誉，是对他一生勤勉公务，廉洁自律的嘉奖。也足见当时康熙对张英的赏识和超于君臣礼仪之外的私交。

这年春节，张英的府第自然比往年热闹。张大人在京城为官多年，一旦致仕还乡，亲朋好友、门生故旧自然要来送行。因了皇上有旨，此宅着廷瓒廷玉兄弟继续居住，姚夫人便着人将旧居粉刷一新，正堂高悬康熙亲笔御书的“笃素堂”匾额。廷瓒也已退了原租住房，搬来笃素堂居住。就着新春，张府迎来送往，忙了将近一月，才将一切应酬妥当。

定下二月起程回南，张英正拟进宫去向皇上辞行。倒先一步接到皇上圣旨：为饯大学士张英致仕回南，皇上特赐宴畅春园，并着廷瓒廷玉侍宴。

正月二十六日，张英由廷瓒廷玉相陪，坐着骡轿前往畅春园。先往澹宁居拜见康熙，然后与康熙一起往西新园而来。

这君臣二人相处三十多年，此番真的要分开了，心中都好生不忍。一路行来，一路说话，康熙道：“敦复，回南行期定下了么？”

“老臣正要回禀圣上，已定于二月初六动身。”

“朕后日就要出巡五台山了，廷瓒还是要随行的，就让廷玉送你罢。沿途所需车船马夫及一切费用，径由驿站供给。”

“圣上恩典，真是天高地厚，老臣无以为报了。廷瓒廷玉，今后你兄弟二人可要代为父尽忠，恪勤恪慎，鞠躬尽瘁呀。”

“是。父亲。”廷瓒廷玉忙同声道。

西新园是新起的一座园子，进得园来，便是一道回廊，回廊两边是花圃竹树。其时正是梅花盛开季节，这园里梅树颇多，红梅鲜艳，绿梅素雅，远远望去，红绿相间，一下子让人忘了北方的寒冷，顿觉满园春色。

康熙指着这园景道：“这座园子仿的是金陵梅花山。敦复，是不是已觉回南了？”

“老臣现在刻刻心里都念着皇上，竟对这江南景致恍若无睹了。”

一行说着话，将那回廊走尽，便到了一处大厅，厅内人声喧哗，显是赴宴之人早已在此等候了。

在前引路的太监唱一声：“皇上驾到！”

里面人众全都抢出厅外，在檐下跪接：“微臣（儿臣、奴才）参见皇上！吾皇万岁万岁万万岁！”

康熙道声：“免礼。”率先走进大厅。

众人都知今日之宴是为张大人饯行，又复过身来，一一与张英见礼。张英看那来陪宴之人，不过二十来位，除了翰林院、詹事府的同僚友好，还有诸皇子们。

厅上座位早已排定，上首两张案子当横而排，不消说是皇上和张英坐的，下面两排对面而排，一排是大臣们座位，一排是皇子们座位。张英怎么也不敢与皇上并排而坐，推让半晌，到底让他将座位打横排在御座之下，成了个曲尺形。

待康熙和张英坐定，下面众人也排序入座：东首依次坐的是大学士伊桑阿、熊赐履、马齐、张玉书，礼部尚书韩菼、顺天巡抚李光地等；西首依次坐的是皇太子胤礽、皇长子直郡王胤禔、三皇子诚亲王胤祉、皇四子雍亲王胤禛、皇五子恒亲王胤祺。这五位皇子都曾在上书房里拜张英为师，受过他的教导，故此张英南归之时，康熙设宴，便让他们来陪宴。

廷瓒和廷玉并无坐席，他俩是来侍宴的，廷瓒便站在康熙身后，廷玉站在张英身后。

太监们先献上茶水点心，黄酒白酒，然后依次给布菜。这宫中筵席也不过是老样子，除了几盆主菜外，便是每人一只小火锅，边烫边吃，不怕菜凉，最适合这种冗长的筵席。

康熙道："朕今天设宴为张大人饯行，诸位都是张大人的同僚好友，其意不在吃喝，乃是陪朕和张大人说说话。然而还得先饮过三个门杯再说。"

众人随着皇上连饮了三杯，张英又谢过三杯，接下来便自由吃喝了。

诸大学士中熊赐履与张英交情最好，便在座中与张英对饮了一杯，说："敦复一生服务朝廷，今日致仕，然有二子代父尽职，夫复何憾哩。"

廷瓒是在朝中行走多年的老臣子了，他今年虽然才四十三岁，但他十九岁就中了进士，如今已在朝中供职二十多年了，人人对他都很熟悉。廷玉却是刚刚选中的庶吉士，虽在六部中行走练习，与几位在座的大臣们都已熟悉，但与众皇子们却是初次见面，此时都不免要多打量几眼。

皇太子与廷玉同岁，只见他身穿明黄袍子，比其他皇子的服饰更为耀眼，生得眉清目秀的，听了熊赐履的话，便将眼睛转到廷玉脸上。正巧廷玉的目光也正向他看来，一见之下，两人都是微微一笑。接下来胤禔、胤祉、胤禛、胤祺都一一与廷玉点头示意。廷玉心中暗暗给这几位皇子评价：胤礽斯文，秀外慧中；胤禔粗豪，略显霸气；胤祉儒雅，颇有城府；胤禛精明，心思过人；胤祺最为洒脱，最像个无所用心的贵介公子。

这厢廷玉心里暗暗评价诸皇子，那厢皇子们也在暗地里赞叹：这张廷玉端凝持重，不苟言笑却又彬彬有礼，生得眉清目秀却全无纨绔轻佻之态，一举手一投足都显得恰到好处，不愧是张英之子，那气质风度竟是胜过乃父乃兄了。

熊赐履带头向张英敬了酒，众人也都纷纷效法。张玉书三年前丁母忧回家，刚刚被皇上从丹徒诏回，正是来接张英之职的。此刻他也举杯向张英敬酒。韩菼就坐在他的下首，便伸过头来道："张大人，你那杯中是酒吗？"

原来他见张玉书席间几乎没有动筷子，只吃了几块点心，酒也一直是以茶相代的。他是个好热闹的，便想来戳穿他的把戏。谁知张玉书认真道："不是酒，是茶。敦复兄也请便。"

"好。难得素存兄也嗜茶，咱俩就以茶代酒吧。"张英也不善饮，见张玉书以茶代酒，那是再好不过。

韩菼却不依了："不行，不行，今日皇上赐宴，是给敦复饯行，要的就是酒的浓烈，方显得情深意重。怎么能以茶代酒呢？太没诚意了。皇上，是吧！"

康熙笑道："慕庐你别强人所难。素存是从不饮酒的。"

"是吗？唉呀，可惜呀可惜！酒乃人间妙品，竟有人不爱。素存大人，你既不饮，不如这两壶酒就赏了兄弟罢。"说罢，作势要来拿张玉书案上的酒壶。众人知他性喜玩笑，又见他作张作势的，都不竟哈哈大笑起来。

李光地道："韩慕庐哇韩慕庐，亏你取得这好字。人家结庐山中，是为了修身养性。你看你，又嗜烟又嗜酒。还慕个什么庐哇，好好在你的软玉温香丛里呆着罢。"

"'人生得竟须尽欢，莫使金樽空对月'嘛！李太白畅饮一生，最后不还是跨鲸而去，得道成仙了吗？"韩菼一边说着，一边又自斟自饮了一杯，复又猛吸了一口烟袋，将烟徐徐吐出，那滋味竟是美得不得了。

张玉书一生节食缩饮，烟酒从未沾过。看韩菼那余味无穷的样子，便道："有道是鱼和熊掌不可兼得。慕庐兄，对你来说，这烟和酒可算得上是鱼和熊掌了。若要择一而舍之，不知是舍烟哩还是舍酒？"

韩菼思索良久，认真道："舍酒。取烟。"

在座诸人，熊赐履和李光地都还善饮，可吸烟者只有韩菼一人。其时烟草传入我国未久，流毒尚未及广。众人既不吸烟，也就不知烟瘾之为何物。今听韩菼竟舍酒而取烟，均觉不可思议。

张英爱茶，便道："茶能提神，酒能解忧，烟能有什么好处？"

"茶酒之妙，烟能兼而有之啊。你们知道烟的来历吗？"韩菼得意道。见众人摇头，他一发得意："这烟啊，相传产自高丽国，乃王妃化身。古时高丽国有个国王，最宠一位叫做丹巴姑的王妃。惜乎天不假年，王妃死后，国王思念不已，日夜痛哭，竟至神思昏昏，奄奄成病。一日梦见王妃来到身边，说：'感谢大王对臣妾念念之情。臣妾无以为报，特将身化为野草。请大王明日来臣妾冢上，将野草采回焙干，切成细丝，用火燃之，大王吸其烟味，则可忘忧解愁。'第二日，国王来到王妃冢上，果见生满一种植物，从未见过，便命人采回，依梦中所言焙干、燃火、吸烟。只觉那烟味香浓无匹，直入肺腑脑髓，霎时心明脑清，将那思念之苦化作悠悠安慰。自此，每当思念王妃时，国王就吸烟以代。渐渐的，国王就爱上了吸烟，就像当初爱王妃一样。随着国王嗜好，吸烟便流行起来。为了纪念王妃，国王就把这种野草叫做丹巴姑。"

康熙道："有点意思，朕还是第一次听说这个故事。"

众人也都是第一次听说这个故事，颇觉新奇。李光地见康熙高兴，便又调侃道："那就难怪慕庐兄要舍酒而就烟了。想那酒是男人造的，烟却是女人变的。慕庐兄之爱吸烟实则是爱女色呀。"

韩菼亦笑道："如此说来，晋卿兄爱酒，乃是有分桃之好喽。"

其时，广州福建一带有男风之好，此事颇不光彩，李光地恰是福建人，听了此话，便反击道："韩兄差矣。当初夷狄造酒，乃是受禹王王妃所托，想让禹王沉湎酒色，不至于以国家大事而忘了儿女私情。所以说这酒也是女人化身，非男人精气也。"

康熙哈哈大笑，道："说来说去，还是半斤八两，两位爱卿竟都是好色之人啊。敦复，朕知你嗜茶如命，这茶有什么故事吗？"

"臣有位医家朋友，他劝臣饮茶，说有提神醒脑之功效。为什么有此功效呢？倒也与茶的传说有关。传说释迦牟尼未成佛之前，在菩提树下打坐悟道，可是睡意袭来，那眼皮老是往下掉。佛祖心想：这眼皮就是魔障，一怒之下，扯下眼皮扔到地上，没了眼皮，眼睛闭不上，当然也就无法打瞌睡了。这样过了七日七夜，终于开悟，证得了佛法。佛祖起身，看见那地上的眼皮，便说道：'尔昔为魔障，今当改过自新。'那眼皮听到此话，便长成了一棵树，树上的叶子就像一片片眼皮。人们用这树叶冲饮，便觉神清气爽，养脑提神。盖是因为佛发愿心，那眼皮改恶迁善之故。"

众人听得此话，个个细看那杯中之茶，果然那片片茶叶，大小正像眼皮。

康熙道："难怪佛门大德，都喜茶道哩。"

韩菼却道："阿弥陀佛！罪过罪过！原来诸位饮茶，饮的都是佛的眼皮呀。今后可不敢饮了。"

"韩大人差矣。我佛慈悲为怀，舍身喂虎，割肉饲鹰，乃是度众生成佛之道。我今后可是要多多饮茶了。"说话的是雍亲王胤禛。这位四皇子祈心向佛，众人都有耳闻，据说已在寺中寄名出家。听他此番话语，料是不假。

本来在座诸位大臣，多为皇子们的师傅，在这种场合，皇子们一般都敬陪末座，不大插嘴。此刻见四弟开口说话，太子胤礽便适时在座中站起身子，招呼弟弟们都站起来，向着张英举杯道："我兄弟五人自幼蒙张师傅教导诗书，这师徒恩谊地久天长。我们兄弟敬师傅一杯酒，祝师傅回南一路顺风，晚年安享天伦之乐。"

张英也忙从座中站起，看着太子及诸皇子们都丰神俊逸的样子，想到从前廷玉兄弟不在身边时，自己与皇子们在一起，就像与自己儿子们在一起一样，颇慰情怀。从此却要远离宫中，再不能时时相见了，道声："谢太子殿下，谢诸位阿哥。"那声音已有些哽咽。

众人见张英动情，便想拿话岔开。韩菼素来机智，便又拿张玉书作由头："素存兄，你这酒是不喝的，为何菜也不见你动筷呀？"

张玉书道："偏你跟我过不去。告诉了你罢，我素来过午不食。一日只食一餐，一餐只吃几口蔬菜、半碗米饭足矣，有时只需饮一杯水便一日不饥。像这样的荤腥大菜，我是吃不得的。适才吃了几块糕点，喝了几口茶，肚中早已饱了。再吃不下了。"

韩菼道："你又不是出家人，干吗这般苦自己？"

张玉书道："不是苦自己，是食量本来有限。多食反而不舒服。"

熊赐履道："这倒也奇怪，你每日食量不到我十成之一，怎么支撑得住身体呢？"

康熙道："这也不奇怪，世上奇人怪事尽有。就如高士奇吧，他就有一样好处，夏天再热也不怕，他从不出汗。"

韩菼道："是啊。他还有一样奇处，想什么时候如厕就什么时候如厕。他说他在公干时，从不如厕，都是回家后再便溲的。"

张英叹道："可惜他已经作古啦。"

在座几位大臣都是高士奇的同龄人，想起昔日同僚一个一个逝去，张英又已告老还乡，不免都有些狐兔之悲。

康熙见状，道："这酒也喝得差不多了。今日给敦复饯行，各位不能不有所表示。墨案已经备好，题诗作画，各尽所能罢。"

皇上发了话，众人便都离席，跟在康熙后面出了大厅，来到偏阁，果见一张大案上笔墨纸砚齐备，众人都是吟诗作画的好手，看见纸墨，都觉技痒。然皇帝在此，谁敢僭越。

康熙也知此意，当即走近前来，援笔在手，命廷瓒铺开一张宣纸，沉吟片刻，落笔纸上，画了几张荷叶，一朵莲花。众人初见他蘸了墨汁，都道他要题诗，没想到竟是画画。既是画莲花，如何又不着红绿颜色，全用墨色哩？众人心中存疑，却不敢问。

康熙画了墨荷之后，端详一番，又在画面上方画了一串圆圈，然后左一笔右一笔，转眼那一串圆圈变成了一队白鹭，正展翅向天空飞去。

康熙画完，搁下笔，对围在四周的众人道："谁能猜出朕这幅画的意思，就给这画添上题跋吧。"

韩菼道："圣上这画的是'西塞山前白鹭飞，桃花流水鳜鱼肥'吗？可这不是桃花，是莲花呀。有莲花当然有水，但没见鱼呀……"

李光地道："也没见山呀。你猜的太偏了。不对不对，应是杜诗'一行白鹭上青天'的意境。可也不对，没有黄鹂，没有翠柳，也没有西岭雪和东吴船……"

张玉书端详良久，道："臣以为，皇上这幅画既是送给敦复大人的，当有嘉赏之意，是说他为官卅载，一路清廉。所以，臣以为这幅画可题为《一路清廉图》。不知对否？"

康熙微笑点头："素存大人竟把朕的意思猜得一点不错。那就请素存大人题跋吧。"

张玉书拿起笔来，在画幅上端题了几个瘦金体大字，真是字如其人，张玉书面目清癯，身体干瘦，却精神矍铄，那几个字也是瘦骨嶙形却精气神十足。

众人这才回过味来，这墨荷当为青色莲花，喻意"清廉"，一行白鹭可理解为"一路"。这可不是皇上对张英的嘉赏和评价嘛。

张英听了，也是感动万分。他素来谨小慎微，并不像别的大臣，一有机会就向皇帝讨墨宝，讨题词题诗，好作为炫耀的资本。他身边也有几幅皇上的题词，那都是兴之所至，皇上主动题给他的。今日与宴，他也猜到皇上将有所赏赐，但一般这种场合，皇上都是写一首绝句，或五绝，或七绝。皇上喜欢吟诗，而且捷才，立可而就。但于绘事，皇上并不常弄墨，今日竟然大费周张，想出这么好的一个喻意，真让他受宠若惊。感动之余，他又有了一个大胆的想法。

只见他拱手道："圣上如此嘉慰，老臣愧不敢当。老臣斗胆要在这画上附骥几笔，不知圣上可能恩准。"

"当然。这幅画就是咱君臣同乐的嘛。大家都来附上几笔才有趣。"

见康熙准了，张英便走上前来，依着那队白鹭的笔势也画了一串圆圈，然后左一笔右一笔，顷刻间又是一行白鹭向天而去。那白鹭的手法、姿势都和康熙所画的一般无二，只不过个头稍小一些，也比那队飞得低了一点。

张英画毕，对廷瓒廷玉兄弟道："知道为父的意思吗？"

廷玉微一点头，对父亲道："孩儿以为，父亲的意思是以圣上之意转而勉励我兄弟二人，要步父亲后尘，路路清廉。"

"好！敦复兄真是教子有方，寓教于时时刻刻，事事处处哇。"熊赐履不禁叫好，众人也都啧啧称赞。

康熙更是频频点头，对廷瓒道："卣臣，你就将那题图改为《路路清廉图》罢。再将此画成因写个序跋，以记盛事。"

廷瓒道声"遵旨"，便上前依着张玉书的笔法，将那"一"字改为"路"字，然后同样用瘦金体在画面左侧写下了几行竖体跋序，将圣上赐宴，君臣作画、改画种种尽数记下。廷瓒书画皆精，常常为皇上临摹古本，那一笔瘦金就摹着张玉书的笔法，竟如出一人之手。众人都不竟暗暗赞叹：这张家父子真不愧是高才、多才。

画毕，众人也都各各应景，写下了许多送别的诗文。

这场宴席就在一派缱绻离情里落下了帷幕。圣驾就住在畅春园，众人辞出时，又各得了笔墨古玩等赏赐，这是皇上赐宴的陈例了。张英得到的当然最多，除了那幅珍贵的《路路清廉图》之外，皇上还赐了白银千两以及人参、貂裘、锦缎等。东西太多，派了一个太监专门送到张府。

第二天，廷瓒别过父母妻儿，便进宫去了，圣驾也从畅春园回到紫禁城。当晚廷瓒就住在宫中，以预备圣驾出巡事宜。

二十八日，圣驾起行，张英站在留京的王公大臣队列中，前来送驾。想到从此君臣天各一方，他的心情自是比别人更多了一份落寞和眷恋。

送走廷瓒，这里众人便准备起行回南。此次张英几乎是举家南归，人太多，东西也太多，陆行不便。好在运河已经解冻，便决定走水路回南。

礼部韩菼是张英挚友，这几日来多在张家行走，一应事宜承他关照。官船也由他派礼部下属备妥。

二月初六这天，在朝天门码头，韩菼带同礼部官员设帐送行，留京的王公大臣们也大都前来。张英虽不结党，但为官三十年，又是一品大学士身份，朝中官员大都敬服他的人品，此番致仕，可说是荣归，那送行的场面却也热闹，多少冲淡了一点别绪离愁。

众人洒酒而别，官船缓缓起行。张英带着廷玉拱手站在船头，直到看不见码头了，才转身回到舱中。

此番随张英南归的除了姚夫人、刘氏、廷瓘外，廷瓒的夫人江氏也带着三个孩子同回。一来张英夫妇舍不得孙儿，二来廷瓒也想让孩子们回桐延师读书。廷玉是奉旨送父回乡，不久还要回京，吴夫人便没有随来。何况廷玉此番也正好将珊儿的灵柩带回桐城厝放，吴夫人自然也不愿意同行。刘富贵这辈老家人自然也都随着老爷和夫人回南了，他们的下一辈则留在京城继续服侍少主子们。

吴友季也随船回去。他已年逾七十，虽然身体健壮，究竟年纪大了。他一生漂泊，在外行医四十余年，但儿孙都在桐城老家。当张大人辞归之时，他也不觉动了落叶归根的念头。于是收拾行装，随船而返。

一路顺风顺水，沿途自有官府接送，不必细说。

三月中旬，船抵安庆，安徽巡抚接着，自然又有一番应酬。然后改走驿路，从练潭驿开始，十里一铺，五里一亭，沿途乡绅设酒相迎。一路锣鼓鞭炮，直到县城。离城十里，县令早已派人在此望风，看到张大人车轿，那衙役快马加鞭，飞报县令。县令钱大人早已候在西成门外，接到讯报，立刻锣鼓掀天，点燃了万响鞭炮。

到得西成门，廷玉下马，从轿中扶出父亲。二人与钱县令见过，便由县令引着，从那六尺巷中一路走回。

张英走在巷中，想着这巷子的来历，不觉感慨万千。人生在世，争长争短，争名争利，然而世事流转，又有什么是亘古不变的。就说自己吧，几个月前还在朝中为相，如今已是家居老朽。虽然仍享一品加二级俸禄，其实已与布衣无异。然布衣草民，日日守田守产，含饴弄孙，未尝不是人间乐事。

这样念头百转，已将那巷子走尽。张府阖家老小都在五亩园外守候，接着张英等人，自然乐得哭的哭，笑的笑。张英只拉着克倬的手，老弟兄俩相互打量，都忍不住老泪盈眶。

接下来是回松山祭祖，拜见各房尊长。张英同辈之人已经不多，只有二哥湖上先生仍然健在，已是七十八岁高龄，见着五弟，实是高兴。他一生遭逢乱世，绝意仕途，待到张英在朝中日益显贵，他却时时为他担心：自古伴君如伴虎，五弟是在虎口边上啊。眼看着索额图、明珠、徐乾学等一干重臣个个不得善终，他更是为张英提心吊胆。今日五弟终于全身而退，这在官宦生涯中，真是莫大的幸事了。

张英回乡前，因进呈《渊鉴类函》而被皇上诰封三代，这份殊荣当然要来祖茔之前焚香祀告。二哥便和他一起，带着廷玉兄弟们上山祭祖。

张英的祖茔就在松山。张英显贵之后，有堪舆地师来此研究风水，结果发现张氏祖茔背山面湖，背后山脉远远望去若凤凰展翅，而张氏祖茔就在两只翅膀之间，仿佛那凤凰刚刚落下，背起那些坟茔，正欲振翅飞去。可面前的松湖景色太美，那凤凰竟是不肯再飞起来。

地师们于是说那祖茔葬在落凤窝，所以后世子孙才如此显贵。而那松湖岸边，有一座小山双峰突起，形如笔架，是为“笔架山”。笔架山下有个池塘，丰水季节与松湖连为一体，枯水季节则为一独立小池，是为“砚池”。这笔架山和砚池预示着张氏后人是以文章功名显贵。这些当然都附会得不错，张英父子都是进士出身，张家子弟中举人、秀才更是比比皆是。

但还有一种说法当时并未兑现，如今看来已兑现了一半。不知那另一半是否属于虚妄，这是张英不敢妄想却又忍不住要去想的。

那就是笔架山边还有一大一小两个立于松湖之中的水岛，那岛不大，却与笔架山一般高，耸立在水中，像两根石柱一般，颇为醒目。当地人不知从何时起，就叫它印墩，大约觉得那岛像两颗印章一样罢。地师正是因为听到了这“印墩”两字，便预示张家后人将官至宰辅，而且这印墩一大一小，预示张家要出两个宰相。

当时张英刚刚入值南书房，虽是天子近臣，日昔与皇帝在一起，代天子草诏发令。但品级并不高，他因是翰林学士出身，当时着的是四品衔，像那高士奇，在南书房中行走了多年，最终也才是个六品顶戴。

所以张英当年回乡葬父时，听到这些传言，只当作是无稽之谈。谁知后来自己竟是侍郎、尚书一路升迁，最后竟真的做到了执掌机枢的宰辅大臣。

那么他是应了那地师之言了，可另一个印墩预示着谁呢？或许是廷瓒。廷瓒少年得志，也如自己一般进入了南书房，一直被康熙宠爱。然而他为人太过谦逊，事事小心翼翼，比自己有过之而无不及。这是他的弱点，也是他的长处，也难说他不会顺着自己的脚印一路走过来。毕竟如今他才四十出头，已官至三品少詹事了。下一步他该到六部中去任职了，那样才能九转还丹，官至相位。

但廷玉也有可能。与廷瓒相比，虽然廷玉发迹较晚，二十九岁才中了进士。可种种迹象似乎预示此儿非同常人。首先是在他出生前，姚夫人连殇二子，都是落地不久便即死去，所以在廷瓒与廷玉之间，相差了十几岁，而这十几年中，凡女孩均能长成，男孩则全都夭折。姚夫人就是从那时开始吃斋念佛的。接下来是廷玉出生时的异事：麒麟现于松山，姚夫人从此身带异香，自己从此仕途顺遂……廷玉早慧，可仕途并不顺利，逢到考试总有阻碍之事：乡试时曾逢珊儿生病；会试时曾因自己是主考而避讳；后来又是珊儿死去，自己生病，差点无法参加殿试。除此而外，他的生活也不顺遂，与珊儿感情浓厚，而她却中途撒手而去，且没有留下一子半女。续娶吴氏倒是很快怀孕了，却又胎死腹中……

这种种情况，倒像是老天有意在磨炼他，有道是“天将降大任于斯人也，必先苦其心志，劳其筋骨，饿其体肤，空乏其身，行拂乱其所为，所以动心忍性，曾益其所不能。”除此之外，他无法解释廷玉生命中的种种遭际。他是熟读《周易》的，对于世间万事万物的流转衍变，应该说是比常人看得更透。他总觉着玉儿一定会很有出息，只是机缘未到。

这话他记得李光地也曾经说过，那还是二十五年廷玉南闱胜出之后，试卷解送礼部，他们几个翰林詹事奉命再检阅一次试卷。结果李光地就将廷玉的文章评为通场第一。他感叹若是自己任主考，必定要将廷玉取为第一。而那次廷玉中的是第二十五名。李光地当时就对自己说过：此子大有出息，当不在敦复兄之下。

若果如此，那另一印墩当应在廷玉身上了。自从珊儿死后，又经了那场大病，廷玉也应该苦尽甘来了。如今他的座师熊赐履对他是非常赏识的，熊公在朝中也是一言九鼎的人物了，有他提携，玉儿的前程是尽可放心的。

想至此，张英将心思收回。

祭罢祖茔，众人站在山上看那湖光帆影。正是三月菜花渔讯，湖上张起一道道“迷魂阵”，那些以打鱼为生的渔民们，驾船摇橹，穿梭在“迷魂阵”中。想起二哥早年原本是胸怀大志的，只因遭逢世乱，才冷了心肠，隐居在这松山湖畔，做了个严子陵式的人物。然而，他毕竟是胸有丘壑的，就在前不久，他还作了一幅桐城舆图，将以前图中讹误作了修改。那么究竟是什么让二哥将一生流连在这松山湖畔的呢？便道："二哥，您胸有千山万水，为何竟能终生隐于一隅呢？"

"禅说'一粒粟中藏有大千世界'，你在京城繁华之地呆了大半生，结果不还是叶落归根了吗？我这松山，日有千人唱喏，夜有万盏明灯。比那京城大内如何？"

"二伯，什么叫做'日有千人唱喏，夜有万盏明灯'？"廷玉在旁听着父亲和二伯说话，这时不禁插嘴问道。

湖上先生指着万顷水面道："你们看这湖面之上，船只来往穿梭，人们打橹摇浆，那姿式是不是像在对你打躬作揖，唱喏致礼；而到得晚间，船泊水面，渔火点点，遍布湖上。这不就是'日有千人唱喏，夜有万盏明灯'么？"

廷玉点头。

廷瓘咋舌道："二伯这日子过得像皇上一样。"

"皇上日月哪有二伯好过。皇上天天有办不完的事，想不尽的心思。你父亲服侍了一辈子皇上，你问问他，到底是皇上日月好过，还是二伯我日子好过。"湖上先生调侃道。

"即心即佛，二哥才真是参透了人生呐。"张英道。

"不过你们可不要学二伯这般颓废哟。好男儿志在功名，当仁不让。要学你们父亲，光宗耀祖，干一番轰轰烈烈的事业。"湖上先生面对廷玉兄弟，正是意气风发的年龄，终究不能让自己这般安于林泉的隐遁思想影响了他们的仕途进取。

廷玉道："二伯放心。侄儿们懂得，二伯是遭逢乱世，为洁身自好，才隐而不显的。所谓'邦有道，则仕；邦无道，则可卷而怀之'。如今是圣明之世，正是我辈见贤思齐，忠君报国之时。"

"贤侄如此洞明世理，二伯倒多虑了。"

"不，二伯胸有丘壑，宁静淡泊，凡事能退一步想，实为晚辈应时时参习之榜样。"一席话，说得湖上先生频频点头，张英更是心中赞赏。

祭罢祖茔，廷玉择日将珊儿棺椁运往龙眠山里，在赐金园后山上觅了块高地，厝放妥当，又洒酒祭奠一番，暗暗祝祷：珊妹，此番将你的遗体运回家乡，愿你的灵魂随我回京，永远伴我左右。

当夜，廷玉宿在佳梦轩中，思前想后，不能成眠。他幼时曾患有严重的失眠症，又好做乱梦，常常从梦中惊醒。父亲教他，以诵诗静心，心静自能成眠。他依法而行，睡前拣一首意境闲适优雅的诗篇，在心中反复默读，渐渐地浑身松弛，沉沉睡去，夜梦也变得清明优美了。

此后他睡梦安憩，也就忘了此事。谁知今日因想起了珊儿，再不能入睡。窗外的阵阵松涛，淙淙泉流，昔日听来如天籁，此刻却燥得他心烦意乱。

无奈之下，想起幼年读诗之法，便躺在黑暗中，打开记忆，想拣出一首诗来默诵。谁知电光石火之间，闯入脑中的却是："夕殿萤飞思悄然，孤灯挑尽未成眠"。他猛地一醒：这不是白居易《长恨歌》里的诗句吗？这首诗太过情浓意烈，万万不能使人静心，只会在自己相思的伤口上撒盐，让人更加心迷智乱。当下收摄心神，想换一首轻松优雅的诗篇。可《长恨歌》里的诗句却如潮水一般涌上心头，令他欲罢不能："鸳鸯瓦冷霜华重，翡翠衾寒谁与共？悠悠生死别经年，魂魄不曾来入梦。……排云驭气奔如电，升天入地求之遍；上穷碧落下黄泉，两处茫茫皆不见。……七月七日长生殿，夜半无人私语时：在天愿作比翼鸟，在地愿为连理枝。天长地久有时尽，此恨绵绵无绝期。"

这些诗句反复在脑海里旋转，令他不能自已，对珊儿的相思再次如潮水般袭来，泪水蒙住了他的双眼。他一边反反复复默诵着《长恨歌》，一边在心中不断祈祷：珊妹，珊妹，来我梦中罢……

可是，他越想入梦，越无法入梦，他想在梦中与珊儿相会，谁知珊儿的灵魂并未走远……

只听得一声轻轻地叹息，随之便看见珊儿走到了自己床前，侧身坐下，又叹了口气，幽幽地说："二哥哥，你我幽明异路，已经三年有余。三年来我的魂魄一直在天地间漂泊。因为你的思念，让我无法进入轮回。我答应过你，要赶快托生为人，再来与你结为夫妻。可你总是这样伤心，我怎忍心离你而去。三年来，我的魂魄一直在你身边。你说'上穷碧落下黄泉，两处茫茫皆不见'，其实不对，我时时都能看见你，只是你见不到我。我看着你因相思而憔悴，我好着急，后来又看着你振作起来，我又好高兴。我看着你入场考试，看着你中了进士，又看着你娶了妻子，我想我可以放心地走了。现在，我又回到了家乡，我想就在此地进入轮回。因为我来生还想做你的妻子，在家乡托生会让我们更容易重逢。可是二哥哥，你日间说，还要我的灵魂随你回京，让我好为难啊。二哥哥，做个孤魂野鬼的滋味真不好受，眼睁睁看着你们吃饭、睡觉、说话，自己却无影无形的只能做个看客。二哥哥，你真的要我的灵魂跟你一辈子吗?”

廷玉躺在床上，眼看着珊儿在黑暗中现身，仍穿着旧日爱穿的浅色衣裙，苍白的脸上现出淡淡的桃红，一如生前一样。他想这就是鬼魂了，这鬼魂如此清丽，有什么可怕。只要她能够像此刻一样时时现身，以慰自己的相思之苦，那生死之间，不也没有什么隔阂吗？待听到珊儿后来的诉说，他才猛然醒悟，自己是多么的自私。只想着让珊儿陪伴着自己，却不想一想，阴阳两世，人鬼殊途，那鬼魂缥缈无形，无血无肉，无知无觉，无傍无依。按轮回之说，只有上天不收，地府不要，六道不纳的人才会落个孤魂野鬼的下场。自己一念相思，竟牵缠得珊妹在茫茫天地之间做了一千多个日子的缥缈鬼魂，真正是该死。他想告诉珊妹，他不再缠着她了，让她快去托生，可他躺在那里，不能说话，也不能动弹。

然而，不用他说话，当他的心中的念头动到此处时，珊儿好像完全明白了。只见她忧戚的脸上挂起了笑容，语气也变得快乐了：“二哥哥，你答应让我走了?”旋即又幽幽地道：“那你可得照顾好自己哟。别让珊儿放心不下。还有，你要记着，我托生后，还叫珊儿，还要嫁你!”

说罢，珊儿像一阵白雾似的，渐渐没入黑暗……他这才浑身一软，恢复了知觉，心跳得砰砰砰像擂鼓一样。

下弦月淡淡的影子照进屋子，他这才发觉屋里并不是那么黑暗。那么适才那一幕到底是真是幻还是梦呢?

他说不清楚。但他依稀觉得，珊儿此番是真的走了，自己再也见不到她了，甚至梦里都不会见到了。

他再次感到生离死别般的痛苦。同时也为珊儿的解脱而高兴。

他是个儒生，虽不迷信，但对鬼神之事一直本着敬而远之态度。今日之事实在蹊跷，也只好存而不论了。

诸事完毕。三月底，廷玉辞别父母姐弟，从陆路返回京城。

京城里的府第，本来一大家人，稍嫌拥挤，如今一下子空落起来。有那么几天，廷玉感到孤单得难受，他本就是个沉默的人，吴夫人比他更加沉默。

好在不久，廷瓒便扈从圣驾从五台山返回了京城。廷玉有哥哥陪着，心里觉得好受多了。

廷瓒比廷玉年长十好几岁，从小就为他辅导功课，如今父亲回南，廷玉诸事便请教廷瓒。好在廷瓒已在朝中行走了二十多年，诸事熟悉。廷玉觉得有哥哥在朝，也如父亲一样，是棵可以依靠的大树。

然而不幸的是，十月里，一场毫无征兆的疾病却夺走了廷瓒的性命。先是京师流行腹泻，廷玉也染上了，待得廷玉病愈，却传给了廷瓒。廷瓒拉了一夜肚子，第二天竟发起高烧。廷玉报进宫中，传来太医，已是无药可救。傍晚时分，廷瓒就在笃素堂里咽了气。

廷玉抚尸大哭，几至心神迷乱。康熙接到丧报，也很悲痛。立即命礼部来人帮忙治丧。幸得韩菼等老一辈父亲挚友们关照，廷瓒的灵堂就设在笃素堂里，一应问吊治丧事宜都由礼部派人维持。

廷玉第一次感到如此的孤立无依。本来是热闹得近乎繁乱的一个大家，转瞬清静得可怕。昔日父子三人在宫中同进同出，惹得多少人眼热，父亲因此惕惕栗栗，总怕招得嫉妒，如今只剩了他一人形单影只。伤痛之下，他的性情更加沉默了。只一头钻在清书研究里，没日没夜，废寝忘食。

再说家乡桐城，张英和姚夫人接到丧报，更是五内俱焚。那白头人哭黑头人的凄惨心情自是无法言表，更何况廷瓒是如此优秀，是他张家的骄傲。张英与他既是父子，又是同僚，眼见着他踩着自己的脚步一路走过来，性情也如自己一样，二十余年敬慎如一，圣眷恩宠，原是前途无量的。谁知天不假年，竟使栋梁摧折，宁不教父母痛断肝肠，妻儿哭累双眼？

幸得不久接到密旨，康熙顾念老臣，旨意对廷瓒之死倍加伤悼，然人死不能复生，只能顺应天命。圣意明年正月南巡，着张英在江南一会，以慰君臣相思之情。

这封信不啻是一剂治疗心痛的汤药。张英回桐不到一年，圣意就如此牵念，显是恩宠如初。廷瓒是不能替自己尽忠了，今后只盼廷玉出息，庶几报得圣恩。

明年正月十六圣驾起行，这是康熙第四次南巡了。二月十六，张英在清江浦接着圣驾，君臣相见，甚觉慰藉，亦颇伤情。说起廷瓒英年早逝，遗体还在北京，康熙便殷殷相留，着张英随驾南巡，然后一同回京。

张英得此荣宠，真是意外之喜。他以往多次扈从圣驾，南巡北狩，那时他在礼部，忙着为皇上安排仪程，交接地方。此番他是无官一身轻，只每日来见驾请安，然后陪着皇上游山玩水，说三话四，闲情安逸，不觉减了几分伤子之痛。

三月十五日圣驾回京。三月十八乃康熙五十岁寿诞，按着臣子们意见，是要举国大庆的，然康熙不允。只在宫中略事庆祝，不过是接受了一下左近亲随大臣们的祝辞贺礼，地方官员一律不准借此进京。

张英随驾进京，廷玉接着，自有一番伤情。父子相别不到一年，其间竟发生了如此剧变。好在悲中有喜，吴夫人于三月初二生下一女。在张英，已有子孙多人，廷瓒、廷璐、廷瑑、廷瑑俱已生子，原不在乎廷玉生男生女。廷玉因姚夫人不孕，吴夫人前年又闪了一胎，结婚多年无有子息，今年他已三十二岁，好不容易盼得后代，虽是女孩也是万分高兴。这添女之喜多少冲淡了一点廷瓒卒死之悲。

三月十八日，父子二人进宫给万岁祝寿。康熙看着廷玉，对张英道："老大人不必为廷瓒之死太过伤情，廷玉之才恐还在乃兄之上。这也是老大人教导有方啊。"原来在本届庶吉士中，廷玉成绩最为突出，每次考试均为第一，所以康熙有此赞语。

四月庶吉士就要散馆，张英一边等着家乡来人，好将廷瓒灵柩运回。一边候着廷玉散馆消息。

庶吉士乃国家人才，散馆考试自来由皇上亲自主持。张廷玉取了个一等第一名，被授予翰林院检讨之职，可说是意料之中，众望所归。

廷玉跟着众检讨一齐谢恩过了。张英既在京城，当然也得进宫谢恩才合礼数，皇上见着张英，大为高兴："老大人来了正好。朕就等着这一天呐。自廷瓒殁后，朕这南书房中总没有趁手之人。朕想让廷玉入值南书房，老大人意下如何。"

张英忙道："那是圣上天高地厚之恩，臣一家三人得以入南书房侍候圣上，实乃万世修来的福分。"

第二日圣旨颁下，果然廷玉以清书第一入值南书房。赏四品俸禄，充日讲起居注官。

这南书房自康熙十六年始设起，张英就是第一个入值的。后来张英请假回家，其子廷瓒又进了南书房，廷瓒死后，廷玉又接着被选入。这真是异数。仿佛康熙已离不开张氏一家的笔墨侍候。其实如今的南书房，早已不像当年始创时，只有两人入值。如今在南书房中行走的人很多，但康熙用惯了廷瓒，张氏父子又都是勤勉过人的，晨入暮出，深得皇帝宠幸。所以廷瓒死后，康熙一直没找到一个能代替的人，这次廷玉考了个清书第一，康熙自然而然想到让其入值南书房。有其父兄的例样在前，料来廷玉不会让自己失望。

廷玉的事情算是有了个定着。家中也派人带着廷瓒的长子来京。五月初，张英带同长孙，将廷瓒灵柩运回桐城安葬。

廷玉自此亦步父兄后尘，入值南书房，充日讲起居注官。在朝中晨入暮出，刻刻不离圣上左右。

▍陈所巨

花园一条街

同乡毛立

我搬过来的时候，这里就没看见过花园，只有一条曲尺形的街道。我前前后后仔细地找过不只一回，不仅没有花园，就连一朵两朵鲜花也没有。不过，就在那曲尺的尽头，新近开了一家纸扎店，专扎死人用的花圈、灵屋、纸马、衣箱什么的。还兼开了个印钞厂，用刻板印那种单色的粗糙的冥票。店主是个买二手房刚搬过来不久的一个小镇上的祖传纸扎匠，手艺不错。而且新潮，有些人要给死去的上人烧小姐，那小姐他也扎活了，服饰鲜艳，细皮嫩肉，人见人爱，弄得那些色迷迷的男人，恨不得包一个回去做二奶。纸扎店里面五彩缤纷、琳琅满目，而且占道经营，将半边街面也摆的花里胡哨。倒真像个大花园。但人们心里都明白，这不叫花园，顶多只能算死人的花园。

没有花园的花园小区，住进来的当然不会有鲜花一样的人物，顶多就只是些萝卜、白菜，刚拔出来，还带着一星半点乡下的泥土。现代的房地产开发商不可磨灭的一大功绩就是重新划分阶级队伍，将极顶富人赶到龙头山下流水潺潺、白云悠悠的碧湖居别墅区。那里环境幽静，空气清新，据说负离子含量为一千多，本来不长寿的也会长寿。一栋一栋漂亮的小别墅富丽堂皇，单门独户，绝对舒适，绝对享受。绝对保障个人隐私，就是在里面杀死个把人，你不说也没人知道。那可是好地方，但那要钱，没钱你别朝那看。一般富人在龙须河西岸的别峰山庄，依山而建，临水而居，也是得其所哉。一幢一幢粉白色的双层小楼整齐排列在绿茵草坪上，建筑之间的疏密，以相互不遮挡阳光为准。当然那也算是好地方，但那同样要钱，没钱你也别朝那看。还有一种是工薪族，钱不多，但靠上有实力的单位，福利房、集资房、礼品房，或变相福利房、集资房、礼品房更划算，不必花太多的钱，却是住得趾高气扬、心安理得。而住花园小区的人，则多是阶级斗争年代的依靠力量

——贫下中农、工人阶级。住花园小区的人的一个共同特点就是少有吃皇粮的，靠一双手挣饭吃，像那些在山上刨虫子吃的鸡或者靠自己觅食的野生动物。人活得不舒坦，忙忙碌碌、獐眉鼠目。偶尔也有一两个突然发了财的，便立即露出暴发户的嘴脸，连夜贴出一张大幅“此房出售”的招贴，而后大呼小叫、拖儿带女地搬进别峰山庄和碧湖居去，不屑再与花园小区的人为伍。

我是花园小区的首批住户，住进来的时候碧湖居和别峰山庄还是野兔出没，荒草萋萋一片荒地。首批进来的，当然不是现在的这等拔出萝卜带出泥的乡巴佬，也都是些稍有身份的人，后来陆续搬走了，我是唯一留下的。不是因为没钱，而是懒惰，不想折腾。日图三餐，夜图一宿，吃得饱肚子睡得着觉就行，房子再好还不是住。由于这种原因，我在花园小区是被另眼看待的，他们认为我至少应该住进别峰山庄，之所以没走是看得起他们，把他们当朋友。他们这种想法至少有一半是对的，我这人最惨的就是难得有那种等级观念。人都是一样的，只是命运和机遇不同罢了，有什么不同，你还能长出两根鸡巴！

我的邻居毛立最吃我这点。他说：“你要是当上省长，不，国家主席就好了，我们就有福同享，有难同当，有饭同吃，有钱同花，有女人同睡……”

我说：“放你妈的狗屁，我要是当上省长、国家主席呀，首先就治你的罪。你做的那些臭烘烘的事别人不知道，我还能不知道?”

毛立立刻就软了，对我唱喏：“老乡，别嚷嚷，你没那命，我也没那命，噢。”

毛立总是说是我同乡，我不接茬儿，拉拉扯扯套近乎，烦。什么同乡?不同村民组，不同村，同一个乡镇，好几万人哩，能亲热到哪儿去。可毛立就是死皮赖脸，人前人后甜蜜蜜地一口一个“老乡”，喊得人顿时对他肃然起敬，我知道他要的就是这个。毛立也是从乡下来的，有几年了，携家带口的，不容易。喊几声“老乡”也喊不掉什么，就随他。然而，我这一放任自流毛病就来了。

那年，毛立刚来，没职业，买了人家一副旧馄饨挑子，就在小区那曲尺形的拐角卖馄饨，生意还不错。我见他难，有意帮他，人来客往，有事没事，都去吃一碗，没想到闹出一场恶心。毛立勤快，真像只鸡似的黄土都能刨三尺深。那些年老鼠多，小区的下水道里的老鼠肥嘟嘟的，一只有七八两重。毛立就做些夹子，放在下水道的出口，没半小时就夹了三四只。皮扒了，一嘟嘟鲜嫩的瘦肉，舍不得丢，剁了，做馄饨馅儿。自己尝了一个，好吃，就不买肉，专做老鼠肉馄饨。到他的馄饨挑子吃馄饨的人大都是小区的住户，又大都是乡下来的小聪明人。老没见毛立在菜市买肉，又老见他在阴沟、下水道夹老鼠，再看看他剁好的馄饨馅儿，颜色也不对，就怀疑起来。邀几个人一起去质问毛立，毛立憨憨地说："嘿，不都是肉嘛……"

于是，就有一群人掀了毛立的馄饨挑子，然后到我家告状，说毛立该千刀万剐，让小区的人吃老鼠肉，要是引起鼠疫怎么办。他们没想到我胃口那样浅，刚听清怎么回事，就"哇——"的一下呕吐得翻江倒海。吐晕了，被那群告状的人七手八脚抬到附近的四医院去吊水。

晚上，毛立来了，低着头像是刚刚被阉割了似的。我大骂他一顿，怎么骂他都不吱声。当我骂他做这种断子绝孙的事的时候，他像被子弹击中一般，身子一颤，蹲了下来，双手捂着脸，一个大男子汉像女人一样哭了起来。后来我才知道，我是骂了他的痛处了。毛立有两个女儿，没生儿子。在乡下时，一遇上争吵，人家就骂他断子绝孙。毛立的父亲和母亲也饶不过他，要他像别人一样，到外地去当超生游击队，能生几个儿子就生几个儿子。毛立不想那样，既然国家有法律，何必去违背？实在吃他老爹咕噪不过，就带着老婆和两个女儿到城里来了。由此我便看出毛立的本质是好的，大大的良民。就找那群告状的人说情，让他们别难为毛立，并让毛立当众赌下恶咒，若是再用老鼠肉做馅，就等于让大家吃他两个女儿的肉。于是，毛立仍在老地方摆了馄饨挑子，他每天一早就到菜市买一块新鲜猪肉，剔得净净的，剁得细细的，葱花佐料加得匀匀的，那馄饨下得香香的。但是，却没人再去吃他的馄饨了。虽然人们知道毛立赌了那等血淋淋的恶咒之后，不可能再在馄饨里放老鼠肉了，但经历了那样一场巨大的恶心之后，谁再去吃他捏的馄饨呢？就连我这"老乡"也不敢问津了。

毛立自己长得人高马大，老婆却是瘦小得可怜，像一根枯枝，风都吹得跑。但毛立的两个女儿却是绝对的美人，小女儿尚未发育，逗人爱的小姑娘。大女儿青春初动，美艳无比，像花，像蝴蝶，像阳光，美得你不敢看，不忍看，而又忍不住偷偷地看。我不只一次怀疑上天的错乱，毛立这样的一个粗人，怎么会养出如此精制的女儿？大女儿叫响笛，小女儿叫耀笛，名字倒不错，心想毛立他们家怎么那么喜欢笛，说不准上一辈是开乐器作坊的。又一想，"响笛"、"耀笛"，不就是"想弟"、"要弟"么，无疑是他家老爷子取的，这家人想男孩真的想疯了。两个女儿都只读了很少的书，不知是因为家里穷，还是那两女孩笨。毛立生意做黑了，无奈之中求我给他大女儿找份工作。如今下岗工人多如牛毛，找工作谈何容易，况且，又是个擦边文盲。找了一个开酒店的朋友，请他帮忙，那朋友先也推辞，见到女孩就答应了。说：“条件不错，就看她自己的了。”

没上班一天，女孩就不干了，说老板对她不错，那里的客人太臭，弄了她一脸的口水，胸前西服的扣子都扯掉了一个。毛立心疼女儿，也知道一个单纯的小姑娘在那种场合的苦衷，就让她别去了。后来，纸扎店的老板要找一个帮手，响笛就去了。纸扎店前店后坊，店老板在后面忙着制作，前面的生意就交给响笛了，反正卖一件东西收一份钱，错不了，机器人都能做。响笛去了之后，纸扎店便热闹起来，门庭若市，人来人往，都夸那些东西做得好，说恨不得死一回，享用一番。见店里人气兴旺，店老板说不出的高兴，但几天下来，却是空欢喜，每天都卖不了几个钱，有两天竟然是空白。店老板这才看出破绽。原来那些人家里并没死人，也不是要买那些死人用的东西。即便其中有一两个不好意思，拿几分钱买朵纸花儿，也是趁人不注意给扔了。他们只是对响笛感兴趣，那目光滴溜溜的就在她粉嫩的脸上和刚刚隆起的胸脯上转。气得店老板七窍生烟，骂起粗话来：“家里没死人的别在这看，死了人的买个花圈赶紧回去。”

那些人便悻悻地走了，走出几步还不忘回头“呸”上一口。没几天，就传出话来，说纸扎店的老板和那漂亮女孩抱在一起，扎那花儿。白天扎，晚上也扎。不信你看花圈上的每朵花都浸湿了他们扎出来的水。店老板无可奈何，人言可畏，只好把响笛辞了。

毛立虽是粗人，但脑瓜子灵活，馄饨生意做黑之后，有几个月没见他人影，说是在郊外包了人家一口很大的鱼塘，请了水产局的专家，科学养鱼。那年春节前夕，毛立到我家来，脸晒得漆黑，像个雷公，满身鱼腥，拎着两条都七八斤重的青鱼，进门就扔在地上，说是送给我的，我便知道他养鱼成功了。

我留他喝酒，几杯老酒下肚，毛立就神气活现了，说：“纳税人，懂吗？你们的工资都是我们纳税人的钱。纳税应该，纳税光荣，知道吧。”

说了半天，才知道他刚刚卖完从承包的鱼塘里起出来的四千多斤鲜鱼，卖了将近两万块钱，重要的值得大肆夸耀的是交了整整一百块钱税。我说几万块才交一百元的税，你他妈还好意思说。

他说：“一百块是明税，还有暗税。我包给他们的红包呢？不是钱啦！”

第二年，人家那鱼塘就没让毛立包了，开始人家不知道，一片只长水草的荒水，毛立出500元承包，觉得合算，比没有强。毛立发财了，人家就知道那是块榨得出油的肥肉，舍得再包给他？不过毛立不怕，他脑子好使，又转到一处包了块稻田养鸭，一下子养了800只。到了夏天，毛立的鸭子快肥了，我想那小子运气好了，今年又该捞一笔了。没想当天毛立就到我家来，手上没拎鸭子，人软软的，像刚刚遭了雷击一般。老大一会才说："兄弟——"这是他头一回没喊我"老乡"，"最近别吃烤鸭，饭店里的鸭子也别吃。"

"为什么？"

"死的。800只，都是我五块钱一只上给他们的。全是死的。"

原来毛立的鸭子不知怎么搞的放瘟了，全军覆没。那真个是煮熟的鸭子给飞了，毛立的运气看来还是不好。我爱吃鸭子，尤其是烤鸭，毛立是知道的，特地赶来通风报信。我感激毛立，没让我吃街上的那些放瘟的死鸭子。见他心情不好，我又留他喝一杯。

就因为毛立一厢情愿地喊我老乡，我便像黑社会老大一样处处罩着他。算算真划不来，就是喝酒，他只有一次请我到一家叫罗丝壳的大排档喝过一回，吃那种很辣的水煮田螺。其余都是他在我家喝，记不清喝了多少次，记得清楚的大概有五六次。一次是送鱼给我，一次就是这回送通知让我别吃死鸭子。这回他喝了有七八分意思，突然说："老乡，你说那小姐，就那种卖的怎么样？好用不好用？"

我说："不知道，没玩过。"

他说："那叫什么？'刺激'，对'刺激'。管他妈，反正是栽了，我也去'刺激'一回。"

我劝他别去，他偏要去，我就说："你都是有女儿的人了。别去做那事。"

他立即瞪起牛眼睛："我女儿？她不同，我养得活她。"说着跌跌撞撞地走了，拦也拦不住。

第二天我问他："辛辛苦苦的钱真舍得往小姐的肉袋里塞？"

他不好意思地笑了，很尴尬。

再一次喝酒是前不久的事。毛立是个压不垮的人，养鸭失败之后，他就弄反季蔬菜。用大棚种冬天里上市的夏令瓜菜，搞成功了。知我爱吃苦瓜，就送了一小袋来，青青碧碧的，衬着窗外白色的积雪，真的好看。我又留他喝酒，我当然明白他偶尔送些鱼虾瓜菜来，是他的一分心意，也是他赖在我家喝酒的一个借口。与我喝酒是他的乐趣，在他心里我是他同乡，更重要的是他绝对认为我是应该至少住进别峰山庄的有身份的人物。

他看起来心情很好，一大口一大口地喝。酒酣耳热的时候，毛立突然问我，他总是喜欢在喝酒的时候突然发问："我女儿漂亮吗？"

问得我不好意思，因为我也像那些好色之徒那样，不只一次暗暗欣赏他女儿的美。但见他一脸的真诚，就说："漂亮。"

"在我们市能算上第一？"他问。

"能！"我说。

"全省呢？"

"差不多。"

"全国呢？亚洲，世界呢？"问得我丈二和尚摸不着头脑。

毛立又说："世界小姐，亚洲小姐不知怎么评选？我想送响笛去。"

想不到粗人毛立还有这样的远大抱负！真是让我目瞪口呆，我知道那些都是他在电视上看的。我本想告诉他，世界小姐、亚洲小姐不光要长得漂亮，还有总体素质、文化涵养等条件。你家响笛小学都没唸完，行吗？但又不想泼他的冷水。让粗人毛立保留一个美好的企望吧。就说："那种评选我也不清楚，往后我留意给你看看。"

毛立抓住我的手说："老乡，这事你一定要帮我，你一定能帮我，是吧！"

我肯定地点点头。毛立高兴起来，说他的大棚里有各式各样上档次的瓜菜，只是忙，没工夫常来，以后让响笛常给你送吧……

剃头匠吴遥

吴遥不喜欢被称作理发师，喜欢直呼他剃头匠。他说一个"匠"字你知道包含了多少东西，古往今来，铁匠、木匠、石匠、篾匠、砖匠、瓦匠，哪行哪业不"匠"？行行出状元，那"匠"就是慢工细活，就是鬼使神差的一种功夫。而现在的"师"太多、太滥。经济师、工程师、药剂师、美容师、品酒师、律师、厨师、气功大师，三个字连不到一起唸的，就能活动活动弄个什么师，有些师还师得名副其实，有些是什么？不就是捞个等级拿工资？吴遥不拿工资，他是吃千家饭的手艺人。手艺人与吃皇粮的不同，与生意人不同。吃皇粮的凭嘴皮子，莲花说成藕粉，死的说成活的，黑的说成白的，错的说成对的，有人信就行，那是功夫。生意人凭心眼儿，心眼儿要坏，要黑，无商不奸，心眼好了绝对赚不了钱。哪个生意人成天到晚眼珠子不是滴溜溜地转，心眼儿不是滴溜溜地转？眼珠子转在你口袋了，心眼儿也转在你口袋里，那也是功夫。吃皇粮的人嘴上说想着老百姓，心里当然也想着老百姓，想着怎样从老百姓那儿多刮一点。生意人嘴上说顾客是上帝，心里想着顾客是财神爷，想着怎样从财神爷那儿多掏一点儿。吴遥不需要耍嘴皮子，也不需要玩心眼儿，他靠的是一双手，手上有一把刀，刀磨得锋快，将一撮头发朝刀口上一吹，立马齐茬茬地断了。

他是祖传的手艺，祖传的道德规范，家有家规，行有行规，没规矩不成方圆。他爷爷的时候，有一副剃头挑子，是他祖爷爷留下的，同时留下的是一块属于他们的地盘，两三个村子几百户人家，大人小孩千把颗头。当然主要是男人和小孩的头，那时候剃头刀是不上女人头的。爷爷将这些留给他父亲，父亲又和盘托出，不打折扣地留给了他。他觉得奇怪，小时候看那些人，都是一个个站得笔直的人，而跟父亲学了手艺开始剃头之后，再看那些人就只是一颗颗圆圆的葫芦一样的脑袋了。他要做的事就是拿那把快刀削那葫芦上的毛。他手艺不错，那些葫芦夸他，小剃头的比老剃头的强哩。他自己也得心应手，随心所欲，手艺这玩意儿也是有灵性的，心灵手巧，心有灵犀，那个“匠”字就是有灵犀的。在那个叫黄竹园的他的地盘上，他以祖辈流传的最传统的方式剃了几年头，心满意足、知足常乐。炊烟袅袅，鸡鸣犬吠，小河潺潺，小路弯弯，剃头挑子悠悠的，早出晚归，田园诗一样。后来不同了，他无意间发现头越来越少，人口不是越来越多嘛，头怎么会越来越少呢？田少人多，种田不赚钱，那些头都走了，到城里打工去了，过年过节回来，那头也都是在城里理得油光滑亮、漂漂亮亮的。才发现他慢了半拍，被他曾经无微不至全心全意修理过的头们抛弃了，遗忘在一边了。头是他的衣食父母，头是他的用武之地，皮之不存，毛将焉附，没头他这个剃头匠也“匠”不成了。于是他跟踪追击地挑着剃头挑子来到城里，在街道拐角处歇下来。不一会有一个花白的头来了，说好多年没见这种老式剃头挑子了。他剃了那颗花白的头，花白的头很满意。没多久，又来了几个花白的头，是先来的那个花白的头喊来的，都左看右看他的挑子，仿佛他那挑子是价值连城的珍宝古玩。他一个一个细心地剃了那几颗头，剃得那几颗头美滋滋的。

“谁叫你在这里……”一声喝断吓了他一跳，他那锋快的刀差点没拉在正在剃着的那颗花白的头上。他看见一颗戴着大盖帽的头。戴大盖帽的头说他违反城市管理规定，要罚他的款。几个花白的头给他说情，戴大盖帽的头就算了，让他走开，别在街道边乱摆摊点。那几个花白的头很热心，让他租间房子，开个理发店。还带着他一起去帮他租房子。这一切当然都很顺利。乡下黄竹园的剃头匠吴遥就这样来到城里，后来他的理发店居然也开到了花园小区。

花园小区那时只有吴遥一家理发店，在街道与纸扎店背道而驰的另一端，开始只在门边的墙上用红油漆写了“理发店”三个字。生意不错，吴遥手里那把锋快的剃头刀又快乐起来。城里与乡下自然不同，发型发式以及其他都不同，更不同的是那些头中，不仅仅是男人头，也渐渐有了些女人头，这无疑违背了吴遥世代相传的传统道德。但他又不能不剃，不仅因为那也是一方财源，更重要的是他吴遥是家传手艺的剃头匠，对于他这样一个“匠”人来说，世上还有什么样的头不能剃的吗？好在吴遥聪明，店门一关，花了两三天时间跑到省城几家大理发店去剽窃。剽窃竟然相当成功，传统手艺加上新潮技术和新颖的发型发式，让他在各式各样的男人头、女人头中间游刃有余，也让他的理发店面目一新，还挂了个灯箱招牌，招牌上写着“阳光理发店”，阳光与理发似乎风马牛不相及，但吴遥喜欢“阳光”两个字，尤其是曾经照射在他枣红色的剃头挑子上的乡下的阳光，时时让他怀念。阳光很快有了点名气，那些头都找过来，朝阳光里钻。吴遥手中的刀剪愉快地飞起来，吴遥面前的阳光更加灿烂起来，吴遥整天到晚直直地站着的两条腿和他灵巧运用和充分发挥技艺的右手和右臂酸起来，他于是聘请了两个帮手，两个都是男的，也都是曾经在乡下剃过头的。虽然有些女顾客，但阳光主要还是剃男人头，他觉得男人头大大方方、滚瓜溜圆，把玩起来，真像孩子们玩玩具一样心醉。女人头不行，他似乎有些过敏，总有一种感觉，或者说一种障碍，让他把玩起来有些顾忌。剃男人头是他的强项，刮那种雪青的光头、剪那种猪鬃刷子一样的寸板头，或者针对各种体型、年龄、性格理各种各样的头，都是他的拿手好戏。可以说，在这个城市里，剃男人头没有比他更好更绝的了。他能让胖人稍稍显瘦，瘦人略显丰满，让年青人越发显出潇洒，让年老的人多一份年青，让刚毅的人添一份柔情，让柔弱的人增一份阳刚……但是，阳光灿烂了没多久，就来了雨雪天气，吴遥先是辞掉了两个帮手，而后自己也捧起了一本书，坐在清闲的等待之中。他好像又一次被他无微不至全心全意关爱过的头们抛弃了。

就在阳光灿烂辉煌，吴遥手酸腿软的时候，“姐妹花”先悄悄潜进来，那是一家美容美发店，也开在花园一条街上，与阳光隔了十多家门面。姐妹二人，漂漂亮亮的，倒真的像两朵带露的鲜花。没多久，“柔情似水”又不声不响地渗进来，那也是一家美容美发店，理剪吹烫，干洗焗油，加带按摩、捶背、踩背、捏脚……与阳光只隔三家门面。清一色的带露梨花，不是两朵，而是八朵！那似水柔情，让这个世界如何抵挡得了？

吴遥发现他经常修理、关爱、呵护的头“相见常日稀”了，见到面打个招呼，匆匆地丢下一个字“忙”，而后就绝迹了、失踪了，像乡下那些被麻鹰叼去的小鸡一样。他开始以为他们出差了，病了，老没见人，又涌出一个不祥的念头：“死了”。他没有那种可以让他应对一切变化的心眼儿，他的传统告诉他手艺人凭手艺吃饭，不要有那些歪点子。生意淡了，他就等着、守着，拿一本老式版本的《说岳全传》消遣着。直到有一天，他偶然发现原本属于他的已经失踪了很久的那些头们的下落，才吃了一惊。原来，他们既没走，也没病，更没死，而是自觉自愿、自得其乐地淹没在“姐妹花”和“柔情似水”之中了。那都是些男人头，被摸B的手摸着会倒霉的！他的传统在喁喁地说。小时候，父母亲告诉过他，男人的头是高贵的，受不得半点亵渎，是不能让女人摸的，尤其是女人的秽物，就连晒过女人衣服的竹竿底下也不可钻过去的。他当然不相信这些，平常想不到这些，但就在发现了那些他认为大大方方、滚瓜溜圆的头们的下落的那一瞬间，他心里的传统竟然就这样说出来。

吴遥站在了“姐妹花”和“柔情似水”外面，隔着落地玻璃窗朝里看，他不想剽窃什么，单就剃头技术而言，两家美容美发店的带露梨花们的所有手艺加起来也敌不过他。而他却被打败了，他承认是被打败了，带露梨花们不是凭手艺，而是凭他所没有的而又对男人有着特殊的诱惑力和吸引力的东西。他看见“柔情似水”里面有一个男人，一颗曾经属于他的头，靠在宽厚的仿羊皮高背椅子上，一朵梨花正在轻柔地给他捶背，那无限幸福和享受的样子好像陶醉在云里雾里。那朵梨花的手小巧而白嫩，无疑是摸过B的，她总要洗她那东西，但也许正是因为如此，才更多一些男人们需要的柔情的。靠里边有一堵装饰得很好的木隔断，看不清里面，吴遥知道，里面的世界更精彩。

男人的头少了，女人间或还来他的阳光，女人是不是比较地喜欢阳光？吴遥想，你抢男人，我不能抢女人吗？对于几个女性老顾客他更是细心地为她们洗头剪发。闲着的时候，就搬张椅子坐在店门外，遇上看样子要理发的女子经过，就立即站起来，热情有加地迎上去，说："理发吧，这里是阳光理发店。"但那些女子大都打量了这位堂堂一表的剃头匠一会，笑了笑，就走了，他便顿时有了一种站在街头出卖色相的味道，心里便不可遏止地掠过一丝卑鄙。还有一两回，女人头也不回地走了，只扔下"神经病"三个字。吴遥暗想，真的玩完了，而他又不想就此完结，就此结束他的剃头匠生涯。秋后的蚂蚱还能蹦跶呢，何况他一个五大三粗的男人？他又关起店门，去省城剽窃，据说这回不是剽窃，而是参加了一个专门培训班，学回来一手漂亮的染发手艺。

吴遥的阳光理发焕然一新，灯箱招牌做得老大，简直有一面墙那么大，"阳光彩发"四个大字五彩缤纷，神气活现。但是招牌再神气也没用，将头发染成红蓝黄绿，人家不适应，说那像妖怪。吴遥就将自己的头发染成金黄色，纯正的金黄色，想借此招徕顾客，但适得其反，一个三四十岁的男人弄那样一头金发，引来的只能是窃窃私语、指指点点。就连剩下的几个客人也走掉了，人家怀疑他有心理疾病，说不定什么时候疾病发作，拿那把锋快的剃刀将你喉管给割断了。

看来只有孤注一掷了，吴遥就开始想，想他亲戚之中那几个年青的，长得漂亮些的侄女、表妹之类。想起来还真的有几个小天仙，便高兴得彻夜不眠。不过那几个小美人都在外地打工。吴遥就写信、挂长途电话，不择手段连哄带骗地将她们招回来，说是一家大模特公司招模特。有四个人回来了，一个表妹，三个侄女，没见招聘模特的大公司，就差点与吴遥翻脸。吴遥便小心地哄着，一个劲地赔不是。亲戚之间，又是生米煮成熟饭，已经大老远地回来，就只好认命，接受吴遥的条件，每月四百块钱，就在阳光彩发做模特。吴遥说，不耽搁你们多的，一个月就行，一个月以后，你们还回去。四个年青女人的嘴撅得老高。

吴遥就使出浑身解数，破釜沉舟，借了些钱，尽量让他的模特们住得舒适些，吃得好一点，心情快乐些，然后就在她们的头发上下工夫。一连几天，人们都看见阳光彩发门前坐着、站着或走动着几个金发、红发、绿色撒金发和其他颜色头发的小妖精，那些小妖精确实美丽，美得让来来往往的人都停下来看一会。就连正在"姐妹花"和"柔情似水"享受着带露梨花们温柔的小手抚摸的那些曾经的头们，也都带着半片没理好的头发或满脸的白花花泡沫走出来，看得舌头缩不回去。一群新潮的少女围过来，什么也不看，专门看那四个模特的头发，发出"哇噻——"的声音，然后走进店里，接受那个虽然稍稍有点土气却是帅气横生的剃头匠对自己头发的大胆改造，她们不喜欢那种历史太悠久了的黑色。她们要一种与她们的心情一样的快乐的颜色。

阳光彩发的名气更大了，几乎成了这座城市里的美女制造公司。吴遥的双腿和双手又开始酸起来，他聘了四个帮手，不是曾经在乡下理过发的男人，而就是他连哄带骗弄回来的在外地打工的他的亲戚。渐渐的，阳光彩发就成了花园一条街的亮点。渐渐的，阳光彩发就成了我们这个城市的一个亮点。直至今日，人们还喊吴遥剃头匠，他真的喜欢那个“匠”字，不过他对那“匠”字的理解已经大大突破了早先的范畴。

剃头挑子他一直摆在店里显眼的地方，那是他祖辈留下来的衣食家什。

拔毛格格

看清朝宫廷的电视多了，花园小区的人就知道世上还有格格这种称呼，而且知道，格格就是公主。花园小区不可能有皇帝，这里住的可以说百分之九十九以上都是那种手做嘴吃的劳动群众，当然也就不可能有格格。可是格格这两个字确实好听，想着就叫人觉得美滋滋的，舍不得丢掉，总想安到什么人头上。但在花园小区，谁能够当担得起“格格”这两个字呢?

不知什么原因，有一天就有人叫起“拔毛格格”来，那叫法无疑大煞风景，叫人恶心，但人言可畏，既然叫出来，也就叫出来了。其实“拔毛格格”一点格格味儿也没有，就连电视里大眼睛冒牌格格小燕子的那种疯疯傻傻的劲儿也没有。或许是人们的逆反心理，越不像格格越叫你格格罢。

拔毛格格将近三十岁，也可能三十多岁，在小区尽里头租了间房子住，很少有人来找她，没见男人，有一回到见个七八岁的乡下孩子来过，很快就走了，有人听见那孩子喊她妈妈。花园小区就这点好处，大家都是乡下来的移民，谁也不知谁的根底，谁也不问谁的事，各人忙个人的，对谁的隐私都没兴趣，即便有兴趣，也没工夫打听。所以拔毛格格在人们眼中，就是一个女人，一个来城里挣饭吃的单身女人。至于她的生辰八字、命相运势、家庭成员、社会关系等等都不重要。也没人像在文化大革命那阵子怀疑她是逃窜来的阶级敌人、台湾女特务等等。

拔毛格格与毛立、吴遥他们都熟，我也认识，是一个勤快的有点儿蠢的女人。当“拔毛格格”四个字刚刚栽到她头上时，她不以为然，任凭怎么喊也不答应，后来，可能是喊的人多了，习惯了，再者，这“格格”是“公主”哩，即便是“拔毛格格”也是公主。就开始答应，渐渐地答应得很流利，就像是生下来就叫这名字。拔毛格格大热天穿一件宽大的灰色衬衣，袖子卷到胳膊弯以上。裤子也是灰色的，裤腿较短，露出小脚髁和小腿，脚上是一双半长筒的旧胶靴。头发揪起来，拢到后面，扎一根粗粗的、俗不可耐的马尾巴。手臂和脸上总汗涔涔的，粘着鸡毛、鸭毛或者鹅毛。天不太热的时候，也是那样子，不同的是整天将一件带帽子脱了胶的灰色旧雨衣罩在身上，帽子戴在头上，只露出一张饱鼓鼓的脸和一双粗糙而微略泛红的手臂。也就是说，一年之中。几乎有五分之四的时间，你看见她的就只是一件灰得发白的雨衣。这让你觉得叫她“雨衣格格”倒更为贴切。

第一个将“拔毛格格”的名字栽到她头上的人之所以叫她“拔毛格格”而不叫她“雨衣格格”，或许主要是依据她的职业。不管她曾经做过什么，而现在是在拔毛，拔那些鸡鸭鹅或是其他禽类的毛，拔得得心应手、技术绝对一流，假如拔毛这个系列能评职称的话，她评上“一级拔毛”的高级职称绝无问题。

花园小区开始没有菜市场，买菜还得到挺远的农贸市场去，后来就在小区中间的那条弧形的街道上，有人最先摆起了一个小小的菜摊子，后来才摆摊子的人多了起来，管理部门便因陋就简在上面搭起了绿色的塑料雨篷，就形成了小区的菜市。菜市不大，倒是兴旺。因为小区住的人多，人总要吃菜，荤腥淡素都得吃。四季鲜蔬，牛羊猪肉，河鲜水产，禽肉禽蛋……新鲜而且便宜。那菜市有一段专门是买活鸡活鸭等物的，用一米高的方形或圆形的铁丝笼子装着，从上面看都是脑袋，你选中了哪只，就帮你捉出来，过秤，付钱。那鸡、鸭或是鹅就是你的了。但可不能拎回去连毛吃呀，接下来就是拔毛格格的事。

记不清拔毛格格是哪一年来到花园小区，从事她的宰杀拔毛生涯的。估计有不少年头了，那千万只鸡鸭被宰杀和拔毛的过程，练出了她精湛的技艺。一只鸡鸭到她手上，指头移动一下，刀一拖，血就出来了，比闪电还快。竟让我看得目瞪口呆。我曾想，就是古代那些杀人如麻的职业刽子手，也不可能有她如此的好手艺。然后那鸡鸭就被扔进一口瓦缸里，任它在里面扑腾着作生命最后的也是最精彩的舞蹈。那舞蹈停止了，就被拿出来，提着两只脚，按进一口盛着沸水的缸里，再拿出来，两三把扒掉大毛。接着，再同样提着两只脚，按进一口发出刺鼻气味熔化着黑呼呼的好像沥青一样的东西的锅里。那种黑糊糊的东西究竟是什么，就连拔毛格格自己也不知道，别人说是松香水她也说是松香水。但知道内情的人士吐露，那是沥青，一种强烈致癌物质，是不能用来制作食物的。但现在的人管不着这些，只图方便，吃下去不立马被毒死就行。再拿出来时，鸡鸭的表面就糊上了一层黑漆，然后按进冷水缸里，那黑漆就冷却了，成了包裹在鸡鸭外边的一层黑色的薄膜。那层薄膜很容易剥掉，剥掉之后，就是白嫩光滑的鸡鸭的胴体，上面的细毛都让那层黑色的膜给粘上拔掉了。这一切看起来复杂，实际上十分简单，整个操作过程在拔毛格格手上也不过七八分钟，甚至更短。拔毛格格将拔好了毛的鸡鸭装进一只塑料袋里，递给你，你给她一块钱就行，那是她的工钱。有人说，拔毛格格的这行当不错，发不了大财，也饿不着。有人说拔毛格格划不来，为一块钱去谋财害命。杀生是要遭报应的，就是今生不报，来生免不了千刀万剐。拔毛格格不管这些，也管不了。她整天忙碌着，偶尔憨憨地对人笑一下，恐怕从来没想过要被千刀万剐的事。

拔毛格格也有闲的时候，大概是在每天的半下午之后，坐在某一口瓦缸的边沿，放松自己，想一些只有她自己知道的事。这时，鸡贩子老扣就过来与她谈论有关拔毛的事。据说，拔毛格格刚来的时候，什么事也找不到，是老扣留下了她，借钱给她买两口缸、一口锅和一些必要的物件，容留她在自己摊位旁边，为买了鸡鸭的顾客提供服务——拔毛。鉴于这样一层关系，拔毛格格对老扣心存感激，外人也认为他们是亲戚。老扣是个大大咧咧，什么玩笑都开的人，有一回，老扣说：“你真的会拔毛，拔得光光的，晚上过去把我那毛也拔拔呗。”

旁边的几个鸡鸭贩子便跟着起哄，说让拔毛格格用松香沥青将老扣那地方的毛巴起来，拔个干净。拔毛格格脸红了，低着头不吱声。老扣越发来了疯劲儿，走过来，靠着拔毛格格，一只手臂伸过来，揽着她的肩头。那些人嚷起来：“拔呀，拔呀，现在就拔！”

拔毛格格推了一下老扣，让他走开，老扣将她揽得更紧，嘴里也一个劲“拔呀，拔呀”地乱嚷。忽然，老扣不“拔呀”地嚷了，而是“哎约”地大叫起来。原来是拔毛格格真地一把抓住了老扣裤裆里那长毛的地方，使劲地拽，痛得老扣直叫唤。其他人还是“拔啊，拔啊”地叫嚷。老扣痛得急了，求饶道：“快放手，姑奶奶，疼死了。”

“以后不许再瞎说。”拔毛格格道。

“不说，不说，再也不说了，再说就遭雷劈死……”

拔毛格格松开手，莫名其妙地大笑起来，直笑得弯下了腰，笑得众人莫名其妙。

从那以后，大家都再没听到老扣和拔毛格格之间有过那种拔毛的玩笑，但过了二十多天之后，老扣忍不住告诉了与他一起做买卖的几个鸡鸭贩子，说他的毛真的被拔毛格格拔了，啧啧，快活死了！生意场上的人的嘴破箩筛似的，那话即刻就漏出来，弄得尽人皆知，只拔毛格格蒙在鼓里。但人们都知道，拔毛格格和老扣拔毛的事只是迟早，男女之间，相处久了，总是有情的，何况老扣又处处帮着她，护着她。那一天，生意特别好，拔毛格格一块一块地收了将近二十块钱，觉得有些晕，支撑不住，一下子歪倒了，不是老扣眼快手快一把抱住了她，拔毛格格就倒在了那口烧熔了的黑糊糊的松香沥青的锅里了。老扣见拔毛格格脸色苍白，嘴唇乌紫，不省人事，心慌起来，顾不得许多，就那样抱着一路小跑，将她送进了市人民医院。拔毛格格醒来，发现自己躺在病床上，老扣守在旁边，顿时哭了，哭得伤心，直哭得老扣莫名其妙，便像哄小孩一样地哄她："别哭，别哭噢。"拔毛格格就势抱住老扣的头，反而号啕大哭起来。

拔毛格格只是劳累过度，并不是真的有什么病，很快就出院回去了，老扣所说的他们背地里发生的货真价实的拔毛事件，大概就在出院的那天。

那些天，老扣总是一脸的得意，仿佛是拣了个天上掉下来的大金碇子。人们发现拔毛格格也变了，脸上光彩了，浮着一层往常不容易看到的光彩的微笑。而且人们还有一个重大发现，拔毛格格总蒙在身上的那件灰色雨衣不见了，穿了一件得体的从街头地摊上买来的大花色图案的青年装，裤子也换了，是刚刚流行过的那种落地包腚裤。脚上也穿了双廉价的皮鞋，不再趿着那双半长筒的旧胶靴。就这一副行头，鸡贩子们估计少不了得花一百多块。便怀疑是老扣被人家拔毛拔得痛快了，买了送的。但老扣赌咒发誓否认，说原本打算送她一套好些的，可人家不要，说什么也不要，倒是自己买了。

换了一身装束，人们发现拔毛格格原来是个漂亮女人，她的漂亮原先是被那件宽大的雨衣和衬衫遮盖了。于是人们猜测被她那雨衣遮盖的除了她的漂亮之外，是不是还有其他东西。譬如说，她姓甚名谁，为什么到城里来，家里还有什么人，那个曾经来过，喊她妈妈的孩子是不是她亲生的，她丈夫呢？这些，拔毛格格一直讳莫如深，从不提起，别人问她也只是淡淡一笑敷衍过去。但现在拔毛格格依然不会说，人们依然只是背地里猜测了。

拔毛格格依然技高一筹、勤快地拔着鸡毛鸭毛鹅毛，她那大花头青年装紧身裤和廉价皮鞋依然让她漂亮得真的像个格格。至于她跟老扣私下里的事，新鲜了一阵子之后，就不再是热门话题。人们对待这类事情表现出了应有的大度和宽容，睁一只眼闭一只眼。秋天里的一天，一个三十多岁的女人来到菜市，径直走向拔毛格格，不问青红皂白，啪地就扇了拔毛格格一个耳光，那一耳光打得拔毛格格晕头转向，不明就里，一只手捂着脸，怔怔地看着打她的女人。那女人见拔毛格格看着她，又打来一耳光，并骂了句“骚货!”，上前就揪拔毛格格的头发。拔毛格格这才有些明白究竟是怎么回事，与那女人厮打起来。两个女人抱在一起，滚到地上，捶打着、揪扯着、撕咬着，双方都满腔仇恨，双方都格外卖力。菜市场的人都围过来看，包括老扣的那几个同行，见是女人打架，怕惹是非，也没人拉。因此两个女人就打得相当精彩和尽兴。直打得鸡飞鸭叫，缸倒盆翻，那口熬着黑糊糊的松香沥青的大锅也打翻了，滚烫的松香沥青糊了她们一身。可能是发现那东西特别烫的缘故，两个女人都尽可能地将对方推向泼有沥青的地方。

那时，刚巧老扣不在摊位上，可能是上厕所大便去了。也可能是那女人特意选择老扣不在的空当里发动攻击的。等老扣回来的时候，两个女人的战斗已达到了白热化程度。老扣赶快拉起两个女人，将她们分开，气得满脸青紫。那个女人蹲在地上哭了，说：“你这个没良心的，让个狐狸精给迷住了。你那个不要脸没人要的狐狸精啊……”人们便知道那女人是老扣老婆。老扣将他老婆拉着走了，拔毛格格独自蹲在一口打翻了的瓦缸边哭泣。她脸上尽是血，那件衬托出她的漂亮的花衣也撕破了，浑身的沥青已经冷却，看上去像只黑熊。拔毛格格这才发现被沥青烫着的地方疼痛难忍。便以手掩面，跑回租住的房子里换衣衫，然后到医院去了。

打架的时候不觉得，到医院一检查，才知烫得不轻，尤其是右手的手肘，皮肉都烫化了。拔毛格格记得，那是被老扣老婆摁到一摊沥青里去的。背上和屁股上还有几处面积较大的烫伤。医生说怕感染，建议她住院治疗，拔毛格格说她没钱，医生就给她开了些药。

据说，老扣老婆伤得也不轻，在医院里住了有一个星期。那一个星期，老扣每天都去看她，送吃送喝，晚上还住在病房里陪她。这一点大概让拔毛格格十分伤心。

自从打架之后，拔毛格格就没再到菜市场来，开始人们以为她受伤了，伤好了就会来，十天半月、一个月、两个月之后，仍不见拔毛格格来，就知道拔毛格格不会来了。有人到她的租房去看，房东说退租了。此后，菜市场的人没再看见拔毛格格，她消失了，无影无踪，像从这个城市蒸发了似的。据说老扣寻找了几回，也没结果。

大概是在冬天，我到另一座城市出差，住乐天宾馆。在餐厅吃饭，邻桌有两男两女也在吃饭，其中一个女的，酷似拔毛格格，只是穿着不同，新潮而华丽。我看着她，她的目光移过来，看见我，便慌慌忙忙移开。我相信不会错，那笃定就是拔毛格格。但她怎么到这座城市来了呢？和她一起的又是谁？

拔毛格格毕竟是“格格”，她留给人的总是一片无尽头的猜测……

（选自《安徽文学》2002 年第 11 期）

▍程多富

差额选举

或许是周末的缘故吧，离下班足有四十分钟，整个县委机关大楼已空旷冷寂了。收好文件和材料，我也打算去食堂排队，然后回到宿舍，试着写篇小说。我刚准备出门，斜对过的杨主任踱进来，拍拍我的肩膀，永远微笑的方脸盘上多了一层笑意，高深莫测地说；“我家像个菜市场。小查，在房间等着我吧，嘿嘿，再就看你的哕。”

我似乎明白了他的意思，因此，回到这文化馆二楼单人宿舍，脸上还在发烧。常言道，亲不亲，故乡人，怪不得杨主任待我如此真诚。今年暑假，我大学一毕业便分到这江南的县文化馆。报到之前，江北老家的人告诉我，邻村杨伯钊也在这儿，当了县委办公室主任。上班以后，我登门拜访了他。我们虽从未谋面，可一见如故。按照乡规，我叫了他一声“大叔”，他乐得抱住我的膀子叫“大侄子”。这样，不几天，县城不少人都知道我同杨主任是叔侄关系，有人并展开想象的翅膀，编排我同杨大叔的小女儿杨文静的艳丽故事，害得我轻易不敢到杨府。杨主任好像没听到过那些天方夜谭，依然光临寒舍，拉我过府。三个月前，他突然要我调到他那儿当秘书，说我笔杆硬，是那块料子。我赶忙谦虚，并申辩我时常练习的是小说、散文。他有些不悦了，绷着脸说：“你以为我不懂文学？小静借的那么多小说我都翻过。文学要写人，我那里什么样角色碰不到?”。

三天以后，我成了杨大叔的部下。在这位秘书行家的严格训导下，我很快从形象思维转到了逻辑思维，最近根据记录整理一份材料深得县委李书记的赞赏。前天，李书记把我叫了去，先是讲我起草的文件很有杨主任的风格，最后离开正题，突如其来地问我对杨文静的印象怎么样。我语塞了，一个劲地抓头，李书记敲敲桌子，自言自语地说：“嗯，不错，找老杨谈谈。”

“不，李书记。”

“哈哈——”

“嘿嘿——”这是杨大叔的声音。我忙拉开了门。他把房间巡视了一番，然后坐到床沿上，掸掸烟灰，眯着眼问道：“不感到寂寞吗？”

我吓了一跳，哪有当老子的这么为女儿说亲？我张张嘴巴，终于没说出话来。他向我招招手，待我坐到他身边，他把右手搭到我肩上，郑重其事地说：“明天一早，你到香圩去一趟。”

“出差？”出乎意料，我反倒有些怅然。“对，看来李书记对你非常器重。”他连拍我三下，皱着眉说，“经过三下三上，香圩乡筛出了七个县人大代表候选人，因为还要筛掉两名，你一定要保证包书记当选。”

我心里纳闷了。明年三月上旬，包乐即将出任副县长，这已是人所共知的秘密。他是香圩乡书记，又是县里指定的县人大代表人选，难道要用特殊手段才能当选？杨大叔似乎看出了我的心思，盯住我的眼睛说：“你初涉社会，还掂不出‘复杂’二字的分量。记住，当秘书的，脑袋应长在领导脖子上。”

关于秘书脑袋的问题，杨主任在我报到的时候就阐述清楚了，我当然要记在心里，落实到行动上。然而，此行关系重大，我能胜任吗？杨大叔真是知我爱我，把我拽得更近，几乎是贴着我的耳朵，轻声说；“别怕，我给你三个应急方案……”

我不认识包乐。这次见面，他正在为一家劳力少的困难户挑塘泥。三十五岁的他，虽然也是个大学生，却脸黑腿粗，活脱脱一副农村基层干部形象。他见了我，不紧不慢地挑泥上岸，不冷不热地朝我点头致意，放下担子，向我伸出满是污泥的手，边抖边说；“查秘书，边走边向你汇报吧。”

“不，”我受不住他的抬举，忙说，“我只不过是个普通百姓。”

“我们都是普通百姓，”他开朗地一笑，“但是你是代表上级来的，钦差大臣，见官大三级，对不对？哈哈——”

沿着沿江圩堤，我向他询问着选举情况。他有些漫不经心的样子，时时扯到气候和收成方面。幸亏杨大叔向我介绍了一些情况，我才得以有的放矢地追问。然而，每当我涉及到人事关系时，他总是说别人如何不错，自己没有尽到责任。不过，我还是捕捉到了实施应急方案的信息：党委内部意见虽不统一，但大家都顾着面子；两个村的支部书记顶得凶，也很有市场；一位代表候选人有私人汽车，忙于抓钱，对歇车开会很不耐烦。心里有了底，我的脚步也快了。平心而论，保证这么好的同志当选，也不枉“钦一差”一趟。

不出所料，党委会上沉默一阵以后．顺利解决了问题。第二天上午，我和乡里三位同志带着乡党委意见，开始分片选举。第一片三个村，举手表决的结果，包乐旗开得胜。可是下午的选举碰到了麻烦。那位候选人当众反对举手表决。有应急方案壮胆，我面不改色心不跳，站到黑板前摆摆手说；“按理说，应该无记名投票。但是，农村文盲占多数，还不是请人代划圈子？再说……”

“不要说了，我弃权。”那位候选人昂首离去，远远地掷来一句话，“哼，全是做样子！”

会场哗然。我急了，忙大声制止。待稍稍安静了一点，我扯着嗓门说：“大家如果认为要无记名投票，也好。就以小队为单位慢慢来吧。”

“不，还是举手好。”

“怎么搞都行，别耽误工夫。”

连中二元以后，当天晚上我来到两个钉子村。钉中之钉要数也是候选人的黄炳林支书。我刚进他家，他就破口大骂包乐是小人得志，竖着大拇指直叫“金少石是真的共产党”。我怕事情被他闹糟，便当机立断阻止了他。在雪亮的汽灯照耀下，选举进行着。谢天谢地，包乐总票过了半数，然而，除了那位候选人自动弃权外，包书记比跑汽车的还少一票。唯一的希望只有乡直机关了，我紧张得浑身颤抖，回到乡招待所，我无一丝睡意，对人们如此冷落副县长人选的包书记感到疑或不解。正在这时候，包乐敲开了我的门。他仍漫不经心地笑笑，靠到沙发上，向我问些不咸不淡的题外话。我忍不住了，跺着脚说：“我的包大人，只剩乡直机关一线天了！”

他眉头耸起，做报告似地说：“作为党的一名干部，我愿意经受委屈的考验。乡直机关不同农村，应该无记名投票。人民代表人民选，选上了，为人民尽义务，我自信不像有人说的那样，开会耽误捞钱。”

灯不拨不明，我的心忽然敞亮了。兴奋得彻夜未眠的我，翌日清晨便找上门，耐着性子同跑汽车的磨。当然啰，虽然我的大号叫若愚，说出的话儿却要多中听有多中听：“能当上代表，是您的光荣。大会呀，小会呀，您都应该向政府转达老百姓的意愿，再把党和政府……”

“唉呀，开一天会，要丢一百多块钱呢。”他上钩了。我趁热打铁，半开玩笑的说：“为人民服务嘛。包书记快当县长了，您的票和他不相上下，说明您威信高嘛。”

“不不，应该让给包书记。”

由于跑汽车的自愿退出，我出色地完成了使命，连夜坐上包乐叫来的三轮卡凯旋而归。

初次出师，大获全胜，皆大欢喜。杨大叔着实夸奖了我一番之后，又着重阐述了秘书的性质，说秘书必须秘字领先。因此，包乐当选的过程，我决不会广播出去，其中当然还包括杨主任授予我而没有采用的最后一个应急方案——以乡党委名义，强行让包乐当选。踌躇满志的我，忽然想到了自己的婚事。二十又五，衣破该有人补了。目标自然是我的杨妹妹。八十年代，一切都开放得可以，怎奈我难脱乡俗，不敢效法银幕上的浪漫。绞过一阵脑汁，我拿起了日夜用得着的寸管，给她写了一封朦胧信。不久，这位县政府办公室打字员回信了。她坦率得令人生畏，不信，请看信末这三句："我的抽屉里已有五封这方面的信。我的答复统统是：任其自然，瓜熟蒂落。一旦我选中了谁，我会主动上门说声'我爱你'！"

在辞旧迎新的爆竹声中，杨主任向我传达了李书记的指示：着力宣传包乐。我犯难了，宣传部有通讯报道员，广播站有编采人员，怎么要我去写包乐的稿子呢？没办法，我的脑袋在上级肩上，尽力而为吧。头三天，我按杨主任提供的材料和在香圩目睹的情况，写了《包乐扶贫挑塘泥》等三篇小通讯，复写以后分别给了县广播站和地区报纸。库存用完后，我当然要去采访。先近后远吧，包乐曾在农业局当过技术员、副股长，前年调到香圩当书记的。可是，在农业局，我得到的回答要么是"不了解"，要么是不着边际的"哈哈哈"。唯一竖大拇指的才开个头，就被陈仁和副局长（新当选的县人大代表）拍案打断："查秘书，你跟李书记讲，就说我陈仁和讲的，包乐是个小人！"

官场复杂，我不敢当传话筒。就在我苦闷彷徨的当儿，我的三篇小通讯接二连三变成了铅字。而县广播站只用了挑塘泥。我有些气愤，跑到编辑室询问，编辑组长拿出原稿，指着上面"此稿不用"的批语，很客气地说："宣传部副部长金少石亲自把的关，我们也没办法。"

想起来了，金少石是包乐的政敌，难怪香圩的黄炳林支书褒金贬包啊。在民意测验中，高中程度、四十岁的金少石呼声最高，但我知道，他不是副县长人选。他既然要否定我的两篇稿子，正理歪理总能讲一些的。包乐狠抓打击刑事犯罪分子和积极支持万元户，难道不值得宣传？带着大问号，这天晚上我敲开了他的家门。我们彼此有点头之交，他对我的到来非常欢迎。可是，一接触正题，他黑瘦的长脸绷紧了，一对精明的小眼睛眨了眨，说：

“是这样，小查，那两篇稿子如果发了，对包乐同志本人都不利。”

“可是，地区报纸……”

“我只能在我的权力范围内把关。”

“请你说说详细原因。”

他摇摇头，话锋一转，大有深意地笑道：“听说你在香坷很辛苦嘛。其实，包乐的代表的位子在科委早就留着了，他前不久被委任为科委副手了嘛。”

这件事难道是真的吗？既然如此，为什么还要我去奔波？怀着莫名的烦恼，我转身跑到杨主任家，一进门就委屈地追问着。永远微笑的大叔蹙起了淡眉，严肃地说：“组织上自有组织上的安排，我们有什么必要过问？社会复杂，关系交错，我早说过了。秘书的天职是按领导意图办事，错了，责任也在领导。”

“可我不愿不明不白让人当枪使。”我抑制不住自己的感情了，哽咽着说，“我要回到文化馆!”

“你是不是党员？”杨主任居然光火了，“无组织无纪律!”

我望望他，耷拉下脑袋，怏怏地开了门走了出去。刚出宿舍楼，文静追上了我。我站定了，转过身来央求道：“帮帮忙，求你爸爸开恩，我适应不了。”

她用一本厚厚的书遮住秀美的瓜子脸，咯咯笑道；“正相反，你应该好好干下去，在纷繁的情况下做好你应该做的事情。”“是你爸爸的意思?”

“我的脑袋是长在自己脖子上的。”她把书往我手上一放，转身走了，远远地甩过话来，“《官场现形记》，好好看吧。”

我应该做的事情，首先无疑是借领导上给我的极大方便，对包乐进行全方位了解。好在有已经发表的三篇小通讯垫底，好在杨大叔以为我和他的小女儿已在着手签订秦晋之盟，下乡串街，我的行动十分自由。历时三十五天的采访，我基本上弄清了包乐深受上司宠爱和缺乏群众基础的原因。

我的现任职务是秘书，先用一段秘书语言概括吧。

他的行动准则，无左无右，忽左忽右，一切以看得见、摸得着的上司意志为转移。在农业局供职期间，江圩大坂棉区引进鲁棉一号。后来，省、地文件规定不准种鲁棉，鲁棉虽属高产品种，但潜伏着十分可怕的病害。因为当时的县委书记、当今的地委副书记叶大中坚持不更换品种，尽管农业局副局长陈仁和据理力争，并引进两万斤新品种种子，但包乐以一个副股长的身份强行在全县推广鲁棉，致使两万斤新种积压。从此，包乐深得叶书记和李副书记欢心，而陈仁和则处处受打击。这年秋后，鲁棉停止收购，棉农怨声载道，包乐竟说陈仁和没有当好领导参谋。由于从副职晋为正职的李书记的荐举，作为尔后提拔的必要步骤，包乐到香圩乡当了书记。其时正值清除精神污染高潮，更因为香圩所在区的原区委书记金少石以香圩乡为点，积极推行中央的农村经济政策，两年中香圩面貌一新，仅仅由于李书记认为金少石步子太大，包乐一到任，乘风破浪，先煞带头致富的黄炳林一班干部威风，再横扫时新衣服和大姑娘蝴蝶结。包乐正大显身手之际，报纸上白纸黑字打招呼，规定农村不在“清污”之列。他眼睛一瞪，继续“革命”。幸好李书记电话指示止步，他才鸣锣收兵。去年秋天，李书记布置今春县里召开万元户大会，包乐又闻风而动，千户之乡竟报上九十三个万元户……

我的业余爱好是文学创作，还是试着写段速写吧。

初夏的傍晚，村镇一片安静。空寂的乡政府院落，空气里弥漫着油香火辣的气味。包乐的妻子手持锅铲，满头大汗地为明天即将到地区安排新的工作的小叶准备着家宴。堂屋里，包乐和地委副书记的千金谈笑风生。忽然，小叶黛眉紧锁，咬着微翘的红唇儿，勾着头讷讷地说：“包书记，小黄还缠着不放，今晚要到我房间吵死呢。”

“不理他，”包乐不以为然地摇摇头，“到时候我叫几个人轰走他!”

“千万不能。”小叶仰起了胖乎乎的圆脸蛋，然后伏到桌上哽咽道，“他手里捏着我的东西，我真……真不该给……给了他。”

包乐问道：“什么东西?”

“我俩的誓言。”

“那有什么？我还以为……”

“不，不不，那上面的话丑死人了。”

包乐沉思了一阵，站起身，伏到她耳边轻轻嘀咕了一阵，惹得小叶抬起头破涕为笑了。

晚上十点，小黄敲开了小叶的房门。

“你想溜？誓约上……”

小叶关上了门。房里塞窸窣窣一阵以后，只听得小叶扯着嗓门叫道；“滚！你这不要脸的!”

紧接着，包乐领着几个人敲门了。

小叶拉开门，拉亮电灯，哭哭啼啼地说：“他想要流氓，逼着我跟他……”

速写该打住了，以下的故事梗概是：小叶骗得了誓约，因此证明童贞未破。黄炳林这位在乡食品站当会计的儿子呢，因为正赶上从严打击刑事犯罪分子，被送进了看守所。因为包书记宣布这次拉的网不存在冤假错案，尽管当地干群证明叶、黄纯属恋爱关系，最多是不该婚前动手动脚，小黄还是被判处五年徒刑，押赴五百里外的农场劳改……。

人生识字糊涂始，我却因为明白内情而变得糊涂了。看来我是无法处理这些是是非非的关系，我应该找片净土，静静地看书，静静地写稿。从香圩回来的当天晚上，因小黄事件激怒异常的我，跑到了我的杨大叔家。他出席常委会去了，而大婶见了我则冲我一笑，出门了。我望着为我捧来热茶的文静，叹道：“我忍受不住了，我明天就正式辞职。”

“辞职?”杨文静一愣，认真地说，“爸爸说，农工部姚伯伯刚去世，县里把他的代表位子给了你，你……”

“我不要!”激怒之下，我把包乐的一切全抖给她了。

“正相反!”她也似乎生气了，“你起码可以运用你的代表权力，投好那神圣的一票！不过我劝你，你刚才的那场倾盆大雨，出了我家，千万收住，免得落个非组织活动。其实，多数人对包乐的了解远远超过你。”

好吧，一切都等到选举以后再说吧。

三月十日，全县第五届人民代表大会进行投票选举。上午八时整，我夹在代表队伍里，步入布置一新的官渡电影院。庄严的国歌刚一结束，大会执行主席宣读了县政府七位候选人名单，详尽地介绍了候选人事迹。不用说，有关包乐的评价，当然是革命化、知识化、年轻化等报刊语言和诸如“开拓型”、“党性原则强”等颂词。七里挑五，该去掉哪两位呢？包乐是万万不能落选的。这三天，李书记忙得不可开交，唯一的宗旨是要求代表们从实现历史性的转变的高度，认清把包乐那样的同志推上县政府领导岗位的伟大意义。我思想开了这么一点小差，另一位执行主席讲话了：“……应到代表二百三十人，实到代表二百二十五人。现在各领队上台领回选票，马上进行无记名投票。”

无记名万岁！这三天，我随从李书记做代表思想工作，不少人当着书记的面保证投包乐一票，可一转身窃窃私语了：“哼，你管我选哪一个。”“笔在我手里，嘿嘿。”

选票发下来了。我拧开笔帽，首先在包乐头上划了个“×”。坐在我左边的金少石副部长一愣，随即低下头去划票。我开心透了，正如文静说的，我这个捡个代表当当的小人物，行使着神圣无比的权力。管你包乐当不当选，反正你在我心目中死了。我投了票，站在太平门旁边等待唱票。哈哈，到底揭晓了：包乐，五十五票，落选！不在候选之列的陈仁和，八十三票。同样票上无名的金少石一百五十五票，当选！会场骚动了，不知是谁带头叫了声“民主胜利了”，整个电影院立时沸腾起来。我踮脚望望台上，李书记坐在那里呆若木鸡。“查若愚，快到台上来。”

我应召上台，杨大叔把我拽到后台，轻声说：“你马上到政协去一趟，就说李书记指示的，他们那里下午选举政协领导人员，候选人名单上加包乐名字。”

“是！”鬼知道，我竟高兴得跳了起来。政协的三位老头子听我“宣旨”以后，气得跺脚了：“你向李书记汇报，我们这里不是废品收购站！”

“是！”我又高兴得跳了起来。

李书记听了我的转达，气得半天说不出话来。他连吸几口烟，掼下茶杯，自言自语地说：“真不像话，我得亲自去。好干部选不上来，搞什么四个现代化？民主，我看有些人在滥用民主，把党的优良传统都丢光了。”

下午三点半，政协那边传来确信，一百二十三张选票，包乐得了十五票。县政协是老人俱乐部，李书记为什么要把包乐送去居闲？我百思不得其解，晚饭前跑到杨大叔家向他质疑。无精打采的杨大叔叹口气，心灰意懒地说：“怪谁？要是选上政协副主席，再调到县政府当领导，大家的戏都好演嘛。这个包乐！”

我幸灾乐祸地说：“嘿嘿，要是来真格的选举，恐怕不少人的乌纱帽都要落地呢。”

“你有这想法很危险。”杨大叔压低声音说，“民主还要有个集中嘛。领导用人，谁不讲个顺手？”

他讲的是实话，我虽不敢苟同，却不想反驳。三十多年来，杨大叔就是那么做的。他把脑袋寄放在他的上级肩上，并因此受好评，也遭过牵连，但还是走过来了。我想离开县委办公室，但眼下还不是时候，我想安静几天，消化这段素材，创作一篇较有分量的小说，投寄省文学期刊。官场上混了一百多天，我学会了说谎，我揉揉太阳穴，对我的顶头上司说：“大叔，我不大舒服，请几天假行吗？”

“歇歇，我也要歇歇。”他靠到沙发上懒洋洋地说，“脑子里成天乱哄哄的，累死人。”

他找到了自己的脑子？作为我即将着墨的小说里的原型，他该是个什么样的形象呢？

看来我还是块搞文学的料子，四个日夜，洋洋洒洒一万四千字的小说《鲍喜落选记》脱稿了。不是吹牛，我写得相当顺手。还在念高中的时候，我就自命文学青年，开始投稿。然而，最长写两千字，吃奶的力都用出来了，结果连铅印退稿笺都收不到。看来我真得感谢杨大叔，不是他，我是构思不出这篇自我感觉十分良好的习作的。然而，我笔下的柳主任，唯唯诺诺，可悲可笑，如果发表后被杨家父女发觉了，会有什么后果呢？管不得许多了，趁着星期日，我把它邮寄出去。邮局的小胡是文静的好友，她接过沉甸甸的稿子，惊喜地问道：“嗬，查秘书写长篇啦？”

“嘿嘿，短篇。”

我感到发窘，付邮以后，赶忙跑出邮局，躲进房间。不一会儿，杨文静飘然入室，我又惊又喜，只顾抓耳搔腮。不用说，从她的朱唇里，将发出“我爱你”这一震撼心灵的最强音。

“你写小说啦？”

我失望了，无力地点点头。

“有底稿吗？我看看。”

我像倒楣的战俘，乖乖缴械了。她面窗而坐，看得仔细。望着她那白皙的后颈，我心烦意乱。县领导差额选举揭晓了，你的择爱录取何日发榜？没办法，我只好抽出还未曾过目的《官场现形记》，心不在焉地翻着。

“不对。”她忽然转过脸来，冲我叫道，“爸爸的形象被你扭弯了。”

我不便争辩。

她扬扬我的底稿，委屈地说；“爸爸是唯唯诺诺，但那有什么办法呢？再说，爸爸在官场混了大半辈子，什么伤天害理的事都没沾边。别看他在大庭广众之下官话连篇，回到家里，同知心朋友谈天，对自己办的事情都长吁短叹。就说小黄被抓走的事吧，他不但暗暗塞了二十块钱给他，还写信给劳改农场搞管教的一个朋友，叫他格外关心他。”

“那……”我真的被感动了，“我马上抽回！”

"那也不必。"她掠掠刘海，淡淡一笑，"柳主任毕竟不等于爸爸，何况现实生活中比柳主任混账百倍的大有人在。行了，等着你的喜讯。"

喜讯姗姗来迟。第七十五天，也就是包乐荣升县农工部部长的第三天，编辑部来了"留用"通知。不知怎么回事，我喜不起来，落选的包乐升官了，出人意外。自以为是块文学料子的我，怎么构思不出这出乎意料的结尾呢？由于心里有鬼影子在晃，我没有把消息告诉文静。一个月以后，编辑部又给我来信，稿子发九月号。应该给她讲一声了。我刚进杨府，杨大叔冲我一咧嘴，苦笑道："他调地委了。"

"谁？"

"包部长。"杨大叔望着天花板，嘿嘿笑道，"通知刚到。这次当地委副书记呀。"

我敢说，我的耳朵肯定出了毛病，不然，这又一出人意料的结局，文豪鲁迅怕也想不到。然而，这确为事实，难怪说文学的源泉是生活啊。我当即给编辑部写了一封信，要求改写结尾部分。十天后，编辑部来信，强调原稿结尾有亮度，能给人以信心。没有办法，编辑是作品判官，何况他们也可能有难言之隐。

坐上小轿车，包乐屁股后边一溜烟地赴任去了。于是，小小县城掀起了一股"包乐热"，光那冷嘲热讽，加以搜集，便可编出一本深受读者欢迎的小册子。我没有让"包乐热"白白过去。工作之余，我进一步搜集包乐的传闻轶事，打算写个中篇，题目暂定《鲍喜浮沉记》。

炎夏消退，腹稿成熟。九月一日，李书记一行十人前往地区出席党代会。县魁一走，我们清闲多了，我便埋头爬格子。嘿嘿，这回比上次还顺手，五千字一章，五天拿下了全篇的三分之一。第六天中午，我正睡午觉，门被敲得咚咚响，我好气啊，吼道："谁？""我。"

杨文静第二次光临了，我不敢怠慢。她一进门便扬着两本省刊笑道："双喜临门，拿什么请客？"

小说的发表，早就知道，即便算喜，也双不起来呀。莫非……

"官方消息，包乐又落选了！"

我又怀疑起自己的耳朵。当她连说三遍以后，我相信了。我佩服省刊编辑的眼力，包乐那号人的结局理应如此。然而，他会不会再从地委农工部打个滚，升任省委副书记呢？"你不高兴？"

"高兴。"我从沉思中醒来，转换话题道，"不过是大家的喜，我还以为……”

她很敏感，满脸飞红，撅着嘴，娇羞地问道；“以为什么?”

五尺男儿，胆子放壮些吧。我直勾勾地盯住她，鼓足勇气说：“我在等着你的三个字。”

“这还不好办?”她关上门，泼泼辣辣地说：“我爱你，在你不愿让人当枪使的那会儿就定了。现在是八十年代，你来个狂一点的动作吧，国庆节我俩正式办了，怎么样?”

太烫了，我不敢碰。然而，看她那渐渐变得恼怒的神色，我憋足气，张开双臂，享受着我在这场差额选举中获得的圣果……

（选自《奔流》1986年3月号）

程学开

男儿情杯（节选）

按语 小说30万言，展现了新中国诞生、土改、反右、大跃进、三年自然灾害、十年动乱、三十年改革开放的壮阔画面，其间还写了安庆、徽州两地的文化以及与文化有关的人和事。

1. 到文化局上班才三个月，你又去了工厂。没有谁强迫你去，是你自己心甘情愿去的。你说男人比女人有更多的坏毛病。女人最看重的是脸蛋和头发，洗发水、唇膏、珍珠粉，赚的都是女人的钱。女人可以花三五百元耗上几个小时去打磨她的一头青丝，上菜市场买菜为一毛钱却要同菜贩子争执半天。男人看重脚，酒足饭饱之后便说，哥们，我请你泡脚。城市里的足浴足疗都是为男人开的，女人一般是不去的。男人也看重头，他们不是看重头发，是看重头发之上的那顶帽子，除了烟瘾、酒瘾，他们还有官瘾。男人头顶上没有帽子的时候，总是一脸清高，对大小官员都作出不屑一顾的模样。但如果有顶帽子在眼前晃动，多数人便忘了清高，还是想试着戴一戴的。

现在，你眼前就有顶帽子在晃动。你刚到办公室，局长便告诉你，县委组治部叫你去。跟着组织部，年年有进步。这是普遍流传的一句顺口溜。你怀揣欣喜去了组织部。

组织部长是一位清秀的女性，她身上体现的是端庄和原则。

她开门见山，说组织决定，想请你到青山瓷厂当厂长。她还说，县委丁书记本来要亲自找你谈话的，这会儿有点事，过一会她可能带你去见丁书记。你知道这种“可能”的前提是你答应去青山瓷厂当厂长，不答应，“可能”就会成为不可能。“厂长”在1980年代是一个令人十分羡慕的职业，人财物，产供销，大权独揽，矮子会变成长子，瘦子会变成胖子，谁不动心？

你不希望“可能”就此消失。你学陶瓷彩绘，你喜爱文学，你心头的一点功名之火或明或暗，始终未灭。眼前的女部长点燃了你的功名之火，你想尝一下当头头的味道。指挥千军万马，向来是男儿深藏的豪情。但是你知道青山是一个新厂，管理没上路，技术、设备、资金都不足，前两任厂长干的时间都不长，都灰溜溜地下来了。你去，要么风光无限，要么同前两任一样，灰溜溜地下来。你想去又怕去。你一时没有表态。

女部长说，她知道你酷爱文学，但文学需要生活，你当厂长就是一次很好的生活体验。她还说你很有才干，有很好的坚韧性，不怕挑战，敢于面对困难。她说她相信你会去，你能当好厂长，因为她知道你是个有血性的男儿。

她真不愧是组织部长，她"组织"的这番话语，顿时点燃了你面对挑战的豪情。你说你愿意去，但是你有一个条件。

"什么条件?"

你说你只干一年，一年以后，不管你干得好还是干得坏，你仍旧回文化局，还干现在的事。

她说，你的这个要求可以考虑，也可以直接跟丁书记说。说着，她就带你到丁书记那里去。

县委大院，三面环山，中间一块平地，一幢四层楼房是县委办公大楼，也是当时全县最高的楼房。你现在就跟随女部长从四楼下到了一楼。

墙外一方水塘，有四五亩水面，清清的水，映着楼影树色，使大院在百姓眼里多了几分神秘感。大院里的树很多，水杉，梧桐，松、柏、桂都有，还有一棵很大的枫树。枫树下有一幢独立的小平房，它是四层大楼的领导，因为丁书记一家就住在这小平房里。小平房，是他的住所，也兼带半个办公室。

丁书记个子不高，眼睛很小，看人时总眯成一条缝，透着几分威严，很多干部都怕他。据说他原是生产大队书记，1958年，全国提拔了18位大队书记到县级领导岗位，人称"十八棵青松"，他是其中之一。他艰苦朴素，事业心很强，上头有新的指示，他总是雷厉风行地贯彻执行。邓小平号召一部分人先富起来，很多人心有余悸，他第一个驱着红旗轿车去看一位养鸡户，说了很多鼓励的话，并通过广播、报纸广为宣传。他说"干部"二字的核心是"干"，不干，半点马克思主义也没有。祁门有丰富的瓷土资源，他想将资源优势转化为产业优势。他大办瓷厂，除了原来的国有瓷厂，还先后创办了二轻局大集体瓷厂、乡办瓷厂和村办瓷厂。他要建一个瓷城，一个追赶瓷都景德镇的瓷城。他有时也写点古体诗词，他的建设蓝图同他的古体诗词一样，也有点浪漫主义色彩。青山瓷厂是国有企业，是众多瓷厂中的第二个国有大厂。青山瓷厂上不去，他的焦虑可想而知。

你进去的时候，他显得很高兴。他指着木沙发，你就在木沙发上坐了下来。

女部长为你泡了一杯凫峰绿茶。

丁书记没坐，他同你说话的时候来回踱步。他说你能去青山瓷厂他很高兴。他相信你会干好。

他问你有什么要求。

你说你争取干好，但只干一年。一年以后，你还回文化局，还干现在的事。这就是你的要求。

他说你这倒有点像卧龙先生，未出山就说回隆中的话。

女部长笑了，你也笑了。

你说你哪敢自比孔明，不过干一年回文化局，是你最恳切的要求。

他说，一年以后再说。先别说别的，使劲干，好好干，干出成绩来再说。

你仍坚持一年以后回文化局，你说你就是想看点书，写点东西。

他说文人不要光埋头看书写文章。他说他原来也喜欢写点文章，省报上登过他写的通讯，后来工作需要他就不怎么写了。

女部长说，丁书记很多报告秘书写了不满意，都是自己动手写的。

丁书记说，用笔写文章是小文章，用智慧和毅力把一个单位一个工厂的文章写好，那才叫大文章！他接着就说你应该到工厂去锻炼，去施展自己的才华。要吃得苦，要正派，要不畏艰难，要尽快让青山瓷厂改变面貌。

你说感谢他看得起，感谢他的培养。

他说，这样说就庸俗了，不是他的培养，是党的培养。

你的脸有点热，可能红了，你最怕人家说你庸俗。

丁书记向你伸出手，你立即站起来，握着他的手。他的手不大，但握得很有力。他说他等着听你的好消息。他说他本来要送你去青山瓷厂的，有点事，就委托女部长送你去上任。

丁书记没有派他的“红旗”，你和女部长上了一辆已经很旧的北京吉普，你坐在前排，她坐在后排。柏油路，通向一道山岭，遥远的浮梁是景德镇，你去的是七里桥，离景德镇还很远。

2. 一张三屉桌，三把木椅，就是主席台。

女部长抬举你，要你坐在中间，她就挨着你在右边坐下。左边是方书记。方书记是青山瓷厂的创办人，原来身兼厂长、书记两职；摊子太大，干不了，后来就派了个厂长，他就干专职书记。那厂长跟他闹摩擦，厂里干部、工人形成书记、厂长两派，闹到开会就争吵，书记、厂长见面不讲话，生产也没搞好，那厂长就调走了。那厂长走后，方书记主持全面工作，包括现在的全厂职工大会。

全厂职工大会，到会的并不多，500多人，到会的不到100人。你打了一个慷慨激昂的腹稿，就职演说时想给全厂职工鼓鼓劲，见这稀稀拉拉的阵势，你的心顿时就冷了半截。方书记看了你一眼，脸上笑嘻嘻的。你猜想他有点幸灾乐祸。厂长负责制，你来了，风再大，有你挡着，方书记就雨淋不着风吹不着。你想起阿庆嫂的一句唱词："这草包倒是一堵挡风的墙。"你不承认自己是草包。你递给他一支香烟，他马上摸出打火机为你点了火。你吸了一口烟，装着若无其事的样子，其实心里很不是滋味。女部长更急，她请方书记再派人去催催。方书记做出很生气的样子，把几个科长、车间主任数落了一通，叫他们赶紧去催人。他叫催人的语气也明显透着轻松，就像乡间办红白喜事，催人来吃饭。那几个科长、车间主任有的板着脸，有的笑嘻嘻的，都催人去了。又过了十几分钟，催来的也就两三个人。这两三个人，前面有空位不坐，偏在最后边的墙脚铺一张水泥袋牛皮纸，一屁股坐下，嘴上叼根烟，架起二郎腿，还一抖一抖的。

方书记笑着对女部长说，看样子也就只有这么多人了，是不是开始？

女部长毕竟见过大场面，她非常平静地说，开始吧。

方书记宣布开会。他接着介绍了女部长，再接着介绍了你。

女部长宣读了关于你的任命决定，方书记带头鼓掌，下面的人也跟着鼓掌，不过并不热烈。

接下来方书记宣布："请新厂长讲话，大家鼓掌欢迎！"

掌声依旧不热烈，你想把话讲得热烈些。

你说你是战战兢兢来到青山瓷厂的。青山瓷厂的现状令人担忧，县领导急，在座的组织部长急，县委丁书记也急。急什么？急这个厂要垮台，要破产。垮台、破产意味着什么？意味着在座的各位要失业，要丢掉饭碗，包括我们的科长和车间主任，包括方书记，也包括你这个今天才到任的厂长。

你故意把"包括方书记"说得格外清楚明白，还意味深长地看了方书记一眼。

方书记知道你这回来，是丁书记亲自点的名，你来之前，丁书记可能有许多私下交代。这些交代可能包括他的去留，甚至有更强硬的措施。这些都是他十分关心的，或者说也是他十分担心的。他不能不考虑，不能不认真对待。他觉得你绵里藏针，话里有话，他开始感到事情有点严重，不能观火、玩火，弄得不好，火会烧到他自己身上。他再不笑，端正了坐的姿势，变得严肃起来。

他一严肃，整个会场的气氛也严肃了许多。

你又递给方书记一支烟，他又掏出打火机为你点了火。

你吸了一口烟，轻轻拍了拍方书记的肩膀，大大咧咧地说，老兄，我俩是捆在一根稻草上的两只蚂蚱，要活活在一起，要死死在一起，谁也跑不了呀！

下面爆发出一阵笑声。

方书记没有笑。他显得很生气，他对下面的人说："亏你们还笑得出来！厂弄成这样，你们就不急？就不心疼？不管怎么说，今天能来参加会议的同志还是值得表扬的，这说明你们还是关心青山瓷厂的前途和命运的。对那些没来参加会议的，除了上班和请假或有特殊原因的，要查明原因，要按旷工处理！新来的厂长刚才说了，这个厂如果垮了，破产了，大家的饭碗也就碎了。现在已经没有铁饭碗了，都是瓷饭碗，泥饭碗。"

你接着说，沈阳机床厂已经宣布破产了，这说明国有企业这个饭碗已经不是铁饭碗了。生死存亡关头，不要指望别人救自己。要把厂搞好，不让它垮台，靠谁？靠自己，靠全厂每一个职工。从来就没有什么救世主，也不靠神仙皇帝。这是最后的斗争，团结起来到明天，英特纳雄耐尔，就一定要实现！让我们团结起来到明天！英特纳雄耐尔，就一定要实现！

说着说着，你不知怎么就说出了共产国际歌歌词。

不知是谁唱了一声"起来——！"大家就唱起了国际歌，唱着唱着，顶后边坐在墙脚的三个小伙子放下了架起的二郎腿，站了起来，昂起头，放声高唱。你看到一张胖乎乎的脸上有泪珠滚动，你两眼也热热的有点潮。

你想，这个厂还是有希望的。

你后来听说，那天参加会议的人少是方书记做了手脚，"书记派"去的人很少。你还听说，女部长一回去，就把这次开会的情况一五一十地向丁书记汇报了。丁书记听了很高兴，他说你很有政治才能，不是书呆子。他还说，能有这样的开头，就跟写文章一样，开头写得好，后面就不会太差。

谁都想当一把手，当了一把手，你的很多感觉就和从前大不一样了。比如工厂门口有一堆垃圾，你没有当一把手时，这堆垃圾你看到了，你虽然觉得它脏，但它仅仅是堆在地上，你可以扫，也可以不扫，反正工厂的人很多，若说丢面子，丢的不是你一个人的面子。你当了一把手，这堆垃圾就不光是堆在地上了，你就觉得它堆在你脸上，因而也堆在你心上。如果你是个死活不要脸的人，垃圾堆在脸上也不要紧，偏偏一把手都死要脸，所以就活受罪了。

你失眠了。记得高考落榜时你失眠过，但哭着哭着，哭到半夜，人哭累了，也就睡着了。第一次失恋你也失眠过，你看小说，看着看着，你同情小说里主人公的命运，眼看乏了，心也静了，人也就睡着了。这回无法睡，当然天气特别热也是一个原因，更重要的原因还是你感到肩上的担子太沉重。你到每一个车间去看，车间里都脏得下不了脚。成型车间是专做碗坯的，泥巴满地都是，还有剜坯剜出来的坯粉，有的地方有一尺多厚。你说这太脏了，影响身体健康，也影响产品质量。工人都是小青年，他们早已不崇拜什么偶像，对于各级领导，他们也认为大都不是好东西，当然也包括你这个厂长。他们说，生下来就是做苦力的命，想爱干净也干净不了，苦呀！你碰了个不软不硬的钉子，心头窝了火，又不能跟工人吵。你找来车间主任，你问为什么这么脏，为什么不打扫干净？车间主任也是小青年，他头上有顶帽子，说话便不敢乱来。他做出可怜兮兮的模样，把两只手掌都朝上翻着，抖抖，表示无可奈何。他说工人不听话，在家都是惯儿子，父母惯坏了，分到成型车间本身就有意见，能上班就不错了，哪还指望他们打扫卫生。你找来铲子和扫把，你叫车间主任同你一起清扫。你弄得一头汗，一身上下都是灰，没有人因你这般“亲自动手”而感动，只有嘲笑，有的还打起了口哨。厕所也脏。你原来听省轻工业厅的一位厅长说，一个工厂的管理情况如何，看一看厕所就知道：厕所干净，工厂管理就没大问题；厕所脏，管理有问题；厕所特别脏，管理就有大问题！经验之谈，你如今才佩服他这独到的见解。

你失眠，除了天热，关键是心事太重。这么大的厂，这么多的人，这么乱的局面，你要整顿，你不知如何下手。你和一位副厂长睡同一个房间，他打呼噜的时候，你还醒着，你真羡慕他睡得香。他不打呼噜的时候，你打起呼噜。你打呼噜是假装的。你要让他感到你睡得很甜，你不能让他知道你失眠。别人失眠可以公开向人诉苦，可以找医生开点安眠药。你不能，你只能假装没有失眠。你企图用数数的办法来催眠，从1数到100，再从100数到1，循环往复，专心致志，毫无效果，头痛得似要炸开，精神都要崩溃了，还是睡不着。

整整七天七夜，你几乎没有安睡一分钟。

你想呐喊，你真的快要疯了！

3. 经验告诉你，办法总会有的，只要你有信心，你肯思索。

空话是没有用的，有用的是切实可行的方案。那个星期天，你没有回家，你把自己关在办公室里搞了个方案。邓小平有一句名言：不管黑猫白猫，逮到老鼠就是好猫。看一个人是这样，看一个方案也是这样。你写的方案说来很简单，就四个字：按件计资。按件计资就是根据不同的工种，细分出产量、质量、消耗三大指标，具体落实到每个班组每个人：完成指标的发基本工资；超额的，按超额幅度发奖金；没完成的，欠多少扣多少工资。你还在产量、质量、消耗三大指标之外，加了个卫生指标，生产环境卫生搞不好的，也要扣奖金。

搞计件工资，绝大多数人的积极性都调动起来了，也还有极少数班组极少数人在观望，他们不相信完不成任务会扣工资，因为计划经济时代有一句名言叫“共产党饿不死人。”你对这些班组这些人反复打招呼，叫他们不要心存幻想，要努力完成生产任务，但他们干事还是依着老样慢腾腾的。你看到多数班组多数人都在努力生产，你心里很踏实。因为少数人完不成任务，你扣工资，闹事的人不会多，不会造成全局动荡，你不怕。到了月底，完成任务的人都拿到了工资和奖金，他们的收入比原来高许多，都很高兴，有的还专门买了一包香烟，跑到你办公室递给你一支。成型车间有两个班组没完成指标，加上卫生没搞好，要罚款，只能发很少的钱，平均每人不到 20 元。钱这玩意不知是谁发明的，它是娘的奶，也是神的咒语，可以让人哭，可以让人笑，可以让人为奴，可以让魔鬼推磨。钱使交易变得方便，又使很多交易变得血腥、肮脏。组织生产，激发热情，治疗懒惰，没有比钱更好的灵丹妙药。人只要活着，每天都要用钱，没钱不行，钱少了也不行。不足 20 元，这还让不让人活？他们嚷起来了。他们派代表找方书记，方书记说他只管精神文明建设，钱的事他不管，要找就找厂长。

几个人找到你了，气势汹汹，一副拼命的模样。你知道全厂上下都在看着你，如果你顶不住，你完蛋了，厂也完蛋了。

站在最全面的一个小伙子外号大脸，平时同人争吵，不仅敢动拳脚，也敢动刀子动棍棒。上夜班的时候他还摸过一名女工的奶。女工说他上班要流氓，浪费时间又浪费电，让机器在那里空转。他说机器空转不要紧，要紧的是裤裆里那玩意撑得慌，要起火，请女同胞救救火。

你看着大脸。大脸的脸确实偏大，也还白净。你想这白净的脸应该懂得羞耻，还不会无可救药。

大脸说他不想活了，没法活了！

他叫得老响，唯恐别人听不到。

保卫科长进来了，他是你新提拔的。大脸平时叫他老大，且有点怕他。他对大脸说，有话好好讲，叫什么叫！

大脸不睬保卫科长，只对你说，厂长，你真有本事，好好的一个人，转眼就让你调教成狗了。

保卫科长吼起来："你骂谁！"

大脸仰起脸："我没骂谁，只骂狗！"

你真想揍他。你也想拍案而起，但是你忍住了。

你听说大流氓必有英雄气，大英雄必有流氓气。你不知自己是流氓还是英雄，反正你要豁出去了。

你厉声说，大脸，这是你撒野的地方么！

你有意说"你"，而不说"你们"，目的是为了孤立大脸。

你用严厉的目光扫了一下站在大脸背后的几个人。

你知道任何同盟都是可以瓦解的。孤立少数，打击死硬派，历来是统治者的斗争策略。

你又对大脸说，你今天来，是准备闹事的，还是解决问题的？

大脸说，不闹事，只求解决问题。

什么问题？

吃饭的问题。没钱吃饭了。

为什么没钱？

大脸说，厂长，你明知故问。我们这月只拿了19元，怎么活？

你说，很多班组很多人拿的钱都不少。你为什么拿的这么少？

大脸没说错，你明知故问。

大脸说，我们上班很卖力，但没别人的本事大。

"别老说'我们'，只说你自己。"

"我上班很卖力，但没别人的本事大。"

你冷笑一声，站了起来。你的这个举动表示问题很严重。你盯着大脸，带着嘲讽的口吻说，你的本事大得很呐！你上班开着机器空转，人跑到哪儿去了？

大脸说，上厕所去了——难道大小便也不容许？

"上厕所？那怎么把小萍弄哭了？是你惹的？"

大脸说，没有。

"没有？那人家怎么跑来告状，说你对人家动手动脚的？还要人家'救火'！大脸，你哪里起火了？"

他身后的几个人忍不住都笑。

大脸脸一红，急了："厂长，你别听人家瞎说！"

"瞎说？为什么不说别人？"你转身对保卫科长说，"上班不干事，还调戏女工。算不算耍流氓？算不算扰乱生产？保卫科要好好查查！"

大脸转身求起了保卫科长，老大长，老大短的。

保卫科长没睬他，恼怒地哼了一声，走了。

大脸转身满脸堆起笑，对你说："厂长，你看这样可行：我们这个月实在没钱吃饭，写个借条，借点钱，下月再还。"

你说不行，要借钱回去找亲戚朋友借，厂里没钱。

大脸说，厂里有钱。几个银行的行长都跟厂长好，厂长只要说句话，银行就会把钱送过来，要多少有多少。

你说那是银行的钱，行长不是你小舅子，钱用了要付利息。你说厂里太穷，厂房、设备和流动资金都是从银行贷的款，已贷了几百万，光还息一个月就要还不少。你说你真后悔不该来当这个破厂长。你开始诉苦，说了许多心里话。你说你的孩子都还在念书，最大的也比大脸小许多。你顾不上孩子顾不上家，白天黑夜都在这厂里转。你只想这厂能变好，生产能上去，大家都有一份安稳工作，平平安安的，欢欢喜喜的。你还希望像大脸这样的小伙子，像小萍这样的大姑娘，都能在厂里成家，都能以厂为家，人人幸福，个个快乐。你不希望厂里工人穷，只希望大家都有钱，都富起来。但想富想有钱就要用两只手来创造。你希望大家都用心，都出力，都把生产搞上去。但是你感到自己太无能，你把吃奶的力气都使出来了，你把心都掏出来了，还不行，还不能被人理解。你说你感到实在太累了，你累得都有点灰心了。你觉得自己的心很痛，在流血……你也许是这一阵子酸甜苦辣味都尝够了，你有苦无处说。你说着说着，不知怎么就掉下了泪。

你掉泪，这是你自己也没有想到的。大脸和几个小伙子更是感到意外，心也软了。

大脸说，厂长，看得出来，你是真心在为厂操心，为大家操心，你真的瘦了。

你沉默不语，你的脸色一定很忧伤。

哀兵必胜。大脸和几个小伙子都被感动了。

大脸站到你的背后，用手轻轻推你的肩膀，他像你的孩子，劝你不要哭。他说，厂长，你莫伤心，都怪我不懂事，对不起你。从今往后，我决不辜负你的期望，一定要好好干，不干好誓不为人！

那几个小伙子也表态要好好干，也说不干好誓不为人。

你落泪是真的，不是装的。也许就因为真，才感动了几个玩世不恭的年轻人。

丁伯慧

我不是胆小鬼

我一觉醒来，竟然忘了上辈子的事。这事说起来真有些丢人，仅仅因为半瓶酒，他娘的半瓶二锅头！

那天下午，我趁着几个白大褂不注意，就偷偷地从小门里钻了出来。你不知道，要是再不从那个鬼一样的院子里钻出来，我要疯掉的。院子的墙倒不是很高，可是里面的人都穿着白大褂，说话都像是说梦话，搞的鬼兮兮的。我估摸着，至少有一半以上是神经病。你说这样的地方谁受得了！

我钻出来的时候正好是一个中午，太阳照得厉害，烤得地上冒火。我想我出来得不是时候。不过既然出来了，我就不打算再回去了。我知道那帮人很快就会追出来找我的，就沿着街一路小跑，然后又拐了几个小巷子，估计他们找不到我了，才停了下来。这个时候，我才发现心里热得发慌。这该死的天气。我得赶紧找点水喝。

有几个人正坐在大排档吃饭，桌上就摆着一瓶酒，准确地说，是半瓶。我的机会来了。我悄悄走过去，在他们光顾着说话和往嘴里塞菜的时候，一把抓住酒瓶，后退几步，咕咚咕咚喝了起来。几个人愣了一下，赶忙冲着我喊，干吗，你是干吗的？还有人从凳子边跳出来，晃了晃拳头，看样子想打架。打架就打架，我难道是胆小怕事的人！我也冲着他们瞪大了眼睛，一边把手上的酒瓶晃了晃，结果一些酒被晃了出来，让我心疼了半天。旁边一直坐着的那个人就拉了拉其他几个人说，算了算了，给他吧。

我想这还差不多，凭什么你们又吃菜又喝酒，我却什么都没有。我转身走的时候，身后却传来几个人的声音，神经病……我回头瞪了瞪他们，你们说什么，谁是神经病！想打架是吧！那个坐着的人赶紧又说，没什么，不是说你的，你走吧。

哼，我知道现代的人生得贱，你狠他就怕你，你老实他就欺负你。

你想知道我的来历？好吧，这是个简单的事，我告诉你就是。不过现在不行。现在我还有要紧的事要做。什么事？你看看，白大褂来了，我得跑啊。

我跑得非常快。不是吹牛，在我下岗以前我一直是厂里的长跑冠军。每次开运动会我都出风头，年轻的那阵子还有不少姑娘给我写情书呢。你想想，白大褂怎么是我的对手？我的耳边生风，三下两下就绕了几个巷子，把白大褂甩掉了。这下好了，我自由了。我可以回家了。对了，我的家在哪儿？有谁知道，拜托你告诉我。我家里有些什么人？也请你告诉我。真头疼，这种问题，我还真想不起来了。对了，我是从哪里来的？我上辈子是干什么的来着？哎呀，怎么又想到这个要命的问题。这个问题真是个混蛋的问题。对了，白大褂好像知道。有一个戴眼镜的白大褂说过，他知道的。当然，我不信，可是，也没别的好办法了。

白大褂说，你叫什么名字？

我说，我可不是怕事的人。

白大褂说，你现在，还记得起来以前的事吗？

我说，我不是胆小鬼！

白大褂就摇了摇头说，喂，你要配合我，我会帮你想起以前的事来的。

以前的事？不对，以前我也不是胆小鬼。我只不过老实一点。除了长跑的时候与人争一下之外，我基本上不和人争什么。所以，我的初恋情人被人抢跑了。我的房子被人抢跑了。我的工资加给别人了。这些我都不争。可我确实不是胆小鬼。我说白大褂，你有病是吧，你要我怎么说你才肯信！瞧你那副不相信人的样子，看上去我就来气！

我讲个例子给你听听。那年秋天，厂里换于老五来当车间主任。这于老五真他妈的不是东西，说得严重一点，就是地痞无赖出身。可他有后台呀。这年头后台多狠呐！也不知怎么的，他一来就看我不顺眼，找我的碴，大概看我是个老实人，就以为我好欺负。他硬说我把一个螺栓给车歪了。你想想，这怎么可能？我都做了二十几年的车工了，还对付不了一个小螺栓？可于老五真的拿出一个螺栓，拉着我到厂长那里。我一下子就傻了眼。人家有证据。电视上常说，现在是个讲证据的社会。证据就是一切。厂长大概不懂螺栓的问题，就问我，这个螺栓是不是不合格？我拿到手里一看，就说，这种螺栓怎么能算合格呢？把这种螺栓拿出去那不是害人吗？厂长说，那就对了，行了，我知道了，你们走吧。我就走了。谁知第二天，于老五突然通知我，去一趟人事科。我想人事科找我干吗呢？这几年，除了解释扣工资的事，人事科从没找过我呀。就去了。科长说，张大全同志。对了，张大全就是我的名字。我正式通知你，你下岗了。我当时就傻了，问他，你说什么？科长说，你下岗了。我说，凭什么要我下岗？科长说，公司现在正在减员增效，像你这种在技术上存在严重缺陷的人，是我们首先裁减的对象。好了，你去财务科领最后一个月的工资，走吧。

走就走！我说。我就走了。回到家里我才越想越不对劲。我从来没有车过那种歪瓜裂枣的螺栓啊。不可能的啊。可是，于老五确实拿着一个车歪了的螺栓啊。这事我越想越不对劲，可就是想不明白，脑袋想痛了都想不明白。后来到底还是儿子聪明，儿子说，那不是你车的呗，那是他们陷害你呗！我一拍脑袋，是啊，我怎么就没想到这个问题呢。我一下子就想明白了，这事，从头到尾都是于老五陷害我。对，说不定，还是厂长在后面指使的呢。他们要裁人，又没有好借口，就来陷害我。

我打定主意，一定要去问个明白。可走在路上的时候，我又回来了。我想不对啊，既然一定要人下岗，我不下的话，别人也要下的啊。那会是谁呢？哎呀，是谁都不好，除非是于老五。可于老五，他是主任，不可能下岗的啊。算了。下岗就下岗，活人还会被尿憋死？这事过后，还有几个哥们夸我，说我勇敢地接受现实呢。

我说白大褂，你要是因为这事说我是胆小鬼，可没道理。

白大褂说，我没说你是胆小鬼。

我说，不，你说了的。

白大褂说，我什么时候说的？

我想了想，想起来了，就对白大褂说，昨天晚上，估计十二点多钟的时候。

白大褂说，昨晚十二点钟，我在家陪老婆呢。

我说，你就说了，当时，你还拿着一把剑，指着我，要我承认。

白大褂一听就笑了起来，原来你是做梦啊。最近你还做过些什么梦？

又是问题。真要命。这些白大褂没别的本事，就是知道提问题。明明知道我不喜欢回答问题的，还要提。可是白大褂不好缠，我还是想想吧。我使劲地搔搔脑袋，对白大褂说，梦嘛，我经常做。做得最多的，对了，是一大群人追杀我。他们都穿着盔甲，骑着高头大马，有的拿刀，有的拿枪。还有一个，手里拿着一门大炮，就这样，对准我的屁股，轰，就是一炮，那炮拖着火，呶，有这么长！我就拼命地跑。炮就拖着火，在我屁股后面追。你知道，长跑是我的特长。可这回，不知怎么的，我好像总也跑不动，腿上像被人绑了石块似的。我对自己说，使劲啊，快跑啊，可就是跑不动。眼看那些人快追到我了。突然，我的面前一黑。你猜怎么着？我跑到了一个大树林里。这下好了，我呼啦一下就蹿到了树上，像猴子那样。不瞒你说，小时候，我可会爬树了，掏鸟窝，偷桃子，我比小胖子厉害多了。怎么样，不骗你吧，我不是胆小鬼吧，我要是胆小鬼敢爬树吗？小胖才是胆小鬼呢，别说爬树，一个小蜜蜂也吓得他屁滚尿流……什么？接着刚才那个说？刚才我说到哪儿了？有人追？对，有人追。我爬到树上，那帮人呼啦一下就追到林子边，看了看林子，就朝旁边跑过去了。我心里乐坏了，心想这下抓不到我了吧。哪知道，突然，咔嚓一声，树断了，我一下子从树上掉了下来。掉下来就掉下来，这么矮的树也摔不死我。哪知道，树下面是一个大泥潭，我一下子就掉了进去。我赶紧挣扎着，谁知越挣扎，就陷得越深。我吓得大叫起来，就在这时，我看到那群人像是从天下掉下来一样，都站在我面前，手里都拿着剑，这么长的剑，亮亮的，发着光，朝着我，得意地大笑！我明白了，这些都是他们事先就设计好的，要陷害我……

喂，白大褂，你不要用那种同情的眼光看着我，好不好？我不需要同情。我是个爷们，爷们怎么会要同情？你说什么？这个梦说明我内心的问题？我内心会有什么问题？一个梦就做出问题来啦？鬼才信，你说说，哪个人不做梦！我算是明白了。你们这帮人，兜了半天圈子，问这问那，也是为了算计我，结好了圈套，等着我去钻。你们就是想说我内心有问题。哼，告诉你们，我不是怕事的人。你们要是把我惹火了，我……

戴眼镜的白大褂摇了摇头，走了。

我左想右想，觉得白大褂说的兴许有些道理。我是不是真有哪个地方不对劲？为什么他们把我关在这个大院子里，那些白大褂都用那样的眼光来看着我？莫非我真有什么让他们同情的事？不对吧。他们一定看我老实，就想着办法算计我。他们一定又设计好了一个圈套，让我来钻吧。哼，我才不上当呢。我怎么会傻傻地呆在这里，等着他们来害我？

哎，也真是的。你说这日子，怎么过得下去！在院子里呆着吧，老嫌烦。主要是那帮白大褂烦，不然，不愁吃不愁穿，快活得像神仙。现在在外面吧，还是烦。你看看这太阳，再看看这汽车，都在冒火，想不烦都不行。江边？江边就不烦？我知道，江边有风，有船在江上开，船上的人快活得像神仙。可那又怎么样？那样就不烦？算了，不想这些破事了，我还是喝我的酒吧。刚才光顾着和你们说话，把这好东西给忘了。以前，我可有个外号叫酒神仙。

不是吹牛，好多年前，厂长还专门把我请去陪酒。陪谁？和厂长谈生意的呗。其实我心里明白，厂长是让我替他喝酒。厂长的酒量小，怕喝醉了丢人。我就不怕了。不是吹牛，没有一斤半白酒，别想把我放倒！不过，那酒也不是那么好喝的。喝的时候要说客套话。我这人就怕这个。厂长在每次喝酒前都要教我好几遍，我都背得滚瓜烂熟了，可是事到临头，我又一下子忘光了。好在我酒量大。都说一俊遮百丑。这话一点不假。我把酒杯一端，别人就要开始佩服我了。跟你们说，那阵子我喝的，可都是五粮液、茅台啊！不是吹牛，在咱们厂里，要论好酒喝得多，除了厂长恐怕就是我了。要不他们怎么说我是张大权呢！

要说这酒啊，还凑合。品起来有那么一股子劲，也有点香，可是太冲。不像我陪厂长喝的那酒。那酒，后劲足。喝的时候满口生香，喝完之后，你就美吧，那滋味，摇摇晃晃，再哼上几句小调，连神仙都羡慕三分呢。

等等，让我再细品品。今天，我这是怎么啦？怎么头晕晕的？才半瓶二锅头嘛。不大一会儿我就晕晕乎乎地倒在一块大石头上睡着了。也许没睡着。我分明看到有人在跟我抬杠。是谁？还用说，牛大鹏呗。这狗日的，跟我抬了一辈子杠了，结婚的那天都在跟我抬杠。那天我说牛大鹏，你今天一定要好好喝个够啊。牛大鹏说，不，要喝跟你一起喝才行。我说，那不行，人说春宵一刻值千金，喝醉了，你替我办事去！牛大鹏说，行啊，我替你办，没问题。旁边的人就笑起来。我才发现自己又上当了，就给了他一拳，这事才算完。可不，这回他又在跟我抬杠了。他说，张大全，你这是什么酒啊，整个一兑水酒精啊！我说，放你妈的屁，我喝的酒比你喝的水还多，我还辨不出酒味？牛大鹏说，你就吹你的牛吧，你以为你是厂长啊，上辈子是厂长还差不多。我一激灵，什么？你说我上辈子是什么？牛大鹏说，厂长呗。我立即高兴起来，我上辈子是厂长？我上辈子是厂长！可没高兴几分钟，我就发现问题不对，我上辈子怎么可能是厂长呢？我上辈子要是厂长的话，这辈子我不变成乌龟王八才怪！这牛大鹏不是骂我吗！再说了，他的嘴里就没几句话真话，不能信他。可是，我上辈子是什么呢？都怪这牛大鹏，这么一打岔，把这么重要的事给弄忘了。

正烦着的时候，我被人推醒了。我说，干什么，烦着呢。推我的人说，谁叫你跑出来的？走，快跟我们走！妈呀，是白大褂！我一吓，酒就醒了。赶紧拔腿就跑。可这回跑不了了，两个白大褂，一左一右抓着我的胳膊，把我带上了车。走就走！我说，怕什么。我可不是胆小怕事的人！

两个白大褂把我押上车，也不说话，只是一左一右，把我夹在中间，看着我，一声不吭。又是这么一副鬼兮兮的样子，真让人受不了！

我先申明一下。我这人是个老实人，是从不撒谎的。当然了，我说自己不撒谎不是为了吹嘘什么。我也没什么好吹的，除了长跑。就是在白大褂面前我也从不撒谎。

当天下午，我就把自己今天的行动一五一十地全坦白了。不是害怕。而是没什么可怕的。我坦白了又怎么样，我又不是胆小怕事的人。白大褂也没怎么样，就是拿起一个小本本，写了半天。写就写，不就是去打小报告吗？我又不是没尝过这滋味，也没什么了不起的。我在八岁的时候就被人打过小报告，十八岁的时候就被人推到台上，对着小本本算账。那个时候，我都没怕什么！白大褂问完了，记完了，就对我说，你好好休息吧。喝了那么多酒。

我打算说，这点酒算什么！可是我没说出口，白大褂已经走了，不给我说话的机会。

现在让我来说说牛大鹏的事。说真的，牛大鹏这哥们讲义气，对人实诚，除了那张嘴巴有些讨人嫌外，没什么其他的大毛病。对我嘛，也还可以。别看平时老爱跟我抬杠，可从不害我，有时候能出一点主意，关键时刻还能站出来替我说话。

有一回，我和牛大鹏一起上街买东西。过年，厂里和各个车间都开茶话会什么的，就要上街买点瓜子、糖果什么的。那一次让我和牛大鹏去买。走在路上的时候我就寻思，我心里想的那事，我还是先和牛大鹏商量商量吧。我就对牛大鹏说，大鹏，你看能不能这样，待会儿我们买了东西，我能不能把我吃的那份先拿着，开会的时候，我不吃就是了。牛大鹏说，你要干吗，没听说过可以提前拿的。我说，我就是……想把自己吃的那份留给儿子。牛大鹏瞪大了眼睛说，瞧你这出息！我说，我不喜欢吃还不行吗？我就要留给儿子吃。牛大鹏就叹了一口气说，没见过像你这么孝顺儿子的。好吧，待会儿买了东西，你就先拿一份回家吧。我等你。牛大鹏说到还真做到。买了东西之后，他分了一份出来了，只多不少，绝对够我吃的，估计还要多出一些来，还专门找副食店的老板要了一个塑料袋，让我装了回来。

这事要说也就完了，我这人向来说完算数，开茶话会的时候我要是吃半个桔子，吃一颗糖，我就是王八蛋。可那天于老五存心要整我。东西买回去后，他竟然还拿去称一下。称完之后，就把我们喊过去算账。于老五算账向来是贼精贼精的，三下五除二就算出问题来了。算完之后，于老五就问我们，这东西不对吧，你们自己说说，是怎么回事！我张口正准备说话，牛大鹏开口了，哦？是不对啊，是不是那老板少了秤，这黑了心的老板，我就去找他们！说着就往外跑，一会儿的工夫，就提了一袋糖回来了。你说这小子！

那以后我们就成了铁哥们。后来，我下岗了，摆水果摊，都是牛大鹏出的主意，还找他的老舅帮忙搞的摊位。

你说什么？问我扯这些干吗？还要我好好想想上辈子的问题？这就是你的不是了。莫非我一定要照你问的说才行？真是的。告诉你，我可是有主见的人。算了，也懒得跟你说了，我还是好好睡个觉吧。这脑袋，还真有些疼。

行了，行了。白大褂，你不要追着问儿子的问题了。我只告诉你，儿子是我的命根子。他现在在哪儿？还用说，读书去了呗。儿子要考大学了。我儿子可争气了。从小学到中学，都是班上的尖子。还有一条，我这儿子特别听话，不是一般的听话。这叫懂事。懂吗？比方说，读中学的时候，有一回，我在厂里受了气，回家后就灰着个脸，一声不吭。恰好这天儿子回家了，吃饭的时候，儿子不声不响地找来一瓶酒，说他陪我喝一杯。说完他自己就先干了一杯。我心里确实不舒服，这个时候，酒对我是最有效的了，于是也喝起来。等喝得差不多的时候，儿子就开始问我，有什么不开心的事。我这才发了一通脾气，把厂里的事一说。还别说，什么气也没有了。哪儿去了，放走了呗。放掉了气我才想起儿子也喝了不少酒，我是从来不许儿子喝酒的啊，他怎么也喝了起来。儿子就笑嘻嘻地把杯子递到我的面前让我闻。乖乖，什么味道也没有。这小子，闹了半天喝的都是白开水。你说我这儿子懂事不懂事！

从小到大，儿子有什么事都跟我说，从不瞒着我。连读初中的时候，一个女孩给他写的信都给我看。我们俩说起来是父子，实际上就像哥们。怎么着，嫉妒？我说白大褂，你不要用这种眼光看人好不好？我不习惯。不是同情我也不习惯。我这人不习惯被人同情，也不习惯被人嫉妒。别人一嫉妒我就害怕，我就知道那人又要害我了。

什么？你问我这辈子最恨的人？是不是于老五？其实也不是。想一想，于老五也没什么让我恨的。电视里说，没有爱就没有恨。对吧。我当然不可能爱于老五，所以，怎么能恨呢？再说了，于老五对付我，要我下岗，肯定也有他的想法。他总不会无缘无故地对付我吧。我肯定还有些什么地方伤了他的心。

那会是谁？我盘算盘算，也想不出来。按说，最恨的人应该先是最爱的人，是吧。

对了，我最爱的人是儿子。也不对，这不可能吧，我怎么可能恨儿子呢？对吧。我爱都来不及呢。

让我想想那天的事？哪天？半年前的那天？到底是哪天？求求你，别提这么多问题好不好？我的脑袋都快炸了。你饶了我吧。半年前的事，我一点都记不起来了。真的。

我跟你们说，这个白大褂真他妈的可恶，比于老五还可恶。老是逼着我想这想那。我有几个脑子，被你们这么使唤？算了，我懒得跟他们说了。我闭上眼睛行不行！说真的，我现在真怕进这间屋子。一进这间屋子我就烦。只要我一坐下来，白大褂就要问这问那，像是警察审问犯人似的，烦不烦！

还是睡觉舒服。要是不做梦的话，就更舒服了。半夜的时候，我好像又做梦了。我突然感到有人在推我，就使劲地睁开眼睛，看到一个人站到了我的床前。这人穿着夹克，戴着个太阳帽，铁蓝色的，耳朵边一颗大黑痣。儿子！我一骨碌从床上爬起来。是儿子！我大声叫起来。儿子，你回来啦！我摸索着打开灯，在我的面前，灯光突然旋转起来，我看到儿子脚下是一摊血，那血发着红光，直往眼里钻。再往上看，肚子上还插着一把刀，血正顺着刀往下流，他就在我的面前，慢慢地，倒了下去。儿子，你怎么啦！你怎么啦！我扑通一下跪到地上，摸摸儿子的鼻子，没气了，真的没气了！儿子死了。啊，儿子死了，真的死了，好好的儿子怎么会死了呢，是谁害死了我儿子……我的眼前一黑，就什么都不知道了。

醒来的时候，儿子已经不见了，几个白大褂围在我的身边，戴眼镜的那个白大褂坐在我的对面，拍拍我的肩膀说，张大全，你醒啦！我在想，我这是在哪里？这里是不是太平间？可在我面前的分明又是戴眼镜的白大褂呀。我看了看他们，突然一把抱住白大褂，放声大哭起来。我的泪水像这个夏天的洪水一样多，直顺着白大褂的肩膀往下流，把白大褂都浸湿了。我知道我的哭声很大，哭到后来就只剩下哼哼的声音了。白大褂拍着我的背说，哭吧，哭吧，哭出来就好了。我一听这话，泪水又来了，我拼着最后一股子劲，继续放声大哭。后来，我实在哭不动了，就哭完了。我终归是要哭完的。不哭完怎么能讲后来的事呢。

白大褂给我拿来一杯水说，说吧，你说吧。说出来，就好了。

可我从哪儿说起呢？我的故事，哪里是头呢？

下岗以后，牛大鹏帮我弄了个水果摊，总算可以赚几个钱，供儿子读书了。可水果摊和儿子有什么关系？当然有关系，坏就坏在这水果摊上。

要说，我这水果摊位置不错，生意也还不错。来来往往的生人熟人，一看到我是个老实人，就愿意上我这儿来买。我这人从不缺斤少两，也不乱开价，一是一，二是二。这样一来生意就好了起来，尤其是回头客特别多。好到什么程度？告诉你，我忙都忙不过来了。好在没过多久老婆就提前退休了。年龄是没到，可是单位鼓励退休，按年龄一刀切，女的满四十五岁愿意退的全部退休，老婆就回来了。老婆一回来，我就把摊子扩大了，水果的种类也增多了，品位也提高了。不是我吹牛，好多当大官的，做大生意的，都到我这儿来买水果呢。每天一晚上，我和老婆就把水果收拾得干干净净的，西瓜，苹果，橙子，我们都是用干净抹布，一个个地擦。现在的人讲卫生，我总不能搞得脏兮兮地让人家吃吧。那个时候，我的收入比上班的时候还高一些。

回家做生意后，街坊邻居的走动也多起来。我这人人缘好，大家有事没事都喜欢过来坐坐，吹个牛。我不是自吹自擂，像我这样的人绝对是个好人。我相信政府，支持国家，坐公交见到老人和孕妇就让座，过马路看到盲人就去牵，在路上看到要饭的还要扔几个钢镚，见到谁都是笑嘻嘻的。这样的人总算得上是好人吧。有首歌叫《好人一生平安》，可我平安了吗？我又想不出我哪个地方是坏人。现在我算是明白了，那些都是安慰人的，好人要是都有好报的话，那谁还会去做坏人？这些东西，我现在根本就不信了。

那天是个星期天，儿子学校放假，就回来帮我照顾摊子。本来我是不让儿子来帮忙的，我的水果摊开张那么多天，还从没让他来帮过忙。我说儿子，你现在的任务就是读书，等读好了书，你就用不着像爸爸这样下岗，摆水果摊了。你也可以像厂长那样坐在办公室里吆三喝四，指手划脚了。可是那天，儿子说，他们学校刚刚期中考试，他考得不错，估计前五名是没什么问题的。现在，要休息一下，顺便帮我们照顾一下摊子。我想，那也行。你来吧。没想到，他一来，就出事了……

起因是我收了一张钱，五十的，中间破了个小洞，估计是哪个闲着无聊的人有意扎的。我不要，那人说，这钱绝对没问题的，我在银行问过的，照样可以用。我一想，银行都说没问题，那一定就是没问题了。就把钱收了下来。后来又来了几个人，为首的一个人，我一辈子都记得他。平头，长着一撮小胡子，小耳朵，鼻子上有一个红斑点。后来，我好多次做恶梦，都梦到过那撮小胡子和那个红斑点。他拿了一张一百的票子来买苹果，我就把这张五十的找给他了，哪知道小胡子看看这张票子就说，换一张吧。这张我不要。

我说，我刚刚收的，人家讲，银行都说可以用的。小胡子就不耐烦了，冲着我吼起来，叫你换你就换，哪来这么多废话！婊子养的！这就是他的不对了，不就是一张五十块钱的票子吗？难道不换五十块钱就是婊子养的？我就说，换就换嘛，不要骂人好不好？小胡子突然伸手就打了我一巴掌，口里还在说，骂你怎么样，老子还要打你呢！我当时就懵了，还没弄清楚是怎么回事的时候，儿子已经冲上去了，和他们打了起来。老婆一见儿子和他们打了起来，也冲过去，和他们撕扯起来。他们人多，有四五个人，把儿子摁倒在地上打。老婆一边大哭一边叫，张大全，你是木头啊……我赶紧过去拉那几个人，我说，有事好商量嘛，不要打人嘛。那几个人就抓住我，打我。儿子一见他们打我，就拼命从地上挣扎着爬起来，拿出一张凳子，就要砸他们。可儿子的手才刚刚举起来，眼睛就瞪大了，凳子也从手上掉了下去。我看到儿子的脚下有一摊血，血越来越多，再往上，我看到儿子的肚子上插了一把刀，一把长刀，黑黑的柄子，上面还系着黑绳子，血就顺着黑绳子慢慢往下流。儿子一句话也没说出来，就倒了下去，像一根木头一样，轰的一声倒了下去，砸在水果摊上，把摊子砸倒了，苹果、西瓜滚了一地，把儿子围了起来。

这些来得太快了。我还没搞清楚是怎么回事，我的眼前还是模模糊糊的。我只听到老婆拼死大叫起来：杀人啦——你们杀了我儿子——

老婆的声音又尖又响，后来这声音也成了我恶梦的主要内容之一。在梦里，这声音一下子就冲破了天上的云，地上的土，冲倒了身边的高楼大厦，冲垮了江上的大堤。天下的云大块大块地掉了下来，地上的土成堆成堆地拱出来，楼房一排一排地倒下来，江上的水一浪高过一浪地冲过来，把这个城市所有的人都吓得发抖。

老婆最后喊出这样一句话：张大全，你个胆小鬼！你怎么不保护儿子，你不是个男人！你他妈的，上辈子，是条狗——

对了，就是这个。我想起来了。我上辈子是条狗。老婆说得对，对极了。我还把老婆的话仔细加工了一下，认定我上辈子是条哈巴狗，不会护家，见到坏人就怕。我没用。我懦弱。我什么都做不了。我是个彻头彻尾的窝囊废。

老婆喊完这最后一句话，就倒了下去，什么都不知道了。后来在医院里，老婆咽了气。

好了，现在我什么都没有了。老婆，孩子，都没有了。

后来，白大褂对我说，我见人就说一句话，我不是胆小鬼，我不是胆小怕事的人。我不吃饭，不睡觉，身上有一个月没洗澡，衣服像路边的乞丐一样脏，臭气一百米以外的人都闻得到。我走在大街上，身上披着一件儿子睡觉的床单，见到人就笑，见到人就申明，我不是胆小鬼。再后来，就来了一帮人，穿制服的，把我抓了起来，送到这个大院子里。

白大褂现在说，好了，现在，你好了，想起以前的事来了。我们的努力总算没有白费。他朝着外面喊了一声，小李，你进来！

外面进来了一个人。我揉了揉眼睛，天呐，儿子，是儿子！可是，很快，我就失望了。那人摘下太阳帽，把耳朵边的一颗黑痣拿了下来。我这才明白，这不是我的儿子，我的儿子已经和妈妈一起，去了另外一个世界。我再也见不到我的儿子了。

白大褂说，对不起，我们不得已才用这种办法，让你伤心了。

这已经不重要了。现在最重要的是，我知道，我他妈的，确实，是一个胆小鬼。我还知道了，我上辈子，是一条狗，一条哈巴狗。

什么？我又流泪了？不会吧。我已经很久没有流泪了，我的眼里已经没有泪水了。这一定不是泪水。这是雨。老天专门为我下的雨。

白大褂说，你现在，想回家吗？

回家？我还有家吗？我问白大褂。白大褂当然不知道。可我自己知道。我回到那个很久都没人住的房子里。里面积满了灰尘。还有几只蜘蛛在屋里织了网，打算长期住下去。这个房子里，挂满了儿子的奖状，曾经有儿子的欢声笑语。

儿子说，爸爸，我长大以后，要像你一样，做一个好人。

儿子说，爸爸，你辛苦了。等我上了大学，找了工作，一定要让你享福。

儿子还说，爸爸，你都有白头发了。我来替你拔掉。

我看了一眼房子，冲出门去，落荒而逃。我身上揣着儿子的照片，走在大街小巷里。我听到这个城市的大街小巷，每一个角落里，都有儿子的声音。

儿子说，爸爸，我相信你，你不是胆小鬼。

牛大鹏说我不是胆小鬼，我不信。白大褂说我不是胆小鬼，我不信。可儿子说我不是胆小鬼。我信了。

儿子一定看到我满意地，笑了。

（选自《长江文艺》2003 年第 8 期）

▌丁振川

王婆婆

王婆婆是青河庄的福婆婆，也是村中唯一叫人翘竖大拇指的人物。

一条像草绳似的沟溪从村子中间穿过，七歪八斜的草房子坐落在沟溪两岸的黄土岗上，一群土里刨食的村人，日复一日年复一年驼背勾腰无声无息地扛着干活的农具，走向风风雨雨的田野。王婆婆静静地坐在一张黑木椅上，手捧着黄铜水烟袋，一边咕噜咕噜地吸着旱烟，一眼神默默地注视着土路上像炊烟似的一群影子，清早飘向山旮旯里的庄稼地，傍晚像蛇似的爬向各自龇牙咧嘴的土屋中。王婆婆看着人们灰漉漉流汗艰辛的脸孔，就暗自庆幸自己的两个儿子都念了大学，跳出了农门，如今是国家的人才呢。王婆婆的老伴去世已有些年头了，她一人独住着整整齐齐的六间大瓦房：高大的瓦房在鸡窝似的草房之中就显得气派无比，格外晃眼。文革开始了，王婆婆的瓦房成了造反派贴标语的最佳场地，王婆婆不识字，看着石灰粉白的墙壁上贴满红红绿绿的标语，老人兴奋不已地自言自语，只有这样的墙宅才配贴标语呢。王婆婆随后揣测纸上肯定写的是毛主席的金口玉言，旧朝皇帝的圣旨有毛爹爹（主席）的话威风么？比不上！毛爹爹是贫下中农的大救星，他的话哪个敢不听，也得诛灭九族呢。

王婆婆的老伴王老汉在世时是个杀猪的屠户。王老汉杀猪有一手绝活，出刀如疾风闪电，人们都称其“王一刀”。方圆数里杀猪非他莫属，手艺出了名，家境自然很殷实，盖了瓦房，供两个儿子上学读书。王老汉逝世后，已参加工作并成了家的儿子，多次来信让王婆婆去他们那里度养晚年，王婆婆就叫人回信说，城里生活过不惯，不如在乡下自由自在。

清晨，聒噪的乌鸦惊醒了王婆婆的睡梦。王婆婆披衣坐了起来。王婆婆清清楚楚地记得，去年也是这个时节，村口老枫树上的乌鸦叫得全村人魂魄不定。不久，本村在安庆的伢子毛蛋被工厂里的机器搅掉了脑袋。好惨呀！毛蛋的骨灰就埋在村子对面的乱石岗上。王婆婆默默听着乌鸦的叫声跟去年一样凶，自言自语，莫非村中又有人的阳寿被阎王划了勾勾？那到底是谁呢？是王根老倌？还是聋二奶奶？此时，王婆婆脑海中猛然闯进一个黑脸大汉的形象，是队长张黑驴。王婆婆牙根打着战说，张黑驴死最好，我就少了一个对头冤家。但王婆婆心里又犯了愁，他壮得像一头大公驴，怎么会死到他头上呢？王婆婆想着，忽然眼瞳一亮，双手一拍床沿说，人要是阳寿到了，不管怎么壮也难逃劫数。张黑驴吃饭可以被饭噎死，过河下塥被水鬼缠脚淹死。王婆婆记得从张黑驴当队长那天起就开始结下怨恨了。张黑驴上任后干的第一件事，就是丈量各家自留地。王婆婆一人占了三人的地盘，自然被张黑驴收了回去。王婆婆望着种了瓜菜的自留地交给了别人，心里疼得就像被锄头挖了似的难受不已。从那时起，王婆婆在前几任队长手下享受的特殊待遇，彻底被张黑驴取消了。

这时，村场上的大喇叭响起了雄壮嘹亮的《东方红》的旋律。王婆婆便不再想那些令人烦恼的琐事，她下了床，颠动着饺子似的小脚，在屋内来回忙碌扫地抹灰，然后精神爽朗地站在大门口。初升的太阳照耀着笑容可掬的王婆婆和她的六间大瓦房。只有她和自家的瓦房才配这样的红太阳照呢！王婆婆脑子里猛然冒出个这样的怪念头。

出工的社员开始稀稀拉拉地从王婆婆门前经过。王婆婆有意识地挺了挺腰，就像宋朝杨府的老太君，用安详自得的目光注视着走来的村人。

“王婆婆，你老脸上的气色越来越好，活一万岁都没问题。”村东头的土行孙肩扛着一把锄头，走到王婆婆身边停下了脚步，说完话，眼睛盯着王婆婆手中的铁烟盒。

王婆婆抓了一撮金黄的烟丝给土行孙说，毛主席是万岁呢，我们贫下中农可不能跟他老人家争寿数，我活百把岁就行了。

土行孙看着烟丝，用鼻尖嗅了嗅，赞不绝口，真是好烟丝，正宗的山里货，王婆婆说，是我山里亲戚特意为我烤做的上等货，算你有眼有珠能识货。

德宝扛着一柄草扒，站在王婆婆身边说，王婆婆，我婆娘想借你老的公鸡打水，行吗？王婆婆扑哧一笑说，什么，你婆娘借我家公鸡做事？德宝红着脸说，我婆娘想孵小鸡，你老真会开玩笑，德宝放下草扒，做出一个烟鬼的馋相，鼻孔嗅着王婆婆吐出的烟雾凑了上去，王婆婆无奈地把烟筒递给了德宝，让可怜鬼过会儿瘾。

王婆婆非常看重早晨这转瞬即逝的宝贵时光，黄土坡上金灿灿的太阳，仿佛是为她而升起的。她必须接受这个时刻每一张脸孔的问候与敬仰。

青河庄四面环山，三十余户的村子静卧在茅花摇曳的山坳凹处。青河庄民风淳朴，村民心地善良，从祖辈至今，人们已习惯于日出而作，日落而息农耕生活方式。上了年纪的农人虔诚地遵守着一条神圣的训言：生死由命，富贵在天。什么战天斗地，向命运抗争是那些吃了豹子胆的年轻人的胡说八道布局。从现实追溯到以前的岁月，青河庄从未出过一个读书人。王婆婆的儿子终于改写了青河庄的历史。大儿子王勇在东北某部连队任职，小儿子王康在邻县公社当兽医。

过后不久，王婆婆先后跋涉到过东北大儿子服役的连队和小儿子工作的兽医站。回来时，青河庄男女老少正头顶骄阳搞“双抢”。三伏天抢收割抢插秧，烈日烤得男女脊背上脱了一层皮。中午，炎炎的毒日头高悬万里无云碧蓝的天空，村巷里，猫在放火屁，狗嘴里冒青烟。男人们热得纷纷跳进村子中间绿树遮阴的池塘里泡身子。王婆婆手捧铜烟袋坐在荫下的树蔸上，与泡凉的汉子呐闲。王婆婆说，我王勇带我坐飞机，楼房挡住了飞机要走的路。飞机没办法，只好像鸟一样钻空子擦着屋檐飞。我觉得好奇，将脚伸到飞机肚子外面，碰掉了楼顶上一块大瓦呢！

村人一个个听得傻了耳朵。土行孙与德宝开始为飞机的大小争论了起来。一个说，飞机大概有三只粪桶大小。一个反驳说，绝对不止，一定有三口棺材那样大。王婆婆气忿忿地骂道，你们都是没见过世面的土包子。

王婆婆颤悠悠的身影折进一条巷子，看见几个女人围坐在德宝门前纳鞋底。德宝媳妇翠花挺着硕大的肚子，从屋里搬出木凳让王婆婆落座。王婆婆目光定神注视着翠花的肚子说，翠花，你肚子上面尖溜溜的，这胎怀的一定是男崽。翠花脸上涌动着羞涩的红云说，托王婆婆的口福，要是生的是男崽，满月办酒席，一定要德宝让你老坐头席。翠花说着将手中的线索麻利地绕在鞋底上，放进地上塑料篮中。翠花看着王婆婆说，生男孩只是生下来一阵欢喜，孩子长大还不是抠泥巴。都像王婆婆的儿子一样，那才叫有出息呢！几个女人齐声附和，是啊！是啊！王婆婆吸着水烟袋，两眼笑成了一条缝，内心惬意得如同喝下一碗透鲜的老鸡汤。王婆婆脸上洋溢着五色祥云，看着身边一群真正没见过世面的村妇，又临场发挥她丰富的想象力与编造故事的特殊能力。王婆婆说，小儿子王康对她孝顺得不得了，她来的那些天，小儿子和儿媳妇每天尽让她吃那稀奇古怪的补药。那些药有的像珍珠玛瑙，有的似宝石翡翠。另外，让她喝一种比蜂蜜带甜的叫什么葡萄糖补液。小儿子说，妈，我要把你的身子补得好好的，让你成为世上寿数最长的老太太。小儿子对我说，妈，不久你嘴里全长出新牙，白发全部变成黑发。王婆婆环视了一眼周围的女人，见她们一个个听得如痴如醉。王婆婆吸了几口烟，缓缓神又说，医生开刀跟杀猪开膛剖腹一个样，土行孙婆娘月叶移凳子坐到王婆婆身边，小声地问道，王婆婆，这么说，你老见过人肠子像什么样子了？王婆婆答道，跟脚踏车内胎差不多。月叶又问，女人与男人的肠子一个样吗？王婆婆十分自信地说，不一样，女人肠子上有子球，男人没有。

王婆婆与女人在巷子里津津有味地谈论生儿育女的秘密时，队长张黑驴用力敲打着歪脖子杨树上的一块锈犁铧，一边用粗哑的嗓门吆喝：每户来一个人，分鱼了！村外一口塘因天旱干了，捉起的全是筷子长短的水泡鲢，只有一条鲤鱼像条鱼。王婆婆第一个来到分鱼的晒场，张黑驴已将鱼在地上按户头摊开。正在叫人写抓阄的字条。王婆婆对一尾尾水泡鲢自然看不上眼，她的目光盯着两斤多重的鲤鱼说，张队长，我是拿钱买队里东西，那条鲤鱼卖给我吧！张黑驴似乎对王婆婆的言行很反感，直截了当地回敬说，王婆婆，你总是说拿钱买队里东西，可这几年你给了队里一分钱吗？去年底结算，你一再保证还欠款，马上又是一年了，也没见你钱影子。社员们一年到头干活干得黄汗淌黑汗流，大家对你老有意见当面不说，背后在我面前嘀嘀咕咕，你老的欠款真该还了，再不能拖了。只要你老答应还款，别说这条鲤鱼，你就要熊掌虎舌我也想法给你去弄。

张黑驴的一席话，犹如五雷轰顶，惊得王婆婆目瞪口呆。王婆婆这几年来，从未当众受到如此奚落，历任队长对她都很毕恭毕敬，任何时候队里分东西，她要什么就拿什么，前几任队长连大气也不敢出，王婆婆说过，前几任队长尊重她，她很尊重队长，常常请队长到家中喝酒，牙齿把她家的筷子头都磨尖了。她愿意请的。对于现任队长张黑驴，她说过买回的猪肉烂了，生蛆喂狗，也不给张黑驴吃。抚今追昔！王婆婆感到自己的身价一下子由天堂落进了地狱。此时此刻，王婆婆干菜叶似的脸，由蜡黄变得苍白，推动血色的嘴唇气得微微抖动像风中的两片锡箔纸片。王婆婆想说点什么，终究没有说出口。

王婆婆明白，眼前自己处境就像放在一条泥沟上面的神像。对于前任那些知道敬神拜神的人来说，是不敢践踏神像过沟的。反而还要抱着神像送进庙堂，然后叩头燃香，请求神像宽恕自己。对于张黑驴来说，他祖宗八代笆斗大的字不识一个，见了皇帝都不知道下跪的泥腿子，会怕一块神像么？他不但放心大胆地踩着神像过沟，还会顺手牵羊地把神像拿回家塞进灶膛里生火做饭呢！面对性子倔得像榆木疙瘩，执拗得似蒸不熟煮不烂的牛筋的张黑驴来说，自己任何辩解都是白费口舌，万一再遭他驴嘴里吐不出象牙没轻没重的话语，会使她的面子失去得更多，几百块欠款算什么，不用说她身边有笔钱，就是没有，只要她叫人拍一个电报给儿子，就马上寄来了。你张黑驴越损我的面子，我越不给你钱，看你敢把我这个老婆子怎么样。王婆婆想到这里，目光狠狠地瞥了一眼张黑驴，迈着小脚愤愤地离开了分鱼场。

分完鱼后，队长张黑驴手擒着两条水泡鲢子鱼来到刘长根家。长根的媳妇见队长来了，双膝落地嚎啕大哭。张黑驴心一紧说，莲芝，你这是咋啦，有话就说嘛。莲芝用手抹了一下泪滴说，长根的肺结核病又犯了，家里穷得叮当响，进不了医院。莲芝说着对着队长叩了一个响头说，张队长，救救长根吧，让我借支一点钱，救人如救火呵！他要有个三长两短，这一家七口日子以后怎么过啊！

张黑驴听完莲芝的哭诉，鼻子一酸，眼睛红红的，走到里屋，长根早已瘦得变了形，脸上灰黄得如死人一般，昏昏迷迷地躺在病榻上，呼吸显得有气无力的样子。张黑驴走到外屋，气愤地对莲芝吼道，你们娘们只知道哭，哭顶屁用，你赶快找德宝和马拐子，让他俩拉板车送长根上医院，钱我去想办法给你解决。莲芝这才从地上站起无比感激地向队长弯腰鞠了一个躬。

张黑驴风风火火地直奔东头会计吴恩发家。张黑驴问吴恩发，账面上有多少现金？吴恩发从抽斗里拿出流水账，报出数字：39 元。张黑驴又问会计，王婆婆累计欠款多少？吴恩发又番出一本账册，王婆婆历年累计欠款 283.89 元。张黑驴眼瞳瞪得像鹅蛋一样问吴恩发，这钱老婆子到底还不还？吴恩发一语双关地说，她还与不还，就看你这个队长的能耐了。

王婆婆推开自家半掩的门扇，气恨恨地将右手上的小白鹅往地上一摔骂道，砍头的，你再往张黑驴家跑，我就杀了你这贱货。刚才，王婆婆两手空空从分鱼场回家后，恶气恶声地咒了一顿张黑驴。这时，张黑驴家的大公鹅摇摇晃晃地来到王婆婆门前，一阵高歌之后，王婆婆关在院子里的小母鹅在情歌的诱惑下冲出了栅栏，两只鹅摇头摆尾地拍打着双翅跑到对面的塘上求爱寻欢。王婆婆见状，从站角抄出一根竹棍，悄悄来到塘埂上，照准公鹅一闷棍抡了过去，狡猾的公鹅似乎警惕性很高，在王婆婆使棍的瞬间，它一声惊叫扑进了池塘，王婆婆抡出的棍子重重打在自己的腿骨上，痛得她嘴唇张得老大，喉眼里往外直冒寒气。

王婆婆气恨至极，借鹅指桑骂槐张黑驴，你这个遭砍头的东西，下雨天你被雷电打死，走路你难逃被车轮碾死。张黑驴听得清清楚楚也不理会，正在家中与安庆下放娃商量事宜。

安庆下放娃张斌，面相生得白白净净。一双机智的大眼睛，显得聪慧和灵敏。张斌送给队长一根纸烟，打响广东产的汽油打火机，凑到队长鼻尖下。下放娃张斌一串麻利的敬烟与点烟动作，使张黑驴觉得很开心。张斌说，队长，你找我来家，是不是上面来了招工指标；队长说，论你插队以来的表现，是干得不错，队上人都夸你将来有前途。只要上面下了指标，大叔我保准推荐你的名字。张斌有些失望地低下了头。张黑驴说，娃子，今天，我找你是有件事。咱队穷底子薄，社员刘长根又犯了肺病，躺在床上没钱治，王婆婆欠了款，有钱就是不给队里，我为这事愁断了眉骨，大叔请你想条计策，让老太婆还点钱，解解眼前的燃眉之急。张斌一直沉默不语地坐着，不表示态度。张黑驴仿佛看穿了下放娃张斌的心思，他说，娃子，我知道你主意多，你不肯说出来，是不是怕影响前途？娃子，你一万个放心，只要你点子好，能成事，天大的问题我兜着，不关你一根毫毛。另外，我说话算数，今年搞“双抢”期间，放你十天假回城避暑，队里工分照记，咋样？张斌沉吟了半晌才开口说，为了集体利益，我去试试。

下放娃张斌轻轻推开王婆婆半开半掩的木门，只见王婆婆神情阴郁地坐在饭桌边，下放娃小心翼翼地探问道：王婆婆，你老人家是不是身子不舒服？王婆婆回答的声音使张斌感到很阴森。他张黑驴死了骨头烂成泥，我照样活在世上也不会得病！我是被他那砍头的东西活活气成这样的。他本人欺负我，他的鹅也欺负我，绝八代的人家，没有好收场！张斌谨小慎微地说，王婆婆，事情都过去了，就算了吧！今天队上分鱼，你老没分，我手气好，抓阄抓了两条鲶鱼。王婆婆急心打断下放娃的声音，是我宽宏大量不愿与张黑驴那人小庙鬼争高低！你看他当个鸟队长，脑袋硬得像鸡巴根子。下放娃刚才的话显然触及了王婆婆灵魂深处的疮痛。下放娃满脸堆笑连忙岔开话题说，你老对我们知青很关心，我也没有什么报答，今儿特意给您老送碗新鲜的鱼汤，请你老品尝我薄薄的心意。下放娃张斌说完从地上提起小竹篮，将放在篮里的塑料饭盒取出放在王婆婆面前。王婆婆立刻消了气，语气关切地望着张斌说，孩子呀，你们接了毛爹爹的圣旨，到这个拉屎不生蛆的地方插队落户，也真苦了你们这些城里孩子。张斌急忙纠正王婆婆的话：王婆婆，那不叫圣旨，我们是响应毛主席的“五七”指示，来农村广阔天地锻炼和改造自己，将来才能成为无产阶级革命事业的接班人。

王婆婆听不懂下放娃脱口而出的大道理，但对“接班人”三个字表达了她独特的见解和认识。王婆婆看了一眼张斌说，娃子，早点回城做接班人去吧，掌权做大官，骑在人头上做人上人，那才叫光宗耀祖呢！你呆在这里抠泥巴是没有出头之日的。王婆婆说完掀开面前的饭盒，鱼汤袅袅的香气在屋里弥漫。王婆婆夸奖下放娃张斌说，这鱼烧得多香多鲜，我都做不出这样的味道呢！你小小年纪多懂事，晓得尊敬老人，城里人与农村人就是不一样，娃呀，你就像我那儿子通晓人情物理。我大儿子在部队里也会混人事关系，军人家里过红白喜事，都请他当执客师呢。

张斌想起肩负的使命，不能再听王婆婆没完没了的唠叨下去，便站起身说，王婆婆，我明天回城为队上办事，你老要不要捎什么东西。王婆婆说，不捎东西也不捎信。几天前，我大儿子王勇坐飞机路过青河庄，从飞机上丢下一封信，我当时正在菜地给菜苗浇水，那封信像蝴蝶一样落在我脚背上。我马上抬头朝天上一望，王勇站在飞机上大声说话，意思是要我保重身体，并说又给我寄来了汇款。他出差还没回到部队呢！

听着王婆婆活灵活现临场编造的谎话，下放娃张斌如果不是亲身耳闻目睹，他一定认为是别人故意诋毁王婆婆的声誉。其实，张斌已经知道王勇不过是东北陆军野站部队一个副连长，王康是邻县公社的一名兽医。张斌揣测，王婆婆不厌其烦地编造一个又一个假话和大话，无非是让青河庄人崇拜她儿子在外面是个了不起的人物。在儿子的光环中，王婆婆似乎看见了自己身份的高贵与不同凡响。正是这病态的虚荣心，造成了她与纯朴善良的青河庄人情感上的对立与隔阂，村民在村巷用手指着王婆婆的背影说，那是一个成天发烧说胡话的老妖婆。然而，王婆婆对此仍乐此不倦。刚才，张斌跨进王婆婆的门槛之时，想到自己扮演的角色，一个年轻的小伙子面对一个垂暮之年的老婆婆使用计策与手段，行为是否有些毒恶与卑鄙。这种念头差点迫使他无功而返地离去，向张黑驴交差，并决心说服队长，何必与一个老婆子过不去，就当队上多了个五保户吧。王婆婆没有料到，她信口开河的大话，像火铳时射出的铁沙，将张斌的同情和自尊心击得千疮百孔。张斌白了王婆子一眼，说话的声音像连珠炮一样，他说，王婆婆，我回城捎的是队上写给北京毛主席的信，信中写的是你老欠队里的粮款不还账，信中说这是一种剥削行为。信中还说你儿子不孝不赡养老人。你老想想，假如这封信毛主席看到了，那可不是闹着玩的。我回城前给您老透露这个消息，是因为你老对我们有恩。张斌说着从衣袋里掏出信封，抽出里面的纸张在王婆婆眼前晃了晃。王婆婆目光呆滞地看着张斌手中的信，半晌没有一丝声音，额纹里沁出些许细碎的冷汗。王婆婆不识字。张斌掏出的信，是他的一封家信。刚才，在队长家，他对队长耳边轻轻低语的正是这个主意。

张斌看着王婆婆蔫头搭脑的神态，说大话的王婆婆显然平生第一次被别人的大话所制服。张斌乘胜追击说，王婆婆，办法还是有的，你老马上将欠款还了，让队上收回这封信吧。

张斌没有料到，王婆婆竟无声地瘫倒在地了。张黑驴闻讯，不由自主地吸了一口冷气。他无言可说，与另外两名劳力抬着王婆婆直奔邻近小镇的卫生院。

老医生号脉听诊量血压打针对王婆婆实施一阵治疗之后，喊队长张黑驴走进里屋。医生摇着头对队长说，王婆婆因为过分冲动，造成心肌梗塞，情况非常危急，张黑驴听了大惊失色，他几乎是在哀求医生，她不能死，请你一定要救活老人。医生瞥了一眼张黑驴又拿起注射器为病人注射葡萄糖药液。

青河庄生产队队长张黑驴，时常默默祈祷上苍保佑队里家家户户人口平安，大地风调雨顺粮食丰收，不能出现天灾人祸。刘长根的肺病住院，还是他厚着脸皮与院方软磨硬缠说好话并以队长身份担保才得以解决的。现在，王婆婆万一撒手西去，临时到哪里借钱买棺材，还有丧事伙食也是一笔恼人的开支。他确实希望老人能够马上脱离险境。

张黑驴望着躺在病榻上的王婆婆，隐隐约约感觉到一种不祥之兆。王婆婆脸色灰黄，呼吸声愈来愈弱，老人好像被死神的魔爪折磨得痛苦无比。张黑驴回想老人的一生和最后的言行，觉得人活在世上，做人应该实实在在本本真真明明白白；不要脱离本分，成天那样神神鬼鬼、虚虚假假、时时抬高自己，活得多累，多没意思。其实，人的命比一根鸡毛还轻，比一张草纸还要单薄呢。

医生拔出注射器，用手翻开老人的眼皮，瞳孔已经放大扩散，医生打了个手势，示意张黑驴快把死人抬走。

张黑驴双膝扑通一下跪在地上，泪流满面对王婆婆哭诉，我这个队长当得窝囊透顶，没有把你老在生的日月照顾好，你老在黄泉路上有啥难处，今晚半夜三更托梦给我，一切我会为你老操办的……

（选自《短篇小说》杂志1998年第11期）

方　跃

我们这些村姑

手上拿着张个体工商业户登记表，我心里乐滋滋的。呀，真快。我们申请去镇上办废旧物资回收站的报告递上去还不到十天哩，这会儿就领到了登记表。我得赶紧找春花巧云她们去，回收站是我们三人合伙办的哪。

村子里人说，我们三人是一个娘老子生的。这并非是我们长得相像。其实，我们三个人三个长相：春花个子小，小鼻子小眼睛，但生性活泼调皮；我呢，尽管不算丑人儿，可自己的底子自个人清楚；巧儿却长得白白净净，斯斯文文的。再加上爱整洁，不管什么布料的衣服，穿到她的身上都显得格外合身好看。要是把那头齐腰长的油黑辫子也烫成个“大波浪”，哼！没说的，标准的城市姑娘的气派。

我们三人有时间整日地厮混在一起。自从田地包到户，地里的活就用不着我们插手了，无事可做，整日天南海北地闲聊，也着实感到乏味和无聊。幸好春花出主意说：“我们也有两只手，何必窝在家里吃闲饭？眼下政府不是鼓励农民进城去做生意办工厂吗？我们合伙到镇上开店怎么样？”她的话把我和巧云的心说动了。然而在商量进城开什么店时，我们的意见却变得不一样了。

巧云的意思是开经销店，卖些烟哪酒呀什么的。春花却摇头了：“镇上的经销店多如牛毛，我们再开办经销店，恐怕连老本都得赔上。我喜欢花儿，就开个鲜花店，怎样？”

“镇上是没有花店。”我不得不表明自己的态度，“但我们这是山区，花儿草儿到处都有，开店卖花，不会有多少人光顾。我揣摸过，镇上缺的是废旧物资回收。”

“你是说收破烂？”巧云瞪大了眼睛，惊异地问。

“是的。”我点点头。“你别小看这行当，我看还大有干头哩。镇上住那么多人，又是这个厂，那个矿的，废旧物资还少得了？再说收废旧也是本小利大的买卖。要是我们挨家挨户地上门收购，保准生意兴隆。”

我的话把春花说服了，她表示支持。巧云后来也开口了：“随你们。”意见统一了，当晚就由我执笔给有关部门打了报告。

现在好了，这登记表填好报上去，一批下来，就可以领营业执照了。想着想着，我加快了脚步向春花家里走去。

走到春花家大门口，一阵争吵声从屋里传出：“你不能偏心，手心是肉，手背也是肉。”这是春花爸沙哑的嗓门。

“谁偏心？儿子总是你赵家的根苗吧？”春花妈尖着嗓门在反驳。

我正莫名其妙地听着。心里在犹豫：是进去还是不进去？突然背后响起熟悉的声音：“冬枝姐，你找我？”春花小喜鹊似的三蹦两跳到了我跟前。我向她家里呶呶嘴，轻声说：“你爹妈在吵嘴呢，为的啥？”

她顿时收起了笑容，嘟着嘴说：“唉！烦透了，我爸要退休，我妈坚持要我弟停学顶职，我爸不同意，主张叫我去顶替他。意见不能统一，就老吵。”

“哪你准备怎么办？”我焦急地问。

“管他呢，随他们吵去。”

“登记表发下来了，你看咋办？”我把登记表递给她，她接过去仔细地看着，满脸都是喜色：“我们要上镇里当‘老板娘’了！”她乐呵呵地叫着。“去，找巧云去，我这里还有她一封信哩。”说着从口袋里掏出一封信，“你猜是谁写来的？”

“谁知道呢。”其实我明明认出信封上的字迹是巧云在县农机厂当工人的男朋友写的。

“告诉你吧，”春花用小嘴凑近我耳朵悄悄地说：“是她那个亲爱的‘老表’写来的。”

“既然知道了还问什么？”我嗔了她一眼。尽管我们三人是好朋友，由于春花年岁小些，对交男朋友的事似乎还不那么热心，有些“机密”巧云只愿跟我“泄露”，她可怕春花那张喜欢乱嚷嚷的小嘴。

突然，春花提高了声音，笑盈盈地说：“冬枝姐，你也有了亲爱的‘老表’，可你还瞒着我哩，太不够朋友了！”

“嚼舌根，不知羞！”我的脸发烧，反骂了句。

“哎，我说冬枝姐呀，别装正经了吧。你说你跟邻村那个小学老师山根是怎么回事？说呀，干吗脸色变成了关公样？咯咯……”

我的脸发烫了，这家伙真鬼！我与山根自小就是同学，这些年因团的工作又经常一块到乡里开会，彼此间确实有那么点意思。可是我们两个谁都没有勇气先捅破这层纸。连巧云都不知底，怎被春花晓得了？这鬼丫头！

还没有进巧云家大门，春花就挥着信嚷开了："巧云姐，双喜临门，快请吃糖！"

"什么双喜临门哪，你那张鸭子嘴尽哄人！"清秀的脸庞上总是流露出微笑的巧云姗姗地走了出来，手里还拿着件绣花活计。她不光人长得苗条秀气，针线活也是出了名的。绣花更是她拿手好戏，绣的小鸟活像要张开翅膀飞下来，绣的花儿鲜滴滴的，似乎还散发着淡淡的芳香。春花走过去一把夺下她手中的活计，啊，是一只刚刚绣完最后一针的鸳鸯戏水枕套。

"哟！我说呢，这几天你窝在家里不出门，原来是在积极赶制嫁妆哪。这就是一喜……"巧云趁春花举起枕套得意洋洋地嚷嚷时，一把把信抢了过来。春花急得直叫："不行，不行！你还没有请我们吃糖呢，要不你念给我们听听也行。"

这话也只有春花说得出口。巧云是个薄脸皮的人啊。我赶忙轻轻拍打春花一下。她一回头："好哇，你也帮腔？要得，二回我要拿到你那位的信，看我怎么治你！"

这个调皮鬼，真拿她没得办法。巧云被她纠缠不过，只好当着我们的面，脸微微发红地拆开了信封。

春花踮起脚尖，轻轻地走到巧云背后，伸长脖子在偷看，一会儿对我挤挤眼催着道："念哪，你怎么不念？"我朝巧云望去，不禁吃了一惊，她的脸色倏地变得苍白，拿着信的手在颤抖着。该不会是突然发了什么病吧？春花也觉察到了，忙用手扶着巧云，目光凝聚在信上。

"真不要脸！"春花一跺脚，气愤地骂开了。"有什么了不起，不就是个小小的工人吗！"巧云眼睛定住神，呆了一般。她将信三下两下撕得粉碎，恨恨地摔掉。我已经料到是怎么回事了。

几天过去了，巧云的情绪仍不见好转，她常捧着已故的双亲照片发呆。她两个哥嫂本来就不同意她自找这门亲事，现在看到她那忧郁痛苦相，不仅不体恤，反而还指责她。这更使她感到孤单和凄冷。这也难怪，谁摊上这突然的一击也是难以忍受的呵。恰恰在这个时候，县里又要我去参加"农村团工作经验交流座谈会"，无奈，我只得将筹备办收购站的事全交给了春花。

晚上，我踏着满地银辉，来到春花家，把筹备建站的事托付给她，她二话没说，就同意了。我要回家时，她却坚持要送我一程。出了她家的大门，她上来扳着我的肩膀：“冬枝姐，跟你说个事。”

“么事？你说吧，又拿到什么信啦?”

“不是信，是……是我要走了。过些日子先去体检。”

我明白了，好一会才说：“你妈同意让你顶替了?”她点了点头。月光下，我看见她的眼眶里有一点亮的东西在闪耀。

“你放心，办站的事我一日不离村，一日不会甩手的。我爸说分配工作前还得考试，没有一两个月办不好手续，到那时我们的收购站也许已经办起来了。”她的嗓子有些喑哑，随着两滴凉冰冰的液体落在我手上。她哭了。

我心里乱得很，说不清是什么滋味，鼻子一酸，眼泪在眼眶打转，我终于控制住了没有让它滚出来。

“这是件好事，我们应该高兴。”我尽量从自己的声音里流露出喜悦。

好大一会，我们谁也没作声。夜，静悄悄。月亮像有什么难言心事似的，一会儿隐进云中，一会儿又露出羞涩的脸膛。

“冬枝姐，我出去后就经常给你们写信。一有时间就回来看你们，帮你们收货。”

多天真单纯的春花啊，我相信你说的是真心话，可是，我的傻妹子，进了工厂，当了工人，一年忙到头，哪有那么多的空闲让你回来帮我们忙？只要你心里还有我们，还装着我们的山村和我们的事业——收购站，你就永远是我的好妹子，我在梦中也会笑醒的……

我在县里开了五天会，就急急忙忙坐车往回赶。山多，路陡，弯急。这车真难坐，几个钟头坐下来，我头昏脑胀，下了车就想找个地方坐下歇歇。我一抬头，一个熟悉的身影跳进眼帘。哎，那不是巧云吗？是她。她提着个大包，身后跟着个有些面熟的胖女人。哦，记起来了，不就是巧云那个住在宜城的姑妈么？

“哎，巧云!”我顾不上疲惫，拎起拎包向她们跑去。正在上车的巧云听到喊声，回过头来见是我，对我一笑，但笑得很不自然，像是费劲装出来的。她一只脚已跨上了车，另一只脚踏在地上，她似乎想放下车上那只脚，可不知怎的，那只踏在地上的脚还是上了车。她姑妈也尾随着踏上车门。

“你什么时候回来?”我估计她是上姑妈家去散散心的，她咬着下唇，两只无神的眼睛望着车外。车子发动了，她才像醒过来，对着我又是苦笑笑，说：“给你留个纪念吧!”随手抛下一个用手帕裹的小包。这当儿车开动了，她用左手掩着面低着头，她低着头，她姑妈对她说了句什么。

车子越开越快，一忽儿公路上空飘忽一条黄龙，我的心也更感到迷惘。我打开那小包一看，是一对绣花枕套。呀！竟是那天春花取笑打闹时见过的那件“鸳鸯戏水”。我的心顿时往下一沉。眼前不断幻化出那张苍白憔悴笑比哭还难看的脸。

“冬枝姐。”啊，是春花。原来自己已经走到了村口。一看春花的神色，我又不由得一惊。只隔几天，她就变了模样，已经不是昔日那个爱蹦爱跳，爱打爱闹，整天无忧无虑的小春花了。她一脸严肃老成的样子，就俨然陡长了好几岁。

“你遇见巧云姐没有？她横竖不让我送。”春花似乎带有难言的隐痛，说着泪水扑簌簌直往下掉。我急了：“哭什么呀，究竟发生了什么事？”

她一边擦着泪，一边从口袋里掏出一封信递给我。

“冬枝，我走了，去寻找我梦中的幸福去了，尽管我明知道这幸福中隐藏着的是更深的痛苦，可我还是决心去找。因为我脑子里怎么也忘不了那个绝情人在绝情信上说的：……不要说你们去镇上开店，就是到省城里开店又怎样呢？你们的户口和粮油关系能进城吗？不能！村姑还是村姑，将来结婚，有了孩子，孩子也照样入不上城市户口。明明是村姑，就应该安分，还生怕别人不知道，还要去走村串户，在大庭广众之下，直着脖子吆喝：‘收破鞋烂铁啊！’这还不如要饭，要饭别人还同情点；收破烂，丢人现眼！哼，我一辈子也不想见你！……冬枝，他这种人与我分手，我并不惋惜。我感到悲伤与不平的是，对我们出生在农村的女孩子，命运之神竟是如此的无情！正好我姑妈来看我们，她同情我这个孱弱的侄女，给我介绍了她厂里一个中年丧妻的工程师。我如果嫁给他，户口就能迁进城。我犹豫过、斗争过、痛苦过。毫无疑问，跟着这个连面都没有见过，年龄又高出我一轮多的人生活，究竟能有多大的幸福呢？也许充其量，是个老妈子吧！唉，谁叫我们是村姑？……”

信看完了，可是我的头真昏。天旋地转，就像喝醉了酒。巧云你怎会这样呢？怎么这样匆忙地走了？我真想大哭一场，如果泪水能改变这一切的话。

风真大，吹得小杨树弯下了腰，它要经受住多大的冲击啊！我索性解下脖子上的围巾，让这刺骨的寒风吹吧。

“你什么时候走？”我忽然记起春花也即将要走了。

“走？你是说去工厂吗？我不想去了。”春花心事重重地说。

“为什么，是你妈变卦了？”

“不，是我自己决定的。我爸也支持。”

“我说你别翻皮剥骨了，错过这村就没有那店，你会后悔一辈子的。”我用大姐姐的口气说。

“我想了好久了，巧云一走，就更坚定了我留在乡里当村姑的决心。对了，是当‘收购员’！我爸也说他退休回来，也来帮我们干。”

“这是一辈子跟破烂打交道的事，可不是闹着玩的。”

“是真的，不是闹着玩的。”春花睁大眼睛望着我，脸上神情自若。“我舍不得离开家乡，也舍不得离开你。巧云姐走了，而我们的事业——收购站才刚刚开个头，我见不到成果，死也不甘心。我就不相信村姑就没得出息，就做不了大事情，我就要做给人看看。再说——再说我们山区也在一天天变好，只要继续这样干下去，我们山区小镇，用不了多久，就会像城市一样，说不定呀，还比城市更美，更有吸引力呢。到那时候，用八抬大轿也抬不走山乡姑娘。冬枝姐，我说得可对？咯咯……”

春花一口气抒尽胸臆，由于激动，脸变得红扑扑，越发显得青春焕发，可爱。

“我的好妹妹。”我一把抱住她，眼泪真的溢出来了，这是高兴也是宽慰。

由于我们办收购站，乡政府领导很支持，特别指示乡信用社给我贷款；镇长又特地帮我们在镇上安排了门面。开业那天乡、镇领导都来表示祝贺。春花爸买了一千头鞭，在镇长给我们废旧物资回收站挂招牌时，他用长竹竿挑着点燃了，引来了人山人海，县电台的记者不知从哪探得了消息也赶来，给我和春花在回收站牌子边照了相，还说要登报和广播哩。真没想到，我们这些从没离开过山村的村姑和这半爿不起眼的废旧物资回收站，一下子也扬了名。咯咯，真有意思。

（选自《文学》1985 年第 4 期）

耿龙祥

明镜台

我们厂里的墙报，是党委书记题的名字，叫作“明镜台”。

去年春节前几天，我们几个过去打过游击的老干部接受了一项任务，每人要为“明镜台”写一篇文章，总题目叫作“想当年”。

当年的经历虽然丰富，有些经历因为日子隔得久了，生活变化太大，印象也都淡薄了；有一些虽然记的比较清楚，情节又太复杂，很不容易写。只有“妈妈”送我出大别山的一幕情景还比较好写，我就决定写它。

这里所说的“妈妈”，其实是与我素不相识的穷苦老大娘。

我受了伤，部队把我安插在她的家里。按当年的说法，叫做“打埋伏”。我在她家里住了三个月，她把我当作亲生的儿子看待。我伤口一好，她送我出山归队，以后就再没见过。事隔十年了。我用了三个晚上的时间，才大体写成。结尾一段是这样的：

“下大雪，刮北风。一路上，妈妈总让我走南边。她用自己的身体，替我遮着风雪。到了小河边，一只小船在等着我。妈妈把我紧紧抱住，从怀里掏出三个窝窝头，塞进我的口袋。她流着眼泪对我说：‘希望你……’”

妈妈希望我怎么样呢？她当时仿佛说了很多话，可是我再也记不起来了。要用三两句话传达出那大意来，更是困难。我的写作的“灵感”，不知到哪里去了。

墙报星期一就要出报，星期天我还在盘算这最后两句话。

正好也是个大雪天。我约定墙报干事三点钟来拿稿。吃过中饭，我关起门，坐在自己房里的沙发椅上，苦苦地深思起来。我的妻坐在我身边，替我们刚满周岁的宝宝打着第四件毛衣。

保姆刘雁红，抱着宝宝，在我们身后来回走动。

我们这个小宝宝，有一副怪脾气，睡觉非要保姆抱着，不停地走动；不停地走动还不算，还非要不断地唱着什么。要是不抱，不走，不唱，他就哭。

一哭就能憋得大半天换不过气来。幸好这位保姆是农村里来的，身强力壮，最能劳动，最有耐性，又有一个和软的喉咙，又会随口编出歌来。她走得那么轻巧，唱得那么自然，一点不扰乱我的思考。她走着，唱着：

北风阵阵紧
白雪满天飞
阿姨怀中暖
宝宝睡觉喽

她的歌声使我想到了当年妈妈送我到小河边的情形。刚刚想出点眉目，她忽然停住了，对我的妻说："唐同志，请你抱一小会。阿早去拿牛奶，到这晚还不回来，我去迎迎她。"

妻说："你等一等，我把这针打起来。"

阿早，是刘雁红的六岁的小女儿，也跟她住在我们家里。

住在这个城市里真别扭，牛奶厂不管送牛奶。因此我们每天要打发阿早去给宝宝取牛奶——来回要走二里路。我曾感觉到这样不大好。妻却说："她在乡下也要做事的。多给她们两块钱就是了。"可是在这大风大雪的天气，让她出去跑路，而且是泥泞的路，实在有点不对。所以这时我说："把宝宝给我，你迎她去。"妻说："你快点写你的吧。等会儿还要上街给宝宝买热水袋呢。"说着她向刘雁红瞪瞪眼，刘雁红也说："你写吧。你的工作要紧。她不要紧的。"她继续走着，继续唱着：

北风吹倒树，
白雪盖大路，
阿姨望阿早，
宝宝睡得好。

我看看手表，已经过两点了。

妈妈说了些什么希望呢？将才想出的眉目，又紊乱了。房里的煤炉呼呼地响；房外的寒风也呼呼地响。雪花纷纷飘落在窗玻璃的外面，化成水珠，向下淌去。不知过了多少时间，保姆又停住了脚步和歌声，对妻说："唐同志，请你抱一小会。阿早还不回来，我实在不放心。她只穿一件小棉袄。"妻说："你等一等，还有几针，打起来，宝宝明早要换。"

刘雁红叹了一口气，继续走着，唱着：

北风绞白雪，

白雪结成冰，

阿姨心发冷，

宝宝睡的稳。

也不知因为煤炉的火太大，也不知因为心里烦恼，我感到热，热得浑身发毛，就把大衣和呢制服全脱掉了，单穿着毛线衣，还要不时摇晃两条膀子，像拉钻一样。"阿早还不回来。"雁红的这句话使我很不舒服。当年风雪中的老母亲，和现在风雪中的小女孩，两个形象老是在我脑子里纠缠在一起。

刘雁红第三次停下来，对妻说："唐同志，就请你抱一小会。阿早走了三个钟头了。"妻也不耐烦地说："叫你等一等等一等的，就剩这几针。你吵得妨碍他的写作。"

刘雁红更长地叹一口气，继续走着，唱着。可是她已经编不出歌词，只是哼着："宝宝睡觉喽，宝宝睡觉喽。"

约定完稿的时间已经过了三刻。我拿笔在纸上乱画，画了好多个老母亲的模样，也画了好多个小女孩的模样。幸好墙报干事还没来。我想，也许不要我这篇了吧，那正好。我为什么非到"明镜台"上去露露脸面呢？

可是，就在这时，门把手咔咔一响，忽地冲进一个大汉，正是墙报干事——"明镜台"的主编人。只见他从头发到棉鞋全部结上了一层冰冻，全身直抖，话也说不清楚，只叫："烤火，烤火……阿得得得……"我以为是厂里失火了，钢笔一丢，就想往厂里跑。只听他又说："一个小姑娘，掉，掉，掉下河沟……"我全身颤动了一下，只听宝宝也哇的一声大哭起来，仿佛也受了惊吓似的。妻连忙问道："淹死了吗？在哪儿？"墙报干事跑到煤炉跟前，又喘又抖，哆哆嗦嗦地说："没有。在工人……医院。"

这时我才看见，刘雁红脸色铁青，抖颤的比墙报干事还要厉害。她把宝宝塞在妻怀里，替他将包被裹紧了，一声不响地冲出门去。

妻一面哄着宝宝，一面向干事说："那个小姑娘手里拿没拿奶瓶？这要真是阿早，我们宝宝明早上吃什么呢？"

……

等到墙报干事的衣服烘干，刘雁红抱着脸色苍白的阿早回来，天时早经断黑。我再也想不下去了。拿起钢笔，在"希望你"下面加了几个虚点，另起一行写道："妈妈的希望，我一点也记不起了。但是，我是绝对不应该忘记的，我心里很难受，很难受……"

从此我就对我自己，对我妻子，都有了意见。我们都是国家的干部，而且是在工厂里工作，然而我们把不应该忘记的事情忘记了！我要找时间跟她好好儿谈一谈。

（原载《人民文学》1957 年 1 月号，重发《人民文学》1983 年 9 月号）

入　党

今晚七时，在礼堂举行支部大会，讨论韩梅同志入党问题，欢迎党外同志自由参加。

中共人民医院支部

这个通知，引起了全院同志的欢腾。几个下了早班的护士，忘记了疲劳，把韩梅团团围住。年纪最小的小陈，拉着韩梅的手，天真地叫着：“姐姐，你摸摸我的心，为你高兴得乱蹦跳呢。你的心也高兴得跳吧？”韩梅的眼睛都湿润了，说道：“我也跳啊，小妹妹，我是害怕，怕我不够标准呢！”

韩梅在医校时的同学刘珍，拿出了一大叠信封和信纸。老大姐秦宜贞向她说：“小刘你真自私，现在还有心肠写情书吗？”刘珍狡猾地眨眼，向韩梅努努嘴，说道：“给老同学写信，为她报喜啊。”韩梅一把按住她的手，几乎是恳求地说：“你不要写。我怕通不过呢！”刘珍夺出手来，说道：“啊呦，不要爱面子啦。我保证，百分之百的赞成。”

韩梅无可奈何地转向秦宜贞说：“大姐，你说真话，我完全够标准吗？”秦宜贞说：“不能说完全，只能说基本上够了。不过你要当心，不能骄傲啊。李院长刚才对我说，你最大的毛病是不听话。入党以后，可不能再那么任性了。”

小陈继续拉着韩梅吵着：“姐姐，买糖果来吃。”韩梅笑着说：“好妹妹，等开过会再买吧，也许通不过哩。”小陈甩手道：“我不干，我不干，我就要你买，买了就能通过。”韩梅纠缠她不过，只得打开她的小提包，可是她没有拿出钱来，却把一个笔记簿子拿出来了。

这本笔记簿，是韩梅的父亲留给她的纪念品。父亲在淮海战役中受了重伤；临终的时候，亲手把自己的相片，贴在这笔记簿上，又在下面写下了遗言：

“梅儿：长大了，像父亲一样战斗，加入党的队列，永远无愧于这神圣的集体。”

韩梅把这份珍贵的纪念品保存了七年，她的年龄，也在两年前超过了入党的最低年限，可是，她还没有实现父亲的愿望。有一回，党支部开会，通讯员传错了通知，把韩梅也叫去了。人快到齐的时候，李院长——他是支部书记——对秦宜贞讲了什么，秦宜贞便走到韩梅身边，拍拍她说：“小鬼，出去玩吧。我们开会。”韩梅捂着眼睛跑回房里，拿着这本笔记簿，对着父亲的相片，呆呆地凝视了半个钟头。然后拿起钢笔，在第二页上写道：

“爸爸，你不要难受。下次开会，我就能参加了。”

从那以后，党支部每举行一次会议，韩梅就要写那么一行。一共已经写够二十行了，她还是象第一行那样满怀决心和信念。这一回，她拿着簿子的手腕颤抖了，她正想着今晚该写的一行新的字句，就听院长室的秘书在外面喊道：“韩梅同志，李院长请你。”

李院长是韩梅父亲的生前战友。他亲眼看着韩梅的父亲死在他的手术台上。凭着这样的身份，他常把韩梅叫做“干女儿”。可是韩梅对这位自称“干父”的首长，并没有特殊的敬爱。有时候向他讨教一些医学方面的知识，他却没有兴趣。因此，她不自觉地和他疏远了。

韩梅走进了院长的房间，只见李院长武装整齐地坐在沙发椅上。他虽然转业已经两年，却仍然喜爱这套军人的服装。每逢开会要他讲话，必定穿上。他觉得这黄呢大衣，箍着“八一”帽徽的军帽，宽皮带和深筒皮鞋，能够十倍地增加他的威严和光彩。可是韩梅一进房，就感到暖气的闷热。她拿掉头巾，脱下棉外套，坐在院长的对面。

李院长微笑着，一动不动地说：“小女儿，我代表你死去的父亲，和我自己，向你道贺啊！”韩梅激动了，全身热血沸腾。她和每次激动时一样，右手紧捋着蓝粗布褂子的右下角，水汪汪的一对大眼睛，直看着院长说：“院长，你说我能无愧于这个神圣的集体吗？”李院长说：“你要建立起一种信念：党的书记说你够了，你就真的够了。”

韩梅低头不语，看着捋皱了的衣角。李院长还是一动不动地说：“你能记住父亲的话，这很好啊。我把他牺牲时的情形，再对你讲一遍吧。在这个时候，他的精神，会给你更多的教育的。”

父亲牺牲的情形，韩梅已经听过不下十次。她还愿意听，院长也愿意讲。实在的，尤其在这个时候。

李院长点着一支香烟，像讲什么有趣的笑话一样，饱含兴奋地说："那时我当师部的军医，他当一团的团长。战斗进行到第十八天，胜利已经拿稳了，人也疲劳透了。我一遍又一遍劝告师长，我说：'首长，你该休息一会啦。'师长的脾气可大啦，他总是骂：'滚开去，你们这些废物。'那一天，一团攻打一个大碉堡，那地名我记不清了，只记得里面的敌人是三个团少一点。从早打到晚，攻不下来。你父亲提着驳壳枪，回到师部，向师长报告，说：'三营损失完了。一营还是完整的。给我加两门山炮，保证十二点以前完成。'师长说：'山炮都在对付快速纵队，一门也抽不出。十点钟攻不下，就不要见我。'你父亲一立正，说了个'是'，转身就走。九点钟有人报告：一团团长牺牲啦！九点半拿下了碉堡。我到战场上找到他，看他还在呼吸，抬回来打了强心剂，他就在你那个本子上写了字。当时要有现在的医药条件，要得到大量的输血，他也许能够活到今天，看到我们怎么培养你的……"

韩梅的泪珠滚滚落下，她不去擦拭。眼泪，并不是任何时候都是可羞的。她想说什么，可是门开了，秘书拿着一份文件走进来，递给了院长。院长看了一眼，不知为什么那样兴奋，把文件递还给秘书说："你的字我认不清，念给我听听吧。"

秘书显然很不耐烦，像挨了打的小学生读书似的念道："我院李海山院长，一九四四年入伍，一九五零年入党，在工作中屡有显著贡献。前经支委会决定，予以提升两级。报经市卫生局批改为提升一级。我院经过反复研究，认为这样做对鼓励大家提高德才，将造成一定损失。兹特再经党支部大会通过，仍请准予提升两级，以符党的干部政策。此致　局长梁。……"李院长微微点头，说道："可以。把头两句删掉。旁边写上我的意见：'我认为这份报告是不必要的，可是为照顾群众的情绪，只好同意。'然后交支委传阅。会上就由你宣读，也由你解释。"

韩梅起了一阵莫名其妙的厌恶，仿佛突然看见了什么最肮脏的东西。颤抖停了，泪珠也断了。急速地立起来，拿起了头巾。李院长却说："怎么呢，正话还没谈哩。"韩梅踌躇一下，有一种难以忍受的情感，在心房里翻滚。她真想离开这里，假如因此要挨一顿苦打，她也一定愿意的。可是今天是什么样的时刻啊？万一引起什么不好的结果，单说对那些热情的姊妹，怎么说话啊？她为难地丢下了头巾，又回到座位上。因为委屈了自己，她感到愤怒。

李院长坐不住了。爬起来在房间里踱着大步。皮鞋在地板上咚咚直响，震着韩梅的耳朵。过去也听过这种声音，怎么没觉得难受呢！李海山在韩梅面前站住，声音提高了，腔调也变了，仿佛在大会上演讲一样。他说："应当以你父亲的精神，灌溉你的品质。应当像你父亲一样，尊敬和服从首长，我也可以代表党的支部，向你提出这样的希望。"

韩梅困惑了。很有几个人说她不听话，她自己却不知道是为什么。便问道："院长，你说得明白一点吧。要有错，我能改。"

李海山说："有些事情，看起来很小，甚至不像是错误。可是一个人品质里的缺陷，往往就包含在这些小事里面。"

韩梅执拗地说："院长，你再说的明白一点吧。要有错，我能改。"

李海山又继续踱着大步，似乎很为难，终于放低声音说道："随便举个小例子吧。上个礼拜，卫生局梁局长来电话，要你去给他小孩打针，我通知你三次，你到底没有去；前天开职工大会，发扬民主，你提了什么意见呢？你说梁局长小孩打葡萄糖不给钱，违反制度。这些事看起来都很小，可是你品质的缺陷，也就表现在这里。"

韩梅的长睫毛忽然闪动一下，跳了起来，两手往背后一背，直看着院长说："为什么是我的错呢？"

李海山照常踱步，只是略微加快了一点。他说："你的动机也许不错，可是你在群众中散布了反上的情绪。今晚梁局长还要来参加开会，亲自解释这件事。你在宣读申请书以后，应该做个检讨，挽回影响。"

韩梅连想也没想，冲口便说："我没错。我不检讨！"

李海山看了她一眼，说道："这就正是你的错。我刚才对你讲了，你应当建立一种信念：支部书记说你错了，你就真正的错了。"

韩梅却更加执拗地说："我没错，我不检讨！"

李海山鼻子里嗤了一声，责备的口气里，多少带着一点好笑和怜爱："小女儿，那么你还想入党不想入党呢？"

韩梅十分坚决地说："想入。我就是不检讨。我没错。"

李海山站下来，看着韩梅的眼睛说："你父亲就是教你这样的吗？"

韩梅天真地点点头说："嗯！就是教我这样的。"

李海山被这种轻蔑的神气激恼了。冷着脸说："好吧，你自己向梁局长交代去！"

韩梅愣了一下，迅速地走向衣架，拿起头巾朝头上一包，这么一缢，又那么一镒，披上外套就走。李院长喊她，她头也不回。走出院墙，经过集体宿舍，小陈喊她："姐姐，快来呀，我买了糖啦。头一块等你吃哩！"刘珍也叫她："来看看我的信吧，保证句句是你心里的话。"韩梅一句话也不回，径直走出大门。看着她的两条短辫子。像鼓槌一样在后背上摇动。秦宜贞说："她出了什么事啦?"

半个钟头以后，韩梅第二次出现在院长室。只见李海山脱了大衣，解了皮带，帽子推在后脑勺上。满脸怒容，对秘书说话。韩梅解下头巾，脱下外套，又坐在他对面的位子上。

秘书一走，韩梅就说："我向梁局长谈啦。他说不是我的错。是你们的错，也有他的错。"

李海山瞪着眼睛，嘴唇直动，显然是在和自己的情绪作着斗争。终于和缓了脸色，说道："我算把你看错啦，对你的培养，也算白费啦。你对不起我，也对不起你的父亲。"

韩梅的长睫毛又闪动一下，站了起来，把两手朝后一背，直看着院长说："我对得起他。你对不起他。"

李海山像被戳了一针似的，全身一震，猛力把桌子一锤，大叫道："你胡闹！……"门响了一下，他把后面的话咽住了。看见进来的是秦宜贞，他便把帽子扶正，怒冲冲地走了。

秦宜贞是护士共称的"老大姐"。这不是因为她的年龄大，也不是因为她的技术高，而是因为她生活经历丰富，对人处事平和。她看见韩梅斗鸡似的站着，便按她坐下，对她说："小鬼！你太不懂事了。你有话，为什么不对我说，要去找梁局长呢?"

韩梅困惑地说："怎么呢？这又是我的错吗?"

秦宜贞拍了她一下，笑着说："错倒不错，可把局长惹气了。他打电话来，把李院长训了一顿呢!"

韩梅大吃一惊，万分不解地说："这是为什么呢？我向他提意见，他就气吗？他不也在党的队列里吗?"

秦宜贞意味深长地"嗨"了一声说："小鬼啊，你刚出学校不久，把一切都想得那么简单。你应当懂得了，党员并不是都像党章规定的那个样子。和人的身体一样，里面有细胞，也有病菌。……"她没有说完，韩梅好端端地抽搐了一下，眼睛扑簌簌地流了出来。秦宜贞连忙摸着她的头发说："你不用害怕。你的工作做得好，群众也都说你好。李院长不会计较你，梁局长也不会计较你。你只要承认错误，一切都会很顺利的。"

韩梅含着泪说："姐姐，你说我真的有错吗?"秦宜贞说："我不是说你有错误，我是说你应当承认错误。要照顾影响，要顾全大局。"韩梅有几分欣喜地说："没有错，我就不承认。"

秦宜贞还是平和地说："我喜欢你的倔强，可是也要看个时间。就算你完全正确吧，支委会也要重新研究，今天就讨论不成了。通知也出了，糖果也吃了，连给你同学的信都写了，这要有了变化，成个什么样呢?"

韩梅心情混乱，低头不语。秦宜贞又说："我问你，你爱党吗? 你希望得到党的信任吗? 你愿意受到党内教育吗? 你喜欢同志们尊敬你吗?"她问一句，韩梅点一次头，"嗨"一声。她就说："那么，你就要承认错误。有意见，我们以后再提，不是一样吗?"韩梅摇摇头。

秦宜贞虽然有点生气，却从心底喜爱这个小鬼。给人安慰，是她最大的快乐。况且这回是奉着院长指示的。她停了半晌，又说："你也知道，李院长和你父亲的关系。他真心关怀你。凭良心说，李院长是个好首长，要是他不调来，桂院长不调走，不用说你，就是我，也怕还关在党的门外哩!"

一提起桂院长，韩梅的长睫毛忽然闪动一下。桂院长一向对她非常严厉，但是她敬爱他。他在一年前调走了，现在是市委组织部长。为什么没有想到找他呢? 韩梅迅速地走向衣架，拿起头巾朝头上一包，这么一缢，披上外套就走。把个老大姐秦宜贞弄得十分难堪。她摇摇头，叹了一口气，走到通知牌前，加上了两个"不"字。就改成了"贞不讨论韩梅同志的入党问题，不欢迎党外同志自由参加"了。

七点钟敲过了。秦宜贞和刘珍都去开会了。韩梅拿着笔记簿，凝视着父亲的相片。父亲还是那么容光焕发，栩栩如生。韩梅感觉到她的目光和父亲的目光融化为一体，父亲的血液，在她的体内流动。小陈还捧着一包糖果，眼泪汪汪地在身边陪着她。

韩梅翻开两页，接着上次的字行写道："爸爸，你不要难受……"忽听到刘珍在外面喊道："韩梅，桂部长找你!"她喊的春雷一样响亮，和秘书的声音完全不同。

（选自《江淮文学》1957年6月号）

何世华

陈大毛偷了一枝笔（节选）

要从人性的缺陷中追溯社会弊病的根源。

——戈尔丁谈《蝇王》的主题

五

客观地讲，卫新兵从来也没有想到，他会把陈大毛偷了一枝笔的事告诉陈大毛的爸爸。他认为，把儿子做的一件丑事跟他的爸爸讲，不会得到任何好处，也许只会得到一顿臭骂。卫新的想法是对的，他得到的，其实比一顿臭骂还要严重些。

那个时候，人们还没有从饥饿的恶梦中醒过来。人们吃东西根本不敢放开肚皮吃，即使米缸里还有米，你还得考虑明天，考虑后天，考虑下一个季节。这样一考虑，你自然就不敢放开肚皮吃了，你得尽量把硬的变成稀的，把精的变成粗的。实际上，人们是被饿怕了，始终处在对饥饿的担心和恐惧之中。至于肉类食品，那是过年才会端上餐桌的东西。但是，对于陈屋生产队的社员来说，在每年的深秋季节，都有一次稀罕的打牙祭的机会。原因是，在这个季节，陈屋生产队的当家塘就会慢慢枯竭。塘里面，除了水，就是鲜美的鱼。

这天正好是星期天。中午吃饭的时候，陈宝贵特别叮嘱陈大毛，吃多点，吃饱了。陈大毛知道他爸爸陈宝贵的意思，又多吃了一碗。丢掉饭碗之后，陈大毛就来到了塘边。他发现，塘埂上已经坐满了人，他还发现了卫新兵和孙晶晶也坐在人群中间，他们是一个生产队的。他们也发现了他。他们只是互相望了一眼，又把注意力集中到水面上。他们看着塘里面仅有的一点水正在被抽干，一些鱼露出了青色的脊背。

在生产队的社员们把塘里的鱼捉起来之后，所有的人都可以下塘去摸鱼了。要知道，埋藏在淤泥中的，肯定会有一些货色。

陈大毛把一个塑料袋套在脖子上，这使他摸起鱼来很方便。他最先摸到的是一条泥鳅，陈大毛把这条泥鳅捉住了，放进挂在胸前的塑料袋里。接着陈大毛又摸到了一条两寸长的鲫鱼，陈大毛又把它放进塑料袋里。这两个小东西在陈大毛的塑料袋里欢快地蹦着，催促着陈大毛更加卖力地在稀泥里摸索。这中间有一段时间，陈大毛什么也没有摸到。而与此同时，泥塘里发出此起彼伏的兴奋的叫声，有人摸到了一条半斤重的鲶鱼，又有人甚至摸到了一只鳖。这些兴奋的叫声持续不断地出现在陈大毛的周围。随后，陈大毛又摸到了一条小鱼，这条鱼小得可怜，陈大毛连这种鱼的名字都叫不上来，他打算把这条鱼扔掉。陈大毛思考了一下，还是没有舍得把这条鱼扔掉，他不好意思地看看周围，飞快地把这条小鱼扔进塑料袋里。与此同时，陈大毛发现他的脚板底下有一个东西在动。

这绝对是一个大东西，它的身体比陈大毛的脚还要长，陈大毛用一只脚紧紧按住那个东西，他感觉到那个东西比自己一只脚的力量还要大，它还在跟陈大毛较劲，暗暗地向前滑动。它滑了好长时间，滑得只剩下一条尾巴了，马上要滑出陈大毛的脚板底了。陈大毛立即弯下腰，双手捏着那条鱼的尾巴。那条尾巴在泥巴里奋力地摆动着，陈大毛的双手只有跟着那条尾巴走。接着，陈大毛的头与另一个人的头撞到了一起。

双方都没有立即认出对方。两个人的脸上都糊满了泥巴。在仔细辨认之后，两个人都认出了对方，一个是陈大毛，一个是卫新兵。

卫新兵感觉到一个东西撞上了他的腿，他立即把精力投入到这个东西上面，这绝对是一个大东西，它撞过来的力量，就像你挨了一拳头。在卫新兵用力去抓它的时候，这个东西飞快地逃出了卫新兵的掌心。这个东西碰到了障碍，又立即回头向陈大毛冲过来。这一回，陈大毛抓住了它的嘴巴。

当陈大毛把这个东西从泥巴里提出来的时候，大家都发出了一声惊叫，这是一条黑鱼，估计有两斤重的样子。

但是，卫新兵不干了，卫新兵扑过来要抢陈大毛手中的黑鱼。陈大毛奋力躲避着，让卫新兵总也碰不到这条鱼。这时候，大家都看到，卫新兵要抢陈大毛手上的鱼。卫新兵一边抢一边说，是我先抓到这条鱼的，它只是从我手上滑出去了。陈大毛说，我都跟踪它半天了，我从塘那边跟踪到塘这边。

接着，站在泥塘里的人都停止了抓鱼，他们看到陈大毛和卫新兵打起来了。只要卫新兵扑上来，陈大毛就用一只手把他推开，有几次，卫新兵都被陈大毛推得坐进了泥里。在围观的人群里，也有卫新兵的爸爸和陈大毛的爸爸。这个时候，陈大毛的爸爸从人群中站了出来，他并没有说话，只是很严肃地把自己突出出来。他那种严肃的表情，与他的治保员的身份很相配。

陈大毛的爸爸是生产队的治保员，而卫新兵的爸爸是一个“四类分子”，在“地”“富”“反”“坏”这四类中属于“坏”的那一类。请想想看吧，舆论会向哪一边倾倒。

大家只看到陈大毛抓到了那条鱼，大家也看到卫新兵要从陈大毛手上抢那条鱼。于是就有人对卫新兵说，卫新兵你从泥里抓啊，你不应该从人家陈大毛的手里抓的。卫新兵就对那个说话的人反击说，是我先抓到的，它只是从我手上滑出去了。有几个人开始笑起来了，其中一个人开导卫新兵说，你抓住了，才算你抓到。

这时候，卫新兵的爸爸也站了出来，他径直走到卫新兵的面前，对着卫新兵的脸上甩了一巴掌。他对卫新兵说，谁叫你抓不住呢?

这件事就这样结束了，但卫新兵的心里显然不服气。但他又能有什么办法呢?当塘泥里的东西被彻底清剿一番之后，接下来，生产队里开始分鱼了。看到儿子手气这么好，陈宝贵决定让陈大毛抓阄。先前从塘里捉出来的那些鱼，已经被一堆一堆地放好。按照以前的做法，分鱼的顺序从东向西。先做好阄，每户人家抓一张阄，再从东向西数，你抓的几号阄，那第几堆就归你家了。大家都看中了6号。因为，一堆一堆的鱼是搭配开的，大致差不多。大鱼配小鱼，中等鱼配中等鱼，基本平均。但6号这一堆，是一条特大的鱼，尽管只有一条，但它的重量也大大超过了其他的每一堆。但你又不能把这条鱼剖开，从来都没有这样做过。所以，这就要碰运气了。这样，大家都把眼睛盯着6号这一堆，希望自己能抓到6号这张阄。

所有的阄都被放进一个筛子里。每一张阄都缩成一团，等待着一双手把它打开。陈大毛的爸爸陈宝贵把陈大毛拉到筛子前，让陈大毛去选择其中的一个。一些性急的手，已经伸到了筛子里面。接着，就有很多的手伸进筛子里面。陈大毛还在等待。陈大毛看到，他的爸爸陈宝贵在用眼色催促他。陈大毛做出很慎重的表情，决定再等一等。这时候，筛子里只剩下最后的几张阄了，陈大毛认为那最好的阄就在这几个里面。就在陈大毛将手伸向筛子的时候，卫新兵突然大叫了起来，他对着人群大喊，6号，我抓到了6号。听到卫新兵这样叫喊，陈大毛的爸爸陈宝贵愤恨地看了一眼陈大毛。

陈大毛的眼睛里有一股后悔和羞涩。他觉得他辜负了陈宝贵的重托。这时候，筛子里的任何一张阄都显得没有什么意义了，陈大毛随便抓起了一个，展开。

奇怪的事情发生了，陈大毛抓到的也是6号。陈大毛没有像卫新兵那样的大叫，他只是把阄交给了陈宝贵。

事情是明摆着的，一个是6号，一个是9号。陈宝贵看看9号的那堆鱼，共有3条，一条中等的，一条中等偏下的，还有一条很小的。陈宝贵又看看6号的那条鱼，他觉得那条鱼就是一条鱼中之王，至少是这口塘里面的鱼王。陈宝贵看着自己手中摊开的阄，越看越觉得自己手中的这张阄才应该是6号。

这时候，一些人已经开始把自己的那堆鱼往篮子里装了。陈大毛看到卫新兵和他的爸爸卫老三还在围着6号那条鱼转圈，他们把鱼摆在那里让别人欣赏，让自己欣赏，他们还舍不得这么快地把鱼装进篮子里。然后，陈大毛看到他的爸爸陈宝贵向生产队长走过去。

队长看了一眼治保员陈宝贵递过来的纸，又看了一眼，然后，队长就笑了。他接过了陈宝贵的纸，突然大声地喊，会计呢，会计呢？

随后，大家听到队长大声地训斥会计。队长说，我早就跟你说了，做阄要用大写的数字，你又用小写的。队长一边训斥会计，一边把手上的纸片展览给社员们看。有人建议说，把另外那个拿来比比，毛主席说的，有比较才能有鉴别嘛。于是，卫新兵刚才抓到的那张阄被拿来做比较了。

有人发现，卫新兵爸爸的脸色开始变得跟那条大鱼差不多了，变成了塘里的泥巴色。

把两张阄放在一起比，怎么比都差不多。顺过来比，都是6。倒过来比，都是9。有人开始建议，让会计比，字是他写的嘛。于是，在社员们普遍地比较过一遍，也没有比出个结果来的时候，队长要求会计做认定。

会计是一个戴着眼镜的瘦弱的青年。人们看到，在这个深秋的日落时分，会计的头上已经冒出了汗。会计看看队长，看看陈宝贵，又看看周围的人，他发现，所有的人都在注视着他，等着他做最富有权威的结论。会计决定把自己的心境稳一稳，开始认真地研究这两张阄。在大家等待了一段时间之后，会计举起了其中的一张阄，十分肯定地说，这张是6号，6号腿是弯的，而9号腿是直的。

会计举起的那一张，正是陈大毛抓的那一张，这张阄还是干净雪白的，而卫新兵的那一张，已经被揉得很脏了。

卫新兵的爸爸拉着卫新兵的手，眼泪都快要流出来了，他拉着卫新兵往人群外面走，他边走边对卫新兵说，我们不要了，我们不要我们的鱼了。但是，卫新兵还在他爸爸的手里挣扎，他对着陈大毛叫道，陈大毛，你是个小偷，你在学校偷人家的笔，你在这里偷我的鱼。

卫新兵叫的声音很大，大家都听到了。卫新兵的爸爸急忙用他的大手来堵那张正在大叫的嘴，但他没有堵住。他高高地举起他的手，做出要打卫新兵的样子，但他还是没有舍得打下去。他转过身来对陈宝贵说，小孩子不懂事，瞎说。

陈宝贵又一次从人群里突出出来，摆出他那张治保员的脸说，卫老三，你把手举得那么高，你做样子给谁看呢？

听到陈宝贵这样说，这个被陈宝贵称作卫老三的人只把他的大手掴到卫新兵的脸上。他先是很小心地打了一巴掌，接着他似乎突然之间生了很大的气，他用他的大手在卫新兵的脸上使劲地掴了一气。大家都看到，卫新兵鼻子里的血立即冲了出来，把他脸上的泥巴都化开了。

队长看到卫老三这样打他的儿子卫新兵，脸色就有点不好看了。队长对卫老三说，你不要打了。这时候，会计也走到前面，拉住了卫老三的手。但是卫老三还是不想停，他把他的一只手拼命地想从会计的两只手里拔出来。看到卫老三这个样子，陈宝贵对卫老三大声说，卫老三你这是干什么呢，你这是打给谁看呢，打给谁看呢，啊？卫老三挣扎着说，我打我自己的儿子不行啊，我连打我自己的儿子都不行了？陈宝贵发狠地说，要打你回去打，你关起门来打。

看到卫老三还要打自己的儿子，卫新兵的妈妈受不了了。她跑过来一把揪住卫老三的棉袄大襟，对着卫老三哭喊着，祖宗哎，你要打就打我吧。卫老三这才松了手。看到卫老三松了手，卫老三的老婆缓过劲来了，她对着陈宝贵说，谁吃了我的鱼，吃了就烂肠子。卫老三立即堵住了她的嘴，卫老三又把他的手举得高高的，对他的老婆说，你是不是也想挨打啊？

陈宝贵已经懒得理他们了，陈宝贵正在埋头装那条鱼。陈宝贵发现，这条鱼的确是太大了，你根本无法把这条鱼放进篮子里，陈宝贵只好让这条鱼的头和尾都搭在篮筐外面。与此同时，其他人也都把自己抓阄抓到的那堆鱼往篮子里装着。只有9号那堆鱼，孤苦地放在一边，没有人问。为了想看到这堆鱼最后的归宿，社员都没有回家，他们把装鱼的篮子提在手里，他们一点也不急，他们想看看关于这堆鱼最后的结果。

在众人的注目之下，那堆鱼变成了一堆狗屎。最后，队长开始向9号那堆鱼走过去。队长把3条鱼捧在他的大手里，对着卫老三说，卫老三，你到底是要，还是不要啊？听到队长这样发问，正在把卫新兵往家里拉扯的卫老三的老婆立即停止了脚步，她在那边也像卫老三一样，盯着队长手里的鱼。此时，卫老三也像他的老婆一样，盯着队长手里的鱼。他不说要，也不说不要。他就这么盯着，其实他只盯了一小会儿，但队长的动作很快，队长立即缩回了他捧鱼的手，对所有的人说，这可是他卫老三自己不要的。

队长说完了这句话，就把那条中等偏下的鱼扔给了生产队的会计，把那条小的扔给妇女主任，而那条大的，他把它放进了自己的篮子里。队长分完了鱼之后，对社员们说，只有这样了，大家没什么意见吧？妇女主任说，我有意见，我的为什么这么小？队长嘻嘻一笑，指着自己的裤裆对妇女主任说，我的这个大，你要不要呢？大家听到队长这么说，也跟着笑了，连妇女主任也笑了。

在大家的笑声中，卫新兵的妈妈突然尖锐地哭了起来，她一边哭，一边捶打着卫老三。在陈大毛听来，她的哭像唱歌一样好听，她哭着说，我的妈妈呀，我的妈妈呀。陈大毛想不通，她这么大年纪的人，为什么还要喊妈妈呢？

卫新兵被他爸爸的耳光打狠了，一直站在一边不吱声，这时候他突然对陈大毛叫了起来，陈大毛，你是个小偷，你在学校偷人家的笔，你在这里偷我的鱼。听到卫新兵又一次这样叫，大家立即停止了笑声，连卫新兵的妈妈也停止了她唱歌一样的哭声。但是，这一回，卫老三没有高高地举起他的手。相反，他用眼睛盯着陈宝贵。社员们也一致把眼睛盯着陈宝贵，他们想看看陈宝贵有什么反应。

陈宝贵把篮子换到另一只手上，这条鱼实在太重，把他的指头都勒痛了。他觉得他今天比队长还合算，队长就算是多了一条鱼，合计到一起也不可能有自己的这条鱼重。他看到所有的人都看着他，轻描淡写地说，我就是管小偷管坏人的，我的儿子怎么会是小偷？

卫新兵说，你不相信你的儿子偷了人家的笔？你可以问问孙晶晶。

当人们寻找孙晶晶的时候，发现孙晶晶已经不在了。

本来，陈大毛是一点也不怕卫新兵的，就像李彩霞说的，你没有理由怕他。但自从陈大毛偷了一枝笔，陈大毛就获得了怕他的理由。当卫新兵把这件丑事报告给班主任老师孔秀丽之后，陈大毛已经做了检讨，陈大毛也赔了别人的笔，按道理说，陈大毛又可以不在乎卫新兵了。但情况也随之发生了变化，在卫新兵的身后，是一群人。所以，当陈大毛抓到那个像6又像9的阄之后，陈大毛没有像卫新兵那样叫出口，他只是很聪明地把这个阄交给了他的爸爸陈宝贵。他知道，他的爸爸陈宝贵有能力处理好这件事。

但是，当卫新兵准备拉出孙晶晶求证的时候，陈大毛立即就慌了，幸好，陈大毛和大家一样，发现孙晶晶已经离开了这个地方。

（《陈大毛偷了一枝笔》发于《收获》五十周年纪念刊2007年第4期头条）

洪　放

守身如玉

沙河小镇就是一册三千年的羊皮经卷。镇上的每一个人，都在经卷中明明白白地占着一个字，许多年来，生老病死，悲欢离合，像流水一样漫过经卷。犹如风沙的湮埋，谁也看不见它的痕迹。日子，只是在平平淡淡中过去，一天天，一年年，只在镇外的黄土岗上不断地增加着一座座坟茔，小镇永远地笼罩在羊皮经卷昏暗又神秘的光芒之中。

冷晓芸的到来，使这古镇又一次从羊皮经卷的光芒中微微复苏，使这经卷中一粒粒尘封已久的文字，再一次获得了新鲜与生动。

冷晓芸是太阳落山的时候到的。

八人抬的大花轿，在唢呐声里，喜气洋洋地进入小镇。矮子阿七坐在白色的大公马上，胸前别扭却神气地戴着一朵硕大的红绢花。阿七在马上，向身边的人们一一抱拳，阿七说："爷们，哥们，轿里坐着的就是我阿七的女人。"

"阿七的女人"。阿七重复着这句话。

轿帘一动不动。沙河小镇的大大小小的人们，一齐用眼光盯着轿帘。没有风，哪怕有一丝风也好。有一丝风或许就能掀开轿帘，或许就能让冷晓芸无与伦比的美艳，照耀到沉寂已久的羊皮经卷和暗淡已久的干燥巴巴的眼睛上。

可是没有。

花轿通过了大街，冷晓芸除了听见阿七的沙哑的声音外，别的什么声音也听不见，就连唢呐的声音，也异样地遥远。

冷晓芸想：从凉村到沙河镇该有五十里地吧。而且一路上都是山路。十三岁时，她曾随早已故去的祖父到沙河小镇来卖烟叶，那以后再没来过。沙河镇迎接这女人的，除了渐渐浓下来的暮色外，冷晓芸自己也不知道还会有什么。

阿七的宅院在后巷里。

二十八支红烛的光亮里，冷晓芸同阿七拜天、拜地、拜祖宗，然后互拜。隔着红盖头，她只依稀觉出阿七好像比她还要矮些。阿七的小而瘦的影子，被戏烛映到后墙上，在冷晓芸的影子上，渐渐地就消失了。

半夜三更，冷晓芸从睡梦中醒来。月光如水，阿七鼾声如雷。窗外突然飘来幽幽的箫声了。

冷晓芸就这样醒着、听着，一直到天亮。

十八年来，沙河镇人第一次看见这么一块白布上鲜艳的血红。仿佛镇外黄土岗上年年野生的桃花，灼灼地直刺眼。阿七就站在白布之下。白布被挑在竹竿上，高高地从门楣上伸出。镇上的人们，陆陆续续地来看了，又陆陆续续地低头离去。尤其是那些女人，羞惭而痛苦地流下了泪。

矮子阿七这一下觉得自己高大了，甚至高大过镇上的任何一个男人。他站在白布之下，阳光将白布上的血红折射到阿七的脸上，阿七神气地扬了扬手，指着白布说：

“瞧，这就是我阿七的女人。”

冷晓芸也就在这白布灼人的光芒中，缓缓地走出了阿七的宅子。她停在大门前面，阳光正好侧面照着她。她的向上盘着的漆黑的少妇的发髻，温顺而恬雅地泊在她昂着的头上。她的深邃无比的大眼睛，贞静地望着头顶朝霞飞动的天空，和竹竿上光芒灼灼的白布。

冷晓芸这时明白了十八年来苦苦守着的，就是这一份贞洁与自豪。她回过头，进了门，然后消失在阿七的宅院里。

驼背阿五在冷晓芸转身之后，就上前问阿七：“你的女人真美呢。”

阿七红着脸说：“那是阿七的女人。”

“好一个守得住的女子”，驼背阿五将水烟袋在膝盖上磕了下，又说：“兄弟，这样美的女人不好守啊。”

矮子阿七奇怪地望着驼背阿五。他看见人群中许多人的眼睛都盯着他宅子的门。他拉了阿五的手，说：“走，喝酒去。”

一碟青豆，一碟豆腐，阿七一杯接一杯地劝着驼背阿五的酒。这一天，整个沙河镇的人都知道，矮子阿七娶回了沙河镇十八年来最美最守贞的女人。而阿七与阿五的酒席，一直到黄昏时才散。人们看见，阿七和阿五前后搀扶着，酒气盎然地摇晃在沙河老街上。

屠户张二在收摊子时看见了他们俩，就割了一块肉递给阿七，笑话说让冷晓芸补补。阿七虽然啐了口唾沫，还是将肉放在兜里。张二又说："驼背，人家阿七有了这么美的女人偎脚，你呢?"

驼背阿五只嘻嘻地笑，忽然又不笑了，回头对阿七说："我要送你一件宝。"说着从怀里拿出一个小瓶。阿七上前看，瓶里装着一只有点发红的小丸子，就问："这是啥?"

"守宫砂"，阿五说："贴在女人的额上，就长进了肉里。女人要是有了与自己男人以外的男人，外气一冲，它就会消失的。"

这天三更，矮子阿七从床上坐起来，透过月光，他看见冷晓芸光洁如缎的额头。他忍不住伸手在那额头上摩挲着。很久很久，直到月光从窗棂上渐渐地隐去，他才从怀里拿出一只小瓶，将瓶中的一颗豆粒大的守宫砂贴到了冷晓芸的额头上。

睡梦中的冷晓芸觉得额头有一丝丝的疼，她感到有什么正牢牢地长到了她的皮肤里。

春天的时候，沙河镇上阴雨连绵，潮湿而细小的雨点，打在老宅的小瓦上，叮叮咚咚地发出清脆的声响。冷晓芸一个人坐在堂屋的门槛上，雨花在她的眼前，不断地开放，又旋即消失。深巷那头的大街，阒寂得没有人声。冷晓芸就这样坐着，同沙河镇的其他女人一样，好纳鞋底，眼望雨花，一寸寸地打发着整个绵长的雨季。

一整个上午，她总听见幽幽的箫声。好像就在老宅的屋后，又像来自下着雨的天空。她听不出箫声吹些什么，只感到箫声由远而近，像一层薄薄的纱，轻轻地笼罩了她。

冷晓芸这就想起了凉村。

五十里外的凉村，被大山严严实实地环抱着。村前的大场子上，不知哪一年栽下的美人蕉，每到春天，吐放着血红的花朵。古老的牌坊群，从村后一直延伸到更深的山里。冷晓芸十五岁的时候，曾问父亲：母亲为什么没有一座牌坊。结果父亲狠狠地揍了她，然后父亲哭了。就在那一天，冷晓芸感到了一座座牌坊的高大与圣洁、沉重与高傲。

现在，冷晓芸已经远离牌坊群，远离凉村，坐在沙河镇矮子阿七的宅子里。那块灼红的白布，被阿七高高地悬挂在房梁上，半年多来，那红色不仅没褪，反而愈加鲜艳，就像她额头上豆粒大小的守宫砂一样。

紫红的守宫砂不偏不倚地点在冷晓芸的额头的正中，在额头的光洁里，显出几分矜持与妩媚。她用手轻轻地摸上去，守宫砂已经深深地进入到肉里，同额头一样平滑。她想起每次矮子阿七凝视她的守宫砂时，所露出的欣喜，她就有些好笑。她不明白：一颗小小的守宫砂，到底能代表什么？又能守住什么？

雨季之前，矮子阿七随同驼队到关外贩烟去了。冷晓芸一开始还觉不出什么，时间长了，她慢慢地感到了有些寂寞。低矮的老宅里，到处是阿七的气息，一闭眼，也到处是阿七的影子。就在这影子和气息中，冷晓芸打发着时光，打发着沙河镇这个百无聊赖的雨季。

冷晓芸光洁的额头与紫红的守宫砂，在沙河镇的雨季里，同她的美一样散发着令人难以抗拒又根本不可能接近地魅力。沙河镇的男人们在喝酒之余，会以此来打赌。结果没有人能赢。冷晓芸让沙河镇的男人们读到了羊皮经卷里守贞两个字真正的含义。

只有幽幽的箫声，全然不顾这些。在午后的沉寂里，在夜半的衾凉中，从四面八方传来。冷晓芸往往就在这箫声中，想些连她自己也脸红的事情。有时她也自责，并且就在自责之中，沉沉地睡去了。

五月端阳的前一天，矮子阿七回来了。抚着冷晓芸额上紫红的守宫砂，阿七将贩烟所赚的一大把银元都交到了冷晓芸的手里。

当第一场雪在夜里悄无声息地落到沙河镇上时，矮子阿七的宅子里，传来了嘹亮的婴儿的哭声。矮子阿七在哭声里，跪倒在祖宗的灵位前，泪水顺着阿七的腮流下来，沉重地打落到黄土的地上。

沙河镇的人们再见到冷晓芸时，她怀抱婴儿，静谧温柔地站在街角，或者宅子的大门边，在深邃之中又多了一层温温和和的光辉。当她解衣喂孩子时，阳光照在她白洁的乳房上，闪着一晕晕不可猥亵的光。

冷晓芸的美艳倾倒了沙河镇，冷晓芸的贞静征服了沙河镇。

矮子阿七在镇上已经渐渐地成为主事的人物了。除了屠户张二外，没有人不听他的话。他虽然嗓子沙哑，但他说话有分量。他已经成功地掌握了镇上的驼队。黄昏时，他抽着水烟袋，体面地穿过沙河镇时，人们总要向他招呼道："阿七，回呢？"

"回呢，我女人还在等呢"，阿七说完话慢慢地睃人一眼，那眼光里分明有几分让人无法说出的意味。

在第二个雨季要到的前三天，沙河镇出了件大事。一向瞧不起矮子阿七的张屠户，没有能看住自己的老婆。女人随外省的一个小皮匠走了。

矮子阿七自然成了处理这件事情的最合适最无可挑剔的人选。他在酒后，狠狠地骂了屠户张二一顿，又派人乘马连夜四处追小皮匠。三天后，小皮匠和张二的女人全给押回来了。阿七沉默无语，坐在张二的堂前，闷闷地吸着长长的水烟袋。驼背阿五站在他身边，驼背阿五问："阿七，说个办法吧？"

张二望着阿七，又望望跪着的女人。一堂人的目光，都聚在阿七的脸上。

阿七依然不动。

小皮匠操着外地口音说："要罚就罚我吧，是我的错。"

阿七仍然不动。

张二的女人"哇"的一声哭了，突然又站起来，将头猛地撞向祖宗牌下的条几。张二马上站了起来，阿七这时说话了。阿七说："坐下，让她撞吧。"

张二的女人又向条几撞去，鲜血通红地映在有些发暗的条几上。一直到撞了七下，矮子阿七才站起来，将水烟袋狠狠地叩了叩桌子，沙哑道："今儿个事情就这样了了，小皮匠，离开沙河镇吧。"

冷晓芸没有到张二家去看。阿七回来时，她正在给孩子喂奶。阿七简单地将事情说了一遍。末了，阿七说："我要让那不贞的女人，压得张二抬不起头来。"

沙河镇遭遇了百年不逢的大旱。起先人们并没有在意，但后来，镇上三口大井渐渐落底时，人们惊慌了。街上尘土飞扬，男人、女人的脸色，因为缺乏水的滋润，不断地龟裂开来。

镇中心唯一的一棵天竺树，也被干旱烤焦枯死了。黄黄的日头，毒毒地照射着沙河镇。人们四处寻水，从几十里上百里外弄回一点水，藏在瓦罐里。

冷晓芸是个例外。干旱似乎从她身边擦肩而过，她的脸依旧红润润、湿淋淋，紫红的守宫砂，鲜亮地嵌在额头上。她坐在摇篮边，一边唱着儿时学会的曲子，一边倾听着宅后幽幽的箫声。

这箫声给了她从未有过的清凉。在箫声中，她感到自己又回到了凉村，回到了青山和绿水之中的凉村……

矮子阿七在镇上组织驼队，到六十里外的木杈河驮水。每天早晨，当星星还挂在天幕上时，阿七就起来；他一边望着冷晓芸额头上的守宫砂，一边迅速地穿上衣服。然后他衔着水烟袋出门，驼背阿五已经领着驼队在等他了。他接过阿五手里的响铃，就和其他人一道，领着驼队出发了。

驼背阿五并不随驼队出发。他被留在镇上，挨家挨户送驼队头天驼回的水。不过冷晓芸家的水并不需要他送。矮子阿七已经在头天晚上用瓦罐盛回来了，洁净的清水就放在堂屋的条几上。冷晓芸热时就望上一眼；更热时，她就用手沾上几滴，轻轻地润开到脸上。她的脸立即又红润润、湿淋淋了。

这时，她总会听见箫声。这幽幽的箫声一滴滴的钻到她的心里。她回首一望与阿七的日子，就仿佛旱季的土地，少了水的滋润。她不止一次地想走进箫声中去，但额上鲜红的守宫砂制止了她。直到有一天，阿七回来笑着告诉她：他们的驼队遇见了一班卖唱的戏子，他把班里最漂亮的那个女子给做了。这一刻，冷晓芸在静静地流泪之后，突然产生了要走进那如水的箫声中去的渴望，虽然极轻，却也极疼。

终于，在旱季即将结束的头七天，午后的阳光中，冷晓芸从摇篮边站了起来。她用手拢了拢头发，又从瓦罐里沾了几滴水涂到了脸上。

冷晓芸就在这一刻出了门。沙河镇上一片死寂。除了阳光"呲呲"的响声外，她没有看见一个人影。她转过街角，出了街口，走上了黄土岗。

箫声清凉地笼罩着她。

冷晓芸觉得自己二十多年来平静自守的心突然颤抖了。在箫声中，她流泪了。

而此时，六十里外的木杈河边，矮子阿七正领着驼队艰难地踏上归途。

……很多年后，一个苍茫的黄昏，太阳落山的一刻，冷晓芸在沙河镇闭上了那深邃的大眼睛。

紫红地守宫砂依然闪耀在冷晓芸依旧光洁的额头上。她的葬礼，成了沙河镇一百年来最隆重的一次葬礼。

长长地送葬队伍，一直走满沙河镇的街道，又蜿蜒向镇外的黄土岗。矮子阿七走在队伍的最前面。他的眼里没有泪，只有一日一日、一年一年积聚起来的自豪与骄傲。作为一个男人，沙河镇的男人，冷晓芸一生贞静处守的好名声，让他获得了无上的满足。

冷晓芸就葬在矮子阿七母亲的坟边。人们列队向这位沙河镇上几十年来绝无仅有的贞静女人告别。看着她的红木棺材被黄土一点点覆盖时，矮子阿七似乎感到沙河镇一个守身如玉的时代结束了。

葬礼之后，矮子阿七又一个人坐在坟头上，他好像又想起了当年冷晓芸初到沙河镇时的情景。他用手抚着新堆上的湿软的黄土，喃喃地说："这是我的女人，这是我阿七的女人。"

驼背阿五这时摸上来了。

两个人就席地坐下，就着阿五带来的酒菜喝了起来。酒醉之中，阿五突然说："那是我的女人。"

矮子阿七的酒突然醒了。他瞪着眼睛问："你说什么？那是我阿七的女人。"

"不，是我的女人。"

阿七站了起来，定定地望着驼背阿五，接着大笑起来。

阿五说："你别笑，就在那年大旱后，她就成了我的女人。"

驼背阿五也歪歪列列地站起来，凑到阿七的身边。驼背阿五打了个很重的酒嗝，然后问："那守宫砂是谁给你的，记得么？"

"记得"，矮子阿七答道。

这回阿五笑了。阿五笑后说："我能给你守宫砂，我就有法化解它，就能再给这个女人。几十年来，我每天给她一颗。每天给她一颗，你知道么？"

矮子阿七彻底地呆了。矮子阿七向驼背阿五扑了过去，用手使劲地掐住阿五的脖子。阿五说："这是我的女人"，说着说着便瘫了下去。

残阳如血。

矮子阿七静静地坐在冷晓芸的坟上，一瞬间矮了下去，一直矮进了黄土里。

2004年5月改定于桐城

（选自《清明》）

秘书长（节选）

9

刚上班，任怀航就让马洪涛来找程一路。一般情况下，任怀航是很少主动找秘书长的。一是因为秘书长每天早晨必定要去向他报到；二是他是书记，到了上面，领导越大，主动找人越少。他只在等着你去，而不会主动请你来。程一路本来是每天很早就到的，今天因为张晓玉早晨要走，昨天晚上回来后说了不少话，也做了一些必做地功课，所以人有些困。张晓玉早晨七点上飞机后，他又回家睡了个回头觉。这一觉就睡到了八点，叶开的车子在楼下等着却不好叫他，到办公室时八点一刻了。才进门，马洪涛就来了。

程一路茶也没泡，就到了任怀航办公室。

任怀航正在看文件，手上的红笔在文件上打着一道道杠杠。程一路喊了声任书记，任怀航抬起头来，问："小张走了？"

虽然程一路比任怀航小不了几岁，但是，任怀航一直称张晓玉小张。程一路也不清楚任怀航怎么知道张晓玉要走，就答道："早晨刚走。"

"出去也不错，澳洲好啊！只是你一个大男人，哈哈！我听说北京的吴总来了。"任怀航说着摸了摸头顶。

"是来了，和南日谈合作的事。"程一路心想现在书记的耳朵真长，什么事都知道。

"啊，听说那是个很大的投资公司，要抓住机遇啊！"任怀航又问，"听蒋和川说她要到底下去看看，这样吧，你和她是战友，你们熟悉，你就去陪她吧。行吧？"

"这……"程一路稍稍迟疑了一下，就说行。任怀航笑着说："现在就要搞感情投资，有感情才能换来投资。战友情比什么情都好啊！"

程一路心里有点不快，可是任书记说了又不能不去，就只好打电话给蒋和川。问吴兰兰上午怎么安排，是不是下去？还是有其他活动？

蒋和川在电话里说：吴总上午的活动就等着秘书长去安排，还没定。又先说了一大堆感谢的话，意思是秘书长十分关心南日，百忙中抽出时间来，真是南日的荣幸，也是他个人的荣幸。程一路说别啰嗦了，就挂了线。回到办公室，简单地安排了一下工作，直奔湖海山庄了。

路上，程一路突然有一些伤感。张晓玉这一去最短也得一年，以前孩子在家，他总是出差最多，回来有孩子的笑语，有张晓玉的温暖。后来小路去了澳洲，他每回出去回来，张晓玉总是在家等他。张晓玉是个传统型的女性，在外面不抛头露面，在家中也安安静静。程一路最喜欢她这一点。他不太喜欢一个女人在外面过分招摇。那是男人们的事。也许他的骨子里有大男子主义作怪，有时他和张晓玉一道看电视。电视上的一些当了官的女人，横看竖看都没有女人味，甚至连长相都逐渐地中性化了。

现在，张晓玉随着飞机冲上蓝天，奔澳洲去了。在南州的这个家里，程一路成了唯一的守门人。

吴兰兰正在客厅里和蒋和川说话，鲁胡生见程一路进来，就笑着说：

“秘书长昨晚急着回家，现在清亮了吧？”

程一路没有做声，鲁胡生知道说话唐突了，尴尬地笑笑。蒋和川站起来说：“秘书长特地赶过来陪吴总。”

程一路看看吴兰兰，眼圈还有些清黑，昨晚酒喝多了，大概歌也唱得很晚。坐下来说：“任怀航书记让我来陪你”，又问：“吴总不知怎么安排的？”

吴兰兰笑了笑，有些涩，说：“真的谢谢，秘书长百忙之中还来陪我。其实不必，有蒋总和鲁总陪就行了。”

蒋和川堆着笑说：“南州这地方，最重视招商引资。吴总是北京来的大公司老总，更要重视了。秘书长，是吧？”

“就是，是先下去看看，还是？”程一路望着吴兰兰。

吴兰兰开玩笑说：“我到了南州，就由你们了。你们怎么说我就怎么安排。”

鲁胡生说：“真要这样就好了，我们的项目也不用谈了。”

吴兰兰说这不行，项目归项目，其他是其他。程一路就说还是先下去吧，就到仁义去，老冯的地，都是战友好说话。

程一路马上给冯军打电话，冯军在电话里差点跳了起来，说好事，好事！我自己到县界去接。放下电话，程一路告诉吴兰兰，冯军恨不得你一个劲就飞过去了。

车子出了湖海山庄，两个小时后就到了仁义县界。冯军果真在那儿等着。见了面，冯军差一点要抱住吴兰兰。冯军在这一行人中年龄最大，他刚到部队时，吴兰兰还是十来岁的小女孩。后来，吴兰兰参军，再后来跟程一路有了一腿，冯军都是清清楚楚，明明白白。他一直拿吴兰兰像个小妹妹。所以就是抱着也不见外。鲁胡生说别抱着不放，走路要紧。车子再走半个小时，仁义县城到了。

仁义是个山区县，县城也不太大。拿冯军的话说就是一泡尿能跑通全街。到了县迎宾馆，冯军一个劲说条件差，也将就点。程一路拍拍他的肩膀，说吴总也不是来享受的，吴总可是来考察的。

稍事休息，大家坐下来，少不得说些部队时的事。冯军说起吴兰兰小时候，长两只水淋淋的大眼睛，像个假娃娃。吴兰兰笑着羞红了脸，直朝程一路看。程一路却避开了她的眼光，朝窗外的树叶看。他就看见一个人朝这边走过来，是仁义县的县长马怀民。马怀民喊了声秘书长，然后进来，同大家见了面。冯军显然有些不太高兴，马怀民说：“省里来人了，正好也在这。

你们忙，等会儿我过来敬秘书长酒。”

马怀民走后，冯军开始介绍仁义的情况，说来说去无非是矿。矿是仁义的支柱产业，仁义财政的百分之八十来源于采矿。程一路听着想起上次的上访信，就是告冯军在矿的开采权招标中有问题。冯军说起矿来，十分熟悉。吴兰兰也听得有劲，只是她不时地拿眼睛看看程一路，这让程一路总有些不自在。刚才马怀民虽然只是偶然地撞了进来，但从冯军的表情和态度看，他们之间显然也出了问题。现在，书记和县长不协调已是通病，只是有的地方轻，有的地方重而已。

中午酒自然喝了不少，冯军发动了一干人马，轮番上阵。程一路只是意思意思，他们的主要目标是吴兰兰。吴兰兰再大的酒量也奈何不了这么多人，喝着喝着脸就红了，逐渐显出了醉态。程一路赶紧让冯军别喝了。冯军说也好，晚上再来。

冯军让人安排吴兰兰先休息，陪程一路到了房间，正要走。程一路喊住了他。两个人坐下来，程一路问：“现在仁义的矿业到底怎么样？”

冯军眯着眼，“好，很好！今年头两个月，就是税已经缴了近两千万。”

程一路听着，冯军突然问：“秘书长怎么问这个？”

“我也是随便问问，有些情况我也不清楚。”程一路接着说：“采矿是个敏感的问题，老冯哪，你可要注意一些。”

“我注意？”冯军声音大了，“我注意？是不是有人又他妈的告我啦？老子不怕。越告我老冯越这样干。秘书长，你放心，我没事！”

程一路说没事就好，又说自己要休息了。冯军就另外找了房间休息。不一会儿又打电话过来，直说对不起，刚才说话太冲了，请秘书长见谅。程一路笑笑说我们是谁跟谁，说过就忘，睡觉！

下午吴兰兰要求去看几处矿山，程一路没去，他推说身体不太舒服。其实他是怕出现意外。冯军自己陪着去了，程一路就躺在床上，计算着张晓玉到哪了。张晓玉很少出门，因此这次出门让程一路很有些担心。好在南日集团还另外有一个经理要去澳洲办事，路上正好有个照应，程一路才算放了心。他想象得到儿子程小路见到妈妈时的心情，一定是蹦蹦跳跳，像个顽皮的小猴子一般。想到这，他笑了。他很喜欢儿子，儿子也跟他亲。去年底，他因公到澳洲，儿子兴奋得不得了，一直拉着他的手，惹得很多人都看热闹。

想着，程一路又有点困了。他就和衣躺下，竟然就睡着了。直到手机铃声把他叫醒了。蒋和川在手机里说他们被一些矿区的老百姓堵住了，出不来。

请示秘书长怎么办?

程一路心一凉，自己隐隐担心的事还是发生了。他就问冯军冯书记呢?蒋和川说正在和老百姓谈话。程一路问老百姓都提什么要求没有。蒋和川说就是要收回矿山开采权。程一路又问冯书记是不是采取了措施，蒋和川说冯书记给公安局打了电话，随后就有人赶到。程一路赶紧说："你告诉冯书记，不要让公安介入。先承诺老百姓逐步收回矿山开采权，但也要给政府时间。千万不能扩大事态!"

蒋和川说我知道了，过了半个小时，冯军亲自打电话过来，说事情处理好了，他们正赶回来。程一路也没在电话里说什么，只说好好，回来就好。

回到宾馆，冯军一行个个都很狼狈，吴兰兰更是从来没见过这阵式，吓得有些发呆。程一路问鲁胡生后来怎么处理了。鲁胡生说幸亏秘书长给了招，不然不知道是什么结果。老百姓黑压压的，满山头都是，越说越说不清，越说人越多。公安要是上来，说不定要出大乱子。冯军听着也不说话，半天才憋出一句："我知道是谁干的，他妈的，走着瞧。"

程一路说"老冯，这就不对了，不要怀疑别人。今天你们带吴总到矿上，老百姓一定是以为又有人要来包矿了，所以都跑出来，情绪激动，这可以理解。关键是要处理好。公安一上，事情的性质就变了。老百姓是反映问题，要公安去干什么?我们的老百姓是最淳朴的，最重要的是不能激化矛盾。当然，这也可以看出仁义县的矿山问题很突出，老冯哪，你要好好研究研究，早日解决。"

冯军还在气头上，不仅气，还觉得在吴兰兰面前失了面子，脸铁青着，一句话也不说。蒋和川望着程一路，意思是问现在怎么办?程一路想再在仁义呆着也不太好，但是现在就走，冯军面子上过不去，就说："这样吧，既然到了冯书记的地头上，少不得要在这住上一晚。大家先歇一会儿，待后再说话。好吧?冯书记。"

冯军瓮声瓮气地说了一声好，鲁胡生便扶着吴兰兰到房间去了。吴兰兰临走时，朝程一路望了一下，程一路也不做声。大家都走了，只剩下冯军没走。程一路说："我说老冯哪，你也不要再生气了。今天这事你有责任!这也可以看得出来，这里面的矛盾已经很激化了，到了应该解决的时候。再不解决，问题积重难返，就更难解决。"

"我没想到这家伙这么阴险!"冯军道："一定是马怀民干的，老是想着我这书记位子，他妈的;不就是占着跟任书记关系上亲一点?太不像话了。"

“话不能这么说！老冯，你是书记，说话是要负责任的。不要猜疑别人。关键要找出解决问题的办法，只要自己手上没沾着什么，就不要怕。这跟任书记没有关系！”程一路继续说：“我们是战友，我得提醒你啊，有些事一定要先心里有数。知己知彼，方能百战不殆，这是我们在部队时就知道的。不知己，何以知彼？这里面学问深啊，老冯！地方上跟部队毕竟不一样哪！”

冯军点点头，气也消了一半，就说：“我也是气头上说说。仁义的财政支柱是采矿，没有矿山，仁义就死路一条。但是，靠当地的财力来采矿，也是杯水车薪，小打小闹，难以成气候。老百姓就是这样，放着矿山不开，他们有意见；自己开矿，又没钱；让别人来开采，又红眼。这怎么有利于招商引资？这是政府在前面卖生姜，他在后面说不辣。”

“话倒也是实话。不过我说老冯，政府的决策对不对，这是大的方针问题，是集体问题；只要个人不从中干预，不谋取利益，就没有什么可怕的。方针的失误，大家负责；个人问题，就很严重。”程一路有意识地把话题往上访信的内容上引。

冯军涨红了脸，说：“我知道秘书长的意思，是问我在矿山问题上有没有个人利益参与，或者得没得什么好处。我没有！你放心！”停了一下，他又说：“倒是某些人得了好处，还咬人！”

程一路不再做声，冯军就回房洗涮去了，他的身上也沾了尘灰。

“这个老冯”，程一路摇摇头，心里却老是有一些担忧。

蒋和川过来了，程一路问港商的事谈得怎么样了。蒋和川说徐市长已经将地皮的事协调好了，第一期先给八百亩，按划拨价，每亩二万。首付三百万。

程一路听着心想，现在地皮这么紧张，国家控制十分紧，徐硕峰不知怎么协调出这么一大块地。虽然他也知道政府在国家土地政策出台前，就通过收储的办法，先储存了一批土地，但是一次划拨出八百亩，也是惊人的数字。而且，一个合资项目，要八百亩地，也不太正常。他虽然这样想，却没有开口问，只说很好，既然地已经协调好了，就要资金到位，迅速启动。

蒋和川说当然，最近正在整地，下个月初动工。一期工程主要是物流和仓储。建成后，这里将成为华东最大的物流基地。开工时，还要请秘书长去亲自剪彩，请秘书长一定赏光。

程一路说这得请怀航书记亲自去，蒋和川虚掩了门，说吴总的公司是个有实力的大公司，这里面还得请秘书长多多美言，促成合作。程一路说这是你们商业的事，我不管。蒋和川说秘书长哪能不管？吴总很看重秘书长，我们都看得出来。何况秘书长很快就要到政府那边去了，招商引资还得您亲自抓。

"在其位，谋其政，我现在在秘书长的位子上，就得按秘书长的程序办。"程一路笑着，"当然，我能给你们说的一定说。都是为南州发展嘛！"

蒋和川也笑笑，说有秘书长这句话我就放心了，南日也就更有希望了。

两个人又随便地聊了会儿，冯军来了。吴兰兰也过来了，大家就去就餐。晚上，冯军把在仁义的战友也都喊来了，酒自然喝得更多。喝完了酒又去唱歌。中途，程一路接到儿子的电话，张晓玉已经到了。程一路交待儿子，给妈妈安排好，她刚去，不适应，要多陪陪。程小路说老爸尽管放心，我会让老妈在这儿乐不思蜀的，不过这苦了老爸你，请原谅。程一路说少贫嘴，多联系。

程一路现在是一人吃饱，全家无虑了。他也就放开来喝了几杯，本来他的酒量就很大，越喝越兴奋，直喝得吴兰兰直在边上劝他别喝了，别喝了。鲁胡生说难得团长这么放开，让他喝，我们好好陪着。程一路说：就你，都上，怎样？

刚端起杯子，手机响了。程一路眯着眼一看是王士达市长的，赶紧出门接了。王士达问他是不是在仁义？程一路回答说是，他心里猜到了几分。果真王士达就说：听说今天下午仁义的老百姓围攻冯军书记，是不是有这个情况？程一路马上答道：有，但不是围攻，是反映问题，很快就解决了。就是矿山开采的利益问题。王士达又说没出人命就好，让冯书记这方面多多关注些。一个县委书记被老百姓围攻，像什么话？程一路赶紧说：只是一般性的反映问题，老百姓多一点而已，会出什么人命？冯军同志处理得很到位，也很及时。

王士达说那就好，说着挂了电话。程一路想这么快就知道了，真是超乎他的想象。回到餐厅，他也没了喝酒的兴致。冯军问什么电话，程一路说王市长的，问你们下午的事。冯军不做声，大家又潦潦地喝了几杯，便散了。冯军请大家晚上去唱歌，程一路说不去了。有点累，休息吧！

程一路不去，其他的人更不会去，就都回房休息。冯军说晚上还有点事，也就先告辞了。程一路回到房间，马上给任怀航打电话，将下午的事简单地说了一下。任怀航说：处理得很好，让冯军同志以后多多注意。

刚洗了澡，程一路打开电视，电视上正在放《三国》。这部片子他很喜欢，特别是片头的主题歌，他更是经常一个人在心里哼哼，尤其是后两句：古今多少事，都付笑谈中。人生的旷达，生命的豪放，仿佛滚滚的江水，到了他这样的中年，应该是有所体察，有所感悟了。

从年轻时从军，到后来从政，程一路走着走着，就感到了人生的一些疲惫。但是，一切如同江水，只会往前流淌，而不会向后退缩。在部队十几年，他青春意气，除了最后过早而突然地复员外，他是很有成就感的。和他同年入伍的，只有他做到了团长的职位。到地方后，他先是不断地适应地方环境，接着就陷入了错综复杂的官场关系圈。不能说没有成就，在别人眼里，他甚至比在部队时更成功；但对于他自己，总是很少有像部队那样的成就和荣誉。想起来，程一路感到自己是一个很有军人情节和正义感的人。但是，到地方后，连这点情节也快磨光了。日子如同江水，一笑而过，有时回头时，甚至连一点足迹也寻不着……

电视里曹操正在碣石赋诗，苍凉豪迈。门外却响起了叩门声。程一路开了门，吴兰兰站在门前，说："欢迎吗？"

"欢迎，当然欢迎！"程一路说着请吴兰兰进来。

吴兰兰显然是精心打扮了，化了一点淡妆。程一路给她泡了茶，然后坐下。他想起上一次他们这么面对面地坐着已快十一年了。时间真快！望着吴兰兰眼角细细的皱纹，他想：都老了。吴兰兰先开口道："没想到我到南州吧？"

"没想到"，程一路说。

"我是因为你才来的"，吴兰兰望着程一路。

程一路却避开了她的眼光，说："不管是因为谁，来了都是好事。南州需要发展，需要你们来投资。"

吴兰兰却不接这话，径自问道："现在过得好吧？听说你夫人出国了？"

"是啊，还好。她到澳洲去了。孩子在那。你呢？"程一路问。

"我……"吴兰兰笑了笑，说："你不可能猜出我的生活，我五年前就跟高岩离婚了。现在是光棍一个，四海为家。"说着脸上有一层浅浅的忧伤。

程一路不好说什么，就望着吴兰兰。吴兰兰说："我现在很懊悔当年的选择。"

"事情过去了，不要说了"，程一路不想再就此说下去。当年，吴兰兰在最后的关头选择了高岩，确实是出乎所有人包括老首长的意料。程一路也为此沉闷了很长时间。后来知道，关键是高岩的公子哥气质吸引了吴兰兰。程一路太平民化了，按当时吴兰兰的话说，就是越处越没感觉。

吴兰兰还想说什么，门口响起了鲁胡生的声音，他边说边走进来，一看吴兰兰也在，立即转身要走，嘴里说："我还准备来陪团长聊聊呢。你们聊，你们聊！"

程一路站起身，看着吴兰兰。吴兰兰知道他的意思，就说："也不早了，我也回去休息了。"说着出了门，道了晚安，同鲁胡生一道说说笑笑地走了。

10

吴兰兰在南州呆了三天，看了仁义县的矿山，重点看了南日集团。程一路除陪着她到了仁义县外，就没有再陪她了，都是由蒋和川和鲁胡生陪着。其间，吴兰兰曾打电话约他出去坐坐，他以正在忙而婉言谢绝了。不是他有什么其他顾虑，而是他怕听见吴兰兰说懊悔当年选择这样的话。时光永不回头，懊悔已经没有一点实际意义。他一直在心里把当年的吴兰兰和现在看到的吴兰兰分开。当年的吴兰兰，年轻优雅，活泼甚至有些天真。而十几年后，他现在所看到的吴兰兰，已经是一个历尽风霜的女人了。她的心，已经在这个纷纭的尘世中历练了一遭，变得陌生而模糊了。

任怀航书记参加了吴兰兰离开南州前的晚宴。地点还是在湖海山庄。蒋和川有请动市委书记的能力，这程一路知道。但是，蒋和川又是一个十分懂得卖乖的人。他专程跑到程一路办公室，请程一路来请任怀航书记。程一路笑着说你已经请好了，不过是借我个牌子。蒋和川说这哪能，秘书长不说，任书记是不会出面的，何况这宴请的是秘书长的战友。我怎么请得动？我蒋和川多大龙穴，秘书长一清二楚。

说这话时，蒋和川发亮的头顶，在程一路面前使劲地晃悠。

晚宴因为任怀航的参加，变得正式而高规格。吴兰兰毕竟是北京来的人，也没感到什么受宠若惊，只是喝酒间的话多了，说的都是京城里的事。任怀航听得津津有味。北京人能侃，这是全国公认的，吴兰兰从京城的大大小小的官场，一直侃到了国务院，好像天下没有她不知道的地方。

任怀航为此专门敬了她一杯酒，说长了见识，并且希望吴总以后经常到南州来。

吴兰兰却在这时望了一眼程一路，程一路只是笑着。吴兰兰说："我是想常来啊，南州是个好地方，山好水好人好。还有任书记这样的好领导，我怎么能不来？何况还有这么多战友，秘书长，你说是不是？"

程一路马上应道："是啊，是啊，常来常往，多多合作！"

晚宴结束后，吴兰兰就直接坐车到机场去了。程一路送她上了飞机。回来的路上，鲁胡生告诉他，吴兰兰决定在仁义县投资开发矿山。程一路没有做声，按理说吴兰兰也看见了老百姓的情绪，现在倒还要去投资，这里面也许有蹊跷。但他不便直接问鲁胡生。只问南日合作的事怎样？鲁胡生说看来有点戏，吴兰兰把项目规划书带回去了，说这是大项目，要请一些专家研究再说。

晚上，程一路给冯军打电话，问吴兰兰投资矿山开发是怎么回事？冯军在电话里支吾了很长时间，才说是他专门找了吴兰兰，她的公司投资，县上派人管理。吴兰兰不直接出面，只作为控股股东，享受分红。程一路说你这不是害她嘛？矿山开采现在矛盾这么突出，让她来投资，风险太大，我看还是不要搞了。冯军说秘书长你不知道，她们公司财大气粗，几个钱无所谓，可对于我们贫穷的仁义县来说，就是大馅饼了。我不能放弃！

程一路有点生气，但又不好发作，就说这事确实要慎重。我们不仅仅单纯地看吴兰兰的面子，还要考虑到老首长的面子。冯军说我会处理这事，请秘书长放心。

放心个鬼！程一路放下电话后在心里骂了一句。

因为一个人在家，程一路显得无所事事。家中这样空荡荡的，还是第一次。他坐在沙发里，看看四壁，一片寂静。以往张晓玉在家，这时候一定会送上一杯热茶。可现在，水瓶里连热水也没有。他看着突然有点伤心。没有女人的家庭确实是不完整的，也是不温暖的。

好在这时电话响了，程一路迅速地爬起来，他以为是张晓玉的电话，接起来却是一个陌生的声音，自报家门说是什么什么局的副局长，想找秘书长汇报点工作。程一路自然知道这汇报工作是什么意思，就说我已经休息了。打电话的人说我正在您的门前，一会儿就走。程一路只好说那你等等。放下电话去开了门，果真人就在门前。

程一路让来人坐下，来人自我介绍说叫张风，现在是建委下属的工程局的局长。程一路看看他，这人还年轻，大概也就三十五六岁，留着板寸头，有点像香港影片中的黑社会小头目。

张风开口道："秘书长家里真安静，一直想来拜访秘书长，就怕影响秘书长休息。今天听常书记说您在家，就来了。"

原来是常振兴介绍来的，程一路知道点眉目了。张风接着说："我在工程局也干了两年局长了，想到委里去，这……还想请秘书长多多关心。"

"啊"，程一路点点头，也没有表态。

张风就说："秘书长忙，我就不打扰了。我走了。"同时将手中的一张卡放到了茶几上。程一路说："你这是……"

张风没有回答，赶紧开了门，站在门边上说："谢谢秘书长。"

程一路关了门，看看卡，是一张五千元的。现在他总算弄明白张风来干什么了。上次常委会否决了吴太平的任命后，让组织部重新考察人选。这张风大概就是组织部正在考察的人选。工程局是个科级单位，升一级就是副处。张风到他这儿来，只是个走场子。他的重点是副书记和书记。书记会通过了，常委会上这些常委们，不支持没关系，但千万不能反对。走这个场子，就是让常委们不说话。不说话就是同意，沉默原则上是默许。

程一路将卡放到书房里的抽屉里，以前张晓玉在家时，这些卡和别人送的烟酒都是由她处理的。他原则上是过分大额的一律不收。抽屉里还有一张卡，是上次方良华送来的，一万元。他和张晓玉意见一致，这卡不能要，以后还要想办法还过去。并不是所有的卡都能收，像张风的这种走场子的卡，尽管收了，反正大家都有份。但程一路也还有自己的想法。年前，他曾让张晓玉匿名给希望工程捐了十万元。不仅仅是求得心安，也是想拿着这些本不该拿的钱，去做些实实在在的好事。

这一夜，程一路一直睡得不太踏实。被子里老是冷。以前张晓玉总是偎在他的怀里睡觉，像个孩子一般。现在，被子的一半空了。房间里也静悄悄的一点声音都没有。程一路睁着眼，想起以前听过的一个故事，说一个女人刚结婚时特别烦丈夫的打鼾声，总是睡不好觉。后来习惯了，离不开了。丈夫出去不在家时，就只好先把丈夫的打鼾声录下来，放在枕边，一边听着一边睡觉。这故事当然有些夸张，但程一路感到也确实还是说出了一种心境。

早晨起来匆忙地梳洗下楼，叶开早在等了。程一路看看表，已是八点二十。他睡过了头，上了车子，叶开说秘书长昨晚是不是酒多了，眼睛有些发红。程一路笑笑，叹口气。到了办公室，刚坐下，马洪涛就过来了。

马洪涛站在窗子前，看着香樟，自言自语道："人间春色又一年哪！"

程一路笑道："洪涛又在写诗了。"马洪涛说："还写什么诗？早就不写了。案牍劳顿，碌碌无为啊。"

回过头来，程一路感觉到马洪涛好像有话要说，就望着他。马洪涛小声地问："听说王市长昨天在湖西发火了？"

“是吗?”程一路低头整理了一下文件。马洪涛接着说王士达市长昨天到湖西检查工作，事先没有给湖西那边打招呼。他是从省里开会回来中午时直接到的，结果到了就是找不着人。钱旲和朱潇峻都不见踪影，连手机都不接。王市长发了火，一直找到县委办公室，最后钱旲和朱潇峻过来了，都喝得脸上通红。王市长什么也没说，就离开了湖西。

钱旲怎么这么糊涂？程一路没有想到在机关效能建设正抓得紧的时候，县委的一二把手竟然都还在中餐喝酒。这不怪王士达生气，换了别人也不行。程一路就问王士达说什么了？马洪涛说王市长讲这事要严肃处理，主要领导顶风违纪，不处理难以推动效能建设。一定要处理到位！

正说着，电话响了。程一路一看是王士达市长办公室的。他就心里清楚了几分。王市长在电话里要求效能办立即就此事展开调查，从领导干部开始，不论是谁，严惩不贷。程一路嘴上答应着，说马上安排人员到湖西县调查，随时向市长汇报情况。

马洪涛在旁边道：“唉，这个钱旲，怎么撞上了王士达？这下……”

程一路知道马洪涛对王士达也有些想法，好几次马洪涛主持起草的文件到了王士达手里都被枪毙了。王士达甚至在有些场合公开地说：政研室养了一班书呆子，不重调查研究，专做书面文章。这让长年苦写的政研室笔杆子们心里不是滋味。据说这些笔杆子们就曾编了一个关于王士达的小段子：身像小平没水平，卧在一地八年整；见人就是三分骂，嘴尖皮厚腹中空……

马洪涛走后，程一路一个人坐着想了一会。按理来说他同钱旲的关系也很不错，前不久，他还为二扣子的事找过他，钱旲也很爽快。钱旲和朱潇峻平时都是比较低调的。湖西在南州的四个下属县中，属于差的，只是比仁义好一点。但外面普遍传说湖西的日子最好过。有人打了比方，就像两个人吃饭，湖东是把好菜放在碗头上，明摆着；而湖西是把好菜埋在饭里面，深藏着。湖东有面子，而湖西殷实。湖西的班子也是四个县中配合最好的。现在，县级班子的问题，已经成了制约地方经济发展的最大问题。钱旲和朱潇峻，两人年龄虽然有差距，但工作配合得很好，而且思路很一致。关键是不存在争位问题。钱旲走了，朱潇峻上。而朱潇峻又不希望钱旲就走，他还年轻，资历上还不是接书记的最佳时机。这两个人，就像一台磨面机，不紧不慢，踏踏实实地磨着。

效能建设自然是大事，上次处理了两个干部，应该说取到了一定的震撼作用。但是，如果效能建设真的处理到了县委书记和县长的头上，怕就不太好收场。程一路思前想后，还是决定先把这事给任怀航书记汇报一下，听听任书记的意见再作决断。

任怀航听了程一路的汇报，习惯性地摸了摸头发，问程一路："你看呢?"

程一路刚才在汇报时已经注意到任怀航几次皱了眉头，就大概知道他的想法了，就说："这事当然是个大事，但是，我们还没调查清楚。王市长中午过去，匆匆忙忙，也许所了解的情况与实际有所出入。因此，我想，是不是先请效能办的同志下去看看，弄清事实后再作处理。"

任怀航说："这很好！昨天晚上钱旲同志已经给我作了汇报，说他们中午来了外商。招商引资，不搞感情投入怎么行？遇事冲动，主观先行，领导干部最忌讳这个!"

程一路听得出来任怀航话中有话，也不便搭腔，稍稍坐了会，就出来了。

下午，效能办的李主任就带领几个人到湖西县转了一趟，过了几天，提出了一个《关于湖西县有关领导中餐饮酒的情况报告》。报告的主体就是当天因为一位外地投资商过来了，这个投资商要在湖西建设沿江最大的养殖基地，钱旲和朱潇峻出于招商引资的需要，出面陪同并且礼节性地喝了些酒。在报告后面，还附录了有关人员的证词，同时附上了一份外地投资商与湖西县建立养殖基地的意向合同。

程一路看后，觉得这个报告还是有一点小问题。事实是清楚的，情况是属实的，但是，没有提出很好的处理办法。王士达市长十分重视此事，后来又来过几次电话，不提出处理意见是不合理的，也是不全面的。他同李主任商量，最后提出了一个"口头警告"的处理意见，报给任怀航书记和王士达市长。任书记很快同意了，王士达市长却有些想法，但是市里在当初搞效能建设时，曾有过这方面的规定。陪同外商等特殊情况可以适当饮酒。他只好不再说了，他也知道，本来是处理中餐饮酒，他要是再坚持，就成了对钱旲和朱潇峻没有及时接待他有意见的表现。而且中间，钱旲和朱潇峻也亲自到王市长那儿作了口头检讨。

事情处理完后，有一天晚上，钱旲和朱潇峻到程一路的家里来了。都是老熟人，大家说话就不拘谨。朱潇峻说王士达这是纯粹借棍子打人，程一路赶紧制止了。程一路说："坐坐可以，但是我们不说这些。事情完了，就不要再说了。有则改之，无则加勉。"

钱旲同意程一路的说法，只是心里多多少少还窝了些气。但窝气归窝气，感谢归感谢。他们给程一路送来了台手提电脑，说张医生出国了，秘书长一个人在家，有个手提上上网，也好轻松轻松。程一路坚决不要，说老钱、小朱，你们这不是害我吗？这么贵重的东西，我是绝对不会要的。钱昊拉着有些生气了，说："秘书长，我可没说这电脑就送你了，只是暂给你用用，你不用了再给我，我再来用。这行了吧？"

程一路笑着说："老钱哪，你……唉，那好，我先用着。平时在办公室也没时间上上网，现在看来还真得抽点时间来弄这东西，知识更新快啊，我们都跟不上了。不像小朱，年轻型知识型干部，前途大好啊！"

"秘书长可不能这么说，下一步秘书长成了市长，可还得一如既往地关心湖西啊"，朱潇峻笑着道。

"你们都尽猜测，连我都不清楚的事，说得像真的一样。"程一路递给钱昊一支烟。

钱昊说："快了，"然后站起身点了烟，说时间不早了，秘书长也忙，我们就走了。程一路还客气了一下，钱昊说再说我可翻脸了。程一路哈哈笑笑，看着钱昊和朱潇峻下了楼梯才关上门。

电脑是联想的，以前程一路也有一台，但是被程小路给弄得不成样子，就一直放在书房里。程小路走后，他再没上过网，他找出网线，开了电脑，连接上了。这天晚上睡觉前，程一路基本上是在电脑前度过的，他看了很多新闻。特别是各地有关换届的人事新闻。他还重点搜索了有关澳洲的网页，发现那里比他想象的还要美。他虽然去过一次，但浮光掠影，没看到精华。网页一点，五彩缤纷。他还用一分钟打十个字的速度给儿子写了一封电子邮件。关机时，他想：程小路读到邮件，说不定会吓上一跳。他老说老爸没有创新意识，这回你看到老爸也是一个很有现代意识的人了吧！

［洪放长篇小说存目］

《秘书长》，新华出版社 2007 年 7 月版

《秘书长 2》，新华出版社 2008 年 4 月版

《挂职》，长征出版社 2008 年 9 月版

《领导司机》，新华出版社 2009 年月 1 月版

《秘书长 · 大结局》，河南文艺出版社，2009 年 5 月版

《挂职 2》，长征出版社 2009 年 6 月版

黄复彩

弹簧枪

一切都是从李半手的那支玩具弹簧枪开始的。那是一枝长约三十五公分，形状类似后来的小口径步枪的那种玩具弹簧枪。我想，通镇的街道上也只有李半手那家伙才能做出这样精致的玩具枪来，虽然他只有一只半手。枪筒是一根废弃的紫铜管，里面安上一截钢丝弹簧，具有强烈的反弹力，虽然木头枪托看起来比较粗糙，但一点也不影响它的射程和杀伤力。子弹是一只头上镶了橡皮塞的竹筷，而妙就妙在那枪在射出的一刹那不仅能够发出脆锐的一响，而且那带着竹筷的子弹能牢牢地钉在一方门板或是墙壁上。应该说，在1957年的通镇街道上，李半手依靠这只弹簧枪着实赚足了风头，因而没有人再提起他母亲曾经在十三号里做过妓女的事实，因而也不会有人因为他天生只有一只半手而小瞧他。

我立即就从华山老道那里倒戈出来，成为李半手的死党。

就在那天下午，悲剧发生了。正当我接过李半手的弹簧枪在众人的目光注视下得意得认不出自己的时候，像是有意引诱我，一只乌鸦鸣叫着，落到池塘河岸边的那棵老柳树上，于是，我想也没想，就当着所有在场人的面，举起弹簧枪，朝那只鸟扣动了扳机。你应该想得到，一个十二岁的少年总是巴不得自己越引人注目越好，我当时就是一心想在大家的面前出一次风头。然而随着那只鸟的应声飞去，那子弹却落到远处的池塘里，水面上泛起一阵细小的波纹，那根带着橡皮塞的竹筷随即无声地沉入水底。

在大家一片惊愕声中，李半手用他那只唯一完好的左手夺下我手中的弹簧枪掉头就走，走了大约五六米远，他回过头朝我恶狠狠地扔下一句话："你看着办吧。"

只是在一刹那间，我感觉自己落入深渊。从此以后，我开始了漫长的偿债生涯。李半手说，仅那只紫铜管，他从五金厂大孬子手里买来就花了四毛八分钱，还不要说那里面的弹簧以及他装配这只玩具枪所花费的所有功夫了。

我知道四毛八分钱对于我意味着什么，意味着我也许再过十二年也无法凑足这笔钱，意味着从此我将困于一场漫长的债务纠纷中。

直到第二年的四月，我终于凑足了这笔钱，就在我捏着那些毛票理直气壮地走进李半手家院子里的时候，一件让我意想不到的事情足以让我对李半手恨之入骨。我分明看到，李半手手里拿着那只弹簧枪，朝墙上的一个目标瞄准着，随着一声锐响，那子弹射到墙上的一张画像上，然后就钉在那人的鼻梁上纹丝不动，我注意到，那画像上写着一个人的名字，这名字不是别人，正是兰溪街的民兵营长，华山老道的父亲刘大货。直到这时，我才明白我这一年来的处心积虑是多么可笑。我怎么就没有想到，虽然那镶着橡皮塞的子弹飞到河里，却并不妨碍弹簧枪的继续存在，就因为李半手的那句“你看着办吧”的话，就让我在苦难中煎熬了这么长时间。我气不打一处来，将那把毛票狠狠砸向李半手，我说：“我终于不欠你什么了。”与此同时，我在心里发誓，从此以后，我决不再同李半手有任何瓜葛。

我怀着一种难以言喻的愤恨从李半手的院子里出来，在经过老天主堂后的那片废墟地时，老远就看到那里聚集着一堆人，那骑坐在歪柳树上的正是在镇上消失了有三个月之久的华山老道。一年以前，华山老道的父母离婚，此后不久，华山老道便在街道上消失了。有人说他被判给了母亲，于是就随母亲去了通镇一江之隔的永平洲放电影去了。现在，他终于又出现在通镇的街道上，依然穿着他父亲的那件宽大的军衣，嘴角叼着一根香烟，这使得他比过去更加成熟和老道。午后的阳光照在他额头上的一处月牙形刀疤上，他把一只腿架在树干上，显得那样吊儿郎当，透过他无意中松开的西装裤扣，我看到华山老道提前发育的情景。我承认华山老道在任何时候都能成为通镇孩子们的领袖，他的身边不论什么时候总是跟屁虫一样地围着一些像我一样没出息的小把戏们。

他们正在谈论昨天晚上的一个什么电影。华山老道的母亲曾经是俱乐部的图书管理员，他们家一直住在俱乐部大院里。这样的好处是，华山老道常常能让他的几个狐朋狗友在电影开场前躲进他家的厨房，然后趁着进场人的混乱，遛到坐落在俱乐部内的电影院看一场不花钱电影。

我的腿不争气地向那片废墟迈去。华山老道朝我瞥了一眼，然后停止了他的滔滔不绝。他把嘴里吸了几口的香烟递给他身边的三毛，三毛只吸了一口，就把烟递给百顺子，百顺子被那支烟呛得一脸苦水，这使得他在大家面前出尽了洋相，他不得不把烟递给了下一个人。当递到我手上时，那烟已经拿捏不住了。奇怪的是华山老道并没有要把那烟屁股从我手里打掉的意思，相反，他朝我大度地笑笑，说："要是你敢当着李半手的面说一声你妈是十三号里的人，今晚我就让你去我家看一场电影。"所有的人都拿眼睛看着我，华山老道的死党大发子挑衅地说："怎么样，你有这胆吗？今晚的电影可是反特故事片国庆十点钟啊。"

天还没黑，从俱乐部那边传来电影开场前的试场音乐，放电影的老邓故意把麦克风放得很响，以吸引人前来看他的电影。我开始骚动不安，匆匆扒了几口饭就不顾我母亲喋喋不休的叫骂跑了出去。我知道李半手晚上或许会去看一场电影，要么会去老运动场听瞎子郑三说瓦岗寨，反正他不会呆在家里看他继父的眼色，听他母亲的絮絮叨叨。于是我堵在他必经的那条弄堂口，等待着把华山老道要求我说出的话当着李半手的面说出来。一旦我在这里与李半手交上火，华山老道他们立即就会围上来看李半手的笑话，那么，我就算是华山老道的人了。然而今晚李半手似乎早就知道我的阴谋，直到上灯时分，他始终没有出来。街道上所有的路灯全亮了，石板路上响起一片木踏子的声音，通镇的夜晚比白天更有一种让人想入非非的理由，从池塘河那边传来瞎子郑三咚咚的皮鼓声，一个从芜湖过来的卖梨膏糖的家伙正拉着他的那只破手风琴唱着一首下流的曲子。我早已开始焦急难捱，我决定主动出击，把李半手从那个门洞里钓出来。李半手的家在一条弄堂的深处，要去他家，必须经过挑水驮子的门口。自从三年前挑水驮子在家里用一把生锈的菜刀切断自己的脖子后，没有人再敢在天黑之后走穿进那道幽深的弄堂。我至今仍记得驮子在临死前痛苦的叫喊声：好人啊，快补我一刀吧。就在我被那个该死的驮子弄得浑身起一层鸡皮疙瘩时，我看见李半手终于甩着那只像面团一样的胳膊走出了弄堂口。他一直走到我的跟前，然后就把一样东西塞进我的手里说："这钱还给你吧，我从来没说过让你赔什么钱啊。"不由我分说，李半手用那条完好的左胳膊搂住了我说："走，我们去听瞎子说书好吗，我保证你听了一回，就放不过下一回了。"

我终于放弃了投靠华山老道的决心，于是我与李半手一同来到老运动场上听瞎子继续说他的瓦岗寨。然而那天晚上瞎子故弄玄虚，说了一晚上，仍然没有把薛平贵征西以后的情节从他的狗嘴里吐出来。第二天放学以后，李半手在半路上撵上了我，继续用他的那条唯一完好的左臂搂住我说："我已把那支枪处理掉了，晚上去我家听收音机吧，能收好几个台呢。"我知道李半手最近刚刚鼓捣出一台矿石收音机，他总是能用他那只天生残疾的手弄出什么让别人刮目相看的东西出来，我知道只要他愿意，他甚至都能鼓捣出一台美蒋特务用的发报机来。这就是李半手，一个在全年级考试总是第一名的李半手。李半手生怕我不肯去他家，又接着说："老不死的到乡下去了，我们可以玩一个通宵。"

这天晚饭后我父母因为一件什么屁事又开始争吵不休，借着这个机会，我赶紧遛出家门，直接朝李半手的家里走去。穿过那条阴森恐怖的弄堂，从李家的屋里飘出一股酒肉的香气，门虚掩着，借着那一盏灯光，我看到坐在李半手继父座位上旁若无人地喝着酒的竟然是华山老道的父亲，兰溪街的民兵营长刘大货。李半手手中的碗放在膝上，头倔强地扭到一旁，看得出他正在同谁怄气。他母亲在数落着他："要不是看在你死鬼老子的分上，我早就让你歇了书，到豆腐店磨豆浆去了。"李半手哽咽着，用那半只面团一样柔软的小手揉擦着眼睛。这时，我看见刘营长，也就是华山老道的父亲从口袋里摸出一角钱放在桌上说："这个你拿着吧，你要是听话，我每个月都可以给你一张。"李半手坐在那里寂然不动，他母亲显然生气了，大声地说："刘伯伯给你了，你还不给我接着?"李半手只得把那一角钱拿了过来。刘营长又把先前的那句话重复了一遍："只要你听话，我每个月都可以给你一张。"李半手放下碗，掉转头回屋里去了。

我知道今晚听矿山收音机的事算是泡汤了，只好继续冒险冲出那条弄堂，快快地回到家里。父母的战争开始升级，老远就听到母亲大声的哭诉声，门口围满了看热闹的邻居。我的心情坏透了，我朝那些看热闹的人叫着："看什么看，没看过疯子吗?"人群中发出一阵笑声，我父母竟然无动于衷，继续相互数落着。一直等到从安庆开来过夜的小火轮拉响了最后一遍汽笛，围在门口的人终于散尽。屋里的蚊子能把人给抬起来，我听到从下街头传来小桂子的一声又一声竹梆声，随即是她永远也睡不醒的叫喊声："小心火烛，火烛小心，水缸挑满，灶门口扫清……"

华山老道终于又在街道上消失了，据说他因为偷看校长夫人洗澡而被肖俊才坚决地阻止在学校门外。只是因为他当民兵营长的父亲，学校才用了"劝退"这样的字眼。再过一年我们就要小学毕业了，这一学期李半手在全区的作文竞赛中拿到了第二名，这样的结果是他在街道上更加孤立。大发一帮人只要看到李半手的身影，就立即唱歌一样地说着一段快板词："从前有个一只手，十三号里面卖风流……"暑假前的最后一天，李半手再次在池塘河埂上追上了我，他像狗一样跟在我的身后说："上次我等了你一晚上，你怎么不来听收音机呢？那天晚上电台里播评书岳飞枪挑小梁王真是精彩极了。”我没好气地说：“算了吧，你得担心刘大货把你给挑了。”李半手怔在那里，半天也说不出一句话来。我要的似乎就是这种效果，我继续说：“人家每个月都给你一角钱，你居然还把人家当靶子打。”李半手说：“我恨他，你信不信，他的钱我都放在那里了，非常讨厌它。”

李半手约我什么时候再去他那里，他说他往那台矿石收音机上加了一只三极管，现在听起来效果就更好了。我答应吃过中饭就去他家，我倒要看看，李半手组装的那台狗屁矿石机子到底能收到几个像样的电台。

午饭后的那段时间是街道上最为安静的时刻，隔壁的棉花加工厂里响了一上午的轧花机终于停歇了，对门杂货铺里的老余坐在柜台后恹恹欲睡，一只狗蹲在杂货铺的门口津津有味地啃着一块隔夜的西瓜皮。我的木踏子鞋噼噼叭叭地击打着脚下的石板路，飞快地钻进那条幽深的弄堂。问题是，我不知道李半手究竟住在哪一个房间，我不敢大声叫喊，唯恐李半手的继父听到会冲出门来朝我叫骂，说我惊扰了他的午休。从一个门里传出一种奇怪的声音，那是一个人痛苦而压抑的呼叫声和另一个人的嚅嚅的喘息声。我不知道这声音是否来自李半手的那只该死的矿石收音机里，我推了推门，门拴得死牢，我敲了敲门，竟然没有半点回应。与此同时，我终于分辨出那里面传出来的声音决不是来自李半手的那只矿石收音机，这越发引起我的好奇，我注意到那门上原先司皮宁锁的位置现在用一团纸塞住了，我小心地顶开那团纸，借着那不大的圆孔向屋里看去。我看见一个女人正像狗一样伏在床沿上，而那个男人正死命地抵压在她的屁股后面，要命的是，他们俩都没有穿衣服。屋里人似乎听到什么响动，他们同时回过头来，就在他们回过头来的一瞬间，我终于看清了，那个男人并不是李半手的继父李子枫，而是华山老道的父亲，街道上的民兵营长刘大货。有股热血直冲到我的脑门上，我发觉我在刹那间明白了一个早就应该明白的秘密，也就是在那一刻，我发觉我突然长大了。

我再也没有去李半手家听他的那个矿石收音机，这一年年底，我父亲破例没有回家过年。后来，我家里几乎每天都被母亲凄惨的哭声笼罩着。过了年后，父亲仍然没有回家。等到新学期开学以后的第一天，我在李半手家的那条弄堂口捡到一角钱。我怀疑这一角钱是李半手的，只有李半手才会把一角钱不当作钱地随处乱扔。我手里捏着一角钱开始犯愁，不知道是拿它买一盒水彩好还是将他送还给李半手好。最后我还是决定把它还给李半手，我觉得只有这样，才显得我与李半手之间的那种哥们义气。我忽然觉得自己是多么地傻，如果我把这一角钱交到校长肖俊才手里，或许比还给李半手更有用些。班上连大发那样的臭豆子都拿到一张奖状了，而我却没有得到班主任杜小头的一次表扬。于是，我拿着那一角钱很豪气地走进肖俊才的办公室。做梦都想当作家的肖俊才正在办公室用文学的语言向老师们叙述着一件什么屁事："他把她衣服脱掉后，却不知道拿她怎么办好，他围着她转，就像是一条围着骨头转的狗。"我知道，肖俊才说的就是他自己。肖俊才对我打断了他的叙述似乎有些不满，他将那一角钱漫不经心地丢到桌子上，继续说他的故事。我到底还是耐不住，临离开时说："肖校长，那钱是我在大街上捡来的，我一分也没有动它。"肖俊才又朝那一角钱瞟了瞟，这一次他似乎有所发现。他重新将那一角钱拿过来细细地看了一遍，并指着上面的一行字问我："你说，这是什么意思？"我这才发现，那上面果然有一行字：非常讨厌它。肖俊才又问我说："你说，这到底是什么意思？"我没好气地说："我怎么知道，那又不是我写的。"有几个老师围上来，于是，几个小题大作的老师围绕着那一角钱上的字认真地分析起来。肖俊才朝我挥了挥手说："没你事了，你回教室去吧。"

直到又一个春节，父亲还是没有回家。

就在父亲出事的那一年冬季，对面的工商联会堂每天晚上都有一阵阵口号声随着呼啸的寒风飘荡在街道的上空。会堂里的情景既令我索然无味又让我刺激无比，然而这丝毫不影响我每天晚上都趴在那里看一小会儿的兴趣。这天晚上被拎到台前的竟然是李半手的继父、豆腐店会计李子枫。李子枫佝偻着腰，可怜巴巴地站在那里的身影就像是一只被晒干的大虾。人们轮流地站出来，像对待一只狗一样指着他的鼻子责骂着什么，李子枫哭丧着脸，用一种无可奈何的声调极力地申辩着。有一天晚上，我看到民兵营长冲上前去，猛地朝李子枫扇了一大巴掌。李子枫捂着脸，蹲在地上像个女人一样唔唔地哭了起来。这一幕情景让我看得既心惊肉跳又说不出的开心。

如果说头天晚上的批斗会让我刺激得一晚上都睡不好觉的话，而第二天我看到的情形却让我意识到，李子枫一家真的要完了。那天因为手工劳动课的老师结婚去了，我回来得很早，老远就看见天主堂后面的那块废墟里围着许多人，有人用锄头在地上不停地挖着，民兵营长的手指差不多就点到李子枫的鼻子上去了，他甚至暴跳如雷："一会儿说在这，一会儿说在那，到底是在哪里？"李子枫畏葸地向后退着，生怕刘营长的大巴掌再次扇到他枯干的老脸上，他指着又一处喁喁地说："我记不清了，好像是在这里吧。"于是，刘营长接过一把锄头继续在那地方挖着。然而直到他们把那块地方挖出一个又一个大大小小的坑，也没有挖出任何东西来。民兵营长愤怒地向李子枫吼叫着说："你要我们吗？看我怎么收拾你。"说着就朝李子枫狠狠地抽了一大巴掌。李子枫一边哭着一边说："我说没有，你们一定要说有，就是打死我，也说不出个所以然来嘛。"

到了第二天放学时，同样是民兵营长所带领的一帮人，同样是狗一样被这些人围在中央的李子枫，只是地方移到了李家后门口的那条阴沟前。人们移开盖在阴沟上的青石板，接着又移开一块青石板，在人们的喝斥声中，李子枫脱掉棉衣，捋起卫生衣的袖子，将他那条像干柴一样枯瘦的胳膊伸进冰冷的阴沟泥里。终于，李子枫从那条臭水沟中捞出一样东西来。我看清了，那是李半手的那只用紫铜管做成的玩具弹簧枪。

星期六的上午，学校照例要提前放学。大家集中到操场上，准备耐下性子听校长又臭又长的训话。我发现操场外有几个穿公安制服的人在来回地走动着，学校被一种令人心悸的气氛笼罩着。我忽然意识到，一定出什么大事了。肖俊才让所有高年级的学生排着长队，轮流在一张纸上写上"非常讨厌它"这几个字，再写上自己的名字，写完一个放走一个。我想起我捡到的那张一角钱上所写的同样的文字，不知道这件事是否与那张钞票有什么关联。

端午节前，父亲终于又回到通镇的街道上，他高兴地告诉母亲说，他的事情结束了，因为他揭发了一个人，弄清了一件天大的事实，他立功减罪，所以才把他放回来了。又过了一些日，大家准备毕业会考，慢慢地，那次轮流验字迹的事也被大家忘到脑后去了。然而学期结束前夕，学校又召开了一次师生大会，几名公安人员再次走进了学校，原来还是为了"非常讨厌它"。有经验的公安人员经过对所有笔迹的仔细分析，确定写在那张钞票上的字是一个习惯用左手的人制造出来的。这案子太好破了，在通镇小学，用左手写字的只有一人，那就是我的朋友李一平。李半手似乎并没有否认他是那一行字的制造者，他被默默地戴上手铐并当场被公安人员带出了操场。校长肖俊才似乎意犹未尽，他站在那个土台上来回地走着说："蒋介石正在叫嚣反攻大陆，国内有些人就梦想着变天。为什么坚决不用我们的人民币，不就是想用国民党蒋介石的反动钞票吗？"我的肚皮早就饿得贴到后脊梁上，我暗暗地骂着狗屎小棺材，骂他的小题大做无知愚氓。因为只有我才知道那张钞票上的一行字到底是什么意思。但是，既然李半手自己都不肯说出事件真相，我又有什么必要帮他把这个秘密说出来呢？

到了下一学期，除了李半手，通镇小学所有高小毕业生都升入县城中学。学校离家有四十里路远，我们只能每一个月回家一次。李半手被劳动教养后，李家的事情似乎远没有结束。有一天我从县城回家取菜，忽然看到那条弄堂口围满了看热闹的人。我挤过密密匝匝的人群，来到弄堂深处的李家门口，远远地我看见一股殷红的鲜血喷溅在李家的大门上，在那门楼上开成一朵巨大的菊花。这时候，我听到一个声音像是从地狱里传出来：好人啊，快补我一刀吧。我吓出一身汗来，赶紧逃出了那条弄堂，一口气跑到家里。

父母不知道为了一件什么事正吵得昏天黑地，见我吓得面如土灰一头钻进房里，母亲骂着说："小短命死的，撞上鬼了吗?"我用无法连贯的语句说："真的撞上鬼了，我看到，挑水驮子了。"母亲一把就将我抱在怀里，不住声地念叨着："我儿不怕，我儿不怕啊。"父亲叹口气说："哪一天就该临到我头上了吧。"

（选自《清明》杂志2007年第二期）

孔　阳

祸起萧墙（节选）

（八）

凡一与丁介民做了十几年的夫妻，从来没有因为第三个人而影响他们的感情，当然不仅仅指第三者。这是凡一曾经在萧墙面前提及的，可见凡一夫妻彼此之间的信任。既然有这样深厚的感情基础，而对于丁介民的这一次节外生枝，凡一会宽容吗？不宽容她又会怎么着？离婚？上法庭？告自己破坏他人婚姻？这类的种种猜测整天游历在萧墙的脑海里，萧墙也快中邪了，每个黄昏一个人来回穿梭在从理想国花园到江州大学校的路上，心里就琢磨这些问题，情形有如灵魂脱离肉体，留下单薄的身体一路飘荡。

和凡一在一起的时候，萧墙几次冲动想说，凡一姐我想跟你谈谈，但是这话结果还是被压制回去。有一天凡一突然说："假如丁介民知道了这件事，他一定会责怪我，没有管教好你。不过我觉得还是应该电话告诉他，让他知道，他知道了，说不定还帮我们出些点子。"萧墙一听顿时惊慌："凡一姐……"萧墙后半句卡在喉咙里。凡一表情和蔼地定下眼睛看着她，等待下半句。这一定睛把萧墙吓坏了，萧墙扭转脸去对窗外说："不能说，不，我是说，不能让丁老师知道，他会嫌，会厌恶我们的。"萧墙语无伦次，也算敷衍了事，萧墙的难堪可有多种理解，未婚生子，本来就羞得不堪入目，还愿让尊师知道？凡一又会怎么样呢，凡一浅浅一笑什么也没说了。凡一的笑一点不复杂不狡黠，是自然，是那种又疼又恨的亲切，但是，萧墙与日俱增地感到，凡一越来越陌生，在这件事情上，凡一不可能成为自己最亲近的人。

凡一其实是在一种被动的情形下接受萧墙及其遭遇的。当初凡一只觉得自己做了件雪中送炭的好事，没想到这件却给她带来许多麻烦，损坏了她在读者和朋友们心中的良好形象不说，连领导也追根究底地追查起这件事。凡一的所在单位，几乎所有人都知道这件事——凡一收留了一对被人抛弃的母子，而且这个孩子正是前段时间晚报开专题讨论的某卫生间的弃婴。“凡一怎么喜欢管这类事？”“她与那对母子到底是什么关系？”“凡一这一招是不是使用‘偷梁换柱’计。”外界的传言和猜测褒贬不一，舆论压力使凡一渐渐不安起来。在这些谣言中她好像获得一种奇怪而珍重的预感，这孩子真的与她家有关系？凡一便不敢再往下想了。谣言中有这样的话：是不是因为凡一不能生育，就找人为她丈夫生了一个？人言可畏，在江州这个小城镇发展起来的新城市中，人们的观念和思想还滞留在较低的水平线上。一方人形成一方文化，你凡一是作家，又能怎么样，你又能超脱谁？所以这一阵子面对萧墙凡一很少有言语，她或许觉得无话可说，责备？教训一顿？或者叫她母子搬走。这些都毫不实际，一切都是亡羊补牢，来不及了。

所幸外界都把这个非婚生女说成是“舒双琴”，这虽与当初晚报搞专题讨论所推断的女大学生不符，但人们还是乐于接受后者的，打工妹嘛，社会弱势群体，被人欺负很正常，把小孩生在卫生间自己偷偷跑走更是正常。这样一来，凡一与萧墙的师生关系就完好无损，偶像与尊师的形象，依然存在。在凡一的社交圈，莫逆的朋友都知道凡一有这么一位女学生，因而萧墙的声誉对凡一同样重要。

凡一的社会舆论起源于那次去电视台做的一档节目。那一天，也就是萧墙和双琴从二十里埠将小孩接回来的当晚，市电视台的女主持人杨小春打来电话，硬是要约凡一明天去电视台就这个论题做一档谈话节目。事后凡一得知是保健医院为杨小春提供这一最新新闻线索的。杨小春主持的节目叫《接触》，纯都市谈话类型的文艺节目，每周一次，大多是邀请一些社会名流客串，谈些热点焦点现象或问题。杨小春说，前段时间晚报就此为个案搞专题讨论的时候她就想邀请凡一，谈谈自己的观点，只因这事当时没具体结果，且几家媒体都是不了了之，电视台便放弃了做节目的念头。现在既然事情水落石出，而且参与人居然是本市名流凡一女士，她们电视台自然不放过这一精彩机会，于是抢先约定搞独家专访，请凡一女士做这档长达40分钟的节目。面对媒体的这般热情和兴风作浪，凡一没有任何理由推脱，于是就去了。

录制节目是在电视台一间600平米的演播厅。音乐演奏加摄像七八个人围在周边，凡一和年轻漂亮的女主持人杨小春对坐在圆形舞台正中，她们背后的幕景是毕加索的巨型油画《亚维农少女》。凡一由于心情复杂，今天的着装特意给自己选了一套黑色束装，黑色是神秘奇妙的色素，它可以帮你节制和处理各种过激的情绪，狂热，痛苦、悲伤或者无奈，都可调节得恰到好处，至少不会刺激别人的审美情趣。虽然这档节目不是直播，但人往中间一坐，就容不得太多迟疑。如果是讨论别的什么社会问题，凡一无需腹稿，随问随答，都能娓娓道来。可今天这话题实在让凡一尴尬。女主持人亮开质感的嗓音做了精彩的开场白，接下来的重镜头就是凡一：

“未婚先育问题的确是一个很严重的社会问题，我们应该予以重视和正确引导。”凡一说。主持人话锋一转就落到了实处，“请问您是在什么情况得知这个消息的?”“她是江州一所高校的在读研究生，孤身一人在江州，事发之后，也就是晚报专题讨论之后，她主动找到了我。”事到如今只得实说，身为有头面的社会人物，凡一无法掩饰，要知道谎言是个遥遥无期的阶梯，凡一支撑不住。于是女作家直言不讳，表情果敢，但果敢的同时她好像也谴责自己，这事也有她的责任。女主持人很灵敏，问话也很有分寸。有几次提问，她意识到问得不妥当，就招呼导演，“镜头重来一次”，无论怎样，凡一整个过程中都表现得很坦荡，毕竟审时度势频繁出电视镜头的人，凡一是能现时应付的。

但是在几天后的晚上电视上播放节目的时候，凡一看到的却是一组被修改剪辑的精美无比的对答镜头。除萧墙本人外，任何一个江州观众都看不出，凡一所讲到的“学生”就是萧墙，并不是说萧墙是无名小卒，而是指凡一表露的高超与委婉。

电视上播放这个节目的时候，萧墙正躺在大学公寓的床上。是头一天听双琴说的，为收养婴儿的事，凡一姐硬被逼到电视台做节目了，今天晚上放。电视屏幕上，庄重的凡一侃侃而谈，神态坦然得恰似在对一场与她生活无关痛痒的伊拉克战争做评判。萧墙看过有一种后怕，萧墙这会才真正感到自己闯下了弥天大祸，不可收拾，后果不堪设想。

萧墙的社会压力至少现在是没有的，除了凡一日渐恶化的情绪和来自自身的精神恐慌，应该说萧墙的生活外在看来平静如水。在江州大学校园内，在萧墙的生活圈中，一切都像没发生过。而在凡一的生活中却是瓦片打水漂，一次比一次翘。自从凡一在电视上就此露面以后，凡一的朋友、同事，领导乃至老乡纷纷打来电话，对此事表现出极大的好奇和质疑，凡一应付不过来的时候只得让双琴去跟她说，双琴把这事说得支支吾吾露头不露脚，越发使那些亲朋好友发生兴趣。

（九）

夏天来临，鸟和空气都变得明媚起来。城市季节变换的标志是服装，江州城的大街上，稍微年轻一点的人都换上了亮而薄的衣裳，特别是女孩子，像是迫不及待地展现自己好看的肢体，一会儿一个的穿露肚脐眼的贴身背心，扭来扭去的，给年轻的江州城装点几份朝气和俏皮。这个夏天不属于萧墙，说不属于是因为萧墙现在是另类。那么对凡一来说这个夏天会拒绝她吗？当然不会，但是不是另类的凡一却一直在拒绝这个夏天。她讨厌出门，上街购物，开会，都讨厌，总之她讨厌人群。“天黄黄地黄黄我家有个夜哭郎。”这个歌谣在凡一的豪宅长久地回荡，搅得凡一心慌又烦躁。凡一经常搬一把藤椅在阳台上一坐就是一个下午，一动不动呆若木鸡。无论想什么事也不能想成这样吧！双琴如果凑上来这样说一句，凡一马上就会发火，凡一的脾气像真正进入了医学上所描述的更年期状态。但是凡一和萧墙在一起的时候，凡一又特别的收敛，而且愈发变得客气了，开始时，萧墙以为是凡一用心，怕伤害萧墙的自尊心，未婚生子毕竟不是光彩的事，虽然在这个海纳百川的年代。渐渐的萧墙发现凡一并非是照顾自己的情绪，而是在关注她自己情绪，这就让萧墙恐怖了——女人真有第六感觉？萧墙在凡一面前无条件地猥琐起来，而且认账的念头忽闪忽现。两个女人之间明显隔了一层膜，却不是一捅就破的窗户纸，那层膜就是一种粘粘糊糊的东西，越搅越粘，弄是一时两时弄不清的。

凡一烦躁的时候会冲双琴发脾气，双琴就会把一肚子怨气撒在萧墙身上，说你的脸皮真厚啊，厚颜无耻，我真佩服你。这会儿，萧墙就倍感委屈和寄人篱下，情不自禁地想到远在国外的丁介民，丁介民逍遥法外，这种不公平构成了萧墙心理久蓄的仇恨。萧墙在想，坚持就是胜利，等丁介民回后，这件事就不再是自己一个人承担，大白天下，大逆不道也不是我萧墙一个人的羞耻。萧墙现在守望丁介民的心境就如同中国宋朝的皇帝被关进北国坐井观天一样，想入非非而又遥不可及。

萧墙也倍感劳累了，谁也无法理解萧墙心灵深处的孤独和飘摇感。萧墙常在夜晚的校园飘来飘去，魂不附体，江州迷人的高府啊，亲近你，为何要我付出如此惨重的代价？萧墙飘到教授楼前，望到那幢楼上一家没开灯的窗子，就想起与丁介民的一夜情。那窗就是丁介民房子的窗，在四楼，朝南。现在人去楼空，黑窗悬挂在摇晃的树梢间，沉静中往事就清晰起来，萧墙不禁潸然泪下。

（十一）

丁介民出国之后，萧墙突然感到生活空洞起来。系里面熟知丁介民与萧墙关系的人，开始用异样的眼光看萧墙，仿佛她被人遗弃。当然人们并不知道萧墙有身孕，否则还不知招来什么样的冷眼呢。孤独的萧墙甚至感到身体里的小生命是她在这个城市的唯一支撑。萧墙每一天机械地生活，上课从来不与其他同学多说一句话。公寓里住同一房间的女同学问萧墙，你怎么心事重重，为就业的事？离毕业还早呢？萧墙说，不是。萧墙很真诚的告诉同学，我想搬出去住，到校外去租房子。同学问，为什么？萧墙说原因很多种，我在这里住久了奇怪地厌烦，想换个环境。另外，因为急需要钱，我在江州教育学院找了一份兼职教师的工作，一周六节课。怕系里有导师知道，怕影响不好。同学听了这番话，定住眼睛看着萧墙，萧墙有些不自在。同学凑上前低声说："你怀孕了。"萧墙心里咯咚一下，低下头去，很久以后萧墙说："你要为我保密。"同学说："你不准备做掉？"萧墙思索着说："现在还没想好。"

（十二）

多多日见白胖可爱起来，而且开始识别人。多多哭闹的时候只有双琴能哄住他。多多与萧墙毕竟母子天性，萧墙抱着还算温顺。让人啼笑皆非的是多多每回看到凡一，就莫名其妙地不耐烦。这一来凡一突然觉得自己有什么怪异之处，多多的这种择人取宠让凡一极大地丧失了身为女性的某种自信。于是看到萧墙抱小孩，凡一就不住地数落她，你还是让双琴抱吧，我一看到你抱小孩的姿势，就心里紧张，我是担心小孩被你搂得难受。其实我俩都一样，不是合格的中国妇女。双琴在一旁插嘴道，凡一姐这话明显在歧视我。我是中国妇女，我还活在旧社会，你们是被解放的中国女性，是新时代的时髦女性，有文化。再说会带小孩也不算优点，是命。我倒羡慕萧墙只生不养，像母鸡下蛋。看她那样子，就像十七八岁的黄花闺女，要是在我们乡下，生过小孩的女人都是泥巴。凡一对双琴这种神经病式的拦路抢劫，渐渐有些暗自欢喜。而萧墙在这夹缝间愈发感到无所适从了。三个女人围绕多多生活在一起，关系越来越微妙。双琴说话尖刀子嘴，还虎视眈眈。凡一就特别的有分寸感，偶尔来个双响炮，也表现得恰到好处。

丁介民回国了。下飞机的时候没有一个人去接他。

头天晚上在电话里丁介民反复说着飞机抵达江州的具体时间，凡一听了显得淡淡的："早点晚点无所谓，反正家里都有人在，我叫双琴为你备好你最喜欢吃的菜。"丁介民一到家，就看见室内多了个多多，丁介民问："双琴什么时候结婚的，怎么就生孩子了。”双琴先含蓄笑笑，很老到地说，“没结婚就不能生孩子，国家不早就有法规政策了吗，单身女人准许生子。”丁介民被双琴弄得脸上都泛红了，亏了双琴还能说出口。回到家里一天一夜一过，丁介民就知道孩子不像是双琴生的，比如双琴骂小孩的粗俗与讽刺话，实在不像是做母亲的骂的，同时言语间还夹杂着对凡一姐的恩德的赞颂，说你闹，闹，闹什么呢，生在福中不知福，也是凡一姐心肠好，要依我早把你送回孤儿院了。

丁介民问凡一，“那孩子不是双琴的吧，我看像是你收养的，你怎么要搞个小孩回来养？也不跟我商量一下。”

凡一打趣道：“女人老了，不被男人宠爱，感情无寄托，就养条后路，怎么，不好吗？”丁介民气急败坏地说，“我怎么感觉你越来越陌生？”

丁介民回来后愈发感到家中气氛不对劲，凡一的冷淡与双琴的狂妄非常明显地展示出那个孩子的来路不凡。丁介民也懒得追根究底，几天里来开始忙碌着开汇报会给学校撰写讲学带回来的材料。丁介民和萧墙碰面是在五天以后系里举办的小型报告会上，从国外回来的江州大学的两位年轻教授与省社科院研究员、省党校干部、省政府领导共十几位高层知识分子聚集在江州大学搞了个科研报告会。社会学研究生全部到会听报告。萧墙坐在人群中看见丁介民，眼里盛满了复杂的神情，当然更有仇恨。丁介民心里也七上八下的，萧墙溢过来的眼光好像在为他的喜新厌旧或忘恩负义而痛心疾首。丁介民认为自己并没做错什么，可思来想去还是为这半年来的对萧墙的冷落而惭愧不安，散会后，丁介民拒绝了会议的盛宴约萧墙到学校旁边的一餐馆吃饭。

丁介民见到萧墙第一句就是，“谈男朋友了吗？”丁介民自己也说不好为什么要问这话，大概对年轻漂亮的女子都应该问这类问题，以此博得对方的欢心。可丁介民这么问萧墙，话就变味了，萧墙敏感地认为这话是在卸他曾经作为一夜情人的责任，此外还有讽刺意味。

萧墙没有回答他这些过场话，而是直接严肃地问：“凡一姐有没有与你谈话？”

丁介民审视着萧墙，内心有莫名的慌乱。

萧墙紧接着直言不讳，“你走以后，我生下了一个孩子，男孩，现在就在你的家里。”

丁介民愣了一会，眼睛里竟然转出一线泪光，泪光闪了一下就被眼神覆盖了。丁介民笑了：“你不是在做家家吧！怎么把孩子放到我家去，这事与我有关系吗?”

萧墙感到五雷轰顶，萧墙本来主张等丁介民回来将此事摊牌，共商良策。没想到丁介民如此铁石心肠人面兽心，同时她也感到丁介民的这种反应应验了自己一直恐怖的某种预感，男人都是一路货色，丁介民的虚伪和推卸，激起了萧墙的怒火，萧墙的情绪难以自控：“你不承认？你想不负责任。好，这是你逼我做的呵。”萧墙说罢拿起桌上的小包转身就朝门外冲去。丁介民急忙上去一把揪住她：“你想干什么?”萧墙气势汹汹：“放开我，我想干什么，到时候你自然知道。”丁介民再想说什么，萧墙早已挣脱开疯人一般向马路边冲去。望着白晃晃的阳光下萧墙仓皇而逃的背影，丁介民感到两腿发软心乱如麻，这一刻的丁介民真正领略了“崩溃”二字的力量。

(十五)

关于离婚的事，丁介民执意不肯答应。这个时候是检验男人的关键时候，如果是狐狸都会在这个时候露出狐狸尾巴。也不知道当下的中国城市男人，是怎样的一种生活哲学，婚外情搞得塌下了天，仍死活不肯离婚，你说他们是爱老婆吧，毫无根据。这真是一种畸形的社会心态，丁介民也只是千百万中国男人的一个缩影。既然不肯离婚那就一定要尽快摆脱萧墙，萧墙的爱已经成为丁介民巨大的累赘，萧墙现在不再是他们家的门面和锦上添花值得炫耀的标志，而是一个障碍，她极大地影响着丁介民夫妇完美的高知家庭形象，影响丁介民绅士风度。可是萧墙呢，硬是一竿子插到底，非要逼着丁介民离婚。这是萧墙原先想都不敢想的事，萧墙之所以产生这个念头，并且逼丁介民逼得愈发疯狂，是受了凡一非主观因素的暗示，况且凡一现在也正付出行动，这在无形中就给萧墙增强了底气。于是萧墙见风使舵开始了旷日持久的反婚战争。

萧墙使完各种招数，也没能约到丁介民见面谈话。打手机不接，调换公用电话打，对方听到一声喂就啪地关机，弄得萧墙可怜兮兮失魂落魄。后来，萧墙干脆一到傍晚就准时守候在江州大学教授楼，竭力捕捉。因为萧墙还有这边房子的钥匙，所以她的捕捉程序基本合乎正常逻辑，这让丁介民很容易防范，一连几天萧墙猫在沙发里等到天亮也不见到丁介民一个鬼影子回来。接着萧墙转换了作战方式，傍晚回来躲藏在楼道里，不进屋，不开灯，搞空城计，可是也没有逮到丁介民。萧墙知道在夫妻僵持的特殊时期，丁介民是不会去理想国花园过夜的，他要自尊，要脸皮，要绅士风度。更不会去其他朋友家，可是他去了什么地方呢？萧墙灵光一闪，就跑到校园西区的外教宾馆来找，到总台一查登记本，还真查到了丁介民的名字，住在204房间。

服务员说204房间的男人独来独往一般是早上七点多出门，傍晚却回来得很早，六点不到就提着盒饭回房间来。现在嘛，服务员看看墙壁上的挂钟五点过四十，说差不多快要回来了。萧墙一听快要回来了，不禁精神抖擞，同时心里也害怕地跳起来，毕竟是女孩子，干事锋芒毕露却又后劲不足，可萧墙还是握紧拳头给自己鼓劲，丁介民你这个流氓，我倒要看你躲到什么时候，你不离婚，不给我一个交待，你就永无安宁之日。

丁介民不仅是流氓还是个料事如神的狐狸，萧墙这天坐在外教宾馆二楼楼口的服务室守到十一点多依然菜篮打水一场空。值班小姐睡意蒙胧哈欠连天早就不耐烦，说204那男的是你男人？还是那种男人？你也是的，人家不要你，你还赖着人家要，有什么意义。萧墙瞟了她一眼，你这人怎么说话这么没教养？值班小姐笑着讽刺道，哟，你有教养？

萧墙顶了几句，见事不妙，赶紧忍气吞声离开宾馆，也只有萧墙自己清楚四个月前她在宾馆一楼楼梯口的卫生间里，生下了多多，这事在江州大学闹得沸沸扬扬但没有一人知道是本校学生萧墙所为。今晚萧墙故地重走触景生情不禁做贼心虚，值班小姐一句讥笑话让萧墙两腿发软，萧墙最恐惧的是宾馆有人认出她来。

（十七）

丁介民将这个月的研究生班的面授课程和另一个教师进行了调换，那个教师没问缘由就换了。丁介民卖这么大的面子，拐这么大的弯，为的是躲避萧墙。可他忽略了一个最简单的问题，萧墙也可以插班听课，学生交叉听课难道需要导师批准吗，既然不需要那么萧墙就可随时窜到任何一个班上去听课。

这天下午在A楼302室是02级学生的课，萧墙早就弄清楚了，今天授课的导师是丁介民。教室里包括萧墙在内共有七个学生，在丁介民还没来到之前大家就埋头坐着看起书来，换个导师讲课，同学们觉得新鲜就愈发认真。几分钟后丁介民果然显形，丁介民走上讲台上两手撑在课桌上，摆出一副尊容正要开口对同学们说话，萧墙就在这时十分真切地出现在他视线里。萧墙稳如泰山，目光十分平静地向丁介民投射而来，萧墙的目光似乎有点欲擒故纵的味道。丁介民在一刹那目瞪口呆，但凭着老道还是稳住了场面，没让自己惊惶失措，更没扰乱台前的学生们。丁介民的嘴唇轻轻启动了一下，仿佛说了句萧墙你好，很快他就转过背去，抓起黑板擦，擦起黑板来，狠狠的擦着，丁介民将四块滑动黑板擦得光洁如洗。无论多长时间，混场的动作总归要结束的。丁介民这时突然回头来宣布，今天自修，下午的课不上了。在场的同学们对这一突变惊诧却并无异议，大家非常认真地看起书来。只有萧墙知道丁介民葫芦里卖的什么药。丁介民宣布结束就准备收书走路，萧墙好不容易才找到他，不可能掉以轻心："丁老师，我有问题向你请教。"丁介民说："我现在有事，下次吧，下次上课再问。"丁介民说完就要走，萧墙仿佛手拉风筝一时失控，手忙脚乱不禁大声叫起来："丁介民，你别想走，你以为躲就能使你的罪过销声匿迹？我要报仇雪恨，你不离婚，我就要把江州城弄翻。"萧墙这一阵乱叫惊起全班人的好奇和恐慌。丁介民骑虎难下，还装模作样，说她是你们班的吗，我怎么不认识她，有没有搞错啊？又说，她是不是生病了？说着就朝门外走去。萧墙感到莫大的耻辱，丁介民你这个流氓，这下子把萧墙气得火冒三丈。是福不是祸是祸躲不过，接下来丁介民一直恐惧的事情终于发生了。失去理智的萧墙冲上前抓起桌上的黑板擦朝丁介民猛力砸去，突然间就听到一声闷响，正砸到丁介民的左额头上，因为丁介民朝门外走时，恰好横过脸来向里面看，黑板擦就分毫不差砸到左额头上，算是丁介民积了点德没砸到眼睛，丁介民痛得哎哟一声惨叫，手捂着头额踉跄几步晕在门框上，血，霎时流淌下来。这场面把学生们吓得面面相觑，惊恐万分，几个男生急速拥上来，丁老师，丁老师没事吧。丁介民坚强地摆摆手，这种坚强的手势似乎在尽力掩饰被砸的狼狈，大家蜂拥乱成一片，不知谁提出报案，却被丁介民阻止了："没事，快，扶我去医院。"

萧墙也被自己的极端举动吓慌了，泪水滚落下来。剩下的两个女同学本想劝说点什么，可这样的事又不知说什么好，于是大家陪着萧墙沉默甚至呆滞地站在教室中间，以此为她承受痛苦与不幸。

萧墙的一失足却酿成了弥天大祸，几天后怨气郁结骑虎难下的丁介民，头上裹着白色药棉纱布的丁介民，一张起诉状把萧墙送上了法庭。然而正是那一块黑板擦成为萧墙的罪祸根源，它触及了中国刑法第257条暴力干涉婚姻自由罪。与此同时在这场官司中萧墙还犯有非婚生女溺婴、弃婴等残害婴儿的法律行为（指将婴儿扔在宾馆卫生间）。行为残暴与道德败坏，天理难容，就此，我们的女主人公，才情横溢的大学研究生萧墙，被江州市人民法院一审判处有期徒刑两年。

公正的法律也给了丁介民相应的处分，但这都在丁介民预料的和愿意接受的，根据刑法第258条重婚罪，一审判其拘役6个月。因为丁介民是高校出类拔萃的科研尖子，当前又有省政府交予的重大科研项目在身，且非主观因素造成犯罪后果，固从宽处置，即，缓刑6个月。6个月之内丁介民将定期向公安机关汇报思想改造情况。

那天在一审法庭，宣布判决结束后，法官摘下帽子，露出慈祥的面孔，他走到萧墙面前异常怜惜地再次提醒这位年轻漂亮的女学生，“法律规定如被告不服本判决，15日内可向本院提起上诉。”萧墙看着他感激地笑了笑，示意就认命了。萧墙根本不想上诉，她觉得她对丁介民够残忍了，自己也已经很疲倦了，这是她唯一的也是最好的可以解脱的理由和方式。

（十八）

历久弥新，盛宴必散。公元2003年9月，江州大学新一届学生入学了，丁介民又在忙着填写社会系新生第一学年课程教学进度表。这一年9月，凡一向单位递交了辞职报告。凡一觉得每天上班很累，当“作家”更累。多多越来越可爱，甚至让她爱得有些离不开，她决定和双琴带多多到双琴的家乡，皖西农村去生活，那种世外桃源的生活是她向往已久的。说走就走，在整理行装的时候，凡一激动不已，她一兴奋就给晚报的朋友拨通电话：“快，发一条消息，女作家凡一带着养子多多与她家的小保姆隐居皖西农村。”2003年9月也正是萧墙生育期满六个月，按规定罪犯可以接受法律制裁了。

江州城对萧墙来说果真一场春梦，雁过无痕？这一天，江州市公安专车将萧墙发配到距江州城八百里的本省南部长江北岸一个名叫白阳湖农场的地方。萧墙将在白阳湖重新接受思想与体力的全面改造与教育。

九月的长江北岸，秋高气爽，怡人景物中飘散着熟谷物的清香。萧墙站在空旷的农场田野草滩上，突然觉得眼前的山峦、白云，飞鸟的鸣叫是如此的熟悉和亲切，萧墙醒悟这里原来和家乡的山水一样，和家乡有着一样的气息。萧墙生长在农村，对这样的气候有天然的融洽，萧墙突然感到，这里其实比城市更好，广阔的草地会给她带来童年一样的真实和安全。

（十九）

寒假来临。风霜漫漫，太阳在天地间洒着冰冷白亮的光芒。丁介民提着新购的衣物来到八百里外的白阳湖农场看萧墙。

丁介民和萧墙在会见室里隔着长条桌面对面坐下来。萧墙看到仪表依然绅士风度的丁介民，久别思念的浓情突然消失，不禁内心复燃起切齿之恨，仇恨之火。

丁介民从萧墙眼里看出了自己的罪过："小墙，你不要太任性，表现好点，争取提前出狱。我已经安排好了，把你送到法国继续深造，你不是梦想去法国吗，校方学籍档案依然为你保存，只要你听话，出来后不再惹事，你的这段经历算不了什么，不会影响你的前程。"

萧墙说："什么，出国？你又要把我送出国，难道这样还不够吗？你为什么就容不得我在江州？"

丁介民急了："傻姑娘，你不懂，在江州与去法国对你来说是两种完全不同的前程命运，你还年轻，又有才情，我这是为你好。"

"为我好？那为什么把我送到白阳湖来？"

丁介民低下头来，长叹一声，然后将萧墙两只手拉过来，拢在一起，紧握着，内心隐隐作痛："很多人都喜欢说那句话，'人在江湖身不由己'，我也是没办法，对于一个男人来说名声和地位高于一切。你知道，我不这样做，就会失去一切，包括你。"

萧墙眯起眼睛看着面前的男人，对他的自私与振振有词，心里深恶痛绝，"你是流氓。"萧墙破口大骂起来，一腔仇恨，满腹委屈朝着丁介民发泄开来，"你自私，虚伪，卑鄙，你是一个大流氓。"丁介民开始还感到惊诧和难堪，可看到萧墙越骂越痛快，他就低下头来任凭萧墙骂，丁介民似乎觉得萧墙骂的越激烈他自己的秽罪就洗得越干净，丁介民深感自己罪有应得。

"流氓，你这个大流氓。"萧墙声泪俱下，丁介民掏出纸巾帮她擦眼泪。

萧墙的骂声引来窗外人驻足，包括几个穿制服的管教干部围拢到窗边来看稀奇，"快，快看，有人在骂'流氓'。"

（选自《上海小说》2004 第 1 期）

孔银姣

寂寞的树

一

何佬当了二十多年的生产队长，到处开会作报告，天天忆苦思甜，把做庄稼的活计撂疏了，锄头和犁耙全生了锈。那一年政府分田到户，何佬着急了。几个女伢已出嫁，一个儿子还小，生产队不给工分，自己又懒得做田，吃什么?

何佬大名何刘来，精瘦的身子，圆扁头壳，几颗门牙长得往外冒。冬天喜欢穿着一件大棉袄，很长，拖齐小腿肚子，人就显得格外矮胖。他家住在天罗山，山脚下有条三岔路，路旁有棵两抱粗的老枫树，树下常有牛贩子、货郎担在那打尖歇息。何佬脑子转了几转，利用当队长的权力，把那块山分给了自己。不久，就到三岔路口搭了三间草屋，开了个茶馆，顺带卖些黄烟、纸烟，糖果、麻花、黄表纸。还有女人用的手巾、袜子。

其实何佬脑壳不笨，练得一副好嗓子，嘴甜手快，见人说人话，见鬼说鬼话。最会唱长吆吆的山歌，唱起歌来拿腔带调，拖着哭音，乍一听还以为是哪里死了人。每日早晨起来，就用污渍斑斑的紫砂壶，泡一壶酽茶，坐在门前的竹椅上，唱“十月怀胎娘辛苦”。可惜没得文化，不识字，对于歌词，全靠自己粗俗的理解。见女人从马路上过，连忙眯起眼笑，改唱“十八摸”。若来了兴致，又自己编些词儿扯着嗓子唱：

寮姐不要多齐整，
只要灵泛会为人啊!
花姐走郎门前过，
爱煞郎的心窝窝啊……

然后喊女人进来喝茶。女人笑骂：“一张水嘴!”身子已进了屋来，坐在竹床上喝谷尖茶。这谷尖茶何佬自己是舍不得喝的，留着在女人面前装门面。

当然这谷尖茶也不会白给人喝，何佬看船下篙，遇上花心些的女子，喝着喝着，见马路上没人，就一脚踢上店门，把女人弄到里屋去“十八摸”。摸过后，女人笑着说一碗茶就把人打发了么？何佬只好到柜台里拿双花尼龙袜子，塞进女人裤袋里。好像也送过香肥皂和毛巾之类的东西。好在何佬的老婆眼睛不清爽，整天缩在老屋里不出门。

梅子是何佬的老相好。有回梅子家里杀了条牛，牛肉要卖掉还债，就剩一副牛蹄子。梅子把牛蹄子煨烂，假装上山扒柴，背着柴篓来到茶馆，叫何佬夜里到她家吃牛蹄子去。梅子的男人外出卖牛肉去了，何佬缩在她家吃了一碗煨得稀烂的牛蹄筋。那男人回来后，见老婆只给他盛了一碗骨头汤，就说：“怎么这牛蹄子尽是骨头哇?”

这件事成为何佬一生的荣耀，这段艳史四乡八镇无人不晓。何佬讲了几十年，当然他要将真实姓名隐去，要不然怕人家撵上门来打嘴砸锅。说的次数太多了，人们都能把这故事背下来。后来只要何佬一开口，别人就说，“这牛蹄子怎么尽是骨头哇?”他就满足得摇头摆尾，比做了镇长还要得意。于是有人送了他个外号：牛蹄子何佬。

何佬的嘴上功夫实在了得，除了会唱荤曲，还擅长说媒。一到天黑，他将店门一关，就到人家去蹭夜饭。何佬毕竟当过生产队长，早年是个有身份的人，怎会白吃人家的饭菜呢？饭桌上，他舌吐莲花，口翻白沫，把个瘌痢头说成云雾山，把个痴呆女人说成旺夫相。在社岭镇，何佬是名人，大小也算得个店老板。他的茶馆坐落在三岔路口，人气又旺，因此一般的百姓人家，以托何佬做媒为荣。大部分亲事，只要何佬上过几次门，想不成都难。有些是男伢女伢早就认识，暗里也偷偷尝过腥了，巴不得何佬连夜把他们撮合成夫妻。其实，很多人家只是请何佬串个媒，那样的媒当然好做。

何佬做媒的瘾头越来越大，做到后来就成了活广告。如果有人怀疑他的能力，他就气壮如牛地说：“张某某、李某某都是我做的媒，凡是我做的媒没一只寡蛋，个个都生儿生女。”又说，“我做媒的女人经用，越用越胖，越用越活泛。”说得人家公婆心里感激不尽。

何佬也有说话漏气的时候。

有个女子离了婚，暂时住在娘家。父母就托何佬为女儿寻个婆家。何佬颇费了些口舌，才劝动一个肯娶二水货的男人。那男人也是结过婚的，老婆跟人跑了，可那男人却发誓要找个黄花闺女。何佬就说，黄花闺女并不好用些。如今这年头，要想找个真正的黄花闺女，除非先买个小嫩妹回家慢慢养，守着她慢慢长熟，要不然外面花花世界，哪个又能保证交到手上的是黄花闺女呢？那男人终究被何佬说得点头同意。

何佬又跑到女方家去，把那女子叫到跟前，苦口婆心，慢慢做工作，先说那男人一表人才，有点像电影明星；又说那男人如何有钱，手上戴着两只金戒指；接着就说那男人如何疼老婆。女子忙问，他这般会疼老婆，他老婆怎么跟人跑了呢？何佬一愣，接着笑道，他整天把老婆搂在怀里，任何事都不要老婆做。那老婆生怕自己闲出毛病来，又怕把他累死了要吃官司，哪有不逃走的道理？一番话说得那女子脸红耳热，她倒是个不怕吃官司的，于是点头同意了。偏在这时，何老又补充一句：“过夫嫂、连夜搞，你俩不如趁早结婚。”

听了这句话，那女子不乐意了，顿时就翻了脸，站起身来，指着何佬的鼻子呸道：“你这个老不死的牛屁股嘴！过夫嫂就不是人么？连夜搞那不成了牲口？我不要你做媒，你给我滚，滚远些！”

何佬很没面子，歇了好长时间没给人做媒。

二

茶馆开到七八年头上，何佬把三间草屋升成了瓦房。店铺里又添了几节明晃晃的玻璃柜台，货物逐年增多，钱财也越积越厚。这期间他老婆过世了，他成了鳏夫，带着儿子过日子。半夜想起老婆来，难免有几分孤独寂寞。不过，如今没人管着他，自由自在的身子，就觉得这日子过得跟神仙差不多。

何佬有个侄子叫何的狗。那何的狗是个小个子，背脊骨有些弯，几十斤重，又没老婆，整天的好逸恶劳，是个泼皮无赖。有次何的狗来买盐，何佬故意把秤杆摆弄得翘翘的，嘴上说：“哎呀，多一点就算了吧，反正你也不是外人。”

这类话，是何佬开店的习惯用语。偏偏何的狗较真，回家称了一下，少四两。虽说是侄儿，可那侄儿终归是个泼皮。惹恼了泼皮，何佬少不得要受些气。那泼皮当时也不做声，每次喝多了酒，就坐到何佬的茶馆门外去叫喊：“我叔疼我呀！我买两斤盐，他只扣掉四两！怪不得人家盖茶馆，就像撑起一把伞！”听着这话，茶客们把头扭过一边吃吃发笑。那泼皮就人来疯，越说越有味。

何佬被泼皮侄儿揭了脸皮，气不过，就跺脚骂他：“你这个坟山尾上出的东西，这般不争气，做柴烧都没得焰火。”泼皮嘻嘻地笑：“我要是争气，不也跟着叔学会扣秤了？”何佬怕坏了生意上的名声，急得直吼：“的狗，我叫你一声叔，中啵？”那泼皮说：“我怕雷打头呢！”说罢拍打着干瘪的屁股，笑着跑了。

有道是，亲戚只望亲戚好，兄弟只望兄弟倒。有钱的人，手要是攥得太紧了，不从缝隙里筛落些许好处来，自然会遭人怨恨的，贼也日夜惦记着你。某个月黑夜，茶馆的墙壁被人挖开了，偷去若干好烟好酒好茶叶。

何佬直到第二天早晨才发现遭了贼手，站在茶馆门口，捶胸顿足地哭喊起来，鼻涕掉进嘴里，他就用手抹一把，擦在鞋后跟上。他边哭边骂：“我挖了谁家的祖坟，竟这样起心害我！我寻的也是几个苦钱，侍候人的交意，针尖上削铁，还要熬更守夜……”就有茶客说，何佬，你昨晚喝酒没有？何佬说连酒杯都没碰过。茶客就说，肯定又是到哪里“十八摸”去了，讨了晦气。何佬生怕儿子怨恨，只得赌咒发誓，说他昨夜一直睡在茶馆里，好像被鬼迷昏了头，睡死了。又说那贼好手段，没弄出半分响动。

儿子长得半成熟，知道去派出所报案。民警左看右看，也没看出什么名堂，就叫何佬提供一些线索。何佬思来想去，认为侄儿最可疑。民警觉得这种怀疑不无道理，如果手脚干净，那还叫什么泼皮呢？于是拿出铐子，把何的狗捉走了。何的狗气得鼓眼暴睛的，说他那晚在十几里外，陪个寡妇人家睡觉，警察先生要是不信就去问吧，为慎重起见，警察找到了那个寡妇。寡妇说，那晚何的狗是在她家睡觉，一直到天亮才出门。有人证，派出所关了何的狗五天，见榨不出油水，只好放人。那泼皮站在派出所门外，死活不肯回去，说人又不是猪牛，白让你们关五天啊？好赖得给壶酒钱。警察就板起脸喝道，你白睡人家寡妇，难道还睡出理来了不成？

何的狗喂了五天虱子，连壶酒钱都没挣到，从此跟何佬结怨结仇，喝过酒就坐在茶馆门外，装疯卖傻，尽说些难听的话。只要何的狗一上门，茶馆就没法做生意。何佬说，我算惹了鬼了！那泼皮说何佬报假案，害得寡妇再也不肯理他，他找谁消遣去？何佬如果不给他讨个老婆，他这个鬼就天天来茶馆，直到把何佬缠死！

何佬怕泼皮，可有个人不怕——何佬的儿子。

儿子渐渐长大了，结实得像根树桩。

某日，何的狗又喝多了酒，赖在门外耍酒疯。

那小子也不出声，闷闷的走上前去，拎起那泼皮就往路边小水塘里扔，把那小个子堂兄扔得咕咕咚咚不泛头影。何的狗从水里爬起来，眨巴着眼睛，满头满脸全是泥浆。水塘边很多人看热闹，劝何佬父子俩不必跟个泼皮一般见识，毕竟是一根藤上结的瓜，免得别人看笑话。何的狗抖落着身上的水珠子，一边叫骂一边往家里跑。

但是，欠何佬的五百多块钱，却故意拖着不还。何佬上门讨要，那泼皮说，我是进过班房的人，精神受了损失。寡妇不要我了，我得找女人吧，五百块钱哪里够找个女人？何佬叹道，真是杀无血、剐无皮！那钱，就算是我烧给鬼的冥币吧。那泼皮两眼一瞪，突然吼叫起来："何刘来同去！你制造冤假错案，伤害我们老百姓，难道不该给我平反？你好歹吃过公家饭，当过领导干部，当真不懂政策啊？"这些年来，还只有何的狗记得自己曾经当过"领导干部"，何佬心里热乎乎的，又掏出两百块钱来，塞给那泼皮手里，低声说："叔哪会不懂政策？上级培养叔几十年，会白培养了吗？"

三

茶馆虽说人气旺，但来喝茶的都是些老头子，边喝茶边说古，有的还会背几句古书，显得很有城府的样子。不过在钱财上，却看得性命一般，在茶馆里泡了一天，临走时扔下四角钱一壶的茶钱。何佬实在没多大赚头，就带头打起麻将来，另收五角钱的台费。渐渐地何佬就迷上了打麻将，如若哪天不摸几圈，就失魂落魄。

迷上麻将后，生意就交给儿子去打理.

何佬的儿子名叫何子良，已经长成了一个大小伙子，家底又殷实，就有人来给何子良说媒。何佬亲自挑选，选中了塔山村里一户人家的大闺女。那女孩腿长腰高，脸盘儿漂亮，嘴巴又甜。何佬是惯会做媒的，又会看相。他不看那女孩的脸盘儿，却绕到后面去看人家的屁股，见那屁股厚墩墩的，便放下心来。这般肥厚的一只屁股，还愁不给他养个孙子？那女孩果然乖巧，蜜月里也不像个新娘子，跨进门来就炒菜烧饭："大，吃饭了。"说着就把饭菜端到何佬的麻将桌上.

"好，放在那。"何佬乐得嘴都合不拢，一边吃饭一边又去摸牌。

下午麻将歇场以后，何佬总不忘记把一天的营业款清点一遍，收到自己的小木箱里。何佬不识字，只认钱不认存折，钱太多了就叫儿子拿到银行去存，他自己总要从中拿出百把块钱来，收进旧衣服里，这不是藏私房钱，打麻将谁敢保证只赢不输呢？

"大，明日要进货，这钱……"儿媳妇说。

“明日进货，我再拿出来。”何佬说。

何佬忙着打麻将，常常打昏了头，难免有忘记收钱的时候。那天歇场时，儿媳妇终于忍不住了，试探着说：“大，你年纪大了，也该享享清福。你不如干脆让子良收钱算账，免得累着了你。再说，每次进货，这钱收进拿出的，很不方便。”

从此何佬就失去了收钱的权力。

何佬每次输了钱，就去店铺抽屉里拿，那天发现抽屉上锁了，媳妇靠着门框嗑瓜子，他不好意思找媳妇要钱，只得偷偷问儿子：“子良，那放钱的抽屉怎么上锁了?”

儿子说：“店里杂色人多，不上锁怎么行?钥匙在小芳手里，你去问她要吧，我又不管家。”何佬只得硬起头皮去找儿媳妇：“小芳，你把锁打开，我想拿些零钱。”媳妇刚刚嗑过瓜子，两片嘴唇红亮亮的，对何佬笑了笑：“大，我不是听你说天天赢钱了吗?既然天天都赢钱，那钱到哪去了?”何佬这才晓得他碰上了个厉害角色。

“我是想换些零钱。”他吱唔道。

媳妇嘴上虽然还在笑着，眼睛里却藏了几分冷淡。慢吞吞的打开抽屉，每次拿出一枚钢币来，两根手指头往桌上一压，发出咯噔一响，渐渐摆满了半张桌子，共计四十枚。何佬的脑门上早就渗出热汗来，又不好发作，只得将钢币用只破茶杯装好，往外走去，在出门的一刹那，他回头看了一眼儿媳妇的屁股。那屁股尽管照旧厚墩墩的，不过在何佬此刻看来，跟何的狗那只干瘪的屁股相比，儿媳妇的屁股漂亮不到哪去。

从此，何佬得小心看着儿媳妇的脸色。

四

有一天，突然有很多小车停在茶馆门口。从车上下来的人都夹着黑皮包。那些人在路边指指点点，说这里要建镇了。这条烂乎乎的土公路，要修成国道。公路两旁的田地，将全部征用，建成临街商品房。

何佬家占地最多，临街一排能做七间铺面。

何佬忙起来了，只得暂时歇下麻将，不时被镇里人请去开会，商量征地规划建镇的事情。有会开，何佬就想起了当队长时，那些辉煌的岁月。他天天像过年一样快活，回家后，就在儿子和媳妇面前吹牛，说镇里人如何看重他，镇长亲自请他在大会上发言，喊他“何刘来同志”，还专程为他置办了酒席。儿子不冷不热地说："大，你别被他们的酒灌昏了头，乱答应事情。"何佬说："我晓得，我当了几十年的生产队长，还不会说话吗，你放心吧，不会吃亏的。"何子良就教父亲如何到镇里去要钱，必要时可以倚老卖老，哪怕要点赖，他们不敢对你怎么样。何佬有些为难，说镇长喊他"何刘来同志"，要钱肯定得依照政策，他怎么好好意思找组织上乱要呢？儿子不乐了，有些生气地说，这都什么年头了，镇长那声"何刘来同志"，能换回一包卫生巾吗？听了这话，何佬愣了愣，忽然有些伤心。

不管怎样，这地方毕竟要变了，变成一个崭新的样子，因此，何佬还是很激动的。近些日子，他又去镇里开过几回会，镇长喊他"何刘来同志"，他就喊"镇长同志"，镇长乐呵呵地答应了。开会回来，他就在公路两旁转悠，一想到这些肥田好地将被废掉，在上面建商品房，盖工厂，何佬就很心疼，掏出手帕擦眼泪，对镇长说："镇长同志啊，这些田可是肥得流油的，掉根稻草都能长出稻子来……"

最令何佬伤心的是，路旁那棵老枫树也要被挖掉。

没事的时候，何佬常常摸着那棵树，嘴里叽叽咕咕的，谁也不知他在说些什么。那是一棵独树，旁边连个说话的伴也没有，很孤独。自从茶馆开张以来，树下就一下子热闹了，这树好像沾了人气，长得更加枝繁叶茂。秋天的时候，树上结了好多毛刺刺的球，冬天的北风一吹，地上黑黑的球一大片，何佬就把那些球扫回家烧茶。那种枫树球特别好烧，何佬在漫长的冬季里不缺柴火。何佬觉得，自己也是一棵独树。老婆死后，身边没个说话的伴。儿子跟媳妇倒是喜欢说笑的，但他们天没黑就关了房门，躲到一边去说笑，把他扔在堂屋里。他看着墙壁，上面只有一根孤独的影子。

为了保住那棵老枫树，何佬几次找到镇长，说镇长同志，树也是有灵性的，映照天罗山的老屋。老屋里的何氏家族人丁兴旺，就全靠这棵老枫树庇护。如果砍掉了，老屋里出了什么事，谁担当得起？镇长似乎有些生气了，大声说："何刘来同志！你几十年的队长是怎么当的？那是封建迷信！公路不能转弯修，必须砍掉那棵树。"何佬为了那棵老枫树，好几夜睡不着觉。

那些夜晚，他在睡梦里常常感到有人在砍他的手，砍他的脚，他被砍伐成一段一段的，浑身都疼。他从梦中疼醒了，却隐隐听见儿子房里传来低低的说笑声，于是，他心里也疼了起来。几天后，伐树的人带着电锯来了。儿子和媳妇在旁边说，这树早该砍掉了，立在门口影响做生意。何佬看见那锯屑是红的，说那是树流血了，摸出手帕擦眼泪……

五

不过两年时间，这里就建成了一座繁华小镇，中间是几十米宽的水泥路，两边齐扎扎的三层楼房，排了好几里。附近村里的民外出打工挣到了钱，就上街来买商品房。有也一部分是本地老百姓的，他们拿着土地补偿款，建起了小洋楼。何佬家占地最多，沿街建了一顺排七间店面房，因此成了镇上的首富。

这条街上各种店铺都有。何子良把店面房租了三间给人家，剩下四间，留着自己开了个百货批发部，请了两个小姑娘帮忙。家里一应大小事务，完全不用何佬操心了，他整天靠打麻将消磨光阴。

有位牌友找何佬借钱，何佬为了显富，将所有的私房钱全掏出来，从里面抽出一千块借给牌友。不想牌友还钱时被小偷盯上了，不但牌友还的一千块钱偷得精光，连何佬的钱包也掏走了。何佬攒了两年的私房钱，连丢带输的，所剩无几。

何佬没钱打牌了，觉得这日子实在无聊，就坐在店外的那张小木椅子上，扯起苍老的嗓音唱山歌，唱几句就“啪”的一声，吐出一口又浓又绿的冷痰。门口地下，四周一片全是痰渍，儿媳妇看了恶心，又不好意思说，只得用巴掌捂住嘴，匆匆走过去。

两个小姑娘没事时，就听何佬讲故事。

何佬说，从前有一个人家，生有三个女儿，找了三个女婿。有一年正月初二，三个女婿都到岳父家来拜年，轮流给岳父敬酒，岳父喝得半醉，想考考三个女婿，就指着手上的那把银酒壶说，你们谁能猜到这把酒壶有多重，我就把这酒壶就送给他。大女婿和二女婿都很聪明，家境也好，深得岳父的欢心。三女婿是个憨子，但三女儿却绝顶聪明，她轻轻伏在丈夫耳边说“十二两”。三女婿就说，我晓得，十二两，十二两。岳父不想给三女婿，想变着法子赖掉。正好这时候岳母走进客厅来，岳父就说，你们猜猜岳母有多重？三女婿又说十二两，十二两，全家哄堂大笑。三女婿说，你们笑什么？不信就称。岳父无奈，只好叫三个女婿帮忙把岳母用绳子绑起来用秤称。不想绳子断了，岳母咚隆一声跌出尿来，三女婿拍掌大笑，就说，我说十二两就十二两，还掺些水。

两个小女孩笑出眼泪来了。何佬就很得意，第二天又说了一个故事：说是从前有个员外家请了位私塾先生，腊月二十四，先生满工回家过年，员外就叫书童担些年货送先生回家，书童回来后，员外就问，先生家境如何？条件可好？书童说，先生家好。员外就问，怎样个好法？书童就说，先生家有十里路的柴火山，五里路的小菜园，滚珠圆门，四十八个天井，一根点火桩也要值几千两银子。

员外心想，先生的家境如此宽裕，还出来教书，明年一定要善待他。第二年，员外果然对先生格外客气。又到了年底，员外想亲自送先生回家，看看先生家到底是怎样的富贵。书童怕员外看出破绽要骂他，只得实话实说。十里路的柴火山，是先生在离家十里地的时候就沿途拾柴禾，五里路的时候就扯野菜，用晒筐做门，屋上破了四十八个洞，他老婆站在旁边拿着蜡烛做点火桩……

两个小姑娘又是一阵疯笑。

开始时挺新鲜的，听多了也觉无趣，加上何佬陋习难改，有时夹些粗俗的笑话进去，甚至还哼出一两句荤曲儿来，两个小姑娘听着不入耳，羞得粉脸通红。时间久了，儿子和媳妇以为何佬在小姑娘面前为老不尊，都不愿搭理他。

后来只要何佬开口说笑话，所有人都跑了。儿子和媳妇为了耳根清净，只得每天发十块钱给他，让他上别处玩去，免得他在门口吐绿痰，讲那些下流的笑话。可惜镇子虽大，却没有何佬玩的地方。

六

何佬孤寂无聊，又睡不着觉，每天早上四五点就起来跑步。镇上的人家渐来渐多，慢慢就有了很多退休的老头老太，他们或坐在街檐下聊天，或去广场上扭秧歌。何佬跟那些老头老太混熟了，但人家都是又有工资又有文化的人，嫌何佬浊俗，不愿陪他玩。何佬每天十块钱，想打牌是不够的，只能买些早点和零食。

儿媳妇常当着何佬的面对别人说，家里做屋借了很多债。何佬每天吃吃玩玩，还拿十块钱的工资，也算不错了，跟我娘家父亲相比，是在天堂里过日子。媳妇又说，我娘家父亲还要做田做地，还要养猪，我哥一年到头都不给他一百块钱。何佬想了想，觉得媳妇的话也有道理，餐餐在家吃饭，还拿十块钱工资，怎能还不知足呢？

这年春上，街西头又新开了一家洗头房。里面七八个小姑娘，都操外地口音。她们的衣着袒胸露背，惹得一街的男人心猿意马。洗头房整夜不关门，外面挂着两盏红灯笼。小姑娘们喜欢站在门口，见了过路客人就笑嘻嘻地招手。有天早晨，何佬沿着街边跑步，突然看见了一个熟人。那熟人姓林，是以前的公社书记，和何佬年龄差不多大。林书记的老婆是个白胖的老太太，已从卫生院里退休了。何佬看见林书记也在跑步，跑着跑着，就往那洗头房里一钻。何佬当时就蒙了，他很想喊一声“林书记同志”，可他不敢喊，怕闹笑话，因为儿子说过，“同志”换不来一包卫生巾。

从此之后，何佬就起得更早，沿着街边，往那洗头房方向跑去，留心看着，就常看见一些熟人往里面钻。那次，他看到“镇长同志”从里面出来，不觉大吃一惊，想起当初镇长喊他一声“何刘来同志”，喊得他热血沸腾，而现在，“镇长同志”也钻洗头房了，心里就想，儿子也许没说错，“同志”换不来一包卫生巾，“镇长同志”也不例外。这一刻，何佬心里很难过，同时又少不得有些想法，怨自己生不逢时。

跑步结束后，何佬就花三块钱，到附近茶馆里去喝一壶茶，吃两根油条。一壶茶要喝整整一个上午，喝到午饭熟了才回家。下午的时光是最难打发的。他想在家里看电视，可孙女儿抓住遥控器不放。他认为孙女儿看的电视节目肯定弄错了，猫怎么会害怕老鼠呢？假如老鼠都敢欺侮猫，这世道还能活人吗？越看越生气，就去店铺里闲逛。那两个听故事的小姑娘见了他，忙扭过身去，装模作样地念着商品说明书。媳妇却走过来了，先说不见了钱，接着又说不见了烟，何佬低着头离开了店铺。

他站在屋檐下，望着远山，眼里泪光闪闪。

七

何佬家的老屋在天罗山。

天罗山是一处风景非常优美的地方。山虽然不算太高，但树林茂密。溪水沿山沟往下流淌，涓涓潺潺，终年不息。香樟树、桔子树、松毛树、杉树、枫树……这些树木就像一个大家族的兄弟姐妹，和和美美的生活在同一片土地上。

何佬爬到山上去看那些树。满山的树没有一棵有路边的老枫树那么粗，那么大，那么苍老，那么孤独。最近，何佬常常梦见那棵老枫树，他感到很奇怪，老枫树上，莫非系着自己的魂魄？他好奇地想，老枫树是化为轻烟飞到天上去了？还是化为尘埃又回到了泥土里？但老枫树肯定不会像自己这样孤独和寂寞。因为老枫树死了，任何东西只要死了，就再也不会感到寂寞。

在那些寂寞的日子里，何佬最想去见梅子，只有梅子喜欢听他说话。梅子总是安静地看着他，听他说东家长，西家短，听他倾诉孤独和寂寞，陪他叹息，陪他流泪。他想去，又怕别人笑话。他特别怕梅子的儿媳妇，怕看到那女人冰锥一样的眼神。

梅子的男人去世多年了，梅子也常常挂念着何佬。在何佬一生所接触的女人中，只有梅子才是真情真意的。男人死后，何佬一直想把梅子娶回家，可儿女们都反对，尤其是梅子的儿媳妇骂得更难听，两个老人也就打消了那个念头。

这天上午，何佬从店铺里偷偷拿了两包饼干，准备到梅子家去。梅子从来不要何佬的银钱，但梅子有孙子，他觉得自己空着手去不合适。天气很热，何佬走了三四里山路，汗衫就全湿透了。梅子正在园子里摘菜，老远的望见了何佬，心里就很激动，连忙拎着菜篮子走到路上来接何佬。

梅子见到何佬也不说话，只是定定地望着他，眼睛就有些潮湿了。何佬就说："日头这样毒，你怎么不在家歇着？等太阳下山了，你再出来摘菜呀。"

梅子不做声，跟在何佬的身后，慢慢往家走去。何佬回过头来说："我们都老了，见一回少一回，你还好吗?"梅子就泣不成声了，只得用手帕捂住嘴巴。梅子家是一户独院，儿子出门打工了，媳妇在附近工地上做事，孙子也上学去了，没人看见。

梅子给何佬泡了杯白糖水，又要去给何佬煮糖黄蛋。何佬拉住她的手说："不用忙，我真的吃不下去，我只是想看看你，陪你坐一会。媳妇对你还好吗?"

梅子的眼泪又要下来了，低下头去说："还好，慢慢过吧，黄土埋到颈脖子的人了。主要是家里活计太重了，他们都在外面做事，种菜浇水，看猪看鸡，家里杂事是我包了，我连生病的工夫都没有。"

"你也是往七十上奔的人了，做事时手脚放慢点，千万莫要摔倒了，人老骨头脆，容易摔断。"何佬这样叮嘱梅子。梅子说："我想快也快不起来的。我夜里老做梦，梦见自己的骨头碎了，碎得一块一块的，拼不出个人形来。"何佬暗自惊讶，他没梦见骨头碎了，可他常常梦见别人把他的手脚当成老枫树的枝桠，一根根地砍下来。

孙子快要放学了，梅子赶紧钻进厨房去烧饭。何佬坐在灶前的小凳上，帮忙添柴火。透过油烟，何佬愣愣地望着梅子花白的头发，还有树根一样枯皱的手臂，不由想起了梅子年轻时的模样：两片红红的嘴唇，两条黑亮的长辫子，两瓣圆鼓鼓的屁股蛋儿，胳膊白得像两条新藕……何佬心里不由一阵发酸。暗想，自己是死是活，不会有人在意的。梅子是死是活，也不会有人在意的。在这个世界上，只有他俩，还在意对方的存在……

从梅子家回来后的第三天，何佬出事了。

那是清晨五点多钟，何佬慌慌张张从洗头房里溜出来，迎面撞在一辆农用车上，当场一命呜呼。何佬的儿子和媳妇觉得没脸见人，请道士做了一场法事。何佬的尸身还没凉透，就草草地把他埋葬在天罗山上。儿媳妇逢人就说，我家老爷子没有白活一世人啊，吃好的、喝好的，又不用做事，还发了零钱让他到处玩。老爷子活得太滋润了，太快活了，谁知他快活得过了头，钻进洗头房里去了呢?

听过何佬说故事的两个小女孩说：

“何佬做出那种事来，该死!”

只有梅子知道，何佬寂寞得无处排解。

（该小说荣获2008年安徽省首届小说对抗赛铜奖）

李光南

水 水

是皖水边的一座小镇，叫江镇。县志载：江镇，傍大石岭，临金龙湖，为通衢要镇，居民捕鱼为食，街面繁甚，民风古朴。到了民国年间，镇上住户已超千余，更见热闹。

江镇以出产水鲜货闻名，镇上有一家鲜货加工作坊。其实，也很简单，几间瓦房，墙是用大石岭山上的红石垒成，就有了天然的粉饰；屋子里砌几个大池，也是红石的。开膛剖肚后洗净的大鱼往池里一倒，用大板锹一铲一铲地上盐，就有十几只泥脚用力踩实，乘响晴天出卤，一块块地摊在沿湖的坡石上晒干。就有远道而来客商用大麻袋装上，往下江运。镇上成年都飘着刺鼻的鱼腥味。由于镇上客商往来甚繁，就有了几家客店和茶馆；由于过往的大多是生意人，税务局总要安一卡子；人多便杂，县城里便派一保安班来维持秩序。至于镇公所当然是要的。于是，江镇于繁华中就有了些喧嚣和嘈杂。

镇上平时很少见男人，全下湖捕鱼，几天回一趟岸，有时能隔上十天半月。湖上风大太阳毒，男人们便个个皮肤粗糙、黝黑，却健壮，像一头头棕熊；因为都能喝酒，且好酒量，眼圈儿便总是红的，像是得了瘟病的猫眼。

一俟天晴，码头旁总是晒满一张张渔网。网用水麻织成，然后在猪血里染过，放进甑中大火煮过，经太阳一晒，便成深褐色，既受用又耐久。这就是镇上的女人们织的。女人们织网也特别，凭窗而坐，这窗是面街的；头上用油抹过，高绾成一髻子，用一个发网网住，那头发便见十分的乌黑；女人们很少见天日，做的活计也轻松，便一个个白净、神韵；往来客商们的眼睛沾在上面不肯移开。女人养汉在这儿不算稀罕？旁人是懒得去说，自家男人捕鱼并不见得都走运，还有税款和东家的船租，女人既有魅力，别的男人既肯花钱，他们也懒得介意。船拢岸时，见到自家女人，第一句话便是："困了几个？钱可要拿出来。"女人便嗔怒地骂一句，从绣花短褂的内袋里摸出几块光洋，拣一块递给男人："去灌黄汤。"男人便喜滋滋地进了酒店。到晚，那儿走出的都是醉鬼，一边歪斜着步子，一边哼着黄梅调。这晚，女人不接外客，小心地让自家男人快活。

也有族规。男人死了女人是不可改嫁的，此地很相信风水，女坟是主风水的，女人改嫁便把族里风水破坏了。男人一死，族里便要为这女人树一贞节牌坊，在镇西二里半。女人不可改嫁，却能困男人，只要不生出小人来。这也简单，用烧热的艾水几次便能洗掉。黄花女在这儿有很高价钱，稍有姿色便能寻一殷实婆家。破了身的黄花女叫败花，也没指责，甚至有几声同情，却只能嫁二婚的男人了。并不见得有好日子过。打，会有；骂，也会有。

是镇东头一户人家，丈夫、妻和女儿。前门一大香樟树，后门拾坡而下便见码头。丈夫水旺，因小时害边丝，左眼有一大萝卜花，右腮一长长疤痕，碰上酒醉或发怒，便成紫色。他有怒癖，孬脾气上来，能把人往死里揍。至于酒，本地土酿的地瓜烧一次能灌斤半。总是醉。醉是男人的天堂。老婆是天堂里的仆役，打是应该的。他打老婆是有理由的。

就得说到老婆。姓什么叫什么大概没几人晓得。自嫁到镇上，人都称"水旺家里"。娘家是少女时的城堡。"水旺家里"娘家在汪家凹，离江镇并不很远，翻大石岭走二十里山路。汪家凹不大，二三十户人家，稀稀落落，被大山隐蔽着，甚是闭塞。曾是村里数一的秀气姑娘，父母早就指望能在她身上赚一笔。是冬天，村里来一收皮货的。是一漂亮后生，随身带一些好看的玉镯子卖，粘住了村里女人们的眼睛，这后生便讲了许多山外的好处。那儿人家不是一户一户的，是一排一排的；有街，有商店，有花布，有饭店，有热热的牛肉包子，有许多人。街旁边有水，是湖，好阔好阔，天都沉在里面。街上女人搽粉，抹头油，脸盘儿白得真个啧啧……女人们的心被讲得怦怦跳响。真正听痴的有一个，那后生看她一眼，她便红着脸扭过头去。就有一天，是在山上打柴，有人从后面将她抱住。并没有喊，一对五光十色的玉镯子戴上腕，身子已慷慨地献上。"带我走！""贩完这趟皮货便来接你。"过去了一个月，过去了两个月，并不见来。肚皮儿慢慢胀，村里人眼睛都属爱克斯光的，昨天还是最值钱的黄花女呢，一眨眼就一钱不值。这事像魔鬼，谁都不容忍。有两种办法：或寻一婆家胡乱嫁出；或寻不下婆家就沉潭。这时，江镇上有一人到汪家凹走亲，上门说镇上一男人才死了女人，脾气大是大点，可力气也大，女人都希望力气大的男人，嫁过去亏是横竖不会吃的。就有一顶紫色花轿抬过去。还死活不下轿，一个破罐子还作啥俏？水旺就有了歪脾气，一个巴掌扇去，便夹进房里，“啪”，门从里面关上。

从此，贩皮货的成了梦。梦是可以点缀人生的。半年后，水水生下来，当然不是水旺的，也自然不能讨水旺喜欢。

幸好水旺水上呆的时间长。“水旺家里”便在家里边织网，边等贩皮货的，边带大水水。“水旺家里”有一双灵巧的手，网织得既好看又耐用；有一副姣好的脸蛋，多少男人为之销魂；有一双冷眼，在冰窟里泡了一世纪；心里还有一蜡封的胶丸，女人的秘密总是楚楚可怜又富有诗意。

是一个记不清具体日期的一天，散在湖上的渔船拢岸。和水旺合伙的那人摇桨，水旺躺着，是直僵僵地躺着，脸上一层死灰，萝卜花和疤痕也全是死灰。是喝醉酒后栽进水里的。捞了两天，最后沾在滚钩上，拖上船，肿得像条屎泡鲲。

葬水旺的那天，“水旺家里”竟没有哭。镇上人颇为愤懑。“全是这朵败花，水旺是沾了晦气的。淫妇能糟蹋男人。”都要赶她走。镇长——族里管事的，有很大很大眼泡的男人说：“留下，还是留下，别把水旺家风水带跑了。逢年过节，水旺坟头也好有一烧香化箔的。”便留下。要不要树贞节牌？争论蛮激烈。还是镇长：“既已留下，牌坊还是要的，小一点，钱又不多，一户一升米。”

过了些日子，二里半便有了座新牌。小是小得很。过路人站住，看了一回：“又多了个新寡，活受罪，只是可怜见的。”

也是，水旺死了，断了依靠，那贩皮货的又不回，往后这日子咋过？

夜间，水水妈搂着水水，翻来覆去睡不着。却原来女人是男人的船，男人是女人的桨。桨是活力，桨能使船行驶，能掀动涟漪，能使船闯过漩涡，避开暗礁，没桨的船只能随波逐流。没有男人的女人是没桨的船，让夜浪轻薄地摇，无安定感。

月光清冷，透窗而入，像贼。斜在水水睡态正酣的脸上，粉且嫩，雾里睡莲似的。这便是她唯一财产了，日子再艰难，也要好好带大，可怎么带？生活是一个问题。

是昨天，“德纲家里”来串门，给了两升糙米和几条鳊鱼。“德纲家里”是只面粉袋，涂满脂粉的脸像吊死鬼。这女人经常换男人。她凑到水水妈面前：“‘水旺家里’，你也太死心，谁让我们是女人？瞧你比观音姐还俏的模样，一晚五块光洋怕也有男人出；嘻……”水水妈立就泼了满面彩，心跳不止。

晚上，便想这话。一个声音："骚货，没男人就无日子过。"又一个声音："谁让我们是女人？女人就两样属自个儿：眼泪和肉体。"一个声音："那贩皮货的呢？你痴等着的占有你贞操的上帝？"又一个声音："哥哥呀，想你想得眼发花，土坷垃看成了枣红马……"夜深沉。死寂的夜。大石岭有远远的松涛"呜呜呜——"，倏地，"嘎——"湖上划一黑色的长长破折号，是孤雁。水水妈痉挛着，搂紧水水。过街风像巡夜的警察，敲打着门户，粗暴的声音也能催眠。梦中那贩皮货的来了。第二天。水水问："昨晚和谁说话？""没有呀。"水水妈一怔。"你怪一个人还不来。"却是真的。水水妈一把揽过水水："乖，你着骇了，说梦话。晚上妈给你叫骇。"

晚上，果然叫起骇。撒一把豆，从湖边开始喊："水水，家来吃饭呢，睡觉呢——"又撒黄豆，又喊，到门前，压低声音，进了屋，掀开帐，在水水口中呵一口气，便又赶紧扎好，用一把锈剪刀压上，声音便有了几分威严，"黑脸白脸将军把门，冤魂野鬼快滚！"水水却在帐里眼睛睁得溜圆。好奇，害怕，终于寐去。

是过后的几天。晚上，却是谁敲门？水水妈有些诧异。水旺死后，这屋没进过男人。晚上她总挂好门帘。是习俗，家家门口有一竹帘，放下，男人们便不打扰。

她正织网，放下梭，站起："谁？"先有一声咳，便有一浑厚声音："金爷！"金爷？自然晓得，是税务所长大肉瘤的所长，人人都叫金爷，是尊称，谁惹他得起？

"金爷……您呐。"并不去开门。

"门关得紧紧的怕要憋死。送多收水旺的税款，顺便。"有些不悦。

既是这样，门不开是不行了。开始拔门闩，手抖抖的。黑黑的门洞蹦进个人，像豹，便是金爷。水水妈很窘，坐在床边，拍着水水。水水却早已睡熟。

金爷哼哼着，似乎喝了酒。镇长、保安班长、镇公所师爷、金爷这些镇上头面人物差不多每天都要到杏花春、快活林喝点什么的。度数高的当然更好。

金爷将身上披的黑披风放在桌上，口袋里掏出一些光洋，撂在桌上。白花花一堆，很亮。黑披风滑落下来，正盖住水水妈的脚面。水水妈只好捡起，掸掸，重新放好。

"水旺这小子是条汉子。妈的，算他交税款最积极。这些都是他多交的，全给你。多的钱是不要的。”

“可水旺……一辈子怕也……交不了这么多。”声音怯怯的，眼光颤颤地看地上，有金爷的脚，像熊掌。

“无所谓的。”金爷燃一支烟，“三炮台”的。有顷，烟雾像一条条白带缠住油灯，像要掳它去。

“我不……喜欢接受……别人的钱。”

“没的话，这是无所谓的。亏嘛，横竖不会吃。”金爷说着，便顺手扔掉烟蒂，一副善像，“你很年轻呢，嘿。”

水水妈脸红得像蜡烛。忽地想到贩皮货的，水旺黑黑的胸膛，“德纲家里”的笑。很是惊慌的样子。

“咳，睡吧，亏是横竖不会吃的。”便拍一下她的头。

“不不……”忙不迭地躲，像只惊慌的兔，“我的心早就枯了。”

“没的话……”便捉住她的手。

“你……你走！”用力地一推。“装啥正经？你动了我衣服呢。”善像掠过一丝不快。

“啊……”水水妈瘫软下来。

是规矩，把男人衣服拾起，掸掸，便是有意。可水水妈全是无意的，她掸灰，却不知中了金爷的计谋。男人捕捉女人都很有主意。并没有瘫下来，金爷已拦腰抱实。挣扎是徒劳的，软软的身子已不能自主。想喊，嘴却来堵，满是酒气和烟臭的嘴。还未等明白是不是梦，已被拥上床，一个重重的身子像山崩。喘气，粗重的喘气。

“嗥——”远远的，大石岭山上的狼嚎。晚上是一个长长的梦。

一早醒来，身边空着，果然是梦。可身上有异味，和水旺一般的。桌上一堆光洋，白花花的，很亮。却并非梦。亏是横竖不会吃的。想哭，却不见眼泪。

水水醒了，叫一声妈。便睁大眼睛看水水，想从水水脸上搜出一些异样。“昨晚……你可听见……啥声音？”想问，却未说出口。这一天，都战战兢兢地像做了贼，目光怕和水水相遇。给水水炖了鱼汤，哄着她。偷偷地对着小圆镜照了几回，留恋着。看一眼正织的渔网，便送进灶膛，立即有火焰窜起，红红的，映得脸蛋也红红的，像一块熟铁坯，随时都会被一只钳子夹住放到铁砧上锤打。有许多东西失落了，也有获取。人生总是有许多选择。下午，水水妈把放杂物的那间屋子收拾出来，摆进一张床。水水诧异地看着。“你不小了，一个人睡长得快呢。”水水妈边铺床边解释。

“不。我和妈睡。”水水挺执拗。

“多没出息。妈死了呢?”

“妈不会死。”

“就这么没出息?”

“妈!”

“乖!”

“我怕。”

“我陪你睡熟。”

“妈……”

“乖……”

泪水流成四条线。

“我听……妈的话。”

水水是个聪明的孩子。

“船拢岸罗——”有许多人叫。

码头边便生出许多热闹。水水也跑去。

水水妈暗自哭泣了一会儿。想到今日归船的日子，便做几样酒菜，到水旺坟上薄奠。很快就是晚上。

“我怕。”睡在小床上的水水拉着妈的手。

“听外面——”

有夜行船过去。水手们放肆的情歌声：“干妹子长得果然好，想你想得心儿焦……”

“好听吧？我也会呢。”

儿时的山歌便似泉涌。

苦苦菜唧口格黄黄的花

看中了哥哥一十八

唱着，唱着，水水已经睡熟，脸上很甜。水水妈并没唱够，泪满面。哪容再，哪门又敲响。后来，这门又被镇长敲过，被保安班戴大沿帽的敲过，被镇公所的师爷敲过，被过往客商们敲过。没敲过的男人为她睡不着。日子像湖里过去的桃花水。镇上依旧日日笼着一层浓浓的鱼腥味，男人们依旧湖上捕鱼，有着好酒量，女人们依旧临街织网，弄得过往客商们心驰魂飞。水水却是渐渐大起来。是一天早晨，起床时忽地发现被单上沾满血迹。水水惊慌失措起来。想起镇上巫婆说的那些鬼魂附体的故事，陡地哭出声。“怎么啦？”水水妈急忙跑来。这情景她当然看清，竟呆了片刻，便激动得泪水满面。双手搂定水水，仔细地看，像欣赏一件精细之作。她难以相信水水长得这么快。要鼓的地方全都鼓起，要凹的地方也都凹下。终于，一声长叹。水水妈便瘫坐下来。这些年，生活虽不愁，可自己却不知道那站在汪家凹唱山歌的妹子是否活着，日日等着贩皮货的后生总不见回。这一生她是别无奢望的了，一心指望把水水带大，寻一门好婆家，过安稳的真正的女人的生活。而今，这些年含垢忍辱终没白费，水水大了，成大姑娘了。可水水脾性愈来愈难捉摸，目光茫然，像只时时怕受伤害的兔。对母亲也冷漠，知道她和一些男人之间的事。她喜欢一个人呆坐在码头旁，痴痴看浩渺湖面上掠过的白嘴鹭，看过往客商在船上悠闲地打牌，看船夫赤裸着青铜躯体唱粗犷的情歌，看船夫的婆姨露着松垂的大奶子喂怀中黑乎乎的崽……少女对生活的理解是插了羽毛的，却喜欢沉默。沉默不是无，是太多了。这样的呆坐总能够把日头坐沉。

“水水——”该是回家去吃饭了。

“水水没有。”喃喃着。

“水水——”

“水水跑了。”

“水水——”

“水水死了。”

……想到这里，水水妈从来未有过现在这么不安。姑娘大到令当妈的不晓得怎么办的时候，该得出嫁了。

可理想却原是只滚在山路上的漂亮皮球，总会有冒出的荆棘将它刺破。

是晚上，水水妈推了推尽情发泄一番便沉睡去的金爷：“水水成大人了。”眨巴眨巴眼皮，呵一口气，金爷又翻过身兀自睡去。本想说给水水寻一门好婆家，水水妈终未说出口。

“白生生太阳暖洋洋风，半崖上想哥心里疼……”她又和那贩皮货的唱起山歌来。

这个梦很深。惊醒时听见凄厉的叫。水水妈慌忙睁开眼，金爷不见了，水水的房门洞开着，喊声从那传出。“轰——”雷声在脑中劈响，碎块四散。一幢好不容易筑起的高高楼厦坍塌了。她踉跄地向水水房中奔去。

金爷已不慌不忙地系腰带。水水蜷曲在床上，颤抖着，像条受伤的蛇，呻吟不止。

“畜生!”水水妈不再是女人，是母狮。

“还不是早迟的事。”金爷是豹，很容易捉住母狮的爪，“让我破了瓜是她福气。”

“畜生!”母狮徒劳地挣扎。

“也不看看你，松垮垮的，没劲头啦。为你这女人再花钱冤枉。”金爷脸上依旧好善像。

猛狮怔了片刻，软软地瘫在地上。“毁了！毁了！天呐，我有啥罪过?”

“怎么叫毁？我多给钱!”

“钱，却总是钱……钱能换所有的东西？水水，水水——”

金爷随手将女人抱起，撂在床上便走了。

“嘎——”是湖上的孤雁。

早晨有红红的晨曦。应该是个美妙的早晨。可一块乌云压来便破坏了它的童贞。

水水依旧躺在床上哭泣。陡然间，暴力使她完成了从少女到妇人的启蒙。她朦胧懂得了母亲的过去，可这启蒙教给她的第一个字是恨。恨镇上所有的男人，所有的女人。

水水妈在短短的时间苍老了许多。她晓得自己是被人吃了瓤的果皮，随手扔到路边。水水又将继续走自己走过的路。她用耻辱带大的女儿却又要用青春的胴体来养活她。美对于自然是造化，对于女人却是罪过。这便是生活，喜欢玩一些残酷的游戏。

此后，水水像一隐蔽的风景陡地向人们开放了，令所有的男人着迷。水水家门前的竹帘，镇长掀过，保安班戴大沿帽的掀过，镇公所的师爷掀过，过往的客商们掀过……

水水很快就被男人们变成熟了。身体渐渐麻木，没有一开始的疼痛感；感觉迟钝了，没有一开始的灵敏感；动作圆熟了，没有一开始的羞怯感；可心却从未迟钝麻木过，憎恨日渐增长。她想抗争，可所有的男人对她是一座山，柔软的骨头几乎被他们压散。想报复，却始终找不出办法。最后，只有多多地要钱，那大把大把的光洋在手掌里摩擦着，发出悦耳的脆音，她听着，笑着，冲着母亲怪腔怪调地说：“拿去呀，花掉，把它花掉，买东西，买许多东西……”未等去接，便四散开去。水水妈胆战心惊地看着，眼睛里始终有一种负罪感。水水冷冷地看她一眼，那目光也充满了敌意。“哈哈哈——”

她笑着，跑到码头边，呆呆地看湖中掠过的帆影，孤独的白嘴鹭，艄公赤裸的青铜躯体，坐在船头上露出大奶子的船家妇……当这一切全消失，她便想到死。死能使人生出许多美妙的幻想，可水边漂着肮脏的泡沫和烂菜帮，她便又痛苦地闭上眼。死都无一块干净的地方。

是“德纲家里”来串门。她更胖，像一头母猪，脸上脂粉更厚，一说话便刷刷直落。这女人连说话也搔首弄姿：“给水水寻一门婆家？五里庙的，刚死了女人，背有点驼，这要啥紧，年纪又不大，四十未到。”

水水妈不吭声。水水从里屋冲出来，狠狠地在“德纲家里”脸上抽一巴掌，脂粉四散。“臭婊子，不要面皮你就嫁吧，四十未到，四十未到，可我才十七，才十七岁呀！”声音凄厉。“德纲家里”懵了半会：“好个贞女，怕要树牌坊了。十七又咋的？都让男人磨出茧子了，还装啥黄花女？”挥手跺脚地骂。水水要疯了，一下子冲出家门。最后还是坐在水埠头边，呆呆地看水中的影子。

是这时候，有一双眼睛盯着她。却是个少年，大概十七八，浑身黑得像条鲶鱼，满是稚嫩的男子汉气。他驾一条大船。这会，船拢岸，便想在镇上寻一没挂竹帘的门。

他见识不少码头，唯江镇难以忘怀。

他看着水水进了家，便闯进一家酒馆。

这晚有很好的月色。少年踏着月光，呵着酒气，却发现水水家竹帘低垂。便有些懊丧，胡乱钻进一户人家。黑暗处，立即有个女人抱住他，像火炭。他觉得这女人是头猪，两坨子奶松松下垂，于是有股恶心，赶紧扔下两块光洋逃避瘟疫似的跑了。胖女人正是“德纲家里”。

少年又踱到水水家窗前，偷偷窥看，床上却只有水水。“一朵朵白云天上走，我和哥哥手拉手……”水水妈在梦着贩皮货的。少年于是很激动，轻轻敲一下窗户。

“谁？”水水警觉地坐起，走到窗前。只穿内衣的身子滑溜得像条白鳝。

“我，驾船的。”少年说。

终于看清是一眉清目秀的少年，便问：“想干什么？”

“你真……好看。”少年答，却腼腆。水水笑了：“等一下，我给你开门。干这事，最好胆大些。”

少年于是闪进屋。

“马尾尾刺摇狗狗，我和哥哥亲个口……”“是谁？”

“我妈。在等一个人，贩皮货的。”“我第一眼看见你，就……”

“就想和我睡觉？”

“嗯。”

“你有许多钱？”

“有。我一个人驾条大船。”

“真像个男子汉。娶亲了吗？”“没……还没呢。”

“钱呢？”少年便掏出一大把光洋来。水水在手心摩挲了片刻，又放回少年的口袋。她极熟地脱去内衣，月影朦胧，真像条白鳝。

“快呀！”

少年看着，很胆怯。男人在美丽的女人面前总是胆怯的。

水水便把少年拉到身边，帮他脱完衣服，柔软的手抚弄着少年鲶鱼般黑粗的身子，少年极温驯。忽地，像条梭鱼般跃起，扑向水水。她第一次觉得自己是个女人。

“带我走吧？”好久，水水问。

“我很想有个婆姨。”

“带我走吧。”

“能下崽？”

“能，用艾水洗掉过。”

“船上挺苦的。”

“我很想坐在船上露出奶子喂你的崽。”“有女不嫁驾船佬呢。”

“好女偏向浪中行呢。”

“你这是何苦？”

“我想……过真正的女人的生活。”“那就明天晚上吧。”

“深深的灶口烧干柴，越烧越热难分开……”隔壁水水妈的梦呓。

让太阳落下也不是件易事。

依旧有很好的月色。

“苦苦菜唧口格黄黄的花……”水水妈沉沉睡着，想那贩皮货的。

“看中了哥哥一十八。”水水在等着少年。

门“咯吱”一声，少年轻声进来。“走吧！”便提起水水早已收拾好的红包袱。

水水却在流泪。

“后悔了？”

“我想我妈……”

“咚咚”，有敲门声。是金爷。

水水看一眼敲响的门，走到母亲床前，陡地双腿跪下，蒙住面，肩膀抽搐。

“咚咚”，声音大了点。

水水被少年拽起，拿过红包袱，“哗——”里面的洋钱全都倒下。

“走!”

“咚咚”，声音更大了。

“我恨!”

水水便又折回，在门上悬一把剪刀。

湖上，有夜行船离开码头的喧哗；屋里，“白生生太阳暖洋洋风，半崖上想哥心里疼……”门前，“哎呀——”一声叫，便让黑夜淹没。

……那哥哥却再也不会回来。他不是负心汉，很希望贩完那趟皮货就回来，没想山路上碰见土匪，皮货丢了，命也丢了，成了孤魂野鬼。

金爷头上的伤好久才治好，却留一道难看的疤，以后，六月天他也戴一顶帽。水水走了，水水妈那天晚上就已知道。她希望她走，并为她祈祷。断了生活来源，她就重新织起渔网。她原本就能织很好的渔网，便能卖上价，生活过得并不困难。要是当初……她陡地明白了一个道理。于是，盼水水回来。

水水却没有回来。她也许回来，也许不再回来。不过，这道理她早就明白了。

（选自《白影》，中国文联出版社，1999 年 9 月一版）

潘　军

重　瞳

——霸王自叙

羽生重瞳。

——司马迁·《项羽本纪》

我要讲的自然是我的故事。我叫项羽。这名字怎么看都像个诗人，其实我自己早就觉得是个诗人了但没有人相信。而民间流传的那首“力拔山兮”又不是我的作品——我不喜欢这种浮夸雕琢的文字。我的诗倒是真有不少，可我却没有把它们刻到竹简上。我觉得最好的诗还是保留在头脑里好，也比较安全。文字是个奇怪的东西，有时候它可以把人事固定下来，这大概就成了你们所说的历史吧？于是你们就根据这些文字去揣摩从前发生的那些事儿，但你们至少是忽略了一个问题——写历史的人又是如何知道“从前”的而且据我所知，这个国家一般主张后人撰前史，就是说，对当时发生的事是不允许做记录的，就是你记下了也不算数。这很有趣，好像后人总是高明一些。有一种较为普遍的说法是，拉开一段距离才能看清楚。这让我困惑，当时看不清的难道“拉开距离”就看清楚了。不过，我又很理解。当时的人——我指的是那些所谓的“历史人物”，总爱把自己描绘得很漂亮，所以不那么可信。这一点，嬴政那家伙是个高手。他之所以要把那些书以及写书的人全搞掉，就是想把“从前”一笔勾销，一切从他开始，这未免也太天真了。关于历史，我说不出更多的话语，但我一直在思索着。有一天清晨，我在乌江边上吹箫，碰见一个孩童，我就随便地问他：你懂历史吗？历史是个什么东西？孩子认真地看了看我，突然说了句让我惊讶的话，他说：当人坏了历史就开始了；当人变好了，历史就结束了。这孩子说完就在我身后消失了。我还愣在那里，觉得这件事很奇怪。我想这孩子分明就是个奇人，让我想起张子房曾吹嘘过的那位黄石公。我承认这大千世界确有奇人。但我不是奇人。我不是像你们印象里的那个“力能扛鼎”的大力士，我的身高也没有八尺，非但不是，我自觉修长而挺拔的身材还散发着几分文气。我知道民间关于我的传闻，比较正宗的源头还是东汉那个叫司马迁的太史公。他写了我的本纪，慷慨给我以帝王君主的地位，把我写得挺好，至少写得比后来真的帝王刘沛公好。我想这或许与太史公当时的境遇有关，这个人不过是为李陵说了几句好话，就无端地让武帝给废了。但他仍然是个男人，他大概把自己作为男人的种种理想一揽子寄托到了我的身上。这让我同情，也让我多少有些尊重。所以我还是要感谢他——不是因为他视我为帝王。那年我到咸阳后，要称帝比写一首诗还容易，我想这大概不是海口狂言吧？我要感谢太史公，是觉得他把我的故事大致说得不错，但那还是一鳞半爪，而且许多地方不是那么回事。这就是我今天要出来说几句的原因。我没有别的意思，反正我已死过了两千多年，问题是有些事只有我自己知道，我要不说，就会越传越邪乎，以致我到现在莫名其妙地成了戏台上的一个架子花脸。这让我沮丧，我极不喜欢那个怪异的脸谱。他让我想到神魔，而我是人，是个有诗人气质的男人，是出色的军人。我死的时候也不过三十一岁，用你们今天的话说，我完全称得上是朝气蓬勃。

有一个叫周生的人曾告诉太史公，说从前的虞舜是目生重瞳，而我也是。太史公用了个“盖”字来表示对这说法谨慎的可疑，但这恰恰又是真的。我想我的故事还是从我这重瞳子说起吧。

1

我也是很迟才知道自己生有重瞳的。那是公元前二一〇年春天的一天清晨，我和叔父项梁从吴中来到这乌江边上度假。像往常一样我三更即起，然后就在院子里开始舞剑。我不喜欢我这把剑。我一直向往得到的是从前楚王散失在民间的那对青锋鸳鸯剑。这闻名天下的兵器出自干将莫邪之手，三年铸成。据说这剑带给人的不仅是胆略，还有灵气。我渴望它已经很多年了。然而这个早上我还不知道这剑对于后来的我具有更为深重的意味。做完这件事，我就去乌江边上吹箫了。我觉得这个时候吹箫很舒服。箫这乐器天生就是吹给自己听的，不能让别人欣赏。我不信乐谱，吹的大概要算自度曲吧，但它又严格遵守了我们楚歌的韵律。我们楚歌的韵律是十分丰富的，从不受五音的约束。它的魅力不在于气势辉煌而在于本质上的悲怆。我每次的吹奏感觉又都不一样。那正是我短暂的一生中最早的忧郁时光，我思念着很久以前死去的祖父。关于这一点，太史公说的不对，甚至非常错误。我祖父项燕并非死于秦将王翦枪下，他是饮剑自尽的。虽说都是一个死，但之于军人，自裁无疑是光荣的。这个细节我之所以喋喋不休，是因为太重要了。它不仅仅是关乎我项家的荣誉名声，更要紧的是它预示着宿命。很多年后，某种意义上讲我的归宿实际上也是对我祖父的一次公开模仿。那一刻我想，一个人的血液是没有办法改变的，我们项家祖祖辈辈为楚将，死不足惜，但的确要考虑怎么个死法。或者说，要选择死亡的方式。像后来我叔叔项梁那么个死就太窝囊了，人家喊了他几天的武信君他就牛皮哄哄，整天价日地喝酒，结果让章邯十分轻松地就把他给砍了。这也是我后来不杀章邯的真实原因所在，据说他让我叔叔与他比划了几下，还了他个大致的军人本色。而章邯本人却当了我的俘虏。

我祖父的死对我打击很大。他是个没有野心的人，却又不甘寂寞，好像不打仗就活不了。那年王翦掳了楚王，他又扶昌平君为王，接着干。最后在一个雨夜，老人让手下把他的头颅和一箱兵书交给了我这个做孙子的。这让我很为难，也很困惑，我知道祖父这个举动暗示着什么，尽管那时我不过是个孩子，但我实在对驰骋沙场马革裹尸兴趣不大。我想那时我内心还是非常虚弱的，某种意义上，我对嬴政那家伙还很含糊。他荡平了六国，一统江山，成了中国第一个皇帝，我不可能不含糊。直到这一天，事情才起了变化。

这天早晨我忽然觉得眼睛变得特别的明亮。我站在乌江边上，好像目光把江水给劈开了，一眼就能望见底。这无疑是个奇迹，我就捧了一捧水来照自己，然后便看见了我的每只眼睛里居然有两个瞳孔！而且它们正朝一块叠呢。越叠就越发的清晰。我有些不知所措，就好好洗了把脸，想让自己清醒一下。我一边犯嘀咕一边沿着江岸往东走，还是觉得这事太像个梦。这时，我看见了江心的位置上沉有一把画戟，很漂亮，但是我没有下水去把那东西捞上来。或许那时我已预感到，要想得到那支画戟，接踵而至的便是无边的麻烦。这是我所不愿意的。后来我走到一个坡上，坐下来，想借吹箫来把刚才那点奇怪忘掉，我不太喜欢这种神神道道的东西，虽然发生在我身上这件事是真实的但我也还是不喜欢。我就开始吹了。当时我背靠着乌江，面向北，吹起的箫声听起来的确有几分悲凉。我不知道这算不算亡国之声，但在这浑厚凄切的箫声中，我又一次地看见了我祖父项燕的背影。这样我自然就有些伤感了，想我们项家曾几何时那么风云叱咤，如今隐姓埋名地活在这吴中，与一些鸡贼狗屠打得火热，很没面子。我叔叔项梁还自我感觉良好的与那些人谈兵法，似乎随时要东山再起。但他的起与他父亲的起完全不同，他要的是那个贵族派儿，要万人拥戴的威风。这大概就是我这个侄儿最轻视他的地方了。说实话，凭我的能力要是成心帮他，将来打出个地盘封个王侯什么的也并非难事。问题是这会送他的命的。他这种人捉起来是条虫子，放了就变成了龙，要不当年曹无咎好不容易把他从栎阳大狱里弄出来，怎么立刻就去寻仇呢？这事我们还大吵了一顿，我说过去的事算了，别再追究了。他不听，还是把那人杀了。杀了就跑，就这副德行。所以我不愿意把刚才江底的那支画戟捞起来。我倒觉得一辈子就这么吹吹箫也挺好。

我的眼睛又出神了。怎么视野里的北方渐渐变成了绿色？而且这绿还越来越浓，像一块绿云似的朝这边汹涌而来。它当然十分遥远，我琢磨着那大约是几千里之外。难道是北方的草原？难道我这两个瞳孔重叠起来就成了千里眼？这可是连我都不敢相信的呀！然而我看见的就是一望无际的绿色。我很喜欢这颜色，据说它代表着生命的久远，我倒觉得更象征着生命的质量。我虽困惑不已，但心情十分的好。这种情绪真是离我很久了。于是，我就在沉浸着这无限的绿色向往之中重新吹奏，我觉得我这把箫传出的声音也同样非常遥远。那时我还不知道这是个刻骨铭心的早晨，它发生的一切对我都是意味深长。

我刚吹完一曲，我叔叔项梁就匆匆跑来，看看四下无人便诡秘地对我说：你知道吗？今天嬴政从浙江那边过来了！

我就随口问道：你想干什么？是不是想学张子房搞出个博浪沙第二？

项梁突然变得有些害羞，说哪里哪里，我不过是想带你去见见世面。

他这个样子让我很不舒服，远没有在栎阳杀人那阵子神气。不过我还是有兴致，也就想去看看这个秦始皇帝是何等的人物。于是，我们叔侄俩连早饭也来不及吃就骑马往会稽城赶去了。这是公元前二一〇年的春天，吴中的气候很不错，晨风带着朝露迎面吹过来，惬意得很。我们是抄一条年久失修的旧官道赶往会稽的，一路上项梁对我数落嬴政，说那小子心狠残暴，十恶不赦。我就开玩笑说，你敢对他动手吗？项梁长叹一声，说：我已是烈士暮年雄心不再。我还是调侃道：那你干吗还成天舞枪弄棒的？项梁不禁苦笑道：我项梁毕竟还是将门之后嘛！后来他就不再说了，神情也变得沮丧起来。

我对始皇帝嬴政最大的不满倒不是他的残暴而是他的虚伪下流。这么大的疆土把它统一起来，不杀人是办不到的。但是在他完成了他的使命之后，再这么干就不可理喻了。你把那些儒生也杀了实在是毫无道理可言。而且更卑鄙的是说他们企图谋反，他们这些手无寸铁的书生能反什么？拿什么反？

倒是他大公子扶苏是个明白人，劝他父亲别这么乱来。嬴政说，你小毛孩子懂什么？这可不是一般的事，是他娘的政治你懂吗？嬴政就是这么个货色，虽说当了始皇帝，可骨子里仍是个下流坯。从这个角度看，民间私下传的他是吕不韦的种便不太可信。吕老头还是个学富五车之人，不会弄出这么个玩意儿。还有一件事叫我愤怒，就是那年他去湘水，不去朝拜湘君祠也就算了，反倒一把火把整个湘山给烧了。那感觉就是把湘夫人削发为尼了。他倒是振振有词地说，不就是尧的闺女舜的婆姨吗？女流之辈还称什么神呢？这不是流氓是什么？可是现在，他又装模作样地来会稽城祭祀大禹庙了。

虽是快马加鞭，我们还是晚了一步。我们到的时候已近黄昏，去禹王庙的路上全被人堵住了。这倒诱发了我的好奇心，而我叔叔则更为强烈，就埋怨这消息如何走得这么快。看来这人一当上皇帝就是他妈的不一样了，似乎连放屁也觉得是香的。我就看了看项梁，又替他惋惜了一阵，心想你这辈子就别做这个梦了。我们站在一个坡上，项梁便说这个位置看不清楚，就想往人堆里扎。我拉住他，说：就这吧，不就是看一眼吗？我当然没说我今天眼睛发生的奇迹。这时猛听见一阵锣声，有人高叫道：皇帝出巡，天下归心，今日祭奠禹王，明朝五谷丰登。听起来不伦不类。百姓们全都跪下了，又都翘首以待，一睹皇帝风采。项梁急不可待地搓着手，还真像个刺客，嘴里的口水都淋到了下巴。这形象让我讨厌，就用胳膊肘碰了他一下。他却说：别动，皇帝就要出来了！

正说着，我看见从大庙正门里走出一个瘦弱而略显佝偻的形象，面色苍白，额头上尽是虚汗，他的须髯也夹杂着枯黄，这就是那个独断专横不可一世的嬴政？真难以置信！就在我踟蹰中，我看见始皇帝打了个喷嚏，居然还把裤带给挣断了，内裤像肠子一样淌到了脚下。我忍不住地笑了起来，这和我十八岁那年在茅房里几乎一模一样，区别是，我一个喷嚏挣断的是牛皮带而不是黄绫带罢了。于是，我就低声对叔叔说：你信吗？我可以取而代之。其实我不过是开个玩笑而已，谁料却把项梁给吓坏了，他竟把我的嘴捂住，厉声说：小子，这可是要满门抄斩的呀！我推开他那只粗糙的大手，然后就扬长而去了。那时我想，这一趟跑得太他妈的冤枉，早知这样，我还不如在江边安静地吹我的箫，看天边那片奇异的绿颜色奔我而来。那才是我该期待的悬念。

2

自从在会稽见过始皇帝一面，我叔叔项梁就想教我兵法。在他看来，那次我口出狂言却是表明了我的远大志向。他当然不知道这不过是我的信口开河。其实项梁要教的都是我祖父传给我那一箱兵书里的东西。那些书我早偷偷看够了，可以说是倒背如流。所以现在项梁来讲说，我就打不起精神。于是他就怪我没出息，只晓得像个食客那样成天摆弄一根箫。我呢，又不想去伤他的自尊心，反正就是心不在焉地听着吧。谁叫他是我叔叔呢？这一点，当然太史公不会知道的。在他那里，我俨然是个有勇无谋做事缺乏恒心的人。这就错了。我这个人的确不信邪，但我崇拜真有学问的人。譬如说，我就很尊敬孙武。我觉得他的兵法是独一无二的宝贝，真能读通它的人却不多。其中就有我这个叔叔项梁。

那些日子我格外怀念我的祖父项燕，如果他老人家健在，我想我会成为他消灭秦王朝的得力助手。现在我对嬴政的畏惧随着他那个不合时宜的喷嚏完全消除了。我的直觉告诉我，此人不是我的对手。这个时候我就觉得从前的楚南公那句话显现出了如雷贯耳的力量，那老人说：哪怕日后楚国只剩下两三户，但灭亡大秦的还是我们楚人。所以亡秦是我们楚人的使命。现在看来，就是我项羽的使命了。其实依我目测，嬴政这个皇帝气数已尽了。我甚至都敢断言，这个人没准在巡视的路上就会一命呜呼。他的气色已经是死亡的气色，他那个喷嚏某种意义上就是回光返照，那是他最后的一点力气。可我并不希望他就这么死掉，我希望他将来死在我的剑下。但是有一点一直困扰着我。假如我们消灭了暴秦，天下姓了楚，那又怎么样呢？这困扰总让我想到雨天里冒雨奔命的人，他们就知道一个劲地往前跑，从来也没想过前面也一样是雨，等他跑累了，差不多也该淋成落汤鸡了。也许我这么想有些消极虚无，但事情本来面目就是如此。谁能保证楚家的天下就是太平盛世呢？我担忧的就是这个。这也是我后来同意把楚王孙心寻回来的原因。我项家的使命是辅佐天下，而非坐天下。我尽了职责，却也在逃避更大的职责。所以太史公把我列入“本纪”，我个人是有点看法的，觉得不妥。我在生之时连做真的帝王都放弃了，死后却来了这么一个“相当于”，多无聊？

我对所谓的江山与生俱来就没有兴趣。我忘不掉的是北方的那片绿色。这绿色现在越来越浓了，我在观察它九个早晨之后，我发现有一个黑点在绿的背景中跳跃。但我还不知道是何物，相信它是个生命，我的好奇心与日俱增。第十天，也就是今天早晨，我终于看清了那是匹马，直奔我而来。我一望就明白这是匹日行千里的好马，威风凛凛，气宇轩昂。它那漂亮的行姿竟使我忘记了吹箫！现在，它已逼近了我，它的鬃毛在阳光下熠熠生辉，像飘舞的旗帜。我就下意识地站了起来。谁知这一站却把它给惊吓了，它长嘶一声扬起前蹄，把一个白色的东西掀到了空中，就像一片白云自九霄而落。我大吼一声——吁！那马儿便像听见军中号令似的刹住了脚，与此同时我已向前大跨了一步，接住了那片白云，这时我才看清我托在手里的是个姑娘。这倒是让我始料不及。

姑娘很美，可是因为连日的长途跋涉，脸上略显出疲倦，她好一会儿才睁开眼，见了我自然有些害羞，就问：这是何地？我就说楚地。她突然变得有些感伤，说：我总算是到家了。姑娘说她离开楚地已有好些年，对这块土地都觉得陌生了。那会儿为了躲避战祸，她被家人送到了辽西郡那一带去放羊。我问父亲什么时候才能把我接回来？姑娘说，父亲就一下沉默了。好长一会儿才说，等你听见楚歌的旋律那一天吧！我就等了一年又一年，直到十多年前……

姑娘的叙述让我听了很不是滋味。我想她至今大概还蒙在鼓里，以为我们楚人的奇耻已雪。我不知该怎样对她解释，可对着这样一双明眸说瞎话又不是我项羽的专长。我就说，你听见还只是个前奏。她一下就明白了其意，默默点着头，然后又用宽容的眼光看着我，说：即使是前奏，那也是我们楚歌的前奏啊！楚歌若再不吹响，恐怕就失传了。这简洁的表白给我带来的鞭策却是异常巨大的，我从这姑娘眼中获取了男人最引以为自豪的东西，那就是信任。这一刻，我感觉自己像是爱上了她，可我毕竟还没有恋爱的体验与经历，还是显得有些局促。于是我就问她，你叫什么名字？姑娘说：你不是已经知道了吗？我正困惑，姑娘又说：你刚才不是喊了“虞”吗？我就叫虞。

我和这个叫虞的姑娘就这么认识了。这是我生命中的第一个女人，也是最后一个女人。反过来对她也一样。所以说我们是很幸福的。这并非我不好色，而是我从虞身上得到了女人的全部。她带给我的是一般女人所不能给予的，那就是一个男人的自信与尊严。关于虞的故事，太史公着墨吝啬，一笔匆匆带过。倒是几千年后戏台上出现了一出以她为中心的戏文，特别是经过一位叫梅兰芳的先生精彩表演，使虞的形象家喻户晓。但那个戏本身不得要领，演到最后倒像在挑拨我们夫妻关系似的。舞台上，虞趁我一不留神拔剑自刎，以此表示她对我的绝望。而真实的情况是，虞是在我的注视下从容自若地死去的，这个我后面再谈。我和虞的相识就这么简单，但意义却是非同寻常。我不是夸耀这种不可思议的传奇性，我要说的是，她这一出现便结束了我内心长达八载的矛盾。那时我就觉得对自己的使命也是别无选择，我必须振作起来，去找我的敌人嬴政。我岂能让楚歌永远“前奏”下去？当天晚上，我就潜入了乌江，把那支漂亮的画戟打捞了上来。这真是天下独一无二的好兵器！它的造型在清冷的月光下是那样的漂亮，锋利而灵便，手感舒服，它使我再次向往传说中的那对青锋鸳鸯剑了。然后，我去找了我叔叔项梁。我对他说，我们该干了！那时候项梁正在喝酒，听我这一说，那双醉眼顿时就亮了，接着又暗淡了去，就问：你说我想做张子房，那么现在你不是想当

荆轲吗？我说，不，你误解了我，我不是想去当刺客，我也压根儿看不起刺客这类角色。我是想公开亮出旗号，招兵买马，向嬴政宣战！项梁突然就哈哈大笑起来，说：你这口气可比你爷爷大多了，宣战？你拿什么宣战？

然后他又说：我看你是让那个拾来的丫头搞昏脑子了吧？

我很生气，一把掀翻了他的桌子，说：你可以侮辱我，但我不许你侮辱我的女人。你记住了！说完我就走了，走到院子里，顺手一挥画戟，便把那棵海碗粗的槐树给拦腰斩断了。

因为这点不愉快，我和叔叔一个夏天都没有说话。到了这年夏天快结束的时候，我听到了一个既兴奋又沮丧的消息——始皇帝嬴政果然行至沙邱就暴终了！

3

时间不经意地就过去了一年。嬴政死后本应由太子扶苏继位，结果遗诏给赵高李斯篡改了，这两个奸臣联手害死了扶苏以及良将蒙恬，把那个荒淫无耻的胡亥扶上了台。我尤其憎恶李斯，他本是嬴政最信任的重臣，明知赵高与胡亥图谋不轨，却因想保住自己的利益，置人生大义于不顾，与那两个家伙同流合污。这个貌似正人君子的李斯和赵高那老狗还有所不同，赵高坏在表面上，很容易识破；李斯却坏在骨头里。嬴政干了那些坏事，其中不少与这个李斯有关。著名的焚书坑儒就是他出的坏点子。几年后，他儿子李由落到我手里，却让我另眼相看了。那时我想，虽是父子，但骨血却不是一脉相承。李斯能有这么一个为国捐躯的儿子，也算祖上还残存了一点儿阴德了。不过他这个做爹的是真的很不让我喜欢。

秦二世一登基，我就看出秦王朝的末日将至。所以我就对我叔叔项梁说，我们要想兴邦雪耻，机不可失！可项梁还是那句话：还没到时候。我知道他的意思是期待着更好的时机，暂时不做出头的椽子。项梁就是这么个人，既

不安分，却也不轻举妄动。

那些日子我的生活由于虞的出现发生了很大变化。我们可以说是朝夕相伴形影不离。每个清晨，我们还是去乌江边上，但我现在不再吹箫了，而是沿着江岸去遛她带来的那匹乌骓马。这无疑是匹千里良骥，我很喜欢。但我有一点遗憾，就是我第一次与它相见时，竟把它给惊吓住了。我想这乌骓缺乏胆量，将来拿它作战恐怕困难。虞对此也觉得奇怪，她经验里这匹马很勇敢，是不好驯服的，于是她就说：或许是它遇见了真正的主人了吧。虞还说，你身上有一股子霸气冲撞了它，我想我们都是让这股子霸气征服了。很奇怪，从前我极不喜欢这个“霸”，现在忽然觉得这个字眼很迷人，我就告诉虞，有朝一日我要称王，就叫自己做霸王。虞似乎有些困惑，就问：你不是说你以后不想称王吗？我一下就沉默了，是的，这话是我项羽说的，我不想称王，我只想正正经经地做个好男人，做个优秀的军人。但是，将来天下打下来了，我不称王又该由谁来称王呢？尽管眼下一切都不成为现实，但对这个问题我还是深感忧虑。我希望将来能带着虞，骑着乌骓，浪迹四方，去过那种诗剑逍遥的生活。当然，这之前我必须完成苍天赋予我的使命，把暴秦给灭了。我想这件事应该不会拖得很久的。

这个早晨我又把箫吹响了。那时候我的女人正对着平静的水面梳妆，乌骓在距我们不远的地方吃草。这静谧而恬淡的画面令我感动。这大概是我有生之年短暂的美妙时光了。我情不自禁地站了起来，想从后面去拥抱虞。突然一阵风迎面刮了过来，天色也跟着阴沉了，似乎马上要下暴雨。这是个变化莫测的夏天。与此同时，我感到自己的视野越来越开阔，以至于连脑后的风景似乎都看得分明了。我知道，在此一刻我的重瞳又分开了。这已不再叫我吃惊。我吃惊的是另一件事，那是几百里外西北方的消息。我把箫交给虞，女人从我的脸上看出了不平静，欲言又止。然后我抄起画戟骑上乌骓就去找我叔叔了。

你知道吗？大泽那边起事了！

大泽？项梁显然还不知道大泽为何地，就从枕头下面找地图。

你别找了，我说，应该是在蕲县的西南。他们肯定是干起来了！

项梁这才发出疑问：你何以知道？

我看见的！

看见的？你能看见几百里之外？

他鄙视了我一眼，很不耐烦地走开了。我想这也不为过，我的重瞳大概也只有我自己知道，暂时还不会有人相信我。

但是第三天头上，我的预言被一个叫范增的老头证实了。这个从巢湖边上来的老者是一个看上去很沉稳的人，鹤发童颜，目光深邃。据说以前与我爷爷有过几次交往。他此番来吴中，就是通报大泽乡的情况的。那一伙戍边渔阳的人因连天大雨所困，于是就揭竿而起了，领头的叫陈胜，另一个叫吴广。他们动作很快，范增兴奋地介绍说，如今已占领了蕲县，号称是项老将军的队伍呢！

项梁一下就生气了，说：他们怎么能这么干呢？那口气就像是人家偷了他的宝贝。

范增说：天下百姓都知道胡亥不当立，当立的是扶苏，于是就自称是项燕的军队，势如破竹，为扶苏的冤屈鸣不平。

这时我就插了一句：这也只是暂时的幌子，我们要的结果是灭秦。

然而不管怎么说，项梁内心还是兴奋不已的。我想现在他所说的那个时机应该是到了。不多日，响应陈胜“张楚”的人多了起来。关于陈胜，我知道的情况很有限。某种意义上我们也算是老乡，我们祖先受封的项地，与他家乡阳城相距不远。据说他敢造反，客观上的原因是不能如期赶到渔阳，怕掉脑袋。而主观原因则是不信王侯将相会有种，对世袭分封表示拒绝。这当然很豪迈，但是也反映出他内心的虚弱与自卑。否则，他何以会把一块写有“陈胜王”的白绫塞进鱼腹？而且又唆使那个吴广夜晚装狐狸叫“大楚兴，陈胜王”，玩这种鸡鸣狗盗的小手段？这么做的目的岂不也是想俨然装扮成一个龙种？至于谎称我爷爷的旗号我就不说了。说实话，我看不起这个。这是个素质问题，所以陈胜一拿下蕲县，他就迫不及待地自称陈王了。这样的王能久吗？

几天后，我叔叔项梁接到会稽郡守殷通的传话，要他立即去城里一趟，说有要事面商。这可把项梁吓坏了，以为自己的谋反起兵之心为官方所觉察，便要我一道前往。他说：今天这事非同寻常，你得事事小心才是。然后又贴着我的耳朵说，若是情况不妙，听他的咳嗽为号。他只要一声咳嗽，我就必须把郡守杀了。后来的事也就是如此，到了衙门，项梁进去坐下不到一杯茶的工夫，就响亮地咳嗽起来。于是我就冲进去把那人的头砍了下来。可是从那死人的表情看，我觉得他不像是对我叔叔怀有什么恶意，再说室内也没有个埋伏，我就问是怎么回事？项梁支支吾吾，说：我刚才给茶水呛了喉咙。我很生气，质问他：那你为何不拦我一下？我这把剑下还从来没有过冤魂呢！

项梁有些尴尬，拍着我的肩说：杀了就杀了吧。言毕，这项梁就整了整衣冠，一手提起还在滴血的郡守头，另一只手托着郡守的铜印，威风凛凛地走到外面，高声对那些兵士们说：弟兄们，我就是项燕将军的儿子项梁！今秉苍天之意，决心与东南的陈王联合抗秦，是江东的子弟随我来！于是大家都对他跪下了。那时我就站在他的身边，剑上滞留的血腥气使我的心情变得异常恶劣。我知道，我被这个做叔叔的玩了一把。也就是从这一天起，我被无边无际的梦魇缠上了身，时常半夜里惊醒，我甚至感到，我这血管里流着的已不是我们项家那种高贵的血液了。我为此沮丧不已。我记得从会稽城回来的那天晚上，我和虞又一次来到江边，我想用沙子好好洗洗手，我讨厌那洗不掉的血腥气！后来，我们都沉默了，月亮慢慢地在我们身后升起。

4

所谓的“张楚”在那年秋天还没有结束的时候就结束了。陈胜本人后来闹得众叛亲离，连他老丈人也拂袖而去，在一个雨夜被一个叫庄贾的车夫所害。这一点也不出乎我的意料之外，陈胜一介草民，一夜间被拥戴为王，那感觉就像马路上捡到了一大袋金子。他还能想到什么？蕲县拿下，在他看来江山就到手了大半，往后的日子里他除了享受就是多疑，动不动就大开杀戒，连一起滚稻草的弟兄都杀，能不垮吗？但是，如果没有这人的振臂一呼，天下抗秦的浪潮也一时掀不起来。

我们的队伍壮大得很快。到了秋天，已称得上是兵多将广了。各路好汉之所以投奔到我们项字旗下，凭借的还是我爷爷的德高望重。用你们今天的语言表达，就是这老人的号召力。这个事实既让我欣慰又让我感到压力。我们总不能躺在老人身上吃一辈子吧？另一件让我气恼的事是范增一手策划的，他固执地认为，陈胜之所以垮得那么快，是因为没有扶楚怀王的后人当王，这不得天下人心，于是他就建议项梁找来了怀王遗失在民间的一个孙子来称王。可这个孩子当时才十三岁，在乡下替人放羊，我们把他寻来，他还以为要他的命了，吓得尿了裤子。我就把范老头拉到一旁，我说：这小子连男女的事都不懂又如何担当得起兴邦灭秦的伟业？这简直就是儿戏嘛！范增说：将军，人生有时候就是一场戏呀！说完，他就对我诡秘地笑了笑，然后就去安排“楚王”的登基典礼了，忙得不亦乐乎。奇怪的是这个十三岁的孩子也竟有龙威，居然就获得了许多人的拥戴。对此我实在是大惑不解。我不禁想起陈胜以前搞的那些名堂，看来事情还真不是我想的那么简单呢。这样的时候，我便想起另一个人来。此人就是后来与我相争天下的刘季。人们习惯叫他刘邦或者沛公。我记得那是我们到了鲁地薛城之后，一个阴晦的下午，从丰乡来了一伙人，为首的就是这个刘季。因为有张子房的引见，我叔叔项梁便热情接待了他们。最初，我叔叔对这个从前的亭长很不以为然，简短的谈话中哈欠连天。后来张良对他私下讲了一件事，那就是民间广为流传的"斩白蛇"，所谓赤帝之子斩杀了白帝之子。这完全就是无稽之谈，明摆着的瞎话。就像张良当年自我吹嘘的汜水桥头的故事那样子虚乌有。但是却让项梁迅速改变了看法，他不仅委以重任还居然冲动地让我们兄弟相称。没有办法，我们这支队伍就是这么鱼龙混杂，鸟兽同群。和他们混在一起，我感到极不舒服。问题是对付暴秦，光凭我个人的力量是不可能的，我还必须与他们和睦相处。其实从这一天起，我就对这个刘季产生了厌恶，甚至想把他干掉。这个人纯粹是个光吹牛不干实事的混子，貌似忠厚，实则野心勃勃，总想着一步登天。但我必须以我的方式来解决。

我这点心思大概只有一个人清楚，就是谋士范增。我们只是心照不宣罢了。因为这个，我改称这老人为亚父。在那个无边征战的岁月里，我无时无刻不感到寂寞，只有两个人能给我宽慰，除了亚父，另一个就是我的女人虞了。

现存的这些所谓的典籍里，对我最大的忽视，就是把我写成了一个对江山十分贪婪而对女人很随便的男人。这非常遗憾，我无法接受。民间至今倒是传颂着过去范蠡与西施的缱绻情怀。对此我深为诧异，我不明白为了江山拿一个女人去做交易有什么可值得歌颂的！范蠡这个奸诈小人干出如此勾当不就是为了讨勾践的好吗？有趣的是，最后又是夫差的那封箭书使他彻底动摇，于是就制造了个双双投河的假现场蒙混过关，隐姓埋名，卷了一大笔钱带着那个狐仙一般的女人躲到定陶做起买卖了。范蠡骨子里也就是个商贾之徒。既然如此，何苦读那些书呢？读书人有时候也确实是自己把自己给糟蹋了，这当然不是全部，从前我们楚国的那位屈大夫就是好样的，他不抱美人而是抱了块石头，唱着歌子跳进了汨罗江。我说过，我的确幻想着与虞将来去过那种诗剑逍遥的日子。我们同骑一匹乌骓马，琴心剑胆地浪迹天涯，这才是人生。所以那时我就每天祈祷，希望早一天进攻咸阳，这个心愿一了，我的好日子就降临了。我已经很久没有吹箫了，每日战罢回到大帐，我浑身就显得毫无力气，疲惫不堪，我的双手沾满了敌人的血，使我很不情愿去亲近我心爱的女人。我不能不为此感到苦恼。虞当然看出了我的心思，她说：

什么时候不再流血，这天下就算是太平了。这恐怕很困难，我说：即使是我将来一统了江山，我也不能保证我从此不再杀人。于是，虞就对我谈起了草原。她说她在草原的那些年，每天和羊群在一起，天高地阔，草原无边无际，有时候就觉得这似乎就是和平的景象。但是，胡人一来骚扰，她的兴致就立刻败了。有时我很绝望，虞说，我真不敢相信这天下还有一块和平的地方可供我们安生。我就说：会有的，我会替你打出这么一个地方来。

我们不久就打到了雍邱，前来应战的是李斯的儿子李由。立马阵前，我突然从这位和我一般年轻的将军脸上看出了一种极为复杂的阴郁，以致我不忍下手了。我感到这个人今天与其说是来与我交战的，倒不如说是来送死的。我很快就意识到了什么，就勒住缰绳，对他说：你最好还是投降吧，你不是我的对手。李由说：我父亲是大秦的重臣，我是大秦的将军，你这么说是不是太狂妄了？我说：李由，你不提你那个父亲我倒没什么，你一提我可真生气了。你那老子活着的确是个祸害，他不比赵高那老狗好多少。像你老子那么不知羞耻地活着，我不知道还有什么滋味。我话音刚落，李由突然在马上哭了起来，他说：项羽，我今天就是来替我父亲死的。你大可不必手软！我李由求生无望，难道求死也无望吗？说着，他就策马朝我冲了过来。我开始躲闪了他两个回合，还在高喊着：李由，你投降吧！他根本不听，倒是越战越勇了，眼泪却一个劲地往下掉。说实话，那一刻我还真是心软了。我想我完全能猜出这个年轻将军的心思了，今天他就是前来赴死的，他需要像军人那样很光彩地死去，他想以这种方式既成全自己又挽回他父亲的人生败笔，他的选择无疑是对的。第三个回合，我便一戟将他挑下，血顿时就在我眼前像礼花一样开了。我立即下马，李由大概还剩下了半口气，我就蹲下去，把这个即将要死去的人一把揽在怀里，对他说：将军，你对得起秦国也对得起你父亲了，你走吧。李由的脸上慢慢显出了微笑，他用最后一点力气对我说道：谢谢你了，项将军。

李由的死对我的震动很大。他使我目击了一次男人的尊严，所以我将他的尸体清洗干净，白绫素裹送还给了秦人。但我不知道就是这个军人与军人之间的举动使老李家遭到了大祸。几日后，我听到消息，秦二世胡亥听信了赵高那老狗的谗言，认定了李氏父子叛变通敌，便把全家满门抄斩了！这让我惊讶不已，李斯该死，但不是这么个死法，这个习惯于察言观色见风使舵的人，丧失了做人的原则立场，干过不少坏事，如今这么个死倒让他平添了几分光荣。据说他在咸阳的大狱里还写了不少坦明心迹的美文，希望二世能免他一死呢。看来人对死的牵挂与生俱来，人对肉体的被消灭总是显得胆战心惊，人对死的恐惧远远大于对活着的检讨。也许他们本来就觉得活着属于天赐，是不需要检讨的。这是个问题。我已经死过了两千多年，我的阳寿不过三十一岁，但我觉得有些事还是需要说上他几句。这也就是我愿意通过一个叫潘军的人来发表这篇自叙的真实原因。我没有以正视听的意思，民间关于我的传说至今不衰，说明我至少还有值得一说的可能性。至于我的话是否可信，那是另一个问题。

5

雍邱一战，我们全胜告捷。本来按原定的计划应该一鼓作气地直逼咸阳。不料天降大雨，项梁的主力被困定陶，而我军也只能围着外黄不动了。这让我很是焦急，因为据说赵高已经把王离的军队从塞外调了回来，要与章邯部合并，这样一来，秦军的势力就壮大了，对我们将构成致命的威胁。于是在与亚父商量后，我派人给项梁送了封快信。建议他调整作战方案，集中兵力直取咸阳。但是，我的话没有奏效，反倒让他以为我好大喜功。他认为仅凭我们自己的人马是难以与章邯王离抗衡的，于是就派他的谋士宋义去说服齐国的田荣联合行动，同时又幼稚地认为，要等天晴之后才进攻，好像雨天不是打仗的日子而是喝酒的日子。我气坏了，也感到很苦恼，因为项梁现在不仅是我的叔叔还是我的上司，我必须听命于他。军人讲的就是一个服从，这是军人的光荣，却也是军人的悲哀。我很难相信这个自幼教我兵法的叔叔在几个胜仗之后怎么变得如此傲慢。连那个无能的谋士宋义都看出了他的危险，他本人却毫无觉察！我们只好等待着，大雨连天不歇，士兵们的斗志在松懈，而在定陶，此刻想必已是纸醉金迷了。我的重瞳在这一刻又重叠起来，远方的定陶上空飘荡着一块阴云。一种不祥的预感正在向我逼近，这是死亡的预感。

果然就在这天夜里，章邯冒雨偷袭了定陶。三十万大军如洪水猛兽般地把楚军的大营掀了个底朝天。那时候我叔叔项梁还在梦中逍遥自在，他仿佛听到的呐喊声成为他那美梦的最佳伴奏，等他睁开眼，章邯的剑已把他的苍老脑袋砍下了。落下的头颅上面仍是一双惺忪的醉眼。项梁一死，楚军的阵脚立刻就乱了。无奈之下，我们只好撤回彭城。后人把这一举动视作一次迁都。没过几天，大臣们带着那孩子——就是新的怀王也到了。那孩子现在似乎也有些王者风范了，也开始习惯于指手画脚地发号施令。他听信了那几个谋士的高见，觉得把兵权完全交到我手上还不是时候，认为我只会狭隘地想着为叔叔复仇，而置楚国兴亡大义于不顾。可是他们又离不开我们项家的光荣旗号，还得利用它得到天下人的响应。他们也离不开我的作战才能。这又是他妈的政治了。于是，楚怀王做出了这样的决定，让我率部去救被章邯围住的赵国，而派刘邦去攻咸阳，并说：先入关中者为王。这显然是担心我抢了刘邦的饭碗，就是说，他们这伙人本是不信任我项羽的，他们对我除了利用还是利用。我当时并没有说什么，事后，我才对亚父说：作为军人，我当以服从军命为天职；作为项家后代，我当以匡复大楚的基业为己任，但我讨厌被人利用。我不喜欢有人对我玩政治手腕。亚父范增默默点了点头，然后说：将军，天下有许多事并不遂人愿，人有时候就是让人玩的。依将军的才智势力，你可以随时废了怀王，但是这样一来，天下的百姓就会对将军另眼相看了，因为项家的天职是振兴大楚，而不是取而代之。这是项家的宿命。这话真是说到我心坎里了，我想，既然命中注定我要被人利用，再说什么就显得多余了。

正说着，赵国的使臣前来求见。这个看上去一脸晦气的男人见面就扑通跪倒，泣不成声：将军，章邯已将钜鹿围了一月，若不出兵，他们就会死于秦军的刀斧之下，您可怜可怜他们吧！

这话听了叫我难受，我想一个软弱的赵国是经不起章邯三十万兵马的，他们的灾难就悬在了头上。我劝了那使臣几句，然后就去面见怀王了。我说得很坦率，我说要是我们像张耳陈馀之流那样见了秦军就退避三舍，那么赵国的灭亡只是早迟的事。如果我们连钜鹿的问题都解决不了，灭秦岂不是一句笑话？怀王思忖片刻，说将军有这番胆识令我钦佩，但为了保险起见，还是多去几个人吧。我就说：去多少人那不是我考虑的事，你决定好了。

结果第二天，楚怀王颁布命令，突然宣布宋义为上将军，美其名卿子冠军，统领一切。这个决定的荒谬在于，他们把一个瞎猫碰死老鼠的吹牛当成了未卜先知。就算怀王是个不懂事的孩子，难道作为上柱国的陈婴也如此的糊涂？居然相信宋义曾料定项梁会兵败定陶。我一听心里就直想笑，这个宋义是驰骋沙场的人吗？我知道，这不过是个借口，实际上是他们对我不放心。陈婴也许忘了，当初我们拿下薛城之后，是我叔叔项梁保荐他做了这个上柱国的，现在项梁一死，他倒不放心我了。我若想当楚王，一个陈婴又岂奈我何？这算不算以小人之心度君子之腹？人往往就是这样，你不提防我我倒没什么可顾虑的；你要是对我不放心，反倒叫我怒火中烧了。我项家可以被人世世代代地利用，但决不能叫人又利用又不放心！我后来之所以要把宋义给杀了，就是要以此表明我的立场。

宋义这个人实在很不知趣。你既然不懂军事就不要整天端出一副上将军的架子，动辄恶语威胁，扬言谁不听他的使唤就问斩。他就是不懂在我项羽旗下的人没有几个吃这一套的。大军开到安阳，一听说章邯王离在前面严阵以待，他就慌神了，按兵不动。这样一耗就是十多天，赵国的使者急得直哭，宋义居然还有心思喝酒。那使者又回过头来找我，希望我能说服这位卿子冠军火速救赵。我就去对宋义说了，我说我们是去救赵的，像这么耗着不是个事儿。宋义鼻子哼了哼，不屑地说：论横刀立马我不如你项羽，论运筹帷幄你也不如我宋某人，所以怀王和上柱国举荐我来执掌帅印。他倒当真了！我知道这家伙打什么算盘，他是想让赵国和秦军拼得差不多时再趁虚而入，既交了差又保住了名声，这还是政治！以我的脾气，那天我就想把这小子杀了，然而亚父认为不妥，他说：时机不到，眼下正是天寒季节，又逢大雨，我们的军需很快就成了问题，到那时士兵们的情绪会与他宋义不利的，我们……

我们也趁虚而入？我打断他说，那样我们不也在玩政治吗？

亚父说：将军，打天下可是离不开这政治呀！

我承认亚父范增的话有道理，但是我感情上还是接受不了。这天晚上，我回到大帐显得异常的烦躁，虞在我身边也十分不安，她说：人这一生就是心灵磨难的一生，该忍的你还是要忍。我说我已经到了忍无可忍的地步了，再忍，我或许就不是我了！

虞说：除了动刀就没有别的办法了？

我没接话。过了会我听见女人轻叹道：这个世界不好，就在于总是用刀说话。

然而我还是又忍了一个月。这天，雨又来了，我一早就想去营帐里看看，刚出门，就被那位赵国的使臣拦住。那人用手指着天空说：将军，您知道这天上的雨是怎么来的吗？不等我回答，他就接着说：这是我们赵人的泪啊！望将军凭着一个军人的良知，帮帮我们赵国吧！说完，这个瘦弱的男人突然拔出我的剑从颈项横过，血溅得我几乎睁不开眼！好一个以死相谏的大义之人！我蹲下去用手抚下使臣不肯闭合的眼睑，拿起了他手中的带血的剑。闻声而出的虞此时已吓得面无人色，倚门呆立着。我看着她，对她说：看见了吗？这也是在用刀说话呢！

说完，我就直奔了宋义的大帐，那些卫士见我这来势就预感到今天会有好戏，并不拦我，反而对我投以关切的目光。我进去的时候，那卿子冠军正在喝酒，一边翻着一本破兵书。当他看到我手里的剑还在滴血，便像鸟一样地惊叫道：项羽，你想造反了吗？

我说：我不想造反，只想搬掉我行军路上的一块绊脚石。说着，我就将这奸人的头砍下了。等我拿着他的这颗小脑袋出来，外面的将士们全部列队整齐地站着，对我行注目礼。那一刻，我的双眼突然迸出了眼泪。在我一生七载的戎马生涯里，这样的场面是第一次也是最后一次。我用剑挑着宋义的头颅高声说：弟兄们，我们在安阳困守了四十六天，赵国的百姓已是望眼欲穿。救赵是为了灭秦，灭秦是为了兴楚，国家兴亡在此一举。日后若有小人说我项羽居心叵测，就拜托大家为我说句公道话吧！

大家说：上将军，我们跟定了你！

这个瞬间，我体会到了什么叫做军人的幸福。

6

宋义一除，往后的路就顺了。尽管那时我们的给养很困难，但是士气空前高涨。不出两日，我们渡过了漳河。那时我们也就只剩下了三天的口粮，后面的给养跟不上。于是我下令把锅砸了，船也沉了，横下一条心与秦军决一死战。后人称这个举措叫破釜沉舟，逐渐演变为一条成语，这多少让我感到几分得意。而我更得意的是，作为军人，我现在找到了感觉。我这时才真正体会到，我爷爷项燕为什么那么迷恋去做一名职业军人？这种快慰一般人是无法获得的。我所说两千多年后外国曾经有两个人达到了这个境界，一个叫拿破仑，另一个叫巴顿。据说他们的仗打得都很漂亮，但拿破仑打仗是为了当官，巴顿当官却是为了打仗。所以这两个人还是有着本质上的不同。我倒是更喜欢那个美国佬，而我的命运又远不及他那么如意。乔治·巴顿的仗打完了，他也就退出了历史的舞台，带着他心爱的狗去他的菜园子溜达了。我却不然，我还得没完没了地为这个打下来的江山操心——这实在是我的不幸啊。你们会慢慢体会到我这种感受的，我希望你们不要说我口是心非。

漳河被我们抛到了身后，钜鹿的城郭已呈现在我的视野中。这是公元前二〇七年的冬季，寒风凛冽，冷雨如注，我们的队伍还是一往无前。破釜沉舟的消息不胫而走，那章邯就慌了神了，认定我此番之行是来找他拼命的。这个人在阵前与我见过一面，自己不敢交手却让那个王离来会。不出五个回合，王离便被我一戟挑落马下身首异处。我就将这人的首级悬挂在辕门头，以振军威。但是我没有料到，为此引发了虞同我的第一次争吵。虞说：王将军是战死沙场的，他尽了一个军人的职责，他的死值得尊重。你这样对待一个以死报国的烈士不觉得愧对你项家高贵的血统吗？

我说：我憎恨秦国！

虞说：你们不过是各为其主，你可以消灭他，但你没有权利去侮辱一个烈士！

我突然吼叫道：他是我手下的败将，我想怎么处置他都可以！

虞愣愣地看着我，然后轻声说：我替你感到羞耻。

当夜，虞就不辞而别地离开了我。女人是带着一腔失望与怨恨回到彭城的。这是我丧失理性的季节，虞的话没有引起我的重视，反倒叫我越发地疯狂了。不久，章邯来降，我虽依从亚父的主张将过去私人的恩怨一笔勾销，但是我仍然担心他带来的二十万秦军会随时谋反，于是就在一个月黑风高的晚上下令将这些无辜的生灵全部活埋了。很多次，我对我这种暴行悔恨不迭。我不明白像我这样的人怎么会变得如此的凶残？那是我一生中最大的败笔，也是噩梦真正的开端。我时常从噩梦中惊醒，在梦中，我看见那些冤魂在对着我放声大哭，然后又转为耻笑。他们所耻笑的是我的血液！在许多夜晚，我独自剩在大帐里，惟有青灯相伴。那呼啸的朔风，如哀丝豪竹般叫我心惊肉跳！我就想，我项羽何以变得这样？难道是我做了上将军的缘故我大权在握，便为所欲为，假如日后我做了皇帝，那我和那个暴君嬴又有什么两样？权力不是个好东西，它会使一个人的欲望无限膨胀，它会让人变得丧心病狂，它会使人良知泯灭，它自然也会使一个贵族堕落成为流氓。

一天晚上，我叫来了章邯。几十天前，这个败军之将前来投降，那个时候我似乎还分得清天下国家的轻重，尽管我对一个降将内心是轻视的。我听从了亚父范增的劝道，觉得大敌当前理应将个人的恩怨抛于脑后。况且当初我叔叔的失败，也在于他本人的骄傲与轻敌。他其实是自己断送了自己。我记得当我走出大帐来迎接章邯时，这个人感动得热泪盈眶，对我五体投地。他说：上将军如此宽大为怀，我章邯日后将随将军赴汤蹈火，在死不惜！那个时候，我颇有几分自豪感，觉得自己像个汉子，更像是项家的子孙。然而不久，我就对他起了疑心。我担心在入关之前章邯的人马会给我带来麻烦，于是就出现了上述的那惨不忍睹的一幕。翌日当章邯得知这个消息，他几乎是悲痛欲绝。我知道在他那泪眼昏花的目光中，我已经成了一个失信的小人。那目光毫无畏惧，大胆地透露出对我的轻蔑。现在这个人来到了我的面前，在进大帐之前，他自动摘下了佩剑。这个动作所表达的意思并非是消除我对他的防备，而是前来赴死的。这让我自惭形秽，更觉得此人值得敬重。于是我请他坐到我的面前，对他说：章将军，你知道我今天把你叫来是何意吗？

章邯沉默了片刻，跪倒在地：上将军，我知道，你是要我杀了你。

我默默点了点头，但是我内心很为震动，他何以能猜透我的心思？而我却居然想错了！后面将要发生的事则更叫我惊讶，在我就把剑递给了他之后，章邯突然号哭起来。

上将军，该杀的是我呀！章邯哭泣着说：将军如此坦荡，章邯不能不实言相告，我带来二十万兵马，就是预防不测的，这怪不得上将军多疑，实在就是章邯居心叵测，罪不可赦！说着，他就拿起剑准备自刎，我一把将剑夺下，感激地说：将军，我知道你这是替我开罪，请受我项羽一拜！这件事我想永远是个悬念。我们正沉痛诉说着，亚父范增急急忙忙地跑来，见状很是诧异。但他带来的却是一个令我并不惊讶的消息：沛公已占领了咸阳。

7

两个月前，当我们还在安阳为救赵犯愁时，刘邦的队伍就已经到达了昌邑，久攻不下，这个人居然就放弃了，一路向西直奔而去。那时我就感到，此人是惦着出发前怀王的那句许诺：先入关中者为王。刘邦这一路上与其说是打仗倒不如说是游说，沿途的城池只要交出来，他什么条件都可以答应。不过这一手还真挺厉害，他很快就在南阳得了手，封赏那位投降的郡守为侯。后面的就如法炮制了，也就果真连连奏效。这大概可以看做中国统治的一种经典手段。所谓攻心之术，我听说往后两千多年间效仿这手段的大有人在，不仅得了江山，还得了宽大仁义的美名。这与几年后刘某人扬言的三尺龙泉得天下不是一回事，倒应该说是凭借那三寸不烂之舌当了皇帝。

刘邦的运气不错。当他胆战心惊地向咸阳城接近时，咸阳城内已是祸起萧墙了。那老狗赵高最终还是杀了秦二世胡亥，企图以立二世的侄儿子婴为王做缓冲，不料机关算尽，反倒被先发制人的子婴所杀。那子婴原想仗着五万兵马死守峣关，与楚军做最后的一搏，却未知守军将领轻信了刘邦的许诺，不费吹灰之力就把他们全部剿灭。关于这一点，我自觉不好指责刘邦和他的军师张子房。他们以可耻的手段骗取了秦将的信任，那个人还在张罗着盟约签订宴席的规格，头已被周勃砍下了。这和我失信章邯坑埋秦卒是异曲同工。很多年过去了，每当我想起这函谷关下的这一幕，仍然还是感慨万千。我们这些争夺天下的人没有谁是按照游戏规则来玩的，我也不例外。这是我的耻辱。所以我们后来得来的天下总是显得岌岌可危，这是报应，苍天有眼。纵观这大千世界，每一次的江山易主政权更替，无不伴随着杀人流血失信背叛的小人之举。这不是我们中国的专利。外国也一样。倘若我记得不错，最典型的例子莫过于公元一九三九年的德国对邻国波兰的袭击。那个叫希特勒的家伙是你们这个世纪最下流的人，而另一个叫斯大林的在波兰的问题上也表现得并不光彩，他趁德国人突袭之际，也大兵压进了波兰的东部，于是这个波兰一夜间就被他的两个毫无教养的邻居瓜分了。这当然也成了过去的一页了，但我还是要在此做一次提醒。

江山原本是可爱的，只因为这么一搞，就让人失望了。我的遗憾在于，两千多年前的那个时候还尚无一点觉悟。实话相告，范增带来的消息虽不让我意外，但还是让我内心产生了震动。我能想象得出，此刻刘季的算盘是怎样拨的。这个从前的亭长第一次亲眼目击了豪华的宫殿和如花似玉的嫔妃，对坐关中王的位子是多么的馋涎欲滴。而这个人的野心还远不限于做关中王，他心里寻思的是有朝一日做嬴政第二。尽管他现在把部队驻扎到了灞上，尽管他约法三章，这些都不过是虚假的摆设，他内心贪婪的欲火一刻也未熄灭过。

我们的尖兵在函谷关受阻，守备部队声称没有刘沛公的命令不得洞开城门。这让我气愤，我是上将军，怎么连入关的资格都作废了？只好派当阳君英布去攻了。不过片刻，函谷关便拿下了。这件事令我费解，刘季并没有站出来公开反对我，却又不许我入关，非叫我动手不可，是何居心？亚父的判断是，这是他刘邦的一次试探，想看看自己的手到底能够伸多长。我觉得此言有理，于是就叫部队于新丰鸿门停下修整。我想，现在该是解决刘季的时候了。

你们所见到的史书上，对所谓鸿门宴的段落书写都是那么精雕细刻，绘声绘色。最著名的还是太史公司马迁的这篇《项羽本纪》。作为美文，我也非常欣赏这个精彩的段落。但是你们要是把它当历史读，那就有不小的问题了。

我说过我要除掉刘季已不是一日的考虑。从我自张子房那儿听见所谓斩白蛇那一刻起，我就做出了这个决定。我倒不是害怕此人，而是直觉到此人非同一般的小人。对于男人，贪婪不算毛病，也未必可怕。可怕的是那种什么都想要的男人。而既无真才实学又什么都想得到的男人无疑就是个祸害。

这种人可谓欲壑难填。这种人不除实乃后患无穷。但是如何个除法长期以来一直困扰着我。我觉得凡事都该有个方式，杀人也不例外。而且在坑埋二十万秦卒之后，这个问题就变得越发重要了。我做了一件错事，我不能一错再错。眼下对于刘季，我的方式正在酝酿之中，也可以说是等待之中。我等待的不是时机，而是杀人的工具。

我说过我一直在渴望得到从前楚王遗失在民间的那对青锋鸳鸯剑。但是后来我才知道，刘季也怀有同样的心思。多年以来，刘季和我都在寻找这件神奇的武器。而现在我们的用途却大不相同。刘季想得到它是想从中得到某种神明的指引，好以此夺得天下。我呢，却想利用它把那个一心想登基做皇帝的人消灭掉。我觉得拿敌手喜欢的武器除掉敌手是一件值得快慰的事，也很合乎我项家的规矩。然而很遗憾，我派了几批人赴楚地四方寻找，都毫无下落。我等待的就是这个。在鸿门的这些时日，我心中出现了一种极其复杂的情绪。我知道翦除刘邦已到了刻不容缓的时候，可我仍然想按照我既定的方式行事。这天，我又带着我的箫来到了一面坡上。我到的时候，亚父范增已在那儿，从老人的背影看，他在此已伫立了许久。我就走过去问道：亚父，您在寻思什么呢?

亚父说：我在看。看咸阳城的上空那片云，龙虎之形且现五彩，这恐怕是个危险的征兆。

我笑了笑，说：这难道就是你所说的天子之气?

亚父沉默片刻，又说：上将军，对沛公此人，在薛城时我们就已心领神会，如今他侥幸先入关，我们射鹿，他倒拾起来就走，此事关系重大，你不能再迟疑不决了。

我说：我知道该怎么做。

正说着，我的一个堂叔项伯领着一个男人匆匆来了。那人见面就说，他是刘邦那儿来的，受左司马曹无伤所派。说着就交出了曹司马的密信。我对曹无伤毫无印象，猜想这又是范增的安排。不过，曹司马的这封信倒引起了我很大的关切，那信中说，刘邦正企图拜降君子婴为相国，开始谋划当关中之王的后事了！这大概不会有错，这就是他刘季一贯的风格。但是，我最后还是一语不发地离开了。这个晚上我突然感到了一种莫名的孤独，似乎有点束手无策了。我并非害怕刘季，只要一声令下，咸阳城顷刻便会血肉横飞。但这不是我想要的结果呀！

或许是天意使然，就在我焦虑之际，我派去寻剑的人回来了，遗失民间的那对青锋鸳鸯剑展现在了我的眼前，这真不愧为王者之剑，让我想起传说中的英武少年眉间尺与那位神秘的黑衣人。我喜欢这个血性的复仇故事。我用食指慢慢拭过它的双刃，深信它会削铁如泥见血封喉。然后，我将它们安放在我的案几之下，眼前豁然开朗。而这时，帐外传来了急促的马蹄声。少顷，亚父和我那位堂叔项伯进来了。原来刚才黄昏那会，项伯以为我会明日发兵去攻咸阳，就快马加鞭地赶往灞上，对刘季通报了情况。亚父的神色明显地在指责项伯是个吃里扒外的家伙，就是说该军法从事。而项伯自有一番解释，他说之所以赶去报信也就没顾及到死，当年他亡命下邳，是张子房救了他，如今他不过是还这个人情而已。但他隐瞒了他和刘季已结为儿女亲家的事实。

项伯说：沛公不是你想象的那种人，他的部队入关以来可以说是秋毫无犯，军纪严明，如果我们对他们下手，有悖天理，也不像我们项家的为人。明天，他会亲口对你说清楚的。

亚父很不屑地看了项伯一眼说：曹司马的信上可不是这么说的！将军千万别自作多情。

我就摆了摆手，说：你们都退下，明日沛公来，我自有道理。我不许任何人再掺和这件事！

第二天的情况大致和太史公说的差不多。一早，刘邦就带着张良、樊哙、夏侯婴、纪信等人由灞上奔向鸿门。我敞开大帐，并叫陈平前去辕门外迎接。与此同时，我让项伯去负责安排今日的宴席。他明白我这意思，我就是要让他知道，我项羽不是个靠酒里投毒之类的手段来消灭敌手的小人。我最瞧不起的就是这个。男人做事得像个男人，何必要去学那个混吃骗喝最后硬着头皮去充好汉的荆轲？那不是男人的方式。我要这么干，你们今天就会觉得我和宋代的那个骚妇人潘金莲是一丘之貉了。所以后来的项庄舞剑令我十分恼怒，这准是范增的布置，太史公却把这笔账记在了我头上。当时的情况的确很紧张，于是我就对项伯说：一个人舞剑如同一个人饮酒，太乏味，你不如和项庄对舞。这是我的原话，不知怎的，太史公又把它写成了项伯的话。试想，我若不发话，项伯敢跳出来吗？他已经被昨日的泄密弄得魂不附体了，哪还顾得上公开替刘邦保驾？我叫他项伯出来，就是要遏制项庄的这分疯狂。我不允许任何人来玷污我项家的名声。我要刘季死，但要让他死得服气，也要让他像个男人那样去死，别给追随他的弟兄们丢脸。你沛公不是朝思暮想得到这把剑吗？我今天给你找来了。我们各执一柄，雄雌任选，然后我们当着众将官的面把账算清，接下来我们应该去一个空旷的地方进行决斗，胜者为王，败者也不失为一条汉子，这方式可算公平？如果你沛公贪生怕死，也可以不与我交手，但你必须许下承诺，从此退出这个舞台。我甚至可以陪着你一块退出。实不相瞒，我对这江山的兴趣是真的觉得冷淡了。我需要的是快马加鞭赶往彭城去找我的虞。

酒喝得差不多了，剑舞的表演也接近了尾声。我朝左侧的沛公看了一眼，他的额头上已渗出了一排虚汗，脸色苍白，目光暗淡。这个人还没与我交手就已经垮掉了三分。我的手不禁伸向案几的下面，稳稳地握住了剑柄，正欲抽出，一件意想不到的事发生了！

我对面的亚父范增，拿着他身上的那块玉玦对我再三示意：动手吧！

与我共事的将官都知道这老头有拿佩玉指挥杀人的习惯。往日只要他一举这东西，边上人就会猜到将有一颗人头落地了。可这个不明智的老人今夜竟然指挥到了我的头上！那我算什么！我这个二十七岁的上将军怎么能够听命于一个年过七旬的老叟的唆使，来干一个小人的勾当？这样一来，这场鸿门宴岂不成了阴谋的代名词？我岂不是彻底背叛了我的血液？

我精心安排的计划就这么让一个老人给搅了。

我咽下了这口气，一饮而尽。这也就是我后来把刘邦放走的真实原因。我知道时至今日，你们还是觉得鸿门宴从来就是个陷阱，是一次流产的阴谋，这真叫我欲哭无泪！我能说什么呢？我的解释似乎没有一点力量，但我必须强调，我所说的全是真实的。

8

往事如烟。时间虽然过去了两千两百多年，可我经历的那些事儿却在眼前停滞着，挥之不去。昨天夜里我又梦见虞了，她还是那么美丽，但她的表情却是哀怨的。黎明前，我听见了她的哭声，那是悠远而凄怆的悲声，如同楚歌的旋律，寄托着对我的无限思念与爱怜！我便从这悲声里惊醒而起，那时分，我的窗外是一弯残月。

我第一次听见虞的哭声是在我开进咸阳城的第三天。那天早上，我主要的事是接受秦王子婴的投降。我的本意是不想再捉弄这个柔弱的小男人，更不想取他的性命。但是这个人一见面就显出了一副媚态，声言只要饶他一命就感激不尽了，别无他求。我突然就对此人反感了。这并非是我的喜怒无常，我是觉得这个人实在没有一点骨气。我就问：听说上次你面见沛公，是抬着棺材去的，脖子上还缠着一条白绫？

子婴被问得不知所措，就盲目地点了一下头。

我又问：那么你今天见我怎么就取消了这些安排？

子婴这才感到不妙，就问：上将军是要我死吗？

我说：我不喜欢你投降，你知道为什么吗？因为你好歹也算是一国之君，尽管你在位不过四十六天。君王是一个国家的象征，你来投降其实就意味着全体秦国人都成了亡国奴。阁下觉得这妥当吗？

子婴一下就沉默了。过了会儿，这个人泪流满面地说：上将军，子婴今日实在是替先人受过，再说什么也是多余了，你就发落吧！

我说：不对，你是替整个秦国捐躯，而我也不想发落你。我不会像嬴政那样去杀一个手无寸铁的人。我讨厌的是你的投降。

说完这话，我就拂袖而去了。走了很远我还听见子婴的哭泣等我移师阿房宫时，有人告诉我，那子婴已被人剁成了肉酱。然而这件事留下的阴影却在我心里盘桓了许久。我想这子婴也是命中注定要落到这番下场的，他要不继承王位，情形会是另一个样子了。这么一想，我便对那死人感到了几分悲哀。继之我便想到自己，同样也是逃脱不了命运的安排。我的征战对我们家族是重要的，而对于我本人却索然无味。我干的是我不感兴趣的事，也可以说很无聊，但之于国家又显得举足轻重。我就想，一个人的使命或许是神圣的，但未必都有兴趣。从这个意义上看，我和这个子婴无疑就是同病相怜了。

这个晚上我陷入到一种前所未有的孤寂之中。我仿佛看见我的魂魄像无边无际的汪洋中的一个岛屿。那岛屿是黑色的，在凄凉的月光下闪着寒光。没有人理解这块沉默的黑色石头，而它也不能自行沉没。它的身躯上记录着潮起潮落，而它的见证又是那么无力。我就这样想着，慢慢地睡去了。不久，我听见了一个女人的哭泣。

这分明就是虞的哭泣。是我的女人发自心底的呼喊。我惊坐而起，四下全是黑暗。清冷的月华在阿房宫的铜柱上颤动着，给我的感觉却是不寒而栗！白天的时候，我还曾设想派人去彭城把虞接到这世上最奢华的宫殿来，与她对酒当歌，共度良宵。而我在刚才的梦中听见的却是她如泣如诉的悲声！这声音使我内心震颤，它仿佛是子规的语言，带血的语言……

太阳映红了骊山。在这个朝露浓重的早上，我骑着我心爱的乌骓来到了骊山的面前。这座并不伟岸的沙丘之下，埋着曾经不可一世的秦始皇。我又一次想起楚南公的话：楚虽三户，但亡秦必楚。如今秦朝已灭，大局已定。

我也算对得起我的祖宗了！我想我的事情做完了。现在，始皇帝的坟冢已在我的马蹄之下，咸阳城霞光普照，炊烟袅袅升腾。那豪华无限的阿房宫镶嵌其中，闪耀着灿烂之光，但这该是最后的风景了。关中虽好，而我不能久留。阿房宫举世无双，但我会付之一炬！我要烧掉的不是一座奢华的宫殿，而是我项羽心中的一座坟墓。我是江东的子弟，那里有我的父老乡亲，那里，我的女人在等待着我回家。

于是在这天的黄昏，我下达了焚烧阿房宫的命令。我的命令立刻遭到了一些人的反对，这其中就有刘邦。他说：上将军，这阿房宫耗尽了天下百姓的钱财，把它烧了可不好向天下人交代呀！我说：不对，阿房宫耗尽的是天下百姓的血汗，我烧它就是祭奠这些劳苦大众。

说完这句话，我就走出了这座宫殿。亚父范增紧随而来，他这才问我：将军果真要烧了这阿房宫？

我说：军中无戏言。

范增说：我想知道将军做这件事的动机。

我说：很简单，我害怕在这宫里呆久了，嬴政会借我的身子还魂。

范增沉吟道：看来将军的志向果然不在这江山之上，令老朽钦佩。但是，不知将军是否想过，这打下的江山交到谁手里才合适呢？难道将军还真的把那十五岁的孩子当成真命天子？

我说：亚父尽管放心，既然我项羽不想做皇帝，我自然也就不会容忍别人坐享其成。天下乃大家的天下，一个人掌管就是独裁，嬴政败就败在这个上面。所以我愿秉告怀王与大臣，将这天下重新分配：不作大，而作小，在原先的六国基础上还可再分。

后来的史学家对我作出的这项选择是持否定意见的，认为秦嬴政好不容易统一的中国，到了我项羽手上却又把它重新实行了分封，这是历史的倒退。我说过，我这个历史人物面对历史是个门外汉，我不好就此发表看法。我只能说我个人不喜欢皇帝这个称谓，我也看不出你们这以后的历史上出了几个好皇帝。很长时间以后，有个叫孙文的男人彻底铲除了这个词汇。这是很了不起的壮举。而我在当时的情况下，实在是想不出谁能管理得好这个天下，我只能表明我没有称帝的欲望。所以我划分出了十八个区域，封了十八个王。我也不想排斥异己，要不然，刘邦何以能成为汉王？在这个问题上，我和范增意见相左，在他看来，鸿门宴上我的手软是大错，如今封其为汉王那就是特错了。于是他总爱重复那句话：你等着吧，有朝一日我们会成为他刘邦的俘虏的！那时我还觉得这是危言耸听，我觉得从前刘季不过是一个亭长，所辖十里，如今统治巴山蜀水与汉中，难道还不满足？鸿门宴上我没有灭他，但我自觉已粉碎了他的野心，挫败了他的锐气，我的目的也就达到了。我记得虞说过：不要用刀说话。我想，一个人的欲望总是受到良知道德约束的，刘季最清楚他自身的分量，他的确杀过一条蛇，但那蛇不是白帝之子，那就是一条最普通的蛇，稍有胆量的男孩都能办到。

我们的楚国也划成了四块，即西楚、衡山、临江和九江。我只要了西楚，定都彭城。这以后，人们就称我作西楚霸王了。那时我就想，我这下也算是功德圆满了，自由的日子似乎伸手可触。我记得在班师回彭城的路上，我有了一种身轻若燕之感。与此同时，我的重瞳又一次重叠到了一起，于是我看到那遥远的地方，我的女人在向我招手。我一鞭落下，乌骓撒开了四蹄，于灿烂的阳光下卷起了一阵黑的旋风。这应该是公元前二〇六年的春季，太史公从这时起就按汉的年代纪年了。其实刘邦登基是在四年之后，他后来这么一改，似乎显得汉代的日子长了不少。时间是个奇异的现象，人生如梦，草木一秋，一个朝代和一个人的生命一样，从诞生的那一天起就预示着死亡。发展的本质就是生死交替，这是规律。刘邦在位八年，也还是死了。他的阳寿有六十三年，一倍于我还要多。但我一点也不遗憾。

9

历史学家从来就认为我陷入所谓四面楚歌的局面实际上是这个时候形成的。认为自打这公元前的二〇六年开始，我的境遇在每况愈下了。这话当然也有几分道理，然而真实的情况还不是这个样子。我不是一个能对天下负责的人，我只能对自己负责。我们项家从来就没有这个规矩。我的本意已经向你们表明了，我不是那种吃不到葡萄就说葡萄酸的人。我随时可以吃这葡萄，但没吃之前我就猜到它是酸的，所以不吃。这不是文字上的噱头，是重要的区别。重新分封之后，我也没怎么指望从此天下太平。我的想法很简单，也可以说很幼稚，我希望他们自己管理自己的地盘，为老百姓干几桩好事，即使闹，也不要把手伸到别人的土地上来。但是，情况偏偏就不是这么回事。

我回彭城不久，原定带着虞去乌江那边寻猎，过几天轻松的日子，还未出门，亚父范增就匆匆赶来了，说齐国的田荣撵走了齐王田都，又杀了胶东王田市，现在联合昌邑人彭越把济北王田安也杀了，田荣自立为齐王。亚父说：一个田荣就把整个齐国的天给闹翻，这个事的影响坏透了，必须严惩不贷。

没过几天，心藏怨恨的陈馀也在常山兴风作浪，赶跑了他的老友张耳，与代王歇沆瀣一气，赵国也乱了。

这多少有点出乎我的意料之外。我原想日后要作乱的非汉王刘邦莫属，尽管张子房再三对我表明，说汉王已烧了蜀路的栈道，发誓不再回头，我还是心存警惕。果然，在我平息齐赵战乱之初，刘季便向三秦运动了。这就是史书上记载的“明修栈道，暗度陈仓”，采取的是声东击西，倒是让久经沙场的雍王章邯上了圈套，兵临咸阳城下，章邯蒙羞自尽。接着，塞王司马欣和翟王董翳相继投降了，一时间，刘邦获得了空前的壮大。等到这年的秋季到来之前，响应刘邦的各路人马会师洛阳，他们下一个目标就是直指西楚之都的彭城。他们向我宣战了，这很正常，我倒觉得是件十分开心的事。我就对亚父说：当初在鸿门宴上，我原想和刘季进行体面的决斗，结果你老人家急着对我三示玉佩，把局搅了。我希望这回你最好与我配合默契，光明磊落地除掉刘邦这个贼子。

亚父说：霸王，你是个很标准的军人，但有时候也有几分书呆子气，历来战争都是只讲结果而不论手段的，你大可不必考虑什么规矩。我就说：我天生就是个讲规矩的人。没有规矩何以成方圆？当初坑了章邯那二十万秦卒还一直是压在我身上的一块巨石。

那些日子我真的很兴奋。说实话，连天的征战令我厌倦，但是真的偃旗息鼓了，我又觉得有点寂寞了。范增说这一点上我又很像我爷爷项燕。于是我开始沉醉于制订作战方案，严阵以待来犯之敌。我甚至觉得，解决我和刘邦的问题现在已是最后的机会了。有一天，尖兵来报，说刘邦的汉军全穿上了白衣，连赤色旗上也系上了白帏，声称为刚死的义帝发丧。我一听就气愤了，本来你刘邦来挑战是一件很正常的事，你不安分，要打，我只好奉陪。可你不惜以诬陷我来征战，这就他妈的是王八蛋的伎俩了！历史上的义帝死于赴长沙的道途，相传是被九江王英布的人所杀，此事与我毫无关系。现在刘季却一口咬定说英布接受了我的密令。真是荒唐！一个人做事总是有目的的，天下实行了重新分封，所谓的义帝不过是个摆设，就像后来出现的西方大不列颠帝国的女皇，我凭什么要杀那个十几岁的孩子？即使我要杀，我可以在彭城就下手，公开下手，又何苦密令英布呢？再者，这个英布又不是我的心腹之人，我怎么向他下达所谓密令？他不是很快就投降了你刘邦了吗？他干吗不把我那份“密令”呈到你汉王手上，作为见面礼呢？刘季这一手很高明，即讨了个师出的名分，又振作了军威，还可以笼络天下人心，可谓一石三鸟。但就是太下流了。兴兵发丧可谓用心险恶。我被这流氓彻底激怒了！我想，这回我的手是不能再软了。

在经过周密部署后，我决定暂时放弃彭城，先让他刘邦出手，我后发制人。结果睢水一战下来，汉军死伤者达三十余万，那些尸体横七竖八地堆在河里，几乎筑成了一道肉坝，迫使河流改道。这些战死的将士临死还穿着一色的白衣，现在他们是自己给自己发丧了。他们都是些好青年，倘若他们的汉王野心有所收敛，他们会娶妻生子男耕女织，过上祥和的日子，现在却成了炮灰。望着夕阳下的睢水河，我第一次感受到了什么叫残阳如血。这凄惨的景象连我的乌骓都看不下去，它向着北面仰天长嘶了三声。那是山东。

然而，刘邦逃脱了！

无论后人做何评价，穷寇莫追还是我恪守的原则之一。这或许不符合政治家的逻辑，但体现了一个职业军人的道德观。那时我想，如果你刘邦秉性不改，总有一天你还会落到我项羽的手上。我是不是很自负？是的，作为军人，我从来就是自负的。

我和刘季的这次交手，从我这方面看，惟一的损失就是让这家伙跑了。不过我又很佩服他，在如此混乱的局面下居然在亡命途中纳了妾，收了戚夫人，也算是大将风度了。他得到新人，却把旧妇和老爷子留给了我。我的手下曾多次提出把刘太公和吕氏杀了。我说：我和刘邦只是两个男人之间的事，与其他人没有关系。我也不认为这是楚与汉的问题。我有这么一个敌人，哪怕是假想敌，也算是圆了我作为军人的一个梦想了。没有敌人，军人那该多么寂寞。我本以为天下重作分封之后可以带着我的女人去云游四方，可刘汉王不让我歇着，我当然就要奉陪到底。这样到了第二年的春天，我们就对刘邦据守的荥阳城实行了包围。我倒要看看这回他刘季如何逃脱。没过几天，张子房递来了消息，说汉王准备投降了。既然如此，我也只好鸣金收兵。亚父范增却不同意，他认为这肯定又是张良的诡计，主张打进去。他说：刘邦虽然目下陷入了困境，但他还有大片的河山在手，还有韩信的几十万兵马可搏，他怎么可能俯首称臣呢？我就笑道：我和刘邦之间本来也就不是什么君臣的关系，我只要让天下人知道，他刘邦尽管有萧何张良那样的谋士，尽管有韩信那样的骁将，但最终也照样不是我项羽的对手。我要的就是这个。

亚父就说：那你当初对秦王子婴怎么是那个态度？我说：这不同。刘邦是我的敌手，交战的结果非亡而降，很正常的。子婴是作为秦王朝最后的象征而存在的，他虽然没有野心，但投降就是苟且偷生，使全体的秦国人蒙羞。他必须一死对他的国家有个交代。

亚父长叹道：这老夫可就不懂了！同样是你的敌人，一个不战而降你却要他死；一个和你战了几年打你不过，你却愿意接受他的投降，这是什么逻辑？

我说：这是我的逻辑。

亚父也不想再辩，但从这老人颤动的白胡子看，他对我的看法越发地强烈了。他历来就主张痛快地杀了刘邦，然而他哪里知道，这个刘邦的存在对我该是何等的重要。第二天傍晚，受降的仪式开始了。等围困在荥阳城里的妇孺老人出来后，刘邦的车子就缓缓而来了。远远看见刘邦神情安然地坐着，亚父就说：汉王豆腐倒了，架子却还端着，俨然王者风范。听他这一说我忽然就觉得不对，定睛一看，就发现这是刘邦手下的将军纪信。这纪信真是好汉，不由我说，他就点燃了自己，于火中高喊：霸王，汉王已脱险，你收兵吧！天下最后还是汉家的！

我什么也没说，被眼前这悲壮的景象所感动。我当时离纪信的自焚现场只有一丈开外，我能听见烈火撕毁皮肉的清脆声响。我内心感叹道：好一个壮士！等我掩目转过身时，亚父范增已经不见了。

10

我和亚父范增的矛盾由来已久了。自打鸿门宴那次起，这矛盾就越发加剧。我完全懂得这老人的心思，这些年跟着我着实费了不少心。他的确算是个高人，尽管我们观念上很不和谐。我欣赏并尊重他这种老人，张子房不能与他同日而语。范增老谋深算但从来不出诡计，他讲信用，也不靠装神弄鬼来美化自己的过去。所以他的离去让我很伤感。后来我听说他病死在归乡的途中，我忍不住地哭了一场。我是个孤儿，自幼父母双亡，靠叔叔项梁一手拉扯大。项梁战死定陶，亚父便是我最后的长辈了。如今他也走了，我不能不感到悲痛！我听说现在的史书上认为，我是受到叛臣陈平的挑拨离间之计，对范增和钟离昧产生了怀疑，才把这老人气走的。这可能吗？我项羽能对一个老人恩将仇报那我就不能叫项羽了。但我承认，范增老人是让我气走的，是失望而归。这是我们共同的遗憾。即使这一回他不走，到了割鸿沟为界时，他还会拂袖而去的。亚父对我最大的意见是责怪我的轻信，而他的离开又让后来的史学家们认为我多疑——一个轻信的人会多疑吗？

还有人说，我之所以落到楚河汉界这步田地，与当初不重用韩信这个人关系甚大。我承认，自从高密潍水一战韩信挫败了大将龙且并斩了龙且本人的首级，楚汉两家的军事形势的确发生了一些变化。然而即使这样，我对自己以前的决定仍不后悔。我第一次见到韩信对这个青年的印象很好，凭直觉我就感到此人日后是不可多得的将才。但是不久我就听说了他那至今广为传颂的“胯下之辱”的那一幕，心便霎时凉了。忍是一个男人的美德这句话或许不错，但是这个人为求一忍而不惜出卖自己的尊严，就让我觉得可怕了。甚至让我厌恶。一个男人倘若连尊严都可以舍弃那他还有什么不可舍弃的呢？所以后来他为求自己化险为夷，竟然拿他最亲密的朋友钟离昧的头去讨主子刘邦欢喜，也就不足为奇了。我讨厌“大丈夫能屈能伸”这种表达方式，我敬慕的是刚正不阿与宁折不弯的男人气概。比如说那位救主自焚的纪信将军，比如说后来那位宁死不屈的田横将军以及困守海岛集体殉国的齐国五百壮士。这种虽死犹生的男儿风范理当万世流芳。

相形之下，他韩信也不过是叱咤风云的苟且之人罢了。他最终落到吕后之手却是出乎我的意料之外。

当时战局的微妙之处就是韩信的左右彷徨，他既畏惧我，又不肯轻率地背叛刘邦，自己私下还打着三分天下的算盘。韩信据守齐国按兵不动，急坏的不只是刘邦一个人，我也急。我总觉得这时候进攻广武多少有点趁虚而入的意思。若不打，又怕贻误战机。人言韩信善战，他却始终不敢与我进行正面接触，反倒把我好战的胃口吊起来了。我倒是真的犯了难了。就在此时，张子房给刘季出了新招，派一个姓侯的家伙送来求和信。

那信写得极其诚恳，也称得上情真意切，一看便知是张子房的手笔。这封求和书的核心部分是提出割位于荥阳东南的鸿沟为界，以东归楚，以西属汉，此后双方互不侵犯，和好如初。但真正打动我的却是，楚汉两家几年的交战，殃及百姓众生苦不堪言，停止战争乃燃眉之急。这倒是一下击中了我内心最软的地方。想来也是，我们为权力之争，最终倒霉的还是广大无辜百姓。至于说什么我和他刘季今后仍旧兄弟相称，我看就显得多余了。我从来就没有把这种人看做兄弟。什么是兄弟？那起码也该是情同手足，何以同室操戈？

这一天，虞正好从彭城来到了军营。我就让她看了刘邦的这封求和书，想听听她的意见。她看过之后沉默了片刻，才感叹道：要是你们从今往后真按这信上讲的去做，天下也就真的太平了，老百姓会指望过上好的日子。

我说：男人看重的是诺言，讲的是信义。

说着，我就签字了。我觉得我这个签名很漂亮。

虞说：你很得意是吗？

我笑而不答。

虞又说：如果是你出面求和，你肯吗？

我说：这不可能，胜利者从来是不主动苟和的。

虞就叹道：你这个人的悲剧就在于你一贯的胜利。其实某种意义上，我很愿意看到你的一次失败。我想这对于一个军人，才算得上完整。

这话倒叫我一时糊涂了。

翌日早晨，我让所有的文臣武将一律身着便装，列队于大营的辕门两侧，等候刘邦的人到来。同时我吩咐钟离昧把刘家的老爷子和吕氏领出来，打算就此交给刘邦。钟离昧说：霸王，这么一来我们就再没有什么赌注了。这话叫我不悦，就责怪了他几句。我说我本来就不是拿他们当人质的。前些日子我们攻打广武，我在城下对刘邦喊话，让他出来把老父妻子领走，可他害怕是计，不肯出来。我就说：刘季，你居然连父亲妻子都不要了，你难道就不怕我一怒之下把他们杀了？

钟离昧说：这事我在场，当时汉王竟然说，你我是兄弟，我的父亲也就是你的老子，你杀他就等于杀你老子，我还正等着你分我一杯羹呢。刘邦这样说不乏机智，但我听起来很不舒服。

我就笑了，说：这就是标准的刘汉王！你后来射他一箭，我明明看见正中了他的右胸，他却说是射在了脚上，这算什么玩意儿？

钟离昧问道：霸王，你看清楚了？

我说：不会错，我这双眼睛与众不同。

我没有多做解释。这时，外面响起了鼓角声，刘邦一行人马到了。他们也换上了便服，收拾的还真体面。我自然要迎上去，还不到跟前，刘邦就对我施了大礼，说：籍兄，我感谢你给了我这个面子，从今往后我们按章办事，以行践约，老账就一笔勾销了吧。

我还礼说：和谈是结束战争的典范，有你这句话，我很满意。

然后我就叫钟离昧把太公和吕氏交给了刘邦。不料那太公对儿子扬手就是一耳光，骂道：畜牲！你还有脸来见我！你今天是不是来分我这身老骨头的？吕氏也跟着大哭起来，说刘邦不仅不来搭救她反倒趁机纳了妾。这一闹，使得原本肃穆的和谈仪式变成了一出戏文。幸亏张子房及时将他们拉开了。

这个瞬间，我和这个神秘莫测的张良对视了一眼，子房把目光虚了过去。

接下来，是双方互换文书。整个仪式进行不过半个时辰，就完了。我本想留他们共进午餐，刘邦说他急着要赶回咸阳，日后再聚。我说：这也好，我们在外面也呆了不少时日，士兵们思乡心切，我们得回彭城了。

刘邦又对我施礼，这回是感谢我对太公与吕氏的照顾，他说：家父贱内在楚打扰已久，如此大恩容我将来图报。

我笑着摆了摆手，说：汉王言重了。我不过是尽了本分。你我的事只能由你我解决，与他们原本就没有关系嘛！

其实我心里在说，只要你刘邦按你说的去做，就是对我最大的图报了。为了表示诚意，我当即下达命令：全军将士整装待发，明日开赴彭城！我的话音刚落，鼓号齐鸣，一片欢呼。我望着这些江东子弟，心中突然感到十分内疚：他们跟着我南征北战，每一次战斗都要有人舍弃性命，他们图的什么？他们既不能封王又不能受地，所求的仅是有一个和平的日子，而我却不能给予。对于他们，战争是通往和平的一条险径，但绝非他们的前途。我的心越发地沉重了。

这天晚上，我和虞相对坐于大帐内，红烛高烧，久违的楚歌从营中飘荡而至，将士们在联欢，明天，他们就要踏上归乡的路途了，他们的家人在企盼着团聚。我给虞斟上酒，然后轻声地问她：你知道此刻我在想什么吗？

虞不答，也不饮酒，只是一往情深地看着我。

我拿起那把画戟挥舞起来，只见烛光像礼花一样五彩缤纷。等我舞毕，虞才站起来说：是不是突然仗打完了，你感到寂寞了？

我说：仗打完了我不遗憾。我遗憾的是自我起事以来，大小战斗经历了七十余次，却没有遇见一个真正的对手。

虞想说什么，却终于没有说。

我抚摸着这把上天赐予我的画戟，心里不禁涌出了几分忧伤。我对女人说，等回到彭城，我要带她骑着乌骓再去乌江边上过几日。我说那时我会把这件心爱的兵器送回到它原来的地方，上天赋予我项羽的使命，我已经完成了。

虞把那杯酒敬与了我。

11

这两千多年来，我一直在想，对于人尤其是对于一个男人，最无耻的事大概莫过于背信弃义了。如果天下由一个既不信守诺言，又不准备践约的家伙控制着，这天下必定黑暗无疑。人不要脸是什么坏事丑事都能干得出来的。对于我，历史上的楚河汉界是我对历史的一个交代；而对于刘邦，应该是羞耻的标识。我履行了诺言，而这个小人却撕毁了协定。就在我们行至垓下之时，刘邦派韩信的人马对我们实施了包围。据说最初打这个算盘的还是那个一肚子阴谋诡计的张子房，他对刘邦说，鸿沟之约不过是个幌子，也可以看作是缓兵之计，如果汉王想一统江山，这时候调兵遣将打项羽一个冷不防则是千载难逢的良机。就这样，刘邦调动了韩信、彭越、英布、臧荼等几路兵马向我扑来。我知道，我的处境很危险，陷入重围按兵不动，粮草给养只能维持到一个月。我只能选择突围。但在这之前，我需要同那位号称智勇双全的大将韩信会一下。倘若我死在他的枪下，我死而无憾。我甚至感谢他成全了我，让我像个军人那样的度过生命的最后时光。

于是第二天，我策马来到了阵前，对着汉军的大营喊道：让你们大将军出来，项羽在此恭候了！

韩信果然就出来了。和几年前相比，这个人确实有了一些大将风范，神色也比较镇定。他对我拱手作揖道：霸王，别来无恙！

我笑道：我现在该称你齐王了，但我更愿意把你看作一个军人。

韩信说：我本来就是一个军人。

我说：可你怎么连军人起码的德行都忘了呢？你见过连战表都不下就偷袭的军人吗？

韩信迟疑了一下，说：霸王，军人是以服从命令为天职的。我是汉王的部下，他的命令我自然要执行。

我说：韩将军，这大概就是我们的不同了。我是发布命令的，你是执行命令的，但是，我心里十分清楚，你是个极善于把握时机的人。我兵临荥阳时，你的汉王朝思暮想地盼你来解围，你却借故推脱，仅此一点，你不及纪信的忠诚。现在你来劲头了，我想这或许是两方面的原因吧！其一是你刚得了封地，成了名副其实的齐王；其二是你深知我将士疲惫，粮草短缺，桃子不摘自落，你轻而易举地就捞到了功勋与美名，可这对于军人是不是很不过瘾呀？所以说，我今天和你交手，无非是两个结果——不是你成全我就是我成全你。我很愿意把我的头交到你手上，但不会轻松地让你拿。怎么样，我们开始吧？这或许是我项羽最后的一仗了，我希望我们玩得漂亮一些。也好让后人大书特书一番。

我说完，就勒住缰绳，在等待着他先出手。这时候我的重瞳再一次重叠起来，我似乎看见了韩信内心深处的虚弱与怯懦。这个人说穿了还是挂记着死，他怎么也舍不得把刚分封到手的几个县邑再交还给刘邦的。于是我的希望落空了，我期待已久的激烈搏杀很快就演变成了一场乏味的追剿。韩信和我交手还不到五个回合，就玩起了金蝉脱壳，一溜烟地向山里钻去了。我后来听说，这个背叛军人灵魂的男人居然说，他目的是想诱敌深入，好一举聚歼之。倒是那些助威的士兵给我留下了不错的印象。他们不阻挡我，像退潮似地闪开了一条路。他们的脸上刻着复杂的表情，他们想为我的武艺欢呼喝彩，但又怕伤了他们大将的面子，于是他们就用一种含糊的声音表达这种不可抑制的愿望，他们叫喊着：呜嗨——呜嗨——

这很像我们楚歌里的和声。我的画戟如风呼啸，我仿佛在指挥着这壮美的和声齐唱，同时我也被深深地打动了。这大概就是你们后来听到的四面楚歌的前奏吧？

楚歌是在午夜之时响起的。那是我刚刚卸下盔甲，吩咐马夫去给乌骓洗个澡。像往日一样，虞已在大帐里给我摆好了酒菜。虽说我们的处境很不妙，但是女人并没有表现出意外的惊慌。她甚至看上去是平静的，好像眼下的局面和平常差不多。几日前，当我们得知刘邦撕毁鸿沟之约时，女人第一次现出了愤怒，当时她说：沛公年长你许多，怎么德行如此之低下呢？她也就说了这一句。

我坐到虞的面前，说：真没劲，连韩信也混成了这样！

虞说：是的，我看了都觉得没劲。

想来也觉得好没趣味，我说，怎么我老遇见这号人呢？

虞这才问道：你打算怎么办？

我不假思索地答道：突出去好了。

虞说：你认为能突出去吗？

我说：不成问题的。我可以背着你突出去。

虞沉默了一会儿，说：我不想这样。

我说：不想？难道我们还坐以待毙不成？

虞说：对，我在考虑死。

这颇叫我吃惊，这个问题我还没考虑呢。我就扶着她的肩说：别这么想，我们突出去，我们不是说好了去乌江边上泛舟狩猎吗？虞说：我觉得活着很累，也很乏味，因为我总要面对着那些我所不齿的人，而且还是男人。而且这些人最终都要成为统治者，要行使管理我们的权力，我无法忍受的就是这个。

我打断说：所以我要与他们决战到底。

虞说：没有决战。即使你杀了这个刘邦，还有另一个刘邦要做皇帝；即使是你自己做了皇帝，你又如何能保证你和刘邦毫无二样呢？你忘了吗，几年前你当了上将军不久，一夜之间就坑了章邯二十万的秦卒？什么使你变得残暴？是权力。是独裁。这是无法改变的。

我一下没话了。

虞接着说：我做这个选择，还有另一个意思。就是不想连累你。

我说：这从何谈起？

虞说：你别太大意了。韩信今天虽然败了一仗，但不会一败再败，他会一直拖着你，一直拖到你草尽粮绝，他拖得起。我曾经想过，你的悲剧在于你是个常胜将军，打遍天下无敌手，但是现在，我不希望你因为我而成为他韩信的俘虏，那种人不配接受你的投降。如果你是我心爱的男人，你就必须突出去！

这时候，我们听见了四面的楚歌声，像大潮一样由远而近。那是真正的楚歌，其声悲壮而悠扬，仿佛自九天而落。这歌声寄托着我们楚人最简单的理想，就是正义与和平。歌声从楚营传到汉营，响彻云霄。我们情不自禁地走出帐外，今夜的月色散发出清冷的寒意。虞依偎着我，轻声说：你听，这是为我以壮行色呢！

说完，她抽出我的佩剑，刎颈而去了。她的暖血喷射到我的脸上，与我的泪水溶成了一体。我很悲痛，但更多的是为此生拥有这样一个女人而自豪。我慢慢把虞放倒，然后小心地裁下她的首级，用我的衣服包好，再将她系到身上。

我下达了突围的命令。我说：弟兄们，让我们唱着楚歌上路吧！

12

我必须告诉你们的史学家，垓下突围与你们对我的美化不一样。试想，面对韩信三十万兵马，我一支画戟能挑得开路吗？我是做好战死的准备的，结果却没有死。我的画戟上几乎没有溅上一滴血。就是说，汉军并没有怎么拦我，或者说只是象征性地拦了我一下。如果我这么说还欠妥当，那么后来我到了乌江边上，怎么恰好就碰见了那位乌江亭长呢？而且他还早备好了一只轻舟。他怎么能料定我要到此？太史公用心可谓良苦，非要借我之口来为我的死寻一个合适的托词，说我感叹是天要灭我，说我之所以不渡江东是无颜见江东父老。这似乎很具戏剧性，是个巧合。可我作为当事人不同意这种牵强附会的解释。我深知这是有人事先的安排，不希望我就这么给刘邦方便。这个人是谁？我不知道。我一直把他视为你们心中的那个人。这个人无疑是轻视刘邦的，至少他不信任刘邦以及刘邦们。如果按西方人的解释，这个人或许就是上帝。上帝之手总是看不见的，但每回伸出来都非常及时。

然而这回我让上帝失望了。我违背了他的意志。当我从乌江亭长手里接过船时，我要做的是把我心爱的坐骑乌骓送了上去。于是那亭长就急了，他几乎是用哀求的语气对我说：霸王！江东虽小，但仍有千里江山，数十万兵马可用啊！你还是尽快过江重整旗鼓吧！

我笑了笑，说：老人家，问题是我是个不爱江山的人啊。再说，我就是重整了旗鼓，东山再起了又当如何？再去与刘邦玩吗？要玩也行，但总得有个游戏的规则吧？如果我也不讲这规则了，岂不是两个流氓在闹得天下不得安宁吗？

那老人就此沉默了。过了会儿，他便消失得无影无踪。

那个时分，天已经微白，曙光在乌江上闪烁着黝亮。我徘徊在江岸边，心情渐渐变得有些沉重。八年前，我就是在这个地方看见远方那团广博的绿色的。然后，我又发现了现在握在我手中的这把举世无双的画戟。它安静地躺在江底的白沙里，我竟将它打捞而起。这事仿佛就发生在昨天。现在，我需要把它送回它的原处。于是我扬手奋力一掷，送走了我的武器。但就在此时，一种极不舒服的感觉缠绕着我。我想自己从二十三岁起事，大小战役经历了七十六次，竟然还没有遇见一个真正的对手。作为军人，这不能不说是个遗憾。现在，我的画戟已离我而去，我的坐骑也离我而去，我最爱的女人也离我而去了！这世界仿佛只剩下了我一个人。

忽然，我听见了一个声音在轻轻地呼唤着我——

项羽，你听见了吗？

我说：我听见了。

我是谁？

你是我的虞！

你不该有所抱怨。

我没有抱怨老天对我不公……

其实，有一个对手一直在跟着你。那才是你真正的对手。

我知道，我刚刚知道……

那就好……

虞！虞！虞——

虞的声音消逝了。而此时，我看见我的乌骓立在船头回首对我一声嘶鸣，然后纵身跳到了湍急的江水之中。我知道，我该与这个一直紧跟着我的对手进行最后的决战了。我抽出我的佩剑——当初的鸿门宴上，这本来应该是解决我和刘邦的手段，此刻却变成了我完成人生的助手。看来我的重瞳实在是不算什么。我头顶上还有一双亮眼——那是天的眼。从这个意义上，太史公认定是天在杀我，倒也自圆其说了。

我很轻松地就把我的头颅割下了。我最后的感觉是记得我的血很烫，带有微咸。

不久，吕马童和王翳他们赶来了。他们找到的是一具无头的尸体。他们没有找到我的头，当然也不可能找到虞的首级。这一对头颅去了哪里只有苍天知道。于是，他们只好把我的尸体当场就瓜分了，因为他们的汉王已悬赏，这具残尸却足以保证他们一辈子的荣华富贵。据说乌江的岸边还流淌着我和虞的鲜血，江浪竟没有把它冲刷干净。

第二年春天，这块地方开出了一片不知名的红花。有一天，一个老人领着他的小孙女到这儿散步。那孩子就问：爷爷，这些漂亮的花儿有名字吗？

老人思忖了片刻，说：有。它叫虞美人。

（选自《花城》2000年第1期）

[潘军主要作品目录]

一、长篇小说

《日晕》——人民文学出版社，1989年版；中国文联出版社，2001年版

《风》——河南人民出版社，1993年版；花城出版社，2000年版

《独白与手势·白》——人民文学出版社，2000年版

《独白与手势·蓝》——人民文学出版社，2000年版

《独白与手势·红》——人民文学出版社，2001年版

《死刑报告》——人民文学出版社，2003年版

《独白与手势》（修订本），文化艺术出版社，2008年版

二、文集·小说集

《潘军文集》（四卷）——长江文艺出版社，2002年版
《潘军小说文本系列》（六卷）——中国工人出版社，2000年版
《中国当代作家作品选集·潘军卷》——人民文学出版社，2000年版
《当代中国小说名家珍藏版·潘军卷》文化艺术出版社，2001年版
《中国小说50强·潘军卷》——时代文艺出版社，2001年版
《跨世纪文丛·潘军卷》——长江文艺出版社，2001年版
《潘军实验作品集》（上下卷）——大众文艺出版社，2000年版
《风印——潘军短篇小说集》——中国文联出版社，2001年版
《海口日记》——广西师范大学出版社，2003年版
《合同婚姻》——广西师范大学出版社，2003年版
《戊戌年纪量》，文化艺术出版社，2007年版

三、其他作品集

《霸王歌行》（话剧），《剧本》2008年期
《潘军散文》——浙江文艺出版社，2000年版
《水磬——潘军随笔集》——中国文联出版社，2001年版
《山水美人——潘军散文随笔集》——广西师范大学出版社，2003年版
《坦白——潘军访谈录》——安徽大学出版社，2000年版
《地下》（三幕九场话剧）——《北京文学》2000年5期
《冷眼·直言》——安徽大学出版社，2008年版

四、影视作品

《对话》——北京电影制片厂
《和陌生人喝酒》——北京电影制片厂
《大陆人》（26集电视剧）——河南音像出版社
《五号特工组》（30集电视连续剧）
《海狼行动》（34集电视连续剧）
《婚姻背后》（30集电视连续剧）

钱柏生

身后的脚步声

那个黄昏，兵被分到一道沟哨所。

兵的到来让哨长兴奋得泪花闪闪，一个人的生活终于结束了。老兵退伍之后，哨长一直独守哨所，三顿饭都是连部派人送来。可是兵看着眼前低矮的两间平房，身子一下子就软了下去，屁股差点坐在了地上。

简单地收拾行李之后，天完全黑了下来。哨长开始领着兵沿着柏油路，一边巡逻一边介绍情况。

一道沟哨是流动哨，负责警戒N个库房。两边的山不算高，沟底窄处二十多米，宽处七八十米，呈S形，南北走向。哨所在山沟的最北边，从哨所沿柏油路向南走1.5公里的地方，有一座桥。从桥沿西去的柏油路两公里的地方，是连部。一道沟的警戒区域是哨所和桥之间。

走到桥头，哨长对兵说：今晚你前半夜岗，我后半夜。现代社会什么都讲速度，咱们上岗也一样，要速成。我就带你一趟，你自己多走多观察多思考。哨长说完塞给兵一把手电筒，掉头朝哨所走去。

黑暗一下子包围了兵，兵把手伸出来看了看，第一次真实地感觉到了什么叫伸手不见五指。兵浑身起鸡皮疙瘩，头发也竖了起来。从小到大，他最怕黑，在家时，从来没走过夜路，有时半夜起来去院子里上厕所，总得喊个人陪着。没想到现在……兵感觉一下子掉进了夜的窟窿里，心脏与不知名的鸟鸣此起彼伏着。一阵山风吹来，兵浑身哆嗦了一下，两眼湿起来，他想起了故乡的灯火，他抬头朝天空寻找，星星都不知了方向。兵心中涌出一股很重的失落。

兵开始埋怨哨长，第一次带岗就这么短的时间，好歹才来哨所的啊。兵想，哨长肯定是在山沟里待时间长了，人也冷漠了。兵对哨长的感觉一下子冷了。

兵有些恐惧，但是手中的钢枪却让他有了那么一丝丝的安慰，有钢枪在手，怕什么？兵想起下连队前的那次教育课上，连长说过的一句话：什么东西都害怕枪。何况还有手电呢？手电光，那就是黑夜里的一盏灯火，它能照亮脚下和前方的路。那些话让兵壮了胆。兵用手电光照了照四周，一草一木都看得很清楚，兵亲吻了手电筒一口，高兴起来，再黑的夜只要有灯光，便不是夜了。哪里有害怕的东西？害怕都是自找的。

兵没有忘记自己的职责，他打着手电沿着柏油路认真地检查每一栋库房，不知不觉中，兵走回了哨所。宿舍里的灯亮着，他推门的同时，喊了声：班长。哨长的声音没有响起，他仔细看了看，屋里根本没有人。兵想：这么黑，班长会上哪儿去？

兵喝了一杯凉开水，然后推门出来沿着柏油路继续巡逻。快到桥头时，手电光慢慢地暗了下去，一会儿就没了亮光。手电是充电式的，说没电一下子就没了。手电光一下子没了，兵感觉黑暗更重了。偏偏北风在这时候呼呼地刮了起来，害怕的感觉再一次侵袭了兵的全身。

兵想，摆脱害怕的最好的办法是回哨所，哨所外头有盏灯一直亮到天明，看见灯光，就不会害怕了。兵这样想着，迈开步子加速朝哨所走去。

风呼呼地刮着，兵加快了步伐。走着走着，兵的耳朵里传进一种动静，兵竖起耳朵，听出来是一个人的脚步声，虽然很轻，但兵能感觉到声音就传自身后十几米远的地方。

怎么会有脚步声？兵的毛孔徒地竖了起来，他轻轻地闪身蹲在路边的一丛冬青树后。脚步声越来越清晰。兵一下子卸下肩上的钢枪，大吼一声：谁？没有回音。兵又大吼一声：再不说话，我就开枪了！兵边说边拉开了枪栓。

是我，别开枪。

兵听出是哨长的声音，声音很急促。

班长，你这是干什么？兵问。

第一夜上岗害怕吧？

要说不害怕那是假的，不过，你这样跟着，我的肝和胆都快掉出来了。

我……我是怕你害怕，所以一路跟着你………哨长轻轻地拍了兵肩膀一下。

兵没有说话，心中却长出一种叫感动的东西。

后来的日子里，每当兵上岗，都会隐约听见有脚步声一直跟着自己……

（选自《小小说选刊》2007 年第 3 期，曾入选《2007 中国年度小小说》）

石　楠

张玉良传（节选）

这是一部描写中国女艺术家张玉良(1899–1977)奋斗一生带有传奇色彩的传记小说。张玉良出身贫寒，幼年父母双亡，后被舅舅卖到烟花馆，偶然的契机做了海关监督的小妾。她与命运抗争，对艺术执著追求，两度出国深造，终于成了教授、名画家、雕塑家，多次获国际奖项，作品为法国现代美术馆珍藏。作者对张玉良坎坷的道路，作了生动、形象的描写，感情充沛，文笔优美，富有艺术魅力，给人启迪，动人心弦。

小说发表后，产生广泛影响。后于1994年6月安徽文艺出版社以《画魂——张玉良传》为名出版。

一

迷人的古城扬州，像个端庄典雅的美人，运河诚挚地追逐着她，给她送来无尽的财富和秀色，因此她在我们悠远的历史中，曾经有相当的一段时间，风采照人。世传扬州出美女，也许不假；扬州孕育才华，这倒是真。在她丰腴而肥美的土地上，产生过不少才华横溢的优秀人物，有李孩、徐锴、徐铉、李邕，以及以《春江花月夜》传唱千古而闻名的张若虚。在上个世纪末，她又养育了一个在世界画坛享有盛名的女儿。可是，随着运河碧波飘来的，不全然是春风满城郭，入耳尽笙歌的繁华和欢乐，还有唐代诗人李敬的那首著名的诗歌：

汴水入淮利最多，
生人受害亦相和。
东南四十三州地，
取尽脂膏是此河。

运河上飘荡的歌声，渗浸着酸楚；运河上飞扬的笑语，夹藏有泪珠。她不仅带走了母亲甘醇的乳汁，使慈母逐渐干瘪，她还流走了父兄的脂膏，给弟妹留下了不尽的贫穷。

扬州广储门外有条石砌的街，它的结构很像苏州的街道，前门临街，后门濒水，颇有“人家尽枕河”的风味。徘徊在这条溜滑而又高低不平的石板路上，可以听到缓缓的流水声，也可远眺以史阁部衣冠冢而闻名的梅花岭上挺拔遒劲的古梅。就在这个美丽的所在，住着一户张姓人家。

张家以自产自销毡帽为生。这种帽子以毛毡为主要原料，上面绣有图案，在扬州已风行了几个世纪。张家男的是个世代的手工业工人。他憨厚、勤劳，挣得了一点资本，开了这爿小店。他娶了个聪明、能干的妻子，已养了个十岁的女儿，过着淡饭粗衣的小康生活。他们不用请人，一切自己动手，男的制帽，女的绣花。他们的毡帽以花色新颖而远近闻名，得到顾客的称誉，销路很畅。外乡的客人从运河上来，都争相订购他家的毡帽。“眼看张家就要发起来了！”邻居们背地里议论。

可是，好景不长，一天，一个外埠商人满面春风地登门拜见。他大大赞扬了张家毡帽的好处，特别称赞了女主人的刺绣技艺，要求订立包产包销合同。老实巴交的手艺人，听到赞语，心里痒爬爬的，立刻同意了这个客户的要求。客人答应供给张记帽店毛毡，价格优惠，按合同他包销张家产品。于是，张家所有的产品随着外埠客人从运河上流走了！日子一天天过去，却不见从运河上运来毛毡。可怜的张记主人，面对着一纸合同，还相信这种所谓的“君子协定”。商人以恪守信用为本，信用都不守，那还算人？他像热锅上的蚂蚁，常常焦急地在运河边上翘首张望，恍惚徘徊。几个月过去了，他拿着合同，去找同行打听，谁知一看大名，人家就悄悄告诉他，这人是当今知府大人的舅子。他想去官府告这个不守信用的骗子，好心的同行却劝慰他：“吃了亏算了，再不要惹火烧身，只怕吃不了兜着走。”

他一气，卧床不起。妻子带着十岁的女儿，拖着即将临月的沉重的身子，支撑着欲坠的小店。她希望腹中是个男孩，她认为男孩比女孩有出息，可以读些书，有了知识，就不易被别人愚弄。丈夫之所以受骗，就是因为不识字。男孩子读了书，如果有些长进，还可以谋个一官半职，即使丈夫身体不好，不能再做，以后生活也有个依靠。她越想生个男孩，就越觉得腹中的躁动有股男孩子的冲动，她把她的预感悄悄告诉了丈夫，想让丈夫得到一点安慰，从此身体好起来。丈夫虽然是个没有喝过墨水的人，心地却忠厚善良，他理解妻子的心曲，苦笑着对她说：“生男生女，我都欢喜。”妻子似乎得到安慰了，微微地笑了一笑。

二

“哇！哇！哇！”张家又一个女儿坠地。张记主人为了宽慰妻子，强作欢笑。说心里话，他又何尝不希望添个小子呢？他的身体近来日渐衰弱，元气看来难以恢复，妻子虽然身怀绝技，绣得一手好花，但毕竟是个女人，又拖着两个孩子，需要苦苦撑持，如果自己的身体不见起色，他们今后的生活将怎么过，他不敢再想下去了。他给孩子起了个响脆的名字———张玉良，意思是张家的一块好玉，一个宝贝，用以安慰孱弱的妻子。妻子惨白的脸上果然露出一点喜色。

可是，上天并不怜悯善良而勤劳的人们。玉良一岁时，父亲终于离她而去，他带走母女们绝望的心，到另一个世界去了。玉良两岁，她唯一的姐姐也抛弃了她，给她留下了孤独和寂寞。她家的小店随着父亲、姐姐的去世关闭了，她们失去了生活的依持，母亲的技艺成了她母女唯一的生活途径。

小玉良多孤寂呵，她常常依傍着母亲的腿，呆呆地看着母亲刺绣。母亲的手飞上飞下，一块料子上就奇迹般出现了油亮亮的叶子，红的、黄的、紫的鲜花。她好像还能听到蜜蜂嗡嗡鸣叫和蝴蝶扇翅的细微声音。她觉得母亲真了不起，那双手简直是魔术师的手！“变只小鸭吧！妈妈。”“妈妈，再变一只鹅吧！”她经常求着母亲。

玉良常趁母亲外出或烧饭的机会，尝试母亲变戏法的劳动。她在母亲的花绷上刺绣起来，一旦母亲出现在面前时，她急忙转过身，欲以小小的身影挡住母亲的视线。母亲发现她把绣件刺得像乱蛛网样，也从不责怪她，总是耐心地把乱刺的线一根根拆掉。她看到母亲无声的动作，幼小而敏感的心灵感到犯了错误，给可怜的母亲增加了麻烦，以后，她就再也不往绣件上胡乱刺了。她像突然明白了许多事理，盼望自己快快长大，像母亲一样，绣出许多好看的花。

小玉良常常看母亲绣花，看那一片片绿叶长出来，看一朵朵花儿绽开。在母亲去卖绣件时，她便独自坐在后门口，望着清波粼粼的溪水，和水上漂着的像片片白云样的鸭子，她觉得美极了，要是自己有妈妈那样的本事，就要把这美丽的画面绣出来。有时她望着这群活泼嬉戏的生灵，自己却难过起来。多寂寞呀，没有姐妹，也没有爸爸，看那只黄嘴小鸭，头往水里一钻，屁股跟着翘上来；有时，小鸭伸着毛茸茸的脖子，张着扁扁的小嘴，往它的爸爸妈妈身上咬着，老鸭用长长的脖子往它身上轻轻蹭着，爱抚着，它多幸福，多快活。她看着、想着，心里很难过，鼻沟也痒痒的，她用衣袖揩揩，往往就不知不觉靠着门框睡着了。

玉良生性倔强，不到三岁时，被门口路上的一块石头绊跌倒了。她妈妈拉她，她赖在地上不起来，头像捣蒜样在石头上撞。妈妈把她抱回了家，她又跑回原地，睡到地上去碰那块石头。一次次抱回家，她又一次次跑回来。头上碰起了包，包上蹭破了皮，以至鲜血淋漓，她还要固执地去猛碰那石头。妈妈没有办法，只好扛来锄头，把那石头挖掉，她才肯罢休。

人们都说玉良的命苦，八字硬，这也许不假，她刚萌生，家中便破了产；她一落地，就克死了父亲和姐姐。她的母亲随着她年岁的增长而逐渐枯萎衰老下去。倒是她自己得天独厚，出落得壮实、修长。八岁的孩子，竟有母亲耳朵那么高。虽然说命运之神刻薄她，她母亲却不这样想，她用尽一切努力来爱她，把她视为唯一的珍宝，为赶在玉良八岁生日前完成一件绣品，给孩子买件生日礼物，她没日没夜地赶。衰弱和劳累，使她终于倒在绣架上，奄奄一息。好心的邻居喊来了她家唯一的亲属——母亲的弟弟、玉良的亲舅舅吴丁。姐姐挣扎着指指小玉良，把她托付给了这唯一的亲人，就再也没有醒过来了。

玉良舅舅卖掉了她家唯一的财产——一爿小店面和几间房子，带走了外甥女儿。

三

一叶小舟，一片风帆，沿着运河的支流瓜河，荡出了“两三星火”的瓜州古渡，进入亘古不息的万里长江。船舱里坐着个14岁的姑娘，这姑娘身材苗条，齐耳的黑发，一套入时的服装，上衣是月白色的小腰宽袖小襟褂子，下面是真丝的黑裙子，颇像被革命浪潮冲出樊笼的女学生。那绯红的面颊上飞荡着幸福，被幸福染红的两片潮云中仿佛又杂有突然得到幸福的那种惶恐和不安。

前天，玉良舅舅突然给她做了这套时髦的新衣，还请来了理发师傅把她的大辫剪掉，理成当今女学生的发式，她迷惘地听随舅舅摆布。舅舅把她打扮停当后，对她说：“现在已是民国年代了，女孩子也可以出去工作了。我已在芜湖给你谋到一个事，你可以自食其力。”她先是一愣，当她领会了工作是可以养活自己的时候，高兴得一夜没入睡。

她躺在床上，回忆这六年寄人篱下的岁月，无声的泪水悄悄润湿了鬓发和衣领。名义上她有个舅舅，可是舅舅不务正业，整天泡在茶楼酒肆里，无心顾及这个幼稚的外甥女。舅舅把一切家产都卖掉去抽鸦片烟，六年了，没有为她添过一件新衣服，肚子有时也填不饱。舅舅虽然不打她，也不骂她，可也不管她，不教育她，这比什么都难受。她常常独自流泪，怨恨自己的命苦。现在舅舅为她找到了工作，可以自己养活自己了，可以做一个独立的人了，这多好，这多美，多幸福。特别是穿上这身入时的衣服，是每个姑娘梦寐以求的幸福，她也可以像街上携手走过的女学生们那样，是个引人注目的漂亮姑娘了，她脸上漫开了青春的欢笑，她感到舅舅突然变得可亲可爱起来，人们常说的“亲不得一匹篾”，这话真不错，舅舅到底还是舅舅。她暗暗下了决心，以后挣到钱，一定要报答舅舅的恩德。

昨晚，她乘借着月色，去向生她的故地，现在已属于他人的家去告别。她悄悄来到那儿时住过的家门，前前后后地张望着，久久徘徊在小河畔。圆月悠闲地泻着奶黄色的柔光，飘向清澈的天心。月光照在清清的小河上，河水轻悠悠地流淌着，连一丝涟漪都难看到。她呆呆地望着晃动在花窗上的影子，几乎误认为是母亲孤单的倩影，真想高喊一声飞奔进去。可是，那身影却是一个陌生的女人。她痴痴地凝望着那熟悉的门槛，她曾多少次熟睡在上面，至今仍感到脸腮有种被硬硬的门框枕得麻酥酥的滋味，这感觉很亲切，又很诱人。她还能清晰地记得妈妈放绣架的位置和妈妈倒在绣架上面永远也没有醒来的沉重姿势，那熟悉的窗户，她用小指甲在墙上刻画的小鸭和溪纹。这一切，她永远失去了。泪水顺着两腮流着，透过模糊的泪帘，她隐约又见到了碧溪上的群鸭，雪白雪白的，这片片白絮样的云朵，又幻化成眼前的堆堆浪花。泪水、欢笑，深情的眷恋，都一起滑进了旅途的梦乡。

再见了，故乡；再见了，愉快的小河！你的女儿带着朦胧的兴奋和希冀，正在逆江而上，沿着陌生的人生道路起步了。

“玉良！”她舅舅从颠簸的船板上，一手拎起长衫前襟的一角，弓着身子，来到舱内，叫了她一声。她有如从梦中被叫醒，立即机械地站起来。

“你坐，你坐。”舅舅按住她的肩膀，让她重新坐下，他也就跟着坐在她身边，“孩子，让你出来做事，也是不得已，你知道，舅舅的恶习改不掉，无法养你了！哎……”舅舅欲言又止，神态里夹有痛楚和怅惘。

玉良乍一听，吓一跳，以为自己做了不当的事，很是不安。听完舅舅的话后，才知道舅舅也是个懂感情的人，舍不得自己出远门，心里顿然一热。

多年来，没有得到过爱的小姑娘，竟然感动得嗓音都梗塞了，她的嘴唇颤抖了半晌才对舅舅说出：“舅舅，这没什么，我很高兴，只是，我担心自己不识字做不来什么！”

“那不妨事，不识字，就做不识字的事。去那里只要听老板的话，也吃不了什么苦。如果不顺心了，我只求你不要怨我，舅舅也是没奈何才……”说着嗓子也哽咽起来。

“舅舅，再苦我也不怕。”玉良说的是真心话，她不怕吃苦，也不怕困难，她关心的是舅舅给她找的到底是什么事，她向往的是一种给生活增加美感的工作，她憧憬像妈妈那样，在绣件上绽开美丽的花朵，伸展油亮亮的绿叶，她多希望舅舅给她找的事就是绣花啊！见舅舅说话吞吞吐吐，心里有些惶惑，想问问明白，又有些胆怯，但她还是鼓起勇气问了。

“舅舅，你给我找的到底是什么事呀？你没告诉人家我会绣花吗？”

舅舅仿佛从梦中惊醒，忙随话答话地说：“哦！对对对，是绣花，是绣花。”

“真的是绣花？那太好了！”玉良惊喜地一把抱住舅舅的手臂，充满了幸福和感激。“好舅舅，我赚了钱，给你买最好最好的东西吃！”

这一夜，玉良躺在摇篮样的小船里，做了个幸福的梦。

宽敞明净的房间里，摆着几排齐刷刷的绣架。每个绣架旁都坐着和自己年龄相仿的姑娘，飞针走线，一幅幅美丽的画卷，顷刻出现在眼前，绣件上的花朵，一下都盛开在房间里，一丛丛，一簇簇，嫣红姹紫，鲜润欲滴，好看极了，姑娘们手拉手，陡然化成了翩翩起舞的彩蝶，在花丛中飞呀飞……

（选自《清明》1982 年第 4 期）

生为女人（节选）

这是从没有过的经历，紧张又甜蜜。

十六岁的金桂，人生第一次尝到了被男人抚爱的滋味。

昨晚的那一幕，让她想起就心跳脸热。记得她是一口气跑回家的，那会村里的鸡正叫头遍，这是她从没有过的经历，紧张又甜蜜。她推开虚掩的大门，悄悄走进她的房里，没洗脚就上了床。她躺在床上，看着床顶，她的心仍在奔马似地跳着，在黑暗中，她也感觉得出她的脸一定像蔷薇花样鲜红，她的心很久都没能平静下来。她是宣传队的主角儿，每一个节目都有她，每天夜里都要排练，总要搞到深夜才结束。也许是太累了的缘故，这样的激情遭遇，当她把目光从床顶收回来，上下眼皮稍一碰到，就走进了梦乡，直到家里的雄鸡把她叫醒。她忽然想起了昨晚大队革委会主任对他们说过，明早要欢送新兵入伍，毛泽东思想宣传队的全体同志一早就要到大队部集合，把节目再排演一回。她家没有钟，不知时间，太阳就是钟表，日出而作，日落而息，这是山里人世世代代遵循的时间概念。她下意识地向窗口看了一眼，木楞格子的小窗那里，已有了派青冈色的亮光。白天越来越短了，过了中秋，太阳几乎是沿着九华尖的山沿儿在走，七点钟天还不亮呢，她多想再睡一会哟，又合起了眼睛，不想动，可天都快亮了，她不敢再睡了，伸了伸懒腰，哈欠连天地在床上扭着身子，很不情愿地坐了起来。

金桂刚刚十六岁，如花的年龄，美丽聪明，村里人都说她已出落得像一朵花，她成了村里小伙子追逐的目标。革委会主任多次当着大伙的面说她是宣传的队花，她虽然为之羞红过脸，心里却很得意，在小伙子们面前，腰杆也挺得直直的，头也昂得高高的了。在家里，她也得到父母的偏爱，他们都宠着她这个小女儿，她哥只读到小学毕业就让回乡务农了，姐姐一天书都没给她念，去年刚满十八岁，就把她嫁到外村去了。山旮旯里的女孩子很难想到读书的，父亲却给她读到了初中毕业，和她同龄的女孩子们都羡慕得要死呢。

她虽然坐起来了，可上下眼皮还粘在一起，好像仍在睡梦中，她真想赖着不起来，睡他个一天一夜，把缺下的觉都补回来。近来，宣传队像发了疯似的，每晚半夜才让回来，要睡死了。厨房里传来了母亲洗锅的声响，再也不能懒在床上了，得赶紧起来。她“唉”地叹了口气，麻利地下了床，穿上天天穿的还是姐姐出嫁时，父亲给她买的那件廉价的灰绿色绒线套头衫，就开始梳头。

她有一头秀发，黑得发亮，她舍不得剪它，总爱把它梳成两根辫子，一根放到身前，一根放到身后，她的身条高高的，细细条条的，走起路来辫梢一扬一扬的，就像风吹杨柳那般，很有飘逸感，她就有种良好的自我感觉。可山里太穷，没有钱，地少人多，农民想种点瓜果采点蘑菇什么的拿去换点零花钱都不让，发现了就挨批斗，叫做割资本主义尾巴，革命口号喊得越响，生产队里越穷，老百姓的生活就越艰难，连肚子都难得填饱，说句不怕丑的话，金桂长这么大，还没吃过一顿白米饱饭，没有穿过一件鲜亮的衣呢，山里人的肚子，得依赖野菜来撑。家里穷得叮当响，连只镜子都没有，她家里三个女人，都没拥有过镜子，除了她在宣传队里化妆时从镜子里知道自己长得什么样，从山塘里照见过自己的身条，还从没在镜子里看到过自己，可现在她有了，她可以天天照了。

她从枕头边拿起小圆镜，放在手里端详了会儿，小心翼翼地把镜子放到窗台上，靠着木格子，借着窗口的亮光，梳起头来。

昨晚，她刚和同伴们分手，借着如水的月光，往回家的路上走，当她从樟树屋门前那棵百年老樟树下走过时，从树后突然走出个人来，轻声地唤着她："金桂!"

她吓得连连后退，张嘴要喊救命的时候，那人又叫了她一声说："我是朱小毛呀，你认不出我?"

她这才站住，心有余悸地问："都半夜了，你躲在这里干什么?"

"我等你呀!"

"你等我做什么?"

"我有样东西送你。"他走近她，把手里的东西塞到她手里说，"我要参军去了，明早就要走，还不知何时能回来，给你留作个纪念。"

她接着他放进她手里的东西，圆圆的，还留有他的手温，她没有想到正是想了很久的一只小圆镜子。她的心不由热了，她的脸也随之红了，这是她第一次和男孩子单独站在麦地里，更是第一次接受一个男孩子的馈赠，她有点兴奋，又有点害怕，还有点想哭。她低着头，看着手里的镜子，月光像玩魔术那般，把折射出的月光，晃到她的脸上，她便有了种晕眩的感觉。

小毛是从外地过继到他村来的，听人说过，他老家在山外坂区，原本是个很富裕的地方，有田有河，也有丘陵小山，算是个鱼米之乡，从前山里的姑娘都向往嫁到那里去。可自从大湖河上建起了水坝，河两岸的良田就成了水乡泽国，他的父母兄弟都死于那次饥荒，独他命大——那年他的堂叔把他从山外领到他家时，他又黑又瘦，几乎一副皮包骨头。堂叔结婚十年没有生育，对他这个养子还是很好的，家里好吃的先给他吃，他肚子能吃饱，从此不用去漂泊流浪吃百家饭了，过上了安定生活。堂叔关心他，送他上学读书，他很快长成个人样了，个条长高了，也不那么黑了，初中还没毕业，他叔婶突然怀了孕，给他生了个弟弟二毛。叔婶让他回家务农，他便有了种失落感和自卑感，变得沉默寡言了。但他在生产队里干活很卖力。他比她大两岁，刚满十八，平常遇到他都不敢看她一眼，今儿是怎么啦，夜这么深了，夜露又这么重，他却在这里等她，又送她面小镜子，他莫不是看上了她？少女的心七上八下。

“这镜子是我前天到乡里卫生院体检时买的，一直没有找到机会给你，再不给你就没机会了。”他怯怯地说，“我知道你在排节目，吃完晚饭就等在了这里。我下了决心，今天一定要等到你，就是等到天亮，我也要等你。”他越说越激动，“你喜欢吗？”

金桂心里像有只兔子在蹦似的。她长这么大，还没有男孩子单独对她说过这么动听的话，她又喜又羞，她的头垂得更低了，手不停地揉着衣角，两只脚在下意识地碾着泥土，说不出话。

“桂，你说话呀，喜欢不喜欢？”

“喜……”后面的字还没说完，他就抱住了她，把他那刚刚长了胡须的嘴唇，贴上了她的嘴，不管她乐意不乐意。

这是她从没经历过的事。很害怕，想推开他，却又浑身软绵绵的，一点反抗的力气都没有，只好随他把她抵到老樟树干上，任他亲随他吻。他把她越抱越紧，她受不住了，颤声地说：“你松一点好不好，我出不出气了。”

他的左手臂向后松开了，右手就伸进了她的绒衫里，他摸到了她那还没完全发育成熟的乳房，他的手不停地在那里游走摸捏，她突感被电击中了那般，周身便有种麻酥酥的感觉，是快乐还是什么，她不由微微地哆嗦起来，有种说不清道不明的快活感。他的那个东西这时已硬得像秤杆，不顾一切地戳着他的裤子，贴着她的小腹向着她对应的部位腆过去。她又一阵哆嗦，这感受太奇妙了，是她从没经历过的。当他那硬邦邦的东西顶着她那个最敏感的所在时，虽然隔着几层衣服，她那块未开垦的处女地上一直缄默的泉眼，突然涌出了涓涓细流，她整个身体就不由自已地扭动起来，嘴里发出了近似呻吟的声音。他的手伸向了她的裤带，使劲地想要扯开她的裤子。就在这危急时刻，樟树屋一家的门“吱呀”一声响了，有人走出来。她像突然从梦境中被惊醒了一般，也不知哪儿来的力气，她猛然地推开了他，拿着那面小镜子，飞也似的向着她家的方向跑走了。

……想到这儿，她又面红心跳了。映在镜子里的脸像三月的桃花那样红艳一片，她不敢看自己的眼睛，慌忙把镜子背过来，扣到窗台上。她解开了辫子，拿起梳子梳起来，凭着感觉，编着辫子。长这么大，她还从未对着镜子梳过头，对着镜子梳头是个什么样的感觉？她又忍俊不禁把镜子翻了过来，支撑在窗木格上。哟，这感觉真好，能看清哪儿没梳服帖，哪儿还有散发，梳上了还是梳下了，不用只凭感觉，只要对着里面看一眼就一清二楚了。有面镜子真好！

她麻利地编好了辫子，就去到厨房，边从吊罐里舀水，边跟母亲说："早上要去欢送新兵到公社集中，主任要我们提早到大队把节目再排练一回。"

"昨天还剩了碗饭，"母亲边往锅里舀水对她说，"先热给你吃。"

她洗完脸，母亲的饭就热好了。她端起堆尖一碗苦菜焖的干饭，把鼻子凑上去闻闻，又从食橱里挑了两筷子辣椒酱放到碗头上，坐到灶门口的烧火凳上吃起来，她觉得这饭特别的香，吃得有滋有味，没一会就吃完了。她就回到房里。

她小心翼翼地拿开枕头，把昨晚睡前折叠整齐压在枕下的外衫外裤拿起来。她非常珍惜这套草绿色外衣，还有那顶同颜色的草绿军帽。绿色，是这个时代的流行色，只要有人群相聚的地方，就是绿色的海洋，人们崇尚解放军，就也想穿上一身绿服装，戴顶绿军帽，青少年如此，姑娘们如此，中年人也这样。她这套衣服的得来，得感谢她有个好身材，能歌善舞。去年夏天，公社革委会要求各个大队都要成立毛泽东思想文艺宣传队，她第一个被选中，但他们这些被选上的人都没有出色的衣服，不管是大队里排练还是到公社里去会演，他们都只能穿自己常穿的衣服，几次到公社去汇演，都因没有统一的着装而被别人比了下去。大队革委会开会讨论，作出了决定，给队员们统一做服装，费用大队和个人各出一半。母亲只好省下买盐的卖鸡蛋钱，积了几个月，才凑齐了衣服款，她便有了这套近似军装的绿色服装。不排练不演出她就不穿，洗得干干净净，放到她家唯一的柜子里。晚上有演练，她一回来就脱下，折得整整齐齐，压到枕头下，此刻，她先穿上裤子，系裤带的时候，她的心头又突然打了个惊愣，忽地想起了昨夜发生的那事，若非是有人开门出来弄出响声，看他那个不顾一切的样子，她的裤带怎能经得住他的猛劲，还不就要被他撕成碎片，那会是怎样的结果哟？她无师自通地想入非非，后背不由渗出了微微的细汗。她的心又蹦蹦地跳了起来。谢天谢地。过去他可是正眼都不敢看她啊，怎么突然敢对她这样？也许是过去他以为他配不上她，不敢对她有所表示，现在他就要成为一名光荣的人民解放军了，他有了对她表示的勇气和信心。她想，他可能就是出于这样的心理，就想到送给她镜子的吧。

她系紧了裤带，扣好了裤扣，抖开了上衣，这是仿女军衣做的，有腰身，双排扣，人家都说她穿上这套衣服好看，精神，像个女兵。她多么羡慕那些着军装的女兵啊，山里女孩子想参军岂不是白日做梦？她无声地叹了口气，只怪自己的命不好，生在了这个崇山峻岭中的小山村，永无出头之日，只能重复着母亲的命运。她若是个男孩就好了，她也要报名参军，走出深山，像朱小毛一样，离开这山旮旯，飞到外面的世界去。她把手臂伸进衣袖，扣好纽扣。可她从没端详过穿这套衣服的样子，真的那么好看么？她又拿出那面小圆镜，想从镜子里看到自己的身材。可镜子太小，照到脸就照不到脚。她突然想到了屋头边那口池塘，那不是一面天然的大镜子么？她把小圆镜装进口袋，就转身到厨房跟母亲打招呼，"娘，我走了。"不等听到母亲的回应，就像只轻盈的燕子，飞出了门。

这时天已大亮了，路边的草梢上染了轻霜，像洒上一层稀薄的粉，中秋才过去半个月，初霜就来到深山。大别山仲秋的早晨已很冷了，她的脸在料峭晨风的爱抚下笼上了轻红，像熟透了的水蜜桃那般。她却一点没有觉出晨风的寒冷，她特地弯到山塘边，迎着晨曦伫立在塘坝上。山塘的水清澈见底，水面平滑如镜，她的倒影和着岸边的树木野草一齐映在水中，她做了个李铁梅亮相的造型，又做了个忠字舞的动作，还蹦了几蹦，她的腰肢柔软，舞姿优美，浑身流溢出青春气息。她对着自己的姿影得意地笑了。她步伐轻快地离开了塘岸，哼起了《战士打靶把营归》的曲子，走得像一阵风。

不一会儿，她就望到了樟树屋，望到了那棵老樟树，它苍劲的枝叶纹丝不动，她的脸不由又燥热起来，她想它昨晚看到了她那心跳的一幕，逾走近它，她逾感心虚，她的脸也愈加热得烫人，她不再敢看它了，更不敢在它下面作片刻的停留，她低着头从树下跑了过去。昨晚那个把门开得吱吱响的人是谁？那人从她逃跑的样子是否认出了她？她的心忽地拎起来了，他若认出了她，那可不得了，传开去，首先是父亲饶不了她，一顿死打是逃不掉的，她更无脸见人，人家会把最肮脏的字眼吐到她的身上，她是见过那样的惨事的。

［**石楠著作存目**］

● 长篇传记小说

(1)《画魂·潘玉良传》

1982年4期《清明》发表，1983年2期《中篇小说选刊》转载，1983

年7月人民文学出版社、1990年3月台湾海风出版社、1993年9月军事谊文出版社、1994年6月安徽文艺出版、2000年1月珠海出版社、2003年5月时代文艺出版社、2003年12月台湾正展出版公司、2005年作家出版社等出版15种版本，2004年8月韩国汉声研究所翻译出版韩文版。

（2）《美神·刘苇传》

1987年5—6期《江南》发表，1988年5月北方妇女儿童出版社、2000年1月珠海出版社出版。

（3）《寒柳·柳如是传》

1987年6期《人间》发表，1988年7月人民文学出版社、2005年6月作家出版社出版。

（4）《从尼姑庵走上红地毯》

1991年2月北京十月文艺出版社

（5）《舒绣文传》

1991年《重庆晚报》连载1992年5月四川人民出版社、2009年6月文化艺术出版社出版。

（6）《亚明传》

1993年1期–1994年5期《江淮文史》发表，1995年12月海南国际新闻出版中心、2008年8月文化艺术出版社出版。

（7）《沧海人生·刘海粟传》（50万字本）

1994年10月台湾地球出版社、1996年3月黑龙江人民出版社出版。

（8）《刘海粟传》（35万字修订本）

1995年12月上海文艺出版社、2009年1月北京航空航天大学出版社出版。

（9）《百年风流·刘海粟大师的友情和爱情》

1997年1月文化艺术出版社、2005年11月作家出版社出版。

（10）《不想说的故事》

1997年6月沈阳出版社出版。

（11）《陈圆圆·红颜恨》

1998年12月上海古籍出版社出版、2003年3月台湾古籍出版有限公司出版。

（12）《张恨水传》

2000年1月江苏文艺出版社、2005年9月作家出版社出版。

(13)《中国的女凡高·杨光素传》

2000 年 1 日珠海出版社、2007 年 1 月河南文艺出版社出版。

(14)《艺术"叛徒"刘海粟》(史传)

2003 年 5 月时代文艺出版社出版。

(15)《另类才女苏雪林》

2004 年 8 月东方出版社出版。

(16)《海粟大传》

2007 年 1 月上海远东出版社出版。

(17)《中国第一女兵——谢冰莹全传》

2008 年 5 月出版江苏凤凰出版传媒集团-江苏文艺出版社出版。

● 长篇小说

(1)《真相》

2002 年 5 月作家出版社出版。

(2)《生为女人》

2006 年 1 月上海远东出版社出版。

● 中篇小说集

《弃妇》

1986 年 7 月北方妇女儿童出版社出版。

《晚晴》

1993 年 1 月台湾海风出版社出版。

● 散文集

(1)《爱之歌》

1994 年 8 月安徽文艺出版社出版。

(2)《寻芳集》

2004 年 1 月时代文艺出版社出版。

● 文集

《石楠文集》(14 卷)

2006 年 12 月中国戏剧出版社出版

汪椿桦

绿色狂想曲

可怜人群

我与航舟教授之所以能够成为朋友，是因为我曾经编发过他的一篇屡遭退稿的文章。为此，我还曾经获得过航舟极为珍贵的口头表扬，他称赞我是迄今为止他所发现的“最懂文化的编辑家”。那时候我根本没有想到，在此之前我与航教授已经有过一面之缘。

作为南方大学的一名古典文学教授，航舟仿佛不太愿意完全融入现代生活当中，他的清高和孤僻使他身边的朋友寥寥无几。航舟一度认为，他“像古人一样的生活方式”为他的研究成果带来了“意想不到的收获”。

航舟所说的意想不到的收获无疑包括了那篇不到三千字的论文：《古代柳文化补遗》。在这篇文章里，航舟认为，古代柳文化应该起源于折柳示爱这一习俗的渐渐形成，纪念晋朝忠臣介子推或者折柳送别以及用柳来驱除鬼怪的风俗则是后来形成的。而现代有关柳文化的研究成果无一不把折柳表达爱情的事实排除在外。航舟表示，这些无疑是柳文化研究中的重大遗漏。文章还特别提到了李白的那首不朽之作《忆秦娥》，文章认为，这是一首脍炙人口的爱情绝唱，它充分地证明，在折柳送别流行的盛唐时期，人们仍然喜欢以柳来寄托对爱人的相思之情。航舟甚至断言，秦娥是李白的情人，现代关于“秦娥泛指秦地的美貌女子”的解释无疑是以偏概全，秦娥这么好的名字不仅古代有人用，现代仍然有人喜欢用，不是在任何情况下都可以泛指的，如果这个泛指成立，试想，“箫声咽，秦娥梦断秦楼月”会是一幅多么荒唐而缺乏美感的画面。

出乎航舟意料的是，他的这篇得意之作并没有在学术界引起叫好声，相反，他把文章先后寄给几家杂志社，连发表的机会都没有得到。《古文化探索》季刊的编辑在给教授的退稿信中隐约透露出一种不安，那位编辑认为：

这篇文章有一种狂想的倾向。

可惜啊，真正懂得这些研究价值的人真是少得可怜，你就是这可怜人群中的一个。航舟这样对我说。

航舟是在同我进行第一次见面时对我发出这番赞叹的。当时，我们坐在南方大学校园内的一间茶馆里一边喝茶，一边等待服务员进一步的服务。茶馆的装修很别致，里面一律采用木质架构。两根圆木立柱上雕刻着两条龙，两边的窗户由无数细小的木格子组成，靠近窗户摆放的全都是八仙桌。古色古香的气氛仿佛正在感染我们将要展开的话题。

脸色大变

第一次见到航教授，他的形象让我微微吃了一惊。他看上去比我想象中要年轻得多，年龄可能不超过四十岁。他竟然留着一头长发，在脑后扎成了一条辫子。他还留着浓密的络腮胡，鼻梁上戴着我想象中的黑框眼镜。这种不修边幅的形象在过去会让人觉得老态。但现在，航舟的样子看上去很新潮。

由于已经过了喝早茶的光景，此刻茶馆里除了我和航舟，别无其他顾客。茶馆里的女老板显然与航舟很熟，她向教授表达出的热情显得有些过分。

她说，航教授啊，你有好些天没有来过了，真是想死我了。女老板看上去大约三十五六岁，她穿着一身暗红色的旗袍，身材和长相很是耐看。

教授对女老板的热情既不表示反感，也没有予以拒绝，他客气地说，给我来一瓶二锅头。

航舟说这句话时似乎并没有考虑我的需要。本人一向滴酒不沾，我想，进茶馆当然是喝茶，谁会想到航舟会选择在茶馆喝酒呢！

看来，女老板与航舟不仅很熟，而且关系不错。她亲自给我们倒酒。她先是给航舟倒，被航舟制止了。他说，先给我的朋友倒。

我于是介绍了自己滴酒不沾的特性。航舟竟然感到非常吃惊，他说，一个伟大的文化人怎么能不喝酒呢？我就是拿酒当茶喝的，今天我不管你的习惯，你不喝酒，咱们怎么聊下去？

在航舟的强烈要求和女老板的附和下，我被迫喝酒。

其实我接受航舟的酒只是做做样子，除了给我斟了一杯外，一瓶五十度的二锅头后来基本还是被航舟消灭掉的。

酒仿佛是一种催化剂，几杯酒下肚，航舟的话儿便开始像打开闸门的水，从他的嘴里滔滔而出。他所谈的当然是他最为感兴趣的古典文学，也许他认为找到了一个志同道合的知己，这位知己同他一样，对古典文学有着近乎执着的感情，所以，他谈话的表现力相当不错。

航舟如果真的这样想，那他就大错特错了。此刻坐在他对面的朋友对他的话题并没有足够的兴趣。当初我之所以在我主持的报纸副刊上发表他的文章，只是因为我对杨柳有一种偏爱。几年前，一首名叫《灞桥柳》的流行歌曲突然使我对灞桥充满了向往，为此我还专程去了一趟西安灞桥。我真正爱上李白的那首《忆秦娥》就是从踏上灞桥的那一刻开始的。几年后，当我读到航舟的那篇文章时，由于他对李白和秦娥之间关系的解释让我觉得新鲜，所以，就对那篇文章产生了兴趣。与其说我是理解航舟研究价值的少数“可怜人群中的一个”，还不如说我是给了李白或者杨柳一个面子。

也许是我们之间的谈话（具体说应该是航教授的谈话）难以理解，女老板陪我们喝下一杯酒（具体说应该是做了一个喝酒的动作）之后就告退了。

我觉得有必要将航舟的话题转移到我的兴趣上来，毕竟我今天不是来听他讲课的。对我来说，我有更重要的问题需要借今天这个机会向航舟问个明白。

你的那篇文章——在航舟端酒杯的间隙，我开始插话。

里面的观点我是比较赞赏的，古文化中的确有一些结论下得有些草率，应该允许不断地修正和完善。我说。

显然，我的话马上引起了航教授的共鸣。他说，这是理所当然的事情，我的研究立场就是建立在这里，我希望任何有疑点和漏洞的古文化在我这里最终能够获得令人信服的解释。

比方说，我在《古代柳文化补遗》中，对柳文化的几个遗漏我引用了比较充分的典故和古代学者的话来加以论证，它的说服力是不言而喻的。航舟说。

也许那几家期刊的编辑找不到典故或者古代学者话语的出处，所以他们对你的观点显得谨慎。我说。

这进一步印证了编辑的浅薄和无知。航舟露出不屑的表情说。

我注意到，你在文章中引述了一个名叫秦璐璐的人说的话，她说，“我父亲在一个天空飘荡着各种颜色碎片的春天，向他的一位女同窗献了一条滴着露水的柳枝，同窗深受感动，说，我接受你的爱情。这个女人后来成了我的母亲。”请原谅我的肤浅，我想知道，秦璐璐是什么人？我说。

秦璐璐就是秦娥，航舟说。你别误会，她当然不会是古人，秦娥只是她的笔名。为了避免在文章中搞混淆，我用了她的原名。

那么她是研究古典文学的学者吗？你一定认识她？我说。

航舟准备回答我时，他的手机突然响了。他把手机放到耳边，几秒钟后，他突然脸色大变。

他对手机说，你们要沉住气，千万要稳住他（她），我稍后就来。

他挂掉电话后，对我说，我有急事要处理，不能陪你了。

我说，出什么事了？我能帮到你吗？

不能，有一个女学生闹自杀，现在宿舍里拿刀子拭手腕。航舟说。

哦，这真是一个不幸的消息。我说。

今天你来买单，改天我再请你喝酒。教授一边拿起搭在椅子上的衣服，一边对我说。

我没有作声。

航舟急匆匆地走到门口时，突然回头对我喊了一句：

忘了回答你刚才的问题，秦娥是我的前妻，她现在已经出国了。

陌生男子

航舟在与我不到二十分钟的首次见面中留下了充分的悬念。

关于秦璐璐，我有着太强的好奇心：从她的笔名来看，她完全可能与航舟有太多精神上的共同点，可是，她为什么会与航舟离婚呢？是谁抛弃谁的呢？她是否对柳也有一种偏爱？

至于“女生自杀事件”，我倒没什么兴趣。她的死活，对我这种长期同新闻媒介打交道的人来说，都是一件芝麻小事。除非这件事与航舟有关。

可是自从那次见面以后，我与航舟有那么一段时间几乎失去了联系。

我们曾经在电话中约好，在最近一个周末如果没特别重要的事情，我们将再次在南方大学的那间茶馆会面。可是，周末临近时，我打电话给航舟，却被告知他的手机关机了。之后，在长达两个多星期的时间里，航舟的手机都处在关机状态。除一个手机号码之外，他没有给我留下其他的联系方式。我想，航舟不让我找到他，必定有他的想法，因此，我也没有打算通过其他途径去联系他。

半个多月后，航舟终于给我打了电话。于是，我们再次在南方大学见面了。出人意料的是，航舟这次没有带我去那间古色古香的茶馆，而是直接将我带到了他的家里。

进门之后，首先跃入我眼帘的是阳台上栽种了几盆杨柳。树干很粗，但却很矮。柳枝很茂盛，一条条地垂到地板上，仿佛一排排绿色的流苏。

我不由得发出一声惊叹：很美。

秦娥当初也这样赞美过它们，可是结婚后，她嫌这些东西既招惹蚊虫，又难以侍弄，坚决要我扔掉。航舟说。

你们的分歧就是从这个时候产生的吗？我问。

当然不是。航舟说，我不会强迫别人与我保持观点一致的。

航舟说着，把我让到客厅的沙发上，然后给我和他自己各倒了一杯白酒。

我试图重申我不沾酒的特性，但又忍住了。

秦娥是我的学生，比我小十几岁，也许年龄的悬殊才是我们婚姻真正的隐患。航舟开始就我想要了解的问题展开了叙述——

我们的爱情是从一张照片开始，但后来竟然又在照片上结束。

早在秦娥来我们这所大学读书时，我就喜欢上了她。她的长相有一种古典美，且具有那种大家闺秀、难以接近的气质。这种与生俱来的气质使她当时显得孤独——没有一个男生有勇气追求她。但后来，她竟然爱上了我。

据秦娥后来透露，有一次她在图书馆里看一本杂志，偶然读到了我写的一篇文章，文章配了我的一幅照片，她立刻被那张照片吸引住了。她说，那张照片上的我“很有味道”。从那以后，他疯狂地爱上了我的课，她说我讲课的样子令她着迷。

从爱上一张照片，到爱上我的课，最终的结果不仅是爱上我本人，同时还让她爱上了古典文学。秦娥从中文系毕业后，在我的帮助下留校任教。第二年，我们就结婚了。

婚后的第一年，我们相处得不算坏。但在第二年，我们的婚姻出现了意外。

第二年的春天，为纪念我们结婚一周年，我们决定外出旅游。我们向单位请了假，然后向西部出发。我们先后到了甘肃的敦煌、云南的大理等地。回程前，在秦娥的提议下，我们又去了西安的灞桥。去灞桥完全在我们此行的计划之外，在此之前，为了进行学术研究，灞桥我已经到过几次，这一次可谓故地重游。到达西安时，天下起了小雨。

我们急匆匆地来到了一家旅馆，开了一个房间。当时已经是中午了，我们刚刚安顿下来，秦娥就提出要去灞桥。她的理由是，在雨中看柳，感觉更好，这个机会不能错过。

我犹豫了一下，最终还是依了她。

到达灞桥后，天空依然飘着毛毛细雨。灞河两岸，成排的杨柳已经吐出了新芽，此情此景使“杨柳含烟灞岸春”的意境一览无余。秦娥第一次来灞桥，受美景所感染，她显得很激动。在灞桥，我们拍了很多照片，其中有两张合影是请游人帮忙拍的。

回广州后，我们将照片冲洗了出来。在这些照片中，我突然发现了一件奇怪的事情：在我和秦娥的两张合影上，出现了同一个陌生男子！

这个男子看上去很年轻，个头很高，留着平头，戴着一副很大的墨镜。在一张以大桥护栏和灞河水面为背景的照片上，这个男子站在护栏边，离我们比较近，他仰着脸，仿佛在接受细雨抚摸。在另一张以河堤与杨柳的为背景的照片上，这个男子远远地站在一棵杨柳树下面，手抚树干，朝我们这边张望。

看完照片后，我觉得很奇怪，因为这两张照片拍摄的时间相隔至少半个小时，也就是说，我们走到哪里，那个男子就跟到了哪里。我把那两张照片给秦娥看了，秦娥似乎没什么反应，只是淡淡地说，巧合罢了。

祝你幸福

航舟说到这里，喝了一口酒。我也拿起杯，突然觉得口渴极了。我放下酒杯，要求教授给我一杯水喝。航舟同意了。

那两张照片是你们婚姻出现危机的开始吗？我一口喝下航舟递过来的水后说。

可以这么说，航舟说，不过，当时我并没有马上意识到照片上的陌生人可能是第三者。

事情过去了大概一个多月，有一天晚上，秦娥去参加一个同学的生日聚会，我坐在家里的阳台上休息。坐了一段时间后，我打算进屋弄点喝的。我站起来，随意朝楼下看了看，结果看到了一个似曾相识的身影站在一棵树下。你知道，我住在二楼，借助路灯的光芒，我可以把那个人看得比较清楚。那是一个戴墨镜的男人，他昂着头朝楼上张望，这个姿势使我很快就想起了在灞桥拍的那两张照片。

是那个站在你们身后的男人？我惊奇地问。

航舟没有直接回答我，而是这样说：就在当天晚上，秦娥打电话告诉我，她晚上到一同学家睡，不回来了。

后来呢？我说。

后来，我就对她产生了怀疑。她的许多言行我都能找到破绽，比如，我要求同她做爱时，她总是说身体不舒服；她手机来短信时，总是不当着我的面看；她晚上独自外出，无一不是因为与同学有聚会什么的。我还想到在灞桥看柳时发生的事情：我们在一家餐馆里吃饭，她在我点菜时出去了一下，说是时间仓促，想抽空买点纪念品什么的。但是，她一去竟然长达半个小时，回来时却是两手空空。此外，她那么急着要去灞桥也让我觉得疑云重重。

可到现在为止，你对秦娥的不满一直都是建立在怀疑的基础上？我问。

你是说，我应该找到证据，类似捉奸在床这样的事实？航舟反问。

不，我只是想问接下来发生的事情是否有一些令你绝望的事实？我说。

不久后发生的一件事成了我们婚姻终结的导火索。航舟接着说，有一天，我应邀去师大一位朋友家里做客，直到晚上九点钟之后才回来。在师大校园的林荫小路上，我突然看到了秦娥和那个该死的戴墨镜的男子走在一起。他们俩肩并肩地向前走着，看上去很亲密。如果不是那个男子摸了一下秦娥的腰，我的怒火也许不会来得那么快。我想，我当时的行为是没有修养的。我走过去，不由分说地揪住那个男子的后衣领，在他因受惊而转过脸来时，我的拳头正好不偏不倚地落在他的墨镜上，他的墨镜掉到了地上。但是作为回应，我的脸也很快挨了他的一拳。

秦娥被这突如其来的变故吓坏了。当他发现是我在袭击他们时，气愤地对我说，你疯了，他是我表弟，现在师大上学。我没有相信她的话，你知道，大多数越轨男女一旦被当场抓获，大都会以表哥表妹表姐表弟相称。我告诉秦娥，别以为自己做得天衣无缝，你的不检点行为我早就知道了。说完就独自走远了。

奇怪的是，秦娥并没有主动向我解释什么，如果她内心承认做错了，起码也得请求我的原谅啊，可是她除了离开我们同床共枕一年多的婚床而改睡书房外，其他的什么都没有做。我们双方就这样尴尬地相处着，彼此连话都不说。

半个月后，秦娥终于忍不住说话了。一天晚上，她坐在沙发上，对到客厅找酒喝的我说，我们离婚吧！

我倒了一杯酒后，顺便找了一个杯子，给她也倒了一杯并递给她。我对她说，好吧！祝你幸福，干杯！

就这么散了？我对航舟说。

是的，虽然我仍然爱着她，但是如果彼此丧失了夫妻之间最起码的信任，勉强维持着婚姻关系，那是有百害而无一利的。航舟说。

我没有说话。我思考着航舟所说的话，心里有一种莫名的不安。

我知道，作为一个作家你一直都想从我的故事中发现写作素材，但是我的故事也许让你失望了。航舟说。

呵呵！我不置可否地笑了笑。

我的讲述也许让你感到沉重，我们听点音乐吧。我向你推荐一首钢琴曲《绿色狂想曲》，一位西安的朋友创作的，他说是受灞河岸边杨柳浓浓的绿意所启发，即兴创作的一首曲子。我很喜欢，常常独自在雨天里欣赏。航舟说。

好吧，我说。实际上我想说的是，要放就放吧。我本人对古典音乐没什么兴趣，我记得曾经有朋友带我去星海音乐厅听音乐，其中有格什温的《蓝色狂想曲》，朋友说他就是冲着这首曲子去的。我听了几分钟，马上就想离开，怎耐音乐厅禁止中途离场。

不一会儿，音乐就响起来了。几分钟后，果然不出我所料，那种忽高忽低节奏极快的狂想曲立马就让没兴趣继续听下去了。尽管如此，当航舟问我对这首音乐有什么感受时，为了迁就他的偏爱，我虚伪地说：不错！

奇迹发生

音乐进行了七八分钟，第一个乐章结束了。我突然冒出了一个想法，于是对坐在沙发上听得如痴如醉的航舟说：老航，你们在灞桥拍的照片还在吗，能否拿给我看看。

航舟说可以，于是起身进了书房。

不一会儿，航舟拿出了那两张照片，然后挨着我身边坐下。

我拿过航舟手中的照片，一手一张，仔细看了看。没想到，奇迹就在这时候发生了。

航舟说得没错，秦娥的确有一种令人难以接近的古典美。在我左手的照片上，她穿着一件白色的风衣，靠在航舟的身上，轻描的淡写的笑意在她脸上恰到好处。在她身后，一个戴墨镜的人抬头望着灰蒙蒙的天空，那个人赫然就是我——广州一家报纸的文艺编辑。

在我右手的照片上，秦娥和航舟身后的杨柳在远远的地方吐着新芽，在其中的一棵杨柳树下，我手抚树干，望着灞桥。

我看了看照片右下角显示的日期，正好是我四年前我去西安的时间段。

我的心狂跳起来。我想，在四年前，我与秦娥和航舟已经有过一面之缘，只是那时我们没有来得及认识。当年，出于对灞桥柳的向往，我与航舟夫妇在同一天的同一时间段在灞桥失之交臂。但是我做梦也没有想到，我无意中在那对夫妇合影照片中的两次露面给她们的婚姻带来了意想不到的麻烦。四年前的一次偶然直到今天才成为奇迹。

此刻，航舟正在两张照片上进行指点，但是，他的手势并没有发任何作用。我无视他的讲解，而是在心里让一个决定渐渐形成：我不打算告诉航舟事情的真相，就让航舟在他的想象中渐渐把这段往事淡忘吧！

我觉得我该走了，于是起身向航舟告辞。航舟表示同意，起身送我到门口。这时，我突然想起一件事，就是“女生自杀”事件后无法联系航舟的疑问。

你的手机好像经常关机，我还有什么其他途径联系你？我问。

我的手机从不关机，即使晚上睡觉也不会。航舟说。

前两个星期，你的手机怎么总是打不通。我奇怪地问。

那你一定打错了，我说过，我从不关手机的，断电的可能性也不大，我有三块电池。航舟肯定地说。

（选自《佛山文艺》2005 年 3 月上）

汪　军

仙霞关

引　子

我叫孙韦，出生在枫香岭剑道世家。我父亲是家中长子，剑术高强，一生侍奉双亲，从未走出过枫香岭半步。在我很小的时候，鞑子部队进犯枫香岭，父亲率村里所有成年男丁拼死抵抗，除了哥哥孙戎和村里几个后生外，全都殉难了。奇怪的是，在那场劫难中，我母亲和村里所有的妇女都不见了，活不见人死不见尸，师傅说她们肯定被鞑子掳到关外去了，哥哥却说她们跳井了，但我和师傅到了井边什么也没发现，可哥哥还是一口咬定她们都跳井了。伯父孙晋是朝廷的兵部侍郎，他像父亲忠于家族一样忠于国家，剑术与父亲也不相上下，京城陷落那年他就不知所终，有人说他得知皇帝自杀的消息后拔剑自刎了，也有人说他率部退往南方，一直还在云贵山间抵抗。从我记事的时候起，叔父给我的印象是负面的，他基本上算是个花花公子，由于家族的关系，也略通一些剑术，这成了他炫耀和追逐女人的资本。因为他姓孙，喜读嘉靖老贡生吴承恩写的《西游记》，又特别崇拜齐天大圣孙猴子，所以他给自己取了一个孙武公的号，这让人听起来像是“孙悟空”，他因此洋洋自得，而禁止别人喊他的名和字。叔父一生好酒好游好女人，逍遥混世，放浪不羁，如果他到死都这样也就保持一个完整的形象，偏偏他死的时候与生的景象大为不同，他是以一个将军的身份死于战场，且与他的主人杨都督一起合埋在仙霞关，这让人有些匪夷所思。在我进入少年后对叔父的人生越来越好奇，同时家族的传统也迫使我要早日将叔父的遗骨运回枫香岭安葬，作为一个闻名中土的剑道世家，这个家族的成员不管是正常死亡还是死于非命，也不管是死于家乡还是客死异乡，都要安葬在枫香岭祖茔。

1

当我终于决定去仙霞关寻觅叔父遗骨时，那时我的心已经衰老了。在朱天庙的最后七天，我整天像一个游魂飘来荡去，我的眼睛明明什么都能看见，却唯独看不见人。我常对着庙里供奉的太阳菩萨发呆，这个一手举乾坤圈一手持檀木棍的红脸武士，披发赤足目露凶光，乍一看让人不寒而栗。可在朱天庙的最后七天，他却成了我的朋友，从进庙门那天起对他所有的畏惧已经无影无踪，他如今对我而言是那么亲切，我已不再关心他成为神之前的凡世，是做皇帝还是做武士已不重要，在成为神的那一刻他肯定超越了凡人，神界接纳了他是因为神性终于在他人生的最后一刻从肉体的禁锢中破壳而出，飞入重霄。这个法则似乎很残酷，很多人像神一样生活了一辈子，但面临死亡的最后时刻，神性却乏善可陈，没有进入神界的视野而惨遭淘汰。此刻，庙里供奉的正是他在凡世最后的影像，他成为了太阳菩萨，在凡世至少也应该是一个皇帝，但他的穿着和神态怎么看都是一个武士。很多年前那个多雾的早晨，父亲抱着我翻越枫香岭走进庙门时，我就被这个红脸武士吓得哇哇大哭，吵闹着要和父亲回家，这时走过来一个慈眉善目的道士，用手轻轻抚摩我的头顶，他的与红脸武士截然不同的古怪笑容让我立刻安定下来，我马上不哭了，且哭声戛然而止，那一刻朱天庙呈现出一股蜘蛛网般的死寂，我当时觉得传到我耳边的声音不可能是从道士嘴里发出的，因为我那时正睁大眼睛盯着红脸武士，我分明觉得声音是从红脸武士嘴里发出的：

“孙韦别哭，师傅教你剑术。”

师傅有一个女儿如贞，每天陪我一起练剑，在我的印象里那个多雾的早晨如贞并没有出现，当她出现在我面前时，已是一个亭亭玉立的少女，我那一年六岁，在我十六岁离开朱天庙的十年间，如贞似乎一直都是那样，而我每天都在长大。每次练完剑后，吃晚饭前，如贞都要我陪她一起坐在庙门前的池塘边，夕晖落满了池塘，如贞光洁的脸庞洋溢着红光，长长的睫毛扑闪扑闪的，我就坐在她旁边，静静地凝望她的侧影，不久也和如贞一样，陷入了夕阳般斑斓纷飞的幻想。当我进入青春期后，我凝望如贞的眼光开始慢慢往下游移，从如贞白皙如脂的颈子，落在她丰满挺挺的胸脯，然后我的眼光开始闪躲，内心有些慌乱，呼吸也有些混乱不匀。如贞还像以前那么平静，从她那精巧的鼻子里微微呼出的气息，甚至带有一缕芳香，我微微闭起眼睛，悄悄吸入如贞呼出的气息，感觉沁人心脾，于是也慢慢恢复了平静，重又陷入夕阳般斑斓纷飞的幻想。日子就这样一天天过去，师傅出现在朱天庙的次数如同我梦见父母亲一样稀少，我总共见过他也只有几回，实际上与其说是师傅教我剑术，还不如说是如贞教我剑术。很多个晚上我突然从梦中醒来，窗外是凛冽的月光，我从被窝中警觉地竖起耳朵，感觉师傅已潜入房间休息。早上起床我特意经过他的房间，师傅又不见了，门上依然是那把笨重的大铁锁。

我的房间和师傅房间之间，是如贞的房间，在我呆在朱天庙的十年间，我从未走进过如贞的房间。从我小的时候起，如贞每晚到我的房间帮我倒洗脚水，铺被子，早晨又过来帮我叠被子，然后把我换下的衣服拿到池塘边清洗。如贞每天就这样在我的房间进进出出，当她忙完了所有的事情回房间睡觉时，我早已进入了甜甜的梦乡。我常常在梦中傻笑，嘴角都流出了口涎，早晨和如贞一起练剑时，如贞还因此取笑我。当我长大以后，我的内心开始涌起到如贞房间的冲动，而每当我有这种想法时，双腿就如灌铅般沉重，根本迈不开脚步。晚上如贞照常到我的房间帮我铺被子，倒洗脚水，有一次如贞铺被子前我先躺下了，如贞弯下腰，她那丰满的胸脯快要压在我的头上，裹在衣服里那抖动的肉体猛然现出白色的乳沟，我一阵眩惑，躺在床上失魂落魄一动不动，连如贞什么时候走出我的房间也不知道。从那以后，每次如贞铺被子前，我便先快速地躺下，享受那阵阵眩惑带来的快感，如贞一直蒙在鼓里，在她眼中，我还是那个需要她照顾的长不大的小师弟。

我十六岁生日那晚，如贞已走出我房间好久，我的眼前还依然晃动着如贞袅娜的背影。不知从何时起我开始把注意的眼光从如贞的胸部移到她的背影，我如饥似渴地凝望如贞的背影，从背后将她抱住的冲动愈加强烈，我被这个冲动弄得心不在焉，极度虚弱，有几次手都没有力气握住宝剑。如贞把宝剑捡起来，奇怪地盯着我，我则尽力躲避她的眼光，双膝发软，手指颤抖不已。那晚到了子夜时分，我的头脑还是热烘烘的，我无数次穿好衣服站起来，然后又脱下衣服钻入被窝，我不断重复着这样的动作，终于把自己弄得精疲力竭。而就在这时，耳边传来了一声响声，就像是一个人翻越墙头跳在地上的声音，我警觉地竖起耳朵，屏住呼吸，判断出肯定是师傅回来了，此刻他正在潜入自己的房间。接下的景象我似乎看得一清二楚，师傅打开了自己的门锁，又悄悄关上门，灯不开，鞋也不脱，躺倒在床上。我按捺不住自己的好奇，也想证实自己的判断，想看看师傅究竟在不在房间。这个理由是如此充足，它让我毫不犹豫地打开了房间，有一股早春的气息袭来，我贪婪地猛吸了几口，又悄悄关上房门。从我的房间到师傅房间，必须要经过如贞的房间，如贞房间的窗户还映着灯光，她还没有睡。很多年后我已经有了初步的人生体验，我觉得那晚如贞肯定和我的情绪差不多，她那么晚没睡肯定也是在等待什么，因为该发生的肯定会在那晚发生。我慢慢靠近如贞的窗户，这时对师傅的好奇重又转化为对如贞的冲动，师傅是我懦弱的时候的救命稻草，他让我增添勇气完成了当晚的行动。如果没有这样一个合适的理由，我也许现在又钻入了被窝。当我透过窗户向屋内凝望的那一刻，一股热血从胸腔涌入大脑，我有些不相信自己的眼睛，因为我在如贞的床上看见了一个完全陌生的女人，一个赤裸着浑圆雪白身子的女人，双手正在轻轻摩挲自己饱满的乳房，脸上的红晕犹如朝霞般灿烂，气若游丝的呻吟声隐约传来，如她起伏的胸部。我一下子瘫软下来，顺着墙壁滑倒在地上，我拼命抑制自己越来越粗重的呼吸声，但还是忍不住咳嗽了一声，里面的灯光瞬息被吹灭，四周一片死寂。我也从兴奋的峰巅一下子跌落入惶恐和害怕，我蜷缩在地上几乎忘记了呼吸，直到如野兔般飞快地逃出了庙门，我才长长地吐出一口气。当我重又呼入满是芬芳和月色的夜气时，我几乎沉醉了。

我没有再回朱天庙，而是翻过枫香岭回枫溪村家中。朱天庙在枫香岭西麓，枫溪村在枫香岭东侧，两地只相隔两个时辰路程，虽然只有这么近的路，但自从父母亲离去后，我便很少回家。那个多雾的早晨父亲把我抱进了朱天庙，他就回枫溪村了，哥哥孙戎也留在枫溪村，因为那年他已经满十六岁，可以作为一个成人参加战斗。那次战斗结束后，哥哥没有死，他和村里几个后生换上了鞑子的服装，因此幸免于难。我被父亲抱进朱天庙后的第三天，师傅又带着我回到枫溪村。我和师傅是从西边进村的，枫溪村是由自西向东和自南向北的两条街道构成，两条街道交汇处是一片空旷的广场，广场中间巍峨高耸的宫殿一样的建筑，就是枫溪村神社，祭祀枫溪村的神灵和祖先。几个月前，也就是我在枫溪村度过的最后一个除夕，吃完年夜饭后，我和哥哥兴冲冲地提着红灯笼，沿着街道向神社广场奔去，一路上人家都贴着春联，也许是月光映照的关系，那往年看见的红红的春联全都变成白色，我一阵毛骨悚然，提着灯笼一个趔趄，差点摔倒在地。哥哥在前面兴奋地喊叫，全然没注意到我，我慌忙跟上，不敢朝后看，因为从后面袭来的阵阵阴风已灌满了我的脖子。到了神社广场，已经有很多小朋友和我们一样提着灯笼跑来跑去，各式各样的鞭炮声响个不停，我忘记了刚才的恐怖，广场兴奋的情绪感染了我，很快我和哥哥便跑散了，各自寻找到了自己熟悉的玩伴。也不知玩了多少时间，突然刮起大风了，在街道追在我身后的阴风此刻已经布满广场，一只只灯笼的红光恍惚也变成了惨白色，灯笼后的人影也显得鬼影幢幢。我吓得掉头往回跑，所有的人也都在往回跑，哥哥不知何时又跑到我身边，他喘着气对我说：

“快跑，神社起火了！”

事实上那晚神社并没有起火，当大人们汇聚到神社广场时，神社完好无损，安然无恙。作为枫溪村孙氏家族权威的父亲沉默了，他肯定预感到了什么，嘴角露出一丝丝捉摸不定的笑容，他长久地跪倒在神社前，来到广场的村民们也跟着齐刷刷地跪下。此刻月亮钻进了前面乌黑的云层中，广场陷入一片黑暗和死寂。当师傅牵着我来到尸体堆积如山的广场，已经被焚烧的神社还冒着一缕轻烟，我们在神社废墟的台阶上找到父亲的尸体，除夕那个晚上父亲流露的笑容重又回到他嘴角，父亲手中的宝剑还在滴血，那肯定是鞑子的血，他似乎很满意自己的战果，当我把自己的推断告诉师傅时，获得了他一顿训斥：

“你小子真心狠，人死了还高兴什么？嘴打歪了，合不拢才那样的！”

我和师傅找遍了整个枫溪村，都没找我娘的尸体，不仅如此，村里所有的妇女都不见了，活不见人死不见尸，师傅断定她们都被鞑子掳到关外了，师傅说：

“如贞的娘也是这样！”

这是师傅唯一一次向我透露他的身世，师傅来自靠近长城的北方，很久以前鞑子袭击他的村庄，烧了他的房屋，劫走了他的妻子。师傅到关外寻找了两年，最后在一个牧民的猪圈里找到了她，她正腆着一个大肚子，和一群猪争食吃。师傅想都没想，一剑刺死自己的妻子，然后带着如贞，一路卖艺到了南方。

“是你爹收留了我们，我们在一起切磋武艺，像亲兄弟一样。”

师傅坚信自己的判断，他把从父亲手中取下的宝剑递给了我，两眼紧紧盯住我，我看到有两朵火苗在师傅眸子里闪耀：

“如果你在鞑子猪圈里找到你娘，会不会杀了她？”

我的突然爆发的哭泣打断了师傅的问话，在父亲抱我进朱天庙的那个早晨，我似乎已预感到了什么，我醒得很早，透过房门的缝隙我看见厨房里热气腾腾，母亲忙碌的身影在眼前飘来飘去，我看见母亲不住地用手揩眼睛，泪水已将她的面庞和睫毛打湿，这使母亲显出少女般年轻和美丽。除了吃饱穿暖，母亲似乎很少真正和我们说过什么，每当我犯了什么过错的话，她总是说要听你父亲的话。临别时，母亲把预备好的各种零食塞满我的衣兜，在她又一次背过脸垂泪时，我幼小的心灵肝肠寸断。当师傅的问话传到我耳边，我突然爆发的哭泣好像我真的亲手杀了我娘一样，我不能原谅师傅这样说我母亲，师傅描绘的情景象万千根钢针扎在我心上。

师傅声如洪钟的问话哥哥肯定听到了，当他和村里一群后生身穿鞑子服装出现在村口的迎神塘时，从广场旋起的阴风扯断了他起伏不定的回答：

“她——们——全——在——井——里。”

我在夜半突然跑回家哥哥很是意外，他放下手中的书，疑惑地看着我直喘粗气，此时哥哥已经考中了秀才，正准备参加江南乡试考举人。等我平定了喘息，便迫不及待地把在如贞房间看到的一切告诉了哥哥，哥哥的书掉在了地上，他弯腰捡起了书，他的眼光闪烁着略显夸张的兴奋：

“真的是如贞吗?”

“是一个女人，我不知道是不是如贞。”

“你不是看见她的脸泛着红晕吗?”

“是啊，如贞和我一起练剑的时候，脸也是这样泛着红晕。”

“看见了脸怎么还不知道她是谁？你真笨!”

直到现在，我还不能确定那晚看见的是不是如贞，我不能仅仅凭那张泛着红晕的脸就断定床上的女人就是如贞，如贞只是我的师姐，以我这样一个少年的判断力还无法确定如贞和床上那个赤身裸体的女人的关系。在我的印象中，如贞每次面对我的时候，脸上都泛着朝霞般的红晕，但那多半是练剑练的。有一次如贞教我练梅花穿心剑法，她的脸几乎贴着我的脸，在偶尔轻微的摩擦中，我感觉我的脸发烫，而她的脸则冰凉。她呼出的香甜的口气在我的鼻孔旁边萦绕，而从她嘴里发出的声音是那么悦耳动听，就像无数次我和如贞坐在庙门口聆听山溪流入池塘的声音。我的右臂举着宝剑笔直地伸在如贞胸前，如贞轻微地纠正我的动作，她那饱满的胸脯不时弹过我的手臂，就像小白兔不住地抖动。我一阵心猿意马，感觉下面也如宝剑一样出鞘，就在我方寸大乱之际，师傅出现了，呵斥的声音如山鹰从枫香岭掠过：

“孙韦，别学你叔父!”

我像突然掉进冰窖一样清醒过来，预备聆听师傅的教诲，但师傅丢完这一句话就不再说了，紧接着又无影无踪。从我记事起，每当我犯有小小的过错时，父亲也总是对我说这一句话，当这句话从师傅的嘴里同样说出时，我一下子又回到了童年，并为自己对如贞姐有那样的冲动感到羞耻。与道貌昂然当过朝廷兵部侍郎的伯父相比，我的叔父只能算是一个小混混，他把正房妻室丢在娘家，提着一把宝剑成天在石城街头晃来晃去，到了晚上，就招呼一帮纨绔子弟与秦淮歌妓饮酒作乐，一直玩到天明，家中的银两几乎要被他挥霍一空。他最后带了一个武功极好的歌妓离开石城，投奔杨都督门下，双双战死在仙霞关。这让叔父有些传奇色彩，因为这种结束生命的方式，叔父先前荒唐的经历反而被涂抹上了浪漫的色彩，英雄与美人相互映衬，叔父于是为很多文人所欣赏和艳羡。而相形之下，伯父反而没有几个人知道，其知名度远不及叔父。但这些对于深知叔父为人的父亲来说，简直不值一提，有一次，父亲甚至恶狠狠地说：

“这个风流鬼，我都不想去仙霞关给他收尸！”

在我的印象中，这是从父亲嘴里说出的最恶毒的话了，因为枫香岭孙氏家族有一个传统，不管这个家族的成员活着的时候是官列九卿，还是作恶多端死于非命，都要安葬在枫香岭祖坟，死亡的孙氏家族成员是平等的，他们在神社的牌位也没有贵贱之分。曾经有两个孙氏家族成员赴钱塘营商，路上银两被盗贼偷光了，万般无奈之际，他们潜入一家店铺，拟盗一些银两作盘缠，日后再偿还。没想到两人慌乱之间弄醒了值班的伙计，很快便陷入了包围，一人被活活打死，侥幸逃回家的那位因为没有背回同伴的尸骨，而遭到族长训斥，又被迫去寻找同伴的尸骨。那位死于非命的同伴的尸骨早已被逃避官府追查的店家秘密掩埋了，哪里还找得到，结果，陷入绝望的他最终选择了跳江自尽，连尸首也不知漂到何处。所以，父亲那一次恶狠狠地说完那句话后，也显得有些后悔。一天吃晚饭前，他忽然提到叔父小时候捉弄私塾先生的事，只要私塾先生一转过身，叔父就窜到窗外，扒在窗台上对私塾先生挤眉弄眼，而每次私塾先生转回身时，叔父已笔直地坐在了座位上，父亲说：

“你叔父真像一只猴子，从小到大他都喜欢孙悟空。”

说完了这些，父亲顿了一下，紧紧盯着我和哥哥：

“如果我不能去了，你们要去仙霞关把叔父尸骨背回来。”

在一个早春时节，如贞教完我梅花穿心剑法后，像往常一样和我一起坐在池塘边嫩绿的青草上，血红的夕阳正在一点点沉沦，被夕阳染红的大片云彩显得无比瑰丽，有一排金色的光线穿过云彩，使那一片遥远的风景特别明亮，好像极乐世界，把我的心一下子就牵向了远方。我的声音开始从胸腔里往外迸出，当它从嘴里冒出时对我而言全然是一种陌生的声音：

“和我一起寻找叔父尸骨好吗？”

我说话时眼睛一直盯着夕阳，说完后才开始看身边的如贞，此刻她不仅脸上泛着红晕，她的头发和身子全都笼罩在红色的光雾中。夕阳不仅染红了池塘，连身后枫香岭的树木也被染得通红，尤其不可思议的是，原先供奉在庙里的太阳菩萨也出现在庙门前，真的像太阳一样发出耀眼的光芒，如贞说：

“太阳菩萨显灵了！”

那晚哥哥和我说完话后，就一直焦躁地在我前面踱来踱去，我渐渐被哥哥来来往往的身影弄得头晕，兴奋过度后的困倦一阵阵袭来，我不知不觉地睡着了。等我醒来时，已不见哥哥的踪影，他常骑的那匹高头白马也不见了。哥哥不辞而别，立刻使我陷入了慌乱，我几乎想都没想就飞奔出家门，重又跑回枫香岭山间。虽然路是那么熟悉，但我一下子就迷路了，脸上到处是被树枝刮过的伤痕，头发零乱地披在肩上，极度的兴奋短暂平息后，重新又在身体内勃起，青春的浪潮终于冲破了少年的矜持，那时我感觉自己是一个男人，我需要如贞，我要像男人占有女人样占有她，让她永永远远属于我，不再分开。我就像一团燃烧的烈火，同时又被这些疯狂的念头弄得狂晕，我一边用宝剑硬生生给自己开一条道，一边不时仰月嚎叫。那时我感觉自己强悍无比，如果此时窜出一匹野狼，我会丢掉手中的宝剑，扑上去咬咧它脖子吸吮它的血。当我这么想的时候，我似乎已经抱住了如贞滚烫的身体，感觉自己和如贞紧紧融化在一起。一直到登上了枫香岭山顶，我似乎才开始清醒了一些，月光混合着各种花草的香气渗进我的肺腑，我贪婪地大口呼吸，我看见了山下的朱天庙，如贞房间的窗户隐隐透着红光，她一定在等我！

2

当我离开朱天庙出门云游时，仙霞关只是我模糊的方向，也不是先前想象的和如贞同行，我只是一个人，心已经很老了，且破碎不堪。师傅在我学会梅花穿心剑法后就不见了，杳无音讯，现在回想起来我都怀疑究竟有没有师傅这个人出现过。如贞和身后的朱天庙一样，也离我越来越远了。

我翻过枫香岭，穿过枫溪村，然后一直向东走去，黄昏时分来到了一个渡口。渡口挤满了等待摆渡过河的人们，他们要赶在夜晚来临之前回家，此刻，渡船已驶离河对岸，载着满满一船人向这边划过来。这么多年来，除了偶尔回过几次枫溪村家中，我一直都在朱天庙度过，除了见过哥哥孙戎穿鞑子服装以外，我很少见过第二个人穿过。以前见哥哥穿鞑子服装时，我只是好奇，而到了河边，看到这么多人都身穿鞑子服装时，我感到有些恐怖，因为我在他们中间显得太另类了，简直不合时宜。果然，他们很快就注意到我，把我团团围住，发出叽叽喳喳的声音，我有些受不了了，用手紧紧捂住耳朵。这时，从人群中间走出一个拖着枯黄长辫的瘸子，他好像特别喜欢在众人面前显示自己的勇敢，先是小心翼翼地碰一下我的手臂，见我没有反应，又上前拽了拽我的衣服，然后更加放肆了，开始摸我的脸，摸我的头发，还瞪着奇怪的眼神背着手围着我转了一圈，最后，他发出细尖的笑声对众人说：

"哈哈，他竟然没有辫子!"

众人个个开怀大笑，有一个妇女笑弯了腰，蹲在地上，瞬息又收起了笑脸，急急地提着裤子往茅厕里跑。我见他们个个这么开心，不禁也笑起来，这更激起众人狂笑，他们边笑边指着我，连话也说不出，我明白他们的意思，他们本来是取笑我的，而我竟然也笑，他们肯定认为我是傻瓜。

笑声一直把他们带到了船上，我被他们快乐的情绪所感染，也不那么郁闷了，反而变得渐渐开朗起来，封闭的记忆之门也渐渐有了一丝缝隙，曾经的恍若隔世开始散发出缕缕生的气息。那一天夜里我回到朱天庙，一路上，我对如贞的渴望达到了顶点，整个身体像一座火山，沸腾的岩浆在里面翻滚，但突然间岩浆凝固了，变成了一座死火山。在朱天庙的最后七天，我面如土色心如死灰，像一具失魂落魄的僵尸，如贞在不在庙里，我已经不知道了，因为我什么人也看不见，唯一给我慰藉的是庙里供奉的红脸武士，那几天我每天都和他说话。我觉得他没那么可怕了，他肯定像我一样受过强烈的刺激才变成这样，他害怕孤独，灵魂不得安宁，只有不停地祭拜才能让他平静，就如同母亲怀中的婴儿需要不停地走动才能让他停止哭泣。我那时突然有一种奇怪的想法，如果此刻我死了，会不会变成神呢？突然的打击使灵魂挣脱肉体的束缚，人就变成了神。而我经历了人生的大悲大喜后，已明显感到魂不附体，当我经过枫香岭传说中男女殉情的情人坡时，虽然已是早春时节，我却分明感受到有一股寒气袭入我的骨髓，一对男女栩栩如生地站在我面前，我倒吸一口冷气，看见了死亡如青藤爬满清冷的峭壁。

我没有和他们一起上船过河，而是顺着河道一直往南走，因为船夫告诉我，顺河而下有一个白鹿山庄，里面住的人装束和我一样，他们也许会接纳我的。而如果我过河去，结局肯定很糟糕，船夫语气坚决地说：

"没人会给你饭吃，你会饿死的。"

到了晚上，没有月光，也没有星星，只有河心微微露出鱼肚的光芒。我坐在河边歇息，感到肚子有些饿了，就捞了几条河鱼上来，在火中烧烤，半成熟后就吃，觉得味道特别鲜嫩。食物的美味麻醉了我的痛苦，先前爬满胸口咬啮的小虫子一下子不见了，我一阵欣喜，赶紧大声咀嚼嘴里的河鱼，不敢停下来，并设法想一些好笑的事情延续现在这种心境。我想起父亲曾说过的叔父捉弄私塾先生的故事，可我觉得父亲说的明明就是我，因为在枫溪村的时候，我也是常常这么捉弄私塾先生的。父亲常常把我小时候的事与叔父小时候的事混在一起，无法区分，因为我长得太像我的叔父。在我想出了神停止咀嚼的时候，胸口又开始爬满了无数的小虫子，这一次来势那么汹涌，我觉得自己每呼吸一口空气都是那么困难。

白鹿山在初阳下显示出秀丽的景色，它只是一座孤立的山峰，面临广阔无际的鹿湖。白鹿山庄在鹿湖和白鹿山之间，是一座绵延了三百多年的古老庄园。当我一眼就认出白鹿山的时候，是因为我看见了有无数的白鹿在山前飞跑，在草丛出没，有一只高大俊朗的白鹿盯住我看了好久，我快接近它时，它倏地狂奔起来，姿势优美而矫健，它还不时回头张望，似乎很得意让我欣赏它奔跑时动人的姿态。到了中午，我像往常一样在河里捞了几条鱼准备烧烤，作午饭用，但找了半天却没找到取火的工具，试了很多办法都不行，这时一个渔夫从岸上走过，他说的话让我感到惊异：

“我们这里的火都在地下，你挖一个地洞火就出来了。”

我半信半疑按照渔夫的话挖了一个地洞，果然，里面开始抽出了红色的火苗，我用铁丝把鱼串起来伸进洞里烧烤，感到比以前还方便，吃起来似乎也比以前好吃得多。吃完后，我心满意足地躺在岸上休息，正午的阳光像被褥一样铺在我身上，我周身都觉得暖烘烘的，我的背部也被地下火烤得暖烘烘的，不一会儿，便陷入了昏昏沉沉的睡眠中。

等我清醒时，一个高大的身影站在我面前挡住了阳光，我本能地以为是师傅，一骨碌便站起来，仔细一看，并不是师傅，只是衣冠和神情都极像师傅，他友善地对我笑了笑：

“孙武公是你什么人?”

“是我叔父。”

他恍然大悟点点头：“难怪那么相像，你现在要去哪里?”

“白鹿山庄。”

“白鹿山庄早就烧毁了，你是去找山庄的主人木立吗?”

我迟疑了一下，然后点点头，木立和白鹿山庄一样对我很模糊，然而，紧接着那人的话语像闪电撕破黑夜一样，一下子将我的旅程照亮得清晰无比，他说：

“木立是你婶娘的哥哥，他出家了，俗世的名字是方以智，你婶娘叫方子曜。”

我之前只是隐隐听说过叔父还有妻室，在我的印象中，他的全部人生经历只是一个在秦淮河与歌妓厮混的小混混，所有人似乎都绝少提起叔父有妻室，因此，我很难将那人的话语与叔父平素在我脑海中印象吻合起来。那人又说：

“我叫农父，和你叔父以前都在杨都督军中，他是将军，我是军中参谋。”

此时日已开始西斜，河水轻轻拍打着河岸，空气中弥漫着水草的气息。农父将我的行囊背在肩上，对我说：

“木立去了青原山，一时半载不会回来，你随我到鹿湖船上休息。”

农父隐居于此已经很多年，他以船为家，常在鹿湖一带漂泊。我随农父上了他的船，他将船摇至湖心，我顺着农父的手指向后望去，黄昏中的白鹿山就如同我少年时期的枫香岭，整个被夕晖浸染得通红，而山下残垣断壁的白鹿山庄，也就如当年我的枫溪村家乡。这熟悉的风景又将我带回了朱天庙，我不禁想起了如贞，我和她坐在池塘边的时候，她的脸也是在这样的夕阳下泛起红晕，她很少言语，我总是在旁边费劲地猜她的心思，有一次我盯着她的脸几乎出了神，嘴角都流出了口涎，我突然莫名其妙地叫了声：“姐姐!”如贞霍地站起来，胸脯剧烈地起伏，脸更红了，她逃也似地跑回了房间。

鹿湖的水是极其清澈的，我看见一尾尾鱼在水里活泼地游动，晚风在湖面轻轻吹抚，令人无比惬意。在这避世的自然中，农父的心情也显得特别愉快，他说：

“孙武公和木立情同手足，他们经常结伴到外面游荡，很少回家，所以，你婶娘多半都住在娘家白鹿山庄，陪伴她几个寡居的姑姑，每日弹琴作画，饮酒写诗，非常快乐。以前每到这个时候，琴声和笑声便会落满湖面。”

农父对我看了一下眼，又说了一句：“没有男人，女人其实过得更快乐。”

我眼望着越来越陷入暮色中的白鹿山庄，想象着农父所说的情景，觉得那真是一幅快乐优美的图画，我沉浸在自己的想象中，往日的琴声和笑声开始在耳畔萦绕，我觉得这其中也有如贞的声音。

和农父在湖上飘荡了几日，看日起日落，月圆月缺，倒也逍遥自在。农父十足的开朗幽默，他得知我的目的地是仙霞关时，便常给我讲一些叔父的故事，但都是支离破碎的，使我无法对叔父有一个完整的印象，有一次农父说：

“孙武公常和木立一起嫖妓，木立在石城有一栋房子水阁，孙武公曾在水阁搞了一次选美比赛，把她喜爱的女人王月选为花魁。可惜，那个女人成名后反而把他甩了，跟别的男人跑了，孙武公这回真蠢透顶了！”

我对木立和叔父一起嫖妓深表怀疑，因为木立的妹妹毕竟是叔父的妻室呀。农父根本没有理会我的疑惑，他继续说：

“有一次，他们得知一个朋友姜垓正与一个叫李十娘的老女人厮混，就在夜里蒙面从屋顶闯入房间，用宝剑指向床上正在尽兴的男女，吓得两人赤身裸体从被窝里爬起，跪在地上磕头求饶。这时，孙武公和木立才取下面具，哈哈大笑。”

当我听农父讲多了，反而没有疑惑了，我觉得不论是叔父、木立，还是婶娘和她的姑姑们，他们都是很快乐地度过了自己的一生。我和他们相隔时间不算太久，已有隔世之感，他们生活的理念和价值观念，非后辈所能理解。一次农父带我上岸，参观了白鹿山庄遗址，虽然已是废墟，但格局还是清清楚楚的，无不显示这曾经是一座规模宏伟的私家园林。木立出身于东南儒学世家，曾祖父一生讲学，奠定了家学基石，祖父和父亲都是儒学名臣，父亲官至湖广巡抚，精通周易，他的名著《周易时论合编》就在白鹿山庄写成。农父在一处遗址边立住了，我也停下了脚步，使劲嗅了嗅，恍若闻到了幽兰的清香。

“这就是清芬阁，你婶娘大姑方维仪的寓舍，以前她们多半都聚在这里。现在，她们都散去了。”

农父一再和我提起白鹿山庄的女人们，他异常怀念那些女人留在这里的琴声和笑声，其它的他反而不太在意。这让我想起多年以前的枫溪村，在那次劫难后村里所有的女人都失踪了，哥哥孙戎说他们全在井里，但井中并无一具尸体，想到这里我的背心都凉飕飕的。

回到船上，农父作为一个目击证人给我谈起了叔父一生的最后岁月，当时他们都在杨龙友都督门下，叔父负责军事，而农父则负责情报和军中策划。仙霞关已经守不住了，部队撤离到了浦城，双方决战就在浦城城北的山间盆地。

“那时我在城内负责撤离百姓和随军家属，局面太混乱了，街道挤满了人，哭声一片，只打开了城墙的南门，所有逃难的人都挤在城门边，且越聚越多，很多人都被活活挤死踩死。我带了一队士兵骑马过去，将他们的辎重和行李统统扔掉，并手刃了几个制造混乱的恶汉，人流才开始疏导出去。”

逃亡的人流还没跑多远，鞑子就破城了，没来得及逃亡的全部被杀掉，浦城陷入一片火海。在混乱中，农父的妻儿在城中跑散了，杳无音讯。过些日子后，局势已渐渐平息，农父趁夜色悄悄返回城内，浦城就如一个死城，不见一个人影，处处散发着尸体恶臭的气息。正是夏天，尸体面目早已溃烂，苍蝇黑鸦鸦一片，哪里还能找到妻儿的尸体？农父捂住鼻子，一路呕吐，穿过街道爬上北门的城墙，感觉气味才好闻些，四周一片黑暗，他也觉得有些累了，就靠在城墙垛子睡着了。

早晨醒来时，太阳的光线刺得农父眼睛都睁不开，恍若有无数条金线在编织各种图案，只是四周依然是死寂一片。他站起身，一个趔趄险些没站稳，眼前奇异的景象让农父有些晕眩。

“那天早上天空特别明净，所以我的视线一直可以看得很远。横七竖八的尸体从仙霞关一直蔓延到浦城城门口，一面残破的旗帜在晨风中微微抖动，它被一个靠在石头上的旗兵紧紧抱住，他的头已经被砍掉。尸体腐化的水形成了一股股小溪流，在高悬的朝阳下呈现出墨绿色，不断地流淌、汇合，在尸丛中自由穿梭。奇怪的是，它们已不再散发恶臭，我甚至嗅到了仙霞关飘来的松树的气味。我就这样在晨风中站了一个早上，有时甚至出现了幻觉，仿佛那个旗兵又站了起来，无声地挥挥手，那些尸体也跟着站了起来。”

农父沉浸于自己的话语中，像是自言自语，但最后一句话是对我说的：

“所以，你将不可能在仙霞关找到你叔父遗骨。”

就在那一天夜里，我被灌进船舱的一阵急雨打醒，雨下得很大，不时有闪电将湖面照亮，在照亮的瞬息，仿佛各种妖魔鬼怪也跟着现形，从四面八方向船舱压过来，我有些害怕，把农父也弄醒了。

农父醒过来，指着我身后说：

“木立回来了。”

我转过身，看见白鹿山庄废墟上升起了三堆火苗，在夜幕中燃烧得很旺，一个人影映照在火苗中，当闪电撕开天幕时，可以清楚地看见他打坐时清瘦的面容。

“木立每次回来，都要掘开土层燃起地火。他喜欢火。”

农父便说便摇起船橹，向白鹿山庄方向划去，他要带我去见木立。雨越下越大，先前漆黑的湖面变成了白哗哗一片，闪电次数少了，隐隐有雷声从天边滚来。此时岸上的火苗越抽越旺，映红了风急雨骤的天空，白鹿山诡谲的身影时隐时现，墨云在山顶急剧翻卷，又轻滑地穿过红色的天幕和白色的雨帘。当晚，天、地、火、电、雷、水、风、云所有的元素都齐备于毁弃的白鹿山庄，木立独坐其间，吐故纳新，动心摧性，掌控着这一片小小的宇宙，而熊熊燃烧的火便成了宇宙中心。

3

那场雨停歇后第二日，我搭乘农父的船到了鹿湖入江口，在那里下船，与农父道别。然后又搭上一艘大船，顺江而下向石城驶去，按照农父和木立的指点，我先要到石城去找一个叫李十娘的老女人。

当我随农父上岸来到木立身边时，我猛然发现他周围的地上干燥无比，没有下一滴雨，而我身后则是瓢泼大雨。火光映照着木立安详的面容，呈现出一种赤红的颜色，这情景让我想起朱天庙供奉的红脸武士，如贞黄昏时和我一起坐在庙门前的池塘边时，脸上也是泛着这样的红晕。此刻他们已离我渐行渐远，而前方的行程凶吉未卜，如这雨夜一般茫然。木立似乎看透我的心思，他帮我占了一卦，然后写在纸条上递给我。我紧紧攥住纸条，仿佛它就是我的命运，只有紧紧攥住心里才觉踏实。我摊开纸条，上面只有一个字：

贞

我看后心里一阵悸动，立刻想起了如贞，赶紧问木立如何解读，木立没有立刻回答我，他只是告诉我到石城后可以去问天界寺的觉浪法师。

木立是一个旷世高人，他不久又去了青原山，这一次他神秘地死在了离青原山不远的惶恐滩，他的死被世人传得扑朔迷离，但有一点可以肯定，他死后变成了一个水神——潭神。

到石城的当晚我便在秦淮河畔找到了李十娘居住的珠市，木立以前的寓所水阁离这也不远，农父说木立和叔父曾在水阁搞过一次选美比赛，很是轰动，叔父把自己最心爱的女人王月选为花魁。因为这个事情，我对水阁印象特别深刻，特意到水阁去看了一看，结果如预料中一样大失所望，水阁已荒废了好久，破旧不堪，因为长久无人居住而显得阴暗潮湿。院子里杂草丛生，不知何时窜出一只老鼠，在我脚边嗅来嗅去，又顺着墙洞钻到墙外的秦淮河。我呆了一会儿后，有些惶恐不安，赶紧又回到珠市，找了一间旅店住下。

旅店和水阁一样，也是背靠秦淮河，我上了二楼房间，打开窗户，眼前的河面略显冷落，只有两三艘画舫行驶，传来的乐音也是时断时续，旅店老板给我解释：

“过两天就热闹了，参加乡试的秀才们陆续要来了，起码要热闹十天半个月。”

我没有立刻打听李十娘的住处，而是下楼到巷中转悠起来，又跨过桥来到了对岸的文庙，那边聚集了很多人，都是一些来参加乡试的秀才们，他们个个看起来春风得意，脑后一律拖着油腻腻的长辫，我哥哥孙戎肯定也就在这群人中间。当我想起哥哥的时候，他的形象变得模糊不清，我老是集中不了精神回忆他的样子。

次日，我几乎没费什么力气就打听到了李十娘的住处，我特意选了一个年纪大一点的长者问，他瞪着鱼泡眼盯着我看了好一会儿，眼神透出的阴森气息好像我是打听一座坟墓，而不是一个活人。他没说一句话，手往前指了指，右边一拐，又往前指了指，他的意思是告诉我往前走右拐再往前走，我转头刚要答谢，他已离开了好远，好像是怕我再问他什么。

空荡荡的屋子只有李十娘一个人居住，里面清凉透骨的气息显示这屋子好久都没有男人来过，衣着鲜艳的李十娘就坐在客厅的木椅上，手上捻着佛珠，头发花白，面色蜡黄，此时正好有阳光透过天井照在她身上，这使她在幽暗的屋子里显得斑驳陆离，无比怪异，我甚至觉得她好像正在准备升天似的。

当她听完我的自我介绍后，很快就认出了我和叔父的相似之处，她那干枯的身体就像装满热水的水袋一样涨溢起来。她说话很快，表情变化莫测，言语透露着干练，无不显示她当日秦淮河最出色“妈咪”的风采。等她急风骤雨般向我倾诉完毕，就像一个饥饿的人狼吞虎咽填饱肚子后，她陷入了短暂的休息和调整。我看她正一点一点在收敛笑意，所以几分钟过后她爆发出猛烈的哭泣时，我已经做好了心理准备。她边哭泣边摇晃我的肩膀，此刻她又把我当成我的叔父。她从一开始就陷入了时空错乱，我的与叔父酷似的面容和衣着，使这个不幸的老女人一会儿把我当孙将军，一会儿又把我当成孙将军的侄儿。在她这么折腾我几个回合后逐渐发现，她似乎把我这个人还是当成孙将军侄儿，而仅仅是乐于把我的躯体当成孙将军。

“孙将军只爱王月，她根本不爱我的嫩娘。”

这是从李十娘嘴里冒出的唯一一句完整的话，她开始平静了很多，并抹去了眼角的泪水：

“嫩娘是我的女儿。”

其实嫩娘只是李十娘的干女儿，她很小就被李十娘收养，悉心调教，琴棋书画俱绝，除此以外，嫩娘的剑术也很高超，常喜欢到栖霞山马场骑马舞剑。嫩娘容貌秀丽，身材袅娜，喜欢女扮男装，李十娘终身未嫁，没有子嗣，所以对待嫩娘比亲生的女儿还亲。

当日馆中最红的艺妓就是王月，农父说叔父在水阁举办选美比赛才把王月捧红了，这也不完全是事实，因为在这之前王月已红遍秦淮河了。王月丰满艳丽，肉感动人，为李十娘带来了无数白花花银子。

叔父第一次进馆是和木立、澹心二人一起去的，那时他已浪得虚名，他那终日无所事事的佩剑造型和他对孙悟空的过度喜爱，让他名噪石城，几乎已路人皆知。而当有人对他的剑术略略表示疑问时，立刻就遭到更多人的反对，因为他剑术高超的当朝廷兵部侍郎的哥哥可以作为佐证。此外，令人不解的是，他那个举国公认的四大公子之一的木立郎舅也天天与他一起寻欢作乐，全然把自己白鹿山庄的妹妹抛到九霄云外。

"孙将军第一次见到王月就喜欢上她了，那天我和嫩娘在楼上，看见孙将军紧紧拉住王月的手，魂都丢了。"

事实是那天不仅是我叔父一个人丢了魂，另外一个人魂也丢了，她就是嫩娘。事后表明，嫩娘在楼上看见我叔父的瞬间，也无可救药地喜欢上了这个落拓不羁的剑客。

叔父把善后工作丢给了木立和澹心，自己骑马载着王月向栖霞山狂奔，那日石城的很多市民都看见了他们，都说那情形像是叔父劫了一个良家妇女逃奔，可看那女子兴高采烈的，又不像是。叔父和王月飞奔到栖霞山的雪洞中，很快两人赤身裸体纠缠在一起，叔父的嚎叫和王月肆无忌惮的呻吟没日没夜地在栖霞山回荡，惊得山中正在发情的百兽错愕不已，四处乱跑。他们在洞中整整呆了一个月，出来时，叔父佝偻着身子筛子般颤抖不已，而王月则是一幅欣喜若狂的表情，皮肤如水蜜桃一样光鲜。

回来后不久，本来是木立、澹心邀请一帮人在水阁为他们设宴接风，可商量到最后，变成了一场选美比赛，其他的艺妓都是来陪衬的，花魁早已内定给了王月。休息几日后，叔父气色已恢复过来，那晚他作为宴会的中心人物，自然是大出风头，喝得酩酊大醉。他万万没有想到会乐极生悲，在邀请的客人中间有一个叫蔡如蘅的，当晚也迷上了王月，很快将成为他意想不到的情敌。

我离开李十娘的家已是晌午，由于已经习惯了屋内幽暗的环境，出门的一刹那，感觉眼睛都被阳光刺痛了。李十娘说完了自己想说的所有的话后，就坚决不再说了，她又恢复了我开始见她时的干枯的样子，一幅时刻准备升天的架势。后来她实在被我弄烦了，就抛出了最后一句话：

“你可以到天界寺问觉浪法师。”

我回到旅店，满脑子都是李十娘急风骤雨般的话语，却又听不清一句。在李十娘的叙述中，王月背叛叔父的细节深深刺激了我，我沉浸在叔父失去王月的极度痛苦中，此刻感觉自己的生命和叔父的生命已重叠在一起，因为我真实地体验着叔父的痛苦。从离开朱天庙到现在，这种痛苦一直追随着我，让我无法摆脱。我不知道当我和叔父体验着同一种痛苦时，作为血脉相连的我们的生命是不是可以相通？

那晚我越过枫香岭山顶跑回朱天庙，由于慌不择路，脸上和身上布满了树枝刮过的血痕，当越来越接近如贞明亮的窗户时，我兴奋得如同癫狂一般，那时只有一个心愿，永永远远和如贞结合在一起，不再分开。我轻轻来到如贞窗前，屏住呼吸透过窗户往里瞧，血一下子在头顶凝固，像火山中正要喷发的岩浆突然冻结了，那个赤裸着浑圆雪白身子的女人真的是如贞，脸上依然泛着朝霞般灿烂的红晕，此刻她正躺在床上，像一只任人宰割的羔羊，温顺地展露着光滑的腹部。她的身边也站着一个同样赤身裸体的男人，像一个屠夫死死盯着她，尽管那个男人面目狰狞有些变形，但我还是认出了是哥哥孙戎。我一下子瘫软在地上，突如其来的刺激让我好半天都失去了意识，也不知过了多久，东边的天空已露出了死鱼般的颜色，我挣扎着从地上爬起来，拖着沉重的双腿向枫香岭走去。

我又回到了枫香岭，我站立和坐下时都无法喘息，只有躺在一块石头上，才能对着阴沉沉的天空一口一口喘气，我的胸口一阵阵绞痛，而在阵阵绞痛中我又清晰地感受到了如贞的心痛，我于是痛上加痛，简直痛不欲生。我躺在石块上开始不住地嘶叫干嚎，不让自己停歇，也竭力不让自己有一点点意识，否则我怕自己突然之间会发疯。在石块上躺了几天我不知道，我的嗓子完全哑了，我的嘴还不断地重复干嚎时的形状，有一次我睁开眼时，如贞似乎流着泪站在我身边，但我那时已认不出任何人了。我看见她解开胸衣掏出乳房，紧紧把它塞满了我的嘴，我本能般地吸吮起来，并没有吸到一滴乳汁。在我呆在朱天庙的最后七天，这个解开胸衣让我吸吮乳房的女人始终困扰着我，她让我更加如饥似渴地想念如贞。但随着心撕裂后的渐渐愈合，我举止变得沉缓，身心倍觉沧桑，往事如隔世般难以捉摸，那时，我基本断定在枫香岭出现的如贞只是我极度虚脱后产生的妄想。

在水阁举办选美比赛后不久，叔父就有事去上江了，王月一直将叔父送到江边渡口，两人卿卿我我，难分难舍。这次分手后不久，王月出乎所有人意料和那晚参加宴会的一个叫蔡如蘅的男人私奔了，叔父再也没有见到她。所以，这次分别日后在叔父的记忆里就是生离死别，一次他曾流着泪抓住李十娘的手：

"真的很痛，像刀割心一样痛。"

几年后，一个逃亡回来的蔡如蘅的贴身家丁带来了王月的音讯，蔡如蘅在一次战乱中死于非命，王月被一个山贼掳去作压寨夫人。这个山贼性喜食人，在一次庆功宴上突然将王月一刀劈成两半，并将她的肉剁烂分赏给众将士吃。据家丁回忆，在逃难途中，蔡如蘅不只一次问王月，有没有后悔爱上他？每次王月都咬破自己的嘴唇，流着泪说：

"我从不后悔爱上你，我真的爱你!"

事实在上江期间，叔父就得知了王月和蔡如蘅私奔的消息，而不是后来像很多人说的那样回石城时才知道的。叔父一下子被击倒了，不论是情感，还是自尊，统统被击倒，他成天在床上蜷缩一团，像一只可怜的病猫，无声无息。上江的朋友们轮流来探视，他也从不言语一声，只是不住地流泪。他不吃任何东西，只是偶尔喝一点水，补充他那渐渐被眼泪流干的身体。面对叔父这么大的变故，上江的朋友们束手无策，他们无法理解生性风流的叔父真的为了一个女人奄奄一息，而且，就在得知消息的那个晚上，他们还一起兴致勃勃地与妓女厮混。

不知过了多少日子，在外屋的随从猛然被叔父的叫声惊醒。此时他正昏昏欲睡，随着探视的人越来越稀少，他也早已习惯了里屋的死气沉沉，他甚至向棺材铺打听棺材的价格，以便办理叔父的后事，而此时从里屋传出的叔父的叫声，在他听起来简直就像是回光返照。

当他走进里屋，叔父已穿戴整齐站立在房间，他的目光与卧床前相比，显得坚毅和平静，满脸胡须遮掩了他的面容，更显出一份英武。随从一看叔父这架势，心里就踏实了，一扫多日的郁闷，愉快地接受叔父的指令：

"备马，上船，回石城。"

从上江回石城的九天九夜，一路上都是漫天大雪，这场罕见的大雪从叔父上船时开始下，一直到石城渡口下船时才停。那时叔父奇怪地感觉自己的灵魂超脱了自己的肉体，而正是源于灵魂的至情至爱才导致了这场纷飞的白雪，神不在别处，埋藏于肉体深处的人性其实就是神性，它一旦挣脱肉体的束缚天地间便会产生奇妙的幻象。叔父深信，眼前这场漫天大雪就是他和王月爱情的明证。船舱内，随从生出了火炉，他招呼叔父一同进来烤火，但叔父浑然不觉，他牵着白马一直立在船头。

也不知从第几日开始，白天黑夜伫立在船头的叔父开始引起岸上人的关注，那时叔父浑身已被冰雪冻住，像一座冰雕，也像一尊神像，在苍白的冬日下熠熠发光。消息沿着两岸很快向下游传播，此后每经过江边一个渡口，那里早已聚集了很多围观的人群，当中多半是妇女，有的还在雪地里摆起了祭台，点燃香火，向船头跪拜。

行驶至第九日，船离石城渡口已不足半日行程，有两只大鸟扑扇翅膀从叔父头顶掠过，比翼双飞，鸣叫声凄凉而悠远。叔父恍惚从梦中苏醒，两行热泪流过冰冻的脸颊，紧接着就撕心裂肺地嚎哭起来，这是叔父得知王月离去后的第一次哭泣，此前他只是流泪。随从从船舱内听见了叔父的哭声，他正在往炉中加炭，眼泪也不住地滴到温暖的火苗上。那日叔父的嚎哭声惊天动地，船快驶近当日和王月分别的石城渡口时，叔父停止了哭泣，跪在船头向苍穹叩拜：

“此生永别了，王月！”

回到石城，叔父似乎完全忘记了王月，他那一副无所事事的佩剑造型，如往日一样开始在石城大街小巷出没。只是当又一次见到李十娘时，他心中已愈合的伤疤突然撕开了，抓住十娘的手痛不欲生。李十娘平素也喜爱叔父，眼见他为了王月折腾得不成人形，也是自己馆里的姑娘闹的，内心始终有些歉疚，那天，她就破天荒地把自己的女儿嫩娘叫出来陪叔父。

不过坊间流传另外一个版本，当然已无从考证了，那日叔父第一次来到馆中，实际上王月和嫩娘两人同时喜欢上了他，只是叔父只见到王月而没有看见嫩娘，如果两人都见到了，叔父喜欢谁也就难说。但最终的姻缘发生在叔父和王月之间，叔父狂热地爱上了王月，两人如胶似漆，灵肉相连。就在叔父和王月沉醉在爱河中的那段时光，嫩娘却终日被相思所煎熬，叔父的影像没日没夜地缠绕着她，使她陷入了可怕的自我折磨中，日渐消瘦。李十娘明晓女儿的心思后，看在眼里，痛在心里，这个在风月场呆了大半辈子的女人，深知眼前的这场情感风暴可能会要了女儿的命，她太了解女儿执着、刚烈的个性了。在叔父离开石城去上江期间，有一个叫蔡如蘅的人喜欢上了王月，要替她赎身，李十娘见事情成熟，就背着嫩娘把一切告诉了王月。王月也是一个义重如山的女子，内心感激李十娘十几年对她精心照料，与嫩娘的关系也是情同姐妹，她把自己关在房间里呆了两天，出来后，就答应了。李十娘乐呵呵地收下了蔡如蘅的银子，叫他们离开石城，对外则宣称两人一起私奔了。

嫩娘终于和叔父在一起了，脸颊日渐丰满，整天欢笑不断，当她快乐地告诉叔父第一次见到他并爱上他的情景时，叔父听了便浑身哆嗦起来，牙齿不住地打着冷战，此后，嫩娘便不再提起那日的情景。

漫长的冬天终于过去了，春天降临了石城，叔父慢慢恢复了生机，常和嫩娘到栖霞山骑马射箭，剑术仿佛脱胎换骨，进入了令人心醉的化境。嫩娘一身女扮男装，飒爽英姿，与叔父称兄道弟，形影不离。晚上睡觉时，两人都不解衣裤，叔父像孩子一样躺在嫩娘怀里，自从王月离去后叔父就患上了失眠症，每晚翻来覆去难以入睡，嫩娘半靠在墙上，轻轻抚慰着叔父。那时叔父的身旁只有嫩娘，木立去了京师，澹心则远在福建。

叔父深深地感受到嫩娘爱着自己，他也很想好好地去爱嫩娘，但他那结着伤疤的心似乎麻木了，再也唤不起任何感觉。有一天晚上，叔父半夜从嫩娘怀里醒来，看见嫩娘还没有睡，正弯腰注视着自己，那一刻，叔父的心似乎有些触动了，他爬起来紧紧抱住嫩娘，想和她好好温存，折腾了半天，叔父又放弃了，双眼流泪，他指着自己的心对嫩娘说：

“它还没有醒。”

那一晚，嫩娘泪流不止，这些日子以来，叔父第一次把她当作一个女人，而此前都是和她称兄道弟。嫩娘对叔父的爱是无私的，因为她深知叔父这辈子都不可能忘掉王月，而没有办法爱她。她和叔父在一起时，从不奢望有一个结果，当她策马和叔父一起在栖霞山狂奔时，她的周身都洋溢着快乐和幸福。

坊间还有一个说法，王月太爱我叔父了，但她根本就不相信男人，尤其是我叔父，生性风流，到处拈花惹草，和她在一起也是贪一时新鲜，迟早还是要分手的。在最意想不到的时候，王月突然抛弃了叔父，她要让他们之间的爱情永永远远处在巅峰，她义无反顾地和蔡如蘅离开了石城，也绝不给自己留一点点机会。我也奇怪每次王月回答蔡如蘅的提问时，都要咬破自己的嘴唇，让鲜血喷洒，她难道真的不痛吗？

李十娘凭多年的经验，觉得嫩娘和叔父的关系总有些怪怪的，不像是男女之情。在和嫩娘闲聊中，她故意提及男女之事，羞得嫩娘满脸通红，老练的十娘三下五除二就从嫩娘口中得知，叔父从来就没有碰过嫩娘，她根本还是一个不解男女风情的处女。李十娘一下傻了，那天上午她絮絮叨叨喋喋不休和我说了许多，但始终耿耿于怀的还是嫩娘：

“我牵了那么多姻缘线，却没有给自己女儿幸福。”

在风月场奔波了一辈子的李十娘，以男女床笫之事为至高无上，她不能想象自己的女儿一生竟然没有享受性爱之欢。在与我交谈中间，有一会儿，她又把我错当作叔父，眼光顿时变得凶狠起来，两只干枯的手使劲摇晃我的肩膀：

“我那可怜的女儿，至死还是个处女。”

晚上，我打开旅店房间的窗户，一股清凉的夜气扑面而来，果然如那天旅店老板所说的，随着参加乡试的秀才们的到来，秦淮河又变得热热闹闹了。河中间挤满了各式各样的游船画舫，船头都挂着红红的大灯笼，两船相遇时，有熟悉的秀才便相互打起了招呼，连绵的歌乐声氤氲在远远近近的灯笼上面，时有时无，或明或暗，往极远处延伸。一艘精美的凤船正划过我的窗下，船头红灯笼下，一个喝得烂醉的秀才手持酒杯浪笑，我一眼就认出了，是我的哥哥孙戎。这时从船舱里走出一个姑娘上前扶住哥哥，我的心脏猛然窜到嗓子眼，血流也一下子灌到头顶，感到自己头上的青筋都暴出来了，因为那个姑娘是那么像如贞，但她始终背对着我，我无法辨认。等凤船驶过了窗前，我才如梦初醒地问：

“如贞在哪儿?”

我的问话软绵绵地落在凤船空寂的船尾，船头的哥哥和那个像如贞的姑娘融入了夜色中，哥哥发出的浪笑声猛地打住了。过了好半天，就像多年前在枫溪村一样，哥哥的声音断断续续传来，从秦淮河底旋起的阴风扯断了他起伏不定的回答：

“她——在——井——里。”

4

我离开石城前一天，决定去探访天界寺的觉浪法师，木立和李十娘都曾向我提起过他，他肯定知道我叔父更多的消息。我打听到天界寺在石城城南，里面确有一位曹洞宗高僧觉浪法师，是寺庙的住持，不过奇怪的是，最近十年来觉浪不论说法还是与人交谈，只喜谈易，而避不说禅。而且，常有一些身份不明的人在寺庙进进出出，已引起官府的注意，这也给天界寺增添了一些神秘的色彩。

觉浪一袭白衣，飘着花白的胡须，神态肃穆，眼睛微闭，似睡似醒，我跪拜在他面前，不敢抬头，不过当他说话时，声音却异常温和：

“你从哪里来?”

“朱天庙。”

“皇上殉国后，东南立了很多朱天庙，你从哪一座庙来？你还要去哪里?”

我抬起头愣住了，从父亲把我抱进朱天庙，到我十六岁离开朱天庙，我一直以为它是世上唯一的。现在觉浪告诉我这世上还有很多朱天庙，并且是和皇上联系在一起时，我全然没有想到，发现这么多年自己与朱天庙之间是隔膜的，在里面呆了那么久，其实还是一无所知。多年来探究红脸武士身份的冲动又涌上了心头，我忘了回答师傅的问题，迫不及待地问：

“庙里供奉的太阳菩萨是谁?”

“皇上。”

觉浪立起身，跨出庙门走向远处的竹林，青翠的竹子在晨风中摇曳，细碎的阳光不时从竹林向外闪耀，渐渐地，觉浪白色的身影一点点在林间变淡。我想起我还没有回答他的问题，大声说道：

“我从枫香岭来，我要到仙霞关去。”

我后来才知道，木立是觉浪法师的高徒，也是他的衣钵传人，木立在白鹿山庄曾给我占了一卦，现在可以拿出来请觉浪解卦了。觉浪看后，沉吟了片刻，然后说：

“元亨利贞，就如同四季的春夏秋冬，这是一个天道的循环过程，现在进入漫长的冬季，你可以放心地埋葬你的叔父。”

觉浪慈爱地望着我，又说：

“虽然你很痛苦，但你必须忘掉一些事情，埋在雪地里的枯草，明年才会发芽。”

觉浪法师对我说的话，很多年前对我叔父也说过，那时，形容枯槁的叔父常和木立、澹心一起来到天界寺，他始终摆脱不了对王月无尽的思念，有一次，他甚至带着嫩娘一起请求觉浪法师为他解脱。

那一次觉浪给了我叔父一记当头棒喝，他怒目圆睁，随手操起一块木棍朝叔父背上打去，木棍断成两截。末了，觉浪对叔父身边的嫩娘说：

“需要解脱的是你。”

嫩娘陷入了对我叔父的痴情中，当她明白只有兄弟相称才可以终日和叔父在一起时，她完全沉浸在自己的角色中，而全然忘记自己是一个女人。到后来，我叔父也习惯了把她当成自己的亲弟弟，两人经常骑马在石城街头狂奔，夜晚又常常在一起烂醉如泥。

四月初，久被失眠困扰的叔父突然开始变得忧心忡忡，他在嫩娘怀里翻来覆去，连一刻也睡不着。夜半时分，叔父有时爬起来在院子里舞剑，宝剑的寒光搅动着清冷的月光，让人眼冒金星。嫩娘也披衣站在院子里，冷不丁传来的恶狗的吠声令她胆战心寒，她以自己特有的敏感觉得肯定有大事要发生，这让她心里很不安，晚上睡觉时，她甚至不想再把叔父搂在怀里，而愿意自己钻到叔父怀里，但每次都没有成功，叔父每晚总是理所当然地在她怀里滚来滚去。

一天早上，叔父和嫩娘骑马出城，要看看城外的大江。在穿过街市时，叔父发现所有人的脸一律阴阴的，走起路来无声无息，当他和嫩娘打马飞奔而过时，他们甚至连眼皮都没抬，好像什么也没看不见。叔父有些毛骨悚然，他来到江边时，背后依然透着一股寒气。

大江空阔而寂寥，出城之后就没见一个影，连一只鸟也不见飞过，由于极度安静空气中仿佛传来一阵阵颤音，呼啸而过。叔父和嫩娘勒马立住，视野越过大江，对岸是无边无际的平原，上面悬挂一轮银灰色的太阳。奇怪的是，对岸也不见一个人影。最先发现北方地平线出现的黑点是嫩娘，后来叔父也发现了，黑点在北方的天际越显越大，终于可以看清是一个骑马狂奔的信使。先前空气中传来的呼啸而过的颤音也是他在一路呼嚎，那个高头大马的信使越来越清晰地映入叔父和嫩娘的眼帘，他的呼嚎声响彻苍穹，覆盖了整个石城：

“皇上自杀了！”

叔父和嫩娘骑马回城时，城里已是一片混乱，到处挤满了愤怒的暴民，几个家在石城的降臣的私宅被人点燃，火光冲天。路边、树上、井里，不时可见一具具自杀的尸体，那是一群愿意追随皇上而去的人们。晚上，街道边摆设了祭台，烛光在冷风中摇摇晃晃，燃烬的纸灰飘来荡去，不时可撞见浑身缟素的市民，像幽灵一样出没在大街小巷。

乌云一般密布的鞑子骑兵横陈江边那是不久以后的事，石城延续着混乱不堪，根本无心抵抗，很快便遭陷落。向南溃逃途中，叔父昔日的玩伴杨龙友被朝廷任命为都督，接到圣旨后，杨都督首先想起叔父，任命叔父为将军。

在经历了最初的惊慌失措后，那些溃散的士兵开始汇聚到杨都督和叔父麾下，他们先进的火器在一次阻击战中大显神威，不可一世的鞑子骑兵狂风般席卷而来，进入了叔父布下的埋伏。叔父一声令下，枪炮声顿时大作，雨点般向鞑子骑兵狂泻，骄横的鞑子兵像一群陷入沼泽地的公牛，愤怒地吼叫，但又无可奈何无力自拔，在密集的炮火中纷纷从战马栽下。叔父在这次战役中大获全胜，战事结束后，士兵和逃亡的石城市民从各地涌到战场，他们将杨都督和叔父围在中间，发出了经久不息的欢呼声。正当叔父美滋滋地在人浪中品尝英雄的幸福感觉时，一个街坊认出了他，他在那么多崇拜者面前毫不留情地对叔父说：

“你不就是那个孙悟空吗？那年你骑马带着一个姑娘从我家门前过，踩死了我家的猫，还打碎了一个花盆，那花盆里栽的是名贵的兰花，你到现在还没有赔我！”

叔父乖乖地下了马，欢呼声也暂时平息了，他认出了那个街坊，那一天他带着王月向栖霞山狂奔时，确实损坏了他家的财产，当时他根本无暇顾及。两人理论了半天，最后达成了一致，叔父掏出二十两银子给他，作为赔偿。那人很是感激，又带头发出欢呼声，众人接着也发出了欢呼声。叔父又跨上马，心满意足地漂浮在欢乐的人浪之上。

但是叔父指挥的这个战事于整个战局只是昙花一现，鞑子骑子如决堤的洪水势不可挡，从未见过的城市、财富和美女刺激着他们的兽性，屠杀和奸淫也变成一种嗜好，如吸毒一般越陷越深。叔父每到一处驻军，当他来到河边时，从上游流过来的水都是血红的，并不时漂来尸体的残肢和内脏。那个向他索赔的街坊也被鞑子兵杀了，叔父骑马从他身边经过时，看见他的肚子几乎被刺刀戳烂了，耷拉着脑袋靠在一棵树上，只是脸上还流露出心满意足的笑容。

觉浪法师从竹林返回寺庙，后面跟了一个面容清癯的居士，他就是澹心。皇上自杀的消息传到石城后不久，木立死里逃生从京师沿路乞讨到了石城，澹心也匆匆从福建赶回到石城，他们和叔父、嫩娘重又在水阁相聚。他们再次见到嫩娘时，都认不出了，她的神态、举止和谈吐根本就是一个标准的剑士，当叔父告诉他们嫩娘的真实身份时，他们全都仰面大笑，可笑过后，他们仍然习惯把嫩娘当成他们的兄弟。于是，在街上看见的不再是叔父、嫩娘两兄弟，而是他们四兄弟了。

叔父和嫩娘开始相处的一个晚上，叔父半夜醒来，看见嫩娘还没有睡，正弯腰注视着自己。在那一刻，叔父的心终于被触动了，他紧紧抱住嫩娘，想和她温存，但折腾了半天又放弃了，因为他什么都不行，不仅心死了，身体也还在沉睡不醒。从那以后，无论在情感上还是肉体上，叔父彻底放弃了女人，而自小便喜欢女扮男装的嫩娘，在经历了那一晚的失落后，也习惯了骑马饮酒舞剑的生活，当初她喜爱叔父就是渴慕他英武、任侠的风度，绝少有性爱的成分，那或许本来就是一种弟弟对哥哥的崇拜和依恋之情吧。

叔父在仙霞关战死后的几年内，常有参加过仙霞关战事的士卒路过石城，他们带来了叔父各式各样的消息，正在着手准备撰写回忆录的澹心便向他们打听，搜集了很多资料。因此，觉浪法师把他找过来，他可以告诉我掩埋叔父尸骨的准确地点。

一路上，我其实对找回叔父的尸骨从不抱有希望，农父向我描述的战争场景是真实的，成千上万的尸体堆积在那儿，如何辨识哪一根骨头属于我叔父的？实际上，我的兴趣早已从寻找叔父的尸骨转为对叔父人生历程的再现，每过一日，每向前行一程，叔父的形象也便愈完整，愈清晰，我甚至感觉到自己的生命曾经在叔父身上活过，而现在叔父的生命又在我身上延续。

澹心和我说的时候很认真，他坚信那座坟墓里埋的是叔父和杨都督的尸骨：

“那是千真万确的，那里确实掩埋了孙将军和杨都督，有一个武士一直给他们守墓，只是可惜嫩娘的尸骨找不着了。”

我有些疑问，农父叙述的那个早晨又浮现在眼前，我恍惚看见了一面残破的旗帜在风中微微飘动，墨绿色的尸水在五颜六色的尸体中间穿梭流淌，我问道：

“夏天尸体腐烂很快，又堆积在一起，他们的首阶和军衔肯定也被割走了，怎么辨识出是我叔父和杨都督呢？”

“开始我也不信，因为尸骨是在距离战场几十公里远的仙霞关峡谷发现的，那个峡谷很幽僻，很少有人去。一个幸存的武士逃到那里后发现的，他认出了他们，就地掩埋了。武士后来哪儿也没去，一直给都督和将军守墓。”

澹心接着说：“武士发现他们的时候，已经是深秋了，肉体和衣服早已腐烂，只剩下骨头和盔甲，旁边还有两把宝剑，其中一把是孙将军祖传宝剑，上面刻有枫香岭孙氏字样，这把宝剑在军中很有名，几乎每一个士兵都熟悉它，那个武士也正是从这把宝剑认出了孙将军。”

我听了点点头，觉得澹心说得有道理，又问道：

“怎么确定另外一个人就是杨都督呢?”

“这只是推测了，孙将军和杨都督平时就贴身在一起，战事那么惨烈他们更应该在一起的，这应该不会错。”

“还有其他凭证吗?”

“不远处还有两匹马的尸骨，从现场看，杨都督和孙将军应该是从仙霞关跳崖殉难的。”

我几乎彻底相信了，当鞑子兵洪水般漫过仙霞关时，这个通向华南的最后一道天堑便宣告失守，守关的士兵溃退到浦城城北的山间盆地，在那里作最后决战。我叔父和杨都督在仙霞关战到最后一刻，在四面合围插翅难飞的情形下，便毅然选择了跳崖。

澹心最后嘱托我：“杨都督一家三十几口都死在了那里，你要把他的尸骨和孙将军一起迁回枫香岭安葬。”

这时，觉浪法师走过来，他一边微笑，一边轻轻抚摩我的头顶。我想起多年以前父亲把我抱进朱天庙时，我被庙里那个红脸武士吓得哇哇大哭，这时师傅走过来，也是这样微笑着抚摩我的头顶，我马上停止了哭泣。但是这回我却流泪了，感觉自己其实在延续着叔父的生命，品尝着他的人生苦果，在轮回中不能自拔，而自己的人生反而被湮没了，我为自己感到悲哀。我发现在澹心的叙述中，嫩娘也已经不知不觉湮没了，她湮没在庞大的战场和军队中，变得无足轻重，我又为她感到悲哀。觉浪看出了我的心思，他说：

“等你安葬完孙将军，轮回就结束了。”

我那时还无法领会觉浪法师话的含义，后来我才渐渐悟出，木立给我占卦，觉浪给我解卦，也早已给我明示了。我和如贞、叔父和王月，其实都完成了元亨利贞的轮回，有喜有悲，如慕如怨，情感是完整的。叔父和嫩娘之间才是真正的不幸，他们俩似乎都已经失去了贞下起元的力量，毒孤之心死如冬灰。我想起觉浪为我解卦时，对我说：

“到了冬天，小大雪而冬至，你有怨有屈有不平，都属平常态，下雪的夜晚，在火盆边品尝痛苦难道不是一种幸福吗?”

我想通了这一点，对如贞的思念就在一天天减少，开始也不再关心她是不是和哥哥孙戎在一起。在我离开石城前往仙霞关的一个多月行程中，我开始关注起经过的城市和村镇中的少女，她们常常令我难以忘怀。一次路过一个村庄时，一个身穿绿色外衣的少妇被一条发情的野狗追得团团转，我上前一剑刺死野狗，那个少妇扑倒在我怀里，浑身哆嗦不已，当她镇定下来以后，便搂住我的脸不停地亲，并愿意陪伴我一同去仙霞关。我犹豫了一下，因为她说话的语气很像如贞，但我又将她推开了。在此后的行程中，我在每一个女人身上都找到了如贞的影子，嗅到了如贞的气息，而如贞反而像朝阳下的白色薄雾，在我的心中渐渐散去了。

天气越来越凉，我开始加快了行程，离开天界寺时，觉浪法师最后的叮咛时时在耳边回响：

“记住，一定要在冬至那天取出尸骨！”

5

从我到达仙霞关那天起，天就一直下雨，没有停过，寒气从脚底一直钻到胸口，浑身都觉得冰凉，有经验的山民告诉我，这样的天气不下雪就不放晴。我站在山脚下，眺望着雨雾蒙蒙的仙霞关，关隘的雄姿依稀可辨，隐隐约约还可见山腰残破的城墙，山间恍若回荡起战马的嘶叫声以及铁器和盔甲的撞击声，当我仔细聆听时，只有纷纷细雨笼润万物的沙沙声。

我在山下古镇找了一个客栈歇息，细雨将古镇街巷的石板路濯洗得清亮，家家户户门都是开的，镇上居民的脸上一派祥和，显示小镇的太平和安逸。我注意到，这里的人家神台上都供奉着一男一女两个神像，很像是这个小镇的保护神，男的是一个武将，很凶恶的样子，女的则很柔媚。我住的客栈也供奉了这两尊神像，老板娘告诉我他们果然是镇上的守护神，镇南的梅溪桥边还建有一座神庙，专门祭祀他们。但对于这两个神的来历，老板娘自己也说不清楚，不过她告诉我：

“这里马上要在万寿宫茶戏楼举办祭神大会，每年都搞的，你晚上去那里喝茶，那里懂得的人多，会有人告诉你的。”

我问老板娘祭神大会是哪一天？老板娘说：

“冬至。”

晚上我没有去万寿宫茶戏楼，疲倦很快侵袭了我的全身，我迷迷糊糊就睡着了，睡至后半夜，被断断续续传来的女人哭声弄醒了，我竖起耳朵，哭声若有若无，窗外一片漆黑。我想象着窗户上冒出一张女鬼的脸，这让我惊恐万分，赶紧把头缩进被窝里，浑身乱抖不已。这样一直折腾到天亮，我很早就起床了，下楼后，看见老板娘坐在火炉边打瞌睡，门外依旧是细雨霏霏。

我沿着山脚往前走，仙霞关峡谷离这并不远，按照澹心的叙述，叔父和杨都督就是从仙霞关跳下悬崖，坠落在峡谷，他们的尸骨被一个武士发现后掩埋在附近，那个武士此后一直给他们守墓。走过一段路程后，渐渐进入了山间，穿越过一堆黑色的乱石，看见前方悬崖壁立千仞，峡谷幽暗而深邃，想必这就是仙霞关峡谷了。

当我来到悬崖边，仰面朝上，不禁倒吸了一口凉气，因为我分明看见一对殉情男女从上面的山顶无声跃下，清晰地从我面前飘过，我的胸口开始隐隐作痛，痛得我蹲下身来。在朱天庙，有一次我和如贞偷偷到枫香岭情人坡，相传曾经有一对情人在这里自杀殉情，到了情人坡后，我也有这样的幻觉，恍惚看见一对白衣男女依偎在一起，当时也是觉得凉气逼人，胸口作痛。我望望身后的如贞，发现她的脸色变得死一般的苍白。而在几年后我在窗前窥视如贞的那个夜晚，后来我又跑回到枫香岭，在一块石头上昏睡了好几天，等我稍微清醒一点准备离开时，才发现原来一直昏睡在情人坡。直到现在我还不能确定，如贞到情人坡安慰我，是我的幻觉，还是一种真实。

我没有继续往前走，而是匆匆返回。晚上，在万寿宫戏楼，我把当日的情形告诉戏楼里一位道士，他正在布置几天后要举办的祭神大会，他显得很意外地看着我：

“下这么大雨，你没有打伞？”

“我去的时候雨不得不大，所以没有打伞。”

道士又盯着我看了一会儿，然后告诉我明天早上到梅溪桥边的神庙去，他在神庙等我。

第二天早上，我很早就到了神庙，道士比我来得更早，神庙供奉的还是那一对男女，神像和朱天庙里的红脸武士差不多大小，现在不应该说是红脸武士了，应该说是皇上。神坛前摆满了各式各样的面具，道士说：

“祭神那天不管是祭仪，还是傩舞傩戏，都要戴面具的，冬至那一天清早就会到这里来请神下架。”

道士待我参拜完毕，冷不丁又说：

“你去的那个峡谷是一对男女殉情的地方，他们就是从那个悬崖跳下，本地人去那儿，晴天都要打伞。”

我有些不理解，问道：

“为什么一定要打伞？”

“伞竿通天，天穹乃众神所居。那一对男女死后变成了神，成为本镇的守护神。记住，你撑开五色祥云伞，就不会再害怕了，神灵会护佑你的。”

离开神庙前，我想起了什么问道士：

"那座悬崖叫什么?"

"仙霞关。"

我临走时，道士从神架上取出一把五色伞递给我，我依照道士的嘱咐，打着这一把五色伞穿过峡谷，果然眼前再没有出现幻觉，只是依然感觉到崖壁渗出的寒气扑面而来。一路上，并没有看见澹心绘声绘色描述的坟墓和守墓武士，到处是飘零的枯叶和流淌的溪水，不时窜出一两只野山鹿，从一个山头跑向另外一个山头。这里行人稀少，走了好远才看见一处农舍，门前一个农妇正在织桑麻，她听我比划了半天才明白我意思，她肯定地摇了摇头，见我一副不死心的样子，她又指了指前面的山头，对我说：

"山岭那边打过一次大仗，死了好多人，你去看一看。"

当我翻过农妇手指的那一座山岭时，凸现在面前的是一块宽阔盆地，此刻在绵绵的细雨下，显得阴沉和荒凉。也许是因为冬天的缘故，这块土地好像废弃了很久，而远处模模糊糊隐现的一座城池，似乎也透露一股肃杀之气。这个位置正符合参加过这场战事的农父的叙述，这块盆地应该就是当年的战场，而它身后的城池就是浦城。我想象着曾经发生在这里的尸横遍野血流成河的情景，以及在晨风中飘舞的残破的旗帜，叔父和杨都督指挥士兵在这里与鞑子骑兵进行了最后决战，然后双双殉难。

至于澹心所说的叔父和杨都督在仙霞关跳崖自杀，则不大符合事实，更像是道听途说，把那一对殉情男女和他们的死搅混在了一起。很多年以后，晚年澹心撰写回忆录时，采纳了我的说法，不过只采纳了一半，他说：

"你说的前一部分是事实，后一部分带有神话色彩，不可信。"

我没有和澹心继续辩驳，因为事隔很多年，我对所谓的真实已没有兴趣。澹心坚持这一点是因为他要让别人相信自己写的东西，而我只要自己相信就行了。

不过澹心当初所说的那个守墓武士，在我走向盆地中间时，竟意外地相遇了。他似乎已经等了我很久，我走近时，他从我的面容看见了叔父的影子，双手抱拳跪下，他久久地埋下头，当他抬起头时，已是双眼通红。

他将一把宝剑递给我，正如澹心所说，就是从这一把枫香岭孙氏祖传宝剑认出了叔父的尸骨，但武士的说法与澹心又不尽相同：

"战事结束后，鞑子骑兵已经走远了，我来这里寻觅杨都督和孙将军的遗骨，到处都是腐烂发臭的尸体，哪里找得到？不想有一个独眼鞑子在这里等了很久，他把孙将军和杨都督的遗骨移交给我，还有这一把宝剑，遗骨装敛在一幅不大的简陋棺木里，但钉得很结实。”

我想知道那个独眼鞑子说了些什么，他是如何找到我叔父的遗骨？但武士告诉我独眼鞑子并没有多说什么话，事实上他已脱离了他的骑兵部队，如今正隐居在仙霞山间。

“他现在是一个猎户，就在仙霞山打猎。”

那个武士应该属于叔父的贴身卫士，他见过嫩娘，是军中很少知道嫩娘身份的人。军营里多数人都不清楚嫩娘是一个女人，她与叔父形影不离，更像是叔父的拍档。

在那次混战中，鞑子骑兵如洪水般从仙霞关漫溢下来，很快便将我方士兵冲得七零八乱，我方擅长的火器已在漫长的路途中遗弃了，在刀剑较量中，我方显然不是鞑子的对手，死伤无数。武士本来紧跟在叔父身后，鞑子骑兵冲过来以后，很快便与叔父分割开了，他最后一次看见叔父是见他被一群鞑子骑兵团团围住：

“被包围的还有嫩娘，杨都督也被围住了，鞑子骑兵一开始就冲着他们来的，将帅被围住，局面就更混乱了。”

后来武士退到了城内，城内一片火海，到处是惊慌逃窜的市民，鞑子骑兵呼叫着横冲直撞，杀戮渐渐演变成了一场游戏。一个鞑子骑着马围着一个老汉不住兜圈，嘴里发出阵阵嘘叫声，老汉跪地求饶，身体狂抖不已，鞑子露出鄙夷的笑容，掉转马头欲走，老汉松了一口气，擦拭额头上的汗珠，不想那个鞑子突然又回首挥剑劈去，老汉的头像西瓜一样滚出好远，而身体还僵直在那儿，跪了好久才倒下。杀戮一直持续到晚上，武士在巷中便战便退，躲入了一户民宅。这一家人已被杀光，倒在门口的尸体显然是这个屋子的主人，他仰面躺在地上，手脚均被剁掉。屋内床上齐刷刷地堆积了三个赤身裸体的女人，下体已被戳烂，污血还在雪白的大腿汩汩流淌。从年龄看，三个女人一个是主人的妻子，两个是他的女儿。直到深夜，外面的声音才开始消歇，后来好几日，武士一直躲在这户人家，并没有鞑子进来搜捕。当他离开时，发现流淌在三个女人身上的血已经凝固了，就如同浆果涂抹在身体上。

在此后多年的守墓生涯中，武士不断地遇到前来探访故地的幸存战友，就如他那日亲眼所看见的，战友的叙述也基本与他一致。他们都目睹了叔父、嫩娘和杨都督被鞑子骑兵包围的事实，只不过有的说他们当时就战死了，有的则说他们被俘以后杀害的，但他们死在一起肯定没有错的。所以，当初独眼鞑子移交尸骨时，只说这是将军和一个女人的遗骨，武士当时有些奇怪，独眼鞑子怎么辨认出女人的骨头？因为几日后当他来到叔父当日被困之处，只剩下一片焦土，显然，鞑子骑兵不仅杀死了他们，还烧毁了他们的尸体。

我听了仿佛脑际掠过一丝光明，我发现了他们叙述的破绽之处，澹心和武士都说这里埋的是叔父和杨都督，而其实找到尸骨的独眼鞑子是说叔父和一个女人，而那个女人显然就是嫩娘。当我把自己的疑惑告诉武士时，他点了点头：

“当日独眼鞑子这么告诉我，我也有些奇怪，但他不肯多说什么就走了。后来来了一个战友，对我说了那日的情形，他的说法比较可靠，我也就没什么疑问了。”

据武士的战友回忆，那一天叔父、嫩娘和杨都督陷入了鞑子骑兵的包围，终于寡不敌众被抓获。鞑子突然发现嫩娘原本是一个女的，淫心大发，好几个一起扑上来，扒嫩娘的衣服，当着叔父和杨都督的面，实施强奸。嫩娘拼死反抗，她咬碎了自己的舌头，运用功力，将血和肉混合一起从口中喷出，射瞎了一个鞑子的眼睛。那个鞑子恼怒地捂住血糊糊的眼睛，一刀砍死了嫩娘。在整个过程中，站在嫩娘对面的被捆绑的叔父，一直狂笑不已，剧烈的笑声在战场激荡，很多人都听见了，那个战友说：

“本来我一点力气都没有了，头也昏昏沉沉的，好像预感到自己要死了，好几支长矛从马上同时向我刺来，孙将军的笑声惊醒了我，我猛地一挥刀，周围几匹马统统倒下了，我又活过来了！”

鞑子砍死嫩娘后，又过来砍死了杨都督，最后砍叔父时，刀竟然从他身上弹回。叔父好像一点知觉也没有，依旧狂笑不已。十几个鞑子围过来，乱刀将叔父剁死，又在他们身上浇油点火，焚尸灭身。

武士手指着坟墓对我说：

“所以，这里只埋了他们几根骨头，其他什么也没有了。”

我还是对那个独眼鞑子迷惑不解，他交付尸骨时只说这是将军和一个女人的，莫非他就是那个参与强暴而被嫩娘嚼碎的舌头射瞎眼睛的鞑子？

武士也没有办法回答我的问题，他说：

“那是有可能的，或许他良心发现了，自从他进山做了猎户，就再也没有出过山。”

现在我明白了，冬至那天我要取回安葬于枫香岭的遗骨，不仅有叔父，还有嫩娘和杨都督，他们死在了一起。至于那个独眼鞑子，我判断多半还是那个被嫩娘嚼碎的舌头射瞎的鞑子，剧烈的疼痛和叔父的狂笑使他从兽性中惊醒而回归人性，他以自己的行为表达深深的忏悔，如今，他隐逸在仙霞岭山间，远离了昔日的罪孽。

如果我的判断真的属实的话，那么独眼鞑子就是现场唯一的目击证人，只有他清楚地知道现场发生了什么。最初，独眼鞑子向武士移交遗骨时，只说这是叔父和一个女人的。此后武士根据当日自己的观察和吊唁战场的战友们的补充，断定这些遗骨包括了叔父、杨都督以及嫩娘。当他与人叙说时，又只提到叔父和杨都督的名字，嫩娘被轻易地忽略了。独眼鞑子强调叔父和一个女人，正如守墓武士强调叔父和杨都督，他们的价值取向显然不同，而这也是他们行为的动力之源。

当我告诉武士要去仙霞岭寻找独眼鞑子，把谜底揭开时，他盯着我看时的眼睛显得很空洞，没有说一句话。武士肯定无法理解我的行为，对于他来说，一切都是清晰明朗的，并没有什么不解之谜。作为一个忠诚的武士，他从头到尾都坚定地履行着自己的职责。

我告别了武士，他再一次向我跪拜，头也没抬。我走出没多远，听见身后传来一声沉重的声响，武士用剑割断了自己的脖子，倒在墓前。

6

几十年后，我依旧在朱天庙平静地打发时光，我的神态和举止越来越像师傅，行踪飘忽不定。四周村庄的人丁像是陡然增加了很多，成天很热闹的样子，但是他们都不认识我，认识我的人都死去了。也许庙里太清寂，我常常出现时空错乱，老是把以前的人和事放在了未来，而把现实抛在了脑后，比如叔父和嫩娘，他们的人生只有青年，我现在的年龄可以作他们的父亲了，我时常预感他们在外面疯玩后正骑马往回赶，我以一个父亲等待儿女回家的心态倚门等候。又比方如贞，每当我路过枫香岭情人坡时，心中会泛起一圈圈涟漪，那也是父亲关爱女儿的情愫，我在山坡上采满了各种颜色的花，扎成一个花环放在一块石头上，我想象着如贞快乐地在山野奔跑的情景，感觉自己整个人都快乐地融化在阳光下。

那时澹心已进入了人生暮年，他死前一年，终于完成了自己的回忆录《板桥杂记》。在回忆录中，他多次提起了叔父、木立还有王月、嫩娘在石城的欢乐时光，关于那一场战事，他采纳了我向他转述的武士的说法，而没有再提起他先前说的叔父和杨都督在仙霞关跳崖而死的说法，他也断然否定了我见到独眼鞑子后的另外一种说法。如同木立后来蜕变成一个高僧一样，暮年澹心也变成了威严持重的儒者，早年石城放荡的生活在他身上已无影无踪，他多次对我说：

“不要再被那些荒诞不经的说法困扰，让孙将军和杨都督安息。”

当我把叔父的遗骨迁回枫香岭安葬时，宗族也没有采纳我的意见，在墓碑上只写了叔父和杨都督的名字。第二年清明，我在墓地见到了木立的妹妹，也就是农父说的叔父的妻子，我的婶娘。她正独自一人祭祀，她的体态很优雅，让我一下就想起她和几个姑姑在白鹿山庄的琴书岁月。此后每年清明，我都在墓地看见她的身影，直到有一年没看见，才得知她已经死了。但她没有如风俗和惯例那样与叔父合葬在一起，而是葬在了白鹿山方家祖坟。

我离开了武士，又返回到仙霞岭山间，在山中盘桓的那几日，天气已愈来愈寒冷了。一路上，我遇见了好多猎户，他们都想赶在大雪封山之前，多储存一些猎物。当我向他们问起独眼鞑子时，这里的猎户没有不认识他的，他们将手指向远处偏僻人迹罕至的山间，说独眼鞑子常在那里出没，他似乎不愿意和任何人接触，而愿意过一种与世隔绝的野人生活。此刻雾气已将猎户手指的山峰掩盖，我沿着曲曲折折的山路向前奔波，就如同从前那个夜晚在枫香岭山间一样，全然忘记了寒冷和树枝刮在脸上的疼痛，我想知道结局的渴望远远大于对过程的体验。因为只有知道了结局，过程才会有意义，而没有结局的过程是毫无意义的。在我心目中，我始终认为，叔父临死前还有秘密还没有解开，我要解开这最后的谜团，结束叔父痛苦的人生轮回。

在那一座雾气缠绕的山岭，我找到了唯一一处小木屋，门是虚掩的，里面挂满了形形色色的猎物，我在火盆烤起了火，在跳动的火苗中，等候着独眼鞑子的归来。山风在门外呼啸，发出各种奇怪的声响，有女人的呜咽声，有壮汉的咆哮声，还有婴儿诡异的笑声，从四面八方向小屋压迫过来，仿佛要将屋顶压塌，将小屋淘空。正在这时，门哐啷一声开了，独眼鞑子裹挟着狂风进屋了，他对我说话时眼睛并没有对我看一眼：

“今晚就有大风雪了，再不回来，就要困在山中。”

独眼鞑子说的是汉语，他原来是一个汉人，当我和他熟识后问他为什么要加入鞑子骑兵时，他便沉默无语，闭上了眼睛。这使我得以从容地观察他的面部，他其实并不凶恶，和我一路上所见的猎户并没有什么不同，这让我很快排除了他就是那个被嫩娘嚼碎的舌头射瞎的鞑子的看法。在他闭起眼睛时，我甚至都无法分辨他哪只眼睛是瞎的。

澹心一直不相信独眼鞑子说的话，他甚至不愿意相信独眼鞑子的存在，所以在他的回忆录中，根本没有提及这件事，他对我说：

“那本来就是你臆想的一个人物，就像你哥哥孙戎一样。”

澹心没有见过我的哥哥孙戎，实际上自从那晚在秦淮河相遇后，我再也没有见过他，因此我也没有足够的证据反驳澹心。一个不存在的人，和一个存在的但与你已没有任何关联的人，对你来说又有什么不同呢？

在余下的岁月中，澹心和我关注的都是曾经存在的和我们深深关联的人们。我们常常争得面红耳赤，在争辩中，他和李十娘一样，时时把我错当作我的叔父，因而没有表现出长辈足够的宽容。

在火盆边听完独眼鞑子讲述的故事，我还要出门往回走，因为明天就是冬至了，我要遵照觉浪法师的嘱咐，在冬至这天取出叔父的遗骨。外面已经飘起了漫天大雪，风刮得不是那么大了，雪的降临使它变得不合时宜，于是它越来越微弱，让位于这场将宇宙融汇成混沌一片的飞舞的雪花。

我很快便将独眼鞑子抛在了脑后，对我来说，那些存在的人，只有因着与叔父的关联，才变得有意义，他们自己的人生反而湮没了，无从考证。我无法反驳澹心的另外一个原因，是在我准备描述独眼鞑子时，突然变得张口结舌，大脑一片空白，就如同那晚门外越来越莹白的天与地，我像一个黑点一样在雪地里自生自灭。从那时起，虽然我还是一个少年，却开始走进了下半生，我过早地揭开了谜底，因而此后的人生变得无所事事。

从枫香岭到仙霞关的路途中所结识的人，澹心是最后一个死的，在此之前，木立、农父、李十娘、觉浪都死了。回枫香岭安葬完叔父后，我的人生也完全变了，叔父生前的生活充斥了我的一切，甚至我的记忆，我在回忆如贞的时候，脑海中出现的不是王月，就是嫩娘，根本没有如贞的一点痕迹，这让我无比悲哀。在后世的历史，记载我的往往也只有这几句话：

孙韦，系孙克咸将军侄儿，少年时曾前往仙霞关取回孙将军和杨龙友都督遗骨，合葬于枫香岭，当地人称为“双忠墓”。

我的命运终于也和那些人一样，因着与叔父的关联而变得有意义，我自己的人生反而消失了。我活着的时候，感觉自己就在演绎着叔父无法摆脱的轮回，而叔父活着的时候，难道不是也在体味我的痛苦吗？

事实上独眼鞑子所在的骑兵部队越过仙霞关时，并没有遇到太多的抵抗，战事只发生在山下与浦城之间的广阔盆地。鞑子骑兵洪水般漫溢下来，我军向浦城方向疯狂溃退，当到了紧闭的城门前时，将士们才从惊慌失措中缓过神来，他们已经意识到，战死疆场将是他们人生的最好选择。

在大溃退中，叔父和嫩娘始终在一起，从他们第一天在一起时，就形影不离亲如兄弟，此刻依然是这样。在混乱的队伍中，杨都督一家在队伍前方，叔父则断后，他们的存在是这支队伍很快恢复秩序的基石。

终于走到了生死的最后一刻，在骑马飞奔中，叔父不时凝望身边的嫩娘，胸中翻涌着久未有过的激情，这股激情以前曾经有，后来冷却了，熄灭了，现在似乎又在体内复活了，是不是因为随着春季的到来而萌生？那时的确有微醉的春风从叔父的脸颊掠过，多年前他也是在这样的季节爱上了王月，那时栖霞山桃红李白，绿草碧连天，各种野兽在山间欢快地奔跑，并发出此起彼伏的吼叫声。在那个季节，嫩娘第一次见到叔父时爱上了他，而在经过多年以后，她已习惯将这一段无望的爱情转化为一种兄弟之情，她也习惯了忘记自我，甚至自己的性别，只要能和叔父在一起。在持续不断的狂奔中，叔父胸中的激流开始冲破那一场大雪的积压，他似乎听见了雪融化的声音，泉水的叮咚声，流水的哗哗声，并且心里充满了欣悦。他情不自禁地向嫩娘露出明朗的笑容，当自己的目光与嫩娘的目光相遇时，他明显地感觉到周身的战栗。嫩娘也感受到了叔父异样的眼光，她甚至羞涩地想躲避叔父的眼光，因为她感觉那种眼光是一个男人的，而不是先前熟悉的兄弟。此时正好有一道阳光射向嫩娘，有如一股电流传遍了她的全身，当她终于明白时，她感到了前所未有的晕眩般的狂喜。

在那时，混乱不堪的战场正好符合叔父乱七八糟的心境，他时而发出会心的微笑，时而干脆莫名其妙地大笑，惹得在旁边溃逃的士兵有些不知所措。叔父愉快地指挥着部队，让他们恢复队列，每一个看见我叔父的士兵就立刻从慌乱中摆脱出来，因为叔父轻松的神情像是要玩一场游戏，而游戏是不可怕的。

鞑子骑兵在身后像乌云般席卷过来，我军在大溃退中也渐渐恢复理智，每个士兵开始跑向自己的阵营，战列越来越清晰，当他们渐渐聚拢在一起时，就如同一团红色的火焰。瞬刻之间，乌云与火焰之间的空隙越来越缩小，双方的吆喝声开始合二而一，声音显得异常喧嚣。所以，当叔父大声对嫩娘说第一遍时，他感觉到自己的声音被那些吵闹声淹没了，他又说了第二遍，还是觉得不够响亮，因为恰好一个鞑子发出了长啸，声音又盖住了他。叔父于是又说了第三遍，那时他觉得自己的声音凌驾于所有的声音之上，覆盖了从仙霞关到浦城的广阔盆地间，叔父说：

“此生我爱你，嫩娘！”

在骑马狂奔中，嫩娘的头盔不知什么时候丢了，露出飘逸的长发，渐渐斜射的阳光笼住了她的脸，使得她的脸颊生发出灿烂的红晕，在长发的映衬下，少了许多她一贯的英武气，而多了她作为秦淮美女的明艳。她几乎和叔父同时勒住了缰绳，战马长嘶一声，抬起双腿，高昂起马头。当她又一次和叔父目光相遇时，叔父发现，泪水在她柔媚的面孔上飞旋。

独眼鞑子此刻正冲在骑兵的最前线，多年的征战使他嗜杀成性，春风裹挟着浓烈的血腥味迎面扑来，使他每个细胞孔似乎都张开着，浑身舒坦不已。当初，他之所以要叛逃到鞑子骑兵，就是可以跟随他们名正言顺地杀人抢劫奸淫，瞬息之间可以掌控改变很多人的命运，他由衷地感到满足和骄傲。而在先前疲于防守的部队，等级森严军纪严明，他从头到尾只有压抑，时时刻刻感到自己的渺小。鞑子的居无定所出没无常，和作为征服者肆无忌惮地破坏、毁灭和屠杀，正好符合他不满足庸常市民生活的天性，当他加入了鞑子骑兵一路烧杀南下时，他充分地体会到“春风得意马蹄疾”这一诗句的快慰。

还有很多和独眼鞑子一样反叛的士兵，当跟随鞑子骑兵的征服接近尾声时，他们感到军营的生活又慢慢接近先前的部队，越来越缺乏刺激性。于是，他们又再次反叛，蓄发易服重回汉人武装，杀戮和血腥于是变得经久不息。

但是那一天独眼鞑子显然受到了震惧和惊悸，这使他没有和其他人一样把游戏继续下去，而是匆匆收场。在他一路狂叫追杀而没有任何心理准备时，他看见将军和神女掉转马头向他们飞奔过来。这使他万分吃惊，不仅是他，所有人都惊呆了，眼睁睁地看那一男一女旋风般呼啸而来，两匹马似乎从他们头顶踩过，所有的霞光都射向他们，他们就像笼罩了一层光环，而根本就没有人能够接近他们：

“他们一路也没杀一个人，有一刻神女的宝剑抵住我的喉咙，我那时极度恐惧，有一种濒死的幻觉，原来我也是怕死的，我想起有一次和同伴轮奸一个妇女后，将她乱刀戳死的情景。她当时死死盯着我们，而我们则在她的眼前狂笑，做鬼脸，跳舞，最后临走时一人一剑，扎烂了她的双眼。如果那时我被神女杀死了，那个被我参与奸杀的妇女就成了我的最后记忆。”

就在独眼鞑子准备受死之际，嫩娘的剑却收回了。她的眼光从独眼鞑子身上掠过，那么圣洁，那么纯净，只那么一眼，独眼鞑子突然感悟到做人的光明之处，他看着叔父和嫩娘飘浮于战场之上的背影，手中的刀咣啷一声跌落在地上。千军万马从独眼鞑子身边呼啸向前，血腥像水中滴落的黑墨汁，扩散得越来越大，太阳在城池上空拼命摇晃，搅拌着腥味刺鼻的黑水，展示一副末日图景。

独眼鞑子从战场逃逸的另外一个士卒那里得到了叔父和嫩娘最后的消息，他们一路狂奔到了仙霞关，赤裸着相拥在一起，那时洪水般漫溢的鞑子骑兵已离开他们有一段距离。在他们从仙霞关跳崖的瞬间，一群从山下追赶而来的气喘吁吁的士兵恰好看见了，他们看见一道彩虹从峡谷升起，划出了优美的圆弧，另一端稳稳地落在了浦城上空。此刻，最后的夕阳正在血海中滚沸，鞑子骑兵已突破层层防线，在浦城城门口，杨都督一家三十几口无助地暴露在数不清密不透风的大刀下，刹那间，三十几颗头颅如乱叶般在空中狂舞。

我在冬至这天早晨如期带走叔父的遗骨，我掘出了木板拼凑的简陋的棺木背在身上。大雪飘舞，有时连眼睛都睁不开，每迈一步都感到很艰难。直到傍晚，我才爬上了仙霞关，站在山顶，我又看见了山下来时路过的古镇。此刻，从神庙正走出一条长长的人龙，他们脸上带着各式各样的面具，手里举着色彩鲜艳的幡旗，向万寿宫方向走去，开始一年一度的祭神大会。领头的四个汉子抬着神位，不断地发出吆喝声，我恍若看见了神位幕帘后供奉的男女，他们此刻正在兴奋地窃窃私语。古镇每一户民宅前，都站立着户主和他的家人，他们身着前朝衣冠，戴着各式各样的面具，户主手持火把，燃放鞭炮，而他的妻儿则在门前设坛跪拜。这个情景让我想起了小时候除夕之夜和父母亲在一起时的情景，虽然山顶的寒风比山下大得多，但我心中却泛起了一阵阵温暖。从神庙走出的人龙与古镇民众汇合在一起时，传来了更猛烈的爆竹声，又渐渐升腾起鼓乐声和高亢的傩腔，抬着神位的四个壮汉在电闪雷鸣般的鞭炮声中左摇右摆，粗砺的吆喝声刺破了被夜色的幕布缓缓拉上的天空。我的视线沿着山下古镇向前看去，这时我惊呆了，这一条火龙竟然跨越大江，覆盖了暮色中的汉家河山，一直延伸到千里之外的枫香岭。从仙霞关到枫香岭，仿佛正在进行一场盛大的庆典，家家户户都出来设坛迎神，他们也是身穿前朝衣冠，头戴面具，手举火把，狂野地手舞足蹈，鞭炮声、鼓乐声、吆喝声混合成一片，在天地间激荡。我又看了看身后，纯洁的白雪一望无垠，在群峰之上，升起了孙将军和葛嫩娘庞大的身影，映衬在大半个夜空中。

在那一刻，我身背棺木的身躯也显得高大起来，我还可以看见遥远的枫香岭山麓的朱天庙，看见了那么多熟悉的不朽的。

王寒水

蚌 姑

嬉子湖波光潋滟，烟霭轻笼，白帆点点，渔舟游弋。远处，群山苍翠，逶迤地绕着湖面，把大湖衬得比画还美。

嬉子湖畔黄盆咀人，每逢端午节，男人们都要在湖中进行龙舟赛，而嫂子、姑娘们则在湖边跳湖蚌舞，以此祈祷东海龙王保一方平安、免降洪涝灾害。围着湖蚌舞的人是最多的，那光彩照人、里面藏着美丽姑娘将蚌壳一张一合神秘极了。小伙子们眼巴巴地看着蚌姑，想那蚌壳不闭就好。

选跳湖蚌舞的嫂子、姑娘是有条件的，不仅人要长得水灵漂亮，而且要勤劳、善良、贤惠、孝顺老人。此处笃信湖蚌舞，且每年都要认认真真地挑选蚌姑，是因为这一带百姓依湖、靠湖、吃湖，而湖与湖蚌又有着一段很深的情缘。

有女不嫁黄盆咀，一头柴来一头米；三年就有两年淹，百姓饿死在湖边。这是康熙年间流传在黄盆咀头的一首民谣。东海龙王之女蚌姑，得知桐城嬉子湖的老百姓遭了水灾，生活穷苦，决意离开龙宫，只身到嬉子湖拯救沿湖百姓。一天，蚌姑将心思向母亲倾吐，母亲一边抚摸着她的头一边说：宝贝，你这般娇丽，哪受得人间苦难？我不能让你去受这份罪。蚌姑在母亲面前撒娇道，父王前些天召集各方水神到宫，要他们治理河道，为庶民排忧解难，镇守一方保一方平安，女儿理应为父王分忧才是。母亲见女儿执意出宫，只好与龙王商量，忍痛割爱准蚌姑远行。

是日，东海龙宫大摆宴席为蚌姑饯行。席间，龙王当着诸方首领的面跟蚌姑说："你到嬉子湖后要做出政绩，治湖消灾。保障百姓。本王定期派员巡视。嬉子湖的政绩，是以安芯桥下能行载二十担谷子的帆船为准。"蚌姑跪拜龙王，说女儿铭记父王教诲，明日赴任。

蚌姑别龙宫进长江入嬉子湖。时值桐城山洪暴发，洪水泛滥，嬉子湖白浪滔滔，水涌连天，沿湖万亩良田淹没，房屋倒塌，从黄盆咀头到双店街的安芯桥沉入水中，来往行人中断。老百姓流离失所，哭声震天，惨不忍睹。蚌姑见状不顾疲劳，日夜拼命将湖中泥沙疏于长江。沿湖百姓惊奇发现洪水泄降之快，不几日安芯桥露出水面，层层良田退水。又不几日，安芯桥下便能行船了。百姓说准是湖里出了神，或是天上的龙把洪水给搅去了，不然洪水退得没有这样快，往年至少要一、两个月。

自蚌姑来到嬉子湖治湖消灾，老百姓很快地富裕起来。黄盆咀一带的村落变了大样子，不少人家盖上新房，几家大户还从江西运来水杉架起楼房。登楼俯瞰，湖岸上一排排整齐瓦房，在一抹抹绿荫里隐映，炊烟袅袅，盛气盎然。长长的安芯桥，似一条青龙横卧湖上。桥上有挑担子的，推独轮车的；有骑牛的，牵猪的。人来人往，络绎不绝。桥下则帆船穿梭竞发，渔舟川流不息。再往远望，浩瀚的湖面波光闪烁，白帆点点，蓝天白云和黛色群山把大湖打扮得更加俏丽。

河豚带着一天的喜悦，哼着小调向一家酒馆走去。“湖鳅，来个两碟八盅。”“好呢，来了。”湖鳅边应边托着托盘上楼，端下一碟煮香豆、一碟炒肉片、八小盅酒，便笑着跟河豚说：“豚哥，我看你今日运行不错!”河豚朝四周扫了一眼笑眯眯地凑近湖鳅耳边说：“中午在湖心一网拉上了四条大鲤鱼，还加上一宝贝。”湖鳅急切地问：“什么宝贝?”河豚把小酒盅送到唇边，一仰脖子喝下酒，故意停了停说：“宝贝嘛，是只漂亮的湖蚌!”湖鳅戏谑道：“豚哥，你哟，又在想老婆吧？嘻嘻，竟想到蚌壳夹子上。”湖鳅说完，仍笑着下楼去了。

河豚有些醉意地回到家。躺在床上却不由地想到那年的那场大水，父母把他送到船上，折身返家去拿家什，不料却让陡涨的洪水凶猛地卷走……现在，虽只身一人，但已是大人了，该娶亲成个家了。他在床上翻来覆去地不能入睡，觉口中干燥，便起身到厨房，拿水瓢在缸里舀水。这时，猛见缸边一东西金光闪闪。揉了一下眼，定睛看去，原来是白天网来的那只湖蚌。当时，若不见这蚌壳花纹美丽好看，早就扔到湖里去了。他俯下身，急忙用双手捧起湖蚌，只觉湖蚌在手中隐隐作动，并不时放出耀眼光芒。河豚心中欣喜异常，便把它带上床头枕边。不想这蚌却收回光亮，默默地躺在那里悄然无色。河豚想不出缘故，只好把湖蚌放回原处。夜，黑漆漆的，湖蚌又光芒四射起来，似一颗夜明珠，让他兴奋不已。他靠在椅上，观看着湖蚌发光，直到下半夜鸡叫时才回房沉沉地入睡。

湖蚌是个会发光的宝贝，河豚隐在心中不说于他人，若无其事，如往常一样出门捕鱼。这天中午回家，一进厨房，他就惊呆了，只见桌上摆上好几碗饭菜，香喷喷的。这是怎么回事呢？门是锁着的，是谁为他备了饭菜，又是怎么进来的？百思不得其解。他饿了，也就不管三七二十一，大口大口地把饭菜全部吃下。稍休息，又照常背网下湖捕鱼。晚上回家，一进厨房，桌上又摆上做好的饭菜。他没有思索，倒心安理得地吃下晚饭。以后日子，除早餐外，顿顿如此，天天如此。半月下来，河豚忽然联想起湖蚌，心神也就不安起来。一日，他担水在李爹庙前歇息。老方丈水晶智星知他忠厚、善良，常帮助穷人度苦度难，又尊崇佛门，前年修寺庙，他捐了银两不算，还加了八斗米。所以，除了逢人就夸河豚好，还一直想找个机会谢一谢他。现在，该是时候了。水晶智星满头白发，满面红光，手托紫玉小茶壶，步履稳健地来到庙前河豚歇息处。“河豚，见你苦苦的样子，什么事这般愁呀？进去喝茶吧。”河豚一见老方丈，即起身施礼说“多谢，多谢，回家还有事呢。”老方丈说“喝茶叙叙，或许对你有些帮助，你就不要推辞了。”河豚知老方丈诚心邀请，只好点头答应，跟老方丈进了寺庙禅房。刚入座，两个和尚一个提来茶壶、一个端来小碟瓜子。上过茶，和尚双手合十说一声“阿弥陀佛”，转背出门去了。老方丈陪河豚边呷茶边聊起天来。老方丈道：“前些日子，我半夜起来观天上星象，忽见你家房顶上一缕大气直冒。尔后，又闪过几道金光。我替你高兴，你家往后福星高照，大福大贵，这是天意呵。”老方丈呷了一口茶又道：“前些时候，我查看了赵氏家谱，你家祖宗五代都是积了德的人，从没做过罪恶，善哉，善哉！”老方丈给河豚兑了一点开水，停了片刻道：“今要你来，一为你相告，二为你贺喜。”接着，便把他家将要如何大福大贵述说了一番。河豚心中的疑团经水晶智星一解，顿时豁达、明朗起来，便连忙起身向老方丈施礼道：“多谢长老垂爱和指点。”老方丈送河豚至寺庙大门，又一直站在那里直至河豚远去。

河豚回到家放下水担，欲开锁推门，忽顿生一念，便蹑手蹑脚促进厨房窗口，用手指沾唾沫轻轻将窗纸润破，只见湖蚌从水缸旁溜出，闪出一道光亮，蚌壳张开，蹦出一个年轻女子来。女子着一身银色绸纱，似白玉兰花；一双水灵灵的大眼睛，上面细细的柳叶眉，长长的眼睫毛，瓜子脸儿，樱桃小嘴，白玉牙齿，美得如同下凡仙女。她移动着轻盈的步子，手捧木盆上东房里打米。河豚喜得心儿快要跳出，他急中生智，用手揿下窗棂，纵身跃至水缸边，将那漂亮的蚌壳抢到手中。恰这时，那女子端着米盆回到厨房，一见有人慌张得掉下米盆。见蚌壳握在河豚手中，只好跪下求情：“大哥，请把蚌壳给我吧，还请把我放到湖里去。我到了你家，念你孤身一人，同情你，帮你做好饭菜，好多出时间多挣些钱，早日成家立业，别无其他歹意。”那女子说完仍然跪地不起，河豚见状，只好弯腰去扶。也就在这时，河豚鼓足勇气说道：“妹妹，你这么贤惠善良，我真舍不得让你离开。我今年也有二十有二了，求你，求你嫁给我吧，我会好好待你的。”那女子低头边听边偷偷用眼睛斜了几眼，正是：膀大腰圆彪形汉，皮肤黑黑透红光，方面大耳高鼻梁，满面春风吉祥像。心想，事到如今，也就只好如此了，于是便羞答答地以笑默许。当晚，河豚与那女子婚配，洞房花烛，亲密无间。第二日，阳光从窗外透进洞房，豚问美女，若乡亲邻里问起你，我怎么说好？那女子边对镜梳妆边微笑地说：“就说我是湖对岸亲戚家的小表妹，名叫蚌姑。”河豚高兴地抱着她说：“多伶俐的妻子，就依你说的。”河豚有了娇妻的消息一传十，十传百，第二天半上午，上门看蚌姑的人就川流不断，大家说说笑笑，都说河豚有福气，找了这么个漂亮的妻子。

第二年春暖花开时，蚌姑生下个白嫩嫩、胖乎乎的儿子。河豚喜得贵子，甭提有多高兴，邻里和亲戚朋友都来送礼庆贺。三朝这天，河豚大摆酒席，连讨饭的叫花子碰上，也请之入席。这天中午，正值大家推杯把盏热闹非凡时，天上突然乌云翻滚，狂风大作，不一会儿就下起倾盆大雨。蚌姑见娇儿大声啼哭不休，心里猛然一惊，料定这是湖那边莲花地的莲花仙女在作难，想置娇儿于死地。她叫河豚传话请宾客不要慌乱，又要河豚速去李爹庙，求老方丈在黄表纸上念七道金刚经后取回表纸，又令人去内湖摘一柄大荷叶，并借来一只大木盆。待河豚归，她叫河豚咬破左手中指，将血滴于黄表纸和荷叶上，然后将娇儿放到垫有黄表纸与荷叶的木盆中。顿时，只见娇儿停止啼哭，风也停了，雨也住了，天空现出蔚蓝。众人见状，面面相觑，觉得奇怪。

一晃几年过去，娇儿长得十分可爱，大头大脑，大手大脚，河豚十分欢喜。因两耳大，河豚给起名叫牛耳。蚌姑纺纱织布勤俭持家，河豚捕鱼种田忙上忙下，家庭日子逐渐宽裕起来，河豚脸上流出红光。

一日，河豚背着布匹、干鱼片，很神气地走在安芯桥上，不一会儿工夫就到了双店街。赶集的人很多，人们见他的布结织得平整结实，鱼片肉质好且干，便都去买他的，不到半个时辰，一挑子货卖个净光。转背回家时，猝然一股诱人的酒香扑入他的鼻孔。自与蚌姑成亲以后，他没有上过馆子，今日荷包里有钱何不进去坐坐？这么想着，便向酒馆迈开步子。他落座后，要来“四碟八盅”，便自斟自饮起来，还不时地朝周围桌子张望，摆出一副洋洋得意的样子。对面桌上是几个大汉在猜拳喝酒，手舞足蹈的，大碗大碗地干，那劲儿可够痛快。左边桌上，端坐着几个文静的人，小盅慢饮，赋诗吟文，风雅极了。而右侧的酒桌上，是几个着官服的胖子，大嘴大腮的，桌旁站着一个卖唱的妞。一肥汉一手捏着酒盅，一手将筷子有节奏地在桌上点着：“小妞，再唱一曲，就唱那潘……潘金莲。”他说着，嘴角上的油珠濡润了一腮。河豚的“四碟八盅”下肚，已是酒意朦胧，大肥汉子醉歪歪地听小妞唱曲，他看在眼里，很是羡慕，离开酒馆，他一脚高一脚低地往家转。上了安芯桥，肚里发烧得直想水喝。于是便走下桥墩，俯身捧水。起身时忽见前面桥墩边，亭亭玉立地站着一女子。女子着一身绿纱裙，眉目俊俏，体态婀娜，多情的眼神里放射出一种诱惑人的力量，同时又透出她心中好像有什么心事要向人倾诉。河豚看着看着，心热酒热，觉得她美貌非凡，简直是天仙。他干脆直勾勾地向那女子看去，而那女子不羞不臊，两眼也火辣辣地盯着他。四目对视，河豚的魂早已让那美妇勾走，他三步并作两步地跑到美女跟前，来不及施礼就问：“大姐，家住何方，为何在此？”那女子目不转睛甚至是贪婪地看了河豚一会，见他确是位身体魁梧模样周正的大汉，心中好生欢喜，于是甜着嗓子道：“小女是湖上游莲花地人氏，名叫莲姑，我来这里是等候一个人的，老等不来，却来了你，嘻嘻，你说怪不？”她移动步子，凑近河豚，索性撒娇起来：“大哥，天色不早，小女子回家多有不便，请求大哥送我一程。”这是河豚巴不得的事，他一连点头答应。

晚霞把嬉子湖照得金光粼粼，湖边的垂柳在徐徐的晚风中轻轻地摆动着，成双成对的野鸭在芦苇边戏水，一只失群的小鸟在湖的上空啼叫。莲姑在前，河豚尾后，他们一边走路一边唧唧哝哝交谈，一路上好开心。不知不觉地到了莲花地，莲姑用手指着前面对河豚道：“我家就在那儿。”河豚张目望去，一片绿色的荷叶尽头，有座绿树掩映的村庄。荷叶上挺立着数不清的荷花，有粉红、玉白、鹅黄等色，让人看了目不暇接，心旷神怡。河豚却无心欣赏荷花美景，正欲说点什么，莲姑又道：“我家到了，那高房子就是。”自与莲姑相识，河豚一直如醉如痴地沉浸在迷梦中，此时莲姑一说到家了，倒使他浑身一阵颤抖额上冒汗，他猛然想起蚌姑早上说的话，赶完集早点回家。可是，他已经在外面混上一天了，并且现在还在外头。他神色有些慌张地对莲姑说：“送你到家了，我也该回去了。”这时莲姑走近家门，笑着说道：“哟，大哥，你送我一路辛劳，我还没谢你呢。即到家门，何有不进之理？”说着手拉河豚进屋。河豚想想，坐坐无妨，也就半依半就地随莲姑进了屋。一杯茶还没喝完，莲姑就端上一桌美酒佳肴。河豚的酒虽然刚醒，可此刻闻上酒香又耐不住了，喝就喝吧，今日痛痛快快地一醉方休下不为例是了，便举起酒盅要和莲姑来个一口干。两人对面坐着，轮番把盏，眉来眼去，含情脉脉。酒过数巡，河豚已是无拘无束无话不说了。大约又喝了三四盅，便身不由己地醉歪歪地倒在桌上。莲姑见状，心中欢喜，连忙把他扶到房内床上。莲姑酒意也有八分，此刻不由心涌春潮，动心动情，她用手抚摸着他那宽厚的胸脯，继而又用脸贴着他的胸口，闻着她久盼的只有成熟男人才有的那种气味。正用手解他的衣扣，忽听堂屋桌上乒地碗响。缩回手转身到堂屋，原来是邻居家一只大花猫偷桌上的鱼吃，撞翻了碗。莲姑唉地一声，边收拾桌子边骂："该死的猫，让我扫兴！"莲姑忽然想到，何不赶快做个莲籽汤给河豚解酒，便连忙去取莲籽，不一会工夫，她把一大碗莲籽汤端到河豚面前，扶他一饮而尽。然后熄灯上床，放下帐子。这时河豚酒醒，知莲姑解衣，露出柔嫩肌肤，散出诱人体香，浑身热血顿时沸腾起来，一把抱住莲姑，吻得死去活来。莲姑如同久旱逢雨，一夜狂欢放荡不已。天气微亮，河豚起床要走，莲姑依依不舍，拉着河豚的手苦苦求道："大哥，定要常来看我。"河豚连连点头，走了一段路还回头看了莲姑一眼。

话说蚌姑这天，中午候河豚回家吃饭，候到半下午也不见人影。又候到傍晚，直至天黑也不见人归。她急了，心想，他从不在外多呆，更不会在外住宿，那么，他人到哪里去了呢？她候河豚两餐，没候到河豚自己也就两餐没有吃饭。她想出门去找，可是，夜色茫茫，她上哪儿？她无声地流着眼泪，把牛耳哄上床，就端张椅子依门坐下。她等了一夜，眼泪也幽幽地流了一夜。第二天一早，她给牛耳穿好衣，带他上厨房洗脸时，河豚回来了。蚌姑边给牛耳洗脸边笑着对河豚说："昨天你没回家，我担心有人盯上你的钱呢。"河豚靠到椅上打着哈欠说："那点钱算什么？我在街上遇上了一位小时的朋友，便上了光四虎的酒馆，喝喝酒，吃吃饭，玩玩牌，天色晚了也就没回。这不，怕你着急，一大清早就赶回来了。""你何不把朋友带到家里来玩玩？"蚌姑边拧毛巾边问。"我可没有那么多钱输给人家。我的那位朋友什么都好，就是有点好赌。""这么说，昨天你输了？""嘿嘿，不输也不赢。啰，这卖东西的钱不是全在吗？"河豚把腰包里的钱全部掏给蚌姑，又说："我只是陪着玩，痛痛快快地玩了一天一夜。"河豚说完，强打着精神，但还是打了一个呵欠。蚌姑见状，不知气好还是笑好，她耐着性子语重心长地说："偶尔与朋友玩回把牌应酬应酬是免不了的，但不能成瘾。”蚌姑边说边把热水毛巾递给河豚，“看你这一夜，眼圈陡然青了，人也瘦了不少。”蚌姑还待说话，河豚却厌烦起来：“你少啰嗦点不行吗？我就这一次是了。”说完，索性上房内倒床便睡起来。

不到十天，莲姑想河豚想得望眼欲穿，茶饭不思，夜不能寐。后来，她干脆上双店街去找，上安芯桥去守。这一日，河豚赶集，终于被莲姑拉去过夜。河豚第二天回家，仍对蚌姑编造了谎言。后来就是不逢集的日子，河豚也要找由头拐着弯儿上莲花地去。甚至趁湖上捕鱼，也偷偷地与莲姑相会。

河豚身子消瘦，脾气变坏了，对蚌姑百般挑剔，竟连最心爱的儿子牛耳，也常遭到他的打骂。邻居们都说河豚不是，但又不好在蚌姑面前说破。其实，蚌姑心里是有底的，常背人偷偷地流泪。她不是舍不得离开河豚，而是舍不得娇儿牛耳，他正读书，她希望他勉成大器，皇榜有名。她是在忍耐中等待，在等待中忍耐。

又过一年，河豚恶习不改，染病在身，不像人样。蚌姑看在眼里仍然疼在心上，念其一日夫妻百日恩，她到湖中取来七颗珍珠，买了几味稀世珍药，熬汤给河豚调治。在蚌姑精心的疗理下，河豚身子逐渐转好，直到康复如初。河豚很受感动，他跪着对妻子说：“以后要是再干那种见不得人的事，天打五雷轰，不得好死！”蚌姑扶起他说：“夫君能痛改前非，也就是了，莫要说不吉利的话。”

夫妻感情好了半年，不知因何缘故，河豚旧病猝发，又被莲姑勾去，且染上赌瘾。输了，就回家拿银子或是卖东西，后来竟连牛耳读书的银子都要蚌姑交出来。蚌姑心如刀绞，她含泪规劝丈夫洗手不干了，河豚不但不听，反而用脚踢起蚌姑吼道：“老子就是要赌，要输，你若再说，连你也给输掉！”蚌姑心寒了，见河豚又用茶碗边磕着桌子边嘲弄她“磕、磕、磕你妈妈臭湖壳；咚，咚、咚你妈妈蚌壳精”时，她再也忍受不住这人身侮辱的打击，心剜流血了。她咬了咬牙，脆快了当地说：“好吧，我把剩下的银子全部交给你，你把蚌壳还给我！”河豚骄横一笑道：“好，我交蚌壳，你交银子，一手交猫，一手交鸡，一言为定。”河豚从床脚石头下掏出用黑狗血染的红丝布包裹，蚌姑从水缸边挖出一个瓦罐，两个来到堂中交货，刚刚交接完毕，猛然晴天雷声隆隆，乌云翻滚，狂风怒吼，一刻工夫就山崩地塌般地下起滂沱大雨来。

据百姓说，那次风雨虽然很大，却没给百姓造成任何损失。风雨中，东海龙王派员把蚌姑接回龙宫。蚌姑治湖政绩虽然不大，龙王却没有责怪她。因为蚌姑毕竟享受了一番人间的乐趣，体会了一番人世间的世态炎凉，而这，恰是龙王与凡间打交道所必须了解和掌握的平时很难得到的东西。河豚气走了蚌姑，后悔不已，他依门向湖心望去，心里喊道："蚌姑妹妹，你回来吧，回来吧……"可是晚了，蚌姑妹妹永远也不会回来了。他病了，不久，就命归黄泉了。李爹庙的老方丈领去牛耳，教他读书习武，好好做人。牛耳勤奋好学，聪颖过人，乡试会试，每考必中。后来京师廷试，一举夺魁，深得皇上器重，授予礼部尚书。不久，牛耳回故里嬉子湖黄盆咀，捐银大修李爹庙。年已九旬的水晶智星长老详细告诉他父母身世。牛耳异常思念母亲，令人用竹条丝布试着扎了一只湖蚌，叫一美女钻进，用双手撑着蚌壳边走边张边合。人们看了，活像一只真湖蚌在水中自由驰骋。接着又扎了十二只湖蚌，请来民间乐队排练湖蚌舞。按照水晶智星长老选定的日子，牛耳尚书在庙前搭起了高高的祭台，供上香炉三牲，为母亲举行了隆重的祭祀。仪式完毕，民间乐队就跳起了湖蚌舞。观者从未见过这种舞，一个个赏心悦目，称赞叫绝。

后来，嬉子湖百姓为纪念蚌姑，祈祷东海龙王保一方平安，逢年过节，都要跳这种欢乐而又令人遐想的湖蚌舞。

（选自《中国故事集成·安徽卷·桐城分卷》1997年12月）

王建华

天　赐

建民最初的名字不是建民，而是天赐；由天赐更名为建民，是他出生百日以后的事。

建民出生三个多月时得了一场病，民间称这种病为“百日咳”。这种病在现在看来根本算不上什么大病，但在当时真是差点要了他的小命。他先是咳嗽，后是高烧，再后来转成了急性肺炎，抽搐、昏迷、久烧不退。当时医院已经没有办法再给他降温了，除了用药，最后只好采用了物理降温的办法，在他前后左右都放了冰块，在他病床下面也放了冰块。他奶奶一进病房便晕过去了，一个才一尺多长的孩子，头皮里扎着输液的针头，鼻孔插着氧气管，前后左右都放着冰块，看见这阵势，老人怎能受得了。

那时他一家人都以为这孩子不行了，他母亲先是小声哭泣着，到后来实在是忍不住了，便放声大哭，我苦命的儿啊我苦命的儿啊。没想到昏迷了数日的小天赐竟然在母亲的哭声里醒了过来，他睁开眼睛，偏过脸朝母亲看去，接着便“哼哼唧唧”地哭起来了。

天赐出院以后，他母亲总是惊魂不定的，有天晚上她对他爸说，咱天赐真是拣了一条命啊，往后就给他叫“拣命”吧。她听人家说了，小孩太娇贵了不好养，取个“贱”名字反而“泼皮”，好养。他爸问，那天赐呢？天赐这名儿也是你起的啊。她母亲说天赐留在家里悄悄地喊，到外面了就喊他“拣命”。他父亲想了半宿，天快亮时喊醒了妻子，他说还是叫建民吧，建设中华人民共和国，好听，上口，既能喊得出去，意思也在里面了。他母亲想了想，行。

他父亲是一所小学的校长，咬文嚼字是他的强项。于是建民便成了天赐的学名。

马建民，男，1951 年 8 月出生，乳名天赐。

建民的童年是欢乐的。而最能体现那欢乐的，便是一柄紫色的降落伞。

那一天他骑在父亲的颈项上，在熙熙攘攘的人群中朝前走去。直到现在他还深刻地记得那个街口的名字是“四牌楼”，只是已经记不清是合肥的“四牌楼”还是南京的“四牌楼”了。他记得他在父亲的颈项上似乎听见“啪”的一声脆响，接着便看到一道紫光冲天而去，那紫光在天空稍作停顿，便亮出一朵“蓝边碗”大小的伞来。那伞摇摇摆摆、飘飘洒洒自天而降，而就在那伞从眼前滑过的瞬间，他看见那伞的下面竟然有一个全副武装的小兵。那小兵荷枪实弹，一身绿衣，帽子上似乎还有一架风镜。他惊喜地拍打着父亲的头和脸，阿爸阿爸阿爸——。他父亲抓紧了儿子的小手扬起脸来，父子俩在人群里看着那朵紫色的降落伞在金色的阳光里一毫一毫落在地上。建民看见远处有两个和他差不多大小的男孩像鱼一样在人群里朝那降落伞的落点游去。那两个孩子把伞套进一只管子里，然后又是“啪”的一声脆响，那道紫光又朝天空飞去。

建民贴近了父亲的耳朵，阿爸，我要那个——。

那个很贵的，父亲说你不是要吃烧鸡吗，要了那个就没有烧鸡了。

建民把小腰猛一挺坚决地说，我要那个！

父亲被他搂得差点背过气去，你手下轻一点好不好，你要是勒死了我就没有人带你回家了？

建民放松了勒在父亲脖子上的手，坚决地说我要那个！我就要那个！

最后父亲还是嘿嘿地笑着妥协了，要那个就要那个吧。说着便把他扛进四牌楼旁边的一家商场里。在那家商场的玩具柜台前面，建民双手扒着柜台玻璃，瞪着两只圆溜溜的眼睛，用贪吃烧鸡一样的目光看着父亲如何从那亮晶晶的铁管里抽出那朵伞，又如何把伞叠起来按进亮晶晶的铁管里。眼前的这朵伞比在父亲颈项上看见的那朵要丰富多了，他看见紫色的伞面上很规则的布满了黄、白、蓝色的圆点点，而那小兵的腰间却缠着子弹做成的腰带，那横在肩上的竟是一柄精致的卡宾枪。

建民欢天喜地地拉着父亲走出商场，他根本没有想到还要做些什么准备便朝天按动了亮晶晶铁管上的机关，“啪”一声脆响，一道紫光像箭一样从人群里扶摇直上朝天而去，然后伞打开了，然后那小兵双手牵着伞飘飘摇摇地落下来。

建民拉着父亲顺着降落伞飘落的方向猛跑，但是那朵伞飘着飘着，最后竟然落在马路对面一棵巨大梧桐的树梢上。建民心里忽悠一下，眼泪便如泉水一样涌出眼眶。父亲说别哭别哭，说着就脱了鞋袜光着脚爬到树上。建民知道父亲总是会有办法的，因为在过去的生活经验里，父亲总是设法让建民的许多失望变为欢喜。但是那天父亲实在没有办法把那朵张开的降落伞从树梢上弄下来，最后建民失望地坐在地上踢腾着两只小腿叽哩哇啦地哭起来。

他的哭声吸引了许多行人，人们不知道这个男孩为什么坐在地上哭闹，等他们弄清了事情的原委以后，就有人用斥训的口气对他说话了，这小孩真是欠揍，你自己把降落伞玩到了树上，怎么反倒难为你爸爸呢？正说着父亲从树上下来了，建民用惊恐的眼神望着父亲，不知道将会遭到如何的发落。但是父亲并没有被众人的情绪所影响，他还没来得及穿上鞋袜就把建民搂到了怀里，儿子，我再问你一遍，你究竟是吃烧鸡还是要降落伞？建民说我不要烧鸡，我要降落伞！父亲一咬牙抱起建民，好！降落伞！于是又买了一柄降落伞，而且还咬咬牙又买了一只烧鸡。父亲撕下一条鸡腿递给建民，你知道吗，你已经吃了两只烧鸡了。我没有，建民说我没有。父亲说一个降落伞就是一只烧鸡，两个降落伞不就是两只烧鸡吗？

那次他们原本是去为家人购买衣物的，结果父亲没有为自己买一件东西，而是把为自己购买东西的钱买了两个降落伞一只烧鸡。那天父子俩坐火车从那个城市回来，父亲竟然连公交车都没舍得坐，硬是扛着建民从火车站走回家里。

从此以后，建民就在父亲所在的那所学校里放飞他的降落伞。半年以后的一个中午，那朵降落伞从建民的手里划出一道紫光飞向半空，而就在它撑开紫伞向下降落的时候，不提防空中忽然一阵风起，降落伞被吹过围墙，最后不知落到什么地方去了。那时建民已经不再像半年前那样撒泼放赖了，但是失去了心爱的降落伞，他心里难免有些失落，一想起给他带来许多欢乐的降落伞就这样无影无踪了，他的泪水又涌了出来。父亲回家时正好看见他在哭鼻子，父亲心疼地把他搂进怀里，父亲说丢了降落伞当然不是一件让人高兴的事，但是你也没有必要哭啊，你想想，有许多孩子连见也没有见过这种伞，有的孩子虽说见过了，但是也没有玩过，你是见过了，也玩过了，你比那些孩子不是强多了吗？再说你马上就要上学了，如果这把伞还在你手里，你肯定听不进老师讲什么，你的心思肯定不在功课上，你肯定要吃老师批评的。现在这把伞丢了，你可以一心一意读书了，你说你伤心，我说应该高兴才对。你想想是不是应该开心？建民想想父亲说得在理，便点了点头，止住了泪水。

于是建民在父亲和家人的呵护下继续往高处长去。

但是，在建民读小学二年级时家里发生了一些变故。不知从什么时候开始，父亲病了，建民放学回来，隔着多远就能闻见家里飘出的浓浓甜甜的中药味。父亲总是躺在床上，人一天比一天消瘦，到了最后，父亲的脸上只剩下乱蓬蓬的头发、长长的胡子和深陷的眼窝了。后来某一天，他突然被舅舅从学校接到家里，很远很远他就听见了母亲“嘤嘤”地哭声，进门后看见父亲安安静静地躺在床上，舅舅让他跪在父亲跟前，这时他感到了父亲的鼻息，他感到父亲的鼻息就像一根游丝在风中飘荡着。建民感觉着父亲似乎想对他说些什么，但是父亲嘴唇颤抖着始终没有说出什么，父亲艰难地抬起手抚在他的后脑勺上，紧紧地盯着他看，然后那只手垂落在床沿上，然后奶奶走过来，奶奶颤抖着把手盖在父亲朝他紧紧睁着的眼睛上，然后全家爆发出撼天动地的哭声。

父亲在弥留之际始终没有对他说出什么，但是父亲事先给他留了一封短信。父亲在信上写道：儿子，我把你奶奶、你妈妈、还有你未出生的小弟或小妹妹就托付给你了。记住，凡事想开些！现在说这个你可能还不懂，但是你要记住，无论遇上什么事都要想开些。

那一年建民九岁。

有天夜里，建民被母亲的哭泣声惊醒了。那好像是个月圆之夜，月光从窗外照进屋里，白花花的月光霜一样铺了一地。建民看见母亲披件单衣靠在床头，母亲喊着父亲的名字说你好狠心啊……，你就是再急，也要等到我怀里的孩子出生啊……，你撇下我们孤儿寡母的，你让我们怎么活啊？建民摸索着坐起来依偎进母亲的怀里，他说阿妈你别哭了。母亲搂住建民，儿啊，妈妈是可怜你，你才九岁就没了爸爸，还有你弟弟，他连见都没见过你爸爸啊。这时建民想起了父亲留下的那封短信，建民说阿妈你别伤心，我没了阿爸是可怜，可是我还有你还有阿妈啊，我比那些没妈的孩子是不是强多了；你没有了我阿爸，但是还有我啊，听奶奶说我还会有个小弟弟呢，比起那些没儿没女的人，你是不是强多了。母亲听罢此言，心里一惊，她没想到一个九岁的孩子竟能说出这样的话来，她把建民搂到怀里，儿啊，有了你，妈妈就不伤心了。

半年以后，建民的遗腹子妹妹出世了。母亲整天忙两个孩子，家里外面忙忙碌碌，丧夫的悲痛在忙碌中渐渐淡去，看着一对儿女，她枯槁的脸上也有了笑容。其间，也有人上门劝她改嫁，她上看看婆婆、下看看儿女，上牙朝下牙一咬就拒绝了，硬是把个上有老下有小的苦日子过得红红火火。

但是好景不长，不知怎么的家境就渐渐窘迫起来。建民先是发现饭食越来越差，后来几个月也难得见到一块肉，再后来稀饭越来越稀，根本就吃不上干饭了。家里也没有余钱做衣服了，一家人穿的补丁摞补丁，建民的书包破了也没有钱买新的，奶奶还是拆了她自己衣裳的口袋才帮他补了书包。

许多年以后建民才知道，那是三年自然灾害。但是在当时他母亲实在是支持不住了。父亲去世，家里失去了顶梁柱，而母亲在纺织厂上班，工资低，生活又重，还要养着两个孩子养着婆婆，母亲把家里的一点积蓄和存货都拿去换了粮食，变着法子维持一家人的生计，到了最后还是吃了上顿操心下顿，糊过了今天糊不过明天，她感到精疲力竭，望着空荡荡的家，竟生了绝望之念。母亲对建民说，儿啊，我是舍不得你们啊，要是我一个人，我早就买包老鼠药把自己“闹”死算了。

听罢此言，建民一把将母亲的脖颈搂紧了，他说阿妈啊，我们没有干饭，可是还有稀饭，没有新衣服，总还有旧衣服，家里卖完了，总还有房子住。你看那些讨饭的人家，白天讨一家又一家，讨一口才有一口，到了晚上他们就睡在大街上，能睡到屋檐下面不被人家赶走就不错了，和那些讨饭的人比比，我们是不是要强多了。

母亲再一次被儿子的话所惊醒。她没想到一个十一二岁的孩子竟然说出这样的话来，她从儿子的身上似乎看见了丈夫的影子，她觉得儿子真的是长大了，她觉得儿子讲得在理。可不是吗，比上不足比下有余，度灾年的日子虽然很苦，但是比比那些逃荒的人家，我们的日子确实是好过多了。从此以后，她再也不提老鼠药的事了，定心定意地拖儿带女，一日一日捱过那难熬的日子。建民放学以后，就带了妹妹去火车站拣煤渣，去郊区农村收割以后的田地里拣那些遗失在田地里的粮食。那一年冬天他跟人家学会了掏田鼠洞，只要掏到了田鼠洞，总能弄回些黄豆、玉米之类，有一回他竟然掏回了十来斤黄豆。奶奶把那些黄豆淘尽晒干，炒着吃，煮着吃，吃得妈妈和奶奶消了腿上的浮肿，吃得建民和妹妹小屁嘣脆，沉闷的一家人终于有了笑声。

苦日子一日一日熬过，建民也一日一日长大，看见儿子一天比一天强壮，母亲心里也有了指望。如果说小时的建民是母亲的希望，成人后的建民便成了母亲的依靠。然而，就在母亲盘算着以后幸福生活的时候，知识青年上山下乡了。建民临走的时候，母亲和奶奶竟然都抽抽答答地落泪了，母亲说你才十七岁，还是个孩子呀，你到农村怎能吃得了那份苦啊？建民知道母亲舍不得他，可是他一时又想不起应该怎样安慰奶奶和妈妈，“凡事想开些”，他又想起了父亲的话。阿妈，他瓮声瓮气地说我已经十七岁了，听奶奶说阿爸参加新四军的时候比我还小呢，再说这次下放，比我小的还多着呢，还有十五岁十六岁的呢，比比他们，我还算大的。母亲说我是担心你吃不了那份苦。建民说苦不苦，想想红军两万五，累不累，想想革命老前辈，再说，我饭量老大，我在家里一个人吃了你们三个人的粮，现在我下放了，自己养自己，你们也能吃一口饱饭了。这句话倒把母亲说笑了，吃、吃、就知道吃，我们家就你一个男人，我们就是把嘴扎起来也要你吃饱啊，我宁愿天天吃不饱，也要你天天在我身边。母亲虽然嘴上这么说，但在此时，眼泪已经没有了。

建民下乡以后，很快便适应了农村生活。春种秋收，插秧割稻，最重要的是他学会了用牛，农村许多小青年乍用牛都不知道应该从哪个方向下犁，但是建民看看就会了。他不端“架子”，也没有什么优越感，也不像别的知青那样总想显出与农民的不同，他在很短的时间里就学会了一口当地话，能熟练地用当地话与贫下中农交流，因此就很有人缘。他有一身好力气，又有初中文化，又会用牛，又会讲本地话，很快也就成了生产队里的“整”劳力。他小日子过得也不差，养了鸡，养了鸭，还养了一头猪，有了空闲便去他的自留地里忙，把个小菜园子伺弄得四季常青风光无限，吃不完的就晒干了或是腌起来带回家去，小日子虽然不富，但是也很充裕。

就这样悠哉游哉三年过去了，而那时城里也开始松动了，有的知青已经上调回城了。看见别人回城，建民心里很是羡慕，但是和那些回城的人一比，他觉得自己又有些逊色了，那些人都是能说会道经常抛头露面的人，而自己从下放头一天起想的就是干活、挣工分、过日子，既不出头也不露面，甚至不知道大队书记是谁，当然大队书记不知道他是谁也就是很正常的了。既然比不过那些人，他就抱定决心，等等吧，总会有机会的。

就这样一等二等，一晃又是三年。那时他看看前后左右一起下放的同学，一个二个陆陆续续都活动回城了，他心里有点急了。后来一打听才知道，上调回城是要凭关系的，你累死累活干三年，不如上面递一张条子说两句美言。但是建民没有过硬的关系，他是“寡妇睡觉上面没人”，所以也就没有人帮他写条子、打电话，所以他也就只好在农村等机会了。

春节回家，老娘提起他上调回城的事时眼睛又潮了。建民舍不得母亲为他落泪，看见老妈妈为他流眼泪，他就感到欠了她的。建民说老妈，比起那些回了城的人我是差了点，但是和那些一年只有半年粮，吃饭全靠酱油汤的人相比，我可是强多了，我在农村有吃不完的粮，吃不完的菜，吃不完的油，就是不回城又怎么样？母亲说你已经二十三岁了！建民说二十三岁又怎么了，和那些二十七八岁还在乡下没着落的人比，我还是小的呢。母亲起先一直担心儿子会埋怨她没本事没关系，现在看见他一点也没有怪罪她的意思，她也就想开了。然后一家人欢欢喜喜过新年，老老小小欢言笑语地享用着建民带回来的鸡鸭鱼肉和各种土特产。正月十五过后，建民也没在城里多待，又回农村挣工分去了。

一晃又是三年。这时，从建民到他母亲都觉得不能再等了。那一年正好恢复高考，建民也报了名，可他什么也没考上。后来听说办“病退”可以回城，于是他母亲下决心跑居委会跑街道跑医院，跑了几乎一年时间，总算给他办了“病退”回了城。回到城里才知道，找工作也不比回城容易，好单位他也进不去，最后只好进了街办的澡堂子当了锅炉工。母亲对他这份工作不满意，但是又怕说出来他心里难受，于是天天唉声叹气，总觉得对不住儿子。建民知道母亲为什么叹气，就过来劝母亲，妈啊，我也没有什么文化，能有这份工作就不错了，和现在还在农村的那些同学比，我真是好到天上去了；我在农村十天还洗不上一把澡，现在我是一天能洗十把澡，还有你们，想洗就去洗，想洗多久就洗多久；再说我干的这活吧，冬天也不冷，夏天虽说热点，但是夏天没什么人去澡堂洗澡，夏天我上班就是放假，你说这样的好事上哪里去找去？母亲听了他这番话也觉得有些道理，又看见他整天乐呵呵的，也就不再自怨自艾，心情恢复如初。

建民虽说有了工作，但他紧接着又遇上了一个新问题：婚姻问题。他在农村时遇到过不少媒婆给他说过亲事，但那时他担心找了农村姑娘有许多问题不好解决，所以也都一一谢绝了；再加上他这个人脸皮薄，憨厚，一心只想着挣工分干活过日子，也没有与同学们尤其是女同学们多走动，所以也没有和在一起下放的女同学里谈上对象。现在虽说回城了，但是工种不好，人家一听说他是烧澡堂子的，便把头摇得像拨浪鼓一样。就这样一来二往，转眼间他又过了29岁生日，他母亲急得如同热锅上的蚂蚁，天天托人给他介绍对象，可是和他年龄差不多的，早已当了妈妈，而那些待嫁女子，又与他年龄悬殊太多，再加上他的工种不好，他几乎是面临着打光棍的危险了。

一日，街坊宋妈来，说是她有个远房侄女，刚满二十五岁。那女子曾经见过建民，她愿意嫁过来，而且提的条件也很低，美中不足的是那女子是附近农村的，还结过婚养过儿子，不知建民中意不中意。建民娘先是一喜，等弄清楚那女子的根底后便有些犹豫。宋妈说那女子离婚不是因为别的，是因为那男人好赌，赌输了便回家打老婆；虽说她有个儿子，但是判给了对方。建民娘犹豫了几天，答应吧，便有些为儿子可惜，不答应吧，又怕失去了这个机会，于是就和建民商量。建民也不知道应该怎么办。宋妈说看看再说吧，于是就把那女子喊来了，事先并不跟她说，而是领着她从建民家门口走了一趟。那女子丰乳肥臀，慈眉善目，虽说是乡下女子，但是看着倒也顺眼。建民娘便有几分同意了，但是一想到她是农村的，又结过婚，又养过孩子，便感到有些对不起建民。建民早已看出了老娘的心思，他说我的条件也就这样了，像我这样条件的人能娶上这样一个媳妇也就不错了，拿我和世上那些光棍汉比比，我还不是烧了高香了？她养过孩子，这说明她身体没问题，这样我会有个孩子，你也会有个孙子，这比人家娶不到老婆绝了后的不是要强多了吗？母亲听了儿子的话，觉得也有道理，便放下了那份歉疚，高高兴兴地做起婆婆来了。

那媳妇勤快，能吃苦，里里外外的活儿都抢着做，根本用不着婆婆伸手，又孝顺老人，体贴丈夫。但是也有不如意，她不能常在城里住，她是农村户口，在城里根本找不到工作，因此她一年的大部分时间还得在农村做活，而且遇上农忙的时候，建民还得到乡下去帮她。到农闲时，农村里的亲戚好进城，一来就是一大群，来了就少不了要留他们吃饭；他们还不讲卫生，随地吐痰，所以农村人一来邻居们都笑话。逢上这时候建民的娘就有些不舒心，因此就免不了在背后对建民唠叨媳妇。建民说如意事无二三，不如意事常八九，天下的事情啊都这样。我媳妇她是农村人，不大有时间来服侍您，农村人又不懂规矩，想想这些吧是有些不太称心，但是她听话、懂事、孝顺，你比比我们这条巷子里的媳妇，不如她的太多了，东头的谁谁谁家，进门就要三金三银，西头的谁谁谁家，骂婆婆打婆婆，把婆婆赶到屋山头的“披厦”里住，比比她们，我媳妇是不是要强多了？再说农村里的亲戚，哪一次也没有空着手来，挑来的是新米，拎来的是香油，他们抓来的鸡也比市场上买的鸡要好吃些是不是？母亲前想想后想想，不比不知道，一比就想开了，再看到媳妇和她的那些农村亲戚也觉得顺眼多了。

建民和他媳妇感情很好，大喜过后第十个月零六天，便添了个白白胖胖的女儿。他媳妇一见是个女孩，当时就不敢抬头看人，然后一直提不起精神来。过门以后，婆婆经常跟她唠叨，说从建民他爷爷他父亲到建民，他家几代单传，言下之意就是希望媳妇为她添个孙子。婆婆一心盼个孙子，谁知道还是生了个女孩。为此她心里一直过意不去，还想再生，但是按照计划生育的规定她是不能再生了，因此她心里就有些歉疚，很是觉得对不起建民的疼爱。有一天她看见婆婆抱过别人家的孙子又是亲又是咬的，就扒在建民的肩头上，一边哭一边埋怨自己：我怎么这么不争气呢，我怎么这么不争气呢。建民见她哭得鼻鼻洌洌的，竟然笑出了声，他把手在她背上拍了拍，嗨——嗨——什么争气不争气的，我觉得你还真是个很有能耐的女人呢！世上有许多女人，根本就不会生，别说让她生了个女儿，你让她生个什么她也生不出来，你就不一样了，你生了女儿，其实你也是生过儿子的，比起那些不会生的女人，你真是能耐大了。他媳妇抬起头说你是有意宽我的心吧？我天天都在埋怨自己，怎么给人家养了个儿子，偏偏给你生了个女儿呢？建民说女儿怎么了？女——儿、女——儿，女儿就是女儿子，女儿也是儿，现在我们有了女儿，她长大以后我们就有了女婿，日后我们老了，女儿女婿回来，左手一只鸡，右手一只鸭，背上还有个胖娃娃，又是酒又是肉的，多舒坦？他这一番话说得妻子破涕为笑，抱住建民的脖子又是亲又是咬的，直到眼泪鼻涕糊了建民一脸。

女儿渐渐会满地跑了。女儿长得愈来愈像小姑，她最亲的当然也是小姑，两人本身就是血亲，因此相互之间自然就有着说不尽的亲近。那孩子恋小姑恋得紧，一日不见小姑就唧唧哇哇地闹，好在小姑从学校毕业以后分到了银行，就在巷子对面的分理处上班，每到她要小姑的时候，奶奶就把她领到分理处，去看小姑上班。有天晚饭后她又来缠小姑，小姑正好晚上有事，一听说小姑有事，她就哭着跑到奶奶跟前，小姑不要我了，小姑不要我了。奶奶说小姑怎么会不要你呢？小姑她有事，小姑长大了，小姑也有自己的事了。

奶奶说的不错，小姑长大了，小姑开始处对象了。

小姑姑虽然生下来没有见过父亲，可到长大了，眉眼愈来愈像父亲。苦日子里泡大的孩子，不知怎么的就出落得水灵灵的，从来不施粉黛，却比人家化了妆的还要鲜亮。她脑后绾一只马尾巴，肩一只小包，回头跟小侄女拜拜，然后马尾巴一摇一摆地走了。下班回来第一件事就是将小侄女搂到怀里，总能从小包里掏出些好吃的。

就在小侄女天天跟小姑闹腾的时候，小姑也有二十三岁了。

一家有女百家求。最后小姑姑看中了一位中学教师。她回来拐弯抹角的跟母亲和哥、嫂说了。嫂嫂不同意，嫂嫂说嫁个穷教师太亏了，凭咱小姑这长相这工作单位，不讲嫁个高干子弟吧，至少也要嫁个中干子弟！不说嫁个大款吧，起码也要嫁个小款！他一个穷教师，出门连小偷都不肯沾他的边，你跟他干什么？老母亲也不表态，只是说姑娘大了，娘也不当家了。妹妹就把脸转向了哥哥。建民慢慢吞吞地说：不论到啥年代，教师这个行当总是少不了的，谁家不生儿育女？谁家孩子不上学？只要人还生儿育女有小孩，那就少不了教师！你听哥的，过两天把那教师领回来看看；看女婿，特别是给咱妹妹看女婿，不能看地位，也不能看钱财，主要看他对咱妹妹是不是真心，只要有真心，夫妻恩爱苦也甜，如果没有真心，他就是金山银山咱也不嫁，咱又不是卖妹妹。

一年以后，妹妹嫁给了那个中学教师。建民看得很准，那教师人品好，本分，白天上课，晚上阅卷，棒打也不出门。小两口虽然收入不高，但是恩恩爱爱。只是有一点建民没料到，那教师大学毕业以后，一心认定了要“考研”，而他又三年不举，偏偏他又是个倔强头，越考不上他越要考，为此小两口少不了“叮叮当当”的。那教师除了“考研”，他几乎没有其他爱好，就连年初二给丈母娘拜年也觉得耽误了时间，坐了一会就说要回去复习，把妻子闪在了娘家。建民他妹妹当场就落了泪，嫁个这样男人，除了“考研”其他什么也不知道，又穷，又没有情趣，又没有人情味，还不如分手算了。

哎——，建民赶紧把妹妹的话拦住了，大年间可别胡说，依我看啊，你还真是个好命哎，咱家“眼镜”比起那些会讨女人欢喜的男人是差了点，不过天下不如他的男人太多了，就说东巷某某她男人吧，他有情趣，烟酒茶全来，一天一斤酒两包烟，某某要是开口拦一声，他拿起菜刀就要砍她；再说西巷某某她男人，他好赌，领了工资当场就拍到桌上赌了，还不起账了，就回来跟某某商量，要她陪人家两个月，结果赢家果真醉醺醺地跑到她家来了……。我们家“眼镜”不烟不酒不赌，他比他们是不是强多了？再说人活在世上谁没有个爱好呢，他爱好考试你就让他考就是了，爱好考试的人就是再差也差不到哪里去，你说是不是？

妹妹觉得哥哥说的有理。从此以后对丈夫百般温柔千般体贴，心平气和地相夫教子，再也不提分手的事了。那“眼镜”也是苦尽甘来，就在那一年考上了硕士研究生，后来又考上了博士研究生，再后来是教授、硕士生导师、博士生导师，再后来建民的女儿大学毕业后也投到姑父门下，读了姑父的硕士。当然这已经是后话了。

劝说好小妹以后，建民一家又归于平静，安安稳稳地过日子。渐渐地，建民在澡堂子里也成了师傅，当然也少不了占单位一点小便宜，比如悄悄安排家人安排“眼镜”家的人安排熟人去澡堂洗不花钱的澡；逢上用煤紧张或是天冷的时候，有意不把煤烧透，积攒了许多“二煤”带回家来。那“二煤”只是烟出尽了，热量一点也没减，冬天里生炉子，既没有烟也不呛人，又能炖火锅，一家人吃得热汗直流。建民有时也用麻袋装了“二煤”悄悄给“眼镜”送去，也为“眼镜”省点煤钱，逢到这时“眼镜”的两朵镜片对着舅哥直晃，他不停地搓着两只白皙的手说真不好意思，真不好意思。

日子就这样在不知不觉中一天天过去。也就在不知不觉间，城市开始变化了。先是大面积的拆迁，后来街道越来越宽，楼房越来越高，人们住进了单元房，在家里装了“热水器”，电热水器、气热水器、太阳能热水器，人们几乎不再进澡堂了，只有那些爱泡澡又不怕麻烦的人才去澡堂。紧接着企业开始改制，人们成批成批下岗，建民所在的这个街办澡堂子自然如汪洋中的小舟经不起一点风浪。首先是城市拆迁就把它拆了。街道把下岗人员召集起来给了两条出路：一是一次性发给 5000 元，街道给每人买养老金和公积金，以后的下岗工资就没有了，到了年龄办退休；再一是买断，一年工龄 1000 元，从此银货两讫，死生由命，皆与单位“不搭界”，俗称“两不找”。两害相权取其轻，有人选择了第一条路，好歹是单位的人，天上落馅饼的事情谁也说不准。建民考虑再三，最后还是选择了第二条路，他虽然回城晚，但是知青上山下乡算工龄，到他下岗这一年他已有 29 年工龄，拿到手就是 29000 元。建民从未见过这么多钱，自从父亲去世后，他印象最深的就是母亲和奶奶在废旧日历上记小账，一分钱对不上便长吁短叹，手里一分钱恨不能掰成两半用，就这样还是月尾接不上月头；他当家后，经常在单位互助金里借钱，借了还，还了借，就像“洪湖水浪打浪”。办完“两不找”那一天正好是个雨天，建民拿了钱就把它捂在了心口上，下乡 10 年，烧澡堂子 19 年，这就是他与单位与街道与集体的最后了结，想到此处他的眼泪就忍不住，29 年的风风雨雨，29 年的喜怒哀乐，29 年的酸甜苦辣一起涌上心头，他不想让行人看见他落泪，可是泪水偏偏又像断了线的珠子止不住地朝外涌，后来他干脆跑到被拆迁推倒的澡堂子那里，蹲下来痛痛快快地哭了一场，让雨水泪水糊了一脸。

建民下岗正是不上不下的年龄，在家闲着年轻了，出门找事又老了，他一时还真的不知道下一步应该做点什么。忽然听人说股市正“火”着，就揣了 29000 元进了证券公司。其时正是牛市，满场的股民都被热烈的气氛鼓舞着，满眼是翻牌的红色绿色，建民如在云里雾里，上不着天下不着地。这时有个熟人指点他买绩优股，还以“四川长虹”为例，说现在是 37 元，据股评家分析可能会涨到60元。建民犹豫了半天买了800股，到了当天收盘，每股涨了1元多。那天从股市回来，他一夜都没睡着觉，他不是个贪心的人，他不指望每股60元，只要每股能赚3元他就心满意足了，他抱定了决心，明天到股市只要看见了40元，不论它涨不涨都坚决出货。但是走进股市，那只股票就是到不了40元，而就在他去厕所方便了那一会儿工夫，显示屏上竟然绿肥红瘦，那只股票又跌回了37元，再一眨眼，居然又下跌了4角钱，建民再也受不了了，救火似的去填了张单子，可又担心脱不开身，于是就按每股36元全部抛掉。这样一来一往，一下子就损失了800多元，建民心里又是一阵悲凉。第二天头重脚轻地去证券公司结账，一看“四川长虹”竟然是33元开盘，而且一路下跌，他真是感到绝处逢生，忍不住一声喊叫，暗自庆幸逃脱得快，要不然又不知道要多损失多少！

这年春节，妹妹和妹婿带着孩子从省城回来探亲。这时“眼镜”妹婿已经是教授、博士生导师了，听了舅哥这段经历他说哥哥你不要炒股了，干点别的吧。建民说我都这把年纪了，除了种地烧澡堂子，我还能干什么呢？妹婿说那就种地吧。建民的眼睛都直了，他不知道妹婿这话是什么意思。其实妹婿在来之前就已经定好主意了，他主持的一个科研项目，正在寻找试验基地，他把地点选在了建民原来插队的地方。他知道，舅老哥虽然坎坷，但是为人厚道，尽管没读多少书，但是人有灵性，特别是他下乡时人缘好，庄稼活做得好，他要的就是这样的人。

大概运作了半年，“眼镜”妹婿的基地挂牌了，几乎在同时建民的女儿也考上了大学。这时建民在城里已经没有什么牵挂了，就把母亲和妻子一起带到了基地。建民又回到了当年插队的那个村庄。安顿下来才感到，城里的那个家不过是他在城里的一个落脚之处，而这里才真正是他的家，在城里他不过是个过客，而这个地方才是他寄托终身的归宿。看着满眼熟悉的青山绿水，看着当年与他一起劳作现在又一样变老的村邻，望着当年还抱在怀里如今已经养儿育女的后辈们，他才明白为什么自己当年在这稀里糊涂的一待就是十年，原来他深爱着的便是这里的淳朴淡泊和清逸啊。他脱了鞋袜踩进大田的泥水里，瞬间便感到一股灵气随着凉爽的地气从脚后跟向上漫过膝漫过腰漫过五脏六腑，渐渐升上头顶。他忽然变年轻了，像个孩子似的大声说话，大声吆喝。妻子说你怎么这么轻狂？建民问我轻狂吗？我怎么就没觉出轻狂？我只是觉得好像睡了二十年现在又醒了，我又活过来了。

基地渐渐走上正轨。建民向“眼镜”推荐了村里村外最好的田把式，又挑选了一些年轻灵性的后生，“眼镜”留了专人在这里指导，他每学期都到基地来住一段时间，有时自己来，有时带了学生来，走的时候又交代建民许多事，这个应该怎样，那个应该怎样，建民都一一记下，不敢有半点差池。

光阴似箭，历夏经秋，转眼又是一年。

这年冬天天气格外冷。有天晚上建民去大棚看温度，穿的少了，回来后就咳嗽。他小时得过“百日咳”，气管有毛病，遇上风寒感冒咳嗽是常事，经常是抗个三五天也就过去了。但是这一次咳了大半个月却也不见好，而且咳得撕肺裂胆，一夜咳到天明。他妻子说去医院看看吧。那时基地搞扩建，他正好要到县上去买材料，就顺便到县医院去看了。县医院有位医生是他当年的“插友”，他看了建民就不让他回去了，要他赶紧去市医院检查。建民不知自己到底得了什么病？那位“插友”说你的肺没有问题，但是你的胃里有个东西。建民问是什么？那位“插友”说不好说，你最好到市里查查。

到市里一查，建民他妻子的脸色就变了——建民患了胃癌。建民的老母亲和妻子就像塌了半边天，老母亲整天泪水涟涟的，一天到晚就一句话：儿啊儿啊我的苦命的儿啊。建民想宽母亲的心，娘啊，我这不是好好的吗？苦什么啊！母亲也不做声，只是默默落泪。

建民知道母亲为什么落泪。想想自己这五十多年，幼年多病，少年丧父，长身体时赶上了三年自然灾害；长知识时又是文化大革命，又是上山下乡；该立业时病退回城找不到岗位；生儿育女时开始了计划生育；年富力强干得正欢又遇上了改革改制，忙活了大半辈子，最后成了下岗人员；好不容易跟着妹婿搞了基地，正红火时又得了胃癌。想着想着，建民忍不住红了眼圈，我这一辈子，怎么就这么不顺呢？这时他才知道，“凡事想开些”对人一生来说是多么的重要，而“凡事想开些”又是多么的难以做到啊，其实他已经算是想得开的了，可是不顺为什么总是跟在后面呢？他也有些想不明白：明明是不顺，为什么还要想开些呢？

有一天他梦见了一个孩子，那孩子睡在一片银光闪闪的镜子中间，那些镜子的镜面全都是朝着天的，那孩子咬着手指，不停地踢着小腿，咿咿呀呀。后来他总是反复梦见这个场景。母亲说苦命的儿啊，那就是小时的你啊，那时你高烧不退，医院就把冰块放在你旁边，那些镜子不就是那些冰块吗？

建民不懂圆梦，他也不知道这个梦预示着什么，但是他从这梦里却得到了另外的启发。想起小时的那场病，建民反倒轻松了。有一天当母亲暗自落泪的时候，他把自己的想法对母亲说了，他说比起那些长寿的人，我的寿命是短了些，可是娘啊，我在生下来一百天的时候得了百日咳是不是？娘说是啊。建民说娘啊，比起许多得了百日咳的孩子，我不是个有福的人吗？许多人根本闯不过那一关，我闯过了，你不是常常说我是拣了一条命吗？从拣回这条命那一天起，我活一天就赚了一天，现在我已经五十多岁了，我算了一算，我还赚了两万多天呐！娘啊，你想想这些就不该流泪了，你应该高兴才是，你想想，一个原本只能活百日的人，居然活了两万多天五十多岁，这不是大福大贵又是什么？

老母亲和妻子听了他这番话，虽然都能听出来这是在宽她们的心，但是仔细想想他的话，也觉得有道理。建民说我这一辈子，别的没有赚着，就是赚了一个想得开，人活着，愁是一天，乐也是一天，我们为何不乐乐呵呵的呢？人们都说人比人气死人，我们为什么总是和那些发了财做了官的比呢，为什么不和那些过得不如咱的比呢，比比那些不如咱的人，你不半夜里笑醒才怪呢。

从此以后，建民是该吃，吃；该喝，喝；该求医，求医；该吃药，吃药；该干啥干啥。他不觉得有了这病就比谁矮些，也不觉得比谁高些，人食五谷，谁能不病？人活一生，谁能不死？心里就是一句话，想开些。后来听说后山有个老中医专治疑难病症，他就去了，回来以后专吃中药，吃了一剂又一剂，吃了大概一卡车药，他屋后有一口废弃的老井，他倒的药渣都快要把那口井填满了。

又是两年过去了。

一家人都看着建民进进出出，忙里忙外，像个好人一般，大家几乎想不起来他身上的病了。后来一家人都催着建民去医院看看。建民想，人家断定我活不上一年，现在两年过去了，也不知现在病情怎样了，不过不管病情如何，我是又赚了365天了。最后建民还是架不住大家的劝说，就去医院复查去了。

建民去医院的那一天正是油菜花开的日子。那天清晨，他的远在省城的妹妹无意中在一家商报上看见了一则消息，说是外省某县一位副书记，因为B超检查发现肾部有个肿块，又因为心理和生理上不堪病痛，于是便爬上电信大楼的顶部跳了下去。建民他妹妹看了这则消息再也坐不住了，立刻从省城赶了回来。她到了基地没有看见建民，就问：妈，我哥呢？老母亲说我让他去医院查查，看看他的病怎么样了。他妹妹焦急地问我哥他好吗？老母亲说他好着呢，该吃就吃，该喝就喝，该做啥做啥，他好着呢。建民他妹妹这才松了一口气，她不敢把从报纸上看到的那则消息告诉母亲，又担心说出来老母亲“掴”她，就装作随意的样子问：不知我哥的病怎样了？

老母亲慢慢地挪到门口，用手遮在眉头上朝远处看，她自言自语地说：他回来就知道了。

（选自《安徽文学》2008 年）

▍王雨生

两棵树

西山角最后一片云彩烧成了灰烬，铅灰色的夜幕拉下来，把一整天甚至一夏季的暑气罩住。一向喜欢清凉的月亮怎经得住这样的闷热？躲在山旮旯里不出来。

“哥，今天的气温又创历史纪录了，我们把它刻在年轮上吧？”

“上次最高记录在多少圈？”

“1062圈。”

说话的是两棵苦槠树，站在北边稍高些的是哥哥，南边的是弟弟。他们并肩站在一块高坡上，四周是一片庄稼地，靠西南边有一条河，河那边隐约有几处村落。高坡下堆有两垒坟冢，据说也是兄弟俩。

“今年气温高，据说是太阳爆发了黑子。”弟弟搬起了理论。

“屁话！”

大概是天气闷热的原因，哥哥近来一直沉闷少语，脾气也越来越躁。天气为什么会这么闷热，这是他近来一直思考的问题。他不相信“太阳黑子”、“厄尔尼诺”之类的说法，认为这是人类的搪塞，说白了是推卸责任。凭他的丰富阅历，他更清楚地感知到人类对自然环境破坏所导致的系列恶果。他清晰地记得上一轮回那次高温干旱的情景，庄稼枯死了，河水干涸了，幸亏苦槠树皮不能吃，否则他兄弟俩就没命了，但人还是不甘心地在他身上剜了好几刀，留下了偌大的疮疤。令他百思不得其解的是，人为什么要屡错屡犯，这还叫万物之灵吗？他至今没有琢磨透其中的深奥。但此刻他没有心思琢磨了，他感觉到一种异常。这异常首先来自树洞里的蚁群超常活动，那是从黄昏时就开始的。还有一种若即若离的信息他一时还难以掌握，但他预感到非常不一般，将会要发生什么。他觉得有必要提醒一下弟弟。

“今夜看来有暴风雨！”

“好极了！”弟弟兴奋地叫了起来。

“你张狂什么，去年的教训忘了吗?”

弟弟不敢再说话，彼此沉默了好一会。哥哥一出口就觉得自己说话冲了点，特别是在一场特大风暴即将来临的严重时刻，更应该让弟弟放松情绪、振奋精神才是。但他一时又找不到合适的表达方式，加上连日的曝晒，他已十分疲惫，连摇一摇树枝的力气都没有了。

不知不觉间，仅有的几颗星星隐去了，一大堆一大堆乌云从西北角涌出。这些乌云不知在哪里躲藏了好久，似乎在酝酿着一个重大的阴谋，现在策划好了，开始出台行动了。乌云气势汹汹腾挪集结，无节制地膨胀着占有欲，偌大的天空容不下了，便向地面扑来，地面也铺不开了，便又挤拥压缩。这一切的侵占扩张都是在黑暗中悄无声息地进行。大地在沉睡，庄稼在沉睡，村庄在沉睡，树上的鸟儿也在沉睡，万籁俱寂中传来的几声惊慌的犬吠更增添了黑暗的恐惧。

兄弟俩一动不动地静观着眼前发生的一切，等待着将要发生的一切，这是他俩在千年风雨中养成的习惯，达成的默契。共同经历了千年风霜雨雪，哥哥对弟弟的性格已十分了解，天生无忧无虑，什么事都不放在心里去，这更增加了哥哥的责任感，他必须时刻呵护着弟弟。冬天，他遮拦住呼啸的北风；夏季，他撑挡住顶头的烈日。他和弟弟同甘苦，共患难，赢得了世人的尊重，以至周边村庄有兄弟吵架斗殴时，村人都要以他俩作比：“看看那两棵苦储树吧，同生共荣，千古长青!”

最先领受到风的气息的是弟弟。他顿感一阵凉爽和轻松，摇摇树枝点点头，算是和风打个招呼。然而风没有理会他，跑到原野去了，呼啦一下卷起了尘土和草叶，在旷野上打了个旋儿，倏忽间又无影无踪了。

但风绝对不会跑远，马上就要卷土重来。对风的鬼鬼祟祟兄弟俩当然十分清楚，尤其是弟弟，去年春天上了它一次当，疮疤犹在，记忆犹新。今夜的风将如何动作，兄弟俩拭目以待。

风果然又披挂上阵了，但它似乎有意避开兄弟俩，走了另外一条路线。它掠过枯死的庄稼，越过河沟，扑向远处的村落。它带去的混乱和毁坏不亚于当年日寇的扫荡，墙翻瓦飞，鸡鸣犬吠，村庄被摇醒了，几处灯火亮了起来。

狂风开始全面大作，在村庄撒野，在河沟里呼啸，在原野上飙奔，所向披靡，势无阻挡，然而，它却遭到了兄弟俩的顽强抵抗。

兄弟俩的抵抗方式其实很简单，就是随着风向的转变不断地调整着姿势，用他们的枝叶尽力把风劈开、疏散掉，以减缓风的速度，当然也就降低了风的威力。这是兄弟俩在与风长期抗争中积累经验形成的习惯，这方式屡试不爽，很有效。

一些树叶飞落了下来，它们已拼尽了最后的力气。

狂风十分恼怒，从四周裹挟起了大量的尘灰砸向两棵树。这使兄弟俩感到很难受，本来就长时间缺少水分了，现又蒙上了脏兮兮的灰土，更增加了呼吸的难度，也更加口渴难耐。乌云就在头上，那里蕴含着充足的水汽，但就是可望而不可即。

说到乌云，大有仗势欺人的味道，借着风力，进一步逼压下来，在树冠周围翻滚腾挪，似激战前的调兵遣将，示威布阵。这乌云里暗藏着腾腾杀机，哥哥的直感越来越强烈，但苦于说不出个所以然来，他不想现在就告诉弟弟，只是警惕地注视着周围的变化。

风更集中力量扑向大树。它与兄弟俩已较劲了一千余年，结果是树越来越高大粗壮，根深叶茂，这让风很没面子，很不服气。去年春季它略施小计，让弟弟受了点损伤，但无碍根本。今天它似乎发誓一定要与兄弟俩决个输赢。它认为自己是无拘无束的野马，谁也不能挡道，谁也不能对它说“不”。

兄弟俩依然沉稳，借助风力，他们将平时很难接触的枝条连在了一起，使彼此之间的交流更直接，也增添了抵抗的决心与力量。兄弟牵手，风雨无阻，他们心里更踏实了。

一条银色的“火蛇”在远处蜿蜒划过，把黑漆漆的天幕撕裂了一条长长的口子，顿时照出了乌云的狰狞面目，沉闷的雷声好一会才传过来，虽不怎么震耳，树窝里的雏鸟还是惊叫了一声。对于霹雳之灾，哥哥早有所闻。某某村，雷打死了人，某个地方，一个树洞里藏有“蛇精”，被雷劈倒了。这些故事经常在放牛娃和来往的行人中交流，偶尔传到他的耳朵，他仅是窃笑而已，从未放在心里去。人真是荒谬，哪有什么精怪，他的根底下就有一个蛇穴，几条蛇昼伏夜出，冬蛰春醒，捕捉田鼠等小动物为食，见到人都是躲得远远的，你不犯它，它不惹你，繁衍多少代了，没看过它们干过什么坏事。雷鸣电闪是再也普通不过的自然现象，是天地阴阳在相互接触、寻求平衡时举行的一种仪式而已，正像人间来宾访问时要放礼炮的习惯一样。但雷神是个火爆性子，没来由脾气上来谁碰到谁倒霉。今夜就似有来者不善、善者不来之意，一定是受了风的鼓捣，云的撺掇，助纣为虐来了。

哥哥越来越明显感到雷电正在一步一步地逼近，强烈的磁场扰得他有些发晕。但情况一旦弄明白，他心里反而定了下来，无论如何，首先要尽量避免与雷电正面碰撞，实在避不掉，要遮护好弟弟，不让他受到伤害。

“哎哟!”弟弟痛苦地叫了一声。

“怎么了?”

“那枝桠又裂了!”

“别慌!”哥哥借一股风势，迅速伸去树顶上的一根最粗壮的树干，托起了弟弟受伤的枝桠，这根粗壮的树干顿时弯成了一个大弓，憋得哥哥十分的难受，动弹不得。

此时的弟弟，真是悔恨交加，但又无可奈何，眼前又再现了去年三月初那十分难堪的一幕：春阳融融，温暖了兄弟俩的身体，一早醒来，喜鹊在欢叫，它们捡来了树枝，准备在弟弟那根挺直的枝桠上做窝。弟弟想逗弄它们一下，正好一阵风吹来，它摇曳起身肢，摇啊摇啊，风在助兴，尤其是那根挺直的枝桠摇得更欢，害得喜鹊捡来的树枝老是掉下。正在得意洋洋的时候，突然“嘶”地一声，那根枝桠撕裂了，钻心的疼痛！风溜了，喜鹊挪窝了，整个春夏伤口都不断地流淌出汁液，直到秋末才修复结痂。

狂风似乎找到了攻击对象的弱点，调集了更大更强的风力。朝这个重点部位扑来。兄弟俩咬着牙挺着、忍受着。弟弟几次要求哥哥松开，“就让它断去吧，别再伤害了你!”哥哥始终不吭声，他现在考虑的不光是一根枝桠问题，而是怎样对付一个更大的危险，这个危险正一步一步逼近，稍一闪失，就会酿成大祸，他要瞅准最佳出击时机。

乌云密实得几乎无法翻腾，云电碰撞的“滋滋”声已清晰可闻，万钧雷霆系于一发，“是时候了!”哥哥吸足了一口气，趁着狂风又一次呼啸扑来，将弯着的树干奋力弹了出来。这根树干在空中形成的弧线实在漂亮，以至事后兄弟俩回忆起来仍为之感奋夸耀不已。随着树干弹射到了最高度，“霹雳”一声巨响，一团桔黄色的火球在哥哥的树身中窜出，消逝在旷野。

黎明时分，雨过天晴，经过一夜风雨的洗刷，两棵树青翠欲滴。村子里的人纷纷来到两棵树下，争相好奇地看着哥哥树身上烧焦的一个洞，啧啧赞叹：“昨夜的雷炸得真响!”

（选自《安庆日报》2003. 04. 05）

吴云涛

芝麻芝麻慢慢捡

(一)

山坳里亮起了忽明忽暗的灯盏。贵福挺直腰荷起锄把，木讷地从地坎上拾起衬衣搭上肩。他沿着山路往家走。

离娶亲的日子近了，贵福却像丢了魂似的。一家人都在忙着碾米做粑磨豆腐写红帖子。他觉得自己是个闲人，大家都在办一件与他无关的事。他甚至不明白，山那边只见过一面的麻脸女人怎么会成为他的婆娘。他的婆娘应该是菊花，白净净漂亮亮一嘴白牙的菊花。然而，菊花已走到另一个世界上去了。她淹死在村前的藕塘里，是前不久的一个大清早。人们看见岸边一花篮洗净的衣服，一簸箕洗净的白菜，就是不见洗衣服洗菜的姑娘……

菊花的死扇了贵福一耳光，扇得他昏头昏脑了。他时常想着菊花，连就要娶婆娘的日子也不例外。山里人有什么别的办法？只有靠拼命地锄板结的土地，靠挥汗如雨的疲劳，靠虎口撕裂的痛苦，去冲淡脑子里的菊花。

不知不觉地，贵福神差鬼使绕着道走到了藕塘边。待他明白过来，心里陡然一惊。人一下子软绵绵的，坠入云雾中去了。

过了许久，贵福娘嚎哭着唤来人，把塘坝上不省人事的贵福抬回家。半夜，贵福醒来，拉着娘的手喊：“菊花，我跟你下山去。菊花，我们走吧。”昏黄的灯盏下，贵福娘扯着围腰布揩儿子的泪。一边还哭着说：“菊花，你这个精怪，死了也不放过我儿贵福。”

(二)

许多年以前，山坳里一个穷汉子出外打铁谋生。两年后，破衣烂缕回山，却加了两样东西：一顶黑色的破毡帽和一个俊俏的婆娘，这汉子就是菊花的爹，这婆娘就是菊花的妈。菊花娘从上山后一直未下过山。

菊花的日子是同砍柴捡松球、挖地锄草连在一起的。日出而作，日落而息，山里人永远永远不变的生活节律，偏偏太阳焦烤风雨雕琢，把个菊花出落得楚楚动人。

终于有一天，菊花的爹娘把女儿叫到面前：你是个大姑娘了，该寻个主儿。爹娘作主，答应了一家，挺有钱的。菊花先是说不答应，然后大声哭闹。爹一甩手："这由得你?"把门反扣上了。

这天夜里，月黑林深，从窗口跳出的菊花拉着贵福，跌跌碰碰地沿着弯曲的山路下了山。两人连夜敲开了贵福表哥的家门，准备第二天再往远处走。

第二天一早，鲁莽的菊花的爹一脚踹倒了贵福的家门。他指着贵福的娘吼："快叫你猪崽送我女儿回来，少了根毫毛要断你儿子的腿。"贵福娘颤颤惊惊地连连点头，打发小女儿下山捎话，还补上一句："菊花他爹惹不起，快送人回来。"于是，正准备远走的贵福收住脚，呆立良久，然后踩着弯曲的山路上山，低着头。菊花一个人也走不了，远远地跟在贵福后面。上山的路好长啊好长。这次，她没有流泪。

回来后，父亲打了她，母亲骂了她，村里闲言碎语也兜了一头。母亲骂她，她还敢顶嘴："你不也是跟爹跑上山的?"于是娘气得哭，爹又下狠劲打。

几天后爹娘寻的有钱的主儿，一个矮胖的秃头来认了亲。接着，爹娘又万般悲痛地从藕塘里捞起了睡去的女儿。

（三）

黄雀岭有个巫婆，说是能降妖伏鬼，阴司地狱进出自由。贵福娘看着儿子婚喜日子逼近，连忙置了香纸爆竹，向黄雀岭的巫婆叩头。

巫婆闭目静思后，把吸水烟筒的臭嘴凑到贵福娘耳边，传授法术。

贵福娘乐巅巅下了黄雀岭，回家找了个葫芦瓢，开始东一家西一家，向村邻讨要起芝麻来。一上午，讨得满满一瓢，心满意足。正中午，她围着藕塘，把芝麻一把一把撒进塘里，在塘水里落下无数小点点。正午的水面，没有风，腊月的水面上也没有藕荷，空荡荡的什么也没有。

回到家里，见儿子在小矮凳上呆坐，眼屎布着带血丝的眼睛。听到响动，身子瑟瑟发抖。贵福娘知道，儿子还是在害怕那精怪。"不用怕了，我的儿。"

贵福娘端个矮凳坐在儿子面前："菊花有自己的事情要做，她永远不会再纠缠你。"

贵福望着娘，眼里似乎还闪过一丝光亮。

“巫师传了法术，撒了一瓢芝麻到藕塘里，让菊花这精怪趴在水底下一粒一粒地捡，捡不尽芝麻，就露不出水面。”贵福娘得意地给儿子壮胆。

“芝麻，芝麻，一粒一粒地捡……”贵福看到白净净的菊花趴在碎石瓦砾的水底下，痛苦地寻找着一粒粒芝麻。突然，他两手发抖，口吐白沫，昏死过去。……

春夏秋冬，几经轮回。藕塘边不分寒暑经常转悠着一个赤脚光膀子的小伙子，口中念念有词：芝麻芝麻慢慢捡。芝麻芝麻慢慢捡。

伍先飞

桃　花

这里就是绵亘千里古老沉重多难而又隽秀的湿漉漉的江南大山区。这里的山咬着山。这里的山撑着天。

一只硕大无朋的老鹰就在这狭小的天穹间盘旋着，不时窜上窜下，发出一两声叫人毛骨悚然的凄叫声。

老鹰的下面，就是镇妖塘。

这是一个一年四季太阳都照不到的地方。

这是打有西坳寨人以前就有的那曾为西坳寨人洗雪耻辱的镇妖塘。

这是一个春天的上午。正是百花盛开时节，连空气里也散发着诱人的香气。而这时镇妖塘的四周，却围满了头扎白纱巾的西坳寨男男女女老老少少。

他们正在捞尸，打捞一个昨天晚上被村寨长者以七爷为首的一伙人抛扔下去的一个大逆不道、给西坳寨人丢尽脸面的年仅十五岁的女伢桃花。

镇妖塘边没有一丝声响，空气沉闷得一触火就要爆炸。

老鹰焦急地打着转，叫声更加凄厉。

一位佝偻着身子筋瘦筋瘦的老汉，被人搀扶着来到镇妖塘边的投身石上。他看了一眼镇妖塘后，脸色骤然苍白起来，浑身发抖，然后渐渐力不支身，瘫在石地上，昏厥过去。

他就是西坳寨赵桃花的爷爷赵忠老汉。

不像以前，他们每次去打捞被扔进镇妖塘内的死尸，只要一站到投身石上就可以看到那浸在水里一天一夜泡得胀鼓鼓的浮尸，待死者的主人给他们一杯烈酒并塞给一个象征性的红纸包后，不到半袋烟的工夫，就可以将那散发着丝丝臭气的死尸放到投身石上，然后主人亲自绑上死者的手脚，吊到北坡的那株老荆条树上，就算完成了对得起列祖列宗对得起上苍的那宗曾对不起他们的事。可今天，别说不大的塘面上没见着桃花的浮尸，就连塘里各个石缝都摸了个遍也是没有找到。

桃花的尸体不能不找到！

这是西坳寨人沿袭下来的一条无形的却是永恒的规矩。具体从哪个年代开始已无法考证，只听年老的说，不把投塘的死尸捞起挂到树上让那凶残的老鹰吃掉，那死鬼的幽魂就不能去投胎。它会一直在村前村后惨叫游荡，惊吓和寻找报复活着的人。传说终归是传说，除了这次桃花的死尸没有找到外，从没出现过这类怪事。

赵忠老汉苏醒过来，他睁开那浑浊的老眼，想挣扎着站起来。他怔怔地看着脚下不大的镇妖塘，心在阵阵作痛。从那山上流下的完全腐烂和未完全腐烂的草叶树木混合夹杂的臭水，像正在发酵的一具僵尸，使他胃口直发鼓，四周狰狞的石壁，像猛虎血口里的毒牙，朝他张开，不但吃下了他的妹妹，他的孙女，还要吃下可怜的他。

世道太不公平，叫人寒心的倒霉事都落在他的头上。

仔细算起来，正好六十年。老汉清楚记得，六十年前的那天晚上，寒风凄凄，苦雨洒洒，村民们高举着火把，把他那不听训教与后山凹一个猎人的儿子私通成奸辱没门风与寨规的妹妹五花大绑着扔进了这镇妖塘内。当后他吓得一想起这事就昏过去。

能够使他有一点宽慰的是，在西坳寨被投进这镇妖塘里的人不光是他的妹妹一个。所以，他在人们面前也还能够抬点头走路。可现在呢？他那个不要脸的孙女桃花也不知与哪个狗东西鬼混，才十五岁就挺起了肚子，这叫他在人们面前如何抬头哟！

一个甲子六十年，正好回转一次。老汉想，造孽哟！

那天晚上，桃花说身子不舒服，老汉就叫她先去睡了。他刚刚坐上角楼的木板床，想吸袋烟，就被七爷派来的人叫去了。

“你都听到外面在说啥？嗯？你家桃花带肚了，有这事？”七爷正坐在堂屋上方，山羊眼圆圆的，山羊胡在翘。

“……”老汉像挨了当头一棒，满眼金星直窜。这可能吗？自从妹妹被扔进镇妖塘后，他的心一直被一种莫名的网网住了。他从懂事开始就是小心谨慎，最怕在他这一代以后还会出现那种叫人上吊的丑事。如今桃花她……？可她不会呀？她是一个孝顺懂事的孩子呀！娘死得早，爹三十六岁那年在后山叫蛇咬了口少了条腿，她哥哥从小调皮捣蛋，老汉也怕他生是非被村寨处置，便将他赶到山外干活去了，家里家外许多活都是她忙，从没看她与哪个后生仔在一起，怎么会有这事？再说，她才十五岁，还是个孩子呀！可从桃花现在的一些反常事来看，老汉又糊涂起来。一个姑娘家，哪有脸这般黄，身子膀这般硬，两个奶子颤颤的，一点力气都没有？他知道，那年她奶怀他爹时就是这模样，难道真的……？老汉不敢往下想。他踉踉跄跄地冲出七爷的门，朝家奔去。

破旧的三间木板古屋，在夜雾中索索吱吱。赵忠老汉浑身颤栗着，牙齿打着响，用力撞开孙女桃花的房门，将他从床上揪了起来，狠狠地搧了她两耳光。桃花被打醒了。她害怕得缩到床里边，摸着发痛的脸不敢哭。爷爷从来没对她发过火，更不说打她了，可今晚为啥子呢？

“你这个不要脸的，才这么点点大就熬不住了，给老子丢尽了脸。”老汉一把拽住她，拖到外屋。

外屋，七爷与几个老长辈也赶到了。赵忠放下桃花，将七爷让到正中位坐下。

桃花瘫在地上，索索发抖，朝他们投去一种吃惊、害怕、乞求和询问的眼光。

七爷的拐杖在摆，他说不出话来。

“七爷，这塘里有多少块石头我们都知道，别说一个大死人了。确实没有哇。”几个人又从塘里爬上来，冻得脸色发紫，牙颤得响。他们紧抱着双臂来到赵忠面前，阴着脸。

七爷的山羊眼比原来的更圆更满，山羊胡在抖。

这不是没有捞到死尸的问题，而是关系到西坳寨人的生存与死亡的大事。从盘古开天地到现在，从爷爷的爷爷到七爷，都没听过这等事，能不叫他担心受怕吗？

静谧穷困的西坳寨爆炸了，人们惶恐起来。

“姓赵的，西坳寨人的脸都叫你丢光了！”七爷拼着全部力气大叫起来。脸上青筋暴跳，继而低下头，轻轻哽咽起来，“我愧对祖先啊！”

赵忠吓懵了。昨天晚上七爷坐在他的椅子上也是这么吼的。

赵忠老汉的心从来没有这么痛过。他一生担心害怕的事终于到了。他的脸色气得发白，忙扶住身边的一张破饭桌才没有倒下。

“臭婊子，你说那野男人是谁？”赵忠用尽全部力气吼着，喉咙却像鬼手捏住一样。

“这不沾那男人的边。我要的是你快快处置她。”七爷的嗓子有些沙哑。

桃花吓得直摇头，眼里流着可怜兮兮的光：“爷爷，我做错什么啦？”

“臭婊子，还敢顶嘴！你叫老子怎么活哟？”老汉猛猛地举起拳头，他想一拳砸死她！可他手臂抖得厉害，结果无力地垂下。他一屁股坐在地上，双手紧抱着头，痛苦地哭了起来。

“按老规矩办！”七爷在喉咙里嘟囔了一声，在老头子们的搀扶下站了起来。

赵忠猛地转过身，跪在七爷面前，老泪鼻涕混在一起，一双皮包骨头的老手死抱住一双树枝般的腿。

“七爷，饶了这孩子吧，我一定严教，你看我这家……七爷，活菩萨，可怜可怜我吧……”

七爷摇摇紧贴着几根稀白头发的山羊脑袋，叹着气走了。

他愣愣地站着，筛糠一样。

人们无声地围了过来，有愤恨的，有叹息的，有吃惊的，有可怜的……

桃花的尸体到哪里去了呢？

“……一定是她的丑事触怒了山神爷，死尸被沉到十八层地狱。”有人先说了这么一句，顿时，镇妖塘便炸开了锅。

“这样不行，她死了不算，还来害我们！”

“是啊，得补一个，要不把赵老头也扔下去！”

“依我看，得把那独腿驴扔下去，子不孝父有过！”

“……”

赵忠的身子架像被鬼抖散了一样瘫在地上。他吃力地抬起头，朝七爷望去，七爷那无光的山羊眼放着凶光，直射得他再不敢看第二眼；他又向那些和他一样瘦的人投去可怜乞求的目光，人们的脸都阴阴的，沉沉的，也都像家里死了人一样。

扔他的儿子？不！不能啊！那一条腿儿子的命够悲惨可怜的了，再不能给他以更惨的遭遇了，“都是我这老东西命不好。连累了孩子们，要死，我去死！”他呜呜咽咽地说。

他又望望那神秘可怕的镇妖塘，流下一串泪。

他又抬起头，朝人们一个个看：“七爷，他爷们娘们，我对不起大家，我去了，请你们以后照顾一下我那可怜的儿子，给他们一口饭吃，我那孙子回来，叫他……”

“七爷，这里有一只鞋。”塘后稍有人在喊，“是桃花的，这里还有爬过的印子。”

有人朝那跑去，有人说，“肯定叫野狗拖去吃了。”

“孩子，等等我！”赵忠一扭脸，紧紧闭上眼，向投身崖挪去。

“爷爷！爷爷！”远处传来急促地呼喊声，老汉循声望去，孙子回来了。

该死的东西，怎么当当这时候回来！

孙子飞奔到爷爷身边，将他从崖边拉了回来。

“爷爷，妹是我救走的，现正在医院抢救呢。”孙子边揩汗边说。

人们大吃一惊，七爷吃力地站了起来。

“昨晚我回来刚到这里，就看到许多人举着火把将一个人扔进塘中。我躲在树丛里，等他们走了将他救了起来，原来是妹妹。我将她送到山那边医院，医生检查说，妹的肚内长了很大一块肿瘤，需要手术切除。”

赵忠的手愈发抖得厉害，老泪顺着脸上的沟淌，孩子般地哭了起来：“可怜的孩子……七爷你造孽呀……”

“爷爷别哭了，医生说妹妹已经脱离了危险。”他忽然转过身，朝七爷怒着眼吼道：“你们这群杀人刽子手！都什么时代了？还这么整治人！我已控告了你们，一会法院就会来人治你们的罪！”

七爷一下子跌在椅子里，脸色死灰一样，胸口叫一口闷气塞住，粗粗地喘，鼻孔在叫，山羊眼紧闭，山羊胡直摆。

人们都桩一样地站着。

一阵风吹来，带着百花混合的春天特有的气息。

（选自《青年文学家》1991 年第 5 期）

❙熊尚志

万年床

江南晋熙镇有条青石街，街名很奇怪，叫上天墩。上天墩是条小街，很短，还没妇人的裙带长，却什么店铺都有，打铁的，箍桶的，磨豆腐的，熬芝麻糖的，凿墓碑的，阉猪割狗的，扎纸人纸马的，开大烟馆的……当然，最有名的要算汪记棺材铺。

晋熙镇的人称棺材为万年床，意思是说，人辛苦一辈子，只有躺进棺材里，才算享了万年清福。汪记棺材铺里的棺材，选用百年杉木，做工精细，尤其是描绘在棺材横头的青天红日头，永不褪色，堪称江南一绝。青天红日头的画法十分奇特，据说是汪记棺材铺的祖传绝活。大户人家死了老人，若没睡上汪记棺材铺的棺材，子孙便觉得没脸见人。

棺材铺老板身高不足四尺，一脸黑麻子，人称汪石榴。

汪石榴每天早上都要捧着只紫砂茶壶，趿着木屐，呱嗒呱嗒地在青石街上走一圈，一边滋溜溜地喝茶，一边跟街人打招呼，然后晃进早点铺子，喝一碗豆腐脑，吃两根油条，有时还会吃上一笼灌汤包子，小日子过得悠闲自在。

听见木屐声，街人纷纷关门，怕讨晦气。

汪石榴一身鬼气，敢在死人堆里打滚，却最怕两样东西，一是女人，二是横着膀子走路的周巡警。汪石榴早先有过女人，女人名叫弃儿，是他娘从街头拾回来的，打算养熟后给汪石榴做老婆。养了十多年，果真就熟了，皮面白净，长得像年画上的何仙姑。后来，弃儿不知怎么睡到周巡警床上去了，也许是害怕汪石榴的一身鬼气，再也没回来。周巡警在警察局当差，手下有十多号人，腰间都挂着盒子炮，汪石榴看见就发怵。不过，汪石榴大小是个掌柜，街坊里好赖算得个角儿。让田让地不让妻，他丢得起女人，却丢不起那张麻脸皮，于是灌了半壶老酒，壮起胆子上门去要人。

"舍不得弃儿呀？"周巡警笑眯眯地问。

"在一口锅里吃过多年茶饭……"

"掏心窝子说话，你想没想过弃儿？"

"一日夫妻百日恩，能不想么？"

"弃儿在我这儿，也没日没夜的想你呢。"

"那，我就把人领回去了。"

"弃儿是头俏货，由得你狗日的想要就要？"

"你好赖让我看弃儿一眼……"汪石榴先自软了。

"好你个狗日的，要看就去看看吧。"周巡警笑得更响，拎起汪石榴的衣领，轻轻一扔，就将他扔在了青石街上。"看清楚没有？这回看过了，你狗日的总该长点记性了吧？"

汪石榴好半天才从青石街上爬起身来，眼里蓄着两泡苦泪，他没让那泪流下来，揩揩鼻血，揉揉屁股，回了上天墩。他怕街人笑话他，紧闭大门，连营生也不想讨了。

近些日子，人们没有听到呱嗒呱嗒的木屐声，心里空了许多。有人担心地问，那矮人莫非被周巡警扔死了？我们上天墩，可死不起汪石榴。万一那矮人死了，大伙在百年之后，能睡上那么体面的万年床么？正说着，棺材铺的大门打开了，汪石榴将那张青灰色的脸从门缝里伸了出来。

"没扔伤哪儿吧？"有人问。

"那天我在亲戚家喝酒，喝过头了，一觉睡了好几天。"汪石榴的口气淡淡的，故意打了个呵欠，好像刚从醉梦里醒来。见人们面露惊疑之色，他又补了一句，"有钱人家的酒，是不能乱喝的，在地窖里藏了上百年，把你醉死了，还以为自己做了神仙。"

"周巡警当真没扔你？"

"民道不碍官道，井水不犯河水，他凭啥扔我？"

"那，你床上的弃儿到哪去了？"

"这种天崩地裂的话，是乱说得的么？弃儿到哪去了，回娘家了，行不？"汪石榴简直有点愤怒了，瞪圆了双眼。"大家做了几十年的老街老邻，都是台面上的人，又都在生意场上混着，可不敢坏了口德！"

大伙便笑着散去，这矮人给惹毛了。

弃儿终归没回棺材铺来，汪石榴便断了指望。

街人都知道汪石榴最顾惜面皮，见了面少不得拿话撩拨他：汪掌柜，弃儿怎么还住在娘家？再住下去，一块好田就要荒掉了。脸皮护不住了，汪石榴便喷喷鼻孔说，有娘家还叫弃儿么？被周巡警压在身子底下呢。人家周巡警是只刁嘴的猫，除了弃儿，天下没有合他口味的鱼。又说，他本来身高四尺半，可那次被周巡警一扔，足足缩短了半尺。

一次就缩了半尺水，汪石榴哪里还敢上门要人？

再后来，周巡警经常带着香喷喷的弃儿从上天墩走过，有时还将头伸进棺材铺，瞅一眼正在画青天红日头的汪石榴，故意拉下脸问，汪石榴，你狗日的偷工减料，没往颜料里掺朱砂吧？刚才还神气活现的汪石榴，一听见周巡警的声音，顿时两腿间一热，很快就有一股异味从他身上飘出来，从此就落下个苦病根。

汪石榴是条人精，做生意特抠门，吃不得半点亏，街人对他恨不得也恼不得，苦于世上没个镇得住他的东西。后来，大伙发现汪石榴的病是周巡警吓出来的，跟汪石榴做生意时就说，不信天下没个讲理的地方，走，找周巡警评评理去！汪石榴又是两腿一热，价杀下来了不说，还得赔上笑脸。

汪记棺材铺的生意尽管不错，但自从弃儿上了周巡警的床，买棺材的人都拿周巡警来吓唬汪石榴，把价往死里压，因此汪石榴并没赚下什么钱，过年过节才能灌上半壶老酒、割上两片猪耳皮。汪石榴还跟早先一样，清早起床后就捧着茶壶，趿着木屐，呱嗒呱嗒地顺着青石街逛一圈，但看人时再也抬不起眼皮了，整个人蔫得像根秋茄子。

只因落下个苦毛病，汪石榴至今还是光棍一条。

哪个女人愿意嫁给一个尿裤裆的男人呢？

何况那男人扔一回，就缩短半尺。

铺子里没有女人，但日子还得要过，于是汪石榴收了个徒弟，既给他打下手，也给他做伴。徒弟名叫毛狗，瘦得像根刺，不过汪石榴喜欢，因为他一看见周巡警那样的大块头，又要多洗一回裤子。只有在瘦小的毛狗面前，他才觉得自己像个掌柜。

近两日，汪石榴心神不宁，两眼老是惊恐地瞅着门外。

毛狗说："师傅，周巡警去安庆府了，你不用怕。"

"一个破巡警，师傅怎会怕他呢？"

"看你吓成那样，斧头差点砍了手。"

"要出大事了。"汪石榴的神情十分诡秘。

"又要死人？"毛狗有些紧张。

"不死人师傅吃什么呢？比死人的事大。"

“难道天要裂个口子?”

“比这还大!”汪石榴用手比划着。

“还大?莫非师傅要死?”毛狗弄不懂了。

“你娘那脚,师傅是千年的烂树桩,死得了么?”汪石榴笑骂了一句,“毛狗,实话跟你说吧,后院里的那七八口新棺材,夜夜都有响动。师傅看见它们慌慌张张地凑在一起,像在议事呢,看样子都想往外跑。”

“肯定有个很凶很恶的东西要到铺子里来。”

“什么东西有那么大的杀气呢?”

“莫不是周巡警又要来?”

“你师傅做出的棺材,叫万年床。人死了,就与天地齐寿,连鬼神都不怕,还怕周巡警么?”究竟要出什么事,汪石榴也说不清,他不屑地撇撇嘴:“周巡警身上的那点儿杀气,也只能吓吓师傅,哪里搅得动那七八口棺材?”

不久,果然出了一件怪事。

那天是惊蛰,风雨大作,一条火龙在龙山顶上盘旋翻腾,长啸如雷,仿佛要撕碎什么东西。折腾了足足两个时辰,随着一声天崩地裂的巨响,火龙才离开龙山,逶迤而去。火龙一走,人们立马奔向龙山。龙山上的那棵千年古柏,被雷电拦腰劈断,一条海碗粗的巨蟒僵卧在古柏旁边。巨蟒身上的鳞片比酒杯还大,泛出淡淡的金黄色,眼睛半睁半闭,嘴里还有微微的热气喷出来,腥臭无比。

汪石榴搬起石头朝巨蟒砸去,巨蟒终于死了。

龙山是周家的祖坟山。当周巡警赶到龙山时,人们已经散去。周巡警看着被砸成肉泥的巨蟒,气得连连跺脚。好好的一条金龙给大伙砸死了。不然,周家迟早是要出大人物的!他派人将巨蟒埋掉,葬礼比镇上死个人还要隆重。

第二天,一阵粗壮的号子声蹿进了上天墩。周巡警指挥几十号脚夫,抬着被火龙劈断的千年古柏,艰难地挤进青石街,朝棺材铺走来。由于铺门过于狭窄,脚夫们忙了半晌,古柏还是进不了铺子。周巡警没好气地吼道:“门是死的,你们也是死的么?”

铺门被卸掉了,墙上给扒开个大口子。

汪石榴缩在街檐下,好像脚夫们在扒别家的铺面。

周巡警走过去,将汪石榴拎了起来:

“你狗日的,尽快将这棵寿柏打成万年床。”

“是、是巡警老爷自己睡么?”

“我有那福气吗？这是我家老爷子的万年床。”

“要把活做好，恐怕要多费些时日。”

“不急，老爷子红颜活色的，还有得活呢。”周巡警拍拍汪石榴的脑壳，忽然掏出一根纸烟塞进汪石榴嘴里，见汪石榴一副受宠若惊的样子，不觉笑出声来。“老爷子早就想用寿柏打张万年床。你狗日的若能讨得老爷子的欢心，就去把弃儿领回来。”

“巡警老爷答应把弃儿还给我?”

“物归原主，还给你。”

“当真?”汪石榴有些激动。

“其实我平时也不大用，忙不过来。”

那段古柏像沉睡的美女一般，眠倒在棺材铺的大堂里。浓浓的柏木香，弥漫在潮湿的空气中。刨去树皮，就见古柏油红油红的，迎着日光看去，仿佛有缕缕血丝在里面游动。大堂里眠了古柏，人就不好转身了。汪石榴踩着椅子爬上古柏，痴迷地在上面趴了一会，喃喃自语：“周家老爷子有福，有福啊……”

“狗屁的福!”毛狗忙着用砖头堵墙窟窿，堵了好半天，累出一身臭汗，没好气地回过头来。“师傅，被火龙劈断的东西，谁睡了，谁来世变猪变狗。”

“变你的脑壳!”汪石榴跳下古柏，在毛狗后脑勺上拍了一掌，“这棵古柏，早就修炼成了龙山之王。任何一个王者都是有身份的，火龙不去请它，它会自己到尘世来吗？如今到尘世来了，可它还是王者，是棺材王！怪不得那些日子，后院那七八口新棺材，吓得想往外跑呢，竟是它们的王者要来了。”

“棺材也像师傅一样，怕当官的?”

“王者自有王气，谁不怕?”

“我就不怕这狗屁的棺材王!”毛狗掏出家伙就要朝古柏撒尿。

汪石榴喝道：“你狗日的敢糟践圣物!”

毛狗一愣：“这东西当真是圣物?”

“师傅做了一辈子手艺，能碰上这么一件圣物，是苍天开眼啊!”

“师傅，棺材王做好了，就拿去换师娘。”

“俏头俏脚的好女人，是爹娘生养的，哪儿没有？多费几盏灯油，多熬几个夜，就生养出来了。”汪石榴伸出巴掌，轻轻抚摸着古柏，那份痴情，像是在抚摸弃儿细如绸缎的肤肌。摸着摸着，他眼睛红了，鼻孔发酸。“你师娘虽然长得白嫩，终归是俗物。圣物毕竟是上苍生养的，难得啊!”

“周巡警不放师娘回来，就找他加工钱。”

“师傅想要你师娘，也想多要工钱。”汪石榴叹了口气，忽又摇摇头。“在圣物面前，你师娘算个卵！工钱算个卵！师傅什么也不想要，只想让儿孙后人记住，汪记棺材铺的汪掌柜，那个一脸黑麻子的矮人汪石榴，打造出了一张真正的万年床!”

自后，师徒俩紧闭大门，没日没夜地打造起棺材王来。

街人再也听不到呱嗒呱嗒的木屐声了，再也看不到汪石榴那矮锉的身影了。这矮人蓬头垢面，食量比一只老鼠大不了多少。他几乎没出过门，也很少回房间睡觉。他在古柏棺材旁铺了张席子，累了，就歪在席子上打个瞌睡。气节一过白露，天就冷了，寒风在大堂里穿来穿去。他索性将铺盖搬进棺材里，天一黑，就用椅子垫住脚，爬到里面去睡。半夜口渴，就从棺材里伸出手来，让毛狗把暖壶递进去……

周巡警隔三差五地来看上一眼。

奇怪的是，如今汪石榴见了周巡警，再也不尿裤子了。他觉得周巡警并没什么可怕，除了块头大些之外，跟街上卖猪头肉的丁婆娘差不多。他甚至当着众人的面，很威严地对周巡警大声喝斥，不许他站在旁边碍手碍脚。

“好好，看在老爷子的情面上，我让开就是了。”周巡警往后退了几步。

周巡警走后，汪石榴颇有几分得意：“毛狗，看见没有？师傅也是个敢惹事的主!”

一天，周巡警突然闯进棺材铺，喊了好几声，汪石榴才从棺材里爬出来。周巡警着急地说：“老爷子前日半夜突然起了病，恐怕拖不过今年冬天了。我已经请地仙在龙山上选了一块美穴地。汪石榴，你狗日的要抓紧时间，早日完工。”

“这是圣物，催不得的!”汪石榴翻翻眼皮说。

“说白了，不就是一张万年床吗?”

“圣物出世，一定要惊天动地。”

“你狗日的到底什么时候才能做好?”

“我如何知道?”

“你还想不想骑到弃儿身上去?”

“鲜活的女人，谁不想?”汪石榴叹道。

棺材王总算成形了。整具棺材用古柏囫囵剜成，对着日光望去，就像一块巨大的玛瑙那样通体透明。尽管没上山漆，却光亮如镜，能清晰地照出汪石榴脸上那些细碎的皱纹。才短短几个月，汪石榴就须发皆白，人比早先枯瘦了许多，也矮锉了许多。那张长满了黑麻子的脸，枯皱如一枚干硬的核桃。他想，为了打造一张真正的万年床，自己又缩短了几寸，就算弃儿真的能回来，也许连她的奶子都够不着了。想到这，汪石榴心里浮出几许悲怆。他清楚，自己的魂魄，早就融进了这具棺材里，是棺材王吸干了他生命的汁水。

汪石榴开始在棺材的边框上描绘风景。

他将晋熙四景——龙山夜雨、驿道西风、法华方竹、玄庙枯松画了上去。街人守候在棺材铺里，想看看汪石榴怎样画青天红日头。按照祖宗留下的规矩，青天红日头没画好，这棺材就没彻底完工，睡在里面的人将永世不得超生。

这时候，汪石榴却偷偷离开了棺材铺。

没人知道汪石榴去了何处，连毛狗也不知道。

汪石榴独自上了龙山，来到周家老爷子的美穴地旁。三天三夜，他不吃不喝，像只受伤的野兽那样，一动不动地跪在龙山顶上，脸向着东方，静静观看着红日从淡淡的晨雾里浮出来，仪态万方地升向空中。太阳永远是年轻的、鲜活的，而世间万物都会死去，就连号称龙山之王的千年古柏也不例外……

汪石榴哭了，他流着泪走下了龙山。

回到棺材铺，汪石榴仍没动手画青天红日头。

“你怎么还没动手啊?”周巡警又来催了。

“不是我不画，是棺材王出世的日子还没到。”

“画吧，我这就把弃儿给你送来。”

“我断断不敢委屈了圣物。”

“你是嫌弃儿被老子用旧了吧?老子多给些钱，你去买个新鲜女人，行不?”

“我不要弃儿，也不要钱。”

“汪掌柜，我家老爷子恐怕等不及了。”

“等不及你就扔我吧，大不了再缩短五寸。”

“狗日的，惹急了，老子就把弃儿卖到烟花院去!”

“圣物跟人一样，也是有情有性的……”

出人意料的是，周家老爷子并没在寒冷的冬天离开人世。老爷子睁大双眼，眼珠早就不会动了，可嘴里还有细如游丝的热气。周巡警向来以孝子自诩，没事时就在床前陪伴老爷子。他清楚老爷子不肯离去，是在等棺材王。对烂树桩一般的汪石榴，他毫无办法。老爷子一直拖到第二年的惊蛰，喉咙里的一口气还不肯落下。

惊蛰那天，天象极为怪异。

一声惊雷将天劈裂了，天地间昏黑一团。

汪石榴闭紧大门，在大堂里点起数十支蜡烛。

“师傅，你要画青天红日头么?”

汪石榴粗声吼道：“快去搬家什来!”

当毛狗将颜料和画笔搬到大堂来时，汪石榴已经脱光了衣服，干瘪的躯体显得苍老而又丑陋。他像条鬼魂那样，围着古柏棺材又蹦又跳，嘴里不时发出令人毛骨悚然的嚎叫。渐渐地，他安静下来了，神情肃穆，跪在棺材王的横头。他操起刀子，“滋”地一声，割开了自己的舌头，滚烫的血从嘴里喷溅出来，直往棺材头射去。他用毛笔沾着活血，开始描绘红日头。在粉红的烛光里，那红日头慢慢渗润开来，显得年轻而又鲜活。

“师傅，你会死的……”毛狗吓哭了。

青天红日头终于画好了。

汪石榴站起身，爬进了棺材。

“师傅……”毛狗伸手去拽汪石榴。

“毛狗，今天是棺材王出世的好日子，你不能哭啊。现在你该知道，永不褪色的青天红日头，是怎样画出来的吧?”汪石榴从棺材里伸出那张惨白的脸，对毛狗笑了笑。“你不用害怕，师傅只是想再试试，看哪儿不光滑。毛狗，你把棺盖往前推一点点。”

毛狗将棺盖一分分地往前推。他知道，师傅给棺材王做的是死榫，只要合上了，再也无人能够打开，除非用利斧去劈。但劈碎了还算什么棺材王呢?毛狗刚把棺盖往前推了一两寸，忽见一条火龙乘着闪电，从窗棂里蹿进大堂，围着古柏棺材腾跃了几圈，随即龙尾一甩，只听得叭地一响，棺盖与棺身丝毫无缝地合上了。在惊愕之中，毛狗仿佛听见，汪石榴从古柏棺材里发出了一声得意的大笑。

就在这时，周家老爷子咽气了，眼睛仍没闭上。

（选自《清明》杂志2008年第2期）

雍圩词典

爹 爹

爹爹大有两层意思：一层是爹爹（爷爷），一层是大（爸爸）。在雍圩能把两者称呼融于一身的是老华传。

青年时的老华传我不知道他是什么样，但年老时的老华传给我的印象很深。那时还在生产队，老华传和弟弟老头四都是队里的老牛队员，每天牵着牛在田畈里犁田，老华传犁田没有老头四会使牛，成天跟在牛屁股后甩闷鞭子，牛犁田不耐烦，步子当然迈得不快。可老头四犁田，手扶着犁梢，调子却唱得老高，特别是在秋夜里，老头四的号牛调子能传遍四村八寨。但老华传却有一口俏皮话，能讲一口荤素有加的故事，还能把村里每个人的名字连成一句打油诗，比如你叫他讲老头四，他会说：老头四、老头四，家里粮食吃四季。

爹爹大的绰号源于他续娶的老婆。

老华传续娶的老婆原本是他的儿媳妇，三年自然灾害期间，儿子被饿死了，自己的老婆也未能逃过灾难，平昔与儿媳就有勾搭的他，这下正好在一起过起了日子。这种事在乡下顶伤风败俗了，后来有人把这事告到上面派下的工作组，可工作组最终没任何动静。老华传和过去是他儿媳现在是他老婆的女人生了个女娃，女娃会说话时，有人就逗她：你在家管你爸叫爹还是叫大。那女娃答：叫大。逗她的人忙纠正道：不对，应该叫爹爹大。渐渐地爹爹大的俚语就在雍圩传开了。

老头四

老头四不但犁田鞭子狠，平时在村里也是撂棍打满街的主儿，谁家的牲口踩坏了他家的田粮菜畦，他不但把牲口打得瘸腿跛脚，还撵牲口上门把主人好生骂一顿。

老头四不仅在村里狠，在家里也狠，尤其是打老婆在雍圩更是出了名。老头四老婆是随父母下放来的南方人，人家都管她叫小蛮，村里有句歇后语叫：老头四打小蛮——摸到什么使什么。那时老头四家住我家东头，老头四丈人家住我家西头，隔三岔五就能听到小蛮被打得鬼叫的声音，有时小蛮从家里挣脱出来往西头娘家跑，老头四就拿着火叉在后面撵，小蛮跑慢了就会被撵上来的老头四打翻在地，跑快了也躲不过三五天，回家后还要挨一顿揍。

有年秋天，生产队往公社缴公粮，公粮缴完后，村里人都坐在粮站门前的大柳树下乘凉，这时一个街痞子说丢了一个蛇皮袋，将小蛮屁股底下的蛇皮袋拽出来，硬说这个蛇皮袋是他的，小蛮抱住蛇皮袋死活不松手，那人就硬拽，把小蛮连人带袋拖出老远，连两个白奶子也从怀里窜了出来，小蛮吓得在地上狼一样地嗥，村里人见了都过来劝，还有人挥扁担上来要替小蛮打抱不平，可老头四却坐在一边半天不敢放个屁。回村有人给老头四编了这样一句顺口溜！家里狠，外头熊，见了强汉能叩头。

老华地盖堂屋嘴讲讲，老华地现在有80多岁了，前几年母亲回老家见老华地身体还那么硬朗，说他能活百把岁没问题。

老华地现在靠当村长的儿子把晚年过得四平八稳，并且住上了楼房，可老华地年轻时一心要亲手盖三间大堂屋，却始终没能实现。

那里农村的堂屋也无非是用土坯垒起的草房，大不了用几根红心木做桁条。那年土改刚结束，给人家当了十多年雇工的老华地终于分到了属于自己的土地，正值年富力强的老华地看着眼前大片良田，欣喜地说：今年能收百把两百石粮食，明年就把堂屋盖起来。当年老华地家果然收了不少粮食，可第二年一开春就不落雨，乡人们左等右盼就过了八月半，夏粮没收成，秋粮种不下，看着这年景，老华地只得面对苍穹无奈地叹着气。有人问老华地：堂屋盖的咋样啦？老华地摇摇头说：今年不行了，明年再盖吧。可是第二年准备开地基时，老华地的老婆却得了重疾，几个月卧床不起，秋凉草黄之时，竟撇下几个半大不小的孩子一命呜呼。有人又问老华地：堂屋还盖不盖啦？老华地知道人家在揶揄他，就生气地说：盖，只要我还有一口气就一定要把堂屋盖起来。可是后来又是大炼钢铁又是走社，又是三年自然灾害……一个接一个的政治运动和自然灾害，把老华地折腾得晕头转向，人也由风华正茂走向了身心俱老，生产队每年分的口粮也是上年接不到下年，哪还有钱盖堂屋。后来村人就把老华地要盖堂屋的话当成了笑柄，说老华地盖堂屋嘴讲讲。

以后有人说大话要怎样怎样，马上就有人反驳道：别老华地盖堂屋嘴讲讲。上面有时搞运动，说几年赶英超美实现农业机械化，村人听了，胆大的就说：又是老华地盖堂屋嘴讲讲。

闺女大了换酒喝

雍圩有句约定俗成的土语，闺女大了要开亲不叫说婆家，而是叫换酒喝。

小牛子是个剃头匠，那时节手艺人顶吃香，到哪家不能混碗饭吃。小牛子除剃头手艺精外，还凭着他三寸不烂之舌东家西家地给人家红男绿女提亲说媒，碰到谁家有个半大不小的丫头，就对主人说一声，闺女大了养不家，哪天找个合意的人家把她换酒喝了。姑娘听了羞得一脸红云躲开了。主人若有意就问小牛子男家是谁，人品怎样，家里的粮食够不够吃。媒说成了当然少不了小牛子酒喝。当然说媒也如逆水撑船，遇上两家为彩礼的事闹僵了，小牛子就得两头说话，看看谁家理长，要是男家出手抠了，小牛子会把脸一翻啐：婊子儿，娶不起媳妇就别养儿，少一分钱彩礼也别想把人家的闺女迎进门。然后又去劝说女家，女家当然火气大，小牛子就从中敷衍道：结亲如结义，凡事往远处看，眼前就长草短草一把窝倒算了。

小牛子说媒也有不成功的时候，有次两个亲家爷在路上碰了面，男方亲家爷年纪大了眼睛不好使，没有及时和女方亲家爷打招呼，女方亲家爷回去就向小牛子把亲事退了，任小牛子说破了嘴皮也没用。

总的来讲小牛子说媒成功的还是多数，媒说的多了，小牛子也就成了雍圩很吃得开的人，有的人家软腿子多粮食不够吃或闺女长得不怎么出众，就主动携礼央求小牛子找人家把闺女换酒喝了，每当这时小牛子双眼便笑合了缝。

于亚丽

流泪的蝴蝶

恋爱三年了，林和紫准备在秋天的时候结婚。

装修新房的时候，两个人决定力所能及的事都自己动手。紫在新房里架了一架缝纫机，一下班，就和林到新房里忙开了。紫坐在缝纫机前做窗帘，林就将墙壁刷成粉红色的，紫喜欢那种颜色。

窗帘快做好的时候，紫的手指突然被针尖扎破了。林听到紫轻轻地喊了一声，心痛地跑到她身边，用她手边的窗帘包住她受伤的手指。看着林那么紧张和关心自己，紫的心里甜甜的。

林放开手后，那块窗帘染上了一小块粉红色的血迹。

紫听老人说过，办正经事的时候，见血是不好的预兆，她的心便有了细细毛毛的折痕。但她不想将这种忧虑带给林，于是端详了那块血渍很久，然后用针在上面绣了一只粉色的蝴蝶。那是紫在布料中心淘来的一块粉色的缎子，上面绣满了细碎的粉色花朵，现在又多出一只粉色的蝴蝶，倒是很般配。

紫的心也放了下来。

那天，紫的窗帘终于做好了，林将窗帘拿在手上，站在椅子上准备将窗帘挂到窗子上去，却突然两眼发黑，从椅子上摔下来，昏倒在地上。

在医院的危重病房里，紫守在林的床边，抚摸着昏迷的林，不停地流泪，检查结果还没有出来，紫在心里想出各种不好的推测又用万种理由来排除它，一颗心都要碎了。

等待像经历了一个世纪一样漫长，终于等到了检查结果出来，林患的是癌症。

紫完全傻了，不甘心地问漂亮的护士夕，林究竟会怎样？夕摇了摇头，要紫做好心理准备，说可能性最大的就是林就此昏睡不醒，变成植物人，也可能某一天醒过来，拖个一年半载后一命归西，不容乐观。

“难道就没有奇迹发生吗？”紫问。

夕想了想说："你信教吗？祈祷吧，有人说，虔诚的祈祷是会感动上帝的。"

从那以后的每一天，紫每天除了照顾昏睡不醒的林，就是祈祷，希望仁慈的上帝救救她和命中不可缺少的爱人。

两个月后的某一个午后，紫因为太累伏在林的病床边上睡着了，她梦见上帝对她说："你真的愿意像你每天祈祷时说的那样，只要能救你爱人的命，你可以牺牲任何？"

"是的。"

"如果需要牺牲的是你的生命呢？"

"我愿意，我说了，是任何。"

"为什么用你的生命去换他的生命呢？那你们不还是不能在一起吗？"

"但知道所爱的人幸福健康比天天看着他生死未卜又无能为力好。"

"好，我答应你。挽救你爱人的生命，我也不要你的命，我只要将你变成一种动物，你的爱人就可以醒过来。你选择变成什么动物呢？"

"好，我愿意，能够把自己最爱的男人从死神那里救回来，远远胜过绝望地失去他。让我选？请把我变成一只蝴蝶吧。"

"你要为他失去三年的青春，一个女人，是没有多少个三年的，这三年里，你就只是一只蝴蝶，不能说话，你的爱人也认不出你。三年后我会把你变回来。你想好吗？变成蝴蝶后就不能后悔了。"

"是的，我想好了。把我变成一只粉红色的蝴蝶吧。"紫想，也许那样，林就会认出她。紫感觉自己的身体变得轻盈，然后两只手臂变成了一对翅膀，轻轻一扇，就飞上了天空。

这真是一个美丽的梦。

忽然紫听到护士夕的声音："他醒了，他醒了。"紫想问她是不是林醒了？却发现自己的声带已经不能发出声音了，再一看自己已在半空中——原来自己真的变成了一只蝴蝶。紫放低翅膀，停在林病房的玻璃窗上，看到林的床边围着一大群医生和护士。林坐起身，四处寻觅，喊出的第一个字是："紫。"

紫的心里一下子快乐起来，她冲着林喊："我在这里啊。"却无法发出声音。接着紫又拼命地扇动翅膀，想引起林的注意，她想他一定会认出她来——一只粉红色的蝴蝶。原来她亲手在他和她新房的窗帘上绣的那只蝴蝶，竟是暗示着自己。

只是可惜，没有人会注意到一只蝴蝶振动翅膀的频率，包括林。

原来，世上最远的距离，不是天各一方，不是生离死别，而是我就在你的面前，你却无法认出我。

带着快乐，和一点苦涩，紫飞上了天空。

蝴蝶原来是寂寞的，这是紫变成蝴蝶之前无法想象的，一直喜欢蝴蝶，因为它的美丽和悠然自得。没想到飞翔，也是一种寂寞。不过也许只是她这样一只有心事的蝴蝶才会有的领悟吧？

接下来的每天，紫都看到林傻傻地坐在病床上发呆，护士夕总是劝他出去走走，但林好像丝毫听不见一样，没有任何回应。

“这样下去，对他的病一点好处也没有，搞不好又要变回原来的样子。作为他的特护，你一定要想办法让他到室外运动一下。”医生对夕说。

听到这些话，紫急了，她想着林不能这样，如果真如医生说的那样，那她所做的一切都白费了。

紫着急地在窗外振动着她粉红色的翅膀。

一筹莫展的夕发现了紫，指着她对林说：“你看，多漂亮的蝴蝶啊，我们出去看蝴蝶吧。”

“蝴蝶？”林终于开口说话了，他想到了那个窗帘上绣蝴蝶的女子，一下子从床上窜下来，说：“走，我要去看蝴蝶。”

看着林在夕的搀扶下走出病房，紫愉快得要歌唱了。

接下来的每一天，夕都会陪林到病房外的花园走走，有时候在椅子上坐下来，林会在夕的诱导下和她谈心，这也是特护分内的事，为的是让病人的心情得到释放。

林和夕讲的都是他和紫三年一起走过的点点滴滴。每当林说到动情处，都会忍不住黯然神伤，声音哽咽地问夕，紫到底去了哪里？每当那个时候，紫都会飞到他的肩头，感觉他的气息，林偶尔也会注意到这只粉红色蝴蝶。但他根本就不会想到，那只蝴蝶就是他最爱的女人为了挽救他的生命而变成的。

林的身体一天天好起来，话也多了，面色也红润起来。

而紫却不能再陪伴林了，因为秋天来了，她必须飞到另一个温暖的城市去了，不然她会冻死的。

秋天，本来是紫和林结婚的季节，如今却相对无法相认，还要分离。紫无奈地和其他的蝴蝶一起飞走了。

第二年夏天，紫迫不及待地飞到这个城市。她在医院没有找到林，心想也应该早就出院了，正想去别的地方找找看。

听到林熟悉的声音，喊出的却是另一个女孩的名字：“夕”。

“怎么又来了？”

“没事做，来看看你。”

然后两个人在花园的长椅子上坐了下来。

紫飞低下来。

听到他们的谈话，不再是有关于自己的内容，林给夕讲的都是一些逗笑的轻松话题。

紫看到林不时地偏过头看夕，那眼神里有着令紫心悸的炙热。紫感觉一阵眩晕，轻轻地落在林的肩头。一年了，自从和林恋爱后，从来没有分开这么久过。依然是那么宽厚的肩膀，紫多想能像以前一样依在他的胸前，听他的心跳，但，她现在，只是一只蝴蝶。

突然，林伸出他的手臂，揽住夕的肩膀。

紫的心中一阵锐痛。尽管那只是一颗小小的蝴蝶的心脏。

夕一偏头，看到落在林肩上的紫，轻轻地惊叹：“看，多美的蝴蝶啊，粉红色的，这是我见过的最美的蝴蝶。”

林偏过头，一下子就捏住了紫的翅膀，将紫拿到夕的面前，说：“喜欢吗？我把它做成标本送给你，好吗？”

紫心头一凉，但她不想挣脱，哪怕是死在爱人的手下，为的是取悦另一个女子。她也不想逃走，因为无论是做一个女子，还是做一只蝴蝶，也无论生死，她的一切，都是为这个男人而存在的。

“不，快放了它吧。多美的蝴蝶啊。如果把它做成标本，它的爱人找不到它，一定会伤心死的。”夕说。

“你真是一个善良的女子。”林看着夕的眼睛。紫看到那双眼里折射出的光芒，刺痛了她，以至于让自己在被林松开双翅后忘记了飞翔，一下子跌在草地上。

夕哎呀了一声，从地上捡起紫，把她捧在手心，对林说：“看，你把它弄疼了。”

林说：“它只是一只蝴蝶，怎么会知道疼呢？”

紫多想对林说：“她会痛，而且，已经痛了，而且，她还会流泪。”

“看啊，蝴蝶哭了。”夕看到紫的眼眶里有很小的却晶莹的水滴在闪烁。

紫翅膀一振，飞离了这个城市。

第三年的夏天，紫都不想再到林的城市里去了。但她还是忍不住去了。

她飞到和林准备结婚的新房。

第一眼就看到自己绣了蝴蝶的窗帘，心尖滑过一丝疼痛。然后看到旁边的墙上，挂着林和一个女人的照片，那个女人穿着婚纱，紫飞近一看，那个女人，是夕。

门开了，紫看到夕挺着大肚子走进来，林在她身后用他的长胳膊：将门推开并撑住，等夕进了屋后再放开手关上门，这是一个体贴的动作。以前，林总是这样为自己开门，紫回想着，林总是说紫是他的瓷娃娃，怕她被门撞碎了，所以每次开门都会用那个动作呵护她。而如今，林呵护的却是另一女子，任紫的心碎成一万片，也无从知晓。

没有人会相信，蝴蝶是会叹息的。

紫静静地落在窗帘上自己的那块血渍绣的蝴蝶上，看着林将夕扶坐在沙发上。

“看，多神奇的蝴蝶。”夕发现了紫。指给林看，“它正巧落在那只绣的蝴蝶上。”

林的眼睛望过去，眼神开始迷离。他走到窗前，紫闭上眼睛，等待林用手来捉自己。最爱的人啊，我愿意承受一切，只要是你所赐予的。

好久，都没有动静。

紫睁开眼神，她几乎窒息，林蹲在她的身边，凝视着她，他的呼吸扑面而来，那么熟悉，那么久违，那么轻而易举地让一只蝴蝶流泪了。

“我看到了，蝴蝶真的会流泪。”林的眼里全是迷离，伸手去抚摸紫的身体。

那么温暖，那么温暖，最爱的男人的指尖抚过自己的身体。紫轻轻地扇动翅膀，转过身将脸在林的指尖上轻轻地磨蹭。蝴蝶的眼泪缤纷如雨。

“我觉得，它像一个人。”不知何时走到林身边的夕轻轻地说。

“像一个人？”林震了一下，回过头看夕。

夕的眼眶湿了，咬着下唇点点头。林转过头看紫，正在这时，紫扬起翅膀飞离了这个房间。

又是一个寂寞的长夏。

三年终于过去了。

上帝找到这只可怜的蝴蝶，问她后不后悔？

紫摇头。

上帝正欲将她变回自己，紫阻止了上帝，说：“还是让我做一只蝴蝶吧。”

“为什么?”上帝很惊讶。

“我的付出已换回最爱的生命，而现在他也过得很幸福。而对于我而言，这一生的爱，已在他身上超额透支，余下的，已没有什么意义，我害怕变回人后忍不住对他的思念，反而打扰他的幸福。就让我继续做一只蝴蝶，继续这样绝望地爱着他吧。”紫轻轻地说，“至少，这样，只是我一个人的痛苦，我只想做一只蝴蝶，偶尔流泪。”

这一年的秋天，夕为林生了一个女儿，取名“蝴蝶”。

但他们再也没有见到过那只会流泪的粉红色蝴蝶。

张桂生

泥　泞

生命离不开黄土地，就无法摆脱泥泞。

——题记

1. 怪了。我竟撇开那些如众星捧月般拥着我的男孩子，甚至于想甩掉追了我一年多的男朋友，而要接近那位结识不久的男人。不能怪我喜新厌旧，是他太帅了。他的风度、他的气质、他的才学、他的容貌、他的阳刚之魂，对每个女人都会产生巨大的吸引力，就像铁块碰到磁石那样不可抗拒。我和他似乎有一种心灵感应，相识不到百日，就像老朋友一样默契。无论是花前月下的窃窃私语，还是公园石径上的并肩漫行，我们都是那么的和谐、一致。即便是在办公室里、学习会中，他的每一句幽默话刚说出了个头，我就会率先"咯咯"地笑出声。我的每一个微妙的表情，他也能迅速地把谜底找到。我们好像相见恨晚，又都不愿意说出心中那炽热的东西。

然而，就好像纸是包不住火的那样，爱情之火总是越包越旺。我们都无法忍受这种煎熬，他的一首小诗把我唤进他的办公室。

"你的诗写得很帅。"我低着头，接触到实质性的问题，我还是有点羞，唯恐他看见我红扑扑的面颊。

"真正帅的是心"，他直言不讳，"是我对你的一颗真诚而又炽热的爱心。"

"我配不上你。"我故意这么说，我知道我的体态、我的性格、我的情感，我的充满女性魅力的酒窝——男人心中的酒盅，能使他心动神摇。

"人并不是因为美丽才可爱，而是因为可爱才美丽。"

他怎地这样理解我的话？原以为他一定像别的男孩子那样说：你很漂亮，你的笑窝是男人的酒盅，是我的席梦思床，只有在你身边，一切才是最美好的！可是，他说了这么一句不左不右、不上不下、不软不硬的话。我后悔不该自惭形秽，满肚子不高兴，冷冷地说："那是托尔斯泰的话，可惜托尔斯泰早就死了。"

"你……"他的那对炯炯有神的大眼直愣愣地看着我，闪出迷惑、失望、痛苦的光。我莫名其妙地扳着手指，心里七上八下，我知道可能伤了他那骄傲的心，可我也是有自尊心的呀。

我们在无言中等待，等待对方打破这难堪的僵局。周围静极了，似乎只有我们快节奏的心跳声。

"科长电话。"走廊里传来值班员的呼唤。他似乎没有听见，一动不动地紧锁着双眉。人，一旦进入思索世界，周围的一切是不会注意的。

我本能地站起来，代替他走进电话间，是为了弥补刚才的遗憾，还是为了……我自己也说不清。当我拖着疲软的双腿来向他报告电话内容时，办公室里已经没有他的身影。我的心一阵寒颤，望着那张属于他的藤椅，我仿佛看到了他的那张英俊而又沮丧的面孔，我痛苦地闭上了双眼。

2. 半个月，我们没说一句话。不是不想说，而是谁都不愿先说。

突然，在一个风雪交加的夜晚，我正在灯下写诗，忽听"吱呀"一声，虚掩的门开了。朦胧之中看到有个人影晃进屋里，我不耐烦地抬头一看，是他，没等我的兴奋灶打开，他就走了，扔给我一个纸包。我蒙住了，急急忙忙打开一看，原来是我写给他的诗稿和送给他的生日贺卡。像是遭了雷击，我木呆呆地、凄哀地望着窗外的漫天大雪，第一次为他哭了。第二天，他告诉我，他要走了，去一个不算小的企业当厂长。我又是一阵心跳、狂跳。是高兴？是惆怅？

他走了，我却被孤零零地抛弃在清苦、寂寞的资料室里，怎么样地挣扎、呼唤，也难能寻觅那颗亮晶晶的星了。我的心房里，充满着压抑和悲戚，流淌着黄连般的苦涩。爱的憧憬，美的追求，瞬间化成岚雾，被突然刮起的风吹远了。

一下班，我就和衣倒在床上昏昏入睡。

——有人叩门，轻轻的。是他。他微笑着跨进门坎，一勾手便托着我旋转起来。清雅的紫竹调伴着他灵活潇洒的舞步，宛如蜻蜓点水，萍浮河面。我被他的风采迷住了，舞步竟然乱了方寸。我难堪极了，他却柔情地笑了，轻轻地耳语："我们重新开始，好吗？"我点点头，他托着我旋得更快更欢。我醉了，紧紧地抱住了他宽宽的肩胛，尽情地去吻他乌黑的头发。累了，他抱起我放在松软的沙发上。我感到自己的头皮在他的手掌下一阵颤抖，我无力推却，也不想推却，象征性的稍稍挣扎一下之后，我的柔软、丰满、高傲的胸脯便轻触在他的胸膛。也许已经很久了，很久没有亲近男性的气息了，我不敢迎视他那若水若柔的目光，只感觉到他的鼻息忽然逼近，宽厚的嘴唇压了下来，把我的脸擦得火辣辣的。

……我醒了，突然从梦中醒来了。唇，贴在毛毯上；脸，淌满了泪痕。妈妈进来了，我赶紧缩进被笼里。妈妈走了，我又欲继续刚才的梦。梦呵，梦，除了你，我还有什么呢？

3. 相思，仿佛是一只蚂蚁，夜夜来咬我的心。有时，我真想把它捏死；可等它走了，我又时时将它召唤。

我再也按捺不住了。一上班，左右瞅瞅没人，我悄悄地溜进电话间，太不够意思了，整整两个月，连一丁半点儿的信息也不传递过来。把人家心上的火点着了，他自己却躲在一边，躲得远远的。有什么了不起，不就是长得D巾点呗。我在心里嘀咕着，恨不得把忧怨和酸楚都倒出来，通过话机传给他。

电话拨通了，不知是哪位“克格勃”接的，不去找人，却一个劲地盘问我有什么事，哪个单位的，是他什么人。

“你是查户口的？”我火了。

“不是。”话筒里的声音不轻不重。

“他不愿意接电话？”

“不是。”

“出了什么事？”我的心头生出不祥之感。

“不是。”对方仍然慢条斯理。

“那就请他接电话。”

“你是谁？”

“我，我是他妹妹。”鬼使神差，我撒了一个谎。

“呵唷，实在对不起。”对方在电话里道歉：“你说的单位是我们厂长特别关照的，凡是你那个单位打来的电话，只要是女同志声音，我都要问个明白。”

“你们厂长太过分了。”我不满地说。

“不，我们厂长是顶好顶好的人。”对方迫不及待地再三解释：“厂长在机关工作时追求过本机关一位姑娘，他不知道她有了男朋友，为了不影响……”

“原来如此。”我恍然大悟。我曾经瞒着他同一个男人好，那是爸爸战友的大公子，是妈妈作的主。本来想在比较中选优，不想成为他的话柄。我悲哀极了，那只握话筒的手在紧张地抽动，声音也在发颤。

“你不是厂长妹妹？……”

话筒里还说了些什么，我一句也没听清，只觉得脸上红一阵、白一阵地变幻着。

4. 又下雪了。雪花纷纷扬扬，落在屋顶上，落在楼前的梧桐树上。我站在屋檐下，倚着门框，呆呆地凝视着远方，凝视着漫天飞舞的大雪。我的思绪也像雪花一样飞舞起来。我记起一弯月牙，月牙儿笑眯眯地望着我和他肩并肩靠在长椅上，两双脚埋在青草里，我缠着要他讲故事，而且要讲爱情的。他用食指在我鼻梁上划了一下，微笑着朗诵了一首诗：“爱情，永恒的风，你往哪儿吹，你为何要震撼我生命的船只……”

我记起湖边的那条石径。石径的半个夜、半个晨、半个黄昏、半个炎午，却是一首诗，一首恬静的抒情诗。……

诗，把我和他连在一起了，两颗坦诚的心在诗的歌唱中交融了。可是，诗人却远行了，一半是工作需要，一半是因为我。

我回到屋里，整理他扔回来的诗稿，触景生情，两颗晶莹的泪珠滚出眼眶，心头萌生出一种新的奇想，我要拾回我的梦。我用颤抖的手提起笔，第一次向他直露我的爱、我的像雪花一样纯洁的爱——

我远方的朋友，我仍爱写诗，你还写诗吗？我日日还在呼唤着你的名字，夜夜还在叩响你的门扉，时时还在诉说那些令人伤感的离愁别恨，你都知道吗？你不知道我的步子迈得多么沉重吗？你不知道我的笑窝——你的酒盅、你的席梦思床里盛满了泪水吗？你不知道爱人之间除了两颗心之外什么都是负担吗？你还在用我过失的弥天大网来缠裹你诗的羽翼吗？一切我都抛弃了，只留下你写给我的小诗，你还能来到我的身边吗？你还是我生命的港湾吗？不管你去得再远再远，哪怕你离别很久很久，我都是你的磁场，永远，永远！来吧，朋友，我们不该总是忧愁，组成我们的“两人世界”，才是最美好的归宿。

5. 我从梦中醒来，看了看表，才五点多钟。微弱的晨光从窗帘后面溜进来，落在天花板上，落在墙角的吊兰上。刚才的梦随着晨光消散，我再也睡不着，索性起床，开亮台灯看书。看了一会书看不进去，我又躺在床上，望着天花板想心事。他该来信了，也许就在今天。他会写一封什么样的回信呢？

是恬恬的、淡淡的？是炽热的、奔放的？是珠圆玉润、迂回轻柔的悄声慢语？是急骤腾冲、驰骋舒徐的海誓山盟？我想入非非，一定是勾人心魂的爱情之歌，一定是情感如沸的阳刚之语。

我有点醉，兴冲冲地跑到收发室。说是来看报纸，眼睛却一个劲地朝桌上信堆瞅。然而，我失望了，一次又一次地失望了，一年又一年地失望了。我开始懊丧，不该把自己放到这让人发疯的等待之中，甚至于开始恨他起来。

星期天，沮丧的我来到长江岸边。我软绵绵地依在防洪堤的栅栏上，支撑着头微微向右偏着，一绺乌黑的头发从额角垂落下来，遮住了半只眼睛。望着滚滚长江和穿梭的船只，泪腺又开了闸。我捂住了双眼，泪水顺着指缝流了下来。我该怎么办？我真不知道应该何去何从。

就在这时，一只大手搭在我的肩头。呵，是他——爸爸战友的大公子。他真够痴的，等了我五个年头。我想把他的手拨开，还想说句“莫碰我”。可是，我不忍心，还是用默然的目光迎接他的光临，恭听他的阔论——“为什么还要在苦涩的无望中甜蜜地遐想呢？鸟儿的双翅已经被人剪断，还能飞回贪念旧巢吗？”

“这是你的话？”我诧异地望着他。

“不是，是他写给你的诗句。”他很坦诚，接着说：“爱情是两颗心碰撞的火花，它是世界上最圣洁的感情，强求不是爱情。”他的话语抚摸着我创伤的心灵。我仿佛看见他的一双眼睛忽然变成一片波涛，一片汹涌的长江浪涛，迅速地向我靠拢，把我吞没了。

“你真坏。”我嗔怪地捶了他一下。

他望着我，憨厚地笑。

我们互相凝视着，彼此默默无言地凝视着。喧闹的江畔怎的如此静谧，仿佛这世界就剩下我们俩。

“走走吧。”

我点点头。我们沿着江堤，并肩慢行。手臂与手臂“遭遇”了，谁也不愿意退让；肩膀与肩膀松动了，感情却在怅惘。这就是属于我的新的两人世界吗？

6. 终于，我们走到了终点。作为一个爱情征途上的疲倦的旅人，我终于泊在那位大公子的臂弯……

然而，路的泥泞刚刚开始。

元旦后的第一天上班，大楼里静悄悄。我刚跨上几级楼梯，有人正好下楼。劈面相逢，我一下子怔住了。怎地是他？他就是新来的书记？陡然，心跳脸热，两腮飞红。我慌忙扫视一下周围，幸好没有别人。我找不出一句话来表达心迹。他很坦然地笑盈盈地同我握握手，然后同我交错而过。

我三步并作两步地跑进办公室，“砰”的一声关上门，全身倒在沙发上，心在飘荡，情在流淌，心脉里禁不住一阵骚动。在这座楼里分手，又在这座楼里重逢，莫非我和他真的有不可分开的缘分？

是的，我很恋他，虽然这种恋是苦涩的。就是婚后这几年，我也没有忘却他那“江南才子”的形象，也没有割断怀念他的情思，第一个倾心相爱的人是永远忘记不了的。可事情毕竟已经过去十年了，他为啥又来冲击我心中的岸？他会来吻我溢出的泪珠吗？我的泪珠太多，他可吻得干？

我站起身，心神不安地在屋子里徘徊，脑子里忙乱地闪出与他在一起时的镜头。恍惚中，眼前升起一轮明亮而又清新的满月——

满月，映在湖水之中。我和他漫步在湖边的石径上，像淡淡的梦。这是我们第一次幽会。他叫我来的。我也想与他占有半个夜。

“凉吗?”他收住脚步，看了我一眼。

“还好。”我的目光一闪，像碰落的一颗露珠，躲过，脸红了。

“怎么啦?”他意外——目光惊动了我。

“没什么。”我羞愧——不该去触动这朦胧的觉察。

他低下头，默然。犹豫？等待？说不清，我知道他的心跳得很。

我向他挨近，真想他早点把心里话说出来，又但愿他千万不要说，什么都埋藏起来。

他在回避，我也在回避，谁都不想失去主动权。我们毫无目的地漫步，默语。月亮遗忘了我们，悄悄地躲进云层，又悄悄地溜出云层。我拣起一块石头扔进湖水，月儿碎了，闪闪烁烁，晃晃忽忽，飘飘摇摇……

“砰,”晨风吹开了窗户，也吹散了我的神思。我深深地叹了一口气，要是那年满月之下，我们都把心中的秘密掏出来，该有多好。可是，一切都晚了。我气恼地将吹落在地上的公文纸拣起来，慢慢地撕碎，又轻轻地扔到窗外，纸片随风飘舞，在我心的上空飘起一片茫然和惆怅。

7. 死灰复燃。不到一个月的接触，我的心中萌生出与他重归于好的念头。这念头在心中占有的地盘迅速扩大。每天上班，不论是工作，还是学习，或者是那短暂的工间娱乐，如果发现他不在，我就说不出的空虚和不安。只要他在办公室里，我总是要找着理由跑好几趟。最难熬的是晚上，茫茫的夜空，嵌着许多不安分的星星，不停地眨着眼，偷偷地从窗口冷冷地盯着我，好像在探查我的心事。月牙儿也来凑热闹，朝我露出似笑非笑的面孔。我在床上翻来覆去，怎么也睡不着。思绪像头发疯撒野的牛犊子，在胸际东奔西闯，多少事既无层次又无联系地在心里乱糟糟的翻腾着，我感到苦闷，我要向他坦露我的心迹。

还没等我伺机开口，他的一封信已经放在我的办公桌上。十年天各一方，不通音讯；如今在一座办公楼，却突兀而来一封信，他会说些什么呢？

我迫不及待又小心翼翼地剪开信封，一张精美对开的生日贺卡掉了出来。啊，他还记得我的生日，一股暖流涌入心扉，我激动地对着贺卡吻了又吻，仿佛这里头有他的香和热。打开贺卡，两行工整的隶书映入眼帘："爱的神韵在思念与理解中，爱的满足在事业与前进中，将往日的爱当作温馨的回忆吧！"这是什么意思，这不是向我宣布"拜拜"么！我的心急骤地冷了下来，刚才那种自作多情的忘形之状，一下子烟消云散了。

我推开窗户，窗外细细的雨丝伴着轻风摇摇晃晃飘落着，微风带着雨丝从窗外飞进来，落到我的脸上，像冰冷的钢丝抽在我的心上。飘洒的雨丝呵，当年你可是那么温馨、那么清甜的呀——

那天，我一个人不知为什么在江边闲逛。天，正下着寂寂的细雨，我无遮无掩，天蓝色罩衫渐渐湿透。这时，旁边的伞底下露出一双清澈透亮的大眼，我感觉了他，我还感觉到这人在向我靠近，接着递过来半边伞。雨停了，他走了，不知消失于哪个方向。最后一瞬，我萌生出一隅梦幻，缘于他的微微一笑，只觉得一种细细的东西钻进心房。后来，他调到机关工作，我发现他就是那位给我半边伞的人，我高兴极了，连夜为他写了一首描写雨丝的诗，至今还藏在日记里。如果没有这细细雨丝，谁还注意和记着那深邃而似迷茫的大眼呢……

我倚在窗前，呆呆地凝视着窗外，细细雨丝好像在我眼里囤积了，接着又大滴大滴地滚了出来。细细的雨丝呵，请你告诉他，我爱他，真的爱他。只要他还爱着我，我就打破世人的俗规，带着女儿嫁给他。爱情、婚姻不该总是一成不变的恒等式呵！

8. 他的家，在机关宿舍的小楼上。深夜，小楼，静悄悄。我壮着胆子仍然怯生生的钻进他的斗室。他爱人不在家。他一个人伏在台灯下正写得天昏地暗，全然没有发现我的到来。我故意干咳几声，等他惊讶和惶惑地看着我时，我的长睫毛向他一扑一闪的，酒窝一转，旋出笑。

“这么晚了，不怕说闲话?”

“这么晚了，你还不欢迎?”

他有点局促不安。我有些尴尬。他让我在沙发上坐，自己却直挺挺地站在一旁，斗室里的空气变得凝滞而沉重。我的心在哭泣。这就是他对我的态度吗？我盯着他，眼波里折射出一个急盼解答的问号，心里翻卷起浪花：小木船载着我和他在浪花间轻轻地滑着，像轻盈的蝴蝶。忽然小木船猛烈地晃荡起来，我吃惊地双手抓住船帮，他却把两只手交叉抱在胸前，望着我哈哈大笑。我醒悟过来，顺手撩起水花扔过去。他猛地扑了过来，将脸上的水珠紧紧地贴在我的彩条连衣裙上。我含羞地推开他。他的大手把我的双臂抓得更紧……

我继续目不转睛地盯着他，他仍然像一尊大理石浮雕伫立着，高高的鼻梁，微翘的嘴唇，闪亮的眼睛，都是一动不动。唯一醒着的是那对浓黑的剑眉紧紧地蹙在一起，让人感到他不是没有生命的雕像，而是活生生的男子汉，正在思考什么的男子汉。他在思考什么？他太爱思考了，仿佛全世界的问题都汇集在他那古怪的脑袋里。

他终于开了口：“既然我们都有了家庭，就不要……”“别说了。”我气呼呼地站起来转身而去。他没有留我，连送也没送一程。下楼的时候，我一阵晕眩，差点儿栽倒。一颗灼热的泪珠滚到我的眼角上。我没有哭。哭也没有用。我知道眼泪是浇不开爱情之花的。爱情是双向交流、互相感应，我的命运如何，我自己是作不了主的。和他好到现在，十年光阴，三千六百五十天，只要他需要的，该给他的都给了。他无动于衷，甚至于出现今天这样的相聚无言，哭有屁用。可是，当我拖着铅一般沉重的脚步跨进自己家的门坎时，眼角上的那颗泪珠还是滚了下来。

9. 自从那天晚上在他家碰了钉子，我似乎就没有真正地笑过，有时，别人高兴时，我不得不陪着笑笑，但那是凄然的苦笑，或苍白，过敏，忧怨，迷惘。掉进长江里，我兴许还能游上五百米，可掉进失望之中，泫然无能为力呀！我时常在梦中扇动幻想的翅膀，在那无可名状的云层下，随心所欲地飞翔着。可再好的美梦也有醒的时候。醒来，我却哭了。我面临的是变态的哈哈镜。生活，命运，使我得不到、又扔不掉他呵！

深夜，坐在台灯前，被女儿的翻身声浑然一震，哦？我在想什么？手中的英语书怎地落到了地面上？我弯腰拾起，重新展在眼前，然而，不知怎的，往日最富有魅力的英文字母，今晚却无论如何也进不到我的脑海中来。沸腾的思绪宛如一条湍急的河流，无法抑制地奔跑。我隐隐发现，我要新的感觉，要变化，要奋力打破什么，或有拼命奔跑的感觉，跑出这泥泞的小路，以极大的力量主宰自己，是女儿的可爱、丈夫的亲吻，所不能代替和补偿的。我又想找到能使我的感情保持平衡的东西，连日来，我拼命地操持家务、侍奉丈夫，打扮孩子，又潜心学习服装裁剪，可是，都无济于事——岁月留下的空白太难以填补了。

爱与恨的交替折磨着我，失望与追求的交替折磨着我，软弱与自尊的性格折磨着我，我干吗要苦着自己、折磨自己呢？闲暇中，一个奇妙、执拗的想法闯入我的心扉——假如我的生活中没有过他，我的生活又该怎样？假如我的生活中失去了他。我"苍白"的心几时能充满活力？假如我和他再一次恋爱，我可真的能承受得了世俗的偏见和压力？

女儿在床上又翻了个身，她还没睡着？我蹑手蹑脚地过去，深深地亲了女儿的小脸蛋，一行泪滴在她头上，是呵，这么晚了让她一个人睡在床上，没有母亲的温暖，她怎能睡得着呢，我的心中一阵内疚，赶忙上床，把女儿紧紧地搂在怀里。

10. 惊讶，画到了我的脸上。做梦也没有想到，他会主动找上门来。开始，我不理他。后来，他向我道歉那天晚上，我便对他客气了。我拉他在我身边坐下来，给他点燃一支烟。开了闸的心泉像瀑布一样倾泻，我不停地诉说与天各一方的离愁别绪，不停地诉说被人乘虚而入的幼稚和苦闷，不停地诉说张三李四王二麻子离婚再婚的比比事例……我一口气从《新闻联播》说到《晚间新闻》，三个小时的话该有多少多少呢？

他一个劲地吸着烟，久久没吭一个声，当我从"诉说"中跳出来的时候，我感觉到他和我挨得比刚才紧。我又朝他挤了一下，他没有退让，却把我拉在怀里，我顺势把头枕在他的腿上，任其轻轻抚摸。我喜欢一边摩挲一边枕着他的大腿闭目养神，等待着一种新的需求经过我的奉温焙烤从他身上滋生出来。

那些书上描写的、电影电视中出现的男人的冲动，不都是这样启动的么。

忽然，他的大手从我颤颤的胸脯上猛地抽走。我吃惊地睁开眼，见他神情木木地望着前面，前面是雪白的墙壁，那上面挂着我和丈夫的结婚照。

"你怎么啦？"我勾着他的脖子嗔问。

他没有说出他要说的，手紧抠着自己的胸膛。我预感到他有难言的苦衷，这苦衷也许正是我的悲哀。我看见他的嘴唇嚅动了几下，我怕他又说出那个

“既然”，赶紧用手捂住了他的嘴。

夜深了。他要走，我不肯。他执意。我抗拒不了他的意志。临行前，他想要我的一张照片。我使劲儿点点头。翻出影集，照片多如牛毛，全是彩色，或立高山之巅，似壮志凌云；或卧花丛之中，似歌舞升平。或故作姿态风流袅娜；或时装迎风流溢现代风韵。我知道他是不喜欢附庸风雅、搔首弄姿的。最后，找出一张我和女儿的照片，就在办公大楼前面的绿草地上照的。送给他，他果然喜欢。我的心里似很坦然，又似萌动新的迷乱。

11. 在春风细雨中，我来到平常人声喧闹，而这时显得异常宁静的公园，全然不顾淅淅沥沥的春雨落在身上，信步走着。皮夹克、牛仔裤，增加了我的魅力，过路的男人都要扭过头盯上我一眼，我心里乐滋滋的，女人打扮得漂亮就是为了让男人看。我走过曲桥，来到湖心亭，他已经在那里等候。是他约的，他应该提前到。我远远地对他打了一个漂亮的响指，脸上露出了舒心的微笑。

“早来啦？”我娇嗔地问。

“刚到。”

“不怕说闲话？”我将他的军。

“嗯。”他点点头，语音似很凝重：“为了不让人家说闲话，约你躲在这里谈谈。”

“谈吧。”我似觉不妙，冷冷地说。

“你知道吗，机关有人在议论我们。”

“有啥了不起，传统社会的传统特产。”

“不，人言可畏。”

“我不在乎。”

“唉——”一声长长的叹息，好像把生命的最后一息泄完了，他半天说不出话来。“你说怎么办？”我边说边偷偷地瞟他的脸色，他眉头紧锁，神情忧伤，眼睛也增加了水分。我安慰他，说：“一切都会好起来的，我同丈夫离婚就是了。”

“不能。”他急了，话一句一句地从他嘴里溜出来。他说，离婚也许能摆脱某种痛苦，但随之而来的未必是欢乐，可能是另外一种意想不到的痛苦，甚至于更多人的痛苦。他说，婚姻是大事，它牵涉到家庭、社会、同胞、子女、个人前程，不可单凭感情，还要有理智。他还说，美学家布洛说过，美在于适当的距离。爱的美也是距离的美。我们之间保持适当的距离，才能保持个性和特色，保持新鲜和健康的魅力。最后，他重重地说："已经失去的爱情，就让它流失在心的沙漠里吧。"

他说了那么多，多得叫人受不了。我的心里陡然失去平衡，空洞洞，惶惶然。我冷冷地扫了他一眼，与他的目光狠狠地撞了一下。没有撞出火花，却撞成了霹雳。

"你给我滚!"我气极了，大声地吼。这是我第一次对他这么凶，是他惹的。

"请你理解和谅解。"他慢条斯理地说："爱是不能忘记的，但是爱又是不能伤害别人的。"

算了吧，跟我来这一套。我睬也不睬，一阵风似的冲进淅淅雨中。

12. 无法摆脱的矛盾使我掉进了深深的苦海。他是唯一深深打动我心扉的人，要不是我过早地伤害了他那颗骄傲的自尊心，要不是有了那位大公子，他一定就是我的男人。可是，一切都晚了，我们都有了各自的家庭，有了家庭就不能再有爱人，这也是传统。我该怎么办呢？他不愿意牵着我冲过世俗的风雨、流言的暗礁、妒忌的漩涡，我有什么办法呢？

他躲避我，整整一天没跟我打个照面。我可受不了，每天都想方设法见到他，哪怕只是见个冷峻而又模糊的背影。好不容易瞄上他在办公室里，我给他送去他最喜欢的资料，原以为他会像往常一样双手接过去，这个时候，我们的手指总要有意无意地碰触一下，虽然只是一瞬间，却感到他的暖流正沿着我的双臂贯穿于我的全身，我被这暖流融得甜甜蜜蜜的，他被他的"酒盅"——我的笑窝醉得潇洒超然。可是这会儿，他冷冰冰地让我把资料夹放在桌上，看也不看我一眼，埋头写他的什么文件。我气急了，扭转身就走。

从黄昏走到天黑，足足走了二十里路，重复地绕着圈子，竟然不知不觉地走到他的家门口。静寂寂的宿舍楼，冷飕飕，黑沉沉，宛如我的心境，充满了空虚和寂寞。我在他的屋前屋后徘徊着，怅惘，沉郁，心里空荡荡的。偶尔，我抬头望望那扇窗口，窗口洒下乳白色的灯光，宛如喷出银亮亮的飞瀑，冲击着我的五脏六腑。实在忍不住了，我推开他的门。他爱人领着儿子回娘家去了。就他一个人，我热烈地搂住了他。

是被我突如其来的举动惊骇？是他已经不屑一顾我的感情？他猛然地推开我，那对炯炯有神的眼睛似乎在吼："怎么能这样，太放肆了。"

怪，我没有像往常一样愤然离去，却重新扑向他，趴在他的肩上嚎啕大哭。这回他没有推开我，用手在我的背上拍了几下，说："你哭吧，为了笑，痛哭一场也无妨。”于是，我一个劲地哭了很久。

他见我哭够了，把我扶到沙发上，劝慰我：“误解只是一次经历，而不是全部人生。”说完，他给我煮了杯咖啡，继续同我谈人生、谈家庭、谈道德、谈事业。哲理，在他面前，成了话的灵魂。就让他的话在我心中积淀浓郁的韵味吧，我在心里默语。

一丝淡淡的微笑掠过他的嘴唇，很快被他吐的烟雾抹去了。“其实，我很爱你。”他很痛苦地承认了这一点，一仰脖子把我喝剩的半杯咖啡一干而尽。“可是，爱，不只是占有。两情若是长久时，又岂在朝朝暮暮！”

我点点头。是醒悟？是本能？我低下了头，右脚不停地蹉动潮湿的地面，似乎才开始明白为什么不能得到他的爱，只因我有非分之求。“没有份外的风流，就不会有揪心的苦恼。”这是谁说的？我若疑若信，信的成分，在迅速增多，我似乎在思考脚下的路。

13. 泛着青光的柏油路，默默地把我驮回了家，驮进了一个属于我的三人世界。

女儿睡了。丈夫坐在沙发上，烦闷地吐着烟圈，紧锁的眉间凝着沉重，目光是呆的，几分失望，几分忧伤，几分愤懑。

“你怎么啦？”

他没有动，只是轻蔑地瞟了我一眼，两片厚厚的嘴唇紧闭着。

我的心“呯呯”地乱跳，脑海里打了个大问号：平常他可不是这样的，今天怎么不理睬我呢？

我从冰箱里取出一根香蕉，剥好皮递给他，心里战战兢兢，嘴里却亲亲热热地说：“吃吧，消消火。”

他抬起手臂，没有接，却狠狠地一扇，把我递过去的香蕉打在地上，粗话像火山喷出，“婊子养的，丢人现眼，还有脸回来，给老子滚出去！”

突变。我一下子惊呆了。从来没有人对我这样凶过。他骂我，还连上我妈。我恨极了，在一种不可遏制的力量驱使下，我的手灌注了全身的气力，携带着一股冷风，往他黝黑的脸上扇了过去。

仿佛一巴掌是打在墙上，他没有一丝晃动，只是牙齿咬得“咯咯”响，两只眼睛燃烧着火焰。而我的手有点麻，心有点麻，周身发软。我无力地瘫倒在沙发里，潸然泪下。

“你既然还爱他，我们就分道扬镳！”他气呼呼地说。

“你……”我想向他解释，又想同他争辩几句，但一想到他也可怜，自己的女人同别的男人相好，谁不满腔怒火呢！将心比心，只得将冲上咽喉的火强压了下去。

“你说话呀!”他像是命令。见我蜷缩在沙发上哭泣，又软下心来，举起右拳捶着自己的太阳穴，自言自语：“孩子都上学了，还同别人相好，让人家指背心。我知道你心上没有我，我也不想再和不爱我的人一起生活，我们好合好散，明天我们去法院离婚。”说完，他“嗖”地一声冲出了门。

他走了，卷去了往日的爱抚和温存，我似乎感觉生命的火焰猛烈地摇曳了一下，心儿在往下沉。人生为什么有这么多的痛苦和悲伤呢？刚刚摆脱感情的纠葛，刚刚从泥泞中迈出双脚，又碰上了暴风骤雨，又要经历新的泥泞，这人生的泥泞怎地总是伴着我的双足？

夜风吹开半扇窗户，初冬的寒气从窗的隙间呼呼卷进来，在我的身边打着旋。怎么这样冷呀，心也会哆嗦吗？是的，结了婚，就不该有那份情感。但情感是不自觉的，又是可以控制的。我不懂，为什么一个人已经开始控制非分的情感，还会触犯这么多无关紧要的人，接踵而来地在我的丈夫面前挑拨离间，仿佛人人都要把我置于死地而后快似的。

夜深了，刚要迷迷糊糊地入睡，忽然感到有人悄悄地走到我的跟前，我睁开眼，是女儿。我赶紧把她拉进怀里。我感到女儿的身子瑟瑟发抖，是冷的么？我紧紧地抱着她，她像一只小花猫，缩在我的怀抱里。

“妈妈，你不要爸爸吗?”

“别说傻话。”

“那么，你为什么要打爸爸?”

“爸爸先骂妈妈，还骂妈妈的妈妈。”

……我们沉默了好半天，我发现女儿的双肩抽搐起来，我捧起她的小脸蛋，两行热泪流入我的掌心，我的鼻子又是一阵阵发酸。

14. 人们常说，时间能洗刷一切，无论是痛苦还是欢乐。我不相信。两个多月过去了，痛苦和欢乐依然装满了我的心，痛苦是真切的，欢乐是苦涩的。爸爸、妈妈、弟弟、妹妹、同事轮番地劝说和安慰，似乎都难以入耳入脑。我下意识地期待他和他的到来，此时此刻，他和他——爱的砝码，谁先投入在我空虚的心灵上，我感情的天平就会向谁倾斜。他和他怎么都不来呢?

于是，思绪拽动脚步去寻找……

遥望宿舍大楼二层那橙黄色的灯光，脑海里闪烁着埃及金字塔神秘诱人的光环。勇敢些。我默默地念。嫁给他，或者同他占有一个夜，一个真正属于我和他的长夜。他好像在摇头，涩、苦、悲、痛。我只能默默地凝视着他的凝重的背影，当他回头的那一刹，我却转过了身。我不再勇敢。他不给我勇敢。可畏的人言如同迅疾的流水，从何处流来又向何方流去，我的四周汹涌着陌生、鄙视、惊讶、惶恐面孔的波浪，像是要将我和他冲开、吞没似的，不管我如何缩在仅仅十二平方米的小天地，还是用被子蒙住脑袋，将自己藏在黑暗的天国，那波浪却是接踵而至，有时还劈天盖地。让惊涛骇浪冲着我来吧！他有他的事业，有他自己认定的前程。我……不能。

肿胀的双脚拒绝继续跋涉。我的目光落在近旁。一切原是实实在在，不美好，也不悲寂。黄昏编织的鸭绒被，虽没有朝霞多彩，却也不失光的温馨。黄昏是神秘的。这里也一样神秘吗？过去断然不敢想象有朝一日用自己的乳汁用汗用泪用无数个艰辛，将一条看不见的小虫抚养成会说会笑会吻你又会和你淘气的生命；如今竟在这里成为现实，女儿在我的身上孕育大了，在我的手里摩挲大了。噢，原来她是另一个自己。这是个哥伦布式的发现，是我亲手创造的奇迹。这里还不神秘么！神秘是迷人的，可我还迷人吗？他和他都离开了我呀！

站到大衣柜的镜子前，看到的是一个令人吃惊的陌生人：头发如秋天凋零的草木，枯干黄脆，姑娘时代那一头乌黑的青丝已成记忆；眼角旁无情地爬上了皱纹，让人苦叹“蛛丝儿结满雕梁”的哀歌；粗砺的手、千坦的胸脯和没有线条的身形，冷酷地宣告一个时代的结束。从女儿的尿布扯起了我事业、情感倒退的风帆。从花烛夜的灯火展开真实琐屑的世界，我精疲力竭的走完了三十五岁。毕竟三十多岁的人了，三十多岁的女人，对家庭的不可克服的依赖和责任是割不断的风筝线，我能往哪儿飞呢？我能飞得起来吗？我是爱在自己的小屋里种满“勿忘我”的，可这小屋的男人却愤然离开我。

15. 尽管我在和他接触时尽量注意感情上的距离，但在同事、同学和亲朋之间的闲谈中，风言风语还是一阵大似一阵，一阵气人一阵，什么样的脏水都往我身上泼。更恼人的是一纸通知宣布了我的工作变动，组织上的变相表态使“谗言”鹊起，大有黑云压城之势。一赌气，我申请去了山村水电站。

山野的风一阵一阵呼呼的。记忆的冬天绝不会来得这么早。天昏昏的，会不会要下雪呢？大雪会阻挡女儿上学的小路吗？雪花会飘进女儿的被窝吗？我担心。

真的，我担心。

那天早晨是女儿送我上车的。她说不能让我一个人走，叫我工作完了就回来，叫我不要想家，说她放假时同爸爸一道来看我。她给我说了好多好多，多得揪心断肠。

汽车起动了。一股浑浊的油烟由排气管喷出，地上的碎屑、灰尘随之旋转、飞舞。“砰!”“砰!”车门猛然关闭，隔绝了我同女儿不尽的话语。我似乎感觉到生命的火焰摇曳了一下，心儿在往下沉……

车轮转动了。一条突然生出的路，越拉越长，渐渐地拉开了我和女儿的距离，拉走了爱抚与温存，抛下了思念和寂寞。怎么这样冷呀，心也会哆嗦吗?

脸上湿漉漉的，落泪了？真没出息，当着这么多人的面，传出去说不定又要被加油添醋一番呢。我咬紧嘴唇，不让泪水再滚下来。透过车窗玻璃，我看见女儿高高举起的手臂和频频摇晃的小手，宛若读雨，读绵绵甜甜之雨，读淡淡忧伤之雨，心空起了雾，思绪打了结。

山中雨季太长，云雾太重，口子太冷。假如一年前我没那份多情，何至于今日踽踽独行在这渺无人迹的荒山野岭中。腿似浇了铅水一般重，头顶上飞过一群群归巢的鸟儿，初冬的冷风从山坳中吹来，带着一片片阴云、一团团雨雾。虽然我已知道，翻过前面那道涌着黄色草浪的山梁，就看到水电站的拦洪坝了，可一颗触景生情的复杂心情，使我怎么也没勇气走上这不算太高的山梁。

十年前，那个秋风秋雨的傍晚，省会火车站的站台上站着我和一个男人。

“再过一分钟，这趟列车就要把你带到建在穷山恶水中的水电站了。”

“嗯，”我点点头。

“要是推后一分钟……”他意味深长地环视着华灯初放的城市：“咱们就可以一起留在省城，再争取找爸爸进省委机关。”

“可是，”我不以为然地把头偏向一方，深情地说：“我想山里的落日一定会更美。”说着就转过身默默地上了八号车厢。

列车徐徐离开站台，耳旁不断响着他的叫喊：“不习惯就回来!”

……果然，我不习惯山里的寂寞、山里的闭塞、山里的粗野。我决定给他发电报，要回去，要他到山梁上迎接我。如果他真的能接我回去，我就不枯守这山里的落日。

亮晶晶的秋雨从灰云手里洒下来，通向山梁的羊肠小路变成了一条细细长长的小河。暮色悄悄地贴上了山野的胸膛。满怀希望地朝山梁上看一眼，根本没个人影儿。是翻过山梁？还是返回电站？我犹豫不决。突然，我的心禁不住一阵乱跳：云雾蒙蒙的山梁上出现了一个熟悉的身影……

长长的回忆，扯出了我一串串长长的眼泪。早早升起的冷月把一弦孤清推进我的心窗，我轻轻地提起肩，抱紧双臂，让冷风将身心一层层地裹紧。

16. 灯，灭着，屋里漆黑。

我闭上了眼睛，心里却亮了两颗星星。该跟着哪颗星星走？脑子里乱得很。

都怨自己，我一阵懊悔。本来，上下五千年，女人嫁给了男人就宣判了爱的死刑，可我偏要缓期执行，总是有一种莫名其妙的欲望在奔突，在燃烧，烧得稀里糊涂的。女儿都戴红领巾了，自己还在写罗曼史，还在演“猴子捞月亮”的儿童剧。人呵，多了随心所欲的翅膀，虽然自命为“万物之灵”，实际上还不如一只小小的山雀。山雀天黑了就归巢，我呢？

我感到心烦意乱。翻身下床，走到窗前，星星在向我眨眼。

哦，那颗星，真亮！我不由地抬起头仔细地打量起来：富有智慧的前额，深潭似的双眼，一张很有个性的嘴，棱角分明的国字脸……哦，那颗星，也亮！我情不自禁地转过视线，眼帘里：一个身材修长适度、脸面白皙微红，戴着金丝眼镜，穿着豆沙色全毛西装，安详地坐在一张小小的写字台后面……

猛地迪斯科舞曲，像一匹未经驯服的野马，从对面男工宿舍里奔出来。我移了移身子，朝对面的男工宿舍望去。我曾经参加过他们的舞会。那里的气氛是热烈的，热烈得近乎粗俗，但人们的感情却是真挚的，没有一丝的欺诈和相互利用。一首威尔汉米的《圣母颂》，使我从他们那粗犷的外表和豪放的性格上看到他们内心深处的细腻。

“咚咚”，有人敲门。

我拉亮灯。门开了，却没人进来。不一会儿，楼梯口传来一声吆喝：“跳舞罗——”“跳舞”，我的心灵为之一“震”。那颗也亮的星星像是向我走来，瞅瞅没人，一伸手搂着我的腰，像电影中那样静静地瞧我的眼睛，瞧我被山风吹瘦了的脸颊，然后抱住我的脖子热吻，从眼睛、嘴唇、下巴到早已胀鼓起来的胸脯……呀，初婚时丈夫的动作是多么疯狂又温柔、粗俗又优雅。唉！这样的时光太短促了，短促得像云、似风、如流星。蜜月刚过，他就去上大学，去辉煌他的事业。我成了十五的月亮。一加一的世界残缺了一半，能怪我吗？

迪斯科舞曲在山野中狂奔着，奔远了，又飘来《命运交响乐》。我屏声静气地听着，觉得好像回到了一年前的那个清晨，回到了那间窗明几净的办公室。“花的美，在于热烈地开了，还会静静地落；人生的苦恼，在于该忘却的总是记忆犹新。”他的话，像诗。我喜欢诗，但不喜欢这句话。凡是我真爱过的，从不后悔；凡是真不爱我的，绝不强加。

男工宿舍的灯灭了，他们睡了。可我，心里乱糟糟的，没有一点睡意。伫立窗前，仰望星星，我在无穷无尽地想，想省城，想那颗真亮的星，想那颗也亮的星。一片浮云飘来，两颗星星从视野里消失。浮云缓缓地移动，只露出那颗也亮的星星。真亮的星呢？

我不知道。我需要思考。

我离开窗子，躺回床上。我知道今晚又会做梦的。我会在梦里做出选择吗？人生的选择是无休止的，从某种意义上说，无休止的选择和不断的追求构成了一个人的人生。丈夫已经有了，还能再选择吗？

我使劲闭上眼，想尽快进入梦境。可是，说什么也睡不着。总觉得那颗也亮的星，离我越来越近，近得已经跨进我的这扇孤独了许久的门槛，近得已经让我听见了心跳感觉到温柔。

17. 水电站里男人多女人少，我来这里第一天起就成了比中央电视台《新闻联播》还吸引人的新闻人物，那些见了山里妹子都伸长脖子偷看的小伙子，变着法子朝我这儿钻。开始还不大在意，时间长了，我心里长了一个说不出的疙瘩。对着那一双双渴望的眼睛，我下意识地感到我不能再在这里待下去了。终于，我下决心离开这里。

推开那扇熟悉的家门，与丈夫的瞳孔撞上了，撞出了淡蓝的火花。我红了脸，低下头。他拢拢我零乱的头发，不无兴奋地说：“回来啦!”“嗯。”我点点头。

“这一去半年哩，你不想我?”

“不想。”

“真的?”

“不……”我的声音软了，一把抓住他的手，像抓住一件快要丢失的东西一样。我慢慢地抬起头，深情地望着面前困难时刻帮助我、伴我十个春秋、给了我太多理解和忍让的男人，我的心颤抖起来。我看见他的眼睛也是一眨不眨地看着我，他每天都能这样吗？蓦地，我看见一滴泪花在他的眼帘里一闪，像一颗灿烂的流星划过湛蓝色的天空。我再也控制不住了，猛地扑进他那滚烫的胸膛。

他去接女儿，我在家做饭。我做了许多可口的菜，都是他爱吃的；还准备了一瓶茅台酒，让他开怀畅饮。结婚这么多年，这是我第一次专门为他效力。他大口大口地饮酒，大口大口地吃菜，饮得很畅，吃得很香，我由衷地快活。我觉得，他以这样的方式回答我，将胜过千言万语。他边吃边不时用胳膊肘子碰碰我，示意我多吃些菜。小女儿看到了，撒娇地说："爸爸妈妈偏心眼，偏心眼。"我把眼睛瞪了她一下，让她别干扰爸爸的雅兴。他却乐呵呵地给女儿夹着菜，"对不起我女儿"的话说了好几遍。饭桌上的热气腾腾，使我的三人世界充满了温馨、柔情和甜蜜。

吃完饭，他约我去看看那个他。我刚舒展的心又在收缩。他见我犯疑，马上说：人家为我们的事操透了心，和爱人一道三番五次地登门做我的工作，要不然我可没这么快就转变思想呢。如今我们重归于好，还能不去感谢人家。

我心里一亮。他和他终于成为朋友，这是最好不过的事了。误解不是全部人生，人生不总是泥泞。我和他相视一笑，一人牵着女儿的一只手上了路。

夜，很深了。天幕蓝莹莹的，将一轮椭圆的月亮衬得如水洗般格外的明亮。皎洁的月光，十分轻柔地漫泻于喧闹初上的城市，照得脚下的柏油路也亮堂堂的，脚步随之轻快起来……

（选自《清明》1990年第2期）

张明润

金　子

一

就在人们几乎要将刘老铜完全淡忘时，黑水镇突然传出刘老铜死去的消息。

镇上的多数年轻人对刘老铜之死并不当一回事。死人的事是经常发生的，何况只是一位老人之死，这对他们来说早已司空见惯。他们甚至还根本不知道刘老铜是谁，他们想那无非就是一个老人吧，一个老人死了就死了，完全不必大惊小怪，因而他们依然忙着自己的事情。如今他们也真是有忙不完的事，虽然他们有时也不知自己整天到底在忙些什么，整天这么忙着到底又是为着什么。他们其实是并不知道在刘老铜的身上曾有过惊天的传言，如果他们知道了那个传言，肯定会和刘老铜的孙子一样对刘老铜大感兴趣。而一些上了年纪的老人听说刘老铜死了心里却无法平静，甚至长吁短叹，而后从家里的旮旯处翻出一些铜钵铜碗铜壶之类器皿，久久注视并轻轻抚摸。这些器皿早已锈迹斑斑，但注视并抚摸它的人却似乎从中看到刘老铜年轻时的影子，耳边也似乎叮当有声，那是敲打崭新铜器时所发出的清脆而动听的声响。同时，他们自然也想起镇上曾流行一时的传言：刘老铜家到底藏了多少金子?

刘老铜死了，这消息千真万确，其实刘老铜死得并不突然，他已经81岁了，完全应该说是寿终正寝。20多年前，刘老铜就不幸患上了一种古怪的头痛病，发作起来简直痛苦不堪，就如同孙悟空被唐僧念起了紧箍咒。他曾找过多位名医诊治，但医生看过都说，从医学角度讲，他这种病根本就找不到病因，属少见的疑难病症，无从下药，他们实在无能为力。有的医生也开一点药，但直言这只是保守治疗，断不了病根的，他们让刘老铜在家边吃边养着。刘老铜想这有什么用呢，他完全灰心绝望了，只得结束了他长达40年的铜匠生涯，挑着铜匠担子回了家。而那时也正是铜匠生意急剧下滑之际，刘老铜想，这难道也是天意？刘老铜回家后，那古怪的头痛病果然没能断根，仍然一直折磨着他，且愈演愈烈，那些医生开的药已毫无用处，根本不能养他。去年年底的一天晚上，他痛得终于无法忍受，坐卧不安，在屋子里乱转，一不小心跌倒在地。他中风了，嘴歪向一边，不能说话，也不能动弹，只好整天躺在床上，就这样躺了几个月，他终于死了，死时他儿子和孙子守在身边。

刘老铜的儿子年龄也不算小了，他自小就是刘老铜的帮手，其手艺虽比不得父亲，但也曾算是一位很不错的铜匠。自从刘老铜患上那古怪的头痛病回了家后，他儿子也就渐渐疏于铜匠手艺，他当然不是不想干，而是非常清楚再干已是干不下去了，于是他一边照顾年老有病的父亲，一边跟人找些别的活干以谋生。而到了刘老铜的孙子手上，他家祖传的铜匠手艺则几乎完全失传了，如今刘老铜的孙子和镇里一般的年轻人根本没什么区别，整天有着忙不完的事。他不知什么时候从谁的口中也知道了家里藏有金子的传言，那一刻他简直欣喜若狂，回到家后就急不可耐地向祖父和父亲打问家里金子藏在哪，然而令他大失所望的是，他祖父和父亲的表情都十分冷淡，根本不理睬他。当然他并不甘心，偷偷在家里翻箱倒柜地寻找，但依然一无所获。就在刘老铜的孙子这样翻箱倒柜寻找时，刘老铜躺在床上不停地辗转反侧，头痛病似乎发作得格外厉害。一无所获的孙子见祖父那种痛苦万分的样子也无可奈何，但他仍心存妄想，希望祖父在临终时会一语道破天机，把金子交给他。

刘老铜的儿子向一些老人讲述了刘老铜死时的一些最后细节。刘老铜死时，虽不能说话，身子也不能动弹，双手却能吃力地在空中比划，不停地划着弧形的圈子。他的儿子和孙子看了半天不懂。此时最焦心急迫的是刘老铜的孙子，他自然是关注在镇上曾流行的那个传言，他想祖父这时是不是要告诉他金子藏在什么地方，好让他去找。孙子贴紧刘老铜的耳朵将意思说了，没料到刘老铜却连连摇头，双手依然不停地在空中比划。刘老铜的儿子看那弧形的圈子越来越像耕田的木犁，于是猛然醒悟，父亲原来是要找老犁头，一说出来，刘老铜果然不再比划了，一脸轻松，很快就平静地死去。

刘老铜一死，他的儿子就去找老犁头。

二

黑水镇旁流着一条黑水河，河对岸有一座虎形山，山半腰有一座小和尚庙，老犁头就住在这庙里。

如今庙是到处可见的，谁都会见怪不怪了。老犁头住的这座庙，其实原来也只是一座很小的庙，修复不久，仍显得有些破败不堪，没什么名声，但后来有人对这庙的历史做了考证，引经据典，又加上许多旁证，说是某个朝代某个高僧曾来过此庙说法，说法的地点就在现在庙的什么位置；还有某年某月，有个当地当过什么官的举人退隐故居后，曾专门写了一首咏这庙的诗……等等。于是这庙就变得很不一般起来，终于在那一年，这庙再一次做了很大的修复，扩大了庙舍，又加了一尊更大的菩萨像，佛殿里装潢得虽说不上是富丽堂皇，却也很像那么一回事了，这真令庙里的和尚喜出望外，乐不可支。

老犁头就是在这庙做后一次很大的修复时住进来的。那时庙里当家的还在，几年后老当家的就故去了。如今庙里有三个和尚，老犁头是其中最年长的一位，理所当然也就算是这庙里的头了。老犁头当然只是半路出家当和尚的，也许以前，老犁头压根也不会想到自己会来当和尚。十几年前，老犁头还是镇上一位富有盛名的木匠，不过他这个木匠不做别的，专做耕田用的木犁，被人们称作犁木匠，时间长了，人们就一直喊他老犁头，犁木匠在附近一带并不多见，老犁头自然就曾在镇子里风光了许多年，哪料世事多变人心不常，他的木犁生意也和铜匠生意一样一日不济一日。那一年，老犁头精心打造了许多把上等的木犁。然而一把也没能卖出去，老犁头实在想不通为什么没人买犁了，他将那些木犁堆进屋里，恋恋不舍地将它们再一把一把地抚摸一遍，不由得悲从中来，满腔话语要与人说，于是一口气跑到多年老友刘老铜家。刘老铜此时头痛病正发作得厉害，躺在床上不能陪他。看到刘老铜头痛病发作时的痛苦状，老犁头满腔话语竟一句也说不出来，只是坐在刘老铜床前和刘老铜的儿子一起喝着闷酒，最后喝得酩酊大醉，深夜踉踉跄跄回家，倒头便睡，一睡就是两日两夜。第三天一早起来，老犁头便去剃了光头，又买了件袍子换上，跑到庙里，摇身一变就成了和尚。

做了和尚的老犁头在庙里多数时候无事可做，平日和两个小和尚装模作样地翻阅庙里残留下来的几部经文。有时来了几位男女烧香拜佛，许愿还愿，老犁头便懒洋洋地走上去敲几下木鱼，发几支签。老犁头剃了光头，又穿了袍子，与以往看上去简直判若两人，加上他体态偏胖，慈眉善目，不明底细的人还以为他真是位出道久远的老和尚，于是拜起佛来便显得更为虔诚。老犁头默默地看着，却想，佛到底是什么，这些人真的明白吗？反正自己是不怎么明白的，他来这庙上，无非也只是混混，落得一口饭吃。除了应付这些烧香拜佛的人，老犁头还常常要与死人打交道。当地死了人，安葬前总要举行一场法事，老犁头便被请去，在法事上念诵几段经文，算是为死人做忏超度。不知死人真听清老犁头所念经文没有，只是老犁头念着诵着，渐渐就心底惶骇，虚汗淋漓，似乎觉得自己也正走在鬼门关的关口上。回到庙里，老犁头稍稍平静了些，再回望黑水河对岸古老的黑水镇，却发现古镇此时与他以往所见竟有许多的不同，甚至完全陌生。看着看着，目光便随天上的几块白云飘到远处去了，更远处虚虚忽忽的，什么东西也看不清，老犁头回身扯扯身上的袍袖，又摸摸顶上的光头，浑身感觉轻飘飘的，他突然便觉得自己倒俨然是一位真和尚了。

这天，老犁头正准备又拣起经文要翻，忽然有种异样的感觉，香火味淡去，四周仿佛正弥漫着一种炽热的熟铜的气息，老犁头打了个喷嚏，顿时有了不祥的预感，果然，刘老铜的儿子来了，告诉了他刘老铜死去的消息。

老犁头大惊失色。

三

老犁头下山了。一路上，那股炽热的熟铜的气息仍弥漫在他身边。

时光倒退几十年，古老的黑水镇有谁不熟悉那股炽热的熟铜的气息？

那时刘老铜的铜匠坊就坐落在镇子的街中段，这间铜匠坊其实很简陋，里面最显眼的就是那只化铜的炉子，旁边安置着鼓火的风箱，风箱旁又有个形状怪异的木箱，里面放着大大小小的锉和钻子一类的工具，这些工具已被刘老铜把磨得十分老旧，但也显得更加小巧精致，刘老铜一直没换新的工具，他肯定觉得老的用起来更加听话更为顺手。房屋一角摆满了从各处收罗来的旧铜料，其中最多的是铜钱和铜板，许多人不明白，刘老铜是从哪里搞来这么多古里古怪的铜料的。墙壁上则挂了许多已经做好的铜器，如铜铲铜壶铜勺铜炉之类，专等人家来取。这些崭新的铜器光滑亮丽，将刘老铜的铜匠坊映照得遍处生光。

刘老铜不论寒暑，每天很早就起来，起来就系上铜袍，起火生炉子，风箱拉得呼呼响。他用的都是上等的钢炭，烧出的火呈炽白色，放进炉里的旧铜料很快就化成蛋黄一样的铜水。刘老铜然后将这滚热的铜水倒进事先准备好的模子里，浇制成各种各样精美鲜亮的铜器。刘老铜的铜匠技艺是祖传的，最过硬的功夫是模子做得好，他做的模子其厚薄和所设计的空隙在分寸上都掌握得恰到好处。不过很奇怪，刘老铜做模子时并不保密，看来这项绝技是别人学不到的。当然刘老铜做模子时特别认真，他戴一副老花眼镜，但眼睛仍眯成一条线，和模子贴得很近。这时刘老铜最不喜欢人家和他搭话。一般人都知道刘老铜的脾气，就是有话也要暂时憋住不说。刘老铜就怕那些顽皮的孩子，吵吵闹闹的，还偷偷摸摸玩他已做好的模子，又不爱惜，一玩就玩坏了，那他得花半天工夫才能重做一个，但那些顽皮的孩子总喜欢在刘老铜的铜匠坊里转，刘老铜为了防备孩子，便总是凶着脸，让孩子们见着就害怕。

刘老铜害怕孩子，但欢迎大人来。刘老铜的铜匠坊总是人来人往，不过有人来了，刘老铜也只是眯眯眼，点点头，并不说什么客套话。刘老铜是个不大喜欢说话的人，不仅做模子时不说，平时也很少说。时间久了，大家倒觉得刘老铜就应该是个不怎么说话的人，如果刘老铜哪一天变得喋喋不休，那一定会觉得太奇怪了。来的人有的是来请刘老铜做铜器的，这时刘老铜就暂时放下手上的活计，静静地听人家把话交代清楚，而后点点头，表明他已经记住了。而交代的人也觉得不必再说多话，知道刘老铜绝对不会记错，或者把他要做的铜器和别人的搞混淆，只要这样交代清楚了，就可以放心回去，过几天来拿货就是。还有人就是来取货的，刘老铜拿做好的铜器给人时，总喜欢用一根手指先在铜器上轻轻地敲打几下，那崭新的铜器便发出细细的叮当之声，十分悦耳。这样敲打几下，刘老铜再把货给人，也不说话，他一定认为那铜器发出的悦耳之声就是他最好的语言。而接货在手的人听了那细细的叮当之声，早已喜形于色，知道这是上等的好货，而后道一声谢，心满意足地回去。

有些人来请刘老铜做铜器或取铜器，事情说清楚了或货拿到手了，并不急于离开，就在这里随意坐下。还有人来什么事也没有，就是专门来坐坐，大家一起说说闲话。刘老铜自己不大喜欢说话，但只要不是在做模子，他并不讨厌人家在他这说话，而且很喜欢听人家说那些闲话。说话的人往往就把话题扯到铜器或铜匠上，而关于铜器和铜匠的故事实在是太多了，就像那时人家所拥有的铜器一样，铜炉铜壶铜勺铜盆……随便都能拣一个。有人为了显示自己见多识广，将某个故事说得天花乱坠，玄乎其玄，听的人将信非信，往往就要刘老铜来评判。刘老铜这时仍不说话，只是笑笑，他的脸总是显得那么平静。

其实刘老铜心底得意呢！这一点老犁头心底最清楚。刘老铜白天埋头做活，晚上收工回家却喜欢喝一点酒，一人喝得乏味时，总要邀老犁头去他家陪着喝，当然老犁头也不只去喝刘老铜的酒，有时也请刘老铜到他家喝酒，但不管在谁家，刘老铜喝酒时什么话不说？老犁头知道他那是得意，刘老铜得意时就和小孩子差不多，亏他还害怕孩子呢。

老犁头已记不清他在刘老铜家曾喝过多少次酒了。

四

老犁头自做了和尚后就把酒给戒了。做和尚嘛，就是不想戒也得戒，不然人家会说你像什么和尚？但现在当他再一次走近刘老铜的家时，似乎又闻到了酒香。

刘老铜的家在黑水镇西风巷的深处，西风巷自然是一条老巷，因为这巷子一年到头都刮西风而得名，这大概与当初建筑上的机巧有关，但许多年这巷子里的人总喜欢以一种玄妙的方式来解释，以显示这巷子的诡秘与神圣。可是现在黑水镇早已今非昔比，以往的那种神圣渐渐被冷落，没有多少人再愿意住在这破败不堪的老巷子里，只有一些老人还住在里面，也许只有老人比较适合住这样的老巷子，或者说，这样的老巷子也比较适合老人们来衬托。而那些年轻人纷纷在老镇区外面盖了新房，几乎是重起炉灶建起了新镇区，热闹而气派。刘老铜的孙子也在新镇区盖了楼房，十分惹眼，但刘老铜一直没到孙子的新楼房住过一天，他最后死也死在老屋里，而死后，他儿子把他的灵堂也设在了老屋。

刘老铜的儿子把老犁头请到灵堂的正中央，老犁头端坐着，面对着刘老铜的遗像久久注视，忽然他嘴里不停地念叨：金子……金子……他的声音很小很小，几乎没有人会听到。

那些年不知从哪天开始，镇上就有那个传言，说是刘老铜收罗旧铜料时，得了不少金子。因为金子和铜表面上看去有些想象，说不准就有金子混在旧铜料里，一般人不识，而刘老铜是识货的行家，他不声不响地把那些被人误做铜而给他的金子收起来了，久而久之，竟积存了一大箱，但谁也不知他把那箱子藏在什么地方。这些传言一开始只有少数人在私下说说，但渐渐就传出了整个黑水镇，而且传得越来越玄乎，活灵活现，就连老犁头也有些相信了。那天他忍不住走进刘老铜的铜匠坊，也不绕弯，径直问刘老铜是不是真藏着金子。

当时刘老铜正在修补一个破损的铜壶，乍地被老犁头问得有些诧异，昂起头望了老犁头一眼，但很快他就和往常一样，只是笑笑，并不答话，继续忙着手上的活计。他手上的那个铜壶是前天一个人送来的，那人送这破损的铜壶来时，老犁头恰好也在。据送壶来的人说，这把铜壶在他家已用了五代人了，家里人当作宝物一样，没想前几天他孙子顽皮时不小心摔成了两半，他狗日的摔坏就摔坏了，却又怕被家里人知道要挨打，竟偷偷地把铜壶埋到屋角边的地底下，作孽啊，可怜这铜壶上那么好看的花纹也活生生地给磨坏了。说完这些，那人就央求刘老铜能把铜壶还原，他可实在不想家里的这一宝物就这样毁了。当时刘老铜就把铜壶接下了，而老犁头知道刘老铜只要接下就意味着他有把握。果不其然，此时刘老铜的修复工作正在扫尾，很快就要大功告成了，他不仅把摔成两半的铜壶拼接上，还在上面重新镂刻了花纹，与原来的花纹吻合得天衣无缝，整个铜壶看不出半丝曾有过破损和磨坏的痕迹。

老犁头看呆了，竟一时忘了他是来问刘老铜的话的，等他回过神来，便有些迟疑了，然而鬼使神差地他竟还是又问了一句。刘老铜仍不答话，但一脸诡秘，充满玄机，只说，老犁头呀，你那把犁还没做成功呢，还不快去做工。老犁头正看着刘老铜的脸犯糊涂，忽见那把铜壶上一道熟铜的光反射着刘老铜的脸，像是在上面涂了一层薄薄的金光，他似有所悟，说了一句：刘老铜，我看见金子了。而后转身走进了他的犁坊。

老犁头的犁坊就在刘老铜的铜匠坊隔壁，这里整天散发着一股桑木的清香，犁坊的一角摆满了做好的木犁，而大块的地方则堆放着桑木段子。桑木质细，做出的木犁弯曲度好，又结实。这样的木犁耕田地时耕出的土均匀，使犁人也特别省力。当然要做一把好的木犁，光有好材料还不行，还得有过硬的功夫，老犁头做木犁可也是有一套看家绝技的，他因能做出一手上等的木犁，在这镇子周围也算是名声很响。他的犁匠坊也是整天人来人往。孩子们怕刘老铜，就往他这里钻，刚才离开一会，早有几个孩子溜了近来，老犁头比刘老铜温和得多，竟还认真地找块下脚料为孩子们做了一只陀螺，孩子们得了一哄而散。老犁头继续做工，那把犁完工了，他却惭愧起来，后悔不该去问刘老铜那蠢话。收了工，老犁头又拐进刘老铜的铜匠坊，讨好地说，刘老铜，今天我请你喝酒。刘老铜哈哈一笑，拍着老犁头的肩膀说，老犁头啊，要说喝酒，今天可该我请你了。老犁头顿觉轻松，也不谦让，两人于是一起喝酒。

那时，他们的日子过得该是何等快活。

五

但现在刘老铜死了，为他所做的法事很快就要由老犁头来举行。

刘老铜的灵堂布置得简单而肃穆，因为老屋本身就显得逼仄，刘老铜的儿子不可能把灵堂设置得那么排场。刘老铜的孙子虽然在祖父临终时没能如他所想的那样得到他所想要的东西，从而对祖父和父亲心存某种不满，但仍然觉得就这样简单地办一场丧事也太失他做孙子的面子了，他一开始就表示要把灵堂设在新镇区他建的楼房边，以便搞得热热闹闹，让全镇人都看到。然而刘老铜儿子的脾气在有些事情上和刘老铜生前一样倔，他根本不理睬自己儿子的话，坚持要把灵堂设在老屋，然而让刘老铜的孙子没料到的是，丧事比他想象的要隆重得多，全镇几乎所有上了一些年纪的人都来了，都来送刘老铜这最后一程，而那些年轻人看这架势也觉得事情好象有些不一般，也好奇地纷纷想来看过究竟，于是整个西风巷挤满了人。刘老铜的儿子和孙子跪在灵堂门口，一一拜谢这些来参加丧礼的人。

刘老铜的儿子这时见了不少他年少时的伙伴。当年他跟在父亲身边做帮手，这些伙伴喜欢到他家的铜匠坊玩，见了那些好玩的铜料又总想拿出去玩，但又害怕刘老铜，于是他们就套他的近乎，但他也害怕父亲，不敢轻易把那些东西交给伙伴，而他又不愿把这些伙伴完全得罪了，有时也偷偷地找个空子弹壳什么的藏起来，再寻找机会为伙伴做个铜管子木头手枪，伙伴们对他真是感激不已。当然他也给自己做了一把那样的手枪，收工时就去和伙伴们疯玩。

后来那个关于他父亲与金子的传言在整个黑水镇传开，一些伙伴虽不像大人那样对此过于关心，但私下也好奇地问过他这是不是真的。他感到十分委屈，又十分气愤，冲那些伙伴说，你们不要问我这事，你们觉得有就有，觉得没有就没有，反正我没看到，你们以后再不要问我这事了，你们要是再瞎说，我往后就不再和你们玩了。伙伴们大概从没见过他那么凶的样子，一个个被吓住了，以后也果然不再问了，甚至见了他也和见了他父亲一样害怕。

那些伙伴们肯定还记得当时的情景，但他们和刘老铜的儿子一样，现在也快老了。几十年来，许多事情都记不住了，但有些事情却刻骨铭心地难忘。几十年来，大家对发生在眼前的许多事情感到迷惑不解，但也渐渐明白了许多事情。此时，他们一个个把跪拜着的刘老铜的儿子从地上牵起来，刘老铜的儿子牵起又跪下，跪下又被牵起。大家都是默默的，没有谁说话，但彼此心里要说的话大家相互肯定十分清楚。

来赶丧事的人都来得差不多了，大家开始把目光集中在老犁头身上。

老犁头正端坐在刘老铜的灵前，那股炽热的熟铜的气息仍弥漫在他周围，经久不散，忽然似乎又有一道金光闪过，刺得老犁头睁不开眼。终于，时辰到了，老犁头站起来，开始念诵经文，然而念诵一会，就渐渐乱了方寸，结结巴巴，颠三道四，几次都差点念不下去了。旁边的人看了都唏嘘不已，窃窃议论，岁月不饶人，老犁头看来也老得快不行了。

刘老铜安葬入土后，黑水镇又恢复了往日的平静，或是喧嚣，可老犁头回到庙里竟一病不起，整天说胡话，不停地念叨：金子……金子……

（选自《阳光》2006 年第 4 期）

舟扬帆

从此我将离开你

我把手机关了，打传呼也不复机，我与外界的联系顿时就几乎隔断。我幸灾乐祸地想，那帮狐朋狗友拨过我的手机号码后会气急败坏地大骂，但他们有什么办法呢，最起码我能够短暂地逃离他们——或者不如说，我短暂地逃离了我过去曾经的生活状态。

其实，他们真要找我，完全还可以在上班的时间到我干保安的那个单位去堵住我，拉我去喝酒、玩乐，或是挑衅滋事。然而我料定他们没必要去堵我，因为在喝酒玩乐时有我无我实际上并不影响大家的斗志，他们真正需要我的时刻总是在后者的一触即发的紧张关头，而这个关头一过，他们大可不必再找我了。除非是沈小辉打算干点什么一鸣惊人的大举动时，我知道，我非得出现在他的面前。我了解他的性格，当然我也清楚自己的性格。关机是没有多少用的，但我还是关了。那是半个多月前的事情。

半个月前的那天，我无所事事，也想不起来有什么有意义的事可干。晚上我百无聊赖地去找赵光，但我们两个在一块时还是百无聊赖，接着我们就踅进了一间网吧。他妈的，生活简直无聊透顶！我随意地上网，信步登陆了本市的一家网站。

于是，那天晚上我们就看到了一个征寻同租者的帖子。网名“青草萋萋”自我介绍是女性，现在租住一套两室一厅的单元房，要征寻一位同租者，条件若干，限招男性。

招男人同住，她耐不住性子哪！赵光不会玩电脑，网上的事情总是让他少见多怪，他立即兴奋了起来。

异性同租我听说过，陌生的男女在一个屋顶下生活，然而双方不犯秋毫，恪守三大纪律八项注意，在最有条件开展性活动的有限范围内，却存心与性过不去似的互不相干，据说这就叫“新同租时代”，谁他妈想出来的？不料到今天竟给我们碰上了。不过我还是提不起精神，网上的陷阱太多，什么都不能当真，说不定这个“青草萋萋”正好是个络腮胡子，想想多恶心。但赵光来劲了，后悔自己不会电脑，不然我们两个同时找“青草萋萋”胡侃一通，看她会选哪一个？他高低咬定就是“她”。他的话却提醒了我，这个主意蛮刺激人。我立马又开通了旁边的一台电脑，用我经常使用的“一个人的车站”和刚刚灵机一动冒出来的另一个“入侵者”的网名，分别向那个帖子留下的网上寻呼号联络。

一个人的车站：青草萋萋，你好（不知为什么，每次上网，面对一个不真实的世界时，我便不由自主地彬彬有礼起来）。

入侵者：你躲在哪里，青草萋萋（我回忆着平常我和沈小辉那一帮人在一起时的口气）？

没一会儿两台机子上都有回话了。

青草萋萋回答一个人的车站：你好，一个人的车站。这个名字挺有内涵。

青草萋萋回答入侵者：我为什么要躲起来？入侵者，你不会礼貌用语吗？

一个人的车站：谢谢。看了你的帖子，我就想把“车站”建立到你那一片萋萋的青草地上去。

入侵者：你真的是女的？干吗要找男性同租？

青草萋萋回答一个人的车站：谢谢。一个人的车站想必是比较安静的所在，能告诉我你的个人资料吗？

青草萋萋回答入侵者：你提了两个十分愚蠢的问题，将来合租者总会见到我是什么人，至于我愿意征寻什么样的同租者，是没必要在这里讨论的。你的名字好具有攻击性，你真是一个莽撞的“入侵者”。但愿你能变得聪明起来。

赵光和我乐不可支地大笑，这个乏味的夜晚顿时变得大有趣味了。我继续敲击着键盘。

一个人的车站：男性，大学毕业，无不良生活习惯，爱好广泛，“珍珠泉”啤酒的本市的销售代理人（这时我稍微思索片刻）。你愿意和我这样一个人建立同租的关系吗？

入侵者：想见识我的聪明程度？好，告诉你，仅仅从你的名字上我就能感觉出你很正点、性感。

青草萋萋乐意地回答一个人的车站：对于同租者来说，每人自己的房间内才是一个人的车站，客厅和厨卫场所则都是公共领地。若你同意我的观点，我们可以见面谈一谈具体的细节。

青草萋萋冷淡地回答入侵者：我不知道你是根据什么给我加的那两个形容词，但我还是谢谢了。只是我恐怕会让你失望的。

一个人的车站高兴地：很荣幸我有可能成为你同租的朋友。

入侵者强词夺理：你不是入侵者，你哪能知道入侵者面对萋萋的青草地的那种美妙感觉。哎，你别忙着对本人失去信心呀，另外我还有许多其他优点：酷毙帅呆、侠肝义胆……

青草萋萋隐忍地回答入侵者：你那是什么港台片？对不起，我不明白你在说什么，而且你的"其他优点"也与同租并无关系，我们好像可以886（拜拜了）。

入侵者生气地：你这人有眼无珠，我还没说几句，你就要闪了。

青草萋萋不快地：你怎么一点涵养也没有？

入侵者恼了：你敢奚落我，但愿不要让我遇到你！

青草萋萋气愤地：我也不愿遇到你！

入侵者大怒：当心我把你打成熊猫眼！

稍顷不见她的音讯，赵光快活得手舞足蹈，嘻嘻地笑个不停。兔崽子！我骂着猛然使劲地将"入侵者"的电脑退出程序，键盘差点没碰掉到地下，把赵光吓了一跳。

一个人的车站急忙连着发了两遍：青草萋萋，你怎么不聊了，你下了？

青草萋萋终于重现：唉，真倒霉，我还没在网上碰见过如此一个蛮横无理的人，把我都气死了。

一个人的车站松口气：幸亏你又活过来了，不然还得麻烦我在网上给你召开一个追悼会，好寄托我们的哀思。又装糊涂：我好像还算通情达理，并没有得罪你呀？

青草萋萋：对不起，我没说清楚，刚才我同时还在和另外一个人聊天。那个网名叫"入侵者"的简直就是个地痞流氓。

我的脸绷得铁紧，不发一丝声音。赵光在一边笑得肚子疼。

一个人的车站真诚地：很抱歉，你要是还不解恨的话，就骂我两句好了。

青草萋萋已经平静了下来：你干吗代人受过？我们谈正事吧，我把电话号码给你，这两天你有空就联系来看房子，满意的话，我们就成交。

一个人的车站反而有点退缩了：谢谢你的信任，我想……你再慎重考虑一下吧，万一我也是个像"入侵者"一样的坏东西，你可是吃后悔药都来不及了。

青草萋萋乐了：哈哈，你这人挺逗，既风趣又实在。

一个人的车站不放心地：你真相信我？

青草萋萋略略疑惑：相信你错了？难道你是和我开玩笑？

一个人车站慌忙地：天地良心，我不是那个意思，你的信任使我感动。你完全可以像相信“珍珠泉”啤酒的品牌一样相信我！

青草萋萋更乐：可惜我不会喝酒，不然应该为这句话与你碰一杯。现在我真希望你早些搬过来。

那天离开网吧后的路上，我浑身莫名地难受。今天“青草萋萋”像一面镜子，照出了我身上的一种分裂的双重人格，我第一次发现，我竟然仿佛是由“一个人的车站”和“入侵者”这两种截然不同的类型混合而成的。尽管我不止一次使用“一个人的车站”的名字，但是一直到今晚，“入侵者”的首次出现，才让我意识到了我在虚幻的网上空间我言谈优雅，礼让三先，像个崇尚文明的年轻人，可一旦回到了现实的生活，我就厚颜粗俗，争强斗狠，哪一个我更真实呢？好像两个我都在装模作样，他妈的。我茫然地抬头望望，城市上空是灰蒙蒙的夜幕，那种明亮的灿烂星空犹如停留在好多年前的记忆之中。

赵光触了触我说，许歌，还在想网上的小妞？咦，你不会当真去和她同租吧？

我故意冷笑一声，这种异性同租是男女授受不亲，没劲！再说天晓得“青草萋萋”那个小板子靓不靓？

就是，“青草萋萋”还能会比郑慧正点？赵光附和。

他的话还没落音，我腰间挂着的小“蛐蛐”陡然震动起来，真是说曹操曹操到，我以为是郑慧打来的，一瞧，却是沈小辉的号码。我愣了愣，摸摸手机却反而把机关了，继续朝前走去。这会儿，我不愿任何人来打扰我，哪怕他是沈小辉。

我没对赵光说实话，我真的在想“青草萋萋”。在明确得知她是位女性之后，这个名字便打动了我，我发觉自己居然急切地想见到她。她如同是一团谜，奇异地使我此时此刻审视自己。并且我更想知道，从虚拟的网上世界走下来，真正将要与“青草萋萋”生活在一起的那个人究竟是谁？“一个人的车站”？“入侵者”？还是本来就叫“许歌”的这个人？我都糊涂了。

四年前，我大学毕业。我这人的运气有点成问题，赶上我当“天之骄子”要跳农门时候，国家又不包分配了。在碰了无数次鼻子灰之后，我对能否在这个城市捧上个固定饭碗是彻底的灰心丧气了，而且我更清楚的是，我的整个家族既无钱也无背景关系，在当前的就业形势下，就是能够在县城找一份正式工作的希望都微乎其微。直到新生快进校了的时节我还没回老家的那个小镇，环顾着变得清静了的校园，不时有树叶飘坠落地，我的心里一片凄迷。读大学最大的坏处，就是使我这个二十岁前没出过山沟的农村小子认识了外面世界的精彩，我不知道回家还有什么意义，我这个体育系的毕业生去带农民们晨练长跑搞全民健身？这话农民听了会笑掉大牙。有几个比我高一级到南方去的同学来信，他们都在那边当老板的保镖或公司的保安，邀我也过去。可是，倘若做保安我又何苦不远千里去那边打工呢？不如先在省城落下脚再说以后的事。这样，我不久就和赵光成了莫逆之交。他的家也在农村，是托亲戚跑到这座城市混进了保安队伍的。我们对保安工作共同的切身感受，就是钱太少，我们每月喝酒的次数便能佐证。

赵光有位老乡在食品一条街开了间大排档，我俩常去那儿喝几盅，一个重要原因就是实在没钱时可以向他老乡赊账。那天碰到有个胖子带了三、四个板寸头的年轻人也去吃饭。胖子开口就要上“珍珠泉”啤酒。这个牌子的啤酒刚进本省市场，还不流行，喝的人少，饭店一般不备货。而且除了经销点批发以外，亦很少有商店零售。小老板忙上前解释，请他们换一种啤酒喝。这胖子不虚，结实，没听两句话他一瞪眼，桌子便掀了。好歹小老板也是赵光的老乡，我们俩不约而同地对视一眼，便蹿了上去。这一架打得够厉害，把整个食品一条街上开饭店的都惊动了。110把我们几个带走的时候，我总感到似乎哪儿不太对劲，扭头瞥去，正和一个穿了一套藏青色衣服的人目光撞上了，他奇怪地微微一笑。公安处理的结果是斗殴者每人罚款一千元，作为赔偿饭店的损失和罚金。我和赵光哪有钱？然而还没等打电话找小老板凑钱，警察却把我俩放了，说有人送钱来保了我们。

跨出派出所的大门，迎面站着那个穿一身藏青的人。他就是沈小辉。

在周围的一圈人中，沈小辉对我仿佛始终比别人好，他不满意的仅仅是我的名字。“许歌”？他妈的好像不管谁都该叫你“许哥”似的！他皱着眉峰说。在这个圈子内他对谁都是直呼其名，而所有的人却一律称他“辉哥”。

那天沈小辉在饭店摆了一桌压惊酒。他帮我俩交了罚金，我们没有理由不跟他走。进门时我站住了，浑身的肌肉隐约跳动。沈小辉突然笑了，他的笑分外生动。不打不相识，你们也交一个朋友吧。他指着包厢里的胖子和那几个板寸头说，他们都是我的弟兄。

原来，“珍珠泉”啤酒就是沈小辉代理销售的。这个品牌目前在本市还没打开市场，他便让胖子带几个人每天在食品一条街的各家饭店轮流窜，点着名要喝“珍珠泉”，没有就寻衅滋事。做生意的遇到这样的主通常隐忍罢了，被扰几回也只得去进点货回来对付着，像这次大打出手的还是头一遭。

我和赵光给沈小辉敬酒，辉哥，对不起，搅了你的生意。

胖子吊着一条胳膊，不甘地说，辉哥，要不是撞上这两头货冒充好汉，老子这次非要那小老板去现买“珍珠泉”不可！

沈小辉敲敲桌子，你懂个球！这一仗打得动静大，一条街都晓得了，做生意的心里都清楚是怎么回事，下次还用你们天天挨门挨户地去逼他们进货吗？我还得谢谢许歌他俩呢。

赵光有点不解，推销啤酒干吗不去商店下功夫？派人到饭店惹事，岂不抓个虱子头上咬？其实这并不奇怪，一般喝啤酒的人在心理上习惯老品牌，不随便换口味。而啤酒消耗量又大，喝多尿也多，在人家里作客老是往卫生间跑不雅观，因此啤酒的主要消费是在饭店。所以一种新品牌啤酒大都是在饭店打开了销路之后，才能带动起商店的零售，如果饭店没人喝，你就别指望商店会有人买。喝啤酒这玩意儿就像传染病，不断有人劝你喝哪种酒，你的口味迟早要变得接近它。听了我的话，沈小辉露出讶异的神色，有点刮目相看的意味。赵光沾光般地乘机介绍我大学体育系的出身。这一回沈小辉没再惊讶，他看到胖子等人以多对少也没捞到便宜时，就猜出最起码我是练过的。

我灌了几杯酒，沈小辉一夸我头就晕了，建议他何不招聘一些小姐直接到各家饭店专门向客人推销“珍珠泉”，薪水找厂家用广告费投入的部分支付，这样既扩大了宣传，饭店又节省了部分服务员的开支，肯定会欢迎配合，市场效果应该要好得多。我这个人头脑比较灵光，平时爱琢磨个事，不是吹的，要是有个合适的机遇，没准我也能干出一点什么名堂。别看如今各城市的饭店里各种酒类的推销小姐美女如云，其实都是始自于那天我的一个小主意。沈小辉当即就拍了桌子，叫道：果然我就没看走眼，交了个能文能武的弟兄！

凭良心说，沈小辉对我从来不薄，也很给我面子，一般说什么事语气都挺温和，不像对其他人那样颐指气使，裹携着一种老大的势子。有次胖子不服气，沈小辉冲他吼，你他妈的懂个屁，许歌是大学本科，老子是尊重知识！这话从他这样人的嘴里出来，让我心里热乎了一下。也许就是这个原因，我为他做事也不遗余力。只是每每想起曾经受过的教育，我不免就黯然悒郁，虽然我离不开他们，总在一块儿厮混，但是多少显得卓尔不群。

电话刚响两声，那边立刻摘机了。喂，哪位？嗓音圆润动听。我是……我奇特地有点紧张，刚要张嘴却倏然词跑了，这样的情况在我身上非常罕见。见鬼了。

她仿佛反应过来，主动问着，你是一个人的车站？

你是青草萋萋？看来号码没拨错。我故作潇洒地掩饰说。

刚才跑词是我恍惚间角色窜位了，差点报错了家门。原来她的真名叫苏晴，我马上明白了"青草"是取自于她姓名中每字的一半，苏晴明朗的笑声，使我想象她性格的率真。我们在电话里交谈了一些细节问题，比如所有的共同开支，一律实行AA制；比如公共领域的卫生，必须两人共同打扫等。我想起自己散漫的德行，忙说，绝对的公平肯定是很难做到的，万一有人有时无意过错怎么办？看来苏晴早就考虑过了，马上说，谁偷懒谁就请对方吃顿大餐，或是对方同意的其他变通的方法补偿口巴。接着她约法三章，强调同租的首要原则就是尊重和不干扰对方，不准我在自己卧室以外的地方吸烟，以及不得留女朋友过夜等等。我申明这她不用担心，我没有女朋友。说这话时，郑慧的影子在我的脑海一闪而过。

苏晴回答，你不要误解，我的意思是，在这一套房子里，我们双方都要维护这种纯粹的同租关系。

我当然听出了她的弦外之音。但我仍然别有用心的反戈一句，你不能拿性别歧视的手电照别人，光是对我高标准严要求，你也不许留男朋友……那个过夜。

苏晴哧哧哧地笑了，你放心，我会自觉革命的。

我涩涩地仔细一琢磨，却又觉得她的话并没有实际说明什么问题。

从网上与"青草萋萋"对话后，我就很多遍地猜测过她的模样，等真见到了苏晴本人，我暗自吃了一惊，莫非是心有灵犀？跟我想象得相去无多，婀娜窈窕的身材，乌云般的秀发，只是眼睛似乎更加幽亮。

房子我也很满意，她早已把属于我的那间打扫干净，我把东西拉来，往里面一填便大功告成。这天下午苏晴没上班，我以为她是特地请假在家帮我整理房间的，瞧着她系一条别致的小花围腰，这儿挪一挪，那儿动一动，直到中意为止才拍拍手，主妇一般地左右端详，我的胸中不由涌起一缕温馨。也许就是从那一刻起，我对这里产生出了一股久违的家的感觉。

拾掇结束，已是黄昏。怎么样，庆贺一下吧？我说，倘若你不介意的话，这一顿不用 AA 制，我请客。

哎呀，你怎么不早说呢？苏晴做了一个夸张的表情，然后歉意地表示她晚上要值班，现在快到点了。她眼睛弯弯地笑，说暂且寄下这一顿吧，算你欠着。

原来今日她白天休息！苏晴回她的房间里好一阵折腾，出门时依然一副素面朝天。这丫头会打扮，明明化过了妆，却不着一丝痕迹。现在我已知道她是市立医院的医生，一位白衣天使，这更增加了我对她的好感和尊敬。我在客厅踱步，习惯地点燃一支烟，刚吸一口又想起了什么，几大步便跨到了晾台上。周围暮色四合，晚霞正在收回最后的一抹绚丽的色彩，一群鸽子从天空归来，降落在左近的一幢建筑物上。晾台的一角有一只小椅子，大约苏晴经常在这儿望景。我就势坐了下来，感到一阵阵的疲惫猛烈袭来，我在这座城市已经飘荡了四年，还要飘荡多久？我知道谁都给不了我答案，包括能经常给我一些钱花的沈小辉在内，也包括与我有着肌肤之亲的郑慧在内，同他们在一起时我的飘零感丝毫不曾减少过，我好像永远行走在这座城市的边缘，稍不留神就会滑入一个人迹罕至之处。我曾做过这种恶梦，梦境里那是个收束光线黑暗的地方。天空逐渐地黑了，我有一种似乎喘不过气来的异感，回到房间我躺在床上，雪白的墙像是医院，臆幻中我犹如软弱的病人，我的心底浮起一缕缕特别柔软的东西，仿佛是忽然涌起的类似对家的依恋。可是，这是家吗？

我的生活习性没规律，保安工作是三班制，以前没班的时候我常在外面和一帮人呼啸来去，喝酒、蹦迪、玩歌舞厅，夜里不睡早晨不起，有时还几天不回住处。搬进这个“家”后收敛了不少，虽然没再同那帮朋友混在一起，但休息的时间还是没个准数。而苏晴恰恰相反，上下班很准点，除了太多的社交活动在外面，回到家她大都是关着自己的房门，听听轻音乐，看书或者打开电脑上网，假若不是偶尔需要在卫生间门口等待一下，几乎感觉不到她的存在。她的存在是另外一种形式，搬进来才第三天时，我起床后在客厅桌子上看到她留的一张条子：房子里面好像总是有一股臭袜子气味，如你不喜欢洗袜子，我可以代劳，但是你必须每天把客厅拖一遍。我愣怔了半晌，绝望地怀疑她有洁癖。然而，像她这样每天要用消毒水洗手的白衣天使的女孩，即便有洁癖大概也是应该原谅的，我只好以后每次脱了鞋子就像狗一样地先嗅嗅脚。她的这种生活方式多少也感染了我，每当我进门时看到了她一丝不苟地摆放在那儿的高跟鞋，便不禁轻手轻脚起来。我牢记着她的约法三章，绝不违反规则，也绝不让那一帮狐朋狗友们知道我住在这里。一踏进这套房子，我就变成了“一个人的车站”，努力装扮得温文尔雅，全心全意地把自己弄得很难受。不过，我们的关系并没有因此便更近了一步，原来异性同租就真的意味着你和她相似于陌生人，这种关系真叫人受不了。这倒不是说我对苏晴已经有了什么明确的不良念头，而是我在这套房子里耐不住心灵中的寂寞。

这是仲秋时节，天气往着凉爽滑去，人的心情不再像暑天里那么烦躁。这天临下班前，郑慧突然把我堵在了值班室。赵光一见她就说，你是不是准备晚上请客？其实你打个电话就行了，何必亲自来请我们？

我边脱保安制服边打哈哈，说是啊是啊，去赴宴我们还是比较有自觉性的，哪怕肠胃不争气的时候，也会尽量顾全大局捧场的。

郑慧不睬赵光，对准我似笑非笑，说，这些天你把手机关上，打传呼你又不回，你是什么意思？我不亲自来，能找到你吗？

赵光瞧瞧郑慧的脸色，蓦然莫名其妙地走到门口对着外面嚷，喂喂喂，说你呢，自行车怎么乱停？推到那边的车棚里去！他说着蹿出门去。这小子，演戏还欠了把火候，一看就是假的。我忍不住笑了起来。郑慧也笑了，笑容使她平添了许多妩媚。我不禁点了一下她的鼻子，说看你刚才那副讨债鬼的样子，人家不走多没趣！记住，开心使人进步，生气使人落后，这是哪个伟人说的？

郑慧娇柔地挽住了我的胳膊，委屈地说，这么长时间你连一点声音图像都没有，我以为你另寻新欢想和我分手了？

看你说得这么难听，好像你是我老婆似的！我一本正经地说。我捏了捏她潮丝丝的手心，感到十分歉疚，事实上和苏晴同租以来，我差不多真的快将郑慧忘于九霄云外。

郑慧的声音都仿佛含了潮湿的水分，她说，你以为你是好人啊！要换了别的日子，我今天才不稀罕来喊你到我那去呢！她说着直往我的怀里依偎。

我立马警觉了，问今天是你的……生日？轻轻地推开她，哎，现在我可是还没下班，别让人看见了。

她却更加伤感了，居然泪流满面，呜咽着说我真是白和你好了一场……

她的这一句提醒了我，两年前，我们正是这一天认识的。那是一个异常忙碌的夏季，这时“珍珠泉”的销路已经打开了，厂方为规范市场，准备根据这个夏季本市三家经销商各自的业绩情况，选择一家做今后的独家代理，竞争到了白热化的程度，大家都力图向对方的市场范围内渗透，相比较起来，沈小辉的优势在于这家伙做生意讲信用，营销手段又灵活，还拥有我们这一批死党，遇事绝不手软。前者使所有的客户都和他保持了良好的合作关系，后者把这种良好的合作关系巩固成了一条谁也不敢轻易挣脱的索链。那个夏天我们一共为他打了三次架，最后的一场打过，“珍珠泉”在本市的市场基本上就控制在他的手里了。沈小辉与“珍珠泉”生产厂家的独家代理合同签约的当天晚上，我们“杀”到了金三角歌舞厅，玩歌舞厅，是我们最常见的庆祝方式。

一群袒胸露背的小姐遇见了亲人一般地飞着媚眼，个个争先恐后地露出喜悦的笑容，我们是这儿的常客，她们几乎能认出我们每一个人，从另一个意义上说，我们还是她们的衣食父母，她们都发自内心地希望自己今晚能够得到青睐。我们按照各自的口味挑选中意的小姐坐到身边来，我的目光落到了站在最后面的那个略显腼腆的女孩。

她就是郑慧。通常点小姐坐台我是比较挑剔的，或许是在这种风尘的场所，她却没有什么风尘味的神态打动了我，凭经验我感觉她出道的时间不长。我没猜错，郑慧是一名中专学校的学生，她家在农村，生活困难，每年她都要想办法挣点钱，交学费和维持在校生活之用。

大哥，为了上学当坐台小姐好不好？郑慧贴着我的耳畔，吹气若兰，小声说，我也不多坐台，钱够了就安心学习。

我摩挲着她洁如凝脂的胳膊，一边漫不经心地说，你还好好学习天天向上呢！教你一招，以后干脆说是为弟弟妹妹读书没钱才坐台，那样更感人。

大哥你真坏，一点没有同情心。郑慧哧哧地笑，一副开心的模样。我更不相信她的故事了。

那晚沈小辉扔了不少钱，他永远是小姐们的财东，夜深时他的手从口袋掏出一叠钱，给弟兄们买下了所有在座的小姐今夜的钟点。每个小姐马上变得像机灵而又慵懒的大猫一样，心怀鬼胎地随着我们来到夜灯灿烂的街道上。这时是出租车生意又一个高峰时间，臭虫般麇集在歌舞厅门前的的士，顷刻便载着双双对对消失在四面八方。

你住哪儿？我问。

在外面租房子好贵，我住学校。

我对司机说了方向。郑慧捏我一把，小声提醒她是住集体宿舍。

我摇下车窗，夜风扑到我们的脸上。她仿佛怕冷似的贴紧了我一点，我深深地吸了几口湿凉的空气，手在口袋里掏香烟，却触到今天沈小辉才给我的那些钱，我摸出了两张，放在她手里。郑慧怔了怔，下意识地一推。辉哥不是给过我们钱了吗？她无力地说。我一声不吭地拿起钱，从她的胸口塞进去，她蓬勃丰腴的乳房颤晃了一下。

出租车在学校的门口停下来，郑慧迟疑着一时没动弹，我推推她。她凝眸对我说，要不……我到你那去？

我的眉头跳跳，说，我也是住集体宿舍。

鬼才信！郑慧做了个鬼脸跑着走了。她的这种快活的神态感染了我，汽车掉头时我还在望她。

以后我再去“金三角”，只要郑慧在，我都点她坐我的台，并且每次都给她双倍的小费。记不清是第几次，玩过之后我们又出去吃夜宵，我喝多了，后面的过程全失去了记忆，等睁开眼睛已是翌日清晨，郑慧躺在我的身旁，两只胳膊交缠着我的脖子。

我一动，她醒了。我晃了晃脑袋，问道，你怎么在这儿？她嘴一咧笑了，撒娇地抱怨，好像谁想来陪你似的？还不是你昨晚死活不放我走！

我又晃晃脑袋，仍然什么都记不起来。吃过早饭，我催促她赶紧去学校，她眼睛水汪汪地望着我，磨磨蹭蹭地不出门。我蓦然想起来，忙拿钱给她。郑慧的脸涨红了，生气地说，许歌，你就这么看不起我！怎么了？我说，还嫌少？她盯着我，泪水忽然滴了下来，说她是真心地把我看成她大哥，这一次跟我过夜她是心甘情愿的。我这人最见不得眼泪，连忙告诉她，钱放在我的手里，反正迟早还是糟蹋掉，与其最后变成酒菜钱或是坐台小姐的小费，倒不如她拿去交学费，也算是我捐献了一把希望工程。

郑慧一听这话又破涕为笑了，说，你放心，从今天起，我就再也不去坐台了。

哎，你不要搞错，我有什么放心不放心的，你坐不坐台关我屁事？到时候你交不上学费可别怪我。

我攒的钱也差不了多少了……她说着停下来，狐疑地瞧着我，你大概一直以为我在骗你吧？

其实现在我已经不再怀疑她的故事了。我觉得两人有许多相似之处：都是来自农村，到城市读书；都做某些好像并不太光彩的事情以获得报酬；而且从眼前看来，她和我一样都他妈的很难会有什么可预见得到的锦绣前程……也许就是这些使我不由自主地对她有种亲近感。当然我们的区别也比较明显，我一想到未来便异常怅惘，对明天的生活非常迷茫，她却绝没有那么多的悒郁，兴高采烈地读书，也兴高采烈地抽烟、蹦迪、上网……还包括兴高采烈地当坐台小姐，她一切行为的目的性是那样的简单明确，容易满足，似乎她从不考虑今后，她的前途是别人的事情，全然用不着自己操心。她伤心了自然也会流泪，但那只是一种宣泄，绝非凝结在心灵里的忧郁。郑慧的忧郁时分像昙花一样格外少见。不过这个早晨我一再地催她回学校，推她出门时，郑慧却倏然地沉默了，她回过头来，那双眼里弥漫着苦恼和惆怅。我愣了愣，还是说，走吧。

她说，许歌，我不想走。

走吧。我继续推她，说，我好像听到上课铃声了。

别打岔。她叫道，许歌，你是装糊涂吧，你看不出来我喜欢你？

我又愣了愣，猛然笑了，说，你不要吓唬我，我这个人胆特小。

她跺脚，说，我今晚还来，反正我已认识这里了。

那要先安民告示，以后你千万别再吓唬我。

许歌，你真坏！

这就对了，我以为你早就知道了。

不管怎么说，以后郑慧和我之间形成了一种奇特的关系，生活就是如此的难以理喻，有钱时我也会给她一点，没钱的阶段连我自己都不够用，便也顾及不到她了。其他的方面我一如既往，照样时而在外面花天酒地，照样不误在歌舞厅里点坐台小姐，并且我也不瞒她，她知道了就气恼，不遗余力地和我吵，可是吵过她仍然继续到我这里来。其实，自从和郑慧有了这层关系以后，我到歌舞厅的频率减低了很多，而且再不带小姐过夜了。偶尔我故意逗郑慧说是喊小姐坐“大台”了，她也根本不相信，认为我可能会找小姐，但是不会让小姐坐“大台”，因为我有“良心”，不会对不起她。

对不起她？我和郑慧到底算什么关系？非驴非马四不像，连情人似乎也不是。但他妈的又是什么呢？

也许郑慧不这么认为，从此她真的不到歌舞厅去坐台了。而且虽然她再也没说过什么类似于“喜欢”我的混仗话，却认真地记住了我们之间一些特殊的日子，譬如我的生日，譬如我们相识的周年纪念日等等。这天下班前如果她不来找我，我是压根儿想不起来今夕何年的。

望着郑慧的泪眼，我感到心也仿佛湿润了一点。我帮她擦了擦脸，说，士隔三日刮目相看，你什么时候学会多愁善感了？

郑慧叫了起来，才三日啊，最起码有半个月没见到你的影子了！你到底搬到哪里去了，问谁都不知道，为什么连我也不告诉？

好了好了，不要冒充“十万个为什么”了。走，带你吃饭去，庆贺一下这个日子。

可是郑慧却不肯善罢甘休，到了饭店还一个劲地纠缠着那个话题，想弄清楚我到底搬去哪儿了。她伤感地与我碰杯，说许歌，要甩掉我你就直说，用不着这么藏头露尾的，我本来也没想过和你会有什么结果。我只是觉得，在某种程度上是你提前改变了我的生活方式，挺留念这一段情义的。

她没用“感情”而是选了“情义”这个词，使我也不免忧伤起来，因为我根本就害怕那个所谓的“结果”。像我这样有了今天不一定有明天的人，对女孩子不敢投注于感情，又会有何结果呢？我猛烈地咳嗽起来，被一口酒呛着了。半晌我才喘过气来，哎，我们先说清楚，你这是什么意思？我学着她的口气说，要甩掉我你就直说，用不着这么藏头露尾的。

郑慧的瞳仁里闪过一丝亮光，你敢说你没有移情别恋？

移什么情哪？我含含糊糊地说，我怎么不知道？

郑慧叹了口气，你就是移情我也管不了。反正你也没有多少情可移。她缠绕着我的手指，语气温柔下来说，好长时间没见面了，真想你，我们今晚到你……

我赶紧抢过话头说，刚才酒呛得我胸口到现在还疼，头也晕得很，今晚我们就各自打道回府吧。

郑慧叫起来，不……

这时楼下传来一阵熟悉的喧嚷声，我陡然有了既不带她走又不伤害她自尊心的主意。

四

是胖子他们一伙人聚在楼下的大厅里猜拳叫喊。

今年的啤酒竞争更加激烈，如今政府的有关职能部门摸索出了一套管理经验，对不正当竞争行为加大了整治的力度，市场规范化了很多，商家各显其能，各个品牌都想尽办法要往生意最火爆的食品一条街里挤，沈小辉赖以起家的这块老地盘也感到在晃动了。在这种情况下餐饮经营者的胆壮了不少，不再像过去那样买沈小辉的帐，他感到了威胁，月初时派了几个弟兄到一家不听招呼的饭店寻衅，结果遭到了公安部门的严厉惩处，那几个滋事的人到现在都还没放出来。沈小辉的脸面一下子给丢得干干净净，他便又想了个新招，为避开有关方面的打击，暂时不再找那些饭店的茬，而将视线瞄向了啤酒的推销小姐，让弟兄们隔三岔五地到各家饭店去喝除“珍珠泉”以外的各种牌子的啤酒，专要该品牌的推销小姐陪喝，不喝便装醉威吓，使小姐们心有余悸不敢继续代理这种啤酒。反正不砸东西不打人，公安拿他们也没办法。

不过这些充斥着嘈杂声的插曲与我的关系好像并不大，我已经有一段时间没听到沈小辉的声音了。

胖子一见我便大喊起来，许歌，你他妈的跑到哪去了，手机关了，打传呼也不回，辉哥要找你呢！

我和他们又喝了起来，桌上一片吆五喝六，杯盘狼藉，那些被骚扰了的推销小姐们肯定认为她们是今晚最倒霉的人。可我心里明白，郑慧会觉得更倒霉，几次她想拉我走，都被大家阻拦住了。饭后他们去歌舞厅，我当然不能扫众人的兴。郑慧今晚的愿望看来无法实现了，她是到了歌舞厅的包厢后才气愤地离去，没过多久她忽然奇怪地回来了一趟，却一首歌也没唱，不顾胖子他们的挽留，又奇怪地再次离去。只有我清楚，她是回来侦察我在她走后有无要坐台小姐。妈的，我头脑里仿佛在天旋地转，不知骂了谁一声。胖子抱着个话筒，像啃着个山芋一样地吼得更加起劲。

胖子的手机响了，从他答话的语气上听出似乎是沈小辉打来的。胖子是沈小辉一条忠实的走狗，但沈小辉对我偏偏比对胖子更好，就凭这一点，我服气沈小辉。大概听说我也在，沈小辉马上让胖子把手机交给我听。

许歌，忙什么呢？这些日子没过来，连面都照不上了。沈小辉说。

辉哥，我哪有什么好忙的？就是感到没劲，想躲起来好好地睡几觉。我回答。这是真话，眼下我就疲乏得难受。

那你还和他们那些货折腾什么？早点回家睡觉去。我答应过后，沈小辉又亲切地说，喂，差点忘了告诉你，前两天我去交手机话费时，顺便帮你手机卡里也充了五百元。

我和胖子的手机、传呼都是沈小辉给的。他说过，养兵千日用兵一时，这“一时”，就是随时都能找到你们。我手机关机的这些天，别人要找我只能打传呼，包括沈小辉在内我都均未复机，现在他丝毫没有露出责备我的意思，我却产生了一种愧疚。这就是辉哥的过人之处。

离开歌舞厅时我都没有摆脱出这种愧疚的阴影，整个身心更加难受了。

也许今晚注定让我不得安宁，回到家门口时我才发现竟然钥匙不见了。我茫然地回忆可能会丢在哪儿，但一切都是徒劳的，头脑像被酒精清洗过一遍，空空如也。

钥匙丢了，以往我从来没有这个概念，钥匙算什么？我随便去找哪个朋友鬼混一夜，或是打传呼让郑慧来一趟就是（我以前房门的钥匙也给了她）。但今天不同，苏晴会给我开门，犹如她一直在等着我归来似的。这是一种我不曾体验过的感觉，我站在漆黑的楼道里，深缓而修长地吸了一口气。可是叩门声没有得到应答，苏晴也不在家？我涌出一股前所未有的失落。我模模糊糊地觉得，仿佛她就是我的钥匙，可是我想不下去，头脑昏沉沉的。我什么都没想，有什么值得可想的呢？我的世界一片空白，白得像医院的墙壁，白得像雪，我感到冷……

直到苏晴把我推醒，我才晓得竟是坐在门前睡着了做梦。

记住，以后再碰到这样的事，打我的手机。进屋后她说，把号码写给了我。这一句话，使我的眼泪差点儿下来了，胃里面翻江倒海，我冲进卫生间吐，打开抽水马桶冲了好久才出来。苏晴烧了开水，又给了我一盒妙氏酸奶，说，酸奶是护胃解酒的。

我狼狈地关上自己的房门。这个晚上我的觉睡得七零八落，时梦时醒。

翌日，我依然全身难受，尽量不露出痕迹维持住常态。我走进苏晴的房间，向她表示感谢。苏晴正在整理抽屉，桌子上堆着信纸杂物，她的身份证滑在一边，我瞄了一眼，原来她比我大几个月，生日是四月二十七号，我记住了这个日期。

我恳切地说，今天有空吗，我请你吃顿饭。

苏晴说，你好像有请人吃饭的爱好，接着她轻柔地责备我以后可别再喝那么多酒了，太伤身体。

我努力地笑着说，是不是早晓得我是个酒鬼，就不愿和我同租了？

她犹豫了片刻，担忧地问，你们男人一个人在异乡，都容易这样？

我顿了顿没回答。当时她的神情使我受了感动，而后来我才知道她问话的实际含义。从那次以后，我们的交流逐渐地多了，对她的情况我也了解了一些。如苏晴以前的同租伙伴是个女孩，她喜欢“煲”电话，一拿起话筒便没完没了，你等着电话用也只好在一旁干着急；还有一次她竟穿着苏晴衣服去赴约会，搞得苏晴哭笑不得。所以她一搬出去，苏晴再招室友就有前车之鉴地“限招男性”。再如苏晴的男朋友在美国读研，她担心他在遥远的异乡感到孤单时也像我这样不懂得爱惜自己。那天苏晴说到这里时，我一时无语，去倒了一杯水喝，心里翻腾着一阵自卑。我不知道为什么听到她的男友在美国读研就会感到自卑。

这真是一种莫名其妙的感受，过去即使在对前途最无望的时候，我他妈的忧郁、烦恼，但对自身的才能包括形象等都仍然充满了信心，还不曾如此的自卑过。与苏晴同住后，我的变化确实太大了，一跨进这个门，我便两面人一般地换了一副嘴脸，从最初的不习惯，不知不觉间我已改掉了很多恶习，不再像以往那样活得乱七八糟。我能想象得到，是苏晴的纯洁和这套居室里人与人之间的纯洁关系，逼得我注意扼制住像泡沫一样不断泛起着的想入非非的念头。这是一所无所欲的房子，可我并不是无所欲的人，明明清楚这一点，当初为何我却还要找她同租？是我什么都不想寻找还是我他妈的到底想寻找什么？我陷入了重重的矛盾之中。

不过，我内心里异常清晰的是，我愈来愈在乎苏晴对我的印象如何了。

这一期间，我比任何时候都更加盼望发一笔大财，尽管这种可能性几乎没有。

如果有了足够的钱，我想，我真的要做一名某种啤酒的销售代理商。苏晴一直都还以为我是在做这类生意呢。

五

冬日的阳光暖烘烘的，一丝风都没有，云彩像剪纸贴在天空，树叶凋零了，枝头上简洁了许多。冬装使人显得臃肿而富态，街道上倒似乎更拥挤了，人头攒动川流不息。汽车鸣笛和商家促销的喇叭声汇成进行曲，催促着行人的脚步。我心情舒畅地把刚刚买的两张福利彩票塞进口袋，像掖藏起了一个绚丽的梦想。彩票这玩意儿真好，真神奇，能给像我这样的人以无尽的希冀。

手机响了，是郑慧。喂，许歌，你在哪里？她说。

我说，你怎么早不联系晚不联系，我一出差你就打电话？

真是不巧，你是哪天走的，到哪个地方去了？

唉，你还不了解我，哪里需要到哪里去，拍拍屁股就走人。

是吗？原来你有这么听话啊！郑慧没憋住笑起来，许歌，你这是第几次骗我了？

你……我下意识地四面瞧瞧，果然一眼瞥见郑慧正在人行道的一台IC卡电话机边瞪着我。

她快活地扔下话筒跑过来，一把抓住我说，这下可把你捉拿归案了吧！人赃皆获，许歌，你还有什么可说的？

不好意思，要是晓得你正好就在旁边监视我，我早就坦白交待了。

说吧，怎么惩罚你？

还要请我吃饭是吧，今天又是什么好日子？

她立即不高兴了，怎么好像除了吃饭，我们就没有其他的理由在一块了？

我将她的手拂开，好言相劝，今天确实不行，我真有事，要到辉哥那里去。

她恼怒地叫道，我不信！

你不信我有什么办法？

你还想骗我，你到底是要去陪哪个女人！接下来郑慧的话令我震惊，她认定我在恋爱，因为我既不要小姐也不要她了，过去我有时玩小姐使她痛苦，而现在我连小姐也不沾使她更加痛苦。她烦恼地说，我太清楚你这个人了，只有爱情的力量才能教你洁身自好！

女人的直感真是要命。不过，像苏晴那样的人，与我的差距这么大，我绝对不敢想象我会爱上她的。我慌忙换了一个话头说，不要这样苦大仇深好不好，别人该以为我欺负你了。哎，你跑到这儿来干什么？

你就是欺负我了！她理直气壮地说，我跟你一样，也是想买彩票，就看见了你，谁知你竟然当面撒谎。

我道歉行不？我说，你那点钱留着交学费吧，少往彩票上扔，你看靠这发财的有几个人？郑慧跺脚，说就不就不，偏要期期都买！说着她的声音忽然低了，有点嘶哑，许歌，万一中了大奖，我就把你包起来，不让你再碰别的女人了。

我盯了她半晌，蓦然笑得气都快要喘不过来，我说，你呀……

你笑什么笑，你笑什么笑！她的眼泪在眼眶里打转转。

郑慧跑着走了，她大概以为自己受了侮辱。我收敛起笑容，忍了又忍才没喊住她，只觉得嘴里苦涩得很。

其实今天我并没有第二次骗郑慧，我真的要去找沈小辉。

沈小辉正斜靠在那张大班台后面的真皮转椅上接电话，他的手摆了摆，示意我在沙发上坐。以前这里我常来，人都熟悉，袅袅娜娜的办公室小姐对我亲昵地点点头，沏了杯茶放在茶几上，又轻轻地退了出去。当年我与沈小辉初识时，他的办公室远没有今天的豪华气派，四年过去他今非昔比，我却依然如故。我东张西望着思绪如云，假如有四年时间作为我的发展基础，何至如今面对苏晴还要充作一个冒牌的商人呢？

我还在胡思乱想的时候，沈小辉收了线，他绕出光可鉴人的大班台，招呼小姐把刚刚泡的茶倒掉，从柜子里拿出专供他自己喝的上等茶叶为我重新沏上一杯。

沈小辉给我一支玉溪香烟，说，许歌，我对你怎么样？

那还用讲？辉哥！我心诚口服地说，不提以往的事，就是凭刚才换茶叶的细节，也足以感动我，沈小辉大笑，说，现在该搞到手了吧？如果不是有了舍不得的女人，怎么会这么多天都见不到你的面？你不要想在我跟前打马虎眼！沈小辉要我交待到底弄到了一个什么样的绝代佳人，居然还瞒着他，太不够哥们了。我惊讶他的敏感，但我与苏晴之间什么都没有发生，所以我仍然矢口否认。

沈小辉也不再追问，说，你今天总不会是来无事闲聊的吧？

辉哥，我不想给别人打工了。停停，我补充说，我想干一份自己的事业。

沈小辉的脸色严肃起来，身子靠到沙发上，说，你跟了我四年，时间不短了，倒也是该自己打天下了。

我坐直了身体，说辉哥，我赤手空拳，我想请你帮助我。

自家兄弟，你的事就是我的事，你放心，有我这棵树，就有大家的荫凉。沈小辉拍拍我肩膀说，其实我已经在考虑这桩事了，即便你今天不来找我，用不着多久我也要找你。

沈小辉站起来，吸着香烟在房间里踱步，他的这种姿势我有点陌生，望着他，我心里有种莫名的冲动。他停下来，转向我，既像是对我又像是对他自己说，企业发展到了一定的规模，就应该在政治上也有所作为。他透露，身为有了较大名气的私营企业家，他准备竞选区人大代表。他犹如伟人一般地挥了一下手臂，你说的事，到那时再讲。

沈小辉挥动手臂的动作，给我留下了深刻的印象。而我心灵深处被震动得更强烈的，还数临走时，沈小辉叹口气说，许歌，爱一个人是不容易的，你比我们幸运！见我诧异，沈小辉淡淡地说，你假如不是对哪个女人真正地动了心，又怎会突然考虑起什么所谓的前途、未来，想干一番事业了呢？

好一阵工夫我都说不出话来，在这半日之内，有两人异口同声地说我陷入了爱情的漩涡，苏晴对我生活的影响竟是这般的深刻！爱情？我当然否认，到目前为止，我仿佛只是小心翼翼地呵护着一件易碎品，断不敢有非分之念。

我自己也感到奇怪，按说身边守着这么一个美好的女孩子，要是搁过去，这差不多早已恶习难改地猛烈追求苏晴了，这事我能干出来，以前也曾干过，这一回却是花费了很大的毅力才没敢造次。我珍惜的是什么呢？真他妈的，我心有点儿发热。

出了门，我向右边拐去，无意间看到了一个人影似乎很像郑慧，倏忽便消失在人流里。我怔了怔，也许是眼睛花了，现在我一想到郑慧心便有点虚，宛如做了对不起她的事似的。其实，我对她连毫无意义的虚伪承诺都不曾有过。

六

冬天永远是那么拖泥带水，像蜗牛一般慢吞吞地爬行，这样的日子是没有多少实际内容可叙述的，好不容易捱到河边的杨树变青、吐芽、又飞花了，明媚的春季才姗姗来临。不过对于我来说，这个春天更准确的仿佛是从沈小辉终于成为区人大代表便开始了。

很快，又一家有限公司在省城挂牌成立了。注册资金全部是由区人大代表沈小辉一个人投入的，而工商登记时公司的《章程》里却分明写着我——许歌的股份占有20%，胖子是15%，其余65%的股份被沈小辉和他兄弟姊妹四人平均分配，每人16.25%。也就是说，我是这家公司最大的股东。我任董事长兼总经理，胖子是副总经理，沈小辉和他家人都没有挂任何职务，只是一般的股东。

沈小辉最鲜明的特点就是言必行行必果，他的一贯立场是从来不对朋友食言。我胸中对他溢满了感激之情，恨不得现在能为他做一件什么赴汤蹈火的事情，我喝醉了酒一样地涨红了脸，说不行，辉哥，这样绝对不行，你送给我20%的股份我就感到承受不起了，董事长还应该是你的，我决不能接受！沈小辉爽朗地笑，叫我别把这点小事放在心里，朋友之间理应有福同享有难同当，还是那句话，有他这棵大树，跟他干的兄弟们就会有一片荫凉。他拍着我的肩膀说，许歌，光是公司的“珍珠泉”啤酒的业务我就忙得拉不开枪栓了，如今区人大还常开个会什么的，还顾得上你们新公司的事吗？你他妈的给我扯开手脚大胆地干，关键是年底能有红利分就对得起股东们了。

辉哥，你信得过我，我们就年底再看吧！我咬着牙关说。

这是我最为忙碌的一个春季，我制定了一个全面的公司业务拓展方案，整个身心投入地为实现这个方案开始了奔波。我差不多是在孤军奋战，好在本来我也没指望过胖子，他基本上不到公司来，平时都在沈小辉那边。

公司开业没多久，沈小辉给我们留下了少量的办公费，将公司注册时打进来的资金又抽回去了。他说，唉，许歌，我也不好办哪，我那边的资金周转不过来了，他们几个都很有意见。“他们几个”是指他的兄弟姊妹，沈小辉的公司是由他家人合股的，我不知道沈小辉是如何说服他的家人同意出资注册一家新公司，并将35%的股份送给我和胖子的，我已经感恩戴德得不得了，现在人家要把自己的钱抽回去，我有什么话说？不管怎么样，沈小辉帮我搭起了一个开创事业的架子，我不能再让他为难吧？哪怕咬紧牙关我也要干下去，我照样是每天忙得马不停蹄，做着千篇一律的空手套白狼的美梦。

做梦的日子流逝飞快，转眼就是春意浓郁的四月了。

这一期间，我们公司的账上只有房租、办公、通讯、工资等等费用的支出，没见到一分钱的收入。幸亏沈小辉从不过问这边的事务，否则我真不知该如何回答。我的内心从未像现在这样压力极大，这时我才发现，过去在街头上耀武扬威时，一帮弟兄们前呼后拥，总是以为自己的朋友一大片，可是如今他妈的想找个知己者倾诉一番，回头看看居然都没有一个合适的人能够宽慰我的心灵。

这一期间，苏晴也意外地像我一样怅惘起来。怎么回事，这个阳光灿烂天使般的女孩竟然还会有什么不顺心如意的事情？她的变化似乎比公司的惨淡经营更令我牵肠挂肚。

四月二十七号，这天我比平时起得早一些，拖地擦抹，打扫过一遍公共卫生，然后开始在客厅里磨磨蹭蹭地吃着早点。苏晴终于将自己拾掇好了，走出房间，我的眼睛蓦然一亮，心扉像暗盒里的感光纸似的曝了一次光。

苏晴诧异地环顾四周，眉梢扬了扬，咦，该不是今天你有什么贵客要来吧？第一次见你有这么勤快。

要用发展的眼光看人好不好？未必我就像你想象的那样不可救药。

我可没指望过你会进步到这种程度。说说看，准备迎接什么样的客人，需不需要我回避？哪敢打搅你。

她诚恳地说，真的，我可以回来得稍迟一点，下班后再去看一场电影。

我犹豫地说，你真愿意帮我？

苏晴认真点头。

那就麻烦你晚上请我吃一顿饭。我和她一样认真地说。

弄半天许总的超级勤劳就是为了这个！苏晴忍住笑说。

唉，公司业务开展不起来，没钱吃饭了，我说。埋在心里根深蒂固的虚荣心，让我把印有董事长、总经理头衔的名片那天刚拿回来便给了她一张，现在她有时就故意称我“许总”。

苏晴大笑起来说，听起来怪让人同情的。

苏晴一扫脸上的忧悒之色，她没有拒绝，怡然地便同意了，我本来还准备了一套说服她的词都没用上。这一天我分外地兴奋，像一名不知疲倦的丛林战士四处出击去超市选购，处心积虑地要让她度过一个欣悦愉快的晚上。果然，傍晚苏晴一进门，立刻惊讶在《祝你生日快乐》的乐曲声中，好一会儿都不知所措，而桌上子的鲜花、蛋糕、蜡烛和高脚杯里半透明的干红则更使她感动，她没有想到我为她预备下了这一切，嗫嚅着，你怎么知道今天是我生日……她的眸子清澈幽亮，那是一泓摄人魂魄的山泉。我撤开目光不敢看她，轻描淡写地说，哪叫你的男朋友不远万里支援美国去了呢，没办法，我只好发扬一下国际主义精神，代表他给你过这个生日了。

当时我没有意识到，这句话实质上对两人都不是滋味。这个晚上我俩都喝多了。

喝多的结果，就是我得知了苏晴的男朋友不久前刚和她分了手，他在太平洋的彼岸又有了新的芳心。他妈的，什么鸟人！音箱里一个娘娘腔正在唱着《心太软》：算了吧，就这样忘掉吧，该放就放，你总要想想未来……未来，未来是什么？我们的公司没有业务，没有资金，没有最最不能没有的东西……干红喝光了，我又出门去搬回来一箱啤酒，是我他妈再熟悉不过的“珍珠泉”。苏晴劝我少喝一点，但后来她的酒劲涌了上来，比我醉得还厉害，突然哭了，泪水使她的眸子更加幽亮，我心疼极了，宽慰她，别哭了，别哭了，老子以后……碰见他，把他打成熊……熊猫眼！苏晴抓着我的手问，你，你……说什么？她已经快坐不住了，我扶她去她的床上，她呢喃着她男友的名字，紧抱着我不放我回自己的房间。那一刻我们忘情忘我地相吻，我差点就抑制不住澎湃的情潮。

以后的很多日子里，我总也忘不了这个夜晚，甚至我无数次地后悔过那天没有要了苏晴。在另一方面，我又庆幸，终于还是没有乘人之危，原来我的心底里还有一种圣洁的情感，唯有这种情感才可以战胜藏匿在灵魂里的魔鬼，而不久前我还怀疑自己真的就是一个彻头彻尾的魔鬼了。

经过那一夜我才真正如醍醐灌顶，我不是一般的喜欢而是在爱着苏晴。爱情的礼花在胸腔里凌空喷射，盛开在这个不眠的夜晚，我眼睁睁地盯着黑暗里的天花板，绝望到了极点，她在我心里是那样的典雅而优越，绝不可能看上像我这样一个滑到了社会边缘的人。

对于那一夜，苏晴却记不起醉后的事情，翌日早晨她曾不放心地问过我她昨晚后来的表现，我尽量表示出平淡的不相信，说，你喝多啦？那你回房间时步子怎么还能走得那么稳稳当当？她听后立即释然了。

谢谢你，苏晴由衷地说，谢谢你给我过了一个生日。

我们还用客气吗？我掩饰着内心的不自然，故意打着哈哈说，我有一个优良传统，就是关心他人比关心自己为重，关心他人的老婆比关心自己的老婆为重。

苏晴一点也没觉察到我说这句话时的真实感受，蓦然想起了什么，问道，上次来的你那位女朋友，怎么到现在都没有再露面，是不是你们闹不愉快了？

还是冬日的那次，我从沈小辉那儿回来，进了房间没一刻，有人敲门，我的熟人中没人知道我的住处，所以我没理，苏晴闻声开门，不料来者竟是郑慧。原来她跟踪而至，在路上我以为看花了眼的那个人竟然真的是她。

我惶然将她拉进房间，关上门。她却要把门拉开，冷笑着说，你怕什么，许歌？你是属于那种不到黄河心不死的人，这下你还有什么话说！大概这句话却正好击中了她自己，郑慧一时百感交集，把我抵靠在门后，双臂圈住我的脖子，流着泪说，我以为你是我认识的最后一个诚实的人，谁知连你也是骗子！

我伸手拽过毛巾，帮她擦脸。我骗你什么了？我说。

郑慧夺过毛巾自己擦脸，渐渐平静下来，说，许歌，其实我不是怪你，我们本来就是那种关系，谁也不用对谁负责，我只是伤心，在我的圈子里，再也没有还能让我信得过的人了……

我嘟囔着说，江湖黑啊，我他妈是放你一条生路……

郑慧一定要亲眼见到我和别的女人在一起才死心，她误解了我与苏晴的关系，也许这样更好，我懒得解释。她痛苦地走了。其实我和她同样痛苦，如今我非常地懂得什么叫真情。此刻苏晴又提起那天的事，我不好受地辩解她只是一个熟人，我还没有女朋友，但是苏晴不信，说像我这样的人肯定是个爱情多发地带。我点燃香烟，喷出一口烟雾，我真想告诉苏晴，我只对她一个人用过真情。

这个春天里，发生的同我有关联的最后一件事，就是郑慧又到歌舞厅去坐台了。这个学期她们实习，不用每天再到学校去装模作样地露面，她和我当年一样，为找一份工作跑得丧魂落魄，我不了解其间的过程，我只知道结果，结果是毕业后没多久，郑慧的身影又似一只美丽动人的花蝴蝶在娱乐场所飘来飘去。自从上次分手后，郑慧就在我的眼前消失了，她的事是后来赵光告诉我的。

七

那一阶段我特别的灰心丧气，公司入不敷出，弹尽粮绝，从账上提出的这最后一笔钱，是下个月的房租。这是月底前的一日，我衬衣平展领带整齐皮鞋铮亮地从银行出来，一个标准的衣冠楚楚的总经理的形象，遗憾的是我的口袋里没有装着总经理应有的钞票。我自欺欺人地想，幸亏还剩这点钱，否则我们公司明天就他妈的只好关门大吉了。

不过我没有走到明天，是福利彩票的促销声扯动了此时我脆弱的神经，我停下脚。真他奶奶的！我很少这样升级一个辈分地骂人。我要不是骂自己就是骂王八蛋彩票，我把下个月公司的房租全部换成了能寄托无限期待的彩票。我拍了拍笔挺的裤腿，习惯地莫名其妙地望望天空，灼热的太阳刺了我一下：瞳孔顿时发黑，后背爬满了虫子般地沁出汗来。我说过，我这个人头脑比较灵光，平时爱琢磨个事，对很多事物我看得十分透，实际上我已明白，我们公司大约只有死路一条，能想通这一点是异常悲哀的。除非总是让更多人失望的彩票救人一命。

这一期彩票今日晚上九点钟开奖。我打算回家睡一天，否则我不知道如何才能熬到那个时间。

就是这时我的手机响了，简直和上次在这里碰到了郑慧如出一辙，见鬼，不是好兆头！我心愈发地虚，只当没听见，继续往前走，音乐声努力不懈地与我比赛耐心，路过身边的几个行人摸出他们的手机看，我暗乐，心情略有释缓。

到家我把自己扔到了床上，拿出手机最后扫一眼，准备关机，哥们明天再见吧。这时，小屏幕上的一行短信息令我心惊肉跳：郑慧又坐台了。赵光。

我仿佛给蝎子蜇了一下跳了起来，一定是她的钱花完了！公司开办起来以后，我曾想过一旦公司业务有了起色，初步兴旺发达了，若那时郑慧的工作还没有着落的话，就招她进来，权做她暂时的栖身之地，然而事与愿违……更早些时候，我同郑慧聊过她毕业以后的去向问题，我考虑不行的话，到时应聘个营业员、服务员之类的事情先立下脚再说。她却不以为然，现在操那个心没用，活人还能让尿憋死？大不了就漂呗。我怔怔地盯着手机上的短信息发了一阵呆，是的，当营业员、服务员或者去坐台也罢，对她来说本质上的区别在哪里呢？她都是在这座城市里浮萍般地随波逐流地“漂”着，那种深入骨髓的无根的感觉别人替代不了，或许她的单纯正是一种发自本能的对于生活的一目了然。

我没能等到彩票开奖的时间，这天吃过晚饭我就坐在了沈小辉家的客厅里。他正在津津有味地看市电视台的新闻联播。许歌，你来得正好，沈小辉说，等一会有我们区人大代表开会的节目。然而镜头出来时，只扫了会场几秒钟，主要停在主席台上，沈小辉没有找到自己的身影，他生气了，骂一声，啪地关上电视。我有点迫不及待了，站起身说，辉哥，郑慧又去坐台了。

嗯？沈小辉从上到下地打量着我，那又怎么样？反正她又不是你的什么人。我说了你不要不高兴，她本来不就是一只“鸡”吗？

我抿了抿嘴唇，我来的本意是想请沈小辉将郑慧招收进他的公司，帮她一把。沈小辉按我坐下来，犹如看进了我的心里，语重心长起来，许歌，我也想帮助她，我还想帮助你们每一个弟兄呢，可是我能帮得起吗？我帮你们搞起那个公司就是希望能为你们开辟出一条新的道路，结果呢，不用你说我也知道，你走进了一条死胡同！你呀，聪明人犯糊涂，世上最难和最容易的事情就是挣钱了，关键在于你怎么去干。钱是一条狗，你要撵它累死你，它要撵你，你就是坐在家它也会从狗洞里钻进来，其实我早已给你们安排好了；不过我太了解你了，你在心里面还始终保持住一点狗屁的清高，过去不少事情并不是心甘情愿去干的，不等走到这一步，你不一定会完全真正地听我的，彻底按照我的吩咐去办。你如今终于晓得真要离开了我，实际上你是很难干得出什么大事了吧？

我的脸在发烧，他妈的辉哥就是辉哥，我确实想过要逃离他们——逃离我曾经的生活状态。接着在剩下来的一段时间，沈小辉把他的规划和盘托了出来，他发家靠的是“珍珠泉”啤酒，现在其他啤酒挤占了不少市场份额，今后我们的一切活动仍然要围绕着这个方向进行，一损俱损一荣俱荣。他那边的公司一如既往地大力推销“珍珠泉”，而我们公司的任务是用其他品牌的假商标灌入低质量的散装啤酒，去搅乱市场，另外，如今企业之间拖欠款情况仍然比较严重，凡牵扯到其他啤酒营销和餐饮业内的债务，我们公司尽量想办法帮他们代办“讨账”。沈小辉说，这方面是我们的强项，只要去一帮弟兄讨他一次账，哪家酒店还愿意再和那种品牌的啤酒打交道了？今天沈小辉还第一次向我透露，以往他每年都要卖不少假酒，那个制假点今后无偿转给我们管理。他说，传授给你一个经验，最挣钱的还是假货，这个道理颠扑不破。

我心情复杂地盯着沈小辉，难怪他不在我们这边的公司担任任何职务！他叹了口气说，我知道你在想什么，但是以我如今的身份，还适合直接出头干这些事吗？我倒也考虑过胖子，可他与钱一样是属狗的，只会咬人，干不了大事。许歌，现在我的地位不同了，有我罩住你们，你还有什么可担心的？

我脸烧得烫，头脑里也仿佛热烘烘的。辉哥，容我再想想。我起身告辞了。

沈小辉生气而亲热地拉住我，怎么，都不愿陪我多聊聊了？走，哥俩找个地方喝两瓶去。

在金三角歌舞厅的包厢里我们没要小姐，两人一杯一杯地灌着啤酒。今晚我的状态不行，很快便晕乎乎了，我推开杯子，抓住话筒不放。沈小辉靠在沙发上冷静地望着我，听完这支歌，他接了一个电话，说有事去。沈小辉丢给我一千元钱，关照我在这里再玩一会儿。临出门他忽然又转身说，我喊郑慧来陪你。

我说，辉哥，不要……

他说，你不是想帮人家吗？我愣神的工夫，沈小辉不见了，我手里捏的钱还带有他的体温。他妈的辉哥！我一直想逃离他又一直逃离不了。其实刚才进歌舞厅的一楼时我就看见了郑慧，她坐在一群期待着客人召唤的小姐中，我避开了她的目光。

郑慧来了。我有些陌生地瞧着她。她熟门熟路地挨着我坐下，摇摇我胳膊，给你唱支歌？我不动。她叫起来，哎，许歌，你这样无情无义地看我干吗？我们总该算是老相识了吧？

我说，郑慧，我今天才知道，你在这里。

她亲昵地靠到我的胸前，像我们刚认识的时候一样，仰起头妩媚地望着我，睫毛一颤一颤地说，那你以后会经常来捧我的场吗？

我掏出那叠钱给她，说，郑慧，其实你可以不在这里……

她快乐地说，许歌，你真是我的好大哥，这些钱可以买我好几天。

我说，郑慧，你知道的，我并不需要你陪我。

她笑了，只抽出一张钱，其余的又塞进了我口袋，说我不能没良心地宰你，你总得让我讲一点职业道德吧，做多少事收多少费，其余的我不要。

这时我倏然想起了口袋里的彩票，一看时间幸好还来得及，赶紧把电视调到了接收电视节目的频道上，彩票开奖仪式已近尾声了。我紧张地盯着那些翻滚跳动的彩球，别的一切顿时抛到了九霄云外，魔术般的七组数字终于尘埃落定了，我的手心一片潮湿，这才发现我把郑慧搂得紧紧的。她的眼睛猫一般地闪烁着盈盈的幽光，我摇了摇头，长长地吸了一口凉气。

这天夜里我给沈小辉打了个电话，我说，辉哥，你那个制假点在哪里？明天我想去看看。

八

这个夏天我们公司的业务火爆，真被沈小辉说中了，钱是一条狗，真有一泡屎在那里，它翻墙钻洞都要跑进来。我们的财源滚滚，各种假冒啤酒经过我们的加工点，销往散布在大街小巷的饭店，当然这基本上都是大排档和个体小饭店，那些小老板们贪图价格便宜，只问姓名不问出身。对于装潢得富丽堂皇的大酒楼，只要寻到机会讨账我们就决不放过，软硬兼施，大酒楼经理的名牌身份摆在那儿，声誉要紧，不敢让外人晓得欠账不还，轻易不敢把事态搞大，往往吃了亏也捏住鼻子，更使我们如鱼得水。

“珍珠泉”啤酒的销量直线上升，沈小辉的实力更加雄厚了。现在他和他那边的公司完全地合法经营，所有的鸡鸣狗盗都与他毫无关联，他一身清白地“罩”着我们，遇到沟坎可以冠冕堂皇地出面把事情摆平。他和我们的胆也都更大了。

这里顺便插一句，郑慧两个月前被胖子包了，包她半年，不过即使她没被包，我又能对她说什么呢？赵光不知我和郑慧之间发生了什么，他瞪圆了眼睛嚷，狗日的胖子不是往人眼睛里揉沙子吗？许歌，你张一下嘴，我就把他给灭了！我像问赵光又像问自己，郑慧总要走自己的路吧，她的事和我有什么关系？

最令我备受折磨的，还数回家时要戴上一副假面具，苏晴一直以为我是一位正在走向成功的男士，在家里我不是真实的许歌，我是“一个人的车站”。我曾经有过疑惑，我到底爱苏晴什么，现在对自己的状态越发的恐惧使我明白了，我是爱上了她那样的生活的同时爱上了她，我害怕自己在以前的那条路上滑得不可收拾，我是希望在爱她之中获逃离的勇气。可是我逃得离吗？

终于还是出事了，一次讨账的对方也不是个善茬，一面同我们虚与委蛇，一面暗中调兵遣将，我们也麻痹大意了，混战中我差一点被砍伤，赵光扑过来踢开那家伙，但他却没躲过厄运。逃出现场后，我和几名弟兄将赵光送去医院，他失血过多，已经昏迷了过去。我一把抓住一位匆匆向急救室跑去的医生，声嘶力竭地嚷，医生，你们一定要救活他，不然老子宰了你！我说着浑身簌簌地发抖，双腿一软便跪下了，医生，我求求你，他是替我挡住了那一刀的！

那位医生的眼神我这一辈子都不会忘记，先是惊讶继而鄙夷到了极点。当时我也昏了头，只是觉得不对劲，没往其他的方面去想。手机响了，是沈小辉问我们在哪，叫我们迅速撤离医院，说弄不好公安能找到医院去。我最后从门缝里朝急救室内望一眼，陡然我傻了，那位医生，那熟悉的身形，她是……她是苏晴！我回想起刚才她的眼神，像一盆冰水从头到脚淋过。

沈小辉发誓要报这一箭之仇，说，如果我们不能把他们搞服，以后怎么混！他决定派我去南方买枪，带上一笔钱，翌日清早就走。我感觉得到，如今他是真正地信任我了。

我走了，走在大街上。树影里闪出个人喊住我，是郑慧。你干吗？我说。今天经历了太多的事情，我已经麻木了。郑慧拉住我，你不能去买枪，她急切地说，有了枪你就彻底完了，你会陷得更深，陷得像胖子一样深，你千万不要毁了自己。

我的心在一点一点地感动。郑慧的喉咙里带出了一缕战栗的哭声，说许歌，我知道以前你是为我好，江湖黑，你是放我一条生路……你也放自己一条生路吧……

我暗哑着嗓子说，郑慧，你离开胖子吧。

她说，我现在这样，说那些有什么意思？见我站着不动，她停了一会又说，你放心，等半年到期了，我会走的。

这个晚上我没有回家，一想起苏晴的眼神我几乎就要发疯，心碎得四分五裂。我梦游般地飘荡在街上，最后踅进了一家网吧，我晓得这时候她往往在网上。不多久，"青草萋萋"进入了眼帘，我心绪纷杂地瞧这个名字，静静地抽完一支香烟，才敲击键盘，向她问好。

青草萋萋：你好，你是谁？怎么不报名字？

我犹豫着，好久，才打出"一个人的车站"几个字。

我紧张地盯着屏幕，直到眼睛发疼，终于反应过来青草萋萋不会再回应了。甚至，她已经下了。

一个人的车站慌忙地：等等，我要去公安局，我所有的东西都不要了，随便你怎么处理。从明天起，你就可以招选新的室友。

我神情黯然地离开了网吧。我不敢肯定青草萋萋究竟是否下了，那句话她看到了没有？我招手喊一辆出租车靠过来的时候，手机响了，郑慧的哭声在夜风里清晰真切，她问我在哪，要见我一面，说此刻她最想我。

我再也忍不住了，猛然蹲到地上，双手痉挛着捂住脸颊，泪水流出了指缝。郑慧的最后一句话，也正是我想对苏晴说的。她永远也想不到曾经我吻过她，更不可能知道我是这样深深地绝望地爱过她。

（选自《上海文学》2002 年第 5 期，《作家文摘》曾转载）

周世久

老　蛙

陈庄村最高长官村支书老蛙生就一张青蛙嘴，黄鳝眼，是个过目难忘的主。村里人当面叫支书，背里叫老蛙。这老蛙，一年四季吧哒吧哒，人到哪，破锣一样的嗓子就响到哪。也就是这么个人，在陈庄村呼风唤雨当支书一当就是二十来年，七弯八拐惹得一身事务。村里有人说，狗日的老蛙就是长了一身的嘴巴也绕不过三千臣民，看他瘦得像精猴。村里又有人说，老蛙就是比你叫得响，不信，你试试。老蛙对自己说，狗鸡巴，我老蛙不叫，哪个替你叫，你自己替自己叫，嗯?

老蛙缠了一身的事务，是因为老蛙自己能。

这年春天，政府修了一条公路，穿过陈庄村荷花湖汊，一头接高速，一头通县城，半年后，土路工程基本结束，只是河汊桥没修，路像两根带子没连接。陈庄村人说这回修桥，狗日的老蛙嘴又要张得像牛×。这话的确。

寒露那天，老蛙到乡政府解报农业税，乡长一高兴就把老蛙留下来，在食堂小餐厅搓了一顿。喝乡里的酒，老蛙贪，越喝就越响，心安理得，像是功臣。临了，乡长说，市路桥公司一拨人马天把就到，湖汊的那座路桥年前要完工，回头准备一下迎接。其实老蛙比谁都清楚，荷花湖汊是条人工河，五里长，河梢是乡里抗旱一级站，驾头有五丈高，遇到旱年，抗旱站就要在河里提水，不修桥水怎么过？陈庄村穷，老娃觉得修桥就该给村一点好处。修桥不像盖屋，不能移场子！老蛙边想两只小眼睛边在乡长脸上转来转去，说乡长你跟他们说说，给我们安排二十几个小工，还有水泥，我们卖给他。乡长红了颈子仰着脸，舌头都硬了，说你老蛙怎么也得了大脑关节炎，那修桥是十分讲究技术的，回头又搞个豆腐渣工程，你老蛙背得起？老蛙大嘴巴上下搭了搭没搭出声，一双脚就钉在乡里大院半天没动，痴痴望着乡长反背着手晃荡晃荡地出了院子。

没两天，老蛙的鼻子好像闻到了一股水泥腥味，就琢磨着施工队要进村。

老蛙一大早就穿了个大裤衩在自家院里收捡。季节一换，乡下的风就变得舒服起来。今早，老蛙觉得这风像鸡毛掸子在大胯两侧晃着，很熨帖，心里直痒痒，就干脆从屋里搬出躺椅，把人躺了下去，把胯子故意撑开，任那风往大裤衩里钻。老蛙想自己当支书这么多年，只应付，没做大事，这回路桥公司进村是个好机会，或多或少也搞点名堂。就在老蛙敲着施工队进村的算盘时，乡里小朱干事晃进了院子，小朱见老蛙裆里那物像腌萝卜条一样吊着，一副什么都舍得给别人看的样子，脸就红了。

“路桥公司的人到了，乡长叫你到乡里碰个头，把一些具体事情搞个定夺。”小朱像是报告，也像是通知，语气把握得很有分寸。

老蛙见小朱进来，就把裤裆夹了夹，人并没有起来。“多少人?”

“拢共四十来个”。

老蛙小眼睛转了转说：“朱干事，帮我跟乡长说说，就说我老蛙昨晚跟烧锅的舞狮子灯，把腰舞闪了，痛得很，请个假。”

“叫营长去?”小朱问。

“营长见酒眼红，怕误事。”老蛙答得很干脆。

“叫文书去?”小朱又问。

“文书胆小，办不成大事。”老蛙这才立起身来，把大裤衩抖了抖，小眼睛朝上眨了眨，说：“朱干事，劳驾你去一趟，你是村里女婿，又是乡里人，你去合适。”

“我去?”小朱一脸疑惑，平常里管饭的会老蛙一次不落，今朝怎么谦起虚来，老蛙鬼！小朱里里外外想了想，还是答应了，临走时老蛙还吩咐小朱回来跟营长先碰碰头，搞个方案。

其实老蛙不去开会叫小朱去有自己的算盘。小朱是乡派陈庄驻点干部，本村人，又是营长女婿，脑瓜灵，能办事。另外，小朱年轻，想进步，不与老蛙搞好关系就向乡里交不掉差，拳子往外打，胳膊往里弯，跟外人谈条件吃不了大亏，叫小朱去应付一下场子，回头还有个退路，施工队进村后，枝枝节节的事还不是我老蛙说了算?老蛙不去开会还有另外打算。前天跟乡里把农业税什么的解报了，七拼八凑借了三万多块，这么大的窟窿也要尽快填上，利息高得很。“狗鸡巴，这年头乡里工作就是收钱，乡里把钱刮走了，一个个成了缩头乌龟，一屁股屎还得自己擦!”老蛙愤愤地，顶了个草帽就出了门，走出陈西。

老蛙被村里事务里三层外三层的裹着，习惯了，不急也不怠，赊手的就是这几年没村长。营长、文书是扶不起的猪大肠，你要往起拉，他偏往下赖。想起这些，老蛙心里就烦，“狗鸡巴！”

其实，陈庄村人并不姓陈，半数姓朱。说是当年朱元璋的一支队伍过境时有几个撒了种、溜了号，被当地陈家人收留了，陈家人留了龙种，毁了自家，后来朱姓灭了陈姓，500年后，陈庄渐渐成了朱家人的天下。再后来，其他姓虽然逐渐添了不少人丁，可就是没有朱家人心齐，起不了风，刮不起浪，陈庄村的事还是朱姓人说了算，加上村支书老蛙是朱家人，杂姓人更觉得没出头。但水往低处流，人往高处走。杂姓人憋了一肚子气，总想找个地方出。上个世纪的最后一年，赶上村民委员会换届，乡里干部把选票送到陈庄人手里的那天，杂姓人异口同声，硬是把朱姓人从村长的位子上拉下了马，空了个村长没人当。没有村长，苦的不是别人，是老蛙。三年后，又赶上换届，杂姓人一心一意想选个自己人当村长，这事老蛙赞同，背里也做了不少手脚，就是不想让朱姓人知道，怕日后被人戳脊背，骂吃里扒外。在陈庄，老蛙到底还是高人，想选个杂姓人当村长，好搞平衡，对陈庄有好处，村里大事小事一刀切，指个兔子两人撵，办事顺利。老蛙把想法跟乡里说了，乡里头头脑脑们都很支持，叫营长当村长。可选举那天，朱姓人千人一腔，就是不投营长的票，村长的位子又就空了。不过现在，朱姓人做了杂人营长的女婿，又是乡里干部，杂姓人就好像有了靠山。老蛙利用小朱，确实也是步好棋。不过小朱是“朝廷命官”，吃皇粮，拿俸禄，比村官高一品，领导着他老蛙，老蛙用着还得敬着。

陈东是陈庄村的中心，人口集中，有村部、小学、小店、卫生室、豆腐坊、猪肉案，像省城的四牌楼，京城的王府井。陈西到陈东只隔一个田畈，一泡尿工夫就到了。老蛙顶着个草帽，歪歪斜斜地踩着田埂，一走进陈东就被杀猪的明富和开小店的明强兄弟俩扯上了。俩人挡住了老蛙，说，书记钱呢？老蛙小眼睛在兄弟俩身上来回转着，明知装不知，像听到一桩云里雾里的事，半天才问什么钱。明富说书记，上半年村里赊了五十斤猪肉，拢共290块，这回没钱杀猪，就把账结了吧。明强说书记，旧年的账搁着就搁着，今年烟酒一起拢共又有480块，明朝就没钱进货了。说着两人就把小本记的流水账递到老蛙跟前，老蛙不耐烦，小眼睛瞅也没瞅，就吧哒吧哒地说开了：“你俩怎么也得了大脑关节炎，那村部大牌亮堂堂的挂着没长脚，跑得着，嗯？回头到过年了，你俩到村里去，我老蛙大笔一挥，还不是老账新账一齐清，到时捧了个花花绿绿的票子，回家抱着烧锅的好好日拱一回！狗鸡巴，阎王还少了小鬼的钱?”兄弟俩被老蛙熊得愣头愣脑，像两根柱子直挺挺地立着，两张嘴四只眼都定住了。半日，明强醒过来，忙说书记，天把路桥公司的人要进村修桥，别忘了照顾一下生意。老蛙说：“我照顾你们，你们哪回照顾了我？那地税所的人三天两头来收税，你俩一天天拖着不交，给我面子啦?”明富明强就嘿嘿笑了起来。老蛙反背着手，就把歪歪斜斜的背影丢给了兄弟俩。

老蛙扯了个破嗓门，在陈东挨家挨户绕了一圈，单明礼家不去。老蛙不去明礼家是理亏。那年，上面要搞“两基达标”验收，乡里为让村盖教学楼，制定了从乡教育附加费中拿出百分之八十，村配套百分之二十的激励政策，老蛙就同乡里分管教育的书记和乡教委主任一合算，连征土地、圈围墙、平操场、盖厕所一起拢共投资二十万，也就是说，陈庄村要拿四万。老蛙一狠心就要新建小学。明礼本来在外搞建筑，说村里要盖教学楼就把人马调回来承包了工程。按合同，工程完工后，当年要付清工程款百分之三十，余款做两年付清。后来，上级不准再搞教育集资，断了来路，剩下两万八的窟窿就成了老蛙沉重的债务。

病人听不得鬼叫，胆小躲不过狗咬。老蛙绕来绕去还是被明礼烧锅的挡了去路。明礼烧锅的把白净净、胖乎乎的膀子一张说，书记，今年钱要清了吧，明礼在信用社驮了一分的息，你不心疼我心疼！老蛙这回不再作声，只把小眼睛在那女人身上瞟了瞟，眼皮又耷拉下去。明礼烧锅的得理不饶人，细尖尖的嗓子越说越响，今年要是再不清，到时我一家五口到你家过年，别说不给你书记面子！老蛙听了这话突然来了精神，“什么什么，什么五口?”老蛙歪了个颈子，绕明礼烧锅的转了一圈，小眼睛锥子一样在那女人身上戳来戳去，像是一口把大肥肉吃了，膀子不觉又挺了起来。明礼烧锅的知是说漏了嘴，连忙夹起胳窝，转身溜回家去。“狗日的明礼又日了一个?”老蛙猜想，站在那里，半天没动。

老蛙在陈东转了三千多块，很得意，毕竟大窟窿小了口子。午时，老蛙的脚尖不知觉朝了营长家那边，一是想在营长家喝一盅，满足一下肚子，二是想与营长说说摆弄路桥公司的一拨人马。

这会，营长在家正准备喝酒。

小朱上午到乡里开会之前来过家里，把老蛙说的一古脑倒给了营长。营长听了不高兴，心想狗日的老蛙瞧自己不起，白搭了一餐酒喝到不算，事情也不知个根底。但反过来又想，小朱也不是外人，叫小朱去跟自己去一样，就告诉小朱，回头开完会了，相关事宜直接跟我说。营长对施工队进村有自己的算盘。陈庄村有个不成文的习惯，乡里来人或上面来客，吃吃喝喝什么的，老蛙总是安排在营长文书两家轮流坐庄，一个不偏袒，好在两家都在陈东，称斤把肉，买瓶把酒方便，两家烧锅的也乐意，时不时弄点剩菜管两日，落得瓢油水润润锅。这回，营长见四十人马住三月不挪脚，眼睛就睁得狗卵大，想把人马安在自己侄子家，除收点房租外，一家人搭在锅里落点吃喝。营长正想着，老蛙晃了进来，营长先一惊后一喜，就腾出椅子给了老蛙。

老蛙跟村里人说话直来直去，不遮掩，说营长欠我的酒，今朝要补上。说着就把一身皮包的骨头摊在椅子上，大嘴巴一张一张地吐着粗气。营长烧锅的明了男人的心，转身到锅屋捣鼓了一阵，几个菜就端了上来。营长请老蛙坐上席，自己坐一边，烧锅的坐对面，半边屁股只搭在椅子沿，那一半悬着像要掉下来，虽是谨慎，筷子却很麻利，顺着碗给老蛙夹菜。老蛙小眼一眯，就滋滋喝了起来。回头路桥施工队进村，你先去接应一下。老蛙跟人说话小眼睛一般不朝人盯着望，眼皮一耷只管自己说，话说完了，小眼睛才抬起来瞅瞅，望着对方的反应。营长说，我去怎么照，我跟人怎么说？老蛙说嘴巴长在你鼻子底下，你想怎么说就怎么说。营长烧锅的搭了腔，说书记派你是信得过呢！老蛙大嘴一张就笑了，两口子好像得了奖赏，也跟着笑了起来。

老蛙走后不半时，乡里小朱就把路桥公司的项目经理胡经理带到营长家，三人头碰头就嘀咕起来，甲乙丙丁说了个眉目，胡经理觉老蛙不在场有些不放心，提出叫老蛙出面，营长借着酒兴，说这事我说了算！胡经理还是半信半疑。临了小朱说，你酒多了话不算数。营长眼睛一睁说是老蛙交待的。小朱说，交待的，交待的也不算，不信你等着！

老蛙这顿酒像是多了。从营长家回陈西时日头已偏西，老蛙连皮带骨把身子往床上一摆就呼呼睡去，醒来时不觉天已擦黑。烧锅的把一碗粥端上叫老蛙喝，老蛙就稀里哗啦喝了起来，边喝边想到一件烦人的事。乡里半月前就布置水利兴修，乡长要老蛙搞个5000土方的达标工程，搞好了有奖。奖就是钱，钱能办事，能把明富明强账清了，免得狗日的又来缠。那天老蛙叫文书把全村在家劳力摸一下底，文书说连“三八”“九九”一起才500来人，一人要摊十方，搞达标恐怕难。老蛙想到兴修就烦得很，兴修好是好，可劳力难摊，上面一再说不准强行搞以资代劳，这塘怎么兴？靠几个婆娘、白胡子日拱到猴年马月？想到这些，一口气又往喉咙里鼓，不觉就鼓到胡经理身上。

胡经理是城里人，40来岁，很结实，上半年为修路量地时见过一面。老蛙对城里人又羡慕又嫉妒，有成见。三年前，老蛙到市里找明礼收计划生育抚育费，住一家旅社，晚上叫服务员开门叫会计，明礼说城里不叫会计叫小姐，老蛙就别别扭扭地叫了小姐。春上又到城里办事，老蛙叫了小姐，不想被人骂了一句，你妈才小姐呢！老蛙大嘴一张，小眼睛滴溜溜瞪了半天没弄出个理，出了洋相没法跟人说。早些年城里人就用卫生纸擦屁股，轮到乡下人用时，城里人又把那东西变了花样上了餐桌说是餐巾纸，一个擦上一个擦下，没界线！想到这些，老蛙就愤愤地，狗鸡巴，明朝胡经理来时我日拱日拱他！

老蛙喝完粥，天已完全黑了，正准备关门歇息，明富明强兄弟俩上了门。明富杀猪卖肉也长了一身的肉，脸肥得像猪心肺。两人拎着一礼刀猪肉两瓶沙河王酒，不等开口老蛙就晓得了来意，“明朝施工队进村，吃喝撒拉你俩能全供得起，嗯?”明富笑了，一脸横肉差点就笑脱下来，兄弟俩连连点头，腰弯得像河虾。老蛙推脱不过，不再作声，兄弟俩退去时，老蛙大嘴巴往下一撇，脸像是被割了三分之一，一双小眼睛好像睡了。

这夜，天凉飕飕的。老蛙喜欢搂着烧锅的睡，不搂睡不着。每年县里开三干会，一到晚上老蛙就有些失落，觉得两手空空的，没捞个，瞪个小眼睛等天亮。这会，老蛙两手搂得很紧，不觉想起了白天明礼烧锅的那身嫩粉粉的肉，一只手就胡乱的动了起来。知夫莫如妻，女人明了老蛙发出的信号，把背转了过去，“都说明朝施工队进村，老大也不小了，没本事给他成个亲，房子空也是空着，你就不能带过来住非在陈东?”老蛙当干部不顾家，女人求情办事只有在床上，下了床说也是白说了，弄不好被那张大嘴巴冲个无味。床上是女人争理的地方。也有些时候，女人就给老蛙讲条件，不答就不给，多半是老蛙让礼。这会，老蛙嘴里只哼哼，是答非答，手还是动个不停。女人见磨不过就放开了，老蛙边做边讲些好听的话，女人听了快活，巴不得把老蛙连皮带骨一口吞下。老蛙口角不清，嗡嗡说，早说不照了，现在还照，怪呢！两人气吁吁日拱半天，完了也就什么都没了。

也就是老蛙跟烧锅的日拱的时候，营长和文书正在扯淡，说扯淡其实正儿八经。两人合计着施工队进村，一个负责吃，一个负责住，两人各得其利，卡指一算，收入可观。

第二天一大早，老蛙就把明富明强兄弟俩送的肉和酒拎着去陈东，直往明礼家去。明礼烧锅的见老蛙进门怕是昨天说漏了嘴来找茬子的，一紧张，鼻子和嘴巴扭扭曲曲脸就变得不像平时好看。老蛙一进门就把东西往堂屋桌子上一搁，小眼睛也不朝她望，大嘴巴就张开了，“给我捣鼓几个菜，中午有两人来吃”。明礼烧锅的一时不知来意，心里还是想着昨天的事，可老蛙就是只字不提，小眼睛只在屋里四处转，像在找东西。明礼烧锅的钉在那里，一时不动，两只手都像没地方搁。“叫你搞你就搞，搞好了，回头路桥公司的人来，也叫你去做饭，弄几个钱给明礼买牛卵下酒！”明礼烧锅的这才松了一口气，拿了桌上东西进了锅屋。

营长听老蛙说话就寻声来到明礼家。营长进门时见明礼烧锅的在锅屋捣腾就想，按说今朝轮到自己派饭，老蛙怎么移了场？营长想归想不敢问，挨着老蛙就坐了下来。

老蛙坐在那里，小眼睛还是在屋里转，见营长进来，眼皮就耷下了，“昨天跟胡经理谈好啦？”

“谈好了。”营长又朝老蛙挨挨近了一寸。

“怎么说？”老蛙眼皮还是没抬。营长看老蛙很认真就把昨天跟胡经理说的内容分三层向老蛙作了汇报：一是路桥施工队连胡经理一起共四十人，吃住在村，时间大约三个月；二是房租一人一天一块，一天四十块；三是他们自己带大厨，要找三个帮手，一人一月三百块小工费，洗衣洗被的事再说。老蛙听完了，这才抬起眼睛问，“你答应了？”

“不是请书记定嘛！”营长这时声音又小了下来，等待老蛙答复。

“胡经理人呢？”老蛙问。

“我约他今朝上午八点来，跟你最后敲定。”营长声音更小了。

“好！”老蛙突然又响起了破嗓子，像是正中下怀，又像是对营长的认可。

上午八点，乡里小朱领胡经理准时到陈东，直接到了营长家，营长见人到了就请老蛙出面。老蛙一跨进营长家门槛，就礼节性地跟胡经理拉上了手，一个说欢迎、欢迎，一个说麻烦了、麻烦了。两人正说一些客套话时，文书也到了，文书跟营长来往穿梭，只营长烧锅的在一边木木地站着，等老蛙发话，好备酒备菜。营长烧锅的想，平常一进门老蛙就打招呼，今朝怪！老蛙不朝她望，一把拉起胡经理手说两人到村里转转，胡经理立起身也挽着老蛙的胳膊，就一齐往外走，老蛙感觉营长、文书跟在后面，把手朝后摆了摆，屋里三人稀里糊涂地眼望两人晃悠悠的背影远去。

胡经理把昨天跟营长商定的事跟老蛙说了一遍，老蛙只哼哼，几次把话岔开。胡经理听人说老蛙鬼，也就不再提，心想，明朝施工队要进村，只要能说定，晚上谈也不迟。再说强龙压不过地头蛇，顺着性子搞可能效果更好。

老蛙先把胡经理带到原来的小学，指着一面朝南、一面朝北的两排老瓦平房，说那年新教学楼建好后这里就成了村部，老屋是旧了点，但墙体很好，补补修修能管几年，乡里工作队进村也都在这里吃喝歇息。又说建了教学楼村里欠了一屁股搭两个胯子债，现在还没还清。胡经理被老蛙一说，有些感动，说书记办实事，有眼光。老蛙说自己小时候也在这里念过三年书，那些年穷，念书只块把钱，现在也别说贵。老蛙指着那边的教学楼说，那院墙里就是二十多万，都不掏钱，楼房是地里长的？说到这里老蛙就皱起了眉头，脸像写满了许多心事。

两人一前一后来到一幢小洋楼前。这是三层楼房，在陈东算是标志性建筑。小楼背后有一片竹园，细细的竹秆和疏疏的叶子在悠悠晃动，时不时发出沙沙的响声，正门前是一座方方正正的院子，院当中有一棵桂花树，稀稀了了还可以看到两株已经枯了的桂花。小楼装潢十分讲究，一楼窗户全安了防盗网，墙体白晃晃的，像刚洗涮过，只是正门和院门都锁着。胡经理见院里到处都堆放着杂物，没人住的样子，就问老蛙原因。老蛙笑笑，指着大门上的对联，说你看看那个。胡经理望去，见对联红纸早已退了色，但几个大字还十分清晰，上联：发展经济引进一条龙，下联：改革开放搞活半边天。胡经理念了，也不觉什么。这副对联一般人看不出道道，只有作联人老蛙别出心裁，老蛙哈哈大笑，胡经理又问了原因，老蛙说这年头城里不知糊弄成什么样了，屋主人先是在外搞装潢日拱了几个钱就搞“三条”。胡经理又问什么是三条，老蛙说打麻将人不叫三条叫嫖娼！这狗鸡巴嫖娼就把婊子嫖回来当烧锅的日拱，两人各弄各的不打疙，好在进的还是一个门槛，睡的还是一床被窝，上春男的回来说要把房子卖给村，两万八就照。胡经理问结果，老蛙把订协议、拿钥匙、分期付钱的事说了。老蛙说明年把这房子做村计生服务室，反正都是些鸡鸡鸟鸟的事情。胡经理说书记，就把这房子住施工队好得很。老蛙说不照不照，这大胯一张，楼房一桩，住了不快活。胡经理觉老蛙的话在理。

紧挨洋楼边的是座低矮破屋，屋里住了一对夫妻，男的是瞎子，女的是哑巴。哑巴见来了老蛙，手舞足蹈嗷嗷叫。胡经理扫了屋里一眼，心里就琢磨着两人的生活。老蛙说这户吃救济，村里每年也讨几个钱给年过。胡经理问平常两人怎么交流，老蛙说女的牵男的手打比划，男的说对了，女的就拍拍男的手。胡经理还是听不懂，老蛙大嘴一张就说："那年明富小姑出阁喝喜酒，男的看不见，不好伸筷子，叫女的去，女的去了吃得闷饱，回来男的问男伢哪个庄的，女的把男的手牵到屁股缝摸了摸，男的说是后沟的？女的拍拍手。男的又问后沟哪家的？女的把手摸摸男的裤裆里那个，男的说柱子家的？女的拍拍手。男的又问柱子家老几？女的又把手朝男的裤裆底下托了托，男的说是老二？女的又拍拍手。"胡经理不等老蛙说完，人已经笑蹲了，连说天下一奇，天下一奇啊！再看看老蛙，老蛙没笑，大嘴一撇，一脸苦相。

老蛙又把胡经理带到几个困难户家转了转，说这几家连化肥都是村里在农技站赊来的，可怜可怜喽。两人又来到陈东门前大塘。大塘面积很大，约二十来亩，塘里水已不多，只前埂里沿一小块积水，塘埂从这头到那头都长了芭茅，塘心和后梢已被人种了萝卜，叶子还荫荫的。胡经理不明老蛙来看大塘的用意，老蛙说，陈东大塘是陈东的当家塘，下沿百十亩水田全靠它供水，今年干旱，晚稻减产定了。转了一上午，胡经理也转糊涂了，觉得老蛙把自己当成了乡里新来的书记或是县民政局长。

不觉已过午时，老蛙领胡经理往明礼家去，说两个好好搓几盅。临到门口，叫胡经理先进去，自己去放水。老蛙不上厕所，顺着墙角就掏，尿溅到地上吱吱地，像条小蛇朝老蛙溜了过来，老蛙把脚让了让，完了，抖了抖裤裆，没抖完转身就遇到了明富。明富喝不喝酒脸都红红的，老蛙贴了贴明富的脸，鼻孔一张一张地就闻到一股冲人的酒气。明富问明朝施工队要进村了吧。老蛙说，卵子！上半年修路征地补偿、青苗补偿、挖塘填方、农税减免还八字不见一撇呢，这回乡里要我老蛙再搞兴修，我老蛙专门找你出钱你不干？狗鸡巴，路桥公司不还土方，我老蛙不找你们找哪个，嗯？明富听了眼珠子快凸了出来，一跺脚就走人了。

明礼烧锅的见胡经理进来知是客人，就空出椅子让坐。胡经理见屋里殷实，收捡也齐整，心里亮了许多。老蛙进门后见几个菜摆在桌上有了一会，再望胡经理喉结一上一下的像只小甲虫在窜动，就说倒酒倒酒！明礼烧锅的把酒斟了个满杯，问可叫营长、文书？老蛙嚷嚷不叫不叫，说好了就两人！明礼烧锅的识相，胖乎乎的肉身就滚了出去，屋里两人一来一往就一杯杯碰了起来。老蛙借三分酒意说胡经理一出门就三两个月，夫人在家就闲着？大男人睡觉不搂，两手空捞，回头找个给你散散心，你也好记住我老蛙。胡经理说书记说到哪里去了，我们还是工作为重工作为重。老蛙见胡经理喝酒不乱，就跷起了大拇指，说老胡我是故意考你的，共产党的官都像你这样就不要反腐败了，没腐败反，老百姓不说奔小康，大康都康上了。胡经理见状觉得是谈正事的时候，就把吃住和一些杂七杂八的事说了想法。老蛙只听，小眼睛闭也不闭，睁也不睁，一副严肃认真的样子。

老蛙鬼才，听人说话只一个面孔。每回乡里开会，老蛙不做笔记，凭脑子。有回新来的乡长在作报告，见老蛙在台下一动不动小眼睛耷着以为在睡觉，说那个谁不听会，回去怎么操作？老蛙一抬头就吧哒吧哒地把乡长的报告复述了一遍，引起会场一阵大笑。不过老蛙有时真的睡觉了，老蛙想睡觉只是在书记作总结强调的时候。这些话老蛙听多了，耳朵都起了茧，说来说去总的也都不过三条，一是提高认识、加强领导，二是宣传政策、打好基础，三是落实措施、责任到人。什么人心齐泰山移，什么只要精神不滑坡，办法总比困难多，你心再齐，办法再多，那一环一环的事你能件件做好？

这会，老蛙听胡经理的话听得仔细，心想把枝枝节节、里里外外的事向胡经理摊明，正要张口说话，明富明强带四五人冲了进来。明富一副杀猪像，声音响得像炸雷，“书记，上春修路公司填了土方不补，这回要我们出，上面胡弄，我们有什么活路？明朝我就带人到乡里去堵他大门，不解决问题施工队也别想进村！”其余几个也跟着叫唤。

老蛙两眼一闭，声音不大也不小：“你明富这样做要出乱子！”

明富瞪着眼睛说：“上面做错一，种田的就能做错二！”

“你拦路桥公司进村，我剁你的肉案子！”老蛙提高了嗓门。

明富嗓门更大：“我找你们一起算账！”

明富说的“你们”，其实是说给胡经理听的。胡经理见出现了这一幕，呆了半天没回神。老蛙见状大嘴一张就说：“滚，都给我滚！看是我老蛙领导你还是你领导我老蛙！我老蛙是书记，你不要面子，我还要面子！”明富一帮人见老蛙火了，一个个瓮声瓮气地退去。

老蛙见胡经理脸色难看，说胡经理别在意，别在意，我俩喝酒。胡经理见老蛙处事有魄力，就举杯敬了一杯。几个回合后，两张嘴巴四只耳朵一说一听扯个不停。

老蛙这顿酒怕真的多了，眼睛眯成一条缝，嘴巴张得像碗口。老蛙扯开话题，嘴一张就很难起来：“你说这当官的真是一级比一级快活，上午你也看到了，我老蛙建教学楼是不穷教育、不苦孩子，可上面是再穷不能穷干部，再苦不能苦嘴巴，干部工资一级比一级多，腰包一级比一级鼓，操！你上面的官一个个上午绕着轮子转，中午绕着盘子转，下午绕着猴子转，晚上绕着裙子转，不快活？你没听说市里官喝洋酒，抱洋妞，县里官喝红酒，收红包，乡里官喝白酒，打白条，我老蛙只有喝黄酒，抱黄脸婆的福，操！你市里官一级压一级，一直压到村，说治理三乱。”老蛙话一多，大嘴巴岔两边就挂了口沫，白也不白，黄也不黄的，老蛙把手心朝嘴巴两边擦了擦，又顺手朝鼻子下嗅了嗅，边嗅边叫明礼烧锅的拿毛巾，老蛙接过毛巾把脸到边到角的来回擦了几遍。“刚才说到哪里？”老蛙问胡经理。

胡经理连说“治理三乱，治理三乱”。

“三乱治了好是好，可我老蛙讨债不离门，一个大窟窿没人补，日子难过。你城里也有三乱怎么没人治，城里三乱更坑人，你说人不人鬼不鬼的也坐个红旗、奥迪，不是把身份搞乱了，市长、县长往哪搁？那夏天吃秋天菜，秋天又吃夏天菜，不是把季节搞乱了，季节一乱乡下人吃屁屙风？你城里人整天抱个小妞，还大哥大哥地叫，不是把辈分搞乱了？辈分一乱，纲就乱了，该治不该治？操！操！”

老蛙一气说了许多，胡经理听了个个像是说自己身边熟悉的人。

老蛙趁着酒兴又说：“胡经理，村官难当呀！我老蛙前生做人没做全，今生挨家挨户来收钱喽，唉！一年四季满村转不算，今朝这个室、那个办的来找我做这，明朝这个长、那个头又叫我做那，起早摸黑一身灰，苦哇！不瞒你胡经理说，我也想撂掉支书不干了，到江浙、沿海去闯闯，说不定搞个十几两十万的，回头也坐个电梯、泡个桑拿潇洒一回，狗鸡巴！”老蛙一口一口地喘着粗气，眼睛眯眯的，成了两条缝。“可我一拍屁股走人，陈庄村……”老蛙摆了摆手，没往下说。胡经理眼睛盯着老蛙不打转，操起半瓶酒，脖子一仰，咕隆隆喝了个空打空。两人齐声喝道，拿酒、拿酒！

两天后，农历九月十八，市路桥公司四十人马呼拉拉一阵开进村来。老蛙翻日历，上面写道：东面招财，宜动土木。

施工队人马住进原村小学，会拍手的哑女和四五个困难户为队里洗衣、洗菜打帮工，每月挣得工资三百，营长、文书两家没给插手，眼盯着人挣钱。施工队吃用的青菜、豆腐、烟酒、鱼肉等源源滚滚全由陈庄村人供给，明富明强忙里忙外杀猪进货，像要过三个月的年。陈庄村热热闹闹，人来人往，一派拉动内需、经济繁荣气象。工程现场彩旗飘飘，喇叭声声，机器隆隆，象在湖汉挖金矿，十几个劳力在工地出苦力，见天也挣得一二十。老蛙、营长、文书趁机挨家挨户收税费，票子一沓沓，大窟窿一天天收拢。胡经理因老蛙提供住宿不收钱，解决问题及时，施工环境比以往任何时候都好，一高兴就开进一辆重型推土机把陈东大塘推了个底朝天，一文不提。县里乡里轮番在陈东村召开水利兴修现场会，奖金由一千增到三千。半月后，胡经理又拉了三卡车物资来陈庄村扶贫，陈庄村大大小小每人都抱了一大包，胡经理说老蛙给面子，这点小意思算是报答，来日方长呢！村里人跑上跑下，把老蛙吹得像个神。村里有人说狗日的老蛙就是牛！村里又有人说，老蛙不牛，怎么能当陈庄村书记？

三个月后，施工队撤离陈庄，陈庄村渐渐恢复了往日的宁静。不同的是湖汊的那座桥像一粒金属扣子，把公路衔了起来，明年路一平，车一通，陈庄就会逐渐告别贫困史。

腊月十五一过，陈庄外出打工的男男女女陆陆续续回家过年，老蛙见人都说客套话，说发了洋财别忘了接我老蛙喝酒。老蛙拎着账本满村转，把上春修路青苗补偿、占地补偿一户户该出的出，该退的退，笔笔清。

腊月二十六，是陈庄村平账的日子。老蛙、营长、文书三人六眼一碰头，结果是当年找平，以前尾欠的窟窿还是像老蛙的大嘴巴能吞人。老蛙正愁着时，明富明强兄弟上了村部，说是各人免掉村吃喝欠下的500元，说着当人当面撕掉本子上的流水账，老蛙一高兴就哈哈笑了起来，“狗日的两个今朝也算人了，回头村里要弄个什么公司也给你俩小官当当，到时我老蛙就给你俩当顾问！”这一说一笑也算是给了两人最高奖赏。老蛙说今年那几个困难户挣了工钱就不给救济了，明礼的帐也拖了五年，叫狗鸡巴来结！营长、文书你望我，我望你，一时愣了，想你老蛙剁骨头给？明礼从城里回家过年，听说老蛙要结账心里反生狐疑。明礼进来后脸笑得像堆起的一团肉，边说客套话边挨个递烟。明礼递完烟就并手并脚挨着老蛙坐了下来，老蛙把裹着棉袄的骨头身往椅背上一靠，小眼睛望也不望，大嘴一张就吧哒吧哒地说：“你明礼日了第三胎瞒了别人瞒不了我，我小眼睛聚光着，尖得很，你日了第三胎照乡里规定要罚两万八！今朝我老蛙替你担着，就罚两万一吧！”明礼知是虚理，嘴巴嗡动着想说没说出就被老蛙一摆手止住了。“你明礼头三年欠村教育附加、统筹提留、农业四税、以资代劳拢共三千八，加上去年今年农业税费、一事一议又是六百三，今朝我老蛙找你三千九也不亏你，文书拿钱！”老蛙边说边立起身来，小眼睛在明礼身前身后转了几圈，待明礼回头望他时，眼皮又耷了下去，“你明礼要不照就叫乡里来罚，到时别说我老蛙不给面子。”明礼愣了半天，才低声说：“就按书记说的办吧。”

明礼领钱走后，老蛙心里一阵轻松，顺着屋沿来回转，边转边唱小调，少见着。营长、文书痴痴站在那里对望着，发半天呆，想，几年工资都没兑现了，今年又要空手回家过年，心里骂着狗日的老蛙！

腊月二十七，太阳暖暖的，正宗腊月黄天。这天上午，老蛙在自家院里焐着火桶，清汪汪的鼻涕却一个劲地直往外窜，老蛙按住鼻孔，一边冲了一下，抬起一只脚，把手朝鞋帮擦了擦，不自觉吭了一声，又抬起头，小眼睛眯缝着直对金灿灿的阳光，两手笼袖，大嘴紧闭，像思考，也像木讷。

近午时，卖洋楼的狗男女、乡农技站小胡、信用社信贷员一个个像狗起窝来找老蛙要钱，老蛙支吾着说给，人没动。一帮人连跑三天，钱没要到，三十那一天，老蛙的影子也见不着了。老蛙想过年，没办法，不给面见。村里有道顺口溜：

二十七，你别急，
二十八，想办法，
二十九，包你有，
三十不见面，
初一握握手。

老蛙知是说自己，也不在意，只一个字，躲！躲过了三十就是初一，初一就是来年。这村里里里外外、上上下下的事务像割不断的韭菜，来年的事来年再说。这会，爆竹又陆陆续续响了起来，“该请祖了！”老蛙想。

（选自《安徽文学》2005年第4期）

后　记

《安庆六十年文学精品集》丛书从策划到今天轰隆一声问世，历经大半年的时间。其间，为这套丛书的顺利出版我倾注了个人近乎全部的业余时间和精力。自古出文人的安庆，太需要这样一套丛书了。环顾我们周边的其他城市，都有类似“文学五十年”或“文学六十年”的丛书出版，而作为安徽最重要的一方文化重镇——安庆，岂能缺少这样一套阶段性、总结性的图书出版？对生于安庆，不论你今天是否生活在安庆这块故土上的作家诗人们来说，我们每个人都有义务来完成这件事情。我只是以个人的热情，和作家、诗人朋友们共同完成了这件安庆文学史上的集体壮举，共同约会了这场文学作品的精神盛宴。感谢文学，它给了我们在这套书里相聚的理由！感谢合肥工业大学出版社，马国锋社长、钟玉海总编以及资深编辑、目前正在南京大学攻读博士学位的怀宁籍文人朱移山先生，是你们不单纯计经济效益，在纯文学书籍普遍处于出版困局的大环境下，依然对安庆地区的纯文学作品出版给予了极大支持！在这里，我谨以本书全体作者的名义向你们致上一声忠诚的谢意！

在本套丛书编辑出版过程中，还有一批需要特意致谢的人士。安庆日报社出版部李华女士承担了丛书非电子文稿的录入任务，我的朋友、芦颖佳女士承担了《随笔杂文卷》的校对工作，安庆日报社出版部马翠银、徐虹女士承担了《小说卷》的校对工作，李洁、张宁女士承担了《散文卷》的校对工作，李小明女士承担了《文论卷》的校对工作，何冰凌女士帮助《文论卷》组稿。都昌宏、许敏松先生、黄洁女士在他们主管的媒体广告上为丛书出版提供了支持，这都是本套丛书的幕后英雄，在此一并表达诚挚的感谢！

当然，想完成一件精神产品的宏大工程，不可能没有曲折，也不可能一帆风顺，本丛书出版过程中也有些不理解者颇有微词。但无论如何出版这样一套丛书，是安庆文学界众人期盼所归。一套书的编辑出版，只能客观地接

受读者们的评价，让“现在”告诉“历史”。作为主编，在这里需要向未能入选的作家诗人们表达歉意。由于本套丛书出版时间紧迫，征稿启事发布范围有限，而安庆籍散居于国内外的作家诗人、写作爱好者又太多，本丛书所收录作品又以作者自己投稿为主，因此许多不知道这套丛书出版信息的安庆籍作家们的作品就无法入选了。加上本套丛书规模的控制，也有一些投稿的朋友们的作品未能选入，在此，只能表达我个人真诚的歉意，期待以后再有机会编辑出版类似的综合性地区选本。

关于入选作者的排序问题，本丛书遵循了“以姓名拼音为序”的原则，不分名家与新人。虽然在征稿启事里要求应征的作品后面应注明发表的报刊名称、时间，但有一部分作者还是没有注上，由于编辑时间的紧张，如再重新一一联系，实需要不少时间，只好遵其所便了。本丛书初定为四卷，后增加了一本《文论卷》，选取了十六位有一定影响的安庆作家专门立论，旨在为以后的文学研究者提供一些有价值的文献资料；对于本次未能入选的其他作家，我们将把这机会留待下一次。

赘语过后，该是我接受读者们的检阅和批评了。期待在文学的大家庭里，我们经常相聚！

金肽频

2009年8月23日于安庆

《安庆六十年文学精品集》丛书出版致谢单位

（排名不分先后）

安庆师范学院
安庆经济技术开发区管委会
安庆职业技术学院
安庆市财政局
安庆市国税局
安庆供电公司
安庆市国土资源局
安徽盛晟集团
安徽中宜集团
安徽山城集团
安徽虹城集团
安徽旭阳铝颜料有限公司（合肥双凤开发区）
安庆百蕊房地产开发公司
安庆晶海房地产开发公司
安庆市鼎建房地产开发公司
安庆市交通局
安庆市环保局
安庆市商务局
安庆金华联超市
安庆十八开超市
安庆市五千年工艺美术有限公司
安庆房屋置业担保公司
安庆市宜秀区建设局
潜山县路桥公司
怀宁县新安中学
安庆市军成学校
安庆市东升教育投资管理公司（东升学校）
安庆誉城会计师事务所
安庆市黄梅山庄

ANQINGLIUSHINIAN

安庆60年文学精品集

文论卷

金肽频　主编

ANQING LIUSHINIAN WENXUEJINGPINJI

合肥工业大学出版社

图书在版编目(CIP)数据

安庆60年文学精品集·文论卷/金肽频主编.—合肥:合肥工业大学出版社,2009.9

ISBN 978-7-5650-0061-4

Ⅰ.安…　Ⅱ.金…　Ⅲ.①文学—作品综合集—安庆市—当代②文学评论—中国—当代—文集　Ⅳ.I218.543　I206.7

中国版本图书馆CIP数据核字(2009)第153584号

安庆60年文学精品集·文论卷

金肽频　主编　　　　责任编辑　朱移山

出　版	合肥工业大学出版社	版　次	2009年9月第1版
地　址	合肥市屯溪路193号	印　次	2009年9月第1次印刷
邮　编	230009	开　本	710毫米×1000毫米　1/16
电　话	总编室:0551-2903038	总印张	116.75
	发行部:0551-2903198	总字数	1 350千字
网　址	www.hfutpress.com.cn	印　刷	安徽联众印务有限公司
E-mail	press@hfutpress.com.cn	发　行	全国新华书店

ISBN 978-7-5650-0061-4　　　　定价:180.00元(全5册)

金肽频

安庆文学：在历史与现实的丘陵间穿行*

一座拥有800年历史的中国历史文化名城——安庆，其文学发展的历史究竟如何？这套大型文学丛书从一定意义上来说就是答案。文学是历史发展的语言镜像，也是生活真实的心灵回声。通过触摸文学，我们可以触摸历史，触摸时代，进而触摸生长的土地、山川河流和人文气息。站在安庆这片古老的土地上，我们不但可以看到在中国文学史上绵延200余年的“桐城派”文章巨匠们的身影，正在历史深处向我们微笑致意，也可以看到陈独秀、朱湘、张恨水、海子、陈所巨等现代文学名家的面容如长虹贯空，使现代安庆文坛一点也不寂寞。这是地理意义和文学意义上的安庆，在静态的时间逻辑里我们可以生发更清晰的思考。

桐城派：在历史远处的“峰巅”上舞蹈

在这里，我所说的“安庆”是指当代地理意义上的安庆，以及与它血肉相连、不可分割的一市七县三区（桐城市、怀宁县、枞阳县、潜山县、岳西县、太湖县、望江县、宿松县、迎江区、大观区、宜秀区），共600多万人口。这里人杰地灵，山川河流的凹凸与人文历史的峰峦交相辉映。姚鼐对桐城地貌作过这样描述：“舒黄之间，天才之奇山水也”，也就是说这样的人杰地灵产生不了杰出的历史人物才是怪事！不过，这位历史巨人的产生是“桐城派”息鼓之后多年的事了。

桐城派的产生无疑是安庆文学的历史峰巅。在清代，甚至我们将眼光延伸到2000多年的中国文学史，“桐城派”其影响之深、地域之广、人数之

* 作者自注：序言所提及的作家以本丛书入选者为限，未入选者不在讨论之列。

多、时间之长，都为中国文学史所罕见。以至于清朝有“天下文章出桐城”的赞誉。但是“桐城派”的形成，除去政治思想和历史文化背景，现代学者均提出了一个不可或缺的因素：地理与人文环境。山与水，和人是相连的，就像湖岔和河流，雨水和大地。当代学者周中明先生认为桐城的山水背景使得“桐城派”形成了师法自然、清正雅洁的文风；加之戴名世、方苞、姚鼐的远祖都是从江西婺源、浙江余姚等地迁徙来到桐城，使他们养成了遵从古人的传统道德而不懈追求的人格精神，进而形成“桐城派”的“文格”。“为文者有所法而后能，有所变而后大”，这对于我们今天仍然坚守在“桐城派”故土上的作家们，也是一句醒世之言。

安庆建城的历史追溯起来已有800余年，但在桐城派以前，安庆还没有形成真正的文学，或者说，不能使用“安庆文学”一词。“桐城派”大旗的扯起是在1777年（清乾隆四十二年），姚鼐在《刘海峰先生八十寿序》中，正式亮出了“桐城派”一词，今天我在《安庆六十年文学精品集》序言中也正式亮出“安庆文学”这一概念，相信在历史的流走中，这个文学概念也一定会发出自己亮丽的色彩。昔日的“桐城派”在文学史上散发了夺目的光彩，首先是“桐城派”勇敢地将小说描写方法引入到散文的写作中，使小说的表现力渗透到散文的语言里。“桐城派”散文的一个重要特点就是“气清词洁”，这也是今天安庆的作家们应该继承的汉语传统。只有为优雅的汉语而写作，才能为优雅的汉语而沉醉！

高尔基曾有名句：“风格即人”。而当时身处中国清朝时代的方苞、姚鼐等“桐城派”作家，又何尝不深谙其理？他们以“狷介自好”的身躯，来写“气清词洁”的文章，说明他们的心中有着一种不向传统低头、不向现实就范的精神与风骨。这种精神是长存的。我们的文学先祖就是在这样一片精神高地上起航，而有了今天安庆文学的滥觞。“桐城派”对于历史的影响一直延续到1919年“五四”运动的爆发，而举起“五四”新文化运动大旗的又恰是另一位安庆人。

从陈独秀到海子：安庆文学的“先锋”向度

陈独秀是一位中国的历史巨人，更是安庆的历史巨人。中国“五四”新文化运动从它诞生之始就具备了一种先锋性。其与西方的先锋文学运动几乎同时产生，它们都具有20世纪早期的激进文学运动的共同特征。作为“五四”新文化运动的总司令，陈独秀的先锋性毋庸置疑。或许，正是因为陈独

秀身上集聚了太多文学性的激进因子，才使他的政治思想也充满了激进因子。当然，谁也无法抹杀陈独秀对中国“五四”时期新文学的历史贡献。北大怪才余杰曾这样评价过陈：“他是一位革命家，而非政治家”，这句话对于文学性格的陈独秀恰切而中肯。

安庆太湖籍诗人朱湘，这位被鲁迅称之为“中国的济慈”的诗人，仅仅凭他从长江的轮船上跃身入江的行为，就可见其先锋之端倪了。让我们共同来赏读一段他留下的诗句：“就烧我成灰／投入泛滥的春江／与落花一同飘去／无人知道的地方”（朱湘《葬我》）。据说，他自杀前还朗诵过德国诗人海涅的诗。我们从朱湘身体落入长江溅起的水花中，就可以看到他的美丽诗行，是用行为写就的。因而罗念生感叹：“英国的济慈是不死的，中国的济慈也是不死的！”

在当代中国诗歌史上，安庆还有一位诗人——海子，他是最具先锋性的诗人。从生到死，他不过活了短短的25个春秋，然而他身后的大地年年“春暖花开”，无数的麦子为他铺就了再生的天堂之路。这个曾经让中国诗坛为之痛心的诗人，在故乡安庆的心里也整整疼痛了20年。如今，他的诗句，他的麦地，他的天堂，他的死亡早已成为人们长久讨论和中国诗坛集体关注的价值符号。因此，我们有理由说，安庆文学的先锋性从来就没有中断过，它一直持续不断地为中国文坛贡献着杰出的人才。在当今的中国诗坛，生活和工作在安庆的余怒，其先锋诗一直是国内外诗坛所关注的对象，并已赢得自己应有的位置。可以相信，伴随岁月的延伸，余怒的先锋性也必将延伸得更为遥远，更为辉煌。以上所举，仅是安庆诗人的先锋代表，综观今天的安庆诗歌，尤其和国内的诗坛比较后，我们会发现，安庆的诗歌一直充满了这种先锋性。

在安庆的作家群中，还站立着先锋的“另一极”——潘军。2000年，潘军回到故乡，面对着诚实的土地，满怀感情地说道：“安庆这块土地对我的创作有很大影响和帮助”，“调动我的不仅是作为安庆人、怀宁人的生活积累问题，更多的是我自己在这块土地上这么多年积累的东西所形成的观念的东西在起作用”，“小说中反映出的人物状态、行为方式在我看来与这块水土是有关系的。”潘军如此，绝大多数从安庆走出的作家又何尝不是如此？诗人海子生前曾说，他在乡村生活的15年，足够让他写作15年，令人可惜的是他事业未竟，英年早逝！在潘军的笔下反复映现着故乡的风景断片：石牌。罐子窑。梅子岭。安庆。这都是一个个真切的地理隐喻与文化隐含。从《独

白与手势》到《重瞳》，潘军在短短的六七年时间内，一举站在了中国先锋小说的前沿位置，并取得了令人瞩目的成就，这无疑使他成为安庆作家的一个骄傲。

抚摸着安庆文学历史上这些文学大家的名字，你不感到这块土地是孕育“先锋文人”的温床与母体吗？“先锋派通过加剧现代性的某些构成要素，通过把它们变成革命精神的基石而发其端绪”。中国“五四”以来先锋文学的发展也是如此。只有思想具有先锋性，才能写出先锋性的文学，思想和文学是人的两条精神轨道，在安庆起伏的丘陵间奔跃前行。这种一以贯之的先锋现象，相对于中国的其他地区而言，是比较少见的，这也是安庆文学一直昌盛的重要成因吧。不久前，皖江文化学者汪军先生和我谈起这种先锋性时，我们还共同商定，以后有机会一定共同编辑一个文本，书名就叫《先锋安庆》。关于安庆先锋性的历史境域与集体向度等具体问题，该是这本书的使命了。

当代写作：群峰与河流的交替并行

对安庆正在进行的当代写作做一点发言，这是相当困难的，也是需要胆量的事情。自1949年以来的安庆文学，犹如安庆天然形成的丘陵地带，时而可见其峰，时而可触其谷，呈现出一种起伏不定的创作态势。上世纪50年代，耿龙祥的小说曾经引起过国内文坛的关注，他的代表作《明镜台》发表于《人民文学》1957年1月号后，1983年第9期又予以重新转载，并加编者按，向全国读者推荐。这篇小说后被收录进《中国当代文学作品精选》（谢冕、洪子诚主编）、《中国新文学大系》短篇小说卷（王蒙主编）。这个时代以耿龙祥为代表的一批作家，掀起了建国后安庆文学的第一波创作高峰。

“文革”期间的安庆文学和全国一样，是一片乱象与低谷。那些政治符号的文学作品大多沦为政治的附庸品或传声筒。伴随改革开放的春风，安庆文学又激起新的一批美丽的浪花。这个安庆文学的新时期，主要以作家石楠、诗人陈所巨为代表。石楠于上世纪80年代发表《张玉良传》而走红中国文坛，一直到今天70高龄，仍然保持着旺盛的创作激情，她先后创作了《寒柳·柳如是传》《刘海粟传》《张恨水传》《陈圆圆·红颜恨》等17部长篇传记小说以及《生为女人》等长篇小说，累计约500万字（2006年中国戏剧出版社曾出版14卷本的《石楠文集》），成为中国当代最杰出的传记作家之一。著名诗人陈所巨自上世纪70年代末登上中国诗坛，以其阳光般的激情，

成为中国诗人的中坚力量，到他2005年病逝为止，一生共创作2000余首诗歌；并与白梦共同创作了长篇小说《父子宰相》，独自创作了长篇小说《黑洞幽幽》，还有一批中短篇小说。中年早逝，但其一生创作可谓丰矣！2007年，安徽文艺出版社整理出版了7卷本的《陈所巨文集》。“陈所巨是个真正的诗人，视诗歌如生命的人”——这是白梦对她心中景仰的诗人的天籁之评。

安庆太湖籍作家熊尚志的长篇创作亦在国内产生很大影响。自上世纪80年代以来，人民文学出版社、四川人民出版社、北岳文艺出版社、安徽文艺出版社等社先后出版了他的长篇小说《处女坟》《野山风流镇》《骚乱》《乞丐世界》《祸水》《烟火人间》《神秘的妻子》《人与佛》《南唐后主》（上、中、下卷）等，多达十余部；发表《野火》《两面佛》《斑竹园》《古老的东方有一条龙》等中篇小说30余部，《戏痴》《书虫》《火风》《大师》等短篇小说约60余篇。最近几年，安庆长篇小说的创作一点也不寂寞。2007年，作家黄复彩由上海远东出版社推出长篇小说《红兜肚》，颇受国内读者关注与好评；桐城市作家协会主席、诗人洪放由诗歌、散文转而从事长篇写作，展现了惊人的爆发力，两三年时间内，连续出版5部反腐题材的长篇小说，成为国内当前官场小说代表性作家之一。青年作家陈进在大学读书期间，即公开出版两部长篇小说《固都》、《青春那么八卦》。其他作家不一一罗列。这些小说家们的创作在安庆文学的天空下犹如长河之奔涌，浪花之飞卷，展现出波浪壮阔、后浪推前浪的令人惊喜之势。

安庆文学创作集体或群体性呈现的另一半天空，属于散文作家和诗人了。自上世纪90年代以后，散文作家的创作已经扩散为普通作者的大众化写作。按照今天时尚的语言来说，是写作进入了全民化时代。安庆的散文作家可以用层出不穷来形容。如黄复彩、苍耳、吴忌、叶静、江飞、王子龙、洪放、魏振强、丁振川、张明润、郝健、陈少林、江南雪儿、钱续坤等等；从安庆走出的散文作家，如徐迅、江少宾、钱红丽、徐而缓、查一路、胡竹峰、周根红等，有些是国内的散文名家，有些是散文写作的高手。他们的写作交织起来，构成了绚烂多姿的多元化的天空。安庆散文作家的写作风格，如果我们从历史文化的大背景上来进行观照，你会发现他们呈现出一种难得的地域镜像和文化印记。这或许从“桐城派”就开始了的，只不过比较隐暗。没有细心的研究，就不会发现。桐城地处皖中，“山水奥区”，但清朝时的桐城东乡（现行政区划为枞阳县）与南京水脉相通，舟楫数日可达。因此，“桐城

派”的先人们接触较广，视野较宽，并不闭塞。“像方苞家庭早就迁居南京或其附近之六合。戴名世、姚鼐亦久居南京。尤其是左光斗被推为东林党领袖以后，方以智、方文、钱澄之等又都是复社领袖人物”，这些条件决定了桐城派文人精神的宽阔视野。故而，他们的文章既有丘陵地区那种天然的精致之美，又有着阔大地形上的雄壮之姿。现在，当我们铺展开来安庆今天作家们的散文作品，大多数依然是结构精致，语言秀美，有一股山水灵气荡漾其中。从安庆的精神内部来窥探我们的灵魂所在。反观从安庆走出去的徐迅、江少宾们，他们的作品既保持了安庆文学传统上的精致性，同时又能以一种瞭望的眼光打量安庆的山川、安庆的泥土、安庆的秋天和大地，因而他们的散文形态显得更为丰润一些。这是守望在故土上的作家和从安庆走出去的作家们散文作品的最大迥异之处。在安庆有“桐城派”这么好的文学传统，生活在或者曾经生活在这里的人是多么的幸福，因为我们可以从雄厚的文化土壤里起飞，可以站在文化先辈的肩膀上瞭望得更加遥远！

安庆的诗歌创作是安徽省的一方重镇，放在全国范围来看，也是一个诗歌大市。这是我最近参加第二届青海湖国际诗歌节时，听广州诗人黄礼孩说出的。虽然以前在多个场合，也听一些诗人、诗评家说过，但因我也是一位诗人，又是安庆人的一分子，就不好自戴高帽了。但在国际性的诗歌节上，礼孩不会戏言的，相信他的这个说法有他自己的判断。建国后早期出现的诗人有孙必泰、谢清泉、孔祥彪等；进入80年代以后，安庆的诗人如雨后春笋涌现出来：余怒、白梦、苍耳、王子龙、沙马、歌兰、吴橘、洪放、张建新、高嗣照、浪濯、木叶、舒寒冰、黄亚明等等。走出去的安庆籍诗人，如简宁、叶匡政、查结联、陈先发、祝凤鸣、周斌、漠子、汪治华、汪椿华、黄葵、魔头贝贝、那勺、邬云、许洁等，早已声播于国内诗坛，有些已属于“著名”级别。“安庆的诗歌有流无派”，“没有派的安庆诗歌倒也快活，可以自由地流淌在长江之滨的丘陵之地。”安庆诗人的作品中，共性的东西比较少，大多是个性的自由写作，多种风格生存于同一片土壤。

在当代安庆文学的发展中，还活跃着另外一支重要力量——文学批评。他们用自己的思想在作者、文本、读者这三维之间，构成了一种以理解为核心的平等、互动的相互尊重、相互敞开和相互交融的对话，进而生成一个双向的主体与主体的交融过程。安庆当代文学之所以在全国产生一定影响，与安庆籍文学批评家们的这一种努力不无关系。今天依然活跃在安庆这片故土上的批评家有王海燕、方锡球、余昌谷、汪祚民、魏远征等，中青年批评家

有苍耳、鲍红、江飞、陈宗俊等。更有一批安庆籍的文学批评家早已蜚声国内外，如王达敏、王彬彬、陈墨、石钟扬、程国赋、刘小平、杨四平、周斌、杨庆祥、何冰凌等等，而老一代的朱光潜、宗白华、舒芜则属于“大师”级别了。在他们文化评判的视野里，我们或多或少都可以看到安庆这片土地的文化身影，在他们的文字中晃动，成为比“根”更旺盛的生命力，推动着安庆文学从安庆走向全国。

……

江河泻地，日月潜流。这是安庆文学队伍一路走来的广阔气象。我们从海子到潘军，从300年前的“桐城派”到今天安庆的作家队伍，看到土地对于我们的那种强大束缚力就知道了，今天安庆人需要寻找的精神突破口。无论是海子诗歌中的“安庆意象”，还是潘军小说中的“怀宁背景”，都昭示了安庆人的精神与灵魂之途。当我们抬头仰望中国文学的历史天空，看见一只安庆的鹰飞过去了，这里的土地不会发出惊叫；当看到一群安庆的鹰飞过去了，这里的河流一定会又一次张开怀抱！

目　录

安庆籍作家评论

·以作家姓名拼音为序·

【白　梦】

激情喷发和冷却的热度与硬度

——白梦诗歌创作窥斑 …………………… 陈所巨（1）

【苍　耳】

纸人的气质与写作 …………………… 朱航满（3）

【陈所巨】

田野音乐会上的歌手

——推荐新人陈所巨，兼谈他以及

一般农村诗作者的烦恼 …………………… 公　刘（7）

阳光·土地·人

——陈所巨的诗歌理想及其创作道路 …………………… 白　梦（17）

【陈先发】

作为日常生活的乌托邦

——诗人陈先发评传 …………………… 何冰凌（25）

盘丝洞，蜘蛛无处不在

——读陈先发长篇小说《拉魂腔》…………………… 何冰凌（37）

【海　子】

海子论 …………………………………………………… 谭五昌（42）

裂变与突围

——论80年代新诗转型中的海子诗歌创作 ……… 金松林（68）

海子诗歌意象的分裂性特征探析 ……………………… 丁伯林（87）

【洪　放】

《领导司机》:小人物的胜利 …………………………… 潘启雯（98）

忧情浮世绘:从南塘到南州

——读洪放长篇小说《秘书长》 …………………… 何冰凌（100）

【黄复彩】

历史追问与人性解读

——评黄复彩长篇小说《红兜肚》 ………………… 赵　凯（103）

家族小说的叙事立场

——评黄复彩长篇小说《红兜肚》 ………………… 许春樵（106）

【江少宾】

底层立场·生命体验·小说化叙事

——江少宾散文论 ………………………………… 江　飞（110）

审视与低吟

——读江少宾散文 ………………………………… 江　子（121）

【金肽频】

词语穿越诗歌和生命内部时的自然呈现

——金肽频诗歌印象及对他的某些心理阐释 ……… 胡书庆（126）

有“自己”的散文

——金肽频散文集《隐喻的眼神》简评 …………… 季　宇（135）

【潘　军】

有限之中蕴含着无限

——潘军短篇小说的纯文学价值 …………………… 唐先田（137）

经验世界与超验世界

——潘军小说的两类艺术建构 …………………… 朱移山（147）

“故乡的路永远不会老”

——论潘军小说创作的故乡情节 ……………… 陈宗俊（158）

先锋背后的现实焦虑:潘军近年小说解读 …………… 江 飞（166）

【石 楠】

悲剧情境与悲剧风格

——石楠女性传记文学的艺术特色 ……………… 汪修荣（175）

与苦难搏斗的艺术奇葩

——评石楠的传记小说 …………………………… 朱菊香（181）

【汪 军】

人在历史中的虚拟性存在

——读汪军中篇小说《仙霞关》 ………………… 许春樵（189）

【熊尚志】

描画大别山乡的独特风韵

——论熊尚志中篇小说的地方色彩 ……………… 余昌谷（192）

【徐 迅】

“对话性散文”:安顿心灵的居所

——读徐迅的《半堵墙》 ………………………… 杨四平（200）

回馈故乡的精神盛宴

——评徐迅乡土散文集《半堵墙》 ……………… 朱移山（203）

【余 怒】

解开身体的死结

——论诗人余怒的写作 …………………………… 荣光启（206）

先锋的守夜人

——论余怒的诗 …………………………………… 伍明春（220）

【祝凤鸣】

我们时代的温情
——简论祝凤鸣的诗歌创作 …………………… 力　夫（228）

“自然意象”托起的“乡村宗教”
——祝凤鸣诗歌简论 …………………… 张　驰（232）

其他评论

·以评论家姓名拼音为序·

诗歌意志 …………………… 苍　耳（237）

用身体反对诗歌 …………………… 金肽频（244）

与文学有关的一些疑问 …………………… 李百灵（247）

涅槃凤凰的今朝
——新诗杂话:1917—2007 …………………… 荣光启（254）

王彬彬作品印象 …………………… 疏延祥（266）

从启蒙人道主义到世俗人道主义
——论新时期至新世纪人道主义文学思潮 ………… 王达敏（284）

张恨水小说中的电影剪辑因素
——以《北雁南飞》为例 …………………… 朱周斌（299）

陈所巨

激情喷发和冷却的热度与硬度

——白梦诗歌创作窥斑

作家简介

白梦，女，1962 年 6 月生于安徽桐城。中国作家协会会员。出版诗集《白梦真情诗选》、长篇儿童故事《晶晶和龙龙》、长篇历史小说《父子宰相》（与陈所巨合著）。曾获中国作家协会、中华文学基金会“第二届庄重文文学奖”、文化部“第三届蒲公英少儿读物奖”、“第五届安徽文学奖”、“第二届安徽社科文艺奖（文学类）”、“安徽省第十届五个一工程奖”等。

冷冷淡淡地叙说，很随意，很平常，让你甚至感觉不到她在抒情。这是并不多见的一种写作方式，但白梦就是用这种方式创作并发表了数百首诗歌。

白梦的诗作品位较高，这是她把写诗视作生活和生命的一种方式、一种最崇高的方式的结果。她也因此极认真地写作，从来不肯粗制滥造。她于名利看得很淡，很欣赏清代桐城剃头诗人吴鳌认为的写诗是“春鸟林间，秋蝉叶底，鸣其不得不鸣而已，未求为知音听也。”好的诗发表层次都很高，大都发表在《人民文学》、《诗刊》、《人民日报》及一些省级报刊，并有近一半以上的诗作被《新华文摘》、《诗选刊》选载和入选《中国当代女青年诗人诗选》、《当代青年诗人自荐代表作选》、《中国当代新诗大观》等 20 余种诗歌选本。1987 年白梦的诗获得河北省作家协会“普乐杯”诗赛一等奖，那时她刚出道不久，可以说是在诗坛第一次露面。然而，仅在两年之后的 1989 年，她荣获中国作家协会、中华文学基金会颁发的“第二届庄重文文学奖”时，就已是国内颇有知名度的实力女诗人了。

一个作家的影响和他在文坛的地位，与他

的作品多寡不无关系，但最主要的还在于他作品的艺术造诣和社会价值。白梦似乎不具备那种地毯式轰炸铺天盖地发表的能力。如此说可能委屈了她，她会辩驳："非不能也，实不为耳。"但我们在读过她的作品之后，不能不感觉到她在艺术追求方面的严格的自律。她认为诗是艺术，艺术是创造。在创造面前，不允许平移和重复，要时时刻刻有着新的视野、视角和新的飞跃与升华，即使这种求新和跃升并非易事。1989年之后，白梦感觉到她的诗歌创作面临缺少新的创造，也就是说无法突破和超越自己的从前，便毅然搁笔，改写散文和其他，尽管这种搁笔对于她来说是极为痛苦的。直到1996年，当她以完全崭新的面目，拿出一大组诗作《沿着河流寻找》，我们才惊喜地看到，她已经在痛苦的寻求突破的过程中，完成了必要的嬗变和突变，获得了新的方式和特色。我们不妨细细地阅读一下《祈福》五首，认真地品味她依然淡淡叙说的基本方式所浮载和汇融的诗的潜在。会很容易发现，闭关面壁数年之后的白梦，已不再是那个单纯地以献身方式剖白的情诗动人的诗人，她的诗的造意形象也不再是单一面对的那个"你"，而是更为丰满但不固定的幻象。一个贲张四万八千个毛孔渴望畅饮新鲜空气的溺水者（当然是形象化了的追求者）；一朵遗世独立贞静自守的栀子花；一只让诗人可以端坐其中的莲舟，以及2500年的乞者所诱动人们的施舍动作……即便是重新品味爱情，那爱的滋味也与从前大相径庭。女诗人在自己内心的涅槃与再生，对于她自己和读者都是件值得高兴的事。

白梦诗歌创作的全过程应该说有着两个重要环节：那就是喷发和淬火。喷发的是熔岩，是不可遏止的激情的高热，这个过程无疑不为人知。而经过淬火之后，那铁器和花岗岩虽仍留有火的痕迹，却是真的冷却了，冷得很硬，有一种凛凛然的锋利。当然这种凛然的锋利，主要是潜在于她诗歌之中的思想和智慧，也是一种高度艺术化了的生命本质与人格的高洁。

诗是最崇高的艺术。诗是诗人自己本质的善良和高洁品格冷凝之后的晶体。让我们为所有的诗人"祈福"，当然也包括白梦在内。

（选自《文化周报》1997.04.11）

朱航满

纸人的气质与写作

作家简介

苍耳，本名李凯霆，安徽省评论家协会会员，安庆市作家协会副主席，安庆师范学院“白鲸”文学社顾问。著有文论专著《形式王国与大地气息》（30万字）。

主要论文及评论有《反向之途》、《中国二十年先锋诗片论》、《论现代汉诗写作的元文学倾向》、《先锋性与后卫性》、《诗为何与诗何为》约20万字。曾获首届世界华文诗歌临工奖论文二等奖（1993年），张恨水文学奖/文学评论奖（1996年）等，2001年在“诗生活”网站开设“苍耳诗学批评”专栏。

在人的肉体之中，还存在着另外一个人。这个人存活在人的肉体之中，有时他会比肉体存在的生命更长久，与普通的人所不同的是，他寄生在人的肉体之中，但却以纸张作为生存的唯一依靠。人对纸张的不同选择决定了他生命的状态，因此他的生存的强大与弱小、崇高与猥琐很可能取决于人对于他的生命食物的选择。这是一个让人感到有些恐怖甚至颤抖的想象，他叫纸人。其实纸人是一种假设，一种人对于书籍和纸张上知识与思想吸收的假设，但这个富有想象力的假设在时刻提醒着人去有意识地选择和汲取不同的纸张，来培养和塑造我们肉体中的这个纸人。因此，承载思想与文字生命的纸张具有了非同凡响的意义和价值。这是我在阅读作家苍耳的散文《纸人笔记》中的一个很大的收获，在我刚刚阅读到这样的一个意象的时候，我的内心似乎被深深地击中了一样，因为这种并不存在的假设却似乎奇迹般地降临在我的肉身之中，他引起了我的重视和深思，我曾经喂育过他怎样的纸张，那又是怎样的一种精神的食粮呢？

苍耳的散文集《纸人笔记》在回答自己的这样一个反问，他是给自己的纸人以什么样的纸张作为精神的食粮呢，这个纸人的生命是强大与伟岸，还是让人失望地如侏儒一样呢？我阅读苍耳的这些读书文字，正是他对于自身反问的一个有力的回答。而纸人笔记，也可以作为纸人自己的一种个人的证明，是他对于自身成长与强大的一种独语与写作。在这本散文集中，我读到了苍耳的阅读与思考，我仿佛感受到他体内的纸人在面对自己的精神食粮时所发出的赞叹与体悟，是转化成肌体内部成长力量的声音。而这种独语，这种力量是忧伤的，是尖锐的，是孤独的，但也是强大的。这种纸人因为自身汲取生命力量的缘故而转化成新的生命形态，他渴求一种精神的自由，他面对众生希冀一种安宁与平等，他对弱小与美好充满了悲悯与呵护，他歌唱属于理想气质的诗意生存。因此，他的独语才显得那样的忧伤与尖锐，带着一种“叫喊”的力量。

我特别注意到他在文字中的那种细微而节制的表达，在《晚安，小灰鼠》中我读到了那个在囚牢中与小灰鼠相依为命的生命境界，但最后连小灰鼠也被排除了，人在囚牢中又何其孤独，苍耳试图在提示我们关注一个远比我们低劣的生命存在的价值，在文章的结尾作家不无忧伤地写到：“如果地球上只剩下除了人以外的最后一种动物，我想也许就是鼠类。到那时，人类是否会重历那个囚犯对绝境的体验？整个大地都成了囚牢，时间成了铁栅，人该怎么办？也许人会说：晚安，鼠哥哥！而老鼠会说：你好，‘害虫’！”在这里，小灰鼠又岂止是一只普通的老鼠呢？在散文《马灯》中，我注意到苍耳的写作是始终将马灯这种东西纳入到民间与个人的视角之中的，是注重一种生命体验带来的切实感受，如果是很多的大文化散文作家，很可以想象他们一定在文章中将马灯这样的普通物件与革命，与历史，与伟大的英雄人物，与宏大的叙事相联系，但苍耳恰恰相反，他甚至在文章的最后不无忧伤地为一个遗留在古墓中的马灯所带来的历史想象而慨叹，他感叹一定是那个被宏大叙事与历史英雄所屠杀的历史小人物，那个在最后一刻被永远地留在墓穴中的工匠或者抬手。苍耳的文字在此时是如此的惊心动魄，又让人感到恐怖与压抑，这就是他笔下属于自己的马灯，“在永远不会改变的这个世界的风中雨中，它的孤独一刹那击中了那黑暗心脏的脆弱部分。”

从苍耳的简历之中，我知道这样的一个默默的写作者与精神阅读者，他生活在中国的一个安静的小城市之中，对阅读与写作有着极高的要求，但他写作的数量十分稀少。苍耳生活在皖南的一个名叫安庆的城市，但他的文字却奇怪地具有了一种超越这个地域的气质，也许这就是因为他体内纸人的独特气质的缘故。我在阅读中发觉到他的文字之中拥有一种独特的气质，这种气质很类似于我曾阅读过许多东欧作家的文字，他的文字之中有一种优美、忧伤的气质，但更重要的是一种散发着自我觉醒和追求自由的气质，这种气质轻盈、敏感而尖锐。我注意到他在文章中多次提到故乡的人与物，诸如生于故乡的诗人海子，还有那个被清朝统治者砍了头的文人戴名世，那个与专制统治作对的悲剧英雄孤云，那个写下《燕子笺》讽世的弱女子阮丽珍，以及流传于世的《孔雀东南飞》中的刘兰芝与焦仲卿，等等。这些人物之所以被苍耳写在了文字之中，我想很重要的原因就是他们骨子深处的那种刚烈与决绝，是与俗世和外界污浊相隔离，又渴望争取到一种精神自由与平等的勇气。而这样的视角，我以为完全取决于他对自己体内纸人的喂养，因此我注意到他的文字，那些有关阅读笔记的文字，那些闪烁着碎瓷片一样光芒的文字，它们的来源与它们的生命同在一个精神的纬度之上，否则苍耳是无法将那些被众人都已经即将遗忘的人物引为自己的精神知己与书写对象的。而再看那些他的文字中所不断出现的阅读对象，奥威尔、曼德尔施塔姆、基希、卡夫卡、鲁迅、昆德拉、格拉斯，等等。他们不断地闪现在他的文字之中，不断地重新组合，再以重新的面目出现在文字之中，那些来自于不同精神世界的思想与文字经过纸人的咀嚼、吸收和消化，终于转化成为一种更为新鲜和充满精神力量的文字，这恰恰是纸人所带给我们的命题。也因此，在苍耳的这些文字之中，尽管我对《晚安，小灰鼠》、《马灯》、《旧址》、《土豆会不会飞》、《亲爱的盲肠》这样短小优美的散文作品很偏爱，但我更可能去重视那些细腻和尖锐的阅读笔记，诸如《一九八四：白与蓝》、《对称的城堡》、《冲着世纪叫喊》、《漂泊者文学》、《哑剧时代》、《历史旁边的美丽花园》，等等，因为这些阅读笔记展示了一个作家内部的精神秘密，就像他体内的纸人透露了自己的成长的秘诀一样，况且这些东西是如此的独特而富有令人沉思的魅力。

农历新年的最后一天，我在河北一个小城市的女友家中翻看数年前自己所遗弃的杂志，忽然在落满尘埃的纸张中读到了一篇令我动心的文字，它是那样默默地夹杂在整个厚厚杂志的各种文字之中，而我记住了那个作者的名字，苍耳；也记住了那篇文章的名字，《在铁轨附近》；还记住了那篇文章的开头：“在年底的寒气里与阿蒂拉·尤若夫相遇。”那一天，天空中飘落着一场大雪，室外异常的宁静，我数次重读了这篇文章。在年初的大雪之中，我与苍耳相遇。回到北京，我很奇怪地在书店买到了刚刚出版的苍耳作品集《纸人笔记》，薄薄的一个小册子，其中收录了我印象深刻的那篇文章：《在铁轨附近》。

（选自《青岛日报》2007.04.07）

（朱航满，解放军艺术学院文学硕士，青年评论家）

公　刘

田野音乐会上的歌手

——推荐新人陈所巨，兼谈他以及一般农村诗作者的烦恼

作家简介

陈所巨（1947—2005）生前系中国作家协会会员，安徽省作家协会副主席、桐城市政协副主席、桐城市文联主席。一级编剧、享受国务院特殊津贴专家。一生从事文学创作，发表诗歌2000余首，散文600余篇，小说、评论、剧本、纪实文学等400余万字。生前出版各类著作16部。2007年由安徽文艺出版社整理出版《陈所巨文集》7卷。

一

一股前所未见的强劲的历史季候风——改革之风，席卷了神州大地，人们为之欢欣鼓舞。它带来了新耳目的电鞭雷驹，也带来了滋润心田的好雨甘霖。

风起于青萍之末。

青萍在哪里？青萍在农村，而且在最贫困、最落后、最不为人所注意的角落。是的，这股狂飙正是从穷乡僻壤兴起来的；而由于主客观多种因素交互作用，安徽——无疑是我们国家的灾难最为深重的地区之一，——在这一伟大事业中，光荣地充当了排头兵。安徽的某些乡县，率先创造了并且坚决推广了“大包干”；当前，在全国范围内，它已发展成为各种形式的联产责任制中的首要形式。这是历史性的功勋。我以为，它的主要贡献在于：冲破了“两个凡是”的樊篱，又一次证明了千百万群众的社会实践是检验真理的唯一标准；初步打破了长期以来在“左”的指导思想荫庇下的平均主义（不管是铁饭碗还是泥饭碗）；形形色色的官僚作风的积弊也开始遭到针砭；体制上的经营管理上的自我完善与自我净化，

有了一个良好的开端；真正的社会主义劳动积极性这一回是被真正地调动起来了。未来图景的每一个细节虽然不可能一一预测，但壮丽的远景在望，则是铁一般的事实。于是，我们惊讶地发觉，在自己短短的一生中，竟有幸再一次经历了中国革命的基本道路——农村包围城市；农业的改革有力地推动着、催化着其他方面的改革。和武装斗争时期不同的是，这一场农业改革，发动和指挥的大本营设在城市。

人们的生活习惯，人们的相互关系，人们的思想认识，人们的价值标准，都已经、正在，并且还会发生决定性的本质的变化。

作为观念形态的文学艺术，岂能袖手旁观？本文所要介绍的陈所巨同志，之所以在三中全会以后的安徽应运而生，绝非偶然。歌唱这点点“青萍”，歌唱“青萍”上突起的狂飙，这是诗人、作家对自己的头脑进行了一番校正和调整的结果。这种校正和调整往往带有得风气之先的特征，因之，它就不会仅仅以跟上时代的步伐为满足，它还期许自己走得更远一点，走在时代前面。无可怀疑，这样的期许（其实是自己对自己施加压力，自觉自愿的施加压力）将大有益于我们的四化大业，应该受到支持和保护。

二

敏感、明锐，富于责任感，痛切地为绝大多数普通人的合理愿望鼓吹、呼号，乃是诗歌的天性。

从这一意义上考察，我们的诗歌实在无须惭愧不安，当然，这绝不等于说有理由矜持。

在我们九百六十万平方公里的广袤舞台上，除了其它的诗歌活动外，正在举行一场长时间的田野音乐会，大幕始终揭开着，新、老歌手不断登台。

在这众多的歌手当中，有一串陌生的名字特别引起了我们的兴趣：陈所巨、张中海、范源、刘小放、于振海、梁如云、肖振荣、姚振函、刘犁……名单还可以继续开列下去。他们各有各的风采，然而，可以肯定的是，陈所巨是其中贡献最多的一个，这有他近四年间写下的四百多首反映农村变革的诗歌作品为证。

陈所巨，六十年代农民出身的大学生，经历了十年动乱，蹉跎岁月，实在不能算作青年了。然而，他和所有他的同辈人一样，感情上是拒绝那大好年华的浪费的，因此，心理上总认为自己并没有接近中年，更不愿承认老化。正是这一点亢奋和不甘心，使得他们都保持着良好的竞技状态。我觉得，这虽然透露着悲哀，却毋宁认为是一桩好事。

陈所巨本人虽然脱离了土地，他的父辈可是地道的农民。他的家，他妻子的家，都经历过解放三十年来中国农村的喜剧、闹剧和悲剧，以至直到最近才得以上演的正剧的全过程。这许多沧桑变化，这许多甜酸苦辣，不可能不给他留下感慨系之的喟叹和深长思之的回味，这，和他的文化知识一样，是他拥有的“优势”。

他实际上也仍旧是个农夫，诗的农夫，他栖息和耕耘在生活的土壤即现实主义的土壤中。起初，他惊喜地发现：他的家乡，那个历来为温饱二字所困扰的村庄，忽然间有了粮食，有了油料，有了人民币，为此他也就像一个长年煎熬于痼疾中的病号，一朝血色代替了病容，感到如释重负，不免有点眩然。他抓起笔就写，不少轻飘飘田园牧歌式的诗篇就如同水一般流泻到了纸面。但这样写出来的东西也只好像水似的清淡。陈所巨是谦虚的。这时有人向他提出忠告，希望他笔底多一些历史感，多一点耐咀嚼的成分，他立刻欣然接受了。于是，后一阶段的创作，乃有了关于过去的回顾。他终于把现实作为过去的一种补偿来看待，而不是一味地赞颂新政策的赐予，以至于给读者造成一种错觉，仿佛什么都满足了，不必再前进，再自寻烦恼了。从此，陈所巨的诗开始具备了大胆的涵义，即：眼前有的一切，本来是早就应该有的，之所以迟到，是令人遗憾的失误造成的，而并非是祖父们和父亲们懒惰的罪过。然而与此同时，艺术思想上又发生了某种危机。一个起步不久的作者，面临着目迷五色的诗歌理论与诗歌实践，他不禁有点茫然，有点惶惑了，最严重的时刻，甚至打算重新上路——走另一条路。不过，他毕竟没有这样做。也许是脉管里流淌着的农民的血液救了他，不让他背弃土地，去钻那个“自我”的象牙之塔。他最后决定：应该全神贯注于选择砧木与嫁接新枝，应该忠贞不贰地热爱土地，用一切方式——锄头或者拖拉机——去精耕细作。果然，土地给了他报偿，他取得了可观的成果。

这样的诗的农夫，他的经验和教训，都值得认真加以总结。可是，总结只有本人能做，我，只能作为一个比较了解安徽，又比较了解他的第三者，发一点议论。

三

我想从他不久前发表在《星星》今年二月号上的《在农村公共汽车上》谈起。我以为，这首诗反映特定历史时期的农村众生相，标志着陈所巨对生活理解的新的深度。可喜的是，在这首诗里，不但现实主义得到了深化，而且比较成功地吸收了若干现代主义的表现技法。

全诗分四大段，每一段只写一个中心人物：一位“需要有一个属于自己的思想”的、有现代科学文化知识的青年农民，一位“日子顺手了”，上县城卖了黄鳝、买了雏鸡的老汉；一位“骗过别人，也挨过骗”的“最活跃的外交官”——小贩；还有一位为了不再“去买议价粮食”而急匆匆“赶回家帮妻子种地”的普通干部……

关于第一位，作者设计的第一个画面——胳膊支住车窗——就是思索的形象。“拖着一条灰黄色的长尾，/汽车在泥黄的公路上/颠簸，像摇篮摇晃。/大地在摇晃，/太阳在摇晃。/而他的有力的手臂，像大理石柱，/支撑着不摇晃的思维；/计算，思考，追求，向往……”这一切，都发生在主人翁获得了土地、工具，还有书籍之后。这位青年农民有足够的智慧，他的心感觉到了“历史有一条蓬松的长尾”，而且“在颠簸中前进，/在前进中平衡，/我们摇篮一般的土地哟，/摇着一代人脚踏实地的希望。”这显然是新一代农民的精神速写，尽管画面还略嫌粗线条。关于新一代农民自己掌握了自己命运的时代特色，作者在他的另外一些篇章里，颇多细腻动人的描绘。那些篇章，下面我将进一步评论。

第二段，作者让我们认识了一位好老汉。他“坐在一个不相识的青年让他的座位上”，“小心翼翼地护着竹篮”（那里的黄鳝已转化为十几只可爱的小绒球）他是想家了，心中发急了，不由自主地去摸烟盒，然而，他的手“又缩回来，/人家讨厌抽烟”。在观察入微的诗人笔下，不过选择了这两个不惹人注意的动作，一下子就说明了我们社会变化的趋向，展示了这个老实巴交的农民的内心活动，他享有公共道德对他的尊重，同时他也尊重公共道德，这就点出了当今恢复了人的尊严的农民的内在特征。然后，才回过头去写出悲哀的过去，贫困制造愚昧，接着又写他的现在，富裕导致聪明。老汉意识到包括他在内的世道在变，往好的方向变，“一丝近乎天真的笑，打湿/他老树皮一般的脸。”（请注意“打湿”二字）作者并没有铺陈老汉的一生，我们却读到了整整一部传记。

第三段写的是小贩。小贩，一般都只能给人以不怎么好的印象。作者也记得一桩往事：“儿时，曾短我三枚小杏，/我对小贩有点反感。”现在长大了，同时又认识到目前阶段，我们的商品流通和交换领域，还是缺不得这号人物。对于这个问题，也只实事求是，而不能凭一己之好恶。何况，凭心而论，“小贩的生活也很紧凑，/每分钟都在为生计奔忙。”他转手贩卖，赚的也只是几个“脚力钱”，怪辛苦的，大可不必嗤之以鼻。最妙的是，在说清楚这几层意思之后，突然笔锋一转，把客观的描述变作了主观的解剖：“有时候，我们像小贩，/有时候，我们不如小贩”。是啊，当“左”的指导思想主宰中国政治风云的那些年，有多少人自愿不自愿地当了“小贩”，又有多少人只有受骗上当的份儿，连“小贩”都比不上啊！作者的言词是极其节约的，只是出于沉痛和坦白，道出了无尽的辛酸！“怨而不怒”，深得诗家之旨。

第四段的主角，基本是作者自己。大概正因为写的是自己，所以运用了大量的揶揄、嘲弄的语气，十分放手，十分洒脱地点出了当年的精神状态：混。对于“受白眼闲气”的日子，作者是深有体会的。那时候，平均主义披上了共产主义的外衣，“瞎指挥”打着党的领导幌子，搞得人人萎靡不振。那时，“生活是空洞的，/八小时以外，/扑克、麻将，/象棋。/年终，在生产队超支栏里，/展览他垂头丧气的名字。”如今大不同了，人还是那个人，既完成了本职工作，又抓紧了每个周末的公休，回家侍弄承包的责任田。奇怪的是，劳务虽重，反而自觉“充实”而“年青”了，“睡眠和饭菜都添了滋味”。寥寥数语，勾勒出一位自食其力，无求于人，心安理得的正正派派的基层国家干部的形象。这位同志是可能信赖的，因为他对现状的评价是正确的：“他坐在车上，车是前进的，/来和去都是前进的。/生活的两端，同样/具有吸引力。”这是“向前看”的态度。这样的诗有质朴的本色，有乐观的精神。

就整体而言，这首诗的突出之点是，积极的思想是通过丰满的艺术体现的，虽然，个别几处还嫌生硬。它没有那种屡见不鲜的毛病：某几行表现的是所谓的思想性，某几行表现的是所谓的艺术性。得到远远大于失算，这便是我对这首诗的总的评价。

四

值得称道的诗，远不止上面分析过的一首。

陈所巨跨过单纯的赞颂，跨过田园牧歌的局限以后，从两个方面唱起了他的土地之歌。一头是关于逝者的回忆，一头是关于生活的讴歌。而回忆也不仅是限于悲叹（虽然会有淡淡的忧伤）和同情祖父一辈的不幸遭遇，更主要的是衬托来之不易的光明与快乐，告诫人们：珍惜它，保卫它。对赶上了好年月的新的一代，则在多少有点理想化了的笔触中，富有作者的希望：新的一代农民不应该光知道和土坷垃打交道，还应该有教养，有文化；教养和文化，正是保卫好日月的武器。

《星星》1981年4月号上刊登的《哦，大铁堆!》就是作者对五十年代末叶荒谬冒充真理的无情讽刺。陈所巨借助于马克思主义的X光，透视了那个“熔化了多少锅、锄、铲、刀，才能凝就的”废物大铁堆，发现了“变形的岁月”、“浓缩的灾难”、“喷火的眼睛”和“无言的怨愤”……原来时间的距离越大，清晰度也越大！作者写罢这一切，忽发奇想，他巴不得自己是一名大力士，“把大铁堆背进人大会议厅，/人民的代表啊！请看看这历史的残烬!”这一声呼喊，真是既激动又恳切啊！

同样是在那个“一九五八年，吃饭不要钱”的日子，除了破坏性的大铁堆而外，又添了多少枉死鬼！作者当时还是一个不懂人事的小孩，他不了解“死”意味着什么。“妈妈烧炭去了，在高高的山上，/爸爸炼钢去了，在远处的河滩，/我来给你作伴，/奶奶，你不要觉着孤单。/……妈妈要我记住你的生日，/家里没有鸡，也没有蛋，/铁锅抢走了，我用瓦钵把青菜煮烂，/吃吧，奶奶，你不要觉着孤单。”结果，奶奶病饿交加，死去了三天，小孙子还以为奶奶是“睡着了”。还在独自个念叨“我在身旁陪伴你，/奶奶，你不要觉着孤单。”全诗没有半点渲染，不加任何夸饰，平静中藏着悸动，安详中富有控诉，人们读到这三反四复的“奶奶，你不要觉着孤单”，怎么禁得住不潸然泪下！

祸不单行，祖父又下世了。这个老农，“土地养育了他，又耗干了他，/他从土地索取，又付还给土地，”“脸上有多少岁月的印记，/身上就有多少生活的鞭痕。/他那苍老疲惫的心就要静息了，/那里淤积过太多的苦痛。”（请注意“淤积”二字）诗人描写死亡，本领也颇高超，他这样唱道：“听不见赞美诗般的哭泣，/最熟悉的面孔也恍惚变形。/在这生与死狭窄的分界，/他显现了人生从未有过的从容。”紧接着，又撕破这层“从容”的薄纸，原来，濒死的祖父还在眷恋着土地，他“费力地睁开眼皮”，火花一闪的目光落在了“墙边那杆磨细了的锄柄上”，他要将“这薄薄的遗产交给儿孙”，他要后人继续像他那样终生奉献给土地……（《祖父弥留时目光留给我的记忆》，《安徽文学》1981年9月号）。

锄头，本来是土地的权杖；当土地并不真正属于土地之子的时候，它陡然是一根寒碜的木把配上一块残损的铁片而已！

这就是死者不曾说出来的，诗人也不曾点破的凄楚之所在。

苦难，是作为幸福的对应物而存在的。复制过去，是为了反衬现在。我以为，上面所引的一些诗篇，无论用揭露或者抨击来解释，都是不完整、不妥帖的；必须指出，这是一种特殊方式的赞歌：表面上写从前的悲切，骨子里写今天的欢乐，实在是包涵了作者对三中全会的由衷拥戴之情，不可不细细体察。比起眼下的阳光来，昔日的阴影又算得了什么！正是从这对党的一片感激之心出发，他写下了大量的对新人新事新风尚的赞歌。礼赞之不足，甚至主动插进诗行中去直接对读者指点："我感到了溶解和升华，/我品味着兴奋和幸运，/明亮辉煌的向往，/遮掩了昨夜梦的灰冷。"（《黄山拾什·光明》）这固然是作者登上黄山光明顶之后的喜悦的独白，但又何尝不是对现今时代的总的评价！你看，"昨夜的梦"已经消退了，前方正展开着"明亮辉煌"的境界！不过，话又得说回来，"灰冷"的残烬总是有的，正是因为如此，他才大声疾呼："我是农民，/种田不需要保姆，/我要耕作的自主权。/啊，不要再叫我们/去修筑土高炉，/不要再叫我们在陡坡上/毁坏森林，砌筑梯田。/不要再强扭着我们的手/去进行不合理的密植；/不要再扯断自留地里/青葱的豆藤瓜蔓。/不要再让口号/填充空洞的粮囤。/不要再让返销粮给我们/带来羞愧和不安。/我是农民，我熟悉土地和庄稼。/我获得了耕作的自主权，/就是获得了/富裕的翅膀，希望的风帆。"（《星星》1981 年元月号，《我的耕作的自主权》）。

不过，问题还不止于耕作的自主权，农民们要求像现代人一样安排自己的生活，要求继续前进，因此，他们迫切需要独立思考和采取行动的自主权（不用担心他们会有反社会的打算）。诗人感觉到这一层，于是他又宣布："我有新的希望，/我有新的追寻。/我要机械的手臂，/拎走劳动的繁重；/我要知识的手杖，/保持行进的平衡；/我要一盆生活的紫罗兰，/让岁月充满芳馨；/我要各种花色素，/去涂染彩色的爱情。/我不满足，/不满足现状，/不满足已知，/不满足刚刚获得的温饱和繁荣"。他进一步向列祖列宗禀报："我不能再像你们，/我的尊祖、祖父、父亲！/我既叛逆又继承，/我会教你们欣慰，更会教你们吃惊。/一种大地和天空的音响在呼唤：/我不能再像你们。/一种历史的必然早进入遗传基因，/我不可能再像你们。"（《星星》1981 年元月号，《我不能再像你们》）

好一篇革命宣言！它表达了亿万农民的一个新的觉醒，任何人也休想再把他们拖回非人的"昨夜"，让他们除了"梦的灰冷"以外，一无所有了！

一年半过去，发表在《青春》1982年6月号上的《阳光·土地·人》，是陈所巨的又一代表作。这是一个组诗。它的最可称道之处是表现了取得了人的地位的中国农民的伟大气魄。“网一般的田塍，是我/手纹的自然伸延，/流动不息的溪河，是从我/细小的毛孔发源。/果子因吮吸了我的体液，/变得又甜又鲜，/麦粒和稻粒储存着/我给予的热能而展示/最大限度的饱满。……啊，我——/土地的占有者和耕耘者，/立在早晨的土地上，在太阳与地球之间，/太阳是和地平线/相切的猩红的圆，/我是铅锤般庄重的/和地球垂直的直线。/一切时间，空间属于我，/一切图案、色彩属于我，/一切都是我有价值的创造，/一切都是我永恒不灭的贡献。”

或者问，这难道不也是风靡一时的所谓“表现自我”吗？答曰：否！这里的每一个我字，都意味着我们！我，实际上等于我们！呼之欲出的下一段就理所当然归结于对阳光的礼拜，“我们都是大地创造的美的形象，/劳动和光线雕琢成的美的形象！/……美是光线的杰作，/美是天地间最珍贵的矿藏。/美，无罪也无所不在，/美，本身就是无罪的，无所不在的纯净的阳光。”

这些诗句，应心得手地调遣着文字，为我们送来了一个具有意志和活力的美的世界。谁要破坏这个世界，谁就是万人唾骂的疯子！

我读着陈所巨的诗，我发觉他对劳动农民的热爱已然近乎崇拜了。这种崇拜，我以为是对的，至少是无害的，它比我们早先流行过的个人崇拜更接近历史唯物主义。

出于这种崇拜，诗人对农民的脚都赋予神圣的功能：“我获得这样的权利，/用脚迹拼写不朽的‘人’。/当这段历史需要检验的时候，/每一条田塍上，都有我刚劲有力的签名！”会签名的脚，当然是劳动者——主人翁的脚。

这样的脚印是有革命权威的，是经得起历史验证的。我们大家都应该跟着它走。事实上，各条战线的改革，不正是步着它的后尘，在它的感召之下而风起云涌的么！

五

最近一个时期，以农村生活为题材的诗歌不像前些日子那么活跃了。许多作者陷入了苦闷。

陈所巨也不例外。

经历了大约为时三年的勃兴期，他们现在面临着低潮。不少苦心的诗人发现，在他们的脚下竟“横着一道陡坡”，逼得他们“一步也走不动了”。（张中海语）据我所知，这同样是陈所巨的烦恼。

农村的面貌已在日新月异，在可以预见的将来，这个势头还会保持下去。而农村诗却踏步不前，始终停留在责任田、万元户、永久牌上做八股文章。这不仅使读者而且使作者本人都感到厌倦。而可以肯定的是，诗人们并不缺乏创造力，也并非他们转移了兴趣，那么，问题的症结在哪里呢？我琢磨，缺乏更广阔的视野，不能把农村放在全国各行各业的大变革的背景上去观察，恐怕是重要的原因之一。另一个重要原因，可能是生活前进了，而我们的诗人并没有随着生活的前进而增加新的收入，仍旧在靠“库存”打发日子。一方面是就事论事，一方面是才调重弹，这样做的结果，自然要产生“旧”和“隔”的感觉。

有的作者，大概也是意识到了这一点，便试图从形式上玩弄花样，以为那就叫作“出新”；不能抹杀形式的重要性，也不可一概否定形式也有新旧之分，然而，讲求形式，毕竟应该是在解决了内容问题之后。没有结结实实的内容，形式再可观，也是“衣裳架子”。研究起来，我以为，陈所巨同志似乎也一度惑于议论，差一点滑向形式主义的邪路，所幸的是，他及时刹住了车，拨正了方向。须知形式而成为主义，必不可取，这引诱人们忽略本质的东西，而单纯追求外表，一句话，它是舍本而逐末。

还有一种通病是，格局上打不破框框。我们每每读到这样的农村诗，没有大气质气韵上的区别，如果捂住作者的姓名，你就猜不出这是谁写的。大量触目的“撞车”现象，只有说明我们许多作者的水平一般化，眼光一般化，知识面一般化，你看得出来的我也看得出来，你的处理角度、裁剪方式和我想到了一块儿，这就不可避免地出现雷同。等而下之的更是专门从别人的诗作里寻求“启发”（应该承认，有时候会由于别人的一首诗，甚至一行诗触发我们的灵感，不过，仔细想一想，就不难看出这是一个假象，它触发的其实是你的生活积累，而且必然是从“完全相同”走向“大体相近”，再走向“根本两样”。于是你就挥笔写出了另外一首与之有区别的诗歌，而不是别人的那一首的改头换面。一切严肃的诗人都是这么办的）。然后情不自禁地去模仿它，其结果是陈陈相因，毫无个性特色。

上面讲的是发生在一些作者之间的现象。那么，自己和自己雷同，难道就可以容忍吗？我想，同样不能容忍。陈所巨的诗，在这方面发生得较为频繁，这是教人担忧的。不但他的早期的颂歌中，动辄“珍珠”、“玛瑙”、“黄澄澄”、“亮晶晶”，而且近来关于新式农民的即“我”的抽象描写，也颇多重复。读者不禁会问：怎么？词汇竟至于如此贫乏，意象竟至于如此单薄？隔夜的饭，撒点葱花炒炒还不难吃，我们家乡有一种油条专门留到第二天下锅再氽一遍，叫做“二来子”，居然还别有一种滋味。还有一种名菜，干脆就叫回锅肉。唯独诗这种东西，是切忌炒现饭的。因袭与创造不两立，旧的形象是新的意境的天敌。一切都得变而化之。这不妨视为作诗的法则之一。

各人有各人的薄弱环节，各人有各人的当务之急。没有烦恼的诗人是没有出息的诗人。

我以为，就陈所巨而言，他读书刻苦，写作勤奋，与生活保持联系也不可谓不切近；他的不足恐怕在于胸襟还不够开阔，还应该努力发掘人的精神世界——通过实物实事，而不仅仅是通过抽象虚写——的同时，努力开拓自己的精神世界，把一畦菜园、几条田塍与国家的、世界的大局联系起来。只有这样，人物的命运才更能引人关注，人物的情感才更能得到广泛的共鸣。同样不可忽视的是，还要深入生活，道理很简单，生活不是一潭死水，它在流动，它在奔腾向前。希望陈所巨能走出安徽，更多的交一些全国各地的农民朋友，了解他们在想些什么，做些什么，譬如湖北的杨小运同志，就是一位很值得结识的人物。这样做，至少有两个好处：一是“为有源头活水来”，另一是便于“广积而薄发”。我呼吁全国作协和有关部门，尽最大可能为陈所巨同志以及类似这样有才力而局促一隅，无从施展的歌手们创造条件，从而使得我们的田野音乐会一直开下去，越开越兴旺。

1983.06.14　合肥

（选自《诗刊》1983年）

（公刘，已故著名诗人）

阳光·土地·人

——陈所巨的诗歌理想及其创作道路

一、土地，绿色的教科书

我总想掀开它
绿颜色的封皮，
但太沉重了，
一块天衣无缝的磐石，
覆盖着古老的历史，
和无数难解的谜。
欲念引动我去啃噬，
似一只微小而不倦的蚂蚁。

那些由小路和田塍
构成的象形文字，
组成蓝天底下
无休无止的章句。

——陈所巨《土地，绿色的教科书》

陈所巨 1947 年出生于安徽桐城县的一个小村，童年和少年时代都在乡村度过，劳累和贫穷的乡村生活，尤其是 50 年代末那次大饥荒，给他留下了深刻的印象。而美丽的乡村风光和淳厚的乡风民俗，又给了他美与善的熏陶。他曾经这样表述自己与土地和乡村的情感："母亲告诉我，我的胎衣埋在村头那株老榆树下。我与牛一起喝着村前那条溪里的水，我的路是由一条条田畦拼接起来的。我热爱生我养我的乡村，热爱乡村中正直、善良、勤劳的我的父母兄弟姐妹。我了解我的乡村所经受过的‘天灾人祸’，也熟悉乡亲们贫穷与单调的生活。我感觉到我与土地与农民之间有一种休戚相关的联系，并且有一种强烈的责任感，驱使我去热情地讴歌土地及其主人的品质与品格；去真实地反映他们的痛苦与欢乐，愿望和需求。”（引自陈所巨作品《乡土和我的诗》）

这也许就是他最初的创作冲动和契机。他的诗歌写作可以溯源到中学时代。他在当地的乡村读完小学之后，以优异成绩考取了著名的桐城中学。那是一所省重点中学，被称为大学预科。他考取的是“中学五年一贯制试点班”，正是这唯一的一届试点班，给了他顺利地进入大学学习的机会——他赶上了“文革”前最后一届大学考试，于1965年7月考取武汉大学中文系。

从1960年9月起，一个13岁的乡村少年，开始了他离乡背井的求学生活。读中学时，他就练习写诗，当然是写在笔记本上，给自己看，顶多给二、三好友看。在大学时，正赶上“文化大革命”，书没好好念，倒乘“大串联”之机走遍了祖国大地。那一年毛泽东在武汉畅游长江，曾到过武汉大学，陈所巨是被一种怎样的豪情推动着，写出了一首激情满怀的诗篇《站在毛主席站过的地方》，那首诗以大字报的形式贴在宣传栏里，却被一位来校采访的记者发现，抄下来替他发在了《湖北日报》上。大学期间，他无疑写了大量诗歌，但那都是被青春的激情推涌出来的，所谓少年情怀都是诗。也仍然是写在笔记本上，给自己。他真正意义上的诗歌创作开始于1979年。大学毕业后，他放弃了留在武汉工作的机会，主动要求回到家乡桐城。回桐后，他一直在文化系统从事文艺工作。

在大学期间，他那首发在《湖北日报》上的诗歌是有轰动效应的，后来，他还曾写过不少新闻稿件，发在当地的新闻媒体上。为此，毕业分配时，湖北日报等多家新闻单位极想留他去工作。可他执意回乡。回乡后分配到文教局，局长曾想让他去桐城中学教书，他也谢绝了。他选择了到文化科当一名普通的创作员。可以说，他这一系列看似“退而求其次”的选择其实都是有着极其执著的原因的。那原因就是他热爱乡土、热爱文学创作，并立志献身于此。

在当创作员期间，他经常走乡过镇，辅导农村文化工作，并借此进行自己的创作采风活动。他亲历和见证了中国农村改革开放的进程，并为此唱出了自己心中的田园牧歌。

上个世纪70年代末至80年代初，中国农村改革的春风起于青萍之末，继而浩荡于辽阔的大地。耕作关系的转变，农民被松绑，土地获得了不同程度的解放。这种突如其来获释的轻松情绪，极大地激发了长期处在压抑状态的诗人们的创作激情。离土地最近的陈所巨，更觉得激情澎湃。思想的解放也像土地的解放一样，在那文学创作的黄金时期，陈所巨觉得自己仿佛是一部创作机器，那些长期蕴积在他心中的对土地的情感如泉涌一般绵绵不绝地流淌出来。《早晨，亮晶晶》、《乡村诗草》、《风在田野上微笑》、《土地，黑色的履历表》、《土地，绿色的教科书》、《田塍，我重叠延伸的脚印》以及《希望的田野》、《浑厚广袤的大平原》等组诗相继在《诗刊》、《星星》、《绿风》、《人民文学》、《萌芽》、《青春》等重要刊物发表。这些诗作因为诗人对乡村的血脉相连的感情而显出特有的质朴和热情，以直接叙述的方式，抒发和宣泄着诚挚的感情。也因为诗人对光线与色彩的敏感，而具有极强的画面感，也因而使这些诗歌具备了某种不同凡响的艺术欣赏价值。陈所巨的早期诗歌大都具有鲜明的画面感，一首诗就是一幅画，一幅清新明媚的水彩画。嗣后，诗人发现了这一点，并有意识地加强了上述艺术效果，形成了自己这一时期独特的艺术追求。将诗写得更加透明，更加凹凸分明。组诗《春三月》（载《诗歌报》1985.03.21）、《篾青色的南方》（载《人民文学》1985.06）等，都明显地带有这种追求的效果。

这些优美、质朴、清新、热情的乡村诗章受到了读者的欢迎，也引起了理论评论界的关注。著名诗人公刘先生在一篇推介文章中，肯定了他的创作倾向和艺术追求，称其为“田野音乐会上的歌手”。著名诗评家张同吾先生也在相关文章中多次提及陈所巨的诗歌艺术，对其创作追求给予了肯定。这些都奠定了陈所巨在新时期文学创作中“新乡土诗人”的代表性地位。

这一时期的作品大都收集在《乡村诗草》（与郭瑞年合著，1982 年 2 月安徽人民出版社出版）、《在阳光下》（1964 年 11 月宁夏人民出版社出版）、《阳光·土地·人》（1986 年 4 月人民文学出版社出版）三部诗集中。

“我俯在土地上写诗。有时，幻觉让我觉得自己是条蚯蚓，默默地咀嚼泥土。也觉得自己是那暮春的布谷，一叫一回肠一断，在蓝天与土地之间，深情而不倦地啼出血珠。”（引自陈所巨作品《乡土和我的诗》）土地，是他黑色的履历表，也是他绿色的教科书。他从土地汲取了营养，又将这营养反哺给了土地。这个农民的儿子，这个从中国乡村中走出来的知识分子，用他的笔蘸着他的血，写出了他对土地的无限深情，用他的心唱出了他对土地和乡村永恒的赞歌。

二、阳光，神性的启示

生命鼓满风帆
翅膀扇动轻盈旋律
我分解灵魂成为散烟淡雾
成为溪流或是花朵
阳光神圣
明亮的宫殿被举在空中
鎏金之神庇护万物

阳光　阳光
谷物　果实　牛羊鸡豕
以及所有动物植物的生命之源
恒星以神谲目光
与博大爱心创造万物
也创造万物之上
金属与火的慈祥与强大

——陈所巨《阳光神圣》

土地和乡村是陈所巨诗歌创作开掘不尽的富矿，同时也是他的局限所在。诗人看到了这一点，他开始思考着如何突破自己。

陈所巨毕竟不同于终身囿于土地的真正意义上的农民，而是从小就走出乡村的，接受了完整而正规教育的现代知识分子。他时刻在学习和思考着，包括自《诗经》以来的中国古典文学修养和西方现代艺术思潮。他是开放的，而不是故步自封的；他是前进的，而不是停滞被动的。当他意识到自己的局限之后，他便开始有意识地改变和突破自己。这种突破不仅是指对于他来说已经轻车熟路的创作方法和地域局限，更重要的是突破那种固有的思维方式和表象的叙述手法。这种自我突破并非是轻松的，但却是非常必要的。为了寻求突破，他在大量阅读的同时，开始了广泛的游走。

可以说，1980 年他参加了诗刊社举办的“第一届全国青春诗会”，是他走出乡土的一个重要途径。和来自全国各地的诗友的相聚，以及各种诗歌流派之间的艺术碰撞，都有效地开阔了他的视野，引动了他的思考。1983 年 8

至9月，他又乘参加“绿风诗会”之机，提前出发，漫游了中国北方和大西北，领略了决然不同于他家乡风光的辽远、浑厚与粗犷。此行对他日后创作风格的变化起到了极为重要的作用。1984年5至6月，诗人参加了由中央人民广播电台举办的“长江魂诗会”，溯江而上，乘小小的航标船穿越三峡。此行他写了100多首诗，并一改其清新明丽的风格，将诗写得酣畅淋漓，气势磅礴，《三峡七百里》、《黄波涛，黑波涛》等组诗是其中的代表作。1984年10月，陈所巨和诗人杨牧应地矿部邀请，随地质勘探船海洋三号赴东洋大海深入生活。后杨牧因事在临上船前返回新疆，陈所巨独自一人随船出海。那一行他在严重晕船呕吐的情况下写诗，关于海，他也写下了100多首诗，其中的代表作有组诗《玫瑰海》、《中国岛》、《海神们》以及因离乡而引发的爱情诗《蓝色的三棱草》等。

这几次重要出行所写下的诗篇后来大部分收集在诗集《玫瑰海》（1986年6月安徽文艺出版社出版）中。从中可以看出诗人创作轨迹的变化。

在以后的二十多年中，陈所巨又先后自费于1985年10月去小兴安岭，直抵黑龙江边。1986年7至8月经甘肃入青海，并准备进入西藏，终因身体不适而返回。以后又去过云南边陲、深圳特区以及内蒙古鄂尔多斯大草原和科尔沁草原等地。在诗人的书房墙上，挂着一幅中国地图和一幅世界地图，他常常站在地图前，历数自己走过的地方，并计划着要去的地方。在中国地图上，他的足迹没有到过的地方很少，只有台湾省和西藏自治区以及澳门特区没到过。在他的计划里，等到退休之后，他要走出国门，他念念不忘想去的地方是神秘的北欧，是北美的大峡谷以及那块神圣的飞地阿拉斯加。惜乎英年早逝，让他的这些计划成了泡影。否则我们也许会看到他中西合璧的另一重诗歌高度。

行游开阔了诗人的视野，也拓展了诗人的创作。他的诗风走向了深沉和浑厚，走向了历史和纵深。他的诗歌题材也许还是土地、劳动和自然，但那里面不再是单纯的歌吟和平面的景画，而是出现了瑰丽的风格和神谲的迹象。这一类的代表作有组诗《日暮乡关》、《感谢阳光》、《蓦然回首》等。尤其是组诗《敦煌》，是诗人在甘肃敦煌参观后心灵的震撼和人格的升华，达到了神性的高度：“一切都是再生之手/一切都是手的近乎罪恶的恐惧/一种无形的支配力/让再生者合拢再生的光明/十朵莲花闭合成/祈求与膜拜的岩石”（引自陈所巨作品《敦煌》）。

三、人，高于一切的智慧

看见生命的光芒再度升起
是在石榴和西风的清晨
电灯泡里钨丝突然绷断
血液流畅的瞬间
枯死的草纷纷抬起头来
涂上绿色
……

我现在可以重新喊叫
摔碎古陶器和玻璃制品
像那位从死亡临界
重获生命和更多智慧的大师
诗歌之原开始返青
生与死的含义
只在于我一个小小的动作

——陈所巨《返青的诗歌之原》

然而神性的探索绝不是为了对神灵的顶礼膜拜，而是为了开启我们人类自身的智慧。

"有感于智慧和幻想；有感于恢宏与传神的创造；有感于孤独之中强烈地需要依靠。人在孤独与绝望之中创造神灵，而神灵又反馈于人的智慧与创造欲。迷惘不仅只是迷惘，信仰不仅只是信仰……发现自身是智者，迷失自身也是智者。因创造而再生，因高层次灵性传导而由朽世到永世……空隙与间隔不是空白，而是反思的旋涡。不是神工，恰似神工。智慧与创造欲发端于人，传导于神，而又在人与神之间积蓄和放大成灵性的光束，由此而产生艺术，也由此而经久地诱导和阐发而将艺术推向更高层次……"（引自陈所巨作品《临界：人与神》）。

经过一段凤凰涅槃式的裂变，经过90年代经济大潮的冲击，经过世纪末思想和道德范畴的混乱，陈所巨升华了，从思想到艺术都升华到一种凌驾的高度。他对社会和人生的理解更加透彻和深入，他的诗歌艺术更趋成熟。写作更加得心应手、挥洒自如、炉火纯青。在知天命之年，他仍然保有丰沛的创作激情，经常以近乎疯狂地状态写诗，关起门来，一写几十首。《黑白视幻》、《变色窗》、《常规生活》、《边缘地带》、《世纪之末》、《人烟与家园》、《心情与视野》等等。

陈所巨是个真正的诗人，视诗歌如生命的人。虽然进入九十年代之后，他开始了大量的散文创作，进入新世纪后，他又开始涉猎长篇小说以及电视剧本的创作。但他每年仍要创作百余首诗歌，发表在《诗刊》、《星星》、《绿风》、《诗歌月刊》、《人民文学》等全国各地重要刊物上。“诗歌，是我此生的缘！我总觉得，一个人再贫穷，只要拥有了诗歌，他就是富有的；一个人的人生苦难再多，只要拥有了诗歌，他也就拥有了幸福与快乐。我于是就把自己视作一个富者和一个幸福快乐的人。”（引自陈所巨作品《走进黄昏》）

在夜里　一粒星星仍然在窗户顶上
蓝得生痛
在童年　抬头看母亲
她的眼睛也蓝得生痛

我的诗歌和名字在土里
在夜晚的土里　它们为什么不发芽
我的女人　她脸上细小的汗毛十分好看
她看不见自己　我也看不见自己

我伸手可及的东西就只是一片秋天的落叶

下雪了　天亮的时候我看见自己洁白的灵魂
在蓝得生痛的树枝上盛开

——陈所巨作品《第一瓣雪花》

“我的坚定和冷峻让我吃惊，我与神灵近在咫尺，似乎只隔着薄薄的一张纸，幻想的上升和坠落轻而易举。这是什么样的境界？我当然明白。而我更加知道，一切终会徒劳，因为在我自己和诗永久胶着的状态，我所拥有的就只是近似透明和雪洁的崇高。但我感到快慰：我毕竟是以一种不同于往昔的更加颖锐和洞彻的方式，解析司空见惯和从未有过的一切。并以此为诗，

亦以此为乐。精神的富有，让我时时觉得是一个百万富翁。我真的拥有了这个世界！”（引自陈所巨作品《走进黄昏》）

我们还要说什么？一切都在诗人的诗歌中。

他从泥土中诞生，在诗歌中净化自己的灵魂。他有着陶潜式的近乎隐逸的生活方式，他有着李白式的游走与豪迈，他也有着屈原式的追问和苦吟。

他将诗歌从田园唱到了圣殿，他在自己的歌吟声中获得了永生！

（选自《诗歌月刊》2006年9月“陈所巨纪念专辑”）

何冰凌

作为日常生活的乌托邦

——诗人陈先发评传

作家简介

陈先发，1967 年 10 月生，安徽桐城人。1989 年毕业于复旦大学。著有诗集《春天的死亡之书》、《前世》，长篇小说《拉魂腔》等。作品被译为英、俄、西班牙、希腊等语种传播。被国内文学机构和高等院校授予的奖项有：十月文学奖，十月诗歌奖，中国年度诗人，1986—2006 年中国十大新锐诗人，1998—2008 年中国十大影响力诗人等。

一

在以“天下文章其出于桐城乎”（清乾隆四十二年即 1777 年，姚鼐在《刘海峰先生八十寿序》中语。该文第一次提出了“桐城派”的旗号）一说著称的安徽桐城，县城东南向约 13 公里外，有一座别具风格的千年古镇：孔镇。据资料载，孔镇在明末到清中晚期，曾相当繁盛：“主街一道，横街两条。另有七巷十三弄。街、巷、弄均为麻石铺筑，店铺房舍多具飞檐翘角，木楼花窗，栉次鳞比”。镇东大沙河，平沙浩瀚，夕阳照射，宛如白雪，有“孔城暮雪”之称；镇西南界荻埠河，碧波粼粼，渔歌唱晚，挂帆返棹，有“荻埠归帆”之说。此二处，均列入了旧“桐城八景”。1967 年农历十月初二夜间，当代诗人陈先发出生在孔镇九甲（民国时，将该镇分为十甲管辖）外，一个叫“埂头”的小圩子。

不过，在陈先发的个人记述中，孔镇已显得凋敝了：

……大概有三公里多的大青石板街，还在。小时候（上世纪六七十年代），最喜欢撒开蹄子在上面乱跑，沁凉入骨的。每天早上，街上挤满了七里八乡来街上卖鱼、卖菜的小贩子；炸油条、炸春卷的大油锅也当街摆出，贩子们做完了小生意，把扁担一扔，就蹲在油锅四边的小板凳上"扯闲白"。那些年，最大的几个铺子，是用白石灰刷掉旧商栈名号又重新开业的供销社，卖些化肥、农药之类；或者是叫"合作社"的那种，卖些日杂、小百货。中间夹着些剃头铺子、小照相馆、棺材店、铁匠铺子，白天也没几个客人，老板们笼起袖子，听旧版的黄梅戏《小辞店》，或者，坐在门槛上发呆。

孔镇虽小，却自古是个出人物的地方。最叫镇上人津津乐道的是"一儒一侠一书院"。一儒，指的是清代大散文家戴名世（1653—1713），1702年他刊行的《南山集》，因内容多采方孝标《滇黔纪闻》所载南明抗清之事，而遭劾下狱，两年后以"大逆"罪被杀，此案牵连数百人，为历史上最著名的"文字狱"之一。一侠，指的是1935年11月13日在天津草厂庵的居士林，孤身刺杀北洋军阀孙传芳的女侠施剑翘。一书院，指的是曾被清代全国书院所奉崇、并载入《皇朝政典类纂》的"桐乡书院"。这个书院的旧址，与陈先发家的老屋子隔河相望，"相隔不过百余米。事实上，我小学与中学的大部分时光，是在书院旧楼改造成的教室里读书"。关于孔镇一带的史上人物，陈先发还介绍说，往东不出数里，还有一代宗师朱光潜的故里。往枞阳县方向略去一点，是方以智的家乡，"这一带的大文人，很奇怪的一个特点，是习武任侠的多，像方以智，不仅是大哲，居然也是洪门、天地会的创始人，很有传奇色彩。"而这些人物，仿佛蛰伏在陈先发的潜意识里，他在1987年的早期诗歌《与清风书》中，劈头第一句就是"我想活在一个儒侠并举的中国"，不知是否有这种源起？

陈家在孔镇，是个小姓，一直过着单门独户的日子。陈先发曾多次说："小时候，总觉得自己是个异乡人。这个感觉，怎么也排遣不了！"但有一些"异事"，让这家小户，叫当地的几个大家族的人另眼相看。1954年，陈先发的祖母，一个缠小脚的乡村老太太，靠着年轻时几乎是沿途乞讨积累起来的钱，重建了当地已坍塌多年的旧寺"迎水庵"，当这座小寺香火大炽时，老太太领着三个孩子，吃糠（稻谷的壳）和野菜，过了好几年。1964年，在席卷全国的"破四旧"运动中，小寺再次被毁，陈先发的父亲冒着危险，把寺中的屋脊梁偷回，藏匿在家里。陈先发的父亲陈俊，上世纪六七十年代，在小镇上开始有了一些声望，这得益于两点：第一，他是当地少见的熟练拖拉机手，能娴熟地把拖拉机开到坡度很大的山梁上，会拆解、重组那些当时很稀罕的机械零件；第二，他是一个常年在外漂泊的人。那些年，他替镇上的“综合厂”推销羊毫毛笔，跑遍了除台湾外的全国每一个省、区。小时候，等着父亲归来，“是一件大事”。陈先发说，“常常的，在除夕，当别的人家开始放鞭炮、吃年夜饭时，我领着三个弟弟妹妹，眼巴巴地站在屋后的河堤上，等着父亲回来。他回来时，会带回一些奇异的东西，比如贵州苗族某个山寨的食品，都干掉了，像一块旧砖头”。

陈先发小时候的读书生活非常有趣。他母亲倪桂芳，生于镇上的一个“鞭炮世家”，几代人靠做鞭炮讨生活。上世纪70年代初期，陈先发家与邻居也合作开过一个制作鞭炮的小作坊。那一阶段正当“文化大革命”，城市里被清除的各种书籍，以废物的名义作为鞭炮的原料纸，运达孔镇的大小作坊。“这些作坊里，废书们堆得跟小山似的”，什么样的怪书都有，从竖排版线装的绘图本《水浒传》《七侠五义》，到《红楼梦》《唐诗选》，李义山的书，鲁迅的书，陈独秀的书，都读过，甚至还在一些书中读到过泰戈尔的诗。许多书的边沿上，有人作了密密麻麻的、稀奇古怪的批注。可惜的是，看这些书，是囫囵吞枣式的，因为“做鞭炮”的速度非常快，没几天，这些旧书就会被切割，包进硫黄和黄土，然后在空中炸成纷纷扬扬的碎片。

母亲是个苦水中泡大的女人。她12岁时，这个小学堂第一名尖子生因穷辍学，开始挑土修河堤，“挣工分”养家；18岁时嫁人并生下陈先发。因家中男人常年在外漂泊，她的脾气有点暴躁，因儿子常从旧书堆里翻出“歪书”看，她常用柳条子追着儿子抽打，儿子窜得快，她追不上，就捂着脸，一个人站在那儿哭。可她是那么的聪慧，在街上买菜时，她伸手一抓说“八两”，你若不服，用秤一称，果然就是八两。镇上一些老人，遇到一点为难的事，都喜欢让她帮着拿主意。

在男人成长过程中，尤其是一个男性诗人的成长史中，母亲的影响力是无法估量的。陈先发在他多年断断续续创作的组诗《孔镇》中，就有一些是写给母亲的，其中以《母亲本纪》最为动人。“秋天的景物，只有炊烟直达天堂/桔红暮光流过她的额角，注入身下的阴影。/她怀孕了，身子一天天塌陷于乳汁/她一下子看懂了群山：这麻雀、野兔直至松和竹/都是永不疲倦的母亲。她幸福得想哭/爱情和死亡，都曾是令人粉身碎骨的课堂/现在都不是了。一切皆生锈和消失，只有母亲不会。/她像炊烟一样散淡地微笑着/坐在天堂的门槛上喃喃自语”。（陈先发《母亲本纪》）。评论家宋子刚说，“一般我们了解，所谓‘本纪’，是司马迁写帝王级人物传记时的专用名称；陈先发把这至高无上的尊号献给了母亲”。[①] 而在他的长篇小说《拉魂腔》中，他也把许多孔镇的习俗，和有关母亲的许多细节，“移植”到了书中的淮河流域。里面有个故事说：他为了不让母亲伤心，出门时将“布鞋”穿上，而从家到学校的途中，都是脱下鞋赤脚走过的，到了教室门口，再洗洗脚穿上鞋子。一双鞋，穿了很长时间还是崭新的，但后来鞋子却小了，再也穿不上了。这一节读来令人心酸不已。

上个世纪70年代，孔镇的河边，两岸全是高大的桦树，枝叶繁密的苦楝树。陈先发家老屋子的后窗，正枕着河堤，“夜间树叶的沙沙声、流水的声音，清晰可闻”。一些论者认为，植物意象在陈先发诗中，打下的烙印，其深刻与迷幻程度可能是任何一个当代汉语诗人都无法比拟的。

“而窗外，楝树依然生得茂盛/潮湿的河岸高于去年”（陈先发《嗜药者的马桶深处》）。在他的《扬之水》第八节中，竟然惊世骇俗地一一罗列了44种有毒植物的名称。学者陈巨飞在一篇题为《陈先发诗歌中的植物意象》的论文中说：如果说熊熊燃烧的树木，鲜艳夺目的向日葵是凡高内心激情的投射的话，那么在陈先发的诗歌中，或沉默或呼喊的植物也绝不仅仅是“没有神经，没有感觉”的生物。自始至终，植物以一种巨大的阴影照临着诗人的内心，成为“拆毁”与“重建”两者之间不可或缺的枢纽，它甚至成为一种写作的压迫和冲动。对于诗人，植物生长在大地上，既是童年的记忆、淳朴和苦难的象征，又不可避免地带有了神秘的意味。[②] 这些植物意象已远超出了隐喻的范畴，而具有某种具有宗教指涉意味。如果说陈先发的诗歌就是一个隐晦难明的迷宫，那么植物在其中就是迷宫建筑的一砖一瓦。不论是不断出现的杨柳、楝树还是偶尔为之的油菜、野薇，都不是一种简单的乡村生活状态。植物活在迷乱之中，同时被迷乱消解。正因如此，陈先发才在他的随笔中写道：“假设松树是自在的，它的蓊绿，是阻隔我与它的一堵墙壁。假设这就是界限，是绝望的本身，我们像两个盲者各据一边。这种假设等同于它的蓊绿，可作壁上观。”（《黑池坝笔记（三十）》）。这方面的代表作，是他写于2004年的名作《丹青见》：

---

① 宋子刚：《陈先发与卡夫卡——陈先发诗歌精神探究第四篇》。http：//www.yishiju.com/ReadNews.asp？NewsID=1223

② 陈巨飞：《陈先发诗歌中的植物意象》。http：//news.xinhuanet.com/book/2006-08/14/content_4958446.htm.

桤木，白松，榆树和水杉，高于接骨木，紫荆
铁皮桂和香樟。湖水被秋天挽着向上，针叶林高于
阔叶林，野杜仲高于乱蓬蓬的剑麻。如果
湖水暗涨，柞木将高于紫檀。鸟鸣，一声接一声地
溶化着。蛇的舌头如受电击，她从锁眼中窥见的桦树
要高于从旋转着的玻璃中，窥见的桦树。
死人眼中的桦树，高于生者眼中的桦树。
被制成棺木的桦树，高于被制成提琴的桦树。

二

1985年8月底，当陈先发跟父亲一起拎着一只旧木箱和一副用麻绳捆起的棉絮，踏进上海北站时，他所说的“人生第二次做一个异乡人”的生活，从复旦大学开始了。

至今，陈先发仍清楚地记着踏进上海这个国际大都会那一阵子的感受。他知道他那个“旧木箱”在这里找不到一个可靠的安放之地。接连多日，他在9路车终点站附近的虹口公园徘徊，有时，夜里也不回学生宿舍，因为他不知道“如何跟他们交谈，用叽哩咕噜的桐城方言。问题是，不想交谈，我一开始就抱着一个完全拒绝的内心。直到四年后离开上海时，我连一句当地话也不会讲——这与许多外省同学迅速溶入上海的方式不同——有时，我感觉到自己的内心转换得太慢了。是的，太慢了”。

在复旦的学业也一度让他苦恼。这个以安徽省文科全省第二名入学的高材生，莫名其妙地被国际政治系录取。他不得不坐在课堂上，展开对所谓“中—美—俄”三角关系的演变与可预见的前景之类课题的研究。那几年，他说，有三重身份在我身上纠缠着：一个忧郁的外省青年；一个拒绝苏州河腐臭流水、有着顽固“恋乡癖”沉疴的家伙；一个对外来语言有着一种天然排斥、连英语26个字母中“V”音都发不标准的大学生。“如果我还有能力给自己一点讥诮的话，就让我做一个坏学生吧！”——大概自1986年夏天起，他开始完全地回避专业课程，沉溺到一种忘我而疯狂的阅读中：早上，带着一块干面包进入复旦图书馆，直到夜间，被管理员轰出来。“这是我一生中第一次真正的阅读”。读得最多的，是博尔赫斯、荷尔德林、萨特、陀斯妥叶夫斯基、曼德尔施塔姆、叶赛林，这些人。也可能是这一阶段对书籍形成

的奇特嗜好，他在1987年开始转读复旦新闻学院的书刊编辑专业。事实上，他在编辑专业上也没有好好地钻研课业，而是投身到了那时在上海各大学校园中如火如荼展开的，所谓“大学生诗歌运动”中。

按照陈先发的说法，“像上世纪80年代中后期那样的学院诗歌幻景”，可能是永远不会再现的了。作为当时有影响的复旦诗社中坚分子、《诗耕地》诗刊的主编，陈先发是这一“幻景”的制造者之一。当时的上海，是王寅、陆忆敏、陈东东、孟浪等一批重要诗人的风格形成期，大学生对先锋派诗歌研读的气氛异常热烈。陈先发领着一批诗社成员和专为诗社成员朗诵作品的“复旦剧社”成员，辗转于华东化工学院、上海财经大学、外国语学院等校，“像革命党一样，搞着诗歌运动”。“那时的学校礼堂，完全被这批冲动又幼稚的学生诗人们控制着。举行诗歌朗诵会时，台下黑压压的一片，当最后诗人们现身时，会有一些女孩子的尖叫声，她们为诗人们递上成百上千的小纸片，请求解答各种各样的问题。当然，今天看来，这些问题没有什么特别的。关键的是，她们，还有当时的我们，有无穷无尽的怀疑与解答的激情。”“有时，会有一些折叠得异样的小纸片，诗人们一看就知道，那是女孩子们约她们的诗人，到夜间的夹竹桃丛中密会。”

正是在夹竹桃丛中，1987年他恋爱了。和一个来自浙江嘉兴、16岁即考入复旦学习德语的女孩子：曾被称为“复旦的蒙娜丽莎”的女孩。对这次恋爱，陈先发一直讳莫如深，不愿意透露更多的细节给我们。我们只知道，它有“一条很长的，悲剧的尾巴”。

当时的复旦，有一个很红火的小咖啡馆“大家沙龙”，陈先发他们夜里的据点之一。他们在烛光映照的墙上，贴了许多诗歌，也会趁大家喝啤酒的高兴劲儿，在那儿且歌且舞一会儿。这一阶段，他创作了大量诗作并在《萌芽》《飞天》等几块学院派的阵地上发表，创作了话剧《全世界都游戏》并在各大学巡回演出。他被学生们推选为“当代大学生十大文化名人”之一，“虚荣与狂妄，激进与浅薄，在一个大孩子身上，曾达到了它的顶点”。“用今天的尺子来量，那时的文字似乎没有一个字，需要留下来。”他还认为，“那时，对一个所谓的校园诗人来说，没有日常的生活，从现在的角度看，一切的方式都是非常态的。”

而陈先发在复旦创作真正引起重视的，是离开校园之前很短暂的一段时间。这段不足两个月的时间，仿似受到莫名的神启，他一口气写下了《树枝不会折断》《你无法熄灭铁的光芒》《沉香》等50多首早期诗歌中较为成功的作品。当1989年7月，他揣着这批写在废纸片上的诗作，回到合肥工作时，当时在先锋诗坛的领路者——《诗歌报》为他推出了一个“陈先发专辑”，立即引发了一次相当范围内的轰动，陈先发也因之被视作海子之后的又一“少年天才诗人”，影响了一批初习者的创作。——“仍是浅薄的。甚至，不值得再去讨论它。”陈先发自己曾这样评述。接下来的几年间，他又写出了如长诗《狂飙》等一批早期重要作品，《花城》《作家》等名刊也接连以大篇幅推出，确立了他的影响。那一个时期，陈先发坦言受西方诗人的影响较深，如詹姆斯·赖特、奥登、沃尔科特、希尼等，“站在他们身后写作的痕迹，甚至是显而易见的”，他写于1989年的诗作《树枝不会折断》，诗题即取自詹姆斯·赖特在上世纪60年代的同名诗集。

长达800多行的《狂飙》，摹写了自然和人类历史纷繁变乱的图景，它们可以视作诗人心像的集中映射。这种图景演变违背了约定的人类生命历程，打乱了从拙朴神秘的埃及——自由奔放的希腊——救赎颂歌中的耶路撒冷——消极生存的古中国生态——毁灭与急剧滚动的现时文明——废墟与碎片——沙漠与生命力的再次孕育的这样一个过程，让不同的时空产生穿梭和交织，各个时代的烈火，各个时代的生命和天国竞相出场，五音繁会，波澜壮阔，气象不凡。上世纪90年代初，正崭露头角的诗歌评论家李少君，在他主持的《天涯》杂志上开始大力推举一批新诗人，如陈先发、杨健、伊沙等，这次成功的推介，使一批年轻诗人诗歌的影响日趋增大。1994年，陈先发的第一部诗集《春天的死亡之书》由安徽文艺出版社出版，收录了他自1987年以来六十多首短制和一些组诗，以及长诗《狂飙》节选，诗剧《四母轼》的一部分。其中《一块悲哀的铜把天空逼得太高》《相反的力量》《少女之瓮》《我爱这些，距我心脏三厘米的桃花》、《只有镜子能梦见镜子》及组诗《春天的死亡之书》，长诗《狂飚》等在当时都为人传诵。当时，有论者认为，陈先发的早期诗作中有着一种天真的暴烈气质和天然的悲悯情怀，诗人自己在书后的《自我批评的准绳：答问录》中也说：“诗歌，是作为一股医疗者的力量出现在我的生命之中。”

在陈先发早期（1989至1996年）作品中，诗歌文本的纯净质地、迅速的语言形式、乡村本源的抒怀，是一个重要特点，这使得他的诗中弥漫着一种“疼痛感”。中央民族大学敬文东博士曾说：“陈先发的诗，有一种深入骨髓的刺痛，这是乡野之痛、古代之痛，是乡野和古代联合起来后产生的那种痛。我们的城市开始得太晚（古代的城市只是乡野的自然延伸），但太晚的城市却阻断了乡野和我们的联系。或许正是因为这样，生活在城市里的人，才深切地体会到那种痛。"①

三

1991年7月至11月间，对陈先发来说，是一段异乎寻常的岁月。按照单位的安排，他到安徽省最偏僻的一个高寒山乡——歙县金川乡"蹲点"。

这是一个被十万群山紧锁着的小山乡，进山和出山都非常不便。许多村民家里的厅堂上，挂着早已于15年前去世的毛主席的画像。村民们——如果哪一户缺钱买盐了——他会拿一些鸡蛋，去大路边卖，"卖东西"对他们来说，是件令人惶恐的事儿：他们往往把装鸡蛋的篮子放在路上，自己则远远地躲在大树后面，你拿走鸡蛋，随便丢下一些钱，他们会暗中感激你。在这样的小山乡，陈先发住在一个在他诗中被称为"吴屠户"的农民家里。除了对着一盘炒花生米对饮土酒，他们实在没有多少可以交流的话，一个听不懂普通话，一个听不懂像"梵音"一般的当地方言。几乎每个不下雨的傍晚，陈先发都会爬到屋后的山坡上，对着无边起伏的莽莽大山发愣。

"对我来说，不需要蹲点来体验农民的生活。世上只有一个农民，不管他们叫什么名字，不管是活在孔镇还是歙县，他们的本性和适应世界的方式，是一样的。还需要什么蹲点呢？不过，难得的是，我获得了这三个多月与原有生活的一个断裂，一种持久的安宁，把我从刚结束不久的上海式喧嚣中解脱出来。这段时间的内省，对我是非常重要的。"

自1991年底到1998年这段时间，是一种"陈先发式"沸腾的记者生活：他像他的父亲年轻时一样，成了一个漂泊的人。在大别山区，他一天跋涉崎岖山道80多里，遍访缺粮山民；在岳西县一个称作"鬼门关"的地方，他的车子一头撞在峭壁上，"幸亏那一刻，车头偏向右了，如果偏向左，就会一头栽下深不见底的大峡谷，连骨头都不会找得到"；在淮水遭遇大洪水时，他和一大片同在逃避的蛇被逼到一个"庄台"上；为了探访一些"地下派系"聚会场所，他不得不乔装打扮，连续多天穿梭在冀东平原的青纱帐里；几年下来，他跑遍了全国17个省的偏远地区和城市，调查粮食问题、完成了"失地农民生存实录"；令人欣慰的是，他的一些调查报告使国家相关政策进行了调整，有的甚至推动了《宪法修正案》的内容。年仅30岁，陈先发就被破格晋升为教授级高级记者，当时，他是建国后获得该职称的最年轻者之

① 敬文东：《〈星星诗刊〉——陈先发诗歌讨论会纪录》，2007年12月。

一。这段日子，陈先发几乎是“刻意地”偏离诗坛，对于这段生活，他说：“那些年我到处采访，事实上是沉溺在别人的事件中，别人的日常状态中。他们的痛苦，他们的世俗，对我而言，即是一种可触可摸的乌托邦。一种进入了，但始终感觉到——是同时在远离着的一种东西。很难说它对我的诗歌创作有什么影响，或许根本上，它就是没有意义的。但我也找到过处理它们的一个方式，那就是写出了长篇小说《拉魂腔》。至今，我没有能力用诗歌体裁去消解它们。”

在这几年，我们所知的陈先发日常生活，还有一样东西像“钉子”一样从生活的口袋中露出来。那就是他对元代以前中国高古瓷器的嗜好与研究。“我几乎每天都要花两三小时，在网络上、博物馆里或收藏家的柜子中，观摩各个窑口瓷器的标本照片”。有时，这种嗜好是癫狂的：他甚至一天驱车一千多公里，只为了去买浙江某个小山头上的几块瓷片。“也有的时候，乡下有了少见型制的好器，跑几百公里去看。去了也买不起，只为了看一眼。这也没什么遗憾的，乘兴而去，兴尽而归”。在收藏上，他有很重的学究气。据知，陈先发正在与一些专家合撰民间版《中国陶瓷史》，以推翻“某些已经成形的成见”。

就这样，陈先发独自踯躅在中国乡村的大地上，既像漂泊，又似放逐，且行且歌且喷涌。而他真正创作状态的喷薄而出，是在2003年10月后至今的这段时间，他写下了诗集《前世》以及“残简”系列等许多向现代语虚心致敬的作品，具有相当程度的实验性和先锋性。写于2004年10月的诗歌短制《丹青见》，甚至被一些人认为已成为汉诗的经典之作。诗人汤养宗这样评述《丹青见》，“好的诗歌总有被神授般才来到人间，一个诗人一生能有此一诗足也！”单篇《前世》《鱼篓令》《隐身术之歌》《捕蛇者说》《从达摩到慧能的逻辑学研究》《秩序的顶点》《中秋，忆无常》《新割草机》等也成为被传诵的佳作。近年来，陈先发先后当选为“1996—2006十大新锐诗人”，获“十月诗歌奖”和“十月文学奖”双奖，并应邀参加了首届中英诗歌节暨东、西方诗人对话会，在当代汉语诗坛影响日趋增大。对他这一阶段的创作，唐晓渡、宋子刚、吴晓东、马知遥等许多学者都有研究文章，网络上对他诗歌的评论甚至是批判性文章不断出现。一种观点认为，诗歌中的大量物象挪移移位，包括人称的指涉错位，是陈先发这一段诗歌的“歧点”所在，以致有论者认为他对汉语有“施虐”和“过度使用”的倾向。无论是肯定的，还是批判的，基本都集中于他2003年以后这个时期的作品上。另一个受到注目的，是他近年开始创作和整理的诗学随笔《黑池坝笔记》，这部笔记长达600多万字，其第一辑的部分章节在《诗歌月刊·下半月》“中间代诗人21家”专辑上一推出，即受到广泛的注意。这部笔记是一种复合文本，涉及语言学、诗学、社会学和哲学等多个领域，有论者认为它“溶合了胡塞尔、维特根斯坦、老子等大哲的方式”，又几乎是创造了一种全新的诗性言说样式。

“诗人陈先发在上世纪80年代末90年代初，曾将纯粹抒情推上诗坛顶峰，赢得了广泛的赞誉。2005年《前世》的出版却让人发现，陈先发依然走在当代汉语诗歌实验的前列。陈先发近十年的诗歌创作，最引人瞩目的，是一种儒家式的悲悯情怀的突显。他告别了早期天才少年式的纯粹抒情，低下头来，关注并担当大地上的苦难与悲辛。他多年来在寂寞中的探索，为中国当下诗歌的版图提供了一种新的写作可能。”① 这是陈先发在2006年获“第四届华语文学传媒大奖”提名时的推荐评语，它强调了陈先发诗歌的“儒家式的悲悯情怀的突显”，肯定了陈先发不断求新求变、寻求突破的创造精神。也有一些学者，对陈先发的这种倾向，提出尖锐的批评，认为其存在一定意义上的“复古”导向于当下诗坛是有害的。

著名诗人柏桦把陈先发与杨键并称为“当下中国诗坛的双子星座”。他在谈到《前世》时说，陈先发已从早年单纯地对爆发力的追求，转入对其进行“古诗源”般地协调与中和，还有一点需要特别指出，他的诗虽添入了古风，但现代性仍然是压倒一切的。②

诗歌评论家向卫国认为陈先发诗歌是“中国诗歌的再出发”，他撰长文在论述当代诗坛的写作格局时说：

臧棣和伊沙都是中国现代诗歌的积极的建设者，各自代表着中国诗歌现代性的两个侧面：一个是以诗歌的主体性论证其无限性，从而解放诗歌自身；一个则以客观性的假面小心翼翼地保护着诗歌的传统抒情性，维护中国诗歌唯一的伟大的历史。但二者的目标相同，即对“中国诗歌”之未来的某种期待。当上述“两条路线”的斗争尚未了结之时，从它们趟开的两条道路中间的宽阔地带，就像“龟兔赛跑”寓言中的那只古老的乌龟一样，“中国诗歌”以一种超然的姿态静悄悄地出发了：这只乌龟，是“传统”的卵受了“现代”的精孵化出来的，它的出发是“中国诗歌”返回源

---

① 《第四届华语文学大奖：年度诗人提名》，《南方都市报》，2006年3月。

② 柏桦：《读鱼篓令并兼谈诗歌中的地名》。http：//www. zgyspp. com/Article/ShowArticle. asp?ArticleID=8312.

头之后的再出发。就像有什么禅机一样，这只先行出发的谦逊的乌龟，名字正好叫“先发”。

也就是说，在我看来，臧棣和伊沙的诗歌是中国的“现代诗歌”，它们有一个对立面即中国的“传统诗歌”，还有一个假想敌即“西方诗歌”，这是它们试图超越的两个“敌人”；而陈先发的诗歌，应该直接叫做“中国诗歌”，对立面和假想敌都已内在于它自身。但它又不同于这个对立面，也不同于那个假想敌。我认为，这才是中国诗歌真正的“第三条道路”——它和左右两翼的另外两条道路方向一致、目标相同，以“V”字形向前运动，而不是以“Λ”字形。因为，处于中间位置的恰恰在一定程度上是后来者，它需要两翼的开路先锋先行打通道路并提供正、反“经验”，以为资源的供给和保障，一旦它接近理想状态就意味着“中国诗歌”的某种“完成”，所以相对两翼而言，其最佳位置应该是保持某种程度的滞后。所以，“先发”实际上是“后发”，不过其目的不在于“制人”，而在于与两翼协同作战，它们只有作为一个整体才能保持平衡，形成相对稳定的运动态势。当然，此处的描写只是对一种理想状态的想象，尽管跟我所观察到的当下诗歌的实际情形有其相似性，但这个诗歌的图景绝对不会是规则的，也不可能一直稳定地保持下去。

我在这里称陈先发的诗歌是中国诗歌的再出发，并非信口胡说。阅读陈先发晚近几年的作品，我感受到一种只有先秦诗文才有的语言的质朴典雅之美，浑厚、温润，既有中国文化的宽厚与倔强，也有古希腊艺术的静穆与辉煌，但其背后却依然透射出中国的历史和现实之光，其诗并不像有些人说的单纯地依托于古代文化，历史感和现实感同样是强烈的。比如他的“残简”系列，他的名篇《丹青见》《鱼篓令》《秋日会》《黑池坝》《青蝙蝠》和《黄河史》等，仿佛一些古瓷或美玉，虽然没有耀眼的光芒（因为它不是钻石，臧棣曾用“语言的钻石”来赞扬陈东东的诗歌），却以某种灵动却绝不轻浮、凝重却绝不滞涩、严肃却绝不会盛气凌人的独特气韵（对，古语“气韵生动”可能是形容陈先发诗歌比较贴切的词语之一），显示出存在的庄严、生命的静穆。这种感觉在中国现代诗歌中是绝无仅有的，以本人有限的阅读，似乎西方现代诗人也无人达到此种境界，因为这样的诗只属于具有古老文化的民族。西方发达国家的各民族无不是从背叛希腊文化开始建立自己的民族意识的，文艺复兴表面上要复兴古希腊传统，实质上催生了各自的民族国家，民族意识（包括意、法、英、德等民族语言的兴起）必然斩断其古老的文化和艺术之根，他们无法回到古希腊；中国不同，我们虽也有背叛自己的文化的现代历史，但时间还不太长，汉语并没有废除，文化记忆还可以恢复，如果你是一个自觉者的话。

陈先发就是这样的一个自觉者。他的诗歌是源头性的；“中国诗歌”终于从他那里开始起身了。[①]

① 向卫国：《作为“中坚”的中间代》。《诗歌月刊·下半月》，2007年7/8月合刊。

何冰凌

盘丝洞，蜘蛛无处不在

——读陈先发长篇小说《拉魂腔》

记得陈先发曾写过一篇题为《盘丝洞》的散文，大意如此：每个人心里都有一个盘丝洞，洞里坐一个妖媚无比的妖精。在小说《拉魂腔》中也有类似描写：“吊稍眉的小妖精坐在盘丝洞里，咔吱咔吱地嚼着男人的骨头。”阅读《拉魂腔》，你会感觉令人毛骨悚然却又充满魅惑的盘丝洞正张着口，与你虎视，且有“咔吱咔吱”的阅读快感弥散。那淮河边的瘫子村，那梅祠，正是一个神秘幽深的盘丝洞所在，而在盘丝洞里纠结的，是一个个大大小小或丑陋无比，或五彩斑斓的蜘蛛，它们有的已然修炼成精，有的尚脱不了爬虫的命。蜘蛛，为小说《拉魂腔》的魂魄，是那凄厉尖亮划破夜空的最后一声高调长腔。

那个灾难环伺，淮河走廊边的瘫子村，虽仍然不失为最后一块未完全受后工业文明侵染的膏腴之地，但也在渐渐丧失它原有的深度。久远的拉魂腔已废，每唱一回，都要以生命、热血作祭礼，那古老的乡村神秘性正一点点地被淮河混浊污秽的水，“重金属”的大水冲刷殆尽。当然，这里也包含有作者对自己的故乡安徽桐城，一个曾经的文化礼仪之都那“千年累积的荫凉的宿命感”及“宁静感”、“诗意性”遗失的叹惋，作为一个立意为民请命，有着天地诗心的从乡村土地中走出来的知识分子，陈先发怀着悲壮的西西弗斯式的信念，唱出了这样一曲荡气回肠摧肝裂胆的东方式乡村挽歌，一部淮河长江流域人民生活的风情史诗。

作者以其沉重的使命感，映照和呈现了当下农民惨痛残酷的生存现实。这使我不由得想起马尔克斯，当拉美近一百年的历史成为被神秘命运支配的历史时，表现现实便成为表现文化，因而，在《百年孤独》中，现实与历史是一致的，并自觉承担着延伸未来的重任。

与其相似，小说《拉魂腔》以其深厚的笔力，悲悯的情怀，魔幻的手法，无限痛楚地打通着历史、现实、未来的诸多关节。作者在小说扉页上满怀深情地写道：万事万物存在于现世的大地；幽灵和风雨各有其遗传。文化制约着人类，任何写作者皆难以逃脱本民族文化精神的统摄。“《易经》和《楚辞》为中国文化史上难以逾越的两座高峰。”陈先发曾经无限感慨地说。以《易经》为文化源头的中华民族，衍生了辉煌灿烂博大精深的华夏文明，也产生了屈原、陶渊明、李白、杜甫、曹雪芹、鲁迅、沈从文等大家，谁说中国作家缺乏“形而上”意识，屈子早在两千多年前就已经发出了扪胸顿足指斥天地的“天问”！确实，每一个民族的文明都以它个别的妖娆的姿态特立独行着，从这一点讲，东方的《易经》与西方的《圣经》，两者密贴兼容的可能性是极小的，无个性，即意味着消亡。

在小说《拉魂腔》中，最先让人着迷的就是那沿淮一带的奇风异习所幻化交织出来的神秘气象，颇像一张硕大无朋的蜘蛛网，铺天盖地笼罩下来。就像小说最初的名字《蜘蛛无处不在》，蜘蛛在这里被呈现为文化观念的圣物，像奔跑在陈忠实小说《白鹿原》中的精灵白鹿，是啊，蜘蛛无处不在，它匍匐着，守候着，爱着，恨着，盘踞在墙角处，血光里，门框上，梅祠里，更在大灾大难中，水火中，爱欲情仇中，在人们的眼底下头脑中，盘根错节，恣意疯爬、咬噬、嘶喊，炼成一座凄美灵异，令人震颤惊悚的盘丝洞。

汪曾祺先生说：“风俗，是一个民族残余的童心”。而作者在作品中借潘斯年教授之口说：风习，有着政治影响力。小说视蜘蛛为文化精魂，融合了淮河、长江流域的古皖文化及楚文化的精髓，表现出一种宿命、神异、怪诞的乡村深度模式。在小说中，对蜘蛛的描写信笔点染，引子中有，故事中有，人物身上有，如影随形，恰似鬼魂附体，看似无心，实则有意。蜘蛛在这里已成为某种象征物，它与小说中其他的异习一样，如桃枝、猪血、盐泥、流星、杀青节、苦艾灯盏、红漆的墙砖等等，以其特有的风土人情、生命状貌，活色生香地绘成一幅诡异诱人的“诗性乡俗小说”图景。

人，又何尝不是瘫子村这座盘丝洞里挣扎的蜘蛛？拉魂腔刀马旦七巧莺梅七姑，瘫子村“镇海神针”梅麻三、瘫子村“贞女”省城图书馆管理员梅红，鬻血济民的瘫子村村长兼支书梅虎，称己为“血生肉长”历史的嗜酒老头梅子孝，打铁不息的梅瞎子，命硬耳聋的翠婶，石柱拴床的梅二锅，少孤命苦的梅少忠……，以及被这张蛛网黏附上来的：七姑捡来的惯会屠狗捞浮财的鳏夫腊八，来自省城的手提雨伞的民俗史学者——“我”，患有严重花粉过敏症和考据癖的安徽大学历史系姜斯年教授，碧海云天浴场老板县拉魂腔剧团演员陶月婷及硖石乡乡长王清举、乡秘书郭建辉……这些像蜘蛛般蠕动的小黑点，莫不在人生蛛网上宿命地挣扎着，呻吟着，有的死了，化为灰烬，有的还活着，继续织着徒劳的网。别有意味的是，瘫子村那个疯小子，外号“飞天蜈蚣”的丫儿，也许就是蜘蛛在人世的化身。他整夜的嚎叫，那仿佛无所不有而又一无所有的嚎叫，仿佛是蜘蛛吼出来的最嘹亮悲怆的拉魂腔，最后他和那些蜘蛛们一起，葬身于梅祠的火海之中。而拉魂腔主角梅七姑，被一泡尿射醒而引发的一声惊叫改变了一生的命运，人生更是充满蛛网般的意外、不可知和幻灭感。蜘蛛，无处不在，整部小说就这样浸淫在某种神秘魔幻的氛围中。果真是命若游丝？冷酷的现实，逼仄的人生。“To be or not to be?”生存还是毁灭？莎士比亚在问哈姆雷特。“Muss es sein？……Ja, es muss sein!”非如此不可？对，非如此不可！米兰·昆德拉在问托马斯。瘫子村搬不搬？作者在问读者。是谁纵火烧了梅祠？梅虎？腊八？还是王清举？面对爱情和死亡，任何解释也许都是苍白无力的，一切罩上了一种无可言说的宿命感，这也许就是作者经常提到的“爱”和“畏”吧。七姑死了，死于废戏开腔第一声的“呀嗨!”长调中；梅虎死了，死于父亲梅麻三僵硬的匕首，那天正是杀青节；麻三叔死了，他绑着石头沉了河……

那场意料中的大洪水终于接踵而至。“瘫子村部位的水面上一无所有”，一个诗意的接近天堂一般的村庄随水而逝。对于这段历史，作者同样借潘斯年教授之口表达出这样的观点：“一个人，一个村庄，一个国家，最重的包袱是她的往昔；最大的财富，也是她的往昔。”应该看到，作者对古老乡村文化的态度是既沉醉而又清醒的，这就彰显了他与一般的文化守成主义者的区别。加西亚·马尔克斯在诺贝尔奖演说辞中说：“自从生命起源以来，人类还是首次拥有如此强大的毁灭力量。……面对这出人意外的、自人类产生以来似乎属于乌托邦式的现实存在，我们作为人类寓言的创作者，在这可怕的现实面前，有责任呼吁建立一种与此相反的理想。”在小说中，作者与潘教授一起就“杀青”一词反复玩味：惊蛰是一年中万物新生萌芽之日，杀之而后青？意味着结束前一年的旧生活，肇始了一种新日子？还是指不杀而难青？不完结往日就难以过渡到新生命？……而陈先发在谈论自己的诗歌时说：“我要从中国之旧中生长出一个焕然一新的体系，核心是呈现牺牲的本质。”在作品的最后，作者刻意增加了一条“乌托邦的河流”，以瘫子村的女儿梅红动人心魄的一跳，完成了在漆黑的淮水中的洗礼，正如梅红所言，表面上看起来，这洪水又脏又浊，当你的眼睛埋入水底时，你会发现的这水的黑。

也许，只有置身其中，才可以真正完成新与旧的对接、交融和蜕变。

小说中随处可见对农民生存处境、生命状态的描写，活画出当下中国乡村的灵魂。活跃在小说里的人物，莫不充盈着博大、洁净、丰富的情感，他们敢爱敢恨，敢于担当，喷发出浓烈如火，绵长如水的原生态生命激情。这些挣扎在后工业社会天灾人祸里的农民，他们遭了多少的罪！作者每行笔到此，忠实，沉痛，缓慢。如妓女小唐一笔笔算着庄稼账："一亩田，双季稻产820斤，扣掉种子、口粮220斤，卖600斤能得260块钱，一亩田的化肥、农药、地膜、柴油得115块，税和费得108块钱，净挣37块钱。我死都不会忘了这个账。惨不惨？还不够你们这些有钱男人买一打高级避孕套呢。"令人心酸的是，这个肥臀后刺两只毒蜘蛛的乡下妹子的第一笔卖身费，竟是寄回去给弟弟交学费。而村长梅虎为了缴纳村人的税费，不顾生命危险去废弃的屠宰场找血头卖血，盯梢的陶月婷只得在一边买烟麻醉，作者无限悲哀地写道：秘密的血被抽空了。而此时，读者眼底宛然安置了催泪弹。小说结尾处，写到了在洪水的堤坝上一幅"灾赐人闲"景象，有就着咸货喝烧酒的，有娶媳妇的……显示了一种农民式的生存哲学和智慧。我们的农民兄弟，多像那缀网劳蛛，昼夜勤作息，千辛万苦的织，风雨来了，水火来了，网破了，家没了，咬咬牙，不泄气，一切从头再来，再泥一把水一把，深一脚浅一脚地继续讨生活。那份隐忍顽强的毅力，安天乐命的达观，如蛛丝般看似柔弱，实则坚韧无比，这正是中国农民特有的美德，是中华民族得以生生不息的自然伟力所在。而且，中国农民世世代代把自己的根深深地扎在脚下的土地里，安土重迁，守土不离，就像蜘蛛只能永在网上一样。作者陈先发，这个虔诚的地之子，把自己和土地，农村，农民紧紧地连在了一起，作为一个长期关注"三农"工作和淮河流域生态的新华社记者，他的一系列关于中国农村问题系列调研报告曾参与推动政府决策，其中有关"失地农民利益保护"的条款还写进了宪法修正案。记得有一次作者提到，他想到一个县去做一个有为芝麻官，切切实实为他深爱的农村、农民做一点事。他太熟悉他的农民兄弟了，他们的悲与欢，爱与恨，他们的诚恳，善良，隐忍，勤劳，剽悍以及愚昧，狭隘，守旧都深深地印在他的心里。翻开小说《拉魂腔》，读者心里止不住一声长叹：夜晚的大地和村庄多么安宁，这"天蝎星映照下的悲悯人世"呀！

小说《拉魂腔》无论从思想和手法上都具有一定的实验性、现代性。小说的结构也是"蛛网式"的。小说里的人与事结成了一座庞大迷离的盘丝洞，大故事中套小故事，大盒子里藏小盒子，盘丝洞里的大小蜘蛛都有各自的丝要倾吐，交织成不同的经纬面，而又纲举目张，牵一发而动全身。小说中采取了多角度叙述的方式，有时是“我”耳闻目睹，有时由梅红来描述，有时是陶月婷在观察，有时又是全知视角，有时是“我”冥想的梅红和潘斯年教授的视角，有时是“我”母亲在回忆，有时却是梦境描摹……在讲述故事时，作者还有意使用了一些叙述圈套，使文本相互消解和嘲讽。比如：对淮水边的村庄、人物、风习，精骛八极，视接千载，极尽杜撰之能事，只要吻合农民的生态即可，而对于与乡村社会相对照的城市生活，却务求严实，不少地名，“安徽大学历史系”，“古井赛特商城”，“碧海云天浴场”，都讲得有鼻子有眼的，就这样真真假假，虚虚实实，让读者一步步的陷入博尔赫斯式的叙事迷宫里。小说《拉魂腔》是一多声部乡村魔幻主义的宏大乐章，一如淮河灾难性的洪峰，挟着风雷和泥沙，裹着生命的嘶喊，不管不顾地直冲下去。

除了故事和结构，这部小说最能引起阅读快感的还有语言。这颇似蜘蛛般的语言，散发着一股蛊惑的光芒。那些语言的蛛丝，随意地飘拂，具有很强的吸附性。作者陈先发是个杰出的诗人，唯美主义者，讲究炼字炼句，坚持以写诗的精神来写小说，力求字字不可置换。除了在小说中娴熟地使用热辣火爆的乡间俚语外，还使用了许多有嚼头的诗化语言，如对雨的描写，对女子微妙心理的刻画，对性爱激情的点染，对拉魂腔曲调的描摹，对官场世相的扫视，笔力所及之处，幽默清新，如鼓点般沉着有力，带着巨大的冲击力和爆发力奔突而来。作者颇为成功地把语言的通俗性与文学性统一起来，既有浅近文言的简约凝练，又有口语的生动活泼，还有诗性的趣味盎然，形成干净利落，鲜活纯熟，朴讷传神，极富想象力和表现力的语言风格，构成其风格鲜明纯正汉语品质的“乡俗诗性小说”体系。马克斯·布罗德在评价卡夫卡的语言时这样说：“这种语言是火，但在燃烧之后决不留下烟灰。它具有无限空间的崇高，然而又随着它所创造出来的事物的每一个颤动而突突跳动。”小说《拉魂腔》中，起伏跌宕的就是这种具有极强穿透力、杀伤力的语言，形成文本独特的节节刚健峭拔、层层溢美流芳的“召唤结构”。这里，有座盘丝洞，蜘蛛无处不在。

（何冰凌，文学硕士，现任职安徽省文联文艺理论研究室，青年评论家）

谭五昌

海子论

上篇：海子的史诗创作

海子（1964—1989）在抒情诗写作领域所显示的杰出艺术才能已为世人所公认，从艺术评价标准的角度而言，海子的抒情诗写作所取得的艺术成就无疑是令人瞩目的，然而海子对于自己雪莱或叶赛宁式的浪漫主义“诗歌王子”的身份并不满意，他渴望成为歌德或但丁那样的诗歌的“王”，这与海子认识到抒情诗所具有的诸多局限性而对抒情诗产生某种轻视态度有关①，并由此萌发了史诗创作的热烈追求。海子本人有过“我考虑真正的史诗”这样明确的说法②，并在另外一个地方作了具体而清晰的阐明：“我的诗歌理想是在中国成就一种伟大的集体的诗。”③

这种对于史诗的热烈追求在海子身上体现为一种浓郁的“史诗情结”。海子本人对此作过这样的一番辩白：“我写长诗（即史诗——

① 海子．诗学：一份提纲［M］//周俊、张维．海子、骆一禾作品集．南京：南京出版社，1991.

② 海子．太阳·断头篇［M］//西川．海子诗全编．上海：上海三联书店，1997.

③ “海子简历”［M］//西川．海子诗全编．上海：上海三联书店，1997.

作家简介

海子，原名查海生，1964 年3 月24 日出生于安庆怀宁县查湾村。1979 年 15 岁时，考取北京大学法律系，1982 年分配至中国政法大学任教。先后自印诗集《河流》《传说》《但是水，水》等。1989 年3 月26 日在河北山海关自杀。死后出版的诗集有《土地》、《海子、骆一禾作品集》、《海子诗全编》、《海子的诗》等。海子的诗歌创作只有短短 7 年时间，但他却以天才的创造力留下200 余万字的辉煌作品，成为中国当代最杰出的诗人之一。

引者注）总是迫不得已，出于某种巨大的元素对我的召唤，也是因为我有太多的话要说。”[①] 很显然，对海子而言，这“巨大的元素”即意味着一种隐秘而强烈的史诗创作冲动，背后隐藏着一种不可抗拒的文化使命。

海子这种十分浓烈的史诗情结并非一种“突兀”的创作心态现象，而是20世纪80年代初期弥漫整个诗坛的史诗情结的一种回波余响。当时，江河、杨炼等一批从“朦胧”诗派蜕变出来的青年诗人率先掀起了史诗创作的热潮，此后引得一批更为年轻的诗人纷纷群起而效之。海子自己也承认其史诗的探索与写作“受到江河尤其是杨炼的影响”[②]。不过，海子的史诗情结与江河、杨炼等前辈“史诗诗人”的呼应与承续已经存在着一个不容忽视的“时间差”（期间社会语境发生了巨大变化），因而引起了与海子同代的“第三代”诗人们比较普遍的质疑与漠视，而且一个更为“有趣”的现象是，海子的史诗创作实践，即其创作成果（史诗文本）作为一种诗体在艺术特性层面上的“合法性”，在“第三代”诗人那里也遭到了范围较广的质疑乃至嘲讽。而这实际上更能凸显出海子史诗创作的独特风貌、品质与价值，下面即对海子的史诗创作予以具体的探讨与阐析。

一、史诗情结与诗体创新

尽管20世纪80年代中后期以来对史诗情结持强烈厌弃态度的人们否认海子史诗在艺术特性（特征）层面上的“合法性”，我却有充足的理由证实并维护海子的长诗所具有的史诗品格及其“合法性”地位。

“史诗”的概念源于西方，经亚里士多德以及黑格尔等人的权威性阐述后几近成为经典化的诗学概念，在相当大的程度上成为人们评判史诗概念的绝对标准与尺度。然而就实际情形而论，无论亚里士多德还是黑格尔，对于“史诗”概念的界定均未提供绝对化的标准，只是为史诗提供了能使其获得独立样态与品质的一系列重要特征。我认为主要体现在表现手法、规模（容量）、主题、风格等方面质的规定性上，现结合海子的具体作品来作相应的论证与分析。

史诗最大、最明显的一个特点是它所采用的“叙述”的表达方式，这一点与史诗的词源意义有关。黑格尔这样说过：“‘史诗’在希腊里文是Epos，

① 海子．诗学：一份提纲［M］//周俊、张维．海子、骆一禾作品集．南京：南京出版社，1991.

② 海子．谈诗［M］//老木．青年诗人谈诗．北京：北京大学五四文学社，1985：174.

原义是'平话'或故事，一般地说，'话'是要说出的是事物是什么，它要求一种本身独立的内容，以便把内容是什么和内容经过怎样都说出来。"① 亚里士多德也持相同的观点。比照之下，海子总名为《太阳·七部书》② 的长诗均有比例不小的叙事成分。他在用小说形式写成的长篇叙事诗《太阳，你是父亲的好女儿》中，对民房、马厩、囚牢、羊圈、猪圈、牛栏等草原景物有着细致的描述，而且故事情节颇为曲折、离奇，其中人物也不乏鲜明、生动之处。这一切可以说明海子存在自觉的史诗"规范意识"。当然，海子所有长诗作品中的叙事均染带着浓郁的抒情色彩。

其次，宏大的规模也是史诗极其重要的文本特征。宏大的规模主要表现在作品中时空的广阔程度上，亚里士多德曾这样论述史诗与悲剧在时间长度方面的差异："在长度方面，悲剧尽可能把他的跨度限制在'太阳的一周'或稍长于此的时间内，而史诗则无须顾及时间的限制。"③ 海子在《太阳·诗剧》中为人物创造了一个上下5000年的时间跨度，且有涵纳人类历史的"时间气度"；而且，海子长诗中的空间范围同样气度不凡，恰如海子诗友、诗人骆一禾（1961—1989）指出的那样："海子的想象的取材空间分布在东至太平洋以敦煌为中心，西至两河流域以金字塔为中心，北至大草原南至印度次大陆以神话线索'鲲（南）鹏（北）之变'贯穿的广阔地域——他在这个广大的自然地貌上建立和整理了他自己的象征和原型谱，用以熔贯他想象的空间"④，由此见出海子长诗无比开阔的时空及精神视野。

再次，重大、严肃的思想主题也是史诗必不可少的特质之一。这当然首先源于史诗对于人类社会生活在广阔时空意识层面上的观照与审思有关。史诗全部的主题概括与集中起来就是对于人类某种先验的悲剧性命运所进行的庄严沉思或反省，正如黑格尔所指出的："在史诗里，命运在统治着，并不像人们常说的只有戏剧里才是如此"⑤，并进一步论证说，"它不能在戏剧的意义上成为悲剧性的，因为在戏剧里个别人物是按照它的人格而受到审判的；

---

① ［德］黑格尔．美学：第3卷（下册）［M］．宗白华，译．北京：商务印书馆，1981：102.141.141.167.149.

② 包括《太阳·断头篇》、《太阳·土地篇》、《太阳，你是父亲的好女儿》、《太阳·弑》、《太阳·诗剧》、《太阳·弥赛亚》。在这里我以西川编排和确定的篇目为标准，但把几乎是由抒情诗拼合起来的《太阳·大札撒》（残稿）排除在外。西川．海子诗全编［M］．上海：上海三联书店，1997.

③ ［古希腊］亚里士多德．诗学［M］．陈中梅，译．北京：商务印书馆，1996.

④ 骆一禾．海子生涯［M］//周俊、张维．海子、骆一禾作品集．南京：南京出版社．1991.

⑤ ［德］黑格尔．美学：第3卷（下册）［M］．宗白华，译．北京：商务印书馆，1981：102.141.141.167.149.

它只有在史诗的意义上才是悲剧性的，因为在史诗里人物是按照他的事业而受到审判的"[①]。海子在他的《太阳·断头篇》、《太阳·弥赛亚》等系列长诗中，始终贯穿着反抗黑暗、追求光明的重大人类命运主题，并敢于为了人类幸福的事业而承担个人的命运审判。

再次，史诗在风格上一般具有崇高、庄重的特点（黑格尔本人偏爱原始史诗天真纯朴的气息），摆脱了篇幅短小的诗歌（尤其是抒情诗）那种相对褊狭的情感与意识。海子的系列长诗在叙述语调上总是充溢着一种高昂、激越、超脱的情致，表现出崇高的风格特征，具有撼动人心的思想及情绪效果。当然，海子长诗中的崇高风格具有极强的悲剧色彩，它原本就包含着浓厚的悲剧成分（正如黑格尔所表明的观点一样）。

上述四个方面的简要分析无疑能为海子的史诗文本及史诗创作的"合法性"地位提供比较有说服力的理由。进一步来看，"史诗"本身就不是一个固定、僵化的概念，它总是处于历史性的流动、变化过程之中。黑格尔本人便认为存在一个由箴铭、格言、教科诗等简单、低级的史诗形态向高级形态的原始史诗（以荷马史诗为典范）的演化过程；再者，黑格尔自己也没有一个绝对清晰而稳固的史诗概念，比如他对"民歌"的类别归属问题便态度暧昧（黑格尔说民歌"既可以属于史诗，也可以属于抒情诗"[②]），而且综观黑格尔对于史诗概念的界定与论述，不难发现并找到许多的话语"缝隙"与思想"缝隙"。[③]

因此，我们对于史诗概念的理解应着眼于民族、社会以及时代变迁的大背景，从而使史诗在原有的基础上不断发挥其精神创造的无限潜能。事实上，江河、杨炼等人创作的"史诗"抒情意味极浓（例如杨炼的《诺日朗》），基本上属于一种"抒情史诗"或"情绪史诗"[④]，已经在较大程度上偏离了以叙述为主的西方传统意义上的史诗规范，对于这一点，谢冕先生曾经极有见地的指出："如果我们接触到的史诗概念的移植，与其说是我们基于中国诗

---

① ［德］黑格尔．美学：第3卷（下册）［M］．宗白华，译．北京：商务印书馆，1981：102.141.141.167.149.

② ［德］黑格尔．美学：第3卷（下册）［M］．宗白华，译．北京：商务印书馆，1981：102.141.141.167.149.

③ 参阅黑格尔在《美学》（第3卷下册）中有关史诗概念的阐述。［德］黑格尔．美学：第3卷（下册）［M］．宗白华，译．北京：商务印书馆，1981.

④ 邵燕祥．也谈"呼唤史诗"［J］．转引自黄亦兵．从抒情到叙事——新时期中国文学的话语转型．北京大学中文系93届博士论文，未刊，1993.

歌自身发展的，毋宁说是荷马史诗概念的‘自铸新词’。”①

假如我们有了这样开放、恢弘的眼光与认识，那么我们不仅会承认海子史诗的合法性地位，而且还会进一步认识到海子史诗的独创性价值。我认为，海子史诗的独创性价值主要表现在三个方面，即强烈的抒情性，题材的抽象性、主题的超越性。下面逐点予以简要论析。

第一，强烈的抒情性西方传统史诗强调叙述的客观性，即叙述主体（诗人）在叙述故事以及表达观点时要始终保持冷静、克制的情感态度，使诗人与作品中的人物保持必要的心理距离。海子在其作品中却以第一人称的方式直接介入，作品中的一切人物和事件都染上诗人强烈的主观色彩，这样，在诗人激情化的独白与倾诉中，读者能迅速获得一种情绪上的震撼与感染效果，从而对于作品所传达的思想、观念领悟得异常鲜明而深刻。

第二，题材的抽象性西方传统史诗常常以某一位历史上的英雄人物的非凡业绩为作品题材，来描述一个民族的兴衰演变史，而海子选择的题材却带有非常抽象的性质，例如《太阳·弑》一诗中，无论时间、地点、人物都没有明确的所指，背景也极其模糊，诗中的人物及其事件均可视作一种抽象化与象征性的精神符号。

第三，主题的超越性。西方传统史诗的主题有其具体的历史指向，而且把个人意识与民族意识的高度统一视作史诗的最高主题，正如黑格尔所指出的："个人要有按照本来是什么样人就做什么样人的权利，要体现已证明为正确的民族精神，使这种民族精神的意义和事业由史诗展现在我们面前。"②海子的史诗却从未有意地张扬过“民族精神”，更多的流露出对于一种“伟大的人类精神”的刻意追求。

无疑，海子用自己勇敢的写作实践创造了一种个性色彩极浓、兼具抒情与悲剧品格的“现代史诗”。也许，正因为海子对于传统史诗所进行的大胆叛逆与个人创新，才遭到了那么多患有“史诗厌倦症”的人的猛烈抨击，然而同时也赢得了少数有识之士的热情肯定，比如有一位论者这样评价海子的史诗写作："海子对‘史诗’的概念进行了完全创造性的转换。实际上，海子可能是‘现代史诗’潮流中唯一一个准确把握住了‘史诗’的全面性精神涵义，并敢于宣称突破‘史诗’的人。他把自己的理想一步步地由抒情和戏

① 谢冕．诗在超越自己——论当代诗的史诗性［J］．黄河，1985（1）．

② ［德］黑格尔．美学：第3卷（下册）［M］．宗白华，译．北京：商务印书馆，1981：102. 141. 141. 167. 149.

剧上升为史诗乃至大诗，使得这一目标极为宏伟地被明确为‘伟大的集体的诗’，从而在根本上超越了东西方的界限”[①]。这种评价显然有将海子的史诗价值置于一种脱离了时代发展的形而上的高度的潜在危险，而且也带有较强的情绪化色彩，尚缺乏客观的学理性分析态度。不过，这段评论却指明了海子在史诗形式革新背后的精神动机，而这才恰恰道出了海子史诗创作真正的“奥秘”与价值所在。

二、史诗情结的文化阐释（上）

海子在史诗形式方面的勇敢创新无疑源于其独特的精神动机，同时也反映着他对史诗形式功能的独特理解。关于史诗（海子常常用“伟大的诗歌”以及从印度史诗借用过来的“大诗”概念作为“史诗”的代称），海子发表过这样的见解：“伟大的诗歌，不是感性的诗歌，也不是抒情的诗歌，不是原始材料的片段流动，而是人类主体有某一瞬间突入自身的宏伟——是主体人类的原始力量中的一次性诗歌行动。”[②] 由此可见，海子追求史诗写作是为了以高昂的姿态竭力弘扬人类的主体精神，海子认为发挥到极致的主体精神才堪称伟大，因此他对史诗的含义作了进一步的阐释：“与其称之为伟大的诗歌，不如称之为伟大的精神。”[③]

海子通过史诗所强调、所呼唤的“主体精神”、“伟大的精神”在整个80年代都堪称典型乃至“超级”的人文话语。当然，在海子那里，主要体现为他本人对于理想（真理）的矢志追求以及对于现实毫不妥协的抗争态度。这种混合着理想追求与现实抗争的文化姿态又集中体现在海子史诗的主题表现方面。海子史诗的全部主题始终贯穿着反抗——拯救（救赎）——追求的重要线索，而且与他的史诗创作在时间上（即写作时期）大致可以构成某种阶段性的对应关系。当然，在海子的具体史诗作品中，反抗、拯救（救赎）、追求这三类主题总是互相渗透并缠绕在一起的，不过其中总有一类主题相对地占据主导地位。遵循这一思路，下面即对海子的史诗主题按阶段划分的方法进行一番必要的阐述与分析，以使我们对他在史诗情结背后表露的文化姿

① 黄亦兵．从抒情到叙事——新时期中国文学的话语转型［J］．北京大学中文系93届博士论文，未刊，1993.

② 海子．诗学：一份提纲［M］//周俊、张维．海子、骆一禾作品集．南京：南京出版社，1991.

③ 海子．诗学：一份提纲［M］//周俊、张维．海子、骆一禾作品集．南京：南京出版社，1991.

态寻求到一种“坚实”的理解基础。

反抗主题阶段 人类现实生存的非人道性质是以毁灭人类的生命理想为前提的，对于怀有崇高生命理想、充满道德正义感的海子来说，除了反抗他几乎别无选择。反抗，成为海子坚持生命理想的全部出发点，这种思想和主题集中表现在长诗《太阳·断头篇》（1986年）中。在这篇作品中，“断头战士”是贯彻作品反抗主题的一个中心或主导性的象征意象。“断头战士”象喻着敢于用自己生命去破坏和摧毁旧世界秩序的人类英雄，虽然面临不可避免的失败命运，但始终保持着刑天式的昂扬和不屈斗志。在诗篇中，“断头战士”拼尽全部生命反抗的对象便是那“不变的夜”。在这里，“不变的夜”象征着笼罩人类过去、现在及未来的黑暗命运，“断头战士”采取激烈反抗乃至自我毁灭的行为即是为了让人类摆脱黑暗的命运，达到“再造天地”的辉煌心愿。

拯救（救赎）主题阶段 拯救（救赎）主题可以说是反抗主题的进一步延伸、补充与深化。拯救（救赎）行为与反抗行为虽然在最终的价值目标上方向一致，但仍存在着重要的差异。拯救（救赎）行为着眼于人类灵魂的内在超脱与升华，反抗行为则倾向于外部世界的暴力行动。在海子看来，拯救人类的灵魂显然要比对现实秩序的暴力破坏意义更为重大，海子本人认为《太阳·断头篇》是个失败的写作可能部分地源于这种想法与考虑①。海子的拯救（救赎）意识在他的《太阳·土地篇》（1986—1987年）中获得了最为典型的表现。在海子那里，“土地”代表着一种健康、圣洁而美好的人性，然而却被诗中以“情欲老人死亡老人”为代表的贪婪堕落的人类欲望破坏殆尽。关于这篇作品的主题，海子本人作过明确的阐述：“在这一首诗（《土地》）里，我要说的是，由于丧失了土地，这些现代的漂泊无依的灵魂必须寻找一种代替品——那就是欲望、肤浅的欲望。大地本身恢宏的生命力只能用欲望来代替和指称，可见我们已丧失了多少东西”②。在作品中，则有相应的诗句表达他的这种观点：“我们已丧失了多少土地/替代土地的是一种短暂而抽搐的欲望/肤浅的积木玩具般的欲望。”由于对土地（大地）面临“毁灭”命运的无限焦虑，海子在诗中发出了“何方有一位拯救大地的人?”的

① 参见《太阳·断头篇》标题下面西川的注解与补白．西川．海子诗全编［M］．上海：上海三联书店，1997.

② 海子．诗学：一份提纲［M］//周俊、张维．海子、骆一禾作品集．南京：南京出版社，1991.

焦灼呼唤，体现了他基督式的拯救情怀。

追求主题阶段 从最终的意义上来说，反抗和拯救都还只是一种价值手段，只有当把人类导引到幸福、完满的人生境界才达到人类的价值目标。因此，由反抗、拯救（救赎）到追求的主题倾斜过程，在海子那里便显出内在的必然性。可以说，在海子那里，追求主题成为反抗主题与拯救（救赎）主题具有整合性质的统驭性主题。在表达海子的追求主题与思想中，“光明”这个词汇成为具有最高价值与最高意义的核心象征意象，它喻指着人类生存和谐、宁静、圣洁、完善、幸福的最高生命境界。“火”（“火光”）、“黎明”“曙光”乃至“天堂”等均可视作“光明”的派生性意象，其中“太阳”是最重要的意象，因为它是“光”（最高价值与最高意义）的来源。海子曾明确地在史诗中表示自己想“成为太阳”（他把自己所写下的所有史诗作品取名为“太阳”也含有这层深义)。《太阳·弥赛亚》（1988 年）一诗最能体现海子的这种精神追求。“太阳”、“光明”、“火”、“天堂”等意象贯穿了全诗的始终，诗的结尾由“持国”、“俄狄浦斯”、“荷马”、“老子”、“阿炳”、“韩德尔”、“巴赫”、“弥尔顿”、“博尔赫斯”等九名盲人歌手组成的合唱队高声合唱光明颂歌，具有强烈的象征寓意。

现在我们回到海子的文化心理动机来对其史诗作品中的主题作进一步的探讨与分析。大体而言，海子史诗作品中的反抗与拯救（救赎）主题明显透露了他强烈的文化英雄主义心态，对此海子具有清醒、自觉的文化角色意识。在谈及《太阳·断头篇》的创作动机时，海子有过这样的公开表白：“在一个衰竭实利的时代，我要为英雄主义作证。这是我的本分。”① 由此可见，海子的文化英雄主义心态是产生在对于时代发展的物质化、商品化倾向的否定与排斥的基础之上的。因此，海子的这种英雄主义文化情怀必然导致他对于整个现实萌生强烈的反抗与拯救愿望，前者指向人类生存的外部世界，指向具体的实践意象，后者则着眼于人类生命的精神世界，着力于人类灵魂的唤醒与升华。

海子对于现实秩序强烈的反抗与破坏冲动源于他对于现实与历史真相深刻而清醒的认识。海子在谈及道家出世思想导引人们对于现实的妥协与逃避态度时这样说道：“中国人用漫长的正史把核心包起来了，所以文人最终由山林、酒杯和月亮导向反射灵魂的天空。它是深知时间秘密的，因而是淡泊

① 西川．海子诗全编［M］．上海：上海三联书店，1997.

的，最终是和解的”①，然而海子积极入世的思想（并非儒家式的）使他无法认同那种淡泊逍遥、自娱自乐的人生，因此他敢于如此公然宣称：“我的天空就与此不同，它不仅是抒情诗篇的天空，苦难艺术家的天空，也是歌巫和武人，老祖母与死婴的天空，更是民族集体行动的天空。”② 这种观点与态度彻底否定了传统知识分子（文人）的处世方式，表现了当时自觉接受西方文化精神影响的一批知识青年，对于中国社会现实与历史状况的极大不满与积极行动的文化愿望（例如当时的刘小枫便是此种文化思潮的突出典型。）

当然，海子强烈的反抗现实的愿望并未导致他现实生活中的暴力行动，而主要地转换成一种对于人类的拯救情怀，海子的拯救情怀源于他对于人性的重视与关怀态度，而这又与他对于人性的深刻体察有关。海子曾这样谈论人性堕落的潜在危险：“凡是要做个能够称得上人的人，都得时时刻刻向无形的敌人作战：本能中那些致人死命的力量、乱人心意的欲望、暧昧的念头、使你堕落使你自行毁灭的念头，都是这一类的顽敌。”③ 正是对于人性堕落可能性的危机意识，使海子萌生了用神性取代人类兽性的热烈愿望。而这又归结于海子对基督教的文化信仰。对于基督教的文化信仰使海子在企图解决中国现实问题时自觉或不自觉地把自己置于文化英雄的位置。这当然是一种带有浓厚神学色彩的文化英雄角色。不过，海子本人肯定感受到了现实生存中人性的复杂性与难以救药性，这给海子崇高的生命理想无疑带来了一种致命的打击，于是迫使海子对于人性的堕落采取“人为压制”的态度，这样海子又从一种神学意义上的文化英雄“还原”成世俗意义上的文化英雄，而这也是海子史诗作品中（尤其是后期阶段）出现了那么多暴力反抗的场面及意象的重要原因。

如果说海子在史诗作品中显露的反抗意志与拯救情怀典型地表现了海子英雄主义的文化心态的话，那么，海子在史诗作品中所表达的精神追求则集中地体现了海子的理想主义文化心态。在这里，我把英雄主义理解成海子对待世界的一种性格或行动，而把理想主义理解成海子看待世界的一种观念和愿望。实质上这两种概念是难以机械地区分开来的。海子的理想主义文化心态典型地体现在他对光明的矢志不渝的追求之中。在海子那里，光明无疑代表着生命的最高境界，它是爱、美、自由和希望的代名词，是世界万物的存

---

① 西川．海子诗全编［M］．上海：上海三联书店，1997.

② 西川．海子诗全编［M］．上海：上海三联书店，1997.

③ 参见海子1986年11月18日的日记．西川．海子诗全编［M］．上海：上海三联书店，1997.

在之源（“光把一切照亮”），是一种纯粹的精神价值，它远远地超越了生命的物质价值或世俗价值。海子本人想“成为太阳”的最高生命理想，便反映了海子追求永恒精神价值的狂热愿望，尽管带有极强的自我崇拜的文化色彩，然而它却无疑表现了海子本人对于生存意义与生存价值的终极关怀意向。

在20世纪80年代中后期的整个中国诗坛上，海子身上的史诗情结及其相应的史诗创作行为几乎堪称一种绝无仅有的“诗歌奇观”（海子诗友骆一禾的热烈呼应不妨视作一个例外）。海子的英雄主义与理想主义的文化姿态在诗坛上倒有一批呼应者（如西川、骆一禾、戈麦等），然而总体而观，人数也颇为寥寥。相形之下，海子的英雄主义与理想主义文化姿态显得激进而特出。毋庸置疑，海子这种特出的文化姿态其背后必定“潜藏”着独特的文化价值意向与文化立场，对于它们，从一个较为广阔的诗歌文化与社会文化语境来作考察与探讨，无疑将是我们更感兴趣的问题。

三、史诗情结的文化阐释（下）

海子身上浓郁的史诗情结与江河、杨炼等“现代史诗”① 的倡导者与实践者在形式层面上存在惊人的相似性，然而两者在史诗的文化内涵上，即文化价值意向的建构目标方面，却呈现了重大的旨趣差异。以江河、杨炼为代表的“现代史诗”派诗人群体于80年代初期即已投入了史诗的探索与实践之中，他们的史诗创作实际上是诗歌领域里一种具有先锋性质的文化“寻根”行为，成为80年代中期“寻根”文学滥觞于整个中国文坛的导引与先声。“现代史诗”派诸家虽然在写作风格、题材兴趣乃至“寻根”路向等方面存在个体性的差异，但他们却拥有大致相同的文化价值取向目标，即运用现代意识打量与省视民族的传统文化，存精去粗，重新激活民族文化的生机，以便更新整个民族的文化心理结构，最终建立一种在世界上具有独特价值和尊严的“新”的民族文化。

“现代史诗”派这种文化价值意向建构目标有其特定的、复杂的社会历史背景，它与新时期整个中国社会追求“现代化”的热烈梦想与愿望紧密相关。按照当下已经达成共识的观点看来，中国的“现代化”首先就是建立在认定与假设西方文明优于东方文明的话语基础之上的，它在相当大的程度上成了（西方）“他者化”的同义词。因此，尽快摆脱“他者化”的焦虑与屈

① 指20世纪80年代初期至中期以文化“寻根”为导向、颇具规模的长诗作品．参见陈旭光．现代史诗：自我意识与文化传统的融合［J］．文论报，1987年3月1日．

辱状态便成了刚刚获得政治新生的整个中华民族的迫切愿望，而这种愿望的达成只有通过弘扬民族文化（以吸收外来的优秀文化成分作为重要前提），树立民族文化的优越感，才能让国人重新获具强烈的民族自尊心与自信心，正如一位论者所指出的：“中国所进行的‘现代化’有强烈的民族性，这种非西方国家在现代化进程中所产生的自我认同的危机最终反映在文化上，而且一般人们也往往试图从文化上着手对此进行调和。这种调和同时表现在对外来文化有选择性的吸收及对本土文化的整理上（这突出表现在1985年左右的‘文化热’上），由此引发了一种‘民族文化主义’。”①

“现代史诗”派正是以弘扬民族文化主义为其思想宗旨的。“现代史诗”派的重要成员之一石光华曾这样谈论史诗与民族文化的关系：“它（指史诗——引者注）将成为民族文化心理结构的自觉开拓者，为在经济上不断接近现代形态的中华民族，提供与之适应的精神文化，并推动新的民族文化心理结构的形成。进行这一主题的创造，是中国现代诗灿烂辉煌的崛起。”② 从这段论述可以看出，“现代史诗”派诗人并未把民族文化的重新熔铸与建构当作最高的价值目标，而是有意识地让它成为推动中国社会全面进步的一种价值手段。也正是在这个意义上，谢冕先生对于“现代史诗”的文化价值意向建构目标作出了高屋建瓴式的精辟分析与深刻概括：“以对现实社会的反思为契机，一代诗人开始关注民族深层文化心理以及属于全人类生存发展的复杂经验的综合熔炼。他们通过历史呈现的纵深感，以求创造出多层组合的诗的建构。不单是再现历史，也不单是隐喻现实，而是对于民族文化心理本源的质的追寻。这种追寻的最终目的，是谋求民族心理的总体结构与现代化目标下的再创造，从而使之与开放性的社会现实相适应。”③

海子史诗的文化价值意向建构目标却超逸于民族文化主义，直接指向一种人本主义文化。这种人本主义文化“直接关注生命存在本身”，摆脱了政治或国家意识形态的束缚与侵染，以一种纯粹的个体生命的生存体验来沟通整个人类生命的生存体验，在此基础上表达人类自身追求精神幸福（而非物质幸福）的文化愿望。这一点就与以追求实现“现代化”为目标的民族文化主义构成了方向性的对立与差异。海子追求的人本主义强调人们对于自己个

---

① 黄亦兵．从抒情到叙事——新时期中国文学的话语转型［J］．北京大学中文系93届博士论文，未刊，1993：23.

② 石光华．给友人的一封信（代序）［M］//老木．青年诗人谈诗．北京：北京大学五四文学社，1985.

③ 谢冕．诗在超越自己——论当代诗的史诗性［J］．黄河，1985（1）.

体生存幸福的重视与关注（这是海子抒情诗的浪漫精神的实质），表达了海子对于整个人类的精神关怀，因而超越了具有某种狭隘性质的民族意识。正是在这一意义上，海子不满意自己成为一位民族诗人，并指出一些民族诗人的失败在于“他们没有将自己和民族的材料和诗歌上升到整个人类的形象”①。

当然，海子的人本主义文化价值目标追求并未放弃对于自身民族生存幸福的承诺与关怀。他曾这样雄心勃勃而又不无夸张意味地谈论自己的史诗创作理想：“我不想成为一个抒情诗人，或一位戏剧诗人，甚至不想成为一名史诗诗人，我只想融合中国的行动成就一种民族和人类的结合，诗和真理合一的大诗。”② 由此可见，海子并不是一位“民族虚无主义”者。只不过海子基督式的拯救（救赎）情怀使他始终把人类摆到最高的价值关怀位置。《太阳·土地篇》极能体现海子的这种文化价值意向，试举其中一节诗句：

在这个春天你为何回忆起人类
你为何突然想起了人类　神圣而孤单的一生
想起了人类你宝座发热
想起了人类你眼含孤独的泪水

在这里，海子把自己与上帝的身份进行了几乎不露痕迹的叠合，由此见出海子发展到自我崇拜程度的拯救（救赎）意识。诗人否定人类生存的物质与世俗幸福价值的，因而，海子在史诗中建构的人本主义具有极为浓厚的“神本主义”的色彩，然而却不能在这两者之间简单地划上等号。

海子与“现代史诗”派在文化价值意向的建构目标上方向歧异，这与两者所持的文化立场密切相关。“现代史诗”派是站在民族主义的立场上从事着史诗创造，而且与当时的国家主流意识形态有意无意形成了“共谋”关系；海子却是站在个人化的文化立场上从事史诗创作，自觉或不自觉地与政治意识形态保持着绝对的疏离关系。然而，海子与“现代史诗”派在史诗所传达的文化精神方面仍然存在着某种互相认同的可能性，其内在原因在于：他们在从事诗歌写作时都拥有一个相同的社会身份：知识分子。在这里，我们应从宽泛的概念上来理解“知识分子”的含义。真正意义上的诗人，他的人格、情操、理想以及精神追求一定是“知识分子式”，甚至显得更为“纯

① 海子．诗学：一份提纲［M］//周俊、张维．海子、骆一禾作品集．南京：南京出版社，1991.

② “海子简历”［M］//西川．海子诗全编．上海：上海三联书店，1997.

粹”，因为“诗人是知识分子中最具先锋性的部分，他们最敏感地传达了知识分子的境遇”①。海子明确地为自己给予了“乡村知识分子”的角色定位②，“现代史诗”派诸家虽然没有在公开或私下的谈话中为自己确立知识分子的文化身份，然而他们却具有作为民族代言人的强烈而自觉的角色意识，这无疑十分接近福柯所说的“普遍性知识分子”的角色意识了。因此，虽然海子与“现代史诗”派在史诗的文化价值取向上分歧颇大，然而两者在表现与坚持英雄主义、理想主义的文化姿态上却达到了高度的默契与认同感（例如在这方面，海子对于“朦胧”诗派也产生了高度的认同感），体现了文化精神的内在相通性，而这一切正是他们共同拥有“知识分子诗人”写作身份的缘故。

从这一角度着眼，我们就不难窥破“第三代”诗人强烈反对海子的史诗创作并与之发生激烈文化冲突的“奥秘”。“第三代”诗人是以摧毁“朦胧”诗派的精神原则而起家的，他们公然反对“崇高”，主动地放弃知识分子的文化立场与写作立场，无情地否定与解构包括海子在内的“知识分子诗人”所坚守和信奉的一切价值观念。比如爱情，这一在海子及“朦胧”诗人眼里无比崇高和神圣的事物，到了“第三代”诗人（例如“莽汉主义”诗人）笔下就变成了一种赤裸裸的欲望冲动的代名词。因此，海子身上的英雄主义、理想主义的文化心态无疑要成为“第三代”诗人们的众矢之的，他们完全沉浸于无所拘束的生命本能的欲求与体验中，奉行后现代主义式的游戏精神。

“第三代”诗人对于物质、欲望的肯定与追求态度使他们自然认同于当时市民阶层的生活方式及其相应的世俗化的价值观念（即市民文化价值观念）。徐敬亚在分析“第三代”诗人世俗化、庸俗化的文化精神产生的社会条件时这样写道：“大动乱后，中国人的真实生存、日常琐事、鸡毛蒜皮、七情六欲四处流淌了——应该说，‘反英雄主义’是对包括英雄（人造上帝）在内的上帝体系的反动，是现代人自尊自重平民意识的上升，是把兴奋矛头最后指向人本身的一种必然结果”③。徐敬亚在这里把平民意识（实质上基本

---

① 张颐武．诗的危机与知识分子的危机［M］//吴思敬．磁场与魔方——新潮诗论卷．北京：北京师范大学出版社，1993.

② 西川．怀念［M］//周俊、张维．海子、骆一禾作品集．南京：南京出版社，1991.

③ 徐敬亚．历史将收割一切［M］//徐敬亚，等．中国现代主义诗群大观——1986—1988. 上海：同济大学出版社，1988.

等同于市民意识)[①] 附加上“自尊自重”的性质显然是一种人为的拔高，综观“第三代”诗人诗歌写作的总体风貌，便可发现他们对于主体、自我基本上采取了否定、嘲讽乃至亵渎的态度，正如陈晓明稍带夸张成分地指出：“‘新生代’的诗人（即指‘第三代’诗人——引者注）角色完全还原为平民化的个人。他们对现实的种种不满都转化为无可奈何的自我嘲弄。作为批判现实和寻求历史信念的一代巨型诗人已经夭折，他们更乐于寻找当下的快感。”[②]

海子无疑堪称陈晓明所称谓的那种“巨型诗人”。海子的史诗创作即是“批判现实和寻求历史信念”的典型体现（在“朦胧”诗人那里体现在抒情诗的写作中）。正缘于此，海子的史诗被“第三代”诗人讥嘲为“犯了一个时代性的错误”[③]。在“第三代”诗人看来，世界已经变得破碎不堪，过去和未来同时变得无比虚妄，唯有碎片的现在才能提供瞬间的“真实感”，任何企图整合破碎的现实与历史的意念最终都将被证明是荒诞的行为。海子却偏偏要在这个破碎的世界里用史诗去实现他的文化“补天”愿望，而且痴迷不悟，因此与明确宣称自己“不是理想主义者”[④] 的“第三代”诗人发生尖锐的文化冲突便是无法避免的事情了。

再深入探讨一下即可发现，海子与“第三代”诗人发生激烈文化冲突的根源与焦点集中表现在两者对待人的“主体性”的不同态度上。“主体”（subject）作为人对于客观事物（客体）的价值评判尺度，无疑体现着人在万物中的核心地位与优越价值。主体意识的觉醒程度反映着一个人乃至一个民族、一个时代的精神风貌。在20世纪70年代末至80年代中期的中国新时期文学阶段，“主体”、“主体性”成为当时极为流行的、为包括知识分子在内的整个社会成员所接受的人文话语，而且成为新时期文学最重要的母题之一，这一母题在“朦胧”诗那里得到了最早且最为深刻有力的表现，并在崛起过程中获得了广泛的社会同情与支持。海子从“朦胧”诗人那里把主体精神承继下来（当然剥除了其中的政治色彩），并进一步加以弘扬，然而“第三代”诗人却视主体精神为洪水猛兽，进行无情的放逐和彻底的否弃。

“第三代”诗人普遍消解知识分子“专制产品”式的主体精神并不是偶

---

① “平民意识”与“市民意识”在政治意识的层面上来说两者是等同的，然而从道德评价的角度来看，“平民意识”是一个中性概念，而“市民意识”是一个略带贬义的概念。

② 陈晓明．无边的挑战［M］．吉林：时代文艺出版社，1993：206.

③ 西川．死亡后记［M］//西川．海子诗全编．上海：上海三联书店，1997.

④ 韩东．“他们”诗歌宣言［J］．诗歌报月刊．1990（1-2）．

然的文化现象，而是当时社会转型的精神产物。20世纪80年代中期以来，随着国家改革开放政策的巩固深入，市民阶层以不可遏制的态势日益崛起，作为一支不容忽视的经济力量开始对国家意识形态发挥其干预功能，并竭力拓展其文化空间，最终形成了一种意识形态化的市民文化。与此同时，知识分子精英文化受到市民文化强有力的排挤，知识分子作为大众启蒙文化代言人的身份也开始于无形中丧失，他们辉煌一度的文化英雄角色也悄悄地被时间置换成文化配角的身份了。在国家主流文化与市民文化的双重打击下，知识分子精英文化遭受到了严峻的考验与挑战，知识分子及其所代表的价值观念一并走向了边缘。商品潮流的冲击，物欲的膨胀，西方生活方式的诱惑，加上中国现实问题及历史事件的阴影，使整个中国社会的传统道德与价值观念开始全面崩解，信仰和理想丧失成了一种普遍的文化景观。整个时代面临着精神的危机。

这种精神的危机实质上就是知识分子的危机，因为知识分子作为知识文化的传播者，其精神价值看护人的身份是历史派定给他们的永恒角色。而且，时代的精神危机又最容易为知识分子所最先感受到，并通过诗歌加以直接性的传达，这也是诗歌特有的功能，因而诗的危机也体现了知识分子的危机，这种内在的逻辑关系在当时就被学者张颐武敏锐而深刻地认识到了。奉行后现代精神的“第三代”诗人不仅普遍地放弃了知识分子的写作立场，放弃了对于时代精神危机的尽力拯救，而且以世俗化的文化立场与彻底的虚无主义姿态加重了这个时代的精神危机。海子却以孤军奋战般的精神勇气，以一个“乡村知识分子”的坚忍姿态，始终张扬着理想主义的文化信念。海子企图用史诗创作来缝合破碎的现实与世界，重建一个完整的精神与信仰的历史，这种宏大的文化愿望在一种错位的历史文化情境中未免显得过于“荒诞”。然而，海子的史诗情结始终代表着当时乃至时下一批知识分子的内在文化信念，这就使得海子的史诗情结及其史诗创作因为仍然具备历史的某种合理性而充满无限的悲壮意味。

下篇：海子诗歌中的死亡意识

追求个体生命的理想与生命的价值是海子诗歌贯穿始终的核心主题之一。如果说，体现在海子抒情诗中的浪漫精神主要还反映着海子对个体生存幸福价值的重视和关切的话，那么，我们在海子浓郁的史诗情结背后，则能够明显地感受到诗人对于整个人类幸福命运的巨大关怀。可以毫不夸张地说，在

20世纪80年代中后期的中国诗坛上，没有哪一位诗人能够像海子那样如此执著地关注着、追索着人类生存的价值与意义，体现了海子作为一个乡村知识分子诗人身上所具有的浓烈的人文情怀，这一点可以由弥漫在海子诗歌中的死亡意识充分而强烈地彰显出来。

一般说来，死亡意识就是对死亡的意识。死亡意识的强弱程度也就标示着一个人自我意识的觉醒程度，因为死是从生中派生出来的问题，对死亡的意识恰恰反映着对生存的高度自觉。死亡问题把生存问题凸现到一种具极端严重性质的位置上来，它逼使人们无比严肃地思考生存的意义与价值问题。毫无疑问，死亡意识在一个诗人身上意义尤为重大，正如刘小枫在评论德国浪漫派诗哲的死亡意识所说的那样："在大多数浪漫诗哲那里，死指的是对有限生命的自我意识，对感性存在的有限性的领会，它迫使人们去关切自身生存的价值和意义。"①

海子诗歌中弥漫性的死亡意识堪称中国当代诗坛上一道罕见而奇特的精神景观。海子无疑想传达这么一种价值意识："死打开了自由的大门，呼唤人们对自己的有限生命作真正必要的创造，把自己的生活造成有意义的价值生活。"② 下面，对海子诗歌中的死亡意识予以具体阐析。

一、死亡态度的多向呈现

从心理学角度来说，海子身上强烈的死亡意识源于他本人鲜明的"阿尼玛"气质（一些"第三代"女性诗人如伊蕾、陆忆敏、海男等，身上均有自觉或自发的死亡意识），当然绝不能仅仅归结于此，其中社会的、现实的原因更是不容忽视的重要因素。海子的死亡意识可谓内蕴丰富，就其死亡态度而言，即呈"多姿多彩"的风貌。我在这里所说的死亡态度同时包含死亡姿态与死亡动机这两者的概念含义，以期获得一种更为集中而便利的表述。我个人认为，海子的死亡态度可以归纳成这样几个大的方面，即审美化的死亡态度，寻求解脱和归依的死亡态度，以及为理想而献身的死亡态度。对于海子的这四种死亡态度，我分别用审美式、解脱式、回归式、殉道式这四个术语加以概括，现在即依序进行简要论述。

审美式 以某种超脱的、诗意的眼光来看待死亡，这是海子明显的死亡

---

① 张颐武．诗的危机与知识分子的危机［M］//吴思敬．磁场与魔方——新潮诗论卷．北京：北京师范大学出版社，1993.

② 刘小枫．诗化哲学［M］．山东：山东文艺出版社，1986：200. 203. 199. 204.

态度之一，主要体现于他的抒情诗写作之中。审美式的死亡态度源于海子对“美”这种精神价值的一贯追求，也是浪漫主义诗人喜爱美化现实与生存的一种天性之表现。从心理学的角度来说，悲剧性的死亡态度往往会给海子带来精神上的紧张与焦虑，因此需要得到心态上的缓和与宁静，而审美态度正具备这一功能，这当然反映了海子对于死亡的残酷真相的回避与掩饰心态。审美的态度消除了海子对于死亡的恐惧情绪，甚而诱发了他对死亡某种隐秘而欣悦的向往，因此在海子看来，“死有如音乐一般，它是一种甜柔的渴求”①。由此，海子对于死亡抱着甚浓的欣赏、赞许乃至玩味的心态成分，甚至连恐怖的死亡场景也被覆盖上一层“人为”的“美”的光芒，比如海子在《死亡之诗》（又名《莫扎特在（安魂曲）中说》）中对于“洁净的少女”发出了这样的“死亡请求”：“请在麦地之中/清理好我的骨头/如一束芦花的骨头/把他装在箱子里带回”，“请整理我那零乱的骨头/放入一个小木柜。带回它/像带回你们富裕的嫁妆。”海子用“芦花”、“富裕的嫁妆”等这样的意象来作死亡的隐喻，彻底消除了死亡的恐怖色彩，显然把死亡高度审美化了，从中也不难窥见出海子对于个体生命价值的极端珍视，同时也流露了他身上某种自恋式的文化心态。

解脱式　海子对于生命与生活抱着纯真而又炽热的理想，他常常把生命、生活高度艺术化、浪漫化，然而现实永远按照它冰冷无情的理性逻辑行进，时时嘲弄诗人的浪漫化的情感逻辑，使诗人脆弱的心灵受到不间断的伤害，而且由于理想与现实长久的对峙遂产生一种厌倦的心态，这种厌倦心态发展到一定程度便导致了厌世心理的形成。在海子的绝笔之作《春天，十个海子》中，海子发出了这样困惑、迷惘的自问：“你这么长久地沉睡究竟是为什么?”诗中所谓的“沉睡”即是指生命的死亡状态。这种对于死亡冲动不可违逆的困惑与迷惘，恰在一个更深的心理层次上暴露了无情的现实对诗人心灵伤害的深刻程度。由此不难看出海子产生死亡意识的现实背景。大体而言，正是缺乏爱（广义的爱）的现实（自然也包括海子现实生活中的爱情挫折）成为海子心灵遭受磨难的主要根源。鉴于此，诗人才会发出这样痛苦的“死亡请求”：“我请求熄灭/生铁的光/爱人的光和阳光/我请求下雨/我请求/在夜里死去（《我请求：雨》）。”这种请求是与海子追求纯洁高尚的精神生活、视爱为生命中最高价值的思想紧密相关的。在缺乏爱、只有痛苦与苦难堆积在心灵中的现实面前，海子“请求”死亡，就是“请求”早些从冰冷无

① 刘小枫．诗化哲学［M］．山东：山东文艺出版社，1986：200. 203. 199. 204.

情的现实那里解脱出来。

回归式 这种死亡态度与前面论及的死亡态度关系紧密，一般说来，“解脱”是“回归”的前提与原因，“回归”则是“解脱”的目标与必然结果。这里所说的“回归”是指“回归大地”。大地既是人类的诞生及生存之处所，也是人类生命的最终归宿地。海子曾经明确地把死亡意识称之为“大地束缚力”①，由此可见大地对于海子灵魂所具有的感召力。对海子来说，追求整个身心对于大地的回归，即意味着他寻找到了心灵的慰藉与精神的寄托，寻找到了自由与幸福的最终的、最可靠的保证。这实际上是对精神家园的强烈向往之情，是包括海子在内的浪漫主义诗人们“追求沉睡的生命自由”②的集中体现。在海子那里，“家乡”、“家园”、“村庄”等词语意象内涵均与“大地”的涵义相同或十分接近，它们代表着一种涵纳一切的母性（母亲）胸襟与母性（母亲）情怀。因此，面对大地，海子就完全把死亡视作一种甜蜜的沉睡，态度从容、安详，充满强烈的被抚慰感与幸福感。不过，海子的“回归”带着一种成就感，这种成就感表现在他自认为通过创造性活动给人类的生存赋予了意义，因而流露出满足感与自豪感（也与海子自身的天才意识有关），正像尼采所说的：“我如是愿意着死，使你们朋友们为我之故而更爱大地；我愿意复返于地，使我于诞生我者之地中得享安息。”③ 这种心态在《两座村庄》中表露得非常明显，诗中拿“普希金”与“我”作比照，表现回归“村庄母亲怀抱”的主题意向，在诗的结尾处分明显示了海子本人的某种“死亡优越感”：“村庄静坐　象黑漆漆的财宝/两座村庄隔河而睡/海子的村庄睡得更沉。”

殉道式 在海子那里，最高的“道”无疑是他的“爱”的理想（指博爱，而不是世俗意义上的爱）。爱的理想构成了海子个体生命幸福价值的重要内容，海子始终把爱看作生命中最为珍贵、最难释怀的东西，正如他自己的诗中所坦白的那样：“我来到了人类的尽头/也有人类的气味……/我还爱着。在人类尽头的悬崖上的那第一句话是：/一切都源于爱情”（《太阳·诗剧》）。海子对于爱的珍视与执著追求使他产生了一种强烈的死亡冲动，进而产生自觉的死亡意识。因为爱与死有着天然的联系，当爱的感情到达生命的

---

① 海子．诗学：一份提纲［M］//周俊、张维．海子、骆一禾作品集．南京：南京出版社，1991.

② 海子．诗学：一份提纲［M］//周俊、张维．海子、骆一禾作品集．南京：南京出版社，1991.

③ 段德智．死亡哲学［M］．湖北：湖北人民出版社，1991：255. 266.

深处时，只有死才能承受住它。如果没有体味过死，很难领略真爱的滋味，正如奥地利诗人里尔克所说："只有从死这一方面（如果不是把死看作绝灭，而是想象为一个彻底的无与伦比的强度），那么，我相信，只要从死这一方面，才有可能透彻地判断爱。"[①] 海子显然崇奉这种具有"死亡性质"的爱，不过发人深思的是，海子崇奉与追求的这种爱都高度"女性化"了，也就是说，海子爱的对象基本上都是女性，情感也完全女性化，这跟女性的爱情特性有关。在一个不顾一切爱着的女性那里，她的爱已经不带任何附加条件，纯粹是为爱而爱，充满了炽热的献身（自我牺牲）精神，完全接近并到达了真爱的境界。海子热烈追求的正是这种性质的爱，它完全剔除了肉欲的成分，也无视时间的流逝，带有极端的浪漫化（理想化）色彩。在《我的窗户里埋着一只为你祝福的杯子》一诗中，海子就是用"我沉下海水的尸体""回忆"和呼唤着那个"夜里被雪漂走"的"穿着花布的人"这种超验性的爱情画面，来传达诗人对那种充满苦涩而又永难泯灭的爱的无限渴念，这种无限渴念即是一种终极（永恒）意义上的爱，而它必然与死亡意识紧密联系在一起，这又正如里尔克所言："死处于每一终极的爱的本质之中，只有这种终极的爱才能使人达到在无限中去爱一个人。"[②] 应该说，里尔克的精辟见解为海子的殉道（殉爱）行为提供了最好的证词。而且，再深入一步来看，这种殉道式的死亡态度无疑可以视作海子本人在拯救人类的文化愿望破灭后的妥协性精神产物，是从拯救人类退回到拯救自我的具体表现，同时带有比较浓厚的消极色彩。

二、死亡话语中的时间情愫

海子的诗歌中几乎遍布着死亡话语（意象），诸如"尸体"、"腐烂"、"尸骨"、"埋葬"、"掩埋"、"沉溺"、"沉睡"等等，不胜列举。值得注意的是，这些死亡话语（意象）总是与时间话语（意象）联系在一起，流露出海子本人强烈的时间意识以及一种浓郁的时间情愫，更反映出海子死亡意识的深刻程度。因为死亡意识与时间意识几近同一回事，两者均是面对人类生存的有限性作出一种紧迫的思想反应。海子公开表示过他"热爱时间的秘

---

① 里克尔．慕佐书简．转引自刘小枫．诗化哲学［M］．济南：山东文艺出版社，1986.

② 刘小枫．诗化哲学［M］．山东：山东文艺出版社，1986：200. 203. 199. 204.

密”①，由此见出他对时间怀有的深厚感情，当它与死亡意识融合在一起时，就形成了一种颇具张力关系的矛盾与冲突的死亡心态，使得海子的死亡意识的丰富内蕴得以充分的展示。如果说上一节的内容还基本上只是对于海子的死亡意识作“静态分析”的话，那么本节将着重从时间意识的角度对海子的死亡意识作一番“动态考察”，使我们对于海子死亡意识的内部景观能够达到一种综合性的整体观照。

从某种意义上说，海子身上强烈的死亡意识是由他强烈的时间意识唤醒起来的，因为时间是人的生命存在的基本方式。海德格尔说，时间性是人的生存、人的在世界之中的先验结构，是人的生存的种种状态的地平线②。由此必然规定着时间意识对于死亡意识的先在地位，换言之，死亡意识是一种特殊的时间意识，它是在遭遇到了强烈的价值困惑时所萌发的一种极具严肃性质的时间意识。从人类生存的角度而言，正因为存在着时间的终结现象，从而使死亡问题成为一个关涉人类生存意义的重大问题，不能不引起人们的严肃沉思。也正是在这个意义上，海子对于时间表现出高度的重视与执著的探索热情。

海子认为存在着两种时间，一种是“迷宫式的形式的时间”或“玄学的时间”③，一种是“生活着的悲剧时间”④，前一种时间是“虚幻的，笼罩一切的形式，是自身，是上帝”⑤，后一种时间是“肉身的浑浊的悲剧创痛的、人们沉溺其中的，在世的，首先的，是人，是上帝之子的悲剧时间”，即“‘在世’的时间”⑥，我把前一种时间名之为“上帝时间”，把后一种时间名之为“世俗时间”，这种概括与命名符合海子的原意，同时基本上可以指示出海子的时间价值取向。无疑，在海子看来，上帝时间即是人在纯粹思辨状态中领悟到的时间概念，是一种包孕着无限超脱的精神价值的时间形态，是一种“天堂里的时间”；而世俗时间是人在尘世中对上帝时间具体的、“背逆性”的运用，远离着上帝时间的纯粹精神价值，因此具有深刻的悲剧性质。

海子从死亡出发来设想时间，在死亡的逼迫下焦灼地拷问、探索、冥思

---

① 参见海子．我热爱的诗人——荷尔德林［M］//周俊、张维．海子、骆一禾作品集．南京：南京出版社，1991.

② 潘知常．生命美学［M］．郑州：河南人民出版社，1991：237. 18. 76. 92. 164.

③ 周俊、张维．海子、骆一禾作品集［M］．南京：南京出版社，1991：173.

④ 周俊、张维．海子、骆一禾作品集［M］．南京：南京出版社，1991：173.

⑤ 周俊、张维．海子、骆一禾作品集［M］．南京：南京出版社，1991：173.

⑥ 周俊、张维．海子、骆一禾作品集［M］．南京：南京出版社，1991：173.

着时间的意义，并在此一过程中表明他的“时间态度”。从理念层面上来看，海子无疑崇尚上帝时间而贬斥世俗时间。这种时间价值意向在他的《太阳·土地篇》中表露得最为明显。这部作品以十二个月份对应于土地（大地）景色的生灭流转，用以揭示出世俗时间对于土地（大地）的意义掠夺与价值损害，正如海子在开篇副题中所表达的“死亡谴责”那样：“土地死去了，用欲望能代替他吗?”在作品第十一章，海子以一个备受凌辱与损害的女人的不幸命运来喻示土地（大地）的处境与宿命。富有意味的是，海子在该章标题上方标明“故事”发生的时间是在“十一月”的“秋冬之交”。按照弗莱的观点，“秋冬之交”正是“神的死亡”时刻。海子在这里无疑表明他对上帝时间“隐遁”的巨大遗憾与痛心。在整部作品中，海子对于世俗时间堕落的、“垂死”的性质都进行了无情的谴责。

不过很有意思的是，尽管海子对世俗时间的“垂死”性质识察深刻并表现出排斥和贬抑的价值意向，但他并未轻易地否定世俗时间，在通常情形下，反而对于这种世俗时间表示肯定与认同，正如他自己所说的那样：“我们沉溺其中，并不指望自拔。”① 表面看来，海子的这种时间态度自成悖论。然而究其根源，则在于《圣经》（包括《旧约》和《新约》）文化精神对于海子产生的复杂影响。《新约》（基督教）思想使海子对于死亡抱着无畏乃至渴望态度，幻想通过肉体的消亡抵达天堂（即抵达上帝时间）；而《旧约》（犹太教）思想让海子重生轻死，积极肯定尘世生活（即肯定世俗时间）。海子无疑受到了《旧约》（犹太教）思想的深刻影响的，《面朝大海，春暖花开》一诗非常典型地体现了海子肯定世俗时间的时间价值观念，他为自己预设了“从明天起，做一个幸福的人/喂马，劈柴，周游世界/从明天起，关心粮食和蔬菜”的世俗生活图景，而且给陌生人发出了“愿你在尘世获得幸福”的真诚祝福。整首诗笼罩在“隐逸话语”与“遁世话语”（死亡话语的一种变体）的氛围之中。

进一步说，海子对于世俗时间的肯定是带有“附加条件”的，他总是自觉地把世俗时间朝上帝时间的方向上导引。换言之，也就是说海子在肯定人类尘世生活的前提下，把他的幸福价值从物质层面提升到精神层面上来，这无疑又体现了海子对于《新约》（基督教）思想的自觉接受与指导。由此，在海子本人阐明的“玄学的时间”和“生活着的悲剧时间”（即上帝时间与世俗时间）这两种时间之空隙中，又增添了一种过渡性质的时间形式——审

① 周俊、张维．海子、骆一禾作品集［M］．南京：南京出版社，1991：173.

美时间。夸张一点地说，这种审美时间是海子所崇尚的上帝时间对于海子所认同的世俗时间的一种“价值关照”。比如在《幸福的一日致秋天的花楸树》这首诗中，海子在开头部分写下“我无限地热爱着新的一日/今天的太阳 今天的马 今天的花楸树/使我健康富足 拥有一生”这样的时间意识极其鲜明的诗句（请注意海子一连使用了三个“今天”）来表达他对于世俗时间的高度肯定乃至赞赏、珍视的心态、中间部分是对于世俗时间的热情感受，结尾却对开头与中间部分的意思进行了一种颇令人有些诧异的“语意偏离”：“在劈开了我的秋天/在劈开了我的骨头的秋天/我爱你，花楸树。”这些混合着死亡话语与时间话语的诗句，鲜明地体现了海子的审美时间价值意向——以抛弃和否定肉身的方式来抵达与趋近“纯粹”的上帝时间。

审美时间在海子的时间意识结构中只是一种边缘性或潜意识的存在（海子从未明确地谈论过审美时间概念），因此决定着审美时间在海子那里所具有的过渡性质。对于海子来说，审美时间只是一种瞬间永恒，并未能真正解决因有限/无限的对抗而带来的死亡焦虑状况，海子真正渴望与需要的是绝对永恒，只有获得这种绝对永恒才能使他战胜死亡的威胁。从这种宏伟的愿望出发，海子坚决地否定世俗时间与审美时间，以义无反顾的悲壮姿态进入到对于上帝时间的苦苦追寻之中。

《太阳·诗剧》一诗充分地展示了海子追寻上帝时间的艰辛过程及其痛苦窘困的情状。在这部作品中，海子把五千年前与五千年后不加区分地视作“今天”，明显地体现出海子的神话思维以及他追索绝对价值时间——上帝时间的炽热心愿。然而，海子坚苦卓绝的追寻并未获得如意的结果，反而发现了上帝的缺席——“上帝本人开始流浪。/众神死去。上帝浪迹天涯/告别了那美丽的爱琴海。”上帝的缺席即意味着上帝时间的无比虚妄，正如海子在一篇诗歌札记中所说的那样：“天空上只有高寒的一万年却无火，无蜜，无个体”①。以全部生命的热情去追索上帝时间，最终却毫无所获，反而使海子本人愈益强烈的感受到了“我走到了人类的尽头”的“死亡痛楚”，由此海子在潜意识状态中又对世俗时间萌生了认同与回归的意念：“我仍然要把我引向谁 引向谁的生殖与埋葬？/谁只住在午夜/象时间的终端的鸣响”。在此，我们看到世俗时间观念与上帝时间观念在海子的身上引起的剧烈冲突以及难以调和的程度，正如海子在这方面的自白所陈明的：“我们摇摆着生活

① 周俊、张维．海子、骆一禾作品集［M］．南京：南京出版社，1991：171. 173. 171.

在这两者之间，并不能摆脱，也并不存在对话和携手的可能”①。

总体而言，在死亡话语的笼罩与逼近下，海子对于世俗时间、审美时间只是表示有限的肯定，对于上帝时间则流露无限的向往与执著的追求。不过带有强烈反讽意味的是，海子最终发现上帝时间（最高存在价值）先天地缺失着。这种严酷的“时间事实”对于海子来说当然无法容忍，他决心人为地“制造”出上帝时间来。具体的表现是海子在《太阳·诗剧》中以“太阳王”的身份暗中取代上帝，企图重新给黑暗的人类世界带来光明。这一意象在带有浓厚精神自传色彩的抒情诗《祖国——或以梦为马》中表现得极其鲜明与强烈。诗篇开头部分表达了海子在死亡意识状态下对于世俗时间的肯定与认同：“众神创造物中只有我最易朽/带着不可抗拒的死亡速度/只有粮食是我珍爱　我将它紧紧抱住/抱住她在故乡生儿育女。”但是海子对于世俗时间的肯定态度并非出自衷心（在艺术手法上属于先抑后扬式的铺垫），他真正的愿望是要在“千年后”复活，并“成为太阳”：“我的事业　就是要成为太阳的一生/他从古到今——‘日’——他无比辉煌无比光明”。无疑，在海子看来，“太阳的一生”才是真实的上帝时间，这是人类值得为之献身的最高价值追求目标。概而言之，在以死亡意识作为价值意识的参照下（在诗歌中通过死亡话语或死亡意象体现出来），海子大致经历了从暂时性、虚假性地肯定世俗时间和审美时间，发展到否定世俗时间、审美时间以及虚幻的上帝时间，从而最终肯定“人造”上帝时间这一颇为复杂而丰富的心路历程。

三、生存的焦虑与意义的召唤

海子身上鲜明而强烈的死亡意识在其心态上凝聚成一种死亡焦虑，而这种死亡焦虑与生存焦虑实质上是一回事。因为死亡就是生存的一种特殊形式，是内在于生存的，正如海德格尔所说：“死亡是此在之不可能的可能性”②，用通俗的话来表达，就是说死亡是生存不可避免的结局或遭遇。表面上看来，生存焦虑就是人害怕死亡消灭自己的肉身，然而更内在的原因在于，由于死亡带来毁灭一切的结果，人们对于自己追求的价值信念产生了强烈的怀疑、困惑、动摇乃至幻灭态度，因而说穿了，人的生存焦虑、死亡焦虑乃是“意义焦虑”和“价值焦虑”，正如一位西方智者所作的精辟的分析那样：“我们所做的事、所获得的成就都是暂时的，终归化为乌有。死亡在背后处处窥伺

① 周俊、张维．海子、骆一禾作品集［M］．南京：南京出版社，1991：171. 173. 171.
② 段德智．死亡哲学［M］．湖北：湖北人民出版社，1991：255. 266.

着，我们所过的每一片刻，不管过得好或坏，都使我们越来越靠近死亡；即使是一个非常幸运的人，乐享天年，毕生没有遭遇过重大的灾难，然而他转眼不得不离开世界上对他具有价值的一切……”① 这段话清楚地阐明了人类的死亡焦虑、生存焦虑的症结之所在：人类对于价值虚无化的天然恐惧心理。

海子强烈的生存焦虑正具有上述性质。海子炽热的生命理想使他对于生命意义与生命价值的执著追寻达到了痴迷的地步。这份执著和痴迷与当时普遍沉浸于生命游戏的“第三代”诗人对比起来尤显得难能可贵。海子的《答复》一诗可以视作一篇追问生命意义与生命价值的“痛苦宣言”：

麦地
别人看见你
觉得你温暖　美丽
我则站在你痛苦质问的中心
被你灼伤
我站在太阳　痛苦的芒上

麦地
神秘的质问者啊

当我痛苦地站在你的面前
你不能说我一无所有
你不能说我两手空空

“麦地”在这首诗中拟人化的成了一个对诗人具有“质问”权利的主体形象，它站在发问者位置上；而诗人处于被“质问”的被动位置上。“神秘”这个词语意象则意味着麦地“质问”诗人的正是关于生命意义与生命价值是否可能的重大哲学命题。诗人的“答复”则明显“暴露”了生命意义与生命价值在客观层面上的缺失状况，但海子固执的理想信念又迫使他“违心”地作出了肯定式的回答。这是一个面对生存的无意义而“强索”意义的行为，因而诗人在心理上显得无比焦灼和痛苦。

一般说来，海子的生存焦虑起源于他的现实生存经验。海子很早就清醒地认识到了生命的荒诞与无常，认识到了生存的偶然性，由此萌生了强烈的

① 潘知常．生命美学［M］．郑州：河南人民出版社，1991：237. 18. 76. 92. 164.

悲剧生命意识。这种悲剧生命意识在《明天醒来我会在哪一只鞋子里》得到了充分的揭示——“我想我已经够小心翼翼的/我的脚趾正好十个/我的手指正好十个/我生下来哭几声/我死去时别人又哭/我不声不响的/带来自己这个包袱”，可见这种生命经验已经包含着浓厚的荒诞意识的成分，从中也透露出海子对生命存在状态的高度关注态度，这与他深刻的人本主义思想不无渊源关系。

对于真实的人类生存处境的关注使得海子“拒绝永恒”（《太阳·土地篇》），亲近大地（土地），把大地视作“为了缺乏和遗憾而发现的一只神圣杯子”①。然而大地上的人类生存却总是与“意义”失之交臂：“得到的尚未得到/该丧失的早已丧失”（《秋》），反而常常让人目睹骸骨“横陈于地”、“没有丝毫的宽恕和温情”的残酷死亡真相（《秋》）。现实生存的意义匮乏产生的心灵煎迫感必然要使海子的目光从大地转移到天空上，寻找上帝与天堂（即最高生存价值与生存意义）成为海子进行诗歌写作（尤其是史诗创作）的巨大内在动机，正如海子在其诗句中所坦白的那样：“我们活到今日总有一定的缘故。兄弟们/我们在落日之下化为灰烬　总有一定的缘故”（《太阳·诗剧》）。

不过，海子想从“天空”（上帝与天堂）那里寻找“生存缘故”的卓绝愿望终归宣告无效，因为上帝与天堂毕竟只是一种精神幻象（正如前面所论述过的）。事实上，海子是深知精神幻象的虚妄性的，只是由于对现实的极端不满（源于现实生存的意义匮乏）和对于生命理想的无限执迷才使海子醉心于自己人为建造的神话幻象中，以充满灵魂冒险的方式企图从神话幻象中寻求到人生与世界的绝对真理。然而，海子清醒的现实生存经验常常在关键处打破他自己的神话幻想，让其自动流露出真实的虚幻“面目”，正如朱大可一针见血地所指出的那样：“海子企图用‘幻象’的虚幻性去消解他所建立的神话，也就是用绝望的左手抹掉欢乐右手刻划出的沙滩图案。”②

由于在大地和天空上都找不到生命存在的根据、理由和意义，海子陷入了空前的绝望，这种绝望的意义远远超过对于死亡毁灭肉体的那种恐惧感，一位对生命哲学深有领悟的国内学者对“绝望”的含义作出了这样深刻的阐释：“绝望产生于对世界沦入可怕的无可逃避的深渊时所产生的操心和焦虑。

① 周俊、张维．海子、骆一禾作品集［M］．南京：南京出版社，1991：171. 173. 171.

② 朱大可．先知之门——海子与骆一禾论纲［M］//崔卫平．不死的海子．北京：中国文联出版社，1999.

它是对仿佛永在天边根本不会有答案的问题的追问，只对世界的无法消解的无意义性的畏惧和战栗，是在价值和意义的毁灭中对价值和意义真实的固执。”[①] 毫无疑问，海子的绝望完全包含着前面这段话的内涵，揭示出了海子生存焦虑的全部内在根源。

世界的无意义与人类生命对于意义的强烈渴求构成了一个难以理喻的深刻悖论。作为一个真正的诗人，对于生命意义与价值的追寻与召唤是其责无旁贷的人生使命。如果生命本身缺少意义，那就要为生命创造意义，因为“生命世界从无意义到有意义，只能以生命本身的被赋予意义为根据”[②]。海子纯粹的理想主义文化精神立场使他自然无法忍受生命意义的长期“缺席”，他激烈呐喊，奋起抗争，最终在一种清醒而又狂热的思想与情绪状态下为他的最高生命理想——“成为太阳”——走上了肉身祭献的道路，以一种过于悲壮的方式完成了一次召唤生命意义的决绝行动。

对海子来说，这自然是一种神话式的真实人生悲剧，但其意义不应低估。奥尼尔曾经这样评价悲剧的意义：“当人在追求不可企及的东西时，他注定是要失败的。但是他的成功是在斗争中，在追求中！当人向自己提出崇高的使命，当个人为了未来和未来的高尚价值而同自己内心和外在的一切敌对势力搏斗时，人才是生活所要达到的精神上的重大意义的范例。”[③] 如果我们抛开海子死亡（自杀）悲剧的原因及其后果不论，仅仅从其精神动机着眼，那么奥尼尔的这段评价套用在海子身上无疑也是恰当而深刻的。在此，还可以引用十九世纪德国浪漫派天才诗人诺瓦利斯关于死亡的一句自白：“我的死将是我对于最高存在一往情深的明证；而不是一种遁世的权宜之计。”[④] 而这，无疑更是对于海子死亡（自杀）意义一种最好的阐释与说明。

（谭五昌，知名评论家）

---

① 潘知常．生命美学［M］．郑州：河南人民出版社，1991：237. 18. 76. 92. 164.
② 潘知常．生命美学［M］．郑州：河南人民出版社，1991：237. 18. 76. 92. 164.
③ 潘知常．生命美学［M］．郑州：河南人民出版社，1991：237. 18. 76. 92. 164.
④ ［丹麦］勃兰兑斯．十九世纪文学主流：第2分册［M］．刘半九，译．北京：人民文学出版社，1997：184.

金松林

裂变与突围

——论80年代新诗转型中的海子诗歌创作

从50年代到70年代，中国当代新诗基本笼罩在一个泛政治的话语环境中。这一时期，诗歌语言中的伪装编码、情感中对主流意识形态的机械依附、诗人个体的身份丧失和民族情感的恶性膨胀，共同建构起新诗史上声势浩大的造神运动和国族庆典。国家意识形态对个人审美经验的无情僭越，以及“共名”时代对诗人“自我”的普遍放逐，其结果不仅造成了当代新诗的非诗化，而且压制了诗人自由言说的声音，使新诗渐趋困境。1978年底，北岛、舒婷、顾城、江河、杨炼等为代表的“朦胧诗”的涌动不仅撼动了新诗坚硬的历史地表，而且通过对人的主体价值的张扬完成了对传统的第一次反叛。然而好景不长，由于“朦胧诗”本身的原因以及诗界保守派借“清除精神污染”运动对其进行的大肆攻击，到1983年朦胧诗很快退潮。受惠于朦胧诗，而对中国新诗有更高期待的更年轻的一代借助朦胧诗的势能，在80年代中后期以“团伙”集结的方式对新诗传统实施了另一次更为激烈的、以“断裂”为特征的诗歌“暴动”。[①] 相当多的诗人自觉投入到了崇高的放逐和文本的解构浪潮之中，沉迷于言说的解放和生命的狂欢。海子的创作肇始于“新诗潮”向“后新诗潮”嬗变的语境之中，其诗歌既有萌蘖于前者的影子，又不可避免地带有后者的擦痕，但最终他还是从诗潮中突围出来，踏上孤军奋进的漫漫诗路，成为新诗史上一个不和谐的“音符”。本文将在论述80年代新诗两次裂变的基础上，重点探讨这一转型语境中海子诗歌的创作特色。

一

朦胧诗的面世是当代新诗领域发生的一件大事。“这陌生的‘蒙面人’

① 洪子诚，刘登翰：《中国当代新诗史》（修订版），北京大学出版社，2005年，第207页。

一经出现在诗的地平线上，就使读者的审美意识和审美视野发生了根本的改观”[①]，它不仅挑战了人们长期以来渐渐形成的诗歌阅读经验，而且对现有的诗歌审美观念形成了巨大的冲击。诗人公刘就坦言自己和年轻一代之间出现的距离，“我对他们的某些诗作中的思想感情以及表达那种思想感情的方式，也不胜骇异”[②]，不过他对这股潮流，主张采取引导的态度。而诗人顾工则不然，他读完顾城的诗后牢骚满腹——“我越来越读不懂我孩子顾城的诗，我越来越气愤”[③]。老诗人臧克家更是毫不容情地批评“现在出现的所谓‘朦胧诗’，是诗歌创作的一股不正之风，也是我们新时期的社会主义文艺发展中的一股逆流”[④]。在诸多的反对声中，我们可以体会到他们对异质侵入时的威慑和慌乱。之所以如此，就是因为被斥为“异端”的朦胧诗以一种尖锐的方式楔入了传统的地表，从而引起整个新诗板块的震荡和裂变。“三崛起”从理论的角度正式宣告了新诗现代转型期的到来。

作为考察新诗发展的一个独特视角，这一“转型”不仅包括新诗品质的变化，同时也包括诗歌语言的变革。朦胧诗之前的当代新诗在一定的程度上偏离了五四追求个性解放的文学传统，在诗歌“大众化”口号影响之下，诗人们力图告别一己的悲苦和欢愉，积极参与重大社会事件，甚至主动介入政治、民族、国家这些宏大的文化系统，将诗与国家神话紧密地编织在一起。国家作为特定时代的情感吸附器，不仅将诗人们巧妙地收编改造为“时代的歌喉”，同时还有目的的将诗歌的语言制度化，从而使一系列派生于现代国家的意识形态概念在新诗中登堂入室，诗歌自身的审美功能丧失殆尽，逐渐演变为国家神话的脸谱。诗人们不仅放弃了对诗歌独特的把握世界的方式和审美特征的探寻，而且忽略了对自己内心情感和创作个性的张扬，其结果必然造成新诗的非诗化和非我化。当主流诗人们还陷在新诗的沉疴中怡然自乐的时候，被斥为异端的朦胧诗人们就已预感到新诗颓败的深刻悲剧。为扭转这一颓败之势，他们主动吸收西方现代艺术理念和创作手法，并融汇本土话语对新诗展开了一次真正现代意义上的审美改造。“他们不屑于作时代精神

---

① 唐晓渡：《朦胧诗之后：二次变构和第三代诗》，见《磁场与魔方——新潮诗论卷》，谢冕，唐晓渡主编，北京师范大学出版社，1993 年，第 241 页。

② 公刘：《新的课题——从顾城同志的几首诗谈起》，见《朦胧诗论争集》，姚家华编，北京学苑出版社，1989 年，第 7 页。

③ 顾工：《两代人——从诗的“不懂”谈起》，见《朦胧诗论争集》，姚家华编，北京学苑出版社，1989 年，第 35 页。

④ 臧克家：《关于“朦胧诗”》，见《朦胧诗论争集》，姚家华编，北京学苑出版社，1989 年，第 75 页。

的号筒，也不屑于表现自我感情世界以外的丰功伟绩。他们甚至于回避去写那些我们习惯了的人物的经历、英勇的斗争和忘我的劳动的场景。他们和我们50年代的颂歌传统和60年代战歌传统有所不同，不是直接去赞美生活，而是追求生活溶解在心灵中的秘密。梁小斌说：‘我认为诗人的宗旨在于改善人性，他必须勇于向人的内心进军。’他们在探索那些在传统的美学观看来是危险的禁区和陌生的处女地，而不管通向那里的道路是否覆盖着荆棘和荒草。正因为这样，他们的诗风有一种探险的特色，也许可以说他们在创造一种探索沉思的传统”，“在年轻的革新者看来，个人在社会中应该有一种更高的地位，既然是人创造了社会，就不应该以社会的利益否定个人的利益”，所以诗人杨炼说：“我永远不会忘记作为民族的一员而歌唱，但我更首先记住作为一个人而歌唱。”[①] 顾城对当代诗歌的批评则更为直接，他认为：“我们过去的文艺、诗，一直在宣传另一种非我的‘我’，即自我取消、自我毁灭的‘我’。如：‘我’在什么什么面前，是一粒砂子、一颗铺路石子、一个齿轮，一个螺丝钉。总之，不是一个人，不是一个会思考、怀疑、有七情六欲的人。如果硬说是，也就是个机器人，机器‘我’。这种我，也许具有一种献身的宗教美，但由于取消了作为最具体存在的个体的人，他自己最后也不免失去了控制，走上了毁灭之路。”[②] 在这些探索者的实验中，他们始终把人作为诗歌表现的核心。这一转变意义深远，一方面恢复了人在生活中的主体价值和尊严，那个被时代的各种浪潮淹没的“无名”的“小写的我”开始向本己回归，并显露出自己的真实形象；另一方面就是诗歌重新接续了五四“人的文学”的传统，诗人不但主动利用诗歌去表现人们的内心情感世界，而且大胆追求诗歌创作的风格化和抒情形象的个性化。胡适早就提出“一时代有一时代之文学……因时进化，不能自止”的文学发展观，这些新诗的探索者们大胆承续了这一观念，主动走出新诗的阴霾，以饱满的激情赋予了当代新诗新的品质。

如果说新诗品质的变化指向的是诗歌的外在层面的话，那么语言的新变则直接关涉诗歌的内在本质。郑敏在世纪末回顾汉语语言变革与中国新诗创作之时认为：“过去一个世纪中国文学，特别是诗歌创作三次面临道路的选

---

① 孙绍振：《新的美学原则在崛起》，见《朦胧诗论争集》，姚家华编，北京学苑出版社，1989年，第108、109页。

② 顾城：《请听听我们的声音》，见《磁场与魔方——新潮诗论卷》，谢冕，唐晓渡主编，北京师范大学出版社，1993年，第20页。

择，而三次都与语言的转变有紧密的关联”①。而今重读陈独秀、胡适、周作人等在五四前后所写的文章，我们很容易看到在这场“革”与“保”的斗争中围绕语言所发生的深刻裂变。“一方面，来自西方的新学带来了大量的新词汇、新术语，而翻译西方著作又需要有新的句法和更丰富的修辞策略，文言的一整套规则面对着新的释义方式的挑战。表意的‘文言’已无法表达复杂艰深的新的学理，汉语在句法和文字上的特点就与西方的语言表达方式产生了尖锐的冲突。‘文言’在一个特定的激变时代里显示出自身表达方面的不足。……另一方面，文言作为书面语系统与口语的距离极大，是它招致指责的一个重要方面，文言被指责为一种‘死的语言’，也就是由于人们普遍认为口语比起书面语更为接近人类的心底需要表达的一切。”② 对文言的表意系统的简单否定直接导致了现代汉语对古代汉语的整体性取代。“白话文”作为一种新的意识形态语言彻底“推倒”自己的母语传统，确立了自己的“正宗”地位。事实证明，这一变革不仅违背了语言本身的规律，而且使丧失历史积淀和文化精神的现代汉语显得苍白孱弱。

就新诗而言，“话怎么说就怎么写”这一创作主张将口语与诗的语言等同起来其实不是回到了诗歌本身，恰恰背离了诗歌。按拉康（Jacques Lacan）的说法，在语言的能指和所指之间其实有一道难以跨越的斜杠（“/”），所以任何语言都有其不可言尽的一面，正是它的存在赋予了诗歌的深刻蕴涵和审美意味。而在五四文学革命中，胡、陈等先驱者一方面故意抬高口语的地位，认为它与书面语相比更能表达一个人的内心世界和思想情感的观念其实与西方的语言中心主义（Phonocentrism）极为相似；另一方面在语言与意识形态的关系上，忽略了语言本身的纯粹性而强调社会意识形态对语言的影响和干预，将语言与意识形态叠合起来，从而遮蔽了语言本身的魅力。在此语言观念的支配下，新诗不仅变得平白浅显，而且演化为意识形态的附庸。

延安文艺座谈会之后，这一语言观念在诗歌创作中大行其道。如敌后根据地“新诗的歌谣化”倾向、建国后解放区和国统区两大诗人阵营的合流对新生祖国和伟大领袖的歌颂、“大跃进民歌运动”、60 年代的政治抒情诗、“文革”中的“地上”诗歌和 76 年的“天安门诗歌运动”，历经劫难的诗人在一次又一次的政治浪潮中以国家、民族和时代为抒情对象，积极地投身于战歌和赞歌的洪流，以“放声歌唱”的形式赋予了现当代诗歌鲜明的意识形

① 郑敏：《世纪末的回顾：汉语语言变革与中国新诗创作》，见《文学评论》，1993 年第 3 期。
② 张颐武：《二十世纪汉语文学的语言问题》，见《文艺争鸣》，1990 年第 4 期。

态功能。这一时期的文学语言不仅缺乏应有的审美自主性，同时也自觉或不自觉地成为了主流话语的复制品。这也就是说，文学语言经过主流话语的重新编码，被彻底地主流化了，成为了主流化的语言。“这种极端主流化情形的明显标志之一，是文学作品总是尽力直接地和明确地体现最高的主流政治意图，从而形成浓重的政治图解色彩，或过多的政治议论特点。文学语言的极端主流化所导致的明显后果，是现代汉语失去了固有的想象、传神能力，变得似乎只能机械地复述主流语言，或从审美上证明主流语言的权威，而无法表现事物的丰富多样性和深层意蕴”①。就诗歌而言，主流语言的强势介入不仅破坏了作品自身的意义结构，而且使其逐渐疏离了诗歌的本质。

朦胧诗的出现无疑对这一语言观形成巨大的冲击。因为“人们已经习惯了详尽说明的‘明白’的诗，他们把这视为诗的必然的和仅有的属性。人们也已经习惯了用诗来配合生活中的这个或那个重大的政治性行动，他们把这视为诗的惟一的职能和目的。一旦新诗潮中涌现出不同于此的作品，他们便在那些扑朔迷离的意象迷宫中茫然失措，他们为‘读不懂’而焦躁气闷”②，于是有人站起来向新生的诗歌“发炮”，并且施与其“朦胧诗”的“罪名”。之所以如此，“其实主要是由于它们抛弃了主流化语言的通常表现为政治议论的‘明白’模式，而采用了属于诗自身的总体象征（暗示）方式，并以此向主流化语言宣战”③，彻底打破了意识形态话语长期统治文学语言的格局，更加专注地探索语言作为表意系统的可能性，突出强调诗歌创作中“语言的自觉”。也就是说，他们在诗歌中“不讲究传统的工整和谐，而是追求某种全新的‘搭配’关系，追求词与词之间所构成的巨大张力”④，大量运用象征、隐喻、含混、陌生化等手法，试图摆脱语言的外在束缚而回到诗歌的诗性状态，自觉进行诗歌语言的创设和更新。他们通过对诗歌语言的改造，不断地将年轻一代的生活感受和生存体验植入到民族文化之中，在抚平历史“创伤性记忆”的同时唤醒人们心中沉睡已久的“自我意识”。因此，作为“崛起的诗群”，其诗歌语言中不可避免地充溢着批判与启蒙的双重色彩。比如北岛的“我—不—相—信!”不仅是喊给站在城楼上的“父辈们”听的，

① 王一川：《中国形象诗学》，上海三联书店，1998年，第43-44页。

② 谢冕：《历史将证明价值》，见《朦胧诗选》，阎月君，高岩，梁云，顾芳遍选，春风文艺出版社，1985年，第3页。

③ 王一川：《中国形象诗学》，上海三联书店，1998年，第47页。

④ 陈仲义：《新诗潮变革了哪些传统审美因素?》，见《朦胧诗论争集》，姚家华编，北京学苑出版社，1989年，第228页。

同时也意在呼唤年轻的“逆子们”应该尽早成熟起来反抗自己的“诗父”，所以“历史在这里并不是子辈对父辈恭顺的传承，相反，它是取而代之，是在父辈历史的废墟之上矗立起自己的‘塑像’”[①]。然而，让人遗憾的是，在“清除精神污染”运动以及急转直下的后现代（Postmodern）文化语境中，朦胧诗在其语言裂变并未彻底实现之时就开始退潮，新的诗歌语言变革尚待后朦胧诗人来完成。

不过，就朦胧诗所取得的成就而言，“在精神向度与诗歌写作上，‘个体’精神价值的提出与强调，是最值得重视的一点。朦胧诗在开启新诗那些被长久封闭的空间上，在激发诗歌探索的激情与活动上，在推动当代诗歌艺术视野的拓展，寻找与人类广泛文化积累的对话，以及发掘现代汉语可能性等方面，都有难以忽视的功绩”。“它表现的某种程度上的‘语言的反叛’：‘拒绝所谓的透明度，就是拒绝与单一的符号系统……合作’”[②]，这一带有明显的“异质”（heterogeneous）色彩的语言实验为当代诗歌的发展注入了新的活力。

1985年左右，当代新诗进入争先恐后的“先锋”时期。这一时期不仅流派四起，而且口号林立，诗坛呈现出“哗变”的纷繁景观，更年轻的一代以“团伙”集结的方式策动对新诗传统的又一次“谋反”。对朦胧诗人的精英立场，他们抱以鄙夷的态度，主张诗歌平民化、庸常化，认为诗歌应“回到个人”、“回到日常生活”，因此，在诗歌的整体风貌上展现出“反崇高”、“反文化”、“反意象”和口语化倾向，“主张以‘我’为楔子介入世界，像‘腰间挂着诗篇的豪猪’（李亚伟《硬汉们》）横冲直撞，矛盾又虚妄地宣称要‘像市民一样生活，像上帝一样思考’（这群诗人流行的一句口号）。他们大大咧咧，把诗写得随随便便、恣意杂陈，或以调侃、自嘲、恶作剧的方式亵渎‘神圣’，或以现代蛮性对答崇高和优雅，当然也有相当一部分作品，面对现代人孤立无援的生存境遇，在敞开生命的贫乏的同时，看重生命的现时，认同平凡人生命的本真部分，肯定现实、自由、具体的人性，不让真个悖谬、荒诞、矛盾的背景摧掩人的精神”[③]，而主动“将超越的浪漫精神和诗艺的‘古典主义’结合，在展开的现实背景上，执著于人的精神的提升”[④]。因此，

---

① 张闳：《声音的诗学》，中国人民大学出版社，2003年，第72页。

② 洪子诚：《朦胧诗新编·序》，洪子诚，程光炜编选，长江文艺出版社，2004年，第6页。

③ 王光明：《“后新诗潮”》，见《南方文坛》，总70期。

④ 洪子诚，刘登翰：《中国当代新诗史》（修订版），北京大学出版社，2005年，第211页。

前者表现为“日常生命经验型”，而后者为“灵魂超越型”。

一些诗人拒绝诗歌的崇高化追求，反对宏大主题，偏爱个人日常平庸生活中的琐事和一些没有深度的生命感觉，将诗歌与个体的生存状态同化。对他们而言，似乎已经不再需要思想和深度，只需絮絮叨叨的文字的宣泄就足够了。“写一流的诗/读二流的作品/谈三流的恋爱/至于诗人意味着什么/我们嘿嘿冷笑/窗外正是黄昏/有人在卖晚报/喝完咖啡又喝啤酒喝凉水/其间三回小便/晚饭的时间到了/丁当你的名字真响亮/今天我没带钱/下回我请你去顺城街/吃过桥米线”（韩东《有朋从远方来——赠小丁》），经过他们“冷抒情”、“反意象”的策略处理，诗歌完全停留在对日常现象的记录和描述上，“尚义街六号/法国式的黄房子/老吴的裤子晾在二楼/喊一声胯下就钻出戴眼镜的脑袋/隔壁的大厕所/天天清早排着长队/我们往往在黄昏光临”（于坚《尚义街六号》），这些庸俗无聊的日常行为充斥在他们的诗中，不仅削平了语义的深度，同时也放逐了文本，诗歌渐次演变为语言的游戏和书写的狂欢。臧棣在一篇文章中认为这是一种明显的“写作大于诗歌”的倾向①。他们所津津乐道的，是对语言的重视，如“他们”提出的“诗到语言为止”、“非非主义”主张“诗从语言开始”，“海上诗群”认为“语言发出的呼吸比生命发出的更亲切、更安详”，“回到语言”成为了他们诗歌创作的核心。强调诗歌向语言的回归，其实就是强调语言的自足性呈现。新诗潮之前的诗歌强调语言与实在、能指与所指的对应和同一，诗歌语言总是不可避免地指向物象背后的文化内涵与象征意味，“文以载道”的诗歌功能观得到极度强化。他们反对这种功能观，“而迷恋于语感的回味和营构，将生命表现为诗中的语感。极力推崇语感，就是用语言自动呈现一种生命的感觉状态，合目的又无目的地展现诗人精神本能的运动形式”②，坚持语词的不及物性，尝试将语言从外在意义的陷阱中抢夺回来，最终使诗“回到诗歌本身”。杨黎的《撒哈拉沙漠上的三张纸牌》就是这一语言观的典型实践：“一张是红桃K/另外两张/反扣在沙漠上/看不出是什么/三张纸牌都很新/新得难以理解/它们的间隔并不算远/却永远保持着距离/猛然看见/像是很随便的/被丢在那里/但仔细观察/又像精心安排。”在类似的诗歌中，并无具体的语义所指，不追求所谓的形上意趣，而仅仅是客观状态的呈现和敞开。然而，让人遗憾的是在80年代中后期的诗歌创作中，由于诗人们的浮躁心态和准备不足，使口号明显高

① 臧棣：《后朦胧诗：作为一种写作的诗歌》，见《文艺争鸣》，1996年第1期。
② 罗振亚：《后朦胧诗的语言态度》，见《诗探索》，2002年第3-4辑。

于成效，诗歌不但没有“回到诗歌本身”，反而在“众声喧哗”中越写越窄，步履维艰。

与这一诗歌倾向几乎同时，另一些诗人主动走出个人化和日常经验的泥潭，反对艺术上的庸俗进化论，而对灵魂的超越和终极价值的追寻表现出莫大的热情。“这些诗人虽然从措词特性上大致属于隐喻-象征方式，但从想象力维度上却区别于朦胧诗的社会批判模式。他们也不甚注重琐屑的日常经验和社会生活表达，而是寻求个人灵魂自立的世俗生存条件的超越因素，来纵深想象和塑造”，而“对终极价值缺席的不安，使之发展而为一种重铸圣训、雄怀广被的歌唱”[①]。当一些诗人把诗写得满不在乎、邋邋遢遢的时候，他们倡导一种“新古典主义”和“纯诗”的写作，“‘一方面是希望对于当时业已泛滥成灾的平民诗歌进行校正，另一方面也是希望表明自己对于服务于意识形态的正统文学和以反抗的姿态依附于意识形态的朦胧诗的态度。’同时，‘在感情表达方面有所节制，在修辞方面达到一种透明、纯粹的高贵的质地，在面对生活时采取一种既投入又远离的独立姿态’”。“在某种意义上，这群边缘诗人在80年代中后期是以追求诗歌黄金般的纯粹去回应‘朦胧诗’的抗衡激情和‘新生代’的非诗化倾向的。相对于‘朦胧诗’的抗衡激情，他们更注重个人体验的想象与内省；相对于‘他们’和‘非非’对破碎个人心灵碎片的恣意杂陈，他们更重视诗歌语言想象对经验的发展与重构”[②]。总之，对于这类诗人而言，对个体灵魂的关切以及对人类集体命运的思虑赋予了他们的诗歌特殊的“肌质”和魅力。其代表性人物除了西川、骆一禾、戈麦以及某种程度上的“整体主义”、“新传统主义”之外，海子是一个绝对不可绕过的角色。在实际创作中，他们不仅淬炼语言的纯度，同时也挖掘语义的深度，追求诗歌与生命与真理的结合。“有一种神秘你无法驾驭/你只能充当旁观者的角色/听凭那神秘的力量/从遥远的地方发出信号/射出光束，穿透你的心/像今夜，在哈尔盖/在这个远离城市的荒凉的/地方，在这青藏高原上的/一个蚕豆般大小的火车站旁/我抬起头来眺望星空/这时河汉无声，稀薄的鸟翼/坠落，使驽马惊惶/逃向我，我站立不动/让灿烂的群星如亿万只脚/把我的肩头踩成祭坛/我像一个领取圣餐的孩子/放大了胆子，但屏住呼吸”（西川《在哈尔盖仰望高空》），如此明澈的语言不仅建构了一个超验的世界，而且为诗歌注入了精神性并确立了它的独立地位。在骆一禾、海子和戈麦的

---

① 陈超：《中国先锋诗歌论》，人民文学出版社，2007年，第9页。

② 王光明：《个体承担的诗歌》，见《诗探索》，1999年第2期。

诗中，我们也可体验到这一诗性语言的闪光。本质的语言言说一方面将人的生存带入一种深度，另一方面也将诗歌引向一个高度。然而，在现代之后的荒漠风景中，这些形式精审、质地高贵的诗歌很快幻化为雨后彩虹，海子、骆一禾、戈麦去世之后再也难以为继。

通观这两类诗歌，前者试图通过直述式、日常化和口语化的语言来拆除诗歌本文的深度，不仅“拒绝隐喻”，同时也主动放弃对崇高精神的祈求；而后者与此表现出鲜明的对立，他们自觉地将超迈的精神与诗歌结合，尝试运用诗性的语言来提升生存的意义和深度。它们的矛盾和冲突既展现出中心价值解体之后文学的多元取向，又流露出诗人们在世界日益散文化过程中对新的价值向度虚位以待的心灵。

综上所述，在从70年代末到80年代末的短短10年中，在朦胧诗人和后朦胧诗人的努力下，新诗逐渐走下政治与文化共同搭建的神坛，开始步入“民间”。这一过程具有典型的“回归”意味和“实验”色彩。所谓“回归”，一方面指当代新诗剥去外在的重负而回到诗歌本身，另一方面指诗歌粉碎国族美学的幻影回到对个体内心情感和精神的关切。而所谓“实验”，则是就诗的本质而言，它不仅体现着当代诗人主体意识和精神的觉醒，更充分展露出这些觉醒后的诗人对当代新诗语言的开掘和探索。尽管在遭遇后现代风暴之后新诗显示出“坠入庸常”以及从“深度”走向“平面”的倾向，但较之50至70年代中期的诗歌远为接近了诗的本体已是不争的事实。

二

80年代当代新诗的“两次转型”赋予了海子诗歌创作特殊的品质。他于1979年进入北大学习，1983年开始诗歌创作，而这一时段恰好是朦胧诗风起云涌之际，因此，他的诗歌不可避免地受这股浪潮的影响。1983年以后，《今天》作为“诗群”分崩离析，朦胧诗的新锐势头逐步衰减，在文艺界“清除精神污染”运动的冲击下，诗界进入了较为短暂的沉寂期。1985年以后，“更年轻的一代”因不满于朦胧诗政治伦理式的雄辩、诘问和宣告的叙述模式，怀抱着对诗歌新的想象和期待开始了新一轮的诗歌探索和实验。“回到”诗歌“自身”，“回到”语言，回到个体的“生命意识”，这些意义含混的口号，成为后朦胧诗人这一时期主要的创新目标。海子的绝大部分诗歌完成于这一时期，其表现领域和诗歌语言带有鲜明的探索和实验色彩（甚至可以说，“探索”与“实验”就是海子“创作”一词的两面），由此，海子的创作与“第三代”诗歌又有密不可分的关联。然而，随着海子诗歌艺术的精熟和诗学理想的确立，很快同朦胧诗决裂开来，同时也与其他“新生代”诗人分道扬镳。本文试图用“裂变”和“突围”来归纳海子与朦胧诗和后朦胧诗的复杂关系，并以此来讨论新诗转型中海子诗歌创作及其对当代新诗的贡献。

海子与朦胧诗的关联更多地体现在其与以江河和杨炼为代表的“现代史诗”派的关系上。在人类文化史上，“史诗”这个概念是既定的，我们总是有意或无意地将它同荷马那些反映古希腊社会面貌和民间流传的英雄神话的作品联系在一起，而在中国当代新诗史中，江河和杨炼所提出的“现代史诗”与源于西方的“史诗”概念有很大的差别，或者说只是对这一概念的假借移植。在汉诗语境中，“现代史诗”是抒情性的而非叙事性的，它溶解历史于抒情之中而不对历史事件或传说作宏大的铺叙，它关注历史却更多的是从现在的角度反思过去。“这些诗显示了介入‘历史’的强烈欲望，同时也表现了鲜明的社会政治视角：试图通过对民族历史和文化传统的探寻，来获得对现实问题和历史的认知。以‘自我’的历史来归纳民族历史，既是感知角度，也是由这一视角转化的抒情方式”①，因此，它是本土诗人借用这种诗歌形式对自己文化传统的思考。这些诗人自觉地将思考的触角伸入民族心理、民族历史和民族文化的深层，在古老的文化遗址上建立自己的诗歌王国，探寻民族的文化之“根”。他们“沿着黄河入海处溯源而上，寻找这片古老的黄土地之根，向着古老民族的文化心理结构和集体无意识的深层领域不断地掘进”，“他们以博大的哲学意识观照古老先民的生命形态，从深邃的东方文化中确认生命存在的真正价值。由此，一个饱蕴着独特的中国文化特质的意象群落组成了现代史诗的象征世界，诸如盘古开天辟地，羲和驭龙巡天，嫦娥奔月，夸父逐日，精卫填海，女娲补天的功能，使我们对古老的神话、先民文化遗址、宗教寺庙等历史素材给予过多的关注，企图将历史幻化为一片感性的时间和风景，从而探触到民族文化的原始意象。”② 在80年代新诗转型中，这些史诗别有意味，在情感基调上，诗人们在充分张扬自己创作个性的基础上，主动将无名的“小我”转化为共名的“大我”，将个人的情感上升为民族情感；而在艺术手法上，诗人作为创作的主体隐藏在意象背后，让厚重的文化意象去承载个人的心语。这样一种创作实验，一方面赋予了现代

① 洪子诚，刘登翰：《中国当代新诗史》（修订版），北京大学出版社，2005年，第192页。
② 吴开晋：《新时期诗潮论》，济南出版社，1991年，第185-186页。

汉语新的可能，另一方面也重塑了当代诗歌新的形象。

海子身上浓重的史诗情结受到江河尤其是杨炼的影响。1984年，杨炼写出了气势恢弘的长卷《礼魂》，一跃而为当时诗歌界的“走红人物”，他的风头大有盖过北岛之势。“从某种意义上说，他甚至潜在地导引着海子的诗歌走向，是对海子影响最大的当代中国诗人。在朦胧诗已经逐渐走向式微、没有多少活力的后期，杨炼竟奇迹般地打通了从西安半坡的原始穹庐开始，经河西走廊而至由儒道释、汉藏、中国与印度、阿拉伯乃至古希腊文化聚合的枢纽敦煌，然后折向西南方向的青藏这一道路，建立了以《礼魂》为代表的、自己宗教文化和游牧文化史诗高地。”① 随后，他又创作出了组诗《西藏》，进入了对宇宙本源和个人灵魂的神秘主义探索，出色地将中国文化和印度哲学相沟通。在当时文学界持续的“寻根热”和现代主义浪潮风卷云涌之下，他能够将自己的目光敏锐地转向人类文化中渐渐淹没的经卷《奥义书》，重新发掘古老的印度史诗中的哲学蕴涵和文化精神，展露出先行者的勇气和睿智。海子在其诗歌生涯中对印度宗教神秘主义文化空间流连忘返，其甚至成为他后期创作《太阳七部书》的诗学资源。由此，我们可以看出杨炼对海子的影响之深。稍后，杨炼又以中国古代莫测高深的《易经》卦象演变为框架，创作出的规模更为宏大的史诗《太阳与人》，进入到传统文化版图中的先秦文化空间，《自在者说》、《与死亡对称》、《幽居》、《降临节》等无疑是对《易经》的辉煌进入。海子后来的长诗《太阳·土地篇》和《但是水，水》就明显带有这个文化空间的烙印。当杨炼作为一个引路人对半坡-敦煌-青藏高原-印度这一文化带做大规模掘进，并最终将自己游离的目光从印度史诗《奥义书》收回到中国传统的《易经》时，海子则一路跟进，然而当到了印度，海子开始与他分道扬镳。“也就是说，在杨炼的破冰船从半坡开始，一路西北而行，在青藏高原的史前冰海中推向喜马拉雅而至印度，继而准备向中国先秦文化回弯的这个地方，海子远随其后一直作跑道滑行的双引擎飞行器，在逐渐的距离缩短中，至此蓦然腾起，不再回头地一直向西，开始了途经古巴比伦、阿拉伯、耶路撒冷、古希腊，最后直至古埃及的飞行。如果我们把埃及的金字塔视做一部隐形的天梯，海子的飞行器则到此拉起闸杆垂直上升，直至遁入太阳。”② 1986年之后，海子像但丁抛弃恩师维吉尔一样抛弃了杨炼，全身心地投入《太阳七部书》的创作。

① 燎原：《扑向太阳之豹——海子评传》，南海出版公司，2001年，第137页。
② 同上书，第138页。

与杨炼的作品相比，海子这部大气斐然的“现代史诗”具有亮丽的个性风采。首先，它不是在中国传统文化表意系统中的文学类型性写作，其从一开始就是在世界文化背景下所进行的生命形态的书写，因此具有明显的综合倾向，体现了五四时期郭沫若所梦想的抒情/史诗、现代/史诗、东方/史诗的完美结合，如此诗学视野源自于海子立足本土文化，同时又兼融西土的巨大气魄。其次，杨炼的诗歌明显受到“寻根”思潮的影响，而海子的《太阳七部书》的创作完全出自对语言和诗歌乃至人类存在本身的感悟，有着比前者更多的诗歌自觉。假如说“现代史诗”派是以弘扬民族文化为其宏旨的话，那么，“海子史诗的文化价值意向建构目标却超逸于民族文化主义，直接指向一种人本主义文化。这种人本主义文化‘直接关注生命存在本身’，摆脱了政治或国家意识形态的束缚与浸染，以一种纯粹的个体生命体验来沟通整个人类生命的生存体验，在此基础上表达人类自身追求精神幸福（而非物质幸福）的愿望。”① 其三，在创作手法上，杨炼主要借助于中国上古时期流传下来的英雄神话或散落在民间的部落神话来形成自己史诗的基本情节和结构，将自己的主观感受和理性思考经过沉淀后对象化到诗歌意象之中，通过这种方式淡化诗人的个性色彩，而增强史诗的宏大气魄。简言之，他的诗歌往往拘泥于原有的神话或传说。而海子的《太阳七部书》不仅取材广泛，兼容中西，而且在必要时候任意修改或杜撰神话，使他的诗歌呈现出更为磅礴的精神气象。总之，如果说杨炼的“现代史诗”是一部民族的文化史的话，那么，海子的《太阳七部书》则更倾向是一部浩瀚的人类精神史。

在新诗转型过程中，江河和杨炼试图运用这些静穆高远的文化史诗来迎合朦胧诗的主导潮流，以一种东方式的理性思维统合民族的古老神话和传说，通过“自主性”的写作来重建当代诗歌的新形象。但让人遗憾的是，他们复杂的诗歌结构和艰深的思维方式不仅遮蔽了诗歌的美感，过分“哲理化”的艺术手法也让读者望而却步，这样不免远离了诗歌，与诗歌主潮“内转”的倾向相悖。这可能是海子紧随其后又突然转向的一个原因。此外，与海子的诗歌追求和理想密切相关——“我的诗歌理想是在中国成就一种伟大的集体的诗。我不想成为一个抒情诗人，或一位戏剧诗人，甚至不想成为一名史诗诗人，我只想融合中国的行动成就一种民族与人类的结合，诗和真理合一的大诗。”因为在他眼里，人类集体创造的诗“代表一种人类庄严存在，是人类形象与天地并生”，“他们超于母本和父本之上，甚至超出审美与创造之

① 谭五昌：《海子论》，见《不死的海子》，崔卫平编，中国文联出版社，1999 年，第 216 页。

上。是伟大诗歌的宇宙性背景”，这些诗歌“与其称之为伟大的诗歌，不如称之为伟大的人类精神”，而在“这一世纪和下一世纪的交替，在中国，必有一次伟大的诗歌行动和一首伟大的诗篇。这是我，一个中国当代诗人的梦想和愿望”。[①] 因此，在其生命后期，海子创作的《太阳七部书》不仅有十分浩大的想象空间，而且呈现出雄浑的诗歌图景，他运用超强的艺术转化力将那些既存的或想象的史诗材料内化为自己生命的一部分，吸纳人类文化史上不同的艺术类型（如小说、戏剧、绘画、雕塑、建筑，甚至还有埃及的金字塔、敦煌经卷、《圣经》等）入自己的诗学体系，在建立起宏伟的史诗长卷的同时，也创建了一种“广义的诗歌”，为当代新诗树立新的诗学范型。海子与以江河、杨炼等为代表的朦胧诗主导潮流的疏离不仅是创作上的转捩，更是精神上的裂变。这一裂变为他的创作带来了全新的视野。

1985年左右，后朦胧诗作为比朦胧诗更为激进的诗歌实验浪潮席卷而来，以摧枯拉朽之势对此前陈腐的诗歌美学进行理论清算，开启了当代诗歌后现代转型。1986年10月，《深圳青年报》和安徽《诗歌报》联合举办的“中国诗坛1986现代诗群大展”将后朦胧诗的先锋实验推向了顶峰。此次大展汇集了60多个主要的现代诗歌流派、100多位诗人的诗作，一时群雄并起，群星灿烂，先前大一统的诗歌神坛迅速演变为多元共生的“诗江湖”。在新诗转型过程中，对于语言的关注成为了他们诗歌创作的焦点，他们不仅反对“文以载道”的诗歌功能观，而且将写作变为德里达（Jacques Derrida）式的“踪迹”游戏。所谓“踪迹”（trace），即意味着根源的消失，或者说，从来就没有构成本源。由此，诗歌语言不仅丧失所指的深度，同时也被从意义的陷阱中解救出来，“回到”语言“自身”，“自主性”地呈现。在转型中，尽管后朦胧诗人还提出了“反文化”、“反意象”、“非崇高”等口号，但总的来说，这是朦胧诗之后当代新诗内部发生的一次深刻裂变，带有明显的诗歌探索性质和语言实验色彩。如上文所言，80年代的新诗与此前的当代诗歌相比更接近了诗的本体，但“接近”并非“深入”，而且总的来说，由于诗人们尤其是后朦胧诗人对于语言的任意消费和肆意挥霍逐渐“导致了对诗歌更本质方面忽略和遗忘，使许多诗歌文本成为浅薄的语言游戏和‘语感’训练”[②]，这些浮泛的语言观在实际的创作中不仅很容易丧失它的解构主义锋芒，同时还会使诗歌再次步入非诗化的泥潭。

---

① 海子：《海子诗全编》，西川编，上海三联书店，1997年，第894、901、900、898页。

② 徐志伟：《言的窘迫："后朦胧诗"语言观症候批评》，见《天津社会科学》，2002年第5期。

面对语言的窘境，海子表现出内心难以抑制的汉语本体焦虑，如诗中所言："诗歌/语言之马/渡过无形而危险的水上/语言发自内心的创伤"（《太阳·土地篇》）。王一川认为："所谓现代汉语本体，这里指现代的最根本或最深邃层次，具体说，是现代汉语作为中国人的原初或基本生存方式的性质之所在，它涉及现代汉语与人的生存方式的关系、现代汉语的再现能力及审美价值等根本性方面。"① 这对于海子而言，也就是如何运用现代汉语来表达现代人的生命感受和生存体验。对于主潮诗歌的非诗化倾向，海子表现出明显的不满——"是的，中国当前的诗，大都处于实验阶段，基本上还没有进入语言"。之所以如此，就是因为"当前中国现代诗歌对意象的关注，损害甚至危及了她的语言要求"，譬如"月亮"这个意象，它仅仅是"关联自身与外物的象征物，或文字上美丽的呈现，不能代表诗歌中吟咏的本身"。所谓"吟咏"，即"诗歌中平滑起伏的节拍和歌唱性"。在他看来，这一旧语言旧诗歌的古老传统在现代汉诗中被人们无情地埋葬了，"死尸是不能出土的，问题在于坟墓上的花枝和青草。新的美学和新语言新诗的诞生不仅取决于感性的再造，还取决于意象与咏唱的合一。意象的平民必须高攀上咏唱的贵族"，海子把这种"诗"与"歌"的结合形象地比喻为"语言的姻亲"。② 对于汉语"歌诗"传统的遥相接续于是成为海子诗歌语言的特点之一。对此，在《海子：诗人中的歌者》一文中，王一川已详细论及，在此不作赘述。

随着海子诗艺的日渐精熟，他对语言的思考也逐渐深入。如果说复活古代汉诗的"歌诗"传统还停留在诗的形式主义层面的话，那么，诗人在《语言和井》中对语言的思考显然切入了语言的本质——

语言的本身
像母亲
总有话说，在河畔
在经验之河的两岸
在现象之河的两岸
花朵像柔美的妻子
倾听的耳朵和诗歌
长满一地

① 王一川：《海子：诗人中的歌者》，见《不死的海子》，崔卫平编，中国文联出版社，1999年，第246页。

② 海子：《海子诗全编》，西川编，上海三联书店，1997年，第880页。

倾听受难的水

水落在远方

语言是什么？传统的语言学认为，语言是人们利用自觉创造的符号系统来传达观念、情绪和欲望的方法。简言之，语言是表情达意的工具。这种传统的语言观引起了德国存在主义哲学家海德格尔（Martin Heidigger）的质疑，他认为表达并非语言的本性，而且这种僵化的语言观实际上遮蔽了语言的本质，使语言本身晦暗不明。那么，语言为何？“语言即语言”，即语言本身就是语言，此外无它。而且在海德格尔看来，语言是存在之家，人是以语言之家为家，诗人不过是这个家的看守人。由于本真语言的始源性和真知性，从而使得人们总是游离在语言的外部，而不能进入语言本身。“纯粹所说乃是诗歌”[①]，因为诗人总是应合于语言或倾听语言的言说，因此被召唤到语言的近旁，作为语言的使者在说话。在这首诗中，海子用诗意的文字表达了这种本体论的语言观。首先从诗的标题来看，“语言”和“井”有何关联？相对于日常生活场景中的“井”，语言是抽象而难以把握的。因生活所需，我们每天都要和“井”谋面，因此“井”成为我们生活中必不可少的一部分，而且“井”总是幽深的，幽暗于是成为“井”的一种属性。此外，“井”不仅是泉源，还是水的自动涌现。因此，必要性、幽暗性、始源性和涌现性便成为了“井”的本性。那么，语言呢？海子在诗的开端就说：“语言的本身/像母亲/总有话说”，母亲不仅是生命之源，同样也是我们的语言之源，我们说话的原初冲动就是来自母亲——“语言的本身”。海子接着说，“在河畔/在经验之河的两岸/在现象之河的两岸”，这里的“河”可以理解为现象界的感性存在，它的存在将我们带向一种世俗的日常生活，在这样的日常生活中我们絮絮叨叨、滔滔不绝地运用语言说话，语言成为了我们言语交际的工具，由此我们远离了语言，总是处“在……之两岸”，之所以如此，就在于本真语言的难以企及。“花朵像柔美的妻子/倾听的耳朵和诗歌/长满一地/倾听受难的水//水落在远方”，语言作为“寂静之音”而说话，“寂静之音并非什么人的要素。倒是相反，人的要素在其本质上乃是语言性的。这里所谓的‘语言性的’（sprachlich）意思是：从语言之说而来居有。这样被居有的东西，即人之本质，通过语言而被带入其本己，从而它始终被转让给语言之本质，

① 海德格尔：《在通向语言的途中》，孙周兴译，商务印书馆，2005年，第7页。

被转让给寂静之音了。这种居有之发生，乃由于语言之本质即寂静之音需要（braucht）人之说话，才得以作为寂静之音为人的倾听而发声。”[①] 这也就是说，语言建构了人的本质，人的言说不过是倾听语言的召唤而发声。在此，海子不仅将语言比喻为如花娇妻，而且将对本真语言的领悟形容为对水的聆听。水既显露出语言的澄澈，同时也象征着它的自行涌现。因此，“井”的必要性、幽暗性、始源性和涌现性便是语言的特性。其实，海子这样的一种本体论的语言，已经超拔于语言之上，而类似于后来海德格尔所说的“道说”。何谓“道说”呢？“道说”既是“大道之说”，又是“显示”，概言之即“道示”。语言的本质现身就是作为道示的道说。海德格尔探索语言的方式就是“把作为语言（道说）的语言（语言本质）带向语言（有声表达的词语）”，他由此开辟了一条从道说通达有声表达的语言的道路。按通常的理解，“作为语言的语言”就是“大道”之“道说”，而第三个语言就是“人言”。诗人作为“听者的人”归本于道说，并为道说所用，其职责就是“去把无声的道说带入语言的有声表达之中”[②]，因此，将语言之本质的“道说”转换为普通的“人言”就是诗人的使命。其转换的方法不是通过形上的思辨，而是直接说出，同时又一语道破事物的本质和存在的真理。

海子自觉地将这一本体论的语言观灌注在诗歌创作中，使其作品具有鲜明的“道说”意味。“在青麦地上跑着/雪和太阳的光芒//诗人，你无力偿还/麦地和光芒的情义//一种愿望/一种善良/你无力偿还//你无力偿还/一颗放射光芒的星辰/在你头顶寂寞燃烧”（《询问》）。“麦地/别人看见你/觉得你温暖，美丽/我则站在你痛苦质问的中心/被你灼伤/我站在太阳　痛苦的芒上//麦地/神秘的质问者啊//当我痛苦地站在你的面前/你不能说我一无所有/你不能说我两手空空//麦地啊，人类的痛苦/是他放射的诗歌和光芒！”（《答复》）。这一问一答直接将诗人带入对生命和存在的反思，诗人通过麦地这一习常的表象领悟到了生命的不可承受之重。“生存无须洞察/大地自己呈现/用幸福也用痛苦/来重建家乡的屋顶//放弃沉思和智慧/如果不能带来麦粒/请对诚实的大地/保持缄默　和你那幽暗的本性”（《重建家园》），破除尘缘俗累的心灵终于获得生命的静观。“秋天深了，神的家中鹰在集合/神的故乡鹰在言语/秋天深了，王在写诗/在这个世界上秋天深了/该得到的尚未得到/该丧失的早已丧失”（《秋》），诸神远逝，人灵沉沦，世界不仅呈现出鹰占神位

① 海德格尔：《在通向语言的途中》，第24页。

② 同上书，第262页。

的荒诞，同时也充斥着应得与该丧的悖谬。这些诗歌的语言看似信口道来，不事雕琢，却又直抵语言的本质，海子正是通过这样的言语方式来展开对生命之思。何谓"思"？"思"并非形上的逻辑推演，也并非多知识的获取或理性对感性的压制，相反，它更是一种感悟，一种体验，一种经历。通过"思"，感性的个体领悟到存在与生命的本质。"有了这种感悟中的'思'，诗人才可能接到语言传达给人的信息"[①]，对语言本真的"大道之说"作出"有声地表达"，这一表达不仅是个体生命的自由言说，更是对人性中普遍本性的揭示。海德格尔常说，语言中要有 Saying，这个词不仅仅是言说或讲话，它的分词形式还代表着诗与思之间的不可分割性。"对语言的真正体验只能是一种思的体验，……任何伟大的诗作总是在思的王国中震荡着。"然而，"诗与思乃是道说的方式，而且是道说的突出方式"[②]。海子正是在诗与思的近邻关系中来进行创作，因此，更切近了语言和生命的本质。这不仅赋予了他的诗巨大的穿透力和震撼力，同时也充分展露出现代汉语的超凡魅力。

海子对语言的思考并没有就此止步。在他临终前不久写下的《我热爱的诗人——荷尔德林》这篇光焰夺目的诗论中，针对当下诗界"对于表象和修辞的热爱"、"对于视觉和官能感觉的刺激"、"对于细节的琐碎的描绘"，海子极为不满，甚至认为这是新诗转型中必须克服的"诗歌的世纪病"。在荷氏的影响之下，他认为："诗歌是一场烈火，而不是修辞练习"，"诗歌不是视觉。甚至不是语言。她是精神的安静而神秘的中心。她不在修辞中做窝。她只是一个安静的本质，不需要那些俗人来扰乱她。她是单纯的，有自己的领土和王座。她是安静的，有她自己的呼吸。"海子认为荷尔德林的自由节奏颂歌体诗有着令人神往的光辉和美，尽管只是读到了其中几首，但却永远地爱上了。为何如此呢？因为在他看来，荷尔德林的诗不仅"是真实的、自然的，正在生长的"，而且将自然和生命融入了诗歌。"看着荷尔德林的诗，我内心的一片茫茫无际的大沙漠，开始有清泉涌出，在沙漠上在孤独中在神圣的黑夜里涌出了一条养育万物的大河，一个半神在河上漫游，唱歌，漂泊，一个神子在唱歌"，[③] 这种生命化的诗意言说不仅引起了海子情感的共鸣，而且主动将其吸纳进自己的创作之中，内化为一种隐迹的"生命写作"。

"生命写作"是比"道说"更高的维度，指诗人突破语言的藩篱直接将

---

① 章燕：《关于"后朦胧诗潮"诗歌的语言问题》，见《诗探索》，1999年第2期。

② 海德格尔：《在通向语言的途中》，孙周兴译，商务印书馆，2005年，第195页。

③ 海子：《海子诗全编》，西川编，上海三联书店，1997年，第917、915页。

生命内化入自己的诗歌。这里的“内化”不仅仅是一般意义上的“直接转化”，而带有明显的“行动”意味。因为在海子看来，“伟大的诗歌，不是感性的诗歌，也不是抒情的诗歌，不是原始材料的片断流动，而是主体人类在某一瞬间突入自身的宏伟——是主体人类在原始力量中的一次性诗歌行动”①，而完成这样一次伟大的行动和一首伟大的诗歌就成为诗人终生的梦想。《太阳七部书》的诞生虽然不能说是这一梦想的实现，但至少具有开端的性质。在这首新诗史上“卓越的断章”中，诗人以酒神的迷醉投身于太阳的玄舞，径直进入原始力量的黑暗核心，化身为耶稣、佛陀、穆罕默德，为诸神远逝身陷囹圄中的人类承道担义。他涌自灵魂的诗歌，是一次次受难，是一次次火中取栗和死里求生。为完成自己的史诗梦想，他如同太阳神之子驾驶着战车决然地走上了一条“赤道”，“用生命的痛苦、浑浊的境界取缔了玄学的、形而上的境界作独自挺进”②，骆一禾说这是“垂直蒸晒”，西川认为这是“冲击极限”。“海子的一生，按照他自己的话说，‘就是要成为太阳的一生’。”③ 这种写作方式不仅追求诗与生命的契合，更强调诗与生命的化一。正是因此，海子的诗“直接关注生命存在本身”，表现为一派恢弘的精神气象。

在80年代新诗转型过程中，语言与诗始终处于互动的地位。朦胧诗人以对主流意识形态话语的个人化革命，给萎缩僵化的传统诗歌语言注入了新的血液和活力。但他们对意象、象征和隐喻等表现手法的过分追求，使诗的含混性和暗示性过强，常常难以传达和把握，且优雅得不无矫情之嫌。后朦胧诗人表现出更强烈的“语言的自觉”，他们不仅竭力反对朦胧诗以往的修辞习惯和语言规则，而且认为突出强调语言的不及物性和能指性，把语言看作一种“劳作”。“在这种语言理论的支持下，诗人们便认为诗只要有语言的活动就足够了，语言与诗人的情感、思想、传统之间的关系则降到了次要的位置上，诗人的职责就是让语言‘出场’。”④ 由此，他们迷恋于“语言优美的滑翔”和“语言的超级消费”，最终将语言的创新和实验演变为无聊的“语感”训练。在这样的诗歌主潮中，海子的存在不仅显得尴尬，而且屡遭非

---

① 海子：《海子诗全编》，第898页。

② 骆一禾：《海子怀念（1964–1989）》，见《海子诗全编》，西川编，上海三联书店，1997年，第4页。

③ 西川：《死亡后记》，见《海子诗全编》，西川编，上海三联书店，1997年，第929页。

④ 章燕：《关于“后朦胧诗潮”诗歌的语言问题》，见《诗探索》，1999年第2期。

议。既有来自朦胧诗人的无理指责，给他罗列了“搞新浪漫主义”和“写长诗”这两项“罪名”，又受到后朦胧诗人的排挤和压制，他们不仅批评他的诗歌“水分太大”，还挖苦他写长诗“犯了一个时代的错误”。置身于这样的话语环境，在“影响的焦虑”下，海子的创作具有更为浓郁的“突围”意味。这种“突围”并非意在确立自己的诗学地位，而更着意于发掘现代汉语的魅力，重塑当代诗歌的新形象。为此，海子不仅主动深入汉诗的古老传统，将古诗平滑的节拍和歌唱性引入当代诗歌之中，而且从本体论的角度探索诗与语言的本质，尝试将贫乏孱弱的现代汉语改造为诗与思相互契合的“大道之说”。在他短暂的诗歌生涯中，他视诗歌为生命，高举浪漫主义大旗进行着自己孤独而顽强的写作。正是因此，唐晓渡认为，在当代新诗史上，“海子是一个既不可重复，也无法仿效的诗歌英雄。他的独一无二来自将个体生命直接转化为诗歌光焰的渴念，来自他孤军深入的勇气和‘只能如此’的语言形式。对于那些以消费态度对待诗的人来说，海子的质量太大了，大到足以磕掉他们所有的美学牙齿。”①

（选自《安徽省社科界第二届学术年会论文集》）

（金松林，男，青年诗评家，安庆师范学院教师）

① 转引自燎原：《扑向太阳之豹——海子评传》，南海出版公司，2001年，封底。

丁伯林

海子诗歌意象的分裂性特征探析

任何优秀诗人都有属于自己的意象专指，就像李白之于月亮，陶渊明之于田园，艾青之于太阳，艾略特之于荒原……这些意象已经浑融渗透到诗人的生命与审美根柢，成为诗人个性与风格的标志，甚至成为诗人精神的象征符号。作为“一位必将传世的诗人”①，倘对海子的诗歌意象系列进行列举与描述同样能触摸到诗人诗歌创作的本源也更能对他的创作作出理性分析。

一、前期——“寻找对实体的接触”

终其彗星闪现般一生，以 1986 年创作《太阳·断头篇》为界，海子的诗歌创作大略可以分为前后两个时期，而这两个时期可以用两个极富意趣的关键词对他的意象选择分别进行概括和描述：“实体”与“动作”。

海子不多的几篇诗论里，《寻找对实体的接触（〈河流〉原序）》是成文比较早的篇什，依据另一篇《源头和鸟（〈河流〉原代后序）》的成文时间（1983 年 3 月 13 日），其时海子在北大尚未毕业，还处于诗歌创作的初始状态；即使依据长诗《河流》的完成时间（1984 年 5 月）推断，该文也是比较早的。文章标题直指“实体”，这已经是十分的明确，诗人还意犹未尽，特地还加了一个副题“直接面对实体”，无论是意识还是潜意识中“实体”都是这一时期诗人意象选择的价值依归。什么是“实体”？他借塞尚的画来予以解释“他的画是一种实体的画。他给这个世界带来了质量和体积。”② 言下之意“实体”意味着“质量”与“体积”，是“谓语诞生前的主体状态，是

① 罗宗强．论海子诗中潜流的民族血脉［J］．南开学报（哲学社会科学版），2002 年第二期

② 海子．寻找对实体的接触［A］．见：西川．海子诗全编［C］．上海：三联书店，1997 年 2 月 P869

主体的沉默的核心"[①] 关于"实体"，同时期的杨炼有过这样的表述："一首成熟的诗，一个智力的空间，是通过人为努力建立起来的一个自足的实体。……这个自足的实体，兼具物质与精神的双重特性，永远运动而又静止。它正注视着世界诗坛的中心缓慢而又坚定地返回自己古老的源头。"[②] 海子的"实体"概念有别杨炼的"实体"，但从对"物质与精神的双重特性"的强调，他们之间有着先后的承继关系，但杨炼更强调"实体"建构于"智力的空间"的精神层面，而海子的"实体"却是依托于"质量"与"体积"的物质层面，他甚至认为"才能是次要的，诗人的任务仅仅是用自己的敏感力和生命之光把这黑乎乎的实体照亮，使它裸露于此。"[③] 从作品来说更是建基于他有着深刻体认的"水"和"土地"上。本质上海子的"实体"与"诗是真正绝对的存在"（诺瓦利斯）及"没有诗，就没有实在"（No poetry，no reality—施勒格尔）有着更多的内在契合。在此，"水"不仅是海子基于早期经验世界的意象呈现，也高度概括了我们这个农耕民族基于生存的集体无意识存在，是民族性的较为集中的体现。所以，这里"实体"已经不是个别，而已经是"类"的总称，如果把"实体"归之为意象，意象这一概念的承载能力似乎超限，因此不如把这一"类"的总称理解为意象的选择标准更为准确了。

海子说，"诗不是诗人的陈述。更多的时候诗是实体的倾诉。"诗人在此不过是"实体"借以陈述的媒介，充分肯定诗歌是"实体"之于诗人的先在性，"实体"已超过"主体"的存在价值，具有潜在的文化表达功能，而诗人不过是充当传声筒的传递作用而已；"实体永远只是被表达，不能被创造"[④]"实体"背后文化含义的存在所指，表明海子对西方存在主义哲学的价值接受与文化默认。

这一时期最有代表性的作品当推长诗《河流》、《传说》、《但是水，水》，"当杨炼的《礼魂》把作为民族史诗的根脉从汉文化的发祥地半坡……进行文化指归上的意义追寻时，海子则对应性地以河流为主脉，并力图以河

---

① 海子．寻找对实体的接触［A］．见：西川．海子诗全编［C］．上海：三联书店，1997年2月 P869

② 杨炼．智力的空间［A］．见：谢冕，唐晓渡．磁场与魔方［C］．北京：北京师范大学出版社，1993年，P123

③ 海子．寻找对实体的接触［A］．见：西川．海子诗全编［C］．上海：三联书店，1997年2月 P870

④ 海子．寻找对实体的接触［A］．见：西川．海子诗全编［C］．上海：三联书店，1997年2月 P870

流与土地的兼容、个人生命史投影的贯穿、民间场景的注入等等，使之具有更广阔的涵盖和可触摸的实体要素。”[①] 诗由三部分构成“春秋”、“长路当歌”和“北方”。它的主题象征是：“河流—中国精神的发源地”。[②] 其直指源头的质问“我们从哪儿来？我们往何处去？我们是谁?”[③] 重拾屈原《天问》的质询方式，将人类悬设的存在命题再次提起，也可以看作是人类生存的拷问与反思。在后现代语境里，汉民族的文化符码中的“河流”所指已远远超越了其能指，所谓的历史长河的文化指涉再不会受到质疑，因此，此处的“河流”这一“实体”，其实正是“历史”的隐喻，而其能指反而被取消了。

于是，由“河流”而及“水”是再自然不过的事了。因此，这一时期海子诗作中出现频率最高就是以“水”为中心的意象。“情人的头发尚未挽起/你细小的水流尚未挽起”，“抱着琴/有一种细长尖锐的穿透/有一腔浓稠苦涩的黄水/在沙地上/至今还隐隐约约被人提起”（《河流》），这是孕育胎儿的羊水；“这股细小而寒冷的水流源于森林，森林起源于空地上的舞蹈”（《河流》），“白桦林在湖岸上寂静的长起，没有人知道浑浊的水繁殖了这么一大片林木”（《河流》）这是哺育婴儿的奶水；“岁月的尘埃无边/秋天/我请求：/下一场雨/洗清我的骨头”（《我请求：雨》）这是精神洗礼之水；“孤独是一只鱼筐/是鱼筐中的泉水/放在泉水中//孤独是泉水中睡着的鹿王/梦见的猎鹿人/就是那用鱼筐提水的人”（《在昌平的孤独》）这是陷人于灭顶的“孤独”之水；尤其在《但是水，水》中一如人的生命诞生于水，生命的维持仰仗于水，作为人类生存的三大支柱之一，因此诗人时时发出类似大漠中的旅人因缺水而发出的呼唤“水，水”，同时也时时给人以警示：“靠近大河，靠—近—大—河”。

海子的前期创作与水意象相映成趣的另一重要意象就是月亮意象。“亚洲铜，亚洲铜/击鼓之后，我们把在黑暗中跳舞的心脏叫做月亮/这月亮主要由你构成”（《亚洲铜》），“月亮神秘地西渡/恒河，佛洞里摆满了别人的牙齿//……月光下一群群乌鸦/自己以为是黑衣新嫁娘”（《印度之夜》），“黄色的月光/奇怪又空荡”（《龙》），“船尾/月亮升了，升过婴儿头顶”（《船尾之梦》），“你在渔市上/寻找下弦月/我在月光下/经过小河流”（《主人》），

---

① 燎原．扑向太阳之豹-海子评传［M］．海口：南海出版公司，2001 年，P94

② 燎原．扑向太阳之豹-海子评传［M］．海口：南海出版公司，2001 年，P95

③ 海子．源头和鸟［A］．见：西川．海子诗全编［C］．上海：三联书店，1997 年 2 月 P871

"西边山上/九只母狼/东边山上/一轮月亮"（《粮食》），"炊烟上下/月亮是掘井的白猿/月亮是惨笑的河流上的白猿//多少回天上的伤口淌血/白猿流过钟楼/流过南方老人的头顶//掘井的白猿/村庄喂养的白猿/月亮是惨笑的白猿/月亮自己心碎/月亮早已心碎"（《月》）。明暗有别，圆缺参差，时为背景，时为中心，呈现于读者面前的月亮都与"水"意象一样都具有阴柔的、母性的特质。

海子在《寂静》中曾对水的特性有过精准的阐释："大地如水，是包含的……东方佛的真理不是新鲜而痛苦的征服，而是一种对话，一种人与万物的永恒的包容与交流。"水是包容如此丰富多样形态各异的"水"和"月"，折射出海子其时创作心态的丰富层面与创作心理的柔性品质，它既是抒情诗内在情感的召唤，又体现了抒情诗外在的丰富肌理。

二、后期——"动作"

这时期的作品意象与前期有着天渊之别，意象品质间也形成极鲜明的对比与反差，概括起来大略有下述几方面：

色彩品质：红、黑、血、火

"在黑暗的尽头/太阳，扶着我站起来/…/我再也不会否认　天堂和国家的壮丽景色/和她的存在……在黑暗的尽头"（《日出》），"血以后是黑暗—比血更红的是黑暗"（《不幸》），"我的爱人住在贫穷山区的伞中，双手捧着我的鲜血/一把斧子浸在我自己的鲜血中"（《月全食》），"黑永恒夜降临，火回到一万年前的火/来自秘密传递的火　他又是在白白在燃烧/火回到火　黑夜回到黑夜　永恒回到/黑夜从大地上升起　遮住了天空"（《献诗》），"黑夜从大地上升起/遮住了光明的天空/丰收后荒凉的大地/黑夜从你内部升起"（《黑夜的献诗》）。"红"到极限即为黑，因而这两种色彩是有关联的。红是血腥的，暴力的，躁动的，极易引起冲动；黑色是恐怖的，神秘的，压抑的。两种颜色都能带来沉重感。

形象特征：残缺（断头战士、盲人、疯子）

以无头英雄邢天为原型的意象极富悲壮意味，正常人难以成就的事业，难以进入的境界，这些有生理缺陷的人却凭着夸父逐日的顽强毅力实现了理想，他们生理的缺陷与人格的完美，最是激励有雄心的海子去努力实现"大诗"理想的精神支柱。

死亡指涉：弑、毁灭、死、坟墓、骨头、尸首

“弑。弑君。杀人。这一次不是羊皮纸上的诗也不是口中歌唱的诗。而是干活。手中的诗。兵器的诗。弑!! 弑君!!!”（《太阳·弑》），“头盖骨，孤独的星，忧伤的星，明亮的星，我的心，坐在头颅上大叫大嚷/我打开龙的第一只骨头，第二只骨头，我将会在第三个耐寒的季节里爬/爬进它的身体，我将躲避我自己的追击//在危险的原野上/落下尸体的地方/那就是家乡//我的自由的尸体在山上将我遮盖　放出花朵的/羞涩香味”（《在家乡》），“两姐妹只死了一个，天空却需要她们全部死亡”（《马、火、灰—鼎》），“水抱屈原是我/如此尸骨难收”（《水抱屈原》）。与“死亡”关涉的意象或词语在汉语语境中是有禁忌的。海子故乡为安徽安庆，此地从地域上属古楚国之境。楚国的巫风气息十分浓厚，乡村民俗至今还留存着一些特别的禁忌行为，譬如年初一不能扫地，即使是垃圾或洗脸水都不能倒到屋外；再譬如，年三十和初一不能说“跌倒”“倒霉”等当地叫作的“怪话”。至于与“死亡”相关的所有语汇即使在平时也是绝不允许说出口的，迷信的说法叫避谶。但海子这一时期诗歌中大量的此类指涉，给诗歌的阅读罩上一层阴森恐怖的面纱，同时也给读者带来了更为深层的心灵震撼，从而给他的作品打上鲜明的印记。

身份指认：老虎、狮子、太阳（日）、豹子、鹰

湿婆，毁灭之神（《太阳·断头篇》）；“我不是你们的皇帝又是谁的皇帝/火　或被残暴的豹子双爪捧上山/献给另一个比豹子更孤独的皇帝”（《太阳·大札撒》），“秋天深了，神的家中鹰在集合/神的故乡鹰在言语”（《秋》）。这些都是强力的象征，它们都是以征服者的面目出现，所以它们的意象指称与海子的自我身份确认的“王”、“王子”是不谋而合的。其实，它们的形象内蕴还不仅仅是征服者的强悍，更有着“兽中之王”“鸟中之王”“自然之本”的尊贵。

特别值得注意的是这一时期作品中的动词同样具有与上述意象对应的灰暗、恐怖色彩，“不要用一个固定地点来埋我”、“让我的四肢和四方互相碎裂”（《太阳·断头篇》），“一斧子砍杀月亮群马安静”、“捡起第一块石头杀死第一只羊”（《太阳·土地篇》），“而在九泉之下，黄色泉水之下/那个人睡得像南风/睡得像南风中的银子”（《太阳·断头篇》），“我/如蜂巢/全身下沉；/我在太阳中不断沉沦不断沉溺/我在酒精中下沉”（《太阳·土地篇》），在用有限和永恒的时间性对抗，希冀由之觅得将瞬间而凝为永恒的幻想破灭后，“不计后果的生存情绪”，就“常常表现为‘睡’、‘埋’、‘沉’

等动词意象”[①]，这些动词组构成了一个否决、断绝的形象，也是诗人最后结局的变相预演。或者说，在海子诗里死亡已由恐怖变得安然，“诗人对死亡已一改常人的回避为主动迎迓”[②]。如此的姿态，不能不说有着强烈的心灵震撼力！

三、从“实体”到“动作”的跨越

海子创作的终极追求是“伟大的诗歌”，它“不是感性的诗歌，也不是抒情的诗歌，不是原始材料的片断流动，而是主体人类在某一瞬间突入自身的宏伟——是主体人类在原始力量中的一次性诗歌行动。”[③] 然而，海子毕竟是从汉民族文化的土壤中成长起来的学院派诗人，他的根深深地植入民族文化的深层，得之这鲜明文化印记的民族文化的浸润、滋养而渐呈茁壮的诗人所开之花，所孕之果，自然也必然是承载和携带强烈的本民族文化基因。加上汉民族文化有着几千年的发展历程，历史上的文明古国的渐次衰微，唯独汉民族文化却始终保持着强劲的发展势头，并且在发展过程中不断地吸收、同化和整合其他民族的文化资源，形成了自己特有的文化品格与文化个性。

中国文化的源头性作品——《诗经》与《楚辞》，深深规定了汉民族诗歌发展的方向，那就是她的题材的个人性和价值的抒情性依归。“唐诗”“宋词”是这一诗学范式的最佳呈现。此后的汉诗创作实验基本都囿于这一视域，历代诗人不乏野心勃勃想超越这两大高峰者，不是苦于找不到抵达的路径而迷失所在，就是自以为是一意孤行地钻进死胡同而被碰得头破血流。

海子是一个有野心的诗人。作为“文革”不久步入大学校园的诗人，一方面受到良好而系统的教育，另一方面，他的情感体验和文化认知是民族的。他的早期诗歌中这种痕迹随处可见。“亚洲铜，亚洲铜/看见了吗？那两只白鸽子，它是屈原遗落在沙滩上的白鞋子/让我们——我们和河流一起，穿上它吧”（《亚洲铜》），表现出对传统民族文化品格的深层认领；“那就让我们来吧/行道迟迟/载渴载饥/啸歌伤怀/载飞载鸣”（《传说》）对《诗经》艺术趣味的认同与模仿；“妹呀//竹子胎中的儿子/木头胎中的儿子/就是你满头秀发的新郎//妹呀//晴天的儿子/雨天的儿子/就是滚遍你身体的新娘//妹呀//

---

① 崔卫平．海子神话［A］．见：崔卫平．不死的海子［C］．北京：中国文联出版社，1999年，P99

② 罗振亚．朦胧诗后先锋诗歌研究［M］．北京：中国社会科学出版社，2005年，P114

③ 海子．诗学：一份提纲［A］．见：西川．海子诗全编［C］．上海：三联书店，1997年2月P898

吐出香鱼的嘴唇/航海人花园一样的嘴唇/就是咬住你的嘴唇”（《浑曲》）对民歌趣味的汲取与张扬等等，无不看到海子的血液里窜动着的民族文化因子，即使是他比较钟情的前期“大诗”，也烙下了同样的印痕。《传说》一诗由六个部分结构而成，而每一部分的题下均引一经典名句，分别是：“白日落西海——李白”，“行到水穷处，坐看云起时——王维”，“天长地久——老子”，“静而圣，动而王——庄子”，“有客有客——《周颂》”，“大鸟何鸣——《天问》”。海子的民族根基是比较深厚的，对前人诗句的化用，尤其是站在今人视角的诗意点化，不仅赋予这些跨时空诗句以新意，更使这些经典名句焕发出新的活力，毋庸置疑地，海子创作的起点是民族的，他在民族文化的海洋里游刃有余地畅游，汉民族文化为他提供了丰富的营养，回过头来，他又用极其敏感的思想张扬了民族文化中的精华，因而，他的作品中“潜流着民族血脉”① 这就是海子触摸到的真实的实体。

海子的野心或者雄心表现在站在民族文化的起点上向他谓之的“大诗”的突进上。1986 年后的日记和相关诗论中多次出现“动作”、“行进”或“行动”等近似概念。1986 年 8 月的一篇《日记》中，就有多次涉笔：“我是说，我是诗，我是肉，抒情就是血……抒情，质言之，就是一种自发的举动……不如说你主要是人，完成你人生的动作，这动作一面映在清澈的歌唱的泉水中——诗……别的人走向行动，我走向歌唱；就像别的人是渔夫，我是鱼。”②“在我的身上在我的诗中我被多次撕裂。目前我坚强地行进，像一个年轻而美丽的神在行进。”③《太阳·断头篇》（代后记）的标题就是“动作”。在文中诗人宣称“我的心，情感的心，已被历史行动的血泊浸润。”“唐诗中有许多精粹的时刻，中国是伟大抒情诗篇的国度。那么，我的天空就与此不同，它不仅仅是抒情诗篇的天空，苦难艺术家的天空，也是歌巫和武人，老祖母和死婴的天空，更是民族集体行动的天空。”④ 所以，从“实体”到“动作”的跨越表现在海子的创作心理上就是“把粮食和水、大地和爱情这汇集一切的青春统统投入太阳和火，让它们冲突、战斗、燃烧、混沌、盲目、残忍甚至黑暗。”⑤

---

① 罗宗强．论海子诗中潜流的民族血脉［J］．南开学报（哲学社会科学版），2002 年第二期

② 海子．日记［A］．见：西川．海子诗全编［C］．上海：三联书店，1997 年 2 月 P879

③ 海子．日记［A］．见：西川．海子诗全编［C］．上海：三联书店，1997 年 2 月 P881

④ 海子．动作［A］．见：西川．海子诗全编［C］．上海：三联书店，1997 年 2 月 P887-888

⑤ 海子．日记（1987 年 11 月 14 日）［A］．见：西川．海子诗全编［C］．上海：三联书店，1997 年 2 月 P883

这样早期寻找并定位的“河流”“土地”等“实体”概念因为孕育、脱胎于民族话语空间，所衍生的系列意象无法承托“伟大的诗歌”，先天的局限制约了海子向“大诗”进军的步伐，要想实现“一次性诗歌行动”，完成“伟大的诗歌”创作，就要将视域拓展到更为广阔的世界背景（古希腊、古印度、古埃及、古希伯莱），于是，自《太阳·七部书》始，前期所大力倡导的“实体”悄然隐退，继之以“动作”。对这种转变，海子有十分清晰的认识“如果说我以前写的是‘她’，人类之母，诗经中的‘伊’，一种北方的土地和水，寂静的劳作，那么，现在，我要写‘他’，一个大男人，人类之父，我要写楚辞中的‘东皇太一’，甚至奥义书中的‘大梵’……”① 明显地是迎合“大诗”创作的需要对前期创作姿态所作出的理智调整，由母性的阴柔与包容而转向父性的阳刚与暴烈，“这首诗，是血淋淋的，但同样是温情脉脉的，是黑暗无边的，但同样是光芒四射的，是无头战士的是英雄主义的但同样是人民的诗人心上人的，是夜晚和地狱的，是破碎天空和血腥大地的，但归根到底是太阳的。”为挑战中国诗歌只重抒情也长于抒情的品质，海子有意营造与之有较大反差甚至是对立的“天空”，“因此，我的天空往往是血腥的大地”②。

根据海子的“大诗”理想，抒情诗已经不是他的追求，抒情诗不过是书写因“某种巨大元素的召唤”③ 的“大诗”过程中的副产品而已。他心向往之的诗人是从民族诗人中的屈原、李白、老子、庄子而转向荷马、但丁、莎士比亚、歌德，“他们是伟大的峰顶，是我们这些诗歌王子角逐的王座。”④“大诗”就体现为“集体的诗”、“民族和人类结合，诗和真理合一”⑤。

然而，要实现从“实体”到“动作”的跨越，或者从抒情诗向史诗即海子所谓的“大诗”的跨越谈何容易，除了需要母语提供深厚的史诗文化背景作为支撑外，诗人的丰富的人生阅历和情感体验，以及诗人对宏大题材把握、艺术表现等等天才的敏感与处理能力和超人的自信等等，皆是不可或缺的。也许海子并不缺乏自信，在他的作品中“打钟的声音里皇帝在恋爱/一枝火

---

① 海子．动作［A］．见：西川．海子诗全编［C］．上海：三联书店，1997年2月 P886

② 海子．动作［A］．见：西川．海子诗全编［C］．上海：三联书店，1997年2月 P886-887

③ 海子．诗学：一份提纲［A］．见：西川．海子诗全编［C］．上海：三联书店，1997年2月 P889

④ 海子．诗学：一份提纲［A］．见：西川．海子诗全编［C］．上海：三联书店，1997年2月 P897

⑤ 周俊，张维．海子、骆一禾作品集（前言）［C］．南京：南京出版社，1991年

焰里/皇帝在恋爱”（《打钟》），“秋天深了，王在写诗”（《秋》）等以“皇帝”、“王”自况，更自认为是但丁的传人“但丁啊，总有一天，我要像你抛开维吉尔那样抛开你的陪伴，由我心中的诗神或女神陪伴升上诗歌的天堂，但现在你仍然是王和我的老师。”① 海子也不乏才气，这大概是诗歌界，特别是他自杀后人们的共识。其它方面却有着或先天不足，或后天不足。汉民族确实有着悠久的文化传统，但在汉民族诗歌发展进程中始终未出现如西方文论所及的严格意义上的“史诗”，缺乏优秀的史诗传统，这就给海子“大诗”创作提出严峻的挑战，他必须向前期几乎空白的领域进行“大诗”或“史诗”理论与实践的整合与重构，对于孤军深入的海子，特别是在抵触长诗的现实语境的压力之下，他的努力显得是那样的孱弱，这几乎是难以逾越的障碍，此为先天之不足；海子的创作生涯自1983—1989满打满算也不过只短短的七年时间，再向前延伸，“文革”的反文化意识形态被彻底清算，十一届三中全会提出“改革开放”的国策等等，其间社会发展与变革是存在的，但对于史诗诗人来说显为不足，歌德的《浮士德》从从容容地写了六十年时间；从情感角度，海子除了几次虎头蛇尾的所谓“恋爱”经历外，身边的朋友极少，与外界的沟通与交流也仅仅局限于两次的西藏之行，生活阅历和情感体验相对贫乏，这是后天之不足。如此一来，实现“大诗”或曰史诗理想，就只能凭青春激情的燃烧了。

四、跨越的结果

由于“实体”与“动作”，“抒情诗”与“大诗”之间难以逾越的鸿沟，明知不可为而为之的精神与勇气固然可嘉，但到最后必然是悲剧性的结果。海子的生前好友西川先生在谈到海子自杀的原因时曾说：“写作就像一个黑洞……海子献身于写作，在写作与生活之间没有任何距离。所以确切地说海子是被这个黑洞吸了进去。”② 这一形象化指说道出了海子自杀的根源所在，只是未点明这一“黑洞”何以形成。

海子在《诗学：一份提纲》中曾有过这样的表述：“我写长诗总是迫不得已。出于某种巨大的元素对我的召唤，也是因为我有太多的话要说，这些

① 海子．诗学：一份提纲［A］．见：西川．海子诗全编［C］．上海：三联书店，1997年2月P897

② 西川．死亡后记［A］．见：西川．海子诗全编［C］．上海：三联书店，1997年2月P928

元素和伟大材料的东西总会涨破我的诗歌外壳。”① 从这一“巨大元素”召唤而致其“迫不得已”，可以想见这一“黑洞”的“吸力”有多大！倘若听天由命地顺从这一“巨大元素”的“召唤”，完全臣服，或许也就不会有后来惨烈的结果，心理上对西方经典的主动靠近是显而易见的，这我们可从三个方面窥其端倪，首先与前期化用母语经典大异其趣的是西方经典进入视界，并占居首要地位，以《太阳·弑》为例，叙述的古巴比伦王国的一场内部争斗，无论是人物设置还是时空转换都笼罩着鲜明的异域气氛，而其故事原型更是让人无法不想起古希腊时期的著名悲剧《俄狄浦斯王》，而男主人公“剑”和“疯公主”又与莎士比亚的《哈姆莱特》中的那位忧郁王子与他的情人俄菲莉娅不无关系。其次，海子生前所写的最后一篇诗论文章《我所热爱的诗人——荷尔德林》中对这位18世纪末19世纪初，界于古典主义与浪漫主义之间的文学大师推崇备至，“荷尔德林的诗，是真实的、自然的，正在生长的，像一棵树在四月的山上开满了杜鹃，诗，和，开花，风吹过来，火向上升起，一样……虽然我读到的只是其中几首，我就永远地爱上了荷尔德林的诗和荷尔德林。”② 多元文化观念的并置共存导致思想的矛盾冲突，使前后期意象流转太过突兀。再次，他的藏书和他自杀前携带的经典。海子的藏书近千册，而以《圣经新旧约全书》为代表的西方作品约90%以上，另10%除少量《红楼梦》等名著研究，曹禺、郭沫若、郁达夫等现代作家作品外，更多的是关于西藏文化、敦煌等名胜古迹与气功方面的著作。在生活拮据的窘境里，藏书是最能反映和折射一个人的学术趣味与偏好的了。而他自杀时身边带的四本书：《新旧约全书》、梭罗的《瓦尔登湖》、海雅达尔的《孤筏重洋》和《康拉德小说选》就更能说明这个问题了。事情并不是想象的那么简单。上文曾论及由于海子血管中涌动的民族血液，使其在向“史诗”突进的过程中产生了强大的反向作用力，一如离心力与向心力一般，这样一来，作品中“静”与“动”对抗，光明与黑暗的冲突，蕴藉与暴烈的牴牾，传统与先锋的碰撞……不断撕扯着可怜的诗人。民族文化传统缺乏史诗典范，所以诗人在独自探索中孤独感是可想而知的，更要在探索中不断地审视自己的创作，修正前进的方向。这一进程中成就“大诗”事业的心理焦

① 海子．诗学：一份提纲［A］．见：西川．海子诗全编［C］．上海：三联书店，1997年2月P889

② 海子．我所热爱的诗人—荷尔德林［A］．见：西川．海子诗全编［C］．上海：三联书店，1997年2月P917-918

虑，与来自外界对他视为生命的长诗的攻击又无情地折磨着诗人孤寂的心灵，这样，1989 年 3 月 26 日的冰山訇然坍塌也就在情理之中了。

海子是极富才情的诗人，由于对“大诗”一往无前地追求，所以对感情的控制是非常紧的，有时情感收敛得让人无法想象他是一位才二十来岁的热血青年，即使是被人们列为“情歌”的作品都莫不如是。但如上所分析的，前后两期的作品在意象选择上的差异，决定了不同的呈现文本，也带给读者不同的阅读享受。

（丁伯林，安徽怀宁人，池州学院中文系副教授，主要从事中国现当代文学及叙事学研究）

潘启雯

《领导司机》：小人物的胜利

古往今来艺术家们往往以小人物的人生际遇为载体，对他们寄予人道主义的关怀，寄托他们对小人物命运的思考。周星驰也曾这样说过："在这个时代，人们只看两种人：英雄和小丑，而我天生就是小丑。"也许看惯了太多的英雄，我们会突然发现，小人物才真正离我们很近，或许就是我们身边的某个人，又或许就是我们自己。在我看来，一直"追求官场原生态写作，力求诗意化的人性抒写"的写作观的洪放，他的长篇小说《领导司机》试图表现的是"别人的视野窥见官场的端倪"。这里的"别人"不是我们所熟悉的"大众"或者"小资"，而是从物质到精神都有些卑微的"小人物"。

洪放所写的"领导司机"——李红旗，应该算是那种处于既不是"最上等"，也不是"最下等"的小人物形象：出身农村的李红旗，父亲早逝，年迈的母亲双眼失明，参军退伍后的他，依靠刚从湖东县交通局局长位子卸任下来的叔叔李一然的好人缘和好口碑，"安排"进了县委，当了县委副书记程杰之的司机。在当领导司机的过程中，李红旗凭借自己在部队里积累下的为人处世的知识和待人接物的技巧，游刃有余地穿行于副书记程杰之和副

作家简介

洪放，男，1968年生，安徽桐城人。上世纪80年代开始文学创作，在《诗刊》《散文》《青年文学》等发表大量诗歌、散文和中短篇小说，曾入选多种诗文集和多家出版社年度文选，并多次获奖。出版有长篇小说《秘书长》（2007年新华出版社）等6部，追求官场原生态写作，力求诗意化的人性抒写，是当前官场小说代表性作家之一。作品曾被多家报刊连载。

现为中国作家协会会员，安徽省签约作家，桐城市作协主席。

县长宗荣之间，既不乱站队，也不站错队——在危险和安全之间他巧妙地继承了“乌龟”的生存之道，灵活机动地处理并完成县委两大领导安排的工作，在无法发表意见的时候保持缄默，使得他如鱼得水地穿行于“方向盘”和“官场”之中……这就给读者展现了一个更加“本真”的官场小人物形象，一个“领导秘书”之外的官场小人物形象。

然而，刚上任不久的县委书记秦怀仁突然被“双规”，组织上让程杰之暂时“主持”湖东县县委工作。这时，既引发了县委两大领导“争夺”暂时空缺的县委书记位子的“职位战争”，又引发了县委两大领导“争夺”德才兼备的李红旗的“人才战争”；同时，还有不同级别领导司机之间的“级别战争”，外加李红旗与当地著名私企老板女儿顾燕的“情感纠葛”……丰富的层次让人如同身临其境，打乱的时间顺序熨帖地附着在“领导司机”的布局上，复杂结构自然天成。至此，我们发现这种倾向于“以小见大”，将“小人物”的心灵放大成“宏大叙事”，即将小人物放大成官场的复杂斗争的承担者、观察者和思考者，尤其让人耳目一新。非如此，“小人物”是不能进入拥有话语权的写作者的“法眼”的。

在得与失、生与死的焦灼中，李红旗以顽强的执着与韧性，糊里糊涂“打翻”或“制伏”了一群有钱有势的大人物，这实在不能低估了小人物危机时刻的能量指数。而用李红旗这样一个具有普遍意义的典型小人物讲述大时代背景下官员所处的特殊位置以及他们的喜怒哀乐，洪放和他的《领导司机》无疑是在冒险，因为这是一种艺术的“博弈”——如果刻意地让“小人物”占据小说故事的大部分“舞台”，而故意只让“大人物”演个配角，跑“龙套”，显然是一种服务对象的错位，是一种本末倒置，势必会出现曲高和寡的尴尬局面。

但洪放并没有过多地“拔高”他笔下的小人物的心灵境界。他呈现给我们的是小人物在我们看来不可理喻的真实。洪放也没有像《秘书长》系列、《挂职》等那样将小人物往“全社会的大事”、“国家的事”那边靠，他写的只是小人物本身的事，是千千万万个不同级别的领导司机个人的“小事”。当然，洪放也没有故意拔高小人物的“心”，将小人物的“本心”拔高为民族或社会的“良心”。但这些“小事”和“本心”却是那样触目惊“心”，震惊所有有良知的“心”。

（选自《羊城晚报》2009. 02. 02）

何冰凌

忧情浮世绘：从南塘到南州

——读洪放长篇小说《秘书长》

在洪放的心灵世界里，有一个南塘。朴素，沉静，忧伤，只属于他一个人。他是那样地深爱着他的南塘，他的流放之地，他精神的水之湄。他常常沉溺在南塘的水、风、雾和花里，领受着它的洗濯。南塘，是他一个人的清供。他说："一如我，惨淡地走过如许的光阴。一回头，水流远了。南塘成了秋风，秋风成了人心，人心成了忧伤。"而他的长篇小说处女作《秘书长》中，有一个南州，它有意无意地对应了他的南塘。而洪放笔下的南州，正是我们赖以苟活的喧嚣浮世。我们可以看到，在南州这个大舞台上，各色人等相继粉墨登场，官员、民营企业家、部队老首长、初恋情人、建筑承包商、上访专业户、美女主持等皆有出彩表演，表面上的平静从容、按部就班掩盖不住内里的沉渣泛滥、暗流涌动。

小说以秘书长程一路为主脑人物，以他的所见所闻所思所想构筑了小说的主体。围绕秘书长，又铺开双线叙述：一是对南州官场风云际会穷形尽相的描写，一是对程一路个人情感生活细致入微的刻画。在南州官场，党政一把手任怀航和王士达的矛盾冲突有张有弛，颇富戏剧性，贯穿了小说始终。滨江大道改建工程招标；财政局长黄川案发；从南州起家的副省长张敏钊倒台；南日集团老总蒋和川卷款潜逃……小说颇有意味地写到了四位官员的死，物价局长雷远程出车祸身亡，黄川在看守所畏罪自杀，原建设局长李仁被双规后惊吓而死，而生前屡遭告状的仁义县委书记冯军却在防汛工作中以身殉职。与此同时，作品穿插描写了秘书长程一路与三个女人的感情纠葛，吴兰兰、张晓玉、简韵。当然这三个女人都很不寻常，她们和程一路的官场生涯紧密相关。洪放的叙事风格还是他一贯的安静恬淡，整部作品萦绕在一种淡淡的天然的忧伤氛围中。一幕幕风雨如晦惊心动魄的官场悲喜剧就这样在不动声色中发生了。应该说，洪放笔下的貌似平静的南州更忠实于我们的生活。

作者自己在访谈录中说："像，又不尽像。不像，恰恰就是。……真实的官场是平静的，所有的一切都在水下。"小说集中笔力书写了人与事、情与理的冲突，爱与欲、贪与嗔的挣扎，于琐碎中逼近真实，于庸常中透视人物灵魂的颤栗和内心的抗拒。

秘书长程一路是作者着力塑造的正面人物，寄托着作者的理想，当然也包含有对官场潜规则的无奈。军营出身的程一路，受过良好的理想主义教育，洁身自好，在夹缝中求生存，是擅长走平衡木的人。这个人物让我想起贾府中的薛宝钗。他们一样地爱惜自己的形象，玲珑通变精明强干，深谙"一问摇头三不知"之道，同时积极入世，操心仕途经济，"钗在奁中待时飞"。在波诡云谲的南州，程一路顺利登上市委副书记宝座，而在风波险恶的贾府，宝钗成功升为宝二奶奶。由此，对程一路的褒贬就像对薛宝钗一样纷繁复杂。到目前为止，对程一路的定位至多是一位"自清"的官员形象。但作者在这个人的身上还是倾注了自己大量的思考的，在小说中，他借助主人公的口说："腐败关键是自身。人心一正，腐败自然没了市场。"是的，假使我们的社会人人自清，风清气正的时代自会到来，当下社会迫切需要更多像程一路那样的自清者。此外，小说中的两位高官——任怀航和王士达，也是刻画比较成功的形象。对他们二人，相信读者是没有什么好印象的。但他们为什么就没有倒呢？我想，很大程度上正是得益于这种权力博弈和僵持。他们虎视眈眈，争权夺利，互相忌惮和牵制，才不致滑向更深的腐败泥沼。在高层权力普遍缺少监督的当代体制下，这也是值得人们深思的一个问题。

作家史铁生在评论洪峰的小说时说："我看洪峰这个人主要不是想写小说，即纸笔以悟生死，以看清人的处境，以不断追问那个俗而又俗却万古难灭的问题——生之意义。"洪放的《秘书长》虽为官场小说，但时时处处都渗透着对于这种"生之意义"的思考，亦即对他的精神"南塘"的寻觅。身为官场中人，作者在小说中多次感慨官员被抽空、淘干，被程序化、符号化，没有自己独立的精神空间，成为官场大机器上的一个"光滑的螺丝钉"。比如程一路这个人，表面上风光无限呼风唤雨，实际上战战兢兢如履薄冰，他，一直就生活在人的困境中。寺庙一节中，大和尚明心念出的偈子颇具深意："欲望太多，人生则满，心地不静，万恶俱生。"是啊，是人，就有欲念之想；是心，皆有烦恼之忧。人必须要靠自己来化解自己。小说中反复提到的香樟树、"简韵"、"瓦尔登湖"，还有无处不在的香樟树清正的香气，都可以视为作者对精神家园“南塘”的不懈追求。作者曾在有关南塘的散文中说：“如这黄昏中的花，它是怀着对大地的恩情，来用最后的光照亮南塘。而我，是怀着这人世的热爱，用宿命的笔，来写秋风的挽辞……”从南塘到南州，从天堂到俗世，我们和作者一起经历了又一次精神的冒险和飞升。

（选自《新安晚报》）

▌赵　凯

历史追问与人性解读

——评黄复彩长篇小说《红兜肚》

作家简介

黄复彩，男，祖籍安徽枞阳。中国作家协会会员，作协安徽分会理事，安徽省赵朴初研究会理事，安徽省禅宗文化研究会理事，池州学院佛文化研究中心特约研究员，九华山佛学院客座教授，现供职于安庆晚报，主任编辑。1981年开始文学创作，迄今发表小说、散文、报告文学、学术论文等三百余万字。其中包括长篇小说《红兜肚》，中短篇小说集《魂离》《菩提烟魂》，散文集《一花一世界》《心如明镜台》，以及《佛教故事》《禅的故事》，长篇传记文学《仁德法师》《皖峰法师传》等多本。其作品十多次获得国家级和省级文学奖，并被收入各种文集中。

上个世纪90年代以来，当代小说创作开始出现令人关注的叙事转向，各种审美流派的文本实验走向式微，而立足于本土体验与民间体验以及对小说文学性的坚守，成为众多小说家自觉的审美选择与叙述范式；对历史与现实的热情关注以及对人性人生的无穷解读，使小说的内容重新成为观照与阐释的对象。现实主义的文学精神在小说特别是长篇小说的体裁中开始复活。黄复彩就是在这样一种文学语境中开始他的长篇小说《红兜肚》（上海远东出版社2007年出版）的创作的。“十年铸一剑”，这部小说在作者心中酝酿10余年，洋洋40万言，凝聚了作家对人自身生存境况与生存意义的深沉思索，也积淀着作家浓烈的悲悯情怀。

《红兜肚》为我们所提供的“历史场景”是20世纪三四十年代的皖南——“那是一个外辱内患、民生极为疾苦的年代；那是一片世风和民风都极为丰饶的土地”。一个家族在不可避免的衰亡前的莫可名状的躁动、挣扎、无奈与绝望……而这个家族的衰败过程，正是一个时代和一种制度走向毁灭的折射与缩影。作家并没有按照某种历史观念去图解那个时代的历史变迁与政治风云，而是凭着对那些鲜活的生活具象的艺术感知和对个体生命意识的独特的深刻体验，来创造具有个性特征的艺术形式与叙事，以富有特殊性的个体生存方式来观照具有普遍性的时代本质。那破败而阴郁的朱家大屋里所上演的民族纷争、家庭内乱、畸形情爱，那神秘而空灵的“非非寺”中佛家人对世俗的谆谆告诫，都为这个风雨飘摇的时代寄寓了一种饱含意蕴的象征暗示，而主人公朱子尚不过是这一风雨飘摇时代的匆匆过客。他的性格的复杂性以及在命运沉浮中多少带有的悲剧性色彩，无可置疑带有时代与历史的烙印，但真正构成小说内在活力与审美意蕴的却是这个人物的极富个性光泽的人格特征。对历史的追问最终落实到对人性的解读。

朱子尚的人性构成是复杂的。他是一个拥有600担田租与多处商业股份的地主，剥削阶级的贪婪与占有欲在他的身上一览无遗，他也常在醉生梦死中打发自己无奈与无聊的荒唐岁月。应该说作家对笔下主人公人性的负面因素——恶的揭露与否定是坚决而充分的，但作家并没有给朱子尚简单地贴上一个地主的标签而匆匆了事。因此我们看到在这样一个地主的身上似乎保留着一个普通农民善良与朴实的痕迹。他“亲自耕作，为的就是不忘自己一个种田人的根本，也为了让儿孙们懂得庄户人的稼穑之苦”；在当地农民的心目中，他也是个扶危助困的“善人”形象，更何况他还在朱毛红军被围受困的时候慷慨相助，因此他也称得上是一个开明的绅士……如此善恶并存错综迷离的地主形象，以其丰富的人性内涵，突破了传统小说中地主形象描写的模式。在作家的笔下，朱子尚不仅是地主阶级“类”的一分子，而且也是普通的“个人”，他的命运遭际以及不应有的死亡结局，就不能不带有悲剧性的色彩而使人产生恻隐之心。朱子尚的形象塑造，正表明了一个成熟而理性的作家对人性理解的进一步深化。

《红兜肚》的基调是沉重的。小说中包括朱子尚在内的众多的人物身上都带有一种宿命的悲哀。这些普通的地主或佣户身上负载了过多历史的重负或人性的压抑。他们都无力面对生存与人性之间恒定的矛盾冲突。虽然在他们生活的外部世界里，民族解放与社会革命的烽火硝烟已经弥漫席卷，现代文明也在向他们频频招手，但他们仍蜷缩在封闭自锁的精神世界里惶惑迷离而不知所向，陷入一种无可奈何的生存状况。杏林与杏麦作为朱家大屋的后代，他们都有冲破封建家庭的强烈欲望，但他们的人生道路与生命历程却充满坎坷，他们在亲情与革命的两难选择中经受着灵魂的拷问与洗涤。已成为革命队伍一员的杏麦，最终被选定为枪毙朱子尚的执行者。行刑的场面是撼人魂魄的，它以艺术的刀锋，对普通人精神世界作一次无情的剥离与袒露，是对灵魂的一次严酷的拷打与审问。作家对人性的高度关注以及由此而生发的悲悯情怀的确让人心动不已。

以《红兜肚》作为小说的名字，使人们很容易联想到他们所面对的可能是一段凄楚动人的爱情故事。的确，“红兜肚”在小说中是情欲与性爱的隐喻与象征：“母亲把兜肚在芷莲眼前一件一件地亮着，芷莲不看则已，待看过了立即像有团火从她的周身烧过。原来那上面绣着的尽是一些男女交合的春宫图。”母亲对女儿的传授，目的是明确的，那就是希望女儿早点为朱家大屋生养孩子，于是“红兜肚”便成了家族传宗接代的工具。而最后与芷莲走进洞房的却是疯子杏平，女主人公的人生悲剧也由此拉开了序幕。她与腊狗的偷情与苟合，与其说是青年男女之间的两情相悦，更不如说是一个无力摆脱命运网罗的女人，对来自于外部世界重压的一次报复性的挣脱。实际上，在封建的土壤上衍生的男欢女爱，往往得不到爱情的正名，这里所能培育的往往是形形色色的“恶之花”。作家的批判意识与悲悯情怀也由此得到了充分的体现。

《红兜肚》的基本叙述手段是白描，作家放弃宏大的民族与历史叙事而立足于民间化与本土化体验；而平白的叙事形式与人物故事的新奇性与荒谬性形成反差，从而构成小说的审美张力，制造出耐人寻味的阅读效果。

（选自《文艺报》2008.06.12）

（赵凯，安徽大学中文系教授，评论家）

许春樵

家族小说的叙事立场

——评黄复彩长篇小说《红兜肚》

中国文学史上长篇小说地位最高的就是家族小说，这不只是因为曹雪芹《红楼梦》的辉煌照亮了此后《金粉世家》、《激流三部曲》、《古船》、《白鹿原》等家族长篇小说，而是家族小说的道德模式、伦理取向、权力秩序与中国社会传统的家族式政治结构形成了内在对接与默契。家族是中国社会的整体象征，写家族就是写中国社会，所以家族小说的隐喻性、时代性、史诗性的文学地位是所有作家的梦想，也是文学史高度关注的一个文本资源。黄复彩的长篇小说《红兜肚》通过民国年间皖南地主朱子尚家族由盛到衰过程中的恩怨情仇、伦理危机、道德崩溃、精神破产，揭示了命运无常中人作为历史人质的无奈与被动，演绎出人性在与强大的社会异化力量对抗中的脆弱与毁灭。

作为一部有经典性追求并表现出最大努力的长篇小说，黄复彩的《红兜肚》提供了广阔的阅读空间和深度的复调语义。

《红兜肚》的背景是民国至解放初年，因此它应该算是一部历史题材的长篇小说，历史在小说中如何处理，也就是如何确立小说的价值立场和精神视点，这取决于一个作家独立的发现与判断能力。克罗齐说，“一切的历史的都是当代史”，这一标新立异的观点是要说明过去的历史与当下的现实在审美趣味和精神气质上形成了同构性关系，时间和空间无法掩盖和修改其本质属性。黄复彩在《红兜肚》中对正统的历史观和历史定义进行了一次颠覆性的修正，或者说进行了一次个人化的阐释与判断，由此而形成的文学立场与历史态度为这部小说确立了独立的艺术理想和思想价值。《红兜肚》中朱子尚为捍卫家族道德秩序与家业振兴所做的“知其不可而为之”的毕生努力最终灰飞烟灭，直至自己死于非命，这不是简单意义上一个阶级的失败，也不是一个地主阶层的灭亡，而是朱子尚企图以人性与人道改造生活拯救世道人心的失败，是人性改造兽性、善良消解暴力的失败。朱子尚是一个开明乡绅和地主，他是一个集本能的人与道义的人为一体的文学形象，家业的扩张与欲望的冲动注定了他不可能成为神圣，他掠取了糕点作坊、戴了绿帽子后报复性地与不同的女人通奸、梦中还与儿媳苟合，这时候朱子尚更多地呈现出一个本能的人潜伏在道德中的本能的欲望，然而这并不是黄复彩塑造这一人物的本质方向，而是对主人公进行复调性处理的手段，即人非神圣的丰富与复杂的人性真实。《红兜肚》倾尽全力打造的是这样一个形象，即朱子尚命运历程中企图以人性修炼兽性、善意感化无良、道义改造邪恶的人格走向与心性提升。在风雨飘摇命运多舛的年代里，为了创立一份家业、守住一份家业，朱子尚想以温良恭俭让的道德力量与现实社会进行合作，想以隐忍、克己、宽容、善心去面对他愿意和不愿意面对的人和事，他在断魂岭处死哑巴的最后一刻宽恕了他，并且善待其一生，是良知觉悟，是道义复活；朱子尚接受了土匪敲诈勒索，也接受了红军借钱借粮，除了恐惧与胆怯，还有内心里的隐忍和克己的人生哲学；而饥荒年头开仓济民、兴灶熬粥施舍乡邻，则是他与生俱来的善心与人道的自然流露。这是一个有着人性深度和丰富的人性内涵的人物，在朱子尚这个人物身上，他是被作家黄复彩作为一个合乎人性的“人”来塑造的，而不是作为一个政治符号“地主”来定性的，人性大于阶级性、人性超越并消解阶级性，这是黄复彩长篇小说《红兜肚》最重要的思想价值和文学视点。

人性与人道主义立场修正和消解革命的、政治的、宏大的历史叙事立场，这是近年来小说反思历史、回归人性、重建历史新秩序、还原历史真相的重要成果和勇敢实践，它使文学回到了文学面对人生、命运、情感、灵魂的文学本体价值体系中。《红兜肚》中所有以“革命”与“非革命”面目出现的人物和事件都无法逃脱以“人”的性质去演绎和定义，是“人”去革命或反革命，而不是革命或反革命去演绎和定义“人”，这不只是顺序的颠倒，而是价值的颠覆。朱子尚被枪毙之前，受过他恩惠的乡邻们联名上书要救其一命，佃农们不愿要分他家的地，甚至将收成的粮食又送到了朱家大院，这倒不是怕朱子尚带“还乡团”回来报复，而是他们从情感上、内心里不愿意无功受禄、有恩不报，阶级性在这里是虚拟的，是伪叙述的失真，在乡邻的眼里只有善和恶的朱子善，而没有革命与反革命的地主。朱子善死于非命，死于劲敌马氏家族马鑫波之子马永兴精心策划的一个阴谋，养子朱杏麦亲手枪毙了养育他的父亲朱子尚，也枪毙了他内心深处最后的人性，尽管他的手在颤抖，而一旦以革命的名义，人性力量就显得极其脆弱。朱子尚的死喻示了一个残酷的历史真相，即以人性失败为代价的革命性胜利往往成为一道永远抹不平的历史伤口，这种疼痛作为一种遗产延续使暴力成为一种生活选择，这是非常惨痛的。

从人性的起点出发，小说的叙事必然与传统的历史视角产生对抗，在《红兜肚》中，一个是本能原欲成为生命过程中一切罪恶的内动力，一个是革命在成为旗号后失去了崇高和庄严，只是生存和复仇的手段选择。朱氏家族错综复杂的乱伦关系是本能对道德的挑衅，是原欲对理性的毁灭，芷莲与腊狗、龙发与春梅、杏林与海棠和雅慧、二来子与舅母牡丹等的乱伦无不指向这一性质。芷莲与腊狗的乱伦是芷莲的原始本能驱使与腊狗对不明不白身份的报复，同样被逐出家门的朱子尚私生子龙发与春梅的乱伦也是出于对朱氏家族的仇恨，杏麦以及二来子等许多参加革命的要么是家庭变故被扭曲了情感与人格，要么是因为贫穷或好逸恶劳而活不下去了，他们并没有什么革命理想，也没有什么远大抱负，生存与复仇是革命的两个最真实的理由和依据。这里我们可以把小说理解为反历史叙事的一次实证，即以人性视角修正单一的历史判断，在复杂和变化的动态历史演绎中还原被无意遮蔽或是有意隐秘的历史真相。“小说发现只有小说才能发现的真理，这才是小说唯一的道德。”（布洛赫语），黄复彩《红兜肚》并不是为了和历史书扳手腕，而是想以一个作家的眼光重新审视历史，以文学的方式表达自己的文学发现，呈现文学中的历史。这样评述，意在表明在一个开放而多元的现代社会中，文学家与历史学家如果有不同的眼光和视点，是应该得到包容和理解的，阶级性是政治学的历史观，人性是文学的历史观。

现代阐释学认为，任何一种阅读都是一种误读，在这一理论的支持下，我就此为自己的阐释进一步辩解，任何一种阐释实际上就是一种篡改。英美新批评理论代表人物理查兹在《意图谬误》中指出，作家的意图在文本中往往会发生偏离，文本在阅读过程中读者也很难还原作家的意图，他认为作家意图、文本显现、读者阅读这三方面都是相互失控的形态。基于此，我在读黄复彩长篇小说《红兜肚》的时候，非常关注小说中和尚说的“世上本没有东，也没有西，所谓东西，是人内心的妄想。”如果把这句话作为理解这部小说另一个隐蔽的价值立场，那就会像一些红学家研究《红楼梦》一样会得出一个全新的文本内涵，即佛学中的“空”，小说中弥漫着道德崩溃后的迷惘，命运无常中的无奈，人性失败后的绝望，那么救世的理想在哪里呢，人生的出路又在哪里呢？朱子尚辛苦一生，可最终却是子孙不孝、众叛亲离、钱财散尽、命丧黄泉、后继无人、物是人非，这种种孽障以及毁灭性的结局，注解着色是空的，钱财是空的，权力也是空的，占有者未必幸福、成功者未必有成就，胜利者未必圆满，参透人生苦难，宿命不可抗拒，“世上无一物，何处惹尘埃”。如果从这个意义上去阐释《红兜肚》，那么就可以抽象出这样的结论，小说的第一层面是正统史学中的阶级性前提，第二层面是文学视点下的人性对阶级性的超越与消解，第三层面则是佛性（宗教）对人性的拯救与收编。最后的隐性价值立场使这部小说的境界又获得了新的提升，小说的发现与判断获得了新的突破。

黄复彩是一个具有独立思考能力与个人文学气质的作家，《红兜肚》除了成熟而独具匠心的认识价值之外，这部小说在结构框架、戏剧冲突与人物塑造上表现出了圆熟而精致的设计能力，在朱氏家族由盛而衰的历程中，人物关系相互纠缠，命运演绎充满变数，情节展开诡异奇绝，既有效地控制了阅读，又使其艺术构思得到收放自如地实现。小说语言上，黄复彩表现出了超常的叙事耐心，“零度叙述”是结构主义语言学在文学中的一次有益的实践，主要是在法国新小说派文本中得到实证，与他们不同的是，黄复彩的不动声色的叙述语言是要将情感压缩后使有限的语言符号容纳无限的语义，这种克制与节俭的语言是惜墨如金的追求，也是中国画中留白的艺术再现，大量的想象空间在叙事语言之外，小说的语言张力因此而成了文本的事实。汪曾祺先生说过，“写小说就是写语言”，黄复彩富有张力的叙述语言无疑也成了这部小说成就的重要部分。

《红兜肚》带给我们的惊喜和激动不只是波澜壮阔、惊心动魄的故事，它更多地是带给我们审视历史、把握人生、洞察命运、拯救人性的认识价值，小说独具个人化色彩的穿透力与想象力在成熟的文本艺术转换后也获得了独立的文学地位和小说价值。

（选自《百家》杂志2008年第2期）

（许春樵，安徽省作协副主席，作家）

江 飞

底层立场·生命体验·小说化叙事

——江少宾散文论

与变化多端的小说或诗歌相比，1990年代以来的散文一直在“超稳定性”的状态下沿着传统模式自在独行，沉稳、含蓄，带着处变不惊的偏执，虽然也不乏“大散文”、“新散文”、“原散文”、“××主义散文”之类旗帜变换，纸质媒体和网络媒体合力推动，然而，众声喧哗的繁华却无法遮蔽其本质的虚浮与困境。置身于精神物欲化的现代语境中，评说散文似乎也成为格外危险的行为，对于论者和被论者而言，如何摆脱散文的普遍困境，如何建立散文作家个体的现代意义，将折射出作家、批评家独特的精神结构、体验方式和其他社会历史文化精神。在此背景下，我愿意“冒险”谈一谈安徽青年作家江少宾和他的散文。

作家简介

江少宾，1970年代生于安徽枞阳。先后获得2007年度人民文学奖、第四届老舍散文奖等，并著有个人散文集《打开的疼痛》（21世纪文学之星丛书，2008年卷，作家出版社）。另在《人民文学》《天涯》《散文》《北京文学》等刊物发表散文、小说50余万字，多篇作品入选《十月选刊》《散文·海外版》以及多种年度选本。

江少宾是近年来中国文坛迅速崛起的一位实力作家，《人民文学》、《北京文学》、《美文》、《散文》、《青年文学》等知名刊物都曾以专栏的方式重点推介其散文，2007年获得“人民文学奖”，2008年获得“老舍散文奖”。接踵而至的荣誉并没有改变江少宾低调沉稳的人格与文格，他一如往日地在电视幕后和散文园地里默默耕作。在江少宾的散文里，我们目睹了“工业化”进程和“城市化”的变迁所带来的人心嬗变，以及农耕文明的衰落和消费文化的生长，体悟到一个持守底层立场、注重生命体验、以小说化叙事建构散文世界的作家的疼痛与情怀。

一

“70后”的作家，往往被认为是没有“故事”和“历史”的尴尬的一代人，他们的焦虑在于既不能像“80后”那样无所焦虑，又不能像“60后”那样深度焦虑，而对于“70后”的江少宾而言，他的焦虑源自于身份与立场的矛盾、困惑和折磨。现供职于省城电视媒体的江少宾，出生于安徽枞阳县一个叫“牌楼”的小村庄，这注定了他和他的散文在媒体话语与底层话语、城市（合肥）与乡村、普通话与土话（方言）、记忆与现实之间必然遭遇的焦灼处境。“面对公众的目光，揭示个体的生活”，江少宾选择的只能是如此的道路，而这其中的难度可想而知。

现实境遇中，江少宾必须保持着一个记者、编导高度的职业敏感与道德规范，与意识形态保持着绝对一致，而在文学（散文）境遇中，他又不得不在媒体立场与底层立场中进行抉择。当然，媒体立场与底层立场并非绝然地对立或对抗（现在的媒体更愿意以底层为表述对象），但不可否认各自在其审美品格和精神向度上存在着一定的差异。媒体的现代特性决定了它的实用功利、经济价值取向，而新世纪以来媒体对底层世界的关注也并非仅仅出于道德同情或政治律令。作为出生底层又不断接触底层、返回乡村底层的作家，江少宾毫不犹豫地选择了底层立场，这意味着他对自我乡村生存经验的肯定与认同，对个体职业身份的质疑与批判：

看着记者们拍摄回来的新闻，我一阵阵心酸，一阵阵心痛。想想自己做了那么多的新闻，也写了数以万计的文字，却从来没有准确而真实地再现过农民兄弟们。新闻画面上的农民还是田园牧歌里的农民，纸上的农村还是乌托邦里的农村。中国的现实农村复杂而多元，虽然不排除有田园牧歌的可能，但“炊烟”消散，满目疮痍，更多的农民一直都在挣扎，他们所过的并不是生活，而仅仅是最起码的生存——他们作为一个自然人的最基本的平等权利，一直都被无情的体制残忍地剥夺了，农民兄弟们在一天天地生，其实也是在一天天地死。每每看到那些粉饰太平的文字，每每身不由己地指令记者们去拍摄反映农村巨大变化的成就性新闻，我就生出大把的厌恶和愤恨。比照于广大的农民兄弟，我们所谓的疼痛与悲苦、风花与雪月、郁闷与虚无，显得

是那么的无耻与矫情！（《我的幸福是一种罪过》）

我相信任何一个具有爱、同情和怜悯之心的人都能感受到这字里行间充满的痛感、批判与自我批判的力量。在江少宾的心底和散文创作理念中，对底层农村和农民的成就性新闻报导，体制对底层民众生存权利的剥夺或美化，无疑都是虚假、无耻与矫情的，只有彻底撕去罩在乡村现实上的田园牧歌的面纱，底层民众生存的真实才可能冲破乌托邦式的美学想象而重返人间。新世纪以来，“底层写作”成为流行，而江少宾散文对底层命运的关注和思考并没有沾染知识分子为底层代言的道德优越感，相反他自觉规避了媚俗和时尚写作的可能，以自我审判的方式敞露自己的疼痛和忏悔，把“我的幸福”看作是“一种罪过”，这种深切的悲悯和由衷的自责，是作者以较高的道德标准衡定后的内心真实，有着直抵肺腑和灵魂的力量，是那些“粉饰太平的文字”永远难以企及的。

毫无疑问，是“知识”改变了这个乡村少年的人生轨迹，并赋予了他以揭示真相的清醒的理性和媒体话语的权力，这种理性和权力保证了他在城市中乐业安居，但又因此而残酷地剥离出底层生活的众生图景，诸如因难产而死去的江化家的媳妇，用大半瓶农药结束年轻生命的三坡堂兄，活得本真自我最终又彻底消失的“哑巴”，仿佛风消失于风的天然不省人事的孬子三娃，随风雨而提前老去的乡下妇女二嫂，被岁月的暗伤吞噬而失去的朋友和兄长，等等，他们的死亡、消失、忧伤和沉沦，更接近于底层的生存和精神现实，而叙述他们的“故事”和“历史”可能远比创造自己的“故事”和“历史”更有价值和意义。江少宾以语言当作摄像机，以职业的敏锐和作家的敏感向读者讲述着底层的这些“故事”和“历史”，他的声音不大，且夹杂着皖地的方言，他在摸索中试图揭示底层存在的不为人知的一面，他也并不迷恋自己的声音，而是格外关注他所经历的体验到的世界，只有那些符合他的职业道德和社会伦理苛求的人和事才属于他的作品。

在江少宾首部散文集《打开的疼痛》中，[①] 这样的作品约占总数的四分之一，是江少宾散文中最具现场感和公共影响力的纪实作品，如《地母》、《征婚》、《王七的世界杯》、《跳楼事件》、《一个老人的半导体》、《民间守望者》、《他乡》、《血迹或伤疤》，还有未选入其中却意义重大的《记者手记》等，其成功之处在于“对时代变迁中的世相人心做出机敏的观察和理解”，

---

① 江少宾．打开的疼痛［M］．作家出版社，2009．此书为“21世纪文学之星丛书2008年卷”之一，文中散文引文均见此书．

“以现场精神为经，以众生关怀为纬，是散文界的底层写作和现实主义”。①那些鲜活的底层人物，如难以割舍土地的农民曾二爷和他的侄子，通过媒体征婚的方式寻找爱情的晓燕和阮奶奶，回到故乡晒死鸡看世界杯的农民工王七，跳楼事件中不明身份的外乡人，靠一个半导体收音机打发晚年寡居孤独的老人，民间艺人徐本焕和殷光兰，那些在轮窑厂打工的以数字命名的他乡民工，还有那些殒命于合淮路车祸的人们以及游走于淮河路的乞丐们，以各自生死悲欢的命运进入记者江少宾的媒体视域，正如他所说“让新闻事件公布于众，对于新闻人来说，那便是最大的良心和最高的职业道德”，而“多年以来我始终相信，记者只是一个时代的传声筒和留音机，再忠实的记录，最终也只能唤醒一部分的记忆。”正是这种清醒的职业意识和底层立场，使其具有了萨义德所肯定的现代知识分子的品质，“知识分子既不是调解者，也不是建立共识者，而是这样的一个人：他或她全身投注于批评意识，不愿接受简单的处方、现成的陈腔滥调，或迎合讨好、与人方便地肯定权势者或传统者的说法或作法。不只是被动地不愿意，而是主动地愿意在公众场合这么说。”② 可以说，江少宾是以散文为途径，竭尽一己之力尝试诉说真话，对抗现代社会愈来愈有力的媒体流通着的底层形象、官方叙述、权威说法等，他内心的紧张、焦虑、断裂、忏悔和疼痛便是对抗过程中朴素而真挚的显现。

需要说明的是，江少宾散文的底层立场并不意味着对底层盲目讴歌和赞美，同样，他对媒体立场的疏离或抗拒并不意味着彻底的排斥或放弃，在我看来，媒体立场是显在的旁观者的公共视角，它提供了作者丰富广阔的新闻素材和深入事件内部的可能，而底层立场却是江少宾内在精神与情感皈依的私人视角，二者矛盾却又统一，也使得他能够以双重视角对媒体和底层进行观照、质疑、批判和反思，自然比在场的新闻或不在场的底层虚构更深入，也更真诚。正如他所说，“散文唯一的特质不是所谓的叙事底线——‘真实’，而是直面内心的真诚，形式上的探索和精神上的创新，都必得以真诚为规约，一旦摈弃了真诚，所有的探索都是白费力气，至少是长久不了的。”相较于当下的许多作家或批评家，他们接触到的往往只是“有限的底层”——大量的底层人物和底层经验都来自于大众传媒、出版物的转述或走马观花的采访——而如此的叙述与叙述对象之间又有着怎样的距离？而作为媒体人，江少宾的散文叙述则通过自己零距离的现场采访，冷静地发现和记

① 江少宾．生态意识的散文表述［J］．新学术，2007（5）．
② 爱德华·W．萨义德．知识分子论［M］．三联书店，2007：25.

录底层的隐秘真相，从而将有限的客观新闻报道转化成无限的对底层人物和底层经验的叙述，这正是一个记者和作家的“直面内心的真诚”，也正因为这样的内心真诚，使得他的底层立场能够超越“身体的在场”而抵达“心灵的在场”，能够承受世俗的挤压而坚决不动摇。

二

从身份、地域而言，江少宾已离开农村底层，每年几次的短暂返乡正逐渐成为某种仪式或礼节，但生活于城市中的他依然“混杂在搬运工、货郎、小贩、下岗职工、外来打工者甚至是乞丐们中间”，“存在或逃离，都需要信心和勇气”（《临泉路上的日常生活》），然而他并没有选择逃离，而是以这样的市声如沸的生活为契机，用个体生命去体验每一个生命个体。可以说，江少宾是一个特别注重生命体验的作家，他的创作就是对他者生命和自我生命进行深刻体验的阐释。

生命意味着从出生到成长到死亡的过程，在江少宾的散文中，生命的本体意义得到强化和延展，由生命而引发的疼痛与忧伤弥漫作品的各个角落，作者强烈的生命意识也由此得到最大限度的张扬：

生命的到来就没有偶然的机缘。生命从来都属于偶然，脆弱如纸，如器，破碎，或者是打开，潜伏着无数的可能。而重重阻隔的生命之门，同样蛰伏着无数的隐秘，蛰伏着神秘的欢愉与妖冶的巫性。（《打开的疼痛》）

妹妹的出生是“我”生命里最初的记忆，而成年后那个与“我”无缘的生命“仿佛不是真的生命，仅仅是一朵滴血的花蕊”，未及打开便黯然萎谢，永远地蜷缩于冰冷的器皿，这种生与死的残酷让作者体味到生命的偶然、脆弱以及无数隐秘的玄机。推己及人，生命的孕育对于那些偏僻的小山村的女人们也似乎没有意义，“没有人知道，在她们的意识底里，生育究竟意味着什么，更多的时候，她们的生育仅仅是生育，而并没有与生命本身发生隐秘的联系。”在她们的集体无意识中，生命意识是缺乏的，至少对生儿育女缺乏足够的重视和崇敬，对那些永远安睡于自己鲜血里的女性们也止于兔死狐悲的哭声。对于作者而言，“那些阴翳的记忆，那些疼痛的女性的生命个体，像是一轮回环往复的风车，呼啸在一个个异乡的梦里。……无数的血光像是生命的光环，一路绵延，令人窒息。”即使洞悉了生命的全部奥秘，作者也无法预知生命之门是打开还是会合，唯有疼痛和忧伤悄悄潜入“我”的生命体验中，成为无法磨灭的生命底色：

昏暗。无边的昏暗。这成了他年少生命的底色，并最终成就了他性格的底色。自卑。忧郁。脆弱。敏感。他对周遭的物事充满了怀疑，对周遭的一切极其敏感。事实上，他更像是一只刺猬，或者是一株含羞草，没有人能够理解，年少的他何以会那么木讷；他年少的眼神里，忧伤怎么会像水一样四处弥漫。（《荒凉的旅途》）

“他”是“我”年少时的生命形态，在夜晚的恐惧和自我生命本能的释放中感知到成长的痛苦与快慰。我们每个人都要经历那一段生命的黑暗旅途，从而最终明白“一个人的黑暗，原来也并不那么可怕。一个人的旅途，原来也并不那么荒凉”。作者以个体的生命体验传达出集体的生命萌动与颤栗，既丰富了创作主体的心理蕴涵，又强化了散文向下向内的力度与深度，这种来自于生命根底的疼痛与忧伤由内而外敞开着，在对世间万事万物的死亡体验和叙述中达到极致。

死亡是终极归宿，是难以预测、无法看清它全部过程和秘密的未知，是江少宾散文中对生命的终极关怀和情感体验。在江少宾的意识里，“生的过程其实也是死的过程。生，是一个热情的动词。死，是另一个热情的动词”（《回首就算遗迹》），“死亡，其实是人生最大的迷藏。”（《荒凉的旅途》）与充满玄机的“生”一样，“死”同样带着迷藏一般的神秘气息，比如“娘”可以在乌鸦的叫声里听出更为隐秘的东西，比如死者的年纪，比如死者的大致方位；那些民间的鸟们，在不倦的飞翔之间，行进着对村民的宏大的死亡叙事；生死往往只在一念之间。它可以是肉身的死亡，比如他的亲人们、乡人们，而死亡的方式各异，食物中毒，糖尿病，高血压，农药，车祸，流言，感冒，乌鸦的叫声，一只自鸣钟的破碎等等都足以致命；它可以是杳无音讯的失踪，也可以是一只死在自己飞翔里的麻雀。当个体的人去体验社会的时候，他不是被动消极地去反映，而是主体生命的全部投入，是人的生命的全部展开。所以对于陌生人的死亡，江少宾同样寄托了亲人般的悲悯和作为人的道德仁义。比如对那些因为要账而跳楼的民工，“假如事出有因，那么，请你以一个市民的名义，去耐心地规劝；但假如是真的已经奔赴于死亡，那么，请你以一个人的名义，让另一个人的死亡，平静些、再平静些。”（《跳楼事件》），尊重生命，不仅是作家的良知与责任，更是作为一个普通人所应当具有的起码的人格品质。这样看来，江少宾的散文似乎已越过文学的边界，而自觉担当起了社会学和伦理学的重任，作者曾对我说“散文太轻了”，所以我认为这种必要的“越界”行为不妨看作是对抗散文之“轻”的有效策略之一。

江少宾的睿智和深刻还在于发现了即使没有死亡的生命也逃脱不了疾病的侵扰和戕害，在《乡村的肾，母亲的肾》、《在温暖的走廊里对抗》、《烟花》、《回首便是遗迹》等篇章中，他对亲人和乡村病症的揭示和体验可谓痛彻心扉，深入骨髓：

……疾病像一块生冷的钢铁，尖锐地楔在乡村的胸膛上面，许多年。无数家庭的航船在疾病中沉没，在疾病中搁浅，无声无息，不被人发现。……每每在坚硬的城市里自在地浮游，在泛黄的书页里矫情地辗转，在清晨的电脑前回望乡村，或是进行乌托邦似的唯美书写，我时常感到自己身上的罪孽。……我深切地知道，乡村的每一寸土地其实都是有病的，一直都有病，而且，病在骨头里！我甚至一厢情愿地相信：乡村并不肥美的土地也有一颗博大的肾，它同母亲的肾一样在慢慢衰竭，较之于母亲，它的病痛其实更为持久，也更为酷烈。而无限扩张的城市，坚硬的城市，正为这颗曾经供养过它们的肾，做旷日持久的透析——这，将是一场漫长的苦役。（《乡村的肾，母亲的肾》）

那个叫“牌楼”的小村庄，是江少宾生命的起点，更是他笔下时时回望而心中又满腹疑虑的中国乡村的缩影，尽管她落后、贫瘠、不健康，“只是一枚随时都可能凋零的叶子”，但他永远无法遗忘。身体在疾病里沉沦，精神也在沉沦的身体上一点点萎靡消逝，作者悲观而深情的叙述既坦露着自我批判的忏悔，又敏锐地感知着整个乡村的病痛，“母亲的肾”与“乡村的肾”，“无限扩张”的坚硬的城市与“病在骨头里”的乡村，身居城市中的“我”从“母亲”的疾病中体验到的是这双重的苦难与悲凉，“乡村的肾，就是母亲的肾。母亲在疼，就是乡村在疼。”在这里，“乡村——母亲”的疼痛意义已超越了浅薄的比喻修辞和矫情式、唯美化的乡村抒写，具有不可复制的个体生命体验的浓度与厚度。

总之，一再出现的死亡或与死亡紧密相关的疾病、医院、棺木、坟墓、葬礼等，凝聚成生命中难以承受之重，使江少宾散文作品的整体感情基调和内质趋于沉重、哀婉，进一步凸显了每个卑微个体人生际遇和生活图景的悲剧性。对于此类生死的迷恋是当代先锋派小说之后许多作家常用的叙事策略和动人方式，我相信江少宾无意于这样的人云亦云，作为记者，他累积的相关经验可谓丰富，按理在直面诸多生死场景之后会和医生一样变得对生死迟钝而麻木，但作品中描述的这些生生死死无不深深烙刻着他生命体验的鲜活印记。他的“热情”的“生死同一观”是在洞悉生死之后的坦荡、平静，既寄寓着对死的尊重，更包含着对生的感恩与珍惜。正如他所写到的那只死于自己飞翔的麻雀，“它的死亡有着飞翔的意义”，对于江少宾的散文来说，飞翔是一种无限而自由的生命姿态，它使死亡具有了生的意义，也使过分沉重的文本有了轻盈的美丽。

三

江少宾一直主张以“真情实感”为散文的核心，这在各种标新立异的现代散文理念中显得传统而可贵，“散文并不是一种凭借技巧就可以取胜的文体，如果说散文写作有什么技巧的话，那便是一个真实的感官世界”，[①] 上述底层立场之上的生命体验已成功地助其构筑起“一个真实的感官世界”，而在此之外，不管他承认与否，小说化叙事是其散文取胜必不可少的“技巧”。

在传统的散文理念中，“不散之神”（所谓“形散而神不散”）被抬升到最高，故事性被降解到最低，但正如小说存在淡化故事的散文化叙事（如沈从文、汪曾祺等的小说）一样，散文的小说化叙事也显示出别样的美感特质。在《荒凉的旅途》、《破罡街》、《时间段落》、《工厂生活》、《尖叫的钢铁》、《两米之外是个谜》等篇章中，无论是叙事视角、故事性还是叙事结构，都呈现出“散文小说化”的倾向，在自觉与不自觉间完成了对散文文体的一次成功创新。

叙事视角是作者和文本的心灵结合点，是把作者全知的圆切割成文本中限知的扇面，也就是作者把他体验到的世界转化为叙事世界的基本角度。在我看来，江少宾的散文叙事分为两种——个人叙事和社会叙事。个人叙事指的是在散文创作中，从自我出发，反映个体的自在生命历程，以表达个体的思想和情感为旨归；社会叙事指的是在散文创作中，表达公共的声音，反映社会的变迁。个人叙事与社会叙事的区别主要在于，个人叙事注重个性的表达，社会叙事注重共性的表达。而无论哪种叙事，江少宾采取的一般都是第一人称“我”的限知视角，将自己放到故事中去，作为故事中一个人物，参与和目睹记忆中人们的生死存亡、悲欢离合，而不是以一个全知全能的叙事者来讲述故事。如《破罡街》中叙述的一组故事，每个人物和场景似乎都落满了时间的灰尘，嫁给邮差的左玉琳（《邮局》），收藏这沉甸甸的小街人民回忆的老杜茶馆（《老杜茶馆》），由劁猪匠变为“接生婆”的朱志友（《一

① 江少宾．生态意识的散文表述［J］．新学术，2007（5）．

个劁猪匠》)，在时光里陷落的破罡电影院（《电影院》）等等，“我”无一例外地成为目击者、参与者和叙述者，每一个短章都近似于一个短篇小说，小说的“我说”特性和散文的“说我”特性合二为一，极大地增强了故事和情感的现场感、真实性。《荒凉的旅途》是以全知视角（第三人称“他”）叙述个体生命历程的唯一一篇，通过“他”的故事我们看到了作者曾经隐秘的成长心理，更理解了所有少年必然经历的情感懵懂与性萌动，必然感知的生命美好与死亡忧伤。小说惯用的全知视角便于叙述者对人物、故事、场景等进行主宰与调度，而这种叙述形式在散文中的运用自然也会使文本获得更强的叙事张力和陌生化的叙事效果，我相信“左手散文，右手小说”的江少宾是深谙此道的。

读江少宾的散文，不知情者一定认为他是一个很会讲故事的人，但据我所知，他的叙述远比他的口述精彩。可以说，故事是江少宾散文的骨架，几乎每篇都是通过讲述一个或几个人物的故事来体现他所要达到的文章题旨，非常注重情节性、片段性和日常性。如《时间段落》一组，那个喜欢抽烟而心事重重的书店女老板（《旧书店》）充满着神秘的诱惑和悬念，文章在不紧不慢地叙述着“我”和她之间关于书的心照不宣的默契，故事结尾另一个陌生的男人的名字似乎破译了这道谜，然而更大的“谜”在故事结束后露出水面。这个“谜”躲在“我”的左邻右舍的秘密里（《棉瓦房》)，藏在“我”的初恋刘晓兰的笑容和镜片背后（《二十年，或一场雨》)；又升腾在一个安静的抽烟的男人的烟圈中（《光阴在破碎中发出声响》)，潜伏在对门一对小夫妻的争吵里（《两米之外是个谜》)，以及上述所有篇章中。“她们”和“他们”的故事虽然形态各异，但无一例外都显露出时间剪辑的痕迹。我想，对“谜”一样的故事情节的营构其实并非江少宾刻意为之，而是“生活”使然，用他的话来说，“生活类似于一个人的脸，潜伏的暗流，从来都波澜不惊”，“生活暗藏着蚀人心性的东西”，江少宾一脸真诚掀起生活的一处暗角，却足以让我们“窥见”其内质的神秘、破碎、不可想象的故事性。

与动辄万言的某些“新散文”比较起来，江少宾的散文显得十分短小，一般三四千字，而在这短小之中又暗含着一些更精致的短章，像《尼姑》、《杨柳岸》、《冰冷的火焰》、《听见》等，篇幅如微型小说，叙事结构也具有小说般的严谨与丝丝入扣的起承转合。如《尼姑》一篇，“藕山的阴处有一座庵，这是藕山上唯一值得一提的景致”，起篇简朴纯净，难易一字。接着言及庵周围绚丽的桃花和并不繁盛的庵里香火，再转至“女尼”。“她是怎么做的尼姑?”以设问承上启下，引入传说、她的来历以及“我们”偷偷摸摸的行为；接着笔锋一转，写到庵里香火日趋旺盛，而“我们”在偷庵前桃子时听到尼姑丈夫的声音；最后的结尾却很意外，尼姑在山东化缘时被一家寺庙以诈骗罪移交到公安部门，尼姑庵就关了门，据说丈夫也早就和她离了婚，她的儿子辍了学，据说是去了山东。尼姑的世俗生活原和常人是一样的，她最终消失在人们的“据说”之中，千余字的散文竟将一个人的命运和一座庵的兴衰写得如此起伏、澄净和沉重。这样精巧的叙事结构和安静平淡的叙事风格，颇见作者功力，在当代散文家中也是不多见的。

米兰·昆德拉在解释词条“小说”时说，“小说（ROMAN）：散文的伟大形式，作家通过一些实验性的自我（人物）透彻地审视存在的某些主题。”① 阅读江少宾的散文，总有读小说似的快感，这是因为他始终以亲历替代虚构，以限知叙事为主要叙事视角，以人物和故事为叙事中心，在有限的篇幅里搭建精巧的叙事结构，透彻地审视存在的某些主题，这种散文的小说化叙事既是对某些貌似高蹈实则空虚的散文写作的反叛，更是对“在场”、“及物”、“原生态”等多重散文理念的个体综合实践。当然，值得江少宾和我们警惕的是，散文一旦变成“小说的伟大形式”，虚构一旦替代真实，可能就会遮蔽散文自身的文体特征和审美内涵，纵观当下众多以故事、新闻、史实、传说等结构散文而缺乏主体情怀与精神的作品，就不难理解这样的担心并非杞人忧天。

每个作家都有独具个人特色的精神苦旅，每个作家都应位于他的时代、他的民族以及思想史的精神地图上。回望“五四”时期，鲁迅、沈从文、王鲁彦、萧红等许多作家的创作无不深入至社会生活的最底层，触及底层人生的纵深处。因此，我们对我们所置身的社会生活的关注，是对现实复杂经验的生命体验和表达，而且，要认真寻找其中的精神性价值和美学意义，这才是作家的责任和使命。江少宾是有如此责任担当和使命意识的，他说，“写作是一个作家表达自己对世界的看法，是在素常的生活里挖掘一条隐密的通道，抵达那些需要照亮、需要关怀乃至需要拯救的群体。而一个有良知和抱负的作家，他唯一应该做的事情就是：重新发现、创造并确立一种新的秩序，并在这种秩序里，构筑起一个完整的艺术世界。”[2] 在江少宾的散文世界里，

① 米兰·昆德拉．小说的艺术［M］．上海译文出版社，2004：180.

我们看到他在生命体验的通道里埋首挖掘的身影，看到他对底层群体的精神抚慰与人文关怀的光芒，并以小说化叙事重新发现、创造并确立了散文的新秩序。我们有理由相信，江少宾会继续这样的精神苦旅，并最终在他的时代、他的民族以及思想史的精神地图上确立他应有的位置！

（江飞，男，80年代生，安徽桐城人。文学硕士，高校讲师）

江　子

审视与低吟

——读江少宾散文

一

江少宾是一名电视台记者。他的工作是扛着摄像机追踪社会热点。他通过摄像头直面世界，或者说是隐匿在摄像机背后，看这个世界的悲欢离合，沧浪之水涨起跌落。而同时，江少宾是一名出色的散文作家。近几年来，他的散文在《人民文学》、《北京文学》、《散文·海外版》、《散文》等报刊发表，并入选多本散文选集，还获得了2007年茅台杯《人民文学》散文奖。——他的散文写作是否会使他的电视镜头语言更富有人文色彩？这并不是本文想深究的话题。我想说的是，江少宾的散文写作里的确有摄像头视角。他的文字里充满了电视的气息，富有镜头感，饱含社会性。他的表达简洁准确，动感十足，他的立场力求公正，可信。可以这样说，江少宾的散文写作，是从摄像头出发的。电视记者和散文写作者，对江少宾而言正是一枚镍币的正反两面。

——如此指认江少宾的散文，我不仅没有丝毫贬低的意思，相反，还对此表示激赏。欧内斯特·米勒尔·海明威是个记者，加西亚·马尔克斯是个记者，萧乾是个记者。这些记者，最终都成了文学大家。记者出身的缘故，使他们拥有了无与伦比的观察世界的角度和文字表达方式。漫观当下的散文写作，我毫不讳言，许多人的写作姿态是可疑的。所谓的文化大散文，越到后来，越是装模作样地怀古愤今，内心有多少真实可言？所谓的旅游散文，不过是利用权力和工作便利，公款吃喝，玩弄山水，然后抄上一两段景点说明文字稍作变化，粉饰自身。也有人用甜言蜜语的姿态描述故乡，文中的“我”总是一个天真无忧的孩子。我视此为逃避现实缺乏担当勇气的侏儒文字。而江少宾将用眼睛透过摄像头看到的世界和笔尖的图景合二为一，肯定是值得信赖的真实的隐痛悲欢。

——我似乎看见江少宾在拍摄。镜头前的人在诉说，他们的生活在呈现。那是最为真实的生活现场。镜头后面，个子不高的江少宾眯着一只眼睛。他的半边脸被摄像机遮挡住了，没有人能看清他的表情。面对形形色色的新闻事件，面对真实的生活现场，他在想什么？

二

江少宾拥有了当下许多散文写作者没有的视界。他的题材猎涉广阔，大到乡村农民与土地的关系（《地母》），城市工厂破产（《像孙梅一样忧伤》），《尖叫的钢铁》，医院住院部患病群体的生死对抗（《在温柔的走廊里相互对抗》），小到城市一条路上的众生相（《临泉路上的日常生活》），个体生命的消失（《消失》），住宅两米之外的他者生活（《两米之外是个谜》）……他的部分散文篇什甚至干脆直接取材社会新闻现场，比如《地母》、《征婚》、《印象：骨折》。这使得江少宾的散文仿佛就是一档类似于社会广角之类的电视栏目。而他的笔下多是小人物，下岗工人、民工、学生、患者、小市民……成了他的散文中的主角。他的散文，又似乎有了百姓杂谈之类的电视意味了。

记者职业的便利使江少宾有更多的可能发现生活的隐秘真相。他看见然后说出，让事实在他的笔端一一呈现。他追问事件的来龙去脉，不厌其烦地交代事件的起因和经过，记录下事件中心的场景、人物，语言和动作，还有种种细节，并竭力使整个事件变得完整。我愿意如此妄自猜度：江少宾将生活一一呈现的背后其实隐藏着他记史的雄心。是的，他笔下的那些事件和大量的来源于生活现场的真实细节正构成了我们这个时代的历史档案。而他正把自己变成一名时代的速记员。为了让他眼前的历史尽量显得客观真实，在他的许多散文文本中他只让自己站在目击者的位置。

聪明的江少宾无疑知道中国散文传统正宗一脉是记事和记史。《左传》、《战国策》、《史记》、《资治通鉴》，是真切的历史记录，也是法度庄严的散文。而作者既是文笔优美的散文写作者，也是敢于用生命护卫历史真实的史官。这些汉语文学历史上的经典，和历代朝野许许多多形形色色的志书一起，构成了中国散文的一条壮阔的河流。江少宾用他的散文书写有意无意地续接了这一汉语散文写作传统，而他的记者身份，正与古代史官的职责暗合。他的散文大量用短句，正是历史书写的传统风格。

——因为他在文章中不断明确标示的记者身份，江少宾让自己置于社会伦理的公共立场。他的散文里没有当下许多散文写作者的矫情和虚饰，没有凌空蹈虚的修辞。他的文风有了当下难得的朴素和冷静。而正像所有史官一样，他用公道去衡量广阔的世道人心。

——江少宾在拍摄。现实在他的面前一一呈现。透过摄像头，他在审视和追问。《地母》中的两个农民争地事件的背后，是当下农民的生存困境和对土地永难割舍的情感；《印象：骨折》中两个学生帮助骨折老人反被诬为肇事者，善意却被怀疑为恶行，背后其实是道德秩序的断链和社会良知审判的缺席。两个孩子最后的失踪其实是对这世界的怀疑和绝望。《两米之外是个谜》，是江少宾通过猫眼看到的普通而悲哀的人生。我愿意以为，猫眼，不过是一台缩小变形的摄像机，深谙摄像术的江少宾借此又一次找到了他的观察视角。

审视和追问的背后，是江少宾的悲悯情怀。他给他笔下的小人物以温暖的关怀。他的文章里有一种暖光，他知道他不仅要呈现，也要照亮。他并不仅仅是一个记者，他书写的是散文而不是新闻报道。他在字里行间给几乎所有被书写的人都送上祝福。包括《消失》中的所有死者，和《那些与我无缘的生命》中曾经在母腹中孕育却没有真正出生的人。这种悲悯的情怀，使江少宾的散文获得了一种非常动人的气质和深沉的情感。

三

江少宾散文的另一种，是那些关于故乡命运的书写。我认为那是他的散文中最有力量的部分。如果说江少宾以记者的姿态对社会人生的描摹是对世界横向的打量和记录，那对故乡的叙述就是他纵向的追寻探问。横向和纵向，社会人生描摹和乡村命运叙事，就构成了界定江少宾散文的座标。

江少宾在他的乡村叙事里依然延续他的审视立场。作为一名对散文文体有清醒认识的写作者，他不像许多作者那样，简单地怀着葵花向日的姿态对故乡展开毫无智性的赞美，而是明确地将当下的乡村真实进行现场指认。那些用甜腻的或者是故作深沉的假嗓歌唱乡村的写作者笔下的故乡，似乎是建筑在白云中的殿堂。我和江少宾都鄙视这样的写作。因为，它缺乏担当，写作者如果不是视若不见，就是绝对的弱智和虚伪。而真相是，随着市场经济的进一步推进，乡村已经成了一个残缺的、诗意丧失的、凋敝的所在。

江少宾的乡村叙事文本里，充满了大量历史苦难和现实悲凉。在《我的奴性的母亲》中，他细致地描绘乡下母亲的一生：六岁失母，成了童养媳，十四岁结婚，生下一大堆孩子，老年信佛。一生被父亲“奴役”，年长后又额外地“奴役”于我们。“父亲再发脾气，母亲也只是低着头笑，等父亲发足了脾气，自己才背过身去低沉而压抑地哭。”这样的母亲，正是中国乡村千千万万个女人的形象，构成了中国乡村最为沉痛的底色。在《晚色》中，江少宾写了一个乡下老汉的晚景，太阳的怀抱和自鸣钟的鸣声中，一个老人凄凉地走向死亡。——我以为这篇文章中那个被作者称为外公的老人，其实是江少宾通过大量表面看起来其实与个体死亡并无多少关联的指涉精心构筑的乡村的隐喻。死亡即为衰落，乡村正在走向没落，这是江少宾表面诙谐其实深处无比沉痛的对当下乡村终极的预言。

江少宾还别有意味地透过身体的衰竭展开对乡村的描述。肾是身体的器官，是有体温的不依赖修辞的真实存在，从肾来观照乡村命运，在当下许多关涉乡村的写作中无疑是独异的和可信的。在《乡村的肾　母亲的肾》一文中，江少宾不厌其烦地地写下了母亲的肾病，各种症状，母亲面对肾病的态度……而他的表达意图依然是指向乡村生命群体的苦难命运。母亲成了乡村的隐喻，在文章的最后，作者一语道破：“乡村的肾，就是母亲的肾。母亲在疼，就是乡村在疼。”

少宾散文一般都不长，《我的幸福是一种罪过》应是江少宾少有的长文。在这篇文章中，他详细地记录了自己的一次返乡之旅。他的所见，正是一次乡村苦痛悲凉的真切打量。进村的尘土飞扬的机耕道，布满青苔和地衣的水井，去年的鸡瘟，简陋的香火鼎盛的庙宇，吵架的堂哥和五婶，前一阵子的秋旱和卖不出去的雪里蕻，高中毕业却依然命运苦涩的红海，众多的死亡事件……现实和回忆交织，在叫牌楼的村庄里，苦难正如年近四十的红海的那张老脸纵横交错。“中国的现实农村复杂而多元，虽然不排除有田园牧歌的可能，但‘炊烟’消散，满目疮痍，更多的农民一直都在挣扎，他们所过的并不是生活，而仅仅是最起码的生存——他们作为一个自然人的最基本的平等权利，一直就被无情的体制残忍地剥夺了，农民兄弟们在一天天的生，其实也是在一天天的死。每每看到那些粉饰太平的文字，每每身不由己地指令记者们去拍摄反映农村巨大变化的成就性新闻，我就生出大把的厌恶和愤恨。比照于广大的农民兄弟，我们所谓的疼痛与悲苦、风花与雪月、郁闷与虚无，显得是多么的无耻与矫情！”我如此不嫌琐碎地抄下这篇长文中的这段长文字，是因为这正是江少宾的乡村叙事的情感基调和价值判断。而题目的陈述，是江少宾的深刻反思和无措悔恨。

在这些关乎乡村叙事的散文篇什里，江少宾发出了一种类似于低吟的嗓音。那是赤子面对苦难故乡的悲恸言说，是对故乡极度热爱下的怀疑和忏悔，是不可确定下的遥远打量。他用这样的嗓音一遍遍地怀着痛楚追问真实。他的文字，在真实的记录和深刻的思辨之间就赢了真实的隐痛和深沉的力量。

四

毋庸讳言，江少宾的散文写作还有很长的路要走。毕竟他很年轻，而写作更是对耐力和心智的长跑考验。除了对乡村的热爱和忏悔，对现实的审视和描摹，江少宾是否应该寻求更大的精神支撑，应该有更宏大的终极追求？也许现实只是梦幻的楼台津渡，故乡或曰乡村不过是写作的一个需要打理行装重新出发的地方。而抵达雾失月迷的精神彼岸，和争取内心的最大自由之间，哪一个才是江少宾写作的真正追求？或者这两个指涉不过是一花两叶，一个拥有幸福彼岸的人才真正可以实现内心的逍遥游。写作依然在继续，而远方依然空阔并且遥远。作为江少宾的同道和盟友，我愿意以此对他也对自己作如此的砥砺。

（江子，青年散文家，现居江西南昌。著有散文集《在谶语中练习击球》等）

胡书庆

词语穿越诗歌和生命内部时的自然呈现

——金肽频诗歌印象及对他的某些心理阐释

金肽频是一位多年来一直在似乎永远都会具有某种古典抒情色彩的诗歌王国的纵深地带默默劳作的诗人——在这一点上颇类似他的同乡诗人海子。他的诗作没有刻意堆砌的意象，没有蛮横的表现形式上的变形，没有趋炎附势的“语言秀”，但我独乐意倾听这种朴素、本色的诗歌。它们是词语穿越诗歌内部和生命内部时的一种自然呈现。

作家简介

金肽频，中国作家协会会员、安庆大学（筹）兼职教授、安徽省第二届签约作家。曾出席《诗刊》第17届青春诗会。著有文学书籍十部，其中诗集四部：《圣莲》《花瓣上的触觉》《金肽频诗选》《鲸脊与刀锋》；散文随笔集四部：《阳光坡度》《夜语者》《会说话的火》《隐喻的眼神》；新闻作品集两部《在新闻中旅行》《写意安庆》。主编有《海子纪念文集》丛书（四卷本）与《安庆六十年文学精品集》丛书（五卷本）等。

主题及其表现：抽象与移情

综观金肽频的诗歌创作，在内容风格上可分为两类：一类是通过自己下潜到意识的深层对生存体验的诗性再现或消解（一个主要的聚焦处是诗人的日常感官体验）。这是诗人与世界相遇后把自我从外部世界中退缩回来，在自己心中展开一种智性的审美和感知诉求；诗作充斥着具有浓厚象征、隐喻色彩的意象。另一类是把自己的情怀直接寄托于移情对象上去，抒发一种对美好事物的思念与向往。这样的诗作是一种纯净、优雅的个人抒情，意象表达上清澈如水。前一类诗歌具有较强的象征主义色彩，后一类则是古典主义或浪漫主义的。

在第一种劳作场域，诗人使用的是象征刀

法，这刀法精确、细腻，使他言说的任何事物都站在了词语的芒上。在这里，词语和象征没有任何区别。诗人运用词语把触动他的形象封存，从而也把某种内涵永远封存进去——这是诗人天生的事业之一，他的诗歌领地有时就仿佛一个专门对形象进行封存的心智作坊。这类诗句在表达上有时像数学一般的精确（当然，虽然精确，也是诗性的，而非科学性的）。比如《转身而过》这样写道："我认识一位麻醉师小姑娘/她浑身长满绿色/她有一身植物的气息/她走路的姿态叫做飘//那天我去找她，九楼/我要整整写出九行诗或者九个夜晚/九个阶梯才能到达的高度/在角落里向她说出一个字：疼！/长在额头里二十年的疼……"[①] 再比如《身体里的门》："忘了钥匙，不能打开的寂静/是比这道门更深的门/一枚银针清晰地/在里面睡着/满屋的书却醒在那儿//暮色里，被我遗忘的这把钥匙/正在家中　享受着米饭的温暖/亲人的关切/成群的蚁虫从墙边跑过/显得从容而没一点局促//让一粒火重新回到灶膛！/钥匙对人类充满了好意/而在这个夜色超重的夜晚/它却像一张遗物启事/胆怯地躲进我的体内/让我体会/门是怎样一座空空如也的肉体"[②]。

我们可以拿《身体里的门》简单分析一下，试着去触摸一下被它打上了封存的密蜡的内涵：这首诗精确地暗示我们，生存的真理是某种澄明，它就仿佛一道有某种机关的门，只要你掌握了这个机关，生存便变得很简单，你的生存就不再像是一直被监禁于某个幽暗的房间里了；而打开这道门的钥匙，不是知识和认知（"满屋醒着的书"），而是某种适性而得的与生活本身的亲和力。

倾听这一类诗歌，总让我觉得，诗歌虽然是一种语言事实，但它暗示了一种内在自由的原则。它把生命的自由表现的秘密带给了语言，语言由此便成了发声的、说话的生命肉身，一如《某一个疼》所写："某一个疼　或者不像疼/一疼就是二十年/在两个词的中间/他们像梭子一样立着//某一个疼是模糊的　或者说/清澈得让你的骨头发亮/疼透了　只剩下一堆/血肉粘连的水分子//……某一个疼　不是头疼/也不是某些已知的词语/秘密地构成私人语法"（《某一个疼》）。当然，这种源自生命肉身的发声仍是象征的。它们把诗人内在的心理经验和情绪记忆投射到现象那里。只是，诗人以一种天赋的超人的感性洞察力发掘出了现象与现象间、心灵与现象间的诗意的关联。

我有时还觉得，诗人仿佛比一般人多了一重眼睛——一种很强的知性直

① 金肽频．金肽频诗选．北京：作家出版社，2008. P28
② 金肽频．花瓣上的触觉．长春：时代文艺出版社，2001. P63

观能力（康德将直观的繁多性综合为一体的思维能力称为知性，这里取此意；一般的词典上把知性解释成悟性，感觉还不是十分到位似的），金肽频能洞察到现象间的某种深层关联。然后，他还能寻找到准确的意象把某种已经内在化的经验表象出来。凡·高曾说他能看到流动的空气，那是一种怎样的知性能力啊！我们不妨也来感领一下金肽频在这方面的能力吧："一次又一次的风来到这里/模仿着田里/遍地的身影　少妇和野草/瞬隙之间奔跑而过的小动物/在土地深处延伸"（《紫云英》）。

不过我此时还想说的一点是，在这样的诗性劳作场域，诗人的心智活动虽然首先体现为一种审美诉求，但它也是一种需要投入大量心力和脑力的精神性创造活动。在与世界的相遇中，他总是费力地清理好自己"茫然的思想"，搜遍"所有的词语""寻找一个关键"，"然后在它的刀刃上　看到锋/看到一种美妙的进入方式"（《关键词》）。也许外行人还以为创作一首诗就是惬意地往纸上写文字，实际上很多时候却是一种艰难的心智角力。诗人那个"长在额头里二十年的疼"说不定就与此有关呢！也许诗人自己有时已经感到了这样的诗歌劳作所带来的严重生理后果，于是萌生从中摆脱出来的愿望，一如他在《秋场》中对周围的风物进行一番诗歌抽象后如此突兀而直白地所表达的："而我/开始遗忘/头痛开始加剧"。

当诗人"头痛"于抽象时，他当然不会就此离开诗的，他这时会来到另一个诗歌表现场域：移情。抽象与移情都满足了他审美诉求的需要，但如果说抽象使他"头痛"的话，移情则使他轻松。移情往往是他对生活中美好事物的单纯的歌唱和向往。诗人在这里被一种纯美的意境表达所包围，从而使他享受到一种单纯的审美的愉悦。在金肽频迄今发表过的数百首诗歌里，两类诗歌话语交替呈现，共同织就了他丰富多彩的诗歌话语场，也从不同的维度表证了诗人丰富复杂的思想和情感。

在自己的后一类诗歌里，诗人像一位暂将自己委身于土地、委身于人间真情的大地赤子，向生活的事物问好，并对美好的人性、人情和美丽的大自然进行了虔心歌唱。他歌唱春天："露珠。纯粹的宫殿/缔造着青藤　绿叶　紫云英/也缔造着春天的童话"（《春天的几种形式》）；他歌唱大地："今夜。大地的杯盏/宽阔无比空旷无比/我在大地上行走/我是人类中的一个　鱼之外的鱼/月华如水　黄金杯盏呀/您是我永远的怀抱！//大地母亲　芳醇的杯盏/深深收藏人类中的我"（《大地的杯盏》）；他歌唱本真意义上的劳动："流火的七月　稻谷金黄/这是农民的季节/一年一度　农民的节气/火一样的光芒无法阻止他们//通向喜悦的丰收和秋后的牧场”（《无限的七月》）；他歌唱人间真情：“从何而来　沉默的使者/你呈现钢铁的颜色/波涛相逐　无数的翅羽/压迫青鸟/青鸟像一道曙光/撕开溶集的百川/撕开苦难和风暴//三只大翅插在鸟的身上/一只是妻　一只是儿子/再有一只是故乡/青鸟　神的青鸟/在漂浮着琴音与水纹的河流上飞翔/大海的源头　敞开的麦田/听见了么/来自土地的第一声言语”（《青，我终身守护》）……在诗人的虔心歌唱里，我们不难触摸到一种浓浓的大地情思，和一种浓厚的人间情怀。

如果说诗歌的抽象力很多时候具有一种对生活的消解甚至某种程度的排拒色彩的话，移情诉求则似乎相反，它恰恰表现为一种接受力。实际上，诗人的审美力也更大当量地表现于移情诉求中。借此机会，我们不妨谈谈审美力这一话题。审美力的能力不像抽象能力那样，“它不可能创造一种新的组织结构，它只能形成对已存在的组织结构的调节”；它是“感觉力的精练”，并且，“感受性并不产生任何东西，它纯粹是接受”。[①] 其实，对天性比别人敏感的诗人来说，正是其审美力使庸常的生活事物在他自己的内心里形成了可接受的事物。审美力实质上就是一种接受力。这一点很重要。一些纯粹智慧型的抒情诗人，其诗歌劳作充满着危险——当他的精神性掘进达到一定深度时，对终极事物的思考彻底宰制了他，于是他“把自己毁掉的危险总是近在眼前”。[②] 这是为什么？其实就是因为审美力在他那里的表现的不足。对他们来说，诗歌创作似乎更像是一种认知意志的体现，而非一种本质意义上的审美诉求。当一个诗人被认知意志所主宰并把这种意志交由诗歌去解决时，他将注定遭遇某种内在的危险。

金肽频的审美力是葱茏的——也正是这一点印证了他似乎更接近于是一个接受者而非一个消解者。他常常像一个初醒者怀着对世界的无限欣喜——有时自然也会伴随着世界和存在的神秘所带给他的某种轻柔的痛苦和迷惑——开始为他观感到的任何事物“命名”，“就像一个新亚当幵始为万物命名”。他这样给春天“命名”：“春天，是给一朵花命名的过程/春天。在走出土地之后/就公布了花的清洁与秘密”（《春天，是给一朵花命名的过程》）；他这样给故乡的远山“命名”：“阳光充满四处。阳光朗朗读着/那些遮掩得很深的内容/森林的声音不断被点燃/流逝的岁月重又回到山冈/谁高举着心灵的花朵　我曾睡过的岩石/从河流里升起”（《在遥远的山巅》）；他这样给自

① 维特根斯坦．游戏规则．唐少杰等译．西安：陕西师范大学出版社，2003

② 尼采．权力意志．孙周兴译．北京：商务印书馆，2007

己的出生地“命名”：“出生在这里：石头/无限的　抽象的　几乎不存在/我出生的地方一无所有……死亡在这里：石头/具体与真实同时存在/天空面对着大地/就像死亡面对着出生/这样的死亡：没有一定时间”（《出生地》）……这样的“命名”活动营造了一个没有人的精神王国。在这个王国中，每一种现象都奇妙地道说着自己的变形。当然，这只是相对的。其实在这样的“命名”活动中，自然和人文诸事物，以及诗人自己的喜怒哀乐，也都将在诗歌话语氛围本身那温柔的存在中在风景的灵魂中得到延续。

词语的到来与精神还乡之途

下面我要特别从金肽频的诗歌存在里提取出一个最核心的主题加以深度的心灵抚触，这个主题就是精神还乡。

通读了金肽频的大部分诗作后我感到，他的诗作很大程度上折射出了心灵某个层面上的生命历程和心路历程，让我感到里面仿佛隐含了一种精神的漂泊与回归的仪式。“漂泊”就是离开乡土，离开他的出生地来到城里。这“漂泊”一开始是地理意义上的，但曾几何时它就转变成了某种精神漂泊。“回归”的含义则是从精神层面回归他那已经被精神化了的“心理乡土”。在他这里我又一次深深地感触到一个在城市漂泊的“地之子”的某种心理真实。

他写于1996年的《一场充满形式的风暴》真切地叙述了他的这一“心理故事”的全貌：“我忘记，我愿意表达/十七年前那场风暴/把一枚乡村里的种籽/吹进了城市//我忘记，我愿意表达/青山环绕家乡/山上布满白石/粉碎机的声音　像炊烟/在青瓦沟脊间跳跃//我忘记的　石头　圩堤/越活越健康/泥土的步伐永远落在时间前面/老家的门框里不断传出/结婚　生育和改嫁//我愿意表达的　是一个方向/把阳光轻轻投放在里面/把窗口对准了绿色/然后说　风暴　风暴/带我在晚上回家!”

这一“心理故事”，以及诗人在很多其它地方的诗歌记述，似乎告诉我们，一位乡村少年，怀揣某种梦想从乡村来到城市，经过若干年的奋斗在城里扎下了根，不过他始终没有从精神上真正认同城市生态；或者说，他总是对城市生境有一种心理上的不适应感。没有诗意的城市给他带来这样的没有诗意的想象（好在他直写城市生态的诗就那么寥寥几首，能想象得到诗人是断不肯把更多的诗思赐予它的）：“布匹和乞丐相拥而眠/铁栅栏在铁栅栏后面/以困兽般的眼光窥视着”；“钢筋　混凝土　相互握手/绿色村庄在遥远处伫望/几个流氓　几片树叶/都是人们不可缺少的设防”；“是一声咳嗽　或者是/一个拧毛巾的动作/然后泪水被泪水淹没”（《想象城市》）。而当诗人“从城市内部穿过”时内心则是这样一种感觉：“空虚的叶子　如果回头/只需一眼就心灰意冷”（《从城市内部穿过》）。诗人时时感到城市生境给他带来种种压抑感，而且，精神认同的危机也使他常常有一种“无家可归”之感，这激发了他别寻精神补偿的愿望。自然，作为一个从大地深处而来的“地之子”，这寻找会与美丽的乡土事物相遇，一如他诗中所写：“从城市内部穿过　让人看见的/是在切开一种叫思乡的苹果”。于是，“被绿色深深掩盖的村庄”开始“在他的梦中散步”，大地深处无尽美丽的风情开始在他的诗国里建造“一座爱情童话”。

诗人歌唱乡土风情的诗在他全部诗作中占了相当大一部分。这些诗作向我们描绘了一幅幅醉人的图景，叙述了一个个“好的故事”。如《月山》写道：“月亮形的山　静谧　安详/就像我梦中的村庄//我梦中的村庄　住着两条河流/沿着河岸/是一块充满情意的地方/一对少男少女就在那儿长大//年年春风吹着　雨水滋润/这座村庄是座富裕的村庄/无数的白石头　雪一般围拢着/一小片桃花/开在我梦想不到的地方//月山掩映　石头知道/春天是风/爱情是雨水/这两样事物的背后/藏着一个绿草如茵的村庄//这里，八百米地下的黄金/以它敏锐的光芒/将地面上的人们照亮”。

诗人还在很多篇什中由乡土之恋上升到一种更为深厚也更为悠远的土地情思，和一种无尽敞开的大地情怀，用一种大地乡愁“构划他内心的时光”（这一点前面已有所述及，这里不再详细论述）。比如在《轨迹》中，诗人如此美丽地幻化了我们这个东方农耕民族古老的生存图景：“天空裂开一道缝/河流流出//两个人　坐在岸边/河流就是他们的目光/阳光一隅　他和她/构成另一隅……有人的地方/一定也有牲畜和庄稼/按照季节降下的雨水/在大地上描绘出人的面孔/以及山头的模样”。

有一种很有代表性的论点认为，“地之子”们是一些民间理想主义者，他们的乡土之恋具有一种“民间乌托邦”意绪，因为真实的乡土根本就不是这样子。这种说法固然不错。但是我们不能因为警醒于这一点而忽视了我们关于诗人的论述真正应该用力的地方。我们的论述真正应该用力的地方是：诗人为什么这样做？我认为，这是诗人对抗令他失望和厌倦的现实生境的一种精神诉求，“他在诗人的精神视域建构起一种梦境氛围，他在创作活动中藏进这个梦境，从而使现实生活变得可以忍受。"[①] 这种精神诉求从根本上说也是一种审美诉求。而这种审美诉求之所以能成立，就在于诗人是在对乡土事物进行追忆。"追忆使记忆不再仅仅是铁板一块的东西，而是一些美好的只可在心中经历的表象，在某种诗心与逝去的美好事物的相互触摸中神秘地显现。"[②] 这样一来，诗人所诉诸的乡土就不再是真实的乡土，而是一种"桃源梦"，一种精神家园。

我们说，作为话语的诗歌本身不是故乡，但写诗则表征着诗人时时处在一种精神还乡中。就是通过这样的诗歌创作，他得以在精神上游离城市而遁入田园牧歌情致那永恒的人间福祉里去。也许诗人有时也确实意识到这种精神支柱的某种脆弱性——因为真实的乡土事物可能也时时威胁着他的"桃源梦"，于是从灵魂深处萌发出更为邈远更为深沉的精神诉求意向，使自己的精神与更神圣的事物建立关联："……北斗七星　组成一根长长的锁链/连接起光明与幸存者……黑夜里　七匹马/高高地悬挂在天空/七匹明亮的星座/将时间的背景渐渐淡化……空旷的车子载着我/就像载着五吨重的石头/驶向遥远的方向里蕴藏的沙漠"（《隐遁》）。不过，像《隐遁》这一类诗在金肽频的全部诗作中比较少见，他更多地还是在一种自己对生活的葱茏的审美力的引领下唱着生活的恋歌，同时把写诗这种审美诉求本身当作了自己的基本精神生活方式。其实，对一个天生的诗人——或者说有一颗艺术的深心的人——来说，"唯一的可能性是生活在艺术中。只因生命的美学幽灵，所以生命才成为可能。"[③] 对他来说，所有形式的精神还乡都有其内在的离心力——由于他对"时空之无限"的知性敏感，即便是人类中那些逝去的伟大精神典范们亲自以自己的生命实践所点燃的一簇簇精神火焰，接触过后也可能让他"手心感到冰凉"（《玻璃里的火焰》）。他所拥抱的始终是审美本身。

生命体验本身的诗性纪历

金肽频在他的第三部诗集《金肽频诗选》的自序中认为，一个真诚的诗人，"有责任为自己素洁的诗歌而守望"。他进而声称，面对一切他深感龌龊的东西——首先是指当代诗坛某些看上去挺红火的所谓的诗歌（它们的命运当然会像一堆堆废纸屑那样早晚要被清扫出去），"除了诗句，只有用身体来

---

① 胡书庆．翱翔与低回．时代文艺出版社，2006

② 胡书庆．翱翔与低回．时代文艺出版社，2006

③ 尼采．我妹妹与我．陈苍多译．北京：文化艺术出版社，2003

反对!”乍一看到这一有点怪异的说法，使我一下子联想到当下语境中一个很时髦的说法——“身体写作”，然而当我悉心倾听了他的诗歌后才发觉，他之所谓“用身体反对诗歌”，在内涵上与那个时髦用语的具体所指完全是两码子事。他所说的“身体”的确切含义指的是全息的、内在的生命体验和经验。在这个“身体”里，每一个思想、每一种情感、每一种意志都是一个总体状态。诗人相信，他不可能写出比他本人的那个“身体”更真实的东西；而他的那个“身体”，恰恰是他“心灵的最好图画”。再者，诗人还坚信，除了通过他自己，他“没有达到世界的通道”，也不会有通达诗神的领地的路径。所以我说，对金肽频的诗歌存在而言，那是一种生命真实，一种心灵事实。

当然，诗人的诗歌存在首先是一种诗歌事实，是一种从诗歌内部流出来的命名和道说。它们秉有词语穿越诗歌内部和生命内部时自然会获具的一切特性。那穿越诗歌内部和生命内部的词语首先表征为生命的诗歌切入，也即以诗歌本身的方式道说诗人的生命体验和经验；其次，它还表征为诗歌的生命呼吸，也即诗人的生命体验和经验，诸如他的喜怒哀乐，他的悲悯心理，他的受难感和超越感，甚至他的神经和血液等等，又都在他那对自然、人文诸事物的诗意的命名与道说中得到延续。于是我还想说，金肽频的诗歌存在实际上暗示了一种属于他自己的生存方式——不啻为一种把生存本身审美化的人生艺术。自1988年开始发表诗歌以来，近20年过去了，金肽频虔心地实践着自己的这种人生艺术。诗和他的生命本身早已融为一体。他以这种独属于他自己的自我感悟自我认知方式——

> ……小心翼翼地翻着他自己
> 读不懂的地方　绝不跳过去

对诗人来说，在其生命与诗的互相融入中，诗实际上扮演了他的守护神角色，因为每当他觉得某种“浓烈的幽暗从一旁悄悄靠近”时，每当他被“白日之斧无情地砍伤”时，每当他在岁月的深处突然感到仿佛已经失去了一切时，最后总是会有“一些小心翼翼的词语”穿越满心的创伤而来，“在春天”带领他“成功的突围”（《当我们秘密地通过一些词语》）。不消说，诗就是诗人为自己营造的一个心灵的居所，如果没有这个居所，他的精神和心灵就会无家可归。诗人为什么选择了诗？这主要是基于一种审美诉求。诗人对什么事情都敏感，包括人的生命存在本身的悲剧性；但是，“当一个事件或一种情绪——一旦他把之诉诸艺术——使他进入一种美化的境界，进入一种新的感知或理解的境界，他就会通过这种诉求而感受到某种超越感”，①由此得以使他能够从内心里拥抱他在尘世注定要受伤的“在内心里滚动”的人生道路——因为他既已踏上这“受伤的道路”，他就天生需要一种审美的力量，就“只有像某个词拼尽所有的力量”（《受伤的道路》）。总之，是审美诉求使得他一旦在这个世界上遭受到适应上的危机时，一任“梦的神把他带走”，一任梦中的“大风”吹开生活灰色的表层，“露出被泥土深深埋藏的黄金”（《假如有一天你忘了我》）。

如果一定要让我用几句话总结金肽频诗歌创作特色的话，我想说，金肽频的诗笔就像一把犁，它能翻耕生命的深层，使生命的深层体验、使意识的那些神秘的覆盖层（感觉、情绪、心理、精神等）的黑土面朝上，在穿越诗歌内部和生命内部而来的词语中被照亮。通过他而获得新生的词语就像一束束从生活背后射过来的光，使那些本来不能使自己发光的生活事物在他的诗里具有美丽的光彩。

（选自《安庆师范学院学报》（社会科学版）2009年第7期）

（胡书庆，河南开封人，文学博士，郑州大学文学院副教授，主要研究西方文论、中国当代文学）

① 胡书庆．大地情怀与形上诉求．郑州：河南人民出版社，2007

丨季　宇

有“自己”的散文

——金肽频散文集《隐喻的眼神》简评

认识肽频是在1996年岱山湖笔会上。那是《清明》、《安徽文学》主办的一次大型笔会，全国各地来了三四十位作家，大家欢聚一堂，气氛热烈。在笔会闭幕的篝火晚会上，长相文质彬彬的肽频却变得相当奔放，这给我留下较深的印象。以后不断读到他的诗文。他还给我寄来了他的诗集，写得相当出色，颇有才气。现在读到他的散文集《隐喻的眼神》，更是感到一股清风扑面而来，欣喜油然而生。

这本散文集题材广泛，内容丰富，其中写得最为出色的要属抒情性散文。从他渴望重回故乡的“身体”到“春天生长的动词”，从记忆中的“乌鸦”到“最后的天鹅”，肽频在人文与自然的双重世界里奔行，像一位无剑而行的思者，用富有激情的思考来为这个缺少抒情的时代，描绘出更多的生命原色与人文原野。如，他的《在秋天，让身体重回故乡》：“离开故乡后的每一步，实际上，故乡都是以一种生命的形态，化为我的身体之中了。它构成坚实的精神史，变成了一次奇遇，一次爱情，一次痛苦，一次遗忘，一次搏斗。人像身体被展览着，不需要墙壁。不像小时候，仅仅为了征服一次黑暗，就可能要花费大半夜的时光，而现在我们花费最多的地方是在人与人的缝隙里穿行。”作家对大地精神原点的回归意识，让人看到了当前散文创作中难能可贵的“真”字。再听听他的春天：“人可以听风而知季节，听雨而知绸缪，听雪而知丰稔，听春而知奋发……听天与人，心与心，物与物的互动，听信心的坚定不移和智慧的脱颖而出，听一种意外的、让你大喜过望的启迪与提示，使春天变为每一个人、每一棵草、每一条河、每一粒种子、每一个思想都可以感知的细胞意义上的春天”（《听春》）。这是富有个性而充满活力的语言，季节已成为另一种生命的代言人。“一路向东，这是以一座城市为坐标原点的。我所居的城市位于中国的偏东位置，这就给了我更多向东的理由。

最后的‘东’是我最想直面的大海了。那里的波涛里藏掖着太多看海人的故事，滩涂、礁石、大海，神话的起起落落，都与大海有关。而我的东方究竟在哪儿呢？一次折返跑式的出游，使我接近了心理意义上的东方”（《从东向东》）。肽频在内心里发出呼唤，呼唤一种精神向往，呼唤一种灵魂的攀升和飞跃。

散文是一种最为自由的文体。之大，可以写天宇，日月江河；之小，可以写纤尘，蚊虫蚂蚁。题材是没有限制的，但内涵的深浅、趣味的迥异却反映出一个作家品位、境界的高低。如今是一个散文创作繁盛的时代，也是一个散文创作泥沙俱下的时代。散文日常化、经验化以及滥情化的结果正在不断消解着它自古以来的传统精神。可喜的是，肽频的散文并没有随波逐流，依然在坚守散文的高品位、高境界。他注重写情，文字饱满、情感丰盈，语言富有张力，而富有哲理的思想渗透其间，更让人读后回味不止。

散文贵在有自己。所谓有自己，就是个性，包括独特的表现方式以及个人生活经验的言说与表达。这是现代散文形式的一种基本要素。巴金说过："我的任何一篇散文里面都有我自己。"郁达夫则干脆将作家的个性，称之为"现代的散文之最大特征"。阅读肽频的散文，不难发现它的个性所在。无论写父亲（如《父亲的遗产》、《门槛》、《背诵父亲》），写记忆中的物事（如《老屋短记》、《草野上的江湖》、《一地槐花》），还是写特定的生活体验（如《一个人的家》、《两个月亮爬上来》、《从一扇窗口看见雪夜》，都凝结了他自己独特的记忆路线图，荡漾其间的是他自己特有的发现和表达。然而，肽频在追求个性写作的同时，并没有忽视个人情感与读者受众的精神对接，注意将个性写作与个人写作区别开来，这是值得赞赏的。

肽频还很年轻，他的创作之路还很长，但以他现在对文学的执著和追求，他的未来不可限量。我相信也期待着他写出更多更好的作品。

（选自《大江晚报》2008. 11. 26）

（季宇，男，安徽省文联主席、安徽省作家协会主席，著名作家）

唐先田

有限之中蕴含着无限

——潘军短篇小说的纯文学价值

作家简介

潘军，男，1957年11月28日生于安徽怀宁。高中毕业后下乡当知青，其间自学美术。1982年毕业于安徽大学中文系，为中国先锋派代表作家之一，安徽大学特聘教授，旅居北京。

主要作品有长篇小说《日晕》《风》《独白与手势》之《白》《蓝》《红》三部曲，《死刑报告》；以及《潘军文集》（四卷）《潘军小说文本系列》（六卷）《潘军作品》（三卷）等。话剧作品有《地下》《合同婚姻》《重瞳》等。编剧并导演的影视作品有《大陆人》《对话》，“谍战三部曲”之《五号特工组》《海狼行动》《惊天阴谋》等。

作品屡次在国内获奖，并多次译介到海外、国外，在创作界具有广泛影响。

1987年的10月，潘军写了《溪上桥》发表在《北京文学》上，那是一个很精彩的短篇，其中一个细节写道：“几只雏鸡杀气腾腾地争夺着一条蚯蚓，细爪挠得尘土飞扬。”

这个细节是作家的信手拈来之笔，很有情趣，也增添了那个小山村的闲适田园风味。然而，这个细节却使我想到了一幅国画，那是白石老人的一幅水墨小品，画面正是两只小雏鸡在争夺一条小蚯蚓，各啄住蚯蚓的一端，柔弱而奋力地相持不下，画面极为生动可爱，白石老人将他的这幅小品题为《他日相呼》，更加意趣无穷，有了无尽的悠远的意境。我以为白石老人的这幅小品的艺术价值和审美价值并不亚于他画的虾，因此常常想到它，想到那毛绒绒的可爱的小生命，想到那似乎还在微微挣扎中的可怜的蚯蚓，进而想到了弱肉强食的生存竞争，更想到了白石老人企望世界企望人类走向和谐走向美好的博大人文情怀，“他日相呼”正是他的由衷寄托。尺幅小品，其容量竟如此之大，有限之中包容着无限，这便是艺术的神奇。

由白石老人的国画小品，我又想到了潘军的小说，他的一些短篇也如同国画中的精彩小品，也是在有限中包容着无限的。他在今年第九期《安徽文学》发表的《纸翼》是这样的短篇，上述《溪上桥》也是这样的短篇，还有其他的一些短篇如《小姨在天上放羊》、《白底黑斑蝴蝶》、《寻找子谦先生》、《对话》、《和陌生人喝酒》等等，也都同样地精彩。潘军在艺术上是刻意求新、一丝不苟的。

短篇之所以让读者觉得有韵味，觉得包容着无限，是作者在他的作品里留出了很大的艺术空间，也就是留给了读者以很大的思维空间，可以让读者去思索作品的字里行间之外的人生世界，而这茫茫的人生和读者敏感纷繁的无尽思绪，又与作家提供的有限文本、所提供的一字一句，是紧密地联系在一起的，我想这便是我们所常说的文字的穿透力和作品的悠远艺术意境吧。潘军在这方面的探索是不懈的。他说过，好的小说，作家只能写出一半，另一半是由他的读者来写的，就像沏一壶好茶，作家提供的可能是茶叶，而读者就是水，读者的水准就是水的温度……他的长篇和中篇体现了他的这种艺术追求，而他的短篇应当说在这方面做得更好。《纸翼》里的青年女子楚翘和那个从未谋面也不知姓名只是有过电话交流的风光摄影师之间的关系，是那样地偶然、奇特、微妙，又那样地动人心魄，这一切都包容在作家机警而敏锐的一字一句的慢慢道来之中。《纸翼》里的一连串的细节描写，读者都可以提出这样一个问题：这可能吗？然而这个问题用不着作家来回答，读者只需稍加思索，只需对他自己的生活经历和经验作一些回顾，便可以从作品的字里行间得出结论：这为什么不可能呢！比如10月18日从外地来到这个城市的风光摄影师的那个电话，你可以视为一种游戏，也可以说它是一种骚扰，但摄影师是那样地执著，又那样地诚恳，他以这种方式来纪念10月18日的生日，合情合理，无可厚非，当你知道这个缘由之后，你可能很快便会对他漂泊在外的孤独与寂寞产生一种理解和同情，甚至觉得他在滑稽之中很有些可爱很有些风度，即令素未谋面，在感情深处也立即拉得近了一些，进而会觉得一本正经地冷冰冰地拒绝他的邀请，反而显得了自己的“乏味”。还有一个细节是，当楚翘的出差在外的丈夫刘东从电话里觉察出她的情绪似有某些不对劲时，“在电话那边笑了，说：你要是寂寞，就出去找朋友吃顿饭吧。”这边楚翘正为摄影师再三邀请她吃饭不知如何对应而感到苦恼，那边丈夫又以劝慰关爱的口气让她找朋友吃顿饭，真可谓是哪壶不开提哪壶，这个偶然的巧合，使楚翘感到了尴尬和讽刺的意味。或许要问：刘东为什么要提这个建议要劝他的妻子楚翘找朋友吃顿饭呢？但再一想，便可以得出这样的结论：为什么不可以呢！刘东出于对妻子的爱，可以建议她以许多方式去消解寂寞，和朋友吃饭是其中的一种，或许刘东在家时，他们夫妻经常和朋友聚会，和朋友相处极为友善，并从中得到过很多的快乐和欢欣，他在外面劝妻子这样做，也可以看出他们夫妻之间相互体贴相互信赖呀。《纸翼》结尾的细节更是撼人心魄，这个细节是晚报上已发过的一条消息和一只难看的白色纸鸟联系在一起的，是一个典型的欧根·亨利式的结尾，也就是我们所常说的豹尾。楚翘因与摄影师通电话被丈夫所误解而陷入苦闷，她虽然埋怨丈夫的心胸狭隘，也对丈夫能够理解，但他们的心灵深处再也不能弥合如初了，她“看见刚洗过澡的刘东光着身子横躺在床上心里觉得很不舒服。她随手将被子拉开盖住男人，倒不是怕丈夫着凉，而是不愿正视他的裸体”。而此时进山已久的摄影师却没有一点信息，楚翘的内心深处有了说不清的思念与无奈，她玩叠纸鸟这种儿时的游戏作为排遣便是她微妙的内心世界的表征。作家写楚翘的叠纸鸟，只是她心绪有些烦乱的一种打发，而不是她突发那种幼儿的天真，真的想玩什么纸鸟，于是叠好了又随手丢掉，“不知什么时候被当成垃圾扫出去了”这句话的容量给读者以许多的思考，看似寻常极不经意，然而却是匠心独运。随着时间的推移，摄影师在楚翘的心里已渐渐地趋于平淡，在无意之中看到晚报的那条消息，又在她心里掀起了波澜：那条消息说12月12日由山里开往城里的客车翻了，“遇难者7人，其中就有一个著名的风光摄影师。”楚翘断定那个遇难的风光摄影师就是与她通过电话并且有约的那一位，又经过仔细推断，车祸发生的时刻正是那个她玩的白色纸鸟随风飞出她视野的时刻。至此，小说戛然而止，这便是潘军所提供的“茶叶”。掩卷而思，当我们用潘军所给的茶叶，用煮沸的水将它泡开，便似乎看到了青年女子楚翘站在那里或坐在那里，木然如同雕塑一般一动也不能动，她的泪水夺眶而出，她甚至连她自己也说不清为什么要流泪，接着她的头脑在飞速地旋转，风光摄影师给她的多次电话、他在电话里多少有些油滑而又不乏诚恳的音调，她甚至设想他生病躺在医院病床上的情景，还有那该死的被卡住了的裤子的拉链，以及期待着的从山里回来时的聚餐，而这一切现在都随着那难看的白色纸鸟一起被风卷走了，不是杳如黄鹤，而是杳如白鸟，而那白色纸鸟正是她亲手折叠的，她一定会想到冥冥中她与摄影师之间肯定是有某种缘分，而她又后悔为什么没有去珍惜这种缘分，没有去珍视这份有趣的人生情感，她甚至怀疑是她自己破坏了这一切，不然她为什么要突发奇想地叠什么纸鸟，并且叠得很难看，不然那翻车时刻为什么恰好是她叠的纸鸟飞出的时刻呢？然后是她有无尽的遗憾，为什么不如约去会见那个摄影师并和他一起吃饭，特别令她感到难以弥补的是摄影师在这个城市患病住院期间，没有去看望一下这个他乡的游子，去慰藉一下这个孤独的灵魂……你还可以想到很多很多，然而作家潘军却什么都没有说，他的小说《纸翼》文本只给了你一个思考之源，它有点飘忽不定，又确然是奇妙人生的极为真实的观照，人生所面对的有各种真实，生活真实、心理真实、主观真实、客观真实等等，人作为万物之灵，心理真实可能是至关重要的，宿命也好，偶然也好，无巧不成书也好，你尽可以漫无边际地遐想，然而归根结底你却可以从中悟出一个道理：有的人为什么相处几年十几年甚至一辈子都进不到心里，有的人相处是那么短暂，却永远也抹不去心灵的记忆、心灵的沟通，相互理解相互尊重多么重要。人生多么短暂，人生多么可贵，人生的每一次机遇都不会再来，珍爱人生，享受人生，应当是人生终极关怀的非常美好的切实的内容。

与《纸翼》有些相近的是《和陌生人喝酒》，陌生人A这位某机关的一位处长，他之所以邀请素不相识的“我”去喝酒，表面上是他有了高兴的事儿，摸奖摸到了一个微波炉，实际上是表达了现代人内心的一种孤独和苦闷，要以喝酒这种方式找个人一吐衷肠，作一次排遣。A最得意的当然是他的家庭那样轻而易举地组成，他只是在电梯里提醒和帮助过一位不相识的小姐去掉了散落在头上的一片纸屑，那位小姐便成了他的夫人；他所苦闷的也正是他的家庭那样轻而易举地解体，他的夫人明明去了音乐厅，却欺骗他说是同学聚会，还具体地骗他说某人喝醉了等等，这使他想到她常常外出聚会，他不知道她背着他到底还做了些什么，这使他不能忍受，他们虽有一个一出生便有八斤一两的儿子，但心灵的不能沟通，使他们失去了在一起生活的纽带，这种貌合神离，与《纸翼》里的楚翘和她丈夫刘东的也有些相似，潘军一贯所强调的是只有心灵的沟通才是真正的沟通，才是人们和谐的最牢固基础，这无疑是生活真实最彻底最深刻的写照。至于那张音乐厅的票到底是谁送的，读者可能会有多种猜测，那倒是无关紧要的。

珍爱人生，尽情地享受人生提供的美好情趣，也是《溪上桥》的主旨。《溪上桥》是一篇诗一样的短篇。当年的放牛佬青年农民光头如今的将军回归故里，真可谓衣锦还乡。将军毕竟是放牛佬出身，显赫之后仍不怎么张扬，这也是很难得的。然而将军对于根生佬不温不火的那种情感似乎不太理解。根生是当年在那个风雨之夜和他一起去杀阔佬宋大先生的同伴，如今老了，乡里人称他为根生佬。将军很有些为根生佬惋惜——“你他妈当初要是随我出来，不死也成了将军了！”他甚至为根生设想过：“我俩伙拎一颗脑壳（阔佬宋大先生的头颅）爬上山朝司令佬面前一甩，功劳不就平分了？”虽然多少有点投机的色彩，却不失作为一个放牛老的质朴。将军的价值观是觉得当了将军就显赫荣耀，人生便有意义。根生佬自然不能驳回将军，但他有他对人生的看法，他意识到当年和他一起放牛、一起在老槐树脚下撒尿、又一起去革宋大先生的命提了他的脑袋的光头，已不是当年的光头，而是一个很有些自鸣得意的将军，于是他在和将军有一句没一句极不配套地搭了一番话之后，便“没有再现脸”。按常理，他俩曾经一道出生入死过，理当去和有了荣耀的将军叙叙旧的，这样或许也可以给自己增添些荣耀，但根生佬不是这样，他不大理睬将军关于光荣过去的回忆，更没有想到要去沾他的什么光，将军一提到当年“进了山就扛九斤半。有时一夜要跑80里……”，他便“哦哦”地将话题淡化或支开。他自从和光头一起杀了宋大先生之后，那时革命还远未成功，他仍在乡里放牛、做田，他肯定也有许多曲折而艰难的话题，但他一句也不提，似乎毫不以此为意，只是自顾其乐地在冬日的太阳光底下“唏唏”地抠着脚趾丫，享受着儿孙绕膝的天伦之乐。根生佬难道有“非英雄”情绪吗？自然不是这样，在他的意念里，人各有各的活法，只要活得惬意快乐，便有它的价值和意义，你可以追求你的显赫，我宁愿享受我的平淡，这便是那个虽然有过光荣的革命经历有过许多的沧桑磨难的根生佬的人生哲学和价值观。在这个茫茫苍苍的世界上，像光头那样当了将军的显赫者，毕竟只是极少数，而像根生佬那样的普通人，则是绝大多数。尊重绝大多数人所选择的平淡，尊重和保护普通人的价值观，不也正是显赫者的一种责任么！然而，这一切潘军在《溪上桥》里真可谓不著一字。一切意蕴都深含于那在暖暖的太阳底下“唏唏”地抠着脚丫的细小动作之中，都深含于对将军那一连串的“哦哦哦”的应付声中，当然也深含于以“缺劲”为理由而挡回将军递过来的“带皮嘴”的高档香烟之中。至此，潘军犹嫌不够，还特意写了一个细节作为根生佬的价值观的烘托和强调，村里的几个头面人物礼节性地来看望将军，将军很兴奋，拿好烟招待，拉开了摆龙门阵的架势，然而村干部们只是谈了几句“目下的形势变化”作为敷衍，好香烟也只是“夹到耳轮上”、“并不点”，那说明他们连吸一根烟的工夫也不愿呆下去，果然“村长说晚上还有点事，不多坐了，有空再来叙”。然而这“有点事”不是别的，而是播放电视连续剧《西游记》的时间快到了，人们对于看《西游记》的兴趣大大超过了与将军闲聊的兴趣，这个细节所阐发的正是绝大多数的普通人对自己诸如看一部有趣的电视剧的平淡生活，多么珍视，觉得多么有情趣，在他们的感情世界里，追求显赫、向往显赫，以至于附庸显赫，是另一码子事，与他们是不相干的。在潘军的许多作品里，都充满着对平淡人生价值的由衷赞美，这种赞美是他对普通人的生活和命运的一种诚挚的关怀。

关于潘军的短篇小说，不可不提及《小姨在天上放羊》和《白底黑斑蝴蝶》。我非常爱读这两篇小说，还常常将它们放在一起作些比较，觉得很有些意味。这两篇小说的共同点是文本非常富有张力，标题新鲜、迷幻飘逸而富有诗意，然而两者之间又有着鲜明的差异。《小姨在天上放羊》所提供的画面和信息是那样地单纯和简约，而作家在《白底黑斑蝴蝶》里所写的则是海阔天空、纷繁复杂，全世界的重要信息都几乎在向你涌来。奇怪的是，前者的单纯和简约，并没有使你感到单调和空洞，而是使你从简约中看到了十分丰富的人生至爱情怀，后者的纷繁复杂也没有使你感到头绪杂沓而难以驾驭，而是使你看到了某些时候自以为是的所谓高智商的逻辑推演和貌似正确的联想、理性等等，给人生带来的是如此难以预料难以置信的结局，由此你会想到中国传统文化里“福祸相依”的那个著名的命题，作品的诡谲，字里行间所显示出的怪异，增添了后现代的魅力。潘军说，《小姨在天上放羊》源于一个真实的事件，一个老同学的妹妹刚读完大学去世了，这个老同学很悲痛，时常在梦中与妹妹相见，有一天告诉潘军说梦见妹妹在天上放羊，潘军被这句话所深深打动，于是有了这篇小说。在小说创作中，潘军是肯定生活经验的作用的，但他更强调作家对于“生活体验”的重要，“体验”当然是一个很宽泛的词语，容量是很大的，潘军从梦见妹妹在天上放羊那句话中，体验到了人类走向和谐走向美好走向至情至爱的那样一个共同关心而且是非常紧迫的一个主题，这些人生哲理并不是所有的人都能体验得到的。体验，其中包容了作家的独特颖悟。小姨每天半夜的那个电话，给一个9岁孩子带来了一个多么广阔多么美好多么思念无尽的生活空间，在他的意念里，那么美好的小姨是不会死的，而是在天上放羊，那飘忽的柔软的白色云朵便是小姨的羊群，然而他又知道小姨真的死了，因为他看到了小姨的骨灰确然装在了一个小盒子里，于是他竭尽他9岁的智能，一步一步地爬上24层小姨的居所，在小姨的门前，焚烧他自己用一个红色纸盒做成的电话机，还有小姨大衣上掉下来的他捡起来并一直珍藏的一粒纽扣。他这样做，在他的幼小心灵里是基于这两点：一，小姨在她生命旺盛的日子里最爱打电话，她是小姨电话的最大受惠者，小姨只是在生命垂危时才决意切断和外界的联系切断了电话的，他想到小姨切断电话时一定非常痛苦，焚烧这个电话机是为了抚慰酷爱电话的小姨，是为了减少小姨的痛苦。二，小姨的大衣掉了一粒大纽扣，从他9岁的眼光里看，也觉得好看的小姨穿上它是一个缺憾，他要给小姨弥补上，让小姨更好看，果然焚烧之后，他在梦中见到小姨穿上的那件大衣一粒纽扣也不缺。读着这些细节，你会由衷地感到，人类是太需要爱太需要美了，至爱与至美的关怀，对于人类的生命多么重要。潘军不太讲究小说的故事，而十分讲究小说的细节，他的小说细节对读者富于诱惑，诱惑读者去将这些细节连缀起来，凭着各自不同的对生活的理解和对文本的解读，连缀成各式各样的故事。《小姨在天上放羊》以如此简约的细节引发出那么悠远悠深的话题，这便是艺术所独有的深厚底蕴。《白底黑斑蝴蝶》很可能是潘军在读了《一个美国人的生平》之后所引发出的一些奇想，这本书是美国前总统罗纳德·里根的自传，之所以引起潘军的兴趣，或许是因为里根曾经在好莱坞当过演员。在这篇小说中，潘军将世界上许多互不相干的事儿粘贴在一起，这是一种非常大胆的创意，诸如里根夫人南希被切去了一只重要的乳房，因而美国股市大跌，然后是长达几十行的世界各国元首政要死于非命的账单。我想，潘军之所以敢于大胆地将这些驳杂而互不关联的事儿写进他的小说，是出于两点构想：一是他非常善于揣摩读者的心理，那几十行的账单看似繁琐，但其中所列的每一条都对读者具有强大的潜在引力，世界各国元首政要的起居行踪一举一动历来非常神秘，非常引人注目，他们的死于非命更会引起读者的好奇，这些信息散见于不同年月的不同报章，人们或许已经看过了，但经潘军之手将它们重新组合在一起，又获得了巨大的新的信息生命力，无疑会引起极大的阅读兴趣，所以再繁琐再驳杂，读者也不会厌倦，从猎奇的角度看，它们也具有不灭的新鲜感；二是上尉司徒建明正秘密地将这些元首政要遇刺或飞机爆炸事件编辑成一部录像《白与黑》，正是这些骇人听闻的事故，诱发了他的无话不谈的战友下士上官云海想当一名杀手的欲望。潘军认为，人类对于宿命是无可解脱的，虽然这两个字里包容着谁也说不清的玄机，但你却无法否认。作品暗示，正是那些无端的联想和推演，正是那些无名杀手们的骇世之举，使司徒建明冥冥中产生了一种莫名的心理躁动，于是很快有些轻率地做出了杀死叔丈人白章的决定。然而当他企图改变这个决定时，美丽的白底黑斑蝴蝶出现了，他下意识地挠挠头对这个他所喜爱的小精灵表示他的欣喜，然而他却忘记了“挠头”正是他和杀手之间预约的开枪暗号，于是白章的胸部一下子炸开了，司徒建明当然接受了极刑……那个杀手是谁，小说没有点明，可能就是那个中士上官云海，因为他有过强烈的当杀手的欲望，司徒建明已安排他远走高飞了，而他自己将一切承担下来，不失为一条汉子。贯串这篇小说的色彩是白与黑，蝴蝶是白底黑斑，那个集凶杀之大成的录像带被命名为《白与黑》，司徒建明与白小鱼的爱情也是由于白色的口罩和黑色的短辫所促成，黑与白这两种反差极大被美术家称为相对色的色彩，是否深藏着阴阳两极、否泰相存、福祸相依的玄妙呢，潘军没有说过，这两种色彩在小说中的反复出现，的确增加了许多的神秘感，也增强了阅读的魅力，也正是这一切，使《白底黑斑蝴蝶》成为潘军的极富诱惑力的短篇。

如果从形式独特的角度去分析，《白底黑斑蝴蝶》在潘军的短篇小说中还不能说最具代表性，最具代表性的应当是那篇《对话》。这是一篇心灵的对话。这篇小说除极少量的过渡性叙述外，通篇都是男人和女人的交谈，他们在金萨克酒吧的美好对话，是在萨克斯、电钢琴演奏的《梁祝》乐曲声中完成的。“与人交谈太具体，与音乐就是抽象。抽象就是美。”他们的交谈是那样地高雅那样地有涵养，又是那样的相知那样地默契，这篇小说是对人类文明素养的一种赞美，是对人类心灵相通的一种赞美。小说中的男人和女人，在相互对话中理解了相互间的一切，然后很自然地走到了一起。读者用不着去过问他们姓什名谁，也用不着去了解他们的身世来历，便会认定他们走到一起是非常和谐的，也用不着去担心他们爱情的基础，便会认定他们以较高的文明素养为基石的结合是幸福的。《对话》的新颖独特，无疑是潘军的一种探索，《对话》对于打破传统意义上的小说形式，是开了新生面的。

将潘军的短篇小说综合起来读，可以看出潘军的总体兴趣在于探索人类心灵的奥秘，他喜欢往人的心里去，然后将人的心理微妙展示出来，这些微妙的闪烁常常让你既熟悉又惊奇。人的心灵的确是人生的富矿，那里有无穷的宝藏，因此也便有了作家施展自己创作才能的最广阔的天地。在心理探索过程中，逆向心理探索或心理悖论探索，是潘军的兴趣之所在，《半岛四日》和《寻找子谦先生》在这方面便很有意味。大约是经人撮合吧，刚离过婚的女人再次到半岛这个新兴城市来，是和香港的比较富有的商人比她大14岁的徐先生约会，她的本意是要嫁给徐先生的，连大她14岁她也很满意，一切似乎都已谈妥了，见面的目的大约是为了敲定撮合在一起的时间和方式。小说所透露的唯一隐秘是她将与徐先生会面的地点定在半岛，徐先生当然不知道其中的因由，女人为什么要这样做，她自己也没有什么明确的意图，只是心理暗示她，她的第一次婚姻起始于半岛。这自然是一个微妙的信号，一般的人是无法接收的，只有心灵的真正相通才有灵敏的回应，于是女人一到半岛，便有了劝她去看归帆的那个神秘的纸条，又有人悄无声息地给她付了餐费，还有人委托一个男孩送给她一束野花，而且对她脚踢石子的动作那么熟悉，于是有了“你要是不来半岛，我会离你远点的”那样真诚的表白，这一切只有对女人非常了解的人才能做得出来，这个人自然只能是已和她离了婚的那个男人，于是又怨又恨又旧情难舍，又走到了一起，一切又重新开始。那位徐先生自然只能回港去做他的生意。本来是一心一意要和徐先生成为眷属的，可是来半岛的这些日子，却身不由己心不由己地投向了原来那个男人的怀抱，看来匪夷所思，是逆向的是悖理的，却一切都在情理之中，那便是他们虽然在形式上已离了婚，但彼此的心灵还是相通的，原来的丈夫对她还是十分关切十分注视的，不然就不会发生那一系列入情入理的细节，我们也可以设想，他们也可能是一时的意气用事，稍有不合便轻率地分开了，分开以后却又彼此留恋，心灵的深处并不忍断然分离，不然女人为什么要来半岛，不然男人为什么又要追来半岛，他们似乎都在追寻已逝去的美妙旧梦，似乎都在力图使那些美妙旧梦获得新生，如此这般，徐先生自然只好退避三舍。《半岛四日》写的是逆向心理，却又精妙入微、合情合理。潘军的精巧，在于他将人的心灵彻底地打开了，没有什么能瞒得过他的笔和他的眼睛。《半岛四日》虽属旧情难忘那个古老的传统主题，但它以全新的方式传递出来，读来便十分的新鲜有趣。《寻找子谦先生》也属潘军小说的心理悖论那一类，但比较起来《寻找子谦先生》缺乏《半岛四日》的那种自然和流畅，也不如《半岛四日》凝重。生活中虽然不乏给人介绍对象自己却先入为主而将人晾在一边的尴尬而又难堪的故事，但自有它的深层的心灵因由，像何光与余佩那样打着“寻找”子谦的幌子，天南海北地转一圈，而实际上将寻找丢在一边，终于屈从了自己的不太光明的欲念而双双出走，却使人感到缺乏心灵响应的基础，因此露出了有意为之的痕迹。

潘军的短篇小说除上述谈到的几篇之外，还有很多也很耐读。我想耐读的原因大抵有五方面：一是他的小说所关心都是普通人的命运，都是对普通人的心灵的抚慰，他不追随时尚，但这并不等于他不关心我们所处的这个时代，他的作品字里行间充溢着浓郁的时代气息；二是他非常关心他的读者，揣摩读者的阅读心理和阅读兴趣，是他的创作的一个很重要的组成部分，也是十分聪明的组成部分，他把很大的阅读空间留给了他的读者。但他又决不迎合读者，他认为迎合读者也是一种媚俗，这对于真正意义上的文学创作是没有任何价值的；三是他的语言准确机智，真可谓是炉火纯青，他的叙述所特有的那种幽默、调侃，有时又有点自我嘲讽，这种所谓“冷叙述”格调的魅力，读者常常为之倾倒，有的评论家将他的叙述称为“陷阱”，一进入其中便不能自拔，这个比喻很符合潘军叙述能力和技巧的实际；四是他不只是从篇幅的角度去理解短篇，他所关心的是他短篇里人物的内心世界和他所营造的小说意境的无限延伸，他追求的是他揭示的心灵秘密的永恒性；五是他的不懈探索、不倦的创新精神，大胆主张标新立异，他认为小说的生命在于“怎么写”，而不在于“写什么”，“怎么写”所要求的就是从各种角度的不断创新，他的一切努力都可以归结为创新，因此，他的作品常给人以耳目一新之感。一切都从艺术规律的角度着眼，这便是潘军对于小说创作包括短篇、中篇、长篇创作所持有的学术立场和学术原则。潘军曾经讲过，他的这些学术立场和原则是不可动摇的，他曾经将自己比喻为一个锻造者和一个制陶者，他的作品都是精心熔炼和烧制出来的。我想，正是这一切，使潘军作为一个严肃作家引起了当代文坛的瞩目，也构成了他的短篇创作和中长篇创作对中国当代纯文学的不可低估的价值和不可埋没的贡献。

（选自《安徽文学》2001年第9期）

（唐先田，安庆宿松县人，文学评论家）

朱移山

经验世界与超验世界

——潘军小说的两类艺术建构

在小说创作史上，似乎可分出这样两类作家：一类总在作品中或隐或显地留有作家主体人生经验的投影，其小说总可以按照惯常的社会—心理逻辑来进行较明晰的阐释、分析和评价，这类作家如巴尔扎克、托尔斯泰、海明威、曹雪芹、鲁迅，等等。另一类作家则在作品中竭力超越惯常的经验模式，而在小说中设置现实历史中很难找到生活原型的神话迷宫般情境，在神秘乖谬中让人体验荒诞的经历、形而上的感觉和多重象征的深层社会—人生心理，如卡夫卡、乔伊斯、福克纳、博尔赫斯，等等。新时期中国文坛的小说作者似乎也可分成如此两类，前者像大批的中年作家及贾平凹、柯云路、张炜等青年作家，后者如一批年青的“先锋派”新秀，像马原、残雪、格非、苏童等。我把前一类作家称为经验型作家，把后一类作家称为超验型作家。经验与超验原本是哲学概念范畴，哲学意义上的经验是指人的各种感觉和知觉体验，超验则是指人对超出自身的可能经验和认识能力的诸如上帝或不朽的灵魂等终极价值存在的体验。我这里的经验与超验当然不是重合其哲学内涵，而是就小说家在其所建构的具体艺术世界中体现出的审美感知、审美选择和审美传达的综合品格所作的相对意义上的划分。

读过青年作家潘军数百万字的小说，我觉得他兼有经验型与超验型这两类作家的个性气质和艺术建构方式。他既可以在小说中展示一个喧喧攘攘的经验现实世界，又可以跃出那些贴近社会人生的经验事实而对之进行变形、淡化、虚化，创造出一重超现实超历史的怪诞世界，着重凸现陷于其中的人的荒谬感受，让阅读者在对超验性境遇和超常性感受的体会中，展开对社会人生的深层价值和某种形而上终极意义的哲学思考。这样，我们就可以看到潘军在小说中建立起两类艺术世界：经验世界与超验世界。

潘军初涉文坛的小说属于经验世界的范围，1987 年发表的中篇小说《白色沙龙》标志着一种明显的转变，此后他始在经验世界与超验世界的营造中娴熟地“双轨”推进。

首先，我们来看他建立的经验世界。这是一个现实对应性很强的艺术世界，其中无论是人物的外在命运蜕变，还是内在的心灵纠结，都可以窥见进入20世纪80年代的中国社会和中国人灵魂的变迁。潘军小说的取材面较广，艺术家、教授、大学生、知青、邮局报话姑娘、领导秘书、城乡干部、普通市民和地道的乡村老少等各类人的生活都有涉及，对这些社会角色的复杂关系和喜怒哀乐的展示，构成了他经验世界的基本内容。然而，如果我们进行深层的概括分析，就可发现，在这个艺术世界内，始终活跃着的是三大类人物：一类是知识分子人物群，一类是官场人物群，还有一类是乡土人物群，无论是早期的《小镇皇后》集子中的作品，还是稍后的《大江》、《墨子巷》、《初雪》、《红门》、《溪上桥》，乃至他的扛鼎长篇《日晕》，都是以这三类人物为活动主体。并且，在对这三类人物群的表现中显示出一种共同的深层内在精神脉络，即对人与人之间由误解、隔膜到走向相互理解的过程的揭示。

潘军早期的中短篇小说基本上是每一篇集中表现一类人物。知识分子、官场人物及乡村百姓各自活动在自己的天地间，也就是说，他着力表现的是同一类文化类型人物之间的精神走向问题。《啊，大提琴》、《秋天的画外音》和《大江》以艺术家的生活为题材，艺术家以追求美为人生目的，其生活相对来说高蹈超拔，然而这里充满缺憾甚至丑恶，年轻的女影星因艺术个性得不到尊重而离团出走；青年音乐家不被理解支持，只能在逆境中追求艺术；一个局外人看来幸福和睦的艺术之家，却在深深旋动着巨大的情感和价值危机：德高望重的艺术老前辈为维护自己的名望声誉，违心地装扮着对去世的妻子虚假的爱情，内外精明练达的女婿其实内心里承受着情感与理智分裂的痛苦，儿子对父母的爱与怨难解难分，亲戚朋友之间也是恩怨交织……

《黎明，他将启程》、《教授和他的儿子》取材于大学生活，写出了校园中同龄人之间的龃龉和父与子两代知识分子思想认识及行动选择中的“代沟”。

《没有人行道的大街》、《别梦依稀》、《红门》、《那米兰已经开花》等是着力表现为“官”者的意识，揭示官场意识表层下面所潜藏着的对健康正常人性的渴望。

中篇小说《篱笆镇》写出了时代变革中农民心态的变化，两代农民中的强者经过行动和心灵的真正较量，最终脉脉人性温情融化了因历史和性格所造成的久年隔阂。

《小镇皇后》、《如意》、《墨子巷》、《溪上桥》、《初雪》等小说则比上述作品显示出更大的题材跨度，它们表现了不同文化层次的人们相互之间弃却偏见走向共识的过程。

上述作品，潘军在展示现实生活中同一文化类型和不同文化层次之间的人们相互隔阂和缺憾的同时，也努力寻求着人与人本性相通和在差异中相互理解的可能。作者或者通过人物的健全宽容的人格力量，或者以主人公对自己对他人的“灵魂拷问”，或者通过对人物的潜意识的揭示，或者让主人公双方个性反复撞击、较量，等等，让笔下的每个主人公努力走出狭窄的偏见之谷，以恢复或进展到健全的心理状态，求得更大良性价值认同。潘军的这种努力，令人联想到他的不幸的童年、尴尬的少年乃至他走进大学和踏上社会等一系列的人生经历对其创作的影响。他刚落地，父亲就被打成右派，父母分离，他随母亲过着孤单苦难的生活；尚未成人又被下放到农村磨难；大学毕业后进党政机关工作，他目睹了众多的官场人人性的尴尬。这些促使他不得不对人的善良本性和健康关系表现出坚韧的向往，对人与人之间的隔阂、误解乃至倾轧敏感关注；再由于对知识分子、官场和乡村百姓生活的熟悉，加上他踏上文坛之时，社会上正普遍涌动着的人性复归潮流的冲荡，这些都促成了他创作中独特的人物选择和主题表现。

生活在现实环境中的各种文化类型甚至同一文化类型的人，为什么相互之间有那么多的芥蒂、误解、隔膜和矛盾冲突？这里有人们各不相同的个性原因和种种人为复杂因素，但归根到底都是受制于人们的生活环境和深层的文化心理。潘军在早期作品中虽然对此也有一定程度的探究，但总起来说，不免发掘不深，文化视野不够宽阔，尤其是对人物的个性心理和行为选择的深层文化动因注意不够。这就带来作品的片面和平面化倾向，即使像《大江》、《篱笆镇》、《红门》这样的对人物性格和微妙心理刻划得较深的作品；读后也难以从深处撼动人们的心灵。到1988年，他的长篇小说《日晕》问世，才标志着潘军的创作来了个很大的飞跃。

《日晕》无疑是潘军经验世界建构的一个艺术高峰。我之所以认为《日晕》仍属潘军创造的经验世界的范围，是因为这部长篇的题材、人物、艺术表达方式和其中深贯着的精神意蕴，都与他早期的艺术追求一脉相承，只是后者发掘更深、境界更高、构思更富立体宏阔性。在这部长篇中，作者早期一直关注着的三大类人物群彼此紧密地纠结在一起，现实的纠葛与历史文化的深层衍进表里互动，自然的变化与人类族群的生命活动冥冥呼应。

小说以抗击洪水这个中心事件凝聚起各级官场、各类知识分子和众多的乡村男女老少等不同类型的人物群，这些人物组成一个热热闹闹、轰轰烈烈的复杂世界。但是，当我们走出这个情趣盎然而又惊心动魄的艺术世界，心灵中充满着一种深刻的人生悲剧感，我们深深地为这个喧攘世界中的人与人之间的隔膜所惋惜：如果没有这些隔膜，就没有那么多的痛苦和苦难，也没有那么多人在自然恶力面前的悲剧性结局。

以年轻的县委副书记白洛宁为轴心，通过他与地委书记边达、县委书记宋尚志、镇长杨松茂等，构成了《日晕》中的官场人物圈；而白洛宁与工程师庄雨迟和女记者边小素的关系，又把官场人物圈与一个知识分子活动圈联系在一起。在这相互联系的两个人物活动圈中，矛盾冲突的内容远远多于人物相互理解协作的内容。官场的白洛宁与宋尚志的悄悄较量绝不仅仅只是新老两代县级领导人工作方法之间的分歧，宋尚志的老成世故、嫉贤妒能、视既得权势为个人利益而全力于人事算计的封建官僚思想，与白洛宁的胆大泼辣、以身作则、勤于工作的个性品质，形成鲜明对比。他们之间的矛盾是历史的必然；这种为已还是为民的必然冲突，也是当今现实体制改革首先须解决的顽症。否则，领导者之间的猜忌、拆台，必然给人民事业带来灾难。如果说白洛宁在与宋尚志的冲突中代表着历史进步的正义力量，他的意志是坚定的，心理也较健康；那么，他与庄雨迟相处时其个性心理与人生价值的显现则要复杂得多。在他心里深处，既显示着一种凭才俊友好争强的常态，又暴露出在官场沾染的褊狭虚伪的惰性，其中再夹着一个边小素活泼迷人的身影，更增加了他情感上的波动。白洛宁与庄雨迟，作为同代人有着颇为相似的人生经历：同是知青，都上过大学，工作后又巧遇在共同生活过的地方，但此时身份有了差别：一个是“父母官”，一个是来协助指导的工程师。这两个都精明能干、都怀着理想抱负的好友应该说十分默契地配合，但在他们的协作中总有不和谐的地方，而这种不和谐又不仅仅是工作方案的选择，其中在白洛宁方面主要是个人的私性考虑。应该说庄雨迟此时是透明的，一心为工作是他最纯粹的功利所在，但白洛宁则不然，他仕途根基不深，每一个设想和行动几乎都要和自己的官场前途自觉不自觉地联系起来，都会造成他心理上的暧昧，这势必影响他的工作效率和心灵上的真诚坦率。白洛宁与庄雨迟关系的微妙性，不只是人物个性上的差异所造成的，而是由人物所处的特殊身份环境所促使的；在他们身上也透露出当年最年富力强的一代人不同身份者精神上的差异，甚至某种程度上令人感觉到悠久漫长的文化传统延续中“官”与“士”之间人格的精神上的差异。

庄雨迟与白洛宁之间的关系，显示出这个“读书人”的坦荡纯正的一面，但他与水乡少女苇子的情感纠葛又显露出他性格中“浑浊”的一面。仅用“落难公子痴情女”或“痴情女子负心汉”等传统模式来解释庄雨迟与苇子的悲剧性爱情经历，无疑是捉襟见肘。像养育她的桃花溪水般灵秀清纯的苇子，对庄雨迟的热烈而持久的爱是一首撼人胸腑的由欢快到悲哀的爱情交响曲，这是一种绝无轻薄之念的纯洁的爱，也是一种脱离奴性顺从而趋于心灵平等的爱。苇子对纤弱文雅的“四只眼”一往情深，绝非攀龙附贵、以泯灭自己的个性来“献身”，而恰恰是在爱情中不断地提升自己的精神和心灵，恰恰显示出一种愚昧对文明的坚韧向往。与其说，她一直默默地在等待庄雨迟，不如说她是在执着地企望着一种能帮她超越愚昧的理想爱情；如果说她甘于落寞中苦苦实践着中国传统女子的“从一而终”的封建依附信条，不如说是她不愿轻易降低自己已超升的心灵、不愿迁就自己的爱情选择而正在艰难地背叛着封建传统的人身依附；因此，苇子对庄雨迟的爱是一种既源于人的本性又不断超出本性而增加着社会文明内涵的现代性爱，这种健康进步的爱情在中国偏僻闭塞的乡野出现，无疑是令人振奋的。然而，这种美好爱情依然是悲剧性结局，这种悲剧性也不仅仅表现在她无情地让洪水结束自己的爱情和生命，而是表现在她对自己期望的绝望，具体来说是对所爱的庄雨迟的绝望。这种绝望不无盲目和愚昧的成分，但很大程度上又那样暗合着历史发展中的严峻必然法则。但庄雨迟使苇子绝望又不能简单地用“始乱终弃”来指责他。庄雨迟是爱苇子的，一直到面临生命的尽头，到从死亡的边缘归来面对已命绝的苇子的冰凉的身子，他也丝毫不掩饰自己的真诚的爱，这种爱使他与那种“始乱终弃”的肉体满足截然有别。然而，这种真诚的爱并没有带来他与苇子的永久结合，当他离开了桃花寨，也就等于离开了心爱的苇子；当他在自己的学习和工作中施展抱负的时候，心里也不会思念他曾爱着的苇子。这种表现不能说他不爱苇子，而是这种爱（不只是具体对苇子的爱，而是他的整个爱情向往）在他的生命中只占有一定的分量，他还有他的事业和其他的人生追求，而这些靠苇子的爱是无法来完成的。这样，他与苇子的爱情悲剧就不可避免了。要么是让人生的全部追求屈从于情感的选择；要么是让情感屈从于他认为的人生更有价值的追求。在这两种模式中，庄雨迟选择了第二者。诚然，作出这种选择的他是痛苦的，尤其是再次回到桃花寨，当苇子的温柔的倩影唤起他对过去的经历的回忆，情感的力量终于冲垮了理智的重闸，那种知识者的良知促动着他以万分的忏悔之情去追赎自己的无情之罪。然而，倔强的苇子残酷地割断了这种可能。庄雨迟心灵深处情感与理性的急剧矛盾较典型地体现了中国知识分子由来已久的情理两难的存在境遇。

《日晕》以雷龙水为核心，还有一个乡土人物圈。这是围绕他与养子雷运生和女儿苇子以及他对整个桃花寨的威慑影响力来展开的。小说中的雷龙水不仅是家庭中的说一不二的家主，还是桃花寨说黑不白的寨主。这种地位是由他年轻时天不怕、地不怕、闯荡江湖的魄力所奠定的。应该说，在人民当牛作马不能自主的年代，雷龙水能为情而生而死、敢杀敢拼、不为官名，这在某种程度上体现出对人性自由的大胆追求；但是进入新社会仍然以这种带有浓厚的农民草莽之气来维持自己的尊严，则无疑显得可悲可笑；而桃花寨众多男女都还真的仍匍匐在这一衰老偶像之下，就更令人悲哀了。作者的严峻在于揭示出雷龙水这个乡村偶像的悲喜内涵，也促发我们对当时乡村社会本质和乡村百姓精神本质的沉思。为什么这样一个该沉睡了的顽固老头，却能凭过去的威严，凭他坚固的血缘伦理的法则，凭他的所谓“宝物”愚昧的欺骗，仍像一座神秘的大山，阻隔在桃花寨人的精神面前，令他们望而生畏？乡村百姓政治上做了主人，精神上却为何如此麻木萎缩？在揭示雷龙水由封建传统观念的反叛者变为封建传统观念的维护者和体现者的同时，作者的深刻还在于细腻地展现了他精神深处不断产生的烦恼和痛苦，写出了这个冥顽的心灵与现代社会一系列溢出传统常规和体现现代文明的因素相互撞击过程中的痛苦尴尬和艰难的坚持应变。作为一家之主和一寨之主的雷龙水是得意的，然而他又常常苦恼，这种苦恼的根本原因是总有一系列的人事来威胁着他在桃花寨这方土地上的至高无上的权威。这使他不得不绞尽脑汁，甚至昧着良心来窘迫应付。正是血气方刚的时候，却偏偏“无后”，他借神弄鬼，化这人生最大尴尬为在世最辉煌的得意；然而，下放知青“四只眼”却能识破他隐藏多年的“宝物”神话，他不得不“丢车保帅”，“牺牲”女儿苇子与养子雷运生的多年毗邻相思，任苇子与“四只眼”相爱；对他抚养成人的养子运生，一旦发现其会有“反骨”，他也不惜以歇学等手段来遏制。然而，世道的“无常”之冲力犹如暴涨的雷河洪水之汹涌激荡，撞击着雷龙水这座虽“用糯米汁”浇铸但也显古朽了的堤坝，他想借法士做平安来孤注一掷，重建自己摇摇欲倒的尊严和权威，但无奈年老力衰，那迅速被风浪覆灭了的宝船就像老汉的心、老汉的生命，也一去不见回响。于是，他对这个世界感到从未有过的绝望。最终，倔强、孤独、残忍而又坦然地，他自动拒绝一切生的可能，与生他育他的桃花寨，与他的愚昧固执的凛然不可犯的自尊一齐淹没在滔滔洪水之中。

雷运生与养父雷龙水和镇长妻子巧凤的关系在《日晕》乡土人物圈中也显得引人注目。雷运生也是乡村中一条响当当、暴烈烈的汉子，也有带领桃花寨人走出贫困的理想和能力；然而他的正直、机灵和胆魄，仍然跳不出雷龙水的巨大而神秘的阴影。对自己的前途、爱情、事业追求的种种选择，他都痛苦地顺从了这个虽不是亲生但是亲养他的父亲大人的意志，这不仅仅是情感上的顺从，而是一种意志上的屈从，从他身上我们可以看到复杂而强固的封建传统血亲观念之浸透骨髓的影响力。这种经血脉而遗传的传统观念的强大魔力是如此的约束着雷运生的心灵，使他始终在一种大地般沉默中坚韧地承受着无形的压力，仿佛他的呼吸都那样沉重窒息。这种拂不去的忧郁也影响着他与巧凤的情感纠结，活着的时候，他们不能轻松地相爱，只有在阴间他们才能成为一对无法分开的销魂鬼。

《日晕》的结尾是山洪暴发，炸坝泄水。古老的桃花寨为保住更大更有价值的世界而牺牲了自己，在这块土地上曾上演的众多的恩恩怨怨也在洪水奔泻的瞬间成为被淹没了的历史故事。作者也许在这“日晕”而来的滔滔大水的洗劫中寄托着某种社会历史和人生精神的深层寓意：让那种偶然的超人的力量来摧毁那虽根深蒂固但缺乏生命活性的种种人间不合理的存在，摧毁那无价值的猜疑倾轧、僵硬的偶像、麻木的观念、怯懦压抑的生命，尽管这些东西的毁灭裹挟着许多人间的美好因素和人心的巨大的苦痛叹息……或许，在洪水荡平过后，重获新生的土地上将会有一个崭新完美的桃花寨。在这里，人们建立着一种更合乎人性的健康发展，更利于历史创造和更具有良好的社会道德秩序的健全的人与人之间的关系，而没有小说中的那么多的隔膜和缺憾。

这种寓意或许正是潘军创作《日晕》乃至这以前的诸多小说的根本目的和信心所在，是他对周围的人生经验世界体验、观察、沉思和艺术呈现的根本目的和信心所在。这种目的和信心又是根源于作者观照人类历史发展规律所形成的世界观。人类社会发展的规律就是这样：一方面，作为社会角色的人在持续不断地实践创造中相互理解、信任和协作，逐步完善地推动着历史的进步；在这同时，人也努力地丰富着自己的精神境界，扩展着自身的人性内涵。另一方面，人类的共同活动又导致着不可避免的隔膜、疏离和异化，人被自己创造的东西所羁绊，从而局限着人的精神本性的舒展。而人也就在持续不断的欢欣中也时时饱尝着痛苦和失望。在人类进步的不同阶段，这种永恒性的“二律背反”总以其特定的内涵出现。潘军的经验世界的艺术构造正是要努力揭示这种普遍性规律；并且，竭力设计种种由误解走向理解、由扭曲走向健康的可能。尤其是《日晕》力求在天、地、人这个立体宏阔的构架中，对20世纪80年代处于急剧的文化冲突和变革中的中国人的官场、知识分子和乡土百姓的心态变换及关系重建历史的体察，探寻了众多人物的不良的人性内涵和社会心理积淀以及健康的生命本质，这显示出作者艺术眼光的深刻和辩证。

总而言之，在潘军建立的经验艺术世界中，虽然人物的社会关系及心理纠葛微妙复杂，但依然可以感觉到他是对社会和人生进行现实主义的描绘，依然可以用历史和逻辑的方法对其进行较清晰的把握。虽然这个世界充满着矛盾缺陷和悲剧性的痛苦，但作者仍然在这种不完美的现实之中寻求着充满积极和肯定意义的价值内涵，对这个世界的存在本质没有丝毫的混乱感和怀疑倾向。这显示潘军世界观中具有极富中国传统文化特色的乐观而坚定的人文主义价值取向。

但是，以上所述的只是潘军创作的一方面内容。1987年以后，他创作的《白色沙龙》、《省略》、《悬念》、《南方的情绪》等中短篇小说，则呈现出截然不同的面貌来。在这几部小说中，我们很难找到上述小说中有形的秩序现实的演变，很难捕捉作者的那种明晰的价值观念。它们给人的感受是一个梦魇般的世界，理性的逻辑荡然无存，个体和群体的所谓理想追求无法寻觅，甚至人与人之间的隔膜和冲突也化为种种无法明言的象征情态，经验世界中的那种热烈和喧闹被恐惧窒息所代替。

《白色沙龙》不仅情节淡化，人物活动也失却常态：“我”、达宁、二郎、皇甫等社会青年心情浮躁地东奔西走，但又不知道他们究竟为什么而奔颠。他们就像一群疯子，没有理性约束地兴致而来，直闯而去，躁动不安。在他们心目中，似乎没有什么既定的政治社会法则和道德伦理准则所能约束，也不企求什么人生上进的理想和希望。一句话，追求此时此刻的自由无度就是最大的存在目的，本能就是幸福快乐。与他们相对照的是老肖、于希等人物，他们则像官场大机器上固定不移的零件，遵从和恪守使他们没有激情灵性，没有人性伸张，有的只是痛苦、麻木和虚伪。

《白色沙龙》尽管采用虚化人物、情节，甚至淡化人物心态的表现方法，但在人物的无欲无求、无形无意识的举动中，依然可看到他们的目的，这就是尽力剥离和摆脱什么，而老肖和于希一类具有较明确的社会身份的角色的对照，更增加了这部小说经验现实的指向性。因此可以说，《白色沙龙》依然留有经验世界的痕迹，我们可把它当作潘军艺术转换的过渡性作品。

稍后的《省略》展示的是主人公“我”的一幕幕破碎的梦魇。“我”像鲁迅笔下的“狂人”对周围世界充满可怕的幻觉，但又没有过“狂人”那种踢过“古久先生陈年流水簿子”的壮烈经历和悟出“礼教吃人”般的深刻。“我”只是本能地直感到来自周围的有形无形的重压：作为长兄，无法与弟弟谈心；作为儿子，却处处感到父母在监控自己；作为人，又不如白鸟一般的被关怀。他也感到屈辱，甚至有一种被阉割了的恶心，但无论如何也走不出这种窒息压迫的困境。

同时期发表的《南方的情绪》也是叙述主人公被迫害的惊恐感受。这部小说写的是一个具有连贯故事情节但本质上仍荒诞不经的梦魇：“我”在赴蓝堡的冒险旅行中不断地对周围世界进行怀疑猜测，结果发现自己在别人眼里完全透明，不仅自己的行动，甚至自己意识深处的东西都在某种可怕力量的掌握和支配中，自己的存在是为他人的。这就有两种可能，如果猜测是真的，那么，“我”是无自主力、无自由意志的；如果不是真的，自己的猜测本身就显出自己处于妄想症病中，精神不能自持，自我也就是变态分裂。这两种情况下的任何一种，都显示出自我存在和自我意识的危机。

《悬念》是以表面纪实的形式来展开故事的。主人公 A 留在卧室里的一个带口红的烟蒂，引起了轩然大波，妻子上诉，众人猜测，作家把它当作案件来调查。A 在沸沸扬扬中突然失踪。然而，就在人们认为他已殉情时，他却又出现在人们面前，诉说着他的两难处境中的痛苦：既想掩饰自己的个性追求，又不愿抛弃所谓的名誉尊严和既定的生活方式，他自己也无法走出自我意识的迷魂阵。但是，作者在结尾处却突然捅破这个貌似真实的故事真相：上述故事只是作者的床上幻梦，现实中根本就没有 A 和 A 的故事。

《省略》、《南方的情绪》和《悬念》着重描写的是人的感觉，或者是破碎零乱的迫害感，或是荒诞诡奇的冒险妄想，或是似真似假的枕边一梦；并且，作者不停留在诸种感觉的展示，而是或让笔下人物、或自己亲自出场对这些感觉进行猜测分析；甚至邀请读者直接参与着体验，让读者的冷静的欣赏过程变为积极的体验过程。但是，人物感觉的刺激物和感觉本身不似现实世界中那样具体明晰，而是多义象征性的；因此导致那些对感觉的分析也是超常的、朦胧的和抽象意义上的；读者的感觉也势必似梦似真、似虚似实，无法准确把握，惯常的人生经验一时间无法与所欣赏（体验）的对象世界发生同构和契合。实际上，潘军在这几部小说中跃出了传统的思维模式，建构起一个超出惯常的人生和社会经验的艺术世界。

这也是一个以惯常的经验逻辑很难诠释和拆解的世界，我们只能根据其具体感觉碎片或整体构思的象征意义进行揣测。像《省略》主人公的屈辱痛苦感，在家庭地位被忽视，各种自由被父母强暴地剥夺，令人想到权威对人的个性的粗暴地扼杀。这种权威或许是某种人格化的力量，或许是某种政治势力，或是某种道德伦理规范。这些人类的创造物反而成为人类心灵的包袱，使人感到存在的异化状态；《南方的情绪》中主人公的自由被剥夺，身边处处充满陷阱和暗算阴谋，或许象征着人与人之间的相互不信任乃至敌视状态；《悬念》也同样令人想到家庭、社会、婚姻，以及人的所谓尊严、名誉等等社会性价值评价所给人造成的心灵分裂。总之，这三部作品的意义在本质上是对人与人的异化关系的展示和思考，但这里的异化根源不像经验世界那样能从个性心理和历史文化的积淀等角度去推究，而只能进行本体论上的概括抽象的思考：或许人所生活的世界原本就有毛病？或许人与人本来就是相互隔绝仇视的？或许人生本来就没有价值？孤独和分裂是人类永恒的痛苦？是谁在冥冥之中窥视、主宰着芸芸世界？而对这些问题的艺术思考，无疑属于超验世界的内容。于是，我们说，这三部小说是潘军对超验世界的艺术建构。

难道潘军在他超验世界的构造中，真的与他经验世界的营造本意相背，对人类存在和发展充满悲观绝望？我认为对这个问题的回答，依然从他小说的具体构思来寻找根据。潘军在这三部小说的开头、中间和结尾都精心地设计了一种特殊的叙述方式，这就是作者自己的真实姓名。“潘军”总要站出来说出小说的内容纯属虚构，这个“潘军”给人们提示、打招呼，免得读者相信小说内容。这种独特的现象不能简单地理解为一种纯技巧性的探索，是故事套故事的形式上的创新。我认为这里肯定隐藏着作者的深刻寓意，它是小说整体构思中不可忽视的一个关键因素：“潘军”对小说内容真实性的否定，实际上是对小说所体现的价值意义的否定，作者不希望小说中的那种人与人的异化情境能够在现实中以具体的社会人生画面呈现出来，当然也不希望人与人的异化是本体论上的必然。于是，在这里，潘军超验世界所体现出来的精神意蕴和价值取向与经验世界所体现的就在深层相衔接延伸，他仍然是希望着一种健全理想的人与人和睦相处的关系存在，这也是潘军迄今艺术创作的恒性品格所在。

潘军为什么要在经验和超验这双重世界中同时拓进？这既与作家敏于探索的个性气质，又与当代中国整体文化氛围的蜕变有关。进入20世纪80年代中后期的中国当代现实，一方面，人们在多重文化的震荡中着力于某种更合情合理的健康的文化环境包括人与人关系的重建；另一方面，也有人迷惘于复杂的文化撞击，产生出处于转变期所特有的心理挫折和文化的游离失落感，甚至进而对人类创造文化的本身发生怀疑。不少的“先锋”探索小说都有意虚化现实内容和历史背景，在超验的情境中寻找人的价值意义，企求某种永恒的先验确定性的存在。潘军属于这种探索的优秀者之列。他在他的艺术追求中显示出既是身边世界的体验者、又是这个世界意义的超然确立者的双重身份，对现实中的人与人之间的隔膜、疏离到走向理解契合和超现实意义上的“人与人”的同样走向关系这个极具现代意义的哲学和艺术主题，进行执著不懈地探索。诚然，早期作品中，潘军在两个世界的探索都有待进一步深化，尤其是超验世界的构建似乎还缺乏西方思想和艺术大师们的宏阔和深刻性，还不能在人类生存的本体性上和人类发展的整体性上确立超验性的终极价值标准，这是潘军的不足，也是当时中国文化的不足。我们相信，随着中西文化融合的日趋深化，随着潘军艺术和思想的不断飞跃，他会创作出更有分量的作品来。那时，他的艺术世界所体现出的悲悯是深刻博大的，欢乐也是深刻博大的！

（选自《缺憾与充盈——我的文学十年》，合肥工业大学出版社，2003年11月一版）

（朱移山，安徽怀宁人，合肥工业大学出版社资深编辑，南京大学在职博士）

陈宗俊

“故乡的路永远不会老”

——论潘军小说创作的故乡情节

“安庆这块土地对我的创作有很大影响和帮助”，“调动我的不仅是作为安庆人、怀宁人的生活积累问题，更多的是我自己在这块土地上这么多年积累的东西所形成的观念的东西在起作用”，“小说中反映出的人物状态、行为方式在我看来与这块水土是有关系的。”①

2000年，作家潘军在他的故乡安庆说了上面的一段话，诚实地肯定了安庆这块水土对他创作的影响。其实，不仅是潘军，对绝大多数作家而言，地域文化是在他们创作中不可或缺的因素。本文尝试从潘军小说的文本内容、语言运用、文化意识这三个方面来探讨安庆这块水土对潘军小说创作的影响。

一

潘军1957年出生于安庆的怀宁县石牌镇。而我们将要探讨的地域文化主要是指以怀宁、安庆为中心的地域文化。

读潘军的小说，你会发现一个很有意思的现象，他的早期小说创作，如中短篇小说《小镇皇后》、《蓠芭镇》、《墨子巷》，长篇小说《日晕》和《风》等大都是写安庆这块土地的。在作家自称为“自我放逐”式下海经商生活后写出的第一篇中篇小说《结束的地方》，也是写这块土地上发生的一个离奇的故事的；而随后创作的长篇小说三部曲《独白与手势》中的第一部《白》，也花了大量篇幅再对生养他的这块土壤作了一次心灵的追忆。而作家计划写作中的长篇《中国陶瓷》，我想也离不开这片故土，尤其是一个叫罐子窑村庄吧。这些似乎是一种巧合，但同时也是一种必然。故土，永远是作

① 潘军. 先锋小说、地域文化与我的小说创作［J］. 安庆师范学院学报（社会科学版），2003，(4).

家创作取之不尽的源泉，“是许多作家的文学血液”。[①]

读这些小说，地域文化对作家影响明显的一点就是他的作品中的故事大都未走出安庆，走出怀宁。

首先，在潘军的众多描写地域文化的小说中，有许多地名是以这块土地上的真实地名为背景来命名的。你可以跟随作家笔下描写的方位，找到这些地方。“此刻，我已站在三岔路口。我的前方十八公里处就是水市，但我需要右拐上路。这路的尽头是我的故乡石镇。”[②] 这里，三岔路口就是现实中的怀宁县月山镇通往石牌和安庆的三岔路口，作家无非将“石牌”写成了“石镇”，“安庆”写成了“水市”。在众多的地理描写中，有四个地名是作家是永远的精神家园。它们是：石牌、罐子窑、梅子岭、安庆。

石牌。地处怀宁县西南，旧名宜塘，又叫石牌口，曾为怀宁县城。北宋时已有其名，距今已有1000多年。这里是作家的出生地，他在此生活了20多年。这块生养他的土壤，长大后便被作家称为“蓝堡”，后称作“石镇”，并为我们营造了一个“石镇系列”：《蓝堡》、《墨子巷》、《上官先生的恋爱生活》、《1962年，我五岁》、《1967年我的日常生活》、《我的偶像崇拜年代》、《从前的院子》、《独白与手势》（白卷）。这里有神秘蓝堡，美丽的戏园子，幽静的丁字街，和那趿着拖鞋踩着青石板唱着黄梅调的美丽少女……“石镇系列”与鲁迅先生笔下的“鲁镇”、苏童的“枫杨树香椿树街”一样，散发着江南水乡的特有芬芳。

罐子窑。这是一个很奇怪的名字，但现实中确实存在。它是作家母亲的故乡。儿时的作家，“几乎每年都要随他（指外祖父，引者）去一趟罐子窑”。[③] 现实中罐子窑，属怀宁县江镇镇（今属平山乡），离石牌镇六七公里，是一个以生产陶器而闻名的小村庄，解放后曾一度为县陶器厂。这地方除了生产陶器，也出黄梅戏，解放前曾被称为“戏窝子”。作家笔下中篇小说《夏季传说》、《结束的地方》、《杀人的游戏》等都以此地为背景展开了一幕幕动人的故事。尤其是被称作“在文学史上占据一席之地”的《风》，便起源于作家一篇未曾谋面的中篇小说《罐子窑》，小说以“贾雨村言”的形式，叙述了解放前后一个惊心动魄、如风般神秘缥缈的故事。小说中的“龙窑”就是笔者的出生地，离罐子窑仅一箭之遥。而故事中的“六指”陈宗淼竟和

① 阎连科．欢乐家园［M］．北京：北京出版社，1998.

② 潘军．独白与手势（白卷）［M］．北京：人民文学出版社，2000.

③ 潘军．红泥的记忆［A］．潘军散文［M］．杭州：浙江文艺出版社，2000.

我“同辈”！这种阅读上的亲切感让我对这部小说情有独钟。

梅子岭。真实中梅子岭位于怀宁县平山乡和江镇镇分界的一座小山，在作家笔下唤作“梅岭”。“它并不高，但陡。一条石子公路从岭间跌落下来。”① 梅子岭脚下有一个小村子叫牌楼，这里是作家高中毕业后下放的地方，他在此当了三年的农民。在潘军许多作品（不仅仅是小说）中有许多关于梅子岭的表达。如长篇小说《独白与手势》（白卷）、中篇小说《三月一日》，散文《拥有炊烟的天空》、《梅子岭》等。梅子岭在作家的笔下，不仅仅是一座小山，也不仅是和一个叫牌楼的村庄联系在一起，而是矗立在作家心中的一块无字之碑，镌刻着他知青生活的苦乐年华和人生思考。

安庆。在作家的笔下，这座位于皖西南长江北岸的城市叫做“水市”。这里，曾是作家祖父经商、父亲读大学的地方，作家17岁第一次与父亲相见也在这个城市，大学毕业后在此工作了近三年。“水市对于我有着太多的回忆。这座至今不发达的城市却屡屡成为我梦中的海市蜃楼。”② 作家有时也将安庆称为自己的故乡。其实也可理解，因为历史上安庆“市境大部旧属怀宁县”③ 的城市，曾长期为省、府、县同治，现已被列为中国历史文化名城。作家的中篇小说《桃花流水》、《九十年代的获奖作品》，长篇小说《独白与手势》，散文《安庆的父辈》、《老友记》等多次唤醒作家对这座城市的记忆。于是就有了诸如菱湖公园、迎江寺、振风塔、状元府、墨子巷等这样一些地名和描写就显而易见了。

其次，对地域山水的描摹。作家脚下的这块土地处于古皖山之南，有着众多的美丽如画的名山大川，如古南岳天柱山，还有佛道重镇司空山、小孤山、浮山，隔江有四大佛教圣地之一的九华山；有浩浩荡荡的长江，有那条让作家流连忘返的皖河（小说中的“琴河”）。它们在作家笔下都充满了灵性与灵趣。同样为山，天柱山“是一座挺拔的男性之峰”，而小孤山则又“孤峰挺立于江心，一柱擎天。形如椎髻，苍翠欲滴”。同样为水，长江“像放久了的和酱油差不多的血”，而皖河在“微弱的天光下，河流是黝暗的，像犁过的土”。仁者乐山，智者乐水，你可以在作者笔下恣意欣赏这里的无限美景。

再次，在潘军的小说中，天是皖江的天，水是皖江的水，同样，人也是

---

① 潘军．红泥的记忆［A］．潘军散文［M］．杭州：浙江文艺出版社，2000.

② 潘军．独白与手势（白卷）［M］．北京：人民文学出版社，2000.

③ 安庆市志［M］．北京：方志出版社，1997.

皖江的人。潘军的地域小说中，无论是达官显贵，还是布衣黎民，他们身上都散发着皖江人的气息。小说中的许多故事、人物原型均来自这里。中篇小说《秋声赋》作者开篇就指出，这是一个以真实故事为背景而创作的小说，"从某种意义上说它是有生活原型的，故事中的男人和女人相好结婚，后来女人与货郎私奔了，男人抱养了一个孩子，包括最后那个儿子上吊死了，引起村庄里人的一些猜测，这些全都是真的。"① 同样在中篇小说《1962 年，我五岁》、《1967 年的日常生活》、《我的偶像崇拜年代》，长篇小说《独白与手势》中，我们可以参照作家的《我的小传》②、《安庆的父辈》③ 等一些文字，我们可以看到"父亲"、"母亲"、"齐叔"、"于阿姨"、"我" 等这些人在现实中人物的身影。当然，故事中那些人物均不等同于现实中的人物，但我们确实可以看到这块土地上的人对作家创作的影响。

二

小说是语言的艺术。汪曾祺曾说过写小说就是写语言。对于语言的依恋，特别是对母语的依恋，几乎是每位作家面临的选择与困惑：他们在各自的语言里游弋。潘军在怀宁生活了 20 年，在安庆又度过他 8 年机关生活中的最初 3 年。这些成长的记忆奠定了作家对社会、人生的认识，也确立了他观察的视角，更重要的是作为思想载体的语言——怀宁（安庆）方言，已成为作家写作中必不可少的工具，而且这也将伴随他一生的思考与写作。在潘军的小说语言世界里，我们不能忽视这种母语的作用。

首先是方言俗语的运用。在潘军的地域文化小说里，尤其是早期的作品，如《墨子巷》、《溪上桥》、《红门》、《日晕》、《风》等均曾大量的使用。归纳起来，约略有以下几种情形：一是表达自然现象及时间的。如"落雨"、"扯霍"、"日头"、"上昼"、"下昼"、"明朝"、"断黑" 等。二是描述日常习俗的。这里又可分为娱乐类如"耍"、"谈古"、"说书"等；婚丧类如"讨亲"、"讲人"、"老人"、"倒颈"、"折世"、"上山"、"灵车轿马" 等；还有其他的如"黄掉"、"搞鬼"、"困觉"、"鲫阔子"、"稻场"、"么事" 等。三是用于人际交往的。这类方言俗语很多，如形容人的"刁伶"、"人杪子"、"孬"、"多嘴"、"嚼舌根"，等；用于行为动作的如"欺生"、"不碍"、

① 潘军．坦白［M］．合肥：安徽大学出版社，2000.
② 潘军．坦白［M］．合肥：安徽大学出版社，2000.
③ 潘军．安庆的父辈［N］．新安晚报 2005-02-22.

“刮了我一顿”、“蹲家"等。第四类为称呼语。如对小孩子称“伢”、“伢鬼”、“毛头”；称父亲为“大”、“伯”，母亲为“娘”、“爰”；称呼外公外婆为“家公”、“家婆”；称呼祖父叫“爹爹”；“老板”、“男人”称呼丈夫，“堂客”、“堂客奶奶”称呼妻子等；另外，还有些称呼语有戏谑或侮辱性质的，如“现世宝”、“狐狸精”、“千刀剐的”等。第五类为俗语。如“日晕长江水，月晕扫地风”、“从糠箩跳到稻箩”、“好人不长寿，恶狗活千年”、“黄瓜打锣——锤子买卖”等等。

这些方言俗语“不仅具有传承性和民族性等特征，而且忠实地记录了人们生活、生产的经验，归纳和总结了人们对待和处理事物的方法。反映了人们实际生活的哲理和行为准则”①。作家中篇小说《秋声赋》中有这样一个情节：公公旺与儿媳霞在北京一家医院为大平治耳朵，大夫误把二人当作夫妻，此时，有这样一段对话：

旺打断说：我是孩子的爹。

大夫说：是啊，我没说错，你们夫妻……

霞插言道：大夫，这是我公公。我们那边的“爹”不同于这边的“爹”，是爷爷的意思。

大夫这才醒悟，红着脸说对不起。②

我想作家是故意这么安排“爹爹”这个词的，将这对有情人在现实中只能以公公、儿媳的身份来相处，使人物的命运充满了无奈，也加重小说的“道德含量与艺术含量”。③

其次是人物的语言。在潘军的地域文化小说中，人物的语言充满了乡土气息，反映了人物的不同性格。《墨子巷》中的刘寡妇对古风眠的那句“没什么要紧的哟，你这老!”将一位直爽、泼辣、热情的寡妇形象推到读者面前。《风》中陈士林说“城里人都他妈的没有卵子!”表达了陈士林对城里人的评价，偏颇中不乏某种合理的东西。《独白与手势》（白卷）中无论是雨浓的“你瘦了，也黑了”，还是小丹的“就用我的牙刷吧”，抑或韦青的“一个人的时候，过去与你相伴”，三句不同的语言，表达了三位美丽女性的不同

---

① 余昌谷．熊尚志中篇小说的地方色彩［A］．当今小说掠影［M］．合肥：合肥工业大学出版社，2003.

② 潘军．潘军小说文本系列E卷［M］．北京：中国工人出版社，2000.

③ 唐先田．《秋声赋》的道德含量与艺术含量［A］．唐先田主编．潘军小说论［C］．合肥：安徽大学出版社，2003.

性格，同时也都表达了她们对“我”的真挚之爱——“我”应该是幸福的。这些人物的语言虽千差万别，但都是与这块水土的营造分不开的，具有一种浓浓的乡野的芙蓉之美。

第三是作家的叙述语言。电影导演黄健中曾说过潘军小说轻易动不得，牵一发而动全身。这一方面说明作家的小说情节结构的紧凑，故事的匠心，另一方面也包含了对作家小说语言的魅力的肯定。这里既与作家善于向古今中外作家学习的结果，同时，我想也离不开这块生养了他 20 多年的水土的滋润有关。同为先锋作家的余华，曾说过他之所以能够成为一个作家，是他在很大程度上对语言妥协的才华，其中就离不开浙江海盐的方言对他影响。① 所以在潘军小说中，这种语言上的天赋与才华使作家的叙述语言充满了诗意。典型的莫过于作家对小说结尾的处理，多用双关、谐音等辞格，达到意想不到的效果，让人爱不释手，如《重瞳》、《海口日记》、《抛弃》的结尾。因此潘军也被人称为当今文坛的“情歌王子”。

三

但是，地域文化小说不是“掉书袋”，也不是一些方言俗语的拼盘，它们只是地域文化小说的一个外在的形式和载体，重要的还在于小说背后所反映出文化内涵和文化意识，“这种意识应该渗透在小说的字里行间，而不是作为一个标签贴上去”。② 这种文化意识，它存在于“广泛的传统、习俗、文化心理和民族性格中的风貌和精神形态。”③

潘军是从怀宁、安庆走出去的作家，让我们先粗略地看看历史上的这块土地。怀宁，据《怀宁县志》记载，县境商周属扬州，春秋隶皖桐，战国属吴楚。在东晋安帝义熙年间（公元 405 年—公元 418 年）以皖县旧址（今潜山梅城）始建于怀宁县（取“永怀安宁”之意）。这样算来，怀宁建县已近 1600 年。而安庆自南宋建城以来，也有“吴头楚尾”之说。据一些历史资料记载，安庆的古皖先民在秦汉之前，生活在“和合盛美”时期，无大富之家，也无冻馁之人。秦汉以后，先民多生活在贫困线上，养成一种安贫乐道的心理。隋之前，民风中承袭着楚人的倔强坚韧、视死如归的精神，同时也

① 余华．余华作品集第三卷［M］．北京：中国社会科学出版社，1995.

② 潘军．先锋小说、地域文化与我的小说创作［J］．安庆师范学院学报（社会科学版），2003，（4）．

③ 周民锋．地域文化与人文意识［J］．文艺评论，1997，（5）．

有着吴越人的精明与重理重利。隋炀帝平陈之后，民风逐渐从刚毅果敢过渡到“斯文道学”。有宋一代，受朱子学说影响，但民多劲士。元末明初，从江西、徽州的大量移民迁徙至此，儒学渐盛。至此各种文化在这块土地上融合、共处。其中土著古皖文化和外来移民文化形成这块土地上文化的两大源头①，它的内容包罗万象，十分丰富②。结合作家潘军的身世，我们可以看到潘军小说（不仅仅是地域文化小说）至少具有以下的文化意识。

一是率性而生、至情而活的人物性格。在作家笔下的这块土地上的男女老少，大都有着先人楚人的狂放性格，他们任性、执著、个性十足。典型的属《独白与手势》中主人公“我”了。这个人有着北方塞上军旅的霸气，他自尊、坚强、重信，但也不乏精明、狡黠和儿女情长。如“我”在机关里对上司的无礼刁难，不是唯唯诺诺，而是敢于当面斥责：“就说你这人无耻，怎么的?”在生意场上，“我欠人家的钱是一分也不能少，而人家欠我的钱则是一分也要不回来”；在男女关系上，“幻想着一种清洁的男女之爱”。这是个敢作敢当、光明磊落、赢得起更输得起的男子汉。（这让我又想起了中国近现代史上这块水土上叫吴樾、陈独秀、朱湘、海子的几个男人来。）另外，还有像《溪上桥》中的根生，《日晕》中龙雷水一家三口，《风》中的陈士林与田藕，《重瞳》中的项羽，《犯罪嫌疑人》中于超等等，他们身上都浸染着这块土地上先民的那种孤傲与真率。

二是载歌载舞、委婉清丽的黄梅氛围。在中国戏曲发展史上，安庆、怀宁可以说占据着重要的一笔，尤其是以石牌为中心的皖河流域，它是京剧、徽剧的重要源头之一，有“无石（牌）不成班”的美誉，而黄梅戏发展史上的“怀腔”也在此发扬光大。作为出生在石牌，并在此生活了20多年，外祖父、父母均为黄梅戏艺人的作家潘军来说，这种戏曲的因子早已浸入他的血液了。所以在作家笔下的地域文化小说中，时时飘来一阵阵轻盈柔曼的黄梅之音就不足为怪了。

三是儒释道互补交融的文化色彩。安庆处古皖山（今潜山）之南，境内的古皖山曾为佛道文化的重镇。它曾是佛教禅宗二祖慧可、三祖僧璨、四祖道信的发祥地之一。而主张“天人合一”、“宇宙自然”、“返璞归真”的道教也曾将天下名山洞府划为三十六洞天，七十二福地，其中皖山被列为第十

---

① 汪军．皖江文化纵横谈［A］．汪军主编．皖江文化与近世中国［C］．合肥：合肥工业大学出版社，2004.

② 参见朱洪、孙永玉、方晓珍等人的文章，安庆师范学院学报（社会科学版）2005，（3）．

四洞天，五十七福地。道书又载："天下八天柱，中国居三，潜其一也。"除皖山外，安庆境内还有司空山、浮山、小孤山、三祖寺、迎江寺等名山名刹，隔江则有佛教圣地之一的九华山。而作为"修身齐家治国平天下"、"经实致用"的儒家传统思想也在这里根植繁茂。真的很难想象，作为影响中国人的这三种主要思想，竟如此酣畅淋漓地呈现这块土地上，相互交融共生，并出现像陈独秀、赵朴初、陈撄宁、桐城派这样的伟人与文坛流派，不能不说是个奇迹。作为这块土地上走出来的作家潘军，也不能不受此地思想尤其是佛道思想影响，并由此钳制作家手中的那支笔。所以读作家的小说，你时时能感觉到字里行间的那种忧郁、哀伤、宿命与恐惧。同时作为这三种思想也体现在作家的整体语言风格上，既有儒家的热血豪迈，也有道家的平淡闲散，更有佛家的空灵飘逸，与前面谈到的语言特点共同构成了潘军小说的语言世界。

四是色彩斑斓的风俗景观。"风俗，作为历史的沉淀的产物，是和一定时代人们生活紧密结合在一起的。"① 除了我们前面探讨的方言俗语外，还有这块土地上特有的各异的风俗景观。在潘军的小说里，这块土地人们，住的是"明三暗五"的房屋；死了老人要请瞎子说书，烧灵车轿马，热热闹闹的送上山，要"守七"；没有子嗣或过继或借种生子的"生育情结"；岁令时节那风中的社火和神秘的傩戏；还有那滚铁环的小孩，打鱼摆渡的老艄公和摇着拨浪鼓的货郎……这些如同一幅幅老照片或老电影，让人们似乎又回到那久远的从前。这里，既有着作家生活的经验、积累与怀旧，似乎也反映了作家对现实这块土地上正在发生的一切的疏远。

地域文化是人类文化史上特有的文化现象。正是有了各民族的形态各异的地域文化，所以我们这个世界的文明更加丰富多彩，也印证了鲁迅先生的那句"愈是民族的，愈是世界的"哲语。"故乡的路永远不会老"，这是作家潘军女儿的一句话，我想也同样适合于作家自己。最后，我仍想引用2000 年作家站在这块土地上演讲时的一段话来结束本文："一个作家的记忆决定他的写作方向"，"我写了我最熟悉的东西。最熟悉的东西是我血液中浸泡最深的东西、深入骨髓的东西，也就是和这块水土分不开的。"②

（陈宗俊，青年评论家，安庆师范学院中文系教师）

---

① 潘军．潘军小说文本系列 E 卷［M］．北京：中国工人出版社，2000.

② 潘军．先锋小说、地域文化与我的小说创作［J］．安庆师范学院学报（社会科学版），2003，（4）．

江　飞

先锋背后的现实焦虑：潘军近年小说解读*

当1990年代"先锋"文学探索逐渐式微的时候，曾经的"先锋"干将如苏童、叶兆言等摇身一变成为"新写实"的主力，马原、格非等寄身于学院而半隐半现，余华写作《活着》、《许三观卖血记》等标志性作品完成华丽转身，在这些喧哗尘埃落定之后，皖籍作家潘军却凭着智慧的创作绝处逢生，为先锋小说开出了一条具有较高"审美尺度"的新路。尤其是近年来他以对城市生存的体认切入当下现实的小说（主要收录在小说集《戊戌年纪事：潘军最新小说》中），① 虽放弃了对形式技巧的过度迷恋，而追求一种朴素的与当下日常生活同步而行的叙事方式，但还是一如既往地寄予了深刻的人性洞察与悲悯情怀，字句声色之间依然显露着独特的先锋气质以及先锋背后潜藏的现实焦虑。

婚姻：游戏抑或宿命

作为一个纯粹的作家，伴随着不同时代知识背景的转换以及文学自身发展的内在需要，他的叙事转换与调整总是及时而必然的。潘军在谈及作家的责任时曾说到，"小说家的创作——至少是我这样的小说家，他在写作中往往是被动的：不是作家支配小说，而是小说在引领作家。就是说作家在某种意义上是随着渐渐形成的叙事惯性驱使前行。"② 潘军是在现实主义小说写得已经颇有影响时开始先锋性的探索的，可以说二十多年来现实主义的叙事惯性从未离开过他的小说世界，准确地说，经历"先锋精神"洗礼之后的潘

* 基金项目：安徽省教育厅人文社科研究项目"新世纪安徽底层文学研究"(2009sk397)。

① 潘军．戊戌年纪事：潘军最新小说［M］．文化艺术出版社，2007年11月。文中小说引文均出自于此．

② 潘军．一个中国作家的立场——在中德文学研讨会上的发言［J］．南方文坛，2002（2）：65.

军，更坚定地坚持了现实关怀和“有意味的形式”创造，这也成为他区别于当代文坛其他实力作家的个性标志。

小说集《戊戌年纪事》共收录了2000年以来的四部中篇小说和七部短篇小说，大抵都在期刊上发表过，其中《合同婚姻》、《从前的院子》、《临渊阁》还获得过第十届《小说月报》“百花奖”、《山花》小说奖、新世纪第二届“北京文学”奖。地域与时空的混乱，历史与现实的重叠，生活的可能性与不确定性，真实与虚拟的互置，潘军娴熟地运用着先锋派惯用的技法，向读者展示出一个介于现实和文学之间的时空，这在之前他的《南方的情绪》、《流动的沙滩》、《重瞳》等小说佳作中同样可以找到。不同的是，已“知天命”的潘军对婚姻与爱情、底层与理想、历史与现实等人生主题有了更清晰更透彻的参悟。

《合同婚姻》（2002）是一部颇受作者、读者及批评家青睐的作品，它也像是一部现代都市男女的爱情寓言或婚姻“指南”。不可否认，在灯红酒绿的繁华背后，滋养着需要“一夜情”、“外遇”、“情人”等种种非法情感填充的无聊空虚，隐藏着现代都市人的种种情欲错乱与精神危机，这在“新生代”作家的大量都市小说中都有比较细致的表述，或赞赏或批判，甚至逾越了文学的疆域而成为伦理学、社会学的研究问题。现代人的情感欲求能否获得正常的疏通与诠释？婚姻的“围城”归根究底是源自欲望还是男人与女人间的隔阂？《合同婚姻》着力刻画的正是当代人在情感现实上的那种焦灼与困惑，隔膜与孤独，揭示了当代知识分子既要两情相悦又要保持个性自由的矛盾处境，并由此对人类婚姻制度的合理性与爱情观的现代性进行了深刻的反思与探讨。主人公苏秦在和前妻李小冬离异后，在北京与以前的同事陈娟相遇，两人签订了一份所谓的“婚姻合同”。在当事人看来，这种时尚而先锋的模式，既比同居生活显得严肃，又消除了法定婚姻的束缚，由各自合法婚姻的失败衍生出的这个富有游戏色彩的“合同婚姻”，无疑是对合法婚姻的一种亵渎与反叛，其合理性、合法性及可靠性、有效性因此而值得怀疑，最终三个月的“合同婚姻”像“一片枯萎的花瓣在男人眼前落下了”。小说认真地提出了问题，而未给出解决之道，最终只能是“一曲现代城市人的婚姻绝唱”，余音袅袅，无奈而苍凉。

与苏秦们与陈娟们“幸福中带着轻微的忧伤，陶醉中又透漏出几分清醒”之感类似，短篇小说《纸翼》（2001）所叙述的婚姻模式和隐秘情感同样让人感叹深思。一个自称风光摄影师的陌生人无聊中的一次电话骚扰，竟让已婚主人公楚翘开始了一段从未有过的憧憬与希冀，甚至产生了与陌生人私奔的念头，这样的因偶然游戏（陌生人随意拨了一个电话号码）而开启的情感历程同样注定了失败的宿命（陌生人意外死于车祸）。小说中反复出现的“裤子拉链”似乎构成了楚翘与陌生人、楚翘与丈夫刘东之间相互猜想的隐喻，他们的情感都“卡”在不上不下、不进不退、灵肉冲突之间。正如楚翘顺着记忆中“儿时的游戏”而随意折出的那只很难看的纸鸟，“一只笨鸟”，却也是一只不可思议的飞鸟：

楚翘抬头看天的时候，看见了一只白色的小东西从眼前划过，她一眼就看出那是自己叠的那只难看的纸鸟，不知什么时候被当成垃圾扫出去了，然而现在它却能借助一阵风力起飞。楚翘被这个不可思议的事实惊吓住了，她感觉这只不可能的小鸟在自己的头顶划了一个大圈，然后飞出了她潮湿的视野。……楚翘仔细推断出这个日子，觉得车祸发生的时刻就是白色纸鸟飞出自己视野的时刻。

这是典型的“潘军式”的结尾，诗意而残酷，轻盈而沉重，含着神秘的宿命，轻而易举地就拆解了游戏的浅薄和随意，对于像楚翘或风光摄影师这样的情感虚空的人来说，思想的“越轨”和身体的“外遇”一样是精神贵族的游戏，更是忧伤的宿命，无以疗救现代男女内心的寂寞与欲望，命如纸翼，情如纸翼，都不是自己可以把握的。

若比较两部作品的文本价值和思想含量可以见出，中篇《合同婚姻》比短篇《纸翼》更厚重，也比完全以对话展开的揭示都市男女隐秘情感、自由缺失的短篇《轻轨》（2003）更耐人寻味，因为它更深入更细密地探进了现代城市人的心灵世界。正如当代评论家李洁非所说，“他（潘军）之所以那么深地走进了城市人的内心，其实也首先是他更深地走进了自己的内心”。① 小说中的每一个人物几乎都是“中国式婚姻”的牺牲品，却又各有各的不幸，隐约中我们甚至还能窥见作者潘军自身的婚姻经历与爱情感悟。一纸合同，一纸飞鸟，潘军对“纸”的钟情，似乎也暗示出现代人对婚姻的逃离与渴望、对爱情的失望与希望、对人生的迷茫与清醒等难以名状的心态和思考。而“思考一旦进入小说内部，就改变了本质。在小说之外，人处于确证的领域：所有人都对自己说的话确信无疑，……小说的领地，人并不确证：这只是一个游戏与假设的领地。所以小说中的思考从本质上来看是探询性的、假

① 李洁非．现在的写城市的潘军［M］．潘军小说论，安徽大学出版社，2003：16.

设性的。”[①] 由此我们理解了作者关于婚姻“薄如纸翼”的思考实际上是对现实的某种探询和假设，而这探询和假设中自然蕴藏着小说之外作者的自我确证和现实焦虑，尤其是当“合同婚姻”真的从文本走向现实被都市男女普遍接受的时候，小说才获得真正的先锋意义，以及更沉重的现实焦虑。

底层：屈服还是反抗

一直以来，潘军小说都注重表现现代都市伦理的一种虚幻体验，从《海口日记》、《和陌生人喝酒》、《寻找子谦先生》、《对门对面》到近年的《纸翼》、《合同婚姻》、《枪，或中国盒子》、《犯罪嫌疑人》、《某部的于村》等，都凸显出物化环境中个体生存的各种隐秘欲望，尤其是在承受着苦难和疼痛的底层小人物身上，更是带着一种不稳定的、躁动不安的焦虑与期待，寄予了作者对“城市状态”的独特理解。

《枪，或中国盒子》（2004）正是这样一篇非常精妙的短篇小说。一个男人意外获枪，又意外开枪杀人，小故事，小人物，小感觉，小悲剧，却蕴意深广，“意外”二字是难以概括小说全部深意的，它分明最逼真地切入了当代人的肉体与心灵的痛楚，透示出人性的焦灼，从一个细微的横截面展现出当代城市男人无奈而感伤的宿命。“枪”作为全篇小说的核心意象和象征，不仅大大开阔了主人公从文的想象空间，更使其内心被生活压抑的男性气质得以张扬，从而完全改变了从文的性格和人生，正如小说中借一位女作家之口说出的，“从文的主要变化还不在外表，而是由内而外散发出了一种男人的洒脱与豪迈，这是难以置信的变化”。“枪”，之所以拥有如此巨大的“神力”，恰恰折射出人物内心的极度虚空、焦虑、无依无靠。可以说，归属感的缺失，使人物的内心世界就仿佛那个空荡荡的典型的“中国盒子”，或是锈迹斑斑的枪，等待充实，或被打响。城市中像从文一样的底层人是众多的，他们地位低下，受人摆布，不占有话语权，仿佛被抽空了精神与灵魂的羸弱躯壳，在生活或命运的挤压下被迫弯曲着生存，胆小，怯懦，本分，却不放弃爱、善良、正义和英雄梦想，二重分裂的人性，必然潜隐着人格扭曲、蜕变异化的可能。作者从自身的内心出发，以深刻的人性洞察与悲悯情怀，抵达众人的内心，让我们看到他们生之艰难，心之痛苦，我想这正是这个短篇引人深思的内核所在。结尾处，失踪几年的李全再次像幽灵一样出现，他的

① 米兰·昆德拉．小说的艺术［M］．第97页，上海译文出版社，2004：97.

出现仿佛只是为了成为从文的靶子，或者说他以生命的代价成全了从文心中积压了许久的强烈期待和冲动，而对于读者和从文来说，这一“枪”似乎打得并不太漂亮。作者好像一个无动于衷的旁观者，以过分的冷静、平淡、不动声色甚至冷漠，在“一种不可思议的节制”中呈现出生活的可能性与不确定性。而从文那同样过分冷静、近乎荒诞的行为，实质上是底层人性被压抑到极致之后的突然释放，让我们再一次体味到他心底根深蒂固的焦虑和期待，并由此感知到作为先锋小说家的潘军从未丧失的独特气质和设置故事的与众不同。当然，就读者接受效果和人物性格来说，这样的结束多少显得有些仓促、牵强、先锋余味强烈，这一“枪”，既是对自己多年沉闷生活抗争的胜利，也是精神崩塌无可挽救的失败，意味深长。

严格说起来，《犯罪嫌疑人》（2003）是一部带有刑侦意味的小说，但遗憾的是读者很快就能锁定“犯罪嫌疑人”，悬念因此瓦解；其他的漏洞和遗憾也是存在的，比如公安局副局长于超不考虑赃款要被追缴的后顾之忧，竟然用它来减轻犯罪嫌疑人的刑罚，小说开头有段法学教授与主人公精彩的对话，按照潘军以前的叙事特点，他一定是着墨不多但起到重要作用的人物，会在关键时刻出现，但他却一去不复返了。值得称道的是，小说在亲情与法理的交织中刻画出背负爱、良知和责任的两个男人形象：一个父亲（马冬生），一个儿子（于超）。身为警察的于超，和作为“犯罪嫌疑人”的下岗工人马冬生，一个为母亲的手术费而备受经济和情感的煎熬，一个为挽救心爱的女儿而不惜铤而走险实施抢劫，一个是刚正不阿的警察，一个是良知未泯的抢劫犯，但他们在道德和尊严的天平上，都一样的令人崇敬。特别是在马冬生身上，重叠着底层生存的艰难苦痛以及让人动容的人间真情，让人不得不反思：面对苦难，是屈服，还是奋起反抗？如果他不选择犯罪，该如何来反抗命运的劫难，拯救女儿的生命？底层摆脱贫穷和苦难的出路到底在哪里？

《某部的于村》（2000）可能是最容易被忽视的一个小短篇，却显出有限之外的无限意味。在分配到市机关某部的大学毕业生于村身上，不难发现“狂人”（鲁迅《狂人日记》）和“小林”（刘震云《一地鸡毛》）的影子。在机关明争暗斗内部，于村最初的反抗是拒绝姓高的副主任修改他起草的讲话稿，后来是按部就班、玩世不恭地工作，到最后受到新部长的提拔，从最底层的小科员成为“研究一室的主任”，妻子毛梅也顺利地调到市剧团又调到资料室，曾经血气冲动、清高孤傲的新干部于村在忍耐与煎熬中逐渐被“阉割”了。小说最后借另一名大学生“我”之口说出了整篇小说的寓意所在，"男人都是矮子"，可惜此时的于村并不明白这句话潜藏的嘲讽之意，即使明白了，恐怕也还是步"狂人"或"小林"的后尘罢了。

具有反讽意味的是，担负起"于村们"反抗重任的是一个叫"杏"的哑巴村姑。在《草桥的杏》（2007）中，面对强奸自己的李税务，"杏"绝不妥协屈服，"硬是扳倒了一个大盖帽"。虽然就叙事来看，仿佛是初学写作者的习作，且粗糙地重复了《秋菊打官司》的习惯套路，但在坚韧、顽强的"杏"身上作者明显寄托了对底层女性反抗权势和世俗伦理的敬意。反观当下底层叙事的诸多作品，一写到"男底层"便是杀人放火、暴力仇富，写到"女底层"常常是卖身求荣、任人耍弄，不仅人物命运模式化，故事情节粗俗化，而且人物性格也是扁平的，不见温暖，不见尊严，一律大苦大悲，凄迷绝望，鲜有十分丰饶的精神质感。① 从这个意义上说，卖鸡蛋的"杏"无疑具有积极的精神导向作用。与其对底层生存苦难进行大肆渲染和残酷叙述，不如写出底层平民在面对苦难和生死时的执着、宽厚和无边的坚韧，包括亲情间相濡以沫的温暖，应该更能引领读者超越苦难，朝求美向善的方向前进。当然，《草桥的杏》、《某部的于村》以及《枪，或中国盒子》、《犯罪嫌疑人》都没有在这一向度上有更高的突破，无论是反抗还是屈服，都未能将底层人物道德观、价值观的嬗变、巨大的心理挣扎和对抗以及人性的撕裂和阵痛完整清晰地表现出来，因而小说在再现底层男女生存层面上还缺乏一种精神上的说服力。

历史：荒谬或是逼真

整部小说集中，《从前的院子》可称得上是十分"好看"的作品。小说开头即引用博尔赫斯的话语作为提示，"命运对于过错总是盲目的，只要有一点点放纵，命运就会变得冷酷无情。"，可以说这是一部关于命运的叙述文本。在海登·怀特（Hayden White）看来，"叙述（narration）既是实现历史阐释的方式，也是表述对历史题材之成功理解的话语模式。"② 潘军叙述的"历史"向来是暧昧而朦胧的，且充满着对历史真实的深刻怀疑和颠覆，或者换句话说，实现了对"历史"的重新阐释和成功理解，这在前期的《我的偶像崇拜年代》、《1962 年，我五岁》、《1967 年的日常生活》、《重瞳》、《秋

① 洪治纲. 底层写作与苦难焦虑症［J］. 文艺争鸣，2007（10）：39.

② 海登·怀特. 形式的内容：叙事话语与历史再现［M］. 董立河译，北京出版社，第 84 页，2005：84.

声赋》等"历史自我小说"中已得到充分的证明。《从前的院子》固执地延续了这种"历史的自我叙事"，叙述主体直接进入历史语境中，直接完成自我言说、回忆、想象、组合和评判，"历史"在"叙述"中成为个人化、个性化的历史，形似荒诞却拥有高度内在的真实。

《从前的院子》(2000) 可以看作是作者以故乡石镇历史为背景的小说系列之一，与《我的偶像崇拜年代》等同类小说不同在于，叙事时间跳跃至三十年前（1976年），叙事主体从一个孩子已成长为一个青春萌动、欲望丛生的青年，叙事内容也从暴力、夺权、革命、吃饭、睡觉、逃亡等日常生活演化为爱情、性、猜忌和死亡，相同处在于都凸现个体在历史无序时空中真实的生命感受，一种真正的不为宏大叙事所拘囿的内心真实。小说将这种感受和内心真实置于荒诞的语境之中，在元叙事中透出人生的沉重与凄凉：

我突然意识到，院子的记忆是一个现成的故事，而且这个故事中的人一部分已经死去了。在这个秋日明媚的上午，我的心情却渐渐转为凄凉，但感觉上又是困顿而迷惘的。我似乎是第一次真正意识到，从前的院子竟是那样的深不可测，仿佛隐匿着人生的扑朔迷离。

正是作者"这条即兴的思路"，巧妙地暗合了历史的偶然与宿命，人的命运的不可知造成了历史的残酷性、神秘感和暧昧感：根男因车祸死去，吴玉芳自杀身亡，嘉林被送往神经病医院，碧霞最终嫁给她最看不上的司机老于，正如小说叙事者、旁观者"我"所说，"人生本来就是无法预测的"。精巧的构思，不紧不慢、或明或暗的叙述，以及富于张力的结构，使得整部小说始终处于未知的非理性的推进之中，叙述情境"困顿而迷惘"，正是在这不断的解密历史过程中，1970年代人物的集体记忆和心理意识得以穿越历史经验的屏幕，获得了当下逼真的存在。

如本雅明所说，"以历史的方式来宣告过去，并不意味着承认'过去的实况'……而是意味着当记忆（或存在）闪现于危险时刻之际掌握住它。"[①] 重构历史意味着对过去的怀疑和否定，对危险的疏离或掌握，在荒谬中裸露真实，在真实中体验荒谬，中篇《戊戌年纪事》(2006) 正是有此企图。一个穷愁潦倒的三流画家被迫扮演一个在病榻上昏迷了十二年的老人的儿子，一本正经的标题之下，叙述的却是一段荒诞不经的故事，反讽、幽默、调侃贯穿始终。结尾时老板与"我"之间那段关于生死的对话可以看做对历史的

① 本雅明．阐明（Illuminations，ed. Hannah Arendt，trans. Harry zohn）[M]．New York：Schocken Books，1969：256，255.

价值追问或意义探询，最终我离开了那个临时搭建的家，因为“我不想继续去当别人的儿子。我要当我儿子的爹。”小说以此完成了故事结局和自我解构。作者试图在历史的解密中建构一个现代的故事，但可惜没有达到预期的效果，“戊戌年”三个字仿佛只是干支纪年的符号，并未能承担起历史的重任，相较于潘军1990年代创作的同样荒诞的《蓝堡》、《三月一日》等小说而言，似乎判若两人，主角配角都显得面容枯槁，情节生硬，叙述技巧大于叙述内容，未能将叙事背后存在的虚幻、神秘、不确定性和可能性表达出来，未能逼近“我”所遭遇的残酷真实以及时代的某些本质真实，见出了荒诞，却也止于荒诞。另一篇更加荒诞、诡异、陷阱丛生的《花袭》（2002）亦是如此。

还好，《临渊阁》（2003）不孚众望实现了这样“逼真”的历史解密。潘军在小说中沿用了他在先锋时期惯用的双重文本互相指涉的游戏，明确说到，“这不是一部历史小说，而是现代的一个伤感的故事”。临渊阁是相传为明嘉靖年间所建的藏书楼，是乌县著名作家叶萧记忆中故乡的象征，还是乌县政府拟斥资重建的旅游景点，在这种“相传”和演变中，“临渊阁”一开始就被确立了一种虚构的历史地位，蕴含着作者以此暗喻传统与势力的用心，换句话说，这是一部具有揭示“传说”符号魅力的小说：主人公刘子林在乡亲的“传说”里变成“拥有资产过千万的礼品公司老板”他老婆被“听说是一位部长的女儿”、“他是靠老婆发起来的”，作家叶萧在“传说”里更是变成一个靠剽窃起家、自费出书、通过暗箱操作获奖、携带摇头丸、“据说”还涉嫌贩毒的罪犯。没有人对历史负责，对真实坚持，“传说”，就这样将“历史”置换为面目全非的现代，真诚被误解，善良被怀疑，高尚被贬损，真假不辨、是非颠倒：一切都充满着巨大的荒谬和讽刺。当最后“临渊阁”被考证不过是“灵元观”的道观时，所有的故事被颠覆，意义被改写，费尽心机建构的“历史”就这样被悄然瓦解了。“我记忆中的临渊阁不过是海市蜃楼，我无法走近它。我只记得故乡的路，记得那里古老的城墙，清澈的河流，秀丽的山川，还有到处开放的向日葵……”叶萧小说《临渊阁》中这段诗意文字，与整部小说功利化的世俗现实极不相称，却巧妙地成为这一虚构文本的题记，构成对“传说”荒诞性的摈弃，从而成为一种叙述历史、裸露一个民族心理劣根性和国民性格的最逼真的视角。

总之，在潘军近年的这些小说中，我们可以发现：无论城市还是乡村，无论过去还是现在，人物在现实面前总是处处显得困顿、焦虑而无能为力，在与权势和历史的较量中不是被阉割、篡改、嘲讽，就是被迫选择自我放逐或毁灭。陈晓明曾说潘军具有“岩石和风”两种品格，现在看来，依然如此，具有先锋探索精神和现实关怀意识的作家，比如潘军，对于神圣的事物或情感总是具有非比寻常的敏感，对于历史的本质以及社会的规范具有非凡的判断力和反省力，他们的探寻和企求绝不限于日常生活当下的具体情境，而是希望能对现实存在境域进行永无休止的质疑和开拓，能接触到更广泛、在时空上更具久远意义的象征。潘军曾说过，“小说家的责任是对这世界有所发现、有所思考，但最好不要去做自以为是的解释。”发现，意味着超越平庸，占据先锋；思考，又意味着拒绝满足，承担直面现实的焦虑。没有理由不相信，一直徘徊在先锋和现实主义之间的潘军正是这样独特的“存在的探究者”（昆德拉语），而我也相信，“为自己内心写作”的作家潘军比“作为编剧和导演的潘军”更值得我们和文学一起期待。

（选自《安庆师范学院学报》2009年第5期）

汪修荣

悲剧情境与悲剧风格

——石楠女性传记文学的艺术特色

作家简介

石楠，女，当代著名作家，中国作家协会名誉委员、安徽省作家协会名誉副主席。代表作有：《画魂·潘玉良传》《寒柳·柳如是传》《舒绣文传》《从尼姑庵走上红地毯》《刘海粟传》《亚明传》《陈圆圆·红颜恨》《另类才女苏雪林》《中国第一女兵：谢冰莹全传》《真相》《生为女人》《石楠文集》（14卷）等。被评为“当代中国秀传记文学作家”。

改革开放以来，新时期文学在小说、诗歌、散文、报告文学等诸多领域都取得了长足的发展，然而受诸多因素的限制（如资料局限、个人隐私、文化传统、政治因素以及对传记文学的轻视等），传记文学一直处在相对滞后的状态。我们可以列举出一大批优秀的小说家、诗人、散文家、报告文学作家和文学评论家，可我们很难一下子举出一批优秀的传记文学作家，这就是新时期传记文学的现状。而在这屈指可数的优秀传记文学作家中，石楠无疑是其中的佼佼者，也是传记文学一个重量级的作家。难能可贵的是，从二十世纪八十年代开始，石楠一直默默在这块田地里辛勤地耕耘，并结下累累硕果。上个世纪八十年代初，石楠以《画魂——张玉良传》风靡文坛，从此一发不可收拾，在长达二十多年的创作生涯中，先后创作了长篇传记《寒柳——柳如是传》、《美神——刘苇传》、《从尼姑走上红地毯》、《刘海粟传》、《一代名优舒秀文》、《回望人生路——亚明的艺术之旅》、《陈圆圆·红颜恨》、《另类才女苏雪林》等十多部传记作品，为当代传记文学的发展与繁荣做出了艰苦的努力。也许身为女性的缘故，从《画魂》开始，到新近出版的《另类才女苏雪林》为止，她的主要目光始终聚焦着历史与现实中的女性，为中国历史长河中的传奇女性树碑立传是她创作的理想与初衷。谈到创作原因和动力时，石楠说："为人类生存和繁衍作过伟大牺牲和贡献的女人们，在精神文明上，同样不乏才华和建树。然而，历史长河的漫漫泥沙和世俗偏见淹没了她们的光辉。……作为一个女性，我感到遗憾和不平！我决意去寻找女性中即将被历史淹没了的星星，我想努力去工作，用自己微薄的力量去擦拭她们的泥沙，让她们重放光彩。"（《画魂》后记）她写得最多的是女性，写得最成功的也是女性。这些女性命途坎坷，大都置身于悲剧情境中，成为悲剧的主角和牺牲品，她们在与命运与旧势力的悲剧式的冲突中，实现了人生价值的最大化，并在历史长河中绽放出了绚丽的色彩。悲剧可以说是石楠女性传记文学系列的基调，代表了其女性传记文学的基本风格。

一、在悲剧命运中体现主人公不屈的民族精神

石楠一走上文坛，便把她心目中敬佩向往的历史传奇女性作为自己关注的对象和作品的主人公。在漫长的历史长河中，受传统文化和男尊女卑封建思想的影响，女性一直处在屈从的和被轻视的地位，她们的命运注定是悲剧的。正如西蒙·波娃所言，女性天生地属于第二性，在一个以男权为特征的社会里，女性天然地处于从属的被统治的地位。在中国历史上，女性一向是弱者，是受侮辱受欺压的一群，甚至是男人玩弄的对象，缺少独立的精神与人格。但作为个体，却从来不缺少坚强伟大的女性，她们以自己的坚贞与勇敢构成我们民族精神重要的组成部分。石楠拿起笔时，便决心为天下传奇勇敢的女性讴歌。她要用文学来表达对她们的敬仰之情，为她们鸣不平。在石楠的笔下，我们看不到那种传统的逆来顺受的女性形象，她们虽出身低微，却勇敢面对生活，不懈地与命运抗争，争做自己命运的主人。面对人生悲剧和命运的磨难，她们义无反顾，百折不挠。她们有的甚至沦落风尘，饱受社会歧视，但在大是大非面前，她们表现得比周围的许多男性更勇敢坚强。不甘命运，选择坚强，像一条红线一直贯穿在石楠的全部作品中，成为石楠传记小说的一个显著特征。

《画魂》创作于改革开放之初的一九八二年，可以说是新时期传记文学开风气之先的一部传记文学力作。当时文革结束不久，随着全社会思想的解放，文学园地也呈现一派复苏迹象，百花齐放，百家争鸣，一些束缚人们思想的条条框框逐渐被打破。《画魂》的出现正体现了这种时代精神和时代情

绪，顺应了思想解放的潮流。作品的主人公张玉良是一个因生活所迫沦落风尘的艺妓，是社会最底层苦难女性的代表，也是传统文学中的典型女性形象。一个偶然的机会，她跳出了火海，嫁给了受到进步思想熏陶的海关监督潘赞化为妾。身体的自由并不能使她满足，她渴望的是心灵的自由和人格的解放。面对周围各种流言蜚语和人身攻击，她没有妥协，也没有向世俗低头，她坚强地忍耐着，自强自立，不仅学会了绘画，还争取到了与男人一样上大学的权利，并最终取得了惊人的成功。“孤儿——雏妓——小妾——艺术追求者——中国最高学府的教授——世界艺坛出名的艺术家”，这就是张玉良奋斗的人生轨迹，她的成功不仅为广大受压迫女性扬眉吐气，也为中华民族争了光。

《寒柳》中的柳如是，同样是被命运捉弄的风尘女子，她没有像其他姐妹一样听凭命运的摆布，而是勇敢地跳出了火坑，四处漂泊，寻找自己的人生归宿，最后终于与自己欣赏的文坛才子退隐重臣钱谦益走到了一起，成为钱府实际的女主人。柳如是追求的并不是金钱与地位，而是作为女人的人格上的平等与尊严。她从不向命运妥协，当她发现自己寄以厚望的丈夫钱谦益居然向清朝投降时，劝说不成，毅然投湖自杀。被人救起后，她断然与钱谦益划清界线，直到钱悔过认错，同意变卖家产支持反清复明大业。在民族危亡的时刻，她喊出了“国家兴亡，匹夫有责，匹妇也有责”的豪言，起义失败后，她选择了与降清败类钱横同归于尽。在《陈圆圆·红颜恨》中，同样是沦为娼优的陈圆圆被人当作一件礼物送来送去，最后成了吴三桂的爱妾。位卑未敢忘国忧。她希望手握兵权的吴三桂成为反清复明的中流砥柱，没想到吴骨子里却是一个贪图权贵的民族败类，居然做出引清兵人关的卖国之举。陈圆圆虽然背负骂名，却一直不懈地做着吴三桂的工作，希望他有朝一日能悔过自新，真正肩负起反清复明的重任。当全部的希望落空后，她便以一死保全了个人的名节和人格尊严。《另类才女苏雪林》同样也体现了女性不屈的精神。苏雪林正是凭着自己的不屈性格，在封建大家族中为自己争取到了和男人一样上学出国的权利，并最终从一个村姑成为了著名的作家和大学教授。

这些女性的个人生活史就是一部部血泪史和奋斗史，她们大部分虽出身卑微，未能摆脱悲剧命运，但她们从不向命运低头，在这些女性身上，不仅体现了中国女性的坚强品格，而且也体现了中华民族的不屈精神。作者在《陈圆圆》后记中说：“从她这个封建时代弱女子的身上，看到我中华民族向往自由、坚强不屈的伟大魂灵。陈圆圆之所以被古今文人学者咏唱了数百年，我想并非仅仅是她的美丽，而是她身上折射了的闪光的民族精神。”在作者的笔下，她们已经不是一个世俗观念的烟花女子、红颜祸水和弱小女子，而是一个个向往自由为国捐躯的伟大女性，她们精神品格和牺牲精神惊天地泣鬼神，给人以强烈的艺术感染力。

二、弱势女性的人生悲剧

石楠女性传记文学系列，虽然所涉及的时代不同，主人公的出身不同，命运也不尽一致，但都具有一种悲剧情结，悲剧构成了这些作品的基调和主要内核。作者有意把她的主人公放在一个个不同的悲剧情境中，展示主人公的悲剧命运，在悲剧冲突中，显示主人公的悲剧豪情，表现其英雄主义的性格和不屈的灵魂。从艺术上说，越是悲剧冲突，越能展示人物的性格，增加艺术的张力，达到渲染艺术效果的目的。石楠之所以采取悲剧结构的艺术手法，原因在于悲剧艺术的形式与中国传统女性的命运在本质上是一致的，因此更能反映中国历史上女性的命运，实现艺术效果的最大化。

《画魂》虽然从结局上看，主人公张玉良似乎功成名就，是一种喜剧的结局，但就其本质而言，张玉良并没有摆脱悲剧的命运。虽然张玉良通过自身的奋斗，最终成为一个著名的大学教授和国际知名的艺术家，但她的人生基本上是悲剧的。她一直处在传统的社会习惯势力和偏见的包围中，世俗社会始终未能接纳她这样一个从青楼走出的女子，就连她夫家的家族也未能包容她，面对强大的封建保守势力，最终她只能再次背井离乡，远离祖国与亲人，与自己的爱人天各一方，生活在异乡，生活在别处。她的成功是不完美的，其爱情是遗憾的，充满了悲剧色彩。一代名妓柳如是不仅才艺出众，而且胆识过人，面对封建保守势力与达官权贵，孤军奋战，出污泥而不染，虽然最终赢得了一个女人在那个社会所能得到的尊崇地位（钱谦益夫人的地位和士林中的巨大名声），但最终仍然未能摆脱悲剧命运，只能用自己的生命作最后的抗争。作者说：“柳如是令我难忘和感动的正是她为追求自由独立与命运矢志不移的搏斗。她是生活在社会最底层的弱女子，可她凭着那颗不甘被奴役的心，临死还给封建势力一剑！”

与柳如是相比，陈圆圆的命运似乎少了些磨难，生活也优裕得多。大部分时间都在王府中度过，饱受吴三桂的宠爱，繁华阅尽。但由于一直身负骂名，陈圆圆内心从未能得到真正的舒展，虽有满腔爱国之志，却不能像柳如是一样直接参加反清复明的大业。作为养在深宫中的女子，她只能寄希望于吴三桂，然而连这一点希望最终也破灭了。至死她不过是吴三桂宠爱的一只花瓶和玩物而已，因此，她只能以死来表示与吴三桂的决裂和自身的清白。苏雪林的命运也是悲剧的，虽然她在事业上功成名就，但她终究未能摆脱父母包办的婚姻，终身维持的只是一桩名存实亡的婚姻，这就是作为一个现代人最可悲的地方。

中国人历来喜欢大团圆的结局，但现实是残酷的，这些女性的悲剧命运和悲剧人生，正是中国历史长河千万女性悲剧命运的一个缩影，具有广泛的代表性和典型性。这种悲剧更能提示生活的本质。相对于强大的世俗力量和封建势力来说，她们的力量是微不足道的，甚至不堪一击，可她们上下求索，知不可为而为之，其结果虽是悲剧的，但在这种悲剧结局中却绽放出不朽的精神火花。读者也就在这种悲壮的结局中感受到强烈的震撼。鲁迅说，悲剧是把人生有价值的东西撕破给人看，当主人公人生有价值的东西在我们面前一一被打碎时，我们便感到一种悲剧的崇高与壮美，心灵也受到了一次深刻的洗涤。

三、在悲剧冲突中表现人物的丰富性和复杂性

戏剧冲突是戏剧艺术中一个十分重要的艺术手段，是剧作家用来推动剧情，塑造人物的必要艺术技巧。大凡优秀的戏剧都是戏剧冲突比较激烈的，只有通过充分的戏剧冲突才能展示人物性格，使剧情达到高潮。作为语言艺术的传记小说，虽然是以叙述为主的艺术，但同样可以借鉴戏剧冲突的技巧，达到增强艺术效果的目的。在石楠的传记小说中，这种精心设计的戏剧冲突主要是悲剧冲突，展示人物性格的丰富性和复杂性，成功塑造了一系列丰富多彩的女性形象，给人以美的享受和艺术的陶冶。

在石楠的作品中，女主人公往往身处个人家庭矛盾之中和时代的风口浪尖上，作者为她们设置了多重矛盾冲突，将她们置身于矛盾漩涡之中，在这种特殊的矛盾冲突中拷问她们的灵魂，表现她们的性格，展示她们的丰富的人性与人情。张玉良面临的冲突不仅是她与封建守旧势力的冲突，还有她与潘氏家族内部的冲突，同时还有艺术与世俗的冲突，正是在这三重冲突中，我们看到一个为艺术而献身的善良而坚强的女性形象。柳如是更是身处各种矛盾漩涡之中，既时时面对着觊觎她美色的各种嫖客的矛盾，又有她与钱谦益的冲突，同时始终贯穿着她与清政府这一主要矛盾冲突，此外她内心对陈

子龙的爱情冲突也一直没有停止过。作者通过这一系列矛盾冲突，在悲剧氛围中，成功塑造出一个坚贞、勇敢、聪慧、善良、机智的性格多面体，一个圆形人物。陈圆圆所处的环境与柳如是有异曲同工之处，她的前半生是她与命运与男权的冲突，是争取个人自由的斗争；其后半生的主要冲突是她与吴三桂的冲突，是爱国与叛国的冲突。作者正是通过这多重矛盾冲突，塑造了一个富有同情心、多才多艺又明辨是非的爱国女子形象，不仅为陈圆圆翻了案，更对几千年流行的女人祸水论作了彻底的反动。陈圆圆绝望中的投湖自尽，虽是消极的反抗，却让我们看到了她性格中最闪光的一面。《另类才女苏雪林》中，作者通过苏雪林早年以死抗争争取上学的权利，在鲁迅去世时全国一片悼鲁声中，祭出反鲁大旗，以及晚年不顾国民党政府的反对，毅然重返大陆等一系列惊世骇俗的举动，塑造出一个栩栩如生的另类才女的形象。

石楠笔下的女主人公大多属于弱势群体，几乎一开始就处在与社会势力和周围环境不对称的冲突之中，双方力量的巨大悬殊，使冲突一开始就注定是悲剧式的。她们性格中普遍都有一种不畏强权不畏世俗的勇气，宁为玉碎不为瓦全的精神，她们不甘于自己的命运，不愿做任人宰割的羔羊，冲突便由此产生。她们的一生基本上都是在矛盾冲突中度过的，反抗与冲突构成她们人生的基本内容。冲突本身不是目的，而是作家塑造人物、推动情节向前发展的艺术手段。有了这些复杂多变、大大小小的戏剧冲突，才成功地塑造出一个个鲜活的有血有肉的人物形象，产生出激动人心的艺术效果，这也正是石楠传记文学成功的地方。

（选自《安徽文学》2005年第7期）

（汪修荣，江苏文艺出版社副总编，编审）

I 朱菊香

与苦难搏斗的艺术奇葩

——评石楠的传记小说

石楠是新时期在文坛出现的传记小说作家。她从1982年发表传记小说《画魂》开始，迄今已出版了十三部长篇传记小说、两部长篇小说及一些中短篇小说、散文、报告文学等。在五百多万字的著作中，突出体现了石楠艺术成就的还是长篇传记小说。苏中先生在为《安徽文学五十年》丛书作评的《包容与个性》中评说到："以《画魂》为代表的传记小说系列，是作家借鉴古人经验，独自探索出的新型小说体例。"[1]并称其为"石楠体的传记小说。"2005年，在全国传记文学作家评选中，石楠被评为"当代优秀传记文学作家"。石楠的传记小说已经是中国文坛不可忽视的文艺现象。

一

石楠在她的第一部传记小说《画魂》的后记中，就明确表示她为历史长河的漫漫泥沙和世俗偏见淹没了光辉的女性感到遗憾和不平，她说："我决意去寻找女性中即将被历史埋没了的星星，我想努力去工作，用自己微薄的力量去擦拭裹挟她们的泥沙，让她们重放光彩。"[2](P181)这表明了作者明确的创作目的和明显的女性意识：为女性立传，替红颜正名。在2006年12月出版的十四卷《石楠文集》中，石楠将《我为苦难者立传》这篇文章作为文集的总序，并全面介绍了自己的创作情况，这又开宗明义地表明了作者的态度：为苦难者立传。在文章结尾，她说："苦难造就不朽，苦难造就辉煌，苦难增添人生的光辉，如果老天假我以年，如果老天赐我健康，我会继续用我的传记小说艺术歌唱苦难，继续为苦难者立传。"[3](P17)综观石楠的传记小说，我认为石楠不仅为女性立传，彰显女性意识，也为男性立传，替备受争议者鸣不平；不仅为苦难者立传，更为勇与苦难搏斗、与不公平的命运不屈抗争的勇者立传，表明强者风范。总体来说，她笔下的传主全都是艺术家，有画家、表演艺术家、作家、学者，而且他们都是难者、勇者、才者、叛者、强者，为了事业，他们不顾一切，执着追求，在生活中，历经磨难，但他们拥有超出常人的战胜苦难的毅力和勇气，甚至视战胜苦难为游戏，把苦难酿成美酒，把痛苦化作欢乐。石楠的传记，从传主的性别和生活的年代来看，可分为三类，每一类在主题上都有自己的侧重。

（一）第一类是为古代名不见经传的巾帼才媛立传。这是作者结合自己的性别体验，自觉地为被历史的尘垢和封建男权思想掩盖的巾帼才媛立传，洗刷历史尘封在她们身上的污尘，再现巾帼才媛的光辉形象。这一类作品最明显地体现了作者的女性意识。代表作是《寒柳·柳如是传》和《陈圆圆·红颜恨》。

整部《寒柳·柳如是传》三十几万字，再现了明末清初动荡复杂的历史面貌，重塑了柳如是这一巾帼才媛的光辉形象，整部作品如同一首令人荡气回肠的悲壮之歌。尤其是主人公柳如是这一形象，作者着力刻画了她的经历、性格、追求中最重要的方面：追求独立平等的爱情，深广悲壮、舍生取义的爱国行为。小说的前半部分主要写柳如是强烈地追求人格平等和精神独立的爱情而经历的三次情感波折。在封建社会，嫁人是女性改变自己命运的唯一方式，而她的歌妓出身使她连明媒正娶的目的都很难达到。为了争取独立平等的爱情，柳如是如同一棵被压在巨石下的小草，顽强的与命运抗争着。当宋徵舆迫于家庭压力，不敢明媒正娶她时，她痛断琴弦；她与陈子龙尽管深爱着，但陈囿于世俗偏见，不敢冲破封建礼教，她又将刻骨铭心的相思沉埋在心底。最后，他选择了大她三十六岁的钱谦益。此时的她，冷静、成熟，即便知道钱谦益深爱着她，仍然要求大张旗鼓地按“正室”的名分接她。透过这虚假的“名分”本身，柳如是追求的是独立的精神、自由的身份，平等的人格，这是在封建礼教重压下女子唯一能争取到的社会权力。由此可见柳如是的智慧和向封建伦理制度挑战的勇气。她不仅在爱情方面争取个人独立的人格，在才识和思想上，更勇敢地向封建男权社会挑战。在“群子荟萃绛云楼”中，柳如是的一番言论就是对封建男权意识的直接挑战。“闺阁无才，并非天成，乃时势所使然，此应归罪于男子，是他们剥夺了女子学习和发挥才干的机运。”[4](P262) “男人为了怕女人超过自己，便想出一个‘女子无才便是德’的紧箍咒，强加在女人身上！”“无才便是德之论，是专门用以禁锢妇人才华之咒语。”[5](P263) “在学问面前，应该男女平等！”[6](P264) 这是何等的独立平等和智识！石楠用艺术的虚构和想象丰富着这位追求独立自由的名媛形象，反映了明末清初女性的个性解放意识和作者自身明显的女性意识。

在小说的后半部分，作者主要着力刻画柳如是报国忧民的巾帼英雄形象。作者在动荡混乱的反清复明这一时代背景中，通过拜谒梁红玉墓、携夫投湖、火烧绛云楼、犒劳前线军士、血溅荣木楼等一系列大起大伏、惊心动魄的情节，充分展示柳如是的民族气节和爱国精神。“天下兴亡，匹夫有责，匹妇亦有责。”柳如是用生命实践了这一誓言。这一青楼女子，不仅追求个性的解放、人格的独立，而且自觉地将自身的命运和国家的前途紧密联系在一起，升华为一种民族精神和深厚的社会历史内涵，可歌可泣，可敬可叹。实际上，在柳如是这一人物身上，比较集中地反映了石楠强烈的女性意识。

在《陈圆圆·红颜恨》中，石楠借助梦幻的方式对封建社会中女性无法反抗，不得不依附于男性的悲剧命运表示深深的同情，对男性是真正爱一个女人还是爱自己爱功名的心理进行探寻，对陈圆圆的悲剧根源进行思索。陈圆圆的幸福正是她的不幸所在，作为一个女人，她得到了暂时的幸福，作为一个民族国家的人，她又不得不冤屈的背上红颜祸水的骂名。对于一个被别人当成礼物送人的弱女子来说，背上这一千古骂名，公平吗？在作者对吴三桂一系列穷奢极欲的行为和反清活动的描写中，答案早已不说自明。石楠用自己的笔为红颜正名，感叹女人的不幸。

（二）为与苦难搏斗、与命运抗争的女性艺术家立传是石楠传记的第二类。作品有《画魂》、《从尼姑庵走上红地毯》、《美神·刘苇传》、《一代名优舒绣文》、《海魄·杨光素传》、《不想说的故事》、《另类才女苏雪林》。在这些作品中，同时体现了人物两方面的特征：一是对艺术的执着追求，一是拥有超出常人的与命运和苦难不屈抗争的精神和勇气。对事业的执着追求使她们置苦难于不顾，置苦难于不顾更使她们走上事业的巅峰。她们把苦难酿成美酒，化痛苦为欢乐，既有对事业的执着追求精神，也不乏传统女性的优秀品质，是女人中的佼佼者。

《画魂》是石楠传记小说的开山之作，也同样是最早凝聚着作者与苦难抗争的印迹的作品。张玉良出身于贫穷的小手工业家庭，家庭的变故，父母的早亡使八岁的她成了孤儿，抽大烟的舅舅将她卖给青楼，后被具有民主思想的潘赞化赎出。由于天资聪颖，潘赞化供她读书，但仍没能逃脱小妾的命运。后来，她的绘画才能被洪野所识，被收为徒，勤奋和天资使她脱颖而出，后被极具叛逆思想的刘海粟破例收进上海美专。毕业后去法国，学习绘画。她的勤奋和对艺术的执着追求使她成为画界名人，大学教授，但她的青楼出身和小妾身份又使她受到无尽的耻辱，即使身为大学教授也不得不在潘赞化原配夫人面前下跪。无尽的耻辱使她无法生活下去，不得不远渡重洋，再赴法国，并且决定永不再回。在异国他乡，她埋头艺术，在自己所钟爱的艺术世界里孜孜不倦地追求着。最后，使自己的作品进入国际第一流的收藏机构——巴黎现代美术馆，成为世界知名画家。潘玉良尽管身在异国他乡，仍然关心祖国的前途和命运。在日军侵占华北的时候，她连夜雕塑李清照头像，用“生当为人杰，死亦为鬼雄”的壮烈诗句作为自己的心灵写照，并拒绝加入法国国籍。在展览会上，她不厌其烦地在所有的作品上都写上“中国潘玉良作”的字样，表明自己强烈的爱国心。

潘玉良是一位传奇女子，她的身世和成就是传奇本身，而她对艺术的执着追求，与命运和苦难不屈抗争的精神和勇气是造就她传奇人生最根本的因素所在。

《从尼姑庵走上红地毯》中的梁谷音同样是这样，她热爱戏曲艺术，被称为“身上有戏癌”，但她的家庭出身和时代环境偏偏与她作对。建国初期，曾任国民党军官的父亲被服法镇压，母亲无法养活五个子女，只好把几个妹妹统统送人，带上一个遗腹子，远走他乡谋生。九岁的梁谷音被浙东一个尼姑庵收养，她那一双会说话的眼睛给了她走向艺术殿堂的机缘。但在强调阶级成分和阶级斗争的大环境下，她父亲的问题就像自己的身影那样永远跟随着她。不管她如何刻苦，不管她戏演得如何出类拔萃，她都得不到平等的机遇，平等于她也就更具有价值，她也就越发奋争。文革后，机会来了，但由于多年未唱戏，功夫已大大不如别人。梁谷音没有屈服，坚决与命运抗争，每天三点就起床练功，身上练得红一块、紫一块，腰练痛了，踝骨练扭了，脚练肿了，穿不上练功鞋，但她继续练。她千里拜师，广采众长，经历种种磨难。正是这种不屈的抗争精神终于使她“宝剑锋从磨砺出，梅花香自苦寒来”，最终成为著名的昆曲表演艺术家。

杨光素、刘苇、舒绣文、苏雪林同样是这样，视艺术为自己的生命，尽管客观环境为她们设置了重重障碍，但她们不畏艰难险阻，努力克服，从来都不在困难面前退缩半步。杨光素在五十二岁时，辞去大学教授的公职，只身一人去法国留学，历经磨难，最后成为为总统画像的人。刘苇在离婚被夺爱子后，只身一人，在腥风血雨中接受革命的洗礼。舒绣文更是把角色带到日常生活中，时时刻刻地体验角色的外表和内心。这些女性人物身上，那种对艺术的执着追求精神让人敬服，那种战胜苦难的勇气和精神又激励鼓舞着读者的心理，催人奋进。

（三）替在世时备受争议的男性苦难艺术家立传是石楠传记的第三类。这一类的代表作品有《刘海粟传》、《张恨水传》、《亚明的艺术之旅》。在这类传记中，由于传主生活的年代距今天很近，史料比较充分，作家更多的发挥了自己学者型、研究型传记作家的特长，大量收集研读资料，再现传主生活的全部经历和时代风貌，真实地描写人物的性格、经历，洗刷时代局限带给他们的不公正评价。在《刘海粟传》中，作者用史实和细节的想象来丰富刘海粟的心理，塑造艺术叛徒的丰满形象，写他的叛逆性格，写他冲破封建道统的艺术行为，写他视苦难为动力的不屈心理。作者多次提到刘海粟的一段话："何谓丈夫？丈夫就是在别人活不下去的环境中活着，又不丧失人生信念和高尚气节，能忍人所不能忍，方能为人所不能为。"[7](P415)在《张恨水传》中，作者用大量的史实和合理的细节想象描写张恨水的勤奋多产，描写他在抗战中为国写作、为国办报的爱国举动，并且客观的再现他在三次不同境遇中的婚姻和爱情。读来真实可信，客观公允。在作品中，石楠既用史实和合理的想象重现了一代大师的形象，又融入了自己的思想和情感。

二

三类传主，尽管都是苦难者，但又不尽相同，各有特征。总体来说，他们都是难者、勇者、才者、叛者、强者，他们对事业执着追求，对苦难从不屈服，对艺术倾心相爱。作者在写作过程中，借鉴古人经验，探索新型小说体例；发挥女性情感特长，以情取胜；寻找传主与自身的契合点，逼近描写对象；大量研读资料，尊重史实；揣摩人物心理，丰富细节；抓住传主人生经历，编织跌宕起伏的故事情节；但也存在文化和思想深度不够，部分情节有些冗赘的不足。这些又形成了石楠传记小说艺术上的特征。

石楠的传记小说不同于我们常说的传记，她的作品带有很明显的小说特征。她说："我的绝大部分作品都是人物传记，我把它们称作传记小说。顾名思义，这种文体是以真人真事为依据的小说，这是传记，又是小说。既是小说，就允许合并、虚构人物、腾挪细节、合理想象和艺术加工。我不求一言一行的形似，而要求的是神似。"[8](P17)就传记本身来说，真实是最重要的特征，但细节的虚构又是不可缺少的因素，赵白生在他的《传记文学理论》中说："传记的虚构本质上是一种'死象之骨'式还原。从事实的真实出发，传记作家没有权利增减象骨，更没权利替换象骨。他不能‘因文生事’，但叙述的真实却要求他‘以文运事’。”[9](P52)由此看来，石楠的传记小说与一般意义上的传记有很大不同，正如有些评论家所说，是“石楠体的传记小说”，她的作品人物的主要活动和经历，尊重史实，但在细节和人物心理的刻画上，有很多虚构，具有她自己的艺术特征。

石楠的传记小说在艺术上以情感取胜，寻找自身与传主的契合点，突出战胜苦难的精神。她的第一部传记小说《画魂》出版后，冰心为她题辞：“真实的情感是一切创作的力量和灵魂。”这是《画魂》的特征，也是她一切作品的特征。石楠在作品中融入自己的真情实感，努力寻找传主与自身的契合点，逼近描写对象。在她的传记小说中，最让人感动的是人物对艺术的执着追求精神以及反抗命运、战胜苦难的决心和勇气。石楠常说：“苦难是我的财富和老师。”“事实上，苦难也是石楠逼近创作对象的途径——无论是选择传主、取舍素材、落与笔端的情感倾斜；还是充满生活气息的细节铺排，凡与石楠的苦难情结相契合相沟通之时，便是创作主体与对象最贴近之处。”[10](P28)石楠在多本传记的后记中倾诉了她的社会理想、人生观念：“世界上没有征服不了的苦难，人类的命运可以通过抗争来改变！……只要有个崇高的目标，坚定的意志，执着追求，刻苦进取，就能得到自己想要的东西，这东西就是人生存在的价值！[11](P4)”“谁不希望有顺遂的人生？谁个又希望多灾多难？但如果生活硬是要把它赐予我们，我们也不用悲伤，只要有勇气同它较量，就能把它化作财富！一个生活的强者，是不应该畏惧磨难的!”[12](P360)这些言辞，是传主的，更是石楠自己的。

三

石楠用自己的生花妙笔为勇于苦难搏斗的艺术家们抒写他们的传奇，而她自身，同样是一个传奇。她由一个山村砍柴女成为当代优秀的传记文学作家本身也是一个不寻常的人生。石楠一九三八年出生于安徽省太湖县李杜乡笔架山下一个贫穷的农民家庭。出生时，前面的四个姐姐都被父母送了别人，为了招弟，奶奶把她留了下来。山村的孩子无钱读书，更何况女孩，渴望读书的石楠只在夜校的扫盲班里识得几个字，直到十六岁时，才在乡里老师的帮助下，走进校门，插班进五年级。小学毕业时，石楠以全区第一名、全县第二名的成绩考进太湖中学，靠几元钱的助学金和一些老师的资助，勉强升学。初中毕业后，尽管成绩优异，但父亲病重，母亲双目失明，弟妹较多，石楠只得到安庆市的集体小厂做工。在强调阶级斗争的年代，祖父临终前买下的地主帽子，让石楠背负沉重的石磨，饱受冷漠和歧视，不管她如何努力工作，工作成绩如何出色，好事都没她的份。同时又受到婚姻变故的精神创伤，身体又经受病痛的折磨。在这样艰难的情况下，石楠没有屈服，她不放弃任何读书和自学的机会，遍读古今中外文学名著，写了成麻袋的读书笔记。在八十年代初，出于对潘玉良从小妾到世界艺术家的传奇经历的深刻感受，她利用凌晨和夜晚的时间为她写传。发表后，石楠一举成名，但又因为多种原因备受争议，这些在她的自传体小说《不想说的故事》中有记载。坚强的石楠一边经受着，一边继续创作，从此开始了她的传记文学的写作生涯，二十多年中，共写了十三部传记作品、两部长篇小说和一些中短篇及散文、报告文学等。为了写好传记，她研读了大量的文献资料，有时读了几万字，也找不到想要的一条资料。为了更准确地了解传主生活过的地方的风貌，她遍访传主踪迹，历尽千辛万苦。为了写好传主所从事的事业，她精心研读传主的著作、信札、相关评论、中外绘画史、中国电影、戏剧艺术史及文学史。其间所经历的艰辛，难以想象。在采访过程中，我了解到，石楠身患多种疾病，她的眼睛不好，眼底黄斑陈旧性病变，看书稍长一点时间眼睛就痛。她又有风湿病，天气稍微不好，浑身就疼痛难忍。我深感作家亲历的磨难之重和战胜苦难的决心和毅力，对作家产生了深深的敬佩之情。

石楠用自己的笔抒写着与苦难搏斗的艺术家的传奇人生，石楠也用自己的行为实践着与苦难搏斗的砍柴女到国家一级作家的人生传奇，她和她笔下的人物一样，都是与苦难搏斗的艺术奇葩。

【参考文献】

[1] 苏中．包容与个性［N］．文艺报．2002-2-1.

[2] 石楠．画魂后记［C］．石楠文集（第一卷）．北京：中国戏剧出版社，2006.

[3][8][11] 石楠．我为苦难者立传［C］．石楠文集（第一卷）．北京：中国戏剧出版社，2006.

[4][5][6] 石楠．寒柳·柳如是传［C］．石楠文集（第二卷）．北京：中国戏剧出版社，2006.

[7] 石楠．苦难造就伟大——后记［C］．石楠文集（第五卷）．北京：中国戏剧出版社，2006.

[9] 赵白生．传记文学理论［M］．北京：北京大学出版社，2003.

[10] 王海燕．血相融、情相通、博相同——石楠传记小说创作主体逼近描写对象的途径［C］．石楠文集（第十四卷）．北京：中国戏剧出版社，2006.

[12] 石楠．磨难可以增添人生的光辉——后记［C］．石楠文集（第三卷）．北京：中国戏剧出版社，2006.

（朱菊香，女，安庆潜山人，安徽师范大学文学院教师）

许春樵

人在历史中的虚拟性存在

——读汪军中篇小说《仙霞关》

作家简介

汪军，祖籍江西婺源，生于安徽桐城。皖江文化学者，著（主编）有《我在皖江的日子》、《晚清安徽巡抚邓华熙史略》、《皖江文化与近世中国》。

近年来从事南明史研究，著有中篇小说《仙霞关》、短篇小说《行在阳秋》、话剧剧本《永历与上帝》。

刊载于《今天》的中篇小说《仙霞关》以“鞑子”入关后剑客孙克咸将军喋血抗清为叙事背景，风流剑客杀身成仁的背后是人生无奈的宿命和幽远冥冥的神谕。从故事表层看，有些金庸武侠小说的韵味，而小说的独特性却是超越了武侠小说传奇浪漫之后关于人与历史之间的假定性和虚拟性的本质揭示，这就使得小说有了深度阅读的可能性和价值前景。

小说不只是要有趣味，还要有意味。趣味是阅读感受，意味是阅读之后的人生感悟，一个是感性层面的小说，一个是理性层面的小说。这两方面兼而有之就浑然天成，好小说就诞生了。《仙霞关》首先有一个传奇性戏剧性命运感很强的故事载体，这保证了小说对阅读的有效控制。剑客叔父逍遥混世，浪迹天下，性情乖张，行为放纵，完全是一个花花公子。但他却又是多愁善感，血性多情，大义忠勇。这个浪荡公子最后与心爱的女人一起在仙霞关跳下悬崖，以将军的形象完成了杀身成仁、舍生取义的最后的人生造型。而“我”在从上江枫香岭去闽浙交界处的仙霞关寻找并运回叔父尸骨的过程中，充满了玄机和悬念，在还原叔父形象的同时，也还原了历史真相。对真相的揭示，既是为了使叔父以一个独立而完整的人的形象站在历史的册页中，更是为了让历史的定义更加准确和纯粹。剑客叔父孙克咸在“我”父亲眼中是一个几近不能葬入祖坟的孽障，是一个吃喝嫖赌的混世魔王，父亲说，“这个风流鬼，我都不想去仙霞关给他收尸”。当父亲战死在仙霞关后，他在民间又成了与杨龙友都督一起纵身跳下悬崖的民族英雄，成为一个灵魂跳出肉体之后的神圣。而“我”在去仙霞关之后，通过与守墓武士和独眼鞑子的反复求证与核实，最终证实了剑客叔父孙克咸将军与一直追随他而又从没有男女之欢的女人葛嫩娘一起赤身裸体地拥抱在一起，最后一刻在生命的极度狂欢后，才纵身跳下了悬崖，与其说是为国捐躯，还不如说是为了殉情而同归于尽。这就使得澹心的回忆录作为一个历史的证据变得可疑，回忆录拒绝独眼鞑子关于叔父孙克咸将军与女人殉情跳崖的陈述，不愿损坏叔父作为一个英雄的形象充满了虚拟性。故后世的史书中，关于“我”以及叔父的记载就成了“我”从仙霞关取回了孙将军和杨龙又都督的遗骨，安葬于枫香岭，当地人称为“双忠墓”。而实际上运回的是孙将军和葛嫩娘的尸骨，历史的真相就这样被篡改了。小说揭示了人作为历史人质的无奈与被动，人不是主动地创造了历史，而是被抵押给了历史，任由时间和历史撰写者修改和虚构，这种人与历史之间的虚拟性的存在关系使人不再是人，而是异化为组装历史的必需的零部件。《仙霞关》的另一个努力就是要将剑客叔父孙将军还原为“人”，他在石城与一个艺妓王月爱得死去活来，而薄情寡义的王月却抛弃了叔父与人私奔，这让多情而又专情的叔父痛不欲生，当老鸨将早就暗恋剑客叔父的干女儿嫩娘送给他时，叔父与其同宿一床却井水不犯河水，为爱而守节，为爱而牺牲，叔父并不如父亲所说的那样轻薄放浪，直到仙霞关激战至生命的最后一刻，孙克咸才复活了压抑已久的天性，与痴迷于他的嫩娘赤裸相拥在一起跳崖，这时叔父不仅仅是作为一个英雄而站在崖边的，更是作为一个有血有肉有情有义的“人”站在生命的终点线上的，是人性的复活和再生。在修正历史与传说的同时，小说因此而获得了人性的深度与高度。

小说中天界寺高僧觉浪法师以神的名义所谕示的“轮回”，暗合了命运的轮回与历史的轮回不可抗拒地注解着宿命的强大力量与无法超越，在此背后的语义是人顺应天意和自然的定性，从而让“人”不再失“真”。而觉浪法师一再对“我”强调于阴极阳生的“冬至”日迁回叔父遗骨，则又谕示个体与民族生命的转世与新生。

《仙霞关》打破了时空界限，由“我”、“叔父”、“小说叙述”的三度空间来结构故事，其曲折的情节，传奇的命运，神性的幻觉，不确定的传说所交织成故事层面充满了拉美魔幻现实主义的韵味。小说的叙事语言汪洋恣肆，如行云流水，且运用了大量的感觉与直觉等反经验叙述，呈现出现代叙事特质。而真正让这部小说赢得尊重的还是小说对人生，对命运，对历史真相的探秘和揭示。

余昌谷

描画大别山乡的独特风韵

——论熊尚志中篇小说的地方色彩

熊尚志是近年来我省文坛上比较活跃的一位青年作家。他已发表的九个中篇虽还不能以内容上的深邃和艺术上的圆熟夸耀于世，但却以鲜明的地方色彩和特有的审视生活的目光，显示了作者的艺术追求和创作特色。如果我们把这些作品排列起来读一读，展现在我们面前的将是一幅描画生动的大别山乡的生活画卷。在这幅画卷上，作者抒写山乡的自然风光，描绘山村的风土人情，讴歌山民的淳朴美德，表达自己对山寨山民的独特感受和情思，因而使得它区别于其他农村题材的作品。

我国的农村，地域广阔，在数千年的历史长河中，遗留下无数动人的传说和独特的风俗习惯，也遗留下许多野蛮的陈规陋习。但由于地域的差别，由于社会政治经济文化发展的极不平衡，又给各地的生活习惯带来明显的差异，形成了不同的地方色彩。这些，给作家的创作提供了丰厚的历史和现实土壤。在新时期作家中，像集中笔力写芙蓉镇和浮屠岭的古华，写高邮乡镇的汪曾祺，写梨花屯的何士光，写运河两岸的刘绍棠，写姑母山和潇水的叶蔚林……他们都借浓厚的地方色彩、乡土气息和风俗民情图画，真实地反映了我国农村的

作家简介

熊尚志，安徽宿松人，小说处女作《藕和花的故事》1979年由安徽人民出版社发版，自后开始业余文学创作。1985年加入中国作家协会，迄今在山东文艺出版社、四川人民出版社、人民文学出版社、安徽文艺出版社等出版单位，出版长篇小说《处女坟》《野山风流镇》《骚乱》《祸水》《烟火人间》《乞丐世界》《祸女》《神秘的妻子》《人与佛》《南唐后主》（三卷）《蛮欲》等十余部，另发表中篇小说30余部，短篇小说及散文近百篇。

现实生活，并折射出我们时代的社会风貌。与这些作家相比，熊尚志笔下的地方色彩又具有截然不同的韵味。他的作品充满了大别山乡的独特风韵：湘妃峰下，九湾十八坪，组成了一个独特的世界——丁家寨是个败破的小山村，坐落在一个荒僻的乱石沟里。天花坪统共才十几户人家，村民们长年累月浸泡在乳液一般醇浓的云雾里，抬头见松，低头见竹，岁月比村前的玉珠溪还平静。斑竹园是杂姓窝，世世代代，穷苦的山民们同饮一井水，共烧一山柴，和睦友好。而马嘶铺，在九湾十八坪的山民眼里，历来是个埋汰地方，“女当娼，男行盗”，整个山寨寻不出针尖大的一块干净土地……然而，在这些天高皇帝远的偏僻山寨里，民风古朴，正气坦荡。山民随日起逐月归，把汗水泼在山上畈下，总想把他们栖身养息的家乡，打扮得三红四绿，像体面的新娘子那样俏模俏样。

“春三月，麦苗抽穗，菜花金黄，红花草蔫了，结出密密麻麻的黑角角。山垅田里，犁耙水响，牛哞蛙鸣，青山绿水间，回荡着一支欢乐的歌。”这时，展现在人们面前的是一派春耕繁忙景象。到了秋天，碎小的山菊花悄悄张开嘴，将阵阵幽香奉献给养育它的大地。山民们忙着磕梓籽，挖红芋，拣地货，收山货……待红芋进窖，谷子归仓，他们便带着一阵野花香，荷包里填得饱饱实实，甩着手，到沙河镇快活来了。这些颇富于牧歌风味的描写，给熊尚志的小说染上了不可移易的地方色彩。

熊尚志热爱山乡，讴歌山乡，但他的作品并不是田园牧歌。因为在这些作品中，作者更以主要的或大量的笔墨，描写了山民们在“左”的路线统治下所遭受的苦难和封建主义带给他们的愚昧，以及他们所进行的反抗和斗争。在《丁家寨的文明和愚昧》（以下简称《丁家寨》）中，我们既看到“左”的路线是怎样吞噬了旺保父母的生命和造成了大荣婚姻上的不幸，也看到旺保怎样扬起铁锹，挖坟墓，发誓要埋葬愚昧，而愚昧的坟土反而落到他的头上，把他掩埋了。他用自己的肩膀挑起妹妹读书的负担，宁愿在自己坟头上，栽上妹妹这棵文明的幼芽。因此，旺保尽管愚昧，但却有着追求文明的意向。在《雾霭里的明珠》（以下简称《明珠》）中，我们更从诸葛玉坤身上看到了今天的青年们为改变山乡落后面貌的战斗英姿。诸葛玉坤聪慧顽强，他主动要求担起大队党支部书记的重任，为的是更好地带领山民捞取那棵“夜明珠”，让它的光芒照亮山村，引来富裕的欢乐。虽然，他为之奋斗的水电站被洪水冲垮了，但他那种为理想而献身的顽强精神却激励着人民去建设美好的山寨。当然，熊尚志的中篇小说并不只是写了人们同古老山寨的愚昧和贫困作斗争，它还写到了当前农村经济体制改革中，山民们是怎样按照自己的生活方式和思维方式，一步步汇合到改革的大潮里，推动了农村的前进的。但是，不管它写的是哪一方面的生活，作者总是努力把日常生活和人们建设山乡的实践交织在一起，并且人物的生活习惯、活动环境、语言、景物等等，总是染有浓厚的地方色彩。正因为如此，所以人们称道熊尚志的小说具有动人的风俗美，有着一股诱人的“山乡味”。

风俗，作为历史沉淀的产物，是和一定时代的人们生活紧密结合在一起的。不同民族，不同地区，由于自然环境、生活方式、心理结构等方面的不同，风俗也各具特色。作为反映人民生活的小说，准确地把这些特点描写出来，是使作品富于魅力的艺术因素之一。熊尚志中篇小说的魅力在很大程度上正是得力于对地方风俗的描写。在《斑竹园》中，当我们看到山民们打猎归来的一段描写时，我们便仿佛置身于与民同乐之中。你看，打猎归来的汉子们按照山寨的规矩，留下了最肥壮的一头野猪，作为山神爷的礼物，奉献给守寨的人。乐和队长第一个发现这只野猪，是“猪头”，汉子们抬着野猪，吆吆喝喝跟在后面，下了白云鼓涌的铁女峰。十二管罗汉筒，呜呜哇哇地吹响了，那奇奇怪怪的调子告诉山民们，慷慨的山神爷没让他们失望。这一风俗画面的描写，既使作品具有了地方风味，又增添了浓郁的生活气息。你读着读着，不能不被山民们那种乐观的情绪所感染。在熊尚志的笔下，这里的四时八节也是令人陶醉的。在新年里，山民们你来我往，穿梭似的拜年，相互道着恭喜！发财！二月过花朝节，家家吃水菊粑；七月半为鬼节，户户门旁挂起避邪之物——菖蒲。秋收以后，便是人们娶媳妇嫁女的旺季。真可谓农家自有农家乐！

婚俗是风俗的重要方面。通过婚俗写风土人情，这在熊尚志的作品中也经常见到。而且，同是男婚女嫁，熊尚志还能写出不同的色彩、旋律、音响来，但它们又都具有大别山乡农村婚礼的特点。十年前，当马祖根与彩妹子成亲时，从九湾十八坪赶来闹洞房的客人，把古老的山寨吵闹得疲惫不堪。描龙绘凤的喜烛快要燃尽了，马祖根转身闩上房门，他猛地抱住彩妹子丰腴的身子，捧起她娇羞的脸盘，狂热地亲起来，好不粗鲁。彩妹子怔了怔，突然推开他，边哭边糊涂地屈从了他。接着，一心一意跟他过日子，为他生儿育女，繁衍后代（《古老的东方有一条龙》）。从无爱的婚姻到一心一意跟丈夫过日子，这在古老的山寨妇女中可说是普遍现象。牛伢成亲就不同了：只见二十几个巴壮的青皮后生，举着三音铳，硝烟在铳口缭绕。他们威严地排成两行，把牛伢簇在中间。牛伢打扮得人模人样，用红绸带大大方方地牵着那个肉棍棍的妹子。他见伢子们唱得快活，笑嘻嘻地喝道："小龟孙，你们有本事，也去种个堂客来家过正月。"肉棍棍的妹子埋下头，偷着吃吃发笑。三音铳又响了，队伍继续朝前蠕动（《斑竹园》）。这一充满着乡风、乡俗的迎亲场面，生动地表现了实行责任制后山村青年婚嫁时的欢乐和热火。在人类历史长河中，婚俗从来就反映着时代精神和民族精神。时代变了，婚俗也必然发生变化，而每一次变化，都标志人类文明的进步。熊尚志小说的婚俗描写，正包含着时代变迁的历史内容。它们对于增强熊尚志小说的地方色彩，起到了显著的作用。

熊尚志写风物，写风俗，归根结底还是为了写人。人，制造了风俗，又生活在风俗中。由于风俗触角伸向了各个生活领域，任何人不但不能离开风俗的约束圈，而且事实上风俗在人们生活中，在一个人的经历和气质、性格的形成过程中，都打上了烙印，发生着影响。因此，每个地区的人的性格和心理形态，都有其地方的特异性。熊尚志在塑造人物形象时，就很注意对这种特异性的展现。同一些擅长农村题材小说创作的作家相比，他也许并不长于小说故事的结构，但却能够把刻画人物性格，展示大别山人古朴、淳厚、强悍的性格特征放在创作的首位。朴素的笔调，浓郁的气息，醇厚的乡音，都说明熊尚志在运用地方色彩塑造人物形象上取得了可喜的成绩。

《斑竹园》围绕推行农业生产责任制问题，真实地塑造了一个在时代的感召下重新振作起来的农村基层干部形象——乐和队长。这个当年在土改中用自己的言行和鲜血护卫着山寨安危的硬汉子，曾赢得了山民们的敬重。但由于历史的和个人的多种原因，他犯过不少错误，由刚强、正直逐渐变得怯懦、自卑，处处掣肘于人。特别是叶艾青对他的误解和咒骂，更使他在人面前矮了半截。然而，当改革的春风吹进古老的山寨时，他终于挺直了腰杆，在逐渐觉醒的山民们的支持下，勇敢地同强大一时的阻碍改革的势力较量，又一次用鲜血捍卫了改革的成果，从而再次赢得了山民们的尊敬和信任。作者以深挚的感情歌颂乐和队长，也道出了人与土地、生活和劳动不可分割的联系，以及人们感情深处众多微妙的情愫。《孝竹女》从浓郁的乡音、乡情中，塑造了一位历经苦难和挫折，但仍然对党忠心耿耿，淳朴善良的老人——中秋奶。她即使在生命垂危之际，还呼唤着得到她早该得到而始终未得到的"一颗铜扣子"。《明珠》中的诸葛玉坤是喝百家奶长大的。那年头，女人们只要看到这无娘无爷的苦命鬼，都大大方方地解开怀，让他尽情吮吸那寡淡的、腥黄的奶水。玉坤长大了，不忘乡亲们的恩。他把自己的知识献给乡亲们，顽强地去捞取那颗造福于山寨的“夜明珠”，因而受到乡亲们的称赞和厚爱。这些作品将笔触伸向山民们的情感和精神世界，写出了他们正直豁达、勤劳勇敢、多情重义的美德；人物性格与富有地方色彩的环境和氛围，都达到了较和谐的统一。

熊尚志在描写山民们的爱情生活时，也注意发掘人物的内在美。爱情，是人类感情的激化，是人们青春和活力的喷射口，也是人们展现性格和信念的一个焦点。熊尚志笔下的爱情是多种多样的，有的朴实、深厚，有的爽朗、明快，但都有一个贯穿其中的特色，即显示了山区普通群众的精神美。这种美，既闪现出时代赋予人们的精神光彩，又有我国劳动人民在感情生活中的传统美德。《古老的紫铜锣》中的菊兰原是牛贩子寿昌佬的老相好，但当她看上忠厚、本分、善良的白狗伢后，便感到自己再也不能吃瞒心食，把白狗伢隔在心门外受怨气遭风霜了。当寿昌佬再去纠缠她时，她突然扑到门框上，痛哭起来：“你走！你走！你走远些！你不怕对不住人，我还怕丧德……”她哀求寿昌佬让她过安生日子，做干干净净的人。她要对得起白狗伢，让他一门心思奔党里头的工作。透过菊兰对白狗伢的爱情，我们看到了山区妇女纯洁透明的心。《丁家寨》中的旺保与大荣，一个老实巴交，木讷少言，一个娇弱驯和，抑郁寡欢，但在爱情的领域里，他们的精神美却那么夺目，不图金不图银，就图个靠得住。他们自有他们的爱情方式，自有他们的共同语言、共同情趣。《明珠》中的奶子伢与皮梦佛的爱情，又是另一番光景了。透过爱情的窗口，我们看到的是改变落后面貌的共同努力怎样牵着一对男女的心，看到的是奶子伢的精明强干和虎虎生气，是他对事业的执著和对山寨山民的热爱这样一些美好的品质。这些作品都通过爱情写出了人民美好的感情和操守，这是作者对生活美潜心探索、认真思考并加以着力表现的结果。

熊尚志对山寨山民饱含着深厚的感情，这种感情除了挚爱以外，也包含对某些丑类的憎恶。作者在刻画这类人物时，同样善于用独特乡域的风俗人情来显示他们性格的真实性。沙河镇上的吴经理，是个快活神，你看他总是天麻亮起床，穿着短衣短裤，趿着半截鞋，捧着紫砂茶壶，慢慢挪挪，迟钝得像条怀孕的土地婆蛇。他从这个店转到那个店，一圈之后，肚皮里填满了糕点，耳朵上夹满了文曲星们孝敬的香烟。他官不大，却握有实权，你寻他拨货，不穿墙打洞，就拨不到俏货。他还喜欢在女伢子身上毛手毛脚，占点便宜，弄得人脸上火烧火燎（《明珠》）。作者寥寥几笔地勾勒出这个地方权贵以权谋私、损人利己、道德品质败坏的讨厌面目。斑竹园的牛贩子汪春森在四乡八镇颇有名气。他会扎灵屋轿马，会贩驴贩马，还会给死者画像，实际上是一个投机诈骗、散布迷信的丧德鬼，但却得到公社白书记的信任，他们结为亲家，形成了一股顽固的守旧势力，企图阻碍农业生产责任制的实行。然而，他虽然多次反扑，也阻挡不住时代前进的步伐，最后沦为杀人凶手，落得个被枪毙的可耻下场（《斑竹园》）。

在熊尚志的小说里，通过地方生活习俗写人物性格和人物关系的例子很多。可以说，他笔下的人物形象，从思想、感情、习性、气质，到观察、思考、表达的方式，都具有大别山人的某种气质。马克思指出："人创造环境，同样环境也创造人。"从这个意义上说，正是这里的人们创造了这样的生活习俗，而这种生活习俗又回过头来创造了这里的人们。二者的交融、统一，构成了熊尚志作品的鲜明的地方色彩。

熊尚志小说中的地方色彩还明显地表现在对乡土情调的渲染上。在这方面作者运用了多种手法。俗语的使用是其一。俗语是一个地区口头流传的一些通俗的话，也是一个地区人们历史实践的产物。诚如有人所说的，它不仅具有传承性和民族性等特征，而且忠实地记录了人们生活、生产的经验，归纳和总结了人们对待和处理事物的方法，反映了人们实际生活的哲理和行为准则，其现实性也很强，因而常常被农民视为神圣的格言，遵守的信条。他们不仅教训子女，劝解纠纷要以俗语为根据，就是知人论世，安排生活和生产以及闲谈说笑也离不开俗语。因此，作家要描写乡土风俗人情，同样不能忽视俗语。熊尚志的小说之所以具有鲜明的地方色彩，俗语的大量使用是其因素之一。如《斑竹园》写叶艾青在丈夫去世后，带着两个女儿艰苦度日，把她们拉扯大，用了这一句俗语："路边的草，穷人的伢，踩不死就得往上爬。"既贴切，又生动。接着写大女儿社花晃荡在发育成熟的臀部上的两根长辫子告诉艾青，她该做外婆了。她感到愕然、惆怅：这哪由得人哟，女儿整整二十了，不是有句俗话吗？"姑娘二十多，青皮老萝卜"，再在家里养下去，恐怕闲话砸破窝呐！此时，用"姑娘二十多，青皮老萝卜"这句俗语，既道出了叶艾青的心思，也反映了山区农民对子女婚龄的看法。又如小说写牛贩子汪春森给社花推筋脉，他从脚脖子推到膝盖，从膝盖推到大腿，冰冷的手指还要往上伸。幸亏乐和队长走来牛贩子才松了手。他讪笑着说："不说不笑，不成老少嘛。"这句俗语在民间十分流行，用在不同的场合有不同的含义。现在让心术不正的牛贩子用来掩饰自己的邪念，就显得十分得体。

一个地区的风俗习惯、人情世态、道德观念常常凝结在俗语中，因此，俗语的正确使用，往往会增强作品的乡土情调和韵味。

儿歌民谣的引用是其二。儿歌民谣是一定地区群众的口头创作，也是他们用来表达思想、情感和愿望，以及对一切事物的看法的一种艺术形式。熊尚志在小说中经常引用这种形式，使它很好地起到了描写环境、拓展情节、刻画人物性格、增强地方色彩等多方面的作用。“张打铁，李打铁，打把剪刀送姐姐……”这是大别山区非常流行的一支古老的儿歌。熊尚志在《孝竹女》中多次写到它，不仅抒发了中秋奶对亲人铁匠哥的思念和他们之间纯真的爱情，而且使作品自始至终洋溢着浓厚的乡土气息，使人感到格外亲切。《斑竹园》在写到牛伢迎亲时，又配以伢子们喝彩的歌声：“正月里，正月正，憨大哥讨回个小真心。小真心，真不真，憨大哥枕头上看得清……”更增添了这一场景的热闹气氛，使乡音、乡情更浓。其他如菊兰来马嘶铺与白狗伢相亲时，伢子们唱的“花大姐，柳眉弯弯扯。新郎哥，乐得尾巴拖……”(《紫铜锣》)，皮家二妹唱给姐姐梦佛听的“棠梨树，开白花，大姐今年十七八。花结籽，草发芽，蒙块红布去婆家……”(《明珠》)，以及疏影教祖根唱过的那首山寨情歌，等等，都使作品的地方性增光添彩。

民间传说的穿插是其三。民间传说同样是一定地区群众的口头创作，由于它以本地的人事和自然物作为描写对象，因而具有广泛的群众性和地方性。它历史地记录了人们对美好事物的追求和变革现实的某种愿望（虽然这种历史性并不是具体年代的记录），反过来又鼓舞和激励人们为创造美而奋斗。《明珠》中关于“夜明珠”的传说就是如此。自从仙女把夜明珠失落在崖下的深潭以后，山民们世世代代去打捞，但都被盘踞在潭里的两条妖龙挡回了，于是，古老的山寨在黑暗中过了一代又一代。后来，有了奶香味十足的女伢子和她的丈夫一道带领全寨山民，与妖龙整整搏斗了三年，终于把夜明珠捞出寒潭。这个优美的传说不仅反映人与自然的本质关系，蕴含着深刻的社会历史内容，而且具有诗的意趣，给人以美的享受。民间传说中的许多内容在今天看来是已经成为现实的东西了，但是民间传说作为一种历史范畴，是千百年来传承的结果，今天成为现实的东西，当时正是作为理想来抒写的。在熊尚志的作品中，民间传说中的美的理想都是用预期目的的达到来肯定的。这些传说，与山寨山民的生活、劳动、习俗是那样紧密地联系在一起，因而也就成了其作品的地方色彩的不可分割的有机部分。

读熊尚志的小说，会使你情不自禁地爱那丛山环绕、流水淙淙的山区，热爱山区中那些勤劳、淳朴、和蔼可亲的山民。然而，熊尚志的作品读多了，却又使人感到有些乏味。其原因在于作者太拘泥于他的“山区”了；他追求地方色彩和乡土风味，但却对整个时代缺乏应有的透视和准确的把握，因而也就不能做到从广阔的背景和较大的生活面上反映出时代的风貌。今天，我们所处的时代是一个大变革的时代。这种变革必然给农村的政治生活、经济生活和人们的精神状态、伦理观念、思维方式等发生深刻的影响。我们虽然不要求作家都去直接描写时代重大的政治变革，但却应该要求作家把握时代的脉搏和历史的进程。这样，即使描写乡土风情，作家也可以透过生活的变迁折射出时代的风云，使读者从中获得时代气息的感应，并从中窥见到现实生活愈来愈深刻的变化。对此，熊尚志是须作进一步努力的。熊尚志是一位有追求、善思考而又十分勤奋的青年作家。我们相信他会认真地、正确地总结自己的艺术实践，根据时代的要求和个人的特点，在进一步扩大生活视野、提高理论修养，更深入、更广泛地感受和把握时代的基础上，为读者奉献出更美的作品来。我们期待着！

（选自《百家》1985 年第 2 期）

（余昌谷，安庆宿松人，安庆师范学院教授，评论家）

杨四平

“对话性散文”：安顿心灵的居所

——读徐迅的《半堵墙》

川端康城曾经讲过，一些材料之所以能够成为经典作品的内容，是因为它们是作家心灵的故乡。它们烂碎于作家心中，使作家难以释怀且魂牵梦绕。难怪，徐迅说：“乡土是我们的命根子”。

徐迅是安徽潜山人，皖河清亮亮的河水滋养他长大，天柱山的灵气也始终在涵养着他；换言之，徽风皖韵是他散文的命脉。而这正是徐迅散文在当代散文写作中独具特色的东西，是徐迅散文的“识别码”。

当许多散文“一窝蜂”地大写时代日新月异的时候，徐迅则更多地沉迷于历史记忆中故乡的地理、风物、人事与亲情。这显示了徐迅写作的“定力”。在一个价值多元的语境中，优秀作家是需要自己的“定力”的，认准了自己的方向标之后，就要不顾一切地朝着目标奋进；而不是瞻前顾后，更不能趋风赶潮！在以往的当代汉语散文写作里，出现过不少美化苦难乡土的所谓的“新乡土散文”。在那些美好言辞的背后，我们看到的尽是作家良知与责任的沦丧。显然，徐迅散文不属于此列。他乃至不喜欢“作家”二字。在《七月之歌》里，他说：“我想我是乡下的一位艺

作家简介

徐迅，安徽潜山县人。系中国作家协会会员、中国煤矿作家协会副主席兼秘书长。现供职于《阳光》杂志社。

曾在《人民文学》《中国作家》《十月》《青年文学》《北京文学》等报刊发表过散文、中短篇小说作品若干。

著有散文集《半堵墙》《大地芬芳》《想象一株梅》以及诗集《失眠者》、长篇传记文学《张根水家事》等。作品曾被《中国年度最佳散文选》《中国现当代散文300篇》《新世纪优秀散文选》《新时期散文经典(1978—2002)》等100多种文集收集。获过中国当代最新文学作品排行榜、安徽文学贡献奖、首届老舍散文奖、第二届冰心散文奖、煤矿“乌金文学奖”。

人”。

他现在谋生于北京，却像沈从文等“京派”作家那样，愿意以“城里的乡下人”自居。其实，严格来说，徐迅属于典型的“乡下人进城”的城市生活的“闯入者”。然而，他很少写城乡之间的差别及其紧张。他远离“暴力美学”，倾心于对故乡的油菜花、水稻、麦子进行心灵吟哦以及对故土亲人的深深眷恋。在他的笔下，你看不到一丝矫情与造作。他用素朴的心重新回味曾经与他患难与共、生死相依的艰难岁月，从中显露并体味人性的温暖光泽。

徐迅散文与“闲适”散文无涉。他没有上个世纪那些士大夫“言志派”作家那份贵族化的优越与优雅。他是以一个“大地之子”，一个农家孩子的身份来言说发生在中国乡土大地上的一切。他乐此不疲地抒写乡村的大小事物和事情，在生活细节里蹲了下来，慢慢进行咀嚼，试图真正拥有它们，使之转化成自己的血液，成为自己生命的一部分。所以，他不是以一个旁观者的身份，像道德律令者那样，居高临下地评判一切，或者投注同情怜悯的眼光；他是一个乡村历史与现实的参与者、亲历者。这就使他的叙述亲切而平实。因此，他从不希图去对历史与现实进行艺术概括。毕竟本质化的叙述里缺少生命气息的灌溉。他乃至对那些已经被历史“固态化”的词语，对那些被知识“抽空化”的事像，进行“还原化”的处置，使它们恢复当初活脱脱的样态来。比如，“流逝的词”一辑里的散文就是这种努力的体现。它们在构想与写法有的类似于《魔鬼词典》。徐迅是以“故事化”抵抗“本质化”，以期避免历史过早地“衰老”、“僵硬”。徐迅是一个忠实的记录员，事无巨细地书写下曾经发生的一切。从这个意义上，我们可以说，《半堵墙》是一部“皖河地方志”，是一部皖南乡村青年的“成长史”；同时，也是一部苦难乡村中国的“青春的热泪书”。

徐迅散文忠实于历史与生活本身。他的写作既不夸饰也不遮蔽。他能够正视：与中国当代农村变革同时并存的历史的疼痛与忧患，农村改革道路上曲折与艰辛，贫困与疾病的无休止的困扰，传统文化在被现代化肆意地侵蚀，农民精神生活的单调与贫血……比如，《在酣睡中被惊扰的红薯》、《母亲像一扇磨盘》、《没有父亲的年》、《村庄在风中消逝》等。

徐迅把这种“忠实”表述为“干脆”。他在《散文散话》里写道：“散文的‘干脆’，不在乎内容和字数的长短，不关乎形式和题材，其中蕴含着的应该是写作者本身固有的一种饱含个性化的与自然、人生、艺术的对话”。

在一个话语杂多的“后工业时代”里，单向度地倾诉一己的悲欢哀乐，像曾经的所谓的“小女人散文”所作所为的那样，其格局过于狭小，已无法适应这个变化多端的时代了。而“对话性散文”就是能够顺应时势的散文建构。由此可见，徐迅对散文写作有着可贵的文体自觉。在我看来，“互文性”理论同样适合于当下的散文创作。巴赫金认为，所有的表述都具有对话性质，“因为话语就其本质来说便具有对话性质”。在发现“对话”的基础上，巴赫金进一步提出了“复调”这一创作诗学理论的基本观念。“复调”指一个文本中具有多种不同声音的现象。而且，这种对话关系又可以分为“微观对话”和“大型对话”两大类；前者体现为人物的对白和独白，而后者则上升为社会思想的对位关系。巴赫金的“对话”主要关注的是文本内部的作家与文本主角之间的对话关系。当然，我们也不应该忽视他提到过的作家与社会生活之间的对话关系。它们也就是徐迅散文“现代性”的重要表征。刘庆邦在序言《自然的感召》里就提到了徐迅常常把自然人格化，使自然具有生命活力，这样就可以“通灵”地进行“复调”意义上的“对话”了。比如《春天乘着马车来了》。

徐迅为什么要写下这些文字，除了呈现，除了追忆，除了对话，更重要的是，为了“回家”，为了精神的盛宴，为了提升人性的品质，为了使流浪无着的灵魂安顿下来。正如他的一篇散文的标题所示：“写作，找我回家的路”。

2008.03.01 写就于安徽师范大学文学院

（杨四平，安庆宿松人，安徽师范大学教授，诗歌评论家）

朱移山

回馈故乡的精神盛宴

——评徐迅乡土散文集《半堵墙》

故乡，永远是令人激动的字眼和引人吟咏的主题。只要存在着人类的行走，就有着对故乡的心灵回望，也源源不断地诞生着情感深挚的艺术篇章。

因为“想找一个距离更好地审视”故乡，知名散文家徐迅寓居北京，反刍青少年长期浸淫的乡村记忆，将一篇篇感念故乡的散文结为《半堵墙》出版，为繁茂的乡土散文园地深植一簇清新欲滴的芬芳。

徐迅的故乡乃皖西南国家历史文化名城安庆所属地，安庆是“自古出文人”的地方。在漫长的峥嵘岁月中，这块背依群山，腹流百川，万顷良田铺向长江的山清水秀之地，诞生了发达的农耕文明，耸立着皖江文化的高峰，如禅宗的勃兴，桐城派的绵延，京剧和黄梅戏的源起，五四新文化的滥觞；文化名家灿若星汉：方以智、戴名世、刘大櫆、方苞、姚鼐、程长庚、邓石如、吴樾、吴汝纶、刘文典、陈独秀、朱湘、张恨水、赵朴初、朱光潜、严凤英、邓稼先、海子、潘军……

在传统的农耕社会，安庆一带山水相依、气候适宜、交通便捷，自然环境得天独厚，可以想象这块土地上千百年延续的自给自足的天人合一和谐图画和温情脉脉的牧歌情调；同时适应农业文明而诞生的传统儒学，尤其是明初大量移民带入的根深蒂固程朱理学观念又成为强固淳朴乡民生存发展的精神粘合剂。因此，他们乐天安命，安土重迁，知书达理，温良恭俭让，坚韧顽强，深耕细作；但浸润在骨子里“天行健，君子以自强不息”的奋发精神、“学而优则仕”的责任感等代代传承，叠积起丰厚的文化沃土，以至父子宰相、世族大儒、文化之乡等成远近楷模和佳话。自近代以来，作为省市政治经济文化中心和长江通商口岸，安庆承受着列强炮舰的威压和无尽的混战炮火，同时也凝聚一大批前赴后继的仁人志士，他们为民族的命运前途而呼号而献身，为这块土地注入激情、理想；建国后，从土地改革到人民公社，再到分田到户联产承包，尤其是近年改革开放中国乡村现代化进程中人与土地、资源与环境、人与人新的矛盾和调适，带来了乡村秩序、氛围和民心的深刻变化。

《半堵墙》细心地描摹着故乡：在这里，虫子、鸟和植物们同样尊严地蓬勃着生命；一茬茬桃花汛、麦黄风催生劳作的轮回和丰收的喜悦；那披星戴月匆匆行走在田埂上的身影，他们为争渠水而挥舞锄头声嘶力竭的呐喊，都显示生命的顽强而坚韧。"皖河"四季和七月"双抢"又是书中着墨最浓的地方。皖河是直抵长江的河，春潮水暖，夏柳婆娑，秋沙晶莹，冬雪无声；早晨和黄昏少女们快乐而轻盈地提起皖河，阴天和晴日竹篙扬泪颤抖地幸福着皖河。年复一年，皖河不舍昼夜滋润两岸大地，带来宁静而满足的生活；同时，她也沟通长江和天柱山，承载过汉武帝的舟楫云集和李白、白居易、苏东坡、黄庭坚们的满腹诗书，以及无数乡村青年包括散文作者本人经长江、奔向广阔世界的梦想。七月"双抢"是南方乡村四季的高潮，也是乡民全年劳动和生活的希望。"抢割""抢插"，伴随的是酷热、干旱甚至死亡，人与自然及万物的关系变得异常紧张，自然界的执拗和人的生命潜能此时都发挥淋漓尽致；也是在七月，高考，这个决定着无数乡村青年前途命运、牵动无数家庭的大事同时发生，更增添了乡村的焦虑。这是比"双抢"更重要的一"抢"，前者关乎一年，后者影响甚至不止一生！

因为作者青少年在故乡度过，所以无论是葱茏递嬗的万物，温馨火热的村庄，还是风霜慈祥的亲人面容，都是那样亲切而栩栩如生；并且，从作者的描摹中我们可以感受到这块土地历史绵延的生活痕迹和血脉相传的文化秉性。然而作者毕竟又远离，在一个文化的高度俯瞰处在历史变动中的故乡，他就不能不体察到故乡的现代变迁和深层困扰：就像皖河逶迤东去，故乡许多事物都成为"流逝的词"，"村庄在风中消逝"，良田或被吞噬或被抛荒，污染覆盖着原野和河流，森林植被被毁弃……最痛心的是市场大潮裹挟下人与人传统的亲情在变异，儿时伙伴再不能亲密无间；"我"的家族再也不能几世同堂、其乐融融：作为手艺人的父亲一辈子壮志难酬，在集体经济年代是尴尬的边缘角色，在个体时期技艺又派不上用场，下一辈们又不能顺着他的愿望，在缄默中寂寞离世；"半堵墙"的母亲忠诚地延续着传统农村妇女的美德，晚年"还要为下辈担惊受怕"，"独守空巢"；而弟弟呢，虽然能写足球的文章，有许多"奇怪想法"，也曾闯荡外面的世界，但在自己的择业和家庭的责任、忠于土地还是满足心灵等之间又如何协调？"我"可以给予家庭些许物质支持，又怎能消除他们心中的困惑？凝望着那些无法挽留的消逝，也切肤着亲人们的心灵之痛，作者透露给我们的也是深深的困惑！

当今从安庆皖河走出又用深情的笔墨回馈故乡的知名作家有三位：小说家潘军《小镇皇后》《日晕》等作品写出了皖河在时代大潮下传统伦理道德的艰难蜕变，萦绕着的是美的挽歌；诗人海子辉耀故乡的是他营造的灿烂的故土景物意象和流贯着的悲悯而昂扬的地域伦理精神，以及他自己彗星般的生命实践；徐迅则坚持不懈地心贴着故乡大地和芸生，全景画般记录这块土地历史衍进和民心微澜，向世界展示故乡的风情万物和精神源流，并且时刻保持与故乡的血脉共通。我们相信，故乡必将更加恩泽于他，而他未来也必将更加以盛宴回馈故乡！

（原载《中国艺术报》2009.05.01）

荣光启

解开身体的死结

——论诗人余怒的写作

一、谈论余怒的两难

由于奇异的独特性和深刻性，余怒的诗歌对当代诗坛既是一种新的“作品”，又是一个“事件”。人们对余怒的写作表示惊讶、当作诗坛一种现象来谈论的热情远远大于进入其作品内涵的热情。

确实，从何种意义上来谈论诗人余怒我也是一直犹豫不决。如果不能对“余怒”重新命名，那么就没有必要说。因为“说”对余怒来说就是发现和命名，而不是重复与鼓掌。“余怒”对于余怒本人是一个词，可能我一旦说出，这个词就如一只受伤的鸟，离我而去。若从余怒的写作的意义和诗歌的审美方面出发，同样面临着问题。作为这个时代的至少是诗歌观念和语言上的极端的先锋派，余怒对于当代诗坛的意义已用不着我们啰嗦。而按照传统诗歌鉴赏方法从他的诗歌作品的分析来进入余怒的世界，也显得荒诞不经。余怒的诗按照罗兰·巴特的理论，根本就不是“可读性文本”，而是“可写性文本”，是在期待作为读者的我们成为文本和意义的再生产者，并不期望我们在阅读和解析中达到作者的原初意图。

作家简介

余怒，男，1966年12月出生于安徽省安庆市，祖籍桐城，1985年开始诗歌创作，著有诗集《守夜人》《余怒诗选集》《枝叶》《余怒吴橘诗合集》《余怒短诗选》《现象研究》等。代表作有长诗《猛兽》《网》《个人史》，短诗《病人》《剧情》《抑郁》《童年旧事》《交换》《一件东西》《众所周知的立方体》等。

由于余怒作品本身的“可写性”及随之的多义性，我们煞费苦心的解读也许并不符合作者的心意。所以对余怒的阅读最好是成为一件仁者见仁智者见智的事。有人拍案叫绝激动万分，有人丈二和尚摸不得头脑。但对我个人及身边的一些诗人而言，面对这样的诗乃是内心有深深的喜悦。因为这些诗的“怪”，我们看到了存在的隐秘之处与语词的奇妙对应。这样的写作方式无疑是应该高举的。有时我们是不得不说。

大约五年前我有幸得到一张余怒的名片，诗人的名字怎么编排印刷我已经忘记，我印象深刻的是名片背面有这样一首小诗：

> 他举着闹钟，在大街上走着
> 他们望着他
>
> “别看我，看这只闹钟”
> 他用手向上指着
>
> 他们转而
> 望着他的手指
>
> ——《短诗（十四）》[①]

这首诗当时叫我哑然失笑。诗的情境像一幕闹剧，很好玩，但同时我们也被诗歌指涉：我们就是那些“他们”：一个人举着闹钟在大街上走，我们看着这样的热闹；那个人用手指提醒我们别看他，而是看他高举着什么；但我们并不看他到底高举什么，却看他的手指。

卡夫卡（Franz Kafka，1883—1924）曾经写了一个叫《饥饿艺术家》的小说：马戏团竟然给世人表演饥饿！那些艺术家被关在笼子里，表演饥饿四十天，笼子里只有时钟和水，人们围观着，为艺术家们是否会趁夜晚回去吃东西而猜测。卡夫卡的荒诞剧其意思也许是：关于饥饿的表演也许并不在于艺术家们能坚持多少天，而是心灵的饥饿本身已被活生生的演示出来！有人为我们提示这个时代已经多么的匮乏！但人们并不领会，却关注艺术家的所谓艺术过程，斤斤计较他们挨饿的真实性。如果将《短诗（十四）》里这场举闹钟在大街上走的行为也视为一场行为艺术的话，其寓意和《饥饿艺术家》大致相同：那个人要我们看闹钟，而不是看指向闹钟的手指。看闹钟本

① 本文所引用的余怒的诗作主要来自《余怒九十年代作品选》（1998 年 11 月北京，自印）和余怒个人诗集《守夜人》。

身。看这场行为对我们的警示。这场行为艺术乃在于展示“警示”本身。

长期以来，余怒被作为中国当代诗坛极端的先锋派而被人称道。余怒偏执的语言实验和对约定俗成的文化、意义链条的中断让人不知所措又暗暗惊喜。委顿的当代诗坛长期以来确实没有什么新鲜的东西了。对于这个时代，余怒就像一个拧足了发条的闹钟，使人们打盹的诗歌神经陷入紧张、埋怨和惊醒。从对当代诗坛（语言、阅读和写作的创造性的死亡）“警示”的意义上说，余怒特殊的写作这个“行为”大于其写作的“内容”。他写作的内容就是那根指向闹钟的手指。所以从行为艺术的特征来说，对我们而言，是重视那闹钟的轰鸣还是端详那指向闹钟的手指是一个问题。

二、身体的死结

当我们对余怒的写作不得不说的时候，我们必须知道余怒诗歌中到底有些什么。我在这里只说我看到的。余怒的写作的根基在于其对个体生存中“身体”为“意义”的被围困、被捆绑的敏感。人的身体是一种病重的囚徒。余怒的写作与这种“身体”不自由的郁结有关。

人的身体或身体的部位被泡在有药水的瓶子里，“身体”在诗歌中的被围困、被肢解和相互寻找……这是余怒诗歌中常见的情境：

一张塑料脸，浸在晨曦
女性的润滑油里
——《女友》

一条鱼，在福尔马林里游来游去
那一刻我有着瓶子一样的预感：他和她
眼睛和躯干，两个盲人的机械装置
将在花园里被拆散
——《目睹》

他让她打开玻璃罩
他说：来了来了
他的身子越来越暗
蝙蝠的耳语长出苔藓
——《盲影》

……那一天
她起得最早，却找不到身子

——《回忆者（二）》

见习护士摸黑进入猜想，她看见
一副四肢在爬树
空腹连着树枝
苹果出现之时它已经腐烂了一年
她开始为它刮骨
是呵，它还小
它还是个未经消毒的童身

——《病人》

再问再答，心情不太好
再问我沉默
城中手，城外身子

——《喃喃·城中一只手》

邮局关门了。
链条断了。
……
半个身子寄出了，
半个身子吃药睡觉。

——《盲信》

……

从上述这些印象说，余怒很像这个时代常见的行为艺术家——喜欢将（死去的婴儿的）身体泡在有药水的瓶子里展示给世人，为了出示一种被围困的理念。作为一个以“诗人”为身份的“人”，余怒同样值得我们来将他的身世当作艺术行为（无意的行为成为诗歌艺术的精神背景）来分析。尽管这些行为对于诗人自身是极端痛苦的，但对于他后来的诗歌，可能又是必要的。恐怕很多人都知道余怒身体上的疾病。（余怒诗歌中许多语词和情境与医院、医药有关）为了医治这种疾病，有一年夏天他竟然每天在炎炎烈日下暴晒四个小时。也就在暴晒的同时，他开始创作著名的长诗《猛兽》。皮肤病围困了余怒的身体，身体的自由在此受到严重的束缚。与皮肤病的斗争可能牵引出余怒的诗学：其实就是毫无瑕疵的身体，也同样在肢解和束缚之中——那就是这个板结的意义世界及其陈腐的语言。作为文化的载体，语言是本体也是皮肤，它患的病症更为严重。诗歌的任务就是解放人的身体。

医药的气味充满着余怒的诗篇。疾病对余怒来说是切身体验又是诗学象征。人的身体的患疾与不自由是余怒写作心理中的一个郁结和出发点，在一首诗里，他将人的身体的被缚状态喻为“有水的瓶子”：

瓶子被绳子捆着，
声音出不来。

感官里的昆虫团团转。
一只钩子在生长。

被吃掉的曲线。
原汁原味的鱼。

一句话和一个固体。
他坐在概念中，
张口一个死结。

——《有水的瓶子》

人在这个语言和意义约定俗成的世界中，犹如一只有水的瓶子，被意义的绳索捆绑住，真实的声音难以发出。内在是流动的，但外在却是固体的，坐在概念中，要表达，却张口就是死结。这是诗人对人类的表意状况的精彩描述。诗歌能否解开这捆绑身体的死结？

三、语言的炼金术

“身体”的牢笼在于世界所给定的意义与价值，这些意义与价值建立在“语言—所指涵义”的牢靠的约定俗成的关系上。“身体”的解放必须破碎这“关系”的锁链。破碎这锁链、建立新的“身体”的自由世界只能在新的语言规则中。余怒在诗歌写作中的语言策略是非常丰富的，我们在他的具体写作和诗学理论中可以看到他所尝试和阐述的许多新的诗歌语言规则。

对于诗人余怒而言，“身体”的意义至少有两种，一是作为一个肉身生存的成年人的身体；另一个是在既定的语言和意义之中的被压抑的人的感官。在第一个意义上，“身体”充满着各样的感官、记忆和言说，是丰富、生动的，甚至是独立的，但在第二个意义上，由于世界给定的语言及语言所负载的意义对“身体”的复杂感受的强行指定，“身体”变得简单，失去了被表达出来的自由。通常而言，“意义”通过语言表达出来，那只是“身体”一部屈辱的《变形记》。

20世纪现代派的小说大师卡夫卡的写作，就是将现代人难以逃脱的身体、灵魂的“变形记”生动地刻画出来。几年前，中国的大诗人于坚盛赞蛰居安徽内陆城市安庆的诗人余怒，称其为“中国的卡夫卡”，这让我非常震惊。首先是于坚的判断值得尊敬，其次是余怒的写作我一直敬畏。除了同为体制化的公司的小职员，并不为众人所知的余怒和大名鼎鼎的卡夫卡其相似性在哪里？余怒是否可以担当这样的比附？二人的相似性恐怕更多在于诗人对于现代人的处境的极端的认识和其在写作实践上的极端实验。在卡夫卡的笔下，现代人的“身体”无奈地“变形”为一只甲虫，在美妙刑具般的现代性规则之下，只能郁郁而死。而在余怒的诗歌实践当中，现代人的“身体”似乎在他独有的语言魔术中侥幸逃脱，成为另外一个，或成为真正的那个。

将普遍语义中的“魔术”一词用于余怒的诗歌可能余怒会不大满意，他在一首叫做《网》的诗里写道：

> …… ……
>
> 我在厚厚的肥胖里打盹
> 一个人到了三十岁，就是一只蛹了
> 三十岁的蛹，他不可能
> 时刻还睁着眼睛
> 那一天，我在镜子中，接待了
> 一个人，他带着一只布袋，他让我
> 钻进去，他说：变，我就被变没了
> 我敬畏这种因果关系，我不认为
> 它是魔术
> 十年前我就厌倦了我的存在，那罐头
> 那内容不仅仅是肉
> 而可能性就是可能性
> 它湿透了，你却看不到一滴水

余怒并不认为这是什么“魔术”，这恰恰是存在中的一种非常真实的“因果关系”，在诗学论文《感觉多向性的语义负载》[①] 中他写道：“……魔术只是魔术，是人们对魔术这一行为的相习惯些称谓和界定，我在此故意予以否定，将它说成是一种‘因果关系’，从而制造出模棱两可，矛盾悖谬的语境。”“我”在镜子里接待一个人，镜子里的人仿佛一个魔术师，拿着口袋叫“我”钻进去，将“我”变没有了。这不是魔术，而是非常真实的灵魂里的处境，“我”与自我，灵魂的在与隐的关系，在这里得到了真实的象喻。这种存在的真实图景是从余怒独特的思维和语言中得来的，我们可以不叫做“魔术”，叫做“炼金术”。“语言的炼金术”的说法在中国诗学中的盛行大约源自法国象征派诗人兰波（Arthur Rimbaud，1854—1891），兰波的诗歌创作颇具实验性，在《地狱的一季》的《字的炼金术》中他说：“……我以创造了一切官能都能感知的诗歌语言而自豪。当初这是一种实验……凭借幻觉、错觉来写诗……当初，这是一种实验。我写沉默。我写夜。我记下不可表达的东西。我捕捉飞逝而去的狂想……”[②] 兰波和余怒作诗方式、诗歌企图和语言幻想有一定的相似性。余怒的诗歌可以说也是一种“字（语言）的炼金术”。

余怒将那种存在的真实图景或状况叫做“因果关系”，他这个说法是什么意思呢？“词语间的‘人为关系’和‘因果关系’：人为关系是指为了显示意义而被附加的词语间的关系。因果关系是指词语间本质的、互动的、被忽略了的感觉上的关系。”[③] 他的“因果关系”原来是那些最看不出因果的“感觉上的关系”。他有一首诗就叫《因果》：

在两昼夜的夹缝间
在停留于窗外的感光箔片上

她醒来

第二天四周发麻
静得针尖直闪

---

① 原载《山花》（贵阳），1999年第4期。

② 路易斯·瓦拉斯编译：《地狱一季和醉舟》（1961），第51、57页。转引自袁可嘉：《欧美现代派文学概论》，117、118页，上海：上海文艺出版社，1993。

③ 《余怒九十年代作品选·诗观十六条》。

在这些看起来没有连缀关系的意象之间，因果在哪里？其实使诗歌具备完整的语义的乃是存在当中分裂的、稍纵即逝的感觉。“在……上……醒来”、“四周发麻”、“静得针尖直闪”都是人真实的感觉。它们的因果是纠缠不清的，但诗歌在此以一种反常的语言方式将之呈现出来。

在此，我将余怒的诗歌形容为一种叫“身体”得自由的语言炼金术。他的诗歌基本上是以一种“反语言”来颠覆交际语言的既定意义。让感官的、感性的、复杂的“身体”从交际语言和既定意义的束缚中得“释放”。“身体”在余怒的诗歌中得到了真实的表达，它可能是肮脏的，血腥的，龌龊的，阴暗的……但一定是真实的，可以说，曾经被语言和意义捆绑的“身体”在这里获得了一种空前的自由。余怒是一个对“语言”和“意义”有着清醒认识的人，在他看来，作为文化的载体，语言的抽象性和概括性使它所指称的物的具体形态被大大遮蔽了，现代语言之于“物”，根本丧失了描述的功能。意义，乃是人们借助于语言对于世界的主观划分、概括和虚构。由于语言和意义的可疑性，与之相应的阅读和写作的可疑性也显露出来。由于“意义总是作为一种知识性积累被先设和预备着……阅读仅仅成了检验阅读者教育程度的自我测验，是一种非文学阅读……审美不是其目的，至少不是第一位……写作成了在意义目录里寻找虚价值的注脚。”（《感觉多向性的语义负载·三》）余怒的写作是对交际语言和既定意义的解构，可以说是一次有深刻的思想积累的解放“身体”的艺术革命。不过，这次革命的主角是诗歌的语言，革命的目标在于推倒时尚的当代诗歌作风。

四、呈现个体存在的真实

“身体”如何在语言中得自由？余怒的语言策略的目标是什么？

余怒的努力是用独特的语言将身体的瞬间存在状态尽量真实地表达出来。在他看来，荒谬性、分裂感是世界的真实性，语言要能表现个体生存的瞬间的真实状态，能够“呈现”那些荒谬、分裂等生存内在的感受与刻骨的真实。

用余怒自己的话，那他的诗歌乃是在“言‘无言’”。余怒的诗学企图在哲学上应该最接近现象学，企图直抵世界在被“意义”指认之前的状态。诗歌要言说那难以言说的或不可能言说的，除了沉默那就必须在语言本身上下功夫。余怒的语言实践可能是当代诗人中最复杂的，他自己所标明的各种语言试验就有歧义、误义、强指、随机义等多种。对于一个缺乏语言自觉的读者，如果他长期在阅读中直取作者的意义表述，那他面对余怒的诗歌肯定一片茫然。确实，有人指责余怒的诗歌不知所云，甚至指责他的实验乃是语词的随机碰撞。这样的指责是可笑的。很显然，语词能“碰撞”出余怒那样的诗作的几率是零。

如果从反语言、反文化、反意义的角度，我们很难看出余怒与从前的“非非”、“莽汉”等诗歌团体的区别。“非非主义”高举非崇高化、非文化、非价值、非语言的旗帜，要超越逻辑，超越理性，超越语法。[①]“莽汉”们则宣称：“捣乱、破坏以至炸毁封闭式或假开放的文化心理结构”[②]，表现出直露的反抒情和口语化的、暴力化的、色情化的幽默和嘲弄。严格地说，他们都为一个时代的诗歌写作提供很好的警示性的行为，标明诗歌的危机和革新的必须，但他们作为诗人，行为大于文本是众所周知的。如果我们认真对待余怒的诗歌文本，我们就可以看出余怒与非非着实差别甚远。余怒不是为反对而反对什么，他所指向乃是存在的真实，这一指向是唯一的，至于什么样的手段，是次要的。所以我们很难标明余怒的诗歌的风格，他不一定口语化，也不一定反抒情，反崇高反理性等等都不是目的，用语言抵达存在的瞬间真实、个体真实的生存状态才是唯一的。从这个意义上说，余怒的诗歌是包容了许多成分的，对诗歌意象和情境特别挑剔的人能读出深刻和乖戾；偏重于抒情性的人能在其中发现那隐藏至深的饱满的情感。

水龙头里滴下一颗眼珠
我的朋友
跑了这么远的路来看我

猜谜时我出了一身汗
从墙壁上取下一只手
为了不同她遭遇
我将身体打一个死结

我将脑袋塞进帽子
我用刮胡刀刮这个夏天

---

① 参见周伦佑、蓝马：《非非主义诗歌方法》，《非非》创刊号，1986年。
② 《莽汉宣言》，《诗歌报》1986年10月21日。

蛇的低语婉转，轻轻一扭

门就开了

（一张塑料脸）

一张塑料脸，浸在晨曦

女性的润滑油里

——《女友》

这恐怕是余怒作品中最普通的一首诗，语言与语言之间的连接很突然，事件很简单，但情境、人物之间的（心理）关系很复杂。“女友”来看“我”，这也是人们常常遇到的日常生活情境。水龙头里滴下的是艰难的一滴水，非常像一个人的眼珠，“水龙头里滴下一颗眼珠”，写的是人的瞬间印象。滴水的艰难与人走很远的路意义对应。“猜谜”指交流的困难，为了免去交流带来的麻烦（可能是争吵），“我”干脆将身体打成一个死结，沉默，或不表达内心。但不管“我”怎样伪装或逃避，“女友”总是胜利者。“蛇的低语”、“一张塑料脸，浸在晨曦”，对女性的感觉也非常细腻和真实。最后段落写的是“我”对“女友”的瞬间的真实感受，也可能指与性有关的事物。再看一首是可能写年轻的情爱与性的短诗：

我在梦中开黄花

集男女之情和黄花的晦气于一身

远远梦见芒果

梦见青春的蛇皮

泛指的一只手，爬满我的全身

夜深了，该回来的都已回来

寄生有了湿度

我遭到围困

处女遭到比喻

——《禁区》

睡梦中的感觉、青春的身体的感受、无边的惆怅、不得不面对的性与爱、人的激情与倦怠、兴奋与无望……诗歌中所指向的情感不是明晰的，但借着独特的语言和意象我们可以联想进而恢复自己在那样的情境当中的感受。在简练的语词中，个体的独特的瞬间感受被呈现出来。并且，余怒诗歌的感受不就是他个人的，由于他所选择的语言与语言之间的连接的陌生，情境塑造的怪异，人们在阅读时一方面有着新鲜的触动，一方面又能获得别的诗歌文本无法使之恢复的个体感受的突然复活。这种内心深处蛰伏已久的感受往往只能在余怒的语词与情境中得以复活。尽管是“可写性文本”，但余怒的诗歌的可写性并不是语词随机碰撞带来的联想游戏，它指向的是个体存在被遮蔽和被遗忘的内心真实状况。《目睹》、《履历》、《网》其实是相当抒情的，只不过余怒的抒情往往掩藏在乖戾的语言之后。长诗《猛兽》、《脱轨》、《松弛》看起来面目狰狞，语句费解，意蕴难寻，其实细读之下我们发现这是90年代以来当代诗歌难得的实验文本。余怒创造的文本可能是晦涩的，但一定是值得揣摩的；可能你读起来不一定喜悦，但一定在某处隐藏着存在的真相或真义。

确实在读余怒的诗歌时，我们有一种快感，那就是在日常生活中有许多习以为常又为语言所难以把握的感觉，到了余怒的诗中，却被真实地围困下来。《守夜人》一诗即是一例。睡眠中为灵活异常的蚊蝇所扰是痛苦的事，犹如一种感受袭上心头又不能言表，诗人捕捉的过程很奇妙，用语言！用直接的语言！“我”用说出“苍蝇”的方式捕捉苍蝇，用说出苍蝇亲近“我”的实质（吸血）来显明“苍蝇”。诗的结尾，将苍蝇的嗡鸣描述为一对大耳环在耳朵上晃来荡去，实在是将声音“客观化”为肉体的感受，接近了存在的真实。

钟敲十二下，当，当
我在蚊帐里捕捉一只苍蝇
我不用双手
过程简单极了
我用理解和一声咒骂
我说：苍蝇，我说：血
我说：十二点三十分我取消你
然后我像一滴药水
滴进睡眠
钟敲十三下，当
苍蝇的嗡鸣：一对大耳环
仍在我的耳朵上晃来荡去

那些叮咬我们让我们刻骨铭心又不能挽留或重复的心理、印象和感觉，像小虫子一样被余怒捕捉在诗歌的蚊帐中。在当代诗歌对于日常生活的真实状态的追求上，余怒是一个誓死走到底的典范，余怒诗歌的先锋性也在这里：诗歌就是传达对于生存的真实感受的，如果不真实，毋宁不写；如果是为了真实，可以牺牲语言的常态和意义的流畅。先锋就是走在前面的人、先头部队的意思，这是积极的意思；从余怒的角度，当代诗歌的媚俗与平庸已叫人不能容忍，他写这样的诗，实乃是持存一种求真的传统，乃是真正的为亡灵“守夜”。看起来是一往无前的“先锋”，实乃暴露出当代诗歌在某些方面的临死之状。

五、终身的反对派

该如何描述作为一个诗人余怒在当代诗坛的形象？

人们对世界上现成的意义与价值的追逐和如此的不假思索，诗人早就发出了嘲笑，其实这样的求知行为无异于诗人在短诗《火化》中所描述的：“一头大象和一群蚂蚁/蚂蚁雕刻大象//世界的鼻子太长或者太短”，蚂蚁摸象而已。文学的追求成为今天的样式，是一件令人悲哀的事，更悲哀的是，我们一直随波逐流，生活于这个泡沫充斥的文学世界：

酒瓶追赶着河流
深夜我的嗜好
我走到甲板上

我把一天里吃下的东西
全都吐在甲板上

一天一天的泡沫
漂着的空酒瓶
我为乘坐过这条船的人默哀

——《航行》

余怒独特的诗学不是天生的，而是在对传统诗学趣味的长期实践、认识、忍受和不满积蓄多年之后，在90年代初的有准备的一次暴发。在一份文学简历中有他的历史：“1988年9月，创作长诗《毁灭》，这首诗是对前四年抒情诗歌的总结，它是一个句号，标志着个人抒情时代的终结。此后开始陆续毁去历年的旧作。10月，与诗友创办《野海诗报》。1989年6月，《野海诗报》被定为‘非法出版物’，遭到公安机关查封，并被传讯。”而在《余怒文学年表》中，余怒“1992 12月 出于对诗坛流行趣味和创作惰性的不满以及对自己以往创作的怀疑，开始进行藐视规则的写作。”① 对这个时代流行的各样的抒情的、叙述的或口语的写作，余怒均表示怀疑，他在诗歌里将之喻为“水泡”，并要一生反对它：

我一生都在反对一个水泡
独裁者，阉人，音乐家
良医，情侣
鲜花贩子

我一生都在反对
水泡冒出水面

——《苦海》

余怒藐视什么规则呢？其实主要是诗歌的表意规则：由语言传达意义，而语言自身的特征和存在的复杂性被忽略。余怒的怀疑和颠覆非常彻底，他质疑语言和意义本身，诗歌的问题在于这两个根本的方面出了问题。他采取的策略首先是以反常的语言（歧义、误义、强指、随机义等多种语言方式）来中断文化中正常的能指-所指链条，使语言变形，使意义产生危机，从而使阅读产生难度与再生产（意义）的可能，（而不是被动地接受)，从而使复杂的“身体”这样的写作中得到释放。在余怒看来，这个世界是一个“名实共构”的世界，“名实共构，是指世界在语言下的格式化和语言对世界的确认这二者构成的人类心理、社会的非自然状态……与以上名实共构相对的另一种状态，就是我常称之为‘无言’的状态。它是人们在使用语言以前对世界的认识，这种认识是一种纯粹的、不受外界干扰的个体感觉，是原认识。”（《感觉多向性的语义负载·四》）人在这个“名实共构”的世界中，就如前面所说的“有水的瓶子”。“我一生都在反对/水泡冒出水面”，余怒将这样的人生称为“苦海”，可以看出余怒坚持自己的诗学的艰难。曾经有学者将历史上的陈独秀称之为“终身的反对派”② ——由于他个人的思想总是与主流意识形态有出入，并坚持己见哪怕悲剧结局。“独裁者、阉人、音乐家、良医、情侣、鲜花贩子”……当

① 余怒：《守夜人》，142页，台北：唐山出版社，1999。
② 参阅朱文华：《终身的反对派——陈独秀评传》，青岛：青岛出版社，1997。

代诗坛充满了各样的人物形象和时尚的话语。在这里我们看到另一个安庆人余怒同样扮演了与主流话语、时尚话语反对到底的角色。坚持着安庆人的聪颖、先锋与固执（还有一个固执的安庆人是海子①），余怒是这个时代诗坛上的“终身的反对派”。

（本文原为《余怒诗选集·代序》，北京：华文出版社，2004）

（荣光启，武汉大学文学院副教授，青年诗评家）

① 诗人简宁在《与海子说几句家常话》一文说：“安庆人容易激烈，本世纪我最喜欢的三个安庆人都是激烈的，陈独秀、朱湘，还有你。”见崔卫平编《不死的海子》，73页，北京：中国文联出版社，1999。

伍明春

先锋的守夜人

——论余怒的诗

阅读余怒的诗，你会发现既有诗歌知识所遭遇的强有力挑战，甚至感到某些美学成规的黯然失效。这些风貌奇异甚至略显狰狞的诗歌文本，像是一只只锋芒毕露的刺猬，让那一向雄心勃勃的读者恐怕也难免变得犹疑和不知所措。与一般的写作者相比，余怒似乎选择了一条决绝的道路，并在这条道路上“一意孤行”，且行且远。在20世纪90年代的现代汉诗版图中，余怒的诗可能处于一种边缘位置，但其坚执的探索精神和独特的言说方式，已然凸现出某种不可忽视的重要性。概而言之，余怒诗歌写作的意义在于，它既接续80年代以来汉语诗歌实验的话语血脉，也指涉了90年代文化语境在转型之后的微妙吊诡。正如一位学者所指出的，“90年代的诗歌‘个人化’是语境性的，非常驳杂，既有历史的相对性又有时代的具体性，既是当代诗歌运动某种合情合理的结果，又是一种矛盾重重的探索。”① 作为90年代的一位重要诗人，余怒的诗歌写作向我们呈现的，正是一种自觉的个体承担方式。这种个体承担，超越了80年代思潮性的诗歌写作，因而获得一种自为自洽的个人化向度。对此，诗人也曾在一篇诗论中作过类似的陈述：“先锋性不是一个流派的写作倾向和风格，而是一种写作精神。它不是集体的，而是个人的。”② 作为诗歌语法的“否定”，在余怒的诗歌文本中，我们不难看到一种普遍的否定式结构。或者说，否定语态，已经构成余怒诗歌语法的重要方面。这既显示出余怒与平庸的肯定式（廉价歌颂、恶俗赞美、自恋癖等）写作者之间的明确分野，也体现了其迥异于朦胧诗反抗主流意识形态的二元式否定

---

① 王光明：《在非诗的时代展开诗歌——论90年代的中国诗歌》，载《中国社会科学》2002年第2期。

② 余怒：《九十年代诗歌态度》，参见《诗观十六条》，http：//余怒文本：感觉多向性的语义负载—诗观十六条．htm。

姿态的多元特质。

《苦海》（1993）一诗无疑是余怒诗歌否定式语言结构的一个有力支点：

> 我一生都在反对一个水泡
>
> 独裁者，阉人，音乐家
> 良医，情侣
> 鲜花贩子
>
> 我一生都在反对
> 水泡冒出水面

“反对”作为该诗的关键词和重心所在，表面上似乎要宣示一种鲜明的态度。然而当这个响亮的动词和轻盈、虚幻的对象——“水泡”联系在一起，鲜明的态度就陡然褪色，变得含混和荒谬起来。第二节中多个符号的杂陈式罗列是富有意味的。这些符号所代表的人虽然面貌模糊，身份各异，却已在暗中结成了某种关系。在这些符号的背后，我们不难发现隐约的现代都市背景（诗题“苦海”可能是其隐喻）。换句话说，这些符号就如同现代都市生活口中吐出的一个个大小不一的水泡。阳光下它们色彩斑斓，却又转瞬即逝。然而正是它们构成了世界。至此，我们不禁要追问，诗人要反对的究竟是什么？从诗歌情境的演进可以看到，诗人所要反对的，不仅仅是“一个水泡”，更反对“水泡冒出水面”带来的某种不可预料的后果。回到诗歌形式本身，我们看到，前后呼应的“我”、“一生”、“反对”、“水泡”等字眼像一排扎实的针脚，缝合了诗歌的封闭性结构。而第二节多个名词的并置罗列，又造成了一种“泡沫”感和不稳定性。它们居高临下，似乎随时准备着要篡夺“我”的主体位置，否定“我”，从而成为“反对”的主语。这样，诗歌的形式内部就获得了一种流动性。在封闭性与流动性之间，这首诗的活力得到了充分的释放与张扬。

如果说《苦海》奠定了一种“反对”的否定基调的话，那么，在这一基调之下所呈现的，是否定的种种不同变奏。“雨中，电车怀着欲望/飞驰而过/她们看见：电车上没有乘客”（《在夜里》），“幕拉开，/没有人，/两件衣服在打架”（《戏剧》），在这里，作为一个否定词，“没有”的意义色彩似乎较为晦暗，却有效地取消了从“乘客”到“人”的某种主体性存在。确切地说，是某种“物”实现了对于“人”的僭越：欲望被嫁接到了电车身上，衣服成了舞台上的演员。不过，在两个“没有”的背后，我们又窥见了另一种“有”，即隐蔽的某种“主体”（超主体?）：前者是身份不明的“她们”，后者是那个拉开大幕的隐形操控者。再加上写作者这一最外围的主体，这样，诗歌中的主体身份就变得相当扑朔与错综，已不再拘泥于那种简单透明的主观/客观二元关系场。而在《履历》中，诗人更是以干净利落的“摘掉”一词来表达他的否定：“……我想起父亲，我的孩子/去年和今年/今年一过，眼睛里会下雪，我会悄悄/把身体从世界上摘掉”。与北岛同名诗作中“我不得不和历史作战/并用刀子与偶像们/结成亲眷”的英雄主义宣言截然不同，余怒这首诗向我们渲染的是一部险恶而可怖的个人精神发育史或曰癫狂史。在文本内部，涌动着各种颠覆性的力量：“四岁吃下一只猫”，“因此隔音到十岁，将一串钥匙/熔铸成一把”，“十三岁吞并一个儿童”，“十八岁，用数学演算女友，用化学方法/吸收她，消化她的衣服”，“狠狠心，二十二岁在牙齿上刻下一行字：‘咬/我的老和哑’”，这些原本被诗意盎然的年龄被如此极端地“妖魔化”，却又何尝不是说出了另一种真实或真实的阴影呢。这里所体现的余怒与北岛之间的差异，归根结底是语言态度的差异：后者信心十足地以语言作为一种武器，与存在的事物进行搏斗，而前者的写作则被深深地卷入到与语言自身的搏斗之中。

需要指出的是，余怒诗歌中的否定语态更多地是氛围性的。即不像上述诸例那样有某些突出的否定性语词作为标志，而是通过诗歌情境、氛围的整体的阴暗感或崩溃感来达到一种否定效果。如《抑郁》：

在静物里慢慢弯曲
在静物里
慢慢弯曲

在
静物里

慢慢，弯曲：汤汁里的火苗
隆冬的猫爪
一张弓在身体里
咯嚓一声折断

“弯曲”是“折断”的前奏，它的影子被不断地拉长，旨在刻意延宕结果的出现，从而获得一种更显著的表达效果。此举既是一种形式上的策略，实际上也暗示了“抑郁”作为一个心理学主题在诗歌中特有的展开方式。这首诗的否定意味，不仅体现为“折断”一词所指向的破坏性，更在于整首诗情境关系的阴郁。再如《环境》：“苍蝇在盒子里，/磁带上的嗡嗡声。//缠着绷带的手表，/冰块里的嘀嗒声。//抽屉里一只烂梨，/木头的呼吸声。//用化名去死，/找不到尸体。//将这一切盖上盖子。”这里的否定关系是多重的和连环的：盒子否定苍蝇的生命，嗡嗡声否定磁带上的音乐；绷带否定手表的时间，嘀嗒声否定冰块的沉默；烂梨否定抽屉的秘密，呼吸声否定木头的刻板；虚构的化名否定尸体的真实性；而在最后，一个小小的盖子（潘多拉之盒?）又魔幻般地否定了上述的“一切”。“盖上”这一动作所流露的拒绝态度似乎并不十分坚定，更像是为下一次“打开”作某种必要的准备。当然，还有更“温和”的否定方式：“那一天，我在镜子里，接待了一个人/他带着一只布袋，他让我/钻进去，他说：变。我就变没了/我敬畏这种因果关系，我不认为/它是魔术/十年前我就厌倦了我的存在……”（《网》）以一种相当轻逸的方式，把沉重的中年心态想象性地化解了。

其它如以流产反写诞生：“国母芳心一动，一个国家哗啦一声流产”（《诞生》），用“漆黑”来描写灯光：“黑夜掺着水/黑夜也有假面/上帝呵，灯光一片漆黑”（《从一夜到另一夜》）等，都试图通过某种反讽因素来营造一种否定性的诗歌情境。而苍蝇、霉斑、肿块、疾病、死亡、尸体等灰色或黑色意象在余怒诗中的密集出现，也说明了同一个问题。

语词的狂欢

让语言自我增殖与相互缠绕，充分开放语词的能指空间，也是余怒诗歌的一个重要特点。这一特点使余怒的诗歌写作带上了一种“不及物性”。臧棣在谈论“后朦胧诗”的一篇文章里曾写道：“大多数后朦胧诗人……避免将写作的可能性重新纳入一种文化使命的新轨迹（诡计）中。他们渴望能更长久地滞留在罗兰·巴尔特所发现的写作的不及物性上……对许多后朦胧诗人来说，这种写作的不及物性意味着一种强烈的写作的欢悦，一种在文字符号的网络中自如地滑行的写作的可能性……”[①] 对于语言本身的专注，是现代诗歌艺术的题中应有之义。尽管臧棣该文并未具体谈到余怒，但是此论至少可以部分地移用来描述作为“后朦胧诗”重要代表之一的余怒的诗歌写

① 臧棣：《后朦胧诗：作为一种写作的诗歌》，载《文艺争鸣》1996年第1期。

作。事实上，就余怒对语言的深度迷恋和苦心经营而言，在同代诗人中恐怕尚无堪与之比肩者。

对某一词类的偏重与凸现，在余怒不少短诗中显得相当突出。《举例》就是一个典型例子：“雕像/第三者/天鹅绒一样的女大使/金斯基的嘴唇/一幅地图/弹壳改造的钢笔/人工细菌/圣经/口香糖/和一只感冒的鼻子/这些构成世界”。对这些风马牛不相及的名词貌似随意的罗列，其实隐含着某种内在的纠缠与牵连（情欲、政治、文化、宗教、身体之间的关系不正是千丝万缕的吗）。它们能指的光芒交相辉映，汇合成“世界”这一更大的能指。再如《童年旧事》：“先是轻音乐。一个人唱。蹑手蹑脚/流水声，‘唉’的声音/半张的嘴唇。一只穿睡衣的猫/走来走去。接着喇叭里//流出丝绸，播音员的口水，黑色和紫色/冷色和脸色。磁石里/埋着耳朵，衣服下埋着骨头/我已瘦成这样/我不敢睁眼：滑石粉和过去的日子”。与《举例》让名词“自呈”的方式不同，这里各个名词是通过一种动作或描述带出来的。因此它们之间的暧昧关系得到了一定程度的揭示。我们甚至窥见了某些词语诡秘的变脸术，如把“流水”置换为“流出丝绸，播音员的口水”，从“黑色”到“脸色”的词语气候的突变。

而《触觉》一诗则以一系列动词为重心，展现一组交错运动的画面：“一根牙签在秋天的最后晚上剔着/一个人在两条鱼的夹缝间走着//刚刚长出感官的婴儿滑动着/齿轮在雨中紧咬着//动物在动作中里张望着/纸老虎冷笑着//肿块在病里浸着/手在身体里下沉/一跟筷子在水中弯曲”。该诗每一行最后都有一个压轴的动词，并且有意以一种铺排的句式来营造整体上的气势和形式感。这些动词在联袂描摹某种荒谬的存在状态的同时，又具有相对的独立性，即指向各自的话语场域和意义单元。《童年的触角》以一个中心动词“穿过”的不断“变异”来结构诗歌的情境：“我穿过密林，穿过夜里的关节/黑色的三点钟/我穿过一条破裤衩的大街/我穿过一个孩子的果丹皮之夜/它不属于我/我要穿过他，必先穿过它，不能停留/我穿过他的手/他的眼睛/衣服、玩物、他的带电的/细小的闹剧/我穿过他周围的空气，使他颤动”。一个在流通过程中业已被严重磨损的词，在这里却不断衍生出陌生而新鲜的意义，放射出一种别样的光泽。

正如罗兰·巴尔特所言，“在现代诗的每个字词下面都潜伏着一种存在的地质学式的层次，在其中聚集着名称的全部内涵，却不再有散文和古典诗中所有的那类被选择的内涵了，字词不再被一种社会性话语的总意图引导向前；诗的消费者被剥夺了选择性关系的引导，而直接与字词相对，并把它看作一种伴随有它的一切可能性的绝对量值。"[①] 余怒在上述短诗中致力于打破某种既有的语言规约，充分释放语词的活力，让读者直面语言本身，正体现了其对现代诗歌语言观念的深刻洞悉和自觉实践。而在以《猛兽》、《脱轨》、《松弛》等为代表的长篇诗作中，由于话语空间的拓展，这种诗歌观念得到了更为全面的演绎。

《松弛》从某种意义上说是余怒一些同时期短诗的一种扩张或集结，因而获得一种更大的规模和长度。这是一首充满矛盾冲突和消解欲望的诗。在这首诗里，"我"已不再具有传统的抒情主人公的单纯身份，它变得相当诡异，在诗中左冲右突，分裂成不同的个体镜像，并由此带出语言的生长或变异："我看见我两眼漆黑喘着粗气像一盏汽灯/运转着，无论我在何处，我堆积着/一头充血的雄性机器"，"我在时间里慢慢汇聚/我节制着，两眼漆黑，浑身都是液体"，"我染上霉斑，最后一个离开工厂/我进入了，旋即又离开/我堆积着，沉浸着，母爱的脓汁"，"我的钞票花光了，我在你家门前一丝不挂"，"我破碎了，我无法使你在雾中上升/无论我怎么用力/无论我怎么轻轻地/对不起我是个废物"，"夜里我离开，夜里我独自明亮起来"，自我的强度在这里是依此递减的，一开始以昂扬的"雄性机器"自许，最后却遭遇"我满口是血，无处可去"的困境。与此相应的是语言内部紧张状态的逐渐解除。这实际上也暗合了诗歌的主题。作为一个象征化的符号，"汽车"在诗中的作用也是不可小觑的，它与"我"结成的密切关系，赋予这首诗的语言一种"在路上"的漂移性和速度感。

而《脱轨》一诗最惹人注目的可能是它的形式。由若干长句构成的诗节和由若干短句构成的诗节交错出现，形成一种对峙的态势。诗人的用意，除为获得某种视觉效果外，更重要的是试图以此唤起读者对诗歌语言本身的敏感，即避免让语言仅仅作为某种意义滑行和起飞的跑道。两者在句式和节奏上的落差，有效地使读者原有的阅读惯性遭到遏制，因而让他们的目光更久地停留在诗歌语言本身。如：

> 失眠的窗户，使他露馅。我是拼贴画，分为
> 三个部分，下面比上面黑。一天比一天重
> 到了冬天，它关得更紧

---

① 罗兰·巴尔特：《写作的零度》，见罗兰·巴尔特著、李幼蒸译：《符号学原理——结构主义文学理论文选》，北京：三联书店 1988 年，P88。

你这个老茧
睡得太死
长出水仙
半夜，你提着脏兮兮的塑料袋
干什么？封了口，却透明。透明，却看不见
里面的东西。越深越透明。母鸟都会飞

被夹在长诗行之间的短行诗节，作用是双重的：一方面，它打断了前三行和末三行之间节奏的连续性；另一方面，它又像一道桥梁，突出了前后两部分在情境上的内在关联。

在笔者看来，《猛兽》的巨型规模暗示了余怒构筑抒情迷宫和语言乌托邦的庞大野心。第一章“栅栏”往往经由戏弄词语本义和语言成规来命名一个“伪世界”：“他带着湿气和铀矿，在自身的消肿中/冶炼着她/呕吐声、呻吟声、细小事物的摩擦声/众多声音的表象皆呈液态/这是他，一个音乐迷/患上败血症的第一天，被一头牛解放的日子”，“灰濛濛的乌托邦窗户，装饰着黑鼬/三十个人蛹共居一室，结气而为一张大鳞甲/三十个伤口插着桂花（血腥香）/在冻疮的空气里，长满胡须的一月末梢/一只烧伤的苹果被临终者握着/旁边，一个请来的钟匠在为他数时间/一，一，一，一，一/始终在‘一’上停留”。第二章“表象”诸语杂陈，众声喧哗，极尽拼贴、戏拟之能事①，刻意制造一种文本的混沌状态，彻底突破了诗歌的文类边界。相对于超现实主义者“在报纸上剪下一些标题或半标题，然后尽其所能地随意拼凑（亦不妨遵守句法），这也未尝不可以叫做诗歌”② 的激进主张，余怒此举可谓有过之而无不及。第三章“回声”则借四个非一般意义上的“残疾人”（“软骨人”、“没有五官的孩子”、“半身少女”、“植物人”）之口，尖刻地道出了世界的病态和末日景象：“世界是一只甲壳虫统治的粪堆”，“世界就是爬行动物和这些红野鸡乱伦的公共厕所”。总之，《猛兽》集中体现了余怒多向度、多层次的语言探索。这种探索取得了一定的成效，但同时也暴露了一些问题，比如饕餮语言带来的不良后果，对先锋限度的忽略等。限于篇幅，关于这首长诗，这里只能概略述之。

---

① 余怒在该章末尾自注道：“本章打＊号的语句系他处摘录，欲造成一种拼贴效果。”参见余怒：《守夜人》，台北：唐山出版社1999年，P124。

② 布勒东：《第一次超现实主义宣言（1924年）》，见《未来主义　超现实主义　魔幻现实主义》，中国社会科学出版社1987年，P272。

结　语

余怒20世纪90年代之后的诗歌创作，显示了特异的个人风格和激进的语言姿态，尤其是其中体现的对于语言本身的沉迷和对语言增殖力的全面开发，无疑实现了对80年代中期以来先锋诗歌的超越，进而丰富了现代汉诗写作的艺术经验。因此，余怒不仅是一位重要的诗人，同时也无可辩驳地是一位优秀的诗人。当然，余怒的写作至今仍然处于一种“未完成”的进行时状态，我们有理由期待，诗人在灵魂探险和诗艺探索的路上将走得更远。

力 夫

我们时代的温情

——简论祝凤鸣的诗歌创作

一个优秀诗人只在闲谈时，才偶尔使用交际语言表达他的态度和意见，而在他的那些不朽诗篇里，他所呈现的爱和对世界的悲悯，已经使语言这个诱人的外套消失成为背景（这与现成的背景观非常不同）。我在看时装表演时，也看到类似的情景，好模特能够用自己的魔力退到服装之后，成为衣服的心，模特知道他们的任务是让服装重新获得生命，让它们活过来。衣裳在一个好模特身上成长。

一个人用纯净的语言表达真话，他就是一个受人敬重的人；他那么干净地站在你身边，你就无形中清洁起来。祝凤鸣的诗歌清澈高远，如果把它们比作声音的话。他是学地理的，他找到了我们这个时代的泉水。

说他找到了泉水，不如说他找到了自己的灵魂。他把他找到的一切交给了这个时代，我们知道缺什么。

诗人是生成的，他写作只是把自己呈现出来。

他的诗歌最优秀的一部分都是胎养分娩出来的，从1983年到1991年的9年时间中，他的第一批好诗涌现出来。1992年到1994年期间，他创作了另一部分诗歌，这个阶段性的调

作家简介

祝凤鸣，男，1964年生于安徽省宿松县，1985年毕业于安徽师范大学。现在安徽省社科院从事科研工作。

1983年开始文学创作，1990年代中国代表性诗人，1998年参加《诗刊》社第十四届“青春诗会”；著有诗集《古老的春天》等；诗歌作品被集中翻译成英、日多种语言；电视纪录片《我的小学》曾获“金熊猫”国际纪录片大奖，中国电视纪录片“学术奖一等奖”暨“最佳编导奖”。除文学创作外，著述还有《山水精神——油画家洪凌评传》（专著）、《安徽通史》、《当代安徽简史》、《中国发展全书．安徽卷》、《资治通鉴精编》（均与人合著）等书。

整过程中，他使用了根艺的刻刀。1995 年以后，短暂的“匠人”生涯结束了，诗人再次回到他自己的命运当中，他的诗作在施洗后，返回到自身的光芒之中，再次展示着他生而具有的天才。

他的诗篇是自然生长的，如大地创造的一株榉树、一簇紫竹，跟文化和技术不相涉。

当一个人在自己的血液和经验中长大成人，那么这座学校就是他的往事。一个人所经历的、他祖先所传递的一切，成为这个人的往事之后，就一直活在他的心中。它使一个人完善自己的教养，丰厚、端正、健康地弥漫着。

往事是善的源泉。在《明月夜》里，它还是缓缓涌动的忧愁温情。

明月夜　妹妹/你在遥远的洲地拣棉花/你身着布衫/穿起秋天的鞋子/单薄的身子　如蓝色沼地里/啄食的白鹭深深弯下/使我想起村姑/也就是过去的朝代/那些普通人家的女孩……

我们可能首先被这种对待往事的语调打动，然后，在读到“啄食的白鹭深深弯下”时停下来。这如同两种竹筒乐器奏出的同一音符，我们看见了两个一模一样的白衣人，在同一个天空下深深弯下腰，而我们却只能在另一个世界眺望他们。

这种缓慢悠闲的颂歌语调并不来自今日，他让它的中国读者很容易感到《诗经》的抒情品质。这就是古风。

诗人的地域性蕴含着一种成长、一种希望。

像弗罗斯特、福克纳和《四个四重奏》的笔触都倾注于一个独特的世界一样，祝凤鸣的目光一直没有离开过古老的“枫香驿”。他的滋养、传统、秉赋和心性均为那块母性之土所赏赐，他的诗歌在他成长时与他一起长大。

朝北的路通往京城/汗淋淋的马在这里更换/少年时我从未见过马/通过我们家乡的驿道/秋来红叶落满路面//枫香驿，在以往的幸福年代/稻田里捆扎干草的/农家姑娘/在一阵旋风过后/总是想象皇帝的模样/……/驿道一程又一程/没有一个人能走到底啊/夜色里飞驰而去的消息/都是官家的消息/随后是冬天，飘雪了/枫香驿便渐渐沉寂下去/在一片白色里/很少听得见马蹄哒哒的声音

一个乡下人的传统里有山川河流的初衷，祝凤鸣深入他的那片土地，刻苦经营着。因此，在国内诗歌以乡村为题材的诗人中，他是最真诚、质朴的一个，不动摇，所以他的歌声显得珍贵。

有一次，丘岗夜色正浓，/二月还未苏醒，/我踏着回家的羊肠小径，在山坡//白花花的梨树下，碰见邻村/疲惫的赤脚医生，面孔平和。/‘刚从李湾回来，那个孩子怕是不行了。’/他说，药箱在他右肩闪着枣红的微光。//路边的灌丛越来越黑，/细沙嗖嗖——/我们站在风中，谈起宅基，柳树、/轮转的风水。//阴阳和天体在交割，无尽的秘密，/使人声变冷，/‘……生死由命。’这时，蓝光一闪，/话语声中，一群流星静静地/布满天空；/……

祝凤鸣的诗有神秘、忧伤的心灵景象。他的语调接近人们普遍的心灵，他的诗歌之所以打动人，只因为它出自心灵。

他的诗歌排斥智慧。一个智者的心灵在倾诉时不需要表现智慧，就能赢得共鸣，这比智性诗人高出一筹。智慧的诗只能算作心灵诗的练习曲，智慧只是通往心灵的道路。

说直接一些，祝凤鸣质朴的情怀之所以受人称道，在于他的朴素感情中有着善和美的质地。而这正是他在《所见》里请求的位置。

有一次，在梦中/我蹲在一个温和的角落/秘密地观看/一头母牛产下红色地牛犊，/并舔干净它，给它哺乳。/夜色明净/青草芳香/在早春草原荒凉的中心/红盘的月亮/洒下光辉/我的眼睛有着/焦虑的妇人的柔情/我请求他们/在梦中，我跪下并请求他们/也给我一个位置。

这里暗含着诗人对世间万物的敬仰之情。在诗人温柔之心中，万物都渴望被爱，这种月光中的“忧伤”心境，可能因为“更远”的距离造成了柔软之心在长久流浪之后的自我回归——唯有“爱”才是回头的道路。

更远的地方/我看见一只温顺的小猫/如一支蓝色火焰/在村庄潮湿的瓦上/忧伤地滑行

——《瓦》

大殿一片血红，飞檐前的黑色天幕/钉满了雪粒般的星辰/微光脉脉里/众鸟飞掷、争辩、没有终结……/万物依稀。

——《初春，明教寺》

一个内心充满爱的人，知道什么是好的，什么不好，所以他将告诉你把好与不好的分开。他帮了你一个大忙，你不再糊涂，心也安静了，他帮助你找回了快乐。其实，他虽然不明说，他帮你找到的是心中的那份爱。怀着这样的忧伤和感激，审视自己，看看自身的处境，便自然而然接受了另一首深刻的《自责》。

生活辽阔的海市蜃楼/退缩在电视中，父亲/长久怔望雪花沸腾的屏幕，/聆听着表弟带来的乡村死讯！/他的双眼垒起碎冰，/枯硬的双手/迅急掠过疼痛的肝部。//我的诗越写越假，/所谓的“高蹈”，所谓的“关怀”，/忽略了亲人的恐惧和爱！//哦，父亲的漆黑脸孔/浮现在午夜的空气中，/他有着怎样游丝般的哀愁？/他是怎样生活的？

这是一代人的《自责》。这首诗里有我们的心。那些本能的善心，也正作为报应离我们而去。我们空虚，感到心中出现了空缺，但是，我们还不清楚那个空洞是如何造成的，我们转向内心的视线被牵制和转移，作为可能被牺牲的一代人，我们成了“空心人”。

像人们称赞莫扎特的音乐里只有“是”的声音一样，祝凤鸣的诗歌中自始至终没有“否”和怀疑。如果一个人是坚定的，那么他的艺术就是统一的。祝凤鸣自刚开始时就表现出气节和修养上的成熟。就诗风和题材的统一性上看，在当今诗人的作品里难得一见。祝凤鸣自初学阶段便清楚地进入了自己的审美领域，同时也发现了自己的方法，到1995年之后，更是牢牢抓住它们，使他成为一个独树一帜的诗人。

他写得老实，不玩花招，不投机取巧。他十几岁的时候就这样做了，他年幼的时候就有幸成为一个明白人。在他作为一个乡下人进入诗歌作品时，他天赋的想象力使文化诗人羞愧。

水果摊前　一串串香蕉/如碧绿的小鸟/临空飞起，使进城谋生的外乡人/想掉头重返/遥远而又贫穷的家乡……

他这样说了之后，我们的头都掉过去了。

祝凤鸣的诗歌写作抛弃了书本和他所受到的“学校教育”，使自己真正回到本源上来。这从他感知的素材，从他那些朴实无华的诗题就能看出，他到底对什么感兴趣，对哪些事物的结局寄予厚望。《枫香驿》、《鸟巢》、《流星纪事》、《瓦》、《炭》、《乌桕树》、《笄壁寺》、《苍鹰》、《荒芜》、《白夜》、《音讯》、《偶遇》、《所见》、《自责》、《县城》，从此我们可以猜度一个诗人的精神历程。

谨慎地说，祝凤鸣在这个制造明星的年代，差点被吵闹声埋没了。虽然他得到了很多有眼力的纯洁读者的尊敬和爱戴，但是，就目前对他诗歌的重视程度来看，非常不正常。当噪音散去，读者和初学者的时间耽误了。这是这个时代的错。

张 驰

"自然意象"托起的"乡村宗教"

——祝凤鸣诗歌简论

阅读祝凤鸣的诗，我被一股虔诚而神秘的情怀久久笼罩着——这位在20世纪八九十年代诗坛上别具一格的诗人，仅就他留下的几十首代表诗作来看，足以奠定他在中国当代乡土诗歌的独特地位。

祝凤鸣的诗，就技巧而言，因为"自然意象"的使用，整体上呈现出"抒情与哲思"的冷却现象，并在这种冷却过程中，炼制了一份凝重与力量。就意蕴挖掘和精神提升而言，祝凤鸣的诗有着强烈的"形而上"的冥思色彩——生命从乡村出发，渗进了历朝祖先的梦想，并融入生生不息、大慈大悲的情怀中。

所谓"自然意象"，是我针对"意念意象"而提炼出来的一个概念。当代诗坛，许多诗人诗中的"意象"都不是"自然意象"，而是"意念意象"，是地地道道的个人梦呓——他们根本不是在用心写诗，不敢直接言说，而是在无聊地玩味修辞和挥霍才情，结果把读者搞得云遮雾绕、不知所云。除却商业社会带来的浮躁外，也许正是这种原因，造成长时间以来读者远离诗歌、诗人远离生活的难堪局面。

"自然意象"，是指诗人从"存在"的角度切入诗歌，将诗人的情怀有机地依附在（或者说紧紧包裹在）"自然物象"之上，从而结构成诗的语言加以表达。它是诗人特意为读者走进诗歌深处而铺设的一条"通道"或打开的一扇"窗户"。同时，"自然意象"中的"自然"二字还包含着"意象"在诗行中的流动是自然的，是风摆杨柳，如鱼得水——尽管，诗人在表达之前无不经过精心处理，有时甚至是千锤百炼。

仔细品读祝凤鸣抒写乡村题材的诗作，几乎每一首诗，从标题到诗行，到处都呈现着浓密的"自然意象"，也正是通过这些"自然意象"，进而揭示并托起了一种乡村"诗意"与"存在"。

为了说明“自然意象”在祝凤鸣诗歌中的表现，我们不妨先来对他的诗作《青春》进行一些解读。

青　春

窗帘轻拂，仿佛风有着骨头，
隐约的雷声传来极远的消息。

我只身来到门前的泥地，
黄昏幽幽的光里
一条蛇在吃土，蜿蜒，向我游来——

又红又黑的条纹，咝咝逼近的恐惧
和兴奋，哦，我的青春要成长，要迎风而上……

是闪电雪白的手臂
按紧我的双肩，
是一言难尽的大地，使我散成丝丝缕缕：

雨蛙、布谷、赤槐
世代相传的山羊，宛如铁屑
吸附在原野暗黑的磁石上——

早年地层下游荡的火把，
照见无数人的骨头，如今转为人间灯火，

多少儿女嫩绿的枝条垂落在午夜的微光中。

“自然意象”在祝凤鸣诗歌中的具体运用，既有利于提升诗歌语言的速度，又有利于掘进诗歌的内在意旨。

这首诗开始两句，就含有三个“自然意象”，即：窗帘、风、雷声。正是从“窗帘、风、雷声”等铺设的“通道”里，我们知道诗人写作的时空位置和情感起因，并走进了这首诗的深处。接下来，诗中出现的诸如“蛇、闪电、雨蛙、布谷、嫩绿枝条”等等“自然意象”，无一不是自然而然的延展和生发。

"窗帘轻拂，仿佛风有着骨头……是闪电雪白的手臂/按紧我的双肩"。风、闪电都是诗中的自然意象，然而，诗人没有停留在这些自然意象的浅层排列上，而是进一步挖掘了各自的深层次内涵，"风的骨头"与"闪电雪白的手臂"极富新意。如果改成"风轻拂着窗帘……是闪电/按紧我的双肩"，虽然与诗人所要表达的意思也基本吻合，但品读起来就没有现在的意味，也不会产生应有的力度。又譬喻"早年地层下游荡的火把，/照见无数人的骨头，如今转为人间灯火"这一句，很明显，指的是祖先散落在大地上的磷火(注意，这种火，通常也只有在春夏之交的夜晚才能出来。正好这一意象的出现也印证了诗人创作本诗的时间。)有多少人看见过这种火而不感到神秘与惧怕？又有多少人在变成了这种火之后而不感叹生命的短促？古往今来，生命生生不息，阴阳两隔，代代相传。如此丰富的生命意识，就在一瞬间"压进"了读者的思维里，祝凤鸣靠的正是对"火把"、"骨头"、"人间灯火"等一组"自然意象"的合理挖掘。

作为一位乡土诗人，祝凤鸣没有在诗作里"再现"所谓通常意义上乡村生活的"贫瘠、坚忍、勤劳、质朴"之类的浅层意旨，而是运用"表现"的手法，将依附在"乡村"这个生存背景上的"生命过程"及"生命现象"诗意地提升，进而揭示了一种"存在的"神秘性与丰富性。

所以，祝凤鸣呈现出来的"乡村"以及这个"乡村背景"里的生命、亲情、爱情、记忆、时间、死亡等等，也就有了它宗教层面上的"审美意义"，而不仅仅是伦理层面上的"情感意义"——在此，我将它总结为"乡村宗教"。

对"乡村拜物教"的不适感。随着改革开放的深入，商品和市场已渗透到乡村的每一个角落，一切向"钱"看的价值观念也不断地影响到那些纯朴善良的乡村人。当诗人走进《纺织品商店》时，他首先看到了这样的场景："整个商店在飞卷/人群的碎步急行/点头，比划，/伸长颈脖的讨价还价，/啊，柜台沙沙作响，一卷蓝布拉开了。"这是一种繁荣的景象，本无可厚非，然而，当诗人接着看到"店堂拐角处，玻璃围合的账台里，/一个女人耳挂金环/正埋头书写……她的安静令人吃惊"这样的景象时，心里着实"格登"了一下。诗人是有理由的，就在这一闹一静、一外一内的巨大反差中，他发现了"一个女人金子般的专注"，很显然，这位乡村的"女人"被"金钱"异化了。在《县城》里，诗人也看到了这样的场景："店门开着，天很热/有人安贫若素/从客厅深处走出来/有人仰望天空，看看四周/不知身在何处//有人梦见火把//一个突然的渴望/使水果摊前/一串串香蕉如碧绿的小鸟/临空飞起/使进城谋生的外乡人/口唱小曲/想掉头重返/遥远而又贫穷的家乡”。正是因为有了这一个个“欲望”的引诱与滋生，乡村的人性才发生了颠覆性的改变，而这种变化的最表层体现，就是使人想掉头重返梦中的故乡。

原始宗教滋养下的生命史诗。印象中的祝凤鸣不仅博览群书，而且在八、九十年代的中国诗坛交游甚广，他对当时正流行的“文化哲学”与诗坛上部分诗人进行着的“民族史诗”探索不可能不清楚。然而，他的可贵之处就在于坚持了自己的独立性、原创性，从“自己的乡村”这个微小口径进入，并用一首首看似小诗的形态拉开了“生命史诗”的大幕。“这是我们的村子/还没有到芦花泛白的季节/花椒和山杨还未透出朱砂的颜色//母亲是疲惫而坚忍的/是什么使她哑然无声地伫立/在先辈的宅邸中？//”这是诗人写在《芦花村》里的几个句子。先不管诗人是在对“谁”进行指认或诘问，仅从这几句诗行中，我们能得到以下一组明晰的生命信息链：我——芦花村——母亲——先辈的宅邸——先辈。如果再加上诗末的两句“许多人离开又回来了/村头还有数不清的未世者”，那么，这个生命链条还要长：——死者——数不清的未世者。这简直就是以“我”为中间地带，以“芦花村”为“生命现场”的一条生命长河。

再来看诗人的另一首《流星纪事》，那里也有几组有关“生命”的信息：第一组是大地方位上的：邻村——芦花村——李湾村——旷野；第二组是天空方位上的：夜空——流星——猎户星座；第三组是时间方位上的：二月——冬夜——千秋；第四组是精神层面上的：死生由命——使人声变冷的秘密——在锡箔中颤抖的旷野——古蟒的灰烬——蓝色的鞭影。如果说《芦花村》是“生命流程”的纵向列举，是“我”对生命的一种线性表述，那么《流星纪事》则是“生命存在”的一个截面呈现，是生存对“我”的一种包围式表述。说到底，与生俱来的惊悚，自知生命渺小的无助，对天地神灵的敬畏，是生命最原始的宗教情感。在乡村，“生命”的过程就是在这样的“纵向”与“横向”中一代一代传承下来。

佛教意旨以及轮回的爱与忧伤。佛是什么？佛是觉者的意思。觉有四种：本觉、不觉、始觉与究竟觉。“本觉”是一切众生本来具有的觉性，即“一切众生皆具如来智慧德相”；“不觉”是迷惑颠倒，像迷路的人一样，不仅忘了回家的路，而且连自己迷路这件事也迷了；“始觉”是迷路的人觉悟到自己迷路了，开始找或找到了回家的方向；“究竟觉”又称如来果地，就是回到了老家，看到和拥有了本地风光。在《河湾里》，祝凤鸣吟诵道：“我将渐渐衰老，死去，哦！故乡，若是真的/能再转生人世/我还要回到这里，看着喜鹊和乌鸦/被杨柳的绿焰摧飞”。诗人在这里的表达，正是达到了“究竟觉”的境界。生命的意义说白了，就是懂得拥有并珍惜自身所拥有的一切。不管人生多么艰难，不管环境多么恶劣，不管地位多么低下，你都能“忍受”着，并从中“发现”美好，培育慈悲的怀情，就能上升到佛性的高度。所以，爱因斯坦晚年也说“佛教是最后的真理。”通读祝凤鸣的乡村诗作，这种佛性的光芒无所不在——在《小河沿》，诗人询问，“一只变蓝的鸟/带着我的忧愁，将头插入水中/河心，葵花形石桩激起涡流/我从前来过这里?”；在《鸟巢》里，诗人写道，“我有时深夜去井边/碰见乌鸦和鹭鸶/它们是否与我早逝的姐姐有关?”；在《衰歌》里，“我怎能离开这微凉的/灯光闪烁的三月/我怎能把搁在你心中的双手抽回……那久久消失的/必将在春天的午夜呈现/那烛光里的无辜伤害/必将铸成冷剑/又回到你快乐的床边”；在《请求》里，“请求樟树　树下的人/抬起秋天玄色的棺材//请求死者复活/用肩膀把我扛到山上/请求山上的人们记住我”；在《亡灵》，诗人哀叹：“我不与你说话/我把手伸给你/但救不了你，夜里多雨/月光往往又被西风卷去”……所有这一切，既与爱有关，与死亡有关，归根结蒂，还是与苍凉、空寂有关。诗人也正是在这诸多轮回和虚幻中，培育出了对乡村的慈悲，对生命的慈悲。

由此，从乡村抒写这个独特角度，祝凤鸣对中国当代诗歌作出了积极探索与突出贡献。诚如诗人在诗中所说：

“是一言难尽的大地，使我散成丝丝缕缕”；

“我未说的如大地的泥土，/我所说的只是掌上的灰尘”。

苍 耳

诗歌意志

A. 诗歌意志作为一种存在

1. 对诗史上诗歌本体现象的追究都必须进入其内在的诗歌意志层面。“历史是这样创造的：最终的结果总是从许多单个的意志的相互冲突中产生出来的”（恩格斯语）①。作为诗歌行动的直接策源和依据，诗歌意志的缺席和弱化，使我们目睹了一个又一个诗歌贫瘠的年代：攀附、浮靡、不断复写和彻底钝化。同样，在宣言和旗号煞是热闹的状态下，诗歌意志宛然在场，其实那不过是一个蝉蜕而已。在我看来，诗歌多元格局的形成并非是指风格的多样化，也并非是颠覆和消解中心性的权威诗歌话语所连带的必然结果。如果没有相互对峙又相互聚合的多种诗歌意志的并存，那么多元化仅仅是一个似是而非的幻影。

2. 诗歌意志大于诗人意志。将诗歌意志等同于诗人意志，如同沃林格尔将艺术意志等同于艺术家的意志一样，意味着将冒这样的危险：创造主体的意志可能被夸张到覆盖和支配一切的程度，而诗本体便顺理成章地被置于傀儡式的附庸地位。换言之，它确立的是创造主体对诗歌话语形式的粗暴独裁。而更大的危险已被我们看到，“诗人意志”在诗史上成为一个不断被填充或偷换的概念。当它被侵蚀和强占后，它所孕育的必然是诗歌的假胎和怪胎。“文以载道”不断替换内涵并改变面目出现的根因正在于此。更为根本的问题在于，即使“诗人意志”是审美的，它的唯我独尊的专制，也使诗人无法找到与诗本体的切口和最佳临界点，并且在写作过程中失去控制力。

3. 诗歌意志是诗人的主体意志与诗歌的本体意志相遇相激后的有机融合、统一。诗本体并非诗人任意揉捏的“面团”，它的自主自足的强大意志，

① 《马克思恩格斯选集》第四卷，第478页。

一方面抵抗并惩罚着奴役它的“专制之手”，另一方面制约、激活和重构着诗人意志的“创造之手”。因此，诗歌意志的生成来自主体意志和本体意志的二元张力和矛盾运动：不断裂变又不断聚集，不断错位又不断契合，使诗歌朝向可能和边缘生长。

4. 诗歌意志不是诗学理论的别称。诗学理论是对具体个别的诗歌意志的共同概括与提升，诗歌意志则是主体意志与本体意志相遇相激后洞开的不规则创造可能，和实现这种可能的过程中形成的创造原则和方式。诗学理论一旦形成便作为一种观念形态潜存于文化、思维、审美规范和审美风尚中。诗歌意志是介于诗学理论和诗歌创造之间的主要变构力量。它始终通过诗歌文本呈现、变构自己的美学维度、本体向度和表现角度。这样，诗歌意志便与外在的宣言和口号划清了界限。

B. 诗歌意志的内在构成

1. 主体意志是由诗人应世观物的哲学、文化态度所形成的“世界感”，和把握诗本体自律所启悟的“诗歌感”有机构成的。“世界感”既入乎其内地浸透着特定的精神、文化的整体氛围和色彩，又出乎其外地依恃个体生命/生存的体验并达到形上的思悟。正是通过“世界感”，诗歌保持着与时代、现实的隐秘联系，并获得一种精神根基。“诗歌感”是对语言、形式的天才直觉和后天不断磨砺所熔铸的诗歌“宗教感”：诗本体已成为血液、骨髓和灵魂的不可分离的偶像。“诗歌感”之重要，如同一个宗教信徒可以不谙经文但却不能没有宗教感一样。“世界感”和“诗歌感”的任一缺席或偏枯，都能造成主体意志的虚弱、失衡甚至空洞状态，使主体意志拒斥异化的能力被自身拒斥。

2. 本体意志是由诗歌得以寄予、显现的唯一媒介——特定语种所内含的“诗质性”，和诗歌得以传承、改写与变幻的唯一维度——实现重构的“形式性”有机构成的。“诗质性”既是能指的，也是所指的。前者是特定语种自身的质地、构造及音韵等等美质，后者是内在于语词的文化、精神和生存的含量。它们只有在创造性形式的重构中才能呈现：提升或者还原。“形式性”既有外在的，也有内在的。外在形式可以被反复使用，内在形式只能被使用一次。这是因为，前者是可以独立于内容或素材的形式面具，后者则只有在与内容或素材惟此一次的有机融合中才能显现出来。故此，“形式就是内容”这个命题，只有在“形式”是指内在形式时才能成立。总之，语言的“诗质性”和“形式性”在当下的共时创造中凝定为“诗歌性”的东西，而“诗歌性”正是本体意志的集中显现。

C. 诗歌意志的生成方式

1. 既然诗歌意志的生成来自互相激活的二元矛盾张力，那么，主体意志和本体意志之间异质的张力越大便越有可能生成新的诗歌意志。这既取决于二元意志各自内在结构要素的振荡嬗变，也取决于不同时空的二元意志之间的交错撞击。古典诗歌意志生存的空间介于意识形态极权话语和狭隘自足的小农心理模式之间，使得任何不规则的异端意志不是被扼杀就是被整合。而现代诗歌意志的生成，无论是精神的自由度还是异质的相容度都大为改观。这造成前者的一元性、集体性、超稳性，和后者的多元性、个人性、裂变性等截然不同特征。基于此，二者的生成方式也明显不同。

2. 古典诗歌意志的生成方式主要以递进式和回复式为主。递进式是指沿着某种单一的走向不断深入、衍化和拓宽。例如中国古典诗歌意志基本是沿着“表现”的向度展开和发展的，这从言志说、缘情说、神韵说和性灵说等诗学理论的演变序列上便可见出。而西方古典诗歌意志基本是循着“摹仿”的向度嬗变的，从“摹仿说”到“镜子说”再到“再现说”，都呈现出递进式的生成方式。所谓回复式是指反向地跨越，回溯到诗歌的发祥阶段，这一般发生在诗歌虚脱、意志虚位而不得不依凭传统力量的年代。在众多复古主义的作品中，只有对传统诗歌意志进行变构的部分才具有某种价值和意义。

3. 现代诗歌意志的生成方式主要有嫁接式、聚变式以及逆反式。

（1）所谓嫁接式是指借鉴、吸纳异质的二元意志以打破近亲的封闭循环，使某一语种的诗歌敞开巨大的创造可能。中国现代文学史中的“浪漫派”、“象征派”和“现代派”无疑都是嫁接西方诗歌于汉诗之中的尝试和结果。而美国诗歌对中国诗歌的移植，公认的似乎只有二十年代的“意象派”，其实五十年代末，“垮掉派”等一批反学院派都不同程度地摄取中国诗歌的意志和文化作为新的能源。新超现实主义的领袖罗伯特·布莱认为：“美国诗人以‘道’为方向应该已有很长时间了，已达到阴阳平衡了。”（可以说，二十世纪的诗坛巨匠大都具有多种文化、精神背景，乃至能运用不同的语言创作诗歌，这为强壮有力的诗歌意志准备了丰厚的土壤。

（2）聚变式。造成聚变的能量在于，一种新的学说突然拓宽了人们对于精神世界和本体世界的认识空间，从而引发了从诗歌意志到诗学理论的剧烈

"爆炸"。就主体意志而言，弗洛依德创立的"精神分析说"成为"意识流"、"越现实主义"、"自由派"和后期象征派的理论依据。就本体意志而言，索绪尔的语言学理论促成了诗歌意志偏重形式和文体的趋向，以至于发展到"具体诗派"、"语言诗派"和"非非主义"的极端语言实验。

D. 对一种诗学分析结论的质疑和补足

1. 以索绪尔语言学理论为基础的雅克布森诗学分析模式，是将隐喻和转喻当作语言符号形成过程中选择和组合两种运作方式的基础，因而这种修辞方式既是两种语言运作方式的产物，同时又上升为人类语言共时与历时的两种基本向度和本体诗学分析的基本模式。这是二十世纪本体诗学理论的重要成果之一。运用这个典型模式分析诗歌文体不仅视角新颖而且卓有成效。但是它的局限性也是显而易见的。雅克布森说："人们已经多次指出过隐喻手法在浪漫主义和象征主义流派当中所占据的优势地位，然而却尚未充分认识到：正是转喻手法支配了并且实际上决定着所谓'现实主义'的文学潮流。"[①] 在这儿，雅克布森完全拒斥了主体意志的相反相成的有机构成力量。

2. 在我看来，与呈现本体意志的隐喻/转喻模式相对应的，是呈现主体意志的拟人/拟物模式。拟人/拟物的二元结构既曲折对应于和异在于现实世界的人化和物化状态及其悖反关系，同时又上升并凝成人类艺术思维的两种基本向度和主体诗学分析的基本模式。这两种模式也处在相互渗透、相互转换的矛盾关系中。卡西尔指出："诗人和神话创作者看来确实生活在同一世界中，他们具有同样的基本力量——拟人化的力量。他们观照一个对象时非得给一种内在的生命和拟人化形态。"[②] 人类自主意识的确立是拟人化力量产生的必要前提。而布留尔在研究原始人的思维方式后认为，这种拟物化思维是一种以互渗律为主的原逻辑思维：人与图腾及一切存在物处于一体化的水平线上，彼此存在着一种不间断的转换和神秘互渗的亲族关系。那么，主体意志的拟人/拟物模式的运作，同样能在语言层面的修辞方式中找到它对称的投影：拟人和拟物。可以说，不是先有这两种辞格，而是先有拟人/拟物的诗性思维，才有作为辞格的拟人和拟物。

因此，文学以及诗歌可以分成拟人化/拟物化这两大流向和形态。拟人化

---

① 雅可布森：《隐喻和换喻的两极》，《西方文艺理论名著选编》，北京大学出版社，第431页。
② 卡西尔：《人论》，转引自《西方文艺理论名著选编》，北京大学出版社，1987年版，第753页。

诗歌将主体的情感、意念和人格注入对象并变形为另一种形式，从而获得沉浸、反观自身的美感体验，带给人以命运感和扩张感。肯定性的拟人化产生快感，一种生命的愉悦和自我的实现；否定性的拟人化则产生痛感：生命/生存的困扰和毁灭。在拟人化的过程中，我们看到两种类型的诗人：一种是把自己的全部人格注入其中并且毁灭于其中的诗人，作品极富情感性和超验性，如屈原、荷尔德林和海子。另一种是将人格置于作品的背后而保持生存世界的客观性和丰富性，同时上升为整个人类命运悲剧性的交响。如荷马、歌德和曹雪芹。

拟物化诗歌则放平主体君临一切的架势，剔除先在的意义圈套，与万物达成一片谐和并消融自身，或者以冷静客观的形式还原与直面存在物和存在本身。在现代，拟物化的类型和趋向大致分裂为二：其一，以情感零度叙述人的存在近处的存在物，凸现物的统治性或者直接将人虚拟为物，以此呈现人的异化状态。其二，回归并融入自然万物之中，与宇宙的律动相应和，达到一种无知无欲的物化状态。这是东方新古典主义。

当然，拟人/拟物达到相对平衡时，拟人化诗歌也带有拟物的色彩，反之亦然。

3. 倘若将隐喻/转喻的本体诗学分析模式和拟人/拟物的主体诗学分析模式加以有机融合、统一，便可以得到一个综合立体的更大的诗学分析模式。也就是说，透过由隐喻/转喻的二元运作所构成的形式化世界，可以看见更深一层的拟人化/拟物化的投射、调节与制约：主体意志在行动。

由此可知，转喻之于本体意志，拟物之于主体意志，二者的历史性合力“决定着所谓‘现实主义’的文学潮流”。同样，决定浪漫主义和象征主义的是隐喻/拟人两种意志的双向运动与合成。这两种流派意志的分野是由如下原因造成的：[1] 本体模式和主体模式各自内部的二元结构轴因倾斜度不同而形成不同的内在图式，如象征主义的主体模式，其拟人轴（纵轴）较之浪漫主义偏向拟物轴（横轴）。而浪漫主义的本体模式，其隐喻轴较之象征主义向转喻倾斜。[2] 不同的内在图式造成的撞击力度和角度也是不相同的；它们合成的诗歌意志之“钻石”也形质各异。其实，对每个独特的创造个体而言，只有成熟的诗歌意志才能将他与别的、哪怕是同流派的诗人区分开来。因为诗歌风格的差异，其根源在于诗歌意志的差异。例如在象征主义流派中，既有波德莱尔式、马拉美式，也有里尔克式、艾略特式等，它们都是更为独特的个人性意志的呈现。因此，通过这个更大的诗学分析模式，我们可以考察诗史上诗歌意志定位和移位的迹线。自然，关于这方面的综合研究还有待于进一步深入。

E. 诗歌意志和诗歌精神之间的关系

1. 诗歌精神作为诗歌意志的巨大背景，并且，诗歌精神通过介入和渗入主体意志内在的“世界感”来制约和干预诗歌意志。说到底，诗歌毕竟是人类精神的产物。诗歌的存在必然建立在特定的精神根基之上。在诗歌精神和诗歌意志之间存在矛盾又统一的关系。重建诗歌精神只有在下列前提下才是必要的，即现存的诗歌精神已在根本上严重阻碍和破坏新的多元诗歌意志的建构。如果仅凭部分诗人逃离和部分诗歌媚俗的状况，便断定诗歌精神已经朽坏，恐怕是武断的。一方面要看到，进入新时期后“诗歌精神”在中西文化撞击中逐步从废墟中确立本已的高度和自由度，一批中坚诗人已经和正在形成独特的诗歌意志和写作风格，他们的创作实绩和文本实验所达到的极限在“左”倾年代是难以想象的；另一方面也要看到，诗歌精神本身不仅亟待批判性地扬弃和发展，而且还不断受到现实异化力量的侵蚀和威胁。故此，如何坚守和深化新时期以来的诗歌精神是当前诗坛面临的主要问题之一。

2. 诗歌意志是诗歌精神的集中体现和量度标尺。在本世纪初，美国的新诗运动中所爆发出来的诗歌精神，其实质是既反抗英国传统，又反抗美国的高雅派传统，从而使诗歌现代化和民族化。但是，如果这个诗歌精神不是凝定为意象派、象征派和芝加哥派等一批诗人的个人性诗歌意志，并在具体的实绩中呈现出来，那么，所谓的诗歌精神仅仅是一个泡沫般的口号而已。因此，不止于谈论诗歌精神，而是进一步研究如何导引和催生诗歌意志的确立和多元化，对于中国诗歌的发展才是更为根本的和富于建设性的。

F. 诗歌意志和诗歌风尚的关系

1. 诗歌风尚是一种社会性的写作、鉴赏诗歌的趣味和标准。它因深入人们的心理结构而具有很强的稳定性和排它性。一般而言，一个时代有一个时代的诗歌风尚。它对不合规范的诗歌意志先天地具有压制和铿平的作用。因而，受诗歌风尚浸染甚深的鉴赏主体和写作主体很难形成超越风尚的独立的主体意志，而本体意志也自然处于遮蔽状态中。依傍诗歌风尚写作也能磨制一些精致之作，但这样的诗人不可能成为独特的或者开创性的诗人，更多的诗人必定处在互相重复互相践踏之中。例如，中国古典诗歌在经历了唐代的极盛期后面临可能性的枯竭，而宋词之后已难以为继。强大而自足的诗歌风尚，是造成诗歌变革、更新极其缓慢的重要因素之一。

2. 独异的诗歌意志是对强大而稳固的诗歌风尚的冲击与突破。换言之，它是不断从诗歌风尚的母体裂变出的先锋因子，自然受到传统风尚巨大惯性的扼制和整合。波德莱尔的《恶之华》和惠特曼的《草叶集》，它们在问世之初都遭到无情的围攻与否定。对于中国古典诗歌而言，陈子昂的《登幽州台歌》，其不合格律不合意境的独特性，理应成为诗歌发展另一种可能性空间。但陈子昂并没有据此形成诗歌意志，或者当它的先锋性处在雏形时，便湮灭在诗歌风尚的汪洋大海中。否则，中国自由诗的变革也许要提前一千年。

1995. 02. 27

金肽频

用身体反对诗歌

什么样的人是诗人？是那些正在写诗的人吗？当然不是。诗人之所以被人们称为诗人，是因为他们喜欢用词语和声音、色彩进行自我独白与肢体解构。

什么的坛是诗坛？是那些诗人组成的方阵或团队吗？当然不是。在诗坛上我们看得最多的是相互间的语言攻伐，“上半身”与“下半身”的纠缠，口水对口水的战争。最近要不是我亲身上了一趟“扬子鳄口水论坛”，我是无法想象诗坛是个什么样的坛！起因是我看到一位董姓“诗评家”（在这里，我不点出他们的名字，是为了保留他们作为诗人的最后一点荣耀）写的《什么是诗歌，什么又是垃圾——〈诗刊〉社“青春诗会”批判》，以及一位刘姓诗人写的《印象中的青春诗会》。董姓“诗评家”因为选择了一个绝佳的“骂点”，果然在网络上一骂成名。现在，他的“论文”在网络上真有一种“九阴真经”的灵验。而我发现他对青春诗会的集体性批判，为这些文字输入网络的两年后。可以说董毕全身之骂能，把历届参加过青春诗会的诗人都扫进了垃圾堆。我终于忍不住了，以不合格诗人的名义在网络上回应了一篇题名为《诗人不叫“脱裤者”》的文章。孰料半年前写就的这篇文章被刘姓诗人发现后，挂到他作为版主的“口水论坛”上，我挨骂的命运可想而知。当被我回击的刘姓诗人挂上第一帖：“哦，我只是觉得这人好像没头脑，吃错了药一般”后，果然引来辱骂一片。我再看看这个论坛，可谓大开眼界了：“一堆大便，老枪过来吃一下，记得你要擦擦嘴”等等。诗呢，是这样吓人的标题：《一个女人对兔子的性骚扰》。论坛上大片的是比泼妇骂街还要“泼”的污言秽语，简直有把诗坛变成“屠宰场”的架势。这或许正是当下中国诗歌处在可悲状态的缩影。诗歌在某些人手中已变成宣泄身体的工具。诗集卖不出去时，就脱了衣服在街头上演“裸奔”；有人干脆做起“一斤诗歌一百元钱”的买卖；有人为一首诗标上80万元的天价，尽管里面包藏的是一个不能见人的商业合谋。有些诗人习惯于借着茶楼昏暗的灯光，把手悄悄伸进女同胞的衣襟。所有这些混乱不堪的迹象都在向世人昭示着一条真理：鱼最喜欢游的是混水。“诗人啊，你们一直是骄傲的；那就更进一步，变得睥睨一切吧。”法国诗人马拉美的这句名言引起过多少中国诗人的重视？诗人啊，你眼中睥睨的应该是骗子、阴谋家、商贩、伪君子，喜欢收红包的医生、喜欢把课堂知识带到家教上去用的老师，但你怎么把自己也变成了让世界睥睨的对象！

世界运转的速度越来越快，人类的物化现象也越来越明显。当人们喜欢用自我夸张的语言营造人类的修辞学环境时，真正能保持清醒思考力的诗人是少之又少的。他们大多用喧嚣与浮躁的心情浸润诗歌，让诗歌在物质的泥潭里寻找不到前人的足迹。因此，他们无法以感激、仰慕与敬畏的心态来与前人对话，在一个人的心灵里进行独语式的写作。然后双手捧献给读者：这是当代最优秀的诗歌，这是第×代的现代派！当读者们站在纸上扳着指头来数第×代诗歌时，我们已经无法忽视另有一群比他们“走”得更快的诗人，靠在西方大师们的经典里，指点着大众性的写作诗人。他们取胜的法宝往往也就是翻译、复制、模仿，然后斯文尔雅地传播。这样的诗人对于中国诗坛更具欺骗性。因为他们可以把一篇论文写得出神入化，把自己的诗写得光怪陆离。有时只有简短的十几行诗，却可以让同行好友解读出几千字、一两万字的评论文章，你惊叹其中的神奇不？一词一句的与西方经典进行比照，没有比出名堂决不收兵。有的诗人写作的诗歌数量很少，但他请人写出的评论文章却是诗歌的好多倍。文字极尽豪华，风格极尽“大师”，在他们貌似强大的诗歌形象面前，真正追求社会价值与历史价值的写作者，也只好丧失写诗的自尊心了。

这就是当前中国诗歌最令人不能容忍的两大类诗歌现象，使中国诗歌变得越来越危险。第一类是诗坛上的“小丑”现象，第二类是诗坛上的“大师”现象。“小丑”喜欢玩文字上的新奇，在精神上猎艳，喜欢对传统和历史进行毫不留情的“革命”，发出雷声大雨点更大的各种“宣言”。他们用个性化的精神叙事，对大众语言进行无情的拆解，对历史进行深度消除。完全放弃了对道德价值和历史感的追求，用肢体图式和裸体语言挑起一个个“文学事件”的发生，使诗歌在普通者的阅读视野里变得“面目可憎”。所以，我们在当下的诗歌中已很难发现那些为人们所需的文化之忧和情感之美。诗歌正在沦为“时尚散文”或者“心灵散文”。对于诗坛上那些扯着虎皮当大旗的诗人，中国自“五四”新诗以后从来就不缺乏。胡适、郭沫若、徐志摩……一个个充满激情和智慧的名字，曾经给我们以辽阔与雄厚，振奋与自信。但他们现在越来越成为历史，无人再重新提起（似乎也没多少人有勇气去提起他们）。诗歌从来没有像今天远离着社会现实与大众情怀。记得俄国诗人勃洛克曾这样说过：“诗人的使命是公共文化，他的事业是历史性的事业。”无论诗歌背离现实有多远，有一天它总是要回归的。随着社会经济的发达，生活的富裕，人们更需要诗意生活的指引和精神价值的重新确立。这是我对当下中国诗歌未来走向的一个大胆判断。新近在一些诗人、评论家参加的“纪念中国新诗90周年座谈会”上，四川师范大学诗学研究所所长曹万生教授也大胆预言：“在经过第三代诗口语诗解构优美的破坏以后，新诗把感觉化、理念化等不断奉为圭臬，时至今日，大家都已感觉出诗的末路与枯燥。事实上，干燥的当代人需要情感的寄托与滋润，忙碌的当代人需要优美的虚幻与润滑。新一轮优美与抒情的时代到来了！”当然，新的抒情时代一定有别于过去，一定有新的色彩与韵致，有新的知性与理性。

尽管中国诗歌已浓缩为诗人圈内的某种形式运动，但它并没失去自我拯救的机会。“小丑”和“大师”是同台竞技的需要，也是中国诗歌浴火重生必须跨越的“两道坎”。在这个世界上，因为中东问题，我们不可能不知道黎巴嫩。但我们同时知道，黎巴嫩因为有了诗人纪伯伦，我们更加看到这个民族精神的坚挺与顽强。俄罗斯因为有了不落的诗歌太阳普希金，所以才显得格外光辉而伟大，一个普希金广场令多少人流连忘返。可以说，诗人是民族精神的诗意凝聚。由此看来，现阶段的中国诗人应该知道怎样凝聚自己的精神了。

赶快将自己从花的蓓蕾中驱赶出来吧，不要再作茧自缚。作为一个对社会满怀真诚的诗人，有责任为自己素洁的诗歌而守望。现在，面对一切我深感龌龊的东西，除了诗句，只有用身体来反对！

（选自《现实与物质的超越——第二届青海湖国际诗歌节诗人作品集》，青海人民出版社，2009年8月第一版）

李百灵

与文学有关的一些疑问

想象的始点

让事物的特质凸现出来，我们的修辞：比喻。但任何比喻都是不完美的，它只及一点，不及其余，犹如盲人摸象。由一点开始展开的想象，无论其如何瑰丽奇诡，我们总能找到它的始点。

“宇宙是一个数目不明确的，也许是无限数的六面体回廊所构成，中间有宽大的通风井，环绕着极为低矮的栏杆。”（《巴比图书馆》）谁都为博尔赫斯奇异的想象倾倒。灯谜爱好者李百灵豁然发现，博尔赫斯的宇宙不就是图书馆吗？极为低矮的栏杆不就是书架上一排排的书脊么？

哥特式教堂的尖顶把人们的想象指向天堂，图书馆长博尔赫斯又能想到哪里去呢？

脸　谱

斯大林的烟斗、丘吉尔的雪茄、毛泽东的窑洞、邓小平的特区，我们称之为领袖风采。还有莱汶斯基的裙子、杨玉环的荔枝、李白的靴子，等等。一件普通事物身上，倾注了我们全部的感情色彩。

红光满面，我们对人物的基本态度，从脸上就能看出来。最后，抽象为脸谱。

中国特色文字

窃书不为偷。注意这个“窃”字，就比“偷”字显得品位高些。有权有钱有才者，玩弄女人，那不叫玩弄，叫“风流韵事”。反之，你什么都没有，还想玩弄女人，那不叫“耍流氓”才怪呢。

公交车上，一个少女背后的裙子拉链开了。后面的男青年帮她拉上。少女回头一耳光。这人又按原样拉开。又是一耳光。这人如是我，肯定是流氓没得说的。但如果是名人，就变成上“名人轶事”。

面对不同的人物，文字展露不同的风情。

所以，文字的基本单位——词，就有了褒义、贬义之分。严格意义上的中性词是不存在的。我们戴着有色眼镜，所有的词都被我们强加上感情色彩。

可爱的劫匪

影视中常出现的戏剧场面让他碰上了：一伙匪徒打劫银行。

当他愣在那儿的时候，更具有戏剧性的事发生了：一个劫匪摘掉面具，高声向他打招呼。他一看，是邻居阿三，一个经常悔棋的家伙。这家伙竟然忘掉自己正在抢劫!

当警方悬赏破案时，他很轻易地拿到了那笔奖金，并买了一副象棋送到了看守所。

一个小偷潜伏在床底下，他想等人睡着了再开始工作。不想他先睡着了，并发出了可爱的鼾声。

相声中的“包袱”抖开始，主人公是浑然不觉的。

赶不上

我们总是赶不上。正版赶不上盗版，诗人赶不上唐朝。医药赶不上病毒，工薪赶不上物价。建设中的汶川赶不上大地陷落，我们的抗议赶不上美国制裁。

落　叶

按照所谓的美学原则，画家把一片树叶盖在裸女体的羞部。

我在这幅画前，沉思良久。我在等待树叶落下来。

不当军旅诗人

延安有个王实味，是个思想开小差者，行军之前，被肃清。

行军之前，所有的思想必须扎进腰带，压进枪膛。

大敌当前，思想家、诗人是多余的，与战斗无关。“口号诗人”、“鼓点诗人”是我们的同志，相当于战地号角。

而我，宁可去掩护战友，当个好靶子，也决不当这样的军旅诗人。

结　巴

一个自以为是的诗人，喜欢大剂量地用破折号。他在《大家》上发表散文，通篇都是横杠子。他以为这是他的个性。而我把这种连一句话也说不清楚的人，很干脆的称为：结巴。

刚才播的不算

文革时，公社书记与广播站女播音员私通。估计也是不得不通。早晨醒来，书记找不到裤头，就问：我的裤头呢？不存想机器是开着的，公社的山山水水传诵着一句话：我的裤头呢？

机智的播音员做了紧急处理：红星公社广播站，刚才播的不算！

书记说话不算数，喉舌说话不算数，作为受众的我们，算什么东西？

戏剧效果

一个性趣高昂的人正在行淫。即使用枪顶着他的屁股，他也要把动作做完。

警察把犯人的手铐在自己的手上。问题来了：当犯人小便时，警察的手必须凑上去。

结巴在打劫时，不说"打劫!"，而说"……打……打……劫……劫……"。

医生在肚皮缝合术后找不到手套。

独眼龙哭泣，一行眼泪。

张生爱上红娘。

想到哪去了

这是位淑女。酒桌上，我一直考虑，怎样打动她。

我给她出一谜语："摸摸你的，摸摸我的；扒开你的，塞进我的。"她脸红了，继而大笑：流氓！

我说："你想到哪里去了，是扣纽扣呀！"

许多悬疑小说、武侠小说、推理小说，正是用这一招，把单纯的读者引入歧途。

打动一个严肃的读者，歪打正着是为办法之一。

意　外

一个不幸之人他总是不幸。他决定到树林里上吊自杀。他刚把绳子挂好，不幸之事又发生了：他惊动了黄蜂。黄蜂的蜇击使他抱头鼠窜。他人生最后一件想做的事还是做不成。

作家就是黄蜂。他埋伏在主人公的必经之路上。他让一些想当然的情节又横生枝节，让我们的阅读预期落空。

我看一部外国电影中，两个主人公约好第二天早上用枪决斗。本来一枪定胜负，影片到此结束。可是突然来了一场大雾，把我们的心理设置全部改变了！“意外”的刺激峰回路转，作品因而充满张力。

美的根植

“污泥里生长着我的母亲莲”

这是我写的一句诗。对于我来说，这是真实的生活场景。我的母亲就叫莲。莲花和藕，精神和食粮。这是美的。那么，污泥就不美吗？青铜怪兽还有一种狰狞之美呢！若污泥不美，那美根植在哪？

一口能吃下去的石头

我身单力薄，所以我羡慕强有力的人。

初中时我们勤工俭学。一次搬石头，我拼着吃奶的力气，搬起一块巨石。可是老师说“狗仔！你就搬那一点，我一口能吃下去！”

看着被香烟熏黑的牙齿，我对老师的嘴有了几分恐惧。后来任务还是完成了，我与一个大力士同学合作，那时叫“一帮一，一对红”。我帮他做作业，他帮我搬石头。我们俩一身轻松。

其实，我惧怕的是，恶狠狠的语言。

群众语言

一个满头黑发的人，只因为他滑头，被人称作：“刘秃子”。雨水打在秃顶上，你想滑不滑？原阜阳市委书记王怀忠，问题暴露之前，当地人称“王坏种”。

群众的眼睛是雪亮的，群众的语言是最生动的，甚至像咒语一样先知先觉。

还有“大救星”，天文学上无此一说，苦难的人民，急中生智啊！

我痛恨的一些诗歌栏目

光走最短的路，光是直线。光又能折射，在镜子里。甚至光可以弯曲，在特定情况下。

平平淡淡的是水。我们说水平线，水平线，因为水是平的。那么地球上的水面应是平面。可既是地球，球面又怎么能平呢？

物理上说：作用力与反作用力是相等的。当我的拳头打在对方的脸上时，对方的回击力应是相等的。而事实是，当我举起拳头时，物理老师也会躲闪的。

所以理论碰到实践时，总是说不清的，就像秀才遇到兵，股评专家割肉。所以，从根本上说，是没有哲理诗、科学诗一说的，思辨与诗不可能走到一起。不分行都说不清楚的东西，分行能说清楚吗？

所以，我痛恨这样的诗歌分类。

鱼，我所欲也

鱼水之欢，这个词其实是很色情的。我总是想到军婚。古代，鱼为女性生殖器的指代。它的象形意味不言自明。鱼骨，为女子如厕之标记。女人在蹲下之前，先要在树上挂一个鱼骨，以叫人避让。

现在有城市民谣云：老婆是咸鱼，想什么时候吃就什么时候吃；情人是鲜鱼，新鲜而难养；小姐是河豚鱼，虽味美而有毒；儿媳是金鱼，好看不能吃。

一写到女人，文学就生动起来。所谓的女性文学，更有卖弄之嫌。现在许多美女作家，一写到兴奋处，“下身又湿了”。你能说，文学不是媚俗的？

都是语言的错

最软的东西可能是最硬的，最无形的可能是最有力的，比如水、太极拳、负重之轮胎。

我要说的是语言。语言的力量是无敌的。小到气死一个人，大到颠覆一个国家。佛道之符咒，政客之标语，商家之广告，甚至哲学，甚至诗歌，甚至民谣，甚至国骂，莫不是语言在行动。

《创世纪》载，人类的童年时期，语言相同。为了上天堂，大家决定建造一座通天塔。而上帝是决不会容忍的！他只做了一件事，就使人类的企图化作了泡影——

他变乱了人类口音，使大家无法沟通。

那么今天战火纷飞的世界，它的错全在语言上？

情急之下

情急之下，什么事都可能发生的。

我的一个小学同学，就把《国际歌》的歌词与“小便”联系在一起。当时正在唱歌，唱到最后一句“就一定要实现”，他唱的是“就一定要小便”，当然“小便”两字是喊出来的，他来不及喊报告，小便胀了，冲口而出。全班师生哄笑。

情急之下，还能发生许多事，比如酒后淫乱，防卫杀人。情急之下，常常是反常时态的借口，也是律师喜欢用的几个字。人是主体，集团是主体，政党是主体，法律是客体。“严打”就是“情急之下”的产物，它使法律降格为政策。在“情急之下”，法律显得多么苍白啊！

情急之下的文学创作，我想应该是与小便差不多吧！

药和诗的嬗变

药，病人的一日三餐。药，长在大山、原野，它是花，是草，是动物之骨殖。冬虫夏草，牛黄狗宝，在中医诞生之前，即是客观的存在。即使中医消失之后，他们也不会消失。可是，在中医里，它为什么是药呢？又是如何发生嬗变的？

“云在风中，鸟在树上，蚯蚓在土里，我在人间”，这样客观的表达，为什么就变成诗了呢？

要歌颂，也要怀疑

天下的钱，大多集中在胖子身上。作为一只最瘦的蚊子，我想吸他们的血！

我的一个朋友，外号大胖。他在女人身上大摇大摆。酒桌上，我总是抢在别人之前赞美他。赞美的目的，主要是想借一点钱。

这么说来，所有的颂歌都是有目的的，即使是歌颂祖国、母亲、大地、村庄，也值得怀疑。

生活征兆

一个两手空空的人，可能他的梦想比谁都多。懦夫最崇拜英雄。挥霍者不一定有钱。一个性无能者，可能最为凶猛，花样百出。这些，弗洛伊德都有解释。

外国电影里，一个少妇的袜子破了。特写。一个声音斜刺过来："夫人，您的袜子破了。"我就知道，这是一个关于破鞋的故事。所以，我说写作其实就是窥视，作家就是那个如火如荼可歌可泣的旁观者。

生活处处把他的征兆提示给我们。一个盲人他看不到烟火，可是他能闻到烟火味。梅雨来临之前，我们老家的土墙上渗出水来。

荣光启

涅槃凤凰的今朝

——新诗杂话：1917—2007

越是自由，写作的人越要小心。

——吴兴华

一

2007年有人认为是“中国新诗90周年”①。对诗人和批评家而言，新诗再怎么不堪，亦是衣食父母，“父母”90大寿，理当虔心庆祝，热闹一番。但热闹之中，人多口杂，是非之言难免，也让这周年庆典之中，掺杂了诸多忧虑。

先有厦门的理论家陈仲义先生呼吁，“在一个相当混乱而无序的时期，在浮嚣、狂欢、嬉戏、重复成为时尚，价值失衡、诗人失格、诗歌失范，良莠难分的语境中，诗歌审美普遍迷失，倒是更有理由重提诗歌造血的‘色素’和诗歌验收的‘光谱’”。也许和他的老乡陈景润一样善于猜想与定律，陈仲义先生这一次亦“大胆给出一个”何为好诗的“陈氏定理”——“好诗=感动+撼动+跳动+惊动”②。然世风日下，诗坛各路豪杰似乎不谙数学，并不能体会陈先生一片苦心，《诗生活》等各大网站跟帖“商榷”者甚众。

后有谢冕老师的“诗歌高贵论”，他“不赞同广大人民都参与写诗”的

① 譬如于坚、多多、王小妮、李亚伟、雷平阳、徐敬亚、谢有顺等人于2007年12月23日下午在广州举行的主题为“中国新诗90年”的论坛。1917年1月出版的《新青年》杂志2卷5号，首次发表了胡适的“白话诗”——《蝴蝶》。事实上，在胡适的《谈新诗》（《星期评论》双十节纪念号，1919年10月）一文发表之前，新诗一般被称之为“白话诗”，“白话诗”是新诗的初期形态。而严格说来，新文学的第一首白话诗可能是胡适1916年7月22日写的《答梅瑾庄——白话诗》（胡适：《胡适留学日记》，第966～967页，上海，亚东图书馆，1939）。

② 陈仲义：《感动撼动挑动惊动——论好诗的“四动”标准》，“诗生活论坛”，莱耳发表于发表于：2007.12.2111：00修改于：2007.12.2116：06，网址：http：//bbs.poemlife.com：1863/forum/add.jsp？forumID=73&msgID=2147472882&page=1

言论无异于公然与广大诗歌网民为敌，顿时江湖一片讨伐之声。在回答“目前诗歌发展是一种向上的趋势吗”这一问题时，谢老师对当代诗歌的评价与态度更是让诗坛一片哗然——诗的繁荣是“需要出现大的标志，要有好的诗歌”……目前诗歌发展（态势）“如果让我说它是向上的话，需要给我证明。但我从海子去世到现在，我等了将近20年了，没有。……现在要找一个朗诵会，找像‘面朝大海，春暖花开’这样的，你找不出来。你说有好诗，都藏到哪儿了？”① 海子离世已近20个年头，按通常的说法，两个文学的年代已去，谢老师还是以海子为念，偶尔提及当下的诗人，也只是杜涯、路也等女流，浑不把当代许多冒尖的青年才俊放在眼里，焉能不辜负良善后辈对他的一片痴心？

似乎是有人捣乱，值此嘲讽谩骂之声不绝之时，有人又抬出国学大师、当今学术界的元老、巨擘——季羡林先生，揭发季老其实也在对新诗失望：“五四运动是中国近代史上的一件大事。在文学范围内，改文言为白话，也是中国文学史上的一件大事。70多年以来，中国文学创作取得了长足的进步；但是，据我个人的看法，各种体裁间的发展是极不平衡的。小说，包括长篇、中篇和短篇，以及戏剧，在形式上完全西化了。这是福？是祸？我还没见到有专家讨论过。我个人的看法是，现在的长篇小说的形式，很难说较之中国古典长篇小说有什么优越之处。戏剧亦然，不必具论。至于新诗，我则认为是一个失败。”“纯诗主张废弃韵律，我则主张诗歌必须有韵律，否则叫任何什么名称都行，只是不必叫诗。”“所谓‘朦胧诗’，我总怀疑这是‘英雄欺人’，以艰深文浅陋。……”②

一时间，季老这几段关于新诗的话如传染病一样蔓延于许多网站，迅速败坏了国人尊老爱幼的神经，连说不知季老何许人不知季老曾经做甚谩骂季老“遗老嘴脸”“瞎眼”“弱智”的人都有……

二

当然，也有令人振奋的，广州海南的诗人评论家们开会，就认为新诗90年至少这后30年已经非常伟大：“现代人已经把诗意挖到一个很深很深的地

---

① 诗生活通讯社2007年12月3日综合报道，《南国都市报》独家专访，王亦晴：《谢冕：诗歌就该是高贵的》，莱耳发表于：2007.12.0409：35 网址：http：//bbs.poemlife.com：1863/forum/add.jsp？forumID=69&msgID=2147479257&page=1

② 见平行网的帖子《由季羡林的“昏话”引出的话题》，网址：http：//my.ziqu.com/bbs/665701/messages/69661.html。

方，每个人都有一类诗意，一种诗意，这怎么是平平仄仄能够装得下的呢？怎么会是前六十年诗歌那个小容器装得下呢？现在这些人没有看到中国新诗对中国这个民族内意识的挖掘。”“我们民族每一个灵魂的角落，不同的层面，都被现代人表现出来了。反对他的人，正是没有这种灵魂的分层，灵魂还是铁板一块，是毛泽东的灵魂，是阎锡山的灵魂，当然不会认识到诗歌的这种广阔性。”①

不过，说这话的人似乎有点厚今薄古，自吹自擂，对新诗的历史可能并不了解。何以新诗前60年（姑且是1917—1977）只是一个一般般的“小容器”、只是一个并不值得高举的“基础”？你敢说当代诗人的作品要优秀于卞之琳、冯至、穆旦、郑敏、杜运燮等人？你敢说你充分理解胡适、郭沫若甚至徐志摩、戴望舒之于新诗的意义？你敢说林庚、吴兴华、林以亮这些在诗歌界耳生的人不值一提？难道一切皆因为当代诗歌深刻地挖掘了的现代人的灵魂、意识？现代诗人就没有这样做、就做得不好？“从《尝试集》来看，中国当时的诗歌就像一个傻瓜一样”，操此论调的人，真不知道他和胡适到底谁是“傻瓜”，在我看来实无资格谈论新诗。

让我迷惑的是：一些人因为当代新诗在人的灵魂的深掘和人性复杂的意识的呈现上取得了相当的成就而感到自豪，另一些人却态度相反，认为当代新诗越来越远离了“诗”。他们之间归根到底是诗歌鉴赏力（懂与不懂）的差别还是对诗歌本体认识（什么是诗）的差别？为什么在一些人沾沾自喜的地方另一些人却忧心忡忡？思虑良久，暂得一结论：他们的骄傲与担忧其实都来自在同一个地方。

确实，诗是对人的灵魂的挖掘与生命复杂意识的呈现，当代许多诗人在这一点上已做得很好，也许还非常好，还是不乏好诗（所以很多人对谢老师的不满是可以理解的）。但诗是一种艰难的语言艺术活动，是个人化的情感、经验的语言和形式上的诉求，是经验、语言和形式的三方互动、冲突与平衡，这是诗歌写作的本体状态，三者缺一不可。但当代诗人唯执着于经验和语言之维，执着于灵魂的挖掘、意识的呈现及想像与意象的独特，普遍忽视诗歌的形式、节奏、声音等本体要素，诗也越来越离开了它自身。季羡林老先生对新诗的态度其实用意正在这里：缺乏形式意识的某种自觉，无“形式”的追求，何必把写的这堆文字叫做“诗”？

---

① 见平行网的帖子《于坚、多多、王小妮、李亚伟、雷平阳、徐敬亚、谢有顺谈“中国新诗90周年”》，网址：http：//my. ziqu. com/bbs/665701/messages/69913. html。

三

人的灵魂的挖掘与意识的呈现，甚至情感、经验上的个性化，都不是诗歌的本质，都只是诗歌写作的必要前提，也是其他文学类型的目标。那诗的独特性在哪儿？就在于其他文类可以不分行，诗歌还是要分一下行？用诗来言说的必要性在哪儿？尽管当代诗坛新人辈出，但我认为还是有必要对一些感觉良好的诗人作些提醒：是的，你们写的是不错，但若具备另一些素质，也许会写得更好。单凭灵感和直觉确实能写诗，且偶出好诗，但如此写作也许好景不长。

诗歌形式的必要性在哪里？现代汉诗的"形式"不是古典的格律，也不是一劳永逸的某种规范，而是诗歌写作的潜在向度，是对想象之表达的约束与引导，是写作中以语言胜过复杂的情感、经验的一种标志。形式将使作者控制情感与意义的运行速度，使诗的旋律呈现出有规则的变化，对于读者来说，他可以有规律地不断期待和寻觅意义与触动的降临。没有了特定的形式的心灵公约，现代诗的写作不是变得容易了，而是困难了——

"形式仿佛是诗人与读者之间一架共有的桥梁，拆去之后，一切传达的责任就都是作者的了。……旧诗的读者和作者间的关系是极其密切的。他们相互了解。写诗的人不用时时想着别人懂不懂的问题。读诗的人，在另一方面，很容易的设想自己是写诗的，而从诗中得到最大量的愉快。这些利益是新诗所没有的。所以现在写新诗的人应该慎重的考虑一下，为了担负重大的责任自己的能力够不够。我们现在写诗和古人不同了，没有先人费尽脑汁给我们预备好了形式和规律。句法和题材的选择都随你便。……可是，想起来也奇怪，越是自由，写作的人越要小心。我们现在写诗并不是个人娱乐的事，而是将来整个一个传统的奠基石。我们的笔不留神出越了一点轨道，将来整个中国诗的方向或许会因之而有所改变。……"①

虽然旧诗确实不合时宜，但如果考虑作者——读者之间的交流的话，我们还是要思虑诗歌的形式问题。特定的形式还是非常重要的。虽然我们缺乏将写诗视为"将来整个一个传统的奠基石"这样的责任心，但就是玩玩，也应该玩得漂亮，那种对形式的自觉，那种写作中经验、语言和形式的相互抗

---

① 吴兴华：《现在的新诗》，初刊于北平《燕京文学》第3卷第2期（署名"钦江"，1941年11月10日出版），见解志熙辑校的《吴兴华佚文八篇》，《新诗评论》2007年第1辑，第47~48页，北京：北京大学出版社，2007。

争相互克服是产生好诗的必要条件。

由于缺乏对汉语诗歌的历史脉络和诗歌形式等本体意识的认识，在语言的层面缺乏对汉语的历史性、复杂性和丰富性的了解（适当的语言选择会带来诗歌文本丰富的互文性、趣味性和共鸣）、在诗之本体层面缺乏对形式的必要性的自觉，当下的新诗越来越成为个人化的完全依赖灵感与直觉的经验—语言之间的双向运动（特殊的感觉、经验与偏执的语言之间相互寻求），越来越缺乏意义上可以分享的品性和审美上可以共鸣的品性，逐渐成为一种私密性的文字游戏。人们越来越抱怨当代新诗"看不懂"，并逐渐远离它，个中原因也许正在于此。

三

那些大白话、毫无趣味的口语诗或所谓"梨花体"这里且不说它了，这里说一些"顶尖"的诗人和"顶级"的作品。

> 我们笑了
> 在水中摘下胡子
> 从三个方向记住风
> 自一只蝉的高度
> 看寡妇的世界

随意摘引的诗句来自北岛在海外所写的《夜》，我素来敬重和喜欢北岛，但面对诗集《零度以上的风景》这类北岛在海外所写的诗，因着对北岛素来的喜爱我可以"凭着信心"自己强迫自己说大概明白，但我无法将我的明白转述给别人。若能转述，我恐怕得掌握多少与北岛相关的"提示"性的信息。

当然也有高人对北岛的诗作无比激赏，且作出丰富的阐述，如欧阳江河。不过，亦另有高人对此不以为然，如江弱水教授。江教授认为，由于北岛的诗"超现实主义色彩越来越强烈"，充满"词的奇境"，诗作的整体意蕴难觅端倪，更多是在"让部分说话"，这样的诗作，"只有在过度阐释的情况下才会获得意义，如果不以释梦的方式与解密码的技术去进行这项工作，你会说他不通，他会说你不懂，结果将会不欢而散，无功而返。"面对这样的高人大作，江教授说他只能想起"海明威对一位女作家的讥评：'她没法读，靠得住会是个经典作家。'（She is so unreadable that people will finally believe her to be a classic)”。[①]

这里说起北岛其意并不在批评北岛，而是想显明当代诗歌写作的一个事实：我们的大多数作品，都是在情感、思想、意识的“新”上做文章（要么口语化的简单叙述现实，要么极端地想象现实而进入“超现实”的境地），至于什么是“诗”，少有人去认真思虑。由于只重视意义层面的感觉和想象，缺乏形式要素的束缚和权衡，诗歌就成了经验和语言之间缺乏基本心灵交往尺度的两点之间的对应，成就了一种关于个人的感觉、想象的语词选择的表演。

好诗来自于经验和语言、形式三者之间纠缠、互动、寻求平衡之中的艰难。经验和语言、形式是诗歌写作的必要因素，仿佛构成了一个相互支撑的三角形。写作若只是个人的“经验——语言”、“语言——经验”的双向寻求，就犹如三角形缺了一个边，成了一种不稳定的东西，缺乏形式的参照，经验与语言不知向何处涣散，更多的时候是钻入个人意识的深渊和意象的死胡同，自我陶醉，无人能解。北岛海外的诗好，惟有欧阳江河能解；王小妮的诗写得好，难怪徐敬亚逢人便说——莫非，我们的好诗非得哥儿们非得做了夫妻才能明白？

四

网络发表诗作的便利、成为诗人的迅速与荣光激励着诗歌写作的极度繁衍。当代诗歌沉浸在无边的“写”之中（有多少人读已无关紧要）。“写”已经远远大于“诗”。“诗”是什么似乎不言自明。大多数诗人相信：“写”能生产出“诗”。“写”到什么程度能“诗”就到了什么程度。“写”的状态如何“诗”的状态就如何，何需对诗歌本体的自觉与一定的评价尺度？

客观的说，陈仲义的“四动”标准对诗歌阅读鉴赏的不同层次的划分是清晰的，对读者如何有效地进入诗歌文本、对写作者提高写作水平都是有益的。“现代好诗标准一直是诗歌界长期争论、纠缠不清的难题。针对尺度‘失范’局面，从接受美学角度出发，结合诗写实践与阅读经验，试图在传统好诗主要标准——‘感动’基础上，加入其他尺度：精神层面上的‘撼动’、诗性思维层面上的‘挑动’、语言层面上的‘惊动’，并加以适当细化，

① 江弱水：《孤独的舞者，没有背景和音乐：谈北岛的诗》，此文原载台北《创世纪》1997年第6期。后作为附录收入江弱水：《中西同步与位移——现代诗人丛论》，合肥：安徽教育出版社，2003。该文意在反驳欧阳江河对北岛的新诗集《零度以上的风景》的竭力嘉许。

共组现代诗审美意义上的‘四动’交响。”“好诗=感动+撼动+跳动+惊动”，此公式意味着好诗是一部“以‘感动’作为主旋律，以‘撼动’、‘挑动’、‘惊动’作为‘副部’的——审美接收‘交响’。或者说，以感动作为终端接收器的好诗，同时混合着‘撼动’、‘挑动’、‘惊动’的审美成分。”①

但诗人们觉得不需要，无聊。他们对陈仲义的反感一方面固然是因为此“四动”标准的理想化和知识分子学究气，另一方面还是那些惯常的心理因素：1. 批评家向来不懂诗，无资格为写作者制订“标准”；2. “标准”就在写作之中，我们就在创造“标准”；3. 写作是天才、直觉与灵感的事业，知识越多越反动。在他们看来，自由诗是唯一合理的诗歌形式。自由诗的意思就是绝对的自由。

无论是陈仲义动动不休的诗歌“标准”，还是谢冕对一般诗歌老百姓的不屑一顾，还是季老的决绝之言，还是徐敬亚的诸多惊人之语……2007 年底诗坛一些琐事其实还是反映出一个事实：当代新诗出了问题。曾经一起努力的诗人、读者如今至少已经化为两批人马分道扬镳了。与新文学新诗的缔造、生长息息相关的曾与林庚是好友的季羡林那一辈人，怀着对诗歌本体形态的固执，对当代诗歌“望望然而去之”；而在挖掘灵魂、呈现意识的诗歌道路上一路狂奔的当代诗人们，似乎愿把“断裂”坚持到底，感觉良好，一往无前。

“第三代诗”的理论代言人陈仲义就是不堪这种“诗歌失范”的局面，提炼好诗之“标准”，立顶各路诗人讥讽，一意孤行，如同救世的唐吉柯德；而作为“一个有风格的批评家”（王光明语），谢冕早已尽到其历史职责，退休后的谢冕，对当代诗坛的关注已是个人兴趣，对新的作品的阅读也在有无之间，海子死后诗坛变化大矣，其抹杀 20 年现代汉语诗歌写作新成就的言论既于事无补，我们亦不必当真。倒是极度悲观的季羡林老先生和那些感觉良好的当代诗歌写作者均显得可爱，值得流连。他们在立场上是敌人，但在目标上却是一致的：那就是都在企望新诗在当代能“重振诗风”。

---

① 不过我又认为当代诗歌最关键的问题不是讨论什么样的诗歌才是“好诗”的问题，“理想”谁都能完美规划，问题是我们的现实是怎样，该如何克服、改变这现实，如何面对现代汉语诗歌写作在当下缺乏诗歌本体意识、缺乏形式意识的根本问题。也许，在这些细节问题上来展开讨论更有现实意义。

五

季羡林先生对新诗的真正心态不是要判定新诗成败，正是渴望“要重振诗风”。那些一看见季老说“新诗是一个失败”就气急败坏的人未免有些底气不足，那些说季老不懂诗歌老眼昏花的人更应该去上上现代文学史的课。从学术研究来说，当一个人说一番话，我们不能忽略这话的历史语境：是什么使他会说出这番话？他在什么样的境况下说这番话的？为什么说这番话？他说这番话的目的是什么？

季老的话来自他的一本新书《季羡林生命沉思录》（北京：国际文化出版公司，2008 年 1 月第 1 版，事实上 2007 年底已公开发行），书是新书，文章其实是旧文。坊间季老的书甚多，我亦找到一些他评价新诗的文章出处。“五四运动……至于新诗，我则认为是一个失败。至今人们对诗也没能找到一个形式。既然叫诗，则必有诗的形式，否则可另立明目，何必叫诗？”一段话即是 1998 年的旧作[①]。但联系季老说这话的前后历史，我们可能会更深地理解季老的真正用意：

> “五四”运动前后产生的新诗，现在应总结一下。诗总应该有自己的形式。新中国建立之初，与冯至常在一起，议论过诗与散文的区别。我以为散文要流利，诗总是有停顿的。中国白话诗的形式，有过几次努力，比如闻一多、林庚、卞之琳都为创造新诗的形式努力过。诗的节奏，无非抑扬顿挫，念起来不平板才算诗。白话诗形式的创造，徐志摩、戴望舒也很有成绩，《雨巷》写得好。但是，翻译外国的史诗，我国白话诗没有现成的形式。古代的韵书，现代也不能套用，因为语言本身有了变化。我们要重整诗风。诗不会灭亡，也不应灭亡。不能说诗的读者少，只是白话诗眼下读者少。所以要重振诗风。[②]

这是季老 1999 年的一番话，我们知道季老其实是渴望“重振诗风”。再看稍后一点的“新诗失败论”：

> ……文学品种是与民族性有密切联系的。这一点好像还没有人明确地谈到过，我颇以为是憾事。
>
> 中国的民族性大概最宜于散文和诗歌。……

① 季羡林：《漫谈散文》，季羡林研究所编：《季羡林谈写作》第 18 页，此文作于“1998 年”。

② 《季羡林谈〈季羡林文集〉》，《人民日报》（海外版）1999 年 4 月 22 日。

……今天，五四运动已经过去了八十多年了。在这一段漫长的时期内，评论五四运动的文章，多如过江之鲫，至今未绝。但是，从各种不同的文坛上评断其优劣成败，愧我庸陋，尚未见到。我不是文学史家，对古代文学和近现代文学史知之甚少。但是，常言道：一瓶醋不响，半瓶醋晃荡。我连半瓶也没有，却偏想晃荡一下。常言又道：抛砖引玉。我的意见连砖头也够不上，抛出去，用意不过是引起专家学者们的注意而已。

……大家都知道，五四是中西文化碰撞的产物，结果是西方文化胜利了。专就文学而论，德国大诗人歌德晚年提出了“世界文学”这个想法。他究竟是怎样想的，我们并不完全清楚。事实是，随着西化在全世界的推进，欧美文学也一步一步地影响了全世界的文学创作。中国加入文学西化的行列相对来说是比较晚的，比印度晚得多。据我个人的看法，中国是从五四开始的，鲁迅的《狂人日记》可为代表。文学的世界化或者干脆说就是西化，其含义是什么呢？我认为，这主要表现在形式上，西方的文学创作形式，特别是小说和戏剧，几乎统一了全球，而其思想内涵和感情色彩，则仍然是民族的。这是轻易化不了的。

从小说来看，鲁迅以后的短篇小说，在形式上，同欧美的毫无差异。唐代的传奇一直到清代《聊斋志异》等等的影响一点也没有了。茅盾和巴金以后的长篇小说，情况也一样，《水浒传》、《西游记》、《红楼梦》等等的痕迹一点也不见了。从戏剧来看，曹禺的名剧在形式上同易卜生有什么区别呢？在其中还能看到关汉卿的影子吗？

诗歌的情况有所不同。西方诗歌，同世界上其他国家的诗歌一样，形式是多种多样的。因此，很难说，西方的诗歌在形式上统一了世界。中国古代诗歌，形式虽然也比较多，但数目究竟有限。五四改写白话诗以后，形式如脱缰的野马，每个诗人都有自己的形式，每一首诗形式都可以不同。有的诗有韵律，有的诗则什么都没有，诗与非诗的界限难以划分。我不是诗人，本来对新诗不应当乱发表意见的。但是，我是一个诗歌爱好者，旧诗能背上一两百篇。我虽然不会摇头晃脑而曼声吟咏之，读来也觉得神清气爽，心潮震荡。但新诗我却一首都没背过，而其是越读越乏味。到了今天，看到新诗，我就望望然而去之。我以一个谈禅的野狐的身份，感觉到，新诗还没有找到自己的形式。既然叫诗，必有自己的形式。虽然目前的新诗在形式方面有无限的自由性，但是诗是带着枷锁的舞蹈，古今中外莫不如此。除掉枷锁，仅凭一点诗意——有时连诗意都没有——怎么能称之为诗呢？汉文是富于含蓄性和模糊性的语言，最适宜于诗歌创作，到了新诗，这些优点就不见了。总之，我认为，五四以后，在各种文体之中，诗歌是最不成功的。①

季老谈禅说佛，译经说文，素来是亲切随意之人，这里他明说自己是半瓶醋忍不住要晃荡一下，以游戏之心说五四的成败谈文学的历史，自谦自己不是诗人亦不是文学史家只是一文学爱好者发发议论，我们又何必气忿忿？

六

季老的自谦是一回事，但他的娓娓叙述中也透露出许多信息，值得我们认真对待：

1. “诗总应该有自己的形式。”“新诗还没有找到自己的形式。”这是季老几番言论的核心思想（而不是新诗失败、新诗无聊）。季老基本上是站在肯定的立场上来看中国各种文学类型的西化。但季老似乎对诗歌另眼相看，并没有认为汉语诗歌直取西方诗歌的形式就万事大吉。小说戏剧等文类在西化之后，基本获得了一种相对稳定的形式，而诗歌没有，“每个诗人都有自己的形式，每一首诗形式都可以不同。”有无数的形式其实也就没有了形式。诗歌这种文类其存在的独特性和必要性在哪里？季老说新诗不成功是和其他文类相比较而言的，而不是说：后生小辈，这些年你们白忙活了。

2. 季羡林对新诗的形式不满不仅因为新诗的客观事实，也因为他与现代那些优秀的诗人很接近。他曾与冯至这样的诗歌大家常在一起讨论诗与散文的区别。他和林庚交情很深（林庚为现代汉语诗歌的典型诗行多方试验，亦是诗歌大家）。说季羡林不懂诗、乱说新诗恐怕不对，不仅如此，他可能还是地道的新诗批评家。“诗总是有停顿的”，看出来他注重作为现代汉诗歌之灵魂的“节奏”问题。他的诗歌欣赏趣味是属闻一多、林庚、卞之琳等注重诗歌本体的诗人这一脉的。新诗这一拨人的特点是什么？其实是资产阶级习气，是不老老实实地反映现实整天思量什么是诗什么是艺术的有点“为艺术而艺术”倾向的“反动派”。但也正是这一群人，没有使新诗完全成为翻译体、使新诗在现代的汉语形态中仍有自己的节奏和形式，使现代汉语诗歌不仅现代，而且有汉语的品质。这种不懈寻求新的形式秩序的传统可以说是新诗在自由诗写作传统之外的另一种传统，朱自清说这个传统的序列上依次是

① 季羡林：《我对散文的认识》，季羡林研究所编：《季羡林谈写作》第25～26页，此文作于“2000年10月14日”。

陆志韦、徐志摩、闻一多、梁宗岱、卞之琳、冯至等等[①]。可以说，季羡林作为诗人，站的队伍是“诗人中的诗人”那一边。

3. “中国白话诗的形式，有过几次努力，比如都为创造新诗的形式努力过。”看来对于新诗自新月派以来的形式秩序的寻求，季老一清二楚。“白话诗形式的创造，徐志摩、戴望舒也很有成绩，《雨巷》写得好。”徐志摩我们也许不习惯他的小资情调和浪漫主义之风，但他的诗文在汉语的欧化上做得非常好。韩寒曾讥讽道，“徐志摩那批人，接受了国外的新东西，因为国外的字母没办法，不可能四个字母对着四个字母写，他们就学着国外诗歌写新诗。但我觉得恰恰抛弃了中文最大的优势和魅力。你说《再别康桥》，‘轻轻地我走了……’这好么？还可以，但是真的那么好么？你说徐志摩有才华，他真那么有才华么？”[②] 但事实上徐志摩的《再别康桥》就是很有才华，有你意想不到的“好”。汉语的说法一般是“我轻轻地走了”，但徐志摩将英语 Quitely I went away 借用过来，打破常规，将汉语中的副词也置于句前，出现了‘轻轻的我走了……’这种貌不惊人但极有效果（突出了“我走”之时的微妙状态）的汉语诗句。同样的句式还有“沉默是今晚的康桥”，也是巧妙地借用了英文的倒装语法。而戴望舒的《雨巷》也并非重复古典意境那么简单。戴望舒的写作也表明的是中国诗人驾驭象征主义的成熟。“杏花春雨江南”的古典意境与戴望舒式的个人记忆及现代城市青年的梦幻结合在一起，从此使在李金发手上令人费解的法国象征主义在汉语语境变得通达、优美。季羡林对徐志摩、戴望舒的认识，显然比韩寒之类的文盲要强得多。

4. “诗是带着枷锁的舞蹈……除掉枷锁，仅凭一点诗意——有时连诗意都没有——怎么能称之为诗呢？”季老看来还是经常关注当代诗歌的，当代许多诗作似乎就是如此：没有“枷锁”，全靠“诗意”取胜，但很多时候“诗意”是非常个人化的东西，难以传达，于是，套用《共产党宣言》的话，当代诗人在这个革命中失去的不只是锁链，也将是整个世界，在“诗意”上，他们成了真正的“无产者”。“戴着镣铐跳舞”，这话许多当代诗人厌烦，也不解，但在我看来，却是好诗产生的一个要素。

---

① 新诗的新的形式秩序的建立首先任务是找到汉语说话的节奏的基本单位（类似于西洋诗的“音步”foot）并建构典型化的诗行，在这个历史序列上很多诗人都贡献了自己的探索，如陆志韦的“拍”、饶孟侃的“拍子”、闻一多的“音尺”、罗念生的“音步”、陈勺水的“逗”、孙大雨的“音组”、梁宗岱的“停顿”、朱光潜到何其芳、卞之琳的“顿”、林庚的“半逗律”等。

② 《韩寒质疑徐志摩才华：期待有人好好骂我》，2006-11-02，07：48：03，来源：重庆时报，网址：http：//news.163.com/06/1102/07/2UTJ4NS900011229.html。

5.“我们要重整诗风。诗不会灭亡，也不应灭亡。不能说诗的读者少，只是白话诗眼下读者少。所以要重振诗风。”季老的话与其说宣告新诗的破产，不如说是对当代诗歌写作的忧叹。他的“新诗失败论”其实是新诗形式匮乏论、新诗当下问题论。我们何必谩骂？有何资格谩骂？

七

才华横溢的诗人批评家徐敬亚先生还是当初的华姿英发，一往无前，为现代诗正名鼓劲，此态度我们当学习，但方法似乎有些偏执。他对“诗歌”的“简明定义”是“用最少的翅膀飞翔”——“作为最本质意义上的诗，是生命冲动中原发的闪电……”① 诚然，当代新诗的魅力正在这里，但缺陷也在这里。

把诗定义为“用最少的（语言）翅膀飞翔”、“生命冲动中原发的闪电”，这也是许多网络新手的信条，这确实带来了天才、直觉和灵感的迸现，但天才、直觉和灵感之后呢？许多网络新人刚出来让大家眼睛一亮，都有几首好诗，但不久人们就陷入惯常的失望。这样的观念其实在把诗歌简化为生命意识的语言表达实践，谁用的言辞少、简单，谁的生命意识最令人震惊，谁就是最厉害的诗人，网络诗歌的写作与阅读标准大都如此。

当人人都在追求以语言表达的新、奇、怪和生命意识展现的新、奇、怪时，诗歌其实只对写作者个人有意义。“用最少的翅膀飞翔”也象征了现代诗这只涅槃凤凰的当代命运：若人的情感、经验是身体的话，语言和形式应是必要的两只翅膀，现在另一只翅膀在“新诗是自由诗”这一话语被绝对化之后已不知去向，人们对何为诗毫无通识，也不知形式之于写作的意义，这样的凤凰如何能飞？让我不禁海子诗中的一个意象：“单翅鸟”②，“单翅鸟”如何能飞？季羡林之所以对当代新诗“望望然而去之”，也许正因为新诗这只大约在90年前涅槃新生的不死鸟如今“翅膀”残缺。

2008.01.9 初稿

（选自《汉诗》第1季，武汉：武汉出版社，2008）

① 见《特区文学》2005年第11期《读诗·批评家联席阅读》栏目“十面埋伏”。

② 海子：《单翅鸟》，西川编《海子诗全编》，第10页，上海：上海三联书店，1997。

疏延祥

王彬彬作品印象

王彬彬这个名字最先引起我注意是在读到他发表于2000年《上海文学》上的《阶级斗争，一“棒”就灵》[①]。王博士年长我一岁，所以他叙述的文革时期农村生活皆是我熟悉的。读彬彬这篇文章时，我的阅读范围是以随笔和散文为主，所以尽管彬彬的这篇文章让我觉得很过瘾，但是彬彬的其他文章，我还是没有去拜读。前几天偶然的机会，我买到了彬彬的《为批评正名》，本是想随意浏览一下，不想彬彬的批评文字有如许魔力，我一气呵成地读完，又去系阅览室和学校图书馆读了彬彬近期发表在《钟山》等刊物上的几篇文章，感到从未有过的快慰和充实。我庆幸自己能有读这些文章的机会，我这才知道为什么人们称他为“文坛黑马”，原来他是以自己的实力获得这一美誉，而不是大众传媒炒作出来的文化明星，更不是浪得虚名之辈。

彬彬的文字背后深藏一种尊严，尽管对这份尊严的捍卫有时是那样艰难。《为批评正名》中有一篇文章叫《尊严像破败的旗》，这篇文章虽然彬彬没有说是在谈自己，但我们读完全文，至少可以说，即若不是彬彬自己的“夫子自道”，也是在叙述一个和彬彬自己相似的人的故事。一个来自乡下的军校学员，在20世纪80年代初，可能他从未知道奶糖为何种滋味，一个偶然的机会，他发现了同学床头柜边的地上有一个蒙着灰尘的奶糖，彬彬说他可能没有注意到糖纸上的灰尘，只是快速地捡起它，迅速让它进入胃里。这是一件小事，可却像一个幽灵一样从此潜入小伙子的身体，使他在成为一个博士生时仍然不能忘怀。时间已经过去了整整十年，这件事“会在一个失眠的夜里，子弹一般击中了他的自尊”。在我看来，这个和彬彬类似的青年的这种举动是和他的农村习惯有关。我也是一个出身于草根阶层的人，当我成为一个城市公民并和出身于城市的人杂处时，我常常目睹他们只要自己孩子的饼干、糖果等食物掉在地上，孩子们准备伸手去拾时，他们总是告诫自己的孩子，地上吃的不能要，地上的东西有毒。可是我们的农民发现自己的孩子的饼干糖果掉了，只是捡起在身上擦一擦，便放心大胆地让孩子吃。同样他们吃饭时掉下一块肉，捡起来用水洗一洗，又毫不犹豫地吃下去，他们甚至说出让我思量再三的话语“不是东西脏人，而是人脏东西”。虽然我现在在某些生活习惯上已经城市化，但是我从来没有鄙夷我的那些捡起自己掉在地上食物的父老乡亲。当然这个和彬彬有类似经历的小伙子捡起的是别人的东西，但我依然要说，捡起地上掉下的东西，这种农民习惯之所以形成是因为农民知道劳动的艰辛，他们对食物的尊重，事实上是对自己劳动的尊重。所以这个小伙子的行为，在农民的眼中不是不可以理解的。如果说这是一种屈辱，那么是因为这个小伙子身上流淌着太多农民的血液，是长期的物质匮乏所造成的存在于这个阶层身上的一种遗憾、一种寒酸。彬彬和这个小伙子一样，身上也流淌着农民的血，所以他才一刻没有忘记支撑我们民族大厦的这不起眼的一群，才会对“把农民当笑料”的“大众文化”提出了强烈的批评。在《把农民当笑料的背后》[②]中，他对电视剧《我爱我家》把一个可能是和知青生的孩子的母亲想把自己的孩子变成城里人的行为进行种种调侃的做法，表达了自己的愤怒。这使我想起了刘醒龙，刘醒龙在《大树还小》[③]中，讲到了一个细节，说那些返城的知青旧地重游，演起了当年为一张招工表而奔波的小品，其中极力渲染农村的苦实在不是人吃的，农村实在不是人呆的地方，农村的活实在不是人干的这样一种情绪，结果村庄里的农民愤怒了，他们对知青说，你们这样说，难道你们是天上掉下的一群，“怎么走不了就像是地狱受罪，那我们前几辈没有走，后几辈子也走不了，钉在这儿就是理所当然的吗”？[④]在刘醒龙看来，《大树还小》中过去的知青、今日的白狗子至少潜意识里是认为城乡差别是合理的，城市人与乡村人相比有一种优越感是正常的。同样，彬彬也对这种城市人的天然的优越感不以为然，他痛恨那种把农民的悲剧喜剧化的“屠夫的凶残”。确实，即若这位大嫂的孩子不是和知青所生的，但她那种渴望改变孩子的身份，使她的孩子成为一个城里人，以免受自己亲身经历之苦。作为一个母亲的这种爱子情怀，我们是没有多少理由加以谴责的，更不用说去嘲笑了，尤其是当嘲笑的人并没有为这些承受这个民族苦难最深最重的人真正切实地做一点什么，倘若还以城里人的优越感对乡下人的不合体的衣服、“古怪的口音”以及想凭自己的诚实劳动成为一个城里人的努力进行奚落，我们真要怀疑他是否还有人的良知，所以我读彬彬《把农民当笑料的背后》后，颇有彬彬先得我心之感。

彬彬的尊严意识源于乡村，但是又有知识分子的特点。我这里用的“知识分子”是现代意义上的概念。南京师范大学外国语学院洪洁先生在翻译了拉塞尔·雅各比的《最后的知识分子》后，又写了一篇读后感，他说，雅各比认为：

在美国享有真正意义上的学术自由并捍卫学术自由精神的是那些出生于20世纪最初几十年的知识分子。他们把普通的或受过教育的人当作听众，经常在非专业的杂志上发表文章，他们是一流的作家、散文家；他们不附属于任何机构，不屈从于任何权威，在追求并获得了学术自由的同时，他们没有忘记自己的学术责任；他们面对现实，关注社会，以知识分子应有的道德、良心和勇气充当着积极的社会批评家、政论家，他们是公共知识分子。他们的存在以及发出的独异的声音，是后来的知识分子无法取代的。⑤

我以为雅各比所提倡的道德、良心和勇气以及独异的声音则是知识分子之所以为知识分子的关键，用陈寅恪的话说就是自由的理想，独立的精神。在我看来，雅各比所提倡的勇气和独异的声音就是一种批判的精神。知识分子在现代社会只有在道德和良心的驱使下坚守一种批判的立场，才是真正的恪尽职守，才算真正体现了自己的价值。当然这种批判既可能是对社会，也可能是对自己。彬彬就是这样的人，所以他才能不仅对同类的伤疤进行毫不留情的揭示，也能对社会上各种良知沦落的现象进行坚决的抨击。因此彬彬才有别人也许以为“过于矜持”的个性，比如彬彬对校园中出现的男方向女方跪下以示自己感情的真诚的求爱方式，表现出那样的难以苟同：“爱情是值得为之跪下的东西么？爱情是比尊严更有价值的东西么？他要跪，便跪在某种绝对价值面前，而爱情是具有绝对价值的东西么？”⑥彬彬的反问显然带有现代知识分子的思考习惯和价值标准。在他们看来，必须有一个绝对价值，在过去可能叫上帝，在今天可能叫人民，但是彬彬却否定有这样一种绝对价值的可能。他认为尘世间没有什么值得跪下。这种精神虽然与中国传统社会标榜的“男儿膝下有黄金”的价值取向不无关联，可又超越了他们的狭隘立场。比如他们不轻易跪下乞求，可是他们要跪“天地君亲师”，要跪活人，还要跪死人。可是如今知识分子不知是否受“民间立场”、“民间价值”的影响，他们有一种把自己等同于民间的精神取向。比如朱寿桐先生在2001年《钟山》第4期上就发表了一篇名叫《从俗如流》的散文，文章中叙述了自己为母亲奔丧的经过。作者是治现代文学的学者，自然熟读鲁迅关于魏连殳的故事，可以说鲁迅对魏连殳居丧期间“一切照旧”是怀着深沉的悲哀的，因为这是传统压迫着现代，死人压迫着活人。朱先生以前也是同意这样的观点的，所以一开始他虽然不想对乡间的丧礼持全盘反对的态度，但是对一些过分的行为还是加以制止。比如用放录音假哭磁带来制造丧礼悲哀气氛的行为，他很是气愤，并提出反对意见。但长者说这是应该的，他也就算了，不想这样的磁带放的时间一长，他也渐渐地感动起来，认为这是对一字不识的母亲最好的纪念方式。再后来，是亲友叫他叩头便叩头，叫他烧纸便烧纸，叫他延请僧人做法事他就延请僧人做法事，不仅“一七”到“七七”，而且死者百日、周年、冥寿之辰，他皆准备颠沛回乡，配合亲友折腾。说真的，朱先生的这篇文字虽然老到，立论也不同于他人，也很煽情，可我看后心里却有点嘀咕。唯其如此，我才对彬彬的那种认为人世上没有什么值得为之下跪的决绝立场表示喝彩，我也愿追随彬彬其后走一种有尊严的人生道路。

但过一种有尊严的人生有时看起来好像是一个很低的人生目标，可真正实行起来又是那样困难。因为你生活在人间，随时都可能把自己弄脏。彬彬的《欲洁何曾洁》[7]就借用《红楼梦》描写妙玉的这句话表达自己的无奈。“一句违心的附和，一个讨好的微笑，一种谄媚的动作……都在自己的生命、自己的人格、自己的灵魂上留下一个污点。”[8]尊严的守护是如此困难。在彬彬看来，也许生活中每个人都不能在尊严这份答卷上获得满分，很多的人在这个问题上只能彼此彼此，而更多的人也只能“五十步笑百步”。写到此，彬彬笔锋一转，说他对“五十步笑百步”这句成语产生了怀疑。在战场上同样是逃跑，有的人只跑了五十步，有的人却跑了一百步，这真的只是一种数量上的差别？或许跑一百步的人心中就没有勇敢、正义和耻辱感，而跑五十步的人心中还没有完全泯灭这些观念。正是因为此，他们才比跑百步的人先意识到人的尊严，他们才五十步而后止。也许有人会说彬彬这是在咬文嚼字，但我却要说他这是在表达一种实情。在保持尊严的战场上，生活中真是大量存在这种五十步与百步相区别的情况。但是，有时数量上的区别就是质的区别，所以有时还真得去咬文嚼字，更何况辨析文字这种工作正是从古至今读书人分内的工作呢？

虽然尊严的坚守有时相当无奈，可坚守的立场则是必要的，所以彬彬在《欲洁何曾洁》的结尾写道：

> 但是真正的“欲洁”者，是怀着“屡败屡战”的精神在与肮脏抗争，在追求活得干净。即使一千次地不得不弄脏自己，仍一千零一次地捍卫着自身的干净；即使一千次地屈服于种种压力、逼迫、诱惑，仍一千零一次地与种种压力、逼迫、诱惑抗争。[9]

维护尊严就是这样一种西绪福斯推石上山、吃力不讨好的活儿。也许正是对尊严十分看重，彬彬才在《批评：学业与举业》[10]这篇文章中，表达了自己对文坛上那种把批评当成举业而不是作为一种学业的市侩行为的不满。这些将批评弄成一架梯子、一块砖头、一种进身之道的人，恐怕是不会时时有“尊严”二字存在于心胸的。所以当今文坛上很多人已不在批评中严守严格的价值判断和细致的审美分析。虽说出于评职称的需要而去作举子文，对不少人来说也是出于一种无奈，但如果“作为举业的创作与作为举业的批评，正在当代文坛上这张婚床上欢度蜜月”[11]时，有人挥动一下大棒，尝试一下打散这对鸳鸯的企图，或许在大棒的棒打下，鸳鸯依旧戏水，但我还是要说，这样的时候，就是需要这样的人。如果加入这个队伍的人越来越多，或许会有鸳鸯们反思自己行为的一天，一个懂得反思自己的民族就不会没有希望。

写到这里，我想起自己在酝酿这篇文章的题目时，曾经考虑过以尊严之类的题目来命名，因为我觉得这是彬彬很多文章的一条主线。比如在《心中的先生》[12]中，彬彬就表达了自己对鲁迅人格精神的推崇。彬彬在这篇文章中说，自己在人世上辗转，见过一些人“怎样地吮血、卖友”，怎样地造谣、告密、诬陷，怎样地见风使舵、舔痔尝粪，目睹当年令鲁迅那样悲愤难言的事情怎样大规模地重演……彬彬心目中的鲁迅先生是一个毕生与不义行为进行搏斗，捍卫自己尊严的人。唯此，鲁迅才是彬彬心目中一面永远的旗帜；唯此，彬彬才会对今天中国所谓的“中产阶级”的一些人表现了自己的冷漠。本来“中产阶级”也是一个直到今天仍是国人热衷谈论的话题，不少人都对这一阶层在中国的出现表现了极大的欣喜，甚至把它的出现看成是中国改革开放的一项成果，也是中国未来的希望。在一片对“中产阶级”热烈的赞扬声中，彬彬写了《上跳与下蹲》[13]、《“中产阶级气质”批判》[14]两文。在《上跳与下蹲》中，彬彬说中国出现了一批衣不厌名牌，食不厌精，住不厌华，行呢则厌于自行车、公交车，也厌于“打的”，而不厌私家车的“中产阶级”。这些人中也有人明明有吊灯、壁灯等各种灯具，偏都要熄了，而“大红蜡烛高高点”，在烛影里与“家人共进晚餐”；明明身居钢筋水泥的高楼，窗外有霓虹灯闪亮，窗下有汽车长灯，却偏说喜欢做“江湖雨夜”的梦。彬彬说这是一种说好不易、说坏也难的“趣味”和“追求”。知识分子对这一阶层的崛起，纷纷以加入这一行列为荣，本来这也无可厚非，彬彬对此也是这样理解的，可是知识分子中有人在物质上跳上去的同时，却又在精神上自觉地蹲下来，并煞有介事地说：“为什么知识分子在精神上应该高于大众?”这种浓烈的庸人气质以及在这种氛围中产生的日益浓厚的铜臭气则是彬彬所反对的，尤其是一个从来都高于社会平均生活水平的知识界在打着加入“中产阶级”行列的口号的掩护下，一个又一个都在实现自己的贵族梦，一个又一个都在宣称自己不必为精神而战，为尊严而战，这却是彬彬不愿意看到的当今中国社会的普遍图景。

彬彬从来就没有忘记自己出身于农村，所以才有我们前面提到的对把农民当笑料的行为的不满。可彬彬又是一个咀嚼了现代文化、充满了人文精神的现代知识分子，所以他才激赏潘旭澜先生的文章。在《为批评正名》一书所收的《潘旭澜先生的“太平杂说”》一文中，他非常同意潘先生把洪杨这场农民运动看成是阻碍了中国近代化进行的判断，他还同意潘先生对洪杨内讧的理论分析，这都表明了彬彬对农民起义进步性的怀疑。确实从古代到近代，农民起义从来就没有造出一个新的形态的中国，往往是杀了一个皇帝，又有一个新皇帝登基，其余一切照旧，这就是中国历史一个又一个循环的原因。我想这也是彬彬在《“打江山”与“坐江山”》[15]中那样热烈赞颂华盛顿、杰弗逊这些伟大人物的原因，因为这些人完全不按中国思路行事，打下了江山，又去侍弄自己的庄园。华盛顿甚至在全国人民都推举他第三次当总统时，坚决推辞，最终告老还乡，靠庄园的微薄收入和自己的劳动度过余生。我想这种做法是会令很多中国人诧异的，所以连毛泽东这样的伟人也对吴晗的《朱元璋传》中将彭玉莹和尚写成功成身退的做法表示不满。“种瓜得瓜，种豆得豆”这句中国民间谚语虽然是表示种什么就得什么的意思，可农民式的思维里，还有一种根深蒂固的享受自己的劳动果实是合理要求的习惯。虽然中国也有“前人栽树，后人乘凉”的说法，可这里的前人和后人多半是一个家族的绵延，因而仍然不免有些狭隘。如果说农民要求种瓜得瓜、种豆得豆还是某种程度上的合理要求，可如果以这样的思维要求打下江山与坐江山存在一种必然的关系，则对一个民族的发展必然形成危害。同样，按中国“嫡长子继承”和“析而分之”的思路，是不会有遗产税之类的法律产生的。而没有遗产税之类的法律，恐怕现代福利经济实现的程度多少要打些折扣。彬彬在《“打江山”与“坐江山”》中，最终把毛泽东的局限归结于中国传统政治文化的局限，我想彬彬这种批判其中也隐含着对农民意识的批判。在《腐败的民间基础》[16]中，彬彬把批判的触角更伸向近些年来在一些人眼里非常神圣的“民间”，在中国“民间”这个概念的主体差不多可以说是农民，所以彬彬在《腐败的民间基础》中举例就讲到了《红楼梦》的狗儿——一个典型的中国农民。当刘姥姥骂狗儿无用，不会捞钱时，狗儿就用自己没有“收税的亲戚，做官的朋友”来回答刘姥姥对致富的渴求。彬彬认为，至少在狗儿的潜意识里，一个人只要有收税的亲戚，做官的朋友，他的致富就是可以理解的，也是能够实现的。而这就是整个社会可能走向腐败的社会土壤，也即腐败的社会心理基础。不铲除这种腐败的社会土壤，不澄清这种腐败的社会心理，整个社会要想趋于法治文明的状态恐怕是很难的。当然，我这里的表述与彬彬的表述在文字上可能有些差异，可精神上我认为是一致的。这里我不妨当一回文抄公，照抄一段彬彬的文字：

《红楼梦》里王熙凤说得好：“朝廷还有三门子穷亲”，哪个手中有些权力的人，没有三亲四戚、远朋亲友，又有谁不曾受过亲戚朋友或大或小的帮助、照顾，即便自己这一代不曾受过亲友恩惠，祖上也可能受过。你今天既然做官了，有权了，你就有责任，有义务利用这职权为亲友排忧解难，谋取幸福，不然你做这官，掌这权有何用？“当官不为亲友办事，不如回家抱孩子！”如果你立志奉公守法，丝毫不徇私情，使得亲友们无法将你的职权作为一种资本，那就是六亲不认，过河拆桥，忘恩负义，丧尽天良，就对不起列祖列宗，就成了顶顶不道德的人，就陷入众叛亲离的境地。所以民间对为官者的评价，常常是以腐败为道德而以不腐败为不道德的。民间对为官者的道德标准与社会上公开张扬的对为官者的道德标准往往是冲突和对立的，这也使得为官者总是在双重道德标准的夹击中，而通过亲友们所表现出的民间道德标准往往更有力量[17]。

其实，彬彬这里对民间腐败的心理分析，是一个长期围绕中国那些成功的读书人，尤其是来自于农村的读书人的苦恼。比如黄仁宇在《万历十五年》中，分析李贽落发的一个很重要的原因就是要摆脱这种苦恼，所谓“则因家中闲杂人等时时望我归去，又时时不远千里来迫我，以俗事强我，故我剃发以示不归，俗事亦决然不肯与理也”[18]。黄仁宇说这里的闲杂人等就是亲友，说俗事就是买田、建宗祠宗塾，或者竟是利用势力干预词讼。如果说希望通过李贽的关系在买田、建宗祠宗塾上得到一些优惠还能与情相合（实际上这种“情”，已经是一种腐败），那么利用李贽的势力来干预法律，这就是一种令人震惊的腐败行为。可是李贽只能用遁入空门的办法来保持自己的清廉，而那些因为种种原因不能出家的官员呢，更遑论那些大多数“恋栈”的官员。因此在民众的这种心理基础上生活的大大小小的官员，腐败实在是一种必然。比如在我的家乡，由于这些年来高等教育的迅猛发展，大学生尤其是大专生、中专生的就业就成了一个突出的问题，因此正如安徽作家许春樵在小说《找人》中讲的故事一样，为孩子的前途去托关系、走门路，就成了众多乡亲谈论和关心并且谋求解决的问题。倘若本乡本土某位大学毕业后且在外面混得一官半职的官员，能够为他亲友的子女在毕业之后谋得一个好差事，大家就以羡慕的口吻谈论此人，此人的家长和亲友也觉得自己脸上有光；反之，假若一个人在外面做官，亲友托办孩子就业的事情没有踪影，托办的亲友就会以不屑的口吻谈论他，乡亲们也认为此人没有什么本事，肯定在外面混得不好，否则怎么就不能办这点小事情？这里就说说发生在我身上的一件事情吧。前几年，我爱人的侄子大专毕业，就找上了我，依我的个性，我是不肯承揽这件事情的，可是我要是不办，爱人就会和乡亲们一样说我无能，加上家乡人那些年纷纷传闻我脑子里有病，为了爱人的脸色，为了在家乡改变我的形象，万般无奈只好找到我一位多少有点实权的大学同学，请他解决了这个问题。大约用王朔的话表示，就是“我是一个俗人”。可是高雅在这年头，往往成了人们眼中的病态，而从俗如流才能够如鱼得水，而且人们反而会对你好评如潮，这种价值评判标准可以说现在是席卷大江南北。又比如某位农民成了包工头，他利用金钱贿赂，打通了关系，又少给农民工钱，通过这种办法很快有了上百万资产，乡亲们谈论他时，没有什么谴责的语调，即若说这个家伙少给了乡里乡亲的钱时，口气也是淡淡的，从头至尾都隐含着自己想有一天“取这个包工头而代之”的愿望。所以彬彬的这篇《腐败的民间基础》让我感叹不已，彬彬的冷静和“刻毒”在此文中可以说是表现得淋漓尽致。

彬彬是有诗人的天分的。当然有人会说，没有在诗坛上产生过影响的人，怎么能说他有诗人的天分呢？我没有读过以彬彬的名义发表的诗作，也不知道他是否写诗，如果说要以有没有诗作作为一个人是否具有诗人天分的硬性标准，我也可以把彬彬《尊严像破败的旗》中的一首诗抄录给大家：

> 尊严像破败的旗
> 降了又升
> 升了又降
> 尊严像遮羞的布
> 破了又补
> 补了又破[19]

如果说，我认为这是一首一流的诗作，那是肉麻的吹捧，但我要说这首诗有一点意思，有一点看头，相信读者诸君会同意我的意见。彬彬借这首小诗表达了他对尊严守护的艰难与无奈的认识。我们可以说，这首诗是《尊严像破败的旗》这篇文章简练而形象的概括。一首几十字的小诗能把一篇上万字的文章的意思表达出来，而且是形象的文字，这种才能，我认为心中没有诗意的人是做不出来的。从这个意义上说，彬彬的诗人天分是十分明显的，而且激情洋溢、诗意充盈的文字在彬彬的文章中随处可见，这里不妨摘录一段：

正像当年理想主义的孤幡飘扬是病态的一样，今日经验主义的一手遮天，也只能说是不健康的。理想与经验，在一个社会中，应该有各自的地盘，应该各自发挥着自己的功能，如果说生活如一只鸟，理想可谓是双翼，而经验则如双脚。在空中飞翔，靠的是双翼，但同时也不不开双脚的协作。剁去双脚，只剩下双翼，且不说是否能飞翔，即便能，不久也便会累得一头撞死在地面；斩断双翼，只留下双脚，且不说能否很好地行走，即便能，也很容易葬身于猫蛇之腹。既飞翔又行走，时而飞翔时而行走，这才是合理的鸟的生活，天空是属于双翼的，地面是属于双脚的。只有同时拥有了双翼和双脚，鸟的生活才同时拥有了天空和大地。人类生活也一样。失去了经验的双脚，便会“飞得越高跌得越重”，最终连天空也失去，而失去了理想的双翼，人类便会最终沦为纯粹的爬行动物。[20]

这样的文字是感性十足的，而诗歌的一个本质性的特点不就是感性么？正是因为这种诗意充溢彬彬的胸怀，彬彬才会在早年产生翻译日本作家岛崎藤村的《踏草》的强烈冲动，他特别激赏在这篇文章中作者深夜翻越栅栏，光着脚在草地上尽情地走上一通的行为。在世人看来，这种行为近乎孩子气，可是哪一个诗人没有“赤子之心”呢？彬彬也是一个这样的人。因此我喜欢彬彬，喜欢这个踩惯了大都市的水泥地而渴望拥有一片绿地的彬彬。

彬彬的批评是人性化的、精神分析的。我这里说的精神分析不是弗洛伊德式的，而是一种对人的精神状态的细致入微的分析。比如彬彬发表在《文艺争鸣》2001 年第 1 期上的《许广平改写鲁迅中的作用与苦衷》一文，就对署名“石一歌”的余秋雨等人写于文革时期的《鲁迅传》进行了分析，彬彬说余秋雨等人把鲁迅改写成“四人帮”的守护神，把鲁迅与共产党和毛泽东的关系写成领导与被领导，服从与被服从，信仰与被信仰，崇拜与被崇拜的关系，说鲁迅虽然组织上没有入党，可思想上早已入党。在彬彬看来，这种歪曲实际上只是对许广平观点的沿用和重复。因此，事实上许广平在建国后尤其是文革期间，扮演的是改写鲁迅领头羊的角色。而许广平之所以这样做，则是迫于客观形势的压力。因为建国后，毛泽东的地位一步一步地提高，最后是如日中天，毛泽东甚至要破除人们头脑中对马克思的迷信。所以当毛泽东和刘少奇两位主席像并列出现在报纸上时，李锐就敏感到刘少奇会出事。依毛泽东的个性，在革命胜利以后，是不可能容忍鲁迅和自己平起平坐的。因而许广平把鲁迅说成是伟大领袖的学生，把毛泽东说成是鲁迅心目中最红最红的太阳，在毛泽东面前矮化鲁迅，实际上是为了保卫鲁迅，使鲁迅仍然处在毛泽东之下的神坛上。而鲁迅的地位保住了，许广平的地位也就保住了。正是出于这种心理，胡风落水时，她骂胡风，冯雪峰落水时，她批冯雪峰，周扬落水时，她攻击周扬。文革时期，需要抬出鲁迅，论证文革的必要性，她便心领神会，说鲁迅要是活到今天，看到文化大革命的燎原烈火，将会多么的兴奋。应该说，这样的分析是一种“同情的了解”，是从一个人们意想不到的角度切入，从而化静态的文案研究为动态的实证研究（借用《文艺争鸣》2001 年“文艺争鸣奖”评委语）。同样，彬彬近期发表的《毛泽东对于丁玲命运和人格的影响》[21]也可谓是这种批评方法的典范之作。丁玲在 1957 年被打成右派，17 年以后平反，又给人以“左”的感觉，甚至在 1979 年还说自己是为毛主席写作，丁玲到底是怎样一个人，她为什么始终对伟大领袖怀着圣洁的情感呢？在彬彬的这篇文章里，他超越了“左”和“右”的那种简单化、政治化、漫画式的评论人的标准，从毛泽东对丁玲的知遇之恩说起。彬彬说，毛泽东一生给中国现当代作家也只写了唯一的一首词，而这份殊荣就落在丁玲身上。应该说，这首《临江仙·给丁玲同志》是写得不错的，感情充沛、言辞漂亮。我想，作为一位文学素养很高的女性，无论她是生活在丁玲时期，还是生活在现在，能得到这样一首词，都会有一种飘飘然，有一种得到知音的感觉。为了加深读者的印象，我们不妨再重温一下这首词：

壁上红旗飘落照，西风漫卷孤城。
保安人物一时新。
洞中开宴会，招待出牢人。

纤笔一支谁与似？三千毛瑟精兵。
阵图开向陇山东。
昨天文小姐，今日武将军。

这首词上阕有“保安人物一时新”一句，紧接着是“洞中开宴会，招待出牢人”这样的句子，如此一铺排，好像整个延安因为丁玲的到来而气象一新，又好像整个延安都欢迎丁玲的到来；而下阕中，又将丁玲的一支笔夸大为可以抵上三千拿着武器的精兵，又说她是昨天文小姐，今日武将军。这样一首词，不仅是丁玲，换成和丁玲有同等文化程度的任何一个女性，读了都会像心里灌了蜜一样。吹捧一个人要吹捧到点子上。赞扬文人，你说他文章好，他只是高兴而已。文人嘛，都有“老婆是别人的好，文章是自己的好”（深受中国文化影响的女性也有类似的心理，但不好用一句话准确地加以表达）的臭毛病。你奉承他的文章，他当然高兴，不过他听了还不会晕乎；你要是说他有兵韬谋略，是个将才，那他才会真的高兴得忘了自己姓什么。所以杨炯才会“宁为百夫长，胜作一书生”，李贺才会吟叹“男儿何不带吴钩，收取关山五十州，请君暂上凌烟阁，若个书生万户侯”，杜甫才会长啸“男儿应斗死，壮士耻为儒”，陆游才会那样喜欢谈兵，并且“铁马冰河入梦来”，辛弃疾才会“醉里挑灯看剑，梦回吹角连营”。反过来，中国武人也有一种留意诗文，折节读书的心理情结，岳飞如此，戚继光如此，一直到现代的中国共产党的元帅彭德怀莫不如此。所以功勋卓著的狄青老是在名望和身份大大低于他的韩琦面前有一种自卑感。他的那句“韩枢密功业、官职与我一般，我少一进士及第耳”，我想会引起中国历史上无数武人的共鸣。这种文人恨不得成为武人，武人恨不能成为文人的现象可能是中国文化上的一个独特景观。这或许是人类天性中存在的愈是没有得到，不能得到，就愈是渴望拥有的一种心理在作怪吧！丁玲虽是女性，可她接受的是这种文化的熏陶，当然不知不觉地接受这样的观念，何况还有围绕花木兰代父从军、穆桂英挂帅、鉴湖女侠而产生的诗歌小说及民间传说的影响，尤其是李清照的“生当为人杰，死亦为鬼雄。至今思项羽，不肯过江东”诗句更是把一介武夫的项羽作为英雄来崇拜，我想年轻的丁玲不会不首肯这些观念，况且当时是强寇入侵，战火纷飞的年代，此时的丁玲未必就没有成为一名女将军的梦想。所以毛泽东用这首词赞扬丁玲，可以说是抓痒抓到了痒处，那才叫痛快。

有了这份恩宠，再加上“抢救运动”中毛泽东对丁玲的力保，甚至建国后毛泽东还劳动大驾，亲自去看丁玲。这些恩情，这些美好的回忆，人岂能那么容易忘记？所以丁玲说自己写《太阳照在桑乾河上》时，腰痛得支不住，还伏在桌上一个字一个字地写下去。就像火线的战士，喊着毛泽东的名字冲锋前进那样，丁玲是以写这本书的这种方式来报答毛泽东。而且这本书出版后又得到了那么高的荣誉，使她那样的风光，对于丁玲来说，她的这种荣誉和风光都和毛泽东这个名字联系在一起，没有毛泽东，就没有丁玲这曾经美好的一切。所以即若在困厄的右派时期，丁玲也不愿相信是毛泽东导致她命运的大转折，她宁愿相信这是小人所为，就像屈原即若自杀，也以《离骚》来表明自己的忠心一样。

彬彬就是这样对丁玲的心理进行层层剥茧，最终得出丁玲和古时不少受屈的文人一样，都有屈原式的“逐臣心态”，我以为这种分析是恰如其分的。

彬彬的批评还有一个特点，就是往往能从我们不注意的一些历史资料入手，比如文革时期关于样板戏而出现的一些事情，尤其是那时发表在《红旗》、《人民日报》、《解放日报》上的所谓理论文章。这些东西要是我翻起来，肯定是兴味索然，一句“不堪卒读”，扔到一边了事，可彬彬在《“主席？哪个主席?”》[22]这篇文章中却抓住了是突出武装斗争，还是突出地下斗争，是突出毛泽东等人的解放区工作，还是突出刘少奇等人的白区工作。一句话，你是为毛主席说话还是为刘主席说话这条线索。这样一提纲挈领一下子就让你豁然开朗，原来这些枯燥乏味的文章在当年还有这些背景，这些来历。同样，一本地摊上的《左翼文艺运动史料》（陈瘦竹主编，南京大学学报编辑部 1980 年 5 月编辑出版），彬彬带了回去却写成了《“禁，删，禁，删”——1930 年代国民党的书刊审查》[23]的长文。要是换成我，这样的书是连正眼也不瞧，彬彬却以此论述了那一时期的国民党的文化审查制度，表明了国民党的书刊审查制度的失败实在是一种必然。记得马克思说过，对于书刊的最好的审查就是废除对书刊的审查。彬彬研究的是历史，着眼的依然是现实。读了彬彬这篇文章，我最佩服的是彬彬选择史料的眼光。《左翼文艺运史料》中收录了一些国民党 20 世纪 30 年代一些关于书刊审查制度的文件，这些在我看来不过是历史的垃圾，彬彬随手拈来，却能再现出那个时代的文化氛围、政治气候，而且史料本身也让人觉得有些趣味，彬彬在文章中提到了一份 1933 年国民党政府查禁普罗文艺的密令，其中有国民党一个普通参谋李起坤的报告，这个报告中对普罗文艺的看法颇让人感到意外。下面转录如下：

其最难审查者，即第二种之普罗文艺刊物，盖此辈普罗作家，能本无产阶级之情绪，运用新写实派之技术，虽煽动无产阶级斗争，非难现有经济制度，攻击本党主义，然含义深刻，笔致轻纤，绝不以露骨之名词，嵌入文句，且注重体裁的积极性，不仅描写阶级斗争，尤为渗入无产阶级胜利之暗示，故一方面煽动力甚强，危险性甚大；而另一方面又是闪避政府之注意。苏俄十月革命之成功得力于文字宣传，迄今苏俄共党且有决议，定文艺为革命手段之一种，其重要可知也……惟意职此事关系重大，过严则阻碍文化进步，过宽又恐贻党国以危机……无纵无枉，党国前途，实则赖之。[24]

彬彬在引用这段文字后，借用鲁迅的话评价说："此人的嗅觉是很灵敏的。"又为一介参谋却能考虑到文化进步，实属难得，最后作出结论是无论怎么说，这种审查制度"便是对文化的扼杀"，真如老吏断狱。说句题外话，我看到这个小小参谋的文笔和他对他所认为的"文化进步"的关心，我有这样的感觉：为国民党办事的确有一批能人，这大约也是台湾和大陆国共两党政权能够对峙几十年的原因吧，怪不得杨宪益前些年曾发牢骚说国民党对知识分子略微识货一点。

对彬彬说了这么一大堆好话，文章又写了这么长，照理该就此打住。可我和彬彬这一代人受"一分为二"的思想影响太大，我们从小就接受这样的观念：一个人，只要是好人，是同志，就既有优点，又有缺点，当然这一条不适用于毛主席，毛主席是永远正确的。不过这种既说脸又说屁股的做法如今已不大时兴，现在人们更愿意表扬与自我表扬。所以大学生找工作，推荐表上几乎个个都有一官半职，有点来头，尽管这中间相当一部分在校只是普通学生，这是当今的时代潮流，就像前些年商业大潮汹涌澎湃时，很多人都在名片上印上"经理"的头衔一样。下面我对彬彬的批评提出一点不同的看法，严格地讲，这种不同，或许是彬彬文章限于篇幅、时间、场合没有考虑到的，有些可能是彬彬一时没有想到的。而且我们在提出不同意见的同时也包含有对彬彬的肯定。这里我们将以彬彬的《为一只蝎子喝彩》[25]和《如何建世界一流大学?》[26]这两篇曾经获得较大社会反响的文章为例。

我们先说说《为一只蝎子喝彩》。

彬彬在这篇文章中说中国食文化发达，逮到啥吃啥，接着又说中国刑文化也是世界之最，并举了一些实例，从古代的凌迟处死到现代的用心肝下酒，应该说，这是很有说服力的。但我读过后，有一点遗憾，有一点意犹未尽之感。我觉得这篇文章没有提到西方的参照系，客观上会给我们传递这样的信息：西方世界没有血腥，没有残酷，尤其是西方世界的近现代史的不管哪一页，比东方都健康得多，人道得多。布鲁诺受火刑，那是中世纪，文艺复兴后就是人性的发现，就是人成了世界的中心，尊重人、发展人就成了西方的主旋律。其实这是我们对西方的缺少了解。比如启蒙时期的法国，仍是酷刑肆虐时期。下面我从米歇尔·福柯的《规训与惩罚》中摘录一则资料：

1757年3月2日，达米安（Damiens）因谋刺国王而被判处“在巴黎教堂大门前公开认罪”，他应“乘坐囚车，身穿囚衣，手持两磅重的蜡烛”，“被送到格列夫广场。那里将搭起行刑台，用烧红的铁钳撕开他的胸膛和四肢上的肉，用硫磺烧焦他持着弑君凶器的右手，再将熔化的铅汁，沸滚的松香、蜡和硫磺浇入撕裂的伤口，然后四马分肢，”最后“焚尸扬灰”（《达米安案件》，372～374页）。

1757年4月1日的《阿姆斯特丹报》描述道：“最后，他被肢解为4部分。这道刑罚费了很长时间，因为役马不习惯硬拽，于是改用6匹马来代替4匹马。但仍然不成功，于是鞭打役马，以便拉断他的大腿，撕裂筋肉、扯断关节……”

“据说，尽管他一贯满嘴秽言，却从未亵渎过神明。过度的痛苦使他鬼哭狼嚎般地喊叫。他反复呼喊：‘上帝，可怜我吧！耶稣，救救我吧！’圣保罗牧区的牧师年事已高，但竭尽全力地安慰这个受刑者，教诲在场的所有观众。”

现场监视官布东（Bouton）留下了这样的记载：“硫磺点燃了，但火焰微弱，只是轻微地烧伤了手的表皮。刽子手便卷起袖子，拿起专为这次酷刑特制的一英尺半长的铁钳，先后在右边的小腿和大腿上撕开两处，然后在右臂上撕开两块肉，接着在胸部撕拉，刽子手是一个彪形大汉，但要撕扯下肉块也不容易，因此他在每一处都要撕扯两三次，而且要拧动铁钳。他在每一处撕开大约6磅肉的伤口。”

“被铁钳撕扯时，达米安虽然没有咒骂，但却声嘶力竭地嚎叫。他不断地抬起头来，然后看着自己的身体。那个刽子手用一个钢勺从一个锅里舀出沸滚的液体，胡乱地浇注每一个伤口。然后，人们把挽马用的绳索系在犯人身上，再给马套上挽绳，把马安排在四肢的方向。”

“法庭书记员勒·布列东（Le Breton）先生走近犯人，问他有什么话要说。犯人每次都表示无话可说。每受一下刑，他都嚎叫：‘宽恕我吧，上帝！宽恕我吧，老天爷！’声音仿佛出自地狱。尽管疼痛无比，他仍不时地昂起头，勇敢地看着自己的身体。几个人紧紧地拉住捆他的绳子，使他痛苦万分。勒·布列东再次走近他，问他有什么话要讲。他回答说：‘没有’。几名忏悔神父分别走近他，对他说了一阵子。他主动吻了伸向他的十字架，张开嘴反复说：‘宽恕我吧，上帝。’4匹马分别由4名刑吏牵引着，向4个方向拖拽四肢。一刻钟后，又重新开始拖拽。最后，经过几次尝试，不得不对马拉的方向拉，这才扯断了臂关节。这样拉了几次，仍未成功。犯人抬起头来，看着自己的身体。刑吏又增加了两匹马，与拉腿马套在一起，但还是没有成功。”

“最后，刽子手桑松（Samson）对勒·布列东说，毫无成功的希望，因此请他问问尊贵的老爷们是否愿意让他把犯人砍成几段。勒·布列东从市中心回来，下令再试一次。结果是，役马顶不住了。其中一匹拉腿的马倒在地上。神父们又走过来，与犯人说话。我亲耳听见他对他们说：‘吻我一下，先生们!’圣保罗教区牧师畏葸不前，于是德·马西里先生匆匆地从拉着右臂的绳子下钻过去，吻了他的前额。刽子手们围了过来。达米安对他们说，不要咒骂，快执行他们的任务，他不恨他们，他请他们为他向上帝祈祷，请圣保罗牧区牧师在做第一次弥撒时为他祈祷。”

“四肢被拖断后，神父们走过来要对他说话。刽子手告诉他们，他已经死了。但我却看到这个人还在动，他的下颚左右移动，似乎在说话。有一个刽子手甚至说，稍后当他们把躯体扔到火刑台时他还活着。四肢上的绳子也解了下来，四肢被扔到火刑台上。用长长短短的木柴覆盖住躯体和残肢，然后点燃了混杂在木头中的杂草。”

“……遵照敕令，一切都化为灰烬。到晚上10点半，在余火中发现了最后一片需要烧毁的东西。焚烧肉片和躯干大约用了4个小时。官员们（包括我和我的儿子）和一队弓箭手在广场上一直待到将近11点钟。”

“有些人证实，有一条狗曾躺在被火烧过的草地上，几次被人赶走，但总是转回来。这不难理解，因为这个小动物发现这个地方比其他地方温暖”（转引自Zevaes，第201~214页）。[27]

我想，读了上面这段文字，如果硬是将它与中国的凌迟处死、“剥皮揎草”进行比较，说哪一个更残酷，是毫无意义的。因为这等于是让人类的神经再受一次残忍的刺激。当然，或许有人会说，达米安受刑时，还有神父到场给他安慰。可是亲眼目睹上帝的子民受如此痛苦的折磨，一边还正义凛然地借此教诲在场的所有观众，神父的人性、上帝的神明又怎么能叫人相信呢?在这种情况下，只能让人产生神父是伪善的、上帝是不存在的强烈印象。在给达米安行刑后的32年，巴黎人迎来了法国大革命。大革命时期，执政者实行革命恐怖主义，很多人都被冤枉地送上断头台。2 500万人口的法国，在1793年至1794年一年之中，就有17 000人上了断头台。也许是基于人道的考虑，为了减少死囚的痛苦，有关当局加快了行刑的过程。可是巴黎民众就觉行刑的过程太快，使他们无法充分欣赏死囚的痛苦，他们就在断头台周围齐声高唱：“把我的绞架还回来！把我的绞架还回来！”这呼声不是产生在遥远的古代和中世纪，而是在有了《人权宣言》和“自由、平等、博爱”口号的法兰西共和国。这时的巴黎民众仍以刑法愈残酷，死囚愈痛苦为快乐，这多少让我感到意外，而这是事实，林达的新著《带一本书去巴黎》对 此有详细的描述。因此，我只能说，在人类史上，在东方和西方，都有残酷的一页，都有失去人性的历史。而且西方文明的进展也不是一朝一夕的，甚至有时还有反复，所以历史进展到20世纪，不是还有希特勒以种族主义的名义将大批犹太人不分男女老幼送进毒气室，甚至将犹太人制成工业用品和生活用品么？不是还有臭名昭著的麦卡锡主义么？当然，西方尽管有这样的残酷的历史，但也有伏尔泰、卢梭、爱因斯坦、罗素的正义之声。甚至连俄国沙皇在西方思想的影响下，在19世纪别林斯基、陀斯妥耶夫斯基生活的时期，处决犯人不仅用枪支，而且行刑者行刑时，一起开枪，这样做的目的是为了减少行刑者良心的重压。正是有了类似这样的西方人道主义思潮的发展，才有“废除死刑”的立法和实验，才会有不以“思想罪”的名义给人定罪的请求和立法。相反我们在文革时期，林昭以思想罪罹难，林昭的家属找公安局要人，公安局却找他们要五分钱的子弹费。张志新死前被割断喉管。李九莲行刑前拒绝下跪，行刑者射击大腿，她死后曝尸荒野，看客还割去乳房和阴部。钟海源被处决是1978年4月，死后被取走肾脏，而且将浸在福尔马林里，供大夫、学员们作解剖标本。这些人无一例外地都是让人崇敬的女性，并且后三位和林昭一样都死于思想罪。

从这个意义上说，我认为彬彬对中国刑文化的抨击仍然是有意义的，至少可以让我们时时刻刻不要忘记历史，不要让历史重演。当然，如果以人性的标准向整个人类吁求：为了使我们生活在一个更人性化的21世纪，不管是东方还是西方，请记取这些历史的悲剧吧！或许，怀着这样的请求，这样的立场，来对待历史，来处理当今的国际事务，会更科学一点，更民主一点，也更人道一点。

我们再来谈谈《如何建世界一流大学?》。

彬彬这篇文章针对国内有人提出的建世界一流大学的口号，提出了自己的观点。彬彬认为如果在现今的中国大学里，没有人文精神，仅仅着眼于硬件，没有教师与教师，学生与教师，学生与学生之间的一种以学术为重、以自由探索真理为己任的精神，相反相互之间只是以地位为尊，把大学看成是职业的培训所，那么建一流大学只能是黑色幽默，天方夜谭式的笑话。所以彬彬在这篇文章中，激赏王浩以《谁也不怕谁》这样的题目来概括西南联大精神，认为这是对大学之所以大的一种通俗而生动的说明，这些都是我极其赞成的。彬彬的这篇文章中还说现在大学里有“专著崇拜”情结。所谓学术专著就是达到一定字数、分章分节、并多加注释的玩意。于是，在制作这种合乎“学术规范”的专著时，制作者就大量注水。好的情况是一条泥鳅烧一锅汤，更多的时候连泥鳅也没有，只是添加葱姜盐醋的开水而已。但就是这样的人成了硕导、博导、学术带头人、跨世纪的人才。有的人为了不丢人现眼，只好将自己的专著在书店里悉数买回。这真是一针见血地指出时弊的宏论。但是，读过这篇文章之后，我依然有一种读彬彬的《为一只蝎子喝彩》的同样感觉。我以为学术腐败、人文精神的淡薄，是一个世界性的现象。且不说戴维·洛奇的《小世界》对西方所谓学者，尤其是学术会议作了十分尖刻的讽刺，在洛奇笔下，这些学者、教授说是为了学术，像蝴蝶一样在世界各地飞来飞去，实际上只不过是为了游山玩水，甚至只是满足自己渴求艳遇的身体需要而已。同样在高等教育非常现代化和发达的美国，人文精神的前景也是令人担忧。如从台湾去美国的学者傅孝先就说了这样一件事。他说在美国高校盛行学生给老师打分，这是教师晋升及取得常俸的主要依据。

于是不少还未站稳的青年教师想得学生的高分，自然变得十分宽大，也给学生高分；连资深教师都感到压力，被迫将评分标准降低，以便学生皆大欢喜，甚至名校也未能免俗。据《美国新闻与世界报道》不久前的一则消息，哈佛大学有91%的学生于1992年获得B^-以上的成绩；斯坦福大学很少给学生中等以下的成绩；而普林斯顿大学得A的学生近年内有骤增之势，由33%增至44%，一般学府更常见师生互利的现象，以致有相当数量被评为好学生的人名实不副；而所谓优秀教师（主要靠学生给老师打的分数来决定），不少在作业要求、评分标准上非常宽大——最优秀的教师不见得最好，往往只是最受学生欢迎的人物。[28]

傅先生这篇文章写于克林顿执政时期，可见离今天不远。其实傅先生这种情况在美国更早的时期就相当普遍地存在。《万历十五年》的作者黄仁宇在死后出了自传《黄河青山》，在自传里他道出了自己在本可以继续呆在高校的年龄却被迫离开的苦衷。黄先生当时是国际知名学者，美国高校实行学分制以后，就像中国各大学现在实行的学分制一样，有很多课程皆由学生选老师，老师列出了一门课的内容，学生根据自己的兴趣报名。大多数学生只是为了赚取学分，报过名后有空或者愿意，就来听一下，美国教师基本上不点名，给学生来去的自由，作业也以一篇文章代替考试。可黄先生不理这一套，不仅点名，而且报过名的同学不来听课，他会打电话找，宿舍找不到，他堵在食堂门口，一定要学生来上课，否则就退选他的课，他的理由是你报了名，又不来听课，会影响还在教室听课的其他学生，想想也是，干吗这些同学都可以不听，我听？如果纯粹让学生来决定是去上课还是不去上课，可能会出现再好的老师也留不住学生的情况。但当时的美国学校的行政机构似乎是支持学生的，所以连最为乖巧的女生也站出来要黄先生不要点名，可黄先生是九头牛也拉不回，一条道也走到底的个性，因此还是点，结果黄先生课就没有人选了。他的“亚洲文明”这门课开始时有三百到五百人选，最后只有三到五个人选，校方不得不让黄先生在1980就离开教职。为此黄先生吃尽了为生活奔波的苦头，可以说一代大师级的学者黄仁宇，在某种意义上就成了学分制的受害者（当然学分制有它的好处，目前似乎还找不出更好的方式来代替它）。

因此，如果说关注人文精神是今天中国高等教育所需要面临的一个问题，这是对的。但说它也是一个世界性的问题，并以此来强调人文精神，或许视野就显得更为开阔一些，不知彬彬以为当否？

注释：

① 见王彬彬《为批评正名》第95页，时代文艺出版社，2000年9月第1版。

② ⑥⑦⑧⑨⑩⑪⑫⑬⑭⑮⑯⑰⑲⑳㉕㉖同①，分别见第49页、第69页、第80页、第83页、第87页、第246页、第248页、第141页、第249页、第333页、第28页、第35页、第37页、第79页、第361页、第3页、第164页。

③ ④见《上海文学》1998年第1期。

⑤ 见洪洁《学术自由：是否可能与如何可能》，《文艺争鸣》2002年第2期。

⑱ 转引自黄仁宇《万历十五年》第216页，生活·读书·新知三联书店，1997年北京第1版。

㉑㉒㉓ 分别见《钟山》2002年第6期、第4期、第5期。

㉔ 转引自王彬彬《“禁，删，禁，删”——1930年代国民党的书刊审查》，见《钟山》2002年第5期。

㉗ 见米歇尔·福柯《规训与惩罚》第3~6页，刘北城、杨远婴译，生活·读书·新知三联书店，1999年5月北京第1版。

㉘ 见傅孝先《别样情怀》第244页，新华出版社出版，1999年1月第1版。

2002.11.30~12.05

（疏延祥，安徽枞阳人，安徽大学中文系教师）

王达敏

从启蒙人道主义到世俗人道主义

——论新时期至新世纪人道主义文学思潮

在现代性语境中生成的中国文学的人道主义思潮，从五四时期行进到今天，已有近百年的历史。在这百年人道主义文学思潮史的标尺上，正好标出了三个大致均为三十年的时间刻度：五四时期至40年代末，50年代至70年代末，新时期至新世纪。

据专治中国现代人道主义文学思潮的学者研究，人道主义首先是作为政治哲学于19世纪末20世纪初传播到中国来的，而作为文学思想的人道主义紧随其后，于五四新文化运动时期通过翻译、介绍西方文学作品而得到广泛传播，并形成人道主义文学思潮。从20年代初到40年代末，一面是各种人道主义文学思潮相继出现；另一面是人道主义文学思潮在发展中受到了来自“现代性叙事”内部的民族主义、现代主义等强势话语的严峻挑战，以及极左思想的排斥，致使它从“现代性叙事”中心走向边缘。[①] 如果说文学的人道主义存在的合法性在第一个三十年受到了严重的挑战，那么，到第二个三十年时，它存在的合法性则遭到了彻底的否定。从50年代至70年代末，人道主义是我国文学界乃至整个思想文化界深门重锁、不能僭越的禁区，经过五六十年代几次大肆讨伐，人道主义终于在文化大革命中销声匿迹。第三个三十年，文学的人道主义思潮在新一轮“现代性叙事”中再次崛起，并形成了丰富而深入的逻辑演进的态势，即从70年代末至80年代的启蒙人道主义演变成90年代以来的世俗人道主义。我注意到，学术界对其的关注，到目前为止，依然是在新时期初期的启蒙人道主义上作低空盘旋，未能发现90年代以来出现的新的人道主义文学思潮——世俗人道主义文学思潮。

① 参见刘卫国：《中国现代人道主义文学思潮研究》第2-3章，岳麓书社，2007年。

启蒙人道主义

文学史显示，从70年代末出发的人道主义文学思潮，到80年代初中期就汇成了一股以思想启蒙为特征的人道主义思潮，即启蒙人道主义思潮。

我之所以称70年代末至80年代初文学的人道主义思潮是启蒙人道主义，主要是着眼于中国的现实语境。首先是因为70年代末至80年代是思想解放的年代、启蒙主义年代，其启蒙的内容是：反封建，破除现代迷信，清算极左思潮和极左路线给国家、社会和人民造成的种种危害，意在拨乱反正，倡导思想解放，把人从专制主义、蒙昧主义和极左思想中解放出来，推动社会变革，开创出社会主义现代化建设的新局面。进而是因为与新时期启蒙主义一并产生的文学及其人道主义思潮具有启蒙的性质，是“新时期”这个巨大的历史形象的一个极为重要的组成部分，是“新时期”着意打造的现代性叙事的另一种先锋的表达形式，与整个社会在政治、经济文化和思想等方面都发生急剧变化的社会变革紧密呼应。

新时期文学的启蒙人道主义，其特点可以表述为：深切同情在极左政治暴力下被侮辱、被迫害、被冤屈的受害者和不幸者；批判极左思潮、传统文化的消极因素以及僵化荒诞的现实处境对人的伤害，对人性的扭曲异化；抒写逆境中的美好人性，张扬人道主义精神。启蒙人道主义崛起于非人性非人道的黑暗时代被否定之后，——人性和人道主义严重匮乏乃至最终断绝，是黑暗时代的特点，一切从人性、人道主义严重匮乏上产生的人道主义，几乎都是从同情开始的。同情是人类普遍具有的一种情感，莎士比亚认为人类最可贵的品质是仁慈、同情。同情不是别的，它是由善和爱植于人性中的一种情感。因为善和爱，所以才会对人的不幸遭难和苦难处境深表同情。人道主义是由人性和人道的匮乏引起的，因此，我视同情为人道主义的逻辑起点，即人道主义生成的原点。在新时期的伤痕文学、反思文学、改革文学、寻根文学和早期新写实小说中，苦难和同情已经成为文学的基调。我特别注意到，还有一些作品，勇敢地突破阶级论而直入普遍人性，由此而标示出同情人道主义的重要发展。从抗日战争开始至文化大革命，我们曾根据战争和革命的需要，将社会上所有人分为“属已”与“异已”的两个对立阶级，这种政治的阶级论为文学规定了不可逾越的原则，在30—70年代末的多数文学中，异己阶级多是作为反面形象出现的，自然，同情不能施与他们。新时期的启蒙人道主义不仅对“属已”的知识分子、下放知青、干部、普通百姓的苦难和不幸深表同情，而且还对“异己阶级”的一些善者和从善者的不幸遭难予以同情。例如，刘心武的《如意》对心地善良然而命运多舛的满清王朝贝勒府的千金小姐多罗格格金绮纹苦难身世和爱情悲剧的描写，充满着同情与惋惜；雨煤的《啊，人……》对地主儿子罗顺昌视伦理道德和阶级论而不顾，一生一世深爱父亲小妾的描写，表现出理解和赞美；刘克的《古碉堡》对年轻漂亮然而身世最悲惨、命运最不幸、所受的侮辱与迫害最深重的活佛小老婆曲珍的描写，是一曲忧伤而温情的人性颂歌；而汪雷的《女俘》和张笑天的《离离原上草》则在由战争和阶级构成的敌与我、善与恶、正义与非正义的二元对立关系中抒写人性；等等。这些作品表明新时期作家对人的理解的深化，其中蕴含着同情、宽容和博爱的人道主义思想。

同情是人道主义的原点，又是人道主义的基本命题，关键是要在人道主义之中注入“启蒙”成分，才能成为“启蒙人道主义”。新时期启蒙人道主义文学思潮之“启蒙”要义：批判极左思潮、传统文化的消极力量以及庸常荒诞的现实处境对人性的取消，对人的尊严的践踏。这一取向与当时整个社会对民主、人性、现代化、思想解放和社会变革的要求一致，具有思想启蒙的意义。《啊!》、《夫妇》、《爬满青藤的木屋》、《芙蓉镇》等作品揭露恐怖的阶级斗争和政治迫害使整个社会变态，人性被扭曲；《天云山传奇》、《灵与肉》、《绿化树》、《男人的一半是女人》、《人啊，人!》等作品直指反右扩大化后知识分子的悲惨命运；《如意》、《杨花似雪》、《古碉堡》等作品探析封建血统论与极左思潮联手对人性的摧残；《内奸》、《康巴阿公》等作品从个人的悲剧命运来反观整个民族在特定的历史时期恶劣的思想状态和人性状态；《被爱情遗忘的角落》、《远村》、《小城之恋》等作品描写由封闭落后与思想保守而造成的一个个爱情悲剧；《单位》、《一地鸡毛》、《风景》、《烦恼人生》等作品突现庸常荒诞的现实处境对人的侵蚀与异化。这些启蒙人道主义文学作品向我们展现的是一个个非人道的世界，以“非人道”描写传达出人性和人道主义思想。换言之，这些作品的非人道描写，不是为了纯粹地展示非人道或者肯定非人道，而是把非人道作为人道主义的对立面，以此否定非人道，肯定人性和人道主义。

启蒙人道主义作为一种人道主义形态，其“启蒙”的要义落在“批判”上，在启蒙的规约下，其人道主义一般标示出两个路向。一是同情的路向，叙写受苦受难者和不幸者，从反面通向人道主义，达到以“同情”指实“批判”，以“批判”强化“同情”的效果，这是悲悯性质的人道主义。二是在

“同情”和“批判”的二维结构中生长出超拔向上的人道主义精神的第三维，即在苦难叙事或悲剧处境中正面抒写美好人性，张扬人道主义精神。《爱，是不能忘记的》、《人啊，人!》、《天云山传奇》、《杨花似雪》、《古碉堡》、《离离原上草》、《绿化树》、《男人的一半是女人》、《芙蓉镇》等数量可观的作品，写苦难写悲剧，但不陷于苦难和悲剧，它们更强调人在面对苦难和悲剧时所表现出来的那种勇敢坚韧的抗争精神和高尚执著的理想追求，是一种近于浪漫的理想主义性质的人道主义。正是由于有了这一维，启蒙人道主义就不再是一味地沉陷于悲怆大地，纯粹作为人类创伤的抚慰者，而是心系高远，引人超越此在的精神创造者。

必须指出，借助强劲的思想解放思潮崛起的启蒙人道主义文学思潮，用以“启蒙”的人道主义思想，远未像文艺复兴至18世纪形成的启蒙—人本主义人道主义那样，经过五个世纪的发展，最终凝定成内涵丰富、体系严整的人道主义形态。新时期启蒙人道主义随启蒙思潮的潮起潮落近十年，再加上意识形态对它的监视与掌控，普遍社会心理对它的防范，致使它只能在人道主义的一般水平上演绎运作，未能建立起自足的人道主义思想体系。在新时期，具有建构性的人道主义文学思潮，要到90年代才能产生。

世俗人道主义

进入90年代，启蒙渐渐退位，世俗渐渐入位。较之80年代文学，90年代文学淡化了意识形态色彩，更具世俗性和民间性，因此，80年代的启蒙人道主义文学思潮进入90年代后，渐渐发生了丰富性的演变，原有的启蒙人道主义虽然还在继续，并且仍有拓展与深入，但其主潮已经被另一种新的人道主义文学思潮——世俗人道主义文学思潮所取代。

世俗人道主义有专指与泛指之别。先说泛指的世俗人道主义。我在研究西方人道主义历史及其形态时，根据人道主义思想史演进的逻辑关系，认为文艺复兴至近代的人道主义，就整体而言，是“启蒙—人本主义人道主义”。理由是：这种人道主义注重人的价值和世俗世界观，它直接反抗、否定的是中世纪基督教会和教皇的封建化、极权化制造的专制主义、蒙昧主义和禁欲主义，进而否定宗教神学的神本主义和未来主义。而它用以批判与否定神本主义的思想武器，则来自遥远的古希腊文明。古希腊文明大体上是人本主义和现世主义的，它继承并吸收了希腊人的善行和身心全面训练的人道主义思想。在此基础之上，它将其与现代意识进行融汇创构，建立了启蒙与人本主义性质的人道主义。“这种人道主义，相对于天启的福音人道主义，它是启蒙人道主义；相对于神本主义人道主义，它是人本主义人道主义；相对于有神论的宗教人道主义，它是无神论的世俗人道主义。”① 也就是说，相对于中世纪神本主义的宗教人道主义，文艺复兴至近代的启蒙—人本主义人道主义，多是世俗性的人道主义。但正式以“世俗人道主义”命名专指的人道主义，则出现在20世纪的美国。

世俗人道主义的代表性人物是美国哲学教授库尔茨。据他说，世俗人道主义从一开始就遭到宗教保守主义和原教旨主义右翼分子的批判。批判者指责世俗人道主义缺乏道德的支撑，导致当代社会的道德价值标准的衰落，是20世纪美国“最危险”和“最有影响”的人道主义思想。库尔茨坚定不移地保卫世俗人道主义，自称是一个“自由民族主义的世俗人道主义者”。三十多年来，他撰写了包括《世俗人道主义宣言》在内的许多论文，还参与起草了美国人道主义协会文件《人道主义宣言Ⅱ》的起草。在“民主旗帜下”，库尔茨给出了世俗人道主义的十个原则，涉及政治、宗教、道德、科学、技术、理性、进化论、教育方面，几乎无所不包。② 总之，世俗人道主义，其性质是民主的、无神论的；其核心价值观是个人主义；其世界观是改良的，向前看的；其理想是致力于发展理性的理想、自由的理想、个体和团体的机遇及世界范围的民主理想；其作用和意义，世俗人道主义认为无需相信有神论的宗教或牧师的恩惠，便能导致幸福生活，并对人类福利和社会公正做出积极贡献。

新时期世俗人道主义是中国现实语境中产生的一种人道主义文学思潮，与西方的启蒙—人本主义人道主义、美国的世俗人道主义、新时期的启蒙人道主义比较：启蒙—人本主义人道主义的“世俗性”是相对于中世纪的神本主义而言的，“世俗”是被人文主义及资产阶级政治革命当作启蒙的现实性依据，新时期世俗人道主义则是从“启蒙”中抽身而出，专注于世俗伦理和人性本位的人道主义；美国的世俗人道主义是民主的、无神论名义下实施的无边的人道主义，新时期世俗人道主义则是自我定义的、伦理和人性本位的人道主义；新时期启蒙人道主义是政治意图和意识形态色彩非常明显的人道主义，意在用人道主义思想实现启蒙之目的，世俗人道主义疏远甚至脱离政治、意识形态、阶级论等权力的控制而回到人道主义自身，以人性来表述的

① 王达敏：《论文学是文学》，安徽教育出版社，2009年，第34页。
② 参见保罗·库尔茨：《保卫世俗人道主义》，余灵灵等译，东方出版社，1996年。

具有世俗伦理取向的人道主义。总之，世俗人道主义是自我定义的、伦理和人性本位的人道主义，它从人性、人道的立场出发，以善和爱为核心，以人为本，重视人的生存、生命、自由、尊严、权利和价值，其世俗的伦理观念直接与人道主义的人类性和普世性观念相通。

我称90年代以来文学的人道主义思潮之主潮是世俗人道主义，在此之前，它还是一个未被揭示、描述和定义的存在。在正式描述世俗人道主义之前，我要强调两点：第一，世俗人道主义成为90年代以来的人道主义文学思潮之主潮，并不是说它只属于90年代以来的文学，实际上，在70年代末至80年代的启蒙人道主义思潮之内及之外，已经蕴涵着世俗人道主义思想。不过，此时包含在启蒙人道主义之内的“世俗”是被启蒙所定义的，其人道主义思想表现在对受苦受难者和不幸者的同情与对美好人性的抒写等方面。而处于启蒙人道主义之外的作品，如汪曾祺的《受戒》、《大淖记事》，莫言的《红高粱》，冯骥才的《三寸金莲》，贾平凹的《远山野情》、《天狗》、《妊娠》等作品，已经具备了世俗人道主义的基本特征，但在80年代，它只能在启蒙人道主义一侧作低调咏叹。第二，世俗人道主义并不排斥“启蒙”、“批判”，事实上，“启蒙”和“批判”在90年代以来文学中仍有着强劲和深度的表现，如杨显惠的《夹边沟记事》、李佩甫的《羊的门》、毕飞宇的《玉米》、阎连科的《受活》、刘震云的《故乡天下黄花》、张宇的《疼痛与抚摸》、莫言的《丰乳肥臀》、张炜的《家族》和《九月寓言》、陆文夫的《人之窝》、李锐的《无风之树》、尤凤伟的《中国：一九五七》等。不过，此时的“启蒙”和“批判”更多是从人性本位和世俗伦理的立场作出的，淡化了启蒙浓厚的政治意图和意识形态色彩。

世俗人道主义正在发展中，就目前它所取得的成果来看，主要有三种世俗人道主义显示出新时期至新世纪人道主义思想的发展。

一、人性本位人道主义

新时期文学语境中的人性本位人道主义，是一种反对任何凌驾于人之上的种种权力对人的迫害、奴役、扭曲、异化与曲解，主张用人性最基本最普遍的伦理原则去正确地看待人、理解人、尊重人，并使人实现自我确认的世俗人道主义。

前面提到，我们曾经根据战争和革命的需要，把人分成“属己”与“异己”的两个对立的阶级。这种二元对立的区分泾渭分明，敌与我、善与恶、好与坏、正义与非正义一目了然。这种简单化的区分方便了判断，却也使人性常常走向迷失。80年代文学已经突破了这种政治的阶级论对人的绝对性定义，开始对“异己阶级”的一些“善者”和“从善者”的不幸遭遇和思想情感予以同情和理解，体现出人道主义同情、宽容和博爱的思想。90年代以来，特别是新世纪以来，人道主义文学思潮从启蒙走向世俗，人道主义思想逐渐穿透并超越战争、阶级、民族、国家等权力制造的坚硬屏障，在对战争、阶级、民族、国家、善恶进行人道主义的反思、剖析和重新解读的基础上，拓展并深化了人道主义的发展空间。

解读对象之一：作为异己阶级的地主、富农和封建贵族。80年代以前的中国现当代文学中的地主、富农和封建贵族形象，除少数叛逆者和开明人士外，绝大多数是作为反面形象出现的。战争年代的地主、富农和封建贵族属于剥削阶级，不是土豪劣绅恶霸，就是汉奸与还乡团的骨干分子。这种政治的阶级论及正统历史观为文学描写地主、富农和封建贵族规定了不可逾越的原则。1979年1月11日，中共中央作出了《关于地主、富农分子摘帽问题和地富子女成份问题的决定》，但从战争年代开始形成的阶级论早已渗透到主流意识形态乃至民间意识形态之中，由此而形成了整个民族的历史观。这种已经深入到民族意识深层的阶级论及正统历史观不可能随着这一“决定”的颁布而立即消失，人道主义思想此时进入文学，可谓应运而生。如果说80年代的《如意》、《啊，人……》、《古碉堡》等作品对地主和封建贵族中的善者的不幸遭遇和情感还止于同情和理解的话，那么，到90年代以来的《故乡天下黄花》、《白鹿原》、《丰乳肥臀》、《人之窝》、《一个地主的死》、《第九个寡妇》等作品，则直入历史现场和人物真相，对历史进行重写。《一个地主的死》中的王香火，在阶级论及正统历史观的定义里，他是地主。在民间伦理观念里，他是一个油头粉面、不务正业、游手好闲的富家子弟。无论从哪方面看，他都是一个不可救药的“反面形象”。然而，这个被身份所定义的地主之子，竟然敢于在生死之际，故意把日军引向死亡的绝境，以自己的壮烈牺牲而成为“抗日英雄”，虽然他死后并没有获得这一崇高的命名。《第九个寡妇》更是显示了民间伦理和人性善爱的魅力，写地主儿媳妇王葡萄在革命年代救公爹的故事。土改之际，王葡萄竟然于阶级的大义而不顾，把已经定为地主和伪保长，并列入镇压之列的公爹孙二大私藏起来，前后达二十多年之久。在革命的阶级论看来，孙二大是地主、伪保长，必须镇压。但在王葡萄看来，公爹是个清白本分之人，战争年代还帮助过八路军，所以她要救公爹。在革命高于一切、主宰一切的年代，私自暗藏掩护地主身份的公爹，就意味着与革命对抗。但王葡萄是个一遇到阶级问题就犯糊涂，觉悟总是提不高的人，她认准了个死理："再咋阶级，我总得有个爹。爹是好是赖，那爹就是爹。"王葡萄的糊涂，分明是对革命伦理的不理解与抵触，但这并不妨碍她在民间伦理的引导下对世事的清醒领悟。她的浑然不分的意识中潜含着仁爱与包容一切的宽厚，"表现为她的爱心超越了人世间一切利害之争，称得上真正的仁爱"。[①] 这是典型的以民间伦理打足了底色，以人性行于世的人道主义。

解读对象之二：作为社会恶人的土匪、罪犯等。土匪是社会的独特群体，被种种社会势力驱赶到社会边缘，处于下层社会的病态现象。在人们的观念中，土匪是集抢劫、奸淫、烧杀于一身的亡命之徒，祸国殃民的强盗、恶人。新中国建国之初展开的剿匪除匪的军事斗争，实际上对土匪的性质作了政治性的判决。自此，土匪形象在当代文学中基本定型。《朗读者》的作者本哈德·施林克说："人并不因为曾做了罪恶的事而完全是一个魔鬼，或被贬为魔鬼"。[②] 土匪是一个十分复杂又十分特殊的社会群体，他们的来源混杂，目的不一，类型有别；他们的动机不一样，没有统一的组织，统一的行动；他们没有明确的政治目标，没有能够代表他们说话的思想家，他们的行为缺乏精神的、思想的力量支持。英国学者贝思飞积十年之功撰写的《民国时期的土匪》（1988 年），把中国民国时期的土匪归纳为三类：第一类土匪是"社会土匪"，这类土匪不是被视为单纯的罪恶之人，而常常是作为英雄、战士、复仇者、保卫正义的斗士、解放运动的领袖来看待的；中国百姓常常将他们称为"绿林好汉"。第二类土匪是惯匪、恶匪。第三类土匪是纯粹为了生计所迫，在小范围内进行一般性抢劫的"季节性土匪"。[③] 于是，在土匪世界里就有了"好的土匪"与"坏的土匪"之分。90 年代，许多作家不约而同地在他们的小说中描写了"好的土匪"，即"社会土匪"形象，如贾平凹的《五魁》中的唐景和五魁、《白朗》中的白朗，陈忠实的《白鹿原》中的大拇指和黑娃，高建群的《最后一个匈奴》中的黑大头，尤凤伟的《石门夜话》系列小说中的二爷，苏童的《十九间房》中的春麦，田中禾的《土匪》

① 严歌苓：《第九个寡妇》之陈思和《跋语》，作家出版社，2006 年。

② 见哈本德·施林克：《朗读者》之《专访：人不因为曾做罪恶的事而完全是魔鬼》，钱定平译，凤凰出版传媒集团、译林出版社，2009 年。

③ 见王达敏：《新时期小说论》，安徽大学出版社，1999 年，第 140-141 页。

中的姬有申，等等。这些小说从民间伦理和人性的立场来看待土匪，理解土匪，描写了他们为匪的无奈与悲伤、仇恨与反抗，揭示了他们为匪的合理性，进而同情他们的不幸遭难。不仅如此，这些作品还把土匪写得很有人性，突出他们行侠仗义、良善重情、英武刚勇的品质。这种文学现象仿佛是19世纪欧洲和俄罗斯文学创造的具有浪漫主义色彩和宗教情感的人道主义的再现，表明中国当代文学对人的理解的进一步深化。

解读对象之三：战争与人。战争是国家、民族、阶级、利益集团等势力冲突的最高形式，充斥着血腥、暴力、仇恨、残杀，是人性之恶的疯狂表演，人类自我否定的分裂状态。从根本上说，战争是自我否定的产物，战争的最终目的是以战争消灭战争。从人类的观念反思战争，战争是人类的自相残杀、自我毁灭，对于人类来说，战争中没有真正的胜者。战争是一个强大的权力行为，常常毫无道理地把成千上万的善良人卷入罪恶的漩涡而不能自拔。人道主义反对战争、谴责战争，但是，在战争远未终结之前，用人道主义思想超越战争、民族、国家、阶级、意识形态等设立的绝对性的二元对立的价值判断，对战争及陷于战争中的人作人性的深度分析，颁发人性签证，是人类自我反思、自我认识和人性升华的表现。在西方，从二战后的四五十年代开始，在文学及艺术（主要是电影）创作中，逐渐形成了一种反思二战及其他战争的人道主义思潮，特别是近期反思二战的《辛德勒的名单》、《拯救瑞恩大兵》、《细细的红线》、《美丽人生》、《钢琴家》、《命运无常》、《伪币制造者》、《朗读者》及反思越战的《现代启示录》等震撼灵魂又轰动全球的作品，更是呈波涛奔涌之势，已经深入到从谴责战争、同情受害者到抒写极端处境中的美好人性，进而从反思战争上升到反思生命、反思人类的水平。

在中国，描写抗日战争、解放战争、剿匪战争、抗美援朝战争的伟大胜利，歌颂革命的英雄主义，曾成为五六十年代战争文学的主题。新时期至新世纪，以20世纪中国人民进行的革命战争，特别是抗日战争作为描写对象的作品，仍然占据着文学创作的很大空间。从作品的意图来看，这些作品可分为三类。其一，较多80年代战争题材小说的立场和思想观念几乎与五六十年代战争题材小说保持着逻辑的一致性，站在革命的、民族国家的、意识形态的立场来叙写战争。其二，从人性和人道主义的立场出发，描写战争暴力和极左的政治暴力迫害下的军人的悲惨命运。大量写战俘、写蒙难军人的作品，在谴责战争的残酷、同情战俘的悲剧命运之时，批判极左的政治暴力及狭隘的道德观念对人的无情迫害，对人性的残酷践踏。其三，真正用人道主义思想超越由民族、国家、阶级、意识形态主导的正统历史观而对战争、人性和人类进行深度反思，并与世界文学的人道主义思潮遥相呼应之作，80年代有《女俘》、《离离原上草》等为数不多的几篇小说，90年代至新世纪，尤凤伟的《五月乡战》、《生命通道》、《生存》，季宇的《县长朱四和高田事件》，莫言的《丰乳肥臀》，严歌苓的《小姨多鹤》等作品，逐渐形成了清晰的逻辑进路。尤其是尤凤伟1994年发表的《生命通道》、严歌苓2008年出版的《小姨多鹤》及2009年4月上映的影片《南京，南京》、《拉贝日记》（中德合拍）等作品，开始逼近世界文学及艺术开拓的这种人道主义思潮的潮头，显示出中国当代文学及艺术的人道主义思想的“人类性”和“世界性”正在形成发展趋势。

《生命通道》曾被称为中国版《辛德勒的名单》：日军军医队长高田主动与被日军强逼、背负着“汉奸军医”骂名的中国医生苏原合作，秘密实施一项不为人所知的“生命通道”计划。所谓“生命通道”，就是当中国的抗日英雄被日军枪决，作为军医的高田，在为受刑者胸部标出枪击部位时，精心设计，为子弹提供一条不致人死亡的安全通道，然后进行抢救。二人虽然国族不同、身份不同、所处地位不同，但在反对战争、营救生命的人道精神方面，却是一致的。而在同一个月先后上映、均以1937年日军的“南京大屠杀”为描述主体的《南京！南京!》和《拉贝日记》，惊心动魄，震撼灵魂，可以与《辛德勒的名单》、《拯救瑞恩大兵》、《美丽人生》、《钢琴家》等产生了世界性影响的西方大片相媲美，蕴涵着超拔的人道主义思想，具有世界意义和国际水准。前者既再现了战争的残酷，侵略者的残忍，更表现了人性在毁灭之际的裂变、醒悟、抗争与新生。后者是真正意义上的中国版《辛德勒的名单》，在日军对南京平民实行大屠杀之际，德国纳粹党员、西门子公司南京分公司经理拉贝先生良知觉醒，和十几位外国人建立了国际安全区，并担任安全区国际委员会主席，不惜冒着生命危险为二十多万中国人提供了人道主义的庇护。在这里，被战争定义的人基于对战争的清醒认识以至对战争的否定，超越了战争设置的二元对立，在人类自我毁灭之际走上人类自我救赎之路。

二、生存伦理人道主义

从启蒙人道主义到世俗人道主义，随着人道主义思想及其形态的变化，贯穿于其中的“同情”和“苦难叙事”的内涵也发生了明显的变化。在启蒙人道主义中，被同情的对象是在极左思潮、传统文化的消极因素和庸常荒诞的现实处境所构成的非人性、非人道暴力伤害下的不幸者，其苦难叙事指向"启蒙"和"批判"。而在世俗人道主义中，苦难叙事是启蒙取向逐渐向世俗伦理取向和人性取向的演进，其人道主义思想专注于人的生存与自我确认、人的生命意义与价值，展示人战胜苦难、超越苦难而自我获救的精神。90年代余华的《许三观卖血记》，新世纪许春樵的《男人立正》和方方的《万箭穿心》等小说对此种人道主义思想做出了丰富的表现。

《许三观卖血记》是典型的苦难叙事，叙写一个身份卑微、名叫许三观的丝厂送茧工被迫以卖血抗争苦难而悲惨地"活着"的故事。每当他及全家遭遇厄运和苦难的袭击而难以挺过去时，卖血就成为他唯一的拯救之策，用卖血来救难救灾。血卖得越来越快、越来越稀、越来越少，尤其是最后的九次卖血，是在两三个月内发生的；卖血的间隔越来越短，最后短到只有三四天。这种拼命式的卖血虽然是无奈之举，但它充分地表现出人在抗争苦难时所具有的坚韧强大的力量、"善"的人性精神。其苦难叙事通向人道主义，据此，我一再指出：《许三观卖血记》最大的贡献，是起于苦难叙事，用"卖血"来丈量苦难的长度、强度，以此考量许三观承受苦难、抗争苦难的力度，终于伦理人道主义。此中，善成为主体，成为中心力量。

《万箭穿心》是赎罪被怨恨和复仇所断送的故事。丈夫马学武偷情，妻子李宝莉报警告发，致使丈夫带着怨恨跳江自尽。丈夫的死并没有带走怨恨，怨恨种植在了公婆和儿子心中，他们联合起来，在漫长的岁月中向李宝莉复仇。丈夫死后，本性骄横泼辣、一贯我行我素的李宝莉一改霸道作风，诚心诚意赎罪。她默默地承受着极度苦难，用超常的生命付出挣钱赡养公婆、抚养儿子。然而，她用13年的生命付出，不仅没有换取公婆和儿子的同情和理解，反而被儿子扫地出门。她不由地感叹命运弄人："似乎自住进新房那天起，每一天的日子都是万箭穿心。万箭都由心头穿过，十几年的时间，心理早已满是窟窿。"她心疼，但她没有任何抱怨；她放弃了用法律为自己讨回公道的权利，又带着求生的"扁担"和人道的宽容远离冤冤相报的复仇，第一次有尊严地为自己活着。这使我想起《老人与海》中用来形容"硬汉子"精神的一句名言："人可不是造出来要给打垮的。可以消灭一个人，就是打不垮他。"万箭穿心的李宝莉因此而坚强，受伤的心灵因善和爱的反复浇灌而放射出人性的光辉。

三、生命伦理人道主义

生命伦理人道主义是一种关于生命意义和价值的人道主义。前几年，我在研究余华小说时，从《活着》、《许三观卖血记》等小说中发现了一种既具有民族性又具有人类性、世界性的人道主义思想，而这种思想向我暗示：这是人道主义的一种新思想、新走向。例如《活着》，写因家道败落而落入社会底层的农民福贵如何“活着”的故事。在近四十年里，福贵经受了人间的大悲大难，亲历了一家四代所有亲人的死亡，是一个倒霉透顶的人。苦难和死亡一次又一次地把他逼上绝境，然而，柔弱的福贵竟然一次又一次地在死亡的边缘止步，隐忍抵抗，于苦难悲伤的极限处善待生命，默默地承受生命之重而无怨无悔地活着。不仅活着，而且越活越超然、越通达，最终是“活着”战胜“死亡”，“知命”战胜“宿命”、“正命”战胜“非命”。我的理解是：福贵面对苦难、厄运和死亡而坚韧地活着，是中国普通百姓，尤其是处于生活底层的贫苦农民普遍遵循的人生观和生存智慧，用人道主义接通了生命存在的意义。正是在这里，“中国的经验”与“世界的经验”相通了，从而揭示出《活着》所包含的人类性、世界性的因素。余华曾坦言写作《活着》的意图：“作家的使命不是发泄，不是控诉或揭露，他应该向人们展示高尚。这里所说的高尚不是那种单纯的美好，而是对一切事物理解之后的超然，对善和恶一视同仁，用同情的目光看待世界。”《活着》是高尚之作，“写人对苦难的承受力，对世界乐观的态度。写作过程让我明白，人是为活着本身而活着的，而不是为了活着之外的任何事物所活着。”[①]“福贵是我这辈子见过的最有理由说他是‘活着’的一个人”，“他的声音应该比所有人群‘活着’的声音都要强大得多”，[②] 他是这个世界上对生命最尊重的人。

我非常清楚，仅凭余华的《活着》就断言从中出现了人道主义的新思想、新走向是轻率的，这需要更多的作品来证明。但要我从近 20 年的中国文学中找到更多有说服力的作品来，显然是困难的。我的阅读量有限，只有 80 年代汪曾祺的《受戒》，90 年代余华的《许三观卖血记》，新世纪迟子建的《世界上所有的夜晚》等作品可以勉强支持我的看法。于是，我转身到西方 20 世纪的文艺作品中去寻找，让我惊喜的是，这类作品不仅有，而且相当多，且已经形成了一股创作潮流。我认为，这类作品最迟产生于 20 世纪 40

① 余华：《我能否相信自己》，人民出版社，1998 年，第 145-147 页、第 217 页。
② 余华：《我能否相信自己》，人民出版社，1998 年，第 145-147 页、第 217 页。

年代，继而渐成趋势，到八九十年代至新世纪，终于形成了一种强劲的世界性的人道主义思潮。远处且不说，近处就有反映二战的小说《这里的黎明静悄悄》、《钢琴家》、《奥斯维辛的爱情》、2002年度诺贝尔文学奖获得者、匈牙利作家凯尔泰斯·伊姆莱的代表作《命运无常》（又译为《无形的命运》），还有2003年度诺贝尔文学奖获得者、南非作家库切的长篇小说《耻》等；轰动全球并获得奥斯卡奖的电影《美丽人生》、《辛德勒的名单》、《钢琴家》（根据同名小说改编）、《拯救瑞恩大兵》等。我对这些作品所体现出的人道主义思想的表述是：关爱生命、尊重生命、体悟存在的终极意义，是20世纪文学艺术在描写苦难，指认存在的荒诞中拓展的一个世界性的命题，体现出人道主义的新思想、新走向。换言之，人在无可反抗，反抗也没有意义、没有价值的极端残酷的处境中，关爱生命、保全生命，或者说，在不参与直接反抗的状态中隐忍地抵抗而“活着”，恰恰是最人性最人道的表现。这种人道主义，我称之为“生命伦理人道主义”。

生命伦理人道主义遵循善和爱的原则，尊重生命、关爱生命。这本是人道主义最基本的命题，但它无论是在神本主义人道主义阶段，还是在文艺复兴以来的人本主义人道主义阶段，都没有得到真正的落实。长期以来，人存在的意义和价值是由神（上帝）、国家、民族、阶级、意识形态、集体来定义的，是在反抗、斗争、勇敢、牺牲、无私、崇高，伟大等宏大意义上被表述的。在这样的语境中，个人、个体的生命没有地位、没有意义、没有价值，甚至是被否定的存在。从人道主义的立场来看，关爱生命、尊重生命，把生命当作存在的第一原则，是人类文明的一大进步。

我非常看重这一人道主义思想，我甚至把它视为新时期文学的人道主义思想最有价值的创获，我自然期待它能够发展成为一种既具有民族性，又具有人类性的人道主义思潮。

四、理想化的伦理人道主义

理想人道主义又称审美人道主义，它是人道主义的高级形态——道德形而上的人道主义。其特征是在一般人道主义思想之上通向人性的博大完美、精神的崇高伟大。这种人道主义曾经在以托尔斯泰、陀思妥耶夫斯基为代表的19世纪俄罗斯的宗教人道主义文学思潮中有过辉煌的表现。之后，两次世界大战及种种非人道的现实力量对人道主义产生了毁灭性的打击，人道主义为此而受到了许多指责。不应该指责人道主义，而应该指责非人道的现实力量。人生来就是人道主义的，于是，对20世纪非人道的现实力量作人道主义反思遂成为文艺创作的自觉行为，我在上面从生命伦理人道主义视角提到的那些文艺作品，从人道主义思想建构的目的性来看，它们正好从人类自我反思的途径逐渐向理想/审美人道主义靠拢。20世纪中国文学一直没有形成真正意义上的理想/审美人道主义文学思潮，本来，五六十年代的《红旗谱》、《红日》、《红岩》、《林海雪原》《创业史》等小说可以形成理想/审美人道主义文学思潮，由于强烈的阶级、革命、斗争等红色政治因素的过度渗透，致使它们在意识形态的引导下，形成了被无产阶级定义的革命英雄主义文学思潮。即使是到了最有利于文学的人道主义思想发展的新时期，理想/审美人道主义的欲求也还是隐含在启蒙人道主义和世俗人道主义之中，呈欲隐欲现的羞怯状态。之所以如此，是因为它受到两股相继出现的消极性的现实力量的消解。一是80年代人们对曾经被极左思潮异化的理想、崇高的反拨，又导致人们对理想、崇高的躲避；二是90年代兴起的价值平面化之风压低了人们对理想、崇高的关注和追求。但是，作为文艺本性之一和重要的审美形态、生命形态之一的崇高，只要存在，就不会消失。90年代第一个理想的崇高完美的形象，应该是《白鹿原》中的朱先生，像雄浑厚实的白鹿原一样，朱先生是作为白鹿原最高文化圣哲和理想人格被塑造的，是一个被民间伦理神话了的民族精魂，至今，他仍然是没有被超越的理想化的崇高形象。

随着启蒙人道主义和世俗人道主义的推进，具有中国特色的初级形态的“理想化的伦理人道主义”终于在新世纪破茧成蝶，其代表作是韩天航的《我的大爹》(2004年)、《母亲和我们》(2006年)。

两部小说均以第一代军垦人奉献青春支援新疆建设为大背景，着重叙写大爹杨自胜和母亲刘月季博大的胸怀和人性的崇高。但从《我的大爹》、《母亲和我们》表现出的善美的人性和崇高的精神，不是通过革命叙事或宏大叙事来实现的，其人物也不是传统意义上的那种浴血奋战、视死如归、大气凛然的英雄，它们是通过民间化和世俗化的叙事方式接通传统道德与伦理人道主义和革命英雄主义的联系，抓住“兵团精神”和“普遍人性”进行叙写，写戈壁原野上那些带着崇高色彩的人物，写出他们身上独特的魅力，将中华民族优秀传统和精神力量浓缩在他们身上。

尽管这两部小说还不是我心目中的理想文本，但它们提供了一种建构理想/审美人道主义的独特形式，而且是一种有别于托尔斯泰、陀思妥耶夫斯基等俄罗斯作家为代表的宗教人道主义关于人性崇高、灵魂复活的建构形式，体现出伦理取向的民族特色。

俄罗斯文学善于人性的深度剖析及人性崇高的完美创造，通常在现实层面通过苦难的体验或心灵的忏悔赎罪而达到人性的觉醒或人性的发现，再到人性的升华和灵魂的复活，由伦理人道主义通向宗教人道主义。中国是伦理社会，在伦理道德之上没有属于自己的超越性的宗教，因而没有抽象的形而上的神的召唤，影响人的道德行为的思想资源，还是世俗伦理。《我的大爹》和《母亲和我们》的人性崇高的建构，显然没有经过人性演进裂变的过程，从一开始，它们就赋予人物的道德和人性一个固定的值，这个值以“善”为结构中心。然后从人物的情感、思想和行为的各个方面，由点及面，由浅入深，依靠人性质量累积的力量达到人性崇高的境界。这种人性和人道主义的建构形式，是人性根据理想伦理的要求演绎与累积的结合。当人性的量和质达到一定水平时，就会使人性达到崇高境界。

应该看到，这种具有中国民族特色的“演绎-累积”型的人道主义建构形式，与俄罗斯文学及西方文学“忏悔-赎罪”型的人道主义建构形式比较，由于它在人性演进过程中缺乏深刻地剖析人物复杂的心理、情感经受的痛苦煎熬、严厉的灵魂拷问，以及人性的升华和灵魂的复活的描写，其思想和情感产生的冲击力量常止于伦理道德的水平，因而缺少浑厚凝重的意蕴和悲壮敬畏的美感，很难产生灵魂震撼的伟大之作。

（选自《文学评论》2009年第5期）

（王达敏，枞阳人，安徽大学中文系教授，评论家）

朱周斌

张恨水小说中的电影剪辑因素

——以《北雁南飞》为例

从1896年上海徐园第一次放电影，到1922年以明星公司的成立为主要标志，中国的电影事业在短短的二十多年里获得了极大的发展。电影日益影响到中国城市中经济力量并非最低的消费阶层，中国的民族资本和外国资本都对这一市场表现出了明显的兴趣。与此相适应的是，电影的生产及再生产也迫切需要得到来自文学界的支持。在1921年前后，鸳鸯蝴蝶派文人开始大批进入电影的创作部门中。毫无疑问，这二者的结合来源于它们共同的对读者（观众）群体的依赖、对市场机制的敏感和对经济驱动力的追逐。排除后设的意识形态因素的考虑，作为通俗文学流派的鸳鸯蝴蝶派与电影的合作，明确地表达了电影的通俗性、娱乐性特征。正是意识到电影在现代社会生活中不可避免的影响，后来的政治斗争才会如此自觉地介入并利用电影这一媒介。

文人进入电影创作，其作用首先体现在为电影提供“故事”上。中国最早拍摄的电影，是对戏剧表演的记录，① 这表明人们还仅仅将电影与戏剧混为一谈，甚至可能将它看作是对戏剧的补充。但是很快人们开始意识到电影中的故事性。电影中的文学因素就越来越受到了重视，叙事功能开始在电影中得到了越来越多的体现②。虽然叙事不是电影的唯一功能，但由它所展现出来的不同于传统戏剧的娱乐性，却是吸引越来越多普通观众的重要原因。也正是在这一点上，电影与文学，尤其是小说之间，分有了越来越多的艺术共享因素。

---

① 中国的第一部影片，是北京丰泰照相馆摄制的，拍摄记录了我国著名的京剧演员谭鑫培（1846–1917）主演的《定军山》中“请缨”、“舞刀”、“交锋”等场面。尾注［1］第14页。

② 最早的故事片都是短片，以1913年拍摄的《难夫难妻》、《庄子试妻》为开端，随后开始了较大规模的长篇故事片拍摄。到了1922年至1926年间，共生产了二百部左右的故事片。参见尾注［1］第45、121页。

电影与文学的关系因此愈加紧密，电影难以离开文学存在。反过来，随着电影观众群体的渐渐扩展，不但是置身于电影创作中的文人，而且那些同时是普通观众的文人，也自觉或不自觉地受到电影的影响。作为现代媒介的电影，其叙事借助于摄影、剪辑，明显地产生了与文字叙事不同的方式及效果。这给文学的写作带来了冲击，提供了新的启示和想象力的起点。

通俗文学与电影先天性的文学关系，决定了二者之间在表现内容及表现手法上都存在着一些共同性。处于21世纪之初的我们，更加强烈地体会到电影与文学之间的关系。一部小说，可能由于被转化成了电影电视，而获得名声；反过来，电影电视也需要求助于一些经典的通俗文学作品，于是便有了一些作家（如金庸）的作品在影视界的持续走红。张恨水，一个不在世的通俗作家，同样也获得了这样的殊荣。20世纪初期早期电影与文学之间的关系，虽然已初具规模，但显然不及今日如此纠葛难分。不过对早期电影与文学关系的探讨，无疑有助于看清今日电影与文学之间的关系。本文试图以张恨水的具体文本为例，以具体手法上的可沟通的共享因素为切入点，来展示早期电影同文学之间的某种关系。

一、张恨水与电影的关系

1924年在报上连载《春明外史》，张恨水一跃而成为当时最当红的通俗文学作家。随着人们对现代文学史的认识越来越全面，已经对以他为代表的通俗小说做出正面的回应，他被称为“章回小说”的改良派。以此为基础，张恨水研究已渐渐深入。其中，人们也注意到了张恨水与电影的关系，但更多地是谈论其作品被拍成电影的事实，如有的学者声称：“像张恨水的《啼笑姻缘》，拍电影六次，版次多得不得了……”却不曾追问他的作品何以被拍成电影的美学原因。本文即试图通过具体的例子，初步探讨张恨水小说与电影艺术之间存在的一些有直接影响的实事联系和不一定有直接联系的美学联系。

张恨水的作品中，经常以电影院、看电影为场景，推动故事的发展，甚至他的许多主人公，如《金粉世家》中的金燕西、《现代青年》中的周计春，最后都变成了从海外返回的电影明星。这足以表明电影这一新兴的媒体或艺术形式，在相当大的程度上深刻地影响到了张恨水写作的想象方式。

这些场景和情节之所以能够产生，首先是因为电影在他的日常生活中占有相当重要的地位，他对电影等现代生活方式有着直接而丰富的体验，为他的写作提供了想象的空间和可能。张恨水自己不止一次自白，电影在他的日常生活乃至写作生活中的重要影响。早在1927年，他就称“每星期至少看三张新片子。”而且，作为一名记者，向读者介绍明星的身世、做电影评论，显然是张恨水的分内之事。这就逼迫他必须比一般的读者或观众更加全面和系统地观看电影、谈电影。这便是我们现在看到的“银幕春秋”、“银灯杂记”、“明星小史”、“明星小评”，大约近60篇短文。它们涉及到国内外电影明星、电影的内容评述、电影的故事模式批评等等。从张恨水的电影知识来看，虽然很难说他对电影艺术有多么专业的了解，但这些知识已经足够在不知不觉中影响到他的写作：包括叙述的故事以及叙述故事的手法。

显然，张恨水的作品之所以能够从他生前，到其生后的现在，被不断地改编为电影、电视作品，除了电影、电视的性质与通俗文学在讲述故事等性质方面，有着高度一致的相似之外，另一个重要的原因，是由于从他的小说到改编成电影、电视的过程中，具有相对容易的可操作性。也就是说，有必要探讨其小说中潜在的、可被改编为电影形式的那些因素。这些因素属于小说美学与影视美学共享的范畴，尽管它们之间可能存在着一些实际上的影响关系，但却不一定非要从表层的实证研究中获取支持。同样地，由于张恨水的时代电影与小说之间的关系还没有像今天这样充分地暴露出来，对它们关系的探讨也并没有得到今天这样明确而大规模的关注，所以我们也没有必要局限于当时人对小说与电影的谈论，严格地从事一一对应的研究。我们可以认为文本之间的联系不是以作者的意志为转移的隐性存在，需要做的便是对这些隐性的因素加以挖掘和谈论。

不过，尽管如此，张恨水本人对小说与电影的关系，仍然表现出了一定的自觉性，这种自觉性更加强了其小说与电影之比较的可行性，同时，如上所述，我们又不能局限于他自己的论说，而只能以此为参照和基础。实际上，张恨水本人对加入电影剧本的写作是抱有一定的期望和信心的。他指出，“影片的优劣，一半固由于演员的艺术而品定，然而从根本上说，不能不认剧本为最有关系。……剧本的优劣，几乎就是影片的命脉。”他批评当时中国的编剧们只会爱情描写，“他们并不知道什么叫文学，更不明白什么叫艺术。”虽然他自己最终没有能够直接参与到电影的剧本写作中，但毫无疑问的是，他对电影编剧如此关注，这不可能不影响到其小说的写作中。他曾清楚地表明他的小说对于电影的吸收与借鉴：“……此外我欢喜研究戏剧，并且爱看电影，在这上面，描写人物个性发展，以及全部文字章法的剪裁，我得到了莫大的帮助。”这就涉及到人物性格的塑造、文章结构的裁剪。而为了更好地吸取电影营养，他甚至：“我的书桌上常有一面镜子的，现在更悬了一面大镜子在壁上，当我描写一个人不容易着笔的时候，我便自己对镜子演戏给自己看，往往能解决一个困难的问题。老实说，这就是自己导演自己。”可见，在他的主观意识层面，他更多地注重学习人物性格方面的塑造方法；这和他的小说着重于制造人物形象和故事情节是一致的。在另一篇文章中，张恨水更为明确地谈到了葛雷菲斯（也即下文要谈到的格里菲斯），并将他与其同时代的大导演刘别谦作比较：“昨在真光看其（葛雷菲斯）导演之拆白美人[①]一片，其手腕果大为改换，力趋于细腻，不若以前之一味伟大。唯葛氏终有葛氏之个性，其描写处，辄尽情发挥，与刘别谦之处处含蓄，适处反面。”强调的仍是人物性格。但是，在实际上，他自己都没有意识到的是，他从电影中学到的，不仅仅是人物的塑造这一表层的效果，他的小说中的电影因素，更多地涉及到了结构这一更为内在的写作机制，涉及到人物性格及原因的表现的过程。而这一点更容易受到电影的剪接（剪辑）手法的启示。

其实，张恨水非常了解电影的基础性语言——剪接技术。在一篇名为“摄影与剪片”的文章中，他向他的读者介绍道：“制影片的，除了导演者而外，剪片摄影两种人，还负有很大的责任。我们不要看轻了他。”然后，他通过举一些常见的例子，说明了“剪片接片”在制造大场面和特效、在高难度动作的完成中，所起的重要作用。这意味着张恨水确实已经懂得了电影的基本制作手段、电影的技术和艺术因素，这完全有可能反过来被他的小说写作所利用。

这样，我们有必要探讨早期中国电影中的剪接（剪辑）技术，然后再在这一基础上讨论张恨水作品对这一因素的吸收与借鉴，或者谨慎地说，它们之间的共享因素。下面我们不妨以剪接（剪辑）技术为核心，展现当时中国电影界对此的认识，从而为探讨张恨水小说中可能存在的电影因素提供必要

---

① “拆白党”意指以性别吸引为手段的欺骗行为。详细介绍可参见［Z］：http://book.sina.com.cn/nzt/his/pianzidelishi/44.shtml。当时许多电影都以此为题材，因为它容易产生非常吸引人的故事，如冯·斯登堡的《上海快车》（1932）、《上海手势》（1941）中便有以中国为背景的有关的这样的电影。（参见毛尖《非常罪 非常美》，广西师范大学，2003年，第1—13页）。与此相对应的是，张恨水在《平沪通车》（1934）和《纸醉金迷》（1946）中，都有类似的描写与叙述。显然，在内容上这些小说与电影的互文，一定是非常饶有趣味的题目。可是，由于本文主要限于对艺术形式的探讨，因此在这里只能从略了。

的背景。

二、影响中国早期电影的经典剪辑

剪辑被认为是电影叙事的一项重要手法。早在1915年，美国的格里菲斯（也即张恨水所说的葛雷菲斯）就奠定了经典剪辑的基础。格里菲斯除了继承传统剪辑经验中的镜头的压缩功能，将动作分为一系列分镜头、仔细安排远景、中景和近景镜头。[①] 他强调了这些被剪辑的镜头之间的内在联系，通过这种剪辑，“实际场景中的时空统一被彻底改变，取而代之的是主观的连续性，即包含在连起来的镜头中的联想。”，为了做到这一点，他开始将不同时代的不同但相关的故事平行展开，通过它们之间的相似性，让观众产生某种主题联想。简言之，格里菲斯的经典剪辑包含了两个要素：时空的压缩和心理状态的连续。前者省略或延长了实际的时间，而后者则保证了这种省略或延长能够有效地表现甚至是突出视觉所带来的心理状态。

格里菲斯的经典剪辑，后来为苏联导演及理论家的“蒙太奇”提供了理论基础，并被他们所超越，其代表人物为爱森斯坦。后者更强调通过剪辑或者说蒙太奇，创造出一些画面之外的新的意义，剪辑后的镜头碰撞更加明显而强烈，其效果不是单一的镜头所能比拟的。蒙太奇理论突破了格里菲斯相对连续性的观念，夸大了剪辑后的镜头的断裂性及由此产生的更广阔的自由联想。但是，考虑到20年代前后，早期中国电影市场更多地是受到以美国为代表的西方电影的影响，苏联电影仍处于边缘地位，一直到1926年，苏联电影才被首次引入中国，当时首映的影片是《战舰波将金号》，而且那还是一场非公开的放映。因此，我们有理由相信，早期中国电影所接受的传统，相对来说离格里菲斯所创造的传统更为接近一些。即使这是一种相对落后或保守的技术和观念，但这种技术和观念在逻辑上显然更为符合中国电影发展的实际状况。这种剪辑的手法对于小说来说在时间和空间的变形上，在突出人物的心理状态方面，容易产生明显的影响。这意味着它导致了小说结构与叙事手法层面上的突破与转变。

中国早期的电影理论家们已经明确地意识到了剪辑或蒙太奇在电影中的

---

① 分镜头是一个在本文下面的作品分析中将要借助的概念。它是蒙太奇的“最初的和虚拟的方面”，是蒙太奇概念的补充。分镜头并不意味着就是蒙太奇的简单实现，但通过将已经拍摄好的镜头进行重新分析，我们可以形成一些设想中的分镜头，并将它加以重新分配与组合，便形成了所谓的蒙太奇。但这些组合过的镜头的效果，绝对超过了简单相加意义上的功能。参见［法］马塞尔·马尔丹著、吴岳添等译，《电影作为语言》，中国社会科学出版社，1988年，第139页。

作用与意义。早在1924年左右，陈醉云就从导演的角度指出了剪辑对于拍摄便利的意义。他认为，如果在一个地点发生的事情分散在隔离了的场次中，便不应该机械地在不同的时间来拍摄，而应该集中地在同一地点完成该地发生的事情。显然，这一要求的背后接着发生的必然是剪辑。到了1934年，孙瑜非常明确地提出了“剪接”或蒙太奇（Montage）技巧对于电影的作用，他还介绍说美国电影中有专家代替导演去做，尽管如此，剪接必须多次进行，才能得到满意。这确证了美国电影中的剪辑手法对中国早期电影的影响。1941年，陈鲤庭在编译英国人史保替斯乌特的《电影文法》时，一方面介绍和总结了英美及苏联有关电影的理论，同时，他还添加了许多个人的研究心得。在这篇重要的理论文献中，陈鲤庭探讨了连续的技巧构成“康替尼迭”（continuity）及蒙太奇的作用。他认为各种剪接主要有三种作用：一是分隔作用，就是将现实过程分隔，加以省略或分段；二是解析作用，即将现实对象解析，就其细部加以选择、强调；第三种并列作用，则是指形式或内容上截然不同的镜头接连对列起来，产生一种节拍上的或联想上的效果的作用。而且，他指出了这两大类技巧的区别：前者强调连续性，后者则侧重于对列的构成。陈鲤庭所指出的三种作用，实际上在区分了前述美国和苏联电影的差别的基础上，明确地传达出了电影语言的特点，。

通过以上的介绍，可以看出中国早期电影已经掌握了主要的剪辑手法，这些剪辑手法作为电影的语言，为电影的叙事提供了坚实的基础。简言之，在那一时期，剪辑带给电影的效果主要有：对于时空更加自由的变形与操控；突出景物和人物的局部部分，从而彰显其情态与心理之间的交互作用。

电影语言的这些特性，决定了它突破了戏剧的束缚，而和小说等文字叙事的文学作品有更多的相通之处。夏衍在1934年就明确地指出，“电影和小说有它本质的类似性”，他强调，电影通过其剪辑手法，克服了空间和时间的限制，从而展现出了更多的叙述自由、能更积极地打动观众的情绪。夏衍抓住了电影的本质特征，因为相对于其他种类的艺术来说，电影就是一门能更自由地操纵时间和空间的艺术。而现代小说在突破了传统的文言小说、章回小说之后，也获得了对于时间和空间的自由处理的能力。通过对电影艺术的吸收，它又加强了这一能力。

考虑到张恨水本人对电影的理解，再加上当时中国电影理论界也基本上一步步深入地把握了剪辑在电影中的地位，乃至于开始意识到它与小说的关系，我们有理由认为，剪辑作为电影的一种言语方式，除了体现在从欧美进口的影片和当时的国产电影中，同样也能够在作为电影观众和小说作者的张恨水的小说中得到体现。剪辑及其效果便是当时的电影与小说的一个非常重要的共享因素。下面我们就以一些具体的例子，来探讨这一共享因素在张恨水小说中的体现。

三、以《北雁南飞》为例：张恨水小说中的电影因素

《北雁南飞》写于1935年，堪称张恨水比较严格意义上的章回体小说中的精品。小说讲述了一个披上了新时代色彩的才子佳人的故事。李小秋从省城到父亲任职的江西新淦县三湖镇度假，父亲却让他到当地一个著名的私塾先生姚廷栋处读半年汉文（约略相当于今人时称的“国学”）。私塾先生的女儿春华也跟着父亲读书，一对情窦初开的少男少女就这样滋生了爱情。可是，春华的父母已按传统礼仪，将她订了婚配。在清末民初变化的年间，这就意味着是确定、不可变更的事，它关系到家庭乃至整个大家族的名声。小秋和春华的爱情注定了是一场无望的折磨。最后，春华屈从了父母的设计和安排，嫁为人妻，小秋参加了革命队伍。当他回到初恋的地方的时候，他说解放来得迟了……这种兼有古典才子佳人与自由解放色彩的爱情，显然是张恨水心中最美好的爱情、幻想与记忆。同时，一方面是为了推动故事的发展，另一方面为了突出自由的色彩，小说还穿插了帮助小秋传递书信的毛三婶渐渐背叛其丈夫毛三叔、寻找到新的归宿的故事。

传统所设置的罗网与对个体朦胧自发的对自由的追求，形成了强烈的冲突与张力；人物之间可望不可即的悲剧命运，构成了小说扣人心弦的力量。而这种力量的达到，很大程度上又得益于这些冲突和矛盾，通过集中的、对比的形式强烈地展现出来。小说整体时间跨度很大，但在局部又呈现出时空的压缩或急速的跳跃，使得冲突和矛盾以电影般的形式，戏剧般地呈现出来。不能简单地说这些手法就是从电影那里直接间接吸收的，但是即使谨慎地考虑的话，从剪辑这一角度来切入，我们仍然可以认为，它能够被称为小说和电影之间的共享因素。

以下从小说中挑选出几个段落，每句话由本文笔者加上序号，从而将这些自成完整一体的局部段落，它们或单独或几句之间，被切割成一个个类似于分镜头的分析单位。我们将发现，这不但不至于影响，反而能自然、清晰地帮助我们做出理解和分析。

第一个例子是毛三婶迈出了背叛丈夫第一步的场景：

1（毛三婶）她手扶着了堂屋门边一把椅子站定，正望着犹豫呢，马家婆一手夹了布，一手挽了她的手臂，笑道："到我屋里来吧，买主等着你讲价钱呢?"2说着，于是把三婶挽进房里去了。3她们进房以后，约摸有半小时，马家婆先退出来了。4她掩上了房门，放下了门帘，自己可就端了一把椅子，拦住堂屋门坐着。5约摸有一个半小时，毛三婶才开了房门出来，一手抚摸着鬓发，一手扯着衣襟，可是那面孔上直由肌肉里面透射出红色来。6她见了马家婆虽然勉强还带了笑容，可是要让她哭，她立刻也可以哭得出来的。7马家婆倒是很能体谅她的心事，走上前一步，迎着握住了她的手道："这要什么紧？年纪轻的人谁不是这样的，不过没有人知道罢了。"8毛三婶低声道："这事千万求你不要对人说。"9马家婆摇撼了她几下手道："这个你放心，我也担着千斤重的担子呢。钱你收好了吗?"10毛三婶点了两点头。11马家婆道："下回赶集，你再来就是了，你回去吧。"12毛三婶低了头走出马家，好像自己失落了一件什么东西一样。就是眼睛所看到的景致，都好像不象平常，但是也说不出来是怎样的不像平常。

在这一段里，叙述的是两个人（实际上是三个人，但第三个重要的人物一直是潜在的，没有露面）之间发生的事。在句1和2内，两个人之间是发生直接联系的，这两句之间也是连贯的动作，我们可以将它们看为一个分镜头。到了第3句，如果用叙述学的眼光看，发生了一个明显的省略，但如果从电影的角度看，则是用了新的分镜头来叙述或描述。在这个意义上，第4句仍然可以被认为从属于这个分镜头。显然，这个分镜头会持续一个相对静止的时间，到了第5句，又使用了一个新镜头，在这一分一合里，时间的流逝被凸现，同时，镜头加以特写，一直到第6句，这个特写镜头缓缓移动，从面部表情到眼睛。从这时开始，两个刚才被分头叙述或拍摄的人物再次发生了联系，因此，第7、89、10、11各自构成一个单独的分镜头，它们分别针对到马家婆和毛三婶身上。到了第12句，这个镜头单独特写到毛三婶身上。如此，这12个句子不妨被看成是由9个分镜头构成的组合。也即一个大的叙述单元在12个句子中完结，或者说一个电影场面在9个分镜头中得到完整的叙述。但是这一叙述并不是由一个主宰式的观察者来叙述，而是由人物自己来"表演"，毛三婶的心理描写并不时通过传统章回小说中的"有诗为证"来完成，也不是通过后来流行的人物独白来完成，而是通过一个有限视角的观察者的凝视来表述，而这个凝视很容易被一个摄像机所等同，叙述和描写很容易就转化为人物的表演。也正是在这个意义上，我们说，张恨水的叙述具备了与电影共享的艺术因素。这里除了人物心理的表演化或者外化，还涉及到了时间的压缩，下面一个例子则包含了空间的移换因素：

1 饭后，小秋对于伯母昨天晚上的话，和今天所做的事，一齐都很明了，但不解在伯母心里，为什么要这样子去做。2 无论如何，现在自己心上，只能安着春华一个影子，不应当让别人来摇动这颗心的了。3 任他这样想着的时候，当天晚上，又把春华寄来的信，偷看了几遍。4 他看信的时候，不过是掩上了房门，背着灯光看。5 而同时在两百里路以外，那个写信给他的春华，也在偷着看信。6 她偷着看信的举动，是更为严密，将烛台放在床中间席子上，垂下了帐子来看。7 假如有人在窗子眼里张望到，她可以说，这是捉臭虫，自然也就不会引起什么人疑心的了。

这 7 个句子，叙述的是发生在两个地点同时发生的相关事件。句 1、2 是一个心理活动，视觉转化相对来说比较困难，但是，由于句 3、4 补充了一个与这个心理活动相一致的行为动作，于是，这四句也就自然能够成为一个独立的分镜头，叙述或描写了一个男子看信时的模样和心情。与此相反，句 5 到句 7 则构成了一个女子看信时的举止与心情，成为另一个独立的、形成对比的分镜头。这两个镜头之间的关联在于：同样的行为——看信；同样的状况——偷偷摸摸、紧张。这两者的一致使得这两个镜头之间充满了相互的衬托，充满了紧张的气氛。如果只有其中的任何一个，都不可能形成这样的效果。在这一点上，句 5 作为中间的连接点与转折点，起到了重要的作用。从叙述学的角度看，它避免了使用过于强烈的外在叙述人的口吻，将这个外在叙述人的作用努力降低到不动声色的地步。尽管如此，张恨水在此处的这种转折，仍然不算非常出色，较为不容易转化为电影语言。比较而言，下面这个例子更为内在，也更为精妙地与电影语言极其一致：

1 就在这个时候，春华手挽了一个破篮子，由墙缺出来，直走到菜园子里面去。2 另外有两个小同伴，全是小孩子，一个约摸有四岁，一个约摸有三岁，大的前面跑着，小的后面拉了衣襟，脚步跟不上来，走出来，就摔了两跤。3 春华叹了一口气，依然向菜园子里走。4 这里有一件事让她最伤心的，便是自己最心爱的那一棵梨树，也不知道什么缘故，连枝带干，全倒在地上。5 梨树边那口井，没有了井围子，倒围了许多蓬蒿。6 春华忽然生了一种感触，一直走到对面墙边一个双开的窗户边去。7 这窗户里面，就是当年小秋的卧房，这一道窗户，彼此是留下了不少的往事可以回想的。8 在她心里如此想着，仿佛就看到一位年轻书生，在窗子口上站着，向自己点头微笑。9 自己也就小了好几岁，仿佛恢复了以前小女孩时候的模样，开步跑了起来，直奔到窗子边下去。10 可是当自己到了那里的时候，这就让自己大失所望，不但是没有了人，而且也没有了屋子，遍地都是砖瓦，剩下秃立着梁柱的一个屋架子。11 只有后边大天井里那棵大樟树，都还存在，在樟树下撒了许多马粪。12 正面祖宗堂下的走廊上，一排四根柱子，都拴有两匹马，柱子边，满地是草，马就低了头，只管咀嚼着，叽咕作响。13 再看着前面大厅，屏门也倒了，窗户也拆了，满地铺着稻草茎，有好些个大兵，全躺在地上。

这13个句子是写春华终于被逼婚嫁、几年之后第一次回娘家的所见所闻。同样地，它也是电影画面的形式出现的。这种电影画面，我们现在可以将它从这个角度概括：它兼具人物的心理与外部环境的描写，人物的心理通过外部的环境得到言说，而外部环境又恰当地说明了人物心理。如此，人物心理成为一种可视的形象，而环境不再是简单的外在描写。

本段中句1是一个明确的分镜头，由此展开了一个场面的叙述。句2是第二个分镜头，两个小孩的出现暗示了时间的流逝和春华过去四五年生活的境况。这就是一种叙事镜头化、电影化。句3是第三个独立的分镜头，行为化的电影语言显示出春华积郁的心情。句4、句5两个镜头，描写外界景物的颓败，并且带上了人物鲜明的感情色彩。句6、句7是一个特写镜头，将焦点聚集在承载了许多记忆的窗子上。句8是一个非常精彩的句子，是一个幻觉中的镜头，但它之所以精彩，是因为它采用的是人物本身的眼光，没有任何叙述者的介入，这样便使幻觉与真实在刹那之间融为一体，分不清真实与虚幻，它也使得镜头的组合更加自然。句9的镜头是对上一个镜头的补充与照应，而且其转换也非常自然，句10的镜头则在承接了上面两个镜头的命意与方向的同时，突然将这个方向转化为反方向，将它落入到现实之中。这三个分镜头之间的组合，形成了过去与现在的时空之间扑朔迷离地交替与变换的梦幻效果，将美好与伤感有力地凝聚在了一起。此后的三个句子分别为三个镜头，通过细致的特写，将世事变迁之后的姚家的境况描述得一清二楚，并且为下面的叙述提供了背景。由于有了前面情感的积淀，它们便获得了同样的电影语言效果。

通过以上三个简单的例子，我们可以看到，张恨水的小说的局部叙述，能够非常容易地转化为分镜头及其组合。这就是他那个年代中国电影艺术经常运用的镜头的剪切与组合。这种剪切与组合，远远不止是描写了人物的性格、文章的裁剪、暗示等等技法这么简单。电影语言已经超过了他自己想象地影响到了他的整个叙事观念和手法。他和他同时代的电影人达成了一致。经典的剪辑及其效果，便成为他们之间的共享因素。这是现代生活的方式赐给他的，也是他本人积极地加入并思考这种生活方式的结果①。在这个意义上，无论是在生活感受方式上，还是在对写作技艺的追求和把握上，张恨水无愧于一个体验型的现代作家。在某种意义上，他不但超越了他的同代人，他甚至超过了他自身对自身的设想。

【参考文献】

[1] 郦苏元、胡菊彬．中国无声电影史［M］．北京：中国电影出版社．1996 年．第 3、82 页

[2] 程季华（主编）．中国电影发展史［M］．北京：中国电影出版社．1980 年．第 8-55 页

[3] 上官缨．张恨水小说新考［A］．张国占、魏守忠编．张恨水研究资料［C］．天津：天津人民出版社．1986 年．第 335 页

[4] 张恨水．我之所以看电影［A］．徐永龄编．张恨水散文．第二卷．［C］合肥：安徽文艺出版社．1995. 第 103 页

[5] 张恨水．张恨水散文［C］．第二卷．合肥：安徽文艺出版社．第 81-161 页

[6] 张恨水．未可忽视之电影编剧家．［A］．徐永龄编．张恨水散文．第二卷．［C］合肥：安徽文艺出版社．1995.．第 88-89 页

[7] 张恨水．我的小说过程．写作生涯回忆［A］．太原：北岳文艺出版社．1993 年．第 5 页

[8] 张恨水．葛雷菲斯［A］．徐永龄编．张恨水散文．第二卷．［C］合肥：安徽文艺出版社．1995. 第 94 页．

[9] 张恨水．摄影与剪片［A］．徐永龄编．张恨水散文［C］．第二卷．合肥：安徽文艺出版社．1995. 第 101 页

[10]［美］路易斯·贾内梯著．富澜等译．认识电影［C］．北京：中国电影出版社．1997 年．第 83 页

[11]［美］路易斯·贾内梯著．富澜等译．认识电影［C］．北京：中国电影出版社．1997 年．第 90-94 页

---

① 需要强调的是，张恨水小说中的电影因素的形成及表现，肯定还与其叙述人物的功能、现代人世界观及时空意识的改变等情形有着复杂的关联。如果要充分论述其小说与电影的独特关系，无疑还应当将其小说与传统的章回小说、与同时代的其他作家，如同样也与电影有着不解之缘的茅盾、新感觉派作比较，才能更充分地说明问题。但是由于篇幅及论题的限制，此处只能将切入点局限在剪辑因素这一点上。

[12] 程季华（主编）. 中国电影发展史［M］. 北京：中国电影出版社. 1980 年. 第 139 页

[13] 陈醉云. 导演学［A］. 罗艺军（主编）. 20 世纪中国电影理论文选［C］. 北京：中国电影出版社，2003 年. 第 29–30 页

[14] 孙瑜. 电影导演论［A］. 罗艺军（主编）. 20 世纪中国电影理论文选［C］. 北京：中国电影出版社. 2003 年. 第 168 页

[15] 陈鲤庭. 电影规范［A］. 罗艺军（主编）. 20 世纪中国电影理论文选［C］. 北京：中国电影出版社. 2003 年. 第 275–283 页

[16] 夏衍.《权势与荣誉》的叙述法及其他［A］. 罗艺军（主编）. 20 世纪中国电影理论文选［C］. 北京：中国电影出版社. 2003 年. 第 171–173 页

[17]［法］热拉尔·贝东著. 袁文强译. 电影美学［M］. 北京：商务印书馆. 1998 年. 第 18、31 页

[18] 张恨水. 北雁南飞［M］. 太原：北岳文艺出版社. 1993 年. 第 212–213 页

[19] 张恨水. 北雁南飞［M］. 太原：北岳文艺出版社. 1993 年. 第 410 页

[20] 张恨水. 北雁南飞［M］. 太原：北岳文艺出版社. 1993 年. 第 521–522 页

（选自《山西大学学报》（哲社报）2006 年第 1 期）

（朱周斌，男，安徽宿松人，文学博士，四川外语学院副教授）

后　记

《安庆六十年文学精品集》丛书从策划到今天轰隆一声问世，历经大半年的时间。其间，为这套丛书的顺利出版我倾注了个人近乎全部的业余时间和精力。自古出文人的安庆，太需要这样一套丛书了。环顾我们周边的其他城市，都有类似“文学五十年”或“文学六十年”的丛书出版，而作为安徽最重要的一方文化重镇——安庆，岂能缺少这样一套阶段性、总结性的图书出版？对生于安庆，不论你今天是否生活在安庆这块故土上的作家诗人们来说，我们每个人都有义务来完成这件事情。我只是以个人的热情，和作家、诗人朋友们共同完成了这件安庆文学史上的集体壮举，共同约会了这场文学作品的精神盛宴。感谢文学，它给了我们在这套书里相聚的理由！感谢合肥工业大学出版社，马国锋社长、钟玉海总编以及资深编辑、目前正在南京大学攻读博士学位的怀宁籍文人朱移山先生，是你们不单纯计经济效益，在纯文学书籍普遍处于出版困局的大环境下，依然对安庆地区的纯文学作品出版给予了极大支持！在这里，我谨以本书全体作者的名义向你们致上一声忠诚的谢意！

在本套丛书编辑出版过程中，还有一批需要特意致谢的人士。安庆日报社出版部李华女士承担了丛书非电子文稿的录入任务，我的朋友、芦颖佳女士承担了《随笔杂文卷》的校对工作，安庆日报社出版部马翠银、徐虹女士承担了《小说卷》的校对工作，李洁、张宁女士承担了《散文卷》的校对工作，李小明女士承担了《文论卷》的校对工作，何冰凌女士帮助《文论卷》组稿。都昌宏、许敏松先生、黄洁女士在他们主管的媒体广告上为丛书出版提供了支持，这都是本套丛书的幕后英雄，在此一并表达诚挚的感谢！

当然，想完成一件精神产品的宏大工程，不可能没有曲折，也不可能一帆风顺，本丛书出版过程中也有些不理解者颇有微词。但无论如何出版这样一套丛书，是安庆文学界众人期盼所归。一套书的编辑出版，只能客观地接

受读者们的评价，让“现在”告诉“历史”。作为主编，在这里需要向未能入选的作家诗人们表达歉意。由于本套丛书出版时间紧迫，征稿启事发布范围有限，而安庆籍散居于国内外的作家诗人、写作爱好者又太多，本丛书所收录作品又以作者自己投稿为主，因此许多不知道这套丛书出版信息的安庆籍作家们的作品就无法入选了。加上本套丛书规模的控制，也有一些投稿的朋友们的作品未能选入，在此，只能表达我个人真诚的歉意，期待以后再有机会编辑出版类似的综合性地区选本。

关于入选作者的排序问题，本丛书遵循了“以姓名拼音为序”的原则，不分名家与新人。虽然在征稿启事里要求应征的作品后面应注明发表的报刊名称、时间，但有一部分作者还是没有注上，由于编辑时间的紧张，如再重新一一联系，实需要不少时间，只好遵其所便了。本丛书初定为四卷，后增加了一本《文论卷》，选取了十六位有一定影响的安庆作家专门立论，旨在为以后的文学研究者提供一些有价值的文献资料；对于本次未能入选的其他作家，我们将把这机会留待下一次。

赘语过后，该是我接受读者们的检阅和批评了。期待在文学的大家庭里，我们经常相聚！

金肽频

2009年8月23日于安庆

《安庆六十年文学精品集》丛书出版致谢单位

（排名不分先后）

安庆师范学院
安庆经济技术开发区管委会
安庆职业技术学院
安庆市财政局
安庆市国税局
安庆供电公司
安庆市国土资源局
安徽盛晟集团
安徽中宜集团
安徽山城集团
安徽虹城集团
安徽旭阳铝颜料有限公司（合肥双凤开发区）
安庆百蕊房地产开发公司
安庆晶海房地产开发公司
安庆市鼎建房地产开发公司
安庆市交通局
安庆市环保局
安庆市商务局
安庆金华联超市
安庆十八开超市
安庆市五千年工艺美术有限公司
安庆房屋置业担保公司
安庆市宜秀区建设局
潜山县路桥公司
怀宁县新安中学
安庆市军成学校
安庆市东升教育投资管理公司（东升学校）
安庆誉城会计师事务所
安庆市黄梅山庄

安庆60年文学精品集

随笔杂文卷

金肽频　主编

合肥工业大学出版社

图书在版编目(CIP)数据

安庆60年文学精品集·随笔杂文卷/金肽频主编.—合肥:合肥工业大学出版社,2009.9

ISBN 978-7-5650-0061-4

Ⅰ.安…　Ⅱ.金…　Ⅲ.①文学—作品综合集—安庆市—当代②随笔—作品集—中国—当代③杂文—作品集—中国—当代　Ⅳ.I218.543　I267.1

中国版本图书馆CIP数据核字(2009)第153581号

安庆60年文学精品集·随笔杂文卷

金肽频　主编　　　　责任编辑　朱移山

出　版	合肥工业大学出版社	版　次	2009年9月第1版
地　址	合肥市屯溪路193号	印　次	2009年9月第1次印刷
邮　编	230009	开　本	710毫米×1000毫米　1/16
电　话	总编室:0551-2903038	总印张	116.75
	发行部:0551-2903198	总字数	1 350千字
网　址	www.hfutpress.com.cn	印　刷	安徽联众印务有限公司
E-mail	press@hfutpress.com.cn	发　行	全国新华书店

ISBN 978-7-5650-0061-4　　　　定价:180.00元(全5册)

▍金肽频

安庆文学：在历史与现实的丘陵间穿行*

一座拥有800年历史的中国历史文化名城——安庆，其文学发展的历史究竟如何？这套大型文学丛书从一定意义上来说就是答案。文学是历史发展的语言镜像，也是生活真实的心灵回声。通过触摸文学，我们可以触摸历史，触摸时代，进而触摸生长的土地、山川河流和人文气息。站在安庆这片古老的土地上，我们不但可以看到在中国文学史上绵延200余年的“桐城派”文章巨匠们的身影，正在历史深处向我们微笑致意，也可以看到陈独秀、朱湘、张恨水、海子、陈所巨等现代文学名家的面容如长虹贯空，使现代安庆文坛一点也不寂寞。这是地理意义和文学意义上的安庆，在静态的时间逻辑里我们可以生发更清晰的思考。

桐城派：在历史远处的“峰巅”上舞蹈

在这里，我所说的“安庆”是指当代地理意义上的安庆，以及与它血肉相连、不可分割的一市七县三区（桐城市、怀宁县、枞阳县、潜山县、岳西县、太湖县、望江县、宿松县、迎江区、大观区、宜秀区），共600多万人口。这里人杰地灵，山川河流的凹凸与人文历史的峰峦交相辉映。姚鼐对桐城地貌作过这样描述：“舒黄之间，天才之奇山水也”，也就是说这样的人杰地灵产生不了杰出的历史人物才是怪事！不过，这位历史巨人的产生是“桐城派”息鼓之后多年的事了。

桐城派的产生无疑是安庆文学的历史峰巅。在清代，甚至我们将眼光延伸到2000多年的中国文学史，“桐城派”其影响之深、地域之广、人数之

* 作者自注：序言所提及的作家以本丛书入选者为限，未入选者不在讨论之列。

多、时间之长，都为中国文学史所罕见。以至于清朝有“天下文章出桐城”的赞誉。但是“桐城派”的形成，除去政治思想和历史文化背景，现代学者均提出了一个不可或缺的因素：地理与人文环境。山与水，和人是相连的，就像湖岔和河流，雨水和大地。当代学者周中明先生认为桐城的山水背景使得“桐城派”形成了师法自然、清正雅洁的文风；加之戴名世、方苞、姚鼐的远祖都是从江西婺源、浙江余姚等地迁徙来到桐城，使他们养成了遵从古人的传统道德而不懈追求的人格精神，进而形成“桐城派”的“文格”。“为文者有所法而后能，有所变而后大”，这对于我们今天仍然坚守在“桐城派”故土上的作家们，也是一句醒世之言。

安庆建城的历史追溯起来已有800余年，但在桐城派以前，安庆还没有形成真正的文学，或者说，不能使用“安庆文学”一词。“桐城派”大旗的扯起是在1777年（清乾隆四十二年），姚鼐在《刘海峰先生八十寿序》中，正式亮出了“桐城派”一词，今天我在《安庆六十年文学精品集》序言中也正式亮出“安庆文学”这一概念，相信在历史的流走中，这个文学概念也一定会发出自己亮丽的色彩。昔日的“桐城派”在文学史上散发了夺目的光彩，首先是“桐城派”勇敢地将小说描写方法引入到散文的写作中，使小说的表现力渗透到散文的语言里。“桐城派”散文的一个重要特点就是“气清词洁”，这也是今天安庆的作家们应该继承的汉语传统。只有为优雅的汉语而写作，才能为优雅的汉语而沉醉！

高尔基曾有名句：“风格即人”。而当时身处中国清朝时代的方苞、姚鼐等“桐城派”作家，又何尝不深谙其理？他们以“狷介自好”的身躯，来写“气清词洁”的文章，说明他们的心中有着一种不向传统低头、不向现实就范的精神与风骨。这种精神是长存的。我们的文学先祖就是在这样一片精神高地上起航，而有了今天安庆文学的滥觞。“桐城派”对于历史的影响一直延续到1919年“五四”运动的爆发，而举起“五四”新文化运动大旗的又恰是另一位安庆人。

从陈独秀到海子：安庆文学的“先锋”向度

陈独秀是一位中国的历史巨人，更是安庆的历史巨人。中国“五四”新文化运动从它诞生之始就具备了一种先锋性。其与西方的先锋文学运动几乎同时产生，它们都具有20世纪早期的激进文学运动的共同特征。作为“五四”新文化运动的总司令，陈独秀的先锋性毋庸置疑。或许，正是因为陈独

秀身上集聚了太多文学性的激进因子，才使他的政治思想也充满了激进因子。当然，谁也无法抹杀陈独秀对中国“五四”时期新文学的历史贡献。北大怪才余杰曾这样评价过陈：“他是一位革命家，而非政治家”，这句话对于文学性格的陈独秀恰切而中肯。

安庆太湖籍诗人朱湘，这位被鲁迅称之为“中国的济慈”的诗人，仅仅凭他从长江的轮船上跃身入江的行为，就可见其先锋之端倪了。让我们共同来赏读一段他留下的诗句：“就烧我成灰／投入泛滥的春江／与落花一同飘去／无人知道的地方”（朱湘《葬我》）。据说，他自杀前还朗诵过德国诗人海涅的诗。我们从朱湘身体落入长江溅起的水花中，就可以看到他的美丽诗行，是用行为写就的。因而罗念生感叹：“英国的济慈是不死的，中国的济慈也是不死的！”

在当代中国诗歌史上，安庆还有一位诗人——海子，他是最具先锋性的诗人。从生到死，他不过活了短短的25个春秋，然而他身后的大地年年“春暖花开”，无数的麦子为他铺就了再生的天堂之路。这个曾经让中国诗坛为之痛心的诗人，在故乡安庆的心里也整整疼痛了20年。如今，他的诗句，他的麦地，他的天堂，他的死亡早已成为人们长久讨论和中国诗坛集体关注的价值符号。因此，我们有理由说，安庆文学的先锋性从来就没有中断过，它一直持续不断地为中国文坛贡献着杰出的人才。在当今的中国诗坛，生活和工作在安庆的余怒，其先锋诗一直是国内外诗坛所关注的对象，并已赢得自己应有的位置。可以相信，伴随岁月的延伸，余怒的先锋性也必将延伸得更为遥远，更为辉煌。以上所举，仅是安庆诗人的先锋代表，综观今天的安庆诗歌，尤其和国内的诗坛比较后，我们会发现，安庆的诗歌一直充满了这种先锋性。

在安庆的作家群中，还站立着先锋的“另一极”——潘军。2000年，潘军回到故乡，面对着诚实的土地，满怀感情地说道：“安庆这块土地对我的创作有很大影响和帮助”，“调动我的不仅是作为安庆人、怀宁人的生活积累问题，更多的是我自己在这块土地上这么多年积累的东西所形成的观念的东西在起作用”，“小说中反映出的人物状态、行为方式在我看来与这块水土是有关系的。”潘军如此，绝大多数从安庆走出的作家又何尝不是如此？诗人海子生前曾说，他在乡村生活的15年，足够让他写作15年，令人可惜的是他事业未竟，英年早逝！在潘军的笔下反复映现着故乡的风景断片：石牌。罐子窑。梅子岭。安庆。这都是一个个真切的地理隐喻与文化隐含。从《独

白与手势》到《重瞳》，潘军在短短的六七年时间内，一举站在了中国先锋小说的前沿位置，并取得了令人瞩目的成就，这无疑使他成为安庆作家的一个骄傲。

抚摸着安庆文学历史上这些文学大家的名字，你不感到这块土地是孕育“先锋文人”的温床与母体吗？“先锋派通过加剧现代性的某些构成要素，通过把它们变成革命精神的基石而发其端绪”。中国“五四”以来先锋文学的发展也是如此。只有思想具有先锋性，才能写出先锋性的文学，思想和文学是人的两条精神轨道，在安庆起伏的丘陵间奔跃前行。这种一以贯之的先锋现象，相对于中国的其他地区而言，是比较少见的，这也是安庆文学一直昌盛的重要成因吧。不久前，皖江文化学者汪军先生和我谈起这种先锋性时，我们还共同商定，以后有机会一定共同编辑一个文本，书名就叫《先锋安庆》。关于安庆先锋性的历史境域与集体向度等具体问题，该是这本书的使命了。

当代写作：群峰与河流的交替并行

对安庆正在进行的当代写作做一点发言，这是相当困难的，也是需要胆量的事情。自1949年以来的安庆文学，犹如安庆天然形成的丘陵地带，时而可见其峰，时而可触其谷，呈现出一种起伏不定的创作态势。上世纪50年代，耿龙祥的小说曾经引起过国内文坛的关注，他的代表作《明镜台》发表于《人民文学》1957年1月号后，1983年第9期又予以重新转载，并加编者按，向全国读者推荐。这篇小说后被收录进《中国当代文学作品精选》（谢冕、洪子诚主编）、《中国新文学大系》短篇小说卷（王蒙主编）。这个时代以耿龙祥为代表的一批作家，掀起了建国后安庆文学的第一波创作高峰。

“文革”期间的安庆文学和全国一样，是一片乱象与低谷。那些政治符号的文学作品大多沦为政治的附庸品或传声筒。伴随改革开放的春风，安庆文学又激起新的一批美丽的浪花。这个安庆文学的新时期，主要以作家石楠、诗人陈所巨为代表。石楠于上世纪80年代发表《张玉良传》而走红中国文坛，一直到今天70高龄，仍然保持着旺盛的创作激情，她先后创作了《寒柳·柳如是传》《刘海粟传》《张恨水传》《陈圆圆·红颜恨》等17部长篇传记小说以及《生为女人》等长篇小说，累计约500万字（2006年中国戏剧出版社曾出版14卷本的《石楠文集》），成为中国当代最杰出的传记作家之一。著名诗人陈所巨自上世纪70年代末登上中国诗坛，以其阳光般的激情，

成为中国诗人的中坚力量，到他2005年病逝为止，一生共创作2000余首诗歌；并与白梦共同创作了长篇小说《父子宰相》，独自创作了长篇小说《黑洞幽幽》，还有一批中短篇小说。中年早逝，但其一生创作可谓丰矣！2007年，安徽文艺出版社整理出版了7卷本的《陈所巨文集》。“陈所巨是个真正的诗人，视诗歌如生命的人”——这是白梦对她心中景仰的诗人的天籁之评。

安庆太湖籍作家熊尚志的长篇创作亦在国内产生很大影响。自上世纪80年代以来，人民文学出版社、四川人民出版社、北岳文艺出版社、安徽文艺出版社等社先后出版了他的长篇小说《处女坟》《野山风流镇》《骚乱》《乞丐世界》《祸水》《烟火人间》《神秘的妻子》《人与佛》《南唐后主》（上、中、下卷）等，多达十余部；发表《野火》《两面佛》《斑竹园》《古老的东方有一条龙》等中篇小说30余部，《戏痴》《书虫》《火风》《大师》等短篇小说约60余篇。最近几年，安庆长篇小说的创作一点也不寂寞。2007年，作家黄复彩由上海远东出版社推出长篇小说《红兜肚》，颇受国内读者关注与好评；桐城市作家协会主席、诗人洪放由诗歌、散文转而从事长篇写作，展现了惊人的爆发力，两三年时间内，连续出版5部反腐题材的长篇小说，成为国内当前官场小说代表性作家之一。青年作家陈进在大学读书期间，即公开出版两部长篇小说《固都》、《青春那么八卦》。其他作家不一一罗列。这些小说家们的创作在安庆文学的天空下犹如长河之奔涌，浪花之飞卷，展现出波浪壮阔、后浪推前浪的令人惊喜之势。

安庆文学创作集体或群体性呈现的另一半天空，属于散文作家和诗人了。自上世纪90年代以后，散文作家的创作已经扩散为普通作者的大众化写作。按照今天时尚的语言来说，是写作进入了全民化时代。安庆的散文作家可以用层出不穷来形容。如黄复彩、苍耳、吴忌、叶静、江飞、王子龙、洪放、魏振强、丁振川、张明润、郝健、陈少林、江南雪儿、钱续坤等等；从安庆走出的散文作家，如徐迅、江少宾、钱红丽、徐而缓、查一路、胡竹峰、周根红等，有些是国内的散文名家，有些是散文写作的高手。他们的写作交织起来，构成了绚烂多姿的多元化的天空。安庆散文作家的写作风格，如果我们从历史文化的大背景上来进行观照，你会发现他们呈现出一种难得的地域镜像和文化印记。这或许从“桐城派”就开始了的，只不过比较隐暗。没有细心的研究，就不会发现。桐城地处皖中，“山水奥区”，但清朝时的桐城东乡（现行政区划为枞阳县）与南京水脉相通，舟楫数日可达。因此，“桐城

派"的先人们接触较广，视野较宽，并不闭塞。"像方苞家庭早就迁居南京或其附近之六合。戴名世、姚鼐亦久居南京。尤其是左光斗被推为东林党领袖以后，方以智、方文、钱澄之等又都是复社领袖人物"，这些条件决定了桐城派文人精神的宽阔视野。故而，他们的文章既有丘陵地区那种天然的精致之美，又有着阔大地形上的雄壮之姿。现在，当我们铺展开来安庆今天作家们的散文作品，大多数依然是结构精致，语言秀美，有一股山水灵气荡漾其中。从安庆的精神内部来窥探我们的灵魂所在。反观从安庆走出去的徐迅、江少宾们，他们的作品既保持了安庆文学传统上的精致性，同时又能以一种瞭望的眼光打量安庆的山川、安庆的泥土、安庆的秋天和大地，因而他们的散文形态显得更为丰润一些。这是守望在故土上的作家和从安庆走出去的作家们散文作品的最大迥异之处。在安庆有"桐城派"这么好的文学传统，生活在或者曾经生活在这里的人是多么的幸福，因为我们可以从雄厚的文化土壤里起飞，可以站在文化先辈的肩膀上瞭望得更加遥远！

安庆的诗歌创作是安徽省的一方重镇，放在全国范围来看，也是一个诗歌大市。这是我最近参加第二届青海湖国际诗歌节时，听广州诗人黄礼孩说出的。虽然以前在多个场合，也听一些诗人、诗评家说过，但因我也是一位诗人，又是安庆人的一分子，就不好自戴高帽了。但在国际性的诗歌节上，礼孩不会戏言的，相信他的这个说法有他自己的判断。建国后早期出现的诗人有孙必泰、谢清泉、孔祥彪等；进入80年代以后，安庆的诗人如雨后春笋涌现出来：余怒、白梦、苍耳、王子龙、沙马、歌兰、吴橘、洪放、张建新、高嗣照、浪濯、木叶、舒寒冰、黄亚明等等。走出去的安庆籍诗人，如简宁、叶匡政、查结联、陈先发、祝凤鸣、周斌、漠子、汪治华、汪椿华、黄葵、魔头贝贝、那勺、邬云、许洁等，早已声播于国内诗坛，有些已属于"著名"级别。"安庆的诗歌有流无派"，"没有派的安庆诗歌倒也快活，可以自由地流淌在长江之滨的丘陵之地。"安庆诗人的作品中，共性的东西比较少，大多是个性的自由写作，多种风格生存于同一片土壤。

在当代安庆文学的发展中，还活跃着另外一支重要力量——文学批评。他们用自己的思想在作者、文本、读者这三维之间，构成了一种以理解为核心的平等、互动的相互尊重、相互敞开和相互交融的对话，进而生成一个双向的主体与主体的交融过程。安庆当代文学之所以在全国产生一定影响，与安庆籍文学批评家们的这一种努力不无关系。今天依然活跃在安庆这片故土上的批评家有王海燕、方锡球、余昌谷、汪祚民、魏远征等，中青年批评家

有苍耳、鲍红、江飞、陈宗俊等。更有一批安庆籍的文学批评家早已蜚声国内外，如王达敏、王彬彬、陈墨、石钟扬、程国赋、刘小平、杨四平、周斌、杨庆祥、何冰凌等等，而老一代的朱光潜、宗白华、舒芜则属于“大师”级别了。在他们文化评判的视野里，我们或多或少都可以看到安庆这片土地的文化身影，在他们的文字中晃动，成为比“根”更旺盛的生命力，推动着安庆文学从安庆走向全国。

……

江河泻地，日月潜流。这是安庆文学队伍一路走来的广阔气象。我们从海子到潘军，从300年前的“桐城派”到今天安庆的作家队伍，看到土地对于我们的那种强大束缚力就知道了，今天安庆人需要寻找的精神突破口。无论是海子诗歌中的“安庆意象”，还是潘军小说中的“怀宁背景”，都昭示了安庆人的精神与灵魂之途。当我们抬头仰望中国文学的历史天空，看见一只安庆的鹰飞过去了，这里的土地不会发出惊叫；当看到一群安庆的鹰飞过去了，这里的河流一定会又一次张开怀抱！

目　录

（以作家姓名拼音为序）

安刚强

《红樱桃》与《南京大屠杀》之比较 ………………………………（1）

安宜生

不要低估了大众的欣赏水平 ………………………………………（4）

白　梦

吴汝纶先生百年祭 …………………………………………………（6）

银杏树下话姚鼐 ……………………………………………………（9）

苍　耳

迷津深处的故乡 ……………………………………………………（13）

操　素

生命如舟 ……………………………………………………………（24）

操玮东

闲话变脸 ……………………………………………………………（25）

曹鸿骞

向中国的“扒粪”者致敬 …………………………………………（27）

我为农民鼓与呼 ……………………………………………………（28）

陈　东

怀念走路及其他 ……………………………………………………（31）

有关郭敬明 …………………………………………………………（33）

以一匹狼怀念青春 …………………………………………………（34）

程保平

回家过年 ……………………………………………………………（36）

吊独秀先生 …………………………………………………………（40）

程益中

责任感使我们出类拔萃 …………………………………………（45）

储北平

有一种情怀叫悲悯 …………………………………………（48）

储劲松

杞人精神 …………………………………………（50）

文要老，人要嫩 …………………………………………（51）

丁　易

忆“古香斋” …………………………………………（54）

都飞飞

女人如柳 …………………………………………（56）

方长松

茶与朋友 …………………………………………（58）

方　千

夜宵摊主老姚的“歪”经 …………………………………………（60）

方文竹

历史武则天与文本武则天 …………………………………………（62）

知识分子的“道”义 …………………………………………（65）

高　鸿

藏界媒体的软肋 …………………………………………（66）

谷　卿

“吃饭”与“现代化” …………………………………………（68）

如是如非 …………………………………………（69）

何诚斌

被书设计的人生 …………………………………………（72）

纪伯伦鄙视自己 …………………………………………（74）

何恩鸿

向北　向南 …………………………………………（77）

从终点出发 …………………………………………（78）

胡旻雯

生命 1 + 1 …………………………………………（81）

胡竹峰

稻米书 …………………………………………………………（83）

做饭是一种心境 ………………………………………………（84）

华　睿

正在消失的安庆"老行当" ……………………………………（86）

高考，中学时代的最后一课

——写给我省高考学子 ……………………………………（91）

黄骏骑

举手之劳何以难 ………………………………………………（93）

江兴代

教师的幸福 ……………………………………………………（95）

金诚睿

梦鞋记 …………………………………………………………（97）

牛趣图记 ………………………………………………………（99）

金肽频

保卫母语 ………………………………………………………（102）

读书使人优雅 …………………………………………………（103）

李　卉

姐姐与水芹 ……………………………………………………（106）

李　蓬

悔 ………………………………………………………………（108）

李　徐

爸来安庆过春节 ………………………………………………（110）

李学明

犹看黄花分外香 ………………………………………………（112）

刘鹏程

诗坛那些事儿 …………………………………………………（114）

从姓名说符号时代的烦恼 ……………………………………（116）

芦颖佳

当时只道是寻常 ………………………………………………（119）

安静一下，我再衍生 …………………………………………（120）

马顺生

“发现”徽商的记忆 …………………………………………（122）

敏明的岛

乡村名医 …………………………………………………（127）

养大的儿子成了客 ………………………………………（129）

潘法生

一袋花生米 ………………………………………………（131）

花儿在努力地开 …………………………………………（132）

潘淑生

作序不可敷衍了事 ………………………………………（134）

秋 声

砚台与鼠标 ………………………………………………（136）

石家麟

词典，你好！ ……………………………………………（138）

歌手、素质及其它 ………………………………………（140）

史良高

乡音 ………………………………………………………（143）

遭遇木马 …………………………………………………（144）

疏胜祥

枞人忧天 …………………………………………………（147）

“另类”现象与新文化发展 ……………………………（148）

舒 芜

理学的血腥 ………………………………………………（151）

皮愚公的故事 ……………………………………………（152）

才女的冤痛和才子的残酷 ………………………………（154）

汤春桥

踏寻惠安女 ………………………………………………（159）

汤琼花

反省从回忆开始 …………………………………………（161）

流浪着，快乐着 …………………………………………（163）

唐大笠

乐于此亭 ……………………………………………………………… (166)

梅花精神 ……………………………………………………………… (168)

唐先田

文化值多少钱? …………………………………………………… (171)

陶宜生

恶吃与白吃 …………………………………………………………… (173)

汪传华

思想一小步　发展一大步 ……………………………………… (174)

汪椿桦

地域歧视：国人终将与己为敌? ……………………………… (175)

“万民伞”是法治社会的怪胎 ………………………………… (176)

汪和平

我们有这种责任和意识吗? …………………………………… (178)

汪　军

纪念日 ………………………………………………………………… (180)

水沟里的篮球 ……………………………………………………… (182)

康德路与锡麟街 …………………………………………………… (184)

王启林

品茶悟道明人生 …………………………………………………… (187)

教育禅 ………………………………………………………………… (188)

王四清

独钟曲尺 ……………………………………………………………… (191)

狗的美德 ……………………………………………………………… (192)

王志高

趣说序和跋 ………………………………………………………… (194)

“无可奉告”探因 ………………………………………………… (196)

王志顺

比文盲更可怕的是文化盲 ……………………………………… (198)

这“奴”那“奴”，不如当“书奴” ………………………… (199)

吴毅安

师生之情 ……………………………………………………（202）

吴垠康

三问六尺巷 …………………………………………………（204）

李白为何跨不过仕途这道坎 ………………………………（206）

夏兰吉

乡音如魔 ……………………………………………………（209）

巴根草 ………………………………………………………（210）

夏友群

“水桶效应”与交警队伍建设 ……………………………（212）

晓　风

城市芳香扑面而来 …………………………………………（214）

徐　海

娱乐精神不等于“臭不要脸” ……………………………（217）

严云绶

《桐城派名家评传》序 ……………………………………（219）

杨庆春

一种逻辑常有理 ……………………………………………（222）

警惕“皇国史观” …………………………………………（223）

叶　卉

书情思絮 ……………………………………………………（228）

叶　庆

足球、麻将牌及文化传统 …………………………………（230）

一分为三 ……………………………………………………（231）

小说“汉服” ………………………………………………（234）

叶匡政

孔子为何哭了？ ……………………………………………（236）

这是一个见证骗局的年代？ ………………………………（240）

雍门复兴

与猫无关 ……………………………………………………（242）

余茂君

满园春 …………………………………………………………………（244）

袁鹤群

尼采与莎乐美 ……………………………………………………（245）

查一路

以主人的身份上岸 ………………………………………………（247）

伏尔泰的天真与深邃 ……………………………………………（249）

在冬夜里歌唱的鱼 ………………………………………………（250）

张桂生

与花同馨 ……………………………………………………………（252）

“有关部门”在哪？ ………………………………………………（254）

张国定

从中华文化视角审视科学 ………………………………………（256）

张　健

火星·伊拉克 ………………………………………………………（258）

张书婷

自己的房间

——我看陈所巨、白梦之恋 ……………………………………（260）

张皖生

家教与林则徐 ……………………………………………………（262）

治天下者，天下之贤 ……………………………………………（263）

张向荣

倾听乡村音乐 ……………………………………………………（264）

张心阳

俄罗斯人怀的什么旧？ …………………………………………（266）

尊重咱们自己的公民 ……………………………………………（268）

张　扬

安庆的写作群 ……………………………………………………（270）

章玉政

“联大追寻热”中的冷思考 ………………………………………（276）

这个城市，这个人 ………………………………………………（278）

赵健生

遥祭钱钟书先生 ……………………………………………… (281)

赵觉亚

文字与年龄 ……………………………………………………… (283)

周代进

故乡的黄梅戏 …………………………………………………… (285)

周二中

事关良心 ………………………………………………………… (287)

周根红

南方植物（三篇） ……………………………………………… (290)

多久回一次家 …………………………………………………… (294)

周锦宏

《榆下说书》缘 ………………………………………………… (296)

《阳光坡度》序 ………………………………………………… (297)

周梅枝

大生活还是小生活？ …………………………………………… (300)

周习文

时间，或陷阱 …………………………………………………… (302)

周翔飞

听雨 ……………………………………………………………… (304)

过雁 ……………………………………………………………… (305)

周诗长

行走在理想与现实之间 ………………………………………… (307)

朱　莉

十月随笔 ………………………………………………………… (309)

朱移山

犹如复婚

——关于再为编辑的感受 …………………………………… (311)

邹　骏

不可忘却的铁砚山房 …………………………………………… (314)

昨夜东风动雷池 ………………………………………………… (320)

安刚强

《红樱桃》与《南京大屠杀》之比较

1995年中国电影界为纪念世界反法西斯战争胜利50周年捧出了两份沉甸甸的礼品：叶大鹰执导的《红樱桃》和吴子牛执导的《南京大屠杀》。两部影作向我们发出了消灭法西斯、维护人性与人道尊严的正义呐喊。

在电影的题材内容与表现角度上，《红樱桃》堪称独辟蹊径。它给观众展示的是一段鲜为人知的故事——中国少年为躲避日寇铁蹄和国民党的白色恐怖，到了人地两疏的异国他乡，受到德国纳粹的摧残。这就明显区别于国内影坛常见的表现抗日内容的战争片，从而拓展了中国电影的反法西斯视域。更为独特的还是《红樱桃》的视角，“一个裸体少女由一个有艺术经历的纳粹将军纹身”无疑构成影片的叙事焦点。少女楚楚在儿童院的生活温馨而又短暂，德军入侵以后她终于被迫当了纳粹将军的女仆，又被胁迫着接受纹身。当楚楚因绝食而被强按在餐桌上的一盘红樱桃上，当楚楚光洁的背部被刺上纳粹鹰徽，她那痛苦无助的样子表明她的内心正在流血。楚楚身心的创伤并未随战争的结束而痊愈，她不敢进公共浴室，在精神上被放逐于欢乐的人群之外。片尾的字幕告诉我们，为楚楚的植皮手术没有成功，她后来回到中国，终身未嫁。影片正是通过楚楚在师慈友爱里的舒展、在纳粹暴力下的颤栗、在背负耻辱中的凋谢，来表达对战争中人的命运的感受的。《南京大屠杀》则是犯中见避。它表现的是一个人所共知、举世震惊的历史事件，在此之前又有过同一题材的影视片《屠城血证》、《南京大屠杀——幸存者的见证》等，这显然为导演设置了难度并提出了挑战，吴子牛的选择是通过一个家庭的命运来反映战争给人类的灾难。影片中中国大夫成贤和日本女子理惠子组成的婚姻，既象征中日两国人民美好的感情，同时又展现日本军国主义给两国人民造成的伤害。片中理惠子因其日本身份幸免于难，但还是因日军脚踢而导致腹中的胎儿早产；成贤幸有台籍的日方士兵舍命相救才侥幸活命；女儿春子险遭日军强奸；儿子小陵被日军扭打。比较而言，《红樱桃》更有人性深度、命运感与独特性，更有资格称为“中国的《辛德勒名单》”；《南京大屠杀》以“联姻”方式结构故事、承载寓意则显得仍落窠臼，片尾早产婴儿取名“南京”、童声伴着一帆远去，其意象较之前面的血腥内容也显得过于轻倩而缺乏足够的艺术感染力，而不及《红樱桃》片中包蕴深广的红樱桃意象——饱满鲜亮的红樱桃喻示着青春的美丽，被挤碎的红樱桃则象征对美的亵渎与毁灭。

在表现法西斯的惨无人道方面，两部影作互相映照。《红樱桃》中德国兵向躲有平民的水井中扔手榴弹，毫无人性地杀害哀求救命的小女孩，当着孩子们的面枪杀美丽的女教师维拉；《南京大屠杀》中日本兵把数万名放下武器的中国军人骗进草鞋峪用机枪射杀，把拉了弦的手榴弹塞进哇哇大哭的婴孩怀中，当着小学生的面无耻地奸杀年轻的女教师刘书琴。两部影片各塑造了一个法西斯将军的形象。《红樱桃》中纳粹将军形象的塑造是颇见深度的。影片向我们展示出，纳粹分子为使楚楚接受纹身，不惜以在楚楚面前开枪杀人来胁迫她；纳粹将军为展示自己的“作品”，曾迫使另一名少女当众裸身，使那名少女备受羞辱；纳粹将军在楚楚背上的“得意之作”更是让她不幸终生。纳粹将军最后自杀了，楚楚因他的授意才被“放生”。但是，纳粹将军并没有因其“艺术创作”而得到什么“永恒”，而只能令人不耻，因为其丧失人道的做法与一个真正的艺术家的基本人格素质——热爱生命、尊重生命恰恰是背道而驰的，因而纳粹将军相信自己是永恒的想法只能是自欺而不能欺人。《南京大屠杀》中的日军司令松井石根的形象相形之下较为单薄。而耐人寻味的是，松井石根特并非一味地杀气腾腾，在造访明孝陵时他大谈日中交往的历史，表现了熟谙的历史知识。这真令人悲哀：知识与教养并没有让这些法西斯魁首更理智、更人性。这只能说明，强权和暴力不只是对被蹂躏者造成毁灭与创伤，它同时也严重扭曲施暴者的人性与心灵，直至使施暴者成为衣冠禽兽。

在表现铁蹄下的平民方面，两部影片的处理也颇多相通之处。《红樱桃》中的儿童院院长的戏虽然不多，但却给人留下了深刻的印象。他先是向两个初来乍到的中国孩子伸出了宽厚温暖的双手，在儿童院往后方疏散时他又是那样不厌其烦地冒雨向执意留下的孩子们喊话；后来为楚楚做植皮手术时，只有他是完全从楚楚的个体命运的角度而不是从“我们的需要”的角度来考虑问题。儿童院院长代表了伟大的俄罗斯人民那博大仁厚的心胸。《南京大屠杀》中“国际安全区”里的三位外国朋友魏特琳、雷博和陶德曼，在日军就要强行闯入的时刻挺身而出并因此罹难，表现了伟大的国际主义精神和敢于承担命运的非凡勇气，同样令人感佩，不过这些在影片中只是一组群像掠影式的镜头，因而人物的个体形象无法鲜明凸出。两部影片还不约而同地各表现了一位令人肃然起敬的老人形象：《红樱桃》中是一位在纳粹的淫威面前毅然出列、大声抗议的老人；《南京大屠杀》中是一位在城破时坚决不愿随家人去安全区的前清老进士。前者当场遭到纳粹的枪杀，后者吊死在自己的老宅，他们在影片中的没有姓名正是暗示着这是一种源远流长的民族精神的化身。

就总的印象来看，《红樱桃》构思独特，视角新颖，形象简洁生动，画面华丽丰赡，寓意沉郁悲慨，无怪乎日本友人铃木尚之先生认为“我相信这部影片可以作为名作留在世界电影的史册上”。《南京大屠杀》则比较逊色一些，主要是对暴力与人性的关系没有独到的体悟，意蕴不够丰厚，人物形象难以给人留下深刻的印象，缺少《红樱桃》那样一种令人深长思之的命运感。

（选自《安徽宣传》1996 年第 4 期）

安宜生

不要低估了大众的欣赏水平

昨晚看了“湖南卫视”快乐女声的现场直播，感觉春晓和巫启贤比较中肯，表现了音乐人的基本素养以及选秀节目必须的公平和公正。反观某些评委，也许在观众的呐喊声中失去了应有的立场，拿自己的个性摧残大众的神经。且不论他们有无与“湖南卫视（快乐女声）”主持人之间的默契，还是觉得，整个比赛过程，就像已经被编导好了的戏剧。

备受争议的“绵羊”曾轶可，终于泣不成声地从舞台的角落走下台，就连让汪涵给予圆场的机会都没给！而有个评委却在歇斯底里地高喊：“可可，我挺你到底!”

如果是流行词作大赛，观众和听众本无可厚非。可在一个以唱功为主、演唱见长的比赛中过分强调某一歌手的原创个性，至大众与不顾，那是不是真的有失一个音乐人的基本水准呢？特别是在评委之间以奚落、挖苦对方抬高自己。于是我们要问，这样的评委是干吗来的？诚然，小曾只是一个试验品，她无奈、无辜也无助，她走了，大家不遗憾，她该走的路，我们祝福她。而某个评委走了，留下的该是什么呢？

被预言将被淘汰的曾轶可，虽然在几次 PK 中依旧走音，但却在评委的力保下险些首批挤进十强。这么说，将曾轶可拉上台“出洋相”，从一开始就已经在“暗箱”中操作了。曾被预言将于此次比赛止步，但在十强突围赛的第一场中，依旧走音的曾轶可却得到以唱片公司老总以及某杂志高层等专业评委的一再力挺。“你是唯一打动我的”、“走音或其他都不重要，我喜欢你的简单和孩子气”等高度赞扬又略带私人感情的评价，让曾轶可顺利抢得十强晋级名单的 PK 资格，并与唱将刘惜君一争高下，结果让全场不少观众都发出了惊诧的声音。这又说明了什么问题？

此次超女更名为“快女”。无疑是想让参与者个个成为快乐女生。但这样的改造谁更快乐？在新浪博客的有关“曾轶可饮恨退七强”的帖子后面，我就发表了一段评论："我从来就不怎么喜欢'超女'李宇春、厉娜及这次的曾轶可。总觉得湖南卫视在这几届'超女''超男''快女'中，渐渐失去了它以往的特色，让人老是觉得整个比赛简直就是排练一部电视剧或小品连续剧。"那些纯真无暇的青春少女，本来无意要得到什么"冠军"的头衔，她们只是表达了"想唱就唱，唱得响亮"的愿望，只是，现在有些个人和活动主办者都想用快女来炒作自己，把比赛当成了选秀场地，这不得不令人感到惋惜！

而与之相对应的，成都落选快女自组演唱会正在紧锣密鼓地筹备着，要在快女总决赛最后一场的那一天，在成都开一场演唱会，和快女正面对决。并且，第七届中国音乐金钟奖流行音乐大赛正在各赛区热火进行，我虽没顾及每天必看最近的这两个在国内来说相当顶级的赛事，但潜意识中，后者，也许会比较前者而言，要正规得多，艺术、参赛者的素养以及社会影响等方面，亦是前者所不能比拟的。其区隔的最大理由就是：前者以"唱歌"而"选秀"，后者以音乐、人文素质而影响人、塑造人！

在"超女"、"快男"起决定性作用、甚至直接决定总冠军归属的观众投票程序，在这次比赛中已被终止。即便以后有可能推出彩铃下载和电子唱片，但也不会直接对选手的晋级以及名次起到作用。众所周知，"超女"崛起的基础正是其广泛的群众性和参与性，如今没有了根基，就连某些参加选秀多年的资深人士也直言："在这个极不规范的选秀环境下，选秀已死。"难怪大众对此次的"快女"比赛，热情已经降温了。

"快乐女声"的终极目标为了收视率，这就是"选秀"节目面临的生存现状，为了在深夜这个不被人看好的时段，吸引昏昏欲睡的观众眼球。以我说，大家不妨在观看"快女"的时候，或多或少也能为观看这场比赛找点乐趣。反正，我是只关注"快女"中，是否会选出真正令大众信服的"快乐女生（声）"。

白 梦

吴汝纶先生百年祭

“后十百年人才奋兴胚胎于此，合东西国学问精粹陶冶而成。”这副古意盎然，文气十足而又分明透着现代气息和科学精神的楹联，是吴汝纶先生创办桐城学堂时拟的，如今就镌在这所有着百年校龄的学校——桐城中学的大门两侧。

在吴先生半身塑像前，我默默伫立，思绪如潮。掠过百年时空，呈现在我面前的是晚清的颓败，国家的积弱，列强的欺凌，以及新旧思想的碰撞与融合。生逢其时，吴先生是不幸的，然而也正是这种不幸，使他避免了一个封建文人“学而优则仕”的普通命运，转而成为一个废旧学、兴新学，力主科教兴国、力倡全民教育的有识之士。中国从来就不缺官僚，缺的是独立的思想、大胆的变革和不断的维新。

吴汝纶先生作为一个在科举道途上一路顺风的旧知识分子，设若不是身处一个激荡的时代，很难想象他会打出废除科举，兴办新学的大旗。回顾他六十三年的人生历程，用“忧患”两个字来概括似是最恰当不过。

道光二十年，也就是1840年，吴汝纶出身于安徽桐城一个清寒的私塾先生之家。同年，鸦片战争爆发，给本就摇摇欲坠的清王朝以致命打击，更给处在水深火热中的中国亿兆百姓带来了更加深重的灾难。吴汝纶就这样生于忧患，长于忧患。作为一个读书人的后代，作为一个以文章名天下的桐城派后裔，所幸的是他自幼聪颖过人，博览群书，早著文名。他最尊崇的是前辈乡贤姚鼐，在那棵高大的银杏树下，他不止一次庆幸自己“生于桐城，自少读姚氏书”，那部《古文辞类纂》他反反复复不知研读了多少遍。同治二年(1863)，他以县试第一名的成绩考取秀才，次年中江南乡试第九名举人，又次年，入京会试，中第八名进士，被录用为内阁中书。可谓是少年登科，一路绿灯。曾国藩奇其文，爱其才，硬将他从内阁调出，留在自己府中作为幕僚，参赞政务。

还在江南乡试时，曾国藩阅卷，便看中了他的文章，断言他将会成为桐城的后起之秀。其时，曾氏自署为桐城派闻人姚鼐私淑弟子，为当时公认的桐城派领袖人物。吴汝纶身为桐城人，有一肚子学问，写得一手好文章，曾国藩将他收在自己帐下，正是水到渠成之事。为此，曾氏在日记中写道："吴挚甫来久谈，吴，桐城人，本年进士，年仅二十六岁，而古文、经学、时文皆卓然不群，异材也。"吴挚甫即是吴汝纶。

在曾国藩府中四年，吴汝纶更加精进，除了帮助曾氏处理日常公务外，还常与张裕钊、黎庶昌等人谈文论史，切磋技艺，一时文思泉涌，著述不断，笔涉经史子集，包罗万象，令曾国藩看了都"咋舌自失，谓尽平生所未知"。在曾国藩的大旗下，桐城派因号称"曾门四弟子"的吴汝纶、张裕钊、黎庶昌、薛福成等人的努力和成就，而呈现出最后的辉煌。

清同治九年，曾国藩回南，李鸿章继任直隶总督，又将吴汝纶留在自己帐下。转年，吴汝纶出任直隶深州知州，后转任冀州。在深州任上，他大办教育，常常亲往深州书院为学生授课，使"民忘其吏，推为大师"。在冀州，他引水开渠，利农桑，便商旅。他还大力整顿治安，清理狱讼。一步一步实现着他富国安民的政治理想。

然而清政府的腐败已不可救药，一个书生，只能出污泥而不染，却难以挽颓势以回天。达则兼济天下，穷则独善其身。他决定弃官治学。恰好，光绪十四年（1888），张裕钊转任江汉书院教习，莲池书院山长出缺，吴汝纶便找到李鸿章，要求辞去官职，接任莲池书院山长之职。

李鸿章也是爱才之人，吴汝纶是他治下能吏，如何舍得放他归山。无奈汝纶去意已决，当即上了一道辞呈，称病乞休。光绪十五年二月，吴汝纶正式出任莲池书院山长，开始了他教书育人，修身治学之路。远离腐朽的政坛，执起小小的教鞭，他心情舒畅。在给朋友的信中欣然写道："此间书院园亭之乐，全省所无，弟以冀州易此，真乃舍鼠穴而归康庄也，此近日一胜事耳。"

在莲池书院，他的名人效应显露无遗，各地学子纷纷前来求学问教，就连日本的中岛截之、野田多内等人也远涉重洋，前往保定拜师受业。时人这样记述："西国名士，日本儒者，每过保定，必谒吴先生，进有所叩，退无不欣然推服。"

在与外国学人的切磋交流中，他的思想也在不断变化。他深切地认识到科教兴国的重要性，"师夷之长技以制夷"。古老的"四书五经"已不再是治世法宝，靠“八股时文”也不能取尽天下有识之士。忧患之后的沉思，沉思之后的觉醒。他一再撰文呼吁：“窃谓废去时文，直应废去科举，不复以文字取士。”“非废科举，重学校，人才不兴。”“今方开倡西学，必以算学为开宗明义第一章。”“学堂之中，要尽量减少中学课程，增加西学课程，西学除博物、理化、算术、政治、法律以外，则矿山、铁道、税关、邮政数事为最急，海陆军法、炮工、船厂次之。”

在主倡学习西方科学文化的同时，他与留英归来的严复结成了好友，欣然为严复所译的《天演论》作序，以扩大严氏译著在国内的影响。《天演论》中“物竞天择，弱肉强食”的进化论观点深深震撼了当时的社会，洋务救国维新图强，一时成了国人的共识。然而戊戌变法失败了。吴汝纶再次感到深切的悲哀和失望。光绪二十八年，已逾六旬的吴汝纶决定南归终养，吏部尚书张百熙却登门拜访，请他出任京师大学堂总教习。

京师大学堂是要办成新学的，这正合了吴汝纶的教育思想，于是他提出要出国考察，学习国外的办学经验，张百熙慨然答允。光绪二十八年五月一日，吴汝纶率队出访日本，考察学制。在日本，他受到了明治天皇的接见，各界名流对他的到来更是欢迎备至。他在长崎、神户、大阪、西京、东京等地，考察了各类学校，并与日本学界人士进行了广泛交流。

三个月后，他起程回国，对于在中国开展新式教育已有了整体思考，但清廷已令他彻底失望，他终于没有回京，而是取道上海，直接回到故乡桐城。在家乡，他一面将日本之行写成《东游丛录》，一面开始实践他的办学思路。他撰写了一系列办学宗旨：“全国各省、府、县都要分立大、中、小学堂”，“一县不可止立一学，各乡皆须立学”，“普国人而尽教之，不入学者有罚”……

桐城学堂就是他的实验田，除了延聘当地名流出任堂长教职处，他还从日本请来了早川东明为外籍教师。并亲笔撰写了那副著名的对联：“后十百年人才奋兴胚胎于此，合东西国学问精粹陶冶而成”，并题匾“勉成国器”。

学堂办成了，然而忧患之中，吴先生却积劳成疾，于光绪二十九年新春正月阖然长逝。

其后不久，新文化运动发起，白话文取代了文言文，桐城派作为古文流派也结束了它的历史使命，成为了中国文学史上珍贵的一页。当我们缅怀历史，回溯中国最大的散文流派——桐城派的生发与存在的轨迹的时候，从戴名世到吴汝纶，其间千百文人，他们的人生，他们的建树，他们的功过得失，又给我们留下了什么？文章之邦的桐城，那文庙角檐上的风铎，依然叮叮作响……

2003. 02

银杏树下话姚鼐

这棵华盖参天、枝繁叶茂的银杏树已经250多岁了。据可靠史料记载，此树为桐城派四祖之一、清代文章大家姚鼐亲手所栽。因此，这棵树除了它自身的古老价值之外，还有了文化的内涵。说它是一部活着的历史也不过分。

假如我们能够走进这棵树的内心，那么顺着它的年轮，我们将会走进大清朝的文学史，就如翻开了《清史稿》中关于姚鼐的一页。

姚鼐，字姬传，安徽桐城人，生于清雍正九年，也就是公元1731年。姚氏乃桐城望族，在明末清初出过许多巨官显宦，但到了姚鼐出生时，姚氏家族已开始衰落，其父一生读书，却未曾考取功名，因此便将满腔的抱负都指望在儿子身上。姚鼐倒真正是个读书种子，史料中这样记载："五岁破蒙，师从方泽，自幼足不出户，惟好读书，天分极高，深得伯父喜爱，后从伯父学习经学。"这位伯父姓姚名范，乃乾隆初年进士，翰林院编修。幸得伯父喜爱，正是在伯父家中，姚鼐结识了刘大櫆。原来，以姚范为首，时称"龙眠十子"的刘大櫆、叶酉、方泽等当时桐城著名青年才俊常常聚集姚家，煮酒论诗，谈文说艺，恰如西文的文艺沙龙。就是在这个沙龙里，别的姚家子弟都被摈斥在外，唯有小小的姚鼐被伯父留在身边。

当时的桐城，文风极盛，学风亦极盛，戴名世、方苞、胡宗绪等一大批桐城学者声名鹊起，还有张英、张廷玉父子宰相等一大批科举出身的高官大爵，都在激励着后辈们意气风发，兴味盎然。龙眠十子作为桐城学子中的龙凤翘楚，当然更是满腔抱负，满腹才华。他们的风采和学识令童年的姚鼐羡慕不已，其中尤为令他倾倒的是刘大櫆。刘氏身材高大，仪表丰伟，纵声谈笑，洒脱不羁，好一副伟丈夫形容。"沙龙"散了，小小的姚鼐还意犹未尽，关起门来，偷偷地模仿起刘大櫆的音容笑貌，气度风采。

后来，姚范和刘大櫆等人都纷纷赴京求取功名，姚鼐也在家乡课读。刘大櫆来到京师，他的文章立刻在京城引起轰动，时任礼部侍郎、武英殿修书处总裁的方苞惊叹："如苞何足算哉，邑子刘生，乃国士耳。"然而这位"国士"却官运不济，在京师羁留多年，屡试不中，只得回到家乡，开馆授徒。

于是，姚鼐转投到刘大櫆门下。

学生的官运比老师可强多了，乾隆十五年，年仅十九岁的姚鼐得中江南乡试，真是少年壮志，一举成名。乾隆二十八年，姚鼐考中进士，从此正式走上仕途。兵部、礼部、刑部，几年时间，他转了三个部，可是对于一个有志于学问的人，六部这样纯粹的办事机构并不适合于他。终于，机会来了，乾隆三十八年，朝廷开设《四库全书》馆，遴选博学之士入馆，姚鼐被选为纂修官。这一下他本可以一展抱负，大施拳脚了。可谁知《四库》馆也不是净土，入馆的都是饱学宿儒，人人都有一套自己的主张，学术上的派别和门户之见甚至比官场更甚。姚鼐其时虽年已四十，可在馆中还算后学，他本该跟在长辈们身后唯唯诺诺的，可他偏要提出自己的意见和主张，尤其不该的是他的意见和主张还与总纂官也就是馆长纪晓岚相左。纪氏在学术观点上崇汉抑宋，姚鼐则认为"儒者生程、朱之后，由程、朱而明孔、孟之旨，程、朱犹吾父师也。"言下之意，后来者若抹杀宋儒在学术上的贡献，无疑是数典忘祖。

如此一来，他在《四库》馆中的日子便不太好过，他选定的篇目常常会遭到纪馆长的挑剔和删削。"道不同不相为谋"，五柳先生不为五斗米折腰，青莲居士"安能摧眉折腰事权贵"，文人气节在姚鼐身上得到了充分体现。乾隆三十九年腊月，姚鼐毅然辞官南归。从此，步其师刘大櫆后尘，走上了教书育人之路。

南归途中，他顺道看望时任泰安知府的挚友朱子颖。腊月二十八，两人踏雪登山，在五岳之尊的泰山极顶，姚鼐俯视群峰小如棋子，天下只不过是一只棋盘，人生也不过是走了几步棋而已。他的心情豁然开朗，欣然命笔，写下了那篇著名的《登泰山记》。在这篇散文里，他关于散文创作"义理、辞章、考据"的三要素得到了很好的体现。此三要素正是他总结戴名世、方苞、刘大櫆等一大批桐城文人的创作实践和理论依据而提出的较为完整的创作理论。也正是这个理论的提出，使桐城文风独成一派，那就是终清之世，统领文坛二百余年的千古文派——桐城派。

南归之后，姚鼐在桐城闲居了两年，除了读书写作之外，便是去看望他的恩师刘大櫆，此时的刘大櫆已是年近八旬的老人了，身体依然康健。他一生没有争得一官半职，却教授了一大批高足弟子，且写下了无数堪称经典的诗文。他的弟子们在全国各地做官，也就把他的文风带向了全国各地。当他八十大寿时，全国各地的弟子们纷纷前来贺寿，不能亲来者也写下了贺寿的文章。那句“前有方侍郎，今有刘先生，天下文章其出桐城乎！”的著名论断，就出自他的弟子程晋芳和周永年之口。程、周都不是桐城人，然而他们都是刘的学生，刘一生授徒，足迹遍布大江南北，当“桐城派”的大旗正式打出之后，他的学生们都以桐城派自居。

也许正是刘大櫆的人生道路给了姚鼐以启示，两年之后，朱子颖调任两淮盐运使，姚鼐便前往扬州，两人在扬州创办了梅花书院，姚鼐出任山长，正式开门收徒。为了教学方便，姚鼐着手编选了一部《古文辞类纂》，该书至今仍是人们学习古文文法的经典范本。而在当时，一部《古文辞类纂》，更使桐城派走入了千家万户。一时“天下高文归一县”，文人士子“言必称桐城”，举国学界“家家桐城，户户方姚”。

与老师刘大櫆一样，姚鼐的弟子中也出了一大批杰出人物，最为著名的当数管同、方东树、梅曾亮、刘开四人，时人称为姚门四杰。此四人都是文章大家，是继戴名世、方苞、刘大櫆、姚鼐开创桐城派之后，起了上传下承作用的桐城派中继力量。如此开枝散叶，代代相传，才有了桐城派绵延二百多年的辉煌历史。

继扬州之后，姚鼐又到歙州的紫阳书院、南京的钟山书院、安庆的敬敷书院担任山长，历时四十余年。每到一地，除了教书授徒和写诗作文之外，便是与当地的文坛大家切磋交流。除了朱子颖之外，他还有一位终生挚友，便是在南京时结交的大才子袁枚。袁也是才高八斗却畏惧仕途的人，他最大的乐趣是在他的随园里以文会友，饮酒作乐，然后写他的《子不语》和《随园诗话》。姚鼐作为以端肃著称的桐城派祖师，却有这样一位文风灵动鲜活、妙趣横生的忘年朋友，并对其文其人大加褒扬和推崇，足可见他的学术观点是兼容并蓄的，正是这种兼容并蓄，使他继承和发展了方苞的“义法”说和刘大櫆的“神气”说，形成了桐城派“义理、辞章、考据并重”的创作理论。

嘉庆二十年，85 岁的姚鼐依然耳聪目明，虽不再主持书院工作，但回到家乡的他仍然诲人不倦。七月，偶感微疾，竟至不治，数日后，与世长辞。

这棵银杏树生长之地就是姚鼐的故居，它见证了姚鼐的一生。逃离官场是非地，赢得桃李满庭芳。银杏树年年结出累累果实，就如姚鼐一生教出的三千弟子，文章薪火，代有传人。

不知是历史的巧合，还是冥冥中的定数，如今的姚鼐故居已成了一所中学校园。老银杏天天听着浑厚的钟声和琅琅的读书声，不知可否还是二百多年前的味道。

然而，《登泰山记》已经走进了中学课本，姚鼐也因此从历史里走出，一直活到了如今。

2003. 02

苍　耳

迷津深处的故乡

从乌黑中长出的

凡高曾断言，自然界里根本没有黑色！在他看来，黑色似乎只在绘画颜料的意义上才存在。照此说来，我们将找不到黑颜色存在于这个世界的对应物。但这一说法立即会遭到盲人们的抗议，因为他们看见的全是黑色，根本没有任何其他色彩。

其实我们不必把凡高的一句话当真。在凡高的画里的确是很少看到黑颜色的。也许他是黑色盲，也许黑色被他心中热烈的葵黄和棕红所覆盖掉了。只是我们不知道，黑夜在他的眼里会呈现着什么样的色调？

仔细想来这十分有趣。但我不知道，还有什么比黑夜的颜色更黑？

有一天晚上，我在家门口散步过桥时，发现月亮在临空铺排的输油管之上，一边攀爬一边窥测，显得犹豫而又胆怯。它是对自己还是对这个世界感到迟疑不得而知。相反，输油管则显得异常坚硬、果断：它锲入它所必须横越的时空以及路过这儿的我的头顶，仿佛突然凝固的黑铁时代。我忽然意识到，输油管里奔淌着的是从大地深处喷射出来的黑漆漆的物质。它从我们难以想象的另一种混沌的时空汹涌而来。因为它深埋在地幔以下从未见过光，哪怕是一粒星光，因此我认定它就是。

而我，只是一个站在球面上的微不足道的生物，此刻感觉到了它在包围它的坚硬无比的钢管里滚过的声音。这是两种绝然不同的时间和空间在交叉或相切。月光即便照见了它，也无法渗入进去。因此，黑夜肯定来自并统摄于比它更黑的事物。

那年冬天，我在炉边看一部史书
一直看到纸页发黑，上面的字迹渐渐被洇潮。
插图中有一匹马

在我们有时称作河有时不称作河的地方
被蚂蝗和蠓虫
痛饮成一块锈铁和断骨。

（拙作《那年冬天》）

我曾见过吴冠中先生的一幅画，名叫《月如钩》。与传统用墨勾勒线条不同的是，画家大胆地平铺无边的乌黑，并从中浮出一带深灰色的江水。近景是疏疏落落的芦苇丛，远景是一痕弯钩似的月，它们仿佛都是用刀在夜空的底色上刮出来的，显得格外尖锐而惊心。画家在一篇创作谈中说：“在绘画中如何发挥黑的能量，最见画家的功力，中外古今都一样。我爱黑，永远在探索黑的潜力，但黑邻近邋遢，不易提炼，乌金比黄金更难寻觅。黑是视觉刺激中的最强音，现代西方画家如苏拉热等沉醉在黑色中讨生活，他们当拜倒于中国的墨与漆。”

以我理解，“乌黑”之“乌”，便含“乌有”的转义，因为在乌黑之中什么也看不见，一片大混沌，大空窍。反过来也可以说，“乌有”也内含了“乌黑”。我以为，在黑漆漆的底色之中，其实蕴含着一种形而上的力量，乌有的力量。有意味的是，在人类文明的源头，诗人、乐师、歌者以及预言家都是盲人，他们是居于乌黑之中并将它开启的瞎子，因而成为文明薪火的点燃者和传承者。在西方，“荷马是个盲诗人，因此他才叫做荷马。Homeros 在伊阿尼亚土语里意思就是‘盲人’”（维柯：《新科学》），但荷马不是一个人，而是一代代心口相传的吟诵集体。在东方，周王朝的乐官人数相当庞大：“瞽矇，上瞽四十人，中瞽百人，下瞽百有六十人……”因此《诗经·周颂》里才有“有瞽有瞽，在周之庭”的句子。不妨想象一下盲人乐师们演奏青铜编钟的壮观场面吧，那该是何等的气势恢宏与灵光怒迸！

乌有当从乌黑中长出，才是坚硬、冷峻而高蹈的。进而言之，当实有从乌有中长出，也就是你感受到“惟‘黑暗与虚无’乃是‘实有’”，“即使所发现的不过完全黑暗，也可以和黑暗战斗的”（鲁迅语）时，你已经获得直面惨淡的生存勇气。不是比它更亮而是比它更黑，你才能看清周围游走着和隐蔽着的一切，包括从输油管的缝隙间刮过去的风。

1998. 03. 23

“叶公好龙”别说

说起“叶公好龙”，国人恐怕无人不晓。这并不奇怪，一个以龙为图腾的“好龙”的民族自然会对一个同样悠久的“叶公好龙”之说刻骨铭心，以至于这则成语典故多少年来已具有隐喻、影射和定性的强大杀伤力。但我要说，自古及今恐怕没有人敢正视或者承认，楚人叶公者乃中国见诸文字的传说中最杰出的雕刻家和艺术家。

当我产生这样的想法时，我注定已陷入文化的、世俗的重围，其中包括我自己对自己的惊疑和质问：你难道不知道叶公是一个见到“真龙”就跑的口是心非的伪“好龙”者吗？而一个被戴上“叶公好龙”帽子的人，他的境遇甚至比叶公本人还不如。且不说叶公是个摇摆不定的、虚伪的、危险的人物，仅就艺术而言，他也是个胆小如鼠、一窍不通的家伙。

但事实果真如此吗？

历史上叶公确有其人。史载：“叶公，楚大夫沈尹戌之子，食邑于叶，名诸梁，字子高。”叶公在公元前524年（楚平王四年）被封于叶（现在的河南叶县）。荀子说，“叶公子高入据楚，诛白公，定楚国，如反手尔，仁义功名善于后世。”基本概括了叶公的生平功绩，至今叶县仍保存有他的墓地。本文并不打算用真实叶公的史实来证伪寓言中叶公故事的虚妄，因为寓言本身就具有虚构性质，而是想从寓言本身的逻辑出发，来指谬寓言作者对作为艺术家的叶公雕龙画龙的嘲讽。

“叶公好龙”流传最广的版本要数汉代刘向《新序·杂事》所载：“叶公子高好龙，钩以写龙，凿以写龙，屋室雕文以写龙。于是天龙闻而下之，窥头于牖，施尾于堂，叶公见之，弃而还走，失其魂魄，五色无主”。事实上，刘向的版本来自庄子，并将其增删而成。不妨比较一下《庄子》中的原文：“叶公子高之好龙，雕文画之，天龙闻而示之，窥头于牖，施尾于堂，叶公见之五色无主，是叶公非好龙也，好其似龙非龙也”。应该说，庄子的版本保存了这则寓言比较完整的原貌。不难看出，这个寓言中最关键的一句是“好其似龙非龙也”，它是叶公在历史上最受攻击和嘲笑的“软肋”，更是以影射杀人见长的文化传统中万箭齐射的黑色“靶心”。

我们不妨就此来辨析这个隐喻硬壳中包裹的核心句子。很显然，“似龙”与“非龙”关涉艺术表现中真实与虚构的关系。在叶公的眼里，虚实关系具体而朴质地表现为“似龙”与“非龙”的矛盾关系。借此也可以说，人类有史以来的艺术演变，焦点之一便集中在如何处理“似龙”与“非龙”的关系上，并以此为分野而产生出诸多纷繁的艺术流派来。

总的来看，注重或强调“似龙”的一面，便表现出写实的、客观的倾向，如摹仿派，各种写实主义；而偏执与突现“非龙”的一面，则呈现出抽象的、主体的倾向，如立体主义、超现实主义等等。

从本体角度说，任何一个物象一旦进入形式便成为艺术符号，因而或多或少地要发生偏离与变形，即便作者照葫芦画瓢也无法做到原样呈现。因为艺术符号本身便是主观意志的产物，“非龙”的因素在艺术创构之初就如影随形地存在了，二者无法分离。例如，原始象形艺术便跃动着生命的愉悦和亲近的渴望，而原始抽象艺术则希图从动荡的、飞逝的世界表象中抽身而出，获得栖居的稳定感与安慰感，二者都浸透着“非龙”的要素。换言之，艺术形式本身就意味着本源意义上的否定与重构。因此，“似龙”总是相对的，“非龙”才是绝对的。这里实质包含着更深层次的哲学态度和艺术意志的问题。

艺术的发展史表明，主体对物象变构的自由度越来越大了，现代艺术对实在进行偏离与拒斥的幅度今非昔比。但任何“非”中都得有“似”在，哪怕它是局部的、碎片式的、隐秘的，否则毕加索的立体主义画作《格尔尼卡》便不可能产生强烈的艺术震撼力。概言之，艺术的辩证法在于“似”与“不似”之间，而创造主体对二者处理的个人性差异是不可穷尽的。这也正是不少物象千百年来常用常新的缘故。

正因为叶公所好之龙并非真龙本身（假如有真龙存在的话），而是好其“似龙非龙也”，他所雕所画之龙才神魂欲动，呼之即出，由此更见出叶公作为一个大雕刻家对于艺术本质的洞识和彻悟。“天龙闻而下之”，这一夸张恰好证明叶公鬼斧神工的艺术魔力。

不论这“天龙”是真家伙，还是思之入骨而生的幻象，叶公猛惊之余，“弃而还走，失其魂魄，五色无主”，更可见叶子高乃一介寒士，一个有血有肉、痴迷于画龙的雕者（那时候大约还没有“雕刻家”这个称谓罢），而非不食人间烟火的仙人。

蛮横地要求一个艺术家必须爱上他所画之物，并使之酷似成真，这显然是一种可笑的艺术痼疾在作祟。试想世上的画虎者，若见到张牙舞爪的真老虎猛扑过来，他能不大呼救命夺路而逃么？换上庄周、刘向两位老先生，恐怕跑得比叶公还快也未可知。谁能据此得出某某“画虎者非好虎也”的荒唐结论？难道非得同真老虎亲嘴才算得上真“好虎”吗？

然而不幸的是，将艺术与实在、政治、宗教、道德混为一谈的艺术谬见可谓源远流长，以致真正的艺术和艺术家反倒被放逐了，被掩埋了！成为千古笑柄的“叶公好龙”便是其中最典型的铁案。呜呼！冤杀我叶公子高也！

记得上初一时，语文老师要求学生背诵课文“叶公好龙”，在它被背得滚瓜烂熟之时，也更加深入人心了。那时正值“文革”后期，“叶公好龙”不仅是一个尖酸的成语，更是一顶置敌手于死地的“大帽”，一旦被扣上，保不准你也会“失其魂魄，五色无主”。这是隐喻性的影射文化的妙处。

而如今，我每每想到叶公“钩以写龙，凿以写龙，屋室雕文以写龙”时，就不禁生出一番感动与感慨来。在中国，如此深爱并沉浸于雕龙之创造，酣畅淋漓，达到如痴如狂的纯青境界与成就者，古今之人谁能望其项背？

据《荀子·非相》载：“叶公子高，微小短瘠，行，不胜其衣。”可以设想，一个楚国贵族的公子哥衣食不愁，如果不是身怀青云大志和雕龙绝技，废寝忘食，终日终年地冥思苦练，于斗室之间无处不雕之画之，何至于形容枯槁，人比刀瘦？

瞧他走路来的模样，已非“衣带渐宽”了，他身上的衣服简直是晃来甩去。可以设想，此时他还要面对楚国人当面或背后的讥讽与非议，承受着难以忍受的压抑和孤独。

想想漫漫数千年间，作为“好龙”的民族雕龙技艺的开创者，叶公雕龙所取得的艺术成就，他的忘我、独创、承担磨难、孤独的精神气质，以及他的“似龙非龙”的艺术原则，非但没有得到起码的肯定与赞扬，反而遭到唾弃与嘲讽，死后仍被人詈骂和羞辱，怎能不让人愤愤不平！

“龙”本属虚无缥渺之乌有，而“好龙”的先人叶公却将全部生命凝注于想象与刀锋之中，以出神入化的线条和气韵，从无生有，生出惊心动魄的“似龙非龙”之有。壮哉！“微小短瘠”的叶公子高！

唯一可惋惜的是，他所雕之“龙”没有流传下来。但龙种仍在，龙的传人仍在，他的“画龙点睛”之“睛”，那惊天泣鬼的最后一笔，其中的精神如日月当空，雄气弥漫，生生不息……

1995.10.05

本命之年

当我意识到这个本命年时，一年已快要到头。大风依然在窗外吹刮不停，删繁就简，一直刮过这个下午。我这人比较懒散，常过糊涂日子，一年年也就这么过来了，从未想过本命年这码事。

但我心里还是暗暗有些吃惊。唔，这个多事的本命之年，真的让我有点措手不及。这伤离伤别的一年，徒生几多白发！这是我意识到的第一个本命年，也是本世纪最后一个本命年。一想到最初和最后，自然就有一种连根拔起的感觉。

我不得不往下想：在滚滚的世尘之中，真的深藏着一个人的“本命”么？哲人说，人是无根之物。不管这比喻是否恰当，对我而言，正是那无根之根如今摇撼了我。

窗外落叶纷纷。在我的感觉中，有一片叶子一直在飘，并没有落下来并最终掉在地上。这或许是它与其他落叶不同的地方。此刻，我站在它的下面不曾移动半步，如同一个迟暮者。

帕斯卡尔说，我们写一部著作时所关注的最后那件事，就是要懂得什么是必须置之于首位的东西。我为什么不曾注意到此前的本命之年？它们像雾里的站台从逝去的年代一闪而过。一个人注定无法选择他的本命年，但一个人终将站在他的本命年里目击本命。

人们往往习惯于从后往前看，从种种过去时的征象中看出一种必然的宿命，因而本命便被视为先在之物。究其实，本命如此和本命不如此，作为悖论都同时寓于人的当下存在之中，并规定了我所理解的“本命”的内在含义。一个人的根性之物，与世界相遇相击后便显出本命形态，这便是历史和个人交叠的生存本相。这类似于上游和下游的水同时相激于当下此刻，布满了无数个“如果”或“也许”的漩涡。

尽管如此，作为一种文化形式，本命之年却让我在时间的急流中停住，静下来，注意到这个落木萧瑟的午后。当然，我已开始学会体验那种来自根性的幽默和轻喜剧风格。那种游戏式的神秘推演我向来不轻易拒绝。算命先生愈是一本正经，面似八卦图，我便愈觉得忍俊不禁，并感到参悟不透的本命的魅力。

按生肖我属猪，按五行我属木。一九九四年生日，妻送给我一个十分精致的生肖匾：一头姿态不失优雅风度的猪，大智若愚，厚重若空，在夜间它还发出幽蓝的荧光。这似乎形象地抵消了人们对它的偏见，比如它的笨和懒被列于十二肖之首。其实据科学家研究，猪却是所有动物中最聪明的一种。

记得三年自然灾害时期，我家在省城一所高等学府内，住在二楼竟养了一头猪。这头猪每天都要出去溜一溜，它不但认得家，而且上下爬楼梯从容自如。它的风度令左邻右舍的教授们大为惊讶。后来全家下放农村又养了一头瞎眼猪。它竟然能若无其事地四处撒欢，在野外拱土觅食，从来没让人发觉它是一个瞎子。我至今仍感到迷惑不解，它没经过专门训练，怎么能隐藏自己的真实身份达一年之久。

我不得不经常与墙上那头风度优雅的猪照面。只是我不知道，那荧荧的光是它本身所具有的呢，还是在那段“至理名言”照耀下才获得的：“亥年出生的人，刚毅，如果又正直的话，会遭遇非常艰难的事情。倘若能忍受艰难的磨炼，往往就可获致成功。……但是中年时多波澜，会遭遇困难。不过若能把握住四十岁到五十五岁的好运，晚年便能过安乐的生活。”生肖匾上的这段话倒也十分有趣，虽然我已不是小孩了。

有意味的是，这段话基本上是一种假设性语气，使得“本命”建构在或然性之上，其中肯定了作为主体的人的能动作用。但我仿佛能看见那个指点迷津者在向我扮鬼脸。我不能不感到遗憾：“好运”至今仍距我很远，“好运”尚在一座“大山”的那边，而我现在已经气喘吁吁，虚汗淋淋了。

克尔凯郭尔说：“我活得像一头伦尼伯格猪。我的思考就是激情。我能为别人拱出麦蕈来，虽然，我自己是尝不着的。我用鼻子将问题拱了出来，但无法拿它们怎么样，唯一能做的就是将它们由头顶心往背后扔。”看来，我连问题还没“拱”着呢，可能是因为鼻子比克氏短得多。有什么办法呢？所以，我只得接过他扔过来的“麦蕈”继续往后扔。你得好好干活，我时常这样告诫自己。一个劲地拱呀，不要停下来呢。

爱伦坡曾在《乌鸦》一诗中，安排了人与乌鸦的对话：人不停地向栖于枝上的乌鸦倾诉自己失去情人、希望、友人的悲哀，但乌鸦只是每隔一阵重复一句“nevermore”（“永不再”）而已。

我想我应该立即闭嘴。我已经说了许多不该说的，尤其是与本命年相关之物，我们原本是应该保持缄默的。

1995. 12

一九九九：问与答

每到一个纪元的临界点，人们总会弄出一些回顾和猜想来。就时间本身而言，世纪末和世纪初并没有什么不同。但人类需要这些刻度。人类有史以来的全部工作，从某种意义上说，就是为了在已知的事物上打上印记、镂下刻度，而在未知的神秘之物那里画上符号。但这只是一个相对的说法。在我们给时间以精确测量后，谁能说得清时间的隐秘和本质？相对论产生后，黑洞和反物质的空间依然令人费解。尼采宣布“上帝死了”已经一百多年，可古老的教堂尖顶照样与现代发射塔凛然对峙。

最近的一个热门话题是：“人类历史上最重要的发明和发现是什么？”

这是一项以自然科学工作者为对象的网上调查。其中一部分回答，兴之所至，各执一词，早已逸出自然科学的范畴，令人感到意味深长。有人认为是“钟表”，因为它“把只能凭借个人感觉的时间过程数量化”；有人提出“语言”，其理由触及到文明的根基：任何伟大的发明，没有语言都无法实现。有人说应首推“印刷术”，因为它具有向大众推广曾经由特权阶级垄断的知识这一特殊功绩。而“货币”，岂止是“用市场经济联接起世界”的中介，它对人们的思想观念的影响深及骨髓，堪称精灵和魔鬼的杂交品种。

坚持“密码法”的人，将它作为“完全的隐私”，对于社会生活中的人的极端重要性。我们看不见他说话的脸，他的身体仿佛整个隐藏在黑箱里。与之相对的是，“远距离通讯”也同样具有无可置疑的理由：“直到一百五十年前，只有在同一间屋内才能同时沟通思想”。看来，二者都必不可少，它们代表了人类生活两个相互矛盾的方面。不过，我倒赞成把“窃听器”作为最伟大的发明，它标志着对个人隐私的干预进入了微妙的现代阶段。

你知道“揭示事物本质的伟大方法”是什么吗？是“蒸馏法”。这个提议者一边说，一边向我们扮了个鬼脸。而提名“麻醉”的人，不得不板起面孔，他的反问让人哑口无言：“你能够忍受没有麻醉的手术吗？”至于“老花眼镜”发明的意义，被提升到了这样的高度：“可以防止视力良好的年轻人统治世界。”而我不得不欣赏“擦字橡皮”的提名者，他认为“人类借此可以修正所有的错误”。我们的确太需要这样的发明了！那它应改为“擦错橡皮”才对。

但如果我来选择的话，也许我会选哈哈镜作为伟大的发明。你想想，人在哈哈镜前一站，马上就变了形。人看见了他自己的丑陋，偏狭，滑稽，看见了另一个自己。这对于人而言，不能说是不重要的。即便这种变形具有虚拟性，但人类正是在虚拟性的另一种真实中重新“认识你自己”（苏格拉底语）。

人类的伟大发明是基于伟大的发现。离开了发现，我们将谈不上什么发明。“发现”这一内涵的深度和广度比“发明”大得多。比如哥白尼的“日心说”，牛顿的“万有引力论”，马克思的“剩余价值学说”，爱因斯坦的

“相对论”，等等。“发现”意味着异端的出现，意味着对公众观念和常识概念的偏离，并且“发现”还有待于证明和社会认可，因此发现者常常要遇到来自宗教、政治和习惯势力的极大阻力。他必须为纠正错误的观念而战斗，甚至为此献出自己的生命。

在我们谈论人类伟大的发明时，不要忘记那些更伟大的发现和发现者。

1999. 12

球体时刻

球是什么玩艺儿？我这样问时似乎犯了一个低级错误。我小时候就知道自己属猪，长大以后观察世界，得出的结论是世界也有属相，它属球。圆滚滚的，到处滚动，太阳系的几个球就这样互相绕着转圈，还有一两个在捉迷藏；若进一步分析下去，世界当然是由大大小小的球组成的。物理学家画的奇妙的原子图，不都是由一个个桌球状的球相互连接的么？

球是好玩的，因此人们才造出来各种各样的球。近几年，几个顽童踢球，不止一次将我家的玻璃窗踢破。然后他们便跑得没影儿。只有一次被我逮住球。过了好几天，家长才来，说一个小家伙天天到他家，找他儿子要球，好像逼债一样。当时是他儿子“临门”一脚，将我家的窗子踢坏了。小家伙气鼓鼓地说，你不去要球，就赔我一个新的！反正我要球。你瞧，顽童不爱玻璃窗，他们就爱皮球。这是毫无疑问的。看来还是唐代好，随便怎样踢马球都没关系，那时没有玻璃窗，不像现在的世界变得脆弱而易碎。

我曾经设想过，为什么宇宙中就没发现一个方形的星体呢？难道上帝也喜欢踢球玩么？那么他跟谁踢？跟自己还是跟朋友？他制定了比赛规则么？这一点《圣经》里都没写。爱因斯坦说，“上帝不与宇宙掷骰子。”但这并不妨碍他在宇宙里一个人踢球玩。有人说，多少亿年前恐龙大灭绝，是由星体撞击地球造成的。有点像。因为上帝的脚法并不怎么样，那是他踢得最臭的一脚。至于人类关于“地心说”与“日心说”的争吵，其实是哪个球绕着哪个球转的问题，却弄出了多条人命，把玩球者活活烧死，就有点像披着圣衣的魔鬼了。

令人忍俊不禁的是学校年级篮球赛，首先由一个班女生与另一个班女生进行二十分钟比赛，然后再由男生上场打二十分钟。可是女生们几乎没练过球，一点不会，也不懂得竞赛规则。她们在场上疯狂抢球、抓球、抱球，从人堆中拼命挣扎出来，却无法逃脱再次陷入人堆之中。裁判们先是目瞪口呆，看着篮球渐渐成了美式橄榄球，然后便想到自己呆在场上是否合适，规则也被抛到一边，忘记吹或者只能少吹了。如此一来，铁定的篮球竞赛规则被烂漫无知的女生们打乱了，挪移了，戏弄了。我发现篮球作为皮球这时才滴溜滚圆，才蹦得高，滚得远。因为规则永远是方的，有棱角的。它使圆的变成方的或者扁的。问题正在于，人类有史以来所作的一切，无非是使世界、人类以及各种各样的事物由圆的变成方的乃至扁的。比如世界变成了技术的世界、数字化的世界，人变成了马尔库塞所谓的“单面人”，而克隆动物更类似踩扁了的易拉罐。

我在想，为什么现代哲人对古典哲学家提出的“球体时刻”极为关注？比如海德格尔多次详尽论及古希腊巴门尼德的“完满的球体”。他认为，“球形特征并非在于循环，而在于那照亮，守护现身存在物的去蔽中心。”人的存在正是球形的，有显明的一部分，也有掩蔽的一部分。后者恰恰是被人们遗忘了的，因而是非敞开的。博尔赫斯也对“帕斯卡尔的球体”感兴趣，他认为始于色诺芬而终于帕斯卡尔的，是他们快乐地用一个神圣而永恒的球体来取代希腊的拟人神祇。而庄子的“得其环中”之说，也与“球体”思想类似，所谓“彼是莫得其偶，谓之道枢。枢始得其环中，以应无穷。”这一观点同样受到了现代人以及西方哲人的重视。

有意味的是，阿里斯托芬的“背对背球形人”的神话：人类最初只有男人、女人和阴阳人三种，与现在人不同的是，他们在形体上是一个圆团，腰和背都是圆的，背对着背，每个人有四只手，四只脚，一个圆颈项上安着一个圆头，头上有两副面孔，朝着前后相反的方向，可是形状完全一样，耳朵有四个，生殖器有一对，其他器官的数都依次加倍。宙斯因球形人难以对付，便将他们一切为二。从此以后，人类中的每一个都只是“一半”，人与人彼此相爱的情欲就种植在人心里，他们总想与另一半重新合拢，因此产生了三种性质的恋情：男同性恋、女同性恋和异性恋，以此来医治从前被截开的伤痛。阿里斯托芬这个神话表现了人类寻求整一的球体状态的愿望，以及对先天性缺失的焦虑。在我看来，它只是人类由圆变扁，走向内在的精神分裂的一个谶语和暗喻；人类的缺失与其说是先天的，不如是后天造成的。而至高无上的爱情充其量只是一种整一状态的替代，文艺作品同样也是。

如果从社会的组织系统看，由圆变方存在着合理的一面，尽管它的畸形状态是由方变扁。这是一个必须正视的残酷事实。但世界、人类以及事物更为本质的一面，是不能由圆变方进而由方变扁的。可是这个畸变趋向却越来越明显，越来越不可逆转了。这正是现代哲人为之焦虑、深思的问题之一。里尔克是这样说的："如同月亮一样，于是，生活总是有不断离开我们的一面，但这并不是它的对立，而是它的完满，丰富的充实，是现实、健全和丰富的环行与存在之球的完成。"比如死，人们总是对它充满恐惧，将它视为生命的威胁。但古今的哲人都不这样看。他们认为，死并非是与生相对立的，而是生命的一部分，生存的一部分；尽管死是亏损，缺失，但更应看作"是现实、健全和丰富的环行与存在之球的完成"。事实上，如果只有离开、偏离、离析，而没有回来、返回、聚合，如果只有裸露、透明、显现，而没有隐匿、收藏、暗示，那么物的世界和人的世界便是方的乃至扁的。

小孩子喜欢圆的皮球，而不是方的，或者瘪了气的扁皮球。但是在孩子的绘画里不妨却是倒过来的。因为人类可贵的想象力永远都是圆的，潮润的，温软的。

2001.07.07

操　素

生命如舟

总想一个人出来走走，理清纷乱的思绪，尤其忙碌一段日子之后，总会有些杂碎的事沉淀起来叠在一起，搅乱思绪，这种时候总需要一个人静下来，认真归纳、沉淀和升华，方能平静，也许生命的质量就是在这样一次次生活的积累之后升华起来的。

近些年这种感受尤为深刻，追求事业，通过实践和理性的认识后，渐感进入一个忘我的全新的境界，而个人的情感却如一叶孤舟漂浮在汪洋大海之中，无目标地在风浪中摇荡，也许是无意把舵，也许是无意目标，更可能是无力驾驭，风浪中一次次撞击划下的道道伤痕也留下了痛苦的记忆，只能用些许虚无缥缈的追求来填塞情感世界的空虚。

未来的日子，不管遇到怎样的压力，还是要一步步地走下去，因为，我们已来到了这个艰辛而又舒坦，痛苦而又幸福的人生之路上了。无论如何，我们都该激情潇洒地走过这尘世人生的。我常对朋友们说：要努力创造幸福快乐的人生，那么，什么是幸福快乐的人生呢？其实很简单：不断地为自己创造快乐，同时也不断地给别人带去快乐！

一直追求这样一个境界：在事业成就的同时也能总结并升华自己的思想并上升到理论的层面，感召他人甚至期望能影响他人，也许，这就是所谓的“追求”吧，总希望理想与现实能完美的结合，不论结局如何，我都会一如既往地走下去，因为今日不是终点，在人生的长河中，生命如舟，留下的只不过是行驶的轨迹和溅起的朵朵浪花。

（选自《操素散文集》作家出版社，2009 年 9 月一版）

操玮东

闲话变脸

说起变脸，不禁想起《亨利四世》中的哈尔王子来。此君于继位前与破落骑士福斯塔夫是哥们兄弟，拦路抢劫，荒唐玩乐，生活上过从甚密。但哈尔当了国王后却翻脸不认人，把前来求官的福斯塔夫拘捕放逐，并重用曾监禁过哈尔的大法官，前后判若两人，这才叫“一闹脸就变”呢！中国历史上变脸的人也很多：秦太子驷即位后，立刻车裂商鞅；佣夫陈胜称王后狂妄自大，气走岳丈，诛杀旧友，其变脸之幅度范围，哈尔也望尘莫及。不同的是，哈尔开辟了英国的黄金时代，陈胜却葬送了只诞生六个月的张楚政权。

不变脸的也有，如宋徽宗赵佶。赵佶一登基，便把昔日好友高俅抬举起来，做了殿帅府太尉。你想那高俅本是不学好的破落户子弟，此时不把赵家“受命于天既寿永昌”的玉玺当踢才怪呢。果然，善人菩面多才多艺的宋徽宗最后被踢到金人的五国城，死在异乡。

徽宗原是一个很聪明的皇帝，就一点不知高俅的劣迹么？我看不过是玩迷心窍罢了。赵佶贪玩，正好被玩主儿高俅牵着鼻子玩了。他们天天在徽宗耳边嘀咕着“人主当以太平为娱，岁月几何，何必自苦”的玩的理论，引导着他玩毽玩画，又在烟花巷里玩起了李师师，独把朝政交与高俅们玩。那高俅虽则一人，然如金圣叹所言：“夫一高俅乃有百高廉，而一高廉各有百殷直阁，然则少亦不下千殷直阁。是殷直阁，每一人又各自养其狐群狗党二三百人，然则普天之下，其又复有宁宇乎哉！”宋王朝能有安宁之日吗？倘无金人打来，只怕也被李逵之辈夺了鸟位。所谓“小人道长，国必衰亡”，是之谓矣！由此，哈尔的变脸就显得光彩起来。须知逐一福斯塔夫便是逐百高廉、千殷直阁、万高衙内，若非如此，英国怕不也是魑魅魍魉的难有出头之日呢。

为公变脸，方不遭众怒，民心威附。大庆石油化工总厂厂长杨久礼，为批条子的事得罪了不少亲戚朋友。他妹妹从抚顺赶来找他，也碰了一鼻子灰，气得她在侄儿面前说："你爸门槛高了，我们攀不上……"坐在街头吃了一碗馄饨便含泪离开大庆。是杨久礼变脸不认人吗？不是，正是由于他铁面无私，赢得了全厂三万多职工的信赖，九〇年实现利税 12.3 亿元，他与厂党委副书记关绍明一起被誉为"杨关大道"，树起了共产党人的形象。

当然，现实中也还有如宋徽宗不忍变脸或如太子驷、陈胜那样变错了脸的以致高俅、福斯塔夫之流聒噪一时，使贤者日远日疏小人日近日亲，弄得人灰心丧气的振作不起来。故此，就更令人推崇起哈尔的"出污泥而不染"与杨久礼的"六亲不认"来。

（选自《阅读与写作》1992 年第 1 期）

曹鸿骞

向中国的“扒粪”者致敬

看过10月30日《南方周末》关于襄樊的反腐斗争报道之后，我想起了美国的“扒粪”运动……

上个世纪初，美国经济迅速发展，但在急剧的工业化、城市化社会变革中，同时也产生了种种社会问题，其中最核心、最严重的是腐败现象如同瘟疫一般疯狂地席卷全国，使社会道德整体败坏，更使贫富差距迅速扩大、社会矛盾日益尖锐，并已危及到社会的稳定。就在这一关键时刻，美国新闻界以记者林肯·斯蒂芬为首的有识之士针对一些城市和州的腐败现象开展了深层次的调查，写出了一系列揭露腐败黑幕的文章，最高层甚至触及到了时任总统罗斯福。罗斯福本人为官清廉，一心一意为民执政；但他作为政治家，为了实现一些良好的政治目标，在施政中有时又不得不在某个问题上对一些既得利益者进行妥协。对此，斯蒂芬曾与罗斯福辩论，认为总统的妥协是“最令人难以容忍的贿赂”，并向社会捅了出去。罗斯福大怒，斥责他像那种只把头朝下看秽物而看不到其他美好事物的“扒粪”者。尽管官方反对，但“扒粪”仍在继续，而且这一带有谩骂之词反而得了公众的“首肯”，成为一种受人赞许的尊称，斯蒂芬的文章无论在哪家报刊发表，哪家报刊就销量猛增，成为著名的“扒粪”运动。

我们国家现在的社会制度与当年美国的社会制度有本质的区别，但我们尚处于社会主义的初级阶段，社会现状还免不了有资本主义的“胎记”，与当年的美国社会有某些相似之处，如一方面是经济空前发展，迅速地向工业化、城市化过渡，一方面也有普遍存在的腐败现象。当年史蒂芬在调研中发现美国许多城市乃至整个州都是腐败透顶，存在着政界、商界、司法界、警方等有组织的腐败，许多地方的权力都被一小撮腐败分子掌握着，形成一个紧密的针插不入水泼不进的利益共同体，控制着当地的一切资源，而且一荣俱荣，一损俱损，造成了一种荒诞的“悲剧”。襄樊市的反腐斗争自原市委书记孙楚寅被“双规”之后，便势如破竹，很快牵扯出领导干部74人，其中相关单位、县市一把手30余人，厅级11人，所辖12个县、市、区“几乎全线沦陷”，市直“肥差”者基本不保，在政治、经济和社会风气中所造成的损失和恶劣影响一时难以估量，仅是2003年1月至9月检察起诉的329起案件所挽回的经济损失就有四千余万元，这不也是一种荒诞的“悲剧”吗？

美国的“扒粪”运动持续了十余年，一些著名作家也参与其中，他们的“扒粪”著作促使社会猛省，连老罗斯福总统在读了揭露芝加哥肉类加工厂肮脏黑幕的《屠场》之后，从此再也不敢吃香肠，并导致政府制定和通过了食品卫生等一系列法律法规。斯蒂芬在调研中还得出了一个结论，那就是产生荒诞“悲剧”的根源在于特权，在于政府的权力过大而又不受监督所造成，而“扒粪”运动所催生出来的一系列法律法规则有效地制约了官员的腐败，从而遏制了“悲剧”的继续，缓解了已成剑拔弩张之势的社会矛盾。这就证明那场“扒粪”运动不仅无损于美国的政权，而且恰恰相反，它促使美国社会完成了一场自我调节、自我改革的运动，使之躲过了一劫，从而更加稳定。同样的，我们面对像襄樊那样的荒诞“悲剧”也根本不必忌讳，不必害怕，因为脓胞只有让它穿了头流了脓，才能彻底治愈，才能使我们的社会真正走向法治，实现政治文明。

向中国的“扒粪”者致敬！

（选自《新安晚报》2004.02.07）

我为农民鼓与呼

2001年3月的一天，我在国家图书馆中文报纸阅览室里看报时，发现某地一份大报在头版头条的位置上，以通栏大标题刊登了一篇由特约记者写的题为《民工潮：危险的潜流》的长文（以下简称《潜流》）。《潜流》对改革开放以来我国亿万农民进城务工横加指责，说他们进城务工不仅影响了农业生产，而且还抢走了城里人的饭碗；他们在职场上和城里人竞争，不仅“不感谢城市为他们提供了就业机会”，相反却“对城市和城里人抱着敌意”；他们在城市实现不了自己的梦想时，便把“怨恨发泄到社会上”，一些人甚至干起了“盗窃、强奸、卖淫”等犯罪的事情……

其时我也正在京城打工，虽然是应聘做编辑和写作，但实质上均为“京漂一族”，与民工并无二致，只不过是工种有所不同罢了；而且，我来自农村，我的父母兄弟姐妹都是农民，他们与我心心相印、血脉相连、荣辱与共。因此，面对那些蛮横的不加分析的指责，我顿时目瞪口呆，浑身仿佛充满了芒刺。我真不敢相信，时至新世纪的开春，这么一份大报居然还在头版头条的位置上刊登出了如此与时代不合拍的大块文章，使我心里感到严重的不平，并由此而产生了一种强烈的也要来“为民鼓与呼”一下的欲望。

可怜，多少年来，农民进城说是打工，实际上干的大多是城里人不愿干或干不了的又脏又苦而报酬又低的活计，能当上驾驶员、炊食员、营业员的都算是很体面的职业，还要闯过一道又一道专门针对他们的关卡，稍有不从便会被强制性地赶进遣返的专车，他们哪敢哪能去“抢”城里人的“饭碗”呢？这真是天大的冤枉！是夜，我回到住所便奋笔疾书写了一篇与《潜流》作者商榷的文章，即《民工与城市职工抢饭吃了吗》，两千多字，第二天便发给了那份刊登《潜流》的大报。我原以为这种文稿人家不欢迎，不会用，说不定是石沉大海，没想到那份大报还很开明，很快就在理论专版里用大字标题给刊登出来了，同时还配发了一篇看来很有来头的当地人写的论文《怎样看待民工潮》，比较客观地批驳了《潜流》的错误指责，这样似乎抵消了《潜流》的不良影响，还给我寄来了样报。我“为民鼓与呼”首次有了回应，使我颇感慰藉。

然而，《潜流》对农民进城务工的指责并非仅为“抢饭碗”的问题，最重要的是它对农民进城务工只是列举了一系列坏处，而对他们所作的巨大贡献却只字不提，这更是天大的冤枉！我们改革开放的总设计师邓小平说“发展是硬道理”，殊不知，这“硬道理”的基础里可浇注着我们千千万万农民工的血汗啊！他们修出了一条条宽阔的马路，盖起了一幢幢摩天大楼，把那些奇臭无比的“龙须沟”疏理得碧水长流，两岸芳草萋萋、鲜花盛开，如果没有他们艰苦的劳作，我们的乡镇能变成小城、小城能变成大都市，使我们的国家逐步走向城市化、现代化吗？针对他们这20多年来在城市建设中所作出的不可磨灭的贡献，我又写了一篇与《潜流》商榷的题为《是抢饭碗，还是做贡献》的文章，并试着发给了为改革开放执牛耳的《中国改革报》，没想到很快又被该报在理论周刊的《探索》专版的突出位置上刊登出来了。它说明我的第二次“鼓与呼”得到了国家级重要媒体的回应，而且必将在全国产生影响，使我深受鼓舞，但仍意犹未尽。

我的两次“鼓与呼”得到了很好的回应之后，我便把农民进城务工的问题摆脱对《潜流》就事论事的批驳，进而提升到带全局性的理论高度来阐述。本来，一个国民在农村种田就是农民，在城里务工就应算是工人，为什么他们却成了“农民工”这样一个特殊的群体呢？这就牵涉到一个根本性的问题，即不合理的户籍制度。在我们国家里，人与人之间应该是平等的，既应有政治上的平等，也应有经济上的平等，更应有就业和居住的平等。但是，自从国家用户籍制度把农村人和城里人分开之后，农村人就只能在农村里从事农业生产，一旦进城谋生尽管干的是城里人不干的活计也被视为异端，轻则挨批，重则受罚，而城里人却可以一代又一代的在城里就业，享受种种优惠，这是很不平等的，实际上也就从整体上延缓了我们国家的现代化步伐。现在，我们国家政治稳定，经济上已经从整体上步入了小康，当年制订的户籍制度已经失去了社会基础，理应改革和取消那些不合理的限制，使农民名正言顺地进入劳务市场，从而获得继土地改革和农业生产责任制之后的第三次解放。为此，我终于写了《论我国职场大改组》的论文，不到10天，《工人日报》就在理论专版《世纪潮》里用“倒头条”发表了。

至此，我这次斗胆“为民鼓与呼”算是画上了一个比较圆满的句号。

（选自《新安晚报》2005. 02. 24）

陈　东

怀念走路及其他

走路有什么值得怀念的？天天都在走路啊。在山东卫视以“怀念走路”为话题的时候，我的第一反应是觉得不可思议。然而，看完之后却感慨许多，并且想说许多与“怀念走路”相关的话。

走路在什么时候会变得让人怀念呢？通过访谈，我才知道，原来在许多中产以上的阶层那里，小车已经成为了他们基本的交通工具，不仅仅是远程，而且也包括近程。小车于他们的生活，就仿佛我们大多数人的自行车一样了。一切就像被访谈的嘉宾所说的那样，“就连去买瓶酱油也都会开着车子去”。于是，渐渐的，他觉得身体不怎么良好，连以前基本的锻炼——走路，居然现在也都无法再拥有。在“痛定思痛”之后，他做出决定——每天步行去上班。这个时候，他发现，走路已经很陌生了。虽然很累，然而却有益着他的身心。

小车代替了腿，在城市里，应该是有着很多人的。并且，随着社会的发展，这样的人还会越来越多起来。那么，在将来，我们的社会会变成什么样子，会不会所有人都会有这种怀念的思考？

由怀念走路说开去，我想，值得我们怀念的东西实在太多了。只是，生活太忙碌，压力太大，我们已经很少有空闲和心情来静下来好好思索一下，我们究竟得到了什么，我们又失去了什么。

写信，现在似乎已经灭绝了；然而，也似乎没有人来悼念它。几乎所有的人都习惯于电话、电邮、手机和短信了。等信的焦急、收信的喜悦、“见字如晤”的亲切，这样的情感感觉就像是在昨天，然而却是永远无法重温了。电话来了，手机来了，短信来了，方便是方便了，随时都可以联系了；然而，我们是不是经常保持着联系呢？每个人似乎都忙碌不堪，没事的时候似乎是想不到联系的。现代社会，一切都发展得如此之快，让人应接不暇。可以设想，在不远的将来，手机也都将不复存在。只是不知道，那时，我们会不会有人有心情来怀念大家曾经经历过的这个手机时代。

每个城市都在尽力地建设，老房子也都在成片成片地拆除，火柴盒样的高楼争先恐后地拔地而起。城市是很漂亮了，只是住了三年，也不知道对面邻居的姓名。每天回家也繁琐不堪，进小区一道铁门；进楼道一道电子门；到家门口了，先开一道铁门，再开一道木门。有人敲门了，先在猫眼上瞧上半天。一切，都让人快乐不起来。房子越住越大，人却越来越孤独。于是，大家又都开始怀念老房子，怀念曾经有过的“夜不闭户”的岁月。

上个世纪90年代末，铁凝创作了一个中篇小说《永远有多远》。因为有胡同和至真至善的白大省，铁凝觉得北京是一座精神的城市。但是，胡同拆了，“仁义”的白大省在实际生活中也总是处于劣势，显得过时了；用铁凝的话，“她更像北京的一个死角，死角里一团温暖而略显悲凉的物质，一缕硕果仅存的精神”。她希望白大省不变，她觉得唯有她不变，才能使人类更像人类，生活更像生活，城市的肌理更加清明，城市的情态更加平安。如果说起“怀念”这个话题，我觉得，铁凝的这篇小说是怀念中最佳的作品。她借普通的人和物，怀念了我们在现代社会的发展中所失去的最重要也是最宝贵的东西。

关于怀念这个话题，其实可以说的东西很多，可以做一个系列。世界变化和发展如此之快，正在由几年一个样走向一年一个样，值得我们怀念的东西越来越多。然而，真的当一年一个样的时代来临，新的东西层出不穷，让人应接不暇，这个时候又有什么东西是值得我们怀念和回味?

社会就像一个从远古行驶而来的列车，加速度前进着，愈行愈快，这在近两百年显现得特别明显。我所担心的，在不远的将来，我们这些乘客会不会失重?

老房子拆了，有人呼吁，于是又仿古地重建；老民俗将要亡去了，热心的人在拯救；书画，戏曲，凡此种种，都有许多人关注着。这些都是非常有益的工作。但是我们的精神世界荒芜了，谁来重建?！在任何一个时代，怀念都是很有必要的一件事。它实际上是一个民族对传统的反思和传承。只有当我们的思索跟上了物质文明的前进，我们才不会怅然若失。

（选自《新安晚报》2006.03.22）

有关郭敬明

这个时候郭敬明真是很麻烦了。新浪网、萌芽论坛、《新京报》都有关于他剽窃别人作品的报道。此人刚刚出炉的《梦里花落知多少》涉嫌剽窃北京青年女作家庄羽的《圈里圈外》。此书在今年1月份由中国文联出版社出版，先后顺序应该一目了然了。据说郭敬明想找她谈谈，不幸被断然拒绝。庄羽女士现已请好律师，准备借官司求个公道。好的长篇小说确实比较难写，即便是在5000字以内夺得新概念作文大赛一等奖的，也往往会心有余而力不足。郭四（他自称小四）在一年内连搞两部长篇，真是难为他了，所以难免会出些问题。

一年前的《幻城》好像也有许多人指责他在情节上剽窃了日本漫画《圣传》。不幸我对日本漫画感兴趣的只有《机器猫》，没有看过《圣传》，所以不敢妄表高见。但是郭四的fans们一定还会一如既往地支持他，因为她们崇拜他嘛，因为四维是个“善良、单纯、忧伤的孩子”嘛，她们一定认为庄羽去年坐着时光机来到现在，看了一下《梦里》，再回去写《圈里圈外》的。而且就算郭敬明把《红楼梦》的作者改成自己，再出一本书，她们也绝不会认为他剽窃，因为“四维就是棒！我就是喜欢四维！”

在我看来，郭敬明的文笔还是蛮有特色的。前几天收到一个网友的来信，以下是第一段——

你好。当绮丽的秋风又萧瑟起来的时候，远方的你是否还能荡漾地回忆起我。我用幽僻的笔墨在这封信上孤注一掷地放声时，古典的小雨正在十月的窗外感叹着。独奏。如泣如诉。这种鲜嫩的意境真的很好。让遥远的我们拿起清脆的酒杯，雅致地品尽这杯千山万水。这种来鸿般的感觉亦真亦幻。亦真，亦幻。

我看着吓了一跳，以为哪位精神病患者看多了词典，从医院的下水道跑出来了。最后才知道她是郭敬明的忠实fans，不知是否得了郭的真传。

我总结了一下郭敬明的文字风格，用下面充满通感修辞手法的一段话概括了他的特色——

悦耳的樱花片片飘零，我踟蹰在华丽的山冈上，在美轮美奂的景色中沉默，无语。小B甜美的秀发掠过我绚丽的脸庞，酸涩地说，你在刚才明媚的水里喝到一种撕裂的味道吗？我望着颓废的星空，用淡淡清香般的声音说，没有。小B刺痛的眼神盯着我，寒冷地说，你寂寞的声音真鲜艳，我，好忧伤。

最后说一句，我真的不是落井下石，只是太穷了，想弄些稿费用用。

（选自《新安晚报》2003. 12. 02）

以一匹狼怀念青春

正如一千个观众眼里有一千个哈姆雷特，人们对文学作品的解读也可以由不同的视角得出不同的结论。对于《孤狼》，胡一笙先生从小说中看到了对集体力量的强调。再有能量的人也必须加强合作，这可谓是现代社会的主流思想。然而作为一名年轻人，我从中体会到的则是一种对青春逝去的怀念与追忆，对少年时代理想主义渐行渐远的无奈和叹息。

小说中的孤狼因为在同类中的佼佼出众，不由让其生出孤傲之感。它不屑扎堆成群，不屑“庸俗的生活”，它坚信优秀者都是独来独往的——“鹰从来都是一只一只的，只有鸡才是一群一群的”，这句话便是它的精神写照。而对狼王的蔑视则表明了它对权威、对主流的彻底叛逆。暂不提最终的结局，且用一种开明的价值观来判断，我们无法说出这究竟是对是错。但是在我们的内心深处不得不承认，我们中的每个人在年轻时候对人生、对社会的看法竟类似于孤狼，每一个处于青春岁月的人都是一匹孤狼。那时候的我们意气风发，天真而又嚣张，有梦想，有朝气，有沸腾的热血，无所顾忌地按自己的想法行事。

最终，孤狼因为遭遇到挫折而不得不放弃理想，回归了狼群，可以看出它是不甘心的，因为它在流泪。而另一匹只吃草的孤狼最后吃起羊来比谁都凶狠，可以看出群体对个体同化作用之强。狼向来是桀骜不驯的象征，狼如此，人又如何呢？事实表明，每一个告别青春的人都开始变得世故、狡猾、现实、慵懒，在强大的社会洪流面前，或由于碰壁，或主动迎合，有棱有角的个性已经完全圆滑了，理想主义已成为人生中遥远的回忆。

《魔鬼大辞典》对“成人”条目的注释是：“一个愧对童年的堕落者”。每一代青年都以为自己能改变世界，最终却被世界所改变。一代又一代的人们就这样传承着。小说《孤狼》不仅仅是讲述一个故事，而是通过截取一匹狼的生命体验，表达了人类社会宿命般的悲剧性，确是一篇难得的佳作。

（选自《微型小说选刊》2005年第21期）

程保平

回家过年

农村老话，有钱无钱，回家过年。多年来，我们兄妹都遵从着这个规矩，不管是千里之外，还是有事无事，年前的大事就是打点行装往家赶。小时候家里苦，父母拉扯我们一场不容易，如今垂垂老矣，我们尽孝没做好，但陪陪他们过年，总是起码的要求吧？就我的禀性而言，虽然荡漾城市20余年，但仍然喜欢农村的闲散与安逸，春节的年味与温情，加上又是长子，凡事要做表率，所以绝大部分春节我都是在乡下度过的。

但今年的春节却有一些变化。先是三弟喜添千金。我们兄妹都已成家立业，只有三弟不遂心，晃悠到三十多岁还是单身。前年夏天，老父发急了，跑到我这里，说自己是“活时辰的人”，唯一的心病就是老三的婚事，要我牵头抬一抬，将婚事办了。去年初，老三媳妇终于进了门，接着又忙不迭地添了丁口。准确地说，这个春节才是我们家真正的大团圆，所以，老父老母喜笑颜开，我们看着也乐在心里。

再就是过节的地点也有了变化，今年我们要在安庆过年。妹妹、二弟和三弟都住到了城里，这既有经济实力的因素，又有教育上的考虑，农村教学质量差，不能耽误了孩子的前程。二弟今年刚换了新房，170平米，富丽堂皇。安庆有个坏习俗，新房的第一个春节不能空着，二弟媳信这个，邀请大家到她家过年，我们便只好“随喜、随喜”。不过，小弟却坚决不来，一来农村社会治安差，要有人看家，二来，二弟曾借钱给他，拖了两年都没还，二弟媳沉不住气，说过“不还也要打个招呼吧”，小弟觉得没脸。因此，团圆的初衷又横生了枝节。

虽然如此，爹妈还是很高兴。妈曾说过，牢里没犯人，医院没病人，门口没要债的，就是好日子。这话睿智、知足，可往深里想，也是迫不得已，是穷人的自我安慰。如今，一家人健健康康，大大方方，在城里风光过年，还不知道要羡慕村上多少人呢。所以，除夕之夜，在晚辈殷勤、诚挚地祝愿声里，老父满面红光，眼放异彩，破例喝了不少酒。到了初一，在我的要求下，小弟一家从乡下赶来，一家人热热闹闹，嘘寒问暖，又是喝酒，又是合影，忙得不亦乐乎，这才真正大团圆了。

往日的春节，爹妈都搁置一切不快，小心地忙上忙下，只想着儿孙们快乐。也是这个缘故，“家”在我心目中才那么实实在在，温馨祥和，魂牵梦绕。老人们自然清楚，晚辈们打拼世界的艰难，知道儿子们可以左右、媳妇们却不能怠慢的道理。我理解这心思，钦佩这种“内外有别”，它可以消除不谐音，营造融洽的节日气氛。在我固有的看法中，中国所谓女性伟大的爱，基本都是狭隘地对待血亲而已，推己及人却是差的太远。农村土话，隔一层肚皮隔一层心。真是天可变，道亦不变。

因为在城里过节，父母反主为客，基本成了闲人，但妈还是保持着“我现在儿媳妇家”的警醒，依然小心谨慎，没想到这么一来，反而又有了差错。初一一早，三弟来到二弟家，因为走的急，口渴，逮到昨晚剩下的可乐就“咕咚”起来。妈便骂他，怎么像孩子一样？说得三弟的脸没地方搁。后来三弟的孩子睡觉，妈又粗心地关了室灯。因为第一次在婆家过节，三弟媳摸不到深浅，孩子醒的时候，虽然天黑，她也没敢开灯。三弟看到这个场面，便大吼起来，又引起了二弟媳的戒心。

妈是一个节俭过日子的人，以她的观点看，城里开门就花钱，大人喝可乐、长明灯，那是实实在在的浪费，况且我们在二弟媳家。后来，我将这个道理说给三弟听，他没有反驳，却“哗啦哗啦”倒了不少苦水。大意是不想在这里过年，看在父母年纪大了，我们又回来了，才勉强为之。原来，三弟媳坐月子时，妈从省钱考虑，要他们到乡下去。农村习俗，坐月子有血光，不吉利，不能住别人家。可父母早就没有了自己的房子，一直寄住在二弟农村的楼房里，如今三弟媳回来，便只好住“别人”的房子。对这事，二弟媳却不愿看到，非要三弟立一个租房协议，哪怕象征性地交上一元钱。这是弱者转嫁灾祸的变通办法，亦可见二弟媳的爱家，但三弟是读书人，不仅不信这一套，反而认为这做法侮辱人，是可忍，孰不可忍，蛮横地住了进去。事后，二弟媳也没说什么，但心里非常不快，后来就对我说过二弟去年运气不好“可能”跟这事有关的话。这叫我怎么说来着？

所谓年关是难关，对于我们这个 19 口人的大家庭来说，我能真切体会到其中的含义。往日为日子难过发愁，现在衣食无忧了，但问题还真不少，一年三百六十五天，这么多人纠葛在一起，总有一些磕磕碰碰，父子、兄妹、妯娌、孩子之间的陈谷子烂芝麻，积累到年关，就不是小数字了。作为长子，每年这时候，我都要倾听一大堆咸淡，不停地替换面具，解释和弥合各种关系，其中酸楚，实在一言难尽。我实能体会《家》中觉新的苦楚，但为了父母和这个家，不得不勉强上阵，冒充消防队员或居委会的老大妈。好在这些年不断“驯化”，堡垒还没有从内部攻破，但让我没想到，也非常失望的是，这一次我是彻底的“走麦城”了。

“三弟事件”刚结束，我们夫妻回到卧室，妹妹就过来聊天。她们姑嫂之间感情好，我也不在意，眯着眼假寐，享受着一天的好时光。但说着说着，话就不是味儿了。原来，妹婿去年搞房地产开发，借了二弟9万元。妹妹说：“他们从东北回来二十多天了，没来看我们，连电话也没有一个，反常吧？不是没还钱，又是什么?！所以在年前，我就连本带息还了他10万元。你看燕子多高兴呀，连谢也没有一声。”二弟夫妻常年在东北做事，燕子就是二弟媳。

妻子这时候危襟正座，道貌岸然，但以我们十多年朝夕相处的经验看，后面肯定有戏，比如说抨击我家人不厚道等等，我赶忙跳起来刹车，瞎说什么呢？不可能的。不是我袒护自己的兄弟，相处40年，对二弟我还不清楚？一个苦自己、宽别人的人。后来，二弟跟我解释说，哪是这么回事呢？姐夫的老三那年在银行出事了，要退赔，姐夫钱不够，又不敢对姐姐说，我就悄悄借了他1万，这1万加那9万，才是这个10万。姐姐和燕子一直不知情，一个是空心疼，一个是空欢喜。

我将妹妹赶走后，妻子就开始算秋后账了，就你那么凶，拿我当外人，拿自己的妹妹当外人。怕我知道什么秘密了吧，什么心思，我是你们家人吗？接着联想到她嫁到我家以来“没有过上一天好日子”的“悲惨”遭遇，不禁泪水涟涟，不能自持了。

我与妻子从恋爱到结婚，可以说是她吃了亏。她单纯、漂亮，家庭富足，而我除掉一份招摇撞骗的文凭外，则是一无是处。妻小我9岁，多年来我都让着她。但我是穷人的孩子，从农村走出来不容易，对父母又是我带她的强。就为这，我们夫妻没少干仗，但我虽千锤百炼，依然我行我素。

闲言休说，话归正传。反正妻子哭了，为自己的命苦，导火索则是她今年要过36了。我们老家习俗，36岁是人生的一个“坎”，为消除灾难，35岁除夕的晚上，要换上亲戚们送来的白衣、白鞋，吃上白公鸡。这些年来，妻子嫁鸡随鸡，入乡随俗，也是如法炮制，一路的人情物理，答谢得也还周全。我并没在意她也35了，所以没有提前策划，但妈妈仍然记得，特意买了一套内衣，但颜色却是粉红的。为此，老人歉意地解释说，农村忙，买不到白的。妻子当时也没在意，单既然我们争吵了，按惯例她就没有让的道理。事情多，心情不好，我在一气之下就抽了梯子，她就下不了地面，第二天就负气回到了铜陵。

初二一早，无言送走妻子，慢悠悠地往回逛。好似一场狂欢，节后安庆城的天空雾蒙蒙的，疏落的街区一片狼藉，到处都是散落的鞭炮。当地电视台天气预报说，因为放鞭炮，部分地区空气有重度污染。含糊得可以，“部分”指哪里，有多大，谁他妈的知道？因为心情糟，嗓眼又火辣辣地疼，我便决定，今天一定要回老家，再不回去，我就要憋死了。

老家离安庆城20里，是江中一个小沙洲，渚清沙白，满眼墨绿，空气洁净。一踏上这里，十个“我”同时鲜活，玩水摸鱼的快乐，知了声声中的落寞，恶作剧时的得意……排闼而至，喧闹得自己满心的温润。

其他兄弟也回来了，大家凑在一起不容易，当晚就召开了家庭“常委会”。过去每年也开，但在年饭后，由我召集，限定兄弟们参加，话题大都是来年大家怎么干。今年在二弟家过年，人多嘴杂，只好调整到这里开，不过议题上增加了父母赡养的内容。爹一上场就切入主题，说，我今年74了，也要改善改善了。你们几个看一看，每人一千五，能承受吗？如果没有意见，就这么办吧。

爹向来自尊、自强，从不向我们伸手要钱。我和二弟条件好一些，每年多少给他们几个，其他两兄弟有难处，给不给，给多少，就难说了。就是我们给的这几个钱，他也积攒起来，舍不得用。三弟结婚时，他一下子就支援了8000多元，还振振有词地说，是自己刨土地挣来的。我妻子当时就意味深长地说，你爸很有钱嘛！我们买房子时，他怎不支持几个？说得我头皮一麻。大约家里大事办完了，老人家想起了自己还是一个人，也该享受一下生活，才开了尊口。不过，爹却补充说，我和你妈再种几亩棉花，既是锻炼身体，也给你们减轻一点负担。你们回来了，还可以带些农产品回去。可怜天下父母心。

不过，十个指头有长短，“一刀切”虽出于公平，但也过于机械，生分了兄弟感情，我就折中地说，这样吧，每人一千，年底回来一次结清，要是超额完成了，就是自觉和心灵美。大家表态同意。但我也清楚，回到小家庭后，小弟多少会有一番遣词造句的。想起这些，我就心酸，同是兄弟，二弟就敢掷地有声地对二弟媳说，给爹妈的钱，我不跟你商量，你也不能讨价还价，这是一条原则。但小弟穷，哪敢如此横强霸道呢？经济基础决定上层建筑，家庭也躲不开这条规则。

最后，我总结说，每年回家，都有一些新气象，比如去年老二买了新房，老三添了丁口，妹婿房产开发顺利，说明我们家仍在发展，还有后劲。虽然还有一些问题，但那是十个指头跟一个指头的关系，是发展中的不足。关键是，兄弟们都重视教育，下一代学习都好，这是可持续性发展力量，是家族中兴的根本，可见爹的光荣传统没有丢。农村土话说，穷不丢书，富不丢猪。爹落户沙洲40多年，从一对稻箩、一根扁担发展到我们家的今天，成功经验就是给我们读了书。

家事处理完了，从第二天起，便给亲戚们拜年，谈生计，谈世态，少有功利和算计，多有温馨和亲情。因为介于局内外之间，关联性不大，又受大家爱护，我能敞开心情说话，心里自然舒畅，这是过年时最快活的时光。亲戚们虽然粗俗，但懂得不少生活道理，比如生活的率性、简单，待人的真心、善良，做事靠双手，成事靠老天，等等，认命中有达观的色彩，通俗中有本质的智慧，相对于我在城里与天地斗、与上下级斗、与自己斗，斗得天昏地暗、身心疲惫、一无所有来，真是令人艳羡的世外生活。

海子说："我本是农家子弟/我本应该成为/迷雾退去的河岸上/年轻的乡村教师/在一个黎明/和一位纯朴的农家少女/一起陷入情网/但为什么/我来到了酒馆/和城市？"诗人向往桃源生活，还可以在精神上过瘾，我却没有才情，是一个不尴不尬的"槛上人"，明天仍然要回到城里，应对各种战争，包括同床的妻子。一想到这些，我的心里就有些荒凉，犹如漫漫而来的无定河水……

吊独秀先生

一

阳光白花花的，在地上无忌地乱晃。到处是车流，人流，熙熙攘攘，喧闹非凡。还在五月，天就如此大热，心里不禁有些捂燥。可当车子折进那条僻静的小路时，局势又陡然改变了：青山，水田，农舍，耕牛，悠闲地散发着农家气息，偶尔有布谷鸟飞过，一声“咯咯”，尤显静谧。环境的反差如此强烈，竟让我有些转不过弯来。

汽车停在路头，下坡，拐弯，向前，一座墓冢便凸现在面前：圆顶，通体的汉白玉，约 30 平米见方；墓碑高约两米，雕刻着“陈独秀先生之墓”几个红字，似从电脑里下载来的。墓基围以石栏，铺着石板，在松柏的掩映里，显得朴素和冷落。

1942 年，独秀先生仙逝于四川江津，五年后灵柩回归原籍。因不容于当局，家人遂在墓碑上刻上“陈乾生”三字，这是先生科考时代的曾用名。解放后，尤其在文革期间，先生又不容于新政，家人只得拔去墓碑，做一记号，此后任先生与虫草相伴，风雨飘摇十多年。1979 年，在一位当时处理后事的老农帮助下，家人才幸运地又一次找到先生。

一些年前我曾经来过这里。那时的墓冢还小，以水泥围就，简单而潦草。裸露的墓庐一任杂草乱长，人谓盖棺而未定论。据说，墓碑上“陈独秀之墓”这几个字，还是先生的孙女陈长璞斗胆上书中央，经邓小平批示才成形的。这次终于进步了，加了“先生”二字，似乎是社会贤达，离自己人还隔着一段路程。五任中共中央总书记竟“享受”了这种待遇，真是让人匪夷所思，徒感世界的无奈。是否，将来会有改变的可能？

死了都不安宁。死了还在演绎故事，大约是生前太过显赫，或者积怨太多，并深刻影响着后世罢？不过，这于死者已无瓜葛，倒是透过这种闹剧，看到活人较量的拙劣，却是一件意味深长的事。

“海底乱尘终有日，山头化石岂无时？”这是先生 1932 年在南京坐牢时的自挽联。随着苏共中央档案的解密，笼罩在独秀先生身上的迷雾已渐渐散去，一个先知的形象逐步清晰、还原……

原北京大学哲学系教授、“两弹元勋”邓稼先的父亲邓以蛰评价这位家乡世交说：“陈独秀是个质胜文的人。”

二

死者已矣。司机坐在台阶上抽烟，一脸不耐烦地说，有什么好看的？不就埋着一个死人嘛，早就烂掉了。然而，果真烂掉了？

透过 80 年的烟云，我听见他铿锵有力地说：“人类因为能够自由思想，才由猴子变成人类。”面对独裁者“99%”的拥护率，他又一针见血地说：“其实一切独裁政府，都会要这套把戏，独有民主政府办不到……因为他不敢像独裁政府那样无法无天的干。”

我还听见他睿智地分析：“（一）我认为，非大众政权固然不能实现大众民主；如果不实现大众民主，则所谓大众政权或无级独裁，必然流为史大林式的极少数人的格柏乌政制，这是事势所必然，并非史大林个人的心术特别坏些。

“（二）我认为：以大众民主代替资产阶级的民主是进步的；德、俄的独裁……是退步的，直接或间接有意或无意的助成这一退步的人们，都是反动的，不管他口中说得如何左。

“（三）我认为：民主不仅仅是一个抽象名词，有它的具体内容，资产阶级的民主和无产阶级的民主，其内容大致相同，只是实施的范围有广狭而已。

“（四）我认为：民主之内容固然包含议会制度，而议会制度并不等于民主之全部内容……苏维埃制若没有民主内容，比资产阶级的形式民主议会还不如。

“（五）民主是自从古代希腊、罗马以至今天、明天、后天，每个时代被压迫的大众反抗少数特权阶层的旗帜，并非仅仅是某一特殊时代历史现象。”

“若不恢复这些民主制，继史大林而起的，谁也不免是一个‘专制魔王’，所以把苏联的一切坏事，都归罪于史大林，而不推源于苏联独裁制之不良，仿佛只要去掉史大林，苏联样样都是好的，这种迷信个人轻视制度的偏见，公平的政治家是不应该有的。”

……

三

思想者总是孤独的。因为一枝独秀，才不被理解，才需要假以时日。

《怀宁县志》记载，独秀山“落平冈百里，顿起此峰，形势突兀”，“为县众山之祖，无所依附，故称独秀”。小时候到老家看奶奶，我常路过此山，绿油油的，并不险峻，也不奇特，却有一种俯视人寰、守候苍生的气度。去年清明节回家祭祖时，却发现山被炸得满身伤疤、满目疮痍，我便心疼不已。对许多人来说，独秀山不仅仅是一个地名，一种本地人的骄傲……

1914 年 11 月，独秀先生在《甲寅》杂志始开“独秀”的笔名，此后，人因山名，山因人名。他曾解释说，我们家乡有座独秀山，我不过是那山下的一个山民而已。但我总怀疑，那取名的动机里，难说没有“世人皆醉我独醒”，没有舍我其谁的疏狂。我想，这疏狂的盛名其实也符，在众多优秀的中国共产党人中，有谁在政治、经济、社会，民主、科学、文化，语言、文字、文学，家庭、婚姻、人口的思考和研究上，超过他的么？

独秀先生说：“我只注重我自己独立的思想，不迁就任何人的意见……我绝对不怕孤立。”

四

我踽踽独行，绕墓三匝，思绪万千。这个魂灵能够安息么？

史载，独秀先生一生结婚三次，原配是前清安庆统领高登科的长女高晓岚，她为先生生育了陈延年、陈乔年，他们是中共早期杰出的领导者，也是大革命时期走向祭坛的两位先烈。后来，独秀先生与小姨子高君曼私奔，一时成为挑战旧礼教的践行者，也成为臧否不一的薄情郎。再后来因为风云际会，他在上海又与比小他 30 多岁的工人潘兰珍同居。爱情耶，纵欲耶？喜新厌旧耶，人性使然耶？

高晓岚一直没有走出安庆老家，抑或这一步就是不可跨越的天堑，从此铸就了她的人生悲剧。在青灯孤影相伴，度过她凄凉而落寞的后半生，临终前她嘱咐，死后就埋在生前她亲手置办的城外墓地里，旁边留一空地，将来与先生合葬。是“生不同林，死要同穴”的执著爱情，还是不让先生永无宁日的仇恨种子？要知道，她的两个儿子是被独秀先生当做试验品，送到了信念的祭坛上的。

舐犊之情，人谁无之？1936 年，在南京老虎桥监狱里，当听到“西安事变”的消息后，独秀先生以为“蒋介石这个独夫此次难逃活命”，为了国仇家恨，平生第一次破戒喝酒，说，一爵大革命以来为共产主义牺牲的烈士，你们的深仇大恨有人给报了。二爵延年啦乔年，为父的为你俩爵此一杯。说着，老泪纵横，痛哭失声……

1947 年，陈独秀先生的遗骸从江津被运回老家，与原配高晓岚合葬于此。

五

1911 年，独秀先生在《民报》发有“咏鹤”一诗，曰：“本有冲天志，飘摇湖海间。偶然憩城郭，犹自绝追攀。寒影背人瘦，孤云共往还。道逢王子晋，早晚向三山。”

这首诗的背景是，当时先生任教于杭州，而杭州西湖孤山又是北宋诗人林逋多年的隐居地。林逋工行书，喜诗赋，不娶妻，二十余年隐居于此，以种梅养鹤自娱，有“梅妻鹤子”之谓。先生借此抒怀，翩翩远志，又富浪漫情怀。但我总觉得，在其背面，其实也逃不出“独秀”的那种清寒和落寞。试想，上摩青天，翩然万里，跟人间的情怀能说是水乳交融、休戚与共么？或许，独秀先生就不该生活在现实里，尤其是当时中国的背景。

程益中

责任感使我们出类拔萃

北京这些日子风风雨雨，天空没有想象的那么澄澈。但是，天安门依然巍峨耸立，长安街依然车水马龙，香山的红叶还是如期而至，潭柘寺的钟声照样清脆悠扬。

时间伟大得无法遏止，该来的总归要来。

新京报一声嘹亮的啼哭，划破千年古都的沉静。

历史开始了。155 年前，卡尔·马克思创办新莱茵报。152 年前，亨利·雷蒙创办纽约时报。85 年前，邵飘萍创办京报。54 年前，光明日报和南方日报分别诞生在新中国的拂晓和黎明；4 个月前，“光明”和“南方”一见钟情；3 个月前，它们共偕连理。

今天，2003 年 11 月 11 日，冰雪消融，多云转晴，新京报在中国首都北京横空出世。新京报是全国第一家得到国家新闻出版署批准，具有合法地位和受法律保护的媒体集团跨地区经营管理的报纸。作为一个试点，新京报是中国新闻出版和文化体制改革取得的重要成果，是光明报人的新选择、南方报人的新起点、中国报人的新理想。

新京报一小步，中国报业一大步。由于历史上进步报人邵飘萍创办的京报曾经烛照过一个时代，我们这张新京报的创刊，被外界广泛解读为一次伟大的复刊行动。这实在是一个善意的、富有创造性的误解。我们不敢掠前人之美。但是我们也不能数典忘祖。作为有理想的当代中国报人，不能只向国外报业巅峰仰望，更要向本国史上难能可贵的报业传统致敬。

知识分子的良心，从来就是奠定报业大厦的基石；知识分子的风骨，从来就是支撑报业大厦的脊梁。历史上的京报如此，新京报也理应如此。对国家和人民利益的看护，对理性的呼唤，对权力的制衡，对本真的逼近，对美好的追求，对公义的捍卫，对丑恶的鞭挞——这是媒体的普世价值和终极价值，也是中国共产党所倡导的价值，那就是“权为民所用，情为民所系，利为民所谋”。有责任感的政治家都明白这样一个道理：报业乃是社会生态链条中不能薄弱、不可或缺的一环。社会生态链条中如果缺了报业这一环，就好像林子中没有了鸟唱，田野上没有了蛙鸣，屋子里没有了猫叫；一个地区报业兴旺发达与否，乃是判断这个地区社会生活质量的一项重要指标，有责任感的政治家总是善于从中领悟效忠国家、造福社会、服务人民的道理。责任感总使一些人出类拔萃！

新京报至高无上的责任就是忠诚看护国家和人民的最高利益。新京报的口号是“负责报道一切”：新京报致力于对报道的新闻负责，一切新闻和一切责任；新京报有责任报道一切新闻，追求媒体的终极价值和普世价值；新京报更有责任对报道的新闻负一切责任，包括政治责任、经济责任、文化责任和社会责任。

新京报遵守国家政治制度和法律法规，尊重社区道德风尚和审美情趣；在体制内行使媒体的权力，开展建设性的舆论监督；认同报纸的意识形态产品属性，奉行社会效益优先的准则；树立理性新闻观念，探索客观报道模式，努力重组事件、再现事实、还原真相；宣传有正负之分，新闻有真假之辨；有不可以报道的真新闻，但不可以报道假新闻；遵守新闻道德，尊重新闻规律，追求新闻价值，讲究新闻方法。新京报标徽为“圆形长城烽火台”：圆形，象征地球和眼球，象征观察世界，象征全球视野和国际眼光；长城，象征中国和北京，象征守土有责的媒体责任意识，象征对国家和人民的发展、富足和安宁负责，象征媒体要讲政治意识、大局意识和责任意识；烽火台，中国最古老的媒体和传播方式，中国传统特色中效率最高的传播方式，象征媒体终极价值和基本元素，象征媒体要发挥预警和监督的战斗性。凤凰形火炬，火炬象征光明，寓意光明日报报业集团；凤凰作为南中国的神鸟，寓意南方日报报业集团；火炬和凤凰所传达的指引、探路、尝试、先锋、新生等内涵，寓意新京报就像不断扩大光明范围的探照灯，成为照亮时间和空间的良心。

新京报标准字是天安门城墙色底方正大标宋字体加粗反白。新京报符号总是跟天安门城墙颜色出现在一起，时刻提醒新京报人和国内外读者：新京报有浓厚的北京特色和中国特色；方正大标宋字体，表达与国际接轨和借助科技进步的愿望；加粗反白，突出镂刻效果，增强视觉冲击，象征新京报要成为一块传世招牌。新京报将积极参与全球报业竞争，融入国际主流社会，接轨世界资本通道，创报业最现代化的经管体制，建国家最职业化的报业团队，办北京地区最国际化的严肃报纸；坚持三贴近原则，贴近北京群众，贴近北京实际，贴近北京生活；扎根北京，报道北京，服务北京，越是北京的，就越是中国的，也越是世界的，北京化就是国际化，北京特色就是国际特色；咬定高端市场，吸引中端市场，团结低端市场，成为北京政治界、经济界、文化界和主流社会的首选和必读的报纸。

当今世界，每一座伟大的城市都和一张能够代表这个城市形象的伟大的报纸联系在一起。报纸是城市的形象、门面和口碑。报纸办得不好，城市的形象就受损，城市的门面就难看，城市的口碑就不好。报纸更是城市的心灵，报纸办得难看，城市就美中不足。一座城市的报纸办得好不好直接影响城市的投资环境和国际竞争力。从吸引外资的角度，为了国民经济的发展，为了增强城市的国际竞争力，新京报一定要好好办，要办好。新京报是一张高起点的日报。光明日报报业集团和南方日报报业集团强强联合，互利互补，资源共享，新京报的优势不言而喻，势头可想而知。两大党报集团精心栽下的不是一棵小苗，而是高耸入云的参天大树！由于营养充足、准备充分，新京报将成为一张完全可以省略成长经过的报纸，正像宣传口号说的那样："新京报一出生就风华正茂"。

没有什么力量能够留得住时间。

没有什么力量能够止得住新京报这辆呼啸而来的列车。

经过一代又一代政治家报人的努力，新京报必将成为新世纪新北京有责任感和影响力的报纸，一张与大国首都地位相称的报纸，一张承载中国报人光荣与梦想的报纸。

（本文系北京《新京报》发刊词）

储北平

有一种情怀叫悲悯

有位伟人曾说过：人与动物的最大区别，是人怀有悲悯之心。悲悯是一种源于同情、高于同情的情怀，是对人间的苦难、受难的人并不蔑视，而以感同身受来看待的情感。有一幅油画《父亲》，画中老农那张饱经沧桑沟壑纵横的脸，是一张典型的中国脸；看着这张脸，我们总能感到缺少应有的敬畏而深深歉疚，其实这种情感就是悲悯。

在文学经典中，当慈爱的主教对警察说，冉·阿让偷走的银烛台是自己的馈赠时；当简·爱得知一切，重回双目失明、一无所有的罗切斯特身边时；当安德烈公爵血战疆场昏倒草地，醒来后思念家人和他的娜塔莎时；当沈从文《边城》中爷爷去世，只翠翠一个小人儿守着一片孤独时；当祥林嫂于寒风中拄着拐棍沿街乞讨时……我们同样体会到了悲悯。

我们的生命，绝不仅仅存在欢乐与丰收，更多的无疑是挫折与失败，在这其中，我们拥有无数的感情：博大、焦虑、担忧、哀伤……唯独悲悯，它是比爱、比同情都更高的精神层次，人世间因为有了悲悯，才有了捐款、慈善等公益活动，悲悯诠释了相互支撑的“人”字结构。

人类社会发展至今日，获得了许多，但也损伤了许多：激情、热情、同情……损伤得最多的是各种情感。机械性的作业、劳动重返个体化的倾向、现代建筑牢笼般的结构、各种各样淡化人际关系的行为原则，使人日益加深地意识到自己是“孤独的个体”。无论是社会还是个人，都止不住地加深着冷漠的色彩；冷漠甚至不再是一种态度，而已成为新人类普遍的心理和生理反应。在这种物质环境与人文环境中长大的儿童，已受到人类学家的普遍担忧。

相对于悲悯情怀，还有令人生厌的看客心态。少数执政者“眼光”总是向上，为了“政绩”，大搞形象工程，有时走访慰问，也只是作秀，没动真感情。有些执法者对弱势群体粗暴蛮横，缺乏人文关怀。一些先富起来的人，只顾奢华享受，富豪榜上有名，爱心榜上空白。须知，社会多一些悲悯，就能够在大众心里点亮一盏灯；党和政府多一点悲悯，就能让百姓体会到鱼水之情和血肉关联；领导干部多一些悲悯，就能增添肩上重量和不可懈怠的责任！

有所敬畏，有所悲悯，这是一个成熟的人的标志之一；一个时代、一个社会愈是同情弱者，就愈是走近文明……

（选自《安徽市场报》2008. 06. 23）

储劲松

杞人精神

杞人生于杞国，虽系大禹后裔，但原本籍籍无名，不过是个“忧天派”的小草民。他之所以名垂青史，是因为那个流传了2000余年的笑话：他吃饱了饭撑的，成天“忧天地崩坠”，以至“身亡所寄，废寝食”。后人于是形容庸人自扰、无谓担忧的可笑心态为“杞人忧天”。嘲笑人要有本钱，跛足道人笑铁拐李只有一条好腿，自然算不上智者。还是先贤孟子说得好，“生于忧患，死于安乐”。千百年来，那些嘲笑杞人以至如鲁迅先生所云“狗窦大开”者，其实何曾比杞人聪明？杞人走一步看百步，普天下的碌碌嘲笑者不过是一大群井底之蛙。

但的确，杞人之后数千年再无杞人，直到“五四”。梁启超公一纸雄文《少年中国说》，唤醒了“老大帝国”破旧皮袍遮蔽下一直自我感觉良好，且十分良好、无比良好的士大夫和草根老百姓。梁公大纛一挥，无数杞人应声而起，纷纷忧天悯人，发愤图强，才有了今日之新中国。再提杞人，大约已是三年自然灾害之后，人们饿怕了，回过头才明白，土地才是亲爹亲娘。刘恒就借笔下人物，既恨又爱地骂道：“狗日的……粮食。”时光荏苒，人最善忘。如今，国人大多“食有鱼，出有车”，于是“杞人精神”也就回归了当初被嘲弄的本位。

杞人的后裔跑到美国去了。《香港文汇报》载文说，“9·11”之后，一些美国人——并非愚昧的偏僻小民，而是长住城市、饱受现代文明洗礼者——担心恐怖分子再袭，在家里建了坚固的地下室，用于储备粮食、清水、药物等，以备不时之需。文章还以一对美国夫妇离开城市到乡间买地置园，养猪、养鸡、养牛，铺设太阳能发电器材，学习识别各类草药并了解其疗效为例，报道了近一两年来，现代众多美国杞人面对气候异常、油价飞升、粮食减产等现实，表现出的各种“忧天”行状。若李太白再生，他或许要一再地“噫吁嚱”吧。

美国杞人的“忧天”程度，强过杞国杞人何止百倍？杞国杞人不过是空忧虑，而美国杞人却有真行动。读罢这篇趣味文章，我先是哈哈一阵大笑：那些美国人真是忧愁、胆小得过分了，好端端的幸福日子不过，偏要找罪受，何苦来哉！然而认真想想当今世界已经火烧到眉毛的粮食危机、燃油危机、国家安全危机，我还真不得不佩服他们的远见卓识。虽然假如世界末日真的到来，他们那些“返祖”的招数也不一定管用，但其经过发展了的“杞人精神”，实在值得我们反思。

别的不说，单说粮食。今年以来，粮食危机席卷全球，全球粮食储量降到近20年来的最低点，埃及、喀麦隆、海地等几十个国家因粮荒出现了社会动荡，连“世界粮仓”美国也未能幸免。这些意味着什么？意味着眼下“正在发生一场规模巨大的粮食危机，会有数亿人面临饥饿、营养不良，甚至死亡。”（引自西班牙《起义报》）。而中国的现有耕地只剩18.27亿亩，已迫近18亿亩的“死守红线”。国土资源部部长徐绍史日前就严峻地指出，目前，“土地利用粗放浪费，城镇盲目扩张，建设贪大求洋……违规违法用地行为屡禁不止。”一句话，13亿中国人同样也面临这一世界性的粮食危机。而眼见得的事实是，无论是繁华城市还是僻远小村，眼下几乎都在以各种貌似正当的名义大片大片地侵占耕地……

因为粮食、燃油、国家安全等等危机，中国又有了杞人。一位省部级农业官员在分析了当下中国农业的形势后，就意味深长地说：“一粒种子的科技含量不亚于卫星上天。”但中国的现代杞人还是太少了。现在，似乎已到了让“杞人精神”发扬光大的时候了。

（选自《意林》2008年23期）

文要老，人要嫩

中华书局寄来一册当代著名散文家、高级记者黄裳先生的新版书话集《书之归去来》。每日临睡前捧读四五章，颇觉有豆腐干、花生米与陈醪同嚼的绵长滋味。这是一本关于藏书、淘书、鉴书的书，里面的文章多写于上世纪七八十年代，虽然事隔二三十年，世事沧海桑田，但今天读来，却有历久弥新之感。黄裳先生是文坛宿将，不仅高寿、历事多、见识广，而且博闻强记、学识渊博，再加上其文有识、有趣、有思，所以世间多“裳迷”。但我想，倾慕者之所以喜爱黄裳先生的文章，除上述因素之外，还有一个很重要的原因，那就是他的文章有一股难能可贵的锐气。

前人早已说过，“文要老，人要嫩”，读黄裳先生的文章，我对这句话似有了更进一步的认识：其一，“文要老”与“人要嫩”有时有一个潜在的因果关系——非“嫩”就不成其“老”；其二，“嫩”还可以当“锐”解。《书之归去来》里的数十篇文章，于沉稳、静气中，贯穿了黄裳先生耿直不阿的禀性。这一点，在其揭露“四人帮”的丑陋行径和险恶用心，以及看待他本人与柯灵先生的恩怨的态度时，更加表露无遗。黄裳先生的这种禀性，就如同藏在软鞘里的青霜剑，蕴藏着冷峭的光芒，虽不咄咄逼人，却具有更隐蔽的杀伤力。而终生葆有这种禀性的人，即使活到120岁，骨子里他依然是一个锐不可挡的“五四青年”。

因而，就写作而言，“文要老，人要嫩”中的“人要嫩”，其实不光是说人年轻好，更重要的是要保持年轻人的锐气。年轻固然是普世所愿，但若是身体上的少年、精神上的老年，则一个人哪怕只有17岁，他也与靠着山墙根晒太阳的垂暮老朽无异。“五四”时期为数甚众的作家如周作人、林语堂、梁实秋诸先生，个个学贯中西、才高八斗、著作等身，但他们却无法与鲁迅相媲美。为何？我以为就在于名士派的他们骨子里多归隐气，缺乏斗士鲁迅身上那股刀刀见血的锐气。

周作人、林语堂、梁实秋存世的文章，若论质地，可以说篇篇精美。然而美则美矣，却只宜白领在喝下午茶时用来休闲、消遣，帮助打发漫漫光阴。而鲁迅先生的盖世雄文，在当时是“冷枪”和“匕首”，在后世也依然是砥砺思想最管用的精神武器。名士未老已老，斗士永远年轻，“锐”使鲁迅先生的文章可与时间同“老”。

写这篇小文时，恰好网上正沸沸扬扬热论“80后作家”郭敬明。这场论争的起因缘于《纽约时报》的一篇报道：5月4日，该报以《中国流行小说家》为题报道了郭敬明，文中写道：“现今，中国最成功的作家是24岁的青春偶像作家郭敬明。”

《纽约时报》的原文褒贬杂陈，到底是捧郭敬明还是讽郭敬明，乃至内中是否藏着“借郭敬明讽刺中国作家（网友云）”这一更深刻的用意，我一时看得也是云里雾里，不好妄加评论。郭敬明的文章我也略读过一些，若就文学成就而言，窃以为他还担当不起“中国最成功的作家”这一煌煌徽号。但一直以来，我对一大批“80 后、90 后”新生代作家，勇敢地冲破文坛“山头主义”的牢笼，依靠一己之力在文坛中杀出一条血路的成功实践颇为叹服。他们身上那种“初生牛犊不怕虎”的锐气，实有“五四”遗风。而不少文坛“山大王”自己写不出好文章，于是专事努力打压后生晚辈，此类宵小行径实在令人不耻。

当然，新生代作家们锐气固然可嘉，但他们的文章目前显然还欠些火候。然而我们焉能断定，今后他们中就不会出现大作家，出现鲁迅、黄裳，乃至真正的“中国最成功的作家”？人若锐，文必老，只是需要时间罢了。

（选自《香港文汇报》2008 年 5 月）

丁 易

忆“古香斋”

过去幽默大师林语堂主编的《论语》，我是每期必读的，倒不是为了看那些幽默作品，而是喜欢那最后一页的“古香斋”，其中辑录的文章，确是篇篇锦绣，字字珠玑，刊布流行，奇文共赏；真真功德无量！

《论语》停刊已久，大师亦远离祖国，而抗战也瞬即六年了，六年来的报纸杂志，公文函电，通告牌示，广告标语，可入“古香斋”者，当属不鲜，可惜无大师其人，搜罗辑录，公诸同好？一任散佚，湮没不彰，这倒真是件颇为遗憾的事！

最近大师海外飞来，莅止陪都，遥聆佳音，色然以喜，深望其复兴《论语》，恢复“古香”，想来与我同抱此感者，也一定大有人在吧？然而失望得很，大师不此之务，竟向大学生公开讲演了。

讲演也好，好久不看大师用中文写的文章了，趁此来幽默一下计亦良得，报纸送来，讲词具在，卧读一过，惊喜欲狂，原来大师不愿费神搜集，竟自己来给我们做起“古香斋”里文字了。

原文见十月二十六日《大公报》第三版，题目是：《论东西文化与心理建设》，洋洋洒洒，约及万言。

在那里面大师首先谆谆训勉大学生们去读《易经》，因为《易经》是“阴阳消长之理所在”。对了，“《易》以道阴阳”，古人已早说过，究竟这“阴阳”怎么个“消长”法哩？大师没有说，我却想起了过去的一些军阀，幕下往往罗致许多精通奇门遁甲六爻神算的军师们，一有疑难，便请卜卦，军师就捧出《易经》拈着蓍草，闭上眼睛，念念有词：“崦咪叭哩畔，大吉大利，矶哩咕噜”，完了！这大概就是“阴阳消长”吧。记得这故事曾为大师主编的《论语》所取笑过；但却想不到今天竟临到大师自己来“崦咪叭哩畔”了，来“大吉大利”了，来“叽里咕噜”了，不免套一句金圣叹的话吧，“岂不快哉”！——但是，且慢，快事尚不止此，《易》之为用，宁仅卜卦！大师已经满脸神气郑重其事地告诉大学生“不得以一本卦书等闲视之”，它是“儒家高深哲理所寄托，非懂《易》，不足以言儒”，原来《易经》除了退妖避鬼，算命打卦而外，还有儒家“治国平天下”的妙用哩！这些妙语，置之当日《论语》的“古香斋”中，该无愧色吧？

接着大师就劝大学生要读一切的古书了，其中有一种是《论语》，是《四书》中的《论语》，而不是大师主编的《论语》。怎么读法呢，没有说，我却又灵机一动，想起大师主编的《论语》中曾经连载过的《论语》连环图来，图并不是大师画的，但登载大师主编的刊物上，其经大师审定，当属无疑，那里面是那么刻毒、下流、无耻地把孔夫子扮成一个小丑模样过的，请问大师，读《论语》是不是这么地“按图索骥”地去读呢？

往下是讽刺那些劝青年不要读古书的人，文章做得极妙，仍保有原先语录体的作风，想来记录的人未必有此文笔，一定经过大师修改的，不忍节录，有损作风，原文具在，读者自去检阅吧。

再往下是说《中庸》《庄子》《列子》等书的理论“都可以与现代科学相对证，使理益彰，而意益明”，“都是有玄通的哲理在焉”！真是清言娓娓，妙语如珠，触类旁通，则命相通乎哲理，扶乩合于科学。墨子飞鸢，即是飞机原理，木牛流马，实为坦克先河，种种理论，均可与大师此说，互相证发，而辉映一时，而并垂千古！———然而，不要忘记，这些也是曾经被大师刊载过《论语》篇中，陈列到“古香斋”里的。

窃查大师，本治音韵，成绩卓然，一行作吏，此事便废，倡幽默说，写语录文，寄沉痛于悠闲，实藏头而尾露，斯为一变，继之鼓吹小品，崇尚晚明，涂白粉于中郎，抹烟煤于孔子，是为二变，今则又以《易经》治国，科学通玄相号召，凡三变矣！变来变去，恐怕一条尾巴，终究变不掉，而要现出原形来也！呜呼！

（选自《丁易杂文》，三联书店 1984 年版）

都飞飞

女人如柳

昔我往矣，杨柳依依。

宜城的江岸旁，皖河的堤坝边站立着一排排千姿万态的老柳树。冬日里，它们却以一种姿态整齐地向着背风的一面倾水而立。霜雪中，那老柳树像被顽童从躯干上连皮带叶掳掠到枝梢，树皮撕裂，茎脉分明，伤痕累累，触目惊心亦无言地透露出生命的一种沧桑一份韧性一许落寞。在江风的狂呼摇动下，它们欲将瘦弱的手臂伸至水中去吮吸生命的甘露。一排排看去，一个个大问号，是感问这倒垂的老柳树一生的艰辛、压抑？还是向尘世展示它沾水即活、顽强向上的生命力？

——“枝枝总到底，叶叶自开春”。

春雨潇潇，春意盎然。那一排排长满粗茧的老柳树皮上萌动了一层层豆绿色的嫩芽，清新鲜活。水灵灵，绿茸茸，蛰伏着涌动着无限的生机和力量。细腻与粗犷，情趣富诗意，交融灵动，似见生命的活跃。忽而，柳树枝干上抽出千枝万条柔丝，蓬蓬勃勃，郁郁葱葱，真是“一树春风千万枝，嫩如金色软如丝”。举目四周，缤纷花开，姹紫嫣红，可我却深深沉浸在那直抵心灵脉动的浓浓绿韵里面。

护城河岸两排浓翠欲滴的垂柳，枝细叶长，俯披下垂，和煦的阳光从树隙中照射在柳枝上，绿光莹莹，多彩斑斓，远远看去，仿佛一群婀娜多姿、美丽娴静的少女迎风飘逸，翩翩起舞。立于桥头，透过迷蒙的烟雨，只见一排排垂柳宛如一条风光秀丽、浓郁幽深的风景带在流动、在延伸，淡雅缥缈、如诗如画……

踏着浅浅的雨水和深深的绿意漫步堤坝，或沉沉驻足绿荫中，凝望垂柳，默默相对，深情相拥，恍如拥有了一种心境。恍惚感触到那沉静低垂的纤纤枝叶，似伸似张的绿色小手，轻柔抚摸着我疲惫的心。盈盈绿意，谵谵静气，一缕缕一团团环绕着我、滋润着我，融化了郁积心头的烦闷，滤去了一些困惑和无奈。在大自然的深沉静默中，在这从冬天走来的柳芽柳叶柳绿中找回了自我。我的眼睛湿润了，因为，我深深明白了——生命之轻在于脆弱、飘忽、依赖；生命之重在于坚韧、独立、执着。

呵，女人如柳，哪怕是一颗老柳，一株垂柳，它也有一副挺直了身板的傲骨！

方长松

茶与朋友

我对茶的认识是逐步加深的。小时候，我不喝茶，也没有茶喝。那时候，家里很穷，买不起茶，因此，全家也就没有人喝茶。农忙时，有一碗甘甜的白开水，就是不错的饮料。只记得伯母家的茶园里有一颗茶树，叶子是墨绿色，较大，厚厚的，太阳照在上面，泛着闪闪的光波。孤独一颗茶树伏卧在茶园里，远望像女人一头蓬松的黑发。

参加工作后，对茶渐渐有所接触。单位发的、朋友送的，出去参观学习，看到同事买，自己也跟着东施效颦带点，慢慢知道茶的习性、品质。但从来没有养成喝茶的习惯。原因是，喝茶兴奋，尤其是晚上，喝一杯，睡不着觉。觉得这东西对我来说，并非好东西，让我烦躁，让我不安分。因此，只是白天给客人泡茶，或泡茶方便、顺手，偶尔喝点，晚上从来不敢沾它。

前年平安夜，我一个朋友在电话里约我喝茶，当时，我正在喝酒，便随意答应了。等我喝完酒后，朋友先到茶楼，订好了包厢，上好了茶点。给我泡好了一杯普洱茶。那个时候，我不知道普洱茶这个名字，看到自己一碗红黄色汤茶便不解地问，这是什么？他便说是普洱茶。我说“晚上不喝茶，晚上喝茶失眠，对胃不舒服”。

由于工作性质和性格气质的原因，我经常在外应酬喝酒。领导来了，要喝，不喝对领导不尊重；下级请客，要喝，不喝，摆架子；同僚、朋友请客，更要喝，不喝，不讲交情；亲戚来了，不喝，数典忘祖，不讲亲情。来人不喝酒，似乎对不起人。对得起这，对得起那，唯独委屈了自己的身体。久而久之，随着年龄的增大，什么“三高”、“胃炎”之类的毛病便悄然而生。早晨起来，不是头昏脑热，就是胃胀不舒服。如果晚上喝一杯绿茶，不但失眠，而且第二天早晨起来更难受。因此，提起喝茶，心有余悸。

他看我一脸不情愿的样子，便说：想必你晚上喝了酒。给你泡了一杯普洱茶醒酒。这茶不但醒酒，还养胃、安神。它不像绿茶性寒，也不像红茶性热，它的性质不寒不热，是养胃醒酒的妙品。你晚上喝普洱茶，不但不失眠，而且第二天胃会好受些。

我半信半疑地望眼前这碗普洱茶，看着茶汤上漂浮的细微雾状物，慢慢开始谨慎地喝起了普洱茶。一开始喝，感觉茶味厚重，苦涩，泡了几开之后，汤色红亮，入口渐渐醇香、圆润、甘爽。这是我对普洱茶的第一次接触和感觉。奇怪的是那天晚上，睡得很沉，没有失眠。第二天早晨起来，头脑清醒，胃也舒适。是不是普洱茶起了作用，我不敢肯定，也没有在意。后来，一有人叫我喝普洱茶，我马上就要一杯。几次下来，好像感觉都还好，于是便慢慢对普洱茶产生了兴趣。从此也就养成了喝茶的习惯。

普洱茶产于云南思茅一带，自古以来在云南普洱（今普洱市）集散，因而得名。清人赵学敏《本草纲目拾遗》中记载："普洱茶性温味香……味苦性刻，解油腻牛羊毒，虚人禁用。苦涩逐痰，刮肠通泄。普洱茶膏黑如漆，醒酒第一，绿色者更佳，消食化痰，清胃生津，功力尤大也"。可见，普洱茶可以排毒、养胃、消炎、降低胆固醇、消脂去腻、美容减肥，对长年饮酒较多的同志来说，是不可多得的保健珍品。早在十多年前，普洱茶的抗癌作用经云南昆明肿瘤研究所证实，并在1991年亚太地区国际肿瘤学术会上获得举世认可。

我的这位朋友知识渊博，他带我喝上了普洱茶，教给我普洱茶的知识，促使我终生爱上了普洱茶。我想：每个人都有自己趣味的人生，只是其趣味的内涵不同而已。我现在觉得品茶很有趣味，而这种趣味是我这位朋友带给我的。交上一个有品位有学识的朋友，真是受益匪浅。品着普洱茶，想着我的这位朋友，感觉人生有滋有味，感觉友谊的珍贵和对人生的重要。普洱茶的品质是越陈越香，交一个好的朋友，不也是越久越珍贵吗？

夜宵摊主老姚的“歪”经

方 千

晚上下班较晚，难得上了一回夜宵摊。

在商城出口对面，有一家老姚摆的摊。灯火通明，看来人丁兴旺。

要了一盘龙虾慢慢地吃将起来，发觉这龙虾大不如前，一问才知就里。这老姚原是枞阳街第一个敢吃螃蟹的人。他下岗后卖龙虾那阵，枞阳街人才听说省城合肥人吃龙虾吃得疯了，可就是买不到，是老姚第一个跑到合肥培训了一个多星期。亏他四十好几的人了，到老还学得了一门养家糊口的绝活。老姚原先是卖猪肉的，自从学会了龙虾手艺，索性就将他的肉案子换成了虾台子。先是在光明路上一斤一斤地卖。渐渐地，吃的人多了，大家有骑着摩托车来买的，有老人让小孩子家来买的，也有顺便下班带两斤回去的，总之吃的人是越来越多。于是顺应大多数虾民的呼声，老姚开始将虾台子搬到二期商城门口。光明街这一摊仍旧摆着。就这样，还不够吃，每天来要龙虾的人照往他家里跑。有的像居家过日子的纯粹是为了图个嘴上快活，但也有居心叵测的，上门来打探打探，像饭店及一些夜宵摊点。当时都还不知龙虾为何物，如何去弄它才好吃。许多人都说老姚脑子灵光，学得一手绝活。有的则损他说，龙虾里放了鸦片壳，吃了上瘾。也确实，那一段时间，天热，吃龙虾的人也一个劲地往上窜。老姚老婆、儿子，还有未过门的媳妇，全家齐上阵，才凑合着打发过去。再后来，没吃过猪肉但看过猪走路的一些后起的夜宵摊主也渐渐会烧一手色、辣、味俱全的龙虾。于是老姚的绝活不再能垄断，生意渐渐差下去。

吃着老姚的龙虾，口感确也差了许多。虽然就着莲湖的灯光荷影，还有几近月中的明月，但没有前年姚记龙虾的味道。难道那时他真放有鸦片壳之类的物什？我边吃着龙虾边问忙得不亦乐乎的老姚，他倒不以为然，只是笑笑，坦然的承认了：是不如以前的好吃。他接着象作报告似的列出两条：一是现在是秋季，龙虾已火过头了，有看头高质的龙虾少了；二则市场竞争对手防不胜防，变花样勾引食客，龙虾闹得都变了种。

我很惊诧于老姚的这种坦荡。他倒满腔热情地向我诉说起来。“书上说的不如不学”。这可是他的名言，也可说是他的成功之道。书上说的识字的都看得懂，一道菜大家都晓得照上面说的去做，也许一千个人做出来的同一道菜还真的就是一个味道。那大家不管到哪一家饭店或夜宵摊点都能吃到的，就分不出个伯仲你我了。那这种所谓的菜谱看了也白看了，哪个店都能吃到的菜，他也就不会记着我老姚了。所以这种书不如不看。

不看书不等于就比别人差。老姚的观念非常前卫，很有与时俱进的先进性。别人卖龙虾正红时，他正在卖狗肉。自己现剥现烩。只听说冬天吃狗肉，哪有夏天吃狗肉还当一道特色菜端出来卖，就像冬天吃冰棒一般。我不知道这感觉象不象。但老姚说的头头是道，由不得你不感到新鲜，就有很想一尝的念头。看你准时到达正点了，老姚话头一转，很对不起，今天狗肉卖光了。但我还有一样特色，老姚不无得意地指着锅里说，你看这，我的“老姚煎饼”，食客者众。他顺手一指，这边靠着歪脖柳树下坐的小伙子正手持一瓶啤酒，对着桌上的一盘“老姚煎饼”吃得兴起。还真有风味。我忍不住也要了一盘，退了先要的牛肉。看老姚扯着锅柄来回揣了约五分钟，一盘老姚煎饼摆在面前了。用手拈起一块，吃到嘴里脆脆的，嚼上一口又嫩嫩的，那种感觉像过年吃鱼圆子的感觉，但要香甜许多。

刚炒好两锅，老姚无事，便径直卖弄起来。你卖龙虾，我就来搞点“旁门左道”，他自己也承认是旁门左道，就像现在时兴种反季节蔬菜。心思不歪，发财门不开。老姚煎饼其实是一道非常营养的菜。老姚解释说，这没有哪本书上介绍过，完全是我自己独家（经营）的。我大半个煎饼下了肚，只觉味道还可以，但就是不知道啥配料。老姚说：都是营养的，量你也说不全，象虾仁、鸡蛋、鱼肉、高汤等。何谓高汤？我不解，便问。老姚答说：就是老鸡汤之类的高营养的汤类。还真舍得下本钱。管他，反正够味口，我一盘老姚煎饼吃了个底朝天。终于填了个肚儿圆。我便打趣说，你这个特色菜也要搞好推介呀，不然有谁知道呢？他不介意，我这和龙虾是一个理，不吃的拉不来，要吃的自然来。我折服。老姚不老矣。

方文竹

历史武则天与文本武则天

还没有一个人物像武则天那样令我感兴趣（历史层面），还没有一个人物像“武则天”那样吸引着我进行想象式、体验式或理性式的描绘（文化层面）。前者是复制的或实证的，后者是情感的或再创造的。说起来可能让大家匪夷所思，在这种属于自己的感想与解读中，我宁可一鳞半爪地熟识武则天和“武则天”，以至我总是把武则天的完整生平传记例如林语堂大著《武则天传》之类弃之一旁。

作为历史本身的武则天当然了不起：在一个男权主义盛行的国度，作为一代女皇，威仪天下，下臣服。但是，历史又无可避讳，武则天所使用的手段是确切无疑的“恶”（她曾用制马三物——铁鞭、铁挝、匕首——之喻维持统治），而“恶”又是武则天本人引起历代唾骂的主要原因。如她默认了御史中丞来俊臣滥用耸人听闻的酷刑，致使多少黑白不明的人物死残，可是一旦皇权稳握下来或者说用不着酷吏，可以“理义”服天下时，她才对来俊臣等人开了杀戒。这就是武则天的统治术。

在特定的历史情境中，武则天不得不“恶”（杀子废帝）。作为一位女性，“恶”是她反制度、反文化、反传统的一种必不可少的武器。同时，武则天的“恶”是用了一番心思的，或者说武则天不得不为自己的“恶”寻找“理由”（历史必然性）。按照黄仁宇先生的说法，武则天清算包括自己几个儿子在内的唐朝宗室，搞特务恐怖政治，最终“革唐命”，不得不苦心寻找依据，即炮制出武家源出于周文王，本身为“圣神皇帝”。我们知道，《周礼》本身就是一部假历史的经典文本，同时她推崇的佛教倡导众生平等，自然也包括男女在内。

武则天无疑是深谙君王之道的。外因和内在的天分终于成就了她。黄仁宇先生曾说：“从各种迹象看来，唐初大规模的组织一种官僚制度，遇到无数技术上的困难，其症结则是不能在数目字上管理，更需要纪律。环境和事实都企盼一个大独裁者出现，武则天适逢其会。”她的成功登位，显示其作为一代女皇的综合素质。但是，无论如何，武则天最终还是改变不了其女性特征。在历史的关头，人性的弱点与优美往往同时展现出来。为了维护自己的皇权，武则天不得不在戴着面具的同时又撕毁面具，在“戴”与“撕”之间度过女皇的生涯。她的统治术带有男性化的特征，但同时她又是一位充满情欲的女皇。虽说拥有权力是占有男人的前提，但这两者没有必然的联系。

当一个女人的美貌与权力结合在一起的时候（武则天正如骆宾王《讨武曌檄》所说：“掩袖工谗，狐媚偏能惑主”），阴性政治就变成了隐性政治。事实正是这样，女人似乎比男人有着更多的谜性，尤其是一位登上权力巅峰的女人。女人属于黑夜，属于黑夜的深邃，黑夜的隐曲，黑夜的迷茫，黑夜的猜想。武则天无疑属于黑夜的黑夜。历史一旦开始，接着就有无数探照灯探测着它。探测不仅用肉眼，更用心灵——理性、想象、梦幻、感觉、同情、爱、恨、恐惧、欲望、兴趣、潜意识等。主观性的探测只能是变形与改写——创造。一千个人的眼里就有一千个武则天。于是，文本武则天出现了。

文本产生于历史与文化的动态流变过程之中。格林布莱特（Stephen Cenblan）认为，历史只是文本阅读和文本磋商。历史自身总是在生产大量自身无法言说的东西，或者说，历史自身总是隐匿了不少本质性的东西。当历史在后人的眼里不得不成为对象化的存在时，历史的“构造”活动便自然产生了。

在中国这样一个有着独特传统的国度，做一个女皇难上难。因而武则天步步进逼皇位终能得逞，似乎带有更多的偶然性。偶然性正是猜想与改写的源泉，是历史故事——其实是被包装了的当代故事——的展开，它摒弃了宿命论式的理性神话，将历史人物放在了本来应该有的位置上。从而，历史人物改变了其“定于一尊”的身份确证，而成为一种平民化了的再造对象。

作为一代女皇，武则天既独特唯一，又难以言说，她与另一位中国历史上拥有最高权力的女性——晚清慈禧太后——的不同是：中西碰撞、社会大裂变的时代将慈禧推向了展现其心机权谋人格的前台；而武则天呢，“人们很容易从她的事迹中看到当时中国之形貌，却不容易在同样情形之下窥测到她的真性格”（黄仁宇），她所进行的一切是在表面看来似乎悄无声息的状态之中。前者的形象是“扁平形”的，而后者则是“圆形”的，带有更多的人性的“密码”。诚如一部武则天题材的电视连续剧主题歌所云：“做到人上人，滋味又如何?”

武则天进入了最适宜进行文本处理的当代影视和叙事文类，尤其是后现代主义式的戏拟与仿写之中（前几年出现了几位新锐小说家竞写武则天的盛况），不得不实现了当代帝王文化的双重转换：一重是作为封建最高统治者的帝王成为当代叙事制作者手中的“文本”，即“帝王”成为他或她的想象构建的产物；二重是武则天不仅是帝王，而且还是女性的帝王，她作为“女人”的问题似乎比一般女人更多些。于是，本来已被文本化了的“帝王”又多了一重“文本”。于是，针对女皇，青春野心、男女私情、宫内秘闻、老年寻欢、权与欲、社会想象等等都被大肆铺张、渲染，甚至带有浓郁的野史和稗闻气息。在这样的情形下，“武则天”成为“文本中的文本”了。

由历史武则天转向文本武则天，其实是由武则天“大叙事”转化为“小叙事”。同样可能的是，历史武则天与文本武则天是同时存在的。前者主要存在于官方的文献与正史的记载中，后者则流行于影视画面、公开或地下的叙事印刷品及民间的口头流传之中。而由精英文化组成的学术论坛则既向官方文献和正史典籍抉取论证资源，又向文化叙事和民间传说汲取养料，力图构建出一个完整的武则天，可以说，历史武则天与文本武则天在精英学术文化中得到了糅合与统一。“武则天”由此成为知识分子的敏感地带、探索据点和思想平台，成为知识分子评说历史和社会的“总体性发言”。事实正是这样，无论是对于历史武则天还是文本武则天，知识分子的发言总是最积极的，如明朝哲人李贽和清朝文人赵翼等。这种现象至少为我们提供了这样一些启示：知识分子不仅应将思考与探寻指向主流意识形态文化和民间文化，更应该面向自身，自己解剖自己，或许，只有自己才是真正的“历史之谜”；没有绝对的真历史与伪历史，因此，历史既是现象也是规律，知识分子应该透过历史的“正常叙述’’而抵达历史的真相和真理；历史在知识分子文化中得到了“全息性遗传”，知识分子必须承担起背负历史的命运。

历史武则天和文本武则天都将永远存在。永远存在的还有历史的恒定性与文本的变异性，更有探索真理的兴趣以及道义、美和创造。

（选自《自由游戏的时代》，百花文艺出版社，2006 年一版）

知识分子的“道”义

英人保罗·约翰逊在其《知识分子》一书中指摘知识分子的毛病是“说的多，做的少”。此说近年颇为国内认同。而在当前“科技是第一生产力”的浪潮中，人文科学类“学术无用”似乎理所当然。本文这里的“知识分子”取西方定义，即具有人文情怀的知识者。正是这个特殊群体在今天成为“多余人”了。高校重理轻文即一例。

我认为，知识分子的必要性就在于知识分子拥有“道”义（“铁肩担道义”)。知识分子正是“坐而论道”的一群。“坐”是其分工的职业特点。“论”正是其“不做”的“夸夸其谈”、“纸上谈兵”。说穿了，知识分子的任务正是以虚驭实。“道”的意义不在于“用”，而在于它的“意义”，它的被谈论的意义，通过谈论及对于“道”的玩味，能提升一个民族的智慧与思维水平，提高整个民族的国民素质。同时，从“道”的学术本身来说，论“道”风气的长久流行必将形成一个民族与技术既有联系又有区别的科学精神。知识分子的事业运作会给一个民族带来真正的信念、力量和希望。

知识与学术的用处就在于“无用之用”。从历史看，不加限制的“实用”造成了多大的危害呀！它是一种内在的“用”，充满着底气的“用”，一种托举民族升腾的“暗器”式的“用”，高瞻远瞩、放眼未来的“用”……这种“用”是那种表面上的“用”所无法取代的。无用之用乃为大用也！

（选自《自由游戏的时代》，百花文艺出版社，2006 年一版）

高 鸿

藏界媒体的软肋

如果留意一下时下藏界的一些媒体，可能不难发现这样一个现象——多了一些表面上似林黛玉的某一面，而实质上却是更多类似薛宝钗的某一面的媒体。也即在奉行着林妹妹恪守的“步步留心，时时在意，不肯轻易多说一句话，多行一步路”的同时，又扮演着薛姑娘这一封建礼教忠诚的信仰者、自觉的执行者和可悲的殉道者的角色——“随分从时”得极有“分寸”。殊不知这位“品格端方，容貌美丽”的薛姑娘在《红楼梦》里早就被贾宝玉“嗤之以鼻”，说她说的尽是一些“混账话”，并不无惋惜地叹道“好好的一个清白女子，也学的沽名钓誉，入了国贼禄鬼之流”。

时下藏界的一些媒体，虽说那处稿待人的风格还真有那么一点“步步留心，时时在意”的遗风，然究其“内涵”却没有林妹妹那“愁”亦销魂的风致。林妹妹虽说是个哭美人儿，但她最具“杀伤力”的动人之处却不是她那酸楚的泪儿，而是她那时时表露出让人既怨又怜的别扭感的同时冷不丁冒出的一种随性率真且一语道破“天机”的尖薄、锐利的“锋芒”。尽管她比谁都清楚“侬今葬花人笑痴，他年葬侬知是谁”，但她最终奉行的还是“质本洁来还洁去，强于污淖陷渠沟”。她要做清白女子，绝不“入国贼禄鬼之流”。

诚然，我们无须苛求一些媒体去一味张扬尖薄锐利劲，但至少应该有那么一点坦荡的率真。即使迫于无奈，要在历史转型期的夹缝中投机谋生也得“高明”一点，千万不要为了“某些利害关系”，在为遍体硬伤的赝品鼓与吹的同时还被动而又无知地说什么“但现在的收藏界却有‘真品遭到指责，伪作有人捧场’的怪现象”这类贼喊捉贼的“混账话”。

要言之，“媒体是社会公器，绝不是个人、利益集团的工具。媒体的水准不体现于‘一言谈’，而体现于专业性、公正性、开放性、包容性、建设性及铸就的公信力。”作为专业媒体，其天职就应该是真实、公正、客观地报道业内所发生的人们所关注的一切热点、焦点事件，不管从哪一方面来权衡，似乎都没有任何理由、借口、也没有任何必要受制于某种压力和某种威慑去承受职业道德和职业良心的煎熬。

遗憾的是，有些媒体却不尽然——在极具“吸引力”的封面装帧背后其软肋也暴露无遗：“留心”的是“位高权重”的专家、“在意”的则是那些财大气粗的广告客户。

众所周知，时下业界媒体的“衣食父母”更大“意义”上是那些发布拍卖信息的拍卖公司，而不仅仅是作者和读者。编辑部“强调”高质量的稿件往往会与“强调”大客户的广告部发生“不愉快”，为了“生存”，最后妥协的多半是编辑部。可以说，“客户”手中的钞票正是左右眼下一些藏界媒体“步步留心，时时在意，不肯轻易多说一句话，多行一步路”的“行为准则”的砝码。

“客户”手中这一“影响”媒体“生死存亡”的砝码是不可以掉以轻心的。某媒体曾发表我考证某省一家拍卖公司拍品的文章，我在文章中直接“注”上了具体的省份和拍卖公司的全称，编辑在编稿时未对此作“技术处理”，结果该文见刊后，该杂志社的广告部就对编辑部发了一通牢骚，指责编辑部：你们这样编稿，客户都被你们撵走了。

当然，藏界有些媒体还是比较开明和注重职业道德的，不为“强权”所役、不为“金钱”所惑，其宗旨是“为了维持艺术市场的规范，同时也为了保证一本杂志的品质”。

规范的媒体，其“衣食父母”应该是读者，如何拥有更广泛的读者群和更大的发行渠道，报刊的品位和品质是至关重要的，如何打造能够保证和逐步提升报刊的品位和品质，培养和组织自己的优秀作者群体是问题的关键。

从某个层面来说，媒体的广告客户手中的钞票是“媒体福利”的“基本保证”，这当然无可厚非。不过，如果将自己的办刊原则受制于广告客户，可能会在短期内给报社、杂志社带来不菲的经济效益。但是，长此以往则将受制于客户或自觉不自觉“沦为”个人或利益集团的工具，受害者可能不仅仅是你的读者，最终的受害者还是媒体本身。因为，媒体一旦失去读者，就意味着其生存空间的丧失。到那时，保不准真会应了林黛玉说的那句话“一朝春尽红颜老，花落人亡两不知”。

（选自《人民日报·市场报》2008.09.12）

谷　卿

“吃饭”与“现代化”

人活着首先要吃饭，再去谈工作与贡献。在我们人说来，“吃饭”吃的不光是白米弄成的饭，还有用以下饭的菜。

最早吃饭可不是如现今的寻乐子、找快活，仍是为着生存。吃饭的问题解决了，便去想着调调口味，于是就吃菜；初吃菜乃是为了调口味，味口调得了，吃菜与做菜便循应着自然，成就了一个大名堂，更出现了“食文化”之类的东西来。据说还有种“女体盛宴”，把菜盛在裸女身上给人夹取。这岂还是“吃”?!

既是说吃饭是头等重要的，到如今，人们的淡看与糟践当该至少可算作“暴殄天物”了。

早自上世纪四五十年代始，以英格尔司、帕森斯、亨庭顿、布兰克以及诺斯托为代表的对“现代化”研究的世界五大研究主流，就开始对人们心中理想的“现代化”进行了多元化的设计、度量与评估。其中，英格尔司于20世纪70年代提出的十项指标为绝大多数人认同。对“现代化”的构思设计的工作于上个世纪已然完成了，那么本世纪就自当着力于向“现代化”靠拢了。从人们对“吃饭”问题的态度来看，是否能够看出离“现代化”不远了，或是已经进入“现代化”社会了呢？实际上，“现代化”只是一个社会的形态，而并非是以真正的生活所涵指的一个社会。有不少人自信“现代化”便在不到百年后的下个世纪就将到来。当然“现代化”甚至“后现代”的来到是不可否认、不可阻止的必然，但那样是总体上的和大概念意义上的“现代化”或是“后现代化”。而作茧自缚的人当将没有了自己的空间，也将缺乏自身的思维，从而也将难以出现什么“伟人”、“大师”了。

由前人的“民以食为天”到现下里的今人愤恨吃饭，讨厌吃饭，更或是将其当作一种玩物来消闲消遣，只能说是这太平社会的一种极为自然和普遍的现象。对吃饭的不意，对“现代化”的盲目自信与追逐，恰也将因此而影响人类今后的走向。

如是如非

一

我热爱古典的美。

“巧笑倩兮，美目盼兮”是最可以打动我的了。闲适、谦冲、安详、恬静，我以为这是古典美的品格，也是人性的高品质，一个人倘若具有这样的特质，则是美好的人了。张中行先生不敢认同“才子才女”的“才”是通晓娴熟卡拉 OK 之类，而古典的学艺才能更多地给人带来美的感受与享受。古典的美又不全在于内里，学富五车而相貌臼头深目者，仍然不能曰“美”。温庭筠的才调才情在晚唐除却李商隐、段成式等公，怕是少有人能及之，然而飞卿兄相貌奇丑，人多厌称之为“温钟馗”，足见其陋了。古典美的构件，其外在的形容仍也是绝不可少的。

人们欣赏古典美往往议及“病态美”。“西子捧心”的样子没有人看见过，可是在健康保证下的美我们见过，而且常见与多见，像这样通俗的美，人们便容易赏心悦目地接受。而且我以为“西子捧心”是美在自然，不是美在病容，更可笑有东施效颦之流，那可真算作是丑中的丑了。

二

重读崔护信题，又叫我潸然了：

去年今日此门中，人面桃花相映红。
人面不知何处去，桃花依旧笑春风。

感叹那么多的偶遇，促就了那么多的美好——但那又大多是极短暂的一个瞬间。然而渐渐地，人们对这样的美好的短暂开始爱恋起来。诗人和文学家尽力地寻觅和捕捉它，也恰是缘于它的短暂罢。李义山如是，欧阳永叔如是，曹雪芹亦如是，他们都不喜欢圆满，他们孤寂痛苦地创造不圆满的美丽。那一段短暂偶遇的美丽，常常是足以教人欢喜同时又心疼一辈子的。于此，徐志摩的《偶然》给我们带来太深的慨叹：

我是天空里的一片云，
偶尔投影在你的波心——
你不必讶异，
更无须欢喜——
在转瞬间消灭了踪影。
你我相逢在黑色的海上，
你有你的，我有我的，方向；
你记得也好，
最好你忘掉，
在这交会时互放的光亮！

真是无心也是菩提。

美好，最是那不经意间。

三

故园是最美好的，故乡的人是最可亲近的。

赞叹《零陵早春》中“殷情入故园”的还乡梦，朴质的情义就是美好。离开故人告别故土，往往都是很不轻易的。从梁元帝“同心宜同折，故人怀故乡”的《折杨柳》到王摩诘一唱三叹的《阳关三叠》；从“洛阳亲友如相问，一片冰心在玉壶”到“数声风笛离亭晚，君向潇湘我向秦”，别离的情境被人们无数次地咏叹写道，而其根本，都是对故土故人的依恋。即使像宋之问这样的宵小之儒，写到乡人乡情，那“近乡情更怯，不敢问来人”的名句也是那样地动人。

像坡仙那样能有“一点浩然气，千里快哉风”者毕竟不多，怀念故园的游子也总不常常有他那见性得悟、随遇而安的志趣与豪气。“儿童相见不相识，笑问客从何处来”是贺知章的故园情；“旅馆寒灯独不眠，客心何事转凄然”是高适的故园情；“马上相逢无纸笔，凭君传语报平安”是岑参的故园情；“遥知兄弟登高处，遍插茱萸少一人”是王维的故园情；“复恐匆匆说不尽，行人临发又开封”是张籍的故园情；“夕阳西下，断肠人在天涯”是马致远的故园情；“聒碎乡心梦不成，夜深千帐灯”是纳兰性德的故园情；“星塘老屋何日重居”是白石老人的故园情。到了鲁迅的“灵台无计逃神矢，风雨如磐暗故园。寄意寒星荃不察，我以我血荐轩辕”，他对故园的感情已不仅是单单的怀念，而是以一种赤子心发出的悲而警，激而奋的呐喊。

这应该就是一种强大震慑力的美了。

美究竟是什么？

佛在微笑。如是如非，方为我闻。

何诚斌

被书设计的人生

都说“知识改变命运”，我不知道我算不算有知识的人，回头检阅走过的历程，倒觉得是书设计了我的人生。

就像在母体中我不知道我是谁一样，最初的阅读是不带一点功利色彩的纯粹的爱好，没有意识到这爱好将使我成为被书设计的对象，决定我的人生方向。我的第一次读书高潮是在童年时代，跟后两次高潮一样的疼痛。家里穷得丁当响，我所读的小人书和故事书，都是别人的，伙伴当中，哪个人有书哪个人就可以成为我的精神领袖，我对他俯首帖耳，百依百顺。反过来，谁有图书谁就可以随便欺负我，好多回，我的头被人砸破，鼻孔被打出血，那家伙拿出小人书塞到我手上，就立即使我停止哭泣，并答应回家后不告诉父母是谁打的。为了看更多的书，我甚至得了一个不好听的绰号——王连举（《红灯记》上的叛徒）——因为我经常叛变，孩子群体任何一个“派别”都可以用图书收买我、招降我。我很忌讳这个绰号，为自己立场不坚定而痛苦，可我无法抵挡书的诱惑。这何尝不是书对我的人生开始了最初的设计，它把一个弱小的生命设计得那么固执或坚韧，它让我爱上它，然后完全听它的安排。书接替母亲的角色，把它的乳头给了我，或者说我被另一个母体——书，再次分娩了一回，否则我怎么在没有人告诉我“读书重要”的小小年纪，一离开它，就像婴儿离开乳头呱呱啼哭呢？

接下来的一次发愤读书，是功利意识促成的，而我被书设计的情形也就更明显了。1983 年，我被招工进入一家制砖厂当工人，高强度的体力活，让 18 岁的我苦不堪言。同时进厂的大多数人后来不是变换了工种，就是调离了单位。我没有条件像他们一样改变自己，倍感痛苦和失望。我拼命地读书写作，立志成为一名作家，来结束“苦难”的生活。读完了单位阅览室几十本图书后，拜托家在县城的工友到县图书馆借书给我看，一个姓毕的同事拿了他姐姐的借书证，让我看了上百部中外文学名著，后来他在回城还书时把图书证给弄丢了，从此我断了一条借书的线。我那时不仅想当作家，还想圆一个大学梦，于是又参加高等教育自学考试（后拿到了汉语言文学专科文凭）。在砖厂三年，我每天比鸡起得早，比狗睡得迟，那段苦读的经历，是把自己交给书并由它进行的一次人生的设计，尽管它没能极快兑现使我干上一份“好工作”，但我身上分明出现了精神与物质的分离，或者我更注重起精神生活。读书起于功利，读着读着，功利时而隐而不见，以至读书成了一种生存状态，和我的生命一同呈现。

砖厂倒闭后，我被安置到一家水泥厂。其实这句话可以省掉，关键是12年后我下岗了。下岗后经济负担重，我不去努力找工作，却关起门来读了三年书。人近中年，应该不惑了，可我似乎别无选择地行走于由书设计的人生轨道上。我已拥有几大橱藏书，下岗那天，书向我伸出了“再就业”的手，它们喊：“来呀，来读我，我们能让你实现梦想……”我先是把过去没有读的书读了，然后重读经典，并先后买了几百本书，大有“一读到底”的悲壮。不去挣钱，反而又买书，弄得家里差不多缸无余米了，妻子的眉头皱起来。我竟与她理论，我是用稿费买书的，没动那一百多元的下岗生活费，却回避谈百多元是否能撑起一个有老婆有孩子的男人的腰杆。读书读到如此田地，我真有时光倒回几百年、几千年的感觉，自尊得要命，清高要命。

许多人表示对我不理解，甚至有人建议我把书卖了作本钱做生意，我轰走了他。我仍自得其乐地读着，等待戈多，接受冥冥中的书的安排和设计。我选择了书，书选择了我。我对书的选择，现在只能是哪些书读、哪些书不去读，而书选择了我，它却无时不显示着它设计我的人生轨迹的力量。我甘愿臣服于它，正是它的力量的体现。现在我有了一份与文字有关的工作，这何尝不是书为我设计的一个人生驿站。工作之余，我继续读书、写书，我无悔于把自己的命运交给了书。

（选自《安庆日报·下午版》2003.06.05；此文曾获安徽省“图书馆与终身学习”征文二等奖）

纪伯伦鄙视自己

“曾有七次我鄙视了自己的灵魂：第一次是在她可以上升而谦让的时候；第二次是我看见她在瘸者面前跛行的时候；第三次是让她选择难易，而她选了易的时候；第四次是她做错了事，却安慰自己说别人也同样做错了事；第五次是她容忍了软弱，而把她的忍受称为坚强；第六次是当她轻蔑一个丑恶的容颜的时候，却不知道那是她自己的面具之一；第七次是当她唱一首颂歌的时候，自己相信这是一种美德。”

享誉世界文坛的大诗人、艺术家纪伯伦当年写下这段文字时，他做了一下深呼吸，灵魂再一次得到了自我清洁。那一天，纪伯伦踱步来到疯人院的花园里，他看到一条长凳上坐着一个英俊的青年，看上去不像疯子，纪伯伦不禁上前问道：“先生，你为什么坐在这儿?”对方用诧异的目光看着纪伯伦，说：“你问的问题很不恰当，不过我还是愿意回答。我父亲一心要把我塑造成他的样子，我叔叔也是如此，我母亲则希望我像她自己的爸爸那样，我姐姐举出她精于航海的丈夫作为我最好的榜样，我哥哥让我像他那样成为一名运动员，我的老师也是这样，还有哲学家、音乐教师等等都决心要我和他们镜子里的脸一模一样。所以，我只得来到了这里，我觉得这里比较适合我生活，至少我能成为我自己。”

纪伯伦被这句话震动了，人们总是自以为是，以自己的标准去衡量一切，还有真实的灵魂的位置吗？人类不是塑造疯子，又是什么？正当纪伯伦陷入沉思时，青年转过身来对他说：“你告诉我，先生，你是不是也是迫不得已跑到这里来的?”纪伯伦摇了摇头，说：“不，我进来看看。”“哦，原来你是疯人院隔壁的病人。”青年说。这句话又让纪伯伦震住了，病人？是的，我的灵魂有病，病得不轻！

1897 年，纪伯伦刚 14 岁，他就爱上了一位妇人。在写作之前，纪伯伦的爱好是画画，他在他那个年龄段的孩子当中是画得最好的，人们称他为“小画家”，为此，他很高兴。有不少人叫他画像，包括美丽的女诗人约瑟芬·布鲁斯顿也坐到了他的面前。他画着画着，情窦为之打开，手颤抖起来，眼神也渐渐呆滞了。约瑟芬·布鲁斯顿敏锐地感觉到了少年的心思，等画画好后，站起来径直走了，从此回避着纪伯伦。纪伯伦去找她，同时，他对伙伴们说约瑟芬丈夫的坏话。母亲发现儿子三天两头往约瑟芬家跑，还把她的画像挂在床头，她知道儿子早恋了，就劝他："孩子，你还小，不知道什么叫爱情。"纪伯伦脸红了，他鼓起勇气说："我喜欢约瑟芬小姐。"母亲严肃地说："你没有资格爱她，她是有夫之妇，她爱着深爱她的丈夫，你不能破坏他们的幸福。"纪伯伦低下了头。他哭了起来，他觉得母亲说得对，约瑟芬不理我，问题出在我身上，我不该在没有得到她回应时就诋毁她的丈夫，骂他们是一对不相配的夫妻。

母亲因癌症死于美国，纪伯伦受到很大的精神刺激，他说："人类唇上最美好的呼唤就是'我的母亲'！"后来，他在《折断的翅膀》中写道："谁失去了母亲，谁就失去了让他依偎的怀抱、向他祝福的手和顾眷他的眼睛。"母亲是他灵魂洗礼的第一人。他的成长，母亲的慈怀与教导，在他的心灵里深埋下"爱与美"的种子。他关注人性、思考人生，发现人类的冲突，大多是强权对人性的践踏，扭曲了一张张灵魂，人们缺乏自我检讨的意识与勇气。父亲被嫉妒者告发，身陷囹圄，家产耗尽；纪伯伦与母亲兄妹一起被迫离开祖国，远涉重洋到美国波士顿谋生。从东方到西方，纪伯伦对人性的比照，更具广度，对灵魂的拷问也更具深度。24 岁那年，纪伯伦发表短篇小说集《叛逆的灵魂》，可他人性再次受到了权力的强压，土耳其政府宣布这部书是"危险的、叛逆的、毒害青年的"，并在贝鲁特中心广场当众焚烧此书，而且给纪伯伦定下叛逆分子的罪名。

第二年，纪伯伦只身来到巴黎，住在一间潮湿的画室里，艰难度日，他不愿沉沦，来到了法国巴黎艺术学院，想在这里有所发展。他受到罗丹、奥金·卡莱尔在 19 世纪建立起来的象征主义画派的影响，开始进行这方面的探索。不久他结识了神秘派画家布伦诺，两人一见如故，十分谈得来，成了好朋友，他们投身于当时流行的商业性立体艺术。纪伯伦在完成一部作品后，与布伦诺交流起来，朋友提出了中肯的批评，纪伯伦却吼叫起来："你说得毫无道理，你的素养，值得怀疑！"布伦诺张大了嘴巴，不知道说什么好，转过身来离开了纪伯伦。就这样，一时的自负高傲损害了友谊，纪伯伦痛悔不已，"我是烈火，我也是枯枝，一部分的我消耗了另一部分的我。""一个伟大的人应有两颗心：一颗心在流血，另一颗心在宽容。"他去找布伦诺，递给他一根上好的雪茄，说："布伦诺，你原谅一个灵魂渺小的人吗？"布伦诺笑了笑："你不是说过'忌妒我的人在不知不觉之中颂扬了我'？权当我忌妒你好了。""不，你没有嫉妒我，你是真心在帮我。你不是也说过'一场争论可以是两个心思之间的捷径'？"布伦诺回答："那不是争论，是谩骂。"纪伯伦无语，他感到自己严重伤害了朋友的尊严，他鄙视自己，做深刻的灵魂的检讨，以祈求朋友的原谅。

纪伯伦的散文优美，哲思飞扬，然而真正打动我的是他"鄙视自己"、对灵魂进行自我解剖的自省精神，他希望人们摆脱"动物性"，抵御"不人性"，维护"人性"，呼唤"神性"，从而使生命能在宇宙的"大生命"中寻求扩大，臻于完美、至善。他说："整个地球都是我的祖国，全部人类都是我的乡亲。"

诗人去世后灵柩运回祖国黎巴嫩，葬于北部的贝什里纪念馆旁的山洞里。洞口旁的雪松木板上，镌刻着诗人为自己写下的墓志铭："我就站在你的身边，像你一样地活着。把眼睛闭上，目视你的内心，然后转过脸，我的身体与你同在。"诗人生时"鄙视自己"，死后他却一直受到世界人民的崇敬。

（选自《青年文摘》（红版）2008 年第 7 期）

何恩鸿

向北　向南

老家安庆，这是陌生朋友见面必问到我必答的开场白。只此一句，就会引起又一番相思的倾吐，升起朋友一头雾水。这些，应该不是因为安庆。

安庆，老家，那不是久远的记忆，那里还有我的挚爱亲人，那里还有我的牵挂梦想。安庆，一座久经风烟战火的古城，一座彪炳过近代史，倡导着新文学的古城。魏晋时代，有位伟人沿江而下，泊船于此，赞曰："此地宜城！"于是安庆别称宜城。

宜城应该宜家。三千桂子，十里荷花，画不出安庆物华风情；封岳天柱山，禅宗发祥地，道不尽安庆人杰地灵。此地宜家。

宜家，是匹夫草民实现人生宏图大业的最真实的表达。然而，我却出离老家，作客他乡，只留乡国清梦中。在一次次被问起时，再带着一种久远的沧桑与惆怅，用黄梅小调的呢喃，浅唱低诉：老家安庆。此情此语，新文化第一人陈氏独秀在未名湖畔讲过，现代文学大师张公恨水在金陵春梦中讲过，浪漫诗人朱湘在俄亥俄大学讲过，诗国天才海子在新诗祭坛的圣典上讲过。更有大乔小乔在铜雀春深的历史里讲过，桐城派巨擘在狱中杂记里讲过……

"孔雀东南飞，五里一徘徊"，这乐府绝璧的孔雀，也是从安庆飞来的。飞过春夏，飞过汉唐，飞过爱情的地老天荒，飞在有情人的祝福里，飞在安庆的怀古伤情之中。是孔雀悲情的谶语，还是二乔铜雀深锁的恶兆？安庆恰像一位薄命的红颜，从古到今，唱的都是伤情的歌儿。且不说高山仰止的大师，也不说天才命短的朱湘、海子等等，有过近代工业第一家的安庆，如今呢，是洗尽了铅华的迟暮美人，留给游子的总是椎心的痛楚。

据说，有一次研究生论文答辩，问者问，孔雀为何东南飞？答者答，西北有高楼。"西北有高楼，上与浮云齐……上有弦歌声，音响一何悲……"

孔雀为何东南飞？我宁愿相信这是人生的宿命，而不是红颜绝情；这是历史的宿命，而不是现实虚空。向南，向北，向西，向东，本来应该是一种实力的张扬，一种精神的突围，一种文化的延展。然而，现实中，我们演绎的却是古道西风！

天凉好个秋，我们这些游子一个个都背起行囊，学那北雁南飞。向南，向南，涉过长江，越过五岭，栖身南国的屋檐下，穿行珠江的烟雨中。翱翔的心其实早已疲惫，但我们不能疲惫，因为我们是游子。游子是一种心灵的候鸟，年年春好处，翩翩望北飞。于是，向北，向北。向北，很多时候都只能是如唱一首歌的思念。这里也有许多现实的牵连暮去朝来，连绵不绝。如此，我们唱熟了李春波，“常回家看看”，伴着心灵的春风秋雨。

相思，在宁静的文化中，是一轮皎洁明月；明月，在故乡的梢头是一种别样相思。今夜，我的相思可是李白的月光，照彻一种久远的向往，而这些啊，都是因为你——老家安庆。

（选自《广州日报》2002. 03. 21）

从终点出发

“终点是我们出发的地方。”这是艾略特的话，现在早已忘记了言说的背景。因为忘记了背景，这句话在记忆中就特别突兀。

文本的阅读，于我，在很多时候生发的是一种稀薄的心情，表达着一种迷离与向往。像是一堵围墙，为着隔开现实的喧嚣与无奈；像是一次伤痛，记叙着某次刻骨铭心的冲动和失败。

生活中，我们原来真的是我们自己过去的作者也是这过去的读者，我们都是某个故事中的人。故事中的人，听来有些隔膜与沧桑，却是最简洁最本质的表达。我们在读解别人的故事的时候，何尝不是在读解某个时间地点之下的我们的过去或未来呢。

时间是一切参照的起点，也是一切终点的参照。这是不是艾略特那句话的一种文本意义呢？只要涉及到时间这个问题，好像就没有智者。孔子面对流水的慨叹，赫拉克利特的“人不能两次踏进同一条河流”的名言，只是一种人生无奈的两个版本而已。于是，有人相信了轮回，有人放弃了信仰。

我欣赏艾略特的《荒原》，只是欣赏他那种孤独的思考方式和那颗孤独的灵魂。我发现伟大的诗人都有这种“荒原”情结。戴望舒、徐志摩、朱湘、海子、顾城等等概莫不是。说起朱湘，还有几人知道，20 世纪 30 年代寂然自沉扬子江的浪漫主义诗人？我却喜欢在静夜，默诵他的处女作《废园》：

有风时白杨萧萧着
无风时白杨萧萧着
萧萧外更不听到什么

野花悄悄的发了
野花悄悄的谢了
悄悄外园里更没什么

这是一个诗歌式微的时代，也好。诗在这样一个以物质为终极的时代，确实不能给人什么。《废园》除了如风如絮的惆怅，能给人什么呢！也难怪，“我不读诗！”成了这个时代的口号。

我一直喜欢探究诗人之死。几乎能列举古今中外所有青史留名的诗人中自杀的那一串长长的名单。从屈原举身赴清流开始，这可能是一条没有终点的征途。之所以说是征途，是因为我相信，诗是不死的。就像物质之于反物质，日升之于月落，是一种对应关系的改变。

有这样一首诗：

一个海员
他最喜欢的是起锚所激起的
那一片洁白的浪花……

一个海员
最使他高兴的是
抛锚所发出的
那一阵铁链的喧哗……

一个盼望出发
一个盼望到达

这首诗的主题与本文风马牛不相及，只是这里的出发与到达让我想起人各有志的古训。我们无权批评别人的选择，更无权批评一个时代的理念。

文学还是有其超越所有时代的终极追求的。审美的人心就是文学的终极，也是我们力行的初衷。终点是我们出发的地方，我也许能理解艾略特的这句话。

（选自《佛山日报》2003. 11. 01）

胡旻雯

生命 1 + 1

一

“弱小的草呵，骄傲些吧，只有你普遍的装点了世界。”冰心如是说。于是小草挺直了腰杆，因为他们懂得了再卑微的灵魂也应拥有高贵的头颅。

四年在黑暗中苦苦的等待，只换来四个星期阳光下的精彩。法布尔把蝉的一生这样总结给我们。怪不得这些夏练三伏的勇士们在引吭高歌中感谢，感谢骄阳所赋予他们的一切。

自然界中的生灵尚且如此，更何况我们这些自称为造物主的人呢！生命是美好的，懂得生命的美好是可贵的。当新的生命随着产房里那动人心弦的呱呱声诞生时，就好像小草萌出大地，夏蝉钻出泥土一样，告别了隐性的存在，开始了生的延续。所以，我们不能辜负生的权利。

二

如果说小草和夏蝉在走向新生时，本体总是历尽艰辛，那么人类本体的新生建立在母亲的艰辛之上。世界所给予我们最初的生命是一块白色的布，其余的色彩则需要自己在成长过程中慢慢填补。我们所需要的是认真地对待、仔细地描绘，尽量使它趋于完美，而不是信笔涂鸦，或者失去了继续调色的勇气，把一幅不堪或不完整的图画留于世间。

一颗沙粒要想长成珍珠，必须告别温暖的阳光，新鲜的空气，在阴湿寂寞的蚌中呆上很长的时间，这也是它不被海风吹得烟消云散，无法复寻的唯一出路。

生命的过程原本就要经过深深的苦难和长长的黑暗，只有这样，平凡如沙粒的我们才能长成又大又圆的珍珠，去实现人生的饱满。所以，在成长的过程中，我们要尽力完善人生的完善。

三

人生本来就是苦乐参半的，只是乐时不在意，苦时记在心而已。这就是苦乐的法则。从生命最初的一开始到不断完善的过程中，我们不可能不经历挫折，这就需要我们以一颗平常心去对待。宠辱不惊，闲看庭前花开花落；去留无意，漫随天外云卷云舒。因为命运的小蛇总是冷不丁咬你一口，让你痛上半天。人生的完美境界就是在受伤与恢复中体现出来。倘若一点点的打击就让我们悲观失望甚至走上奈何桥，踏上不归路，那么这样的生命本体就不具备排毒功能，这并非母体没有给予我们，而是我们自己缺乏自信自立自强的三合一维他命，肌体免疫能力太差。这是健康成长的大敌，要想防范于未然也并非难事，但要想根除自身的惰性却并非易事。所以，这要求我们，要一边受伤，一边学会坚强。

四

人生能活多少年，一辈子该有多少烦。正因为人生苦短，在历史浩瀚的长河中只不过是白驹过隙，所以我们就更应该善待生命。从生命的开始到生命的成长，再到生命不断的修复和完善，每一个人都有权力，也有义务好好地把握。

当然，最重要的是我们要不断的挖掘生命，不断的感悟生命，用自己的心去触摸生命的实体，用自己的眼睛解读生命的真正意味。

胡竹峰

稻米书

一个地方的饮食习惯，虽也被个人趣味所左右，但主要还是与气候风俗相关联。譬如稻米，在南方是三餐里的主角，在北国，却是生活中的客串。而面粉在南方是生活中的客串，在北国，却是三餐里的主角。这虽非定论，然在我看来，大抵情形却是如此。在南方生活了那么多年，说来可能别人不信，我吃面粉的次数居然屈指可数，不是说面粉不好，主要是周围缺少吃面粉的环境。

后来去了青岛，和一帮北方人生活，天天面食充饥，开始几天还有些想念稻米的味道，一个礼拜之后，也就彻底习惯了馒头、包子、面条、烧饼的生活，并且吃得不亦乐乎。可见我这人性情不定，容易忘本。

因为饮食关乎一个人最基本的生活立场，不是说改就改的。一个人可以时不时闹婚变，情变，一个国家可以动不动搞政变，军变，但一个人、一个国家的饮食习惯，却往往难以改变。我有个北方朋友，不久前去南方逛了一趟，回来说那里山好，水好，人也好，就是吃不好。不讲别的，但就说那稻米饭吧，吃起来像含了一嘴沙，不安本分，四处乱窜，无法下咽。

他这一形容有些伤害到广大南方稻米人的自尊，我当时就严厉地批评了他，语重心长地开导说：老兄这么讲是不对的，吃稻米饭要慢，应该专心一点，轻轻用舌头卷起，缓缓地送到板牙上咀嚼，这才能吃出清香，才能吃出滋味。胡嚼一气，米还没碎，自然是不能进入状态的，吞急了搞不好还噎着，这是我二十多年的吃饭经验。

是的，稻米是清香四逸的，面食却滋润调和着。吃稻米，嘴里有股河水的轻灵，吃面食，舌尖却是大山的淳厚。通常情况下的吃稻米只是点到为止，眼睛却盯着菜上，严格说起来应该是稻米和蔬菜同吃。两者之间的关系，这么说吧，如果是一杯茶，他们应该就是水和茶叶。饭菜饭菜、茶水茶水，它们须臾不分。

我吃过很多品种的稻米。稻米的品种每每以地域区分，皖南稻米，苏北稻米，泰国稻米，加拿大稻米……一粒晶莹的稻米，就是一面镜子，往往能反射出一个地方的风土人情。不同地区的米粒，有不同的颜色，有不同的气味，譬如东北稻米，饱满充实，呈椭圆形，有些关外大汉的风采；譬如江苏稻米，狭长纤细，呈锥尖形，颇似江南仕女的意韵。

我喜欢稻米白花花倾泻而下的场景，那是丰饶且充实的河流，仿佛一刹那泻下的不只是粮食，还有我童年和少年的所有时光。一粒米，就是一段人生的过程；一碗饭，则是一些生活的片段。稻米坚实而闪耀，一直默默地为我们果腹疗饥，默默奉献，还有谁能比它更忠诚呢？

我如今生活在北方，一日三餐总是蒸米吃。只有在饭桌上看到一碗热气腾腾的稻米饭，心里才会觉得踏实。然后每天去市场买些新鲜的青菜，回来清炒，隔三差五称点猪肉什么的，下锅红烧，在我看来，北方也成半个家了。因为粒粒稻米带着南方的水气氤氲在心头，给予游子的是熟悉而又亲切的关怀，毕竟它伴随着我度过了很多美好的时光。

一盘小炒，一碟咸菜，左一碗稻米，右一碗稻米，就这样饱饱地生活，饱饱地工作。做一世俗中人，也是幸福的啊。

（选自《泰州晚报》2008. 03. 05）

做饭是一种心境

晚上，一个人在厨房里切切洗洗，一边哼着歌曲，一边遐想着手中的美味。我常常暗自琢磨，咱搞不好上辈子就是个壮志未酬的厨子。不敢说是伊尹、易牙这样重量级的大师，最起码也是个和王小余差不多的烹饪高手吧。

说起来我应该算半个文人。许多事情文人墨客和贩夫走卒是有区别的，而美食却空前一致，空前的雅俗共赏。好吃的，三皇五帝装在胃里觉得开心，平民百姓吃在嘴中也感到愉快。

但做饭却并非如此了，我很少见到嗜做饭如爱美食的，尤其是男人。孟子曰：君子远庖厨。说是对于畜生，见其生，不忍见其死，闻其声，不忍食其肉。

这是哪跟哪呀，分明是强词夺理嘛。既要吃肉，却又假惺惺不忍杀生，真是心存善良倒也罢了，远庖厨的理由，却是为了眼不见，耳不闻，心安理得地大吃特嚼。上纲上线地说，这叫假仁假义，说轻松点，也是抬杠吧，孟子写文章喜欢和人青筋直冒地抬杠，搞不明白为什么这样的作风没有传承下来，中国文化自春秋战国之后，就没有出现过百家争鸣的景象，真是太寂寞，太安静了，我深以为憾。

文章扯远了，拉回来，继续做饭的话题。我原来是不做饭的，念到小学二年级的时候，有一天母亲把我叫过去说，咱家没有女孩子，你是老大，以后烧锅做饭之类的家务事要分担一点。我想想那是应该的，既然是家务事，人人有责嘛，白吃白喝七八年，是时候学着做饭了。一来今后到哪也饿不着，二则也是掌握了一门手艺，人在江湖不能没有一技之长，以后我的看家本领就是做饭吧。

所以除非不得已的应酬，大抵上我是不会主动去饭店吃饭的。所谓好的饭店，就是年轻女孩子做接待，差的饭店，就是乡下老妈子搞服务，后厨一律是肥头大耳的汉子挥汗如雨地做饭，端上来的菜基本上是用鸡精、味精、料包调出的味道。所以每次去饭店用餐，总觉得又让嘴巴遭了一次罪。回来后心里就特内疚，真是挺对不起嘴巴的，说起来都跟着我二十多年了，不离不弃，就凭这股忠心，咱也不能老是让他受委屈呀？

我现在对吃饭的热情，一般都是自供自给，想吃什么，自己做。青菜碧油油，装在盘子上，猪肉喷喷香，盛在海碗里，那些汤汤水水的，就让它晃在瓷盆中了。

朋友说我天生就是一家庭煮夫的坯子，没结婚就这德行，以后还不得让老婆劳役死？其实我看这没什么不好，要是每个男人都像我这样，平日里散淡恬静，与世无争，干干净净，写点小文章，挣点小钱，剩下的时光在厨房中打发着，那世界多美好啊。

其实散淡恬静，与世无争，干干净净，就是做饭的心境了。在风里，在雨中，小小的厨房，方方的菜板，五色的食物，百味的人生，能与心爱的人分享，我觉得是有福的，做饭也是一种生活。

（选自《婚爱》2008 年 10 期）

华 睿

正在消失的安庆“老行当”

历史就像一台装卸车，一路走，一路装，一路扔。随着历史的无限延伸，新的行业不断涌现，老的行当渐渐消失。新中国成立六十年之际，我们刻意挖掘出这些带有安庆民俗色彩的“老行当”，无异于给读者送来一盘家乡的咸豆角，让你在为时代进步而欣喜的同时，感受一份怀旧，感受一份挥之不去欲说还休的乡情乡思。

街头不闻“修伞呐——”

“修阳伞布伞油纸伞，修伞呐（音 na）——修伞呐（音 nei）——”，曾经在省城大街小巷频繁响起的这一韵味十足的吆喝，如今很难再听到了。

先前发出这种吆喝的多半是安庆桐城人。上有九头鸟，下有湖北佬，十个湖北佬，抵不上一个桐城佬。这是说桐城人很聪明。聪明的桐城人那时虽不会造伞，却学会了修伞，而且会修伞的也不是什么大不了的人物，多是一些没啥文化的农民。

据了解，上个世纪八十年代以来，在桐城金神、范岗一带，农闲时外出修伞的人很多。农村搞大集体的时候，当地就有一些脑瓜灵活的农民冒着挨批斗的风险，偷偷跑到外面的大城市给人家修伞。修一把伞，赚一根油条的钱，一年下来比在生产队干 3 年还强。后来田地分到家家户户，那里的农民三下五除二便干完了农活。为了赚点额外收入，不少小伙子便打起包裹，带上一束伞骨，辗转来到全国各地的大小城市，用严凤英唱黄梅戏的腔调，在城市深处，用特别拖长的尾音一路吆喝着：“修阳伞布伞油纸伞，修伞呐——修伞呐——”。这样一气喊下来，便有老阿姨小嫂子拎着各式各样的破伞，在楼道里边跑边叫：“喂，喂！修伞的，别走。”

桐城的小伙子多半小脑瓜灵光，嘴条子也很顺溜。他会一边夸张地说这伞坏得简直没法修，一边又说这伞修过以后会像新的一样。说来说去，无非是为多收两个钱做些铺垫。如果遇到长得漂亮而且嘴巴不饶人的小媳妇，小伙子没准会乘机开点不荤不素的玩笑，好歹过把嘴瘾。修完之后，双方通常会为换一根伞骨到底该收两毛钱还是一毛钱，而讨价还价地争个半天。那时城里人用伞的机会比现在多，晴天要伞遮阳，孬天要伞挡雨，用得多，坏得也多，因此修伞的生意十分红火。

可惜好景不长，当城里人的口袋越来越鼓的时候，修伞业便慢慢萧条起来。一是市民用伞的机会少了，雨天出门各自有车——公交车出租车私家车摩托车自行车，小伞派不上大用场；二是伞比以前便宜多了，坏了大不了换一把，出门撑一柄有补丁的旧伞，在城里人看来，那是有伤体面的。修伞的生意就这样坏了下来，于是先前走街串巷的桐城小伙子，如今大多改行去做大买卖了，修伞的活儿则让给了身子还算硬朗的老年人。

这些老人也只在雨季的时候出来，跑的地方多半是大中专学校，因为学生永远是穷的，他们还得撑着有补丁的雨伞。学校是清静的地方，容不得随便吆喝，老人们只是在食堂旁边摆个小摊子，不声不响地等着那些小主顾。至于居民小区，去了也是白跑，半天寻不到一笔业务。于是小区里那些惯于精打细算的老伯老太，有时便不得不心疼地将家中坏了的旧伞扔进垃圾堆。他们一边扔，一边会有些失落地怀念起从前那十分好听的吆喝："修阳伞布伞油纸伞，修伞呐——修伞呐——"。

拨浪鼓摇啊摇

手摇拨浪鼓的乡村卖货郎，算得上是中国最早而且最小的"超市老板"。如今拨浪鼓还在摇，但声音早已稀疏。

40 岁上下的城里人，如果童年是在乡下长大的，那他对拨浪鼓的声音一定有着最亲切的记忆。"嘣—嘣—嘣—嘣—嘣嘣嘣嘣嘣"，这很有节奏的鼓声从大老远的地方穿透耳膜而来，于是村子里狗叫人闹，妇女小孩们以最兴奋的心情，开始手忙脚乱地迎接卖货郎的到来。

改革开放以前，农村商品奇缺，上千人的行政村（那时叫生产大队）仅有一两间不大的小商店。大老远跑来买东西时，商店里货色不多，倒还要陪着小心看营业员的脸色。农家事多闲少，进一次商店很不容易，于是送货上门的卖货郎在乡下十分吃香，差不多每个村都有三四个人从事这一行当。这些人大多是干不了体力活的老弱病残，他们手上摇着碗口大的拨浪鼓，肩上挑着 10 多公斤的卖货担，一步三摇，用不着吆喝。那货担虽轻，货色却不少：有针头线脑，有发夹钮扣，有花豆牛皮糖，总之都是妇女儿童感兴趣的东西。卖货郎的“服务态度”很好，落下担子后，他在一边歇着，你只管翻来覆去的挑挑拣拣，看中了，便交钱拿货，完全是一副“乡村超市”的派头。偶尔会有手脚大胆的女人顺手“拈”走一粒钮扣，自以为他没看见，不料刚刚“得手”，他便不失时机地走过来说：“大嫂，你看中了？便易，一分钱一粒。”弄得对方不尴不尬，只好一边掏钱，一边咒自己贪心。

有时候看中了一样东西，手头却没钱，没关系，可以拿牙膏皮、鸡毛来换。

讨价还价自然是免不了的，由于卖货郎大多是不大不小的光棍汉，因此讨价还价的结果，多半是嫂子们一边抛个不花钱的媚眼，一边拿走东西得了便易。对付小孩，卖货郎们自然就轻松多了，良心坏一点的，会一边抓着各种色彩的花豆，一边对孩子说：“回家拿一个鸡蛋来，我这些全给你。”孩子多半禁不住诱惑，果真跑回家偷来鸡蛋。良心好一点的卖货郎，则通常会让孩子把偷来的钱或东西送回家，然后递来一粒花豆说：“这事你妈晓得了，非打死你不可。”

卖货郎也挺不容易，一天跑下来，脚先累了。躺在床上，卖货郎一边歇脚，一边算计着今天是赚是亏，还得考虑那些鸡毛牙膏皮该拿到哪里兑钱才划算。这样的日子一直持续到上个世纪八十年代中期。在“全民经商”的浪潮中，乡村大小商店像雨后春笋一样冒了出来，大小商品应有尽有。这对乡民是一大幸事，但对卖货郎却是致命的打击，不少人从此告别了这一行当。

怀宁县三桥镇社塘村70多岁的老卖货郎丁海水老人，如今还在惨淡经营着这一老行当。他一边摇着拨浪鼓，一边感叹说：“我老了，拨浪鼓也老了，但我还得摇，摇了一辈子，闲下来我会憋得慌。”

“袋匠”挤进大都市

“袋匠”刘三杰来合肥摆摊剃头已有好些日子了。虽然他剃的“瓦罐头”很不中看，但他能把男人的胡子刮得像女人的嘴唇一样光净，就凭这两样“绝活”，他的生意始终还是有的。

今年60岁的刘三杰是怀宁县三桥镇人，他在省城铜陵南路摆了个剃头摊，偶尔也换换地方。谈起“袋匠”的掌故，老刘师傅像数自家养的小鸡。

城里人所谓的美容师、理发师，早先在农村一律叫“袋匠”。在改革开放以前，乡村没有理发店，理发的活儿通常由专人“承包”，“承包人”一律是男性，而且以跛子居多。他们一般要承担一个或两个村全体老少爷们剃发、刮胡子、掏耳朵的活儿。由于剃头的家伙通常放在一个长条形的布袋里，今天拎到东家，明天拎到西家，因此乡民们便形象地称他们为“袋匠”或“跛子袋匠”。

袋匠一年到头在自己的“领地”里忙个不停，但忙得很实惠。首先是吃得好。他们一律吃派饭，一吃就是一天，而且享受的是贵客的待遇。干饭自然是少不了的，菜里即使没有鱼肉，至少得有鸡蛋，在温饱很成问题的年代，这已经是令人神往的享受了，所以袋匠多半长得肤白肉肥。其次是不用干体力活。由于从事这一行当的多半是跛子，因此他们不用在生产队出苦力，口粮他们有份，年终还可以家家户户收取一年的剃头钱。农村人看重“头面”，再穷也不会少袋匠的。即使家中真的没钱，杀年猪的时候，最好的猪肉则任他们挑。因此袋匠在乡下是很令人羡慕的。

干这行的由于吃得较好，多半嘴很刁，而且有些挑食。吃派饭时，如果东家伙食不对光，他会在理发时剃个“阴阳头”来整你，弄得你哭笑不得，只好在来年时将他辞了。当然，袋匠中也有令人尊敬的。这类人多半是和事佬，如果哪家夫妻吵架了，他会在给丈夫理发时，一边剃，一边劝，一边要他这样或那样。此时自己的头就在他的刀下，作丈夫的多少有些不自在，因此没有不依他的。久而久之，一些人家或邻居间闹了矛盾，总会找袋匠来评理，于是有些袋匠成了乡村里“一言九鼎”的人物。

老实说，那时的袋匠和花圃里手持大剪的园丁差不多，无非是把长的剪短，短的刮平。经他们料理之后，大小男人们一个个都是“瓦罐头”，十分难看。爱漂亮的小伙子们对此早已不满，只是因为找不到更好的师傅而只好将就。这种情况在上个世纪八十年代中期很快就被“改革”了。此时，一些有文化的姑娘小伙子专门到城里拜师学艺，然后纷纷回家，开起了时髦的理发店。于是袋匠们伤心的发现，自己的东家仿佛一夜之间走了大半，再往后，更是每况愈下。怀宁县三桥镇刘三杰师傅就这样丢了自己的阵地，从此歇业。

前不久，刘师傅来合肥看望自己上大学的女儿时，发现城里的一些小青年竟然以“瓦罐头”为时髦，于是打定主意来省城摆个剃头摊，没想到一天还能赚个十几块钱。被乡下人抛弃的东西，竟然在大都市里找到了一线生存空间，刘老汉觉得不解，却也为自己感到庆幸。

最后一只铜喇叭

城里死人向来没有乡下热闹。城里人送葬，多半放点哀乐；而在安庆乡村，则一边有亲人哭丧，一边有人吹喇叭。只是如今哭声依旧，而喇叭声早已不闻。

安庆人很讲究送葬的礼仪与台面，如果送别亡灵时只有哭丧而没人吹喇叭，那是要被笑话的。因此自古以来，这里每个村都有一两个人以吹喇叭为业，号称“吹丧”。在殡葬改革以前，吹喇叭的职业虽不体面，却很吃香。一次吹下来，通常能吃几顿有酒有肉的丧饭，外加两盒春秋牌香烟。在饥饿时代，这已经是很不错的待遇了。

安庆市怀宁县三桥镇有一个人吹喇叭闻名全县，这人姓刘，名字很特别，叫王送，很有点“送别亡灵”的意味。据当地一位老师介绍，王送的喇叭吹得特别好听，只要他开口一吹，所有的人都会闻声落泪。“我是听着他的喇叭声长大的，”这位老师回忆说，“王送老人能自度曲调，抑扬有致，一曲三折。他能吹得让人失魂落魄揪心透肺，能让你想到生想到死，想到天堂想到地狱。”据说有一次王送去给一户柳姓人家吹丧，一进门发现柳家3个兄弟站在亡父的灵堂里，正为分家一事吵得不可开交。王送感到心寒，便一言不发地拿起喇叭，对着老人的亡灵一气吹了10分钟，吹得3个不孝之子一齐跪到父亲的灵前，抱头大哭。

王送性情温厚善良，天生一副和气生财的相貌，虽然他家孩子多，经济上很拮据，但他从来不跟事主计较报酬。不过事主如果多给一包香烟，他会吹得更加卖力。由于他的喇叭吹得比别人好，所以哪家死人了，一定都会请他到场，没他到场，说明丧事办得不够“规格”。王送吹丧有一套自创的“行话”，如果死者是一位花甲老人，他一进门便会说：“恭喜你家老人升天了。”如果死者是个年轻人，他会改口说：“怪我来得不巧。”通常他的话才出口，事主听了已是飞泪如雨。送葬时，4个壮汉抬着灵柩走在前面，孝子孝孙紧随其后，王送夹在其中。他把两腮一鼓，喇叭朝天，运气一吹，声音如泣如诉哀婉凄绝，能传到几里地之外。于是鞭炮齐鸣，子孙同哭。这情景一直持续到亡灵归山入土。

王送老人已在几年前过世了，他带走了自己用了一辈子的那只铜喇叭。临死前，他特意将一只新买的铜喇叭留给了几个儿子，希望他们中能有人继承父业，他对儿子们说：“荒年饿不死吹丧人，吹喇叭好歹是一门吃饭的手艺。”令人感慨的是，老人留下的那最后一只铜喇叭始终没能派上用场。如今这只喇叭已被锈蚀，再也吹不出好听的声音了。他的几个儿子中有种田的，有当干部的，有做老板的，就是没有吹喇叭的。原因很简单，吹丧离不开土葬，自从殡葬改革以后，农村的葬礼也简化多了，多数人家不再请人吹丧，而是买一盘哀乐在追悼会上放放，先前吹喇叭的人现在都纷纷改行种田了，吹丧业从此没落。

生活水平的提高，必然会带来生活观念与行为方式的改变，因此哀乐取代吹丧，这既是一种进步，也是历史的必然。话虽这样说，当地的老人们对此还是有一种共同的遗憾：没有王送吹喇叭，自己归天时一定会感到很寂寞。

原载《新安晚报》

高考，中学时代的最后一课

——写给我省高考学子

孩子，今天你高考。

你别误会，高考，其实也就是你中学时代的最后一课。

这堂课你不用带书包，不用“起立”“坐下”，不用做课堂笔记，不用上黑板默写昨天学的英语单词。走进教室，你只需静静地坐下来，上课便开始了。

这堂课换了新老师，而且不止一个，但这没关系。他们和平时教语文的张老师、教数学的李老师一样，都很善良和蔼，都希望你把这堂课上好。

这堂课的任务不是听讲，不是和同学讨论，而是请你以最佳状态进入回忆和思考，然后把你回忆和思考的结果静静地写下来。任务很单一。你不是一直希望课堂上能独立思考吗？这堂课给了你最好的机会。

在这堂课里，你是独立而自由的。在规定时间内，你甚至可以决定自己何时下课走出教室。当然，因为这是最后的一课，所以你肯定会珍惜而且留恋这堂课的分分秒秒。假如你平时上课难免迟到和早退，这堂课你肯定不会。

孩子，今天你高考。

你别误会，高考，在某种程度上其实也就是你中学时代的最后一节“成人课”。

这堂课结束后，你离懵懵懂懂的少年时代越来越远，却离意气风发的青年时代越来越近。

这堂课结束后，你会惊喜地发现你悟出了很多道理：回忆和思考的时候，没有任何人能帮你，你也不能向任何人求助，你得靠自己，这正如人生的路，你得靠自己走，从此你会知道独立的重要；当回忆和思考的结果准确无误时，你会享受到一种成功的乐趣；当回忆和思考的结果不够完美时，你会从未像现在这样，深刻地认识到问题出在哪里。从此，你会知道成功的味道有点咸，因为汗水是咸的。悟出这一点，便是这堂课的意外收获。悟出这一点，受用一辈子。

因此，高考，这中学时代的最后一课，是你为自己举办的一次成人仪式。

面对如此有趣的最后一课，你当然没有理由紧张；喜悦和激动，才是你最基本的心情底色。

（原载《安徽日报》）

黄骏骑

举手之劳何以难

“推敲”一词，源于古诗“鸟宿池边树，僧敲月下门”。夜深人静，飞鸟入林，万籁无声，僧人踏月色归来，轻轻敲门而入。这是一种意境，也是一种文明。

一日与朋友闲侃，说起敲门的三则趣事。

某天去一单位联系工作，刚坐下叙入正题，猛地闯进一青年。单位领导脸色温和，却是警告的语气：“你已经是第三次了。”“什么第三次？”小青年不解。“没有敲门！”领导严肃以告。小青年不以为然，悻悻地说：“当了几天官，架子就这么大，还是熟人呢！”对方无忌于客人，回敬说：“敲门是礼节，你懂不懂？”小青年自知无趣，怏怏离去。

一夫妇乔迁了新居，小学五年级的女儿，有了自己的小天地，在房间里看书做作业，可以不受干扰。一天，女儿正在聚精会神地看书，妈妈一把推门而入，孩子吓了一跳，情不自禁地发问：“怎么不敲门？”妈妈十分吃惊，心想，母亲到女儿的房间，还需敲门么？

朋友家十七岁的儿子在洗澡，门掩着未加扣。其父进去拿东西，猛地推门。正在洗澡的孩子手足无措，脱口而问：“为什么不敲门？”其父愕然。

随着社会文明程度的提高，敲门这一举手之劳，不仅是一种要求开门进门的通告，还带上了浓浓的礼貌色彩，体现出一个人的文明程度与文化素质。要入他人之室，须先行敲门，即使门敞开着，也应轻声敲门，待得到对方允许后，方可进门。这是一种礼节，以示对对方的尊重。有了这个礼节，会使对方接近你，自自然然地接受你，情不自禁地喜欢你。

话又说回来，在我们身边，行敲门之礼，一时还难以形成习惯。但那种以脚踢门双拳使劲捶门的不文明行为，应该而且是可以克服的。推而广之，在公共场合，与人交往时，彬彬有礼，沉静文雅，讲究公德，维护法度，关心他人，是我们追求的境界。一般来说，公务交往、商业谈判、亲朋相聚等正式场合，大多注重礼仪，行为谨慎。但在日常的公共场所，比较轻松，比较随便，个人行为也就比较放任，一些不良习惯就自觉或不自觉地流露出来。如不分场合吸烟，随地吐痰，乱抛纸物，高声谈笑，不尊老爱幼，不遵守交通规则等。

“不学礼，无以立。”一个没有礼节不讲文明的人，难于在社会上立身行事，也很难在交往中享受亲情与友谊的乐趣。要培养良好的德行操守，只有严以自束，砥砺磨炼，别无其他途径。不能因为是司空见惯的小事，就自我原谅，自我宽恕。

（选自《安徽日报》1997.08）

江兴代

教师的幸福

教师，每一个生命中最初的灯火，在为学生点亮心灯的同时，自己的胸膛里应该是心灯如月。

教学过程中，能把欢乐带给学生的教师最具感召力、最富魅力，一个最受学生欢迎的教师，最为重要的素质，是他心中时时贮满着高度的诗情和明丽的画意，他的学生处处沐浴着他所播撒的灿烂的阳光和甘甜的雨露，他能将富有震撼性的欢乐带给他的学生，这种意味深长的震撼，抖落了学生胸中的尘埃，净化了他充满激情与理性的灵魂，一堂课下来，学生们凝视着体力疲惫而神采飞扬的教师，心中充满了钦佩、感激、幸福和欢乐。

学生的进步、成功，也深深影响着教师的生活，看到他们成绩的提高，收到他们考入大学的每一封来信，每一张贺卡，教师心中都会涌起一股实实在在的甘甜。“老师，也许我不是你最优秀的学生，但是，以后我将努力成为你对社会做出贡献最大的学生。”我们为此而幸福着，真切地感受教师职业带给我们的甘甜，拥有心灵者最富有，我们不再感到自己是单薄苍白的，平凡的生活中，因为有学生心灵泉水的浸润，而变得饱满丰盈起来。

心中的甘甜，足以让我们快乐而不知疲倦地工作一辈子。

学生的成长带给教师的幸福是深刻而持久的。

教师的职业虽然平凡，但它也蕴藏着无限的快乐。我们不一定能干成什么惊天动地的伟业，但我们的生命应当如百合，展开是一朵花，凝聚成一枚果；应当如星辰，远望像一盏灯，近看是一团火！

在平淡中享受教育的幸福，用心前行，以一种不屈的精神和审美的眼光，穿越刻骨铭心的平心，快乐地从事自己的职业，使得自己的人生充满了艺术的芳香，流淌着清美的甘泉，飞扬人生导师的风帆。

实际上，教育的神圣是寓于教育的平凡之中的，把教育看得过分神圣，会忽视它的平凡，远离它的真实；把教育看得过分平凡，又会忘记它的神圣，丢弃它的使命，我们每一天都在神圣与平凡中行走，应该认识教育的这种属性。

其实，每个人都有两个重要的世界——情感的世界与智慧的世界，一个人是否幸福，是否快乐，在很大程度上取决于对这两个世界的满足。教师也是如此，而且，这两个世界又是互相影响的。在情感世界里，如果我们的教师能够真正地把爱心献给所有的孩子，真正用心对待自己的每一次讲课、每一次与学生的沟通，他一定会感受教育的乐趣，体验教育的幸福，同时，在智慧的世界中，他一定会找到“把发现留给学生”的办法，让学生每一天都在期待和惊奇中度过。

身为人师，在奉献与创造中实现了人生的价值，享受着无尽的快乐与幸福。

（选自《我的教育情怀》丛书·江兴代教育论文精选）

金诚睿

梦鞋记

除夕之夜，大抵是个不眠之夜。鞭炮声声，弄得你坐卧不宁。现在的爆竹长度惊人，响声尤烈，从晚上六七点，到次日早上七八点，轮番轰炸，此起彼伏，可用四个字来形容：乌烟瘴气。仿佛置身中东战争之伊拉克阵地一般，对于精神与心脏不太好的老人来说，简直是一场灾难。

初一早晨八时以后，爆炸之声渐趋平息。谢天谢地，未曾合眼的我，终于进入梦乡。

不知睡到什么时候，突然听到清脆的门铃声，赶紧披衣而起，开门一看，两个皂衣人垂手站立在门口。问："您是金老先生么?"我说："是"。他们说："我家主人说是您的好朋友，请您去他府上一叙。"我问："有多远。"他们说："不远，不远，有车马伺候。"我好像头脑不太清醒，未作深究，便稀里糊涂地跟着他们走出家门。果然，见到一辆轿式马车，红色顶盖，珠帘玉饰，飞羽流苏，富丽华美，软暖舒适，十分惬意。赶马人一声吆喝，四匹高头大马，奋蹄飞奔，风驰电掣，好像腾云驾雾一般。

不一会，车子慢了下来，忽闻人声鼎沸，车辚马嘶。挑帘一瞧，竟是一条繁华大街，人物衣冠，很陌生，但又有点眼熟。啊，这是在《康熙大帝》、《雍正王朝》等电视连续剧里看到的场景呀！不正是北京城么？正疑惑间，马车驶进一条胡同。"到了，到了"，赶车人扶我下车。面前是一个高大的门楼，上有一方黑底字的匾额，颜曰："李府，熠熠生辉，气派非凡。

这时朱门洞开，走出一个官人。只见他：身材五短，面皮白皙，额广脸圆，口上无须，头着赏戴花翎，足蹬皂色朝靴，蟒袍马褂，玉带横腰，一条大辫子，直垂脑后，油光可鉴。远远向我拱手道："金兄光临寒舍，有失远迎，失礼失礼。"

我生平未入京城，与官家更无瓜葛，谈何"老朋友"？正纳闷间，那位官人叹道："站客难留，请到里面坐。"我想：既来之，则安之。一番礼让之后，我随他穿长廊，绕假山，进厅堂，步入书房。宾主坐定，他问道："听说您正在赶写《李莲英发迹传奇》电视连续剧?"我说："你不远千里，用宝马香车，把我弄到京城，就只是为了证实这件事?"他忙说："非也，非也。"稍作停顿，又说："你知道我是谁？大清内务部大总管李莲英是也。你千万不要相信稗官野史和市井小报的胡编乱造，什么'两宫之争'，什么'帝后矛盾'，都是我搀和出来的。我有那么大的能耐吗？——请你来，让你深入生活，了解事实真相。"

我近距离地看着这位赫赫有名的清末大太监，宽眉深目，声细如女子。尽管刻意造作，仍难掩饰他那宠贵的骄横和奴才的谄媚之态，尤其他那文诌诌附庸风雅，其酸气令人作呕!

我问："你说的'真相'是什么?"他故意卖个关子，说："你没有留心，我这书房，有什么与众不同么?"我环顾四壁，只见书架上，根本没有一本书，全堆上各种式样大小不同的材料各异的鞋子。李莲英不读书，不足为怪；他收藏这么多的鞋，干什么呢？如果放在超市，顾客们必然认定，这是一片鞋业专卖柜。他似乎看出我的心思，便说："我的发迹之道，就在这些鞋上。"他随手拿起一双鞋，说："譬如这双'保健鞋'，是专门进贡能帮助我向上爬的人的。现在是'老佛爷'的专利品了。它的材料是用多种名贵中药材，运用炼、泡、灸、煎、熬、煅等特别手法，精制而成的，穿上去，不仅冬暖夏凉，心身愉悦，而且包治百病，益寿延年。这种鞋，有效期极短，不出十天，就得更新一次。而是跟鸦片一样，有依赖性，一日不用，则万箭贯心。你说'老佛爷'能不宠我吗?"

"这是'小脚鞋'是给反对我的人穿的。我常说，你要我一时过不去，我让你一辈子过不去，我叫你无法立足；这'铁鞋'是给竞争对手穿的，叫你穿上'铁鞋'，还有我爬得快吗；这'高跟鞋'是给'哥儿们'穿的，你不说高人一等吗；这'草鞋'是我在皇帝老儿和清官面前穿的。显出我朴素清廉；遇上难办的事，我穿上'球鞋'，像踢球那样，把球踢给别人；这'水鞋'是在危难关头穿的，溜之乎也，逃之夭夭!"

李莲英正在兴头上，忽闻外边枪声四起，有人喊：八国联军来啦！他颜色大变，抓住一双'水鞋'，套在脚下就跑。谁知忙中有错，竟穿上了'玻璃鞋'，一抬腿，只听"砰"的一声，满地碎玻璃，他也应声而仆，跌在玻璃屑上，血流满面。忽而两声炮响，红光闪闪，烟硝散去，李莲英身首异处了。人声嘈杂，乱成一团。

我一激灵，睁开双眼，却仍睡在床上。只听老妻喊道：“懒虫，还不起来，马上吃午饭了。”这时意外，鞭炮声，双响声和邻居孩子们的嬉闹声，犹萦回于耳畔。

牛趣图记

小时候，母亲讲牛的故事，她告诉我：“牛是穷人投胎的。穷人死后不愿来世再做穷人。阎王说，这次不让你做穷人了，你吃的是甜草，喝的是糖。但投的是牛胎，吃田草，喝塘水，知道上当了，哪里还能找到阎王呢？只好默默地承受着。所以，牛温顺，忠诚，吃苦耐劳，非常通人性，人们应该善待它们。”

我们家饲养了一头母黄牛，好几亩山田，全靠它耕作；平时碾米、搬什么重东西，也由它当担。农忙时，起早摸黑，一身泥水，经常肩膀皮磨破了，仍然一声不吭地拉犁拖耙。农闲时，放到山上，自己去吃草。只有隆冬草枯季节，才供它田里收的廉价稻草。我们家出门就是山，那时林丰草茂，牛不会走得太远。偶尔有事，母亲“牛——哞——”一声吆喝，声浪激荡，山谷回音，它很快就出现在眼前，从不偷懒卖滑。

从小我就喜欢黄牛。先是大人抱着我，骑在它的身上。大一点，我自己想往它身上爬，它太高大了，就是够不上。老牛真通人性，主动低下头，等我攀上牛角，便抬头把我送到背上，在村子里瞎转，让我出尽风头。

解放前，农村很落后，没有碾米机，最原始的办法，是碓臼舂米，十分费力，效率很低。好一点的，便是石槽碾米了。在一个圆顶房子里，铺设一个直径近十米的圆形石槽，石槽上安装着有两个像轮子似的石磙，样子像自行车。石槽圆心立一个能转动的柱子，算是轴心，再用一根长木，将柱子和石磙连接起来。石槽内填进稻谷，让牛拉动石磙转动起来，循环往复，稻谷糠皮被碾脱，白生生大米露出来了。

有一次，效姒姐带我去碾米，我坐在石磙上赶牛，一不留神滚了过来，老牛却突然停下脚步，石磙在我脚边刹住了。这时，姐姐也冲到石磙前，将那一百几十斤的石磙掀了起来。那时，我才四五岁，姐姐也只有十五六岁，不知哪里来的神力。父亲是位中医，他说："幸亏老牛和姒丫头救了你。如被石磙碾过去，肯定是粉碎性骨折，脚废了，恐怕腿也不保。"伤虽不重，脚还是肿得像只熟猪蹄子，一个多月不能下床。当天晚上，母亲特地送去半脸盆的黄豆给牛吃，以示犒赏。一家人对老牛都怀着深深地感激。

我读初中时，老牛生了个牛犊，整天跟着它妈妈，形影不离。有一天，跟往常一样，它们母子一道上山吃草。半上午时，老牛独自跑了回来，满身伤痕累累，鼻子和耳朵还在滴血。见到家人，转身又向山上跑去。当时，我们小龙山常有猛虎出没，偷袭农户的猪鸡。母亲料定：牛碰上老虎了。一家人抄起扁担、洋叉，跟了上去。在离家约两华里的山凹里，老牛停了下来，昂首悲鸣，眼流泪水。我们发现小牛倒在血泊里，周遭草木零乱，一片狼藉，足见当时打斗十分惨烈。未见虎影，但在附近小溪边找到虎的足迹。老牛角上留有虎的毛血，大概老虎也负重伤，不然，到口的美食，怎轻易地丢弃了呢？一个温顺的黄牛，敢与凶猛狡黠的老虎叫阵，真是护犊情深啊！

后来，我去外地上大学，父亲应聘到桐城县医院开办中医科，全家搬入县城，从此，我们很少回故乡了。有一回春节团聚，我问起老牛下落。母亲忧伤地告诉我：老牛被人牵走了。一场突如其来的"灾难"波及我们家，财产被抄，家中珍藏的十几箱医书、古字画和父亲撰写的医学书稿，或被烧，或被拿，片纸不存，连口粮折子也被人偷走了。后来房子也拆了。母亲和效姜妹饥寒交迫，万不得已，才跑到县城里来。母亲说："一直不让你知道，怕影响你的学业。"人且如此，老牛的命运可想而知了，不说也罢。不过，是我们家连累了老牛，一直心怀内疚。

前年，返乡扫墓。在老家住的表侄江家寿送我一个黄精树兜，回家琢磨，很像一头牛，还十分眼熟。你看它肢体壮实，肌肉发达，孔武有力，头偏脸侧，独角当空。有一股"刺破青天锷未残"的阳刚之气。背负小牧童，惬意安详，流露出老牛那温顺、慈爱和善良的阴柔之美。啊，这不就是我心中的老牛么？再瞧小牧童，不正是幼年的我么？近一个甲子的风雨流离，半个世纪的诀别重逢，我欣喜欲狂，感慨万千，老牛啊老牛，儿时你给我许多快乐，老之将至，你又来到身边，帮我敲开记忆的密码，我们的缘分不浅啊！我给她取个名字，叫《牛趣图》。

在我完成这件根雕作品时，我哭了，把她捧在双手上哭了！

我哭了，真的，我热泪纵横地哭了！

从那个春夏之交始，近二十年来，我制作根雕不下百件，这是最钟爱的，可谓：“相看两不厌，只有《牛趣图》”。

老妻道静打趣地说：“你不要敝帚自珍，拿出来让人家看看，究竟是柴禾还是宝贝。”是的，农历己丑是牛年，愿借日报《天窗》之一角，凑凑热闹，一是让根雕老牛对牛年来个美好的祝福；二是为心中老牛献上一瓣心香。

金肽频

保卫母语

先前看新闻，说北京等地的英语教学市场极为火爆。有许多学生为了英语的四、六级考试，竟然任母语荒弃。中国外语教育研究中心的一项调查是，4000多名大学生在校学习期间花在英语上的时间，比花在母语即汉语上的时间多出20%。北京大学的王岳川教授在谈及这种现象时，也不无忧虑地说：我开了两门课，一门是中国艺术精神，一门是西方艺术精神。在谈论西方艺术精神时，我的博士、硕士每个人都颇有见解、建树，但谈到中国艺术精神时，很多人就“哑火”了。——由此看来，我们的母语权、母语文化权和母语的尊严问题，正经历着一种空前的危机，我们需要为保卫母语而行动了。

人从哪里而来？母亲。母语呢，就像“母亲”一样的角色，是你这个民族从古就有，也是你从小就有的语言。我们以前一直将母语唤为汉语，在大学里一般称为“中文”。母语一词是我们对汉语、汉文化的亲切称呼，它最早诞生于上世纪八十年代的小说文体实验。它体现了觉醒后的“语言意识”的演进脉络，是文化记忆、情感和想象的凝结与创造，同时也寄托了我们的文化性格和民族愿望。后来在诗歌及文学评论中获得大量使用，现在它成了我们对汉语的亲切称呼。时至上世纪末，母语还一直享受它应有的地位，但很快呈现出与英语并驾齐驱的现象，再到最近几年，它在许多学生的眼中又沦为次于英语的角色。这其中有许多问题值得社会深思。

英语作为国际性的交流平台固然重要。有人在比较中国与印度未来的发展潜力时，就强调印度的英语优势。其实，我想说的是，日本是一个说日语的国家，不是照样成为发达国家了么？一个国家的语言不会成为它与其他国家对话的障碍。在国际化交流中，也没有哪一个国家愿意让母语成为牺牲品，前几年法国总统希拉克就曾呼吁法国公民要重视法语，不要让法语被英语所侵蚀。再回头看看我们自己的母语，近几年随着出国留学热的兴起，也随着外国大公司频频地进驻中国，国家对国际化人才的需求激增，英语受到了空前重视。家长们从孩子的蹒跚学步开始，就开始猛灌英语。录音机、复读机，家教，一年级开学英语外，还要学剑桥英语。更有甚者，胎教也以英语为主。一时间，英语教师异常走红，身价陡增。以致出现许多小学生的英语说得比汉语流畅，英语作文写得比汉语作文好的头重脚轻的局面。这对于英语来说是幸事，对我们的母语来说，就多少有些不幸了。

小学的情况如此，大学校园也有让人担忧之处。现在许多中文专业的学生，也出现这种“偏食”现象。笔者在一所大学担任兼职教授，所见学生也有北大王岳川教授之“所见”。学生们热衷于西方文化、西方艺术和网络文化，而淡薄于中国的传统文化和传统艺术。长期的厚此薄彼，必将使我们的母语处境尴尬，也易丧失母语的文化权和在世界上的话语权。所以，已到保卫母语的时候了！我们必须从教育管理系统、社会文化系统、国家管理系统这三大方面下真功夫，寻找汉民族的母语权、母语文化权，让它在世界上发出自己的强音。与国内对母语的冷淡相比，近年另一可喜的现象是，国外的汉语热。张浪辉先生曾有一篇《垫着母语走南美》的网上文章，让人深深感受到汉语在南美的巨大优势，使英语在某些地方也派不上用场。我们为此感到高兴和骄傲！

母语教育对培养一个人的民族情操具有重大意义，热爱自己的民族，首先要从热爱自己的母语开始。

（选自《农民日报》2005. 11. 30，曾获2005年全国报纸副刊作品年赛一等奖）

读书使人优雅

毕淑敏有篇文章《读书使人优美》，我觉得她说的还不够，只说出了读书对人七分的作用。使自己变得美好，是每个人的天然愿望，在此方面，唯有读书使然。美好着重于人的心理状态与仪态姿势。我认为，读书带给人们的除了这两点最重要之处，它还可以加深人的道德修养与精神蕴涵，使人变得优美高雅。

对于女人，读书可能是一种简单而又高效的美容。自古以来，这方面就不乏著名例证。钟离是历史上众所周知的丑女，然而她饱读经书、贤惠淑德，令齐王折服，被封为后。至今仍传有“无盐娘娘长得丑，她为齐国定邦基”的美谈，她的美德被载入《列女传》。历史上读书使丑女变美的经典故事至今仍在影响着现代女性的行为方式，但似乎也变得有限起来。尽管女人的美丽是天生的，但后天的环境也是它一个致命的影响。试想，一位女士穿戴高档，涂脂抹粉，珠光宝气，形象足以和明星媲美，但若她一开口，就是令人倒胃，那她何谈高雅之有？相反，尽管你眼前的女人相貌平平，甚至丑陋，但若你看到她掩卷而读，睫毛低垂，暗波在眼，你不觉得这样的女人也很可爱么？丑女和美女相论，是需要细节的，是需要精神这个大层面的。古人黄庭坚也说：“人不读书，则尘俗生其间，照镜则面目可憎，对人则语言无味。”看来，读书是使女人变美的一个不老法宝！

罗曼·罗兰也曾劝导女人多读些书，说多读好书是女人唯一的美容佳品。但现在一些女人喜欢看的是时装杂志和生活休闲之书，在流行中间行走，读书的方法讲究快速。甚至有些女人把读书当成了气质的时装。这样读书对生活有利，但不一定对精神有益。真正的阅读应该是思想性的，启发式的，一本好书在手，犹如良师在家，与高贵的灵魂促膝交谈，与智者进行着深层的精神对话，从而使人思考问题时能从理性中进出，拓展了女人纤细、狭隘的胸怀，把眼界变成了世界。

如果说，读书能使女人变得优美雅致，那么男人读书，应该变得优美高雅。社会角色的区别，要求男人在读书时，不能仅仅以打发无聊为主。也不能像女人那样，能用读书为自己美容。因此，男人读书应该增加自己的智慧与幽默，增加心胸的宽度与广度。读书是男人摆脱平庸最好的办法，不会在辽阔的世界与漫长的时间里迷失自己。因此，我读书时，常常喜欢把自己带入一种思想和反省的境界里。关注纷繁的世界对人内心的袭扰，谋求自我的灵魂充实与精神生长，从而追求一个高远的人生信念。

男人读书比女人读书应更注重选择性。每个时代都有时代的大师，只有你在书中与这些大师们建立了真正的友谊，他们才会带你神游其中。你享受到的不但有思想的快乐，还有精神上的上升。要知道，女人最不喜欢的就是不读书的男人。明代诗人于谦曾为此写诗：“书卷多情似故人，晨昏忧乐每相亲。眼前直下三千字，胸次全无一点尘。”他本人就是一位清静读书的实践者。当代的著名学者季羡林先生，今寿高九十有余，依然思维敏捷，鹤发童颜，他靠的是哪门秘方？读书。自古以来，一切贤哲都主张过一种简朴的生活，以便不为物役，保持精神的自由与豁达。

读书还是改变人生匮乏、贫弱、苍白状态的好办法。它改变的不但是人的精神、气质和品性，而且使你不断地增长职业智慧，使你的事业闪耀着睿智与光彩，充满着创造的快乐。对于女人如此，对于男人更是如此，唯有读书能够使你远离平庸，使你呈现出美丽与优雅！

（选自《人民政协报》2007.07.23）

李 卉

姐姐与水芹

春天，水芹是安庆最寻常不过的蔬菜。

碧绿的叶子，翠绿的茎，一两元一斤，价格实惠，买回一捆，洗净切段过水后配上点香干丝，清香爽口；如果用红椒、干丝、肉丝一起爆炒，端上桌来，红的椒绿的水芹黄的干丝，鲜艳无比，赏心爽口，下酒又下饭，其中滋味恰如清代袁枚赞叹水芹那样："味之精微，口不能言也！"

这样的菜在寻常百姓家的餐桌上肯定少不了，即使酒店饭馆大餐，水芹也能堂而入室，与尊贵的山珍海味一起，不卑不俗，一样受到人们喜爱。

安庆水芹，最有名的产自于桐城地区，而又以该地泗水桥的芹菜为正宗，当地民间唱到："泗水桥，地低凹，水芹田里是泥沙，香灰泥下流泉水，冬暖夏凉水芹长"。滋润泗水桥水芹不是普通的河水，而是那地田底下有股泉水，决定了那里水芹独特的鲜嫩和风味，骨子里的品质，一茬又一茬，没有改变。

人们常说桐城人杰地灵，有龙眠山有龙眠河有文庙，有六尺巷有宰相有独领文坛数百年的桐城派，所有这些都是桐城的骄傲是桐城津津乐道的名片，使得桐城文都之称毫不为过。其实，所有这些，都是由于桐城千百年来有这一股清泉的滋养，这种泉水使得桐城山水，使得桐城一代代人，那么鲜活茁壮而有个性起来，正如这桐城独有的芹菜，不富不贵却雅致而芳香。

吃完水芹，满齿留香，如果再泡上一杯桐城小花，看几页桐城人的旧文，在午后柔柔的春日暖阳中，斜斜地靠着一把发亮的老式藤椅，想一些什么，不想一些什么，随心在静谧中自由伸展，像桐城小花碧绿的叶片一样，在水中尽情舒展开来。

水芹是安庆人普通的家常菜，无浮华之气，不骄不躁，清清爽爽，生活在安庆，每年春天能吃到这种蔬菜，简直就是上苍对安庆人的恩惠和青睐，今天吃了后天又想了，又去菜市，找一捆水灵的拎回来，那么自然而随意，可这对离开安庆的游子来说，简直就是一种幸福，一种奢望。

姐姐爱水芹胜过所有的蔬菜。细细算来，姐姐离开安庆已经有十六个年头，每年春天，姐姐在与我通电话时，常常不经意间就聊到了安庆的水芹，姐姐系牵故乡的所有一切，只有水芹那么真实，年年水芹上市，姐姐年年思念家乡，年年我看到水芹，年年我思念远在他乡的姐姐。

过去常去北京出差，只要是春天，我总带上几斤安庆的水芹，看着家乡带有泥土气息的水芹，就像见到了家乡的老友，姐姐总显得激动不已，看着这鲜嫩水灵，清虚淡雅的水芹，姐姐仿佛回到了家乡，回到了在家乡的早春处处飘出水芹香的那一条条老街上。

姐夫先于姐姐四年考入北京的，博士在读时，姐姐和小外甥就离开了安庆，当时，小外甥才四岁多，到北京不久，姐姐也考上了研究生，一家人从此在北京打拼开来，有着安庆人特有的灵气和蓬勃的生机，如今，他们在北京，事业有成，生活得非常幸福，小外甥如今已是大二的学生，今年暑假就要去美国留学，对于家乡，小外甥渐渐陌生了，而姐姐对家乡的感情却愈来愈强烈，这种情结，如同泗水桥下的悄无声息的泉水，干涸不了，涓流不息。

姐姐非常真实，是一位朴实、豁达且重情义的人，正如水芹那样，那么青葱、明亮，充满活力，生于田间而不俗，长于沟壑而不浊，由内而外，保有独有的清气，春天里总是把根须牢牢扎下，鲜活而生机。

大前年春天，姐姐陪父母回安庆扫墓，下车第一句话就问我水芹可下市了，我笑着说，没有没有，满大街都是水芹，姐姐笑了，从她的笑意中，我感受到了清澈，感觉到了真挚。

吃着水芹，我就想起了姐姐，这种真切的思念，每每叫我有一种冲动，冲动着爬上北上的列车，冲动着带几斤家乡的水芹。

前天去桐城出差，中午推掉一位朋友的吃请，一个人拐进了一条老街，找了一家排档，点了一盆素炒水芹，老板说，你来我家算来对了，我这水芹最正宗，上午刚在泗水桥采摘的，说话间，一盆碧绿的水芹端了上来，滋滋冒着热气，香气一下子升腾开来，吃在嘴里，顿感清新爽口，那独有的香味，从嘴里一直弥漫到心里，还没等第二个菜上桌，我已把满盆的水芹，一扫而光。

在桐城，吃桐城泗水桥水芹，觉得简直就是神仙！但我忽然觉得，桐城所有荣耀的历史都已经过去，在我看来也并不重要，唯有这水芹是真实的，是鲜活的，年年生，年年长，植根着于此，坚持着独特的个性。

从故乡走出去的姐姐，保持着清泉之上水芹特有的秉性，从容而淡定，这些品质，与生俱来，从未改变。

（选自《安庆晚报》2008.04.30）

李 蓬

悔

那一年，我在江南的一所中学复读。国庆节回家，路过桐城时，时间还早，我便在这古风犹存的小城闲逛。那天有煦暖的太阳，小城中人来人往。迎着初秋的风，我信步来到了一个小书摊前，摊主是一个十七八岁的小姑娘，有一双细细的却极为和善的眼睛，小脸蛋儿红扑扑的，穿着朴素而整洁的衣裳。见我走近，她便热情地招呼道："姐姐，要买什么书？"我一看，哇，这么多！我像一个淘金者发现了金矿一样狂喜。

我看到了一套狄更斯的书，其中一本《雾都孤儿》我还没看过，我拿起它，毫不犹豫地想买下，但我同时又看到了路遥的《平凡的世界》，我也拿起它，仔细地端详，一页页地翻看，一遍遍地摩挲，两本书我都想买，但一看定价，共要 16 元钱，我身上的钱已不够买两本书了。

买哪本？我拿起《雾都孤儿》，放下《平凡的世界》，不行，路遥是我最仰慕的作家，这本书是他用生命换来的惊世之作，我要用心来读读不平凡的路遥为我们展现的一幅乡野世界的大画卷；于是，我又拿起《平凡的世界》，放下《雾都孤儿》，也不行，狄更斯的语言、情节是那么独特，让人对他的每一本著作都不忍舍弃，我在英语书上第一次读了他的《双城记》时，便对这位英国作家情有独钟了。小姑娘见我这样为难，这样爱不释手，她依旧和善地笑着，轻轻地说："你过几天再来，我给你留着另一本，好吗？"我摸摸口袋，只好同意了，决定买下《雾都孤儿》。递上十元钱，小姑娘转过身去找钱，她在那小小的木匣子里认真地搜寻着，我不舍地看了看那本《平凡的世界》，头脑突然像上足了发条的钟表一样在飞快地转动着：我要是能拥有它，多好！我可以在黄昏时分就一盏晕晕的台灯好好地咀嚼诸多人物的悲欢离合，我多么迫切地想得到它！它静静地躺在书摊上，强烈地诱惑着我蠢蠢欲动的心。我瞟了瞟四周，迅速地"攫取"了那本书，连想都没想，就迅速地塞进我的包里。我再次慌乱地看了看四周，小城中行人很多，但没有谁注意我这个光天化日之下行窃的贼。

小姑娘已找好了钱，她毫无察觉，纯真地笑着说："没见过你这么喜欢书的人，过一阵子再来，我一定给你留下。"我的双颊发烧，不敢看她微笑的双眼，心如一头小鹿在狂奔，扑扑乱跳，接过她找的钱，我的双手竟然有点颤栗，慌忙抓起《雾都孤儿》，逃也似地飞奔至车站，我既憎恨自己，又害怕小姑娘追上来，指着我的鼻子，骂我："你这个贼!"然而没有，小姑娘或许还没发现，她或许仍在微笑着招呼着下一个客人。坐在三轮车上，背着因加了两本书而重了几分的包，我突然怕面对如此暖和的秋阳。

时间已过去了四年，《平凡的世界》已被我藏在箱子的最底层，我不敢将它拿出来，每看到这本书，我就忆起那位微笑的小姑娘，她在轻轻地说："过一阵子再来，我一定给你留下。"她哪里知道那个戴眼镜的文质彬彬的姐姐竟然是一个贼!

多少次，漫步在这小城熙熙攘攘的人群中，我多么希望能遇到小姑娘，我永远忘不了那圆圆的脸，和善的眼睛，柔和的声音，我会把十块钱递到她的手里，我会不顾她的惊诧匆忙逃开———我实在没有勇气来回答她的质询，世事几多变迁，但我相信，我仍然无法直视小姑娘那一双清澈的眼睛。

走在晴朗的天空下，"你这个贼"这种愤怒的声音一直压迫着我，缠绕着我。多少次夜深入静，我在透视自己的灵魂时，才蓦然惊觉：那小姑娘一定出身贫寒，要不，她怎么在花季年龄守着一个书摊聊以度日呢？当她发现我偷了她的书后，她会不会对这世界失去原本的信任？她的脸上还会有纯朴的微笑吗？她会不会因了我黑暗的举动而从此戴着伪善的面具行走在人生长长的隧道里？我"钳"来了一本书，却也"钳"来了内心的煎熬，我如何做，才能去除心灵上曾经的污垢？

我曾是个贼，但我永远不会再做贼。

（选自《月光城副刊作品精选》，中国国际广播出版社，2000 年 9 月一版）

爸来安庆过春节

李　徐

今年春节不回老家，很想尝试一下在异乡过年的滋味。在刚入腊月的时候，我就知道这个年一定会过得很特别。因为爸打来电话，说来安庆过春节。

去火车站接爸回家的路上，旅途的疲惫并没有湮没他向我历数带来那几包年货时的兴奋。爸对准备年货向来是有耐心和极大热情的。在我们家族中，爸的辈份很高，所以以往过年，后生晚辈们都要挈妇（夫）将雏来我家拜年。一连几天，都有人在爸精心准备的丰盛宴席上，一边热烈地划拳、炫示酒量，一边啧啧称赞爸的不俗厨艺。仅仅如此，我家过年就很殷实了。

然而，刚来几天，爸便抱怨说安庆过年没有什么年味。原因之一就是安庆的冬天太暖和了。几十年蜗居在故乡的小城中，使爸对年前的天气有着约定俗成的印象——应该是飘着小雪或履着薄冰的。其实，今年的暖冬天气，就是故乡的小城也不甚寒冷。然而，爸却固执地把记忆中的故乡与安庆作着比较。在故乡，一入腊月，便能听到热烈的锣鼓声响，这是各单位的春节花灯队在排练节目。一张张涂着夸张油彩的脸，其实都是些熟识的面孔。爸一直喜欢带着泥土气的热闹和淳朴，而这些在年前的安庆街头是看不到的。在满街前卫音乐的震动中，爸有种寻不到年味的失落，稍稍显出一点想家的情绪了。

为了让爸感受一下安庆过年的气氛，我特意带他上街走走。没想到回来后，爸却说了些怪异的话，让我笑出眼泪来了。一次看我摆弄家里的 VCD 时，爸由衷地赞道，安庆的东西的确比家乡丰富，连“敌敌畏”（DVD）都有了。他还不解地问为什么会有很多穿制服的警察坐在车上吹着忧伤的小号。当我告诉他这是人家办丧事的仪仗时，爸拍拍头，很不好意思：我好歹也是机关干部，怎么现在跟刘姥姥似的。

这几天，爸又在钻研菜谱了，同时认真侍弄着晒在阳台上的年货，那神情绝对像一位将军在检阅他的士兵。而我，已从心里知道，这将是我在安庆度过的一个特别而同样丰富的春节。

（选自《月光城副刊散文精选》，中国国际广播出版社，2000 年 9 月一版）

李学明

犹看黄花分外香

“莫嫌老圃秋容淡，犹看黄花分外香”。这首诗中所指黄花即菊花。菊花又名延年、更生，帝女花、女华、节华、九花等。菊花是起源于我国的名花。菊花之名，最早见于《礼记》的《月令》，“季秋之月，菊有黄花”。战国时代屈原的《离骚》经有“朝饮木兰之坠露兮，夕餐秋菊之落英”。《山海经》也有“女儿之山，其草多菊”之句。

菊花在我国已有三千多年的栽培史。宋朝以前多为露地自然栽培，到了宋朝，开始人上盆栽，栽培技术自此日渐精良，菊花遂成城市人家窗前案头客。我国最早的菊花专著《菊谱》就是宋朝的刘蒙撰写的。七八世纪时，菊花由我国传到朝鲜，后传到日本，直到十七八世纪才传到欧美。由于菊花花色繁多，大小各异，千姿百态，又开在万花凋零的秋季，且有清逸之神韵，因而博得了各，国人民的喜爱，成了世界名花。

菊花品种多，因而名称也多，五花八门，具有诗情画意。菊花名称是根据其姿色，形态而来的，有的象形、有的拟态、有的寓意、有的以花比物、有的以景拟花，如“玉环舞带”、“嫦娥奔月”、“黄鹤翎”、“凤凰展翅”、“鸳鸯锦”、“金杯玉盆”、“八宝玛瑙”、“金边大红”、“古铜钱”、“绿牡丹”、“王楼春”、“金丝柳”、“流莺和转”、“苹上霜”、“春梨菊”、“黄山云雾”、“花好月圆”、”皓月”……由菊名想到菊型有的纤细清而、有的端庄高雅、有的仪态雍容、有的风姿潇洒、有的腾空而舞、有的飘飘欲仙、有的珠帘重卷……

人们爱菊花，因其色态众多，神采飘逸。因其清新、高雅，因其“独开众卉已调时”，还因它具有能供人们食用、饮用、酒用、药用的功能。在南方一些地区，人们在春天里采野菊嫩苗，炒而食之，名为“菊花会”，味清洌可口。有些地区，在秋季菊花盛开时，以白菊花，鸡片或腰片投于鸡汤中，烹而食之，别具风味。还有以菊花捣泥拌糖做糕饼馅的。

以菊花制茶，唐、宋已多见。以菊助茶香，也成了丈人雅士做诗的题材。如唐有“九日山僧院，东篱菊也黄。俗人多泛酒，谁介助茶香”。宋有“妍暖春风荡物华，初回午梦颇思茶，难寻北苑浮香玉，且就东篱掯嫩芽”。现在我国有些地区仍有以菊花泡茶的习惯。

用菊花酿酒，由来已久，古有“饮菊花酒，令人长寿”之说。

至于以菊当药，更是多见的了。菊花的根、茎、叶皆可入药，菊花之所以又名“更生”，“延年”，就是因为它能供药用。古人认为“久服菊能轻身，耐老，延年”。菊花的药用在神农《本苹》经中就有记载。据现代药学研究，菊花含有菊甙、氨基酸、胆碱及微量维生素，大量服用对大肠杆菌、对链球菌等有杀伤力。菊花性微寒，能清热解毒，平肝明日，治眼目昏花及白内障。捣敷外用，能治痈疽、疔疮、无名肿毒，还能治头痛目赤、头弦耳鸣等疾。古代还有将菊花晒干做枕的，名“菊花枕”，据说睡一夜菊枕，次日就头脑清新、精神饱满。入药菊花以杭菊、杜菊、野菊及安徽滁川、亳州白菊为好。

菊花繁殖力强，易栽培。栽培方法有播种法、嫁接法、分株法、扦插法。家庭养菊，以扦插法为多，扦插成活后上盆（直接在盆内插也可，但较难掌握，成活率也低些），只要掌握好摘心除芽方法及时节，适量浇以水肥，足不难养山几盆菊花的。

菊花能美化生活，陶冶人的性情。同志，你不妨栽几盆试试。

（选自《写作技法举要》一书，内蒙古九院校编写）

刘鹏程

诗坛那些事儿

一直以来，“文学边缘化”、“诗歌边缘化”的说法屡见不鲜，文学，特别是诗歌，从曾经一个时代的美丽梦想，逐渐淡出公众的视野。然而，近些年来，无论是在平常，还是在一些重大社会背景之下，总会发生一些诗歌事件，引来公众热切关注的目光，给寂寞的文学话题平添了几分热闹，如孔雀开屏的美丽。只是读者和媒体往往更喜欢关注诗歌“不堪”的一面。

从2006年底开始，2007年被炒得沸沸扬扬的女诗人赵丽华被网友恶搞事件，当是一大景观。诗人，这个已经很多年不招人待见的词，突然间成了大众舆论关注的一个焦点。事情的起因是这样的：女诗人赵丽华的一些“废话诗”突然引起了网友的兴趣，他们将其命名为“梨花体”诗歌，并以各种形式模仿恶搞。不到一个月的时间里，“梨花事件”逐渐升级演变成一场闹剧。一时间，赵丽华以“诗坛芙蓉”的外号“臭名昭著”，现代诗歌和诗人成为网友热批的对象，似乎一夜之间，每个人都离诗歌那么接近，一伸脚就可以踹上诗歌的腰，甚至每个人都可以用大白话来进入诗歌的世界，于是开始了一场讨伐诗歌的语言狂欢。先是韩寒在博客上“大鸣大放”，声称“现代诗歌和诗人都没有存在的必要”。韩寒的言论引起许多诗人的强烈反感。以沈浩波为代表的数位诗人在网上与韩寒展开了一场声势浩大的“口水战”。紧接着，为了声援赵丽华，一些诗人集结起来，举办了一场声势浩大的“支持赵丽华保卫诗歌”朗诵会。会上，诗人苏菲舒当众裸体朗诵诗歌，惹来一片哗然。几天后，此次脱衣事件的主角将整个事件过程的照片发布在了自己的博客上。

几乎是在同时，一家网站推出“造诗软件”，只要随便输入几个主题词或者关键词，乃至互不相干的几个词，就可以生成一首读来不知所云的所谓“诗”。至此，“恶搞”事件达到高潮。

很多人都没有想到，被称为“文学骄子”的诗歌，以这样一种悲哀的方式进入大众的关注视野，几乎是遭遇一场灭顶之灾。从这一事件也引发了很多关于诗歌的争论。于是，很多人为诗担忧，为诗“正名”，认为现代诗遭遇了前所未有误解。其中，《人民文学》2007 年第三期以诗歌专号的形式出版，此前，创刊半个多世纪的《人民文学》仅出版过两次诗歌专号。主编韩作荣说“只是想在诗遭到冷遇时为人们的心灵送上一点温暖，并体现当代新诗被遮蔽的本来面目。”同时，《青年文学》也出版诗歌专号。从 2007 年以后，一些重要文学期刊包括《十月》、《天涯》等，纷纷扩大诗歌版面，一些以前没有诗歌的期刊如《钟山》也增设了诗歌栏目。

2007 年发生在诗坛的“包养”事件，也是公众和网络的一大热议。生活窘迫的湖南籍诗人黄辉，通过媒体宣称想被富婆包养，从而实现自己的写作理想。该言论一经公开，网络上立刻骂声一片，黄辉更是被大众冠以“伪诗人”、“文化贱客”、“流氓作家”等骂名。风口浪尖之时，曾发表长篇小说《商海迷情》的重庆知名女作家、富姐红艳在博客中主动表示，愿意“包养”黄辉一年。此言一出，立即在网络上引起轩然大波，“包养”事件再次升级。

当事人富姐红艳对此事引起的激烈争论始料未及，称“已经不敢在网上阅读网友的评论”。与此同时，她向公众澄清，她所指的“包养”，并不是要和黄辉有任何肉体上的交易，本质上就是资助，但她希望通过这样一个敏感词语，唤起社会对文化人的关注。后来网络上流传有一份红艳和黄辉的“包养协议”，协议上涉及到一年的包养费 12 万元。对此，网络上的看法不一，甚至有激进的网友认为，“包养事件”对诗歌的意义远胜于赵丽华的诗。

与“恶搞”和“包养”有所不同，每隔几年都会发生一次的诗人自杀事件，在网络等公众媒体总会引起热议。1987 年，女诗人蝌蚪用一把精致而锋利的手术刀割断了大腿上的静脉自杀，年仅 33 岁；1989 年 3 月 26 日，诗人海子在山海关卧轨自杀，时年 25 岁；1990 年，诗人方向服毒自杀；1994 年，朦胧派代表诗人顾城在新西兰用斧头砍死妻子谢烨，继而在一棵树上吊死；1996 年，著名诗人、报告文学作家徐迟从六楼病房阳台上跳楼自杀，时年 82 岁；2005 年，河北诗人周建歧在自己 35 岁生日时自杀身亡；2007 年 10 月 4 日，诗人、小说家余地在家中自杀身亡，留下患重病的妻子和一对不满百日的双胞胎儿子；今年前不久，广东青年诗人吾同树在自己按揭贷款购买的新居里自缢身亡……这类相对严肃的诗人自杀事件，每一次都会在诗坛引起不小的震动，并且通过网络和其他媒体辐射到公众的视野，引起公众对诗歌和诗人的评价。这些诗人的自杀事件，大多以疼痛的形式深深地留在人们的记忆里，而海子的自杀，包括海子无限浪漫的诗歌，20 年以来，早已经演变成一个时代的诗歌神话。

但是，有一些诗歌事件往往和诗歌本身所固有的激情一样，它总是要对社会进行呈现或者承担。80 年代的汪国真诗歌热，虽然诗坛本身并不一律看好，但是汪诗却足足影响了一代青年，给 80 年代画上了诗意的一笔。与 70 年代的天安门诗抄一样，2008 年的汶川大地震，铺天盖地的诗歌，从几乎所有的诗人开始，扩张到普通人，从创作、出版到朗诵活动，迅速承担起了鼓舞人心的担当，显示了诗歌作为“文学骄子”的美丽和青春活力。从诗歌技艺本身而言，从诗歌艺术的发展变化而言，它也总在不断地影响着公众的教育。特别是中学语文教材的新诗选编问题，也是从诗歌和诗坛内部开始，话题迅速蔓延到公众层面。90 年代，西南师大中国新诗研究所副教授毛翰，首先提出中学语文教材上的新诗需要重新选定。此话一出，迅速出现了以四川《星星》诗刊为代表的北方观点和以广东《华夏诗报》为代表的南方观点，既而蔓延到教育学术界和整个社会，经过一番激烈的论争，最后尘埃落定。一批朦胧诗人包括舒婷、梁小斌、江河、海子等的朦胧诗被选入中学教材，为诗歌教育掀开了新的一页，也为诗歌本身的进一步发展开辟了道路。

（选自《安庆日报》2008. 10. 12）

从姓名说符号时代的烦恼

以前我在互联网上基本上搜索不到自己的作品和信息。个中原因，是因为我的名字太缺少个性化。把我的名字往搜索栏一打，搜索键一按，出来的关于“刘鹏程”的信息有几千条，哪个是我的？和我同名同姓的有教授、有抢劫犯、有儿童、有妇女，找自己的信息犹如大海捞针。别人的东西一搜就出来了，我的不行，只缘于一个太共性的姓名。

后来，我一时聪明，在我名字前加上一个“诗”字或“文”字，就基本上是我的信息。可是最近，报刊上出现了和我同名同姓的文学作者，而且在互联网上如此搜索，显示的东西也不全是我的了。有一次，一位朋友说，在

《新安晚报》上看到了我发的一篇小文章，我说“是吗?”他说“你怎么写起那类文章了?”我说“那不是我的”，朋友说“原来如此，有同名同姓的真不好，不知道哪是你的东西”，我说“名字只是个符号，没什么。”其实我心里烦。

我小时也烦名字，我小时候不是现在的名字，太个性化了。但从符号的角度看，现在想起来是好事。当时的名字是“逃生”。我家兄弟姐妹八个，我排行老七，父母忙，管不过来。小时候我几乎没人问津，连名字都在四、五岁才取。因为我常犯事，不守规矩，父母亲就打我，打我我就跑，因此他们给我取名“逃生”。自从明白了这个名字的含义，我就为此而烦，同学、玩伴动不动就拿我用“死里逃生”开涮。后来，在上中学时我知道可以改名字，就改成了现在的名字。

其实改成现在的名字还是寄托着自己的一番心事，“鹏程”同样是“跑”，但跑得主动、跑得光荣、跑得遥远，是好事。可是，现在这么好的名字也有烦的时候。其实，比我因名而烦的人大有人在。现在的学校，你只要打开学生花名册，几乎一律单名，王伟、张翔、李刚之类的名字，一找一大把，因同姓名而引起的诸多不便和烦恼这些孩子肯定也有。好在现在有许多家长给孩子取四个字的姓名，这就避免了雷同。

可是，话又说回来，其实姓名只是一个符号，因为雷同引起的小小不便根本不算什么。我们中国的人太多，每个人取一个两个字或三个字的姓名，按数学来排列，可能有不碰车的么？名字的确是一个符号，可以说现在已经是一个符号的时代了。我的公文包本来可以很斯文的，可是现在变得越来越“富态”了，里面全是各种证件、磁卡。这些是生活的必需，有很多你必须随身带，既累又烦。

现在的证卡一溜子排出来也真多：身份证、户口证、驾驶证、行车证、手机卡、购物卡、银行卡、借书卡、医保卡、水费卡、有线电视卡、电费卡、各种优惠卡；学生还有 IP 卡、上网卡、食堂饭卡、借书卡、出入卡、IC 卡；民工还有计生证、暂住证等等不一而足。这一切你都必须保管好，丢失就像丢了自己，它们分别在生活的不同领域代表着你。同时你还必须保管好别人的某些符号，如电话号码。现在的人都必须随身带上个电话本，以免引起不必要的烦恼。

另外，许多证卡附带有通行证和密码，你也千万不能丢，丢了就不能“激活”，你的证卡就成了废品一张，这更会烦死你。现在我上网比较多，每个网站你进去得先注册，这就是让你领取一个符号，确定你一个通行证、一个密码，丢了你就进不了，如果别人先用你名字注册了你也进不了。这么多的通行证，这么多的密码，记死人，真是烦。

说来说去，都是说符号时代的烦恼。再往回说，现代快节奏的生活，必须把每一个人符号化，以提供更高的效率、速度和质量，这包括每个人的生活质量。这样，各种类型的符号就源源不断地渗入到我们的现实生活，我们必须保持良好的记性。

记住这些符号，你就记住了你自己。

（选自《浔阳晚报》2006. 10. 27）

芦颖佳

当时只道是寻常

每个人都有属于自己的一片森林，迷失的人迷失了，相逢的人会再相逢。

——村上春树

我们说过要和爱情比赛。天荒地老，海枯石烂。

此时我想，读一本书，爱一个人，过一生。其实这样真好。

有时，我宁可自己是一朵无名的庭院花，生存不是用来博得喝彩的，但我曾经亦努力地开过。经常在下班的路上，看到有这样的女人匆匆迎面而来：素净的妆容，精致的包包，偶尔，包口处露出一叠厚厚的A4办公纸，很明了的职业女性吧。再看她的手中，一袋子时令菜蔬，红绿相间，长长的茎叶随着步伐轻轻地摇动着。每每看到，我总会会心一笑，因为想象着，在脚步的那端，她的家，她是如何匆匆地放下手中的一切，褪去职业女性的骄然，围起围裙，洗手做羹汤，或许，也会习惯性地打开料理柜上的收音机，国内国际的资讯，流行经典的音乐立马让烟熏火燎的厨房变成轻松的舞台。矫情的女人总能恰当地放飞自己的心。

一直以来，我总是会对站在事业顶端的女性们抱以无限向往，她们身上所折射出的种种光环令我神驰。但我确是有点懒散，又有点愚笨，因此注定了此刻我只能作个绿叶来旁观。我知道，我离我的梦想还很远，至少目前是这种状态，在庸常人世中随波逐流。偶尔，有那么一个瞬间，想停下脚步，看见梦想在不远处摇闪，心中激荡，几乎要奔上前去，却被惯性掣肘，被俗事牵扯，游移不定。

记得前些日子无意间读到了那首《阿尔弗瑞德·普鲁弗洛克的情歌》——

我可有勇气，
搅乱这个宇宙？
在一分钟里总还有时间

决定和变卦，过一分钟再变回头。

一切于是被拖延下来，他重新回到原点，把梦想放到远方，想象着未来还有时间：

有的是时间，无论你，无论我，
还有的是时间犹豫一百遍，
或看到一百种幻景再完全改过，
在吃一片烤面包和饮茶以前。

只愿我们都享受着岁月静好，愿我们都拥有平淡而真实的生活！

安静一下，我再衍生

我张开双臂交叉在胸前。如果可以我想变成一种植物，一种生活在西山坡上的，既可以长时间的安静，又可以享受并不长久的阳光。我不希望自己的慵懒给别人带来不悦。所以最好在吸吮必要阳光的同时还能有个小小的暗处容我潜滋暗长。

我想问你，那朵无名的庭院花开得还好么？我这有一盆植物，叫绿萝。我想当花儿孤寂的时候，绿萝是可以相伴的，自我见到它的那天开始，就深深地爱上了。因为层层的绿总是能毫无缘由的吸引我，青翠、舒适。吸引我的还有那些美丽的小鱼，它们睡觉的时候是睁着眼睛的。不笑也不哭泣。当这种安静的美好在有一天我照旧凝视游来游去的它们时，却发现了上翻的白肚皮，安静戛然而止。那种疼痛，就像一枚钉子，生生敲入眼睛。

昨日梦见首尔。伽耶琴的弹唱，表演的老妇人有刚硬而沧桑的嗓音，那声音像是要被皮肤吸收了。不禁让人想起李沧东的《薄荷糖》。有着典型的韩国气质。而我对南方水乡的记忆仍旧停留在时间的沉淀中，存留在老树，老巷，青苔，雨锈，旧物，及寻常人家的院落之间。还有那些个岁月深处的良善传统，淳朴个性，厚道世风，以及，也许清贫但闲雅自足的生活。两种背景，两种姿态。

不相干的总是来来往往，熙熙攘攘。日子久了，你归你，我归我，练得互不干涉，八月，“刷”一声翻过，不看过往，看别的去。看梦里萦绕的碧海蓝天，看即将来到的秋高气爽。恩，要去要看的还太多太多。佛家言，烦恼即菩提。我又不知道该怎么办了。那么就如之前一位大师对我说的那样：“当你不知道怎么办的时候，就什么都不要做。只是完全的安静下来，完全的回到自己。慢慢的，智慧就会出现，然后方向也会自己出来。”所以接下来，安静一下，我想再衍生。

喝水的间隙很自然的想起一朋友的网名叫“一生为你画眉”，相思的那边被画眉的是一个美目盼兮的女子，当时深深觉得真是终极浪漫和惬意。只是青葱岁月过尽，一声叹息后，他告诉我们他想要戴上尾戒。因为画眉的终究会有他人，而孤寂的终究还是自己。《茜茜公主》里说：在到寂寞无助的时候，你可以去大自然中，你可以从每一棵树，每一朵花上面，感觉生命无处不在，感觉上帝就在我们身边。忘不了的还有《七宗罪》中那句“这世界是美好的，值得我们为之奋斗”的声音。太多太多优秀的作品，那些在过往日子中陪我成长，伴我孤寂的影像、对白，谢谢你们，再会！

开脱出来，笑笑吧。明天，明天就是另外一天了。

马顺生

“发现”徽商的记忆

1994年的春天，我前往北京参加“安徽经济成果展”的采访工作。这是江淮大地经受1991年特大洪涝灾害后，我省向党中央和首都人民做的一次全方位经济与社会发展的汇报。作为一名记者，在北京的一个星期采访过程中，既为安徽水灾之后取得的成就而高兴，也为在展览之外感受到对安徽经济落后而造成的扭曲形象而苦恼。许多的问号萦绕心头：外界了解真实的安徽吗？安徽真的就没有亮点吗？

此后的岁月，我们一直试图从不同的角度寻找答案。无论我在记者岗位，还是走上报社的领导岗位，特别是承负一个媒体导向的重任，我都没有放弃这种寻找。记得有一年的深秋在皖南采访，沿途的古村落，徽式建筑的马头墙，在市场经济的大潮中，依然能留下一些可见的符号。我在思考：在雕梁画栋的大宅里，在水墨画一般的村庄里，在祠堂的古老族规里，我们曾经失去了什么，是否还有我们今天需要诊视的宝贵遗存？

直到2002年的一个春日，我与几位同仁聚在一起高谈阔论：聊区域经济，谈都市商圈，侃财富巨人，最终谈到“徽商”。徽商辉煌了300余年。在那个时代，徽商就是财富的象征！这种曾经有过的辉煌曾给安徽商人带来了巨大的自豪感。那是一种挥之不去的情结！

在中国企业发展的漫漫征途上，有人以“诈”生财，有人以“信”致富；有人漫天要价，有人童叟无欺。徽商作为征途上的一支劲旅，是中国商业道德行为规范孤独而坚持不懈的探索者。在今天看来，这种思想精华仍在导引我们新时代的商人。于是一个大胆的创意产生：以“徽商”作为旗帜，集聚安徽商人再创商界奇迹，希望从徽商这特殊的经济文化中找到重振徽商雄风的“兴奋剂”。

但是，阻力是难以想象的。当时，许多人的思维中有一个禁锢：清代徽商常被冠以“红顶商人”，它的衰落是因为“政商勾结”的结果。事实果真如此吗？我们能够“颠覆”这种思维吗？更何况是单个媒体的力量，一种声音会产生一定的分量吗？

其时，我省相继提出的“远学闽粤，近学江浙”、开放安徽迎接“长三角辐射”等思想，给了我们敞开的胸怀。于是，强烈的责任感驱使我们特别想要“重新解读徽商，弘扬徽商精神”。报社组织力量，用了近半年的时间，拜访徽商研究权威，查阅徽商研究文献，搜集徽商信息。一位具有真知灼见的专家新观点帮助我们解开了心头的困惑：任何一个朝代，无论哪个国家，经济发展肯定要与当时的政治制度和政策息息相关。而没有能够从单纯贸易转向工业生产的实体经济，才是徽商逐渐衰落的主要原因。

那么，在市场经济发展的今天，徽商的经营理念和优秀的品质不正是我们需要的吗？理念有了更新，思想得到解放，我们大胆提出举办“中国徽商大会”的策划建议。

2002 年底，策划书呈报到安徽省企业联合会，省企联吴昌期会长（曾任副省长、省人大副主任）明确提出，安徽经济报社提出的这项策划方案，很有份量和超前的思维，要让“徽商”成为一张富有安徽色彩、彰显个性的“品牌活动”和安徽省的“地域名片”。

出乎我们预料的是，当省经贸委向省委、省政府报告后，时任省委书记王太华批示“这是一件有利于宣传安徽、扩大安徽影响、促进交流合作、招商引资的大好事”。省政府省长王金山、常务副省长张平、副省长黄海嵩等纷纷予以批示，给予充分肯定和巨大支持。经研究决定，首届中国徽商大会以省政府名义举办。后来，吴昌期会长赴京向中国企业联合会汇报，全国政协副主席陈锦华在极力赞赏的同时，决定同期在合肥举办中国企业联合会年会。

由于各级领导的关心和重视，省经贸委以及省企业联合会、安徽经济报社抽调骨干力量组成大会筹备组，紧张而有序地开展筹备工作，并决定两个大会于 2003 年 5 月份在合肥举行。

可是天有不测风云，正当筹备工作进入倒计时阶段，一场肆虐全国的“非典”不期而至。它不仅打乱了我们的工作部署，也在一定程度上影响着我们的信心。但是，值得欣慰的是在抗击“非典”的困难日子里，筹备工作一直没有停止，而且准备了多种方案。也正是如此，当“非典”疫情缓解之际，省政府决定于当年 9 月份举办首届中国徽商大会（中企联年会同时召开）。2003 年 9 月 15 日，来自国内外 2000 多位企业家及各届代表云集合肥，出席中国徽商大会。这次大会仅两天时间，但会议规模、会议规格及签约成果都是史无前例的。更重要的是会议按照“历史悠久的徽商、与时俱进的徽商、放眼全球的徽商、走向未来的徽商、再创辉煌的徽商”五个部分，充分展现了安徽的经济实力，塑造了一个与时俱进的新安徽、新徽商形象。

这次会议，是本报有史以来承办的最大活动。我和我的同事们全力以赴，除承担大部分会务工作外，还有效地利用本报资源，推出几十个版面的大会特刊，全方位解读徽商，让徽商从此不再寂寞，吸引更多人的眼球，引起更多人的思考、更多人的行动。

当时，“中国徽商大会”是全国唯一一个以商帮命名的大会，不仅引起了全国各省的企业家关注，更吸引了国内外近百家媒体的报道。仅从互联网看，会前搜索有关徽商信息不足1000条，会后猛增到20000多条。可以说，大会取得了巨大成功，在极短的时间内打响了“新徽商”的名牌。

这也是我们始料不及的，更让我们兴奋不已。会后，省政府召开表彰大会，不仅给予精神嘉奖，还给予物质奖励。社会各界也充分肯定了我们的努力。省社科院著名经济学家程必定对首届徽商大会作了这样的评价：徽商大会的策划对安徽经济至少有四大推动作用。促进新徽商传人的“诚信”经营品质建设；推动安徽商人“天下为市场”的经营布局；推动政府重视商业文化建设，改善职能定位；促进以“商”字为中心，吸引外资，推动就业状况发生转变。

此后，我们一直不断挖掘“徽商”的品牌价值。2004年11月，我们参与承办由安徽省企业联合会与中国人民友好协会主办的首届国际徽商论坛，国内外三百多位专家学者和知名企业家聚首徽商故里黄山市，交流了数百年来徽商研究成果，并进行了“徽商之旅”实地考察活动。新闻舆论评价，这次徽商论坛对弘扬徽商创业、创新、诚信、融合精神，增强“徽商”省区名片的知名度、吸引力和凝聚力，起到了很好的推动作用。2005年5月，省政府召开“2005中国徽商大会”，我们又参与了省企联组织了“新徽商人物系列评选”，并发起成立了“安徽国际徽商交流协会”；2005年12月3日，“国际徽商精英年会”在北京人民大会堂召开，我有幸作为《天下徽商》丛书的执行主编在会议上发布丛书出版新闻，文海英副省长还在人民大会堂接见了全体编辑人员。2006年、2007年的“国际徽商精英年会”上，我们分别举行了当年编辑的《天下徽商》首发式，在各地徽商中产生较大反响。

徽商，不再是一群人的称谓。她是一种精神，一种独特的文化，一种智慧的商业理念。我们在不懈的探索中赋予她深刻的内容。中共中央政治局常委李长春同志2004年在安徽考察时，曾高度评价徽商“崇尚文化，注重信誉，是一笔宝贵的精神财富”。

这给予我们是极大的动力。随着“徽商”品牌影响力的日益扩大，省政府已将“中国徽商大会”作为我省最重要的形象宣传资源和招商引资平台，成为安徽省唯一的投资贸易类的“经典”会展，每年举办一次，已经打造成我省知名会展品牌。

从提出“徽商大会”的创意到今天，已经过去五年多的时间。“徽商大会”与“徽商”这一影响深远的“文化符号”共同构筑全新的“徽商”品牌内涵。但是，在“发现”徽商品牌内涵其间的点点滴滴记忆一直萦绕脑海，特别是许多领导和同仁为振兴徽商所作出的贡献始终鼓舞着自己：黄海嵩副省长从创意到大会的举行，多次主持召开会议，商量和布置具体工作，甚至在半夜还亲自到会场检查落实情况。吴昌期会长可以说是“总设计师”，他不仅过问关注会议的筹备，特别给人印象深刻的是他自己还专门研究徽商发展历史以及今天新徽商的特质。尤其不能让我忘记的是已故省经贸委副主任吴久会同志，他是自始至终具体负责会议组织工作，可以说是操劳之极。他为打响“徽商”品牌出力出汗，也正从另一个角度印证了他的一生为安徽经济发展所作出的贡献。

同时，我还记得那么多的“老乡”为宣传“徽商”所作出的奉献。当我带着省政府的信函专程去北京邀请原中国证监会主席周道炯时，在他家里客厅跟我畅谈一个多小时他对徽商的理解，并当场协商推辞了另外一个重要演讲而专门到合肥参加会议。曾任中共安徽省委书记的黄璜同志在接受我的采访时，不仅欣喜地讲述了他参加有关徽商活动的感受，而且还兴致勃勃地邀请其他领导同志投入徽商的宣传之中。我还为那些特别的“老乡”而感动。海尔集团的张瑞敏、汽车业“领袖”苗圩等都曾表示，自己因为在安徽上过学或者工作过，受过徽商文化的熏陶和影响，因而“也是徽商”。

今天，无论是电视广播还是聚会聊天，“徽商”已成为一个热词。这当然是改革开放30年的成果，也是安徽崛起的“浪头”。然而，每当想起自己在宣传“徽商”过程中一点微薄贡献，总感到是自己二十多年记者生涯中永远的欣慰。倒不是因为自己做了多少事，而是通过努力，终于发掘了徽商的潜在价值，使徽商的经营理念在新的时代展现新的辉煌。还记得2004年陪同我国原世贸谈判首席代表龙永图先生在黄山考察时，徽商故里的人文景观和自然圣景深深折服了他。在泛舟太平湖时，他感叹地说，徽商经营理念的灵魂是“诚信”，看来这是大自然赋予他们的。现代诸多的“新徽商”秉承了这些优秀的传统，应该成为我们发展市场经济的“标杆”。

过去，徽商寂寞地活着；现在，每一位徽商都是行动的思想者。今年，我作为“年度徽商研究优秀论文”的评委，在翻阅诸多文章中，更多地在思考徽商的精神内核。徽骆驼、绩溪牛，人们一直以来习惯于把学习徽商仅限于浅层面上的勤劳、诚信、节俭；其实，学习徽商的精髓应放在徽商聚财的取之有道上。这，不是某个徽商、某个群体的行为，而是一代徽商沿袭下来的一种习惯，一种传统，也可以说是一种修行。我们不能让其成为渐行渐远的记忆！

“发现”徽商，是一次见证。但安徽优秀的文化还有更多的精髓在等待我们去发现！去传扬！

乡村名医

在我白杨古镇的老家，人们或许不知道现在镇长是谁，但是人人都知道名医许老德。

乡村人在田间地头劳作，风吹雨淋太阳晒，加上农药化肥的毒性对皮肤的伤害，最容易生红肿。许老德就是以治红肿出名的，小红肿他给你配张膏药贴上，冲一冲就过去了。厉害点的，毒性大的红肿，许老德一般都建议你做手术，他为你动刀子，把红肿割除，再打几阵消炎针，换几回药，基本上就可以痊愈了。所以在许老德那里，几乎就没有他治不好的红肿。

小时候在槐树底下玩耍，经常能遇到一脸病痛的外乡人问路。请问许医生家怎么走，我老伴小腿上长个厉害东西，打听了许多人才找到这里的。人们一般不听外乡人讲完，就给他指路了，也许是不愿看到被病痛折磨的外乡人那种凄惶的神色。若是外乡人问我，我一般会把他们领到许老德家门口。年幼时候的我，是颇为镇上有这么一个能为别人解除病痛的名医而感到骄傲的。

后来我母亲食指上长了一个疔，又红又肿，疼痛难忍，去找许老德治疗。许老德也是先用膏药冲，但红肿并没有消去，反而肿胀得更厉害，让母亲痛得整天心里慌跳跳的，惶惶不可终日。什么叫“十指连心”，我就是从母亲当时那痛苦的神色中开始理解的。

膏药不见效，老德就给母亲做了个手术，把手指上的坏肉都剜去，说等到新肉长起来，手指就好了。麻药散去之后，一向坚强的母亲，低声呻吟了一个晚上，泪水洇湿个整条枕巾。

等到新肉长得差不多去掉纱布的时候，母亲发现自己的食指不能动了，原来这根手指彻底地残废了！不知道是因为不再受病痛折磨，还是早就知道手术后是这个结果，母亲只是有一些伤感。可是我看着母亲只能永远弯曲着的食指，我伤心地哭了。那时我 7 岁，我第一次对乡村名医许老德产生了怀疑，也产生了一种怨恨的情绪。

后来逐渐长大，懂得了很多事情，我才知道，许老德根本算不上什么名医。只是他的心更狠一点。他用药的分量猛，他动刀子时眼睛都不眨一下，把坏肉剜去时，也剜去了好肉是常有的事情，而且他其实不懂得经脉和神经的分布，很多被他动过手术的人，红肿是消退了，但是肢体根本无法恢复到从前。

别的乡村医生都不愿意或者不敢为病人做割除病灶的手术，许老德敢，而乡下人又穷，看不起城里的医院和医生，这样许老德才能成为闻名一方的乡村名医的。好歹他能够“剜肉补疮”，消除红肿，缓解病人的疼痛。肢体残废了不会要人命，而疼痛难忍则是会死人的。

“名医”许老德一生当中医好了数不清的红肿，也割了数不清的肉。在他五十岁边上，他得了中风，医好后也神志不清了，经常发脾气砸东西，有时候还打人。后来还有不知情的外乡人过来问路，问许医生家在哪里。有人就回答说，许医生现在是没有了，许老德自己还得找个医生呢，不然老是发人疯。

外乡人不信，或者说不愿意相信，“不到黄河心不死”，非要亲自见到中风后的许老德，才肯摇着头叹息着，带着一脸的失望甚至绝望离开白杨古镇。

去年我还遇到了一对老夫妇来问路。是头发花白的老头用板车拉着枯瘦的老伴。他们是从隔壁县上过来的，当他们听说许老德已经中风三年了，躺在板车上枯瘦的老婆婆当场就哭了，说，老头子，我不医了，回去，回去，死了也认命了。老头的神色也一下子就灰暗下来，仿佛一个巨大希望的破灭。他对老伴说，不要紧，我拉你再走一段路，那里还有一个名医，到那里就好了……

说着，倔强的老头拉着他的老伴头也不回地离开了白杨古镇。看着老头花白的头发消失在人群，消失在秋天的风里，我的心一下子跌落下来。多年来蓄积的对许老德的怨恨，一下子就随风飘散了，对许老德得中风时我莫名的幸灾乐祸，此时我也感到愧疚，心中充满莫名的悲哀。究竟还有多少乡人的病痛，在指望着曾经老德的妙手，我不知道；究竟还有多少外乡人满怀着希望赶来白杨古镇，又失望着离开，我也不知道。

因为对于“乡村名医”这个名词，我早已不知该如何言说。

（选自《读者》乡土人文版）

养大的儿子成了客

有一个朋友是做婚庆的，那天人手不够，找我帮忙，布置一下婚礼现场。婚礼过程中，我负责泡泡机，也就是在司仪调动婚礼现场的气氛时，我要赶在每一次掌声响起之前释放肥皂泡，这样掌声响起时我的肥皂泡才能达到制造浪漫气氛的效果。所以我就坐在靠近婚礼舞台的宴席上，同新娘新郎的亲戚朋友们一道进餐。

婚宴开始后我才知道，今天的这对新人是城里女儿乡下郎。新娘是本城人，新郎来自遥远湖北的乡下。这次宴席上的来宾主要是女方亲友，男方那边等一个月后到湖北再办一场喜事。

其实不用司仪介绍我也知道坐在我旁边的就是新郎的父亲，因为从外貌特征和衣着来看，只有此人明显来自乡下。我给面前的这位乡下汉子敬酒，因为我知道他虽然表面上有些拘谨，但他内心里的幸福是无论如何遮掩不住的。我说您老有福啊，儿子有本事，一表人才，给你找了这么好的一个媳妇。他连忙举杯，连说好，好，好，然后就把酒干了。

婚礼现场总有那么一种热闹而又带着浪漫的气氛，红地毯，美丽的新娘和帅气的新郎，来宾们觥筹交错……但是在这热闹的氛围里，我明显感觉到这位来自乡下的新郎的老父亲，似乎是受到了某种程度上的冷落。和在座的各位来宾本不相熟，又不了解本地的风俗人情，而且由于方言缘故交流也不畅通，所以他只在自己的桌上频繁地举杯，邀请大家一道喝，可是这一桌喝酒的宾客太少，到后来只剩下我和新郎父亲相互之间敬酒了。

当乡下老汉知道我也是乡下人，现在在城里读书的时候，就觉得我和他之间的距离更近了。每次碰杯后都和我说很多话。说新郎的母亲晕车，家里还有老人和鸡猪，过不来，这次只是他一个人过来的，过几天就回湖北。说他有两个儿子，这个是大儿子，从小读书好，考到北京读书，后来就到这边来工作了。小儿子读书也不错，今年也要考到北京去。

我说，那你是真有福气，两个儿子都给你争气，以后他们会好好孝敬你的。

他朝我摆摆手，憨厚地笑着，说，我老汉说话实在，说了你也别生气，就图个名誉，你看我今天是娶媳妇，我感觉我是嫁儿子，他们小两口，以后在这边，一年还能回几趟老家，倒是会经常去媳妇娘家。以后我和他妈在乡下，没什么大事情，也不会轻易开口让他们回去的，他们都有自己的生活。他们常年不回家，回去了也都是客人。说到孝敬，也是图个名誉，大不了回乡下，门口人都说某人儿子在外面有本事，娶了个城里的漂亮姑娘做老婆，做父母的脸上有光。他们年轻人在城市里结婚要花钱，买房子要花钱，过两年生孩子要花钱，再过两年孩子要上学了又要花钱。儿子心里想孝敬口袋里紧也没办法。就像你现在读书，以后在城里工作，一年有多少东西孝敬你父母？孝敬也不是光挂在嘴上的吧。

老汉说着朝我呵呵笑，问我是不是这个道理。我不得不承认他说得既实在又有理，于是又敬他一杯。

儿子养大了，读书好，我心里高兴，但按照乡下养儿子养老的想法，其实我把儿子都养成了别人家的儿子了，养成了我家里的客。老汉喝酒之后接着说，他，老汉指了指新郎，读高中开始，就常年住在学校里，后来读大学，又读了研究生，离家越来越远，在家的时间越来越少，每次回家我都感觉是客人回家了。现在在外面成了家，回去得更少了，就更是客人了。老汉又说到我，他说其实你也是啊，从你读高中考大学时候起，其实你爸妈就把你当成了家里的客了，每次你回家他们肯定很少让你再和他们那样去做农活，还会买些平时根本不买的菜来改善你的伙食，你看你是不是成了你爸爸妈妈的客人了……

老汉又要和我碰杯。其实他的一番话，早已把我从热闹的婚礼现场带回到我遥远的家乡了，我在想我是何时成为生我养我的父母家的新客。

新娘新郎来向这桌的客人和公公敬酒的时候，老汉已经醉了。但我知道，纵使是把儿子养成了客人，老汉还是打心眼里为儿子高兴，因为他刚刚说过，他还在努力把小儿子养成客人。

（选自《北京青年报》2007. 10. 29）

潘法生

一袋花生米

又是一个冬季。在上一个双休日，妻子将多年积下的旧衣搜集在一起，整整装了三编织袋。这些旧衣裳，我们年轻人的确穿不出去了，丢掉又可惜，我和妻子不约而同地想到我乡下的父母。

父母住在乡下，很少进城来。两位老人始终不愿离开他们一亩三分田，还有一大群鸡鸭鹅猪。我和妻子决定下乡一趟。我们带上三袋旧衣服，挤上长途汽车。父亲早早地站在乡间小站接我们。寒风中，父亲裹着我前年送给他的旧大衣，不断地朝城里方向眺望着。下了车，父亲挑着三袋旧衣和我们的行李。我要和他轮换挑，父亲坚决不让。

回到儿时住的老屋，已是掌灯时分。母亲早已生好一盆炭火放在堂屋里，我们一进门，一股暖流逼走了身上的寒气。母亲已做好我小时候最喜爱吃的菜。吃过晚饭，母亲很快收拾好碗筷。她坐在昏暗的电灯下，戴着老花镜，在一粒一粒地分拣着花生米。父亲指着旁边已分拣好的半袋花生米说，你妈听说你们全家要回来，高兴得不知如何是好，她把家里收藏的花生搬出来，挑出壮实的，首先剥成花生米，现在又挑选大粒子，里面没有一粒是坏的。我望着母亲的双手，她几个手指头用创可贴包着。我心痛地埋怨母亲，六十多岁的人了，怎么就不知道歇歇，现在城里什么好吃的东西都能买到，何必花这么大劲去剥花生，再说差一点的花生米我们也能吃，何必专门把好的挑出来。

母亲听着我半劝半埋怨的话，一边不停地拣来拣去，一边回答说，老家没什么好东西带到城里去，这花生没用过化肥，又是好品种，吃起来比城里买的要香得多。吃不掉送点给同事们尝尝。我劝不住母亲，只好将火盆搬到母亲身边。

妻子把我拉到一边，自责地说，你父母把最好的花生米挑出来给我们，我们却把最不需要的旧衣服送给他们，怎么好意思？

我不知如何回答，含含糊糊地说，父母就是这种怪人，我们上次花了一千多元，给两位老人买的新衣，他们一次都没有穿过，反而害得父母心痛了好几个晚上，怪我们不省着花钱。

到了星期天下午，父亲劝我们早点回城，晚上要好好休息，第二天好有精力上班。临行前，父亲塞给我三千元钱。他说，听孙子讲，你们想买台电脑，钱不够，这是平日你妈卖鸡蛋的钱，拿去凑一凑吧。他一再要我们好好珍惜来之不易的工作，只要对工作有帮助的，该买什么，就买什么，不要心痛钱。母亲站在一旁也再三嘱咐我们，在城里工作，一定不要算小，一定要穿得体面些。不能穿的衣服，也不要扔掉，记着带回老家。她还说，那三袋旧衣裳，她已挑选了几件最好的，送给一个孤儿寡母。

父亲背着那袋花生米送我们到小车站。

一路上，我和妻子都很内疚，我怪自己不常回家看看。但我理解我的父母，他们这样做才感到舒心，如果我们果真将旧衣服全扔掉，如果我们不收下父母亲手种的花生，父母会不高兴的。

（选自《杂文报》2007. 12. 21）

花儿在努力地开

我的朋友糟糕透了，先是自己下岗，然后是他妻子下岗，并染上重病，接着是孩子面临辍学的危险。他用一点积蓄，做点小本生意，不但没有赚到钱，连本都搭上了。这下他彻底失望了，他望着天，天是昏黑的，看着地，地是昏沉的，世上的一切都变得很丑，一切都让他心烦。他的脾气越来越坏，多少次，他在桥上走来走去，有一次，还真想往下跳。

我作为他的朋友，也无能为力，既不能给他工作，又不能治好他妻子的病，只能常去陪他聊聊，劝他振作起来。一开始和他聊天，他麻木地听着，不动声色，后来他烦了："说这些有什么用，你走吧!"

好长一段时间，我没去理他。后来，我也下岗了。离开了这座城市，加入了打工者的行列。可在外面混了半年，风餐露宿，时饱时饥，最后竟连回家的路费都不够。妻子托人带去路费，催我快回家。我有气无力地坐上返程的汽车，一路上盘算着今后的生计，虽然是阳光灿烂的日子，可我总觉得天昏地暗。

终于回家了，一下汽车，我看见一个熟悉的身影。他怎么在车站办起了快餐店?！正是吃晚饭的时间，他一人忙里又忙外，看样子生意还算可以。我上前和他打招呼，他递给我一盒盒饭：“吃饱了再回家。”回到家里，肚子是饱了，可想想往后的日子，人像霜打了似的，迷迷糊糊地一觉睡到晚上11点多钟，被噩梦惊醒。看见朋友坐在我身边，他那神情，像中了彩似的。我问他怎么又跑去开店，他没有直接回答我。而是对我讲了一件事。我走后，他的心情更坏。虽然他讨厌我以前在他耳边唠叨，但听不到我的唠叨更难受。有一天，他实在受不了了，骑上自行车向郊外跑，然后不停地爬向山顶，想在这悬崖上了此一生。当他爬上山顶，看见一朵朵不知名的野花正在努力地开着，寒风一吹，散发出阵阵香气。他坐在山顶上，望着这些花发呆。原来这世界上并不是一切都糟透了，就在这荒山野岭上，在这寒冬里，还有许多花儿在拼命地开着!

他讲完山顶上故事，劝我道：日子总是在一天天流逝，花儿总是在努力地开。人也是这样，你骂娘你伤心你自杀，日子一天天地过去；你快活你欢乐，日子也一天天地过去。你是欣喜地度过每一天，还是痛苦地挨过每一天，可全在于你自己了。

第二天，朋友的快餐店里多了一个帮手。

（选自《安庆日报》2001.07.05）

▎潘淑生

作序不可敷衍了事

时代的发展有时超乎人的想象，图书市场亦不例外。20年前独领风骚的新华书店似乎是爱书人唯一的购书圣地，而今，图书阵地已蔚然成市，各类新书争奇斗艳。面对铺天盖地地装帧精美的缤纷新书，还真让酷爱读书之人应接不暇。好在序是一本书的钥匙，读之可窥一斑而知全豹。为此，常读书序就成了爱好。

人都说，读书人喜欢痴人说梦，倘若读书是梦的话，那么这个梦开始的地方——书序，既有几多欣慰，几多感慨，更有几多失望。上个世纪80年代，我国图书出版方兴未艾。可那是个“满招损，谦受益”的时代，各类出版的新书自序较多，作者在序中“谦虚”的表述，尽管体现了中国传统的人文精神，可读多了这类谦虚，让人不免感到“过谦则虚”。今天，也许是个“好酒也怕巷子深”的时代，人们更善于运用名人促销自己，以点亮自己著作的光芒，所以请社会名流、知名大家撰序的新书络绎不绝。

自古以来，书序种种，留下许多动情的故事和佳话。尽管古人《郑板桥集》那篇以绪论序的自序，感慨“借光为耻”，声明自己最不喜求人作序，以言明自己不趋附名流的品质，但事过境迁，在百花齐放“万类霜天竞自由”的今天，请名人代序亦不失为书海一道靓丽的风景。既然受人之托撰序，本应实事求是，认真品书，于作者有益，助读者所思。可现今，翻阅众多书序，几乎是千篇一律的“吹捧”，溢美之词弥漫全序，字里行间充满着“表扬与自我表扬”，仿佛成为书作者们的“吹鼓手”。

序的功能是什么？是引导作用。只有对著作者和著作有深入的了解，以及对被序者文字有饱满的热情，才能聚焦读者的目光，进而引领读者走进作品，用灵魂与书中的人物对话。可有些作序者在吹嘘一番该书之后，还直言自己对作者不甚了了，勉强从命，谓之言不由衷。更有甚者一些序言用点滴笔墨颂扬一番作者后，又借题发挥，海阔天空，与所序之书风马牛不相及，真可谓“下笔千言，离题万里”。这类于书无补的序言，著作者们倒不如学学郑板桥自序了，起码让读者从中尚能寻觅一点作者的成长足迹和著述背景与动机。其实，这种只添花不挑刺的做法，实际上是对著作者的一种敷衍和对读者的一种虚假卖弄。

提笔至此，笔者禁不住想起茅盾先生作序的故事。1932年阳翰笙长篇小说《地泉》再版时，请茅盾作序。茅盾直言相告，要我作序就得批评你的作品。后来，其果真在序中用近一半的篇幅，分析《地泉》中存在的“公式化”、“脸谱化”的缺点。这种知人论书的作风，认真负责的态度，至今看来仍值得我们的一些撰序者学习和体悟。

当然，茫茫书山，亦不乏一些标新立异的精品序言，其入情入理，以书论书的阐述，令人赏心悦目，心旷神怡。让读者的思绪如一只放飞的鸽，穿越时空，穿越著作的深处。

（选自《安徽日报》2008.02.22）

秋 声

砚台与鼠标

记得以前一个受我尊敬的张老师，写的一手好书法，很是羡慕。曾也兴起，买来一枝毛笔，临起了柳体。就这样时断时续的，临过几位名家的帖子，虽无长进，也还有点乐趣。握一束白云须豪，蘸得点墨，慢舒腕臂，腾挪顿挫，横竖撇摺，顿成一个个精灵似的，在你眼前舒展。曾在上海博物馆看得许多名家的真迹，与印刷的帖子有着很大的区别。赏之，若饮甘醇，如读隽永蕴深的美文。真是步不舍移，眼不舍眨。书家的谨严洒逸的神态，能透过这千百年的笔墨，活泛于你的面前与心中。提笔临摹，便可超越千百年时空的横亘，与书家架起沟通的桥梁了。尤喜看欧阳询的《九成宫醴泉铭》，笔法劲拔俊挺，构架紧凑秀丽。若一只只初露水面的嫩荷，新俏悦目，充满生机；如一个个临风吟唱的俊朗少年，灵动感怀，充满活力。

一次路过徽州，见着满铺的精致歙砚，不免心动，挑了一方，算是笔墨纸砚全齐备了。这方砚便一直置于办公桌上。一方砚就是一幅上佳的山水画卷。中间是渐浅的潭，潭的右下侧，刻着一叶孤舟，船夫头戴斗笠，欲撑篙而去。潭的右中部，一崖突兀，翘立一亭，若立此亭，一潭风景可尽收眼底。潭的右上端，簇簇野菊，临潭依山，披霜绽放。砚的上端，是一犬牙交错的月牙形曲溪，是存墨的地方了。那宽展的潭，是研墨的地方，沿着潭绕着圈子，细细研磨，待黑浓稍稠时，便可书写。我是很少自己研墨的，现成的水墨质量也很好。"一得阁"、"曹素公"、"胡开文"都是有着百余年悠久历史的好墨。好墨气味清香，手感舒润，不滞涩，也不空乏。笔笔流畅，毫毫着力。书之，会让你的心情也随之舒畅柔润起来，仿佛你真的能立于那砚中突崖，迎风赏景，信口吟诗了。逍逍然，不亦乐乎?

侃这些老夫子的东西，肯定让人乏味。还是侃侃我这桌上的另一件人见人爱的物件：鼠标。纤手轻点，国内国外，世之大事，民之俗情，缤纷呈现。不得不叹服科技力量的博大，并磁石般的吸引着无数双眼球。一切文明的魅力，都没入这一小小的鼠标，虽然它更多的只是一个工具。一日兴起，边胡乱开砚涂鸦，边点击论坛的帖子。那头涂鸦的心思尚未收起，这边又欲点鼠标，落得个让小鼠标碰着砚台，并饱饮了一口香墨。不竟慨然：这是千年文化与最新科技的一次亲吻。谁的鼠标儿有如此幸运？真的可以向吉尼斯上海分部申请新的世界之最了。

砚台是厚实的，伴着中华文明，一路走来。那里面蹦出来的一个个文字，能给你充实，能给你激情，能给你慰籍。曾经案头平常见的东西，经过岁月的冲刷，早已寥寥无几。但我想，它已从一种书写工具，化作一种冶情陶趣的至精之物了。世事易于流俗，流俗的风气里，很少有人得闲心去寻真求雅了。故而，比不得雅俗兼备的小鼠标那么有吸引力。

不过数十年前出现的鼠标，却是把双刃剑，至少当前是。益处是给人们的生产、生活带来极大的便捷。弊处是消耗了多少人的时间、精力，让人沉沦其间，游戏人生，引发了许多新的社会难题。它把纷杂的东西，全灌入你的脑中，你来不及拒绝，就会溺于其中。

如果你心中没有那厚实的“砚台”作支撑，你手中的那个小鼠标就会变成刺伤你的利器。

前者已提升为一种文化，后者还仅仅是工具。这是两者本质的区别。没有文化支使的工具，只会没有目标的四处浅捣乱砍，没准就先捣烂了你自己的脚。而且，前者是我们自己民族的文化。我们生于斯，长于斯，更适宜自己民族文化的熏陶，培育。只有很好的承继，才能广收博蓄，充实、更新这千年的文化。一味不变的承继是蒙昧的，一味的否定而求新是愚蠢的。不变的承继，使你固步自封，眼光短浅，难以精进。否定而求新，使你缺乏发展的根基，徒生困惑，迟早会迷失自我。

轻点鼠标看世界，留得老砚闻墨香。就让这两样东西常置在我的桌前吧。

（选自《铜陵日报》）

石家麟

词典，你好！

躺在松软的沙发上，随手拿一本海明威的《非洲的青山》浏览，固然很惬意，但我也喜欢正襟危坐在书房中，阅读各类词典。

还是大学二年级时，冯沅君先生给我们上《元曲》课。她说，不少同学望文生义地把元杂剧中的“楔子”念成“契子”，作为中文系的学生是很不应该的。接着她谆谆告诫我们：“学文的人，手边要有词典，遇到不明白的字或典故，要勤于动手查，不要想当然。我读书，写文章，一向是词典不离手的。”这些话，如醍醐灌顶，使我茅塞顿开。我以：前读书一贯“长字念半截，阔字念半边”，闹了不少笑语。从那以后，我慢慢做到了“词典不离手”，多年来坚持不懈，得益匪浅。

在我的藏书中，各类工具书占有一定的比例。这几十本词典给我带来的方便和乐趣，是无法言喻的。比如，中国自古以来就是个“官本位”的大帝国，看古书遇到多如牛毛的大小官职，往往成为拦路虎，拿起《中国历代职官词典》，一查，就明白了这官是“京官”还是“地方官”，相当于今天的多高“级别”。好不快哉！

我国汉字中，成语之多，是世界各国少见的。说话或写文章时，适当地运用成语，往往收“画龙点睛”之效。形容一个人“得意”，味道不足，如果用上“春风得意”，则情文并茂；“极其危险”，平常得很，如用“危如累卵”，则要形象生动得多。如果说成语典故属于“阳春白雪”，那么，广泛流传于民间的谚语、俗语就是“下里巴人”了。人民群众的语言是极为丰富的，中国的谚语、俗语之多，也属首屈一指。它们几乎清一色是通俗而意味深长的，往往“一步到位”地揭示了事物的本质。《中国谚语词典》中就有许多出色的谚语、俗语。如“灯台照人不照已”，“露丑不如藏拙”，“人为财死，鸟为食亡”等。

我在大学执教的这门课，包含有大量宗教尤其是基督教方面的典故，一本《宗教词典》就解决了问题。举凡宗教的起源、经典、仪式、教规、节日之类莫不应有尽有，包罗无遗。比如，每年11月下旬电视新闻中总报道美国人过感恩节举行盛装游行。对于感恩节，我们不像对圣诞节复活节那样熟悉，查查《宗教词典》，它是这样解释的："源于北美殖民地普列茅斯。居民于1621年获得丰收后举行感谢上帝的庆祝活动；后经美国总统华盛顿、林肯等定为全国感谢上帝恩赐丰收之日，遂成为美国全国性节日。1941年起定为每年11月的第四个星期四举行。"原来如此！

比尔斯的《魔鬼词典》近年来风行一时。人们认为它"对人类文明提出质疑，用幽默、讽刺与调侃的方式表现对人类及其文明的沉思"。随便翻一下，翻到"M"部。"我的"条目是这样解释的："我能抓到的东西都是我的。"随意翻到"灵魂"："这是一种精神存在，自古以来，关于它有许多激烈争论"。再翻到"情书"："给第三者听时必火冒三丈的书信"。就此打住。《魔鬼词典》以其哈哈镜的独特方式，诠释了人生和某些理论，乃至一些十分正经的事物，人们在莞尔一笑之后进人哲理的世界。

佛教自汉代传入中国以后，流传、发展了两千多年，对包括语言在内的传统中国文化产生了深刻的影响。许多佛教用语和优美的典故被引进我国六朝以后的文学作品。"天女散花"、"当头棒喝"、"现身说法"、"井中捞月"、"泥牛入海"、"痴人说梦"、"借花献佛"、等佛教典故已成为汉语典故不可分割的组成部分。

历史进入80年代，国门向世界敞开，西方文化通过广播、电视、电影、书刊涌进中华大地。西方语言中的精华——丰富多彩、生动形象、寓意深刻的成语典故也随之进人人们的脑海，成为我们表达思想的一种工具。如"伊甸园"、"禁果"、"方舟"、"犹大"、"潘多拉之盒"、"皇帝的新装"、"象牙之塔"……俯拾皆是。其中有的已被收入汉语成语词典。欲知这些典故的来源，可参看《西方典故》一书。

为避免充当义务推销员之嫌，在下就不一一列出我拥有的这些词典的出版社了。好在这些书市面上大多有得卖，有意购买者不妨常逛逛各家公私书肆（地摊不在其中）。

窃以为，多读多查词典好处很多，能在潜移默化中提高自己的总体文化水平。查词典和博览群书相得益彰。这样，下笔时就不会把"致仕"和"致富"相提并论，把"惺惺相惜"写成"猩猩相惜"，把"刎颈之交"误为"吻颈之交"，"为虎作伥"念成"为虎作帐"诸如此类。

翻阅词典，其乐无穷！

（选自《月光城副刊作品精选》，中国国际广播出版社，2000 年 9 月一版）

歌手、素质及其它

8 月 18 日晚，历时三个月的第十届青年歌手电视大奖赛，在伊春降下帷幕。

这次大赛万众瞩目，单是比赛期间观众打到电视台的电话，数量就相当惊人。文化活动的多元化，给人们提供了选择的空间。笔者早就对胡编乱造的帝王戏腻烦透顶；此类清风扑面的综艺节目我倒是情有独钟，几乎一场不拉地看完了这次歌手大赛。平心而论，这次大赛无论业余歌手还是专业歌手，在演出中都有不俗的表现。国内各种媒体也给予了充分的关注，比赛期间和结束后议论纷纷，很是热闹。招人非议较多的是“综合素质考核”这一项，一些歌手，歌唱得丝丝入扣婉转动人，在形貌上个个都称得上帅哥靓姐，但不知怎的，在考题前往往窘态毕露。不少论者对此十分不满，甚至义愤填膺，在文章中不惜使用“丢脸”、“洋相出尽”、“啼笑皆非”之类的词语；就连歌手老实承认“对不起，我不会”，也被讥为“大言不惭”。

在下以为，对这些业余和专业歌手，希望他们的文化水平和唱歌一样好，对他们的期望值高一些，无可非议。谁叫你是公众人物呢？我们对隔壁张三、李四、王二麻子的文化素质高低是不会感兴趣的。然而，据此对歌手们尖刻地嘲笑、挖苦，未免有失忠厚，窃以为大可不必如此。

这次歌手大赛综合素质的命题人，据主持人文清介绍是北京大学的孔庆东博士。孔博士知识渊博，所出的题目，上至天文，下至地理，旁及历史、哲学、文学、艺术，乃至动物、植物、时事、外语，可谓无所不包，无所不有。不过，孔博士可能没有打算和谁作对，题目大多数还是很平易的。例如，有一道题，要求回答出世界上四条名街——华尔街、“唐宁街”、“香榭丽舍大街’ 和“长安街”所属的国家和城市。前面三条外国街道答不出尚情有可原，而这位歌手连北京的长安街都不晓得。又如，九寨沟、五台山、张家界、黄果树大瀑布各属哪一省份这一题，即使不是地理专业毕业生或旅游爱好者，也应略知一二，可她却一个也答不出来。不过，有些题目却出得使人颇费周章了。例如，中国的哪座建筑物是世界著名华裔建筑设计师贝聿铭先生设计的，答案是北京的燕山饭店。这个问题就很“专业”，因为这是家高档饭店而不是旅游景点、标志性建筑等。类似的题目可以用“刁钻古怪”来形容，除圈内人士，恐怕谁碰到都会瞠目结舌。是否可以这样说，歌手面对考题，像怀里揣着一头小鹿，完全靠运气。某甲摸到的题目吃个大鸭蛋，某乙摸到的题目也许赢个大满贯。因此，这种考法不一定展示一位歌手真正的“素质”或文化水平。而有些歌手，面对难题，不漫天乱猜，而直陈不知道是实事求是的态度，这就很好。古语云：“知耻近乎勇”、“知之为知之，不知为不知，是知也”，他们应得到的是嘉许，而不是冷笑。只要他们不以交白卷为荣，勤于学习，他们文化素质的提高，是指日可待的。

可虑的是，一些已经成名的文化圈中人士，他们文化素质的缺陷所带来的负面影响，往往误导了广大的观众和读者。

斯琴高娃在电视剧《康熙王朝》中饰演太皇太后，口口声声自称“我孝庄”如何如何，显得有些滑稽。按：康熙祖母博尔济吉特生前是太皇太后，死后才被谥为“孝庄文皇后”。“谥”是封建时代帝王将相死后的封号。例如人们熟知的曹操、诸葛亮、岳飞，他们的谥号分别是“武”、“忠”、“武穆”，谥号和生前的功业、品行有关，近于“盖棺定论”。活着的博尔济吉特，却口称自己也不晓得的死后的谥号，岂不是笑话？当然，这可能是剧本如此，但斯琴高娃的文化水平也使人不敢恭维——《康熙王朝》一剧的主创（编剧、导演等）人员，大体也属同等水平，这是令人无法宽容的。

前些年，女作家毕淑敏女士发表了一篇题为《素面朝天》的中篇小说。其后，不少女作家常在作品中使用这个成语典故，乃至习以成风。我的一个学生，学外语的，写了一篇题为《素妆圣诞》的作文，发表在我院校刊上。她拿报纸给我看，意思是来讨教。文中有一段对话：“呀，这次你没化妆！……都大四了，能像以前？我要素面朝天！”我笑谓这位弟子：这“素面朝天”的“天”字，是有特定含义的，指的是“天子”，不是“天空”，也不是“大伙儿”。“素面朝天”这个成语出自虢国夫人不化妆就去觐见皇上（唐玄宗）的故事。唐代诗人张祜写过一首讽刺杨贵妃姐姐的诗：“虢国夫人承主恩，平明骑马入宫门。却嫌脂粉污颜色，淡扫蛾眉朝至尊。”大家熟悉的

《唐诗三百首》就收有这首诗。我还告诉她，有本《太真外传》也写道："虢国不施脂粉，自炫美艳常素面朝天。"用"素面朝天"形容女性不事打扮出现在公众场合，是用错了成语典故。我这位女弟子也笑着反诘："那毕淑敏怎么也这样用呢?"我一时语塞，想了想，只得实话实说：毕淑敏女士大约也还没弄明白这个词的出处。——失敬了，毕女士！

（选自《月光城副刊作品精选》，中国国际广播出版社，2000年9月一版）

史良高

乡　音

早些年回家，一踏上故乡的热土，同学或熟人一边拉着我的手，一边夸奖说：“好！还保持着一口地道的乡音，没有变，有出息！”每每这时，我就有点沾沾自喜：因为，我没有“忘本”。

没有“忘本”并不是我的乡音是如何的动听。我的家乡话其实很土，尤其与方言一搭配，稍微抖抖就很容易掉渣。譬如，家乡人把上午叫“上昼”，把疟疾叫“脾寒”，把挑剔叫“讲（感）筋”，把有毒叫“闹人”，把快点叫“绍些”，把较着劲叫“拼烧”，把厕所叫“蹲缸”，把佯装叫“假马的”，把游泳叫“洗冷水澡”，把别提了叫“柳感头”（没讲头），把摆谱叫“拿翘”。邻居常常称赞我的母亲家务或女工好叫“婷动”或“迪动”，我至今仍不明白那是什么意思。不过，家乡的有些话还是很令人回味的，比如“上破罡跑碾岗”，破罡与碾岗是地名，南辕北辙了；“吃江水讲海话”，是你说话过头了。如果说你这人“八不道五的、孬儿八昏的、八芋渣”，那就不大好了，不像现在的有些城里人，一见到“八”字就咧嘴笑。

家乡至今仍然流传着这样一则笑话：一个在外混了几年的本地人走进小镇的一家商店，掏出一张10元的钞票（这在当时可是最大面额）掼在柜台上，操着半生不熟的普通话：来6斤6两6钱6豆糕。营业员瞅瞅他问：那剩下的钱呢？他想想说，找几个小糖吧！小糖，乃家乡土语，即糖果。这位仁兄被“几个小糖”暴露了身份！他一连说了好几个“6”，而家乡话将“6”说成“lu”，包括绿豆糕的“绿”。笑话有人憋着“官腔”、“洋话”，常常就骂你“五个不讲讲六个”。

母亲看不惯这样的人。离家前夕，老人一再告诫我出外勿忘乡音，别让家乡人笑话。我就职的单位是一家中央企业，员工来自五湖四海，在普通话的强势包围中，我苦苦坚守着自己的乡音阵地，不为同事好友的劝诫所动。80年代，诗歌朗诵与演讲比赛如火如荼，为应付差事，我常常写好稿子请别人登台，自己则甘当观众。倒不是我不愿学普通话，怕只怕自己一口乡音太浓，弄不好学步邯郸弄巧成拙。当然，骨子里还是生怕自己突然在某一天就“忘本”了。

然而，近几年的几次回乡，却让我感到自己老土了，没出息了。我的几个堂弟在东北打工，他们张口闭口就是“东北那旮旯”，让我误以为撞上了本山大哥。我的外甥在上海汽车城“外来务工”，他操的是一口沪式普通话，而他的女儿在上海打工子女学校寄读，除了标准的普通话外，时不时地还来点“上海唉哦”。外甥女在常州织布厂上班，电话里常常操着一口地道的吴侬软语。就连大姐的孙子才在镇上上了几天幼儿园也满嘴的“洋泾浜”。我问大姐，孩子们南腔北调的，你怎么看？大姐说：“不照（行）嘛！如今出门讲家乡话是要受人欺负的，再说，连你讲（感）的话人家都不懂还怎么搞钱呢?”

乡音变了，变得不再故步自封，不再拘囿那份本色。随着改革大潮的兴起，它正在被越来越多的异乡异域之音渗透，同化，融合。它变得有如一个打扮新潮的姑娘，越发的多姿多彩了。

（选自《文汇报》2007. 09. 27）

遭遇木马

早晨，我像往常一样打开电脑，QQ“自动扫描”提示：发现木马病毒！点击桌面图标，仿佛不听话的宠物，一个个跟我捉起了迷藏。正欲立即查杀，可那把亭亭玉立的“瑞星”小伞早已无影无踪。顿时，一股冷飕飕的寒气向我袭来。

这台电脑可是大户人家的“小姐”哦。自从“嫁”到我家以来，我对它呵护有加，连“感冒”、“咳嗽”之类的小恙也很少出现。平日，我只是用它来搜搜门户网站的新闻，浏览几家大报副刊的作品，在“谷歌”或是“百度”上检索一点资料，偶尔也玩点游戏、用QQ聊天，而更多的时间，还是用来敲字消遣。

不想找维修工。如今的维修工遍地都是，楼道里、电线杆上到处贴有小广告，一个电话就能上门。当然，也不是担心电脑里的那点股票，怕泄露了账号和密码，说实话，就我那点股票，如今跌得怕是连交手续费也很困难。我是害怕我的Word文档，那里，有我辛辛苦苦敲了几年的文字。一旦丢失，就惨了。

我在等一位玩电脑的朋友，他在外地出差。

等待是漫长的，也是寂寞的。它不像停电，那是一种无奈。而现在，有电，我却不能工作，那是一种痛苦。我从书房踱向客厅，又从客厅走进书房。我显得手足无措，气躁心烦。

我的生活已离不开电脑！这些年，是电脑让我走进了色彩缤纷的世界，无数个日日夜夜，让我沉浸在愉悦和刺激里不能自拔。自从有了电脑，我就很少进阅览室和书店，也很少购买报纸期刊，只要走进网络，各种资讯一网打尽，速度之迅捷，资料之齐全，简直让人扼腕！在网上，我可以和远在天涯海角的网友聊天，与陌生的红颜推心置腹。眼睛疲惫了，脖子酸痛了，下载几首名曲，让音乐轻轻地漫漶书房，其意之惬，难以言表。用电脑写作尤其之好。我从当年求伯君的“WPS”开始敲字，一路敲到了WindowsXP。也许习惯使然，一坐到电脑前，我就文思语涌，一串串美丽的词汇花朵一样在键盘上跳跃。现在，我感到从未有过的失落。我在书桌的抽屉里四处翻找，企图找一支书写用的钢笔，可是，最终没有找到。我想，即便找到了，也没有墨水。如今别说家里，就是写字楼，谁还在使用墨水呢？想着先前静坐灯下，认认真真打着草稿，再横平竖直，一笔一划地誊到方格纸上，那情那景，竟幻如隔世一般。

我终于找到了一支残旧的签字笔，面对洁白的打印纸，却思维艰涩，甚至许多常用字都写不出来。想找本书，谁知，有价值的“家庭藏书”都存在电脑里，资料也在电脑里，离开了电脑，我仿佛一个“智障儿童”。下笔千言，已成了昨天的故事，我早已不习惯趴在桌上“爬格子”，就算勉强凑成一篇拙文，我也没办法把它发出，我的Email都在电脑的邮箱里。没有邮箱，我就失去了对外界的联系。有电脑的日子，真好！坐在电脑前，信手敲击键盘，那些优美的汉字随心所欲，纷纷跳到屏幕上，想用什么词就什么词，想怎么删改就怎么删改，想如何排列就如何排列。文章写好了，轻点鼠标，几秒钟之内，就能抵达编辑老师的邮箱，方便得一塌糊涂。

突然发现，遭遇木马的并不是电脑，而是自己。在电脑瘫痪的同时，我的大脑也处于一种瘫痪状态。习惯的“耐药性”让我对电脑产生了难以抵御的情结。我已经成了电脑的附庸，电脑的奴隶，我奈何不了电脑，而电脑，却时常骚扰着我，对我颐指气使。我想我应该静下心来，远离电脑，远离喧嚣，去却浮躁，认认真真地读几本名人的经典，拿起笔来做一点读书笔记，或者，走进大自然，聆听山泉松风的天籁，享受那明山丽水的旖旎景色，让身心，来一次彻底的放松。

那样的日子，也许才叫滋润呢！

（选自《思维与智慧》2008 年第 19 期）

▍疏胜祥

枞人忧天

小时候，家住枞阳乡下，有三间破草屋，每逢风雨大作，全家老小都跪叩上天，祈求风雨留情，勿夺遮身之所。故风雨骤起，我便“忧屋”。如今，日子好了，我也终于亲手建造了几座楼宇，大有“建得广厦千万间，大庇天下寒士俱欢颜”之喜，我却“忧天”了。旁人看来，我有好事之嫌。和谐社会，国泰民安，丰衣足食，何来忧天？朋友莫见笑，让我诉说缘由。

十八世纪末，英国工业革命兴起后，人类社会便进入高速发展的时代，人类文明时至今日，进入工业高速发展时期，人口的剧增，自然资源的极限利用，自然环境的严重破坏，自然灾害的加剧，战争和武器的不断升级，贫富差距的快速拉大，恐怖活动的日益猖獗，美国强权政治的日益升温等等，都是让人忧天的缘由。依我看，人类早已进入“自残”阶段了。

近几年的暖冬已使冰雪成为罕物，全球冰川大面积缩小，海平面快速上升，蓝藻污染不断升级。不久的若干年后，大洋许多岛屿相继消失，上海外围也要筑堤。工业污染严重，汽车大量增加，核废料、核武器的大量产生，大气保护层的严重破损，大气循环的紊乱，风雨无常，怪病泛滥。

人类在自残环境的同时，也在自残自己的生命。战争与毒品夺走了无数人生命，这是人类表象的自残形式。抽烟、喝酒及不良恶习是人类自残的另一种形式，无论是共性或个性的理由，都能证明抽烟、喝酒有害健康。劝人喝酒、抽烟如同残害他人。免乎其难，更不可取。如今，无酒不成宴，无烟不成友。整个社会形成一个畸形消费现象。前不久，央视广告“如烟”一案，竟遭至烟草行业众拳恶击，且不论“如烟”有毒无毒，但其本意帮人戒烟，其情可悯。烟草是国家重要的税源，但以牺牲人类健康为代价换来的税收未必可取。烟、酒消费不断增加，体检表上箭头不断增高，健康指数每况愈下。请君想想，岂无“自残”之理？

庆幸的是，人类已有“自省”的良知了！近日，复旦大学一位教授做客央视演播室，题目《末日之钟》道出一句骇人听闻的预言："2050 年人类将落下最后一滴雨。"笔者掐指一算，正好 81 岁。如果人类这样发展下去，本人阳寿只有 81 岁，我命休矣！81 岁亦数高龄，死无可惧，我们子孙后代怎么活？"新循环经济学"创始人吴季松教授预言全球石油仅能够用 45 年。家有豪宅，院有名车，又有何用？如此看来，能不忧天吗？我们不仅为自己"忧天"，更应为我们的子孙后代"忧天"。我们呼吁人人起来"忧天"，忧天即是"自省"。我们要共同为人类承担一份责任，爱护环境、爱护自己、爱护他人。

古有"女娲补天"之说，"女娲"成为救世之主，世代铭记，万古流芳。如今光是"忧天"不行，还要"补天"。我们必须呼吁人类从自残中省悟过来，采取自救措施，还我蓝天白云，还我青山绿水，还我鸟语花香，还我风调雨顺，还我一身健康，还我子孙粮仓。《新循环经济学》提出"减量化"理论，批判"拼命生产，拼命浪费"，提倡"要满足的是需求，而不是欲望"。实现人类的理性需求与自然生态系统承载能力以内的有效供给之间的良性循环。这一学说是人类"自救"的力作。桂林漓江新建我国第一组生态水库，他是我国自然环境修复的一个典型案例。我国"十一五"计划宏观调控的一个重点就是缩小贫富差距，让大多数人富起来，最大限度地消除贫困，从而永久维护占人类四分之一人口大国的稳定，给人类的生存作出巨大贡献。这就是人类"自救"的壮举。

人类走过自残的历史，人类步入自省的今天，人类做出自救的行动。我们在拭目以待，让人类既对自己负责，也对子孙后代负责。既然"杞人忧天"成为千古笑柄，但愿"枞人忧天"不要成为危机的预言！

"另类"现象与新文化发展

前不久，我和枞阳的一位文化高人坐到一起，几杯铁观音下肚后，两人便相见恨晚。我们双方除了谈文化，更多的是谈到枞阳的现行社会对文化的理解与文化价值的取向。

他说他官运不佳，整天在和别人谈文化，大家都说他是"异类"或"另类”。我也告诉他，不瞒老兄，我和别人谈文化，有人伸手摸摸我的额头，都说“疏总，您在发烧吧！好端端的一个老板，不好好做生意，搞些不着边际的东西，神经有毛病吗?”谈到此，我俩兴奋地又碰了一杯，“同感!”无论是老兄老弟都说到心坎儿上了。

写到此，我想起一个故事。《鲁宾生漂流记》有一个版本上记载这样一个情节：鲁宾生漂流到一个名叫荷曼的孤岛上，这个岛上的人全都长了三只眼，鲁宾生一看，特别好奇。于是，他灵机一动，决定把这里的人弄回家乡，然后，将这些人带到全国各地，进行巡回展览，达到从中谋利的目的。但是，事与愿违，他自己却被三只眼的土著人捉住了，挂牌游街展览，那些三只眼的人却从中谋利了。

怎么会出现这样的结局呢？我在思考这个问题。我们不难发现，三只眼的人在鲁宾生的家乡应该属于“另类”，应属于弱势群体。而鲁宾生在荷曼岛上应该属于“另类，也属于弱势群体。

弱势群体产生的文化应属于弱势文化；强势群体产生的文化应属于强势文化。“鲁宾生现象”说明强势文化吞噬弱势文化。换句话说，无论是先进文化还是落后文化，看谁占领那个社会的主流，就是主流文化。“主流文化”一定会吞噬“边缘文化”。

这样一想，我们不难明白，我和那位文化友人皆属枞阳“另类”的缘由了。我们俩的文化价值取向与枞阳的主流文化不完全相符，尽管我们自认为倡导的是推动现行经济发展的先进文化。但它目前毕竟还是弱势文化，应该准确地说，还是“边缘文化”。

看枞阳文化发展现状，我们不难发现存在两个突出方面的问题。

其一，社会经济的发展步伐与社会文化发展的步伐不同步，文化发展显得相当滞后。由于文化滞后因素带来的社会深层次矛盾日益加剧。比方说，社会上相当一部分人对现行招商引资和发展经济的施政政策的不理解，不能正确认识全局利益和个人利益之间的关系，抵制外来经济和文化的进入。人文环境的进一步恶化，势必影响和阻挠社会经济的发展。因此，优化人文环境，发展文化事业，提高县民整体素质，呼声日趋强烈。此论我已在“天利文化”论坛《枞阳最缺什么?》一文里谈过，这里不必多说了。

其二，枞阳社会的主流文化与当今社会经济的发展已不相合拍。大时代，大枞阳需要枞阳人民，重新定位符合时代潮流的经济型文化为主旋律。不要一味沉醉于“文化之邦”和“桐城派文化后裔”的荣耀之中。一些“风花雪月”的诗篇和“陈渣哀婉”的记流水账似的文章，作为陶冶人们的情操尚可，但能真正擂起时代潮流的进军战鼓，吹响经济发展的嘹亮号角，还需要符合时代气息的新经济文化来支撑。新经济文化的发展才是当今枞阳的“最最需要！”

新文化的内容应该是在枞阳地域文化的基础上，推陈出新，吐故纳新，包容外来文化，吸收时代气息，增加经济内涵。新文化发展态势目前还是处于“边缘文化”的地位。新文化的推动者们还处于社会的“另类”角色。

辩证法告诉我们，只要是符合时代需要的新生事物，终究会发展壮大的。这是事物的发展规律。新文化现象作为符合枞阳经济和社会发展的新生事物，也一定会和其他优秀文化共存共荣共发展。我们相信总有一天，“边缘文化”和“另类”现象会在枞阳社会，彻底被人们认同和接受！

2008.01.08

舒　芜

理学的血腥

近年来好像听说程朱理学又有些吃香了，“五四”以来对理学的批判据说也搞错了。我不敢说对这个问题有什么研究，可我是很关心的。理学曾是我的“家学”，请不要见笑，十三四岁的时候我还想当理学家，正正经经地写过一本理学家式的语录，还着手编《论语》的新注哩。因为是从那里面出来的，亲身感受到活生生的具体的理学是怎么一回事，大致上就像觉慧、觉民以及鸣凤在高公馆里所感到的（主要并不在爱情婚姻等方面），也像祥林嫂以及鲁四老爷的侄子在鲁四老爷家里所感到的，所以现在我听到学者的议论，总是心不在焉，领略不了，一心只怕冯乐山、高老太爷、鲁四老爷的重来。大概这好比一场人肉筵宴之后，不管那烹调如何高妙，活着的“两脚羊”们决不会盼望盛宴重开。

其实，理学不仅是我一家之学，桐城派的标语是“学行继程朱而后，文章在韩欧之间”，我少年时候，整个桐城似乎都弥漫了理学的空气。桐城派初祖方苞，是专讲程朱之学的。现在不少选本都选录了他的《狱中杂记》和《左忠毅公逸事》。这两篇是应该选，可是如果要看他作为理学家的主要面目，还得看看别的文章。这里试举一个小例子，方苞在一篇文章里说：周以前妇女不以改嫁为非，男人也不以为耻。秦始皇开始禁止有儿子的妇女改嫁，效果还不大。“盖夫妇之义，至程子然后大明。……而‘饿死事小，失节事大’之言，则村农市儿皆耳熟焉。自是以后，为男子者率以妇人之失节为羞，而憎且贱之；此妇人之所以自矜奋与”（《岩镇曹氏女妇贞烈传序》，《望溪先生文集》卷四）。这是歌颂秦始皇迫害妇女的首功，而程朱理学在这方面的大功劳又远远超过秦始皇之上，他说：“程子一言，乃震动乎宇宙，而有关于百世以下之人纪若此。”这实际上也批评了孔孟在这方面没有做什么。“饿死事小，失节事大”这个理论，使得“为男子者率以妇人之失节为羞，而憎且贱之”这个压力才是妇女之所以“自愿”去做节妇烈女的原因，这说得够赤裸裸的了。于是我们可以看到作者以及一切理学家们对于一切“妇人之失节者”的那副憎且贱之”的面孔，看到古来多少妇女在这副面孔前怎样战栗，怎样吞金、跳井、上吊、绝粒，怎样含辛茹苦地守节，……这是什么？这就是具体的活生生的理学。

当然，这只是娘儿们的事，也许无关大体吧。那么，再看方苞另一篇文章。他说：人受命于天，以道受命，倘不遵循天道，便要为天所弃绝。“尚机变，急嗜欲”的人，与禽兽无别，天也不以人道待之。

“草禽弥而莫之悯痛也。……而大乱之兴，必在政法与礼俗尽失之后。盖人之道既无以自立，非芟夷荡涤不可以更新。至于祸乱之成，则无罪而死者，亦不知其儿矣”（《原人下》，《望溪先生文集》卷三）。

原来一切大战乱、大屠杀，都是被屠杀的人民群众自己不好，自己先变成了禽兽，活该“草禽”，而屠杀者倒是替老天爷来“芟夷荡涤”，更新宇宙。当然，无罪而死的也不少，但是只能怪酿成祸乱的那些禽兽，实行“芟夷荡涤”替天行道的救世主是不任其咎的。古书我读得不多，见闻浅陋，真不知道还有没有比这更血腥气的文字。这套刽子手理论有一个哲学基础，就是“人之于天也，以道受命”，这是正宗的程朱理学的命题。从这个命题轻轻一推，便推出了“不若于天者，天绝之也”这个血腥的结论。后来曾国藩解释太平天国起因，说是几十年来应杀而未杀的人太多，流在山林草莽之间，就像一个人久未洗头，头发间生满虱子，咬得人痛痒不堪，非痛加梳洗一番不可，这种刽子手的历史哲学是与方苞一脉相承的。他们都是讲天人通感天人合一的。可是近年来好像也有学者把这种天人合一之说评价得很高，说是这里面早就包含着人与大自然的和谐统一的真理。若如所云，曾国藩替大地关心其头发的净垢，虱子的多少，真是与大自然合为一体，痛痒相关，不枉当时人称“曾剃头”了。

（选自《人民日报》1987. 12. 17）

皮愚公的故事

清人笔记小说中有乐钧《耳食录》一种，吴嵩梁序称其“事多出于儿女缠绵，仙鬼幽渺，间以里巷谐笑，助其波澜”。据我看，“儿女缠绵，仙鬼幽渺”的部分，大致不出《聊斋志异》的范围，笔力稍弱，没有很大特色，倒是“里巷谐笑”的部分，颇有可观。例如二编卷五有《偷儿》一则云：某生夜读制艺，往复数百遍犹不熟。漏四下，诵声益喧，意且达旦矣。有胠箧者伏床下，躁甚，突起掴之曰：“尔非生铁，何顽钝若此，余焉能待尸遽趋出门外，鼓掌而去。

做八股文要讲究声调，其秘诀是熟读名家之作，摇头晃脑，把他的声调读熟，自己做起来也就会有那种调子。科举制度几百年中，不知多少热衷利禄的士子，都在寒窗之下这么挑灯苦读，越是资质鲁钝的越要付出苦功夫。乐钧看得不少，看得心烦，就编出这么一则笑话，让床底下跳出一个小偷来赏他一耳光。天下岂真有这么一个胆大风趣的小偷，但不如此就难得再找一个人四更天后来赏耳光而已。这倒有点《阅微草堂笔记》多方设词以嘲笑老儒的路子。又如二编卷八有《忘误》一则，记了七件小事，兹举其最短的两件：

某夜梦邻人招饮，旦而诣之，日：“公何事召客?”主人讶然。某亦徐悟，曰：“殆梦耶!”大惭而出。主人笑留之，为具食。他日，邻真召之饮，某疑亦梦也，使者敦促至再，始敢赴。

又李某者，性纰缪。里中岁暮，言书邮至。诸商于外者，其家各就邮索书。李遽闻之，亦往索。邮问：“公何人在客?”李恍然日：“固无之。”一笑而返。

这种笑话里不必有甚深的寓意，然而风神闲淡，意态宽舒，加以质朴的文笔，很令人想象《世说新语》的遗风余韵。

特别值得一提的，是二编卷一有《皮先生》一则，说是有一位皮先生，天资愚鲁，却又好奇。他很羡慕愚公移山之事，说道：“愚公九十岁，我才只是他的一半，太行、王屋，是那样的高，那样的大，都可以移走，我何不找个小些的来试试呢。”野外有一个小丘，于是他率领两个儿子，背起铁锹，挑上簸箕，从早到晚去挖垦，想把它移掉。有人笑着劝止道：“愚公之事，列子的寓言罢了。而且他是因为太行、王屋二山挡着他家的门道，出入不便，才要铲平这个险阻。现在这么一个小丘，位在旷野之中，没有遮着谁的家，挡着谁的道，塞着谁家祖坟的风水，侵犯谁家的田地，也算是让着你了，你还要干什么呢？而且，这么一个小丘，才一人高，几亩大，平了它也不算你的力气大，移了它也不算你的能耐高，好像去掉了几根毛发似的，过路的人根本不会注意到，你干什么呢？”皮先生不听，挖了一个月，挖下来的土运到小溪中，小溪都塞住了。这年天旱，溪水一干，溪边的农田无水灌溉，禾苗马上就要枯死，农民们因为皮先生断了他们的水道，上门大闹。皮先生害怕了，赶快又从溪中挖出土来，堆在岸上，又成了一个小丘。有人笑道：“这是上帝派来的夸娥氏二子之力也。”

《愚公移山》本是一则很好的寓言，自从毛泽东一九四五年作了《愚公移山》的讲话以后，在现代中国人当中大大有名起来。“文化大革命”中，《愚公移山》列为“老三篇”之一，更是家喻户晓。可是现在许多人不大愿意再提这个古老的寓言故事，因为大家忘不了曾经有多少唯意志论的专断蛮干，不惜民力，不顺民情，不必要的大量牺牲，都是用了“发扬愚公精神”的口号来号召，来动员，来强制驱迫的。大家尤其忘不了在“五七干校”之类的地方，用重体力劳动来整治知识分子，劳动常常是超负荷的，甚至当地农民从旁看了都认为太重而且认为生产上并无必要的，也总是号召要“发扬愚公精神”。被整治的知识分子心不以为然，口却被这位“老愚公”堵住了，说不出一个“不”字。大家带着这样深刻难忘的记忆，产生强烈的逆反心理是难怪的事。寓言本是寓言，谁要把它当作实事，而且当作千秋万世效法的榜样，那就是真正的愚人。乐钧大概看了不少这类的愚人，所以他也编了一个寓言人物皮先生———我认为这也是他的寓言———来讽刺一下。我们今天看他这个寓言，会特别有所动心，“此夸娥氏之力也”这一句，尤其觉得是高级的幽默。不过这位皮愚公还只是自己愚，自己蛮干吃苦头，而我们忘不了的多是自己一点不愚，专用“老愚公”来愚民欺世的，这又是乐钧所未及见的。不知有人能编出《皮先生》的续篇否？

1989. 03. 16

才女的冤痛和才子的残酷

小时候翻看《西青散记》，大致记住了作者史震林是清代一位江南才子，他和几个才子朋友，发现了一位才女佳人双卿，有着绝世才华和绝代姿容，却嫁给一个愚昧粗鲁凶暴的佃农为妻，于是，家穷，作苦，夫暴，姑恶，体弱，病重，重重苦难集于她的一身，她希望能认识几个才子，果然幸而遇到了史震林等人，狂热地崇拜她，欣赏她，同情她，到处替她扬名，一部《西青散记》里，便抄录了她的许多诗词文章，详细记录了她的苦难生活以及才子们同她的交往。不知怎么的，我不太喜欢这部书，后来也没有机会再看。我听说，双卿此人是否实有，是不是史震林的寓言虚构，学术界有人怀疑。我没有深究这个问题，只觉得怀疑是有理由的。我又听到有人批评《西青散记》的文章太才子气，太漂亮，我也颇以为然。就这样，我把此人此书长期搁置一边。

直到最近，杜芳琴女士要我为她编注的《贺双卿集》写一篇序言，我受而细读，特别细读了杜芳琴女士的自序和她的三篇研究文章，领会到她是总结了历来的双卿研究成果，立足于细致认真的考证，而又从中国文化史、中国妇女生活和妇女文学史的宏观视野着眼，透过双卿，揭示了十八世纪江南农村妇女的生活与精神世界，揭示了“佳人情结”与“才子渴慕”这样一种两性关系的模式及其文化意义，实在是一部有功力的著作。我没有学力来作全面的评价，只能谈谈印象最深的两点：第一，双卿其人的真实性是没有问题的；第二，我一向不太喜欢《西青散记》，并不单是因为它的文章太才子气的缘故。

关于双卿其人的真实性，杜芳琴女士作了多方面的论证，其中最能说服我的一条是“本证”，即《西青散记》里所录的双卿的诗词，比史震林等才子的唱和之作好得多，不是史震林所能虚拟伪作的。陈廷焯《白雨斋词话》持论颇高，见解不凡，他对双卿词便极口推许。缪荃荪、顾颉刚的评价也很高。杜芳琴女士引了陈、缪、顾三家之论，但是指出才子们的诗词中，有某某一两位的一两篇，不包括在不及双卿之列，这自然是她的立论更审慎之处。此外，她指出《西青散记》是把双卿置于同才子们的交往关系中来写的，而史震林的那几位才子朋友，他们的生世和行踪，颇多可考，这也是双卿并非虚构的一个有力的佐证。

那么，我为什么不太喜欢《西青散记》，其实也就是不太喜欢双卿其人呢？这次细读杜芳琴女士的研究文章，明确了一点，原来双卿其人，除了才高、色美、境苦、情幽四个方面而外，还有一个方面：德贞。她还是一个贞孝之妇。她在丈夫和婆婆的百般虐待之下，任打任骂，忍饥忍痛，带病带伤，吃饭时被罚不许吃饭，在一旁干着舂米之类的重活儿，还是满脸含笑。她爱洁净，她的丈夫却是狐臊刺鼻，脖子上的垢腻搓可成丸，劝他洗一洗他就大怒。她爱写诗，丈夫和婆婆一看到她拿书磨墨，便要恶骂。她就是这样的丈夫的贤妻，这样的婆婆的孝妇。她钦慕才子，禁不住要和才子们诗词唱和，诉诉苦难，但是她坚持“发乎情止乎礼义”，表白自己绝对忠于丈夫，不厌弃丈夫。她把今生的受苦看作前世的“宿业”，今生正要甘心忍受，要以贞孝之德和对佛家的信仰，为来世修行，好转生为一个男子，她说她的诗词正是要为天下的“薄命佳人”树立一个忍苦全贞的道德楷范。她甚至矫情地歌唱她夫妻之间仍然有着爱情和幸福，把她那愚昧粗鲁脏臭凶暴的丈夫称为“仙郎”。……而史震林等才子的崇拜双卿，不仅是由于她的“色艳”“才慧”“情幽”，更主要的还是敬佩她的“德贞”，色才情都是更加重了德的分量。

这样，我明白我为什么不太喜欢《西青散记》其书和双卿其人了。大概小时候翻看，看到双卿的苦难，能够同情，看到双卿的贞孝，却无法理解，觉得这样的人物太古怪，所以后来听说有学者怀疑其人的真实性，便不禁倾向于同意。《西青散记》固然是才子文章，才子爱慕佳人，原也平常，可是这里的才子气，却又同道学气混在一起，特别觉得可厌。或者该说，封建的才子，本来都是道学的，有时看似矛盾而实不矛盾，史震林这一班才子恰好集中表现出来。例如，有三位才子曾经讨论“佳人失节”的问题，一个说：“人生须有两副痛泪：一副哭文章不遇识者，一副哭从来沦落不偶佳人。”一个说：“吾则以一副痛泪哭失节佳人。”第三个说：“佳人失节，思之亦必自哭；不自哭者，安得闲泪哭之?”他们认为，佳人不论怎样沦落不偶，不论所偶的是怎样不堪的丈夫，都必须为丈夫守节，保证丈夫对自己的性占有权，这才是天经地义；失节的佳人比沦落不偶的更可痛哭，她自己先该痛哭而死，否则旁人又哪有闲泪去哭她?

才子们为什么这样关心佳人失节的问题呢?原来，他们自己恰恰就是竭力要诱使佳人失节也很可能使佳人失节的力量。如上述第三位才子，那么义正词严地责备佳人失节的，名曰段玉函，他正是自己家里也有同他诗词唱和的妻子，却又向双卿百般挑逗，遭到双卿拒绝的。这种才子的逻辑是：天下佳人才女本该我才子享受，多多益善，佳人遇人不淑是她的不幸，她没有归我享受却是老天欠了我的一笔账；我挑逗她，是我的多情，我的权利；挑逗倘若成功，是我的“艳福”，然而却是她的失节，在我是风流韵事一件，在她则是永远不可饶恕的最高的罪孽。本来，为天下男子计，最妥当的是“女子无才便是德"，然而对于才子来说，愚妇人究竟无趣，所以最好有那么一些特别的女人，有才有色，供我欣赏，遇人不淑，供我同情，在相当程度上知情识趣，同我诗词唱和，而终于不出大格，不背叛她的丈夫，不树立侵犯神圣夫权的坏榜样，这就调和了才与德的矛盾，当然更加理想了。这种理想，要求女子生为美人，学成才女，灵肉都达到高度完美，然后以肉体供奉一个愚昧粗陋脏臭凶暴的丈夫，同时又以才调风神，包括身世不幸的楚楚可怜，愉悦一班风流自赏的才子，而二者并行不悖，实在想得太周到了。

这种理想，当然是男性的极自私极残酷的理想，也是极矛盾极荒谬的理想。现实的女性当中，真会有符合于这个理想的么？据说竟然就有，就是双卿。那么，她究竟是真实存在的，还是男性才子史震林虚构出来的呢？回想我先前之所以不能无疑，潜意识中就是有这个问题在。而现在，读了杜芳琴女士的研究文章，我的问题解决了。

杜芳琴女士一方面指出，双卿这样的美人加才女加贞妇，是文士们理想的女性的范本；另一方面又指出，双卿是自觉地按照这个理想来塑造自己，真正在现实里把自己塑造成型，是一个适合于文士们的理想的活人。当时社会需要这样的活生生的典型，正如杜芳琴女士所说："她的模范行为确实在当时见到了社会效果：文士们在交口赞誉受苦受难的忠贞的才女美人，目不识丁的农民也在用双卿的'模范'事迹来教育女儿，……社会就是这样在塑造着一代代'模范'妇女角色。双卿的德，双卿的才，连同她的情和色，无不是社会家庭和男性世界的需要。"

原来，如此残酷如此荒谬的"模范"，竟然能使女子一代又一代自觉自动地来"就范"，这就更加残酷，更加荒谬。我们读双卿的诗词散文，觉得的确都写得好，忍不住要诉诉苦难的固然写得好，表白要贞节自守的也写得好，但前者使我们无限同情，后者却使我们非常不舒服，非常难于同情，就因为那实在太残酷太荒谬的缘故。但是，所谓"就范"也者，换一个角度看，何尝不可以说是一个弱女子，抵抗不了社会的强大的塑造力？杜芳琴女士已经这么提过。我们试为双卿设想，她不可能娜拉式地出走，她不可能改嫁给任何一位才子，她不可能跑回娘家去，那么除了一死或者遁入空门而外，她事实上只有做她丈夫的妻子、婆婆的儿媳一条路，既然如此，她又怎能不努力做一个贤妻孝妇，即使不能感动丈夫婆婆，至少也希望减少一些虐待的借口呢？那么，双卿的所谓"德"，其实也应该包括在她的苦难之内，不但不应该抵消我们对她的同情，而且是最令人感到撕心裂肺之痛的苦难。何况，矛盾荒谬到这样程度，这里面就自然有一种张力，使人禁不住要想想，它的最深隐之处，是不是有什么压抑到濒临爆发的东西呢？时代毕竟不同，接受效果也不会相同了。这是史震林所未及料的。于是，我要向杜芳琴女士的研究致以一个读者的谢意。

（《贺双卿集》，杜芳琴编注，中州古籍出版社 1993 年出版，《读书》总第 176 期）

汤春桥

踏寻惠安女

从南昌飞到泉州已是深夜2点，为节约时间，当晚我们就马不停蹄地赶往惠安县。3点时分，我们冒着风雨赶到了惠安县城，安顿好后，我向有关部门调阅了有关材料。在一夜未眠的情况下，根据自己的经验，基本上了解了有关情况。为的是在白天证实自己的判断，完成相关工作后，节省一些时间去踏寻惠安女。

第二天下午，我们如愿来到惠安崇武古城，来膜拜婀娜的惠安女——一个永不落幕的风景。

和许多古城惯有的沧桑、古朴不同，福建的崇武古城更像是座修建在碧波金沙上的别墅，海风潮音里堆砌出古城“中国石雕之乡”的美誉。而那些惠安女眺望大海的地方像不少慕名而来的人一样，知道崇武是先从知道美丽神秘的惠安女开始的。

崇武是惠安女的故乡，为此，我把整个的时间都用来寻找美丽的惠安女。

在遍访中，并不像我们先前想象的一样，能够到处看到惠安女，但是令我们不舍的是，除看到一些打扮规范的惠安女外，只踏寻到三两个真正当地的惠安女。

即便如此，我们看到的惠安女形象，跟通过各种影视媒介看到的还是有差别的。影视作品中的惠安女无不容貌姣美娟秀，而我在当地所见的惠安女，从正面看难得看到一个能套得上当下美女标准的，她们大都皮肤粗糙黝黑，眉宇间多流露着沧桑刚毅的神情。但从远处或是从后背看，惠安女个个都堪称绝世美女，矫健匀称的身材，婀娜鲜艳的背影，举手投足都充满了弹性，无论老幼，都似乎张扬着一股活力，挑着担子袅袅而行，“腰如杨柳风里飘”形容得一点不过分。

在礁石上看到等候捕鱼男人归航的惠安女，她们神情肃穆，临风而立，衣服被海风劲吹，健美的身材展现无遗，她们内心大概在祈祷着丈夫平安且丰收而归，仿佛成了礁石的一部分，任浪花在脚底飞溅。这一刻，也许你才会明白，为什么眼前的惠安女要比舞台上的更生动更具有本真的美，因为眼前的惠安女才是大海的杰作，那身材是海风海浪塑造的，那气质是蓝天白云和质朴生活熏陶出来的。

我想，美丽的惠安女不但永远扎根于人们的心目中，也将永远扎根于中国悠久的风俗文化之中。

（选自《皖江博览》2008 年第 2 期）

汤琼花

反省从回忆开始

这个时代，我们正在经历着酸甜苦辣。

谈论对生活的体悟和感受似乎是一件可笑的事情。然而，我却还是抑制不住想做。

曾去过武汉、广州，找过工作，考过研究生，现在在一个陌生的小城，仍在茫然。一直靠别人的接济过活，卑微而又可怜甚至可耻。

曾经，像所有找工作的毕业生一样，我们要么借住在朋友那，要么和许多陌生的人挤在一个窝里。然后我们制作简历，参加招聘会，投简历，面试，掉手机，掉钱，坐公交，呕吐，流泪，饥饿……那些数也数不清的日子，教会了我们什么是社会，什么是生活。教会了我们忧郁和沉默。

失语的日子就是只想静静地用眼睛去观察这个世界，在广州的某天晚上，我从一个很远的地方面试回来，坐在公交车上，看着繁华的世界，那种绝对局外人的感觉让我绝望，我清楚地知道，哪怕用一辈子去奋斗，我也无法获得一小块安身之地。看着南方日报报业集团的广告牌，我知道这些永远都与我无缘。然后我开始羡慕民工，他们可以肆意地睡在天桥底下，享受着作为人的真实。我做不到，虽然我也很穷，但还是极力地将那几件朴素的衣服打理得干干净净，让自己的笑容也变得干干净净。

所有以前认识我的人都说我变了，包括脸都呈现出一股不该有的苍老；所有想亲近我的朋友，都受不了我身上那股子抑郁和沉重。我的孤僻和尖锐注定了更长的日子，我必须承受孤独，孤独地去面对这个世界、面对自己、一切正确与错误的选择、或者被我弄得一塌糊涂的生活。

从广州回来的时候，我身上有了一千多块钱，接济一下家人，出去玩了一趟，维持了一段时间的生活，然后我继续贫困。

正是因为贫困，正是因为我觉得工作也不过刚刚能养活自己，所以我毅然选择了考研，实现自己一直想读书的梦想，或者是想通过考研获得某种作为人的尊严。

我继续开始寄人篱下的日子。以前一切不能容忍的东西，我开始主动地去接受，而且是打心底去接受，开始学着以别人为中心，别人所做的一切都是正确的，出现差异我就先去认同别人。让别人高兴、快乐，这样我才会赢得一个比较宽松的环境去读书学习，即使寄人篱下，也可以把那里当成家，不管是真的还是假的，我总是有意识地告诉自己，那是自己的家。说实话，那副可怜相真真令自己厌恶，可我还是做了。

思想和行为的差异是巨大的，在思想里我们都想做个君子、伟人。可在行为上，我们都是个世俗的民众，哪能超凡脱俗啊。脱俗的，会被人讥笑为笨蛋，傻瓜，幼稚等等，好像听起来都是贬义之词。

于是，我们都在不同程度地虚伪，一方面标榜自己多么美好，一方面在做着一切人应当有的行为，像为了维护自己的利益而吵架或者做动作。

你一个人清高有什么用，清高就意味着你失去一切竞争力，你得一切都让给别人，让到最后的限度是，你连生存都无法继续下去，只有死去。这就是一个得寸进尺的社会，如果要继续生活，我们好像就必须要学着维护自己的地盘。只要不去侵犯别人的家园，人们都是友好的。

我的考研梦想终于在一个寂静的午后彻底破裂了。那天，我好像提前知道结果一样，洗好自己的一切衣服，作好离开的准备，然后再上网去看自己的成绩，然后一个人，长久地像死人一样，手脚冰凉至极，我没有哭，一滴泪也没有，只是狠狠地去花了一些宝贵的金钱。然后再继续以前一样找工作的生活。期间得知考研上了国家线，但因为是自费，我只好放弃调剂，选择工作。

现在，我正在开始着自己一塌糊涂的工作，薪水极低的工作。又因为心里老惦记着考研的事情，所以什么也干不好。一切的一切我不怨别人，只怪自己，今天之所以生活成这样，是我自己在这样的社会中自我选择的结果

毕业生是可悲的。幼稚与无知、迷茫的可悲。我们都还太年轻，都还太不知天高地厚。幻想越美，跌得越惨。

也许梦想死亡的过程也是一个化茧成蝶的过程，只是这种新生还需要漫长的时间，很多时候，可能等不到成蝶，就已经先期死在厚厚的茧里面了。

但，即使会死亡，我们还是不得不去选择这样的蜕变。自怨自艾，只会让自己变得像祥林嫂一样的悲哀。

拒绝做一个悲哀的人，就要勇敢地往火坑里跳。当然，还要学会让自己

的心灵保持一块干净与美丽的地方，让人性美好的一面终不要被生活的竞争泯灭。

夏天快要走了，一天一天。也许我在成长，也许我在变老，无论如何，我不能再无端地焦急和不安，那是弱者的表现。

流浪着，快乐着

我在自己的房间门上贴了三首诗，两首歌德的《流浪者之夜歌》，一首尼采的《流浪人》，其中，尤为喜爱歌德在第一次，也就是1776年写的那首："你降自苍穹／来抚慰人间的忧伤与创痛；／把灵芝底仙芬／加倍熏陶那加倍苦闷的魂：／唉！我已倦于扰攘和奔波！／何苦这无端的哀乐？／甘美的和平啊！／来，唉！请来临照我心窝！"一遍一遍地读，我会一次一次地喜爱，也许这契合了我的生存现状，也许这契合了我的心灵感受。我爱着这流浪之诗，爱着自己现在平静的心、平静的生活，即使眼前的一切都不属于我，即使流浪属于我的本质。

作别我的挚友房已有月余，当时她帮我算卦，卦象表明我的厄运快至尽头，过去的生活以及过去的劫难都已获得结果，现在正处于一元复始，万象更新的特殊时期。是的，生活中的纷乱虽尚未完全平息，但我的心已经收缩到自己的掌心，一层厚厚的盔甲几乎可以为它抵挡一切来自外界的侵袭与伤害。我慢慢放下过去的障碍，过去的面目，过去的执拗，慢慢接受现在，接受一个尚待我去创造的未来。未来虽然遥远、虚无，但正是那浩渺的空白让我获得了某种期待与愉悦。只要希望还在，剩下的不就是踏踏实实的劳动么？一天一步，迈向心中那个明丽的地方。

我仅仅是围着自己的心，稳实的感觉淡淡地溢满周遭。我有心思布置起了自己的居所，虽然它只是我暂时的栖居之地，虽然我随时都有被驱逐的可能，但这些都不重要，重要的是我现在就真实地睡在这里面，真实地呼吸着里面的空气，面对着洁白的墙壁，我有点怕这空，怕这白，怕这毫无生机的沉寂，所以才要在里面贴上我喜爱的诗；贴些我流浪的车票；贴些与我毫不相关的宣传画，它们的存在只为增添一丝热闹；贴些我画的花朵，这花朵画得不美，可因为有我心灵的痕迹，它们一律显得格外亲切；另外，还贴出了大学毕业照，我一躺在床上，总能看见一位曾经默默关心我的老师那和蔼的笑容，这笑能给我无限向前的力量；还买了黄色的雏菊，黄色能使脾兴奋，所以一看到那簇花，我总有说不尽的轻松和愉悦。坐在桌前打开书本，我感觉回到了自我，找到了想要的生活方式，也找到了我一直以来渴望的宁静。

深夜，身外的小城慢慢闭上了自己疲惫的双眼，我的心慢慢地张开，慢慢地舒展，这时候我喜欢翻开史铁生，一遍一遍地看，竟然有了越来越多与他相似的感受。真的，我也在心里感谢命运曾经让我那样痛苦，让我有机会见识什么是绝望，什么是绝境，什么是真的现实，而什么又是真实的我。知道了“我想”与“我能”之后，我已经觉得没有任何悲哀可言，劳动才能从根本上解决一切问题，虽然这需要时间。当然，也许是因为我情绪的大军历经了前些日子的撕心裂肺，此时已没有任何能战斗的力量。但无论如何，我还是喜欢同朋友们说，只准回忆，只准分析，绝不悲伤，哪怕那是一件多么令人悲伤的事情，要知道在真实的生活面前，悲伤不仅毫无用处，而且它会一点一点倾泻掉我们的精力，让我们虚弱得无法面对更加残酷的明天。人的生命力其实比我们想象的要顽强，要通过悲痛和忧伤来慢慢自杀，这太不容易了，而且那慢性疼痛就像慢性病，很折磨人，既然又没有一下了结生命的勇气，那还不如好好地活着，积极地活下去。

现在我就好好地活着，哪怕我知道自己在流浪，而且还要继续流浪下去，并且这流浪没有一个确定的期限，也许只是一个阶段，也许一辈子。这些我都不怕，因为一方面我可以勤奋地劳动，改变并创造自己的生活；另一方面我认识到时下的日子也没那么坏，只要自己还能有住的，有吃的，就先可以放下人那高贵的心，不需要为生存去和自尊作无谓的较量，今天我们低贱地活着，就是等到有一天知道什么是有尊严地活着。老子都说了：“天下皆知美之为美，恶已；皆知善，斯不善矣。有无之相生也，难易之相成也，长短之相刑也，高下之相盈也，音声之相和也，先后之相随，恒也。”不知低，我们又怎么知道高之为高，怎么知道去珍惜那来之不易的生活呢？

我活着，我流浪，我快乐。这快乐是真实的，绝没有自我安抚之意。我喜欢不断地认清自己，认清自己之不能与无能。既然我无法选择自己生存之现状，既然我无法选择不作为我，那么我就只能作为我这样真实地承受着自己的生命历程，痛也好，苦也罢，都是扔不掉的自己的命运。我天性好喜乐，好情调，我想把这居无定所、食不安寝的日子过得有点生气，再说食居也不因我的担忧而会自动改观，那就今朝有酒今朝醉吧，多惬意的一种享受啊。

我约了些朋友，到郊区的土地里奔跑，肆意地选择道路，踢石子，骂脏话，偷栀子花，调侃人，做鬼脸，怕毛毛虫，憨笑，欣赏绿色的蔬菜，辨认树木的品种，望着蓝天想诗句，拿最后一点生活费还买了件漂亮的衣服，满足自己爱美的欲望……这就是我，真实的我，快乐的我。生活在心里，深沉在心里，幸与不幸也在心里，明天更在心里，而且我忠贞不渝地相信明天会更好！

唐大笠

乐于此亭

在辞书类书大泛滥的当今，尚不见有关亭的资料专册问世，我常为此抱憾。其实中华大地上的亭浩如烟海，倘能汇集成书，必洋洋大观。万绿丛中，朱亭一造，曰观瀑、曰听泉、曰观海、曰排云，此皆玩赏之亭；胜迹名境有亭曰放鹤、曰醉翁、曰荷亭、曰晗亭，皆为纪念先贤而设之亭；以质料结构论，有木亭、石亭、铜亭、铁亭、竹亭、茅亭、皮亭不等。这些亭子，常为人称道，为人钟爱，然而一种悉见的路亭，也是亭类家族中为数最多的成员，却最易被人遗忘。江南山野，素有五里一亭十里一阁之说。这五里一亭就是为路人着想的路亭。这种路亭没有雕栏，没有玉砌，没有飞檐，简陋得只是骑路（或骑桥）而筑一长方形小屋，两旁各有一排座位而已。担夫至亭竖立打杆，稳稳地支起一副重挑，撩起白布汗巾抹去豆大的汗珠，重重地舒几口粗气，然后再环顾其他的歇脚人，相互打声招呼；肩背少量行装的斯文过客，也喘着大气，到此停停脚步，或坐或站，然后探头亭外，看看山谷里飘来的云层，估摸着天气阴晴变化，有无山雨欲来。即便是打猪草、采山货的姑娘，过亭也大大方方地撂下篮子，稍事调整疲劳，然后再行赶路，丢下一亭欢歌，一亭笑语。倘若有行善人家在亭免费施茶，路人便大碗大碗地狂饮，说一串功德的话，表示谢意，施茶人则心满意足。来来往往，上上下下，前客让后客，人去有人来，路亭终日是充实的。只待夕阳为东山涂上一抹晚霞，路亭才落得一片清静与安息，但间或有伤残丐人前不靠村后不巴店，便蜷曲于路亭一角过夜，可免受观餐路宿之苦。路亭的存在于人实在功德无量，所以每当我登临什么名亭之际，不期而然总要想到那些无名的路亭。

上九华山有三条道路，其中北路早已开凿成行驰汽车的公路，可我至今还没有一次沾过它的便利，宁愿从西麓小径拾级而上，因为西麓小径上就有五里一亭路亭，想重新体味一下过路亭的滋味，而其他各路的路亭不复存焉。

望佛亭，别来无恙。时间的流逝，时代的变迁，好像未使它变得怎么苍老，疏落的瓦松，至多如初生华发，剥蚀的粉墙，不过表明存在的年轮，不顷不斜，依然腰板硬扎地挺立在上山道上。

亭曰望佛，顾名思义，九华在望了，再上一里许，便是九华圣境，它恰好界定于山乡与佛国之间。亭的一侧是佛国的尘外虚幻，亭的另一侧是山乡的人间烟火。坐此亭左右顾盼，独享其趣。离亭两百米有数户人家，崭新的农舍为翠竹半掩，门前皆有坦平开阔地，山坡上下层层梯田全翻过板了，浸泡一田冬水。大黄牯闭目养神似的依在稻草堆旁一口一口地叼草。老人带着幼童在温暖的冬阳下嬉戏，鸡犬相闻，猪羊相契，好一幅宁静的山居图。划破这一片宁静的是突如其来“空通”一响的水碓声。我几乎要惊叫出声来，是“瓢儿碓”——极其古老的粮食加工工具，我还是在孩提时代见过一次，以后不复再见，太稀罕了！莫说山外的旅客叫不出它的名字，就是山下的年轻人也未必不陌生。我一路所到之处，加工稻米一律实行机械化，各色水碓、风碓、脚碓、碾子等淘汰已尽，遗迹不存，全被轧米机所代替，不意在这里还新建了最古老的“瓢儿碓”。

所谓“瓢儿碓”，是山民因地制宜利用水力资源加工粮食的工具，属水碓的一种。它用不着滔滔流水，只消涓涓溪流即可安置。它由木工制作一种类似“瓢”的成水器，引进溪流，衔“瓢”盛满水，利用杠杆原理，“瓢”自动倾斜倒水，借助倒水的水力，压起碓头冲米，然后“瓢”又自动恢复原状，如此循环往复，大约每隔五六分钟便发出“空通”一响，速度缓慢，无人看守，仿佛一位孤独的老者在那里日夜不辍地劳动，谁也不用担心，准会把事情办得服服帖帖。

陪同我上山的两个外甥见我贪婪地欣赏“瓢儿碓”，连忙插话作解释，说是山民住居分散，交通运输困难，全靠肩挑背驮翻山越岭，办轧米机不合算，只有办这种水碓合适，并且一样地解决问题。他们的解释就事论事，虽则合理，但不够全面。办“瓢儿碓”首要问题是外部治安环境，那就是国泰民安，五谷丰登和路不拾遗的敦风民俗，否则，如是兵荒马乱，灾荒饥馑或盗贼蜂起，就是有“瓢儿碓”也不能启用。我赏识“瓢儿碓”决不只是好奇，而是通过这种碓的恢复，去看一个世界，至少是一方的天地。

我坐在望佛亭上闭目遐思，两种声响交替袭来，一边是寺庙的钟声带着空谷传音“当——”，悠远、飘渺、深长；一边是“飘儿碓”的碓声维系山乡丰稔“空通”，宁静、安定、充实。在乐谱上钟声标着延长符，碓声划着休止符，“当——空通”，“当——空通”，都是慢节奏的生活变奏曲，奇怪的是两种生活，一种节奏；两种境界，一样深沉，裹挟着古老文明，舒卷着湿漉山雾涌于一亭，唯乘此时此亭才有福份享受这奇妙的乐章。东坡先生云："优游而乐于此亭。"

（本文获1989年全国报纸副刊好散文一等奖）

梅花精神

林散之夫子离我们远去快20年矣。这些年来，未尝一日忘怀过先师，他的一本《江上诗存》诗集，长年放于我的枕旁，经常拜读思考。时常亲近它有好处：一、林老诗好，百读不厌。无愧于他在墓碑上自题"诗人"，宁可不要书画家、书画大师、"当代草圣"等美誉。对"诗人"称号，先生十分自负。他两次亲口对我说起这件事，第一次他说"一生苦心于诗，书有日课，画无常课。"过了一会他又补充道："我于诗费的精力占七成、字二成、画一成。"第二次谈他继承黄宾虹衣钵时说："诗，我与黄先生路子不同，我是学杜（甫）的，黄先生诗学六朝，画，我画不过黄先生，行书，我写不过黄先生，草书，黄先生不写"（注：林老原话，一字不易）。二、我认识散之先生时间虽久，但与先生相逢相聚的机会不多，毕竟苏、皖两地相隔，保持每年见面一两次都不容易，事先费尽安排才能实现。所以先生往生以后，我不曾感觉到他真的远去，仿佛依然健在，说不定某日赴宁还能见到他似的。我愿意一直保持着这种感觉和心态。

今年是林散之诞生110周年，明年又是他辞世20周年，不论他的生日或忌日，我都一样地纪念他。

当代文化闻人丰子恺尊师态度，值得铭记。丰子恺生前为上海国画院院长、书画俱佳。他不仅是中国漫画创始人，还被列为"五四"后优秀散文作家之一。他的老师李叔同，出家为僧法名弘一。弘一法师五十岁，丰子恺作护生画50幅，为师祝五十寿。弘一珍收，主动为之配诗50首，并叮嘱丰子恺今后他六十岁时要画60幅，七十岁时画70幅，八十岁时画80幅，九十岁时画90幅，百岁画100幅。后来弘一于六十多岁即圆寂于福建泉州，但丰子恺不忘自己的承诺，弘一七十岁那年，照例仍画 70 幅画，为老师做七十冥寿。此后以此类推，画满弘一百岁冥寿，共画护生画 370 幅，并得到马一浮、叶恭绰等社会名流支持，为其题诗出版行世。丰子恺能做的事，我们也能做，只要活着，就为纪念林散之先生作自己的表示。

今岁为林散之 110 岁冥寿，我同我的孩子唐音共同创作《松竹梅三友图》四尺中堂一帧（附图）。我画松梅，唐音画竹。这三种物种，集于一堂，章法布局极难处理。它们既各自独立，又组成一个整体，像一堂君子在那里从容论道，相互是亲和的，友善的。虽然是个老题材，却未见过前人的成功之作，个人也曾尝试多次而失败。这一次意外成功。这三种物种，要画得水平相当，才能组合成一幅画，若其中一种画不好，就会影响整体艺术效果。唐音画竹比我得法，能与我的松梅相匹配。此件未敢说珠联璧合，尚能差强人意。

乌江许朴庵、邵子退、林散之三先生早被人誉为松竹梅三友（载《江上诗存》第二十三卷），松竹梅高尚品格，启人心智。其中林散之为梅。林散之为梅有其原因，因为林先生一贯钟情于梅，他有诗谓“低首平生只有梅，爱他独占百花魁”。恐怕还有另一层意思，那就是姓林。宋代孤山奇士林和靖（逋），相传为“以梅为妻，以鹤为子”的梅痴，又有咏梅佳句传诵千古。后世人只要提到梅，自然与林姓联系起来。林老似乎也有所承认，亦有他的诗为证，诗曰“林家本是梅花种，欲画梅花一瓣难”。

国人美学观，自古迄今，皆富移情作用，花木类如“岁寒三友”或“四君子”或吉祥物的隐喻，当初形成，皆如出一辙。于梅，人们赋予的内涵颇丰，如“不要人夸颜色好，只留清气满乾坤”，如“疏影横斜水清浅，暗香浮动月黄昏”，如“不是一番寒彻骨，哪得梅花扑鼻香”，如“宝剑锋从磨砺出，梅花香自苦寒来”如“春从百卉问荣枯，知是君家骨干殊”等等，一言以蔽之，用现代语言，可以概括为四个字，叫“梅花精神”。我们的林散之先生为人、为学、情怀、学养、操守、气度、志趣诸多方面，无不体现着为人共仰的梅花精神。这种可贵的梅花精神，正为当今社会所缺失，才有那么多浮花浪蕊在我们眼前晃来晃去。我们不正需要怀念这种“梅花精神”吗？

“松竹梅三友图”画毕，作“题记”于另纸，使该画的内容丰腴起来。录“题记”如下：

曩昔乌江许朴庵、邵子退、林散之三先生诗酒交亲，书画义重，高标亮节，明月清风，人谓松竹梅三友，盛赞至今不绝。有感于斯，余父子合作

“松竹梅三友图”，笠翁松梅，唐音画竹，并录散公佳婿李秋水四绝句以记之。

许公质朴一村叟，日课家童以糊口。孔孟之书不离手，除却清贫无所有。
风义潇潇邵四叔，尘渣除尽信不俗。手栽桃树如种菜，不信功名归太朴。
江上老人尤旷达，平生寄意在笔墨。诗书画兮称三绝，如雷声名转渊默。
三老交亲世少有，人称松竹梅三友。草堂盘樽时聚首，陶然相对忘卯酉。

（选自《安庆晚报》2008. 11. 19）

唐先田

文化值多少钱?

文化值多少钱?谁也说不清楚,更说不准。一般人都知道,科学技术值很多钱,电的发明、蒸汽机的发明、火箭升空、卫星在宇宙遨游、原子弹爆炸,还有中国的四大发明等等,改变了整个世界的面貌,使人类文明进入到崭新的领域,其价值是无可估量的。科学技术当然包括在广义的文化之中,撇开科学技术来谈论其他更软一点的文化值多少钱,如一篇文章、一首诗、一部小说、一部电影、一幅画或一篇新闻通讯的价值,一些人则不甚了了。乡里的一些"蛮人"有个说法,只见有扛着稻箩去借米的,没见有扛着稻箩去借字的,以为念书不念书,识字不识字无所谓。一些开明的乡里人,送子弟上学,也只是为了记个毛账,能写契约,能打条子,写封简单的信,至于其他更高层一点的想法,则说不出来。

"书中自有黄金屋",是讲读书人金榜题名,做了官之后,便有享不尽的富贵荣华,是"读书做官论"、权钱交易的典型说法,于文化值多少钱这个议题又绕了一个弯子。曾经遭到过批判的"一本书主义",讲的是出名、一版再版地吃稿酬,毕竟是与个人密切相关的价值,文化能为社会创造多少财富则未涉及。倒是古代的武则天将文章与它所产生的社会价值紧密地联系起来了。她在读了骆宾王写的《代李敬业传檄天下文》之后说了一句话:"宰相安得真此人!"虽然不是直接讲钱,虽然骆宾王是她的政敌,但言词之中却盛赞了文章的巨大力量。

我自己对于文化价值的认识,也极肤浅,但文化的精神价值,它的审美、欣赏、娱乐、陶冶作用还是知道的。然而"百无一用是书生"的说法使我长期十分困惑,除了转个弯承认精神变物质之外,是不敢将文化与钱直接联系起来的。前不久,我有机会去看了江南三大名楼:滕王阁、黄鹤楼、岳阳楼,使我有了一些新的想法。滕王阁、黄鹤楼的门票是10元一张,岳阳楼略低一点,每天从早到晚国内的、国外的,慕名专程而来的,因公顺道的,游人不断，还加上游览时的其他消费，可见这楼、这阁值不少钱，而且一直要连绵不断地创收下去，数额无可估量。但如果在别的什么地方再盖一座楼，能否如此呢？哪怕是要打一个大大的问号。因为滕王阁有王勃写的《滕王阁序》，黄鹤楼有崔灏的诗，岳阳楼有范仲淹写的《岳阳楼记》，楼以文传，只是有了这千古不朽的诗文，才有这楼、这阁的巨额价值。再以滕王阁为例，唐太宗李世民之弟滕王李元婴于公元653年创建滕王阁，是作为“宴饮歌舞，狎昵厮养”之地，在那里吃喝玩乐泡小妞。李元婴本人官声也不好，弄得这滕王阁也渐渐地寂寥了，为正人君子所不齿。只是在建楼22年之后即公元675年，一个偶然的机会，王勃写了《滕王阁序》，才名声大振起来。可见滕王阁的价值关键在于王勃这篇不足1000字的文章，可见科学技术之外的文化如文章等等的价值也大得吓人，有时并不亚于原子弹。这当然指的是极有盛誉的文化。我本人在一个杂志社工作，每月的刊物要登一些致富信息，几百字、几十字一条，想不到这些短文字也有意想不到的功力，经常收到来信说某条某条信息使一个村、使某某人致富了等等，读到这些来信，编辑部同仁都兴奋不已。

与世界许多事物一样，文化的价值也有负的一面，消极没落、腐朽庸俗的文化，不但没有价值，还毒害人们的灵魂，危害不可低估。弘扬文化主旋律，目的正在于使文化更好地实现其自身的价值，不仅有好的社会效益，还要有好的经济效益。时下炒得最热的是钱，读书、做学问、写文章被一些人看做是迂腐之举，文化被不同程度地淡漠了，究其原因，就是以为文化不值钱。其实文化是值钱的，而且值很多钱——那当然指的是真正的文化，富有民族精神、时代精神的文化。因此，在致力于发展经济、致力于奔小康的同时，切不可忘记发展文化，切不可忽略提高你我他的文化素质。不然，即令发了财，有了钱，而不懂得“富而好礼”（《论语·学而》）的道理，那钱也是会变味的。

（选自《安徽日报》1994.01.01）

▍陶宜生

恶吃与白吃

中国人善吃。遍游世界，哪里都有生意兴隆的中国餐馆，可见，以“吃”闻名天下，是中华之“国粹”。近代以来，中国文化成功地走向世界，首先体现在食文化上，通过吃让世界了解了我们，让我们也走向了世界。

“吃”有恶吃，这是风险之举。现今的人们，人人对此都有超凡的胆量和气魄，都不甘做吃螃蟹者第二！上墙的菜谱和摆开的席面上，不论是天上飞的，地上爬的，还是水里游的，树上跳的，无一不可出现在碗盏之中，如是乎珍禽异兽遭了殃：机灵的猴子被装进了布袋，放在开水里一烫就被褪了毛、开了膛；缩首缩尾的穿山甲，被锤子砸碎了脑袋；不时亮翅开屏的孔雀被一根根拔毛后宰杀……这些动物做成的美味佳肴，在觥筹交错、喧哗起落中，由人虎咽。眼下，一、二类保护动物有300余种，随着一些种群的衰减，以及国家保护范围和力度的加大，于是就有那么一些人担心以后吃不着了，干脆更疯狂地加紧了吃的力度。“吃”有白吃，这是嗟来之举。能够大吃、特吃，且能吃出名堂的人，大都是不用自己掏腰包者。一顿稍象样的饭菜，少说也得吃掉一个有职薪的国人月之收入或吃掉一个农民的年收入。人不是骆驼，一餐饱食，能十天半月不饥。所以，有资格海吃的人，买单之烦决不在酒后，最大之劳是在账单上签字吧。据说北京有一家广东人开的海鲜馆，异常火爆。若去吃，必事先预定桌面。凡进京办事儿的，都自觉或不自觉地被引指到这儿来摆谱，每桌费用均在万元上下。有些人经常要酒足饭饱之后，还忘不了带只龙虾或螃蟹回家给老婆孩子。此可谓“一人得道，全家是福”是也！大凡与恶吃、白吃相关联的，是“吃相”。国人在饭店请人吃饭，是有讲究的。本来只要请一个人，却偏要找七八个人相陪成局。按家庭标准只要四菜一汤招待完事的，却偏弄个十大盘、八小碟，不如此这般，好像显不出主人之豪气。主人不拿出十八般武艺用于宴席之上，仿佛体现不出中国食文化之内涵源远精深、博大流长！

（选自《月光城副刊作品精选》，中国国际广播出版社，2000年9月一版）

▎汪传华

思想一小步　发展一大步

思想的闸门，可以开启人类智慧的宝藏。30 年前的真理标准问题大讨论，中国社会由此在拨乱反正中迈入新纪元。

自然法则告诉我们，一个科学定理的形成，会使许多现实问题迎刃而解。站在新的制高点上，认识社会的视野会更开阔。人的思想认识就是在这样一个金字塔上，每一次升华，社会发展就会取得新的进步。

改革开放以来，安庆人以自己的智慧，开创了影响全国的“窗口经济”，建立了属于安庆人的安达尔汽车工业……安徽鸿润集团从最初的收鸭毛的小货郎，历经 80 年代的改革洗礼，以超常的举措引进人才，一跃成为我省优秀的强势企业。当今许多企业家，当年不过是一个练摊者，当一些人以旧有的惯性思维定式，在有色眼镜下看待他们的时候，他们已经成为优秀的企业家。改革 30 年，我们反思积弱，最大的发展障碍还是思想不够解放。

电话、手机、汽车等最初都是贵族者的囊中物，就在百姓呼吁降低价格等费用时，总能听到、看到那些振振有词的理由产业发展，随着价格的一路走跌，这些产业非但没有衰落，反而获得更大的发展空间。安庆发展，的确不乏思想者，但最缺的就是落实见底的精神，许多发展机遇和建设项目，通常会因为集团、行业或部门的利益，甚至是小团体的权或利的问题，而使本来可以发展得很好、发展得很快的事情搁置起来，以致痛失发展机遇。

新华社的一则消息，报道以解放思想著称的中央政治局委员薄熙来在重庆调研时的一番话，“解放思想光在家里‘念书’不行，要走出去见世面”。人民日报的另一则消息报道了 5 年前，一江之隔的江阴与靖江共同设立一个占地 60 平方公里的工业园区，启动了一个轰动全国的“飞地”试验。的确，两则消息留下了太多的思考，我们不能坐井观天了。

汪椿桦

地域歧视：国人终将与己为敌？

有钱人瞧不起国货，大抵是因为国货不够“档次”；三陪女瞧不起民工，基本是因为民工出不起好价钱；本地人瞧不起外地人，大多是因为外地人“侵占资源”；老板瞧不起湖北人，据称是因为湖北人“爱打架”。“东莞一制衣厂拒招湖北人”（《南方都市报》2006年6月6日）的新闻所讲述的是一条没有新意的事件，如果非说有新意不可的话，那就是事件的主角换上了“湖北人”，而引发事件的原由则换成了“爱打架”。

湖北人屡屡被人在后面戳脊梁骨，基本可以说，是一个叫余远谋的人给坑害的。在《辞源》中，九头鸟被喻作奸诈狡猾之人，而这个不知何朝何代的余远谋偏偏写了一首《九头鸟歌》，曰：“天上九头鸟，地下湖北佬。”一个人要是拥有九个脑袋的奸诈，那可不是闹着玩儿的，这也难怪只有一个脑袋的老板要受惊不已了。我想余远谋这名字叫得可真是绝了，他的一番鬼话竟然代代相传，并令一大帮子人深信不疑。

这些年来，有关地域歧视的声音是越来越频繁，算得上是声声入耳。从上个世纪末开始，我首先听到是“上海企业拒招安徽人”的声音，接着，这个声音就像是打开了闸门的水，一发而不可收——某地某企业拒招四川人，然后是河南人，湖南人，贵州人，东北人……遭拒的队伍是不断发展壮大，这些人被拒绝的理由则包括“拉帮结派”、“小偷小摸”、“野蛮无知”等等，不一而足。想想看，有着九头鸟之称的湖北人被列入招工的“黑名单”实在是大势所趋，防不胜防啊！

值得一提的是被列入“黑名单”的四川人和河南人。2000年，深圳一家企业因“拒招四川人”，激怒了一名川籍律师的怒火，他愤而将该企业告上法庭，结果白告了。此后，越来越多的企业加入到拒招四川人的行列。这个现象一度引起全民大讨论，没想到，颇有优越感的上海媒体却趁机另起炉灶，将讨论的话题引向“嫁不嫁上海男人”。

一直以来形象不佳的河南人最近仿佛扬着眉吐了一口气，原因是今年年初，他们打赢了一场地域歧视官司，深圳市公安局龙岗区分局因为在宣传打击犯罪的横幅中载有歧视性用语，而向代表河南人的两名律师道了歉。但河南人也只是吐了一口气而已，来自民间的歧视目光并没有从他们身上移开。

有人用一粒老鼠屎搞臭一锅汤来形容某省籍人被歧视的原因，我认为这是不准确的。简单说来，应当是“一棍子打死”思想或者“宁可错拒一千，不能放进一个”思想在作祟。长期紧张、随波逐流、自以为是等心理状态大概就是产生这种思想的土壤。柏杨老头说，中国人的丑陋来自于不知道自己的丑陋。我看，那些因为心理有问题而瞧不起自己同胞的人大概也是不知道自己心理有问题的。柏杨在最近写的一篇文章中提到：某日，在台北衡阳街，一韩国顾客到商场购物，店员呜哩哇啦地说了一通日本话，韩国人不解，用中国话质问说，你是中国人为什么要讲日本话，我懂中国话，请你讲中国话。结果，中国店员认为，这个韩国人有神经病。

佛说，善待他人终被他人善待。有些国人实在应当好好反省一下，总是将歧视的“黑名单”不断地列下去，到头来列遍全国无人列，然后自己也就列进去了。显然，最终的结果便是处处为敌，自己也不能善待自己了。

（选自《信息时报》2006. 06. 07）

“万民伞”是法治社会的怪胎

近日，一篇题为《县纪委书记卸任，百姓“万民伞”相送》的博客文章，将江苏泗洪县原纪委书记王守权推到了聚光灯下。短短数日，博文吸引了大量网民的关注，更引来多种猜测和争论。

看到文中那久违的“万民伞”、“清官旗”等词眼，我仿佛闻到了一股来自历史坟墓中的腐朽气味。这种气味不久前我们在“农民给登封市委书记立‘功德碑’”事件中也闻到过。我这样说，并不意味着我对相关官员们的“官品”感到怀疑——文中只强调百姓拥护的场面，没有介绍官员具体的政绩，当然不便枉下论断。

但“万民伞送书记”事件还是在公众中引起了争议，公众之所以质疑，原因似乎是文章配发的照片场景与文章的描述不相符合。譬如文章写到：数百名群众自发地排着整齐的队伍，抱着铜匾，撑着“万民伞”，打着“清官旗”，长长的一串鞭炮发出震耳欲聋的响声……于是有人提出：照片上才寥寥十几人，而且看上去都是些机关干部；还有人表示：所有的锦旗都是一个模式，批发的。

不过在我看来，这些只是引起争议的表面原因，实质缘由则应当是人们对所谓的“清官”有着本能的怀疑，认为“清官”实乃稀缺资源。在惯有的“偏见”下，人们对树立起来的“清官”形象总是免不了百般挑刺。但无论那位将赴异地为官的王守权是否真正的“清官”，如此大张旗鼓的给他送“万民伞”和“清官旗”都是荒诞的，都是对法治社会的莫大讽刺。

“万民伞”、“清官旗”是我国古代社会特有的产物，盖因那时是权力社会，法制阙如，以官治国。官员办案，基本都是自由裁量，凭良心做事。这时真要是出了个铁面无私、为民做主的主儿，必然受百姓拥护，百姓送“万民伞”、“清官旗”什么的，有利于弘扬官场正气，值得提倡。但在现代民主与法治国家，一切都讲依法办事，这时候的官员只是纳税人供养的“公仆”，在职责范围内干好本职工作就 OK 了，如若不然，便是失职，公民有依法追责的权利。

所以，在法治社会不该有什么“清官”的概念。假若美国某个市长离任，突然出现公众蜂拥而至赠送什么“清官旗”，即使是中国人看了这场面，也一定觉得非常滑稽。当然，国外再多的公众送“清官旗”给他们的官员，对其仕途也不会起任何作用，最终还得靠选票说话。但在中国，“清官旗”却可能是管用的，因为民意至少表明这个官员是个肯踏实做事的人，对其上级来说，很有提拔的参考价值。

人们称那些依法办事、履行职责的官员为“清官”，并感恩戴德地追捧之，表明我国官场上“以官行政”的历史思维仍然挥之不去，依法治国的基本国策推行得不甚理想。但换一种思维看，在权力不作为、权力干预法律等现象层出不穷的当下，踏实干事的官员又的确是珍贵的，是值得追捧的，“清官”的价值也显得非同一般。而这，才是真正的悖论所在。

（选自《现代快报》2008.12.03）

汪和平

我们有这种责任和意识吗？

有两条来自涉及外国人的新闻，让笔者生出几分感叹：

一是：驻扎外滩已历百年的上海外白渡桥，当年由英国人设计制造的。2007年底上海市政工程管理局意外地接到由英国一家设计公司开出来的老桥的“体检通知单”，提醒外白渡桥造于1907年，桥梁设计使用年限为100年，现已到期，请注意维修。据此，上海市政工程管理局从桥墩上拆除全钢结构的桥梁，进行全面体检、大修。2009年，老桥便又能以原貌回到原地，继续“安全使用50年”，二是：芬兰拉毕省行政管理署高级主管斯托夫·科特和往常一样乘上一辆公交车去省府上班，由于是始发站，车厢里尚有座位，斯托夫·科特坐下后，从手提包里拿出一沓报纸阅读起来，当公交车停靠到第六站的时候，上来了一位60多岁的老太太，这时候车厢里的座位已经坐满了。这位老太太就攀着扶手，站在正全神贯注翻看报纸的科特先生身旁。当科特先生下车时，才猛然发现了自己的疏忽，轻声向老太太解释并致歉，老太太表示“没什么”。但旁观者却不依不饶，一位“好事”的乘客早已用手机将这一情景拍摄下来，并发送到电视台新闻部。当天中午，电视台播放了这段影像，立刻引起公众的一片哗然：天哪，我们纳税人怎么会供养着这样冷漠的公务员呢？当天晚上，科特先生下班后直奔省电视台，接受现场质询直播。一番解释之后，请求公众予以谅解，然而相当多的公众却不买账，第三天拥有牛津大学社会管理硕士学位且有丰富行政管理经验的科特先生不得不向省府递交了辞职书。

以上两件涉及到外国人的事，如果用传统“中国思维”看待，会疑问重重，甚至无法解释。

要问的是关注一份百年前完成的设计作品，将服务客户、质量第一的责任意识坚守百年，这个故事发生在中国企业身上的可能性有几分？如果英国人和中国人心态一样，对在外国百年前建的桥，至于百年后桥的质量如何，在国人看来，关我屁事，英国人岂不是“傻帽”一个。但是英国人做到了，相形之下，既折射出的不仅是我们责任意识的缺失，更体现了英国人一种真正的“责任”意识，这种责任意识才是真正的的“放眼世界”。

再来看斯托夫·科特事件，科特先生如果生在中国，根本不会出现这样的事件。这是因为一个堂堂的厅局级，难道上班没有公车吗？即使没有公车，为什么非要科特先生给老太太让座呢？拍摄科特先生录像的“好事”者哪来的胆量，不怕科特先生的“小鞋”吗？电视台快速播送领导“丑闻”就不怕捅娄子的后果吗？而笔者真正感到震惊的还是，芬兰民众对“公仆”的从严要求和敢于要求的这种较真“意识”，在他们看来，作为一级行政主管，你就必须有尊老的意识，还必须随时接收公众和舆论的监督。科特先生也许是冤枉的，但由此展示的一种意识和内涵却是国人赞叹和欣慕不已的。

扪心自问：我们有这样的责任和意识吗？

汪　军

纪念日

2007年5月9日中午，我透过上海浦东机场候机厅宽大的玻璃，凝望一架架飞机无声地起飞，降落。天空阴沉而辽阔，看不到太阳，看不到长江口，看不到我即将飞越的太平洋。在我凝视天空的眼光游移到座位斜对面的厕所时，我突然想起今天是我的纪念日，二十年前的今天，某大学中文系发生一起特别事件，一名男同学神秘失踪了，直到一个月后，才得知他已出走新疆，此时正栖身于乌鲁木齐收容所。当他返回校园时，受到了同学们英雄般的欢迎，但校方还是毫不犹豫地给了他记过处分。那个出走的男生就是我。

半年多的时间转瞬即逝。11月底的某日下午，我坐在多伦多老鹰街书房的电脑前，盯着刚刚完工的剧本《永历与耶稣》，它是继中篇小说《仙霞关》后我关于南明的第二部作品。窗外狂风大作，时而雪花飘舞，时而蓝天白云，时而阳光灿烂，我突然想到今年的5月9日于我而言更是一个大事件，因为它比二十年前走得更遥远，走得更长久。

校园出走事件后的第四个年头，我在故乡江城安庆的一个文史编辑部工作，那一段岁月是我的文学时代，也是青春和激情的年代。夏日的某一个午后，我和好友张坤带着一夜未眠的倦容，又夹杂着难以掩饰的兴奋，我们熬了一夜，合作完成了安庆美女田海蓉田海燕姐妹俩的专访，此刻正兴冲冲地到《安庆日报》“周末”版去投稿。一路上，有时张坤贼笑着盯住我，露出里面的小虎牙；有时我开心地大笑，猛地推张坤背一下。“周末”版在大楼的最高一层，走廊很幽静，只有一个办公室门是开的，里面的阳光显得特别绚烂。当我们进去时，见到的是我们熟悉的“周末”版主任张珊。办公室没装空调，电扇吱吱转动，不时送过阵风，也有清风自阳台与阳光一同泻入。我们聊起了张珊在“七色人生”的新作《狐仙》，张珊则聊起了我的《祝福一个少女》和《年轻的权利》，还谈到了“七色人生”的作者群盛琼、任红云、苗秀侠、冯渊、宋烈毅、赵敏。聊了好久，稿件在裤袋里被手心捂出了汗，我正要拿出时，突然张坤和我同时愣住了，语言和思维亦同时出现空白。我们多年的偶像，全省文科女状元，复旦新闻系毕业的才女盛琼出现在门口，她青春的身影令我们手足无措，我们三人几乎同时站了起来。后来，当我和张坤失魂落魄地走出报社大楼时，才发现稿子没有交给张珊，张坤埋怨我，我一会儿说忘了，一会儿说盛琼在我不好意思拿出来，语无伦次。张坤奇怪地盯着我，你为什么不好意思？我则反唇相讥，要是你当她的面敢拿出来吗？多年以后，那个夏日的午后在《安庆日报》顶楼畅谈七色人生的才子才女们都远离了他们挚爱的家乡，张珊现在是《珠江晚报》副总编，张坤是《中国青年报》副总编，盛琼是广东省新生代女作家的领军人物，我则远在加拿大多伦多市。

当出走事件所引发的浪漫和激情渐渐平息后，人们的思维也渐渐趋于理性，他们基于我平日虽旷课旷考但却沉迷于图书馆的事实，多倾向于给我行为背后的动机一个合理的解释，比如专业主任认为我有支援边疆的冲动，社会学老师认为我有社会考察的动机，现代文学老师则咬定我是在体验生活，为将来的文学创作做准备。一开始我比较白痴，当别人问起我的动机时，我一脸的愤世嫉俗，我讨厌学校！我讨厌陈腐的教材！我讨厌这里虚伪的人！我没有动机！我只是想去边疆看看！就这么简单。后来，和我父亲熟识的系主任语重心长地对我说，我们是爱惜人才，你的行为和旷课的天数早就够开除了，所以，你必须要准备一份深刻的检讨。我此时才开始明白事情的严重性，花了好几个晚上认认真真地写了一份含有十几个西方哲学家人名的检讨，与其说是检讨，不如说是一篇展示我思想历程的论文，后来我的毕业论文就是根据这份检讨扩充的，题目是《论人的价值》。辅导员叶斌老师主持了我的检讨会，他实际比我们也大不了多少，中文系学业后留校的。检讨会最后，他说了一句让我和所有的同学都瞠目结舌的话，汪军前程无量！毋庸置疑，这句话对于少年的我的确有着发酵作用，我的出走事件至此达到高潮，因为它在某种程度上已得到校方的嘉许和认可。叶老师后来离开校园下海了，他如今是省中小企业担保集团公司副总，我们早就成了很好的朋友。

出走事件整整二十年后，当我在浦东机场偶然发现了这个日子的特别意义后，同时亦发现我当天的行为正在给这个纪念日作最好的注脚。在那一刻，在飞机离开地面的刹那间，我充满了对宇宙人生的敬畏，我喃喃自语：这不是特意安排的，这是命运。

（选自《新安晚报》2007. 12. 09）

水沟里的篮球

几乎在一夜之间，这个世界就彻底改变了。我居住的多伦多与中国有十二个小时时差，当我早晨起床后像往常一样打开电脑浏览时；铺天盖地都是汶川地震，紧接着的一个星期，我整个身心都沉浸在这些从网络电视报纸慢慢滋生的越来越庞大的文字照片和画面中，压得透不过气。我看见在瓦砾中保持坐姿的一排小女孩，她们死去的样子很乖巧，像睡着了一般；我看见一个侥幸逃生的中学生哭着在废墟中挖他的同学，十指滴血，十分钟后，被坍塌的墙壁砸死；我还看见一个老师为护住他的学生们，身躯被砸成三截。当我看到最后一幅照片时，我此后突然变得沉默不语，感觉外面的世界一下子距离自己很遥远，有一堵冰冷的墙竖立在我和世界之间。为什么说是最后一幅照片呢？因为看完这幅照片后，我已没有勇气再直面汶川地震。而且，除了这一幅照片定格在大脑中之外，先前所有的信息和意识刹那间都变成一张白纸，我已无力同时也不自觉地抗拒自己唤醒记忆。

一堆废墟，阴冷的雨一直在下，在废墟旁形成一条浑浊的水沟。从废墟里伸出两只裸露的脚，没有血色，苍白苍白的。虽然我无从看见他埋在废墟中的头颅和身躯。但我依然可以感觉到他是一个健壮的男生。我还可以感觉到汶川的雨冰凉冰凉，比那个男孩的心脏还要凉。水沟中搅拌着灰尘和鲜血的水是静止的，它没有力气流淌。在浑浊的水沟中，漂浮着一只孤独的死亡的篮球，忠实地与他的主人相伴。

我走不出这最后的画面，因为我感觉到自己和那个男孩很熟悉，我想象着他的面容，投篮的姿势，在球场的吆喝声，甚至他球衣的颜色，号码。本来，在我逐渐进入中年时，对时间和死亡的看法已与少年时大大不同。历史与现实，逝者与生者，在我心中已没有明显的分界线。人活着的时候，只是意识有目的或无目的地流动，而当你真正与逝者生前的意识相通并走进他的世界时，历史便伴随着逝者在你心中复活。我们其实生活在一个立体的世界之中，我们和逝者肩并肩在一起，互相叠加，共同感悟着历史与现实。而同时，我们何尝又不是生活在未来之中？并在尚未降生的我们后代的意识和灵魂中复活。

周末晚上，和家人驾车到烈治文山16街附近参加重庆同乡会举办的烛光哀悼晚会。一路上，我在车里龟缩着，依然是冰冷的感觉，从心到手。窗外，傍晚的天空是青灰色的，显得很高远，几缕残剩的晚霞很明亮，似乎也和我一样透露出一股凉气。烛光晚会在户外举行，已有很多人围拢在一起，闪烁的烛光在地上形成一个“心”的图案。在“心”四周，蹲了一排身穿白色裙子的天使般的小女孩，她们的脸庞辉映在红彤彤的烛光里，使气氛略显压抑的会场多了些许生机和希望。晚会一开始是捐款，主持人不时重复说我们捐多少加拿大政府就相应地配多少，所以我们如果捐给灾区一块钱，实际上就变成了两块钱。来的人几乎都是倾囊而出，当得知加拿大政府这个政策后，有的人捐完后还跑回到车上找钱，想方设法多捐一点。安大略省移民厅厅长陈国治先生也来了，他是香港移民，用不太标准的国语表达着自己对同胞的哀伤之情，他一直坚持到最后，在烛光晚会结束后才离开。

晚会开始前，大家哀悼三分钟。哀乐声久久回荡，我低头默哀，感觉不到自己身体的存在，而那幅裸露的双脚和水沟里的篮球构筑的画面，此刻在眼前也越发清晰了。也许是身旁一下聚集了这么多自己的同胞，我压抑多日的哀伤的情绪此刻变得肆无忌惮，泪水夺眶而出，模糊了镜片，模糊了眼前的大地之“心”，也模糊了我手中紧握的为亡灵祈祷的蜡烛。将近两个多小时，我始终低着头，手中的蜡烛在晚风中轻轻摇曳，直至熄灭；舞台上人们朗诵诗歌，或慷慨激昂，或撕心裂肺，或平静安详。四川诗人川沙也出场了，他朗诵了很多诗句，我只记住了他背诵的泰戈尔的一句诗：“使生如夏花之灿烂/死如秋叶之静美”。

也不知过了多长时间，也不知流了多少泪，当我抬起头时，感觉到四周熟悉的同胞、圣洁的烛光、抑扬顿挫的朗诵声、清凉的夜风，全都哗啦啦地汹涌到我的怀里。肌体不再麻木了，血液流得很欢畅，眼力看得很遥远，声音在耳畔变得很响亮，我重又获得了生命的感觉。而同时，盘踞在我脑海数日的那幅画面也不见了，裸露的苍白的双脚，漂浮在浑浊水沟里的篮球，一下无影无踪，我怎么竭力想也回想不起。此时，那一排围拢在“心”周围的小女孩已站在舞台上，仿佛是来自天堂和灵魂的声音从她们的唇间逸出，也仿佛是那掩埋在废墟中的一排乖巧的小女孩在唱给她们的父母，她们此生对父母永远的无尽的爱。在无边的泪海中，我也看见了那个男孩在废墟中爬起，从水沟里拾起篮球，一连串漂亮的运球后，以一个矫健的姿势上篮。尔后，他的手臂夹住篮球，站立在球架下，脸上露出微笑，安详地久久地凝视着我。我知道，他是要我们活着的人坚强；我也知道，他并没有死去。

（选自《安庆晚报》2008.05.21）

康德路与锡麟街

康德路是我自己命名的。它是一条南北向的路，东侧是一排独立屋，西侧是一连串的操场和草坪。这条路本来没有名字，我经常在这散步，一路很安静，树枝间挂满了鸟巢，长尾松鼠在树干爬来爬去，路的尽头阳光绚烂，给人以遥远的感觉。我在这条路散步的时候，老想起哥尼斯堡那个喜欢散步的老头康德，很自然的就把这条路命名为康德路了。康德路在哪儿？在我现在居住的多伦多市士嘉堡区。

当我在康德路想起康德的时候，其实我对康德并不怎么了解，只知道他喜欢散步。在我上大学的时候，喜欢的是尼采、叔本华、海德格尔、马斯洛，康德已经过时了，他的著作佶屈聱牙，除靠研究他混饭吃的教授外，没人再愿意读他的著作了，也很难读得懂。为了解康德，我所做的也只是在“谷歌”上搜索一下“康德”，重温了一遍他在哥尼斯堡简单、刻板、平静而又健康、充实、丰富的一生。

以前在家乡安庆的时候，我喜欢在锡麟街散步。那时我家就住在锡麟街北端二中后面，二中以前是圣公会圣保罗中学，安徽大学建校时，一开始就是租用圣保罗中学校舍的。学校里操场旁边尽是蓊蓊郁郁的百年香樟，是圣诞堂的教士们当初栽种的。我的生物老师罗小伦在校园里给每棵树上都钉了一块木牌，标明树的科目和名称。罗老师是北大生物系毕业的，陈独秀的孙女婿，和我家一墙之隔。当初中央电视台《走遍中国》栏目组在安庆拍摄《江风安庆》时，其中一组镜头是徐锡麟刺杀恩铭，导演李星言到了二中操场，看到这些百年樟树和操场风水气势时，大声叫好，就定在这里拍摄了。其实安徽巡警学堂在圣保罗中学东侧，徐锡麟是在那儿刺杀恩铭的，里面还有一个纪念徐锡麟的百花亭。一生追随陈独秀的高语罕曾出版过一本安庆辛亥革命回忆录，书名就叫《百花亭畔》。

穿过二中就到了锡麟街，很小的时候，我在人民路一小上小学，要走过整条锡麟街。那时二中后门口锡麟街西侧是一个小山头，上面几乎都是那种欧式的两层小洋房，红瓦绿树。我经常从里面穿过去，岔到健康路，又拐回锡麟街。其中中间的一栋洋房最大，地势也最高，大门外还伸出一个。走廊，屹立着两根白色罗马柱。中午放学经过时，经常看到里面的人在走廊上吃饭，饭菜的香味惹得我肚子咕咕直叫。后来当我了解了这一片建筑的历史时，已经被拆光了，上面建满了六七层的多层住宅，老房子只剩下一个圣诞堂。现在我散步的康德路东侧的房子，就如同我小时候看见的锡麟街的小洋楼。路边的院墙一律爬满了绿叶，就在昨天，风很大，天很蓝，阳光也很明媚，我在一家院子的绿墙听到了叽叽喳喳的鸟叫声，很热闹，像我小时候在乡村电线上看见的麻雀开会的情景。但是只听见声音，看不到鸟雀，绿墙挡住了我的视线。我的眼光在绿墙里搜寻，似乎嗅到了春天的气息。这只是昨天的感受，今天多伦多又下雪了。

锡麟街的小洋楼是圣公会的房子，当年在安徽大学任教的朱湘和苏雪林都描述过。苏雪林说诗人朱湘在安大教书的日子是他一生中最快乐的时光，他的薪水很高，有三百块大洋，他租了圣保罗中学启面最大的二栋洋房，把老婆孩子都从长沙接过来了。我很庆幸，我看见过朱湘当年租住的房子；那栋外面有两根白色罗马柱的最大的洋房无疑是朱湘当年住过的。而天主教徒苏雪林对这里则更是永世难忘，由于她管教太严厉，被一个学生从樟树后扔出的一粒石子砸中额头，留下了疤痕。

沿锡麟街往南走，穿过孝肃路，再往南走，经过天主堂、世太史第，就到了人民路。人民路以前都被梧桐树覆盖，特别安静，一声清脆的童音从交际处呼喊，好像在人民剧院都能听到。每天天蒙蒙亮，我就要到学校上早读，锡麟街顶端，和人民路交叉处，有一个卖早点的，早点摊上亮着一盏灯，有好多人排队。每次走出逼仄幽深的锡麟街看到那盏明灯时，我心里就特别温暖，此时启明星还在天际闪烁，清凉的晨风轻轻抚摸我的脸颊；我从口袋里掏出一毛两分钱，挤上前去，清脆的声音穿透了往日时光：“一个大饼，两根油条！”

在康德路散步的时候，我最怕的麻烦是和西人打招呼。通常碰到中国人，只要彼此不熟悉，是不用打招呼的。如果你热情地招呼人家，他们会很诧异的，如果是年轻的女子，则会下意识地怀疑你有什么企图。所以中国人遇到陌生人，通常会选择沉默。有一部电视剧叫《不要和陌生人说话》，反映了中国人的一种普遍心态。但在康德路上遇到了西人，却并非如此了。第一次在这条路和西人打招呼是在一个冬末，一个白人妇女牵着一条狗散步，狗走一会停一会，在路边和草坪上东嗅嗅西嗅嗅。妇人身材高大，神态很悠闲，当我经过她旁边时，"哈罗"，她极其自然地和我打一个招呼，我机械地应了一句"哈罗"，擦身而过。后来遇到西人多了，每次都是他们先开口打招呼，我有点不好意思了，有一段时间只要远远看见西人来了，干脆就躲开，免去打招呼的烦恼。后来也就慢慢习惯了，其实微笑着说一声"哈罗"，不是什么难事，只是一种习惯而已。有一次散步碰到一个白人小伙子和一条狗，那条狗见到我就迎上来，在我衣服上嗅来嗅去。那个小伙神情顿显紧张，我轻轻拍拍狗头，对它亲切地说了声"哈罗"，那个小伙脸上立刻洋溢起笑容。我们彼此点点头，从对方的脸上感受着彼此释放的善意。

这几年每次回安庆，在锡麟街散步的时候，都希望能遇到儿时的伙伴和同学。我中学是在二中读的，就在那个被樟树包围的大操场，踢了整整六年足球。以前操场每天下午放学都是踢球的学生，夕阳西下，充满了青春期的灰尘和躁动。星期天，则是那些已经毕业和工作的球迷回到母校踢友谊赛，踢完后就到锡麟街的饭馆聚餐。现在，操场改成了塑胶跑道和人工草坪，比以前气派多了，但却用铁丝网与外界隔开了，里面常常空无一人，想起以前操场上踢球队员的吆喝声和女生的欢呼声，真有点恍若隔世。去年夏天回安庆，还真在锡麟街碰到了一个高中女同学，这让我好意外。在中学时我们男女同学相互都不说话的，我对她的印象其实就是一幅画面。是高中毕业那年，好像是周末，我在锡麟街独自走着，绵绵春雨里编织着少年懵懂的情思。我看见那个女同学正在和另外一个女同学说话，她的背景是断垣残壁，那时锡麟街漂亮的洋房子正在被拆迁。后来我看见那个女同学转身走了，一团粉红的颜色，消逝在绵绵春雨的废墟中。那天在锡麟街相遇，她看起来变化不大，我一眼就认出了。我问她是否还记得当年的情景，我指着前面，喏，我就是在那儿看见你的。她有点吃惊地看着我，她显然已经不记得当年的情景了，她有点意外地问我，你怎么不跟我打个招呼呢？

（选自《新安晚报》2009. 02. 26）

王启林

品茶悟道明人生

世之万物，无不有道。品茶当无例外。唐代陆羽一部《茶经》，历史、文学、艺术、生物、地理、人生哲理，凡自然和社会，多有论及，涉猎之广，所论之博，文化底蕴之深，非一茶字了得。

宋代理学大师朱熹，格物致和，诚意正心。授徒讲学，常常以茶喻理，独树一帜。

在“春来映竹抽新芽”的茶季，仕途坎坷的刘禹锡受贬朗州，被友人邀至西山寺饮茶，立于“木兰沾露花微似，瑶草临波色不如”的茶丛之间，一扫仕途之阴霾，在主人“采采翘英为嘉客”、“自摘至煎俄顷余”的深情厚意中，写出了最负盛名的《西山兰若试茶歌》。

“自与湖山有宿缘”的才子画家唐伯虎倾囊买船，怀揣茶饼，流连于湖光山色之间，悟道于清泉飞瀑之侧，品味于琴韵乐曲之中。超然于象外，至心、物两忘之境界。

我辈凡夫俗子，难能品茗而得理，也不因理而品茗。但忙累之余，啜茶静心，也不失为浮生一雅好。红尘恶浪，心难免几分浮躁，几分怨怼。唯生存计，谁又能真正脱俗归雅？

偶读《神农食经》，有“茶茗久服，令人有力，悦志”一说，思之良久，心有所动。人生如茶，沸水泡之，汁浓味醇；人生真谛，热情泡之，久悟得道。茶方入沸水，急饮之，汁未出，水又烫，恰如人之无积累而急于求成，惟馀烫伤一途，难品茶之真味。反之，茶冷，亦不可饮，饮之胃寒。《茶经》云：“如冷，则精英随气而竭”。恰如人无付出而怨岁月不公，心乏激情而欲成就伟业。一言蔽之，品茗悟性，茶道如人道也。

教育禅

教育者要懂一点佛学。佛经中许许多多的寓言、故事所传播的思想、观点和方法不仅是对佛教徒的开导、启示，它同样对我们教育者有很多、很深的启示。佛使比丘说："佛陀不教人沉迷于幻想，而要人脚踏实地面对现实。因此佛教哲理是清晰、实际而又合理的现实主义。"我们研读、学习佛经，并不是皈依佛门，而是要从中汲取营养，净化心灵，提高育人之识、教学之艺。

一、把心放下

《来果禅师语录》曰："识能放思量，心不可得；妄能放想尘，身不可得；虚空能放大地，世不可得。"俗话说，人要拿得起放得下。教育，是关乎人的心灵的事业，要有高尚的职业道德，为了莘莘学子的成长，须放下名利得失，超然象外。

佛经记载，一对游方的佛门师徒，过河时遇上一踯躅河边、因水深而不敢过河的美少妇，师傅毫不犹豫背起美少妇过了河，过河后放下少妇头也不回地走了。徒弟紧跟师傅，一路上总是欲言又止。师傅叹口气说："我在河边已放下了那位施主，你怎么又背起来了？"

徒弟对师傅的回答感到十分吃惊，其他师傅是出家人慈悲为怀，有难都该施以援手。他背人只是背人，无所谓男女、美丑、老少，过河即放下了。而徒弟却因是美少妇而萦于心，把佛门戒色、戒淫欲与助人混为一谈。

教书育人是教师的天职，但很多人教书是为了学生成长，也有不少人教书是希望通过教书出名得利，忘记育人。眼睛里只看得见学生的分数，心里牵挂着几个优等生在全校的排名和在中、高考中的成绩。背着包袱工作，抱着美少妇赶路，岂能不感觉累？无际大师说："痛苦、孤独、寂寞、灾难、眼泪，这些对人生都是有用的，它们使生命得到升华，但执着不忘，就成了人生的包袱。"老师们，请把所有的名利放下吧，生命不能太负重！

二、不可说

释迦牟尼在灵山会上说法，手拈一朵花，一语不发，只是拈花示众，从容不迫，意态安详。众人面面相觑，不解其意。大弟子摩诃迦叶尊者破颜微笑，于是释迦牟尼将花交给迦叶，嘱告说：“吾有正法眼藏，涅槃妙心，实相无相，微妙法门，不立文字，教外别传，以心印心之法传给你。”禅在拈花微笑中诞生了。

佛祖拈花，不说之说；尊者微笑，不言之言。不可说是大智慧，大洒脱，大先知的表现。不说而悟者更是见性成佛。

老师教学中喜欢说、善于说者不少，但其能让学生在课堂上悟道明理，开启心灵，学会学习者很少。不少学生读了十几年的书，离开老师却不会学习、不得学习之门而入。佛门强调佛法在内，向内心获得，从思想、灵魂深处去挖掘。这和我们教学中要引导学生去体验、去思考、去琢磨是一个道理。只有这样，学生才能开动脑筋，感悟学习内容的真谛。教学才直指人心，悟出“不是风动，不是幡动，仁者心动”之理。

三、爱为本

《华严经》云：“情与无情，同圆种智。”寺院门口往往供一尊笑弥勒佛，背后供一尊手拿降魔杵的韦驮将军圣像，其意一面予爱的摄受，一面予力的折服。

仙崖禅师的禅院里有位学僧，经常晚上偷偷爬墙去游乐。仙崖禅师夜巡时发现墙角有张高凳，他没有声张，只把凳子移开，自己站在放凳子的地方，等学僧归来。游乐归来的学僧就踩着禅师的头跨过院墙，发现后慌得不知怎办。仙崖禅师安慰道：“夜深露重，小心身体，不要着凉，赶快回去多穿一件衣服。”从此后，全寺再无一学僧出去夜游了。

以鼓励代替责备，以关怀代替处罚，佛门认为最好的教育就是爱的教育。教育者要教育，先应爱受教育者，以自己慈爱之心去感化学生。

孔夫子的教育有教无类，不嫌其恶，这是大爱。《新约》说：“有人打你左脸，连右脸也由他打。有人夺你外衣，连里衣也由他拿去……”这体现了一种至大至刚的爱。

佛门强调对人“饥者食之，渴者饮之。寒衣热凉，疾济以药。”以财力、物力、智力扶贫助困，积累功德。佛家认为人的生命本来清净和庄严，对每个人只要真心相待，就能使之专心致志，排除杂念，调练心意，观悟佛理。所以也就有“放下屠刀，立地成佛”之说。从事教育者，更要有慈悲之心，相信每位学生都会变好，努力去感化每位学生，使之变好。

当然，教育不是仅有慈悲心即可，仅有相信就可教育好。佛门也认为爱的教育方法既不可苛责，也不溺爱，要因人而异。园头禅师说：育人犹如培养花草。对于那些看似繁茂、却生错乱、不合规矩的花一定要去其枝蔓，摘去杂叶，以免浪费养分；正如收敛人的气焰，去其恶习，纳入正轨。将花换盆，目的是使之离开贫瘠、接触沃土；就如使人离开不良环境，接触良师益友。有些表面看来是枯枝，实际未枯死，还有无限生机，特别浇灌，能起死回生；犹如对有重错子弟，不轻言放弃，只要悉心爱护，教导得法，终能重生。松动旷土，实因泥土中有种子待发芽；就如对贫困而有上进之心的学生，促其一臂之力，会茁壮成长。犹如我们教书育人，营造良好环境，管理恰当，不言放弃，无私奉献，一定会取得成效。

王四清

独钟曲尺

每人都有自己钟爱的器物。军人爱枪，骑士爱马，农民爱农具，驾驶员爱车等。我自幼爱好书画、诗文，按理说应该钟爱一方古砚或印章什么的，而我却独钟曲尺，因为，它不仅仅给我极大的用处与方便，给我更多的则是为人处世的道理。它的内涵让我一辈子也学不完。

过去，我喜欢用各种直尺，有长有短，有做工精美的，也有做工粗糙的，有钢质的，有木质的，还有塑料的。记得少年时有一只精巧的不锈钢短尺，就跟随我很多年。随着年岁渐长，阅历增多，过去用的各类尺子不知不觉地消失了，代替它们的就只有一卷曲尺了。

现在，我的画案上就始终有一卷三米长的曲尺，很不起眼，外人看来似乎有点多余，但它对于我，会有极大的用处。来画客定画，裁好纸，很容易量算出画面的平方；遇到为大厅等制壁画，带上它，既方便，更实用；展纸作画，它又是我极好的镇纸；当我无聊、思考时，它又是我把玩的玩具，让它在我手中一伸一缩，往往得到精妙的构思。

曲尺的优点是其它任何尺们所不能比的。曲尺有着足够的长度，而又不占更多的空间，便于携带、摆放。虽然它有足够长度，但它时时以谦虚自律，从不显耀自己，完成使命后，马上缩回它的“寒舍”待命。曲尺的软硬兼顾是它延长寿命的法宝，它的钢铁身躯完全可以同其他直尺比美，而又不会像其他直尺易折；它的柔韧更是其他软塌塌乱糟糟的皮尺辈们自叹不如。曲尺更有着真正的能屈能伸的大丈夫气概，它的伸，如同孙悟空的金箍棒，从星星点点，突然直指苍穹，挥洒自如；它的屈，任周围如何变化，它都充耳不闻，卷成一团，只显一点头角，洞察世界。曲尺还时时经纬分明，时时明白自己的位置和长度，它有着分明的刻度和足够的长度，而从不虚张声势，先声夺人，主人需要它供献多少力量，它就伸出多少长度，主人绝不会有“才高震主”的压力，主人也会对它量才而用，一旦需要，就全盘托出，让它发挥更大的作用。很多年的伏案，不仅让我的身躯棱角打磨得略有圆润感，背也微驮，我望着案上的曲尺惊叹是谁发明了这种精妙的器具，它的表相与内涵无不是我们人类学习效仿的。

（选自《安庆日报》2002. 5. 24）

狗的美德

近读贵报4月25日的文章《狗年说说狗》，心中确有一种不可名状的滋味。文中可以说把狗说得一无是处，笔者不愿苟同，圈点一稿，权作狗尾续貂。

笔者以为，世上万事万物都是一分两面的，且尺有所短，寸有所长呢。狗，作为家畜来讲，它集猪之肉、鸡之鸣、羊之皮毛、马之腿的作用于一身，可说是家畜之上品；而作为野兽来讲呢，它无狼狈夺人猪羊、鼠兔盗人粮草、虎豹谋人性命、狐狸媚人精神之害，可说是野兽中的完兽。据我粗略归纳，狗可以说有五大美德。

狗的第一美德是为忠。狗一旦被人抚养，至死都会永远忠于主人，并非一般人所能做到的。翻开古籍就有很多关于狗的忠义故事，读来令人感动。《酌泉录》载：明初，无锡张尚书，一日出访，有毒蛇缠足。有犬随行，犬啮蛇数段，始得无事。而犬以毒死。尚书裹以席埋之，作义犬志。另《滇南杂志》载：雍正十一年，贡县村民畜一犬，其妻打柴，幼女随之不及，俄大雪。薄暮打柴归来，不见女与犬，晨寻女卧于大树之下，犬偎依女旁而没有冻死。由此可见狗是不惜生命来保护它的主人的。

其二是狗的慈与孝。上慈下孝对于狗来说比之于人，有过之而无不及。《广信府志》言：弋阳吴家，犬生数子，令其仆溺于河，仆私烹之，犬蹑仆后，目睹其状，号叫悲酸，以头触柱而死。又据《警心录》载：村民赵某，犬生子，哺两月，随母行，母为虎噬。某呼邻里壮士，持矛逐之，稚犬奔衔虎尾，虎带之走。犬为荆棘挂胸，皮毛殆尽，终不肯脱。虎因击累行迟，众追及，毙刀下。壮烈之举，催人泪下。

狗又是真正的全心全意为人类工作。过去儿童启蒙读物《三字经》上就有“犬守夜”之句。狗很早就被人类畜养守夜防盗。狗车（犬撬）又是某些地方重要的交通工具。元周密《癸辛杂识》里就有关于狗车的记载：“其地极寒，海水皆冰。人物行其上，如履平地，站车往来，悉用四狗挽之，其去如飞。”这点上可同马难比上下。另外狗还被猎人利用，用来捕捉猎物，这又同猎鹰齐名，有“鹰犬”一词为证。至于警犬的作用就更大了。狗为人类的工作还有很多，在此不一一列举了。狗真正地为人类效犬马之劳。

另外狗的奉献精神也是人难以比拟的。狗世代为人类卖力，老死时，还不忘其志。早在战国时，就有专门从事杀狗的狗屠，用来杀狗取肉，供人食用，至今日狗肉火锅还是餐厅必备之物。而难以食用的狗皮又被人制成狗皮背心、狗皮褥子等，用来拦风防湿。“狗宝”“狗鞭”等又是名贵药材，狗粪又被农民用来肥田，就连狗尾都被人利用，古人作侍从官帽饰品的貂尾不够时还用狗尾替之。狗确实为人类奉献出了全身。

几千年来，狗默默地为人类工作着，可又有谁敢冒天下之大不韪为狗唱赞歌呢？人们吃着狗肉，穿着狗皮大衣，坐着狗车，可对人类的朋友不仅不赞美，还骂声不绝。“狗东西”“狗日的”已成俗语；心情稍有不佳，还狠狠把狗痛打一顿，即使“落水狗”也不放过，动辄还让狗沦为“丧家犬”。狗为人类奉献出美味狗肉，而人类却用粪便供它食用，最多扔出一根骨头，而饥饿的狗们抢夺时，又被人骂为“狗咬狗”。人们追杀狗时，狗不得不狗急跳墙，可这还不能得到人们的同情，还说它“狗苟”，人尚苟且偷生，况物乎？每当战乱，狗又首当遭殃，常被人杀得鸡犬不留；和平时期贼人还披着狗皮装狗偷盗又嫁祸于狗，留下成语：“鸡鸣狗盗”，好像捉贼的狗真的成了贼一样。虽然这样，狗还是为人类工作着，从无怨言。这种任劳任怨的美德，这种宽大胸怀，这种无私的奉献，这种不计名利、不计得失、不惜生命为人类工作的精神，不是我们人类所要学习、效仿的吗？

“柴门闻犬吠，风雪夜归人。”一片安宁祥和。韦唯唱：“只要人人都献出一份爱，这世界将会变成美好的人间。”王四清说：只要人人都具有这五大美德，这美好的人间不是更灿烂多彩吗！

（选自《安庆日报》2006.01.13）

趣说序和跋

王志高

序跋作为一种独立的文体，在我国有着悠久的历史。汉代司马迁《史记》中的“太史公自述”便是一篇有血有泪、感人至深的跋文。唐代韩愈的《送孟东野序》诸文，纵论人生，洋洋洒洒，飘然不群；宋代欧阳修《梅圣俞诗集序》诸文，论诗谈史，剀切透辟，别具只眼；李清照《金石录后舒》则虎虎有生气，不让须眉，道尽金兵铁骑南下、北国陆沉之际知识者的苦难历程。这些序跋，文字劲健、挺拔，有个性，有情思，有人生大眼光，千百年后，读来犹令人望风怀想，感奋不已。

序跋是书的前面和后面的文字，视之为“书余”也未尝不可，但正因为它有书余的性质，所以有些序跋读来别有一种轻松空灵感。如果是一本论战的书，作者在写作时必然戴着甲胄，全身筋络高度调动，自然是一副战士的严峻神情。现在成书了，写序跋了，心情就如清扫战场，又是另一种平和心境了。正如鲁迅当年写《华盖集》中的文章时，是全力对付论敌的，后来写《题记》和《续编》的《小引》时，那文字的语调就很轻松。如果是一本随感类的书，作者在写作时必要创造或崇高或优美的风格，立意、构思也都要顾及，文笔往往凝重而注意分寸；序跋时，就如同秋后的老农，捧着满把金谷，虽然也有一春一夏汗雨饥渴的回顾，但那只是指点着西天而谈彩虹前的风雨，自然有一种静穆和喜悦的心情。

序跋是为书而写的，它是文章堆里的文章，锦绣丛中的彩锦，因此作者写来都颇费文心。读作者本人的序跋，总能产生亲切感。自作的序跋，因为作者经了“生产”的“苦痛”，如鱼饮水冷暖自知，写来更能触及痛痒。汪曾祺的《草花集》是我很爱读的一本书，一篇篇写得如白云舒卷、清泉随形，而书的《自序》又更有一种似乎漫不经心的绰约风姿。他由草花的寻常谈起，说到自己这本集子中的散文，轻松自然，令人品味再三。最近还读到一本香港作家董桥的《乡愁的理念》，作者在《自序》中一一缕析了写作时的心境和编写时的看法，既贴实又中肯。文中有一段我尤其爱读：“‘乡愁’、‘理念’、‘感情’始终不脱中国人的心态；未必染上什么民族情，也许只是异乡人江山之梦的神话：寻寻觅觅之间，确有几分难平之意，恰似舒曼《童年即景》中的那一阕‘梦’，满是天涯情味，越去越远越牵挂。”这简直就是一章有情致有哲思的散文诗了。

我喜欢读序跋。好的序跋知人谈书，回顾展望，可作文论读，可作索引读，可作传记读，更可作美文读。拒绝序跋，一如与人交往却不听其心音。于书而言，难免走入曲径，却不一定能寻得着幽处。而书之没有序跋，给人的感觉就很突兀。就好像有人给你一块囫囵的肉，没有刀叉便无从下口。遥想当年初读鲁迅杂文集、曹禺和夏衍的剧本，都曾被他们各自的序跋所感动，大大提高了阅读正文的兴趣。曹禺的序跋往往写得长，读起来还嫌他说得太少；夏衍的序跋大都很短，觉得若非如此清淡、含蓄，便不足以附其剧作；鲁迅的序跋长则特长，短则奇短，感到增一分太长，减一分太短，刚刚“合身”。

现在，我们经常能看到这样一些与原书相关的书序，作序者并没有看过全部书稿，更未必与作者有多少交往，只因著译者盛情邀之作序，于情面又难以推脱，勉强为之，妄撰一序，无所指陈，无所发明，仅作题外文章。其间恐怕有推辞不掉的苦衷，为外人无从知道。读这种序，没有乐趣，只有“苦趣”。

顾炎武说过：“凡书有所发明，序可也；无所发明，但纪成书之岁月可也。人之患，在好为人序。”怎样作序求序，于书而言，是很值得讲究的。上世纪30年代，阳翰笙的《也泉》再版，邀瞿秋白、茅盾诸人作序，他们都写了，对小说给予否定性批评，结果仍都冠于书前。作者的雅量值得佩服。这在现代文学史上是比较少见的。

写序不是友情演出，序言不是商品广告。如果使读者把谬误也当成“令人信服”的新见解，是对读者的一种误导。求序应限于相知者，否则还是少些为好，免得一些名家穷于应付，或者造成他们的盛名之累。倘能如此，则被求者幸甚，读者幸甚。

（选自《人民海军报》2005.08.20）

"无可奉告"探因

中央电视台的《焦点访谈》栏目曾有一组访谈镜头，至今叫人难以释怀：一场大火把一座博物馆烧得面目全非，数万件珍稀文物灰飞烟灭。这场大火的起因是什么？损失有多大？谁应负责任？毫无疑问，应该对公众有个交代。可是，当记者问及有关领导时，得到的却是一句外交辞令："无可奉告"。

倘在外交场合，倘涉及重大机密，倘身不由己或急于脱身，倘不便回答或不屑回答，对记者们说一句"无可奉告"，倒不失为一种机敏。但说到底，"无可奉告"终究是一句消极遁词。即使适用于外交场合，偶一为之尚可，长久挂在嘴上，就难免使自己尴尬，叫他人失望。因为公众有知情权，记者有采访权，拒绝采访，问而不答，只能视为对公众的蔑视，对传媒的恐惧。然而不知从什么时候起，"无可奉告"这句话竟成了一些官员对付记者的口头禅。你要采访他任期成绩或本人事迹，你要请他谈经验体会，施政纲领，他马上神采飞扬，笑容灿烂，先是来几句故作谦虚，继而口若悬河。岂止"有可奉告"，简直是"不尽长江滚滚来"。倘是发生了灾情事故，出现了假药假酒，制造了冤假错案，你去采访那里的领导，往往是千呼万唤不出来，犹抱琵琶半遮面，一张"无可奉告"的冷面孔。明明是昭然若揭，何以又"无可奉告"呢？拆穿了西洋镜，那原因，无非是下列种种——

"无可奉告"是因为心中有鬼。那个事故，那个灾情，他自己就是当事者、责任者、始作俑者。东窗事发，骤生事故，他一门子心思正在琢磨着怎样掩天下耳目，怎样"变坏事为好事"。惊魂未定之际，以退为攻之时，你叫他"奉"些什么？他又能"告"些什么？此时此刻，鬼犹附身，雄辩是银，沉默是金。"无可奉告"正派上用场。

"无可奉告"是因为自己无能。自己虽然同事故灾情之类没有什么"猫腻"，但"天生富贵相，腹内本草莽"。平时讲稿别人代写，官场用语就那么几句，一接触实际问题，"水平"就得露馅。仓促之间，话筒上脸，只好用"无可奉告"去搪塞。对这类官员来说，"无可奉告"者，无可奈何也。

“无可奉告”是因为官气作祟。有些当官的眼睛看上头，嘴巴像漏斗。在上司面前低声下气，舌长如钩，大汇报，小报告，无时不“奉告”。但一到下级和公众面前，就故作高深。守口如瓶，一副神秘兮兮的派头。什么透明度？民由我“牧”，“我”贵民贱。出了再大的事儿，我想告诉你，你就是有权知道；我不告诉你，你就无权知道。小小记者，拿着话筒对我质询，你配？

“无可奉告”是因为明哲保身。长安米贵，居大不易。言多有失，少说为佳。何况这些人都是老上司，老同事，老朋友。或者平时吃了人家，拿了人家，求了人家，拔个萝卜带出泥，得罪谁也划不来，多一事不如少一事。于是乎心存忌讳，有口难言，与其“王顾左右而言他”，何如“无可奉告”更便当！

什么样的人有什么样的逻辑。“无可奉告”就是上述四种人的逻辑。置民众的利益于脑后，视记者的权益如敝履，就是这种逻辑的内涵，本来是“无可讳言”的事情却变成了“无可奉告”的机密；这实在是对民主政治和舆论监督的讽刺。其实，事情的发展往往同“无可奉告”者的初衷相反，你越是宣称“无可奉告”，人们就越是觉得其中大有蹊跷，越是寻根问底，闹你个沸沸扬扬。“此地无银三百两，隔壁王二不曾偷”。这个“无可奉告”本身，不正是伪者的一种自我亮相吗？

（选自《安庆日报·皖江周末》2005. 11. 18）

▍王志顺

比文盲更可怕的是文化盲

据最新统计资料表明，目前我国仍有8000多万人尚未脱离文盲，居世界文盲大国第二，这是个可虑的国情。诸位不知，在有据可查的文盲之外，还有数不清无据可查的形形色色的文化盲，在影响着社会文明的进步，这无疑比文盲更加可怕，也更不容忽视。

这得从前几天广州市人大代表曾德雄感叹的国人在美国自由女神像脚下写“XXX到此一游”等几个中国文字说起。“XXX到此一游”，这显然不是纯粹的文盲干的，而是肚子里并不缺一点“墨水”甚或有相当的文化程度者才干得出，因为纯粹的文盲连斗大字都不识一个，枉论在自由女神像下写出“到此一游”几个汉字。况且有的字写的还并不赖。

如果说在古迹的照壁或碑刻上，留下很多用刻刀或颜料笔刻划上的“XXX到此一游”属一种文化盲的话，那么在电影的结尾还未打出编剧、导演、演员名的时候就夺路而走，置编导者的匠心于不顾（电影的结尾，每能看到编导者的匠心），害得有人想看完也不能，显然是另一种文化盲。此外，诸如在会场上接听手机，在图书馆阅览室大声喧哗，在音乐会上乱拍巴掌，在医院等严禁吸烟的公共场所和场合吸烟等等，大概也属于一种文化盲的表现。

鲁迅曾举出过一种文化盲，应该是典型的文化盲了。大意是：北京有些暴发的土财主，阔得不耐烦之后，也附庸风雅起来，于是高价购回好些汉鼎唐镜之类的古董，命仆人刮得锃光贼亮，置陈于客厅供人“发思古之幽情”，这一来，反把好端端的文物给糟蹋了，他的文化素养并没能随出土铜器的擦亮而擦亮。

不禁又想起著名美术家韩美林在第三届“文化讲坛”演讲时举出的一例。说是一次有一位领导同志，带了很多厂家，灯泡厂、钢铁厂的厂长来找他，说要让科学和艺术的两个翅膀结合起来。他觉得这位领导同志的想法很好，很正确，可下一句话他就听不下去了，原来这位厂长说是韩美林画的猫头鹰，要是把两个眼睛挖了，放两个灯泡，他们不就结合了？结果可想而知，自然是不欢而散。诸如此类，有感于此，韩美林总结道：大学毕业不一定有文化，文化是一种升华的东西，决不是那些表面文章。

显见，文化盲并非是指学历的高低，掌握知识的多少。不外乎是指胸有点墨或者五腹经纶，但思想感情上仍隔膜于文明，举止谈吐上仍未出离浅陋，格调上仍沉湎于低级趣味。现在的问题是很多人不但对此视而不见，而且又都“自我感觉良好”，身在“盲”中不知“盲”，因而并无脱“文化盲”的愿望。这正是文化盲比文盲的更加可怕之处。

值得注意的是，文盲一般是误己而已，文化盲却每致损人，因为文化盲很易成为法盲或德盲。一些歌星的成败史就是例证。他们有一副好嗓子，可惜他们脑子里的文化素养与其唱技不配套，无非是个会唱歌的文化盲。落得个世人的耻笑。

文盲的日子过得艰辛，文化盲的日子过得荒唐，有斑斑见闻为证。

（选自《常州晚报》2007. 12. 15

这“奴”那“奴”，不如当“书奴”

如果留心观察，便不难发现，近段时间媒体上有关“奴”的“奴词”、“奴句”时不时地冒出来。诸如“房奴”、“车奴”、“证奴”等。比如“近三成房贷族成房奴”、“宁当车奴，不当房奴”、“我成了个不折不扣的证奴”等。给人的感觉好像他们仍处在旧社会“三座大山”重压之下或在重温昔日“翻身农奴把歌唱”的美好时光。

其实，如果我们不回避现实的话，早在“房奴”、“车奴”、“证奴”等现身媒体之前，就有诸如“钱奴”、“权奴”、“性奴”等“奴词”“奴相”在民间悄悄流行开了，只不过媒体不曾高度概括，民众也就不好明说罢了。

如果说“房奴”、“车奴、”“证奴”等其情可悯，其况可谅，多少还属无奈的话，那么“钱奴”、“权奴”、“性奴”等则为正直的人所不齿，令人是可忍孰不可忍。

回想起那些贪污受贿者，跑官买官者，“兴高采烈”者，起因无不是他们甘当“金钱”、“权力“、“美色”的奴隶，而一步步将自己推向罪恶的深渊的。如果他们视“金钱”为粪土、视“权力”为身外之物，视美色为“温柔的陷阱”，那么他们就不会在如日中天之时一个个“由人变成鬼”。这与其说是钱、权、色惹的祸，不如说是一些人造的孽。

这不由地让人怀想起上世纪70年代末80年代初的“书奴们”来。当此之时，只要识得几个字，勒紧腰带也要把古今中外一个个恩师（书）请回家，然后正襟危坐，聆听“老师们”的谆谆教诲。有人可能要说，那是因为十年“文化大革命”造成了很多人的文化链断裂，迫切需要对文化链及时进行修补和弥合，但我情愿相信是那时的人们的一种文化自觉。做“书奴”是当时的时尚。

再来看看现在，统计表明：自1999年至2005年，阅读率逐年下降，“每年读一本书”是极少数人的事。甚至有人不无伤感地说“读书近乎是一种奢侈。”与此同时，与书店异常寂寥冷清形成强烈反差的是商场、酒楼、各种娱乐场的异常火爆。对此，有识之士无不忧心忡忡。很多人不愿意做书的“奴隶”，表面上看，是市场经济发展到一定阶段出现的必然结果，是一些人没有时间读书，实际上以我看是一种浮躁心理和急功近利思想的流露，是由于社会上对“书奴”的鄙视见怪不怪。什么“百无一用是书生”、什么“书又不能当饭吃”等等，何止挂在一些人的嘴上，早已见诸在很多人的行动上了。

“清心莫如寡欲，至乐无如读书”。读书，虽然不能增添一个人的宽度，但却能增加一个人的厚度。游美学者薛涌说：“中国人是否阅读，将决定是世界跟着中国走，还是中国跟着世界走。”为此他还专门举例说比尔·盖茨，GOOGLE的创建人，都是因为敢于让世界跟着自己走而出头的。目前美国30%的劳动力属于“创造阶级”，不是他们追工作，而是工作追他们：各种高技术公司，都要跑到这些人聚居的昂贵城市安营扎寨，因为离开了这些人的异想天开，企业就会失去了动力，而这些人，是一定要读书的。

在笔者看来，无论是对一个人、一个单位、一个地区乃至一个国家来说，如果说综合实力中物质因素只是决定着实力大小，精神因素则是决定着实力的运行方向，如果说物质因素决定着经济强弱的话，那么精神因素则影响着竞争实力的持久，二者结合，才是一个人、一个单位、一个地区乃至一个国家形象的全部内容。

总之，这“奴”、那“奴”，期待着我们的周围多一些“书奴”。因为比起其他各种“奴”来，做“书奴”不仅投资少、风险低，从长远看，回报率也高。不像其他“奴们”、“奴类”多少有点让人找不着北。

（选自《江淮晨报》2007.01.26）

吴毅安

师生之情

一年前，著名作家、文学大师苏雪林回黄山太平老家省亲访旧，我随学院领导前往太平看望，有缘一晤。日前有朋友告曰大师近日已经故去，这勾起了我的一些回忆。

那天下午我们赶到苏先生下榻的太平国际大酒店，得知苏先生被乡亲们接回故居——离县城几十里外的一个叫岭下苏的村子去了，晚上才回来。于是便在酒店里等。一个103岁的老人，膝下又没有儿女，十年前因摔断了股骨，连日常起居都不很方便的，这次竟能千里迢迢地回乡，路上要转机数次，舟车行止，该是多么地不易。

晚餐正在进行时，苏先生回来了，在陪护和记者们的簇拥下来到餐厅和大家会面。此前我只见过先生三四十年代的照片，个儿较高，圆圆的脸盘，留着齐耳根的短发，亮晶晶的圆眼睛很是有神。眼前的这个苏雪林则完全是两样了。坐在轮椅上显得那么瘦小：满脸的皱纹，满脸的寿斑，头向一侧微微地耷拉着，眼睑下垂，像是睡着的样子。当推车人，台湾成功大学唐亦男教授贴着耳朵向老人介绍我们时，老人立即抬起头来，那双已经不圆了的眼睛里发出光来，只有这时的她与老照片才有依稀相似的神采。老人朝我们点头笑了笑，说了句什么，我们没有听懂，在一旁的唐教授却都知道，告诉我们：她想起安庆了，说谢谢你们赶来看她。我们赶忙向先生献花、合影。与各地来宾逐一见面后，唐老师推着轮椅送老人回房休息了。

看到苏先生眼下这样子，我们知道她是一刻也离不了人照料的。同行的安徽大学沈晖教授告诉我们，几十年来一直照料苏先生的，就是唐亦男教授。别看她风风火火，跑前跑后像个中年人似的，其实唐老师也60多岁了，40多年前大学三年级时听过苏雪林一个学期的楚辞课，毕业后留教成大，又和苏先生同在中文系的一个研究室教书。既是师生也是同事。在学问上苏对唐指点甚多，而在生活上，唐照料苏则如同萱堂，帮她料理各种内外事务，陪她聊天以解晚年孤寂，尤其是苏雪林的长姐逝后，唐亦男便成了苏精神上的依赖和支柱。晚年的苏雪林记忆力严重衰退，刚刚发生的事、说过的话一会就忘了，她常把时间颠倒、把来访的人弄错，连钱也经常点错或忘了存放的地方，腿折致残后，许多生活琐事也完全依靠唐来处理，故而只要两三天不去苏家，唐的信箱里便一定有苏的来信和便条，苏晚年耳朵重听，别人无法用电话与之沟通，故凡是找苏的人都直接找唐亦男联系。

人们都说苏雪林是中国现代文坛上的常青树，不仅仅因为她是中国文坛长寿者中最年长的一位，不仅仅因为她著作等身、写了40多本书，还因为她80多岁以后还经常在报纸上发表文章（拿她自己话说是“写点烂文章弄点稿费”），94岁还写出了几十万字的回忆录《浮生九四》，其实在老师后半生的成就后面，站着这位默默无闻的学生。

其实论尊崇师道，苏雪林也是其范可风的。她只在北京女高师受业于胡适先生一年，却终生执弟子礼甚恭。1962年胡病逝于台北，苏闻讯抱病从台南赶赴吊唁，并相继写下《眼泪的海》和《犹大之吻》两本纪念胡的文字，还拿出自己的稿费为胡塑了尊铜像。从苏唐之交到胡苏之交，师生之谊早已超乎了一般上的意义，显示了一种高尚而博大的情怀，“结交在相知、骨肉何必亲”。从这里我们不也能有所领悟吗？苏先生在安度104岁寿诞后长逝，以上文章聊作纪念。

（选自《月光城副刊散文精选》，中国国际广播出版社，2000年9月一版）

吴垠康

三问六尺巷

“一纸书来只为墙，让他三尺又何妨。长城万里今犹在，不见当年秦始皇。”官至宰辅的张英这封处事干净利索、说理深入浅出的家书，不但验证了“宰相肚里可撑船”的宽容，成就的六尺巷更是如同一个符号，至今仍在向人们讲述着一曲礼让向善的人间佳话。不过，当我第一次穿过荫翳下的六尺巷时，除了对张氏父子宰相油然而生景仰之情，触动心弦的还有三个问号。

绿肥红瘦的四月，为再续桐城籍戴名世、方苞、姚鼐和宿松籍朱书等叫响桐城派名片的先贤们的友谊，我们去桐城赴白梦、洪放等作家之约。在龙眠山拜谒当代知名诗人、散文家陈所巨墓和观瞻始建明代的桐城文庙后，我第一次叩访了被世人尊崇了三百年的六尺巷。六尺巷位于桐城市区西环城路宰相府内（现为省康复医院），东起西后街巷，西抵百子堂。该巷全长百米、宽六尺，巷墙大青砖砌就，巷道鹅卵石铺成，巷外香樟参天，巷内肃穆氤氲，如果不是一伙人进入这笔直的黑色古巷，我定会不自觉地加快脚步。据史料载，清康熙时，文华殿大学士、官至宰辅的张英世居桐城，其府第与吴宅为邻，吴氏建房想越界占用张家隙地，张家哪咽得下这口恶气，飞马驰书于京都。张宰相阅罢家书，以文首之诗作复，动员家人让出三尺地基。而见贤思齐的吴家并非孬种，也效仿张家向后退让三尺，最终形成了为张宰相留下美誉的六尺巷。在六尺巷的西入口，后人矗立起一座上书“懿德流芳”的牌坊，藉以标榜没有以势压人并以“让他三尺又何妨”的大度来化解邻里纠纷的张宰相。这多少让人觉得有点不公，因为我的本家，即张家的北邻，早已被人们忽略了。

古往今来，官老爷们头上有乌纱，手中有权杖，股下有交椅，内心有私欲，太多的干部轻而易举就可以践行权为己所用、情为己所系、利为己所谋。无奈胳膊拗不过大腿，咱老百姓是弱势群体，得服从领导，得听天由命，得忍气吞声，如果说被压抑被盘剥者尚存一线希望的话，那就是寄托于领导的良心发现，寄托于明君的铲奸除恶，寄托于苍天的因果报应。于是，官老爷没仗势欺人，没鱼肉百姓，没贪赃枉法，没包养二奶，就是好领导，就要载入青史。其实，做官也是一种职业，他们月有奉供，年有嘉奖，该得的得了，该拿的拿了，执政为民，秉公办事，廉洁自律，表率于众，是恪守职业道德应尽的本分，如同牛必须把地犁好一样。相反，若悖离了官道，就是渎职，就应受到相应处罚。水可载舟亦可覆舟，百姓本是一支监督和促进政治清明的力量，但在几千年专权奴化下，国人习惯了逆来顺受，习惯了夹着尾巴做人，习惯了打落门牙肚里吞。对不公与不平，轻则装聋作哑敬而远之，重则奴颜媚骨为虎作伥，这在一定程度上也助长了官场邪气的嚣张。而司空见惯的后果是，集体的麻木，集体的失语。俗话说老虎的屁股摸不得，那宰相的屁股呢？估计借你三个胆也不敢摸吧。匪夷所思的是，在三百年前的桐城，居然有人敢冒天下之大不韪，那就是大清宰相张英祖居的北邻吴家。六尺巷啊，如果不是当年吴家敢以卵击石会有六尺巷吗？

社会是个大家庭，每个人都要与周围的人群构成不同的社会关系，而邻居关系则是人皆有之而易生矛盾的关系之一。张英贵为宰相，但家族总不能搬到月球上，琐屑的生活注定张家与左邻右舍多少要闹点别扭。尽管清官难断家务事，而张英却把家事处理得比政绩更招人耳目，但这也没什么了不起。你想想，作为一人之下万人之上的国家领导人，再怎么说也不会为几尺地而在天下人面前大跌眼镜吧。倘若你处在他的位置，相信也有他一样的胸怀。倒是那个邻居，一个民间的群众代表，不但没有得寸进尺，还以礼相待也让出三尺地，你想想，谁的胸怀更宽广？导致邻里矛盾的原因，无非鸡犬相扰，无非口实相辩，无非髫龄相斗，无非财物相争，但在民间，有了“人安己亦安”这盏夜航灯，邻里和睦相处的事例比比皆是，所谓“生得亲不如挨得近”。怪的是，这事儿一旦与张英撞了一下腰，就成为争相报道的正面新闻，以致享受到树碑立传的殊遇，而另一个主人翁，那个资产绝对少于张家却同样为六尺巷贡献了一半地皮的吴家，连名字都没留一个。六尺巷啊，难道你也感染了趋炎附势劣根性病毒吗？

这宗地皮案，要是今天只要把国有土地使用权证那么一晃，问题就迎刃而解了，但彼时的地契效力一定打了折扣，更没有《物权法》为当事人主张权益，对簿公堂的结果极可能是气得要跳河的不公。在遵循“三纲五常”的封建时代，在王法可以玩弄于朝廷命官股掌之间的吏治社会，在欲加之罪何患无辞的恐怖氛围里，如果不是有咽不下的冤情，如果不是有不怕死的维权勇气，谁吃了豹子胆去跳起来与宰相的家人过招？按照这个逻辑，吴家建房想打张家的主意颇值得质疑，起码引起纠纷的隙地本身就是有争议的。但后人众口一词说吴家理屈在先，凭空丑化无权无势的另一方当事人，莫非是想达到神化清官的效果而有意为官者讳！六尺巷啊，作贱吴家不就是作贱底层的老百姓吗？

每一个时代都有两个版本的历史，一个版本来自于官方，一个版本来自于民间。三问六尺巷，并非要标新立异达到哗众取宠的目的，也不是因为那个邻居与我是本家就蓄意偏袒，更无意贬损早在人们心中树起道德丰碑的张宰相，我仅仅希望再现历史的真实，希望民间不要忽略民间的光芒。

（选自《雨花》2008 年第 4 期）

李白为何跨不过仕途这道坎

李白曾豪言“天生我才必有用”，但骨子里的致命硬伤，注定了他的仕途不可能如诗歌那样风光空前，这道坎即使穷尽一生也无法跨过。

李白五岁诵六甲、十岁观百家、十五好剑术、十五游神仙、十五观奇书，与当时其他学子一样，无非“学好文武艺、货与帝王家”，以期挤上出仕入宦的独木桥。按说，志向高远、年青好学、涉猎广泛的他，在政府的选拔考试中一定能过关斩将、金榜题名，但出乎意料的是，直到 62 岁终老当涂，居然连个秀才的名份都没弄到。当然，这不能诿过于无德无能无运气，而是他拒不遵守科举取仕游戏规则，大凡乡试、会试、殿试一概不参加。他想啊，文凭不如水平，别看俺非秀才、非举人、非进士，穷书生一个，但不鸣则已，一鸣惊人，俺属于管仲、范蠡、诸葛亮一个级别的准政治家——难道满腹治国平天下的韬略还抵不上一纸文凭？殊不知即使到了今天，文凭仍在官场大行其道，要想政治生命青春永驻，本科是小儿科，再没时间再没精力，起码也要混个无门槛的在职研究生。君不见，七品处干招考公告上，就白纸黑字嚷嚷着博士学历可优先。尽管后来李白费尽周折，好歹在中年当了一年多京官，但连南宋的小字辈陆游都瞧不起他，“以布衣得翰林供奉，此何足道哉!”无文凭，为李白埋下了仕途受阻的绊脚石。

别看李白抵制科举取士，跃身卿相的美梦却像电视连续剧一夜都没间断过。他坚信，金子总会发光，并能得到圣上的垂青。从二十多岁开始，或屡写言过其实的自荐信去投石问路，或素与玉真公主等皇家贵胄套近乎，或广交杜甫一帮文艺界宿将新秀，如此扑腾十几年，终于获得宣传炒作的丰厚回报。唐天宝元年（742 年），声名惊动了金銮殿上的唐玄宗，并赐翰林供奉闲职一个，在皇帝身边拟拟文件、填填浮词。都说近水楼台先得月，李白虽无实权，但只要唯唯诺诺、恭恭敬敬、规规矩矩、服服帖帖，夹着尾巴当好奴才，在朝廷混个离休干部易如囊中取物。无奈不习惯厚黑学潜规则的他，还是忍不住暴露了放浪狂傲、口无遮拦的破毛病，说什么“安能摧眉折腰事权贵，使我不得开心颜。”这还不算，他甚至敢冒天下之大不韪，屡施小计，挑衅权贵，要皇帝给他调羹，要高力士替他脱靴，要杨贵妃帮他捧砚，虽痛快一时，却四处树敌，成了比寡人还寡人的另类。好在玄宗慈悲为怀，在将玩火自焚的李白扫地出门时，要了个“赐金还山”小手腕，好歹挽回几分薄面子。不奴才，为李白插上了仕途受阻的闭门闩。

离开了尔虞我诈、欺上瞒下、勾心斗角、险象环生的名利场，李白又可以于青山绿水间自由飘逸，在黄河、长江中下游地区“浪迹天下，以诗酒自适”，所到之处，无不花雨驿路。现在，李白如鸟之归林，鱼之潜渊，颇为怡然自得，但如果你以为他追求的就是这种闲云野鹤般生活那就错了，要不人家怎么会哀怨“抽刀断水水更流，举杯消愁愁更愁”呢？天宝十四年（755 年）安史之乱爆发，次年冬，走出庐山隐居茅庐并被邀入永王璘幕府的李白，抱着消灭叛乱、恢复国家统一的伟大理想，再一次播下了在政治上梅开二度的种子。按照玄宗指示，永王璘与太子亨各统一路大军合击安禄山，但动乱平息，兔死狗烹，迫不及待夺过龙椅的李亨眨巴眼就把与他并肩剿乱的弟弟李璘给杀了。受株连的李白虽幸得郭子仪等惜才忠臣的多方营救，捡了条老命，而流放夜郎对一个年近花甲的人来说，那何尝不是生不如死的苟延残喘？其实，李白这次出山，作为实现政治抱负的最后努力，也不是没有成功可能的。试想，如果当初他的政治嗅觉稍微灵敏一点，折身把赌注押在太子亨身上，结果又是怎样呢？站错队，为李白布下了仕途受阻的滚雷阵。

“蜀道难，难于上青天。”对李白的政治命运来说，再没有比这更贴切的描述了。他一生总认为怀才不遇，事败垂成，却浑然不知自己要负主要责任，不知自己的价值定位一开始就出了问题。如果天生是李白，最好心无旁骛地坐在书台上挥洒才情，即使去卖点红薯，也一定比误入仕途强得多。

（选自《精彩阅读》2009 年第 1 期）

夏兰吉

乡音如魔

这是一条很古老的胡同，两百来米长，两边都是些做小生意的店铺，尽管都是些小本经营，但买卖声络绎不绝。俊自从毕业到深圳工作以来，每天早晚都要匆匆地穿过它，但很少有闲暇融入其中的喧哗和繁忙，唯有那一家“老乡酒吧”每每都会让他放慢脚步。俊很有酒量，也许是祖辈遗传的，但并不贪酒。只是那酒吧里时不时传来那如魔的乡音，让他如痴如醉。

两年前，俊和荣携手来到这弹丸之地，荣终究没耐得住生活的清苦和磨炼，随一个有车有房的阔佬走了，留下孤零零的俊。荣还在的时候，他们时常驻足相拥在酒吧门前，让那熟悉的乡音在心海里流淌；荣走了，一切都变了，生活似乎变得没有色彩了，而那歌声依旧天天在小巷里回荡。终于有一天，俊踏入了那家酒吧，在最角落找个空桌坐下，好久并没有叫酒，只是想用灵魂感受那熟识的乡韵。

“挖沟坝，扁担长，祖辈躬耕在坝上，收了棉麻置家业，卖了蚕桑买衣裳……”

俊抬头看着唱歌的妹子，修长的身子，俊俏的脸蛋，一双水灵灵的眼睛，一条长辫子垂到腰下，还有那浓重的家乡口音，多么淳朴的挖沟坝妹子！俊端起妹子为他斟的酒，一口吞下，用手捂住紧闭的双眼，让泪水从指间渗出。俊陶醉了，这歌声让他回到了地图上查不到的小港和小坝，想起了那些憨厚的乡民和驿三港边的水上人家，想起了冬天那厚厚的冰，夏天那盛开的莲……那夜，他醉了，不在酒，而是那如魔的乡音。

从此，俊便是那酒吧的常客，每逢周末的夜晚，俊都会占据角落里的那张旧桌椅，要一杯酒但不喝，似乎是贪婪妹子身上那泥土的馨香，然后便是一脸的泪痕。

又一年，俊从老家过年回来，放下行囊便来到酒吧，没有了那熟悉的乡音，也没见那家乡妹子。一打听，有人说那妹子和一个相好的老乡回家过日子去了；也有人说那妹子去了一家高档酒店做了应酬女郎。不管是哪种说法，事实上从此俊断了耳福也解不了眼馋，再也没有见到那高挑的老乡妹子，也没有听过那勾魂的乡音。

一个深秋的雨夜，一个朋友为了感谢俊的关照，执意请俊在一个中档酒吧小酌。坐下不久，那熟悉的声音从天而降。

……弯弯船儿港里游，妹采莲蓬哥摇桨……”

声音和人一起飘到包厢，是她！是她！是那叫不上名字的老乡妹子！俊似乎不相信自己的眼睛，眼前的妹子一身的妖艳华丽，袒胸露乳，他想骂也想吐，再听那声音也大不如从前了，轻佻做作，矫揉虚情，轻柔又清纯的乡音韵味已荡然无存。俊哭了，为那妹子，也为那歌声。愤懑之中，让朋友打发走那妹子，然后大开酒戒，一杯，一杯，再一杯，然后如一头醉狮冲进滂沱大雨中，甩开那五音不全的嗓子，嚎起了那如魔的乡音：“……弯弯船儿港里游，妹采莲蓬哥摇桨……”

（选自《新民晚报》2008.07.05）

巴根草

院子里有一块空地，大约有二十来平米，常年长着一种不知名儿的小草，没见它开过花，尖尖的叶子，紫褐色的径，在地面上趴上平平的一层如地毯一样，真可谓其貌不扬。任凭我们每天在上面踩来踩去几百次，依旧是生命不息。

妻很早就觉得这块地闲置在那儿怪可惜的，终于有一天在外面带来了豆角、黄瓜等一些蔬菜苗，唠叨我一定要把地翻过来栽上这些蔬菜。我不敢抗旨只得把地翻了，栽上它们，再浇些水。

那些苗儿还真活了，长得也惹人喜爱。可是，好景不长，不到两周时间，泥土里隔三差五地蹿出许多草芽子，尖尖的紫色的小不点；再过几天便是遍地开花了。妻急了，一有空就去扯，还发动了不少群众帮忙。可是啊，那草长的速度比他们扯的速度不知要快多少倍。一个月后，那块地又是一片绿茵茵的草地了。

这是一种什么草？踩不死、翻不绝也扯不净，有如此顽强的生命力！

我好奇地向一位老农打听。那老人家乐呵呵地告诉我，“那是巴根草，踩、翻、扯岂奈它何？连最先进的除草剂都制服不了它，你别看它土上面普普通通，土下面有一个很发达的根系网，除草剂打在上面，只能烂掉地面上的叶和径，等药效刚刚减退，根部就开始复苏，从根部又长出许多新芽蹿出地面，眨眼工夫就又风采依旧了”。

我将信将疑，再次挖一块泥土翻开一看，真如老人所言。泥土里布满了根须，白白的，像一段段浓缩了的藕结一样，纵横交错，根根相连。即便你挖断一节，它又会长出新的再生根。新根、老根形成网状结构。因为根根相连，心心相通，所以才有如此顽强的生命力！让人叹为观止。

我想起来了，这就是年幼的时候母亲和我说过的巴根草。一次我们兄弟发生矛盾，母亲没有打骂我们，只给我们讲了许多动物和植物的故事，其中就有巴根草，只记得有一句是：巴根草根连根，兄弟姐妹心连心。根连根才能心连心，心连心才有生命力，才有战斗力。是吗？妈妈。

想不到我目不识丁的老母亲对生命竟有如此深厚的感悟，空为知识分子的我不惑之年才如梦方醒。

（选自《铜陵日报》2008.10.06）

夏友群

“水桶效应”与交警队伍建设

美国管理学家彼得·圣吉提出的“水桶效应”（亦称“水桶定理”或“短板效应”）引发了人们的诸多思考，并上升到了理论的高度指导很多行业的工作实践，故也称“水桶理论”。其基本原理是：“如果一只木桶其中任何一块木板有缺失，那么盛水的多少不是由最长的木板决定的，盛水量取决于缺失的那块木板的高低。”如果将这一原理引入交警队伍建设之中，那就是说一个民警、一个基层所队乃至整个交警系统工作成效的好坏，不是取决于其强项和长处，而是决定于其弱项和短处。“水桶效应”告诉我们，在加强交警队伍建设中，要善于查漏补缺、固强补弱，注重整体推进，才能保证道路交通安全管理工作取得好的成效。

不仅如此，如果我们对“水桶效应”再作延伸思考与感悟，还可以得出这样的启示：其一，水桶盛水的容量，取决于桶底是否坚固。如果桶底不坚固，即使组成水桶的木板没有短处，那么这只盛满水的水桶一经提起，也会将水漏光洒尽。其二，水桶盛水的容量，取决于组成水桶的每一块木板是否紧密无间。如果紧密性不好，那么这只水桶里的水也会逐渐流失。其三，水桶盛水的容量，取决于围护水桶的桶箍是否结实牢固，如果桶箍松散，那么这只水桶经受不住水的压力必然四分五裂。不难看出，桶底、桶板、桶箍三位一体，不但缺一不可，而且密不可分，水桶才能时刻处于盛满水的最佳状态。

从联系交警队伍建设实际而论，“桶底”如同我们每个民警的基本素质和单位的硬软件基础设施。倘若基础不实不牢，那么不但难以维持现状，而且就连以往积累的现有成果也会丧失殆尽，更谈不上实现可持续发展了。“桶板”如同一个单位的每一个民警团队精神。倘若不能做到相互支持配合、紧密团结、同心同德，而是各行其是、互相拆台、钩心斗角，那么我们什么事业都干不成了。“桶箍”是围护木桶紧密性的要件，如同维护一个单位和集体正常运转的组织纪律和规章制度。倘若没有严格的组织纪律和规章制度作保证，那么交警队伍必然是一盘散沙。只有制定严格的纪律，制定严密细致的规章制度去管理约束每一个民警，才能为干成干好各项工作提供坚实保障。

用这样的“水桶效应”去反思我们交警队伍建设，给我们的启示就是：第一，从“桶底”抓起。我们必须以狠抓“三基”工程建设为起点，在今后的工作中坚持不懈地强化民警的政治思想和业务技能的基本功训练，并且持之以恒地抓好基层单位的硬软件基础设施建设。只有不断提高每个民警基本素质和基层所队的实战能力，基层基础工作才能不断地得到夯实和加固，才能为道路交通安全管理工作的可持续发展提供坚实的基础。第二，将“桶板”接牢。我们民警所担负的每一个工作岗位，是整个道路交通安全管理工作职责的具体细化，并且密不可分、无缝衔接，相互支持配合的团队精神是圆满完成工作任务的前提。因此，作为基层所队的领导者，必须想方设法团结一切可以团结的力量，充分调动一切积极因素，发挥每一个民警的作用，形成强劲的亲和力和向心力，把交警队伍紧密团结成一个坚强的团队，确保道路交通管理各项工作任务圆满完成。第三，把“桶箍”拧紧。一个基层所队团队精神的形成并不断得到加强，除了领导者自身的人格魅力和施教有方之外，还必须加强组织纪律和规章制度建设，坚持用组织纪律约束人，用规章制度管理人，把每一个民警的行为举止约束在纪律允许的范围内，工作程序规范在规章制度限定的范围内，达到令行禁止、按章办事的要求。只有这样，团队精神才能充分彰显。

近年来，各地公安机关交通管理部门在加强交警队伍建设中，按照公安部党委提出的“抓班子、带队伍、促工作、保平安”的总体思路，创造了并被实践证明了非常有效的具体做法，可谓是仁者见仁、智者见智。但抓基层、打基础、加强民警的基本功训练，努力提高队伍的凝聚力和战斗力，加强组织纪律和规章制度建设这三个方面，是上至公安部领导，下至基层所队负责人的共识。由此可见，对“水桶效应”再作延伸思考与感悟，以指导交警队伍建设，在新的历史时期具有一定的理论和实践意义。

（选自《皖江博览》2008 年第 4 期）

晓　风

城市芳香扑面而来

"一个女子的寂寞就是这样的不堪一击。如果一个男人对我伸出手。如果他的手指是热的。她是谁对我其实已经并不重要。"安妮宝贝如是说。

我时常在想，一座城市有一座城市的魅力，当这种魅力与一个人的情感相连的时候，这个人已经属于这座城市，这座城市也接纳了这个人。

每个城市都在努力地变得相同，每个人的情感却总是百转千回。如同所有的玻璃之城，分离变的更加容易，相爱也变的更加艰难。

突然想起这个城市的爱情，如这个城市的春天和秋天一样，那样的短暂。爱情来的很容易，因为都太害怕寂寞，或者也可以说是欲望积存太多。同样也容易厌倦。在写字楼、咖啡厅、酒吧、网络，甚至于一条幽暗的街道，都可以收获爱情，但爱情的保质期也变的很短，在生活节奏渐渐加快的都市，每个人都在付出与回报间寻找着自己的平衡点，每段爱情在拥抱、接吻、上床后变得忽然庸常，当身体交换后，仿佛爱情之花也随之枯萎。

陈奕迅的《爱情转移》中唱到，"徘徊过多少橱窗，住过多少旅馆，才会觉得分离也并不冤枉。流浪过几张双人床，换过多少信仰，才会将戒指义无返顾的交换。"这座城市的情感和这首歌所契合的正是现代人的情感饥荒，我们从来都没有如此地挥霍着情感，也从来没有如此的缺少爱的力量。可能正是因为急速的向前发展，所以充满了变故与无常，可以把握住的太少，所以情感像是最后一片落叶，正不知要漂向何方。

路过环城马路，这个城市唯一安静的地方，夕阳挂在天边，柔和的阳光撒在护城河上，点点的情侣在河边慢慢走动，一切是那样的坦然。"天边夕阳再次映上我的脸庞，再次映着我那不安的心，这是什么地方依然是如此的荒凉，那无尽的旅程如此漫长，我是永远向着远方独行的浪子，你是茫茫人海之中我的他，在异乡的路上每一个寒冷的夜晚，这思念它如刀让我伤痛，我站在这里想起和你曾经离别情景，你站在人群中间那么孤单，那是你破碎的心，我的心却那么狂野。”

妆容精致的女人、温温而雅的绅士、满面尘土的打工者、生于斯长于斯的老人，共同呼吸着这个城市的空气，感受这座城市的温度，感受古老给予人内心的安定，感觉发展所带来的变化，所有人都在这变化中不断调整着自己的方向，享受着生活，体会着时代变迁。感受着历史所赋予他们骄傲的内心。

我开始明白，一座城市对于一个人并不重要，重要的是在这座城市里是否有一个你觉得重要而不可缺少的人。

那些美丽的小鱼，它们睡觉的时候也睁着眼睛。不需要爱情，亦从不哭泣。它们是我的榜样。

想起刚到这座城市的镜头，也是在那个时候，我对这个城市的色彩斑斓的灯光充满了复杂的情感：害怕中有人愿意拉一下我的手吗？寒风中有人给我依靠的肩膀吗？朋友的无言对我来说，也许是一种安慰和支持。

我离这个城市有多远？

城市风景大多是疏离的，雨季结束，一朵朵色彩鲜艳的伞在风中翻开，像折损的花朵。夜晚的霓虹灯亮过星光，在现代化黑夜中，人们忘记了光源，没有音乐，难逃孤寂。

一条小溪给了梦想一个高度，就变成了一条伟岸秀美河流。一个沙丘给了梦想一个高度，就变成了万仞巍峨高山。

一粒树给了梦想一个高度，就长成了参天树木。一个人给梦想一个高度，就拉近了他与成功的距离。

人，永远高于梦想。给梦想一个高度，如同给梯子增加了一个横档；就好比给一满弦的弓搭上了一支锋利的箭；恰似给嗷嗷待哺的鸟儿，赋予了一双翱翔的翅膀。

命运两岸错综复杂的风景，诱人的花草很多，遮眼的烟云不少，彩虹在风雨之上。没有梦想，或者没有高度的梦想，如同脚下绊人的荆棘杂草，在心灵容易失火的时候，让我们跌倒在平庸的泥沼。

心底清澈世界，盛开着永不凋零的无名小花。一个贫穷的人，只要保持着高度的梦想，那么他就有了高贵的头颅；一个平淡的人，只要心怀有高度的梦想，那么他就有了云花般迷人魅力；一个生活落魄的人，只要不停息有高度的梦想，让汗水开成花瓣，那么他的每一天都会闪光。

人都会有意识地去寻找一些更好的东西，结果会令人十分满意。有意识地耕作心灵花园时，生活中由此发生的变化也会令人吃惊。障碍不见了，阻隔塌蹦了，你曾经认为不可能或者遥不可及的东西突然就出现在我们的视野里。

当我们俯首
凝视我们的城市
才发现那沉默的所在
蕴藏着罕见的美味珍肴
让我们包含其中
深深沉醉

所以，问问自己，你准备在绚丽的这个城市种下些什么呢?

城市，给爱情一个归属，给梦想一个高度。我的耳朵里有北方白杨的呼啸，就算知音零落，我们殊途同归。

徐　海

娱乐精神不等于“臭不要脸”

曾有女性作家用“下半身”写作，也有男性画家为艺术而“裸奔”，如今又有小沈阳为活跃气氛而抛出“臭不要脸的”雷到美女主持和观众……看来下一步，是该讨论一下有关舞台、有关艺术和艺人的“娱乐尺度”及“脸面问题”了。

报载，善赶娱乐新潮的江苏卫视斥不菲之资，请来红透半边天的小沈阳作现场访谈。结果，这个火得烫人的小沈阳冷不丁地来了一句他常在舞台上说的玩笑话——“臭不要脸的”，让前来搭话的美女主持人赵丹军一时脸上挂不住，生气地对小沈阳说，“你得给我道歉。你不道歉，这节目就不录了。”

因了这个“粗口”，现场气氛被“冷冻”，而随后的相关新闻与热评却似“冰山溶解”，潮涌网络，铺天盖地，在观众和网友中引发了前所未有的有关艺术的俗、雅之争，和关于“二人转”、关于“脱口秀”、关于“星闻”与“大牌”、关于“玩笑”与“骂人”等多元娱乐话题，以及南北文化“冲突论”之口水战。

客观地讲，人都是有娱乐精神的，因为娱乐可使人放松，娱乐能让人消遣。故而生活中就常有关于找乐、求乐、享乐、快乐和“偷着乐”等等之类的说法与做法，也还有“乐不思蜀”、“乐极生悲”这类的情感演绎与变故。正因为人有娱乐精神，所以人们对小品的演出往往显得格外地偏爱。甚至在很多时候，大家明明知道某个小品的艺术含金量很低（就像一道无盐的小菜，并没有多少味道和嚼头），但依旧是兴致勃勃地盯着舞台或屏幕，陪着笑星寻“笑果”，甘于“忽悠”听“扯淡”，在“俗不可耐”的氛围里，以求分享到一份自身需要的又绝对合乎人性的精神“俗”求。

凭良心说，观众的心情是可以理解的，绝大多数观众也都是很可爱的。而目前在一些舞台或屏幕上特别吃香的所谓的娱乐艺术，却教人难以“理解”，也未必真的“可爱”。例如由“二人转”演员出身的小品新人小沈阳，在公众场合习惯性地露出“口头禅”——“臭不要脸的”，虽然这只是“二人转”演员惯开的玩笑，但这个“玩笑”却实实在在地暴露出“二人转”艺术的劣根与肤浅，折射出某些民间文化潜在的“色相”和“野味”。这样“大尺度”的搞笑文化，一旦发挥不当，就近似于“损人文化”或“骂人艺术”。在不同的文化氛围和语境下，产生或遭遇类似的“文化冲突”，也就在所难免了。

我无意责怪小沈阳的临场“玩笑”，也无意评述赵丹军的主持“气度”，只是想说，娱乐精神并不等于要大家都能开心接受“臭不要脸的”。这样的“玩笑话”，其实就跟“婊子儿”、“精神病”、“傻逼”、“我日你的”一样的扎耳，一样的难听。娱乐也是有分寸的，人们需要的是雅俗共赏，倘若俗中无雅或太过低俗，哪还来艺术可言？又哪来审美愉悦和艺术享受？

此前“两会”期间，全国人大代表、中国戏协副主席韩再芬曾公开坦言：某些小品与演员“不注重思想内涵，缺少价值观念”，虽是一家之言但却是大实话，很值得娱乐界和演艺人作深层次的思考与探求。依我看，总不能让“模仿”与“搞怪”、“娘娘腔”与“臭不要脸的”这类东西充斥舞台，构成当今社会所需要的核心价值体系吧！

严云绶

《桐城派名家评传》序

杨怀志、江小角两先生主编的《桐城派名家评传》即将面世；我相信，它必将受到文化学术界和广大读者的欢迎。因为这是十多位研究者共同协力，各骋其长，精雕细琢的成果。

兴起于清朝康熙中叶的桐城派，绵延二百余年，基本上纵贯整个清代文坛。方苞、刘大櫆、姚鼐而下，属于桐城派的作家、学人，从近人刘声木所撰的《桐城文学渊源考》、《桐城文学撰述考》的著录看，当有六百多人，著述千余种。从桐城派所历的时代看，上起中国封建社会的最后的盛世，下迄国门渐开，风气大变的近代。其生成、演化的历史、文化环境之复杂、动荡，作家、作品数量之繁富、多样，内涵之丰富，影响之深远，在中国文学史上，实在罕有其匹。因此，桐城派的研究，必然是一种艰深的探求。《桐城派名家评传》从二百多年的六百多位作家中，选择方苞、刘大櫆、姚鼐、曾国藩、吴汝纶等二十二位名家作为论述对象；对其生平事迹、思想倾向、文论主张及创作实绩，一一予以系统的介绍、分析和评衡。提要钩玄，史论融贯。这样，既清晰地揭示了桐城派的根本特征与突出成就，又有助于读者了解桐城派生成、演化的基本脉络；既为桐城派研究领域贡献了一项创造性的成果，又可使希望了解桐城派的读者得到一本人门之书。

展开《桐城派名家评传》，人们可能会自然地想到：桐城派作为文化领域内的一个文学派别，其传播力之强，生命力之盛，令人惊叹！在两个多世纪的行程中，名家辈出。其中，有的人堪称中华民族文化大师。影响所及，远远超过了文学，而在许多文化、学术门类中留下了迹印。桐城派的生成、演化过程，给我们留下了许多宝贵的启示。我想，同属于桐城派的作家，既有思想文学主张的基本一致性，又充分尊重作者个体的差别性、变异性，这也许是桐城派在两百年中一直富有活力的首要原因。方苞、刘大木魁、姚鼐，人称桐城派三祖。三人的文学理论既有共同的基础，又各有自己的探求。以

"义法"为核心，是其论文的共同准则。但由此而进一步阐释"文"与"道"的关系时，他们三人则表现出明显的区别。刘大櫆主张"行文之道，神为主"；他对创作主体的精神特征在作品中的体现，给予了充分的维护。姚鼐更进一步：他在承认创作个体的才华差异性的基础上，充分肯定文章美的多样性。这样，属于桐城派的作家，虽然基本主张一致，但并不走向因袭、凝固、单一。崇尚"家法"，又不为"家法"所拘；相互趋同，又能活跃、新鲜、多样。才华出众者，尽可以适时代之变，勇敢地创造。晚清时期，桐城派作家吴汝纶、严复、林纾更是以开阔的胸怀，面向世界，用桐城派古文，介绍西学，成为近代史上锐意进行思想启蒙和文化维新的重要人物。姚鼐曾引程晋芳、周永年语云："为文章者，有所发而后能，有所变而后大。"两百多年的桐城派的发展，始终在"变"中演进。因为"变"，才不守故常，代有名家；因为"变"，才众流竞注，蔚为大观。桐城派演化、行进的这一规律，对于我们今天的文化创造来说，其借鉴意义，显然弥足珍视。

五四运动的兴起，对旧文化提出了激烈的批判。桐城派从此逐渐退出历史舞台。当时的启蒙先锋人物，出于批判旧传统的需要，曾完全否定桐城派的理论体系；"桐城谬种"之说，屡屡见之于某些文章或著作。从那时到现在，历史又过去了将近一个世纪。大体说来，在相当长的时间里，否定桐城派的见解，在文化学术领域一直居于主导地位。虽然有的学者提出过不同的评价，但不足以影响文化界对桐城派的基本态度。在这种氛围下，人们很难以客观、全面的眼光，对桐城派作历史的具体分析。改革开放以来，思想解放的春风吹进了文化园地，桐城派研究也随之呈现出生机。不少研究者以桐城派的文化遗产，作为自己的探讨对象。他们力求以科学的态度，对桐城派作实事求是的考察与评价。论文或著作，不断问世。随着人们对民族文化传统的价值的重新审视与回归，桐城派的文化遗产也日益受到广泛的重视；从中汲取有用的养分，扬弃其消极、不适合于当代的成分，已成为许多有识之士的自觉的承担。《桐城派名家评传》的撰著，就是这一承担的成功实践。桐城派的文化历史命运，再次证明了这样一条历史法则：在历史上真正创造了文化的派别，是不会在文化中消失的。后人可以分析、超越桐城派，但决不可能简单地否定桐城派。

我生于桐城，长于龙眠山之阳，幼时曾沐浴过桐城派先贤的遗风，诵习过"天下文章其在桐城乎"等名句。当时心中的自豪，至今仍能时时忆起。可是，今天我却有一种愧对先贤之感；因为，我未能系统地阅读桐城派作家的著作，对桐城派历史的了解，只限于一鳞半爪。杨怀志、江小角两先生约我为《桐城派名家评传》作序时，实在感到难以胜任。以上所谈的一些想法，聊以充数，谬误之处，希望得到广大读者的指正。

2001. 01. 15

（选自《桐城派名家评传》，安徽人民出版社，2001 年 11 月一版）

杨庆春

一种逻辑常有理

周国平先生说有个人叫无赖，自有一套逻辑理论，简称为“无赖的逻辑”。其理论指导实践，总能使他稳操胜券多多。有没有输的时候，至今尚未见公开报道。不妨将这无赖的行状揭露出来，供读者诸君一哂。

无赖向朋友借了一笔钱。三天后，朋友催他还钱，他义愤填膺地叫喊起来：“你怎么这样计较，才几天，就来讨债?”朋友尴尬一笑，按下不提。三年后再催还，无赖依然振振有词：“你怎么这样计较？多久了，还念念不忘?”无赖终于没有还钱，并且逢人便说他的这位朋友多么吝啬，不够朋友；愈说愈气愤，最后庄严宣告，他业已和如此不配做他的朋友的人断交。

别以为这只是一则“人生寓言”。现实中现成的或“变形的”例子俯拾即是。软的怕硬的，硬的怕不要命的，则一；通情达理的怕胡搅蛮缠的，胡搅蛮缠的怕没米没盐的，则二……一旦“无赖的逻辑”被人广泛应用，无赖成了有理，恐怕真正的有理就难以走遍天下。自古至今，我们推崇“诚实是最好的政策”，亦有很多诚实者竭诚奉行。这一“政策”在历史长河中虽未半途而废，但总有人想出“对策”，设置障碍，以阻其畅，因为常有人信服“无赖是最能赢的手段”。如好死不如赖活，既是有人怀抱长命百岁的目的，更是其益寿延年的手段。他才不管康德在那里傻乎乎地说什么“我们要以人为目的，不以人为手段。”

无赖宣告与朋友断交，对诚实而有信义的人来说，无赖不仅永无朋友，而且会输得一败涂地。不过无赖才不那么认为。他又一次赢了，赢得朋友三年前借给他的钱和他自有的“庄严”。他干吗叫无赖呢？因为他赖得再巧，赖得再狠，赖得再绝，总会有人识破。在没有识破前，他变本加厉地赖，以其逻辑处世，他将一本万利地赢。以这“常有理’逻辑过活的，又岂止今日区区一个无赖?

真乃“人生可问，命运不可问!”吴禾先生想：假若当时（1939 年元旦）周作人死于刺杀，盖棺论定，他在中华民族史和文化史上将占据一个什么样的位置？其时他所有的重要作品都已完成了。以今日捧之者论，意恐他是又一座“文化昆仑”吧。毫不讳言，周作人的文才，是今日之某些所谓“大家”亦难以比肩的，不仅因有鲁迅先生将他列为中国最优秀的杂文家的第一位，而且有他的作品作证。但我对周作人的“赖活”一点也不敢恭维。说一个也曾忍受人生苦难而活到八十一岁的老人赖活，实在失敬。但谁让他的逻辑也是“常有理”呢？他沦为汉奸，应该自省自责。然而正相反，最终仍不承认自己附逆是一种叛国行为，反而自我辩解：以为学校可伪而学生不伪，政府虽伪，教育不可使伪，参加伪组织之动机完全在于维持教育，抵抗奴化……这种“常有理”的逻辑基础就是“总要为自己找到一个堂堂正正的理由，才能既做坏事又能心安理得地生存下去。”其实无异于自己骗自己，骗的又焉只自己一人？今之已有人为周作人的附逆辩解，只怕比他自己辩解又进了一步吧？甚至无赖之徒讽喻，鲁迅虽铁骨铮铮，也只知天命难违；而周作人却活到耄耋之年。这岂不是常有理逻辑的荒谬和霸道，无赖和无耻！原来“雅”无赖与俗无赖完全可以同流合污。

常有理逻辑盛行于世，人的生命力必然枯萎。倘若这逻辑的应用，仅限于嘴上逗闷而不付诸行动，或许不失为一种斗智、取乐、开玩笑的好方式，至多称之为“诡辩”。可怕的是常有理一旦演绎成说一行二，不仅理屈词富，而且强词夺理，理胜回朝，社会正义就只好甘拜下风，得好处的就仅是那么几个无赖了！您能答应让那么几个无赖好起来吗？

（1997. 07. 14）

警惕“皇国史观”

2000 年 12 月，河南人民出版社出版发行了一套由牧惠先生主编的“野蒺藜”丛书。在其《总序》中，牧惠先生专门提到对日本军国主义有着深仇大恨的冯英子先生，并且说及自己在打算编这套丛书时就“指定”冯先生围绕“警惕日本”这个主题编出一本杂文集来。理由是，“因为日本军国主义对咱们中国每一个家庭都有过程度不同的直接或间接的伤害，因为他们总是赖账，总是拒绝忏悔。还因为———真是不好意思，我们当中有些人出于各种不同原因产生了一种以德报怨的健忘症，一种装聋作哑病和软骨症。”天真的牧惠先生希望冯先生的文章，包括那封致日本首相的公开信，能对“健忘症”、“装聋作哑病”和“软骨症”有些疗效。

冯先生写的是一本怎样的书呢？书名干脆有力———《警惕日本》。至今年四月一日，我阅读了书中冯先生自 1985 年 7 月到 2000 年 4 月所写的共九十四篇痛击日本军国主义的战斗檄文。只要看看一些文章的题目，内容就能“一目了然”———《日本的模拟演习》、《日本的二石》、《日本在“无条件投降”的背后》、《重申：防止日本军国主义的复活》、《不许日本政府偷天换日》、《警惕日本军国主义》、《打倒日本军国主义》等等，这是正告那些不仅仅是妄想的日本军国主义分子，而且同时也规劝我们一些麻木不仁的同胞，日本军国主义者可不是闹着玩的；———《历史的判决》、《把历史说清楚》、《历史认识的异同》、《不要愧对历史》、《以史为鉴》、《记住历史不是空话》、《不许日本篡改历史》等等，这是告诉当年的日本鬼子和今天的日本右翼，“中国人没有健忘”，历史是用血泪和着事实书写的；———《写于七月七日》、《今天是“八一三”》、《“九一八”的沉思》、《五月九日是什么日子?》（这是中国的“国耻日”，因为这一天正是日本帝国主义在 1915 年强迫袁世凯接受“二十一条”之日。1979 年出版的《辞海》收有“五九国耻”这一条。就在 1998 年的这一天，日本推出了一个为东条英机翻案的电影《自尊———命运的瞬间》，而东条英机是第二次世界大战结束时的甲级战犯，后经远东国际军事法庭判处绞刑）等等，这一个个具体、耻辱、悲怆的日子，是每一个中华儿女都应时刻不忘的日子；只有永远记住这些日子，才谈得上“以史为鉴，面向未来”。

“日本军国主义正在卷土重来。”这是 1997 年 1 月，冯先生写的《警惕日本军国主义》这篇文章中的第一句话。狼又一次来了！感谢冯老先生，《警惕日本》这书本同样“疗救”着像我这样时时眼盯（或许用“钉”字更准确）日本狼的年轻报人。只是来得太快了。4 月 1 日，我刚刚掩卷《警惕日本》这本书，还未来得及沉思，4 月 3 日，在经过日本文部科学省的审定之后，说是日本右翼学者炮制的否认和美化侵略历史的反动教科书正式出台了。“研究历史”的英国历史学家汤因比在《历史研究》一书的开头就写道：“历史学家在社会里生活和工作，他们的职责一般只说明这些社会的思想，而不是纠正这些思想。”日本的右翼文人可不愿这样，他们脑子里“历史只是一种情趣读物”（见2001年4月6日《中国青年报》国际版报道），很自然地，只要他们不高兴，只要他们一有“情趣”，只要他们大东亚梦不死，历史就成了婊子，他们想怎么着就怎么着。这些所谓的右翼学者，不仅要歪曲篡改历史事实，而且还想继续他们“先辈的事业”，不断向其后人灌输宣扬早该扔进历史垃圾堆里的“皇国史观”。充满了血腥气味和扩张意识的“皇国史观”，无论我将是这些右翼学者及后人的“友好邻邦”，还是他们不共戴天的生死大敌，我都一如既往、一往恨深地唾弃它。像我这样恶心“皇国史观”的中国公民，绝不会像有人说的否认和美化侵略历史的日本右翼势力只有“一小撮”。“皇国史观”在日本的流布，当然也不会因“一大撮”中国公民的恶心、反对、抗议就停止流布，因为如今的“皇国史观”不只是一种好看又中看的“观”了，而是被做成了中看又中用的产品———歪曲史实的教科书了；因为歪曲史实的教科书是由文部科学省———日本政府审定而出台的，所以说津津乐道于“皇国史观”和“侵略有功论”不只是那么“一小撮”右翼学者，先前还能羞羞答答的政府现在可是急不可耐走上前台了。

明明“观者”如潮，为什么我们总是有人跟着日本政府鹦鹉学舌，附和日方的表示，说其右翼学者的历史观在日本国内是“极少数”？否认和美化侵略历史的右翼势力只存在“一小撮”？2000年《中国青年报》发表陈铁源的国际随笔《和盘托出日本右翼》一文，认为日本右翼势力已经全方位地扩大到了政治、经济、历史、文化等各个领域，并且引用了一句“话粗理不粗”的大实话：“那种认为日本右翼仍是一小撮的说法完全是自欺欺人的鬼话。”作者最后分析预测道：“由于日本国民的保守化倾向与日本右翼的猖狂活动有着极其密切的联系，因此，如果日本政府再进一步对右翼放纵下去，那么，整个日本的右倾也就为期不远了。”1999年2月，冯英子在《东史郎的败诉和田中正明的得奖》一文中也写到：“我们过去说过，日本军国主义是一小撮，不对了，他们人多得很；如自民党的靖国三团体，就有‘报答英灵议员协会’，‘遗族议员协会’，‘大家参拜靖国神社国会议员协会’等，而中曾根、桥本参拜靖国神社，就是以首相身份，为军国主义者开了绿灯。”说起参拜靖国神社，每年到八月十五日这一天，如果仅仅只有一个首相不去，其他政府阁僚、议员、民众却一脸悲情前往，这不去的首相就只具有象征意义，说明日本政府还没有彻底撕破脸皮，注意了周边各国人民的情绪，而这象征意义对和平而言是毫无意义的。因为问题的关键在于日本从政府到民间追求和平的力量和诚意，而不在于一次表态和一个姿态。

前不久，新加坡《联合早报》和世界第一家中英文双语种网站“木子”分别对中日关系做过网上调查，结果令人吃惊———“日本有诚意反省二战侵略历史吗?”回答“有”的只有百分之一点四，回答“没有”的则高达百分之九十七点六，另有百分之一的人“不知道”。这从侧面反映出对日本的警惕性居高不下，就是因为日本战后五十六年里的行为始终没有被中国和亚洲绝大多数人所认可。我从不怀疑有不少日本人发自内心地对中国友好，就像我从不怀疑永远有日本人出自膏肓地对中国觊觎一样；我能够相信参与侵华战争对中国人造成罪孽的日本老兵有幡然悔悟、自省自新之人，就像我从来相信执迷不悟、意欲卷土重来的军国主义者不是“一小撮”一样。让人欣慰的是，参加侵华战争的日本老兵中，总还有像东史郎这样的反省者，尽管他在揭露、控诉、声讨日本侵略者的司法诉讼中一输再输；使人可怕的是，没有参加过侵略战争的石原慎太郎们，无论在人数上还是在地位上，要比知道侵略战争惨无人道的东史郎多而高；令人不可思议的是，我们有些闭着眼睛胡说八道的人总爱讨中国人的巧，卖日本人的乖———这同样是要警惕的！

只要日本的“皇国史观”不灭，日本篡改教科书的事就不息。因此，与其说要警惕篡改教科书的日本，不如说更应警惕死抱“皇国史观”不放的日本。而要让一个血管里流动的都是“皇国因子”的民族，一下子把血彻底换一遍，这也好像痴人说梦。那就慢慢来？日本周边国家都愿以情动人，以理服人，讲老生常谈的道理：军国主义不仅输出“野蛮的炮火和强盗的逻辑”，而且同样也给本国人民挖掘坟墓。结果呢？改写教科书还是如打扮少女那么随意。而这些教科书进一步用来将血管里流动的“皇国因子”灌输给他们的少男少女。亚洲人民，警惕啊！在警惕之中，我也分明听到了在日本民族血管里响动的叛逆的声音———你听，诺贝尔文学奖获得者大江健三郎2000年9月27日在清华大学的演讲———“我所写作的时事性的随笔、评论，始终是把经验了从奉天皇为神明的国家主义的社会，向以独立的个人横向连接为基础的社会的大转变，最后自觉地选择了民主主义———这样一条轨迹作为一贯的主题。现在，在日本的传媒上，所谓公大于个人，并且，把这个公等于国家的公，诸如此类的国家主义意识形态再次成为一种强势，在这样的时候，我必须坚定地坚持贯穿自己人生经验的思想。”我不是故意要让文章有一个光明的结尾，而是因为在我的心中此刻响起了这样的稀声“大音”。只愿有朝一日如此“大音”能在日本汇聚起渴望和平的巨响，压倒当前处于强势的国家主义意识形态的恶声怪叫，彼时，亚洲人民的天空才能真正风和日丽。

穿和服的日本朋友们，要想有和睦相处的邻邦，要想呼吸和风吹拂的空气，要想仰望和美的星空，那就众志成城，齐心协力，手把手地教会日本右翼学者学写“和平”二字。

（选自《四川文学》2001 年第 9 期）

叶 卉

书情思絮

在人生的初级阶段，充满着万花筒般如幻如梦的七彩斑斓，恰似一棵生根、开花、结果的树，刚走完发芽的幼龄，便为“花”的含苞待放准备着一切，这“一切”就是人生的第二起跑线——读书。那是春秋战国“上大人”留下的遗风，至今不折不扣地“普及”着。但读书不只限于学校大门内，需将一辈子业余时间长流在知识的海洋里。方才如鱼得水，尽情畅游。

泥巴楼里三间屋，乱七八糟一房书，房子历史悠久、书籍常常添新。笔者愚笨，愚笨得不像鲁迅一篇文章几多烟，李白斗酒诗百篇，因烟酒不沾，鲁李驱我靠边，扑克麻将我并不陌生，可惜不懂玩法，古训曰：玩物丧志，歌舞在我心中难以升平，生就不习惯鲜花和掌声……惟有独坐寒窗，明灯一盏，香书一卷，清茶一杯，漫步在书林中，“发愤识遍天下字，立志读尽人间书。”才双眼破红尘，万事也皆空。夜深人静，清风淡月之下，“文、史、哲”驱动我攀行于高山峻岭，饱尝着柳暗花明。一本本书一篇篇文，如一座座山，一条条河，一朵朵花。文学给人聪慧，历史给人明智，哲学给人思辨，读起她们，令人眼观春花心神定，胸怀秋月不叹吟，得意时心如湖水好平静，失意时士气依旧不沉沦，“得意淡然、失意泰然”，读书得来座右铭，读书帮我解愁铃。

人喊读书累，谁解读书味，有时读得清风拂面，皓月当空；有时勃然大怒，按案而起；有时有滋有味、满口生津；有时荡气回肠、泪水淋淋……书中有暖巢、能安慰你也能凉透的心；有旷野，能开阔你狭隘的胸襟；有清风，能吹散你烦躁的浮尘；有流水，能洗涮你不洁的灵魂……书中的字里行间，美的展现异彩纷呈、金戈铁马、大漠孤烟的波澜壮阔；小桥流水、缓歌曼舞的脉脉温情；秦时明月、雄关漫道的宁静致远，尽观大江东去、晓风残月、悲欢离合、阴晴圆缺。不读书，谁认她谁识得？

读书人多如牛毛，真正的读书人却寥若辰星，真正的读书人甘愿与“穷秀才”为伍，“黄金屋”和“颜如玉”与她无缘，“高官认做，烈马认骑”，离她遥远。“都无做官意，惟有读书声”。有的人，也曾读过几本书，写过几篇文，还有一两张“假学历”，仅凭这个阶梯，走进灯红酒绿、沉醉于鲜花美酒。不知你是否想到，国外文聘两年一考，人人都会电脑，文字自己起草，讲话很少用稿。分配差距，越小越好。读书感言，仅供参考。

书是文明的乐章，是陈酿的美酒，是清醒的香茗，是秀美的山水，是亲密的良师益友……日复一日、三更灯火、子夜时分，每日必读，终身为伴。

（选自《团结报》）

叶 庆

足球、麻将牌及文化传统

世界杯现在正是大热门。而据说足球也是“中国发明的”。这句话有凭有证。据记载，早在公元前一千多年，我国就有一种叫“蹴鞠”的游戏，即用“足”踢用草皮或毛发制成的“球”。汉代改用熟皮制球，名“鞠”。汉高祖刘邦就曾在宫内建有球场，两端用砖筑成拱形球门，双方各有六名队员上场竞技。到唐宋之际，又将猪尿泡放进皮球内充气后使用，这已和现代足球差不多了。《水浒传》中那个千夫所指的高俅高太尉，就是因为球踢得好，而被超级球迷宋徽宗破格提拔，则更是大家耳熟能详的。尽管中国足球队至今仍然为“冲出亚洲”所困扰，但毕竟是中国人最早发明了足球，脸上到底有几分光彩。

可中国发明的足球哪里去了呢？恐怕也只有在古书古画中去寻找了。现在踢的足球并不是任何意义上“出口转内销”的国货，与中国的“蹴鞠”毫无关系，竟是道道地地的舶来品。这个无情的事实又不禁令人感叹不已、悲从中来。

笔者孤陋寡闻，说不出什么道道。只觉得中国历史中类似足球这样的事情实在太多太多了。据说英国李约瑟博士所考证的中国古代的科技发明成果，不仅覆盖了现代科技的各个领域，而且均早于西方数百年甚至上千年。但中国现代的科学技术却几乎全部是近百年来靠“从国外引进”起步的。中国发明了火药，但只是用来做炮仗；发明了罗盘，却只是拿去看风水。而洋人则借着用中国火药制成的枪炮，靠着中国罗盘的指引打到中国来，几乎欺侮了我们一百年。现在这历史虽然早已成为过去，但造成这种差别的原因是否也已成为过去了呢？以麻将牌论，也算是中国独有的了。可这国粹似乎只为赌博而存在，名声总不那么好。现在玩的人多了，又不许赌钱，也仅仅在以香烟、火柴、扑克牌代表钞票，至今仍没听说有谁想制订个“麻将牌竞赛规则”，像桥牌一样搞一个计分办法，或举办麻将牌大奖赛，使之名正言顺地成为一项健康的体育运动的。不免使人担心这又要像足球一样，给后代留下一种遗恨去。其实，扑克牌原本也是赌博卜巫的工具。既然能将其改造成文明高雅的桥牌，麻将牌为什么就不能发展成一种益智斗智的活动，开展健康正规的比赛，甚至将其推广到全世界去呢？实在说，打麻将所用的概率论、排列组合和数理逻辑知识是绝不在桥牌之下，而其具有的灵活变化更是桥牌不能比的。

记得黑格尔老人说过：中国很早就已进展到了它今日的情状，但是因为它客观的存在和主观运动之间仍然缺少一种对峙，所以无从发生任何变化，一种终古如此的固定的东西代替了一种真正历史的东西。当然，黑氏的话只是他的一家之言，算不得依据，更不是定论，但却值得我们思考。或许足球正是促使我们深刻反思的又一个契机。我们的现实中究竟还有没有什么重要的事物仍然停滞在其本来潜能的阶段，而没有能够实现其自身应有的发展呢？我们的许多真知烁见、美好设想究竟还有多少仍然只是停留在口号上而在日渐萎缩退色、自生自灭呢？若干年后，我们是否还要重复类似对足球却不仅仅是对足球的感叹，为自己因为使“客观的存在和主观运动之间”脱节而产生的结果而感慨呢？近来，许多报刊正在出劲地争论“文化传统”。我想，这中间是否就包含有某种“传统”的因素。我们不妨认真地从这个角度来检讨一番，或许能够有所裨益，也未可知。

（选自《安庆新闻报》1986. 07. 01）

一分为三

记得一两年前，许君曾谈到他想写篇“一分为三”的论文。我鼓励他赶快动笔，却一直不见他文章出笼。最近，听说新华出版社出版了简帛大家庞朴的新著《浅说一分为三》，不免联想到这件事，意下很有些为许君惋惜。当然，庞朴其实也不是第一个提出“一分为三”观点的人。即使不算古人，据我所知，早在上世纪末本世纪初，阎纲、周德义等人都曾明确地提过“一分为三”，只是未被主流社会关注罢了。但作为生活在基层的许君，能通过自己的独立思考而提出这样了不起的问题，哪怕只是"发明了自行车"，也是难能可贵的。

虽然还不知道庞朴到底"浅说"了些什么，但我深深感到，一段时间以来，以"一分为二"的观点认识世界，在国人眼里已好比日出日落一样不容置疑。1950年代杨献珍斗胆提出"合二而一"论，虽只是作为"一分为二"的补充，仍被批得"体无完肤"。后来杨献珍被"平反"了，但"一分为二"思想作为真理的地位却似乎没有受到任何触动。现在，"一分为三"第一次真正高扬起了向"一分为二"挑战的旗帜。应该说这只是思想解放进一步深化的必然产物，是对中国传统认识论精髓客观评价的必然结果，也是对从根本上清除"以阶级斗争为纲"等左的思想理论基础的必然要求。

其实，"一分为三"并不是什么标新立异的东西。老子《道德经》说："道生一，一生二，二生三，三生万物。万物负阴而抱阳，冲气以为和。"这段话大家都很熟悉。万物负阴而抱阳，不正是一分为二么？但这只是半句话，还要冲气以为和。"和"不是"阴"也不是"阳"，却既是"阴"又是"阳"，离开了"和"就无所谓阴阳。因此，"和"是独立于"阴"和"阳"的第三态。所以，"二"不能生万物，"三"才能生万物。这才是阴阳学说的真义。质之于常识，"一分为三"的道理更为浅显。"上"与"下"之间必定有"中"，"内"与"外"之间必定有"中"，"左"与"右"之间也必定有"中"。没有"中"就无所谓上下左右内外，有了"中"就必定有上下左右内外。上下左右内外离不开"中"，"中"也离不开上下左右内外，你不可能把"中"从上下左右内外中去除掉。一根棍子有两端和"中"，你去掉两端后棍子仍然有两端，而去掉的"两端"也都各有两端和"中"。这就是"负阴而抱阳，冲气以为和"，这就是"一分为三"。中国古代常用一分为三的方法。如鼎有"三足"，民有"三纲"，道家有"天地人"三才观，佛家有"前今来"三世说等。现代实际上也常用。如光学有"三原色"，哲学有"三段式"，政治有"三权分立"、"三民主义"、"三个世界"、"三个代表"等，不管对这些概念是否认同，这种对一分为三方法不自觉的运用应该说绝不是偶然的。

再来看"一分为二"，稍加分析，就可以发现其中实际上也体现了"一分为三"的实质。在这里，"一"是指事物本身，是综合；而"二"则是对事物的分析。但将"一"分为"二"只是为了深化对"一"的认知，被分析的“二”如果分开来并不能独立存在，或虽能独立存在却不能独立发挥其功能。所以必须再“合二而一”，回到综合。如果我们综合其“综合与分析”，将“一”与“二”相加，结果就得到了“一分为三”。由于“一分为二”忽视了“一”这个综合，看不到“和”或“中”的独立存在及价值，不知道有了“正题”“反题”之后还必须组成“合题”的必要，因此，往往就会犯非此即彼、非黑即白、不是朋友就是敌人、不是拥护就是反对的极端化毛病，将矛盾对立面的斗争看成是你死我活、一方战胜一方的同一化过程，而不是看作相依共存、冲气为和的统一化过程。实际上，矛盾是永远不可能消灭而“同一”的，阴阳是永远不可能消失而“同一”的。只有冲气以为和，只有调和矛盾而“统一”，才能二生三、三生万物。

一分为三，也许这就是东方文明的密码，这就是中华文化为什么会有这么大包容力和这么强生命力的原因之所在罢。

（选自《安庆日报》2004.11.23）

小说“汉服”

日前，自去年十月开始就被有关网站热炒的“汉服事件”，终因被告“北京新索数码科技有限公司”神秘消失、原告丁女士撤诉而告一段落。据丁女士等汉服网友称，撤诉的原因是因为他们宣传“汉民族传统服装”“汉服”的目的已经达到。

事情由一条被篡改的报道而起。去年10月5日，包括丁女士在内的30余名喜好传统文化服饰的“汉网”网友，身着古装，齐聚北京袁崇焕墓前，进行祭祀活动。这是传统服饰爱好者们第一次公开集体亮相。当晚，丁女士等8人又身穿古装到王府井游览购物，引起关注。次日，《京华时报》以《汉服集会》为题刊发摄影报道，称“昨晚，8名儒生打扮的青年出现在王府井大街——这次身穿‘汉服’走向王府井，他们希望能够唤醒大家对汉民族特色服装‘汉服’的记忆”。这在百花齐放的今天本来是件很平常的事。但令丁女士等意外的是，当晚他们就在一些网站上看到一条将《京华时报》的摄影报道篡改为“昨晚，8名寿衣打扮的青年惊现在京城闹市王府井——这次身穿寿衣走上王府井，他们希望能够为恢复传统的殡葬业做出贡献”。并以《寿衣上街？改革开放多年，封建迷信上街》为题，激起丁女士及其朋友的极大气愤，遂于去年12月20日以“侮辱人格”为由，将涉嫌上传此图片的“北京新索数码科技有限公司”告上郑州市管城区人民法院。

本来，穿什么是个人的权利。只要不危害社会，只要不影响他人，别人就无权干涉、说三道四。特别是将别人喜好的古装诋毁为“寿衣”，更是不妥的。但丁女士等所穿的“汉服”是否就是“以前汉族人民世代相传的传统服装”？或是否能够进一步给不认同“汉服”的人扣上“反对民族传统服饰文化”的大帽子？显然也是值得商榷的。

中国似乎早已被公认为是一个最有“传统”的国家。但中国其实也是一个最没有“传统”的国家。就以上文涉及的“民族服装”而言，就实在找不出一套能够被多数人接受的像模像样的“民族服装”来。不少外国人曾将“旗袍”看成中国的“民族服装”，但这明显是一种误解，因为“旗袍”乃“旗人之袍”，并非汉民族之“传统”。后来又有人试图将“中山装”、“唐装”等定为传统“民族服装”，但至今恐怕也还未能如日本的“和服”、阿拉伯的“头巾”那样，在心理上、习惯上被民族的基本成员所认同。至于“汉服”，也只是如此。其鼓吹者们作为自己的一种爱好、一种主张、一种追求，别人无须干涉。但将既未能“传”也没有“统”的东西硬说成是“传统”，却是没有根据的。

古代的“汉族”本来只是一个很小的民族。而今天所谓的“汉民族”，其实是五千年来经过无数次族群磨合、血脉交融而形成的“泛民族化”的“民族”。这大约也就是中华民族所以被世人称道的，具有“如海洋般博大的开放胸怀、如熔炉般强大的同化能力”的原因之所在。不拘于任何一种特定的形式，而是“万物皆备于我”，不数典而忘祖，也不泥古而废今，却能“熔古今于一炉”。这种“天地覆载、兼容并包”的性格，既造成“传统的缺失”，实际上又正是中华民族最根本的“传统”。以民族服装而言，中国历史上各个朝代并不完全一致。不仅有交领右衽、宽袍大袖、博衣裹带，同时也有对襟圆领、直裾深衣、长袍马褂，而劳动人民更多的则是短衣小袄、“胡服骑射”。“汉服”也好，“唐装”也罢，都远没有形成某种长期固定的样式。如果将其作为汉民族历史上曾经时兴过的一种服装来研究、来喜爱，未尝不可，但轻率地将鼓吹“汉服”拔高到“复兴汉民族精神”，甚至喊出“汉族兴，汉服兴；汉族衰，汉服亡”的口号（见“汉网”主论版），退回到“反清复明”的水平，那只怕是离我们真正的“传统”越来越远了。

（选自《安庆日报》2005.07.07）

叶匡政

孔子为何哭了？

孔子哭了！孔子早就应该哭了！因为我们的愚蠢和无知，因为我们的误读，不仅让孔子和孔子思想成为中国历史的一个笑话，也成为我们心中的一个笑话。

孔子哭了！因为我们不知道他是个快乐的人。《论语》开篇强调“悦”“乐”“不愠”四字，给中国传统文化定下了快乐的基调。由此，中国文化便与西方的“罪感文化”、日本的“耻感文化”区别开来。孔子是个懂得快乐精神的人，他闻《韶》乐“三月不知肉味”，他“取瑟而歌”，喜欢唱卡拉OK。孔子不仅不是一个刻板、无趣的老学究，他还为我们证明了这样的事实：快乐不仅是一种生活理想，更是生活中不可或缺的一部分。

孔子哭了！因为我们不知道他是个率真的人。他憎恶虚假与伪善，他说：“把怨恨隐藏起来，表面上装作对人家友好，我对这种行为感到耻辱。”所以，他会对粗鲁无礼的人大发其火，甚至动手打人，“用手杖击打别人的小腿”。

孔子哭了！因为我们不知道他是中国社会理想的奠基人。他期望政治统领社会，学术统领政治；他期望学术源于公众，不受政府钳制。周公是他理想中的政治领袖，创建了西周礼制，孔子的梦想，就是复兴周公之道。梁启超说：“西方为法治，中国为礼治。”同为治理社会的方法，礼治、法治实在难分优劣。所以孔子认为：“以法令引导民众，用刑法规范社会，民众只求免于受罚，不会有任何道德责任。而以德行来引导他们，用礼制来规范社会，民众便会感受到道德责任，内心因为认同而归依。”家庭都有不同的管理方法，何况一个十几亿人的国家？我们治理国家的模式，近百年来都在向西方模仿、抄袭，这称得上现代中国的最大悲哀。

孔子哭了！因为我们不知道他是个真正懂得好政府的人。子贡问政时，孔子回答：“一个好政府应该有充足的粮食、足够的军备和民众对政府的信任。”子贡问“如果不得已去掉一项，先去哪个?”“军备。”子贡又问：“如果不得已还要去掉一个呢?”孔子答：“那就舍去粮食吧。因为自古以来，人都有一死。但是，如果民众对政府不信任，国家就不能成立。”孔子回答得多好！他还告诫后人：“国家有道，贫穷与卑贱是一种羞耻；但国家无道，富有与做官都是令人耻辱的事情。”

孔子哭了！因为我们不知道他是坚定的革命者。他的思想，为中国迎来了一场彻底的社会和政治革新。他强调不以出身而以德行和才能选择从政者；他认为统治者不应为自己敛财和攫权，而要设法给民众带来福利与幸福。在他的思想引导下，他去世后的几个世纪内，世卿世禄的贵族政治从中国的大地上消亡了。

孔子哭了！因为我们不知道他是完全的人道主义者。他崇尚的不是神道，不是君道，是完全的人道。他说的“仁”是人心的境界，两人为仁，仁者爱人。只有这样的礼乐之世，才会君臣有义、父子有恩、兄弟有序、夫妇有别、朋友有信。“仁”成为中国方式的宗教。“殷人尚鬼”，到孔子时，他给中国人建了另一座教堂。这座教堂信的不是上帝圣灵，而是家族宗庙。在他的宗教信念中，谁都能做尧舜，人人可成佛陀。

孔子哭了！因为我们不知道他是宽容的哲学家。他期望每个人反躬自省，他小心翼翼地不为后人制定任何死板的规则。他说的“道”，就是个人自己的主张，所以有君子之道和小人之道。他说：道不同不相为谋；他说：君子谋道不谋食，君子忧道不忧贫；他说：朝闻道夕可死也。他希望人们把求道、谋道、为道、行道作为自己一切活动的中心。他也梦想有一种大道，能成为所有个人与国家的生活方式，它包括了所有的德行、真诚、正义、慈爱和喜好。

孔子哭了！因为我们不知道他是伟大的老师。在他眼中，贫贱者与富贵者永远平等，他只期望弟子们聪慧而勤奋。他从四个方面教育弟子：文献、行动、忠诚和信义。孔子的教育方式不是强制，而是说服，他不在意对错误的惩罚，但强调对正确的奖励。他平易近人，没有后代老师那些可怕的清规戒律。孔子虽然没能使弟子们得到世袭的权力，却巧妙地让他们拥有了“君子”之名。从此，“君子”指的是饱学之人，而与贵族身份无关。孔子也称“君子”为“士”，让他们肩负了一种使命：宁可自我牺牲，也要冲击强权，以民众的名义和利益掌管国家。

孔子哭了！因为我们不知道他是中国的第一位平民学者。中国此后的学术，都以孔子所创的儒家思想为主要血脉。孔子学说的核心，就是人文精神，他不尚空言，他强调知行合一。他思想的精髓，是学习如何为人做事，即使“不识一字，亦可还我堂堂地做个人”。所以中国学术求会通，而西方学术求的是差别。如果今日学者只重学理，不求人格，永远也无法领悟中国学术的深义。

孔子哭了！因为我们不知道他是一位伟大的民主人士，他的思想推动了欧美民主的进程。17 世纪始，耶稣传教士把孔子思想带到欧洲，在欧洲的启蒙运动中，大量思想家、政治家接受了孔子的影响。伏尔泰在《哲学辞典》中称颂孔子：“我全神贯注地读了他的这些著作，我从中汲取了精华……”他说：“在这个地球上曾有过的最幸福的并且最值得人们尊敬的时期，那就是人们遵从孔子法则的时期。”赖克韦恩也写道：“孔子是 18 世纪启蒙运动的守护神。”所以有西方学者认为，孔子思想不仅是法国大革命的动因，更成为西方“平等、仁慈、博爱”观的源泉。通过法国的思想运动，孔子也影响了美国的民主政治。《独立宣言》起草者杰弗逊甚至想比照中国的科举制度，建立一种教育体制，作为美国的政治基石。

孔子哭了！因为我们不知道他在现代中国只遭遇了一位真正继承者，这就是国父孙中山。孙先生从来都把孔子称为民主主义者。他宣称：“孔子和孟子都是民主的倡导者……孔子总是引用尧和舜的话，因为他们不把帝国据为自己的世袭财产。虽然他们的政府名义上是君主专制的，但事实上却是民主的，这就是孔子为什么要赞誉他们的原因。”他还断言：“中国领先于欧洲和美洲几千年就发展出了一种民主哲学……欧洲超过中国的，不在于政治哲学，而只在于物质文明……我们需要向欧洲学习科学，而不是政治哲学。因为在真正的政治哲学原理方面，欧洲还需要向中国学习。”孙先生是唯一要把中国新政治和历史旧传统连根接脉的伟人。他把中国政治原有的考试、监察制度，并入西方行政、立法、司法三权，创立了他五权分立的政治思想。孙先生最伟大的地方，在于他对中国历史的了解，在于他融会中西的政治抱负。国父孙中山的这种远见卓识，将绵历百代。

孔子哭了！因为我们不知道他是厌弃财富的人。所以他说：“吃粗粮，喝白水，曲臂而枕，我在其中仍然很快活。”所以他夸奖子路“穿着破烂的麻布袍子，与衣着轻裘的人并肩而立，却没有丝毫的羞耻之感”。所以他称赞颜回“一箪食，一瓢饮，在陋巷，人不堪其忧，回也不改其乐”。

孔子哭了！因为我们不知道中国与西方在历史与文化精神上有太多的不

同，现在却拼命地在往同一条路上挤，致使中国文化传统，在整个中国大地上，已学绝道丧、奄奄一息。首先是渊源不同。钱穆先生总结过，中国文化源于农耕，仰仗的是天、地、雨水，这三者都不是人力可改变的，所以它的文化形态是静定、保守，讲究“天人相应”“物我合一”，于是有“和合”“顺应”“安分守己”之说；西方源于游牧文化，自给不足，向外扩张，因而它的文化是流动、进取，标榜“天人对立”“物我对立”，于是有“自由”“独立”“自我”之说。中国人“安、足、静、定”的精神气质，遭遇西方“富、强、动、进”文化攻势，势必无所适从，价值观势必沦丧。文化何谈进步，它只有绵延。其次是文字思维与文化精神不同。中国文字“简单表现复杂，空灵象征具体”的精神，是中国文学与艺术的精神。中国文学是人世的，西方文学是社会的。社会只需关注“有”，而人世却要知“无”知“有”。所以中国文学重情不重事，西方文学重事不重情。西方艺术与中国也完全不同，西方艺术的核心是娱乐，中国艺术的本质为礼乐，礼乐既为艺术，也是道义，更是人生。

孔子哭了！因为汉武帝之后，孔子学说开始被滥用，以至败坏到为专制统治辩护，这与真孔子全无关系。然而今天，中国人的历史观早已被捣成了一团糨糊，于是打倒“孔老二”的喊声至今不绝于耳。一个国家舍弃了历史，又怎会有文化可言？孔子编撰的历史典籍《春秋》，奠定了中国文化的历史命脉。历史千变万化，不外乎一个“治乱盛衰”。稍逢衰乱之世，就否定自己的老祖宗，这种文化心态确实令人悲哀。千万不要忘记，留在我们今天记忆中的历史，大多都是对历史的误解与错读。

孔子哭了！如果他的哭声仍旧不能唤醒我们对中国历史与传统文化的重新认知与评价，那我们下一个听到的，将会是后代对我们怨恨的哭声。与“复兴国学”或“复兴儒学”这样的口号相比，在中国，复兴孔子质朴而本真的思想，复兴原始儒学的真正精神，当是我们能够做到的。这也是重建中国文化精神、民族信心与民众价值观的重要出路。

孔子哭了！他流下所有中国人的眼泪。

（选自《南方周末》2007.03.29）

这是一个见证骗局的年代?

《中国青年报》发表长篇记者调查，全面质疑了21岁美女总裁董思阳的创业经历、学历、荣誉和人际关系。从显示资料看，这位19岁创业、21岁身价过亿的“当代青年精神导师”所披露的大多资料都涉嫌造假。同日，美国纳斯达克前主席麦道夫“500亿美元”诈骗大案中，又爆出一位重量级的受害者，报道称国际奥委会可能被骗4.8亿美元。

一夜之间，我们似乎进入了一个见证骗局的年代，古老的骗局在我们身边轮番上演，但每一回都能把我们击打得目瞪口呆。董思阳和麦道夫似乎很难扯在一起，一个是20出头的少女，一个是年过70的老人；一个面带脂粉、说的是市井闺房碎语，一个气吞山河、玩的是惊天金融骗局；一个是出道不久的中国创业传奇少女，一个是备受景仰的美国华尔街神话。然而，细细比较起来，两人又有很多相同处。

两人头上都顶着一道道神秘的光环，这些光环极富传奇色彩；两人都自诩为慈善家，一个慈善多年为人称道，一个自称80后最年轻的慈善家；两人都擅长与名流打交道，一个玩的是棕榈滩的达官贵人，一个是言必称马云、唐骏。然而世运盛衰消长，两人都在一夜之间面临雾散冰裂、名声罹丧的风险。过去人们常说阳有王法、幽有鬼神，福祸报应迟早会来，看来是有几分道理的。

当然董思阳出道时间短，除了赚取年轻人的一些羡慕和崇拜外，可能还没来得及对相关机构和个人造成经济损害。可是麦道夫就完全不同了，因为长达数十年的积累，制造的可能是世界金融史上最大的骗局。不仅金额达500亿美元，受骗客户数千个，而且大多是全球著名银行、退休基金、慈善机构、及那些腰缠万贯的各国名流。一个演出的是所谓的创业喜剧，一个导演的危及全球的金融闹剧，虽然在这些骗局被戳穿前，他们的成功经历和精彩人生却常常让芸芸众生沉溺其间、浮想联翩。

一个骗子一个坑，只不过有些坑大有些坑小，但手法大同小异。常人不敢走的路，骗子往往一步就能跨过去。比如董思阳称19岁创业、21岁身家过亿，只要稍有社会常识的人都会怀疑，但有些媒体就是轻易信了，而且将之奉为青年人的偶像。而麦道夫使用的不过是古老的庞氏骗局，手法简单到只是“拆东墙补西墙”，但因自称有神秘投资配方，摆出神龙见首不见尾的架势，连那些金融界的资深大鳄也被轻易忽悠了。这再次证实了坊间流传的一个说法，擅长说谎言者往往能飞黄腾达，而讲真话的人却举步维艰。骗子改变的并不是人们的本性，却暴露出了世界的本性。

信任是任何社会的基石，而骗子摧毁的正是这块最重要的基石。金融海啸本已使人们对世界金融体系的信心摇摇欲坠了，麦道夫骗局可以说是对这最后信心的致命一击。因为行骗人不仅是纳斯达克的奠基人，操盘基金也被视为各类基金的最后屏障，而受骗的却是那些世界上最顶级的金融机构与个人，这不能不让世人大跌眼镜。它对华尔街的损害绝不止500亿美元那么简单，它可能让人们失去对华尔街的最后信任，也可能导致民众对各类基金的信心崩盘。而董思阳故事，好在破灭得非常及时，但也会让公众对今后的财富之星多一个心眼。

英雄出处多种多样，骗子的行径却是相似的，就是具有不可思议的超常本领和经历。但人们更愿意把梦想寄托在那些神奇的人物身上。我们当然希望麦道夫或董思阳只是一粒罕见的老鼠屎，但他们迎合的却是人性普遍的贪婪。当全社会把无限追求高回报的贪婪之心视为必然时，任何神奇的肥皂泡都会有人追捧。一个有名望的恶棍，无疑会吹起那个最大、最清新的肥皂泡。就像有人总结资本市场的三大规律是“自欺、欺人、被人欺”一样，人们也喜欢把谎言当作一个人成功和自信的标志。

（选自《中国青年报》2007. 12. 24）

与猫无关

猫朝我张牙舞爪扑来的动作越来越使我觉得它在别有用心，当我沉下身心或坐或躺在床上看几页书时，猫歇斯底里的样子让人不寒而栗。最初猫扑向我时我以为猫在和我玩游戏，但当我丢开书本才从它那幸灾乐祸的表情中，感觉到它的行为实际上隐藏着某种不可告人的阴谋。

我不知猫缘何这般仇视人读书，猫是否想让人都沦为如它辈那样的一目了然。其实我这人还远算不上纯粹意义上的读书人，最多只能是个喜欢书的人。在乡下，读书留在脑子里的文字还不顶我做农民的印象深刻。在这世界上，做中国的农民似乎比做其他任何事都容易，因为农民这职业一直是人们逃遁和背叛的对象，就连农民自己也不愿自己的孩子长大了仍然当农民。我实际只做了两年农民，对面朝黄土背朝天的感觉记忆犹深。但农民的日子并非永远是铅灰色的，每到冬闲便是农民的精神乐园，他们靠墙而立慵懒地晒着太阳，有时也在一起喝酒聊天给人说媒，而我却时常夹杂在喂牛棚里，手捧着书就着炙人的牛粪火和一头头牛有节奏的反刍声，津津乐道在书的意境中。可是那个嘴角垂着粘液衔着长竹节烟管的大爹，常在我不经意时把我手上的书拽去，很随意地从书上撕下一页纸，然后从烟包里捏着一撮烟丝三两下就卷出个烟喇叭，大爹的动作奇特而娴熟，就像在搓一根牛绳，但奇怪的是大爹去牛粪上点火时，手总是不住地颤抖，隐藏在火光深处的面部也显得有些变幻莫测。

不知为何这大爹的动作颇有些像我的父亲。父亲在乡下也算个断文识字的人，但父亲在发怒时曾不止一次地把我手上的书填进正在燃烧的灶膛里，然后便开始他最拿手的嘲讽。对父亲的责骂，我会很自然地陷进一种无法言说的苦痛之中，我实在难以接受父亲骂我时的言外之意，父亲的本意实际是说我没能在学校好好读书。其实饱经风霜的父亲应该懂得世上有些事不是自己想怎样就可以怎样的。在无书可读的时代，身心受到极度压抑的我，常把无措的目光游移到窗外的田舍中。田舍一年四季的画面是截然不同的，但使我记忆犹深的景象是：蓝天白云下，高粱红透了穗子，刚刚被牛犁过的水田上空，几只燕子不停地来回画着各种弧线；永远担着重负的男人从很远的地方挑来秧把，那战战兢兢走过田埂上的动作有些滑稽，男人挑秧把和女人弯腰插秧构成了农民永恒不变的主题。这场景渐渐使我感到置身在田园之中，远比苦煎苦熬地坐在课堂上自在得多，这种奇妙的想法便是导致我几年后退学的直接根源。

猫的别有用心勾起了我对已往岁月不尽的无主题回顾。我无法揣测猫的行为是不是真的在破坏我的读书情结，即使如此这也不过是一只猫的表象行为。面对浮躁日盛功利甚嚣的社会，常使读书人产生将要倒在法老咒语下的晕眩感。对于没有喝过多少墨水的我，却对读书永远有种如饥似渴的爱恋，面对整日无法抛开的琐事，读书只能占据我临睡前这一点点零碎空间，面对别有用心的猫，我除了恼怒，还有几分庆幸，有时猫的行为更能激起我对读书的别样动力。

余茂君

满园春

著名的《长征组画》作者黄镇于12月3日上午，同安庆市美术作者欢聚作画。

九时许，黄镇同志参观了正在修复中的迎江寺殿宇和文物。当他信步上楼欣赏字画时，本市美术作者正在楼上挥毫落墨。经介绍，黄镇同他们一一握手。

“请黄镇同志画一张！”不知是谁的提议。话音刚落，大家拍手叫好。黄镇愉快地接受了这一邀请。台桌上铺了一张六尺单宣，黄镇建议画大一些，随即大家动手将四张宣纸连结起来。黄镇拿起斗笔，饱蘸水墨，爽朗地说了句：“好，我来抛砖引玉！”只见他走笔如游龙，顷刻间，一株苍劲挺拔的老松依傍磐石，跃然纸上。搁笔后，他对一群美术作者说：“来吧，大家随便画。”这时美术作者们互相谦让；有人见黄镇同志已经画成一幅完美的作品，主张别人不再画了。黄镇说：“今天大家一定要合作，我特地留了许多空白让大家画，随便点。”戴岳同志问：“大家画什么呢?”黄镇讲：“山水画人多不好合作，就画花卉吧，百花齐放嘛！”经他提示，戴岳说：“那就是满园春罗！”张恺帆同志饶有兴味地讲：“好！画题就叫‘满园春’！”

接着，70高龄的退休教师余守谟，在大家的推举下，用株笔从松石间挺出一株雁来红；黄镇看了连声称赞：“好、好！”搁笔20多年的安庆师范学院女教师潘蕴华，由于画友们的催请，盛情难却，在磐石脚下工兼写的画了一束水仙。随后十位中、青年美术作者补上了墨梅、红梅、紫藤、迎春、翠竹、墨菊等花卉。黄镇对大家的合作非常满意。这时虽然已过中午12点钟，但他仍情绪饱满，画兴正浓，又拿起画笔为原先勾勒的松石涂彩敷色。本市篆刻作者还为黄镇治了一方面印，他看了十分喜爱，随即钤于画幅下方。接着，张恺帆同志欣然命笔，题上“满园春”三个大字，和作者黄镇等人的姓名以及各自所画的内容。这是安庆画坛上一次有意义的笔会。

（选自《安庆新闻报》1981.01.01）

▍袁鹤群

尼采与莎乐美

1882年，德国哲学家雷波把尼采的作品送给刚从俄罗斯来到意大利的莎乐美阅读。莎乐美阅读之后，非常敬佩。4月24日，38岁的尼采抵达罗马，在梵蒂冈圣彼得大教堂见到了莎乐美。尼采没有想到莎乐美是如此的美丽惊人，当天就向她求婚，遭到拒绝。尼采没有沮丧，又于5月13日，在洛桑，再次向她求婚，再次遭到拒绝。被拒后的尼采提议莎乐美、当时也在场的雷波和他本人照张合影。得到赞同后，他一定要莎乐美和雷波按照他的要求拍照。照片的正中是辆小马车；莎乐美坐在小马车左侧的厢板上，手里拿着一根由尼采交到她手中的丁香树枝（权且做为鞭子）；尼采坚持要她把树枝高高举起；尼采神采飞扬地站在前面拉着车杠子，雷波站在尼采与莎乐美之间，一根麻绳把他和尼采缠在一起，象征他俩是拉车的马。

尼采对莎乐美一见钟情，除了她的美丽之外，还因为她的才华和她那高雅的气质。这位智慧超群的女人与他的感觉和思想颇为一致，他正在寻找衣钵传人，认为莎乐美是最合适的人选。而莎乐美只是被尼采的天才所吸引，她曾这样评价尼采："尼采的个性充满英雄气质，这也是他最基本的、前后一致的特点，他的所有个性和情欲都打上了英雄印记。我们将会亲历他作为全新宗教的福音使者之闪亮登场。"她很少对第二个男人有这样的评价，可以毫不夸张地说，终尼采一生，知己仅她一人。

尼采作为男人并不吸引莎乐美，8月26日，莎乐美离开陶腾堡，与雷波前往施邸伯，他们没有礼貌性地邀请一下尼采。尼采于11月15日前往巴塞尔，向区赋兰夫妇宣布他与莎乐美的关系彻底结束。至此，距他第一次在圣彼得大教堂见到莎乐美还不满7个月，莎乐美仅把崇拜给了尼采。

1883年2月，与莎乐美分手后仅隔3个月，尼采的名著《查拉图斯特拉如是说》第一部诞生，这部巨作横扫基督教千年教导培养的精神奴性，谱写了一曲光耀人类思想史的自由主义的人性壮歌。德国作家萨尔勃说过，莎乐美是“具有非凡能力的缪斯，男人们在与这位女性的交往中受孕，与她邂逅几个月，就能为这个世界产下一个精神的新生儿”。可以这样说，没有莎乐美，或许就没有《查拉图斯特拉如是说》。尼采是在这本书的“老妇与少妇”一篇中，写下了“你要去女人那里吗？别忘了你的鞭子！”这句话的，成为男权主义的经典名言。然而，一百多年来，好多人没有注意到，在著名的洛桑照片中，鞭子是握在莎乐美的手中的，这又该怎样理解尼采呢？

一直处于莎乐美鞭影下的尼采，他所说的这句话能当真吗？

（选自《意林》2008 年第 11 期）

查一路

以主人的身份上岸

人类未知的领域，犹如浩瀚无垠的大海，当迷茫与困惑一阵阵袭来时，卡夫卡说："无论我转向何方，总有黑浪迎面打来。"旷远深邃的夜空同样毫无际涯，却以永恒的北斗标识着方向，让寻觅的眼睛仰之弥高。人生归于尘埃如花瓣零落，然而人类生生不息，花瓣飘落尘泥，依然花落花开。茫茫浩渺的宇宙，需要有一种力量抵抗绝望和虚无，从而获取行走的方向与激情，当智慧一代代累积并以书的方式传承后世，阅读——是获取前人全部心智而不迷失自我的捷径。

在荒芜的心境中，没有什么比一个人的无知而自己浑然不觉更可怕。有人向海边的农夫称赞他的门前海景美，农夫却羞涩地指着屋后菜园说："海没有什么，屋后的一园菜倒还不差!"一园菜囿住了他，使他不能看到海景美，我们每个人都有所囿，有所弊，许多东西都不能见，所见到的天地是非常狭小的、陈腐的、枯燥的，在人类思想黑沉沉的夜空中，需要什么去点亮心灯呢？在物质生活不断滋生着欲望、不公和邪恶的世间，唯有书。书中悲喜交集的描述能将人的心灵带走，把美当作心灵的镇静剂，并且引领人们去解悟，什么才值得人们倾心一爱。

没被人类智慧彻底解读的自然，恐惧曾指向天空和土地，山川与河流，一道闪电也曾划过无知者惊悸的内心。读书和不读书的人都在天底下生活，都看着太阳东升西落，相安无事。可是，当有一天太阳不见了，不读书的人以为世界末日到了，惶惶不可终日；而读书的人知道那是日全食，安之若素。宇宙的奥秘谁也无法穷尽，宗教和神祇的情怀，纵有博大的悲悯，又怎能拯救众生于绝望的谷地。而书是另一种信仰，它摒弃了蒙昧和盲从。

当有一种拷问从书本抵达了灵魂，我们学会了思考，思考决定态度，而态度决定了一切。

一战时期，在欧洲，萨特的《存在与虚无》在男人世界里无人问津，男人们宁可去谈论将军大衣上的纽扣，也不愿去提及《存在与虚无》。但它意外地大受厨房主妇的欢迎。当时，用来铸秤砣的生铁，被收集起来熔铸成枪炮运往战场。而《存在与虚无》的重量正好一公斤重，被主妇们当作计量的砝码。兵燹起于乱世，文明崩毁于蒙昧与黑暗。武夫、生铁与大炮主宰乾坤，书、知识与读书人似乎百无一用，连这样一本书也只有沦落到厨房的份，与主妇的柴米油盐为伍，斯文扫地。

可是，谁又想过，那些既成炮灰的生命，倘若他们年轻的脑瓜里，能够装下这本书，而不是被母亲们摆在厨房烟熏火燎，他们会不会对肩上的枪炮产生质疑，会不会那样轻信与盲从，会不会对人类的精神与存在的意义发出终极追问？一本书当然不能制止一场战争，可是，书会让人明白，虚无或者真实的死亡如果无法避免，美丽的生命起码不应该在心灵一片晦暗中灰飞烟灭。人——都将活着，或者死去。书告诉人们为什么活着为什么死去，怎样活着怎样死去。

惊叹于犹太民族异乎寻常的生命力时，我们往往忽略了一个事实。犹太民族在婴儿来到人间时，就在书籍上滴上蜂蜜，让孩子用唇舌去舔吻蜂蜜，这是一个民族给他们的孩子所上的人生的第一课，它要告诉孩子们：书即幸福，知识是甜的。一个民族曾经丧失故土家园，灵魂的家园却不能丧失，这个家园远比国土辽阔，且具备更大的包容性与坚韧性。书——让这个不断产生天才的民族的脑袋变得异常的聪慧，当厄运来临，看似万劫不复，而他们的生命力却像巨石之下的小草，卑微、柔韧、蓬勃。厚馈与反哺，构成了书与这个民族奇特的依存关系。

我认同卡夫卡的迷茫和无助。可是，当每一个个夜晚如期而至，书打开我意识的扉页，生命的丰富性随之展开。有一片驰骋想象的精神地域在咫尺间完成了时空的跨越，世界在意识和情感中被一盏暗弱的灯光点亮，此时，我更喜欢贺拉斯的名言：“无论风暴将我带到什么岸边，我都将以主人的身份上岸。”

（选自《散文》2005 年第 7 期）

伏尔泰的天真与深邃

伏尔泰无疑是深邃的。一本《哲学通信》，将军事、政治、经济和文化诸多内容娓娓道来，赢得了整个法国的敬重。这位思想启蒙的泰斗，当他在1778年2月10日，以84岁的高龄回到阔别29年的巴黎时，群众对他欢呼致敬，远远超过对帝王形式上的礼遇。法国大革命中，资产阶级革命党出于敬意，于1791年两次发表公告，决定把他迁葬在巴黎先贤祠，并补行国葬。

然而1725年末的一天，他却为自己犯下的“错误”付出了代价。春风得意、终日沉湎于巴黎上流社会的伏尔泰在剧场以傲慢的口吻回答了门第显赫的贵族德·罗昂骑士的侮辱与挑战。伏尔泰天真地以为，仅凭口舌之劳让对方瞠目结舌就维护了自己的尊严。

但几天之后，他却被罗昂的仆人当街杖责，而罗昂则坐在马车上哈哈大笑，使伏尔泰蒙受奇耻。不甘就此受辱的伏尔泰报告警察总监和上诉法庭来伸张正义，却遭拒绝。于是刻苦习剑，本以为可以公平对决，决斗雪耻。不曾想罗昂却恶人先告状。结果伏尔泰反于1726年3月末被当局以“暴烈行为威胁国家安全罪”投入巴士底狱。虽然此前也曾有过写讽刺诗被流放和投入巴士底狱的经历，但这次的“二进宫”，让出狱后的伏尔泰从此开始了长达几十年的流亡生活。

在杯弓蛇影、颠沛流离的境况之下，他被路易十五称为“疯子”，而普鲁士国王则把他看成是挤干了汁的桔子皮。伏尔泰写过一个短篇小说，篇名叫《老实人》，事实上，尽管这位法兰西思想界的泰斗声名显赫，却有着“老实人”的单纯与天真。他不知道知识的力量到底有多大，一直到那场鸡蛋碰石头的游戏结束。道德激情、善良意志和知识智慧只是虚无的精神光环，而政治则是强大的世俗权力，二者相悖，一个名不见经传的贵族便可将思想巨擘轻松拿下。将政治视为权术泥沼的人实际上对政治的理解太过简单，接踵而来的自然是遭遇政治的伤害。

陈寅恪有言“自由共道文人笔，最是文人不自由”。所谓不自由，何曾不是知识运用所需要的自由空间太大，而现实空间是有限的，由反差而生

"局促感"。清朝的纪晓岚，备受生前"恩宠"和死后"哀荣"，封建社会的知识分子无人几可幸逢。但据《清鉴》所载，乾隆皇帝一再南巡，民间怨声载道，纪晓岚一时间犯了天真，斗胆建言"从容为帝言：东南财力竭矣，上当思所以救济之。"不料惹得乾隆龙心震怒，叱之曰："朕以汝文学尚优，故使领《四库》书馆，实不过倡优蓄之，汝何敢妄谈国事!"幸亏纪晓岚与汉朝的东方朔一脉相承，是皇帝专职的滑稽"小品演员"，弄臣都深谙生存的智慧与技巧，少些硬气与风骨。否则，一句刻毒阴损的"倡优蓄之"，足可以让他汗出如浆，羞愤而悬梁。

在乾隆皇帝看来，知识与政治是两套系统之下的两种不同的话语方式，知识行使的是插科打诨、逗闷解乐的娱乐功能，和润色鸿业、点缀升平的美化功能。

时至当今，知识的价值和作用也还是更多地停留在技术领域。柏拉图在《理想国》曾阐明了这样的观点，正义的国家需要体现智慧的哲学家用知识来统治，正义完美的国家需要智慧理性的统领。"使政治权力与聪明才智合而为一，否则的话，对国家甚至我想对全人类都将祸害无穷，永无宁日。"柏拉图还认为，善出于知，恶出于无知。其实，伏尔泰的"天真"正是出于"知"，而罗昂骑士之"恶"是出于无知。"知"与"无知"谁占上风，正是测量一种制度正义与完美的标尺。

（选自《杂文选刊》2006 年第 4 期）

在冬夜里歌唱的鱼

天空是一片灰蒙蒙的苍茫，鸟儿去了岑寂的北方。火烧云沉到山那一边，山岗上，风一阵冷过一阵，蒿草在风中萧瑟。目光越过一道道山梁，一个人的影子就会在昏暗中挟裹着晚风，逐渐清晰。我和妹妹在等待父亲，和父亲手中的鱼。

胖头鱼，头重尾轻，一种乡村廉价的鱼，很适合我父亲的购买能力。父亲微薄的工资，要养活一家六口。所以很少笑，只在递给我们拴鱼的草索时嘿嘿几声。在夜色中，牙齿很白——这是他留给我最深的印象。

我飞跑着，把鱼交给母亲。妹妹在身后摇摇晃晃地追赶。母亲接过鱼，刮鳞、剔腮、破肚，整条的鱼分成小块。菜籽油的香味混合着松枝腾起的浓烟弥散开来时，厨房成了温暖的心脏，召集一家人围拢到一起。父亲催促着母亲往炉膛添柴。火舌从灶口舔出来，母亲的影子贴上后墙，忽大忽小，斑驳摇曳。罡风缠绕窗棂发出呜咽的叫声，屋里的温度升起来，热量向着寒冷四散突围。

锅中的水，沸腾起来了。咕噜咕噜，鱼开始在水中歌唱，由一个声部转入另一个声部。这是世间最美的音乐，传递口福的消息。大姐在这时也不忘记做弟妹们的表率，装模作样地伏在灶台做作业；二姐的眼睛随着腾起的蒸汽升高，她用桃木梳梳她又黑又粗的长辫；妹妹和我，绕着灶台打架，虚张声势，有别于平日里泄愤的争斗，而是在幸福的预感中，矫揉造作，故作娇嗔。黝黑、冷峻的脸上露出慈爱和笑容，父亲还在沉默独坐，而他内心必然掠过一阵阵瞬间的喜悦，眼前的景象是他的成就。

不知道时间过了多久，母亲撮起嘴，吹锅盖上的蒸汽。揭开锅盖，如同揭开一个谜底。鱼怎么样了？母亲撒下大把翠绿的葱丝，鲜红的辣椒。锅盖合上时，她用毛巾环绕地盖住锅与盖的缝隙，让蒸汽闷在锅里，鱼骨就渗出骨髓和异香。

母亲只用鱼汤淘饭。她拨开贪婪的交叉着的筷子，挑出一块大而少刺的鱼肉，放在一只小碗中。

我推开那间草屋的门。温暖的鱼让瞎佬爷爷的冰冷的小屋同样获得了温度。老人边吃边有泪水涌出，他说辣椒太辣，不知道是不是太辣的缘故？同样是一个冬夜，这位孤寡老人孤单地走了。临终前，他告诉在场的人，他庆幸最后的时刻是在这个冬夜，因为他吃到了我母亲送给他的鱼。他用手摸着胸口，说，这里很暖！

温暖只会在寒冷中感知，冬夜是我人生最初的一门课程，严寒来袭时，需要相互取暖，并且不让一个人孤单。

另一个冬天，黄昏我们不再去那个山岗张望。我父亲在这年的秋天去世。妹妹的黄发已经扎成了小辫，我们渐渐长大成人。

（选自《读者》2007 年第 14 期）

张桂生

与花同馨

很想让自己奢侈一回，允许一颗心暂时远离世俗的纷扰，暂时搁下背负的重任，一任灵魂家园的窗口洞开，去与花同馨。

终于，美梦成真。

阳春三月，在南国一座城市的植物园里，花正盛开，花坛似锦，花海斑斓，花姿迷人。微风轻拂，变化着色彩浪漫的图景；清香袭人，涌动出心旷神怡的情境。花之娇、之美、之艳、之暖、之劲、之华贵、之妖娆、之雍容、之典雅、之娴静，闹得人招架不住，逼得人走投无路。不看不忍心，看了走不脱。一种纯净的、精粹的、鲜艳的、淡雅的、凝聚的、集中的美，一种玲珑的、轻盈的、热烈的、冷峻的、含羞的、淋漓的丽，排山倒海般的直扑眼球，惹得我泪花含苞，心花怒放。

奇花朵朵，异卉株株，花花皆美，难分妍媸。玫瑰，抖落身上的露珠，微张着嘴，性感地呼吸；黄菊，在阳光的抚摸下，娇艳欲滴，绽放出千丝万缕的情愫：百合，写满无言的爱语，与煦风共舞，与游人同醉；杜鹃花红得似火，整个像簇拥在一起的火炬，傲然地对那些暖房中的盆花嗤笑；夜来香，香得又野又蛮，几乎所有的魅惑都释放了出来，等待你去靠近、去晕眩；喇巴花，有颜色，有声音，很经典，很大方，而且几乎是一种进行时的动词，动成一个人想象的极限，似吹响着“嘀嘀嗒嗒”的冲锋号；含笑和白兰，素素的、雅雅的，颜色天生的好，极嫩极鲜极润，像是婉约的小家碧玉，诱你赏心悦目；茉莉，既古典，又经典，一看就想唱“好一朵茉莉花’’那柔妙的段子；水仙似不敢张扬，静静的含苞，悄悄的待放，可一株株水仙的倒影简直是一块明矾，把人的心水弄得清澈晶亮；李花和杏花，菲薄菲薄的瓣儿，美得令人发愁，真担心快要撑不住了，索性一起绽放开来，把一整年的修持都绰约展示；紫薇，像是病了，有些枯，只露一点儿淡紫，香味也散了，但媚态还依稀可见，薄薄的、轻盈的笑意还在漾；秋菊和腊梅，傲霜和斗雪之后，不再称雄独尊，伶伶然的躲在花房里、花架上，仿佛独立于时空之外的悠远和深邃；月季和玉兰，亭亭玉立，干干净净，像是等着游人去抱去拥去亲去吻……

花园里的花儿，一个比一个鲜艳，一个比一个烂漫，一个比一个娇嫩，一个比一个可爱。不歌亦艳，欲歌欲舞，千姿百态，芬芳沁人的花儿，每一朵都是跳跃的音符，每一簇都是琴键上的五线谱，它们张开歌唱的嗓子，呼唤我欣喜的诗情，敞亮我缤纷的胸襟。可我，不能故作多情，花儿热烈地绽放不是为了我，花儿对我的微笑只是偶然的巧合，花儿的生命乃诗人之神、诗意之魂，古往今来惹多少雅意豪兴，赚几多丹青绝唱呵！我虽有幸驻足以观，不胜依依，沉醉不已，却不能亲吻花的唇，不能拥抱花的身，更不能走进花的，心，旖旎妩媚的花儿完全是窈窕淑女呢。我只能徜徉其间，或仰首，或俯身，将呼吸与花接近，嗅淡淡的郁香，赏宝润的姿容，品生命的灿烂，思岁月的霓虹。芳香柔困，花枝簇拥，五彩缠绵，艳阳朗照，我无法退出，我翔入梦境。

我梦见桃花，春天的第一张笑脸，白里透红。这姣好的小女子，抿着小嘴笑了几声，还没有来得及幻想，就从生命的枝头跌落，那跌落的姿势，柔柔曼曼，飘飘荡荡，像是天女撒下的花瓣，惹得痴情人，依依不舍，无不扼腕怜悯：自古红颜多薄命。

我梦见初夏黎明，我赶到菱湖看睡莲。我来得太早了，太阳还没有赶到，睡莲正在酣梦中。我坐在水边，看着水中的莲，看见莲素洁的幽姿，浮现于静静的流光，晶莹剔透着我的生命，竟然潮湿了我的双眼。睡莲，纯净，却不贫乏；清澈，却不浅薄；不姹紫嫣红，却能摇动人的心旌。

我梦见花王牡丹，芳姿艳质足压群葩，劲骨刚心高出万卉。它美得秀韵多姿，美得雍容华贵，美得绚丽娇艳，美得惊世骇俗，美得不惧怕争议和挑战，美得一切渺小、卑琐、哀怨和消沉，都被征服，都被驱除。

我梦见丁香，羞涩地亭立在一个花钵里，茎也瘦，叶也瘦，米粒大的花骨儿小心翼翼地丛生在细叶之间，也是瘦伶伶的……却那么柔嫩，那么素雅，那么幽清，那么文静，那么怨而不怒，那么卓尔不群。

我梦见桂花，一个月儿圆圆的秋夜，心无旁骛地探出头来，身体鼓胀得有些莫名其妙，继而抑制不住内心的狂跳而颤抖，纷纷扬扬的米粒般的苞蕾，铺天盖地地洒满了它的树冠。它终于咬破了花衣的一线缝隙，顶出了一片嫩白的花瓣，以前未有的美丽向人微笑。听到人们的赞扬，它的叶子“哗哗”

舞得更响，竟然洋洋洒洒地下了一场桂花雨，整个院落飘满了清冽的柔香。

我梦见山野乡村的小花，从不辜负各种姿态和颜色的真心期望，也不将成熟的感情吝啬地珍藏，无论是在田埂边、山路旁，还是在岩壁上、森林中，都遵循自己的花期自己的规律尽情开放，虽无人问津、不被赏识，仍依然在山风中微笑，依然成不败的风景。

从梦境中走出来，又置身于百花齐放、群芳斗艳的曼妙神奇之中。看不厌的妩媚，看不厌的清丽，看不厌的娇羞，看不厌的梦幻，看不厌的高洁，看不厌的精灵，逼得我痴痴地瞠目，呆呆地观望。清风的眼波，阳光的朗笑，蝴蝶的舞韵，鸟雀的歌谣，蜜蜂的小曲，游人的喧嚣，花姿的婆娑，馨香的弥漫，闹得我目不暇接，情不自禁。一边赏花，一边遐想，总有按捺不住的思量，慢慢生长。春天行走在心间，花开就是方向。只觉得，枝头上的千朵花万朵花千种美万种美，似是一个日子追逐着另一个日子，一张笑脸簇拥着另一张笑脸，一朵彩云波荡着另一朵彩云，一隅流光溢彩着另一隅流光。心贝莹莹，脑海缤纷，与花同馨，仿佛自己也变成了一朵花。

（选自《安徽日报》2008.03.28）

“有关部门”在哪？

好不容易寻到一个联营项目，分管市、长批示：请有关部门审批。厂长、科长奔波百日，“有关部门”在哪？没摸出个头绪。

也怪，总结表彰大会，市长宣布：给横向联合有功的有关部门各奖励1000元。会议一散，“有关部门”涌出二十几家。可也是，社会本是一台大机器，谁能离开谁呢？

更怪，事故处理会决定：有关部门都要写出书面检查，等待处理。可时过月余，一份检查也未出现。谁说我有关？谁敢说我有关？只要你不点名，我就装聋作哑，谁不想同事故的责任离得远远的？

大千世界，光怪陆离。不知从什么时候起，“有关部门”这个词儿，成了新闻媒介、首长报告乃至“红头文件”里的常用语汇。批评个什么的，板子都往“有关部门”打，虚虚实实，不可捉摸，批评者可免惹“得罪人”之是非，被批评者可减少担责任之压力，两全其美，表扬个什么的？功记“有关部门”，好壮大家有份，既讨“办事公道”、“‘碗水端平”之好，又免“好了一家得罪一片”之苦，岂”不悠哉、乐哉。再者，有些事情况不明，决心难下，以“有关部门”概之，既不犯错误，又不费力气，还可以以守为攻，以退为进，左右逢源，伸屈皆宜，真是妙不可言。如果事情办好了，他对“有关部门”的决策对头，功劳少不了；若是出了问题，他有“有关部门”挡箭牌，责任追不到他头头上。如此战术，进退皆备，省心省力颇为高超。会议开过了，精神传达了，任务布置了，表扬、批评都有了，还要怎样？还能怎样?!

久而久之，“有关部门”这个“多功能产品”贬值了。虽当“官”的有些弃之不舍，基层的同志都表示了强烈的不满。称其“官僚主义产物”者，有之；讥其“当官的诀窍”者，有之；攻其“不负责任，拿党的事业当儿戏”者，更有之。怎地不深恶痛绝呢？泾渭分明的事儿，偏偏要蒙上虚无缥缈的纱幕；优劣明摆的事儿，总是要弄得含含糊糊、朦朦胧胧；如此这般，叫人糊里糊涂，气不顺，劲不足，路不通，门难寻，哪里还谈得上振兴中华大业呢！

“有关部门”这个词儿形象不佳，却也无须从生活中抹去。必要的时候，必要的场合，“有关部门”之类的说法还是要排用场的。只是“有关部门”切不可成为“糊涂官”的糊涂用语，也不可成为模棱两可、含糊不清、优劣不分的代名词。时下提倡“公开”和“透明度”，提倡职责分明、赏罚分明，在表扬和批评的时候，在布置工作和交代任务的时候，对“有关部门”指名道姓一番，那才好呢。

“有关部门”是有名有姓的，“有关部门”的招牌总是挂在有关地方的，增强了“透明度”，下面就不会为“有关部门”在哪而烦恼，上面也不会为“有关部门”指谁而伤脑筋，“有关部门”也不会在模糊圈子里过日子。各方受益，利国利民，何乐而不为！

（选自《工人日报》）

张国定

从中华文化视角审视科学

杨叔子教授是中国科学院院士、著名科学家和教育家。他倡导在全国高校开展大学生文化素质教育，提倡科学人文融合的“绿色教育”，在国内外产生强烈反响。笔者曾有幸聆听杨先生的报告、讲话，而阅读《杨叔子院士文化素质教育演讲录》，则让笔者明白了杨先生的人文讲座之所以能刮起一场场“人文风暴”，“绿色教育”观之所以能引起共鸣，其精神之源是他的人文主义的科学观。

继承了科学史之父的新人文主义思想，从中华文化这一特定人文与历史的视角出发，来审视科学，研究科学与人文的关系，形成了自己的人文科学观。

从中华文化哲理中所凝练的科学观，主要体现在整体观、变化观与本质观这三个方面。所谓整体观，“是全局的有联系地看问题”。“中华文化哲理一大精华就是讲整体、讲全局、讲‘天人合一’、讲‘四海一家’、讲‘古今一体’”。所谓变化观，是“长远的发展地看问题”。“中华文化哲理精华之一就是承认‘变’。而且，这种变化是“动态的或运动的而非静止的，是变化的或发展的而非停顿的，是有机的或相互作用的而非僵死的”。所谓本质观，是“深入的辩证地看问题”。所谓“‘万变不离其宗’。‘宗’，就是本质。这体现着‘道通为一’，即‘在最深的层次上，却是统一的’，‘本质是相同的’”。

还将中华文化哲理所蕴涵的整体观、变化观、本质观，上升到世界观、人生观和价值观的高度来加以阐发，并说明了“中华民族精神的核心”就是以“团结统一、爱好和平、勤劳勇敢、自强不息”为内容的“爱国主义”。杨叔子的科学观也由此打下了坚实的中国人文精神、中国人文文化的基础。

的人文科学观的立足点是在中华文化传统上，结合当前科学技术发展和科学教育的实际，强调弘扬中华文化的精华，发掘中华文化的科学价值和人文价值。因此，杨叔子的人文科学观对当前的科学实践和科学教育更具现实意义。

20世纪70年代中期以来，随着后现代主义向科学领域中的渗透，在西方知识界出现了对科学技术的价值持怀疑倾向的相对主义思潮。在中国，法轮功也曾打着科学的旗号，宣传邪教，迷惑了一些民众。杨叔子的人文科学观既阐发中国先哲们的智慧，又吸收了西方现代科学观的精神，是一个辩证的，既具有中国特色又具有时代特征的科学观。它有利于识别和消除伪科学、反科学和后现代主义思潮的负面影响。

以前，人们都认为世界从根本上看是简单的，复杂性只是特例。今天，面临复杂的东西越来越多，现在大家都认为，这个世界复杂性是基本的，简单性只是特例。因此，科学观需要改变。但如何解决复杂性问题是当今科学界面临的一大难题。杨叔子的人文科学观指出，中国古代形成的“整体论”的科学思想，能透过现象看到本质，有利于从整体上解决复杂性问题。例如，这次我国政府和科学界能从容应对汶川地震带来的巨大难题，表明“整体论”的科学思想在今天仍具有强大的生命力。

当今，大学生和青年科技人员对传统科学文化缺乏应有的了解和认识，不解决这个问题，就无从吸收、融汇西方科学文化，实现新世纪的飞跃。对此，杨叔子先生从他的人文科学观出发，提出高校要加强大学生的人文素质教育，尤其是中国优秀文化传统的教育。后来，他又进一步提出了科学教育和人文教育交融的绿色教育观，这对改革文化素质教育，改革科学教育和人文教育，全面推进素质教育具有深远的指导意义。

（选自《中国新闻出版报》2008. 08. 15）

张 健

火星·伊拉克

这几天，我们从各处媒体了解到“勇气”号火星车终于抵达火星表面，开始了对火星最直接的分析与查找，查找可能存在的生命，为人类谋划太空移民的未来。

很奇怪，差异巨大的东西方文明在对火星的古老想象居然是那么一致——战神。古希腊人说火星是战神的家园，中国人的传说中火星是一位牛头人身的多臂神“萤惑”，每只手中都握着象征杀戮的兵器。

这几天，我还在报上看到关于伊拉克的一篇报道，说伊拉克不再是椰枣树之国。世界上曾有约1亿棵椰枣树，其中约7000万棵在伊拉克。椰枣树被称为“绿色金子”。当年，伊拉克是世界唯一的椰枣出口国，出口创汇曾仅次于石油。为此，伊拉克赢得了“椰枣树之国”的美誉。椰枣还是大部分伊拉克人的日常食品。椰枣树浑身是宝，从果实、树干、枝条、叶子到枣核各有其用。然而，自1991年以来的三次战争（两伊战争、海湾战争、伊拉克战争）使椰枣树园遭受了巨大的损害。报上说，经济专家和椰枣树农估计，战争的炮火烧毁了超过1000万棵椰枣树。同时，战争破坏了环境，污染了空气，病虫害和疏于管理则导致大批椰枣树走向死亡。

椰枣树的死亡，让伊拉克这个沙漠国家更加荒凉。

——从“勇气”号火星车发回的火星地表照片，科学家们看到其巨大的科研价值，但在我的眼中，却仿佛触及到椰枣树消失后的伊拉克。

一般人认为：科技革命和工业发展是现代社会进步的标志。但也有相当多的社会学家却提出：“现代科技对地球上的绝大多数人是惨无人道的，它将给世界带来灾难性后果。”也许，从某种意义上来说现代科技对整个地球都是惨无人道的。

上个世纪的朝鲜战争，让三千里江山的每一寸土地都布满弹片。越南战争，美国洒下的橙色剂摧毁了成片的热带雨林……地雷、贫铀弹、重达上千磅的炸弹，哪一种武器只杀死抵抗的敌人而不伤及其它？

印度史诗《摩诃婆罗多》中关于战争的惨烈描述是夸张还是真实？公元前一千多年前在恒河两岸真的爆发过核战争？地球上的人类真的曾几度毁灭？我们已知的事实是人类文明确实经历了几度消亡。巴比伦的空中花园只在现代人们的梦中飘香；玛雅文化的神灵只在虚幻中乘着飞车来往；复活节岛的巨人空对着浩渺的大海，寂寞的苍天……

遥远的传说，古代的神话，隐隐包含着现实的影子，揭示着亿万年来宇宙中生命的轨迹……

希望对火星的探索能让地球上的人类更加理智。

（选自《安庆日报·下午版》2004.01.14）

张书婷

自己的房间

——我看陈所巨、白梦之恋

第一次知道“白梦”这个名字是在一封对我来说很重要的书信中，写信给我的人现在已经在很远很远的地方了，或许这辈子我们都不会再相见，但是，那封窄窄的信留了下来，那用细细的钢笔写下的“白梦”永远也消逝不掉。他在轻声向我讲述一个充满浪漫色彩的故事，那个故事让我们，我和他，憧憬不已。她和她的爱情站在一起，声势浩大，令人羡慕。读信的时候，我喝下了很多的水，那是个夏天，我光着脚站在寝室的地板上，读着读着，白梦，你让我落泪了，我要谢谢你。是的，我没法不爱这个女人，她活泼、炽烈、坦白、懂得感恩。那个夏天，我一直在想一个问题：为什么还不离开，究竟在等什么？

是的，她一直在等，我真的要赞美她了，她不是一个世俗眼光里的那类坏女子，相反，她有理由一直忠于自己的传奇，是随时都可能到来的言论使她成为一个缄默的女人。缄默让她更加成熟了，不管日子怎样流水似的过下去，时光从她的身上一步步跨过去。

我知道，每个女孩在年轻的时候都由衷的热爱过白色，但是白色就像是一枚别在胸前的徽章，慢慢地，那枚别在我身上的小小徽章是不是在向我挥手告别了呢。在我身边的很多很优秀的女孩子，她们都深深地爱着白色，并且相信爱情。但是她们觉得白梦的故事仍是一场童话。在今年或更早的时候我开始成为几个女孩子的伴娘，她们都在很美好的年岁里嫁了人。可是，就在她们向我宣布她们即将结婚的消息时，我还认为她们是在开玩笑，直到那枚白色的铂金戒指套住了纤细的手指使她成为一个平凡美丽幸福的新娘。我要赞美她们，赞美她们即将开始的生活，她们或许相貌平平，但是懂得生活，知道照顾自己和家人，宠爱自己，在岁月里渐渐长成一个真正意义上的女人。我希望我们都很乖，要慢慢地走路，不左顾右盼，不贪恋风景。

其实，在我的朋友中单身还是居多，除了我们尚且年轻之外，重要的原因是大多数人认为与其和一个不满意的人别别扭扭地生活一辈子，不如自己一个人过。她们还会拿出杜拉斯和波伏娃坚定自己的立场，杜拉斯说“十八岁的时候就已经老了”，她是看到了日后的艰难了吗，一辈子都在缅怀初恋的女人是个可爱的孩子。我喜欢这样的孩子。昨天还有一个小姑娘跑到我的房间很郑重地告诉我她会永远单身，我想她是认真的，她的眸子很干净很严肃，我点点头对她表示鼓励，然而我心里是心疼她的，我们怎么能在青春还没有过完的时候就匆促地了结了自己的人生呢，我们不是要约定一起成家的吗，我们不是要在孩子长大的时候一起陪他玩过家家的吗。是什么时候消解了我们等待下去的意志。我愿意陪这些比我大或比我小的孩子等下去，等到一个足以让我温暖的日子，再轻轻挥手作别。

寒假回家，有一次和妈妈在外面吃饭，妈妈提到了我的婚姻，再次。我看到白发开始出现在她一直浓密的发际里，我知道我会很乖，我不要她为我担忧。我愿意过一种和同龄女伴一样的简单生活。我仰起头看妈妈，我们可以交谈，什么都谈，有时却不能。我忽然变成了一个话多的女人，像喝醉酒一样，那么多的话不停地说，仿佛前世是个哑巴。我心里轻轻唱歌，我突然变得快乐，我也要赞美我自己，那么坚强。

现在，距离我读那封信的时间已经很久很久了，那是个更年轻的岁月，春色满满。读完了信，接着就是读了白梦的诗，那么多的句子让她突然变成一个真实的女人站在我面前，我才渐渐相信了她和她的故事。死去活来也好，守候终身也罢，都要有对信念的顽强坚持，而这种坚持，和那个对象无关，是事主自带的一种禀赋。她在“自己的房间”里将抱持的感情或者信念放进神龛，将自己和众人区别开来。我有很多异性朋友坦言自己渴望得到这样一个“红颜知己”，但是当那颗明亮的星星渐渐靠近他们的身边，真实地来到，他们却不敢接受。如白梦这样的女人他们是配不上的，是的，这个外表谦和的女人在她谦和本身，就是一个非同寻常的自我强调。她的存在或许只为他一个人而存在。

2009. 02. 20

张皖生

家教与林则徐

近代史上以禁烟抗英而闻名中外的林则徐，曾为悼念亡父亡母写了《先考行状》和《先妣事略》两篇文章。这两篇文章中关于其父母对子女的家庭教育的文字，对今人颇有教益。

林则徐的父亲林宾日是个穷秀才，以教读为业；母亲陈帙是其父的贤内助。宾日夫妇的言传身教给林则留下了极为深刻的印象。林则徐小时家境贫寒，生活困苦，林则徐父母却能“视人之急犹己家”，经常从微薄的教书收入中抽出一些钱来救济比他家还穷的邻里乡人，常常把米柴油盐等送给赤贫如洗的街坊邻友，而他们自己却“忘乎其为屡空也”，不得不忍饥。

另一方面，对于富豪权贵，林的父母则是拒贿抗聘，不吃嗟来之食。有一次，一个土豪想用重金贿买林宾日，来保举其低能儿上高一等的学府。宾日夫妇视贿金如粪土，严词拒绝。又有一次，故里某权贵要林宾日放弃文笔书院的故习之职而为其子一人授课，宾日不为厚聘所动，坚辞不就。

对于官场上的贪污腐化，宾日夫妇更是义愤填膺。据《庸庵笔记》载，当年福建吏治腐败，督抚大吏“赃款累累，屡兴大狱，侵亏公帑”。则徐十岁那年，闽浙总督伍拉纳，福建巡抚浦霖，按察使钱士椿等贪赃枉法事泄，成为震惊朝野上下的丑闻。林宾日得知此事，在家常常和妻子怒形于色地抨击之。父母的举止谈吐不知不觉地影响着则徐幼小的心灵，对他的成长以及形成刚正、耿直的性格，起着潜移默化的作用。林则徐后来身为高官重臣，能同情下层劳动人民的疾苦，不满官僚地主巧取豪夺、贪污腐化，不屑与贪官污吏为伍，并非偶然，宾日夫妇的言行对其有重要的教育作用。

（选自《安庆报》1984.03.29）

治天下者，天下之贤

朱元璋争天下时求贤若渴，礼贤下士，延揽群英，知人善任，遂成一代帝业。称帝后，又利用各种渠道选拔录用各类人才，以巩固明朝统治。尽管朱元璋有薄情寡恩，任喜怒为生杀等品质问题，但其在用人，尤其是识才、爱才方面，留下不少有益的经验。

朱元璋认为，"天下之治，天下之贤共理之。"这是他爱才、重才的思想基础。因而，他把"举贤任才"作为立国之本，力收天下俊杰。当然，要举贤，要任才，首先要识才。在这方面，朱元璋有不少美谈。

比如，他发现宫隶王兴宗勤而贪，处事干练，"虽儒与吏不可及"，便封其为金华知县。大臣们以王出身卑微，能力不可信为由谏阻，朱元璋却坚信不疑。兴宗到任后果能称职，"甚得民心"。王兴宗得以展布才智，政绩卓著，官至河南布政使。

朱元璋还善辨人之长短，谁有大器而乏小能，谁有小能而不足当大事。用时扬长避短，各得其所。他知李善长有"调和诸将"的特长，便命其为幕府掌书记。实践证明，朱元璋的队伍始终未发生分裂，与李善作团结工作有很大关系。璋溢、叶琛有"治民"之才，则令治理一府，颇有政绩。濂是一代儒学大师，文章古茂，学术醇深，朱元璋将他提任为翰林大学士。而对集政治家、学者于一身的刘基，则命其"侍帷幄预谋机务"。识用文臣如此，察使武将亦然。他深知常迁黍有"将十万之众横行天下"之勇，但欠谋略，故每次作战，只令其作先锋，不挂帅印，且出师前三诫其短。对徐达则不然，朱元璋晓其智勇双全，逢大战，必令徐为主帅，并授其"将在处，君令有所不受"之自主权。朱元璋因才授职，驾轻就熟，很好地发挥了文臣武将的才能。

由于朱元璋善于识才、爱才、重才，并且不妒才，所以天下之贤趋之若鹜，如龙归海。从而得以文武并用，开创了明朝一代大业。

（选自《安庆报》1984. 06. 23）

张向荣

倾听乡村音乐

倾听乡村音乐，无疑应该在夜晚。万籁俱寂之夜，是乡村音乐漫漶的时候。只要你敞开心之门、心之窗，打开音乐的耳朵，你就会浸淫在那质朴、动听的乡村音乐之中。那旋律、那节奏，或许比不上都市音乐的变化和丰富，但的的确确会让你的每一个毛孔都情不自禁地张开，浑身感到舒服无比，如同炎炎盛夏喝了冰镇汁一般，惬意而又清爽。倾听这些原始的乡村音乐，你会感觉到旷远而古老的东西在默默地延续着，穿越时空，穿越历史，在天与地之间悠然传扬开来。

乡村音乐中，最能调动人的情绪、激动人的情怀的，首推春天的蛙鸣，其次才是夏夜的蝉叫，秋天纺织娘的弹奏和鸡鸣、狗吠、虫吟……刚刚跨过冬的门槛、进入春天的帘幕，那动情的蛙鼓便开始在乡村夜夜敲响。激越的“咚、咚”声充满深情，夹杂着泥土的芳香，把村庄和田野的那份冬的寂寥驱逐，唤醒冬眠中的万物迎接春天。它们没有统一指挥，也没有组成蔚为壮观的方阵，但演奏的蛙鼓丝毫不比我们人类所表演的这样或那样的锣鼓逊色。一声声，谁说不能溅起人们的万千感慨？谁说不让人感到热血沸腾？在乡村生活的许多日子里，我常常独自一人在春天的夜晚走出家门，徘徊在村庄和田间地头，凝神倾听这激越昂扬的乐音。尽管我不能准确地演绎出蛙鸣的内容，我却能感知这乐音是吞天的赞歌，是生命的谣曲，是乡村大地上美妙绝伦的吟唱。为此，我时常陶醉在这乐音之中，以至深夜都不知返身走回家门。

夏天的蝉被人们称之为“乡村热情的歌手”。然而，它们在白天的鸣叫是不能称之为音乐的，那只能是噪音、是杂音。生活中，把炎热的、夏天那此起彼伏的蝉叫当作美妙的音乐来欣赏的人为数恐怕不多。人们在大汗淋漓、烦躁不安的情境下对此是不可能产生这种认同感的。只有到了夜晚，那林荫间的蝉鸣才是音乐。夏夜的蝉鸣与白天的蝉鸣有着明显的差异。白天，一只只蝉似约好了、比赛般的，你不让我，我不让你，争相鸣叫，一声比一声高，一阵比一阵猛，杂乱无章，使本就喧嚣的世界增添了许多不和谐的杂音。到了夜晚，众多的蝉儿都缄默不语，只有那些在白天还未叫累的蝉儿隔三间五地鸣叫着，似断又续，似续又断，如同一支不断休止又不断连接的曲调。有时，你认为它们要叫上一阵，它们却猛地戛然而止；有时，你觉得它们停歇了，不经意间它们又鸣叫起来。尽管如此，你绝不会产生厌恶的情绪，不会将它们划入噪音一类。夜深人静，凉意渐浓，你感到蝉儿们在树丛中鸣叫，是在给乡村的夏夜凭添几分静谧。倘若是月亮初升的夜晚，倾听蝉们的鸣叫，我敢说，那享受一定不亚于走进都市的音乐会，你的心地会在这音乐的洗涤中逐渐澄澈起来。

倾听乡村的音乐，除了选择夜深人静之时外，还须有好的心情。因为，只有心情愉悦的时候，你才能感受到那是地道的音乐，才能认可那些蛙们、蝉们绝对是人类难以企及的天才般的音乐大师。同时，心情愉悦，对这乡村的音乐就会产生别样的感觉，进而也会对乡村产生依恋之情。

虽然我经常在音乐的情境中耳濡，但至今对音乐的 ABC 都未入门，属于地地道道的“门外汉”。也正因为如此，我对都市音乐老提不起兴趣。即使偶尔陪人进歌厅，我也只是在旁边干坐一会儿就很快找借口逃离，不愿多呆。只是在那些产生于泥土的纯情、质朴的乡村音乐面前，我总是表现得如痴如醉，并且生发出许多怀想。这是乡村音乐独特的魅力的缘故，还是我情有独钟的缘故，我无法说清。

张心阳

俄罗斯人怀的什么旧？

许多事情，过了一段时间之后都不免让人产生一些怀想。一眨眼工夫，苏联解体就十五六年了，于是近来我们的报刊上就有不少关于俄罗斯人怀旧的消息和文章。

俄国人怀了什么旧？有报刊介绍道：“他们正在后悔当年为什么参与‘八一九’事件或对事件表现出如此的冷漠”，“俄国人觉得没有什么比苏联时代更让人有荣誉感、幸福感”。有文章还以“百分之五十一的人认为苏共有可取之处”来佐证这些观点。

看了这样的文章，我不能不想，既然一切都还是过去的好，那就可以借用一位网友的评论来反诘：对于拥有选择执政者的权利和自由的今天的俄罗斯人来说，为什么不呼吁当年的执政者重新上台？为什么不回到当年的制度、体制上去？然而，即使怀旧的情绪如潮水一般涌来，也没有人作这样的呼吁。相反，很长一段时间来，不少人更高的热情是关注是否可以更改宪法中关于总统任期的条款，希望现任总统普京在任满两届之后继续连任，在广播电视和街头喇叭里高唱的是《嫁人就要嫁普京这样的人》的歌曲。

自本世纪以来，俄罗斯的经济以每年百分之六的速度递增，这是世界上除中国之外极少有的经济增速，而且其物产丰富，科技基础雄厚，以这样的速度增长，谁也不能否定在不久的将来即可再度成为世界强国。把时间推至变革前，俄罗斯有什么？说经济产值，说精神生活，皆乏善可陈。笔者对苏联这一时期作了点研究，不想以太多的事实和数据来解释，仅以两个小段子也许就能说明一点问题。

有一天，集体农庄庄员伊万在河里捉到一条大鱼，高兴地回到家里对妻子说：“看，我们有炸鱼吃了！”妻子说：“没有油啊。”“那就煮鱼。”“没锅。”“烤鱼！”“没柴。”伊万气得把鱼扔回河里。那鱼在水里划了半圈，跃出水来，激动地高呼：“勃列日涅夫万岁！”

另一则是：莫斯科一位市民丢了一只会说话的鹦鹉，很紧张：天知道它会在外面乱说些什么？要是引起克格勃的注意就糟了！为了避免不必要的麻烦，他特地在一家大报上刊登了一则广告：“遗失一只会说话的鹦鹉。特此郑重声明：本人不同意它的政治观点。”

这是当年俄罗斯人自己编的段子，无疑是俄罗斯人生活的某种写照。俄罗斯人真的爱那个年代？真的愿意回到那个年代里去？

怀旧是很正常的一种情绪，杜甫在《秦赠萧二十使君》诗中曰：“结欢随过隙，怀旧益沾巾”。怀旧就是追思古昔、怀念旧情。2005 年 5 月，莫斯科举办了一个以“苏联是我们强大的时代”为主题的大型活动展览，专门用来满足人们怀旧之情，而且当地媒体还展开了《什么使您怀念苏联时代?》的征文，许多社会名流名士一吐怀念苏联时代的感慨和情怀。在咱们改革进行到十多年后，何尝不曾出现怀旧风潮：毛主席语录歌唱遍大江南北，毛主席的像章挂上人们的胸膛，“革命样板戏”被重新制成光碟，“忆苦思甜饭”再度摆上人们的餐桌……可我们是否就由此认为，中国人都想回到“文革”时代去呢？怀旧，只不过是思念过去那个年代某些值得追忆的事情，但恐怕并不等于人们还希望回到那个年代里生存。这两者的关系是不可混淆的。

俄罗斯人到底怀的什么旧？我特意让懂俄文的朋友从近期俄国报刊上进行了查找并作了部分翻译，他们中有人说：“我怀念当时拥有世界上最强大的军事力量，那是一个能取得伟大成就的时代”，有人说：“我最怀念的是当时社会拥有的秩序，一切都那么井井有条”，也有人说：“作为一个强大的联邦共和国被解体是令人沉痛的”……由此我们不难看出，人们怀旧更多的是不愿意看到苏维埃联邦这样一个大国的分崩离析，等等，而对于当时的社会制度、政治体制、意识形态等——而这恰恰是一个国家存在与发展的基础和根本——几乎无人提及，如果借此断言“现在的俄国人都想回到苏联的时代去”，那简直就是无稽之谈。即使有百分之五十一的人认为过去的当政者有可取之处，那也只是“有可取之处”而已，和“全盘接受”、“甘受其治”尚有很大的差距。

我始终相信，俄罗斯人不会像鲁迅先生说的因为吃多了甜食而反胃，也不会是塞万提斯笔下的堂·吉诃德不识时务地要与发展的时代作对。如此，我们的某些秀才们为何偏要写出这样的文章，其目的也许只有他们自己清楚了。

（选自《南方周末》2007. 01. 14）

尊重咱们自己的公民

常常有这样一种感觉，就是在咱们国家，自己的公民往往不如外国人那样受到礼遇和尊重。比如在北京故宫，就专设了“外国游客人口处”，在某城市的酒吧街，专设了外国人的如厕间，在商场酒店，服务人员对外国人说话客客气气，对自己的同胞一处没对劲就甩出几句国骂，外国人在咱们中国游玩发生了问题，总是调遣最现代化的交通工具和最高明的医生去营救和救治，而国人则未必有这般福气。国内不论翻车沉船，还是洪灾震灾，死多少人，没听说过什么公开地对遇难者表示哀悼；而外邦的火车出轨、大桥坍塌，死个几十人，我们又是问候，又是致哀。

你不能不奇怪，咱们中国人好像自己都瞧不起自己似的。可人家老外不这样，自家的公民最受优待。在美国空港人口，美国人总是优先，外国人靠后。检查行李，对本国公民态度极好，对外国人既严肃又严格。日本也这样，那里的空港，日本国民的进港通道有七八十来个，给外国人的只一个。嫌太挤，那好。等日本人全部走完了，他转换过牌子，你再进来。是人家发达了看不起人吧？不！他们懂得，无论是总统还是职员，是军官还是失业者，他们享受到的福利大都是由本国公民创造的，本国公民才是自己的衣食父母。怎么能让人家对自己人麻木不仁呢？相形之下，我们的一些人的衣食住行好像是外国人白送的，恭外而倨内。

前些天从网上看到浙江大学博士、教授郑强的一个演讲稿，说及此事时他的血管似乎爆了：“中国人为什么这些年都往外跑？最重要的是要让国民自己爱自己国家。在广西，美国人的骨头埋了几十年，还叫中国农民去找，把美国人的骨头找到了，放在棺材里，送回到白宫，举行隆重的仪式、行军礼，这怎么能让美国人不自豪？反之，找美国人骨头的中国农民在寻找时摔了一跤，骨头摔坏了，给200元钱就打发回家了……一个日本的农民跑到峨眉山去玩，骨头摔断了，你就用中国空军的直升飞机去救他，而在日本大学一名中国留学生在宿舍里死了7天才被发现，名古屋大学的一对中国博士夫妇和孩子误食有毒蘑菇，孩子和母亲死了，父亲则是重症肝炎，在名古屋大学医院的门诊室等了12个小时，也没有一个日本教授来看望！而你们为什么还要这么友好，以为自己很大度，实际上是被人耻笑，笑你的无知！你们这个民族贱!”自尊者人必尊之，自贱者人必贱之。你首先把自己人看重了，人家才把你看重。几年前发生的一个美国青年在新加坡撒野而将受鞭刑的事，我觉得这两个国家都了不起。一方总统亲自出面替本国公民求情，可见国家对国民的重视，另一面偏不理这个茬，鞭子照抽，因为涉及到国家的尊严，你抽了，人家才拿正眼看你，不抽，人家反而看不起你。这事要给咱们怕早就“下不为例”了。

曾几何时，我们总是强调集体主义，蔑视甚至抹杀个体公民的价值和作用。其实抹杀了个体公民的价值就等于抹杀了民族价值。英国国家石油公司安装输油管道，要从一老太太别墅底下穿过，老太太就是不让：国家怎么能侵犯个人利益呢？的确，没有个人利益哪有民族利益？最后国家认输了，输油管道只好绕开走。

真正的马克思主义者并不是只重国家和集体而轻视个人价值，马克思把黑格尔颠倒了的国家与人的关系重新倒过来，认为国家不是人的存在的基础，“国家的职能等等只不过是人的社会特质的存在和活动的方式。”认为“人是国家的最高本质”。就是说，国因人而存在，而不是人因国而存在。国家怎么可以凌驾于人民之上，甚至可以不尊重他的人民呢？一个民族的精神首先体现在国家对待国民的态度。一个缺乏自爱或不把自己的人民放在眼里的国家，人民不会爱这个国家，别人也看不起这个国家。

我不是民族主义者，但我相信一个不知道民族自爱和政府应该如何尊重他的人民的人，也绝不是国际主义者。现代文明认为：“国家的作用是保护人身安全和健康，保护人身自由和私有财产，抵御任何暴力侵犯和侵略。一切超出这一职能范围的政府行为都是罪恶的。”

（选自《感动中学生的100篇杂文》）

张　扬

安庆的写作群

一

1996年，在枞阳的惜阴亭，我遇见了一位老人，他坐在亭子里，一张纸放在腿上，手里拿着笔，边写边吟。好奇的我问他写什么，他拿给我看，原来是在填词“沁园春”。我看过后，当场抄录了下来：一叶扁舟，随波逐流，何日回头，心惊仍为休，磨难尽头。来亦悠悠，去亦悠悠，凡经寒秋盛世洪流，三弄梅花复旧游。绪万千，原籍古枞川八景依然。金龟赤乌笑颜，青狮白象凤鹤蹁跹。昔万户离迁，重建家园，白眼赤眉都已不见，知向谁边，祷告苍天，只是了却心头愿。吾足矣，比道德前贤再看明天。

枞阳八景，我当时并不清楚，老人一一讲解。老人曾在1969年下放，11年后回到故地，常生些感慨。而他儒雅的谈吐，令我着迷。10年后，当我想起这一件微不足道的小事后，却深深地体会到了一种悠长的意味。枞阳有“诗人之窟”的美誉，仅《枞阳诗选》所载的明清诗人达200多人。莲花湖上星光点点，轻轻摇曳的碧荷，宛如从古到今不废吟咏的诗人。

几年前逢遇枞阳诗人吴昭元，他从江北此岸轻轻跨到彼岸江南，一江之水，浸润出了如潮的诗情，他的《雨江南》获得了2004年中国当代文学一等奖。枞阳还有一位女诗人叶全新，也写散文。她的丈夫孔祥彪，亦是诗人。10年前读过叶全新出的一本集子，里面有篇文章，记述了文友们在浮山笔会的情形，醉酒的她将自己的袜子都抹了下来，文人的率真，可见一斑。前不久，到安庆，听石楠老师说她到杭州带孙子去了。怪不得，去年她写枞阳清末才女、秋瑾好友吴芝瑛的一篇文章，是在杭州的一轮明月下写成的。

正在加拿大观看落日余晖的安庆文化学者汪军，不忘注视一个关于故土的新闻事件。可惜，我到安庆的时候，他还没有回来，未能面对面采访。这几年，年轻的汪军致力于皖江文化研究，出了不少成果。我从老乡疏利民那里获得了他主编的《皖江文化和近世中国》，读得如痴如醉。汪军是桐城练潭人。练谭是一个奇妙的地方，桐城四大古镇之一。在《旧时的月光》里，我用了“龙窝凤地”来形容，还觉得不过瘾。白梦，也是桐城人，诗人、作家，与陈所巨合著过《父子宰相》，近期她一心整理去年逝世的陈所巨先生的文稿。桐城还有文化学者操鹏，文学后起之秀洪放，青年才俊陈汐，等等。身在桐城的胡静芝，不为人所关注，但她多年来一直坚持写作。她的父亲在忙于企业的同时，也不忘写文章。

太湖县原副县长、现于安庆市任职的毕家祯，一年前告诉我，他写的散文准备辑成集子了。太湖的余世磊，也频频弄墨。《山野里的书香人家》写得文香喷溅。他到朋友家看藏书，竟意外地收获了赵朴初先生高祖的资料，涉及到李鸿章、李鹤章以及朱湘的父亲朱延熙等。还有，岳西的储劲松、怀宁的钱续坤、郝晚晴，也常在报纸上占块小地方。怀宁下岗工人朱丙夫卖菜空暇，写出了20万字的《邓石如传》，还出了散文小说集《邓家大屋的冬天》。

二

安庆的民间写作群体庞大。男男女女，老老少少，分布在各行各业。在采访的过程中，有关他们的名字，越串越多，让我手忙脚乱。我想，这是安庆文风兴盛、蔚为壮观的原因，也是一流文人不断涌现的土壤、背景。

上个世纪八九十年代，安庆的文学创作非常热闹。他们在全国各地的报刊杂志上，发表了大量的小说、散文、诗歌，以及文艺理论、影视剧本等。他们当中的许多人，是小说家，也是散文家，还是诗人。如果要把名字介绍出来，冗长，讨读者的不高兴。

安庆文人和报纸有着密切的关系。陈独秀办报刊搞评论不必细说了，张恨水在十家报纸上开专栏也无须多言。安庆日报就聚拢了一批诗人、作家和文学爱好者。像诗人金肽频，出版有诗集《圣莲》、《花瓣上的触觉》，在《诗刊》、《诗选刊》发表诗歌数百首，并连续入选中国作协编选的最佳年度诗歌选本，他还出版了散文集《阳光坡度》等著作多部。

石楠在《皖江走廊丛书》的序言里，提到她在北京开会时，来看望她的安庆老乡，大多是在北京从事文化工作的，有的是报纸的记者、编辑，有的是刊物的主编。外地的安庆文人，多如牛毛。现定居北京的艾若，70年代人，老家桐城，被列为中国网络诗人百人之一，做过三四家杂志的负责人，并开办了北京第一家陶艺酒吧和多家书店。新华社安徽分社副总编辑陈先发，桐城人，曾因“少年天才式”的写作方式，名噪一时，著有诗集《春天的死亡之书》、《前世》，去年出版了长篇小说《拉魂腔》。玩转手中的一支笔外，他还玩时下火热的收藏。桐城还有一位年轻的才子，王千马，与当今文坛上的许多名家对话，笔走龙蛇，脚下也是千里马般飞快，先是在山东、杭州办报纸，一家接一家，现在到了上海，在更大的一家媒体倾倒海量文字。在合肥，来自安庆的编辑、记者和出版界精英有一大拨人。供职于安徽商报的钱红丽，枞阳人，作家，副刊编辑，在全国几家报纸同时开专栏，天赋灵性，出手快如小李飞刀，70 年代出生的佼佼者。合工大出版社的资深编辑朱移山，做事老练，为人又风趣幽默，常常是妙语连连。

三

安庆的街道高低曲折，温和的黄复彩走路小心翼翼，他有过一次生死劫。黄复彩对佛教禅宗很有研究，他答应帮我写点关于“海上蓬莱”浮山和古南岳天柱山的稿子。这两座山，都是文山，不仅摩崖石刻风骚千古，与禅宗也都有着很深的渊源关系。石楠住的地方比较嘈杂，她的家里却是一片文学的净土；她住在平民百姓当中，但写了许多才气横溢的奇人。叶卫东生活优游，笔触倒更多地落在尘世间的平常景象上，丝丝缕缕，热气如烟，为宜城留下了一幅幅生活图画。和他一样，张健初对老城安庆也有着浓厚兴趣，文章里的细节就是安庆不可或缺的一砖一瓦。沈天鸿将要住进新的房子了，复式楼，诗人的气质还是一如昨日，站在和暖的阳光下，嘴角露出微微的笑意。朱洪为我的采访稿细细地作了补充和订正，学者的一丝不苟展现在字里行间。

四

到安庆去的当天，高速公路两旁的积雪，明亮，刺眼。同车的两位女孩一路上哼着流行歌曲。我不时地向窗外看去。近乡情更怯。几天晚上睡不着觉，有时突然半夜醒来。住的地方叫状元府酒店，是根据原来建在附近的刘若宰府第命名的，刘若宰是明末状元、书画家，楷书行草，无不精绝，省博物馆现藏有其行书轴、山水轴。状元府酒店门前有块文化石林，竖立着安庆历史名人的书法、题字石刻。壮士吴樾没有走过的吴樾街，就在状元府酒店附近，边上还有吴越茶楼和吴越戏剧团，傍晚时分，黄梅戏柔婉地飘出来，江风拂动着清新的气息。在安庆，有一个问及多人的话题：安庆为什么出文人？他们的回答大体上还是趋于一致。我在安庆呆了一个多星期，愈发地无语。内心里，稍稍明白一点余秋雨在《文化苦旅》里的喟叹：总有一种沉重的历史气压罩住我的全身，使我无端地感动，无端地喟叹。常常像傻瓜一样木然伫立着，一会儿满脑章句，一会儿满脑空白。

气罩抑或是气场还是有的。当我有机会在安徽乃至外地的几个不同的城市奔走时，就感受到了种种无形中存在的气场。一座城市总是有自己的气场和个性。居于北边的亳州，和位于长江之滨的安庆，完全是两样的风貌。地脉或者说地气是蓬勃而博大的，却又是灵光各耀，一旦涌集到了合适的生长点，就喷薄而出，成为参天大树。这棵棵古树，就是坐于地脉上形态各异的城池。

2006 年，狗年，我在皖南皖北奔波着。而在安庆这样一座封存久远的文化仓库前，我觉得自己特别地像一个小心翼翼，想窥视而未能推门的孩子。时光的一束光柱强烈地投射过来了，我仅仅看见了门缝中飞舞的灰尘，嗅到了一点特别的气味。

而一开始，我试图勾勒出安庆文人的群体影像，后来发觉这是一个非常胆大妄为的事情。这不仅是基于个人的学养不够，更重要的是安庆文人整体上的高度和深度，非三言两语所能说清楚。一花一世界，一叶一菩提，而要真正走进每个人的精神世界，非一次匆忙的寻访可以达到。

我虽然是这个地方的人，却缺了很多课。两年前与两位同事到桐城做专题时，就深深地感受到了这一点。两年来，尽管时有回眸，却仍是迷惘和不解。更多的是无语。

我犯了崔永元一样的毛病，暗夜里睁着双眼睡不着。所有的关于安庆的人物、记忆，激浪一般呼啦啦地涌出来，又急吼吼地闪过。脑子里彷佛是一个闹市，一个过场。

在集中写作的那段时间里，几次想搁笔，实在承受不了一种折磨。这并不是矫情的话。稍一思考，就浑身发热，思绪在幽幽暗暗的过道里游弋，停不下来。我把自己的状况跟家乡的一个朋友说了，他让我多喝点牛奶。

我自己安慰自己：这是必须经过的一道门槛，是个人的一种回乡借力，而非接力。

笔会的边缘

朋友打趣说，你老家怎么总是搞笔会！巧的是，2006年我就参加了安庆的两个笔会，一个是春季的桐城派故乡旅游笔会，一个是秋季的安庆市第二届鲍冲湖作家笔会。欣欣然参加这些笔会，我是凑热闹的，也趁机想多知道些家乡人文的东西。

桐城是我比较熟悉的了，曾经也写了一点文字。位于菜子湖边上、通达长江的鲍冲湖却是头一次去，当天晚上与芯片、罗亮等一干诗人，摸着夜色从一条深不见远的小路入山时，心惊肉跳，及至后来看见了湖心牛岛上星星点点的灯光，才长呼了一口气。踩着细沙上了岛，组织笔会的诗人余怒早已在等着我们。几个月不见，作家黄复彩的头发白了，让我惊异！他笑着解释，以前是染的。他对佛教禅宗文化有较深的研究，我乐得听他讲这方面的知识。一夜雨，天明放晴。在金肽频先生和我的房前守了很久的一只孔雀，于我们早晨醒来时没了踪影，也再没见着。

岛上的安庆土菜，清爽、可口，也勾起了我的一些乡土记忆。午餐用罢，文化学者汪军同我坐在松树掩映的石桌边，聊起关于皖江文化的内涵外延，关于惊人的洪武大迁移，关于古镇练潭，关于安庆近郊的白鹿山、鹿湖等等。许多远去的乡贤名人，在我们谈话时，仿佛就在边上静静地看着，听着。湖水轻拍着沙岸，阳光透过树隙洒在一地金黄的松叶上。

与作家叶卫东、张健初等人登临湖边的麻石山时，听他们说山脚下有个村子，村里人全姓龙，还有个龙泉寺，和朱元璋有关，引得我极想去寻访。在我们登山之际，诗人沈天鸿去游湖了。数月前在桐城开笔会时，他曾与戴煌给文学青年讲课，当时我禁不住去寻访孔镇和戴钧衡墓地的诱惑，没有听讲。而后，是在星光闪烁的晚上，与文友何冰凌、凡怡、小陶等人沿着蛙声一片的龙眠河，走过幽暗的老街，踏进了清香的桐城中学，在姚鼐手植的银杏树前冥想，于青藤缠绕的半山阁藏书楼处闲坐聊天。说到如今桐城文人尽皆出书的情况，我们几个都有畏惧感。游湖很有情调。那一晚，鲍冲湖夜色迷人。我们六个人，一只小船，备着酒菜，黄复彩掌舵，小船于习习凉风中驶入夜色。四周的山，黝黑，静谧。一个黄玉般的圆圆的大月亮从山尖上缓缓地升起。这温婉可人的秋月，让我们一时无话！金海涛打破了沉默，我们喝点酒吧。金海涛的《月亮湾的笑声》被我提及时，他笑着说，那都是过去的事情了。我问他，还有没有再去泾县的月亮湾？去过，去过。他向我打听一个人，曾和他在海南共事的如今非同日而语的朋友。他有些感慨。

我们在开怀畅饮前，先向游过鲍冲湖的陈所巨敬了一杯。所巨老师有一句被文友熟悉的话：欢迎到桐城来喝酒。两年前做《桐城旧事》时，他和白梦，一道请了同事和我，一餐饭吃了足足两个小时，酒酣处，所巨老师脱掉鞋子，将一只脚盘在椅子上。出了饭店，同事给他拍照，他的裤门开着，提醒了他几次，链子才被拉上。去年，愕然地就听到了他去世的消息。今年三月初，我从安庆路过桐城，特意请白梦领着，和朋友吴成立到所巨老师的坟前拜了拜。因为粗心，当时连一束花也没带。第二次祭拜，是在两个月后的桐城派故乡旅游笔会期间，四十多人在所巨老师的坟前静默。犹记白梦的泪，在明亮的阳光下倾飞。她的哭声和着松涛，一阵阵的。那是一种闷在心里太久了的情愫，像雷一样在水面炸开来了……在同我走访老街孔镇时，白梦提到了曾与所巨老师等人在鲍冲湖泛游的情景。

酒随着风，洒入了波光幽幽的湖水里了。船转过一个湖弯，平稳地移动着。诗人赵宏兴扯开了嗓子，唱：半个月亮爬上来。吴忌和我都跟着哼起来。唱唱，说说，笑笑。风突然大起来，船开始打转，并未在意。有人讲起了鬼的故事。金海涛说了个少年撞鬼的经历，被我们认为是心理作用所导致的。黄复彩说的鬼故事，跟小说一样，有铺垫，有情节，有高潮，结尾是欧亨利式的，其中的人物、意象都非常有意思。说完大家都感叹，说鬼故事的机会越来越少了。鬼故事也是培养文学思维的一种养料啊。风大，动力很小的游船走不动了。作家姚岚赶紧打电话求援。同来的几个人在笔会结束的第二天，一早就回合肥了，我还是想到安庆市区逗留一会，见见几位老师和朋友。上次安徽商报《橙周刊》做的《安庆出文人》专题，在安庆依然还有些余兴的话题。这些年走在安庆、桐城的街道上，有一种很强烈的急迫感。老街迅速地败落下去了，每况愈下。我很想从老街上的老人们那里得到一些什么，也曾与几个朋友去找寻荒草陌路中的先贤墓碑，也曾只身到了徽剧之乡石牌古镇，站在流经石牌的皖河边，呆立许久。这一次，因笔会匆匆走过安庆，听朋友们说起到浙江、江西、徽州寻访文化遗迹的惊险和收获，说到安庆郊区还有个天堂、中堂、下堂的乡野胜景，想象着曾在古安庆周围出没的一只幽幽而鸣的白鹿，莫名地又有了期待。

▍章玉政

“联大追寻热”中的冷思考

不知道从什么时候起，西南联合大学成了一个“热点”。相比于她当年寄身于西南边陲时的动荡与落寞，这种突如其来的“暴得大名”让人不能不慨叹于时间的魔力。

时间，确实能慢慢拂去浮在历史表面的尘埃，让真相的面孔越来越清晰。但同样由于时间的流逝，可能会遮蔽许多看似无谓的细节，让这张远去的面孔被或多或少涂上些许神化的炫彩。

回望西南联大走过的历程，有一个奇迹着实令人感佩：这所因国难当头而奉命紧急组合的学校，在战乱的动荡中背井离乡，东奔西突，前后存在的时间不过八年而已，但却留下了一连串足以让后人瞠目结舌的“辉煌战绩”。仅举一例即可说明，1948 年，国民政府公布首届中央研究院院士名单，81 人中有 27 人曾在西南联大任教。到了 1955 年，新中国公布首批学部委员（院士）名单，233 人中竟有 59 人来自这所早已成为过去的高校。

为什么是西南联大?

这些年，关于西南联大的各种历史追忆、学术考问乃至趣闻边絮，早已是漫天飞舞，汗牛充栋，自是不用赘述了。但对于这个“原始命题”的追问，其实才刚刚开始，因而确有必要继续下去。

正如学者谢泳所说，“西南联大的成功，是中国知识分子的一笔精神财富，我们今天需要对联大精神、联大风格进行深入研究，以发扬中国知识分子的真精神”。立足于这个观照历史的层面，我们不难发现西南联大的精髓其实早已被教授冯友兰写进了学校的纪念碑碑文之中：“联合大学以其兼容并包之精神，转移社会一时之风气，内树学术自由之规模，外来民主堡垒之称号，违千夫之诺诺，作一士之谔谔”。

这是一种历史的无奈，更是一种现实的幸运。西南联大的形成，只是一种偶然的聚合，但正是这种偶然的聚合，让当时国内最具学术气质、最显大学精神的三所高校拥有了一个更为广阔、更为精彩的碰撞空间，而寄身于西南边陲的无奈，又让这种碰撞能够相对独立于世事纷争之外，让自由之花绚烂，让个性之树葳蕤。

追寻西南联大的真谛，会始终无法绕开一些关键词：学术自由、张扬个性、甘于寂寞、勇于担当。而这些事关大学精神的基本理念，或许正是当今的某些高等教育管理者或执掌者所严重缺失并刻意回避的，有的甚至已走上与之截然相反的道路。

正因为如此，我们才愈加追念西南联大的某些主张，比如学术的自由与人格的独立。作为西南联大的实际执掌者，梅贻琦一贯主张自由的舒展，“对于校局则以为应追随蔡孑民先生兼容并包之态度，以恪尽学术自由之使命，昔日之所谓新旧，今日之所谓左右，其在学校应均予以自由探讨之机会”。1939 年 3 月，陈立夫出任教育部长，颁令要求统一大学课程教材和学生成绩考核办法等，西南联大据理力争，不愿随波逐流。而学术的自由又往往建立于人格的独立之上。1941 年前后，政府明令西南联大所有担任院长以上职务的教授都要加入国民党，时任法商学院院长陈序经付之一笑、嗤之以鼻：“如果一定要我参加国民党，我就不做这个院长！”

当然，生活在西南联大群落的人们，并非不食人间烟火，更非不问窗外风云。他们同样会“为稻粱谋”，在衣食无着、家徒四壁的时候去卖菜、卖书，甚至放弃个人的尊严去替富商效力。但一旦回归校园、回归学术，这些西南联大的教授们又会矢意坚守某种落寞与孤独，“板凳坐得十年冷，不写文章一句空”。可以说，西南联大创造的学术辉煌，依旧是今天的许多大学教授们望而兴叹的“奇迹”。

但是，西南联大毕竟已经成为历史。即便是从她正式结束使命的 1946 年算起，距今也已过去了 60 多年的光阴。时间，永远是无法阻挡的利剑。一切都在变。

今天，我们追寻西南联大，并不是要沉湎于某些泛黄的往事之中，更不是要刻意将她“神化”并让人供奉。我们应该呼唤的，可能更多的是相对于历史的一种现实缺失。换句话说，西南联大在中国高等教育史留下的某些痕迹，至今仍不过时，甚至需要重拾。

在河清海晏的当下，伴随着国际视野、世界理念的推动，中国的大学正迈开跨越式前行的步伐。但越是在这个时候，或许越应该偶尔静下来回望一下过去，重新找回真正意义上的大学精神、学术气局，而不是仅仅满足于被时代的潮流所裹掖。

我们需要的，是更多的面向未来的“西南联大”，而不是早已成为历史名词的那一个。

（选自《语文报（大学人文版）》2009. 04. 25）

这个城市，这个人

一个城市，总离不开文人的滋润。

有时候，一个文人往往就能影响一个城市的气质。或许这个文人早已走远，但他留下的气息，却总会飘溢在这个城市的上空，散发出淡淡的墨香，为灯红酒绿、车水马龙凭添一抹幽静、一抹闲情。

对于合肥而言，姜夔可能就是这样一个与之千丝万缕、情深意切的文人。“我家曾住赤阑桥，邻里相过不寂寥。君若到时秋已半，西风门巷柳萧萧。”每每读到这些诗句，内心总会怦然一动，抑或是感同身受，抑或是感慨丛生。

一个城市的温情与恬淡，就这样从诗人的笔下汩汩流出，一直流到近千年以后的今天。

作为一个“新合肥人”，我“结识”姜夔很迟。2005 年，一个很偶然的机会，才听说合肥有一群老人，四方奔走，深情呼喊，只为“把姜白石接回合肥”。这一喊，喊了十几年。在他们的眼里，姜夔就是合肥的“文化之魂”。

走进历史长河，回溯过往，在一个相当长的时间里，合肥确实只不过是个默默无闻的边陲小城，守着寂寞，守着荒寒。直到南宋淳熙年间江西籍布衣文人姜夔来到之后，这个边陲小城的别样风情，才被写进活色生香的文学史，倾泻出楚楚动人的容姿。

姜夔生逢乱世，空赋才情，浪迹江湖，歌笑人生。或许是厌倦了战乱兵燹，或许是无奈于生计困窘，姜夔别亲友，过江淮，客居合肥南城赤阑桥之西。刚来的时候，合肥满城巷陌，皆种杨柳，“秋风起，边城一片离索。马嘶渐远，人归甚处，戍楼吹角。情怀正恶。”这样的落寞与伤怀，能够倾注于笔端的，不过是万分之一。

然而，合肥却悄然温暖着姜夔。不久后，姜夔就在这里种下了一生的相思。这是两位多才多义的歌女，“大乔能拨春风，小乔妙移筝”。同是天涯沦落人，共同的命运让姜夔与这两位妙龄女子情愫相牵，歌声、笑声更荡尽满心的疲惫。在合肥这个边陲小城里，姜夔找到了心仪已久的理解与欢乐。

只可惜，世事离乱，人在江湖，身为布衣文人，姜夔“常与行云共一舟，零落江南不自由”，为了生活，只得四处奔波。他的到来，似乎就是为了离别。合肥，成了姜夔永远的眷念，却常常心向往之而实不能至，唯有在“未老刘郎定重到，烦君说与故人知”的嘱托中，聊寄无尽的相思。

这种刻骨铭心的情感，被姜夔深藏心底，偶尔付诸笔墨。经词学大家夏承焘先生考证，在姜夔留下的80多首词作中，竟有20多首是与合肥相关的。这在中国文学史上都是不多见的。显然，无论身在何处，无论相隔多远，姜夔早已将自己的精神归宿定格在了这个“杨柳夹道，依依可怜”的小城。

这个人，因为这个城市而有了情感，空有并刀，难剪离愁。而这个城市，则因为这个人而有了灵性，跃然纸上，触手可摸。

应该说，姜夔完全符合合肥的文化气质，襟怀洒落，高洁自守，淡泊名利，高远清空。合肥，本应为拥有姜夔这样的知音文人而欣慰。可奇怪的是，“姜夔”一度成为很多合肥人难以启齿的名字，每每提到时总是扭扭捏捏，欲说还羞。究其症结，不过是因为在某种特定文学理论的评价体系中，姜夔的作品更多是儿女情长、丝丝哀愁，却缺少宏大叙事、剑拔弩张。而他那扑朔迷离的合肥情事，更成为正统派文人口诛笔伐的铁证。

历史的口是心非，真是令人错愕！

时隔千年，须臾变迁。如今，合肥已然成为繁华都市，不会再有“秋风夕起骚骚然”的凄凉，但很多人读到姜夔书写合肥的文字时，仍不禁潸然泪下，情绪万千。姜夔作为一个“人”的存在，逐渐被发现，被还原。

或许正因为彼此血脉相通、心心相印，那一群合肥的老人才开始了执着的奔波。作为姜夔文化的薪火传承者，十几年来，他们自费印刷刊物、自费组织研讨、自费开办网站，历尽挫折，矢志无悔，一心只想还原姜夔的本来面目，让姜夔重新回到一生痴恋的合肥。

经年努力，终有回报。合肥各方面尤其是个别政府部门，开始有了积极的回应。合肥的街头终于出现了姜夔的诗词浮雕。姜夔当年寓居地附近的一座桥梁，也被更名为“赤阑桥”，供今人凭吊。当然，这些难得而简单的重新评定，与姜夔之于合肥的真正价值仍有相当遥远的距离。

老人们还在不停奔走，越走越苍老，逐渐消逝在苍茫的暮色之中。而这个城市却越来越现代，越来越年轻，年轻到即便是热情如我，依然会被日益喧嚣的追寻裹挟，很难再有静下心来细细感受“谁教岁岁红莲夜，两处沉吟各自知”的悠然心境。

城市的巷陌里早已没有了杨柳。萧萧风中，只剩下一座年轻而寂寞的城。其实，合肥是一座需要文化滋润的城市。或许很多年之后，这个城市会更加清晰地认识到：姜夔，终究是一个避不开的名字。

这个城市，这个人，还有未来。

赵健生

遥祭钱钟书先生

钱钟书先生走了，先生真的走了！

12 月 19 日的晚间，从电视里得知这一噩耗。尽管我知道这是迟早要发生的事情，有着一定的思想准备，仍然深感突然和悲痛。是夜，辗转反侧，难以成眠。

1992 年 6 月 20 日，先生寄赠《人・兽・鬼——写在人生边上》一书，扉页题了这样的字：“坊间忽重印少作一册，即以献丑。衰病日增，乏善足述。”我开始为先生的健康担忧。次年 5 月 1 日，先生赐信说：“弟于二月初因病入北京医院，经六小时之艰辛手术，割去左肾。十日前方出院，衰朽之身，精力瘁惫，惟有遵医嘱，闭门静养，按期检查而已。”我从此有隐约的不祥之感。

后来，传媒多有先生染病的报道，且口径不一。俟至 1995 年春天，我写信问候并探询病况，接到的却是杨绛先生 5 月 27 日的手书：“钟书九三年春动一大手术，九四年七月底又重病住院，至今已十月，仍重病。我等不愿新闻界传播，免问候频繁，不胜其扰也。我亦劳瘁成疾，请恕草草。”

嗣后，我未敢再去打扰，唯默祝先生吉人天相，早日痊愈。谁料上苍无情，夺国瑰宝，先生终于一病不起，踏上了不归路。哀哉！痛哉！

先生乃文化大家、一代宗师。而浅薄乏学如我，却迟迟于八十年代末，始闻先生之名，想读先生之书。因市内书肆遍寻不得，情急无奈，遂向时任中国社科院副院长的先生，贸然呈信索书。先生不以为忤，不久即赐信说：“《谈艺录》竟成‘畅销书’，大出中华书局及弟本人意外，弟仅余自存一本，海内外读者多以此书难觅，托弟设法，弟亦无能为力，只能待再版而已。上海新出版弟论文集一册，春节后当寄赠请教，以结文缘。”不久，便收到了先生题签的（七缀集）。这样，就开始了同先生极为有限的交往。

在先生面前，我自知算不上是粗通文墨之人。先生的学术巨著如《谈艺录》、《管锥篇》，我读不了；先生的小说和散文，我读不通。虽然先生不弃我的愚钝，我总是惴惴不安，不便也不敢过多地打扰，仅仅每年一信，谨致问候而已。先生于1993年的来信中，详细写了北京三里河南沙沟寓所的楼幢、单元和居室编号，我自知浅陋，迟迟未敢登门拜访。虽有缘悭一面之憾。内心反而感到平和踏实。先生的时间和精力，实在太紧迫太重要了，我不能这样做。

虽然同先生的交往极其有限，我已然深感先生的宽厚待人，平易近人。数年间，惠书多本，且逐一题字、签名、盖章，去信必亲笔作复；还深感先生治学之严谨认真，书中凡有鲁鱼亥豕之误，均亲笔逐一改正。这几天，我面对先生所赐的书信和著作，静坐无言，悲从中来，仿佛尚见先生笔走龙蛇之态，犹闻先生咳唾成珠之声。

谨草短文，遥祭先生在天之灵！

（选自《月光城副刊作品精选》，中国国际广播出版社，2000年9月一版）

赵觉亚

文字与年龄

因稿件的事与编辑老师通了一次电话。虽神交已久，但直接通电话还是第一次。没想到编辑老师的第一句话却是“你很年轻嘛！我以为你是……”听我在电话这头笑，她又补充道：“看你的文字那么老练！”奇怪的是，我也有同感，听着她银铃般悦耳的声音，与我想象中的编辑老师也是大相径庭。我以为她至少也是个中年人，但听声音肯定是个“80后”。这使我突然之间对文字与年龄的关系产生了兴趣。

文字与年龄是有关系的。有人作了形象的比喻：童年因初涉人世，天真烂漫，纯真无邪，最适合的文字是童话。青少年因青春勃发，意识萌动，激情澎湃，诗歌是最好的载体。人到中年，涉世较深，物质与精神的积累也有了基础，表现出沉稳干练、不急不燥，这时候散文成为首选。至于老年，沧桑阅尽，世事洞明，人生的甜酸苦辣咸五味俱全，只有小说才能淋漓尽致。

诚然，文字与年龄确实也是有关系的。这既是文字成长所必需的锤炼过程，也是文字背后生活积累的必然要求。“世事洞明皆学问，人情练达即文章”。如果没有亲身经历繁华之后的悲凉，曹雪芹可能还写不出《红楼梦》这一传世巨著。无论是怎样天才的神童，要想写出既饱含人世沧桑又能震撼人心的力作，是不可能的。

但文字与年龄又没有必然的联系。与文字有直接关系的是写作者的阅历。阅历是什么？阅历是一个人从出生开始与现实社会所发生的所有关系的总和，亦即所见所闻所感的全部内容。如果把年龄比作生命的外延，那么阅历则是生命的全部内涵，而一个人的阅历与其年龄也是没有必然联系的。有的人机械地重复着每一个日子，安于现状，不思进取，对个人生活没有明确的目标，对社会现状漠不关心。这种人无论怎样长寿也只能是一个生命阅历的幼儿。一个人不能左右自己的寿命，但完全可以把握自己的阅历。

作家区别于常人阅历的在于广泛阅读。阅读的视角可以触及到古今中外的每一个角落，与古今中外的智者进行心灵交流。这种没有时空界限的交流是没有年龄限制的，既可以领略孔子思想之光华，又能品味托尔斯泰文字之魅力。有了这些心交神往，你的阅历还会少吗？勤于笔耕也是作家的必由之路。“学而不思则罔，思而不学则殆”，光阅读而不练笔也是不能成为作家的。

除了广泛阅读和勤于笔耕，关键还在于，作家总是在用关注社会的眼去搜集生活中的每一道风景，用关爱民生的耳去倾听人世间芸芸众生一切与幸福和苦难相关的声音，用自由、平等、博爱的心去体验掩藏在生活表面下的非同寻常之处。有了这些深入的生活体验，当作家落笔时，笔底流淌的已不是普通的文字，而是其阅历中的某些部分经心灵发酵而成的玉液琼浆。

由此可见，文字的年龄，其实是作者的阅历。有的难登大雅之堂，有的如流星一闪而过，有的则如太空的恒星，虽历经千年仍然闪耀着璀璨的光芒……

（选自《安庆晚报》2009. 11. 29）

周代进

故乡的黄梅戏

离开故乡已有25个年头，可故乡的黄梅戏却是“月亮走，我也走”，一直盘旋在我的心头，牵动着思乡的心绪。

我的故乡在桐城县一个不起眼的小村庄，紧挨着严凤英的家乡，算得上是黄梅戏的源头，家乡的一草一木、一山一水，都充满着黄梅戏的节拍和韵律，3岁的小孩唱出一段黄梅戏，那是司空见惯的事；白发苍苍的老人，更是黄梅戏的高手，不仅能唱，还能作出相当难度的表演，并能讲出“男花腔”、“女平词”以及如何走好台步等戏曲理论。

记得在家乡种田务农的日子里，家乡的上空几乎每时每刻都飘浮着黄梅戏的声音。

白天劳作之时，由于那个时期“公社化”的作用，乡亲们通常是集中在一起干活，一边干活一边就自觉不自觉地哼起了黄梅戏，你听那七仙女的“看人间，面朝黄土背朝天……”的小段，似乎每个人都感到这是对自己的真实写照，于是唱得深情、唱得悠扬、唱得够味。在出工、收工的途中，青年们走在空旷的田野中，情不自禁地放声高唱，你一段我一段，此起彼落；男高音女高音，遥相呼应。一切是那样的无拘无束，将人们劳作的困乏一扫而空，也从中体会着社会主义新农村的一种乐趣。

夏夜纳凉之际，生产队的许多人不约而同地带着小凳子和小凉床，来到村郊菱荷夹杂的塘边，不一会便会自觉不自觉地唱起了黄梅戏，有独唱，有合唱，还有对唱，纳凉听唱的人，便将手中的芭蕉扇在腿上、背上拍打蚊虫的同时，拍打出黄梅戏的节拍和鼓点，以作附和。夜深了，大家都唱累了，有的开始打瞌睡，少数睡意未至的亢奋者，便和着轻风、和着菱香，高谈黄梅戏的起源与发展、人物和唱经，讲着许多黄梅戏的故事。父辈们对黄梅戏大师严凤英非常熟悉，每每说起，总是津津有味，使人身临其境。那时候，每一个夏夜仿佛都是黄梅戏的欣赏之夜、研讨之夜，人们在这欣赏和研讨中忘却了自我，忘却了时光，忘却了所有的忧愁和烦恼，从中陶醉，从中体会着人生的惬意。

秋冬的夜晚，虽然人们很少聚集到塘边，但黄梅戏的声浪仍在夜空中流淌。如果你从村庄的这一端走到那一端，你一定会不时地停下脚步来，去寻找萦绕在你身边的戏曲声。刚进村庄，你可能会听到那吹奏着黄梅戏曲调的悠扬笛声，向前走一段，传来的又是黄梅戏中的经典乐器二胡的拉奏声，偶尔还有口琴、手风琴等等。这些乐器发出的黄梅戏小段，在庄子的上空久久环绕，你辨不清她发自哪一家哪一户哪一个方向，一时间形成了世界上仅有的乡村自发的黄梅戏交响曲。

我的父亲常常是这交响曲中的一员，他擅长吹奏洞箫。寒冬之夜，他的箫声如泣如诉，每当我听着他的箫声，我的心绪总是随着那黄梅箫声飞向远方，想象着父亲在日寇侵略中国时逃难的日子，想象着父亲在饥荒年代吃树叶秕糠的日子，想象着父亲和父辈们如泣如诉的命运……

每到春节前夕，最是故乡黄梅戏的高潮。生产大队注定要挑选出二三十名戏技出众的农人，经过十几天的排练，一台演唱数小时的大小节目就非常完美了。新年伊始，则是各生产小队轮流搭起张灯结彩的露天高台，请大队的“戏班子”来表演节目。虽然隆冬的夜晚，寒风使劲地吹，甚至天上飘下零星的雪花，也吹不走那黑压压的不知从哪里赶来看戏的人群。现在看来，那些民间戏艺水平和黄梅调的纯正度，城市里的黄梅戏团也只能望尘莫及。

冲着记忆中的故乡黄梅戏，去年春节我决意再回故乡！殊不知，故乡早已被时代的变迁所覆盖，昔日的桐城县已经发展成桐城市，儿时的村庄更是旧貌换了新颜，不少人家已经实现了小时候在课本中憧憬的农村景象：楼上楼下，电灯电话。乡亲们也不再搭土台唱大戏了，取而代之的是卡啦 OK、VCD。然而，他们最喜欢看的节目仍然是黄梅戏。这几年，乡亲们走南闯北做生意搞企业的多了，但他们走到哪里，便把黄梅戏唱到哪里。原来，他们都和我一样把黄梅戏当作家乡的象征，不论身在何处，只要哼起黄梅戏，就不再有“独在异乡为异客”的孤独，好像家乡就在自己的身旁，于是顿然充满自信和力量。

黄梅戏，故乡的情感在流淌！

（选自《皖江博览》2008 年第 3 期）

丨周二中

事关良心

看了《为了寻找曾经使他放下屠刀的金坛女孩——日本侵华老兵"谢罪之旅"的幕后新闻》（新华社 5 月 27 日电），我的心情很沉重。日本侵华老兵本多立太郎在战争期间亲手杀死一名中国战俘，这成了他一生都不能忘却的噩梦。在驻防江苏金坛期间，他与当地一户居民熟悉了，当部队开拔时，该人家的十七八岁的女儿塞给他一张纸条，上写："愿君，不事杀戮；愿君，不战死疆场。"就为了这句话，本多立太郎从此没有再主动杀过人。

战争是罪恶的，战争是以消灭人的生命践踏人的尊严为代价的。战争给人类带来的伤痛是双方面的，不单单是被征服者遭殃，就是所谓的胜利者，也逃脱不了良心的惩罚。就以那位来华谢罪的日本老兵为例，他说过这样的话："现在，哪怕他（指被杀的那名中国战俘）的后人把我大卸八块，我也毫无怨言。"相信本多立太郎说的不是假话。从这一句表白当中，我们就可以看出侵略者所受的良心折磨是多么的沉重。所以，从某种意义上说，被充当战争工具的侵略者也是受害人，也同样值得人同情。人的生命是最可宝贵的，人世间的罪恶没有什么比剥夺他人的生命更为严重的了。那个金坛女孩，她可能不知道战争中所谓的正义啊英雄啊什么的，但有一点她也许比谁都清楚，那就是生命最宝贵，最值得人们去珍惜。从她赠给本多立太郎的话中便可以看出，虽是简简单单的两句，但足以震撼人心，"不事杀戮"，是让侵略者不要再去杀人，"不战死疆场"，是祝愿侵略者自身也要保住性命。既关心自己苦难的同胞，又关心被军国主义势力驱逐上前线的侵略者的生命安全，这种爱是伟大的，是跨越了国界的。

其实，与其说本多立太郎是被姑娘的话所感动，倒不如说他是被自己内心深处的良知所打动。他事后不再主动杀人是这样，事隔多年，他以自己耄耋之身来华谢罪，也是这样。这不由让我又想到与这件事很相似的一个真实的故事。一个美国军人，侵越期间，在丛林中与一名北越军人碰个正着。北越军人虽然手持步枪，但却只是盯着敌方。由于军人的本能，美军首先向对方开枪。这是他与敌人第一次面对面地接触，也是他有生之年第一次杀人。他在倒毙军人的皮包中，找到一张合照。主角是这位被击毙的北越人，身旁有一位大约七岁的女孩，相信就是他的女儿。两人的神情异常严肃，目光忧郁，满是离愁，也许是在父亲服役前所摄。父亲在上战场前舍不得女儿，一直带着这张照片。无情的战火，拆散了无数的家庭，这位北越人只是众多死难的军人之一，但对其女儿而言，却是独特而不可替代的父亲。

不晓得是什么原因，这位美国军人无意识地把照片放在自己口袋中。事隔多年，他已儿孙满堂，与妻偕老。但他一直没有忘记这段经历，每当他掏出旧照时，便为自己亲手杀死一位父亲而内疚。沉重的罪责感如鬼魅般缠着他，那位女孩的眼神，更像在发出无声的控诉。他一想起自己的所作所为，便抱头痛哭！当年这张被他不经意地拿起的照片，成为了其内心深处久久不能卸下的沉重包袱。

有一次，他到华盛顿的越战纪念碑凭吊。那里竖立了一堵低矮的长墙，上面刻有全体越战阵亡军人的姓名。许多幸存者，都带着鲜花，或是一些纪念品来表达对死者的哀思。他把这张伴随身边多年的照片放在墙旁，并给那北越军人写了一封信，真诚地向死者及其家人致敬及道歉。他这样写道：

亲爱的您：二十二年来，我一直把您的照片放在包内。那天当我们在越南相遇时，我只有十八岁。至今我仍不明白您为何不取走我的性命。您良久地盯着我，手持步枪却没有开火。原谅我夺去您的生命，我只是按着我接受的训练来作出反应，要击杀越共……多少年来，我凝视着这张照片中人，我的内心被罪疚的火燃烧。现在我有两个女儿……我认为您是捍卫国家的勇敢军人……这是适当的时间，把我的痛苦与罪疚释放出来，并让我的生命延续下去。请您原谅我。

照片放下了，内心背负了多年的罪疚感好像也得到释放。

事情戏剧性地发展，另一位退役军人，在纪念墙前发现了这张照片及信札，深受感动。于是他将之收入其主编的一本题为 OfferingsattheWall 的图片集内。那位以为自己心灵已经得到抚平的退伍军人，偶然间看到这张照片及自己的信札竟附于图片集内，刚止血的伤口再被撕裂。于是他找到这位编者取回照片，并决定把它归还给照片中的女孩。

他把这事告诉一位记者，并接受其访问。一位越南记者得悉后，予以转载。皇天不负有心人，有一位乡间农民，收到儿子寄的邮件，赫然发现包裹东西的新闻纸上的照片主角，竟是他认识的故人。于是他特地跑到另一村落，找着故人的女儿。然后设法与这位“杀父者”联络。当退伍老兵得悉越南传来的消息后，毅然决定把照片亲自送给这位女士。他再次踏上曾经发誓不再回来的土地，也不晓得这位从小便失去父爱的女士，是否愿意原谅他。车子驶进女士居住的村落，他当下便认出照片中人，岁月无情，昔日的小女孩，如今已成为人母了。当他把照片物归原主时，用特别学会的一句越南语，向这位女士道歉。两人相拥而泣，让每一位目睹者都不禁泪流满面。

请原谅我当了一回文抄公，引用了这么多，我只是想说明一个道理：人是为了求得自己良心的平稳与安宁而活着的。一个人青年时代犯下的罪过，无论如何是逃避不了的，因为良心是一只眼睛，时时盯着你，也可以说是一把刀，会在你的心头绞着你的罪恶。如何才能避免受到良心的惩罚与煎熬呢？只有两条路可走，一是人的一生要处处学好行善，不干昧心之事，不谋不义之财，更不可轻易伤害于人；二是假如一时糊涂酿成了大错，只有承认，承担罪责，然后真诚地忏悔，这才是自赎之道。

（选自《新华文摘》2005 年第 14 期）

周根红

南方植物（三篇）

艾

艾，在民间的肌肤和穴位上，冒着一缕隐隐的白烟……

（黄钺《南方植物》）

我一直喜欢睡懒觉，往往睡到上午十点十一点都是很平常的事情。要是冬天，可能会更晚。记得小时候怕冷，赖在床上不起来，竟然让母亲帮我把饭端到床跟前，吃完了再接着往被窝里一躺。然而每年有两个时间我是不敢这样睡的。一个是大年初一，一个是端午。大年初一是一年的开端，自然要为新的一年做个良好的开端，开端完了以后还是一样的老面孔。而端午这一天，是因为一株株艾草。

这天天还不亮，母亲就早早地把我喊了起来，递给我一把镰刀，说，走吧。我便很不情愿地跟在母亲的后面，一直跟她走向山坡。一路上我不说话，我知道母亲让我去干什么。只是我不明白，母亲为什么起得这么早。我就问母亲，母亲告诉我说，要趁天亮时去，这样沾着露水的艾草是最能去病的。而且一定是插到门上越早越好，这样妖魔鬼怪就不敢来了；要插得晚了，鬼怪就进了家门，一年都不会顺利的。母亲说这话时，让我觉得，母亲不仅对农事很精通，对乡村的风俗也很熟悉。我只是听母亲的吩咐，按照她说的做。在一个孩子心中，母亲的话其实比父亲的话更容易听进去，父亲的话只是一种威严，骂过打过就完了，根本没有放在心上，而母亲的话是润物无声的，一辈子都忘不了。

站在山上往远处望去，目光里满是绵延不绝的庄稼地，有收过麦子的麦茬，还有刚刚抽穗的包谷。那些艾草挤挤挨挨地缀满田埂和山坡，远远地泛着银光，透着油绿，叶片毛茸茸散发着一缕缕香味。我学着母亲的样子，弯下腰，两脚叉开，开始去割艾草。可我的姿势总是让母亲不满意，我总是蹲着，弯不下去，母亲总是说我坐没坐相站没站相，干什么都不像。我才不管这些呢，我想着能把艾草割回去就行了，至于姿势美不美我倒不在乎。渐渐地，我看见远处有不断起伏的背影，像是夏天田野里割稻谷，全是清一色的母亲和孩子，她们都在割艾草。那时我还没多想，为什么都是母亲和孩子，其实这些活母亲一个人就可以做的。

“端午时节草萋萋，野艾茸茸淡着衣”。只是我对艾草的感触比较迟钝。长大了才听别人说，我小时候每年身上都长满了疮，母亲听人说用端午艾草上的露水洗脸洗身子，一年四季都不会生疮生痒。于是，母亲就用艾草泡成水给我洗浴，我也就真的再没生疮生痒。也许其他的母亲也怕孩子生疮生痒的吧。

多年以后，当我再次走在割艾草的路上时，我真切地感觉被母亲粗糙的手紧紧地牵扯着，满世界都是母亲从五月的田野里归来时，遍身艾草的气息。那是母亲生病时，我回家看她。母亲躺在床上，告诉我，过两天就是端午了，你去山上割点艾草回来吧。那天，我起得比往常都早。我想母亲一定希望我是第一个去割艾的人，割的艾草一定要都沾满了露水。那一天，我不敢说我是真的第一个，但在我目力所及范围内我却没有见到其他人。我割完满满一簸箕回来时，我看见许多人才刚刚出门。我回来告诉母亲，我是第一个去山上割艾草的，艾草有许多露水，可新鲜了。母亲躺在床上笑，说，好啊好啊好，这下你们今年就不会生病遭灾了。看见母亲这么高兴，我感觉，这些年来，这是我给母亲做的最大的一件事情。

韭　菜

如果时间是一条河流，如果我割下的韭菜流出的同样是血……

（黄钺《南方植物》）

如果让你在一个盘子里做十样菜，你会做什么？这是小时候母亲不停给我们几个孩子说的谜语。那时我们都不知道，说了多少遍我们都没记住，母亲就不厌其烦地跟我们说，就是韭菜炒鸡蛋，韭菜就是九样菜，加上鸡蛋，正好十样。说完，母亲就高兴地笑了。然而我们还是记不住，还是让母亲反复解释。

在乡村生活的人，没有哪一个人没吃过韭菜。确切地说没有谁没吃过韭菜炒鸡蛋。小时候，每到夏天韭菜下来了，家里只要有客人或亲戚来，母亲总会去菜地里割些韭菜，再在抽屉里拿出两个放了很久都舍不得吃的鸡蛋，做上一小盘韭菜炒鸡蛋。这是那个年月唯一的一道荤菜。母亲炒菜时，我们几个孩子就在灶台旁转悠着，等着吃那锅铲上沾着的韭菜。当然，母亲也会让我们尝一下盘子里的鸡蛋。可惜我们不能常吃。于是我们就盼着天天有客人来。不过我们吃得最多的还是韭菜煎饼。母亲抓一把切碎的韭菜，用水一冲，往煎饼中间一横，再抹上自做的酱。这时饿极了的我拿起煎饼，赶紧往嘴里一送，猛地用力一咬，一股浓重的韭菜味立马钻出鼻子，那种快意简直是一种无与伦比的享受。

这便是韭菜的气息。韭菜就是这样最具有乡村气息的一种植物。她的名字就跟小时候邻居家的女孩名叫翠翠一样，很朴素地弥漫在乡村的每一个角落。那是一种不动声色的娟秀，它的美是隐约的，朦胧的，像春天静夜里的融融月光，有着内秀和羞涩的韵味，不像辣椒那么张扬和泼辣。

在我的记忆里，母亲的菜园里有好大好大一块韭菜地儿。每到初春，母亲便早早地除去韭菜地里的枯枝败叶，均匀地撒上那么一层草木灰，然后施一些家畜肥料。几阵春雨，把草木灰凝结成一片浅灰色的地表。细细一看，其中隐约有一簇一簇嫩紫色的花朵盛开在白色的憧憬之上——那便是韭菜吐露的新芽。母亲不明白“春雨剪春韭”的诗句，然而母亲却对剪春韭有着独到的理解。母亲不让我们这些孩子去菜园割韭菜，她怕我们不管三七二十一随便割一撮，破坏了韭菜的根系，影响下一茬韭菜的生长。母亲割韭菜总是将一簇韭菜收拢成一束，然后用刀在韭菜叶柄离地约半厘米处利落地割断。母亲边割边说，韭菜是越割越长，越长越长。

我们也像韭菜一样越长越长，一直长成大人，然后我们的孩子也像韭菜一样长出了地面。做了外婆和奶奶的母亲，又给我们的孩子讲韭菜炒鸡蛋的谜语。母亲问，如果让你在一个盘子里做十样菜，你会做什么？我们站在一旁听着，孩子们没听过这个谜语，就一脸茫然地看着母亲，等着母亲说出答案。这时母亲扭过头来问我们，我们就摇头说，都多少年前的谜语了，哪还记得啊！母亲就对着孩子，也对着我们这些大孩子，高兴地说，那就是韭菜炒鸡蛋！然后哈哈大笑。这个谜语也许书本上永远不会出现，可是母亲却说得很认真，总是不厌其烦地一遍一遍地给我们讲，我们也一遍一遍地摇头。

这些年来，我一直没有跟母亲说，其实我们早就记住了，只是我们不说，我们只是想跟母亲多说一句话，想让她在说出我们都不知道的答案后高兴地笑一下，笑得像一个孩子那样天真。

水浮莲

正因为没有根，在文字之内，我竟始终无法把它固定下来。

（黄钺《南方植物》）

我至今还不知道水浮莲的学名是什么。我也没有去查过，我觉得那些都没有意义。就像村子里的一个人，人们喊他刘二，他会很自然地应一声，可如果你哪天喊他刘瑞喜，他可能会认为你是在喊别人而充耳不闻。水浮莲这个名字就是这样。

母亲常跟我说，水浮莲是一种贱命。你不需要像庄稼那样给它施肥，给它锄草，你只是任由它长，任由它漂，只要有水，它就能长得满河都是，仿佛那是它一个人温暖的床，然后在这温暖的床上蔓延出一年四季青葱和嫩绿的美好心情。水浮莲就是这样一副随遇而安的样子。它只是自然地生长着，它的生长是最接近生活本质的，它只有一个想法，生出来，便活下去，便长起来。

然而正是这样贱的一种植物，却最适合在乡村的水面上生长，只有乡村，才有那么多流动着的水。在我很小的时候，这些植物都一撮撮地绿在小河里，绿在水田里。那时的乡村，是一个四处野顾无人的地方，放眼望去的只是绿，只是挡住视线的水稻和麦子。这些绿就在其中游来荡去，像一叶叶扁舟。它们跟乡村一样，坚韧而长久。每每看到田埂边的浮萍时，母亲总会说上一句，多像水浮莲啊，只是比水浮莲要小，不厚实。

其实，母亲想说的是，浮萍太不够分量，吃多少都吃不饱。不像水浮莲，一两个就能把肚子填饱。母亲这样说，是因为母亲吃过水浮莲。那是她在生产队的事情，那时母亲总是吃不饱。父亲就是在那样的日子里，给母亲偷玉米偷高粱偷山芋，在什么都偷不到的时候，就偷河里的水浮莲。母亲吃过许多水浮莲，然而庆幸的是没有被抓住过。我一直不相信，也许是母亲不愿意说出那些受过的苦吧。母亲一生经历的事情很多，然而她跟我们说的却很少，偶尔说一下，也是支离破碎的，不完整。

在我开始懂事的时候，我总是陪着母亲去池塘里捞水浮莲。一根长长的竹竿，上面套着一小块渔网，用绳子或者用铁丝扎好，我就这样一网一网的将这些植物打捞起来，然后洗干净了回来喂猪。母亲每次看见成堆成堆的水浮莲时，总是很高兴，说，猪有福了，水浮莲那么甜的。我知道母亲说这话时，她的脑海里一定也闪现出那些荒凉的记忆吧。不过猪确实是真的喜欢吃。

很多时候母亲都不用煮熟，打捞回来直接就扔在猪圈里，那两头猪就争先恐后地抢着，生怕自己少吃了一口。

终于有一天，我家再也没养猪了，那猪圈也用来改造成了杂屋，用来堆柴禾放农具放化肥什么的。我也很少能再见到水浮莲了。然而我一直记得母亲说的话，那东西命贱得很。其实我知道，母亲也是在说她自己。

（选自《海燕·都市美文》2008 年第 7 期）

多久回一次家

每年的这个时候，我总是想起回家的路。只有这个时候，我才能将那些被我遗忘的农历从指间拾起。这是一年中唯一的一次，我的时间与乡村的时间契合无缝。

记得去年第一次回家，是在毕业的那个寒假。我背着一个大大的背包，走在通往家的路上，那也许是我最后一次以一个学生的身份走在这条路上。我天黑才回到家，村子里几乎没有人知道，就像一头深更半夜从圈内跑出去的牛，到附近的池塘里饮完水又跑了回来，继续它的反刍，人们在酣梦中毫无知觉。

第二天，我就在屋前屋后转了一大圈。我要看看那些我亲手载下的树，可如今都陌生了。我要让他们认识我，可它们却给了我一大把的回忆。圈里的牛换了一个又一个，而我小时候骑过的那头牛却一直在我的脑子里萦绕不去。我提着一桶牛食，赶在母亲前面走进了圈内，我把牛食倒在槽里，情不自禁地伸过手去，我想抚摩一下它的角，就象对乡村那些失去的日子做一个短兵相接的怀念。

我跟父亲说，把牛放出去喝点水吧。父亲不让，说，你先回家歇着，这事有你妈做呢。再说那牛怕生人。我一怔，其实哪是对牛来说我是一个生人，对这个村庄来说我都是一个陌生的人吧。许多人我不认识，而更多的人也不认识我，他们只知道村子里有个小孩在外面上大学。我长年在外面装点得像个有学问的人，每年定期回家休息，就像一头牛春耕冬歇。其实，我比不上一头牛。牛比人活得更清醒更知足一些，不管再急迫的事情，到牛那就慢了下来，牛把力气和速度藏在身体里，慢悠悠地到达人一辈子拼命跑到的地方。

那段回家的日子里，我总是走在村子的路上。一条狭窄而泥泞的小路，许多人从这条路走出去，最终许多人又从这条路走回来，一条路承载着太多的落寞和希望。在路上我经常会遇到一些熟人。他们年纪比我大，他们长久地住在村子里，甚至走得最远的就是河对岸的那个叫长岭的小镇。大多数时候是我先认出他们，那些多少年前就已经熟悉的面孔，好象是被雨水冲洗过的田埂，或一头牛翻耕过的土地，布满沟壑。我看不出他们是否还在继续衰老，他们老到连时间都无法改变它。我说出我的名字，他们就长久地看着我，说，长得真像他爹。他们看到的似乎不是我，而是我多少年前我的父亲。我们的交谈很随意。我们一起感叹时光飞逝，物是人非。他们努力回述着多少年前我的模样，他们比我自己更熟悉多少年前的我。我像外地人一样问起村里的事情，他们打听我在外地的生活。我越来越感到村子的陌生。大多数时候，我不再在村子里游荡，我忘记了锄草的动作，忘记了棉花生长的姿势，忘记了一只鸟与谷粒的对话。在年复一年的轮回中，村庄像一颗嚼过许久的口香糖，在我的记忆里越来越淡。而时间是一个更大的筛子，每个人都被筛到了最底下，再也出不来。我们整个的青春岁月，我们所有的激情与精力，在从乡村到城市的迁徙中，全部消耗在路上。

我一眼望到村子的尽头，觉得它比以前寂静多了。树还是多年前的那棵树，依然长在原先的地方自生自灭，树椏间甚至没有一棵鸟巢。冬天的田野一片空白，它们已经干涸，收割后的土地没有翻耕，一颗颗稻蔸和野草萧索地杵在风中。我站在旷野，一阵风吹过，我就像一颗枯萎的野草在风中摇摆。仿佛多少年前的风回来了，草也回来了。

我也回来了。可是我却无法在这里做永久的停留，我不停地在两个地名之间漂流，漂流成一棵城市里的农作物。在城市，我是一个没有根的异乡人，而在故乡，我是一个没有记忆的陌生人。我不属于城市，甚至也无法回到故乡。

我仍然是在春节后独自离开，我没有计划什么时候再回来。我在城市里东游西荡，那里远离村庄，也看不到未来，那些曾经的过往，只能从不断变迁的名字里找到一些蛛丝马迹。我像草一般卑微地活着，默默无闻，茂盛的时刻遥遥无期。我不知道，一个人要经过多少年的等待，才会换来一次茂盛？我只是走在这条土路上，背影留给村子，留给了树，留给潦草，留给了那头老牛。

（选自《青海湖》2008 年第 8 期）

周锦宏

《榆下说书》缘

知道《榆下说书》，是十几年前的事了。那时，该书是第一版印刷，便一售而空，可见读者对它的青睐。作者黄裳，是知名学者，更是文章高手，他在《读书》杂志上辟有“书林一枝”专栏，专谈宋明清版本，以及与之相关的人事，涉笔之处，总是妙趣横生，不仅使人增长了见识，还使人在这些美文中，着实而愉快地感受一次陶冶。我便是在《读书》上认识裳老的，对他的文笔十分的佩服。后来听说这些文字结集出版了，叫《榆下说书》，便想一睹为快。然而四处寻购，孜孜以求，竟无所获，留下了个不小的遗憾。

过了不久，大约在1986年吧，我偶然购得裳老的另一本随笔集，《珠还记幸》。价三元多。这之前，书价几十年一贯制，厚如此书，其价大抵一元左右。《珠还记幸》恰遇书价调整，一下翻了三倍。虽然物有所值，但书价陡涨，心理上一时无法适应，觉得实在很贵。摩挲良久，掷而未购。回家之后，心却不安，难舍此书，又速返书店购之，神方安稳。我想，像我这样收入不多而喜书的读者，面对此事，一定都会有“首鼠两端”的心情。为此，我给裳老写了一封信，大意是说，书价这么贵，很使喜爱您文章的读者为难。同时文尾还附带了一要求，希望助购《榆下说书》一本。并说，对此书，“心仪已久矣”。我知道这做法很冒昧，况且又是个陌生而无名的读者，也就并不指望裳老的回信。当时裳老在《文汇月刊》编辑部工作。该刊的一位负责同志是安庆枞阳人。八十年代初，二人相邀专程来过安庆一次，上了天柱山，拜谒了陈独秀墓，寻访了英王府，盘桓数天回沪，便有大作问世，那便是发表在《收获》上的《路过安庆》一文。以安庆为题作文，在名家作品中几无，这次裳老倒是慷慨地为安庆作了一次宣传。大约就是那次之行吧，裳老还顺道去了九华。恰巧我也在九华，在宾馆里相遇，自然不敢上前去打什么招呼·，只是远远地瞅着，以表敬意。他个子不高，颇胖，脸鼓且黑，戴着一副深度眼镜，衣着很是一般，但学者风度不减，只是他当年的记者风采已难以辨出了。这虽是一次短暂的偶遇，但留下的印象，犹如一帧剪影，十分的深刻。

未料的事出现了。时隔个把月，我收到一封信，来自上海，封面上的字迹很小，却很娟秀，颇似出自女子之手。狐疑之中，拆出信函，目光移至文尾，落款竟是裳老！我确感意外，自然也很惊喜。回目看文，大意是说，书价确实高了，但因纸价上涨，成本也就“船高”。

他说，他也向出版社陈述过此意，但出版社有出版社的难处，也就不好勉强了。至于《榆下说书》，早已售罄，已处也仅有一本，他实在帮不上忙，请一并谅解。信不长，寥寥数语，却娓娓道来，一点没有学者的架子。只是《榆下说书》未能购得，使憾意更深了一层。

孰料这一遗憾，竟是十几年。其间每次出差，必访书店，必问《榆》书，奇怪的是，竟有许多店主不知书名。正当我渐渐失望之时，又应了“得来全不费工夫”那句老话，前不久在一本杂志的邮购栏目中，竟赫然看见它的大名，当时的心情真如挚友久别重逢，我迫不急待，立即汇款。书亦如期寄达。手捧《榆》书，鼻闻墨香，盘桓于胸的十几年憾意豁然冰释，那种满足与快慰，正如“珠失复得”，幸哉幸哉。这时我又想起中国的那句老话：心诚则灵，确实不无道理。

（选自《月光城副刊作品精选》，中国国际广播出版社，2000 年 9 月一版）

《阳光坡度》序

对于文学作品，我最喜读的，便是散文了。这原因大致有二。一是，我大学毕业后，分配在一所中专教语文，语文是副课，事不多，空闲的时间便是读读书，有时也学写点散文，写好了，便送我的顶头上司——语文组长看看。语文组长姓朱，颇有学问，书法尤好，还当过一家报纸的总编，一副文质彬彬的样子。对我的散文，他从不置可否，却送我一套《古文观止》，说，读通这本书，无论作文还是教书便有谱了。这话的含意自然很明了。《古文观止》中某些篇什虽也熟悉，但在七十年代末根本见不着这本书，连通读都谈不上，何谈读通。

于是遵朱师之言，对这本书很下了一番功夫，深感中国古代散文的博大精深，是后人取之不尽的。而近代散文的种种流派，无不从中可以寻到其源。二是周作人的影响。八十年代初，一次在书店访书，偶然找到一本《周作人早期散文选》，这大约是解放后出版的周作人的第一本作品。这之前，如我这般年龄的人，大抵不知周作人，即使知其名，亦未见过其文。那时，司空见惯的是《白杨礼赞》、《泰山观日出》之类的作品，读完这本散文，着实令我惊诧不已，折服不已，仿佛刘姥姥进了大观园，才知散文竟然还有周作人这一套路。他的平和冲淡的风格，一直深深地左右着我的阅读兴趣，以至于几成一种偏见，那便是非此类风格的散文不读。

但是，金肽频的散文却使我破了这个例。自然，开始这也是一种无奈的破例。因为写序，我不仅从未作过，更无作序的灵气和才气，故而当肽频邀我写序时，我只能坚辞不就。这是主因；还有一层，是次因。我认识肽频较晚，不足一年。听朋友说，他是一位诗人，很早就出过诗集。对于诗人我一向尊重敬重，但对诗人写的散文，恕我直言，则多是敬而远之，这感觉大抵缘于很多诗人的散文，不知节制，情感太满，甚至淫滥，与“平和冲淡”不仅相去甚远，简直是背道而驰了，这实在是令我难以接受的。但肽频的意挚，又使我终究走不出“盛情难却”的习俗。这一无奈的“破例”，却使我受益匪浅。肽频的散文，不仅没有我所担心的一般诗人的“矫情”之病，反而给人一种厚重之感。这说明，他对于散文的写作，确有自己的定位、准则和追求。同时也使我阅读的心情大为放松。

肽频的散文很精悍，均不长，但吸引我的地方却很多。首先，他散文中的那种浓稠的文化意识，使我对他笔下的种种人事、片片风景，总能生出“情意绵绵”的感觉。而这种“绵意”的生发，不在于其物其人其事其景外在之美的撩拨，而在于作品所营造的文化之美的触动。无论是秀丽的江南、真实的新疆，还是风中的燕麦、永远的竹园，在作者的笔下，不再是一个个孤零零的表象，而与中国的文化传统和文化精神浑为一体，并且在那细婉的夹叙夹议中，升华为一种特定的文化意识，与读者的心灵一拍即合，给人一种很高的审美享受。其次是他散文的历史感。肽频的散文题材，有大有小，有粗有细，看似信手拈来，实是用心良苦，因为他不是孤立地描绘“坡度”，细说“霸王”，而总是把它们置于历史的纵深之中加以观照，又以自己的独特感悟，去阐发它的历史意义和现实精神，把一篇千字作品打造得厚重如山、铺展得苍莽如野。在他从容不迫地诉说中，读者与历史一起徜徉低徊，静默沉思。其三，是他散文的节制感。散文抒情，天经地义，这原本是不错的。但问题在于如何抒情。平和冲淡，并非无情，而是适度、而是节制，亦即中国诗歌创作的古训：含蓄。“满招损，谦受益”，做人如此，作文道理大抵相同。而含蓄或者节制，不仅不影响抒情，反而使感情更为厚重，更为感人。我以为散文风格可以种种，但节制的准则应是共同遵守的。肽频的散文应该说做得恰好，这也是我最感欣喜的一点。肽频是诗人，故而作品“诗意盎然”是很自然的事，甚至连每个篇目的标题，也是十足的诗味，但他的精明之处，便是懂得节制，调控得体，浓而不烈，肥而不腻。如饮酒，人微醉，意飘然，才是高境，才是享受。肽频写作的技巧，于此可见一斑。

自然，肽频散文精妙之处多多。而我只是一个审美水平平平的阅者，故而仅能体味其中一二，尚不知准确与否。更多的精妙，还是让评论家去阐发，让读者去品察才好。我想，只要在这个“阳光坡度”上走一遭，一定是不枉此行的。我的破例，便是一个明证。

周梅枝

大生活还是小生活？

生活的真谛到底是什么？

这是一个简单而又复杂的命题，亘古不变。

生活就是：生下来，活下去！

生活就是快快乐乐地活着，活着就是为了更好地活着……

张国立主演的电视剧《大生活》如是说。

何为大生活？我问过我的朋友，他们大多都这样回答我：住豪宅，开宝马。换成我也会这么回答，虽然庸俗可不缺乏实际！对一个生活在最底层的环卫工人来说，自己所谓的大生活无非就是活的踏实。人生也是如此，反复无常，真正回头看看却又不过如此。朴实无华应该是形容主人公最好的外在美，观众朋友可能会疑惑；他的付出是为了什么？难道一点都没有私心？爱情婚姻一次次从身边错过，一次次物质的诱惑在眼前舞蹈。美色、金钱、权力这些都是现代人所向往追求的，可他呢？

张国立饰演的柳东在躁动的年代中无法左右自己的命运，却依然保持着自己的人格——善良、达观、幽默与坚忍。柳东是一个生活在这座城市的最底层的城市贫民，当过街办小汽修厂工人，卖过皮鞋、卖过水果，后来成了扫大街的环卫工人。他身边自然聚集着一些和他同样命运的人，他们是环卫局清洁队开洒水车的王鹏举、无业游民却四处冒充大老板的金东民、守公共厕所的老苏、曾用铁钉子下酒的丁爷……他们都信奉一条准则：生活就是生下来，活下去。他们身处逆境，却时时处处帮助那些比他们更弱小更不幸的人，用他们自己的话来说：“自己过得只比鬼火亮一点，还假装太阳去照亮别人”。这部电视剧也更多的体现了他们对于生活的坦然面对。

在现代这个人际关系复杂、工作任务繁重的社会，有些人总是去感叹生命的无常，有些人也总是去体验死亡的解脱。灾难从来不会用怜悯去选择施虐对象，人要学会调整，遇见困难了多想想，没什么过不去的，遇见喜事了，也别太放在心上，那只是一瞬间的事。其实我们应该更多的以大生活里这样的处世哲学来做向导，更多的用用阿Q的精神胜利法。人活一世实属不易，所以人生一定要幸福，一是要用超越平常的心来看世界，境界越高，视野越宽，困难就越小，也就会越来越感觉幸福。二是要有一颗平常的心，平常不平凡，单纯不简单，幸福的感受决定在你的内心。三是要有喜欢的心理，快乐的活在当下，尽心即是完美，最完美的境界是不存在的，只要尽力就好，因为尽力之后可以无恨，无憾，无悔。四是要有一颗柔和的心，因为从容你就会发现自己的价值。

生活的痛苦、考验都是台阶，是我们走向智慧的营养，我们不要总是记住痛苦、记住尴尬、记住折磨，要知道一个人如果背负太多，生活之路走起来就不轻松了，也许你会说这一切我都无法忘记，一个正常人是可以在自己的努力之下忘掉不愉快的事，每个人都可以做到，你对记忆的取舍和选择，决定了你的生活是快乐还是忧愁。

王朔在《大生活》一书的序言中说："我们大多数人过着浮躁的生活，来去匆匆，一路风尘。有本事的人，如果再有些运气，就被称为"成功人士"，过波涛汹涌，呼风唤雨的所谓"大生活"；有本事却没有运气的人，过牢骚满腹，阴暗潮湿的小生活；没有本事的人，却很少，这世上几乎没有人会由衷地认为自已是傻瓜……浮躁使我们生活得很痛快，很没有拘谨……"冯小刚在序言中说："一个民族的傻瓜多了，便没有希望，这是明摆着的，但是一个民族如果没有傻瓜，恐怕结果会更糟，更糟。这却有些隐晦，得靠你去悟。"

▍周习文

时间，或陷阱

2006年已绝尘而去，没来得及回顾，新的一年便迎面而来……

时间，一点点剥落，一寸寸埋没着我，我的惶惑也一天天加深。关于时间，我的回避多于正视，感慨多于赞颂，思索多于行动。我总是走在时间的后面，追逐着时间以外的东西，结果时间总将我甩得老远。我的所有追赶只是成了一种人生的姿态，对于生命的价值和意义没有丝毫作用。

最初有关时间的记忆是上小学时，我在家中翻出了一本老皇历，知道那是1984年，我已经10岁了。但那时我对时间没有任何概念，仅仅记住了一个年份和自己的年龄而已。接着是14岁那年，一次，在担水途中，我忽然想到初中课本上说的法定婚龄问题，心想还有8年我就可以结婚了。其实，当时我并不理解婚姻是怎么回事，我的生理上也没有青春期的征兆。只是好奇，或者渴望？但我想，我的心理已在萌动着一些美好的情愫了。其后，我还想到2000年时我就26岁了，心中竟掠过一丝恐慌，我不知道26岁意味什么，但那应该是很大年纪了。我憧憬着新世纪的来临，又畏惧自己渐渐变老。第一次，我对时间产生了矛盾的心情。

20岁时的元旦前夕，我在给一个同学的新年贺卡中写道："我们都已攀上了20岁的高峰……"言辞间充满喜悦、自豪与兴奋。是的，20岁！人生中最美好的黄金年龄，我们意气风发，雄心勃勃，一切都是那么新奇，具有诱惑力。未来对于我们是有待开垦的处女地，我们对于未来则是信心百倍，斗志昂扬。"普天之下，舍我其谁"的心态虽则轻狂，不切实际，但何尝不折射出青春期的朝气与进取？

然而，时间一点点销蚀了我的锐气与豪情，放飞的梦想一次次折翅，收获的生活常常背离初衷。年末岁尾，盘点过去的日子，我没有底气去面对惨淡的收成。如果以世俗的眼光看，日子就那么简单，生存或生活的质量并不重要，那我应该知足了。可我偏偏自命不凡，涉世之初就幻想着人生有着精彩的大手笔，有着世人仰视的高度与光芒。于是，我的失望也就成了必然，我终究日日活在迷茫、紧张乃至追悔里。

时间无情的流逝，压迫着我脆弱的神经。从 20 岁开始，它就一路发飙的朝前冲，加速度的往下坠落。我无法把握它，任由它强烈的惯性将我带进一个个茫然的世界。工作、结婚、生子……它把人生的历程一一展现给我，我却抓不住人生的要义，迷失在世俗生活的丛林里。时间，如一个巨大的陷阱，让我所有的努力与挣扎越陷越深，我在时间的空洞里找不到出路。

回顾，或前瞻，在时间面前都需要勇气，无论喜悦或愧疚，时间也从未停下它匆匆的步履。人生的章节一页页翻开，因为可歌可泣、可圈可点，我们会驻足欣赏或凭吊，会有或长或短的停顿，可时间不会凝滞，一如既往的将全新而陈旧的内容展示于世。不容你留恋，不待你展望，它迅疾而决绝，把光阴的影子投在平静的世界，倏忽即逝。

2007 年翩翩而至，我却找不到词语描绘未来。时间能打败一切，包括金色年华，凌云壮志，以及所有美好的期盼与情怀。健康的身体在时间的陷阱里慢慢腐朽，远大的抱负在时间的黑洞里逐渐迷失。时间，能证明的是它的永恒与伟大，人生的短暂和人类的渺小。

2007 年，我决定放弃所有的构想，放弃试图与时间抗争的最后的努力。我拼搏！我奋进！我斗不过时间，但我要从时间的羁绊里解脱出来，不为自己的人生设置障碍。倘若我不能赢得时间，那我只想战胜自己，战胜自己对于时间的恐慌心理。

时不我待！那又怎样？我只要从容！

（选自于《安庆晚报》2007.01.05）

周翔飞

听 雨

“可惜和风夜来雨，醉中虚竹打窗声”。暗夜里听到雨声，我总是自然而然地默诵起这意境迥远的诗句。因为白天你更多的只是看，看那一滴两滴的晶莹，看那千缕万缕的斜顷。只有在幽暗的夜里，万籁齐喑，喧嚣尽失，你才能静静地倾听那淋淋漓漓，间间歇歇的音韵。“卧听檐雨作宫商”，雨声确实是天地造化中最为曲折酣畅的音乐。那远远近近、高高低低的节奏，仿佛一首传唱千年的歌谣；那点点滴滴、细细密密的感伤，竟以最简洁的方式触动每一个倾听的灵魂。无论是细雨滴疏梧，还是骤雨打残荷，听去总有那么一点凄凉，有那么一点憔悴，有那么一点酸楚。那位写下“春水碧如天，画船听雨眠”的诗人，是否听懂了这雨声的蕴涵，我尤为怀疑，因为他早已在雨声的摇晃中昏沉入睡了，而且那么安然，那么恬适。

我有过荒山听雨的经历，那逼人的凄楚一下子袭占了整个身心，使我不敢高声，只有倾心聆听。起先，窗外若有人低吟，风摇动满山的树叶，竦竦然，慌慌然。继而三滴两滴冷雨便落在秦汉的瓦上，清脆而零乱，象无遮拦稚子惊恐的呼唤。紧接着便潇潇洒洒，嘈嘈哗哗来了一阵狂草般的急雨，仿佛白浪蹈天，惊涛拍岸，人则如浪峰之一叶飘蓬了。骤雨过后，那雨又变得犹疑而迟缓，淅沥而缠绵，如同一群无家可归的浪人在屋檐下啜泣。此时此地，纵使你有满襟的豪情侠气，怎经得住这般湿漉漉冷涔涔的敲击。雨落在漫山的黄叶上，落在门前爬满绿苔的石阶上，落在孤旅人的枕边，落在倦怠的心坎上。整整一个长夜，那雨时急时缓、时疏时淡，来了又去，去之忽返，就这么反反复复。你或许也有过这种夜宿荒山的羁旅。这时节，你会披衣拥坐，一灯如豆，看那惊跳的火苗定然惹动你仓皇的愁绪。你或许会想，踏一路泥泞，撑一伞潮湿，走在归家的巷陌。你推开了门，家人欣喜雀跃，他们围着你问这问那，而你接过那双熟悉而美丽手递过的毛巾，忙不迭地擦拭脸上的水渍。靠在床头，听那雨声，想起这份揪心的温馨，你或许已打算结束这背负行囊的旅程了吧。

听雨不必在精舍，不必有佳客，宜一人独坐，细心聆听。那絮絮的雨声宛若你的情人在耳畔喃喃低语，你会怀想在一把伞下依偎着的那份亲昵。也许你还会想起别的什么，但多半是青藤般爬满你心宇的柔情。不过，在清冷的雨声里，那些美好的记忆都暗淡了，仿佛凋零的花朵早已承受不了那萧瑟的秋风。正当你沉溺于往事的时候，窗外的雨又骤然大了起来，像是踉踉跄跄的醉汉支持不住那份岁月的艰辛，终于轰然摔倒在溜滑的泥浆里。遮天的雨自远而近地盖过来，象叶叶叶飞来无数的鸟群，那鸟翼扑棱棱的声音漫过你的头顶，围困着你，你感到快要窒息了。你想张口呼叫，却听不见自己的声音。那些耽于倾听的人，谁没有体验过这份难以言说的雨之况昧呢？

听听那冷雨，听听那绛紫色的音乐，所有的豪气都黯了，宛如梦中的宝马早已绝尘而去，只在枯萎的草地上留下依稀的蹄印。雨，洗涤着倾听者尘封的灵台，让人在清醒的空明中沉思、怀念，品味着生之酽醇。

沉寂的暗夜，雨声悄然而至，总会惊醒一些人，他们在淅淅沥沥的雨声中徜徉、漂泊，而另一些人则在酣睡。

在生之途上，偏爱听雨的人，雨从来就没有停过。

过　雁

不见大雁已许多年了。

蜗居斗室，一桌一灯，一个人静静地看一篇梁实秋先生念旧地文章，先生浓厚地羁愁深深地感染了我，暂时让我忘却了冬天地寒冷。兴味正足的时候，遥遥的夜空隐约传来三两声低低的雁的哀鸣。此时，入冬已有了些时日，我怀疑是自己听错了，便放下书，放眼窗外，侧耳细细地分辨。那悲悲切切的由远而近、由低而高，惊慌而错乱，如泣如诉，如月下寒塘漾起的波光一般，闪烁不定，让人应接不暇。一群迟归的大雁，正经过我头顶的夜空。我突然感到一种莫名的兴奋，跑到了门外。

引颈而望，我感到深深的遗憾，哪里看得清深夜造访朋友的面容呢？夜空混沌一片，连雁儿的影子也不能见。广漠寂静的苍穹下，惟那阵阵哀鸣听来更加清晰、更加凄惨，那悲凉的声音在高耸林立的烟囱与叶子还没有秃尽的树梢间荡来绕去，朝我围拢过来，而后又缓缓散开，愈来愈弱，愈来愈远，渐渐消失在空旷而阴冷的夜空。

记得家乡有这样一首儿歌，“雁呐，一条烟呐，做花鞋哟，把伢穿哟。”放学回来，望见南来北往的雁阵，小伙伴们总是仰着脸儿，摇着手儿，一起追逐着，向着天空的大雁反复唱这首儿歌，直到看不到大雁的影子为止。如今忆起那快乐的情景，宛在眼前。

当青青的红花草遮住了窄窄的田埂，田野空阔无人处，若有雁儿歇息，我总要跑去看望。其色颇像家养的麻鸭，胸部及腹部却是一片纯白，在绿色的世界中，那白色极为耀眼。颈高尾长，使庞大的身子还不至于显得过于笨拙。群雁或啄饮、或伏地、或理羽、或嬉戏，悠闲自在，平易可爱。如果你看到雁儿踱步时那十分吃力的模样，你简直难以相信这就是高空中矫健的英姿。

许多年过去了。离家别友，一个人进城念书、工作，形单影只，如同孤雁，而且，今后怕要长久地住在这个熙攘拥挤的地方了。尝读晚唐杜牧《早雁》诗云：“金河秋半虏弦开，云外惊飞四散哀，仙掌月明孤影过，长门灯暗数声来。”现在只是射杀的弯弓进化成黑洞洞的枪口了，但不见雁阵多年，难道仅仅是因为暗林草丛里埋伏的准星吗？

周诗长

行走在理想与现实之间

1978 年，我大学毕业，回到母校安庆一中担任语文教师。一晃 30 年，从一名普通教师到一校之长，我见证了改革开放 30 年给予一所名校的阳光与雨露。

单纯地看，30 年前，一个学生面临的主要问题是高考；30 年后，一个学生面临的主要问题还是高考。即使高考的科目和内容有些许的变化，但高考却是最基本的评价制度。

简单地看，30 年前，一支粉笔、一块黑板、一本教材就构成了一位教师的教学形象；30 年后，尽管有多媒体网络，热热闹闹，丰富多彩，但伴随着现代工业兴起的班级授课制仍是最基本的教学方式。无论是粉笔还是多媒体，说到底，都只是教学的技术辅助。

尽管批评不绝于耳，但任何改进其实也只是微调，也只能是微调。

其实 30 年中等教育的成就，最根本的就是坚持，符合教育规律的坚持，一以贯之地坚持。这就是教育的恒定性，它维护了社会的稳定，为改革开放培养了大批建设人才，提供了智力支持。人才的培养有着几千年的传统；而人是最经不起折腾的，一折腾，耽误的就是一代人的青春年华。

回顾 30 年来安庆一中的办学，我们最鲜明的感受就是这种坚持精神。比如教师集体备课，从上世纪五六十年代坚持到现在，连“文革”都未中断；比如老教师余冠群提出的“生课熟备，熟课生备，全册精备，逐节精备，课前默备，课后复备”，和如今提倡的教学反思观如出一辙；比如班主任坚持每天“三到四勤”，即早操、早读、下午课前 10 分钟到岗，上下午眼保健操、自习课、课外活动要勤看勤检查，三十年如一日，看似平常却艰辛。

但我们同样也感到一种困惑，我们在许多问题上陷入两难困境，比如高考升学率和学生的全面发展，比如教学的自主开放与教材考纲的束缚，比如教师的专业提升和繁重的教学任务。

而教育是未来的事业，教育需要一种理想的情怀，一种激情的创造。用理想观照现实，我们在办学时既要脚踏实地，也要仰望天空。所以我们提出“永争第一”的办学理念，把“尊重学生，发现学生，发展学生，培养走向世界的现代中国人”放在教育之首，把“欣赏教师，磨砺教师，成就教师，让教师享受教书育人的幸福”放在管理之首，把“站在爱国的前列、时代的前列、办学水平的前列，时时处处事事永争第一”作为学校孜孜不倦的追求。

我始终认为：名校是大校，大度之校，大方之校，大气之校。不求浮名，不急功近利，不为升学率所缚，容纳和造就不同个性特长的人才，是名校应有之气度。凭借这种大气，安庆一中先后创办省理科实验班、国际班、国家宏志班，成立省体育特色专项学校，各类人才层出不穷。继承安庆一中百年深厚底蕴，引领学校走向全国知名中学行列，是我工作的目标。我们在正行进在这样的征程中。

“学问为济世之本”。这是我校原校长、曾任北京大学教授的王星拱为学子的题词。教育的本义是传承文化，培养人才，两者相辅相成。总结历史，我们更渴盼着海纳百川的胸襟，更期待着群峰竞秀的壮观。

（选自《人民教育》2008 年第 24 期）

朱 莉

十月随笔

都说十月是金色的岁月。十月安庆的秋天，不冷不热，时而刮点爽燥微寒的风，吹起路上小姑娘们五颜六色的裙裾，卷起黄色的梧桐叶，腾空又落地；时而飘点淅淅沥沥的小雨，毫不厌烦地连绵个几天几夜，潮湿了空气淋湿了心情；时而还淡云微开，太阳兴致盎然的出来逛一圈，天空不紧不慢地透着湛蓝的清爽。虽然池塘里早已经是枯荷残枝，这气候倒给人初春的错觉。

十月的秋天，不冷不热，就像忙碌工作着的人们的心情，不慌不乱。

永吉在电话里说，深圳还是很热的天，都穿短袖呢，走几步就汗流浃背，“热死了，没有空调我怎么过活呵。”

我也曾站在热浪里，感受滚烫的汗珠从肌肤渗出，滑落，甚至蒸发的过程。就像受伤了会感到痛，吃饱了会打嗝一样，流汗是人体降温的一种自我保护形式，可是太多的人并未也无暇意识到这一点：那在烈日下搬动砖石，为华丽建筑添砖加瓦的灰头土脸的农民工们；那在水泥和钢筋构筑成的所谓现代都市的角落里，为一毛两毛钱争执不休的小商贩们；那夹在无数条穿梭不息的腿和无数漠然的眼神中盯着碗的乞丐们；那在湿热的公园石板凳上佝偻着背，能停滞思考，一坐就是一个上午的孤寡老人们；还有那在骄阳下撒欢地奔跑尖叫、不知疲倦，也不在乎时间流逝多少的孩子们。

一位朋友在移动做着经理，年纪轻轻就拿着令人羡煞的高薪，早早步入有车族。我们捶他：你小子真是太走运了，单位“肥得流油”。可不到30岁的他竟开玩笑说天天想着什么时候能退休。“实在是拼命，我经常加班到夜里。老总训导说我们的员工就是要以牺牲自己的健康为代价来为公司创造利润。”真是语不惊人死不休！换句话说就是不惜一切代价了！话是夸张了点，不过所谓高薪，也确不是天上掉下来的馅饼。付出和收获总是成正比的。

所以，当我们踩着平凡的岁月鼓点一步步朝下一个人生坐标行进的时候，如果你每天不做点什么实事，就很可能会被慵懒，彷徨，抱怨……束缚着手脚，迷蒙了双眼，也许还没来得及看清识明这个坐标，时间的脚步已匆匆滑到远处了。生活不需要豪言壮语，生活就是一段用平凡的每一天积蓄成一个不平凡目标的奋斗历程。就像姚明最初的梦想只是希望能穿着足够大足够合脚的鞋子。

前几天在整理自己的书桌、抽屉，翻出了很多以前珍藏的老照片，大学的朋友往来的信件，还有别人送的精品小瓷器……花花绿绿地填满每个角落，曾经当宝贝似的东西，而今却绝大多数只看一眼，甚至看都不看一眼，就毫不吝惜地扔进了垃圾桶，迅速而决绝，取而代之是干净整洁的书柜，满眼清爽。于是又感慨不已：原来时间可以让很多曾经珍贵的东西变得一文不值，时间可以改变一切！也许正是有人早早觉醒到这一点，才更加努力地不亏待自己的每分每秒，于是这种可怕的力量才会催促着人生要马不停蹄地赶路，再兼程。

电影《无间道》里有首歌这样唱，“去不到终点，回到原点，享受那走不完的路。”我在想，倘若赶路的我们没有到达终点，所以回到原点，继续重复着人生中的片段，这真是享受吗？不，没有成功就是零，不必说什么“我已经无怨无悔”之类的话，高效的现代人要的就是结果不是过程。

张爱玲说出名要趁早，我说成就人生要趁早。年龄是世界上唯一的一种不劳而获并且能不断增加的东西，但这种增加更多时候不是增值。要想让它们增值，一切就全靠人本身啦。

十月的秋天，不冷不热，就像奔波雕刻岁月的人们的心情，不慌不乱。备课，上课，看书，笔耕不辍，总之做点什么再下班。随着车来车往，我紧紧衣领，也踏入爽燥微寒的风中，看摆动着的路边的草叶，居然翠绿依旧。

2008. 10

朱移山

犹如复婚

——关于再为编辑的感受

大凡人经过黄连般的相思，如蜜样的相恋，便进入婚姻相守而销魂了。其后境况又各不相同：激情昂奋不息者有之，寡淡如水者有之，同床异梦者有之，银婚金婚乃至钻石婚者有之，分道扬镳者更是不在少数。也有极个别的，折腾分开又折腾破镜重圆了。离婚与结婚一样让人理解，只不过结婚令人轻松，离婚则如释重负：离婚者能将灵肉相融的婚姻大厦崩毁，其心一定是慢慢锻炼得坚硬如铁的；而再婚尤其是复婚，这种铸剑为犁的艰辛历程更非常人常心揣测。一个人既然选择离婚，理由万千，但不外乎两类：一是对现状的无法忍受，另一则是婚姻外的诱惑。而这二者又可凝为一类，即追求自我生命的自由张扬。一个人选择复婚，想必是这种自由追求或在现实中落空，或遇外在世界的阻击封杀，而再转身重新认识和定位自我。诚然，再度携手已不是简单的复归，其社会和人性的蕴涵意义要更复杂，更沉重得多。

我没有结婚——离婚——复婚如此复杂的经历，但我十余年中职业的选择有着近似的体验。当年正儿八经研究生毕业，坚决从某厅机关改派到新闻出版局任编辑，是觉得这样既能使自己的学术钻研得以顺利延伸，又能留存在真正的知识分子圈中保留自己的思考与批评的自由精神传统，同时拥有足够的养家糊口的收入。于是我把自己当作一个全面性人才来培养，当编辑，跑发行，办杂志，到农村搞社教……三年满登登而过，然而心中理想遥遥无期：烦琐之事无法保持学术的宁静；出版社更是各路“英雄豪杰”的跑马台，编辑的思想，领导的旨意，同事的心思，作者的企盼，市场的波诡云谲，无法组合成良性循环圈，而处处滞涩更令人生出被压在倒金字塔底几近窒息之感。此时圈外的世界尤其是遥远南方改革开放的潮音不时发出了迷人的诱惑。有三思但异常坚决，我“大笑一声出门去，吾辈岂是蓬蒿人”！辞职而去。从此卷入所谓“下海”的汹涌之流。于是整整八年，打工，当老板，再打工。荣华富贵挥金如土过，穷途末路慷慨悲凉过，颐指气使吆五喝六过，黑白两道短兵相接过。兴奋时认为八年下海是人生波澜壮阔的交响乐，颓唐时认为自己这八年相当于日本鬼子深陷汪洋大海之中国。整整八年，我彻底隔离开单纯意义上的文化界，并常常不屑于文化界。三年出版社经历没能让自我伸张，因而对自己身边圈子失望并进而彻底逆反。即使在倒下时遥望着某些文化界成功人士的辉煌仍然心有不甘，仍憧憬着能重新舞起手中的短剑与那些拥有快枪利炮者浴血搏杀。这注定着是一场悲剧！剑虽然也能一剑封喉或穿心，但剑客们更多的是追求招式比划中的酣畅淋漓，而枪炮手的目标就是让你轰然倒地粉身碎骨。我可以表象地啸傲而去，浪迹江湖，鱼龙混杂，但骨子里的孤傲、善良无法融入舍义求利的喧嚣嘈杂中，拥有的武器依然是书生的短剑，默念的是所谓公平的剑诀规则。商海的表面是蔚蓝的，但本质是咸涩的；商人的生存价值是获利，而中国特定时期从商者也不可避免“每个毛孔内都滴着血和肮脏的东西”；知识分子的生存价值是求知，为“士”们的一切努力本质上也不过是确证自己拥有更多的知识。不同的价值取向必然有不同的求生之道和行为方式，想要扭曲它们，势必带来灵魂的割裂和心灵的折磨，也必然带来人生选择的乖张和命运的多舛。我八年商海的悲剧应该说也算一出知识分子的奋斗悲剧。想想自己，再重新品味曾在商海中搏击数载而上岸的我省知名青年作家潘军的感慨——“下辈子再不经商了！”心中怅然良久。

潘军商海痛苦的受伤很快融化为他笔下的汩汩才情，成为取之不尽，用之不竭的精神财富，并以其杰出的创作张扬着个性的自由和知识分子特立独行的恒久品格，再次如鱼得水。我从很久很久的悲怆和苍凉中走出。记得在商海喘息间隙，曾多次与挚友描画：过了这段原始积累期，就坚决金盆洗手，驾着车回到某一知名学府继续读没有读完的书，与导师们把酒学术，与师弟师妹们笑谈人生，在操场上像年青时一样出汗，让校园的苍松翠柏掩盖心中的苍茫与疲倦。这种复归的意念既已成形，就迫切簇拥着自己四处求索。2002年春夏之交，赋闲在家的我心中渴望如葱郁的季候般疯长。适逢合肥工业大学出版社招聘编辑，想想自己曾为编辑的背景，掂量自己的再为编辑的能力，坦然应试，如愿以偿。虽然我现在没车可驾，又恢复往日安步代车，但一是大学校园，二是编辑岗位，也算心满意足了。

再为出版社编辑，我也自嘲像鲁迅笔下描述的人物如“苍蝇”般绕了一大圈又回原地，回想辞职时的义无反顾和商海浮沉时对文化界的故意隔离，酸楚的感觉刻骨铭心，但悔恨是没有的。毕竟这八年如同丢开专业书，但课外书是广泛涉猎的。其无形滋养必浸贯于血脉。就像复婚的人，虽说恩爱如初比较肉麻，但相互的责任感和理解更胜往昔。记得一位很有深度的人为一对复婚的男女撰写喜联，上联“虽为两个旧东西”，下联“却是一对新宝贝”，横批“破镜重圆”，想起来真令人忍俊不禁又发人深思。但愿我这几年游离于主流社会，尤其是游离于知识分子群体的“出家”经历，能使自己今后的岁月更丰富，更能思考出一些深层次的比较，从而达到去芜存精，去伪存真。那样的话，比自己现在拥有一大笔物质财富，更令人欣慰。

（原载《我与安徽出版——安徽出版50年纪念文集》）

邹　骏

不可忘却的铁砚山房

早在多年前，一位名叫杉村邦彦的日本书法家来安庆访问邓石如故居，临走，他向邓的后裔提出，能否带一捧故居门前的黄土回日本。他的虔诚让陪同他前去的安庆博物馆负责人感动不已，也更加坚定了他为保护邓石如故居而不遗余力的信心。

并不是每个人都像他那样清楚邓石如故居修缮的意义所在。日本友人不敢相信邓石如的故居会是这个现状，这个长眠于青山丛中的一代书法大师，在中国书坛举足轻重的人物，似乎被人们遗忘。以至于我后来很难找到关于他鲜活的资料，关于他的传记也很少。

他的被遗忘似乎是必然的，这个流淌着先锋血液的布衣从来没有想过要被人记起。他只做他自己应该做的事情。

这是几年前的事情。

事隔多年后的2007年11月7日，我在当地一个友人的陪同下，去拜谒邓石如故居。

这是一次穿透时空的访问。

我知道应该来看看他了，从前，我不懂他的东西，现在是慢慢地懂了，知道怎样去欣赏他，和他的书法之美，布衣之风骨。

想当年，这里住着的应该是中国民间的布衣高人，中国文人的风骨在大山深处，像种子一样生根发芽，那力量可以穿透很多东西。我可以想见，一个不流世俗的青年，在大龙山脚下的一幢老屋里，孤灯清影，雕刻着一个时代的雄强书风。

他超越的姿态如同他每次穿越大山一样。当我经过一个多小时的辗转抵达邓石如的故居之后，我才明白书如其人的意义。他的生命存在形式，他的生活环境，造就了他书风的必然走向。

从安庆出北门，过集贤关，大约一个小时就到了。

一路颠簸，千回百转。经过村庄的时候，路边的留守的老人聚在一起打麻将，打发着懒散的时光。

他们只是抬头看看路边车子经过，就又埋头做他们的事情。他们不知道我们去哪里。

如果不是有人带路，还真不知道怎么走。一条安庆乡间最普通的公路，一直向山里进。比我想像的要远得多，遥想当年，邓石如要走出山外，要翻山越岭，历经几多艰难。他身在深山，心却超越古人，向着水墨苍茫处挥刀霍霍。

他的力量来自超越大山的跋涉。和当地的山水灵性。我一直认为书法是灵性和灵魂的产物。凡是成为大师的书画家，都是有着聪慧的因子，和外在环境的影响。

正是深秋。村庄安静得仿佛一场旧梦。

等了大半天，一位农妇拿把钥匙慢悠悠过来。门上是一把老掉牙的旧锁。

本来是要收钱的，五元，看是邓姓后裔带来，也就免了。

好久没有人来了，木门打开的刹那，冷峻、幽冷的气息扑面而来。时间隔了200多年，老屋的气场仍在。

这气息一直居住在此。并没有因为时光的前行而散去。反而更加醇厚，并且亲切。仿佛那个人仍旧居住在这里。

想当年，夜晚的老屋里，清灯孤影，一个青年镂刻着一个时代的水墨的先锋。他要开创中国书法的另一种风神。

那个年轻人，我没有看到他的面容。也没有人能记起。

但他好象或者就坐在厅堂的正中。面容俊朗，神情沉定。有着“力拔山兮盖山河”的气概。

我就这样望见了他。

他或许没有想到成为一代先锋。但他定然要改变，要突围。在水墨江湖上迎风斩浪，扬帆而行。

进去，一切仿佛旧梦。仿佛时光在这里安静了。没有嘈杂。想当年，邓石如在这里挑灯看剑，在水墨的江湖里青衫飘曳，游刃于金石间，乐山乐水。大山深处的上下求索，造就了他在书法领域的成就。如果没有坚持，和对抗寂寞的精神，想此地也就归于平淡了。

今天，邓石如故居的状况比我想象的要严重得多。似乎只一阵风，就会把它全部地吹垮。如果不是有心，或许也就与他擦肩而过。

村庄里大多剩下的是老人。邓的后裔也都向往着外面的世界。他们已经离书法太远。

离故居大约二三十米，即是一口池塘。池塘不大，塘边有干枯了树叶的杨树。

当地村民说，周边居民的房子都相继提高了根基，由此，流水都汇集到故居，造成了破坏。而且，现在看来，破坏已经到了相当严重的程度。“如果不抓紧修复，故居将会走向颓败。”

房子里空荡荡。只是正厅的桌几的摆设，依稀见到当年的影子。正厅的后墙上，两边挂着他的草书代表作品“海为龙世界，云是鹤家乡”的木刻，一幅作品流传了几百年，到今天仍然为人暗自惊叹。

邓石如故居在怀宁县大龙山西北的白麟坂。坂上的邓家共有三个大庄子，即远近闻名的邓家大屋、邓家老屋和邓家燕屋。邓家大屋是邓石如的故居。有瓦屋24间，厅堂、书斋、起居室齐备。邓石如晚年游归故里，命书斋名为“铁砚山房”。

这里山明水秀，邓家大屋门前遥对一座峻拔挺秀的峰峦，名曰“麟峰”，山下一块形如磐石的土地，即是“白麟坂”。一条溪水像衣带似的缓缓流过凤凰桥下，秀若芙蓉的大龙山环绕着白麟坂的四周，山上林木蓊郁，山下人烟相望。

邓石如在这么一个充满诗情画意的山村里长大，质朴的农村生活孕育了他刻苦自励的风格。也奠定了他书法的“民间性”，和冲破传统的勇气。他的身体似乎从出生始，就流淌着“坚毅、刚正，逆流而上却又不走寻常路”的血质。

他的篆刻更能体现他的“与群山为伍”的血脉关系。邓石如曾自刻两枚印章，文曰：“家在四灵山水间”，“家在龙山凤水”，都充满热爱家乡之情。

正是他对土地的热爱，他似乎把刀刻在故乡的土地上。

邓石如的诗文名不显，但他的知己都深悟其诗词文赋具有精深的艺术功力，有“为书隽杰廉悍，苍古雄奇，深入古人之堂奥。诗古文辞亦然”（《邓氏宗谱·左辅序》），“词气雄伟，动合古人”（鲁承烈赠邓诗轴），“诗文字已成三绝，汉晋唐容萃一身”（《师荔扉先生集》）等称誉，只不过诗文之名被他书法篆刻的艺术光芒所隐罢了。

邓石如的楹联作品，更以沉雄壮美的艺术风彩，使他昂然步入古今楹联大家的行列。

51岁的邓石如，在毕沅总督府内客居三年后辞归。毕沅挽留不得，遂举宴为邓送行。席间，毕沅说："山人吾幕府一清凉散也，今行矣，甚为减色。"这种高度评价，使四座宴众惭沮不已。邓石如客居间得到一块精铁冶制的铁砚，两年后又用毕沅赠金购置了田产，建舍于故里老屋之侧，置铁砚其中，命名为"铁砚山房"，亲书匾额悬于门首。

翌年，邓石如撰书了这副74字楷书长联。

题铁砚山房

〔清〕邓石如

沧海日、赤城霞、峨眉雪、巫峡云、洞庭月、彭蠡烟、潇湘雨、广陵涛、庐山瀑布，合宇宙奇观，绘吾斋壁；

少陵诗、摩诘画、左传文、马迁史、薛涛笺、右军帖、南华经、相如赋、屈子离骚，收古今绝艺，置我山窗。

邓石如是行万里路、师法自然、博阅人生的艺术大师，他的书画、篆刻作品中就有自然的造化之功、前人的充盈之力。

邓石如的祖代原住在江西省鄱阳县，汉末时迁至南昌附近的三川里。明初，朱元璋有鉴于战争造成的人口转徙和死亡情况严重，下令重新安排人口。邓家便是在这种情况下，由江西迁移至安徽，定居于白麟坂，"遂世为怀之耕读民"，传到邓石如已经是13代了。

邓石如幼年时家境贫寒，一生社会地位低下，他自己说："我少时未尝读书，艰危困苦，无所不尝，年十三四，心窃窃喜书，年二十，祖父携至寿州，便已能训蒙今垂老矣，江湖游食，人不以识字人相待。"这样一位读书不多的"一介布衣"，成长为伟大的艺术家，全靠艰定不移的信念，顽强的意志和刻苦的锻炼。他17岁后，就开始以书刻自给。30岁后，通过友人介绍，陆续认识了南京梅缪三兄弟等友人，遍观梅家收藏的金石善本，凡名碑名帖总要临摹百遍以上，为此起早贪黑，朝夕不辍为以后的篆刻艺术打下了扎实的书法基础。所以，当时人评他的四体书法为清代第一人。

邓石如的雄风一直影响到同时期的包世臣、吴让之、赵之谦、吴咨、胡澍、徐三庚等人。在篆刻艺术发展史上，邓石如是一位杰出的大家。

邓石如一辈子没有做官，他既不同于翁同、刘墉这些显官达贵，也不同于八大山人、傅青主这些野隐遗贤，而是一个彻底的庶民。从青年开始，他便靠着书法篆刻这一技之长外出游食，他力求书刻技术精湛，因为这门"手艺”是他的立身之本，甚至可以说，他是一个游食一生的写字刻印的艺术工匠。这里不是指艺术上作为贬意的“写字匠”或“刻字匠”，而是指其在创作观念上是与文人士大夫书法家相对的，尽管从知识修养艺术修养上讲邓石如也是一个出色的文人，但那种具有素丝初染式的庶民意识决定了他短短63年生命中生活道路、审美思想及艺术表现形式的必然选择。

康有为对邓石如以隶法作篆给以极高的评价：完白得力处在以隶笔为篆，吾尝谓篆法之有邓石如，犹儒家之有孟子，禅家之有大鉴禅师，皆直指本心，使人自证自悟，皆具广大神力功德以为教化主，天下有识者，当自知之也。

公元1774年（乾隆三十九年）青年书家邓石如秉承父业到寿县设馆教书，邓对梁山献的人品与书艺非常推崇和敬仰，他此行到寿县一方面是为了挣钱养家糊口，另一方面是慕梁山献之名，希望能结识梁山献，拜梁为师。当时梁山献已名闻大江南北，邓石如尚是初出茅庐的一介寒士，无论从年龄、资历、学养各个方面，梁山献都堪当邓的老师，但梁山献看了邓石如为循理书院诸生刻的印章和用小篆写的扇面后，以伯乐的眼光，认定邓将来堪成大器，如果纳邓石如为弟子，反而会束缚邓以后的发展，因此不让邓对他执弟子礼，而是以朋友、知音的身份对邓石如的学书与治印给予启发、指导和帮助。后来又亲自写信把邓石如介绍给他在金陵的好友梅，为邓石如在艺事上的深造与提高提供了有利的条件。梁山献与邓石如在寿县的这段交游经历，成为清代书坛的一段佳话。《清史稿》、《中国书法大辞典》等文献上对此均有记载。

据现有资料考证，邓石如青年时代至少有三次到过寿县。第一次是公元1762年（乾隆二十七年），这一年邓石如20岁，由他父亲带着到寿县，已能帮他父亲训蒙。第二次是乾隆三十九年（1774年），这一年邓石如32岁，在书法、篆刻上已具备一定的功力与造诣。他听说名书家梁山献在寿州主讲循理书院，便接替父业到寿县设馆教书，希望能结识梁山献，在艺术上得到梁的指导。邓石如这次到寿县住的时间较长，有数年之久，闲时常到循理书院拜访梁山献，并为院中诸生刻印，以小篆为诸生书写扇面。梁山献看了邓的书刻作品，十分赏识，赞叹说：“此子未谙古法耳，其笔势浑鸷，余所不能，充其才力，可以凌轹数百年巨公矣。”他不让邓石如对他执弟子礼，而是以朋友和同道的身份，与邓石如切磋交流，循循诱导，在将近六年的时间里，他们保持了密切的交往，邓石如的刻苦与忠厚深得梁山献赏识，认定邓石如将来必成大器，他不仅将自己收藏的碑帖资料拿出给邓观赏临摹，而且将自己的学书经验与心得体会传授、介绍给邓，使邓石如对书艺的理解与认识有了很大的提高。

乾隆四十五年（1780年），邓石如38岁那年，梁山献亲自作书将邓石如介绍给他在江宁的好友梅。⑧邓石如正是在梅家观赏和临摹了大量古代书法碑帖，奠定了深厚的碑学根基。这说明梁山献对邓石如十分器重，十分关爱，二人情在师友之间。邓石如对梁山献的知遇之恩与指导、帮助十分感戴，临行前，亲刻印章二方赠送梁山献，其中一方白文为“闻山父”，足见梁、邓二人之间的交游之深，情谊之厚。

邓石如带着梁山献的亲笔信到了南京梅家，受到了梅家的热情款待。梅家自北宋以来，为江左甲族，家藏金石善本与法帖资料甚丰。邓石如客居梅家数年，每天黎明即起，磨墨盈盘，临写了大量名碑法帖，不仅眼界大开，而且在篆隶书方面打下了坚实的基础。据邓自述，他在梅家八年，前五年攻篆，于《石鼓文》、《峄山碑》、《泰山刻石》、《汉开母石阙》、吴《天发神谒碑》、李阳冰《城隍庙碑》、《三坟记》等临摹各百本，又苦篆体不备，写《说文解字》二十本，旁搜三代钟鼎、秦汉瓦当碑额，五年篆书成。后三年攻隶，临《史晨前后碑》、《华山碑》、《白石神君碑》、《张迁》、《校官》、《孔羡》、《封禅》等诸碑各五十本，三年分书成。⑨在此之前，邓很难见到如此丰富而又精妙的碑帖资料，一见之下，如入宝山，恨不能将梅家收藏的精品全部学到手。在寿县与梁山献的六年交游和在南京梅家的八年苦学，是邓石如艺术道路上的重要转折点。

邓石如三次到寿县，时间跨度长达十余年，在寿县留下了很多早期的书刻作品，后因迭经战乱，加之人事更替，大多已经流失。

至今民间尚收存有他早期的印章作品多方。由于年代久远，邓石如在寿县的详细活动情况已很难考证了。

清嘉庆年（1805），邓石如病逝于此，享年63岁。邓石如墓在怀宁县五横乡虎山村。

昨夜东风动雷池

事隔整整十六年，终于再次见到熊老。一顶灰白色毡帽，一副拐杖。一身的清爽，一脸的慈祥。他上楼的时候，虽然动作有些慢，但脚步却是坚定的。拐杖更多的时候只是一个心理上的支柱。就在临别雷池的那天上午，我在通往县博物馆后面的石板小坡上等熊老。巷口处，他迎着夏日阳光一步一步拾级而上，步履从容，镇定。乃至他发现到我们在门口等他时，立即迎上前来，紧握住我的手说："不好意思，让你们久等了。"

随后，我们进屋小坐。

这是一幢不足60平方米的小屋，三间小平房，藏在博物馆后面的一所小院落里。与前后的楼房比较起来，这里仿佛是一个被人遗忘的角落。院子其实也很小，空地上竟长着绿色的青草，能闻到土地的气息。屋里的摆设极其简陋，尽是些老式的桌椅，几块木版架在钉子上，算做是书架，好象新的只有他刚刚从外面买回来的书法报，这旧式的老房子，藏着太多时光的记忆。象是一桢老照片，看的时候，却不忍抹去堆在上面的灰尘。熊老说，我喜欢这样的环境，客后雷池几十年来，一直舍不得离开此地。

熊老客气地递烟、点火，视我们为贵客，尤其是我，得知我从省城来，专程拜访他，他显得有些过意不去。

这天是端午节。我顺便买了一些绿豆糕、香蕉。我庆幸隔了十几年后，我能以如此平静的心情去面对一个老人，一个我一直都没有忘却书法家前辈。或许是因为缘吧。

他数十年如一日的守着小屋，这是我没有想到的。我近些年来，写了诸多书画家的专访文章，他们中大多急功近利，沽名钓誉，变着花样满地球的忽悠，而究其实，他们的书画完全被浮华腐化掉了，用时下时髦的词语说，火气太重，火气的意思大约就是功底肤浅吧。

现在，我坐在熊老的"草棚"里，我如此真切的感受到了他寒士的风骨，隐士的高远。

上次回望江时，熊老说，你来得正是时候，刚刚写好一个幅字，要送给我。因为第二天一大早我便回省城，没有时间去拿。不巧的是，那副字他已经托人寄给我了，应该还在路上。

熊老说，你来了，总不能空手回去，随手拿出一个信封，里面有他前些时候回宿松老家写的一副对联：

春水船如岸上坐，秋风宛如画中行。

“我感觉写得很满意，就偷偷拿了回来，没有送人。”熊老说，送给你吧！你喜爱书法。

熊老客居望江几十年，如今已是86高龄。真正是望江县城乃至安庆一带书坛的前辈。然有谁知道熊老生命中最珍贵的二十年却无缘与纸墨。“20年啊！我想写却无纸笔，纵然有纸笔，也不敢写，一写就视为反革命。”从36岁一直到57岁，这中间熊老因为是“坏分子”而被打倒。

熊老被平反，57岁的他重拾毛笔时，却一时找不到当年的感觉。当时有两条路可以选择，一是跟剧团拉二胡，一是写字。年近花甲了，能做什么呢？余生怎样度过？”熊老最后选择了书法。

熊老读了九年私塾，打下厚实的书法功底。曾习颜勤礼碑，之后习柳公权，接下来又临何绍基、苏东坡、二王、唐寅。熊老自认为何字学的最好。如今，熊老的行草已自成风格，真正是“通会之际，人书俱老”。而熊老也一直强调线条之于书法的重要性，线条乃书法之筋骨、之形神、之风度。

八十年代初，安庆掀起书法热，成立了安庆书法协会，有关领导指定望江的熊老必定是会员，当时一个县只有一两个名额。

丢了整整二十年，人生的黄金时间已经过去。熊老自知这个年龄学书，当是来不得半点怠慢。历经人间沧桑的他自然是比别人更深谙生命之可贵，生活之不易。苦练一年后，他渐渐找回了当年的感觉。加上安庆每年至少召开两次书法聚会，由此书艺逐步提高。

熊老习字无任何老师指导，全凭自己领悟，他把字帖称之为“哑巴老师”。夜阑人静时，唯有字帖才是自己最好的朋友。

因为热爱，所以从一开始加入书协以来，熊老就一直在为培养当地书法人才而努力。安庆市欲举办首届八县一市书法联展，会上无人敢接担子。熊老站出来说：这个展我们望江来办。面对市领导关于活动经费问题的质疑，熊老说，不用市里操心，经费的事我来设法解决。

在当时，这是一个大胆的决定。而当时望江县委领导根本就不能理解，花钱弄这样一个活动有什么意义。几经周折，熊老的不懈努力终于让领导为之感动，拨了300元。并有领导表示，如果不够，再增补。时间是1984年，安庆首届八县一市书法联展在望江举办，取得圆满成功。

不仅如此，熊老还培养了一批书法人才。如今，他们在书法领域也多有建树。

1990年，我在望江县城读书时，熊老书法展在县工人文化宫举行。当年，我喜欢书法，却不懂书法，自然也不敢冒然去拜访他。听说2000年，熊老在他80岁时又举办了一次书法展。我因诸多事务，也没顾得上去看。如今，我适逢回乡，与一群活跃在雷池大地上的书法青年才俊一起读书论道，这才想起我必须见一个人，一个我一直想见的老人。

我终于见到了熊老，在逸品轩画廊的二楼，他握住我的手，问我叫什么名字，他的手指清瘦，有些冰凉，但他的眼里却是充满着慈爱和善良的。

虽已年过八旬，他却保持着一颗童心。当地的晚辈都亲热地称他为“熊伯伯”。只要有书画类的活动，熊老必定参加。他一直是当地书画活动的倡导者和先行者。听说我此次回乡，想做一个雷池书画专刊的策划，熊老专程赶过来看我。

熊老说：“我今年86，等我到九十岁时，再弄一次书法展，到那时，肯定要邀请你参加。”

我期待着。并自然想到我的老师安庆书法家协会主席冯仲华先生在熊老70岁书法展上，为他做的一首诗：“……有情入梦梦更香，昨夜东风动雷池……”

熊老姓熊，名入梦。一个禅味深长的名字。如同我十几年后梦一样回到县城。时间缥缈，物是人非。而幸福的是因为我们见面了。我看到了一个快乐、健康而又天真的老人。

“放眼望世界，含笑对人生”。印在熊老名片上的这句话，正是读懂他的最好的钥匙。

后　记

《安庆六十年文学精品集》丛书从策划到今天轰隆一声问世，历经大半年的时间。其间，为这套丛书的顺利出版我倾注了个人近乎全部的业余时间和精力。自古出文人的安庆，太需要这样一套丛书了。环顾我们周边的其他城市，都有类似“文学五十年”或“文学六十年”的丛书出版，而作为安徽最重要的一方文化重镇——安庆，岂能缺少这样一套阶段性、总结性的图书出版？对生于安庆，不论你今天是否生活在安庆这块故土上的作家诗人们来说，我们每个人都有义务来完成这件事情。我只是以个人的热情，和作家、诗人朋友们共同完成了这件安庆文学史上的集体壮举，共同约会了这场文学作品的精神盛宴。感谢文学，它给了我们在这套书里相聚的理由！感谢合肥工业大学出版社，马国锋社长、钟玉海总编以及资深编辑、目前正在南京大学攻读博士学位的怀宁籍文人朱移山先生，是你们不单纯计经济效益，在纯文学书籍普遍处于出版困局的大环境下，依然对安庆地区的纯文学作品出版给予了极大支持！在这里，我谨以本书全体作者的名义向你们致上一声忠诚的谢意！

在本套丛书编辑出版过程中，还有一批需要特意致谢的人士。安庆日报社出版部李华女士承担了丛书非电子文稿的录入任务，我的朋友、芦颖佳女士承担了《随笔杂文卷》的校对工作，安庆日报社出版部马翠银、徐虹女士承担了《小说卷》的校对工作，李洁、张宁女士承担了《散文卷》的校对工作，李小明女士承担了《文论卷》的校对工作，何冰凌女士帮助《文论卷》组稿。都昌宏、许敏松先生、黄洁女士在他们主管的媒体广告上为丛书出版提供了支持，这都是本套丛书的幕后英雄，在此一并表达诚挚的感谢！

当然，想完成一件精神产品的宏大工程，不可能没有曲折，也不可能一帆风顺，本丛书出版过程中也有些不理解者颇有微词。但无论如何出版这样一套丛书，是安庆文学界众人期盼所归。一套书的编辑出版，只能客观地接

受读者们的评价，让“现在”告诉“历史”。作为主编，在这里需要向未能入选的作家诗人们表达歉意。由于本套丛书出版时间紧迫，征稿启事发布范围有限，而安庆籍散居于国内外的作家诗人、写作爱好者又太多，本丛书所收录作品又以作者自己投稿为主，因此许多不知道这套丛书出版信息的安庆籍作家们的作品就无法入选了。加上本套丛书规模的控制，也有一些投稿的朋友们的作品未能选入，在此，只能表达我个人真诚的歉意，期待以后再有机会编辑出版类似的综合性地区选本。

关于入选作者的排序问题，本丛书遵循了“以姓名拼音为序”的原则，不分名家与新人。虽然在征稿启事里要求应征的作品后面应注明发表的报刊名称、时间，但有一部分作者还是没有注上，由于编辑时间的紧张，如再重新一一联系，实需要不少时间，只好遵其所便了。本丛书初定为四卷，后增加了一本《文论卷》，选取了十六位有一定影响的安庆作家专门立论，旨在为以后的文学研究者提供一些有价值的文献资料；对于本次未能入选的其他作家，我们将把这机会留待下一次。

赘语过后，该是我接受读者们的检阅和批评了。期待在文学的大家庭里，我们经常相聚！

金肽频

2009年8月23日于安庆

《安庆六十年文学精品集》丛书出版致谢单位

（排名不分先后）

安庆师范学院
安庆经济技术开发区管委会
安庆职业技术学院
安庆市财政局
安庆市国税局
安庆供电公司
安庆市国土资源局
安徽盛晟集团
安徽中宜集团
安徽山城集团
安徽虹城集团
安徽旭阳铝颜料有限公司（合肥双凤开发区）
安庆百蕊房地产开发公司
安庆晶海房地产开发公司
安庆市鼎建房地产开发公司
安庆市交通局
安庆市环保局
安庆市商务局
安庆金华联超市
安庆十八开超市
安庆市五千年工艺美术有限公司
安庆房屋置业担保公司
安庆市宜秀区建设局
潜山县路桥公司
怀宁县新安中学
安庆市军成学校
安庆市东升教育投资管理公司（东升学校）
安庆誉城会计师事务所
安庆市黄梅山庄

ANQINGLIUSHINIAN

安庆60年文学精品集

散文卷

金肽频　主编

ANQINGLIUSHINIAN WENXUEJINGPINJI

合肥工业大学出版社

图书在版编目(CIP)数据

安庆60年文学精品集·散文卷/金肽频主编．—合肥:合肥工业大学出版社,2009.9

ISBN 978-7-5650-0061-4

Ⅰ.安…　Ⅱ.金…　Ⅲ.①文学—作品综合集—安庆市—当代②散文—作品集—中国—当代　Ⅳ.I218.543　I267

中国版本图书馆CIP数据核字(2009)第153586号

安庆60年文学精品集·散文卷

金肽频　主编　　　　责任编辑　朱移山

出　版	合肥工业大学出版社	**版　次**	2009年9月第1版
地　址	合肥市屯溪路193号	**印　次**	2009年9月第1次印刷
邮　编	230009	**开　本**	710毫米×1000毫米　1/16
电　话	总编室:0551-2903038	**总印张**	116.75
	发行部:0551-2903198	**总字数**	1 350千字
网　址	www.hfutpress.com.cn	**印　刷**	合肥现代印务有限公司
E-mail	press@hfutpress.com.cn	**发　行**	全国新华书店

ISBN 978-7-5650-0061-4　　　定价:180.00元(全5册)

如果有影响阅读的印装质量问题,请与出版社发行部联系调换。

★ **荣誉编委**（均以姓名拼音为序）

诗 歌 卷

白　梦　陈先发　何冰凌　简　宁　汪治华　叶匡政
余　怒　周　斌　祝凤鸣

散 文 卷

毕家祯　江少宾　唐先田　汪　军　王雨生　王子龙

随笔杂文卷

金诚睿　林　琳　汪和平　宣庆元　叶　庆　张心阳

小 说 卷

洪　放　潘　军　石　楠　熊尚志　张明润　舟扬帆

文 论 卷

苍　耳　荣光启　汪祚民　杨庆祥　杨四平　余昌谷
朱移山

▍金肽频

安庆文学：在历史与现实的丘陵间穿行*

一座拥有800年历史的中国历史文化名城——安庆，其文学发展的历史究竟如何？这套大型文学丛书从一定意义上来说就是答案。文学是历史发展的语言镜像，也是生活真实的心灵回声。通过触摸文学，我们可以触摸历史，触摸时代，进而触摸生长的土地、山川河流和人文气息。站在安庆这片古老的土地上，我们不但可以看到在中国文学史上绵延200余年的“桐城派”文章巨匠们的身影，正在历史深处向我们微笑致意，也可以看到陈独秀、朱湘、张恨水、海子、陈所巨等现代文学名家的面容如长虹贯空，使现代安庆文坛一点也不寂寞。这是地理意义和文学意义上的安庆，在静态的时间逻辑里我们可以生发更清晰的思考。

桐城派：在历史远处的“峰巅”上舞蹈

在这里，我所说的“安庆”是指当代地理意义上的安庆，以及与它血肉相连、不可分割的一市七县三区（桐城市、怀宁县、枞阳县、潜山县、岳西县、太湖县、望江县、宿松县、迎江区、大观区、宜秀区），共600多万人口。这里人杰地灵，山川河流的凹凸与人文历史的峰峦交相辉映。姚鼐对桐城地貌作过这样描述：“舒黄之间，天才之奇山水也”，也就是说这样的人杰地灵产生不了杰出的历史人物才是怪事！不过，这位历史巨人的产生是“桐城派”息鼓之后多年的事了。

桐城派的产生无疑是安庆文学的历史峰巅。在清代，甚至我们将眼光延伸到2000多年的中国文学史，“桐城派”其影响之深、地域之广、人数之

* 作者自注：序言所提及的作家以本丛书入选者为限，未入选者不在讨论之列。

多、时间之长，都为中国文学史所罕见。以至于清朝有“天下文章出桐城”的赞誉。但是“桐城派”的形成，除去政治思想和历史文化背景，现代学者均提出了一个不可或缺的因素：地理与人文环境。山与水，和人是相连的，就像湖岔和河流，雨水和大地。当代学者周中明先生认为桐城的山水背景使得“桐城派”形成了师法自然、清正雅洁的文风；加之戴名世、方苞、姚鼐的远祖都是从江西婺源、浙江余姚等地迁徙来到桐城，使他们养成了遵从古人的传统道德而不懈追求的人格精神，进而形成“桐城派”的“文格”。“为文者有所法而后能，有所变而后大”，这对于我们今天仍然坚守在“桐城派”故土上的作家们，也是一句醒世之言。

安庆建城的历史追溯起来已有800余年，但在桐城派以前，安庆还没有形成真正的文学，或者说，不能使用“安庆文学”一词。“桐城派”大旗的扯起是在1777年（清乾隆四十二年），姚鼐在《刘海峰先生八十寿序》中，正式亮出了“桐城派”一词，今天我在《安庆六十年文学精品集》序言中也正式亮出“安庆文学”这一概念，相信在历史的流走中，这个文学概念也一定会发出自己亮丽的色彩。昔日的“桐城派”在文学史上散发了夺目的光彩，首先是“桐城派”勇敢地将小说描写方法引入到散文的写作中，使小说的表现力渗透到散文的语言里。“桐城派”散文的一个重要特点就是“气清词洁”，这也是今天安庆的作家们应该继承的汉语传统。只有为优雅的汉语而写作，才能为优雅的汉语而沉醉！

高尔基曾有名句：“风格即人”。而当时身处中国清朝时代的方苞、姚鼐等“桐城派”作家，又何尝不深谙其理？他们以“狷介自好”的身躯，来写“气清词洁”的文章，说明他们的心中有着一种不向传统低头、不向现实就范的精神与风骨。这种精神是长存的。我们的文学先祖就是在这样一片精神高地上起航，而有了今天安庆文学的滥觞。“桐城派”对于历史的影响一直延续到1919年“五四”运动的爆发，而举起“五四”新文化运动大旗的又恰是另一位安庆人。

从陈独秀到海子：安庆文学的“先锋”向度

陈独秀是一位中国的历史巨人，更是安庆的历史巨人。中国“五四”新文化运动从它诞生之始就具备了一种先锋性。其与西方的先锋文学运动几乎同时产生，它们都具有20世纪早期的激进文学运动的共同特征。作为“五四”新文化运动的总司令，陈独秀的先锋性毋庸置疑。或许，正是因为陈独

秀身上集聚了太多文学性的激进因子，才使他的政治思想也充满了激进因子。当然，谁也无法抹杀陈独秀对中国“五四”时期新文学的历史贡献。北大怪才余杰曾这样评价过陈：“他是一位革命家，而非政治家”，这句话对于文学性格的陈独秀恰切而中肯。

安庆太湖籍诗人朱湘，这位被鲁迅称之为“中国的济慈”的诗人，仅仅凭他从长江的轮船上跃身入江的行为，就可见其先锋之端倪了。让我们共同来赏读一段他留下的诗句：“就烧我成灰／投入泛滥的春江／与落花一同飘去／无人知道的地方”（朱湘《葬我》)。据说，他自杀前还朗诵过德国诗人海涅的诗。我们从朱湘身体落入长江溅起的水花中，就可以看到他的美丽诗行，是用行为写就的。因而罗念生感叹：“英国的济慈是不死的，中国的济慈也是不死的!”

在当代中国诗歌史上，安庆还有一位诗人——海子，他是最具先锋性的诗人。从生到死，他不过活了短短的25个春秋，然而他身后的大地年年“春暖花开”，无数的麦子为他铺就了再生的天堂之路。这个曾经让中国诗坛为之痛心的诗人，在故乡安庆的心里也整整疼痛了20年。如今，他的诗句，他的麦地，他的天堂，他的死亡早已成为人们长久讨论和中国诗坛集体关注的价值符号。因此，我们有理由说，安庆文学的先锋性从来就没有中断过，它一直持续不断地为中国文坛贡献着杰出的人才。在当今的中国诗坛，生活和工作在安庆的余怒，其先锋诗一直是国内外诗坛所关注的对象，并已赢得自己应有的位置。可以相信，伴随岁月的延伸，余怒的先锋性也必将延伸得更为遥远，更为辉煌。以上所举，仅是安庆诗人的先锋代表，综观今天的安庆诗歌，尤其和国内的诗坛比较后，我们会发现，安庆的诗歌一直充满了这种先锋性。

在安庆的作家群中，还站立着先锋的“另一极”——潘军。2000年，潘军回到故乡，面对着诚实的土地，满怀感情地说道：“安庆这块土地对我的创作有很大影响和帮助”，“调动我的不仅是作为安庆人、怀宁人的生活积累问题，更多的是我自己在这块土地上这么多年积累的东西所形成的观念的东西在起作用”，“小说中反映出的人物状态、行为方式在我看来与这块水土是有关系的。”潘军如此，绝大多数从安庆走出的作家又何尝不是如此？诗人海子生前曾说，他在乡村生活的15年，足够让他写作15年，令人可惜的是他事业未竟，英年早逝！在潘军的笔下反复映现着故乡的风景断片：石牌。罐子窑。梅子岭。安庆。这都是一个个真切的地理隐喻与文化隐含。从《独

白与手势》到《重瞳》，潘军在短短的六七年时间内，一举站在了中国先锋小说的前沿位置，并取得了令人瞩目的成就，这无疑使他成为安庆作家的一个骄傲。

抚摸着安庆文学历史上这些文学大家的名字，你不感到这块土地是孕育“先锋文人”的温床与母体吗？“先锋派通过加剧现代性的某些构成要素，通过把它们变成革命精神的基石而发其端绪”。中国“五四”以来先锋文学的发展也是如此。只有思想具有先锋性，才能写出先锋性的文学，思想和文学是人的两条精神轨道，在安庆起伏的丘陵间奔跃前行。这种一以贯之的先锋现象，相对于中国的其他地区而言，是比较少见的，这也是安庆文学一直昌盛的重要成因吧。不久前，皖江文化学者汪军先生和我谈起这种先锋性时，我们还共同商定，以后有机会一定共同编辑一个文本，书名就叫《先锋安庆》。关于安庆先锋性的历史境域与集体向度等具体问题，该是这本书的使命了。

当代写作：群峰与河流的交替并行

对安庆正在进行的当代写作做一点发言，这是相当困难的，也是需要胆量的事情。自1949年以来的安庆文学，犹如安庆天然形成的丘陵地带，时而可见其峰，时而可触其谷，呈现出一种起伏不定的创作态势。上世纪50年代，耿龙祥的小说曾经引起过国内文坛的关注，他的代表作《明镜台》发表于《人民文学》1957年1月号后，1983年第9期又予以重新转载，并加编者按，向全国读者推荐。这篇小说后被收录进《中国当代文学作品精选》（谢冕、洪子诚主编）、《中国新文学大系》短篇小说卷（王蒙主编）。这个时代以耿龙祥为代表的一批作家，掀起了建国后安庆文学的第一波创作高峰。

“文革”期间的安庆文学和全国一样，是一片乱象与低谷。那些政治符号的文学作品大多沦为政治的附庸品或传声筒。伴随改革开放的春风，安庆文学又激起新的一批美丽的浪花。这个安庆文学的新时期，主要以作家石楠、诗人陈所巨为代表。石楠于上世纪80年代发表《张玉良传》而走红中国文坛，一直到今天70高龄，仍然保持着旺盛的创作激情，她先后创作了《寒柳·柳如是传》《刘海粟传》《张恨水传》《陈圆圆·红颜恨》等17部长篇传记小说以及《生为女人》等长篇小说，累计约500万字（2006年中国戏剧出版社曾出版14卷本的《石楠文集》），成为中国当代最杰出的传记作家之一。著名诗人陈所巨自上世纪70年代末登上中国诗坛，以其阳光般的激情，

成为中国诗人的中坚力量，到他2005年病逝为止，一生共创作2000余首诗歌；并与白梦共同创作了长篇小说《父子宰相》，独自创作了长篇小说《黑洞幽幽》，还有一批中短篇小说。中年早逝，但其一生创作可谓丰矣！2007年，安徽文艺出版社整理出版了7卷本的《陈所巨文集》。“陈所巨是个真正的诗人，视诗歌如生命的人”——这是白梦对她心中景仰的诗人的天籁之评。

安庆太湖籍作家熊尚志的长篇创作亦在国内产生很大影响。自上世纪80年代以来，人民文学出版社、四川人民出版社、北岳文艺出版社、安徽文艺出版社等社先后出版了他的长篇小说《处女坟》《野山风流镇》《骚乱》《乞丐世界》《祸水》《烟火人间》《神秘的妻子》《人与佛》《南唐后主》（上、中、下卷）等，多达十余部；发表《野火》《两面佛》《斑竹园》《古老的东方有一条龙》等中篇小说30余部，《戏痴》《书虫》《火风》《大师》等短篇小说约60余篇。最近几年，安庆长篇小说的创作一点也不寂寞。2007年，作家黄复彩由上海远东出版社推出长篇小说《红兜肚》，颇受国内读者关注与好评；桐城市作家协会主席、诗人洪放由诗歌、散文转而从事长篇写作，展现了惊人的爆发力，两三年时间内，连续出版5部反腐题材的长篇小说，成为国内当前官场小说代表性作家之一。青年作家陈进在大学读书期间，即公开出版两部长篇小说《固都》、《青春那么八卦》。其他作家不一一罗列。这些小说家们的创作在安庆文学的天空下犹如长河之奔涌，浪花之飞卷，展现出波浪壮阔、后浪推前浪的令人惊喜之势。

安庆文学创作集体或群体性呈现的另一半天空，属于散文作家和诗人了。自上世纪90年代以后，散文作家的创作已经扩散为普通作者的大众化写作。按照今天时尚的语言来说，是写作进入了全民化时代。安庆的散文作家可以用层出不穷来形容。如黄复彩、苍耳、吴忌、叶静、江飞、王子龙、洪放、魏振强、丁振川、张明润、郝健、陈少林、江南雪儿、钱续坤等等；从安庆走出的散文作家，如徐迅、江少宾、钱红丽、徐而缓、查一路、胡竹峰、周根红等，有些是国内的散文名家，有些是散文写作的高手。他们的写作交织起来，构成了绚烂多姿的多元化的天空。安庆散文作家的写作风格，如果我们从历史文化的大背景上来进行观照，你会发现他们呈现出一种难得的地域镜像和文化印记。这或许从“桐城派”就开始了的，只不过比较隐暗。没有细心的研究，就不会发现。桐城地处皖中，“山水奥区”，但清朝时的桐城东乡（现行政区划为枞阳县）与南京水脉相通，舟楫数日可达。因此，“桐城

派”的先人们接触较广，视野较宽，并不闭塞。“像方苞家庭早就迁居南京或其附近之六合。戴名世、姚鼐亦久居南京。尤其是左光斗被推为东林党领袖以后，方以智、方文、钱澄之等又都是复社领袖人物”，这些条件决定了桐城派文人精神的宽阔视野。故而，他们的文章既有丘陵地区那种天然的精致之美，又有着阔大地形上的雄壮之姿。现在，当我们铺展开来安庆今天作家们的散文作品，大多数依然是结构精致，语言秀美，有一股山水灵气荡漾其中。从安庆的精神内部来窥探我们的灵魂所在。反观从安庆走出去的徐迅、江少宾们，他们的作品既保持了安庆文学传统上的精致性，同时又能以一种瞭望的眼光打量安庆的山川、安庆的泥土、安庆的秋天和大地，因而他们的散文形态显得更为丰润一些。这是守望在故土上的作家和从安庆走出去的作家们散文作品的最大迥异之处。在安庆有“桐城派”这么好的文学传统，生活在或者曾经生活在这里的人是多么的幸福，因为我们可以从雄厚的文化土壤里起飞，可以站在文化先辈的肩膀上瞭望得更加遥远！

安庆的诗歌创作是安徽省的一方重镇，放在全国范围来看，也是一个诗歌大市。这是我最近参加第二届青海湖国际诗歌节时，听广州诗人黄礼孩说出的。虽然以前在多个场合，也听一些诗人、诗评家说过，但因我也是一位诗人，又是安庆人的一分子，就不好自戴高帽了。但在国际性的诗歌节上，礼孩不会戏言的，相信他的这个说法有他自己的判断。建国后早期出现的诗人有孙必泰、谢清泉、孔祥彪等；进入80年代以后，安庆的诗人如雨后春笋涌现出来：余怒、白梦、苍耳、王子龙、沙马、歌兰、吴橋、洪放、张建新、高嗣照、浪濯、木叶、舒寒冰、黄亚明等等。走出去的安庆籍诗人，如简宁、叶匡政、查结联、陈先发、祝凤鸣、周斌、漠子、汪治华、汪椿华、黄葵、魔头贝贝、那勺、邬云、许洁等，早已声播于国内诗坛，有些已属于“著名”级别。“安庆的诗歌有流无派”，“没有派的安庆诗歌倒也快活，可以自由地流淌在长江之滨的丘陵之地。”安庆诗人的作品中，共性的东西比较少，大多是个性的自由写作，多种风格生存于同一片土壤。

在当代安庆文学的发展中，还活跃着另外一支重要力量——文学批评。他们用自己的思想在作者、文本、读者这三维之间，构成了一种以理解为核心的平等、互动的相互尊重、相互敞开和相互交融的对话，进而生成一个双向的主体与主体的交融过程。安庆当代文学之所以在全国产生一定影响，与安庆籍文学批评家们的这一种努力不无关系。今天依然活跃在安庆这片故土上的批评家有王海燕、方锡球、余昌谷、汪祚民、魏远征等，中青年批评家

有苍耳、鲍红、江飞、陈宗俊等。更有一批安庆籍的文学批评家早已蜚声国内外，如王达敏、王彬彬、陈墨、石钟扬、程国赋、刘小平、杨四平、周斌、杨庆祥、何冰凌等等，而老一代的朱光潜、宗白华、舒芜则属于“大师”级别了。在他们文化评判的视野里，我们或多或少都可以看到安庆这片土地的文化身影，在他们的文字中晃动，成为比“根”更旺盛的生命力，推动着安庆文学从安庆走向全国。

……

江河泻地，日月潜流。这是安庆文学队伍一路走来的广阔气象。我们从海子到潘军，从300年前的“桐城派”到今天安庆的作家队伍，看到土地对于我们的那种强大束缚力就知道了，今天安庆人需要寻找的精神突破口。无论是海子诗歌中的“安庆意象”，还是潘军小说中的“怀宁背景”，都昭示了安庆人的精神与灵魂之途。当我们抬头仰望中国文学的历史天空，看见一只安庆的鹰飞过去了，这里的土地不会发出惊叫；当看到一群安庆的鹰飞过去了，这里的河流一定会又一次张开怀抱！

目　录

（以作家姓名拼音为序）

白　梦

残垣与断简 …………………………………………（1）

毕家祯

送女儿上学 …………………………………………（7）

思念母亲 ……………………………………………（10）

毕　亮

遥远的油桐 …………………………………………（15）

苍　耳

皖城札记 ……………………………………………（17）

菜子湖记 ……………………………………………（25）

操风琴

陈独秀旧居怅想 ……………………………………（27）

曹鸿骞

漆乡晨曲 ……………………………………………（32）

陈力钊

大雄山的灵气 ………………………………………（35）

陈少林

草帽歌 ………………………………………………（37）

邂逅秋夜 ……………………………………………（39）

陈生长

徘徊在香港的窗口 …………………………………（43）

陈寿新

张恨水的那个黄土岭 ………………………………（45）

陈所巨

知春 …………………………………………………（49）

秋日黄昏的人与鸟 …………………………………（50）

要是永远活在秋天多好 ……………………………… (51)
陈迎竹
牡丹之约 ……………………………………………… (54)
程大立
沙地行走，草青青 ………………………………… (56)
程　默
劳动的重量 ………………………………………… (60)
程　谱
春（散文诗） ……………………………………… (62)
程学开
可怜路边一枝梅 …………………………………… (64)
守望老虎洞 ………………………………………… (66)
储国斌
三十年一叹
——旅桂散记 ……………………………………… (70)
还是女儿好 ………………………………………… (73)
丁伯刚
穴居者自述 ………………………………………… (75)
丁振川
杨桥 ………………………………………………… (80)
残荷 ………………………………………………… (81)
方　跃
走近文成公主 ……………………………………… (83)
高嗣照
最初的雪 …………………………………………… (85)
耿成竹
回忆我的爸爸耿龙祥 ……………………………… (87)
顾乐生
漳湖飞白鹳 ………………………………………… (93)
郝　健
烟雨陶公祠 ………………………………………… (95)
何肖力
星月如梦 …………………………………………… (97)
洪　放

糖，下午的时光 …………………………………………………………（99）
清香桐城 ……………………………………………………………………（103）
洪中为
暖烘烘的雪夜 ………………………………………………………………（110）
黄　灿
繁华深处的寂寞 ……………………………………………………………（114）
百合花 ………………………………………………………………………（115）
黄复彩
一片羽毛的飘落 ……………………………………………………………（117）
紫石塔 ………………………………………………………………………（119）
黄骏骑
桑皮纸走进紫禁城 …………………………………………………………（123）
江　飞
一路面孔 ……………………………………………………………………（126）
不断死去，或浴火重生 ……………………………………………………（129）
江南雪儿
味道在尘世 …………………………………………………………………（134）
江少宾
仿佛水消失于水 ……………………………………………………………（139）
我的幸福是一种罪过 ………………………………………………………（145）
金国泉
跟着一枚秋叶飞翔 …………………………………………………………（154）
金　玲
母亲的爱 ……………………………………………………………………（157）
金肽频
在春天生长的动词 …………………………………………………………（159）
从一扇窗口看见雪夜 ………………………………………………………（166）
孔银姣
黑鸟 …………………………………………………………………………（169）
雷元胜
记忆中的年味 ………………………………………………………………（171）
李传韬
水菊粑 ………………………………………………………………………（173）
李　皓

雷池 ……………………………………………………（175）
李　琪
在秋天想念棉花 ……………………………………………（178）
李双爱
与松树有关的日子 …………………………………………（180）
李应春
光绪年间的一只笔斗 ………………………………………（182）
李智海
花殇 ……………………………………………………（184）
刘丽萍
步入春宵 …………………………………………………（186）
刘鹏程
一号船 ……………………………………………………（188）
刘文华
夜宿水吼岭 ………………………………………………（191）
龙其霞
倾听天籁 …………………………………………………（193）
敏明的岛
乌桕树祭 …………………………………………………（195）
倪爱清
居室趣事 …………………………………………………（197）
欧阳冰云
隐在湖水深处的微笑 ………………………………………（199）
潘　红
生活短章 …………………………………………………（201）
钱柏生
回家 ……………………………………………………（205）
钱红丽
京昆之美 …………………………………………………（207）
钱续坤
炊烟是屋顶的庄稼 …………………………………………（218）
乔东生
田间的春天 ………………………………………………（220）
荣光启

江南虚实 …………………………………………………… (222)
农事记忆 …………………………………………………… (223)
芮立祥
天生一个野人寨 ……………………………………………… (227)
沙　马
母亲房间里的钟声 …………………………………………… (230)
叙述中的一只蝴蝶 …………………………………………… (233)
邵义平
爱情之神 …………………………………………………… (237)
沈永生
乌家墩的白果树 ……………………………………………… (239)
石家麟
金家小岭 …………………………………………………… (242)
天上人间 …………………………………………………… (243)
石　楠
寻找张玉良墓 ………………………………………………… (246)
法兰西之恋 ………………………………………………… (247)
史良高
渐行渐远的名词 ……………………………………………… (250)
疏利民
我教女儿学诗词 ……………………………………………… (254)
疏胜祥
春节里的乡愁 ………………………………………………… (256)
舒寒冰
满屋蛙声 …………………………………………………… (258)
司　舜
散文诗短章 ………………………………………………… (260)
苏安生
千年秦淮 …………………………………………………… (263)
汤琼花
在乡村的记忆边缘 …………………………………………… (265)
与文字对酒高歌 ……………………………………………… (267)
唐先田
风雨磨刀人 ………………………………………………… (269)

洲头 …… (271)
汪　军
加拿大日落 …… (276)
汪礼俊
我带学生爬雪山 …… (278)
王恩乾
一棵树 …… (280)
王光佐
大爱无言 …… (281)
家乡的螃蟹 …… (282)
王　娟
莲的心情 …… (284)
王士杰
清风慰亡灵 …… (285)
王雨生
五月的江水 …… (287)
王志顺
泸沽湖散记 …… (289)
王子龙
秋水明镜 …… (291)
千年孔雀 …… (294)
魏振强
三十而殇 …… (297)
吴福成
相信十个海子皆复活 …… (299)
吴　忌
鸟是树的花朵 …… (301)
吴　萍
父亲 …… (304)
吴　晓
古城晨曲 …… (306)
吴垠康
茶筒里的春天 …… (310)
吴　政

诚实的乞者 ……………………………………………………（312）
吴祚来
我们被一些声音所掌握 …………………………………………（314）
夏卫红
种下千花为伴 ……………………………………………………（327）
肖亚平
古道幽思 …………………………………………………………（329）
古城色彩 …………………………………………………………（330）
熊尚志
鱼的轮回 …………………………………………………………（331）
徐而缓
李白的足迹 ………………………………………………………（337）
徐后先
揭开女神的面纱 …………………………………………………（342）
徐霁旻
怀念大口布鞋 ……………………………………………………（346）
徐　迅
皖河散记（选五） ………………………………………………（348）
许长杰
高山品香茶 ………………………………………………………（357）
杨松杰
远村近话 …………………………………………………………（359）
叶　静
两个人 ……………………………………………………………（361）
鹊巢一朵花非昨 …………………………………………………（364）
叶全新
篮子里的妹妹 ……………………………………………………（367）
喑　篱
生活就是爱 ………………………………………………………（370）
余　舫
木棉花开 …………………………………………………………（371）
余茂君
新媳妇送肥 ………………………………………………………（373）
余世磊

山月曾是旧时友 …………………………………………………………（374）

余芝灵

走在深秋 …………………………………………………………………（378）

空旷 ……………………………………………………………………（380）

袁鹤群

在北大参加开学典礼 ……………………………………………………（382）

张　仿

桃花绿柳是故乡 …………………………………………………………（384）

张桂生

辽阔的秋天 ………………………………………………………………（386）

张金平

俯仰城市 …………………………………………………………………（389）

张　珊

远湖，天鹅的湖 …………………………………………………………（391）

张文国

下扬州 ……………………………………………………………………（393）

张　宜

一个人的江滩 ……………………………………………………………（395）

张应中

养蚕 ………………………………………………………………………（400）

张振中

拜谒赵朴初故居 …………………………………………………………（402）

周根红

春天的瞭望 ………………………………………………………………（405）

周玉冰

我的一个叔祖父 …………………………………………………………（408）

朱家托

一个人的学校 ……………………………………………………………（410）

朱守良

长岛岁月 …………………………………………………………………（413）

子　薇

彼岸之花 …………………………………………………………………（417）

▌白　梦

残垣与断简

题记：关于桐城，我是太熟悉了。生于斯，长于斯。40多年的时光，我盘桓在这小小的城池里，竟从未厌倦过，倒是一旦离开，哪怕是三、五日，也会生出思念来。究竟是什么让我如此的故土难离呢？

是那记忆中的残垣和故纸堆里的断简吧！

智者说："人的一生都在路上。"我走在车水马龙的宽街大道上，却常常看见古人的影子……

山　道

一条窄窄的带子，围在山的腰上，挂在山的肩上，隐隐现现，藏在杂草灌木荆棘丛中。那就是山道。那就是无数双脚踩踏出来的最初的道路。

人们从山道上走来，走下了高山，走进了城市，走出了宽街大道，走出了车水马龙，走出了繁华与热闹。山道被遗弃了，像丢弃乡间的草绳，像遗落枝头的蝉蜕，更加荒凉，更加寂寞。

寂寞的山道是寂寞的人走的，我脚下正走着的山道上，就曾走过许多寂寞的文人。苏轼、苏辙、黄庭坚、李公麟，还有更早一点的梅尧臣……那些寂寞的灵魂如今在哪里游荡呢？

李公麟走着的心情是散淡的。他21岁进士及第，可谓少年得志；为官四十载，可谓仕途通达；61岁致仕，简直就像现在到龄退休一样。所以他就有好心情在龙眠山建筑"龙眠山庄"，做他的"龙眠居士"，凿他的"媚笔泉"，画他的山、画他的水、画他的马、画他的观音菩萨像，画他的《龙眠山庄图》，并在他的山庄里接待各地来的文朋诗友。踏山观景、诗酒唱和、书画往还，那是何等的逍遥自在、赏心乐事啊！这退休后的寂寞是不是被冲淡了许多？变得美丽而优雅了呢？

谈笑皆鸿儒，往来无白丁。来客中最著名的要算苏氏兄弟和黄庭坚了。

苏轼才气纵横，却屡屡遭妒，一生颠沛流离。他的寂寞是一种深刻的寂寞，寂寞于政治抱负的不能张扬，寂寞于宫廷斗争的残酷和血腥。但他却能参透人生，寄情山水，四海为家。他这种豁达的人生态度实在叫人钦佩。据记载，他曾筑别业于桐城“官庄”，也就是说他在桐城并不是匆匆而过，而是造屋置产，盘桓有时。而且他的兄弟苏辙也曾来此与他同居。

其时黄庭坚正寄宿于桐城西山的“灵泉寺”中。这也是一位中国文化史中的奇才，世称“诗、书、画”三绝。但他的官运也不见得好，也曾一再遭贬。好在他对佛学有深湛的研究，一生也寺庙结缘，即使在老病困苦的流放岁月，也能活在一种“禅意”里，“脱离烦恼和是非，随分安闲得意。”

官庄、灵泉寺、龙眠山庄都在同一条山脉上。官庄在南，灵泉寺居中，龙眠山庄靠北。这样东坡兄弟去看望龙眠居士，就可以顺路邀上山谷道人了。

他们在龙眠山中盘桓的时间一定不短，一定踏遍了山中二十景，所以苏辙才会写出《龙眠山二十咏为李伯时赋》，所以黄庭坚才有《龙眠操三章》，所以苏轼才能为《龙眠山庄图》作跋。

我现在正顺着苏辙的诗句去看“垂云泮”、“观音崖”、“璎珞崖”、“雨花崖”、“澄元谷”、“延华洞”、“玉龙峡”……

我踩着前人的脚印了吗？我踩痛古人的灵魂了吗？不，古人已驾鹤西去，我踩痛的是我自己的思想。

山已不复是野山，山道也已拓成公路。梅尧臣曾在此地遇虎，吓得他多年之后仍战战兢兢，在许昌写下了《初冬夜坐忆桐城山行》。他的马被老虎吓得直喷鼻息，如今老虎已成濒危物种，东北大森林中尚且少见，桐城是早已绝迹了。所以我走在山道上，是完全可以放心大胆的。我所不放心的是，继老虎绝迹之后，那些奔突蹿跳的善良小兽和啁啾林间的斑斓飞鸟是不是也会像老虎一样越来越少呢？

寺　巷

大街是经商的地方，小巷是住家的地方。庭院深深深几许，小巷里藏着几许几许的故事呢？

我正走在“寺巷”里，一条小巷，宽不足2米，长不足200米，你能想到这里竟藏着三处文物遗址吗？一处是“大宁寺”，一处是“潇洒园”，还有一处是“姚莹故居”。

“大宁寺”为宋代碧岩禅师所始建，原址不在此处，而在城西五里不动山。寺庙大多都在山上，“大宁寺”为何迁往城里呢？那是明洪武二年（1369）的事，迄今已不可考。可考的是这里曾经晨钟暮鼓，香烟缭绕500余年。清道光年间，“大宁寺”鼎盛时期，占地10000多平方米，有僧众100多人。如此鼎盛的一处道场，又是什么原因荡然无存了呢？沧海桑田，世事变迁。这里如今是粮贸公司，昔日朱墙黄瓦、飞檐翘角的殿宇禅房，已被高大的粮仓所替代。川流不息的人们，不是来烧香拜佛，而是来买油盐米面的。从虚无缥缈的精神食粮到实实在在的物质食粮，这种变化倒是颇为有趣。

“潇洒园”系明末清初大学者方以智故居。方以智是奇才中的全才，杂家中的大家。他自幼聪颖慧异，9岁便能诗善文，15岁即博览群书，精通四部，20岁时著书立说，名动天下。崇祯十三年进士，授翰林院检讨。在历史更迭的动乱时期，明末知识分子的气节在方以智身上有着绝好的体现。他曾参加复社活动，与陈贞慧、吴应箕、侯方域并称“明季四公子”。他曾追随南明，拥立桂王，但终因看穿末世的腐败而退出仕途，遁迹山野，悬壶济世，乃至出家为僧。浊水清尘，洁身自好。顺治七年（1650），方以智在广西平乐被清兵捕获，清帅马蛟腾以冠服置于左，刀剑置于右，逼其降清。“以智舍左取右，慨然引颈就刃”。马蛟腾为他的浩然正气所感动，亲自离坐解缚放释，任其云游四海，寄迹禅林。

方以智学贯中西，在哲学、文学、书画、音韵、天文、地理、律学、医药、物理等方面都有深入、系统的研究。他曾与西欧传教士利玛窦就地（地球）日（太阳）中心距离问题进行辩论，指出了利玛窦的讹误。他与西儒的交往当时还甚为许多复社公子所不解。他的分光实验比牛顿从事这项工作要早30余年。在文学上，他主张端本于经、练要于史、修辞于汉、析理于宋，对后来桐城派散文理论的形成起了开先河的作用。他一生风云跌宕，政治、思想、文学、艺术、科学、哲学，均有建树。最后遁入空门，完成了他伟大的解脱，彻底的解脱。

他的著作有《通雅》、《切韵源流》、《浮山文集前后编》、《五言古诗》、《学易纲宗》、《诸子燔有》、《物理小识》、《药地炮庄》等。他的名字有密之、曼公、弘智、大智、无可、药地、龙眠愚者、浮山愚者、愚者大师、极丸大师等。

他生于1611年，卒于1671年，不过60年人生，竟是如此丰富多彩，实在是可以称得上“潇洒”二字了。

“姚莹故居”就在“潇洒园”对面。姚莹生于1785年，卒于1853年。

他于嘉庆十二年（1807）中举，次年即中进士。做官时逢着鸦片战争，在朝廷的“和”与“战”之争中，姚是主战派。所以他和林则徐有着良好的同僚情谊。他是抗英名将，台湾首任兵备道，在道任上很打了几个漂亮战。可是他也和林则徐一样并未因此得着好，反而在朝廷与英国议和后，被打下了监狱。然后是贬四川，遣西藏。直至咸丰继位，才得以重新起用。

其实姚莹并非武将，倒是个地道的文人。他是桐城派八大家“小方、戴、刘、姚”中的姚。也即是“老姚（鼐）”之后。史载他“承袭家学，曾亲聆姚鼐教诲”，他“论文继承桐城派的‘义法’说，主张‘才、学、识三者立其本，然后讲求于格、律、声、色、神、理、气、味八者以为其用’，使文章‘关世道而不害人心’。”他的诗文著作有《东溟文集》、《东溟文后集》和《后湘诗集》等，全收入同治六年刊刻的《中复堂全集》中。

他的故居就叫“中复堂”。

六尺巷

从“寺巷”出来，沿北后街，我要到“六尺巷”去。那可是一条尽人皆知的巷子，连毛泽东都曾提到过呢。

从“寺巷”到“六尺巷”，如果有兴趣，可以顺脚去看看“左忠毅公祠”、“讲学园”、“朱光潜故居”、“施家大屋”、“吴樾故居”等。它们分布在沿途的后街小巷里。当你盘桓其间时，你能看见先辈们的背影吗？你能嗅到左光斗书房中的墨香？你能听到姚鼐的讲学声和朱光潜的读书声吗？你能感受到吴樾、施剑翘身上的森森剑气和铮铮侠骨吗？

小巷太神秘了，小巷太悠长了，小巷太幽深了。就像历史一样，藏着许多故事，藏着许多秘密，也藏着许多许多无底的谜。

“六尺巷”也是一条小巷，只是它的名气太大了，所以才没有像大多数二三百年前的小巷一样，被岁月的沙尘湮没。

“六尺巷”位于桐城西后街，现安徽省荣誉军人休养院内。当年这里不叫西后街，叫阳和里。据说巷南原为清康熙朝文华殿大学士张英府邸，巷北是城中富户吴氏宅第。有一回吴氏盖房，为地界与张家发生纠纷，一怒之下告到县衙。这官司可让县官老爷作了难，他敢审理当朝宰相吗？干脆要了个滑头，卖个人情：全凭相爷做主吧。张家便流星快马，驰书京都，讨回一纸手谕，却是：“一纸书来只为墙，让他三尺又何妨。长城万里今犹在，不见当年秦始皇。”真是宰相肚里能撑船。张家立刻将院墙撤让三尺。妙的是吴家并未因此沾沾自喜，而是深受感触，见贤思齐，也让出三尺地界。于是成就了一条方便行人的“六尺巷”，也成就了一段载诸史籍的千古美谈。

1965年，中苏关系恶化，毛泽东在接见前苏联驻华大使尤金时，谈到边界问题，就曾吟咏过这首诗，只不知大使先生听懂了否？

如今的“六尺巷”已不复旧时模样，而是近年来在原址上重新修葺的。但修旧如旧，仍是青砖碧瓦，掩映在参天大树下，透着一股浓浓的明清气息。

此地人鲜有不知这条巷的，也鲜有不会背诵那首诗的。据说许多人为地皮打官司，或邻里闹纠纷，最后来“六尺巷”走一趟，把老宰相的诗背两遍，气便消了，官司也不打了，纠纷也不闹了。

是啊，退一步海阔天空，谦让是国人的一贯美德，在桐城这个崇尚历史的文化名城，人们或许更加注重传统的继承和发扬吧。

老　街

老街如老人一样，都是有历史写在沧桑的额上，有岁月的痕迹叠印在皱缩的心上，有许多往事腌渍在记忆的深处。轻易不为外人知，轻易不为外人道。

正如穿着前卫服装的时尚青年不愿听冬日阳光下老年人唠叨的陈年旧事一样，如今以摩托车和出租车代步的人们，也少有愿到老街来的。老街还是旧时模样，逼仄狭长，地上铺着麻条石，两边是林立的店铺，店铺皆为上下两层，下层是厚板木门，上层是雕花楼窗；店铺皆为前后两径，前径是商店，后径是居家。商店里卖的多是农产土杂，铺面里坐的多是老头老太。光顾商店的多是挽着裤管，挎着竹篮的农夫农妇。

别看如今这老街残旧萧条，当年可是商业中心，繁荣而热闹。“洋油、洋火、洋铁、洋钉、洋烟、洋布”应有尽有……至今仍能从老人们嘴里听到的“凤仪兴绸缎庄”、“焦永丰商号”就座落在这样的老街上。城里的达官贵人、太太小姐们谁不以到这两家商号来买洋布丝绸、胭脂花粉为荣呢？还有那些茶馆酒肆，打着“龙眠山上茶，紫来桥下水”的茶招牌，挑着“借问酒家何处有，牧童遥指泗水桥”的酒幌子，勾得闲人、忙人、雅人、俗人都起了馋虫……还有那随处可见的米饺店、朝笏摊，到处飘香的蒸丰糕和菜心小粑……那也不过是三四十年代的事情，距今才六、七十年……

走在这样的老街上，你恍惚走进了时光邃道，走进了某段历史，那斜射在一边墙上的黄黄的太阳光仿佛也没有了热度，好像是百十年前就照在那儿的了。

这就是老街存在的价值。它让你在现代文明中，看见历史的进程。桐城作为历史文化名城，是刻意保留了南门和东门的两条老街，以及老街上的紫来桥、泗水桥……以便让你在发思古之幽情时，来老街走走看看，把自己想象成一个青衫古人，或许你会一不小心就碰到哪位先人的肩膀了……

人的一生都在路上，横向的走向世界，纵向的走向历史。身体的脚步既不停歇，思想的脚步又何曾停歇过呢？

（选自《安徽青年作家丛书·散文卷》，作家出版社，2002年7月一版）

毕家祯

送女儿上学

1995 年 5 月，我报名到县里去挂职任副县长，市纪委有 3 名候选人。干部问题是个很严肃的问题，谁也不能保证，报了谁谁就能通过。因此我一直按部就班地上班下班，送女儿上学。

1995 年 9 月初，市委常委会通过的下派干部名单我名列其中。市委要求 9 月 18 日前全部到岗。这个消息对于我既喜又忧，喜的是好不容易解决了副处级，忧的是女儿才上二年级，接送女儿上学如何解决。我母亲年事已高，岳父母在外地工作，经济条件又不允许请保姆，落实女儿上学接送的问题迫在眉睫。

我与妻子商量，决定在短短的一周内培养女儿的自理能力。

前三天，我陪女儿乘公交车上学，在车上，我一一叮嘱女儿怎样上车下车，怎样换车，怎样过马路。女儿幼小的心灵里，知道以后上学将要由一个人乘车，感到无依无靠，有种忧愁心理。我怎么说，她只是茫然地胆怯地“嗯、嗯”，没有一句话。作为父亲的我，见女儿如此心态，心里有说不出的担忧。公交车一站又一站，乘客上了又下，下了又上，女儿手扶着座椅靠背，心事重重。想想别人家的小孩五、六年级都有人接送，我心里不是滋味。

三天后，我和妻子叫女儿自己乘车上学。女儿犹豫不决地背起书包出门后，我悄悄地跟在其后。只见她那弱小的身躯，背着书包走出了湖滨新村，然后，顺着围墙向车站走去。她走得很慢，走走停停，停停走走，不时回头张望。她那沉重的步履、孤单的身影，让我强烈地感受到女儿当时那种孤寂中夹杂着企盼，胆怯中渗出几分忧郁，怅惘中流露出空荡的心境，感染着我，令我欲语哽咽。我噙着泪花，踏着自行车，既怕女儿看见，又怕碰见熟人，躲躲闪闪地穿行。

过马路了，还不错，女儿知道两头张望，快步走过去。然后又是一步三回首，一步一思索。她的小辫子上的蝴蝶结，一摆一摆的让人喜爱，不时引起行人的关注。走到公交站后，候车的乘客都在张望等待。只见女儿扶着候车亭的钢管，低着头在想什么。公交车到了她全然不知，等大家一哄而上，女儿才恍然大悟，准备上车，只见她抓着车门的边，小心翼翼、战战兢兢吃力地跨上了车，同时还回头张望了一下，她似乎还沉浸在昨天爸爸送她上学的幻境中。我听见车门“呼啦”一下关上，车就开动了。我想，我女儿可能还没站稳呀，司机你怎么就开车了呢？其实，公交司机是无法理解我的心情，他也不可能知道车上还有这么一个“小不点”的女孩子一个人要乘7站路程的车去上学。

我不敢多想，公交车开走后，我骑着自行车，抄近路以最快的速度，赶到龙山路计委大楼候车亭旁观察女儿如何下车到学校。我把车刚锁好，公交车就到了。计委大楼一站，下车的人多，好一会才看见女儿从门边挤出来，只见她耸了耸肩上的书包，用小手将挤乱了的头发捋了捋，然后看看方向，慢慢地，穿过三个马路口，才到四照园街，她一个人跟着许许多多有大人陪伴的学生的人流，消失在学校门口。

女儿上学，第一次一个人乘公交车成功了。时间是1995年9月15日，这一天，离她的8岁生日还有9天，我记住了这个终生难忘的时间。

上班后，我怀着一颗复杂的心情，忙着移交工作。不一会，快到11：00了，我知道女儿快放学了。于是，我站在办公室的窗口，眼睛死死盯住办公楼对面的孝肃路候车亭。11：00的8路车走了，女儿没来，我把头伸出窗外，还是不见女儿的身影。不一会，开始有大人接学生回家的身影出现在马路对面的人行道上，紧接着，我见到了女儿系着红领巾，背着书包，拎着水壶，慢慢地走到候车亭旁。这时候，候车亭只她一人，她朝马路对面的市委大院长时间张望，因为以前每天放学都是她一个人走进这个大院，然后，我骑自行车带她回家。

可从今天起，这个大院对于女儿来说是多么的遥远，多么的陌生呀！她一个劲地朝这边看，一团孤寂的氛围缠绕着她。我站在四楼的窗口注视着她，她那种神态、那种企望，那样地弱小，那样过早地感受寂寞、孤单的心理所表现的举止，让我心里发酸，泪水刷刷地流了下来。我不敢再看女儿那孤寂的身影。不一会，公交车喇叭的鸣笛传了过来，我伸出头看看，候车亭空了。我的心空荡荡的，公交车载着乘客和我的女儿驶走了，可是它载不去我多少思念，多少担忧，多少牵挂……

时间一晃，就到了9月18日。早上，我对女儿说：“爸爸今天就要到县里工作了，爸爸再送你一次……。”女儿默默地“嗯”了一声。一瞬间，她又恢复了往日的高兴，背着书包一个人兴冲冲地下了楼。我牵着女儿的手，她一蹦一跳特高兴。十分钟的路程中，她一连问了我二十个怎么办都不止。“车没来怎么办?”“挤不上车怎么办?”“妈妈没回家怎么办?”……我仿佛感到女儿几天内一下子长大了。

不一会，8路车到了，我挤在最前面，扶着女儿上了车，看着女儿背着书包的弱小身影淹没在车厢里，我感到仿佛我立刻就要和女儿离别，去异国他乡，而不知有多少年才能见面的惜别与留恋之情在侵蚀着我的心。我的心在发麻，鼻子在发酸。正在此时，想不到女儿怎么挤到窗边，眼睛里流露出无限依恋和怅惘，用她那小手紧贴着玻璃向我告别。瞬间，两行滚烫的泪珠滚了下来，我控制不住，泪水刷刷刷地淌了下来。我不敢面对行人，佯装着看墙上贴的市政府公告，好长时间，才知道向家中走去……

这情这景，多少年来，在我脑海中怎么也驱散不了，常常抓住我的思绪，自有一种说不出的忧虑和怅惘袭上心来。

在县里工作8年，时时有一种隐隐的惆怅掠过心头，有时候连我自己也不知道为什么情绪黯然。心中时刻挂记的不是女儿的学习成绩如何，而是她的安全！安全！因此，有很多的事和很多的物都能引起我对女儿思念的触角！碰见马路上背着书包的孩子；天气骤然变冷或是下雨前夕；看见商店卖的书包、练习簿；甚至吃饭前的那一瞬间，表情因缱绻的思念而变得凝滞，往往在这个时候，别人不得其解，以为我为工作而不愉快……就这样，我以一个复杂的心情而迎来每一个清晨，送走每一个黄昏。

在我离家不久，有一天下午放学，女儿刚开门，邻居一个患有轻微神经病的十四五岁初中生尾随欲入，我女儿一边用身体顶住门，一边大声哭叫。此时，楼梯响起了咚咚的脚步声，这个学生慌张逃走。还有几次，女儿为了赶公交车，快到车边欲推门，车子发动的惯性将女儿摔到公交车的下面，众行人大声呼叫，女儿才幸免于难。在以后的日子里，女儿曾遇到了许多困难和一些挫折，均平安无事，冥冥之中，似乎天意保佑我的女儿化险为夷，平安成长。

这里，尤其值得一提的是家住湖滨新村对面、市第一人民医院宿舍的贾奶奶，她老人家上班经常与我女儿同行，像亲奶奶一样予以关照我女儿，还有家住市政府宿舍一个大眼睛的年轻妈妈，以及市纪委王贵东等许多同事和一些不知名的路人都曾经热心关注我女儿，他们这种无私的爱，激励和感染着我，使我在太湖安心工作8年，从而能够把更多的爱转化为对贫困山区老百姓的深切关注，让山区人民感受到爱的温暖。

2003年1月，我离开太湖时，两百多群众冒着严寒打三条横幅为我送行，我深深感受到了爱的回报，爱的真切，爱的感人，爱的魅力，爱的深沉。我女儿也没有辜负爸爸、妈妈以及许许多多不熟悉的爷爷、奶奶、叔叔、阿姨对她的爱，以672分的优异成绩考进安庆一中。女儿长大了，可是送女儿上学的情景，铭记在我脑海里是那样的清晰，永远不会淡忘。

（选自《心灵的痕迹》，安徽文艺出版社，2007年4月一版）

思念母亲

一

母亲去了，却把思念永远地留给了我们。

人生七十古来稀。尽管母亲活了89岁高龄，可是，我却多么想她再活10年再活20年啊！

母亲的一生，是在柴米油盐、洗衣浆衫、抹灰扫地中无声无息地飘然而去的。我三岁去父，母亲每月仅用30元的微薄生活来源，支撑起7口之家的门面。生活的艰难让全家人感到这日子怎么这么长。重重困难、困难重重，母亲没有低头，她以博大的母爱，使我们都健康成长，让家充满了温馨。

在我的记忆中，母亲一生信善。三年自然灾害里，安庆要饭的以“江苏佬”为多，我们家住的大院子，只要前面听到有人喊“江苏佬来了哟”，后面的人家马上把门关上。我家则不然。这并不因为我们老家在江苏，而是因为母亲有颗善良的心。

那个年头，我们一家7口，微薄的生活来源，岂能接济别人呢？但凡是要饭的，不论来自何处，母亲或多或少都要给一点。没饭就给几分钱，或是倒杯开水。要是酷暑，母亲送点仁丹给她们。尤其是对一些拖儿带女要饭的，母亲更是同情，让她们在门口坐一坐，有时还找几件穿过的旧得不能再补的衣裳给她们。其实我们兄弟姊妹 7 人穿的衣裳，没有哪一件没有十几二十个补丁的，并且经常被学校借去作忆苦思甜之用，可见当年我家生活之艰辛。平时，大院子里张家晒的衣，李家的鸡在外下的蛋，王家的小孩无人照看，程家奶奶水缸没水……母亲能关照的尽量关照，自己做不了的就叫我们帮忙。

大院子住的查季璞老先生，是一位德高望重、刚直不阿、医术享誉省内外的老中医。登门求医者从市里的领导，到省内外的疑难重病患者，络绎不绝。他是不轻易上门出诊的，有几次我母亲病重，不能起床，查老先生上门号脉，令我们全家终生难忘，至今成为我们家的佳话。

我想，查季璞老先生能上门为我母亲号脉，除了他的医德高尚外，其中一个因素不能不说是看我母亲与人为善的缘故吧！

母亲与人为善、乐于助人的品质，潜移默化地根植于我们的行动中。

二

母亲去了，去得那样匆匆。我从县里赶回来，望着母亲遗容，我跪下，深深地吻了一下她的额头，泪珠像线一样无声地落湿衣裳。酸楚的心里有种麻木的幻想，“要是……也许；要是……也许”可是母亲真的去了。

有时候，一瞬间我犹如断线的风筝而不知所措；有时候孤单感好像失群的大雁，又像失去荫庇的孤儿；有时候黯然伤神感到渺茫空虚，是因为我听到不知从何处飘来的“常回家看看”这首歌；尤其是出差返回安庆之时，第一反应是“去看看母亲”的朦胧的意念掠过心头，可是短暂的瞬间，一种悲凉袭上心来，思念之境一如惊梦，“唉，老母亲已经去世了”，一声心酸的长叹，我又回想起过去出差回家时的情景来。

我参加工作不久，经常出差。那个年代，电话尚未普及，我无法告知母亲我什么时候到家，但母亲每次一般都估计得准确无误。

于是，那天下午，母亲就挨家挨户的打招呼，请邻居晚上大院子的大门不要插闩。由于当年的交通不像现在四通八达，又有高速公路，所以安庆人出差基本上是乘大轮。而大轮一般都在清晨四点左右停靠安庆港，所以我回家准是下半夜。

冬天的清晨，沿街的商店、宿舍均悄然无声，我冒着寒冷趱行，昏暗的路灯下，偶尔有一两只夜猫从马路这边蹿到马路那边，还有夜游犬的吠声多少让人有点害怕。终于，熟悉的大门近了，我担心要是谁无意间将大门插上闩就糟了，庭院深深，我只能倚大门待到天明了。

其实，我每次担心都是多余的。

当我推门而入，走过漆黑的天井、庭院、甬道，虽然各家各户一片寂静，但我感到既熟悉又亲切。我穿过最后一个堂间，站在自家的门前，正要敲门，一阵急促的问候从黑暗中传来：

“家祯，是家祯回来了吗?”

“姆妈，是我回来了。”我轻声应答。

紧接着，我听见一阵窸窸窣窣的声音，我知道母亲披着棉袄下床，给我开门了。

等到我进门后，母亲才舍得拉亮电灯，然后又倒水给我洗脸、泡脚。并说“天还早，还可以睡一会”，母亲边说边把热水瓶（盐水瓶）从她的被窝拿出来塞到我的床上。

寒夜归来，等待我的是家的温馨。睡在床上，我感到特别舒适，不一会就进入了梦乡。这种归来的欢愉，深深镌刻在我年轻的心房上，每每忆及犹如一个远去的美梦，纵令渺茫，却依然有幸福的温馨流荡。

母亲那慈祥的目光，那细微的关爱，永远是照耀我旅途的灯火。

三

母亲去了，去得那样匆匆。我再也看不到她那慈祥的目光，听不到她那谆谆话语了。上帝让我拥有一个完美的世界扯出了裂口，而思念之情却像一团丝线将我的心捆扎得紧紧的，再好的事也无法让我舒心。

我常年在外，多想在母亲的有生之年尽尽孝道，报答母亲的养育之恩呀!

可是上帝却不给我这个机会，注定要让这无法弥补的遗憾陪伴我半辈子，母亲却去了。这种时空的错位，让我总是感到心酸伴扯着极端的沉痛而椎心刺骨。只有沉浸回忆和母亲在一起的时光里，我才会有一丝丝解脱。

1989年我在北京学习两年，母亲因此特别爱看《新闻联播》，更是关注北京的天气预报。我知道，不关心政治的母亲，是因为她的儿子在北京学习，所以北京的一切对她是那么有吸引力。放暑假回来，我去看她，母亲那种喜悦的神态，时间愈遥远，愈是悄然映现，愈是遐思不尽。

1995年我调到太湖县工作，她又格外关心太湖的一切。记得96年防汛，我一个月没回家，母亲急得整天在家骂人，非要到太湖去看我。后来硬是要外甥去太湖跑了一趟才罢休。

在以后的日子里，当她得知太湖山区老百姓的生活状况后，她始终不相信我在县里每天吃的不是鸡鸭就是鱼肉。她总以为老百姓那么苦，当领导的肯定也好不到哪里去。

每次我去看她，母亲都长时间地打量我一番，当她看到我一头乌发渗出根根白发后，更是认为我营养跟不上，非常心疼地摸着我的头说："白发多了，人也苍老了，生活苦啊。"

因此，只要我在姐姐家吃饭，母亲就叫姐姐把刚氽好的圆子盛一碗给我吃。等到吃饭的时候，母亲又是圆子，又是肉往我碗里塞，嘴里并不停地说："吃，多吃点，县里没有这些东西吃。"

临走，母亲又将儿孙们孝敬她的饼干、萨其玛、蛋糕让我带到县里去，说一个人在县里，回来晚了，没东西吃时可以垫垫肚子。

多年来，我最挂念的就是母亲的身体，她常年生病，好在哥哥姐姐都十分孝敬，补品不断。唯独我给她买的补品她不要，开始我有些误解，后来才知道，她担心我因此而敛财，导致犯错误，所以，生活费我多给一点她也不要。她告诫我，"你爸爸刚死时，生活那么困难都挺过来了，现在日子比过去好一万倍。钱生不带来死不带走，只要够用，不挡手就行了，你可千万不要收别人送的钱，更不能犯错误呀。"

从母亲体贴入微的关爱中，我知道了什么是"可怜天下父母心"，什么是"儿行千里母担忧。"母亲那温慰的话语，是缕缕清新的春风，让我舒心，催我振奋，令我矢志不渝。

四

母亲去了，去得那样匆匆。她把思念留给了我们，对母亲思念的积累，又成为我格外关注和尊重老人的情结。

在街上，要是看见耄耋之妪拄着拐杖，我视线的聚焦化为思绪，那要是我的老母亲该多好！走近她的身旁我有一种亲切感，我羡慕这位老人的儿女们有这样健康的母亲，我不由一步三回头，看看老妪的面容，祝她健康长寿。

在集贸市场，我往往喜欢光顾那蹲在一隅，守着一担菜的老农，不论质量与否，不问价格高低。这样做心灵似乎得到一种慰藉。

有一次，在汽车站碰到一奶孙俩钱包被偷，一老一小直愣愣地在那儿发傻，好心人不时丢过五毛一块。我不忍遽然离去，问明虚实后，毅然将一张伍拾元人民币塞到她手中……

围观者悄悄议论，这年头毕竟好人多啊！

其实，她们都无法窥视我情为何系的触角。

古人云“老吾老以及人之老”，这不正是中华民族生生不息、一脉相承、传达情感的纽带吗？我的生命，在母亲的身上可以找到血液的源头。父精母血，真正川流不息的应是血液，只有血液才世代相传。

母亲去了，去得那样匆匆，但我们总是确确实实地感到，母亲在我们生活的来来往往中倏然而来，飘然而去，她把思念永远地留给了我们。

（选自《心灵的痕迹》，安徽文艺出版社，2007年4月一版）

毕　亮

遥远的油桐

人说熟悉的地方没有风景，油桐于我，大约就是如此。

在家的时候，家门前的那条土坝上就种有一排油桐，那些树是什么时候种下的，我已经没有印象了。也许它们比我还年长，那么，它是看着我长大的了。于它们，我是无限熟悉的，也自然不会把它们当作风景。在印象中，除了桐籽能榨油外，一无所用的油桐，我是不会放在眼里的。

真正对油桐产生感情是在我来新疆之后的事。那个爱写阳光和土地的诗人陈所巨先生的一首《故乡的油桐花》仿佛把我从新疆的大漠拉扯到满是桐花的故乡，满是桐花的桐树林。

在我的家乡，桐城就是因为盛产油桐而出名的。它曾被称为“桐国”、“桐乡”，皆“因其地多桐而得名”。由此可见，当时的桐树之多之盛了。

桐籽的油是漆刷木器所必需的，在农耕社会，桐树的重要性可想而知了，于是大量种植桐树也就情有可原了。没想到现如今，经济迅速发展，科技也是飞速进步，家乡使用桐油也日见其少，可是桐树却没见怎么少。朴实的家乡人，很是爱惜现在似乎不能发挥多少功用的桐树，家乡人始终用各种方式表达着对油桐的感谢。

油桐不谙世事，它只是默默地长着，它似乎不知道自己的家乡人对它却是钟爱无比。见诸报刊的文字，一篇接着一篇，又有哪种无名之树能享受如此殊荣呢?!

很久以前看过桐城作家周二中先生发表在《桐城报》上的一篇《桐花如雪》的短文，那篇很短的文字深深地感动着我。现在，我就在雪城乌鲁木齐，在冬天见到树上的积雪，仿佛置身于熟悉的桐花林。是陈所巨先生的诗和周二中先生的文章给了我这样的想象，这种联想使我想起曾经被我忽略的油桐树以及油桐花。其实，熟悉的地方处处是风景啊！只是我们身在其中习以为常了。只有那些内心敏感之人能留意并思考这些，于是一篇篇美文也就出来了。

陈所巨、周二中先生就是如此。他们都是家乡的文人，我也曾看过与这不相同的关于桐树的文章，那就是作家李国文的散文《桐花树下》，他写的是其他的地方的油桐。李国文非我乡之人，他那篇文章似乎写的是他文革下放的地方。我未听说过他曾下放到桐城，所以他写的大概不是桐城了。但他笔下的桐花，我一看，熟悉之情油然而生。桐花，我们都是熟悉的，它不会“生淮南为橘，生淮北为枳”。它矗立在那里，就是家乡的象征了。

最近一直在看白梦转赠陈所巨先生的散文集《文都墨痕》，这本书我看得很慢、很吃力。我追随着陈先生和家乡先贤的脚步，走在油桐花盛开的道路上。在看书过程中，我感觉我是桐城的不肖子孙。以前，我丝毫没有在意身边那些熟悉的一草一木一山一水，它们是孕育家乡那些先贤的。后来，先贤们反哺这些山水草木，就这样一路走来。如今，我算是真正懂得了油桐，算是真正懂得了油桐花的秉性及本质。

是陈所巨先生的《清清淡淡的油桐花》让我知晓了这些。于是，遥远便不再遥远了。

（选自《伊犁晚报》2008.07.25）

皖城札记

守关者

窗台上那束微紫的碎花儿已枯萎了近一个月。它被插在深咖啡色的啤酒杯里，里面当然放足了清水。现在连清水也被蒸发了一半。可能是花瓣太细小了，它的枯萎便难以察觉。如果距离远点，它给人的感觉是它仍在呼吸。

这是我从城北十里之外的集贤关随手采折的。它被迫远离了它生长的泥土。一个专用名词，在远离它的实体后，也就有点类似这束微枯的紫花儿。但也不尽然。比如，“集贤关”对我一直是作为名词而存在的，可它毫无凋敝之态，始终保持着它的完整性和来自晦暗深处的奇特魅力。

事实上，我曾许多次地坐在汽车上掠过它的山口，但就是不知道那是集贤关。我猜想人们在忽略事物或存在时，其情形也差不多。关键是人们很难在保持加速度的时代停顿下来并关注正在消逝的世界。

宋元时人们称它为“脊见岭”。因为大龙山奔腾到那儿突然拱起，极像大龙的脊背现出。“集贤”就取自与“脊见”谐音。当我找到这个命名所对应的地点时，那陡峭的峻岭已炸得差不多了，那“龙脊”耸峙之势已不复存在。“集贤关”这个词，不仅仅是在时间意义上距它的实体越来越远，而且两者之间已呈现出相拒相斥的否定关系。

在车来人往的山口，我看见了东边有一个砌起来的高大石垒，原以为是什么关口遗迹。一个浇园的老农告诉我，那是石灰窑，已废弃不烧了。窑体靠山道的那一面爬满幽绿的蕨类植物，非常茂盛，甚至遮没了上岭的窄道。就在我沿着窄道快要转弯时，却冷不丁遭遇了一阵激烈的、决不打算妥协的狗吠。这似乎是山岭半腰唯一的一户人家。狗被主人拴着，否则它一定会冲出院门，向这个闯入者表达它的抗议和愤怒。我经过院门时它简直要冲脱锁链，扑上来猛咬。我心想，这就是集贤关的狗吧，如此坚决而凶野，不计后果。的确，我已很久没有碰到过这样的狗了。如今在城区四处滚动的是叭儿狗，是诸如我家对面楼上那条丧失夜吠习惯的大黄狗。

我登上窑顶后继续向上走，前面更高的峰面突然传来轰隆隆的开山炮声，碎石飞迸到空中，竟像塑料片似地落下来。可以看见有两粒人影在苍绿的山顶移动，不一会儿他们便抓住吊绳，从斧削般的巨大而刺白的剖面，像蜘蛛一样爬下来。而拉石头的车辆不时地从身边卷起尘幔，遮断了我的视线。我已走到“宕面”禁区。在领略了关山之北辽阔而斑斓的秋野后，我无意中向脚下探望，不禁倒吸一口凉气：我正站在另一个被炸成巨大而陡的剖面之上。我立刻想到了“悬崖勒马”这个词。

后来我返回时，在窑顶附近发现了这丛开着紫蕊的矮棵植物。它比较显眼，细小的碎花儿簇拥在一起，承受着一阵阵突然倒塌下来的大块秋风所带来的尖锐颤栗。我想象不出如果窑顶上冒出浓烟来，它该是一副什么样子。

也许只有这卑微却倔强的植物，才使我感到一点点连续性以及词与物之间的亲和力。不过，对于这丛叫不出名字的植物而言，我无疑也是一个陌生的闯入者。

此刻残存下来的，只有一个光秃秃的地名了。甚至可以说，“集贤关”的“关”，作为词根正被它变得虚无的实体所否定，它已被连“根”拔起了。

我无疑再次遭遇了那只狗的决绝而殊死的大声抗议。这回我听清楚了：在它那猛扑过来的狂吠中，除了愤怒，除了凌厉和孤峻，似乎还夹有几缕幽冷和哀伤。它无疑来自我们所看不见的黑幽幽的深处，并此呼彼应。

一个兵家必争的关口已不存在了。作为它的狗，似乎有权利承担并捍卫这道“雄关”的拒绝者的角色。在那丛淡紫色的无名小灌木与这狗吠之间，我感到了一种深潜着的沉默的力量。

然而，“在突然偏瘫下来的风中，是不是早已无可据守?”

下岭时，我随手折下那紫色的一束。在一家中药店门前，一个老中医双手推着铁轮子，在石臼中来回碾压草药，我向他打听“集贤关”。他摇了摇头，说这个关口被毁掉已经好多年了，很可惜。你瞧瞧到处都是小水泥厂，把这么好的山水给破坏了。

看来历史留下来的，只是作为名词的“集贤关”。尽管它的词根，仍在它的时空里汲取攻守者的血肉和厮杀的刀光剑影，但在它的遗址上已找不到什么残迹了。唯一与它有点“关系”的，也只有那个“关口饭店”了。

窗台上那束野花儿早已枯掉。此刻，它只能跟胶水、墨水瓶、指甲剪、回形针盒以及风油精摆放在一起。其实，我不必说它生长在关口的岭上，而应该反过来说，集贤关就隐含于它那无名而细碎的紫蕊间：那上面有它的泥土、石头以及狗的愤怒。

2000.11.02

起于石头，止于树

距城大约二十多里，有个叫“石树”的地方。

我很早就想到这儿来看看，但来的时候发现我过去曾经来过，只是不知道叫“石树”罢了。我记得那时这儿有很多史前的石头，奇形怪状，但树似乎没有现在这么多。当地人这样解释：从远处看，滚滚而下的石头，像一棵大树的形状，有主干和枝叶部分。

我们一行人，几个老师带着一群叽叽喳喳的学生，兴冲冲地赶来，看见“石树”这个名字的下面长着石头，石头上面长着树。起初，大家都撇下树们不管，钻入被洪流亿万斯年冲刷成的石洞，可以说是在树根之下鱼贯而入，蜿蜒前进。跟喀斯特溶洞相比，它不是向内里纵深贯通，而是贴着“石树”主干向上延伸，据说可以一直爬到山顶，如同钻老树洞一样。与此相应，所谓石洞不过是石头叠着石头，各种被风化、被水冲磨的奇石无序地错置在一起，形成一条似断又连的隐秘水道。或深或浅，或幽或亮，因为有许多孔隙漏下光来。窈然者有之，分杈者有之，更多的是逼仄，只能脸贴洞壁才能通过。结果，一位女生的脸颊被轻微擦伤，差点哭了鼻子。

在重重叠叠的石头内部行走，与在它的外部感觉是不同的。人仿佛逆着时间的暗道而行，能闻到了洪荒年代的原始气味，苔痕和水岩的气味。这里的时间感是凝寂的，涡旋式的，浑沌的。亿万斯年的流水，就这样冲撞于石头之间，以至于石头纷纷如奔流状，滚翻状。当然，现在似乎是枯水节季，听不到任何水声，只有风声如水流簌簌淌过。

后来，除了部分学生坚持钻洞外，我们改由爬山而行。山上的树木和其他植物茂盛而斑斓，那些不知名的小红果儿，在深秋的风中变暗，变瘦，无人采摘，只待造化之手伸入荆棘之中。其间不时突现一处绝壁，或一块刀劈之石，而平缓的鱼脊般的石坡，正是小憩的好去处。

可是，相当一段山道没有石阶，攀爬时又陡又滑，这时，道旁的树便被人“亲密”地抱住。左一棵，右一棵，这些树不知人们何以对它突然如此多情。我们都不是来看树的。但没了树，石头作为“土”的本质也无以显现。我踩在坚硬无比的石头上面，并被它们所围拢、裹挟。这些造化之石保持着远古洪水怒吼时的峥嵘与本色。从不见衰老，也从不见茂盛。它呆在这儿，聚集在这儿，它照见了我的血肉之躯，终究会在一阵预备好了的秋风中突然衰老。

但石头永远不会开口说话。谁能看清它多少万年的葱茏和衰败？现在，我沉浸在它原初的幽暗里，什么也不想。

一个娇小的戏校女生在下山时，脚上的高跟鞋使她寸步难行。她给我看她小腿的打抖状。她说以后再也不爬山了。其他同学都没了影，我时不时扶她一把。

我在“石树”这座山上，停留了几个小时，亿万年创演、风化中的几个小时，同时也是一只深秋中的昆虫垂死的几个小时。人与石与树，代表着三种时间的互相缠绕。命名像一层薄膜或纸，在它的下面，事物才如此生动地展开了它的肉体。

我在想，如果我一直往前或往后走，走到时间中的世界的边缘，那么，我能看见什么？在混沌的那一端，我看见石头之外还是石头，而世界的实在或者物质性坚硬正起自于石头。在未知的另一端，我以为，未来的疆界将止于树，人必须止于树。

寻常的树是一条美丽的边线。

尽管人可以看见比树更多的东西，但最终不会超过树，不会比树根和叶子向我们暗示的更多。世界因被树所环绕、覆盖才充满了生机。包括在石上耸立的其他植物，因为它们存在，世界的存在和人的存在才有意义。因此，人必须在树的面前停下来，甚至低下头来。

在登山的途中，我碰到两个砍树枝的村妇。她们居然能爬到树上，把一棵枝繁叶茂的树，砍斫成怪模怪样的，如同给它剃了个阴阳头。她们越过了树，用手中的柴刀的闪光，显示了虚妄无知的力度。

石和树，永远是对等，并列的。它不是一个隐喻，一个偏正词组。当然，这跟“石树”这个命名无关。而人之与石，与树，也是如此。

世界本来就如此简单。石头的洪荒高古和树们皴裂的瞬间构成了一个整体，并让我从其中穿过。于是“石树”向我绽开了：我是树的一部分，也是石头的一部分，并因此拥有了它们的一部分。

下山后已是下午四点多钟。每个人都疲累得像“石树”上落下的叶子。在一家小餐馆里，大家都想饱餐一顿，但菜烧得不怎么样。有人打趣地说，这才是地道的“石树”风味。

1999. 05. 21

突然的具象

一整个上午，我都被木匠拉锯和斧子砍削的钝裂声，以及木头滚动、撞击的坚硬声音所干扰。我不得不从六楼朝下观望，果然，在鲁家塘的塘边，有两个木匠正在露天干活，干得挺卖力。建在塘上的一家豪华酒店对此视而不见，红衣女郎不时地从他们中间经过。

我去楼下打酱油时，经过那儿算是看清楚了：一个木匠在砍凳上钉一个比箱子要长、要深凹的东西，另一个在刨光几根木坯拼成的厚板。一股木头被剖开后散发的树脂气味，弥漫在沉滞的空气里。那物件打制得也太蛮实了点，太粗大了点，绝无目前流行家俱的那种精巧和细腻。斜对面一家小店的女老板，正在柜台内打着哈欠，看见我提着酱油瓶过来，臃肿的面孔依然了无表情。她一定被这些叮叮邦邦的声音弄得有些麻木、困倦了。

中午时分，楼下突然传来激烈争吵，甚至有要动武的威吓声，但始终没有打起来，可能是木匠手中的斧子起到了威慑作用。我在晒台上看见，那分明是酒店老板与木匠发生了争执。小店女老板也插在中间帮腔，围观的人慢慢增多。现在我才真正看清楚了，两个木匠打的是一具棺材。这使我颇感意外和惊愕。

突然出现的棺材，作为死亡独一无二的权威具象，的确制造了一次不小的惊骇。我也很久没见过这玩艺了。它不仅是死神的栖居之地，而且还带有不少与死相关的多重意味。木头尽管作为木头始终散发着木头的好味道，拒绝着与自身毫不相干的虚无之物，但现在这种味道却令人感到带有一种阴沉的“死亡”气息，甚至它的带纹线的杉白色也发生了偏移，乌漆漆地闪着一层暗朱色的光。材料的性质与形式的整合发生了对抗，但最终还是服从了形式的意志。

记得在乡下时我最怕到农家的阁楼上去。因为那上面常常横着一副“寿材”：一头大一头小，大头总是昂向你，在昏暗中如困狮的样子。但老人们对此却处之泰然，显出一种安详与平和。这曾使我感到迷惑不解。

他们可能是为这种突然呈现的具象在吵架。

在木匠的眼里，它不过是一个木器而已。木匠的麻木使他对地点的选择不加注意，几乎必然地使它与酒店、佛像作坊、红衣女构成了后现代拼贴。一个木匠甚至开始不停地摇头和傻笑。这种表情我在不同场合见过多次。傻笑使我情愿相信，它类似于一个并无恶意的玩笑。他们如同制作了一个农耕时代的玩具而已。但酒店老板不依不饶，他经受的震恐与那种杉木散发出来的奇特味道混和在一起。那木纹里仿佛藏着隐秘的符咒。

当然，棺材还是空的，距最后的封闭尚待时日。但正因为它是空的，所以它对抽象而又尖锐的死神的渴望才暴露无遗。它成为一切尚未到达的死亡的等价物，甚至是同谋者。在这个充满靡靡之音的晴朗的正午，一个刺目的黑色具象突然上升了，并与一家灯红酒绿的豪华酒店相对称。这当然是一种意外和偶然，但它毕竟是潜伏在当下存在缝隙中的众多可能之一。

1998. 11. 02

游向浮山

人们都这么说，这座山四面抱水，望之若浮。

其实，它在水上已漂浮了好多年，也漂泊了好多年，一直到这个秋天也没有停下来。这些都是真的。山为什么就不能像船或鹁鸪那样浮行水上？为什么不能比它自身的枫叶还轻？当然，我不是山中的道者，而是一个道地的俗人，从熙熙攘攘的市井而来，一身尘土，满脑袋杂念，仿佛浮游的小生物，对于山水之境，很难说感受到了彻底。

傍晚时分的浮山是清静的，空的。背光的山阴部分布满了松树、银杏树的斑驳的影子，植被和腐叶层的强烈气息扑鼻而来；一会儿这里窸窸窣窣，一会儿那里嘁嘁嚓嚓；偶尔有一只鸟在啁啾，也只是一粒石子落进深幽的水塘。只有黄芩们满山遍野地撒欢，每一株都举着它自己的紫花儿；而羊齿类植物则循着衰残的蝉声，一路咬啮着石阶从山脚直到山巅。除了禅寺的僧人，这儿只有鸟叫，只有虫鸣，游客们想必都下山了，连卖门票的都了无影踪。山门大开，一阵松风流过后，浮山才浮出了它自己。

汪是我和小徐的导游，他随时随地介绍着山中的景物和掌故。在金谷禅寺的院门前，他透过门缝，很柔和地朝里面叫着老僧“师傅”。一个老僧慢慢地从寺门里出来了，显得有点倦怠，他哗啦一声开了锁，也没说话，就独自回禅房去了。就在这时，我注意到了这把锁。在这净界，一把带锈迹的锁向我暗示了什么呢？

这个禅寺真的很奇特：它依傍着山体的穹窿而构建，气象浑然，灵氛袅袅，佛在此想必也特别心安。邻壁有一深洞，黑咕隆冬的，寒气袭人，据说可通至山顶。这该不是佛陀为自己升天留的“后门”吧？我心里直打鼓，竟胡乱猜起来，但不敢说出来，我怕他俩说我大不敬。阿弥陀佛。我们连一根火柴都没带，只好放弃钻洞的念头。

后来，我们又去了“一线天”、“仙人床”、“雪浪岩”。比较奇特的是“滴水洞”，其大可容百来人，且不规则地垂现出三层，宛若置身于三重檐的塔内，引逗人想象亿万年前熔岩喷发时的壮观图景。汪说，火山灰是很轻的，放在水里也不会下沉，“浮山”之名便来源于此。说着，他便左瞧右瞅，想找一把火山灰玩玩，却发现周围的岩石都一律包公般地铁青着，亿万年后也不肯开个笑脸。不过，看着洞壁上那“雨花天”的岩刻，真的令我感到一阵凉意的围浸。佛陀之于松风溪月，佛理之于道家山水意识，它们原可以如此相融相和，绽开一片怎样灿亮的“雨花天”！

然而，在浮山的摩崖石刻中，同样有一部分俗不可耐：一些达官贵人们吸足了血，大腹便便，还想借此青史留名，但那红袍，那一品顶戴，那赫赫威风，如今还不是灰飞烟灭，化作狗屎？时间打垮了所有的肉体，岩石也不能拯救灵魂。

在上山途中，汪还特别提到方以智的墓，以及他母亲的墓冢，最近竟被盗墓者残忍地炸开。于是我们又绕着山走了很远的路，去看那一隅凄清的墓地……。归途中，我们试图在草甸子上稍息一会儿，却遭到成群的草蚊子的疯狂袭击。

它们太饿了，眼睛都发绿了，这些嗡嗡不绝的草蚊子！它们不像山上四处散落的微黄的干牛屎，尚可肥田，当柴烧。草蚊子实在可恶。

牛们早下山了。没有牛，只有无意义的牛屎。据汪说，一千年前，这儿僧众数千，寺院林立，浮山的香火进入了鼎盛期。我猜想此山命名为“浮山”，大约与“浮屠”也有一定关系罢？只是不知道高僧们怕不怕虫叮蚊咬，以及能否从牛屎里悟出禅意来。

记得爬上山巅的亭子时，我眼里的浮山似乎“浮”到了最高点。四下鸟瞰，湖水环抱、闪亮，如同岩石般发出铬蓝的光。脚下的山坡反倒如水摇荡，在夕光中颤栗、起伏，仿佛成了通向另一世界的码头。然而在这一瞬间，我却被反衬这一“浮”的景象惊呆了：一轮红得有点惨白的夕阳在缓缓沉没，它滚过地平线上不规则的齿状物，沉下去了……

我想起博尔赫斯《余晖》中的诗句：“日落总是令人不安/无论它浮华富丽还是一贫如洗，/但尚且更加令人不安的/是最后那绝望的闪耀/它使原野生锈”。此刻被我触摸的一切，虽然尚未“生锈”，但却是一种时光中的凹陷感，陌生感。它好像你站着的地方慢慢有了裂纹，洼下去一小块，没过多久又洼了一小块，但你并不一定能感觉到。凹陷其实是一种微妙的加速度。好像有许多东西你找不到了，或者你再也认不出它来。人只有偶尔回忆时，才能感知一种正在迅疾推进的、比黄昏的沉落还要快的相对速度，如同车窗外的树猛烈地向后倒去。

刘大櫆在《浮山记》里写道："山中有青鸟，其声百啭，独时时往来于白云、金谷之间，他山未之见也。"我不太相信这些"灵鸟"之说，因此也没必要刻意去寻觅。大凡在白云岩遇不见青鸟的人，肯定都是凡夫俗子，包括那些归山的僧者和隐者，很难说不带着人间的伤痕、幻灭和烟火味。那是一种惟有自己才能直感到的重，以及涌向每个孤独者的阴影与波纹的重。

那么，隐在浮山身上的另一个浮山，是不是也在凹陷？在佛光氤氲之中，浮山沉没的一小部分，黑不见底的一小部分，在众多的白鹭当下归巢的翅影里，咕噜咕噜地向我浮现。我倒希望在这儿听见放牛娃唱的山歌，然后瞥见千年的荣辱和浮沉化作一抹烟岚，在空山幽谷里飘……。但牛们都下山了，那浑圆的一轮也下山了。

还是捡一堆金黄的牛粪去烧吧，秋风！那一年一年让草和时间互相缠绕着从中长出的，也有牛粪自己，它们原本就属同一种事物。

夕暮燃烧的火焰快要熄灭了，最后的那一线余晖射向我的脚底。在青豇色的薄暗的光中，我看见山边石道上有两个滚铁环的孩子。这使我感到十分惊讶。我指给他俩看，他俩也像我一样感到疑惑：这儿的路如此崎岖不平，荆棘横生，他们怎么滚起了小小的铁环？这有点像悖论，一个滚动着的最不起眼的悖论。

回到浮山中学已七点半钟。晚上竟找不到一个旅馆。汪只得在一户民宅为我找到过夜处。女主人说，楼上没一个蚊子，点个蚊香就行。躺下之后，就听见屋外密如骤雨的秋虫的鸣叫浮升起来，把整个房子都包围了，仿佛执意要将我漂走。我猜想浮山一定在星光和万籁之中打坐，不像我光着身子躺着，还一个劲地胡思乱想。

果然没有蚊子。只有虫鸣，只有老鼠，在瓦顶上扔它的瓦，练它的功课。第二天凌晨就听见益生在下面喊我。见到我后，他说，妈的，昨夜我和小徐被蚊子咬死了。

哦这浮山的草蚊子，总吸不够血，可真够馋（或"禅"）的。

1999. 09. 12

菜子湖记

1

这湖藏在它自己的无意识的深处，一直没有被我翻阅，并且我来到这个村庄，根本没想过会撞见它。冬日的偏北风刮得这个下午又薄又白，疏且淡，草木颤响，一条土路蜿蜒着如同它的目录。我不知道我在向这湖慢慢靠近。其实，在一些柿子树和另一些槐树之间的就是靠近它的村庄。为什么这村庄距湖这样近又这样远？这是我写作时才有的疑问。那一袭浏亮的、蛋清色的水光足以吸引我离开岳母家，出后门一直朝下走，从村庄中穿过村庄以及我写下的这些句子。湖光藏在村庄周围就象一个宝物。我是被动的，反应也相当迟缓。但村庄肯定是向凛冽的湖岸地带倾斜下去了……

2

曲曲弯弯的青黄湖岸的一角现出了，浩浩渺渺的清波没有任何标点，便完整地直奔眼底而来。泄洪闸、挖土机、渔场以及那用石棉瓦盖的陋屋也随之现出；泻口处有几层栏网交叉地挡着，不远处一条乌篷船系着水划子在水中晃荡，我甚至能看到船头的炉子和水瓶；再往前，便可见湖中有围栅之网，栅栏之柱突现水面，引来鸥鸟们灯蛾般地上下翻旋，湖上之白日隐现于云间，如马灯之烛。湖面阔大但能望见疏林远岸，并且每一角区都有乌篷船在水中晃荡，系于其后的水划子也随之晃荡。湖水似乎能掀起一层又一层，闪露出它下面的隐秘之物。但我必须戴鸭绒帽了。刺骨的西北风带着它不容置疑的强烈语气，一瞬间改变了你所有的想秀一把的念头。一个老头告诉我，这个湖叫张个菜，属广圩，能通向好多湖。我递给他一支烟。他接着说，这些乌篷船是看鱼人住的，呶，当官的住在岸边石棉瓦盖的屋子里。

3

湖堤呈等腰梯形状，石砌的那一斜面临水，涌浪阵阵拍击，鼓漱其间，砰然激扬，泠泠嘭嘭之声不绝于耳；而另一斜面却是另一番景观：过冬小麦团团青碧，它绿得简直不可思议，于枯黄而哑的世界直逼心尖而来。让我惊讶的是，旧渔网如同篱笆围着它们，且每一节网的颜色各不相同，有瓦蓝的、浅灰的，也有芦白的、黛绿的。

这种错置与互换发生在世界本身，像一个词被阿波利奈尔拆成几个词素然后重新组合。渔网在西北风中变得彻底虚无，虽然旧浮标仍浮晃着。然而，我的阅读期待被它悬空了，或者被它偷换了。开始我甚至怀疑这个村民是否有毛病，后来我感到他的想法很狂放，很诡异，他把水中边界轻巧地挪移到岸上来了。从捕鱼和防范的角度并不能完全解释他的动机。他戏弄并改变了这个规则。他做了诗人做不到的事。当然，他受到一个不相识的家伙的尊敬，他并不知道。

一个外来者或闯入者的模样，像不像一条横游过来的乌贼？

如果你不像乌贼，那你必定像弓虾了，怎么看怎么像。湖鱼们一定这样认为。

我的体会是，这个世界什么都缺，就是不缺网呀！你懂吗？网！

4

菜子湖想封闭自己时，它就自个儿冻起来了。是的，它没有必要整天向你敞开心扉。第二天早晨，它呈现出一副波澜不惊的样子，让我措手不及。巨大的冰面平滑透明，像不怀好意的旋转的唱片；乌篷船和小划子如同陷在浆糊里，连挣扎的力气也没有。如果我是偷渔者，我就专拣这个绝佳的时辰来，瞧乌篷船像苍蝇一样粘在麦芽糖里动弹不得，而看鱼人会气得在船上跺脚骂娘。

我发现冰面上隐约有两条路：一条是杂草和秸杆的漂浮带凝冻时形成的，非常写意，像北雁南飞投下的一串倒影；另一条是一长溜水凫在湖心游动的墨黑迹线，显然那里尚未冻结。

真正的凛冽是充满力量的，恢宏的，令人敬畏的。它要把湖水冻起来，就类似于把急速摇摆的秋千固定住，而那秋千的绳索就是那猛烈的西北风。是的，在早晨的湖边，我几乎感觉不到风。难道风也被冻结了吗？

岸边的草丛里有一只肥胖的小狗在晒太阳。它瞧了瞧我，一点不惊慌。一个不速之客而已。你讨厌，你走吧，你怎么会懂得我？它也许这样想。

当然喽，我是不可能在这儿呆得太久的。此刻我发现，这个世界的内心正掠过阵阵雪意，而天空下残剩的道路已隐入枯草残冰之中。

2004. 01. 29

陈独秀旧居怅想

2007年仲冬在重庆调研。采访之余，我特地来到主城区百余里之外的江津区（原江津市），拜谒陈独秀先生旧居。

1937年抗战爆发，国民党政府将关押了五年的陈独秀从南京监狱提前释放。此时的陈独秀已是家破人亡——乔年、延年壮烈牺牲后，陈独秀的前后两任妻子高晓岚、高君曼和长女玉莹都因悲伤过度而陆续离开了人世。

带着患难少妻潘兰珍，陈独秀出南京，奔武汉，颠沛长沙，流落重庆，在江津的鹤山坪安顿下来，清苦自持四载，最终在穷困和孤寂中客死在这异乡的土地。

江津区委宣传部的同志陪我前往。独秀旧居离城区尚远，车子在盘山道上九拐十八弯，天上下着细雨，地上踩着泥泞，我在北方生活得太久，很久没有看到这种牛毛小雨了，恍然间仿佛是年少时行走在家乡安庆的乡间小道，不知独秀先生当年在这里是否也能感受到遥远家园的温润气息。

半山坡上的石墙院是幢青竹环抱的三进平房，占地约五亩，围墙由一块块巨大的条石砌成，故被称为“石墙院”。上世纪九十年代，江津政府出资把居住在这里的几十户居民陆续搬迁出去，整修后将其辟为“陈独秀旧居”。

一遍遍，我徜徉在这安静冷清的院落里，沉思，怀想，除了陪同我的同志，没有一个游客。故居的看门人是当年收留了陈独秀的杨家后人，一个朴实的中年男子，他对我们介绍了当年“陈老先生”在这里的一些情况：

陈独秀夫妇避难到重庆前，他的世交好友邓仲纯（“两弹元勋”邓稼先的伯父）在江津开了一家诊所，邓力邀陈独秀夫妇来他家居住，但令人气愤的是，邓仲纯的悍妻却担心受陈独秀牵连而拒客于门外，进而恶语相向（陈独秀写给三子松年的信中也如此记载：“幸亏你们与祖母未同来。竟遭邓太太拒之门外。”）。

一生傲气的陈独秀哪里受得了这种侮辱？“若不碍于行李拖累，定然马上重返重庆”（陈独秀致松年信）。幸有江津乡绅杨学渊仰慕陈独秀“新文化运动旗手、五四运动总司令”的名声，盛情邀请他前往位于鹤山坪的祖屋石墙院居住，他担心陈独秀无功不受禄，就以修订杨氏家谱、整理先人遗稿之名相邀。

在石墙院里，我久久伫立在陈独秀生前居住的两间偏厢房里，室内光线昏暗，泥地面潮湿阴冷，只有一床、一桌、一椅，简陋之极（如图），隔壁的耳房里陈设有他们夫妇躬耕垄亩的农具，一如当年（如图）……

十年前，我读原国家新闻出版署副署长梁衡同志悲歌瞿秋白的《觅渡，觅渡，渡何处》，陈独秀与共产党历史上另一位悲剧人物瞿秋白是何其相似！——同是没落的封建士绅家庭奔出的叛逆者，同是中国近代史上学贯中西的文化奇峰，同是在热爱的治学兴趣与政治责任之间义无反顾选择后者，同是以书生之肩担负起追求人类解放的道义……

两人又是多么的不同：秋白柔弱，被排挤出党的领导核心后，抱着病体默默隐忍迫害，承受对他“最无情的斗争”，甚至对妻子这“最亲爱的人”都不肯吐露内心的痛苦；独秀刚烈，一巴掌被打翻在地后，拍案而起激扬文字，奋起反击强诿于他的种种罪名。但党的这两位早期领袖生前却都未能逃脱“被自己的人按住了脖子，好让敌人的屠刀来砍”的悲剧命运，身后更是长期一个被定为“叛徒”，一个被指为“汉奸”！

好在历史并不永远都是政治的婢女！近年来陆续解密的前苏联档案表明：1923至1927年间，苏共（联共（布））政治局就中国共产党的各种问题开了122次会，作了738个决议，平均两天半一个决议！事无巨细万里遥控年幼的中共。在权势如日中天的斯大林眼里，中共不过是个胎毛未净的“中国支部”，而陈独秀以“支部书记”之低微，一次次与以斯大林为核心的共产国际进行抗争！大革命期间，陈独秀曾抵制共产国际的错误路线，反对加入国民党，主张由党内合作改为党外联盟（陈独秀《告全党同志书》），危急关头也曾部署反蒋计划，但被斯大林压服，陈独秀再反抗、斯大林再压服……，直到南昌起义前夕，莫斯科还十万火急发来斯大林亲自决定、布哈林亲笔签字的电报，反对中共武装暴动！

轰轰烈烈的大革命一败涂地。但是，一切责任都推向陈独秀，一切错误都给了陈独秀。

中国“托派”元老王凡西在其《双山回忆录》中写道：“陈独秀这个人，不管他有怎样的弱点，但他毕竟是一只雄狮，人家可以打败他，甚至可以杀死他，但你休想叫他乖乖做替罪的羔羊。斯大林……将全部责任往陈独秀头上一推。陈独秀如果肯和斯大林合作来串演这出悲喜剧，自认全部错误，以来洗清斯大林的罪过，那么，陈独秀不仅可以在共产国际当要人，而且多半还能重坐中共的首把交椅。”

偏偏陈独秀不是个软骨头的政客，偏偏他撞得头破血流还要独立思考探求真理，终于陷入被多方夹击的困境，不，是绝境！

悲剧拉开帷幕。

陈独秀一生东奔西走，反满清，反封建，反帝国主义，反“老子党”，反法西斯，反“托派”……，八次被通缉，四次坐监牢。1937 年最后一次获释时已是一身疾病、心上有“无数伤痕”的老人。

他去往何方？

去延安？不能！出狱到武汉后，董必武代表党中央出面，让他写份书面检讨，就可重新安排回中央，陈独秀傲然：“回党工作是我所愿，惟书面检讨，确难从命。时至今日，谁有过，谁无过，在未定之数，有什么好写呢？”后很快被康生等指为“日本人每月给 300 元津贴”的汉奸（延安《解放》杂志 1938 年 1–2 月号）。

去苏联？不能！大革命失败后，共产国际命令陈独秀到莫斯科反省，陈独秀坚拒：“中国的问题为什么要去请教外国人？苏联的问题斯大林为什么不来请教中国人？要反省，我在中国反省，绝不去莫斯科！”恼火之下的斯大林亲自在办公室里约见张国焘咨询对策，甚至担心陈独秀会筹钱另办报纸另行组党（张国焘《我的回忆》）。

应邀到国民政府做高官？“蒋介石杀害了我的许多同志和两个儿子，我与他不共戴天！现在国共合作抗日，我不反对他就是了。”陈独秀这样答复奉蒋介石之命来拜访他的戴笠和胡宗南。

回家乡落叶归根？安庆已落入日寇的铁蹄！

感谢江津人民以博大的胸怀收留了陈独秀，如中共原江津市委书记郭汝齐所言：“江津是陈独秀的第二故乡，这方热土不会忘记他，这里的人民不会忘记他。”

“何处乡关感离乱？蜀江如几好栖迟”，贫病交加的陈独秀在江津的石墙院里这样抒怀。

在这个院落里，陈独秀抱病写下《小学识字课本》这部近代史上的文字学杰作，用科学的方法将中国文字重新分类（小学指文字学，类似于《说文解字》—作者注），他也为外面的书馆编书，挣点稿费糊口，“馆中倘能信任，必有与钱相当之稿与之，不至骗钱也”（陈独秀致台静农信）。

但生活实在太艰难了！他“家徒四壁，只有几张破桌椅和耕种生产的一堆土豆”（包惠僧回忆录）；在给四川友人杨朋升的信中，陈独秀多次写到：“一年半前…一斗米价只三元，现在要七十元，长此下去，实属不了！... 弟尤为困难”，“老病之异乡人，举目无亲，惟坐以待命耳！”

在这个院落里，陈独秀宁可典当度日，也断然拒绝达官显贵们送来的钱物：“你们做你们的大官，发你们的大财，我不要你们的救济。”而面对北大同学会寄来的三百元钱，他“且感且愧”，面对共产党员刘伯坚从互济会经费中拿出的一百元钱，他热泪盈眶：“这些钱应该用来营救狱中的同志，照顾烈士的遗孤。”

在这个院落里，流亡在重庆的安徽子弟给予了陈独秀真挚的帮助，浓浓的乡情为他凄凉的晚年增添了些许温暖。

陈独秀的好友、桐城人潘赞化（画家潘玉良之夫）在江津国立九中执教，他常带着三五个安徽学子，凑钱买点白糖和鸡蛋，步行十余里到石墙院请陈独秀赐字，请赐字是借口，实则以绵薄之力相助济。

怀宁人邓仲纯则义务担任陈独秀的保健医生，悉心照料他的病体，在他生命的最后时刻，一直守候在身边。

辛亥革命名将柏文蔚（寿县人）到重庆开会时专程绕道江津探望老友，看到陈独秀在寒冬中棉衣单薄，不胜唏嘘，当即把身上的灰鼠皮袍脱下送给他……

在这个院落里，陈独秀“行无愧怍心常坦，身处艰难气若虹”，

奋笔写下多篇政论：《战后世界大势之轮廓》、《被压迫民族之前途》、《我的根本意见》……，在这个院落里，他对国际共产主义运动和苏联社会主义制度进行了深刻的反思，最终形成了以民主为核心的“最后见解”！

他石破天惊，宣布“我们不能轻率宣布资本主义已到末日”，而且“资本主义是中国经济发展必须的过程，要来的东西，让它快点来”。

他反对斯大林，但更多是剖析产生斯大林的独裁制度，他提出“社会主义也要借鉴资产阶级民主，政治要民主化”，“最浅薄的见解，莫如把民主主义看作是资产阶级的专利品”，“如果工人阶级国家不比资产阶级国家更加民主，工人阶级奋死斗争又为了什么呢?”

而与陈独秀同时代的苏联革命理论家布哈林，“大清洗”身陷囹圄后多

次给斯大林写信表达忠心，在被害的最后时刻还在高呼“斯大林万岁”，被酷杀的灵魂至死都没有醒悟……

是的，实践是检验真理的唯一标准，六十多年后的今天，我们把现实与陈独秀的预言相对照，不能不惊叹他的判断是多么准确！

但是，如果仅仅是惊叹于这位思想家的前瞻，敬慕于这位革命家的执着，后人是否依然只流于把栏杆拍遍的浅吟低唱？

如果悲剧谢幕后，观众仅仅是掏取红巾翠袖，为主人公的坎坷命运揾一把英雄泪，曲终人散走出剧场，清泪随风而逝后，那最具价值东西的撕裂还有什么意义呢？

历史应当有回声。

改革开放后邓小平同志回忆党内路线斗争问题时说：“陈独秀……不是搞阴谋诡计的”（《邓小平文选》第二卷，第 293 页），蔡元培先生也称赞：“近代学者人格之美，莫如陈独秀！”

坦荡磊落，是人性的光辉，是灵魂的高贵，而在铁血的政治斗争中，莫非它注定成为党的领导人置自己于灭顶之地的阿喀琉斯之踵？

瞿秋白临刑前在《多余的话》中叹息：像自己这样一个“文人积习未除”的“半吊子文人”当中国共产党的领袖，实在是“历史的误会”！陈独秀先生——他被开除出党，我不能称他为“同志”，我只能尊他为“先生”——何尝不是如此？“坐起忽惊诗在眼，醉归每见月沉楼”，明明是个可以躲进小楼安享人生的大学问家，却扯起政治革命的猎猎大旗冲在最前列——怀文人的理想而弄历史的大潮，抱人间的情怀而盗天神的火种，却低估了政治斗争的残酷复杂和诡异无情而几乎永世不得翻身。这就是中国政治中书生革命家的悲剧悖论？

如果说，一个政党在走向壮大和成熟的过程中，一定要有这惨痛的人生作“药引”，至少现在我们希望能把这苦难的普罗米修斯铸成一座永恒的雕像，安放在“事故多发地段”，警示我们国家在陈独秀毕生高倡的民主和科学大道上少抛点锚，少走点岔路，更快地驶向理想的目的地。

（注：“行无愧怍心常坦，身处艰难气若虹”和“坐起忽惊诗在眼，醉归每见月沉楼”均为陈独秀在江津写的对联或诗句。）

（选自《皖江博览》2008 年第二期）

曹鸿骞

漆乡晨曲

雄鸡喔喔喔地啼叫着。

黎明前的夜色，像那巨大的黑缎，从天际一直垂挂到地面，在微风吹拂下，轻轻地摩挲着巍峨的大罗山。山下静悄悄的，坡梁上的村寨酣睡着，漆乡沉浸在静谧而甜美的梦中……

老漆农舒大爷首先起床了。他肩挎割漆箩，手提小马灯，从低矮的屋门里走出来，踏上了门前的石板小道。

“爷爷，等我一路呵！”屋门里又挑出了一盏灯，舒大爷的孙女儿彩霞娇声地叫着追出来。“快来嘛！”舒大爷没有放慢脚步。

两盏小马灯相随而行，像两颗红宝石滚动在巨大的黑缎上，熠熠生辉。

“爷爷，你真是的！”彩霞娇嗔地说：“这么早就上山，人家脸没洗，头没梳哩……”

“嗨呀，那碍么事吵？等一会割完漆回家，哪怕你打扮出一朵花来！”

彩霞在暗地里噘了噘嘴。

割漆，这是使舒大爷最心醉的活儿。这活儿务必要在日出之前做完，否则从割口里流出来的漆汁就会减少，或被太阳晒干，胶着在树干上收不起来。因此，在漆乡，夏日的清晨是最宝贵的，寸阴如寸金。彩霞何尝不懂得这个道理？但她此时想的是自己这副未经梳妆的模样，怎么好见心上的人儿呢？

滚动在山路上的小马灯越来越多，越来越密，终于漫山遍野，璀璨夺目了。

……舒大爷和彩霞来到他们家承包的漆园里，将灯挂在漆树上，照出了漆园的一角。这漆园是近年新辟的，满园新秀，挺拔茁壮，给人以无限的希望。

漆树是无性繁殖，一截树根插进土里，长出苗来，三年便可开割。头一年从蔸部割起，每年在树身上割出一块长方形的伤疤，以后错开疤口往上割，六七年后，树身伤疤累累，漆汁流尽，欣然下世。所以，漆乡人民固然十分珍惜生漆，但更加热爱把自己的一切都献给人类的漆树！

舒大爷借着灯光，在这初献漆汁的新生代旁观察了一阵子，然后匍匐在地，一面轻轻地举起割刀，命令彩霞道："看着！"

彩霞学着爷爷的样子，也在自己那盏灯前趴下去……

他们一刀一刀地割，一棵一棵地捱，在每一棵树的割口下插上一片蚌壳。于是，那乳浆似的漆汁便涓涓地流出来，淌进蚌壳里。不一会儿就变红了，紫了，黑了，最后一点一滴地汇进了漆筒里。一个身体好的老漆农，一个早晨要割二三百棵树，可收生漆一斤左右，每斤价值十二元。今年，舒大爷一家卖漆可达五百元，往后还会连年翻番哩！

漆乡人民现在大有奔头了。

夜色渐渐逝去，山岚冉冉升起。开始，是一朵朵、一蓬蓬地，好像蘑菇似的从山谷中生长出来，而后慢慢地升腾、扭弯、折断，幻化成一条条巨龙，一只只猛虎，一群群骏马……最后叠成一团，融为厚厚的白幔，在晨风中飘逸，在漆林间盘绕，把大罗山遮得严严实实的。"雾遮头，漆汁流。"这正是割漆的好天气啊！

山洼里的漆树割完了，彩霞跟着爷爷来到山边上。这里有他们家一块自留地，地头还残留着一棵老漆树。不知怎么搞的，彩霞一望见这株老漆树，就勾起一段难忘的回忆……

大罗山位于大别山的腹地，历来盛产生漆，遐迩闻名，素有"生漆之乡"的美称。但是，多少年来，几经折腾，漆乡人民赖以生存的漆树几乎绝迹了，家家穷得淌酸水。那一年，大罗山下搞什么"人造小平原"。将队里仅有的一小片漆林也毁了。舒大爷伤心痛哭了一场。当夜，他冒着风雨，偷偷地跑到山地上，刨出一些漆树根，埋进自留地里。第二年，红鲜鲜的漆苗长了出来。为保护这些漆苗，他牺牲了自家的自留地……

冬去春来，漆树又增加了新枝。现在，农村经济政策落实了，漆乡又红火起来。舒大爷把自留地里的漆树根刨出来，全部献给了生产队。如今，队里用他献出的漆树根繁殖的新苗，已经成林，并且开始割漆了。

……

太阳羞涩地爬上大罗山，悄悄揭开了山头上的白幔，只见苍松似海，翠竹如云，漆林片片，梯田层层。一条又一条蜿蜒曲折的石板道上，三三两两地行走着割漆归来的漆农，一个个脸上漾着笑容。舒大爷和彩霞出工早，收工也早，走在石板小道的最前头。不过，此时彩霞没急于去追赶老爷爷，而是故意留下来，站在一棵树荫下，等待着正朝她走来的小伙子……

（选自《安徽日报》1981.05.17）

▎陈力钊

大雄山的灵气

大雄山位于怀宁县西部，海拔437米。山麓为陈氏祖居地，建有陈氏宗词。陈氏宗谱对该山是这样记述的：“皖省（即今安庆）西乡离城近百里（实30公里）。有山焉、皂曰大，其山层峦而耸翠，其形展翅而飞扬，其势峥嵘而秀丽，其气磅礴而奔腾，其高又不知几千万丈。”清人刘余漠（登大雄山绝顶）诗赞曰：“白云乘兴即相招，扶仗攀萝人望遥。江汉辨时连雨阔，星辰立处不风摇。始至瞩目来天地，自觉登峰小市朝。况有惊人新句在，不妨搔首问青霄。”

很早以前，此山并不叫大雄山，而是叫“大鹰山”，这里有个神奇传说。说山上有一只大黑鹰，住在山东面的悬崖峭壁上，当地叫这个地方为“鹰窝”。这个大黑鹰危害山民，经常叼走农户的小猪和鸡鸭，扰得民不安宁，人们曾组织年轻力壮的汉子去捕猎，但屡屡不着。大鹰不灭，当地老百姓愈遭殃。却说有一年，大鹰东北脚下小山洼的一农家，孵一窝鸡，只孵出一只红羽毛的公鸡，三天内长成一只高2尺，腿围6寸的大雄鸡。农户认为是不祥之物，准备宰杀。但就在这天夜晚，大雄鸡飞上了大鹰山顶，守在悬崖顶上。一日，大黑鹰又要出外猎食，刚刚起飞，大雄鸡就落在它的背上，将它活活啄死。大雄鸡啄死大黑鹰后，仍住在大鹰山上，每当黎明到来时，便高叫3遍，人们在它那高昂响亮的啼叫声中，纷纷下地劳动。百姓从此安居乐业。粮丰畜旺；人们为了纪念大雄鸡，便把大鹰山改名“大雄山”。

这个神话传遍怀宁各乡里，因此，大雄山在怀宁全境也是高山打鼓——有名在外了它与境内的大龙山、独秀山、百子山等齐名了。

“性本爱丘山”。我就出生在这个雄奇的山里，十分喜爱这座山，打从不懂事时起，就喜欢爬山登山，几个小伙伴一呼就上了山，不是采野花，拾蘑菇、捕蝴蝶，就是到山溪戏水，捉石蟹和米虾。上学后，每当寒暑假时，三五同学相邀，攀上最高峰——大山尖。远眺东南，群山起伏如腾龙，长江皖水奔流如走蛟，就连安庆的振风塔也尽收眼底；遥望西北，天柱峰耸峙云天；俯瞰脚下，田园风光如画，四时风景变幻，美不胜收。

大雄山还有其独特的文化氛围，其山麓二里处就是明崇帧状元刘若宰的故里。大雄山的许多地名都是刘若宰给起的。传说刘若宰相貌不扬，但满腹经纶，且为人善良，风趣幽默，机智诙谐，民间流传着许多充满智慧的美妙故事。他中状元颇有传奇色彩。当年崇祯皇帝阅卷点魁时，一连看了几份卷子，认为刘的卷子最好，但由于刘的相貌不佳，不愿点他为状元，便将刘的卷子和其他人的混在一起，焚香祷告，随意抽取，看神意如何，结果仍抽中刘的卷子。崇祯乃说："刘若宰是真状元!"点元后，授渝德，升侍讲学士，为皇帝讲课。一日，崇祯询问刘若宰家乡情况，刘借机故弄玄虚说："安庆地处长江中下游，控制吴楚，保障江淮，地势雄伟：上育七里凉亭，下有五里大庙，日有千人作揖，夜有万盏明灯，风景甲天下，人杰地灵。"崇祯听刘若宰此说，就说朕倒要去看看。其实，刘若宰说的是夸张的描述，是说离安庆城7里的地方有一座凉亭，5里的地方有座庙；安庆城在江北，过往船只很多，水手摇桨或掌舵时，需不停地弯腰，故"日有千人作揖"。夜里满天星斗映入江中，故"夜有万盏明灯。"刘若宰听皇上这么一说，不禁惊骇，但他计上心来，又编出一套险象说，那里险关太多，上有空头岭，中有乱石堆，绞车岭，下有大断，叵人欲上不能，欲退不得，皇上千万勿冒险。其实，这些地方都是大雄山走出山外必经的黄土坡和一般的拦水闸，并不像刘若宰所说的那样险境。由于出自刘若宰之口，这些地方的名称就这样一直流传下来。

陈少林

草帽歌

现在是秋末，太阳和月亮平分了一些日子的各一半，余下的日子则是阴雨天。没有什么比季节更准确不误地运转，它在你感到炎夏闷热得没完没了时秋凉说来就来了，但现在这个秋末却被绵绵的雨搅得好像没有个尽头。

这个秋末，与往年比，时间还是一样的时间，风还是一样的风，而丰收或歉收、喜悦或懊丧、牢骚或赞颂也几乎还没有变，惟一有所不同的，是面对这一切的人变了不少，一些人脸上多了几道皱纹，心里多了几条伤痕；一些人长出了标志成熟的胡子；而一些人虽然还在这个世上，泥土却遮住了他们的身体和声音。当然与之相反的，一些人加入到这个世界中来，开始了漫长而短暂的人生旅程。面对这一切，有时候觉得真是一件高兴的事，但有时候又觉得沮丧。世界就是这般丰富多彩、琳琅满目，生活就是这般循序渐进、循环往复、简单乏味甚至虚脱无聊，但还得过下去，有模有样地过下去，你攀我比地过下去，因为一个人并不属于自己，而属于一个家庭，一个社会，一个国家，并负有一份不可解脱的责任。一种从来也没有人说得清的力量在推着单个的人在特定的跑道上行进，而每一个单个的跑道都不是孤立的，而是与别人的一道组成了大地上的"生活"，就像天上的星系一样，一环套一环，谁也渗透不了谁，谁也离开不了谁。

秋末的凋残和平静，极易引发人的幽古之思和"现代心情"，这大概是因为此时大自然充分展示了它生死交替的特质。我自然也不例外，身心俱脆。

我的身心还触到了草帽这种物件。然而在秋末，这种物件已经退出田野这个劳作的大舞台，它的意义何在？草帽这个名词，难道它还能开口说话吗？但我所以要说草帽，是因为它是一种颇具代表意义的记录文本，一如光盘。草帽，偏正词组，名词结构，动词的屏障，形容词的心脏；草帽，一个人流动的房子，太阳的假想敌，植物的一种形式，天地之间的一种游戏规则，人身份的一种标志，田野的一种饰物，细想之下的一种沉重与悲哀！阳光下游走着、蠕动着头顶草帽的生命，天地间展示着一种并非风景的风景，你难道无话可说？

一年的将近一半时间，草帽处在动感的状态，成为一种可以忽视但不可丢弃的存在！五月草帽开始出笼，这是为了对应天上的太阳渐渐升高的热力。如果草帽算得上是一种头冠的话，那么这种民间的头冠，弱势的群体人人有份，无需申请、乞求和郑重其事，它只需付出很少的钱就能拥有，只需轻轻一扣就毕。头是人身体上最神圣的部位，太阳是人所直接感受到的最神圣的天体，人两样都不能舍弃，故而，太阳使人不胜其热时，人不敢骂太阳不好，但也不愿作践自己的头，只能弄顶草帽遮挡遮挡。而想不到在另一类人眼里这就成了田园诗的一个主题。所谓草民，恐怕就是因为他是戴了草帽的缘故，而并非是指他与各种草诸如麦草稻草野草日常打交道。不管是哪一种缘故，那些叫草民的，就是我们的衣食父母，不管他如何憨朴，都理应受到尊敬，而不应用白眼相向。

草帽好像都是一种式样，这是因为耕种者不讲究它的款式，实用就用，就像他们在抢收抢种季节，只要能饱肚子不管吃什么都行。大概商人嫌做草帽利小，用它的人又过于节俭，买来一顶要使用好几年，故对这个市场兴趣不大。无怪乎从没有见过报纸、电视和广播做过有关草帽的广告。不过，草帽的式样还是有男女之分的，就像衣服有男女之别一样。男人戴的是一种顶高檐窄的草帽，女人的则相反。男人的这种草帽的式样颇类似于一种礼帽，我每次看到或戴上它，总觉得它跟解放前那些便衣特务所戴的礼帽是一路货色，使我有时想起感到有种反讽的意味。女人的矮顶宽檐的草帽是有松紧带子的，这种草帽从城里下乡来的人也戴，不过草帽戴在这些来人的头上不知怎地总要比乡下人显得怪气。

草帽就是草帽，它基本还是乡下人的专利。七月，草帽被头汗浸得很脏，使新的变旧，旧的开始破损，用它的人就有些随便，总喜欢摘下来当一当扇子，如此一来，它就又显出了一样好处，却也因此变得更旧和更破损了。八月，九月，草帽还要度过它的困难期，它几乎要被戴它的人从早到晚地依赖，哪怕太阳还没有出来和已经落山，实际它已成为人的一种精神的需要，就像那些贪官，虽然已搂了百来万，想来已够他用几辈子了，但由于精神的需要，他还刹不住车，仍习惯性继续搂那黄白之物。耕者虽然闲时在电视上看到贪官纷纷落马很高兴，但戴着草帽面朝黄土背朝天时却无暇想到贪官和贪官的事，就像那些人及其不劳而获的可恶行为与他们完全无关，他们只想到耕种和收割，以及庇护他的脑袋的草帽。而草帽沉默无语，它无法言说，它的责任就是被谁拥有即为谁当差，这种品质类同于它们的主人。

十月，英雄走到了末路，我是说草帽，由于地球向太阳的倾斜度明显发生了变化，草帽也就退出了舞台，不过不是被主人遗弃，而是随便搁在家中的某个角落，当然如果是已经破得不成形的，就会被随手一扔，落到田沟里或土路上。那些被置在家中角落的草帽的处境有些类似于雨伞，但实际比伞还不如，伞在一年中被用的次数还算均匀，而草帽再次被用的时间就要到来年了。最可怜的还是那些被扔在外面的破草帽，被榨尽了剩余价值的它们，在风雨交加的路上显出的是一种极其破败难看的惨状。

现在是秋末，雨季。泥泞遍野的乡村，忙碌已经停顿下来。人们碰在一块，谈谈收成，谈谈已付出和必须还要付出的，谈谈心里的疙瘩，也谈谈国家大事之类。平静和无奈中，就望望门外的天和地，当目光碰到陷在泥泞中的破草帽时，一种痛惜和负疚之情就不禁涌上心头。

（选自《清明》2002 年第 3 期）

邂逅秋夜

如果身临其境，我们就能诠释自己的命运并被命运指引，例如有一次我偶然又必然地邂逅了你。

那一夜的冷寂与热烈，使秋声的喧嚣在树梢圆满地达到了高潮。一条小河业已干枯，龟裂的河床悲壮得如一座倾圮的纪念碑，月的光芒闪烁迷离无依无附，营造出一种远古蛮荒而又暗伏勃勃生机的景象和气氛。你立于河岸的身影，孤独、固执得仿佛一棵兀立的苦楝树。

你的鼻翼翕动了一下，从什么地方飘来了菊花的芳香，若有若无而又真真切切。你有过深切的感悟，没有一种植物在秋天会如菊花一样具有一种独特的生命强力，使人震颤而至宁静，躁动而至深邃，最终走向近于禅的境界。

虽然，今晚月光的亮度尚不能让你看到菊花的微笑，但你却一如既往地感受到了那微笑的全部启示和美丽。你想今晚这种不期而遇也许会给你带来某种新的奇遇，比如心灵之约。你想你坐下来那奇遇也许就会如笼中之鸟无法挣脱了。你坐在了一块圆墩墩的冰冷岩石上。“石头距离风化\也不过千余年时间”，最近的日子你不时地咀嚼着这样的诗句。落座在这块圆墩墩的冷石上，你忽然觉得，你也在被迅速风化，并且这感觉变得愈加奇妙起来，就好像你的灵魂飞翔在空中，鸟瞰你的身躯在接受风化的那全部过程，于是你慨叹，千余年时间，原来也不过一瞬，但这一瞬竟是如此美丽如此悲壮！

你的目光开始变得广泛而又锐利。忽然，你发现对面不知何时停泊了一只小船，不，你看错了，你马上看清那是一爿奇怪的小屋，像是被搁置在河岸，你的眼光因为透不进这座孤独的渐渐被你视为城堡的小屋而惶惑。你不由自主地立起身来踏着淡淡月光穿过河道。一路上你一面抵挡河泥对鞋底的粘附，一面目不转睛地抵视着那渐显清晰的小小建筑。你发现它的外表很旧，是一种黄褐色的木结构，无论如何审视也难以确定这种色调的呈现是否是由月色使然。这爿小屋的确使你愈益感到一种阴森、坚密而荒凉氛围将你合拢，更有一种说不清道不明的神秘将你召引，使得你急遽地想着要是有一个人走来会多好啊。而那小屋中也一定会有一个人吧，他此刻在干什么呢？

而他是一个什么样的人呢？如果是渔夫，河水已经干了，他还留下做什么？如果是护林佬，又为何把这屋子建在离林子老远的地方呢？是流浪汉吧！很可能！于是你的思绪立时涌上了一种奇妙的快感，但还未巩固就被接上来的新的判断打消——也许，不，肯定他是一个如你一样正徘徊在人生十字路口上的行者，他正和你一样需要在累得抬不起头来的时候找一个僻静之处，停下来小憩，好理一理纷乱的心绪，梳一梳湿漉漉灰蒙蒙的羽毛，舔一舔阵阵发痛的赤红和褐红的新老伤口，如此这般吧。也许，不，肯定他业已找到了想找的地方，并在做着想做的那一切。

所以说这就是我们的缘分。

这个屋子里确实有个人而且确实良久地坐在那漆黑的小小空间。没有叹息甚至没有咳嗽，只有寒虫的弹奏如打更的声音在四周颤栗不已。这个人的思想的河流也仿佛那条小河似的干涸或者静止了。但黑暗中这个人微瞑的目光中透露着若有所待的精神，好像一粒种籽拱破泥土露出了嫩黄而脆弱的苗苗。

我只想随便地说——这个屋里的人当然就是我了。至于我是一个什么人抑或身份我为什么呆在这样一个小屋子里，这些难道有讲清楚的必要吗？这不正如问你是一个什么人你为什么在这夜晚独自走到这儿来一样显得并没有意义吗？人的一生中不是总有许多事情和行为能够一目了然却三言两语不能够讲清也不必讲清吗？何况你的判断我是赞成的。但仅此而已。

不过我还是应该尽量多地谈谈我，对于你我一下子就觉得有必要。我只想说，我是一个颇为实在而又显得总是赶不上趟的人，一个生长并生活在最基层的普通劳动者，即通常所说的平民百姓。为了生计更为了有些说不清的东西，我在社会这个大组织里左冲右突常常脱钩，与整体失去联系；为了实现自己的一些美好意愿，揭示我很想知道的某些事物的真谛，譬如终极意义之类，我不怕背负沉重的枷锁。久而久之便与某些约定俗成的许多规矩拉开了距离，并且从内心时时透露到行为和语言上来，以致在我的四周引起了冷暖空气对流时的气候。而我不得不一面企图弥补这种距离，一面却又想继续发展我的初衷，终于弄得焦头烂额！总之，“我是一个不合时宜的人，在过去的一个偶然的瞬间，我被时尚的潮流抛在了一边，像一条鱼被波浪掀在了河岸上。我凭借回忆和想象生活在过去。”小说家格非在《夜郎之行》中如是说，大概他没料到竟说中了我。

是否我说得有些空洞或者夸张，这你是知道的。我相信，人与人之间，总有一种相通相知相似的东西，这种东西会不知不觉地抵达我们的大背景——生命的底色，而使我们握手言欢的！你难道没有想到过生命的张力及人生的魅力总是与苦难热烈拥抱吗？

我要告诉你现在我听见有人在敲我的门了，而我不想去搭理，虽然我的内心有一种渐渐增强的渴望。一下，两下，三下……敲门的声音在风里如啄木鸟的劳动。有人在敲门，这个门其实是掩上的，只不过掩得严了些；那个人竟然没有用一点劲。其实稍一用劲，门就会赫然洞开的。这使我有些感动。这声音温柔、亲切得使我猝不及防。我整顿有些零乱的坐姿，全神贯注地倾听——有人敲门，何须敲呢，且敲得那么节制、小心、温柔，富于人类最优美的品德。这的确是一种境界！

啊，这样深的夜，这样冷漠的天地，天上飘飞着枯叶子，地上铺展着的也是，脚踩在上面，就会发出一阵阵沙沙不已的哀叹，而落在头上的就像一夜灰白了的青丝。是谁，在默默祭奠之余来寻找我这样一个季节之外的人呢？我愈发感到有一朵永不败落的菊花再次在内心深处灿烂地开放！

外面一点动静都没有了，那敲门的声音恍若隔世。我感到我犯了一个不可饶恕的错误。如果敲门声再响，我一定要一跃而起。终于，一下，两下，三下……当我正要立起身一个箭步去开门，突然一个问题将我迟滞——那是怎样的一双手？男人粗糙沧桑的手？女人细嫩温情的手？老者呆板缓慢的手？少年热情豪放的手？但我无法得出结果，只有开门、只有开门，这愿望这决心使我百虑顿消，使我庄严肃穆，使我热泪盈眶。于是我站立起来，迈动双足，掰开两扇门，而就在这短促的过程中，我忽然意识到了是什么东西在这冷寂的激烈的夜晚与喧嚣汹涌的秋声相抗衡着——敲门的声音、敲门的声音啊！这声音掷地则如金石，飞翔则如鸽哨，停顿则如引而待发之箭，收敛则如宝剑入鞘。只有它在这深秋之夜一枝独秀一木独荣超越时空的界限圣洁清明地警示与宣告着什么！

倏忽间我已深深地懂得。

我打开门。没有人敲门。没有敲门的人。只有你孤零零而坚定地背向我的小屋静坐在一块河石上，像什么都没发生过。月色把你所注视的河道牵扯得如潮涌动。环顾四周，我感到来自不同方面的风，正殊途同归地奔向那远方的大河、旷野与森林！

我于是把你迎进小屋。我们交换着讲述各自的经历，原来我们的经历大同小异。两双手紧紧地握在一起。我们打算一起过完这个命定的夜晚，打算彻底完结这一年中最后一次的懒散与虚脱，天亮后各走各的路，各奔各的方向。一位先哲好像说过：没有昨天也没有今天，而只有明天。我们一直都没有点灯，我们在归于无言之后默默地守望着黎明之光！

（选自《散文》2002年第5期）

陈生长

徘徊在香港的窗口

这些年来，国人观察世界的最佳窗口是香港，而观察香港的最佳窗口应是启德机场。

前不久，我在启德机场候机厅等待转机，利用停留时间观察了机场的方方面面，较准确地得到了我对香港的第一印象：这是一个现代化的国际大都市，繁荣又文明。

机场大多远离闹市区，而启德机场却位于繁华市区内。飞机着陆前，我从机窗鸟瞰香港全景，我还没数清摩天楼的数目，飞机已穿过市区上狭小的净空，稳稳停在高楼环绕的机场上。

偌大的机场上，停着30来架大型客机。机身标志表明它们来自10多个国家和地区。几部接送旅客的大公共汽车来往于飞机与机场大楼。招呼旅客上车的工作人员是位黑人，他全靠手势工作。最后下飞机的是位坐轮椅的老太太。四位机组人员抬轮椅，小心翼翼地下飞机上汽车，汽车刚开到楼前停下。楼内出来两名工作人员接替推轮椅入楼。我跟在后面，没见到谁给他们小费，老太太甚至没说一句感谢的话。他们的脸上流露出强烈的责任感和浓厚的人情味。我不禁暗自赞叹。

我们在候机厅内“世界之窗”餐厅旁的长椅上坐下候机，随意浏览资料后得知，启德机场每日开放17个多小时，只在零时至6时半才关闭，以免噪音影响市民睡眠。1995年平均每天迎送旅客7.5万人，国际客运量排名世界第三，国际货运量排名世界第二。

在厅内，我兴奋地随意走动。地上不见半点纸屑痰迹果皮烟灰。从玻璃窗望厅外，每两三分钟必有一架飞机着陆或起飞。厅内有几处荧屏，不断显示航班抵达，或通知登机的时间表。厅内有几家商店，向旅客供应世界名牌的化妆品、衣服和免税烟酒。

我们观察熙来攘往的人群，猜测他们来自哪个国家或地区。肤色不论黄白黑棕，身材不论高矮胖瘦，男男女女老老少少，衣饰迥异，语言不同。中老年妇女若是戴金饰玉，八成来自台湾；若是发髻高耸，多半是日本人。长袍落地的阿拉伯人，也许是个珠宝商；大腹便便的白种男子，说不定是欧洲的承包商或美国的经理。当然，擦肩而过的人中，会有学者、科学家和官员。他们的经济、政治和文化传统背景也许差异极大，他们来香港的动机各不相同，或是经商，或是旅游，或是探亲访友，但有一点是共同的：举止文明，眼光相遇便露齿一笑，自然和谐，令人陶醉。在验票。我猜他俩是菲律宾人。奇怪的是，他俩胸口都佩着“根在香港，心在香港”的牌子，说着似乎刚学会的普通话。他俩的根未必在香港，但我相信他俩爱香港。

4个月后香港将回归祖国，祖国腰带上也将多了一颗璀璨的明珠！

（选自《安徽日报》1997.02.21）

▌陈寿新

张恨水的那个黄土岭

“张恨水潜山黄土岭人。”1959 年，由于总理周恩来的关心，这位曾叫“心远”、谱名“芳松”、弱冠以“恨水”自励，一生手耕笔耘三千余万言的“民国第一写手”被聘中央文史研究馆馆员时，用狼毫亲笔如此书写自己的履历。当写到“黄土岭”时，我不知道他当时手是否有刹那的颤抖，可我每次携妇将雏来到这里总是情怯；这就是黄土岭，埋我胞衣养我长大的黄土岭，也曾是张恨水的黄土岭。

双亲在，年关我就不能不回黄土岭。单身汉时自不必说，成家了，就得拖家带口。女儿大了，翻我书架上《金粉世家》了，我觉得应该对她讲讲属于我也属于张恨水的黄土岭，她嘴巴连着眼睛很夸张：哇噻！真的？

老人称呼的黄土岭，是个行政村，其实早就改名称为黄岭了。女儿一直视到黄岭为畏途，她晕车，且属翻江倒海类，我则视不能携女回黄岭为畏途，晕情，若不携之，相识的十有八九打招呼就会问：小伢么莫事没家（ga）来哟？接下来才会拉着你的手说：到我家坐坐，喝滴（音）茶，吃滴瓜子。你若真的坐下来喝茶嗑瓜子，没看住主妇，她一转身就会煮上三个糖鸡蛋，汤汤水水正冒着热气端上来，要看着你吃下去：家里生的鸡子，你莫要作客。

这是乡情，安徽潜山余家井老岭头黄土岭割不断的乡情；这是乡音，潜（山）怀（宁）方言区特有的且把《天仙配》唱得满世界跑的乡音。

这也是张恨水的乡情，张恨水的乡音。

揣着黄土岭的乡情，带着黄土岭的乡音，张恨水靠着手中的笔走出黄土岭，毕生创作了一百二十余部中、长篇小说和大量的诗歌、散文和杂文，三千多万言，这是何等壮丽的生命旅程。因张恨水作品一时洛阳纸贵，当时还有许多文坛“李鬼”假托其名发表低俗作品，寄生于他还让他背着黑锅，至今一提张恨水仨字还有人只能想起言情的鸳鸯蝴蝶。有这样一个笑话：张恨水坐在麻将桌上，左手摸牌右手写稿，牌和了，一篇稿子也成了，顺手将钱交给一旁等着索稿的报社伙计，人家不接，才发现错了。笑话只当笑话，张恨水只能靠笔嫁穑养活他一家子，还不至于傲慢到如此地步。但他同时给几家报纸写连载却是事实，报社那边“等米下锅”，他这厢同时构思创作四五部小说，人物故事情节皆互不穿帮，三教九流、市井生活都是那样的维妙维肖，呼之欲出，让人不能不叹服这位写手的奇才，有的长篇小说连载四五年，他也写了四五年，前后故事不乱，一大批读者每天在某个时间段热巴巴的等着报纸，他用笔牵引着一个时代，他让他们同悲同喜同恨，其中不乏达官贵人小姐太太，但更多的是普通市民，连鲁迅母亲也成了粉丝，打趣说自己的儿子就写不了张恨水那样的东西，鲁迅这位大孝子只得求购张恨水的作品给老太太。诚如老舍先生言：张恨水是中国真正妇孺皆知的老作家。

黄土岭其实无岭可言，相对于张恨水当年逃婚躲过的天明山和隔川相望的十八里长岗，她只能算田畴间的小土包，张姓储姓杂居，形成长百余米、宽不足五十米的丁字形街道，上世纪六七十年代，街道的中心位置是由储家祠堂改置的黄岭小学，张恨水故居紧邻学校，张恨水当年闭门苦读的老书房早已改作他用，塌圯的院落也没了桂花树，倒是门前的半亩方塘在柳枝的垂拂下显得有些生机，出入故居的已是他的侄、孙辈。小学五年，我每天都要穿过金庄银庄李庄来到这所谓的黄岭街，不清晰的记得是否曾踏进张家那个老宅院，倒是那屋脊上湿湿的青青的一簇簇瓦松，常被幻想一棵棵大树，也许小鸟在那儿做窝，也许躲进去能好好的玩玩捉迷藏。上三年级，该写大字了，要就从那口水塘提水研墨，不曾想到怎样好好习字，倒是常琢磨的用石子如何打出更漂亮的水漂漂，运气好的话还能击中某个跛脚的鸭子。那年月，大人们提到张恨水的时候语气总是变成了轻轻的，除了徒增我们的神秘感，不会觉得张恨水比生产队长威风，生产队长噘起嘴巴使劲地吹起哨子，男男女女就得走出家门“上工”了。

不比生产队长“威风”的张恨水，却被誉为中国巴尔扎克的。当然这是我走出黄土岭以后才知道的事了。有称张恨水为中国狄更斯的，还有冠之为中国大仲马。文章千古事，得失寸心知，不知道张恨水是否同意送给他的帽子，评价是文艺评论家的事，他们也要吃饭，如同曹雪芹自己喝粥身后却养活着还将继续养活成千上万个教授一样，张恨水自己是没有发言权的。张恨水就是张恨水，那个来自黄土岭的张恨水，我想他在写作的时候不会想到什么巴尔扎克、狄更斯和什么大仲马，他的作品在现代作家中至少在数量上无人能比肩，是因为他只有用手中的笔养活自己和他的一大家子人，除建国前后因中突患中风，丧失写作能力，担了个文化部顾问这不问事的虚职，按月领600斤大米，吃了几年“干”粮外，他是真正是靠笔来生活的。好像巴金老人说过：他是中国真正的文人。

很长一段时间，人家一提张恨水就我莫名的羞怯，尽管我也生在张恨水的那个黄土岭，如假包换的黄土岭，尽管也曾在叫老虎包的张家祖坟山上放过牛，也曾趴在张恨水父母张钰和祖父母张兆甲墓碑前数他有几个兄弟几个叔伯，尽管也在张恨水老书房边神圣的跟着老师念着“毛主席万岁”，也曾和他侄孙女同桌也许和他的另一个堂侄孙打过架，尽管老书房那一亩方塘时而迷离在梦里，我却羞怯，潜意识里莫名的羞怯。是怕别人说张恨水六岁时才回到那个黄土岭，我弱冠也就不在那儿过活？还是因为自己偶尔也拿笔写点东西怕别人联想点什么？我想我羞怯也许源自一次真实的不羞怯：八三年暑假，我走访过一些看到过、听说过张恨水其人、其事的老人和张氏后人。动因可能是由于自己和同学们说过我和张恨水是乡梓，也许是因为当时现代文学史教科书上对他一笔带过鸣不平而和人家争论过，也许想干点什么认为自己能干点什么，我不羞怯地去问看着我何时才不穿开裆裤的老人们，还假模假样的拿着纸和笔，不管他们是否刚从田里拔出脚。第一次知道张恨水走出黄土岭时有些伤感还怀着屈辱，他十七岁时，家庭重大变故，作为长子，重担一下子落在这个“肩不能挑手不能提”的“书壅子”身上，他曾不清楚家里水田边界而放错水，他曾长时间对着花草树木发呆有时嘴里还念念有词，他曾因为邻里纠纷被人指着鼻子骂作“胞衣”（家乡骂人很恶毒用语，意指一无是处的废物），这个“书壅子”就只好成天关在老书房里“大门不出二门不迈”，唯一不“壅”的地方倒是“发明了”把露在衣外的手脚尽可能地放在水盆里，这样蚊子咬不着，他的侄孙沿袭了这一发明，恢复高考即考取了浙大。在那间老书房，“书壅子”闭门两年，啃完了张家藏书几大厢，打下了极为扎实的国学基础，一些老人们夸张的比划着书厢大小，至于是些什么书，他们却说不出个子丑寅卯。特别是张恨水堂侄张鹏英老先生给予了我很多帮助，老人家不怕误了田事，说着张恨水还边我爷我爹的理辈份（老家爹是爷的父亲，祖父称爹，父亲叫大叫爷叫伯可混着叫，就是不兴叫爸爸，时要是“山里猴子装马叫”喊“爸”的，说不准当头就是一“爆栗”），还引起他儿子的不满，作为同学，毕竟我用不着天天在家“扒泥巴”了，我不知可作出过什么承诺，印象中老人家的眼睛里满是期待。回校后，我整理出张恨水少小的逸闻轶事投寄《艺某（只能用此代）》杂志，寄出时是背人的，小偷般，收到回信说是可以刊用。背不了人了，也有可能是主动的，包括对女生，那可是我第一次收到可能刊用的编辑部的来信，于是心里数着日子巴巴等，等到的是内容似曾相识的文章，署名却不是我。接下来的日子我就羞愧起来，是为了张鹏英等老人的眼睛，还是？于是对张恨水这名字也莫名羞怯起来。如今，那本杂志好像停办很久了，今年张老该有八十好几了吧，听说眼睛也几近失明了。

无考张恨水是否认同“书壅子”，但作为真正著作等身的章回小说大家，如日中天的时候，他认为自己是书生，且说自己“百无一用”，离开黄土岭回眸的瞬间，也许他噙着屈辱的泪水，但他梦萦着故土，老家来人，他总是要问问黄土岭，他家老书房，还是桂花树，他多部作品以“潜山人”，“我亦潜山人”、“天柱山人”署名。

大年初三，携女爬上我当年放牛的老虎包，岁交雪灾，张家祖坟向阳，雪化着快，但枯草里还有星星点点的残雪。老家有年前上坟山祭祖习俗，以前是把故人请回家，现在简单了，或大年或小年要在祖坟上给先人烧点纸钱，放点鞭炮算是告知了，对这一年俗张恨水有诗：

廿四风晴好晚天，家家坟上响千“边”。
灯笼燃烛门前挂，迎接“先人”过小年。

雪地里，张恨水祖坟没有烧纸钱的痕迹，看样子，无人“迎接‘先人’过小年”，也不知恨水先生在哪儿过年，在四围一堆堆纸灰前，张家祖坟不免显得有些凄凉，我拾得两根半截烛，燃之，靠在恨水先生父母墓碑前，女儿提议，我们三鞠躬，对养育恨水的父母，也为一代文学巨匠。本想对女儿说说毛泽东在重庆谈判时曾单独会见过张恨水，和他谈起过爱情文字，张恨水和另一著名作家无丁点爱情八卦，看到孩子她娘对我俩装模作样掩嘴，我把后面的故事咽了进去。回望山脚下“大跃进”时修建的长春水库，她锁住东逝水，不知恨水先生是否还再叹“自是人生长恨水长东”。

（选自澳门《华文新文化》秋之卷第一期）

陈所巨

知　春

在溪边，偶然地发现几粒细碎的小白花，那便是春之信号罢。

流水无声地冷，悄然离去，不理睬岸边的一切，这就是人们所说的“流水无情”吧？冬天里的风，冬天里的水，却是有了这细细碎碎微不足道春天的花儿。“城中桃李愁风雨，春在溪头荠菜花”，那词人在老远的宋代就已经看见这溪边的白花儿了。百千年过去，荠菜花仍是野地里的报春的信使，但城中桃李倒是欢乐起来，或许不再有风雨中的忧愁。

春之端倪，竟绽放在这小小的荠菜花上？你或许怀疑，或许以为古人那诗词多少有些牵强附会。但你认真地想一想，当那细碎的小白花绽开之后，随之而来的不就是漾漾然无边草色？

人们以一叶知秋，当然也会以一花知春了的。荠菜花和春天是有着某种潜在的机缘，还是并不相干的偶然巧合？天地万物，万缕契机，万般缘由，你能弄清是哪种契机和缘由给两种看来毫无关系的物事纠葛在一起？必然或是偶然所造成的奇巧，让人难以解透，你只有感知和相信的份儿。

人是最机敏、最智慧的。人能够感知和总结所能涉猎的事物，并能从语言、文字和艺术的方式使之再现和流传。这或许就是人之所以是人并得以主宰这个世界的根本原因吧。但单就人的每个个体而言，愚与智之间或许存在惊人的差异。有人可以因花与叶而知春秋，有人则昏昏然无论寒暑。世界在变，人们的生活也都在变。而在这些变化之初，往往都会出现某些端倪。你注意过，发现过，捕捉和破译过没有？你有没有被醍醐灌顶地启示过呢？当然，有人敏锐地感知了，身手敏捷地与时代和社会发展同步，他无疑抓住了机遇，获得了成功。但也有些人浑浑噩噩，在变革与变化中坐失良机。其中聪明些的可能还会待机再起，迎头赶上，迟钝者便只有唉声叹气、怨天尤人了。

人由草木而知春秋，草木又何以知春知秋的呢？大概是它们有着某种特别的灵性吧。荠菜开花，大地春回，愿我所有的朋友与春同步！

（选自《人民日报》1994.03.18）

秋日黄昏的人与鸟

不知怎么心里似乎就有了一片飘坠的落叶和它所携带的厚重的有些凉意的声音。季节或是心理的暗示，竟然这样轻微而有力，这样地不容你拒绝、懈怠和置若罔闻。这是个极具诱惑力而又有份量的词，在古人的笔下和我的心头，那是一片沉默却又携带响声的风景。窗外，山坡和山坡上的树同样厚重起来，还有那些白色羽毛的鸟也是那样，披挂和携带着贵族般的豪华。斜射的阳光以必然的慈祥和静默极为有效地正在改变着一切，包括我的心情。让我深深地懂得我拥有的一切包括心情都是某种简单的必然。

母亲若有所思，她的头发和笑容金黄灿烂。这个世界上的一个普通而又神圣的女人，是她最初告诉我时光和生命的可贵，在那个被炊烟缭绕同样金黄灿烂的黄土垒墙的院子里。而在很多年后的同样的黄昏，以及黄昏以外的许多空隙，我都会情不自禁地想起和咀嚼那句普通而又神圣的话的滋味。就在村外那条落满我童年脚印的路边，有一块三尺多高白色的石碑，字迹已经模糊，无可辨认，大概是一座坍塌湮没了的古墓的碑。那个白头发的瘦削的老人总是倚在碑上，望着西边渐渐沉落的太阳，目光茫然而空洞。我想跟他打个招呼，问他些什么。母亲说："别扰他，人老了都这样。"

在那片河滩，芦苇和岸边的苦柳树现出野性的趾高气扬。弄不清我是以怎样的心情面对那种突然袭来的落寞。秋天的黄昏，与我邂逅的风景怎么会带有苍青的古典的色调？不由得就想起我是个由来已久的孤独的人，就像童年我看见的那个倚着白色石碑的黄昏里的老人，目光苍茫而空洞。那个老人和倚在他身后的石碑后来都消失了，消失得无影无踪。母亲也消失了，在一个初夏的黄昏。我也会消失的，像那个老人，像在我们众目睽睽之中突然就消失了的母亲。在这个世界上不可能有真正永恒的东西。我的目光是不是也显出了秋风一样的苍凉与空洞？

诗人，我和我的芦苇一样现出野性的趾高气扬的朋友，我的携带着诗歌和响声的梦。在这个或是过去、未来的许多黄昏，我们是不是同时都感觉到了，存在的豪迈与痛苦？思想散落在风中，时光和生命散落在风中，那个老人的目光和母亲普通而质朴的话语同样散落在风中，风是最富有的。想过没有，你的欲望，你的贪婪，你的不顾一切的索取和占有，最终让你富有了吗？你依然在风中，依然只是黄昏之中的一缕喟叹、一滴闲愁。与秋天挨得这样的近，与黄昏挨得这样的近，有时候你真的觉得，占有实在是一种累赘，过分的占有则更是一份罪恶了。风一无所有，于是风自由自在。鸟不拥有财富，它的生存仅仅维系于随时随地觅食，鸟便有无穷的快乐。而人呢？拥有越多，痛苦和忧愁也就越多。这就是我们往往异想天开，想成为一缕风或一只鸟的缘故。

风有些凉，在黄昏的空旷中，浮动着太多灰尘和虫子，这或许就是我有时候并不特别清醒的缘故。人们用不同的方式看待自己和别人，人们同样从不同的角度，观察几乎相同的事物，其结果无疑就导致了愚蠢和智慧！可以说，人是最聪明却又最愚蠢、最幸福却又最痛苦的动物。人不能战胜自己，主要就是不能战胜自己的欲望。即便那几个廖若晨星相对清醒的哲人，它们又战胜自己了吗？在这些方面人甚至连飞鸟和昆虫都不如。我甚至断言：在这个世界上，拥有最多的人，也就是最痛苦的人。然而谁又不想去拥有呢？

人们往往忽略了生命和时光，忽略了它的珍贵和短暂。我时时会想起那个老人，想起母亲和黄昏中的鸟。就在我童年的村子里有一棵很大的树，大概是枫树，树上宿了很多的鸟。黄昏，阳光渐渐弱下来的时候，鸟们就飞回来，在巨大的树冠的外围滑翔着，盘旋着，然后纷纷投进那团浓密的枝叶之中。每回我都看得发呆，鸟儿们的优美的飞翔和由衷的快乐令我无比感动！我想做一只鸟，而母亲说："你是人哩！人比鸟强。"我总是弄不懂人比鸟强在哪里？但我又觉得母亲的话是对的。母亲说过，生命和时光是珍贵的。

（选自《中华散文》2003 年第 2 期）

要是永远活在秋天多好

有这种想法的时候，正是秋天，而且正赶上白露。白露是一年二十四节气中最好的一个节气。你想，气候不冷不热，空气不干不湿，天蓝蓝的，风爽爽的，宜人不过，还有比这更好的么？要是永远活在秋天多好，要是一年之中所有的日子，全都这样温柔干爽多好。

到旷野里去，到阳光和风里去。到长满火炬松的黑森森的山坡上去，或者就到晚稻齐刷刷抽穗的田野中去。清风一样，流水一样，或者就像那白羽毛的鹭鸶一样。风一尘不染，水清澈见底，鹭鸶清闲潇洒、仪态万方。活着，就要活得活蹦乱跳，自在自如。活着，就要活出更好的质量，更高的境界。活着是人生和命运最大的收获，最高的奖赏，最超凡脱俗的关爱。我活着，许多动物和植物活着，流水和风好像也活着。要是永远活在秋天里多好，要是永远活在最宜人的舒适之中多好。闻得见野草的气味、荷的气味、稻的气味、水的气味、兽和虫子的气味，也闻得见远处的路和桥和坚定的石头的气味。嗅觉灵敏是好事，视力很好也是好事，思维敏捷更是好事。看着我，看仔细点儿，看我是不是平常那样子，是不是太阳那样，将微笑举在头顶。有没有更多的人让我钦佩，有没有另外的一些人让我兴致勃勃，有没有某一件异乎寻常的事让我激动不已？活在秋天里，活在山上、水边或植物的根部，活得真正像棵树，真正像个人。或者，就活得像株草。我知道许多人看着我，他们的目光带有浓厚的对隐私兴趣，他们觉得我无论成功、失败都是一段有趣的故事。我也看着他们，看着他们若无其事、毫无特色的生活。我知道这就叫社会。而当我回过头来，在悬挂着一颗颗轻寒冷露的早晨，看见我的女人拖着乌黑的湿淋淋的长发，像一个性感迷人的水妖。我们一起活着，活在秋天，我们拥有快乐，也拥有产生快乐的大片痛苦。

把神话当作饮料，把风和树当作朋友，把两颗心当作一颗心，把任何时候的任何一个脚印都当作人生的起点，把视野里的一切都当作神灵额外的恩赐。秋天是成熟、丰稔、冷静、收敛的季节。一粒成熟和饱满的种子，就让我富有连城。一个简单的思维，就让我拥有智慧。一个并不清晰的失误就让我蓦然惊醒。一粒沙子的提示就让我明心见性……我是一个人，还是一群人？我处于什么样的状态和形态？我最终的目的和最高的层次在哪里？秋的冷静、睿智和波澜不惊，秋的谦逊、满足和洁身自好，秋的随和、容忍和深层次的悟性，都让我心领神会、获得甚多。就连欲望都是净洁的、透明的，就连不为人知的一切都是崇高的。活着，在秋天里，我知道我更接近神灵，更接近我自己的心！

我收拾和整理自己，像秋天里的农人们收拾和整理农具和收获之后农作物的秸草。人生的错误、过失、罪衍，以及某些时候偶尔的迷惘和失意，杂乱无章的垃圾和废弃物，在我的收拾和整理中，渐渐地如河流防波堤上排列整齐的石块，人生要做的事很多，最重要的莫过于随时收拾和整理自己的行为和思想。我心的原野，我人生中大片的可以收藏种子和智慧的土地，我大海一样躁动着潮汐的幻想和冲动，我崇高和卑劣的欲念和行为，在秋天里忽然就这样井然有序。深邃和明晰的秋天，让我们活着，有可能活得清静无为、自得其乐。

荷将藕藏于淤泥，树将果实举向高处，我的崇高源于我的善良，我的成功源于我某种不自知的缘分，我活着的时候，头顶总会闪耀高洁的光芒。秋带有金属的秉性，秋从来都在沉默中廉洁自律，因此秋总是清新的、馨香的，理智和爽洁的，很少有溃疡和腐烂的气味。活在秋天，活着本身就是一份陶醉与快慰。

要是永远活在秋天多好！

（选自《安庆日报》2003. 09. 28）

陈迎竹

牡丹之约

四月初，是牡丹盛开的季节。

一个午后，我与牡丹有了一次不经意的秘密约会。

四月的江南，一场春雨连绵了整整一天一夜。午后时分，雨停了，天色也明朗了许多。或许人们还不知道雨停的缘故吧，我是园中唯一的游客，整个牡丹园处在一片静谧之中。一园娇翠欲滴的牡丹独独向我而开。苍翠的叶片上滑落着雨滴，闪着诱人的光泽。在一片绿色的海洋中朵朵牡丹如星般闪烁其间，那是一种慑人心魂的美，美得让你屏住呼吸不敢言语、不敢轻举妄动。唯有心与美的悄悄贴近。

大株大株的牡丹，一簇簇、一片片在微风中摇曳，展开着娇媚的笑靥，散发着温润的清香。每朵花的形体和颜色也各不相同。有单瓣的白牡丹，六片白如玉的花瓣托起鹅黄或淡紫的花蕊，从翠绿的枝叶间斜伸出秀丽的身姿；绣球形的白牡丹，俏立枝头，那薄如蝉翼般的白而近乎透明的花瓣聚拢在一起，有拳头般大小；菊花形的粉牡丹，白牡丹，花瓣由外往内，逐层渐小，中间微露黄色或紫色花蕊；还有那富贵华丽的紫牡丹，花瓣上正滚动着晶莹的雨露。每一株，都是一个独特的美丽生命，都似一个飘香的花魂。是唐诗宋词里的艳丽也罢、素雅也罢，总是感人心怀。是读尽了铅华后的那份明丽与释然。

雨后的牡丹是如此的娇艳、妩媚而又圣洁、高雅。我轻轻地从她们面前走过，生怕惊扰了她们。可我还是忍不住轻伏下身子，让眼光漫过每一朵花、每一片叶、园中被雨敲落的五彩的花瓣，那落英点点，于绿草之间，煞是美丽！我甚至还伸出了舌尖轻舔了一下那在微风中轻颤的花瓣，她们似与我对望，还羞涩地抿嘴笑了笑。

十多年过去了，这个牡丹园里的牡丹开了又逝，逝了又开，多少次在风中，在雨中，在阳光中，我匆匆从它身边走过，来不及顾盼、来不及凝视。

心被尘事塞满，眼里的清风明月、花红柳绿已渐渐淡去。有多少的人和事已沉入了时间之河的深处。可就在这个午后，在这满园的牡丹对我静静绽放，尽显风姿，花香四溢之时，一些往事从花间、从心间慢慢浮起来，日渐清晰。

还是这个牡丹园，一样的六角玲珑的牡丹亭，一样的碧草蓝天。她和他躺在柔软的青草地上，躺在两个人的世界里。满天的星星如花般绽放，美得让人窒息。她和他，静静地躺着，一夜无语。唯有满天的星斗和银色的月光，伴着习习的晚风，送来花和草的阵阵清香。

没有爱的表白，没有爱的誓言，一任晚风吹散无尽的忧伤。然后，爬起来。向前走。

没有回首，更没有留念。走出两条永远平行而不能相交的平行线。

时光流转，十五年弹指一挥间。

可是，为什么，这个午后，在这满园牡丹的香色里，我独独忆起了你？忆起了我们的过往？忆起了如歌的岁月？

有很多事，终其一生，都抓不住。有很多人，终其一生，都忘不掉。

（选自《皖江博览》2009 年第 3 期）

程大立

沙地行走，草青青

2007年5月3日，再游安徽桐城百年古镇——青草镇。行走之中，感受至深，短文十章，以志此行。

黄　沙

金子一般的黄沙。大沙河滚滚的波涛携你而来，铺就了壮阔的沙海。

曾经，站在河道中间，放眼向上游望去，眼中是闪亮的金色世界，心中是涌动的激情壮怀。

曾经，大沙河像一位纯朴的母亲，以甘冽的琼浆养育着两岸的人民；她那清澈的乳液，渗进万亩良田，滋润千顷禾苗。

如今，黄沙被掏空，河道被疏浚；但随之而来的是河堤的块块垮塌，而低陷的河床，让农田里的水返流河中，大片良田，十年九旱。

“成也黄沙，败也黄沙。”

沙　地

这是一片神奇的沙地，脚踏之处尽是沙。庄稼长在沙上，房屋也建在沙上。车子行在沙堆积而成的河堤上。河堤高低不平，奔驰的车子上下跳跃；车中的人也上下跳跃，但就是感受不到顿挫的心慌。柔软的沙埂，带给人的是一种起伏的运动和运动的愉悦。

沙地上植物丰茂。每一种树木、花草都生长得自在，欢欣。

沙地，一片繁盛的绿色。

钓鱼寺

河边，一块突兀的石头，青色的石头；依山傍石筑古寺一座，红墙灰瓦，斑驳的古寺。石名“钓鱼石”，相传姜子牙曾在此钓鱼，寺也因此而名为

“钓鱼寺”。

当年，河床高起，河沙丰厚，钓鱼石只露出立锥之地；推想当时河水丰沛河鱼膏腴，姜太公一定曾饱享水美鱼肥之福。

如今，沙去水落无鱼可钓；巨石突兀，狰狞峻峭，留给游人的只是“太公已乘黄鹤去，此地空留钓鱼石”。

但钓鱼寺正在大兴土木，香火一定会旺盛起来。

沙　车

三三两两的沙车，在被啃得坑洼不平的河堤上摇头摆尾地行驶着。

前车，哼着破歌，像一头老牛；

后车，摆动着没尾巴的屁股，像一只大海龟。

大车，满车白沙在晴朗的阳光下闪闪发亮；车厢够大，仍嫌不够就再加上一层围板；还嫌不够，就堆成金字塔形状；尖顶，立面，锥体，那可是一座“金山”哟。摇晃间，筛下细碎的“金子”，散落成金色的雾。

小车，一车湿沙，虽没有金沙散落，但车缝中黄水淋漓。一会儿左挤，一会儿右挤，像洗衣女拧出的脏水，一道道，哗啦啦。

禁沙令早已签发，沙车何来？“有序采沙，适度开发。”有人如是说。

挖沙船

枯水旱滩之上，绿杨芳草之旁，停着一只挖沙船。锈驳，落寞。

想当年，它是何等威风，又是何等嚣张。耀武扬威地下得河来，让“靠河吃河”的沙民们溃不成军。巨吼，黑烟，还有那滚滚金沙流去，换来了滚滚财源，终于掏空了大沙河的“心肝五脏”。

如今，硝烟散去，鸣声消失，这个掠地攻城的巨无霸孤独地卧在河道的一侧。看不到它退休的安逸，看不到它失业的颓唐，但它一定在想：如果结局来得如此之快，它又何必来此一方；也许肩挑手掏的沙民，才是这里最佳的居民。

可是……

淘沙人

今天的淘沙人，已没有当年的队伍浩荡，已不再当年的激情豪迈。

今天的淘沙人，三三两两散见于数公里的河道中。低矮、枯瘦、一脉清流的河道中，他们像虾米一样弯腰弓身，一遍遍地在潺潺流水中梳理着。他们身边放着一只小铁桶，三角架支着的小铁桶。

河床不再有当年丰满，河水不再有当年浩渺，河沙不再有当年满河铺盖；掏沙人蜕化成淘沙人。

他们在淘铁沙，一种很好的工业原料。当然比黄沙贵重，但量太少，得像淘金子一样的淘，每天收获很少，很少。

尖刀嘴

这里是一河分两河的地方，两河交汇处的迎水堤呈尖刀状，三河门户谓之“嘴”，“尖刀嘴”也许由此得名。

尖刀形堤坝是人与水战斗的纪念。也许当初形成一河二分之时，这里也只是个弧形堤坝，但水进一尺，人进十寸，于是“尖刀嘴”形成了。如今，水不见浩荡，堤不再前进，“尖嘴”只是坚硬地伸向河中。不用担心有多湍急的山洪，这段堤坝已用石头垒成，再用水泥加固，固若金汤了。

尖刀嘴河面开阔。汛期未到，北河已空，唯有一道窄流潺潺而过；西河干涸，三角之地有很厚的一块沙地，想必是禁采护堤之用。

但竟有一辆大卡车装满了一车沙，悄悄驶离。像一个外国小偷，从故宫窃走了又一批文物。

复垦区

“复垦区”是一个令人兴奋的新词汇。当年发洪水，河堤决开，水毁村庄田地，并覆盖上厚达数米的沙层。如今去沙垦田，一举二得。这费用还是国债专项资金支持，复垦的240多公顷土地，以每年每亩250多元的高价被承租，这真是“新农村建设”一大亮点。

媒体如此报道，官员因此自豪。民心工程，德政工程。

但愿三两年后这里林丰草盛，花果满园，我们再来一次“乡村生态游。”

干沙鲚

“鲚鱼，体侧扁，长约三四寸，无侧线，头小而尖，尾尖而细。生活在海洋中，春季或初夏到河中产卵，俗称风尾鱼。”

这里的干沙鲚应该就是鲚鱼。春夏季生活在淡水河道中，尤其是炎热的夏季，它们喜欢钻入沙中，那里舒适，凉爽。河水中鱼，清洁且“绿色环保”；沙中生活，皮糙而质美味纯。

五年前，第一次品尝干沙鲚之美，便被其美味倾倒，心中一直牵念着。果然这天午餐桌上有这样一盘特产美食，但总觉得味不如前。行内人说，这不是正宗的“青草沙鲚”，是外来货。物虽相同，水土各异，当然味难正宗了。

沙之不存，“鲚”将焉活？

青　草

青草，这个让人容易想到绿色地方，这个让人回归自然的地方。

青青河水，遍地黄沙，千亩香米，纯美河鱼，还有河边青青草……

青草，你会成为人们永远向往的地方。

（选自《安徽青年报》2007. 08. 15）

程　默

劳动的重量

快乐是劳动之树结出的一枚枚青果，尽管人们每天都在不倦地忙碌着。

刚刚砍去的一片芦苇洼地，裸露了它狰狞的面容；那或深或浅的芦茬齐刷刷地刺向五月的寂空，像那手艺拙劣的理发匠理出的平头。鸟雀们失去了栖身的巢居，蝗虫、蚊子失却了繁衍的场所。与芦苇毗邻的农田的主人，在夸奖此举及时的同时，更多的是沉浸在能多收几斗稻谷的窃喜之中。其实，劳动者欣赏的不是这种诚恳的褒奖，他自有他酝酿成熟的打算。

芦苇地不大，面积约0.5亩左右。在刚实行责任田到户的那阵子，它只是一块低洼且泥脚很深的劣等水田。随着吃粮问题的解决，慢慢地，主人便荒废了它。不一年，自生自灭的芦苇便代替了一年一熟的禾稼，适于湿地生长的芦苇，葳蕤起来，成了蛇鸟的天堂。

一把烈火烧毁了一段历史，烧不尽的是地下的茬头。主人索性围着湿地锹出一条一米见宽的水沟，掘起的泥块堆在茬头之上，成了天然的菜园。看到丰富的泉水汩汩向外流淌，主人又在十几米处的湿地的那一端，掘出一块约20平米的水池，日积月累，水池不断扩大，深达人许。这得天独厚的菜园便初现雏形了。

一冬过后，许多东西都变了样。那铁锹掘起的僵土，冻解了，在大多数情况下都一无所获的芦苇地，如今因为劳动，成了某种突如其来的对劳动的有偿馈赠。这种感觉在周而复始的时间变化中走向丰满，又像是时序，在抽象中真实地存在。劳动者无法诠释那种叫做“喜悦”或“创造”的东西——这是在又一个春夏之交，看到一潭碧绿的池水、块块菜畦、满架瓜藤后，日增月茂的翠绿的心境。它们是增长的宠族？还是被劳动捞起的本该消亡的事物？

再一年，天出奇地旱，房前屋后的水塘因为灌溉全见了底，只有那一潭碧水，汩汩向外流淌。邻居们索性搬来木料，三五根拼搭在一起，放上满山满坡均可拾到的青石板才，洗衣洗菜。劳动者的快乐被分享了，这是劳动者掘起第一锹泥土时所没有想到的。眼下，他的苦和累，都归于内心的平淡，因为他坚信：力是富财，去了又来。而如今，那昔日的苦和累却给幸福注入了新的内涵。

在畦地里，在瓜架旁，劳动者时常看到拳头大小的瓜果蔬菜，它们在希望中点种，又在喜悦里收获。畦地便这样不断退役又服役，让生活的意蕴不住地向前继续。劳动者的手，也就这样无意间攫住了生命——将劳动的神圣与精神领空的震撼，一同化作了一汪碧绿的泉水，日夜不息地汩汩流淌，滋润着亟待滋润的一切……

（选自《安庆日报》2003.06.07）

程 谱

春（散文诗）

驾着悠悠南风之车，悄然驶来，一路不停歇。来了，一位绿的使者、花的仙子……来了！这位花枝招展的小姑娘，名字叫——春！

她唱着，亮开柔和动听的歌喉唱着，淅淅沥沥的雨儿，是她的歌声。

她弹着，拨动清新晶亮的琴弦弹着，叮叮咚咚的小溪，是她的琴音。

她画着，蘸着阳光雨露的色泽画着，红红艳艳的花朵，是她的作品。

她写着，抒发吐露心声的情怀写着，绿绿嫩嫩的禾苗，是她的诗情。

她放着，拽着好奇向往的嘻笑放着，飘飘荡荡的风筝，是她的童心。

春哪春，你是温柔的歌手？你是热情的琴师？你是豪放的画家？你是多情的诗人？都是，我相信！可是我更相信，你和我一样，是个天真、活泼、聪明、伶俐的小姑娘——那天上的风筝在作证！

春天，是一部印刷机

春天，是一部印刷机。印着天，印着地，印好了一本画报，天是封面，地是封底。

封面，白云飘飘，丽日高照，彩虹变幻着神秘。封底，小溪奔流，绿柳婆娑，花儿妩媚。

翻开扉页，扉页里印着——小草的执著，竹笋的毅力，子规的啼唱，铁牛的梦呓……

还印着娃娃们，是她，是我，也是你，放着飞翔的风筝，展开腾飞的双翼……

春天，是一部印刷机。哗哗啦啦，淅淅沥沥，从南到北，不停地印刷，印着憧憬，印着希望，印着美妙的新奇！

神神秘秘的春

走，我们去踏春！

我们踏，脚下的小草嫩嫩绿绿，钻出一个生机的春！我们踏，脚下的小溪，流出一个快乐的春！

春，还在我们手间芬芳。野花点点，在草丛中闪出一颗颗星星；野花簇簇，在山岗上飘起朵朵彩云。

春，还在我们手间奔放，风车呼呼啦啦，转起我们美好的遐想；风筝飘飘悠悠，飞起我高远的憧憬。

我们是小草，具有勃勃生机；我们如春笋，具有向上的精神；我们似小溪，具有执著的追求；我们像鲜花，具有理想五彩缤纷。我们是风车在转，遐想同星辰一起晶莹！我们是风筝在飞，憧憬同日月一起运行！日月生辉，星辰更新，春天，永住在祖国的天庭！

呵，我们，我们就是一个神神秘秘的春！

三　月

三月的阳光，照在嫩黄嫩黄的树上，阳光也是嫩黄嫩黄的。轻轻地歌唱，像布谷、黄鹂和百灵的小嘴，那是冒出来的嫩黄嫩黄的叶芽。

嫩黄嫩黄的叶芽，冒出嫩黄嫩黄的音符，含着一首首嫩黄嫩黄的曲子，被嫩黄嫩黄的枝条，串成一串串嫩黄嫩黄的歌，还有被雨滴打湿的嫩黄嫩黄的童话。

三月，是嫩黄嫩黄的，她悄悄地嫁给了翠绿的夏！

问星星草

星星草，你是天上星星掉下来的，生长在山包？星星草，天上到底有多少星星闪耀？启明星是天上的雄鸡吗？要不它怎么报晓？北斗是天上的指北针吗？要不它怎么指示方向？流星太重太重了？要不它怎会往下掉？

星星草，请告诉我好不好？好不好？

▌程学开

可怜路边一枝梅

她守在路边，一年又一年。

她等着他归来。归来，这是从旺川到上川的必经之路。

晚稻黄了，树叶黄了，又一个阳光灿烂的秋天。我们驱车去上庄，却不是冲着她去的，尽管她在那里当过一回伴娘。那是1917年7月，胡适专门从美国赶回来，与江村女子江冬秀结婚。她是胡适三嫂的妹妹，似锦年华，又饱读诗书，胡博士大婚，她是最理想的伴娘。

上庄，这个当年号称千灶万丁的古村落古称上川，位于绩溪县西端，距县城39公里。公路边已看不到一幢老房子，胡氏大祠堂也改成了学校，只有大门前的石阑干依稀留着昔日的气势与威严。我们匆匆走过，直奔胡适故居。

胡适故居位于上庄村后半部西北边，是一座典型的晚清徽派建筑，占地面积1100多平米。胡适在他的口叙自传里，说他的祖上做茶叶生意，曾在上海附近一个叫川沙的小镇，经营一家小茶叶店，小店的本钱是一百元银洋。小本经营能撑起这么大的住宅，足见经营有方，利润也不菲。故居内部装饰以鬲扇、窗栏、撑拱和雀替为主。鬲扇、窗栏采用平地阴刻技法，刻有兰蕙图，很秀美。“我从山中来，带着兰花草。种在小园中，希望花开早……”这首唱遍台湾校园的《希望》之歌，最初的写作灵感是否来自这些兰蕙图？故居分前后两进，中间以户牖相隔。正厅挂着胡适的父亲胡传和母亲冯顺弟的画像与照片。下边厢房是书房。书房临窗一张木桌，桌上一只煤油灯，玻璃灯罩口破了，如碎了的玉兰，是读书破万卷破的？紧挨书房是新房，她做伴娘，搀着江冬秀做新娘的新房。胡博士未掀新娘盖头之前是否用心看过伴娘？她一定用心看过他，不是别有用心，只是好奇。那时她还小，才15岁。她比胡适小11岁，比江冬秀小12岁。

她叫曹诚英。

曹诚英的照片挂在墙上，同冯顺弟、胡适、江冬秀，还有陈独秀、徐志摩、杜威等人的照片挂在一起。那是一帧黑白照片，一头黑发，五四青年发型，一张白润可人的脸，穿一袭宽袖白衣衫，左手随意地放在一块菊花石上，右手下垂，托着一本厚厚的精装书。端庄、优雅、美丽，如今的“超女”看了，也会很快放轻脚步，不敢高声言笑，只发出一声声叹息。

这里有许多胡适的文稿，有大大小小复制的手迹。最大的一幅是“努力做徽骆驼”。小的有：“有几分证据说几分话，有七分证据不能说八分话。”“做学问要在不疑处有疑，待人要在有疑处不疑。”“不做无益事，一日当三日。人活五十年，我活百五十。”还有《花瓶诗》：“不是怕风吹雨打，不是羡烛照香重，只喜欢那折花人，高兴和伊亲近。花瓣儿纷纷落了，劳伊亲手收存。寄与心上的人，当一封没有字的书信。”这是写给曹诚英的？

1917年9月10日，胡适到北京。他是7月10日回到上海的，为了和陈独秀见面，在上海住了12天，然后回上庄结婚。9月10日本是北大开学的日子，由于张勋复辟，推迟了。胡适这天下午到北大拜访蔡元培，没有人。幸好陈独秀在家，两人高兴地谈了一下午。这年新年伊始，陈独秀便收到胡适《文学改良刍议》一文，并编发在年初的《新青年》上。胡适写道：“此八事皆文学上根本问题，一一有研究之价值，故草成此论，以为海外留心此问题作一草案。”陈独秀一口气读完，快慰无比。以前他和人议论施耐庵、曹雪芹的价值，远远高于散文家归有光、姚鼐，别人总是疑惑不解，想不到胡适同自己的观点一样，他乐不可支。聘请胡适到北大任教，也是他向蔡元培推荐的。胡适是新文化运动有影响的人物。他推行白话文，一次讲课，他文言白话掺着讲，在黑板上写“孔说”、“孟说”，写到自己写了“胡说”，成了笑话。胡适无所谓，作《胡说》诗，讽刺拟古。

出了胡适故居，耳边似有唢呐声。我陡然想到胡适就是从这里出发，步行二十里去江村，迎娶了小脚女人江冬秀。又想到曹诚英，想到她的墓。都说她的墓就在旺川路边，我们来时怎么未见？出上庄，一路走，一路停，一路问，还把车子开进一马平川的田间小路，打听我们要找的曹女士，二十世纪的祝英台。

她真的有点像祝英台，爱着她的梁兄胡适。1923年4月，胡适到了杭州西子湖畔的烟霞洞。他为何而来，难道就为会一会曹诚英？显然不是。胡适那时也许还惦记着美国女友韦莲司，或是留洋女子陈衡哲。这两位女子中的任何一人本都可以做他的爱妻，但没有。原因是“母亲的深恩无从报答”，“不能硬着心肠来违背她”，“儿久已认江氏之婚约为不可毁，为不必毁，为不当毁”，最后娶了江冬秀。

胡适在杭州的绩溪老乡很多，去烟霞洞看望他的人也很多。曹诚英头两回是与汪静之结伴去的，第三回单个儿去了。他们同游西湖，同登西山，湖光山色，令人陶醉。胡适一回又一回看着六年前的伴娘，牵着她的手；那手如西子湖畔的垂柳，别有一番柔情。6月，正值曹诚英放假，胡适以养病为由，不住旅店，租了烟霞洞的三个房间，日日吃着寺僧送来的饭菜，日日与意中人谈古论今。这样的日子说短也长，有三个多月，说长也短，很快就到了年关。海誓山盟，依依惜别。望北雁南飞，看胡适北上，曹诚英能做的就是等待。胡适回到北京，提出与江冬秀解除婚约。江冬秀力挽狂澜，拿出菜刀要寻死，吓得胡适再不敢提及此事。接着家门不幸，爱女爱侄相继病故，自己又大病一场，昨日山盟变成了今日的小令：“……绵延——，绵延——，割不断的情线……”。胡适故居里有一副蒋中正撰写的对联，说胡适是“旧道德的新楷模”。委员长先生也耳闻过此断婚姻恋情?

曹诚英意懒心灰，但不易旧约，她说“过去我为丈夫守节，从现在起，我要为胡适之守节了。”此后数十年，曹诚英没有再婚。

曹诚英墓在旺川的路边上，不大也不显眼。墓志写着：“曹诚英（1902—1973），乳名丽娟，字佩声，美国康乃尔大学硕士。历任安徽大学、四川大学、复旦大学和沈阳农学院教授，九三学社成员，诗人，我国第一代女性农学家。”墓志少了一笔：她是旺川人。选择这里，是她的遗嘱。日近中午，绿草不衰，墓地洒满阳光。

一年又一年，她守在路边。她等着他归来。她知道他1962年就走了。她相信魂灵，他的魂灵离不开故土。他回来，定能闻到一股芳香。她是他的梅，生与死，都为他吐着芳香。

守望老虎洞

两人一把伞，走在雨巷。雨巷迷蒙，唯有脚下的石板跳着水珠，显得格外光洁莹润，黑白分明。一条圳水伴着石板路自北向南流，潺潺有语，诉说着古今。这是呈坎九十九巷中的一条，位于罗东舒祠之南，叫孙家巷。沿这条巷前行，便是我们要去的老虎洞。

老虎洞就是老虎祠，康熙《新安志》有记载。罗贯中写《三国演义》，写孙权没有写他的儿子孙和，没有写老虎洞，实为憾事。老虎祠即孙氏宗祠？相传孙权的儿子孙和被废太子后，宫中杀气逼人，为避杀身之祸，便隐居到了呈坎，繁衍了孙氏一脉。如今呈坎为何孙姓杳然？说元军欲进呈坎，当时"千灶万丁"的呈坎人在佛子岭口伏击，歼元军。元军不会就此善罢甘休。为防呈坎遭血洗，孙氏留下"说明书"，说伏击元军系孙氏一族所为，与他人无关。一夜之间，孙氏离开了自己生息已久的八卦村，没留下一童一叟，只留下一段侠肝义胆的传说。

从孙家巷左拐，巷子似乎到了尽头，其实是开头。眼前一块空地，三面断壁残垣，几处长出野草。晚春的雨似了未了，千古叹息化作水，淅淅沥沥，洒在眼前。眼前不远处曾挖出一块墓碑，很高很大，上刻"吕蒙"字样。太子废了，孙和避难至此，大将军所为何来，竟也在此作了长久的安息？

老虎洞，孙家巷 1 号。它的大门正对着这块空地。整个建筑呈正方形，古朴恢宏，宛如古堡。

他来了，新千年的第三年。他叫王志政，合肥人，离岗工人。他在黄山工作、生活了几十年，这里的自然景观和人文景观深深地吸引着他。他要给自己找个归宿之所，没有回合肥，只在古徽州的古村落里四处寻觅。他寻觅老房子，能使自己安身立命的老房子。他在渐渐走向衰老，徽州很多老房子更在衰老中摇摇欲坠。趁着自己现在还精力充沛，他应该为老房子做点什么？他要守望一所老房子，如爱情厮守，把身和心都全部交给她。他到过万安、蜀源，到过许多人迹罕至的古村落，最后来到呈坎，来到老虎洞。

老虎洞的大门挂着一把铁锁。石库门，里面填的是青砖，外面包着灰色铁皮，上面布满黑色炮钉，显示着历史的威严，也显示着历史的沉重。

他走近石库门，用手推推，推出一条缝，一道亮光照下来。四水归堂，五岳朝天，亮光来自天井。借着亮光，他看到一道月牙梁，煌煌壮美，竟一时目瞪口呆。他知道这是心灵受到了震撼，寂寞已久的奔途中邂逅一位美人也没有如此强大的震撼。向下看，又止不住声声叹息。大殿被分割，一小间一小间的隔成鸽子笼般的小房，原住着六户人家，后来都搬走了。惟一的眷恋是利用，利用这大殿放杂物，堆柴草。大殿里塞满柴草，银杏木柱成了杂物、柴草的陪衬物。蛛网密布，鼠辈横行，蝙蝠时而划过梁柱，让人心头掠过一丝凄凉。寒来暑往，风雨雷电，没有多少人关心老虎洞的安危。不是不关心，是各家有各家的事，各人有各人的事，日日忙生计，忙得团团转，谁能顾得过来？政府有关部门是关心的，但黄山市需要保护的老房子有上千幢，要保护这些老房子，单靠政府，人力、财力都显然不足。张艺谋当年拍摄《菊豆》，千辛万苦选好的外景地，因为缺乏维护，等到摄制组赶来开机，房子已经被毁坏了。有些画家、摄影家常年在徽州古村落里跑，有的老房子头年还在，第二年再去就不见了。古徽州，正在常人不觉的现实中渐渐消失……

老房子，需要方方面面的人都来关爱。

老虎洞的后进到底有多深已无从知晓，那些房子毁于何时又毁于何因，也无从知晓，反正全没了。只留下后面的门楼，一个完全反映宋朝建筑风貌的门楼；只留下前面的大殿，王志政看到的大殿。王志政找村民，找村委会，找镇政府，一个一个地找，一级一级地找，用了两年多的时间，又得到镇政府和村委会的支持，让六户人家分别拆掉了大殿上的一间间住房，搬掉了杂物和柴草。来不及喘口气，又忙着清扫，忙着修葺。整整三年，王志政变卖了收藏，花光了所有的积蓄，还向亲友借了一些钱，最后总算使这幢千年老屋恢复了原貌。

他终于在老虎洞安顿下来。

他成了老虎洞的终身守望者。

不是金碧辉煌，没有精雕细刻，全无清朝的驯媚，只有宋之浑厚，唐之圆深，汉之拙重。老虎洞，一个“老”字，勾画出老远年代的朴实、简约、阳刚、豪迈与庄严。铺在天井上的花岗岩石条至今如新，一条一条，没细数是多少条，只记得其中最长的一条近1米宽，约5米长。大厅连天井约120平方米，大厅面积是天井的三倍。厅堂很高，高达6米，两层建筑比现在的三层楼还高。地面依照原样铺着正方形青砖，青砖之上，花岗岩仰莲柱锁托着高大的银杏木梭柱，一根一根，足有20根。向上，银杏木梭柱托着两边的月牙梁，月牙梁两边有4件仰莲木托，托着矮老柱。双梁结构，斗拱、插拱、虾须拱，勾心斗角，各得其势，直上吊顶。吊顶曰“平闇”，是唐朝皇家寺院盛行且独有的风格。4件硕大的仰莲木托造型飘扬，直径90公分，世间罕有。此类木托属禅宗，也是唐宋时期佛家建筑用的物件。虾须拱，由唐而汉，可以追溯到更远。

老虎洞，到底建于何年？说隋说唐，说法不一，有关专家说，最迟也当在宋末元初。按照此说，它应是徽州尚存的最古老的建筑。没有哪座房子能同它比年龄，能比的只有同村的长春社。但长春社是“嘉靖丙寅年秋众姓喜舍重修”的。

那年，北京故宫博物院院长单士元来了。他曾两次到呈坎考察，首先要看老虎洞。他说老虎洞这栋建筑很了不起，是呈坎村的一个宝，一定要保护好。

国家古建专家罗哲文也来了，也说了同类的话。

前不久，法国前总统德斯坦来了，他边看边竖大拇指。

一位法国记者也来了，他在楼上拽着王志政足足问了近一个小时。

上楼，楼梯很高很窄很陡，但很结实。墙上的砖坚固如新。砖上有铭文，隶兼篆，多为“舟”、“阙”字样。

楼面铺着青砖，都是原来的青砖。中间一厅，两边是卧室。左边卧室一张老式木床，王志政就睡在这张床上。

我们见到了他，还有他的妻子罗丽。罗丽在市内一所图书馆上班，只在节假日才回来，平时就王志政一人守着老虎洞。可以想见，一个人的日子是非常寂寞的。

甘守寂寞，是品格，是修养，也许更是一种爱。

储国斌

三十年一叹

——旅桂散记

有一首歌这样唱道："我想去桂林呀，我想去桂林，可是有时间的时候我却没有钱；我想去桂林呀，我想去桂林，可是有了钱的时候我却没时间。"对我而言，现在并没有多少钱，时间上也不宽裕，每天的工作都是快节奏。但我却有了这次机会，去桂林参加第十四届全国书市的机会，就是这个难得的机会让我圆了我的桂林梦。

列车缓缓地离开合肥站，驶向梦中的桂林……

列车途经武昌、岳阳和长沙，晚上八点列车停靠在长沙站，我站在长沙的大地上，欣赏着长沙的夜景、欣赏着湘妹子……

此行与黄鹤楼、岳阳楼失之交臂，曾用行、楷、草、篆等书体多次书写过的梦中楼阁，由于时间关系都无缘一见，难怪字迹没有神韵，这大概是没能达到神形兼备的原因之一吧。

一路上伴随我的是肩上的重任、领导的重托、家人的牵挂、不能平静的心情和一本《营销高手》，带着汗水、夹着雨水和黎明一起到达了桂林。

上午九时书市准时开幕，会场设在气势恢弘的桂林国际会展中心，人山人海，声势浩大，共有38个代表团参加了此次会议，设展位1206个，参展图书16万种，总码洋3700万元，其中60%是新版图书。会议第一天交易总码洋3.2亿元，订货码洋3.19亿元，零售0.01亿元。正式参会代表6000多人，我作为其中一员全过程参与了此次盛会，充分展示了我社的出版成果，达到了预期的目的。并为十四届全国书市赋诗一首：

桂林胜境甲天下
百里长廊美如画
全国盛会书飘香
出版强势赞中华

书市结束的当天，兄弟出版社盛情款待，我多贪了几杯，不胜酒力的我，醉意、诗意一齐涌上心头，一首打油诗随着醉意和醉后的孤单而产生了：

桂林山水人人爱
漓江胜境更崇拜
此刻无心赏美景
只因佳人都不在

长醉仙境不愿醒
暂做仙客游天庭
明朝酒散人醒后
犹如神仙下凡尘

桂林真美！美得让人怀疑是在仙境，初次到桂林不能不去漓江看看山水，为了不留遗憾，我自费随团踏上了旅程。

从磨盘山码头出发，乘游船至阳朔，全程45公里。漓江的源头始于兴安县的猫耳山脚下，七分流入湘江，三分汇入漓江，江水清澈见底，与两岸的青山组成了一幅百里画廊，古今中外，不知有多少骚人墨客为漓江的绮丽风光写下了脍炙人口的优美诗文。唐代诗人韩愈曾以“江作青罗带，水如碧玉簪”的诗句来赞美漓江。梦幻的漓江，梦中的桂林山水就在眼前，风光、碧水萦回，船在江中走，人在画中游，令人陶醉……

一路上经竹江、扬堤、兴坪至阳朔，十几艘游船组成了一条长龙，出没在山水之间。望夫岩、五指山、九马画山、笔架峰等，导游详细地介绍着每一个景点，传说就是这支“神笔”绘就了桂林的神奇。游船到阳朔靠岸后，我坐上电瓶车，参观了阳朔县城的风光。导游说桂林的美要数阳朔最为壮观，由于时间紧只能走马观花。在导游的催促下又乘车来到了千年榕树下，“榕树周围走一走，活到九十九”，身着壮族服装的导游这样说着，许多游客也这样做着。我与同行的两位朋友也围着千年榕树走了一圈，细细观察榕树的神奇，巨大的树干平行伸出十几米，为了支撑自身的重量，居然垂直向下长出碗口粗细的树干，不细看还以为是人为的支撑，可以看出榕树强大的生命力。据说树龄已有1500多年，当年歌仙刘三姐曾在此对山歌，在树下抛绣球，刘三姐与阿牛哥的故事已家喻户晓。许多年轻男女在树下久久徘徊，看看他们再看看大榕树，我想应该为这棵神树做一首诗：

千年榕树参天高

三姐当年绣球抛
祈愿佳话成佳偶
不枉树下走一朝

看罢榕树随即又来到了奈何桥，当年刘三姐在歌中这样唱道："连就连，我俩结交订百年，哪个九十七岁死，奈何桥上等三年。"朴实感人的歌词使我产生了要到桥上走一走的念头，当时山泉齐下，刚刚漫过桥面，我脱下鞋袜，蹚水走到了桥中间：

奈何桥上独徘徊
不见当年三姐来
今日阿牛桥上过
山歌三姐伴竹排

不远处有一排排竹筏，三姐在竹筏上愉快地唱着山歌……

离开奈何桥，最后一个景点就是月亮山。游月亮山只能坐在车上，因为上山时间来不及，我们还要赶回市里住，导游姓李，她说桂林称好朋友为"狗肉"，她让我们称她为"李狗肉"，同时她也称我们为"狗肉"。听她说了月亮山的传说与神奇，还说几分钟就是一个月，惟独没有十五，是为什么呢？她说看看才知道。我透过车窗玻璃注视着月亮山，随着车辆的移动，角度在不断变化，月亮山在背景山的衬托下，月亮由小到大，也在不断地变化，真是大自然的神奇：

月亮山上月亮弯
不同视角现光环
三五分钟一月过
不见十五月儿圆

这是我为月亮山所作的一首诗，基本概括了月亮山的特点和神奇。

回到酒店已是晚上7点多了，停下来才觉得有些疲惫。第二天还要到书城联系业务，就早些休息了。

听导游说市内的景点6点以前对市民免费开放，我一直想看看象鼻山。次日，我起了个大早，跑步到了象山公园，一头巨象映入眼帘，象鼻插入江中，似乎在江边饮水：

象卧漓江畔
日日饮清泉

千古留恋客

迟迟不肯还

迟迟不肯还，恰恰表达了我心境。在象鼻山前我留恋忘返一个多小时不忍离去，当天晚上我就要乘火车离开桂林，我想多看一眼，同时也拍下了桂林之行的唯一的一张照片，我没带相机，通过邮寄的方式，在我回来的十多天后才收到，因为是唯一的一张，所以显得尤为珍贵……

2004. 05

（选自《安庆日报》2004. 10. 17）

还是女儿好

女儿快到一周零三个月了，她健康活泼、讨人喜欢。每天下班回家，一开门，她总是跑过来，抱住我的双腿，甜甜的喊一声："爸爸。"我也总是抱起她高兴地转上几圈，在女儿快乐的笑声中，一身的疲倦顿时全消了。

也不知从何时起，我开始喜欢上女儿的，妻子临产时的情景还历历在目，在产房，妇产科主任告诉我："是个女孩很漂亮"。其实，我一直存有一种侥幸心理，直到临产前。并非是被"不孝有三，无后为大"的思想所束缚，而是怕增加远在农村的父母心理上的负担，他们早就盼着抱孙子。好在母女平安，且女儿脸蛋红红的，胖胖的，倒也得到些许安慰。在月子里，妈妈在我这帮忙洗洗晒晒，尽管她老人家有说有笑，但她的心理只有我知道，虽说"知子莫若母"，但作为儿子，我更了解我母亲，到了晚上，妈妈给女儿忙完后，我总是陪她聊天，我说，无论是男孩女孩，只有能够成材，男孩也有不成器，女孩也能顶半边天。话虽这样说，在头几个月里，我对女儿的感觉也只是淡淡的，没有初为人父那种强烈的震撼，藏在心灵深处的那种感觉无法言表，直到有一天，女儿会笑了，我才开始体会到做父亲的喜悦，说来也怪，女儿每次见到我总是对我笑，起初的笑没有声音，后来我渐渐发现女儿爱笑，她的笑很纯，很真，我喜欢她的笑，从她的笑里我也意识到自己肩负的责任，一个父亲的责任。

每次抱女儿时，我总是小心翼翼，双手横着托起，总怕弄痛了她，晚上睡觉总是担心她被子没盖好，怕她受凉，女儿睡觉有一个习惯，手里总要拿着一条毛巾才能入睡，起初都弄不懂她临睡前为什么哭，妻在无意中拿一条毛巾给她玩，结果她用毛巾挡住眼睛很快入睡了。这一招果然很灵，偶尔我带她睡时，她拿着毛巾总要和我逗一会，我闭上眼睛装睡时，她就昂着头，对着我喊一声爸，尾声拖得很长，等我睁眼看她时，她就对我一笑，有时她双手搓着毛巾，嘴里不停地喊着爸爸爸爸……喊着喊着就睡着了。

女儿总是习惯拉着我的一根手指蹦蹦学步，那天和往常一样，我带她出去玩，刚出门他居然放开了我的手，独自朝前走着，当时我是既激动又担心，激动的是女儿会走路了，担心的是怕她摔倒，妻得知女儿会走后，笑得很开心。

记得有一次我刚踏进家门，女儿就哭着跑过来，抱住我哭得很委屈，很伤心，原来是尿湿了裤子，妻训她了，望着挂满泪水的女儿，我有一种心痛的感觉，我与女儿的感情越来越深了，女儿也特别喜欢我，只要是我抱着她，任何人她也不要，妻也不例外。

每次出差回来，我总要买两件衣服给女儿，总想把她打扮得体面些，有人问女儿："漂亮衣服呢?"她总是用小手抓着衣服给人看，女儿不仅会喊爸爸、妈妈和奶奶，而且还会说：一、二、a、o、e，还有欢迎，谢谢，再见，飞吻等等。

女儿聪明，听话，贴心。还是女儿好!

（选自《合肥工大报》2003. 01. 15）

丁伯刚

穴居者自述

作为一个小说写作者，我是拙劣的，懈怠的，若即若离的，很大程度上有点被逼无奈，不得已而为之。不过在写作的身份之前，我应该还有另外一个身份，那便是读书者，或者说是通过读书的方式，来寻求个人在这个世界上的位置和精神出路的人。只有在读书的时候，在寻求作为一个人的精神出路的时候，我才觉得自己很主动，很入迷，几十年来没有一时一刻懈怠。

在小说故事中，我不止一次写到过一种痴迷者的性格：他干什么都能痴迷，洗碗入迷，摘菜入迷，捡粪入迷，煮饭前淘米里的砂子入迷，洗胶靴时去抠靴底的泥垢能入迷，鼓捣什么小物件小发明入迷，甚至偷东西入迷，玩一种危险的自杀游戏，同样能入迷。这里除了偷东西及玩自杀游戏，其他事情基本上都是真的。我写的就是我自己。而在所有这些游戏中，最让我沉醉其中的，应该是对洞穴的爱好。记得幼时在安徽老家，我们住的是祖上传下来的老房子，高大空洞又阴森黑暗，夹杂许多鬼怪传说。加上父亲长年在外做手艺，家里只剩母亲一人，夜里我常常恐惧得睡不着觉，只能钻在被窝深处，大气也不敢出一声。这时的我总把被窝想象成一个隐秘而又安全的洞穴，外面则是无边的鬼怪世界。有时我从旁边开个小洞，朝外张望一下，随着立即缩回来，把与外界相通的最后一个通道封死。后来我把这种游戏进一步加以扩展，村庄后面的陡坡上，也被我挖出无数或方或圆的小洞穴，每个洞穴里都藏着不同的东西，一只红蜻蜓，一只小麻雀，一只我们称为花大姐的小昆虫，一根红薯，几枚钱币，等等，洞口都用草皮照原样盖好，就像拉开又关拢的抽屉那样，让外人看不出任何破绽。当然不止这道山坡，家里的墙头屋角，还有上学的路上，校周围的土坝，甚至路边菜园里的冬瓜南瓜上，都被我掏出一个个小洞。有时大洞里面还有小洞，小洞两边还有左洞右洞呢，洞洞相连，诡异莫测，一个东西从这个洞口放进去，往往能从很远地方的另一个洞口出来。身边没人，我便会走上前去随意打开一个洞口，一连数小时沉迷其中。在想象中，我便是被自己所掩藏的那个洞中之物，独自身处黑洞洞的大厅里，任何人也不知道我，不知道就在他们的眼皮底下，有着这么一个洞，也就是说，我把所有的人都从身边推开去，这个世界上，只有我一个人。

终于有一天，我的爱好发生了转移，转到对书本的迷恋上来了。这一入迷，持续的时候最长最久，一下就是整整几十年，整整一辈子。这一点有时想起，自己也不由十分奇怪，觉得没有道理。我家祖祖辈辈基本上都是文盲，全村庄几百口人，也没有一个读书的，上学时所读的课文，从头至尾全是那种标语口号，并不能让人产生丝毫兴趣。唯一的解释是，在我的下意识中，可能是把书本，把书本世界当成自小迷恋的那一个个洞穴了。一本书就是一个洞，一堆书就是无数个洞。现在回顾个人的一些经历，大约可以用这样一句话来做个概括：一个生活在洞穴般的另一世界、迷失在洞穴般的另一世界的人。在完全属于个人的这个洞穴里，一切是如此有趣，如此神奇。

那时代最流行的一种书是连环画，也叫小人书，我们村上的人把它叫“图书”。我平生看的第一本图书讲的是个抗日的故事，说一个少年被伪军押着，用驴子给日本鬼子送米，少年很聪明，偷偷地在米袋上扎了个洞，米一路走一路撒，最后全漏光了。这个平淡的故事当时不知为什么就那么吸引我，它给我的感受就是打开了一个完全陌生的洞穴。从那以后我忽然明白，世上原来还有一种东西叫书，书里有各种各样故事，有各种各样的世界。我以特有的人迷劲开始搜罗图书。首先是借。有次我看到某个大人手里有一本《一江春水向东流》，我盯他几天，终于把人说动。至今还记得他边递书给我，边长长地叹口气，赠给我一句他看此书后的心得：“真是好人不长寿，坏人活千年啊。”以这种方式我还看到了小说《林海雪原》及文革前一本叫《文学》的课本，特别是后一本，对我后来的影响至大。另一种得到书的方式便是买了。在离家十几里远的高河镇上有一个猪市，父亲常常到这里买卖小猪，不少时候他喜欢把我带上。猪市好像是周边的村民自发形成的，每天只有很短的一会交易时间，半上午便散了。为了赶上趟，我们天不亮就起床吃点东西上路。等父亲从猪市出来，我会抓住机会，闹着要去不远处的新华书店买一两本图书。那时候我做得最多的一个梦，就是去高河的这家书店，反反复复，一个夜晚接着一个夜晚，好像整个魂魄都丢在了那里。自己去不了，我还会托本队一个在高河中学读书的青年去买。但不是自己选下的东西往往不如人意，有次我把卖鸡肫皮、牙膏皮、蓖麻子，还有从墙洞里掏出来的那种土鳖，好不容易筹集到的一点钱又交到那人手上，让他帮我买图书。为此我整整激动了一个星期，但他帮我买的却是一本《鸭绿江上》，写中国和朝鲜的轮船工人在鸭绿江上怎么结下友谊等，故事一点也不好玩，并且那文字还是押韵的，后来猜想，那应该是诗。可我当时不懂，只觉得怎么看怎么别扭，失望得想哭。印象中，这本书后来还是让我退给了那人，也有可能，这本书并不是他用我的钱特意从书店买的，而是随便从哪找来糊弄我的吧。另外一次，我跟着父亲和大姑到桐城县的青草塥小镇去逛柴市，市上有很好的松毛柴，都是从岳西县的大山里弄出来的。返回时经过街右的新华书店，我竟然发现有一本小说叫《渔岛怒潮》，我立时赖住不走，一定要买下来。在此之前，我正好看了《渔岛怒潮》的图书，让里面的故事吸引得不行，那个地主的小寡妇，特别是她家里还有一个地洞，洞里躲着一个特务，特务还有发报机。此书我不知看了多少遍，越看越不过瘾，总想知道得更详细些，现在碰上整本的小说，当然不会放过。由于我闹得太凶，父亲也给说动了，看看价钱，好像是一块两毛多钱。在这关键时刻，没料想倒是书店那个女店员出来横插一杠，她说这样的小说一般都是公家单位来买的，哪有你这样的小毛伢买这么大厚的书。父亲一听果然不干了，为此我气得当场大哭起来，可怎么哭都不再有用，要知道在那个时候，一块两毛钱的确是很大的一笔。

上初中后，读的书一下多起来。那个叫曹坦的学校尽管偏僻，但历史很长，学校里还有图书馆，每星期一次对学生开放借书。记得每个星期六放学后，我跟着无数的同学像排队买饭那样，从各自的教室飞奔而出，到图书馆走廊上排队借书。我至今记得，每当书包里装了一本新书，我总是一路上用手按着，心里格外激动，也格外充实，连奔带跑往回赶，想早点打开阅读。这时候年纪大些了，图书已难满足要求，我读的都是那种大厚本的小说，许多还是繁体字。我尤其喜欢《水浒传》、《三国演义》、《西游记》等小说里穿插的那些写景写人的诗句，我用一个本子把它们全部抄录下来加以背诵；《水浒》里一百零八将的人物姓名及绰号我也能从头到尾一口气背出来；假期在队上劳动，我还和爱看书的大人一起，将这些书中涉及的人物姓氏一一回忆出来，看能不能列成一个“百家姓”。当时流行的一大批红色小说，许多都给我留下极深刻的印象，那已经不是简单的人物和故事，而变成一种复杂而美好的情感记忆，渗入到血液之中。《红旗谱》里江涛与他恋人在城市旅馆里的经历、《野火春风斗古城》里的关敬陶与金环银环、《烈火金刚》里那个会武功玩大刀的丁什么，还有《吕梁英雄传》那个勾引民兵干部的地主儿媳妇，直看得我心惊肉跳，有时彻夜不眠。乡下全是油灯，一夜书读下来，第二天鼻孔里全是黑油烟，就像两只朝下开口的烟囱。

在师专的三年，应该是读书最多最集中的三年，也是我一生中最重要的三年。总有一种感觉，如果说在进师专前是一个人，那么三年之后从师专出来的时候，我已经变成全然不同的另一个人了。那是一九七八年，刚刚恢复高考的第二年，班上绝大部分同学年纪都比我们大，经历坎坷，见识广博，对社会对人生有着极痛切极惨烈的感受和独到的理解。比如吴洪森，进校前就通读过《资本论》及黑格尔、康德的一些著作，思维敏锐，见解深刻而又激情似火，他的一言一行都在我们的默默关注中，给我们极大的浸染和影响。后来交往多了，他又从文学及读书诸方面给我们以专门的指点和鼓励。从那时起，我开始较集中地接触国外的文学及哲学方面一些书籍。记得刚进校时，师专图书馆还没开放，幸好市新华书店有一个柜台可以对外借书，我就是在那里读到了《安娜．卡列尼娜》等小说。那时读书已不是一种简单的读，而是一种吞噬，有时一天就能看完一本，许多长篇还一个章节一个章节地进行缩写，目的就是想把它们拆散开来，看看里面到底有些什么。我永远不会忘记第一次读到《九三年》、《约翰·克利斯朵夫》、《社会契约论》、《爱弥尔》、《别林斯基选集》等书时所受到的心灵震颤，另外一些书，如赫胥黎《进化论与伦理学》等由于过于喜爱，书店里又无法买到，我只得从头到尾手抄一遍，手抄本至今还保存着。整整三年，我把所能借到的外国文学名著全读过了，从中培养起适合自己个性和气质的文学趣味与文学追求，形成作为一个写作者所必不可少的人道立场与人道信念。这是一种最基本的建设，我觉得为自己以后的生活与写作找到了一条根，或者说找到了一片扎根之地。

一个长期沉溺于书本，并从书本中获得精神信念的人，与他生活于其中的现实世界必然会拉开很大一段距离。记得在师专毕业前的某次傍晚散步时，我曾同朋友摩罗说过一句话："我爱人类，但是不爱人人。"这话肯定也给摩罗留下较深的印象，多少年后我读到他的日记，才知他当时曾把这话记到了日记中，直到前些年，他又以此语作为主题写过一篇短文，来给以详细的阐发。当然，他后来所理解的意思已与我当初的意思不尽相同，他似乎专谈什么作家与人类的关系，而我当时所表达的，其实只是对现实、对人及人性的某种极度不安、极度怀疑和绝望，还有某种与现实人生的对抗情绪。我甚至暗暗为自己设置了一种角色，这就是我所称之的"人类之敌"。这时在我看来，我们所置身其中的现实里的一切都是庸俗的肮脏的甚至黑暗的罪恶的，以我们每个人的一己之力，当然不可能反抗如此强大的黑暗与罪恶，但是我们至少能做到一点，就是决不向黑暗妥协。随着对现实对生活的距离越拉越大，毕业后在中学教书的那些日子里，我也就更深地沉溺于书本之中。即便是回乡下过寒假的十几天时间，通常也随身带着十几本书。尽管这些书无法在十几天时间全部读完，但放在手上选来选去，总觉得哪本也丢不下。整个八十年代，我一边一本接一本连续读书，一边苦苦思考，在民族生活史与精神史上的某个特殊时期，作为一个个体的人的最终精神出路到底在哪里？几经徘徊反复，最后的目光自然而然转到一个方向，那便是宗教。当时的思路到现在还能记得一些，似乎是由王国维，再到叔本华，然后从叔本华那里发现了佛教和基督教。我看的第一本佛教知识书籍是从修水县图书馆借的《释迦牟尼传》，扉页上一幅释迦牟尼坐像，瘦骨嶙峋，一见之下我便泪流满面。我觉得我懂得了什么才是真正的宗教。这种情形后来还出现过许多次，比如一次在杭州净慈寺看到一副对联“地狱未空誓不成佛，众生渡尽方证菩提”，还有在普陀山听到和尚们做功课时发出的吟诵声，在武宁县弥陀寺听一位小和尚午夜撞钟时的高声吟唱，等等，都流泪了。我还试图与一些和尚做一些交谈，不过结果很失望。第一我听不太懂他们的方言，另外我觉得许多和尚其实是掉进了浩如烟海的宗教知识之中，反而与基本教义相隔得实在太远。那么多的典籍本意是对教义的阐发，没想结果却变成对教义本身的真正遮蔽。我以为宗教其实是一种非常简单的东西，一声钟鼓，一句吟唱，一个匍匐的动作，一句受难者的祈求与叹息，所有的意思都尽在其中了。

在找寻个人精神出路那长达十几年的时间中，一直有一个问题在困惑着我，就是我该以怎样一种方式把这些感受表达出来？前面说了，我是一个天生带有穴居者性格的人，愿意以书本、以洞穴的方式把自己与整个现实生活彻底隔离开来，生活中所有的事务在我眼中，无异于都是一种粗暴的干涉和侵犯，让我烦不胜烦。可是小说这种东西却又是最具体、最凡俗、最具人间烟火气的，它拉着你不得不进入现实的最烦琐最粗粝处。这种矛盾在我身上不但没得到解决，随着时间的过去，反而越来越强烈，越来越无法调和。这本身可能就是一种限定，让我永远也不可能成为一个真正的小说写作者，而只能成为一个读书者，一个躲在内心深处某个隐秘而又安全洞穴里自得其乐的人。

丁振川

杨 桥

邮车载着邮件驶进了杨桥。透过挡风玻璃，山下一片白墙黑瓦的农舍，在我的视线中散布开来。一群鹭鸶和野鸽子掠过农舍上空，仿佛在某个背阴的涧溪里刚刚洗过雪浴似的，从蓝头巾一样的空中轻盈地落下来，给赭黄色的土地染得一点一点的白与灰。田野上，水稻的根须像老农的胡须，纠结成一团，深藏在湿润的泥土中。鹭鸶眼中，这根须之上，是一行行稻茬，稻茬间，有零零碎碎的稻穗，然后，绅士似的晃晃一点丹色的头。野鸽子啄食着金黄饱满的谷子，一粒一粒滑进小小的嗉囊里。山风起时，巨大的石树最先受到山风的抚摸，那石头的根，石头树干，以及石头叶子和石头果子，在风中发出低沉的回声，粗犷的石树不这样在风中呼吸，成长。那些石头叶子，将风送到杨桥背阴与向阳的地方，山毛榉、竹子、马尾松们将变枯的叶子挑剔得干干净净，留下的叶子坚韧又顽强，将鹅毛大的雪战得四处飞逃。这样的风会吹向那依山临溪的房舍，任何一扇门或一爿窗，都是向风敞开的如同羊肠的山道上，肩担松枝下山的杨桥汉子向十二月的太阳敞开胸膛一样。每扇门，每爿窗，如果有草垛般大的喜事发生，那喜事会被写成一个又红又大的词，让风阅读，分享一份喜悦与快乐。

十二月某日，我在杨桥。我的行囊是一辆邮车。邮车停在杨桥镇。杨桥的风吹着我的脸。这张脸跟着我，被我使用了许多年，我将这张脸带到了杨桥。杨桥没有什么人能认识这张脸。此刻，我感到杨桥的风吹在脸上很凉很凉，凉得像山毛榉的两枚叶子。这是一张卑微的脸，腮部布满乱草样的胡茬，被杨桥的风吹着，带给我松脂和芭茅花的气息。一个从彼处来到此地的家伙，除了暴露的一张脸外，又能将什么带到杨桥？我抵达此地，短暂地停车，扮演着信使的角色，给杨桥送来一袋信，又从此地取走一袋信，这种枯燥的工作环节，如果不是因为出现意外邮车抛锚需要停留修复的话，作为此地的杨桥，会被我急驶而去的邮车甩在车轮后面。

一辆车在杨桥会停留多久？风吹着车发出呜呜的声音，静态的邮车仿佛在原地旋转一样，这是一种超越速度的旋转，像山上的松从没有离开杨桥一步，树心的年轮却呈现车轮般的运动轨迹。此时，风在加力撞击着铝皮厢板，撞碎的风，似尖锐的松针钻入衣袖，我感到我的哆嗦像陀螺被风抽打着在唇上打着转转。杨桥，在呈现全部景物的同时，也将来自山巅和峡谷的风呈现着，任何拒绝与阻挡都是徒劳的。

我明白，用目光找到故障部位，使抛锚的邮车行驶起来是件简单的事。对于一个写作者来说，将杨桥弄成一篇散文，并具有杨桥质朴的本色，却是一件很费力的活儿，至少需要一双灵性的慧眼。排掉故障后，我的手油乎乎的，便走到溪边洗手。溪水的寒意像雪被手惊起。这是一条很瘦的溪，如同挂面作坊的面匠看出的一线面丝，黑鹰可以将溪从峭壁上叼起。我的视线顺着瘦溪向山上看，坚硬如铁的岩壁，被溪雕凿出深深的沟槽，溪流沿着沟槽飞溅而下，穿过乱石和草丛，向杨桥的田亩流去，溪的每一滴水似乎都具有永不回首奋勇向前的意志与精神。岩壁的对面有几座清冷的坟包，寒鸦栖在石碑上，呱呱地叫，杨桥人不喜欢鸦，我也不爱听鸦的聒噪，便起身走向停在路边的邮车。

我启动了邮车，目光怅然地投向杨桥的田亩。鹭鸶和野鸽们不知何时飞走了，眼中是一片宁静的赭黄。鸟们不会飞得很远的，当我下次从彼处来到此地时，它仍然会穿过我的视线，飘来一点一点的白。

残　荷

初冬季节，寒风吹拂，湖像打碎的瓷器闪着寒光。一株株残荷，枯黄的叶子卷曲着，在风中微微颤抖。这就是初冬的荷，它曾拥有的翠绿已消失殆尽。从夏至秋，经过湖边时，我总要停下脚步，看着荷的叶子，一天一天地长大，荷的茎像一只纤纤的手，迎着夏风，沐着秋雨，将叶子高高地从湖上举起，同时举起的还有粉红和洁白的花朵，像是它美丽的心情。初冬的湖呈现出满目的苍凉，凋零与衰败的荷茎，孤零零地立在水面上，作为荷曾经存在的印记。干草样的荷茎告诉我，晚秋的风多么肃杀，它的叶子太单薄了，它不能像空中的南飞雁可以徙迁到温暖的地方。因为是荷，就必须面对季节的大限。它的绿折损于最后的那阵秋风，那阵风像刀刃般锋利。风吹到之处，叶子碰撞着叶子，绿被切刈、分解，直至无声地消逝。

我在湖边悄悄地走着。行人们匆匆地从我身边走过，不向湖以及残荷投去经意的一瞥。显然，残荷是没有吸引力的，人们只关心和注意曾经作为风景存在的荷。我的目光像孤零零的鸟，环绕着湖，仿佛在寻觅什么。我在寻觅什么呢？荷繁茂的季节，湖亦似一片硕大的荷叶，被风吹拂着，人在湖边行走或伫立，缕缕清香沁入五脏六腑，心旷神怡。痴情的观之和，看着绿荷碧湖，目光总停留在缓缓绽开的红莲上，那花蕊里会不会飘出一个超凡脱俗的仙女？然而，进入冬季，北风一天比一天吹得紧，当荷枯萎殆尽，湖衰败的样子也令人怜悯。湖水发黄发灰，像陈年的旧照片，风吹起层层褶皱，湖苍老的心绪清晰可见。湖消失了含蓄美和层次感，像一个不规则的圆，只有残荷能感知湖内心的冷。湖的忧伤似乎在蔓延，一艘外形酷似飞碟的游船，启动后，仅驶了一段距离又转过船头，返回到岸边。湖畔的亭台水榭，风铃声不绝于耳，仿佛在安慰湖，冬的后面是春天。

湖的忧伤没有使我的心绪受到感染。倘若我不忙于生计的话，我想我会摇动独木舟，向湖心驶去，去叩访那片枯枝残叶的荷。如果带上一柄小铁铲，在浅滩处沿着残茎下铲，会浮出一根白得晃眼的雪花藕，像深秋的下弦月，让人沉吟遐思。但这片残荷是不属于我的，假如那样做，我就是一名入侵者。残荷并非为失去一节藕而惋惜，而是厌恶入侵者打扰它的寂静。我知道，它需要静，像晚年孤独的老萨特拒绝诺贝尔奖一样，在苍凉的背景下，还有什么比拂去铅华坚守纯洁静静地深思更为重要？

此刻，湖中的残荷似是一个幻象。在这个冬季，我为认识荷而陷入意识的误区。正像老萨特在某个地方注视着人们，所有的眼睛都不会觉察到他一样，荷也是隐秘者，它仍然在目光不可及的地方举着形而上的叶子，展示着存在深处的存在。我眼中的残荷是虚幻的，它用枯萎迷惑了我。其实，它只是在使用“枯萎”这个词，像它使用“茂盛”这个词一样。这也是人强加给荷的词，从本质上来说，荷不会真的成为这两个抽象词语的就范者。人的观察力面对一叶具体生动的荷，往往显得茫然无所适从。荷也许根本就没有使用“枯萎”这个词，“枯萎”也许只是人的心绪对物像的投影。

天开始飘下细碎的雪花，看着残荷，湖以及雪，我没有寻到一片叶子，用来遮挡头顶的雪。

（选自《散文》2002年第12期）

方　跃

走近文成公主

西藏的神秘多半源于布达拉宫的神秘，我总感觉连飘逸在布达拉宫上空大片大片的云朵都是有生命的，而站立或端坐在布达拉宫内的所有佛像更是有生命的。众多佛像中，我在文成公主面前停留的时间最长，也惟有她与我最亲近，仿佛那是自己远嫁的一个姐姐，静静在那等了千年，痴痴地等着故乡人的到来。即使岁月会老，我相信大唐远嫁的美丽公主是永远不会老的。然而，尽管那端庄的脸上流露出微笑，尽管藏人视她为神圣，可我依然从那双眼神中感觉到了一些什么。我不能确切地意味出那到底是什么，总之我在看她时没去用一般人看神的眼光，也许仅是一个女人在看另一个女人！虽然她是被成千上万的藏人膜拜的神的化身，可我想她更是远古的大唐一对夫妇心爱的女儿。

哦，姐姐，我那以十六岁的年华，为后人铺开一条通向西域之路的姐姐，当藏王的使者以过人的智慧为他的主人赢取你时，当大唐以特殊的方式嫁出自己最玲珑美丽的女儿时，姐姐，我听见迎亲的马车轮，在长安街口发出了颤动的声音。一挂被晚霞染红的帘儿隔离了你对故土最后的回望，你带着你特别的嫁妆，父皇送你的500驮五谷种籽、1000驮锄犁，还有数百名最好的工匠。匆匆踏上西行之路，你在颠簸的马车上度过了没有颜色的春天，你在心里对自己说，要让大唐最好的种子，在另一块土壤生长出故土的青郁和旺盛。当盛夏的知了，试图让单调的鸣叫声钻进你们夜宿的帐篷，你打开了随身带着的古琴，于是唐乐就从你灵巧的指尖飘浮起来，飘向西域的深处。当沿途的荒凉昭示着深秋的到来，公主，你是否又想到了自己闺房前的那棵石榴树？你也带来了它的种子吗？你是否要让那只会长石头和光秃秃山脉的西藏，也挂满大唐土地上那笑裂了嘴的果实呢？

雪花飞舞，不知你在寒冷的马车上是如何度过了这雪域的冰天雪地，你一定喜欢雪，你本就是大唐冰清玉洁的女儿……

藏王的使者东赞，这个粗中有细对你一路呵护的康巴汉子啊，在故乡你就多次听父皇夸奖他的聪明智慧，那三道难题，让诸国求亲的王子面露愧色，单单就难不倒藏王的使者。他三试三胜，不但为他的藏王赢得心仪已久的大唐公主，更是在大唐和西藏之间架起了一道桥梁……

至今我不能理解的是，藏王既是一心要娶文成公主为妻为何又不似别国的王子亲自踏上求亲的征程？是他的使者拥有超越他的智慧，还是藏王受不了路途的遥远和奔波？我甚至想到过唐王在处理这件事时未免有些草率，他的公主要嫁的是藏王，而不是使者东赞啊！怎就凭了藏王使者的智慧而决定公主的终身呢！当有人告诉我唐王定是以藏王的使者聪慧，由此来类推藏王时，我不由无言了。

传说就在这一年多风雨兼程的日子里，随着漫漫长途的逐渐缩短，两颗年轻的心也在逐渐贴近……也许这是毫无根据的传言。可我又在想：即使是真的，这又有什么错？也许你更适合嫁东赞而不是藏王，原本就是他替藏王摘下的红绣球！可我当然希望这不是真的，倘若是真，你们一定相爱得很苦，因为你是肩负大唐使命的公主，又是藏王迎娶的新娘，你只会在冷寂的马车上悄悄湿了一条又一条的手绢，将爱和疼痛深埋于心底。而东赞这位集智慧和力量于一身的汉子，也只会奔马在无人的沙丘后面，用马鞭抽打着自己强悍的体魄以及灵魂，抑或朝着拉萨的方向跪下，使劲地揪着那微微弯曲的黑头发……让自己平静下来后，他又默默忙碌在公主的车前马后。

迎亲的马车终于到了拉萨，一路千辛万苦的东赞，也终于将公主完美无瑕地送到了藏王的面前。藏王称他迎护公主有功，赏赐了他无数的金银宝石，但不久他却因旅途劳顿，积劳成疾突然猝去。我想藏王也定会在东赞去后，赐他一个隆重的葬礼。而我们的文成公主，也许就只能在自己的梦里，挥泪送使者升天的灵魂一程……我真的希望这一切仅仅是一个传说，一个虚假的传说。就是今天，我们也只知道汉藏联姻促进了民族团结，殊不知在日月山边的倒淌河里，又流淌了多少大唐女儿思乡的泪水……

在布达拉宫，在一千多年前松赞干布迎娶文成公主为妻，为夸耀后世在红山而建的九层楼宫殿内，我感到了自己步履的沉重！

离开文成公主，离开大唐远嫁的女儿时，我在心里不停地告诉自己：那只是一个传说……

（选自《安徽文学》2005年3期）

高嗣照

最初的雪

或者是生活的嗜好，或者是一种特殊的感受，生活的七色音符里，每个人都拨弄着自己偏爱的感情旋律。有人喜欢在花前漫步；有人爱好秋夜赏月；也有人习惯濒湖垂钓；而我偏爱冬日第一场初雪，习惯在雪后黄昏静谧的林间小路上漫步。

已经十多年了，每当秋风萧萧，秋叶飘零的时候，我总是急切地盼望冬天的到来，企盼冬日那第一场初雪。每年冬日的初雪都会带给我一种安慰，一种如愿似赏的惊喜。当白雪皑皑的黄昏时分，一种奇妙的感觉便在我怅然若失的心头油然而生，冲动的感情触角舔得我心灵痒痒的，心里一片空空荡荡，象丢失了重金。此刻，任凭身在何方，我便独自一人，习惯地寻找一条铺满白雪的林间小道独步行走，寻找林中那一份纯情的雪意，寻找那个温馨如梦的黄昏，人生最初那一份真实的感觉。

又是一个初雪后的黄昏。天空像一床掀翻的羽绒被子，笼罩在头顶上，大片大片的鹅毛雪花像无数抖落的白色羽毛，漫天飞舞，无声地落在地上，无声地消逝。时光一如流水，离开故乡的草木已二十多年了！想必当年的林间小树已经成材，灵魂漂泊的我也多了一份回忆，一份沉重！我不由得从内心惊叹：“雪。珍贵的雪转瞬即逝/我分明听见了玉簪落地粉碎的/声音。我一阵惊惧！/坐在旷野的石头上长久地凝视/沿着雪花的方向大胆地遥想”

依然是冬日的第一场初雪，依然是雪后的黄昏，依然是林间小路，只是不能回到当年故乡那静谧的雪林，躲进风雪中那小花伞撑起的一片晴空。再不见晴空下融化过人生第一次风雪的两颗燃烧的小太阳，再不见纷纷扬扬的白雪裹着羞涩的迷人的红晕，那一场初雪也化成了淙淙流水，流进了故乡的小河，滋润着春天嫩绿的禾苗，滋润着浪子的心田……。我的灵感又一阵火花：“大雪纷飞　我闯进了蝴蝶的世界/这一万只洁白的蝴蝶/大地一片圣洁的光芒”“远离温馨的家园/是谁伤害了小鸟的翅膀/大雪纷飞　洁白的鸟羽遍地”。或者徐徐漫步，或者静静伫立，一任飘洒的雪花在我身上堆积。堆积。我将羽绒服裹得紧紧的，十分钟，二十分钟，一个小时过去了，我简直成了个大雪人，连眉毛胡子都像是白雪嵌上的。并非观赏雪林的美景，并非寻找孤独的人生，深入这白雪的世界，这纯情的世界，我飘忽欲仙，如痴如醉。我尽情地舒展想象的翅膀，遥想得很远很远，人生那一份最初的、真实的、纯洁的东西在我的眼前一一展现，生活如此多彩多姿，如此透彻纯情，如此阔大辽博。这个下午，我太兴奋、太自由、太幸福了！叹服人生之初如此美好，像这眼前的雪，如此纯洁，如此净美，又如此转瞬即逝！此时，我心灵深处一阵淡淡的隐痛：“天寒岁晚，今年的雪回避忧伤/这个季节一切都在收场/明净的雪将杂色世界装点洁白”。一阵冷风吹来，我转身抓起一把雪，捏成一团，这雪纯洁如玉，晶莹剔透。

路上不见行人，林中小鸟也藏得无影无踪。这洁白的雪原是寄存我的世界，属于我的一片神秘的天地。淡淡的暮色拉长了我洁白的情思。我在内心深处向缪斯默默地祈祷：“天空依然凝重。大雪/明年的这一天　你是否与我重逢？/下雪的日子，谁在体验分离的疼痛”

天色渐渐灰暗，林中的小路显得一片寂寞，但今天我的心灵并不孤独……。

▍耿成竹

回忆我的爸爸耿龙祥

2007 年 1 月 2 日的那个晚上，寒雨裹着雪子一股劲地下着。我爸一贯很怕冷，他却在这个冰冷的夜晚悄悄地走了。永远地离开了我们。

爸爸晚年曾经对我说过：“孔子七十三，孟子八十四，我耿子要活到九十五。”他还叮嘱一句，“你要记住啊，九十五岁，到时候我就笑着走了。”我相信您，因为您一贯强调言而有信，可是您这次怎么说话不算数了呢？您才七十七周岁还不到啊，您还违背了医生的预言，不声不响地就走了，任凭医生怎么抢救，任凭您唯一的女儿我怎么呼唤哭叫，您都不回来了！记得您住院期间对我说过：“一个人活着不要给别人多添麻烦。”这就是您匆匆离去的理由么？

爸爸，您知道吗？您走后，有许多记恩的人，想你，哭你，写你，大家都说你不是一般的人。报社的一位编辑同志几次很认真地对我说：“你父亲，我们很尊敬他，你要好好写写他，他不是一般的人。”

是的，一年来，我回忆我爸一生中的主要经历，无论从为人、为官，还是为文方面来看，似乎都有些特别的地方。

一

我还在母亲的肚子里，我爸就被打成右派了，为此，在我还不记事时，就把我送回苏北老家跟祖母了。这样，我有幸听到我奶奶周而复始地讲述我爸童年和少年时期的那些特别的故事。

我奶奶结婚十二年才开怀，生的就是我爸。但我奶奶特别是我爷爷对我爸骄而不惯。我爷爷是个私塾先生，打从我爸会说话就开始教他背古诗、背《论语》。每天晚上教几句，第二天清早醒来就考，背不出就打，打不好就跪。

我爸三岁就进老家的沟西学堂，有一次放学回到家门口，我爷爷手拿树枝在地上划了两个字，上面一个“狗”字，下面一个“兔”子，他问我爸，中间应当搁一个什么字，我爸不假思索，随口答出："搁个'追'字"。我爷爷笑了。

我爸四岁时就在老家的丁集大区参加演讲，当时听众很多。先是几个大人演讲，最后轮到我爸，讲台很高，他年幼个子矮，自己爬不上那个讲台，还是大人把他抱上去的，这时台下的听众纷纷想要离去，有几个妇女说："这么点儿小孩子能讲出什么嗨，走吧。"谁知，我爸上了台，手一挥，一开口就把观众都吸引回来了，听的过程中，鸦雀无声；听完后，掌声雷动；散场后，回去的路上，人们还在赞不绝口，我爷爷和我奶奶就夹在那陌生的人群里默默地听着；回家后，我奶奶几乎是逢人就讲起这个故事，并且一直讲到她老去。

还有三个故事也是我奶奶所津津乐道的：一个是庄东头的我爸的一个远房堂姐出嫁，那时候作兴用轿子接新娘子去婆家，出轿时，我爸抱住轿杆子哭着叫着说："不许把我的姐姐抬走，抬走了我就少了一个姐姐了。"有人说我爸就像《红楼梦》中的贾宝玉。

第二个故事是关于我爸表妹的，那是在我爸参加工作以后，有一次；他回家探亲，我姨奶奶家的两个女儿前来看望他，姊妹三人坐着谈了半天，吃完中饭他们就要回去了。我爸因小时候跟我爷爷逃荒到她们家去住过一年多，因此，他跟两个妹妹很有些感情，这时，他就拼命地留她们多住两天。但也不知是因为家里没有粮食吃了，还是什么原因，我奶奶执意要让她们走。我爸自幼习儒，讲究孝悌，自然不违母命。他把两个妹妹送了一程又一程，回来哭了一夜。回部队后，还写信对我奶奶说起这件事，他说那一夜，他的一条手绢都哭湿透了。其实，我爸并不是好哭的男人，打从我记事直到他离去，还从未见他流过泪，他自己说，只有一次，那是听到周总理逝世的噩耗时，当着大庭广众之下就放声大哭了。

第三个故事也是我爸工作之后回乡探亲时的事。寒冷的冬天，一个要饭的打我们老家门口过，我爸见那个叫花子衣衫单薄，冻得直打哆嗦，马上把自己的棉大衣脱下来给那个人穿走了。第二年，那个讨饭的还做了一双布鞋送上门来表示感谢。

二

我爸是1978年调到安庆市委宣传部主持工作的，这时正是拨乱反正的开端，宣口又是重灾区，常常是早上一到办公室，门口就排着一条长龙，在等着向他反映冤情。我爸是过来之人，他心中深深地同情着这些人，因此，他白天在办公室里接待，晚上就在家里接待，实在累了，躺到床上也要接待，就这样紧锣密鼓在较短的时间之内，使200多宗案件得以复查、平反、落实。这些人当时内心的感激就不用说了。

安庆有一位老妈妈瘫痪在床七八年，头脑一会儿清楚，一会儿糊涂，但她一听到她的女儿提到我爸时，就大声喊道："耿龙祥是大好人，耿龙祥万岁，耿龙祥万岁！"老妈妈冥冥之中还记得她的女儿女婿在文革中因莫须有的罪名，被打成现行反革命，夫妻双双身陷囹圄，而且她的女儿当时还身怀有孕。我爸到宣传部一听到这件事，首批将他们夫妇平反了，并且恢复了工作。这件事让老妈妈刻骨铭心。这是我听说的，还有我看到的。

就在我爸刚去世不一会儿，曾经得到我爸关照和培养的一个部下，风风火火地跑到医院来，扑到我爸的病床前，呼天抢地的哭叫，很长很长时间，一直跪在那冰冷的水泥地上哭喊，任何人都拉不走她。事后她跟我讲，20多年前，她和她母亲与我爸一次偶然相遇，正值她丧父之际，我爸为了了确一个老革命的遗愿，几天之内就把她安排到市委机关工作了，这令她全家人都觉得是天方夜谭。

我爸去世三天之后，报纸上纷纷刊出悼念他的文章，那些受过我爸提携和栽培的后生们，在文章中掏尽肺腑之言。有的说，"耿老有恩于我，有大恩于我。"

还有的说，我与耿先生只见过一面，他就在那炎热的八月天，为我工作调动跑上跑下，并且这时他即将从宣传部退位。一般人在这个时候，是不愿意去求人的，怕人家不给面子，自己下不了台，何况又是为一个八竿子打不着的人去丢失自尊呢。

还有未曾谋面的。1988年1月27日的《安徽法制报》刊登的《怪人老耿》这篇文章中，叙述了这样一个故事，说一个戴着眼镜皮肤黝黑的中年男子，来到安庆市委宣传部，找到皮肤黝黑的、脱掉布鞋猴在办公椅上的老耿，见面就说："耿部长，我想到安庆文联来哎。"我爸问："你是哪里的？"来者自报家门，我爸记忆力好，一听此人的姓名和地址，就想起了安庆《振风》杂志上发表过此人的文章，而且水平不错，于是，他当场就表态："可以。我们想改刊，需要人手。《振风》不很景气，想改个《电视文学》什么的……"不料，来者直不笼统地说："不中，当今电视都不大有人看，剧本更无人问津了。"这让任何人听到这里都会觉得此人的调动肯定泡汤，哪有这样要求调动的？慕名而来，第一句话提要求，第二句就是否定领导的设想。想不到怪人老耿做事就是怪。他当时大约是把香烟头子往办公桌上的烟灰缸里一摁，双手上下搓了一把脸，干干脆脆地说："你来吧。"说来就来了，就这么简单。

我爸的一位老同事，在他写的悼念我爸的文章中说："老沉持重，不露声色，遇事一律'研究研究'，不轻易表态，这样的作风，老耿办不到。"

从某种意义上说，我爸不会当官，只会任人唯才。有时，为了破格调一个陌生人，他还不惜与老朋友、老上级吵上一架。

《怪人老耿》中还写道："你是个没有架子的官，又是个有脾气的作家。"

三

我一直认为我爸不像官，他只是个作家，而且因为当官，大大地耽误了他的写作。但尽管他留下的作品不多，却都还较有影响。他常说，"糊稿费的事，我不干！我要写就写出有一定反响的、宏扬真善美的作品。"在实际行动中，他基本上实践了自己的诺言。

他的主要作品有6篇：有中篇小说《秋青湖边》，短篇小说《入党》，短篇小说《明镜台》，短篇小说《杨柳依依》，中篇小说《月华皎皎》，还有报告文学《反腐败纪实》。

《秋青湖边》算是我爸的处女作。在此之前，他刻苦读过两年书，据说都是利用夜间两点到早上7点，在这两年里，他把能借到的中外名著都读遍了，他本来记忆力就好，几乎是过目不忘，这就为他后来走上文学之路并成为全国知名作家，打下了坚实的基础，因此，处女作一炮打响，安徽省文联把他调去，中国作协又招他去北京将《秋青湖边》拉长，改成长篇。但最终还是原汁原味，用笔名浴海发表在《安徽文学》上，大约是在1955年。

接着写的就是《明镜台》，将近3000字，发表在《人民文学》1957年1月号上。

文革后，作家王蒙出访美国，美国作家问他，新中国的文学作品，你认为优秀的有哪些，王蒙推荐了《明镜台》，而后又把《明镜台》作为短篇小说典范在《人民文学》上重发一次（发于1983年9月号）。有人说《人民文学》堪称中国文学第一刊，并且，同一篇作品在同一个刊物上两次发表是绝无仅有的事情，同时还加了编者按和评论文章。评论的题目叫《汤勺乎？水瓢乎?》，是老作家李清泉写的，他在评论中说："小说写得朴实无华，自然而无藻饰，素而不俗，平易而隽。是美的境界之一。”同年，10 月 17 日《人民日报》又发表评论，向全国推荐《明镜台》，并给予很高的评价。

作为文科大学课本的《中国当代文学讲稿》也把《明镜台》与王蒙的《组织部新来的年轻人》、李国文的《改选》等一并提出，列为五六十年代短篇小说的代表。此外，北京大学中文系中国当代文学教研室谢冕、洪子诚主编的《中国当代文学作品精选》也将《明镜台》录入在册。王蒙主编的《中国新文学大系》短篇小说卷 1，再把《明镜台》收入其中。

据网上介绍，《明镜台》已被列入当今考研必读书目里。

再说《入党》，这也是我爸在 1957 年写的，发表在《江淮文学》1957 年 6 月号上。因为这个短篇后来被林彪、“四人帮”打成毒草，我爸受到批判。“四人帮”垮台以后，也正因为曾经被列为“毒草”而被收入《重放的鲜花》，这是 1979 年上海文艺出版社出版的一本作品集，里面收集的都是解放十七年被林彪、“四人帮”大张挞伐的文艺作品，此书后来越过国界，被翻译成多国文字。《入党》还被日本选入《高档次的杰作选集》，并在前言中介绍说：耿龙祥先生的《入党》是一篇很带有讽刺性的佳作。

《入党》之后，我爸的文学之路有了一段空白。从反右派到文化大革命结束，他的青春被剪去了 20 年，这期间，他艰难生存，无法工作，更别提写作了。

“四人帮”被打倒之后，党的“百家争鸣，百花齐放”的文艺方针让我爸焕发了青春，写作欲望油然而生，尽管那时他的工作很忙，但他还是利用业余时间，写出了一个短篇小说，题目叫《杨柳依依》，发表在 1980 年的第 1 期《江淮文学》上，并被评为当年的安徽省短篇小说一等奖。之后又被安徽文学社出版的短篇小说佳作选——《窗口》一书收录。

这一发就不可收，20 年的沧桑，20 年的郁闷，20 年的生活积淀，一个短篇怎能容纳？于是，又有了《月华皎皎》这个 3 万多字的中篇小说，当初发表在《清明》1981 年第 1 期上，后来又被几家报刊转载，然而，好景不长，上边的个别领导人鸡蛋里挑骨头，指责小说有“政治性错误”，闹了一场不大不小的风波。从此，我爸就再没写过小说。

1989 年，我爸深入工厂，采写了一篇 1 万多字的报告文学——《反腐败纪实》，发表在全国性权威刊物《传记文学》上，1990 年被评为 89‘龙桥杯’全国首届报告文学优秀作品二等奖（主编说寄去迟了，否则一定是一等奖）。颁奖大会在上海召开，当时，我爸还坐大轮去上海领奖的。回来以后，他把获奖证书复印了10几份，这对向来不注重名利的他来说，是破天荒的事，他大概是为自己充当了反腐败的著名吹鼓手而自豪。

他还当过宣传法制的吹鼓手。1984年，他提议创办了《法制文学选刊》，后来他担任主编。一刊红遍全国，发行量最高达百万册，成为全国法制类文学的领衔之刊，在安徽是全省杂志类发行量第一，也为安庆创造了第一张“名片”。

那几年，出差在外的人不难看到这个杂志，因为火车上、轮船上的旅客们大多手不释卷地捧读它。讲到这里，我想起一个笑话。大约是在1987年，我们石化厂教育中心的一位领导出差在北京，见到一大群人在挤着抢购杂志，他也好奇地夹在里头挤，结果没买到，他心中很遗憾！旁边的一个人问他是从哪里来的，他说是安徽安庆的，那个人笑着把他“痛斥”了一顿，他说，“那你还夹在这里边挤啥，这杂志就是你们安庆出的。”我们的领导接过一本仔细一瞧，《法制文学选刊》，主编：耿龙祥。他很惊讶，心的话，原来如此，这主编原来就是我单位小耿的父亲。耿龙祥的名字早已如雷贯耳。他回来以后就到我办公室对我说起这个事，我感到挺好笑，随后我回家告诉我爸，他笑得更开心。

我爸总是笑对人生，其实，他的一生不是一般的坎坷。自幼跟着他年迈的父亲四处跑反，躲避日本鬼子，15岁就扛起枪参加抗日，解放初又颠沛流离，后来的历次政治运动，他每次都受重创，算起来，七十七个春秋，他一路颠颠簸簸走来，身心疲惫，瘦骨嶙峋。曾经有人写他，题目叫《瘦人老耿》，记得最后两句是这样说的：“他太瘦了，而且净是骨头。不过，他的骨头还不错，挺结实，挺硬。”

其实，作者有所不知，我爸一生中，也有很多无奈的时候，他曾经写过一篇小短文，发表在《新民晚报》上，题目叫《自恨此生非我有》，结尾两句是：“万一不幸再遇到类似的情况，我宁愿‘小舟从此逝，江海度余生！’”

爸爸，如今，您是不是小舟仙界驶，天国望人间呢?!

（选自《安庆日报》2007. 12. 22）

▍顾乐生

漳湖飞白鹳

自望江县漳湖垦区发现东方白鹳时，我就一直想去看看这神奇的“白鸟”——当地人称之为“仙禽”的东方白鹳。

东方白鹳是国家一类保护动物，属国际濒危的大型涉禽，全世界现有也不足千只，而漳湖就发现了 18 只。更令人不解的是它们已在漳湖筑巢安家，候鸟变成了留鸟。是富饶秀丽的漳湖湿地的诱惑，还是这里本来就是它们的家园？

五月的一个雨天，我带着一颗未泯的童心和电视台的记者们走进了漳湖。漳湖东临长江，西靠武昌湖。漳湖现在已不是湖。我们只能从清朝乾隆年间的县志上领略到漳湖那“袤六十里，广四十里”的浩渺；也只能从范又蠡《漳湖秋渔赋》中感受到“漳湖广百里，苍莽无际”，鸥飞鹭翔凫散的喧闹。上个世纪中叶，为了生产救灾，一场空前的围湖造田运动，使百里漳湖变成了万亩圩田。漳湖再也看不到“青山遥隔浦，白鸟自成群”的景观。自然是仁慈的，漳湖垦区变成了重要的粮棉基地；自然又是残酷的，圩区洪涝灾害频繁，当地曾流行一句顺口溜，“养母猪，种湖田，捞到一年是一年。”

今年春雨充足，染就了一路新绿。我们的越野车穿行在漳湖湖心堤顶公路上，头顶是枝叶交错浓密如盖的行道树，路两边，则是沟渠纵横，水田万方。我们没有带向导，只是凭着自己的感觉，到这万亩圩田里来寻找东方白鹳。世界需要生物多样性，生态亦需要平衡，我们不是来猎奇，而是来寻找，寻找成群“白鸟”回归的感觉。车子冒雨在泥泞的乡间公路上迂回前进。我不断地祈祷着，只盼心想事成。当我们进入湖心，大概这里已退田还湖了，留下的只是“田成方，树成行”的痕迹。细雨中，河汊和水田里长满了茂密的芦苇和水草，构成了辽阔、幽深、丰饶的水面空间，置身其中，我有一种被自然拥抱的感觉，使人感到亲切。随着碎石路在芳草绿树中不断地延伸，我们渐渐地走进了“鸟类家园”。沿途我们看到了报春的布谷、漂亮的画眉、栖波的凫群、戏水的鸥鸟，还有一些不知名的小鸟在这儿鸣唱。它们是来串门，还是在聚会？

眼前这广袤美丽的湖沼湿地，就是曾经发现远古皖人生活的地方？就是我们曾经战天斗地的地方？如今被称之为“生命摇篮”的地方，对鸟儿们却充满了无穷的魅力。“看，东方白鹳!”随着老王的指引，我们看到，在我们对面一箭之地，有一对白鹳正在水田边觅食。它们一会儿低首，一会儿引颈，来回在田间漫步。我们在田埂草丛中向它们靠近，靠近，架起了摄像机。雨后空气清新，在水田中嘻戏的“精灵”们显得格外可爱。它们在漫不经心之中，不时驻足观望，总是保持着一定的警惕。不知是我们观鹳心切，挪动声响过大，还是它们特别敏感，只见两只白鹳同时抬起了头，接着舒张开双翼，轻轻地一振，就飞了起来，双足掠过水面，在绿色的原野上留下一道洁白的剪影。大地因白鹳振翅而生动，天空因白鹳高飞而增彩，天、地、人和白鹳共同绘出了人与自然和谐的图画，就像去年安庆电视台播放“漳湖飞鹳”的节目一样，是那么的生动，那么的清新，那么的美丽。一对对东方白鹳从绿色的田畴飞上蓝天，或振翼翱翔，或慢飞轻旋，如古之鹤舞，今之芭蕾，美丽轻盈，令人陶醉。

今天，我亲眼目睹了鹳舞，你看它们得意地伸长脖颈，收起双足，忽地飞了起来。它们在我们的头顶上来回地兜着圈子，忽而轻轻地振翅，忽而慢慢地回旋，似乎有意向我们展示它们生命的风采。

白鹳永远昂扬向上的生性和对自由的不断追求，终于坚忍不拔地经过长途跋涉飞到漳湖——东方白鹳的家园。当它们飞过远处茂密的树林，落入百草之中时，我恍惚自己也飞了起来，跟着东方白鹳一起，飞进了白鹳的家园。

（选自《安徽文学》2004年第3期）

郝　健

烟雨陶公祠

东流镇有座纪念陶渊明的“陶公祠”，因陶公爱菊种菊，东流镇面对的这段长江也称“菊江”。陶公祠的后面，是一座建于明代的五层古塔。质朴而清秀的塔姿，在清风细雨中显得异样的冷峭和凄迷，如同晨起倦妆的少妇倚窗自怜顾惜。而窗外的陶公祠，则依旧安静地低伏在一阵桂香、一抹菊清的秋风之中，而室内的陶渊明依旧对着天空轻弹那架无弦之琴。

相传东流镇形如水牛，一旦兴风作浪，乡民便饱受洪水之苦。于是，镇上就建起两座塔，一座在江边镇住牛尾，一座就在牛头山上，如此就能保住小镇不被洪水侵扰。我问当地人“是先有塔还是先有祠”，他回答说“肯定是先有祠，我只听老人说东流是陶公的东流，从没听过是宝塔的东流”。

坐落在牛头山的陶公祠最初建于何时已经失考。最早可考建筑，起于明弘治二年（1460 年），后毁于战乱；清顺治二年又予重修，现存建筑是上世纪“文革”后重建的。祠室规模很小，只有一庭院和一个中堂、两个厢房。祠的正门呈马头墙状，高不过三米。进了门便是一条七八米长的卵石小径，两边满是含苞的菊花。在青翠的菊影中，突现几只硕大的鸡冠花，兀自紫红地开着。而古朴的祠室，在凄迷的雨中，在两株高高的桂花树后，静静地等待或拒绝着什么。正堂中间是一座仿青铜雕像，在红色的土砖上有点异样地立着。左边的厢房是一个接待室，里面有几件农具和几只木沙发，墙上是一幅印刷着黄山迎客松的画。右厢房陈列着十多册民国刻本的陶公诗集。

祠室中给我印象最深的是那幅“遇明君哪赋得《归去来辞》；逢盛世定不作《桃花源记》”的对联。其不仅说出陶公最得后人诵读的两部作品，而且还道出文心与世尘的某种宿命关系。出了祠的后门便是那座朴素的宝塔，原以为这是祠的一部分，于是就沿着逼仄的楼道，侧着身上了去，以为能以此沾些个文气。下来后方才听祠里的杂工说塔与祠没关系，但人心、世事和陶公间的相依相离的关联却因此而更加深刻。

陶公，即是陶潜陶渊明，晋宋之际浔阳柴桑（今江西九江）人，东晋名臣陶侃曾孙。少年贫病，但志向高远，博学多才。晋孝武帝太元末，任江州祭酒，因不堪吏职，自己免职归家。安帝隆安中，任荆州刺史桓玄属吏，不久母亲亡故奔丧回家。后来桓玄篡位，到刘裕幕府任镇军参军，转任江州刺史刘敬宣参军。后又任彭泽令，在官八十多天便弃官回到东流镇，过起诗酒种菊、荷锄晚归的自然生活，从此不再有仕进之意。这在他的《归去来辞》中有表述："归去来兮，田园将芜胡不归？既自以心为形役，奚惆怅而独悲？悟已往之不谏，知来者之可追；实迷途其未远，觉今是而昨非。"

陶公死后谥靖节先生。其之所以为后世文人所推崇，大概在于他看透世事而安于田园，安静地享受生命本身所赋予的内容，就像他《饮酒》诗中写道的："结庐在人境，而无车马喧。问君何能尔，心远地自偏。采菊东篱下，悠然见南山……"在他那个门阀制度森严的时代，把生命融入自然是保持清纯琴心的唯一办法，尽管他也曾高歌"丈夫志四海，我愿不知老"。

出陶公祠，再回望端正而低矮的大门，却发现祠后的塔如一柄青锋宝剑，冷冷地刺向细雨密布的秋空。

（选自《江淮晨报》2003. 11. 18）

何肖力

星月如梦

二十多年前，我的童年在一个远离城市的小村庄里度过。

我不知道，是不是每个人都能想起自己童年最早的记忆，我却知道，自己最早的记忆是从一片灿烂的夏夜星空开始的。想来那一定是重复了很多次的画面，才会在我那么幼小的心灵里烙下如此清晰深刻的印迹。

我一直记不起怎样和奶奶一起来到那片草丘上的情景。印象中，很多的人都聚在草丘上纳凉。大人们的交谈声、孩子们的嬉闹声，这一切都在我的记忆里模糊着。我总是记得自己躺在一张凉床上——那是一张单人凉床，后来我睡了很长时间，渐渐有些嫌小，且终究散了架作了柴火——而那时那张凉床对于我显得那么大，我躺在上面也只占了一块边角。奶奶坐在凉床的那一头，轻轻摇着蒲扇。风儿从田野上毫无遮拦地吹拂而来，我现在仿佛都能感受到那种清爽悠凉的感觉。

我仰着的脸是对着那一片浩瀚的夜空的。我如此深刻地感受到天空的广袤无垠，深无底、远无边、净无尘，一片湛蓝。明月当空的时候，星星少些，夜色也浅些，但更多的时候，或者我印象更深的总是一片繁星满天。漫天的星光，亮晶晶的一片。一颗一颗的星，那么明亮但又柔和清盈，散布在无限幽深的夜空里，总令我忘记了身边的一切，仿佛只剩了小小的我，置身于深不可测的宇宙当中，被无边的星光所包围，没有人知道那一刻，那如此遥远、不可企及的神奇美丽离一个孩子的心灵是那么近，身边的世界反而变得那么遥远。幼小的我无法有更深刻的思绪或联想，我只是静静地凝视着，直到夜凉如水，一颗颗星在我眼睛里渐渐模糊，我不知不觉沉沉睡去……

四岁以后，我离开那个村庄入了城市，偶尔也回去，但现在的夏夜，村人们都关了门在家中看着电视吹着电扇，没有人再到草丘上纳凉了。

二十年过去了，我再未见到过那么晶莹璀璨的星空。也许是生态污染暗淡了亮丽的天空？也许是灯火辉煌遮掩了星月的光芒？也许是我心境的不同，太多的纷乱尘埃蒙蔽了我原本清澈无邪的眼眸？

偶尔我也跟朋友提起小时候躺在草丘上看星空的情景，但没有人能体会，甚至我自己也无法言喻，在我眼里，在我心里，那是多么纯多么美的一种感觉。对于我来说，那远不仅仅只是一道风景画面，而成为灵魂深处所眷恋所向往的某种东西。回首人之初，能看到如此灿烂清纯而又深邃的星空，为此我常感谢自己的命运。

星月如梦，流年似水。奶奶离去也有十几年了。不再有人想起当年那个躺在草丘上看着星星入梦的小女孩。岁月在我此刻的无思无欲中依然悄悄改变着我的容颜。我不知道人的一生为什么总是在失去，也许这是一种生命的法则，好让人们学会在拥有的时候更懂得珍惜？但总有些东西，是我们可以怀念、可以挽留、可以继续的吧？否则我们将何以面对过去、现在和未来，面对整个人生？

（选自《安徽消费者报》1998.09.18）

洪　放

糖，下午的时光

一

我闻到了一股潮湿的、清甜的糖的气息。在经过乐家百货的门前时，这股气息像六月的雨水一样，猝不及防地就冲了过来。我扶摩托的手轻微地颤抖了一下，全身的神经随之沉入一种我久违的舒适、惬意和亲切之中。

我只好停下车，站在这气息之中。但它不久就飘散了，从不高却很密的行道树以及来来往往的车辆和人群中飘散了。我不知道：它从什么地方来？如今包装华美的百货店已经闻不出原初食品的气味，附近也没有任何一家糖场。这气息仿佛只是一条线，在我经过乐家百货的门前时，恰好缠住并触摸了我。

我掏出手机看了看，正是下午三点。

我被糖的气息带回了往昔。

二

糖最初来到村庄，是随着跛脚的货郎王和他的担子一起来的。货郎王是大号，号就是一个人的姓名。他被孩子们广泛地称作“摇不动鼓的”。不动鼓是一面小鼓，摇动的时候，系在鼓腰上的小杵，会不断地叩击鼓面发出声音。这声音特有磁力，能抓人的耳朵，特别是孩子们的小小的却整天竖着的耳朵。

总是在下午。到现在我还没有弄明白：为什么总是下午。货郎王的零货担子放在场子中间，已经围了不少的人了，大多是女人，讨价还价地买针买线。有的是用牙膏皮、鸡肫皮来换。有时也买几尺松紧，或者买一两只粗糙却也不失好看的玻璃头花。货郎王多少年来似乎一直没长，老是四十来岁的样子。他不仅卖货，嘴里的段子也一个接一个，说得女人们既脸红又舍不得离开。孩子们当然另有目标，那就是在担子里面放着的一小包一小包的糖。

即使是很小很小的一包，而且放在最里面，糖的气息还是在下午的场子上漂浮。孩子们的嘴角开始温润了，怯怯地拉拉大人的衣角。有的就得到了糖，赶紧握在手里，生怕化了似的。货郎王却说：快点吃吧，糖见了风就化成水了。于是吃，不用手，用嘴唇直接去舔。黑黑的、偶尔泛点黄色的蔗糖，一触到唇尖，就有令人快乐的清甜。没有糖的孩子站得更远了，喉咙里叭嗒一响，一口带着糖的气息的口水，使劲地吞到肚子里去了。吃完了糖，再舔包糖的纸，然后是舔沾了糖水的指头，一个下午的时光也就在糖的气息中慢慢地过去了。

七岁的一个下午，我得到孩子们眼中最大的一块糖。家里人带我报名上学，我的年龄不够；但是，我自作聪明地给小眼睛的校长背了一首唐诗。校长就同意收我了。爸爸为此奖励我糖，不是蔗糖，而是大大的冰糖。冰糖亮晶晶的，我慢慢地舔，其他的孩子也想，我就让他们每人也舔一口。这糖的气味没有蔗糖浓厚，但更甜一些。以至在很多年以后，在一个城市的咖啡屋里，当我面对渐渐远去的爱情时，我没有感到更多的痛苦。我只注视到加入咖啡中的冰糖，一点点地融化。它使我一下回到了七岁时的下午。走出咖啡屋时，我又成了七岁的那个舔着冰糖、一心一意快乐着的孩子了。

三

当结着粑粑的蔗糖彻底地消失了气味的时候，大人们日复一日地忙着农活。田野里的秧苗老了，再后要插秧，然后是薅草，最后是又累又忙又高温的双抢。货郎王并不常来，有一回甚至一个月也不曾来。好在邻村有了一个代销店，有没有货郎担也不再那么重要了。

我第一次走进代销店时，除了糖的气息，我什么也没有闻到。我伸着细瘦的脖子，踮着脚朝柜台里望。于是，我看见了：糖，居然被装在很大很大的缸里。我咂了咂舌头。我看见糖是金黄色的，很细。代销店的负责人是个小个子老头，后来我知道姓林。林老头见我望，就笑笑地说：想糖呢？给你一点。说着木勺子就沾着一点糖递过来了。我那一刻不知怎么竟十分地感动。糖在嘴里，眼泪却要下来了。我赶紧背过身，好在他又给别人拿货了。吃完糖，我继续闻着糖的气息，直到天开始慢慢地黑下来，我才回家。

从此，我差不多承包了家中所有到代销店买东西的活。有时，妈妈也允许我用一个鸡蛋，换取简易的水果糖。但我更偏爱蔗糖的气息，清甜的，潮湿的，温和而迷人。林老头很熟悉后，我被获准进到柜台里，我就坐在装糖的缸边。我相信：我一个下午呼吸的糖的气息，会使所有的器官都充满了清甜。过后的好几天，我还感到身上甜甜的。为此，我拒绝洗澡，甚至在黑暗中会轻轻地舔上自己的身体一口。

上初中时，我每天都要经过代销店了，这令我高兴。我总要站在糖缸边闻闻糖的气息。林老头在午后的时光里，没人时就戴一窄边的眼镜看一本发黄的老书。代销店的房子是穿方结构，墙只砌到半垛，上面全是空的。村子里的人们长传着林老头晚上翻墙到隔壁胡寡妇家去。我不问这些，我只喜欢糖的气息。这朴素而清甜的气息，令我沉醉。

我一直无法说清：为什么这么多年来对糖的气息如此迷恋？我知道我是个生性温和的人，糖的气息中有一种特别的亲切和温暖。就像爱情。我喜欢爱情在初始时的清纯的芳香。爱情久了，也恰如糖放得老了，气息尽失，也就没有任何的生动可言了。

四

因为糖，作为它站立的形象，甘蔗在不久之后来到了我们这里。甘蔗是一种高高的秸秆类植物，本来生在更南的南方，后来被从南方购糖的商人们带来。一棵种下，活了，就有了第二棵，一直到村子南北两头，到处都是一小块一小块的了。我愿意站在甘蔗地的地头，揣想着将甘蔗砍下，然后放进榨糖机里压榨出糖水，再低温结成蔗糖。这样，我又闻到了糖的气息了。

甘蔗还没有长到足够成熟时，已经不断地被砍下。孩子们嚷着要吃，大人们也想尝尝。再甜的甘蔗甜不过糖，而且，吃起来费事，还没有糖的气味。我曾经将一根甘蔗砍成若干个小节，剥了外面的皮，然后用椿芝麻的杵捣碎，渐渐地，甘蔗的甜水出来了，屋里有了糖的芬芳。我把这些水装到一只瓶里，留着晚上睡醒时喝。喝着这糖水，我甚至做了一个梦，梦见自己在大片的甘蔗田里奔跑，身上是糖的清甜，成群的蜜蜂跟在后面嗡嗡地追……

梦醒来的时候，村里的甘蔗地里真的出了事了。南头的大清儿，在蔗地里喝农药死了。人们都跑过去看。我没有去。我想起大清儿姐姐好看的脸，还有她和大飞哥偷偷使的眼色。我想：她死在甘蔗地里是对的了，总比别的地方好。有甘蔗清甜的气息陪伴，她一定走得不十分地痛苦的。一直到甘蔗砍光，我再也没有到甘蔗地里去过了。

我还是经常盘桓在代销店的糖缸前。其实，即使到现在，我也并不十分地喜欢吃糖。甚至，我根本不能接受上海、扬州等地的偏甜的菜肴。人如果真的喜欢一种气息，一定不是为了去占有的，更多的是为了去热爱它、欣赏它。糖在乡下朴素的岁月里，所散发出的气息，与我血液中天生的忧郁有关。我的气息，也许就是糖的清甜、温和、粘稠的气息。当然，站在代销店的糖缸前时，我不可能想到这些。我只知道：为了糖的气息，我几乎都能忍受林老头干巴的故事和古怪的喷嚏声了。

五

一个下午的时光，糖在乐家百货的门前飘忽而过，糖的气息，除了我之外，可能被更多的人所忽略。我重新骑上摩托，内脏里糖的气息向外扩散，它让我回到货郎王不动鼓摇响的下午，回到代销店阴暗、低矮却散发着浓浓的糖的气息的黄昏……

多年以后，在城里的某一个黄昏，在一条僻静的小巷转弯处，我突然看见了一个让我心颤的人。他的出现，使我一下沉到了糖的气息里。我们面对面很近地站着，他已经很老了。其实，代销店早在我进城之前就已经撤了。我们都没有做声。夕阳的温和而苍茫的光辉照着他依旧眯着的眼睛。这个在代销店呆了十几年也让我闻了十几年糖的气息的人，此刻被苍老的气息弥漫着。我想说说糖，说说那些清甜、潮湿、温和的下午，但是他走了。他好像根本没有认出我一样，从我的身边，向更深更静的巷子里走去了。

我望着他的背影，一点也没有感觉到奇怪。这些年，我已经到了不断地触及消逝的年龄了。许多人静悄悄地走进了土里，像甘蔗地里的大清儿一样。我甚至没有感觉出多大的悲伤。所有美好的气息，都不可能永远地存在于这个世界。上帝将它放到这人间来，也必有收回它的一日。如此，我们还有什么理由：拒绝和深刻的悲哀呢？

也许要不了多少年，就像货郎王，他后来听说死在外地的一条路上。还有代销店，糖的气息也会消失殆尽。而我的血液，赖以呼吸到的清甜、潮湿、温和，也会因此而不断地被蒸发、减少、干涸，最后丧失。而那时候，我一定老了。我一定会紧紧抓住最后一缕糖的气息，沉入生命廓大而无边的永恒——

2004年7月—9月，南塘

（选自《中华散文》，收入人民文学出版社版《2006年度散文》）

清香桐城

一

唐至德二年，桐城设城。地处皖中，“山尽山复起，宛若龙眠形”的龙眠山恰给这小城做了青翠的屏依。何以名桐城？或曰：春秋时桐国公邑于此，城内桐溪至今仍蜿蜒清流，足以证之。而我偏不信。我宁愿相信桐城是万桐之城的传说。自小时，在乡间山前田后，随处可见一棵棵青桐。或虬或曲，或舒或拢，其上所结桐子，黄时则扑之，聊可补贴家用。“桐子青，桐子黄，桐子树下望婆娘”，童谣腆腆，至今犹在耳际。稍长，我便信了桐城之名得之于万桐，当初建城之时，城郭内外，青桐遍野；桐花香里，城墙巍然。那桐花的素朴、典雅之中，或可正预示了这座城市的将来。而在桐花的素朴、典雅之中，隐隐透出的淡淡的清香，是否正开启了这座城市书香不绝的源头？

二

清晨或者黄昏，小城泊在朝霞或夕晖中，将一千多年来的风云际会，都悄悄藏在文庙的大殿里。风铎鸣响，则使人禁不住抬头，想听听小城到底要诉说些什么？是它的光荣，还是它的耻辱？是它的悲哀，还是它的欢欣？

都有，又都不全是。小城的倾诉，同满城樟树所散发出的清香一道，深邃恬雅。你得屏息静听，且要细细地想，细细地咀嚼，细细地回味。这样，你听到了宋画第一李公麟笔下马蹄的嗒嗒声，“马蹄嗒嗒是个美丽的错误”，这马蹄却雄健、激越，它掀开了有宋桐城的漫漫长卷。许多的人物过去了，许多的人物又鲜活起来。白描的桐城，因为这马蹄，在大宋的史册上响亮地点了一脚。以至于今日，龙眠山的媚笔泉和李公麟隐居的龙眠山庄，还时时可听见马鸣萧萧，使人想起苏辙的《龙眠山二十咏》，也使人觉得，这座依山而建的小城，还永远在期待和希望、昂扬和奋进着。

三

“有井水处皆歌柳词”，宋时白衣卿相柳永，可谓风光已极。其词缠绵悱恻，其声哀婉幽绝，然其深入民间，采词民间，故人皆歌其词。这座小城，在有清三百余年的王朝历史中，它的名字也如“柳永”这个名字一样，在神州大地上传诵，以至有人叹曰“天下文章，其出于桐城乎”？

确实，清初甫定，文坛凋谢。一部分文人守亡明贞，不肯出来；另一部分人虽降清，却时时有失节之虞。及至五十年后，方苞以戴名世《南山集》案罹祸，不死却以布衣值南书房，一方面其心中对亡明不无遗老之念，另一方面又感皇恩浩荡，所以殚精竭虑，入值之余，则会二、三文友论诸时文。一个文学流派就这样诞生了，后来刘大魁又稍事总结，及至姚鼐，则体系备矣。煌煌大清文坛，唯桐城独尊，斯时其气势，该是何等的挥斥方遒、指点江山、激扬文字？时光荏苒，桐城先贤除了名字就只剩下了文章。后人朗朗读之，亦不胜感慨。儿时乡间，一灯如豆，我随家父读《左忠毅公轶事》，叹公节烈；读《登泰山记》，心向往之。一个文学流派绵延二百余年，恒久不绝，原因固然有多方面，但“桐城”二字毕竟藉这些文人的笔，驰骋汗青，甚至，“桐城”二字已超越了简单地理意义上的一县之地，弥漫到了江南、江北，白山黑水。对于有清，桐城已不仅仅是桐城，桐城已成为中国散文艺术发展的不可逾越的巅峰。

四

明月之夜，木樨飘香。桂影斑驳，兰舟依然。紫来桥下水，撷着龙眠山的钟灵气韵，在月色里静静流过小城的心襟。这时，设若独自走上车辙深深的古桥，你一定能看见有小舟缓缓溯来，俄顷，便有三、五青衫士子系缆泊舟，沿河边石级悠然而上，踏上麻石条铺就的老街。老街上应有一座古色古香的茶楼，士子们进楼坐定，一壶清茶便端了上来。不需品，茶的清香已经漾过来，真的龙眠山上茶，含着天地云雾之精华，也撷着二八少女唇边的幽香，直让士子们个个神清气爽。于是，论道谈文开始了，文字如珠玑般在茶楼里滚动，俯拾一颗，也许就是一篇传世佳作。这里面，一定有被腰斩的戴名世，《南山集》犹在，先生之痛尤烈。品茶时，他更多地想到的应是他的《忧庵集》，故里槐花，儿时课读，民谣俚俗，怨妇征夫，一座城，完完整整地装在他的心里。当他赴死的那一刻，以指蘸血所写下的，也许正是“桐城”二字。茶香清心，也可疗疾，但怎能疗救一颗悲愤凄凉的士子之心？

有酒更好，紫来桥下的溪水，酿出的桐城米酒，醇厚绵润。古往今来的桐城人都喝了，喝得诗意盎然，喝得淋漓尽致，喝得文心如春韭，才思如流水。这酒，竟也溢出缕缕清香。酒香从老街飘过，从木格窗与小阁楼飘过，一直飘到今天。从来诗酒伴年华，也从来诗酒伴桐城。

五

桐城倚山，桐城中学则倚城北隅，园内银杏，传为姚鼐当年亲手所植。如今荫荫庞巨，巍然冠绝也。银杏古称公孙树，数百年来，这株树，不仅汲日月之光灿，更多地汲取了一代代学子们的书声诗语。因之，我看它，已不仅仅是一棵古树，它的每一片叶子仿佛都写着一个名字，一个勤勉好学、不懈文章的名字，这些名字又都在银杏叶的清香中，紧紧连系着它的根、它的在桐城沃土上深深扎下去的尚书重教的根。

古徽州以徽商名世，古扬州以美女闻名，古桐城却以其文、其识、其雅、其达名满天下。多少人从这块热土上，从这座江北小城走出？或至紫禁城，捧笏授印，清名如水，如父子宰相；或设帐授业，门者云集，使桐城文章更加光大，如姚惜抱；或东渡重洋，考察新学，继而躬身实践，如吴挚甫；更有吴樾，一腔热血，炸五大臣，堪称仁人志士。而我最看重的还是那些无名学子，桐中内有石柱，上书“高峰入云，清流见底”；高峰者，当如上述诸辈；清流者，亦可钦可嘉。园内半山阁，被建筑学家誉为“凝固的音乐”；阁旁古藤，斜仰疏简，一园风景，尽在清幽。凡百十年桐城，亦浓缩其中，恰如联曰：忆往昔，冠盖满京华，文章甲天下；看今朝，人文重崛起，再度领风骚。

六

最好是秋雨之夕，一个人走在潇洒园中。园已偏废，然诗书精华凝于其中，即使落叶，也幽然怀古，念天地之悠悠，独怆然而涕下。我常常为此而来，为一个多舛、多才、卓越、不羁的桐城学者的灵魂而来，他就是明末四公子之一，被称为“百科全书式大学者”的方以智。

方者，桐城望族也。城中方姓，至今仍十有二、三。或曰桂林方、鲁洪方不一，但令方姓自珍、自豪的先贤，也实在太多了。方苞其一，近代亦有古汉语学家方孝岳。而我独钟于方以智，数年前，即有为先生作传之思。然资料搜集殊难，学识亦不逮，只好暂寄来日了。为此，潇洒园，这城中先生当年读书之所，便让我牵心。园固为物，三百年风雨犹不倾颓；先生文章，纵是今日读来，亦是宏文卓见。于哲学，“合二为一”之说一出，事理明矣；于数学，于地理，于天文学，先生震聋发愦之见，亦难以尽说。《四库全书总目提要》因之认为其“考证奥博，明代罕与伦比”。我还尤为钦羡先生的人格。当明亡之时，他不惜削发为僧；及至“粤难”，虞投江水，诚可谓正人君子。我叹惜其效屈子而逝，同时更震惊于其坦荡胸襟、不阿情怀。这又使我想起，稍年轻于方以智的桐城人孙临。一介书生，风流倜傥，不然何以得秦淮名妓葛嫩娘青睐？及至明亡，孙临与嫩娘双双殉难，其壮烈已载史册，实桐城一邑之幸，万民之荣。潇洒园在，先生当年青灯古卷，芭蕉夜雨、忧国怀民之万般萦念，也一定还在。我默立园中，常作如是想。

七

修身、齐家、治国、平天下，古时文人“达则兼济天下，穷则独善其身”。泱泱桐城，该走出了多少兼济天下的豪杰俊士，其风光荣辱自不逮言。而我漫步城中，清香萦怀；触目云天，清朗舒卷。忝列读书人，便常想见那些在民间的布衣先贤。从来布衣皆自由，剃头诗人吴鳌，一生贫苦，却以诗自娱；诗在民间，今日读来，尤然亲切。龙眠河水穿城而过，曾洗过多少布衣士子们的隐隐心忧？徘徊老街，或许还能看见他们临窗苦读，秉烛夜思，恍惚之间，也许还会碰见他们，像诗经年代的采诗官一样，手持木铎，走街穿巷，青桐照影，榴花送情。一生一世，斯得与这座文泽丰蕴的古城相伴，亦是读书人的一大幸事。不然何以父子宰相，还有更多走出去的先贤，晚年俱归故里？桐花开时，纵京城万般繁华，又何能抵挡？夜夜入梦，虽千万种理由又何以排遣？

布衣让人崇敬，民间因为有了他们的身影，变得灵气四溢。回归亦让人崇敬，皈依家园，人心所系。一川河水，满城清香，正是林憩人生的绝妙之处。何况晨起便有投子晓钟，至晚则闻文庙风铎，生在这城中是有福的了。只是可惜，如今投子寺已毁，晓钟不闻；空留文庙风铎，不免让人心生惆怅。

八

相对于浩浩历史，一千年何其短暂？与不朽的时空相比，这只是座年轻又年轻的城。然而，相对于“生年不满百”的人生，这座城已由然古老，每一块城墙砖，都或许送走过一个灵魂，无论他是幸福，还是痛苦，他毕竟在这城里生长、生活和生存过。我们有理由对这些逝去和正在逝去的灵魂予以崇敬，甚至包括你、包括我。

死者长已矣，城却仍在。铁打桐城，到底能抗几千年风雨？回眸沧海桑田，谁能识得其中造化？

我每于黄昏和月夜，独步城中。油壁纸窗，似听见喁喁小儿女声。这让我想起这座城里，千百年来一代代的女子们。活是一样的活，只是这座城里，从明季开始，就有一些女子聚会“清芬阁”吟诗结社，杜兰芳若，佳句天成。今天读来，先是清香温馨的闺中气息，轻捻诗句，便想见寸寸柔肠，盈盈粉泪，然后是裙衩难掩的英雄气概。“绝漠烽烟起戍楼，暮笳吹彻海风秋。关西老将披头看，尚是燕云十六洲”。鉴湖女侠秋瑾，当年遇害风波亭，敢于站出来为其殓葬的，不是别人，正在桐城名媛“万柳夫人”吴芝瑛，可以想见，吴芝瑛当年是何等的侠义、勇敢和风流。如今，桐中校园内，著名女雕刻家王紫瑛所镌桐城公园碑文仍在，读之凛凛然、肃肃然，桐城女子之大义，尽在其中。谁说女子不如男？只是历史、礼教使之然。桐城清名，哪一件能脱女子干系？女子们就如同那桐花，素朴这小城千百年历史；桐花的桐城，亦是女子的桐城，母亲的桐城。

九

《燕子笺》真是个好听的名字，这名字背后的故事也是如泣如诉、如怨如慕，而谁又能想到，这名字又同另外一个让人唾弃的名字相连？阮大铖，桐城士子中的复杂而颇具争议的人物。他生于明末，也许就是一个上天安排的错误；而他又做出了诸如投靠阉党和为清兵作伥的种种丑行，更是他人生无法洗脱的罪恶。这样的人物，如何集《燕子笺》的清纯和降清的暴虐一身？又如何在晚明风雨如晦的岁月里，构思和写下了那一页页令人叹绝的戏文？

三百年后，阮大铖葬身仙霞关的坟茔已了然无痕。但他的《燕子笺》仍在。许多年来，这座城市曾一次次拒绝过他，最后又以母亲般的宽容，接纳了他孤寂的灵魂。他的灵魂应是两面的，一面是故乡清香所润洗的《燕子笺》的荡气回肠，一面又是名利和耻辱所铸就的无限的丑行与忏悔。桐城接纳了他，在他的哭泣与喘息声中，聆听他的美好的戏文；故里年年的燕子，也一定一次次飞过了他穿越时空的目光。这是这座城的宽容，也是这座城的大气，更是这座城海纳百川的勇敢。

《孔雀东南飞》中的连理之树，使这座城在传说中悠然生动。《燕子笺》也一样在浩如烟海的典籍里，发出一个灵魂孤独而怆然的灵光。

十

“树上的鸟儿成双对，

绿水青山带笑颜……”

什么样的水照什么样的影子，什么样的土栽什么样的种子。桐城，这块民风淳朴的沃土，发的是黄梅戏的种子，照的是一代代严凤英的影子。小龙山恰似卧在龙眠山边的一条小龙，引颈而望，林美石幽，不尽小儿女情态。其真纯、质朴令人扼腕。黄梅戏也就在这小儿女情态中，悄然而出，仿佛山泉，又仿佛野花，永远地出自心扉，又永远地渴望和歌唱真、善、美。

秦腔高亢，故西北多旷远苍凉；越剧清婉，故苏沪多明丽多情。黄梅清新，故桐城多可爱率真。我一直相信，黄梅戏是女子们的戏，是乡间女子走在田塍上轻轻哼出的戏。不然，何以寄托那么多年轻女子的期望？又蕴含了那么多女子的哀怨？男人们读书去了，万般皆下品，唯有读书高。青青爱情却在女子们不经意的一瞥，甚至独自的幻想中萌生了。只有唱，只有唱给蓝天白云听，唱给山泉野花听，唱给无数的痴男痴女听，直听得人沉入泥土，醉在那里，为之叹息，为之击节，为之倾倒，为之萦念。

可惜，严凤英过早地去了，但黄梅戏仍在。一城风雨近黄昏，黄昏却听落梅声。黄梅时节，黄梅小城，到处都是严凤英的影子，永远挎着竹篮，调皮而美丽地走向阡陌……

十一

一城清香，清香之城。早些年读过一篇关于美学大师朱光潜的访问记，其中有一句话，一直让我铭记在心。那句话是：先生操着浓重口音的桐城话，缓缓地说……真赤子情怀，真令人崇敬。朱先生青年时代即负笈离乡，凡五十年，乡音未改，而鬓毛已衰。这座城和桐城这个永恒意义上的故乡，在他的心头，“从来不需要想起，也永远不会忘记”，就像故乡五月夜晚不断闪烁的星光。

光荣和梦想毕竟都要阖上。漫步城中，一城清香。我是否过多注视了这座城的过去，而忽略了这座城的现在和将来？我用梦幻的手指，抚过一天天贴近现代化的城市的额头，我想，小城的现在，本来就源自过去，何况现在还需要时间的进一步检验。至于将来，我只能说：留给来者吧，只要世上有路，只要地球上有这座城，将来一定会有人走，有人注视，千百年后，我辈已成古人，能否又会被另一个桐城人来阅读、思索和评判？

洪中为

暖烘烘的雪夜

好几年没有回故乡了。最近，一连收到妹妹的两封来信，要我一定得回家过春节。还说如再不回家，妈妈就永远不让进家门了。大年三十这天，我冒着隆冬的严寒，迎着漫天飞舞的大雪，扑向了可爱的家乡。

到了，马上就要到了，山梁那边的山坳里，就是我的家。站在高高的山脊上，俯瞰雪中山林。哈，真和上次回家时大不一样了，七零八落的茅草屋，变成了一排排崭新的红砖瓦房；溪流上那生着蕈茵的独木桥也不见了，代替它的是一座曲拱桥，如半轮明月，飞落在村前；两岸那原来拇指粗的小柏树，已长成大树，透露出一派生机。我贪婪地品尝着这诗画一般美的故乡景色，几乎忘记了时辰，忘记了赶路。

蓦地，一阵阵锣鼓声从林中隐隐约约传来。锣鼓响，脚板痒。我顾不得山路难行，迎着锣鼓声，一阵风似的奔向村口。

天，完全黑下来了。雪，也停了。家家户户铁将军把门，乡亲们三个一群，五个一伙，像赶庙会似的涌向村东头。我想，大概是县剧团下乡巡回演出来了。真是来得早，不如赶得巧。我最喜欢看家乡的黄梅戏，每逢收音机里播放黄梅戏，无论是吃饭、忙家务，我都会放下一切，静静地享受。有时还情不自禁地哼上一段，为了这，妻子经常喊我“戏迷”呢。

叽叽喳喳的行人，潮水般地把我带到一幢屋前。这里灯光通明，锣鼓喧天。大门头上挂着一个巨大的红幅，上面写道：“洪岭大队群众俱乐部”。耶，这原不是娘娘庙吗？怎么现在成了俱乐部了呢？我感到奇怪，场内黑压压的挤满了人。我的突然出现，并没有引起任何人的注目。人们眼光的焦距全部集中在舞台之上。这时，喧闹的锣鼓声嘎然而止，随着悠扬的乐曲声，高音喇叭里送来了清脆悦耳的黄梅戏唱词：“春风送暖到襄阳……”唱腔字正腔圆，婉转柔和，娓娓动听，真是在演戏呢。我赶忙踮起脚尖，观看舞台上的演出。演员们惟妙惟肖的表演，时而使人捧腹大笑，时而又催人泪下，不时博得观众阵阵掌声。

室内，喜气洋洋，温暖如春。户外，狂风阵阵，寒气逼人。

少顷，舞台上出现了一位女扮男装的书生，好像在哪里见过，却一时又想不起来。

“水兵佬，你说这戏演得么样？”

“那还用说，狗撵鸭子呱呱叫呗。这往后呀，我们想看戏，再也不用摸黑赶路，住村歇店的了。”

“洪月圆这家伙果真有两下子，据说，这出戏是他导的哩。”剧场里总会有这些自告奋勇的“义务讲解员”。

洪月圆？好熟悉的名字。我们村的那个劳教的小青年不是叫洪月圆吗？不对，也许是同名同姓的。我暗自思量着，只希望两位“义务讲解员”继续讲下去。

“一成立业余剧团，洪书记就看上了他，老头子眼尖得很呐。”

“是听你们的，还是听台上的？”有人向两位“义务讲解员”提出了抗议。

四周安静了，但我的脑海里老闪现着那英俊潇洒的小伙子洪月圆。记得我最后一次探家时，是“四人帮”倒台后的第一个春节，也就是那时，洪月圆被抓去劳教的。他原是高中毕业生，天生一副好长相和嗓子，特别是爱好说说唱唱，两次报考剧团都名列前茅，但一到“政审”关就卡住了。小伙了心灰意懒，闲得无聊就打扑克和麻将，开始是打着玩，后来就赌博，赌输了就偷窃……

一阵热烈的掌声，宣布演出结束。随即，台上出现一个英俊的青年人，他神采奕奕，那对圆圆的大眼睛透露出精明，这不正是洪月圆吗？

一路上，我的脑子里老出现故乡和他当年的情景。破败的庙宇，摇曳的枯树，贫瘠的山坡，荒凉的四野，伴随着他衣衫褴褛的孑影，是多么孤寂可怜啊！……

回到家里，妈妈那高兴劲儿就没法提了，一下功夫，好吃的摆了一桌子，叫我真不知怎么下筷子。我突然发现家里少了一人，忙问：“妈妈，小春英上哪儿去啦？”

“她呀，现在成了大忙人了。”

“忙什么呢？”

“当上大演员啦，怎么，你没见着？刚才台上扮演什么驸马的，不就是英伢吗？”

“哦，怪不得好眼熟哩。”

说曹操，曹操到。“笃、笃、笃！”外面响起了敲门声，妈妈立起身，开开门对妹妹说：

“英伢，你看看是哪个回来着？”

“啊，是大哥，恕小妹有失远迎。”

“不敢当呀，你现在是‘皇亲国戚’嘛。”

“看你们兄妹俩，到一块就斗嘴。”正在张罗着的妈妈在一旁插话了。

我举起妈妈递过来的一杯茶说：“来，为春英妹的演出成功，干杯！”

小春英眼珠一转，也举起茶杯说：“为远道归来的兄长接风洗尘。”几年不回家，小春英大有长进，说起话来文绉绉的。这时我才仔细端详了妹妹，她不但个头明显地长高了，从前的小短辫儿，也已经搭在丰满的胸前；闪光的红的确良罩衣，正映衬着那圆圆的脸蛋，在明亮的电灯光下，真像熟透的水蜜桃。

心里高兴，我也不由得学起戏曲里的道白和妹妹对起话来：

“春英，为兄有一事不明，特向贤妹请教。”

“大哥有话但讲无妨。”

“我要问的，乃是洪月圆的事……”

“这个么，为兄听小妹一一道来。”说话间，我发现她的脸上像涂了一层胭脂。她坐在桌边，一边吃着妈妈为她做的夜宵——糖煎糯米粑，一边说。

家乡自落实农村经济政策后，农民手头活络了，有了钱除买吃买穿提高物质生活外，还得提高精神生活。半导体只听声音不见人，听久了也腻；买电视机吧，山村还没有正式通高压电；请剧团吧，全县那么大的地盘，剧团跑不周，我们农民也得“追求精神文明”呀。大队洪书记提出要组织业余剧团，成立俱乐部，把青年人团起来，让大家有戏看，这自然想到了洪月圆，他在农村青年中可算是专家了。

洪书记第一次去请他，他瞄见书记进门，就从后门溜了，觉得没脸面见书记。

洪书记第二次登门，说明了诚意，他还是担心自己是犯过错误的人，青年们不会服他领导，之所以瞻前顾后。

洪书记苦口婆心地说服了担任大队团支部书记的妹妹，一道第三次登门请洪月圆。洪月圆感动了，立下军令状……

“春英、春英。”妹妹正说着，门外传来清亮的男中音。虚掩的大门被一阵风吹开了。随着走进一个“雪人”。我一见是洪月圆，忙寒暄让坐，他站在门口，抖抖身上的雪说：

“是哪阵风把你给吹回来了?”

“盛情难却，故乡难忘啊。”

“到底是我们村的秀才，说起话来文皱皱的，只可惜远走高飞了。”说完他两手一摊，显出很惋惜的样子。

接着他迅速地扫了妹妹一眼。妹妹是个“机灵鬼”，忙问他深夜到此有什么事?他急不可待地接过话茬：“散戏后，听说村西的张大伯家今年光稻谷就收了三万余斤，副业收入达二千多元。原来，张大伯整天焦着两个儿子寻不到媳妇，今晚，两个媳妇双双一道来看戏哩。这不是一个很好的剧本素材么?我想请你参谋参谋，咱们连夜把它搞出来。

妹妹说：“难得我们的团长同志，不仅在排练时是个好导演，台下也是个有心人哪。”妹妹满意地点点头，然后看看我，我当然举双手赞成。

此时已是深夜，北风呼啸着，雪花又飘起来了。我开门站在阶前，村道上，雪光映衬着妹妹和他紧贴着的、远去的身影。四处，乡亲们的窗口上透射出通夜不熄的灯光。鞭炮声，此起彼伏，冲天炮在夜空中炸响。变了，真变了——家乡的山、家乡的水、家乡的人。这时妈妈走出门递给我一扎“二踢脚”，我孩子般地接过来，欣喜地用香烟燃着了引线，“砰……叭”，半空中闪烁着团团火花，红绿相映，煞是好看。妈妈仰望着夜空说：“你听，这声音多欢、多脆、多响。”说着，她把我拉进门来，硬要我坐在火塘边，说：“今夜我们娘俩守岁，一夜到天亮，求个‘开门大吉’。伢子，冷吧?不碍，今年栗炭多的是。”她又向火塘里加了一簸箕栗炭，蓝莹莹的火苗抽得老高老高，把我们的脸烤得都成了关公。

雪夜，暖烘烘……

（选自《振风》1984 年第 4 期）

黄 灿

繁华深处的寂寞

又是一年清明节，小镇早已变成大镇，且是“省综合改革试点镇”了。清明时节的小雨掩饰不了大镇的繁华，昔日的荒岗早已是今天富裕的粮仓，交通发达，合铜、铜安两条公路在此交汇，合铜黄高速在此歇脚，长江水道近在咫尺。纵横交错的宽阔街道让你有一种误入城市的感觉，整齐的生活小区早已连成一片，房顶上是太阳能热水器的海洋，一家挨一家统一装修的宾馆远远望去犹如布达拉宫的外墙——这里便是枞阳县横埠镇的中心所在，也是横埠的开发区。

可是，每每走在这个繁华的镇口，我总能隐隐约约听到一个个寂寞的声音，如大海波涛去后岸的轻轻叹息。我知道，是那个丰碑，是那个已沉寂多年的遗忘。顺着叹息声，我慢慢地向他走去。

在镇口北巷约五百米处，几年前高高耸立的一座丰碑如今被掩埋在高楼大厦的夹缝中，丰碑的主人在历史上也许远远没有他的哥哥出名，在家乡也是，能记住甚至能确切知道他的人不多，可是，对于后人，他绝对是英雄，千千万万英雄中的一个，他就是黄桂元，著名将军黄镇的同胞弟弟。

“黄桂元（1912—1942）又名黄彬、黄静寰，是黄镇的胞弟，枞阳县横埠人。1929年入浮山中学读书，第二年加入共青团，并于当年领导了该校一次规模较大、时间较长的学潮。学潮失败后，他被开除。1931年回到家乡，同周邦彦、周南、屈成仁、周复安、王立本、王学西等，在黄家山至周潭一带开展农运工作，并于1932年立夏节组织了一次农民示威暴动，取得了胜利。1937年，他到达武汉八路军办事处，后赴延安抗大学习，并转为正式党员。1938年回桐城，任桐城县抗日武装部长兼第二游击大队大队长。皖南事变后，任新四军五十五团副团长兼政治部主任。1942年秋，因过江执行任务，在返回途中与日舰遭遇，壮烈牺牲。”这便是我能找到的黄桂元仅有的一些资料，二百多个字，在浩瀚如烟的网络资料里，他也是寂寞的，正如在这个繁华热闹的大镇上也是寂寞一样。但今天的雨没有遗忘他，在洒向繁华大镇的同时也洒向了这座历史深处的墓碑。

五百米的距离我走了很久，不知是马路两旁的摊位阻碍了我的前行还是我踏进历史的步伐太沉重。雨中的墓碑干净、清爽，简单明了，一如墓碑的主人短暂的一生。“黄桂元之墓”几个大字却如他当年的英姿，铁骨铮铮。

对于他的牺牲，家乡有许多种传说，有说他可以投降的，但他选择了死，有说他已经过江了，只是还有几个战士在后，于是他又回去了……不管是哪一种，不变的事实是，那次战斗，出发的小分队几乎无一人返还。而在一部中国的革命史上，无法返还的又岂止是一个小分队？太多的无名者已沉寂在历史深处，但也有一部分，如这座墓碑的主人一样，幸运地被当时活着的人们记住了，于是他们有了丰碑，可有了丰碑就能被后人记住吗？“锦宫城外柏森森”，诸葛祠远在郊外，但主人并不寂寞，相反，此墓前不到一米处就是小摊的吆喝声，却并不能带给墓主人多少热闹。不知会不会有一天，这座墓碑前的台阶也成为商贩们的支架，随着岁月的变迁，他们被遗忘在繁华深处。

也许遗忘他们是必然的，因为他们太普通了。他们早已如尘埃飘散在历史的天空里。可是，谁也无法否认，他们是中华五千年历史的有机部分，而且是绝对珍贵的一部分。

（选自《大江晚报》2009.08.08）

百合花

苦思冥想的想给标题百合前加一个定语：坚强的百合？坚韧的百合？生命力顽强的百合？可总觉得都不妥，因为无论什么定语都无法表达我心底对百合娇弱身躯背后那份沉稳而坚韧的生命力的敬佩。

第一次见到百合是在花店里，一支一支的卖，每支上面有两朵或者四朵花，抑或更多，成双成对的，多以白色为主，也因此成了婚姻的象征与祝福，“百年好合”“白头偕老”等等美誉都送给了它。可那时仅仅是喜欢，没想到要买，因为总觉得太艳太亮的东西大都生命力短暂，买回去也是很快就枯萎的。

一个偶然的机会，我得到一颗小小的百合花秧，小到根须都不全，抱着试试看的态度，种在一只废弃的旧花盆里。那是2007年夏天的事了，很快它就枯萎了，我也没当回事。

一转眼，秋天来了，破旧的花盆里居然发出了几棵新芽，我惊喜地把它抱到屋内，想好好呵护它度过漫长的冬天。可是，好景不长，一场几十年不遇的大雪袭击南方，我可怜的十几盆花儿全军覆没，那个心疼啊！没办法，只有在心中想象它的灿烂了。

生命往往在你不经意的时候给你一个惊喜。我做梦都没想到，2008年的春天来临的时候，我的百合花居然又发芽了，要知道，平时那些茁壮的玉树临风啊，滴水观音啊等等花儿可是全部死了呀，而在我眼中那么娇艳那么弱不禁风的百合居然发芽了！

惊喜接连不断，刚刚吹过五月和煦的风儿，百合就骄傲地伸出四个花苞，如擂响的小小战鼓。转眼间就开出了四大朵花来，雄赳赳气昂昂。看着它美丽的容颜，我才突然醒悟为什么人们用它来象征婚姻。玫瑰是娇艳的，可是经不起风吹雨打，所以只能代表爱情；而百合不但绚丽灿烂，更重要的是它的坚忍不拔，它的顽强的生命力，正如婚姻，有了爱做基础，有了责任做保障，无论风吹雨打，无论雨雪霜冻，枯萎的只是一时，下一次发芽时，它会更加旺盛。

如今，我的百合花已是枝繁叶茂，十六个花苞向出行前的战士整装待发，花开只是瞬间的事了。说不定在某一个清晨，当我打开窗帘，百合花就和太阳一起跳进我的眼帘了。

黄复彩

一片羽毛的飘落

原以为云居山也像九华山一样，是一座现代的城市，是一处人头攒动的风景名胜，然而它不是。除了那几排青砖铁瓦的寺宇以及寺宇前大片大片的稻田，几乎没有任何值得留连的风景。我想，这正是云居山，就像一个真正的禅者，与自然的山水融为一体，既不高深莫测，也不夺人眼目。

虽然是第一次来云居山，但我对它并不陌生。好多年前，我读过一本介绍禅者虚云的书，云居山正是他一百二十年人生中最后的驿站。虚云漫长的行者生涯曾有过许多传奇性的经历。在终南山那座终年不闻人迹的山崖前，年轻的虚云守着几株洋芋，守着一座茅篷，体悟着人世的孤独。一次，一位僧侣前来看他，在他的茅篷前，杂沓着零乱的兽迹，茅篷里，端坐的虚云禅定在自己的世界里。僧侣呼之不应，便猛击一下他身边的引磬，在悠长的金属声中，虚云从禅定中醒来。虚云说，都什么时候了，我的洋芋该熟了吧。揭开锅盖，焖熟的洋芋长满了白毛。谁又能知道，这位寂寞的僧人在他的思维里究竟沉浸了多少时间。对于一个禅者来说，时间和空间都只是一种概念，只有永恒的自然才具有生命的意义。在禅者的眼里，禅是风的飘忽，是鸟的鸣叫，禅又是一切天籁之音，唯有禅者，才能从这些自然的山水中体悟到生命的真切，感受到生活的真美。

我来到虚云塔院，塔院就坐落在山门的右侧，背倚一片青山，前方则是一片开阔的山地和一片郁郁的稻田。塔院里没有一个游人，唯有三两个守塔僧偶或走动，四面青山不时传来清脆的鸟鸣，越发衬托出塔院的宁静。走进塔院，几只鸽子扑扇着翅膀从头顶飞过，然后就落在那尊塔上。塔为四角方形，远远看去，几乎就是一尊简朴的纪念碑。就是在这样的纪念碑里，栖息着中国的一代禅匠，他历经三个朝代，肩挑七家法脉，他以自己的独特禅思让中国禅源远流长，直至远播日本、韩国以及东南亚各国。

塔前供设着一尊不大的瓷质画像，依然是我们熟悉的形象：须发飘逸，双眼微闭。虚云留给世人的照片几乎都是这样，不管世事发生怎样的变化，他似乎永远禅定在自己的世界里。世俗的人们无法理解一个禅者的另类人生，很多年前，我随同朋友拜访一位四十年未曾下山的老尼，当有人问她知道不知道山下的社会究竟发生了何种变化时，老尼回答说：无须知道。或是怕我们不能理解，老尼接着又说："心性里的社会，是永远也不应该改变的。"

老尼的话，够我们认真思索，多少年来，我们飘忽的灵魂总是感到无所依持，在飞速变化的世俗中，我们努力挣扎却总是感到无所适从。于是，我们不得不陶醉于欲望的欢歌并以此来麻醉自己渐近愚钝的灵性，我不知这到底是人类的进步还是人类的悲哀。

我到云居山，是为了皖老塔墓的事。今年五月中旬，皖老圆寂前的一个星期，我有一次出差江西的机会，听说我要去云居山，皖老说，去看看虚云老和尚吧，别忘了替我问候老人家。皖老说，在现代的禅僧中，我最敬佩两人：南方来果，北边虚云。像那两位大师一样，皖老也是一位个性鲜明的僧人，他有孩子的纯真，爱花、爱笑又爱随时闹小脾气，却又不失一个长者的严谨。他可以为一分钱与你较真，却又能散落所有的财产，用以帮助一个随便投上门来的陌生人。由于种种原因，那次的江西之旅未能成行。现在，皖老已去了另一方世界，而我却因为他的塔墓来到了云居山。世事无常，却总有一种冥冥之中的牵连，这也许就是佛教所说的因缘吧。

天色渐淡，我不能在这里耽搁太久，下了塔基，回头再望那尊静穆的墓塔，但见西斜的太阳正没入青山的一侧，塔在几束光晕的衬托下呈现出虚拟的轮廓。我被这美仑美奂的奇景实实在在地迷住了。恍惚间，几只鸽子掠过我的头顶，在一阵翅膀的振动声中，一片羽毛在空中划着优美的曲线，直落到我的脚下。心微微一震，拾起这片羽毛，竟是那样的白，那样的轻，我小心地将它放入行囊。在一刹那间，我突然感到生命的无比庄严，就像这飘落的羽毛，在它落下的一刻，你能说那不正是生命的一次出神入化的表演吗？

紫石塔

紫石塔并没有塔。或许有过，但这里的人谁也理说不清。说起紫石塔的紫，便有了各种各样的版本。最古老的是说女娲补天，无意间掉下来一块烧得紫红的天石，于是，这一片的山也都是紫的了。比较近代的版本说起来有些悲壮，那一年二十多名红军藏在紫石塔的一个山洞里，由于叛徒的告密，一伙武装土匪将山洞团团围住，结果二十多人全被杀害，那流淌不尽的鲜血染遍了这一片山头，一夜之间所有的石头都变成了紫色。

我到紫石塔是今年的四月。朋友说，带你去看一个地方，保证你会喜欢。然而朋友自己并没有去过那地方，他带着一辆豪华轿车，后来他说，要是知道是这样的山路，我怎么会把奥迪开到这种山路上来呢？他或许以为紫石塔就是一座塔，就像安庆的振风塔，苏州的虎丘塔一样吧。这样的结果是，我们当然可以甩开脚板勇往直前，只是苦了我们的司机，司机不知道拿这辆卡在半路上的车怎么办好。只好由他去了。我忽然有一种幸灾乐祸的感觉，紫石塔原本是孤独的，就像那片瓦尔登湖，正是因了这旷世的孤独，我们才能跟着美国人梭罗一同感受现代人的浮浅和悲哀。可是今天，我们却兴师动众，大动干戈，把这片宁静，把这片孤独生生地破坏了。

翻过一座座山梁，淌过一道道溪水，这时就想起一句古人的诗，“渡水复渡水，穿山还穿山”，古人是去看一个隐士，我们和古人走着相同的路，却是去看一片隐在山中人未识的风景。路的左边是绝壁悬崖，右边却是看不到底的万丈深谷，看不到谷底的水流，却能听到从那深处传来的水的轰鸣。空气中弥漫着浓浓的香，问这是什么花香，谁也说不出名目，问一个路人，路人也说不出，但他又说，是山林哈出来的气息。这原是路人应付我们的话，但一行中的诗人却说，了不起啊，这才是诗的语言。

让人想象不到的是，在这样的山顶，竟然会有一个村子。

这实在是一个再小也不过的村子，十几户人家，依岩而居，门前一块簸箕大的场地，隔壁串门，仍需爬一道山坡。村前一片林子，林子里的老树每一棵都有几百年的历史，有的甚至越过千年。这里的人对这些老树有着神祇般的崇拜，孩子病了，他们往老树上挂一条红布，清明节给祖上祭坟，也不忘在老树下烧一道黄表。

村里人说，再苦再穷的年代，紫石塔人也不肯轻易砍下一棵树木去山外卖钱。近些年来，一批批上海人或是武汉人来到山里，他们揣着大把的钞票，指点着要把一棵棵风景树挖到城里去营造城市中的森林。年轻人心动了，年轻人盯着那城里人的钞票，老人们却把树看得比生命还要重要。老人们指着那些城里人怒不可遏：你们能买走山里的老树，能买走山里的灵气吗？又对年轻人说，钱像水一样流去复来，而树呢？

紫石塔人是这山林的子孙，山里人与这山林，与这些老树有着相依相生的因缘，平常的日子里，青壮年们都外出打工去了，留着老人和妇女们看守着他们的孩子，也看守着村前的那些老树。这时的村子就有些沉寂，老树们像是怜惜自己的子孙，于是便不时借助于山风，为这些老人和妇女唱些古老的民谣。留在家里的妇女和老人知道谁也不能闲着，山林里总会有做不完的活计，总会有甜蜜而苦涩的等待。等到一年尽了，外出的人像大雁归巢一般，小小的村子就又活了起来。于是，门前那些苍翠的老树也一同在腊月的山风中发出呵呵的笑声。再小的村子也是一方世界，这一方世界里总会演绎出一串串或悲或喜的故事，这些故事老树们一一都看在眼里，但老树们像一个无言的看客，从不发出不着边际的评论。人也就想，在这些生命长久的老树面前，人究竟又算得了什么?。

年轻人能飞出去的都飞出去了，飞出去的是他们的身子，而他们的心却怎么也飞不出紫石塔。不管是漂洋过海还是翻山越涧，到了该回来的时候还得回来。我在村子里见到一个正在垒基造房的青年，我问他说，这是你们自己住吗？青年说，我在浙江打工的地方已经有房了。我说，那就是给老人们住了。青年说，老人还能住几年？我纳闷了，青年却说，根在这里啊。青年的话不由让我想起很多年前在一个佛教名山遇到的一群海外华人，这些老人一座庙子一座庙子地烧香，一个菩萨一个菩萨地磕头。闲下来我怀着好奇问他们，在国外也是这样见着寺庙就拜，见着菩萨就磕头吗？老人说，才不呢，我根本不信这个。见到我脸上不解的神情，老人又说，根在这儿啊！我忽然明白了，在这片叫做故乡的地方，哪怕每一粒泥沙，每一片树叶，都是这些海外漂泊的老人常年依持的根啊。

紫石塔就是紫石塔人的根，依傍着这片山林，依傍着这些老树，紫石塔人就是这样一代一代地生，一代一代地死。死去的老人就葬埋在老树的根下，他们的灵骨化入这片土地，肥沃了这片土地也肥沃了老树的根，于是，他们也与老树一起安详地盯着自己的村子自己的子孙，看他们怎样做人，怎样养育自己的后人。

偶尔我们会在坡上看到一丘荒坟，坟前植着石楠或是香樟，石楠枝盖如伞，香樟叶茂如冠。若是在城市里，这每一棵树都能让一大片天空变成花园，但紫石塔人却舍得让这些树陪伴着入土的人们。墓碑上的字已经模糊，看不出睡在里面的祖先究竟是谁，但是，路过此处的人却认识这坟前的老树，从而知道那里面的人究竟有多大的岁数。紫石塔人也就是以这种方式表达他们对生命的无比珍重。

沿着这样的山路，我们一直就这样不知疲倦地走着，陪同我们的村里人不知道我们要去哪里，也不知道我们究竟要寻找什么。唐人的一首采药诗中说：只在此山中，云深不知处。说的就是这样的山林。看不见隐在林中的人，却听得清那人的话语。甚或有妇女婉转的歌。突然与几个背着茶篓的妇女比肩而过。她们用染着茶绿的手捏着锅巴团，一边喷香地咬嚼着，仍不忘腾出嘴来说一句什么笑话。弄不清楚她们快活的内容，就像她们弄不清我们这些都市里人何以要跑到这山里看她们司空见惯的风景一样。她们那清亮脆锐的笑声越过树冠，飞出去很远，远处的小鸟听到了，以为是同类的叫唤，于是也回过来几声清亮脆锐的笑声。

问那些采茶的妇女一天采的茶能卖多少钱，回答说，不多，一天一百。以为她是在调侃外地人，于是说，这么多啊，我把家挪到紫石塔来了，我也来采茶叶。后来却得知，妇女们说的是实话。在这样的季节里，紫石牙尖一斤至少卖到一二百元。妇女们说，守着这片茶园，一年的收入就靠这个把月呢。

穿过浓密的树林，茶园在四野花的芳香里一片片骨嘟着牙嘴，娇羞得让你恨不得就伏下身子亲它们几口。妇女们的话和歌就是从这里随风飘到很远的山梁上的。听不懂她们歌唱的内容，却闻得到她们的歌里那股新茶吐绿般的香甜。突然地见到生人，歌却不唱了，怯生生地看着人，手却总不肯停歇。等到认出是她们的书记，却又没大没小的开起了玩笑。

我在紫石塔无意中遇到我二十年前的一个学生，他如今在这个县里做着不大也不小的官。他告诉我说，他是和他的同志们一同来研究如何开发紫石塔的经济的。他保养丰润的脸上露出苦涩的笑说，虽然我们在这里建立了保护区，但这里还是落后得很呐，“这里缺乏的就是现代意识。”我说，最要保护的，就是紫石塔人与这片山林相依相生的情感，比起我们这些生活在大都市里的人们，究竟谁更具有现代意识呢？

坐在山民们簸箕大的场院里，就着几盘从山上采来的蕨菜和山笋，中午免不了要多喝两杯，下山时就有些迷糊，不知什么时候就又到了让我们吃了一番苦头的路段。有人开始抱怨这条路，说应该发动山民，把这条路再拓宽一些，当即遭到另一些人的反对。反对者的理由是，像紫石塔这样的好地方，还是让它隐在山里人未识的好，现代社会最可怕的就是人，来这里观光的人一多，紫石塔还有这么好的山林，还能哈出那样迷人的气息吗？

（均选自黄复彩散文集《一花一世界》，上海远东出版社，2008 年一版）

黄骏骑

桑皮纸走进紫禁城

金紫山下生产的桑皮纸走进了紫禁城，破解故宫修复难题。这不胫而走的消息，源于中央电视台近期热播的大型历史文献纪录片《故宫》中的一段解说词：故宫大修的样板工程——倦勤斋修复通景画的背纸，来自“安徽省潜山县一个偏僻的小山村”。

初冬季节，我慕名来到金紫山下的潜山县官庄镇坛畈村，一睹手工制作桑皮纸这千年绝技传人的风采。车过山坳，就感到弥望的金光红叶，醉人心魄。山岭上，沟壑边，路径旁，枫之夭夭，其叶灼灼。穿行其间，整个身心笼罩在一种圣洁肃穆的氛围里。

金紫山下的一条小河旁，有四间土坯房。黑色的小瓦，低矮的屋檐，墙壁经烟熏火燎，更显得沧桑。走进故宫的传统桑皮纸，就是在这不起眼的手工作坊里生产出来的。门前一位满头银丝的老奶奶，正低着头专注地分拣蒸煮过的三桠皮。听说有人来访，刘同焰应声从车间里出来欢迎我们。站在我面前的刘同焰，个头不高，脸膛黝黑，四十岁光景，着轻便夹克衫，憨厚中不失精明。开始采访，显得有些拘谨，一聊起桑皮纸的生产历史、工艺流程，就眉飞色舞。他告诉我们，官庄一带生产桑皮纸，始于汉末，迄今已有一千七百多年历史，所以这里人习惯叫它“汉皮纸”。这种纸柔嫩耐拉，不断裂，不褪色，防虫蛀，无毒性，吸水性强。有书画纸、扎钞纸、引药纸等系列。每令一百张，薄厚根据商家应用而定，有二点五公斤、四公斤、四点八公斤不等。主要用于高级包装、制伞、糊篓、修缮等方面。早些时候，销往日本、印度等地，深受客商欢迎。他随手拿出故宫选用的样本纸让我拉。初看上去，白滑细嫩，用手一摸软软柔柔的。我使劲拉拽，怎么也拉不断，平复如初，比土工布还结实，我们都啧啧称奇。刘家祖辈做桑皮纸，到他已是第五代了。他从官庄中学毕业后，就跟着父亲学这门手艺。

在简陋的桑皮纸手工作坊里，刘同焰指着一些原始的生产工具，娓娓地向我们介绍生产流程。剥三桠树皮、出青、晒干、切选、浸泡、蒸煮、中选、腌料、洗涤、踏揉、再洗涤、精选、舂料、压平、踏料、下槽、耘槽、抄纸、湿压、牵纸、晾晒、收边、整理，从剥树皮到成品纸，要经过二十多道工序，时间跨度三个月，复杂程度不言而喻。每一道工序，都有讲究，马虎不得，有的是只能意会，不可言传。比如，桑皮纸的原料是来自官庄、黄柏一带浅山、路边野生的三桠树，且必须在每年的惊蛰之后、清明之前砍伐。纸槽用的水，要用深水井的地下水，河水虽清杂质多。为了使每张纸揿开不粘，还要加上一种药水。我们试探着问，这药水是什么原料加工的，刘同焰诡秘地一笑：这可是秘不可宣的祖传秘方啊！这当儿，作坊里的生产正忙。只见一位打着赤脚的师傅将蒸煮过的原料装进粗布袋里，拿到河沟的清水宕里，用一种特制的木桩，使劲捣洗，发出闷闷的水雷声。刘同焰的爱人正和一位妇女舂料。不一会，石碓上，原料成了雪白的棉絮状。刘同焰和搭档用细如毛发的竹丝编制而成的捞纸帘，在纸槽里捞纸。左右两下，真是神了，纸帘上几乎看不见什么，倒下的却是一张纸。纸的厚度，根据要求的重量，完全靠捞纸工从中悟出道道。千百年的手工造纸术，就这样在他们手中延续传承。

手工造纸，手脚繁琐，一年到头，起早歇晚，吃苦自不待言。刘同焰伸出长满老茧的双手对我说，常年在纸浆水里浸泡，一到冬天，手上裂的口子，疼得直钻心。这些年，许多身怀绝技的民间造纸艺人，或外出打工，或转行挣大钱，而刘同焰仍舍不得这门手艺，痴痴地、默默地坚守在金紫山下的纸槽边。

“桑皮纸是怎样走进紫禁城的?”我们带着极大的好奇，不约而同地问起这件事。这时，刘同焰把他的黄金搭档余一富隆重推出。余一富，与刘同焰同龄，是表兄弟，两眼炯炯有神，说话慢条斯理，一看就是个见过世面的人物。他从一九八五年就开始跑供销，在全国各地推销桑皮纸。一九九八年，国家图书馆抢救善本，用的就是这里生产的超薄桑皮纸。他顺道拜访了故宫博物院科技部的曹静楼副主任，并留下名片。二〇〇二年，预算八百万元的故宫倦勤斋通景画抢修工程，急需用背纸。主持修缮的美国世界文化遗产基金会的专家叶美宁建议，用当年韩国生产的高丽纸，中国方面不同意。曹主任陪同美国专家，六次来金紫山下的这个偏僻小山村考察。刘同焰生产的传统桑皮纸，经过国家八次检测，终于达到质量要求。“不能让国宝有什么缺憾的地方。”抱着这样的愿望，刘同焰一丝不苟，严格按照故宫用纸的要求，历经两载，将五百令桑皮纸分两批送交故宫。金紫山下的桑皮纸进故宫，山村京都纸为媒，一举扬名天下知。刘同焰、余一富，成了远近闻名的新闻人物。告别时，他们拿出了自己的“荣耀”：故宫博物院赠送的纪念品，一面精致的倦勤斋场景相框。背面写着：“衷心感谢参与美国世界文化遗产基金会和中国北京故宫博物院合作修复紫禁城乾隆皇帝倦勤斋”。面对此情此景，在场的镇党委负责同志表示，要抓住这个机遇，扩大再生产，让老祖宗的技艺在我们这代人手中发扬光大。

离开金紫山下这个偏僻的山村时，夕阳的猩唇正好吻合在天际的峰峦上。一炉晚霞的赤焰喷射着万缕霞光，为远处的丛林勾画出参差错落的剪影。夕阳里，河边那桑皮纸手工作坊渐渐模糊了，只是从那里传出的舂料石碓声没有停息，传得很远，很远……

（选自《人民日报·海外版》2006.05.23）

江　飞

一路面孔

人群中这些面孔幽灵一般显现
湿漉漉黑色枝条上的许多花瓣

——［美］艾兹拉·庞德《在地铁车站》

于是，我便看见：许多一闪而过的面孔，许多重重叠叠的影子，仿佛这个季节里迎风而落的树叶，扑头盖脸向我而来。风在空气中游动，在干涩的眼底吹动，无助而冰凉，风中残存的一点温度也似乎难以支撑更久。坐在校车上，夏季的竹垫还没有撤去，初坐上去竟感觉比风还要冰凉。我不敢触摸它们，只好紧抱着手中的书，苏童的《碧奴》，一个一路泪水的坚韧女子，此时此刻，让我的心里多少有点温暖。

就在昨夜，一场细雨意外到来，无声无息地就下了整整一夜。一夜之后，又消失得不着痕迹，只剩下潮湿的地面，和愈来愈淡的土腥气。半空中的飞尘已被清洗得干净，取而代之的是立冬的寒意和对即将到来的小雪的等候。这是一场迟到的降雨，然而却又意义非常。前些日打电话回家，母亲就说，罗岭已经很久没有落雨了，家里的水井已抽不上水，都干了，父亲只好到地势更低水井更深的春发家挑水吃。我无法安慰他们，因为最能安慰他们和村里大大小小池塘、田地的，是雨水。我不知道这场微不足道的雨能否给他们一丝安慰，又不免担心：这久违的雨水是否只落在我一个人的窗外，而尚未抵达六十里外罗岭老家的屋顶。

我不得不反复提到，那个霪雨霏霏的冬天的黄昏，那辆由A城开往集贤关外的1路末班公交车。雨很小，车厢里的人很多，相互挤靠在一起，像一叠因为年久而粘在一起的相片。光线昏暗，每个人的面孔都仿佛湿漉漉的，渗透着水气，面无表情地看着窗外，窗外是逐渐围拢过来的黑暗。没有人在意车顶上那扇敞开的窗户，而我就在这窗户底下，自然也没有人在意。冷风裹挟着细雨钻进来，在我的头顶盘旋，顺势便游进我的身体里。一阵寒颤。穿过这扇窗户，我就眺望到了城市的夜空，和我在老家门前看到的罗岭的夜空似乎别无二致。都说窗户意味着风景，意味着窗外五颜六色的花花世界，而在那时的我看来只是觉得更高更远甚至有些奇怪罢了。我似乎听见了谁的雨伞往下滴水的声音，一滴一滴，多么轻脆，多么清晰！路是颠簸的路，布满灰尘和坑洼，当然也处处都是停顿。柏子桥。二环路。高花亭。黄土坑。帝伯格茨。五里铺。八中。十里铺。大修厂。收费站。集贤关。红旗水泥厂。花园路口。高速路口。A大学。一路上，我没有伸出手去，关上那扇近在咫尺的窗户。

习惯了坐在靠窗的位置，也习惯了坐车的时候将一只眼睛交给窗外。那些擦车而过的面孔，多么憔悴，又多么鲜亮，陌生且转瞬即逝，总让我不由地胡思乱想。比如很久以前那个将额头抵在车窗上的女孩，白色的高领，红色的外套，却看不清色彩映衬下的面孔，我在这里，她在那里，就像一个唯美的电影镜头，短暂又分外漫长，镜头一晃，就是N年后，或是意味深长的结束。有时候，在人行横道的这一头，等绿灯变亮，而在灯亮的一瞬间，我停在那里，双眼平视不动，看人群向我涌过来，便只感觉无数模糊而匆匆的面孔从远处像鱼样游来，又匆匆向身后更远游去。每个人的脸上都写满故事，精彩的，抑或平淡的，而每个故事却似乎都写满匆匆的主题！

因为匆匆，所以，有的人，我们一生只见一面，然而有的人，见了一面就是一生，比如那个冬天见到晶的第一面。那天天气异常的好，天空层次分明，晶突然地就出现在我的面前。阳光轻照在她微笑的脸上，显出圣洁的光泽，刚烫过的头发微卷着，随意地搭在雪白的羽绒服上，我只感觉眼前一片耀眼的光明。后来，每当我们共同回忆起这一节的时候，那张生动光洁的面孔便成为回忆的全部，而据她说，当时她是陪另一位女生一起的，那个女生还跟我说了许多话，而我却不记得了。晶说，其实在这之前我早就见过你了，你记不记得有次你坐在校车的后排，脸靠着窗户，若有所思地朝窗外看着什么，当时我在另一辆公交车上，我看得见你，而你却看不见我啊。我不觉一惊：那个将额头抵在车窗上面孔模糊的女孩是否就是晶呢？是或不是，似乎已不重要。事实是：我在欣赏风景的时候，却不料早已成为他人欣赏的风景，就像我看过无数的面孔，却不曾思考自己的这副面孔在别人的记忆里，是否也是昙花一现，或是幸运地长久新鲜下去。

什么样的面孔才能长久地新鲜下去呢？就像那一天，突然就在喧闹繁杂的汽车站外看到赤条条的他，一个傻子，或者用我们的方言说，一个孬子，一个“不好”的人。他走在川流不息的湖心路上，大摇大摆的，时而看看路边，时而看看天，一个人痴痴地笑。其实，我想他也未必真的在看，只是任由两只缺乏光泽的眼睛四处张望。他还很年轻，整个面孔非常清晰，棱角分明，甚至有些帅气，除了大脑，他身体的每一块肌肤看上去都还健康，只是呈现出长久未清洁的暗黑和粗糙。年轻的女人和孩子们都绕路远远地躲了去，边走边时不时地扭头斜斜地瞟上一眼；更多的还是按部就班地赶路，乘车，挑着担子，抱着孩子，视而不见，或司空见惯了吧。

身旁的晶当然也看见了。走过一段路，她才突然低声问我，看到了吗？看到了，我说。她笑了笑。她说以前在她的老家常常可以见到这样的孬子，有时是一夜之间整个镇上就突然多了许多这样的四处游荡的人，据说是民政局一个月一次地集中“收集”他（她）们，然后在乡镇交界的地方统统丢下，开着车迅速离开。做这事当然是在晚上，月黑风高，他们像牲口一样从田野从街头巷尾从各个暗黑的角落赶到一起，挤在一辆车上。我是相信这样的说法的，因为我也曾在罗岭目睹过如此众多“不好”的身影，只是我无法想象：月光下他们的面孔，是否也像是去赶赴一场难得的盛宴，满脸笑容？

在罗岭街上，常可以看见零零散散的他们，蹲在人家的门口或垃圾堆旁，披着胡乱拼凑的衣服，甚至也干脆一丝不挂地在街上溜达，或随意地往墙根一躺，晒着太阳，旁若无人。我曾仔细观察过他们的面孔，除了黑些脏些胡子长些，与我们的似乎没什么两样，倒是有许多“不好”的人脸上终日里都流露着美好的笑容，让人生疑，更让人感叹。印象里有一个喜欢抽烟的孬子，每次遇到他，他总在抽着极短的一截烟头，一脸的满足。街上的人都熟悉他，有时也给他烟抽，给他衣服穿，他接了，嘿嘿地冲人家笑。在我们上学放学的路上经常可以碰到他，远远地蹲在树下，看着我们，那样子倒真像个渴望上学的辍学儿童，自然我们也就不用怕他，甚至有胆大好心的同学递给他一点可口的食物。后来多少年我在外读书，倒是很少见到他，以为早不在了，却不料有一天在回家的路上又和他狭路相逢，他看着我，依然嘿嘿地笑，像是很熟识地打招呼，还是曾经的面孔，十多年了，竟看不出一点变化。无牵无挂，无忧无虑，时光对他好像也是无效且无比眷顾的。我不禁愕然，继而调整面孔，挤出僵硬的笑，却再也不是那个背着书包一脸天真的少年了。

高速路口。花园路口。红旗水泥厂。集贤关。收费站。大修厂。十里铺。八中。五里铺。帝伯格茨。黄土坑。高花亭。二环路。柏子桥。那些潮湿的、模糊的、生动的、新鲜的面孔，也像这站牌一样，一节一节纷纷退去。二十五分钟后，校车到达A大学。天已是完全的黑，下了车来，虚脱一般。忽然感觉书的封面上有一层薄薄的东西，轻轻一摸，不是雨水，却是细细的尘土！

不断死去，或浴火重生

近乡情更怯，不敢问来人。一千三百多前，宋之问说出我此刻的恐惧，只不过当时他是唐代有名的诗人、进士，而我只是一个不定期回家的乡下孩子。

首先遭遇的还是那条崎岖的小路，多少年了，依然是那样的曲折和坑洼，且感觉越来越窄，甚至容不下我两只并立的脚。表层的泥土和植被都被雨水给冲走了，只露出醒目的一道道深刻的印痕，像水井边沿被绳子勒出的凹槽一样，成为麻雀的饮水池或是蚂蚁的藏身之所。来来往往总有自行车一不小心陷进这些道道里，差点摔倒，只好推着车慢慢走过去，还忍不住回头望几眼或骂咧几句。现在，我就走在这可怜的路上，道路两旁是半人高的杂草，间或有几只放养的黑猪在草丛里觅食，当我抬起头，迎面遇上的便是这个叫"罗岭"的村子。

每个村子都有自己特定的表征，历经千年，仍然不失其本色，比如池塘，池塘里将整个身子潜在水里的老水牛，比如田野，田野上已收割的稻子和已插下的秧苗，比如山坡，山坡上安家落户的农民和草木鸟兽，如此等等，都是我再熟悉不过的。而那突然窜上来向我吠叫着的土狗，不是表示欢迎，而是满怀敌意，似乎暗示我户口簿上外乡人的身份。那是龙道友家的狗，大了很多，我认得它，它却不认得我，或许它只是象征性地叫几声；而它的主人道友就站在门前，跟我打着招呼，回来啦？嗯，回来了！我笑着应了声，却没有任何多余的话。我心中压抑的许多话，好像一路走就一路被丢弃了。他家门前的枣树结满了枣，青的，红的，大的，小的，有很多已经熟透，在风中，摇摇欲坠。

其实在这里，我只认识极少的人，我的父母，亲戚，左右邻居，小学或初中的几个同学，就这些，远没有在城里结识的朋友多。在我手机储存的上百个电话中，只有几个与这里有关，除了他们，大概也没人认识我。有时候我不得不说出父亲或母亲的名字，“哦，是和平（凤英）家的小儿子啊!”，对方说这话的时候总是很仔细地看着我，似乎在寻找我父母当年的痕迹，而我也因此在这里获得存在的身体认定和相应的辈分归属。

这当然很好，因为有的人在这儿生活了近一辈子，也没有找到自己存在的位置，他们仿佛是这里的过客，或是多余的人，他们不知道自己的来处，也不知道自己的去处，只有浑浑噩噩的现在的生活。比如八爷，一个六十多岁的老光棍，看见他，我就想起了阿Q。八爷年轻的时候有的似乎只有力气，他把大把大把的气力都花费在为别人建房子、收割庄稼、迎亲发丧等诸多乡间事宜上，却从未为自己建一所像样的房子，种几分地，或是解决自己的婚姻问题。他把劳动得来的辛苦钱，很快转换成几包好烟和麻将桌上的赌本，烟抽完了，钱也输得一干二净，再四处给人做活，抬预制板，挑砖石、稻谷，以及抬棺材，几十年的日子就这样哗哗地过去，如今他是村里不多的五保户之一，每个月领上两三百块钱，管一个人的生活，除了偶尔给人家帮帮忙，就是抱着用罐头瓶做的茶杯，站在棋牌室的角落里看别人打牌。他的眼睛常年浮肿，耳朵更是聋得厉害，要么大声说话，要么一声不吭，街上的人不得不得出结论：那个有力气能干事的八爷真的老了!

老去的又何止八爷一个人呢？我走过那些寡妇或鳏夫的门前，他们的蜗居里常年不见灯火，蜘蛛网密布在屋梁上，蛛丝悬垂下来，像一张张奇异而恐怖的抽象画，黑暗的门洞永远阴森着，透出寒气，正如我不敢靠近的他们冰冷的内心。无论什么时候，他们都不愿拉亮灯，仿佛是惧怕那耀眼的光明，他们习惯了在黑暗中一个人摸索，一天一天，一年一年。有很长一段时间，父亲总让我去街上的严爹爹家拿学校订的报纸，每次走进那间黑洞洞的房间，我的心总跳得厉害，那浓重的中药味裹挟着一个老人衰弱的身体和呼吸，也让我不由地心生寒意，呼吸困难，话语哆嗦。我从未看清过他的面孔，更不知道他得的什么病，只感觉中药味越来越浓烈，而他的气息却越来越微弱。每次拿了报纸出来，都如释重负一般，赶紧飞奔回家。现在想来，我的身后，总像有什么东西在跟踪着，追赶着，呼呼作响。许多年了，我不敢回头。

赶紧回来吧，母亲打来电话说，石榴已经红了，再不回来就都给人家摘了。石榴其实是长在邻居家的后院里的，如果没有中间那堵形同虚设的土墙，它们也相当于我家后院的一部分。邻居家的两个老人相继离开了人世，我还记得他们的样子，尤其是中风后软绵绵地躺在椅子上，斜过门口的夕阳覆盖在他们苍白变形了的脸上；他们的几个儿女也早在别的城市成家立业，极少回来，房子租给一个精瘦的老女人照看着。爬山虎郁郁葱葱，爬满了整个外墙，看上去生机勃勃，其实却反衬出无人打理的颓败。倒是院子里每年开花结果的石榴树、枣树似乎成了共享的资源，成为周围的人们进入这个房子的唯一理由。母亲好像也经常给我找些回来的理由，这一次是那些已经红透的石榴，咧着嘴，在召唤我哩！

可谁又能听懂神的召唤？不是爱神，不是美神，而是死神；不在眼前，不在耳边，而在无时无刻。那辆摩托车开得真快，像飞一样，后来的目击者反复说着这句话。他听见风声在耳畔呼啸，却无法想象那是死神向他发出的致命召唤。半空中突然断垂下来的一根电线，像一把锋利无比的利剑，瞬间横扫过他的身体，他的头颅飞出很远，而他身后的妻子也仿佛被风卷起，像一张单薄的纸片，翻滚着，摔倒在路旁，当场死去。当我在电脑上敲下这几行残酷的字词，感觉自己仿佛是在敲打着近在咫尺的死神的衣袍。那被风吹散的血腥，似乎再次凝聚成巨大的阴影，将整个村子和我团团围住。

我们像经历过大风大浪大喜大悲的旁观者，围坐在桌旁，一边剥石榴，一边聊那些远远近近的人和事。柏油路已经铺到了街尾，自来水也接进了村，母亲的农村合作医疗保险办下来了，父亲的工资改革也终于兑现了，这些让人望眼欲穿的事情在苦苦等待之后终于有了比较圆满的解答。然而与此同时，有些等待却注定无法逃脱破碎的命运。十步之外，江龙喜老人已经无法像往常一样走路，他必须借助各种物体的支撑，才能挪动沉重的身体，通常他只能坐在椅子上，膝盖上搭一件旧衣裳，从早晨一直坐到黄昏。我回来的时候，他先于我的父母听到我的脚步，回来啦，他笑着说，我照例喊一声，眼光便很快掠了过去。现在，他和他的老伴又必须接受一个突然降临的噩耗：他们的还不到五十的大女婿，刚被检查出身患癌症，肝癌晚期。他们的小儿子，我的朋友江华，正陪着他姐夫在上海治疗，他跟他姐姐他姐夫都说是肝炎没关系的会好的，像大多数病患家属一样尽可能地掩饰着这个不幸的真相，然而他又能坚持多久呢？一双正在上初中的儿女还在等着他们的父亲早日回家，可当他们真的看到经过化疗之后瘦骨嶙峋的父亲又该如何面对？年近八十岁的江龙喜望着门外，他在等待遥远的消息，而那未知的消息又将是怎样的消息？母亲说，罗岭竟出这怪事，许多年纪轻轻的突然就得了癌，老的八十、九十了，还活得好好的，白发人送黑发人啊！是水质，饮食，生活习惯，还是人的命数？聊到后来，竟没了言语。黄昏的余光随着母亲转身进了厨房，父亲也紧跟了过去，他们剥好的石榴籽散落在桌上，饱满，晶莹，红得透明，接近于白。

一夜无话。自然的声响依然清晰而热烈，我却无心过问。母亲说，菜地里还有辣椒，小白菜秧，弄一些带上吧，城里什么都要买，菜也贵得要人命。我说我也去吧，很久都没去过菜地了。曾经的菜地连同一座梨园早已因为修路而消失了，只剩下道路旁的一块地，也只有五畦，还是母亲向生产队里讨要来的，需根据时令轮流耕种，才能保证每日饭桌上都有新鲜的绿色食物，除了厨房，这巴掌大的地方是母亲施展才华的又一舞台。然而很不幸，那些母亲预留给我们的红辣椒在我们到来前被人洗劫过了，只有小的嫩的还零星地挂着，幸免于难。一定又是大胞（音），母亲显得很生气，这个大胞，老是偷人家的菜！她为什么不自己种呢？没地吗？我很奇怪地问。那不就是她家地嘛，荒着呢，母亲指指旁边，她啊太懒，整天就知道打麻将，没菜了就四处偷，冬瓜，茄子，瓠子，什么都偷，家家菜地都被她偷遍了，又没当面抓到过，你还不好找她说，哎！听着母亲的愤懑和叹息，再看身旁那几块寸草不生的菜地，我的心刹那间仿佛荒原一般，曾经那些欣欣向荣的绿意，那些朴实勤劳的身影，竟这样轻而易举地被"偷"了去，只留下一片荒芜，一片茫然。

刚近中午，便有人来喊母亲去打牌，母亲本不愿去，但拗不过劝说和诱惑，还是去了。来人是棋牌室的老板娘，地点离我家只有百米。棋牌室，这个合法公开的赌博场所，我常在大大小小的城市居民区里见到，不知何时也在这里扎下根来，不管在哪，都是一样的人头攒动，烟雾缭绕，生意兴隆。牌客大多是附近的居民，小学教师，小店个体户，以及无所事事的乡间闲人，主要活动项目已简化为唯一，那就是麻将（我从未在任何一间棋牌室见过象棋或扑克），输赢少则几十，多则几百上千。罗岭街上许多人的无数个下午，包括母亲的无数个下午，都在那一间十几平方的小屋里稀里哗啦地度过。父亲笑着说，和别人吵架受了气的母亲，输了钱的母亲，赢了钱的母亲，是不一样的，他可以从她刚回到家的脸上提前找到答案。我不止一次地劝过母亲，她那看似坚韧实则虚弱的身体，根本不能长时间低头，僵坐，动脑，受气，赢少输多的定理她也是知道的，然而在料理完烦乱的家务事之后，沉浸于四方城中找寻片刻的轻松和慰藉，似乎已成为她最后的精神寄托。不打牌，一个下午做么事呢？母亲问我，我想了半天，竟无法回答。

风落下来，吹拂松动的树叶和我翻开的书页，每一叶（页）上都密密麻麻，写满一个人的悲喜忧伤，生老病死，把它们按时间的线索编连在一起，就是整个村庄的历史吧。只是此刻，有许多身强力壮的树叶还飘在异乡的土地上，冬天的时候，他们才会成群结队地飘回故里，和守在这里的枯黄的稚嫩的亲人们短暂团聚，然后再去往城市继续飘荡。像一片树叶，或像一只候鸟，他们坚信这就是他们的宿命。而这中间，只有极少的树叶或候鸟能够停歇在灯火辉煌的枝头，重新长成一棵树，或一根草一根草地慢慢筑巢；也有一小部分因为意外，因为绝望，永远地滞留在他乡的半空中。现在的罗岭，正像一棵深秋的树，根须还在，枝干还在，树叶却禁不住摇摇晃晃，生机黯淡。

又到了离开的时候。江龙喜老人靠着门框睡着了，他的脸、头发和墙壁一样苍白；路过棋牌室，母亲正埋头专注于“东西南北”，这一次，她没有看到我的背影；人群里的八爷眯着眼冲我摆摆手，随即就被烟雾和人声淹没了。再次经过村口那陂池塘，池塘名叫龙塘，当然没有龙，只有过度繁盛的水藻，占据了整个水面，几条筷子长的鱼浮在其间，死去多时。谁能想到，在那看似平静的水面看似诱人的绿色之下，却暗藏着让生命窒息的杀机。那些缺氧的生命，注定坚持不了多久，要么跃出水面，寻找新生，要么在貌似繁荣的美好里草草了却一生：这多像一个悲喜交织的隐喻！

越来越像一个神圣的仪式，越来越惧怕自己成为悲观的听众，在不断死去的消息中，完成对一个乡村的怀念和终极叙述。我终于知道，那个近乡情怯的宋之问后来被流放钦州，赐死异乡。如果说死亡是回乡的一种仪式，那么他最终以生命完成了这首神圣而悲凉的诗歌；而如果死亡也是一种寄寓希望的“往生”，那么我何时才能看见一个在涅槃中浴火重生的乡村呢？

（选自《海燕·都市美文》2008 年第 4 期）

江南雪儿

味道在尘世

A：一只羊的讲述

想一想，记忆真像一把青草，一入水，就飘走了。

其实，记忆也像巧克力的，一枚巧克力，“咕咚”入水，掉下去，化掉。化掉的东西有一种淡淡的味道，进入胃腔，让我铭记。我在饮水，一低头，仿佛看见我祖先的倒影。我甚至想起密西西比河来，想起一个扎猩红头巾少女的样子，那应该是遥远的时代。而更远的时候，我祖先也许在幼发拉底河岸追随过摩西走进《圣经》故事里去。我是羊，我是绵软的动物，我的故事总有来历。

我记得，当年，我的皮是给一位生产大队长做夹袄了。我的肉被一群下放的上海知青加入许多辣椒调味成火锅吃了。我的骨头在滚热的沸锅里被他们熬汤，鲜膻的气味让天上的飞鸟河里的鲜鱼纷纷投入沸锅。我的味道久久不散，从此这个村庄改名叫羊村。我死去，羊村从此有名。我的一切都不在尘世，但我的味道在。人们想我就启动味蕾，曾经的味道就会复活。他们以这样的方式和我沟通，人的记忆和羊的记忆并没有区别。人们对我的记忆引发我对一枚巧克力的记忆。我因它而死，我死了的记忆就停留在巧克力里。

那一天，阳光格外灿烂，仿佛要把我的生命燃烧起来。我在桑的羊群里脱颖而出，我体内的能量正在积聚，我想把那只领头羊的威风压下去。要知道，羊在人的面前是绵软的，而公羊，年轻气盛的公羊，在羊群内部则是桀骜的，我只有出众才能超群。

我先是听到了情歌，一个男孩的声音：

哎，一年今日此门中
人面桃花相映红
人面不知何处去
桃花依旧笑春风

听到这里，我看见一个穿泡泡纱花裙的女孩，她在对岸的河边跳橡皮筋。

她唱：

一个毽子踢一踢
马兰花开二十一
二五六二五七
二八二九三十一
三五六三五七
三八三九四十一

周扒皮好吃精
半夜起来偷公鸡
我们正在做游戏
一把抓住周扒皮
打！打！打！

和煦的春风吹过来，两岸田野的紫云英一齐开放。我知道，花儿是为女孩开的；接着，风儿悠悠地吹拂，我知道，风儿是为男孩吹的。我在低头吃草，但我忽然想做人，我觉得做人应该比作羊滋润。我隐约想起我的前世就是人，我与对岸的女孩似乎认识。她拴在银杏树上橡皮筋下有一本被风翻开的童话书，我应该就是从书里走出的某只羊，我“yangyang”地唱歌，心情很滋润，就走出书，来到河边喝水。

我的小主人男孩桑应该被这个氛围深深感染，他把羊鞭子啪啪一甩也唱起了情歌：

哎，二年今日此门左
人面桃花红似火
如若人面仍还在
河水活活灌死我

我为我的小主人害羞，他唱的不好听，一点也不好听，我就笑了，眼泪把我模糊住，我就到河边去喝水，顺便也洗个脸。这时候，就在这时候，我看见女孩从口袋里掏出了东西，我一看就知道，那是吃的，是叫做巧克力的东西。不要以为我们羊都孤陋寡闻，我们是有来历的，我们的记忆在空间某个地方蛰伏着，那里很温暖，四周有水有青草，我们祖辈的灵魂就在那里安息，当我们要忘记什么或者有危难来临，我们祖先会发送神奇的密码来解密。

此刻，我收到讯息，我一定会去吃那枚巧克力，我可能一吃就要死掉，被甜蜜致死；但我宁愿死掉也要吃，我所有同类因为怕死都拒绝尝试，我就要做那第一只的羊，被一种味道杀死，虽死犹荣。我可能要死了，那枚巧克力正在落水，它从女孩手中坠落，我以为我会一口接住。很惭愧，我四脚一滑，仰面跌倒在水里，而我的主人桑，一头扑下水面，我以为他是救我，其实，不是，他在接住那枚巧克力。我最后看到的画面是：天空中的太阳很高远，一枚黑色巧克力从高处坠落，入水，无声。然后，我漂浮到岸边，被杨村后来因为我而更名为羊村的知青，美美地吃了。我能告诉你的就这么多了。

B：男孩桑的画外音

你说，我们为什么要唱情歌，我们唱情歌，就像羊要吃草，鸟要飞行一样，是自然的事情。这些情歌就像云朵落在水里一样自然就进入到我心里。我爷爷唱过，我父亲唱过，我哥哥唱过，我自然就会唱了。唱歌的时候要有好风好天，亮开嗓门，羊鞭一甩，我就是我的王。

哎，三年今日此门过
人面麻花相对搓
人面不知何处去
麻花依旧下油锅

哎，四年今日此门出
人面不见花已落
人面飘飘何所去
花自飘零水自流

许多年过去了，这首情歌在我耳边回响。在校园、在梦境、在IT职场上，歌声围绕我经久不衰。我把那个画面做成一则广告，在某知名TV播放。我想找到河对岸的女孩。汽车带她走了，她说她要回上海。我现在就在上海，最豪华的街道都有我创意的巧克力广告，我天天都能看见，不知道女孩能否看见。如果看见，她会以怎样的方式告诉我。

我不知道她在哪里，但她一直都在我心底。

C：女孩青的独白

想一想，记忆真像夜来香，轻轻一嗅，就能走进内部。我似乎一伸手就能触碰到一些模糊的东西，我投入下去，就像一粒石子落入水花。

等一下，那个镜头会显现，我记忆里的男孩桑的出水镜头，他在空中接住巧克力，如一个扑面的蒙太奇镜头。男孩桑像巧克力从水中一跃而出，画面粘稠。女子走在大街上猛然看到这则某知名 TV 播放的巧克力广告，她想哭。很久了，7 岁的时候，她就预谋要牢记它，就是等待此刻再度重逢。有时候，一些东西真的是早就发生过，我们感动，是为重逢感动。

“男孩桑像一枚巧克力从水中一跃而出……”这是发生在她记忆里的真实，还是以后追加的记忆敷设，并不是重要的事。重要的是：每当这个画面一呈现，女子眼前所有的景物瞬间销蚀。只有一枚巧克力，对，一枚栗色的巧克力，它从空中舒曼坠落，她看见它坠落的速度和品质。坠落，优雅而舒缓，以一种固有的方式，对既定的方向心无旁骛地投入。在坠落之前，它就选准了归宿，通过对方向的挺进，它一路欢歌，轻灵入水。一个坠落的姿势在空中、在时光中、在记忆中一直坠落。在巧克力落水之前，女子处于思维空缺，在这之中，她思维和过程一起下沉。她记得这个姿势，然后定格，巧克力被静止，静止在落水之前的一个时态动词中。以此为界面，之前，是关于巧克力的故事；而之后，是关于男孩桑的故事。

事实上，正是这样，男孩桑从水中一跃而起，像一条鱼接住了坠落物，没入水中，不见踪影。待涟漪平静，水中倒影着一个愕然的女孩，她久久凝视着舒展开的包裹过酒心巧克力的空糖果纸，头脑一片空白，而这片腾出的空白位置被以后不断的追想所覆盖。

巧克力坠落的走势决定着故事发展方向，上海知青送给女孩生平第一枚巧克力没有吃下但被终生追忆。

在这之后，女子不知道把故事伸展到何方。把男孩桑作为一个电影画面锲入童年时光是她一生痴迷的抒情创意，这个假想一旦种植在想象的土壤上，她看到真实的事实就以疯狂的长势让怀想繁衍成一片茂密丛林。在灯光聚焦处，音乐响起时，有一个与想象形象相仿的女孩，在一条河边的银杏树下跳橡皮筋。她唱：天上星，亮晶晶/我站大桥望北京/北京有个天安门/毛主席是我们大救星。唱到“大救星”她就站住了，她仰望天空，相信毛主席正在天空上俯视人间苍茫，天安门城楼是用水晶糖果做成的。她把这话告诉了牧羊男孩桑，桑绝对相信。牧羊男孩桑，自从在水中吞下了那枚巧克力，他就感觉自己不同凡响起来，他要与城市接近，向女孩靠拢，他对从下放知青口中传来的北京、上海这样的地方充满神往。

对面山冈上牧羊少年一高兴，就会手甩响鞭，在空中啪啪啪三响，很响亮地唱起江南情歌：

哎——
妹妹你像那桃子形呀
一边红来一边青
桃肉好似妹的肉
桃骨好似妹的心
妹的心中有别人

哎——
妹妹你好比那萝卜形呀
上青下白疼坏人
把妹挑到集上卖
上除叶子下除根
除了两头卖中心

哎——
妹妹你好比那豆芽形呀
清清白白爱煞人
把妹轻轻钩起来
四两半斤任郎称
把妹称得碎纷纷

在歌声中，岸边的女孩渐渐长大，在歌声中水中的男孩渐渐长大。

有一次，女孩对男孩说，我要走了，回城了，男孩问，是回上海吗，那，我就划船去。

此刻，在上海某大街上行走的女子青，抬头看见大屏幕电视里的广告画面，眼睛潮湿，无法挪步。而就在她伫立的这幢大楼的最高层，当年的男孩桑正在创意新一则广告：标题是：“一枚巧克力，味道在尘世!”。

（选自《散文》2007 年第 10 期）

江少宾

仿佛水消失于水

在一个偶然的没有预兆的午后，我做了一个匪夷所思的噩梦。在我的梦里哑巴死了，但死因不明。

我不打算深究这个梦的确切喻意，尽管我有足够的理由怀疑哑巴确实是死了。我甚至怀疑过她早就已经死了，只是我们谁都不知道而已。尤其是对于她来说，死去和活着，原也只对她一个人有意义。一个有力的例证就是，作为远房表亲，连父亲都不知道她的名字，因为生理上的最大特征，“哑巴”成了她的专用代称。她又识不得字，因此全部的沟通与交流，只能借助于我们的猜测与她的手势。她的哑想来是先天的，因为既哑且聋，对外部世界的感知与表达，大多来自于她的眼睛。我没有见过她年轻时的模样，她一进入我的记忆，就是个中年的乡下女人。时间在她的身上仿佛停滞了下来，每一年，她几乎都是一样的衣着，一样的面容与神情。时间对她的眷顾似乎是为了弥补上天的过失。但她的眼睛分明异于一般的农村妇女，透亮，深邃，炯炯有神。昏黄的光线里，她的闪烁的光亮，让人忘记了她是个哑巴，待得猛然间想起，必会生出大把的惋惜和痛心。她，似乎也是知道的，对着人看，眼睛总是眨巴着，有一丝羞怯，有一丝懵懂。这时候的她便像了个孩子，腼腆地笑，乌黑的眸子转个不停。没人能猜透她的心思，她这么一副样子，仿佛不食人间烟火，便是连揣测，也让人觉得好没意思。

她家和我家隔了三个庄子，她的丈夫叫代宝。代宝是个老实的庄户人，年纪也大得很了，然而他们结婚不久，代宝就死于癌症，哑巴成了庄子里多余的人。她的儿子其时也不过几岁吧，却长得肥头大耳，像个小皇帝，整天对母亲发号施令。代宝在世的时候，庄子里的人好歹还给他一点面子，代宝一走，大家觉得再没必要给谁面子了，动辄就对哑巴吆五喝六的，一言不合，还能拳脚上身。其实说开了都是些小事，比如为了鸡抢食，再比如为了孩子。

这些事，哑巴的手势似乎说不清，大约也没人愿意认真领会，毕竟，大家都有自己的事情。这时候的哑巴时常会跑了来，向母亲哭诉自己的遭遇，然而却是越哭越比划不清。母亲的心里时常也是忿忿的，但终究无法，何况，这都是些上不得台面的事情。记忆里，哑巴总是一面哭，一面抬头望望屋后的巢山，似乎，她是希望代宝能听见她的哭声。

代宝在世的时候，她几乎是世界上最幸福的女人。代宝对她的宠爱，怎么形容都不算过分。她显然也是懂得的，所以一言一行都溢着幸福，知足的笑容洒得满世界都是，好比是个蜜月里的新妇，长久地浸在蜜罐子里。然而她的幸福却让许多人看了不舒服，凭什么呢？不过是个哑巴而已。她却不懂得这些，事实上她也不能够懂得，既听不见，也看不懂，仿佛，她就是世界的唯一与中心。祸根应该就是这时候埋下的，潜伏在庄户人的心底，仇恨的种子，在无数女人的心里萌芽，在无数男人的心里生根。仇恨总是有着旺盛的生命力，只消一滴泪水，就足以长够人的一生。事实上这样的仇恨几乎无处不在，哑巴不能够懂得，在她的眼里，世界就是代宝所给予她的那个样子，大约她也以为，代宝就等于世界本身吧。

她一直在长久的宠爱里沉陷，她眼前和心里的世界混沌而原初，艳阳高照万里无云。这样的不谙与不懂，在代宝过世之后，终究使得她的世界归于坍塌，整个世界都失去了原有的平衡。她的眼睛正是在这时候失去了往日的光泽，取而代之的是死鱼眼似的灰白色，像一块积尘遍布的旧抹布，再多的泪水，也洗不干净。时常，她就长久地枯坐在门槛上，面对着巢山，蓬松的长发，像旧年的枝丫。一股馊腐的气味，从她的发间向外弥漫。

而代宝在世的时候，她的一头乌发飞泻如瀑，老远，就拽住了人们的目光，老远，就赢来了人们的啧啧赞叹。

这颠覆乃至毁灭般的巨大变化并没有引起更多人的注意，一切——除了生病，或者是暴死——在人们看来，都像是家常便饭，实在稀松平常。她更多地出没于庄户之中，形容枯槁，双目无神，冷不丁地看上去，仿佛一个梦游的孤魂。大约就是从这时候开始，庄子里的人都拿她来威逼不听话的孩子，他们说，哑巴来了，还不睡觉！哑巴来了，还不吃饭！甚至，连我的小侄女，也被母亲这样的言语吓唬过几次。侄女嘶哑而仓皇的哭声淹没了哑巴的脚步，她的脚步原本就像踩在棉花上，除了雨雪天气，几乎很难听见脚下的声音。她如此的飘荡越发惹起人们的气恼，远远地见她进了庄子，就把孩子唤进了家来，鬼撵着似的关上了大门。也许，大家都在心底里认为，哑巴是个命硬的，所以代宝才会五十岁不到就死于癌症。这样的说法在女人们中间广为流传，她们甚至还说，别看她装的那个小媳妇样，叫得那个响喔，几里路都能听得清。我偶然间听到了这个说法，也不知道为什么，心里一直堵着难言的痛。

——她们其实也是想的，只是，她们想叫但没好意思出声。

——而哑巴是个聋子，叫得再响，她自己也听不到自己的声音。

这就是哑巴和她们最大的不同。哑巴活得本真、自我，而她们，更多的是在为别人活着。哑巴因此成了个异端，巨大的排斥，让哑巴无处容身。后来，除了我家，哑巴几乎已经没地方可去了，谁都不搭她的哭腔，谁都不理她的手语。在大家的心里，哑巴已经和那些走村串户的乞丐们没有了任何不同。虽然那些年，乡村里的乞丐已经越来越少，已经越来越是真正的乞丐了。

除了少不更事的孩子，哑巴，已经没人愿意亲近了。

哑巴心里其实是清楚的。从我上了高中之后，哑巴去我家的次数越来越少，渐渐地，似乎忘了在这个世界上，还有父亲这个远房表亲。父亲和母亲仿佛也忘了哑巴的存在，平时，我从没听他们提到过哑巴的事情。那几年哑巴到底是怎么过来的，现如今，我无法作任何揣测了。大约除了消失，哑巴的确已经无路可走了吧。

——她的儿子叫根宝。十岁那年，根宝第一次对她的母亲举起了菜刀。

——她的叔叔叫代林。也是在根宝十岁那年，有人目睹代林骑在哑巴身上，像杀猪似的，满世界都是哑巴嘶哑的喊叫。

这两件事，我都没有亲眼见到。但我相信，这样的事情从来就不大可能无中生有。尤其是对于一个哑巴来说，有制造这类谣言的必要吗？虽然她们一直就需要一个对手，但这个对手从来就不是哑巴，到底是谁，估计她们自己也未必知道。

其实这已经不重要了，重要的是，不久之后，哑巴就彻底地消失了。消失得干净而彻底，仿佛水消失于水，没有任何痕迹，也没有任何预兆。

就仿佛，她并不是真的消失，而只是和大家开了个玩笑。

六年之后的这个午后，我没有任何预兆地梦见了哑巴。在我的梦里哑巴死了，然而死因不明。

梦也不知所终。像与世界无关且去向不明的过客。

我抽出枕着的《圣经》。安静的《圣经》。这本书上说，“有些人的消失和诞生，除了我主，无人知晓。”仿佛风消失于风近来忽然喜欢了走路。一个人走路。一面走，还一面四处乱瞅。看见路上衣衫褴褛的乞丐，我总要停下自己的脚步，定定地看向他，想从那张风尘遍布的脸上看出蛛丝马迹，我是怀疑那就是三娃。

孬子堂哥行三，呱呱坠地的时候，五叔五婶就随行给他取了个名字叫“三娃”。三娃五岁的时候，得了场小儿麻痹症，命虽说是保住了，但四十度的高烧，烧了五天四夜，硬把一个正常的脑袋给烧糊涂了。大冬天的赤脚也不知道冷。玻璃划破了脚趾也不知道痛。久而久之，一村的人就把“三娃”这个名字给忘了，都喊三娃“孬子”，连五叔五婶也这么喊，和三娃差不多大的我们更这么喊。五叔五婶当年的家境并不宽裕，再伺候一个将来很可能只会好吃懒做的孬子，也确实是一件头痛的事。村子里的人都说，算了吧，他五婶，早点送出去，早点省心。在当时的巢山，别说是孬子，便是正常的刚落地的女婴，也会被传承香火心切的父母远远地送出了门。但五叔五婶终究舍不得，便是小猫小狗，也是一个活物，更何况是自己十月怀胎辛辛苦苦孕养的人。五叔五婶终于没有把三娃送出去，而是一把鼻涕一把泪地把三娃抚养成人。

然而世事真的难料。在那些艰辛的岁月里，三娃却长得没心没肺的，到得成人的时候，竟已是虎背熊腰，出落成了一个壮劳力，百把斤的稻子，三娃像拎仔鸡似的，只一用力就上了身。五叔五婶于是安慰了些，田间地头的粗活，都交给了三娃，三娃也确实不负五叔五婶所望，田里的农活，五叔五婶几乎不需再费心。大约造物原就是公平的，这一头欠缺了，一定会在那一头给予相应的补充。孬子的天赋在做田上头体现得淋漓尽致，绿得滴油的麦浪、翻滚如雪的棉花、黄得耀眼的稻子，让一个庄子的人，羡慕得不行。羡慕却又不好说出口，只好归结于天命。毕竟，孬子不善于表达（估计也不知道该如何表达），他手里的活儿于是被越传越神。村人一直想破解这个谜，并试图找出其中潜伏着的规律。但一切努力终都是徒劳，三娃总是答非所问。这个谜使三娃充满了另一种色彩，“三娃”这个名字也因此得以回归，背后自然还是叫“孬子”，但在人前，再也不会出现：“孬子”这样的称谓。你才是孬子呢！看人家三娃那田种的！

是啊。看人家三娃那田种的！三娃第一次体味到了成功的快感，并乐于把这样的快感和我们分享。这样的快感不仅仅属于三娃一个人，还属于追赶在三娃后边的七宝、我和莲花。这些追赶大多出现在秋后的田野，秋后的田野颗粒归仓，整齐的稻茬还没来得及发新芽。三娃就奔跑在这样的田埂上，秋后的暖暖的太阳静静地流着，三娃因奔跑而流汗的发梢上镀上了金色的光芒。三娃三娃，莲花喊，你翻个跟斗看看。三娃于是听话地翻起了跟斗，一个接着一个，身手灵活得有些夸张。累了，三娃爱在荸荠田里睡觉，才五分钟的光景吧，三娃的鼾声就夸张地响了，嘴角的涎水拖得老长。“孬子孬，吃鱼鳔；三大碗，堆多高。”我喊起了民谣，七宝和莲花于是也跟着起哄，三个人的声音几乎已是震天响了，但三娃的鼾声还是此起彼伏的，几天都没有睡觉一样。最后还是莲花找来一根硬硬的稻茬，先是掏三娃的耳朵，但三娃还是没醒，莲花大约也是恨不过，又把稻茬捅进了三娃的鼻孔。三娃这回终于醒了，但醒来的三娃竟孬性大发，他一骨碌爬了起来，趁莲花不备，不言不语地就把她的裤子给脱下来了。莲花其时的个子和我们一般高，但她的下身已经长出了稀疏的绒毛，稀疏的绒毛在午后的风里摇摆，反射出令人目眩的光。莲花傻傻地站着，仿佛也孬过去了。也不知道时间究竟过去了多久，等我们意识到什么的时候，三娃已经痛苦地蹲在了地上，气色非常骇人。我们都没有见过那样的脸色，黑里泛紫，泛红。莲花提起裤子首先哭了，七宝跟着也哭了，最后，我也哭了。

三娃在这个秋天的午后再次成了孬子。罪魁祸首是莲花，而我们是同犯。

那个秋天的午后其实也是一个平常的午后，但从那个平常的午后之后，小村里的时光仿佛是电影里的慢镜头，慢得直让人觉得发慌。那个午后之后，三娃总喜欢把自己的下身全部脱光，尔后就是不厌其烦地抚弄自己的下身，直到把它抚弄得生机勃勃斗志昂扬。这样的场景不仅出现在房前屋后，更多的时候三娃是一路走一路摸，呵呵地傻笑里写着特有的快慰，这样的快慰给其时的村庄添了许多的欢乐，但却把五叔和五婶逼进了巨大的羞愧。忍无可忍的五叔和五婶终于把三娃锁到了屋子里，除了一日三餐，三娃再也不能把自己的物件在庄子里四处展览。

三娃被锁了大约半年之后，五叔随着村里的打工大军，去了长江那边的乌沙镇做工，田里的农活全留给了五婶一个人。五婶起早摸黑地忙活，却秧不是秧苗不是苗，几乎每一步都落在了人后。无法可想之下，五婶终于再一次把三娃领向了田埂。三娃虽是一样地傻笑，一样地喜欢抚弄自己的下身，但三娃几番打理下来，田里却实实在在地换了副光景。五婶终于叹了口气，站在田埂上，一面是欣喜，一面是落泪。三娃于是又成了一个自由人，他呵呵傻笑的样子以及公开的自慰行为，成了村子里令人心酸的风景。

颗粒几度归仓，冬麦几度摇霜。就在莲花出嫁、我读高二那年，三娃没有任何预兆的失踪了。没有人知道他去了何方，也没有人知道他走的哪条路，只知道他走的那天穿了件瓦蓝的衣裳。

五叔和五婶四处寻找，村子里的人也帮着四处寻找，但就像风消失于风，三娃再也没有回头。

时常还有孬子进了村庄，五叔和五婶便跟了去，一个个地细问，一个个地盘查。但孬子就是孬子，怎么能说出个所以然。不间断地也有些消息传回了村庄，这个说看见一个人很像三娃，在安庆的大街上流浪；那个也说在南京看见了三娃，但三娃看见了他就跑，身上穿着一件破了的瓦蓝的衣裳。于是先后循风声而去，但所见的都不是三娃。半年之后，各种传言再也无声无息，渐渐地，村人仿佛已经忘记了三娃，只有五婶和五叔不肯死心，逢年过节的，总还要出去找找的。

日子久了，五叔和五婶终于也不再去找。五婶总是一副傻傻的样子，在庄上走，遇见一个人，说，要点棉花了，三娃也许就要回了。是啊是啊，也许就要回了。五婶于是笑了。再走，又遇见一个人，又说，要栽秧了，三娃也许就要回了。是啊是啊，也许就要回了。五婶于是又笑了……

二十年，就这么过去了。

每次回巢山，村子都不复是旧年的景象。丛生的狗尾草矮了又高了。匍匐的荸荠绿了又黄了。弯腰驼背的五婶已经习惯了沉默，面容上的哀戚也已没了痕迹。仿佛一切都只是一个幻觉，仿佛一切从来就没有发生过。

时光真快。晚光真好。

只是我梦里的三娃还在秋后的荸荠田，一面风一样地翻跟斗，一面对我憨笑。

——他梦见过我吗？我不知道。

（选自《散文2007精选集》，百花文艺出版社，2008年1月第一版）

我的幸福是一种罪过

一

灰尘。那么多的灰尘。飞扬，或者盘旋在低空。我从身前的车辙里，从身侧的后视镜里，一次次地看见这些夹道相迎的身影。我相信：只要我一伸手，就能够握住它们。只要我探出头去，就会身陷其中。

在决定回乡的前夜，母亲说，你放心吧，路修得排场，小车可以一直开进牌楼村。而此刻，我就颠簸在牌楼村的机耕路上，代替母亲迎接我的，是夹道而来的灰尘。它们比我更为执著，像这条惟一通往境外的机耕路，十几年了，路上的积水，依然在照彻自己年轻时的面容。我出门时，它们夹道欢送；我归来时，它们夹道相迎。它们似乎一直记着我的样子，而我的远行和归来，对它们而言，都像是生死之约，一诺千金。

从密封的车厢里下来，我依然是一头一脸的灰尘。事实上，正是这些灰尘使我看上去，更像是一个牌楼村里的农民。我喜欢这样的形象，这使我可以近距离地靠近，乡土和母亲。我甚至有意说起了乡下的土话，我不想让人们从我的口音里判断，我是个轻易忘本的人。在城里，我努力地学说普通话，我也只有说普通话，否则，我会被认为是个不合时宜的落伍的人。我不想落伍，如果我落伍了，会使母亲非常伤心。从土话到普通话，在我，是一个艰难的训练过程。事实上，一个孩子一旦接触到普通话，普通话就成了他的方向，而土话则成了他的敌人。一种话语所代表的文明以及文明背后的力量，从来都无与伦比，一直都居高临下。也正是这些共同构成了土话的天敌，构成了城市对农村和农民的威慑、歧视和阻拦。

母亲打水给我洗脸，顺着母亲的背影走过去，我便看见了六岁那年的水井。布满青苔和地衣的水井。六岁那年，母亲去田里上工，比我大一岁的花莲带我在水井边玩，谁知道呢，我踩上了青苔，一失足，就跌进了夏季满满的水井。我应该是挣扎过了，但没有出声。我一向不喜欢出声，即便是可能的死亡，也无法改变我的本性。花莲当时应该是吓傻了，只知道一个劲地哭，却不知道伸手抓我一把，或者是呼救。我是被放学的红海给救上来的。红海，其时大约是上高中了吧，他比我高一个头，比花莲高半个头。据说他一伸手，就抓住了我的头发，又抓住了我的胳膊和衣袖。我在红海的手上看到了一小撮湿漉漉的头发，花莲还在“呜呜呜”地哭，红海恨命地瞪了她一眼，尔后，又摸摸我的头。

我没有一丝痛感。相反的是，哭泣的花莲让我感到了害羞。我后来很长一段时间都懒得理花莲，我宁可一个人玩，我宁可不要她的冻米和花生。花莲的母亲，我的五婶，为此一个劲地向我母亲道歉，还送来了十几个鸡蛋，言语里陪着小心。鸡蛋，是月子里的妇女才有资格享受的“补品”，看在鸡蛋的份子上，我终于和花莲重归于好，只是，花莲再也不敢带我去水井。水井，也几乎成了我童年最大的禁地，没有母亲的容许，我断无接近的可能。

我一直对水存有巨大的排斥。及至到了今天，江边长大的我，对室内豪华的游泳池，也提不起一丝精神。平静无波的水面是个蒙蔽，埋藏着重重的危机，和无数的可能。多年之后，我去了江边的藕山中学读书，黄昏，浩荡的江面上，时常可见渡江的水牯，或者是水性好的男同学。但我依然存有巨大的心悸，他们的每一次沉浮，都像是出没在我的心脏里。我不能体味游泳的快感和乐趣，这成了一个宿命，或者是，童年的那次阴影，我一直无法挥去。经年之后，我读到毛泽东的诗句：“到中流击水，浪遏飞舟。”我才于浩荡的诗意里懂得，这种后天的缺失，于我，几乎就意味着再一次蒙蔽。

事实上，许多源自童年的经验都是一种蒙蔽。但无法更改的事实是，它们似乎都有着一种神秘的走向，沿着你的血脉，一点点地，渗透进你的骨头里，让你在经意或不经意间，改变了自己。

二

童年睡过的被褥早已荡然无存。取而代之的，是母亲特意为我赶制的一床新被子。它厚实而温暖，有一种阳光的味道。我身陷其间，身下是同样厚实的床板，中间已经凹了下去。静极的乡下，几无人声，朦胧间，我一直能听见母亲在堂屋里来回的脚步。细碎的脚步。高低的脚步。

这是还乡第二天的早晨，我能闻见从灶间弥漫出的鸡汤的香气。昨天母亲说，去年养了三十多只小鸡，但存活下来的，不到四分之一。去年，村里闹过一次鸡瘟，母亲告诉我的时候，我怀疑是禽流感，便在电话里让母亲去山上深埋，再把那些健康的鸡适当地进行隔离。母亲是个地道的文盲，看不来报纸（事实是也没报纸），也不喜欢看电视，常常是天一黑，头就陷在枕头里。母亲对我的话一直是信的，她多次这样教育乡下的侄女：你小叔能过过的，写了许多字。你不好好念书，就不认得小叔的字。但这一回，母亲没有听我的，她不但没把鸡群进行及时的隔离，还吃了那些死去的鸡！我知道母亲是舍不得，母亲说，干吗要埋呢，能吃的。母亲这辈子，从没浪费过一样“不该浪费的”东西。家里的针头线脑，只要是能利用上的，母亲都藏在自己的床头柜里。母亲吃到第三只死鸡的时候，就发起了低烧，吊了三天水，灼热的红晕还是没有从脸上撤离。我在城里，母亲在乡下。我便在电话里埋怨起了母亲，甚至发起了脾气。电话那头的母亲像个犯了错误的孩子，低言低语，终于不再坚持自己认定的“道理”。母亲的低声下气，让我生出大把的心痛，仿佛，她真地成了一个孩子，而我，是个大人似的。

那一次，我没能回乡下。母亲的病症，也仿佛懂得她的心思。一个礼拜之后，母亲就不治而愈了，低烧来得突然，去得也很神奇。母亲便认定，她的低烧，和吃死鸡没有任何关系。好在母亲只是嘴上不肯承认自己的错误，再有死鸡，母亲都差侄女给扎上一根红丝带，然后再扔到门前的白荡湖里。我终于不好再埋怨母亲。晚年的母亲成了个虔诚的信徒，在她的信仰里，死去的动物要想超生，只有凭前生留下的印记；母亲还相信，天国就在水的尽头，沿水而下，总能找到自己想要的东西。我一直无法理解母亲这种奇怪的理论，但我相信，在母亲的精神世界里，她的理论，一定有她自己的道理。

我不知道母亲是什么时候成的信徒，而母亲也像怕我反对似的，一直没敢告诉我。小时候，我怕极了母亲，谁知到了现在，母亲竟然怕起了我，和我整个地掉了个个。我是很迟才意识到这样的变化，那是什么时候呢？记忆里，却又一片模糊，无法具体搜索。回家的当天，我就在灶间的墙壁上，看到了母亲供的神龛，上面是一尊乡间习见的观音菩萨。我从前用过的“书桌”上陈放着一只香炉，袅袅地燃着三柱香。但第二天，神龛就掩藏在一块辩不清颜色的布帘后面，“书桌”也挪到了我原先写字、做作业的地方。我不知道母亲是什么时候挪走的，记忆里，那张四四方方的书桌是杉木做的，有着沉甸甸的重量。

母亲对类似的话题都非常敏感，比如巢山庙和土地庙。但我知道，巢山庙里的香火一直非常兴旺，号称“小九华”。第二天一大早，我和妻早早地就起床了，我说，妈，去巢山庙吧，我想敬敬香。母亲的脸一下子就变了色，像是我当面戳穿了她的谎话。但母亲终于掩饰不了自己的喜色，她几乎是一步一跃地去了自己的后屋，拿出了早就准备好了的一挂鞭炮、一块糕点、四个苹果和三柱香。拿出东西的母亲不再看我，她慌慌地走在了头里，步子显出从未有过的健康。

我不知道那里究竟有些什么，让母亲在瞬间就起了这样的变化？

巢山庙不大。在我所见过的庙宇里，巢山庙可能是最简陋的一家。穿过牌楼、新庄和唐庄，巢山庙就到了。不高不矮的几处建筑，散布在巢山的半坡上。正月初一的香火果然鼎盛，小小的院落里，铺陈着一层厚厚的烟花的纸屑，和散落的檀香。一脚踩上去，扬起烟花细碎的花瓣。许多人和母亲招呼，许多人给母亲问安，连庙里的住持，也紧握着母亲的手，说，菩萨保佑你啊，四娘（父亲在家族里行四）。

站在人群中间的母亲，在香火袅袅的气息里，喜形于色，神采飞扬。那一刻，我似乎才懂得，母亲何以不愿意来城里，而是始终坚守在遥远而贫瘠的乡下。

三

第三天，我去给五婶拜年。几步路就到了，正好，我的堂哥宝玉也在家。

我去的时候，宝玉正在和五婶吵架。宝玉一直在湖南打工，前年，认识了一个当地的姑娘。宝玉早就在牌楼娶妻生子了，谁知道竟好上了那个湖南的姑娘，一来二去的，就再也舍不掉了，还偷偷地养了一个娃。宝玉这回回来是想离婚的，但五婶坚决不让。

这像什么话？除非我死了，老兵啊！五婶见到我，像是见到救星一样。

五婶的话是地道的巢山话，城里的妻自然听不大懂，就对我投来疑惑的眼光。我自然只有笑笑，因为我知道，妻无法理解，五婶何以会这么决然。其实决然的绝不仅仅是五婶，在整个巢山，几乎没有一个人，有这样的勇气和胆量。舌头底下压死人呢。这话，是母亲的口头禅。我几乎从小听到大。花莲那天恰好也回了娘家，这个比我只大一岁的乡下妇女，有着比我大十岁的脸庞。从母亲的嘴里我才知道，花莲在我上大学那年，就嫁给了一个渔民的儿子，那个矮个子的小男人不仅好赌，而且还生就一副蛇蝎心肠。花莲嫁过去四年就怀了四胎，第一胎是女儿，第二胎是女儿，第三胎还是女儿。生到第二胎的时候，小男人就对月子里的花莲动了手，花莲为此睡了两个月，一直不能下床。一直到第四胎，花莲才从小男人的脸上见到了曙光，五婶才从小男人的脸上看到了太阳。不怪人家呢，五婶说，要怪也只能怪花莲啊，人家张腿就是一个带把的，张腿就是一个带把的，就这个小逼，肚子这么难讲话！

唏嘘的五婶抹起了眼泪。妻呆呆地站在她的旁边，像傻了一样。

站在五婶家的檐下，能清晰地看见我曾多次说过的巢山。现在的巢山像屋前的良田，成片成片地抛荒；现在的巢山起伏着无边的松涛，人高的芭茅草在风中摇摆，云彩的阴影，飞快地掠过它们的身旁。也只有从这里，我才可以感受到静谧间溜走的时光，但它们，却显得那么地虚幻，那么地无法捉摸与无法想象。

穿过五婶的灶台，就可以去到我曾多次撒欢过的田埂上。油菜低垂，河湾喑哑。硕大的风声，刮过我的脸庞。我只看到了几畦萎顿的荸荠，更多的儿时的良田，一片空旷。勤劳而质朴的乡亲似乎都失踪了，老黄牛似的品质，好像也不见了。怀恋是没有意义的。而事实上，勤劳也像是一种圈套，它使得一段时间以来的父老兄弟，再也没有闲心和精力，考虑别的事情。更主要的原因可能还在于，除了在地里勤劳地刨食，农民们实在想不到更多的法子，养活一大家子人。就在前一阵子，江淮大地遭遇了一次长达两个月的秋旱，下乡采访的同事回来说：农村的当家塘几乎都见底了，再不下，人畜用水都够戗（我们的新闻会这样说：农民们已经学会了合理地利用水资源）。另一拨记者带回来的消息则是，地里的油菜和雪里蕻都卖不上价，许多农民明年都不准备再种油菜了，种小麦（我们的新闻会这样说：农民们已经认识到农业结构调整的重要性，并积极投身于结构调整）。但如果小麦再卖不上价呢？农民兄弟们剩下的路，似乎就只有去死了。最离谱的是雪里蕻。雪里蕻从下种到收获，一般要一百多天才行，但现在，上市的雪里蕻才卖一毛五分钱一斤，就算不算他们为此化去的气力，单算肥料和腌制这两项，怎么卖都是亏本。可不卖就只能烂在窖里，更亏，只好卖给联合压价的商贩。许多商贩还是靠贩卖雪里蕻起的家，有的，还是本乡本土的乡亲。这些已经远离了乡土的商贩们，刚刚依靠农民们完成了自己的原始积累，可他们一旦华丽转身，就把土地给予过他们的恩情忘得精光。农民兄弟们还说，这日子还得过啊，实在不行，就去城里给人看大门，也没别的本事了，就怕连看门都没人要啊！

农民兄弟们的顾虑并非没有道理。堂弟一鸣初中毕业之后，一直漂泊在常州、南京和无锡等地，前两年一鸣想来合肥打工，让我帮忙和有关单位联系联系。在一鸣看来，我是个记者，熟习的人多，又好歹是个作家，找一个合适的单位，应该不难。然而事情远不是一鸣想的那么简单，在这个下岗工人满街走的省会城市，没有一家单位能给一个记者或作家什么面子。对于一没有专业技术二没有文凭的农民工来说，最合适他们的工作，只能是风餐露宿的建筑工地。然而，我无法对我的堂弟解释这些，也无法把这些冰冷的现实，说给那些盲目进城的农民兄弟。

看着记者们拍摄回来的新闻，我一阵阵心酸，一阵阵心痛。想想自己做了那么多的新闻，也写了数以万计的文字，却从来没有准确而真实地再现过农民兄弟们。新闻画面上的农民还是田园牧歌里的农民，纸上的农村还是乌托邦里的农村。中国的现实农村复杂而多元，虽然不排除有田园牧歌的可能，但“炊烟”消散，满目疮痍，更多的农民一直都在挣扎，他们所过的并不是生活，而仅仅是最起码的生存——他们作为一个自然人的最基本的平等权利，一直就被无情的体制残忍地剥夺了，农民兄弟们在一天天的生，其实也是在一天天的死。每每看到那些粉饰太平的文字，每每身不由己地指令记者们去拍摄反映农村巨大变化的成就性新闻，我就生出大把的厌恶和愤恨。比照于广大的农民兄弟，我们所谓的疼痛与悲苦、风花与雪月、郁闷与虚无，显得是多么的无耻与矫情！

四

第四天。在去往白荡湖的路上，我意外地遇见了红海，他在河湾处补菜籽，身后站着一个十一二岁的小男孩，鼻涕拖得老长。红海似乎是很随意地看了我一眼，尔后又低下头，但我还是看见到了从他眼角里瞥过来的余光。我刚叫了一声“是红海吧？”就听见他哑着嗓子在说，是你啊，回来啦？我上前想握一下红海的手，红海就慌慌地把手在衣上擦了擦，尔后才递给我，说，手脏呢，啊、啊，这是你烧锅（方言，即爱人）的吧？我点头笑笑，眼睛就看向了红海。红海的手遍布老茧，眼角的皱褶像是把打开的折扇。

红海生了三个孩子。最大的孩子，去年底，自己也做了爸爸。四十出头的红海已经爬上了爷爷辈，这让结婚不及一年的我，感到些许羞愧。在村子里，四十出头就带孙子的，不只是红海一个人，但能读完高中的，红海估计是当仁不让。乡村里的爱情大多是在黑暗中完成的，夏季村前的草垛、巢山上的芭茅丛，以及国兵家那个废弃多年的牛栏，都是乡村爱情的主战场。他们的爱情确实像是在打仗。我和五婶家的孬子，就多次遇见过裤子褪到脚后跟的男人，把赤条条的女人压在自己的身下。男人粗鲁的喘息声、女人嘤嘤的呻吟声，一直像一记鞭子，抽打在我的心上。这一切，也使得我的初恋有了一个黯然的背景，烟花般寂寞，烟花般绚烂。——许多时候，我们的初恋，都来自于某个特定的背景，剥离了这些背景，我们的初恋都会显得极其荒唐。——同许多人的初恋一样，我的初恋注定也是失败的，有着天生的无法回避的缺陷。与他人不同的是：许多年过后，我一直拒绝对初恋的诗意回望。那不是诗意，那是在成长的过程中，我们都要付出的代价。岁月是初恋的天敌。经历的岁月越多，初恋就愈发显得不堪。如同我对乡村的情感。十几年来，我一直无法对我的乡村作一次诗意的回望，它们早已深入我的骨髓，溶入我的血脉，简陋、贫瘠、愚昧、营养不良，甚至是自存自亡。在中国乡村庞大的枝头，我的乡村其实只是一枚随时都可能凋零的叶子，但曾几何时，我是那么固执地以为，我的乡村，有着举足轻重的重量。

高中毕业之后的红海，就去做了村小的代课教师。转正无望之后的红海，酒后失德，强奸了一个邻村的姑娘。事情都过了一年多了，那个姑娘却腆着一副大肚子找上了红海，姑娘的两个哥哥跟在她的身后，凶神恶煞一样。在娶她和进班房之间，红海无奈地选择了前者，在村头搭了两间小披厦。顺红海的手指望过去，我看见了他的家，两间低矮的瓦屋瑟瑟在风里，那么落寞，那么孤单。

我再次想到了六岁那年的水井。想到了正是眼前的这个人，站在井沿上拉了我一把。我很想告诉红海，我的后脑勺子上，至今还有一小块没毛的伤疤。

握别了红海之后，我一下子就失却了看白荡湖的兴致。昔日的浩淼烟波，远远地望过去，如今一片浑黄。我能看到什么呢？除了表明我是个“衣锦还乡”的游子，我实在找不到更多的理由，需要近距离地去接触它。我不想变得那么矫情，尽管城里的妻，一直想看看白荡湖，——它多次出现在我的笔下。

五

曾二娘死了。我回来的时候，母亲忽然说。

曾二娘其实上半年就死了。记得母亲曾经在电话里，告诉过我。我讶然地看了一眼母亲，这两年，母亲格外健忘，一些曾经说过的话，总要重复两三遍，那些陈年的物事，母亲总像晒霉似的，重新翻出来晒晒。

母亲还说，瞎二爷也死了，死得那个惨喔。我这才知道，瞎二爷见牛进地啃麦苗，就跑去撵，谁知道就被田埂拌倒了。瞎二爷在床上哼唧了一夜，第二天一早就断气了。瞎二爷的儿子现赶了一口棺材，几乎是量身定做的了，可谁知道，入殓的时候，瞎二爷浑身就像膨胀开了的气球，嘴巴鼻孔都在冒血，连做好的棺材都没办法再用了。

车福也死了，他儿子和你同学，记得啵？母亲又说。我再次感到了惊讶，车福的年纪比瞎二爷还小。更让我惊讶的是，车福的死是因为感冒。车福家的用乡下的土方子给车福褪烧，烧没褪掉，又起了咳嗽。车福家的再次找到了一味对付咳嗽的野草（我一直奇怪，这些土方子，究竟来自何人的创造），自然也没能治好。车福这才被送到了镇上的卫生院，才吊下去半瓶水，人就没气了。

唐庄的来保，最亏！母亲最后说，年纪轻轻的，吃瘟鸡，死掉了。

噢。

……

六

村子周围的村子，都树起了高高的楼房。人家的琉璃，在早起的阳光里，折射出眩目的光。这是小村留给我的不多的安慰，从而也使得我的还乡之旅，有了一些赞美诗般的韵律与美感。但是，也不是并不是所有美好的事物，都经得起时间的推敲与击打。生活并不如想象的那么美好，迄今都是，从来都是。在这些楼房的背后，其实匍匐着许多的空巢，也有大片的稼禾正在消失、沤烂与死亡。

这是还乡第五天的早上。我知道，我正在一点点地远离田地、稼禾、老屋与村庄。事实上早从1991年起，我就已经远离了生我育我的母亲，和那个名叫“牌楼”的小村庄。我已经无法再回到过去，——一旦我们接触到知识，就无法再回到过去。——这一点我们起先都没有意识到，只有万能的上帝意识到了，只有一条蛇意识到了。——知识让我远离了村庄，知识也让我进一步认识到，我生活了十八年的小村，原来并不是世界的中心，她是那么地微不足道，那么地接近于消逝与死亡。事实上，从回家的第一天起，我就嗅到了一种黄昏般没落的气息，在沤烂了的猪粪之间，经久不息，丝丝弥漫，尔后，一波波涌来，一波波消散。

我只在小村呆了五天，比计划中的一周，提前了两天时间。在后来的两天里，我感到了从未有过的焦虑与不安。妻子则更是。只不过，对她而言，我的乡村还有一种老电影般的新鲜感。我于隐隐间觉得，总有一天，我的村庄会静悄悄地消亡。事实上，我说的“牌楼”其实就已经不存在了，合并进了一个叫“唐罡”的村庄。我的村庄已经被提前遗弃，像城市里巨大的垃圾场。而事实上所有的农村，也都像是城市的垃圾场，或者是，菜市场。这让我感到无助，感到迷茫。在渐行渐远地逃离里，我知道，我也只能无助而迷茫地对她进行回望。直至我自己，最后的死亡。

因为我知道：尽管她落后，尽管她贫瘠，尽管她不健康，但我，永远无法遗忘……

金国泉

跟着一枚秋叶飞翔

我一直固执地认为秋天的树叶不是随秋风飘落，而是跟秋风一起飞翔，那么不顾一切，那么勇往直前。比此刻在田野上散步的我们更加坚定沉着。因为没有谁能为秋叶设计一幅回家的路线图，或许，这种飞翔本身就是一种回家的方式。有哪种飞翔不最终回到地面？从这种意义上讲，树叶一长出就开始了它飞翔的一生。因此，它现在开始沉静，向下、一直向下，就在不远处将自己坦然地抛在池塘里、草坪上，甚至就在你我的脚边。即便是纷纷扬扬，也不叽叽喳喳，像这身旁的溪水，夏季里肆无忌惮的溪水，此刻开始下沉，开始慢慢向东流去，也不停留，不徘徊，无声无息。有声有息也那么悦目赏心。

它能在什么地方停留？谁也不知道，也不必知道。

秋风一阵接着一阵，将路面上的尘土卷起，将旷野上的野花野草一再摇动，同时也一再使这些野花野草倾情绽放，沁人心脾。秋风是在提醒什么，还是在寻找什么？我一直想不出，也想不通。或许这就是人与世界的距离，也是人与自然的鸿沟所在。有了鸿沟因此就有了一切。

我自然也在这一切之中。虽然，我找不到这鸿沟，但我就是有这种感觉。我不知道这些树叶是如何挣脱它的树杆的，正如我不知道这些树叶是如何被它的母亲孕育出来一样。事实上这种挣脱准确地说是一种放弃，一种守卫式的放弃，那么自在，那么不可阻拦与忘情。也许它要在此时才能发现自己是存在着的，喷薄而出。此前的岁月似乎是一段空白，郁郁葱葱、伫立眺望地护拥着树干，让树干向着天空伸展，向着天空绽放。在这种空白之中，我感觉最深的就是这些树叶在正午投下的荫影而并非它的绿。荫影事实上就是阴影，只是荫影让我感受到清爽，而阴影让我感受到这些叶片已然不是叶片，而是什么也不是的灰暗。

这似乎是在篡改。是这些叶片篡改了这一切？我不知道。夏季里知了一直鸣叫着，现在已然不多见的水牛在这荫影下卧伏、反刍、甩动它的尾巴。我知道，打工潮的上涨、现代化的快马加鞭使水牛在劳作的田埂上渐渐隐退，无可争辩这是种进步，只是这种进步同时似乎总在不断地丢弃什么，让人免不了要不断地思想，不断地鸣叫。

偶尔也有风——事实上我更愿意叫它热气——迎面袭来，叶片抖动着，不离散，偶尔发出响声，但那是一种碰撞，叶片与叶片之间的一种对抗，树叶唯一能做到的就是这种对抗，声音很小，很容易被知了的叫声覆盖，但它仍然是一种声音，一种自身感受不到却给别人以震撼的声音。不像此刻，那挣脱树干的响声在空中飞舞，一片接着一片，一阵连着一阵，虽只是一瞬，却从容、毫不掩饰，给人一种舒展的感受，一种质朴和沉着，一种向下却又是那样坚定地向上的感觉。

万物都要在这时才有这种水落石出的感觉吗？向下与向上在这里得到统一。这一点我无法做到，很多人也都无法做到。史蒂文斯《相反的命题》是否就是描写这枚炉火纯青的树叶？

太阳已在西天的下半部了，树的影子已被拉长了许多倍。由于没有了夏季里蓬勃的叶片，光秃秃的树杆显得更为纤细、孤独和无助。是想与刚刚挣脱下来的那枚树叶亲吻一下吗？此时，那枚树叶在我的影子与树的影子交汇的地方打了个漩涡，飞走了。

树的影子又长了一些……

我常常想，树的生长需要树叶一次又一次地放弃，一次又一次地飞翔。这是树的全部，也是这些叶片的全部。树因此挺拔，因此昂然，因此不断向秋天的深处走去，迎接霜，迎接一场连着一场的冰雪。这多少有些感人，也多少有些让人感伤与悲壮。就像那些真理，一层一层将谬误拨去后，直挺挺地站在那里，虽在北风的吹打下摇晃着，但他孤傲，似乎有充分的理由和信心以他光秃秃的枝桠直插天空。

这些叶片飘下来，便伏在草上，一动不动了。这些不肯离去的节节草，已经发黄，即便如此，也不愿走开半步，匍匐着守卫自己向四周蔓延的根茎，直到它彻底化为泥土。植物与植物是如此的相像，却又是如此的迥然不同。

我不得不停下脚步，俯身暂时清理一下缠在我鞋上裤管上的已然枯下去的节节草。我不知道这些节节草是什么时候缠上我的裤管上的，我知道它并不是有意要告诉我什么。告诉的总是无能为力的。

络绎不绝的车辆不断地在不远处鸣叫着，它们相互提醒，相互让开一条小得仅能擦身而过的通道。尘土就在这条通道的上空飞扬着，让人咳嗽，让人眯缝且竭力瞪着自己的双眼。有意思的是人即使是在这种情况下，也仍忘不了在这条自己规定出来的道路上忙碌着，且不顾一切地将自己打造出来的一切推翻、重建，甚至将那些真理一样矗立的树也不放过，一颗一颗既有耐心又有决心地砍去。前面前不久还是一片水域，现在却什么也看不见了。那些馨香而鲜嫩的荷花不见了，那些到死也不愿离开半步的水草无痕无迹，那些挺立的树被一一砍走。他们要在这里建什么，他们建起了什么？他们是否真的如那些科学家所言最终要将自己推翻？

"夏日与冬天相互摧残/在这片很容易看到尽头的水域/每年如此/开出花/馨香而鲜嫩的花/总只蓬勃一个季节/尔后便被秋风带走/岁月的足迹如此重叠！"这是我几年前为这片水域写下的一首诗中的几句，我知道此刻被推翻的肯定也包括这首诗。

诗仅只蹲伏于我记忆的拐角处。也许没有人能够想起它，这是在它诞生时就已决定了的实事。像我此刻从地上拾起的这枚刚刚吹散过来的叶片，离开树干后就有些泛黄了。我几乎没有领略到它有半点疼痛的感受。它重新被我拾起审视时也未能见到它有什么有别于其它叶片的表情。这不是麻木，而是一种境界，一种飞翔的境界。

我知道许多人无法做到这一点，我更无法做到。即便是此刻悠闲地散步也是一种表象，一种掩饰，甚至是一种演示。演示给谁看？好像谁都不是，又好像谁都是。

鹰有时飞得比鸡还低，但鸡永远也飞不到鹰那么高。这是我昨天夜里在一本书中看到的一句话。这句话适合这枚树叶，更适合这些灰尘。这些灰尘比我的步伐更为沉重，总围在我的左右，飞起又落下，持续一分钟、几分钟，然后覆盖在一切物体之上，不肯离散。

只有这些叶片，在我身后宁静地飞翔，目送从这里散步走过的每一个人。

（选自《安庆日报》2008.11.20）

金　玲

母亲的爱

一直希望有一段文字是属于妈妈的，当然这不仅仅是指我的妈妈，也包括全天下宽容慈爱的母亲，但是我一直不知道该以怎样的文字来描述内心的情感，我想有些感受应该是只能意会的吧。

曾经看过讴吟母爱的诗篇无数，但唯一这篇让我铭记，因为那种感觉极类似我：我曾写过许多赞美的诗篇/给绿树/给蓝天/给春风/以月夜对海洋的深情/可我一首也不敢写给您/我怎能用廉价的句子/作报答的礼品/妈妈，我是您善良的眼睛望大的孩子。

妈妈生育两个孩子，我是姐姐，还有一个弟弟。记得小时候，总是听外婆说妈妈喂我奶水的时候怀上了我弟弟，导致我身体弱。所以外婆和妈妈为了尽力照顾我，把弟弟送去了托儿所。我是在她们的怀抱和宠爱中长大的。至今我还有一丝庆幸：幸亏当年少喝了一点奶水，否则我一个丑猫样的女孩哪能这样的被大人呵护，何况我弟弟生来比我乖巧懂事漂亮。

也许生来娇宠，所以我习惯被人爱和惦记，却不知道向亲人表达爱和感激。现在想来，我弟弟在很小的时候，就知道该怎样向母亲表达爱和感激了。记得那时妈妈有一段时间，大约一月值班一次，弟弟吵闹着非要妈妈带他一起去。当时我还想着他是去和妈妈同事阿姨的孩子一起玩耍呢。后来问他，他回答出乎我意料：原来是陪着妈妈，喜欢和妈妈在一起睡觉。他呆在妈妈身边的时间比我短，所以他非常留恋与妈妈在一起的时光。

时光晃晃，我们现在都已经长大各自成家立业，生活的阅历滋生出心怀感激的我。

一次周末，我在母亲家里吃饭，看到母亲两鬓生出的白发，想到母亲辛劳的一生，觉得真应该写一些关于母亲的文字。可是每每提起笔，重重的，总有“未到火候”的感觉；要么坐到电脑前，脑中一片空白，因为这么多年承载了太多的母爱，总是“一言难尽”的感觉。

多年来，我无论是工作上的困难还是生活上有困难，向母亲寻求帮助的时候，母亲总是极有耐心的给我提出指导性建议，并具体到点点滴滴，考虑得非常细致。而现在母亲年岁渐高，有些事情需要询问我们意见时，我却常常显示出不耐烦，或是根本没有认真当事。母亲确是一个宽容乐观的人，总是善解人意地对待她的孩子，也总是把对我们的爱一点一滴地撒在家里的每一个角落，享受着一个母亲所有的乐趣。

怀念总是对曾经过往的美丽回忆，并带有浓烈的感情烙印，一代又一代地延续。生活其实就是一种习惯，一种感受。外婆以这样的方式照顾妈妈，妈妈用这样的方式照顾着我们，而我又以母亲的方式和习惯教育着我的孩子。既然生活是一种习惯，能一代一代传承下来，那幸福的感觉相信也能一代一代传承下去。母爱无声，母亲的爱是要用心来珍藏、用温暖来回忆的。

写完这篇文稿后，从来没有过的，我居然有一种如释重负的感觉。第二天我起床很早，我走在菱湖公园铺满石头子的小径上，看到许多像我妈妈一般年龄的老人在锻炼，听见鸟儿清脆的鸣叫，我突然感觉日子这样美妙，我不禁深深喜爱上了这个早晨，因为一切那样和谐，一切那么有韵味。妈妈留在我心里的永远都是灿烂的阳光，希望我能每天带给天女也是这般灿烂的心情。

金肽频

在春天生长的动词

行　春

在长江南部的一些地区，沿袭下来一种很古老的习俗：行春。人们不分男女老少，都要在立春的头天，像迎接新娘一样迎接春天的来临。这种仪式的庞大，有时涉及几个乡镇，有时是一个县市，人们用各种幽默而愉快的举动，为春天表演。

我少时曾亲身参加过这种“行春”的活动，至今仍无法忘记那些立于山野之间的队伍，随着山水起伏，伴着柳树舞蹈。活动没有官方的主持人，主要是地方上有号召力的长者操办，有时纯粹就属自发的。女人带来自制的彩幡以及那些刚从田头山野采集的野花，男人则牵来家里的耕牛，沿着田埂排成两溜子，男男女女嬉笑相逗，互相打趣，平时少见的一副悠闲自得的模样。这时，首先会唱歌的女人就要甩开嗓子唱上几首，少数调皮的年轻人便拍打着脸盆，算是应和。我去看“行春”活动的那年，才十岁左右，只有看热闹的份儿。挤在人缝里，手还被村邻牵着，几经央求才挤到了队伍的前面。妇女们唱的大多是民歌民调，我半懂半不懂，但她们摇头晃脑的神情至今仍深刻在我的脑海里，有种毫不褪色的力量。唱完了歌，还有一个重要的仪式：彼此交换一下牵来的耕牛，互相摸一摸，在农村的口谚叫：“摸摸春牛脚，赚钱赚得着。”少数不听话的牛，这时难免有发怒的行为，踢上你一脚，但被踢的人也都咧着大嘴嘿嘿地笑，决不朝牛发脾气。放完鞭炮，接下来就是“舞牛”的精彩把戏了。

后来我曾在明朝诗歌里读到过江南这种舞牛活动的渊源。周希曜在《宝安（即今天的深圳——作者注）春色篇》里写道：“春牛高拥巡陌上，瑞麟婆娑影盘桓。”现代人完全可以想象得到古人们拥到山野之间，用纸扎的春牛和麒麟高歌狂舞时那种兴奋的情景。我少时在江南看到的这种“行春”仪式，就是古老习俗的延续，在民间娱乐中享受丰收和新春的喜悦。精彩的“舞牛”中，人与人同乐，人与牛共舞，少不了人仰牛翻的镜头。有的是十多个人围着牛，一边走动，一边整齐地喊着嘿育嘿育的声调，在田间地头久久回荡。数百人一起热闹的场景是生动的，也是深刻的，将我幼小的灵魂激荡起来，让我远离那片土地后仍割舍不掉怀念的情结。每当我看到人们迎春的种种活动，就情不自禁想起少时在江南看到的行春的方式。去年我去江南苏州的松江一带出差时，无意中又有幸亲眼目睹了一次行春的经历。

现在由于生活水平的提高，人们在行春时已多出一项新的内容。

这天的天气很晴朗，我乘坐一辆中巴车去一景点，在拐过一座不高的山冈后，突然发现有好几百人的队伍，热闹非凡。大家大都穿着新衣，一位像官员的人在做主持，好奇心极强的我，再加上记者的职业习惯，就下车了。呵，原来是“行春”这好家伙！几十条黄牛穿上了彩色背心，已列队站在田野。旁边还插着一杆国旗，排列着一行乐器。参加行春活动的人，除了自唱、对歌之外，还举行了牛的奔跑比赛。紧接着，是我熟悉的“摸春牛”习俗，男女老少都争先恐后地上去摸一摸，有个小伙子还很滑稽地亲吻了一头大黄牛的前额。活动结束，有人端上了“七彩汤”，即用七种蔬菜做成的菜羹汤，色泽丰富，鲜口异常。大家随便端起就喝，没有什么规矩，并有热心的人告诉我：“喝了这迎春汤，你可就是春天的一颗心了！”的确，在这种特有的行春仪式中，人给予了自然一种极高的礼仪待遇，自然也会给予人们以真诚的报答。

听　春

有关春天的感觉，是从听开始的。春天的第一声，是冬雪落在大地上融化的声音，是小草用毛绒绒的手指弹拨泥土的声音，是风爬过了屋檐跌落到小路上的声音。总之，它很轻，只有在人们的细密观察中才看到她的来临。

春天的来临突然而神圣。就在前不久，我还穿着很厚的冬装，把自己裹得犹如“套中人”，但二月二龙一抬头，沉睡中的万事万物也都抬头了。最让人感觉不到变异的是冬春之交，那时候人们成为季节的附庸，做着季节的奴隶，只当听到春的一声来临，我们才成为季节的主人。我们在冬天去抚弄冰碴，觉得它是生脆的，尖锐的，到了春天，你再去抚弄时，你就感觉它是柔软的，有着某种温馨与记忆。冬天的风就像是你的死对头，不知好歹地往你怀里撞，但到了春天，它就变成了“红酥手”，风过处留下一片浪漫。结冰上冻的河水里，一层层裂开的声音在小心地传递；积雪从松针上顽皮地跳下来，在跌落的过程里还玩起捉迷藏的游戏；七星小瓢虫在爬行时，故意地用上节奏；迷了路的蜜蜂一不小心就落进桃花姐姐的怀抱，所有这一切，我们只有靠自己敏锐的听觉，在身边的细微处发现春天！

我很喜欢去听春天，在听的过程中使感觉得到升华，使生命变得年轻。听一片翠绿的叶子在夜晚里轻曼地歌唱，听一籽种子在花的怀抱里悄悄开放，听一位夜行者清脆的咳嗽声。春天的小鸟站在树的最高端，以瞭望者的姿态与我们人类一起倾听着。“沾衣欲湿杏花雨”，这是听出来的一种情景；“春风又绿江南岸”，这是听出来的一种场景；“谁家玉笛暗飞声，散入春风满洛城”，这是听出来的一种心景。在我的家乡就有一种“听鸟”的习俗。人们不分男女老少，在“人日”（正月初七）这一天，赶到水塘边或林子里听鸟。以鸟听年，从鸟的叫声来解析新的一年。譬如，喜鹊先叫有祥瑞，麻雀先叫有丰稔，水鸭子先叫有水患，火头鸟先叫有荒旱，乌鸦先叫有凶煞，猫头鹰先叫有瘟疫……那时少不更事的我们，就是先听到了猫头鹰的叫声，也总喜欢说是喜鹊和麻雀的叫声。现在想来，这种传统的“听鸟”实是寄托着农民深层的文化愿望和理想，他们以倾听来期望实现年成的祥瑞和丰稔。

听春是一件无限快乐的事。无论是听残雪消融，还是听溪流淙淙，或者听细雨润物，都是精神的愉悦与追求。西方哲学家王尔德曾说：“唯有诱惑，我不能拒绝。”春天对于人们，谁又能拒绝？尽管她来时喜欢以一种悠长的方式，但她却能成为听觉感官上的归宿。只有人的感官满足了，才使灵魂得到满足。所以，我们听水，希望是听到流水；我们听风，希望是听到影子；我们听星月，希望是听到光润。

尽管春天没有夏天火热的气息，也没有秋天丰硕的收获。但春有着内心的激情，它可以使生命重新燃烧，这是人们尊敬她的理由。孩子们在春天来了的时候，身上可以增加一层鲜活。城市在春天来了的时候，可以听到它快速有力的成长。街道复活过来，汽车的鸣笛也格外清脆，城市里的春天四处回荡着人群流动的铿锵之音。“春江水暖鸭先知”，在感知自然属性上，鸭有先见之明，而人也同样是灵敏的，睿智的。人可以听风而知季节，听雨而知绸缪，听雪而知丰稔，听春而知奋发……听天与人，心与心，物与物的互动，听信心的坚定不移和智慧的脱颖而出，听一种意外的、让你大喜过望的启迪与提示，使春天变为每一个人、每一棵草、每一条河、每一粒种子、每一个思想都可以感知的细胞意义上的春天。

走　春

春天来了，浑圆而轻盈，整个大地生气盎然。在流水上，我们看到花的舌尖在舞蹈；在小路旁，有成群的蝴蝶为春天一笔一画地写上诗句；在山野间，是神韵般起伏的树林和绿色。春天来时很轻，它的步伐轻得几乎让人听不见。但你一抬首，一举步就发现了它的无处不在。

现代城市人久已习惯了水泥森林，在森林的缝隙间，我们看到的往往是灰蒙蒙的天空，一年四季没有任何区别的天空。只有在小巷深处，在街心花园，借助那些星星点点的人工花圃，我们才可看见春天的痕迹。在我们一天又一天的麻木中，春天已空降到这个城市。那天，让我最先感受到春天的是街头一位老大娘的春饼。下班路过街头，忽然看到一棵榆树下有一位头发花白的老人生着火炉，摊开一个雪白飞薄的饼，卷上了豆芽、青菜。看到我走过来，老人递上，而我也没想就一口咬下去，春在口里发出脆俏的声响！于是我以十分感激的心情付给了老大娘的“春钱”。在少时，我是非常喜欢吃这种春卷与春饼的，但那时想吃上也太不容易了，春天里的期望凝结着几缕沉重。一年才刚刚开始，你可以做梦、幻想、期待，但想吃上一次美好的春饼是不可能的。

以后我走进了城市，每当春天来临，我是十分注意身边点点滴滴的春天的。过了春节，我就留意去看街道绿化带上的小草，它们是执著的报春者。有时我甚至好奇地拿起细细一枝竹棒，去捣一捣那草下油油的春泥，看草有了动静没有，如果无意中发现了一朵小野花，就像中了五百万元彩票大奖一样兴奋起来，回家蹬自行车的节奏明显加快。

春天的和煦与温顺也教给我以性格。只要春天来了，人也似乎摆脱了冬日的枯燥和夏天的烦躁。当春天划破水泥建筑，从天空的缝隙中渗漏下来时，街道也尽情接纳。商场的橱窗里变得很彩色，大大小小餐厅里的野菜也走上了桌面，更有居民阳台上的花盆“人面桃花相映红”。而我呢，在这个季节里最喜欢的事情就是随意爬上一辆公交车，三路或十九路均可，到郊外明媚的春光里来一次性情之旅。在我国南部许多地区都有“走春”的传统习俗，我这也算是一种“走春”吧。前年我一位诗人朋友从台湾访问归来，向我介绍道“走春”在台尤甚。游客到了台湾田尾花乡可以“骑马看花走春趣”。即骑着铁马看花、采花、吃花餐、品花茶。采摘的品种很多，有向日葵、非洲菊、香水莲花、风铃花等。体验采花乐趣后，还可享受花草餐、花草茶、花草冰棒、花草包子、精油、花酒。想想看，在这样有味的春天里“走”上一天，不是神仙一样的逍遥啊！但我去郊外“走春”就没有这份逍遥了，大多是一个人，有时喊上三五个朋友，自带茶水面包，随意地去走，随意地去品茗春天。

去年的春天，我曾一个人骑着自行车去“走”一座森林公园。结果没进大门，就遇到了一场大雨，我躲进一户农家，和一对老人在一起吃了中饭。老人的桌上有一盘很“土”的菜，叫地儿菜（学名荠菜），菜茎很细也很有劲，老人将其切碎，拌了肉末，做成了饺心，至今仍觉口有余香。我在老人家吃过了午饭，付给他们餐费时，他们怎么也不收下。现在如果让我重新去找这户人家已经很困难了，但在我的记忆中是随时可以找到的。因为这两位老人是和春天有关的。

到山野走春，我有一个独特的习惯就是喜欢找一些陌生的小路。因为在这些陌生的石头和树木前，你可能会发现更多的春的手印。“几处早莺争暖树，谁家新燕啄春泥。”越是僻静之处，我们越是可能发现新鲜的春天。今年的春天我带着孩子又到郊外走春，结果让我看见的是另一个景象：孩子沐浴在和煦的春风里，却显出一副恹恹无趣的样子，对于春天和泥土，他并不在乎，他惦记的是《越策越开心》的电视节目。假如一个人忘记了自己是大地的儿子，那么对于春天，他自然就没有记忆，也不会有太多感觉。于是我对孩子说，能走进春天的，不是大自然的花草树木、山川湖泊，而是我们每个人的心。

踩　春

“踩”是人们迎接春天的第一个行为动作。自很小在家乡开始，直到今天我在城市的角落，都不时看到与“踩”有关的动作，春天就像人们一不小心踩出来的。

在中国古代，春节是一个农业性的概念。它相当于春季的“立春”，只要它张开了口子，整个春天就开始萌动。所以，在我国民间，春节总是贯穿了太多的行为意识。在家乡我就见过最典型的几个“踩”的动作。首先是我们作为孩子的踩高跷。找两根小手臂粗的竹竿，在竹竿腰上扎两只短木棍，然后扶着墙壁，歪歪倒倒地上路。看到有一个孩子这样做了，不到半天工夫，就会有好多孩子来赶“高跷会”了。大人们乐得围在一旁观看，也时有大人接过我们小孩脚下的高跷，被摔了个屁股朝天的。还有一种叫做踩灯笼的游戏，这是有点奢侈的游戏。我们在大人写春联的剩余红纸中，找些碎小的，用竹茎糊起小小的灯笼，排在石头上，然后像“蜻蜓点水”一样，从石头上飞身而过，脚踩处，爆出噼噼啪啪的响音，像鞭炮，似气球，感觉春天犹如脚底下的“神行太保”，是专门来和孩子赛跑的。这时让我们感到最神气的还是那种“踩花轿”的大型活动，整个村庄都踩动起来。几十架各式的花轿，在男人女人的手中，老老少少在花轿内外跳来跳去，也是踩来踩去。抬花轿的人，他的每一步都会踩出花样，有时像百步穿杨，有时似天马行空，总之抬花轿的人他的步伐越“花”，喝彩声就越多。现在想想那种踩在大地上的感觉，至今仍有一团火在脚底下涌动。

春节过后，农忙开始。这时一项有关季节更本质的“踩”的活动，在田野间挥洒开来。家乡农人习惯于将冬季长出的杂草和紫云英，全部刈割，然后一家大大小小全上阵，一脚一脚地踩进田里，叫“埋青”。这些踩进田里的春草杂花，在土壤里腐烂发酵，是最天然的肥料，把春季和夏季的庄稼喂养得又壮又肥。原来就这么简单的“埋青”，却孕育了这样重大的主题，任你凭空想象不出的。春天是从土壤里向上蹿起的力量，而“踩”这个动作是使劲向下，人们的这一“踩”犹如打开一个季节的阀门，一片春天的喜人景象也就此打开了。

现在在城市，我们也时不时看到这些“踩着春天”的行为，只不过有些是在人们的无意中进行的。你没有注意去踩，就感到了它的价值。如人们喜欢的“踏青”。这里的“踏”是一个比较文雅的说法，其实说得简白点，就是到外面的世界里走一走，踩一踩，然后带着乡野之气进城，过上一段舒心的日子。前几天，有朋友邀我去跳舞，说春天来了，人也该松动松动骨头。我这把骨头虽不是老骨头，但也是经历了四十个春天的一副架构。当我和朋友一起兴奋地扭动着老腰，我感到脚下的感觉真是美妙。踩在地板上，地板就有一种颤动；踩到别人的脚上，别人就喊“疼！疼!”有天，我终于带着一家人来到郊外的一片田野，和我小时家乡差不多的田野。下了车子，我一脚踩在田野的青草下，感到脚底下一软，陷进一层鞋底的深度。像踩在地毯，又如踩在人的肚皮上，让人的双脚在柔软中感到一种透过脚背的力量。我立即俯身朝脚下看了看，担心从田野里拔出的鞋沾满太多的“野味”。当我提起鞋子细察鞋底时，竟然没有粘上泥土。奇怪不？是不是春天有特别神妙的个性？直到城里夜晚的灯光全部亮起，我行走于坚硬的水泥街面时，依然感到我的双脚充满异性的温柔。

踩着春天，春天不但与你一道醒来，还会为你留下一双完美的脚印。踩着春天，春天把它的神经链接到你的脚下，让你的双脚充满坚实的力量和迈动的节奏。

刀 春

今年有这样一场好雪，是人们做梦也没有想到的。因为如今的夏天是一年比一年炎热，地球犹如发了烧一般，总是将热能泼洒出来。到了冬天，“暖冬”一词又成为人们口头上使用频率极高的词，而国际上有关“节能降耗，减少温室气体排放”的呼声不绝于耳，于是乎，在许多人的感觉当中，冬天真的似乎离我们越来越远了。

但一场大雪未约而至，在我们每个人的耳朵里拉响了冬天的警报。十多天的慢降雪，大街小巷里的积雪还没有消融，天气预报又亮起了“红色预警”：一场更大范围的降雪在未来几天将横扫南北。北方落雪，南方下雨，但今年却是北方落雪，南方也落雪，大半个中国都倒在雪的怀抱。尽管这场十多年罕见的大雪，给桥梁、道路、电线杆等等重要民生设施披上了盛妆，造成了许多地方拉闸限电，给正在南来北往的人流蒙上了不便的阴影。但这场雪也是必要的，没有它，何以锻炼我们对春天的危机意识。那天，刚刚飘雪的第一天，我正在一外地城市，晚上借着窗外轻盈美丽的雪花，我和一位文联主席喝了两斤“老白干”，以为雪天生就是文人下酒的好料，接近醉态也无所知。第二天，待我踏上归程，才知道现实主义的厉害，这雪对于司机是多么大的考验啊。虽然路途遭遇到车祸的堵塞，经历两个小时的除冰等待，但司机的一句话颇令人感慨：“我开着这大巴，可是浑身出汗啊，你们还在催什么！”他这是针对一位乘客抛出的气话，这位乘客说他曾在内蒙古工作十年，那内蒙古的司机在冰上也是开车如飞呀。当然啦，内蒙古的司机比南方司机可能更熟悉雪情，但对于春天般温暖的冬天来说，已经暗含了对于人类的某种警示意义。

“夏有奇热，冬有奇寒”。因为我们在夏天经历了太多的炎热，现在再来重温这句古老的民谚，陡感其中的哲学意味，是深远而实用的。反过来说，如果没有夏天一年胜似一年的酷热，对于这场大雪的到来，我们不会感到兴奋。我也是酷爱雪的人之一，前天，我在新闻里看到安徽武警在冰天雪地之上，光着臂膀，进行擒拿格斗的训练，你以为他们这是在“作秀”吗？这些年的冬天大都是暖冬，没有严寒肃杀的感觉，现在有了，安徽武警抓紧机会

"秀"一把，也非常正常，即使我这薄瘦的身材，不也想到冰天雪地里"秀"一把么！只是怕别人讥笑不敢上阵罢了。今年比安徽武警更为高兴的应该是江南甚或苏东坡所称的"岭南人"吧，他们也几十年一遇的"遇"上了大雪。一位南方的朋友打电话给我，竟然改口了："今年南方落雪，北方也落雪了！"此可谓"三十年河东，四十年河西"。

当然，一场雨，一场雪不可能改变什么，人类面临温室气体的效应威胁也没有消除。雪只不过是天然的使者，不论我们欢迎还是不欢迎，它都要从遥远的西伯利亚奔袭而来。哪怕它是蜻蜓点水，或者洋洋洒洒，我们都不应有失望或高兴的理由。不要让自然界的慢性变化酝酿为生态意义上的灾难或者人类意义上的不幸，让我们的目光长久地驻守于雨来雪往、花开叶落之中。

关于自然界的规律，还是这样一条古老的民谚激动人心："冬雪一条被，春雪一把刀。"雪下在冬天，想下多大就多大吧，下的越大，春天的希望就越大，那些埋藏在泥土深处的种子就会在春天漫天飘舞起来。这冬去春来的雪，我们应把它作为切开春天肌肤的一把"刀"，在它所过之处，都会有春光乍现，有青葱的叶片令人惊喜地长出来，显示出春天的锋利与快意。

（选自金肽频散文集《隐喻的眼神》，大众文艺出版社，2008年7月二版）

从一扇窗口看见雪夜

从一扇窗口我准确地看见了一个雪夜，是在大年三十的头天晚上。这些年，当我把回乡过年视作一种归属或者人生某道命题时，我发现，在我踏向归程的眺望中，还未看到一场真正的雪，或者说是童年的某幅雪景。

但这个晚上，我躲在山村的被窝里，真真切切地看到了一场从天空慢慢落下的雪，继而是落下的雪景。洁白而有层次，把山峦胴体的曲线完全真实地描绘了出来。一切静处其中，只有我的目光孤独地立在这场雪的上面。记得小时，我就是通过家里那小小而又厚实的窗口，来阅读外面臃肿不堪、衣装褴褛的世界的。

老家的居屋墙壁很结实，虽然不是现在的水泥含红砖，但它沙土精心捣筑而成的坚韧性一点也不逊色。木制阁楼经过上世纪五十年代“大食堂”的烟熏火燎之后，更加透黑而茁壮。我们兄妹四人就降生在这一团漆黑之中，从而有一种靠近窗口的天性。80 公分见方的木窗，11 根竖档，成为我们视野中最直观也是最单调的风景。好在窗外的一棵苦楝树，一下子点活了它，使这扇窗口在我们的眼里不再是静止的，而是有深度的。但窗户外面的几片山峦离窗口太近了，使人的目光有些发慌，这或许是自然界喜爱向人类要出的幽默而荒谬的一笔。但是你必须承认的一笔。

我们兄妹四人的童年就在这扇窗户里度过的。现在各自成家，不在一方，只有在春节才能完成真正的相聚。但今年回乡的特别之处，是与一场雪在一扇窗口里相遇。老家的房子在父亲的手中几经更新，已变成一座灰色而沉重的楼房。平时只有母亲一人独居，毫无生气可言，只有在新年这一刻，这座房屋才有“春回大地”的感觉。年三十的头夜，当我赶回乡里，已随处可闻浓浓的年味。零星响过的鞭炮是顽皮的孩子尽情献上的小插曲，或许只有这声音才是童年的，才是这静静山村的。在半途上，曾下过一场像样的冬雨，让我在汽车里即能感到一种透心的寒意。深夜临睡前，我突然从邻居的瓦顶上听到轻轻飞溅的雪粒声，全身的骨骼一激灵，心想一场丰年瑞雪也许正在悄悄地逼近之中。

三更时分，邻家的公鸡给我当了一回“小闹钟”。睁眼一看，窗外完全是一片银白的世界，我的神经立即兴奋到了极点！这是近十几年暖冬以来我第一次看到的“全景式”的雪，山峦、树枝、屋顶，像洁白而微醺的新娘，用微笑在回答着我们；像大海里白艳的风帆，承载着整座村庄——而这些，都是我身居其中的这扇窗口赋予给我的。

望着窗外的雪夜，睡意全失。我觉得，它在面前铺展的是满地痕迹。村人、牲畜、居屋、树木，全被雪隐盖起来，从窗口涌进的是种种童年的片断和倔强。玩雪仗，垒雪人，以雪制造恶作剧，这是雪带给孩童的最真实的故事。而我呢，通过这窗口里的雪，想起的是童年一个不幸的片断。26 年前也就是我 11 岁那年，因为左腿膝盖处患了一莫名肿毒，困于病榻上整整 40 天。父亲一天请中医，一天请西医，结果谁也说服不了谁。最后还是刀子狠。一位村里西医，趁老中医不在时，自个儿回家拿来了手术刀，两刀下去，奇迹居然发生了。20 天后，我居然能被搀着下地。在我睡在病榻上整整 40 天的时间，面前的窗户成了比亲人还亲的“亲人”，透过它我细细地看鸟飞翔的姿态，树叶在风中哲学家式的表演，山峰是如何弯曲的，又是如何起落的。从这扇窗户，我清晰地看见了一个完整的冬天。

40天之后，当我试着坐到太阳下时，直感到皮肤发痛。太阳原来竟有这般的威力，这是家里的那扇窗户自始至终没有告诉我的。此后，我坐在暖桶里，靠近了那年的年关。奶奶把那年关的“关”字拖得特重，特有一种味道。

但是，这并不妨碍26年后，我利用另一扇窗口来观察一场珍贵的雪。人生有许多起伏，雪也是一样，在这个尘埃不定的世界，注定有太多的反科学、反规律。假如世界年年都充满着洁白，人人心中都装着无瑕，你还会觉得这些东西珍贵么？自然是无言的，也是高尚的，人类应该有比它高出一筹的方式或表达。

（选自《中华散文》2004年3期）

孔银姣

黑　鸟

几只黑鸟立在我窗前的树枝上，就在我睁开眼睛的一刹那，它们定定地看着我，没有鸣叫、也没有吵闹。

那时窗外晨曦微露、紫气东来，还有些许的风，把树枝上挂着的丝瓜吹得轻轻晃动。窗内是半明半暗，我依旧躺下，仔细地回味，仿佛昨夜的梦中也有一只黑鸟出现，那是乌鸦。可清晨出现在窗前的明明是喜鹊，我不知道为什么会这样循环，喜鹊和乌鸦究竟有什么区别，究竟有什么预兆？

梦中的物象离奇而模糊，它使时间和空间错乱。它使美好和不美好（我不想用丑恶这个词）与之相反，但我仍然在追忆梦中的那只黑鸟。它在过去和未来之间穿梭，它在我午夜的梦中盘旋。那些看见和看不见的清凉的、嶙峋的、粗犷的山石。那些温润的、婉约的、氤氲的是子夜时分特有的旷野的姿态，那种温润的气息一直伴着黑鸟在我午夜的梦中恣肆纵横。

那只黑鸟总是在我将睡未睡之间迷惘地徘徊，在半明半暗的状态下与我撕扯、拼搏，造成我思维定式和审美惯性的紊乱。

在这样深秋的早晨，是应该到野外去走走，可是我不能动弹，身体以外的部分，在喧嚣中孤独地踯躅独行，在红尘中穿越无人之境。

夜露已深，风吹落木，野菊飘零，花魂遍野，时光交错。我拼命喊叫，黑鸟还是不断显现。月亮是蓝色的，它照在村庄的河面上，河水没有流动，它以静止的状态等待一个遥远的归期。村庄里的瓦房是农耕时代的静谧，菊花的芳香带着苦涩的药味，树在影子的牵绊中直不起腰来。黑鸟在天空盘旋，梦中的我看见的是一片迷茫、一片陌生，找不到我出生的村庄。

我依旧躺着，屋内的光线渐渐明朗，窗外有匆匆的脚步声，有喧哗的吆喝声，窗前的黑鸟这时候也开始媚俗地鸣叫。

已经无法再浅睡于昨夜，雾霭之中那蓝色的月亮已经深潜入水底。我不得不起来，因为不得已的理由，很多人都无法再在梦幻与现实之间徘徊。

在嘈杂的喧嚣中我极认真地做着一些琐碎的事情，打扫院子及给院子外面的菜地浇水，把挂在墙上的已经成熟的丝瓜摘下来。瓜藤爬上院墙，又爬上了院内的枇杷树，好几条长得又老又大的丝瓜吊在树枝上，那是正堪摘时没有及时地采摘，现在只好让它长成种籽。尔后匆匆上班，溶入浮华的人流，这时黑鸟见机逍遁。

（选自《安庆日报》2007. 10. 18）

雷元胜

记忆中的年味

腊八节刚过，市心南路的火车票代售点门口就早早排出了长长的队伍。看着那一张张急切的脸，你知道，该回家了，又要过年了。

街上大红的“福”、“春”字贴起来了，商场里喜庆的歌曲唱起来了，超市里琳琅满目的年货开始提前大促销了……愈来愈浓的年味向我们扑面而来。这些对身在异乡的我感染却不大，每个游子心中都有自己关于年味的定义。回家是个幸福的动词，不管你是来自北方城市还是南方乡村，故乡的年味才是最撩人心怀的。

我也想念故乡的年味。儿时的年味，永远是那么温馨和醇和。五彩焰火在夜空绽放，欢乐的鞭炮声此起彼伏，红灯笼、红春联，到处都是红彤彤的。听着，看着，心里也暖融融地乐着。记忆中的年味还充满着炸糯米肉圆子和炒米糖的香，一到过年，灶膛里桔红色的火光总是映着母亲忙碌的背影，一块炒米糖和几个糯米肉圆子就甜蜜了我的整个童年。这些现在的孩子根本不屑一顾的食物，在那时的乡下却是我们梦中的美食。

过年是一种喜庆，一种憧憬。“千门万户曈曈日，总把新桃换旧符”，忙碌一年的乡亲们都要在除夕夜把对来年的期盼和祝福贴上门楣。正月里走亲访友，一副对仗工整、文辞优美的春联会让主人家的年味更加妙趣横生。手写的春联，墨香浓郁里透满了万象更新、春回大地的祥和如意，不像如今的春联凹凸烫金的、镭射珠光的、丝绒的、浮雕绒毛的……虽印刷精美、绘龙描凤，但千篇一律的联词闻不到一点墨香，工艺化的春联让年味少了许多内涵！

我最怀念的还是父亲写春联的情景。在我的故乡，腊月二十四是“小年”，父亲这个时候是最忙的时候，也是我家最热闹的时候，上门找父亲写春联的乡亲已经排成了队。父亲是村里的“秀才”，过年村里几乎家家户户都贴着父亲写的祝福，那时候村里读过书的人不多，能写春联的人就会备受尊敬。在乡亲们眼中，父亲就是那为数不多的有大文化的人。不管是谁，父亲都同样的热情招呼，他总是乐呵呵地接下乡亲们送来的红纸，细心地记下张家几副春联，李家几副春联。裁纸、研墨，拟对子，尽管写春联的准备工作很烦琐，父亲却样样做的井井有条。抽完一根烟后，父亲想好联词动笔写的时候，我们在一旁就快乐地忙乎起来。我帮忙压着纸，端着墨，妹妹急着要把春联拿去铺好。每当这个时候，父亲总会再三交代妹妹要一副副地放好，上下联不能放错，不然会闹笑话的，还要等墨汁干了两张才能叠在一起。……我们当时只是开心地看着父亲写下每一个字，并不知道什么是对联。后来才知道父亲写的联词大都是自己编的，有时是从古春联里面挑选的，但他从不肯敷衍了事，根本没有内容重复的春联，上下联的平仄协调、对仗工整他也要费很多心思的，他会根据每户乡亲家的具体情况构思："诗书世泽长，忠孝家声远"、"三元呈吉象，九域绕祥云"……我们总是佩服父亲有那么多好词句，父亲笑着叮嘱我们："读书破万卷，下笔如有神。书读的多了，你脑袋里面就会满当当的。"当时听得似懂非懂，我却记住了父亲的那句话。

就这样，父亲从腊月二十四一直忙到年三十的中午。虽然连夜地埋头写字，父亲却乐此不疲，家里一大堆的事情全落到母亲身上，有时难免也引来母亲的唠叨，但他从来没有烦过，他说这是乡亲们对他的尊重，也是对文化的尊重，他不能枉费乡亲们的信任。

时间如水，在所有人拿自家春联的满意声中，我们欢欣地过了一年又一年。不知从什么时候开始，快节奏的生活把我们带进了一个"速成时代"，生活水平越来越高，年味却变得越来越淡。过年找父亲写春联的人也越来越少，看着左邻右舍都帖上了烫金的春联，父亲这几年也不再固执的自己写了。几次春节回家，我也是省心顺手去买几副。"印刷的春联没有墨香"，父亲其他什么话都没有说，我却能看得出他心中的那一丝丝无奈和落寞。

告别那块贫瘠的土地，离父母越来越远，离"年味"也越来越远。如故乡陈旧的房屋一样，"年味"也失去了鲜亮与光芒，想到崔健的那句歌词："不是我不明白，这世界变化快"。

又到腊月，我无法模糊记忆里那种对过年的渴望。炒米糖浓浓的脆香、父亲墨香的春联、乡亲们笑容可掬的脸庞——这些孩提时纯粹的欢乐和喜悦像洁净的尘埃在我心中久久挥之不去。

李传韬

水菊粑

年年三月三，农历三月三是上巳节，民间有吃水菊粑的习俗。在农村长大的孩子，谁不记得水菊粑。

三月，风，吹面不寒，雨，润物无声，太阳，不温不火……一切都那么生机、和谐，宛如一支优美的交响乐，每一个音符都流淌着生命的绿，大地仿佛睁开惺忪的眼，脱去裹了一冬灰色、厚重的棉袄，舒筋活胳，田头地角，山腰河边的野菜恍如得了什么灵性，一夜间偷偷探出头来，疯长、疯长。

这里我要说的一种野菜叫水菊，又名毛香，属野生蒿类植物，是野菜家族里娇小玲珑的一种，个头不大，数量不多，零星地散落在山野间。它的叶片像小菊的花瓣，向外伸展着，恰似一把把小伞在细雨中玉立，叶面上长满了白色绒毛，白里透绿，如晶莹的薄霜，用手一摸，滑脂般柔软，叶汁极有粘性，叶断丝连，丝细而不断，透亮、柔和。扑鼻的清香不浓不淡恰到好处。

三月三快到的时候，大人吩咐我们采水菊。在那月残星稀的清晨，三五个村童一手牵着牛，一手挎着空篮子，顺着田埂的小路，叽叽喳喳去放牛，边采水菊。村童、老牛、空篮子被腾起的薄雾勾勒出生动、朦胧的剪影，男孩子耐性差，总觉篮子太大，水菊长得太少，不一会就和同龄的小子们玩起了“打仗”之类的游戏，但一道出去的女孩子都满载而归。

母亲是做水菊粑的主角。她把糯米淘去砂子，用水浸好，放在自家的米臼里舂。母亲娴熟而有节奏地从石臼里挖出米粉放在很细的箩筛里不断地去粗取精，我们在上面一脚一脚地舂，巴望粉头早点变细、变少。水菊也要用水漂净，舂成水菊泥，和着米粉用力揉匀。奢侈的话，加些大蒜和少得可怜的五花肉泥作馅。母亲很投入地揉好粉团，做成一个个月饼似的粑粑，偶尔，也让我们插手，任凭想象地做一些飞禽走兽，每当看到那些似鸟非鸟，似狗非狗的作品时，母亲和我们都会心地笑了。

大火熊熊地舔着锅底。我们就围着灶台转，惟恐粑粑会跑掉，急了就去拨火，有时，火会伸出长长的舌尖，把头发烫成卷曲。锅里的水在咕嘟地翻滚，蒸笼里的热气向四周氤氲，一股清香便四处飘溢。

那时，那里，山里人平时很少打牙祭，但逢年过节要忙粑，所以孩子们期盼过年过节，吃起粑来也格外珍惜。女孩子更斯文，喜欢将半边粑留在花褂兜里，我们总是边吃边把玩，越品越有滋味，那份流连不尽的酥脆余香怎么也忘不了。尽管如此，母亲总要将水菊粑分送给邻里，和邻里的主妇边欣赏边切磋、唠叨，眉宇间流露出喜悦。

如今，我们儿女都长大成人、各奔东西，但母亲依然独自去采水菊，用那原始的石臼舂粉，做粑，并托人从老远捎来，当我品尝这些粑粑时，总要用心去品味其中的一份念想，一份那种岁岁年年守候在灶旁、凝视着袅袅炊烟，伴着醉人的粑香而沁入心田的亲情……

李　皓

雷　池

“不敢越雷池一步!”忽然想起了这个成语，忽然决定去看一看雷池。

我的兴奋点选择在长江北岸一片辽阔的平原，安徽省望江县境内一个名叫合成圩的圩区。经过望江县的县城，再沿公路往东北方向前行十几里，我便站立在合成圩的圩心——并不很远的远处，就是一个名叫“雷池”的集镇。但我却看不见历史上那一大片浩森的水域!“东则砥原远隰，亡端靡际；南则积山万状，争气负高；西则回江永指，长波天合；北则波池潜演，湖脉通连。”这是公元439年的一个秋天，那位名叫鲍照的南朝诗人，在雷池水面上弃舟登上大雷岸时放目环眺到的情景。而此刻，我仅仅只能通过那则成语和鲍照的诗句去猜测雷池曾经有过的宏阔与险要，我所看到的并不是历史上那个波涛汹涌的雷池。

平原！只有平原，它正辽阔着，向我扑面而来。

曾经多次到过雷池，确切地说仅仅只是从古雷池的腹地一擦而过，而最早的一次是在1989年江堤岁修之际，也就是我刚刚谋得一份工作后不久。那是一份与水有关的差事，并且我至今仍在坚守。我有些吃惊：十几年来的时光，我一直在试图穿越一条远水，或者说我始终在一条命运的水路上奔波。

我忽然觉察出了一丝苍茫的况味，并试图沿着一条成语的水路，去打开历史上与雷池有关的险恶与苍茫：那是一段来自《晋书》的记载。

雷池的宏阔与险要，使它自古就成为兵家必争的水面雄关。三国时期，东吴曾在此设雷池监。东晋时，也曾在雷池设置大雷戍。晋成帝咸和二年（公元327年），历阳（今和县）镇将苏峻联合寿春（今寿县）镇将祖约谋反，并向当时的京都建康（南京）进攻。江州刺史温峤获悉京城危急，欲通过长江水路火速领兵东进救援。在京都掌管中央政权的中书令庾亮得知这一情况后，担心当时手握重兵的荆州刺史陶侃会乘内乱的空虚之机去进攻温峤驻守的江州。因此，庾亮立马写了一封书信劝温峤坐镇原防守护好自己的地盘而不要轻易跨越雷池东上，因为雷池这一长江天险已被叛军控制和把守。这就是历史上那封著名的《报温峤书》，成语“不敢越雷池一步”来源于这段典故。

波涌着浊浪排空的险恶！一个发自东晋的动荡事件，就这样被一句成语高度浓缩。

可以想象得出，当时处在围困中的庾亮，在劝告温峤不要沿水路东进救援时一定是发愁得双眉紧锁。而我认为，在那个动荡和战乱的年代，庾亮的那份忠告又是善意和智慧的。或许，历史有时就是这样叫人在不可理解中去设法进行理解？

历史是一种无言的沧桑。我喜欢历史的那种沧桑和无言，如果过多地对那些史实的来龙去脉进行追问和考证，只会使历史丧失曾有的苍茫。

是历史让我们这些后人记住了一个伴随着成语流传下来的水名，并且知道了那片水域曾有的宏阔、险要和苍茫。可是从古雷池里流出去的波涛，走了就再也没有回来。究竟何处才是昔日的雷池水域？

“大雷池水西自宿松界流入，自发源入望江县界东南，积为池，谓之雷池。”（北宋《太平寰宇记》）“雷池，位于安徽望江县雷池乡，在县城东南10公里处，紧靠长江北岸，面积一百平方公里，入江处为雷港。因古雷水自湖北黄梅县界东流至此，积而成池，故名雷池，亦名大雷池。”对古雷池方位的推测和判断，我主要是依赖诸如这一类的史料文字。它们，为我认识那片陌生的水域打开了四通八达的想象力。为此，我曾找来一张望江县水利工程图，对照着史料上的文字，职业性习惯促使我拿起一把比例尺在地图上的合成圩区域反复勘量——合成圩及其边界，构成了我心目中的雷池区域。

源源不断的古雷水，以无穷无尽的复数形式填充着雷池的浩淼，尔后又流到更低的低处——雍容大度的雷池，曾经是那样的吐纳不息！

母性的胸襟。一片扑朔迷离的水域。

想象着雷水的轰涛：宏阔险要、烟波浩淼的雷池曾经是长江北岸一片与江相通连的古雷水汇集的广阔水域，这是一个不争的史实。只是我难以想象那片浩淼的水域，是如何衍变成为现在我眼前这片广阔的圩区，而那些陆续迁徙而来的移民，又是经过怎样的颠沛流离来到这片曾经的水域垦荒和落籍？

又是通过史料得知，明天启年间，雷池的入江口雷港被泥沙所塞，于是雷池水不得不改道从华阳入江，自此以后雷池就渐渐衍变成了长江北滨的一处沙洲。“沙塞雷港口，状元从此有。”颇具意味的是当时望江的民间竟流传着这样一种说法。这是对一种既定事实的无奈认同，还是抒发着一种美好的祈愿？

一种沧桑以及沧桑带来的美丽与开阔：雷池，已经将它的浩淼和险恶掩埋进了时间的沙土。现在，它正以另一种方式呈现自己，同时又不断地沿着一条成语的水路，向后人反复暗示其曾经的险恶和波涛。

其实世事的险恶，远比雷池的波涛汹涌。

由浩淼的水域变成荒凉的沙洲，再由荒凉的沙洲变成一个拥有十几万亩圩田的乡镇。雷池，它所经历的沧桑和巨变，简直就是一场神话里的传奇。我想，鲍照如若登临今天的大雷岸再次放目远眺，一定会陌生得无所适从。当然，这仅仅只是我的一种假设。而历史的旧貌是无法用假设来修复的，逝水东流，时事是另一种流水，它静静地流逝着，并且从不开口言说。

流逝是时事的常态？

一任思想放纵地奔驰：在这个初夏的上午，我在古雷池一百平方公里的某一局部信马由缰地走着，但是却始终没有看见历史上那一大片浩淼的水域。此刻，“浩淼”仅仅只是一个奢侈的词汇。可是顺着心灵的光线，我看见的仍就只是历史上那些险恶的惊涛。

从心灵里奔涌出的雷水，轰鸣的总是历史的回音：它浇灌了一位寻访者内心的渴。

回荡着历史的喧响！因世事和地理的双重险恶，雷池的名字早已经被记载进了历史的词典并且名噪九州。不再去探测和打听雷池在某段历史上的苍茫，让那些流水一样的沧桑，流淌到它应有的归处。

曾经沧海难为水。现在，宏阔与险要的雷池已不复存在。因为那段来自东晋的典故，已经令它承载了太多的险恶和苍茫，并令它仿佛变成了另外一个名词：禁区。一个古代的水名，就这样因为东晋王朝的险恶和动荡而被抽象成了一个不可跨越的喻体。

不敢越雷池一步！

其实，不敢去跨越雷池一步的，又岂止是那个东晋的温峤？这么多年，一种生存的艰辛也令我的处境和那个东晋的温峤一模一样，从不敢去跨越一下那些命运里的禁区。

远远近近的田野，一个又一个农民正弯腰在广阔的圩田里劳作，神情是那样安详、专注。一阵阵微风轻轻吹来，散发出清凉的、散漫的、祥和的气息。在这样一个阳光洁净的初夏上午，我所看到的仅仅只是一幅幅和美的田园图景，收获的也仅仅只是一些历史的联想和感慨。或许是不愿再向世人呈现险恶和沧桑，自始至终，我并没有看见历史上那个波涛汹涌的雷池。

我所造访的仅仅只是一个安详的地点。

（选自《散文世界》2009 年第 1 期）

李　琪

在秋天想念棉花

离开乡村近二十年了，在这个秋天，我坐在城里的家里，看着阳台上盛开的花朵，想起乡下的棉花来。

时值深秋，正是棉花收获的季节。一地的白棉花点缀在田间，在阳光下耀人的眼。二十年前，每逢星期天，我就胸前系着布袋，同姐姐一起去地里摘棉花。摘棉花可不是一件轻松的农活，头顶着炎炎烈日，在棉花植株间一步步前行，两只手还要不停地采摘身边的棉花，再装入布袋里。布袋里的棉花越装越多，也越来越沉。口渴了，喝一口水壶里的水。姐姐每次摘的棉花都要比我多。在秋天，姐姐几乎每天都干着这种活儿，而我只是在星期天才去。那时，姐姐已经辍学在家，帮父母亲料理田地，我还在读书。棉花摘回来后，大多是利用晚上或雨天进行分拣，将棉花上粘着的残叶除掉，再将好坏分开，这样就可以卖个好价钱。卖棉花要到五里外的轧花厂去，那里集体收购。我常常陪着父亲拉着一板车的棉花，到达收购点时，已是汗流浃背。但还要耐心等待。前面已经排满了卖棉花的板车。有时候上午去了，等到天黑才能卖掉，我们只好吃随身带着的干粮。在回家的路上，父亲很高兴，兜里装着卖棉花的钱。偶尔父亲还在回家的路上给我买些零嘴，给姐姐买几尺布，这是汗水换来的喜悦。

工作以后，我住在了城里，再也没有做过摘棉花的活了。但姐姐每年都还在做着同样的事，忙着播种，忙着收获。只是现在卖棉花不用再用平板车拉着跑那么长长的路了。有收购棉花的人直接到一家一户去，价格随行就市。前几天，姐姐打电话来，让我上网查查今年棉花的市场行情。我知道，她是想一年的辛劳能够卖上好价钱。平日里，我也希望年成好，风调雨顺，庄稼长得好。对于坐办公室的我来说，季节和天气常常被忽略，仿佛已与自己无关。但对于种田的姐姐，却是决定一年收入的多少。我家里的棉被，都是姐姐做好了从乡下带来的。一到秋天，姐姐就打来电话，询问我是否需要棉被，她说自家产的棉花，分出上等棉为我们做几床，方便得很。

在这个世界上，有许多美丽的花朵，或艳丽或芬芳。节日里，人们常用这些花朵表达爱情、友情。城里家家户户的阳台上，不时就会亮出几朵。而棉花，只适合生在乡间。

（选自《济南日报》2007.11.09）

李双爱

与松树有关的日子

20年前的王岭松树在我记忆中，有深刻的印象，因为松树与王岭人的生活息息相关。

王岭是我曾经生活过的地方。那里的松树生命力极强，树籽随风飞舞无法自主选择栖身处，最后坠落的地方便是它的家园。即便悬崖上仅有几粒尘土，松树也能顽强地存活；它们绿满山野，成为一道永不褪色的风景。只是特定的时代、环境让王岭松树变得与众不同，承载着与别处不同的历史。那里山高路险，人们年复一年与贫困作着抗争，沧桑都写在脸上的褶皱里；他们常常会将希望寄托在松树的那一抹绿意上。

松树总会因外形各异被人们赋予新的生命。那种直中略带弧、有孪生般双丫且指向东西方的，可作新居屋梁的是树中“状元”。因整个村子也就二三十户人家，每年建新居也不过一两户，所以作为“梁”后的松树身价倍增，享受着至高无上的荣耀。“梁”在某个清晨披红挂彩由木匠和瓦匠抬着，在尚未盖瓦的土墙坯子两边沿着梯子步步高升；两位资深工匠大声唱诵长篇的诸如“打开前门金鸡叫，打开后门凤凰啼”之类的“上梁词”，下面则跟着一声声喝彩。从此这家人的命运就系在这支“梁”上。

松树直的可以做各式家具，弯的可以做犁、牠，连那些无法登大雅之堂的松树也具有经济价值。不能登堂入室的松树被锯成尺把长的片柴，整齐码放在屋檐边风干，不仅可用生火做饭还可取炭；余下的部分还能挑到山下集镇上去换成钱，再购些生活用品回来。在家境窘迫濒临辍学之险时，我和弟弟在上小学时就意识到松树的价值所在。整个寒、暑假，我们的“工作”就是到几里外的自留山上去砍松树，然后扛回家，锯断，再用斧子劈成两片，等柴片干后可挑到十几里外的镇上去卖，能管学费还可买点笔和纸。那时候，因为松树，我们的肩膀总是红肿的，手也总是有厚茧的，但内心依旧很快乐。在那被贫穷压抑的日子里，松树代表着希望啊。

最难忘的是那条主道两旁负有特殊使命的松树。从远处望，连着王岭与山下的道路在青松掩映之中时隐时现；从山下仰望山顶，戴着的草帽都能掉下来。坡陡，只需十多分钟就能飞奔而下，上山却得走上一小时。而王岭人家的良田多在山下，人取稻子牛吃稻草，人们只能咬牙挥汗将稻连禾往山上挑。路远且陡，稻穗又是倒置的的没法歇下，人挑着沉重的稻捆向上挪移，如何能坚持长时间不休息呢？因此秋季收割稻子成为大家最苦恼的一件事。后来，人们想出一个办法，就是在沿途的松树上，根据肩膀不同的高度在树上砍出一个凹，想歇的时候将担子中间部分平衡地放在上面，肩膀就可以移出来，休息一会再上路。从树凹下方固态或液态的透明松脂，可清晰看到树汁流淌的痕迹，抑或是松树的眼泪？这是王岭与别处不同的一道景观，沿途伤痕累累的松树以多年不变的姿势站立在人们的视线里，用它们的残缺与人们一起感受肩膀的疼痛生活的煎熬。

王岭松树一直坚强地充满希望地绿着，正如勤劳坚韧的王岭人。正如余秋雨先生说的，大意是故乡不过是我们祖先流浪到最后停下的地方；故乡无法选择，但未来可以创造。二十年后的今天，盘山公路玉带般缠绕着王岭的晨昏，松树也无需再与人们一起承受生活的苦难。大多数人已将家移到山下的“新农村”安居；剩下少数几户人家，稻谷也能用车子拉到家。松树不断增长的年轮记录着时代的变迁，它们逐渐退出特定历史的舞台，也享受着改革开放的春风，以悠闲的姿态，绿满大小山岗。

（选自《安庆晚报》2008. 12. 13）

李应春

光绪年间的一只笔斗

同学在本市文化园里开个小古董店，那天我去看他，临走时赠我一只笔斗，说是清代光绪年间的，市值80多元。

这是一只普通得不能再普通的物件，高度跟一只水杯差不多，斗身略显椭圆，口径上小下大，白色瓷面也不平整，有明显的凹凸和斑点，斑点呈铁锈色；椭圆形面体上绘有花鸟，花是一大一小的两朵，有点像月季，花瓣淡红，花叶浅绿，向左翘起的枝丫上满缀着红红的骨朵，有绿叶点衬，一只小鸟俯首张喙，似惊若醉，憨态可掬。只是不明白，小鸟为什么通体红色，比花还浓艳。在花鸟的上方有四个字：花有清香。字体为行书，文辞过俗，笔画布局随意而业余，总个笔斗的做工和烧制水平都有点等而下。因此，我推测，这只笔斗是清代民间土窑烧制，全手工工艺，使用者不外乎秀才之类的乡土文人。

我将笔斗摆在办公桌对面的书橱里，因为它是从光绪年间走过来的，100多年了吧。一百多年的一座城市，看到的是百年后的容颜；100多年的老宅子呈现的恐怕也是面目全非了；100多年前的人更只剩下一把骨头，而百年前某个乡村秀才使用的一件文具，仍完好无损地留传了下来，经年历月，穿越时光，却一样的磁白花红，一样的姿容平静。插几管羊毫，静观细听，仿佛有晚清的气韵，历史在斗身内低吟。我坐在当代，坐在一坐明亮的写字楼里，在一种叫着电脑的键盘上敲击，敲击关于光绪年间一只笔斗的文字，窗外的冬阳暖暖的洒在我的笔记本上，在我翻飞的指间，晃化成影，手指以及屏幕上跳跃的文字，比笔斗上那只小鸟自由、灵动和传神。当年笔斗里的羊毫、狼毫，在乡村秀才的手上悬着，临摹过陶公的归去来兮辞，挥洒过李杜的诗，必然也铺陈过乡民心怀怨尤的诉状。我倒宁愿它的主人是个多情的才子，笔下流泻出的是一首又一首献给邻村女子的情诗。

上班时，目光不经意间聚焦笔斗，思维在刹那间翻越百年，而我自己则清醒地活在当下。有时候也想，要是历史倒退百年，自己头上岂不还留着一根长辫、身上套着长衫？留一根清朝的辫子，如果和人打架，先要将辫子在颈子上绕几圈，再将长衫的下摆从右边撩到腰际，否则，行动会受到阻滞；如果在朋友聚会的场子上，杯觥交错之间，辫梢上一定拖满了酒水和油水；做工、耕作、驾车、作爱，那长蛇般的辫子该怎样打理？繁衍更替的是文化，日复一日的是历史，祖先梳长辫着长衫，号称“大清”帝国，我辈理板寸穿牛仔，人称“世界二强”了，谁敢称“大”？我笑拖着长辫的先人，后人应笑我，后人都会笑我什么呢？

在河北省易县的清西陵里，我目睹过光绪帝豪华的陵寝，那个身前有点可怜的皇帝，死后也不能安寝，尸身都被盗墓贼拉出了宝鼎，他使用过的纸墨笔砚、古玩戒饰，如今都成了宝贝，大多存放在故宫博物院里。一只民间的笔斗，因冠之以光绪二字，便成了文物，我拥有它，珍惜它，不是等着它升值，更不是怀念那个朝代，它承载着的是一种叫文化的东西，氤蕴着往日的温度，散发着千年的气息，这种温度，这种气息，温暖芬芳，我喜欢。

（选自《新安晚报》2007.01.09）

李智海

花殇

我爱花，倒不是有着什么闲情逸致，只因从教数十年，脑子超负荷运转，患上了可恶而难治的神经衰弱症。虽经名医治疗，按摩针灸，人参大补，收效甚微。我的大女儿李联说："爸爸，你养花吧！"我言听计从，在知天命之年开始了养花，不到两年，脑疾竟然不治而愈。

我住的是楼房，南向阳台是异乎寻常的大，将近三十平方米。在我的阳台上，最先养的是"花中皇后"月季。这种花，花期之长，花色之艳，花香之浓，均无与伦比，真可谓"春色四时常在目，但看花开月月红"。十几盆月季经过精心管理，叶茂枝繁，填满了阳台上的巨大空间。俗话说："花无百日红。"为了使我的阳台常年有花，在枯花时节，我曾兴冲冲购来塑料花做点缀，我的"弄虚作假"，虽然也能骗人于一时，使阳台上一时红花闪烁，带来春天般的明艳，但由于违背了求实精神，心中颇不是滋味。于是我根据季节购来多种花卉，经过精心安排，力求做到四季有花。

新春伊始，"迎得春来非自足，百花千卉共芬芳"的迎春，以它美艳动人的色彩，纤细的枝条，四散披挂，姿态婀娜，叫人怎能不珍爱这早到的春光？迎春刚谢，茶花杜鹃露出了笑脸，花团锦簇，昂然灿烂。随之，米兰和茉莉争香，凤仙与扶桑斗艳。我从四川省苍溪县白鹤山园艺场"引进"了几株日香桂小苗，经过几年培植，树姿挺拔，清香四溢，沁人心脾，实在逗人喜爱。如今，在我的阳台上，有花数十盆，那株开了，这株才谢，这盆谢了，那盆又开，先先后后，交叉错落，花开花落无间断，且喜阳台常有香。

未植梅，腊月无花，但幸天公作美，纷纷扬扬飞下雪花来。抬望眼，楼宇顿成银世界，吾庐阳台梨花开。不是鲜花，胜似鲜花。伫立阳台，遥望长天，雪花在空中曼舞，我在雪花里逍遥。浴雪赏花，感怀无限，任思绪伴随着雪花起落飞舞，灵魂随之融入这玉洁冰清的世界，体格受到锻炼，心智受到陶冶，爱花的情怀也随之升腾。

四季有香的日子过了一年又一年，天有不测风云，人有旦夕祸福。1994年秋天，菊花盛开，白云在天际飘走，秋风扫着黄叶，不幸的事终于在我家发生：我的在安徽省怀宁中学任教的大女儿李联，以二十八岁的芳龄不幸去世。噩耗传来，肝崩胆裂，阳台上的花卉也随之狼藉飘零。

联儿是我的长女，这孩子自幼天真活泼，聪明伶俐，是长辈们的心肝骨肉。我们辛辛苦苦地把她一把屎一把尿拉扯大，好不容易让她读到大学毕业，好不容易被安排到怀宁中学任教，结婚生子，教书育人，彩电有了，房子有了，教学成绩也有了，但是人却没有了。在失去联儿的日子里，全家人牵肠绞肚，伤心的泪流成无底的河，哪有闲情去养花？在哭哀声中，菊花垂下了头，芙蓉蜷曲着腰，各种花卉零零落落凋萎，凄凄惨惨切切。寒风里枯枝败叶飒飒作响，像在为联儿的早逝小声抽泣。阳台一隅虽也开出小花几朵，但映入眼帘的似是联儿的笑靥。小憩阳台，往事涌上心头——联儿小时，每逢莺飞草长的暮春三月，我总是带了她去《孔雀东南飞》故里参观访问，饱览古镇小吏港低山浅水的迷人风光；后来我研究《孔雀东南飞》，她又为我查阅资料，抄写文稿，文章发表了，她与我同享欢乐。在养花的日子里，每当傍晚时分，联儿常常替我给花施肥浇水；风雨大作之后，她又抢着替花培土捉虫；还特地购来景德镇瓷花缸，栽上珠兰置于我的案头，让我赏心悦目，舒展案牍之劳形。回首往事，睹花思人，感怀无限，花开花落尚有期，生离死别恼无垠。

如今，我年过六旬，赋闲在家，齿摇发脱，体力日减，但我一定要振作精神，痴心不改，对阳台现有花卉精心养护，特别是对联儿为我购置的珠兰更是宠爱有加，精心培植，让联儿成为我心中最艳最美的花朵，常开不败……

刘丽萍

步入春宵

又是一个兴奋的春宵。我伏在案前掩卷遐思，掀开夜幕中垂落的窗帘，夜空中悬挂着一轮弯弯的月亮。我断定这又是一个难忘的春宵。

多少年了，我习惯于夜晚写作，将白天的所见所闻，一些莫名其妙的东西记录下来，然后丢在抽屉里。过些日子，少数的东西也拣出来整理公诸于报刊，而大多数就让它随着岁月湮没，堆在一旁逐渐地变淡变黄。

今宵，我又独对灯火。推开窗门，灯光迅速地漫向窗外，夜幕无边无际。我被思绪的潮水肆意地撞击，又一扇记忆的闸门被打开。于是蓝色的记忆中又漂出了那个难忘的春宵，那密密匝匝的春雨，那雨幕中街头变色的灯光……

我步出深深的庭院，独自在幽静的园林中漫步。弯弯的月亮悬挂在夜空，今夜月色真好！皎洁如水的月光静静地泼洒在地面，所有的树木、屋舍、远山、近水像刚刚涂抹上一层乳白色涂料，夜色一片明净，给人一份难得的清新而纯净的感觉。我独自闯进了一个洁净的世界！清凉的春风徐徐吹来，沁人心肺，我心灵深处一阵莫名的轻松与舒畅。

这是一个美好的春宵。今夜，又有许多花朵在春风里敞开，无数株幼芽在春风中露头。我仿佛听到了植物抽枝拔节的脆响。而我已经越过了多梦的季节，再不会去编织生活五彩缤纷的花环。工作的重负，家庭的琐屑，社会的繁杂使我不堪重负。记得有位名妇人在生活的浪涛里长期搏击，不得不一声长叹："做人难，做女人更难，做一个名女人难上加难！"从小，我就生活在兄弟姐妹众多的大家庭，母亲常常教诲我要善待别人，善待朋友，善待生活，生活和工作中我也一直小心翼翼，如履薄冰。

渐渐地，我不知不觉地穿过了一丛密林，穿过了一条宽阔的马路，朦胧的夜色掩盖着前面一座高山。我茫然中仿佛找到了生活中一重厚厚的依偎，高山无言，却永远端庄。我迅步朝大山脚下走去。

眼前这座山就叫清风坡。据说恫时外地贵宾来此地，县令亲自迎接到山脚下。人们为勉励县令为政清廉，将这座高山称为清风坡。古人对官府的清廉也如此看重。大山脚下是一条蜿蜒的河渠，这一湾清澈的河水有月光的映照下像一条随风飘动的玉带，将高山紧紧缠绕，清澈的河水透澈无比。这一瞬间，我好像找到了最好的感觉，高山流水，这是一幅大自然生命完美的图画。我能从中领略到什么呢？这些年由于领导和朋友们的看望，给予了我许多的荣誉，我一直忐忑不安。说真的，我真是个懒得名利的人，从小就只想做一个平常人，保留一份平常心。

今夜面对高山，独临春水，我真想远离世俗的风尘；白天荡一叶小舟，观鱼游春水，晚间临水而居，头枕美梦。月色朦胧，好像河的对岸有人手捧书卷，这是谁不约而同？天涯孤旅总会有人相逢！我心里一阵跳动，泼洒在地面的是月光？河水？还是泪滴？我眼眶湿漉漉的。

然而，现实又是如此的坚硬。我不能在这蓝色的水面播撒梦幻般的希冀，也不能去祈求那一份天地古今的永恒。即使，对岸有人长相厮守，一叶小舟也载不动世俗的沉重。踩着这干净的月色在岸边行走，水中这一片落叶不知漂向何方？我断定我今生并没有错！我心中又浮出了那个春天的雨夜，春雨如织，没有霓虹灯光，一条泥泞的回家小路，一颗无私无欲恬淡隽永的心，这是一种瞬间的默契，可遇而不可求！而我就在这一瞬间找到了一份超脱，一种永恒！

从那以后，我生活中仿佛又多了几分惆怅，几分孤独，像路边的小树又圈上了一圈深刻的年轮。

这又是一个春宵。我的几位爱好书法和绘画的朋友在一起集会，聊天，喝酒。酒后互相奋笔疾书，作字、作画，兴致好浓，全然不顾外边市面上吵吵嚷嚷的叫卖声，好像沉浸在艺术的天堂，超然物外。其中一位绘画的朋友从房间里取出一幅“高山流水”的艺术挂毯，这是她大学毕业的作品，一直随身珍藏了多年，她欣然赠给了我。我的一位写诗的朋友，当即题字：“仰高山之志，慕流水之情，人海苍茫，特别是在这物欲横行的岁月，日子天长地久，拥有这一份纯情，足够我永远珍重!”返回卧室，已是子夜时分。写字台上放带机依然在轻轻播放萨克斯歌王那首永远的《回家》金曲。我毫无睡意，静静地欣赏着墙上《高山流水》的艺术挂毯，面对这盎然的春宵，我能说些什么呢？

夜空，依然悬挂着一轮弯弯的月亮，明月清辉，今夜我又难于入睡。

刘鹏程

一 号 船

我想说说三十年前的一条船，一条大木船。说说它那浸染沧桑的黑色的大帆，是怎样在一个少年男人的内心竖起、飘扬，直至倒下。它自从1954年加入马山大队船业队，到1978年碎身于大湖，这期间一直是一千多号马山人心中的旗帜。

它是马山船业队的一号船。一号船就是它的名字。

马山大队位于大湖边上的一个半岛，一千多号人祖祖辈辈靠渔业为生。五十年代土改的时候，船自然都要收归集体所有。马山大队把吨级以上的船组织起来，建成船业队，船的东家也一并吸收到船业队，各人依然驾驶自己的船。马山船业队一共有七条船，按照载重量大小依次取名一号船、二号船……。它们终年在大湖和长江上从事货物运输，作为马山大队集体副业。船业队就设在我们小村附近的油坊里，平时，船就停靠在我们小村附近的湖汊里，这里也就是它们的港湾了。而我们小村的放牛娃们也总是在这个湖滩上放牛。在这个湖汊里，就是这些船，特别是一号船，温暖了我整个的少年时光。

一号船是最大的一条船，它的载重量达到十吨，帆也是最高的，而且是这里唯一装有三叶帆的船。一号船无疑成为马山人征服大湖和长江的象征，更是我们的崇拜。一号船的船老大名字叫友汉，是个四十岁左右的大汉子，高大的个头，黝黑的肌肤，与船和帆的颜色是如此的协调。一号船出行之前，友汉用力地依次扯起三叶风帆，我和我的伙伴们会站在岸边，注视着上升的帆，像注视着一面大旗，慢慢升到桅杆的顶端。这时候，巨大的风帆几乎遮挡了我们头上的半个天空。出行的时候，我们庄严地目送着它离开岸边，开向大湖的中央，慢慢地由大变小，变成一个小黑点，逐渐消融在辽阔而旷远的水域里。

在这个港湾里，我们七个放牛娃与这七条船和它们的船老大结成了深厚的友谊。他们的船归来的时候，总是被我们远远地望见，我们会早早地来到岸边，拥上去迎接他们；他们去船业队驻地油坊里吃饭的时候，我们也会跟上去，有时他们会盛些给我们嘴馋的孩子。为了分配好这个“友好资源”，我们七个孩子商议，每个人只能和一个船老大做朋友，每个人只能“拥有”一条船。但是，我们每个人都想占一号船和友汉做朋友。最后我们通过摔跤比赛决定，按照个子高矮和力气大小，依次对应一号船至七号船，并和它的老大做朋友。因为我的个头最高，力气最大，我光荣地“拥有”了一号船，并可以和友汉做朋友。我们孩子的决定得到各船老大的一致赞同。此后，非特殊事情，我们只允许一对一联系，我只能在一号船上玩，只能与一号船老大友汉说话。每年的夏天，船都一律安排在河滩上“验船”（即上岸修补破损、涂抹桐油等，以保证一年的行船安全），我们都会在自己的船下面乘凉，和正在验船的老大说着话。因为规定，平时我们和老大都是直呼其名，毫无顾忌。几年来，我们都遵守着这样的约定。友汉成了我真正的大朋友。

一号船的归来、出行、验船，都与我有关。船归来时，我会上去迎接；出行时，我会挥手送别；验船时，我会帮友汉打杂。特别是船出行的时候，我会在内心里默默地为我的一号船和我的朋友友汉祈祷，祝福他们平安。我也总是想象着，长大了一定要开一条像一号船这样的大船，去大湖大江里，去大风大浪里，完成一个男人的理想。

直到 1978 年的冬天，一场大风破碎了我的梦想。

一个大风的晚上，我们正在家里吃着晚饭，菜盘子里一条鱼有一边鱼肉吃完了，我拿筷子去翻过来吃，嘴里还说着：“我把它翻过来吃”，这立即遭到父兄的一阵臭骂。因为湖边人有忌，吃鱼时不能说“翻”字，意即翻船，是不吉利的。整个晚上我都在自责，我总担心因为我的失口影响我的一号船的安全。我也总在想：一号船现在在哪里？它是否靠岸了？

到第二天早上风就停了，下午，我们几个孩子早早来到湖边，等待船们的归来。不久，望见一条船正朝我们过来，近了，知道是七号船。七号船的朋友是我的矮个子伙伴自来，靠岸的时候，自来迎上去。我们看见七号船上装载着一船散乱的木板，还有三根大桅杆躺在上面。突然间，我看见友汉从七号船上走下来，此时友汉也看见了我。我正要迎上去，友汉却不说话，表情凝重，满脸的胡茬似乎一夜之间长粗了许多。友汉下到岸上，朝我走来，只一把牵住我的手，朝油坊方向走去，依然不说一句话。我去看他的脸，两行浊泪印在脸上——我知道一号船出事了。

黄昏时，坐在油坊的一角，友汉抽着旱烟说话了，他告诉我，一号船出事了。

头天晚上起大风的时候，一号船从江上返回正行至大湖的中央。湖中一时大浪滔天，友汉把风帆全部放下来，减少风力。但是大船依然在大浪中急剧地颠荡，友汉不得不临时寻找近岸。由于天色漆黑，靠向最近的岸竟然是石头埠，他想调头都来不及了。因为石头埠水边全部是大岩石，船靠上去会在大风大浪中击撞岩石，那会是一场灾难。友汉将锚抛下去无数次，都无济于事，坚硬的水底，锚无法吃进去。在与风浪、与岩石的搏斗中，船不停地撞向岩石。接近天亮时，船已撞碎。友汉，这个与船与水为生的大汉子，最后死死抱住大桅杆，直到风浪停息。早上，被归航路过的七号船发现救起。回来时，友汉硬说要把他的一号船带回家。他们含泪把船的碎板和三根桅杆搬上七号船运了回来。

一号船，这条在大风大浪里历练了几十年的大船，就这样碎身于大湖。一号船破碎以后，马山船业队像失去了主心骨，到1980年就解散了。

在一号船的身上，一个少年男人早早地体验了庄严与悲壮，像一面大旗，它浸染着我早年对于远方和苍茫的全部理解。一号船的消失，让我开始去寻找通往远方的其它路途……

（选自《安庆晚报》2009. 02. 11）

刘文华

夜宿水吼岭

山里的夜无比的幽静、空寂。潜水潺潺，松涛阵阵，声声敲打在我的心坎上。

头天，我利用暑假到潜山县雾下乡去看望一位同学，并想顺便游览天柱山。不料，同学外出了，我在简陋的乡政府过夜时，又因受凉病倒了。那天，我久等同学不回，还错过了唯一的班车。待拦了辆拖拉机颠簸20多里，赶到这水吼岭时，暮色染尽山中，我只好再留宿此地。

这里是一个很小的山镇，唯有一条一里长的街道，稀稀拉拉的房子排在公路两侧。我走过一家个体旅店时，一位十七八岁的女孩迎上来，热情地问我住不住店，一双又黑又亮的丹凤眼牢牢地盯着我。社会上把个体旅店说得很可怕，卖淫女强行拉客，歹人乘机敲诈，抢劫甚至杀人。我因此不敢住。但此时，我头昏脑热，浑身无力，急着躺下，一时又没找到像样的国营宾馆。我便无奈地让她带我进去看看。客房在二楼，十分简陋。我问一晚要多少钱，她说给10元吧。我便坐到床上表示住下。她看出了我的异常，问："先生，你的脸色很不好，是不是病了?"我点点头。她立即显一得很着急，问我要不要去找个医生来看看。我说不用了，自己带了药。她让我赶紧躺下休息，便转身下楼去了。不一会她给我端来杯糖水，要我喝下补补营养。见我浑身哆嗦，她伸手摸了下我的手，又在我的前额探了探，说，烧得很厉害，可能是打脾寒，（疟疾）。说罢又立即下楼给我抱来一床棉被，仔细地给我盖好。我忐忑不安，暗暗地祈祷，但愿我住进的不是一个黑店，但愿她是一个善良的姑娘。

半个小时后，她又走进我的房间，并给我端来、碗放着辣椒酱的面条，要我趁热吃了，发发汗降降烧。这个姑娘对一个陌生的男子这么殷勤体贴，会不会真是别有用心？我不敢往下想。我立即问她这店里总共有几个工作人员。她说除了她，只有一位兼做建筑包工头的老板和一位做饭的女工，今晚他们都回家了。一个女孩子独自看守一个山野小店，这太不可能！这店里一定还藏着一位五大三粗的男子，他将随时气势汹汹地冲进我的房间里来“捉奸”……顿时，我浑身毫毛直竖。我赶紧说我没事了，叫她去照看别的客人。她却说今晚店里就只有我一个客人。我更加感到恐慌，催她回房休息。她却坚持要留下来照看我一会，说万一我的烧退不下，她还是要去找个医生来。说罢，低头看起一本高中课本来。她说她上过初中，由于家里穷，没上完就歇了。我试探着问她，这么细心地照顾我，我该怎样感谢她？她笑着说，谁人出门没个三灾九难的。你住在我店里，我照顾你是应该的。对她的话，我仍似信非信。后来，我总算迷迷糊糊地睡着了。

突然，好像响起了急促的敲门声，我惊慌地坐起来，连声叫喊：“我生病了，我什么都没做!”她急忙上前问我怎么啦？待平静下来，看清房内仍然只有她一人时，我感到很不好意思，笑着说：“我出了一身大汗，感到轻松多了。谢谢你的照看，你回去睡吧。”她伸手再探探我的额头后，高兴地说：“烧真的退了，明天你可上天柱山了。”她这才转身离去。我长长地松了一口气。第二天早上，我得知她叫王萍。

这一夜已过去9年了。每每想起，我总是感慨犹多。人生遭遇一两次险恶，也许并不可怕，最可怕的是人喜欢杜撰险恶。因而人与人之间常常设防，活得很不自在。

水吼岭上的王萍姑娘，你现在一切都好吧。

（选自《新安晚报》1999. 06. 23）

龙其霞

倾听天籁

春夜。窗外噼噼叭叭的雨声。一阵疾风驰过，雨点密集、仓促而野蛮。少时，雨略小，轻轻地、绵绵地。俄顷，又是大风狂袭，玻璃窗被震得发出脆脆的声响，哗、哗、大雨如注如泄。稍后，又舒舒缓缓，滴滴答答。张弛有度。

窗内，柔和的台灯下，我靠在床上漫不经心翻书，很惬意。雨点一阵阵落在窗外的阳篷上，叭、叭、叭，我想象着是“雨打芭蕉”，想象着明日拂晓的湿润和清新，想象着“处处闻啼鸟”的诗意，想象着“海棠依旧”的疑惑和企盼……

这座江南小城曾有过许多大大小小的沟塘湖泊和山坡，在近数十年向大都市迈进的建设中，渐渐地消失了。童年时，春夜里有蛙鸣，夏季有蝉噪，初秋有蛐叫……。现在楼挨着楼，人挤着人，密匝不透，幸好，风雨挡不住。

二十多年前，我在矿区教书。下雨的日子总喜欢撑着伞，套着靴，在田野山间随意地乱走，看油菜花结苞，看杨柳抽芽，看溪水流淌在石板上……

如今这座城市没有了自然的风景，雨天里我也就没有了兴致。也曾试图在雨天里散步，但很难令人愉快。因为出租车的飞奔，让你猝不及防，一不小心，路面洼凼里的脏水会溅得你满身。人行道上虽铺着花花绿绿的地砖，但它俗气而不适用，商家载货的卡车常将它轧得坑坑洼洼，高低不平，踩在松动的砖块上，又要不时地提防污水溅到脚上。更有甚者，人行道旁的樟树上，竟会在风雨中不时地掉下肮脏的黑塑料袋和不堪入目的破鞋烂袜，那是两旁住宅楼上素质差的市民平时乱扔的垃圾……。城市里没有自然却有噪音，双休日午睡，常常被电池喇叭的叫卖声吵醒，街头商店里歇斯底里的音乐让人烦躁。夜晚，楼下不知谁家的轿车不时发出刺耳的警报，让熟睡的人半夜惊醒。想起若干年前，有一位九华山尼姑来此地看牙齿，在亲戚家住了一夜，第二日清晨捂着肿胀的腮帮，摇着头说：“城里头太吵，太吵！”牙也没看，匆匆告辞。

每次到泾县，皖南的山清水秀、民风的淳朴敦厚，总让我羡慕而又向往。便多次委托泾县同学替我买一处简陋的农舍，等晚年退休来住，他总嘲笑我是“作秀”。一位年轻的朋友打开我的电脑后，惊讶地问道：“龙老师，你是一个很浪漫的人呀?”“浪漫？何以见得?”他说，“因为你的电脑里拷了一首歌曲——《冬季到台北来看雨》。”我微微一笑，对这年轻人，岂是一个浪漫能解释得了？

朋友鲁女士因不堪忍受城市的拥挤和喧嚣，终于在郊外购了一处房屋，其代价是每天乘一个多小时公共汽车到市区上班。昨天她从乡下打来电话，说夜晚听到了阵阵的蛙声，便想到了我，约我去住两日。在那寂静的夜晚，远处有几声零星的狗吠，近处是此起彼伏的“咕咕”蛙声，该是怎样的妙不可言啊。“清风半夜鸣蝉……听取蛙声一片”，我在心里懒懒地吟诵着辛弃疾的诗词，枕着风雨声，渐渐入梦……

（选自《中华散文》）

乌柏树祭

小时候屋前屋后有很多乌柏树，它们和其他的树木，比如刺槐、枥树、榉树、枫杨一起生长，春天发芽，秋天落叶，承受阳光雨露，开花，结子，繁育后代。可是家乡人都不喜欢乌柏。因为乌柏树上总会寄生很多毛毛虫，小孩子不小心在乌柏树旁玩耍会被毛毛虫弄得全身都是小疙瘩，情况严重还会发寒作热。

每年毛毛虫繁殖最旺的季节，大人们都会用火去烧，烧死了毛毛虫，也将那些乌柏树弄得伤痕累累，被烧伤的枝干经年累月黑乎乎的，很多小乌柏树在年复一年的烧烤中消失了。剩下的大乌柏树也因为今年被猪啃了树根，明年被淘气的孩子剥了树皮，逐渐淡出了人们的视线。再后来，终于只剩下最后一棵乌柏。

这棵乌柏只有一半身躯，它的另一半身躯在一个雷雨之夜被暴雷劈去。失去了另一半树皮的保护，它的树芯渐渐腐朽以至于有一部分形成了巨大的空洞。它渐渐倾斜下去，要靠在近旁一株椿树上才能以一棵树的姿态站立。

人们都以为它活不了多长时间，所以收起了刀斧；人们发现它身上竟然一条毛毛虫都找不到，于是也收起了火把。后来人们还发现，这半棵乌柏的籽再也不会发芽长出一棵棵小乌柏了。

这剩下的半棵乌柏终于可以和其他树种一样，默默无闻地生长，它再也不会因为生毛毛虫而引起人们的注意，它学会了逃避人们的视线，学会沉默不语地独自生长。

也许是因为它长在我上学必经的路上，也许是因为它残缺的模样，我走进了它的世界。走近它时我还只是个懵懂孩童，失去它时我已成大人模样。在那平凡、平淡的漫长岁月里，一年一年，我看着它枯干的枝条上长出细小的嫩芽，我看着它的叶子渐渐长大，看着它开花，结籽，看着它的叶子由绿渐红，凋落……每年百花竞发的时候，我会期待它早些萌芽，每年万木凋零的季节，我会留心它是否过早凋谢。是它告诉我季节怎样变换，岁月如何变迁，我们的时间如何一去不复返的。

那一年深秋，我去外地，回来时远远看见它像一团熊熊燃烧的火焰，立在村口无人的荒水塘边。靠近看时，它一片片叶子就是一朵朵怒放的桃花，就是一簇簇跳动的火焰，从来没有人告诉我，乌桕树的叶子竟然可以比经霜的枫叶更红艳，更令人怦然心动。

若干天后，它火红的叶子似乎在一夜之间全然飘落，满地心形的红叶在黄昏时斜透过树枝的斑驳光影里随风舞动，像一只只扑翅欲飞的血蝴蝶。那一刻我意识到它的叶子落得比往年早，这些红叶是它最后的鲜血，最后的美丽，它快要死去了。

那年它的籽实也比往年多。一个月光如霜如雪的夜晚（也许那夜真的有霜？我记不清楚），我经过将要离去的乌桕树下，踩着落在地上的乌桕子，听见咯吱咯吱清脆的响声，我抬头看它，月光似清冷又似温柔地弥漫在乌桕树上，满树的乌桕子分明就是满树的白梅花，月下，无人，咯吱咯吱的响声也似乎变成了踏雪声……没有人在意乌桕树红叶的美丽，没有人在意月下乌桕子像白梅花，这半株即将离去的乌桕树，它也不在意，多年以前它就已经避开人们的注意，默默地春天发芽，秋天落叶，默默地怒放着自己的生命和美丽。

白梅花，多么美丽的白梅花！

白梅花，多么凄凉的白梅花！

从那以后，村里最后的半株乌桕消失了。

从那以后，只属于我的乌桕树消失了。

（选自《扬子晚报》2008.04.20）

倪爱清

居室趣事

三室一厅一楼的住房，前面带个小院的院落，院中水泥铺地，墙角摆放了几盆花，显得清爽而干净。这便是我最初居住的楼房。

乡下亲戚送来老母鸡一只。因为是新搬的住房，养鸡不太合适，我就想立即宰了尝鲜。哪知酷爱动物的五岁的儿子，竟然抱着它，大哭不舍。念他对动物的依恋之情，只好作罢。

从此，儿子对老母鸡关心备至：起床后，到院子里给鸡洒米、喂菜；吃饭时，丢弃肉块、饭疙瘩；傍晚，抱鸡进纸盒……它的睡床。鸡这边，仰头观瞻，侧目凝望，“咕、咕、咕…”

似有不尽的话语；儿子那边，挥手跺脚，“哧、哧、哧…”“啄、啄、啄…”嗔怪嬉骂声不断。

几天后，儿子在屋里进进出出，鸡便随后紧跟，俨然一对伙伴。

我家书房的墙角搁了一面梳妆镜。成天为生计奔波，没时间对着梳妆台美化形象；工薪阶层，囊中羞涩，不奢想潘婷、大宝之类美容系列中的高档。于是，成家时添置的梳妆台，底座上旋转着电脑 VCD，镜子便闲置在墙角里，不照尊容。

有一天，老母鸡踱步来到梳妆镜前，仰头，睁目，哥伦布发现新大陆般神情亢奋。对着镜中的“同伴”“嘣、嘣、嘣！”嘴对嘴亲热，“咕、咕、咕……”边侧目凝视，边燕语呢喃，诉说着无限依恋的情感。

从此，屋子的这一角，梳妆镜前，变成了老母鸡心所系恋的地点。吃了食，便撇下我儿子这个伙伴，和镜中的“同伴”亲热地见面。再依靠着它，勾头梳理身上那件漂亮蓬松的羽毛外衣：颈部、腹部、翅膀下，神态从容娴雅。或者，静卧在镜子前，和自己的影子共享相偎相伴的甜蜜。

屙下的粪便，污脏了镜框。我拿起棍子驱赶它。老母鸡在屋里兜了好几圈，才勉强出了门。可我还没转背，它又钻回原地。“咕、咕、咕……”冲着我伸直脖子，高声反抗。

我的心“咯噔”一下，这鸡儿恋着它的“同伴”，那么执着，那么勇敢。

难怪，万物之灵的人类，有“在天愿为比翼鸟，在地愿为连理枝”的期盼；有“但愿人长久，千里共婵娟”的倾心牵挂；有“衣带渐宽终不悔，为伊消得人憔悴”的执着等待；也有“过尽千帆皆不是，肠断白蘋洲”的哀怨。

“生活漂白了爱的色彩，而忙碌又将它悄悄地掩埋。”

人们，终日为工作，为生活奔波忙碌的时候，可不要忘了向爱人，向知己，向可以心相托的朋友，道一声祝福，道一声真诚地牵挂。

人类，在住房越来越密集地聚拢中也该少一些相互戕害的算计，多一些相偎相伴的温馨！

（选自《江淮晨报》2007.08.13）

欧阳冰云

隐在湖水深处的微笑

1

没有风的日子，花亭湖在凤凰山的腹地静静打坐，仿如一位坐禅多年的高僧。花亭湖静谧地隐在山中，山环抱着湖，湖依靠着山；山的倒影幽幽地隐在湖水的深处，湖的深处有精灵发出悠悠地微笑，一直漾到水面上，泛起无数的涟漪。

坐在凤凰山上看湖，如沐浴的仙子，粉面含情，雾霭微澜。佛光禅影中，山也成了湖的一部分，其实山就在湖中，在湖的深处。泛舟花亭湖中，仰望佛光禅影中的凤凰山，山上有凤凰石，凤凰台上凤凰游。

山注视湖，湖凝视山，如此春夏秋冬，生生世世，相看两不厌。

山却经不住风的诱惑。花亭湖畔的西风禅寺中有清朝诗人赵文楷的诗为证："厨盖千年石，崖呼半夜风。暂抛尘梦去，禅榻一灯红。"风不仅打扰了高僧的清修，也吹皱了花亭湖的心事。

花亭湖也许是一位情窦初开的处子，风的微澜在湖面漾起了涟漪，花亭湖有了自己的心事，连山都不知道。

花亭湖在风中微笑，不露痕迹。

2

一只鸟的鸣叫打破了湖水的平静，其实湖水从来都是不平静的。湖面上并没有翅膀的痕迹，山隐藏了鸟的踪迹。是风在作怪。

风隐藏在山的背后，精灵古怪。窥视着湖水。有风的存在，湖水就有了灵气和活力，有风，湖水从来不寂寞。

风，还有山，都是花亭湖不离不弃的爱人，是花亭湖永世的依靠。

风就像一位勤劳的主妇，总是不停地忙碌着，变魔术似的，将山顶的树叶变绿变黄，眨眼间又变黄变红；山腰上的花花草草就像是风的孩子，不停地被风管束着，哪一朵该打苞了，哪一棵该抽芽了，风比谁都清楚。

花亭湖日渐丰腴，风看在眼里，她沉默了，她知道，即使她不吹，花亭湖也会名扬乡野，甚至四海，对风来说，这并不重要。

风潜入花亭湖的深处，偷听花亭湖梦中的微笑。

3

风从湖畔吹来，从山顶吹来，从天涯吹来……风，吹老了春夏秋冬，只有花亭湖容颜不改，保持着青春的微笑。

风在山上扎根，和山日夜的呢喃，花亭湖也许有了醋意，不停地撞击岸堤和山体。在深冬的夜里，山疼痛的叫喊，俯身流泪。这些泪水连同山的躯体，在花亭湖的某个拐弯处，形成了一道道湾，湾里也包容了花亭湖的水。风在清晨听到花亭湖的笑语，花亭湖暗自欢呼，她已经征服了山的灵魂，和山融为一体，而风，只是过客，这阵风吹来，就会远去，远处的风，会来。

花亭湖上不断有新鲜的风吹来。小木船停泊在某个湾里，好久没有摇橹。画舫载着天南海北的游客，缓缓前行，这些人并不着急到达目的地，和所有的旅人一样，他们有足够的时间欣赏沿途的风光，合影和说笑。

有时候，他们也会招惹花亭湖，用手捧一捧湖水，伸出舌头慢慢舔，轻轻吸吮一口，让那天然的清甜滋润肺腑。有人咂嘴说，这水甜得我心肺都在唱歌，喝一口这样的甘泉，怕是做梦都会笑出声来。

游客也是风，来去匆匆。花亭湖也不会怠慢他，码头停泊着一排排快艇。弹指一挥间，就到了目的地。这些游客似乎不明白去目的地干什么，到月亮湾并不是欣赏少数民俗风情，也不会悠闲的在茅草棚里品茶，更不会吃完农家饭留下来赏月了。去了情人岛，也并不一定带上情人，或者是带着暂时还不是情人的情人，这些匆匆往来的客人，不认识花亭湖，可是花亭湖却认识他们，明白他们的真正用意。

花亭湖在晨钟暮鼓中微笑。醉翁之意不在酒，在乎山水之间。精妙，玄秘，虚幻。花亭湖成熟了，风韵中有了禅意的内涵。

风隐在花亭湖的深处微笑，山隐在花亭湖的深处微笑。花亭湖在微笑中慢慢地舒展，荡漾出美轮美奂的涟漪！

（选自《安庆日报》2008.12.20）

潘　红

生活短章

奢侈的运动

今天节目结束得早，难得有属于自己的傍晚。体育馆里练羽毛球的人真不少，有男有女，看上去的年龄大多不太年轻，可跑动起来的身姿却一个一个的热力四射，在这样的氛围中，即使是女人，也会忘记了矜持。

平时运动太少，我的体力只允许我进行了大约一个小时，竟仿佛全身的细胞都缺氧般的张开嘴巴，努力而快乐地呼吸，随着手臂的挥舞，甩出去的是累积在身体里已经很久很久的沉闷和灰尘。长长地舒口气，真的好久没有这么释放了。终于明白，为什么人们管这叫有氧运动。

回忆上次这样的运动还是两年前的五一节，工会组织大家活动，那时我们的节目遇到长假也会停播四天。也是因为平时太少这样的机会，所以参加活动热情高涨。我记得我为了彻底地放松自己，还特意买了一套运动装，那天开展的运动项目很多，有篮球、羽毛球、乒乓球、象棋、围棋、扑克、麻将，从早上到下午，我把自己直玩儿得精疲力竭，手和腿好多天都抬不起来。心里竟无比地畅快。后来，还和同事信誓旦旦地计划着每周给自己安排一到两次两小时的运动，可是，回到上班的轨迹后，我一天也没落实，只有一位同事坚持了大约一个月，便也烟消云散了。

去年，又心血来潮地制订计划学瑜伽，热心的同事立即给我准备好了练习的光盘，还是因为找不到时间再次泡汤。唉……

也许，在我目前的生活里，运动也算是奢侈。

思念苦无药

思念是什么？

记得儿子不到三个月的时候，一天我去省城参加普通话测试，早上走的，晚上7点多赶回。那时候正与老公冷战，他整天不挨家。我只好请母亲来看护儿子。那是我度过的最长的一天，可是到家时儿子已经睡着了。母亲告诉我，儿子的眼睛一整天都看着墙上我的结婚照，问她是不是想妈妈，他就会立刻撇起小嘴，要哭的样子。那是儿子第一次感受思念。以后，母亲每说起这事总红着眼睛。

又一次，儿子已经上幼儿园，我要去省城开两天会。儿子高高兴兴地去车站送我。可是，当我买好票走向站台的时候，儿子突然哭了，直到我上车也没停。站台里他抱着爸爸无助地看着我，似乎我再不会回来。那是儿子第一次体会分别。车开没多久，我打电话给儿子，他已经玩儿得又开心了，可是儿子伤心的样子让我的眼泪一直含到了省城。

有人说，最可怜的残疾人是瞎子。因为，他的世界里是空的，连想象都没有。而人的情感中，最可怕的是思念，因为思念的世界太美好，却只有过去，没有未来。

这样的思念，竟被一个12岁的孩子看得透彻，并以成年人都不曾有的勇敢决定留住过去的一切。

这个12岁的孩子父母在外打工5年，每年只春节回家几天。每年孩子都是在父母将走的前几天就开始用眼泪挽留他们，可是眼泪的力量太弱小。于是这一次，在父母走后的第8天，12岁的孩子偷偷并快乐地告诉同学，要给他一个惊喜。这个惊喜谁也无法猜想。直到村里人在一间偏僻的祠堂后发现孩子自缢的尸体和口袋里的遗书。

我相信，这个可爱的孩子，带走的并不是一个残缺的人间。就像卖火柴的小女孩儿，在温暖和满足中走向天堂。

可是，那条小小的生命头也不回离去的脚步却踩碎了人间最完美的幸福。

思念是什么？

如果用颜色来比喻，它该是红；如果用味道来比喻，它该是甜；如果用时间来比喻，它也许是夜。

红是热烈的，甜是美好的，夜是自由的。

所以孩子用单纯选择了面对，而成人用世故选择了回避。

思念是什么？

思念是生命中难以承受之轻。

今天你学雷锋了吗？

朋友发给我这条短信的时候，我正在给儿子做晚饭。于是，我问儿子："你今天学雷锋了吗？"儿子愣了一下，然后做了个很外国的耸肩的姿势，反问我："你学了吗?"我说："我坐车给老人让了座。"他不屑地说："嗨，这也算啊!"一会儿给我端来一杯水，说："这算学雷锋了吧!"我无语。

儿子二年级的时候，我就给他买了本《雷锋的故事》，儿子爱看书，可是独独这本书，他直到现在，也没有看完。

我记得我小的时候，看《雷锋日记》不止一遍。每次看，似乎还都有一些心得体会，雷锋日记里的不少名言直到现在也没有忘记。他爱憎分明、乐于助人的光辉形象，被我们供奉在精神的殿堂里，也因为他的指引，无数的青春曾经在激情燃烧中找到了自己的价值。

可是，不知从何时起，我们的精神殿堂开始疏于打扫，慢慢地落满灰尘，今天，如果真的把这个问题问遍每一个人，恐怕能做出肯定回答的人也已经不多。

从"向雷锋学习"到"文明礼貌月"，从"五讲四美三热爱"再到"文明创建"，半个多世纪以来，中国人的精神世界，不断地被更新，不断地被加入新的角色，变换新的形式，可是曾经的激情却很难再激活，雷锋，依旧被许多冷漠的目光推向了历史的远方。这个曾经影响过几代人的精神领袖，终究成为时代的产物，在如今的80后，90后面前，毫不客气的受到了冷遇。有些事，我们分不出对错，因此也无法做出解释。

虽然儿子没有对公交车上的老人视而不见，虽然我也不能做到让雷锋去抢占周杰伦在儿子心目中的偶像位置，可是，不管怎样，我要督促儿子把《雷锋的故事》读完，还有《雷锋日记》和《傅雷家书》。

学会转身

连续看了三天的央视主持人大赛。真为自己庆幸。幸亏我在十年前就选择了这个职业，如果是现在，我断没有这样的勇气和智慧去面对那么多刁钻古怪的考题和那些能在鸡蛋里找到骨头的评委。

能站在这样的决赛舞台上的人，在市级电视台已经完全可以独立承担起一档节目的主持和采编任务了。而我在经过了十年经验积累之后的今天也未必有他们的思想和见识。

一位选手在感言中说的话我印象很深，她说，也许她将会离开这个舞台，继续用自己的后脑勺对着观众，在幕后为主持人们写稿，可是在若干年的努力之后，她将学会转身。她希望自己总有一天能站在聚光灯前，手持话筒，面向观众。

学会转身。对已经在这个岗位的我们来说，也许更重要。

主持人岗位的激烈竞争，不在其位，难有体会。它竞争的是青春，是阅历，是知识，是智慧，是思想，是情感，是气质，是品格，是精神，到最后，你的生活不再只属于自己，你的人生却因此而增添了些许的完美和境界。

可是，谁的一生能永远在聚光灯下？学会转身，学会自然地走出光圈，给观众留下一个优雅的背影。

让我欣慰的是，当我准备好做主持人的时候，我已经准备好随时离开，并且，不为自己后悔。

夜行的车

天很黑、很黑。坐在车里，看不见它在哪儿。

地，也一样。

窗外，远远近近，高高低低一簇簇的黑影慌张而急速地朝后跑去，象在躲避一场灾难。

雨点密集地打在车上，似乎要阻止它的前行，但它固执地朝着雨的深处挤着……。

车里很温暖，这温暖让我感觉安全。

所有的真实不存在了，没有天也没有地，没有过去和现在，我只是一缕有思想和感知的灵魂，我的耳中是空洞的静，我的眼里是虚无的黑，我的精神是宇宙里唯一的生命。

此时的天空该有一轮明月，让我在她的清辉里游荡。

——也许我将来会死于一场只有月亮看见的车祸。

跳蚤的高度

一只小跳蚤在玩儿，它跳进一只杯子里，又轻而易举跳了出来，乐此不疲。正在此时，杯子被盖上了盖子。小跳蚤再往上跳时，被盖子又撞了回去，它试了好多次都没有跳出来，它失去了信心。这时，不知谁把盖子拿走了，这真是一个好机会，可是小跳蚤再也不愿意跳了。它孤独地呆在杯子里，等待着生命的结局。

在很多情况下，人也和跳蚤一样。当我们经过一段时间的努力而没有达到预期的目标时，不也会丧失对生活的更高的要求吗？由于风霜的侵蚀，我们没有了棱角，自甘平庸，再也不会尝试着去挑战生活了，即使日后自身素质提高了，力量壮大了，外界条件改变了，也不愿为实现目标去努力了。

钱柏生

回　家

三年多没回家了，母亲很激动，一把抱紧我，哽咽地问，饿了吧。我应了声嗯。她说，我做饭去。不一会儿，母亲端上来满桌的菜，还有酒。

坐了一天的火车，肚子早就闹意见了，我拿过筷子狼吞虎咽起来。母亲在一边看着，脸上堆着满满的笑，口中直说：慢点，小心别噎着。

母亲知道我爱喝酒，每顿饭都要为我炒五六个下酒菜。两天之后，母亲提前准备的那些菜被我吃光了，又得上街买菜了。

母亲跟我说她去买菜的时候，我正在为一段小说的情节伤脑筋，母亲小心地对我说，我不懂文化，我只知道鸡下蛋时硬往外挤是不行的，顺着它，还怕它不出来。

母亲的一句话，使我茅塞顿开，我对母亲说，我去买菜，你在家休息。

母亲说，我去，你歇会儿，写不出别强求自己，休息好了再写。我坚决要去，母亲坚决不让。

母亲挎上竹篮子，这个竹篮子有些年头了。记得小时候，母亲就一直挎着它到地里挖野菜或者上街买菜，十几年过去了，篮子已经很旧了，但还算结实，母亲一直舍不得扔掉。母亲会过日子，一个用了近二十年的竹篮子就是最好的证明。小时候母亲上街买菜次数不多，我们饭桌上的菜基本都是来自屋后的菜地。每次母亲上街买菜时，我都要缠着她带我一起去，母亲一开始怎么也不同意，她知道我嘴馋，看见吃的就迈不动腿，她又得多花掉几角钱，但又总经不住我的央求甚至哭闹，最后总是屁颠屁颠地跟着她，一道去离家三里远的镇上老街。

那时候母亲还年轻，步子大，我跟不上她，她不时地催我跟紧点，距离拉大了，她又总会停下来等我。现在母亲老了，头发白了，皱纹多了，腰也弯了。往事老了，但记忆非常年轻，我的心潮湿起来。

母亲跨门出去的那一刻，我突然像小时候那样跳起来跟母亲说：小时候，我最愿意跟着你去买菜了，现在我虽然长大了，还想跟着你去买菜。

母亲回身摇摇头说，不行，不行，我老了，带不了你了。一阵风吹过来，母亲的头发有些凌乱，母亲用手捋了捋额上的白发，我看见她额头上布满了沟沟坎坎。母亲真的老了！我哽咽着说，那……那我们一起去，我带着你去，用自行车带你。

母亲深情地看着我，身子有些抖，眼里有泪花在闪，她显然是同意了。

老家到镇上都是土路，坑坑洼洼地，我把自行车骑得很慢，母亲上年纪了，怕颠。母亲没有说一句话，只是紧紧地搂着我的腰。

走在老街上，每碰到一个熟人，母亲都要拉着我介绍：这是我儿子，从部队回来休假，他带我买菜来了。这些人有的我认识，有的我不认识，听母亲介绍完，他们都流露出一种赞许和羡慕的眼神。

老街也老了，石板铺就的街面发着亮光，有点滑脚，谁能计算出有多少只脚从上面走过？卖菜的人不多，三三两两地贴在老街的两边，看见人经过时，就吆喝一嗓子。

我想再吃一回九爷的油条，记忆中九爷开茶馆，卖油条。九爷每天起床最早，老街的早晨都是被九爷的茶沏醒的。走到九爷茶馆前，门紧锁着。我问母亲，九爷呢？母亲叹了一口气说，唉，死了，去年春上。我心里一紧，九爷的身体一直硬朗，岁月真是不饶人啊！

买好了菜，母亲对我说：走，回家去，妈给你做好吃的。我一下子幸福地回到童年。

我牵着母亲的手准备跟她回家时，母亲突然砸砸自己的脑门说，看我这记性，我是跟着你来买菜的。

我揉揉眼，眼前的母亲还是小时候的母亲。

（选自《战士报》2008. 05. 01）

钱红丽

京昆之美

15年是可以成全一个人的。

15年前，《霸王别姬》将陈凯歌推向荣誉的峰巅，一个导演一生能拍出那样一部史诗性电影，似乎够本了。当年，连配角小豆子娘的扮演者一脸执拗生涩的蒋雯丽，转眼都也是两个孩子的妈了；而“哥哥”转眼成了一缕幽魂。

岁月催生华发——陈凯歌的头发白了一茬又一茬，15年过去，他依依不舍地，仍然还是京昆这块宝地，赏不尽的华丽美穴，淘不尽的碧流故井。就像一个作家，写前写后，依然舍不去幼童旧事故乡风物。这次不同的是，主角、编剧纷纷易主，黎明取代了“哥哥”，李碧华让位于严歌苓——同样的豪华班底。而严歌苓，又是个什么样的人物？一个正受着非主流读者热捧的小说家，一个各色的异人，一位美貌与才华并举的旅美女作家。

一、浅浅一抿，可慰肝肠

偶尔，夜深，辗转难寐，百无聊赖之际，会想到电视，去戏曲频道，也许碰巧还可以看上半曲《盗御马》——

将酒宴摆至在聚义厅上，
我与同众贤弟叙一叙衷肠。
窦尔敦在绿林谁不尊仰，
河间府为寨主除暴安良。

或者是《夜奔》，林冲在那里吼——

凉夜迢迢，凉夜迢迢，投宿休将他门户敲。

遥瞻残月，暗度重关，奔走荒郊，俺的身轻不惮路迢遥，心忙又恐怕人惊觉。

吓得俺魄散魂消，魄散魂消，红尘中误了俺武陵年少。

为不至于影响小区人民的睡眠质量，尽量把音量调至最小，却也能领略到那份荡气回肠的激情余甘……唱了，念了，做了，打了，衷肠也叙了，凉夜依旧迢迢，慢慢地，曲终人散，电视前的人仿佛历经一次洗礼，忽然有了"但为君故"的平复，间或找一点食物裹腹——当头发挨近了枕头，入眠，似乎也成了一件不那么困难的事情。

喜欢京昆，也就是近几年的事情，淡淡的，绵绵的，浅浅一抿，可慰肝肠，也像风里的一根长线，忽高忽低地飘着，也不大肯落下来栖身——始终不曾有过一惊一乍式的狂热与欲罢不能。可能是年龄的关系吧，深深浅浅地，就也能慢慢体会到那种埋藏于锣鼓喧天之中热闹繁华之外的大气之美，写意之美。这种美，是一点一滴地渗透着的，仿佛深厚底蕴下涌动着的狂澜不惊，更是一挂瀑布下的深潭，分明有长驱直入的幽碧之美。

是这样的感同深受着——可以在浓墨重彩的华盖下目睹浮世繁华，更能从霞披凤冠里捕捉悲酸哀凉，一切都那么具有绵醇的古典之美。都是久远的故事，演了一曲又一曲，唱了一场又一场，连光阴都蒙起尘来，它却始终华丽不减，不外乎人生的离合悲欢儿女情长。为什么就那么美呢？打个文学方面的比方，那不过是以曲笔与隐喻，牵动了你我心肠。

《霸王别姬》里袁四爷纠正段小楼：大王回帐到底要走几步？这就成戏痴了，直比文史类学者的考据功。我还没到这种"化一切有于无"的程度，可能毕生也到达不了——我不过是愿意抱个膀子，冷冷站在外围——看这如泣如诉的哀乐人间。

多年前，看周作人文集，看到《知堂回想录》那一本，倒是领教了一番周作人对于京戏的"偏见"，简直到了惊世骇俗的程度，他仿佛带着厌烦的语气：……锣鼓一下，就跟死了人似的。后来，在另一篇文章里，他还嫌不解气，又讲：地方戏我都看得，就只是那京戏里老生的唱法，在一个字的母音上拉长了变把戏，这和中医的医理一样，我是至今不敢领教的。当时读到此处，我是搓着手地表示认同下来，宛如阎王偶尔不在小鬼趁机当家的志得意满起来。据说，后来，老周的偏见被他自己扳正了过来，那是后话了。可见，人在任何时候都不能把话讲得太满，总归要后悔的。五四时期的那一拨文人很有意思——彼时，西洋风吹得厉害，人人摩拳擦掌似乎要革新，甚至到了钱玄同那里，竟把京剧里的脸谱比喻成"粪谱"。文人向来刻薄，笔下从不饶人。到了胡适之这里，就更事无巨细起来，他极力反对写意美，说

《霸王别姬》里的项羽手里拿的一根鞭子怎么能就代替了他的乌骓了呢？一定要换成真马才对味的，然后别人就反驳他说，《武松打虎》又该怎样演呢？这时候，弄到胡先生哑口无言了……那时候，中国尚没有话剧，胡适拿京剧的道具说事，不过是想为引进话剧打个前哨而已。而我们伟大的鲁迅先生呢，他对于京剧的态度，比起自己的弟弟来，还要刻薄十分，这里就不引了吧。

这都是老话了，不提。

你看，面对层出不穷地如此众多的非议、发难、讽刺，京戏依然活下来了，到了21世纪的某个深夜，依然被某个小女子在电视前默默欣赏着，京戏的抗压力真够强大的。

二、梅花虽落，其香永存

京戏强大的理由在哪里？在四大名旦之首梅兰芳这个人身上。布莱希特说："梅兰芳是西方人关于中国的一个幻想。"那个时候，世界上有三个表演体系，在布莱希特和斯坦尼斯拉夫斯基之后，还有一个就是梅兰芳体系。

梅兰芳一生塑造了无数美艳绝伦的舞台形象，他的表演，跌宕多姿地体现了中国传统艺术的温柔敦厚以及含蓄蕴藉的审美精神。

如今，梅花虽落，其香永存。

后人之所以记住他，更多的应该源于他的人格魅力吧。人们津津乐道地也是他做人的品与格——是他低调内敛、谦卑好学的作风深深折服了众人——所谓戏品如人品。前阵，我看《齐白石口述自传》——当年，老头子刚去京城发展，一次赴一个什么宴会，座上宾客一律是京城一等一的人物，没有人愿意理睬他这个刚从湖南来的乡下人，他一人坐在那里，既窘迫又落寞，这时，梅兰芳先生竟悄悄向他走过来，坐在他身边，谦逊地与其交谈……结果呢，满桌人看见大名鼎鼎的梅先生都如此对待这么一个乡下老头，也纷纷跟风与其"交话"了。老头子口述回忆录的时候，还依然带着感激的情绪，可见，梅兰芳人格之一斑。后来，这个湖南来的老头子应梅之邀，教其习画，竟当起了梅的老师来。

其实，梅兰芳十几岁初登台时，唱的就是昆曲。后来，他把这放下，专攻京剧，再后来，他觉得有必要重新把昆曲拾起来，便虚心向比自己小8岁的俞振飞先生学习。之所以重新习昆，主要是想借用昆曲的优柔之美吧。所以，正是有了深厚的昆曲功底，当人们看梅兰芳在京戏里塑造的诸多女性形象时，又额外添了一份含蓄迂回之美。原本是男儿身，可是，竟也能百炼钢而至绕指柔，那种深入骨髓的百媚千态，令女子也自叹弗如。

而作为两种迥异的艺术戏种，京昆之间原本相通相透，这时，迎来一位敏慧之人，刚好把它们俩相携起来，于是一切都通透起来，光明璀璨的美，破窗乍出。这应该就是梅兰芳的异人之处吧。

去年，看凤凰卫视，关于梅葆玖先生的一档访谈节目。梅先生西装革履，侃侃而谈，站立的时候，有轻微的摇摆，似乎显出一点老态来，可是，当主持人邀请他当场为大家表演一个名段时，当舞台幕布后的梆子声一起，梅先生煞时换了一个人似的，他一下子就与众人“隔”开来，回到那种特有的气场里去，他分别用手用身段比划着，唱的是虞姬……可是，你再看他的眼睛，分明有一种远意。这种眼神，我在张爱玲的照片里也看见过，就那么自顾自地一路看过去，非常孤立的，是可以把灵魂穿透的，是不介意地长风万里的宽阔……据说他父亲梅兰芳初出道时的眼神并不太好，属于那种迎风流泪型的，于是，梅先生便刻苦起来，他拿一根长竹杆，绑上红绿碎布条，然后到院子里，去赶歇息在瓦上的鸽子，鸽子受到惊吓，忽啦啦都飞远了，梅兰芳就盯着鸽子一直看，一直看，是谓练眼神，练着练着，就收获了一份远意。

小时候，乡下人贴年画，其中最典型的一幅就是《贵妃醉酒》，无须考证，那一定是梅兰芳先生的扮相，仿佛动态的——因为醉了，有了苦衷，唐明皇移情别恋了，杨妃独自一人喝下很多闷酒，直醉得脸色酡红，于是翻转身体——翻转身体也是京戏写意的一部分，用来隐喻内心痛苦状。我在画外似乎看见了“她”两足立地不停歇地翻，恰好一个回眸被定格下来，框在了画里，眼里流露无限悲怜。原本，这种悲怜是极度孤单凄冷的，可是，被那华服丽冠一衬，竟如此明艳雍容。刘海粟依照梅兰芳《贵妃醉酒》扮相画过一幅工笔，说他的表演像极重彩的牡丹，艳而不俗。我一眼看过去，那满纸的飞黄挑红，简直是白昼明烛的华丽呀。

当年，梅兰芳身上的戏装每每不少于上百斤，他却能在台上长袖渺舞云步腾挪，其轻盈灵动，简直追上了高飞低旋的燕子。这背后得付出多少“绑着沙袋奔跑”的艰辛呢？

另外，我觉着，京昆之美，最重要的一点便体现在眼神上。张国荣说：不必什么都七情上脸。他这话说得特别到位。人的七情都藏在一双眼睛里了——青眼，白眼，媚眼，怒眼，怨眼……眼睛放得开，又收得住，既有远意，又有深度，一张一弛间，将张扬内敛、绚烂沉静兼收并蓄，使得原本一个平面的人立体起来，正体现着“以少少胜多多”的艺术精髓，呈现出来跌宕之美。

三、须眉粉妆，恰逢恩友

其实，说梅兰芳，齐如山这个名字是无论如何绕不过去的。

当年，齐如山在京师大学堂（北大前身）教书，后来游历欧洲，基本上属于海归派。齐如山自幼在老家保定高阳就喜欢听戏，后来在欧洲又看过不少歌剧及话剧，脑子相当西化。回国后写了一本《说戏》，完全反对国剧。但后来越研究越觉得中国戏确有一定道理，很想改良一下，使它成为世界著名剧种之一，但一直苦无实践机会。

1912 年，35 岁的齐如山刚从西欧回来。他听友人说起梅兰芳的戏颇叫座，便有意识地去看了几场，觉得梅这个人真的与众不同，扮相清丽，嗓音清甜，身段优美。有一天，正是梅兰芳与谭鑫培合演的《汾河湾》。这个戏按照当时的演法，梅兰芳已经非常到位。但齐如山从一个研究者的眼光来看，却发现了不少瑕疵和不足。

齐如山对这位比自己小 19 岁的青年非常看重，决定写一封信给他。信以小楷写成，长达 3000 字。其主要内容是以《汾河湾》为例，谈了身段与剧情、戏词如何结合的问题，对梅兰芳所演的柳迎春这个人物的身段设计提出了自己的建议。比如在《窑洞》一场，柳迎春不能只坐着休息，对外边薛仁贵所唱所叙一无表情。

梅兰芳接到齐如山的长信，十分高兴。因为齐是他早已仰慕的饱学之士，信中提的意见切中肯綮。他深深感激这位长者的垂青和指点。他对自己以前所演的《汾河湾》重新细加审视，根据齐如山的建议和设计，重新编排柳迎春的身段、表情和心理活动。十几天后，梅兰芳再次出演《汾河湾》，推出的便是齐如山设计的新版本。齐如山看了这次演出后十分激动，他没料到这位风头正健的青年名旦如此虚怀若谷。

齐如山先后给梅写过一百多封信。通信两年之后，二人才由友人介绍认识，互为至交。

从 1912 年到 1930 年梅兰芳访美演出，近二十年间，两人合作无间。齐为梅改编神话剧，创古装，梳高髻，加歌舞身段，轰动一时。先后编过《洛神》、《天女散花》、《太真外传》等二十多出，其中以《霸王别姬》及《凤还巢》最为脍炙人口。这段时间梅先生也由四大名旦之首，一跃而成为世界知名之梅博士。梅兰芳能饮誉世界，齐如山可谓功不可没。

梅兰芳于台前名声大噪，齐如山始终甘居幕后。曾有人问过齐如山在物质方面是否得到了梅兰芳的好处，齐如山回答："我诚然帮助了梅兰芳，梅兰芳也确实尊敬我，可是我从来没有听过他的一次蹭戏。我若是伸手向他要钱，他早已不会尊敬我了。"

在那个年代，大多数伶人，尤其四大名旦，他们并非科班出身，没多少文化功底，而他们日后之所以名声大振，确实与他们自身的努力刻苦是分不开的，但，他们背后或多或少都站着一两位托举他们的人，尚小云如是，荀慧生如是，甚至程砚秋——连这书卷气十足的艺名都是恩师罗瘿公给取的。

正如齐如山说的那样："我帮梅兰芳的忙这一层，实实在在我也帮了他20多年，可以说一天也没有间断过……他的名气，固然我帮助的力量不小，但我的名乃是由他带起来，他的名气到一个地方，我的名也就被彼处知道了，岂非他帮助了我呢?"

这样说来，他们是彼此成全了对方了。

那时节，江湖上流行两个不同版本的段子，说是当年，老齐什么都管，甚至还干预了梅兰芳与孟小冬之间的情事。当年那个轰动一时的枪杀事件，就是老齐一手策划出来的，幸而出来会客的并非梅兰芳本人，而是他一个朋友代他出门会客从而当了替死鬼；还有一说是，那个拿枪要杀梅兰芳的人是个青年学生，因他一直暗恋孟小冬，因爱生恨而迁怒于梅，所以才铤而走险。我觉得，前一个段子似乎很不靠谱，以老齐的书生气息与长远谋略，他是决不可能干出此等鲁莽之事的。

1940年代末，齐如山取道香港去了宝岛，他继续从事写作和京剧研究，著作颇丰。1964年，出版了《齐如山全集》。1961年，梅兰芳因病逝世，齐如山知悉后，将梅兰芳手写的中堂张挂出来，日日瞻望。第二年，他以87岁高龄病逝于台北。

四、余情交集，欲说还休

17岁的时候，梅兰芳经历了几件事情：倒仓了，迷上养鸽子了，结婚了。

什么叫倒仓？也就是俗话讲的换嗓子吧。男孩长大成人的最显著的标志就是换声——原本稚嫩的嗓音像小鸡褪乳毛一样悉数剥去，重新生出一口男人腔来。人在倒仓的时候，是不能登台唱戏的，若在换声期演唱，一定会坏了嗓子，只得在家静养。

正因为无须演出，梅兰芳才迷上了养鸽子。再者，闲着也是闲着，在家人的期待下，他由别人介绍，与一个叫王明华的女孩认识了，然后顺利地结了婚。

王明华出生于一个京剧家庭，父亲王顺福工花旦，哥哥王毓楼是著名的武生。王明华属于贤妻型的女子，特别能吃苦，她刚嫁过来的时候，梅家尚不富裕，她任劳任怨毫无嫌贫之意，尽力把家务活操持好，甚至，坐在寒冬的雪夜，一针一线把梅兰芳的一件破了口的旧羊皮袍缝缝好，让那个人又能再穿上一年。

后来，随着那个人日渐走红收入日增，梅雨田见儿媳妇如此勤俭能干，索性就把日常用度交由她处理。日子就这么过着，虽无大富大贵，却也安逸。

婚后第二年，王明华生了一个儿子“大永”，隔了一年，他们又有了一个女儿，唤名“五十”。是儿女双全的一个温馨家庭了。王明华不仅操持家务，对那个人的事业也很上心，她常常提建议，比如哪一出戏里的人物服装应该怎么着怎么着，梅兰芳也听她的，一一采纳。王明华对古装头特别在行，每次梅兰芳演出都随身带一只木箱子，里面装的都是妻子为自己梳的各式各样的假发。时间一长，许多人误以为王明华是亲自到后台给梅兰芳梳头的，后来，假的传成了真的。那时节，后台仿佛一个圣地，是不容女人涉足的，有主见的王明华硬是打破了这个封建陋习，毅然将梅兰芳的梳头、化妆等活揽了过来。

人一红，不免节外生枝，尤其一个男人，到他大红的时候，身边总不免有些蜂飞蝶绕的——但，王明华一直陪在梅兰芳身边，就为他排除了一些不必要的干扰，使他的心顿时静下来，全身心投入到演出中去。

为常伴梅兰芳身边打理事务，不欲添加额外的麻烦，王明华干脆做了绝育手术。这可能是她悲剧命运的开始。后来，一双儿女患病，因医疗条件有限，双双夭折，这种打击是致命的——那种悲苦揪心，只有一个母亲才能体会到。

梅兰芳也是万分痛苦的，昔日的天伦之乐一下被拿走了，像大雨天赶路突然被雷劈了，即便没送命，但却痛彻肺腑。人在异常苦楚之时，该是要有一个突破口来宣泄的吧，抑或求得一份感情慰藉，就在这个时候，他结识了一个名叫刘喜奎的同行。

多数人知道梅兰芳生命中的三个女人——王明华、福芝芳、孟小冬。惟独不识刘喜奎，可能源于他们之间的这段恋情太过隐秘了。

二十世纪二十年代，刘喜奎可是红透半边天的名坤伶，是唯一能跟谭鑫培、杨小楼等名角唱对台戏的女演员。她曾被袁世凯召去唱堂会，袁家二公子对她有意，她却是鄙薄的；袁家三公子又说：我不结婚，我要等着刘喜奎结婚了我才结婚。她一概不予理睬。这种自尊纯洁的个性一直深得梨园老前辈们的喜爱，尤其是孙菊仙先生很为她的处境担忧，劝她赶快找个如意的人把自己嫁掉。那时，孙菊仙想到的人是梅兰芳。恰好，梅、刘两人早就有意。

谁知，就在两人惺惺相惜互通款曲之后，这段恋情又戛然而止了……

据说，他俩的恋情很短暂，是刘喜奎忍痛提出分手的。多年以后，当刘喜奎回忆那段情事，依然心迹明了："我拒绝了梅先生对我的追求，并不是我不爱梅先生，相反，正是因为我十分热爱梅兰芳先生的艺术，我知道他将来会成为一个伟大的演员，所以我忍着极大的痛苦拒绝了和他的婚姻……我感到如果他和我结合，可能会毁掉他的前途。"

这情感的一页就算翻过去了。

1920年，在一次堂会上，梅兰芳又邂逅了15岁的小姑娘福芝芳。当时，梅兰芳前演《思凡》，后演《武家坡》，而中间的《战蒲关》恰好是福芝芳参演的。

福芝芳生于北京的一个旗人家庭，父亲早逝，与寡母相依为命，用梅兰芳的话说，福芝芳"为人直爽，待人接物有礼节，在舞台上兢兢业业"。当时，梅兰芳在看到她的第一眼时，就喜欢上这个情窦初开的小姑娘。

到了1921冬天，16岁的福芝芳便跟梅兰芳结了婚。他们的婚姻，也是王明华主动同意的。一个家庭，没有孩子，在原本就肯为别人着想的王明华看来，是无论如何说不过去的事情。在梅、福婚后不久，王明华借口养病便渐渐退出了梅家，一个人独自避居天津，日夜与肺痨做伴，把寂寞孤苦一口一口咽下去，甚至不会流一滴眼泪，直至郁郁而终。牺牲自己的情感，成全别人的幸福——在王明华心里，仿佛笼罩着一种圣母般的光芒，将暖意给了别人，把冷寒留给自己。

福芝芳一生为梅兰芳养了九个儿女，五个中途夭折了，只剩下梅葆琛、梅葆玥、梅葆玖等四个兄妹。

然而，就在1926年，梅、福婚后的第五个年头里，又有一个女子介入到梅兰芳的生活中，她就是鼎鼎大名的坤生——孟小冬，人称冬皇的这位。

孟小冬，1908年出生在上海一个京剧世家，爷爷孟七是与谭鑫培同时代的著名文武老生，为了生计，举家从北方迁往上海。他的5个儿子都子承父业，孟小冬的父亲孟鸿群人称孟五爷，工文武老生兼武净，小冬是他的长女。自小熏陶于这样一个京剧家庭，又加上天资聪颖，以致1914年，才只有6岁的小冬姑娘便开始了搭班去演出了。12 岁时，在无锡正式登台了，因身段俊美嗓音洪亮而引人注目，她连工老生与武生，到了 1924 年，小冬姑娘辗转北上，先至天津，后落足北京。到了北京，她辉煌的舞台生涯算是拉开了帷幕。

1925 年初夏的某个夜晚，17 岁的小冬姑娘在北京前门外大栅栏三庆园首演《探母回令》，获得巨大成功。是年 8 月，北京第一舞台有一场盛大的义务戏，大轴是梅兰芳、杨小楼的《霸王别姬》，倒二是余叔岩、尚小云的《打渔杀家》，倒三就是孟小冬与裘桂仙的《上天台》。就凭这曲戏，小冬从此在京城声名鹊起。

小冬姑娘天生一双大眼，鼻子挺直，用王安忆形容赵薇的话说就是，“有一份古代的壮美”。一个姑娘的气质里却有着一股逼人的英气，加上嗓音高亢苍劲醇厚，又怎能不惹人爱呢？何况风流倜傥的梅兰芳乎？

他们走到一起，一直有着不同类型的版本传说，有一说是朋友从中撮合的——这么一对璧人怎能错过了好姻缘呢？就好比作为观众的我们，心心念念地要把张曼玉小姐许给梁朝伟先生一样，皆是抱了美好愿望的罢。

多年以后，迫于舆论压力，孟小冬在天津《大公报》头版登了一则《启事》，明言当时的自己年幼无知，就那么在旁人的撮合下，稀里糊涂地与梅老板“结了婚”。多年以后，她还带着恨恨的语气说，梅老板当初是给过自己许诺的。只是，到了梅家祖老太太去世，他们的关系出现了转折。

当年，孟小冬执意要去为仙逝的老太太守孝，最后到底被泼辣的福芝芳给阻拦了下来。可能是入情之深吧——曾经的孟小冬对梅兰芳是不肯放手的，甚至对梅夫人福芝芳亲自登门规劝都置之不理，福芝芳端得大家风范，这么对小冬姑娘言：梅老板并非属于你一个人的，他是属于座儿的。

这里的“座儿”就是指观众。以致“守孝事件”未遂，才彻底让刚烈的小冬姑娘冷了心。她与梅兰芳之间，连友谊都没再保持，从此成了陌路。

“守孝”未遂这事，令刚烈的小冬姑娘觉得非常丢脸，同时她也迁怒于梅兰芳的不作为，于是，苦下决定，不再见梅。据说，有一天夜里，下着大雨，梅兰芳来到小冬家，死活敲不开门，梅在雨中站了一夜，方怅然离去。这个说法见于《京剧见闻录》中的一篇文章，据传作者是梅兰芳的一个至交，应该不妄吧。梅在雨夜站立的形象颇像《围城》中一个镜头，斯夜，方鸿渐淋着大雨站在唐晓芙的窗外，然后狼狈而去——钱钟书先生写：方鸿渐像狗抖毛一样把身上的雨水抖掉……

古戏里有这样的唱词：从今往后，毋得相知。无论是梅兰芳，抑或方鸿渐，从此以后，他们再也不能与心爱的姑娘牵手相知了。尤其对于小冬姑娘，在这件情事上，她是一直抱着恨意的……

后来，情感受到重创的孟小冬重回上海，相识戏剧发烧友杜月笙，然后就也跟了他，从此与舞台别过，只偶尔在家庭聚会时唱上一两曲，令许多喜爱她的观众扼腕。那时的杜月笙，已经开始走下坡路了。家道中落，暂且不表。

再后来，杜月笙携妻带眷地去到香港定居，小冬姑娘也跟了去。某一天，她突然不耐起来，冷冷地对姓杜的说：我就这么跟了你，算什么呢？姓杜的倒也会成人之美，就抱着病躯，让人搀着扶着与小冬姑娘拜了天地。

杜月笙死后，小冬作为他的家属之一，分了区区几万元。她带着它们，辗转去了台湾，就那么一个人孤独地活，孤独地死——一代坤生惊鸿照影粉丝众然，却在个人情感生活里始终不随意，用虞姬的唱词，那真是——若何，若何，奈若何？

孟小冬一直觉着，梅兰芳“负”了自己，或许，她一辈子对他都不能释怀。连多年后为辟谣而写的一则《启事》也无从婉转之心：

……经人介绍，与梅兰芳结婚。冬当时年岁幼稚，世故不熟，一切皆听介绍人主持。明定兼挑，尽人皆知。乃兰芳含糊其事，于祧母去世之日，不能实践前言，致名分顿失保障。虽经友人劝导，本人辩论，兰芳概置不理，足也毫无情义可言。冬自叹身世苦恼，复遭打击，遂毅然与兰芳脱离家庭关系。是我负人，抑人负我，世间自有公论，不待冬之赘言。

一则《启事》看下来，仿佛替她吐了一口怨气，凛凛然不可侵犯的决绝，宁可把一块好玉掼碎了，也不要在手里攥一片全瓦——好烈性的女子呀。

然而，梅兰芳作为一贯爱惜羽毛之人，对这件情事，一直缄口不言。古语有云：朋友绝交，不出恶声。而何况是自己爱过的人呢？

儿女情长的交集，谁也避免不了。用现在网络上的话说，所谓爱情，就跟鬼一样，相信的人多，撞见的人，总是少。

五、潜心泼墨，以画见心

旧时代的伶人基本上是穷苦人家的孩子出身，没有条件上学读书，文化素养是谈不上的，有时，连唱词都会念错，闹过不少笑话。

那时节，据说慈禧是个狂热的京戏发烧友，以致谭鑫培、杨小楼等名角常常被请进宫廷给慈禧唱戏……慈禧一边听戏也一边督促他们读书习字。戏散场后，偶尔兴起，还跟他们猜字谜玩对联，对得工整的有重赏。就这么一来二去的，旧时戏班里的学习氛围渐渐浓郁起来，从先头的被动一改主动。那时的名角儿的文化素养也渐有提高，比如王凤卿不仅能写，而且能画，最擅花卉；时慧宝能绘竹兰；孙怡云擅绘山水……到了美、尚、程、荀这一代，对于书法、绘画就更加重视了。

说到京剧演员为何会由不自觉转为自觉地习字绘画，梅兰芳曾经说过："我感觉到色彩的调和，布局的完密，对于戏曲艺术有声息相通的地方，因为中国戏剧在服装、道具、化妆、表演上综合起来，可以说是一幅活动的彩墨画。"梅兰芳这段话点出了艺术相通的道理。也是，演力最旺盛的时候，因抵抗恶劣的环境而谢绝舞台生涯，那种苦闷是无法形容的。梅兰芳的绘画，一半是维持生活，一半应该是借此消遣排解吧。在一幅松树图上，他题上前人诗句：岂不罹霜雪，松柏有本性。凛然的节操跃然纸上——放弃优厚的物质待遇，宁愿卖画为生。这种恬淡与从容，并非每个人都能做到的，何况一个赫赫有名的京戏角儿。

六、梅香兰品，芬芳犹存

一直觉得，作为四大名旦之首的梅兰芳，他的享誉世界的功成名就，不仅仅因为靠他这个人的聪明、刻苦与勤奋，更重要的一点，是他做人的态度，后者甚至控制了总个大局的良性发展。从结识智囊团之一的齐如山先生开始，他正是以自己的谦顺虚心一点点赢得了各路名家的喜爱与尊敬，连吴昌硕都自愿送红梅图给他，并引来于右任先生题字，到后来的齐白石，就更不用提了。梅兰芳第一次见齐白石，便急急上前，一把握住老人的手，轻唤一声"老师"。一个人一旦入了高境，在做人上，自然会显出谦卑好学的精神本色来——如此反复的良性循环，就更能成全一个人的品与格。所谓品，依字面上解，是端正端庄的；而格，就应该是独立的，像树木一样沉稳不言格物致志。

我想，梅兰芳不仅仅是作为一代名伶被后人喜爱着。"梅兰芳"这三个字，已然成为一种美的化身——其创造的独特的"梅派"艺术，如浑金璞玉而无圭角，实则骨子里处处于人别样；

"梅兰芳"这三个字，也早已成为一种象征"品与格"的文化符号，呼吸吞纳在中国人的气息里了。

京昆之美，是永恒的大美，正是因为有了像梅兰芳这样的大师的存在而更让这样一门艺术熠熠生辉。

钱续坤

炊烟是屋顶的庄稼

青春年少时曾经迷恋过好长一段时间诗歌，故乡的一草一木几乎都成了抒情的意象，尽管质朴，倒也纯情，即使现在读来依然心生涟漪；不过，以《炊烟》为主题的章节尝试过多次，由于没有找到很好的切入点，写出来的文字很难标新立异，这样怎么能够让人口舌生津，吟咏起来隽永悠绵？及至过年前回到阔别已久的故乡，看到袅袅娜娜的炊烟在村庄的上空氤氲，我的脑海里突然浮现出了麦子、水稻、高粱和玉米在大地上摇曳的身影，继而兴奋地自己对自己说：炊烟就是屋顶的庄稼！

回到家中，我迫不及待地把这个比喻告诉略知文墨的母亲，母亲笑得非常灿烂，并像老师表扬学生一样当即给了肯定的评语："这是新奇的想象，形神兼备，韵味无穷……"母亲的言语虽然不多，但是我知道她的话切中肯綮，她是说既然你提出了这样一个观点，就必须引用论据来加以论证；事实上，母亲所说的后八个字，就已经给我提供了绝佳的命题。

炊烟的形与神可谓珠联璧合，相得益彰。懵懂孩童时，母亲曾经用筷子教我在地上画画，她总是这样谆谆教导："画树时不妨加上啾啾的小鸟，画花时可以添上翩翩的蝴蝶，画屋时务必勾勒袅袅的炊烟……这样会动静结合，富有生机！"当然，那时的绘画是很写意的，从不精雕细琢，可就是屋顶之上那简单的几笔，就能使人感觉到了家的温暖，体会到了爱的幸福。及至后来读了陶渊明的"暖暖远人村，依依墟里烟"，范成大的"碧穗炊烟当树直，绿波溪水趁桥湾"，觉得他们笔下所描绘的旖旎景象，与母亲平时所教诲的几乎如出一辙，这不禁使我对母亲油然而生一种敬意！

其实母亲是位普通的农村妇女，她对画理的通晓应该源于她的聪慧。母亲说，无论是画什么或者写什么，你首先必须学会观察。为了捕捉炊烟的形与神，我在山冈上远眺过，在河岸边伫望过，在树荫里窥探过，在屋檐下凝视过，果不其然，乡村里的炊烟是随着季节的变化而迥然有异的，并且这种变化与庄稼的生长过程成正比例关系：春天里青黄不接，那时候的村民多数食难果腹，炊烟自然细长而短暂；夏天里庄稼正旺，新鲜的蔬菜长满菜园，有时还能捕鱼捞虾，可是由于烧的是潮湿的枝丫和半干的青草，炊烟浓黑而呛人；秋天则是丰收的季节，水稻、高粱和玉米纷纷入仓，人们终于能够美美地吃上一顿了，加之干枯的稻草和粉碎的秸秆到处都是，那炊烟飘起来可就轻盈而持久了；冬天更不必说了，尤其是进入腊月之后，家家户户的烟囱从早到晚都不歇着，做年糕啦，熬糖粑啦，打豆腐啦，煮年饭啦……这样热闹的情景一般要持续到正月十五之后。

炊烟的赏心悦目，自然能给人众多的灵感与想象；可是对于它的“味”，我倒有点讳莫如深，甚至在心里还嘀咕过好几回：难道炊烟也有味道？听了母亲“韵味无穷”的评语，我突然茅塞顿开：炊烟的味道就是庄稼的味道！稻草塞进灶膛里，我闻到了扑鼻的米饭香；麦秸夹在火钳上，我闻到了酥软的馒头香；秸秆打把在手中，我闻到了金黄的玉米香……

现在回头想想也是，这种味道是与生俱来的，这种情结怎么解也解不开。小时候我就喜欢蹲在灶间看母亲烧火做饭，看那红红的火舌轻舔着锅底，看那淡青的炊烟从烟囱里直上屋顶，火苗忽大忽小的当儿，我也急着往锅台里添柴。母亲说，黄豆秆和芝麻秆里有油呢，的确，它们在燃烧时火舌一扑一扑的，好像里面有很多油在冒。早饭很快就做好了，是山芋角煮稀饭，母亲把青的白菜和红的萝卜切成丝，看我们坐在桌前待要狼吞虎咽的样子，又笑咪咪地说，别急，别急，还有呢。她回转身，蹲在灶台前，烧火棍在她的手里拨动着，少顷，从灶台下的灰烬里，便滚出几个黑乎乎的东西。我知道，那是散发着浓烈甜味的红薯，急切地剥去黑黑的外皮，里面的红红黄黄让人垂涎三尺，终身回味。这时我更真切地感受到：炊烟的味道何止是庄稼的味道，炊烟的味道实质上就是家的味道！

“生长在晚霞和晨曦中/总像生生不息的庄稼/在屋顶努力地拔节/漂泊的游子/站成永恒的姿势/他只须一眼/就知道/故乡是否在阳光里灿烂……”除夕之夜，我郑重其事地写下了这样的诗句，声情并茂地读给母亲听，母亲的脸上始终洋溢着幸福、赞赏和自豪，继而又冒出经典的一句：你是我用炊烟喂大的庄稼，一株会思考的庄稼！

（选自《西安晚报》2009.02.25）

乔东生

田间的春天

沟渠两边意大利杨树，对早春的到来，似乎还不是那么热情。它板着面孔，冷冷地看着田间绿油油的油菜，肚子里，却蓄积着等到真正春扶杨柳的时候柳枝迸发的能量。那油菜，知道只有在这个行人未单衣的时候，攀比式地抽起苔子。刚刚苏醒的麦苗，也不甘落后，麦芽，正在从冻枯的老苗丛中伸出，向春天的太阳打着招呼。

被冻碎了的泥土，散发出那种纯正的气味，那是庄稼人早已闻惯了的泥土香味。一堆被土包碎柴、畜粪、生活垃圾而成的“火粪堆”，还在冒着袅袅轻烟，一个庄稼老把式，正在用锄子掏着火粪堆周围的碎土，细心地将其一下一下地敲得如粉一样的细碎。

这些年，由于追求农作物的产量，缩短作物的生长周期，无机肥料便成为改变土地施肥的主要来源。庄稼人，似乎也领悟到科学生产确实让他们尝到丰收的甜头。可是，舶来的物种，杂交的作物，究竟还是没有摆脱“有污染”农产品难登“农产品市场”的大雅之堂！渐渐地，老实的庄稼人，又领悟到，种田，还是要靠“肥当家”，而这种“肥”，是生物的，是自然界物种繁衍链条中，那不可或缺的重要链子。

春天，有时也会和迎接她的人们和自然界开个玩笑。就像今年，当华尔街的海啸冲击着这个地球，导致农产品价格探底，全球的农民因此而蒙受巨大损失，然而就在这时，期货市场的指数却让人们感到了涨价这个春天的信息。重复演绎着前年冬天到去年春天，那种吊人胃口的大戏。

田间的老农，正在细心的掏着火粪堆，他不知道这些跌价与涨价之间究竟原因。他不担忧那些，他只知道，这春播的季节，还是要尽早地备耕。他知道，若果没有肥料这个种植作物的基础，哪怕天价般的价格，也难以收到秋季那硕硕的果实！他默默地接受着春天忽悠他的玩笑，只是在心里期盼着，油菜该换茬了，菜籽，该不会又像去年那样，一周之间，从高峰，跌倒谷底；

棉花，该不会还是那样冷若冰霜，失去它本该具有的温暖人身的作用。

老农守着这片肥沃的土地，继续在掏着他的火粪堆；继续地弯腰，用锄子除去田间的杂草；继续平整育苗的钵床。他那满布皱纹的脸上，虽然写满了曾经经受过春天戏弄他，在他脸上勾勒了沟沟坎坎。但那双眼睛，依然流露出对春天的热情。也许，这个春天，还会继续开玩笑，海啸的潮起潮落，必定会左右着他的担忧。但，春毕竟是来了，季节不等人，还是烧好“火粪堆”，埋下种子；施下肥料；播下希望吧。

老农感觉到了一点点疲惫，便蹲在田头，掏出香烟，深深地吸了一大口，然后，再缓缓地吐出，那吐出的烟柱，与“火粪堆”里冒出的青烟混在一起，缓缓地缓缓地飘向空中，直到被这春天的空气吞没……

荣光启

江南虚实

七月江南，乘水而来，乘水而去。

四度年月，最后一朵斜阳高坐天空，夕辉漾满街衢，高居者一定能看见城池里昏黄的河汉密布。昏黄的光也漾进我四年居室阴暗的走廊，水线像两条蛇一样在墙上左右轻舞，优美而伤感。我最后一次艰难地涉水而出，门一道道地离我而去之时我又忆起以往岁月里那写诗的兄弟。一首诗的末尾让他尖叫一声，一只受惊的鸭子从内部的房屋冲出，鸟一样掠过这黑暗的走廊。我又看见他在屋外站定看着天上黄昏的众神正抬着诗歌的尸体。我想起那本搁浅在一张破床上的旧诗集，有几句孤零零地躺在那里，洪荒地球上的几只脚印，地球洪荒的赤裸河滩上的几尾游鱼，它们翕合的嘴类似我屋外兄弟那软弱的心脏：

诗歌金弦踩瞎了我的双眼/我走进比爱情更黑的地方/……

离开，离开，四年之末，我又再见水。一个孩子拉紧妈妈的手，“妈妈，你看，树都掉进水里去了”。大水落入了整个江南，该是离开的时候了。我来的时候，这个城市我首先看到的建筑是一座古老的教堂，在水上远望像一位世代栖居水边的黑脸膛的父亲。现在，洪水已湿透了教堂的脚，掀开地面，黑水汩汩，该是离去的时候了。该是和我诗歌里的兄弟告别的时候了。我看见自己永远消失在那条街道前面那个忧伤的拐弯处，就像一首恸人乐曲的伤心吟旋。我也看见我诗歌里的兄弟永远不会消失在那个街道的路口，我走后，他一站多年。

踩着冒出江水的栈板我离开城池。水中停泊着我夜行的舟。多少个夜晚，乘着这种黑暗的盒子我来往于黑暗的水面、家园与异地之间。万顷之水，在夜里没有光，它的深度黑得令人不敢言语不敢拨动手指。万川之月，人漂浮期间，照见我的深度比江水更深比黑暗更黑。最后一次，让我在这只漆黑的盒子里无声无息地飘离江南，我写诗的兄弟，你的诗句是我胸口永远携带一

枚金针：一个人坐在黑暗的房间/我便成为房间里最亮的部分/看见黑夜的人/请不要转身离去

走向泊舟的路途多么艰难。水边的风很大，吹得我的肢体像树枝在舞，离去吧，离去吧，虚弱的舞蹈，我已难以承受。我回眸我岸上不逝的兄弟。颤巍巍的路很小，一个女子牵着我的手，她的手牵着一尾琵琶。我们的外面没有爱情。但在这最后一朵斜阳里我们一起乘水而去。她是属水的至美影像，江南予我的最后一次馈赠，牵着你的手，人呵，我将永志不忘。我当然知道天明，天明是水尽船止的地方。路到江边为止。在同一条路上，我们彼此将永逝不见。

我想起岸上的那些时光。城市舞台，你曾弹奏琵琶，你为所有人着上紫色旗袍沉入所有人的过往年代。你年轻的容面令我想一种不祥而又象征不朽的高贵植物：紫杉。《霸王卸甲》。我只有陷入城市会场的深处呆呆地听。万弦喧哗，我只奔向一种声音。现在，舟就行这曲古老的水流上，曲又行在我黯然的血液里。我们已在乘水流去。让我们默诵那几句珍藏的诗吧：天鹅游入那座黑色的拱廊，天鹅游入忧伤的漆黑深处，衔着一朵白玫瑰般的火焰。

不会再有江南。让我们乘着琵琶的弦尾远去吧。

（选自《散文百家》1997 年第 5 期）

农事记忆

稻　床

秋天，连枷的声音将我从睡梦中惊醒，它可能就来自门口，也可能来自远处的稻床，但它隐隐约约的奏鸣已经使我恐慌。我的睡眠像一只缠绵的苍蝇，最终被来自稻床上的声音拍中，渐渐死灭。我是个懒惰的家伙，再怎么农忙，中午我都坚持了午睡的不良习气，尽管我出身贫苦，看来仍是纨绔子弟。

这个季节空气里流淌着咝咝的声音，村庄惊人的寂静，唯一明显的存在就是蝉的鸣叫，这些树巅上的小虫仿佛是秋天的喉舌。中午时分，村庄里喋喋不休的女人都去了稻床，蝉成了她们的替代。这农忙时节的正午，村庄类似一个人的梦境。我不知所措地坐在门槛上，身后的堂屋空空如也，村庄太寂静了，我只好一边收听自己的耳鸣，一边眺望远处女人们起伏不断的身影，我知道日头再往西偏不久，母亲的尖叫就会适时而来。

稻床也就是打谷场，对打谷场的这种称呼令我十分满意，因为稻床上确实睡满了各色各样的稻谷，它就是一张床，是用来睡稻子睡麦子的，当然，有时也睡人，睡那些夜晚看守稻谷的人。（我曾经和父亲也为看守没有即时收回仓库的稻谷在稻床上睡了一夜。在空旷的夜晚，乡村没有任何声音，叫我即喜悦又恐惧。凉风和簌簌落下的露水安抚着我的眼睛。）

稻子，麦子们在田野里诞生，生长，在稻床上睡觉，睡醒再由父亲母亲们抱回谷仓。稻床和田野一样，是村庄的核心，是父亲母亲们基本的活动舞台，是生存与劳作的栖居之地。稻床总在田野的中心，因为为了方便人们在收割后就近将稻谷弄到什么地方去晒去打。一望无际的田野之中，稻床就像一颗繁忙跳动的心脏。

每一个秋天的午后，当我来到这张床上，面对早已汗流浃背进入境界的人们，总是羞愧万分。我总是像一个上课迟到的小学生偷偷从后门钻进教室一样，从一处人们常会忽略的角落溜到这里。

来到稻床上你的脚必须赤裸，因为如果你穿着鞋子，当一粒稻谷钻进鞋里，那种感受会令你左右不适。应当说，一稻床的人，大约只有我的脚最嫩，我是个小知识分子嘛，于是，秋天，小知识分子总是弓着脚背，在村庄凸凹不平的道路上，在铺遍稻床的稻谷上，上下乱蹦，像一只误入歧途的蚱蜢。

连　枷

对稻床的描述总是令我力不从心，令我着迷的是其间一种好闻的气息。就像劳动的母亲衣服上偶尔发出的那温暖的汗味。稻床上睡满稻谷，那些湿漉漉的稻谷是刚从田里挑来的，正在虚心接受严厉的秋阳。那些已经被晒干的，正在或即将接受父亲母亲们甜蜜的拍打。这时，我抬头看见连枷。

在我们急促细亮的方言里，连枷念着“连该”。众多的乡亲们技法极为熟练地将连枷高高甩起，连枷在空中划了一个骄傲的圆圈，然后用力地拍打在大地上，溅起稻星一片。整齐的连枷阵势经过空中，将炎炎的烈日一下子分割成大小数片，这种光芒四射的情景叫人感觉非常好。

无论怎样，我对于连枷都是陌生的，我感到这个东西一直不接纳我。当我拿起它的长柄，身体的重心就失衡了，它的主体部分——一组平排的竹条或木条构成的矩形块（我们村庄的女人们尤为心细，她们为怕稻床受伤害，就用自己平时做衣服纳鞋底所剩的布料将竹条或木条一圈圈缠起，这样，我们的连枷拍打在稻床上的声音比别的地方的连枷声音要温柔得多，就像我们江南的女人），高高在上，一被我晃到空中，我的身体重心就随它而去。

大人们所划的那个圆圈显得悠闲自如，而对我就是艰难万分了，连枷的柄与拍之间的自如转动，一到我手上，就连连拗住。那时母亲尚年轻，脾气还没有现在这样好，经常是这样：当我自告奋勇地拿起连枷，但半天也没拍上稻床一巴掌，还被连枷弄得四肢摇晃，母亲忍无可忍，她最终毫不犹豫地在我的脊梁上拍上一巴掌：只听她一声大骂，一把将连枷从我手上夺过，自己挥舞去了，对我再也不加理会，于是，我又重新陷入令人羞愧的无所事事之中。

火　粪

秋天的村庄，远远的稻床上，一座座草堆巍然耸立，这是稻床的表面现象，而在它的下方的田野，则埋伏着一个个可爱的小土堆，但它们绝不仅仅是小土堆，它们是火粪堆。作为秋收与春耕之间的必要过渡物，火粪与草堆的重要性旗鼓相当，不分你我，它们以稻床的平面为界，一上一下，深情相望，地老天荒。

火粪不是粪，绝没有粪便的味道，相反，它确凿洋溢着泥土的芳香。它是秋收后的人们为了积累春耕的肥料，就地用田里面的土垒个圆锥形的小土堆，下面是稻草，稻草没日没夜慢慢燃烧，田土慢慢变化，最终它们齐心协力，就成了一堆极好的肥料，它的品质优胜于后来的化肥，它真正是纯天然的。火粪诞生于比较农闲的季节，它的施展才华之际是春耕时节，那时，有志向的同志们纷纷赤脚走在水田里，一手怀抱稻箩，一手往田里面均匀地洒着什么。那稻箩里的什么东西就是火粪灰，火粪灰静静覆盖水田里面的稻种，稻种就在它的抚育下慢慢长出绿油油的秧苗。

秋收后的田野，荒芜一片，田里面唯一的风景就是一个个大小不一的火粪堆，它们就像一座座小火山，冒着喷发过后的余烟，又似战乱时代的烽火台，蔚为壮观，孩子们在嬉戏之余，不忘光顾火粪，他们充分发挥聪明才智，他们会怀抱山芋之类的美食，鬼鬼祟祟地潜伏到某个火粪堆旁，开始他们垂涎已久的烧烤，在孩子们的眼里，漫漫田畴中的火粪是不分你家我家的，这么多的火粪堆，大家随便用吧。当他们躲躲闪闪的身影被那些小气的女人发现之时，他们就不得不顶着压力工作，半途而废太可惜啦。有时即使那些女人在村庄已经破口大骂了，他们仍然不想罢手，继续顶风作案，直到山芋烤熟为止。火粪在孩子们的上下折腾下一般会有些损失，但孩子们对此毫无歉意，在他们看来，火粪就是用来烤东西吃的。当他们被烫手的熟山芋弄得上下跳跃之时，不仅不对火粪的主人充满感激，相反，朝女人的方向吐了一泡响亮的口水。

对火粪的称谓我发现我们的男女老少对粪便的热爱。由于一切粪便可以作为肥料，于是他们只好将一切肥料叫做什么什么粪，他们的逻辑实在很可爱。在没有各种化学肥料的时代，村庄地面上的各种粪便曾备受欢迎。父亲们在没事之时，就会拎起粪筐和粪铲，在村庄内外的大小道路上四处查找，有时他们为了达到女人下达的指标或有志于自己的事业，他们不惜常常早起，赶在别人起床之前将那些在夜晚四处游荡的牲畜的粪便一一搜罗，当然，有时他们也以拾粪为由，跋山涉水，去另外的村庄找老朋友找意气相投的亲戚喝酒去了。父亲们在拾粪之时，你不能因为有礼貌而上去打个招呼，说“您老擒屎呵”（“拾粪”被我们说成“擒屎”），这是万万要不得的，因为“擒屎”在我们的方言里听起来就是“寻死”之义，你要说“您老真勤快”，这样，他会还你一个皱纹满面黄牙显赫的亲切笑脸。

有一回，我去一个家住江边的人家做客，江是长江，很小的时候，我的眼前老是有一个幻觉，觉得自家的房屋后面栓了一匹白马，大一点才知道，原来那就是长江。那时江边还很美。江水和黄河还是有区别的，不像现在。江边一望无际，水中有芦苇丛生的圩区，圩埂上有芦苇丛生的小路，很适合少年人关于背着媳妇回家的幻想。

那户人家自绝于人民，就住在荒芜的圩埂上，叫我好生奇怪。这是一个极缺柴火的地方，就在这户人家，我见到了还有比我的父亲们对粪便更热爱的方式——他们将牛的粪便一个个壁画一样贴在堂屋的墙壁上，蔚为奇观，那些圆盘一样的牛粪，在墙壁上稳稳当当地贴着，不会掉下来，谁先掉下来，谁就先进入灶膛作为燃料。事实上牛粪和火粪有着一样的泥土的芬芳。当我一边吃着以牛粪为燃料煮出来的香喷喷的米饭，一边看着灶膛内充分燃烧的火红的牛粪迸发出一明一暗的微光，一边对着茫茫江堤上的点点飞花木然发呆，突然间我似乎感觉到什么叫季节的往复，生命的循环。

（选自《散文百家》2001年第1期）

芮立祥

天生一个野人寨

野人寨，野人呢？曾经的野人早进了山洞，唯有关于野人的传说流传至今。那是远古时代，天柱山麓的野寨一带古木森森，野人肆虐，人畜被害者不计其数。怎么办？聪慧的野寨人经过冷静地观察，发现野人有酗酒的嗜好，于是将计就计，以美酒诱使野人入洞，将其灌醉，继以生铁将洞门封死，野寨从此一路太平……

野人走了，给文明留下了舞台。野寨，从历史的蛮横中走来，赢得千古风流人物闪亮登场。于是，野寨成了高品位的文化人和志存高远的政治家心灵的栖息地。一批高尚而孤独的灵魂在野寨或把酒问天，酬偿宏愿；或纵横啸歌，寻觅知音。野寨汇成了一部厚重的天柱山人文编年史读本。

让我们打开野人寨。

野人寨，它背倚天柱，襟怀潜河，青山绿水，白沙耀金，佛光塔影，鸟语花香，两岸竹影婆娑，田畴万顷，果然一个风景绝佳处。然而，任何风物佳丽，如果没有人文光芒的辐射，那都不过是被爱遗忘的角落，至多也只是顾影自怜而已；反之，风物佳丽，再加上人文光芒的照耀，定能奏出摄人心魄的精彩乐章，造就人与自然相得益彰的神奇境界。

野人寨，正是人与自然完美结合的宠儿！

我们不能不记起汉武帝。他是创构天柱山帝王文化的第一人。《史记·封禅书》载：汉元封五年，汉武帝“登礼潜之天柱山，号曰南岳”，是天柱山引来了汉武帝，是野人寨托起了拜岳台。在汉武帝千年一拜的当儿，太史公记下了“谷口（今野寨）”的大名，这名字随着南岳的声名远播而成为历代帝王拜岳盛举中的一个“结”点。即便隋文帝改封衡山为南岳之后，野寨这么一个曾经闪亮的小点仍在帝王的脑海中挥之不去。譬如歌舞升平的盛唐时代，唐玄宗还念叨着天柱山和天柱山麓一个叫做野寨的地方，甚至难抑情溢竟梦游至此。“应梦井”昭映着唐玄宗与野人寨遥相感应的心缘之波。

汉、唐是我国历史上最为强盛的朝代之一。前后相距八百余年的两位君王如此情系野寨，野寨的美誉度一下子就超拔了出来。其实，当时一流的文化人早相中了野寨这块风水宝地，他们以各种不同的方式或先或后或虚或实地青睐于此。

最典型的要数白鹤道人与宝志禅师为争抢野寨的一块地盘而进行的“决斗”了。话说曳杖挂镜的宝志禅师在遍游大江南北诸多名胜之后，相中了天柱山麓的野寨，意欲选址野寨凤形山建刹传经。而名重一时的江南云游方士白鹤道人亦欲在此建观布道。两人争执不下，请断于梁武帝。梁武帝只好让他们公平竞争，以物识地，得者居之。白鹤道人先将手中拂尘抛向空中，俄尔化成一只冲天白鹤，直向凤形山扑来；而宝志禅师即掷手中锡杖，顷刻间化成一条巨龙，直逼白鹤，白鹤大惊，急忙掉头，飞至凤形山东面谷地，而巨龙降至凤形山顶。佛寺、道观由此分定。这一段流传极广的掌故，除了说明野寨风景绝美之外，更表明了野寨的兼容之美。两大教义间的碰撞是如此的惊心动魄，佛、道最初的斗争是何等激烈，而恰恰是野寨这块神奇的土地提供了融合的平台。它左手托起道观，右手托起佛寺，于是“三千道人八百僧”在野寨的怀抱中实现了互谅和双赢。这不正寓示着中国哲学史上佛道间的斗争、交流、融合和发展的历程吗？

无独有偶，儒家和佛家在野寨也静静地演绎了一段由各自独立到相互融合的故事。南北朝时期，现今的山谷寺（三祖寺）本为逸士何求何点何允三兄弟的隐居之所。三兄弟饱读诗书，有经天纬地之才，但生不逢世，屡遭世变，便不求闻达，或授官不受，或征召不应，唯求卜居野寨，独善其身。时值宝志禅师卓锡于此，坚守于山洞之中苦苦修炼，经年不出。三兄弟感念宝公修炼之诚，遂将自己的舍宅供奉于寺。如今立于三祖寺内的“三高亭”和“宝公洞”便是儒释殊途同归，兼融交流的见证……

天柱山有封岳废岳的变故，但高品位的文化人对天柱山始终是痴心不改。李白、白居易、孤独及、王安石、苏轼、黄庭坚等，他们千里迢迢慕名而来，或远眺，或登临。不过，由于那时的天柱山山高路险，道路不通，几番攀援之后，他们大都又不得不折回野寨。野寨以其独具的魅力，叩开了这些文人雅士的心灵之门。王安石与黄庭坚可算是其中的代表吧。王安石，这位被列宁称为“中国十一世纪的改革家”，在作宋廷宰相之前，曾任过叫做“舒州通判”的潜山地方官。他爱野寨，常至山谷流泉，独坐听泉，乐以忘归。或探究泉水之源，思虑强国富民之法，“水泠泠而北出，山靡靡以环围，欲穷源而不得，竟怅望以空归”。苏门四弟子之一的黄庭坚，写了许多脍炙人口的题写潜山的诗，他本不是潜山人，却口口声声说“余家潜山，实为名山之福地。”悉读其诗，发现真正打动他的正是野寨。“白云横而不渡，高鸟倦而犹飞”的石牛古洞，简直就是黄庭坚心灵的家园，他坐在石牛上啸歌吟唱，宠辱皆忘，“石盆之中有甘露，青牛驾我山谷路”，好一个自由天地！……

“舒台夜月一轮明，乔公故址二夫人。天柱晴雪三分白，酒岛流霞四季清。丹灶苍烟五彩色，山谷流泉六月冰。诗崖漱玉七绝句，吴塘晓渡八仙撑。九井西风久不息，石牛古洞十方闻。”是近代诗家对“潜阳十景”所作的通俗而诗意的概述。其中酒岛流霞、山谷流泉、诗崖漱玉、吴塘晓渡、九井西风、石牛古洞等六大名胜就坐落在野人寨。野寨确实藏着太多的自然和人文之谜……

如今的野人寨，是天柱山镇镇治所在地，安徽省示范高中野寨中学坐落于此。它距县城仅 9 公里，105 国道和即将动工的东香高速公路穿境而过，作为天柱山主景区的南大门，交通和区位的优势使其较远古的时代更具魅力。

天生一个野人寨。上帝为什么造就出一个如此神奇的野人寨，引得无数英雄豪杰折腰叩首？正如同处北纬 30°一带藏了太多的谜一样，野寨也是一个难解之谜。

朋友，你能破译她吗？

（选自《怀抱山水》，大众文艺出版社，2004 年 12 月一版）

沙　马

母亲房间里的钟声

听到母亲房间里的钟声，我感到时光是从过去走过来的，那么遥远，那么恍惚。这是一只深红色的木制钟放在靠床边的桌子上，母亲有时坐在床上出神地望着钟摆来回晃动。

母亲今年84岁了，不太爱说话，对孤独也不怎么反感，她用沉默隔开了一些往事，她常站在窗口朝外面望，窗外有几株老树，几间陈旧的房子，不开阔，有些单调，偶尔听到鹧鸪的“咕、咕、咕”的叫声，为窗外添了几份苍凉和遥远。母亲说，下雨前就能听到它的叫声，很精灵的。我想，一个幽灵是否喜欢在下雨前显形呢。母亲老了，皱巴巴的，像一只被风抽干汁液的果子，这果子在树上挂了84年，现在依然挂在那儿。在我的眼前母亲就是现在这个样子，从过去到现在，中间是虚空的，我无论怎样努力也无法在中间摆放一些合适的东西，这使我的叙述变得犹疑不定，我不能说出具体的母亲，也不能说出抽象的母亲，那么，她是怎样把她的躯体，她的思想，她的发夹，她的儿女从久远的时光中带到现实。这个现实充溢着青苔和泥土的气味，它使我陷入了对时间的恐惧之中，而她的沉默，她的钟声，她的镜子，她的秘密使我找不到一个好的表达方式。我不能把她当作一个象征，一则寓言，一种比喻放在我的语言里。记得父亲死的那天，我才注意到母亲把一只深红色的钟放在房间里，钟摆来回晃动，单调而乏味，那时我不会看钟，更不知道时间的相对性，我只能浮在表面看一些消失的东西。父亲是从屋顶上摔下来坠地而亡的，那时他才40多岁，他死的时候眼睛是睁开的，似乎在望着什么，那一年似乎下了一年的雨，那一年我的周围是灰濛濛的，看不到更多的事物。他意外的死亡引起了我对时间的警觉，我感到有些偶然性的事物比时间更真实，它冲破空间直逼时间使我喘不过气来，如同我现在再把笔伸往40多年前的那个偶然的事件，那个他死亡的黄昏，我感到有点饶舌，有点结结巴巴。母亲是沉默的，我的语言是破碎的，我的记忆是游荡的，我的神情是恍惚的，我找不到一个有意义的“中心”来围拢这些。在我的童年，当母亲弥漫着女性的光辉，洋溢着青春和血，梦和肉体，忧郁和伤感，激情和感慨时我还无法感知，我几乎错过了她光华的年代。现在我站在母亲面前依然无法感受一个84岁老人的心境，这使我欲罢不能，茫然、困惑，混乱，伤感，无所适从。我是否陷入一场抒情的内乱。随着时间的流逝，母亲似乎在收缩一些曾经扩散出去的东西，像黄昏时的太阳慢慢融入黑夜，让看不见的东西在看不见的地方保持它的完整性。母亲独自待在房间里沉默地望着窗外，她似乎不回忆过去，也不想明天，让现在成为真实的现在，让死亡以更短的路径走过来，她不想把年轻的事物带入衰老的现实，她用沉默隔开这些，她让儿女们无法用眼光穿过厚厚的岁月看见她往日的生活场景。84岁以后的每一天，母亲都会坦然地接受一切。

我至今弄不明白，为什么从父亲死的那天起，母亲在自己的房间里摆上一只钟，现在我听到“当、当、当”的声音，感觉时间是从过去传过来的，它穿过泥土，树林，山坡，城市和人群，使瞬间的真实变得虚幻和遥远。父亲死的那天也是下雨的前一天，也能听到苍凉而空阔的“咕、咕、咕”声，一辆卡车把死亡的父亲和我们带到一座荒山，当时风大，灰濛濛的，什么也看不见，仿佛是为了让父亲的灵魂安静地离开。卡车里，母亲坐在我们中间，没说什么话，也看不出格外的悲伤，那一刻我们几个兄妹眼巴巴地望着母亲，母亲紧闭双唇，坚毅，苍白，一声不吭。

以前母亲高兴时也会对我们说些什么，但我听到的不是声音，而是一些碎片，我小心翼翼把它保存好，我知道稍不留心就会变得两手空空。她说她小时候家乡的山坡上开满了映山红，从此我一直忘不了那火红、热烈、灿烂的映山红，那梦幻、肉体、青春、果汁和一闪一闪不安的心，即使是在忧郁的年代也以闪出感性的亮光，它足以与时间抗衡，为母亲苍凉的岁月添了些生机，然而这生机一闪即逝，它不能体现母亲的本质。在我貌似诚实的叙述中，母亲松弛了，闪烁不定了，似是而非了，我抓住的一些东西在我的言说中消失了，我知道有些事物隐藏在另一些事物里并得以显现，体现出它唯一的真实性，而我一直在生活的现象中徘徊，真实的母亲可能在我的语言之外存在着，我只有沉默下去，才能保存住一个完整而客观的母亲。这时我想起有人说过这样一句话：“只要沉默不开口，才能避免苍蝇飞进去。”因此我在漫长的生活中养成了一种自我怀疑，自我审查的习惯，这使我变得木讷，迟顿而言不由衷。

母亲在世的每一天都是我的节日，问题是，我对母亲了解多少呢？山坡上开满了灿烂的映山红并没有挽留住母亲，她少女时代就离开了家园来到城市开始了她的生活，关于她和父亲，战争，日本人，怀表，儿童，逃荒与守望我知道得不多，我不能用想象去表达这些，对我而言母亲成了时间深处寓言：她的往事，她的生理，她的精神，她的幻觉都不能作为一个真实的背景在我的语言里衬托出母亲的形象。在母亲的沉默中我难以挖掘更多的东西，有时我想从钟声里寻找什么，但母亲房间里的钟总是指向过去，而过去对我来说是一个空白，父亲去世后，她作为一个女人，作为一个独身女人警觉地面对周围的一切，她带着她的敏感，她的疑虑，她的沉重，她的疼痛如履薄冰走过了近半个世纪，我难以想象她是怎样走过那些荒凉的道路。一天黄昏，我看见母亲把风吹进窗口的一片枯叶拿在手上看了又看，然后又将它完整地扔出窗外，这个动作是自然的，可我总想从中找到一些寓意和象征。窗外的风呼呼地吹着，太阳斜照在几株老树上，微弱、疲惫、恍惚，那一刻我忽然感到阳光也老了，它在风中，在叶子上颤巍巍的，没有什么能阻止它的消失，黑夜会如期到来，这时你如果想挽回什么，那就是一种精神，而这种精神之光什么时候照亮过母亲的内心，在她走过84年的漫长时光中，到底有多少个美好的瞬间在其中闪现。

坦率地说，母亲的沉默不是刻意为了隐瞒什么，在她冗长的疑虑中没有找到一个合适的谈话对象，我知道，有些事她永远也不会对儿女说的，我想即使我不能了解一个客观完整的母亲，我也会用我的感悟，我的理性，我的回忆，我的碎片拼贴出我心理现实中一个完整的母亲。有时我偶然看到了什么，让我惶恐不安，有时我想贸然地进入母亲的往事，有时我的虚构如同对她内心的窥视，有时我木然地看着窗外的人影，在我写作的现实中，我怀疑理性与美感，怀疑流畅与真实，怀疑直觉与口语，怀疑符号与结构，我知道母亲在另一个现实中是自足的，封闭的，完整的，她一直没说什么，但她一直在呈现着什么。

到了2006年的夏天，我才知道一个人如果想简简单单，干干净净地活下去，就不再需要一些繁琐的东西，即使到了另一个世界也无须带更多的东西，而“当、当、当”的钟声除了是时间之外，它什么也不是，时间是不能穿透什么的，如同母亲一直沉默地活在现在。

2007. 04. 23

叙述中的一只蝴蝶

一只蝴蝶在夏日的黄昏里曼舞，它展开两只娥黄色的翅膀，在风中，在夕阳中一闪一闪地飞着，轻盈而灵巧，看它飞的姿态，像是一只年轻的蝴蝶。

此刻我感到一阵空荡，若有所失，我想抓住什么，又不知道怎样去抓，周围没什么东西一定要看的。那么这只蝴蝶与谁有关呢？我为什么要把它放进我的叙述里？在它漫无目的来来回回的飞舞中，我不时地停下来朝四周望望，看见或没看见的东西都隐藏在时间的内部。我似乎在等待着表面事物移开后，看见一个真实的东西，这只蝴蝶飞了一圈又一圈，好像在寻找一个中心点。而感性存在于手指与抚摸之间，我想起了她，那个娇小的女人，她说她像一本书，无意中被人打开的那天，有一只蝴蝶飞了进来，她忘不了那只美丽的蝴蝶，嫩黄色的翅膀上嵌着浅红色的圆点，且有波浪形的图纹，她想，这只蝴蝶可能是她早上打开窗子时随一阵风飞进来的。在她第一次被打开的那个时刻，它飞了进来，像是快乐的舞蹈。他想捉住它，她按住了他，她说，打开窗子，让它自然地飞走吧，它是第一个看见我们的。她说那天她穿着淡黄色的连衣裙，裙子散开时，也像一只蝴蝶。她说话时，身体每一处都在幽微的颤动，就像蝴蝶在风中飞舞，那个黄昏，她有些喘息，胸脯一起一伏，一对乳房像一对扑哧扑哧欲飞的鸽子。她不知道，就在那只蝴蝶飞进她的房间时，我正暗恋着她，在路上，在渡口，在天桥上，我常常像游魂似的四处徘徊，她耗去了我年轻的时光。那些日子，那些发生的事，是梦，还是现实，我已经说不清了，而记忆与妄想的界限究竟在哪儿呢？在纷乱的往事中我对任何一种表述方式的探索，都使我无法摆脱对她的臆想，是她，还是那只蝴蝶，在一层一层地展开我的叙述，我也说不清了。我穿行于现今生活之中却只能看到过去，在我好梦正甜的时候，我知道我已经快要醒来了。事隔多年以后，当我问起她时，她愣了，涨红着脸，吃惊地望着说，没有的事，怎么可能呢？你说的倒像是小说里发生的事。她说完走了，我呆头呆脑地站在门口，半天说不出一句话来，我想，那发生的一切都是虚幻的吗？在那些孤独的日子里，她真的像一片轻盈的蝴蝶飞进了我的生活，在我晴朗的生活中曼舞。她的善良与多疑，她的野性与宁静，她的疯狂与冷漠，她的闪电与荒凉，使我找不到一个好的角度表达出来。是超越幻想生活呢，还是带着幻想生活，这取决于我在瞬间事物的选择，我常常留恋我抓不住的东西，而她，那个娇小的女人像个无形的影子潜入我的内心，使我在朦胧中失去方向。曾经是的那个人，现在已经不是她了，我抓住的是一个幻影。她说，当时蝴蝶飞进来的时候，她胸口闷得慌，心好像要从胸口蹦跳出来，整个身子像一朵绽开的花。一切都可以等待，等待的日子比身边发生的事更有意味，而事物容易在敏感中恢复原形，那个黄昏，是词语中的黄昏，还是蝴蝶曼舞中的黄昏，是回忆中的黄昏，还是她像一本书被打开的黄昏，这只能使我在往事中结结巴巴的行走。我吃惊于自己最初的念头，我想深入她，进入她的灵魂，让每一秒的滴答声都很重要。让一朵花在兴奋中完整地开放，这样我就能客观而从容地接受曾发生过的一切。当一件事情被经历到最后的时候，就没有死亡，没有回忆，没有恐惧与颤栗，也没有虚假的春天。我在孤独的黑暗中点燃自身的火焰，在照不亮她的地方渐渐熄灭，恰恰是黑暗保护了她，黑暗给了她的完整性。当年那只蝴蝶飞进她的房间时，她明白了，一切短暂的东西，都只是一种比喻。一本书被打开后就得阅读，阅读后就得放回原处，悄悄的，无声无息的像没有打开一样地放好，这才是她关心的事，她无意于守住什么，也无意于丢开什么，她迷恋在自然中发生的事。她说，那天他过于急，不太细腻，也没技巧，他是在一边想一边干，他浪费了一些好时间。在她昏眩的一瞬间，飞来了一只蝴蝶……

现在她渐渐老了，脸上有了皱纹，头发有些花白，身子有些松弛，说话声带点沙哑和苍凉。有时我们在大街上遇到也只是凄然一笑，擦肩而过。“生活过于匆匆，来不及感受”。如同我现在难以感受到杜拉斯《情人》中的经典开头“对我来说，我觉得你比年轻时还要美，那时你是年轻的女人，与你年轻时相比，我更爱你备受摧残的容貌。”（王道乾译）这是包含共同生活经历的体会，这是灵与肉的融合，这是激情对生命的冲击。而我对那个娇小女人的暗恋是片面，破碎的，时隐时现的，我总是用另一种眼光看她，并试图像一把锋利的剑，将她的完整性一分为二，那个黄昏，那只蝴蝶，那些往事都已经消失了，像一片阴影从心里移过，无论我怎样暗恋她，无论我是否喜欢注视什么，我都必须对她加以道德观察。在我的叙述中，我删除了尖叫声，那穿破玻璃，撕心裂肺的叫声，我把它引入到微弱的事物中。关于春天的生活，关于门前的水洼，关于雾中的回忆都有可能隐藏一些尖锐的东西。

记得在一个春天的下午，我打开《海子、骆一禾作品集》中的插图“太阳与圣杯”给她看，她看了画中的人体，以最原始的形式表现出旺盛的生命力，什么话也没说，那么平静与从容，我失望了，深深地失望了，我唯一想做的事是逃避，拒绝面对现实，在冗长而繁琐的人性中我感到不安，那天的阳光格外刺眼，仿佛是某种暗示。她说，你喜欢往虚空里塞东西。我说：不，那时刻，你说一颗心快要从胸口蹦了出来，她说，对的。没错。也许生活就是这样。一个小时的时间可能看到一生的东西，问题是你很难把握关键性的东西。记得那个晚上，她独自来到我的房间，我们默默地对坐，惧怕、跳动、迟钝、伤感且缺乏勇气，想做的事什么也没有做。不一会儿她就走了，干干净净地走了，走得简洁，走得利索，走到门外，她站住了，回头望了我一眼，此刻月光透过灰色的瓦片照亮她眼角的几滴泪水，在黑暗中闪闪发光，就在这个时候，我如果不顾一切地冲上去，或许还有一线希望，但我没有，双腿像灌了铅似地沉重，就像在梦中被人追打，自己怎么也迈不开步子，当我走出门外时，她已消失在深深的巷子里，依稀听到“笃笃”皮鞋踩在石板上的声音。现在回过头想那个晚上的事，恍若隔世，仿佛在一个不确定的地方，观察我来的那个去处，没有出口，也没有逃离的方式，只能看见最近的东西在压迫着我的内心。她对我叙说的一些人与事是具体的，明晰的，但在我的描述中发生了变化，其中一些真实的部分，像一阵雾弥散在琐碎的谈话、行动、回忆与梦想中。无论它是什么，都不可分解地同其他人的生活融合一起。让自己干自己的事，让别人做别人的梦，我在叙述中加上一只蝴蝶，是为了缓和一下人与事的冲突，为了不让某些事物直逼人的内心世界，为了在人与事断裂的地方，使我的叙述像蝴蝶一样从容地飞过来，自然而轻盈，不会留下明显的痕迹。但蝴蝶的缓慢是难以抵挡过于匆匆的生活。这是一个灰暗的下午，我正坐车穿过我自己的城市，我与车上的陌生人开始谈起我自己，谈起过去的某件事，谈起她，那个娇小的女人，她像一本书，是被一阵风打开的，还是被一只手打开的，是无意中被打开的，还是在梦中被打开的，我已经说不清了。那黄昏，那蝴蝶，那散开的衣裙，在我的词语里依然保持着鲜活的气息。我暗恋她的时候，可能把一些人与事混淆了，也可能看错了什么。她说，那是另一种蝴蝶，是她回忆中的一只蝴蝶，听了她的话，我感到茫然，她似乎意识到我的疑虑，她说，一个女人第一次被打开时，视觉里是空的、简洁的，很难看到什么。哦，现在我知道了，那只蝴蝶在飞入虚幻中获得了自身的生命，我只能在顺其自然中展开我的想象。我说得有些兴奋，好在这些陌生人木然地听着，从不追问什么。

这不是一群漫天飞舞的蝴蝶，也不是一片一片落入花丛中的蝴蝶，甚至不是视觉中的一只蝴蝶，而是我词语中的一只蝴蝶，沿着它的飞舞，我看见那个娇小的女人，打开窗子放走那只蝴蝶，在一阵颤动后她说，如果你是一个有心人，你会发现一生中每一分钟都可能出现新的东西。我的暗恋，我酸涩的青春时光，远离她真实的肉体，在她的精神忧伤地弥漫着。我很难把握那些消失的东西，很难使生活变得简单，为了能留下什么，我不想让这只偶然飞来的蝴蝶，再空着身子偶然地飞走，我想在它身上依附一些人与事，让它成为一个精灵。我想，一只有灵魂的蝴蝶，才是真正的蝴蝶，在梦中，在往事里，在幽深的时光里，让那些消亡的东西凝聚成一只蝴蝶，悄然地飞进了我的生活。它在形成它自己的时候，正是一些人与事消亡的时候，谁能在中间能挽留一些有意义的事物。而那片蝴蝶只是一个词语，一个幻觉，一种欲念，在某个市镇上，某个车站，某个渡口都能看见它在空中飞舞，一直飞进了她的房间，他想捉住它，她阻止了他，她说，一切都会消失的，只有蝴蝶能留下来。

天渐渐黑了，蝴蝶悄然飞走，在它飞逝的一瞬间，我看见太阳的最后一片光，照在它的翅膀上，它飞舞的时候，那光也活了起来，并跟着它一起融入黑夜，这时，我的心也慢慢地安静了下来。

邵义平

爱情之神

——为纪念甘肃迭部王玉萍女士首次安徽之行十周年而作

你，我心中的女神，藏在我心灵深处的女神，我最活跃的思想里的女神，与天堂和地狱等距的女神。是你，冲破封建意识的枷锁，迈下“腊子口”的千层阶梯，踏上“白龙江”中的“淘金船”，不甘寂寞的绕过九路十八湾流过甘南的洮河，带来“大雪山”的洁白心灵，带来“青藏高原”的绿色希望，带来“甘南奶牛场”的甘甜乳汁，“飞流直下三千尺”奏响了太阳的激情，月亮的温柔，星星的闪烁的“三部曲”伴随“长江之歌”“我和你”的乐章，奔涌于安庆“振风塔”旁，停泊在“鸳鸯桥”头，沐浴着莲湖“黄梅阁”的晚风，欣赏着“日月潭”的夜景，聆听“七仙女”喃喃“离天三尺三”的艰辛历程。

啊，我真的很相信诗人们所唱的：一个男人第一次看到他所钟爱的女人会以为他早就似曾相识，以为所有的爱，如同所有的理解那样，全部是回忆中，以为爱情有它的预言、类型、神话，也有它的相约。

漫步茫茫人海，无论我在哪里，看到哪一位倩女的红润的容颜，飘柔的秀发，苗条的身段，丰韵的神态，都令我回想你的美艳，我似乎需要世上所有的女人，从她们那儿汲取你的美貌，我似乎必须走遍天涯海角，找回我失去的大陆，哪管我全部存在的最深的秘密引我去往相反的方向——你和我近在咫尺，那么真切，那么强有力地占据我的心神，竟至于我自己都觉得变了什么模样，觉得此情此景是多么的美好。

为了你，像我这样的人：我的苦修生活，我从前的生活经历，我的忧郁症……我所遭受的种种苦难真是难以言表，我已整整寻找十年啊！

如果我不是一个悔罪者，也没有我过去的那番经历，更没有忧郁症；正因为我和你的结合令我得到过去连做梦都从来不敢妄想的那种幸福。然而，即使我不得不说——因为不幸的是我正是那么一个人——我因失去你而不幸。要比我得到你来更幸福一些。但是，你仍然令我感动不已，我乐意——哪里，岂止是乐意——做任何事情（迫不得已吧）。

啊！难以相见的爱情之神，你这析微探幽的女神呀！你会把爱情再抛回给我吗？我能将在这世间里再次找到我所寻找的吗？我将经历那从我所有生活的乖戾前提引出的结论吗？我想把你再次拢在我的臂弯里，抑或你引我归程吗？啊！进军西部开发大西北的号角已吹响，千军万马乘坐西部“专列”已开通，为实现我们的“化蝶”意愿，我要抛却掉每一件包袱，以便我变得更加轻盈，好追随你同去。

（选自启蒙主编《中华散文精萃》，作家出版社，2001年5月）

沈永生

乌家墩的白果树

一窄浅浅的长河东边，九城畈的乌家墩，有国宝白果树。

记忆中，主径总有四层楼高，正身七八个人才能合抱吧。小时候走亲戚，不怕岔了路回不来家。方圆上百里，遮不着挡不着，唯它独尊，一直朝它走，树脚下就是乌家墩。

许岭区志载，一代武侠国学生沈非武，清嘉庆二年（1797）就葬在芙蓉山，即今之乌家墩屋场后白果树下，离我家屋角头不远。

长大些，我们了解到，其实我们见到的，已经不是一棵完整意义上的树。很久以前，被雷劈开了，就像劈竹子一样，四面分批。在我还没有上学的时候，倾向东南的那一片，也被雷劈，拦腰劈断。

西南两片间，有一棵子树，比磨筐还要粗，就是此前提到的主径。七十年代有人发现，有蜜蜂经常从一两丈高的一个枯枝洞里飞进飞出。三个外姓好事者，在洞口点火把熏，不小心火把滑入洞内，烧着了陈年的蜂蜜，火光冲天。从马家湖紧急调来灭钉螺的水枪，还是不大奈何。后来，从内往外烧，烧死了这根独苗。十年后完全腐朽了。

剩下的部分，也没有多长好运。渐渐地，常有外地人来偷摘树叶，说是用来煎水，可以洗断一些疑难皮肤病的病根。《本草纲目》对它的叶、果、根、茎的药用价值，都有较为详细记载。再后来，叶不够用，就剥树皮；没有皮，就砍一块树；慢慢地，树死了，这茎死了，那枝死了，整个死了。

屋场上，有些人家还有用它打的家具，我以前根本没见过那么光滑的木料。我曾有一枚白果树私章胚子，是叔父家雕粑印锯柄时，母亲讨下来的。也许还有些人家有那么一片木板，一指断枝，一圆结疤，一块木坯，一卷刨花。用它们煎水照样顶用。我孩子小时火气重，结肚子是常事，身上老长火气头，百法设尽，就是诊不断根。母亲把我那私章胚子煎水，给孩子洗几回澡，还真慢慢好了。当然活树枝叶的效果最好；只是树没了，没有办法了。

屋场上的老人常说，这是一棵应木。我也不知道应什么，只是跟着老人家奇怪，从此屋场上再没走出过一位“科班”。要知道，远的不说，民国时期宿松文坛杰出的“三甫”，之一就有东乡九城畈乌家墩的沈嵩甫；这个三十户人家的小村，仅解放后做教师的就有十五人之多。

它是一棵福树呀。1954年破了同马大堤，也没有淹到它，远近的灾民就是围聚在白果树脚下，包括与人和平相处的蛇虫蚂蚁。沈氏家谱记载，沈氏先人为文王第十子。为避宋时战祸，一支从河南漂泊而来，落脚江西“鬼却坝”（我至今不知到底是什么地方），后迁徙九城。在哪里落脚呢，选高处各植一株带来的白果树苗，看看哪里能成活。是上天的旨意，还是神灵在保佑，白果树居然在湖畈区存活了，在乌家墩落地能生根，乌家墩成了宿松沈氏圣地。

毛泽东时代，九城劳改农场办机械厂，要上好的木材做车床，铸模子，打算用几辆东方红拖拉机，来换我们的白果树。在那战天斗地，激情燃烧的岁月里，在渴望改造恶劣的生存环境的我们九城人面前，诱惑不可谓不轻，但是村民族众硬是不肯。这不仅仅是钱的问题，在当时要顶着多大的政治风险呀。上前的当事人是横着心，把坐牢杀头的危险置之度外；乌家墩人、沈氏族人真是“百众一心”“千众一心”，“把我们的血肉筑成新的长城”，是用集体生命捍卫心中的神圣，举族过了一把身死族灭的豪赌瘾。

痛心的是，保护下来的白果树，还是被人烧死了，砍伐了。

白果树是一种古老而神奇的树种，为中国所特有。据说公公手上栽种了，孙辈手上有望吃上果子，所以又名公孙树。九城沈氏，奉作圣树。但我没听说过乌家墩人吃过白果。只听说，早先灾荒，财主家丫环也饿不过，偷偷爬上树摘果吃，遭五雷轰顶，挂死树上。从此，树再没有结过果；树上倒爬满了藤，结满哉巴。“哉巴”这两个字，口口相传，我也不知到底怎么写。小时听医生（当时村里有乡级医院）讲，哉巴和哉巴藤都可入药。当时就想，圣树死后，化身也保一方平安。这种精神没少植入沈氏心灵与血脉。

白果树学名银杏树。明代李时珍曰：“原生江南，叶似鸭掌，因名鸭脚。宋初始入贡，改呼银杏，因其形状似小杏而核白色，今名白果。”

现在我们知道，它有较高的经济和观赏价值，清洁空气、美化环境和观赏俱佳，是城市园林绿化的首选树种之一。树型奇特，春季发叶时墨绿怡人，深秋金黄耀眼，煞是壮观。无虫害，寿命长。山东的一颗“银杏王”，据史料记载已有3000多年的树龄。

可惜，乌家墩的古白果树死了。

十几年前，我曾求得四株白果树苗，分送两位家兄。各活了一棵，现在也有一屋高了。粗细不一，色泽略别，乡人说是一公一母。当日得苗时，我没在乎公母，根本不懂，也没有选择的余地。夭折的那两棵，也不知是公是母。上天惠我，存活的是一公一母，想是将来能结果的。

常回家看看，也常看看那两棵白果树，虽然还没到结果的时候。

乌家墩，算是又有白果树了。

石家麟

金家小岭

近来，我经常想起金家小岭。金家小岭地处桐城县城近郊，那里林木葱茏。

50年前，1949年的春季，我还在桐城县城读小学。当时，桐城已经解放，安庆的围城之战正在进行。安合公路上，整天到晚是不绝的黄色人流，不见首尾，刘邓大军的千军万马由此向南挺进。身着黄军装的解放军战士排着整齐的队列大踏步前进，背上是背包，肩上是枪支。只有大炮之类的重武器由马车运输。小城的人们从未见到过那么多的骡马，孩子们也学会了驾驶员吆喝牲口的声音：吁，对，哦。意为“停”、“起行”和“拐弯”，并高呼为乐。毋庸讳言，改朝换代之际，有的人对新政权还心存疑虑，但很快就被解放军官兵们的和颜悦色与秋毫无犯所折服。大兵们多数是北方人，他们吃饺子时，总不忘送一碗热腾腾的饺子给房东。我还和一位住在我家的面目清秀的连队文书交上朋友，我们是同一“生肖”，他呼我为“小兔子”，我称他为“大兔子”。

蒋军飞机不时光顾已然解放了的桐城县城，常常从小小县城的上空呼啸而过，声震屋瓦。飞机没到之前，照例响起尖厉的警报声，人们匆匆躲到木床或方桌底下暂避。有一次，年幼的妹妹在床底憋不住，竟糊涂胆大地跑到院子里对着飞机大喊大叫，急得妈妈跑出去，掴她一巴掌然后抱回屋里。不过，敌机并未投弹，也未扫射。只有一次，听到过一阵从空中响起的“嗒嗒”机枪声，离县城较远，后来听说敌机向正在行军的解放军队伍扫射了一阵，有没有伤亡，不得而知。

为了躲避敌机骚扰，学校临时撤到附近的山里上课。我们学校去的地方叫金家小岭，离县城只有四五里路，是大别山的余脉，连绵千里的群山中的一个小小的丘峦而已，那时却成了我们的乐园。早晨，我们背着书包，带着饭盒，到学校集合，整队由老师率领上山，留下一路歌声。同学们唱的都是从老解放区流传过来的新歌：“解放区的天是明朗的天，解放区的人民好喜欢……”“南风速溜溜地吹，来了个变工队，今年雨水实在好，苗苗儿长呀长得好……”

学校借用几间民房做教室，但大晴天时我们都在山坡上上课。艳阳高照，草地犹如绿茵，清新的空气中散发着阵阵野花香，那情景比在学校的教室中上课有趣多了。教我们国文课的李少玲老师，当时风华正茂，穿一袭青色旗袍，不施粉黛，端庄儒雅，用她那清脆的嗓音给我们朗读唐诗：“春眠不觉晓，处处闻啼鸟，夜来风雨声，花落知多少。”比平时更加起劲。此时，林中群鸟乱鸣，好像是在伴奏。

下课时，我们爱满山遍野疯跑，吮吸松毛汁，采摘映山红，是大家最喜欢的。松毛汁是松针中分泌出的结晶体，很甜。映山红花也可入口，将花蕊去掉，放在嘴中咀嚼，味酸而甜。

中餐时，将饭盒交给工友加热，然后或坐或站，三五成群，互通有无，比在家里饭桌上吃得更香。吃定了，在清澈的山泉边，将碗筷洗涮干净。如果有人偷喝山泉，被老师看到是要挨骂的，说是不讲卫生。我也偷喝过，味道甘美，但事后也没觉不适。

下午，文娱活动时，各年级互相“拉歌”，歌声此伏彼起。高年级同学还演出过当时十分流行的秧歌剧（兄妹开荒）。放学归来时，每人手中一束野花，仍旧整队而归，仍旧留下一路歌声。这样的日子过了约有 20 多天，后来安庆、南京相继解放，敌军再也没来骚扰了，我们回到学校，依旧过那正常而刻板的日子。金家小岭一户农家的门前，有一棵硕大无朋的梨树，我们每天上山下山时，都经过那棵盛开雪白花朵的枝繁叶茂的老梨树。这梨树，伴着映山红花，松毛汁，哗哗流淌的山泉，以及山间清新的空气，成为童年时代美妙的梦境之一。老梨树，50 年了，安然无恙否？

（选自《月光城副刊作品精选》，中国国际广播出版社，2000 年 9 月一版）

天上人间

黄梅戏之乡的安庆市有座菱湖公园，其中有个“园中之园”——黄梅阁，这是为纪念闻名遐迩的黄梅戏表演艺术家严凤英而建造的。小园中湖光潋滟，浓荫密布，曲径通幽的小路尽头，有一间古典风格的纪念室，里面陈列着严凤英的剧照，演出过的剧本、道具，还有不少名人题写的条幅。但最引人注目的是临湖边的一尊汉白玉的塑像，造型是严凤英在（天仙配》中扮演的七仙女，作翩翩起舞状，栩栩如生。黑色大理石贴面的底座上，镶刻着“天上人间”4个魏碑体字，取自

《天仙配》的唱词：“不怕天宫活拆散，天上人间心一条”。

在中国稍具一些人生阅历的人，谁不熟悉“树上的鸟儿成双对，绿水青山笑开颜……”这经典性的黄梅戏唱段呢？当年电影《天仙配》轰动全国，扮演七仙女的严凤英也一举成名。是严凤英把这个地方小戏带进艺术殿堂，从草台班子进入大剧场和银幕、荧屏，使之成为与京剧、越剧、评剧等“大戏”并肩、为人们喜闻乐见的戏曲剧种。

早在五十年代初，严凤英以演唱《打猪草》、《夫妻观灯》、《柳树井》而崭露头角。那时我还在上初中，学校的广播中常播放这些黄梅小戏的唱片。我的同班学友中，有个严凤英的小同乡——桐城县罗岭乡人，听他讲述严凤英刻苦学艺的经历，令我们这些不谙世事的少年学子为之唏嘘不已。

近距离看严凤英演出，是1964年。那时我在安徽省望江县工作。这年春天，严凤英和她所在的安徽省黄梅戏剧团来到望江县深入生活。严凤英和他的同事们落脚在县城近郊的宝塔村。不久就传出，当地村民对她赞不绝口，说她没有大演员的架子，清早起来，还背着粪箕拾粪。当地是产棉区，严凤英和村民一起下地锄草，喷洒农药。休息时，老乡们要她唱一段，她便拣他们爱听的唱段唱起来。严凤英和房东全家关系尤其融洽，亲如家人，分别时难舍难分。那年8月，我在严凤英的房东家墙上看到严凤英的“全家福”照片，照片上是严凤英和她丈夫王冠亚以及他们的两个孩子。这照片是严凤英回合肥后寄来的。照片上的严凤英显得年轻、英姿勃发。那年她34岁，正处于生命和艺术的巅峰期。

在望江县二十多天的深入生活期间，严凤英和她的同事们还在县城进行了两场慰问演出，可容一千多人的人民剧场座无虚席，水泄不通。严凤英共演了3个戏，在传统戏《打金枝》中饰公主（郭子仪的儿媳），在现代戏《丰收之后》中饰五婶，在移植的现代戏《红色宣传员》中饰李善子。《丰收之后》原是山东作家兰澄写的话剧，当时正走红，影响很大；《红色宣传员》原是朝鲜的一出话剧，全国各个剧种也都移植过。公主的娇纵、任性，山东老大娘的纯朴、识大体，朝鲜少女的热情、开朗，她都演得丝丝入扣，恰到

好处。3个女主人公时代不同，年龄跨度大，严凤英演得游刃有余。尤其是《丰收之后》中的五婶，更使我击节称赏。两场演出中，没有戏时，严凤英便悄悄走到观众席的后边，站在那里看同事们的演出，见到素不相识的观众，还常常注目报以友善的一笑。

人民艺术家严凤英离开她所热爱的观众已经30年了。今年初春的一天，我又踱到黄梅阁，发现在七仙女塑像前，有一只盛满鲜花的花篮，大约头天晚上下了一阵小雨，花上有晶莹的水珠在闪光。显然这是不久前献上的。是严凤英的亲友？艺术同行？还是素昧平生的观众？——不管是谁，有一点是无庸置疑的，严凤英仍然活在人们的记忆之中。我不禁吟哦起老艺术家赖少其为严凤英写的一首挽词：“十年花落无数，何来锦囊，亦无葬花处。花在泪中难为土，举起招魂幡，犹有伤心处。春满江淮花起舞。燕子又归来，君在九天碧落处。”

1998年3月

（选自《月光城副刊作品精选》，中国国际广播出版社，2000年9月一版）

石　楠

寻找张玉良墓

找寻张玉良墓地，给她送上一束花，是我到巴黎要了的又一心愿。

到巴黎后，我把这个愿望对在巴黎研究绘画的中国美院冯罗铮教授说了。她说也想去。我们约好十二月二十七日上午同往。

我拥有两张张玉良墓地照片，一张是在写《张玉良传》前采访潘赞化家人时，他儿媳提供的，照片上面有一座用黑色大理石雕制，光洁照人的扁方形墓碑，前有同样石料的墓床，碑上右边镶有她白色大理石的浮雕头像，像下并排刻有五枚奖章，中间雕刻着竖排隶书“张玉良艺术家之墓”。另一张是《张玉良传》正热的一九八三年，今已故去的香港大导演李翰祥从巴黎拍来送给我的。这张墓碑照片与前张有所不同，在竖刻的“张玉良艺术家之墓”左边，又添刻上了竖排楷书“王守义之墓”，左边张玉良生卒年之下，添刻了法文的“王守义之墓”和生卒年。李先生在信中告知我，张玉良晚年和王守义生活在一起，王守义死后与潘合葬一墓。

李先生提供的情况在我到巴黎后的采访中得到验证。这和我在《张玉良传》中所写有些出入。我把王守义写成张玉良的学生，也学美术的，小她十岁。实则是他长她七岁，不是学美术的，也非她的学生，而是巴黎一家饭馆老板，为人诚恳，又乐于助人，在华人中威望很高，很长时间担任旅法华人俱乐部主席。纳粹占领巴黎期间，张玉良卖不掉画，生活陷入困境，他解囊相助，她的画室遭暴风雨袭击，窗毁房摧，他为她张罗修复，还多次助她举办画展。在患难中，他们成了相依相伴的知己。她去世，他悲痛万分，以十万法郎重金，在蒙帕那斯公墓租了为期一百年的一块墓地，又为其举行了隆重的葬礼。这些情况，我在写《张玉良传》时都不了解，甚至连有没有王守义这个人也没有充分的把握。我把他写进玉良的生活，唯一根据是玉良的雕塑作品中，有座《王守义头像》和一张葬礼上的照片。照片上有位手持一支康乃馨的悲痛老人。我问照片的拥有者他是何人？回说是一个表亲，问其姓名，只说姓王。从而我推测他和玉良关系不一般。他到底是谁？我无从得知。我为之绞尽了脑汁，分析了她雕塑的人物头像，除了王守义，都是赫赫名人。我由之揣测出，王守义就是在玉良墓前手持鲜花被悲痛压倒了的王姓老人。当我了解得更多，我就急切地想去他们的墓地，除了表示我的歉意，就是想告诉他们：如果有机会，我将捡回遗落的笔墨，还他们真实的情感生活，让王守义华人领袖形象更为丰满一些。

一夜雨声淅沥，天亮方住。我一早就起来了，上花市买了束鲜花，早早就赶到和冯教授相约的地点。我们到达张玉良下葬的蒙帕那斯公墓时，太阳刚升起。公墓守门人给我们两份说明书。我们看不太懂，向他询问张玉良墓区位。他也听不懂我们的话。我们只好采取拉网方式，分头一个区一个区地去搜寻。

找了两个钟头，眼也花了，整个公墓快找完了，这时冯教授在七区喊我：石楠！找到了。我飞跑过去，果然是我在李翰祥送的那张照片上见到的墓地。碑上的奖章雕刻得很精致，油彩依然鲜艳，只是她的浮雕像不见了。平滑如镜的墓床上没有鲜花蔬果的供奉，只有被盗雕像墓碑孤零的倒影。我静静地立在他们墓前，一缕哀伤不禁从心底涌起。我虔诚地把鲜花恭奉在墓床上，不由想起了玉良宕跌的人生和渗血的足迹。倏间，墓碑在我模糊的泪光中幻化成大海上一叶漂泊浮动的风帆。墓园静得叫人心悸。几声鸦叫，瘆人心脾。我骂了声，可恶的不祥之鸟！冯教授却说，在法国，听到鸦叫是祥瑞之兆。说不定乌鸦是他们幻化的灵魂，向我们表示欢迎和祝福的呢！

也许吧！我应着。为了我们三个半钟头的认真寻访，和我们虔诚的心。

（选自《新安晚报》1998. 10. 28）

法兰西之恋

想巴黎，想了很久很久。

我对巴黎的心仪，是随着我的文学脚步的延伸而萌生的，以至发展到后来的深刻的思想。我的长篇传记小说中，有四部是写画家的，其中就有三本写到欧洲的一些城市，笔墨用得最多的要数巴黎。我却从未去过我写过的那些地方，不能不算是个遗憾。

当我由田间来到城市，还是个一身土气的乡下女孩那会，就从图书馆的藏书中认识了左拉、巴尔扎克、维克多·雨果、罗曼·罗兰、大、小仲马和司汤达……对那块孕育如许文豪的地方心怀向往。

到了人生的秋天，我走近了文学，写的第一个人物潘玉良，她曾留学法兰西、意大利，研究油画和雕塑，后又终老巴黎。我无缘随她的足迹去她生活过的地方走一圈，只能在书刊资料中去寻找。凭藉有限的资料，张开想象的翅膀，描绘她的异域生活和追求。那时，我就想，若能去看看她生活过的巴黎，她拼搏过的罗马，到卢浮宫观赏她临摹过、研究过的艺术珍藏，寻访寻访她流连过的艺术名迹，该有多好！我还想到她的墓地，给她献上一束鲜花，我会更加理解她，对她在异邦研究艺术的艰难跋涉会有更深更多的体验。然而，我没有那样的机缘，那于我可谓是一个奢望。

后来我写刘海粟传，在上海复兴中路512号刘老的家中，他客厅“存天阁”的东墙上，发现了一幅占了一面墙样大的巨幅油画。是海粟大师三十岁时在巴黎卢浮宫临摹的法国浪漫主义大师德拉克洛瓦的杰作《但丁与维吉尔》。

这幅取材于但丁《神曲》的巨制，画面表现的善与恶的矛盾，让人感到紧张恐怖，又激动人心。深沉的色调，磅礴的气势，震撼了我，我的心脏激动得直哆嗦。在读《世界美术史》时，我已知道了这幅杰作是德拉克洛瓦对统治法兰西和欧洲画坛学院派发射的第一枚炮弹。它震惊了整个西方艺术界，受到进步人士的爱戴，遭到了学院派的强烈谴责。对他绝然相反的两种批评，一直延续到他的生后。我还从印刷品中读到过他的其他一些名作。我久久伫立在海粟大师临摹的这帧大画前，心潮起伏，想到德拉克洛瓦的遭遇，联想到世界上一切新和旧的斗争，新要战胜旧所必经历的种种艰难历程，我就想，若能到卢浮宫看看原作，该是多么的幸福啊！

在写这部传记的过程中，我又读了更多的介绍西欧的近代美术的书籍资料和画册，对西方各种艺术流派的形成发展，以及它们的代表画家也就知道得多了，由于喜欢上了藉里柯、柯罗、西斯莱、莫奈、凡高、库尔贝、罗丹和米勒……不觉产生了个强烈的愿望，我要去法国，我要去意大利，我要去凭吊这些为人类奉献出了真美的艺术大师，给他们献上一枝花，道一声谢谢，去和他们永恒的艺术生命相会。

不久，一位友人推荐我写旅法画家杨光素。她是在过了知天命之年的人生晚秋，毅然放弃艺术系教授的稳定工作和待遇，只身去法国留学的。这需要何等的勇气。她以在露天画廊为游客画肖像所得报酬为生，去研究油画艺术。该多么辛苦？十数年来，她历尽艰辛磨难，矢志不移，她的油画艺术达到了一个惊人的新境界，终于赢得了油画故乡艺术界的承认和褒赞，多次在沙龙评奖中她获得金奖，为祖国也为她自己争得了荣誉。我被她为艺术的无畏精神深深地感动了。决定写她。

我想，我再也不能只凭资料去写了，我要去实地采访。可我没有告诉她，她生活不易，我不忍心给她增添负担，添加麻烦。我准备向中国作协提出来。但我转念一想，作协会员五六千，外访机会寥寥，僧多粥少，而我已出访过一次，不好意思说出来。我打算私费去巴黎采访她。准备倾我全部积累，哪怕借贷，我认为都值得。我与国际旅行社取得了联系，他们有欧洲七国半月游。我已筹措好了经费，正要去报名，这时，接到了杨女士的邀请函，她热情地邀我去她家作客。接受我的采访。去年圣诞节前夕，我终于坐上了中国国际航空公司的波音 747 班机，实现了我的法兰西之旅。

▌史良高

渐行渐远的名词

帆　船

少时家住白荡湖畔，最爱唱的一首歌是《上甘岭》插曲：“……我家就在岸上住，听惯了艄公的号子，看惯了船上的白帆。”我唱这首歌的时候总是倾注了一腔深情，尽管我面对的是烟波浩淼，看不见对岸的稻花，然而，诗意的白帆每天就一片片从我的窗前飘过。

帆船，是那个岁月故乡人唯一的运输与代步工具。载人载物，由此岸抵达彼岸，靠的就是那一艘艘帆船。幼时，街头水府庙的码头上，经常有手持一柄红油纸伞，肩背一个帆布包的老少爷们，踏上长长的跳板，跨进帆船，穿过滢滢一湖，去下江南京、镇江一带做买卖。也有牵着稚嫩小儿拎着印花蓝布包袱过渡走亲戚的。我第一次坐上帆船是去江南的一座城市，其时江面上虽有小轮，但从我家到码头要走20余里的旱路，且每天只有一班，定额售票。趸船的栅子门外，时常关着一帮面带菜色衣裳不整拥挤不堪的人群。如遇风雨，轮船不靠，岸上人更是捶胸顿足，望船兴叹。那日我坐上帆船，风平浪静，两道篷帆扯起，但听哗啦啦水声拍打着船舷，似踏歌声声，抑扬悠缓，江岸绿柳村舍渐去渐远，心底便油然生出“孤帆远影碧空尽，唯见长江天际流”的诗句来。不料船行江心，风大浪起，忽被抬至浪尖，忽又跌至谷底，偌大的帆船恍若一只飘摇于沧海的漂流瓶。猛的一个巨浪掀来，浪花打得一船人一身一脸，船舱里顿时惊叫一片。此时，船身侧过一边，桅杆似要倾倒，仿佛瞬间就有翻沉的危险。只是船老大黝黑的脸膛阴沉着一言不发，他把舵扯帆，操篙弄浆，不紧不慢，倏忽之间船又如履平地，矢速前行。

我对帆船的情结还在于我的祖上与帆船的特殊关系。我的祖父、伯祖、叔祖都是打造帆船的大师，他们所在村庄庄名就叫“木匠”，而那个沿湖村庄的人都共着同一个祠堂，有着同一种血统。这个家族祖祖辈辈就以造船捕鱼为生，他们打造的帆船上行三峡，下抵吴淞。我的一位堂叔就是凭着一把板斧闯天下，成了江南一家造船厂厂长，那个厂由早期成批制作木帆船到后来制造水泥船、近千吨钢制大型货轮，他把自己一生献给了辉煌的造船事业。

岳父则一生漂泊，以船为家。我上过他的帆船，船身被他擦洗得铮红透亮，一尘不染。他自小乘风破浪，历尽艰险，跑洞庭、鄱阳、巢湖、洪泽，跑无锡、苏州、上海，大大小小的码头都留有他的身影。每一个日子，对他来说都是风里来浪里去，尽管后来上了拖轮，有多次上岸工作的机会，他却一次次让给了年轻人。他说，在船上待久了，在岸上反倒不习惯，觉都睡不安稳。不知他说的话是真是假。

当公路像一张巨网延伸到村村寨寨，那湖面上一片片诗意的白帆忽然有一天就从我们的视野里消失了，消失得无影无踪。再次看到白帆是在太湖岸边的无锡影视城，那里刚刚拍摄完电视剧《三国演义》，几艘巨大的“战舰”泊立湖边，引来众多游客纷纷拍照留念。我婉言谢绝了友人给我的留影，我不想让一种戏剧般的假象填充我的胸腔。因为在我的梦乡深处时时还飘动着白帆片片，那是家乡湖上的白帆，溢满一湖诗意的白帆。

手　绢

“丢手绢，丢手绢，轻轻地放在小朋友的后面，大家不要告诉他……”这样的歌声，这样的游戏，恐怕早已从儿童的生活中消失。如今的大人也好，孩子也好，从包里掏出的都是清一色洁白的纸巾，有谁再从口袋里窸窸窣窣地摸出一条手绢来，那不是“文物”也是个十足的“老土”。

手绢在我的印象中总是充满了女性化的色彩。虽然它在我国源远流长，据说是由民间百姓劳动用的汗巾逐步演变而来，并且演绎出许多缠绵悱恻的爱情佳话。《王姣鸾百年长恨》中就记有这样一则故事：小姐在后园荡秋千，不小心丢失一方罗帕，幸被邻家公子拾得，自此诗书往还，遂成就了一段旷世情缘。不想公子返回苏州故里后见异思迁，小姐悲痛万分，命悬绝情的三尺罗帕，留下一曲催人泪下的千古悲歌。正所谓“始终一幅香罗帕，成也萧何败也萧何”。

我曾生活在“手绢时代”，那时，大人小孩都以身佩一条漂亮的手绢而自豪。手绢的图案也异彩纷呈，有花卉、山水、飞禽、走兽，也有以线条构图，红黄蓝白为底色，淡淡的，雅雅的，别是一番风味。二姐的手绢用途很广，随意地在四角打个结，戴到头上就是一顶绝好看的手绢帽。兴之所至，手绢就变成了一只灵动的小白兔，或是一只调皮的老鼠，不知二姐使了什么魔法，那小东西冷不丁就箭一般向你窜来，直吓得你心惊肉跳。

小学毕业那年，同学之间纷纷馈赠礼品以作留念。在众多的纪念品中，我最钟爱的要算一方手绢。那是后排扎着两条长辫肌肤雪白的女孩送的，手绢的图案为“鹏程万里”。我把这幅“香罗帕”珍藏在书页里，常常打开书页看看闻闻，仿佛嗅到了一缕少女淡淡的体香。很长一段时间，一见到女孩，我就脸红忐忑。可惜的是，我辜负了女孩的殷殷嘱托，最终没能成为大鹏，而做了一只无人知道的家雀。

在我眼里，手绢还有一个功用那就是用来包裹重要的物品，譬如钱。我上高中时住校，周末回家，临行时，母亲总是开启箱子上的那把大铜锁，拿出一个卷着的手绢，一层一层地打开，最后露出的是几张寒碜瘦削的纸币。母亲便从那揉皱发黄的纸币中抽出一张两张。那，便是我一周的生活费用。直到现在，我的大脑沟回里仍然深深镌刻着那条发黄的手绢和母亲显得无奈的眼神。

曾经作为历史文化，当作艺术品展示的手绢，如今已向香消玉殒。打开女士的真皮坤包，里面再也没有那漂亮的手绢；翻遍男士的口袋，再也看不见一方精致的手帕。就连别在男士上衣西服口袋代表着男士风度的西服手绢，也已远离了生活。手绢用得最多的恐怕是在戏台上，那红娘样狡黠的丫环，或是从怡红院、潇湘馆走出的MM们，谁的手里没有一条精致的丝绣手绢？抹泪，传情，示爱，发嗲，害羞，打情骂俏，哪一样又少得了手绢的掩饰？如今，就连寻常人家曾经拥有的手绢早已成了收藏家的热门收藏。他们是收藏一种历史文化，收藏一个时代的艺术，还是在收藏一段美好的回忆呢？

在许多社交场合，看到风度翩翩的男士，娴雅袅娜的女士，很文静很潇洒地掏出一叠叠新潮的纸巾，斯文地揭出一张，在樱桃小口或光亮的额头上轻轻一抹，便随手弃至垃圾箱里，我总是情不自禁地怀念起昔日的手绢。

煤油灯

看到杂志上一则谜语：“一粒谷，塞破屋”，突然就记起煤油灯来。

煤油灯的制作其实极简单，去医院要一玻璃瓶子，在铁皮盖上钻个圆孔，再用薄铁皮卷根筷子粗的管子，管子里用棉纱或废纸捻成灯芯，一盏煤油灯就做好了。也有用墨水瓶的，其构造都是一样。

煤油灯在我们家乡称灯盏。我家的灯盏有三种，一种是放于灶间便于经常移动的铁皮灯，看起来像微型坦克。一盏罩子灯，擦得干干净净的放在客厅或房间，称为台灯。还有一盏吊灯叫保险灯，玻璃罩子上方有个反光的圆形瓷盘，那是过年时父亲回来才用的。

更多的时候家里点的是那盏铁皮灯，方便，省油。夜晚，如豆的火苗散发着柔柔的一线光亮，母亲就坐在昏暗的光线里摇动着纺车纺纱，我与二姐则趴在桌子上写作业，常常写着写着，就闻到一股焦糊味——谁的头发又烧着了。随着作业的增多，母亲允许我们点上台灯。点台灯每天必须擦灯罩，灯罩薄如蝉翼，稍不留意就会擦破。每次擦灯罩，我总是小心翼翼，先哈上热气，再用软布轻轻拭之。台灯的光线虽然亮了许多，但仍然比不上电灯，然而，记忆里的那些煤油灯给我们带来的却是无尽的欢乐。我们时常在油灯下玩耍游戏，听母亲讲老辈的艰辛、家族的苦难，讲油灯从点桐籽油、菜籽油到洋油、煤油的演变过程，母亲总是在讲完这些之后，不断勉励我们要努力学习，长大后好好做人处事。煤油灯，让我在昏暗中明白了许多事理。

读中学时住校，晚自习时教室里点的是汽灯，这种灯多用于乡村的文艺演出，舞台上挂两盏汽灯，明晃晃的如同白昼。可惜的是学校定时熄灯，求知欲旺盛的我们不得不拿出自备的煤油灯挑灯夜战。那时恰逢文化荒年，课本上是无休止的“念念不忘”，书店里是清一色的“红海洋”，同学之间偶尔觅得一本横扫“四旧”时残留下的破书，争相传阅，如获至宝。一种抄书之风便是这样的在校园里悄悄流行开来。抄《百家姓》，抄《唐诗三百首》，抄《郭沫若诗集》，抄《一双绣花鞋》，甚至连《林海雪原》、《水浒传》里的部分章节也争着去抄。而抄书，往往选择在熄灯之后。我就是在那段岁月里抄下了荀子的《劝学》、韩愈的《师说》、王勃的《滕王阁序》和许许多多名家辞赋。煤油灯，是我汲取营养的钵盂，人生追求的灯塔！

记得有年闹地震，人心惶惶，学校连夜放假疏散学生。我与一位同学步行 20 余里路乘着夜色往家赶。途中要翻好几座山，我体力不支，又累又饿，心里虚虚的，生怕此时地震了把自己一下子埋到地底。待到拐过那座叫巢山的山脚时，远远地就看见了家中那盏摇曳的灯火，顿时心头一热，两行热泪顺着脸颊潸然而下。我知道，那一盏油灯，是一位慈母为她儿子的归来在静静地守候。

这些年，我走过不少城市，看过不少璀璨瑰丽的灯火，惟有那喧嚣与辉煌的背后，有一盏煤油灯，一盏摇曳如豆的灯，始终熠熠生辉。我知道，那是任何灿烂华贵的灯也无法替代的。

疏利民

我教女儿学诗词

女儿上小学了，我送给她一句话："听我一句话，每天十分钟，诗词一两首，幸福你一生。"我有个简单天真的想法，就是让她背点经典性的东西。我想古人说的话"熟读唐诗三百首，不会写诗也会吟"肯定是有道理的，我为何不听古人言呢？我自己吃编辑这碗饭，靠的不就是一点小语感么？我只要把三千首经典的古诗词"烂"在她的小肚子里，我想她长大了干什么都行，根本不需要我们去操心的。这一点我是坚信不疑的。

于是，在她上学的第一天，我就开始了这项背诵工程。效果的确不错，一个月刚过去，现在我买的一本《小学生必背古诗词92首》，她基本上都会了。前几天，妻子将这一消息在考试卷上透露给女儿的老师，老师便让小家伙把那本书带到学校里去，在课堂上现场测试了一把。她果然不负众望，大大地出了一回风头。老师问其他同学有没有勇气敢与她PK一把，同学们都不敢做声。有个男同学鼓足勇气站了起来，幼儿园毕竟都曾学过几首古诗，但没有想到的是，暑假一过，又还给老师了。这一下，小家伙可得意了，老师当着全班同学的面，一下子给她加了三颗五角星，并说她的进步像坐直升飞机。老师一表扬，效果两重天。老师布置的每日一诵，本来一周背诵的东西，她一天就给解决了。兴趣真是好老师，表扬的力量真伟大。

当然，在背诵过程中，我们也少不了花样翻新，毕竟是孩子，自觉性总是要差点，也少不了物质上的奖励。在开学前，我就许诺过，只要她将92首必背古诗词背完，立刻就给她买架她朝思暮想的玩具钢琴。目前她的拼音学完了，自己可以读了，为了鼓励她，在她还剩下几首不会背的时候，我就提前将小钢琴买了回来，一则证明我们大人自己说话算数，二则是相信她学习的能力，让她自己学会安排时间尽快背完。

我在和朋友聊天的时候，他们纷纷向我取经，觉得这种方法挺好，只是他们说孩子总不够专心，背诵的兴趣不大。是的，背诵是很枯燥的事，但你一定要想办法，孩子的记忆力很好，但他们的理解力有限，要想她们感兴趣，没有几招可不行。我采取的方法是立体化运作，让她既感兴趣，又有所收获。早晨一起来，我就放磁带，那磁带与课本是同步的，而且也是小朋友朗诵的，声音特脆，在家里造成一种早读的氛围。她即使睡意蒙眬，但多多少少还是听了一点，只要她不是很反感的话。其次，妻子在上学的路上，重点突破她有点印象但又似是而非的诗词。多强化几次，她自然就会了。中午回来，我再重复地对话几次，加深一下印象，她要是反感话，我们就假装做游戏，让她在快乐中记忆。孩子有点喜欢好人为师，我们便模仿当她的学生，让她大声地教我们，我们假装始终不会，直到她自己会了为止。

前几天，小家伙站在窗前发呆，被我看见了，我问她干什么，她说："窗外的景色多美呀！"我说那你可以写首诗呀，字不会写没关系，你可以用拼音来写。她说我不会，我说没有什么不会的，你想怎么写就怎么写，你看到什么就写什么，没有什么可怕的。哎，我这一说，小家伙真来劲了，真的还像模像样写了一句让我吃惊的诗句来："雨后新晴白满天"。我连呼"天才"，大声喊妻子过来看。妻子一看也吓呆了，还真那么回事，我连忙叫妻子将那张纸收好，权作纪念。我一激动连忙对女儿说："爸爸送你几首诗，好不好？"女儿说："那你送呀！"在女儿面前，我不敢食言，说送就送。

"我家小天才，聪明又可爱。唐诗三百首，信口就出来。我家小天才，乖巧惹人爱。绘画有天赋，花草随意栽。我家小天才，勤奋招人爱。闲来无所事，读书自开怀。我家小天才，实在惹人爱。偷偷把书读，现学还现卖。我家小天才，着实招人爱。书写工且整，速度还挺快。我家小天才，的确招人爱。学习挺认真，办事挺勤快。"

这一招，真挺灵，平时吃饭不快的她，中午一碗饭静悄悄地就没了，妻子也会心地笑了。其实，孩子是张白纸，鼓励是温暖的阳光，你想让孩子将来干什么，只要多送给她阳光即成。

（选自《皖江博览》2008 年第 5 期）

疏胜祥

春节里的乡愁

忙碌了一年的企业工作，送走最后一个员工回家过年，拖着疲惫不堪的身子，贴完春联，终于可以和老婆孩子一起吃年夜饭了。除夕之夜，我们计划着回老家项铺一趟，看看兄嫂和姐姐。虽然父母离世多年，也没有什么特别的长辈要看，但总心中牵挂着那块故土。虽说故土，其实也就是几间即将倒塌的老屋。每每到了逢年过节，总有一种理不去的乡愁，如果不去，心中拂不去的也是乡愁。

其实，妻是坚决反对的，我回老家的行动，打破了她向往已久的能让我有个休息的愿望，何况雪冻路滑，行车不便。为了了却一个心愿，我决定只身一人回到故乡。

我的老家在项铺镇的边山村的田埠庄。它是白云区第二大的村庄。住居着大约三百多户人家，全是一个姓“疏”家。据说，我们的祖宗在元朝时从江西婺原县逃荒来的。所以，我们一直秉从“团结、勤劳、节俭、开拓”的家风。这是一块“疏”家的发祥之地。人丁兴旺，世代繁衍，生生不息。从这里走出去不知其数的疏家“能子能孙”，奔赴全国各地，甚至走向全球。在《疏氏宗谱》中闪烁着灿烂的光芒。

今年回家过春节的疏家子弟不多，可能是因为罕见的大雪阻隔了他们的归乡之路。大年初一，我们的风俗是不论年龄大小，一律按辈分立规：晚辈必须向长辈拜年，不一定带礼物，但小孩要下跪叩头的，大人一般要向长辈作揖。

在村子里，我是小字辈，理所当然的要向别人拜年，但无作揖，因我是不常回家的“客”，老人们也很尊重我。我仍然依着旧规矩，挨家挨户跑了一圈。

回来后，我却又多了一份伤感。我是个已进不惑之年的人了，我常不觉自己老。可我见到我儿时的伙伴，他们大多老态不堪了。生活的艰辛染白了花发，风雨的沧桑布满了脸膛。他们见了我，已没有儿时的亲切，陌生与木纳疏远了我们的距离。更为伤感的是一些伙伴已经成为永远的回忆了。阿贵因生活所迫，在鞭炮厂的火药中丧身。阿喜因打工，在上海被火车碾死。阿龙作为改革开放后村子里第一个暴发户，因后来经营破产，愧见家乡父老，流走他乡，至今不知身在何方。虎子弟兄俩四十好儿，老婆还未露面。太叔死于食道癌，生叔死于食道癌，保叔死于食道癌，福叔死于肝癌，民叔死于肝癌，大宝货死于心脏病……

小时候，村子里有一口老井，那水甘甜，它是村子里的生命之泉。据说，近些年，那口老井被农药污染，不能作为饮水了。于是，村子里的人纷纷各自打井，但再也打不出那眼好井了。据有人说，我们村子里新掘的地下水可能含有致癌元素，多以食道癌为常见病例。除非引白荡湖的水作为自来水，才能改变这一局面。

香嫂因友哥死的早，外出打工未归。两个侄儿成了留守儿童，一身烂漓，饱一顿，饿一餐，东家蹿，西家跑，到处捡烟头，撇在嘴里烧，不顾瞎奶奶撕心裂肺的喊。孤寡老人哑爹坐在破屋里见了我，一个劲地“哑吗，哑吗”的乱喊，我掏了五百元钱，一包香烟塞到他的手上，他又喊又笑，还不停的树起大拇指，比划这比划那。

自家的兄嫂姊妹除了家庭的生计，就是儿女的琐事。无意再和我谈及儿时的记忆。在他们的话语中已没有多少和我共同的语言了。现实赋予他们的是更多的关心他们的生计与子女，弟兄姊妹几个大枣分着吃的时代已经成为历史的“奢侈品”了！社会的进步，时代的变迁，人情冷暖给予我们这代人的尴尬，又让我平添了一份伤感和乡愁。

故乡啊，我已无法寻觅儿时的模样，但我不变的仍然是爱您的情怀。您在前进中逐渐撤去了茅屋与土墙，但时代的变迁也在不断的垒起新的“隔墙”。正是这种渐长的“隔墙”让我产生揪心的伤感与乡愁。

带着乡愁，踏着冰雪，在亲人的目送中作别故乡。一路上，我陷入深深的沉思中。何时让故乡的泥泞之路变得宽畅不滑？何时让虎子弟兄娶上媳妇成了家？何时通上自来水，让癌症不再祸害故乡？何时让香嫂和孩子有个团圆温馨的家？何时让鞭炮厂不在故乡爆炸？

乡愁，是对故乡的思念！乡愁，是对故乡的牵挂！乡愁，是故乡的召唤！乡愁，是故乡的根！

2008.02.07 夜

舒寒冰

满屋蛙声

今年春天，儿子忽然迷上了斗青蛙。

最先一只，仅拇指大小，就躲在儿子的语文书里。做家庭作业的时候，趁我不注意，儿子用拇指按住它的脊背，轻轻一放——好家伙，居然跳起一尺多高！又捉回来，再按，跳得更高！儿子得意的暗笑，小蛙跳得更欢，主仆都没有注意，我已在一旁偷窥良久。

忍不住童心苏醒，从儿子背后悄悄伸出一只大棒一样的手指，偷袭那小精灵。本想在突如其来的惊恐中，它会跳得更高，却不料微颤之后居然不动！是我大棒太重，伤了它的脊梁骨？还是面对偷袭，装一回死，企图躲过记忆中的杀戮？惊回首，儿子看我慈眉善目，立即知道今晚父恩浩荡，天下大赦。便伸指再按，并有意放慢手法，算是教我。那小蛙，从主人指尖中感知危险已过，便如同吃了兴奋剂一般，一下子破了刚才自己创的记录，跳到高脚台灯的顶上，稳稳坐着，要主人去请，才肯下来。

一下子，我回到童年的记忆中。碧绿的青蛙，在塘埂上，像个哲人，安静地思考。一枚小石头嗖地射过去，它噌地一跳，落到一盘荷叶上，惊动了叶上的碧露，顺着叶脉一溜就没了踪影。再射，力道猛了许多，荷叶被砸了一个小洞，青蛙却早已扑通一声跳进水中，只留下一圈圈绿色的波纹……也有很少地时候能砸中，捡起，用麻线吊着后腿，拎回家喂鸭子。虽然那时粮食匮乏，荤腥稀少，但我们乡下从来没有吃蛙的习惯。就这样偶尔地砸死一只两只，大人们还要责骂，虽然声音并不严厉。青蛙是益虫，是人类的朋友，打青蛙有罪——大人们总是这样教导我们。

月光笼罩的夏夜，蛙声如潮，那是乡村的交响乐。没有一个人，会讨厌蛙声，除非他不属于乡村。“平凡纯粹响亮孤独/是谁擂响千秋鼙鼓/许多人头枕这不绝的鼓声/就能安然睡去/他们的呼噜/是鼓声的一种”这是我十九岁的时候写的诗歌。那时，我潜居在一所乡村小学，白日教书糊口，夜里写诗突围。

突围，突围！从十面蛙声里，从苍茫月色中，从葱茏的乡村小路，夺路而逃……

28岁那年，我终于突破蛙声的包围，结束了十年乡村“游击战”，以一种决绝的心情告别乡村，以一种胜利者的姿态挺进城市。

然而，一颗敏感的心，很快陷入新的包围。代替十面蛙声的，是坚硬的钢筋和水泥、浮躁的霓虹和喧嚣。十年中，多少孤独的梦境中，一次次恍然的，竟是热闹的蛙声。其实，眷恋从离别的刹那，就已经开始！

因为得到我的默许，此后，更多的青蛙，从儿子的书包里、口袋里、抽屉里源源不断地跳出来。桌子上、客厅里、书房中、床上，到处都是青蛙。小似蝌蚪，中如拳头，大如鞋子，最大一只，伏在桌下，如一只鸭子。

我和儿子，都成了斗青蛙的高手。大青蛙虽气势吓人，但并不善战，远不如小蛙能跳善蹦。就像人类，善于跳高和打架的，永远不是胖子。儿子调教青蛙的本事已入化境，葱白的小指头轻轻一按，那小蛙受遥控似的，能按照儿子心意，轻松地跳到桌上、书上、花盆里……

当晚，儿子晚睡觉前挑战：“老爸，再斗一把？——谁输谁小狗！”

我当然应战，一张床，成了青蛙的战场，一时硝烟弥漫。今晚神灵保佑，我与他战了平手。半夜里，我还在写作，儿子起来小解，回到床前，睡眼朦胧地，竟从被窝里捉出一只，调教起来。在我温柔的呵斥下，人和蛙才重新睡去。而我，已无法睡去，看着一地青蛙，耳中忽然轰鸣，仿佛满屋蛙声。“不如归去，不如归去！归向哪里去？梦里的乡村已模糊成一张水墨，我们是画外的蝴蝶标本，回不去了，回不去了。而现实中呢，那些灵山秀水，正渐渐变成城市公园里石头、水泥和自来水组合的现代雕塑，我们都是一个配件而已，你是塑料的荷，我是陶瓷的蛙。”

这是2007年和一个朋友用手机聊天的一段记录。

与少年时乡村荷叶上的活蹦乱跳的青蛙不同，与我去年手机短信里那只陶瓷青蛙也不同。儿子的青蛙，是纸做的精灵。

司　舜

散文诗短章

晨　读

早晨的教室，是一棵枝繁叶茂的大树，叽叽喳喳的鸟聚集在枝头。

那些尝到了美的嘴唇在忘形地表达。所有的声音都乘着快乐向上飞翔，并且把阳光读得更灿烂，把晨风读得更温柔。

我就置身于这无边的芬芳之中，仿佛周身长出无数鲜嫩的绿叶，在幸福地颤动、倾听。

我已经听到花开的声音、爱的声音、跋山涉水的声音。

（选自《散文》1999年第10期）

课　堂

课堂天天向上。我站在讲台上，手心里有一种握镰的快感。

我的目光一穗一穗地看下去。那些将晶莹的身心交给阳光的稼禾一样的孩子，是那么端正、生动，现在，他们在我的理想中一天比一天茁壮、丰满，他们是我掩也掩不住的喜悦。

他们的长势，是大地上最绚丽的丰收景象。

（选自《散文》1999年第10期）

晚自习

一朵光温暖一张课桌。乡村的夜晚静谧、安详。教室里芬芳四溢，铃声将蜂蝶纷飞的秩序安排得生动而又妩媚。

心儿们跳得那么整齐，像一粒粒用爱浸润的种子，钻进了沃土。文字，让所有的心胸陷入无边的宁静和快乐。

当窗外的紫丁香被月亮默读得一片含蓄，我们便欣喜地发现：许多美丽的花朵捧在了手上，许多美好的愿望挤到了眼前。

（选自《散文》1999 年第 10 期）

目　的

目的是想看清那只小鸟。

我打开窗户，同时也打开心灵。

活泼的叙述者，她无限端庄、妩媚，敢于旁若无人，并且把叶子和花瓣的隐衷一一说破。

美好的春天，至此全部形成。其实，像她这样的心情抑或态度，我也拥有过那么一回，只是我略微比鸟想得多些想得更深远更复杂一些。

也许是我太过浪漫，反而不会飞翔。目的是想看清那只小鸟；目的是想翠绿地眺望一次，然后洁白地甚至金黄地思虑一生；目的是想放飞心中的那一只……

（选自《散文》1998 年第 2 期）

破　绽

烛光，那是夜晚的破绽；梅花，那是寒冬的破绽。眼睛、耳朵、嘴唇和呼吸统统都是心灵的破绽。破绽一旦显露，我们就最真实。

我们有时守着一厢寂静，忽然听到琴声。那是一个人在想念另一个人。我们坠入的那种境界，正好是我们大家共同的破绽。

破绽是不知不觉一定要露出来的。

我们诞生时，她在身边；我们灭亡时，她还在旁边。

（选自《散文》1998 年第 2 期）

对　岸

割草的女孩，唱黄梅调的女孩，在河的那边保持着清纯。

我看见鸟声滑过她芬芳的脸颊，我还看见阳光经过她妩媚的年龄。我想，一片翠绿是否就是她一生的愿望呢？

如果她愿意，又一首情歌将在她的身后哗哗啦啦地吟唱。

她那一身禾苗一样的打扮在诗经里被爱慕了几千年；她那青草般的心事将会被许多双眼睛聚成岁月。

不用抵达她，我的爱美的嘴唇布满馨香。

割草的女孩，唱黄梅调的女孩，她让我喜欢上流水。不用渡河，我常常能找到某些彼岸的东西。

（选自《散文》1998 第 2 期）

流　水

起先，我像所有的孩子一样，叠着一个又一个纸船，我把它们全部放进流水中去。我知道：流水是所有比喻的源头或者理由。只有细水长流，生命和愿望便加入到涟漪的行列，汩汩流向时间的深处。

后来，我企图抓住这流水。当我伸出双手虔诚地做着掬起这个动作时，我感到了我的徒劳和可笑，因为即便是一滴小小的水珠儿，也无法适应我掌心中的脉络，它总要从我的手指缝里迅即逃脱，跌跌撞撞重新奔向它来的地方和应该去的地方，归入到浩淼的抒情的队伍中去。

流水，就是这样热衷于自己的身世，并且从来就没有终止过自己的目的。在默默的进程中，担负着洗涤每一粒尘埃的重任，不忘记一分一秒地编撰出诗意。

现在，我是以静止的岸滩的心情，感受着流水的。吉他曲似的流水，它是唯一会唱歌的美酒，从它琴弦上走过的和风与阳光也放慢了脚步，并融入到那清澈酣畅的旋律当中。它轻轻叩开了傍水人家静谧安详的窗棂，也安慰着沿着河岸匆匆归家的旅人。

如今的我，每当面对流水，总要无缘无故地流下泪水。让我脆弱，让我敏感的流水啊！我记不清我丢失过多少条流水，我更不知道，我竹篮打水的日子，水中捞月的日子，是怎样的波光粼粼，现在它们已经哗哗流去。

但无论如何，我还是愿意站在叫做爱情和道路的流水身旁，等候它漫上我干涸已久的故事并将我深深地淹没。

（选自《散文》1998 年第 2 期）

▎苏安生

千年秦淮

十年前，我在金陵一家医院进修。一日晚餐后，我邀同事姜医生游秦淮河。他先来这里，熟悉这里的名胜古迹，自然成了我的向导。从南京军区总院乘公共汽车，只三站路，便到了夫子庙。

这里人潮如海，熙来攘往，游人摩肩接踵，喧闹声、叫卖声响个不停。大小商店、茶楼、酒肆、戏院、游乐场，尽皆有之，让你消受不尽。秦淮河流经夫子庙。昔日达官显贵寻欢作乐，纸醉金迷的地方，如今普通百姓也能怀揣钞票，潇洒走一回了。尤其吸引人的，是这里的风味小吃。油煎臭豆腐，都说闻着臭，吃着香。蚝油炸鹌鹑，浓香熏鼻。不过，这两种小吃，我都不爱品尝。众多的游人，手持一只穿着竹签的鹌鹑，边走边啃。遇上几个老外，也在啃的行列中，蓝眼睛透射出友好喜悦的目光。

我来到秦淮河边，遥望远方，径自遐想。一千一百多年前，也是这样的一个深秋夜晚，也是这样的月色，就在这条河上，一只木船缓缓驶来，停在一家酒店旁边。借着酒家的光华，看得见船上立着一位风度翩翩的须眉中年，身穿长袍，帽缨在晚风中飘拂。他目光深邃，神情忧郁，面对着烟雾朦胧的寒江和沙洲上闪耀的月光，倾听着对岸传来优美动听的歌声。那是歌女在唱陈后主新歌《后庭花》，天真的歌女怎知亡国的悲恨呵！于是，他春潮激荡，无限感慨，吟出一首绝句："烟笼寒水月笼沙，夜泊秦淮近酒家。商女不知亡国恨，隔江犹唱《后庭花》。"《泊秦淮》这首诗的作者便是晚唐诗人杜牧。虽然这时离唐亡还有六七十年，但一个衰朽的时代已进入诗人敏感的心中了。

一声呼唤，中断了我的遐想。转头望去，姜正等着我登上画舫，一同荡舟。我应声而去。画舫内摆设典雅，烛光摇曳，乐声幽婉，和着桨声，小舟轻轻飘荡，游人仿佛在探古寻幽。听着这歌声、桨声，望着这冷绿的河水，忽忆起朱自清的一段散文："秦淮河的水却尽是这样冷冷地绿着。任你人影的憧憧、歌声的扰扰，总像隔着一层薄薄的绿纱面幕似的；它尽是这样静静地，冷冷地绿着。”《桨声灯影里的秦淮河》此时，我陶醉在秦淮河的迷人景色中，也陶醉在这段优美的文字中，不忍离去。

荡罢小舟，夜色已深。秦淮河仍在喧闹声中流淌。我仍沿河边街道漫步，不时看见一些牌匾上的篆书，全然不识，寻问路人，亦无识者，只好抱着遗憾归去。也许这些篆书正默默地诉说着一个个关于秦淮河的动人故事呢。

（选自《月光城副刊作品精选》，中国国际广播出版社，2000年9月一版）

▌汤琼花

在乡村的记忆边缘

十月的乡村，黄澄澄的，天很蓝很高，夜很静很沉。

清早醒来，总能看见门前那盆牵牛花，装点着娇滴滴的蓝朵，格外惹人怜爱。我喜欢一直注视着它们，久了，好像花里就绽放出一个小人，他欢快地跑呀、跳呀、唱呀，那纯净和天真撞击着我干涩的灵魂。疼痛的直觉告诉我：无瑕灼伤了我的污浊。

一天就这样开始了。我灰头诟面地沉浸在失去生活的梦魔之中，无法自拔。风看着我，嘴巴动了一下，但没有出声，就上课去了。我明白她的意思：希望我开心起来，回到八年前那个她认识的我。

我自己又何尝不想早日走出命运的阴霾，只是还太年轻，执迷不悟，非要等到山穷水尽之时，方愿回头。总是坐在凳子上，百无聊赖地看牵牛花，早晨还是幽蓝幽蓝的，到了中午，阳光一射，就变成了紫红，慢慢地就倒在了枝干上，等待结果。这时总会不自觉地回忆走过的点点滴滴，阴郁不可抑制地充满内心，泪水无端端的盈满眼眶。

我不想说话，只愿沉浸在自己的心灵之中，反复舔舐自己的伤口。累了，就到处走走，学校里的操场、乒乓球台、山野、高坝，都沾满了我的心绪。

夕阳西下的时候，喜欢爬上乒乓球台，一边仰望天空飞翔的群鸟，一边看那嫣红的落日，一点点滑下树梢、山峦。一切都被染红了：鸟儿的声音，迷茫的眼神，还有那飘忽不定萧瑟的秋风、反复荡漾在记忆中的野菊花……

“夕阳无限好，只是近黄昏。”大约就是现在的情境。一切美到极致，最后都逃脱不了消亡的命运。只是没有这消亡，又何来新生的景象呢？何来长满星子的天空、充满希望的未来。我，我们，也许都应该不断地涅槃，更生。

人生，大抵就是否极泰来，不断循环吧。渐渐地，我很少一个人去西头的山岗，坐在茅草丛中眺望远方的村庄，惊恐这一切都不可能属于今生的我，惊恐远方的远方，除了遥远一无所有。也很少去看枯瘦的荷塘，反复吟诵：留得残荷听雨声。

我应该和风一起享受这难得的相聚时光，为这平淡的日子增添丰富。和她一起敞开胸怀，放肆的笑，尽情地挥洒绚丽的青春。

我们一起学了很多歌曲，其中《沧海笑》尤为喜欢。常常是深夜，躺在床上狂吼："沧海一声笑，滔滔两岸潮，浮沉随浪记今朝，苍天笑纷纷世上潮，谁负谁胜出天知晓，江山笑，烟雨遥，涛浪淘尽红尘俗事知多少，清风笑竟惹寂寥，豪情还剩一襟晚照。"吼着吼着，似乎我们也能笑傲人生了。日子就是由困难组成的，也是这些坎坷让我们原本一无所有的生命变得逐渐丰富起来。

风喜欢称我们为一无所有的流浪者。她说"一无所有"是个很好的词，既然都一无所有了，就可以放心的流浪、打拼。忧愁啊、欢喜啊都是过眼云烟。人生有命，有运，顺之者昌，逆之者亡。如果同命运抗争，就会陷入命运的漩涡，如果顺其自然，就会在时间的循环中，找到生命的出口。

一切都是时间为我们设置的过程，包括青春。风的情绪常常颠簸不定，哭哭笑笑，她从不压抑自己，并视其为青春进行曲。躁动、不安、忧郁、悲伤，全是因为我们胸中的那颗丰富的心，一会渴望天上的月亮，一会渴望远方的灯火。寻寻觅觅，我们自己又何尝知道自己想要什么呢？或者说，我们想经历很多很多，却没有一件能在现在的环境下实现。

青春、梦想、未来，踏实、勇敢。后来，风就常常念叨一电视剧《我们无处安放的青春》，同时劝慰自己安分守己。

当我们不忍守望严肃的青春的时候，就跑到野外去偷东西，消磨那些揣摩不定的时光。偷桔子、红薯、柿子、蔬菜等等，能吃的，我们一律纳入囊中。新鲜的柑橘，美味可口，红薯稀饭，格外香甜，还有我们自己发明的红薯绿豆粥，甘甜细腻，别有一番滋味。

这些顽皮的行径给我们懵懂的生活带来了巨大的乐趣。有天，风还发现了一可爱的老头，她视他为顽童。由于喜欢吃柿子的缘故，她基本上天天跑去买，头几次是一老太太，一块五一斤，后来变成了一老头，一块钱一斤，这可乐坏了她，得意地夸那爷爷真好！谁知那爷爷说："那是我家老太太。她天天逼我来卖，为早完事，我甩卖了。"每说至此，风总是仔细认真地描述那老头认真又滑稽的表情，乐不可支。

日子是这小河里的水，哗哗啦啦的，就不知到了什么季节。我的精神与身体完全健壮起来。“该走了，该去搏击青春的风浪。”风抱着我，半真半假地说：“无论你在哪儿，我都会去看你的。”

（选自《江南晚报》2009.02.16）

与文字对酒高歌

常常想起马尔克斯的《百年孤独》，里面说南美有一种人，他们消磨时间的方式是静坐思考。我颇喜欢用这样的方式消解自己的孤独，甚至孤苦。在文字构建的世界里遨游高歌，思想成为心头最温暖的家。

我有一位朋友，知识渊博，甚为聪明，也许是高处不胜寒，也许是不屑于与人们聊一些心灵之外的话题，至今仍孤身一人，住在一所空空的房子里。每周除了外出上两次课，其余时间都在家，要么看书，要么静坐，任思想的野马奔腾在无数空寂的时光之中，来了兴致，便以文字记录下思维奔跑过的痕迹，全神贯注之时，孤独的光阴飞走了，生命也获得了丰富的意义。

文字一定会穿越时空，让每一个陌生的灵魂获得相似的温暖。我的那位朋友最近探讨了这样一种情感：贪心者贾宝玉，想得尽天下女子的眼泪，却不知，当贪欲一次次被满足时，林妹妹的深情也在一点点消逝。等到一切都凋谢了，纵使得到了全天下痴心女子的爱，内心深处的那份孤独也无法摒除。人，并不需要对所有人都有意义，就像贾宝玉，只要林妹妹陪伴在身边就足够了。

只是我们生命中，不是每个人都那么幸运，能碰到懂得自己的人。于是千万人群之中，你我之心依然孤独，至老、至死。此时，与我们共度终生的也只有自己的影子、灵魂、声音、文字。

今春，格外寒冷，我的人生也格外失意。终于按捺不住年轻的浮躁，终日以电视、电影、购物打发自己的空虚，麻痹自己的灵魂，大脑也以习惯性麻木的姿态迎接许许多多本该泪水涟涟的日子。近来一次更大的失败终于让我受够了这颓废、虚空、死寂，再一次想起文字，这唯一而忠贞的朋友，只有它，才能挽救我此时的无奈。

开始阅读别人的故事，回忆自己的过往，虚构一些温暖的图画，幸福的感觉顺利地溢满周遭。倾毕生精力，为自己的心灵构建一座城堡，这是愉快的设想。尘世之中，忙忙碌碌，尔虞我诈，到头来都是一场空，谁也无法在永恒的时光之中找到那些永恒的爱恨情仇。喜怒哀思终有一日随着我们的生命，沉眠于荒郊野外的土地之中。生是短暂的，温暖是暂时的，死亡和孤独才是真正的永恒。

文字是唯一教会我们思考、认识真理的工具。于有生之年，记录下自己的足迹、心灵与情感，在反复的思考之中，看清尘世，获得极乐。相信心比天高，命比纸薄的宿命，不挣扎，不反抗，尽管享受孤独，享受疼痛的刺激。

“风萧萧兮易水寒，壮士一去兮不复还。”文字就是这样，真真确确记录着我们的心绪。那些似水年华、孤苦伶仃、那些亘古不变的往事、那些充满灵性的眼神，相互拥抱的时候，幸福在城堡里私语，温暖跳跃在每一只笔尖。

生命的路上，我与文字对酒高歌，失意不再，孤独不再，泪水不再。

（选自《淮北晨刊》2009.03.18）

唐先田

风雨磨刀人

天空淅淅沥沥地飘着细雨，正是乍暖还寒时候，我打着伞刚走出家门，迎面正好碰上了他——一位在我们这个大院里转悠了好多年的磨刀人，他旁若无人地引吭高歌："磨剪子唻，锵菜刀！"扛着他的"作坊"的全部家当：一张长条凳上面绑着一块磨刀石，径自在风雨中走去，寻找他的生活和乐趣；他并没有打伞，那微微的斜风细雨，他是压根儿也不当作一回事的。

我曾找他磨过一次刀。当我称赞他的刀磨得锋利时，他只是嘻嘻地笑，看似骠悍粗犷的近 50 岁的汉子竟是那般的腼腆，我并不曾打听也便不知道他的姓氏和家住何方，只是常常听到他那独特的引吭高歌，洪亮刚劲而清越，于是在我的心里留下了非同一般的印象。今天当我碰到他时，不由得放慢了脚步，以便将他打量个够：褪色的帽檐软软地耷拉着，一张红黑而刚健的脸，皱纹如同刀刻的一般，袜子想是早就脱去了，只穿一双旧的力士鞋，裤管很宽大，一只挽了起来，一只在细雨中飘动，沾满了雨水和泥浆，他和类似他的许多在风雨中打熬的人，构成了当今城市的另一条风景线。生活的反差真是太大了。

擦肩而过之后，又听到了他的一声"磨剪子唻，锵菜刀！"依然悠长而浑厚，底气很足，那是他向人们昭示他自己的广告。于是我在想：他今天不知能磨几把剪子几把菜刀，不知他要养活几口人，不知他奔波了一天之后是否能抿上一口粗劣的酒，风雨浸湿了他的衣裤，不知是否有替换的，正是感冒流行季节，他会不会因风寒雨打而患上感冒……继而又想，长期在风霜雨雪中摸爬滚打，那一副身躯已是钢浇铁铸，哪里在乎这一点风雨呢，于是也便释然了。

法国人卢梭早在十八世纪说过的一句话曾经打动过我，那时他便断言："只有在庄稼人的粗布衣服下面，而不是在廷臣的绣金衣服下面，才能发现有力的身躯。"卢梭的话和眼前的磨刀人，使我产生了对世事的许多联想。

早些天我到菜市去买鲫鱼，面对着那些白生生的鲫鱼我极不顺眼，于是对卖鱼人说："你那鱼软塌塌的没有一点筋骨，煮了吃在嘴里瓤瓤的没有多少鲜味。"卖鱼人老实相告："这鱼是家养的。"于是我明白了，现在的鱼禽蛋黄鳝泥鳅等等，都不如过去的鲜美了，这并不能完全责怪人们的胃口高了，而是它们自身也变了味，它们成天吃配制好的饲料饵料，活动天地小，吃饱了也不想动，不用自己找食吃，安逸自得，自然筋骨不健，质地味道也就差了。据说台湾人为了吃到味道鲜美的土种鸡，在市场买回那饲养场养的肥壮的肉鸡后，要将这肉鸡散放于山野十来天，让它奔跑，觅食，虽然可能会瘦掉一些，但味道的确会好得多。极有意思的是，我的这番买鲫鱼的小经历与前不久报上登的一篇短文《白鲫鱼》对了景，那篇短文引伸说，常见的街上走过的一些白潦潦的男女给人以一种过江之白鲫的感觉，实在能引起我的共鸣。尤其是这些人中间还混迹着一些曾被鲁迅所鄙夷过的涂着厚厚的雪花膏的小东西们，其忸怩作态、不顾体统的放浪，令许多并不冬哄并不假道学的人们所不安。这是奢靡之风所带来的变味！人们期待着物质生活的富裕，更期待着与此相生相伴的是一种高度的文明和奋发谐调的社会风气。然而奢靡之风只会误导人们热衷于钻钱眼、热衷于物欲横流，甚至置道德、涵养、廉耻于不顾，尔虞我诈、铤而走险，几千年的文明古国，几千年的礼仪之邦，在素以温良谦让称著于世的这块广袤的土地上，怕是又到了呼唤良知的关头了！

风雨中的磨刀人是现代城市的一个远古的影子，也许有一天会消失得无影无踪，然而靠体力、智力和技艺吃饭的生活方式却积淀在文明中国的文化中永远不会消失，这种生活方式与白鲫式的寄生生活方式比起来，是崇高神圣得多的。卢梭所赞美的粗布衣服下面的有力身躯，再加上健全的人格，才是人生应有的终极追求。

磨刀人在风雨中坦然地走去，他那种对生活的认真诚挚，他那份在别人看来难以理解的恬静自得，使我久久难忘。穿绣金衣服的廷臣现在当然是不存在了，但城里的人们包括那些白潦潦的人们不知是否关注到了在风雨中走动的磨刀人和其他类似磨刀人的人，或许是永远的漠不相关，但世道人生乃永恒的多元多极，这也是再明白不过的，智者总是愿意和大多数人一起携手走向未来的。

（选自《安徽日报》1996.04.20）

洲　头

突然想到要写一写我的故乡洲头。

其实萌生这个想法并非自今日始，以前读毛泽东主席诗词，每读到“橘子洲头”那一句，我便有所震撼，便想到我的故乡洲头，明知“橘子洲头”那一句中“洲头”二字指的是湖南长沙橘子洲的某一个拐角，与我那故乡洲头毫无牵涉，但意念深处将二者联系起来的顽固念头却拂之不去，总想将这种意念表达出来。其实我的祖居并非洲头，是宿松县一个叫唐家坂或称高岭的地方，距洲头有一百多华里之遥，祖父去世后，祖母迫于生计，带着两岁的父亲逃荒来到了正在开发中的洲头，那时叫“赶洲”，并由此而落下根来。洲头和我的生命的幼芽是如此的血肉相依。

洲头是一个极普通的地名，它紧靠长江北岸，出了小小的并不怎么古老的街口，便是著名的同马大堤，站在同马大堤上一望，左前方的陶渊明先生当过县令的彭泽县隔江依稀可见，右前方则是东坡先生夜泛小舟亲临考察过的石钟山，著名的《石钟山记》则是他的考察报告，再沿江上溯，用不着走多远，便到了江州司马白居易写《琵琶行》的古浔阳九江，还有苏东坡那光耀古今的不朽诗文前后《赤壁赋》和《念奴娇——大江东去》的诞生地黄州。长江一绝，独立耸峙江心的小孤山，离洲头也不远。如果天气晴好，庐山香炉峰的美妙轮廓，也清晰可见。尽管如此，在我的乡亲们的心目中，洲头是一个极普通的地方，他们从未将普通的洲头和如此众多的顶级名流顶级作家顶级诗文顶级自然景观联系在一起，洲头本来就是当年开发这荒洲时的一个小码头，这荒洲的开发充其量也只是一百来年的历史，开发之后，凭着这丰润的沃土种植大豆、玉米、芝麻和棉花，生生息息，繁衍不已。这荒洲的开发者和洲头这地名一样的朴实本色。也正是在这如同泥土一样朴实本色之中，孕育着我幼小的生命。

我知道洲头是解放初上小学二年级的时候，洲头给我最初的印象是有个中药铺子，药铺子里有个郎中叶四先生，那时小镇上没有医院，也没有西药。刚解放时，我家是贫农，分得了胜利果实一腿牛（四分之一头牛）和二十多亩土地，我父亲是个极要强的农民，他和母亲艰苦奋斗，使庄稼主要是大豆获得了丰收，他用出售大豆的所得，将一腿牛翻成了一头小水牯牛。有了自家的牛，这对于农民来说，真是天大的喜事，于是父亲又竭尽全力添置犁耙等农具，希望有一个那种属于自己的种庄稼所需的独立体系。但洲地缺少做犁耙的合适木材，于是他靠自己的一副肩膀，顶着炎夏的烈日，从一百多里之外的后山将犁耙所需的木材用一天的时间挑了回来，他到家的那一刻，给我的印象是他汗得像是一个从水里捞出来的人，这印象几十年来一直刻在我的脑子里，可想而知，他的体能消耗到了极限，他一下子病倒了，得的是赤热痢疾，疾病煎熬着他，也煎熬着我的祖母和母亲，我虽然不满十岁，也好像一下子长大了，隔一两天便要跑到小镇洲头叶四先生的药铺子里去捡一回中药。叶四先生是一个很温和的坐堂医生，他曾下乡为我父亲把过脉看过病，方子也是他开的，我每次去捡药，他都要仔细问我父亲的病情，根据我的讲述，他不时在原药方子上作些调整，还夸奖我口齿清楚。吃了叶四先生的几贴中药之后，我父亲的病好了。我们一家人在心里都很感念叶四先生。叶四先生早已作古，但他的温和端详的态度形象和他的中药铺子，却始终留在我的记忆里。

苏伯也是洲头镇上人物，他长我父亲几岁，所以一直喊他苏伯。苏伯也是一个很贫苦的人，没有念过书，解放后在小镇洲头有一间小门面，像电影《林家铺子》里的那种小店一样，卖些日用杂货，资本肯定没有林老板那么厚实，但他为人厚道，所以生意不错。我小时候父亲带我上街也就是上洲头，都在苏伯的小店里歇脚，有时在他店里买些油盐火柴等日用所需。苏伯和朱伯母都是极温和的人，但有一天早晨，我和父亲却目睹苏伯极不高兴地发起了脾气，原来有个人将刚打的一瓶菜油在店堂里不小心打泼了，苏伯一边清扫一边将那人推出了店铺，我很不解，悄悄地问父亲，父亲后来告诉我，打泼了油，店家视为不吉利，是大忌，一天生意都做不好，他还说，刚一开门就碰到这事，苏伯能不发火吗。可是我至今仍不清楚打泼了油与做生意有什么内在有联系。苏伯虽然不识什么字，却有一个很漂亮的名字——苏西坡，我是无意之中知道他的这个名字的。那时，我的叔祖父在巢县柘皋镇做木头生意，我父亲常和他通信，刚解放时，乡下不通邮，叔祖父的回信，只能由洲头镇的哪一家店面代转，我父亲写信的信封都由他口授我来写，落款地址都写上长江上游洲头“苏西坡宝号”，我这才晓得苏伯名叫苏西坡，也只是在后来知道中国历史上有个大文豪叫苏东坡之后，才懂得苏伯这名字的漂亮和有趣。我在小学二级时曾瞒着父亲给叔祖父写了一封信，一是表示我念了书能写信向他表示问侯，二是希望能得到一支他给我的水笔，也就是一支钢笔，并让他老人家将回信和水笔都寄“苏西坡宝号”转我收。然而我始终没有收到回信，当然更没有收到水笔，叔祖父只是在后来给父亲的信中捎了一句，说水笔之事以后再说。收信后，父亲严肃地查问了此事，并约束我以后不准再瞒着家里人向别的任何人要东西。这使我很不快，因为那是我的叔祖父哟，毕竟不是一般的“别人”，何况我在写信时充满了信心，因为我看过叔祖父的照片，照片上他喜眉笑眼那么慈祥，慈祥的长者都是会满足后辈子孙不算过份的要求的，可是他却没有。我的不愉快的心情延续了很久的一段时间，直到叔祖父给我的祖母从江上寄来十二棵很体面做寿材用的原木之后才消失，那汇票也是由“苏西坡宝号”转的，那时洲头还有一个靠小火轮的码头，当我父亲请人将十二根原木从江边抬回家时，我感到很新鲜，木材这么大的东西也能邮寄，父亲说那是和江上的木排扎在一起溯江而上的。十二根原木，在乡村是件很了不起也很风光的事，由此我知道了叔祖父对我们一家的情意。苏伯和朱伯母早已过世，苏伯的长子也迁居县城，我们见面时还常谈些当年的事，总觉有一种别样的感情。

洲头给予我印象更深的，当然是我在那里上了两年高小，住宿生，每个星期才回家一次。学校请一位工友，负责给老师和住宿生烧饭，学生只供应饭而不供应菜，柴和米平均公摊，菜则自带，所以周末回家有个习惯说法，名之曰回家拿菜。每次所带的菜要吃一星期，还要经放，所以大多是咸菜，装在一个路菜筒里。路菜筒，顾名思义，是行路之人装菜用的那种筒子，因生存艰难，行路之人是无法下饭馆吃饭的，都自带干粮、咸菜，所以路菜筒便出现了。路菜筒是用一截大毛竹做的，在上一个节疤处锯开做成一个盖子，钻上几个眼，系上绳子，很好携带，下一个节疤则做筒底。在毛竹做成的路菜筒里放菜据说可以好几天不馊，似乎有一点保鲜功能。我记得那时带的菜多半是腌芥菜、腌萝卜，有时在菜筒的上面放几块家制的豆腐乳，那是很鲜美的，咸干鱼是上等菜了，但很不经吃，因为每个周一吃饭时对每个人带的菜都要做一次观摩，好一点都首先一扫而光，然后再由其他同学你一筷子他一筷子地供给，光有一碗米饭而没有菜吃的事儿也是常有发生的。不过，那时是非常有乐趣的，因为晚饭后还有一段时间可以打篮球，有时还能看到比赛，整个洲头，也只有我们的洲头小学有个篮球场，这在当时，是太新鲜了。那时，洲头还没有通电，晚上我们都点上自制的煤油灯，自习两个多小时，乡村的走读生很难得到这种学习时间上的保障。我上五年级时，教语文的是徐平老师，他的粉笔板书使我很喜欢，他打篮球时单手投篮也很准。语文课每周一次作文，有一次作文课徐平老师要求我们将一篇课文缩写成一篇短文，那篇课文的标题是《蔡小》，讲蔡小的父亲被国民党拉丁，蔡小和他的母亲万分痛苦，记得我在改写时只是随意地加了一句话："蔡小鼻子一酸，不由得大哭起来"，徐平先生在讲评时对"鼻子一酸"四个字大加赞赏，足足讲了大约五分钟，因为这四个字是原课文中所没有的。"鼻子一酸"大约是我最早的创作，我不知道这四个字是怎么想出来的，也记不起自己是否有过这方面的体验，更不明白徐老师为什么如此喜欢这四个字，但这次作文和这四个字给我留下了太深的印象，或许这四个字和徐平老师，就是我与文学结缘的源头，尽管那时我对文学是什么一无所知。然而，徐平老师只教了我们一年便离开了洲头小学，此后便没有他的音信，但我每每想到洲头小学，就想到徐平老师和他的笑容与板书，想起他在篮球场上的青春与活跃。然而，四十多年来，我一直没能与他见面，这使我感到遗憾。洲头小学留给我的印象较深的还有那时的文娱生活很活跃，老师曾组织学生排过一出很有名的短剧《柳树井》，这出戏的有名是我在几十年后与文艺有些交道才明了的，还排过一出《渔民恨》，我自己也曾在黄梅戏《天仙配》的一折《路遇》里演过一个角色，这是我这一辈子的唯一的一次粉墨登场，也给了我一些好处，那便是几十年后的一些联欢场合，如果有人不依不饶地要我来一段时，我便可以拿起话筒喊几嗓子，所谓清唱一段"含悲忍泪"或"家住丹阳"，腔声一如当年，只是苍老悲凉了许多，然而还常被称之为原汁原味，前些年我在北京中组部学习时一次联欢会上的演唱，主持人还表示要收入他们的音像库，这当然只能是逢场作戏引为欢乐的一种笑谈。洲头，洲头小学，不少的少年时的朋友，许多天真烂漫的笑脸，一直留在我的心中，那是我一辈子的美好的精神财富。

离开洲头已是四十六年了，不过我还是常回去，我的父母还住在洲头的乡下，有一个弟弟在洲头盖了几间房子。洲头已是大变样了，原先的那条小街已成陈迹，新的洲头正在不断地扩展不断地展现他新的姿容。我每次回洲头，总要去洲头医院看看，它使我想到叶四先生和他的中药铺，洲头小学早已改成洲头中学了，我不知道在那里是不是能找到少年时代的欢乐与梦。我梦中的洲头是应当更美好一些的。洲头很早便有的一个小轮码头也消失了几十年，使本在长江边上的洲头，却与长江有了许多的隔膜，而每年江水的暴涨，又给洲头带来许多威胁，使洲头成了一个杂乱无章不能进行正常营生的所在。前年冬天和去年春夏，我沿长江大堤从汇口到洲头到复兴，走完了江堤的宿松段，然后又走完了江堤的望江段，这便是同马大堤，然后又到安庆大堤、皖河大闸，再到无为大堤、枞阳大堤、铜陵、池州、芜湖，沿八百里皖江走了一遍，边走边看，江堤全面得到加固，迎水的堤面全用块石和水泥预制板护坡，沿江涵闸也重新修建，整个长江堤防，可谓是固若金汤，沿江的老百姓，我故乡洲头的乡亲们，终于了却了洪水这一心头大患。洲头这块肥沃丰饶的土地，繁荣与辉煌，应是指日可待了。不过我每次回洲头的时间都太短暂，我是应该在那里多住些时日的。

2004. 09

汪　军

加拿大日落

当我独自一人登上从洛杉矶飞往纽约的班机的时候，准确地说，是在飞机开始从地面提升的那一刹那，我的耳畔开始回荡起《加拿大日落》的旋律。夕阳映照下的褐色群山，以及群山之间有节奏的律动，构成了我想象的空间的背景。第二天，当我乘车从纽约皇后区到曼哈顿的途中，我看到的是无边无际的白色墓地，墓碑和十字架密密麻麻挤满山坡，也是在夕阳的映照之下，我的脑海中再次回响《加拿大日落》的旋律，并且有一种深深的落寞。成千上万的移民不畏艰辛涌向美国，他们能选择生存么？他们只不过不想老死在故乡，而死在异乡则可以化解对死亡的恐惧，这不过是一条秘而不宣的朴素的真理。

三日后，我从肯尼迪机场坐飞机到芝加哥，与在那里等我的小红和他的男友小丁汇合，他们是我的亲戚，在芝加哥大学读书。我们要驾车一直开到加拿大汉密尔顿，小红的哥哥徐光斗住在那里。芝加哥是一座已经老化的城市，很燥热，黑人占的比例也很大，我们吃过中饭后便上路，在州际高速公路行驶。高速公路两旁是茂密的树林，在树林外是一望无际的田野。这与我心目中的景象完全吻合，数日前，当我还在国内的时候，我所想象的驱车从美国开往加拿大的情景，不过如此。而当我猛然想起多日后，我会在国内某个角落添油加醋地回忆起这段旅程时，便顿觉茫然。最后一切都会转化为回忆，在大脑中憧憬与回忆的画面没有什么本质区别，所以愈发感到生存的虚幻性。从出生到死亡只在一个地方，会令生存者惊恐死亡之来临，因为他觉得人生太实在了，死亡是完全不能接受的。

晚上，我们在南本德一所大学过夜。第二天上午，我们在底特律加拿大使馆签证。底特律与加拿大隔河相望，对岸的城市叫温莎，穿过河底隧道，隧道中间悬挂着美国和加拿大两国国旗，这也意味着我们已进入加拿大国土了。

进入加拿大后，似乎感觉天空更加蔚蓝，田野更加辽阔无边，有几架收割机在田野中收获庄稼，不时可见捆绑齐整的粮食，只是不见一个人影。我由此想，要是中国的农村把田野中间所有的田埂都铲了，形成广阔的农场，农业实行机械化，农民都转化为农场工人，这该有多好。任何在国外看来很简单的事，为什么我们就做不到呢？

到达汉密尔顿后，我们几个住在小红哥哥徐光斗家中，他家就在8号公路旁。每到傍晚时分，各式各样的小车从他门前过，有车后拖着帆板的，有大声开着节奏感很强的音乐的，有情侣去度假的，有全家去度假的，更多的则是悠闲的孤男和独女，给我的感觉似乎整个国家的人都兴高采烈地游玩。不久，我们也加入了他们的行列，以汉密尔顿为基地，我们游玩了野生动物园、保留地、多伦多、尼亚加拉瀑布。薄暮时分，夕晖返照下的巨大的尼亚加拉瀑布，以及耳畔回响的巨大的轰鸣，让我心潮澎湃。血红的太阳开始在北美大陆沉没，在宏大的宇宙，似乎再次回荡（加拿大日落）的旋律，我还听见数千万美洲人民在齐声合唱，为他们的勤劳，和无与伦比的人间智慧。是人民而不是官僚创造了美洲史，旧世界的历史是官僚的阴谋史，新世界的历史是人民的创业史。七日后，我重返纽约，夹在各种肤色的人群中乘船前往自由女神雕像，我又回忆起夕阳下的尼亚加拉瀑布。远远地，女神手持明灯迎接从大西洋漂流而来的人民，让每一个信徒都找到其归宿。在那一刻，我暗暗发誓，应该使自己的生活更加简洁，精神充溢扩张，应该毫无犹豫地追求真实和人性的快乐。

依然是一个黄昏，我们几个人散步到汉密尔顿一个接近城市边缘的街道，听见前方树林旁隐隐传来鼓乐声，若有若无，让人顿生神奇感。我们绕过街道，爬上一个山坡，在森林旁边，一个恍若童话世界的马戏团正在热热闹闹地表演。静寂的夕阳，静穆的森林，五颜六色的小丑，欢快的乐声，让我顿生熟悉感，有一种恍若隔世的感觉。

这是一个从南美来的马戏团，在世界各地巡回演出，他们身上还静发着浓郁的热带气息。我像个孩子一样在里面穿来穿去，发出的欢笑声在鼓乐声中消弥。我还不是凝望那轮逐渐西沉的落日，它散发出的光芒也逐渐柔和，不再刺眼。直至它沉入森林背后，我依然能够从林间感受到它柔和的光泽。

（选自《月光城副刊作品精选》，中国国际广播出版社，2000年9月一版）

▌汪礼俊

我带学生爬雪山

2007年的第一场雪早已在人们的视线中消失了，有关雪的话题也不再是人们茶余饭后的谈资，然而那天带学生爬雪山的情景却总浮现在我的眼前，挥之不去。

一场罕见的大雪在人们意想不到中铺天盖地地来到了，很快就覆盖了连绵的山脉、平静的山庄、萧瑟的田野和沸腾的校园，整个世界银装素裹，粉妆玉砌。

学生们显得兴奋异常，纷纷走出教室，来到这雪的世界，堆雪人，打雪仗。红衣绿衫，在雪的映衬下，显得格外显眼。几百个男生溅起一阵阵雪雾，赢得教学楼上一排排女生的喝彩。

上课铃终于响了．学生们敞着冬天的暖装，带着春天的笑脸，喘着夏天的热气，风一般地涌进教室。看着他们意犹未尽的样子，我问他们："你们还想玩吗?"学生们一齐高喊："想""我带你们出去玩好不好?""好!"这几乎似打雷的声音，炸开了每一个学生快乐的胸腔。我说："我带你们去爬雪山怎么样?""啊!"在一片惊叫之后，随即就是叫好之声。为了安全起见，我把班上学生分成几个小组，每五人为一组，指定了组长，交代了需要注意的问题，然后就在雪地里排队，开始向学校旁边的小雪山前进。

小山就在学校宿舍楼的背后，山坡平缓，也不是很高。学校曾几次在这里举行登山比赛。

几十个学生排着整齐的队伍，踩在松软的雪地上，发出密密麻麻的"嘎吱嘎吱"声响，经过一段田畈，沿着羊肠雪道来到了山脚下。

开始爬雪山了，原来整齐的队伍不再整齐了。他们三五成群，深一脚浅一脚，艰难地攀登着。有的在前面踩路，有的在后面推耸。有的在脚上捆了草绳，便于稳步行走，有的用手撑地，保持身体平衡。有些胆子小的爬不上去，几个同学硬是用手拉扯着，不让他们掉队。有一个女生爬到半山腰，不想再爬了，坚持要回去，最后在同学的鼓励下，表示坚决不拉后腿。还有些调皮鬼拼命地摇着树，让树上的雪不经意的落入同学的衣领里，然后听着尖厉的叫声，开怀大笑。当他们在埋头爬雪山的时候，突然屁股上中了一颗流弹，炸得雪花飞溅，然后是欢声一片。

好不容易到达了山顶，极目雪天世界，你所见到的是灰蒙蒙的一片：没有天没有地，天也是地，地也是天。空中几根肿而发亮的白线上，偶尔有两只小鸟缩着头，蹲在上面，惊奇地看着这山顶上快乐的孩子们，摇摇头，然后无言地飞走了。西边那片被雪压弯的竹林，不时传来“噼啪”的响声，和着学生们的欢叫，让人感受到那是久违的音韵。

该下山了，上山容易下山难。为了安全起见，我们另选了一条下山之路。同学们个个手牵着手，三五相连。尽管如此，还是有人脚下打滑，在雪上开溜。人在雪上滑，歌在山上飘。

这是一场二十多年来罕见的大雪，这是一堂充满快乐和刺激的体验课。后来，学生们在他们的作文里留下了这样的话：“这次爬雪山，让我明白了很多生活的道理。”“爬雪山的快乐，将会成为我永远的记忆”。

（选自《安庆晚报》2007.02.03）

王恩乾

一棵树

淡雅、诱人的芳香扑鼻而来，它是从院子里的一棵树身上散发出来的，我不知道这棵树的名字，只觉得这阵香气仿佛是来自树生命中的阵痛。

久居乡村，与树木为伍，我很惭愧叫不出许多树的名字，但这并不影响我对它们的热爱，如同小时候不知道亲人的名字并不影响我对他们的尊敬一样。一棵树令人肃然起敬，每次从它身下经过，我都要端详片刻，沉思良久，一次又一次记下思想的片段，仿佛从枝头采摘的新鲜叶片。

这是一棵四季长青树，树叶终年婆娑着，当许多事物随风而去时，它们将风霜雨雪挡在门外，一直坚守到来年的春天，待新生的叶芽在本属于自己的枝头渐渐舒展之后，它们才悄然离开，默默飘坠。这是大自然无私的母爱，我在感动中真正领悟什么叫生生不息。树在春天不是披上绿装，而是脱去了外衣，那新生的树叶是树的肌肤，在阳光下发亮、颤栗，仿佛一位裸体女神临风而舞，在旋转中接受阳光全方位的解读。

树其实是孤独的，即使置身于一片森林，一棵树也永远是一个孤独者。但它一旦遇见另一位孤独者——诗人，它就兴奋不已，充满活力并通体燃烧。诗人说：“一棵树远不止一棵树。”“它向着自身存在的最珍贵的生命升高着，挂满果实的树就是挂满灯的树。”在无边的暗夜里，巴什拉向我们阐释火的精神，并指给我们看树如何将生命的汁液改造成为火苗的实体。一棵树就是一簇燃烧的绿色火焰，它照亮我在尘世中迷蒙的双眼，拯救一颗因凡俗的现实生活逐渐委靡的心灵。与一棵树相生相伴，我感谢它对我的日常提拔，它永远是我的精神导师和伴侣。

人生拥有一棵树足矣！假如有来世，我愿成为一棵树，长在山坡上，阳光静静地照耀着，鸟儿站在我头颅上唱歌，风在我骨子里吹，如果遇见路过的巴什拉，我就不再空虚和寂寞，我就开始燃烧，香气是我身上散发的光。

（选自《安庆日报》2001.08.07）

王光佐

大爱无言

二十多年前，他还是个男孩，黑瘦，执着。有时站在那儿就是一根钉子。这是她说的，她是男孩的老师。她特别喜欢这个男孩，有个性，求上进，成绩不错。但男孩家在农村，兄弟姐妹多，男孩身上所有的衣裳都是哥哥姐姐穿剩下的，不是太大就是太小。男孩知道自己与别人之间的差距，许多东西他想比但他知道不能比。就像冬天，男孩永远只有一双洗得发白的旧球鞋，没有袜子，哪怕是一双坦露脚趾的旧袜。她注意过男孩赤裸的双脚，有一次出差，她给男孩买了一双厚厚的棉袜。那天放学，她喊住了他，把那双袜子递过去。男孩的脸窘得发红，在她和同学们同情如豆的目光下，男孩的头垂得很低，声音小得几乎听不见：我有。男孩说着一扭头倔强地跑了。她隐隐约约感觉到了什么，一下子明白过来，男孩需要的不是同情和恩赐。

她的课不止是男孩一个人喜欢听，也许所有的女老师上课的声音都这样的动听，男孩一直这样坚信。那声音亲切和谐自然，有时就像清清的泉水，忽然地就滋润着一块块干涸的心田。对事业，对他们，她就是那种兢兢业业就是那种忠贞不渝。犹如一片叶子，呵护着稚嫩的花朵，专注而谦逊。她对生字词教学，从来都是让孩子们查字典先自学，然后上课时进行检查复习。她们班上几乎每个人都有一本《新华字典》，但他没有，每次查字典他就向同桌借。她想送男孩一本，但她知道不能再像给男孩买袜子那样去伤害他。她想了想，兀自笑了。第二天上课，她很郑重其事地宣布：明天要通过一次小测验考考大家查字典的成效，并且会有小奖品送给成绩突出的同学。男孩果然得了第一名，她举着一本崭新的《新华字典》，“奖”给了男孩。男孩特别的激动自豪，在同学们羡慕的掌声中，他捧回了那本还散发着油墨馨香的《新华字典》。那时男孩只知道幸福满足。那个年代当老师的工资水平都不高，一个月也就百八十元吧。她常常节约一些下来买一些课外书给孩子们看。她不止一次发现男孩对儿童文学哪怕是过期的杂志都情有独钟。于是她又宣布，每次作文谁写得最好，她就他送一本最新的《儿童文学选刊》。男孩又充满信心和希望，他勤奋着，最后，绝大部分新杂志都被男孩拿到了手。男孩忘记了贫困和羞涩，在那个贫困年代，男孩健康地成长着，他开始勇敢地面对同学，在她的教育鼓励下，男孩感到拥有了许多并且可以和别人攀比的东西。

后来，这个男孩也上了师范，像她一样当了一名乡村老师。二十多年过去了，男孩在教学工作上像她当年一样地努力着，在成长中在工作中男孩一下子懂得年少时的许多东西。岁月蹉跎，无论人生怎样流淌，男孩都不会忘记她当年对他的付出，大爱无言，那是她，一位女教师最圣洁的付出！

这个男孩是我。她，就是我小学时的语文老师，姓李。

（选自《银川日报》2007.09.05）

家乡的螃蟹

秋风劲，又是一年收获时。我的家乡，位于长江中下游的一个鱼米之乡，那里盛产螃蟹。据说有一年在上海举办的水产博览会上，家乡的大闸蟹一举夺得了国际金奖，从此名分与名气都占尽了。

“山暖已无悔可析，江清肚有蟹堪持，待到秋来九月八，正是螃蟹胀黄时。”记忆中，家乡的螃蟹布满河湖沟壑，只只肥硕个头大，个个清嫩味道鲜美。我最早工作的单位是所依山傍湖的乡村完小，湖水离小学校不过百米。每年秋季开学后不久，螃蟹就来叩门了。夜深人静的时候，外面吱吱地叫着，接着是一阵杂乱无章地抓挠。你敲打一下床沿，无动静，不一会又是一阵沙沙的挠门声。一怒之下，穿衣起床开门，什么也没有。见鬼了！再躺下，声音又起，你不得不借来手电筒，旮旯里一照，你猜怎么着，一只又大又肥的螃蟹正拿眼滴溜溜瞪你哩！那年月，螃蟹还说不上贵重，乡下哪知道那么多的吃法和讲究，拿到早市上也只值两三毛钱一斤，且问津的人极少。昔日贱野蟹，如今席上珍，早知道螃蟹后来居然会成为奢侈品，身价百增，很懊悔当初为什么不好好地享受享受，饱尽口福。

如今湖里的螃蟹早已不是过去那种自然野生的了，更别指望三更半夜那黄胀的母蟹来叩门。但由于家乡养蟹的是通江湖，湖水连着长江水，所以放养的螃蟹仍然纯正。中秋前后，“越浦黄柑嫩，吴溪紫蟹肥”，螃蟹上市了。一夜间，大街小巷冒出一家又一家的水簇宫、水产店，满世界都是正宗的白荡湖紫蟹、正宗的长江大闸蟹。作为地方特产，一些单位和部门抓紧到湖边收取一些上等的送到城市四面八方，说不上是行贿受贿，只能算是一种推介吧。中秋看节，托人办事，也都选购几斤上好的螃蟹带过去。那挑取的螃蟹也不一定都要个头大，重要的是沉，肚里肉才结实，海黄多，特别是母蟹。这东西，主要是尝新尝鲜，只需斤把，主客都高兴。有一次，一位乡下养蟹的朋友送我几斤螃蟹，用一只黑塑料袋装着。我以为闷死了，一打开，一只只彪形大蟹张开虎钳径直汹涌上来，好险！我连忙扎紧袋口，看来如何对付它们不可小觑。

我找到一位开饭馆的小老乡，请教取经。他让我先把螃蟹放到清水桶里养上几个时辰，让它排净腹中污物，说是清洁卫生，然后他告诉我两种做法，或水煮或清蒸。水煮放些生姜就成了，清蒸可有讲究，先得给螃蟹上绑固定，要不一上火一挣扎蟹脚全踅断，蟹黄也会流出来的。可是要捆绑活螃蟹，谁敢？小老乡笑笑：没事的，别看那家伙张牙舞爪，一按住它，就会缩手缩脚，束手就擒。回家一试，还真灵。我按蟹，妻子捆绑，女儿在一旁递棉线。不到半个时辰，一锅的螃蟹全蒸熟了。那泛红的蟹背像熟透的红苹果，清香、脆嫩、醉人。小老乡还一再地叮嘱我，螃蟹的这些做法“不可与外人道也”！我想又不是什么专利，就算是秘籍，在这里说说也无妨。况且，家乡螃蟹的吃法也是有很多讲究的，按小老乡的意思，我不往下多说就是了。

“开轩面场圃，把酒话桑麻。待到重阳日，还来……”在外工作的人都知道家乡人热情好客。有朋自远方来，上一盘螃蟹，不亦悦乎！中秋一过，到我们家乡来检查调研考察的也特别多，醉翁之意不在酒。说开了，大多慕名而来，慕什么名，当然是咱家乡的螃蟹啰！

（选自《乌鲁木齐晚报》2007. 10. 15）

王　娟

莲的心情

盛夏时节，满湖的莲开得无比绚烂，微风吹过，清幽的香气便扑面而来。每次站在湖畔，看众荷娉婷，心中总是想着：是怀着怎样的心情，莲才会盛开得如此美丽？

我真的相信，莲也是有心的，或许莲的心微苦，却在清苦中酝酿出悠悠的清芬。莲以栖居水中的方式与喧嚣的尘世保持着一段距离，以清新出尘的花朵向世人表白自己高洁的心。红莲绚烂，像天边漫卷的红云，像少女羞涩的脸庞；白莲素净，像托着晶莹的杯盏，像一个纯洁的梦境。含苞待放的是莲深锁着欲说还休的心事；尽情绽开的是莲倾吐的毫无保留的心语。不同姿态、不同心情的莲，都是那样美的让人心颤。莲像在水一方翘首顾盼的佳人，伫立于碧波之上，衣袂飘飘，用美好的花朵表达自己的心情，也许它所等待的正是一段惊鸿一瞥之后便从此刻骨铭心的爱情。

莲是安静的，独立于水波间，不与众花争妍。亭亭玉立的身姿，屹立的是冰清玉洁的傲骨。尽管头顶是骄阳炙烤，四周是蝉鸣聒噪，它却依然安之若素，静静挺立在碧绿的荷叶之上。

莲是纯净的，在层层污泥中拔节而出，却开出清新脱俗的花，结出清香四溢的莲蓬，仿佛它天生质洁，不染一丝尘埃。我甚至疑惑，莫非它不是来自塘泥之中，而是从天际轻盈地飘落到水里？白纸的素净并不让人惊奇，因为它原本不曾被涂抹，而莲的洁净却是自污浊处衍生而来，就不能不让人感叹，在最恶劣的环境里依然洁身自好，保持着纯净的心，是怎样一份坚定的操守？

虽然人在纷扰的红尘之上，无法做一朵静美的莲，但是我愿意拥有莲的心情。以莲的心情静观世事纷纭，笑看得失浮沉；以莲的心情为自己留一方心灵的净土，与世界保持一段自己才知道的距离，或许灵魂在俗尘中亦能够开出如莲般芬芳洁净的花朵。

（选自《散文百家》2009 年第 3 期）

王士杰

清风慰亡灵

来宜开会的著名作家袁鹰提出要看看陈独秀的墓地，我和市文联的洪中为欣然奉陪。

金秋宜城，高爽，干燥。车行大庆路，灰尘时而蔽目；倒是车中的迪斯科音乐，使人忘却了外面世界的喧闹。

经过灰飞尘扬的水泥厂，车子在一片小树林前停下了。约二十米开外，一块墓地隐约可见。虽然不是草长莺飞季节，墓旁还是堆放着几个青枝绿叶的花圈，在这山野之中，倒也不显寂寞。

未到墓前，袁老便连声说："环境好，这里的环境很好。"绿树林中一片安宁，微风拂过，似在告慰地下的亡灵：背后是起伏的龙山，在蓝天的映衬下，给人以博大恢宏之感，仿佛能包容万物。可来到墓前，便感到有点不舒服了：右侧约三十米处，一堵围墙内树着一座房屋，居高临下地望着墓地，门上的几面彩旗格外惹眼。

"老王，那是什么地方，"袁老略现诧异地问。

"那是省林业厅的一个敬老院。"熟悉情况的小洪代我做了回答。

"啊，那住的都是孤寡老人，陈独秀与他们为伍。"袁老自言自语，又问："为什么要插彩旗呢?"

"大概是国庆节插的吧："国庆节已过去十天了，怎么还不取下来，"这一次，没有人能回答了，有的只是沉默。

墓地上，用青石砌了一块四方的台子，旁边是石砌的围栏，中间立了一块一人多高的石碑，上镌"陈独秀之墓"五个字，墓前是二条青石铺成的通道，长约十余米，两旁分别是香樟和松树。简单、朴素，真正是无产阶级的风格。

"就五个字呀!"袁老再一次自言自语。

碑阴还镌刻几行小字，那也是极简单的，他轻轻地念出声来：

"陈独秀一八七九年八月二十四日生于安庆，一九四二年五月二一卜七日卒于江津，一九四七年迁回安庆与高夫人合葬于此。安庆市文物管理处记"

这回他没说什么了，只是让同行的《人民日报》文艺部的老吴同志将这段文字记了下来。

记得《辞海》上注明陈独秀是生于一八八〇年，那该是有权威的，可与碑文所记相差一年，该信谁呢，我想请教袁老，可看他微锁着双眉，我便没有作声了。

袁老年逾花甲，自四九年解放起，便摘报纸工作，三十七年的报人生涯，养成了他持重沉稳的性格。这时，他取出自带的照相机，让老吴给他拍照。他站在碑侧，很近，很虔诚。老吴说："你那样子，人家会说——"

"不要紧，"袁老指着墓碑，他宣传过马克思主义，我信仰马克思主义。"然后，又邀我们合拍了一张。

虽说是小树林，阳光却不易照进来，站久了，便觉得有点凉意。我们劝袁老坐下来歇歇，他不肯。他绕着墓碑走了一圈，缓缓地，缓缓地，低着头，若有所思。在刻有"安庆市重点文物保护单位"的方石前，他停了下来。"他是我们党的创始人之一嘛，当过总书记嘛，怎么只是市级文物?"其实，"市级保护"也来之不易，十一届三中全会后，一位民主党派人为编一本《安庆史话》而寻访陈独秀墓，谁知连陈独秀之子陈松年也因多年不敢扫墓，不能确指墓地所在。后来，找到了一位农民，他说："你们要找陈老先生墓吧，我知道，当年我参加埋葬的，棺还是楠木的呢。"这样才弄清楚了墓的确切地点，五年前，当人们按《史话》指引来到墓前时，这里"说是墓，其实'只是个大土堆，没有任何标志说明地下长眠者的身份。墓的尖顶已经塌落，像个扁平的面包。"（见《无碑的墓地》）一九八二年，市文物管理处修墓立碑，这位当年在《新青年》上大声疾呼"民主和科学"的革命先驱才有了眼前这样的墓地。

老吴拾起一片红叶递给袁老，"这红叶你留下吧，它会增添你文章的情思。"

"好，请你替我夹到你的本子里。"

老吴又指着叶子上几处黄色、白色的小圆点问："这是什么呢，"袁老不假思索地以前人词句作答："都是离人泪。"又重复了一遍，"都是离人泪。"

从墓地走下来，我们谈到了马鞍山漂亮的李白墓，谈到了新文化运动时"北李南陈"的功绩，还谈到将要出版胡适文集。边谈着，边沿着窄窄的小径，踏过荒草荆棘，向着停车处走去。上车前，一阵风过，树木婆娑，袁老再次赞叹："这里的环境好!"

王雨生

五月的江水

五月的江水，一如十八变的少女，一天天地丰盈起来，走出了冬季的枯瘦，初春的清冷，青春的活力和魅力无限地张扬。

当然得感谢孕育万物的春天。千里绵延的雨水为她注入了奔腾不止的血液，湿润的东风吹醒了花草树木，一同把万紫千红的颜色、芬芳扑鼻的馨香奉献给了她。但是她却拥而不有，学会了选择。她辞谢了两岸嫩绿的柳色、嫣红的桃花和金黄的油菜花，让它们随着一江春水向东流去。她最终选择的是青色，柳色青青，草色青青，麦苗青青，她明白，青色才是成熟的青春正色，才适合与远方深蓝的大海相融合。她努力净化自己，想使自己也清碧起来，但难以做到，做不到也不能不做，她坚持不懈地做着，做得比任何季节都好。

按照规律，江水最盛的季节当在后来的六七月间，俗称汛期。江水暴涨，恣肆汪洋，浊浪滚滚，给人类和自然带来威胁甚至毁害。相比之下，五月的江水温和而又柔顺，盈而不溢，丰而不骄，肆而不虐，更易亲近，值得信赖。当一层层的春雾散去，江面渐渐地壮阔起来，搁浅的趸船在提升，中流行驶的船只似乎一下子增高增大了许多，碧空如洗，远山如黛，人们的视野和心胸也随之宽阔亮堂了起来。

借助伸向江中的石阶，五月的江水悄悄地向上爬升，一级又一级，缓慢而又执著。她似乎是要贴近新砌的城墙体察一下这城墙的厚实和坚硬。她从水中的倒影看到，城墙头上有雕琢的栏杆，有楼台亭阁，有华灯立柱，似乎还有花盆，馨香不时袭来。城墙背面一定是繁华喧嚣的城市了，那里的车流人流绝不亚于江中的百舸争流，鼎沸的声浪搅得江水不能平静。她多想接近城市，融进这现代化的城市生活，而城市里的人也在热切地亲近着她。一大清早，人就三三两两地来了，在她的身边习拳、练操、打球、跳舞，还有的就是蹓蹓步子。人越聚越多，沿着江岸排成了长长的队伍，煞是壮观。和江水更亲密接触的当是那些洗涤衣物的人们了，她们躬身向江，脚插进了水里，棒槌拍打着浪花，不知不觉地演绎着“万户捣衣声”的古典意境。更有勇敢的弄潮儿，纵身跳进了江中，搏浪击水。黄昏的时候，休息的人们又来了，来凝视流光溢彩的江面，来倾听浪拍堤岸的涛声。和风轻拂，月光如水，五月的江水再清爽怡人不过的了。城因江水而生动，人因江水而灵秀，依偎在江水边的城和人无疑是幸运的。

明显感到江面宽阔起来的是过江的鸟儿，要想达到彼岸，不是一鼓作气就能成功的事了，非得在江中的船桅上停歇一阵不可。弱小的麻雀没有这个能力，只好在江的一岸盘旋，对着江水心有不甘地喳喳叫着。成群的蝴蝶则是一声不响地贴着水面飞舞，和天空中的风筝较着轻儿。江燕忙着衔泥垒窝，生儿育女，顾不上涉江游玩，只是偶尔掠过江面，洗涤一下自己。惟有水中的鱼儿，此时最感舒心惬意，五月的江水是它最温暖的床，是它快乐生长的天堂。无论是原产地的，还是从大海溯流而上的，都能在这五月的江水里畅游，自由自在地呼吸，自由自在地繁衍生息，适逢禁渔期，用不着逃避网罟的羁绊、钩叉的袭击。站在堤岸稍稍观察，就会不时看到鱼儿翻花跃出水面的倩影。上个世纪，江豚常出没在这一带江面，这些黑头胖脑的家伙成群结队，像潜水艇一样时隐时现，只可惜如今踪影难觅。还有那银白色的鲥鱼、身胖体美的白鳍豚，更是难睹芳容。美丽的中华鲟，你还在悄悄地坚持每年一次往返江海的旅游吗？五月的江水护佑你一路走好！

青梅煮酒，粽子飘香。五月的江水催生了五月的豪情，五月的豪情在五月的江水中抒发，借助轻盈的龙舟，借助喧天的锣鼓，借助飘舞的旗帜，从浅滩到阔水，从此岸到彼岸，舟楫在起伏荡漾，人群在狂呼呐喊，浪花溅起生活的欢乐。这是东方的狂欢节，这是古今沿袭的对江水的礼祭。沿着五月的江水回溯到昔日繁华的长风沙，遥想当年舟楫纵横，樯橹林立，店肆栉比，商贾云集，游人如织，数以万计的商人游子、仁人志士从这里、从五月的江水出发，去闯荡、去开拓，“会乘长风万里浪，直挂云帆济沧海”。这种豪情气概鼓舞着、激励着一代又一代后人，像那五月的江水一样，后浪推着前浪，浩浩荡荡，奔腾向前。

五月的江水是一道无限的风景线，仅仅在我视野内的这一段，就已经绚烂丰富得无法描述。

（选自《安庆日报》2005.05.28）

王志顺

泸沽湖散记

当我们几经周折，历经艰险，快要作出放弃时，泸沽湖终于向我们撩开了她神秘美丽的面纱。

如果我的眼力可靠的话，这个美丽的高山湖泊差不多有七八十平方公里。四周耸立着锦屏般的群山，群山的身姿仪态万千，或巍峨，或秀挺，或怪石嶙峋，或林木繁茂。湖水呈碧蓝色，清澈明亮。在湖的西北面矗立着一座陡峭的巨峰，好像横卧着的睡美人，当地人叫她“女山”，每年七月十五不少男女老少都要成群结对地去朝拜，可见当地人对女权的崇拜和对女性的尊重。与之相对称，湖的东北面有一道细长的堤梁般的山梁，好像一条巨蟒似的一直伸进湖中心。湖的四岸，稀疏地坐落着几个村庄，湖中央，有几个秀丽的小岛，岛上，一群白鹤在自由的翱翔着，在碧蓝的湖面上，有几只独木舟在摇荡。

按照计划，我们先乘独木舟游泸沽湖，这是一种形同农家猪槽的船，名曰：猪槽船。操桨的是两个头带翘檐帽、腰系红腰带、穿紫色上衣，着黄色灯笼裤的摩梭族小伙子，一个坐船头，一个立船尾。也许是长期受高山紫外线影响的缘故，两个小伙子脸上明显地呈现出一种“高原红”，看起来比实际年龄稍大。这条长约 3 米，用整根树干刀劈斧凿成的独木舟，每只上可乘 8 到 10 人。虽是下午 5 点，太阳却没有半点退烧的意思，加上坐在我们这条船上的四对男女基本上都是“重量级”的，不一会，两个摩梭族小伙子就累得汗流浃背了。见此情景，我问船头的一个摩梭族小伙子：“累不累？你们摇一个来回，能挣多少钱？”小伙子咧嘴笑道：“习惯了，10 元。”“不是说你们是‘母系社会’，男人可以不用干活吗？”我感到不解。“那早成为过去了，现在讲改革开放，市场经济，我们这里的男人观点也渐渐转变了。”小伙子解释说。

20 分钟后，独木舟划到湖心岛。上得岛来，我们仿佛闯入了蓬莱仙境。

岛上无人居住，林木葱茏，芳草萋萋，野花遍地。从岛上向湖畔望去，只见一溜杨柳宛若一条翡翠镶于湖边，美极了。

我们沿着一条小路向上攀登，在一处石墙的遗迹旁，我们稍事停留。据导游介绍，这里原来是土司的行宫，后来倒塌凋敝了。土司是摩梭人的统治者，曾显赫一时。望着被荒草淹没的灰色石基，我不禁想，无论是豪门权贵，还是凡夫俗子，最终都会被时间的镰刀割倒，只有大自然是永恒的。这里没有阿谀奉承，没有勾心斗角，没有污染，没有喧闹……，有的是大自然的宁静，有的是摆脱都市烦扰的轻松感和一种重返大自然平淡心境。

夜晚的泸沽湖如果一定要我形容的话，我觉得她更像一首玫瑰色的诗。在欣赏完摩梭族青年男女集体表演的篝火晚会后，我一个人独自来到湖边散步。微风徐来，空气中飘荡着一股淡淡的芳香。抬头望天，满天星斗，璀璨夺目；侧耳细听，湖边响着轻微的湖水拍岸声，像是幽婉的歌声和婴儿的嘤嘤絮语。

夜晚的泸沽湖如此令人陶醉，清晨的泸沽湖更是让人留连忘返。推开临湖的木楞房窗户，向湖边倾斜的苞谷地望去，一层薄雾笼罩着，轻纱似的，飘飘的，淡淡的，远处的湖面映着曙红的晨曦，波光粼粼。雾渐渐散去，天光明亮，我踩着湖畔的细沙往前去。湖边可见到汲水的摩梭族妇女，还有几个站在独木舟里用湖水洗脸的小孩，满脸天真的神态。只是未见“走婚”的摩梭男人，多少有点让人遗憾。

该说说关于泸沽湖的传说了。据当地老人讲：泸沽湖原先是一个大坝子，坝子里有很多的村寨。有一个哑巴在这里放牛，每天带一个粑粑做中午的干粮。没过多久，他放牛时不带干粮了。村寨里的人很奇怪，问哑巴娃娃在这里放牛每天不带一块粑粑，中午吃什么。哑巴不会说话，光是比划也没讲明白。后来有人悄悄地跟在哑巴后面，才发现在坝子北面有个洞，洞里塞着一条大鱼。哑巴放牛娃每天中午从大鱼身上割一块肉烧来吃，所以不用带干粮。被割掉肉的鱼身，不一会儿就长好了。这真是奇迹。消息传开后，坝子里的人都想得这条大鱼。但大鱼在洞里塞得很紧，谁也拉不开来。后来大家用头牛一起去拉，终于把大鱼拉出来了。结果洞里突然喷出大水，铺天盖地而来，把整个大坝子都淹了。人的贪婪，造成洪灾。平坝从此变成一个湖，就是泸沽湖。

听起来真的挺神奇的。

（选自《江淮晨报》2008. 05. 13）

王子龙

秋水明镜

从高程100米的大坝上走下，便走入了这一汪静水——花亭湖。

位于安庆市太湖县城北四公里处的花亭湖，此刻正如一块莫大的碧绿的翡翠，平卧于众山的怀抱中。它是这块大地的眼睛，因而瞅见了我们一行人的行踪。这一行人，来自京城、省城和市里的官员，此刻按照严格的秩序规范地坐在秋水之上。花亭湖一定能看出，人们的脸上像山峦一样沟壑纵横，表层的欢乐与内在的忧患交融在一起，需要这一湖清澈的水，哦，哪怕是一滴清澈的水去溶化。

我们登上游艇，从水开始，向水进发，让这千年的碧玉融化成荡漾的涟漪和无边的情怀。水是碧水，是水面的风，还是水底的风吹动她的躯体，像千娇百媚的舞女，舞动着，吟唱着。风凉凉爽爽的，将水的气味、花木的气味和山的气味混合在一起，迎面吹来，简直要将我的躯体吹成烟雾，吹向飘渺的湖面。上面是休闲的天空，几朵松散的白云，用惺忪的眼打量着湖水和水上的人类。水是澄澈的，却又深不见底，大概是湖水太深的缘故。我见过大海，在蓝天的映照下，海水是浅蓝色的。海水又是躁动的，像草原上的野马，漫无目的地狂奔着，放逐着永不枯竭的生命。我生活在长江边，一泻千里的江水，夹裹着滚滚红尘和历史的波涛，从远古洪荒一直流到现代。与长江和大海相比，花亭湖恰如一位隐士，清纯宁静，她有丰富的人生阅历，有火热的尘世情怀，然而她将这些内敛为一湖明镜。她的胸怀是宽广的：我们眼见的湖是椭圆形的，随着游艇不断进发，总是“山重水复疑无路，柳暗花明又一村”，不断有新的水域出现。原来湖水在群山环绕之中，曲折有致，蜿蜒前行。湖水因此给人层出不穷的感觉，这神秘的湖水究竟要将我们引向何方？

与水相伴出现的是山，是水的柔情映衬了山的粗犷，助长了山的野性。原来此处本是山坳，1958年依山势修建水库而成。水，浩浩荡荡，从天上下来，从高高低低的山上下来，涓涓细流，汇成了这面湖泊。一些山峁被淹没在水中，便成了岛屿。四周的山，递次向视野之外扩散，在天穹之下，在雾霭之中，呈现出层峦叠嶂、千重山色。近处的是青翠的山，松树、翠竹、橘树，葳蕤丛生，像是国画大师浓墨重彩精心绘就；远处山色渐浅，仙雾冉冉升起，疑是蓬莱境地，像大师运用了素墨的方法进行白描；更远处已经抵达天幕，云遮雾绕，只是疏淡几笔，已经勾勒出太虚幻境。

只有湖中的岛屿是真实的，是触手可及的。我们停舟归岸，拾石级而上，来到从水中升起的山上。在月亮弯，我们以为曲高和寡的山，其实已有了人间烟火。这里已作为旅游景点开发出来。草蓬搭就的茅屋，就像当年杜甫草堂，让我重温了古典文化。在草堂中坐下，看小姑娘表演茶道，尽管神韵欠缺，当我们饮了茶水以后，还是有清芬满面的感觉。尤其是再读赵朴初先生的《咏天华谷尖茶》：“深情细味故乡茶，莫道云纵不忆家。品遍锡兰和宇治，清芬独赏我天华。”让人回味再三，让人目睹这杯中的香茗，这山间的茶树，让人怀想那传递给离家数十年游子的深深故乡情。当我们轻吟这首诗时，先生已驾鹤仙游，临风怀古，惟有以茶寄情了。我知道离花亭湖不远处的寺前镇，屹立着赵朴老高大的塑像，一棵银杏树下，深埋着他的灵骨，他的生命曾居住在其中。十余年前，先生携夫人同游花亭湖，现在，他的生命如风，散逸在山水的空隙里，他的气息如天华谷尖茶的芬芳，一遍又一遍地清洗着我们的凡身俗体。

保留着野趣的还有枇杷岛和橘子洲。枇杷红了，一个一个挂满枝头，是“硕果累累”的最好写照。城里人不知道果实是这样长出来的，大多面露臣服于自然的神色和垂涎欲滴的馋样。导游很爽快地说，果子都是可以摘下吃的，想吃多少摘多少。城里人更没有亲手摘过树上的果实，这一下真的是拉近了人与果树的距离。人们边走边摘边吃，最新鲜的果实、最生态的果实、最原始的果实，吸收了这一方山水的精华，让疲惫的游人在肚腹和精神的愉悦中复古到猿猴时代。我吃了十来个香甜的枇杷、一个酸涩的橘子和一个长满尖刺的板栗，仿佛悟出了陶渊明先生“性本爱丘山”的涵义，也生出了在此处生活的念头。另一个岛上正好有游人小住的别墅，听说住宿的并不多。真的到了夜间，万籁俱寂，野兽嘶鸣，才是真正的“野趣”，然而热闹的现代人能否忍受得了大自然的那份寂寞？

能与山水共融共生一定是世外高人。湖边的一座高山上，五祖弘忍就曾长住，而留下西风禅寺，至今香火仍盛。清嘉元状元赵文楷曾夜宿禅寺，留下诗作："古寺云深处，扪萝问牧童。鸟盘秋色外，人语暮烟中。厨盖千年石，崖呼半夜风。暂抛尘梦去，禅榻一灯红。"禅道之理在于从自然中开启智慧，悟出人生的真谛。今人礼佛禅寺，不明白真正的大师乃是这山这水，山水不言，却蕴涵了多少人生哲理，"仁者乐山，智者乐水"的道理就在这里。但我以为，赵文楷所悟禅理也有缺憾，有山的阳刚和沧桑，却无水的阴柔和秀美。只因那时无水，没有今天的花亭湖，就少了这份灵气，否则可以写为："崖呼半夜风，水邀一湖月。"

一只白色鸟，又一只白色鸟，悬浮在半空，她跳起一曲优美的天鹅舞，像空灵的仙女。我们在碧波之上，顿生飘飘欲仙之感，却超脱不了百斤之躯。但是水能将我们轻轻地托起，水啊，无边的水，将我们拥在她的怀抱中，摇晃着，让我们在蓝色的摇篮曲中变得那么纯净和透明。呼吸中的丝丝浊气被水面的氧气和负离子所替换，而心中的尘埃也被荡涤得纤毫不现。同游的汪先生提议到舱顶看看，我们步出席位，才知道天更广阔，湖更浩大。风十分粗犷地抒情着，有一些凉意袭来，我们"呵呵"地叫着，每一个毛孔都张开了，爽极了。同行者在天下、在水上、在风中，发型被风吹乱了，一路上小心维持的秩序也被风吹乱了。我们放松地说笑着，没大没小地打趣着，自由地合影着。我很想说些赞美花亭湖的话，然而找不着恰当的语言，"此间有真意，欲辩已忘言"。来自京城，又在县里挂职的索先生则掏出一个陶制品，"呜呜"地吹起来。我知道这物事叫埙，是一种古老的乐器，其乐音低沉婉约，能吹出人间沧桑，独不比其它乐器悠扬和奔放。我把我的感受说了，索先生竟引以为知音。他说，中国这一古老的乐器的诞生地就在安庆市的潜山县，薛家岗新石器文化遗址，"四面楚歌"指的就是埙吹出的乐声。汪先生考证说，古时安庆地处吴头楚尾，此乐器为楚国之乐的确可能。索先生说他用潜山的泥土自制了这一乐器，他还教当地农民烧制这玩意，拿到城里去卖，这叫"泥土产业化"呢。我问埙能否吹出风光秀丽的花亭湖之韵？索先生说关键靠吹，他便"呜呜"地吹，随景作曲，随心所欲，果然欢快明朗，如坐秋风，如沐秋水。由于是埙，在荡气回肠之中，我还是感受到那一番深沉和幽渺，像放下心灵重负的贤士，面对湖水，渐渐地静下来，静下来——

花亭湖也静下来，亮亮的湖面，静得就像一块巨大的明镜，仿佛能照见万事万物和万事万物的道理。可是当我们抵达彼岸的时候，又听见湖水拍岸的声音，历历往事又回到我们身边，而那真正的明镜却深藏到我们的心里。

千年孔雀

路过怀宁县小市镇，便想起汉《乐府诗集》中的名篇——《孔雀东南飞》，中国文学史上第一首长篇叙事诗。诗中抒写的人物、事件和地点都在这里。从葱葱郁郁的田垄间走过，从老歪脖槐树和斑鸠的演唱会中走过，去寻找古诗意境和吟成千古绝唱的孔雀。

“孔雀东南飞，五里一徘徊”，古诗常以鸟起兴，“孔雀”留恋返顾，来回飞翔，给我们营造了美好而令人感伤的氛围。美丽的孔雀，你在哪里？我只见到一些小巧的麻雀，在稻谷的上空徘徊。此处并非孔雀的故乡，但是孔雀太美丽了，只有她才能与美丽的故事相伴出现。诗作者超出此情此景，一门心思地写那真实的爱情故事。

刘兰芝真是一个才女：“十三能织素，十四学裁衣。十五弹箜篌，十六诵诗书。”有才情禀赋，还能干活，而且很勤快：“鸡鸣入机织，夜夜不得息”。作为女人，她又很漂亮：“指如削葱根，口如含朱丹。纤纤作细步，精妙世无双。”如此才貌双全，难怪焦仲卿爱之切切，跟阿母说“儿已薄禄相，幸复得此妇。结发同枕席，黄泉共为友。”但焦母就是不喜欢这个儿媳，从诗文中也看不出什么原因，只是莫须有地说“此妇无礼节，举动自专由”，焦母横挑鼻子竖挑眼，百般刁难，让小媳妇左右为难，“不堪驱使”，最后竟成弃妇。

焦母断不至于看不出刘兰芝的好来，但她一定是容不下刘兰芝的“好”。分析起来，其心态还很复杂。比如说“武大郎开店”的心理，在封建礼教中，焦母是家长，小媳妇竟然比家长还能，家长还能驾驭得了？比如说妒贤嫉能心理，同是女人，小媳妇胜出多多，那一股妒火油然而生。比如说恋子情结，爱子情系女人，女人腰肢扭扭就把爱子魂儿都勾去了，老太的确心中打翻了醋罐——

这样看来，焦母也可理解，只是太狠毒了，以致逼得一对恩爱夫妻共赴黄泉。这也应了古人所说“女子无才便是德”的遗训，女子有才则是祸。其实焦母深得驭人之术，先是多派活儿，让小媳妇夜夜不得安息，既让她多劳动，又摧残其娇美的躯体，还避免了他们那令人恨得咬牙的床笫之欢；然后让其不堪忍受，主动提出“谴归”，焦母则就汤下面，默许而弃之；最后又以美女计迷惑其子“东家有贤女，窈窕艳城郭。阿母为汝求，便复在旦夕。”东家贤女若真的应娶，岂非重蹈覆辙？焦母之才，其实不在刘兰芝之下。若是给个县令做做，倒也很称职。焦母能控制刘兰芝的原因是礼教和约定俗成的道德规则，所谓“君君臣臣父父子子夫夫妻妻”，那才是尚方宝剑，杀人而无需讨价还价。

感人的是焦仲卿和刘兰芝果真沉入爱河，笃情不移，誓不别离。刘兰芝被谴回家后，县令、太守相继派媒人来，要娶其为儿媳。并送其金车玉马，钱帛百万。父母兄弟动心了，好言相劝，威逼有加。焦仲卿听说此情此景，急急忙忙地赶去，二人以死相誓。一个举身赴清池，一个自挂东南枝。这才是1800年前的古典爱情，为爱赴死，何等壮烈。可笑的是焦仲卿堂堂七尺男儿，为母所迫竟留不住爱妻；可叹的是刘兰芝有德有才有貌，竟难以存身惟有自毁。

在小吏港，我们看见了刘兰芝和焦仲卿合葬墓，也就是孔雀坟。据说古来多有焚香祭祀者。千年悠悠，多少名士会被历史遗忘，这曲爱的悲歌竟能遗存至今。相传距“孔雀坟”不远有“望雀墩”，墩上曾建有“望雀亭”。古镇东有为纪念焦仲卿而建的“相公庙”，有为怀念刘兰芝而筑的“兰芝桥”。小吏港还有与南京凤凰台、武汉黄鹤楼并称为“长江流域三大精灵”的古建筑——孔雀台，历代相传，气势恢宏。这些与古徽州贞节牌坊比之尤胜。这说明古人对纯真爱情还是褒举的。筑台是筑贞洁台，也是警示后人，以儆效尤。

这些警示后人的古建筑在“破四旧”时都被毁了，它究竟能警示我们什么？殉情事件在悲剧之中，而悲剧，作为一种富有感染力的艺术品，静静地躺在文化的灰尘中。

最近，县里正在这里建设影视文化基地，举办影视文化节。今人修复它们，是为了拍摄《孔雀东南飞》这部影视，用现代人的想象将动人的民间故事、流传千古的汉乐府搬上舞台；更多的意义也在于发展旅游经济。到此游玩者感叹一番，合个影，也算与汉乐府亲近一些，添了一些雅致吧。相恋情侣会来这里凭吊怀想古典爱情吗？在一夜情成为时尚的现代，新生代们说不定会嗤之以鼻：干嘛，老太婆还能管得了儿女之情？天下有那么多红男绿女，该爱谁爱谁去，分手就分手，有什么了不起?!

如果焦母听见，怕是要气得吐血。如果刘兰芝和焦仲卿听见，一定是一片茫然。而那千年的孔雀呢，还在时空中徘徊，在文化中缱绻。

（选自王子龙散文集《秋水明镜》，作家出版社，2007年）

魏振强

三十而殇

这个题目是在听到一个很要好的同龄朋友的死讯时突然想到的；它在我的脑中萦绕了这么久，如今写下时，心禁不住又是一阵颤栗。那是几年前一个寒气彻骨的晚上。我正躺在床上小憩，一阵急促的电话铃声唤起了我。电话是A的妹妹打来的，人未语，低低的抽泣声已传过来，“我哥他……”我立即意识到事情不好，骑上车子匆匆赶往医院。一进医院大门，就听到住院部那边撕人心肺的哭喊声。A的父母弟妹哭成团；妻子呆坐一边，头发散乱；不满三岁的儿子睁着迷惘的眼睛，全然读不懂眼前的这一切。

A静静地躺在病床上，颧骨突出，眼窝陷如枯井，脸上还明显地残留着痛苦不屈的表情——临死前，他一定同死神进行了最后的徒劳无用的抗争。

A大学毕业后分到了一家工厂，又不顾父母的反对与一位青梅竹马的山妹子结了婚。妻子没有工作，但A的工资还可勉强维持两人的生活。不料厂子越来越不景气，最后每月只能领到百来元的生活费了。其时，他的儿子又降生了，生活之拮据可想而知。A要改变这一切，准备考研究生，藉此改变窘况。那些天，A像一头精力旺盛的公牛，白天在厂里“上班”，晚上外出“扒分”；夜深人静时，又伏案苦读。几个月下来，人瘦了一圈，可考场归来，脸上还是一副乐滋滋的神情。“我这次考得不错”，A对未来充满信心，两眼放光，“我要……我要……”A说话时，不时弯腰咳着，“感冒了”，他漫不经心地告诉别人。过了两个月，咳嗽并未好转，只得去医院检查。接过诊断书时，他几乎蹦了起来，“不可能！绝对不可能！我怎会是肺癌？我从不吸烟……”但医生并未弄错。——他的精神防线崩溃了。

A住院后，我曾去探望过他。他瘦得只剩下一副骨架子。“王勃、雪莱死时虽比我小，但他们写了不少东西，而我呢？”说罢，大滴大滴的泪珠从眼窝里滚出来。

A火化的那天，天空飘着大雪。路上的行人裹紧衣服，行色匆匆。A的妻子哭得死去活来，儿子愣愣地揪着大人的衣角，问：“你们把我爸爸抬到哪里去？”大人们已无心情编织美丽的童话来哄骗眼前这个不谙世事的孩子了。孩子又吵道：“妈妈，妈妈，我饿我饿，我要吃方便面。”——此时，死亡是真实的，求生的本能也是真实的。

A被大火吞没的那一瞬，我不忍看，也不敢看，我默默地走出殡仪馆，任冰凉的雪花打在脸上。三十年来，我目睹过几位亲人离我而去，但他们都是寿终正寝。我也曾听说或读过一些人英年早逝的故事，可他们大都与我不甚密切或很陌生。然而这一次我却被死亡的残酷深深震慑了！一个原本与我那么亲近、一样鲜活的生命怎么倏然之间就烟消云散了呢？三十岁，这本是人生的黄金季节，人生的大幕刚刚拉开，演员刚刚上场，那舞台就突然坍塌了。没有高潮，没有跌宕起伏的情节，也没有激动人心的精彩对白，却只有令人不寒而栗的残酷结局，这怎不令人心恸、心悸、心哀！“男人是激流中的一座岛屿”（海明威语）。三十岁的男人，不似少年郎浪漫潇洒无忧无虑，也不如四五十岁的男人老成持重宠辱不惊：他们仍有些血气方刚，却往往不堪一击——似一株刚长成的树伸开枝丫准备撑出一片绿阴，却会被突如其来的风暴拦腰折断或连根拔起；三十岁的男人根基尚未扎稳，就担起为夫为父的双重负荷，心力不济阅历不丰，可为了男人的尊严和使命，忍辱负重强打起笑脸。于是我们便会看到那座岛屿在生活激流中土崩瓦解——三十岁的男人訇然倒下了！

三十岁的男人，谁能支撑你们拯救你们，让你们踉踉跄跄的身影不会倒下？

（选自《月光城副刊作品精选》，中国国际广播出版社，2000年9月第一版）

▍吴福成

相信十个海子皆复活

3月26日，也许是一个平常的日子，也许是一个值得纪念的日子。我问了几个同学，我从他们那一脸的茫然中我看出了几丝悲哀，毕竟这个人影响了整整一代人，一个时代的诗歌。后来想想也就释然了，其实也没什么，能有什么呢？一个生命的降临与消逝是很平常的事情，就像尼采所说的一样，死亡亦是一种幸福。我不知道在1989年3月26日，当我们的海子踏着夕阳的脚步，静静地停在一段铁轨前，然后安然的躺上去，安然地睡去，像一个虔诚的穆斯林朝圣者，静静的期待着上帝来轻轻地安抚自己所有的快乐和忧伤，就像什么也不曾发生一样。

初次接触海子的诗，应该在高中的时候，是那首《面朝大海，春暖花开》，因为那首诗歌属于课文的选读部分，所以老师没有讲。而我这个人就喜欢看老师不重视的东西，当老师在讲那些枯燥无味的课文的时候，我却一个人躲在一个老师不注意的角落，静静的看着那首《面朝大海，春暖花开》：从明天起，我要做一个幸福的人，劈柴，喂马……也许当时我并不能懂这首诗到底在讲一个什么东西，或者说他反映的是一个什么样的思想，我只能从其字面的意义上了解了他以后，（从明天起）要做一个幸福的人了。以前可能不幸福，为人生，为爱情，或为一写社会的困惑……而以后就不会的了。而我却怎么也不会想到，这首近乎是他的绝笔之作却永远不能让处在尘世中的我们看到他所要的幸福了，他将在那个遥远的天国，那个美丽的地方去追寻幸福了，就想顾城一样：我是一个王子/心是我的王国……

后来上了大学，学了中文，在了解了一些基本的文学理论及诗歌理论的基础上，再次捧起那本几乎已经很破旧的《海子的诗》，我沉思了许久。我也感到了一丝欣慰，毕竟还有这么多的人喜爱我们的海子，喜爱海子的诗歌，我想，他诗歌的灵魂一定会被继承下去的，一定会的。

还记得海子写于1988年的《西藏》，他把孤独的真诚比作石头，让人备感压抑，沉重，似乎已经在预示着某些东西了。也就是在那一年，他爱上了西藏的一名女诗人，但却没有得到他想要的结果，他在诗歌中所构筑的美丽的爱情城堡就这么轻易地不攻自破了。曾记得有一位作家说过，越是痛苦和艰难的写作，越需要爱情的支撑。屠格涅夫钟情于维亚多夫人，陀思妥耶夫斯基钟情于安娜……从某种意义上说，是这些伟大神圣的爱情成就了这些伟大的文学家。可我们的海子却没有像别人那样幸运地得到了情感的支撑，就如一个美丽的东西忽然被别人抽空了内心，整个躯体便就昏然坍塌。海子是不幸的，“在光明的景色中/嘲笑这一个野蛮而悲伤的海子/你这么长久的沉睡究竟为了什么?”不曾想到，3月26日，他就这么静静地摆脱苦难，追求永恒……

凝视着摘录在笔记本上那一首首海子用生命与灵魂构筑而成的诗歌，我陷入了深深的沉思。是的，尽管海子离开我们已经十五周年了，但是他给我们创造的精神财富却永远不朽，它刻在时代的深处，刻在每个人成长的脚步里。

生在安庆的我，算起来也可以说是海子的同乡，我既为海子骄傲的同时又深深地为他感到不幸。也许我们无法去阻止任何人前进的步伐，包括走向死亡，但我们是应该去为他做点什么的。上次很欣慰的在报上看到了一则报道，称安庆师范学院的一名学生克服重重千辛万苦，终于完成了将近12万言的《海子传》，已交由国家出版社出版，我们期待着这本书的出版，也期待着有更多的后来人知道我们的海子，知道海子的诗歌。

春天到了，万物都复苏了，外面一切生命都冲破重重压迫，露出了鲜脆的绿，在微风下昭扬着青春与活力，那是生命，那是希望。我们相信海子所说的“春天，十个海子全部复活”……

吴　忌

鸟是树的花朵

我们都穿起了厚厚的棉衣，而有些树木落光了叶子！你看吧。这就是冬天了！一棵树落光了叶子，不能说丑，但缺了枝繁叶茂的风姿，裸露出树枝与树枝之间的巨大的空旷，总是遗憾。我时常有一种冲动，希望能在冬天的树枝与树枝之间放点什么。正如我在稿纸上一格一格地和着心血填文字。我喜欢让一切事物都从无到有。这令人激动。

冬天总是如此疏疏朗朗，这是不是我们在冬天缺少快乐的真正缘由呢？树木仿佛都停止了生长，我们总是怀着一种等待的心理度过冬天。如果下雪，玉树琼枝，以及屋檐吊着冰凌，都能令我们开心。没有树木的阴凉，我们直接在大地上车水马龙来来往往无遮无拦。我有些心虚，感觉厕所没有围墙。大雁的声音已经很远了，我在大地上为冬日的阳光感到可惜，因为，阳光的灿烂和温暖如不照在红花和绿叶上，阳光岂不等于虚度了岁月？正如袖手旁观的我们，在一堆红红的炭火前，等天黑。

然而一些鸟落到了树上，大大小小，五颜六色。我一阵惊喜。我仿佛看见了满树的花朵！

有时候，鸟是一群一群地飞来又飞走的，黑压压一大片的是八哥或乌鸦，冬天的麻雀也喜欢一群一群地飞，一群一群地落在光秃秃的树枝上。黑色的鸟群会在瞬间装点一棵树，装点一丛树林。鸽子也这么飞，要是一群白鸽落到树枝上，仿佛早春的玉兰花开，白得丰腴而优雅。鸟儿们叫着喊着，吵吵闹闹。有时候，只三五只，相同或不同，它们散落在稀疏的树枝上。我觉得这三五只鸟，它们各自有各自的心事，说话的时候少，不说话的时候多。有的飞走，有的留下。有时候只一只，一只也好。一只鸟，孤独地立在一根细细的树枝上，这使人记起树上的花朵，也是先开一朵，再开一大片的。

每当看到树上落满鸟的时候，我就停下来看。有了鸟的树显得格外生动。我喜欢这些在树与树之间飞来飞去的小鸟，喜欢它们在树枝上舞蹈。冬天的风因为这些小鸟的跳跃，也就显得细微而富有弹性。它们在树枝上唱着歌，一只鸟的歌唱使树木上的冬天没有了寒冷的凝滞。乌鸦的歌声粗壮而无所顾忌，麻雀使得冬天没有了秩序。有时一只鸟独自唱出婉转的歌声，细细地发颤，发亮。犹如一个回味爱情的人在冬天品着春茶。那是妙不可言的。

树枝上的鸟比真实的花朵还要美丽。你见过一朵花从春天开到冬天吗？你见过树上的花朵在树枝与树枝之间飞来飞去吗？你见过会唱歌的花朵吗？这是一只鸟再造了冬天的生机。

鸟是树的花朵，此前肯定有人发现并且说出。如此美丽的事物不会等到今天才有人惊喜。我站在树木之下，我想做的事，鸟儿们替我做了，它们真的在冬天的树枝与树枝之间打开了花朵，排练了舞蹈，播放了音乐。冬天因此而生动，而充实。我尤其要感激的是这些鸟没有放弃或者回避冬天里缩着脖子的人，一只鸟，一群鸟，就在我们面前的树枝上站立。这是鸟对人的信赖，我也从中得到了启迪，冬天是生动的，冬天的事物也丰富多彩。一只只鸟飞到我们的面前打开翅膀，正如我在稿纸上一格一格地和着心血填文字。因为一只鸟的站立展翅，冬天的树木就可以嘲笑我们厚厚的棉衣。

如果我们多一些关注，或许还会发现更多的可爱。比如雪，也是树的花朵。下雪的日子里，从深夜到黎明的一瞬，“千树万树梨花开。”我希望树上的这些鸟不要飞走。即使飞走了，也要常来。希望它们一直等到明年的春天。

实际上，鸟儿一直都在树上，在春天的树上，在夏天的树上，在秋天的树上。只是由于树上有了真正的花朵，有了枝繁叶茂的摇动，我们看到了更多的生命的美丽。因此而忽视了树上的小鸟。我说，在一年四季，鸟儿从来就是树上的花朵。它们隐藏在树叶之间，与绿叶一起舞蹈，与春风一起歌唱，夏天的蝉鸣由一只鸟定调，秋天的夜月被一声鸟鸣切开。树木本来就是鸟的家园。

一只翠鸟就住在池塘边的灌木上，它的翠绿的羽毛比深绿或浅绿的树叶更加艳丽，我们一眼就能认出树叶里的翠鸟之花。两只黄鹂可以让一棵柳树更加婀娜，我想杜甫当年在美丽的锦城思念家乡，“两个黄鹂鸣翠柳”，他只听到了一声婉转的鸟鸣，就想起了江南。在江南的二月，哪一棵树上没有黄鹂鸟的歌声和舞蹈？不管树上有没有花朵，黄鹂总会落到二月的江南。树上有花，鸟儿也会落上去。锦上添花，不是重复是更多的美丽。喜鹊踏梅花如何？乡村的快乐都在一树灿烂的梅花上。喜鹊总是两只两只地飞，两只两只地起舞歌唱。喜鹊就是开在乡村里的花朵。叽叽喳，叽叽喳，喜鹊在村子里放开了歌喉展开了翅膀，我们的乡村就会飞翔。

我喜欢夏天的白鹭，它们整个夏天都住在村头河边的树林里，当白鹭们从碧绿的水田里归来，它们都落到树梢上，远远望去，那就是一树最浪漫的花朵。最不能忘怀的是村子里的月夜，白鹭们栖宿在那棵枫树上，夜风把树叶吹得哗哗地响，月光会把枝头的白鹭摇上摇下，翻开它们长长的翅膀。一树的白鸟，一树的花；一树的歌舞，一树开朗的笑颜。我有时候回忆童年，村头的枫树一定会出现，树上的白鹭也一定会出现。我的记忆，湿湿的风情万种。我想，一树的白鹭，一朵洁白的云，最是常开的花朵。

我想，一年四季的树木会感谢一年四季的鸟。入也会的。真细想起来，我记住的人不是很多，而我记住的鸟却不少。因为，我认定鸟是树木的花朵，千姿万态的花朵，常开常新的花朵，跳着舞蹈的花朵，唱着歌声的花朵……一只鸟，在树枝与树枝之间飞来飞去，保持了树与树的距离的美感，保持了树枝与树枝的联系的亲切。这些，都是我眼中永恒的美丽。

我们在欣赏的同时是否要向一只鸟学习呢？一个折断树枝的儿童，一个砍伐树木的人，在一棵树的心中不可能有一只鸟的亲情和美感。我在观看一树的小鸟的同时，多少有些自惭。我的脸红得像春日的桃花。我知道，有时候一只鸟嘴也是红的。

吴 萍

父亲

大地回春，转眼，又见清明。父亲，离开我们已经三年多了。

昨夜，恍惚中梦见父亲，意识里知道是梦却不愿意清醒，父亲还是那个样子：腰板直直的，一如每一个冬天，为了抵挡咳嗽哮喘，穿了许多衣服，显得有些臃肿。我力图看清他的脸，但是始终不能清晰……2006 年正月初五，年过七旬虽咳嗽哮喘缠绕但仍没有觉察出致命大病的父亲，瞬间倒下突然离去。从那个时刻开始，我只能在梦中看看父亲，可是，偶然入梦父亲，总是形象模模糊糊，找出父亲去世两天前，全家人欢度狗年春节，我搂着父母的合影照片，惊讶地发现，照片上的父亲居然也是不甚真切。或许是技术，光线等原因，但是我更加愿意相信这是冥冥之中父亲给我的某一个暗示，他将远行，越来越远直至永远。

虽然梦中的父亲十分的模糊，可是记忆里有关父亲的一些往事却是那样的清晰，隔着几十年岁月尘烟，当时看起来十分琐碎的生活断片，在午夜梦回的记忆里，有了生命的呼吸，丝丝缕缕，绵绵长长，温暖着，心痛着。

作为家中长女，其实，我从 17 岁离家下放到农村，就和父亲相处的少了，但是，天性敏感的我，时刻能够感受到父亲深刻细致的爱，他送我到农村，给我套好棉被，看我铺好床，山区里的老乡都说，哪有这么宠爱女儿的父亲。我在农村只经历了一个“双抢”，天气炎热，父亲舍不得我，非要和我一起到乡下，车过城关时买了一个大西瓜，看我吃完才返回，时值盛夏，天那么热，他却一口没有吃，反身上了回程的车。就这个西瓜，让我在汗流满面的“双抢”感到了清凉，而且，父亲看我吃瓜的慈祥深深地印在了我的心上。30 多年前的夏天，防暑降温的最佳就是西瓜，而且不是可以天天有西瓜吃的，即使在城市一个夏天吃几回就很好了，而山区农村的夏天是没有西瓜降温这一说的。不像现在的夏天，水果多多，空调大开，西瓜天天吃，但是很难再有那次吃西瓜时的甜美清凉了。1978 年早春，我去合肥读大学，父亲用扁担，为我挑着木箱，被褥等行李送我从芜湖过轮渡上火车，那时父亲也四十好几了，一路上年轻兴奋的我充满对新生活的向往，竟然没有关注父亲累不累，只觉得父亲千叮嘱万嘱咐的，好像太婆婆妈妈的了。直至现在我送自己的女儿外出读书后才深切体会父亲当时心境，天下父母心是这般温柔可怜。

从合肥安徽大学起步，我的生活节奏开始加快，离开了家乡芜湖，在外地工作，和父亲始终聚少离多，岁月一晃，我直奔中年父亲也老了，来来往往中父亲发现了我一大毛病，出门没有方向感，尤其是夜晚，失去了白天的参照物，我回家看望父母时会很惭愧的在新建的小区里打转摸错门，所以，每次回家父亲都要在小区门口迎来送往，就在他突然离去的一个月前，我回家过2006年元旦，和几个朋友玩晚了，他不停的咳嗽却不睡觉，怕我又找不到自己家的楼道，站在小区广场瞎转，或者呼喊没有人答应……想到这些，我心中真是滋味难言啊。

去年清明，细雨霏霏，我去看父亲，芜湖回然园里一排排一样的青石墓冢，一时间我又迷糊了，父亲，你在哪里？墓园寂静而湿漉，我知道我再转悠也不会有人接，再喊也不会有人答应，我心里流着泪，挨排的找寻，找到了父亲，冰冷的墓，冰冷的清明雨，是那样的寒气逼人，我把花放在父亲的墓前，默默地祭上心之香烛，爸爸，亲爱的爸爸，我不用再在冬天为你担心了，你也不会因为寒冷而咳嗽，而哮喘，而整夜难眠。虽然，我再也看不到你，但对你的思念，在我的血脉里流动，不经意间就涌上心头，没有时间，没有地点，我只希望，你下一次到我梦里，让我看看清楚，最好，能够和我说句话，因为，你走的太快，没有留下一句话啊！

（选自吴萍散文集《风过有痕》，安徽人民出版社，2005年9月一版）

古城晨曲*

吴　晓

一

每天，东方刚吐露出鱼白色，时针才不过指过四点，睡熟的人们还没醒来，大街小巷还在沉睡着，这时，安庆市国货街却热闹起来。

只见，上了年纪的老妈妈，有的手拿扫帚、有的提着水桶、有的拿着马刷……精神勃勃的串街串巷，忙个不停。

“通！通!”不断传来的敲门声，打破了早晨的寂静，随之而来的是：

“打扫卫生的来了。”

“送水的来了。”

“请趁早刷马桶。”

“今天你家需要买些什么?”

……

这些声音，对国货街居民来说是多么的熟悉！一听到这些亲切的声音，就知道服务站的“红管家”们，一天的工作开始了。

一提到服务站，国货街居民就会：“啧！啧!”地夸上几句。

称赞服务站是：“大家庭。”

夸服务员是：“红管家。”

是的，居民们没有夸错。国货街服务站从成立的第一天起，就成为居民们所热爱的“大家庭”。服务站里有洗衣、结绒线、打扫卫生、做鞋等四个组，有22个服务项目，上至洗头、梳头，下至补袜、做鞋，大至婚丧嫁喜，小至代买车船票、打扫卫生、看门、倒马桶等等，凡是家庭琐事，无所不包，件件都与居民息息相关。这个服务站一成立就充满了无限生机，显示出强大

* 原题为《大家庭里红管家》

的生命力，这是城市公社优越性的产物，它也给城市人民公社增添了新的光彩。

从城市人民公社一成立起，上了年纪的老妈妈心动了起来，在家蹬不住了，都想给人民公社做点什么事！街道成立服务站，她们可乐坏了，走出家门，来到服务站工作，显显老年干劲。别看她们年纪大，在服务站里倒是精神勃勃，活像年轻的姑娘一样，满身是劲，真是“老来红”，成为居民的心眼里的“红管家”。她们服务可周到啦！主动上门，处处把方便让给别人，把困难留给自己，以助人为乐……

在平凡的琐事中，创造出许多动人的事迹，每一个故事都闪烁着共产主义的火花。

二

一天上午，有个工人手里拿着几件破衣服，来到国货街服务站。一跨进服务站的门，就问一个四十多的老妈妈：

“你们这儿服务站补衣服吗?”

“我们这儿什么衣服都补。”老妈妈热情的答道。

接着，这个工人把衣服递给老妈妈说：

“这几件衣服，我放在箱子里快一年了，在街上找了好多次未找到人补，自己又不会补，又舍不得丢掉，眼看衣服放在箱子里睡觉。”这个工人停了停，又说：

“昨天听说，你们这儿补衣服，晚上下班就把这破衣服从箱子里拿出来，今早我送来请你们补。”

“这件衣服补一补还好穿，请你放心，保证给你补好。”老妈妈打开衣服看了看笑着说。

这个工人突然一声说：

“糟了，布忘记带来了，怎么办?”

老妈妈体贴地说：

“这点碎布我们给你找好了。”接着又说：

“马上就给你补，两个小时以后来拿。”

过了两个小时，这个工人真的来拿衣服了。

刚进门还未开口，老妈妈就把补好、叠好的衣服交给这个工人说：

“同志，你的衣服早补好了，请你检查一下，并给我们提些意见。”

这个工人接过补好的衣服看了看，感激地说：

“谢谢你们，你们服务真周到。”

“这是我们的责任”老妈妈笑着说。

“请问老妈妈叫什么名字，好让我写篇稿送到报社去，叫大家都知道。”

“同志，谢谢你的表扬，我们的名都叫服务员。”

这个工人笑了笑，走出了服务站……

三

国货街居民都在讨论着这样一件事：

铜陵市驻安庆小组有一个干部叫徐世彬，住在倒扒狮20号，他的爱人从铜陵到安庆不久，人生地不熟。

一天，徐世彬的爱人到江边洗衣服，把五岁的小孩放在家里，也没请人关照，衣服洗好回来，小孩没有了，急得满头大汗。机关里的干部和邻居都帮着找，东找西找，找了几个小时，才在余良卿膏药厂门口找到。

这件事被服务站汪文云老妈妈知道了，她立即到倒扒狮20号去找徐世彬，热情地对他们夫妻俩说：

“以后你们有事出去，请把小孩送到我们服务站去临时托，我们保证把小孩看好。”

徐世彬和他的妻子真没想到，竟有这样好事情，到处是亲人，感激地说：

“老妈妈，谢谢你的关照。”

没过两天，徐世彬妻子又到江边洗衣服，真的把小孩送到服务站来。

汪文云老妈妈像待亲生儿孙一样，周到的照顾小孩，给小孩洗脸、揩鼻涕，小孩也像在家里一样，快乐地玩着服务站的玩具，有说有笑，玩得欢天喜地。汪文云发现小孩衣服坏了个洞，拿起针来就补。

孩子妈妈洗完衣服，就到服务站领孩子。一进服务站门，看到孩子玩得很好，高兴得说不出话来，左谢，右谢，最后教孩子喊了声：

“奶奶谢谢你，再见！”心里热乎乎的走出服务站……

四

一个初夏的晚上，“红管家”们正准备关门，结束一天的工作，一个干部匆匆跑到服务站，气喘喘地说：

“你们这儿是服务站吗？”

“是的。同志，你有什么事？”汪文云老妈妈热情地回答说。

“我爱人中午生产了，家中没人照顾，找了好几天都未找到保姆，真急死人了。想请你们帮帮忙。”

“同志，你怎么不早点来服务站登记联系呢？”

“老妈妈，我还是刚才听说你们这儿可以请到保姆。”

“既然这样，我们给你想办法好了。”

“本来可以今晚派一个人到你家去的，哪知五点多钟有一个女干部生产了，我们也去了一个。这样吧，请你把地址告诉我们，保证明天一清早就去一个人。”

“好吧。我姓官，住在地委党校。”

这位干部一走，“红管家”们一商量，决定叫四十多岁的秦妈妈去服务。

秦妈妈接到任务后，心里有说不出的高兴，这还是她第一次出门服务。第二天清早五点多钟，秦妈妈就到地委党校找到了官同志，官同志也热情地接待了她。

秦妈妈一走进门，看到刚生出来的又白又胖的小伢子，咧着嘴笑个不停，口口声声说：

“这伢子生得真好。”

秦妈妈像在家里一样，开始工作了。

拿起扫帚就扫地，扫完地就给小孩缝尿布，洗衣服……忙得不亦乐乎。就这样，天天如此起早睡晚，对待孩子和孩子母亲如同亲生的孙子和儿媳，热情而周到的服侍，半夜起来烧茶烧东西给孩子妈妈吃，听到孩子哭，心里急得团团转，把自己带孩子的丰富经验毫无保留介绍给年青的孩子母亲。

一天天地过去，直到第二十天，官同志的母亲来了，秦妈妈才依依不舍的离开孩子和孩子的爸爸、妈妈。离开的那天，年青的孩子妈妈，激动得流下热泪说：

“秦妈妈，你比我的娘还亲！以后请经常来玩。”

秦妈妈回答说：

“这是毛主席要我这样做的。小伢子可要带好。”

国货街“红管家”们像这样热情服务的故事何止千百个，正是由这千百个感人的故事，连着千家万户的心，谱写了一曲曲宜城新风之歌……

（选自《安庆文艺》1960 年第 6 期）

▌吴根康

茶筒里的春天

日月交替，四季轮回，欲望与朝气比肩的春天，并不因为你的眷恋而叫停挥别的手臂，她必须腾出刚刚坐热椅子，移交下一个季节。然而，当春天淡定的身影，消失在山嘴的拐弯口时，从历史深处蓄积的香泪，已婉约出忧伤的细流。如果让我投胎曹雪芹笔下，并且有幸遭遇葬花的林妹妹，我会拂起绅士的衣袂，点一下她的左腮，再点一下她的右腮，然后含情脉脉地递过一只精致的茶筒说，妹子，请收下我的春天！

茶筒能藏住春天吗？我不敢武断地否定你的存疑，但我的答案是否定之否定。不信？那就请江南的女子打开密闭的茶筒，用娇柔的纤指取出一小撮干茶，放进似玉的白铀茶碗里，冲上沸水，盖上碗盖，少顷，打开。你看到了什么？你闻到了什么？你尝到了什么？你惊讶的表情一定泄露了不容置疑的判断，因为你不可能不被这个突然绽放的春天所打动。

老家产茶，嗜茶的乡亲说不出茶叶到底含了哪些微量元素，喝了又有哪些好处，但这并不影响他们对茶的钟爱，无论男女，无论老幼，无论闲忙，天天都会泡上几壶，这如同不懂化学分子式的祖先照样能发明火药。在那淫雨霏霏、雾岚氤氲的清明时节，怀春的新茶探出了羞涩的小脸，两叶一芽，若水做的女子，轻轻一捏就化了。倘有扛锄的男人路过，那种“山寨版”艺术灵感一定会被眼前的画面撩拨出来，说这就是上轿的媳妇出笼的粑呀！不知采茶的山姑听到没有，但见一双巧手在茶叶间翻飞得更加优美了。

像喊醒茶叶里的春天需要开水一样，把春天揉进茶叶里必须挤出哪怕是气若游丝的水分。给鲜茶脱水，不似稻菽可以放在太阳底下暴晒，那样茶叶里的春天也要被太阳蒸发掉，不信，给你泡一碗试试。那是怎样的茶啊，你看，那不是翡翠绿而是牛尿红；你闻，那不是淡淡的清香而是刺鼻的异味（俗称日黄气）；你尝，那不是柔滑细润的舒坦而是如鲠在喉的苦涩。其实，制茶是一门学问，带着露水的鲜茶采回家后，先要摊晾一会儿，待叶面的水分风干，立马放在锅里翻炒杀青，一俟叶芽变软，就可以盛出搓揉了，最后放在炭火上烤干，再装筒备用。这些程序，目的只有一个——让茶叶更加干燥，即使是装进茶筒，也要包一块生石灰防潮。茶品如人品，一旦掺了水分，就会变质。

小时候泡茶，除了解渴，还是一种预测游戏。茶叶泡开后，都会沉淀到碗底，若有茶茎浮在茶水中，说明家里要来客人。那时候物质非常匮乏，只有客人来，才能吃上豆腐之类，现在回想起来，我家里的茶叶一部分是在那种游戏中浪费的。现在的人爱茶，除了身体依赖，除了休闲怡情，还是显示身份、开展社交的载体，要是哪天没有茶叶了，真不知道被茶文化熏陶的人们有多么失落，甚至觅死觅活？

人都有恋春情结，而茶叶的色香味正好浓缩了春天的靓丽，收藏春茶就是收藏春天，享受春茶就是享受春天。我想，抱回春茶的林妹妹，一定擦干了伤春的泪花吧。

吴　政

诚实的乞者

一直以来，我比较同情沿街乞讨的人，尤其是站在骄阳下汗如雨注或风雨中瑟瑟发抖的老人和小孩。尽管我无法知道他们是不是被生活所困，或者说是另有所图，我都会毫不吝啬地掏出一两枚硬币。我对有劳动能力的年轻乞者鲜有“慷慨”的时候。然而，数日前一位向我乞讨的年轻人却让我一时无法释怀。

那天早晨，我在一家早餐店吃早点。正当我惬意地吃着小笼包的时候，一个衣衫褴褛，蓬头垢面的乞者不知何时站在了我面前。乞者面色苍白，眼窝深陷，两颗黯然失色的眼珠在眼眶里有气无力地转动着。那样子好像是多日没有吃饭一样。

乞者看了我一眼，目光随即移到了我面前那些热气腾腾的早点上。无力的眼神充满了某种期望。我再也没有食欲了，悻悻地看了乞者一眼，转身准备离开。我刚想挪步，乞者却用两根手指拽住我的衣角。乞者润了一下嘴唇，然后胆怯怯地对我说：“大哥，我是从外地来的，准备来投奔老乡，谁知老乡搬走了，我身上的钱已经花完了，你能不能给我两块钱，我想买几个大馍。”说完他双眼直愣愣地看着我，等我的答复。

我有点犹豫。两元钱对于我来说不是难事。但让我就这么随便掏给一个四肢健全的乞讨者，说句实在话，我还真有点不乐意。因为我曾听别人说过，少数好逸恶劳的年轻人不自重，常打着各种各样的幌子来乞讨，为的就是不劳而获。眼前的这位莫非就是这类人？我用鄙夷的目光狠狠地瞪了他一眼。就在我与他目光对视的一刹那，我发现他原本充满期待的目光，又变得黯淡起来。“唉!”乞者叹了口气，无奈地低下了头。

听到乞者轻轻的叹息声，我的心不由得为之一震。或许这位乞者真的是身陷困境？如果真的是这样，那我就有点不妥了。再来做回好人吧，我打开钱包，很傲慢地递给他5元钱。乞者接过钞票，冲我深深地鞠了一躬，嘴里不停地说着："谢谢，谢谢!"此时我发现乞者说不出是激动，还是饥饿过度，浑身上下不停地颤抖着。

离开早餐店，我顺便到对面的报摊买报纸。报纸刚刚拿到手，我感觉有人轻轻地拍了我一下。回头一看，原来是那位乞者。乞者左手拎着几个大馍，右手递给我三枚硬币。乞者又向我鞠了一躬，动情地对我说道："大哥，谢谢你了！我已经买了大馍，这剩下的3元钱是你的辛苦钱，还给你！时间不早了，我还得去找我的老乡。你是大好人，祝你好人一生平安。"说完，乞者拿出个大馍，用力地咬了一大口，甩开大步，急急地朝前走去。

我茫然不知所措。是我的偏见或者说是冷漠，让我误会了这位正需要帮助的年轻人。我想对他说声对不起，或者再给他点帮助，可惜机会已经没有了，等我回过神来，那位诚实的年轻人，已经走远了。

接下来的几天里，我每天都在这家早餐店吃早点。可那位年轻人再也没有出现在我的面前。我无法知道他现在是继续流浪街头，还是已经与他的老乡团聚。但是只要一想到他，我总有一种说不出来的感觉：是自责？是愧疚？还是感动？时至今日我还是无法告诉自己答案……

（选自《温州日报》2006.11.06）

▌吴祚来

我们被一些声音所掌握

一、喇叭与哨声

(1) 1976年1月的一个早晨，我从宿舍外面洗脸回来，听见广播里播出一个令我心头一惊的消息，周总理逝世了。学校好像没有收音机，我们获取外面最及时的信息都是依靠有线广播，当时我刚初中二年级，在冬季里由于日短，我们只好住校，而在非冬季时我们每天都要往返二十里地，到学校上学。记忆里上学路上正好是早晨的新闻与报纸摘要时间，镇里的大广播让方圆十里地的路人、村民都被覆盖在它的声音之下。这种声音字正腔圆，让人感到一种威严，一种正确无误，并让你感到真理就在广播之中，我们从来没有对广播产生过怀疑，也没有对广播里的指令不遵从，学校里的许多活动都是用喇叭来指示。有人怀念这种不怀疑的时代，这种单纯如一张白纸的日子。我们在早上不是根据太阳来判断时间，而是根据广播，这种宣言一样的新闻和报纸摘要节目不仅成为时间的标志，也弥漫在自然空间与我们的心灵空间。有趣的是，我们放学回家时路上是没有喇叭声相伴的，所以回家时非常从容，只有我们自己的声音在做着无聊或有趣的交流。

我们的村庄里没有喇叭，可能是因为买不起，也可能是因为村庄不大，用哨子就可以解决问题。我们中学生一年两次假，一次是寒假过年，那意味着过好日子；一次是暑假“双抢”（夏天抢收抢种），一次心灵与肉体的双重磨难。漫长的四十天的暑假没有一天是休息日，每天都在哨声的催促中去田间劳作，现在的村民们永远无法理解那时的劳动强度：那么多的人、那么多的工作日，一直要到快立秋或已立秋时才能将“双抢”做完。我是公社小社员，只有上初中的孩子才有可能成为小社员，也通过劳动为家里挣工分。平时我们初中生一天二分工，双抢时有所提高，可能是近三分工，每分工约合人民币六、七分钱（一个工等于十分工，约合六七角钱）。男人们平日一天一个工（十分工），妇女一天为七分工。双抢时在早饭前有一个“自由发挥”的时间，这段时间不是按时计酬，而是按量，早上四五点或五六点的时候突然村子里队长的哨声大作，社员们从梦乡里一骨碌爬起。没有什么刷牙洗脸，直奔秧田，一般一棵秧需要拔秧苗三五百根，洗净（有时田中的粘泥在秧根极难洗净）、用稻草束紧，早上一般拔秧一两个小时，队长看一天插的秧够了，就吹哨大家立即停止拔秧，互相清点身后的秧数，每一百棵秧一分工，由自己挑到指定的田里。尽管没有统一规定，秧的大小、洗净程度都大致一样，如果有人做了手脚，会被大家说闲话的，队长也会直接扣工分干预。这项竞技性的早起拔秧对我们少年小社员是非常合适的。我们一早上有时能拔五六百棵秧，虽然回到家中吃早饭时，腰也直不起来。尽管这一过程是充满刺激与竞技，但对于当时年少的我，那早起刺破梦境的哨声可以说是对心灵的莫大摧残，十一二岁的孩子，正是长身体、需要保证睡眠营养的时期，沉睡的时候被哨声惊起，在启明星正亮在东方的时候就下田疯狂干活，几乎是一整个夏天。七点钟左右回家吃早饭，刚休息一会儿，总共也不过二十分钟，尖厉的哨声又会响起。我记得父亲有一次突然对着哨声动起怒来，可没办法，他也当过生产队队长，也吹过这讨人嫌的哨子。一上午的劳作，年轻年少者多是栽秧，数十米长的水田，我们一字儿排开，比赛似地栽秧，一般以每秒五六棵的速度进行，一个上午栽下来，只想倒在水田里永远也别再起来。中午休息的时间会长一些，特别是酷热至极的日子，会延长一个小时出工。无论何时出工，活都摆在那里，出工晚些收工也会晚些，记得很多时候收工时月亮已光照大地，正是带月荷锄归，听着知了声我们一回家就洗澡换衣，而母亲这时候还要为一家人做一餐饭菜。祖母一辈的女性都是小脚，尽管没有社会地位，但也没有这个时代如此苦役般的劳作啊，因为祖母所处时代是种一季水稻，而父母所处时代是二季水稻，还有无数的水利兴修，与其它公共劳动。

哨声具体指挥着我们的劳作，而嗽叭声却引导我们的精神生活，那是一个喇叭与哨声主宰着的时代。我们安徽怀宁是个水稻产区，双季稻的产量一般来说完全可以让农民们衣食无忧，然而，我们家一到农历四五月份的时候就会青黄不接，靠向外村亲戚借粮度日，记得有一年已是秋收后，我放学回家看见母亲走路有些异常。问父亲才知道，交完公粮（税粮?）后，上级通知：要向公社卖“余粮”，生产队的粮食根本就不够吃，被迫向上级“卖”余粮，一百斤七块多钱还是九块多钱，我记不清了，只记得母亲挑了一百斤重的稻子在路上摔了一跤，跌倒路边田埂下摔伤了，听说当时膝盖边鲜血淋漓。我心一阵悸动，因为我知道这不仅仅是母亲受一次外伤，还会意味着明年春天有一段日子我们全家吃不上饭，只能吃南瓜或上面返回给我们的黑薯片（“返销粮”）度过饥荒。

（2）1976年9月10日，上午的时候通知下午三点统一在教室里收听广播，全体师生神情异常，不知发生了什么事情。广播准时响起，只听见哀乐一遍遍地播放，然后就是国家顶级权力机关通告全国人民，伟大的领袖、伟大的导师、伟大的舵手毛主席逝世。我当时大脑里一片空白，相信所有的同学当时都是这样，我当时觉得不可思议，不落的太阳怎么会落下去呢？未来的日子该怎么过呢？精神天空中的太阳被广播湮没了，我们顿觉精神世界一片空白，无所依托。满头白发的教导主任又将全校师生召集到学校小院里，向大家诉说他的悲伤，盛赞领袖的伟大，他说，从此我们没有了心中的红太阳了，老泪纵横。当我的眼睛开始湿润的时候，站在我前面的一位同学突然回过头来，对我窃然一笑，大概是同学们对这位主任都非常不喜欢，看见他如此悲伤反倒觉得有趣，他的窃笑瞬间化解了我心中的悲哀，我的眼泪因此没有流出来。散会后我们初二班同学茫然四散，初一班同学却回到教室，我们在外面听到里面哭声一片。上大学后一位皖南的胡姓同学告诉我，当时他们村子里成人都在田间劳动，只有一位老地主在家收听到了这则广播，他疯也似地奔向田间，向村民们狂喊：你们的主席死了！你们的主席死了！村民们不相信，将老地主打了一顿，直到傍晚才知道老地主说的是真的。这个故事让我心中发悚生寒。谁都清楚，这个故事背后有着什么意味，有着什么样的悲剧。而我们村子里的一位与主席同龄的老人，我们称她为“瞎奶奶”，当她从广播里听说主席逝世的消息时，她整日流泪，对家人喃喃：为什么自己不死，为什么主席死了！她希望用自己的生命换取主席的长寿万岁。对于我们小小少年，我们心中从小就虚拟的红太阳被这一天的广播给摧毁了，我们的精神天空一片空白。文革的教育最大的成绩是为全国人民塑造了一尊神像，将人神化。人被神化，“万岁”化。用不着人们自己将他摧毁，时间会击灭一切人造的神话谎言，但是，受伤害的不是被神化的人，而是接受者崇拜者，他们可能因此不再相信一切。相比之下传统的宗教却是将虚拟的古人或传说中的人神化，可在某种程度上这种神对人的伤害会小得多，甚至可能会有持续永久的生命力。

1976年10月24日晚十二点钟之后，我在学校宿舍大通铺上熟睡，一阵尖厉的哨声把我从梦中惊醒，我的第一反应是地震了，提起衣服就准备下床冲出去。有一同学好像比较清醒，对窗外吹哨人问：是不是地震了？回答不是。我倒头便睡，实在是困极了。还是白发教导主任在为重大政治事件奔忙：他听说粉碎“四人帮”了（其实无论是粉碎谁他都一样兴奋，反击右倾翻案风时他带头把学校小院子贴满了大字报），他连夜布置我们住校生赶制二百多面小三角红旗，说是第二天全校参加全公社的游行示威，他要让每个学生都手执一面小红旗，高呼口号，显得有声势。他不知深更半夜里从哪里弄来了红纸、浆糊、小竹棍，发动我们住校生连夜加工制作。我对这位主任真是烦透了，他来我们宿舍布置任务时，我蒙头大睡。他离开时说了一句让我心惊的话：这个学生思想不好！如果不是第二年全省高中升学统一考试，他这一句话就可以把我打回家中永远放牛。第二天全校学生融进公社统一的大游行队伍之中，敲锣打鼓、喊口号、放鞭炮，各种标语与横幅忽如一夜春风来，随处可见，所有的人都如沐春风喜气洋洋。如果华主席当时站在天安门城楼上说一句：中国人民从此高兴起来了！可能也会万世流传。当时我们讨论的一个政治问题是：可不可以喊华主席万岁？为什么不可以？老师回答是：以上面颁布的口号标语为准。我们年少的心里在想，可能得等一段时间才可以喊他万岁。因为大家都喊习惯了，没有一个万岁让我们喊，我们有些失落，有些别扭，就像烟民抽烟习惯了一样，口边必须挂一样东西，已是生理需要也是精神需要。

夜半哨声和第二天无所不在的喇叭广播声，悄然转换了一个时代！

而我们无论是年少的我，还是年长的老师、成人，都被哨声、喇叭声所牵引着，跟在后面茫然地、盲目地高兴、快乐。喇叭后面是一根线，我们的脑子里只有一根筋，这根筋被喇叭与哨声所控制着。

哨声总是在你的耳边响起，它是让人们统一行动统一步伐，它要求所有的人行动一致，步调一致，哨声往往是急促的。

而喇叭的声音则是从头顶上向下飘来，灌输下来，它用声音来笼罩你，无处不在的声音、正义真诚洪亮无容质疑的声音覆盖着你的头顶洗礼着你的心灵。无需要对话，也不用反馈，只需要你听着，永远地倾听就可以了。

哨声与嗽叭声对农业生态文明是一种破坏。在农业生态文化中，农民们是听天由命，一切按自然意志而生存发展，圣旨—最高权力的声音只对官不对民，而官的遴选是从传统文化研习的佼佼者中考试选拔出来的，他们除了对传统文化负责外，对百姓意志有着自己自觉的认识，当官就得为民做主，这就是中国传统社会里的“民主”，做主不是破坏文明的生态与生活，而是要做一个主持公道的人，在突发事件中，如自然灾害会社会动乱时为民做主，在发生各种纠纷与案件时为民主持公道。公务活动有时伴有击鼓或敲锣的声音，没有喇叭与哨声。喇叭是要统一所有人的思想，控制垄断所有信息源，哨声音则是一种召集，统一个人行动成为集体行动。由于最高的声音并不熟知全国自然与社会生态，这样统一的声音就会大肆破坏各区域文化自然生态，人们不再听从自然的声音，不看日出日落，而听广播与哨声来决定自己的行动。被这些人为的、政治性的、不科学又违反自然意志的声音控制的农村，在1976年已渐近崩溃的边缘，人口的无节制增长，粮食却靠天收成，上级不断以各种名义夺民之食，几十年的发展，农民仍是家徒四壁，只有喇叭在屋顶上高唱幸福的歌声。这些阳光灿烂的声音从某种意义上极大地满足了人民群众精神生活的需要，使人民的生活在假想的幸福感中。

当田地被分到各家各户后，最先消失的是那让人心惊心烦的哨声，喇叭的消隐则是另一种传播介质的出现：收音机、收录机及后来的电视机。当然，包产到户后，喇叭的统一指明令的功能没有了，它只有习惯性的发布新闻的声音，人们又开始按自然的原则生活与生产。包产到户的农民惊奇地发现：以前要干四十天的活，分到各家十多天也就都干完了，这里面藏着什么样的数学法则，没有科学家去计算。有一点是可以肯定的，没有哨声的农业社会是祥和安宁的，没有喇叭强制的农民们生活会更惬意而富足。

1980年夏天，公社广播里破例播出一条消息，改变了我与许多同学的命运：我们高考成绩过线了，我们即将成为大学生！这条消息是别人告诉我的，那时，我家里已没有广播喇叭了。

二、收录机与电视机时代

喇叭在我们的头上或空中，我们无法与之对话，我们对他无可选择，只有聆听的资格。而八十年代兴起的收录机、电视机却与我们的视听器官处在平等的地位，我们第一次看到了外面世界来的声音与我们平等，并可能由我们来选择听什么，不听什么。他们唱什么说什么我们无法控制，但我们可以选择听些什么或干脆什么都不听。

八十年代的空气中不再弥漫着威严的、下判决书似的神圣不可侵犯的声音，高校校园里也有高音喇叭，但里面播放的多是音乐，特别是让人向往美好生活的歌曲，“年轻的朋友来相会”，“让我们的水兵好好睡觉”，还有日本歌曲“妈妈又在寄来寒衣御严冬”——高处飘来的声音中开始出现温情与关爱。当然，收录机里更多的是港台流行歌曲，邓丽君小姐风靡天下，“何日君再来”，“甜蜜蜜，想你甜蜜蜜，好像花儿开在春风里”，歌声带着甜美的春风，把无数沉睡的心灵吹开了，以前充满斗争与歌颂领袖的歌曲突然不见了踪影，中国一代人或几代人一起接受情与爱的声音洗礼。收录机把文化主权放在青少年自己的手中，他们可以自由选择自己喜爱听的声音，而且不是一次听，可以录制下来，不断地听，传播着交换着听，边唱边听，歌唱生活歌唱爱情歌唱希望歌唱年轻的生命的声音占据着人们心灵空间，这个年代的声音是昂扬的，中国人通过声音找回了自己的梦想与希望，描绘着自己光明的未来。

收录机也是财富与时尚的象征，我们会经常看见一些男青年手提高级的进口收录机与女友一同走在大街上，或者骑着自行车身后坐着女友，女友手里抱着收录机。而在一些年轻人的周末聚会上，也会带一台收录机，会唱歌的唱歌，会跳舞的跳舞——声音被安置在人们的身边，被人们自己控制，为人们自己的生活而歌唱。声音不是权威与号召了，不再是统一所有人思想与意志的工具了，“声音”被人们拎在手上，抱在怀中，放在身边，随时随地使用。

1985 年初，我有了第一台（唯一的一台，后来再也没有买过）收录机，主要是为了学外语考研，其实对于未婚青年，她充当的不是老师，而是情感伴侣的角色，每天晚上七点半准时收听江苏台的音乐节目，而录音磁带则多是克莱德曼的钢琴曲与贝多芬的交响乐。大学毕业后我被分配到市城乡结合部一所中学做历史教员兼班主任，天之骄子光环消失，面临的是让我不满的现实，毕业分配是如此多的不公平，而毕业后的收入较之周边的国企简直是对知识的一种嘲讽。偌大的一所中学没有自己的澡堂，我们要通过关系才能购买邻近大厂家的澡票洗澡，路程约三四里地，一些调皮的学生有时会将严厉一些的老师衣服藏起来或干脆丢了，我与一位班主任夜里洗澡回校时还遭到过一群学生的攻击，因为其中一位学生在他班上没有毕业。真让人觉得斯文扫地！一位老师看我经常看书到深夜，以此来鼓励他的孩子好好读书考大学，他的孩子回应道：吴老师连自行车都买不起，你看谁没读完中学就做生意，摩托车都有！他的父亲无言以对。我当时的工资是五十多元，扣除必购的国库券款，只剩下四十多元，购买一些书，为出嫁的妹妹花一百多元买件缝纫机（蝴蝶牌，找同学走后门才购得）作陪嫁礼，年底回家时已是两手空空，我清楚地记得我带给了母亲很少的钱，母亲不要，我当时就哭了，我说没想到我大学毕业了还这样没用，钱这样的少。我从没有在母亲面前哭泣，无论在外面遇到什么样的委屈，这是一次破例，我当时真的很伤心。母亲宽慰我说，你们都长大了，家里已不需要钱了。母亲一辈子，从来没与我要过钱，她永远说不缺钱，直到她生命的终点。

大学毕业后那几年苦闷的日子，是收录机陪我度过，考研奔未来是精神追求，而收录机带来的则是情感的宣泄与抚慰。以前的喇叭呢？它给予人们的是宗教般的热忱、心灵的依托，它将领袖的形象与太阳的形象结合在一起，每天清晨通过广播唱响，为人民塑造了一尊人间神圣，可惜，无情的自然规则将这个神话砸得粉碎，于是，人民只有通过抚慰情感、通过无休止的物质追求来满足心灵的空虚。我们都像追赶太阳的夸父，为了追求目标而执意向前。

而我只想要离开那座市民之城。

我终于离开了这座让我充满困扰与无奈的城市。

我1988年进了北京，在一家国家研究院的研究生部读研，第二年春天就卷进了震撼世界的那场春夏之交的风波。除了无数的旗帜飘扬，就是喇叭声与口号声震天价响。当社会的矛盾与问题只依靠青少年们的声音来呐喊来呼唤时，就注定它是一场闹剧或悲剧。我是个参与者，更是一个旁观者，我是个清醒的人，也是个茫然的人，整个过程我兴奋也痛心，最终，我们看到了我们民族当代社会一场让人目不忍视、不堪回首的灾劫。社会灾难与自然灾难一样，我们都要正视它，无论是罪恶还是过失，我们只有正视它，才能真正反思它、研究它、避免这种灾难再次发生。我那天夜晚（应该是第二天的清晨四五点）看见挂在人民英雄纪念碑上的那只喇叭被一阵枪击，又被迅速摘除，一群青少年的声音终于被另一群有铁的纪律的青少年的另一种声音覆盖，喇叭的摘除宣告一场运动被终结，一种声音被凝固，又一个时代开始了。喇叭在这里是一个可怜可悲的角色，它看似占据着一个重要的位置、一个中国中心的至高点，可是它发出的幼稚的声音只能影响一亩地或十亩地上的听众，它的存在是一个必然也纯属一个偶然，进入收录机与电视机时代之后又有一群这样的喇叭掀起如此巨大的风波，它给这个世界、给当代中国人的震撼力永难消解。

所有的政治运动都是非理性的由突发事件引起的，它像烈火燎原一样渐成大势，它可以燃烧起情绪，却无法建立起理性的社会框架，特别是在中国这样一个农村人口占绝大多数的国家。

十多天后我回到老家，从镇上走到家有六里地，走到一半路时我远远看见了我做了一辈子农民的父亲的背影，有些老态有些弯曲，他从一个村庄里出来，沿着公路也往回走，他没有看见我，后来我才知道，他往北京发过电报，说自己病危让我速回。十七年过去了，我也没有收到那份老父唤儿的电报，他去邻村也是为了探听儿子的信息，邻村有一位孩子在北京读大学，他已安全回家了，老父想知道北京到底怎么啦，问那位大学生有没有看见我。当然是没有，所以老父漠然回家，踽踽而行。我们相距三四百米，却远若天壤。老父亲在想，有可能永远也找不回自己的儿子了。当我鼓足勇气去到父亲后面说声："大大"的时候，他没在意地回过头来，说，你们做学生的能闹腾个什么出来呢？我们相伴无言，一直走回家。二姨听说我回来了，特地来看我，说你们闹有什么用呢？那镇上的高中生说：把你们北京的大学生都杀了才好呢，这样可以多招些新生。

说来也是，中国从来不缺新的生命，一代人前赴一代人后继，这样才能生生不息。前年，在一个国家级研究机构里，我与一位当年毕业参加高考的青年学者闲聊，他对我们当年的学潮仍心怀恨意：你们闹腾可害了我们，我的分数完全可以进北京名校，但都因你们闹学潮而缩招了，我只好进了一个小师范，要不是顽强考研，还不一辈子让你们这些人给耽误了！

他们要是不说得这样透彻，我不会意识到我的罪责。

电视机：它像生活之神一样在八十年代被请进了大部分中国人家中。电视机摆放的位置在旧社会是敬放祖先牌位的地方，而文革时代是摆入主席石膏像的地方，现在无论是城市还是乡村，家庭里最重要的位置都被电视机占据，八十年代的中国文化进入了一个叫："电视拜物教"的时代也不为过。文化、娱乐、休闲、信息新闻、乃至购物与学习，现在还增加了短信互动，兼具了一些交流功能。电视的新闻代替了过去的大喇叭广播，一样具有统一新闻导向、统一意识观念的功能，而电视文化看起来让大众精神生活丰富化了多样化了，其实它也是单一化、时尚化、甚至浅俗化或低俗化的罪魁。各地各民族都要在收看统一制作的电视节目，并根据电视来购物来化妆穿衣，使有文化特色的地区、民族渐渐忘记了自己的文化特色价值，文化的一体化对文化生态与文化多样性是一种巨大的伤害。中国的电视二十年来对宣传科学民主的精神、对发掘地方文化遗产、对民族原创精神的倡导都是极其欠缺的。在没有电视的时候，民间文化有更多的参与性、动态性、群体交流性、地方特色性，而电视却让公众变成静态的旁观者，成为电视的附庸，中国公众正在日益成为电视依赖症患者。当然，随着手机与网络的发展，看电视的人群日益中老年化，而使用网络与手机作为交流、表达、休闲娱乐、游戏的工具。电视正在用低俗的内容、低劣的节目逐渐失去新生代受众，而健康的生活理念也在倡导让公众远离电视，以避免生活的枯燥化、思维的单面化。电视作为一尊“神像”被请进了家里目光焦点的位置，请神容易送神却难。我们通过电视消遣，却被电视控制了身体、情感与思维，电视真的像神一样主导着我们的日常生活。电视配上放像机与后来的DVD播放机，就是升级版的收录机，只是多了色彩形象而已，这种娱乐却派生出一种商业化的场所：卡拉OK厅或KTV包厢，个性化的表演与娱乐与情色消费被有机地维系在一起，成为一道新的文化景观，每个人都可以歌唱，看起来是一种文化自觉与平等，但一进入商业运作，它就发生了畸变，成为一部分人的病态文化享受。这种歌唱有一种心理上的释放与情感的表达，但当它被用同一种歌曲及其庸俗的背景画面诠释歌曲意境时，当它被一些人任意更改歌词与唱腔时，就像歌厅里的良家女孩子被变相玷污一样，艺术也被玷污了。

三、手机与网络时代

我是1995年初购买手机的，花了近万元钱，在这之前我使用的是寻呼机。由于手机的广泛普及，人们甚至已忘却十年之前无处不在的寻呼机的声音，在会场在工地在教室在音乐厅，你都能听到各种悦耳和刺耳的寻呼机声，这是一种召唤，你不知对方是谁也不知对方要找你干什么，或者知道对方找自己什么原由，你都得要迅速找一部固定电话机给对方复话，对方有可能是在一部街头电话亭焦急等待着呢。也可能你找了半天的固定电话，复过去的时候发现那人呼你是呼错了。有了“汉显”寻呼机，这种误呼少了，但仍然有一种信息的模糊与不对称存在，这也是与那个时代相对应的，那是一个寻找自己定位的时代，通过寻呼机寻找自己各种可能的时代，是下海还是留在岸上，是做批发还是做零售？是考研还是直接找份工作？这些都像寻呼机的声音一样让你有些迷惑。

手机是九十年代初开始取代寻呼机的，一开始叫“大哥大”，港台电视电影里的黑社会老大用它来指挥自己的团队，大陆开始使用时，也是小砖头一样的厚重，价值不菲，对许多人来说，与其说它是为了让自己通讯快捷，不如说它是身份的象征，也是财富的一种外显标志，佩在腰间正是战争年代指挥官佩戴手枪的地方，所以九十年代初手握手机的人都有一种世界被我掌握的良好感觉。

声音的媒介与财富相关联，它是财富带来，也同时为了带来更多的财富。当我们在感受声音传播的自由与随时随地时，我们又发现，声音的传播本身有着昂贵的成本，我们在说话的同时却在被权利与垄断资本剥削。金喇叭比铜喇叭原来具有更多的话语权，权利与资本控制着声音的传播。过去的喇叭时代声音只服务于一种权力，现在高高在上的威权削弱了，资本却强大地站出来发出自己霸权的声音。

新生代在威权的空隙里找到了一种自娱自乐的空间，他们用手指书写短信，将手机更多地变成了交流嬉戏的工具。手机在他们手上没有了成人的持重与金钱意义，他们用无线网络编造自己的文字游戏。这种游戏填补了他们青春之时苦闷、空虚，他们坐在教室或站在候车亭，用手指敲击着化解一时的无聊。这一代人在享受过程，及时地满足自己的情感与生理。声音在这一代人的耳中有了色彩："彩铃"、"彩信"，这是一个让国家语言文字委员会想都不敢想的词汇被一代新人创造并登峰造极地使用。另一处极端是成人之间泛滥成灾的黄色笑话、"段子"，极简短的信息里蕴藏着无限丰富的有色情趣或民间智慧，它一方面确实丰富了民间文化宝库，让所有拥有手机这一通讯工具的人都可以享有这一信息文化共享，另一方面就是它的低俗化与无限复制造成的重复让年节时的问候与祝福变得单调与无趣。

喇叭在空中，而手机却别在腰间，听在耳边，甚至耳塞已经深入到耳朵之中，声音越来越具个人性与私密性了。制造者看起来是在穷尽一切可能服务于年轻一代追逐时髦的需要，其实质却是在追逐商业利润，经济利益在疯狂地刺激文化的穷奢极侈，文化因此在时尚化、浮华化、技术化。高档物质带来的虚荣与文化消费纠缠在一起无法分开了。新生代在高扬自由个性的同时又在心甘情愿地被物质贪欲所奴役。

直到 1999 年，我才开始使用互联网。在互联网中的会生发出这样一些声音：网游的厮杀声、聊天的喃喃声、键盘声、点击声。

互联网使人类有了一片共享的知识海洋，人类正在形成一个有意识与无意识相结合的一个外在的大脑。现在的互联网内容是人文世界里的一片纯自然风景，说它自然，是有其天成一样的意义，没有一个机构在主导、规划互联网内容建设，也没有一个国家或国际组织在为互联网内容制定法律规范，它几乎是在完全地纯民间地高速发展，当然它是基于科学技术的发展与商业利益的追求，但它的发展态势却是不会受任何一种力量控制的，它一量形成海洋一样的人文规模，它就会自身的发展规律与特性。

网络日益形成一种超乎一切之上的力量与声音。这种声音在中国的革命性与颠覆性是远远超出其它国家的。因为这种声音与技术首先掌握在一些无产者与无知者手上，而不是传统意义上的权贵手上，传统意义上的话语主导者在先进的网络文化之海中是茫然的，是被动的，甚至是无知的。正因为此，一些年轻人在这个领域里创造了一个又一个财富神话、文化神话。也有一批又一批青少年在网游之海里沉溺，发生了一起又一起悲剧。传统的成人社会对网络的无知与失控，是网络自由与混乱之根本原因。这种自由价值是双刃剑，一方面它自由地高速地无限制地发展，另一方面，它对一代自制力不足的青少年是一种鸦片一样的毒品，他们沉沦其中不能自拔。网络中的厮杀声搏击声控制了这些幼小的生命，网络不是他们学习知识的工具而仅仅是娱乐工具发泄工具。他们是通过网络积分获取成长的感受与成功的快乐，通过网络游戏来证明自己的存在与生命价值。虚拟的伤害却是真实的，甚至是血淋淋的。成人的网聊已发展到裸聊，并有一些群体通过网络换妻、在网中建立虚拟的夫妻关系，在人类集体无意识的梦境中寻找真实的生活感受。网络在史无前例地实现“非物质价值”即“虚拟价值”。

当年的喇叭用一种洪亮的声音来制造虚拟的太阳的温暖、超乎全世界的感，所有的人都无可奈何地接受它的安慰，甚至现在许多人还沉浸在当年被虚拟的幸福感中难以释怀。现在人们在网络中用自己的声音或借助它人、音乐的声音来满足自己的心理需要。

在封建社会我们只能被“宣旨”与“万岁”的声音控制。

在专制时代我们只能为领袖的声音呼喊歌唱。

网络使声音的主权重回民间，它是原生态的民间的声音，有正义的有反正义的，有阳春白雪有下里巴人，有低俗有高雅，甚至还有淫秽与乱伦。它只是把生活本身的声音传输到网络之中而已，它的触目惊心或赏心悦目都一样源自生活本身。它只是通过网络而社会化，可能会造成一些正面与负面的影响。如果没有网络，这些声音也会有另外一种方式去传输。只有净化社会才能真正净化网络。

网络使全世界的声音汇聚在一起，没有哪一个时代能让人的声音或人的形象如此亲近地融合在一起，做无限可能的交流与表达，网络博客、播客应运而生。

我是去年（2005年）成为博客网专栏作者的，本来是想把几篇文稿放在网上宣传一下，没想到博客网给了我一个注册号，直接就可以将自己的文章上传，在首页上发表，个人的声音在瞬间就得到公众的关注，而且立即可以看到有多少人阅读，有什么样的评价，在所有的发表文章中受关注度（48小时排行与一周排行，）如果说专栏作者还有一个门槛的话，注册个人博客，在自己的网络家园里表达个人的思想、声音则几乎没有任何限制，过去的论坛上网民们只能是游客，居无定所，而有了博客则是进入了“网络农业社会”，网民们可以定居下来，耕耘自己的一亩三分地。可以布置自己的居室家园，可以打扫庭除，文章不合适可以删节修改，可以邀请朋友们光顾交流，总之自己的声音自己发布自己做主。声音在公共网络里可以定格成为全世界网络文化资源，这是一笔无限丰富的当代“非物质文化财产”。在现实生活中我们感受到的是别人的目光与别人对自己的评价，而在网络博客里我们收获的是别人的点击率与跟帖数，虚拟的博客家园因此更符合人性与更真实。真实的人往往不说真话，而虚拟的网络中人们对你的文章评价却没有必要跟贴谎言。一到一年的时间我在博客网发表了四百多篇文章（包括转载加评论），点击数达一百二十多万，加上各大网络转载，估计有近千万的总点击率。百度检索我的个人网页数已近四万（写博客前仅十几个网页数）。网络在提升个人文化影响力方面已是第一传媒，因为它空间的无限性与时间的及时性，还有就是传播不受时空影响。

2006年初，通过网络传播的《一个馒头引发的血案》由一个叫胡戈的网友制作，它通过网络实现了一次声音与形象上的颠覆，它用电影《无极》与央视中国法制报道的影像，剪辑后重新配音，使它成为另一部“网络电影”，有自己独立的内容情节。我们曾被一种声音无情地覆盖，无可奈何地代表，当庶民用自己的技术方式来让已经定格的“主流”形象来服务于自己编配的声音时，全民实现了一次集体狂欢，“声音”也可以被“我们”控制！可惜，它只是一种游戏，而这种游戏也正在接受已经成为商业与文化主流阶级“依法”打压。无论结果如何，都是无可奈何花落去，“馒头”依旧笑春风，“我”的声音完全可以成为一个时代最有影响力、传播力、感召力的声音。我们正由被一些声音所掌握，变成掌握一些声音，以服务于我们自己的文化理念或乐趣。

在大自然，秋虫地上吟，大雁空中鸣，夏蝉树上歌，青蛙田中唱，都在发出不同的声音，没有一种声音去覆盖另一种声音，没有一只虫鸣去代表某一类虫鸣，这是自然的多样性，它使我们听到、享受到天籁的声音。在网络里，我们正在感受自然精神在美妙地回归，这是一种符合人性的回归。

人类的历史是寻找自己声音的历史，也是摆脱被外在的声音控制的历史，什么时候人类找到了属于自然又属于自己内心的声音时，人类就找到了自己的快乐与幸福。

▍夏卫红

种下千花为伴

之所以有种下千花为伴的愿望，是出于对花的喜爱。

小时候在北方平原上最常见的是梨花，置身在洁白晶莹的梨花中会有一种难以言传的快乐。这种快乐是需要亲自体验之后才能感知的。那时梨花只是静静地开，悄悄地落，自然不像现在，一年一度的梨花节热闹非凡，中外游客纷沓而来，以赏花为乐。而我一直认为梨花的美不仅在于它的绽放，更在于它如雪一般的飘落。一树树的花瓣迎着微风飘散，宁静平和，宠辱不惊，那份从容实在令人心醉神迷。有哪种生命的凋谢时能如此灿烂安详?

离开北方家搬到江南丘陵的山谷中，离梨花远了。可是年年岁岁春暖了，花依旧会开。只是这里高高低低的山上开的是一种叫映山红的花。一场细雨之后，从城里来春游的人便络绎不绝了。回去时，他们胸前搂抱着的便是一大捧红艳艳的映山红。记得曾跟随父亲到山顶的雷达连去，一路上，不断听到清亮的溪水声，可总是空谷不见人——溪水竟成了含羞的女子！山路终于蜿蜒到溪水旁，映入眼帘的便是溪边这一丛那一丛的映山红了。清澈的碧水里偶尔漂过几片淡红的花瓣。在这少有人来的地方，山谷并不寂寞，遍野的花开开落落度过春秋，平静地完成着它们的美丽一生。人常说梨花带露多妩媚，谁知溪边杜鹃也含情。当然这是后来我从书本上知道映山红还有个很雅致的名字叫杜鹃。可立在山谷举目逶迤的远山，你会发现没有比映山红这个字眼更适合称呼这种花的了。为了使它永远保存下来，我学会做植物标本，把一朵朵映山红夹进书中。几个月后它们就变得薄如蝉翼，似乎像经过尘封岁月的黑白照片，颜色古朴透明，别有风味。

最初的种植是在小学时，学校要交一定数额的蓖麻籽，所以关注的是果实是否饱满，花是怎样的记不清了。后来我们姐弟三人都喜欢向日葵，虽然我也会关心它的果实。当葵杆慢慢由纤细变得挺拔时，向日葵就会绽开大黄花，向日葵开花的日子似乎是充满阳光的日子，异常饱和的阳光下，葵花更加金黄，土地房屋也变得金黄起来。那种色调真让人沉迷。长大后的弟弟曾到农村拍摄下很多照片以备画油画用。有几张不同角度拍摄的向日葵照片吸引了我。红墙旁微斜着向日葵的绿叶黄花，一丛开着白花的牵牛藤扶墙而上，在夏日的阳光照射下，这些远近不同的物体有了强弱不同的层次。整个照片色彩明亮，构图整洁，让我产生了一种无尽的怀念和向往。

或许葵花同样也唤起了弟弟对童年的怀念。有花的童年和无花的童年毕竟不同。我一直企盼他能支起画架，勾勒出他心中童年的花。后来我在书架中找到了一本有关西方现代派美术方面的书，我发现凡高的向日葵的确能将人的灵魂震撼。

定居在城市之中，在灰色的建筑群间，一株花一根茎就显得更加重要起来。我开始苦心经营起巴掌大的小院来。在墙角开垦一片荒地，种上月季、棕榈、太阳花之类的植物。我发现桂花会在八月十五的时候盛开，栀子花会在夏季夜夜飘香。不时洒水，不时剪枝，将短短的小铲往墙角一放，充分享受着花草带给我的辛苦和甘甜，我会非常健康而快乐。

更重要的是种下千花为伴，雨后风过，我也会摇曳生姿，轻盈如花。

（选自《一个人的山谷》，中国文联出版社，1999年9月一版）

肖亚平

古道幽思

我曾去过许多古城写生作画，然而，给我感触最大的莫过于古城的石头台阶和石板小路。

古城小街僻巷里绵延不断的石头台阶、石板小路是古城生命与永恒的象征。它虽不起眼，但却坚实平稳。多少年来，石头台阶与石板小路不仅默默地承载着古城前行的历史车轮，留下了许多无法磨灭的痕迹，同时也在见证着古城的古往今昔。

在古城作画，极其平凡的古道小路，会萌发画家追忆往事的幽幽情怀，唤起无限的遐思，产生丰富的情感与联想。

陕南紫阳古城的小街窄巷里，随山势起伏、蜿蜒曲折的石头台阶，虽然痕迹斑斑，但依旧安稳坚实，任人踩踏，默默无闻；四川阆中古城和山西平遥古城里，由大小、形状不同，色泽相似的石板拼接而成的石板小路，它们四面八方的延伸，将古城老宅连缀成了一个温馨的大家园；四川昭化古城里由奇形怪状的天然石块铺成的街巷小路，虽然已经坑坑洼洼，坎坷不平，但它依旧忍辱负重，与古城人相依为伴。古城沧桑厚重的历史积淀，让看似平凡的石头台阶、石板小路，蕴涵了不平凡的品格与精神，历史、人生、价值、生命与永恒的主题，似乎让普普通通、平淡无华的古城小路给予了升华，赋予了丰富深刻的内涵。画古城的石头台阶、石板小路，是对画家心路历程的修炼与观照，更是对画家艺术语言的锤炼。无论画家的绘画语言和技巧是多么贫乏与低下，然而，古城的小路都会默默地给画家以崭新的启迪和心灵的震撼。

古城的石头台阶、石板小路给画家的丰富感受和遐想，会随时迸发画家的创作灵感与绘画表现的激情。朴厚与自然、深沉与静默、遥远与苍古就必然构成了作品纯朴独特的个性绘画语言基调，物象与形式、精神与内涵、生命与永恒将会凝聚为富有视觉和想象的艺术意境。

（选自《美术报》2005. 11. 26）

古城色彩

古城，是色彩的海洋，神秘、含蓄而令人回味。

悠久的历史与深厚文化底蕴的积淀，使历经沧桑岁月与风尘洗礼的古城始终笼罩在温馨、祥和与凝重的色调和气氛之中。感受古城民宅传递给人们遥远、沉寂与静默的气息，追寻和表现古城民居丰富、古典、含蓄与自然的色彩魅力，探寻个性化的绘画色彩语言和表达方式，是我每次去古城写生的心愿。

由于地理环境、自然条件、历史传统和生活习俗的差异，使不同地域的古城在丰富、凝重、沉雄的色调气氛中又有着各自不同的变化。青石板房顶、青石屋基、青石台阶、小路与青石古城门，构成了陕南紫阳古城青灰色调子的古老与神秘；斑驳陈旧的深棕红色木板墙面和门窗，在大红灯笼与熙熙攘攘的中外游客的呼应与衬托下，使平遥古城沉浸在古朴、丰富、祥和的暖棕色调子之中；石城墙、石街道、凸凹不平的石头路，还有保存完好的明清时期的水井与辘轳，让偏僻的四川昭化古城在棕灰色调子中多了几分原始、沉寂与静默；绿棕色与土赭色的木板门窗、黄土墙与白墙及各式各样的红灯笼一起，涂抹出了四川阆中古城丰富和谐、纯朴自然的棕褐色调子，处处流溢着温馨与安逸的诱人气息。

古城丰富、浓重而又古朴、沉雄与和谐的独特色彩魅力，给予了画家不同的色彩认识和感受，不仅让每一个在古城写生的画家陶醉于其中，也每时每刻在点燃着画家的创作灵感，激发着画家鲜活的色彩灵感和创作激情。面对古城民居写生，画家没有必要考虑技法问题，绝好的景致会自然打动画家的心弦，一种自自然然地情感倾泻，常常会在不经意间产生意想不到的、优美生动的线条、笔触、色块、技法和意境；面对古城民宅写生，画家更无需刻意去追求什么，一种发自内心的独特感受和情绪，会使画家不由自主的运用极其沉稳朴素的绘画语言，去表现古城淳厚凝重的色彩神韵，展示古城独特的风采与魅力，同时，也使画家的作品透出了一种纯朴自然的气息，渐渐形成质朴凝重的色彩语言和画风。

古城，色彩无限，魅力无限！

鱼的轮回

水里的村庄

湖下面，有条奔腾了亿万年的长河。

长河是一根滚烫的血管，穿过崇山峻岭，用全部的母性，全部的温柔，滋润子孙后人。它的两岸，水草丰美，牛羊成群，人烟稠密。古老的村落，优美如唐诗汉赋。石拱桥轻轻托起了农耕岁月，墙壁上爬满日锈斑。青幽幽的鱼鳞瓦，恰如一页页羊皮书，记载着世代相传的美丽传说。

晨雾里，响起呵欠声、开门声、说笑声。

牛哞狗叫，沉睡的村落生动起来。

农家的日子，眼皮一睁，就去忙衣食，汉子烧荒女采茶，从来不敢荒废了光阴。秋风吹来，野菊花黄了，枫叶红了，稻谷进仓，红芋落窖，把日子打发过去，该过年了。打豆腐熬糖，砸糍粑酿酒，给娃儿缝件新衣裳，给女人买只银耳环，给汉子做双棉暖鞋。然后舀半碗米汤，往门板上张贴黑脸的尉迟恭和红脸的秦叔宝。又跑进祠堂去，放一挂千鞭，好叫祖宗晓得，儿孙的日子过得不错！从圈里拽出肥猪，杀了。煮一锅“旺子汤”，村子里挨家挨户送一碗，都说鲜！酱红色的老腊肉，从春吃到冬。

冬天前脚走，又要做阳春了。

日子就这么日复一日的往前延伸。

不知几时，村落里响起爆竹声。张家的女儿长熟了，温柔如一泓山泉；李家的儿郎长壮了，结实如一块岩石。他们在爆竹声中，凑成了一份红尘烟火。山泉将日夜与岩石厮守，生儿育女，世世代代，生生不息……

若干年前，十万大军在峡谷口集结，筑起一道大坝。长河被锁住了，前面的路断了，她只能静养在山谷里，滚烫的血，开始冷却，灵巧的躯体一日日丰隆。终于，她分娩出一个名叫花亭湖的女儿。

十万库区百姓，奉命迁徙。两只箩筐，一只装衣被，一只装粗粮；那辆吱吱呀呀的鸡公车，推着娃儿和老人。他们从泥土里拔出生了根的双脚，哭拜过祖先的坟茔，赤脚草鞋，上路了。十万人啊，一条与天地相连的血肉之河，在血色黄昏里流出峡谷，流向陌生与凄惶。

花亭湖在一天天长大，山崖是她的筋骨，泥土是她的肤肌。山草树木，是她飘逸的长发；日月星辰，是她的兄弟姐妹；蓝天白云，是她的情人；三尺长的锦鲤，是她香艳的灵魂。

只是我不知道，水里的村庄还在吗？挂在屋檐下的红辣椒和老虎鞋，是否已经风化成灰？比太阳还要红、还要圆的柿子，是否还在秋风里摇曳？拴在栏里的那头老牛，是否在主人的牵挂中，睡成了一副残骸？

湖边人家

临水的崖壁下，那三间土屋，是翠儿的家。

父亲却说，他们的老家在湖水底下，青瓦白墙，雕梁画栋。飞翘的屋角上，悬挂着来自远古的晓风明月。翠儿看不见那幢老房子，她的眼前只有浩淼的湖水，和门外那棵老枫树。树心被岁月掏空了，只剩下一圈坚韧的树皮，支撑起生命的尊严。

父亲很像那棵老枫树。

在翠儿的记忆里，她还有一个家，在几十里外的沙洲上。密密麻麻的红房子里，住满来自库区的移民。翠儿喜欢红房子，喜欢公路上的汽车。那些汽车像鱼一样，在绿色的原野里游弋。某个春日的早晨，父亲用一担箩筐，挑起翠儿和两床棉被，来到山崖下，垒起了三间土屋，也垒起了他对故土的眷恋。

在父亲看来，回到花亭湖，就是回到了祖先的怀抱；飘游的灵魂，才会与厚实的泥土融为一体。父亲上山挖草药，下湖捕捞小鱼小虾，用粗糙的双手，梳理凌乱的岁月。古铜色的肌体上，爬满油亮的汗珠。每一瓣汗珠，都是一枚秋天的果实，散发出香甜的气息。终于，父亲能喝上二两小酒了，咂咂嘴唇，发出心满意足的感叹：翠儿呀，这日子，真是生活在天堂里啊！你呀，是天堂的女儿。

草长莺飞的春夜，翠儿细瘦的身子在悄悄发芽抽条，溪水般娟秀，云雾般洁净。她喂养了几只山羊，学会了织网驾船。开春去湖边掐芦笋，拾野鸭蛋。山草枯黄了，就上山拾毛栗、摘猴楂。坐在石头上擦把汗，随手采两朵野花，插进鬓角里。

翠儿并不快乐，眼里的忧郁如云如雾。

湖外的花花世界，在诱惑她。

恍如一夜之间，对面小岛上突然长满了蘑菇，或黄或红或绿。接着，附近的小岛上，都生长出了这种奇特的蘑菇。父亲说那是遮阳伞。城里人踏着两脚春气，钓鱼来了。钓鱼客有男有女。他们不但撑起遮阳伞，还扎起了帐篷，一住就是好几天。

从春到秋，小岛上从没断过人。

翠儿说，那些红都绿女，都是鱼……

钓鱼客

那些年，我神经衰弱，彻夜失眠。

冬季萧瑟而又漫长，我除了读书写作，就是喝酒打牌，整日昏昏懵懵，那条俗不可耐的身子，浸泡在污浊之中。医生建议我去钓鱼，说钓鱼可以令人心神安定。某个夜晚，我在雷鸣中醒来，是春雷。春气一动，则天动地动，山动水动，湖里的鱼也开始动了。将骨子里的慵懒抖落干净，收拾起渔具和帐篷，我跟钓友一道去了花亭湖。

湖水浩淼无边，岛屿星罗棋布。

我独独喜欢湖中的一座山丘。

山丘很圆，如一只修行千万年的神龟，浮在水面上，山民们称它为“林家坟”。林家坟四面环水，跟尘俗彻底隔绝。岛上草深没膝，山谷里的风从湖面上刮过，杂草被压趴在地，高高低低的墓碑，便从草丛中裸露出来，很像老天爷种养的庄稼。

我轻轻擦去墓碑上的苔痕，像抚摸筋脉那般，抚摸那些开始风化了的名字，想象着当年汉子的剽悍、女子的妖娆。那株枯死了三百年的老树桩，兀立于墓碑后面。水老鸹落在枝杈上，乌黑如铁，尖刺的啼唳，一如安抚亡灵的挽歌。这一刻，我被巨大的悲哀所笼罩。快乐与苦痛、生长与枯衰、富贵与贫贱、生与死，在这里凝固成了冰冷的符号。

我还活着，我是一座在尘世间行走的墓碑。

我在水鸟的鸣叫中醒来，走出帐篷。

对面岛屿上，男男女女的钓鱼客大声呐喊，他们想喊醒沉睡的湖。太阳浮出湖水，裹着湿漉漉的水雾，气球那样往上飘升。山还在梦中，零零星星的村落，隐藏在大山的皱褶里。炊烟却从林子里飞出来了，像一群鸟，从我们的头顶上掠过。

翠儿摇着鸭嘴船，给我们送盒饭，送开水，还有香烟和啤酒。将这些东西递到我们手上时，还送上一张粉盈盈的笑脸。附近十几座小岛上都有钓鱼客，生意全给翠儿家做了。钓鱼客们除了给她钱，还给她鱼。翠儿不白吃人家的鱼，她给钓鱼客们送来咸菜、花生米，还有野鸭蛋。翠儿似乎累了，俯下身子，双手捧起湖水洗脸。她站起身，那张挂着水痕的脸转向墓碑，笑眼弯弯地说，她家祖宗都住在林家坟。

这是一片怎样的土地啊，既生长神灵，也生长如此鲜活的少女。

翌年春天，我们没看到翠儿。

翠儿的父亲登上小岛，伤感地说，人家都讲花亭湖是天堂。这么好的地方，偏偏拴不住女儿的心。女儿这条喂不家的野鱼，游走了，外出打工去了，只怕再也不会回来了。说这话时，老人声音沙哑。

我一直坚守在小岛上，从春到秋，从早到晚。

“咕咚”一声，夕阳坠入湖里，天就黑了。

犬牙交错的远山，幻化为一抹暗淡的青影。雾霭悄无声息，乘着月色流淌过来，将湖水拥入怀抱。浓雾深处，渔歌朦胧如梦。远远近近的小岛上，亮起了灯火。那些从滚滚红尘中走来的钓鱼客，在风清月朗之夜，正在享受着远离喧嚣的宁静。

我身后的草丛里，蛙鸣如潮。也许那不是蛙鸣，而是祖先发出的鼾声。钓友在帐篷外挂起风灯，给海碗里倒满啤酒。我们边喝酒，边等候鱼儿咬钓。圆圆的月亮落进海碗里，比海碗还要圆。啤酒和月亮，被我一起喝了下去。

在这个春夜，我也许醉了。

因为我看见智者的身影，悄然从湖面上飘过……

智者的背影

某年某月某日，一条断臂汉子走进了莽莽群山。

立雪断臂，是他最为圣洁的一次洗礼。

汉子芒鞋僧衣，那条健壮的右臂托着瓦钵。他从远古的浑沌中走来，风餐露宿，跨越丛林和溪涧，去寻找智者的禅居。一路上，汉子撮土为佛，垒石为寺，难免遇到毒蛇猛兽，难免遇到世俗的贪婪。轻轻一句“阿弥陀佛”，足以喝退虎豹，荡涤尘埃。

汉子也是一尾鱼啊，他沿着长河弯曲的河堤，溯流而上，游进了河边的村落。在山民们的心里，点亮了那盏智慧的圣灯。接过山民的庄严施舍，他又缓缓往前游去。也许他已经看到，长河的尽头，有那么个地方，“山似一尊佛，佛似一座山”。

汉子离开村落，就这般往前游去了，山风鼓起了他的僧衣。那轮北魏的太阳，苍老得爬满铜锈，撕咬着他疲惫的躯体。他一路播撒菩提的种子，僧袖轻拂，于是就有了“一花五叶”的不朽传奇。他越走越快，风一样飞过群山，穿云破雾，游向苍茫的星空。他双脚踏过的地方，寰宇清澄，华枝春满，鲜花盛开……

若干年后，一颗菩提的种子，在山崖上破土发芽。

那座被世人称为“西风禅寺”的庙宇，在春月秋风中站得太久了，它在等候朝圣者。善男子善女人，在陡峭的山路上，匍匐前行了一千年，终于来到西风禅寺，向法师问禅。法师一笑，默然无言。

黄卷青灯未必是禅，晨钟暮鼓未必是禅，吃斋念佛未必是禅。禅是一缕清风，禅是一弯新月，禅是一杯清茶，禅是一只翩翩起舞的蝴蝶。禅是随风飞扬的种子，禅是婴儿响亮的啼哭，禅是老祖母镂心刻骨的牵挂。禅是一声问候一个微笑，禅是刹那间的善念。禅是比天地江河更为宽广的包容。

在红尘浊世，禅是一颗平常的心。

禅的家，安在洁净的地方。

西风禅寺已经很老了，依旧披一袭盛唐的袈裟。

殿外那只石狮，日夜听僧众诵经念佛，已经开悟。它低垂眉眼，注视着山脚下那片年轻的湖。此时，暮色四合，夜雾袅袅。湖水在月华里禅定了。石狮在心里感叹道：世人啊，你们费尽心机，寻禅问禅。禅是可寻可问的么？你看那夜雾、那湖水、那只擦着湖水飞过的水鸟，何尝不是禅呢？因为，佛陀千年前的足迹，已经融化在浩森的湖水里了……

来世做条鱼

九十九条大河，披荆斩棘，一路蜿蜒跌宕，向这里奔来；九十九座大山，穿越风雨雷电，以呵护生命的名义，向这里靠拢。它们是一对恩爱夫妻，是湖的母亲和父亲。它们的女儿经过半个世纪的生长发育，已经成熟了，芳名远播，成为天下第一禅湖。女儿学会了给人欢乐，学会了灌溉庄稼，学会了善待曾经为她的成长付出过沉重代价的太湖百姓。女儿守身如玉，拒绝庸俗，拒绝亵渎，包括一只塑料袋，一根冰棍棒，一声粗野的喝叫……

秋夜，有梵唱声自禅寺飘落，天地寂静。

我闻到了湖水的气味，闻到了青草的气味，闻到了稻谷和果实的气味。我听到了鱼儿的私语，听到了群山粗重的呼吸，听到了薄云摩擦月亮时发出的声响。真静啊，我想把自己的灵魂栽进湖边泥土里，好让它在来年的春雨中破土发芽，成长为一根草，一株竹，一棵树，饱吸天地日月的精华。一座在尘俗中奔走的墓碑，是活不过一根草的。草有第二个、第三个春天，墓碑没有。

日出三竿，送水送饭的来了，依旧是只鸭嘴船，依旧是个女子。女子丰腴的身子，如一枚熟透了的浆果。女子说，她“拐”了个山东汉子做老公，拦了一截湖汊，用网箱养鱼。女子遥指不远处的那座山崖，说家里盖起楼屋了，她父亲总算享上福了。那棵老枫树还在，开满雪白的花，是白鹭。

我知道女子是翠儿，这尾鱼，又游回来了。

翠儿身后，破碎的湖水复而平洁如镜。

在佛的眼里，我是一颗露珠，将随着初升的朝阳悄然寂灭；在老天爷的眼里，我是一只虫蚁，日日夜夜，年年岁岁，为生计奔波。只有我自己清楚，我是红尘里的一滴眼泪，坠落尘埃后，一颗心碎为八瓣。我累了，只想在禅湖里，将世俗之心清洗干净，将污浊的躯体清洗干净，然后回到母腹，让生命开始新的轮回。

来生，我愿做禅湖里的一尾母鱼，了无烦苦，干干净净。在春暖花开的日子，去寻找我的夫君；在绿茵茵的水草里，繁衍我的后代。月明之夜，我会率领浩浩荡荡的氏族，游往山崖下，聆听佛祖说法。

梵音盈耳，菩提一心，该是多么快乐！

2008年12月18日深夜

徐而缓

李白的足迹

今年是李白诞生1300周年。

公元702年，有“诗仙”、“酒仙”、“谪仙”美誉的大诗人李白，出生在唐辖安西都护府的碎叶城。安西都护府包括波斯（今伊朗）、里海以东广大的中亚地区，以及唐太宗于公元640年所灭的高昌国的版图；公元657年所平定的西突厥版图；于田以西、波斯以东的河中地区；原吐火鲁分置的十六都督府，及州县、军府等大片地区。碎叶城位于中亚楚河流域，可以称得上是唐朝在中亚的政治、经济、文化中心。

在我国，甚至四、五岁的孩子也能背他的“床前明月光，疑是地上霜。举头望明月，低头思故乡”。李白所思的故乡是碎叶城。从幼年时离开碎叶城，到病死安徽当涂，李白再也没有回过碎叶城。在吟咏这首《静夜思》的时候，我们谁又真正体会到了李白灵魂深处埋藏的疼痛?!

我们不知道，李白属于哪一个民族。当时，没有现在这样的户籍管理制度。史书上也没有注明李白是不是属于“汉族”。这一点，我们已经无法查证。如果从他的出生地，和他一生都酷爱喝酒这两方面来看，李白应该属于少数民族。李白之“李”，很可能因为祖上对李唐王朝有功，蒙赐姓“李”的。他是什么民族、什么姓并不重要，重要的是他的诗歌，以及他极富传奇特色的一生。

李白幼时，随其父迁入四川。据《新唐书》记载，李白十岁时就已经“通诗书”，称得上是“少年才子”。等到他长大后，就隐居在四川岷山。李白天性豪爽，轻财重施，极有个性。当时，李白知道朝廷在四川各地都设有招收人才的考试点。但是，他却不去参加那些考试——李白为什么不去参加那样的考试呢？原来，除这种考试外，唐朝还有设有“超拔群类科”，只要你智识才艺超群，大唐可以“不拘一格‘用’人才”。所以，特殊时期的特殊人物李白认为：是金子总会发光的，“天生我才必有用，千金散尽还复来”，只将心思放在“纵横术”、“剑术”、“交朋结友”、“纵情山水”上。

天宝年初，李白沿长江而下，到了浙江会稽，并与当地一个叫“吴筠”的人，关系很好。吴筠奉诏来到京城，李白就与吴筠一起，来到了长安。这次到长安，是李白人生的一个转折点。从此，他诗酒风流，天下闻名。

到了长安后，李白前去拜见当时声名显赫的贺知章。正是这个“儿童相见不相识，笑问客从何处来”的贺知章，对李白的一生却有着极其深远的影响。贺知章自号“四明狂客”，官到太常博士、礼部侍郎兼集贤院院士、太子侍读、工部侍郎、秘书监等职，说得更清楚些：此人曾当过皇帝老子的老师！《新唐书》载：此人晚年尤其“诞放”，“遨戏里巷”，“善草隶”，“每醉，辄属辞，笔不停书……世传以为宝”。天宝初，贺知章因为梦中到过“帝居”，而且一梦数日才醒，醒后，就请求“还乡里”、“为道士”，皇帝“诏许之，以宅为千秋观而居”，“又求周宫湖数顷为放生池，有诏赐镜湖剡川一曲。既行，帝赐诗，与太子百官饯送”——这是一个全身而退的朝廷高官！同时，他又是一个通晓音律、长于书法、诗酒风流的奇人。

贺知章看了李白的诗词文章之后，大为惊叹，说：“地上怎么会有这样的奇才呢？这样的奇才只应该天上才有哇！你真是从天上发配到人间的‘谪仙人’哪！”

贺知章不只对李白这么说，对玄宗皇帝，他也这么说了。唐玄宗听了，大为惊奇，就把李太白召上金銮殿，与他谈国事，并让他当面写文章。李白得到了唐玄宗的赏识：“帝赐食，亲为调羹。有诏供奉翰林”。就这样，李白从一个山林隐士，直接进入了士大夫阶层。——一个人有了真正的才能，是谁也无法阻挡得住的。李白的才能不容置疑，但李白的成名，贺知章也起了很大的作用。这也叫“贵人相助”罢！

如果有兴趣，我们还可以研究研究李白的“社会公关学”——李白不仅是一个出色的诗人，还是一个极其出色的社会活动家。当时，不论是男人，还是女人（太监除外），谁都把李白当朋友。上到皇帝，以及皇帝的老师；中到文武百官（如丞相裴政，兵马大元帅郭子仪）；下到平民百姓（如汪伦），李白都可以与他们相处得很好。

李白供奉翰林院大学士之后，还是和当初一样，以酒为乐。常常和一些长于饮酒的朋友在长安的大街上喝酒，并且经常醉倒在饭店、茶楼、酒肆甚至大街上。有一次，唐玄宗在沉香亭游玩，忽然感觉有些诗意、乐意，就让人把李白叫来，为自己的这些想法做出一些合乎音乐、诗文的作品。而李白却在长安街上喝得酩酊大醉。人们没有办法，只好把他携进宫来，帮着他招了些水，把脸随便洗了洗。他就拿起笔来，一气呵成。而那篇文章却写得"婉丽精切"，无与伦比。唐玄宗极爱其才，多次设宴招待他。有一回，李白又在皇宫里伴侍皇帝，喝得醉了，就叫皇帝身边的大红人高力士给他脱靴，让贵妃娘娘杨玉环为其托墨。演绎出了一出《李白戏权贵》的好戏。那杨贵妃倒还没什么意见，高力士却引以为耻，就找了个机会，将李白的一些诗句摘录下来（"寻章摘句"就源于这类小人），曲解给杨贵妃听，说是李白做诗讽刺她，以激怒杨贵妃。那女人却也糊涂，也不管李白的"云想衣裳花想容，春风拂面露华容，群玉山头哪得见？会向瑶池月下逢！"的诗歌将使她永垂不朽，却只管哭着，不让唐玄宗给李白封官。没有办法，唐玄宗只好放弃让李白为官的念头。李白自知为权贵所不容，就越发狂放，不修边幅，日日与贺知章、李适之、汝阳王王进、崔宗之、苏晋、张旭、焦遂等人饮酒作乐，号为"酒八仙人"。

当时的李白，就如同一只花瓶，虽为唐玄宗所器重，却在那儿供着，不为重用。对于有理想、有抱负的李白来说，这样的日子，在长安住得久了，也没有什么意思。于是，他就向唐玄宗表示，请求浪迹江湖，"还山"悟道。唐玄宗是懂得艺术的人，"赐金放还"。传说，李白离开长安前，唐玄宗还给了他一块贴身"金牌"：准许他喝天下之酒，不用付款，其饮酒费用由官府结算。

这样，李白就有机会沿长江而下，"浮游四方"，足迹遍布大江上下、南北，成为一个实实在在的"酒仙"。

李白的一生都离不开"诗"、"酒"二字。

早年，李白客居任城的时候，就与孔巢父、韩准、裴政、张叔明、陶沔等人居住在徂徕山。他们从白天一直饮到黑夜，醉了就睡，醒了又饮，饮了又醉，诗酒文章，乐极一时，号为"竹溪六逸"。酒，让他充分展示自己的人格力量；酒，也让他成为大家最好的朋友。正是因为李白，中国的酒风，才从大唐的天空，一直吹到1300年后的今天，醇而又香，传之久远。他饮着酒，吟着诗，苍天为纸，长剑为笔，恣意山水，成为诗坛古往今来潇洒第一人！也正是因为这个李太白，长江文化才变得更加丰厚，更加具体，使得我们的华夏文化，显得更加美仑美奂，深不可测。

李白是前无古人的。他和杜甫一起，被人们称为唐朝的"双子星座"。文人，对于文学的最大贡献应表现在其所创造的一种独特的文体上。李白是诗坛巨擘。同时，他又是"词"的开山祖师。他的《忆秦娥》通常可以认为是中国开山“第一词”。大美无言，大行无碍。吟到深处，他可以像《静夜思》那样，写出不分平仄的“新体诗”。所以，他又是中国近代“新体诗”的发明人！李白的诗、词、赋、书法、剑术等都达到了炉火纯青的地步。格律诗对李白而言，是一种“戴着手铐、脚镣的舞蹈”，只有戴着，才越发痛快淋漓，只有戴着，才越发疯狂。这些，从来就没有真正束缚过李白的拳脚。只有他，才能将唐诗发展到最高境界。功夫在诗外。我想，这一切都得益于他的高超的剑法，“自由”是唯一的目的。

李白的一生也离不开“山”、“水”二字。

李白的足迹遍布整个长江流域。以安徽为例：天宝十四年（755年）安史之乱爆发。为避战乱，李白隐居安徽皖山一带，一住就是多年，并留有石刻多处。他以皖山为据点，东到吴湖采石矶，与他同行的是崔宗之。他们乘着游船，就着月色，从安徽吴湖采石矶到金陵（即南京）。他坐在船上，穿着宫锦长袍，意在山水诗情，静心静气，旁若无人。直到如今，安徽吴湖还留有其“跳江捉月”的故事；西到潜山、岳西（以及湖北的英山、罗田），在二祖寺领悟禅宗；南到宿松（以及江西的彭泽、庐山），写有《将进酒》一诗。宿松的父母官岑夫子、丹丘生在宴请李白的同时，还为他在宿松县兴建了“太白书台”；向北他到了安徽敬亭山，写下了“相看两不厌，唯有敬亭山”的诗句。他还唱着“李白乘舟将欲行，忽闻岸上踏歌声。桃花潭水深千尺，不及汪伦送我情”，把酒吟诗，才华横溢，享受江南泾县“十里桃花”、“万家酒店”的风土人情；看着“天门中断楚江开，碧水东流至此回，两岸青山相对出，孤帆一片日边来”的美景，李白喜极而乐，而歌，而舞，而书，而哭，而击剑，而长鸣，进入了其诗歌创作中占有极其重要地位的旅游即景诗的高峰期。其中，也包括那首著名的“朝发白帝彩云间，千里江陵一日还。两岸猿声啼不住，轻舟已过万重山”。

在江苏南京，李白也有许多朋友。他在南京停留了很长时间。在与朋友们惜别的时候，他写了一首《金陵酒肆留别》的诗：“风吹柳花满店香，吴姬压酒唤客尝。金陵子弟来相送，欲行不行各尽觞。请君试问东流水，别意与之谁短长?”柳絮纷飞、杨柳依依的春天，在江南美人吴姬的酒店里，朋友们来为李白送行，人们大杯、大口地喝干杯中之物，那浩瀚的江水，正如送行的朋友与将远行的李白之间的友谊一样浩浩荡荡。

秋风瑟瑟，水波森森，长江九弯十八折，穿山过岭，走滩闯原，东去不回。李白唱着“君不见高堂明镜悲白发，朝为青丝暮成雪；君不见黄河之水天上来，奔腾至海不复回?”的歌儿，从四川到南京，推杯换盏、潇潇洒洒之余，诗人的目光始终关注着民生疾苦。他在安徽宣城极叹：“弃我去者，昨日之日不可留；乱我心者，今日之日多烦忧”，“君且为我捶碎黄鹤楼，我却为君抛却鹦鹉洲”，面对乱世，李白是潇洒的，李白更是痛苦的，他只能“五色粉图何足珍，青山可以全吾身”，遁迹青山，学仙求道。

李白是后无来者的。他把浪漫主义诗歌发展到了极限。自他以后，说到浪漫主义诗歌，人们就像他在黄鹤楼长叹那样，感到“眼前有景道不得，崔皓题诗在上头”，不敢与其比美。

安禄山造反时，李白正辗转于皖山、庐山之间。后来，永王李璘将他招来做幕僚，当李璘起兵的时候，李白从彭泽逃回皖山。李璘事败之后，按照唐朝典律，李白罪当该诛。但是李白为什么没有被株连九族呢?原来，当初李白在并州游玩的时候，曾与郭子仪相识。当他见到郭子仪时，很为郭子仪的长相、处事方式而惊奇。有一次，郭子仪犯了法，李白设法营救，帮他得以赦免。而这时，李白出了事，身为兵马大元帅、平乱巨头、有功之臣的郭子仪当然不会坐视不管。郭子仪面见皇上，请求将自己免职解官，替李白赎罪。皇上被郭子仪的真情感动了，下诏将李白流放到很远很远的夜郎。但苍天不负有心人，走到半路上，适逢天下大赦，李白得以回到寻阳。也该李白躲不过“牢狱之灾”，到寻阳不久，不知受何事牵连，又被拿进监狱。正在李白受难之际，宋若思率领三千吴兵奔赴河南，路过寻阳，将李白从囚狱中释放出来，留在身边当“参谋”。不久，李白就辞职不干了。

李白回到安徽。当时，他的族叔李冰阳正在当涂县当县令。李白就投奔当涂，依附族叔度日。等到唐代宗当上皇帝后，便下了一道诏书，让李白到京任“左拾遗”一职，而那时，李白已经病逝了。李白去世时已经有六十多岁。在当时也可以算得上是长寿了。

李白晚年喜好黄、老之术。有一次，从牛诸矶到姑苏，看到谢家青山景色不错，就说自己死后要葬在此地。等到他死后，人们就依其所愿，将他葬在谢家青山之东麓。

李白，将“诗”和“人”极其完美地结合在一起，让“诗人”这个词充满了力量。他不属于某一个人，或某一个集团。他属于历史，属于中国，属于世界。

（选自《检察日报》2002.04.11、13）

徐后先

揭开女神的面纱

在中国神话和希腊神话中，有许多女性神祇。你的记忆中，也许还残留着阿芙洛狄忒青春的风韵，那白嫩的皮肤，浅浅的微笑，是多么迷人；那修长的睫毛时而垂遮秋波，里面蒙上愁雾，又是那么动人；那浓美的栗色卷发在阳光下微风中，浮动着一片金色，又赋予她几份娇柔几分潇洒……。

也许你还会为一勾新月发呆，那月宫中的嫦娥滚滚的泪珠正随吴刚的斧声飘落。她是为寂寞的玉兔，还是为思念的羿君？

两部神话，情调迥异；中西女神，各领风骚。

中国女神是超度在人性之上的一群幽灵，她们是在大自然所定下的凝重、低缓、悲壮的基调中，从与自然抗争的矛盾冲突中展示个性魅力的。从人类的始祖女娲拣七色石修补蓝天，到精卫女神搬石运木愤而填海；从嫘祖织茧，造福于民，到炎帝小女瑶妃助禹治水，终于凿通巫峡，江流畅通，千帆竞渡，而她自己望尽三峡，化成巫山上挺拔秀美的神女峰。中国女神在改造自己的生存空间中，表现了她们坚韧不拔、前仆后继的高贵品格。中国女神在与自然斗争的过程中，她们甚至牺牲自己的形体，以加重与自然抗衡的份量。女娲是人头蛇身。精卫是白嘴红足花头的小鸟。最奇特的算是瑶妃了，她忽而化石，忽而成云，忽而作雨，忽而变龙，忽而为鹤。

正因为如此，中国女神的风采罩上了悲凉的色彩，从而人性淡化了，神性加强了。可以说，中国女神对自然界的每一次胜利，都是以她们的地位一次次降低为代价的，而这更反衬了男神的威严。

若说中国女神是在与自然的抗争中展示人性美的话，那么希腊女神却是在相互交往中体现人情美的。

希腊女神是赋有个性的活生生的“人”。赫拉的醋意，雅典娜的智慧，阿芙洛狄忒的情欲……她们和人类一样需要温情，需要爱抚；她们的心中也有喜怒哀乐。她们为了虚荣，可以反目；为了私欲，可以不择手段。如给西亚酿成灾难的特洛依战争，就是赫拉、雅典娜、阿芙洛狄忒争夺“金苹果”引起的。

希腊女神都特立独行，毫无中国女神的温顺谦让。众神之主宙斯可让山河让路却无奈妻子赫拉的醋意，他曾和伊俄相好，被赫拉发现后，赫拉如暴怒的母狮，吓得宙斯瑟瑟发颤，只好交出伊俄，家庭风波才平息。在中国神话中，男性地位的加强，女性也愈来愈依附于男性。这反映在女性对男性的宽容上。她们能容忍丈夫的背叛。突出的事例是河伯与洛神。河伯是个浪荡神祇，他到处制造风流，甚至在邺县有专人为他“选美”。作为妻子的宓妃（洛神）只有暗洒泪滴，敢怒不敢言。后来，宓妃在碧波上散心，看白鸥轻渔，听蒂莲戏水。偶遇漫游的羿，英雄与美人一见钟情，然而河伯知道后，洛神只好“拜拜”。

所以在中国，女神的地位被男神取代后，女神的个性萎缩了，越来越荫蔽在男神的影子中。这与希腊女神的个性可谓截然不同。在希腊神话中，妇性神祇放浪形骸。阿芙洛狄忒是个风流女神，她常被儿子厄洛斯（丘比特）的金箭误中心窝，而使她的情欲象喷薄的火山，她与阿瑞期寻欢，染指赫尔墨斯，勾引安喀塞斯。

由于情人之风盛行，故在希腊无贞操观可言，已婚女子的偷情和再嫁、私奔是常有之事。为期10年的特洛伊战争就是海伦和特洛伊王子帕里斯私奔引起的。可谓“冲冠一怒为红颜”了。而这在中国神话中是不可思议的。中国女神的笃情专恋、从一而终的传统，以及对男神的特别依附，使她们视爱情为最高圭臬。中国女神对爱情忠贞的事例俯拾皆是：牛郎织女隔河相思，梁祝情深死后化蝶，孟姜女千里送寒衣，白娘子情系雷峰塔……这些感人的神话通过代代口碑相传，幻化出一个个道德形象，叠印在东方女性的心灵深处，影响着引导着东方女性，进而形成含蓄、深沉、忍耐、善良的女性品格。希腊女神的开放型婚恋是社会容许的，道德力量对不贞女神没有产生丝毫的威慑，构不成对她们行为的约束，道德的光芒因为女神的放荡而黯淡了。

社会对女神行为的宽容，助长了女神的放荡，希腊女神所拥有的自由正是希腊给予的。给希腊诸城邦造成惨重损失的特洛伊战争，尽管使成千上万的男子喋血战场，但他们终于夺回海伦时，这些男人只为“她的面庞的无比美丽和她体态的娉婷动人感到眩惑，他们心想，为了这样一个锦标，追随墨涅拉俄斯航海远征，并经过10年危险和痛苦，也是值得的，没有一个想要伤害海伦，他们仍将她留给墨涅拉俄斯；墨涅拉俄斯也早被阿芙洛狄忒感动，早已饶恕了她。”

中国神话之外不容许情人的存在，但实质上多妻制的出现，一方面说明女神地位的衰微，另一方面也是对一夫一妻制的补充。只是中国女神比希腊女神“大度”，拱手把自己的丈夫转让他人，并以丈夫为中心，和丈夫的情人们心平气和地生活在一起。娥皇、女英堪称典范。她俩都是舜的妻妾，舜晚年南巡，客死苍梧山时，娥皇、女英结伴奔丧南国，由于伤心恸哭，泪落竹林，在竹子上形成斑点，留下了“湘妃竹”的神话。可见，在古代中国，妻与妾是相容的。这与赫拉的醋意真乃天壤之别。

造成中国女神和希腊女神差异的是这两部神话所赖以产生的经济载体和社会环境。

在古代鸿蒙时代，地处欧洲东南端的希腊半岛，地势北高南低，地表崎岖不平，海岸曲折，港湾优良。大自然没有赐予希腊肥田沃地，却给予希腊无比优越的航海优势。古希腊就是以航海、商业、手工业著称的民族。四处游商、精明心细的希腊人在同邻邦的交往中，不仅繁荣了希腊的贸易，成就了希腊诸如雅典斯巴达的商业帝国。而且希腊诸邦也成了地中海边缘不同血缘人的集合地。地中海波雾茫茫，涌向海边的每束浪花似乎都隐藏着一个个未知的谜底。海面上点点岛屿，时隐时现，海雾中似乎正徘徊一群具有魔力的幽魂。于是，希腊人想象出以宙斯为中心的神的家族，商人萍踪不定的生活、海洋无限广阔的背景、宽松和谐的奴隶制民主政治环境，以及天下襄襄、皆为利往的社会环境，既培养了希腊女神完整的独立的人格，也纵容了希腊女神的享乐与淫靡。

中国女神较之希腊女神则显示出生活的沉重。大自然给中国女神的生存空间——黄河流域，尽管有便于耕种的黄土地，利于灌溉的黄河水，但这只能求“生”，要“存”下去还要同不时变劣的环境作斗争，中国民族经历过黄河飞沙的“魔鬼撒灰”时代，也经历过水天一体的洪荒年头。要“存”只有两条路，或斗或迁。迁不可能，因为西有崇山峻岭相隔，东有无边无际的大海相拦。只能斗，改造自己的生存空间，与自然抗暴。在这个过程中，产生了女娲、精卫、瑶妃等一系列可歌可泣的女神。但对自然的每一次胜利，女神作用一次次下降，而同时与恶劣环境抗争中男性的阳刚一再地恢宏，终于取代了女神对自然的抗争。因此，以损耗体力为代价的农业经济，黄土扬扬、黄水漫漫的地理环境，加上因兴修水利而产生的浩浩皇权和旁杂的官僚系统，使中国神话中女神的独立人格丧失了，成了附属男神的尤物，对于一些特立独行的女性，如夏之妺喜、商之妲己、周之褒姒，整个社会都挥起挞罚之杖。

（选自《国际金融报》月末版 1994. 02. 27）

徐霁旻

怀念大口布鞋

20世纪70年代初，大口鞋流行起来。通常是黑色灯芯绒的面子，滚上白色的鞋边，手工纳的鞋底。黑白分明，反差强烈。大大方方，实在美观。我那时候正在上初中。因为我的姐姐会做这种鞋。因此，我总是穿着这种大口鞋，配上白色或鸭蛋青色的袜子，穿行在校园里，常常引来同学们羡慕的注目礼。

那时，人们的生活水平非常的低下。同学中就有一小半人夏天都是打赤脚。纵然是穿鞋，也大多是圆口布鞋，或是流行的解放鞋。因而，我穿的这种大口布鞋，就自然是别具一格。而令人可笑的是，跟我坐同桌的同学，竟然要求我把鞋借给他穿几天。当然，他是我很要好的同学了。否则，我也不会有那么大方，把鞋给他穿了好长时间。

我读高中的时候，班上的同学时兴穿起了运动鞋，还有青年鞋。都是很惹眼的。可我没有那个资本，我买不起，尽管一双运动鞋是3块7毛钱，一双青年鞋是两块多钱。我除了投以羡慕的目光，依然是穿着姐姐做的大口布鞋。

高中毕业以后，我当了民办教师。我终于买了我心仪已久的青年鞋。白色的，上海青年鞋厂生产的。说实在的，那时候的青年鞋，质量非常之好。鞋底弹性极强，鞋帮是帆布，非常耐磨。纵然鞋帮穿破了，鞋底也还是好好的。至于运动鞋，我至今都没有穿过。

不过，我穿大口鞋的经历，也随着时代的变化而不知不觉的消失了。学校里老师都有皮鞋，我也很羡慕。我暗里积存了几块钱，买了平生第一双皮鞋——猪皮鞋，是5块8毛钱。须知，那时候，我一个月只有8块钱的工资。我能买一双皮鞋，是多么的不易哦。那双猪皮鞋，也是上海产的，质量也好，又合脚，我实实在在穿了好多年。哪像现在的皮鞋，尽管五花十色，可穿起来不怎么舒服。还没穿上一阵子，不是穿帮了，就是破底了。至于那些“水货”，几十块钱，还穿不上百把几十天，就这么甩了。

不知是怎么回事，尽管有关场合是必须要穿皮鞋，正所谓西装革履。但我对布鞋，却情有独钟。近些年，我在市场上买了好多双布鞋。不过，那都是脚背上两边开口子带松紧布的鞋子。穿起来比起皮鞋，就是舒服多了。然而，我就是还想穿上我姐姐做的那种大口鞋。去年春节，我在姐姐家作客。谈话间，我提到了想穿姐姐的大口鞋。姐姐笑笑说，现在人也老了，眼睛一点都不行了。哦，你看我这人，只顾自己提要求，就是忘记了姐姐 60 岁，已经是作奶奶的人了。姐姐比我大 8 岁，我都是 50 出头了。我好后悔不该跟姐姐说这些话，弄得姐姐好为难。可我意想不到的是，今年的正月初五，外甥来给我拜年，送来了一双布鞋。外甥说：鞋底、鞋面都是他妈妈粘的，鞋口鞋边都是叫裁缝用缝纫机滚的，鞋底是现在市面上买的那个牛筋包膜底。我试穿了一下，很合脚。嘴里连连说道：“好，好，非常好。”

现在我虽然穿着姐姐做的这双布鞋。可是，心里总觉得有个缺憾，就是怀念着以前的那种正宗的大口布底鞋。

（选自《安庆晚报》2008. 12. 26）

徐　迅

皖河散记（选五）

要来的寒流不冷
手捂的伤口不疼
秋天
想起皖河
就有一股温涌的力量
连绵向上……

——摘自一首诗

油菜花的村庄

如果从哪里跌倒的，就从哪里爬起来。那么从油菜花的田野里呢？在春天的五月，我又一次面对油菜花，面前的油菜花与我二十四年前的油菜花没什么两样，大片大片的金黄，黄得炽烈的油菜花丛里，有我熟悉和不熟悉的蝴蝶和蜜蜂。我无法抓住其中的一只，这与我的从前也没什么两样，蜜蜂的叫声嗡嗡嘤嘤的，吵得五月的田野微微发熏，土地已裂开美丽的花纹。

村庄被油菜花包围着，乡亲们的心情被一种喜悦包围着，我的心房被一些往事包围着。村庄与乡亲们闻到那浓浓的菜花香，乡亲们就看到了油亮的菜籽。他们都喜欢注重结局，因为结局总意味着丰收，意味着锅里有香喷喷的油水，意味着身强力壮，红光满面。但我不是。在这里我与乡亲们有着一些差别。我只注意过程，油菜花美丽开放的过程，在二十几年前我就是这样。我的这种与乡亲们细微的差别，表明我从来就不曾想过与脚下这块土地认真地贴近，我是这个村庄这块土地的叛逆者，是这块土地上的又一个“叛徒”——记住这一点很重要。

但乡亲们原谅了我，同时也原谅了一只疯狂的菜花狗在油菜花田野横冲直撞、糟蹋庄稼。那一季的油菜花香香地开过一阵，突然就下起了一场春雨。

雨打着黄黄的菜花，花儿太柔，太嫩，盛不下那密集的雨脚的蹂躏，凋谢了。许多黄黄的花儿，像死了一地的黄蝴蝶，趴在泥土上飞不动。它的翅膀断了。但香气还在，残存的油菜花的枝秆，结出一粒粒的菜籽在风中昂首挺立。那是乡村五月的旗帜。几阵麦黄风吹拂，那上面就会有轻轻的爆裂声响着。阳光里这种声音很悦耳、圆润，如同大地上窃窃的私语，交头接耳着日子。

油坊在远远的镇子上。那原是一座破旧的厂房，屋很大、很黑，却终日弥漫着喷喷的菜籽油香。几个强壮的汉子，脱得精光赤溜的，只穿着一件裤衩，终日在油坊里劳作着。榨油机全都是木头做的，特别坚实的那种木质，粗粗的庞然大物。汉子们将油菜籽放在上面捻碎，然后几个人共同推着一根巨大的木棒挤榨着。那酱色的液体汩汩地从木器上流下来，流进盛油的木槽或铁皮桶里，那东西亮晃晃的，能照得进人影。榨油的汉子在旁边乐呵呵的笑，他们在吸烟，光溜溜的身上满是油渍，伸手一摸，像泥鳅一样滑不溜秋。

乡亲们将油菜收割起来，扎成一捆一捆的，然后放进用篾编扎的晒筐里。在阳光里暴晒几天，轻轻用手一揉，菜籽就落了一筐，堆得厚厚的。母亲是多么地高兴啊！收起油菜后，晒、榨油就是她们的事了。她们从此将日子过得像菜籽一样精细、圆润。小小细细、圆圆的菜籽在她们的手指缝间细细流淌着，幸福火焰般跳荡在她们胸间。时间在菜籽中悄悄流逝，夜晚来到她们的身边，她们浑然不觉。

在乡间春夜寂静的皖河边，油坊里几盏菜油灯亮着。木榨油机“嘭嘭”地响，声音传得很远很远，河水哗哗地在月光下粼粼地跳跃。这生活中的一种沉重且轻快的旋律，从此伴随着皖河人度过一个短暂而又有些丰收的春天。春天里，乡亲们锅里、碗里的油水都放得很重，灶火烧得滋滋直叫。菜油这种来自土地里的东西，叫乡亲们感受到了无比的爱怜，他们亲口尝着，饭也吃得多，干活也更有力气了。春天一过，皖河里开始就泛起桃花汛了，平时清亮的河水夹杂着许多的泥沙，这时候变得尤其浑浊。

就在那个春天里，我打翻了一只菜油桶。喷香的菜油流了满满一地，土地上留下了一滩黑斑，母亲飞快地捞着地上的香油，时而还用嘴捻着、舔着。但没有人注意，乡亲们都忙着防汛抗洪去了。

桃花汛的时候

院子里桃花开时，春水漶漫，整个村庄都湿淋淋的。黑色的瓦片在雨中仿佛浸淋得很久了，油黑亮亮的，使村庄的棱角格外地分明。白色的土墙阳挡着田野上漫延过来的花草，池塘边的垂柳枝条点点，招惹得春天里的孩子们，眼睛汪汪地随着它转悠，麻鸭就在那池塘里船队一般游过，蹀蹀地踩着春天的物事。

乡亲们头戴斗笠身穿蓑衣，扛着锄头，这时候总喜欢走动在田野上。他们顺着田埂走，雨水将春天的气息打发得特别充足。这气息也特别诱人。但乡亲们当然不是专门为嗅这气息而来。他们在这条田埂上走走，那条田埂上跑跑，为的是关关这个“田缺”，开开那个“口子”，他们在做大地上的修理工。疏导春水，让桃花汛来临时能顺利地经过村庄，到达它们必须到达的地方。

皖河两岸的高高河堤，长着细细长长的小白杨树，像是春天大地里逸生出来的翅膀，拍打着河水飞快地奔跑。混浊的河水又似一条小蛇，在河堤的指引下动动静静的。只是由于春雨的淤塞，田野都像浸泡着的水草，这时候大地特别肥沃，用手在地上一抓，都是乌黑黑的泥土，肥得流油——喜欢用手扒泥土的是孩子，他们在田沟里翻泥鳅、黄鳝什么的。天气乍暖还寒，孩子们赤着脚，撒野般地奔跑在田野上，春水滋润着双脚，有一种异常熨帖的感觉，脚丫子一踩进泥巴，那更是瓷实得可以。让人更乐观的是田沟里真有不少泥鳅、黄鳝之类的。那些小动物在泥巴里骚乱得不行，一逮一个准。还有人干脆就在小河汊里支起网儿，这往往也不会落空。十有八九都会捞起一网白花花的鲫鱼、胖米，还一种鱼叫 can 子，那种鱼全身都是刺，不好吃，孩子们捞起来也不稀罕。白白胖胖的鲫鱼，大家抓起来就一阵欢呼。晚上在家里拌上葱煮，那鱼汤真是鲜美。

比我大两岁的姐姐喜欢带我抓鱼。但不知道怎么的，我总是抓不到。连一根泥鳅也逮不住。每次看到伙伴们抓到了鱼，我心里就一阵难堪，但姐姐时而抓起一条鱼，就对我说：“这是我们俩抓的”。她总是这样——后来念书升初中，大队只推荐我们一个，她也让给了我，说：“我们俩念的。”妈妈知道我抓不到鱼，说我穿姐姐的鞋穿多了所以抓不到。我们那里人说穿过女人鞋的男人是抓不着鱼的。

我现在的劳动大都是在晚上。但记得小时候在晚上干活，我心里莫名其妙地就充斥一种犯罪感。桃花汛的时候，河水上涨，池塘里的水也上涨，大人们总喜欢在夜晚，背着网兜在池塘叉鱼。父亲也精通这门手艺。他有一副上乘的叉网，经过一天的劳累后，有时他还带着我到处叉鱼。现在想起来，那时塘都是集体的，这样叉鱼也算不得一件什么光彩的事——我生来胆子就小。父亲在塘边叉鱼，我掌管着手电筒，望着父亲在黑漆漆的水里，用竹竿一下一下地驱赶，捞起来，网里果然就有一层鱼。但我总兴奋不起来，父亲也有点害怕，很快将鱼倒进背后的鱼篓里——也经常碰到同类们，彼此心照不宣地打一声招呼：

“有吗?”

“有。”

“多么?”

“不多”。两个人在夜幕里分手，就匆匆消融在黑暗的春夜里。

桃花汛前后也不过就一个月的时间。在这个季节里，乡亲们脚步匆匆、忙忙碌碌的。土地上许多新奇的事物随着春水开始发酵和泛滥，到处呈现出一片蓬蓬勃勃的生机，这使乡亲们的生活也变得生动和有滋有味起来。

但桃花汛过后，急匆匆的，一场洪水真的就过来了。

麦黄风

麦子在四月的皖河两岸，是最为金黄明丽的植物了。这种庄稼使南方的土地和粮食变得异常的生动和丰富多彩。直到现在我还非常奇怪，以稻米为主食的皖河两岸，在稻子黄熟的时候，乡亲们对一阵紧似一阵，将稻穗染黄的风儿熟视无睹，偏偏看见散乱在地上并不多见的麦子成熟，叫那刮来的风作“麦黄风”呢？这里，麦子作为南方独特的，点缀庄稼和生活的东西漫延着生长在山坡地，表明了乡亲们一种什么样的成熟的期待？

说也奇怪，在麦子成熟的季节，真的就有那么一阵风刮过来。那风被太阳镀上了一层古铜色，夹杂着皖河水的一丝清凉的气息。株株麦穗整整齐齐地伸展在天空下，如一把把麦帚，将天空打扫得异常的蔚蓝和明亮（不像稻子成熟时稻穗低垂）。在皖河边隐约可见的丘陵上，一块麦田就像一块金黄的烙饼，蒸腾着一种让人口水流涎的味道。乡亲们割完麦子，立即就将麦子在太阳下一粒粒碾下扬净，然后送进磨坊磨成白花花的面粉，用来做粑和扯成挂面，偶尔在吃腻了米饭的间隙，调节调节口味。

磨坊和挂面坊就是皖河岸边最富有激情和意味的风景了。乡亲们大箩小箩地将麦子晒干送进磨坊。磨坊里的磨子一律都是石头做的，很圆、很大。大多时是要两人才能推动它，还要有一个人将麦子一捧一捧地漏进磨眼里。或者就用牛拉磨，牛的眼睛上蒙了块黑布，人在一旁呵叱着，牛就围着磨子一遍又一遍的转圈儿。面粉磨成后，乡亲们很快又将它送进挂面坊里。皖河边的挂面坊有多少？我已记不清楚了。但有一点我的印象殊深，那就是一到麦黄季节，所有的挂面坊里都忙得热火朝天。扯面的师傅在晴天丽日里将那扯面的架子端到外面。架子照例是木头做的两根柱子，中间几根杠子上钻了一排排的小孔，白色的、细线般的面条被两根竹棍拉扯得很长。紧绷绷的，远远望着，像是晒着一匹白老布，或像战争年代战地医院洗晒着的绷带——这是那时电影上常出现的场面。当然，在乡亲们的眼里，挂面就是挂面，是用来招待客人的。皖河两岸，招待尊贵客人的最高礼遇，就是“挂面鸡蛋”——这与乡亲们喜欢叫“麦黄风”似乎并无内在的关联。

“挂面”在皖河边不叫“面条”。更不像在北方，还有“大宽、二宽、粗的、细的”之分。这里招待客人的程序是：先端上一碗挂面煮鸡蛋，然后“正餐”还用米饭。大鱼大肉的，还有酒。“挂面”含有一种祝福长寿，长久的意思。由于这个，扯挂面的师傅在这里就特别受人尊重，有点“技”高望重的意思。我有一个姨婆家、还有一位邻居都是扯挂面的，我看他们扯挂面很有讲究：面粉先用水发酵，水要恰到好处，发酵后师傅用手翻着、揉着，揉得满头大汗，汗珠子甚而就掉进面里。但乡亲们并不介意，说“不干不净，吃了没病”。说来奇怪，面粉在师傅手里，细软如线，坚韧如针，就那么揉、捶、打、拉、扯几下子，就如一根根丝线了。师傅们将那“线”儿款款摆弄出来，晒在太阳里，同时还晾晒着一份得意和自豪。

我家由于有了上述那层关系，麦子熟的时候，想吃挂面就非常的方便，用钱买或者用麦子换都行。要是人家做新屋，那屋正上梁的时候，乡亲们都会蒸上一点米粑，称上几斤挂面，然后搭块红布送过去。

后来，出现了一种专门磨粉制面的机子。在皖河两岸，要是那机子昼夜不停地响着，磨出白花花的面粉，一定是刮麦黄风的季节。

温暖的花朵

在皖河那纷繁的花朵中，棉花是一种最富于人情的花朵了。仿佛是某种神示，它总是赶在冬天到来之前盛开。那时候当然是皖河的秋天了。一泓秋水浅浅地流淌，如一滩白银泻在雪白的沙滩里，天地一片澄澈。站在皖河的中央四下张望，大片大片白得像雪的棉花远远的开放在皖河两岸。一不小心，你就会当作是谁放牧的一群白羊。更远的，似乎就是一朵朵飘荡的白云，逗得皖河刷刷地竖起了倾听的耳朵。棉花的白云，以它独特的姿态绕过了所有的谛听，在阳光下淋漓地抒情。

棉花似乎是皖河为寒流而准备的礼物。女人们穿着薄薄的秋衫，胳膊挽着竹篮，几乎不约而同地就走进了棉花的田里，她们小心翼翼而又大把大把地摘着棉花，夏天火烤火烤的阳光被如水的秋阳冲淡，但那炙热的光芒并没有远去，它们都躲避在棉花坚硬的壳里。女人们穿梭在棉花丛里，四周攒动的立即全是一张张棉花似的笑脸，不知不觉地，她们浑身也感到一些温暖。冬天就要到来，孩子们正等着御寒的棉袄，家里床上盖旧了的被子需要翻新，而一些老奶奶们呢？额头上深深的纹沟已让棉花擦尽，缺牙掉腮的笑得合不拢嘴。她们焦急地期待着，要将棉花捻成一绽厚厚的线棰，然后在寒冷而漫长的夜晚，摇着古老的纺线车，将那棉棰纺成一根根棉线。纺线是她们最为拿手的活计了。用这棉线，她们差不多就可以织成背带，纺成围巾等各种小玩意儿，然后留给自己的子孙。在活蹦乱跳的孩子们身上，老人看到他们穿着自己织成的小草、小花什么的。孩子胸前编织的“老虎头”在灿烂地微笑。

“弹花匠”因而成为皖河一种古老和最受欢迎的职业。乡亲们将棉花一朵朵摘回来，剥掉那褐色的壳，将棉花揉混在一起，在秋阳里晒干，然后就会邀请他们到家里，好鱼好肉、好烟好酒地招待几番。弹花匠喝得醉醺醺的，将弹弓调好，站在面前巨大的雪山上，放肆而欢快地用木棒调拨着。“嘣——锵锵”，“嘣——锵锵”。皖河秋天里的棉花散发出了一种金属的气息，两岸的弹花声弹奏起一种奇妙的音乐。使皖河变得闲适，优雅。河水因此也激动得不停地歌唱着爱情和劳动。尔后又归于一种平静。弹花匠将那弹好的棉絮弄得熨熨帖帖，如一方硕大的豆腐。高兴的时候，弹花匠还会细心地在网住棉絮的时候，用红线头织成“福”、“喜”……字和“新婚快乐”的字样——那样的被子，一般都是主人为待嫁的姑娘，或者为待娶的新娘而准备的。

新娘子在洞房花烛夜里，暖暖地捂盖着一床绵软阔大的棉被，除独享着一个男人的体香，同时能清晰地嗅到的就是棉花与阳光混合的气息了。这种人生中最奇妙的气息，搅得她们躺在温柔乡里，幸福的陶醉和快乐着。过不了几天，她就会毫不害羞地将这床棉絮拿到阳光下翻晒——通常这哪里是晒被子，简直就是晾晒着一种幸福和富有。

从棉花的播种到成长，以及制作成棉被、棉袄出来的时间短促。但对于其中的每一件活计，乡亲们都做得非常精心和认真。棉花是最不容易凋谢的一种花了，但它在生长、制作过程中，乡亲们领略到的幸福、愉快和轻松，却是皖河所有庄稼活所无法比拟的。不像种稻子和麦子，锄禾日当午，汗滴禾下土。在棉花成熟的季节，一朵朵白云绕山间。皖河到处飞扬着悠扬的歌声和欢快的笑……当然，皖河人民并没有因此而放弃栽插水稻和麦子。相反，他们不像完全以棉花为生的棉畈区那样，将所有的土地都种上棉花。像仅仅只是为了欣赏一下自己种的花朵，他们种的棉花最多只管家里床上盖的和身上穿的就够了。棉花大都习惯生长在山地上，而皖河流域大多是水田，土地并不富裕。乡亲们觉得，这就是上苍的一种安排。上帝给他们的分工就是种稻，没必要白白浪费大片大片肥沃的水田种棉花。

什么地长什么庄稼，他们认为这是天经地义的事。

皖河两岸除了大片大片的白棉花，在秋水茫茫的季节，还有白色的芭茅花和狗尾巴草在风中摇曳，它们一般都凋落在冬天——只有棉花既干净又利索地在秋天里成熟和结束。冬天真正来临之际，寒风吹彻了皖河每一处村落，那时棉花便穿在他们的身上，温暖在他们的身心了。

谁都清楚，乡亲们感念棉花——是因为真正的白花，雪花就快要降临到皖河了。

有些雪不一定落在河里

昨夜又下了一场小雪，皖河两岸的道路、村庄和屋顶已被白雪静静地覆盖住了。乡亲们没想到雪会下得那么薄，薄得像一层白霜。更没有想到的是河里的水依然深绿深绿的，似乎比平时绿出了好几倍——它的身上居然没有雪。由于饥饿和寒冷，冻死了一条黄狗，还死了一只老鸹，都僵硬硬地躺在河堤上。河里一缕缕水汽袅袅荡漾开来，牛棚里牛冻得哞哞叫唤。

冬雪和春雪是有区别的。一场这样的春雪，皖河靠着自身蕴藏的暖气就迅速就解决了自己的困境。冬雪就不一样了，它奇寒无比，大片大片的雪花凶猛地蚕食着土地上的一切。雪下得很厚，像是一床棉被，铺天盖地、纷纷扬扬就将皖河两岸紧紧地捂住了。谁家不结实的草屋让雪天雪地压得吱吱直叫，稻场上草堆将自己扮成了一个雪人……皖河像一个自己掀掉身上被子的人，正探头探脑地看着周围的一切。这时候它也感受到寒冷，冰冻将它的行动弄得十分迟缓。但那水依然流着，冰冻下的河水像一群小蝌蚪在不停地游移着，使人感觉出生命的一种勃动。

但雪落在皖河里肯定就看不见了！——有些雪不一定落在河里，它落到了它想要落到的地方。

冬天的皖河，总是荒凉和寒冷得让乡亲们无法忍受。所有的庄稼在秋天早已收拾干净，稻田一片狼藉，光秃秃的树枝、丘陵、平原和一排排村庄，在漫长的冬季像一个少不更事的孩童裸露着羞处。呼啸的北风夹带着灰尘，卷起秋天最后的残叶。河水这时候也变得有些懒散——这种气氛似乎也感染了乡亲们，使他们的生活一下子仿佛就陷入了沉闷的境地。老天爷似乎也感觉到自己的疏忽，想努力补偿什么似的，于是用一些虚幻的雪景迅速地遮住了一切，企图让人在冬天里还建立起一些生活的信念——飘飘洒洒的，雪就这样身份可疑地来到了皖河。

雪注定是皖河一个美丽的谎言。

谎言使乡亲们在冬天不断地欺骗着自己，也欺骗着别的生命。他们在大雪封门的日子，常常独自躲在屋里，依偎着红泥小炉，温一壶热酒，编造一些故事和童话，假装成一份若有若无的轻松。大人们在雪地里还用竹箩筐教着孩子欺骗麻雀，捕捉它；与孩子们堆一尊雪人——假人，或者干脆就用雪的子弹互相射击着，然而这一切都透着一个“假”字，子弹的谎言很快就被人的身体击碎，但他们都陶醉在自己用谎言制造出来的欢乐之中。“雪是神的粮食!”乡亲们说。

这当然是乡亲们编造的最大的谎言了。

谁也无心戳穿这个谎言。只是皖河的一些老人们经历了皖河的一切，却再也无法忍受，无法按捺住自己的心情。他们好像不好意思告诉孩子们关于雪的一切，也不容许雪花欺骗一切。就独自选择在冰天雪地里离开人世。于是冬天里，皖河辞别人世的老人就特别特别的多，漫天漫地的白白雪花，转眼就变成了他们身上穿的最大的孝服。在河堤上，冷不丁就出现一支披麻戴孝的送丧队伍，吹着唢呐，敲着锣鼓。喧天的锣鼓恰好冲淡了冬天的沉寂，白白的孝幡又暗合了白雪的皖河。那些活着的乡亲慨叹着人生的无常，赶紧找了一块平地，将老人深深埋葬在那里，那隆起的土堆很快又被雪花深深地遮盖住了。

雪悄悄地落在上面，似乎就落在这个人的生命里了——这时候，你一定清楚雪落到什么地方去了。

但这不是惟一的。雪落的最大理由就是落雪。我常常看见乡亲们站在下过雪的田野，瞅着天空，嘴角流露出一丝赞许和欣赏的微笑。他们说土地太干太燥了，各种害虫就会躲藏在大地下面，雪是庄稼的医生，它是在给大地进行一次消毒。“瑞雪兆丰年”，他们在说这话时，心里依稀就有一种温暖慢慢洇渍开来。这时候你仿佛看见很多害虫、很多的毒菌都被雪毫不留情地杀死了。这就是皖河人喜欢雪的原因。在雪花的美丽和纯洁性上，乡亲们似乎更喜欢雪花的纯洁——尽管这一点与很多人不一样。

或许最平静的还是皖河。它不需要白雪的装扮，当然也就坚决地拒绝雪花给它的外套。在那个寒冷的冬天里，我跟着母亲拿着一个瓦罐在皖河的河边收拾了一回雪花。母亲说，要用冰凉的雪水腌上几只咸鸭蛋——这时，我才发觉一冬的白雪，全都落进母亲那油黑亮亮的瓦罐里去了。

（选自《半堵墙——徐迅乡土散文》，文化艺术出版社，2007年9月一版）

许长杰

高山品香茶

家乡的绿茶名声远扬已久，我虽生长在桐城，但却是第一次到达小花茶的产地，品尝到了地地道道的桐城小花。

杨头村——当我身处此地，才真正认识了它。小的时候，这个地名就刻印在我的脑海里，那是缘于父亲一辈子为山区的工作而奋斗着。每年的春季时，父亲就会提起“杨隔楼”，那也是缘于茶，那是父亲一直钟爱的茶。

父亲爱茶，一如既往。在那个经济很不发达的年代，桐城的绿茶还没有“小花”这个好听的名字，父亲总在每年春季的时候，步行上“扬隔楼”，为家里备上斤把在那年月算是较好的茶。每当父亲泡上一杯时，我就会在他的杯中猛喝上几口，那真是一种莫大的幸福。这也让我从小养成了爱杨头茶的习惯。

阳春三月，我们一行到乡下为茶农服务，上午的工作结束，打算吃过午餐上杨头村。席间当地人介绍，杨头村的最高峰，也是桐城的最高峰——大徽尖，它的海拔1065米，由于海拔高，奇险就莫须至疑了。说得我当时产生一股怕上杨头峰的念头，但想着为茶农服务的工作没有完成，再加上多年爱杨头茶的缘故，畏惧心理渐渐地退却了。

去杨头村的乡村公路，如一条巨龙曲折盘旋在山间。车行进在路上，我坐在车里好奇地把目光投向窗外，只见峰顶直插云霄，似有一柱擎天之势；山间树木葱葱，成片的茶园，一排排、一行行地镶嵌在山腰，淡淡的云雾在其间萦绕，还有那鲜艳的映山红，点缀在绿树丛中，特别红艳；俯视谷底，无法用语言去表达它的深度，就如同龙眠山当年用什么方式让李公麟钟情于这一番山水，并如何引得了苏东坡、黄庭坚等人，纷纷在此闲情而居那般让我难懂，对我来说，这一切都需要去考究；山间公路旁，春笋不停地向上冒尖，勾起思绪中那道色、香、味俱全的盘中餐；草丛间，那白的、红的、黄的不知名的花儿开的正茂；石缝中，股股清泉涸涸而出，晶莹剔透，清澈见底，隐隐中有游鱼戏石。

车行了约十华里，到达杨头村。在那里我了解了茶叶的制作工序，更加让我了解了茶农的辛苦。茶社的制作车间里，用竹制的器具盛装了焙好后待包装前的茶叶，片片都散发出了一股幽幽的清香，似兰花，又似桂花。

茶社的主人热情地为我们每人泡了杯小花茶。瞧着杯中热气腾腾茶水，急切地品上两口，顿觉一股清香拂面而来，又滋润着心田，使人精神气爽，旅途的劳顿抛之了九霄云外。

正如主人所说："到这里不品尝我们亲手制作的小花茶，等你们回去后，会留下遗憾的。"现在想想也是。

富饶的龙眠山，孕育出了甘甜清纯的桐城小花……

（选自《安庆晚报》2007.05.15）

杨松杰

远村近话

有小路平坦地伸进村子，每日每夜流进了几多新话。村头有两棵高大的白籽树，很高很大亦很茂盛，使外乡人见到小村隐匿的那一层庄严来。村头有这树和无这树是大不一样的，老一辈说：这两操白籽树是两大金刚神体，护着村子的风水。所以有事无事都拿着黄竹根根做的旱烟袋，吧哒着论谈，嬉笑着打趣，晴天使坐着立着在一堆浓浓的阴影里，雨天亦不怕湿衣湿帽，仍大谈年成风景。右边一棵树下有一个土地庙，小巧玲珑，别致得像工艺品一般，匠人技法，可见一斑。老人又说：有这庙和无这庙是不能等同视之的。

老一辈爱在大树下聚集，更多是与：土地庙有关联。说在这里谈心，土地老爷听得见农人的心事，会暗庇着，保五畜兴旺，四季安康，年年风调雨顺……由于大树之高之粗之茂，亦由于小庙之巧之精之妙，几乎成了这一带的名胜之地。况土地庙在方圆百里仅此一家，便越发珍贵。外乡人一来，便有熟人亲戚朋友带其观望，兴致一到还胡扯些风情掌故，引起来客的尊敬和心理上的变化，不觉之间对小村另眼相看了，进而对小村人也客气三分。外乡人有时也带了香纸在庙前烧起，且有小青年也随上辈跪拜投地。据传，有村干部也在其中。后来添了新话，说今年年成有望，但全被“破”了。村干部在“红色风暴”中大都淋了一下。

小村人很是为大树两裸小庙一尊得意非凡。就在今日，逢年过节，春耕秋获，一些老婆婆和一些老翁供香纸于庙前树下，口中喃喃，多是老话好话吉话，虔诚之态，使无神论者也染心一瞬，不竞萌生怪念：“这土地爷再不保佑小村和顺，年成如金，怕是黑了心的。”怪念大有不敬，望那小庙顶部两端向上翘起的尖尖之角，似乎更向上翘起丁，象征一种吉祥么？如牛角弯弯，颇得传统建筑之因，把——种张力扩大出去，小庙竞威力无边。想象中的形象是离不开客观存在的。小青年们大部漂泊于大小城市，连年过节便回得村来，神气活现，穿西装夹克，披风衣、钞票左手进右手出，令老辈人痛心得发抖。他们也来大树和小庙边聚集，插于长者间，发不恭之词，嘲笑一通小村之僻，海吹一通城市风，光，令上辈禁诺，也令一卜辈向往，但切不可不恭小庙，听得有微词时便打住：“嚼舌根的，让土地爷罚你惩你，不知天高地厚的东西!”小青年们尚未超脱到要离土叛根的地步，家在小村，父母在小村。怎么样也是一种漂泊，最后的舟子还在小村系缆，便住了口，在壮伟的气氛中受到压抑。风旱显露，往往是磨难太少之故。愚昧是代代都有的，新的愚昧总在旧的愚昧消失的一瞬间萌出芽来。还有的根本就不绝迹，一代更比一代旺盛地蔓延，如嫉妒就是。而在这土地之上由于嫉妒而生发的许多许多荒唐可笑卑鄙无耻的言行，未必就比拜土地庙或相信风水文明几多。心地善良，这精神和形体上的超脱更近于灵境。在善良与邪恶之间是不能划分代沟的。

大树仍茂盛地立在村口，我望见它们的根须伸展得很广很深很杂。土地庙经历过浩劫无数，得以幸存是何缘故？它本身就以延续的氛围而给你以自悟，存在便是答案。

小村呢？在地图上无法刻出印记的小村在现实中不断地显示自己的存在和发展，在大树和小庙的后面，是新楼与草房混合的姿影。

我注视这个角落。

（选自《散文》1986年第11期）

叶　静

两个人

只吃青菜的人

他是我的朋友，也是我的亲戚。年龄比我大一些，我喊他哥。我揭开哥的锅打开哥的碗橱，翻看哥刚刚拎着从农贸市场转了一圈回来的菜篮子，里面全是小青菜。在这个满世界荤腥汹涌无所不吃的缝隙里，哥对于一切动物的身体包括它们的灵魂，对于一切有眼睛的生命体包括它们的目光，一概远而避之。哥要我在写这篇有关他的文字时首先加上按语，表明他不是信奉斋戒的宗教，不是在神佛面前许了愿心，不是为了来世活得更好他才仅仅吃一把小青菜，他说吃喝除了自己身体的需要，还为了其他什么呢?

我弄明白了，他是由于身体的需要。

身体自从和灵魂分了家以后，它们一般情况下也就各顾各的。身体需要我们这个世界上一些实在的物质来填充，通俗的说法是荤素两类，科学上叫做蛋白质、脂肪、纤维素以及碳水化合物和无机盐什么的。荤的即脂肪类物质在有些人体内一直处于大量的挥霍和浪费，而在有些人体内却不被青睐乃至无问津者，比如哥。哥在小青菜匮乏的时候也仅只吃点其他绿色植物，然而，仿佛冬瓜的质感因为接近肥肉也被剔在一旁，西红柿的颜色因为跟健康的皮肤差不多而婉遭拒绝。哥的身体需要从此就成为一门值得研究的学问，自然他的身体就是需要研究的对象。

研究是从亲戚朋友们的饭桌闲谈开始的。有人问，你难道不想吃上一口肉，一块烤鸭，一粒虾米，一条油煎的小河鱼?你难道嗓子眼里就没有过那种小虫子爬动的馋的感觉?显然，这一位把馋的欲望一下子提升了，让它在舌头和胃之间再现出来，使之明朗化并具有动态感。我们好些人在开饭之前，或者在手里拿着筷子眼睛盯着炖全鸡的时候，都下意识地吞了一下口水。倘若研究还需要继续下去，我们可以想象同桌吃饭，哥是做出了多大的忍耐甚至牺牲，牺牲了他清纯的嗅觉和食欲，牺牲了吃饭的享受和回味。

哥在这个城市生活了30多年，经历了肉禽蛋贫乏的岁月，虽然他自己不需要这些，但他依然要托关系走后门拿着票去购买。不吃它们并不等于就可以不要，饭桌上即使画开了一道楚河汉界，他也不能准确说出这个家有哪一部分是他的，哪一部分就是别人的。他仍然坐在平庸的日子中间，就像那盘子小青菜坐在众多的荤菜中间一样。

我打开哥的碗橱，发现只有一盘子小青菜的时候，是嫂子和孩子们都到乡下老家去了的那天。哥一个人在家里，初春的阳光从他厨房那个被油烟熏黑的窗口射进来，照在他依然健康的脸上。我说，哥，中午我俩就吃这小青菜，你不要再去弄什么荤菜了。哥一笑，说那哪成，你又不常来，况且这还是新年大岁的，再怎么说也要弄两个菜呀。我没法说服哥，我又不能扯个谎说医生关照只能吃素不能吃荤。按照惯例，哥还会到隔壁找个人来陪我喝酒，喝酒没两个菜确实不行。我心说，哥真不容易，哥每天差不多都生活在饮食的矛盾中，就那么在两难境地仄立着——只吃小青菜的一个大男子汉。

其实生活得很难的还有嫂子和孩子。她们要影响哥，试图扭转他改变他，但不可能。这是没办法的事。她们即使有一天愤愤不平起来，也有她们的道理，你看这世界上有谁像你呀！你就是成了仙得了道，苦的还是你自己。哥不过一笑，顶多再一笑。哥对我说，他就是一个只吃小青菜的人，他说：我不还得生活在鸭头鸡翅和鲇胡子鱼中间吗？你看这窗户上的油烟污渍都这么厚了。

只会微笑的人

才五十多一点，一场大病，剥夺了他用语言表达的权利。两个月以后，他起了床，能依靠一根拐杖在屋子边上走来走去，或者在打谷场的石磙上静静地坐上一两个小时。有人从他身边经过，他笑笑。他只能笑笑，只能通过微笑来表达自己的意思。一个人突然从自己的语言世界里消失了，大家都觉得那已经不是原来的他，原来的他带着朗朗的声音和诙谐的谈吐走远了。“那么一个热闹的人！”大家描述一个人开朗健谈喜欢用“热闹”这个词，一个人也能热闹起来，这是乡下人用独特语言营造的独特风景。

于是这个村子里又多了一个只会微笑的人，是的，他仿佛新来乍到，对村里一切都感到陌生，村里人对他也同样感到陌生。他先前的表情不是这样的，举止动作也不是这样的，他根本没有这么走过路，更没有一个人在石磙上坐过。夕阳落在他的肩背上，他是就要启程离开这个小村，还是刚刚从村口进来，一时半会找不着他要走的那条路呢？“喂!”一个孩子赶着鸭子回窠，经过他身旁时，喊了一声。他一笑，算是答应了。以前孩子们可是恭恭敬敬地喊他田伯，他总会装出一点严肃来，或是教诲孩子些什么。孩子们也很有几分怕他，他甚至是这个村子里说话有几分重量的人，“这事就这样的怕不行吧，我们去问问田伯。”如今再也没人拿把握不了的事问他，尽管他听力仍然健全，大家都这么“喂”着跟他打招呼，或者干脆把他的笑晾在一边。

一个只会微笑的人并没有过多地给人们带来微笑，相反人们把他的微笑仅仅当作一声回应。久之，人们在路边见了他，也就省略了打招呼的举动，各人干着自己的事。大家都很忙；即使不忙，心里总有那些不称心的事。而他是个闲人，是个了无牵挂的人，没有谁想到他以后还能做些什么。实际上也是这样，他在那场大病中没有死去已经是万幸，他还活着，是个奇迹，奇迹中不可能再冒出奇迹。等到他再次对人们微笑的时候，绝大多数人都认定他已经接近于痴或傻了。因为村东头老李家的二孬子也只能整日地傻笑，没人在他面前也傻笑，在地上捡起一颗钮扣都能笑上半天。

我最近是在一个雨后新晴的中午见到他的，他正要过一道小水沟，有些艰难，我搀扶他一把，他抬起头，阳光照在他的脸上，那微笑很有些异样，起码跟二孬子的傻笑不一样。我一个劲地咂摸着，那微笑里有严密的语言成分，有极为清晰的表达。因为除了微笑，他还用那只没拄拐杖的左手跟我打了个手势，那手势其实并不复杂，如果旁边有人，那是路人皆知的。

我有些抑郁地想，一个人只剩下微笑了，他的思想感情都包含在这一种表情里，他是不是非常痛苦呢？一个人看起来只剩下快乐了，别人为他痛苦着，并尽量地远离他，远离他的微笑。这不知道究竟意味着什么，不知是有力地证明了语言才是灵魂的载体还是默然暗示了微笑本身的一文不值。

我祈求上帝，这一辈子尽可以让我倍尝人世的艰难困苦，但是千万别让我失语，尤其别剩下仅仅只有微笑这一种表情。当别人从我身边经过，无论是善意地还是恶意地给我一声“喂”的时候，希望我能够用有声语言回应一声，哪怕是轻微的一声“嗯”。这足以证明我还正常地活着，正常地思想着或是感受着这个世上的一切。思想是可怕的东西，而思想一旦乘上语言的翅膀飞行，则更加不可一世。一个只会微笑的人，就是一个没有思想的人（例证并非完全取自二孬子)；一个没有思想的人，我们给他一个“喂”，算是对他人格的尊重。是这样吗?

（选自《散文》月刊2004年第9期）

鹊巢一朵花非昨

20多年来，我一直没离开过这棵老杏树。

这是一棵颇有修养的老杏树。我们这里还从来没有第二棵这么大的杏树，它在三丈多高的地方突然偏过脖子去，整个身子向南倾着。伸向南方的那根枝桠特别长，可能是追随向阳空间的温暖或是它年轻时候命运的自然支配所致吧，像一个人，去南方可能事业有成，而往西往北则只能填饱肚子甚或还有忍饥挨饿的时候。老学究还在世时，我们就熟悉了这株杏树，并聆听到了“因何（荷）而得偶（藕)?有幸（杏）不须媒（梅)”的绝对；并且，近旁的梨树也因此得到了老学究的同情，因为有一联是这么说的：莲子（怜子）心中苦，梨儿（离儿）腹内酸。

老学究去了以后，老杏树每年仍要绽开满树的花，尽管它其实结不了多少果实。许多树都是这样，开花与结果并不一定成正比例。一棵树把花开满，表明它正值盛年，并未老气。一棵树把果实结满，尤其是结满味道微酸而鲜甜的杏子，那就是把自己往死里推，也就是说，整整一个仲夏，孩子们不把树叶敲光不把树枝折断才怪呢!

不知什么时候，一对喜鹊择木而栖，在这棵大杏树上筑起了一只老大的爱巢。鹊窠并不好看，尽管有人想像那是一朵开口向上的花朵。如果说那是一顶仰面朝天的草帽，倒是形象得多。好在喜鹊在孵化雏儿之前，它们每天都要孵化激动的欢噪。又因为它们的好名声，我的左邻右舍都不嫌它聒噪，都说喜鹊怕是快要上大梁了吧，你看那一对子“歇手不歇脚”的——喜鹊听不懂方言土语的赞美，这也是它一辈子不会骄傲从而保持着良好口碑的原因。

现在，春天是正式来了。在杏花枝微微返青的时候，花骨朵鼓胀成即将抽丝的熟蚕，老树就要发花了。两只喜鹊，站到更高的枝上，翘起尾巴对语着，显然它们已经感觉到了春天要在鹊巢旁边开花，要在它们家的屋檐或窗牖边上开花。

杏树就在鹊巢旁边开花了。我不知道一向不善聒噪的老杏树跟喜鹊商量了没有，按照我们人类的惯例，杏树即使把芬芳送上鹊巢里去，即使把花开成喜鹊的门联和窗花，也该通知喜鹊一声，至少也应该问问喜鹊们欢迎不欢迎。

杏树终于在雀巢旁边开出了许多亮闪闪的花瓣，粉白或水红的一片，就像晾起一块鲜艳的床单。老大的一个鹊巢给遮掩起来了，只露出一点点黑影，或者不太整齐的几根枯树棍子。喜鹊此时已经不是站在它的巢上，它完全站在繁花中间，站在那一大片粉红的彩影里，它身上黑黑白白的羽毛也成了花影，它的欢噪仿佛就是有声的花香。妙极了！老杏树上开着两团喜鹊花。那是老杏树一辈子开的最大最泼辣的两朵花。

一场小雨，杏花雨。花瓣开始蒂落，树下像下着雪，像抛掷着细碎的纸屑。孩子们在地上捡拾花瓣，互相贴到对方的脸上。有一个孩子忽而停住了手，仰起稚气的面孔，对着树丫，对着喜鹊喊了一声“喂”。喜鹊翘了翘它长长的翅，算是应了一声。喜鹊翘翅大概是它习惯性的体态语言，翻译过来就是一个表示应诺或欢悦的拟声词“哦”或“噫”。孩子高兴了，他为自己同喜鹊进行了一次言简意赅的对话而高兴，他拍着小手，在细雨中傻笑，小脸儿像一朵刚刚盛开的杏花。

现在只有一只喜鹊站在树枝上欢噪，另一只多日不见了。谁也不会认为它失踪了或是跟谁私奔去了。老屋的孩子们格外的欢喜，因为他们知道过不了多久，就会有一窝蠕动着大脑袋的小家伙，把嘴张得大大的，在窝里发出那稚嫩的清音。那一群在杏花中出生的孩子，仍然取名为喜鹊，仍然在这个小村里的其他树丫上，衔枝筑巢，下蛋孵雏，并且把它们欢悦的歌声留给我们的孩子，或者孩子的孩子。

当我还是个孩子的时候，我看见那棵杏树就已经很老了，现在也不过是一棵老杏树。我看见那一群喜鹊像是一直不肯长大似的，却不知道它们已经孵出了第几代的雏儿。老杏树以及鹊儿如果还记得我们的老学究，也就一定记得我住在老屋的第四个门楼第三个窗口，必然熟稔“故人一别几时见，春草还从旧处生”的我，并且知道我已经人到中年了。那背着书包从村小学回来的穿蓝格子褂的女孩就是我的女儿，那麦地中间扬起锄头把野麦锄掉把小麦扶正的女人是与我一起筑巢的人，那荒山坡横山梁上的土丘下永远长睡着的是我的父亲和母亲，那块平地上新辟的宅基就是我将要从老屋迁出来的新住处，旁边一圈碎石的围栏是设想中新屋的花园。土生土长的花草和从外面买回来的花卉将在我们的新屋旁边开花，并且，设想中它们一年四季五彩纷呈馨香不断，即使在冬天也不委顿与凋谢。这在喜鹊看来，有点不可思议，但这完全是事实。尽管一个人在世上活得沉重，活得艰难，并不是每一根思想的枝丫都能缀上理想的甘果，甚至机缘不遇，生路蹉跎，大半辈子都难免心中怀苦，腹内贮酸，但是人活得像喜鹊，活得叫身边的花草也挺扩，也灿烂，那将是多么惬意的事啊！

（选自《中国绿色时报》2005.02.21）

叶全新

篮子里的妹妹

这件事并不是我亲眼所见，但我无数次地在想，如果我是那个村庄的女人，如果我恰好从那个村庄经过，那个孩子会不会因为我而活下来呢？我无法给自己答案也不能给那个孩子答案。

我生活的这个地方古时候叫做“锅底”，是一个蓄水的区域。到了人越来越多的现代，洪水泛滥的年头也越来越多。这个地方有一半是山区一半是水乡，山区因为山而穷，水乡因为水而穷，正因了那句极其简练的成语“穷山恶水”。每年六月发大水，山区的男人们便挑着扁担大部队似的集中到水乡帮助抗水灾，家里只剩下女人和老人。在六月双抢的季节，人们的忙碌可想而知了。这个婴儿偏要挑着这样无助的时刻来到世上。

这个村庄依着山势，在缓缓的山坡上上下绵延了一里多路，较为平坦的村头房屋比较集中，也有几家店铺。杂货店前面有一棵大树，这棵树可有些年头了，它本来是紧紧种在一起的两棵树，几百年里渐渐长大变粗，后来它们就合到一块儿长了。就在这样一棵树下，发现了那个孩子。

早晨，有一个女人匆匆走过来，她拿着镰刀、绳子，准备到田里割稻。她老远就看见有一个东西在空旷的大树下，近了看是个长长的菜篮子。吸引她的并不是这个家家都有的篮子，而是篮子上面盖着一块漂亮的花布，这可真古怪。女人俯身掀起花布，天呀，里面香香地睡着一个婴儿！谁家的孩子放在这儿？她四周张望，不见人影，只有六月清晨的凉风和路边草上的露珠。年轻母亲的温柔让她蹲下身来细细打量这个睡在大树下的孩子。粉红的小脸还是毛茸茸的，长而淡的眉毛在睡眠中微微地翘动，现在有晨曦射进了树枝间，落到婴儿柔软的黄发上，使那浓密的细发闪烁着亮光。薄而红的小嘴仿佛在吸吮，一会儿撮成了一粒鼓鼓的樱桃，一会儿又撇成一瓣桔片。女人似乎被这漂亮的婴儿迷住了，忽然她发现孩子身下压着一个小布包，她抽出这个小包打开，里面有一小叠钱和一张纸条，条子上只写着几个字：孩子生于某月某日某时，女人掰起手指一算，oR，这孩子生下来还不到10个小时，是上半夜生的。她展开手中的钱，一眼就看清了，十八元。女人猛一下明白了，这孩子是被父母丢掉了！女人第一个念头是想起了家中刚刚满月的女儿，然后这个好心肠的女人惊讶地张大了嘴，她想喊，又不知道喊谁；她想说话，又不知道说什么。这时候，下地的人渐渐从村庄里出来了，女人想了想，将花布重新盖好篮子，拾起地上的镰刀，像逃一样快步走了。

她的心激烈地跳动，好像是自己丢弃了那个孩子！一亩地割完的时候，女人的手上有了两条血痕。

太阳已到了头顶。回家的路上，她走得飞快。村头大树下，果然围着一堆人，老远就听见婴儿的大哭声。女人扒开人群，只见正午的阳光已晒得孩子的小脸红通通的，村里的老奶奶们几乎都集中在这里了，大家用各种语言咒骂这个婴儿的母亲，造孽哟！女人弯下身抱起小家伙，哭声立即停止。她坐到树桩上，解开上衣，挤挤鼓胀的乳房，喷出白浆般的奶汁，她把婴儿的小嘴凑近奶头，一头汗一脸泪在女人的皮肤上擦来擦去，一会儿小嘴便咬住了乳头。当一股奶水被这个孩子吸出来时，女人的眼泪流进了深深的乳沟……

这天晚上，一个70多岁的孤老婆子将篮子拎回家了。

第二天，篮子又出现在大树下。这一天只有许多孩子们团团围住那只篮子，他们从来没有这样乖，这样安静。他们盘腿坐在地上，听着篮子里的孩子哭或者不哭。婴儿哭累了就睡着了，他们就伸出小手捉去婴儿脸上和耳朵里的蚂蚁。当他们的妈妈匆匆干活回来，男孩便拉着妈妈央求“把小妹妹抱回家吧!”女孩子则说：“把小弟弟抱回家吧，我会带他玩!”是啊，谁也没有打开过裹着的襁褓，这个被丢掉的婴儿是男孩还是女孩呢?

最初发现婴儿的女人只有绕道下田了，她因为喂奶已遭到男人的训斥，“自己不争气生了一个女儿，还想把她饿死啊!”女人在心里想了一千遍的“我们把那个孩子抱回来吧”终于没有说出口。

这天晚上起风了，大风裹着泥沙、草叶吹进篮子，有人用石块压住了花布的四边。篮子里间或传出婴儿微弱的哭声。第三天早上，经过的人看见那个孩子变成了灰孩子，整夜的大风早已刮跑了那块轻飘飘的花布，被包裹着的婴儿身上脸上盖满了沙子，只有一双动着的眼珠仍是乌黑的，盯着人不放，哭声几乎听不见了。中午，天上起了乌云，午后大大的雨点便砸下来了。

这天夜里，这个村子里有许多女人翻来翻去睡不着觉，有一个女人死死地咬住了被角。又是早晨，鸟儿在雨后的树枝上欢快地唱歌。一个小男孩从床上跳下来就往大树下跑，篮子已经没有了，篮子里的妹妹也没有了。

（选自《月光城副刊作品精选》，中国国际广播出版社，2000 年 9 月一版）

喑 篱

生活就是爱

老婆是个地道的东北女孩子，来深圳陪我过年快半个月了，本来我说不上班全力陪伴她，可她死活不肯，她说这不经济危机吗，好不容易找到工作了不能因为我就不要了啊，我执拗不过，只好天天把她冷在家里，早出晚归，心理总有对不住的感觉。

记得那天我下班回家，她一见到我就跟我抱怨深圳天气冷，她说这里的冷和东北的不一样，阴森森的，我顿时感到欺负了她，这大过年的不让她回家，反而把她从几千里叫过来受罪。但她脸上洋溢出来的笑容始终让我感动着，我问她，想不想回家，她说能不想么，她说她最担心的就是妈妈的身体了。真是孝顺的孩子啊，我为拥有她油然感到骄傲。

可日子也不能这样无情下去，我想早点带她去逛逛深圳，把三天的法定假日调一下，由于怕公司说我不以公司为重，没有和他们说明真实理由，但一切为利益驱使的老板根本就不了解这些，竟然组织了一个拜年团安排在那几天串门，而把我作为公司的记者带去给他们拍照。真是让我气不打一起出，怒诧不止。我真没想到这些腰缠万贯的人竟然虚荣到如此地步，当时眼前就呈现出他们挨个发红包的高大形象，是多么人性的关怀。后来我找到了老板，决定和他直接表白，但由于时间紧迫，明天就要出发，他似乎依然没有认识到自己的虚荣已经到了极致，他认为我是在欺骗他、扯理由样，坚持要我去，毕竟人要懂得尊敬领导，于是，我什么也没有说，勉强地应允了。

当晚上回到家，老婆早就把香喷喷的晚餐在微波炉里热好了，他看我面无表情立即关掉了电脑握着我的手，一个劲地问我是怎么了，我跟他说了事情的经过，他含着泪嘱咐我一定要学会忍耐，他说当你看多了不该看到的东西后才会有改变它们的动力和恒心，你也不要太为我着想，我能见到你就满足了，这样你以后写作不更有素材了么？他说，其实爱我不需要你刻意为我做什么，在一起，心平气和地生活就是幸福，其实生活就是爱。夜间，我反复念叨着老婆的话，心里好不是滋味。

余　舫

木棉花开

傍晚的时候，看到一个朋友的签名里写着：木棉花开了……心里一沉，记忆里有一种突然凝固了的感觉，又一次陷入过去的漩涡中。

木棉花，好久没有见到了。想起了在师范时，宿舍楼前草坪上的木棉花。其实认识木棉，是在到师范很久以后的事情。那次盛大的百年校庆，在一位去了厦大的校友寄回来的文章里我知道了木棉，认识了木棉花。从此也记住了木棉近于妖娆的身姿。

春夏之交，木棉花就开始绽放了，陆陆续续，纷纷扬扬地开了，不久，便是如火如荼的样子。木棉花盛开的时节，南方的雨尤其多，往往夜里一场淋漓尽致的透雨之后。清晨，一大早，雾气朦胧的校园里，在那湿漉漉的地上，便可以看到落红成片，大朵大朵火红的花朵凋落了，大片大片的红色浸伏在湿润的草坪上。雨一泡，那红色似乎更饱满了，鼓鼓地胀满了整个花瓣。远远看着，那一抹嫣红却灼伤了瞳孔，那么热情的色调，铺陈着，渲染着，仿佛是火凤凰的涅槃，是浴火重生般壮烈。那时，每天都要从那经过，看着那些绚烂至极的花朵在雨露的润泽里氤氲，张扬着生命里最彻底的色泽。但也每天看着大朵大朵凋零落地的花，因了雨水，火红一天一天褪去，像极了一件掉了色的衣裳那般惨淡暗红。接着，有些花还没有等变成枯黄便迅速走向了糜烂，有一些却一点一点地变成了接近枯叶的黄色，一天一天地黯淡、消逝、融化。直至有一天，我们再次经过的时候，它们已经被前夜刚落下的鲜红所覆盖。新落下的花朵还带着清晨的雨露，带着鲜嫩的脸庞，甚至还有一份欣悦。又一个轮回开启了。我想，他们真的化土护花了吗？

有时会在上完一天课的傍晚，站在高高的宿舍楼上远远看，那些张扬的色块就像是火红的云朵在天边炽情燃烧。夜晚，万籁俱寂的时候，静静地躺着，似乎可以听见外边花朵开放的声响，可以听见它们呢喃低语的欣喜，可以听见花瓣呼吸的动人节奏。而下着雨的晚上，又好像听到那大朵大朵的花张开翅膀飞舞的喜悦，也仿佛看到那一袭妖冶而风情万种的红色舞裙在空气中旁若无人地旋舞翩跹。静夜里，一场低调却又盛大的舞会在微微的晨曦中落下了帷幕。繁华落尽，一地舞红。

如今，又到木棉花开的路口了，记忆中的木棉花，那场盛大的筵席开启了吗？盛装的木棉酴醾花开了……

木棉花开了，还记得吗？我们离开已经三年多的时光了。料峭春寒中，迎春在瑟瑟风中绽放温暖的嫩黄，一年又是一年了。而那个有着幽深小径，有着虫声啁啾的音乐山已不复存在。崭新的教学楼掩去了悠悠的年华，琴房新漆的绿色依然遮不住斑驳的光影。

木棉花开了，一季又一季，一茬又一茬。那个深夜在琴房里拉《梁祝》的女孩飘逸的身影早已黯淡；那个清晨在林间诵读的男孩饱满的磁音消逝了；那个初上讲台羞涩得飞红飘落的孩子握着半截粉笔已过半生。

木棉花又开了，只是，所有的一切都陨落了，亦如那一夜之间的飞花凋谢，都说谢了春红，太匆匆……

余茂君

新媳妇送肥

在砀山县陈庄公社吴庄寺大队谢东生产队的送肥行列里，有一个穿新红花褂子的姑娘，挑着一担粪筐来回地奔跑，越干越有劲。这位姑娘是谁呢?一打听，才知道她就是三天前才嫁到谢东生产队的新媳妇祝贵英同志。

祝贵英嫁过来的第二天早晨，就向婆婆赵大娘要求下地干活。赵大娘想：本地有个老规矩，新媳妇在家要住半个月才能下地干活，如果让新媳妇第二天就下地，人家不笑话俺老婆子吗！可这话又不好明说，只得绕着弯子言道："贵英，家里还有一些棉花条子未纺完（完成交售任务后的自留棉），你们年轻人纺花快，今天就让你纺吧，我下地干活去。"

贵英纺花的确很快，在晚饭前就把婆婆交给她的棉条纺完了。婆婆见新媳妇纱纺的又快又细又匀，赞不绝口。这时贵英对婆婆说："娘，明天我下地干活，你在家吧。"这倒使赵大娘感到为难了，只好打开窗子说亮话："贵英，你新来乍到的，咋也不能叫你下地干活。咱们这里有个老规矩，至少，你要在家休息半个月才能下地。不然，人家会笑话咱的。"贵英听了婆婆的话，咯咯地笑了起来。她很感谢婆婆的好意，但又觉得在这春耕生产大忙季节，人人都在为争取今年农业大丰收而辛勤劳动着，自己呆在家里不下地，那象啥话。就对婆婆说："娘，过去的皇历现在看不得了，新媳妇下地干活，不仅不是什么丑事，还光荣呢!"赵大娘听儿媳妇说得有理，也不好再阻拦，第二天就让儿媳妇下地干活了。

（选自《拂晓报》1965. 04. 22）

余世磊

山月曾是旧时友

夜阑人静，万家灯火次第熄尽，一轮小城月，这才怯怯迈了步子，移向中天，照亮些残留的夜色、人迹。你看你看那月亮，有些瘦弱、苍白、营养不良的。哪里比得上我故园那轮丰美而多情的山月呵？山月曾是我旧时友。

我是弄不明白：不同地方的月亮，为什么差别那么大？故园的那轮山月，那么大，那么白，那么亮。山是朴实的，一座连着一座，既无入云之高，亦无斧削之奇。打个比方，就像一个极其普通的农人家，竟然养出了个赛天仙的女儿。如果说，山月也是山养的，那么，山月肯定最得山的喜爱，是山的心肝宝贝，把山水的精华都给了它，倍加护着，宠着，才养育出如此一轮山月。同样，山月也是爱着山的，年年岁岁，与山相倚相伴。而且，爱屋及乌，也爱着山里人、草木、山里的一切。不像我呀，虽也是山养的，又嫌山中贫苦，又怨山中寂寥，最后干脆离开山而去。想到这些，真是让我满心惭愧。

东边那座最高的山，名叫河里沟。群山若也是一户人家，有一道前门，肯定就开在河里沟。白昼是常关的，只有夜晚才会打开，那山月、山雾、山精灵，都是从那门里走出来的。山月升起，在山顶露出半边脸，然后是整个身子，最后轻轻一蹬，便飘向夜空。今夜窗前小城月，大不过一个盘子，记得旧时山月，足有一个箩筐大小。季节入秋，山月更大了，像我家那口最大的锅。也常见很多云，喜爱跟在山月前后，倚恋不去。有时散开，环绕着山月，有时聚拢，把山月团团围住。只是我的身子太重，飞不起来，否则，那样的夜晚，我也应是一朵云，别人也只能仰着头看我了。山月走，云也走，走到西边的山上。西边那座最高的山，名叫天华尖，山家也应有道后门，也肯定就开在天华尖，山月也就是从那里归去的。明天，山月还会升起，从那前门出，又从那后门归。只有心术不正的人，见不得人，才会不走前门走后门。

有时，有事，我在月夜归来，翻过村前黄泥巴岗，站在山岗上，看一轮山月。我若站得再高一点，也许就能摸到山月了，虽然还隔着一段距离，但我也能感受到，山月是凉的，不像想象的那样冷，而是一种让人心平气和的凉。我想：如果赶在天黑之夜，攀上高高的河里沟，待山月升起，就可走到山月中去了，问候嫦娥姐姐安好否？吴刚肯定会捧出桂花酒，不知能否再送几瓶，让我们带回家中。只是，通向河里沟的那条路，林暗草深，常有野猪、豺狗出没，没有谁敢夜行的。

月照山中，山中还是山中，但被月光照亮，给人的感觉，总疑换了一个地方。好多人家，都不点灯，开了门窗，放进一片片月光，在月光里闲坐、喝茶，节省了多少电费？如果你再仔细地看，月照是别有用心的，该亮的亮，该暗的暗。那些贫穷的、不雅的东西，都被隐去，那些富有的、美好的东西，越发清晰了，还有那些牛栏、猪圈等，是有点肮脏，月照藏不住它们，就把它们弄得模模糊糊，让人看不清楚。最美，莫过于夏秋黄昏，下了一场暴雨，雨后云开，山月来照。有雾，东一团，西一团，南一团，北一团。山峰、河流、村子都在雾中，藏一半，露一半。一天疏星、数村灯火，远几点，近几点。让我忘情啊，不似人间似天堂。

是的，天路是清冷的、孤单的，山月并不愿去走，而更愿下到山中，呆在我们的村里不走。一群村童疯玩，和山月捉迷藏。山月躲了起来，有时在草垛后，有时在树林中，有时在屋顶上，有时在水井里，村童们怎能找到它呢？为头的那个小家伙，累了，靠着草垛坐下，偶尔一回头，那样一轮山月，突然出现，妈呀，吓了他一大跳，甚至让他生气了，不再和山月玩了，召拢了伙伴们，捉萤火虫去。好一群淘气的村童！山月一笑，赶紧升至村庄的半空，照亮他们跑着，追着，别摔了跤儿。狗曾公家有一片竹园，园外有个稻场，夏夜，村人三三两两，最爱聚此乘凉。山月也来凑热闹，坐在竹林的一枝，优哉游哉地晃动着。夜已深，人凉透，飞来几只哈欠虫、瞌睡虫，把几个人叮了，让他们哈欠连天、瞌睡不止。该回家去了，人散尽，山月也这才起了身，有些恋恋不舍的，离了竹园而去。山月，再见了！日长夜短，你也该落下西山，早早睡吧。常常，我一觉醒来，果然不见了山月，屋里黑寂寂的。即使是盛夏，在山中，夜深仍有寒意袭人。我四处摸索着，想找一床床单盖上，这才后悔了，不该叫山月早些落山。

夜来无事，我爱到住在小学的张校长家坐坐，我爱到道班里的小汪那里聊天，偶尔，我还爱到李家屋的术坤家打牌。走夜路，我的胆子很小，我家的手电筒胆子也小，即使有它做伴，两个仍然都是心惊胆战，怕坟地里会走出个鬼来。有山月作伴，我就什么也不怕了。我打开家门，山月就照在我家门口。山月你好，咦，真奇了，你怎么知道我今夜要外出呢？山月不言，只是悄悄地跟着我上路。到张校长家去，要经过一段山洼，路很窄，仅能容一人走过。山月从山上的树林中走，树林里可没有路呀，且长满了灌木和荆棘，真的让我担心，荆棘会弄破了山月的白衣，甚至在它身上划出一道血痕。我的担心是多余的，山月机灵地在树林中穿行，当我们同时站在小学的操场上，看它不但完好无损，甚至连大气都不喘一口。李家屋是个大屋场，都是一些老屋，留着飞檐、翘角。我到术坤家去，山月总爱从屋顶上走，不弄翻一片瓦，甚至不弄出一点声响，就像一个会轻功的白衣侠士。我更愿把它想象成一个白衣女侠，做一些关于她的梦。梦中，我也应是一个少年英侠。我会娶了她，从此退出江湖，在这山中，隐姓埋名，卖马买牛，融剑为锄，盖几间瓦屋，种几片园子，养一群鸡鸭，生一群儿女。呵呵，一笑泯恩仇，山中寄余生。梦都是美好的，为什么不能做做呢？

当然，张校长、小汪、术坤他们，也会经常来访。不应猜，肯定也是山月把他们相送来的。是的，也应该邀山月来家坐坐。寒夜，屋里炉火烧得正旺，让山月也暖暖身子，我们围炉夜话。山月从不进人家，怕扰了人家，顶多，只是站在窗下、檐下，隔着窗、门，和我们闲话几句浮生。更重要的，山月还要去送很多人呀。有人荷了锄头，去田里看水；有人背了竹篓，要出去钓鳝；有人打牌正酣，不会轻易罢手的；还有人从外面归来，耽误了车船，深夜还没走到家里……这一个夜晚，山月要送多少人，或去，或归，哪一人能做得到呢？山月不来的夜晚，也好，我们安心呆在家中，做点自己的事情。不要问山月为何不来？山月肯定也有它的事情。山月会来，绝不会失约，我们又可邀了山月，去夜行、访友、观山中风景，这才让人更加珍惜，这才让人更加体会其中之美。

床前明月光，也远远抵不上我故园的山月光。那山月光明晃晃的，有色的，像寒霜，像米汤，像乳汁，像现在孩子们吃的果冻。站在月下，捏起鼻子闻一闻，伸出舌头舔一舔，还有点儿甜而香的味道，不过不易察觉而已。每月，农历十五前后之夜，当然，最好是八、九、十月，村外的田畈上，夜已经很深很深了，没有人，没有野畜，也没有风来搅，那山月光，不断地倾泻在这里，厚厚地堆积起来，变得真的很浓很浓了。我真想挑一担水桶，拿一个木瓢，轻轻地，走到田畈上，站在一条田埂上，蹲下身子，像用木瓢舀水一样，把那些山月光舀进水桶，挑回家来，当作豆腐花，当作一种饮料喝。

我还异想天开，要是有一种设备，能把这样的月光再做加工，滤去其中大量的清光、冷光以及尘埃、杂质，也会提炼出类似奶粉一样的月光粉，它应该也是乳白色的，闪着一种世上少有的光泽。那样，不时，我就可以用水冲上一杯，也可加点糖，肯定味道鲜美，生津解渴，且富有营养。

那山月光有一种极强的穿射力，能把人照透的。有时，我离开家，在那山月光里散步。走着，走着，我突然生出一种害怕，不敢在那山月光里久久逗留，更不敢去面对山月。因为我觉得，隐藏在我内心里，有着不少丑陋、邪恶的东西，譬如懒惰、抱怨、自私等等，会在这山月光里暴露无遗。但我还是战胜了自己，勇敢地站在那里，借着那山月光，正视起自己的内心，一一剔除去那些丑陋、肮脏的东西。踏月归来，步履轻松，心情喜悦，我不能说我变得怎样，但比起以前的那个我，肯定多了一份纯洁、一份善良、一份高尚，我这才觉得自己配作山月的朋友。我听过一个故事，说是有个山里人，夜里，去偷人家的牛。牛偷到了手，走在回去的路上，这才发觉是个好月夜，他愈往前走，山月光愈亮，突然他害怕了，知罪了，最后终于彻底悔悟，又把牛送了回去。我相信这个故事不是编造。

在山中，除了那些人，那山月，还有那幽兰，那鸣虫，那白鹭，那绿蕉，那窗前一枝梅，那屋角一篷竹，那岭上几棵松……多少我旧时师友，真的是久违了！

（选自《散文》2008 年第 10 期）

余芝灵

走在深秋

1

立冬了。秋天的光与色，浑茫无边的秋气，都已绽放到了它的极至。

草木摇黄，白露为霜，秋水明净，落叶飘零。

静。天地之间摇曳着一支静寂廖落的歌。

月亮，素净而皎洁。孤标傲世地辉照着世间的寂寞与无眠。它们在水面闪烁着，轻漾着，如一粒一粒的韵脚，跳跃在广袤的诗的原野上，别样的调皮，别样的天真，别样的灵动，别样的飘逸，别样的诗之精灵！影子筛进树的缝隙里，便是一地哗啦啦的碎银，心形的碎银。

我不知道，这一地碎银，是否是谁零落一地的心？

2

太阳已是温煦的、伴着些许微凉的风的秋阳了。空气里飘荡着丹桂的馨香与寂寥，还有月季，月季的热闹与娇妍。总是会有一些常青的叶子在享受秋阳的爱抚、疼惜，总是会有连天的枯草在秋阳里叹息、呻吟。狗狗仍会在秋阳下惬意的跳跃、打滚，鸟儿亦还会在尚未脱尽叶子的树枝间欢快地啼鸣。

天，还是那么高，还是那么蓝，深邃，清爽，像卸尽了负担。坦坦然然，轻轻松松。春日的喧闹没有了，夏日的聒噪没有了，秋只是一味的平和、稳实着，象饱经沧桑的中年，终于尘埃落定，淡如云烟。一切的一切，耳得之，目遇之，皆为清静、雅致，一如洗尽铅华的女子，素面朝天，却又巧笑嫣然，看似寻常，却又耐人寻味。

踩着农事的韵律，玉米、高粱、大豆、稻子，都进了粮仓，清瘦了黄土地，却丰满了农人的心事。农人心里温暖着，肥沃着——冬天不会冷了，有好的收成偎依着他们过冬呢！父母的嘴咧开着，笑纹在眉间舒展着。苍老的脚步也轻快了、有节奏了。炊烟里尽是五谷的醇香，茶盏里尽是温馨的情愫。

3

金黄金黄的野菊漫山遍野。那么纤小、文弱，却又那么娟秀、粲然地开放着，让人怜惜。火红火红的枫树，用它独有的美丽与才情装点着山林，万物已开始衰败，独独那炫目的艳红令你注目、仰视，流连忘返，不忍离去。溪流的腰肢纤细了，却更加欢快的汇入大河，澄澈，晶莹。

田里、地里，只剩下裸露的禾茬了，呈现出一派拙朴的厚实与庄严，沉默着，与秋风对视。偶尔，会遇着觅食的雀子，欢快的扑打着翅膀，在天空下飞翔。

天地之间盛开着素朴、淡雅，流转着一派宁静、安详。

4

父母是土地的耕耘者，一份汗水，一份收获。他们的心里是厚实的，土地，永远是他们温暖的家园。

我也是。我也是一个耕种者，为我心灵的一方净土，为我生命的一泓清泉。只是，我只是个边走边唱的农夫。只问耕耘，不问收获。在我的格子田里，我也种下五谷，种下汗水。可也许只是“草盛豆苗稀”呢。我没有陶渊明“晨兴理荒秽，带月荷锄归”的那种执著。多少年前，我便是个爱恋着文字的小女子，多少年后，我仍只是个且玩且乐的爱恋着文字的小女子。文字，对于我，更多的只是一道靓汤，滋补心灵。爱了，便煲来，喝了，腻了，便又弃之一旁。对比父母对土地的深挚爱恋，我不知道我对于文字是多么的浅薄、轻狂！

5

现在夜深了，当一些文字蹦跳着来对我质疑时，我恍然感到些许愧疚与疼痛！

我的一位文友说：用文字美丽心灵。我倒是极推崇。许多时候，在我码着这些方块颗粒的时候，那一束束迎风招展的野菊便鲜亮的挺立在我眼前。或许，我只是想收获这样一些小欢喜，小芳香，小温馨，小美丽。抑或，我可用收获来的这一小部分野菊，缝一个枕头，给我的婆婆、我的妈妈，清心明目，舒适柔软，分送她们一点小小的关爱？抑或，我会用一小捧一小捧的野菊，缝制些许香囊，分送给我的朋友，让他们也呼吸一下山野的气息，分享一下山野的芬芳？

6

……。

多少年了。我依然只是个徘徊于文字水湄的女子。

我不知道，这秋风，这秋月，这秋阳，这秋天的野菊，还有，我父母脸上岁月的年轮，是否正在催促我，正在惊醒我：

要努力去接近、溶入这秋的升腾！

2006. 12

（选自2007年第2期《散文诗世界》杂志）

空　旷

1

在我敲着键盘的时候，总有鸟儿立在我的窗前，侧目看我，“叽喳”地叫着。间或，为我唱一支简短的歌儿。我不知道，鸟儿在向我诉说什么？

窗外没有树，没有绿色，没有泥土，有的只是一幢毗邻一幢的高楼，它们分割了天空的蓝。

鸟儿在对我说它的思念么？对泥土，对林子的思念？抑或，希望我能够移栽些树木，到这钢筋水泥的丛林里来，让它栖居？而我，亦失去泥土久矣，苍白失血久矣。我还想念泥土，想念林子呢。我与鸟儿不同的是——空闲的时候，我可以恣意地裁一截青山绿水，填进文字，滋补我失血的心灵。

2

对面的七层高楼已凌空而架。

我们家的阳光，从此就整上午整上午地被截去了。

看料的老头，依我家院墙搭了一个小屋。每天上班，我们必须越过横七竖八地叠着的竹竿、水泥、钢材与砖块。半夜三更了，小屋里还在大声嚷嚷着“夫妻双双把家还”，大约是八十年代的收录机吧，哑着嗓子。常常把我们一家人的清梦撕扯得支离破碎。

3

朋友彩云随夫去杭州打工去了。陡然便感到心里裸露出巨大的空旷。彩云，是我生命中最好的朋友。是可以一日三餐在她家混吃混喝的；是可以将肺腑之言悉数掏出的；是可以在她温柔的目光下风干苦痛与忧伤的；是十年不见，也亲如姐妹、一脉相牵的。

她不在这儿，我的日子也会慢下来许多。慢下来的日子，会填满密密麻麻的挂牵，与丝丝缕缕的想念。

4

散步的林荫小道，被夷为平地。没有了野草野花的纷披，更没有了树荫的遮蔽，一并虫鸣与鸟啼。平坦、光洁、崭新、空旷。这样一大块整洁如新的平地，会被填充进什么呢?

无论怎么样的填充，都填充不了往日鲜活的气息。

5

光阴一日短似一日了。蝉，还在拼尽最后的努力，嘶鸣。它知道，季节不再，唯如此——方可喊出自己的愿望与爱恋。

秋，渐行，渐远，渐无穷。大地上，落叶，一日繁盛一日。而树枝，裸露出它们瘦硬的骨头——与严冬抗衡的铮铮铁骨。

田里，地里割剩的禾茬，又在对秋天、对土地诠释着什么?

6

一片、两片、三四片，大片大片，整树，所有的枫叶都红了。

枫，高擎着秋的火把，高唱着秋的高远、明净、盛大、庄严。

立于旷野里的人，脸上染着枫深深的酡红；眸子里燃起枫的熊熊火焰，血脉贲张：要烧，就烧得漫山遍野，烧得“噼里啪啦”!

（选自《2008年中国散文诗精选》）

袁鹤群

在北大参加开学典礼

2004年，我女儿被保送到北大，攻读博士学位。报到时，我陪同她去北大，这是我第一次去北京。头天傍晚6点钟乘坐安庆直达北京的1428次列车，第二天中午就到了北京西客站。下了火车，北大派来的专车早已等候，待人到齐了，就开往研究生公寓。

到了研究生公寓，看到宽敞的大院里人很多。原来，来读研的都是在这里报到和办理入学手续。待我女儿办完手续，住进了公寓，便接到了于第二天参加研究生开学典礼的通知。女儿叫我到时候同她一道去参加，这正合我意，因为我正想见识一下研究生开学典礼的场面。

开学典礼是在北大礼堂举行，各学院新入学的研究生先在礼堂外面的广场上集合，每个学院的人排成一个队列，每支队列前面都有人举着一面标志着该学院名称的红旗。女儿很快就找到了她所在学院的队列，并拉着我走进去。进入会场时，每支队列顺序而入。轮到我女儿的这支队列进入会场时，我便跟着走了进去。

进了礼堂，我和女儿找了座位坐了下来。等了一会儿，待研究生们全部入场后，典礼开始了。北大校长许智宏院士领着数人步入主席台就座，这些人是各学院院长、领导及著名教授。典礼由北大副校长主持。许校长最先讲话，然后依序是一名教授代表、一名在读博士研究生代表、一名新入学研究生代表发言。所有的发言，时间都不长，却都是十分精彩。譬如：教授代表的发言幽默风趣，不断获得热烈的掌声；在读博士研究生的发言是她结合自己的专业阐述北大没有冷门专业。听完他们的发言，让我领略了北大学人的风采。

发言结束，主席台上，除许校长留下，其余的人离开。许校长对台下所有的研究生说，他率领国内九大名校的校长组成的访问团，从美国访问刚刚回来，没有休息，就赶来参加这个开学典礼。本来，他可以委托别人来代他参加，但他不愿这样做。因为，自他主持北大以来，每年的研究生开学典礼，他都要来讲讲话，这次也不例外，他对每年新入学的研究生是寄予厚望并深有感情。许校长话音刚落，所有的研究生报以热烈的掌声。

许校长身材颀长，头发花白。他在讲话中，讲了北大的历史、现状及将北大建成世界一流大学的设想、步骤。最后，他在勉励研究生们要克服当今普遍存在的浮躁心理、沉下心来钻研学问、献身于科学事业时，无限深情地讲到了两弹元勋邓稼先。由于邓稼先是我们家乡人，所以我听了感到特别亲切。许校长谈邓稼先，其中有一件事给我留下了深刻的印象，即邓稼先的大脑长期处于竞技状态，因保密工作的需要，他得牢牢记住很多重要的数据，这在旁人是难以办到的。

在北大参加女儿开学典礼，又意外地听到了北大校长谈起邓稼先，这使我在长了见识的同时，还为我们家乡出了邓稼先这样著名的科学家而感到自豪。

（选自《新安晚报》2005.06.15）

张　仿

桃花绿柳是故乡

大千世界，生灵万物，皆少不了一处栖身歇宿的场所，鸟有巢窝，兽有洞穴，畜有栏圈……作为万物生灵的人类，每个人都有一个家。故乡又是什么？故乡是家的所在地。面对我降生与出发之地，我常常无言以对，因为我在漫漫人生路上很难找到一个富有诗意的答案来给故乡。

从生命的终极意义上说，人是经受不住一生漂泊之苦的。所谓“四海为家”只是一个美的谎言，甚至隐藏的本质就是没有家，没有家就没有故乡的情缘，就没有亲情，生命就显得平面和单薄。

我常常在想，应该感谢我生命的起源栖居之地，即使那里唯有的风景是一座山岗，一道峡谷，一条小河，一片池塘或一棵大树，但它们毕竟刺激和调动了我最初的生命意识，它使我后来认识世界，感知世界，使我后来滋生故乡意识和萌发离开故乡的勇气，它使我的生命永远处在一种回归与放逐的自我完善之中。

不论是富有还是贫瘠，在永恒的眷恋中我才有勇气抚慰心灵的种种创伤和人生的种种痛苦。

在我的心目中，我总觉得故乡永远处于大地的中央，而自己仿佛是一株远离太阳的向日葵，但总要把花盘转向故乡升起的那轮太阳，蜗居于都市的我，整日为生计奔波（现在好了，已退休了，不再整天忙于生计）。时常像鱼儿一样游弋在色彩缤纷的大街小巷，远离着日月星辰，远离着花草树木，在喧嚣与躁动中消蚀着岁月，耗尽着精力。而故乡则在远方的日渐朦胧中变得更加深沉。时远、时近，像海市蜃楼虚幻般在眼前出现。

阳春三月，春日融融，我带着孩子踏进故乡的热土，一路上他们对故乡是那么的陌生，问长问短，好像是来到另一个国度，我突然感到有一种难言的隐痛和悲哀，因为我原以为吃穿不愁的孩子们在城里生活是幸福的，可是走在乡间的小路上时，我才感觉到他们是生活现代都市的一棵弱草，因为他们无法面对真正的大自然，无法感知山川河流和花木虫草，那种从电视荧屏上得来的一切“富有”抽象脆弱得不堪一击。你看，当我们踏进姐姐家门时几声狗吠竟吓得他们哇哇大叫。

在故乡，我感到一种的澄明与开敞，离别已久的思乡之情得到回归的安详，特别是阳春三月故乡桃花盛开，杨柳吐绿，闻着家乡土地散发出阵阵泥土的芳香，感到生命的充实……

归期很快的到了，我们依依不舍的告别故乡的亲人，酸楚的踏上归程、途中，孩子们问我“爸，你为什么流泪”？我说因为爸爸离开家了。孩子们惊奇地说我们的家不在城里吗？我说我们的家在城里，我说的离故乡……。

透过车窗我望着离我渐渐远去的故乡，嘴里喃喃的唠叨着“桃红——绿柳——是——故乡”。这时车内的扬声器送来“故乡的云”的歌声。

张桂生

辽阔的秋天

今年秋天的美是慢慢地被感觉到的。长江的水安静下来，长江的大堤安静下来，长江两岸的男女老少也安静下来，才发现已是中秋。

从来没有别的事物给人走进秋天的那种快感，秋天是收获的季节，它把一股股蜜一阵阵香一声声笑一张张火红的捷报捧给勤劳者和先行者，收获是何等的喜悦；秋天的颜色是金灿灿的，亮丽，辉煌，洋溢着豪气，人从来没有像在秋高气爽中这样潇洒、厚重，多情而神思飞扬。

我不知道我是什么时候爱上秋天的，也不知道我是怎样爱上秋天的，也许是我出生在秋天的缘故，我从小对秋天一往情深。不想夏天的事，夏天的烦恼已远；不作冬天的梦，冬天的寒冷难眠。秋天是一杯香浓的酒一首隽永的诗一部爱不释手的长篇，是生命和宇宙在更高水平下的契和，是一种永不扑灭的热烈在人体的骨髓、血液和脑海中燃烧。以一种心情驱车在原野里走过，满目是丰收的永恒和辽阔。秋野，被风儿一啄，被雨点儿一凿，便顺着田间小路儿淌出甜的香的味了，让人感觉到一种力量一种光明，它是从繁重劳累的生活中提炼出来的一种精粹一种亮色。以另一种心情走进都市，你会发现生命的振作，而不是腐化和奢靡；你会悟出人生的庄严，而不带一丝妖气和轻飘。我喜欢秋天的充实和富有，充实了才厚重才宽宏才施展才卓越表现，富有了才慷慨才潇洒才雄劲才有奉献。我喜欢秋天那些金灿灿红彤彤的事物永远处在被等待作奉献的状态，而不是像人世间总在出现的那种被占有被挥霍的状态——一旦占有，人生反而容易迷失；一旦挥霍，生命会过早走向灭亡。

秋天，最撩人相思，最撩人乡思，最撩人情思。秋天，望星空，水天一脉，那是一个美丽的吻，吻出一个永恒。月亮碎了多少次，人生碎了多少次，唯有中秋的皓月始终完整。陶渊明来了，哼几句酒令，化一缕菊香，流芳百世；李白来了，唱几曲酒歌，披一片月光，绝唱千古。月亮不停地亲近我们又放弃我们，我们便格外钟情于八月十五的月亮。“明月几时有，把酒问青天”，我吟着，但我最喜欢的是那最后的两句“但愿人长久，千里共婵娟”。月到中秋分外明，我的神思我的心魂，都在看这皎洁的月亮呢！月亮从窗口探进来，玉轮勾动情思，我看见母亲站在大树底下的背影，我看见她把目光伸向远方，在无尽的忧患和牵挂里，她的爱也延伸到无尽；我看见父亲千里迢迢来到儿子身边，那么疲惫和苍老的手拨开从家乡带来的板栗，一个一个地塞进儿子嘴里，喂养了最初的梦境，岁月，在他手中波动起来，父子的感情也有了深度；我看见温柔的妻子，将丈夫最爱吃的月饼，摆在石榴树下的石桌上，隔着时间和空间，潮湿了丈夫的双眸；我看见伟岸的汉子，将脚步驻足在中秋的月上，恪守着爱情最初的誓言，擦亮了妻子圆圆的脸庞；我还看见赤子抬头望明月，低头思故乡的坚贞，看见了淑女夜月楼台，秋香院宇，秋到便凄凉的柔情哀怨……

渐渐地，我发现了一种撞不碎的东西，我认识了一种不衰败的生命：心。心入秋之境，即入仁者之境智者之境情者之境爱者之境，大慈大悲之境大彻大悟之境，使浅浅的人间从此深邃，使短短的人生走进成熟走上高度。没有秋天的生活将是残缺的生活，外在的生活，虚无飘渺的生活，令人遗憾甚至悔恨的生活。即使生活在暖春、酷夏、寒冬，我也会通过持久地修炼，为自己营造出一个秋天的心境，借以放置躁动不安的灵魂，提炼逼近本质的幸福。心中的秋天会给人以俯瞰的高度，会给人以阔大的胸怀，会给人以永恒的大爱，会给人以胜利的支撑，使脆弱的生命经受住无尽欲望之火的烧烤，使苦短的人生永远走在岁月的最高处，永远放开海量饮一个又一个千苦绝唱，使芸芸众生永远去敬畏宇宙敬畏自然敬畏生命。

难得有这样明净的月光，难得有这样明净的心情，难得有这样明净的心境。长长的漫步是戒心灵最释放的时刻，好像许久以来心儿就在渴望着寻找着倾听着秋的足音。秋天实实在在地来了，空旷了雨后的天空大野，豪爽了耕耘者的情感。许多事情已随风飘去，剩下的已埋进泥土，不知道那希望的种子还会不会发芽还会不会收获。期待是一条漫长的路，实际上这是一种心情。无论壮丽的早晨或柔和的黄昏，我都喜欢站在这种心情里，思绪的枝叶层层叠叠，一任秋风翻阅。把生命之根植在秋色里，揽一万种磨难在肩，守望秋实，守望阳光里的幸福。曾经的懦弱曾经的郁闷渐渐消失，面对眼前漫长的真实，以牺牲为代价，磨炼人生，使我们纯粹而美丽；挺直身子，以光荣和神圣感受生活，使我们洒脱与粗犷，浪漫成万种豪情。心仿佛走过一段梦境，秋韵将人生定格成壮丽的风景。秋是一种恒久的召唤深沉记忆的伟岸造型，我已不再期待不再幻想，只想把灵魂高高地举过头顶，把身心都舒展得像一个透明体似的一尘不染，秋是我生命最光辉的季节啊。

秋是自然与天伦对劳动者的赐予，是对生命本质和灵魂生活的关怀，是无怨无悔的心性修炼和享受生命完善自我的受用过程。在我生命的四季里，秋永远存在，美永远存在。

（选自《解放日报》2001. 10. 14）

▍张金平

俯仰城市

几年前，广州的《新周刊》曾对国内一些主要城市做了极具个性化的描述，比如说：北京是中国最大气的城市，上海是最奢华的城市，大连是最男性化的城市，杭州是最女性化的城市，武汉是最市民化的城市，拉萨是最神秘的城市，深圳是最有欲望的城市，南京是最伤感的城市。我从中受到启示，试图也给我生活多年的这座城市寻找到一个最贴切的词汇。然而，反复尝试，都自觉不能满意。

我注视我生活的这座城市，很喜欢站在高处，比如东边的长江大桥（因工作关系，大桥合龙前我曾多次立于其上），闹市区的电信大楼，西边的交通银行大楼，北边的中国银行大楼，这样就很容易发现它的美或缺陷。一个城市应该经得起俯视．就像站在埃菲尔铁塔上俯视巴黎的高贵，飞机的舷窗上俯视哥本哈根绿草地红房子的诗意，景山公园最高处俯视古都北京的帝王气概。

“城市是一本打开的书”。城市的规划、布局、生态环境、市政设施、建筑文化等所构成的人文景观，是城市的面貌和仪容，从中展示了城市的历史和现状、城市的抱负和理想、城市的光荣和骄傲以及城市的困惑和失落。我每天都在默读城市这本大书，其中个别页码甚至留下我无数的指印，然而它与我依然隔膜，这包括我周围的一些朋友。

认知这座城市，用得最多的字眼是人太过精明，落后的经济使人长久的压抑，使他们的精神从来也不能振作，有些人还整天陶醉于往日省会的骄傲之中，洋洋得意，沾沾自喜，故而他们不能像北京人那样牛气，像大连人那样傲气，像上海人那样自爱自恋，甚至与同饮一江水的马（鞍山）、芜（湖）、铜（陵）相比，都硬不起腰杆。常常从市民们的长吁短叹、满腹牢骚中，可以觉察出一些抱怨与自卑。怪谁呢？谁都有责任！

毋庸置疑，经济是基础，是城市的骨骼与脉络。那么精神呢？一个失去城市精神的城市，它的市民肯定缺乏去创造火热生活的底气。而历史给了这座城市不少的人文精神。比如陈独秀、邓稼先等所留下的精神遗产。我们的古皖文化、黄梅戏艺术、桐城派，谁能与之匹敌?

城市建设要渗透人文思想，也就是“以人为本”的时代主题。市民公园、科技广场、广电中心的建设，将会使城市在越来越密的楼群中，孕育出一块供市民畅快呼吸的自由空间。

城市文化，应该是城市的内核，城市的老根。凝聚这座城市的历史文化，荟萃这座城市的民俗风情，它是民间的、传统的，也是地域的、民族的，它所展现的城市个性魅力令人倾倒，它所容纳的城市精神财富让市民骄傲。它深深扎在这座城市厚厚的历史文化的沃土里，也就是深深扎在这座城市人们的心坎中。

城市少不了精气神。今天的文化，就是明天的经济。城市精神也不是一朝一夕就能雕凿的，切忌拔苗助长，毕其功于一役，做表面文章，要长远培植，精耕细作。我相信总有一天，一提起我们这座城市，就让人想到城市文化的精髓之处，如同想到伦敦，就会想到它的戏剧、博物馆和大学城；想到巴黎，就会想到它的服饰、文学和咖啡馆；想到维也纳，就会想到音乐；想到纽约，就会想到它的传媒、自由女神像和百老汇。果真如此，我们便有足够的理由自豪与骄傲！

（选自《中国气象报》2007.05.29）

张　珊

远湖，天鹅的湖

远湖是个不大的湖。由我们村往东南去十里路，便到了。远湖的四季都很美丽：春天，湖水刚刚涨起，清澈明亮，阳光下，远湖就像一块璀璨闪光的宝石，小荷的尖尖角就从“宝石”里钻出来；夏天，满湖都是粉红的荷花，青青的芦苇，饱满的芡实，甜嫩的菱角；秋天，湖里的荷叶残了，芦苇和芭茅都开花了，和岸上的荞麦花连成一片，白茫茫覆盖原野，就像冬天的大雪一样；天鹅也飞来了，它们也是雪白的，秋天的远湖是雪的湖；冬天，湖里的水退了，野鸭子飞来了，岸上人家捕鱼、挖藕、狩猎的季节就到了。

童年时，我几乎每天都听到人说起远湖。

“从哪里来?”

“从远湖打渔来……”

“今年远湖的荷花开得真闹……”

“远湖的水开始退了……”

那时，远湖是我心里最神往的地方，可它又是那样遥远，遥远得就像在天边。终于，在7岁那年，我第一次去了远湖。

那是一个夏天，爸爸去湖里割草，他用“小溜子”把我带去了。“小溜子”顺着我们家门前的小河飞快地向远湖撑去。小河是和远湖相通的，我把手伸在清亮的河水里，随手捞起一个漂浮在水面上的嫩菱角，或者摘下一朵楚楚动人的小花。那天，我实在太高兴了，高兴得和5岁时第一次去安庆城一模一样。

远湖到了，这就是远湖，我站在船头，想把脖子尽量伸长一点，可是什么也没看清，荷叶把我遮住了。爸爸把我举起来。

“看到了吗?”他问。

“看到了。”

湖，浩渺无际，绿的荷叶，黄的野花，白是人在牧着的鸭群。

爸爸的小船在湖里撑过去，他也被荷叶淹没了，只有竹篙在顶上摆动。我们在湖心时常会遇见撑船的人，爸爸和他们都认识，打着招呼。

"喂，你在忙什么？"

"打点荷叶去安庆卖。"

我想起妈妈从城里买回来的卤肉和红糖，都是用散发着清香的干荷叶包的，一定都是他们采下来卖到城里的。

湖里生长着许多通红的"水蜡烛"，有翠鸟和蜻蜓立在上面，见小船来了，翠鸟"叽——"地叫了一声，就飞走了。我把"水蜡烛"摘下来，爸爸说："多摘一点吧，回去给你妈妈装枕头。"

远湖就像一座金仓银库，什么都是宝贝。

时间随着门前的小河流走了。我10岁那年冬天，爸爸、妈妈都被集中到远湖去了，听说要把远湖变成一个大粮仓。等到学校放寒假，我也来到围湖造田工地。远湖的水被抽干了，湖底全是乌油油的稀泥。人们就像蚂蚁似的忙碌着，喇叭里高声播放着样板戏，或者什么人的决心书，湖的四周都插上了红旗，那种声势确实让我幼小的心激动了一阵子。

等到太阳下山，收工了，人们又走到湖心去挖藕。我也随妈妈来到藕塘。那天夜晚也许要下雪，天空变成了铅灰色，湖里起了风。把那些破败的荷叶和苇草吹得沙沙响，水鸟找不到宿处，"哇哇"的在我的头顶惨叫，红旗河喇叭没有了，美丽的天鹅也没有了，远处就像一场激战后的战场，显得荒寂、凄凉。我突然害怕起来，叫道："妈妈，回家吧！"

远湖被围成田，一到夏天，湖里还会涨水，种下去的稻子连种都收不回来，再加上路远，很少有人去种，远湖就这样荒下来。没有荷花、芦苇；没有秧苗、稻谷，变成沼泽地。我家门前小河的水也不流动了，慢慢地干枯了。小河变成了"雨下三天就淹，雨停三天就干"的死河，以前靠它灌溉的两岸秧苗，一到夏天就干巴巴地喘不过气来。

1978年，我考上大学离开故乡。一别几年，听说远湖已退田还湖，我高兴：远湖，你还像从前那样美丽吗？大学毕业后，我分到离家一百多里的县城，终于在一个春天，我赶到远湖边。春水还没有涨起来，稀疏的小荷刚露出水面，而岸边的芦苇已很茂盛，就像一道幕把湖围起来。远湖像颗重放光明的巨人的眼珠，变得更加神采奕奕。远远地，从南方的空中飞来几只白色的鸟，它们在远湖上空久久盘旋，好像想在这里安家。啊，那是天鹅，是天鹅！它们又飞回来了，飞回故乡来了……

（选自《春天的流水》，华龄出版社，2007年6月第一版）

张文国

下扬州

我来到扬州，是在一个寒冷的季节，但我站在瘦西湖薄薄的雾霭中，等候来自扬州的美女和她温柔撩人的气息时，感觉自己也在轻轻地弥散，成为瘦西湖的一部分。

当我从大运河上越过，跨进这座历史古城时，浓密的垂柳，翠绿的叶片已经告诉我们，在一定意义上，扬州这座城市就是由花与水凝结而成的，所以，她自古以来显得特别的晶亮，光润，折射出五光十色，“暖风熏得游人醉”的色彩。

扬州是美女的代名词，一座中国历代君王都向往，休闲的圣地，清乾隆七下江南，必经这座美女云集的古城，游山玩水，体察民情，被扬州美景倾倒，写下许多诗句“故人西辞黄鹤楼，烟花三月下扬州”、“腰缠十万贯，才可下扬州”等等，几千年来，有多少文人墨客仙游此城，题诗相随。可见，扬州汇集着中国历史上最华丽的景观，因此和她相约是烂漫而令人感慨的。我站在瘦西湖的垂柳下，瘦西湖的杨柳映在我的身边，也映照出清新的水，美曲的桥，暗香的花，千古的寺。这是我第一次来到扬州。下了大巴车，住进了二十四桥宾馆，五个多小时的旅程，尽管有些疲惫，但走进瘦西湖，我的倦意和疲劳已被眼前的美景擦试得干干净净。一条条游船装着游客，在我的心中荡漾起来，我感觉，我就是波光云影，为扬州留下道道可见的波痕。对瘦西湖而言，到过她身边的人可能都有这样一个愿望，化一道波浪，作一声呐喊，把自己永远地留给“烟花之地”。

随着导游小姐的一声喊叫，二十四桥出现在我们面前，白玉构成，呈曲拱形，洁白无瑕。缘何叫“二十四桥”呢？导游小姐介绍，二十四桥系唐中期建设，桥长二十四米，桥宽2.4米，由24根汉白玉组成桥廊。唐玄宗来扬州选美女，正好选中24位美女在桥上翩翩起舞，“玉桥天半起笙歌，风迎宫嫔笑语和，月殿影开闻夜雨，水精帘卷近西湖”。可以想象，当时瘦西湖的繁华热闹，灯红祥和之景。"

扬州出美女，这在各种史书上有着清楚的记载，那么多艳丽与凄美的历史深处的雅事，与扬州城的"水"紧密相关。站在瘦西湖的五亭桥上，我能清楚的看到，历史飘动的裙裾与扬州美女光洁的肌肤上滑落下来的水珠，这时才想起，隋炀帝为何集全国的人力，物力修造大运河，打通南下的水路大动脉；唐玄宗三下扬州，乾隆七下江南留宿古城。曾几何时，在五亭桥留下"昨夜风开露井桃"的迷迷夜晚，数以万计的扬州美女因"泪尽罗中梦不成"而远离故乡，离别亲人，侍候一代又一代的封建君主，她们像大运河的水一样流淌着，让后人难以遗忘。

走在瘦西湖狭窄苗条的河道上，两岸幽草纵深，琼花放香，"然春阁"、"乾隆钓鱼台"、"白塔横影"，尽收眼底。"船从桥下走，无人舟自横"、"行到中庭数花朵，蜻蜓飞上玉搔头"，这便是瘦西湖的精致之处，独特之处。

突然"咣啷"一声，船在岸边停住，我启动自己的身体，想去瘦西湖边的大明寺去看看。

沿百级台阶而上，缓步走进大明寺，这里集佛教庙宇，文物古迹和园林风光于一体的游览圣地。大明寺已有1500年历史，这里的古树和草木丰腴而温柔，历史上，大明寺是历代君王吟诗、会友接纳臣妃的"小朝廷"。"康熙碑亭"、"监真纪念堂"、"欧阳祠"、"谷林堂""平山堂""西园"等，无疑是最好的历史见证。"扬州八怪"或文人墨客题诗饮酒，抒情绘画，与君王来扬州"情人幽会"的色彩交相辉映。到了清代"康乾盛世"时期大明寺才真正成为中国古代庙宇与园林的代表，"西园"还曾做过乾隆皇帝行宫的御花园呢。"放生池"一个多么沉重的名字，乾隆皇帝曾亲手放养了大清帝国的繁荣与衰败，它已作为历史保存下来，历史是不能断裂的，断裂的只是我，一个游人的天真与快乐。还有鉴真纪念堂，一位普通的和尚，在当时交通极不发达的情况下，十次东渡日本，传播中国的诗经文化、风土人情，把中国的繁荣与外国的进步融为一体，把对国家的忠诚，发展的愿望，展示得淋漓尽致。

走出大明寺，天已渐黑。扬州的街景辉煌，行在扬城，所有历史浮现于我胸前时，我想我们可以忘却不需要的灰尘和历史，但不能忘却它是最适人们栖居的天堂。

（选自《安庆日报·下午版》2004.01.05）

▌张　宜

一个人的江滩

来到江边，又见羊群。

每次我看见羊的时候，都注定在这里，在江滩上。即使在乱石岗的山坡上，眼前也瞬间变得平缓起来。这些羊儿的深处一定深藏着我的某种密码，是神秘的，也是公开的。在我与周围的事物之间迅速调和，转化，最终在心平气和之中达成暂时的和解。

我现在躺在下午的江滩上，浓密茂盛的青草是爬上沙滩上的最敏感的江水，清白沁凉。身边，几只吃草的羊儿经过我，反复地经过，使我感到飘飘荡荡，些微的眩晕感使近在咫尺的江水拍打着堤岸的潮声变得空洞，安静地江滩缓缓上升起来。

看见羊群，为什么每次都有这种飘飘欲仙的感觉？看来不就是接近几只羊儿，过程就是这么简单。我是下午过江的，办完一件事情，就匆匆赶向渡口，渡船开走了，总是在我刚到的时候离开。就像每次乘地铁，上电梯或搭乘最后一班班车，世上的事情总是这样。本来在这个时候我应该站在拥挤不堪的轮船铁舱里，看到舷窗外的江水，听着波浪撞击船底的铁板，发出嘣嘣——嘣嘣单调乏味的声响。轰隆一声，一刻钟的渡船靠岸了，走出渡口，打地，回家。可是，我现在站在空无一人的售票房的窗口，就是站在这里，没有任何道理。

就在这个时候，我看见不远处的江滩上出现三三两两的羊儿，好像它们在这时是故意出现的，打发着我等船的寂寞。看到它们头也不抬地在专心吃草，我变得有点烦躁，有些失望。有只羊儿引起了我的注意，它吃一会草就抬头看一会，慢慢咀嚼着，上下颌部蠕动的动作很大，咯吱咯吱嚼草的声音也大得惊人，多少有点夸张了。它一会看看江水，看看江面上经过的船只，不知是嘴巴里面的新鲜草汁，还是江上的新鲜风景，都是那么津津有味。

从南岸到北岸，乘轮船过江是我最熟悉不过的事情，从一个水泥窗口里拽出左手或者右手，又从一大把脏兮兮的零钱里面终于找出一张船票，递给坐在铁闸子入口处的一个老头，一路小跑着通过长长的过道，就像刚刚打开羊圈的羊群一样，向铁制的跳板上涌过去。这时候你想不跑都不行，因为前后的人都在奔跑，大概是江边事情的发生，都和波浪差不多，都是前呼后拥的。

我不知道为什么没有和往常一样，傻傻地站着看着，而是绕过高高的铁栏，轻轻一跳，就落到湿润松软的江滩上，身体上立即沾满了鱼腥味的又高又大的江风，当然，也粘上了渡船呜呜的鸣叫，把半条江都撑得又湿又亮。

我斜躺在沙滩上，这种姿势几乎是贴在沙滩上，像挂在墙壁上的一张日历，或者像滩上的青草刚刚从地面上长出来。江面上的微微翻起的波浪，还有无声驶去的黑糊糊的铁皮船顺着发梢在流淌，不断晃来晃去的羊儿几乎碰上了我的睫毛，一擦而过。

寂静的江滩，寂静是下午江滩的一个谜团。

我眼前晃动着一团团白色的影子，洁白的，臃肿的。在凝结，又好像一直在扩散。现在，离我最近的就是一只只白羊，一只串起一只，像一根很长很长的绳子上的结疤，把我目光慢慢地系牢。由近及远地，把我眼里的防洪林长长的绿化带、岸边冲刷上来的白色快餐盒、一只破旧的红色胶靴，还有啤酒瓶和已经浸得发黑的芦苇根全部串在一起。不是一种刻意地捆绑，一点也没有强迫的意识，好像那些物体自己很情愿的样子，周围的一切变得让人难以相信的松散、松弛，最终，使我开始变得无限地涣散……

江天上云层压得很低，是羊慢慢向我围拢过来？而我离江滩越来越远。

羊儿是可以任意想象的，应该属于中性的。在词性的趋向里都是直指温柔、温驯、温和和温良，如果我一直联想下去，可能真的迷失了，就像茫茫无际的大草原上一只迷途的羔羊。它们天性里的驯服使人彻底地安心和放心，它给人的想象是纯粹的，透明的，是无限扩展的任意的时间和空间。几乎不会遭遇到像时间这种奇怪物质的抵挡或破坏。

现在，我在江滩上看羊，就如同一直在大草原上狂奔，不知道现在和未来，是在和一种遥远和永恒的力量发生较量，在无限制地消耗自己的智能和体能。我知道，无论开始或结束，我都是注定的失败者。就像生命的活体面向着死亡，死亡也同样是永恒的事物之一，但是肯定不会是唯一的。

我已经感觉到自己的身心疲惫，慢慢地委顿，我注视着身边的羊群，它们现在几乎成为控制我、瓦解我的秘密主宰。上帝啊，我简直不知道自己在看些什么，仿佛进入了江面上寥寥升腾的薄雾之中，进入羊群制造的广大广漠的迷团中心。

羊群们到底有没有迷失？它们迷失在迷失之中？

我是谁？我从哪里来？又到哪里去？许多人都在说，我怎么从来没有听到羊群这么说。我想，这些大概属于羊群的集体无意识。

像羊一样活着多好，我突然被会有这样的想法惊讶起来。在人的眼里，都希望别人是一只羊。在统治者的灵魂中更是如此。那么，在羊的眼里，是不是希望别人都成为一只羊呢？至少，和羊贴得最近的都是羊了。这对于人们的疑惑和疑问，似乎有了点答案。为什么会这样想？我也不明白自己了。羊在我身边移动着，好像我根本不存在似的，当然包括刚刚的那些想法。应该是我自己感觉自己不存在，它们只是吃草，极其认真，也极富耐心，最终使我彻底失去了耐心。

我是来看羊的，又不是来看人的，毕竟我暂时离开了人群。我对自己很不满意起来，四处随便看一眼，根本没有一个人。江滩上的草丛里面发出一种声音，我越是凝神地听着，就越是听不到什么，就如同守护在濒临死亡的病榻前，倾听着弥留之际亲人的最后声音，含含糊糊，因为太想听见，反而无法听清。羊群吃草的声音，如同来自天籁的声息，无法形容。我知道，我是无法听到了，那是羊和青草的对话，或者说是草在练习发音，也肯定是对羊在说，不是对我说，因为，整个下午的草滩上，除了我就是羊了，而且羊一定也听懂了，都在反复地咀嚼着，正在饶有兴趣地回味着。

突然，一只羊发现了我，我还来不及惊喜的刹那，它又埋下头去，或者它根本就没看我，瞬间的目光让我一辈子再也忘记不掉，温柔的柔，空洞的空，冷漠的冷，简直就像一个早已存在的陷阱，那么美丽和完美，在江边的潮声中扩散，犹豫地游动。

我感觉自己彻底地，在一个类似绝望的情绪中不能自拔，疲惫不堪。甚至不知道自己在干些什么？就如同人群中间常常发生的那样，只要我不去看，只要闭上眼睛，就立即不知道在哪里。但是，我肯定在我自己这里！

是右手指头一阵钻心的痛感使我回过神来，像是从沙地，从草尖上传过来，可能是刚才长久地注视着那只离我越来越近的羊，全身的肌肉暗暗绷紧，重心慢慢偏离向羊来到的方向，重量全部压迫在手指上。刚刚拔出的手指，像刚刚从沙土里挖出的芦苇或者柳树的红根须，立即成为另外的事物，江滩，从我的手指上慢慢恢复了知觉。

羊儿似乎是没有痛感的，我想是的。它有的只是我对于它们现在的感觉。比如冷漠、温顺，像他们身体上绒毛一样，自然而然地长出来，对着辽阔的江滩，对着远方的芦苇荡都是温柔温顺的，而且，在我的冷漠注视中，这个江滩也移动起来，羊成为它们的影子，还是树和芦苇成为羊群的影子？我越来越无法分清。

这种温顺和温柔的本身，都是一种消隐，在羊常常出没的地方，界限也变得越来越模糊，变得难以分辨。我现在伸出手，只要我愿意这样往前伸一点点，我就可以触摸到羊的身体，那又会怎么样呢？我真的正在抚摸着它的绒毛，羊就像没感觉的任何一件物体。没有感觉的东西又是什么？那就随便是什么了，是一块江滩上的鹅卵石，一粒青沙，悬挂在草尖上的蒲公英的种子，或者是从上游冲刷下来的塑料泡沫，它们随波逐流，随风赋形。

我的一个好静的人，还不如说是个有意回避的人。常常更多的时候是回避不掉的，所以安静是暂时的，也是相对的。只不过像蓄满江水的瓶子，暂时停止了摇动，而沉淀下来。那么，羊会不会就是沉淀下来的一泓清水呢？天色渐渐黯淡下来，好像有意在回避我的问题，只是羊比天色黯淡得要慢一些，它们仍然在我的眼睛里保持着一种惯性。世上的惯性都是顽固的，即使在羊身上也时有发生，这种世俗的东西，和惰性极其类似，几乎和时间同时存在。

江边的羊慢慢变成灰白色。我很喜欢这种颜色，这是属于快要安静下来的色彩，很快使我想入非非，也十分容易和周围的事物达成没有原则的和解。所以，失去禁锢，异常活跃，充满着比想象更大的空间自由。就像任何一个没有是非的人走进人群，很快消失，或者立即变成另外一个人和物体，永远难以成为自己。

人有时候是没有灵魂的，就像我现在的自己。在这里，灵魂也没必要出席，旁边都是羊群，游来飘去……

一位老人牵着一个小孩，老人手里拿着东西，小孩也拿着。她们在很高很远的地方走着，悠悠荡荡，因为黄昏的错觉，我看见了她们走在通向江心跳板上，走进一只黑黝黝怪兽张大的嘴巴里面，微微耸动，窥伺着，显得胸有成竹，表现出漫不经心。

我突然感到不安，我望着她们的时候，身边的羊也在望着，我像羊，或者羊也像我。接着传来一声巨大的怪叫，差点使我弹跳起来，我没动，这种感觉是来自是身边的羊，它们突然抬头，迅速转身。我仿佛成为它们感受外界的交感神经。

我换个姿势继续躺着，就像一只羊慢慢地转身，去吃另外的青草一样自然流利。我也拔了棵草根放在嘴里嚼了起来，周围，除了一片咀嚼的声音，一切都消逝了，除了偶尔飞过鸟雀的影子，潮声消退了，防洪林远去了，只是嚼着草根的声音越来越响，毫无规则，大得吓人，几乎成为黄昏来临时分江滩上唯一的声响，此起彼伏。瓦解了由黄昏一手营造的黑色单调的完整性。

呜——又一阵渡船的长鸣。

我眼睁睁看着最后一班渡船正在离岸，我腾地跃起来，可是，双腿却不听使唤，慢慢腾腾的，简直就是麻木和麻痹，深一脚浅一脚在沙滩上奔跑着，也不过比平时散步快不了多少。我是刚刚走出羊群的人，或者刚刚就是一只羊……．我感觉到从未有过的作为一只羊的孤独。五月初的江滩上，江风用力地吹过来，我仍然感觉到一阵彻骨的寒意，站在渡船离去的趸船甲板上，周围的一切迅速变得生硬、冰凉和冷峭，站在黑茫茫江面之上，站在汹涌不息的波涛堆砌而成的孤独之上，我知道，这里，还有前方都是与所有的羊群处于完全相反的方向。

一个人沿着黑暗潮湿的江滩往下游十几里的汽车轮渡走去，草地发出唰唰的响声，慢慢悠悠的，就像一只孤独的回家途中的羊。猛然回头，那边的江滩上一片空空荡荡，羊群早已不见了踪影。

张应中

养　蚕

去年“五一”劳动节，我们一家三口到马鞍山玩，在雨山湖公园，儿子发现有人卖蚕，就嚷着买了几条。我想，让他养着玩玩也是有趣的事，没料到带回家的第二天，桑叶就成了问题。

我老家在农村，小时候我也帮母亲养过蚕，那是为了卖茧子赚钱，养的数量比较多。当春蚕三眠之后，每只蚕约一寸长，铺满了几只大簟子，成把的桑叶撒上去，立马听见沙沙沙的声音，像下雨似的，声势浩大。母亲又喜又忧，喜的是蚕宝宝身体健康，能结上等的茧子，忧的是桑园里的桑叶不多了，得向别人家讨要。

城里没有专门养蚕人，难得见到桑树，因此，养几只蚕也不容易。我骑了自行车到校园、公园等处搜寻，偶然发现一株小桑树，同时也就发现树上的桑叶已经被别人摘得差不多了，只剩下树梢上的几匹嫩叶在微风中摇晃。想来，养蚕宝宝的小朋友一定不少。儿子所在的幼儿园里倒有一棵大桑树，只是下面一截光溜溜的树干太高，爬上去非常不容易，为了摘桑叶，我的手还刮破了皮。事后，我做了两首打油诗，诗曰：“寻遍公园未见桑，家中剩叶食精光。顽童昨购蚕三只，老爸今朝又下乡。”“攀援老树手添伤，一把青桑一日粮。隔夜枯干蚕勿食，含辛非是为穷忙。”儿子的新鲜劲头没过两天就过去了，采桑喂蚕自然成了我的事情。还好，没多久，蚕就结茧子了，几只白的，还有一只黄的，很别致，也好看。好像过了一个多星期，几只蚕蛾破茧而出，它们不吃，不飞，只是交配，产子，就这样完成了生命历程。到了秋天，在公园散步，我意外地发现了一棵较大的桑树，桑叶茂盛，只是此时已经不再需要它了。因此又作一首打油诗，云：“春末寻桑不见桑，初秋偶遇叶苍苍。来年再养春蚕日，记得公园小路旁。”

蚕子密密麻麻的产在一张白纸上，在书橱里一搁就是一年。今年清明后一个星期，蚕蚁纷纷爬了出来，像一些小黑点在蠕动。此时，柔嫩的桑叶刚刚长出，嫩叶喂幼蚕，不早不迟，仿佛蚕和桑叶约好了似的，造化之奇，令人赞叹。去年养几只蚕，已经不易。今年可麻烦了，竟有上百条蚕。直到爱人将大部分蚕宝宝分送她的一些同事，我的心才算轻松下来。家中剩下十八条，我天天记挂着采桑喂蚕的事。可惜，公园里的那棵桑树被管理人员砍去了新枝，桑叶无从摘起，为怕采桑人攀折枝条竟然将桑枝斫去，这又是何必呢？附近我所知道的桑叶都被采光了，我就骑车到郊区的公园采桑叶，郊区公园很大，桑树比较多见，叶大汁多，最能养蚕。蚕叶干得快，我几乎每天都得采新鲜的桑叶，挺耽误时间的，后来想了个办法，将桑叶洗干净存放在冰箱里，可以保管好多天。听说自来水洗过的桑叶蚕不能吃，我觉得没大问题，事实上也是如此。大约一个月的时间，蚕宝宝相继成熟了，身体透明，我把它们捉放到柏枝上做茧子；像绿枝上长出了一个个白亮亮的果子，儿子很有兴趣的观看它们。

看着它们兢兢业业，一丝不苟的吐丝，将自已捆缚其中，我不由得生出一份感动，一丝悲哀，尽管它们作茧自缚后，还会化蛾飞出。我想起李商隐的诗句“春蚕到死丝方尽”，总觉得它们就死在里面，悄无声息的。又想，一年一度，这样的生命轮回有何意义呢？于是，又吟成一绝：“又见春蚕吐白丝，轮回情似去年时。生生死死成何事？一念抬头语便痴。”

（选自《新安晚报》2008. 06. 23）

张振中

拜谒赵朴初故居

坐落在繁华喧嚣安庆市人民路背后的天台里赵朴初故居——世太史第，修葺一新正以全新的姿态迎接络绎不绝的游人。在我国第一"文化遗产日"（2006年6月10日）来临之际，笔者怀着久违的心情踱进了令人向往的世太史第。

那天，正值安庆市书画协会在世太史第举行"安庆市青年书法家提名展"。举头观望横幅上的行书，揣摩它是我市书法家冯仲华先生亲笔所书。笔者对书法艺术也素有叶公好龙，更觉得今日来的正是时候，心中顿生另一份惬意。乍一看，世太史第古朴典雅融于徽派建筑艺术。它是一幢青砖红瓦的四合院，高出屋顶的马头墙给人一种威严之感。重梁雕栋的门庭上方悬挂着全国人大常委会副委员长王兆国同志所书的"风范永存"四个鎏金楷书，两边是"江山如画，物我同春"的楹联。站在高大威严的门庭下，用手触摸墙体和青砖，仿佛感到世太史第辉煌脉搏在跳动。仰视着这座无法触摸历史尘封的雄伟建筑，令人思绪万千……

据历史记载这座古建建筑始建于同治三年（1864），"四代翰林"的金匾曾是光绪皇帝亲笔所书。原有五进，每进之间都有天井，两侧山墙为起伏而高出屋顶的马头墙，赵朴初出生于世太史第的第二代。后延续第三代，第四代的翰林的出现，也是世太史第历史上最辉煌的时期。沧桑巨变，岁月更序，这辉煌的建筑几盛几衰终于保存下来，这是我们宜城的骄傲。上个世纪九十年代赵朴初趁参加九华山庙会之机，回到了阔别30多载的宜城，赵老怀着依依惜别的心情重游了故居，看到自己成长的"摇篮"赵老感慨万分。赵朴初先生1907年出生，祖籍太湖县，是我国著名的社会活动家，杰出的爱国宗教领袖，又是我国著名的作家、诗人和书法家。为了让世太史第这一历史文物完整地保存下来，2001年安庆市政府作出决定重修世太史第。这一决定得到国家政协肯定和支持，经过方方面面的筹款，本着“修旧如旧”的原则，先后斥资数百万元，才使世太史第再现昔日的辉煌，为我们这座历史名城又增添了一处人文景观靓丽的风景线，更是人们瞻仰和纪念赵老难得的场所。

随着参观的人流，笔者走进世太史第的大门，首先映入眼帘的是原全国政协主席李瑞环亲笔题书的“世太史第”四个金光闪耀的大字。原来这座古建筑是四合院拥抱天井，布局独树一格共分四进，每进之间都有狭长的走廊，正因为设计新颖使每进的厅堂都不穿入，构成厅与厢房的完整，每进的前后走廊重梁画栋，雕龙刻凤美轮美奂。第一进咸集着来自八县一市的青年书法家，在此切磋书技相互交流，使这座古香古色的建筑又增添一份浓浓的色彩，，那真是“翰林院”里话丹青满庭芳华。绕过第一进，步入第二进，整个大厅和厢房都挂满翰墨飘香的书法作品。楷、行、草、隶、篆的书法作品琳琅满目各有千秋，令人目不暇接。贪婪笔者悉心的欣赏着每一幅作品，仔细端详心领神会。纵观本届“安庆市青年书法家提名展”的作品，可谓博采众长名流荟萃，着力弘扬了这源远流长的书法艺术。既有源自于王羲之洒脱飘逸的王体风范，又有从颜、柳体骨力遒劲严谨的风格中脱颖而出。让人感到这座历史名城书法艺术后继有人发扬光大，游人对参展书法作品叹为观止，心烦技痒，赞不绝口。

第三进、第四进橱窗里错落有致地陈列着赵朴初老人生前的书法作品，以及赵老各种题词的手迹，专供游人瞻仰和欣赏。最有趣的是后面的一个露天花园，群芳斗艳满地草坪。一个不大的池中荷叶挤挤挨挨，荷花芳香扑鼻，招来蝶舞蜂飞，池畔有一个供游人休憩的小亭子。整个布局富有小桥流水，池边赏荷，凭栏听书声的生态气息，它是赏心悦目陶冶情操的佳境，其创意独特堪称一绝。久立池边感受到昔日的“状元府”喧嚣繁华的情景。沿着鹅卵石的小径来到碑墙下，这里雕刻着赵老一幅幅书法手迹，那入石三分力透纸背的书法艺术使游人流连忘返。笔者如痴如醉地逐一瞻仰着这艺术瑰宝，遨游在书法艺术宫殿之中。在碑墙一侧撰刻着社会各界人士捐款修建世太史第的名单，以及强细介绍世太史第的文献……欣赏之余，笔者默默识记赵老书写陶行知的“每天四问”内容，并把它作为座右铭来勉励自己。走出世太史第，站在世太史第门庭前让摄影师留下珍贵的照片。门前广场栅栏中有一口水井特别引人注目，旁边的牌子上写着“状元井”三个字，据说这“状元井”有着动人的传说呢。漫步“状元井”一周，眼前好像浮现当年赵府四代翰林延续的辉煌历史和金榜题名状元及第的盛世壮观。

“千年古城、百年省会、历史悠久、人文荟萃”。宜城——不愧于国家授予“历史文化名城”之称。踏上返归的公交车，顿觉今日的世太史第之游，仿佛使笔者读懂了许多，又似乎舍弃了许多……

2006.06.03

周根红

春天的瞭望

风　吹动草原

马的骨头　绿了

——海子《给母亲》

春天比我的瞭望还要辽阔。

我只是站在一个叫长岭的小镇的一块空地上。这块空地，比其他地方都要异常的空，像好几天没有吃饭的空肚子。虽然才是春天刚刚开始，但这片空地上却留满了脚印，有的鞋上钉着钉子，在地上留下深深的痕迹，有的穿的是平底的胶鞋，留下雨水洗刷过的印记，有的是牛的蹄印，里面积着水，撒着牛粪。我在周围看见这么多的脚印。我就知道，不仅仅是我站在春天里瞭望，或者，他们一年四季都站在这里瞭望着呢。我的瞭望没有春天辽阔，也比不上这些脚印的主人辽阔，但我抑制不住，我要在这春天里也留下我瞭望的脚印。

不远处的花朵在开放。春天才刚刚来到，就有一些不安分的花草，像我一样耐不住性子，逐渐探出脑袋，生怕比其他的花草少晒了一会儿太阳，少长了一寸。春天的头一茬阳光，鲜嫩，洁净，充满生机。这是一些早熟，早恋，早有所成的花。

一些花哈哈大笑，在风中前仰后合。它们的笑声，感染着其他的花。继而，另一些胆小的花背对着我，掩面而笑。它们笑的时候很可爱，一朵朵张开薄薄的粉红花瓣，仍不能遮住笑红了的脸。我不禁也笑了起来。我一个人笑，然后，一滩草全笑了。它们的笑，像雪花的融化一样，让诗人的情愫高潮迭起。

“春天的花朵，是一夜喜筵的酒杯，是一夜喜筵的新娘，是包容新娘的彩色屋顶”。这是海子的诗句。海子对乡村的关注体察入微，让我的瞭望捉襟见肘。但这对我的瞭望没有妨碍。一个人的瞭望，虽不能望彻天涯，却可以深入内心。

一条河是驶入这块土地内心深处的一槁桨。确切地说，这不能叫做河，虽然这是长江延伸的一块狭长的支流。其长度不过百米，宽不过一两米。不过，这对我很重要。夜深人静的时候，长江上轮船的汽笛声就从我面前的纸上漫漶。而且几乎可以通过这一条河流感觉到长江流淌的声音。这一点很重要。它暗示着我们，我们的生活与水有关。在这块土地上生活的人，是水承载着他们。他们居住的这块土地，也是长江后冲击而成的。长江逝水无语，突然在某一个时段，创造了我们赖以生存的这片平地。这是一个漫长的过程，虽然如今水已经退去了。可风声雨声里还都是长江的水声。

水声在耳，也在形式的日常生活中。1954 年那场长江洪水，让祖辈的回忆惊心动魄。水淹至家家户户的屋内，人们不时地用瓢舀走漫进来的水。然而，水仍一寸寸地涨着。人们只好把小孩放进盆里，桶里，顺水而去。不知道多少人的童年、少年和青年时光，在水里失却了踪迹。幸存者此后的一生就都生活在水的恐惧里。而这种恐惧一直蔓延着。1991 年，同样的一场大水，又把人们带入了洪荒的记忆里。虽然这次比 1954 年更凶猛的水，没有造成 1954 年那样巨大的毁灭，然而，浪起浪平，水涨水落，都仍然是水。如今，这片空地上到处是洪波退尽后的痕迹和恐慌。

在我童年的记忆里，这片土地就隐藏着一个谶语，几乎人人察觉，却有不愿意说破。80 年代，这里极其肥沃，大片大片的水稻和玉米小麦长得如茂密的森林。走近了，或者走进去，你的呼吸就会边的异常急促。它们个头比你高，长得比你结实。它们头枕着水声，幸福得像一场美梦。然而，好景不长。1991 年的洪水让它们在水声里窒息了。即便后来洪水退后，人们也不愿意再在这片土地上种植任何作物。两次洪水，留下了这样的一片空地。留下了人们对水的恐惧。稍稍长大后，我就看见别处的庄稼丰满成熟，我仍然会想到这块空地上曾经的水泽天国，曾经的水稻玉米和小麦。

许多年过去了，这片土地再无人打理。只有一些花草，不知天高地厚地生长，慢慢地生长成一片水的模样。然后，就有人开始在上面放羊放牛，过往的人在这扯开裤子就尿。这片土地没有主人，又俨然人人都是它的主人。他们可以在这片土地上随便吃喝拉撒。

我想，这片空地上的植物、动物和人，是另一种形式的水吧。一部分水流入其他的土地，另一部分水，还留在这块空地上。我爱任何形式的水，就像我爱任何形式的花。我的瞭望就是从一条花通往水，或者从水通往花的内心秘密小径。这种瞭望让我受益匪浅。我想用瞭望来寻找一条四通八达的道路，通往花朵，河流，树木，草原，风……可惜，我只能在春天有限的时间里，做一次短暂的瞭望。我想，春天是瞭望的最佳时机吧。

（选自《文学报》2005.03.25）

周玉冰

我的一个叔祖父

这个叔祖父是祖父的堂弟，他的童年青年时期是幸运的。在家中的私塾里读了十几年的书，后来兴办新式学校，安庆地区在太湖办了一所六邑中学，他就去六邑中学读书。随后，望江县将雷池书院改作新式学堂——望江中学，叔祖父又在望江中学读了一年书。这年是1949年，望江解放了，他与我伯祖父、祖父一起沦为地主或地主子弟。

这位读了十几年儒家书籍的地主子弟从此沦为农民，只是他比一般农民更苦，大炼钢铁，筑长江大堤，开掘河道都没少他一次。祖父描述说他们一起在岳西炼钢时，因不堪忍受寒冷，他动用了栎炭烤火取暖。结果被乡长让人绑在一棵大树上用皮鞭抽打，他咬着牙不认错，给打晕了。

也许是儒家书籍读多了，我的祖辈中他是脑子最转不过来的一个。他常常要求子女“黎明即起，洒扫庭院”。在我的记忆里，即使在大雪纷飞的冬天，他的几个孩子也是大清早就被喊起床，穿着破絮棉袄，无所事事地等待山芋干稀饭。有时人家孩子还在床上焐暖被窝，就传来他家孩子的哭声。他家的家法是最严的，动不动就捆起来抽打，严重时悬到屋梁上。然而效果却不明显，他的几个孩子肯吃苦却并未成器，小学考不上初中，至今在外打工，都是干苦力活。

肯吃苦是他给人鲜明的印象。炎热季节里，人家都在休息，他却同几个孩子在烈日下劳作。然而他的庄稼并不好，收成很一般。加之时常有些收古董的往返在他家，人们便议论他的庄稼是做给人看的，祖上给他留了金银元宝。祖父判断说当初家都让红卫兵翻烂了，能有多少？几年前，他的弟弟偶尔想起了父亲临死时说有个装金银的瓶子埋在一块地的对角线交汇处。于是天天去挖，挖出来了，青花瓷瓶，却是空的。怀疑是哥哥提前挖走了，为此，弟兄间大吵大闹，冤家对头好几年。

在家境殷实时父母为他找了很好的亲事，时代变迁，那门亲事也就泡了汤。他后来娶了个女人，性格耿直，脾气暴躁。一个村里人都给得罪了，连同一个家族间也不和。女儿长大时，因为琐事与亲家吵了一顿，事后自尽了。撇下3个男孩给我这位叔祖父。前些年大儿子成亲，添了孙子就双双外出打工，他就负责抚养几个月的孙子。还得为两个小儿子的婚事操心。去年的一天，他告诉我如果二儿子定亲了，要借点钱给他。我当时没有一口应允，因为买房手头很紧。

他真是满腹的学问。我小时候，总有一批老人在家里谈天说地、吟诗作赋的，他们都是国民党时期的乡绅，或者没被镇压的乡镇干部，后来陆续作古了，就剩下这位叔祖父和祖父一起拉话题，偶尔我也加入。他背的诗文古赋、奇文异对真多，琅琅成诵，今天大学中文系本科生怕也只能望其项背了。他写一笔好颜楷，功力深厚。方圆几十里无人可出其右。在我收藏的几十幅名人字画中他只对一两幅首肯。然而他不轻易动手为人写字，早些年过年时，人们提上烟酒请他写对联。他不写。现在春节，人们多是买现成的对联，他家对联仍是他自己书写，总让过往人群伫足赞赏。他为我写的一幅书作可能是他在世上唯一的墨迹了。

去年腊月我回家，他正在与祖父交谈，我按惯例为他泡上一杯热茶。他说不能喝了。母亲悄悄告诉我他得了食道癌，家中没钱，干脆不医了，问我可有好的食品给他。我找了一袋枣制品，告诉他泡着食用。

正月外出，匆匆的没与他打招呼，一个月后我回家，心中记着他，估计不能吃硬的，便买了一些软的食品带给他，可是母亲告诉我，他走了，去世了。我听后一阵难受。从此，我家再也没有人来吟诗作对了，他满肚子的诗文、功力深厚的书法也带走了吧。

（选自《新安晚报》2006.05.30）

朱家托

一个人的学校

“一个人的学校”是指只有一位老师的单班小学。那时，层峦叠翠中的朱才小学就是那样的小学，我曾在那里教了两年书。

学校是设在一所古老的祠堂内，大门头上“X氏宗祠”四个大字依稀可见。校门口有一棵稻箩粗的大樟树，少说也长了100多年。有一条小河从校门口潺潺流过。

一个人的学校，出门一把锁，进门一盏灯，里里外外一把手，千斤担子一人挑。

我是怎样开始一天的生活呢?

清晨，我起床后迅速进入炊事员角色。先到小河里挑来两担水，把水缸装得满满的，然后系上围裙，到灶下生火了。锅台上有两口锅。一口大锅，烧开水用的。趁学生未到校，我要烧开一锅水，供学生上学饮用。一口小锅，是烧菜做饭用的。我在学校旁挖了几块菜地，并种了一些农家菜。打开厨房门，走几步路就到了菜地，待把水烧开后，花几分钟的时间，弄来一些青菜，砧板一片响，铁铲几下子，一餐香喷喷的早饭就做好了。

太阳渐渐爬上山头，山村沐浴在灿烂的阳光里。我转入教师角色，站在校门口的古老樟树下，迎接从弯弯山道上走来的学生。说实话，学生离校后太冷清了。我巴望他们早一点到校，快一点让天真活泼撵走寂寞。山道边的茅草、灌木长得茂茂盛盛的。山村早晨露水重，孩子们踩得露珠蹦呀跳的，有些露珠都蹦跳到孩子们的头发上去了，朝阳照在上面，恰如粒粒珍珠，闪着银光。女生从路旁采两支兰草花插在辫子上，一路摇曳芬芳。男生摘几支映山红，高高举起，远远望去，山道上跳跃着簇簇火把……

“老师好!”孩子们望见我了，手舞着鲜花，老远向我打招呼问好。

“同学们好!”我也招着手。望着学生手中的“火把”，温暖立即流遍全身……

教室旁的天井里有一口小缸，装了水。学生到校后把花插到小缸内。就在幽幽的山花芬芳中早读开始了。

早读之后就是上课。

学校单班不单级。一、二、三、四年级，28 位学生坐在同一间教室里听我讲课。一节课的时间内我分别给四个年级的学生授课，既要复习已学过的知识，又要讲授新的知识，让各级学生各行其事，又不互相干扰，真可谓要分身有术。岂止如此，在单班小学上课还得有“变脸”功夫，要在这一节课变成语文老师，那一节课变成数学老师，要在这一节课变成音乐老师，那一节课变成体育老师……十个指头都动作，按教学大纲这本“乐谱”，演奏教学”协奏曲”。

山村孩子大都没有受过学前教育，刚刚启蒙的一年级学生十分不适应学校生活。当我正神采飞扬讲课时，坐在前面的“小平头”涨红了脸，座位下一滩尿——他尿裤子了。这时，我立即给其他同学布置作业，然后迅速充当保姆的角色，为“小平头”换裤子，擦身子，洗裤子。我的衣服对于“小平头”来说无疑是特大号，无奈我只得用我的特大号衣服裹着“小平头”，以免他受凉。在紧张完成了这一系列程序后，才又接着讲课。

教室的窗子太小，光线太差，我请砖瓦师傅在屋上安一些玻璃亮瓦，以增加室内亮度。阳光透过玻璃亮瓦，像一架架金色梯子，伸进教室里，然后又在讲台上课桌上烙上一个方形的金盒子。有的学生故意把装了水的碗放到“金盒子”里，于是碎金便溅满教室。有的一年级学生还伸手去抓“金梯子”。每每这时，我就笑着说：“同学们，我们手中的课本就是‘金盒子’呀，一课课书就是‘金梯子’呀，我们沿着‘金梯子’爬上去，就到了一个‘金碧辉煌的世界’哩。不信，试试吧。”话音一落，学生坐得端正了，不做小动作了，眼里熠熠闪着光芒。

上完一节课，口渴得很，回到办公室，正准备倒水，一位学生拿着一个小纸包进来了。他打开纸包，把里面的野茶倒入茶杯中，冲上开水后对我说：“老师，喝口野茶吧，昨天我妈妈炒作的。”立即，一股清香袅袅飘荡起来了……

就这样，我完成了上午一节、二节、三节、四节课，下午一节、二节课的教学任务。

山民记着老祖宗的叮嘱：“闺女的内房老师的课堂——不能随便进去!”因此，上课时山民一般不到学校来，但是学生放学以后就不同了。自己本想趁学生离校后的静谧时刻，读读书，爬爬格子，可是有人敲门了。要我到村部去开会。学校虽小，但也是一个单位呀。这会儿我得扮演校长的角色（虽然没有红头文件任命我为校长）。

晚上，我伏案兴致正浓时，有人敲门了。一位大伯抱着一卷红纸，走进我的宿舍。落座后，他从左口袋里掏出一把糖果，又从右口袋拿出一瓶酒，说："儿子后天要结婚办喜酒，麻烦老师为我写几幅对联，写一些请帖。"我还能怠慢吗？我立即拿起毛笔，一笔一画工工整整写起来了……

送大伯走出校门时，我把一个"红包"放在大伯手上："恭喜你儿子。一点心意，不成敬意，请收下。"大伯走后，我回到宿舍，看看桌上的糖果和酒，想想一天的生活，挺累挺重之后竟挺甜。

"一个人的学校"就像一瓶酒，时间愈久远，芬芳愈浓烈……我将永远珍惜这段生活。

（选自《教师博览》杂志2001年第9期）

▍朱守良

长岛岁月

1974年12月19日，是我最难忘的日子，我穿上军装和我的数百名同乡战友，跟随新兵营首长一路急行军，于三天后抵达蓬莱码头，乘船跨海踏进了长岛军营。

寒暑更替，一年又一年，不知不觉我在长岛军营里度过了17个春秋。我把青春和生命精华留在了长岛，长岛岁月所经历的事也深深印在我的记忆里。

长岛，亦称长山列岛，在祖国的版图上叫庙岛群岛。它由十八个大小岛屿组成，纵横交错的分布在渤海海峡的万顷波涛之中。南与蓬莱阁相望，北同老铁山对峙，面对朝鲜、日本，背依北京、天津，是祖国海上的东大门。如果把我们的祖国比作一只报晓的雄鸡，长岛则起着护卫雄鸡咽喉的作用。这里历来被称为“长岛要塞”、“渤海咽喉”、“京津门户”。在近代史上，帝国主义一直把这里视作入侵我国的跳板。1858年至1860年第二次鸦片战争英法联军在大沽地区三次登陆作战、1900年八国联军进攻京津之战、1904年日俄争夺辽东地区之战、1914年日军攻占青岛之战、1937年日军大沽北塘登陆作战，曾先后七次路经长山列岛，闯入渤海，进犯京津。新中国建立后，这里布防着一个军的兵力，内部翻号叫内长山要塞区，部队分散驻守在渤海深处的十八个大小岛屿和蓬莱海岸线上，上万名官兵日夜警惕守卫在这里，构筑了一道坚固的海上钢铁长城。

17年的军旅生涯，我大部分时间是在驻守北长山岛的30团机关度过的。我们团部机关坐落在北长山岛的花沟村。部队分布在北长山、大黑山、小黑山、石石侯矶四个岛屿上。这四个岛给我印象最深的要数石侯矶岛了。这个小岛的面积仅有0.28平方公里，“点上一根烟，围着小岛转一圈”，看上去好似万顷波涛中崛起的一块大礁石。岛上，悬崖峭壁；岛下，波浪翻滚。交通极为不便，气候变化无常，风大雾大潮湿大，其生活环境要比其它岛屿艰苦得多，一切物资靠陆地运送。我们团的六连指战员就在这个艰苦小岛上常年驻守着。连队曾经流传着这样一段顺口溜："一盆淡水用几遍，亲人书信难见面，盐煮黄豆当好菜，海水蒸馍苦又咸。"

我在团里任新闻干事期间，曾先后八次上过这个小岛，其中有三次跟随首长到小岛上蹲点。每次登上这个小岛，我都被守卫在这个小岛上的官兵事迹鼓舞着、感动着。

小岛像一位威严的考官，经常会给干部战士提出难以回答而又必须回答的考题。这里无居民、无淡水、无田地、无航班，气候多变，风大浪高，有时甚至几十天来不了船。有一年春节前，连长牟林钢的妻子领着小孩从几百公里之外的潍坊市到部队探亲，到了蓬莱码头后，海上刮起大风，一连二十来天船只不能来往。牟连长的妻子只好在码头旅馆里住了几天，仅从电话上与丈夫"见了面"，临行前，她跑到码头上，朝着大海深处的石侯矶岛方向深情地望着，对着小岛方向招了招手，含着热泪，领着孩子又返回了。

在这地图上找不到的去处生活，小伙子们找对象成了大难题。1979年，彭副指导员二十六岁了，家里四次给他找对象，都因他在小岛上当"苦兵"而告吹。年底探亲时，他又谈了一个老同学，临别时，这位女友送了一程又一程，并将一块石头抛到河里，表示海枯石烂不变心。第二年"八一"节时，女友来队探望，正赶上连队缺菜断水。她受不了这份苦，上岛第三天就向彭副指导员"再见"了。恋爱上的挫折没有动摇彭副指导员坚守小岛的决心，他说："一个革命军人，只有把人民的幸福和祖国的安危挂在心上，才能心甘情愿地献身小岛。"

雷达班长、志愿兵姜深洋，父亲病故，母亲偏瘫，爱人带着不满三岁的小孩，种着四亩责任田，生活确有难处，1980年春节来队时，恳求他脱下军装，可姜深洋说；"这里还需要我，咱不能只顾小家，不顾大家。"妻子含泪离开了小岛。不久，姜深洋收到家乡邻居发来的"妻病重住院，速归"的电文，当时，连队火炮实弹射击前的训练正叫劲，姜班长是雷达技术骨干，训练离不开他，他便给妻子写了封长信作解释，仍一门心事扑在训练上。

小岛上的战友们就是这样，满怀着对祖国、对人民的一片深情，尽心尽责地守卫着小岛，辛勤地建设着小岛。六连的指战员刚来小岛安营扎寨时，岛上水贵如油，淡水靠大陆运送，每人每天只能分得一杯，就是这一杯水也要三用：早上刷牙洗脸，晚上洗脚，最后还要用来浇菜。岛上没有地下水，为了在小岛上扎根，以岛为家，长期备守，党支部号召全岛官兵，"向苍天要水，向小岛开战，"老连长陈永华带领大家苦战，冬天顶风雪，战严寒，凿石打眼；夏天顶烈日，冒酷暑，坚持不懈。经过几年的艰苦奋斗，指战员们硬是在坚硬的石壁上凿出了大大小小十多个蓄水池，他们还在营区内修筑了很多管道，让落在房顶上的雨水、雪水自动地流到蓄水池里，初步解决了洗衣、洗澡问题，但由于蓄水池里接的雨水没有经过过滤，杂质多，一般不能食用，吃水还得从大陆运来。他们再决心修建一个带过滤池的地下蓄水库，彻底解决平时和战时生活、战备用水。搞过滤没有设备，他们想办法就地取材，从海滩上捡来大中小三种不同规格的卵石，又从海滩上运来沙子，经过艰苦奋战，一座八百立方米带过滤池的地下蓄水库建成了。水是万物之源，水给小岛带来了一派生机。

在土地肥沃的地方，种点蔬菜，那不是稀罕事，可在远离大陆、烟波浩淼的大海之中的小岛上，种点蔬菜却是多么的不易。守卫小岛的指战员，是把它当作保卫海岛、建设海岛的重要战备任务来完成的。我在小岛上蹲点期间，听到这样一个故事。有一次，岛上连刮了四十多天大风，连队的蔬菜吃完了，炊事班长把剩下的几个萝卜数了又数，算了又算，每顿用三个萝卜烧一锅汤，最后连萝卜也完了，煤也烧完了，党支部发动大家上山拾柴，下海捞海菜，总算熬过来了。困难吓不倒海岛战士，他们决心在小岛上种出蔬菜来。先开地造田，没有工具，他们将施工剩下的旧锹和镐头，重新锻打再用；没有筐，割来棉槐条子自己编；没有土，撬起石块，把石缝里的土一点点抠出来，经过十多年的艰苦奋战，搬动土石六千多个立方，终于在山坡上开出了一块块“巴掌田”。有了菜地，连队官兵从家里要来各种各样的菜种。起初，种的蔬菜常常被大风卷走或刮倒，他们总结经验，尽量多种菠菜、韭菜、萝卜、大葱、土豆等低矮抗风的蔬菜；还修筑挡风坝，植树造林，减少大风对蔬菜的危害。就这样，河南的金针、江苏的青菜、德州的南瓜、湖南的辣椒，都在小岛上“安了家”。

我记忆中的石侯矶岛六连官兵以岛为家以苦为乐的事迹，只是我驻守长岛部队的一个缩影，在渤海深处的其他小岛上的部队指战员们，也同样以青春和热血谱写着一曲曲动人的篇章；他们用辛勤的劳动和汗水浇铸着大海上这一座座“不沉的军舰”；他们以奉献为天职，日夜守卫着渤海海峡这九万七千平方公里的祖国海疆！

长岛军营生涯，锻造了我军人的品格，留下许多美好的记忆，也欠下了许多情感上的债务。待我情同手足的老政委李茂柏，扶助我走上新闻写作之路的老上级任全良、徐守祥、孙延昭，关心我成长进步的老首长孙文生、盛反修、王树生等，现都已“解甲归田”，天各一方，因相隔路遥，无法相聚酬情，这是我平生的遗憾！

还有那些朝夕相伴、患难与共、舍生忘死、保卫祖国的长岛战士们，一想起他们，心里就有一种抑制不住地颤动！1984年，我在守备一连任政治指导员时，经历了终身难忘也终身受益的一幕。一天午饭后，一道紧急命令，把各连连长和指导员召到团部开会，内容是部署抽调一批技术战士骨干补充到对越自卫反击战的部队。分配我们一连6个指标。这可是上前线啊！完成抽调任务会不会有阻力？在回连队的路上，我心里犯着嘀咕。党支部紧急磋商后，于晚上七点半，召开了全连官兵紧急动员大会，是我做的动员。动员会上庄严肃静，大约在动员会后的一个小时，战士们一个又一个来到连部，一份份请战书、决心书递向党支部，有不少份写了五六页纸，各自述说着上前线的有利条件和理由，在40多份请战书里面，我发现其中有二十多位战士咬破指头，用鲜血在请战书的落款处庄重地写上自己的名字。血书，这是我平生第一次见到，我被战士们这种把生的希望让给别人，把死的威胁留给自己的高贵品格和在祖国最需要的时候挺身而出的大无畏精神深深感染着，心灵深处受到了强烈的震撼。我坐在夜灯下，一遍又一遍翻看着这一份份庄重而充满激情的决心书，伴随着黎明的来临，那一夜，我的眼泪就没有止过。多么可敬可爱的战士啊！名单确定后的第二天，连队设宴为6名上前线的战士壮行。在南长山岛的码头上，站满了送行的队伍。那天海面上是那么平静，成群的海鸥在低空的海面上盘旋飞行，仿佛也在为我们的战士送行。随着几声汽笛鸣响，运送上前线战士的军艇缓缓地离开码头，战士们站在甲板上，不停地挥舞着双手，大声呼唤着“再见了，指导员”！“再见了，战友们”！那一刻，我的喉咙发紧，眼睛模糊了，在码头上站了很久很久，直到看不到军艇的影子。在这篇文章快要结束时，我的内心情不自禁地发出一声呼唤：生还的战友们，你们现在过得好吗？

1990年底，我转业到地方大学工作，离开海岛时，带回来三样东西：长岛海边的贝壳、长岛半月湾的球石、长岛战友的合影，我把其视为“宝物”小心收藏着，闲暇时常捧在手上看一看。睹物思情，我仿佛又回到了长岛军营，往事一件件浮现在脑际。近年来，我常被这种思念情绪侵袭、萦绕着，我还未到怀旧的年龄，怎么就有了这么一种情绪，我说不清楚。

子　薇

彼岸之花

清冷的月光散漫地泻下来，淡淡的，柔柔的，软软的，粘粘的，似乎还夹着些嗔，含着点痴。寂寞舒广袖的嫦娥，手捧桂花酒的吴刚，还有那个勤勉捣药的玉兔，他们此刻还在各就各位、各司其职？这一念想让人恨不能将脑袋伸入广寒宫里，试把宫殿探遍。

百草丰茂的春天，野外的河埂在月色辉映下迤逦伸向远方。河埂一侧的油菜花热热闹闹地盛开着，独成一桌盛宴。另一侧的小河静静地流淌，处子似的柔情于无声处开启。藏匿于水里的青蛙大约是触及到小河的春思，受了感染似地“嘎嘎嘎嘎”哗然鸣唱起来，比不上“大珠小珠落玉盘”的脆生生，却分明比那珠击玉盘的声音更钟灵清丽；不是天籁之音，却分明就是天籁之音。月华将一切尽揽其怀，尽收眼底，暖暖的，融融的。不是名山大川，却也独成一处风景；不是大家闺秀，却也堪称小家碧玉。

月华笼罩之下，一只不知名的鸟儿旖旋飞来，在小河之上划了个美丽的弧线，瞬间悠然飘忽而去。原来“寒塘渡鹤影，冷月葬花魂”的意境竟有令人渴望飞天的魅力，痴痴的、傻傻的，半天回不过神来。

秦时明月汉时风？只当是吧！就这样一个念头，我便醉了，醉在秦时的月华汉时的柔风里。任秦时的月华周身流淌，任汉时的柔风轻轻拂面，河埂上的小草也悄悄伸出嫩分分的小手触摸着我裸露的脚踝。那一刻，小草似是漫不经心、又似是技艺娴熟的轻抚，恍惚间，荡漾起心底隐秘处似水的柔情。一草一木也关情啊！

隔岸的灯火一派绚烂，那儿有我的爱人、我的孩子。爱人此刻还在电脑前工作？孩子此时正在奋笔疾书？如果此刻我在家中，我想自己也会和他们一样，读点休闲的文字或划点散漫的墨痕。那样的情形，只是朴实，没有浪漫，却又分明就是朴实中的浪漫；那样的情形，只是平常，没有华丽，却又分明就是平常中的华丽。

但，每日每日，我身置其中，淡然看着同样的灯光，漠然闻着同样的气息，并不觉得它们有多么的好；每天每天，我身置其中，做着没完没了的家务，竟然时常会滋生出心烦意躁的火苗。

生活中，其实有许许多多的不为我们感知的美好，置身其中时，只道是平常，为什么，总要等到失去了，离开了，撕碎了，才领悟到其中的弥足珍贵！

热恋时，张爱玲对胡兰成说：因为懂得，所以慈悲。我则对自己说：因为懂得，所以珍惜。因为懂得，所以感激。感谢父母，是他们给了我健康的生命；感谢朋友，是他们给了我温暖心扉的友情；感谢同事，是他们给了我工作中的良好心情；感谢家人，是他们给了我遮风蔽雨的港湾；感谢所有曾经陪伴过我的人，是他们给了我一段段不孤单不寂寞的人生；感谢生命中的阳光和希望，是它们让我得以健康成长；也感谢曾经的阴霾和无奈，可以让我通透地感受和珍惜生命中的一切美好。

“我一直哭着没有鞋子穿，但当我看到有人连双脚都没有时，我又感觉我是多么幸运。”仅仅就是这样一句话，我的眼眸便被触痛，继之潸然泪下。人倘若胸怀一颗善于发现美丽、善于感受美好、善于捕捉快乐、善于感激拥有之心，那么便会发现，平淡亦是幸福。

月华下春天的原野固然美丽，但它只能偶尔一赏。今夜，我梦中的绚丽花朵，就盛开在彼岸，盛开在每一根筋骨、每一丝脉络皆烂熟于心的我的家。

（选自《大江晚报》2007.08.30）

后 记

《安庆六十年文学精品集》丛书从策划到今天轰隆一声问世，历经大半年的时间。其间，为这套丛书的顺利出版我倾注了个人近乎全部的业余时间和精力。自古出文人的安庆，太需要这样一套丛书了。环顾我们周边的其他城市，都有类似“文学五十年”或“文学六十年”的丛书出版，而作为安徽最重要的一方文化重镇——安庆，岂能缺少这样一套阶段性、总结性的图书出版？对生于安庆，不论你今天是否生活在安庆这块故土上的作家诗人们来说，我们每个人都有义务来完成这件事情。我只是以个人的热情，和作家、诗人朋友们共同完成了这件安庆文学史上的集体壮举，共同约会了这场文学作品的精神盛宴。感谢文学，它给了我们在这套书里相聚的理由！感谢合肥工业大学出版社，马国锋社长、钟玉海总编以及资深编辑、目前正在南京大学攻读博士学位的怀宁籍文人朱移山先生，是你们不单纯计经济效益，在纯文学书籍普遍处于出版困局的大环境下，依然对安庆地区的纯文学作品出版给予了极大支持！在这里，我谨以本书全体作者的名义向你们致上一声忠诚的谢意！

在本套丛书编辑出版过程中，还有一批需要特意致谢的人士。安庆日报社出版部李华女士承担了丛书非电子文稿的录入任务，我的朋友、芦颖佳女士承担了《随笔杂文卷》的校对工作，安庆日报社出版部马翠银、徐虹女士承担了《小说卷》的校对工作，李洁、张宁女士承担了《散文卷》的校对工作，李小明女士承担了《文论卷》的校对工作，何冰凌女士帮助《文论卷》组稿。都昌宏、许敏松先生、黄洁女士在他们主管的媒体广告上为丛书出版提供了支持，这都是本套丛书的幕后英雄，在此一并表达诚挚的感谢！

当然，想完成一件精神产品的宏大工程，不可能没有曲折，也不可能一帆风顺，本丛书出版过程中也有些不理解者颇有微词。但无论如何出版这样一套丛书，是安庆文学界众人期盼所归。一套书的编辑出版，只能客观地接

受读者们的评价，让“现在”告诉“历史”。作为主编，在这里需要向未能入选的作家诗人们表达歉意。由于本套丛书出版时间紧迫，征稿启事发布范围有限，而安庆籍散居于国内外的作家诗人、写作爱好者又太多，本丛书所收录作品又以作者自己投稿为主，因此许多不知道这套丛书出版信息的安庆籍作家们的作品就无法入选了。加上本套丛书规模的控制，也有一些投稿的朋友们的作品未能选入，在此，只能表达我个人真诚的歉意，期待以后再有机会编辑出版类似的综合性地区选本。

关于入选作者的排序问题，本丛书遵循了“以姓名拼音为序”的原则，不分名家与新人。虽然在征稿启事里要求应征的作品后面应注明发表的报刊名称、时间，但有一部分作者还是没有注上，由于编辑时间的紧张，如再重新一一联系，实需要不少时间，只好遵其所便了。本丛书初定为四卷，后增加了一本《文论卷》，选取了十六位有一定影响的安庆作家专门立论，旨在为以后的文学研究者提供一些有价值的文献资料；对于本次未能入选的其他作家，我们将把这机会留待下一次。

赘语过后，该是我接受读者们的检阅和批评了。期待在文学的大家庭里，我们经常相聚！

金肽频

2009年8月23日于安庆

《安庆六十年文学精品集》丛书出版致谢单位

（排名不分先后）

安庆师范学院
安庆经济技术开发区管委会
安庆职业技术学院
安庆市财政局
安庆市国税局
安庆供电公司
安庆市国土资源局
安徽盛晟集团
安徽中宜集团
安徽山城集团
安徽虹城集团
安徽旭阳铝颜料有限公司（合肥双凤开发区）
安庆百蕊房地产开发公司
安庆晶海房地产开发公司
安庆市鼎建房地产开发公司
安庆市交通局
安庆市环保局
安庆市商务局
安庆金华联超市
安庆十八开超市
安庆市五千年工艺美术有限公司
安庆房屋置业担保公司
安庆市宜秀区建设局
潜山县路桥公司
怀宁县新安中学
安庆市军成学校
安庆市东升教育投资管理公司（东升学校）
安庆誉城会计师事务所
安庆市黄梅山庄